芥川龍之介事典

〔増訂版〕

菊地　弘
久保田芳太郎〔編〕
関口　安義

明治書院

大川（隅田川）の流れ（両国橋から撮影）

芥川龍之介生誕地。右手の建物（聖路加国際病院）の辺り。現在の東京都中央区明石町10，11番地付近。（旧東京市京橋区入船町８丁目１番地）

回向院《えこういん》境内のいちょうの木。芥川龍之介は子供のころ，この木の下でよく遊んだ。

芥川龍之介生育地。中央の建物(つり具店)の辺り。現在の東京都墨田区両国３丁目22番11号。(旧東京市本所区小泉町15番地)

『鼻』(大正 7 年 7 月刊)

『羅生門』(大正 6 年 5 月刊)

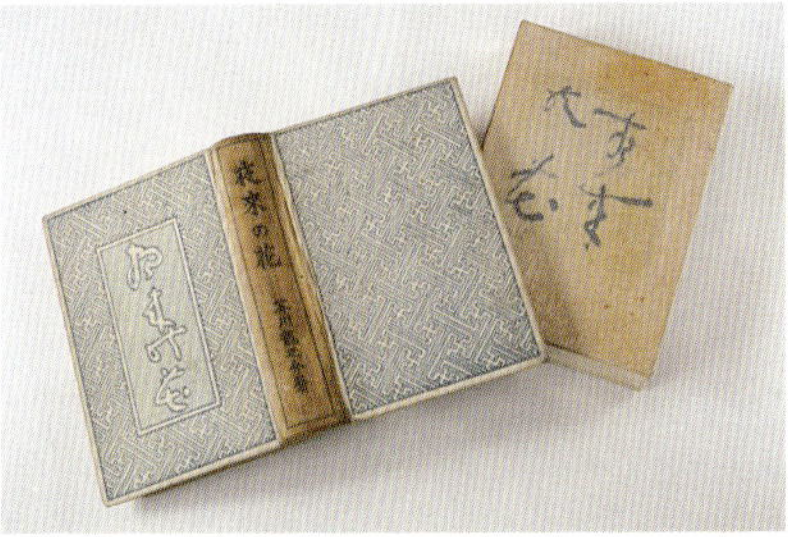

『夜来の花』(大正10年 3 月刊)

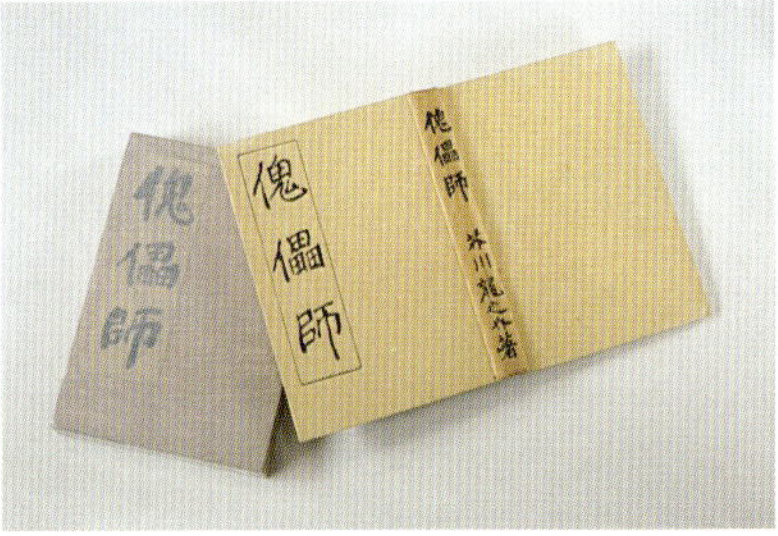

『傀儡師』(大正 8 年 1 月刊)

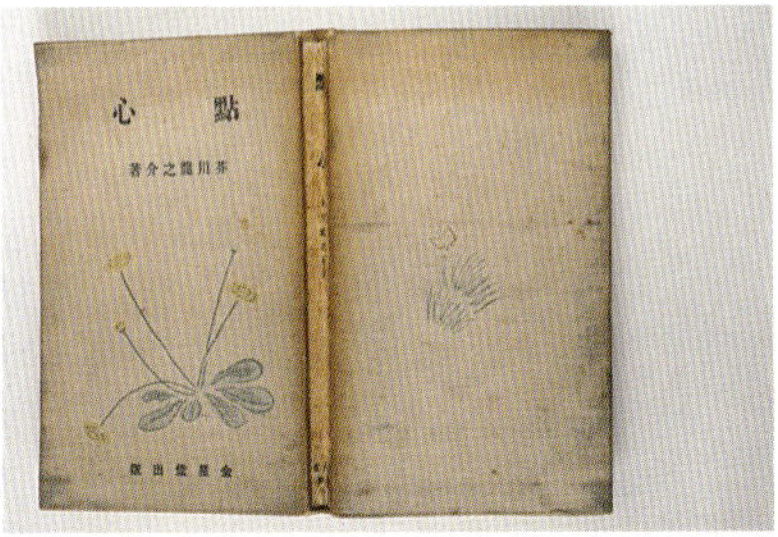

『点心』(大正11年 5 月刊)

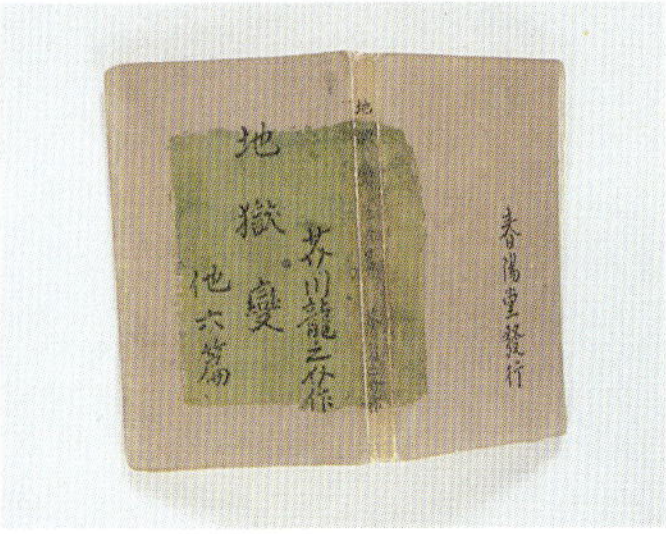

『地獄変』(大正10年 9 月刊)

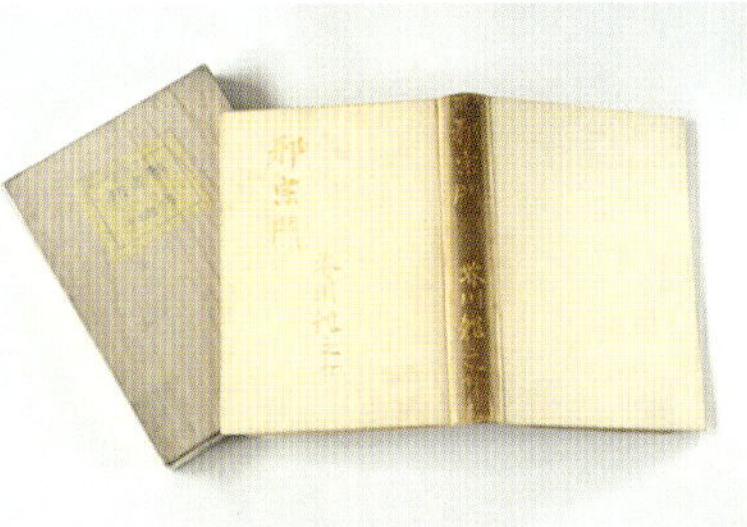

『邪宗門』(大正11年11月刊)

『沙羅の花』(大正11年 8 月刊)

『支那游記』(大正14年11月刊)

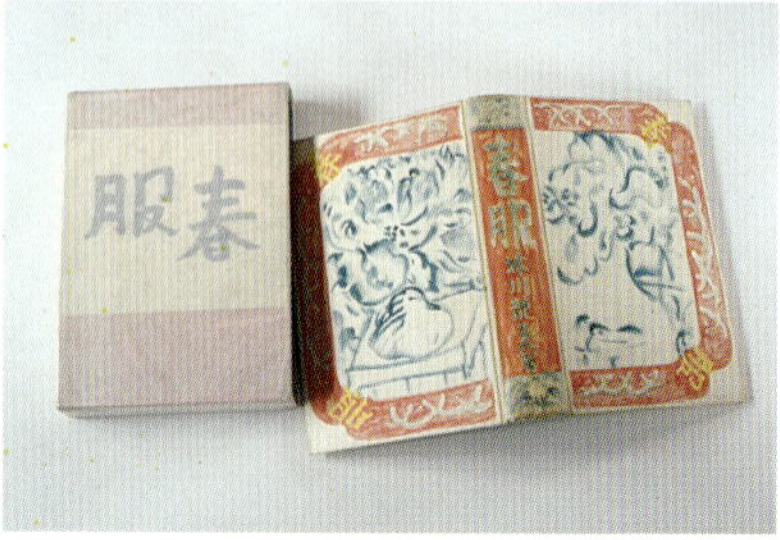

『春服』(大正12年５月刊)

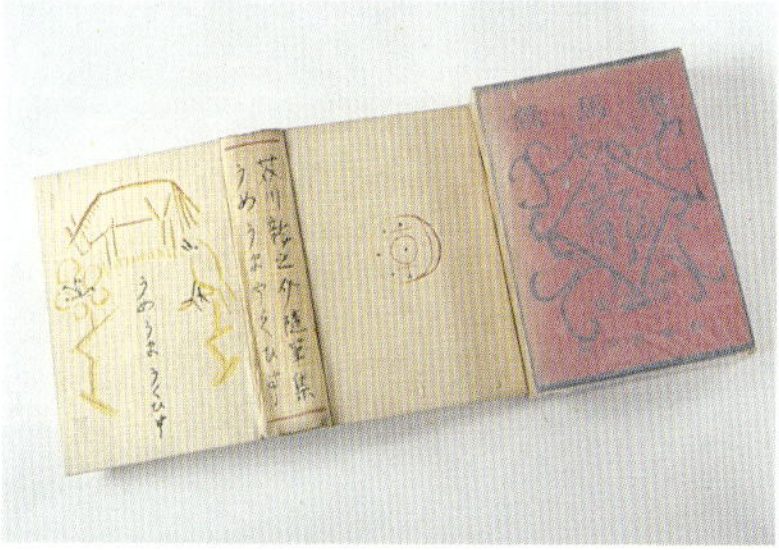

『梅・馬・鶯』(大正15年12月刊)

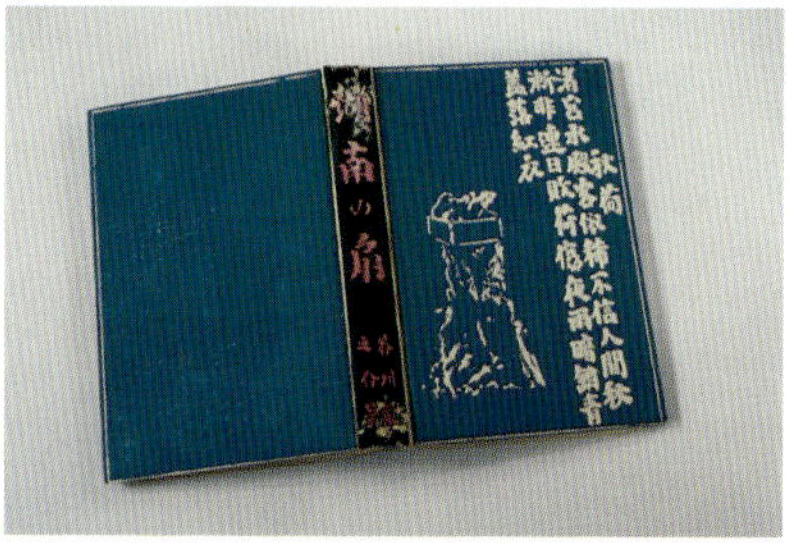

『湖南の扇』(昭和２年６月刊)

『西方の人』
(昭和４年12月刊)

『或阿呆の一生』
(昭和17年４月刊)

芥川龍之介の最後の講演のときに撮影したもの。演題は「ポオの一面」。(昭和２年５月24日、新潟高校にて)

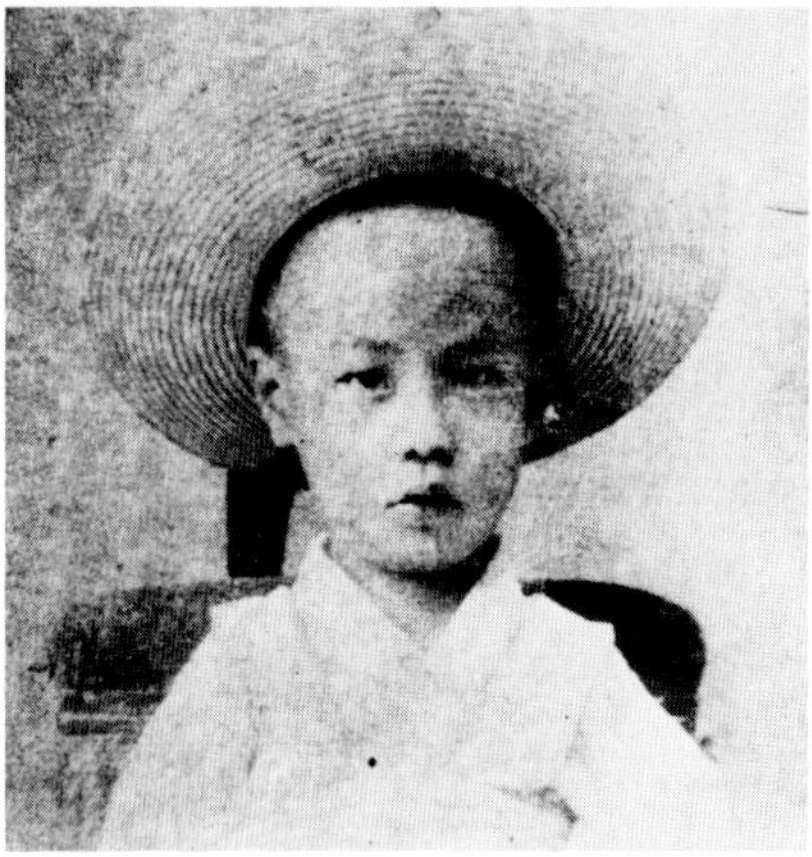

四歳の夏ごろ(推定)の龍之介。大頭で、
なかなか合う帽子がなかった。

実母ふくと龍之介

実父新原敏三《にいはらとしぞう》

実父新原敏三と龍之介

養父芥川道章《どうしょう》

異母弟得二

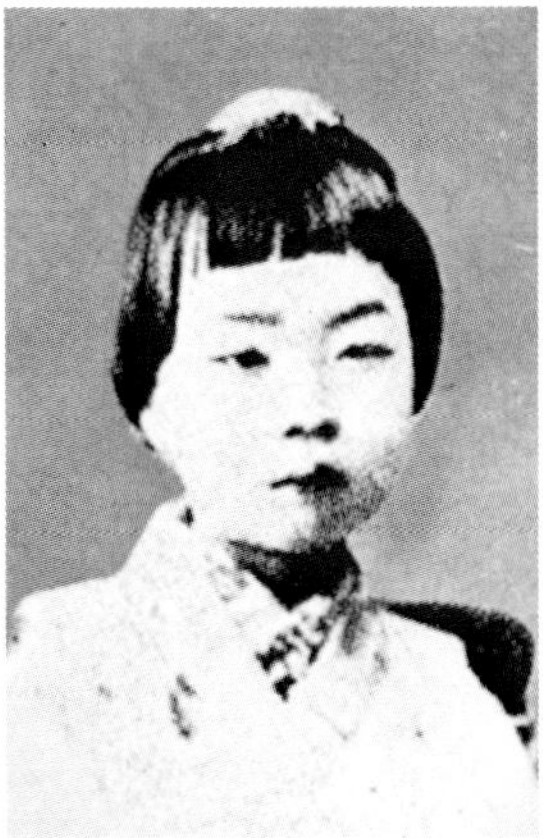

次姉ひさ

長姉はつ

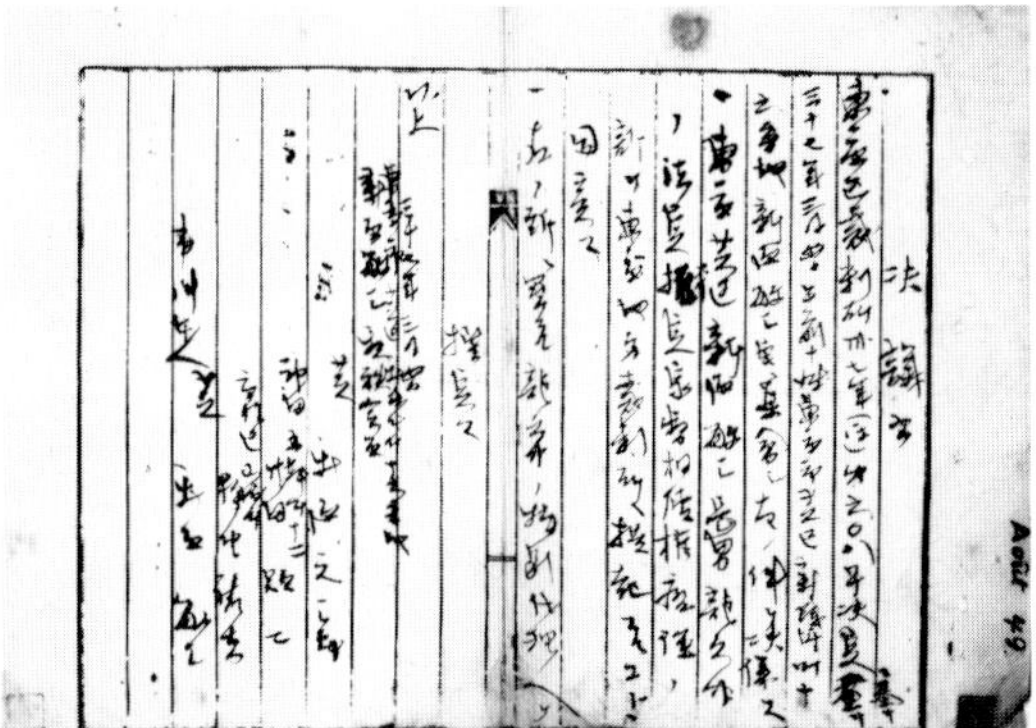

養子縁組に関する親族会議の決議書。

「ナショナル・リーダー」11歳ごろから英語の勉強を始めた。

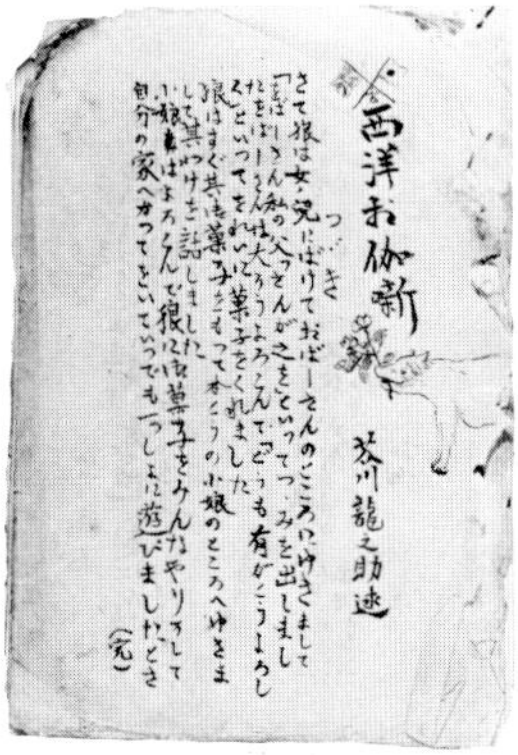

西洋お伽噺
つゞき
芥川龍之助述
さて狼は女の児にばけておばーさんのところにゆきまして
「おばーさん私の父っさんが之をといってつゝみを出しまし
たおばーさんは大そうよろこんで「どうも有がとう」よろし
くといってきれいな菓子をくれました
狼はすぐ其の菓子をもってむこうの小娘のところへゆきま
して其わけを話しました
小娘はよろこんで狼にお菓子をみんなやりまして
自分の家へかえってといっていつでも一しょに遊びましたとさ
（完）

回覧雑誌『日の出界』の未綴分より。

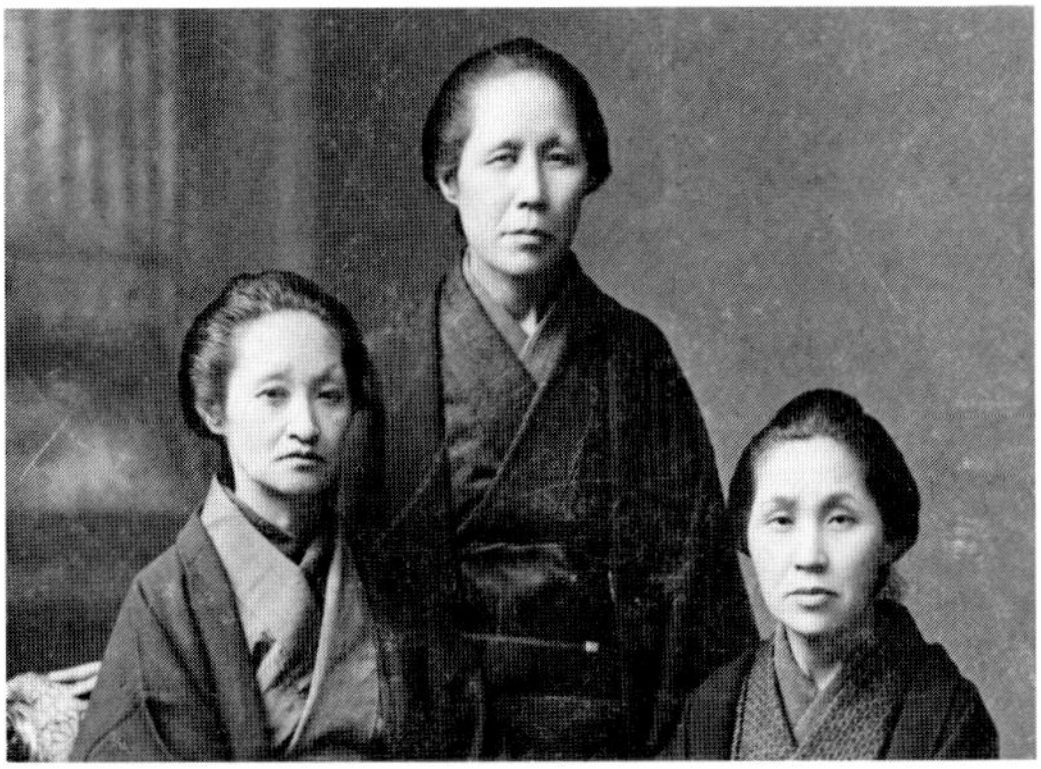

左より養母芥川儔《とも》，伯母芥川ふき，叔母新原ふゆ（敏三の後妻）。

第一高等学校入学当時

府立第三中学校在学当時

第 7 回府立第三中学校卒業式。2 列目左から 7 人目広瀬雄《たけし》，3 列目左から 2 人目山本喜誉司，4 列目左から 2 人目芥川，6 列目左端平塚逸郎。

東京帝国大学文科大学英文科入学当時

高校時代。親友の井川（恒藤《つねとう》）恭《きょう》と。

第四次『新思潮』創刊のころ。左から久米正雄，松岡譲，芥川，成瀬正一《せいいち》。

『羅生門』出版記念会(大正６年６月27日，於日本橋「鴻《こう》の巣《す》」)　左手前より芥川，北原鉄雄，岩野泡鳴，日夏耿之介《こうのすけ》，谷崎精二，中村武羅夫，田村俊子，加藤某，佐藤春夫，江口渙《かん》，久保正夫，加能作次郎，滝田樗陰，有島生馬《いくま》，柴田勝衛，豊島《とよしま》与志雄，赤木桁平《こうへい》，谷崎潤一郎。後列手前より久米正雄，松岡譲，和辻哲郎《わつじてつろう》，小宮豊隆《とよたか》，後藤末雄。

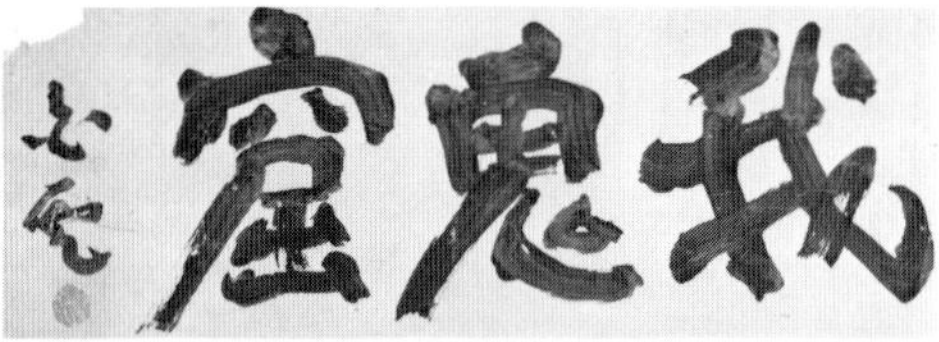

菅虎雄《すがとらお》(白雲)揮毫の「我鬼窟《がきくつ》」の扁額《へんがく》。

大正８年５月長崎旅行。左端は菊池寛。一人おいて永見徳太郎。

結婚の前の年(18歳)の塚本文《ふみ》

晩年の芥川に大きな影響を与えた小《お》穴《あな》隆一。

「水虎問答之図」(芥川筆)。署名は三拙漁人。

中国服を着て。中国での芥川と竹内逸三。

鵠沼《くげぬま》の妻の実家にて。左より芥川，長男比呂志《ひろし》，三男也寸志《やすし》，妻文。

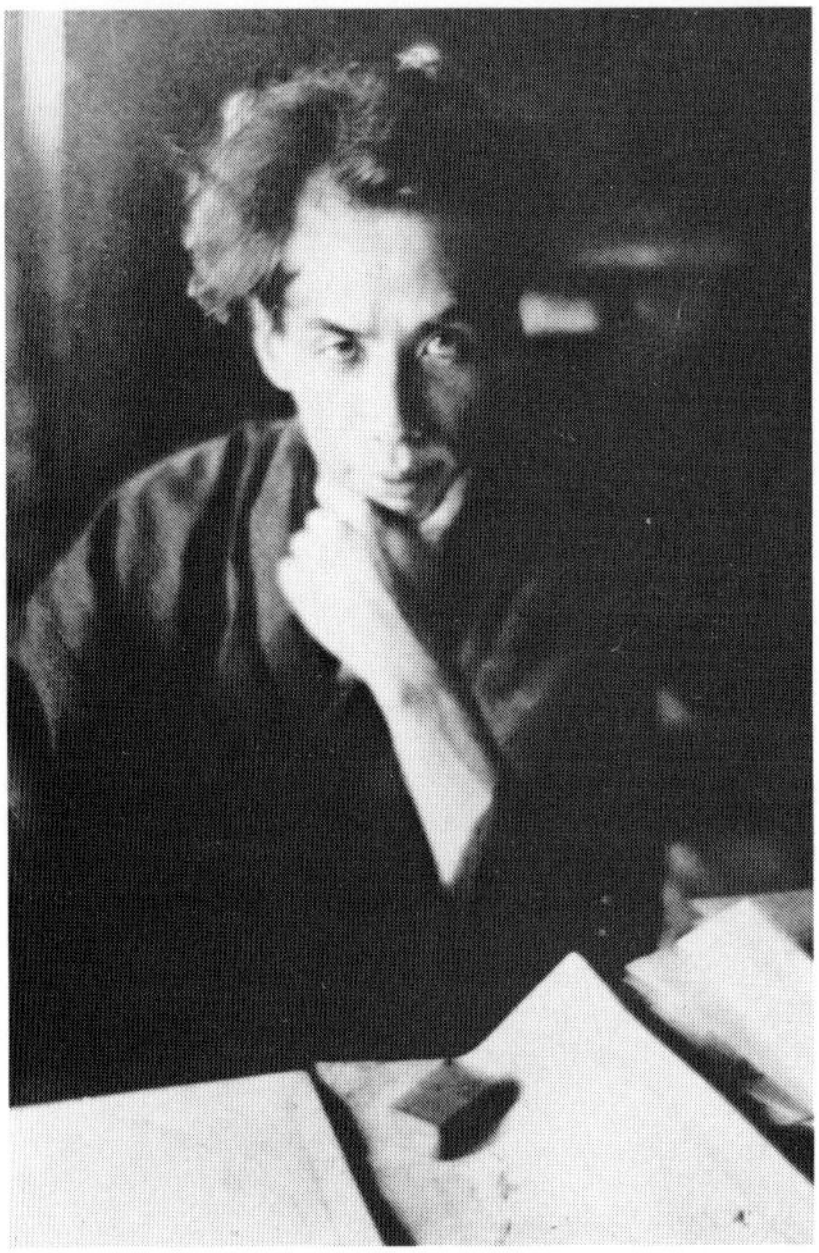

葬儀のときに使用された写真。大正13年7月，書斎で撮影したもの。

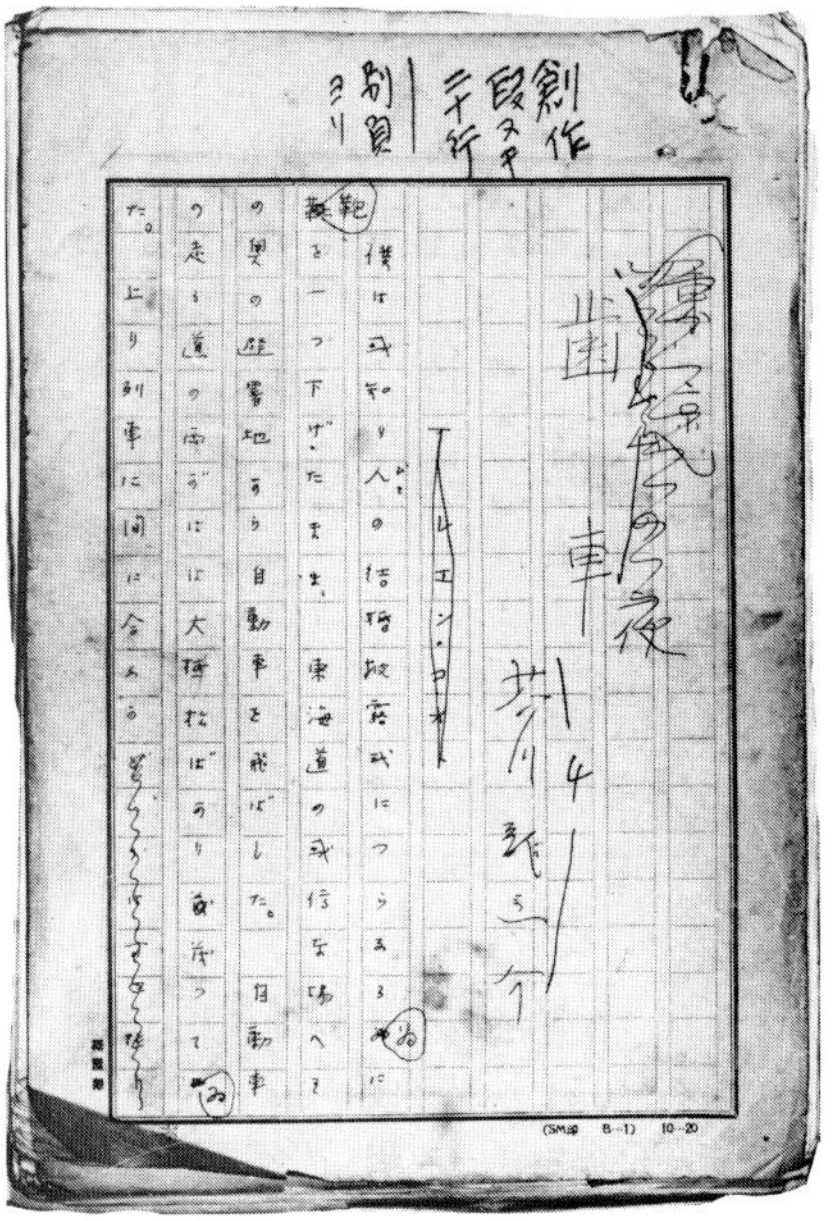

『歯車』の原稿

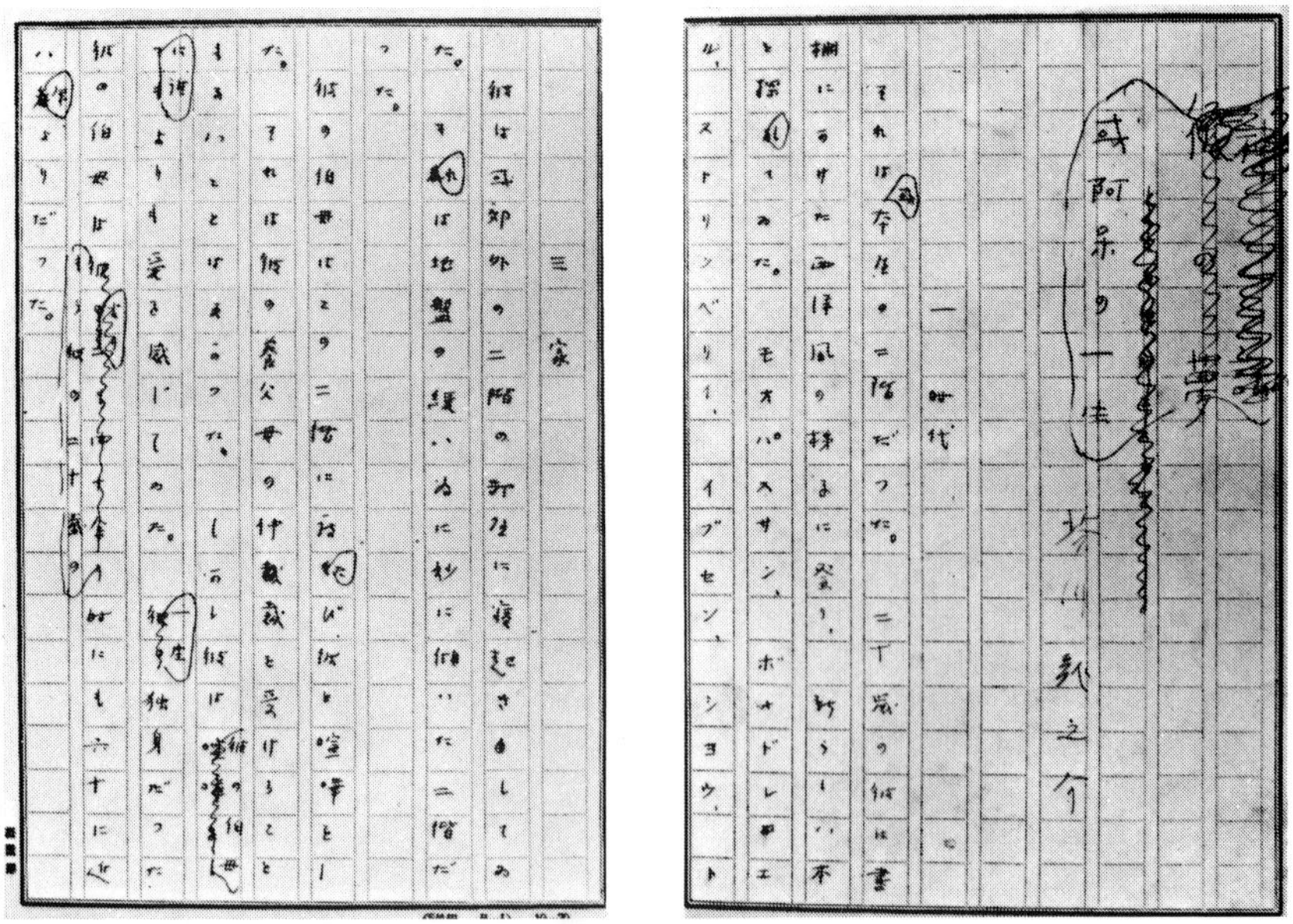

『或《ある》阿《あ》呆《ほう》の一生』の原稿

はじめに

芥川龍之介没後半世紀を経、その評価、いわゆる芥川的なるものの処遇は、依然解決できない重要な課題として、われわれの眼前にある。彼は近代日本の興隆期に生まれ、育ち、生涯を絶対の探求者として誠実に生き、傷つき滅んだ。それは激動の時代を生きた日本人の一典型とも言える。

芥川龍之介の作品が、長い間われわれの心に深い印象をとどめているのは、第一に虚構を最大限に生かした物語性のおもしろさと独創性にあろう。が、それだけではない。彼のすべての表現を通して示される「如何《いか》に生くべき乎《か》」という必死の問いが、われわれを打つのである。芥川流に言うならば、彼の作品を論ずることは、われわれ自身の「本体を露《あら》」わすことにつながる。

近年、芥川龍之介の研究は、めざましい進展を遂げている。新全集の刊行、及びおびただしい量の新資料の出現が、それに拍車をかけているのである。こうした状況下『事典』というかたちで、芥川龍之介にさまざまな面から光を当てることの必要がわれわれ三人の間で確認され、それが日程にのぼったのは、一九七九年の夏であった。以後足かけ七年、ここにようやく刊行の運びに至ったのである。

編集の段階でわれわれが話し合ったのは、基本事項が押さえられ、問題提起が鮮明であり、さらに読んでおもしろい『事典』にするということであった。それにどの項目からも芥川の真の姿が浮かんでくるようなものをと願った。多角的な観点から芥川の人と作品に迫ろうと、カードによる項目採りは、当初一五〇〇項に及んだ。が、ページ数その他の条件もあって、約九五〇項にしぼり、のち約一七〇項を復活し、最終的に一一二〇項目となった。これは幾多の試行錯誤を経ての結果である。なお、項目一覧は森本修氏に見て頂き、適切な助言を得た。

記述は最近の研究成果を踏まえ、問題意識を盛ると同時に、極力実証的、客観的となるよう努めた。芥川の専門研究家はむろんのこと、関係項目に関しては、それぞれの面で活躍する第一線の研究者に執筆を依頼したため、こうした個人『事典』では類を見ない一一九人もの方々の協力を得ることとなった。われわれ三人の意図を諒とし、執筆を快諾して下さった方々に感謝したい。

遅々として進まないこの計画に終始温かい眼を注いでくださった明治書院社長三樹彰氏、常務堀口久氏に厚く御礼申し上げる。

終わりに、この企画の担当編集者相川賢伍氏の種々の配慮と労に対しても、一言しなければならない。長かった編集作業の過程を通し、氏はいつもわれわれ三人のよき理解者であり、激励者であった。『芥川龍之介事典』がこのようなかたちで出来上がったのも、ひとえに氏の力によるのである。

一九八五年九月

菊地　弘
久保田芳太郎
関口安義

増補改訂について

一九八五年一二月に『芥川龍之介事典』を刊行した。以来、家系、生いたち、交遊関係、作品、思想など多角的観点から、芥川龍之介に光をあてた画期的な『事典』として高い評価を得てきた。刊行後、不明だった作品の初出が判明したり、印刷上の誤植、項目、系図、文献目録の記述の誤りに気づいた箇所があったり、人物写真が違っているという指摘があったりして、それらを訂正し、一九九一年に『第三版』を刊行した。

一九九二年は芥川龍之介生誕一〇〇年にあたり、各地で記念展が開催された。新出の資料を収めた新版『芥川龍之介全集』（岩波書店）が一九九五年より九八年にわたって刊行されたことなどがあって、芥川文学の読みに関していろいろな可能性が考えられるようになった。

今回増補改訂版を刊行するにあたって、石割透氏に新版『芥川龍之介全集』の意義、特色について特別に執筆していただいた（六九八—七〇四ページ）。研究者への貴重な指針となろう。また、文献目録、年譜ほかを増補した。『増補改訂版』を座右の書として、研究者はもとより、一般の読者の方にも使っていただきたい。通読していただいても、芸術家芥川の人と作品に親しんでいる方には、充分に楽しく、更に興味を深める『事典』と自負している。

『芥川龍之介事典』編集部

二〇〇一年五月

凡例

この事典は、芥川龍之介の作品・作品集・関係した人物・場所・学校・雑誌・書物・新聞・文芸思潮、それに芥川用語など、一一二〇項目について解説したものである。

一　見出し項目について

1　人名項目は、本姓名・別名・筆名のうち、現時点において最も一般的と思われるものによった。外国人名は、芥川自身の表記を基にし、できる限り原語に近い読み方に従った。ただし、慣用による読みの定着しているものは、それに従った。

2　作品と作品集が同音のものは、作品を先に出した。同音作品がいくつかある場合は、発表年月日順とした。なお、作品集には『　』を用いた。

3　新聞・雑誌項目の中で同音のものは、創刊順とした。

4　見出し項目には、その下に続けて現代仮名遣いによる読みを平仮名で示した。

5　二通りに読めそうな項目には、見出しにミヨ（⇩）項目を用いた。

例　一塊の土《ひとくれのつち》　⇩一塊の土《いっかいのつち》

西方の人《せいほうのひと》　⇩西方の人《さいほうのひと》

二　配列について

1　配列は見出し項目の現代仮名遣いによる五十音順によった。

2　配列に当たっては、濁音・半濁音は無視し、すべて清音と同じに扱い、促音・拗音もそれぞれ一音として取り扱った。

3　項目はすべて芥川とのかかわりを考慮しているが、画一的に配列することは避けた。特に「芥川とアフォリズム」「芥川と大正」「芥川と夢」「芥川の比喩《ひゆ》」「芥川の文体」など、「あ」の部に集中しがちな点を考慮し、「遺書」「印税」「英文学」などは、ことさらに「芥川の（芥川と）——」と付すのをやめた。また、「河童と芥川」「漢詩と芥川」「社会思想と芥川」といった形式も採用した。これらは索引によってそれぞれの語彙から引けるように配慮した。

三　表記について

1　解説文は常用漢字・現代仮名遣いとし、必要と認めた場合には、常用漢字以外のものも用いた。なお、作品名・雑誌・新聞名および引用文については、すべて原著の表記によったが、常用漢字表にあるものは、一部新字体を用いた。また、読みやすくするために振り仮名を積極的に用いた。

2　数字は漢数字をつかい、原則として十百千万の単位語を省略した。ただし、十代、数百人といった用い方は、この限りではない。

四　生没年について

1　人名項目の見出し語の下に、日本年号による生没年月日を記した。そのあとに西暦年を漢数字で示した。

2　没年月日の下限は、昭和六〇（一九八五）年一月三一日とした。

五　記号について

1　片仮名表記の場合、長音は原則として長音記号（ー）で表した。

2　書名・作品名・雑誌・新聞名は『　』を、引用文と参考論文は「　」を用いた。

3　引用された詩等に使用した／（斜線）は改行を示す。

六　解説の形式について

1　人名項目は、実在した人物を取り上げ、生年月日・没年月日・本名・専門分野・出身地・号・別号を最初に列記し、ついで芥川とのかかわり、それに当人の業績を解説した。

2　作品および作品集項目は、初出発表誌（紙）名・連載年月日・刊行年月日・発行所などを記し、内容・評価などを解説した。

3　地名は、芥川が実際経験した場所を取り上げ、解説した。

4　動植物名は、芥川が関心を示したものを選び、解説した。

5　他に学校・寺院・旅館など、芥川とかかわり深いものを選び、解説した。

6　語彙《い》は、芥川特有の慣用的表現を選び、解説した。

7　原稿用紙四枚以上に及ぶ項目には、原則として参考文献を添えた。

七　索引について

この事典を有効に利用していただくために内容を分類して索引を作成した。一つの項目について多方面から追究できるように見出し語句はもとより、解説文を検討して、併せて参照すべきと判断した箇所について、過不足ないように採り上げた。

八　付録について

参考資料として、詳細な年譜と参考文献、それに芥川の単行本目録および関係地図等を添えた。

執筆者一覧（五十音順）

赤瀬雅子
浅井清
浅野洋
五十嵐康夫
池内輝雄
石阪幹将
石崎等
石丸久
石原千秋
石割透
伊豆利彦
井上百合子
浦西和彦
瓜生鉄二
榎本隆司
海老井英次
遠藤祐
大久保典夫
大河内昭爾
大塚博
大屋幸世
尾形明子
尾形国治
岡本卓治
岡保生
小川和佑
荻久保泰幸
奥野政元
小沢勝美
小田切進
角田旅人
影山恒男
笠井秋生
笠原伸夫
片岡哲
蒲生芳郎
川端俊英
神田重幸
神田由美子
菊地弘
木村一信
久保田芳太郎
栗栖真人
剣持武彦
斉藤英雄
鷺只雄
佐久間保明
佐々木雅発
佐々木充
佐佐木幸綱
笹淵友一
佐藤泰正
篠永佳代子
島田昭男
清水康次
志村有弘
首藤基澄
関口安義
芹沢俊介
曾根博義
祖父江昭二
高橋新太郎
高橋春雄
高橋陽子
竹田日出夫
田近洵一
田所周
田中夏美
田中実
田中保隆
千葉俊二
塚越和夫
塚谷周次
寺横武夫
東郷克美
富田仁
永岡健右
中島国彦
中西芳絵
中村友
中山和子
西垣勤
西谷博之
長谷川泉
長谷川啓
畑実
原子朗
伴悦
平岡敏夫
福田久賀男
福本彰
藤岡武雄
藤多佐太夫
星野慎一
細川正義
保昌正夫
町田栄
馬渡憲三郎
萬田務
三嶋譲
宮坂覺
宮山昌治
宗像和重
村松定孝
森英一
森本修
森安理文
森山重雄
薬師寺章明
矢島道弘
山内祥史
山口幸祐
山崎一穎
山敷和男
山田昭夫
山田晃
山本昌一
山田有策
吉田俊彦
吉田昌志
吉田正信
和田繁二郎
渡部芳紀

芥川龍之介事典

あ

『愛の詩集』《あいのしじゅう》　室生犀星の詩集。大正七（一九一八）年一月、感情詩社刊。犀星は芥川を知るに及んで、この詩集を贈った。芥川は返礼の書簡（大正八・一〇・三）に「今まで拝見した詩集の中でも一番私を動かしました」と言い、「愛の詩集」と題する詩を添えた。「室生君。／僕は今君の詩集を開いて、／あの頁の中に浮《うか》び上《あが》つた／薄暮の市街を眺めてゐる。」で始まるこの詩は、のち犀星の『定本愛の詩集』（聚英閣、昭和三・一）の巻頭に掲げられた。　（石丸　久）

饗庭篁村《あえばこうそん》　安政二・八・一五～大正一一・六・二〇（一八五五～一九二二）。小説家・劇作家。本名与三郎。江戸下谷《したや》竜泉寺町生まれ。一二歳の時、父の知り合いの質屋に見習いとして住み込む。その二階が貸本屋で、江戸小説を濫読、また多趣味な主人の影響で劇や俳諧《はいかい》に通じた。一五歳で暇をとり、間もなく父が死去、放浪生活を送り、文筆で立とうと決意。明治七（一八七四）年、文選《ぶんせん》、校正方《かた》として読売新聞社に入社、間もなく記者となる。一八年以降、文壇の長老格となった。小説文集『むら竹』二〇巻がある。芥川は、『戯《げ》作三昧《さくざんまい》』の題材に篁村編『馬琴日記鈔』（文会堂書店、明治四四・二・一五）を使用。なお『徳川末期の文芸』に「饗庭篁村氏の編した馬琴日記抄等によれば、馬琴自身の矛盾には馬琴も気づかずにはゐなかつた筈《はず》であらう。」とあり、『明治文芸に就いて』に「根岸に饗庭篁村あり、又正岡子規ありしは明治年間の好一対なるべし。（中略）篁村は即《すなは》ち沈まんとする――或《あるい》は既に沈みたるの日のみ」とある。　（塚越和夫）

青木健作《あおきけんさく》　明治一六・一一・二七～昭和三九・一二・一六（一八八三～一九六四）。小説家。山口県生まれ。本名井本健作。山口高校を経て、明治四一（一九〇八）年東京帝国大学文科大学哲学科卒業。芥川の『羅生門』発表時の『帝国文学』編集者。千葉県成田《なりた》中学に勤め、同僚の鈴木三重吉の影響で『帝国文学』などに作品を発表し出し、特に『読売新聞』発表の『お絹』（明治四五・一・一～二・五）が出世作となる。作品の舞台は多く郷里にとり、地味な作風ながら、素朴な人間の情感を微細に描いている。大正四（一九一五）年三月成田より上京、日本大学中学校に勤務しつつ、同年六月より『帝国文学』の編集に当たった。そしてその一一月芥川（柳川《やながわ》隆之介の署名）の『羅生門』が『帝国文学』に発表された。青木署名の編集後記には「本号には若月氏の『妻』柳川氏の『羅生門』の特色ある二篇を輯録《しふろく》することが出来たのは愉快である。」とある。後年芥川は、小石川大塚坂下町の青木宅訪問を「新潮合評会㈣」（『新潮』大正一三・一〇）で、「僕なんかも羅生門の原稿を持つて青木健作氏の家へ行つた時にや弱つたね、雨がショボ／＼降つてゐるし、犬には盛に吠《ほ》へられるし」と回想している。大正五（一九一六）年三月をもって『帝国文学』の編集を辞し、以後教師生活をする傍ら『若き教師の悩み』（天佑社、大正八・一一）などを発表したが、同九（一九二〇）年法政大学教授になって以来、創作の世界からは遠ざかった。芥川は『文芸的な、余りに文芸的な』の「半ば忘れられた作家」（『改造』昭和二・四）で、福永挽歌《ばんか》らとともに青木健作の名をあげ、「彼等《ら》の作品は一つの作品として見る時には現世の諸雑誌に載る作品よりも劣つてゐるとは言はれないのである。」と言って、彼らの作品集の編まれることを熱望している。翌年芥川のこの言葉に呼応するように、『青木健作短篇集』（春陽堂、昭和三・一〇・一五）が刊行された。ほかに芥川は『放屁《ほうひ》』（『時事新報』大正一二・六・五）で、青木の『放徨《ほうこう》』（『新小説』大正二・一）の放屁の場面について「予は此《こ》の一段を読んだ為《ため》に、今日もなほ青木氏の手腕に敬意を感じてゐる位なものである。」と指摘している。のち、青木は法政大学文学部長などを務めたが、文筆は俳句や随筆中心となった。研究書に『新講俳句史』(青英書院、昭和一〇・一〇)、随筆集に『椎《しい》の実』(子文書院、昭和一八・九)、句集に『落椎』(私家版、昭和二八・一二)などがある。（大屋幸世）

青山墓地《あおやまぼち》　東京都港区南青山二丁目にある霊園。明治五(一八七二)年、染井、雑司《ぞうし》ケ《が》谷《や》と共に東京三大墓地として開設され、現在も都内の墓地として代表的なものである。大久保利通《としみち》、乃木希典《のぎまれすけ》、中江兆民《なかえちょうみん》、尾崎紅葉ら多くの政治家、文学者が葬られている。芥川は『歯車』(昭和二)の「二　復讐《ふくしゅう》」の中で、「青山の墓地に近い精神病院」へ行こうとして、道を間違えて青山斎場の前に出てしまい、「彼是《かれこれ》十年前にあつた夏目先生の告別式」を思い出し、以来一度も来たことのない建物の前で、「十年前の僕も幸福ではなかつた。しかし少くとも平和だつた。(中略)何か僕の一生も一段落のついたことを感じない訣《わけ》には行かなかつた。のみならずこの墓地の前へ十年目に僕をつれて来た何ものかを感じない訣にも行かなかつた。」とその感懐を述べている。青山墓地は漱石についての思い出を引き出すと同時に、芥川自身の死を予感させる象徴として描写されていると言えよう。（片岡　哲）

赤い鳥《あかいとり》　児童文学雑誌。大正七・七〜昭和一一・一〇(一九一八〜一九三六)。途中、昭和四・四〜五・一二は休刊。全一九六冊。鈴木三重吉主宰。芥川の童話の主なものは、この雑誌に載った。三重吉は芸術性豊かな創作童話・童謡の確立を目指し、雑誌『赤い鳥』を始めたとされる。創刊に先立ち彼は「童話と童謡を創作する最初の文学的運動」と題した印刷物(のち『赤い鳥』の標榜語《モットー》」として各号の巻頭を飾る)を配っている。その冒頭に、この運動は「子供の純性を保全開発するために」森鷗外・泉鏡花・北原白秋・小川未明・芥川龍之介ら文壇諸家多数の賛同を得て行うことが記されている。芥川は三重吉の強い勧めとおだてに乗って、創刊号に『蜘蛛《くも》の糸』を発表したのに始まり、『犬と笛』(大正八・一)『魔術』(大正九・一)『杜子春《とししゅん》』(大正九・七)『アグニの神』(大正一〇・一〜二)と五編の童話を寄せることになる。いずれも虚構に立った筋のおもしろさに特徴のある新しい童話であった。『赤い鳥』は日本の子供の読み物を芸術として高めるのに、大きな役割を果たした。（関口安義）

『赤い鳥』創刊号

赤木健介《あかぎけんすけ》　明治四〇・三・二〜平成元・一一・七(一九〇七〜一九八九)。歌人・歴史家。本名赤羽寿《ひさし》。別名伊豆《いず》公夫。青森県生まれ。姫路高校を中退し、昭和二(一九二七)年九州帝国大学法文学部の聴講生となり法律を学んだ。赤木健介の名は昭和初年までの文学的な活動の際に主として用い、歴史関係、評論方面には伊豆公夫を使用。伊豆名で『日本史学史』(白揚社、昭和一一・五)の外多数の著書がある。中学のころから文学に親しみ評論を書くかたわら短歌を作り『アララギ』に投稿。昭和十年代、文学に復帰するとともに『短歌評論』『短歌時代』などに発表した。歌集『意慾《いよく》』(文化再出発の会、昭和一七・三)、評論集に『批評精神』(白揚社、昭和一三・四)『在りし日の東洋詩人たち』(白揚社、昭和一五・五改版あり)などがあり戦時下の戦いぶりを示している。芥川とは大正一四(一九二五)年三月ごろに知り合い、同年五月七日の赤木宛書簡で「せつかち革命家」にならず「実力」を鍛えよと芥川から教訓をうけている。（山本昌一）

赤木桁平《あかぎこうへい》　明治二四・二・九〜昭和二四・一二・一〇(一八九一〜一九四九)。評論家。本名池崎忠孝。岡山県生まれ。東京帝国大学法科大学(東大法学部の前身)卒業。漱石門下。『「遊蕩《ゆうとう》文学」の撲滅』(『読売新聞』大正五・八・六〜八)で諸家と論争、また「白樺」派を擁護して、生田長《いくたちょう》江《こう》と論戦を交えた。『芸術上の理想主義』（洛陽堂、大正五・一〇・一三）『近代心の諸象』（阿蘭陀《オランダ》書房、大正六・七・二〇）『夏目漱石』（新潮社、大正六・五・二八）など。芥川は赤木と「木曜会」で知り合う。赤木の『「遊蕩文学」の撲滅』に芥川はいくぶん粗い論としながらも共感していることが松岡譲宛大正五（一九一六）年八月九日付と秦豊吉《はたとよきち》宛大正五年八（推定）月九日付の二通の書簡で分かる。現存する芥川の赤木宛の書簡は三五通あるが、大部分は大正六年から八年までである。赤木の紹介で阿蘭陀書房から『羅生門』を刊行することが決まりその感謝をこめた書簡（大正六・三・五）、赤木の「フロオベエル論」の中の間違いを指摘したもの（大正七・六・一八）、運座を開きたいので出てこないかという誘い（大正八・一・四）など親交ぶりがうかがえる。またしばしば句や漢詩を添えた書簡がみえる。また赤木の樗牛《ちょぎゅう》を褒める説に服せないことを書いた『樗牛の事』、『羅生門』を発表当時は親しい赤木桁平すらも黙殺したことを述べた『小説を書き出したのは友人の煽動《せんどう》に負ふ所が多い』、しきりに蛇笏《だこつ》を褒める赤木が「芋の露連山影を正うす」を「連山影を斉うす」と教えてくれたので初めは蛇笏を評価しなかったという『飯田蛇笏』などに登場し、赤木がそうであるように芥川も赤木に対して歯に衣《きぬ》を着せない言い方をしていることにやはり深い関係をしのばせる。ほかに「赤木君が、しきりに何か憤慨してゐる。」とある『葬儀記』、「中でも、色の黒い、眼《め》の大きい、鼻のつんと高い関西弁の先生の如《ごと》きは、赤木桁平君を想起するやうな勢ひで、盛んにメートルをあげた。」と引き合いに出した『軍艦金剛航海記』、二人で互いの家を行き来して暇つぶしの議論をするという交わりをつづった『田端日記』の二九日のくだり、「桁平先生例の如く気焔《きえん》万丈なり。」とある『「我鬼窟《がきくつ》日録」より』などがある。『亡友芥川龍之介への告別』（天人社、昭和五・四・一五）の中で赤木は鷗外、アナトール・フランス、漱石などが芥川の作品の上に大きな影を投げているのではないかと指摘したことがあって「生前この一事を進言して君の震怒《しんど》を買ひ、爾後《じご》終《つひ》に君と信を交ふるの欣《よろこ》びを失つた」と書いている。赤木は「心《ハート》を喪《うしな》つて、たゞ頭《ヘッド》ばかりになつた人間は」懐疑家になると言い、懐疑主義者の眼鏡に映る人生は壮大雄麗な人生でない、人生のある一角を巧みにスケッチすることにとどまっている、しかし感服しない「知識」や「懐疑主義」も文学の上に有力な特色を点じたことは事実だという。「君は曾《かつ》て言つた。『与論は常に私刑である。』と。批評は勿論《もちろん》、君の大いに嫌悪した私刑の尤《もっとも》なるものだらう。併《しか》し、好んでギロチンの柄を把《と》るものは、同時に薔薇《ばら》の冠を捧げるもの」であり「進んで率直言をなす所以《ゆえん》だ」の態度で芥川を断じている。なお『文章倶楽部《クラブ》』（大正八・五）に載った「芥川龍之介氏縦横談」で、幸田露伴の『運命』の読後感を尋ねられ、「巧な修辞」と言い、露伴以後赤木桁平がこのような文章を書くだろうと述べている。しかし『明治文芸に就いて』に「露伴は唯《ただ》古今の書を読み、和漢の事に通ぜるのみ。紅葉の才に及ぶべからず。」とあるところからも、赤木の文才を評価したものではないことが知られる。

（菊地　弘）

明石敏夫　あかしとしお　明治三〇・六・一一〜昭和四五・一〇・一〇（一八九七〜一九七〇）。本名敏雄。小説家。長崎県生まれ。慶応中学中退。大正一二（一九二三）年上京。最初、正宗白鳥を頼ったが、「文学に師匠はいらぬが、友人は必要」と芥川を紹介された。大正一五（一九二六）年三月、芥川の紹介で、私小説『父と子』（『改造』）、同八月『半生』（『中央公論』）を発表。芥川は、『文芸的な、余りに文芸的な』で『源氏物語』を完読しているのは「谷崎潤一郎氏と明石敏夫氏とばかり」と記し、大正一四（一九二五）年四月一六日付渡辺庫輔《くらすけ》宛の書簡で明石を「フロオベル流の客観主義者」と称している。芥川自裁直前の昭和二（一九二七）年帰省。一五年間農業に従事。再び創作を始め、昭和三二（一九五七）年ごろ、三千枚の長編『家』を持って上京したが、作家還元の志はならなかった。同四五年三月から五月まで

『あのころの芥川龍之介』を『新文明』に連載した。（志村有弘）

暁《あかつき》　戯曲。大正五（一九一六）年四月。新潟県長岡《ながおか》地方の小学校教師が作っていた回覧雑誌『兄弟』に発表。のち昭和二二（一九四七）年七月一日発行の雑誌『月刊長岡文芸』、同年一二月一〇日発行の『新思潮』（第一四次の㈢）に転載され、小型版『芥川龍之介全集』第一五巻に初めて収録された。『月刊長岡文芸』掲載本文と全集本に大きな異同はない。この作品は芥川の友人松岡譲が長岡出身だったことから、松岡の勧めによって発表されたものである。松岡によると回覧雑誌『兄弟』は、「ある意味で『新思潮』の地方出店」（「芥川の原稿と『兄弟』誌」、『長岡文芸』昭和二二・七）で、ここには久米正雄や菊池寛も寄稿していたという。『暁』は四〇〇字詰原稿用紙にして六枚ほどの一幕物戯曲である。所はイエルサレム、時はキリストが磔刑《たつけい》される日の夜明け方、「西の空には月が沈みかゝつてゐる」暁時《あかつきどき》である。イエスがいばらの冠をかぶせられ、兵卒から迫害されているのを二匹の悪魔が見ている。悪魔はこれまでどんなにイエスに手を焼いたかを述懐する。次にペテロの三度にわたるキリスト否定が描かれ、鶏が鳴き静かに夜が明ける。そしてキリストが十字架を負ってゴルゴタへ行くことを知った悪魔は、一足先にと空へ飛び上がって消える。福音書《ふくいん》の記事をよく踏まえ、受難のイエスのドラマを再現しようとしているかのようだ。気のきいた技巧をこらした破綻《はたん》のない作品と言える。十分な『聖書』の読み込みなくしては書けない内容である。芥川が二十代半ばの若き日に、『老年』（『新思潮』大正三・五）や『孤独地獄』（『新思潮』大正五・四）という題名からしてわびしい作品を書く一方で、『聖書』に材源を得たこのような戯曲を書いていたことが留意される。なお、葛巻《くずまき》義敏編『芥川龍之介未定稿集』（岩波書店、昭和四三・二・一三）に「基督《キリスト》に関する断片」として一括された文章があり、その中に『暁』の別稿と思われる作品が見いだせる。（関口安義）

赤と黒《あかとくろ》　Le Rouge et Le Noir　スタンダールの小説。一八三〇年末、翌年の日付で出版。「赤」はナポレオン時代の軍人の栄光を、「黒」は王政復古時代に勢力をふるう聖職者の黒衣（野心）を表し、主人公の出世を願う運命を表すという説や、ルーレットの赤と黒を示し、人生への賭《か》けを表すという説がある。作者は政治社会情勢に力点を置いているが、日本では、出世へ野心を燃やす青年主人公ジュリアン・ソレルの生き方に読者の興味が集中した。芥川は、自伝的小説『大導寺信輔《だいどうじしんすけ》の半生《はんせい》』の「五本」の章で、本の中に「現実よりも一層現実的」なものを見る主人公を描き、その主人公の「虚偽の感激に充ちた」姿を、ジュリアン・ソレルそのものだとたとえたりしている。他に『文芸的な、余りに文芸的な』の「一　『話』らしい話のない小説」の項で、「話」を持った小説の例として『赤と黒』に触れている。当時、翻訳は無く、英訳で読んだものと思われる。（渡部芳紀）

秋《あき》　小説。大正九（一九二〇）年四月一日発行の雑誌『中央公論』に発表。第五短編集『夜来の花』（新潮社、大正一〇・三・一四）の冒頭に収録。その間に四、五箇所の小さな異同がある。なお原稿を渡したあとも推敲《すいこう》を繰り返したことが滝田哲太郎宛の書簡で知られる。未定稿『晩秋』及び別稿『秋』（ともに葛巻《くずまき》義敏編『芥川龍之介未定稿集』岩波書店、昭和四三・二・一三、に収録）があるが、いずれも断片的なもので、書かれた時期もはっきりしないし、構成、人物の性格などが『秋』に比べると単純である。信子は女子大在学中から才媛《さいえん》の名声を担っており、日ごろ親しんでいる、作家志望の従兄《いとこ》俊吉と結婚すると周囲から思われていた。しかし卒業すると、商事会社員と結婚し、大阪へ去る。それは、妹照子の俊吉に対する感情を知って妹に俊吉を譲った形とも思われた。照子は涙を流し、感謝と詫《わ》びの手紙を信子に手渡した。それを読んで信子は束の間の感傷にひたる。しかし「全然犠牲的な」結婚であるかと信子は自問すると「重苦しい気持」に陥る。夫は身だしなみのよいおとなしい人物で、初めは信子の「女子大生好み」の文学論に黙って耳を傾けたが、食後のだんらんに家計の話をするのを好むような人物でもある。信子は夫の留守中創作を始めたが、はかどらない。夫はそのことで嫌味を言い、信子は涙を流したりするが、一夜過ぎればまた仲のよい夫婦になる。俊吉は作家としてデビューし、その皮肉な作風の背後に寂しそうな捨てばちな調子を感じた信子は更に夫に優しく振る舞う。やがて俊吉と照子は結婚する。式当日信子は午飯《ひる》の魚の匂《にお》いが口について離れない。翌年信子は俊吉夫婦を訪ねる。俊吉と向かい合って実生活とは離れた話題に興じながら信子は何か待つ心があった。その夜、庭にいる俊吉に声をかけられて信子は庭に出る。「十三夜かな」と俊吉はつぶやき、照子の飼っている鶏小屋をうかがって「寝てゐる」とささやく。「玉子を人に取られた鶏が。」と信子は思う。翌日俊吉の出かけたあと姉妹の間で感情の衝突が起こる。無意識のうちに妹への羨《せん》望《ぼう》を語調に出し、「御姉様だつて幸福の癖に」とぴしりと打たれ、さらに続く照子の言葉に憐《れん》憫《びん》の匂いを感じて反発する。照子は俊吉と姉のことに「抑へ切れない嫉妬《しっと》」を示す。やがて仲直りするが、信子は俊吉の帰りを待たず暇《いとま》をつげる。人力車のセルロイドの窓から帰って来る俊吉の姿を認めるが、ためらった末そのまますれ違ってしまう。「秋」と信子はつぶやき、全身で寂しさを感じるというのが筋。青春の夢を追い、感傷と夢想の中に自らを置きながら、一方では日常的な生に埋もれてゆく信子の心理を追った四章から成る中編。歴史に取材した従来の作風から現実的なものに目を向ける転換を示す作と見られてきた。作者も初めは作品の出来に関して不安を抱いていたようであるが、発表後は「『秋』は大して悪くなささうだ　案ずるよりうむが易かつたと云ふ気がする　僕はだん／＼あゝ云ふ傾向の小説を書くやうになりさうだ（中略）／草庵や秋立つ雨の聞き心」（滝井孝作宛書簡、大正九・四・九）と自信を示している。発表時、文壇でも好評で、上司《かみつかさ》小剣《しょうけん》は「秋の色の鮮《あざや》かに現はれた作」（「花見月の文壇㈨」、『読売新聞』大正九・四・一四）、里見弴は「手慣れない仕事のせいかいつにないすきは見えましたが」、「面白く拝見」（「文壇の半年㈠」、『読売新聞』大正九・六・二二）と賞賛している。室生犀星も「龍氏の感傷主義及び詩人的稟質《ひんしつ》が此《この》一編に手際よく哀愁を含んで漂うてゐて、よい美的な手触りを感じさせる」（『芥川龍之介の人と作』上、三笠書房、昭和一八・四・二〇）と述べている。一方、この作品に素材を提供したとされる秀《ひで》しげ子は「もつと信子や照子の心理状態を深刻に解剖して知識階級にある現代婦人の人生に対する人間苦を如実に描写してほしいと思ひます」（「根本に触れた描写」、『新潮』大正九・一〇）と批判している。吉田精一はその写実性と対象への食い入り方を認めるとともに「あまりにも無駄のない緊密さ」や「過度の理知の統制」のため「人間本来の根強い人間らしさに迄鋤《まですき》が打ちこまれていない」（吉田精一著作集1『芥川龍之介Ⅰ』桜楓社、昭和五四・一一・二〇）と評している。こうした、この作品に写実的作風への転機を見る見方はひろく行われて来たが――駒尺喜美のように「積極的静観」といういわば東洋的な悟りを見る見方（『芥川龍之介の世界』法政大学出版局、昭和四二・四・五）もあるが――、三好行雄はこの定説を否定して、それまでの「仮構の生」（日常的現実を捨象して知的に構成された世界を夢想して生きる）の終焉《しゅうえん》を示すものと見る。すなわち、信子の俊吉への愛も、文学的才能も、結婚における自己犠牲もみな周囲からそう思われていたか、自らそう思おうとしていたものに過ぎないことを跡づけ、『秋』の世界は、（中略）彼女の虚構の

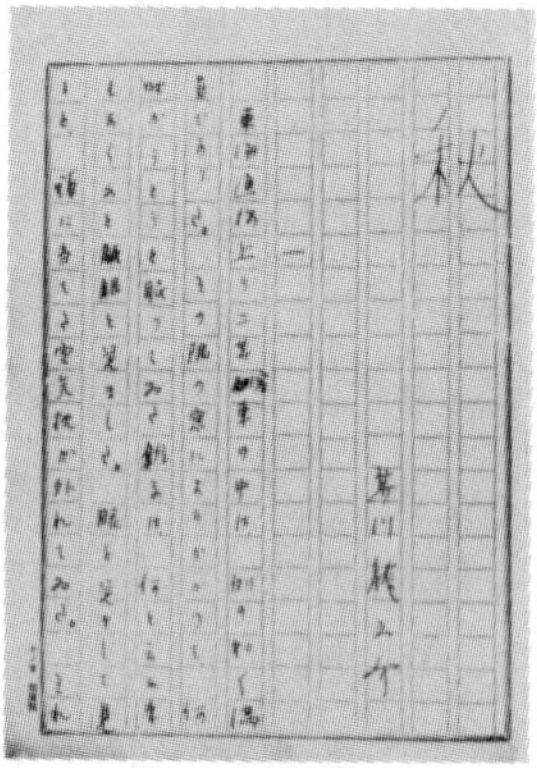

「秋」の原稿

bovarysme からはじまる」とし、日常的現実の中で青春の夢が挫折《ざせつ》してゆく代償として感傷と夢想で「仮構の生」を生きつづけ、もはや彼女の感傷にはくみさない照子との衝突によってその崩壊を自覚する信子の姿を明らかにする。また構造に夏目漱石の『それから』の影響があるが、「抒情の上澄みをすくう」だけで「漱石の真摯《しんし》だった現代性の底まで降りて」はいない、従って作品が「巧緻《こうち》な近代心理小説の原型ではありえても、写実主義の成功作では決してない」と位置づける。海老井英次はこれを受け入れ、信子の生は「〈刹那《せつな》の感動〉をすでに〈仮構〉としてしか生きられなかったものが、その〈仮構〉性によって、人生を妄想に置換してしまったものの悲劇」(海老井英次編『鑑賞日本現代文学⑪ 芥川龍之介』角川書店、昭和五六・七・三一)とする。『秋』の意味するものを問い、芥川の人間認識まで考察する平岡敏夫の見方がある。作者がここで従来の作風から下降して現実へと目を向けていたことは否めない。が、ここで描かれていたのは無力な人間の生であり、その後の芥川文学の展開からみても、この作品が真にリアリズムをひらくものになり得なかったのは明らかである。

〔**参考文献**〕 関口安義『芥川龍之介の文学』(関東図書、昭和四三・九・一五)、橋本稔『『秋』と『一塊の土』』(駒尺喜美編『芥川龍之介作品研究』、新生出版、昭和四三・一〇・二〇)、三好行雄『芥川龍之介論』(筑摩書房、昭和五一・九・三〇)、菊地弘『芥川龍之介―意識と方法―』(明治書院、昭和五七・一〇・二五)、平岡敏夫『芥川龍之介―抒情の美学―』(大修館書店、昭和五七・一一・二五)、関口安義「寂しい諦め―芥川龍之介『秋』の世界―」(『国文学論考』第二〇号、昭和五九・三)　(菊地　弘)

秋田魁新報《あきたさきがけしんぽう》　明治二二(一八八九)年二月一五日創刊の、秋田県の代表的な日刊新聞。岩波新版『芥川龍之介全集』第五巻の「後記」によると、『世の中と女』が雑誌『新家庭』に大正一一(一九二二)年二月掲載されたのち、『女性雑感』の題で文章の前後を多少入れ替えて同年五月二八日『秋田魁新報』の「家庭欄」に再掲された。また第七巻「後記」によると、『プロレタリア文学論』が大正一三(一九二四)年一一月二日、四日、『ポー《ママ》の片影』が翌年八月一日、四日、「芥川龍之助」の署名で載った。　(菊地　弘)

秋の日本《あきのにほん》　原題 Japoneries d'Automme フランスの小説家ピエール・ロチ(Pierre Loti)の日本見聞録。一八八九年三月カルマン・レヴィ社刊。明治一八(一八八五)年、練習艦トリオンファントの艦長として初めて来日した際の体験、見聞をまとめたもので『聖なる都・京都』から『観菊御宴』まで九編からなる短編集。その年の夏の長崎での日本娘との同棲をロチは『お菊さん』に描いたが、ここには同じく明治一八年の一〇月ごろから一二月初めごろまでの東日本が描かれている。芥川はここに収められた『舞踏会』を下敷きに短編『舞踏会』(『新潮』大正九・一)を書いた。明治一九年秋、一七歳の明子は父親に連れられ鹿鳴館《ろくめい》の階段を登る。初めての舞踏会だった。美しく装った明子は人々の賛美の視線を浴びながら、その夜、一人のフランス海軍士官と親しむ。踊り、共に花火を眺め、明子の心にそれは淡く甘い思い出を残すのだが、三十年後、汽車に乗り合わせた小説家にその思い出を語り、ジュリアン・ヴィオという青年士官がロチであったことを知る。芥川の愛読した一冊だったのであろう。　(尾形明子)

芥川賞《あくたがわしょう》　芥川龍之介賞が正式呼称。菊池寛が亡友芥川龍之介の名を記念するとともに、主宰する雑誌『文芸春秋』の発展をねらって、昭和一〇(一九三五)年一月に設定した文学賞。年二回の行事で、賞牌(時計)と別に副賞として賞金が贈呈される。第一回は石川達三の『蒼氓《そうぼう》』で、以後、新進作家の最も権威ある文学賞として存在し、半世紀を閲《けみ》した。多くの才能ある新人がこの賞を得、文壇に登場している。社会的に大きな話題となった受賞作には、石原慎太郎の『太陽の季節』(昭和三〇年下半期)、柴田翔の『されどわれらが日々――』(昭和三九年上半期)、村上龍の『限りなく透明に近いブルー』（昭和五一年上半期）などがある。なお、受賞作品一覧は付録の項に掲載した。

（関口安義）

芥川俊清《あくたがわしゅんせい》　生年不明〜明治三・一二・一三（?〜一八七〇）。芥川龍之介の祖父。明治維新まで御奥坊主を勤めていた。龍之介は、「わたしは祖父を覚えてゐない。しかしその命日毎《ごと》に酒を供へる画像を見れば、黒羽二重の紋服を着た、何処か一徹らしい老人である。」（『わが散文詩（虫干）』、『詩と音楽』大正一一・一二）と書いているが、『断片Ⅳ』には平松道明の名で、男女八人の子供を持ち、俳諧《はいかい》を好み、酒好きであった俊清の面影が描かれている。（森本　修）

芥川多加志《あくたがわたかし》　大正一一・一一・八〜昭和二〇・四・一三（一九二二〜一九四五）。芥川龍之介の次男。多加志の出産の模様は、『断片Ⅻ兄弟』に描かれている、小穴《おあな》隆一の「隆」を訓読みにして命名された。東京外国語学校（東京外国語大学の前身）仏語科在学中、学徒兵として応召し、ビルマのヤメセン地区で戦死。『子供の病気』（『局外』大正一二・八）は、大正一二（一九二三）年六月、多加志が消化不良で宇津野病院へ入院したときの模様を描いたものである。

（森本　修）

多加志(左)と芥川と比呂志(右)

芥川とアフォリズム《あくたがわとあふぉりずむ》　アフォリズム aphorism（英語）は、普通、警句または箴《しん》言《げん》と同じ意味に用いられている。短い、短章的表現の中に、読者の一般常識や慣習的思考をくつがえし、含蓄のある真理を表現する散文形式のことを言う。古くは、モンテーニュ、パスカル、ラ・ロシュフーコー、ラ・ブリュイエールなどフランスのモラリストたちやベーコンなどに愛用され、近代に入ってからは、ノヴァーリス、F・シュレーゲル、ニーチェ、ワイルド、A・フランス、アラン、ヴァレリーなどの文学者や哲学者が一つの表現形態として好んで用いた。われわれ日本人は、随想の流れをくむ軽い「漫筆」のたぐいを好んでも、西洋流の本格的なアフォリズムはどちらかというと苦手である。近代ではわずかに斎藤緑雨《さいとうりょくう》から芥川龍之介を経て萩原朔太郎にアフォリズムの系譜を認めることができよう。それらは近代文学の土壌に咲いた小さな花々と言える。しかし、西洋のアフォリズムにうかがえる人生に対する冷厳苛酷《かこく》な省察の欠如はいかんともしがたい。なかにあって、芥川の『侏儒《しゅじゅ》の言葉』（『文芸春秋』大正一二・一〜一四・九、一一、昭和二・一〇）一巻は、誇るに足る本格的なアフォリズム集の代表と言える。形式的には、ラ・ロシュフーコーの『箴言録』やフランスの『エピクロスの園』を模したものと言われている。芥川の知的で明晰《めいせき》な頭脳は、早くからアフォリズム的表現形式を好み、大正六年ごろ執筆の『「Lies in Scarlet」の言』にも試みられている。しかし、比喩《ひゆ》の巧妙さや逆説の鋭さにおいて、三〇年の人生体験を得て発酵《はっこう》した『侏儒の言葉』にははるかに及ばない。『侏儒の言葉』は、絢爛《けんらん》たる知性と人生に対する厭世《えんせい》的な省察が横溢《おういつ》し、人間への嘲笑や風刺がきらめいている。と同時に、芥川自身の人生に向けられた痛烈なアイロニーや暗澹《あんたん》たる表情が随所にのぞいていることも見落とすことができないであろう。（石崎　等）

芥川と犬《あくたがわといぬ》　芥川は年少のころから大の犬嫌いであった。それは彼の周辺にいた人々の広く証言するところである。江東《えひがし》小学校・府立三中を通して芥川と同級で、のち東京帝国大学理科大学（東大理学部の前身）物理学科を出て気象学者となった国富信一《くにとみしんいち》は、芥川の極端なまでの犬嫌いを後年回想記（「芥龍と犬」、『文芸　芥川龍之介読本』昭和二九・一二）で紹介している。国富は芥川の犬嫌いを生来のものとし、「何しろ数軒前で既に犬の体臭かなにかを嗅《か》ぎ分けてその存在を感知する」能力があったと書く。また、三中時代の担任で、作文の教師であった広瀬雄《たけし》も、中学生時代の芥川を追想し、「君は犬が嫌いでしたね。いや大変に犬を怖がっていましたね」（「芥川龍之介君の思出」、『文芸 芥川龍之介読本』昭和二九・一二）と言い、そのころの犬嫌いの芥川に触れている。ところで、芥川の作品には、しばしば犬が登場する。早くは『芋粥《いもがゆ》』（『新小説』大正五・九）で貧相な主人公、五位の男をたとえるのに、犬が用いられている。また、後年の『保吉《やすきち》の手帳から』（『改造』大正一二・五）には、作者を思わせる主人公保吉を描くのに、「彼は犬を好まなかつた。犬を好まない文学者にゲエテとストリントベルグとを数へることを愉快に思つてゐる一人だつた。」とある。さらに『拊掌談《ふしようだん》』（『文芸時報』大正一四・一二・五）の「犬」という項では、日露戦争中負傷した兵士が「満洲犬にちんぽこから食はれたさうだ。」と書き、「話を聞いただけでもやり切れない。」と犬への嫌悪の情を示す。遺稿となった『鵠沼《くげぬま》雑記』では、人かげのない松林の中で、白犬が主人公を振り返り、「確かににやりと笑つた。」という不気味な一文を書きつけている。このような犬嫌いの芥川にも、『犬と笛』（『赤い鳥』大正八・一）や『白』（『女性改造』大正一二・八）など、犬を登場させた心暖まる童話がある。芥川にとっての犬のイメージの検討は、作家論とかかわって意外と重い課題であるのかも知れない。

（関口安義）

芥川道章《あくたがわどうしよう》

嘉永《かえい》二・一・六～昭和三・六・二七（一八四九～一九二八）。芥川俊清《しゆんぜい》の長男。芥川龍之介の養父。俊清の没後、東京府に勤め、明治三一（一八九八）年、内務省第五課長を最後に退職。「父には一中節《いつちゆうぶし》、囲碁、盆栽、俳句などの道楽があります」（『文学好きの家庭から』、『文章倶楽部《クラブ》』大正七・一）というように趣味豊かな人であった。『大導寺《だいどうじ》信輔《しんすけ》の半生《はんせい》―三 貧困』（『中央公論』大正一三・一）に描かれている道章の家庭生活は、やや誇張が加えられていると言えよう。

（森本 修）

芥川の結婚式当日の写真（大正七年二月二日、田端《たばた》の家で写したもの）前列左より近所の竹ノ内夫妻、芥川道章、儔《とも》、後列左より新原敏三（実父）、伯母ふき、敏三の後妻ふゆ、龍之介

芥川道徳《あくたがわどうとく》

安政五～明治二五・六・七（一八五八～一八九二）。芥川俊清の三男。芥川龍之介の叔父。川村雨谷に画《え》を学んでいたという以外に、詳しい経歴は知られていない。何らかの事情で、芥川の実父新原敏三《にいはらとしぞう》の営んでいた耕牧舎の王子支店長、山本良逸に預けられ、同家で死亡した。芥川の実母ふくが最も頼りにしていた兄で、その兄の死によるショックが、ふく発病の原因の一つに挙げられている。

（森本 修）

芥川と原稿用紙《あくたがわとげんこうようし》

芥川は使用原稿用紙について大正七（一九一八）年と一四（一九二五）年の二度にわたって問われているが、どちらも松屋製と答えている。後者は、『文章倶楽部《クラブ》』のアンケート「現代十作家の生活振り」に寄せられたものだが、「原稿用紙は本郷松屋製の半ペラ青野《けい》のもの。半ペラを用ひるのは、書き損なひが多い為《ため》である」と記された。事実使用された原稿用紙は、この松屋製が圧倒的に多い。『芥川龍之介自筆未定稿図譜』（大門美術出版部、昭和四六・九・一〇）で角田忠蔵《つのだちゆうぞう》は芥川の使用原稿用紙を一七種に分類。うち一六種が松屋製、残る一種が相馬屋製として紹介。ただ、同図譜の原稿写真によれば、必ずしも二〇〇字詰原稿用紙ばかりが用いられたわけではなく、初期には四〇〇字詰の用紙が相当用いられていたかに見うけられ、後年にもその例がある。罫の色については同図譜に朱ないしは黄罫の原稿写真数葉が収載されており、これに関連して葛巻《くずまき》義敏に次の発言がある。すなわち芥川はほとんど松屋の紺罫を使用していたが「只《ただ》、小説『第四の夫から』大正一三年四月作と、この『歯車』昭和二年四月作との頃には、紺色のものが松屋に切れたので、前の場合には朱色、『歯車』の頃には、一時この黄色い罫の原稿用紙を用いたが、――これと同色の枡《ます》目に書かれた原稿は、『歯車』を除いては、僅《わずか》にこの様な断片のみしか残っていない」(『芥川龍之介未定稿集』)というものであった。「この様な断片」とは『Sさん、T君』の未定稿原稿を指す。文《ふみ》末亡人による『追想 芥川龍之介』には「よべ　われは俳句の会と」と書き出された詩原稿が芥川のものかどうかの鑑定を依頼された話が出てくる。オレンジ罫の半截《せつ》に書かれた字は「晩年の、『歯車』時代の字に似」てはいるものの、夫人は芥川がオレンジ罫原稿用紙を使っているのを見たことがなかったようだと語る。しかし、これも前記図譜に朱ないし黄罫の半截に書かれ、「よべ　われは俳句の会と」で始まる詩断片が収載されている点を付言しておきたい。なお、日本近代文学館、岩森亀《き》一《いち》コレクション所蔵の原稿に関しては、今後の調査報告がまたれるところである。

（中村　友）

芥川と現代《あくたがわとげんだい》

芥川龍之介は、その文学自体を通じてもまず、大正文学を代表する個人主義的知識人文学者の、時代の転換期における、「ぼんやりした不安」からの自殺という文壇史的、社会史的事件を介して現代（昭和）と結び付けられた。事件の起こった昭和二（一九二七）年が、実質的な昭和の幕開きの年であったこと、第一次大戦後の不況、関東大震災の影響、マルクス主義運動の台頭などによる混乱と激動の中で個人主義倫理の限界が指摘され、知識人の危機意識が表面化した時期であったことから、芥川の自殺は、真・善・美の一致を説く大正美学とその根底をなす個人主義的世界観・人間観の敗北と終焉を象徴する事件として、文壇を越えて社会一般に深刻な衝撃をあたえたのである。いかにして芥川の死を乗り超えるか、これが良心的知識人の共通の課題となった。そしてその超克の方向は、プロレタリア文学全盛という時代を反映して、宮本顕治の『敗北の文学』（『改造』昭和四・八）に代表されるように、個人主義的世界観ないし小ブルジョア的倫理の敗北を認めてマルクス主義的世界観ないしプロレタリア的倫理への転換をなしとげる方向、あるいはまた井上良雄が『芥川龍之介と志賀直哉』（『磁場』昭和七・三）で説いたように、芥川の死に近代人の「知性の無力」の証明を見いだし、芥川自身が晩年あこがれた自然人たる志賀直哉を理想とする方向に求められた。しかも井上良雄の場合、志賀直哉はプロレタリアートの人間像を重ね合わせられていたのである。マルクス主義的世界観と志賀直哉的人間観・文学観の一元化を目指していたと見られる小林多喜二が当時の代表的プロレタリア作家として重んじられていたことをここで考え合わせると、当時の支配的な見解が、マルクス主義的世界観と私小説的倫理の合体による芥川超克を目指していたこと、その観点から芥川を否定的に眺め通す性格のものであったことが分かる。しかしプロレタリア文学全盛の時代がその後間もなく終わり、昭和十年代から戦後にかけて私小説文学観の克服が叫ばれる中で、芥川と現代とのかかわりも当然別の観点から考え直さなければならなかった。芥川の死より芥川の遺《のこ》した作品そのものの現代的意義を検討すること、さらに現代の文学者の中にその影響を探ることが行われるようになったのは、時代の必然であったと言える。晩年の芥川が次代の文学を切り開く新人として中野重治とともに期待を寄せていたといわれる堀辰雄をはじめ、横光利一、伊藤整、阿部知二、太宰治、石川淳、坂口安吾ら、昭和の新しい小説方法の担い手となったいわゆるモダニストたちについて、芥川の影響を検証するとともに、芥川を超え出ている部分を明らかにすることが重要であり、それらが明らかになった時点で初めて芥川と現代のかかわりも語られ得る。そしてその際に芥川と現代の関係を考える軸になるものは、自意識とか自我の解体とか呼ばれている作家の「私」意識の危機と、小説によるその危機の表現の可能性の追求の方法とであろう。現代の作家は単なる自我の行き詰まり、解体の意識から自殺するような単純な人間ではない。そういうような「私」の真実を表現する形式を見いだせなかった場合、初めて作家は行き詰まる。芥川の悲劇は透徹した「私」意識を持ちながら、私小説も含めて伝統的な小説形式以外にそれを表現する形式と文体を持ち得なかった者の悲劇である。太宰治の『玩具』の中の言葉を借りて言えば、最後まで表現において「姿勢の完璧《かんぺき》」だけを貫き、「情念の模範」を描くことのできなかった文学者の悲劇であった。しかし先に挙げた昭和のモダニストたちがまさにそこから出発していることを考えると、芥川と後代の現代作家たちは背中合わせに相接していると言うことができよう。（曽根博義）

芥川と下町《あくたがわとしたまち》　「下町」は、都市の商工業地帯で主に低地の地域を言う。東京では千代田・港両区の一部と、中央・台東の両区に、江戸川と隅田川にはさまれた本所・深川辺りを含めて「下町」と言う。芥川は、明治二五（一八九二）年三月一日、東京市京橋区入船町八丁目一番地（現、中央区明石町）に生まれた。生後一年足らずのうちに実母が発病し、母の実家芥川家に入った。芥川家は代々お数寄屋《すきや》坊主として殿中に仕えており、龍之介が入ったときには、本所区小泉町一五番地（現、墨田区両国三丁目二二番一号）に住んでいた。だから、彼が「僕は生れてから二十歳頃までずつと本所に住んでゐた者である。」（『本所両国』）と記す場合、ほとんど正しいと言える。もっとも芥川はのちに訂正はしているが。彼は、確かに東京の下町育ちである。だから「大川の水があつて、始めて自分は再《ふたたび》、純なる本来の感情に生きることが出来るのである。」（『大川の水』）ということも、その心情としては額面通り受けとめてよい。ただし、神田《かんだ》、下谷《したや》、浅草辺りと江戸川と隅田川にはさまれた本所・深川辺りとでは、厳密に言うと区別されなければならない。とにかく、下町の義理人情の世界に支配された家族制度が彼の人格形成には影響したことも否定はできまい。しかし、芥川は純粋の下町っ児《こ》として終始したわけではなかった。「僕は所謂《いはゆる》江戸趣味に余り尊敬を持つてゐない。」（『徳川末期の文芸』）と言っているが、新しい東京人種である知識人としての特質を身に付けた人物である。当然、その作品も、下町情緒豊かなものばかりではない。むしろ、随筆などでわずかに触れられる程度である。ただし、彼の作品の完成度には、何事にも不格好さ、醜さを嫌う洗練された神経が行き届いている。その背後には、律義《りちぎ》で、繊細な、しかも伝統のある江戸以来の文化が大きく存在していたことを疑う必要はあるまい。その意味では、堀辰雄は、芥川の後継者であると言えよう。関東大震災と太平洋戦争によって、今日、全く破壊されてしまった下町の文化の面影を彼らの作品のどこかに捜せないことはない。芥川は、歌っている。「汝《なんぢ》と住むべくは下町の／水どろは青き溝づたひ／汝が洗《あらひ》湯《ゆ》の往き来には／昼もなきづる蚊を聞かん」（『戯れに』）と。知的エリートとして歴史に残る仕事をした芥川の原点は、結局、この詩に戻るのだろうか。それとも「戯れ」であるのだろうか。（塚越和夫）

芥川と聖書《あくたがわとせいしょ》　芥川龍之介と『聖書』とのかかわりは、一高在学中に始まる。現在日本近代文学館に所蔵されている芥川蔵書中の英文聖書 THE NEW TESTAMENT には、扉横見返しに「一高在学中井川君より贈らる」との芥川の自筆書き込みがあり、本文中には赤インクによるアンダーラインがかなり見いだせる。芥川の一高入学は、明治四三（一九一〇）年であり、井川というのは、のちに恒藤《つねとう》姓を名乗る若き日の芥川の親友、井川恭《きょう》のことである。彼は一高入学が芥川と同期であった。井川がなぜ芥川に THE NEW TESTAMENT を贈ったのか、その動機などは定かでない。が、同時代の知的青年の多くが、ヨーロッパの新思想を吸収し、その文学や哲学の背景となっているキリスト教を知るために、『聖書』を熱心に読んでいた事実に照らすなら、必読教養書の一つと考えての贈与だったと思われる。日本訳聖書がすでにあったにもかかわらず、英文聖書を贈るところにも、その辺の事情が反映している。『聖書』は同時代青年共通の教養源であり、慰安の書であった。芥川の甥《おい》、葛巻《くずまき》義敏によると、芥川が『聖書』を熟読した最初の時期は、大正三（一九一四）年のころであったという。当時芥川は、葛巻義敏編『芥川龍之介未定稿集』（岩波書店、昭和四三・二・一三）に収められている〈基督に関する断片〉――葛巻によって仮題された『マグダレナのマリア』『PIETA』『サウロ』、別稿『暁』など、『聖書』を素材とした作品をいくつか書いている。『マグダレナのマリア』は、ナザレの耶蘇《ヤソ》の説教を聞いて、その弟子となったマリアを話題にした二人のローマ人の対話である。『PIETA』は、キリストが十字架にかけられた夜、墓穴の前で灯火を持つ四人の使徒の会話から成るもので、キリストの十字架をめぐるドラマが描き出されたもの。また『サウロ』は、サウロとその友人との会話から成り立っている戯曲で、素材は『新約聖書』の使徒行伝第九章やパウロ書簡にしばしば言及されているサウロ（のちのパウロ）の回心である。サウロがダマスコの門の外で復活のキリストと出会う場面が『聖書』の記事を踏まえてドラマチックに表現されている。これら『聖書』に出典を仰ぐ初期作品中発表が確認されているのは、第四次『新思潮』時代の大正五（一九一六）年四月号の回覧雑誌『兄弟』に出した戯曲『暁』一編である。『兄弟』という回覧雑誌は、越後長岡《ながおか》を中心とした地域の小学校教師が作っていたもので、当地出身の松岡譲の勧めがあって、芥川はこの作品を発表したという。作は『聖書』の記事でよく知られたキリストの磔刑《たっけい》に題材を得ており、四〇〇字詰原稿用紙にして六枚という短いものながら、気のきいた技巧をこらし、破綻はない。十分な『聖書』の読み込みなくしては書けない内容である。とはいえこの時期の芥川の『聖書』への関心は、教養主義的知的関心に支えられたもので、信仰とのかかわりは、ほとんど見いだせない。のちに『西方の人』（『改造』昭和二・八）冒頭で、自身のキリスト教とのかかわりを回想し、三期に分けて説明した際にも、一高時代から『新思潮』時代にかけての『聖書』受容は入ってこない。そこでは、まず北原白秋や木下杢太郎《もくたろう》に学んで「芸術的にクリスト教を――殊にカトリツク教を愛してゐた。」のが第一期、次に「殉教者の心理」に「あらゆる狂信者の心理のやうに病的な興味」を覚えたのが第二期、さらに死を前にして「四人の伝記作者のわたしたちに伝へたクリストと云ふ人を愛し出した。クリストは今日のわたしには行路の人のやうに見ることは出来ない。」と告白したのが第三期とされている。ここでのそれぞれの時期に芥川作品を想起するなら、第一期には『尾形了斎覚え書』（『新潮』大正六・一）や『さまよへる猶太人《ユダヤ》』（同大正六・六）が、第二期には『奉教人の死』（『三田文学』大正七・九）を筆頭に『じゆりあの・吉助』（『新小説』大正八・九）や『おぎん』（『中央公論』大一一・九）が、そして第三期には『西方の人』（『改造』昭和二・八）『続西方の人』（同上、昭和二・九）が相当する。が、芥川初期の『聖書』受容は、後年のキリストへの本格的接近の種がまかれたという点で記憶されねばならぬ。この時期『聖書』に触れなければ、晩年のイエス論――『西方の人』は存在しなかったと言えるからである。ところで、昭和二（一九二七）年七月二四日未明芥川が自決した際、枕頭《ちんとう》に置かれた『聖書』は、現在日本近代文学館に保管され、閲覧可能となっている。それは『旧新約聖書 HOLY BIBLE』で〈明治訳聖書〉とも〈元訳聖書〉とも呼ばれるものである。初版は大正三（一九一四）年一月八日で、枕頭に置かれたものは、大正五（一九一六）年四月に二〇〇〇部ほど増刷されたものの一冊である。発行者は米国人のエッチ・ダブルユー・スワールツ、発行所は神奈川県横浜市山下町五三番地、米国聖書協会である。この『旧新約聖書』の巻末見返しには、葛巻義敏の署名のある一文があり、「彼は新しき訳書を所持せるも、この訳の古調を愛し、――数年前にもらひたる、この訳書は、つねに彼の机辺に在り」と記されている。ここで言っている「新しき訳書」とは、大正一五（一九二六）年三月五日付室賀《むろが》文武宛芥川書簡に「聖書けふ頂きました。難有《ありがた》く存じます。今山上の垂訓の所を読みました。何度も今までに読んだ所ですが、今までに気づかなかつた意味を感じました。」とある改訳『新約聖書』で、これは今日文語体聖書と称されるものに相当する。

死の枕許にあった聖書

さて、芥川晩年の『聖書』受容は、初期の〈基督に関する断片〉と異なり、㈠そこに材源が『聖書』でなければならない必然性があり、㈡材源とした『聖書』と必死になって格闘している誠実な人間の姿が読み取れ、㈢その格闘が真剣なものであっただけに、ひとり一作家の問題にとどまらず、広がりをもって同時代人共通のものに普遍化されていったということができる。『続西方の人』の末尾に「我々はエマヲの旅びとたちのやうに我々の心を燃え上《あが》らせるクリストを求めずにはゐられないのであらう。」と芥川は書きつけるが、この印象深い一文の解釈に芥川と『聖書』という課題が集約的に示されていると言えよう。

〔**参考文献**〕高堂要「芥川龍之介と聖書―その習作時代における―」（『探求』第五〇号、昭和五〇・一二）、関口安義「『西方の人』『続西方の人』考」（『都留文科大学研究紀要』第12集、昭和五一・九）、宮坂覺「『西方の人』―その行程〈絶筆〉〈聖書〉を軌軸として―」（菊地弘・久保田芳太郎・関口安義編『芥川龍之介研究』明治書院、昭和五六・三・五）、佐藤泰正「テキスト評釈『西方の人』『続西方の人』」（『国文学』昭和五六・五）、関口安義「芥川龍之介と『聖書』」（『信州白樺』第四七・四八合併号、昭和五七・二）

（関口安義）

芥川と大正《あくたがわとたいしょう》　芥川龍之介の文壇登場は大正五（一九一六）年二月、『鼻』が『新思潮』に掲載され、漱石の賞賛を得たことからであった。大正前期に現れて後期にかけて作家的地位を確立したことになる。『或阿呆《あるあほう》の一生』の「一 時代」で「二十歳の彼」はある本屋の二階で世紀末の本の背文字を読み耽《ふけ》っていたと自己を表現し、その厭世的な気持ちの上に立って「人生は一行のボオドレエルにも若《し》かない。」と文学の方向を指向している。その芸術論理は『芸術その他』で、「芸術は表現に始つて表現に終る。」「芸術家は非凡な作品を作る為《ため》に、魂を悪魔へ売渡す事も、時と場合ではやり兼ねない。」「芸術活動はどんな天才でも、意識的なものなのだ。」「危険なのは技巧ではない。技巧を駆使する小器用ざなのだ。」と顕示されている。そこに大正期文壇の中で芸術主義を旗じるしとするユニークな存在たり得る資格があった。世紀末文学の影響を受けた感性という点で白樺派の作家たちとかけ離れ、対象を美にまで高める仮構意識は、大正期文壇の主流であった自然主義とその末裔《まつえい》の「私」的小説とは無縁である。芥川と同様に日本的な情趣に強く反対した作家、例えば谷崎潤一郎の芸術的態度とも一線を画していた。『あの頃の自分の事』で谷崎を「余りに享楽的な余裕《よゆう》」がありすぎてポーやボードレールがもつ「背景に恐る可《べ》き冷酷な心」がなく、「世紀末の色彩は帯びてゐても、云はば活力に満ちた病的傾向」をもっとその文学の内実をえぐる。「感覚的な美」を「作品に螺鈿《らでん》の如く鏤《ちりば》め」、「流れて尽きない文章のリズム」をもつ「比類ない語の織物師」だが、文壇に「恐怖の星」を輝かす存在ではないと鋭く斫断《しやくだん》する。

『大正八年度の文芸界』で、真を理想とする自然主義に対峙《たいじ》して、美を標榜《ひょうぼう》する唯美主義、善を目指す白樺派が起こっていたと当時の文学的状況を解説した上で、そこに新気運をもたらす作家として「有島武郎、里見弴、広津和郎、葛《か》西《さい》善蔵、菊池寛、久米正雄」を挙げ、「彼等《ら》を一括して、彼等以前の諸作家と比較すると、こんな特色がありはしないかと思ふ。と云ふのは彼等が全体として、意識的に或《あるい》は無意識的に、自然主義以来代《かは》る／＼日本の文壇に君臨した、『真』と『美』と『善』との三つの理想を調和しやうとしてゐる事である。」として、芥川自身の存在を含めて大正後期にかけての状況を明確に見通す。しかし民衆とともに、あるいはヒューマニティの立場に立って芸術を実践してゆこうとする民衆芸術論が流行してくると、「意識的」であった『地獄変』、『奉教人の死』などの芥川の芸術方法に、日常的な生と脈絡を保つ現実的要素がはいってくる。『蜜柑《みかん》』『秋』「保吉《やすきち》もの」、『一塊の土』などがそうしたものである。芥川の内部に一つの変化を兆《きざ》すものがあったと言える。しかしいわゆる身近に素材を得た「保吉もの」をはじめ殊に晩年の『蜃気楼《しんきろう》』『歯車』などは従来ややもすると「私」的小説の系列に入れて考えるむきもあるが、大正中期以後盛んになる私小説、心境小説、例えば志賀直哉、滝井孝作、久米正雄、葛西善蔵などの情趣とか心理的雰囲気の類の作品とは別次元の、一種の意味性、思想性が表現に濃く写された作品なのである。その意味と思想は大正期の市民文学を特色づけるものであった。またそれは通俗小説に傾くことに厳然と一線を画した所以《ゆえん》である。私小説と本格小説を区別することの意味がないことを語った『「私」小説論小見』で「あらゆる芸術の本道は唯《ただ》傑作の中にだけ横《よこた》はつて」いるとしたくだり、『小説作法十則』の「七」に「文芸は文章に表現を托《たく》する芸術なり。従つて文章を錬鍛《れんたん》するは勿論小説家は怠るべからず。」の箇所からも表現技巧者の立場は明瞭《めいりょう》である。傑作を創《つく》る仮構世界の文学は表現技法が作品を完結させる唯一のものであるという姿勢でもある。現実性と芸術性との相関関係が大きく波うっている大正期後半の文壇情勢に、芸術本質論をもって対峙する面貌《めんぼう》はなんといっても特徴的と言える。その美意識と精神には既成文学とプロレタリア文学の対立が深まってゆく動向で苛立《いら》ちと孤独が見えた。が、芥川の内実に即せば『文芸的な、余りに文芸的な』の『話』らしい話のない小説」から始まる評論で「詩精神」の肝要性を力説しているうちに、新旧が錯綜《さくそう》し対立する文芸思潮の中で模索する芸術精神が読み取れる。「詩的精神」は心境のただのバリエーションでないことは「プロレタリア文芸」でプロレタリア文学も詩的魂を所有せよという発言で明証できる。谷崎潤一郎の『麒麟《きりん》』に、国木田独歩の作品に詩魂の流露を見、またゴオガンの『タイチの女』に「野性の呼び声」を感得すると同時にルドンの『若き仏陀《ブツダ》』には「西洋の呼び声」を聴く芥川の共感的感覚は詩美を備えた芸術の奥深い機微に富んでいた。現実以上の小説美学を才覚している。まさしく大正という一時代に生きた芥川龍之介の結実した芸術理念を表徴したものであった。

〔参考文献〕佐藤春夫『芥川龍之介論』(『文芸』昭和二四・九、のち『改訂近代日本文学の展望』河出書房、昭和二九・一一・五に収録)、瀬沼茂樹「『大正文学』における芥川龍之介」(『解釈と鑑賞』昭和四四・四)、紅野敏郎「芥川龍之介と『大正』」(『解釈と鑑賞』昭和四七・一〇)、高田瑞穂「大正文学と芥川龍之介」(『芥川龍之介論考』有精堂、昭和五一・九・一〇)、榎本隆司「時代」(菊地弘・久保田芳太郎・関口安義編『芥川龍之介研究』明治書院、昭和五六・三・五)

（菊地　弘）

芥川と日本昔噺《あくたがわとにほんむかしばなし》

芥川の作品には日本昔噺《ばなし》に題材をとった短編がいくつかある。『猿蟹《さるかに》合戦』(『婦人公論』大正一二・三)『桃太郎』(『サンデー毎日』夏期特別号、大正一三・七)『かちかち山』(『教訓談』大正一二・一、『現代』発表の草稿。執筆は大正八年ごろ) 以上三編である。『猿蟹合戦』は猿を討ち取った後の蟹とその助太刀をした臼《うす》、蜂《はち》、卵らのその後の残酷な運命を描いたもので、「危険思想にかぶれた」蟹を糾弾する裁判官以下、社会各層の論評が集められている。『桃太郎』は平和島鬼ヶ島を侵略する桃太郎の物語で、人間というものは「仲間同志殺し合ふ」「手のつけやうのない毛だもの」だと鬼に語らせている。芥川は日本昔噺を換骨奪胎して、「我々の内にある獣の為に」「人間の肉を食ひかね」ない人間と、その社会の本性を暴く「巧妙な教訓談」（『教訓談』）にしている。「最左翼の更に左翼」（『侏儒《しゆじゆ》の言葉』）と称する芥川の顔が見られる。

（萬田　務）

芥川と猫《あくたがわとねこ》　芥川は猫についていろいろと書いていて関係が深い。例えば、「猫の一生。都会の猫は鼠《ねずみ》をまづしとす。肉、刺身、塩。餓《う》ゑると反対に鼠をとらず。」（『手帳』）と記していて、これを基にして執筆したのが小品『猫』（『貝殻 一』）である。また、猫の不気味さを描いたのが『猫の魂』（『追憶 五』）であり、さらに猫を弁護した文章に『猫』（『澄江堂雑記 二十四』）がある。その他、小説『老人』や『お富の貞操』では猫が重要な役割をそれぞれ果たしている。

（久保田芳太郎）

芥川と文壇《あくたがわとぶんだん》　芥川が文壇に登場した大正五（一九一六）年は、まさに「文壇華やかなりしころ」であり、文学界に新気運がもたらされた時代であった。この年二月、第四次『新思潮』創刊号に『鼻』を載せた芥川は、当時反自然主義の立場で一種のサークル＝文壇を形成していた夏目漱石から、「あゝいふものを是《これ》から二三十並べて御覧なさい文壇で類のない作家になれます」（大正五・二・一九）という便りをもらう。それは彼の満二四歳、いまだ大学在学中のことであった。大学卒業後芥川は、横須賀の海軍機関学校に勤めながら創作に励む。そして漱石の予告どおり、翌大正六（一九一七）年、それまでに書いた小説を一本に集め、第一創作集『羅生門』（阿蘭陀《オランダ》書房、大正六・五・二三）を出版するに至って、早くも新進作家芥川龍之介の存在を文壇の人々にくっきりと印象づけることになる。同年六月二七日に東京日本橋のレストラン鴻《こう》の巣《す》で行われた『羅生門』の出版記念会は、同人誌『星座』の佐藤春夫・江口渙《かん》、それに『新思潮』の久米正雄・松岡譲の四人が発起人となって行われた。参加者は二三名で、発起人のほか谷崎潤一郎・小宮豊隆《とよたか》・後藤末雄・加能作次郎・豊島《とよしま》与志雄ら出席者の顔ぶれは、後年江口渙が『わが文学半生記』（青木書店、昭和二八・七・一五）に記したように、「若いジェネレーションの文壇への出発の新しい宣告というようなものがつよく流れていた」のであった。以後、芥川は文壇の注視の的となり、やがて第三創作集『傀儡師《かいらいし》』（新潮社、大正八・一・一五）が出るに及んで、文壇での地位は不動のものとなる。ところで芥川の『大正八年度の文芸界』（『毎日年鑑』大正九年版、大正八・一二・五）は、同時代の文壇の情勢を概観したものであり、自然主義以来の文壇の変遷が示されていて興味深い。それによると田山花袋らの文芸上の理想を「真」に置いた自然主義に対し、新たに「美」を標語とする永井荷風らの唯美主義が起こり、さらに反自然主義的傾向をとりながらも「善」の理想を掲げた武者小路実篤ら人道主義が生まれる。次にまた一団の新進作家が文壇へ現れるが、今度はそれまでの運動のように同一旗幟《きし》の下に結集された団体の形をなさず、学習院出身の白樺派、早稲田大学出身の新早稲田派、帝国大学出身の新赤門派と大別できるという。芥川のこのエッセイは、自分のことは全く語らないものの、同じ赤門派の菊池寛や久米正雄に託して己の存在を語るというなかなか見事な文壇見取り図である。また同じ芥川の『大正九年の文芸界』（『毎日年鑑』大正十年版、大正九・一一・二〇）では、「実際今日の文壇程《ほど》、芸術的色分けの多様な事は、事によると明治初年以来、一度も我国にはなかつたかも知れない。」と言い、「徳田秋声氏の如き自然主義の作家もあれば、武者小路実篤氏の如き人道主義の作家もある。菊池寛氏の如き理性の逞《たくま》しさを守る作家もあれば、室生犀星氏の如き感覚の鋭さに生きる作家もある。有島武郎氏の如きホイットマンに私淑する作家もあれば、宇野浩二氏の如きスタアンを彷《ほう》彿《ふつ》させる作家もある。」といちいち具体例まで挙げている。芥川自身もこれら「日本のパルナスに開いてゐる花」の一つであることは、言うまでもない。しかも大輪の花である。大正八(一九一九)年四月、海軍機関学校の教師をやめ、横須賀から田端《たばた》へ戻った芥川は、書斎に菅虎雄《すがとらお》の書になる「我鬼窟《がきくつ》」の扁額《へんがく》を掲げ創作に励む。このころ彼の周囲には、小島政二郎・佐佐木茂索・滝井孝作・南部修太郎・中戸川吉二ら新進作家が集まるようになり、彼はまさに文壇の寵児《ちょうじ》・流行児《はやりっこ》となっていくのである。芥川が寄稿した雑誌は、『新潮』『中央公論』『改造』の三誌が圧倒的に多い。これらはいずれも大正文壇を支えたエリート雑誌である。大正一〇年代に至ると、芥川は文壇の王座に近いところへ押し上げられるようになる。同じ『新思潮』出身の菊池寛と久米正雄の成功も、文壇的には彼にプラスした。菊池が大正一二(一九二三)年一月に創刊した『文芸春秋』は、彼に新たな活動の場を与えたし、文壇の社交家をもって任じた久米の存在は、芥川の文壇人との交わりを円滑にしてくれるものであった。聡明《そうめい》な彼は、文壇人の反感を買うようなことは決してしなかった。芥川が編集し、大正一四(一九二五)年一一月八日に興文社から刊行された『近代日本文芸読本』全五巻は、実に彼の文壇的配慮が先行した読本であった。芥川がこの読本を編集する際に払った配慮は、菊池寛がのちに『芥川の事ども』(『文芸春秋』昭和二・九)の中で、「あらゆる文人に不平なからしめんために、出来るだけ多くの人の作品を収録した」といっている通りなのである。全五巻に一四八編を収録した『近代日本文芸読本』の仕事に、芥川はかなりの精力を注ぎ込んだ。それは文壇の住人としての責務と考えたからでもあったが本はあまり売れず、しかも芥川は読本でもうけて書斎を建てたといったうわさが広まり、彼は借金までして収録作家に三越の十円切手のお礼を渡している。芥川は文壇の風評をいたく気にかけた。早く『MENSURA ZOILI』(『新思潮』大正六・一)という作には、芸術の価値測定器といったものを登場させ、測定器による評価を気にする主人公を描き出している。また、大正八(一九一九)年ころ『文章世界』か『新潮』かが新進作家撲滅号を出し、芥川も批判されるといったうわさがまことしやかに流されたとき、彼がかなり気に病んでいたということを宇野浩二が『芥川龍之介』(文芸春秋新社、昭和二八・一〇・五)に書き留めている。さらに晩年の『文章』(『女性』大正一三・四)や『河童《かっぱ》』(『改造』昭和二・三)にも、文壇での評判を気にしている主人公を登場させるのである。大正から昭和にかけての日本の文壇は、小さな寄り合い世帯、サークルのようなものであった。そこに生息するには、作家としての力量プラス社交性といったものが求められた。晩年の谷崎潤一郎との〈小説の「筋」論争〉は、彼の文壇への挑戦状ともとれる。複雑な話のからみあいのおもしろさを否定し、あえて詩的精神を主張したところには、自己の半生の文学と文壇生活とを精算する意味があったと言えるのである。

(関口安義)

芥川と本《あくたがわとほん》　芥川の『大導寺信輔《だいどうじしんすけ》の半生《はんせい》』(『中央公論』大正一四・一)は、芥川が半生を振り返り、誤った軌道を歩んだという認識のもとに、そうした軌道をとらねばならなかった必然を大導寺信輔に仮託して語った。それは芥川の自己に対する新たな発見がもたらしたものでなく、内部で自明であったことを綴《つづ》ったもので強い自嘲に満ち誇張的な表現にあふれているものの、芥川を考える際の最も重要な作となった。『大導寺信輔の半生』は、本所、牛乳、貧困、学校の順に語られ、その第五章は「本」の見出しをもつ。(天理図書館蔵の『大導寺信輔の半生』の原稿には、書癡と書かれ、それが消されて本に改められている。ちなみに言えば、この原稿では「大導寺信輔の青年時代」と題されている。)「本に対する信輔の情熱は小学時代から始まつてゐた。」で書き出されるこの章は、「この情熱を彼に教へたものは父の本箱の底にあつた帝国文庫本の水滸伝《すゐこでん》だつた。」と書かれ、現実の生よりも、本から得られる想像の中で、「本の中の人物に変《かは》る」ことに情熱をおぼえる。そうしたロマンチックな、逃避的な傾向があったことが語られる。アナトール・フランスの態度にも似た「信輔は当然又あらゆるものを本の中に学んだ。少くとも本に負ふ所の全然ないものは一つもなかつた。実際彼は人生を知る為に街頭の行人を眺めなかつた。寧《むし》ろ行人を眺める為に本の中の人生を知らうとした。」と芥川の人生と文学の本質を示す言葉もある。芥川は和漢洋のあらゆる本を読み、〝書癡〟にふさわしく、そこから得た博識と鑑賞眼はよく知られ、門下生たちも芥川の読書体験から多くを学んだ。彼の読書の速さについても、下島 勲《いさおし》「芥川君と読書の速度」（『芥川龍之介の回想』靖文社、昭和二二・三・五収録）に示されるように伝説的な逸話ともなっている。「彼は遂に彼固有の傑作を持たなかつたと断言してよい。」とは堀辰雄の評だが、芥川の作品の多くはこうした読書の所産であり、吉田精一は芥川の六二の作品に材源を指摘（「芥川龍之介の生涯と芸術」）し、以後さらに多くを付け加え、他の諸家からの指摘も多くなされており、この点が芥川文学の特徴ともなっている。『大導寺信輔の半生』によれば、彼の本に対する欲求はそのまま中流下層階級の貧困の出自の意識と結び付く。少年期からの芥川の知的欲求の貪欲さは、自己の出自からの脱出願望を奥に隠しているものだった。彼の蔵書は現在日本近代文学館に寄贈されており、『芥川龍之介文庫目録』（昭和五二・六）としてまとめられ、旧蔵書への書き入れも『日本近代文学館ニュース』に断続的に掲載されている。（石割　透）

芥川と明治《あくたがわとめいじ》　日露戦争後の明治四十年代は、夏目漱石の『三四郎』（明治四一・九〜一二）に描出されているように、古い物が破壊され、人も建物も新しくなっていくなかで、資本主義が急激に膨張し、すべてが西洋化へ傾斜していったときである。この東西両異質文明の接触の問題が、「日本の近代文学のもっとも根源のモチーフ」であり、芥川においても「低音部につねに潜在した固有のモチーフであった」（三好行雄）。下町の旧家として礼儀作法に厳しく、義理人情、形式道徳にこだわる一方では、歌舞音曲、絵画、文学などに親しむ文人的、通人的趣味の濃い養家に育った芥川であったがゆえに、異常な強さで西洋に近接していく。しかし結局は、〈東〉と〈西〉に引き裂かれて苦悩するはめになる。芥川の作品に底流しているシニカルな目も、明治文化に対する彼の嫌悪感を表明したものにほかならない。西洋の合理主義精神のはびこる時代に青春を過ごすことで、虚偽に満ちた明治の近代の実態を感知し、そこから必死に自己を守ろうとしたわけである。彼の作品に貫通している人間愛は、明治の近代に対する彼の姿勢と密接に関連している。「自分は、昔からあの水を見る毎《ごと》に、何となく、涙を落としたいやうな、云ひ難い慰安と寂寥《せきれう》とを感じた。完《まつた》く、自分の住んでゐる世界から遠ざかつて、なつかしい思慕と追憶との国にはいるやうな心もちがした。此《この》心もちの為に、此慰安と寂寥とを味ひ得るが為に自分は何よりも大川の水を愛するのである。」と、初期作品『大川の水』（『心の花』大正三・四）で語ったのは、芥川が二二歳のときである。大川端に対する「思慕と追憶」は、確かに変貌していく大川の風物、情調への一種の挽歌《ばんか》にちがいないが、それは明治という時代の表層にこびりついている、似非《えせ》近代への嫌悪感と表裏一体をなしており、青春の可能性を未来に求め得ず、現実性を絶たれたものの苦悩の表白であった。高等学校時代に国木田独歩の『武蔵野《むさしの》』（明治三一・一）を読んで以来、秋ごとに何度となく武蔵野を訪れたということとも無関係ではない。二二歳にして下町や下町的人情への挽歌を奏でた芥川は、明治二五（一八九二）年に東京の京橋区入船町に生まれ、一年足らずで本所の母の実家に引き取られる。そして約一八年間本所に住むことになる。そこは隅田川（大川）に近かったし、土地柄も多分にまだ江戸の名残をとどめ、下町的な江戸趣味の空気も濃厚であった。この環境が養家の芥川家の家風や生活とともに、彼の人格形成に大きくかかわっている。「明治二三十年代の本所は今日のやうな工業地ではない。江戸二百年の文明に疲れた生活上の落伍者が比較的多勢住んでゐた町である。」（『本所両国』昭和二・五）と後に回想しているが、『大川の水』に登場する、江戸から明治へと生き続けてきた隠居の房さんや絵具屋の平吉は、急激な明治の変革を積極的に受けとめ得ず、ただ黙々と生きるしか途《みち》を知らない、いわば愛すべき庶民の代表であり、「生活上の落伍者」の象徴でもある。『老年』（『新思潮』大正三・五）『ひよつとこ』（『帝国文学』大正四・四）から〈開化〉もの、〈保吉《やすきち》〉もの等を経て晩年の『たね子の憂鬱《ゆううつ》』（『新潮』昭和二・五）まで、多くの作品に登場する「生活上の落伍者」たちに愛情を注ぎつづける一方、『手巾《ハンケチ》』（『中央公論』大正五・九）や『舞踏会』（『新潮』大正九・一）などのように、権力や資本主義による人間の功利化、いわば表層的な近代把握に対して徹底的な批判を加えた。大正一三年ぐらいまで、自身の日常的な生活をそのまま凝視するような作品を書こうとしなかった芥川が、『大導寺信輔の半生』（『中央公論』大正一四・一）あたりから、幼年期、少年期の追憶の形で自己を見つめ始めて、そこにしか輝かしい一面を見いだすほかないといったものを書き出す。そこに作家芥川を育てた〈明治〉とは、の問いを見いだすことができる。

〔**参考文献**〕三好行雄「仮構の生―『大川の水』をめぐって―」（『芥川龍之介論』筑摩書房、昭和五一・九・一）、清水茂「芥川龍之介と『明治』」（『解釈と鑑賞』昭和四四・四）、遠藤周作「『神々の微笑』の意味」（『日本近代文学大系　芥川龍之介』月報四、角川書店、昭和四五・二・一〇）　（萬田　務）

芥川儔《あくたがわとも》　安政四・四・一一〜昭和一二・五・一四（一八五七〜一九三七）。芥川龍之介の養母。幕末の大通「津藤《つとう》の姪《めい》で、昔の話を沢山《たくさん》知つてゐます。」（『文学好きの家庭から』、『文章倶楽《クラ》部《ブ》』大正七・一）という儔は、「至つて気だてのやさしい、よく物事に気のつく婦人で、いかにも人なつこい口調で淀《よど》みなく、もの柔かに話す人」（恒藤恭『旧友芥川龍之介』朝日新聞社、昭和二四・八・一〇）であったという。　（森本　修）

養母儔と芥川

芥川と夢《あくたがわとゆめ》　芥川は小説における夢について、「世間の小説に出て来る夢は、どうも夢らしい心もちがせぬ。大抵《たいてい》は作為が見え透く」、「夢のやうな話なぞと云ふが、夢を夢らしく書きこなす事は、好い加減な現実の描写よりも、反《かへ》つて周到な用意が入《い》る。」（『雑筆―夢』、『人間』大正一〇・一）と言っている。さらに「実際見た夢でも写さない限り、夢らしい夢を書く事は、殆《ほとん》ど不可能と云ふ外はない。」と言い、「小説中夢を道具に使ふ場合は、その道具の目的を果《はた》す必要上、よくよく都合の好い夢でも見ねば、実際見た夢を書く訳に行かぬ。」と言う。そして「実際見た夢から、逆に小説を作り出す場合は、その夢が夢として書かれて居《を》らぬ時でも、夢らしい心もちが現れる故、往々神秘的な作品が出来る」（同前）とも言っている。また、芥川自身は「子供の時からずつと色彩のある夢を見てゐる。いや、色彩のない夢などと云ふものはあることも殆ど信ぜられない。」（『夢』、『婦人公論』大正一五・一一）とか、夢の中には嗅覚《きゆうかく》は決して現れないと言う説に対して、一度夢の中に悪臭を感じたのを覚えているとか、夢の中でも歌だの発句を作っているとか、夢とのかかわりがかなり特異なものであったことをうかがわせる発言をしている。しかし、フロイトの精神分析学に体系化された深層心理との関係での夢の把握はまだ芥川の知らないものであったようだ。芥川作品における夢をみてみると、前期では『MENSURA ZOILI』や『黄粱夢《こうりようむ》』に、現実と離脱した世界を描く手法上の必要から夢が用いられている。中期では代表作『地獄変』に、主人公良秀が悪夢にうなされる場面が描かれているが、その夢の内容は主人公の将来を暗示するものとして用いられている。晩年の力作『玄《げん》鶴山房《かくさんぼう》』には、地獄さながらの現実の中で、眠りも安らかでなく夢さえも恐ろしいものになった主人公玄鶴のみた、「老人のやうな幼児」の姿を見る夢が象徴的に使われている。また『歯車』では、主人公の「僕」をとらえる関係妄想の中で、かつての愛人が「復讐《ふくしゅう》の神」として現れる夢が書きとめられている。前期では、現実との隔絶性のゆえに用いられていた夢が、晩年の二作品では、現実との不可分の関係のために不気味なものとして性格づけられるようになっていると言えよう。内田百閒《ひゃっけん》の『冥途《めいど》』ほか五編(『新小説』大正一〇・一)を、夢に仮託して書いた夏目漱石『夢十夜』とは異なった、「見た儘《まま》に書いた夢の話」(『点心―冥途』、『新潮』大正一〇・二)として注目している。

(海老井英次)

芥川と恋愛《あくたがわとれんあい》　芥川の恋愛観をみる場合、一つの手がかりとして、『侏儒の言葉《しゅじゅのことば》』(『文芸春秋』大正一二・一～一四・一一)が挙げられるであろう。ここには、「恋愛は唯性慾《ただせいよく》の詩的表現を受けたものである。少くとも詩的表現を受けない性慾は恋愛と呼ぶに価ひしない。」(『侏儒の言葉―恋愛』)など、〈恋愛〉あるいは〈女性〉についてのアフォリズムが多く語られているが、これらの機知に富んだ比喩《ひゆ》や、逆説的言い回しの中に、芥川の様々な〈生の体験〉の表白がみられる。芥川は、その生涯に多くの女性とかかわりをもち、その幾人かには〈恋愛〉を感じた。芥川の恋愛体験として、まず挙げられるのは、吉田弥生《やよい》とのいわゆる〈初恋〉である。芥川の弥生に対する想《おも》いが〈恋愛〉として自覚されるようになったのは、大正三(一九一四)年二、三月ごろであったとみられる。弥生への恋情は、結婚まで思いつめるものとなったが、芥川家の激しい反対にあって、大正四(一九一五)年初めに破局をみるに至った。この結果、芥川は人間の醜さ、エゴイズムを痛切に知り、「生存苦の寂莫《せきばく》」(大正四・三・九付、恒藤恭《つねとうきょう》宛)を嚙《か》みしめ、孤独感をみたすものとして、「すべての属性を(中略)離れた」純粋な〈愛〉を、「饑《う》え渇く如く」求めた(大正四・五・二付、山本喜誉司宛)。大正五(一九一六)年一二月、芥川は塚本文《ふみ》と婚約した。文の場合は、〈恋愛〉の相手ではなく、芥川家の眼鏡にかなった結婚の相手であった。婚約期間中、芥川は文に、自然で正直で自分を愛してさえくれればよい、と繰り返し書簡で述べている。大正七(一九一八)年二月二日、芥川は文と結婚した。「彼は二十代に結婚した後、一度も恋愛関係に陥らなかつた。」(『侏儒の言葉―結婚』)というが、果たしてそうであったであろうか。「結婚は性慾を調節することには有効である。が、恋愛を調節することには有効ではない。」(同前)と言っているように、結婚の翌年―大正八(一九一九)年六月に、人妻の秀《ひで》しげ子と知り合い、その魅力にひかれて彼女を〈愁人〉と呼び、秘《ひそ》かな逢瀬《おうせ》を重ねるようになる。しかし、やがてしげ子の利己主義と動物的本能の執拗《しつよう》さに辟易《へきえき》するようになった芥川は、彼女から逃れようとする。しげ子は、〈愁人〉から「狂人の娘」(『或阿呆《あるあほう》の一生―狂人の娘』)に変貌し、「復讐《ふくしゅう》の神」(『歯車―夜』)となって、芥川を悩ませ、彼の神経を苛《さい》なんだ。小穴《おあな》隆一宛の『遺書』には、しげ子と「罪を犯したことに良心の呵責《かしゃく》は感じてゐない。」が、相手を選ばなかったことの後悔が記されている。女性を「諸悪の根源である。」(『侏儒の言葉―女人』)と断じた芥川の女性観には、しげ子の存在が大きく占めていると言えよう。「僕は三十歳以後に新たに情人をつくつたことはなかつた。これも道徳的につくらなかつたのではない。唯情人をつくることの利害を計算した為である。」(小穴隆一宛『遺書』)というのも、しげ子との関わりの体験から得たものであった。しかし、その後も「恋愛を感じなかつた訣《わけ》ではな」(同前)く、大正一三(一九二四)年夏には、「才力の上にも格闘出来る」(『或阿呆の一生―越し人』)年上の女性、片山広子(松村みね子)に「何やらわからぬ愁心」(室生犀星宛、大正一三・八・二六)を感じたが、「一生懸命に抒情詩を作り、深入りしない前に脱却した」(『侏儒の言葉―わたし』)。このようにみてくると、芥川の〈恋愛〉は、いつの場合も苦い後味の残るものであったようであるが、昭和元(一九二六)年の年末に芥川が生活の行き詰まりを訴えて駆け落ちをしようとした、鎌倉小町園の女将《おかみ》野々口豊子や、昭和二(一九二七)年四月に「死に飛び入る為のスプリング・ボオド」(『或旧友へ送る手記』)に選ばれた、文夫人の女学校時代の友達平松麻素子《ますこ》のように、「僕を愛しても、僕を苦しめなかつた女神たち」(小穴隆一宛『遺書』)もいたのである。

〔**参考文献**〕森本修「芥川龍之介をめぐる女性」(『論究日本文学』昭和三四・四、のち『人間 芥川龍之介』三弥井書店、昭和五六・五・二九)、宮城達郎「芥川龍之介論ノート—『或阿呆の一生』を通してみた女性観—」(『明治大学教養論集』昭和四五・四、のち『耽美派研究論考』桜楓社、昭和五一・六・二〇)、海老井英次「龍之介の恋—その理性と感性」(『解釈と鑑賞』昭和四九・八)　(森本　修)

芥川の学問《あくたがわのがくもん》　『大導寺《だいどうじ》信輔《しんすけ》の半生《はんせい》』(『中央公論』大正一四・一)中の「五 本」の冒頭は、「本に対する信輔の情熱は小学時代から始まつてゐた。この情熱を彼に教へたものは父の本箱の底にあつた帝国文庫本の水滸伝だつた。」と叙され、ついで少年時代以後の芥川(信輔)の読書の遍歴が記されている。すなわち、イヴァン・カラマゾフ(ドストエフスキー)、ハムレット(シェイクスピア)、公爵アンドレエ(トルストイ)、ドン・ジュアン(バイロン)、メフィストフェレス(ゲーテ)、ツアラトゥストラ(ニイチェ)らの各登場人物にいかに魅せられたか、またゴーチェ、バルザック、元禄期の俳諧《はいかい》師たちにいかに多くを学んだかということを述べているのである。さらにこの一文のほかの文章で芥川が引用している内外の文学者、思想家の名前と数はまことに枚挙にいとまがない。試みにその一端を列挙してみると、ロマン・ロラン、プロスパア・メリメ、アナトール・フランス、チェーホフ、ゴーゴリ、ストリンドベリイ、イプセン、ウイリアム・モリス、オー・ヘンリー、ポー、アンブロース・ビヤスらの各文学、ついで『聊斎志異《りょうさいしい》』以下の中国文学、『今昔物語集』以下の日本文学などの名を加えるとおびただしい数にのぼっているのである。まさに彼の、文学への造詣《ぞうけい》は深く、その知識がまた学問の形をとっていってますます英、米、仏、独、露、北欧、南欧(芥川の蔵書からみて主として英文で読んだと考えられる)、和漢の古典などについて理解をましていったのであった。したがってまた、「彼の志ははじめは事実、小説作者よりも歴史家か何か学者を目標としてゐたのではないか」(佐藤春夫『わが龍之介像』)という推測が生まれたゆえんでもあったし、さらに「芥川は、明日からでも大学の教授になれる程の知識を持つている」(小島政二郎『小説・芥川龍之介』中の菊池寛の一文)という言も述べられたのであったろう。だが、吉田精一は『芥川龍之介Ⅱ』(桜楓社、昭和五六・一一・一二)で、「芥川の博識と強記」は「鷗外、漱石等の一二の先人を除けば、彼以前にも比類が稀《まれ》であり、ことに彼以後にはもはや二人と見出《いだ》しがたい存在に相違ない」としながらも、「ただどこかにそれを衒《てら》い、人に誇示する風のほの見えるのも事実である」と言っている。確かに芥川には、「東西古今の雑書を引いて、衒学《げんがく》の気焔《きえん》を挙ぐる」(『骨董羹《こっとうかん》—泥黎《でいれい》口業』)ところがあったと言えるし、さらにまたその学問への興味や傾斜が主に「世紀末それ自身」(『或阿呆《あるあほう》の一生』)に集約していたのも事実であった。しかしながら、彼の学問はただ単に知識のみで終わらずに、学問から得た諸材料を土台とし、さらにそれを使って小説を組み立てていたこともまた事実であって、いわば学問を創作に生かしていたと言える。だがそこに、芥川のものは「詩才によらずに学才を以《もっ》て製作された作品」(佐藤春夫『わが龍之介像』)と言わしめたゆえんがあったのであった。(久保田芳太郎)

芥川の切支丹用語《あくたがわのきりしたんようご》　『西方の人』『続西方の人』を除くいわゆる芥川の切支丹ものの中から重要な用語を次に挙げる。

アニマ　Anima　(ポ)霊魂。

あ　燐《あは》れみのおん母　聖母マリア。

安助　anjo　(ポ)天使。

あんめい　Amen　(ヘ)「確実にしかあれ」の意で神

への祈りの最後に用いる。アーメン。　いるまん　Irmão　(ポ)神父に次ぐ位の修道士。　いんへるの　Inferno　(ポ)地獄。　えけれしや　Ecclesia　(ポ)教会堂。　えわ　Eua　(ラ)エバ。アダムの肋骨《ろっこつ》から造られた人類最初の女性。　祈禱《きとう》・おらしょ　Oratio　(ラ)お祈り。　切支丹宗門　一六世紀に伝来したキリスト教。　くるす　Cruz　(ポ)十字架。　ぐろおりや　Gloria　(ポ)神の栄光。　御糺明《ごきうめい》の喇叭《らっぱ》　最後の審判の喇叭。　御降誕の祭《まつり》　クリスマス。　こひさん　Confissão　(ポ)懺悔《ざんげ》。告解。　こんたつ　Contas　(ポ)念珠。ロザリオ。　さがらめんと　Sacramento　(ポ)秘跡。　さひえんちいしも　Sapientissimo　(ポ)全知全能。　さん・じよあん・ばちすた　San Joan Bautista　(ポ)洗礼者聖ヨハネ。イエスに洗礼を授けた。　山上の教へ　イエスがガリラヤ湖畔《こはん》の山上で説いた教え。マタイ伝五〜七章。　さんた・まりあ　Santa Maria　(ラ)聖マリア。　邪淫《じゃいん》の戒　モーゼ十戒の一つ。　使徒　キリストの十二人の弟子たち。　十字の印を切る　カトリックでは祈りのときアーメンと言って十字を切るのが習慣。　聖徒・聖人　カトリックで殉教者や偉大な信徒に与えられる称号。　聖母　イエス・キリストの母。　ぜす・きりしと　Jesu Christo　(ラ)イエス・キリスト。　ぜんちょ　Gentio　(ポ)異教徒。　ぢやぼ　Diabo　(ポ)悪魔。　でうす　Deus　(ポ)神　ぢやぼるす　Diabolus　(ラ)悪魔　天使　神の使者として神と人との仲を取り持つ者。　天主教徒（国）　カトリック教徒（国）。　天寵《てんちょう》　天主の恩寵。神のいつくしみ。　伝道　キリストの教えを伝えること。　なたら　Natara　(ポ)誕生。クリスマスの意。　伴天連《ばてれん》　Padre　(ポ)キリスト教宣教師、神父。　ばぷちずも　Baptismo　(ポ)洗礼。　波羅葦増《はらいそ》　Paraiso　(ポ)天国　びるぜん・まりあ　Virgen Maria　(ポ)処女マリア。　福音《ふくいん》　キリスト教による人間の救いの道。　奉教人　キリスト教徒。信者。　馬《ま》太《たい》の御経《おんきょう》　新約聖書マタイ伝。　まるちり　Martyrio　(ポ)殉教。　みさ　missa　(ラ)カトリックにおける聖祭。　メシア　Messias　(ギ)救世主。　礼拝　神への祈り。　神への賛美。

（(ポ)ポルトガル語、(ラ)ラテン語、(ギ)ギリシャ語、(ヘ)ヘブライ語の略）

キリスト教の本質は「愛」である。そしてカトリック教徒の信仰生活にとって最も重要なのは「奇跡」ではなく「秘跡」である。この秘跡は「洗礼」「堅信」「一致」「告解」「結婚」「叙階」「病気の塗油」の全部で七つあり、「叙階の秘跡」を除く他の六つの秘跡はいずれも信者の生活と密接に結び付いている。信仰の秘跡が目指す所はキリストを通して聖霊の愛によって実現される父と兄弟との完全な出会いと一致である。芥川の切支丹用語を見てみると「秘跡」は『おぎん』で一箇所使われているだけであり、霊魂はあるが聖霊は無い。また神の愛、すなわちアガペーを意味する「愛」も「奉教人の死」において「慈悲」として使われているだけである。このように見てくると芥川の切支丹用語はあくまでも切支丹趣味の傾向が強いと言わざるを得ない。ただ『おぎん』のみは晩年の『西方の人』につながるものを持っているようだ。芥川のキリスト教理解が一段と深まるのはやはり一般に言われているように『西方の人』『続西方の人』を待たねばならなかったと言えよう。

〔参考文献〕 新村出《いずる》「日本吉利支丹文化史」『新村出全集』第六巻（筑摩書房、昭和四八・一・三〇）、佐藤泰正『文学その内なる神』（桜楓社、昭和四九・三・五）、笹淵友一「芥川龍之介のキリスト教思想」（『解釈と鑑賞』昭和三三・八）　（西谷博之）

芥川の系譜《あくたがわのけいふ》　芥川は師友に恵まれた。師の夏目漱石はもとより、恒藤恭《つねとうきょう》のような優れた学友をはじめ、菊池寛、久米正雄、松岡譲など『新思潮』の仲間、文壇に出てからは佐藤春夫、室生犀星、宇野浩二などの作家たち、そして晩年もっとも親しくした小穴《おあな》隆一など。大正八（一九一九）年、海軍機関学校教官をやめて田端《たばた》の自宅に帰ったころからは、若い作家や文学青年の訪問もふえ、日曜日を面会日と定めてそれらの人々とあった。なかでも小島政二郎、佐佐木茂索、滝井孝作、南部修太郎は「龍門の四天王」と称された。これらの友人・後輩たちはそれぞれ優れた個性的な芥川論を残している。しかし、芥川の系譜を引く作家ということになると、案外少ない。芥川作品の老熟した完結性がその文学を後代によって継承されにくい孤立したものにしているとも言える。佐藤春夫は「明治に発芽し開花したものは大正で結実して芥川の一身とともに地に墜《お》ちた。（中略）芥川はその鋭敏な時代感覚と博学とによつて彼の直後に起らうとしてゐるものが、彼とは全く絶縁体の新文化である事に気づいて、それに対する不安などども、その『ぼんやした不安』の重要な一部分をなしてゐたのではないだらうか。」（『近代日本文学の展望』講談社、昭和二五・七・三〇）と述べている。しかし、その死の影響ということになればまた別である。平野謙は芥川の「死の原因となった『ぼんやりした不安』を自意識上のそれとして追求するか、社会意識的なそれとして克服するか、が昭和初年代の文学の内包する最大の命題ともいえる」（『現代日本文学史』筑摩書房、昭和三四・四・三〇）とし、前者の方向を目指す新感覚派と後者の道をとるプロレタリア文学が既成リアリズムの文学とともに鼎立《ていりつ》していたのが昭和初頭の文学界であったとみている。宮本顕治の『敗北の文学』（『改造』昭和四・八）に代表されるように、プロレタリア文学は芥川の死をプチ・ブルジョアの階級的矛盾が生んだ悲劇としてとらえ、それを革命によって克服しようとしたのだと言える。晩年の芥川はプロレタリア文学にも強い関心を示し、『驢馬《ろば》』同人の中野重治を「どこか今迄に類《たぐひ》少い、生えぬきの美を具《そな》へて居る。」（『文芸雑談』、『文芸春秋』昭和二・一）と推賞している。それに対し中野は芥川の死をきいたとき「大さうかはいさうに思つた」（『むらぎも』、『群像』昭和二九・一～七）と書いている。井上良雄は「芥川龍之介と志賀直哉」（『磁場』昭和七・三）の中で「如何《どう》にかして芥川氏の死を超え得る者のみが、今日以後自殺の誘惑なしに生きることが出来る」と述べて、近代プロレタリアートのそれに通じるような志賀直哉の自然性の中に芥川超克の可能性をみようとした。芥川の文学を継承しつつ自己の文学世界を築いていった数少ない芥川文学の正嫡の一人はやはり堀辰雄であった。芥川と似通った環境に育ち、晩年の芥川に親炙《しんしゃ》しながら、その文学的出発の時期に師の痛ましい死を目のあたりにみた堀が、芥川の悲劇をみつめ、それを回避して生きるべく、自らの文学的方法に自覚的な作家になっていったのは当然であった。東大の卒業論文として書かれた『芥川龍之介論』（昭和四・三）の中で堀は芥川の悲劇を「鋭い理性と柔かい心臓」の不調和に求めるとともに、その頭脳と教養がもたらした「雑駁《ざつぱく》さ」の調和が破れたことを第二の悲劇に数えている。要するに見えすぎる目と倫理的で繊細な感受性との分裂に芥川の不幸があったと考えているのである。このような芥川の悲劇を超克すべく堀が行った自己限定は、まず実生活と芸術をはっきりと切断し、純粋な仮構の芸術空間をできるだけ意識的、方法的に作り出すことであった。「死があたかも一つの季節を開いたかのやうだつた」と書き出される『聖家族』（『改造』昭和五・一一）はまさに芥川の死を乗り越えようとする堀の姿勢を象徴する作品であった。その方法は九鬼《くき》（芥川）の生涯を「裏がへし」にするとともに、死や恋愛をめぐる心理的葛藤《かっとう》さえもアラベスク化してしまうことだったと言えよう。作品のモデルは芥川に親しかった片山広子母子であって、その意味ではやはり芥川の遺産だったわけだが、堀は彼女た

大正14年ごろの芥川

ちをモデルに『美しい村』（昭和八・六～一〇、各誌）『物語の女』（『文芸春秋』昭和九・一〇）『菜穂子』（『中央公論』昭和一六・三）と書くうちにしだいにモデルとは似ても似つかぬロマネスクな女人像を創造していった。このような作品の系譜自体がとりもなおさず堀の芥川超克の営為を物語るものにほかならなかった。堀は「芸術のための芸術について」（『新潮』昭和五・二）の中で「自分の先生の仕事を模倣しないで、その仕事の終つたところから出発するもののみが、真の弟子であるだらう」と言い、芥川の「ボオドレエルの一行」を批判して、「それを生かすために百の事件、千の細部が大きな背景になつてゐるところの一行」こそ大事なのだと散文的な方法意識を強調している。太宰治の習作時代の作品（例えば『哀蚊』昭和四・五）にも明らかに芥川の影が落ちている。高校時代に芥川の自殺に衝撃を受け、学業を放棄してデカダンな生活を送るようになった彼は、死の直前にも『如是《にょぜ》我聞《がもん》』（『新潮』昭和二三・七）で志賀直哉に対して「芥川の苦悩がまるで解《わか》つてゐない」と抗議している。戦後派作家への芥川の直接的影響はほとんど考えられないが、しいて言えば戦中戦後堀辰雄の周辺に集まった中村真一郎―福永武彦らのロマネスクなものへの志向に芥川の系譜に連なるものを見いだし得る。また遠藤周作が『沈黙』（新潮社、昭和四一・三・三〇）などで追求している日本的風土と西洋の神の問題は、芥川が『手巾《ハンケチ》』や『神神の微笑』で示した関心と無縁ではない。

〔**参考文献**〕久保田正文「芥川龍之介の系譜」（『理路』昭和二一、創刊号）、佐々木基一「芥川山脈―単性生殖的ロマネスクの世界」（近代文学鑑賞講座『芥川龍之介』角川書店、昭和三三・六・五）、谷田昌平「芥川龍之介の山脈」（『解釈と鑑賞』昭和三三・八）、山敷和男「系譜」（菊地弘・久保田芳太郎・関口安義編『芥川龍之介研究』明治書院、昭和五六・三・五）、海老井英次「芥川龍之介の系譜―堀辰雄の継承のありを中心に―」（『信州白樺』昭和五七・二）

（東郷克美）

芥川の持病《あくたがわのじびょう》

生来病弱だった芥川の健康がめっきり衰え、病気がちとなるのは、大正一〇（一九二一）年の中国旅行以後のことである。「私は現在四百四病一時に発し床上に呻吟《しんぎん》してゐます」（森林太郎・与謝野晶子宛、〈推定〉大正一〇・九・一四）と言い、湯河原《ゆがわら》に静養に行くのは、帰国した年の秋のことである。主治医下島勲《いさおし》が芥川の持病としてあげるのは、胃アトニーと痔疾《じしつ》と神経衰弱の三つで、世上うわさされた肺結核と精神病とは否定されている。大正一〇年秋から死の年の昭和二（一九二七）年夏までの芥川の書簡を読むと、やはりこの三つの病気に関する訴えが多い。帰国後間もなくして薄田《すすきだ》淳介《じゆんすけ》にあてた便りには、「小生の胃腸直らずその為《ため》痔まで病み出し」（大正一〇・九・八）とあり、下島勲宛のものには、「この間の下痢以来痔と云ふものを知り　恰《あたか》も阿修羅百臂《ひやつぴ》の刀刃一時に便門を裂くが如き目にあひ居り候」（大正一〇・九・一三）とある。これらの病状は、中国旅行の折、北京で腹をこわしたのが引き金となって生じたものである。その上、同年の暮れには、神経衰弱がかなりひどくなり、以後自決に至るまで胃腸病と痔と神経衰弱症状は芥川にまとわりつき、「その後胃腸は悪いし神経衰弱は強いし、痔は起るし、大いに閉口」（山本有三宛、大正一五・一・一五）という状態がずっと続く。以上の三つの持病の中で、胃は神経症状と深くかかわっていた。芥川自身「小生の病は一切神経衰弱より起つたらしく」（真野友二郎宛、大正一一・一二・二）とも言っている。痔疾は下島によると、「脱肛《だつこう》として現はれる種類のもので、寒い夜中の勉強が過ぎたり、或は気候の悪い時分に力作をしたりするときに起る」という。が、「手術の必要ありなど認めたことは一度もない」（「芥川龍之介氏のこと」『改造』昭和二・九）とされている。最も悩まされた神経衰弱は、不眠症を伴っていた。これら持病との戦いに、芥川は数種類の催眠薬をはじめ、神経安定剤・鴉片《アヘン》エキス・下剤などを用いており、その副作用でも苦しんだ形跡がある。その他、椿八郎によって、芥川には閃輝暗点という眼科の奇病とされる持病のあったことが指摘されている。（「『歯車』と

眼科医」、『文芸春秋』昭三八・三)。(関口安義)

芥川の東と西《あくたがわのひがしとにし》　芥川は、「近代の日本の文芸は横に西洋を模倣しながら、竪《たて》には日本の土に根ざした独自性の表現に志してゐる。」(『僻見《へきけん》』)と書いて東(日本)と西洋との問題に言及しているが、彼にとってこの命題はきわめて重要な課題であった。彼は小説『手巾《ハンケチ》』(『中央公論』大正五・一〇)で、主人公長谷川謹造教授を介して東と西との問題を、まず「先生は、これを日本固有の武士道による外はないと論断した。武士道なるものは、決して偏狭なる島国民の道徳を以《もっ》て、目せらるべきものでない。却《かえっ》てその中には、欧米各国の基督教的精神《きりすときやうてきせいしん》と、一致すべきものさへある。」として「日本固有の武士道」と西欧の「基督教的精神」とを等価に並列してさらにその二者を媒体として「東西両洋の間に横《よこた》はる橋梁《けうりやう》にならう」と企図する。だがこの先生の意図も挫折《ざせつ》してしまう。息子の死に外面で微笑しつつ内面で泣いている西山夫人の態度に対して、初めは「日本の女の武士道」だとして感心しながら終わりにはそれもストリントベルクの言う「演技」とその「臭味《メッツヘン》」ではないかと考え、「武士道」とその「型《マニイル》」に対して暗い疑惑を抱いたからであった。そしてこの小説の末尾は、先生が「秋草を描いた岐阜《ぎふ》提灯《てうちん》の明い灯《ひ》」を眺めるところで終わっているが、作者芥川自身も東と西との命題に対してまだ何らの解決案を見いだされないでいると言ってよい。ついで『神神の微笑』(『新小説』大正一一・一)に至ると東と西との問題が新たな展開をみせる。すなわち、オルガンティノ神父は宣教のために日本に訪れているが、この国の山川に潜んでいる「人間に見えない霊」に苦しむ。ある夜明け、彼は大日孁貴《おほひるめのむち》に会うが、その大いな威光に圧倒され、またその翌日、一人の日本の老人(霊)に出会い、今までこの国がシナやインドなどの外からの文化、思想などをいかに巧みに消化してしまってそれらをそれぞれ別の形へと作り変えてしまったか、さらにたとい「泥烏須《デウス》」でもこの国には勝てないと言われ、終わりに「しかし我我の力と云ふのは、破壊する力ではありません。造り変へる力なのです。」と言われる。やがてオルガンティノは宣教に絶望して三世紀以前の南蛮船入津《にゆうしん》の図の古屏風《びやうぶ》へと帰っていく。そして最後に作者芥川は、「泥烏須が勝つか、大日孁貴が勝つか――それはまだ現在でも、容易に断定は出来ないかも知れない。が、やがては我我の事業が、断定を与ふべき問題である。」と結んでいるのである。これは東と西との命題を宗教をテーマとして取り扱ったものであって、「私の眼《め》が結局日本人の眼であって、西洋人の眼でない事も確《たしか》である。」(『後世』)という日本人芥川の眼から見た図柄でもあった。なお、この作品に描かれた、日本の特異な精神的風土に対して、遠藤周作は「そこには日本の本立的《ママ》なものが数言をもってピタリと語られているのである。この問題のために、多くの文学者がどれだけ苦《くる》しんだかは、今更、言うまでもないだろう」(『「神々の微笑」の意味』)と述べている。が、それはそれとしてこの芥川における東と西との問題を、中村真一郎は、「しかし、とにかく芥川龍之介が短編小説家になったとき、彼がその方法を学んだのは、西欧十九世紀の作家たちであったことは、議論の余地がない。そして十年の歳月は、彼を東洋的な詩情にみちた『蜃気楼《しんきろう》』の作者(中略)に、変貌させた。これは、一応、西洋から東洋への復帰といえないこともない」(『芥川龍之介の世界』)と記しながらも、究極には芥川の底流にはギリシャないし西洋志向が一貫してあったと説いている。また進藤純孝は「芥川龍之介における東と西」(『国文学』昭和四三・一二)で、芥川は東の匂いの濃い下町に育ったためにかえって、強く西に近接し、頭には西を、胸には東をと志しながら、たえず東と西とに引き裂かれていたと述べている。さらに三好行雄は「芥川龍之介にとっての〈東と西〉は思想や論理の問題であるよりも、より多く感受性や美意識上のモチーフなのである」と論じている。以上の各説はいずれも優れたものであるけれども、今後ともこの芥川における問題を思想上、感覚上の両面からよりいっそう掘り下げる必要がある。言うまでもなく彼の悲劇は「東と西」の問題に深くかかわり合っていたからである。

〔参考文献〕中村真一郎『芥川龍之介の世界』(角川文庫、昭和四三・一〇・一〇)、進藤純孝「芥川龍之介における東と西」(『国文学』昭和四三・一二)、三好行雄『芥川龍之介論』(筑摩書房、昭和五一・九・三〇)、鈴木秀子「東と西」(『別冊国文学・芥川龍之介必携』、昭和五四・二)、吉田精一『芥川龍之介Ⅱ』(『吉田精一著作集2』桜楓社、昭和五六・一一・一二)

(久保田芳太郎)

芥川の比喩《あくたがわのひゆ》　『澄江堂雑記』《ちょうこうどうざっき》に「比喩」と題する一項がある。「メタフォアとかシミリイとかに文章を作る人の苦労するのは遠い西洋のことである。我我は皆せち辛い現代の日本に育つてゐる。さう云ふことに苦労するのは勿論、兎《と》に角《かく》意味を正確に伝へる文章を作る余裕さへない。しかしふと目に止まつた西洋人の比喩の美しさを愛する心だけは残つてゐる。」として、ヴァッサーマン(Wassermann)の例を挙げた。芥川は、『老年』で用いた「ちりちりと銀の鋏《はさみ》をつかふやうに」鳴く千鳥の形容にすでにその手腕の片鱗《へんりん》が示されていたとおり、直喩の名手であったと同時に、クリストに託して語った凄絶《せいぜつ》なアフォリズム『西方の人』とその続編に典型を見るごとく、暗喩の名手としても異彩を放つ存在であった。この比喩を芥川文学の内実の表象とみて論じたものに福田恆存《つねあり》の『芥川龍之介』がある。福田は比喩とは「象徴と写実の中間に位する」ものであって、「自己主張と自己韜晦《とうかい》との相反した心理の織りなす微妙な表現形式」であると規定。さらに「自己主張を封ぜられ素朴な表現の道を失つた」ところに芥川の比喩の必然を見、「直接法で語ることを嫌ふ羞恥心《しゅうち》こそ、比喩の基調をなすものであるかもしれない」と説く。芥川が作品に張り巡らしたメタファーと芥川自身との間に橋をかける試みとして示唆に富む。一方、同じ試みに発して「比喩の技巧による表現の美を求めることは、主観性の強い文字の意味における〈詩的〉なものを欲することは資質的に対峙《たいじ》する芸術的立場に立つことになるのではないか。それは意識的な芸術表現者芥川の芸術的危機を訴えているものではないか」とする菊地弘(『芥川龍之介必携』)の評価もある。いずれにしても比喩の一語が提起する問題は案外に大きいと言わざるを得ない。芥川が操った比喩は、いま本意に反して、その芸術および人生を饒舌《じょうぜつ》に語り出そうとしているかに見える。

(中村　友)

芥川の文体《あくたがわのぶんたい》　芥川龍之介の作品は種種の意味で文体の宝庫の観がある。言い換えれば、一般に小説の文体を論じるとき、芥川の作品は格好のモデルになる。その理由を六つほどに分けて考えてみると、まず一に、「文体」を「和文体」「漢文体」などと言うときの旧来の文章の類型概念として考えるときも、芥川の小説は作品によって、作柄によって様々のパターンを採用していること。二に、これも旧来の文章様式論で、「叙事体」「独白体」「書簡体」などと言うときの類型を、バラエティ豊かに各作品が採用していること。三に、前二者が旧修辞学的類型概念によるものとすれば、新しい個性的文体観にとっても、芥川作品は好個の視点を提供していること。例えば視覚的文体であるとか(文章心理学的な)、名詞・形容詞の偏差だとか(言語学的な)、あるいはアポロ的だとか理知的だとか(文芸学的な)、とかといった観点である。四に、作者自身の文体意識が比類なく旺盛、かつ尖鋭《せんえい》であること、すなわち前三者(一、二、三)の大半は、芥川の方法意識の所産であり、かつ、そうした尖鋭な方法意識がはっきりしているだけに、読者の各作品から受ける印象とのずれや一致が、文体論にとって刺激的であるということ。五に、芥川の文体は、個々の才能の所産であると同時に、時代の産物でもあるということ。また大正文学の典型というだけでもなしに、明治以来の近代文学の一つの集約体として見ることが、文体において可能なこと。六に、芥川の文体は、芥川以後の小説の文体と文体観に、大きな影響を与えた、つまり一つの大きな影響源であるということ。以上の六つとなる。右に言う一と二の各作品における弁別は、類型的なものだけに説明を要しまい。『羅生門』『鼻』『芋粥《いもがゆ》』等は古典から取材したとは言え現代文による（会話を除く）小説体、『二つの手紙』は書簡体である。ただ、『蜘蛛《くも》の糸』や『地獄変』などが丁寧（敬語）体による説話体であることは一目して分かるが、なぜ、歴史的な題材なのに丁寧体を採用したか、しかも同じ丁寧体も、この二作では微妙に違う、ということを検証してゆくことになれば、登場人物、作の長短、主題、効果（読者への）等の問題が微妙にかかわってきて、単に類型だけでは考えられなくなってこよう。すると三の視点にもかかわってくる。三は個々の作品の違いをこえて、芥川の個性的な表現の特質とその文学性を探り出すことに究極の目標がおかれるわけだが、しかし、作風の変化につれて、これまた微妙に文体も変化している。最も単純な例で言うと、往年の歴史物の中の「私」と、晩年の私小説の一群「保吉《やすきち》もの」の「私」とは違う。だから統計的な語彙《ごい》抽出だけで芥川の文体の特徴をうんぬんすることが危険であることは、言うまでもない。一、二と違って、文体を論じる人の読みの深さが絶対条件になる。四は、日本の近代作家の中では最も注目すべき視点だが、「いかに書くか」を徹底して重視し、「何を書くか」もそこに含まれるとする「形式則内容」の尖鋭な芸術小説の実体が問題になってくる。そのことが、かえって芥川の小説を痩《や》せさせたという否定的な意見の出所にもなっており、文体検証が芥川文学の本質論になってゆく重要な契機ともなる。果たして彼の文体は「つくりもの」（主として自然派からの）「窮屈なチョッキ」（佐藤春夫）「近代性よりも古臭いものの方が余計に感じられる」（寺田透）「アクセサリーの要素ばかりで成立っている」（森有正）ものなのか。そうした直観的文体印象に対して、逆にこれまた直観的な大方の肯定論があるわけだが、それらを克服する本格的な文体論による芥川研究はまだ出ていない。小林英夫は早くから『文体論の建設』（育英書院、昭和一八・五）で『秋』を分析し、芥川作品を「文体上のアポロ主義」と規定したが、その証明をもってしても先の否定的意見を覆すことは困難であろう。問題は作者の方法意識をこえた読者の読みの深さが、「文体」を成立させている点にある。そこに文体論の困難もある。作品初出の段階から最終本文までの過程で、芥川は異常なほど文章に執した。それだけに本文校訂も文体論の重要な仕事にはなるが、やはり最終は読みの深さと広さがものをいう。つまり五の、同時代の他の作家（例えば志賀直哉）との文体の比較、先行する作家（漱石・鷗外ら）のそれとの比較、といった作業が必須となる。よくも悪くも例のない芥川の芸術的文体は、自然発生的かつ素朴実在的な自然主義の作風と最も背馳《はいち》するわけだが、しかし同時代の後者を抜きにしては前者の発生も考えられない。先行する文体（作風）や同時代のそれとの正と負の影響・流入・反発の実態究明がまた、文体論の大きな課題となる。芥川作品の単なる語彙・語法の特徴抽出だけの文体論は、お茶濁しにすぎない。そうした視野からの芥川文体への収斂《しゅうれん》作業は、当然、六の「芥川以後」の昭和の文体の様様を証明していく展望の起点ともなろう。いや、「芥川以後」の展望があることがまた、芥川の文体の意識をどう認めるかの、読みの深さにかかわってもこよう。以上のことからも言えることは、文体論は、作家・作品論にとって一面的な、表現面の例証といっただけの参考分野ではなく、むしろ作家・作品論の中心に据えられなければならぬということである。ことに芥川の場合、作品がそれを強く要求していることは、もはや言うまでもあるまい。文体（様式）によって自立する芸術世界を目指したからといって、芥川は決して一所に安住せず、常に新しい文体の創造を求めて刻苦した、そういう真正の芸術家だった。その様式の裂け目から「野性」が顔をのぞかす。それをまた文体論はどう実証できるか。課題は尽きない。

〔**参考文献**〕小林英夫『文体論の建設』（育英書院、昭和一八・五・一）、同「芥川龍之介の筆癖」（『文学』

昭和一一・一二、吉田精一編『芥川龍之介研究』筑摩書房、昭和三九・一一・五)、福田恆存「芥川龍之介論」(『近代文学』昭和二一・四〜六、うち文体については「風景について・文体について」として『文芸読本・芥川龍之介』河出書房、昭和五〇・一一・二八に抄録)、寺田透「芥川龍之介の文体」(『文学その内面と外界』清水弘文堂、昭和四五・一二・一〇)、原子朗「文体」(菊地弘・久保田芳太郎・関口安義編『芥川龍之介研究』明治書院、昭和五六・三・五)

(原　子朗)

芥川のペンネーム《あくたがわのぺんねーむ》

『澄江堂《ちょうこうどう》雑記』の「四 雅号」で「しかし雅号と言ふものはやはり作品と同じやうにその人の個性を示すものである。(中略) 僕は昔の文人たちの雅号を幾つも持つてゐたのは必《かならず》しも道楽に拵《こしら》へたのではない。彼等《ら》の趣味の進歩に応じておのづから出来たものと思つてゐる。」と書いている。また『骨《こっ》董羹《とうかん》』の「雅号」のところでは「日本の作家今は多く雅号を用ひず。文壇の新人旧人を分《わか》つ、殆《ほとんど》雅号の有無を以《もっ》てすれば足るが如し。」とも言う。芥川が作品、書簡などに用いた別名は大変な数に上る。筆名は作品に署名したものを第一と考えるが、ここではその多彩さを考えて、書簡に用いられたものも含め紹介する。習作時代をみると回覧雑誌『日の出界』に用いた「溪水」、「龍雨」。「立田川雄之介」(森本修による)。岩森亀一コレクションの原稿の中に、「*作文小僧」。高等学校時代に書いた『*新西遊記』に「芥舟狂生」。未定稿詩稿にロセッティをもじったと思われる「*盧雪亭主人」がある。第三次『新思潮』のころは、翻訳『春の心臓』(大正三・六)は「押川隆之介」、他はすべて「柳川《やながわ》隆之介」を筆名にしている。『帝国文学』に載った『ひょっとこ』(大正四・四)『羅生門』、『心の花』に発表した短歌なども「柳川隆之介」の名である。「柳川隆之介なるペンネームが北原白秋を意識した、白秋への思慕敬愛の情から選ばれたものであったことはほぼ断定していい」(佐佐木幸綱「芥川龍之介の短歌・俳句」、『墨』一四号、昭和五三・九・一)は至当である。第四次『新思潮』時代では『鼻』(大正五・二)は「芥川龍之助《ママ》」、片山広子歌集『翡翠《かわせみ》』の紹介(大正五・六)に「唖苦陀《あくだ》」をペンネームに用いた。本名を署名した初めての作は『松江印象記』(大正四・八)であることを増田渉《わたる》宛書簡で「その代りに誰も知らぬ事を申し上げますわたしは松江にゐた時、松江紀行のやうなものを書いて松陽新報にのせて貰ひましたこれがわたしの芥川龍之介と署名して書いた第一の文章です。」(大正一三・一二・二九)と明らかにしている。作品『「Lies in Scarlet」の言―Arthur Halliwell Donovan』(大正六年ころ)は訳者として羽賀宅阿《たくあ》の筆名、ただし筑摩版全集六巻の脚注には「Arthur Halliwell Donovan」は「芥川のペンネームか。外国人名らしく作ったものであろう」としている。下島勲《いさおし》宛書簡(大正六・一二・一一)に「我鬼《がき》生」と署名していることから、この年ころから我鬼と号したのであろう。実父の死(大正八・三・一五、注菊地)と大毎入社を機に、彼らは田端《たばた》の養父母の家に帰った。「二階の書斎には『我鬼窟《くつ》』の額をかかげて、専ら作家生活に入った」(日本文学アルバム『芥川龍之介』筑摩書房、昭和二五・一二・一〇)のであり、我鬼生、我鬼先生、我鬼、我鬼居士などの雅号を用いた。また桃宮居士の署名で短冊がある。寿陵余子《じゅりょうよし》の署名は井川恭《きょう》宛書簡(大正三・八・三〇)にまずみえる。この筆名で『骨董羹』(『人間』大正九・四、五、六)を書いている。使ういわれを滝田哲太郎宛書簡で「寿陵余子は寿陵に余子あり歩を邯鄲《かんたん》に学ぶ未邯鄲の歩成らざるに寿陵の歩を忘る即蛇行匍匐《ほふく》して帰るとか何とか云ふ文章が韓非子《かんぴし》にあるのから拵《こしら》へた号です余子は唯《ただ》青年と云ふ意味でせう僕自身西洋を学んで成らずその内に東洋を忘れてゐる所が邯鄲寿陵両所の歩き方を学び損なつた青年に似てゐると思つたからです」(大正九・三・三一)と説明している。『歯車』に「ふといつかペン・ネエムに用ひた『寿陵余子』と云ふ言葉を思ひ出した。(中略) 今日の僕は誰の目にも『寿陵余子』であるのに違ひなかつた。」としている。「澄江堂」は小穴《おあな》隆一宛書簡(大正一一・一・二一)に「*澄江堂主人」の号で署名しているのが最初である。書斎に下島勲の筆になる「澄江堂」の扁額《へんがく》を掲げ、『芭蕉雑記』等の筆を進めた。『澄江堂雑記』の「三 澄江堂」で「僕になぜ澄江堂などと号するかと尋ねる人がある。なぜと言ふほどの因縁はない。唯いつか漫然と澄江堂と号してしまつたのである。」と述べている。澄江子、澄江生の署名は『ひとまところ』、『各種風骨帳の序』などに使われている。「琅玡《ろうや》山客《さんかく》」を『八宝《はっぽう》飯』(『文芸春秋』大正一二・三)、「浅香三四郎」を『思ふままに』(『時事新報』大正一二・六・八)、「大鵬《たいほう》生」を『念《ねん》仁《に》波《は》念《ねん》遠《お》入《い》礼《れ》帳』(『文芸春秋』大正一四・四)に用いている。以上ほぼ用いた順に記してみた。書簡に見える別名には筆名と扱うには難もあるものがある。最も数の多いのは、「龍」で、山本喜誉司宛書簡(明治四三・四・一八)に始まって、文《ふみ》宛書簡(昭和二・五・二四)に至るまで生涯を通して用いている。「芥川狂生」、「龍生」、「芥龍介」、「利《り》宇《う》乃《の》須《す》計《け》」、「龍之」、「RIUNOSUQUÈ」と、芥川龍之介によるもの。頻出度からみると「我鬼」が次いで多く、それにちなむものに「我鬼国王之印」、「病我鬼」(風邪など病気中のときに用いているようだ)、「我鬼散人」、「牙旗生」、「我鬼羅漢」、「我鬼窟主人」、「我鬼山人」、「我鬼戯吟」、「我鬼山房主人」、「癡我鬼」、「我鬼老人」、「我鬼老衲」などがある。「澄江堂」にかかわる号に「澄心亭主人」、「澄江堂主」、「澄江堂老人」、「聴香洞主」、「澄」、「澄子老人」、「たばたやすみゑ」、「いでゆもすみゑ太夫」などである。第五短編集『夜来の花』につながるとみられるものに「夜来花庵生」、「夜来花洞主」、「夜来花庵主」。その他列記すると、「雲田生」、「雲田屋我鬼兵衛」、「雲田子」、「小函嶺《しょうかんれい》隠士雲田」、「椒図《しょうず》道人」、「三拙漁人」、「三拙生」、「未生子旦中」、「藻中」、「了中庵主」、「了中」、「田端之河童《かっぱ》」、「田端奉行」、「柚《ゆず》の本の鳥麻呂」、「椎《しい》の本石麻呂」、「ニハタヅミノ辰マロ」、「曼生《まんせい》」、「維洮曼《いちようまん》青居士《せいこじ》」、「Satyr」、「ANTONIO」、「残夜水明楼主人」、「宇治紫川」、「大隹」、「羽賀宅阿入道」、「緑梅洞々主」、「風中龠生」、「八幡」、「堂《と》奈《な》利《りに》須《す》無《む》子《こ》」など。比呂志・多加志宛に「ヘチマ」、「葛巻《くずまき》義敏宛に「リウ大人」、「エライ叔父」、「龍殿」もある。特に書簡に用いた別名からは、自由自在に語を操る技を得手とする芥川像が浮かぶ。創作のあいまに書簡を書くことが一つの慰安であったのではないかとさえ想像される。小穴隆一宛書簡は「僕も中の字のつく号がつけたくなつた為いろいろ考へた/宗中(コレハ小堀遠州の号)/空中(本阿弥《ほんあみ》光悦の子の号)/などつけたいのは人がもうつけてゐる　旦中としようかと思つたが未定、中の字のつく号は悪くすると男芸者じみるのでむづかしい/昌中、玄中、童中、呆中、寂中、景中、素中、了中、/皆落弟」(大正一〇・一・六)とあるが、戯れている様子が示されている。

〔参考文献〕『芥川龍之介全集』八巻(筑摩書房、昭和四六・一〇・五)に付す索引にある「別名」、森本修『人間芥川龍之介』(三弥井書店、昭和五六・五・二九)

注　＊は筑摩版『芥川龍之介全集』の「別名」及び『人間芥川龍之介』にない筆名である。

(菊地　弘)

芥川の方法《あくたがわのほうほう》　日本の近代文学は自然主義文学によって確立をつげると言われるが、その流れの文学に〈私小説〉がある。そこでは、いかに生きるか、という作家の人生の問題が赤裸々に描かれることを〈真のリアリズム〉としていた。明治から大正期の文学の主流はそうした人間の心境、生き方を描くことを創作の主眼としたものであった。そのような小説の方法に抵抗をし、それを退けようと情熱を傾けた作家の一人が芥川であったと言える。いかに生きるかの生き方よりは、どのように描くかの方法に芸術理念を置くものであった。芥川の芸術宣言と言える『芸術その他』で「芸術の為《ため》の芸術は、一歩を転ずれば芸術遊戯説に堕《お》ちる。/人生の為の芸術は、一歩を転ずれば芸術功利説に堕ちる。」と説いて、当代の唯美主義文学、自然主義文学、排技巧の点で自然主義と同じとみる白樺派の文学をも含めて批判し、独自な文学の花を咲かせることになる。芸術の境に停滞はあってはならず、ひたすら「作品の完成を期す」ことに命を賭《か》けて精進しなければならないとする。「完成とは読んでそつのない作品を拵《こしら》へる事ではない。分化発達した芸術上の理想のそれぞれを完全に実現させる事だ。」ここで言う「芸術上の理想」は『大正八年度の文芸界』に徴して分かるように真善美の調和であることは知られる。その芸術論理は意識的に創作活動を実行してゆくことで支えられる。手法として技巧を重んじることが単純な形式尊重でないことは、「内容が本で形式は末だ。――さう云ふ説が流行してゐる。が、それはほんたうらしい譃《うそ》だ。作品の内容とは、必然に形式と一つになつた内容だ。まづ内容があつて、形式は後から拵へるものだと思ふものがあつたら、それは創作の真諦《しんたい》に盲目なものの言なのだ」で判然とする。形式と内容の価値を別個に論ぜず、「形式は内容の中にある」として必然的に一致したものと考えている。常識的な事柄にすぎないが、しかし芥川がそこで一行念を入れて押さえておきたかったところに、当代文学に偏向や歪《ゆが》みがあったのである。芥川文学の特質は「芸術は表現に始《はじま》つて表現に終る。画《ゑ》を描かない画家、詩を作らない詩人、などと云ふ言葉は、比喩として以外には何等の意味もない言葉だ。」に尽きる。表現を重要視する芥川文学の具体的な方法は「芸術活動はどんな天才でも、意識的なものなのだ。と云ふ意味は、倪雲林《げいうんりん》が石上の松を描く時に、その松の枝を悉《ことごと》く途方もなく一方へ伸《の》ばしたとする。その時その松の枝を伸した事が、どうして或効果を画面に与へるか、それは雲林も知つてゐたかどうか分らない。が、伸した為に或効果が生ずる事は、百も承知してゐたのだ。もし承知してゐなかつたとしたら、雲林は、天才でも何でもない。唯、一種の自働偶人なのだ。」に託されて示される。十分に知的に計量された意識的な表現美学なのである。その強烈な野心と方法は芥川個人の文学的課題であるとともに当代文学への十分なカンフルとしての意味があった。しかし、時流の文学者たちは芥川の真諦を摑《つか》み得たかは疑問であった。生命感が乏しいとか、小さくまとまりすぎ、解釈の目新しさだけ際立っているとかいう評言が多くあったのである。芸術論理は当然意識的な芸術活動から意識的技巧を説くことになる。すなわち「この必然の方則を活用する事が、即謂《い》ふ所の技巧なのだ。だから技巧を軽蔑するものは、始《はじめ》から芸術が分らないか、さもなければ技巧と云ふ言葉を悪い意味に使つてゐるか、この二者の外に出《い》でぬと思ふ。」とし、「霊魂で書く。生命で書く。――さう云ふ金箔《きんぱく》ばかりけばけばしい言葉は、中学生にのみ向つて説教するが好《よ》い。」と〈私〉的〈心境〉的な小説方法に強いダメージを加える。「危険なのは技巧ではない。技巧を駆使する小器用さなのだ。」と技巧主義が誤解されないよう、周到に勘所を押さえている。こうした論理の構築に立って自己の文学の確立をはかったのであって、「告白」を嫌い、いかに生きるかではなく、どのように表現するかの立脚地を確保したのである。そしてまた、どのように表現するかの意識には醒《さ》めた相互的な認識が働く。だから、自然主義、「白樺」派の文学にみられる、個的な我の主張や、解放を強く求めるような素朴な主張をする立場は採らなかったのである。そうした芥川の方法を福田恆存《つねあり》は「自然主義作家のように現実に対する傾きそのものに安んじて自己の真実を賭けることもできなければ、といって「白樺」派の作家のように明快に現実の切り捨てをおこなうこともできない。彼はいまや社会的現実にではなく自我そのものの現実に対する傾きに真実を賭けるのである。なんらかの別な方法が必要であった。ここに芥川龍之介の比喩《ひゆ》の文学が成り立つ」とし、日本の

カナリヤと遊ぶ芥川

土壌の中で発見した方法としている。そして造型美を支える要素として抒情をあげ、日本的優情という表現でこれを論じている。その流れに立つ平岡敏夫は芥川文学の魅力は「抒情の美学」にあって「歴史物から現代物へという推移においてその『抒情』が変革されて行く」と芥川のヒューマンな面と詩人的なものに視点をおいている。三好行雄は『芸術その他』を論じ、「芥川龍之介が〈技巧〉の語に托して語りたかったのは、意識的芸術活動――つまり、全創作過程の方法的自覚による表現的世界の領略であり、作品のあらゆる細部を〈意識〉の統括下におくための主知主義の美学であった。技巧とは創作方法の具体化の過程にほかならず、そうした技巧の体現者として、創造のいかなる瞬間をも意識の網の目にからめとる覚醒した〈私〉に――その覚醒によって、作家の〈私〉は実生活の日常性に埋没した、無意識と意識の境界の錯雑した〈私〉から断たれる、その自覚に――表現者としての自律性の根拠が求められたのである」としている。しかし三好は意識によって無意識をも統括しようとするところに現実生活との亀裂をみる。芥川はやがて『侏儒《しゆじゆ》の言葉』の「創作」で「芸術家は何時も意識的に彼の作品を作るのかも知れない。しかし作品そのものを見れば、作品の美醜の一半は芸術家の意識を超越した神秘の世界に存してゐる。一半？　或《あるい》は大半と云つても好い。」と書くようになり、意識的芸術活動を否定することになる。「詩」と呼ぶ心境のうたを想起させ、保吉《やすきち》物へ向かうのだとしている。吉田精一は芥川の芸術論の特色は芸術活動は意識的なものとしたところにあるとし、「しかし彼は晩年になって芸術活動はすべて意識的活動とした過去の自分を否定している（「あらゆる芸術的活動を意識の閾《しきみ》の中に置いたのは十年前の僕である」〔「文芸的な、余りに文芸的な」〕）」と述べている。菊地弘は意識的な表現者は、意識的であるゆえに、常に創造を開拓しなければならない宿命を背負っているとして、晩年の芥川が筋のない小説を主張したことも、こうした探究の一つであり、芥川が色彩と光線において構成されるセザンヌの画法に関心を示したことも、ルナアルの「想念喚起」の方法に惹《ひ》かれることも、新しい認識と感覚によって実存性を刻む様式を求めていることなのだと見る。『蜃気《しんき》楼《ろう》』『歯車』などの作品はそうした方法で構成表現することで一つの芸術的光彩を放つものであった。従ってその構築が緻密《ちみつ》で計量性が高ければ高いほど、芥川固有の文学的様式美をもたらし、晩年に目指した〈造形美術的効果〉を生むことになる。あくまで意匠を凝らす意識的創造の精神は忘失していない。「私」だけを狭く描くリアリズムとは全く異なる芸術道なのである。だから意識的な芸術活動を否定したとする見方は問題を残すとする。『文芸的な、余りに文芸的な』で芥川がどのような芸術上の作品も「詩的精神」のないところに芸術上の完成はないとし、「詩的精神」を強調し、志賀直哉の『焚《たき》火《び》』や『真鶴《まなづる》』を高く評価したことから、芥川が志賀に低頭したという評言があるが、久保田正文が指摘しているように志賀を「形式やスタイルにおいて評価することに重点がかかっている」のである。つまり芥川の志賀への言及は詩的色彩の表現に向けられていたのであって、それは「詩的精神」を基層にした造型意識で新たな芸術への思惟《しい》を深めている芥川の姿勢を示していることなのである。色彩の技巧、〈造形美術〉の方法を加味することで自己の芸術方法を拓《ひら》くことに挑もうとしている芥川をそこに捉《とら》え、認識しなければならない。そうした芥川の芸術理念と方法は、新感覚派文学以降、昭和文学へ影響を与えたことを見落としてはならない。

〔**参考文献**〕久保田正文『芥川龍之介・その二律背反』（いれぶん出版、昭和五一・八・五）、三好行雄『芥川龍之介論』（筑摩書房、昭和五一・九・三〇）、吉田精一「芥川龍之介」（『近代文芸評論史 大正篇』至文堂、昭和五五・一二・二〇）、福田恆存『作家の態度』（中央公論社、昭和五六・九・一〇）、菊地弘『芥川龍之介―意識と方法―』（明治書院、昭和五七・一〇・二五）、平岡敏夫『芥川龍之介―抒情の美学―』（大修館書店、昭和五七・一一・二五）

（菊地　弘）

芥川の桃太郎観《あくたがわのももたろうかん》　昔噺《ばなし》桃太郎は、長い間時代思潮の波風を受けながら語り継ぎ、読み継がれてきた。それは近代の文学者たちが好んで採りあげた素材でもある。彼らはそこに己の桃太郎観を示してきた。早く尾崎紅葉に『鬼桃太郎』（博文館、明治二四・一〇・一二）があり、その後も巌谷《いわや》小波《さざなみ》・楠山《くすやま》正雄・江口渙《かん》・坪田譲治らが、それぞれの桃太郎像を刻んでいる。芥川龍之介にもまた、『桃太郎』（『サンデー毎日』大正一三・七・一）一編がある。芥川の描く桃太郎は、侵略者像をとる。鬼が島は絶海の孤島であり、鬼は人に迷惑をかけることもなく、琴を引いたり踊りを踊ったり、古代の詩人の詩を歌ったりして、安穏に暮らしている。鬼の妻や娘も「機《はた》を織つたり、酒を醸《かも》したり、蘭《らん》の花束を拵《こしら》へたり」、人間の妻や娘と変わらない生活を送っていた。桃太郎はこういう罪のない鬼が島に何の理由もなく攻め入るのである。「進め！　進め！　鬼といふ鬼は見つけ次第、一匹も残らず殺してしまへ！」と桃太郎は、桃の旗を片手に、日の丸の扇を打ち振り打ち振り、飢えた犬猿雉《きじ》の三匹に号令する。忠勇無双《むそう》の兵卒と化した三匹は、逃げまわる鬼を追い、犬は鬼の若者をかみ殺し、雉は鬼の子供を突き殺し、猿は「鬼の娘を絞《しめ》殺す前に、必ず凌《りょう》辱《じょく》を恣《ほしいまま》にした……。」桃太郎はまさに帝国主義日本の戯画ともなっている。滑川《なめかわ》道夫の『桃太郎像の変容』（東京書籍、昭和五六・三・六）には、「桃太郎を侵略者として諷刺したのは芥川が最初」との指摘がある。芥川のこのような桃太郎観には、中国の考証学者章炳麟《しょうへいりん》（太炎《たいえん》）の桃太郎観が影響していることは、疑うべくもない。大正一〇（一九二一）年の中国旅行の折、芥川は上海《シャンハイ》のフランス町に章炳麟を訪問している。『僻見《へきけん》』（『女性改造』大正一三・三〜九）の「岩見重太郎」に芥川は章炳麟の言葉、「予の最も嫌悪する日本人は鬼が島を征伐した桃太郎である。桃太郎を愛する日本国民にも多少の反感を抱かざるを得ない。」を紹介し、「あらゆる日本通の雄弁よりもはるかに真理を含んでゐる」と記している。章炳麟の言葉には、侵略者桃太郎というイメージが日本帝国主義、特に当時の日本政府の植民政策と重ねられていた。芥川はそれを鋭く察知し、そこに真理があるのを見抜く。中国旅行から帰って三年後、芥川は勃興《ぼっこう》するプロレタリア文学に刺激され、章炳麟のこの言葉の意味を改めて思い出し、自らの桃太郎観に託した。鬼が島侵略をこらしめのための〈進攻〉とすることの多い日本の桃太郎文献には、まずは見いだせない見方である。章炳麟との出会いは、芥川にユニークな観点をもった一編の桃太郎ばなしを書かせることとなったのである。（関口安義）

芥川比呂志《あくたがわひろし》　大正九・三・三〇〜昭和五六・一〇・二八（一九二〇〜一九八一）。俳優・演出家。芥川龍之介の長男。菊池寛の「寛」を訓読みして命名された。慶応義塾大学仏文科卒業後、「麦の会」を創設。昭和二四（一九四九）年、文学座と合流。三八（一九六三）年、文学座を脱退、劇団「雲」、「円《えん》」を創立した。著書に『決められた以外のせりふ』（新潮社、昭和四五・二・二五）がある。『或阿呆《あるあほう》の一生』の「二四 出産」は、比呂志の出産を描いたもの。『虎の話』（『大阪毎日新聞』大正一五・一・三一）、『比呂志との問答』は、比呂志との対話形式になっている小品である。（森本　修）

芥川と比呂志（田端《たばた》にて）

芥川ふき《あくたがわふき》　安政三・八・二九〜昭和一三・八・四（一八五六〜一九三八）。芥川龍之介の伯母。生涯を独身で過ごしたふきは、母親代わりとなって龍之介を育てた。「伯母がゐなかつたら、今日のやうな私が出来たかどうかわかりません。」（『文学好きの家庭から』、『文章倶楽部《クラブ》』大正七・一）と言っているように、龍之介がだれよりも愛を感じていたふきであるが、愛するが故に、互いに傷つけ、苦しめ合うこともあったようで、龍之介に影響を与えているところは大きい。　（森本　修）

芥川文《あくたがわふみ》　明治三三・七・八〜昭和四三・九・一一（一九〇〇〜一九六八）。芥川龍之介の妻。旧姓塚本。父善五郎は、日露戦争のとき、軍艦初瀬の参謀（海軍少佐）をしていて戦死（明治三七年、三六歳）した。そのために母鈴、弟八洲《やしま》とともに、母の実家である山本家に寄寓《きぐう》していた文は、母の末弟山本喜誉司と親しかった龍之介と幼なじみだった。跡見女学校在学中の大正五（一九一六）年一二月に、縁談契約書がとりかわされ、七年二月二日に結婚した。新婚当初は、龍之介が横須賀の海軍機関学校の英語教師をしていたので、鎌倉に住んだが、八年三月の同校退職とともに田端に帰り、養父母、伯母たちとの生活に入った。しきたりにうるさい芥川家にあって、龍之介をして「出来すぎた女房」と言わせたその生活ぶりは、芥川文述・中野妙子記『追想 芥川龍之介』（筑摩書房、昭和五〇・二・一五）にしのばれる。龍之介との間に、比呂志（大正九〜昭和五六）、多加志（大正一一〜昭和二〇）、也寸志（大正一四〜）の三男をもうけたが、二男多加志は戦死した。「二十三年ののちに」（『図書』復刊第二号、昭和二四・一二）のほかは、夫の龍之介について多くを語らなかったが、前出『追想 芥川龍之介』の刊行によって、龍之介の家庭生活に関する貴重な証言を残した。特に昭和二（一九二七）年の自殺直前の状況についての証言は貴重である。また、婚約時代の文宛龍之介書簡には、龍之介の女性観や結婚観が素直に吐露されており注目される。芥川作品では、『子供の病気』『死後』『年末の一日』『蜃気楼《しんきろう》』『歯車』『身のまはり』『鵠沼《くげぬま》雑記』『本所両国』『或阿呆《あるあほう》の一生』などに「妻」が登場しているが、きわだつ個性としては描かれていない。昭和二年四月に、文の女学校友達の平松麻素子《ますこ》と龍之介が心中しようとして未遂に終わったころから、自殺に至る間の不安については『追想 芥川龍之介』に詳しい。また、芥川の親友小穴《おあな》隆一の『二つの絵―芥川龍之介の回想』（中央公論社、昭和三一・一・三〇）にも、芥川夫妻の日常の姿を知る上で貴重な発言が多く含まれている。　（海老井英次）

女学校時代の塚本文

芥川也寸志《あくたがわやすし》　大正一四・七・一二〜平成元・一・三一（一九二五〜一九八九）。作曲家。芥川龍之介の三男。恒藤《つねとう》恭の「恭」を訓読みして命名された。昭和二四（一九四九）年、東京音楽学校作曲科研究科修了。二五（一九五〇）年、「交響管絃楽のための音楽」がNHK放送25周年記念管絃懸賞に特別入賞、出世作となる。著書に『私の音楽談議』（青木書店、昭和三一・六・一）がある。也寸志は、龍之介について「ぼくは全然印象がないです。まったく記憶がないです」（座談会『芸術家父子』、『芥川龍之介読本』昭和二九・一二）と言っている。　（森本　修）

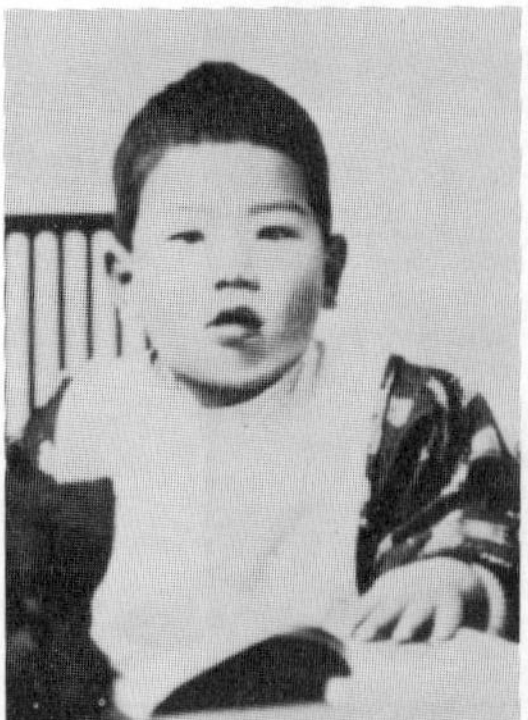
也寸志（昭和2年ごろ）

芥川龍之介遺墨《あくたがわりゅうのすけいぼく》　芥川の書画集。解説小穴《おあな》隆一。昭和三五（一九六〇）年四月一日、中央公論美術出版刊行。八百部限定出版。定価一七〇〇円。昭和五三（一九七八）年九月一五日再版。装丁はごく淡い茶色のクロースばりで表紙中央にえび茶色で縦八センチ、横五センチの枠があって中に落木図がある。本文の図版二八の絵と同じ。縦二九・六センチ、横二一・五センチ。ケースは青色で表には藍《あい》色の網の中に魚二匹をえび茶で、そのわきに梅の花をやはりえび茶で描いてある。図版三〇の絵と同じ。さらにボール箱に入れるようになっている。総頁数は一四五頁。見返しはクリーム色の上質紙、扉もクリーム色の上質紙で「芥川龍之介遺墨　小穴隆一」とある。目次には、図版、図版解説小穴隆一、芥川の蔵印小穴隆一、あとがき佐佐木茂索、図版目録の四行がある。佐佐木茂索は「この遺墨集は昭和三十二年の秋、死後三十年を記念して銀座の文芸春秋画廊で遺墨遺品展を催した、それを基礎に出来たものである。当然文芸春秋社で出版するつもりであったが荏苒《じんぜん》日を消しているうちに中央公論美術出版部から刊行されることとなったのである。」と編集出版の経緯を記している。和歌、俳句、漢詩、短文の短冊や色紙、画に賛をしたもの、寄せ書きのはがきなど内容は多様で、画はいくつもの水虎《すいこ》の図、自画像、落木図などが目をひく。「のっぺらぼう」などを描いた「化物帖」もある。図版九九葉の一葉ごとに解説があり、書かれたときの有様、情態に触れる記述が多い。例えば短冊の形に截《き》ってあるボール紙を拾って「夜深千岩雪と書いて畳に置いたが、一盃盃又一と筆を補なつて、一盃盃のところを指して、きみこれが読めるか、一盃一盃また一盃と読むのだと教へながら、またそれを手にとつて裏返し、灯光照死睡と書いてゐた。」などとある。また、芥川と横山大観の条《くだ》りでは、生前芥川は大観が自分が手をとってみっちり三年間仕込んでやるから画をやれ、今の若い者は一人として墨の扱い方を知らないと言っていたことを話してくれたが、芥川家蔵の『水虎晩帰《ばんき》之図』と大観の『無我』とどこか似ているように思われるというような感想もある。その書画の所蔵者を記し、遺愛品、ノート、書簡など遺墨の説明の助けとなるようなものも紹介されていて、いかにも芥川の近辺にいて芥川を知る人でなければ出来ない行き届いた編集である。有名な「水涕《ばな》や鼻の先だけ暮れ残る」の短冊などみていると芥川の心の一端がうかがえてくる。

（菊地　弘）

芥川龍之介自筆未定稿図譜《あくたがわりゅうのすけじひつみていこうずふ》

編集解説角田《つのだ》忠蔵《ちゅうぞう》、昭和四六（一九七一）年九月一〇日、大門出版美術出版部刊行。定価三八五〇〇円。体裁は横二六・四センチ、縦三七センチ、総頁数二二〇頁、朱色のクロースの帙《ちつ》入り。装丁は茶色のクロースばり。表紙と背に金字で「芥川龍之介自筆未定稿図譜」とあり、背の題字の下にやはり金字で「大門出版美術部」とある。見返しは青色の和紙、次にパラフィン一枚が付せられたあと、扉の白色の和紙に「芥川龍之介自筆未定稿図譜　限定三百八十部発兌《はつだ》のうち限定番号」が記されている。さらにパラフィン一枚が付いたあと、薄いベージュ色の和紙に「芥川龍之介自筆未定稿図譜」と表紙と同じ字型で黒で書かれ、その真下に序文中村真一郎、編者角田忠蔵、校閲関川左木夫と横に並んでいる。次頁から「小序」として中村真一郎の文が三頁、「自序」として角田忠蔵の文が二頁、「目次」が三頁、「凡例」が一頁、芥川使用の「原稿用紙」の種類分類を示す写真が二頁続く。本文は、見開きの右側に自筆原稿の図版を示し、左側にそれを活字化したものと解説を掲げ、照応しながら読める体裁になっている。図版は、未発表小説「南蛮寺」など八編十二葉の原稿が原色で復元され（他は黒白の写真による）、生々しい作家の息づかいを伝えている。編者の分類により、小説三八、小品七、随筆七、評論一二、紀行二、人物論四、詩五、俳画一、和歌三、俳句一、今様一、漢詩七、序文三、翻訳一、断片四、書簡二、の計九八編の未定稿、原稿の断片、小・中学時代の作品、「芥川家賄ひ帳」、耕牧舎牛乳領収書が収められている。ついで奥付、裏見返しとなっている。全頁上質紙で豪華本。編者が「自序」で「機会あるごとに芥川自筆未定稿原稿の博捜につとめ、十年余の歳月を費して、遂に二百余枚を蒐集《しゅうしゅう》し得た」と言う。小学校時代から死の直前に至るまでのもので、その資料的意義は大きい。岩波版『芥川龍之介未定稿集』に入っているものもあるが、未発表のものが五二点ある。解説は使用原稿用紙の分類、執筆年代、未定稿、草稿、別稿などの分類、異同などにわたる。芥川は松屋製の二〇〇字詰原稿用紙（青野と赤野）に升目いっぱいにのびのびとした字で書いているが、晩年になるにつれて字が小さくなっているように見える。墨書も字は整っている。俳画は使った原稿の裏に描かれているが、芥川の気持ちが伝わってくるようで面白い。中村真一郎は「たまたま書き残した、あるいは捨て忘れた原稿の端ぎれ、書き損じ、備忘録、下書き、のたぐいは、完成した作品とは別に」やはり「作品の背後にある作者の心の世界」を伝える貴重なものと言っている。彫心鏤《る》骨《こつ》をもって一作一作を創ってゆく芥川の創造の秘密がうかがえ、研究者にとっては欠かせない一本である。

（菊地　弘）

芥川龍之介文庫《あくたがわりゅうのすけぶんこ》　東京都目黒区駒場四丁目三番五五号の日本近代文学館の中にある芥川龍之介の名を冠した文庫。内容は大量の旧蔵書、それにノート・草稿・書簡・書画・遺愛品などの関係資料となっている。寄贈者は龍之介夫人の芥川文《ふみ》、長男比呂志、甥《おい》の葛《くず》巻《まき》義敏、その他佐佐木茂索・泰子、池崎能婦子《のぶこ》・飯沢匡《ただす》・麻田宏・永井忠郎・巌谷《いわや》大四《だいし》・佐佐木文綱・室生朝子・北川ふじなどである。文庫の中核は、文と比呂志によって長年保管されていた芥川家提供のものである。芥川家からは昭和四三（一九六八）年四月以降五二（一九七七）年六月まで数回にわたり、日本近代文学館に旧蔵書二六三一冊、資料八六点が寄贈されており、昭和五六（一九八一）年一〇月二八日に比呂志が死去するに及び、その遺言で残りの資料八三点も寄贈された。芥川家所蔵の龍之介旧蔵書と関係資料は、これですべて文学館に収まったことになる。日本近代文学館では、過去二回にわたり館ホールでこれら資料をもとに「芥川龍之介展」を開催、一般にも公開している。二回目にあたる「没後五〇年芥川龍之介展」（昭和五二年七月一日〜二九日）では、幼少年時代から死とその前後まで、年代記的に芥川の生涯を作品・原稿・書簡・創作集・旧蔵書・写真などによって解説することで、芥川文庫の資料を公開した。資料公開として要を得た方法であった。そこで、ここでも年代順に関係資料を紹介し、次に旧蔵書に触れることとしたい。初めに生い立ちにかかわるものとして、実家の新原家と養家の芥川家についての資料が目立つ。新原家の牛乳販売業耕牧舎発行のパンフレット「衛生家之顧問　牛乳の用法」、親族会議決議書、養子縁組裁判関係覚え書きなどである。江東幼稚園時代のものには、折り紙などの製作物がある。小・中学校時代のものには、習字・図画・国語・歴史・幾何などの成績物、義仲論ノート、養家の母と伯母にあてた絵はがき、一高入学のための身体検査記録などがある。一高から東大時代にかけてのものは、『白樺』編集部あて手紙下書き、草稿の『青年と死』『ひょっとこ』、『東京帝国大学卒業記念アルバム』などが見いだせる。作家として活躍を始める大正五（一九一六）年から中国旅行に行った大正一〇（一九二一）年ごろまでの前・中期のものとしては、『鼻』を激賞した漱石の手紙が第一に目につく。次いで『孤独地獄』『偸盗《ちゅうとう》』『或敵打《かたきうち》の話』などの原稿、菅虎雄《すがとらお》の筆になる第一創作集『羅生門』の題字、横須賀への転居通知、『大阪毎日新聞』に連載した『地獄変』『素戔嗚尊《すさのおのみこと》』『奇怪な再会』の切り抜きと続く。この期の書簡は、森鷗外・斎藤茂吉・滝田樗陰《ちょいん》宛、中国の旅先から家族・小穴《おあな》隆一・佐佐木茂索などにあてたものがある。このほか中国旅行アルバム（写真七一葉）もある。大正一一（一九二二）年から死の年の昭和二（一九二七）年までの後期のものとしては、『春服《しゅんぷく》』や『黄雀風《こうじゃくふう》』の装丁について絵入りで細かく指示した小穴隆一宛書簡、『侏儒《しゅじゅ》の言葉』『悠々《ゆうゆう》荘』などの原稿、『百合《ゆり》』の下敷きにされたという力石平蔵（平三）の原稿『二本芽の百合』、ほかに『一塊の土』『馬の脚』『美しい村』『玄鶴山房《げんかくさんぼう》』『文芸雑談』『河童《かっぱ》』『文芸的な、余りに文芸的な』『本所両国』『晩春売文日記』などの断片が存在する。さらにメモの書き込まれた裸婦のデッサン、菊池寛宛芥川の遺書、斎藤茂吉作成の処方箋《しょほうせん》など珍しい資料もある。死の前後のものは、比較的多い。昭和二（一九二七）年五月、改造社の『現代日本文学全集』の宣伝のため芥川は里見弴と北海道に講演旅行に行き、帰途新潟高等学校で講演する。その際の俳句絵はがきや写真は、すでによく知られ、なじみのもの。遺稿は『歯車』（一三七枚）『続西方の人』（四五枚）『小説作法十則』（二一枚）『或阿《あるあ》呆《ほう》の一生』草稿断片などがある。さらに死の際に着ていた麻の浴衣、それに特筆すべきは、〈枕頭の聖書〉と言われる『旧新約聖書 HOLY BIBLE』の存在である。これは葛巻義敏が寄贈したもの。巻末見返しに、葛巻の署名のある一文があって、その一節に「彼は新しき訳書を所持せるも、この訳の古調を愛し、——数年前にもらひたる、この訳書は、つねに彼の枕辺に在り」を見いだすことができる。書中ピンクの色鉛筆で、マタイによる福音書の一七箇所に傍線が引かれている。このほか葬儀の際に読まれた友人総代菊池寛の墨痕《ぼっこん》鮮やかな弔辞もある。以上、生い立ちから死に至る芥川の生涯に即して文庫資料を紹介したが、ほかに目立つのは、書画である。芥川の書はいわゆる能筆ではなく、かなりくせのある字体であった。しかし、絵は上手であり、それゆえ画讃《がさん》として添えられる文字も結構うまく収まることとなる。彼は河童という空想上の動物を好んだが、文庫には横額のかなり大きな「娑婆《しゃば》を逃れ

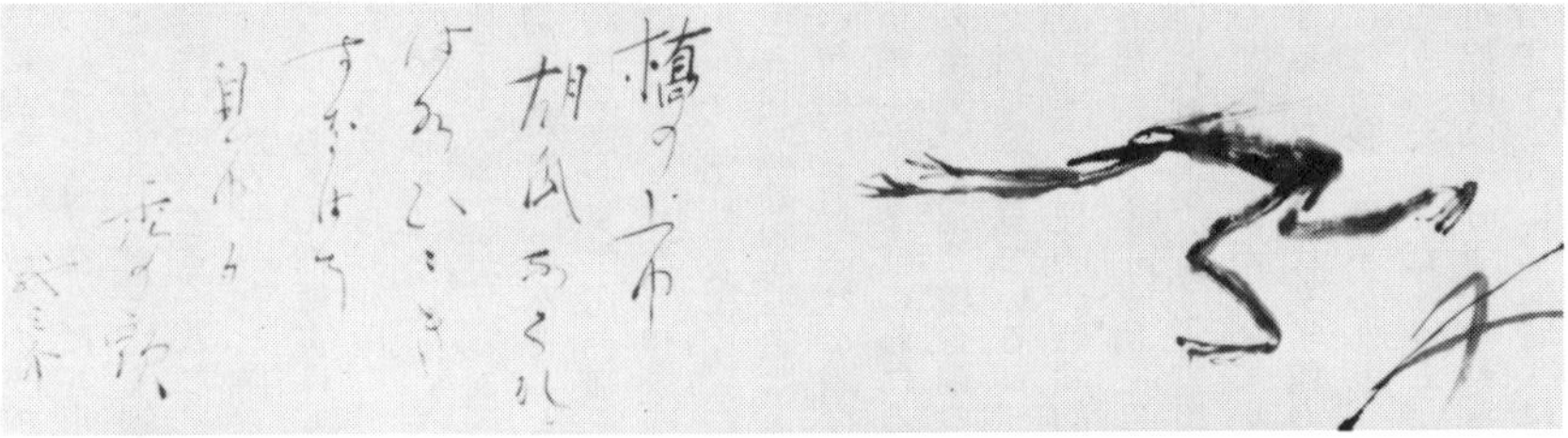

娑婆を逃れる河童　芥川が自裁数日前に書斎隣の葛巻義敏の部屋に投げ入れたものといわれる。

る河童」をはじめ、「水虎晩帰之図」や「河童の図」や久米正雄との合作「馬の尾にぶらさがる河童」「馬に蹴られた河童」小穴隆一宛はがき（大正九・九・二二）「水虎問答之図」などがある。その他化物帖やデッサン集、小穴隆一が描いた芥川の肖像画「白衣」、デスマスクの油絵もある。遺愛品としては、紫檀《したん》の文机、朱塗りの脇机、浜村蔵六作「鳳鳴岐」と「戉哉」と刻された二つの大印、朱肉、文鎮、水差し、硯屏、矢立、インク壺とペン軸、ペン皿、茶碗、鉄瓶、火鉢、香炉、下島勲《いさおし》が結婚祝いに贈った香《か》取秀真《とりほずま》作の螭《ち》文花瓶、長崎旅行の際手に入れたマリア観音、さらに菅白雲（虎雄）書の「我鬼窟」扁額《へんがく》、下島空谷（勲）書の「澄江堂」の扁額もある。この「我鬼窟」扁額は、東京都千代田区神田神保町一丁目一番地の三茶書房主岩森亀一氏所蔵の芥川資料「岩森亀一コレクション」にも見いだせるから、二部あったことになろうか。比較すると書体はほんの少しながら異なっている。ちなみに岩森亀一コレクションは、日本近代文学館の芥川龍之介文庫と対をなすものと言ってよく、五〇〇〇点を上回る芥川資料が集められている。こちらは主として葛巻義敏所蔵資料を中心に形成されたものである。次に旧蔵書であるが、これには目録がある。『芥川龍之介文庫目録』（A5判四二頁、日本近代文学館、昭和五二・七・一）である。芥川旧蔵書の扱いは、洋書と和漢書の二部に分けられ、洋書は著者名のアルファベット順、和漢書は書名の五十音順に配列されている。目録の初めに大久保乙彦が書いている「概要」によると、洋書は六三八点、八〇九冊、三一八名の著者のものがあり、所蔵の多い順に列挙すると、A. France, G. B. Shaw, A. Strindberg, I. Turgenev, H. Ibsen, G. Brandes, R. Rolland, A.

Bierce, G. K. Chesterton, K. Hamsun, G. de Maupassant, O. Henry, A. Tchekhov, O. Wilde, S. Butler, E. A. Poe, G. D'Annunzio, T. Gautier, M. Maeterlink, W. Morris, L. Tolstoy, A. Bennett, L. Hearn, S. Lagerlöf, C. A. Sainte-Beure の著書が七冊以上、その他C. Baudelaire, F. M. Destoevskij, L. Dunsany, W. von Goethe, N. V. Gogol, P. Loti, P. Mérimée, Molière, A. Schnitzler, J. Swift などの書物が多いという。言語別では英語が圧倒的に多く、ドイツ語のものが二一冊。そこでフランス文学やロシア文学は、英訳本で読んでいたことが分かる。洋書への書き込みは、右の大久保の「概要」によると、八〇九冊中、三四五冊だという。読了日の書き入れが多いのも特徴で、これは研究に何かと役立つことになろう。三好行雄が『日本近代文学館図書・資料委員会ニュース』（昭和四五・七・一）に寄せた「芥川龍之介旧蔵書」によると、芥川の書き込みで目立つのは寸評ふうの読後感とのことで、A. E. Macklin 訳編の Twenty-Nine Tales From France を例に挙げて説明している。三好はほかに The Tales of Tchehov というチェーホフの英訳本への書き込みやアナトール・フランスの英訳短編集 The Path of Glory に当時アメリカに留学していた成瀬正一《せいいち》の献辞入り署名に注目し、「芥川龍之介論の有力な論点がいくつも引出せそうな、予感に満ちた旧蔵書の充棟は壮観である」と書きつけている。確かに芥川研究の新たな対象がここに生じたと言っても過言ではないだろう。和漢書は四六五点一八二二冊あり、そのうち漢籍は一八八点一一七七冊と目録の「概要」は言う。もちろん旧蔵書は、芥川蔵書のすべてではなかろうから、和漢の書の単なる数の比較は無意味である。それにしても『香艶叢書』（八〇冊）や『佩文韻府《はいぶんいんぷ》』（五二冊）『韻府拾遺』（八冊）『淵鑑類函』（四八冊）『太平広記』（四八冊）『唐詩百名家全集』（四〇冊）など大部のものの所蔵には驚かされる。和書は数としては意外と少ない。が、『江戸名所図会《ずえ》』（二〇冊）『日本外史』（一三冊）『絵本西遊記』（四〇冊）をはじめ、明治初期に刊行された戯作類から講釈本、謡本、俳諧《はいかい》本など多岐にわたる。書き込みのある『鷗外全集』や沼波瓊音《ぬなみけいおん》編の『芭蕉全集』もある。ただ目録を見ていると、芥川が生存中には刊行されず、物理的、時間的に絶対に読めなかったと思われる本——例えば和書で第一書房刊行の『近代劇全集』や十字屋書店刊行の『宮澤賢治全集』の端本が入っていることには、注意を要する。日本近代文学館の芥川文庫に収まるまでには、長い戦争があり、芥川家の引っ越しも再三あったことだろうし、よその本がまぎれ込む可能性は十分予想される。一方、目録「概要」が言うように、同時代に出版された図書の少なさは、これが旧蔵の一部であるとの推定を呼び、混入問題のほかに流出問題も考える必要があることを教える。それはともあれ、特別資料も含めて、一作家の資料がこれほど豊かに集まった文庫も珍しい。別項に挙げた「岩森亀一コレクション」と合わせると、まさに奇跡に近い。その有効的利用は、芥川研究に画期をもたらすものと思われる。

〔**参考文献**〕三好行雄「芥川龍之介旧蔵書」（『日本近代文学館図書・資料委員会ニュース』No.12、昭和四五・七・一）、日本近代文学館図書資料委員会編『芥川龍之介文庫目録』（日本近代文学館、昭和五二・七・一）、日本近代文学館編『芥川龍之介 没後五十年記念展』図録（日本近代文学館、昭和五二・七・一）、三好行雄「芥川龍之介の書き入れ」（『日本近代文学館』第45号、昭和五三・九・一五）、小田切進『続文庫への道』（東京新聞出版局、昭和五六・一二・一〇）

（関口安義）

アグニの神《あぐにのかみ》 童話。大正一〇（一九二一）年一月一日、二月一日発行の雑誌『赤い鳥』に二回連載。『夜来の花』（新潮社、大正一〇・三・一四）、『奇怪な再会』（金星堂、大正一一・一〇・二五）、『三つの宝』（改造社、昭和三・六・二〇）に収録。『奇怪な再会』収録に際し、文末に「遠藤は妙子を抱へた儘《まま》、おごそかにかう囁《ささや》きました。」の一行が加筆された以外、初出以下『三つの宝』まで大きな異同はない。『蜘蛛《くも》の糸』

（『赤い鳥』大正七・七）以来生じた芥川と『赤い鳥』との関係の最後の童話作品。この作品も鈴木三重吉の強い要請に基づいて書かれたものであろう。起稿年月は不明だが、佐佐木茂索宛書簡に「十二日の日曜は執筆多忙の為面会謝絶だ　まだ改造と赤い鳥の続稿を書いたばかりだ　中央公論の山鴫《やましぎ》は未《いまだ》に出来ん」（大正九・一二・一〇）とあり、『赤い鳥』の「続稿」が『アグニの神』の後半と推定できるところから、一二月一〇日ごろまでには脱稿していたとみてよい。誘拐《ゆうかい》された妙子を探している遠藤は、あるときインド人の占い婆《ばあ》さんの所にいる彼女を発見する。婆さんは、アグニというインドの神を妙子に乗り移らせ占い商売で金もうけをしていた。遠藤は救出しようとするが婆さんの魔法にかかって失敗する。しかしアグニの神は、父の許《もと》に帰りたいあまり催眠術に抵抗し一心に祈る妙子の願いを聞き入れて、婆さんを殺してしまう。その現場に踏み込んだ遠藤は「運命の力の不思議」を知り、妙子をかかえたまま、「私が殺したのぢやありません。あの婆さんを殺したのは今夜こゝへ来たアグニの神です。」と彼女に語る。上海を舞台に、インド人の妖術をからませるなど異国情緒にみちており、芥川の神秘怪異趣味の強い異色の童話だが、その底には純粋な少女の祈りと悪に打ち勝とうとするけなげな姿が描き出されている。『妖婆』（『中央公論』大正八・九、一〇）のヴァリエーションでありながら、立派な童話的世界に作りかえられているのはみごとである。　（石崎　等）

悪魔《あくま》　小説。大正七年六月一日発行の『青年文壇』に発表。『点心』（金星堂、大正一一・五・二〇）に収録。芥川一流の、ある「古写本の伝ふる所によ」って書いたとする歴史小説である。悪魔をも見ることができるうるがんという伴天連《バテレン》が、織田信長の懸想した女に取り付いた悪魔を捕えたところ、「堕落させたくないもの程、益《ますます》堕落させたいのです。」と、その悲しみを語ったという。最後に語り手が、我々もそれと同じ悲しさがあると告げる。大正五（一九一六）年一一月発表の『煙草と悪魔』と、一脈通じるところのある作品である。　（石原千秋）

悪魔主義《あくましゅぎ》　西欧の一九世紀末に起こった diabolism の訳語。ボードレール Charles Baudelaire（一八二一〜一八六七）の詩集『悪の華』Les Fleurs du Mal（初版一八五七）に表現されたように「悪」の深淵に芸術を創造しようとする精神。ボードレールに「悪」の詩意を啓示したのはアメリカの詩人、エドガー・ポー Edgar Poe（一八〇九〜一八四九）の作品である。ヴィクトル・ユゴー Victor Hugo（一八〇二〜一八八五）によって「新しき戦慄《せんりつ》の創造者」と評されたボードレールは古代のホメロスから一九世紀のユゴーに及ぶ叙事詩的な壮美の世界とは逆に、病的な官能の快楽の追究に詩美を発見した。ユイスマンス Joris Karl Huysmans（一八四八〜一九〇七）やワイルド Oscar Wilde（一八五六〜一九〇〇）の場合もその文学における唯美的な象徴性は悪魔主義に通じる。日本ではいちはやくかかる傾向を、自然主義への反発として取り入れたのが谷崎潤一郎であった。『悪魔』（『中央公論』明治四五・二）に描かれた女主人公の描かれ方が、悪魔主義に擬せられたりしたが、ポー、ボードレール、ワイルドの場合との本質的な違いを芥川は見抜いていて以下のように述べている。「当時谷崎氏は、在来氏が開拓して来た、妖気靉靆《あいたい》たる耽美《たんび》主義の畠《はたけ》に、『お艶《つや》殺し』の如き、『神童』の如き、或《あるい》は又『お才と巳之助』の如き、文字通り底気味の悪い Fleurs du Mal を育てゝてゐた。が、その斑猫《はんめう》のやうな色をした、美しい悪の花は、氏の傾倒してゐるポオやボオドレエルと、同じ壮厳な腐敗の香《かをり》を放ちながら、或《ある》一点では彼等《ら》のそれと、全く趣が違つてゐた。彼等の病的な耽美主義は、その背景に恐る可《べ》き冷酷な心を控え《ママ》てゐる。（中略）我々が彼等の耽美主義から、厳粛な感激を浴びせられるのは、実にこの『地獄のドン・ジユアン』のやうな冷酷な心の苦しみを見せつけられるからである。しかし谷崎氏の耽美主義には、この動きのとれない息苦しさの代りに、余りに享楽的な余裕があり過ぎた。」（『あの頃の自分の事』、『中央公論』大正八・一・一）

（剣持武彦）

浅草公園《あさくさこうえん》　シナリオ。昭和二（一九二七）年四月一日発行の雑誌『文芸春秋』に発表。『湖南の扇』（文芸春秋社出版部、昭和二・六・二〇）に収録。「―或《ある》シナリオ―」の副題がある。七八章に分かれているが、初出は、「11」と「66」の章を前場面に収めているために最終場面は「76」、ほかには初出との大きな異同はない。田舎者の父親から逸《のが》れて、浅草公園で迷子になった少年の姿を、あるいは少年の目を通した公園の光景の短いショットをつなぎ合わせたイメージの並列、という構成を採択したシネ・ポエム。同じ〈シナリオ〉形式には、この作と同じ月の『改造』に発表され、同じ『湖南の扇』収録の「伝説的色彩を帯びた唯一の天守教徒」を描いた『誘惑』があり、シナリオは、晩年の芥川が試みた、〈新感覚〉の詩のように新しい形式であったが、結局熟することなく終わった。『狂つた一頁』の上映は、この前年であり、芥川の映画芸術に対する関心がうかがえるが、この作は上映されることを意図したものではなく、その意味で〈レーゼ・シナリオ〉とも言える。昭和二年雑誌『新潮』四月号の「新潮合評」では、この作についてシナリオを活字で発表することの是非が主に論じられ、室生犀星はその中で、『誘惑』よりはいい、と評してもいる。浅草公園は、本所育ちの芥川にとっては一種の生活圏だったはずで、そうした故郷にも回帰できず、また、関東大震災以後の東京の風景に対する芥川の崩壊感と喪失感も読み取ることも可能だろう。「過去も現在も未来も、ただ並列的、同時的に投影される」シナリオ形式で、「死をまへにした精神の風景画を形づくつた」という福田恆存《つねあり》の評（新潮文庫『湖南の扇』昭和二七・八・五の解説）などのほか、ほとんど論じられたこともなく、神田由美子「芥川龍之介のシナリオ『浅草公園』について」（『文学・語学』83、昭和五三・一〇）が『歯車』との関連で論じた、ほとんど唯一のものである。中に、ダンテ『神曲』の「地獄篇」、ボードレール『悪の華』の部分的な影響関係が指摘されている。

（石割　透）

浅草文庫《あさくさぶんこ》　東京高等学校校友会文芸部発行の雑誌。創刊、終刊未詳。明治四二（一九〇九）年八月刊の第一八号より大正九（一九二〇）年一月刊の第四七号まで確認。年二、三回刊。学生の詩歌小説などを掲載。大正八（一九一九）年一一月三〇日刊の第四六号に『芥川龍之介氏講演会の記』（全集未収録。石割透発見）が掲載される。同年六月二八日に同校で行われた講演会の大要であるが、内容は全集第一二巻所載の『小説の読み方（大正九年五月東京高等工業学校に於ける講演の草稿）』とほぼ重なる。あるいはこの草稿の年月訂正すべきか。なお、同文芸部委員中西秀男宛書簡の一つ（大正一〇・一・一九）に「今度君にあつたら浅草文庫の批評をします」とある。

（大屋幸世）

明日の道徳《あすのどうとく》　講演。初出『教育研究』第二七九（道徳教育研究号・大正一三・一〇）。岩波新版『芥川龍之介全集』七巻「後記」によると、右の雑誌の奥付、目次等は未確認で切り抜きに依拠しているとある。従来の全集には、「大正十三年六月十日　第二十二回全国教育者協議会にて」となっている。東京高等師範学校付属小学校講堂で行われた。明日の道徳を考えるには、まず批判的精神の自覚の肝要を説く。自覚の因子の一つとして西洋文明の恩恵を挙げ、「我」の尊重を指挙する。昨日、今日、明日の道徳を整理する必要上、少なくともセンチメンタリズムを離れて、何事もありのままにみることを説いている。いわゆる、中庸道にたちかえって冷静にものの正体を見る心がけでも助長さしたい、というのが結論である。批判精神の自覚を促しながら、自由な中庸道を標榜した芥川らしい姿勢や位置が読み取れる。

（伴　悦）

東屋《あずまや》　神奈川県藤沢の鵠沼《くげぬま》海岸にあった旅館。明治二二（一八八九）年建設。鵠沼館《こうしょうかん》の女中頭長谷川栄が経営し、没後は養子の欽一が引き継いだ。文学者、画家、演劇家の宿泊が多かった。現在は廃業しており、今の東屋は関係がない。芥川は妻文《ふみ》の実家が鵠沼にあったため、大正一五（一九二六）年一月から昭和二（一九二七）年にかけ、養生のため東屋と近くの貸別荘に滞在した。当時の体験が『蜃気楼《しんきろう》』『鵠沼雑記』などに書かれている。

（片岡　哲）

アナトオル・フランス《あなとーるふらんす》　Anatole France　一八四四・四・一六〜一九二四・一・二二。フランスの作家。芥川は中学時代の終わりにその小説『タイース』を英訳で読み始め、大正三（一九一四）年初、英訳本『バルタザール』中の同名の短編を『新思潮』に訳載した。『野呂《のろ》松《ま》人形』に引用した『エピキュルの庭』中の芸術観は後年、同書の影響もある『侏儒《しゅじゅ》の言葉』でも繰り返される。また『秋』の一人物は「フランス仕込みの皮肉や警句」を口にし、「冷笑と諧謔《かいぎゃく》」を武器とする小説を書く（『或阿呆《あるあほう》の一生』の「十九　反語と微笑」参照）が、これは同書で人生に必要とされた「皮肉」「憐憫《れんびん》」に基づく。他の著書で芥川が読んだのは『文学生活』『真珠母の箱』『焼肉レーヌ・ペドーク』『赤百合』『聖クレールの井戸』『白い石の上』『ペンギンの島』『ジャンヌ・ダルクの生涯』『天使たちの反逆』である。晩年の芥川はこの作家を「十字架を背負つた牧羊神」または「半身半馬《ママ》神」と見た。

（田所　周）

あの頃の自分の事《あのころのじぶんのこと》　小説。大正八（一九一九）年一月一日発行の雑誌『中央公論』に発表。『影燈籠《かげどうろう》』（春陽堂、大正九・一・二八）、『或日《あるひ》の大石内蔵之助《くらのすけ》』（春陽堂、大正一〇・一一・二八、文芸春秋出版部、大正一五・二・八）に所収。『影燈籠』に収録の際、初出の第二章と第六章とが削除された。岩波版全集では、それを別稿として扱っている。その他初出、『影燈籠』の間に多少の異同がある。一種の身辺雑記小説で、同人誌『新思潮』を始めたころの芥川と久米正雄、松岡譲ら同人たちのスケッチである。田山花袋、武者小路実篤に関する感想（武者小路については、「久しく自然主義の淤泥《おでい》にまみれて、本来の面目を失してゐた人道《ユウマニテエ》が、あのエマヲのクリストの如く『日昃《かたぶ》きて暮に及』んだ文壇に再《ふたたび》姿を現した時、如何《いか》に我々は氏と共に、『われらが心熱《もえ》し』事を感じたらう。」との有名な一節がある）、菊池寛の『坂田藤十郎の恋』が没になった経過、帝国大学の純文学廃止論、谷崎潤一郎の一面、上田敏のことなどが小説風に記されている。最後は、創作に疲れ切って寝ている松岡の顔に涙を見、「やり切れない心細さ」を感じながらも「よくそれ程苦しんだな」と涙ぐむ芥川の姿で結んでいる。作者自身、「以下は小説と呼ぶ種類のものではないかも知れない。」と記し、「事実の配列は必《かならず》しもありのままではない。唯事実そのものだけが、大抵ありのままだと云ふ事をつけ加へて置く。」と断っているが、終末のつけ方などは、あくまで、芥川の小説らしい形を整えている。むしろ、様々な人物への感想の卓抜さを読み取るべき作品だが、鷺只雄が「『あの頃の自分の事』論」（都留文科大学『国文学論考』13、昭和五二・三）で指摘したような原構想から作品への転移にも注目しなければならないだろう。つまり、事実との関連を離れて、独立した作品としての考察を必要とされる短編ではないかということである。

（塚越和夫）

あばばばば　小説。大正一二（一九二三）年一二月一日発行の雑誌『中央公論』に掲載。副題「保吉の手帳の一部」を除去して『黄雀風《こうじゃくふう》』（新潮社、大正一三・七・一八）に収録。いわゆる「保《やす》吉《きち》もの」の一編。「海軍の学校へ赴任」してきた保吉は行きつけの店の主人が妻を娶《めと》ったことを知る。「或《ある》初夏の朝」のことであった。齢《とし》は十九ほどで「一筋もまじり毛のない白猫」のような、あるいは「五六年来迹《あと》を絶つた硯友社《けんゆうしゃ》趣味」を思わせるような女であった。「或残暑の厳しい午後」、保吉はその女の初々《ういうい》しい商いぶりに瞬時の誘惑さえ覚える。また「或秋も深まつた午後」には、保吉が「鯡《にしん》」を買おうとすると、女の顔は「見る見る羞《はづ》かしさうに」染まってしまう。二月ほどして女はぱったり店に出なくなるが、やがて冬の寒さが退いて「生暖い南風」の吹く「二月末の或夜」、保吉は往来で赤子をあやしている女に出会った。しかし、そのときの女はもう鯡を妊娠と聞き違えて顔を赤らめるような「あの女」ではなかった。人前も恥じずに「あばばばば」を繰り返すことのできる「度胸の好い」母に変じていた。作品の結びは「この変化は勿論女の為にはあらゆる祝福を与へても好い。しかし娘じみた細君の代りに図図しい母を見出したのは、……保吉は歩みをつづけたま、茫然《ぼうぜん》と家家の空を見上げた。空には南風の渡る中に円《まる》い春の月が一つ、白じろとかすかにかかつてゐる。……」とある。季節の推移とそこに息づく者の心情を重ねながら、時には醜悪でさえあり得る母性の強さを通じて、含羞《がんしゅう》のベールを剥《は》いで露《あら》わされるものへのたじろぎを写し出す。「保吉もの」の質を問う際の重要な論点となろうが、この結尾部に関して、宮坂覺は「変身は一つの感情の挫折《ざせつ》であり、母への郷愁の思いの発端ともいえまいか」（『芥川龍之介必携』）と、作者芥川龍之介における「〈母〉欠損の淋《さび》しさ」を指摘している。（中村　友）

阿部次郎《あべじろう》　明治一六・八・二七〜昭和三四・一〇・二〇（一八八三〜一九五九）。評論家・哲学者。東北帝国大学教授。山形県生まれ。一高を経て、東京帝国大学文科大学哲学科卒業。芥川龍之介の大学の先輩であり、漱石門の兄弟子。芥川一高時代、斎藤茂吉・安倍能成・魚住影雄らと親しみ、大学時代は『帝国文学』の編集委員であった。明治四二（一九〇九）年漱石門をくぐり、そのころから漱石主宰の「朝日文芸」欄に執筆し、注目されるようになる。大正三（一九一四）年四月、東雲堂より『三太郎の日記』を刊行、若い世代に大きな影響を与え、大正教養主義を代表する著作として知られた。大正一一（一九二二）年六月『人格主義』を岩波書店から刊行、自然主義を否定し、理想主義の風潮を是とした。その個人主義に立脚した理想主義は、武者小路評価に見られるように芥川と一致するものを多分に持っていた。俳諧《はいかい》にも関心を示し、小宮豊隆《とよたか》らとの合評『芭蕉俳句研究』（岩波書店、大正一一・九・二五）を刊行。小宮からこの書を恵投された芥川が、阿部の説に耳を傾けていたことは、その書簡からうかがえる。（関口安義）

安倍能成《あべよししげ》　明治一六・一二・二三〜昭和四一・六・七（一八八三〜一九六六）。哲学者。一高校長、文部大臣を歴任。愛媛県生まれ。東京帝国大学文科大学哲学科卒業。漱石門下の一人で、反自然主義の立場で評論を書き、またいわゆる大正期の教養主義者の一人と目された。『葬儀記』に「斎場を出て、入口の休所へかへつて来ると、もう森田さん、鈴木さん、安倍さん、などが、かんかん火を起した炉《いろり》のまはりに集つて、新聞を読んだり、駄弁を振つたりしてゐた」とあり、また『我鬼窟《がきくつ》日録』に「赤い鳥の音楽会へ行く。（中略）慶応へ行つてピアストロ、ミロウィッチを聞く。安倍能成氏、ミロウィッチが公衆を眼中に措《お》かない所がえらいと云つて褒める。」（大正八・六・二二）などとある。『手帳』の「六」に「能成に似る印度人の巡査」のくだりがある。江口渙《かん》、佐藤春夫宛書簡に「拝復　羅生門の会は少々恐縮ですがやつて下されば難有《ありがた》く思ひます文壇の士で本を送つたのは」（大正六・六・一六）として安倍の名が見え、小宮豊隆《とよたか》宛書簡（大正一一・一一・二八）にも出ている。（菊地　弘）

鴉片《あへん》　随筆。大正一五（一九二六）年一一月一日発行の雑誌『世界』（世界社）創刊号に発表とされているが、確認されていない。芥川によくある、多少考証的な随筆である。クロオド・ファレエルの作品を読んで、鴉片と死人を結び付ける発想を知ったが、中国の兪樾《ゆうえつ》の随筆「右《う》台仙館筆記《たいせんかんひっき》」にも「鴉片煙中死人の膏血《こうけつ》有り」の句のある話があり、むしろ鴉片の煙は、東洋的な感じを与えるものではないか、としている。（石原千秋）

阿呆《あほう》　この語句の辞書的原義に対し、芥川ほどそれと対極に位置した人はいない。それでは、彼がこの語を己に向けて使うのは、彼好みの反語なのか。『或阿呆の一生』は、彼の心象風景のスケッチであり、はじめに彼は久米正雄にあて「どうかこの原稿の中に僕の阿呆さ加減を笑つてくれ給《たま》へ。」と記した。そこには、世紀末、狂気、神経のふるえ等が羅列されている。晩年の芥川は、聡明さの限界を確認したのである。その他、『暗夜行路』を読んだあと「僕はこの主人公に比べると、どのくらゐ僕の阿呆だつたかを感じ、いつか涙を流してゐた。」(『歯車』)、「『選ばれたる少数』とは阿呆と悪人との異名なのだ」(『闇中《あんちゆう》問答』) 等がある。「阿呆」は、芥川にとって単なる反語ではなく、聡明さ、学識、デリカシイだけを頼りに生き抜いた一人の文学者によって、最後に発せられた悲鳴だったのだと言えよう。（塚越和夫）

あらたま　斎藤茂吉第二歌集。大正一〇（一九二一）年一月、春陽堂刊。大正二年九月から六年一二月、長崎赴任までの作七四六首が収められる。『アララギ』の近代化に伴い詩歌壇との交流によって、印象派絵画の影響や東洋的、現実主義的な境地が歌われ、写生の深化、拡充がはかられた。芥川は『僻見《へきけん》』の中で、これらの特色を次のように記す。「あかあかと一本の道とほりたりたまきはる我が命なりけり（中略）ゴッホの太陽は幾たびか日本の画家のカウヴァスを照らした。しかし『一本道』の連作ほど、沈痛なる風景を照らしたことは必しも度たびはなかつたであらう。／かぜむかふ欅太樹《けやきふとき》の日てり葉の青きうづだちしまし見て居り（中略）これらの歌に対する宛然《さながら》後期印象派の展観会の何かを見てゐるやうである。」「茂吉の西洋はをのづから深処に徹した美に充ち」「正直に自己をつきつめた、痛いたしい魂の産物である。」と述べ、『あらたま』初期の特色をよくとらえている。（藤岡武雄）

アラビヤン・ナイツ《あらびやん・ないつ》　Arabian Nights' Entertainments　九世紀ごろから数百年にわたって集成された枠物語形式のアラビア語説話の英訳題名。芥川は大正三（一九一四）年末に一部の訳出を考え、この物語に活躍する「ヂン」の名を『魔術』（大正九・一）で挙げた。一二年にバートン訳を入手、翌年五月から七月まで『書物往来』（創刊〜第三冊）に『リチヤアド・バアトン訳「一千一夜物語」に就いて』と題する解説を連載した。（田所　周）

アララギ《あららぎ》　短歌雑誌。明治四一（一九〇八）年一〇月創刊、現在に及ぶ。千葉県睦岡村の蕨《けっ》真《しん》方から発行されたが、翌年九月東京本所茅場《ほんじよかやば》町三の一八伊藤左千夫宅に移され、古泉千《ち》樫《かし》・斎藤茂吉らが編集に尽くした。『万葉集』を作歌上の手本として写実的歌風を推進、大正二（一九一三）年左千夫が亡くなって会員組織を設けた。翌年島木赤彦が上京し、雑誌の編集発行に専念し経営も安定、茂吉、赤彦、憲吉、文明らが歌壇に進出し、『アララギ』の勢力を強化し歌壇の中心的な存在となる。芥川が『アララギ』の寄贈をうけだしたのは大正九（一九二〇）年七月号からで、当時編集発行人であった赤彦の心づかいである。芥川が『アララギ』に執筆したのは、大正一四（一九二五）年八月号に『「太虚集《たいきよ》」読後』、同年一〇月号に『「ふゆくさ」読後』、一五年一〇月号に『島木さんのこと』、昭和二（一九二七）年四月号に『「庭苔《ごけ》」読後』の四回である。芥川は茂吉の『赤光《しやつこう》』に注目し、茂吉、文明、赤彦らと親交を深めていった。（藤岡武雄）

有島生馬《ありしまいくま》　明治一五・一一・二六〜昭和四九・九・一五（一八八二〜一九七四）。画家・小説家。本名は壬生馬《みぶま》。神奈川県生まれ。兄に有島武郎、弟に里見弴。明治三七（一九〇四）年、東京外国語学校（東京外国語大学の前身）イタリア語科卒業。島崎藤村に傾倒、藤島武二に師事してイタリア、フランスに留学。帰朝後、同四三（一九一〇）年四月創刊の『白樺』に参加し、日本で初めてセザンヌを本格的に紹介した。大正二（一九一三）年、石井柏亭《はくてい》らと二科会を創立、のちに一水会を結成し、洋画界の重鎮として活躍した。作家としては『蝙蝠《こうもり》の如く』（大正二・二）『嘘の果《み》』（大正一〇・一）ほか短編集・単行本が多く、『有島生馬全集』三巻（昭和七・一二〜八・四）がある。没後、自伝『思い出の我』（昭和五一・九）、美術論集『一つの予言』（同五四・九）が刊行された。『美術の秋に』（『新潮』大正六・一一）に芥川への言及があるが、些々《ささ》たるもの。大正八年、『嘘の果』（初出）評の芥川の意見と対立し、疎遠な間柄であった。（山田昭夫）

有島生馬君に与ふ《ありしまいくまくんにあたう》　随想。大正九（一九二〇）年一月一日発行の雑誌『新潮』に発表。芥川は『大正八年六月の文壇』（『大阪毎日新聞』大正八・六・四〜一三。五回）で有島生馬の『嘘の果《み》』（初出『解放』創刊号、大正八年六月。続編、同九・一〜二。同一〇・一・一八刊）に触れたが、作中に常子という女性の手紙がやたらと出てくるのに驚き、「作者は、ラヴ・レタアの蒐《しう》集《しふ》に興味を持つてゐるのぢやないか」と記したあたりが有島生馬の不快を触発したらしい。作者が「嫌みで下等な批評」（『新潮』大正八・一二）で反発したのに対して、芥川は、作品の評価は不変であり、ある会合で会ったときの自分の挨《あい》拶《さつ》・態度は言行不一致でも面従腹非でもなく全くの誤解である、と述べたのである。芥川は『大正八年度の文芸界』（『毎日年鑑』大正八・一二・五）においてもこの作品の寸評をはさんだが、作者の求めていた具体的批評には及ばなかった。（山田昭夫）

有島武郎《ありしまたけお》　明治一一・三・四〜大正一二・六・九（一八七八〜一九二三）。小説家・評論家。東京生まれ。学習院を経て、明治三四（一九〇一）年札幌農学校卒業。在学中内村鑑三を熱読してキリスト教に入信。三年間米国に留学、帰国後母校（東北帝国大学農科大学＝北海道大学）の教壇に立つ。同四三（一九一〇）年四月創刊の『白樺』に弟の有島生馬・里見弴とともに参加、同時に離教した。「白樺」派の代表的作家の一人、しかしその内部批判者（本多秋五）の位置にあった。クロポトキン、ホイットマン、トルストイに思想的影響を受け、自由人ローファーの生き方を念願したが、階級社会の現実を注視し、思想と生活の問題に悩み、所有農場の解放、私有財産の放棄など、知識人作家の誠実の極北を示した。主要作品は『或《あ》る女』『星座』『生れ出づる悩み』『カインの末裔《まつえい》』、エッセイ『惜みなく愛は奪ふ』『宣言一つ』など。有島武郎全集（全一六巻）。芥川の『「我鬼窟《がきくつ》目録」より』と菊池寛の『雑記二つ』によると、大正八（一九一九）年五月三一日のホイットマン百年祭と同一二（一九二三）年五月一三日の改造社主催講演会講師晩餐《ばんさん》会で両者は会っている。有島は『羅生門』以来、芥川の才気に注目していたにちがいないが、人物観・作品評は見当たらない。一方、芥川は『大正八年度の文芸界』（『毎日年鑑』大正八・一二・五）で『或る女』に触れて、「スケェルの大」は認めても「純真なる芸術的感激の寂光土が見出されない」と批評したが、芸術観の相違が明らかである。有島の敬愛する唯一の現存作家が島崎藤村であることを芥川が知っていたならば、芥川は有島との間に大きな距離を痛感させられたであろう。二人の共通点は、外国文学の深い造詣、特にオスカー・ワイルドへの関心、鋭い時代感覚、志賀直哉への敬意が挙げられるが、両者の歩み寄りのなかったことが惜しまれる。二人の死は、大正文学の終息を象徴する事件であった。（山田昭夫）

有　島　武　郎

或悪傾向を排す《あるあくけいこうをはいす》　評論。大正七（一九一八）年一一月一日発行の『中外』（第二巻第一二号）に発表した。単行本には収録されなかった。「批評家が作家の才や腕に軽蔑を持つのが間違い」という趣旨の同誌掲載の同標題の里見弴の説を敷衍《ふえん》したものであるが、主として本間久雄の文芸時評『浪曼主義か現実主義か』を批判している。本間のリアリズムへ赴けという主張がいわゆる新技巧派への無理解や蔑視の上になされていることに注目した芥川は、リアリズムを表層的にとらえることに反対し、材料上の現実描写以外に「人生を或特殊な位置に立たせて観察する。」そうすると表現・文章にも特殊性が反射された「多角的表現」も現実に味到しうる、と主張した。「科学的細微な観察に哺《はぐ》くまれ躍動的な気分と手法で眺められた現実は、生きもののように溌剌《はつらつ》と跳《をど》つていた」（千葉亀雄とのちに評されるに至る新現実派、技巧派の作家の作品の成立によって、この芥川の主張は裏づけられるに至る。
（竹田日出夫）

或阿呆の一生《あるあほうのいっしょう》　小説。昭和二（一九二七）年六月二〇日付で久米正雄に託された遺稿。同年一〇月の『改造』に発表された。久米にあてた冒頭の文章には、発表の可否を含めて一任する旨が述べられ、発表する場合は「インデキスをつけずに貰ひたい」と言っている。「ではさやうなら」と添えていることに明らかなように、「五十一」の断章から成るこれは、死を覚悟して生涯を顧みたもので、右の一事からしても死に臨んでの告白的な手記であることを思わせる。しかし同時に、叙述の形式が「彼」という三人称の主人公を軸としていることを別としても、それは一編の作品として読まれるべき内実を持っていると言える。事実のいかんを越えて、作家芥川のすべてを知るに足ると言っていいものになっているからである。「一 時代」「二 母」「三 家」のごとく各断章には小題がついている。そしてその「時代」は、「彼」が二〇歳のときに始まる。「或本屋の二階」――丸善の洋書部に立つ青年を写して書き起こされるわけであるが、熱心に背文字を読み続けるうちに、多くの本は世紀末それ自身としてもの憂い影の中に沈みはじめる。やがて「彼」は、本の間に動いている店員や客を見渡しながら、「人生は一行のボオドレエルにも若《し》かない。」と思う――。作家芥川の出発を端的に物語る筆である。人と為《な》って早く、「人生の恐るべき退屈」（恒藤恭《つねとうきょう》）を感じはじめていた芥川が、それゆえにこそ永遠の芸術に己の人生をかけようと決意した姿を、それは伝えているのである。そして以下「五十一」に及ぶ断章は、その宿命を生き、ついに敗北するに至る生の軌跡を重く伝えている。狂人の母を持った暗い生い立ちの中から「彼」が人生に求めたものは架空線の鋭い火花だった。「彼は人生を見渡しても、何も特に欲しいものはなかつた。が、この紫色の火花だけは、――凄《すさ》まじい空中の火花だけは命と取り換へてもつかまへたかつた」（「八 火花」）。激しい自己燃焼を「彼」は美の世界に求めた。作家としての夜明けを迎える。「鼻」を激賞してくれた漱石との出会いである（「十一 夜明け」）。海軍機関学校の教官時代があり、結婚後の平和な生活があった。美の使徒として華やかな活躍が続いた。そんな「彼」を取り巻いて「蝶《てふ》」が舞い、「月の光りの中にゐる」女性が登場する。芥川の死に重大な影を落としてゆく問題が、「二十一 狂人の娘」「二十三 彼女」ほかに重ねて示唆されている。そうした推移の間に「彼」は優れた個性を知る。小《お》穴《あな》隆一との邂逅《かいこう》である。しだいに「娑婆《しゃば》苦《く》」を深めつつあった芥川にとって、この小穴を知ったことの意味は大きい。「それは彼の一生のうちでも特に著しい事件だつた。彼はこの画家の中に誰も知らない彼を発見した。のみならず彼自身も知らずにゐた彼の魂を発見した。」と言う（「二十二 或画家」）。孤独の道をゆく作家を支える、いわば相寄る魂の発見であった。『現代小説全集』の自筆年譜に、『夜来の花』以後、装丁のほとんどを小穴に委《ゆだ》ねたことに触れ、「啻《ただ》に親交に拠《よ》るのみならず、芸術上隆一に服すればなり。」ととどめられていたことが思い合わされる。大震災がやってくる。面倒な人間関係を負っていた「彼」は、焼け跡にたたずんだまま、「誰《たれ》も彼《かれ》も死んでしまへば善《よ》い。」としみじみ思う（「三十一 大地震」）。虚無と倦《けん》怠《たい》の影が濃い。制作欲は衰えなかったが、すでに生活への興味は失われていた（「三十六 倦怠」）。生はもはや「彼」にとって、冷え冷えとした脅《おび》えでしかなかった。不眠症に襲われはじめ、体力も極度にむしばまれていった。親子水入らずの幸福も、破局を目前にした束の間のことでしかなかった。「三人の子は彼等《ら》と一しよに沖の稲妻を眺めてゐた。彼の妻は一人の子を抱き、涙をこらへてゐるらしかつた。『あすこに船が一つ見えるね?』『ええ。』『檣《ほばしら》の二つに折れた船が。』」（「四十三 夜」）――。荒れ模様の夜の海に立つ親子を描いて凄絶《せいぜつ》である。しかもそれは、詩人芥川によって見事に対象化されている。この「五十一」の断章が、単なる告白的な手記にとどまらず、多く優れた詩的空間として提示されていることを見落としてはならない。そして――、死の時が刻々と迫っていた。唯一のよすがでさえあった製作欲も急激に減退していった。縊死《いし》を試み、死と直面する。精神的破産を自覚しながら、しかも「彼」は本を読み続ける。生の戦いに疲れ果て、美の使徒として殉じようとする己をも支え難くなっていた芥川が、極限状況の中で真実を追う、その最後の姿がそこに彫り上げられている。そんな「彼」にとっては、もはやルッソオの懺悔《ざんげ》録さえ譃《うそ》に満ち充ちたものとして映り、ましてや、『新生』の主人公ほど「老獪《ろうかい》な偽善者」はなかった（「四十六譃」）。最後の力を尽くして「彼」は自叙伝の筆を執る。「詩人」であることを希求し続けた芥川が、己の「詩と真実と」を訴える、最後の営為だった。『或阿呆の一生』と題した、その自嘲的な響きの陰に、自らをむしばまれた「剥製《はくせい》の白鳥」（四十九）に擬し、涙する芥川がいる。「前にあるものは唯発狂か自殺」のみと自認するに至った芥川は、それゆえにこの断章の最後を「敗北」としてくくらざるを得なかった。事実、ペンを執る手は震え、〇・八グラムのヴェロナールが保ってくれる時間も半時間か一時間に過ぎなくなった。まさに「敗北」的な末期の状態である。しかも見落としてはならないのは、そうした「刃のこぼれてしまった、細い剣を杖《つえ》にしながら」辛うじて立つ自身を、「詩人」芥川がきちっと見据え、明確にとらえ得ているという事実である。芥川の自殺を、勝利によってのそれであり敗北による自殺ではないと断じた萩原朔太郎が、「実に彼は、死によってその『芸術』を完成し、合《あわ》せて彼の中の『詩人』を実証した」（『芥川龍之介の死』）と語っているが、『或阿呆の一生』はそれを立証する内実を持っている。

『或阿呆の一生』が掲載された『改造』昭和2年10月号と，目次の一部。

〔参考文献〕吉田精一「或阿呆の一生」（角川書店「日本近代文学大系88『芥川龍之介集』」昭和四五・二・一〇）
（榎本隆司）

或敵打の話《あるかたきうちのはなし》

小説。大正九（一九二〇）年五月一日発行の雑誌『雄弁』第一一巻五号に発表。単行本には収められなかった。現時点では材源は不明である。しかし、材源をもっていたらしいことは、『雄弁』編集部の水谷教章宛（大正九・四・一三）に、「忙中落筆の為《ため》事実違ひあり」として、「光尚はすべて綱利に」「正保二年の春は寛文七年の春に」と訂正を書き送っていることによっても察知できる。この作品は八代将軍徳川家綱の時代を舞台にしている。肥後細川家に仕える田岡甚太夫《じんだゆう》は寛文七年の春、家中の武芸の仕合で、指南番瀬沼兵衛を打ち負かした。兵衛は逆恨みをし、ある夜、甚太夫を襲ったが、人違いで加納平太郎を討ってしまった。平太郎の嫡子で当時一七歳の求馬は、平太郎の死に責任を感じる甚太夫と、津崎左近、江越喜三郎の三人の加勢をうけて、逐電した兵衛を追った。松山で一行からはぐれた左近は兵衛の返り討ちにあい、残る三人はついに江戸にまで足をのばした。そのうち、若い求馬は寂しさと焦燥に耐えきれず、吉原の廓に通ううち、そこの女郎と恋仲になり、彼女の口から偶然兵衛の消息を知る。しかし、そのことを一言も甚太夫に漏らさないまま、遺言を残して自刃して果てた。遺言を頼りに甚太夫らは松江に入り、兵衛を探すが、そのうち甚太夫も兵衛も重い病の床に横たわり、兵衛はついに先立ってしまう。寛文一一年、祥光院に四基の石塔が建てられた。この作品は写実的な現代小説『秋』の延長線上にある。四基の石塔を見守る二人の僧形に芥川の感慨があろう。追う者も追われる者も同じく「武士の習慣」のうちにある。つまり、人為的な制度の下で苦吟する武士の姿を通して、人生の「寂しさ」をテーマとして描いたものである。しかし作品そのものは、「小説としてより記録に近く、十分に題材を消化してゐるとは思はれない」(吉田精一『芥川龍之介』)とみてよいであろう。

(萬田　務)

或旧友へ送る手記《あるきゆうゆうへおくるしゆき》　遺書。昭和二(一九二七)年七月二五日『東京日日新聞』『東京朝日新聞』などに掲載。同年九月号の『文芸春秋』『改造』、『文芸的な、余りに文芸的な』(岩波書店、昭和六・七・五)収録。芥川は死に臨んで、遺書として、文《ふみ》夫人、小《お》穴《あな》隆一、菊池寛、叔父の竹内顕二、伯母のふきと甥の義敏へのもの、そのほかに久米正雄にあてた『或旧友へ送る手記』を残した。文章中に「僕の死後にも何年かは公表せずに措《を》いてくれ給へ」とあるが、久米の手で二十四日夜に新聞記者に公表された。次にその抜粋を挙げる。「誰もまだ自殺者自身の心理をありのままに書いたものはない。(中略)僕は君に送る最後の手紙の中に、はつきりこの心理を伝へたいと思つてゐる。尤《もつと》も僕の自殺する動機は(中略)何か僕の将来に対する唯ぼんやりした不安である。(中略)マインレンデルは抽象的な言葉に巧みに死に向ふ道程を描いてゐるのに違ひない。が、僕はもつと具体的に同じことを描きたいと思つてゐる。(中略)僕の『阿呆《あほう》の一生』の中に大体は尽してゐるつもりである。唯僕に対する社会的条件、――僕の上に影を投げた封建時代のことだけは故意《こい》にその中にも書かなかつた。(中略)第一に考へたことはどうすれば苦《くる》まずに死ぬかと云ふことだつた。(中略)それから僕の考へたのは僕の自殺する場所である。(中略)しかし僕は手段を定めた後も半ばは生に執着してゐた。従つて死に飛び入る為《ため》のスプリング・ボオドを必要とした。(中略)そのうちに僕はスプリング・ボオドなしに死に得る自信を生じた。(中略)最後に僕の工夫したのは家族たちに気づかれないやうに巧みに自殺することである。(中略)僕は冷《ひや》やかにこの準備を終り、今は唯死と遊んでゐる。(中略)唯自然はかう云ふ僕にはいつもよりも一層美しい。君は自然の美しいのを愛し、しかも自殺しようとする僕の矛盾を笑ふであらう。けれども自然の美しいのは、僕の末期《まつご》の目に映るからである。僕は他人よりも見、愛し、且又《かつまた》理解した。それだけは苦しみを重ねた中にも多少僕には満足である。(中略)僕の手記は意識してゐる限り、みづから神としないものである。(中略)二十年前を覚えてゐるであらう。僕はあの時代にはみづから神にしたい一人《ひとり》だつた。」この遺書について、これまで、二つのことがしばしば言われている。一つは、「あれは遺書というのじゃなくて、作品と見るべきではないんですか。」(小島政二郎)「遺書という感じはしないですね。」(中村武羅夫)「この原稿だけは『死後すぐに公表』されることを予期してゐた」(宇野浩二)といった意見に含まれる。普通の遺書にはあり得ない一般読者といったものを意識した創作であり、他は、「どうしてこの人が死なゝければならなかつたかとさへ思つた。あの遺書は死に直面した人とも思はれないほどの落着きを持つて書いてあつた。」(島崎藤村)「死を直前に眺めている人間の書いたと思われない、透明な、整然たる文章である。」(吉田精一)という、その冷静さについての指摘である。『或旧友へ送る手記』は、遺書とはいえ、明らかに、不得定多数の人々の前に公表されることを予想して書かれ、従って、芥川作品の全容を考えるとき、必ず加えねばならない。芥川自身によってもそう意識された一つの作品―詩と真実―である。三好行雄は、「クリストも彼の一生を彼の

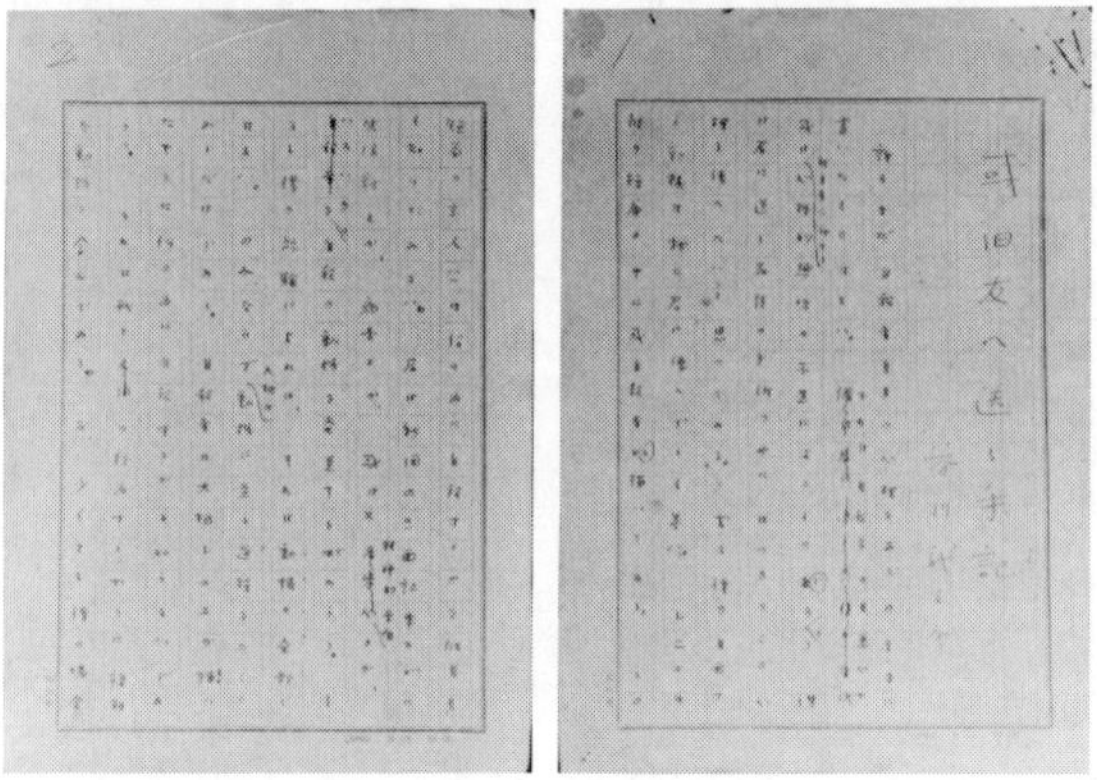

『或旧友へ送る手記』原稿

作品の索引につけずにはいられない一人だった」という『続西方の人(13)』の一節を引き、『或阿呆の一生』こそ、芥川がみずからの作品につけようとした〈索引〉であろう。」(『或阿呆の一生・侏儒《しゅじゅ》の言葉』角川文庫、昭和四四・九)と述べているが、『或旧友へ送る手記』もまた、それと同質であると言える。さらに、ここで、『或阿呆の一生』に書かれなかった「封建時代の影」について、あえて触れていることは、芥川文学を考えるうえで注目すべきである。

〔参考文献〕「芥川龍之介氏の追憶座談会」(『新潮』昭和二・九、小島政二郎・久米正雄・中村武羅夫ほか三名)、島崎藤村「芥川龍之介君のこと」(『文芸春秋』昭和二・一二)、宇野浩二『芥川龍之介』(文芸春秋新社、昭和二八・九・三〇)、吉田精一『芥川龍之介』(三省堂、昭和一七・一二・二〇)　(高橋陽子)

或社会主義者《あるしやかいしゆぎしや》　小説。原題『或人から聞いた話』。昭和二(一九二七)年一月三日発行の『東京日日新聞』、一月四日発行の『大阪毎日新聞』に発表。『湖南の扇』(文芸春秋社、昭和二・六・二〇)に収録。「かれ」→「彼」、「かれら→「彼等」など若干の異同がある。学生時代、社会主義者であった主人公「彼」はある団体を組織、パンフレットの発行や演説会の開催など盛んに活躍した。「彼」が詩的情熱に富む論文「リイプクネヒトを憶《おも》ふ」を発表したのもそのパンフレットにおいてであった。「彼」は卒業後も、雑誌社に勤めるかたわら仲間たちと会合を持ち続けた。仲間たちはひそかに実行に移ることも考えていた。しかし結婚後は仕事と家庭に追われて会合への足もしだいに遠のき、さらに何年かして別の会社に移り、重役の信用を得るようになった「彼」は、仲間との縁も完全に切れ、籐椅子《とういす》で葉巻を燻《くゆ》らしながら、いくらかの憂愁とあきらめの中で青年時代を回想するといった境地にいたる。一方、そうした「彼」の「リイプクネヒトを憶ふ」は、親譲りの財産を株で失ったある青年の心を動かし、社会主義者たらしめていたのだが、むろんそれは「彼」の関知しない出来事であった。周知のようにリープクネヒトは、『玄鶴山房《げんかくさんぼう》』末尾にも大学生にリープクネヒトの『追憶録』を読ませるという形で登場する。この点について芥川は「リイプクネヒトは御承知の通り、あの『追憶録』の中にあるマルクスやエンゲルスと会つた時の記事の中に多少の嘆声を洩《も》らしてゐます。わたしはわたしの大学生にもかう云ふリイプクネヒトの影を投げたかつたのです。」(青野季吉宛書簡、昭和二・三・六)と書いている。マルクスとの長い交遊関係の中で人間マルクスに言い知れぬ魅力を感じ、それを高く評価したリープクネヒトに、芥川が強い関心を寄せていることは、主義より人間を重視しようとする芥川固有の考えの現れであろう。　(島田昭男)

或日の大石内蔵之助《あるひのおおいしくらのすけ》　小説。大正六(一九一七)年九月一日発行の雑誌『中央公論』に発表。『煙草と悪魔』(新潮社、大正六・一一・一〇)、『傀儡師』(新潮社、大正八・一・一五)、『或日の大石内蔵之助』(春陽堂、大正一〇・一一・二八、文芸春秋社出版部、大正一五・二・八)、『沙羅《さら》の花』(改造社、大正一一・八・一三)などに収録。初出は『或る日の大石内蔵之助』であったが、大正一五年一月二一日付の小穴《おあな》隆一宛書簡に「それから本の名は『或る日』を用ひず『或日』を用ひて頂きたく候。内蔵之助も内蔵助にしたし。（これは改めんと思ひつつ、いつも忘れしもの）」とあって改題。主な異同では初出になかった二〇〇字以上の原稿が初刊本に掲載。後半、内蔵之助が里げしきをうたい、「それが又、中々評判で、（中略）騒ぎでございましたから。」までである。またこの小説は、浪士の介添え役堀内伝右衛門《でんえもん》の『覚書《おぼえがき》』、福本日南の『元禄快挙録』などを参照して書いたものとみられている。筋は、まずある冬の日、事件後の細川家の一室で始まる。その部屋には大石内蔵之助はじめ九人の浪士たちが預けられている。内蔵之助は「忘君の讐《あだ》」をかえしたあとの満足感を味わっていた。復讐《ふくしゅう》という事業と道徳上の要求とが完全に一致したためであった。ところがそこに早水藤左衛門が入ってきて、浪士が吉良《きら》を討ち取って以来、江戸中に何かと仇討《かたきうち》じみたことがはやってきた事実を告げる。むろん浪士の復讐の挙の、人心に与えた影響の現れに違いなかったが、それを内蔵之助は不快に思い、今までの心の春の温《ぬく》もりが幾分か減却したような感じを受けた。過去の行動とその結果とのすべてを肯定していた、虫の好い自己満足に暗い影がさし込んできたためであった。だが座中の話題は依然として江戸中での仇討の真似《まね》事に集中していた。そこで、そういう一座に対して内蔵之助は話題を変えようとして、一挙に加わった者には小心者が多く、身分の上の者ほどいざとなると変心して裏切ったこと、さらにその中には自分の親類の者もいたことなどを話す。しかし、それからの一座の話題は専ら変心し、裏切った武士たちを「乱臣賊士」として罵《ののし》る方向へと発展していった。だが内蔵之助の胸底を吹いていた春風はさらに再び幾分の温もりを減却したのであった。なんとなれば、彼ら不忠の侍を憐れみこそすれ、憎いとは思っていず、さらに彼らの変心の多くは自然すぎるほど自然でありまた真率であって「何故我々を忠義の士とする為には、彼等《ら》を人畜生としなければならないのであらう。我々と彼等との差は、存外大きなものではない。」と考えたからにほかならなかった。そして彼の不快の念はますます増していく。今度は細川家の家来堀内伝右衛門が、当時内蔵之助が仇家の細作を欺くためにいかに島原や祇園《ぎおん》の遊里で乱行を尽くしたか、また苦心したかを話し、それに小野十内もまた相槌《あいづち》を打つ。すると内蔵之助の胸間の春風がみるみるうちに吹き尽くされてしまう。というのも、彼はその放埒《ほうらつ》の生活中にいかに「復讐の挙を全然忘却した駘蕩《たいとう》たる瞬間」を味わったかということを想起し、その放埒が忠義を尽くす手段であったと激賞され、誤解されることが不快であるとともに後ろめたかったからであった。そして彼の胸中は寂しさだけが残ったのであった。かようにこの作品は、仇討ないし忠義という武士道の型に対して内蔵之助がしだいに疑義をいだき、批判し、やがて真の人間性に覚醒していく心理及びその過程を鮮やかに描き出している。しかし覚めきったあとは、「冴返《さえかへ》る心の底へしみ透つて来る寂しさは、この云ひやうのない寂しさは、一体どこから来るのであらう。」という孤独感とその寂しさのみが残ったのであった。したがってこの小説は、人間の生き方の型というものを見失ってしまった、個の孤絶を描ききったものと言えるのである。

〔**参考文献**〕 前田晁「新しい時代の表現」（『文章世界』大正六・一〇）、関口安義『芥川龍之介の文学』（関東図書、昭和四三・九・一五）、三好行雄「或日の大石内蔵之助」（『芥川龍之介論』筑摩書房、昭和五一・九・三〇）、吉田精一『芥川龍之介I』〈吉田精一著作集1〉（桜楓社、昭和五四・一一・一二）

（久保田芳太郎）

或恋愛小説《あるれんあいしょうせつ》 小説。大正一三（一九二四）年五月一日発行の雑誌『婦人グラフ』第一巻第一号に『或《あ》る恋愛小説』の題で発表。のち『黄雀風《こうじゃくふう》』（新潮社、大正一三・七・一八）に表記の題名で収録される。その後の各種全集にほとんど異同はない。作品は、ある婦人雑誌社の面会室で主筆と作家堀川保吉《やすきち》の対話という形で書かれている。主筆の、恋愛小説を書いて欲しいという要望で、保吉は「恋愛は至上なり」という小説を書くことを明言しそのストーリーを話し始める。幸福な家庭を築いている外交官の若夫婦を主人公にしたものである。この若夫人・妙子が天才音楽教師・達雄と懇意になっていき不安を感じ始める。達雄はピアノのある西洋間に必ず顔を出し、妙子は達雄に愛を感じ始める。やがて夫がシナの領事館に行くことになり妙子も一緒に行く。そして、彼女は寂しい漢口《ハンコウ》の生活から達雄に手紙を出し「あなたを愛してゐた」と告白する。一方、達雄は場末の活動写真館のピアノ弾きに落ちぶれたが、時々妙子の西洋間を思い出す。実を言うと彼は西洋間のピアノだけを愛していたのである。この話を聞いた主筆はうちの雑誌には載せられないと怒るが、現にこの対話がここに載っていると保吉は言う、というものである。龍之介が試みた私小説的な作品、「保吉もの」の中でこのような対話を中心とした作品はほかにみない。それ以前では『三つの宝』や『二人小町』など一年ほど前の作品の中に対話ないしは会話中心の作品もみられたが、私(保吉)の作品意図を小説の中で語るというものではない。そして、王朝ものにみられるようにこの作品も相手が自分を恋していると誤解した人妻を描いたメリメ『ラベオーヴン』の方法を模倣したものである。メリメは書簡体で書いているが、芥川はこれを対話の形式に直している。「保吉もの」の欠点として「自分自身を対手にまわしての、人間的苦しみ、悲しみ、悩み或《あるい》は喜び等の切実な情感がこゝには流しこまれていない為に、空々しい綺麗《きれい》ごとに終っている」(吉田精一『芥川龍之介』)と指摘されているが、この作品も例外ではない。 (矢島道弘)

暗合《あんごう》 ⇩野人生計事《やじんせいけいのこと》

闇中問答《あんちゅうもんどう》 小説。昭和二(一九二七)年九月一日発行の雑誌『文芸春秋』第五年第九号(芥川龍之介追悼号)に発表。遺稿である。同誌の菊池寛による「編輯《へんしゅう》後記」に、この作品の書かれた時期は「昨年末若《も》しくは今年初《はじめ》のものだらう」とあり、「彼の死を頭に入れて読むと、拡《かく》されたる遺書と云ふべき、大切な文献であらう」と記されている。のち、『西方の人』(岩波書店、昭和四・一二・二〇)に収録。その跋《ばつ》文で佐藤春夫は、死を前にした芥川の「必死の努力によって生命をその中に注入しやうとしてゐる」作品の一つと評した。確かに、竹内真の指摘にあるように、この作品は芥川の「死との格闘がまざまざと描かれてゐる。それは芸術以上の人間の惨《いた》ましき記録である」(『芥川龍之介の研究』大同館書店、昭和九・二・八)と言えよう。作品は三章から成っていて、「或《ある》声」と「僕」との問答によって話が展開されていく。「一」では、「或声」は「僕」の「責任」を追求する立場にいる。「風流」を愛し、また「一人の女」を愛した「僕」の「矛盾」や「不徹底」を糾弾し、「恋愛の為に父母妻子を抛《なげう》つた」「僕」を「法律上の罪人」として責める。が、「僕」は、「四分の一は僕の遺伝、四分の一は僕の境遇、四分の一は僕の偶然――僕の責任は四分の一だけだ。」と答える。「或声」は、「僕」の苦しみを認めつつも「勝手に苦しむが善い」と突き離す。そして、「俺《おれ》は世界の夜明けにヤコブと力を争つた天使だ。」と「或声」は自らを名乗るのである。「二」において「或声」は、「一」とはうって変わって「僕」を「慰め」る立場に立つ。お前は勇気を持っている、お前のしたことは人間らしい、お前は正直だ、と言う。さらに、詩人・芸術家であるから何ごとも許されていると「僕」を肯定し、お前は人生の十字架にかかっているのだと言う。その「或声」に対し、「僕」はことごとく異を唱え、ついに「或声」をしてまた「では勝手に苦しんでゐろ。」と言わしめる。それに答えて、「僕」は、「お前は犬だ。昔あのファウストの部屋へ犬になってはひつて行った悪魔だ。」と叫ぶ。「三」になると、「或声」と「僕」とは対等に問答をかわす。そこで、「お前も亦《また》俺の子供だった。」と言う「或声」について、「僕」はその正体を悟る。つまり、「或声」とは、「僕の平和を奪つたもの」「僕のエピキュリアニズムを破つたもの」であり、それはすなわち、「僕等《ら》を超えた力」「僕等を支配するDaimônなのであった。ペンを持つときの「僕」が「俘《とりこ》」になるところのものでもあった。その「Daimôn」との格闘に疲れた「僕」は、最後に自己への悲痛な叱咤《しった》激励の言葉を投げかける。「芥川龍之介！　芥川龍之介、お前の根をしつかりとおろせ。お前は風に吹かれてゐる葦《あし》だ。空模様はいつ何時変るかも知れない。唯しつかり踏んばつてゐろ。それはお前自身の為だ。同時に又お前の子供たちの為だ。うぬ惚《ぼ》れるな。同時に卑屈にもなるな。これからお前はやり直すのだ。」と。この対話形式による小説『闇中問答』は、芥川晩年の心情を吐露して余りあるものとなっている。闇よりの「或声」は、「天使」「悪魔」「Daimôn」であり、それに対峙《たいじ》する「僕」は、「ヤコブ」「詩人」「芸術家」「群小作家」「芥川龍之介」であって、この両者の葛藤《かっとう》は「情事に躓《つまづ》」き、「滅び」への恐れを抱きつつ、なお「夜明け」を待ち望んで「踏んば」ろうとする作家の切実さにあふれている。この痛ましい格闘のあとは、『西方の人』に言う「永遠に超えんとするもの」と「永遠に守らんとするもの」との対立の図式にもつながり、芥川最後の問題意識の在りようを如実に示しているのである。

〔**参考文献**〕佐藤泰正「『西方の人』論」（『国語と国文学』昭和四五・一二）、同「炉辺の幸福―『西方の人』および『闇中問答』を中心に―」（『国文学』昭和五〇・一二）、国松夏紀「芥川龍之介におけるドストエフスキー―遺稿『闇中問答』を中心に」（『比較文学年誌15』昭和五四・三）　（木村一信）

アンナ・カレニナ　あんな・かれにな　Anna Karenina　（一八七五〜一八七八）ロシアの小説家、レフ・ニコラエヴィチ・トルストイ Lev Nikolaevich Tolstoi（一八二八〜一九一〇）作の長編小説。官僚貴族で二十歳も年上のアレクセイ・アレクサンドロヴィチ・カレーニンに嫁し、七歳の男の子セリョージャの母であるアンナは兄ステパン・アルカジェヴィチ・オヴロンスキイの家で起こった夫婦のもめごとの仲裁のためにオヴロンスキイ家へ駆けつけるところからこの物語は始まる。アンナの説得でオヴロンスキイの夫婦は危機を脱したが、皮肉なことにアンナはその後、独身の将校ウロンスキーと知り合い、彼の情熱にほだされて恋に陥《お》ちてしまう。一方スチルバーツキイ家（ステパンの妻ダーリヤの実家）の末娘キテイは、かつて美貌のウロンスキーに恋心を抱いたこともあったが、誠実な、貴族の青年レーヴィンと愛し合い結婚する。この作品はアンナとウロンスキーの破滅的な恋とキテイとレーヴィンの建設的、開明的な地主貴族としての生き方との対照のもとに展開する。芥川は学生時代この作品を愛読し、大正九（一九二〇）年（二九歳）に再読し、『愛読書の印象』（大正九・八）に「此間《このあひだ》『ジャンクリストフ』を出して読んで見たが、昔ほど感興が乗らなかつた。あの時分の本はだめなのかと思つたが、『アンナカレニナ』を出して二三章読んで見たら、これは昔のやうに有難い気がした。」と書いていて、大正三年のころあれほど愛読していた『ジャン・クリストフ』よりこの時期では『アンナ・カレニナ』に感銘している。『文芸一般論』（『文芸講座』文芸春秋社、大正一四・五）「余論」に「アンナ・カレニナ」の冒頭を引用し、書き出しのコツの例として示している。トルストイの作品の部分的な技巧についても芥川は強い関心を持っていた。　（剣持武彦）

暗夜行路　あんやこうろ　志賀直哉作の長編小説。大正一〇（一九二一）年一月から八月まで（七月を除く）雑誌『改造』に連載され、前編完結。翌大正一一年七月、新潮社刊。後編は大正一一年一月から昭和三（一九二八）年六月まで断続的に『改造』に発表され、未完のまま約一〇年放置、昭和一二（一九三七）年四月に結末が載って完結した。全編は『志賀直哉全集』第七、八巻（改造社、昭和一二・九、一〇）に収録された。芥川は文学上の先輩志賀直哉に早くから注目していた。『暗夜行路』の前編が上梓《じょうし》された大正一一年七月には、小穴《おあな》隆一と当時我孫子《あびこ》に住んでいた直哉を訪問し、三年間小説を書かなかったころの直哉の心境を聞いたりしている。芥川には、世評を気にすることなく悠々と仕事をしている直哉が、大きな存在として映っていたのである。死を前にして芥川の直哉への傾倒は一層強まる。『文芸的な、余りに文芸的な』では、「志賀直哉氏」の項を置き、直哉を「純粋な作家」と呼び、「『暗夜行路』を一貫するものは実にこの感じやすい道徳的魂の苦痛である」としている。芥川は直哉の〈道徳的神経〉を高く買い、『暗夜行路』の主人公の痛切な生き方に羨望《せんぼう》の目を向けるのである。雑誌連載中から芥川は『暗夜行路』を熟読していた。芥川の晩年の小説『歯車』には、〈僕〉という主人公が『暗夜行路』を読み、強い衝撃を受けている場面がある。以下のようである。「僕はベッドの上に転がつたまま、『暗夜行路』を読みはじめた。主人公の精神的闘争は一々僕には痛切だつた。僕はこの主人公に比べると、どのくらゐ僕の阿呆だつたかを感じ、いつか涙を流してゐた。」さらに闇の中を歩く〈僕〉にとって、『暗夜行路』は「恐《おそろ》しい本に変りはじめ」ることを記している。『歯車』の〈僕〉の考えが、そのまま芥川の想《おも》いともつながっているのは、言うまでもない。〈人工の翼〉を借りて飛翔《ひしょう》しようとした芥川には、自然の翼をもった『暗夜行路』の主人公の姿は、羨望以外の何物でもなかったのである。

（関口安義）

い

飯田蛇笏《いいだだこつ》　明治一八・四・二六～昭和三七・一〇・三（一八八五～一九六二）。俳人。本名は武治《たけはる》。山梨県生まれ。早稲田大学英文科中退。芥川は大正一三（一九二四）年三月一日発行の雑誌『雲母』第一〇巻三月号に『蛇笏君と僕』と題する一文を寄稿。（のち『百艸《ひゃくそう》』に『飯田蛇笏』の題で収録）その中で芥川は漱石晩年の木曜会の席で赤木桁平《こうへい》から蛇笏の名を初めて聞いたという。大正五（一九一六）年末から二年余り海軍機関学校嘱託教官を勤めた芥川は鎌倉に居を定め、同地に住む高浜虚子に玉斧《ぎょくふ》を乞い『ホトトギス』雑詠欄にも登場する。「鉄条《ゼンマイ》に似て蝶《てふ》の舌《した》暑さかな」（大正七年）の句を蛇笏は「無名の俳人によつて力作さるゝ逸品」とも評している。一方蛇笏の影響のもとに芥川は「死病得て爪美しき火桶かな」の句境を剽窃《ひょうせつ》して「癆咳《ろうがい》の頬《ほほ》美しや冬帽子」を創作している。その後手紙を交換する間柄ともなり、世評で「いやに傲慢《ごうまん》な男」と言われる蛇笏に頼もしさを覚えている。「たましひのたとへば秋のほたるかな」は蛇笏の芥川追悼句である。

（瓜生鉄二）

飯田蛇笏

家《いえ》　ここでは、家系、家柄、家風、家族、さらに、明治維新後も存続した戸主中心の半封建的家族制度の意に解釈する。芥川龍之介は、山口県出身で牛乳業を営み、新宿と築地に牧場を持つ新原敏三《にいはらとしぞう》の長男として生まれたが、生後八か月ごろ実母ふくが発狂したため、母の実家芥川家に引き取られた。芥川家は、東京下町の本所に在って、代々数寄屋坊主（江戸城中で茶の調進、茶礼、茶器の管理に当たっていた職）を勤めていた由緒ある家柄で、龍之介は自らを芥川家一六世の孫と称した。養父芥川道章《どうしょう》は実母ふくの実兄に当たり、東京府の土木課長を勤めていた。養母儔《とも》は幕末の大通細木香以《さいきこうい》の姪《めい》に当たる。下町に住みながら町人にあらず、維新で落魄《らくはく》した家柄とはいえ伝統的な格式と家風を保ち、外に向かっては経済的不如意をあらわにすることを好まず、礼儀を重んじ、通人的、文人的趣味を有していた。一家で一中節《いっちゅうぶし》を習い、道章は南画、俳句、盆栽に親しんでいた。さらに芥川家には、道章の妹で実母ふくの実姉に当たる独身の伯母ふきがおり、実母、養母に代わって龍之介を養育し、龍之介の性格形成、芸術形成に大きな影響を与えた。ふきは一中節の名取りで、南画もよくし、芸術的素質に恵まれていた。龍之介を溺愛《できあい》していたこの伯母に対して、やがて龍之介は愛憎入りまじった感情を抱くことになる。このように、父権が薄弱である上に、発狂した実母から隔てられ、伯母の中に母のイメージを描かざるを得なかった特異な親子関係の中で、龍之介は家に抵抗する前に、実家と養家にまたがる複雑で脆弱《ぜいじゃく》な家を守り、家長としての任を果たさなければならなかった。自然主義の作家や私小説家のように、家に抵抗し、家を否定することによって自己確立をはかるのでなく、外に対しては家を包み隠し、内に対しては家と自己の調和をはかりながら作家として生きることを強いられた。したがって家の問題は、自然主義作家のような形では芥川文学の表面に現れていないが、抑圧された形でその底に重く暗く澱《よど》んでいる。　（曾根博義）

イエエツ《いえいつ》　William Butler Yeats　一八六五・六・一三〜一九三九・一・二八。アイルランドの詩人・劇作家。最初ワイルド、モリスらと世紀末文学運動を興し、ケルト民族特有の神話・伝承を幻想的な想像力と繊細な感覚で謳《うた》った。アイルランド文芸復興に尽力し、一九二三年ノーベル文学賞を受賞。芥川は一高時代、吉江喬松《たかまつ》を中心に日夏耿之介《こうのすけ》、松田良四郎、西条八十《やそ》らの結成した愛蘭土文学研究会に、後のイェイツ翻訳家山宮允《さんぐうまこと》とともに参加。大正二（一九一三）年には友人にあてた手紙で「今日 YEATS の SECRET ROSE を買ってまゐり一日を CELTIC LEGEND のうす明りに費《つひや》し候《さうらふ》」（山本喜誉司宛、九月十七日）と書き付けている。同三年四月、散文集 *The Celtic Twilight*（一八九三）から翻訳『「ケルトの薄明」より』を『新思潮』に柳川《やながわ》隆之介の署名で発表、六月同誌に *The Secret Rose*（一八九七）から訳載した『春の心臓』は後『解放』（大正八・一〇）に再掲された。他に未定稿訳『火と影との呪《のろい》』がある。情緒を知的観念的に処理する象徴主義の手法は、初期の芥川の芸術観に影響を与えた。　（中西芳絵）

井川恭《いかわきょう》　⇩**恒藤恭**《つねとうきょう》

生田春月《いくたしゅんげつ》　明治二五・三・一二〜昭和五・五・一九（一八九二〜一九三〇）。詩人・翻訳家・随筆家。本名は清平。鳥取県生まれ。小学校中退。幼いころより諸誌に投稿、明治四一（一九〇八）年生田長江門に入る。大正三（一九一四）年西崎花世と結婚。大正六年一二月詩集『霊魂の秋』（新潮社）を刊行。以後甘美で感傷的な詩集を続々と出し迎えられた。ハイネを中心とする訳詩集も多数ある。昭和五年自殺。芥川は『漢文漢詩の面白味』で、韓偓《かんあく》の詩につき春月の「詩の中にでも出て来さう」と春月の感傷性を語っている。　（山本昌一）

生田長江《いくたちょうこう》　明治一五・四・二一〜昭和一一・一・一一（一八八二〜一九三六）。小説家・評論家・翻訳家。本名は弘治。鳥取県生まれ。東京帝国大学文科大学美学科卒業。初め自然主義の同調者であったが、のち批判者に変わり、『自然主義前派の跳梁《ちょうりょう》』で「白樺」派を自然主義前派として批判したことなども知られる。芥川の『イズムと云ふ語の意味次第』、『我鬼《がき》窟《くつ》日録』大正八（一九一九）年六月一六日のくだりに名が見える。長江による芥川作品評に『報知新聞』に載った『保吉《やすきち》の手帳』（大正一二・五・一六）、『一塊の土』（大正一三・一・一二）、『読売新聞』に書いた『大導寺信輔《だいどうじしんすけ》の半生《はんせい》』（大正一四・一・四）などいくつかがある。　（菊地　弘）

郁文堂《いくぶんどう》　東京本郷区森川町一番地の東京帝国大学の正門前にあった和洋書、古書を扱っていた本屋で明治三二（一八九九）年一一月創業。市川左団次・小山内薫『自由劇場』（大正元・一二）の発売元でもあり大正二（一九一三）年より独語、独文学関係の出版も兼ね、のち出版業を専らとし現在に及ぶ。『ドイツ女流作家叢書』（昭和一六）や『シュトルム選集４巻』（昭和二三―二五）など翻訳の出版が多い。東京帝大の学生らが度々足を向け芥川の『路上』(『大阪毎日新聞』大正八・六・三〇〜八・八)では俊助が藤沢と出会う二二、二三章の背景となり、俊助は「正門を出るとまつすぐに電車通りを隔てゝゐる郁文堂の店へ行つた」とあり、『その頃《ころ》の赤門生活』(『帝国大学新聞』昭和二・二・二二)にも「僕は確か二年生の時独乙《ドイツ》語の出来のよかりし為《ため》、独乙大使グラアフ、レックスよりアルントの詩集を四冊貰《もら》へり。(中略)僕はこのアルントを郁文堂に売り金六円にかへたるを記憶す」と記されている。昭和四四(一九六九)年に本郷五丁目三〇番に移転。 (石割　透)

井汲清治《いくみきよはる》　明治二五・一〇・一四〜没年未詳(一八九二〜?)。評論家。岡山県生まれ。慶応大学仏文科卒業。卒業後、『三田文学』を中心に評論活動を始め、大正六(一九一七)年八月『三田文学』の「批評」欄に『偸盗《ちゅうとう》』の評を掲げ、この作品を「静《しか》かであり、落着いてゐながらも、深さと、重みと而も歯切れのいゝ整頓と、乱れない調子を、読者の胸底に透徹させてくれる」「緩《ゆるや》かなリトムを湧出《ゆうしゅつ》する筆と自我の直接的表出をしない言語である為に、或《ある》人には冷たい感じを与へ、或人には親技巧派なる語を思はせたのであらう」が、彼は「エマニテの色彩の強い芸術を創作した」と評した。清治は、大正九年『三田文学』の編集に携り、『プロムナアド』と題する文芸評論を断続的に連載し、大正期の作家の作品を広く批評したが、大正一一(一九二二)年一一月の同欄に「芥川龍之介(随筆集『点心』金星堂)」を載せている。ここで人々に芸術的感激を与える作品の完成に邁進《まいしん》している途上で芥川が「一寸《ちょっと》道草に代用されて食はれたものが此《この》『点心』である」と言い、「芥川龍之介が物識《し》りであること」がよく分かったとも述べている。この評の中で芥川が三田の講演会で述べた「内容と形式」の論の批評をし、「作品の内容とは必然に形式と一つになつた内容だ」という言葉に賛成したと述べており、本質的には一致した意見をもっているのだが、芥川が、内容形式の一致を論じながら便宜のため内容と形式の別を設け、あとでその区別に苦しんだ混線をついている。この「内容と形式」については清治は、すでに『姿の関守』(大正八・一二)で芥川の『芸術その他』に触れながら論じている。一方、芥川も清治には関心を持っていたようで、『我《が》鬼窟《きくつ》日録』(大正八・六・二二)に「赤い鳥の音楽会へ行く。井汲清治、沢木梢《こづゑ》の諸先生に始めて会ふ。」とあり、また大正一一年七月一四日には『点心』の批評に関しての手紙を清治に送っている。清治はその後、昭和四(一九二九)年から六(一九三一)年にかけてフランスに留学し、帰朝後慶応大学文学部の教授になっている。フランス文学の研究書が多数あるほか、『大正文学史考』(小学館『近代日本文学研究大正文学作家論』上、昭和一八・九・五)があり、芥川に言及している。(畑　実)

池大雅《いけたいが》　享保八・五・四〜安永五・四・一三(一七二三〜一七七六)。江戸中期の南画家。京都の人。名は無名《ありな》。九霞山樵など号す。南宗画の先駆者祇園南海《ぎおんなんかい》らの教えを受け、さらに西洋画の写実手法を取り入れ、独自の南宗画の手法を完成した。また唐様と呼ばれる新しい書法を基に個性的な書風も生み出した。芥川は彼の書画を愛し、『骨董羹《こっとうかん》―大雅』では「東海の画人多しとは云へ」彼ほどの「大器」は無いと記している。書簡・随筆にしばしば正確な評価と賛辞が書かれている。 (細川正義)

石川啄木《いしかわたくぼく》　明治一九・二・二〇〜明治四五・四・一三(一八八六〜一九一二)。歌人・詩人。本名は一。岩手県生まれ。盛岡中学校中退。『一握の砂』『悲しき玩具』『あこがれ』『呼子と口笛』などがある。小説家として立つことに挫折《ざせつ》した明治四一(一九〇八)年ごろより、啄木の歌は、『明星』調を脱皮する。そのことを啄木は、「私は小説を書きたかつた。(中略)さうしてついに書けなかつた。その時、ちやうど夫婦喧嘩《げんか》をして妻に敗《ま》けた夫が、理由もなく子供を叱《しか》ったり虐《いぢ》めたりするやうな一種の快感を、私は勝手気《き》儘《まま》に短歌といふ一つの詩形を虐使することに発見した」(『食ふべき詩』)というふうに明晰に自己分析する。啄木にとって短歌という形式は、まさに「悲しき玩具」なのであり、散文精神に形を与えるための道具にすぎない。『一握の砂』や『悲しき玩具』の世界は、この啄木意想のぎりぎりの実践にほかならない。とすれば、芥川が、短歌という形式において、「僕等《ら》の全生活感情を盛」ることを営為する歌人の「最も著しい例」として、「『悲しき玩具』の歌人石川啄木が僕等に残した仕事」を挙げたのは、極めて適切である。そして、その「残した仕事」を『赤光《しゃっこう》』の歌人斎藤茂吉が「今もなほ着々と完成してゐる。」（以上『文芸的な、余りに文芸的な』の「八 詩歌」）とする史的認識は、その是非はともかくとしても、芥川が同時代の歌人として最も畏敬を覚えていたのがほかならぬ茂吉であっただけに、芥川の啄木評価の尋常一様でないことを明白に示している。ちなみに同じ文章の「二十八 国木田独歩」の項では、「鋭い頭脳」と「柔かい心臓」を持ち、それが「不幸にも調和を失つ」ていたために、「悲劇的だつた」文学者として、独歩、二葉亭、啄木の三名を挙げる。芥川の単独編集になる『近代日本文芸読本』（興文社、大正一四・一一・八）には、「『己《おの》が名を』其の他」として、『一握の砂』より三首、『悲しき玩具』より二首が採録された。

（塚谷周次）

石川啄木

石田幹之助《いしだみきのすけ》 明治二四・一二・二八～昭和四九・五・二五（一八九一～一九七四）。歴史学者。芥川龍之介の一高時代の友人。千葉県生まれ。父の勤務先（三井銀行）の都合で生まれて翌年四日市市に転じ、のち東京に移り麻布中学校を経て、旧制第一高等学校乙類に入り、大正五（一九一六）年、東京帝国大学文科大学史学科を卒業。専攻は東洋史学。大正六年、八・九月、東京帝国大学から学術上の取り調べのため中国に出張を命じられ、また岩崎久弥の委嘱をうけ、岩崎の購入したモリソン文庫が東京に着くと、その主任として同文庫の整備と拡充とに当たった。大正一三（一九二四）年財団法人東洋文庫が設立されたとき、その主事として経営に任じ、この東洋学研究所の充実発展に尽くした。著書には、最もポピュラーなものとしては『長安の春』（創元社、昭和一六・四）があり、この書は、学術書としてのみならず、格調高い名文でつづられているので文学書としても声価が高い。芥川とは、菊池寛、久米正雄らとともに高等学校時代の同窓であった。芥川は歴史小説執筆の際、よく石田幹之助の教えをうけたと言われている。芥川は、大正四年八月二四日、田端から出した石田宛の書簡に「乞玉斧《こうぎょくふ》」として「冷巷人稀暮月明。秋風蕭索満空城。関山唯有寒砧急。搗破思郷万里情」（訓読。冷巷《れいかう》人稀《まれ》にして暮月明らかなり。秋風蕭索《せうさく》として空城に満つ。関山唯《ただ》寒砧《ちん》の急なるあり。搗破《たうは》す思郷万里の情）という詩をおくっているが、これは同月二三日恒藤恭《つねとうきょう》宛に作っておくった四首の詩の中で、実は出来のいいものの一つであった。また、大正五年五月二日付石田宛の書簡でも「又伺ひを立つる次第に候へども」と断って「(1)諸城とは支那のどの辺の町にや (2)挙人淄川《しせん》教諭とは何の事にや (3)陞《しょう》 鰲《ごう》山衛教授涇《けい》県知県とは鰲山衛の教授にして兼任涇県の知事たりしものにや 鰲山衛とは何の名にや」といっている。その傾倒ぶりが分かる。

（山敷和男）

石田幹之助

遺書《いしょ》 「遺書」と題された作品の未定稿（大正五）や『或《ある》旧友へ送る手記』（昭和二・七）

を除き、純粋に遺書として書かれたと思われるものが五通、小型版全集（岩波書店、昭和二九―三〇）に初めて収録された。そこでは、「厳密に死に際しての遺書とよばるべきものを、死に最も近きものより挙げると左の順序となる。／一、芥川文子《ふみ》あて。昭和二年七月二十四日。死後懐中より発見されし遺書。（所収頁の表記は省略、以下同様）／二、「芥川文子あて」。昭和二年七月。／三、「わが子等《ら》に」昭和二年七月。／四、菊池寛氏あて。昭和二年四月。前記一芥川文あて遺書に言及されたるもの。不載。」（第一九巻）と記されている。まず、「一」は宛名なく、六項に箇条書きされ、「生かす工夫絶対に無用。」（一）から始まり、絶命後、小穴《おあな》に知らせ（二）、絶命するまでの来客には「暑さあたり」と披露せよとする（三）。下島勲《いさおし》医師と相談して自殺・病死いずれにするのもよく、自殺ときまれば菊池宛の遺書を菊池に渡し、そうでなければ焼き棄てよとあり、他の遺書（文宛）は披見し、遺志に従うようにと指示し（四）、さらに遺物を与えることの指示（五）、最後にこの遺書は直ちに焼棄せよ（六）と結んでいる。死後懐中より発見されたこの遺書には自殺への絶対的な意志がうかがわれる。「二」の遺書は「芥川文子あて」と全集にあるもので、「追記。この遺書は僕の死と共に文より三氏に示すべし。尚又右の条件の実行せられたる後は火中することを忘るべからず。」から始まっているので、「二」の遺書の追記であり、「三氏」とは「一」の遺書に名の出ていた小穴・下島・菊池を指すものと見られる。ここでも焼却することを繰り返し言っているが、死後の取り沙汰《ざた》に対する意識によるものだろう。さらに「再追記　僕は万一新潮社より抗議の出《い》づることを惧《おそ》るる為《ため》に別紙4を認《したた》めて同封せんとす。」と再度の追記があり、「別紙4」には、出版権を岩波茂雄に譲与すること。その理由は「夏目先生を愛するが故に先生と出版書肆《しょし》を同じうせんことを希望す」るからである。岩波茂雄の承諾を得ない時は如何《いか》なる書肆からも出してはいけないという厳しいもので、装丁は小穴隆一に依頼することを条件としている。「4」という数字が出たのは、おそらく、「一」の遺書と全集本では〇印をおいて併載されている五項目のもの、すなわち、書物や印などの貸借関係を示した一通が「2」であり、前掲「追記・再追記」の一通が「3」になり、それに続いているものであるからだろう。「2」に当たるこの遺書の結び（五）は、芥川が懐中していた遺書の最後の文字として見るとき、いっそう読む者の胸を打つ。「あらゆる人々の赦《ゆる》さんことを請ひ、あらゆる人々を赦さんとするわが心中を忘るる勿《なか》れ。」と記されているのである。小型版全集に言う「三」の遺書は「わが子等に」であるが、八項目にわたって、まだ幼い三児に対し、「汝等《なんぢ》」と呼びかけたこの遺書には、切々たる父としての愛と知がこめられている。人生は死に至る戦いであり、汝等の力を恃《たの》み、力を養えと説き、敗れた時は父の如く自殺せよとまで諭《さと》す。家族に恃まず欲望を放棄することが、後年汝等を平和にするというところ、「汝等の母を憐憫《れんびん》せよ。」と言いつつも、そのために意志を曲げるな、それが却《かえ》って母を幸福に

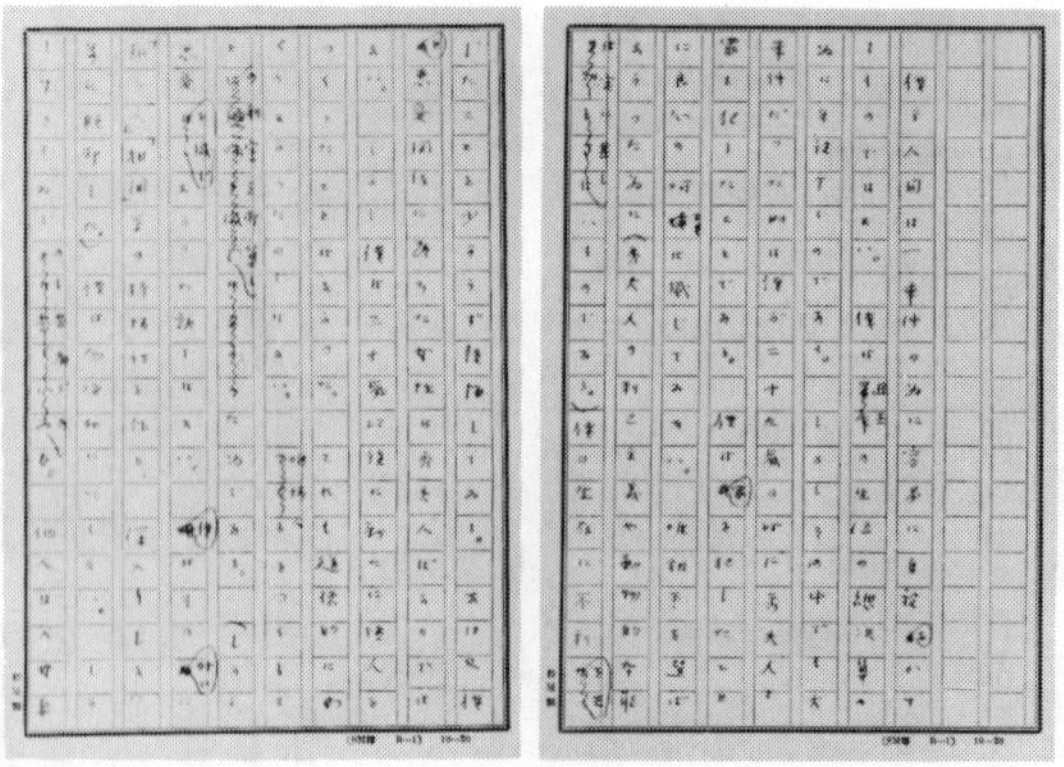

小穴隆一宛遺書

するのだとするあたり、家族のつながりの中で苦しんだ芥川の痛切な自省の声を聞く。父のごとく神経質になることへの注意に続く、結びの「汝等の父は汝等を愛す。」の一語には無量の思いがあろう。その根拠づけが芥川らしいレトリックなのだが、死ぬしかなかった芥川のわが子への語は感動的である。「四」の菊池宛は全集不載であり、残されていたといわれる伯母ふき、葛巻《くずまき》義敏、親戚竹門宛のものも同様である。「僕等人間は」で始まる遺書は小穴宛に昭和二年春記されたもので、過去の生活の総決算のために自殺するとして、恋愛関係、養父母への意識等に及んでいる。そこにある「畢竟《ひつきやう》気違ひの子だつた」の語は芥川の遺書のモチーフだったかも知れない。（平岡敏夫）

異象《いしよう》　同人雑誌。大正六（一九一七）年一一月創刊、七年一二月で休刊か。異象発行所発行。月刊。編集兼発行人は大橋国男、次いで加藤修三郎、舟木重信。同人は伊藤武雄、大橋国男、加藤修郎、宇野喜代之介、藤森秀夫、舟木重信、関口次郎で、東京帝国大学独文科学生が中心となった創作中心の雑誌として発刊、表紙絵は山脇信徳が描いている。最も活躍しているのは舟木重信で『狂兄弟』『悲しき動揺』『手紙の持主』などの小説をほとんど毎号載せ、のちの劇作家関口次郎は小説、詩人となった藤森秀夫が小説と詩、宇野喜代之介は主に戯曲を発表、その他の同人もそれぞれ小説や翻訳を掲載している。『白樺』『愛の本』『アララギ』とも広告を交換しており、大正期の学生同人誌らしい雰囲気を伝え、芥川龍之介は、大正七年一〇年一六日付松岡譲宛書簡で、第五次『新思潮』に触れたあとで「異象の方がずつと好いやうに思ふ」と書いている。（田中夏美）

泉鏡花《いずみきようか》　明治六・一一・四〜昭和一四・九・七（一八七三〜一九三九）。小説家。本名鏡太郎。石川県金沢市生まれ。北陸英和学校中退。父清次は腕のいい彫金師。母鈴は江戸葛野《くずの》流の大《おお》鼓《かわ》師中田豊喜の娘で、鈴の兄松本金太郎は高名な能楽師。その子長《ながし》も宝生《ほうしょう》流の名人として名高く、孫たかしは「ホトトギス」派の代表的俳人であった。芥川龍之介が『鏡花全集目録開口』のなかで「経には江戸三百年の風流を呑却《どんきゃく》し」と述べているが、鏡花の世界は血統の面からみても、伝統文化と深い関連があったことが分かる。鏡花文学には父方の工人の血と、母方の芸能の血とが一つになって流れていたと言えよう。鏡花における〈江戸三百年の風流〉とのかかわりは、彼の資質と微妙に重なりあったためとみなしてよい。江戸人のもつ反権力志向と、その反面の弱さ、あるいは浮世絵、歌舞伎など美的なものへの憧《あこが》れといったものが、鏡花文学の感情の基調を形成している。『婦《おんな》系図』（『やまと新聞』明治四〇・一・一〜四・六、明治四一、春陽堂刊）の冒頭、東京山の手の屋敷町、ほおずきを鳴らす女お蔦《つた》は、さしだしたほおずきを「そんな野蛮なもの」と言って、隣家の女学生からにべもなく拒絶される。鏡花の世界はそのような庶民性を引きずっていた。これは「汝と住むべくは下町の／昼は寂しき露地の奥／古簾《すだれ》垂れたる窓の上に／鉢《はち》の雁皮《がんぴ》も花さかむ」（『戯れに(2)』）という芥川龍之介の生前未発表であった詩のもつ気質と一脈あい通ずるむきがある。芥川は鏡花全集のための『鏡花全集目録開口』のほかにも、『鏡花全集に就いて』（『東京日日新聞』大正一四・五・五〜六）という鏡花文学の特質を論じたエッセイも書いており、逆に鏡花は芥川の葬儀にさいして先輩代表ということで弔辞を読んでいる。その一節にいわく「高き霊よ、須臾《しばらく》の間も還れ、地に」と。教養も育ち方も異なるこの両者に共通するもののあることは否むべくもない。（笠原伸夫）

泉　鏡　花

市河三喜《いちかわさんき》　明治一九・二・一八〜昭和四五・三・一七（一八八六〜一九七〇）。英語学者。東京生まれ。府立尋常中学、一高を経て、明治三九（一九〇六）年東京帝国大学文科大学言語学科に入学。ローレンス教授の指導を受け、卒業後大正五（一九一六）年同大学助教授となる。当年の卒業生に芥川龍之介、成瀬正一《せいいち》、久米正雄らがおり、卒業口頭試験で質問された芥川が返答に窮したとの逸話がある。大学の純文学科に失望した芥川は、「市河三喜さんのやうに言語学的に英文学を研究するんなら、立派に徹底してゐると思ふんだ。けれどもさうすると、シエクスピアだらうが、ミルトンだらうが、詩でも芝居でもなくなつて、唯の英語の行列だからね。」（『あの頃の自分の事』）と書いている。芥川が大阪毎日新聞社に入社決定して海軍機関学校を辞職するときには、市河に後任を推薦してもらうようにと、当時東大英文科副手をしていた友人豊田実を通じて依頼している（豊田実宛書簡、大正八・三・一二）。

市河三喜

（中西芳絵）

一元描写論《いちげんびょうしゃろん》　田山花袋のいわゆる「平面描写」論などに代表される自然主義の客観描写論に対峙《たいじ》した岩野泡鳴の描写論を言う。「現代将来の小説的発想を一新すべき僕の描写論」（『新潮』大正七・一〇）において、初めて論として成立。その間、一〇年近い歳月を要している。一人物の視点による作中全体の統合を表象する描写論である。芥川は『大正八年度の文芸界』などで、泡鳴の一元描写論と、その実践としてのいくつかの短編に注目した。「作者が作中の一人物となり切る事が、人生の芸術的再現には、絶対的必要条件だ」とまとめ、またこの論はほとんど論理の容喙《ようかい》を許さぬほど、泡鳴の信仰に立脚していることを指摘した。一元描写論の正否に関わらず、佳作のうち特に『お常』（『雄弁』大正八・七）に着目し、「善く卑俗な女性を活描し得た点で、本年度に於《お》ける氏の作品中最も傑出したものであらう。」と記した。「正否に関らず」としているだけに、考えようではまたいっそう泡鳴独自の一元描写論のよき実例として傍証している感もある。他方、泡鳴の『美人』（『雄弁』大正九・四）に対して、芥川は『大正九年四月の文壇』で、作の成功を言いながらも、作者の主観が、妙な女を買う主人公と大差なさそうで不快だと述べ、前作と対照的評価を下している。

（伴　悦）

一高《いちこう（またはいつこう）》　第一高等学校の略称。明治七（一八七四）年一二月、東京英語学校として開設、東京大学予備門・第一高等中学校の名称を経て、明治二七（一八九四）年に第一高等学校の名称となった。昭和一〇（一九三五）年に文京区弥生《やよい》

一高卒業　二列目左より6人目芥川，三列目左より5人目久米正雄。

一丁目から目黒区駒場三丁目に移転、昭和二四(一九四九)年に東京大学教養学部に転換、旧制一高の最後の卒業生は昭和二六年に出た。龍之介は明治四三(一九一〇)年九月に、東京府立第三中学校から、この年始まった成績優秀者に対する無試験入学制度で第一部乙類に入学、大正二(一九一三)年七月、恒藤恭《つねとうきょう》に次ぐ二番で卒業した。同級には石田幹之助・菊池寛・久米正雄・佐野文夫・土屋文明・成瀬正一《せいいち》・松岡譲・山本有三・倉田百三・秦《はた》豊吉・藤森成吉らがいた。全寮制度のため、二年のとき中寮三番で寮生活を送ったが、ストームなどの奔放さになじめなかった。当初は佐野、後には恒藤と親交を結んだ。哲学・芸術・文芸への開眼を体験した。

(長谷川泉)

一の宮《いちのみや》　千葉県の東部、長生郡《ちょうせいぐん》に属する町(現在の一宮)。九十九里浜の南に当たる。古くから上総《かずさ》一の宮としてきこえた玉前《たまさき》神社がある。また、明治後期以降別荘地として開け、海水浴場地としても有名である。芥川はここを二度訪れている。一度目は大正三(一九一四)年七月二〇日から八月下旬までの一か月余、三中時代の先輩堀内利器の誘いで、堀内の知り合いの渡辺という商家の奥座敷八畳《じょう》の間に滞在した。この地から芥川は初恋の人、吉田弥生《やよい》に手紙を出している。二度目は大学を卒業した大正五(一九一六)年八月一七日から九月二日まで、この町の海辺に近い一の宮館の十畳と六畳二間続きの離れに、久米正雄と滞在した。この離れは、現在芥川荘として保存されている。同年八月三一日付蔭山蕉雨《かげやましょうう》にあてた書簡によると、蔭山の紹介状がきいて「一番いい座敷へはいれた」という。波の荒い外房の雄大な眺めは、芥川の気に入るところだった。「一の宮の自然は rough な所がいい　Dune なんぞアイルランドのものにかいてあるやうなのがある　夕方は殊にいい」(井川恭《きょう》宛、大正五・八・二一)との感想を友人に書き送っている。二度目の一の宮滞在時は、計画的に海で泳いだり、翻訳をしたり、小説を書いたり、さらには絵や俳句に親しんだりしている。後年の小説『海のほとり』(『中央公論』大正一四・九)や『微笑』(初出未詳)は、このときの体験を基にして成ったものである。また、大正五年夏の芥川と久米は、一の宮から師漱石にしばしば便りをし、愛情のこもった返信を貰うことになる。漱石がいかにこの若い二人に希望をかけていたかは、両名あて書簡を見るとよく分かる。さらに芥川のみにあてられた「啓只今『芋粥』を読みました……」に始まる懇切丁寧な漱石の便り(大正五・九・二)もこの海岸で受け取ったものだ。一方、のちに妻となる塚本文《ふみ》に、芥川は八月二五日、長文の手紙を出し、結婚の申し込みをする。一の宮は芥川の〈夜明け〉と重なる、その青春の思い出の地と言える。現在、海に面した国民宿舎一宮館の前庭には、その滞在を記念した〈芥川龍之介愛の碑〉が建っている。

(関口安義)

旅館一の宮館離れ

一批評家に答ふ《いちひひょうかにこたう》　評論。初出未詳。単行本にも収録されず、岩波版全集(昭和九~一〇)の本文が「大正十一年」の文末日付けを持つ。芥川の文学を全面的に否定した伊福部隆輝『芥川龍之介論』(『新潮』大正一一・九)に対する反駁《はんばく》文。伊福部は、芥川に対して「自分自身詩をもつてゐない」と断定し、その作品は「外形的技巧」による「模造品」であり、「奇術的な胡魔化《ごまか》し」にすぎぬとした。さらに彼は芥川の「芸術観の誤謬《ごびゅう》」を唱え、『芸術その他』における、「内容が本で形式は末だ。——さう云ふ説が流行してゐる。が、それはほんたうらしい譃《うそ》だ。作品の内容とは、必然に形式と一つになつた内容だ。」という主張、及び「芸術は表現に始《はじま》つて表現に終る。画《ゑ》を描かない画家、詩を作らない詩人、などと云ふ言葉は、比喩《ひゆ》として以外には何等《ら》の意味もない言葉だ。」という主張の二つを取り上げ批判していた。芥川の文章は、自身への評価を黙殺して、この批判にだけ答えたものである。二つの論点のうち前者については、芥川が表現された形の相違に「感じ方の相違」(『或《ある》悪傾向を排す』)を見、それを含めて「内容」と呼んでいた以上、形式・内容は芥川においては必然的に不離である。表現以前の未成熟な「内容のもと」を想点し、それが形式を得て表現となるから「内容がもとであつて形式は末」とする伊福部の論は、芥川の定義・立論とかみあわない。また後者については、それを芥川が画家や詩人を外面的な営為としてしか捉《とら》えていない証左とする伊福部の理解は誤解と言える。従って、伊福部の二つの論点が自分への批判になっていないとする芥川の反駁は正しい。しかし、二つの論点はもともと、内なる詩の欠如と「外形的技巧」偏重という彼の断定の裏返しにすぎず、真の論点とは言えない。その意味では、従来の論理を繰り返すだけの芥川の論に、伊福部の評価そのものを否定する力はない。なお、伊福部は、これ以前の『才人文学に対する非難』(『新潮』大正一〇・五)においても、以後の『既成文壇の一特色・欠陥』(『文芸時代』大正一三・一一)においても同様の芥川評を述べているが、その間にあって彼が主唱したのは、芸術家の内にあるべき「燃ゆる如き理想主義的熱情」であった。　　(清水康次)

市村座《いちむらざ》　歌舞伎劇場。江戸三座の一。寛永一一(一六三四)年に村山又三郎が日本橋葺屋町に村山座を創立。寛文六(一六六六)年市村宇左衛門が座元となって市村座と改称。天保一三(一八四二)年猿若町に、明治二五(一八九二)年下谷《したや》二長町に移転。昭和七(一九三二)年五月焼失。芥川は『市村座劇評』(『東京日日新聞』大正九・一〇・一五)で、六代目菊五郎に感服している。『市村座の「四谷怪談」』(『新演芸』大正一二・五)や、井川恭《きょう》宛書簡(大正五・二・一五)でも市村座と名優に言及している。　　(影山恒男)

一塊の土《いっかいのつち》　小説。大正一三(一九二四)年一月一日発行の雑誌『新潮』に発表。『黄雀風《こうじゃくふう》』(新潮社、大正一三・七・一八)、『芥川龍之介集』(新潮社、大正一四・四・一)に収録。初出と初刊本以降との間の異同はほとんどない。藤森成吉・加藤武雄・木村毅編『農民小説集』(新潮社、大正五・六・二六)というようなおよそ芥川に似つかわしくない本にも収められていることからも分かるように、その写実的な手法を含めて芥川の作品の中では例外的な素材であり、作家論的な位置づけの難しい作品とされる。老農婦のお住は長く病床にあった倅《せがれ》の仁太郎が死んだとき、悲しいよりはむしろほっとした。ついで嫁のお民が自分と孫の広次をおいて家を出るのではないかとお住は心配する。しかし、お民はわが子のために今まで以上に男まさりの働きを示す。お住はそんなお民に畏怖を感じて婿《むこ》を取ることをすすめるが、お民は応じない。一家は仁太郎の存命中よりも裕福になり、お民は「嫁の手本」「貞女の鑑《かがみ》」とたたえられ、お住は「後生よし」と羨《うらやま》しがられるが、お民の「稼ぎ病」のために留守居の仕事をすべておしつけられるお住は辛かった。お住は姑《しゅうとめ》を軽んずる傲慢《ごうまん》な嫁を憎むようになり、仁太郎の死後八年余りのある日お民と烈《はげ》しいいさかいをし、お民に「お前さん働くのが厭《いや》になつたら、死ぬより外はなえよ」と言われて逆上する。しかし、お住は死ななかった。代わりにお民が腸チブスで頓死《とんし》する。お住は心からほっとした。しかし、しだいに自分も仁太郎もお民も「情ない人間」であり、「その中にたつた一人生恥《いきはぢ》を曝《さら》した彼女自身は最も情ない人間だつた。」と思われてきて、新仏に話かけながらとめどもなく涙が流れた。この作品は発表当初から好評をもって迎えられた。不自然な作り物だとする批判の多かった芥川作品の中で地味だが特異な素材とその写実的手法が評価されたのである。まず生田長江は「一月の創作（三）」（『報知新聞』大正一三・一・一二）で「文壇近来の好収穫」と評し、渡辺清も「新年号から」（『時事新報』大正一三・一・一二）で「この作は深く私を動かした」と述べた。なかでも鋭い批評眼の持ち主であった正宗白鳥は『郷里にて』（『文芸春秋』大正一三・二）の中で「熟読した。そして、感歎措《お》く能《あた》はざるものがあつた。私の読んだ新年の数十編の創作中では、これが最大の傑作である。芥川君の作中でも、これほど、力の籠《こも》つた、無駄のない、気取り気のない、奇想や美辞を弄した跡のない小説を私は一度も読んだことがない」と絶賛した。芥川もそれに対して「十年前夏目先生に褒められた時以来最も嬉しく感じました」という書簡（大正一三・二・一二）をおくって率直な喜びを示した。一方「『新潮』合評会」（大正一三・二）などではその写実への不満もすでに現れている。吉田精一『芥川龍之介』（新潮社、昭和三三・一）は「書斎の空想では手の及ばぬ、知識層以外の農民生活に彼の鋤《すき》を入れた最初の作」と評価しながらも「観念が先立っている為に人間が死んでいる趣きがある」ことを指摘した。確かに概念的な対象把握を短編の枠組にはめるやり方は従来の方法を多く出ていないが、異色の素材と写実的な描写の点では三好行雄も言うように「保吉《やすきち》物の出現以上に、芥川文学の転機を明らかにする農民小説」（角川文庫『トロッコ・一塊の土』作品解説、昭和四四・七・三〇）と言える。もっとも滝井孝作によれば、この素材は湯河原《ゆがわら》出身の力石という青年の提供したものらしく（「純潔―『藪の中』をめぐりて」、『改造』昭和二六・二）、芥川自身にとってどれほどの必然性をもった選択であったかはにわかに断じがたい。大正一三年四月千葉県八街《やちまた》の小作争議に取材した『美しい村』（未完）という作品を書きかけてはいるが、その後の芥川がこのように農民や底辺の庶民への関心を持続させたわけではないからである。題名からもうかがえるように長塚節《たかし》の『土』（明治四三）を全く意識しなかったはずはないが、関口安義も指摘するように「この作品は根底において『土』のリアリズムとは異なる」と言える。作品はお住とお民の対立が軸になっているが、すべてはお住の視点から描かれており、わが子と一塊の土のために働き通して死んだ「お民の苦悩は作品全体に十分に有機的にくみこまれていない」（関口）のも事実である。主題も「烈女の裏面」に潜む「エゴイズム」の暴露（吉田精一）ととれば従来の域をほとんど越えていないことになるが、お住の悲哀と絶望に着目するなら、そこにはこの時期の芥川の内面の投影を読み取ることも可能である。大正一〇（一九二一）年七月、中国から帰って以来の芥川の健康は悪化の一途をたどり、創作の上でも停滞を脱することができなかった。そのような作者の疲労と敗北感がこの作品の背後にはあるとみることもできる。石割透は帰朝以降の芥川作品に「自然、宿命」に対する畏怖《いふ》が感じられるとし、その中でも『一塊の土』では「土に象徴される、自然それ自身がなまな形で投げ出され」ることによって抒情を排した「人間存在の空しい宿命と孤独を現出せしめた」と論じている。第七短編集『黄雀風』の巻頭に置かれているところにもこの作品に対する作品の自負がしのばれるが、芥川は素材や方法の上でこの作品がはらんでいた可能性を生かしきれずに終わった。その意味でこの作品は芥川の作品系列の中で孤立しているのである。自然の象徴のような存在であるお民を死に至らしめなければならなかったところに端的に示されているように、以後の芥川の文学的営為は人工的な仮構の生によって自然に反逆しようとして敗れたものの悔恨と悲哀の表現が中心になっていく。その点で晩年の傑作『玄鶴山房』（昭和二・一、二）は『一塊の土』の延長線上に位置するものと言える。「浅ましい一生」に対する堀越玄鶴の痛恨はお住の「情ない人間」の嘆きに直結しているのである。

〔**参考文献**〕関口安義「『一塊の土』論―芥川のリ

アリズムとはなにか—」(『日本文学』昭和四六・九)、伴悦「一塊の土」(『批評と研究　芥川龍之介』芳賀書店、昭和四七・一一・一五)、石割透「一塊の土」(菊地弘・久保田芳太郎・関口安義編『芥川龍之介研究』明治書院、昭和五六・三・五)、菊地弘『芥川龍之介—意識と方法—』(明治書院、昭和五七・一〇・二五)

(東郷克美)

一茶《いっさ》　小林一茶。宝暦一三・五・五〜文政一〇・一一・一九(一七六三〜一八二七)。俳人。名は信之《のぶゆき》。信濃《しなのの》国柏原の人。芥川は『点心』(大正一一・五)に収録した『一茶句集の後に』の中で一茶を論じ「一茶句集今日一読過。一読過、畢《をはり》に慊焉《けんえん》たり」と述べている。「一茶の人生は現世なり。」「現世に執するの俳人、一茶の外にも少しとせず」といえども「彼の如く深刻なる能はず」と見た芥川は一茶の句からは芭蕉の「秋深き隣は何をする人ぞ」に認める醍醐味《だいごみ》を嘗《な》め得ないと言う。

(瓜生鉄二)

「一茶句集」の後に《いっさくしゅうのあとに》　跋《ばつ》文。初出未詳。のち『点心』に収録。文末の日付は大正一一(一九二二)年一月。芥川は、この前年あたりから芭蕉に深い関心を持つようになる(滝井孝作「芥川さんの俳句」、『文芸』臨時増刊、昭和二九・一二)ので、一茶にはあきたらぬものがあったのであろう。

(井上百合子)

一夕話《いっせきわ》　小説。大正一一(一九二二)年七月一〇日発行の雑誌『サンデー毎日』第一年第一六号(「夏期臨時増刊」号)に発表。単行本には収められなかった。芸者小ゑんは青蓋《せいがい》という俳号で句集まで出している当世稀《まれ》にみる通人若《わか》槻峯《つきみね》太郎《たろう》の行き届いた世話を受けていたが、いろいろと悪い噂《うわさ》がある乱暴者の浪花節《なにわぶし》語りの下っ端とできてしまう。その事情を友人に話して聞かせた和田は、ひとおもいに実生活の木馬を飛び下り、上品でも冷淡な若槻よりも下品でも猛烈な浪花節語りに走った小ゑんを幸福だと言い、百の若槻には唾《つば》を吐いても一の小ゑんを尊びたいと語る。芥川龍之介はこの作品について、「一夕話は一夜漬《づけ》なり但し僕は常にあの小ゑんの如き意気を壮といたし六の宮の姫君の如きを憐むべしと致し候」(渡辺庫輔《くらすけ》宛書簡、大正一一・七・三〇)と述べているが、運命に逆らおうとしない腑甲斐《ふがい》ない女六の宮の姫君や何物も知らない通人若槻に自己の似姿を見て、その対極にある小ゑんに満腔《まんこう》の憧憬《どうけい》をこめているのは明らかである。中学時代に書いた評論『義仲論』に始まって、晩年の「唯今の小生に欲しきものは第一に動物的エネルギイ、第二に動物的エネルギイ、第三に動物的エネルギイのみ」(斎藤茂吉宛書簡、昭和二・三・二八)という言葉に至るまで、一貫して語られてきた実生活のしがらみを断ち切るべき情熱への憧憬が込められた作品である。確かに「手綱をゆるめた、甘い作品」であり、「作としては歯するに足りぬ」(吉田精一)という評価はできるだろうが、小ゑんの生き方を鏡として教養や知識を罵倒している『一夕話』は、これまでそれを土台として人生や文学を形成してきた芥川自身の否定につながっているという点では注意を要する作品であろう。すでに下降期に入った作品の特質を『一夕話』もまた有しているのである。なお、詩人三富朽葉《みとみきゅうよう》が若槻のモデルではないかとの進藤純孝の指摘がある。

(三島　譲)

一銭蒸汽《いっせんじょうき》　東京隅田川を定期航行した民営の小型客船。明治一八(一八八五)年四月一日から吾妻《あずま》橋・永代橋間を航行した。七か所の停船場を設け、これを七区とし、一区間の乗船料を一銭と定めたのを初めとする。明治三九(一九〇六)年九月に料金を二銭均一に改定後も、俗称としてこの名称が残ったが、第二次大戦後は「水上バス」と改称された。藤村の『家』や荷風の『冷笑』にも描かれているが、芥川は連載随筆『本所《ほんじょ》両国』(『東京日日新聞』昭和二・五・六〜二二)の中の「『一銭蒸汽』」で、「昔はこの川蒸汽も一銭蒸汽と呼んだものである。今はもう賃銭も一銭ではない。しかし五銭出しさへすれば、何区でも勝手に行かれるのである。けれども屋根のある浮き桟橋は——震災は勿論この浮き桟橋もほのほにして空へ立ち昇らせたであらう。が、一見した所は明治時代に変つてゐない」と書いている。同「乗り継ぎ『一銭蒸汽』」では

「僕は昔は渡し舟へ乗ると、（中略）磯臭い匂《にほひ》のしたことを思ひ出した。」とある。

（影山恒男）

一白舎《いっぱくしゃ》　東京帝国大学の正門を出て駒込西片町へ通ずる道路の右側、最初の小路の角にあった学生向きの洋食屋。二階建。建物は現存で、文京区本郷六丁目一六番一号、華夏第一楼という中華料理店になっている。昭和四（一九二九）年ごろ、一白舎からセカンド・ホンパルというカフェ時代をへて昭和六（一九三一）年から中華料理店に身売りされた。龍之介の『あの頃の自分の事』（『中央公論』大正八・一）には、成瀬正一《せいいち》と「一しよに大学前の一白舎の二階へ行つて、曹達水《ソーダ》に二十銭の弁当を食つた。食ひながら、いろんな事を弁じ合つた。」という記述があり、また別の日に「自分は食事をしまふと、独りで一白舎の外へ出た。」とも記されている。英吉利《イギリス》文学科時代の体験を記したもので、一冊の教科書を成瀬と交替出席で利用した趣が活写されている。「二十銭の弁当」は定食。トンカツは二十五銭であった。学生のたまり場、連絡場所であった。

（長谷川泉）

イッヒ・ロマン《いっひ・ろまん》　Ich-Roman（独語）「私」を主人公とする一人称形式の小説。一九世紀ドイツで提唱された。事柄を「私」の経験や見聞として描き、事実に基づく一方それを越えて高度の詩的自由さで虚構された象徴性普遍性を得たもの。久米正雄が、これと区別した「私小説」こそが散文芸術の本道だと主張したのに対し、芥川は『「私」小説論小見』（大正一四・一一）で芸術を限定すべきでないと批判。後の純粋小説の主張もこの小説形式から考えるべきである。

（篠永佳代子）

伊藤左千夫《いとうさちお》　元治元・八・一八、新暦九・一八〜大正二・七・三〇（一八六四〜一九一三）。歌人・小説家。千葉県生まれ。本名幸次郎。無一塵庵主人と号した。明治三（一八七〇）年政治家を志し、明治法律学校（明治大学の前身）に入学するが、眼病のため中退。明治一八（一八八五）年、一円を懐に上京し、牛乳屋で働き、同二二（一八八九）年四月本所茅場町《ほんじょかやばちょう》に独立して牛乳搾取業を営む。同三一（一八九八）年から新聞『日本』に評論を投稿し、同三三年一月正岡子規選募集短歌に歌が選ばれたのを機に子規に師事し、子規庵の歌会に出席して作歌に励んだ。子規没後、根岸短歌会の機関誌『馬酔木《あしび》』を同三六年六月に創刊、根岸派の存在を世に問うた。歌風は万葉集を尊重し、写実的詠風を求めた。一方、三九年に執筆した小説『野菊の墓』が漱石の激賞をうけ、その後自伝的小説を多く書いた。芥川は、左千夫の唱えた「叫び」の歌（『道芝』の序）とか、晩年に若い女性に恋をした歌『我が命』や『黒髪』をとらえ、「好い年をして妾を持つてゐた由　彼の歌の艶つぽい所以《ゆゑん》だね」（佐佐木茂索宛、大正九・一二・一四）と報じている。島木赤彦・斎藤茂吉・中村憲吉・土屋文明らを育成した。

（藤岡武雄）

糸女覚え書《いとじょおぼえがき》　小説。大正一三（一九二四）年一月一日発行の雑誌『中央公論』に発表。『黄雀風《こうじゃくふう》』（新潮社、大正一三・七・一八）、『報恩記』（歴史物傑作選集第二巻、而立社、大正一三・一〇・二五）に収録。切支丹《キリシタン》物の一つ。慶長五年七月、関ケ原の役の直前に大坂方の人質になることを拒んで死んだ細川忠興《ただおき》夫人玉（明智光秀の娘、切支丹名ガラシャ、諡号《しごう》秀林院）の最期を侍女糸女の覚え書きの形で候文で書いたものである。忠興が関東に出陣中の大坂細川邸に石田三成の内使、尼の澄見《ちょうこん》が再々訪れ、秀林院に人質となることをすすめるが、忠興と三成はかねて不和の間柄であり、秀林院は承知しない。留守居役小笠原少斎、河北石見、稲富伊賀らが対策を苦慮し、侍女たちの動揺も深まっていく中で、三成方から討っ手がかかり、秀林院は少斎に介錯《かいしゃく》させて死に、最期を見届けた侍女霜女と糸女は炎上する屋敷を立ち退いた、という筋である。細川ガラシャは切支丹史料にも美貌と才知、徳行を称《たた》えられ、その劇的な最期とあいまって世に烈女、貞女として喧伝《けんでん》された女性であるが、芥川は糸女という人物を創造して、ガラシャを、さして美しくもない、自惚《うぬぼれ》の強い高慢な中年女性として描出し、切支丹をも滑稽《こっけい》化している。終局の悲劇も老臣らの無為無策とガラシャの性格とがもたらしたものだという皮肉な見解を糸女に語らせている。粉本は入江霜の『霜女覚書』（正保五年筆記）で、その全文は徳富蘇峰の『近世日本国民史』の「家康時代上巻」（民友社、大正一一・一・一）に『藩譜採要』、切支丹史料『日本西教史』の一節とともに紹介されている。芥川はこれらを巧みにつなぎ合わせ、新解釈を加え、偉人の裏面をあばくという芥川一流の皮肉な歴史小説に仕立てあげているが、その反面「此《こ》の一幅の戯画の中から浮び上つて来るものは人間の形骸だけである」（山本健吉「芥川龍之介論」、小学館『大正文学作家論』下、昭和一八・一・二〇）という批評も生んだ。

（田中夏美）

犬養健《いぬかいたける》　明治二九・七・二六〜昭和三六・八・二八（一八九六〜一九六一）。小説家・政治家。東京生まれ。父は政治家犬養毅《つよし》。学習院中学、高等科を経て、大正六（一九一七）年東京帝国大学文科大学哲学科に入学したが、まもなく中退。少青年期から『白樺』を読み、志賀直哉・武者小路実篤などの影響下に作家生活に入った。芥川龍之介とは、大正一三（一九二四）年『南国』を『改造』に発表した直後に知り合う。特に大正一四年一月の『ひと秋の場面』（『改造』）により作家としての力量が認められ、以来芥川没年に至るまで親交を続けた。「犬養君の作品は大抵読んでゐる」（『犬養君に就いて』）との芥川の言葉や、犬養宛書簡（大正一三・一二・二五、大正一四・七・一七）などから推定すれば、親交の性格の内容といったものが多少判断できるが、文学的感化という点においては専ら『白樺』系の作家にあった。なお、犬養の『通夜の記』（『改造』昭和二・九）は、芥川の死直後（通夜から葬儀の日にかけて）の模様を伝える記事として重要である。

（石阪幹将）

犬と笛《いぬとふえ》　童話。大正八（一九一九）年一月一日、および一月一五日発行の雑誌『赤い鳥』第二巻第一、二号に発表。単行本には収められなかった。大正七（一九一八）年一〇月一四日付で小島政二郎にあてて出した芥川書簡の一節に「御伽噺《おときばなし》は甚《はなはだ》い〻加減なもので恐縮し切つてゐます　長い方が短いのより余程わけはない『蜘蛛《くも》の糸』の方がもつと苦しみました／それから目下御台所が甚心もとないのですが御都合で御金が頂けたらこちらへ送つて下さい」とある。ここで話題にされているのが、時期的に見て二号にわたって連載された『犬と笛』であることは、間違いないようで、『蜘蛛の糸』に続く芥川の童話二作目である。右書簡に見られるように、その執筆は台所不如意を補うべく早々に書きあげたものらしい。芥川の気に入らぬ作品であったためか、生前に企てられ、没後一年ほどして刊行された大判の童話集『三つの宝』（改造社、昭和三・六・二〇）にも収録されることなく終わった。が、作者の自己評価は別にして、この作品は物語性に満ちた読ませる童話なのである。副題に「いく子さんに献ず」とあるが、いく子さんとは、妻文《ふみ》の母の従《いと》妹《こ》に当たる愛らしい少女のことであった。芥川は彼女に読ませるために、この一編の童話を書いたことになる。物語は大和の葛城《かつらぎ》山の麓《ふもと》に住む笛の上手な髪長彦という若い木樵《きこり》が、足一つの神と手一つの神と目一つの神からそれぞれ嗅《か》げ・飛《と》べ・噛《か》めという不思議な力をもった犬をもらう。そして飛鳥《あすか》の大臣《おおきみ》のさらわれた二人の姫君を犬たちの力を借りて救い出す。途中二人のずる賢い侍にだまされ、笛と姫たちと三匹の犬を奪われるという波乱もあるが、結局、髪長彦は大臣の前で言い開きをして認められ、たくさんの褒美をもらい、飛鳥の大臣の婿になる。ステロタイプのストーリーが少々鼻につくが、総じて豊かなメルヘンの世界が広がっており、子供に迎え入れられる良質の童話である。

（関口安義）

惟然《いねん》（正しくはいぜん）　?〜正徳二・二・九（?〜一七一二）。俳人。通称広瀬源之丞《げんのじょう》。美濃国関町の人。元禄三年ごろ、芭蕉の門に入る。芭蕉没後、口語化の傾向をたどる。芥川は『枯野抄』の中で芭蕉の臨終に他の弟子たちと共に立ち会う惟然の背の低い僧形の姿と、師の断末魔を前にして恐怖（次に死ぬものは自分ではないかという）にとらえられた内面を描いた。その描き方は自己同化した丈草の場合と異なり、かなり苛酷《かこく》なものがある。　（芹沢俊介）

井上正夫《いのうえまさお》　明治一四・六・一五〜昭和二五・二・七（一八八一〜一九五〇）俳優。芸術院会員。本名小坂勇一。高田実一座の公演を見て俳優を志し、新派の興隆に尽くす。新時代劇・映画を経て文芸作品を上演。久米正雄の『地蔵教由来』山本有三の『生命の冠』などを手がけ、内面の描写に好評を博する。芥川と直接交渉があったか不明だが、芥川は『お律《りつ》と子等《ら》と』（大正九・一〇〜一一）に「今日ね、一しよに明治座を覗《のぞ》かないか？　井上だよ。井上なら行くだらう？」という台詞《せりふ》を書き込んでいる。大正八、九年、井上は明治座で上記文芸物を舞台にかけていた。　（佐々木充）

伊福部隆輝《いふくべたかてる》　明治三一・五・二一〜昭和四三・一・一〇（一八九八〜一九六八）。文芸評論家・詩人・宗教研究家。別名隆彦。鳥取県生まれ。さしたる学歴はなく郵便局事務員、小学校教員、雑誌記者をしながら独学、生田長江に認められ、文芸評論家として立つ。大正一一（一九二二）年九月号の『新潮』に載せた「芥川龍之介論」は、当時人気の絶頂にあった芥川を、天才でなく奇術師であり、芸術家でなく職人であると断じたもので、以後こわもての評論家として文壇人に知られた。芥川は『一批評家に答ふ』（「人間　随筆　最近の佐藤春夫氏」、『新潮』大正一二・三）で伊福部に反論、また『佐藤の誤解』（『人間』大正一一・一）では、佐藤春夫評にかこつけて伊福部を「或《ある》新進の豪傑」と揶揄《やゆ》している。伊福部には他に佐藤春夫や豊島《とよしま》与志雄を論じたものがあり、それらは『現代芸術の破産』（地平社書房、大正一三・九・二二）に収録されている。彼はのちプロレタリア詩、アバンギャルド詩運動にも参加、晩年は東洋精神や老子思想に関心を示し、人生道場無為修道会を主宰した。　（関口安義）

イプセン《いぶせん》　Henrik Ibsen　イプセン。一八二八・三・二〇〜一九〇六・五・二三。ノルウェーの詩人・劇作家。近代劇の確立者。戯曲に社会・思想問題を導入した。一高時代の芥川は当時文壇に流行したイプセンを読みあさった。『手巾《ハンケチ》』にはイプセンに心酔する学生の話が出て来る。イプセンは青年期の芥川の精神形成に影響を与えた作家の一人で、『或阿呆《あるあほう》の一生―一　時代』には「二十歳の彼」にもの憂い影を落とした世紀末作家の一人として名前を挙げている。また、芥川は作家としてもイプセンを評価している。「問題劇」の作者として（『文芸一般論』）、また、「詩的精神」を有し（『芝居漫談』）、「内容と形式との一つになつた全体を的確に捉《とら》へ得た」（『芸術その他』）として、特に『人形の家』は「戯曲的完成の外にもその思想の新らしかつた為《ため》に世界の人目《じんもく》を聳動《しょうどう》」し、その文芸的価値は「世界の文芸の天に一星座を占める」（『文芸一般論』）と述べている。　（山口幸祐）

芋粥《いもがゆ》　小説。大正五（一九一六）年九月一日発行の雑誌『新小説』第二一年第九号に発表。『羅生門』（阿蘭陀《オランダ》書房、大正六・五・二三）、『鼻』（春陽堂、同七・七・八）、『芋粥』（同、大正一一・二・一）に収録。初出以下『芋粥』までの諸本に大きな異同はない。この作品は『鼻』で注目された芥川が、当時、新人作家の登竜門とされていた『新小説』のために書いた短編で、一流の文芸誌に載せた最初の小説である。大正五年八月一日藤岡蔵六宛書簡に「新小説のやつを今日からかき出した題は『芋粥』と云ふのにするつもりだ」とあり、続いて、「僕は芋粥を書いてゐる　今までの所は大過なく来てゐるやうな気がするがよみ直さないから覚束《おぼつか》ない　十二枚でやつと『一』がすんだ『鼻』位にはゆくかと思つてゐる」（松岡譲宛書簡、大正五・八・九）と書き送っている。森本修『芥川龍之介伝記論考』（明治書院、昭和三九・一二）によると、芥川は導入部にあたる第一段落の一二枚を書き上げるのに九日を費やし、残り二八枚ほどを三日で書いた勘定になるが、三好行雄は、この執筆速度のアンバランスについて、「この不均衡は、作者の独創が主として導入部に集中し、以下の展開が典拠の換骨奪胎であった事情とほぼ正確に見あっている」と指摘する。しかし、これには締切日への配慮、導入部に凝りすぎたことなど、新人作家としての未熟さも作用していよう。この作品も『羅生門』や『鼻』と同じく古典に題材を得たもので、典拠は『今昔物語』巻二十六「利仁《としひと》将軍若《キ》時従《リ》㆑京敦賀《つるがへ》将《ゐテ》㆓行《イク》五位《ヲ》㆒語第十七」および『宇治拾遺物語』巻一「利仁芋粥事」である。この小説を書くとき、芥川はつねに英訳のゴーゴリを傍らに置いていたと言われ、とくに五位の造型にゴーゴリの『外《がい》套《とう》』の主人公アカーキー・アカーキエヴィッチの影響が強いと吉田精一は言う。物語は、摂政藤原基経に仕えている「某《なにがし》と云ふ五位《ゐ》」の紹介から始まり、この「風采《ふうさい》の甚揚《はなはだあが》らない男」──背が低く、赤鼻で、眼尻《めじり》が下《さが》っていて、口《くち》髭《ひげ》も薄く、頬《ほお》がこけ、頭が人並はずれて細い、まず徹底的にしまりなくだらしない外貌の男のイメージを提出する。侍所にいる連中は、彼に対してほとんど蠅《はえ》ほどの注意も払ったことがなく、何事でも手真似《まね》だけで用を足す。それでも、五位は腹を立てたことがない。彼は、いっさいの不正を不正として感じないほど、意気地のない、臆病《おくびょう》な人間だったのである。しかし、同僚の悪戯《いたずら》が嵩《こう》じすぎたとき、彼が、笑うのか泣くのか分からないような笑顔をして、「いけぬのう、お身たちは。」と言うのを聞いて、それが頭から離れなくなり、「栄養の不足《ふそく》した、血色の悪い、間のぬけた五位の顔にも、世間の迫害《はくがい》にべそを掻《か》いた、『人間』が覗《のぞ》いてゐる」のを見た一人の無位の侍のいたことを書き加えることを芥川は忘れていない。そして、それに続く「無位の侍には、五位の事を考へる度に、世の中のすべてが、急に、本来の下等さを露《あらは》すやうに思はれた。さうしてそれと同時《どうじ》に霜げた赤鼻と、数へる程の口髭とが、何となく一味の慰安《ゐあん》を自分の心に伝へてくれるやうに思はれた。」という記述に、弱者への芥川の同情と憐愍《れんびん》（もちろん多分にイロニックだが）、別の言葉で言えば、人間の卑少さ、醜さのほうにこそ人間性の真実があるという人間認識を示していると言えないか。こういう軽蔑されるためにのみ生まれてきたような人間にも、「人間」だから夢も希望もあるので、それは芋粥を飽きるほど飲んでみたいということだった。そうした彼の欲望を満たしてくれる魔術師的助け手として現れるのが強者の藤原利仁で、彼は「肩幅の広い、身長《みのたけ》の群を抜いた逞《たくま》しい大男《おほをとこ》」で、「朔北《さくほく》の野人」、酒を飲むことと笑うことと、「生活《せいくわつ》の方法《はうはふ》を二つしか心得てゐない。」という何から何まで五位と対照的である。この利仁と主人公五位の出会い、そして敦賀行きの物語が第二段以降だが、原拠との違いは、利仁の庇護《ひご》者とも言える舅《しゆうと》の有《あり》仁《ひと》の存在を削ったこと、夜伽《よとぎ》の女や帰京時の五位への莫大《ばくだい》な贈り物の話など、いわゆる応報譚《たん》のモチーフが消えたことである。芥川の独創は、まず第一段落で徹頭徹尾五位を弱者にすることで（おまけに彼は「酒《さけ》のみの法師《はふし》」に「うけ脣《くち》の女房」を寝取られたコキュでもある）、芋粥を飽きるほど飲んでみたいという唯一の夢、希望を際立たせ、原拠の有仁の存在や応報譚のモチーフを消すことで、利仁の敦賀の家へ連れて行かれ、豪勢な歓待攻めと膨大な芋粥の接待にあずかり、うんざりして食欲も出なかったという原拠の主筋を見事に小説化したことだろう。五位にとって、「芋粥に飽かむ」ことがいともたやすく現実と化し、食欲も萎《な》えた彼の目前で、利仁に手捕りにされ使者の役を果たした阪本《さかもと》の野狐《ぎつね》までが、彼の夢に見た「芋粥に飽かむ」想いを味わっている。五位が、多くの侍たちに愚弄され、京童にさえ罵《ののし》られて、色のさめた水干《すいかん》に、指貫《さしぬき》をつけて、飼い主のない尨犬《むくいぬ》のように朱雀大路をうろついていたかつての憐むべき孤独な彼自身を懐かしく想うのは当然なので、周囲から拒否され孤独であったからこそ、「芋粥に飽かむ」ことが唯一の生甲斐《いきがい》として、夢として育ったのである。夢や希望は、満たされぬうちだけが夢であり希望なので、そこにはあの「不到達性のロマネスク」、エロティスムに通うものがある。その点、「芋粥への偏愛は昔日の愛の代償であった」（三好行雄）という指摘は正《せい》鵠《こく》を射ている。

〔参考文献〕　吉田精一『芥川龍之介集』（角川書店「日本近代文学大系　38」昭和四五・二・一〇）、関口安義「羅生門・芋粥」（芳賀書店『批評と研究　芥川龍之介』昭和四七・一一・一五）、浅野洋「芥川龍之介序章」（『立教大学日本文学』昭和四四・六）、三好行雄「負け犬」（筑摩書房『芥川龍之介論』昭和五一・九・三〇）

（大久保典夫）

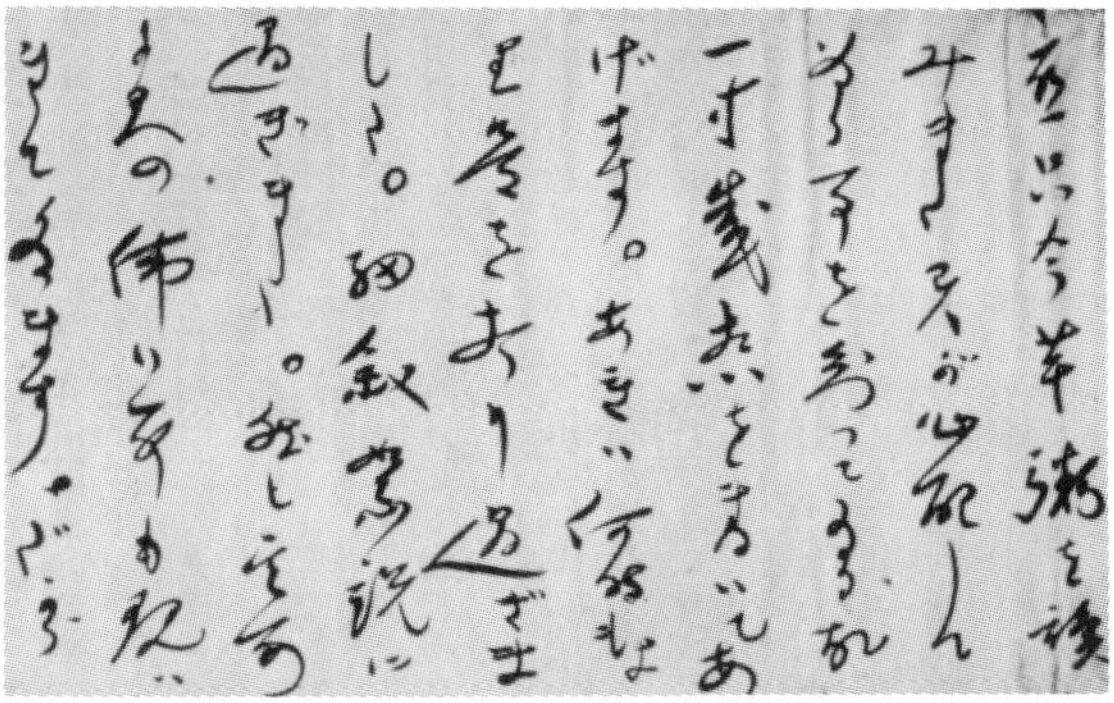

夏目漱石が芥川にあてた手紙　一の宮にいる芥川にあてて愛情に満ちた『芋粥』評を書き送った。

岩野泡鳴《いわのほうめい》　明治六・一・二〇～大正九・五・九（一八七三～一九二〇）。詩人・評論家・小説家・劇作家。本名美衛《よしえ》。兵庫県生まれ。専修学校などに学ぶ。五つの詩集や詩史のほか、思想の根幹となった『神秘的半獣主義』（明治三九）を発表し、畢生《ひっせい》の大作「泡鳴五部作」を残し、いわゆる新自然主義の立場を標榜《ひょうぼう》した。また一元描写論の主張は有名。芥川に『岩野泡鳴氏』がある。大正八年、秋の夜更け二人は一緒に巣鴨《すがも》行きの電車に乗り、その折の対話が中心になっている。話題は著書の売れ行きに落ちた。芥川は泡鳴より売れている二、三の小説家の名を挙げた。一瞬、泡鳴は不審そうに顔を曇らせたが、たちまち前のような潑剌《はつらつ》たる姿勢をとり戻し、天下を憐れむように「尤《もっと》も僕の小説はむづかしいからな。」と言ったという。芸術家泡鳴の資格は余人が決めるがよいが、と芥川は断りながら、「殆《ほとん》ど荘厳な気がする位、愛すべき楽天主義者だつた。」と書きとめた。この芥川の口吻《こうふん》をとらえて、親子くらい歳《とし》のちがう泡鳴に対して「小生意気な言い方」（柳田知常『岩野泡鳴論考』）とみる見方がある。宜《うべ》なわれてよい。が、一面、それほど資質的に二人は生の対極点にいたことも傍証している。

（伴　悦）

岩野泡鳴

岩森亀一コレクション《いわもりきいちこれくしょん》　東京都千代田区神田神保町一丁目一番地の古書店三茶《さんちゃ》書房主、岩森亀一収集に成る五〇〇〇点を越す芥川龍之介資料コレクションをさす。昭和五六（一九八一）年六月、東京神田の三省堂書店催場でその一部が公開され、一躍注目を浴びるに至ったもの。コレクターの岩森亀一は、大正九（一九二〇）年一月五日、山梨県の生まれ。高等小学校卒業後、一五歳で上京。はじめ親戚筋の者がやっていた小学校の先生相手の新刊特価本の通信販売に従事し、二年後神田の古書店一誠堂に入店、修業を積んだ。戦後、昭和二三（一九四八）年春独立し、当時の新興の地、東京都世田谷区三軒茶屋に古書店三茶書房を創業した。小学校時代から無類の文学好きであったことと、修業時代に勤めた古書店が文学書を主に扱う店であったこともあって、岩森は独立後、文学書専門店の看板を掲げ、やがて近代文学関係の古書専門店として頭角を現すようになっていく。詩人の三好達治、小説家の中野重治・尾崎一雄、それに版画家の武井武雄らがこの店をひいきにした。岩森が龍之介資料コレクションにかかわるのは、昭和三〇（一九五五）年の葛巻《くずまき》義敏との出会い以降のことである。葛巻は龍之介の甥（姉ひさの子）で、戦前の岩波版『芥川龍之介全集』の編者の一人であり、龍之介資料の所蔵者として知られていた。そのころ葛巻は三軒茶屋に近い経堂に住み、のちに岩波書店から刊行する『芥川龍之介未定稿集』（昭和四三・二・一三）の編集に励んでいたが、定職なく、生活は苦しかった。そこで芥川資料を少しずつ処分して金に換えるため、三茶書房を訪れるようになる。そして当初は芥川旧蔵書をはじめ、芥川著作本、校正書き入れ本などを持ち込み、気心が知れてからは、草稿や完成稿までも持ち込むようになった。若き日芥川文学を愛読し、この作家が好きだった岩森は、それらを購入すると、ただちに表装・製本して完全保存を志した。葛巻は『未定稿集』刊行までは「散逸させないこと」を条件に出し、以後約一〇年、芥川資料を毎月小出しに三茶書房に運んだ。岩森は仕入れるだけで売ることのできない膨大な芥川資料を、半ば義侠心から、半ば道楽のつもりで、相応の礼を払っては収集を図ったという。やがて三茶書房では芥川資料なら何でも購入するという噂《うわさ》が古書業界に流れ、他からも思わぬものが持ち込まれるようになる。久米正雄の遺族から出た『或阿《あるあ》呆《ほう》の一生』の完成稿がその代表例である。昭和五六（一九八一）年六月、コレクションの一部を公開した際、岩森は『芥川龍之介資料目録』と題した目録を作り、閲覧者に配布した。B5判、三四ページ、うち一九ページを原稿やノート、書簡などの写真に当てており、「後がき」に「未定稿、書反古などが大部分である資料の性質上分散しては価値も半減して惜しまれ、また私自身芥川文学への魅力や愛着も深かったので分不相応乍《なが》ら一つの生甲斐にも考え家蔵コレクションにして密かに楽しんで参りました。その後類は友を呼び思いがけない重要資料に恵まれたり、関係資料、文献等の蒐集《しゅうしゅう》架蔵も心掛けて来ました」と書き付けている。コレクションの内容は、大きく六つに分類することができる。㈠肉筆原稿（完成稿・未定稿・別稿・断片）㈡初期作品資料　㈢ノート・メモ類　㈣芥川旧蔵書、芥川著作本　㈤関係資料　㈥芥川宛書簡である。このうち㈠は『羅生門』の下書きノート・推移稿、『鼻』の創作ノート・初稿、『或阿呆の一生』の完全原稿などで、このコレクションの目玉といえる。一、三を紹介するなら、まず、『羅生門』の下書きノートや推移稿を見ると主人公に当初交野《かたの》平六《へいろく》とか交野五郎という固有名詞が与えられており、それが「一人の男」や「一人の侍」となり、最終的に「一人の下人」と変わっているのが分かる。

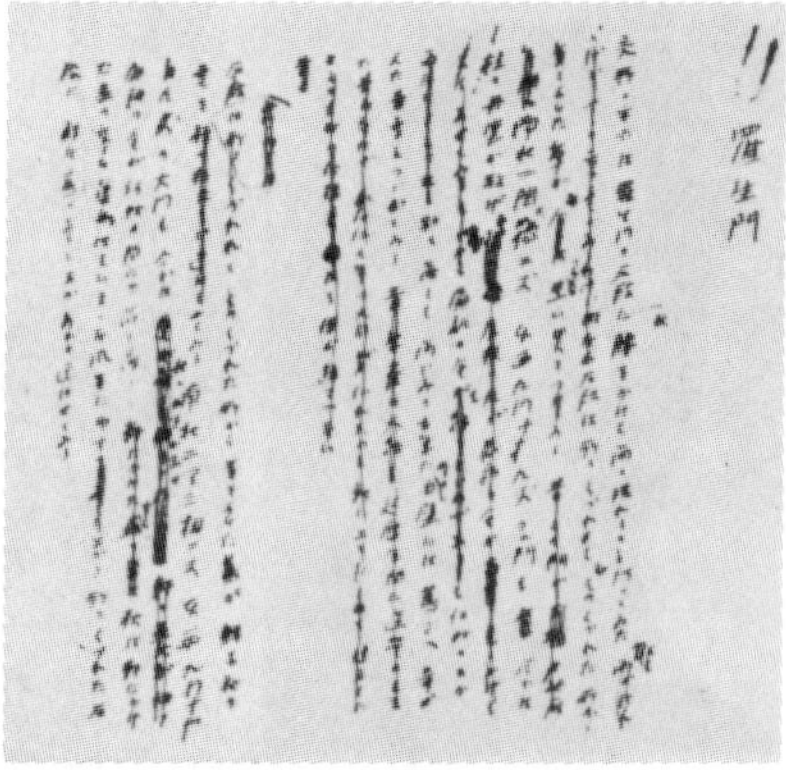

『羅生門』下書きノート

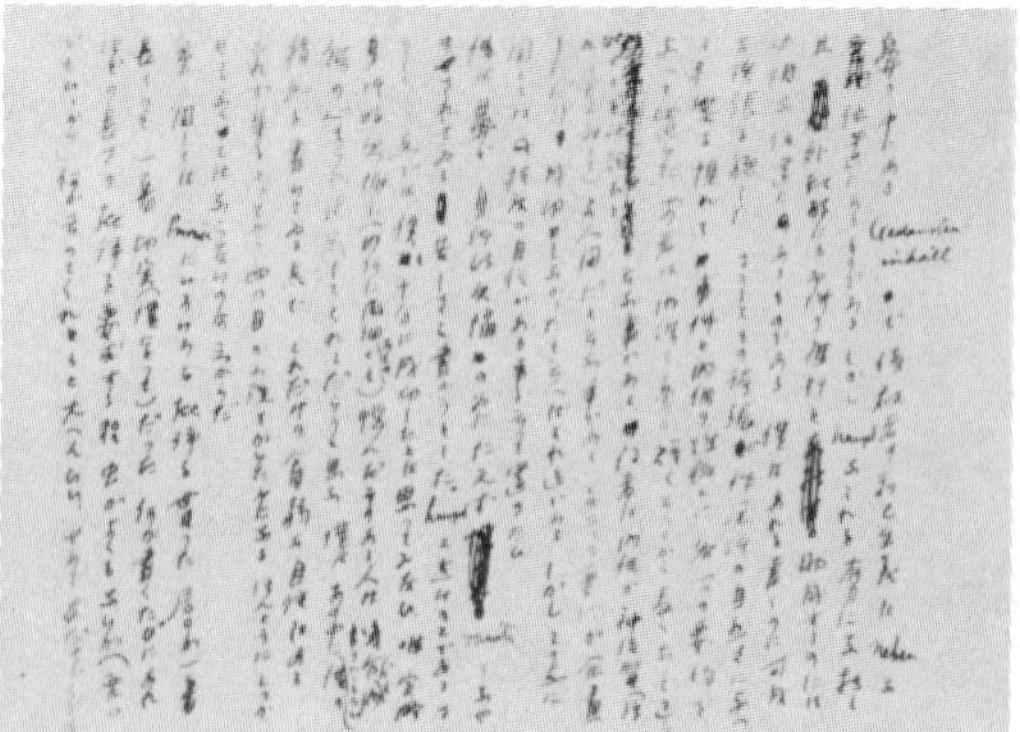

『鼻』創作ノート

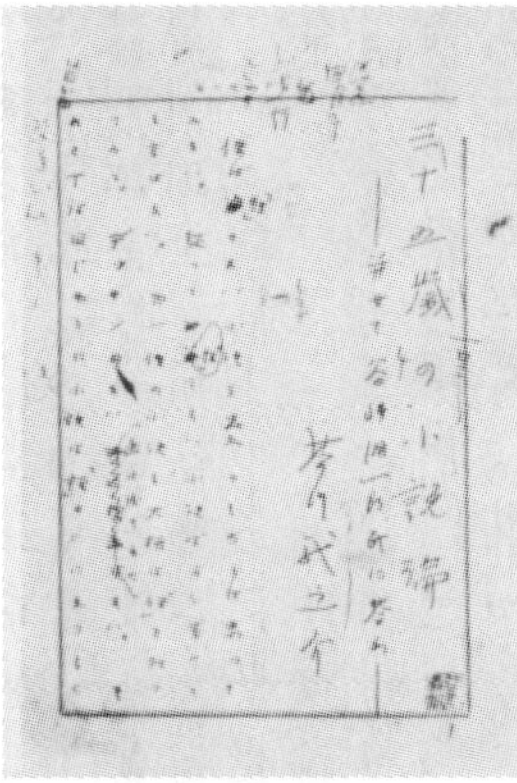

「三十五歳の小説論」の冒頭

『鼻』では、主人公の長い赤鼻の形容を「赤茄《な》子《す》」から「烏瓜《からすうり》」に、それをさらに推敲し定稿の「腸詰め」に決定していくさまが手に取るように分かる。また『或阿呆の一生』の完全原稿を見ると、最初の題名が「彼の夢」であったこと、それを消して右に「神話」と書き、いま一度それを消して左に「或阿呆の一生」と訂正しているのが分かってくる。要するに活字となった定稿ではうかがえない面が、これらの肉筆原稿は伝えてくれるのである。その意味での圧巻は、『文芸的な、余りに文芸的な』の第一回分に当たる赤ペンで書かれた「三十五歳の小説論―併せて谷崎潤一郎氏に答ふ―」であろう。これは「河童」の校正のため出かけた改造社の印刷所で、校正刷りの出て来るのを待っている折、谷崎潤一郎の「饒舌録」(『改造』昭和二・三)を読んで触発され、改造社の二〇〇字詰原稿用紙に校正用赤ペンで一気呵成《かせい》に書きつけたものである。

他に『手巾《ハンケチ》』の別稿「武士道」、『忠義』の初稿「主従」などが目立つ。㈡の初期作品資料で第一に目を射るのは、回覧雑誌類である。小学校時代のものに『日の出界』と『実話文庫』がある。『日の出界』については、既に葛巻義敏によって『日本文学アルバム 芥川龍之介』(筑摩書房、昭和二九・一二・一〇)で紹介されていたが、臨時発行の第二編『文事の光』は新資料である。ここには『不思議《ママ》』『ウエールカム』と題された小説や『実話 昆虫採集記』が載っている。一方、『実話《ママ》文庫』には、大島敏夫述・芥川龍之助記の『昆虫採集論』が載っている。中学校時代のものには、明治三九(一九〇六)年六月三日発行の『曙光《しょこう》』第四号、同年八月一六日発行の『木菟《みみずく》』第二号、明治四一(一九〇八)年二月二八日発行の『碧潮《へきちょう》』第三号などがある。これまた回覧雑誌と銘打つものの、龍之介の個人誌に近い。『碧潮』第三号には、漱石の『吾輩《わがはい》は猫である』を意識した『我輩も犬である』という小説を寄せている。また『木菟』第二号には、『世界一の長髯』『髯のある婦人』『欧州第一の小独立国』という童話をはじめ、紀行文『勝浦雑筆』などがある。これらには、のちの芥川文学の萌芽ともみられるものがあり、芥川もまた回覧雑誌から出発した作家の一人であることを明確に物語る。早くから自己表現に並々ならぬ才を示していたといえよう。中学校時代の作品は量も多く、回覧雑誌のほか学校に提出した作文類がかなりある。そのほか中学四年の明治四一(一九〇八)年七月、友人西川英次郎と甲斐から信濃に旅したときの模様を記した『日誌』、『学友会雑誌』に載った『義仲論』の資料・下書きノート・下書き原稿二〇枚、本原稿七七枚もある。一高時代のものは、墨書による古典の浄書や感想録、日記断片のほか、小説の習作『死相』『老狂人』、それに『梅花』と題した文章がある。㈢のノート・メモ類は、⑴雑記・紀行・講演メモに類するものと、⑵大学時代の講義筆記ノートに分かれる。前者は明治四二(一九〇九)年夏の『槍ケ岳《やりがたけ》紀行』をはじめ、資料、素描書き込みノート、手帳類である。前者には大正一二(一九二三)年八月の山梨県北巨摩《こま》郡秋田村(現、長坂町)清光寺で行われた夏期大学での講義プリント三枚も含まれている。後者には藤村《ふじむら》作《つくる》の講義「馬琴研究」ノート二冊、波多野精一の講義「希臘《ギリシャ》哲学史」ノート二冊、大塚保治の講義「欧州近世文芸史」ノート一冊が含まれている。小さな字でびっしりと書かれた入念な受講ノートである。芥川の教養形成にかかわるものであり、今後その創作とのかかわりの検討も日程にのぼるものと思われる。㈣の芥川旧蔵書は、日本近代文学館所蔵の芥川旧蔵書を補うものといえる。大正一三(一九二四)年夏、軽井沢滞在中読んだとされるウィルヘルム・リープクネ

ヒトの "KARL MARX BIOGRAPHICAL NE-MOIRS" をはじめ、ロシア革命に関する一群の洋書など、芥川と社会意識とのかかわりを考える上で大切だと思われるものもあり、今後の研究が待たれるところである。他に樋口功の『芭蕉研究』など、芥川の芭蕉受容に関連をもつ書物や、若き日愛読した『バイロン詩集』などもある。㈤の関係資料には、小・中学生時代の図画・書道の作品から第四次『新思潮』同人および寄稿者の原稿、それに『新思潮』信託販売伝票まである。当時どの程度雑誌が売れたのかも、いずれこの資料の検討によって、はっきりすることになろう。『新思潮』関係資料の出所は、久米正雄の遺族である。他に子供のころ大川に泳ぎに行った時愛用した水泳帽とか、生家新原《にいはら》家が経営した耕牧舎のために龍之介が書いたPR文章「ヨーグルト広告文案」や書斎の入り口に掲げた「我鬼窟《がきくつ》」の扁額《へんがく》（日本近代文学館「芥川龍之介文庫」にも書体のやや異なったものがある）などもある。㈥の芥川宛書簡は、久米正雄・谷崎潤一郎・宇野浩二・森田草平・小宮豊隆《とよたか》・萩原朔太郎・土屋文明・勝峰晋風・高浜虚子・小穴《おあな》隆一・与謝野晶子らのもの。これら書簡中、大正一五（一九二六）年一二月三日付の萩原朔太郎の書簡は貴重である。これは北原白秋主宰の文芸雑誌『近代風景』（昭和二・一）に載った芥川の『萩原朔太郎君』への礼状である。「僕は始めは芥川龍之介に予感したものを、今既に意識の表面に認識するものを感じ、悦び、恐れ、興奮しつつこの手紙を書くのです」とある。当時『文芸春秋』に芥川が連載していた『追憶』（大正一五・四〜昭和二・二）をいたく褒め、「あれだけの『詩』を感じ得るものは、今の所謂《いはゆる》詩人の中には居ないでせう。とにかく兄は今、恐ろしい過渡期に居られることをはつきりと認識されます」とあり、朔太郎が晩年の芥川のよき理解者であったことを示している。これは筑摩書房版『萩原朔太郎全集』第一三巻に、断片が載っているが、全文が存在するのである。以上はどれでも貴重な第一次資料ばかりであるが、このほか龍之介死亡当時の各紙新聞切抜帖や財布・ナイフなどの遺愛品、芥川手入れ校正本などもある。東京駒場の日本近代文学館にある「芥川龍之介文庫」と合わせると、その関係資料は、おびただしい数になる。なおこのコレクションは、昭和五九（一九八四）年六月、岩森の出身地である山梨県が購入（一部寄贈）、将来は準備中の山梨県立文学館に移され、一般に公開されることになっている。

〔**参考文献**〕無署名「死後50余年、ベール脱ぐ芥川龍之介原稿、ノート」（『毎日新聞』昭和五六・五・二四）、岩森亀一編『芥川龍之介資料目録』（三茶書房、昭和五六・六）、小田切進「充実した芥川龍之介資料展」（『朝日新聞』夕刊、昭和五六・六・一八）、無署名「芥川コレクション 山梨へ」（『朝日新聞』昭和五九・五・五）、無署名「龍之介の資料一堂に 山梨へ原稿、絵画など寄贈」（『日本経済新聞』昭和五九・五・五）、佐藤光房「ひと 芥川龍之介の遺品六四〇余点を山梨県に寄贈した岩森亀一さん」（『朝日新聞』昭和五九・六・六）、三好行雄・小林富士夫・関口安義「芥川龍之介の新資料をめぐって」（『国文学』昭和六〇・五）

（関口安義）

韻松亭《いんしょうてい》 東京都台東区上野公園四番五八号にある和風料理店。薄田淳介《すすきだじゅんすけ》宛書簡に「御上京の節は折角御たづね下すつたのに何の御もてなしもなく甚失礼しましたあの夜韻松亭で久保万にあひ鴻之巣《こうのす》行きをすゝめられましたが」（大正七・一・三一）とある。よく運座などに使った。芥川も参加した三土会の第一回の会合もここで行われたといわれる。

（菊地　弘）

印税《いんぜい》 著作者が市販される書籍を出版したとき、出版社から受け取る著作権の使用料のこと。初期には検印によって出版部数を確認する検印制度が行われた。本来は印紙を貼ることで税金を徴収することを印税と称したが、検印制度も似ていたため、出版にも印税の語が転用されたと考えられる。著作権については、明治八（一八七五）年の出版条例で明確にされたが、印税が出版者の一存で決められたり、原稿買い取りなどが一般的であり、ごく一部を除いて明治期には印税制は普及しなかった。明治末年から鷗外・漱石・藤村ら近代的自覚を持つ作家の出現で文学者の地位が高まり、印税制も確立した。大正期には印税は一五〜二〇%が通例であったが、円本ブームが大量生産の廉価販売であったため、一〇%に平均化された。『実業之日本』（明治三三・三・二〇）に「大槻氏の『言海』、菊池氏の幾何学、坪井氏の体操書などは皆印税の形式で、著者達は相当の収入を得」たとあり、尾崎紅葉も明治三四（一九〇一）年六月四日の日記に、「新著の印税を持つて来た。……千五百五十部で、百四十六円二十五銭を受け取つた」と書いている。芥川は印税について、『点心』の中にバルザックの印税の話を書き、バルザックが当時受け取った印税と現在の日本の印税の割合が同じであると記し、「印税も日本では、西洋よりざつと百年ばかり遅れてゐると思へば好い。原稿成金なぞと云つても、日本では当分小説家は、貧乏に堪へねばならぬやうである。」と書いている。ここに日本の出版事情の後進性と、文学者の態度に対する芥川の不満が見られる。のちに菊池寛は小説家協会、文芸家協会等を設立し、文士の社会的地位の向上と、こうした不満の解消につとめたが、芥川の生前にはまだ満足できる状態とはならなかった。生活の苦しさに耐え、芸術を創《つく》り出すか、生活のために芸術性を棄《す》てるか、という芥川の苦悩は、『戯作三昧《げさくざんまい》』（大正六）を生み出すことになったと言えよう。

（片岡　哲）

う

ウイリアム・ブレイク《うぃりあむ・ぶれいく》　William Blake　一七五七・一一・二八〜一八二七・八・一二。イギリスの詩人・画家。ロンドンの貧しい靴下職人の息子として生まれたが幼時より画才を示したので版画師の徒弟に入った。早くからゴシック芸術に心ひかれ、詩や絵も書いた。彼において今日最も独創的とされるのは自家発明にかかる「光　華　印　刷《イリユミネーテイドプリンテイング》」（浮き彫りエッチングで印刷後、手で彩色する方法）で『詩的素描』（処女詩集）以外ほとんどの詩集はこの方法で自ら印刷し刊行した。『無垢《むく》の歌』『経験の歌』では人間性を拒む現実を批判し慈悲と愛に満ちた詩的世界を希求、それが美しい挿絵版画と結合し融合しあって雄渾《ゆうこん》で深沈な独得の世界を形成、傑作とされる。また箴言《しんげん》集『天国と地獄の結婚』では霊と肉、善と悪を二つながら肯定主張する大胆な人間観を示し、産業革命当時の社会的矛盾を批判。その後ラディカルな政治哲学的思索を深め「予言書」を制作。『アルビオンの娘の幻想』『アメリカ』『ロスの書』『四つのゾア』等を経て『ミルトン』『エルサレム』に至り人間相互の罪の許しを中心とした愛の精神を説いた。これらは彼の幻視の詩学と政治学がダイナミックに統合された叙事詩的世界であり、そのトータルな過激性が近年とみに評価されている。また、絵画展覧会のために作られた『自作解説目録』に晩年の芸術思想がまとめられた。死の間際に作った『ヨブ記挿絵』や『神曲の挿絵』は創作版画中の最大傑作である。彼は一生涯最下層筋肉労働者の彫版師として貧乏に苦しみながら反逆的に生きたが、世に受け入れられることはついになかった。しかし、二〇世紀に入るころからようやく再評価が進み、詩人画家としての特異な存在が認められるに至った。大正の初め、柳宗悦《むねよし》や「白樺」派の作家たちの活動に啓発された芥川は、ブレイクの詩集や箴言や複製版画を享受する中で自己の文学を形成した。大正三、四年の書簡（大正三・五・一九、三・一一・一四、大正四・九・一九等）には彼の名が度々記され関心の程が分かる。またイェイツの手引きによって彼を知ったという旧友山宮允《さんぐうまこと》の仕事にも鼓舞されながら彼の芸術思想を感受した。生命の歓喜をうたった純粋無垢な詩人であり、近代的な個性豊かな思想家だとする柳の見解にも感銘を受けたに違いないが、もっと複雑な受容の側面が推察できる。一つは詩画の結合した、美と力の均衡した芸術への共鳴であり、これは彼自身が習作の過程で独創性を強く求めたこととパラレルである。第二はイェイツの受容とも関連して芸術観や方法への感応である。彼は想像こそが真の実在であり想像的芸術はこの世で最も偉大なもの、だから人のいのちは芸術だと主張した。そして技巧を積極的に認め、線描という方法を主張し、線によって永遠の生命をとらえるのだとした。このような近代象徴主義に連なる芸術意識や、現実に対する生命の声が芸術だとするラディカルな創造精神を芥川は身をもって受けとめ、自らの芸術思想の中核とし、また創造の糧にした。さらに第三は彼の箴言や「予言書」に示された天国地獄を包含する雄大広壮な世界観への畏敬《いけい》であり、彼の地獄の世界の美しさへの共感である。『老年』などの習作、『「ケルトの薄明」より』ほかの翻訳、そして『羅生門』の中にこれらの受容の諸相が確認できる。特に『羅生門』の天国と地獄の構造や象徴の問題は、ブレイクとの関連で考察されねばならない。また、それ以後の初期作品の解明も芸術意識の屈折の問題として把握できるが、その鍵《かぎ》のいくつかはここにあると言えよう。

〔**参考文献**〕 山宮允「ウイリアム・ブレイクと想像」、「ウイリアム・ブレークとその神曲の挿絵」（『未来』大正三・二、三・六）『ブレイク論稿』（三省堂、昭和四・一〇）、柳宗悦「ヰリアム・ブレーク」（『白樺』大正三・四）、由良君美「ブレイク」（『文学』昭和五二・一〇）

（篠永佳代子）

ウイリアム・モリス《ういりあむ・もりす》 William Morris 一八三四・三・二四〜一八九六・一〇・三。イギリスの詩人・工芸美術家・社会主義者。オクスフォード大学で学び、のち建築を修める。さらに画家を志し、また詩作に携わった。詩人としてはアーサー王伝説を謳歌《おうか》した処女詩集『ギニヴィアの弁護』、中世期文明を賛美した物語詩『地上の楽園』、アイスランドの伝説を潤色した叙事詩『シガード王』などがある。社会主義者としてのモリスは、イギリスで初めてマルクス主義を受け入れた作家として知られ、一八八三年は「民主連盟」に加入、分裂後は自ら「社会主義者同盟」を創立し指導した。著作においても一四世紀の農民戦争に題材を採った社会主義小説『ジョン・ボールの夢』を書いた。また『無可有郷からの便り』はユートピア小説として有名。工芸美術家としてのモリスは、一八九〇年ケルムスコット印刷所を設立し、美術工芸界へ貢献するなど、その活動は幅広く多方面に及んだ。しかし彼の目指したのは、単なる美の追求者としての中世主義者でも、空想的社会主義者でもなかった。あくまでも実生活とのかかわりにおける美の探究者であった点に、総合的芸術家としての生の軌跡を見ることができる。しかし芥川のモリス評価はかなり手厳しい。芥川の東大英文科卒業論文が「ウイリアム・モリス研究」であることは知られている。「兎《と》に角《かく》いろんな事がしたいのでよわる 論文をかく為《ため》によむ本ばかりでも可《か》成《なり》ある（テキストは別にしても）題は W. M. as poet と云ふやうな事にして Poems の中に Morris の全精神生活を辿《たど》つて行かうと云ふのだが何だかうまく行きさうもない」（井川恭《きよう》宛、大正四・一二・三）。芥川の卒業論文がどの程度の出来であったのか、論文そのものを見ることができないので、不明である。しかし資料的にもかなり吟味の整った内容のものであったと推測される。「僕はすべての Personal study はその Gegenstand になる人格の行為とか言辞とかを思想とか感情とかに reduce する事によつて始まると思ふ 云はゞ外面的事象の内面化だ」（同前井川宛）と言っている芥川からすれば、「Poems の中に Morris の全精神生活を辿つて行かう」という主題は、かなり欲張ったものであったと言える。モリスの単なる詩人としての側面だけではなく、小説家・工芸美術家・社会主義者モリスにどのような分析を、読みを見せたのか、興味が尽きない。芥川は『大正八年度の文芸界』の中で、ユートピア・ロマンスの作家としてのモリスに言及し、また出版業に携わったモリスについても『芭蕉雑記』（『新潮』、大正一二・一一）の中で一言ふれている。しかし芥川のモリスに対する持続的興味は、あくまでも詩人としてのモリスに限定していたと言える。このことは昭和二（一九二七）年芥川晩年の書簡から知られるが、そこに読み取れる芥川のモリス評価は、小説家・工芸美術家としてのモリスを認めながらも、社会主義者としてのモリスをはっきりと切り捨てている。（尾形国治）

ウイルヤム・ジエエムス《ういるやむ・じえーむす》 William James 一八四二・一・一一〜一九一〇・八・二六。アメリカの哲学者・心理学者。小説家ヘンリー・ジェームズの兄。ヘーゲルやスペンサー流の絶対論的合理主義、主知主義に反対し、〈根本的経済観〉〈多元的宇宙観〉に基づく純粋経験の哲学を説いた。プラグマティズム、機能心理学を提唱。その「意識の流れ」説は、二〇世紀の心理小説に大きな影響を与えた。『侏儒《しゆじゆ》の言葉―地上楽園』（『文芸春秋』大正一三・二）に「基督《キリスト》教徒の地上楽園は畢竟《ひつきやう》退屈なるパノラマである。黄老の学者の地上楽園もつまりは索漠とした支那《シナ》料理屋に過ぎない。況《いは》んや近代のユウトピアなどは――ウイルヤム・ジエエムスの戦慄《せんりつ》したことは何びとの記憶にも残つてゐるであらう。」とあるが、その哲学についての具体的な言及はない。なお、日本近代文学館の「芥川龍之介文庫」には、『真理の意味』『多元的宇宙』の二著が架蔵されている。（石崎　等）

上田敏《うえだびん》 明治七・一〇・三〇〜大正五・七・九（一八七四〜一九一六）。評論家・外国文学者・詩人。別号柳村。東京生まれ。明治三〇（一八九七）年、帝国大学文科大学（東大文学部の前身）英文科卒業。東京高等師範学校講師を経て、明治三六年、夏目漱石とともに東京帝大英文科の講師となり、四一（一九〇八）年、新設の京都帝大教授となった。近代詩に大きな影響を与えた訳詩集『海潮音』（本郷書院、明治三八・一〇）のほか、評論集『最近海外文学』（文友館、明治三四・一二）、『文芸論集』（春陽堂、明治三四・一二）等がある。漱石の弟子である芥川は、そのライバルの敏を徹底して揶揄《やゆ》し、軽視している。ブラウニングの『彫像と半身像』について、「何度かよみかへし候《さうらふ》外のよりもやさしい様な気が致し候上田さんもやさしいからすきなんぢやあないかとも思ひ候」（広瀬雄宛、大正二・八・一九）と書き、山宮允《さんぐうまこと》の訳詩を手にして、上田敏の訳詩は「高訳よりも数等下位にあるものに御座候」（山宮允宛、大正一四・三・二四）等としたためている。才子の反目とみていい。（首藤基澄）

上野戦争《うえのせんそう》 戊辰《ぼしん》戦争（明治元〜二）のとき、旧幕臣によって結成された彰義隊が政府軍と対立、江戸上野で壊滅させられた戦争を言う。明治元（一八六八）年五月一五日のことである。芥川の『お富の貞操』は、「この戦争の前日、「明治元年五月十四日の午《ひる》過ぎ」上野界隈《かいわい》の小雨に煙る、今は立ち退いて空き屋になった商家を舞台にしている。作品執筆に際し、芥川は文《ふみ》夫人の祖母に、㈠一四日は雨天だったか、㈡雨模様の上野界隈から立ち退く町人たちの服装、㈢戦争の前日には町人たちは避難していたか、手紙で質問をしており（塚本八洲《やしま》宛、大正一一・三・三一）、背景や事実に動かないところをつかみ、作品に現実性を与えるために苦心を払った様子が分かる。維新史に関する知識の一端は『西郷隆盛』にもうかがえるが、芥川はむしろ、生きた事実を尊重したのであろう。ちなみに、実父新原敏三《にいはらとしぞう》は「伏見《ふしみ》鳥羽《とば》の役に銃火をくぐった」（『大導寺《だいどうじ》信輔《しんすけ》の半生《はんせい》』）ことがあった。

（山口幸祐）

ウエルズ《うえるず》 Herbert George Wells 一八六六・九・二一〜一九四六・八・一三。イギリスの作家・社会評論家。苦学の末、初め空想科学小説を発表。のち文明批評から教育家、百科学者として活躍、旺盛な筆力を振るった。芥川は純粋作家としてのウエルズを軽蔑《けいべつ》し、「あんな俗小説家が声名があるのなら、英国の文壇よりも、日本の文壇の方が進歩してゐさうな気がします。」（夏目漱石宛、大正五・八・二八）、「亦《また》横文字の雑誌に『短篇などは二三日のうちに書いてしまふものである』と云ふウエルズの言葉を発見した。二三日は暫《しばら》く問はず、締め切り日を前に控へた以上、誰《だれ》でも一日のうちに書かないものはない。しかしいつも二三日のうちに書いてしまふと断言するのはウエルズのウエルズたる所以《ゆゑん》である。従つて彼は碌《ろく》な短篇を書かない。」（『文芸的な、余りに文芸的な』）と認めなかった。しかし、ユウトピア・ロマンスとしては、上司《かみつかさ》小剣《しょうけん》の『黒王の国』などの諸作では及ばないとしている（『大正八年度の文芸界』）。

（中西芳絵）

魚河岸《うおがし》 小説。大正一一（一九二二）年七月脱稿、同年八月一日発行の雑誌『婦人公論』第七年第八号に発表。『黄雀風《こうじやくふう》』（新潮社、大正一三・七・一）に収録。初出文は「納涼台上の話」の大見出しでくくられた特集の一編で、芥川分の文頭には「この話は小説ではない。実際にあつた話である。」とある。初出では「わたし」としていたのを『黄雀風』で「保吉《やすきち》」と改めた。

風寒い春の一夜、保吉は友人三人、俳人露柴《ろさい》（大正一一・八・三一付吉田東周宛書簡によれば小沢碧童《へきどう》がモデル—以下同様）、洋画家風中（小穴《おあな》隆一）、蒔《まき》絵師如丹（遠藤古原草）と魚河岸辺を酔って散策、河岸外れで、暖簾《のれん》を垂らし内部を葭簀《よしず》で囲ってある風変わりな洋食屋に入った。狭い店内で先客二人と相席になって飲食していると、泉鏡花の小説中の敵役《かたき》そっくりの男が入ってきて、如丹の脇《わき》の席へ大きな体を割りこませた。その体や顔つき、服装や身なり、横柄な振る舞いなど、敵役の型にことごとくはまりこんだ男で、保吉は嫌悪を感じるが、現代の日本橋には敵役を退治する役の任侠《にんきょう》芸者など現れるとも思えない。友人たちもしらけたようになっていたが、注文した酒が来て男が自分の猪口《ちょこ》へつごうとした瞬間、「幸さん」と男を呼ぶ声がした。それが河岸の丸清の旦那でもある露柴であることを認めたとき、男の態度は急に変わり、はた目にもおかしいほど、露柴の機嫌をうかがい出した。鏡花の世界は死んではいないという感想を抱きつつも保吉の心は陽気になれず、沈んでしまう。鏡花の文学世界から気持ちも離れてしまい、書斎の机に読みかけて置いてあるロシュフコオの語録のことが心に浮かんでくるのである。芥川の人間嫌いの一面が色濃く反映された小品である。泉鏡花の文学世界をこよなく愛好しつつも、それが眼前の現実として示されると、芥川の気持ちはまた別種の文学世界の方へ退いてしまうのである。

（岡本卓治）

浮世絵《うきよえ》 江戸時代の風俗画。初め肉筆画だったが、むしろ版画がさかんになり、のちには「錦絵《にしきえ》」（多色刷り版画）としてもてはやされた。全盛期を代表するのは、鈴木春信・勝川春章・喜多川歌麿・東洲斎《とうしゅうさい》写楽・葛飾《かつしか》北斎・安藤広重らで、ほぼ幕末までである。芥川は東京下町の出身だが、浮世絵にはさほど関心を持たず、『あの頃の自分の事（別稿）』（『中央公論』大正八・一）二に「当時の自分は如何《いか》に西洋人が褒め立てた所で、浮世絵が日本美術の精髄だらうなどとは、どうしても考へられなかつた。大部分の浮世絵は、唯《ただ》、版画としての色の面白さが自分に訴ふだけだつた。」と書いている。この「当時」は、大正四（一九一五）年ごろを指すが、その後も芥川の絵画における趣味傾向は変わらなかった。なお、前記『あの頃の自分の事』では、北斎・広重・歌麿らには否定的だが、「ほんとうの意味で美しいと思つた」のは、写楽と春信だけだったと述べている。彼の好みが知られる。（岡　保生）

うさぎや　東京上野広小路の菓子屋（現存）。当時の主人は谷口喜作といい、滝井孝作に俳句を学び、文化人と広い交際があった。甘い菓子の好きな芥川は、うさぎやをひいきにしていた。特にこの店のもなかを好み、旅先からも取り寄せている。芥川書簡には、しばしばうさぎや（ウサギ屋、兎屋とも書く）のことが出てくる。大正九（一九二〇）年八月五日、青根不忘閣から滝井孝作宛はがきには、「うさぎやのもなか送つて頂ける由難有《ありがた》し」とある。（関口安義）

宇治拾遺物語《うじしゅういものがたり》　芥川が歴史小説執筆に際し、その出典とした説話集の一つ。鎌倉前期に成立、編者未詳、二〇〇編近い説話を収む。芥川の作品に影響力のあった説話集としては、『宇治拾遺物語』以前の『今昔物語集』の方がはるかに大切だが、『宇治拾遺物語』の独特な味わいの影響も見逃せない。『鼻』の出典は『今昔物語集』所収の話だが同じ話が『宇治拾遺物語』巻第二ノ七「鼻長き僧の事」にもあり、『芋粥《いもがゆ》』の話も『今昔物語集』以外に『宇治拾遺物語』巻第一ノ一八「利仁《としひと》芋粥の事」にもあるように、『今昔物語集』『宇治拾遺物語』との間、さらには『古事談』など他の説話集との間には同話同文の伝承関係も見いだされるが、芥川の場合は『今昔物語集』の方を主として参照しているケースが多い。それに対し『宇治拾遺物語』が主なる出典となっている歴史小説として、『道祖問答』『地獄変』『龍』の三編が挙げられる。『宇治拾遺物語』巻頭の巻第一ノ一「道《どう》命《めい》阿《あ》闍《ざ》梨《り》於《おヒテ》ニ和泉《いづみ》式部之《の》許《もとニ》一読《ム》レ経《ヲ》五條道祖神聴聞の事」による『道祖問答』や、『宇治拾遺物語』巻第一一ノ六「蔵人得業《くらうどとくごふ》猿沢池の龍の事」を、無理やり近代的解釈をせず素直に生かした『龍』も興味深いが、何といっても『地獄変』とその原話『宇治拾遺物語』巻第三ノ六「絵仏師良秀家の焼くるを見て悦《よろこ》ぶ事」（『十訓抄』巻第六ノ三五にも同話がある）との関係は注目に値する。原話の良秀は「此道を立てて世にあらんには、仏だによくかきたてまつらば、百千の家も出《いで》きなむ」と世俗的な側面も見せるが、芥川の造型した良秀はより著者の心情を分け与えられたデモーニッシュな天才像となっている。『今昔物語集』のような「野性の美しさ」（『今昔物語鑑賞』）のない『宇治拾遺物語』は、より説話そのもののおもしろさやその語り口が特色だが、そうした次元を超えて芥川は見事な『宇治拾遺物語』享受をしていったと言えよう。なお、『放屁《ほうひ》』（『時事新報』大正一二・六・五夕刊、原題『思ふままに 一』）という小文でも、『宇治拾遺物語』から巻第三ノ二「藤《とう》大納言忠家《ただいへ》物言ふ女の放屁の事」の概略を紹介している。（中島国彦）

「薄雪双紙《うすゆきそうし》」久保田万太郎氏著《くぼたまんたろうしちょ》　書評。初出『新思潮』大正五（一九一六）年八月。小説・戯曲集『薄雪双紙』（鈴木書店、大正五・六）の批評。小説四編、戯曲二編が収められているが、戯曲のほうが優れていると言う。洗練された東京趣味を基底とするセンティメンタリズムが特徴であるが、自分は東京趣味よりもセンティメンタリズムの方に感銘するという意味のことも述べている。（田中保隆）

内田百間《うちだひやつけん》　明治二二・五・二九〜昭和四六・四・二〇（一八八九〜一九七一）。小説家・随筆家。本名栄造。別号百鬼園。岡山県生まれ。明治四三（一九一〇）年、東京帝国大学文科大学独文科入学後、私淑していた夏目漱石の門下生となり、大正四（一九一五）年以後同門となった芥川と知り合う。大正五年から陸軍士官学校、海軍機関学校、法政大学の教授を歴任。小説集『冥途』『旅順入城式』、随筆集『百鬼園随筆』のほか、小説『贋作吾輩《がんさくわがはい》は猫である』、紀行文学『阿房列車』シリーズその他がある。内田の『冥途』『旅順入城式』などの短編は、同時代には不評であったが、芥川はこれらの「俳味を交《まじ》へた「憂々《かつかつ》たる独創造の作品なり。」（『内田百間氏《ママ》』）を愛し、「夢幻的なる特色」（『内田百間氏』、『文芸時報』昭和二・八・四）と推賞した。実生活上でも、海軍機関学校への就職や翻訳の仕事の世話をし、大金を調達するなどの好意を示している。文壇の流行にとらわれず、独自の創作を淡々と続けた内田に、芥川は、生涯、特別の敬愛を抱いていたようである。　（神田由美子）

内村鑑三《うちむらかんぞう》　文久元・二・一三〜昭和五・三・二八（一八六一〜一九三〇）。宗教家・評論家。江戸小石川生まれ。東京外国語学校（東京大学予備門）に在学中に札幌農学校（北海道大学の前身）の官費生となり、明治一四（一八八一）年卒業。教会主義キリスト教に対して無教会主義を唱え、『東京独立雑誌』『聖書之研究』を創刊、独自の倫理的、意志的なキリスト教文明批評で啓蒙《けいもう》に努めた。門下に文学志望の青年も多く、近代文学と宗教との関係に種々の示唆を与えた。芥川が内村と直接交渉をもった形跡はみられないものの、宗教的感化を与えられた内村門下の室賀《むろが》文武を通じて晩年、内村にも関心を抱いていた。『素描三題』（昭和二・五・六筆）では内村と室賀の関係について述べているが、その室賀から聖書を贈られた大正一五（一九二六）年ごろ、それまでの室賀が貸与した内村の書物や集会に耳をかさなかった芥川は、同じく貸与された『感想十年』を読み、「早くから内村さんに就いて学んでおくと好かった」「僕は今は聖書中に出てゐる奇蹟《きせき》は悉《ことごと》く信ずる事が出来る」と室賀に語った（「それからそれ」岩波版全集「月報」5、昭和一〇・三）というほど内村に共鳴するに至った。　（神田重幸）

宇都野研《うつのけん》　明治一〇・一一・一四〜昭和一三・四・三（一八七七〜一九三八）。小児科医・歌人。芥川家かかりつけの小児科病院長。愛知県生まれ。一高を経て、東京帝国大学医科大学（東大医学部の前身）卒業。明治四五（一九一二）年、東京本郷区東片町二二番地に小児科の宇都野病院を開設、名医としての評判を得る。豊島《とよしま》与志雄の〈事実そのまゝの作〉とされる『生と死との記録』（『帝国文学』大正七・二）には、「小児科では秀抜な手腕を有すると定評のある人で、最近小児科専門の病院を建てゝゐた」と紹介されている。芥川家の子供たちは、皆、この宇都野病院の世話になったようである。『澄江堂日録《ちようこうどう》』の大正一二（一九二三）年六月一〇日の項には、「午前、多加志を宇津野病院に入院せしむ。（中略）夜、宇津野博士を訪《とぶら》ふ。多加志の命、必ずしも絶望すべからざるが如し」とある。なお、宇津野研は窪田《くぼた》空穂《うつぼ》に師事したすぐれた歌人であり、『木群《こむら》』（白檮社、昭和二・一一・五）をはじめとするいくつかの歌集がある。　（関口安義）

宇野浩二《うのこうじ》　明治二四・七・二六〜昭和三六・九・二一（一八九一〜一九六一）。小説家。本名格次郎。福岡県生まれ。四歳の時、父と死別。少年時代を主として、大阪市の母方の伯父の家で過ごした。天王寺中学から早稲田大学英文科予科に入学、中退。広津和郎を知り、生涯、交友は変わらなかった。その仲介で、『蔵の中』を書き、『文章世界』（大正八・四）に発表。次に、『苦の世界』を『解放』（大正八・九）に発表、新進作家としての地位を確立した。以後、大正・昭和を通じて、活躍した。作品は、『山恋ひ』『子を貸し屋』『高天ケ原《たかまがはら》』『軍港行進曲』『器用貧乏』『思ひ川』等多数。宇野の記憶によれば、芥川とは、大正九（一九二〇）年七月ごろの、江口渙《かん》『赤い矢帆』出版記念会で、初めて顔を合わせ、それ以来、親しくなったという。それ以前、宇野は、童話のはずの作品『龍介の天上』を、広津と鍋井《なべい》克之《かつゆき》の勧めで、鍋井が顧問のようになっていた「普通の雑誌」すなわち『解放』に発表し、それで芥川を「ちよいと」からかった。それがうわさになり、芥川による「宇野浩二撲滅号」が出るというデマが飛んだ。前記記念会で、「むかふ側の三人目の席の方から、『宇野君、……僕が君を撲滅する主唱者になるつて噂《うわさ》があつたんだつてね、おどろいたよ、僕は、それを聞いて……』と芥川が、いつた。

／『……もし、それが本当だつたら、君なら、相手にとつて、不足はないよ。』と私がこたへた。」（宇野浩二『芥川龍之介』文芸春秋社、昭和二八・一〇・五）――以上のような状況下で、二人は知り合ったのである。二人がしばし往き来したのは大正一一（一九二二）年ごろまでで、一緒に旅行したばかりでなく、宇野の言によれば、「芥川は私を方々に案内した。待合《まちあひ》、たべ物屋、その他、あやしき所など、等、等、等。」とのことである。芥川には『格さんと食慾―最近の宇野浩二氏―』（『新潮』大正一三・八）なる一文があり、一連の「人物記」の中の一つであるが、そこで、宇野について、こう言っている。「宇野浩二は聡明《そうめい》の人である。同時に又多感の人である。尤《もつと》も本来の喜劇的精神は人を欺くことがあるかも知れない。が、己を欺くことは極めて稀《まれ》にしかない人である。／のみならず、又宇野浩二は喜劇的精神を発揮しないにもしろ、あらゆる多感と聡明とを二つとも兼ね具《そな》へた人のやうに滅多にムキにはならない人である。喜劇的精神を発揮することそのことにもムキにはならない人である。これは時には宇野浩二に怪物の看《かん》を与へるかも知れない。しかし其処《そこ》に独特のシャルム――たとへば精神的カメレオンに対するシャルムの存することも事実である。」、そのあと、宇野の顔についての機知に富んだ叙述が続く。一方、宇野は、その著『芥川龍之介』で、「芥川を思ひ出すと、いつも、やさしい人であつた、深切な人であつた、しみじみした人であつた、さびしい人であつた、と、ただ、それだけが、頭に、うかんでくるのである。……なつかしくてたまらない気がするのである。」と親近感を示しながら、初期、中期の作品には厳しい批判を与え、晩年の作品には、「真剣な、読む人の心にせまるやうな作品が幾つかある。」と高く評価した。芥川が「深切な人」であったことは、その晩年、宇野が昭和二（一九二七）年六月に精神に異常をきたしたとき、広津・永瀬義郎とともに配慮、斎藤茂吉の紹介によって小峰病院に入院させたことからも分かる。そのとき芥川は、しかし、芸術家が発狂するのは本望だという意味のことを広津に言い、広津が驚いたとの話が残っている。一方、宇野の発病に芥川が自分の姿を見、恐れたこと、また、それが彼の死をはやめたこと、という見方も可能である。とにかく、宇野の入院中に、宇野のことを心配した芥川の方が七月二四日、自殺してしまったという暗合がある。

宇野浩二

〔**参考文献**〕正宗白鳥「宇野浩二」（『作家論2』創元社、昭和一七・一）、野口冨士男「宇野浩二論」（『大正文学作家論下』小学館、昭和一八・一・二〇）、山本健吉「宇野浩二」（『私小説作家論』角川書店、昭和二七・六、のち審美社、昭和四一・五・一七）、水上勉『宇野浩二伝』（中央公論社、昭和四八・四・一五）

（塚越和夫）

宇野千代《うのちよ》　明治三〇・一一・二八〜平成八・六・一〇（一八九七〜一九九六）。小説家。山口県生まれ。岩国高等女学校卒業。柔軟で鋭敏な感覚で女性の生き方と心理を追求したところに特色がある。代表作に『色ざんげ』『おはん』『生きて行く私（上下）』などがある。大正六（一九一七）年、彼女が本郷三丁目の燕楽軒で働いていたとき、芥川、久米正雄、今東光、滝田樗陰らを知った。『生きて行く私（上）』（毎日新聞社、昭和五八・八・五）で、芥川の『葱《ねぎ》』は、彼女が今東光と散歩中、八百屋で葱の一束を買ったのをヒントに書いた短編小説ではないかと叙している。

（久保田芳太郎）

馬の脚《うまのあし》　小説。大正一四（一九二五）年一月一日および二月一日発行の雑誌『新潮』第四二巻第一、二号に『馬の脚』『続篇馬の脚』の題で発表された。素材について吉田精一は「ゴオゴリ『鼻』からヒントを得たのだろう」（「芥川龍之介の生涯と芸術」新書版全集別巻『芥川龍之介案内』岩波書店、昭和三〇・八・二六）と言う。忍《おし》野《の》半三郎は三〇歳前後の三菱会社員だが、二年前に結婚して常子という妻を得た。ところがある日、勤務中に脳溢血《のういっけつ》で死亡。その彼がいつのまにか支那《シナ》人が二人いる事務室へ出現する。そこで彼は死亡宣告を受け、足が腐敗していると言われて、無理やり、馬の脚を接着させられる。彼は「えたいの知れない幻の中を彷徨《はうくわう》した後、やっと正気を恢復《くわいふく》した時」、寝棺の中に横たわっている。妻をはじめ、人々は復活したとして狂喜し、祝賀会を催した。しかし、その日から彼の不安が開始する。脚の秘密を知った者からは皆、交際を断られるだろうと思い、その秘密を隠蔽《いんぺい》し続けようと決心。同僚を瞞着《まんちゃく》するより妻の疑惑を避けることの方がはるかに困難であった。しかも脚だけが彼の理性を越えて活動しはじめる。ある三月の黄塵《こうじん》の激しい日、彼は蒙《もう》古《こ》産の馬の脚と共に、黄塵の中へ走って行ってしまう。彼の失踪《しっそう》は評判になる。半年後の一〇月のある薄暮、彼は帰って来た。しかし、夫の足が馬の脚であることに気付いた常子は「名状の出来ぬ嫌悪」を感じる。妻の感情を察知した彼は背を向けて再び帰って行った。こういう話が「わたし」の語りで進行する。冒頭に「『馬の脚』は小説ではない。『大人に読ませるお伽噺』である」と述べるが、ゴーゴリ『鼻』ほどの社会性、風刺性に欠ける。しかし、平々凡々な日常生活を来襲する「運命」やそれに支配される「秘密」と「不安」、さらには「偽善的」夫婦愛の剔抉《てっけつ》等、それなりに追求しえた作品と言える。芥川における「狂気」の問題を考察する際、一瞥《いちべつ》すべき作品とも言えよう。

（森　英一）

海のほとり《うみのほとり》　小説。大正一四（一九二五）年九月一日発行の雑誌『中央公論』に発表。『湖南の扇』（文芸春秋社出版部、昭和二・六・二〇）に収録。この短編の私小説は三章に分かれる。大学を卒業したばかりの僕は、Mと創作のため避暑に行く。夢でKが女性を僕に会わせたいと言う。だがKは鮒《ふな》であった。僕はそれを僕の識域下だったと思う。僕はMと海へ行く。傍らを二人の少女が通り過ぎ、海へ入る。僕らは彼女たちのことを話題にして見ている。僕らはHやNともう一度浜へ行き、海蛇やながらみ取り、幽霊の話などをする。HとNに別れたのち、夏の終わりを感じた僕らは東京へ引き上げようと語った。『海のほとり』は発表当時毀誉《きよ》二つの評価に分かれていた。その背景には一連の私小説論争があった。この論争から離れて今日見ると、吉田精一は『温泉だより』より「はるかにひきしまった出来」と評価しながら、「筋らしい筋のない、彼としては珍らしい素直なスケッチであり、一種の心境小説でもある。強いて批評すれば、よくまとまっているが、深い暗示にも、きびしい実感にもとぼしい。」（『芥川龍之介』新潮文庫、昭和三三・一・一五）と述べ、三好行雄は「自体として抒情的な場所で、夏の終りの感傷に、過ぎた青春の〈詩〉がふとゆらぐ――龍之介のねらいが一篇の風物詩にあったのは確かだが、この小説には、情念の流露に身をゆだね切れない認識者の眼《め》が消えのこっている。」（『芥川龍之介論』筑摩書房、昭和五一・九・三〇）と論じている。かつて芥川は作品を自らの裡《うち》に抱え込むことしかできなかった。『海のほとり』は青春への情感の通路をむしろ断ち切ったところに成立し、その観照的描写による確かな手ごたえがある。ここには確実に作者と相対して存立する作品世界の自立があるが、傑作たり得るには「続海のほとり」と副題された『蜃気楼』を俟《ま》たねばならない。なお同材料を使ったものに初出未詳の『微笑』がある。

（田中　実）

『梅・馬・鶯』《うめ・うま・うぐいす》　随筆集。大正一五（一九二六）年一二月二五日、新潮社刊。背、表紙は「うめうまうくひす」、扉には「宇女宇末宇久比寸」と表記されている。題名については「小序」の「追記」に「別に意味のある訳ではな」く、「字面の感じだけを悦《よろこ》んだ」とある。四六判、布装、背丸、上製本で箱帯付き。定価二円五〇銭。本文四五八頁で印譜一〇頁を付

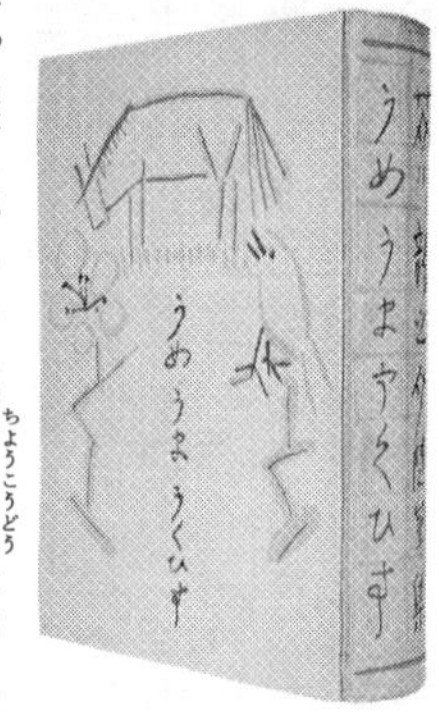
「うめ うま うくひす」
（『梅・馬・鶯』）

す。装丁は、のちの『澄江堂遺珠《ちょうこうどう》』（岩波書店、昭和八・三・二五）とともに佐藤春夫で、「扉の紅唐紙の袋綴《と》じなど、ずいぶん凝ったもの」（稲垣達郎）。芥川の随筆集としては『点心』（金星堂、大正一一・五・二〇）、『百艸《ひゃくそう》』（新潮社、大正一三・九・一七）に次ぐ。「小論文」「小品第一」「小品第二」「紀行」「観劇記」「人物記」「澄江堂雑記」「序跋《ばつ》」「書籍批評」「翻訳」「発句」「短歌」「印譜」の順に配列。「小序」に「僕の書いた短篇以外のものを集めた本である。尤《もっと》も『点心』や『百艸』の中から抜いて来たものも少《すくな》くはない。それは短篇以外のものをざつと一冊に纏《まと》めたかつた僕の心もちに同情して大目に見て頂きたい」とあるように、小説以外に芥川が気楽につづったものを、好みにまかせて収録し、その意味で最も純粋な随筆集。「或《あるい》は文学を語り、或は世相を穿《うが》ち、或は身辺の雑事を記し、或は文壇人を論じ、或は心頭の小景を描き、或は書に序し跋せるもの等、集めて実に百余篇。端的に人としての芥川氏を見る可《べ》き書」（宣伝文）と言え、芥川の風流趣味、衒《げん》学癖、多種多様な方面に向けられた関心のありようが理解でき、随筆好きの芥川、随筆としても等閑にはしない芥川をも示す。随筆の執筆こそ、芥川にとって創作で募る精神の緊張をときほぐす格好の緩和剤だった。『黄雀風《こうじゃくふう》』（新潮社、大正一三・七・一八）より『湖南の扇』（文芸春秋社出版部、昭和二・六・二〇）まで創作集の刊行は見ず、その間にこうした随筆集が刊行されたことの中に、彼の健康状態の悪化、創作力の衰弱、創作方法の動揺がまた思われる。（石割　透）

梅原龍三郎《うめはらりゅうざぶろう》　明治二一・三・九〜昭和六一・一・一六（一八八八〜一九八六）。画家。一時、良三郎の名を用いた。京都府生まれ。病気のため京都府立二中を退学し、これが絵画へ転ずるきっかけとなった。浅井忠《ちゅう》に師事、次いで明治四一（一九〇八）年渡仏しルノアールに学んだ。大正二（一九一三）年帰国。『白樺』の人たちと交流を持ち、二科会に参加したりした。芥川は、初め梅原と交際はなかったようだが、その仕事は高く評価しており、井川（恒藤《つねとう》）恭《きょう》宛の書簡（大正三・一一・三〇）に「絵の会では美術院と二科会がよかつた文展はだめ／二科会でみた梅原良三郎氏の椿《つばき》にはすつかり感心してしまつた」と言っている。梅原は大正九年再度渡仏し、その後も度々フランスや北京に出掛け、春陽会、国画創作協会に参加して活躍をした。その間、芥川は梅原と交友関係を持ち、彼の家に出掛けて師宣《もろのぶ》を見せてもらったりしていることが、小林雨郊《うこう》、小穴《おあな》隆一宛書簡（共に大正一三）に見える。梅原はその後、日本洋画界の重鎮となり、昭和二七（一九五二）年には文化勲章を受章している。（畑　実）

囈語《うわごと》　⇩**囈語**《げいご》

運《うん》　小説。大正六（一九一七）年一月一日発行の雑誌『文章世界』に発表。『羅生門』（阿蘭陀《オランダ》書房、大正六・五・二三）、『鼻』（春陽堂、大正七・七・八）、『将軍』（新潮社、大正一一・三・一五）、『沙羅《さら》の花』（改造社、大正一一・八・一三）、『芥川龍之介集』（新潮社、大正一四・四・一）に収録。初出の『羅生門』の「……です」「……あります」調が、『鼻』以下の諸本で「……ございます」調に改められているほかは大きな異同は認められない。大正五（一九一六）年七月、東京帝国大学英文科を卒業した芥川は、一二月一日より横須賀の海軍機関学校嘱託教官に就職、さらに同月九日には師である夏目漱石を失う。このような多忙多難の時期に『運』は執筆された。新進作家と認められての新年号執筆であったが、この作品は、初出文末の「（五月十二、廿）」を採れば急ぎ書かれたものである。『今昔物語集』巻一六第三三「貧女仕《つかへ》ニ清水《きよみづノ》観音ニ値《あフ》ニ盗人夫ニ語《こと》」を典拠とする（ゴルキー作・森鷗外訳「マンツアマン」の影響も指摘されてもいる）。

『今昔物語集』のプロット、〈長年詣でていた清水観音のお告げで契り結んだ男が盗賊であったことを知り逃げ出した京の貧女が、隠れていた知人の家で昨晩契りを結んだ盗賊が役人に連行されるのを目撃し間一髪で助かったことを知る。女はその男から貰った綾《あや》や絹を売り裕福になった。〉を、芥川は大筋において踏襲している。このプロットに、青侍が、清水観音の往来に面したあばらやの主人、老陶器師《すえものつくり》から西の京の市に績麻《うみお》の店を出している女の過去の物語を聞くという導入部と、その話を聞いた青侍がそんな運なら授かりたいというのに対し、老陶器師はまっぴらだと答える結びが書き加えられている。多忙多難で急ぎ仕上げた作品であるだけに、出来としてはよいとは思えない。が、「物質的な幸福だけでは真の幸福とはいいがたい。精神の内部における幸福でなければ、という思想が、最後の一行によって示されているのは注目すべき」（吉田精一）であるという指摘がある。

（宮坂　覺）

運命《うんめい》　その意志にかかわりなく、人間の上にめぐりくる善悪・吉凶。人生すべての出来事が必然の超人間的威力によって支配されているという考えに基づいている。芥川は「運命は偶然よりも必然である。『運命は性格の中にある』と云ふ言葉は決して等閑に生まれたものではない。」「遺伝、境遇、偶然、――我我の運命を司《つかさど》るものは畢竟《ひつきやう》この三者である。自ら喜ぶものは喜んでも善《よ》い。しかし他を云々《うんぬん》するのは僭《せん》越《えつ》である。」（『侏儒《しゆじゆ》の言葉―運命』）と述べている。彼自身運命に支配されていると考えるが故に、実母の発狂から芥川家の養子になったことも、本所《ほんじよ》の衰退した暗さを自己の背後に常に感じることも、家族の反対で自己の恋愛を貫き得なかったことも、家族の望むような結婚をしたことも、やむを得ないことと考えているし、その作品にも超自然的なものに動かされる人間が多く描かれることになる。しかしそういう自己を道化人形と観じている芥川でもあった。

（片岡　哲）

雲母《うんも》　俳句雑誌。大正六（一九一七）年一〇月創刊、現在に至る。大正四年五月に愛知県家武村の円山恵正を編集人として『キララ』が発刊され、雑詠の選を長谷滝北が担当したが第二号より滝北らの依頼で飯田蛇笏《だこつ》に代わった。六年十二月より『雲母』と改名。蛇笏はその主宰の弁で「天上彩紅束の間の鮮《あざや》かさを見んよりは地上の秋日蕭々《せうせう》たる閑寂の色長きを雲母の生命としよう」と述べ、格調高き気迫にみちた作句態度を目指し多くの門弟をひきつけた。門下に三宅一鳴、西島麦南、石原舟月、松村蒼石、中川宗淵、宮武寒々ほか多数がいる。昭和二二（一九四七）年より蛇笏の四男龍太と舟月の長男八《や》束《つか》編集となり、三七（一九六二）年蛇笏死去により龍太主宰となり現在に至っている。芥川は本誌には『飯田蛇笏』（大正一三・三）を寄せ、「『死病得て爪《つめ》美しき火桶《をけ》かな』と云ふ蛇笏の句を発見した。この句は蛇笏に対する評価を一変する力を具へてゐた」とし、以後賞賛の立場に変わったことを語っている。

（山本昌一）

え

英文学《えいぶんがく》　芥川が英文学を専攻しようと決めたのはいつごろのことであったろうか。大正一二（一九二三）年二月六日付、成城中学校学友会文芸部からのアンケートのはがきに、中学校時代（東京府立第三中学校）の好きな課目として数学、博物、物理、漢文の四科目を挙げ、嫌いな科目として国語、化学の二科目を挙げているが、化学については、「全然実験をせざりし故也《なり》」と但し書きをつけている。実験をやってくれたら好きになったはずという気持ちがこめられていよう。中学生時代の科目の好き嫌いはたぶんに担当の教師のよしあしによるところが大きいが、ここには英語が出てこない。ところが二項めの、将来何になろうと思っていたかの問いには「支那《シナ》文学か英文学の学者になるつもりなりき」と答えている。芥川は中学時代、英語と漢文の実力が抜群だったのである。英語と漢文は小学校二年生のころから塾に通って勉強しているし、小学、中学時代からの旺盛な読書家だったのである。彼は中学五年生のころ、ドーデ『サッフォ』やアナトール・フランス『タイス』を英訳で読み、「『タイス』には大いに感服」（『仏蘭西《フランス》文学と僕』、『中央文学』大正一〇・二）しているほどだからかなり英語の読書力はあったに違いない。第一高等学校第一部乙類（文科）では英語七時間、ドイツ語九時間の授業を受ける。芥川はこの新しい語学に熱心であった。しかしやはり英語の方が自由自在だったし、英語を通してフランス文学・ロシヤ文学にも広く親しむようになっていたので、英文学を中心にヨーロッパ文学を研究することに目標を決めたのであろう。彼の『私の文壇に出るまで』（『文章倶楽部《クラブ》』大正六・八）に「私は十位の時から、英語と漢学を習つた。恰度《ちやうど》上級には後藤末雄、久保田万太郎の両氏があつた。私は大層温和《おとな》しかつた。そして書くことは好きであつたけれども、五年の時に唯《ただ》一度学校の雑誌に『義仲論』といふ論文を出したきりで、将来は歴史家にならうと思つてゐた。私が中学を卒業した年から、無試験入学が始まつて、第一高等学校の英文科に入学した。その時分には、もう歴史をやるといふ志願は放擲《はうてき》してしまつた。それでは作家にならうといふ考があつたかといふと、さうでもなかつた。まあどうかして英文学者にでもならうといふつもりでゐた。そして読書をした。高等学校の三年間は、さうして過ぎた。」ここに記しているように芥川が英語で文学を読む読書力に自信をもったのは高等学校の三年間であったろう。彼の東京帝国大学英文科時代のことは『あの頃《ころ》の自分の事』（『中央公論』大正八・一）に詳しい。ただし英文学そのものへの興味はここではほとんど語られていない。夏目漱石《そうせき》は『文学論』の序（明治三九・一一）で「卒業せる余の脳裏には何となく英文学に欺かれたるが如き不安の念あり。」と記したが、芥川もまた大正四（一九一五）年六月十二日付（東大英文科三年在学時）の浅野三千三あての手紙に「この二三年来益々《ますます》興味のない事に努力が出来なくなつたのでしかも私が今聞いてゐる講義の中で専門の英文学の講義が一番興味がないので弱つてゐる上にも弱つてゐます」とあり、なぜそんなにも英文学の講義がつまらないかの例証として一高以来の親友で京都帝国大学の法学部へ進んだ井川恭《きよう》（のち恒藤《つねとう》恭）にやはり同年同月の手紙で、試験問題を報じている。「差当《さしあた》り僕の頭は数字で一杯になつてゐる　デイツケンスの著作年表　ペトラルカのソンネットの数　十六世紀のソンネット作家の作品総数　沙翁のソンネットの番号　及《および》シムベラインの幕数景数——実際災《わざはひ》だ　早く自分の事がしたくつてたまらない」。創作への意欲を燃やしていた芥川にとってかかるおよそ非文学的な講義や試験は耐えがたいものであったに違いない。英文科でかかる苦業を強いた先生はイギリス人の英語学者ジョン・ローレンス John Lawrence（一八五〇〜一九一六）であった。ローレンスにとって英文学とは「古代英語中世英語を学ばざるものは駄目で研究室に出入してチョーサアやスペンサーの質問をローレンスにしないものは駄目である」（井川恭宛書簡、大正四《推定》・一一・二一）という実情であった。明治四四（一九一一）年に東大英文科を卒業した斎藤勇《たけし》が恩師ローレンスについて「在職十年、大正五年病没、この博学にして努力倦《う》むことなき語学者は敬虔《けいけん》、正直、至誠等の美徳を以《もっ》て英国紳士の模範を示した」とたたえ、その教授法についても「毎週一時間の講義のほかに小団教授を施し、勤勉懇切を極めた」と感謝されているこの人が、芥川、久米正雄、成瀬正一《せいいち》ら、文学青年たちにとっては、英文学に絶望を与えた存在であった。明治二九（一八九六）年九月より明治三六（一九〇三）年三月まで東京大学で英文学を教えたラフカディオ・ハーン（日本名・小泉八雲、一八五〇〜一九〇四）、その後任として明治三六年四月より明治四〇（一九〇七）年三月まで在職した夏目漱石に「英文学」を学ぶことが出来たならば、恐らく芥川の英文科時代の思い出も精彩のあるものになったろうし、ひょっとすると高校時代の希望のように英文学者になっていたかも知れない。「夏目さんの文学論や文学評論をよむたびに当時の聴講生を羨《うらや》まずにはゐられないどうしてかう訳のわからない世間だらうと思ふ」（井川恭宛書簡大正四《推定》・一二・二一）と嘆く芥川であった。また小泉八雲の文学講義「Interpretations of Literature」「Appreciations of Poetry」を大正八（一九一九）年二月、病臥中に読み深い感銘を受けている（小島政二郎宛書簡、大正八・二・二三）。漱石や小泉八雲の場合のように英文学を文学として味わい、理論化する場合でも漱石のように哲学や美学の裏づけをもった明確な体系だった理解を大学生時代の芥川は求めていた。大塚保治の美学講義に感動している芥川である。ローレンスの書誌的、文献的、言語的な講義は芥川の感性のみならず知性にも挑戦するところがなかったのである。

なお、芥川の英文科の卒業論文は「ウイリアム・モリス研究」であった。もともとラファエル前派の研究に志していたが、諸般の事情でその一員であり工芸美術家でもある特異な詩人に絞って論文を書いた。（剣持武彦）

英雄の器《えいゆうのうつわ》 小説。大正七（一九一八）年一月一日発行の雑誌『人文』に発表。『影燈籠《かげどうろう》』（春陽堂、大正九・一・二八）、『或日《あるひ》の大石内蔵《くら》之《の》助《すけ》』（春陽堂、大正一〇・一一・二八）に収録。『通俗漢楚《そ》軍談』巻十二から材を得た作品で、四〇〇字詰原稿用紙五枚ほどの短い小説である。紀元前二〇二年、楚の項羽《こうう》は漢の劉邦《りゅうほう》と天下を争ったが、ついに垓下《がいか》の戦いに敗れて自刃した。その夜、劉邦の陣営において、武将の一人呂馬《ろま》通《とう》が〈項羽は英雄の器ではない〉と言うと、劉邦は皮肉な微笑を浮かべながら「さうかね。」と反問した。呂馬通が、〈強いことは強い。しかし、英雄の器ではない。今日の戦いで、烏江《うこう》に追いつめられたときの楚の軍勢はたった二八騎、そこには烏江の亭長が彼らを江東へ渡すための船の準備をして待っていた。項羽には再起の機会があったのに、それを断わり、雲霞《うんか》のような味方の大軍と戦い自刃した。もし項羽が英雄の器ならば、恥をしのんでも烏江を渡り捲土《けんど》重来《じゅうらい》を期すべきだった〉と言葉を重ねると、劉邦は「英雄の器と云ふのは、勘定に明《あかる》いと云ふ事かね。」と再び反問した。それに答えて呂馬通が、〈項羽は今日の戦いの始まる前に二八人の部下に向かって、「項羽を亡すものは天だ。人力の不足ではない。」と言ったという。その言葉どおり、漢の軍を九度も破ったが、項羽の英雄の器でないのは、勘定に暗かったばかりでなく、一切を天命でごまかそうとしているからだ。英雄というものは、天命を知ってもなお、戦うものではないか〉と言うと、劉邦は一種の感動を眼《め》の中に現しながら、「だから、英雄の器だつたのさ。」と半ば独り言のように答えた。駒尺喜美は「たとえ敗れるとわかっていても自己の信念にしたがってどこまでも戦う、そうした合理性をこえて自己の信念のもとに従うものこそが英雄なのだ、というのがこの作品の主題

である」（『芥川龍之介の世界』、法政大学出版局、昭和四二・四・五）と述べている。　（笠井秋生）

江口渙《えぐちかん》　明治二〇・七・八～昭和五〇・一・一八（一八八七～一九七五）。小説家・評論家。東京市麹町《こうじまち》区富士見一丁目に生まれる。父襄は森鷗外と東京医学校予科（東大医学部の前身）の同期生である。陸軍軍医の父に従って大阪偕行《かいこう》社付属小、東京府立一中、三重県立第四中（伊勢市）などを経て、明治三八（一九〇五）年第四高等学校独乙《ドイツ》文科に入学。翌年四高を退学、明治四一（一九〇八）年第五高等学校に入学、四五（一九一二）年三月五高を卒業。大正五（一九一六）年、東京帝国大学文科大学英文科中退。江口の文学への関心は伊勢の四中時代から始まり同級生と回覧雑誌『暮笛集』『天馬』などを発刊。俳句に親しみ江口水郷という俳号を使用した。また与謝野晶子の『みだれ髪』を愛読し、一葉、鏡花に親しんだ。高等学校では俳句に熱中し四高俳句会、五高句会溟吟社の中心となり特に新傾向の俳人河東碧梧桐《かわひがしへきごとう》の影響を受けた。五高では文芸部員として校友会誌『龍南会雑誌』の編集に協力、小説『秋』（明治四一・一二）『濤声《とうせい》』（明治四一・一二）『誓之泉』（明治四二・三）などを発表している。明治四三年の大逆事件に衝撃を受けた。四高時代江南文三と知り合ったことでのち『スバル』などとのつながりができる。明治四五年東大英文科に入学、『スバル』などに小説を発表、佐藤春夫、宇野浩二、森田草平、鈴木三重吉などの知遇を得、大正三（一九一四）年四月末林原耕三の紹介で漱石の木曜会に出席。時期は定かではないが、このころ芥川や久米正雄らとも知り合った。大正六（一九一七）年東京日日新聞社に入社。同年七月には佐藤春夫らと『羅生門』出版記念会の幹事となっている。彼はこの年芥川を最も早く認めた批評でもある「芥川龍之介の『羅生門』を読む」（『東京日日新聞』大正六・六・二八、のち「芥川龍之介論」と改題し『新芸術と新人』に所収）と文壇的出世作『児を殺す話』（『帝国文学』大正六・一二）などを書いた。大正八（一九一九）年六月、短編集『赤い矢帆』（新潮社）を処女出版、ついで短編集『労働者誘拐』（東京刊行社、大正八・一〇）、長編『性格破産者』（新潮社、大正九・五・一八）、最初の評論集で伝統主義批判からベルグソニズム主張、民衆芸術擁護、作家論を混在させた『新芸術と新人』（聚英閣、大正九・四・二〇）などを刊行している。大正九年に大杉栄と知り合い、このころよりしだいにアナキストたちとの交際を深めたが、この間の記録は『続わが文学半生記』（春陽堂、昭和三三・三・一）に詳しい。大正末年よりアナキズムを離れてマルクス主義に近づき、日本左翼文芸家総連合、日本プロレタリア作家同盟などを結成、昭和六（一九三一）年には町会議員になる。昭和初年より小林多喜二の死あたりまでの事情は『たたかいの作家同盟記』上下（新日本出版社、昭和四一・八・三〇、四三・五・一五）などに回想されている。この間追懐の批評・随筆を収めた『向日葵《ひまわり》の書』（楽浪書院、昭和一〇・一一・一二）童話集『梟《ふくろう》のお引越《ひっこ》し』（中央公論社、昭和一五・一〇）評論集『愛情』（白揚社、昭和一七・六）などを出版した。戦後は昭和二〇（一九四五）年一一月に日本共産党に入党、新日本文学会、日本民主主義同盟などで活躍した。戦後の文学活動は幅広いが特に『わが文学半生記』（青木文庫、昭和二八・七・一五）前出『続わが文学半生記』などの回想録が知られている。芥川とのかかわりについては『わが文学半生記』の「その頃の芥川龍之介」の章などに詳しいが、芥川は江口に対し『江口渙氏の事』の中で「江口は快男児だとすれば、憂鬱《いううつ》な快男児だ。粗笨漢《そほんかん》だとすれば、余りに教養のある粗笨漢だ」と評している。一方、江口は最初の批評文において「芥川君の作品の基調をなすものは澄《す》み切つた理智《りち》と洗錬されたヒユモアーである。そして、作者は何時《いつ》も生活の外側に立つて静《しづ》かに渦巻《うづまき》を眺めてゐる」（「芥川龍之介の『羅生門』を読む」）と指摘している。

〔**参考文献**〕「江口渙氏の印象」（『新潮』大正八・一一、のち『「新潮」作家論集(中)』に再録）、「江口渙追悼特集」（『民主文学』昭和五〇・四）、『江口渙自選作品集』三巻（新日本出版社、昭和四七・八―四八・二）　（山本昌一）

回向院《えこういん》　東京都墨田区両国二丁目一〇番地にある浄土宗の寺。明暦の大火のとき、死者の霊を慰めるため江戸幕府の手で建てられた。現在は、芥川が『大導寺《だいどうじ》信輔《しんすけ》の半生《はんせい》―本所《ほんじょ》』で自然の美しさを残していると書いたお竹倉は両国駅に変わり、界隈《かいわい》の下町風情も消え、関東大震災で焼失して一時はトタン葺《ぶ》きのバラック建てだった本堂も洋式のコンクリート造りになった。回向院はかつて大相撲の興行が境内で行われたことでも知られているが、その後国技館が回向院前に建ち、『本所両国』の「回向院」では震災後のバラック建てになった回向院と、再建された国技館が写されている。鼠《ねずみ》小僧次郎吉や山東京伝、竹本義太夫の墓などがあるのでも有名。芥川は生後間もなく本所小泉町の母の実兄芥川道章に引き取られ、二〇年近く回向院近くの下町で育った。彼の通った幼稚園は回向院に隣接していて、境内の銀杏《いちょう》の木で遊んだり、「いろいろの見世物」を見て幼少期を過ごしており、懐かしい追憶を抱かせる場所だった。

（細川正義）

鼠小僧次郎吉の墓

江智勝《えちかつ》　東京都文京区湯島二丁目三一番地に現存する牛肉店。藤岡蔵六宛書簡に「僕等《ら》が一高へはいつた時僕らの先輩は僕らを迎へる会を江智勝でひらいた」（大正二・七・二二）がみえる。また小穴《おあな》隆一は『鯨のお詣《まい》り』（中央公論社、昭和一五・一〇・三〇）の中で「江智勝で飯を食べてゐた時に、私の矢をとつて、芥川さんが、右手の河童《かっぱ》を振りおとして馳《か》けだす馬を画《か》いてみせました。」と述べている。また『芥川龍之介遺墨』（中央公論美術出版、昭和三五・四・一）に収録されている図版35「水虎晩帰之図《すいこばんきのず》」の解説でこの画《え》（一二六頁の図版参照）が江智勝の二階で小穴の矢立てで描かれたと説明している。

（菊地　弘）

江戸趣味《えどしゅみ》　生後八か月で母の発狂という事態に出会い、龍之介は母の実家芥川家に養われる身となる。芥川家は、代々お数寄屋坊主をつとめた家柄で、本所《ほんじょ》に居を構え、維新後には士族に列せられていた。が、龍之介が養子格で養われるころには、養父芥川道章《どうしょう》は東京府土木課の役人であり、龍之介は己の出自を「中流下層階級」（『大導寺《だいどうじ》信輔《しんすけ》の半生《はんせい》』）と規定。しかし「嘉永《かえい》それの年に鏤《ほ》られたる本所絵図をひらきたまはば、土屋佐渡守《さどのかみ》の屋敷の前に小さく『芥川』と記せるを見たまふらむ。この『芥川』ぞわが家なりける。わが家も徳川家瓦解《ぐわかい》の後は（中略）今はただひと株の臘梅《らふばい》のみぞ十六世の孫には伝はりたりける」（『澄江堂《ちょうこうどう》雑詠―臘梅』）にみられるごとく、ひそやかな矜持《きょうじ》を漂わせる一面をも蔵しており、「一中節《いっちゅうぶし》、囲碁、盆栽、俳句など」を「道楽」（『文学好きの家庭から』）にしていたという道章と、道章の妹で、一中節の名取、柴田是真に画を学んだこともあったという伯母ふき両名に流れていた、江戸通人の気質と趣味から受けた影響は色濃いと言わざるをえまい。加えて道章の妻儔《とも》は、江戸末期の大通人細《さい》木《き》香以《こうい》の姪《めい》でもあった。この芥川家で龍之介は草双紙を読み、芝居を見、本所七不思議が生きている世界を呼吸する。時の流れとともに江戸の名残を剝落《はくらく》させていく下町と、名家の矜持の影に中流下層の悲哀をしのばせていた家と、龍之介が成育したこの二つの場は、彼の嗜好《しこう》、気質を決定づけたと言えるかもしれない。処女小説『老年』は、そうした土壌に芽ぶいた、ないしは素養を生かした作品であった。しかし、その後、『孤独地獄』に「自分は徳川時代の戯作や浮世絵に、特殊な興味を持つてゐる者ではない。」と書き記しているとおり、龍之介は生涯、その文学が江戸趣味、文人趣味の名で色づけられることを厭《いと》い続ける。時には「所謂《いはゆる》江戸趣味に余り尊敬を持つてゐない。」（『徳川末期の文芸』と言い、あるいは「予は文人趣味を軽蔑《けいべつ》するものなり。」（『梅花に対する感情』）とも言った。後者はさらに「殊に化政度に風行せる文人趣味を軽蔑するものなり。文人趣味は道楽のみ。道楽に終始すと云はば則《すなは》ち已《や》まん。」と続くことを忘れてはなるまい。そもそも同文は、梅花を素材として「芸術の士」たるものは「独自の眼光」を有し、おのずから「独自の表現」を成すべしとの意気を語ったものだが、その文意の背後に永井荷風に対する想《おも》いを微妙に揺曳《ようえい》させている点は注意されてよいかもしれない。荷風の名の登場にあわせて言えば、三好行雄に次の指摘がある。「たとえば一時期の永井荷風に見られたように、西欧近代への憧憬の裏がえったかたちで、江戸情緒が一種のエキゾチシズムの対象としてあらわれるという例はある。しかし荷風のばあい、西欧も江戸も、実はともに不在の失なわれた世界なのであって、現実を厭《えん》離《り》する精神がその代償として、趣味的な世界を発見し、埋没するという形をとる」。これに対して芥川の『大川の水』は「ダヌンチョと黙阿《もくあ》弥《み》はまったく等価に、青年の感性にかかわる断面でのみとらえられてゆく」（『芥川龍之介論』）と説かれる。荷風の江戸趣味との比較にとどまらず、龍之介の芸術的感性にわけ入る試み、ないしはそこから発展する論の可能性という点で看過しがたい試みと言えるが、今ここで龍之介の江戸趣味について、文字どおり、現象上の特色を問うとすれば、龍之介がいかにそれを否定しようとも「然《しか》し無意識の裡《うち》に彼ほど文人的生活を露《あら》わにし、江戸趣味や徳川文学に親しんでいた近代作家は稀《まれ》であった」（『芥川龍之介』）とする吉田精一の評が、その意を尽くしたものと言えるであろう。なお、そうした龍之介に「親愛と拒絶との悲劇的な関《かか》わり」（「芥川龍之介と江戸」）をみる神田由美子の論にも注目したい。

〔**参考文献**〕吉田精一『芥川龍之介』（三省堂、昭和一七・一二・二〇、のち河出文庫を経て新潮文庫、昭和三三・一・一五で増補）、神田由美子「芥川龍之介と江戸」（『目白国文』昭和五二・二）

（中村　友）

江戸文学《えどぶんがく》　明治時代に東京で生まれ育った人間にとって江戸文学・文化はごく親しいものであった。とくに本所に幼少期を送った芥川は養家がお数寄屋坊主の家系でもあったため、とくに江戸文人的な世界にどっぷりつかって育った。養母は江戸末期の通人細木香以《さいきこうい》の姉の子でもあった。だから芥川家の人々は一中《いっちゅう》節《ぶし》、南画、俳句などは親しいものであったし、家には和漢の書が多く所蔵されていた。芥川の感受性や素養が下町の江戸情趣や江戸文学・文化によって形成されていったのもごく自然のことである。彼自身は後に「予は文人趣味を軽蔑するものなり。」（『梅花に対する感情』、『中央公論』大正一三・二・一）とか「僕は所謂《いはゆる》江戸趣味に余り尊敬を持つてゐない。」（『徳川末期の文芸』初出未詳）とか語っているが、その底には「文人趣味」や「江戸趣味」が色濃く影を落としているとみてよい。確かに彼は西欧文学によって自らの教養をみがきあげていったのだが、その基底にはやはり江戸趣味的世界が強く根を張っていた。それは彼の初期のエッセイ『大川の水』（『心の花』大正三・四・一）に明示されている。ここで彼は大川の水に「云ひ難い慰安と寂寥《せきれう》とを感じ」「なつかしい思慕と追憶」を禁じ得ないでいる。大川端の町々にしみ込んだ江戸文化に断ちがたい愛情を切々と寄せているのである。こうした彼の江戸文化への愛情は処女作『老年』（『新思潮』大正三・五・一）を始めとする作品群において全編を纏綿《てんめん》たる江戸下町情趣で塗りこめるという形をとったのである。以降、彼は江戸の世界を小説空間に取り込んで多くの作品を書いていった。その中でも河内山宗《こうちやまそう》俊《しゅん》や鼠《ねずみ》小僧を登場させた『煙管《きせる》』（『新小説』大正五・一一・一）や『鼠小僧次郎吉』（『中央公論』大正九・一・一）などは芥川文学の一特色である軽妙さを見事に示しているし、『世之助の話』（『新小説』大正七・四・一）や、『或日《あるひ》の大石内蔵《くら》之助《のすけ》』（『中央公論』大正六・九・一）などは世に知られた人物像に新しい照明をあて鮮やかな効果をあげている。これらの作品は総じて破綻《はたん》がなく安定した作風を示しているが、それはやはり芥川の江戸文学・文化への造詣《ぞうけい》の深さに支えられていると言ってよい。だからこそ『戯作三《げさくざん》昧《まい》』（『大阪毎日新聞』大正六・一〇・二〇―一一・四）や『枯野抄』（『新小説』大正七・一〇・一）のような傑作も生まれたのである。前者は馬琴を主人公としているが、芥川は馬琴を始めとして当時の戯作者たちが「如何《いか》に人生の暗澹《あんたん》たるものか」を十二分に洞察していたとみている（前掲『徳川末期の文芸』）。彼らは世間を欺き、ひたすら善や美を追求したとし、その時代も「仏蘭《フラン》西《ス》のロココ王朝と共に実生活の隈々《くまぐま》にさへ美意識の行き渡つた時代」だと、独得の理解と愛情を寄せている。『枯野抄』の主人公は芭蕉だが、芥川は『わが俳諧《はいかい》修業』（『俳壇文芸』大正一四・六・一）で語るように俳諧にはかなり打ち込んでいるし（『澄江堂《ちょうこうどう》句集』文芸春秋社、昭和二・一二）、芭蕉についても『芭蕉雑記』（『新潮』大正一二・一一・一、一三・五・一、七・一）などでその世界の解読に全力を傾注している。また江戸文学の一翼を担う漢詩文についても『漢文漢詩の面白味』（『文章倶楽部《クラブ》』大正九・一・一）で語っているが、彼の視線が江戸文学から中国文学まで伸びていることは周知のことである。だから彼の江戸文学・文化の教養はじつに幅広く根深いものがあるわけで、彼がそこを故郷と感じるのも当然と言える。その世界への回帰が可能であったならば、芥川も谷崎のように再生し得たはずだという吉本説が説得力を持つ理由はこの点にあると言えよう。

〔参考文献〕吉田精一『芥川龍之介』（新潮文庫、昭和三三・一・一五）、吉本隆明「芥川龍之介の死」（『芸術的抵抗と挫折』未来社、昭和三四・二・二五）、中村真一郎『芥川龍之介の世界』（角川文庫、昭和四三・一〇・一〇）　（山田有策）

江東小学校《えひがししょうがっこう》　一般に、「こうとうしょうがっこう」と言われるが、東京都墨田区教育委員会によると「えひがし」が正しい。本所区元町（現、墨田区両国四丁目二六番地）にあった東京市市立江東尋常小学校のこと。現在は両国小学校と校名変更。明治七（一八七四）年九月創立で、芥川は明治三一（一八九八）年四月に入学している。『学校友だち』『追憶』によると学友に上滝嵬《こうたきたかし》・野口真造・清水昌彦・能勢五十雄らがいた。この時代のことは『追憶』の「学問」「いじめっ子」「画」「体刑」「答案」などに語られている。　（菊地　弘）

江馬修《えまなかし》　明治二二・一二・一二〜昭和五〇・一・二三（一八八九〜一九七五）。小説家。岐阜県生まれ。「白樺」派に接近し『受難者』で認められる。しかしのち人道主義思想に別れ、プロレタリア作家となって活躍する。芥川は『大正八年度の文芸界』の「四　人道主義並《ならび》にその以後の諸作家」で、島田清次郎の『地上』を筆力の雄健な作品とした上で、「同じく二千枚の長篇たる『不滅の像』の著者江馬修にとつては、取材と読者とを同じくするこの新進作家の出現は、確《たしか》に好個の競争者を見出したものと云はなければなるまい。」と述べている。また『日本小説の支那訳』で「上海《シャンハイ》の商務印書館から世界叢書と云ふものが出てゐる。その一つが『現代日本小説集』である。」として、これに収めてある一五人の作家のうちに江馬修が入っていることを書いている。　（菊地　弘）

エロティシズム《えろていしずむ》　eroticism（英語）　ギリシャ語の「エロス」に由来し、本来は精神的な愛を指したが、のちには肉体的な愛を言う。性的関心、興奮を呼びおこすものを言うが、それをやや哲学的、肯定的にとらえたことば。「芥川龍之介氏との一時間」という対談で、記者の「私はあなたの作品の中に、可成《かな》り好色的なものがあるやうに思ひます。例へば最も際立つた例を挙げれば、『一塊の土』なんかも一種のさう云ふ臭《にほひ》があるやうに思ふ。『藪《やぶ》の中』なんかは無論さうですし、『お富の貞操』なんかもさうで……」との問いに対し、「それは僕自身が好色だからですね。僕に言はせれば人間的と云ふことの一部は、好色的と云ふことですね。」と答えている。芥川が好色であったかどうかはプライベイトな問題だから詮索《せんさく》の必要はないが、この答えの後半は芥川的ヒネリがあるにせよ、妥当な見解であろう。作品では、『一塊の土』はとにかく、確かに『藪の中』には、人妻が犯される話があるし、『お富の貞操』には、お富が乞食実はのちの明治の高官の意のままになろうとするきわどい場面があるから、部分的にエロティシズムがうかがわれなくはない。ただし、これらは、別にエロティシズムの追求そのものを目的とした作品ではなかった。ほかには、例えば『女体』で、虱《しらみ》になった楊《よう》が細君の巨大な乳房を眺める箇所がある。ここには確かに乳房の美しさの描写がある。また『世之助の話』のうち、世之助が角田川《すみだがわ》の渡しで「廿七八の、眉《まゆ》をおとした町家の女房」の「膝《ひざ》と腰とにわたる、むつちりした、弾力のある、ゆたかな肉づき」を見、「その女房の体を、あらゆる点から味《あぢは》つた」場面もむろん、エロティックだと言えよう。しかし、芥川のエロティシズムは、作品の中の部分であるだけではなく、谷崎潤一郎のそれとは明らかに異質なものである。それは、芥川の言葉を借りれば、「好色的と云ふよりも、寧《むし》ろ感覚的」なものであった。

（塚越和夫）

演劇《えんげき》　芥川家は一中節《いっちゅうぶし》・芝居などに親しむ家庭で、芥川自身も「芝居や小説は随分小さい時から見ました。先の団十郎〔九世・市川、明治三六没〕、菊五郎〔五世・尾上《おのえ》、同上年没〕、秀調〔二世・坂東《ばんどう》、明治三四没〕なぞも覚えてゐます。私が始めて芝居を見たのは……二つか三つ位の時でせう」（『文学好きの家庭から』〔 〕内は祖父江補筆）と回想している。また、その初期から自殺する年まで、『青年と死と』『人と死と』『暁』『尼と地蔵』『女親』など、計一〇編の戯曲形式の作品が残され、戯曲と無縁の文学者ではない。しかし、『青年と死と』（『新思潮』大正三・九）を除き、すべて未定稿に属し、さらに『サロメ』『織田信長と黒ん坊』『発掘』などは未完である。すべて短く、最も長い『青年と死と』でも四〇〇字詰原稿用紙にして一三枚ぐらいであり、せりふだけによる掌編小説・短編小説の試みという性質が強い。例えば未定稿の『悲劇　皇帝と皇子と』は、全八幕の構成だが、それを三枚でまとめており、その才気に留意すべきで、ドラマのジャンルに入れて論ずべき質のものではあるまい。そして、舞台での上場を予想して書き始めた場合には、一〇枚も執筆しないで中絶したことになる。こうした点に、同時代の他の作家たちと対照的な特徴がある。芥川が活躍した時代は、多くの文学者が戯曲を手がけた時代であった。しかも、それらの作品の多くは専門劇団によって上演されており、いわゆるレーゼ・ドラマ（上演を無視し、ただ読まれることだけをねらった戯曲形式の作品）が試みられたのではない。例えば、大正文学を代表する「白樺」派の作家たちは、武者小路実篤・長与《ながよ》善郎《よしろう》・有島武郎と、志賀直哉を除き、かなりの戯曲を書いた。ほかに、正宗白鳥・谷崎潤一郎・佐藤春夫・野上弥生子《のがみやえこ》・広津和郎ら、多様な流派・個性の作家たちが、この期に、あるいはこの期にのみ、戯曲のジャンルに手を広げている。こういう「戯曲時代」を担う有力な一翼として、龍之介も同人の一人である第三次『新思潮』の菊池寛・久米正雄・山本有三らが多くの戯曲を書き、この期の劇作界を代表する位置を占めた。確かに芥川は、「〔小説を〕書き出した動機としては、久米の煽動《せんどう》に負ふ所が多い」（『小説を書き出したのは友人の煽動に負ふ所が多い』、『新潮』大正八・一、〔 〕内は祖父江補筆）と述べている。にもかかわらず、久米ら『新思潮』の友人の影響が、芥川を戯曲創造に執着させることはなかった。大正八（一九一九）年六月、新劇協会の旗上げ公演でチェーホフ作『伯父ワーニャ』を見、「聊《いささか》戯曲が書いて見たくなる」（『我鬼窟《がきくつ》日録』）と書き付けてはいるが、執筆にとりかかりはしない。そこにむしろ作家芥川の資質上の特徴があった。とは言え、演劇関係の文章を多少は公表している。そのほとんどは、大正七（一九一八）年七月の舞台協会の公演批評『「結婚の前」の評判』（『新演芸』大正七・七）を初めとする。歌舞伎《かぶき》批評が中軸の劇評である。「僕の如き歌舞伎に無神経な人間」という謙辞が見られるが、歌舞伎の素養がなくては書き得ぬ軽妙な修辞がうかがわれる劇評である。しかし、それらを書きながら同時に、「殊に芝居はこの頃では見に行つても、人と話をしてゐる丈《だ》けである。」(『私の生活』、『文章倶楽部《クラブ》』大正九・一)とも語り、さらにのちには、「芝居はこの頃、見るなら翻訳劇を望む。新作物なら友人のものを見る位である。」(『現代十作家の生活振り』、『文章倶楽部』大正一四・一)と言い、結局、唯一の演劇評論『芝居漫談』(『演劇新潮』昭和二・三)では、「芝居らしい芝居には、……今はもう飽き飽きしてゐる。」と告白するに至っている。この発言は、あの「『話』らしい話のない小説」(『文芸的な、余りに文芸的な』、『改造』昭和二・四)を持ち出した心境と共通するもので、単なる演劇観の問題に限定できない。しかし演劇・戯曲にも一義的には「詩的精神」を求めていて、そこにテーマ主義的な菊池・久米ら、『新思潮』同人とは異なり、むしろ芥川が注目したジュウル・ルナアルの『葡萄《ぶどう》畑の葡萄作り』を翻訳した岸田国士《くにお》と共通するような姿勢が読み取れる。

（祖父江昭二）

演劇新潮《えんげきしんちょう》　演劇雑誌。大正一三・一〜一四・六(第一次)。大正一五・四〜昭和二・八(第二次)。全三五冊。第一次は新潮社、第二次は文芸春秋社より発行。編集兼発行人は、山本有三・久米正雄(第一次)、三宅《みやけ》周太郎(第二次)。関東大震災後、いち早く刊行された演劇雑誌。それまでの芝居の報道重点主義を排し、創作と理論とによって、「劇界に清新な潮」を導く目的で創刊されたもの。当時活躍していた一流の劇作家・小説家が同人として結集した。菊池寛、山本有三、正宗白鳥、小山内薫《おさないかおる》らの作品のほか、岸田国士の『古い玩具』『チロルの秋』翻訳『日々の麵麭《パン》』(ルナール)、村山知義の『スカートをはいたネロ』、高田保の『人魂黄表紙』などが掲載され劇壇に新風を吹きこんだ。同人ではなかったが、芥川龍之介も志賀直哉、武者小路実篤、徳田秋声、佐藤春夫らに伍して、エッセイ『小説の戯曲化』(大正一三・三)と『芝居漫談』(昭和二・三)の二編を寄稿している。

（石崎　等）

槐《えんじゅ》　随筆。大正一五(一九二六)年一一月一日発行の雑誌『美術新論』第一巻第一号に発表。単行本未収録。槐の樹を知るに至った経緯などを書いたものである。芥川は、両親が一中《いっちゅう》節《ぶし》の浄瑠璃《じょうるり》『石の枕《まくら》』を稽古するのを聞いて、槐という樹の名前を覚えたという。その後、槐の若木を実際に見て風流だと思ったとも言っている。芥川の生活環境の一端を知ることができる。

（石原千秋）

厭世主義《えんせいしゅぎ》　『大導寺信輔《だいどうじしんすけ》の半生《はんせい》』(『中央公論』大正一四・一)の、未定稿である「別稿」には、〈厭世主義〉の章があり、その中では「信輔は既に厭世主義者だつた。厭世主義の哲学をまだ一頁も読まぬ前に既に厭世主義者だつた。」と繰り返し書かれている。そうした厭世主義に導いたものとして芥川は貧困な家庭、虚弱な身体などを挙げている。彼は大学を出れば、「中学の教師にでもなるより外に仕かたはない」と思うが、周囲の教師たちに「唯佗《ただわび》しい塵労《じんろう》や病苦の影の中に沈んでゐ」る一生を思い、それを自己の未来の姿と感じる。「両親、親戚《しんせき》、知人、――彼の接して来た人びとの生涯はいづれも明らかに不幸だつた。」とも書かれ、ショーペンハウエルやワイニンゲルは「彼には神々も同じことだつた。」が、「彼は今日ふり返つて見れば、純粋に哲学に没頭する為には余りに感覚に執着してゐた。のみならず余りに思索以外の哲学的訓練を無視してゐた。」と言う。芥川の厭世主義は、その養父が〈退職官吏〉だった芥川家の貧困、「江戸二百年の文明に疲れた生活上の落伍者」の町、本所《ほんじょ》、そして発狂せる実母、といったもので多くは養われた。東郷克美の指摘(「芥川龍之介の『寂寞《せきばく》』」、『国文学研究68』昭和五四・六)もあるように青年期の芥川書簡には「さびしい」という言葉が頻繁に現れ、〈生存苦の寂莫〉が表白されている。「人生は一行のボオドレエルにも若《し》かない」という『或阿呆《あるあほう》の一生』の言葉もある。芥川の芸術創造に対する凄《せい》絶《ぜつ》な情熱は身についた厭世主義を超克しようとする営みにほかならなかった。

（石割　透）

遠藤古原草《えんどうこげんそう》　明治二六・九・六〜昭和六・三・一（一八九三〜一九三一）。俳人・蒔絵師《まきえし》。本名清兵衛。清平とも号した。東京生まれ。泰明小学校・東京府立一中に学ぶ。中塚一碧楼《いっぺきろう》の『試作』（明治四四〜大正元）、『第一作』（大正元〜大正三）に投句。大正四（一九一五）年に中塚が河東《かわひがし》碧梧桐《へきごとう》主宰の『海紅』の創刊に参加したのに対し、『射手』（大正四・六〜七・五）を創刊。が、のちに『海紅』に参加。芥川龍之介との交流は、芥川が指導を受けた碧梧桐門下の小沢碧童、『海紅』の編集にあたった滝井折柴《せっさい》（孝作）を通してであろう。さらに、大正八年『海紅』に書いた挿絵が機縁で生涯の友となった小穴《おあな》隆一（一游亭）らによって深められていった。ことに、小穴とは行動を共にすることが多く、小穴宛書簡には古原草の名がしばしば書き込まれている。大正一〇（一九二一）年の中国特派出発時には別れを惜しむ友人の一人として登場する。震災時には、芥川が藤沢から入院していた古原草を見舞っている。芥川には俳人の友人が多いが、その中でも心を許せる一人であった。

（宮坂　覺）

遠藤古原草

お

小穴隆一《おあなりゅういち》　明治二七・一一・二八〜昭和四一・四・二四（一八九四〜一九六六）。洋画家。芥川龍之介の友人。俳号一游亭《いちゆうてい》。祖先は長野県塩《しお》尻《じり》の出だが、父が郵船会社の社員だったため、長崎で生まれる。早く母を失い、幼年期を函館《はこだて》と信州で過ごした。中学は東京の私立開成中学校に通ったが、在学中画家を志して学業を断念。中村不折につき、太平洋画会に通って書と句作も始めた。のち、二科会などに属して修業する。大正一一（一九二二）年には、芥川龍之介をモデルにした『白衣』を二科展に出品している。その後小杉放庵を慕って春陽会に移り、大正十五（一九二六）年無鑑査となり、以後、続けて出品するようになる。芥川龍之介とは大正八（一九一九）年、俳句雑誌『海紅』に載せた雄鶏《おんどり》のさし絵がきっかけで知り合う。このとき小穴は二五歳であった。芥川は小穴隆一との邂逅《かいこう》を、「一生のうちでも特に著しい事件」だとし、「この画家の中に誰《だれ》も知らない詩を発見した。」（『或阿呆《あるあほう》の一生』）とまで言っている。二人の親しい交わりは、芥川の死に至るまで続いた。小穴は俳友の小沢碧童を芥川に紹介し、三人で「書く会」という短歌や俳句や絵などを書き合い興じる会を作ったり、これに遠藤古原草を加え、四人の句作の会を「行燈の会」と称して、芥川との交流を楽しんでいる。芥川は個性に満ちた小穴の性格や書画を愛し、第五短編集『夜来の花』（新潮社、大正一〇・三・一四）以後の自著の装丁のほとんどを小穴に任せている。小穴と芥川との交流がいかなるものであったかは、現在『芥川龍之介全集』に収められている一一六通の小穴宛芥川書簡に、その一端を垣間《かいま》見ることができる。大正一二（一九二三）年一月、小穴が脱疽《だっそ》で右足切断の大手術を行ったときには、芥川が立会人として見守っている。芥川晩年には、その交流はピークに達し、一般の眼《め》からすると異常とも思えるほどのものがあった。小穴の『二つの絵 芥川龍之介自殺の真相』（『中央公論』昭和七・一二〜八・一）は、芥川の自殺の原因に光を当てようとしたエッセイである。この中には芥川私生児説も含まれていた。小穴は戦後この論に手を入れた文章を中核に据えた一書、『二つの絵―芥川龍之介の回想―』（中央公論社、昭和三一・一・三〇）を刊行、芥川私生児説を再度持ち出し、ジャーナリズムをにぎわすこととなる。すなわち、同書刊行直前の昭和三〇（一九五五）年一〇月六日の『東京新聞』に、「芥川龍之介出生の謎《なぞ》判《わか》る 小穴隆一氏が近く公表」の見出しによる記事が出、多くの反響を呼んだ。詳しくは別項「私生児問題」に譲るが、それは多分に小穴の勇み足的な面があり、確証のある事実ではなかった。小穴の著書には、ほかに『鯨のお詣《まい》り』（中央公論社、昭和一五・一〇・三〇）、『小穴隆一随筆集 白いたんぽぽ』（日本出版協同、昭和二九・四・一）などがあり、編著に『芥川龍之介遺墨』（中央公論美術出版、昭和三五・四・一）がある。が、その文章は総じてつたなく、芥川に関する記事や回想も客観性を欠き、さまざまなことが語られている割には、一等資料とはなりえない面がある。けれども、芥川が小穴隆一をいかに信頼していたかは、自決をいちばん早く打ち明けたり、遺書を残したり、墓の設計を依頼するなどという具体例が語っている。「わが子等《ら》に」と題した芥川の遺書の一項に「小穴隆一を父と思へ。従って小穴の教訓に従ふべし」と書き残したのも、芥川の小穴への全幅の信頼によるのである。芥川没後刊行された大判の童話集『三つの宝』（改造社、昭和三・六・二〇）は、芥川と小穴との共同製作品といった感があり、本文中に一二枚の小穴の心のこもった絵が挿入されている。挿絵画家としての小穴の仕事は手堅く、芥川作品以外では、坪田譲治の『子供の四季』（『都新聞』昭和一三・一・一〜六・一六）の挿絵が知られている。昭和三四（一九五九）年ごろから中風のため病床に就き、晩年は絵筆をとることもままならず、不遇であった。（関口安義）

芥川をモデルにした『白衣』

老いたる素戔嗚尊《おいたるすさのおのみこと》 小説。大正九（一九二〇）年三月三〇日〜同年六月六日（四五回）『大阪毎日新聞』（夕刊）に連載。原題は『素戔嗚尊』。同年三月三〇日〜六月七日まで『東京日日新聞』にも連載。のちに前半（一〜三五）を削除、『老いたる素戔嗚尊』と改題し単行本『春服《しゅんぷく》』（春陽堂、大正一二・五・一六）に収録された。初出と『春服』にかなりの異同がある。削除分については、岩波版『芥川龍之介全集』（昭和五二〜五三）では『素戔嗚尊』として独立させている。三月二七日付薄田《すすきだ》泣菫宛書簡中に、「どうも此の間から素戔嗚尊の恋愛が書けないで殆《ほとんど》閉口してゐますその為雑誌の小説も書けず旧稿や未定稿で御免を蒙《かうむ》つた始末です神代小説なんぞ書き出さなければ好《よ》かつたと聊《いささか》後悔してゐます但《ただし》エピックのやうなものを小説で行つて見たいと思つて書き出したのですから或《ある》程度うまく行つたらあなただけでも喝采《かつさい》して下さい続いて彦火々出見尊《ひこほほでみのみこと》と日本武尊《やまとたけるのみこと》をも書いて見る心算《つもり》です」と書いている。また、四月二八日付の恒《つね》藤恭《とうきよう》宛書簡に「素戔嗚尊なんか感心しちやいかん　第一君の估券《ママ》に関《かかは》る　それより四月号の中央公論に書いた『秋』と云ふ小説を読んでくれ給《たま》へ　この方は五六行を除いてあとは大抵書けてゐると云ふ自信がある但しスサノオも廿三回位から持《もち》直すつもりでゐる」と書いている。作品論では、三好行雄『芥川龍之介論』での論が懇切である。大蛇退治の後に、櫛名田《くしなだ》姫《ひめ》を妃としたが、先立たれてしまった素戔嗚命が、遺子の須世理《すせり》姫の前に現れた葦原醜男《あしはらしこお》を、謀殺しようとして再三失敗するが、純真で行動的な二人の若者の姿に、若いときの自分を見いだし、二人の舟出をひそかに祝福するという筋である。芥川は、前年の大正八年六月から八月にかけて同紙上に現代物の作品『路上』を連載したが、これは未完で投げ出さざるを得なかった。『大阪毎日新聞』への義務を、比較的手なれた歴史小説で果たそうとしたものとも考えうる。

（竹田日出夫）

往生絵巻《おうじょうえまき》　小説。大正一〇（一九二一）年四月一日発行の雑誌『国粋』第二巻第四号に発表。のち『春服《しゅんぷく》』（春陽堂、大正一二・五・一六）に収録。初出と初刊本間に若干の異同がある。初出誌には芥川が小穴《おあな》隆一に依頼した挿画が一頁掲げられている（小穴宛書簡、大正一〇・一二）。素材は早くに吉田精一が指摘した『今昔物語集』巻一九「讃岐《さぬきノ》国多度郡《ノ》五位聞《キテ》レ法《ヲ》即《チ》出家《スルこと》語第一四」である（『芥川龍之介』三省堂、昭和一七・一二・二〇）。五位と呼ばれる武士がいた。家来と狩りにでかけた帰途、ある寺の説法を聞いて突然剃髪《ていはつ》した。どんな悪人でも阿弥陀《あみだ》仏のおかげで浄土に行かれると聞いたからである。袈裟《けさ》法衣を着け、金鼓《ごんく》を胸にかけ、「阿弥陀仏よや。おおい。おおい。」と呼びながら、西の方へ歩いていった。西には海があった。海辺に二《ふた》股《また》の枯木があり、法師はその上に登って、海の彼方《かなた》を望んで「阿弥陀仏よや。おおい。おおい。」と言う。七日たった。法師は餓死した。近所に住む僧が訪ねてみると、枯木梢上の屍骸《しがい》の口中より、真っ白な蓮華が咲き匂《にお》っていた。往生できたのである。このような内容が戯曲形式で書かれているが、素材にないこの表現形式を含めて、原典との比較をした長野甞一《じょういち》は「すべてを原典に負うてなお及ばざる感が深い」（『古典と近代作家―芥川龍之介』有朋堂、昭和四二・四・二五）と述べた。同様に否定的評価をするのは正宗白鳥の「芥川氏の文学を評す」（『中央公論』昭和二・一〇）で、「芥川氏の態度や筆致が、まだ微温的で徹底を欠き、机上の空影に類した感じがあつた」と言う。これに対して宮本顕治『敗北の文学』（『改造』昭和四・八）は、「ユーモラスな形式の下に、笑ひ切れない求道者の姿を書いてゐる」「求道者に心から詩的な頌辞《しょうじ》を最後に手向けてゐる」と好意的評価を与えた。たとえ倉卒の間に成った作品だとしても、海老井英次の言うように（『往生絵巻』、『別冊国文学・芥川龍之介必携』昭和五四・二）、「神聖なる愚人」を描いた最後の作品としての意味は大きい。

（森　英二）

大川《おおかわ》　東京の下町を流れる隅田川。芥川は生後まもなく大川端に近い本所《ほんじょ》小泉町の芥川家にひきとられ、明治四三（一九一〇）年までそこで過ごした。大川周辺の風物は芥川の精神に濃い影を落としている。中学時代の芥川にはこの川が氾濫《はんらん》したときの印象記『水の三日』（明治四三）もある。また『大川の水』（大正三・四）には「此《この》大川の水に撫愛《ぶあい》される沿岸の町々は皆自分にとつて、忘れ難い、なつかしい町である。」と述べられている。芥川は作家としても『老年』（大正三・五）『ひよつとこ』（大正四・四）など大川端物で出発した。『少年』（大正一三・四、五）では「大川の向《むか》うに人となつた二十年前の幸福を夢み」ているが、一方、『大導寺《だいどうじ》信《しん》輔《すけ》の半生《はんせい》』（大正一四・一）には幼い時みた大川の百本杭に浮かぶ「坊主頭の死骸」は「本所の町々の投げた精神的陰影の全部だつた。」とも書いている。晩年の『本所両国』（昭和二・五）では久々に大川端を見て歩き、大震災後の「烈《はげ》しい流転の相」に驚きを表している。

（東郷克美）

大川の水《おおかわのみず》　小品。大正三（一九一四）年四月一日発行の雑誌『心の花』に「柳川《やながわ》隆之介」の署名で発表され、単行本には収められなかった。執筆は明治四五（一九一二）年一月。「大川端に近い町に生まれ」、川を見て育った「自分」（芥川の出生地は京橋区入船町で大川端ではない。本所《ほんじょ》小泉町の芥川家にひきとられて隅田川近くで育った。注、菊地）の大川に感ずる愛着を主題にした作品で、まず「何となく、涙を落としたいやうな、云い難い慰安と寂寥《せきれう》」、故郷に対するように、大川に触れることによって自分本来の感情を取り戻すといった「自分」の心情が語られる。そしてヴェネチアの風物に熱情を注いだダヌンチオの心持ちを慕わしく思い出すと言う。次いで水の響きと潮の匂《にお》いの伝わる沿岸の町の様子が語られる。ここでも「自分」は江戸浄瑠璃《じょうるり》の場面を思い浮かべ、渡し船に乗って聴く水の響きや伝馬船が川を上ってくる情景にホフマンスタアルの詩の読後感を連想する。最後に大川の水の光に触れ、「何処《どこ》となく人間化《ヒューマナイズ》された、親しさと、人間らしい意味に於て、ライフライクな、なつかしさ」を言う。そしてその匂い、色、響きこそ我が愛する「東京」の匂い、色、声であると結ぶ。まだ自分の文体も文学的方向も確立しない初期の、感性的な色合いの濃い作品で、青年特有の若々しい感覚が光っている。外に向かって明らかにした自我像として回想の原型を知ることができるとする三好行雄（『芥川龍之介論』筑摩書房、昭和五一・九・三〇）の分析がある。すなわち、感覚を表出する比喩《ひゆ》としての西欧の作家作品の用い方に、のち『神神の微笑』などで扱った東西文明の接触の問題につながってくるような芥川の特性を読み取るとともに、主人公の青年に〈無〉と〈死〉に底辺を置いた寂寥感があることを指摘し、芥川文学のモチーフがはぐくまれていると見る。二十歳の芥川が〈仮構の生〉を選び取ったことだとするのである。

（菊地　弘）

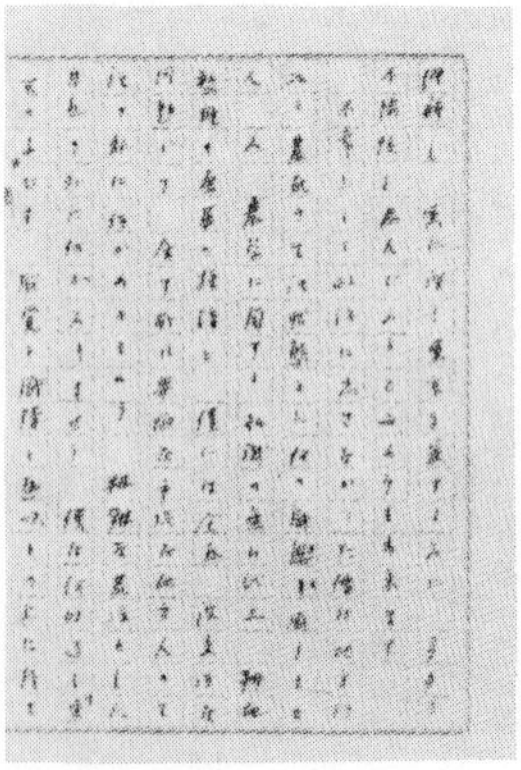

『大川の水』原稿

大隈重信《おおくましげのぶ》　天保九・二・一六〜大正一一・一・一〇（一八三八〜一九二二）。政治家。佐賀藩出身。立憲改進党総理、黒田内閣外相、最初の政党内閣総理などを歴任。東京専門学校（早稲田大学の前身）の創立者。大正七（一九一八）年五月、総合雑誌『大観』を主宰し実業之日本社より創刊（大正一一年四月まで全四八冊刊行）。第一次大戦後の欧州勢力衰退を視野に入れ東西の調和による新文明追究を旗印とした雑誌。創作欄もあり、坪内逍遥《しょうよう》、北原白秋、島崎藤村、日夏耿之介《こうのすけ》、西条八十《やそ》、佐藤春夫らも寄稿している。芥川は、第五巻第三号（大正一一・三・一）に『トロッコ』を掲載したほかはこの雑誌とは特にかかわりをもたなかった。大隈は時おり寄稿者などを招いて茶話会を催したようだが、『我鬼窟《がきくつ》日録』の大正八（一九一九）年六月七日の記事中に「大観、大隈侯の名にて茶話会に招待す。断る。」とある。

（岡本卓治）

O君の新秋《おーくんのしんしゅう》　随筆。大正一五（一九二六）年一一月一日発行の雑誌『中央公論』第四一年第一一号に発表。『湖南の扇』（文芸春秋社出版部、昭和二・六・二〇）に収録。一〇月一一日、鵠沼《くげぬま》で執筆。O君は、小穴《おあな》隆一である。洋画家のO君を「写生」したもので、短い断章から成っている。前半は、義足について、後半は自炊生活について書かれている。さしておもしろくもなく、暖かみもなく、そっけなく書かれている。

大阪朝日新聞《おおさかあさひしんぶん》　明治一二（一八七九）年一月二五日に創刊され現在に及ぶ日本で最も発行部数の多い新聞の一つ。より厳密に言えば『大阪朝日新聞』なる題号は、明治二一（一八八八）年七月に『東京朝日新聞』が発行されたためそれに対応して二二年一月三日より従来の『朝日新聞』を『大阪朝日新聞』と改称した時期から、昭和一五（一九四〇）年九月一日より大阪、東京、中部、西部が各本社制をとるに伴って統一の題号として『朝日新聞』が用いられるときまでの名称ということになる。つまり明治二二年より昭和一五年まで存在した名称である。これは題号に関することであり、内実は『朝日新聞』というとき大阪が主流であった。『朝日新聞』は明治一二年木村平八・騰父子により村山龍平を社主とし津田貞を編集主幹として発刊した小新聞であったが、しだいに大新聞の性格をもつようになった。明治二一年には「本社新聞紙は公平無私をもつて旨とし、世上の耳目となるを本分とす」という通則を掲げ公平な報道を志した。経営も木村を離れ村山、上野理一の二人に移る。発刊当初は文学的な分野を重視するものではなくそれほど特色はないが、紙面の拡大、読者の増加に伴って須藤南翠《なんすい》、本吉欠伸、渡辺霞亭《かてい》、半井《なからい》桃水らが小説の筆をとり、角田浩々歌客が文芸批評を書いている。特に明治三七（一九〇四）年には二葉亭四迷が、四〇（一九〇七）年には夏目漱石が入社し、東西『朝日新聞』に優れた文芸作品を発表するにつれ文芸欄も充実するに至った。漱石没後、文芸欄の主宰者制度はなくなったが、読者層の広がりとともに執筆者も力をこめた作品を発表し数々の名作が紙上に掲載され、今日に至っている。『朝日新聞』の特色は政治社会面にあり中正な立場に立つと言われているが、文化方面での果たしている役割は大きい。『大阪毎日新聞（東京日日新聞）』に関係の深かった芥川は『朝日新聞』への寄稿は多くはなく『宇治拾遺物語』に材をとった『道祖問答』（大正六・一・二八（夕刊））があるだけである。『東京朝日新聞』も『大阪朝日新聞』と共通の文学ものをほぼ載せた。（山本昌一）

大阪毎日新聞《おおさかまいにちしんぶん》**（東京日日新聞**《とうきょうにちにちしんぶん》**）**　『大阪毎日新聞』は明治九（一八七六）年二月二〇日発刊の『大阪日報』を前身とし、これを受けて一五（一八八二）年二月に創刊された『日本立憲政党新聞』を母胎に、これを再度一八年九月一日『大阪日報』と改題したものを継承して二一（一八八八）年一一月二〇日に不偏不党の実業新聞を標榜《ひょうぼう》し発刊された。以後、明治四四（一九一一）年には『東京日日新聞』を合併し、昭和一八（一九四三）年一月、題号の『大阪毎日新聞』『東京日日新聞』の二つを『毎日新聞』と統一するまで存続した新聞。ただし、号数は『日本立憲政党新聞』から起算している。昭和一八年以後は『毎日新聞』として今日に及んでいる。創刊時の『大阪日報』は大阪では初めての大新聞であり、その性格は『日本立憲政党新聞』にも受け継がれたが、こちらは題号のように政治色が強く出ていた。『大毎』になると実業新聞としての面が強くなった。『東京日日新聞』は、その創刊時は『大毎』とは全く別の経営で明治五（一八七二）年二月二一日浅草の日就社より発刊され、四四（一九一一）年三月一日『大毎』の東京支局が発行していた『毎日電報』と合併される形で『大毎』に吸収されたものである。昭和一八（一九四三）年まで『大毎』の東京支社発行の新聞の題号としてそのまま使用した。『大毎』『東日』とも初めは文学的色彩はそれほど強くないが、明治四〇（一九〇七）年以後他紙と同じく文学的方面に力を入れはじめ優れた作品が数多く掲載され現在に及んでいる。芥川と『大毎（東日）』とのかかわりは深く大正七（一九一八）年三月社友となり、入社の条件として他の雑誌に小説を発表することは自由、新聞は『大毎』だけ執筆、月額手当て五〇円の条件（薄田淳介《すすきだじゅんすけ》宛書簡、大正七・二・一三）をあげている。『大毎』社史では八（一九一九）年三月より一三（一九二四）年八月まで特別契約社員（ついで客員）となっている。『大毎（東日）』に発表された小説、文章は多いが主なものをあげれば『戯《げ》作三昧《さくざんまい》』（大正六・一〇・二〇〜一一・四）『地獄変』（七・五・一〜五・二二）『邪宗門』（七・一〇・二三〜一二・一三）の小説などや、『上海游記《シャンハイゆうき》』（一〇・八・一七〜九・九）の紀行文などがある。
（山本昌一）

大須賀乙字《おおすがおつじ》　明治一四・七・二九〜大正九・一・二〇（一八八一〜一九二〇）。俳人。本名績《いさお》。福島県生まれ。芥川は大正九年三月発行の雑誌『常磐木《ときわぎ》』に『大須賀乙字氏』の一文を寄せ、その中で故人を追悼している。生前芥川は乙字に一、二度しか逢《あ》っていないというが、彼の古俳諧《はいかい》や老荘思想についての該博な知識には一目置いていたようである。また、ともすれば狷《けん》介《かい》とみられた人柄の中に手紙文などを通して丁寧親切を極めた人柄を読み取っている。
（瓜生鉄二）

大塚保治《おおつかやすじ》　明治元・一二・二〇〜昭和六・三・二（一八六八〜一九三一）。美学者。旧姓は小屋。群馬県生まれ。妻は作家の楠緒子《くすおこ》。帝国大学文科大学（東大文学部の前身）哲学科卒業。東京専門学校で美学を講じた。明治二九（一八九六）年欧州留学し、三三（一九〇〇）年に帰国、東大教授として美学講座を担当。芥川は大学時代にその講義を受けている。大正二（一九一三）年九月一七日付山本喜誉司宛書簡には、名だけ聞くと面白そうに思われる講義として「美学概論」を挙げている。また、大正三年一一月一四日付原善一郎宛書簡では、大学の講義のつまらなさを言いながら、一方では「大塚さんと波多野さんは一番尊敬している先生だ」と述べている。
（奥野政元）

大塚保治

大橋の図書館《おおはしのとしょかん》　博文館の創立者大橋佐平の遺志をついだ嗣子新太郎が、明治三五年（一九〇二）六月、東京市麹町《こうじまち》区六番町の邸内に設けた私立図書館。当初の蔵書数は約三万六千冊、内外の文学書が多かったためか、石川啄木・菊池寛・尾崎一雄・網野菊らも通ったという。関東大震災によって消失、大正一五（一九二六）年同区飯田町に再建されたが、昭和二八（一九五三）年に閉館。『大導寺信輔《だいどうじしんすけ》の半生《はんせい》』「五 本」に「大橋の図書館へ通ふ為《ため》に」云々《うんぬん》の記述がある。
（浅野 洋）

オー・ヘンリイ《おー・へんりー》　O. Henry 一八六二・九・一一〜一九一〇・六・五。アメリカの短編作家。本名 William Sidney Porter 四〇歳近くまで数奇な生活をし、のち流行作家となって多数の短編集を出す。中には技巧に優れ、ペーソスの漂う傑作もあるが、ほとんどは興味本位で文学的には評価されない。大正六年ごろからオー・ヘンリーを読み始めた芥川は、海軍機関学校時代の米人教師スターレットが講演会で最近米国の大小説家としてR・L・スティヴンソンとオー・ヘンリーの名をあげたのを（『保《やす》吉《きち》の手帳から』）揶揄《やゆ》している。佐藤春夫、南部修太郎らにもしばしばその作品の梗概を聞かせたりして紹介していた。大正一三（一九二四）年から一四年にかけ刊行された芥川編の英語副読本 The Modern Series of English Literature（興文社）八巻本の第六巻に収められた『運命の道』については、その序文に「殊に構想に奇才を誇つた O. Henry の面目は "Roads of Destiny" の一篇に尽きてゐると云つて好い。」とあり、『藪《やぶ》の中』の構想への影響がみられる。
（中西芳絵）

大町桂月《おおまちけいげつ》　明治二・一・二四〜大正一四・六・一〇（一八六九〜一九二五）。評論家・詩人・文章家。本名芳衛。高知県生まれ。大町家は代代土佐山内藩士。上京して明治二六（一八九三）年、帝国大学文科大学（東大文学部の前身）国文科に入学し、二九年卒業。塩井雨江と親しく、のち武島羽衣とも交わりをむすび、雨江・羽衣とともに著した詞華集『美文韻文花紅葉』（明治二九・

〜二）により、脚光をあびた。ことに紀行文家として知られ、『奥羽一周記』（『太陽』明治四一・一〇）によって十和田湖を紹介したことで有名。和文系統の美文家であったから、芥川文学への直接の影響はみられないが、芥川は『愛読書の印象』（『文章倶楽部《クラブ》』、大正九・八）で「僕にも『文章倶楽部』の『青年文士録』の中にあるやうな『トルストイ、坪内士行、大町桂月時代』があつた。」と述べているから、彼の少年時代の愛読作家であったと言える。また『大町桂月氏』（『桂月』大正一五・一）は、晩年の天真爛漫《らんまん》な桂月の姿を伝えている。（山敷和男）

岡栄一郎《おかえいいちろう》　明治二三・一二・二〜昭和四一・一二・一八（一八九〇〜一九六六）。劇作家。石川県生まれ。東京帝国大学文科大学英文科卒業。在学中から劇作を志し、大正から昭和の初めにかけて演劇評論、小説などで活躍。二世左団次、沢田正二郎などの役者とも親交を結ぶ。『意地』（『大観』大正一一・三）、『松永弾正』（『日本戯曲全集』春陽堂、昭和三・三所収）、『槍持《やりもち》定助』（『苦楽』大正一四・一）などの史劇は新国劇で上演される。芥川龍之介とは、一高・東大の英文科を通して同級であり、岡に劇作を勧めたのは芥川であった。卒業後も一貫して親交があり、漱石の葬儀では一緒に受付に立っている。「今後あんな叮嚀《ていねい》な手紙を書いちやいけません　こつちが恐縮しちまいます」（岡宛書簡、大正六・

岡の結婚式で仲人を務めた芥川夫妻

一二・二七）と言うように友情厚いものだった。岡と野口真造の妹綾子との結婚には仲人を努めたが、その後に離婚問題がおき苦労した。芥川に触れた岡の小品に『芥川の短冊』（『文芸春秋』昭和二九・三）がある。（矢島道弘）

岡田三郎《おかださぶろう》　明治二三・二・四〜昭和二九・四・一二（一八九〇〜一九五四）。小説家。北海道松前市生まれ。洋画家を志して上京し、太平洋画会研究所に学び、次いで早稲田大学英文科に入り大正七（一九一八）年に卒業。その年に『涯《はて》なき路《みち》』が注目されて文壇に出、博文館に入って『文章世界』の編集に従事するかたわら創作の筆をとった。芥川は『大正九年四月の文壇』で、彼の『兵営時代』を褒め、「僕は岡田氏のテムペラメントに氏独得な冴《さ》えがあるやうに思ふ。その妙に澄んだ冷たさは、僕がこれまで読んだ氏の小説中、最も失敗した作品にも滲《し》み渡つてゐる。」と言い、彼を『大正九年の文芸界』で新進作家の一人に数えている。岡田は大正一〇（一九二一）年博文館を辞して渡仏、一二年帰国し外国を材料にとった『巴里《パリ》』を発表し、一四年には『文芸日本』を出した。次いで『不同調』の同人となるなど新興芸術派の一員としての活躍が目立った。『三月変』（『新潮』昭和四・一）のほか『仲六行状記』（砂子屋書房、昭和一五・一二）などの著書がある。（畑　実）

尾形了斎覚え書《おがたりようさいおぼえがき》　小説。大正六（一九一七）年一月一日発行の雑誌『新潮』第二六巻第一号に発表。『羅生門』（阿蘭陀《オランダ》書房、大正六・五・二三）、『鼻』（春陽堂、大正七・七・八）、『報恩記』（而立社、大正一三・一〇・二五）に収録。初出以下『報恩記』まで、本文に大きな異同はない。なお、初出末尾には「（五・十二・七）」とあって、原稿完成日が大正五年一二月七日であるのが知られる。『煙草《たばこ》と悪魔』（大正五・一一）に続く、切支丹《キリシタン》物第二作である。医師尾形了斎が公儀へ送った書簡を通して、話が進められる。宗教上の奇蹟譚《きせきたん》を語るのに、抑制のきいた候文の書簡体を用いたところに、芥川のとった意識的な方法があろう。切支丹宗門の女篠《しの》が、病気の娘里の応診を頼みに尾形家を訪ねるが、了斎は篠が切支丹ゆえに断る。翌日再訪した篠は娘を思うあまり、「ころび」を求める了斎に応じて、十字架を踏む。そのため応診を受けることができたが、里はすでに手遅れで死んでしまった。信仰と娘とを共に失ってしまった篠は、ために発狂してしまう。しかし翌日篠宅の前を通りかかった了斎は、「紅毛の伴天《バテ》連《レン》ろどりげ」らの力によって蘇生《そせい》した里を見いだした。芥川の信仰に対する熱い思いをすでに見ることができるとともに、異教徒了斎の書簡という形をとるところに、信仰への一定の距離をも見ておかなくてはならない。芥川自身「実際ミラクルはもつと長く書く気でゐたんですがいろんな事に妨げられて時間がなくなりあんな風に圧搾してしまつたのです」(江口渙《かん》宛、大正六・三・九)と言っているように、後半の死者蘇生の事が簡単に過ぎて、作品の中心点を失っている感はまぬがれない。しかし、すでに評家の指摘もあるように、このことは逆に、前半の棄教してまで娘を救おうとする母の魂の美しさ、あわれさにこそ、この作品の秘められた主題があることを語っているのかも知れない。

(大屋幸世)

岡本かの子《おかもとかのこ》　明治二二・三・一〜昭和一四・二・一八（一八八九〜一九三九）。小説家・歌人・仏教研究家。本名カノ。東京赤坂の大貫家別荘に生まれる。大貫家は神奈川県二子多摩川に三百年も続く大地主。谷崎潤一郎らと第二次『新思潮』を創刊した二歳年上の兄大貫晶川《しょうせん》の影響で跡見女学校在学中から文学に親しみ、『明星』に投稿、歌人として認められる。晶川は夭逝《ようせい》するが、第四次『新思潮』を創刊した芥川は、当然晶川の存在は知っていたはずで、その妹としてもかの子は意識されていたと思われる。漫画家岡本一平と結婚、太郎が生まれるが、一平の放蕩《ほうとう》、生家の没落、母、晶川の死と、のち「魔の時代」と呼ぶ時代を経て、やがて一平の献身のもとに、歌人として仏教研究家として第一人者となる。が、かの子にとっての夢は小説を書くことだった。昭和一三（一九三八）年、四十七歳のとき、かの子は川端康成の推薦文を添えて『文学界』六月号に『鶴は病みき』を発表、文壇にデビューする。芥川龍之介をモデルとしたこの作品は、かの子という作家の本質のみならず芥川の一面を鮮やかに伝える。大正一二（一九二三）年の夏、かの子一家は鎌倉雪下の平野屋に避暑するが、隣室に滞在していたのが芥川だった。一か月近く二人は親しく交際するのだが、その年の一一月の『新潮』にかの子は『今夏の芥川氏』を書き、文末に短歌「氏と隣居せし頃の歌」五首を添えている。かの子の芥川への並々ならぬ関心と愛着が思われるが、その死に際して書かれた『芥川さん略描』（『婦人公論』昭和二・九）を合わせると『鶴は病みき』の原型が浮かび上がってくる。全く異質の感性を持った芥川との一夏はいつか息苦しい程に重く懐かしいものとなり、それはそのまま芥川にとってもそうであったに違いないというかの子流の思い込みにもなる。芥川の側にはかの子についての記述はほとんど無いが、座談会には何度か同席している。芥川の俳句を批評した『芥川龍之介』（『俳句研究』昭和一三・七）などもあり、「秀麗明敏なるに一味の哀愁沈鬱《ちんうつ》を調せる」男子を好んだかの子にとって、芥川は理想に近い憧《あこが》れでもあったのだろう。代表作に『母子叙情』『老妓《ろうぎ》抄』『生々流転』などがある。

(尾形明子)

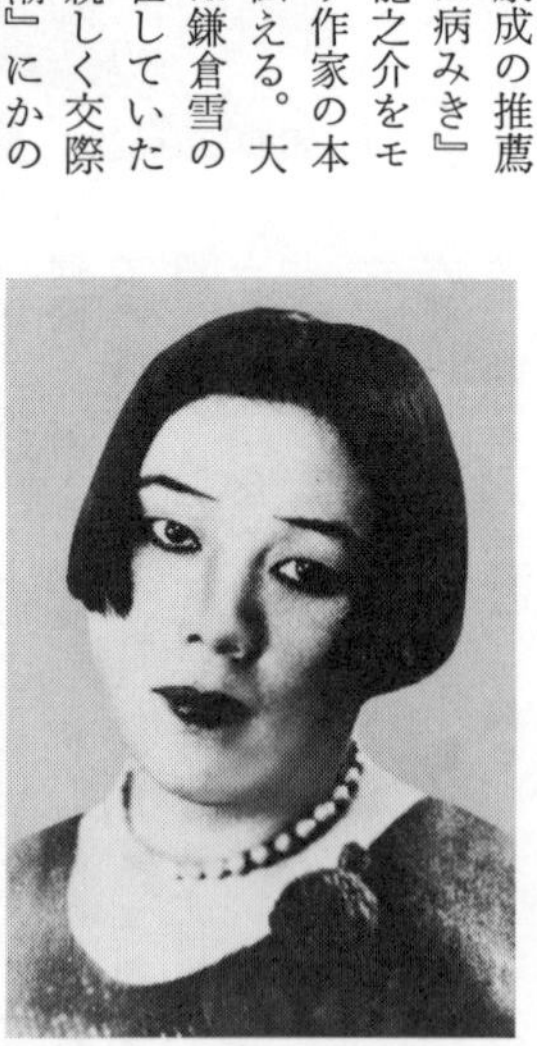
岡本かの子

岡本綺堂《おかもときどう》　明治五・一〇・一五〜昭和一四・三・一（一八七二〜一九三九）。劇作家・小説家・劇評家。本名敬二。東京生まれ。東京府立中学校卒業。演劇改良運動の影響で、劇作家を志す。様々な新聞社を転々とし、戯曲の筆も執ったが容易に認められなかった。明治四一

（一九〇八）年に川上音二郎の尽力で左団次のために『維新前後』を書き下ろし、好評を得て、左団次とのコンビの基礎になる。大正二（一九一三）年一二月、新聞記者生活をやめ、作家活動に専念。代表作『修禅寺物語』をはじめ、戯曲一九六編、『平七捕物帳』六八編、その他随筆など多くの文章を書いた。芥川は『十年一月帝国劇場評』で「一番目の『雪女五枚羽子板《ゆきをんなごまいはごいた》』は、近松の原作を綺堂氏が書き直した物である。錦絵のやうに綺麗だから、見てゐるとやつぱり悪い気はしない。」と褒めながら、「もし中川が凍死をせずに、藤内太郎と結婚すると、藤内中川《とうないなかがは》となつたに違ひない。」とからかっている。

（塚越和夫）

お菊さん《おきくさん》　Madame Chrysanthème　フランスの小説家ピエール・ロチ作、一八八七年発表。ロチの二度の日本訪問（一八八五年、一九〇〇年）のうち、最初の訪問の際の長崎での日々を描く。「私」はムッシュ・カングルウの仲介でクリザンテエム（お菊）と、長崎郊外の高台、ヂウヂェンヂ（十善寺）に住む。同僚イヴ、家主ムッシュ・スウクル、マダム・プリュヌ夫婦と娘オユキらを配し、七月の来訪から九月の出発までの一夏の生活が描かれるが、事件らしい事件はない。むしろ、巻頭の献呈詞に「三つの主要な人物は、私と日本と及び此《こ》の国が私の上に及ぼした効果と、それだけです。」（野上豊一郎訳、岩波文庫版による）と作者が言うように、「倦怠《アンニュイ》と孤独《ソリチュード》」の中で、お菊を含む日本が不思議な遠さで描かれている。後日譚とも言える『お梅さんの三度目の春』（La Troisième Jeunesse de Madame Prune 一九〇五）がある。芥川の『舞踏会』が、ロチの『秋の日本』（一八八九）やこれらの作品を下敷きにして書かれたことは、有名だが、ほかに『ピエル・ロティの死』に彼の「美しい日本の小説」への言及があり、「我我の姉妹たるお菊さんだの或《あるい》は又お梅さんだのは、ロティの小説を待つた後、巴里《パリ》の敷石の上をも歩むやうになつた」と述べる。『長崎』では、長崎のイメージの中に、「ロティ」の名が数えられている。

（清水康次）

お絹とその兄弟《おきぬとそのきようだい》　佐藤春夫の短編小説。大正七（一九一八）年一一月発行の雑誌『中央公論』に発表され、のち新潮社の「新進作家叢書16」の『お絹とその兄弟』（大正八・一一・一八）に収められた。本来『田園の憂鬱《ゆううつ》』（新潮社、大正八・六・二〇）中の一挿話となるべきものであったが、同作中適当な位置がないので、独立した作品となった。『田園の憂鬱』の主人公が、近くからよく家の手伝いにきてくれていたお絹という女とその兄弟の運命を軽いタッチで描いたもの。芥川は春夫が同人誌『星座』創刊号（大正六・一）に『西班牙《スペイン》犬の家』を発表したころから注目しており、『お絹とその兄弟』も『大正八年度の文芸界』（『毎日年鑑』大正八・一二・五）で『田園の憂鬱』とともに取り上げ、『田園の憂鬱』が「極めて繊細な感覚の所有者」の作品であるのに対して、この方を「文壇稀《まれ》に見る話上手の作家」の作品として高く評価した。

（山敷和男）

沖本常吉《おきもとつねきち》　明治三五・一・二五〜平成三・九・二七（一九〇二〜一九九一）。島根県生まれ。『東京日日新聞』学芸部記者を経て、昭和一〇（一九三五）年郷里津和野に帰住、民俗学・地方史研究家として知られ、昭和四四（一九六九）年第六回柳田国男賞受賞。『日野原町史』『津和野町史』などの著がある。堀碧堂を師とする篆刻《てんこく》家でもあり、碩堂の号があるが芥川は自己の俳号曼青を沖本に与えている。芥川の遺言による『澄江堂印譜』を完成させた。芥川に面識を得たのは、大正一三（一九二四）年文芸春秋社に籍を置き、菊池寛が代表幹事をしていた小説家協会・劇作家協会の書記を務めていたときからで、大正一五年一〇月、東京日日新聞入社以後は足繁く田端《たばた》の芥川邸に出入りするようになった。芥川の随筆的小品『微笑』を口述筆記したのがきっかけで『大東京繁昌記』の『本所《ほんじょ》両国』や『古千屋』『冬と手紙と』の中の「手紙」なども手がけた。芥川の『晩春売文日記』などにもたびたびその名が出てくるように、沖本によれば、芥川がもう自殺に取り憑《つ》かれ、親友の小穴《おあな》と「死ぬ話をしようや……。」と死を遊んでいた最晩年に深く親近した一人である。佐藤春夫の『わが龍之介像』（昭和三四・九・一五）の「あとがき」の一部を「序」として掲げた沖本の著『芥川龍之介以前――本是山中人――』（東洋図書出版、昭和五二・五・二〇）は、「没後五十年―我鬼先生の霊に捧ぐ」書で、「私が芥川文学の研究者達の態度や、その発表に疑惑の眼を向けたのは、伝説に基いたその進め方である。（中略）私は芥川さんを語るに、最もふさわしい人びとの陥り易い主観的な観方《みかた》を疑いながら、芥川文学研究者の誰もが見落している、芥川龍之介という人間像が形造られていった過程、特に芥川龍之介となる以前、すなわち新原龍之介時代について、父親を含めた家系を出来る限り追跡」し、二十年に及ぶ史料採訪の末成ったものである。従来の研究書の不備を補うだけでなく、小穴隆一・葛巻《くずまき》義敏など芥川に死後にまで深くかかわり生きた人人の五十年に及ぶ動静を伝えて興味深い。（高橋新太郎）

おぎん 小説。大正一一（一九二二）年九月一日発行の雑誌『中央公論』に発表。『春服《しゆんぷく》』（春陽堂、大正一二・五・一八）、『報恩記』（而立社、大正一三・一〇・二五）に収録。初出と『春服』所収の間に多少の異同がある。切支丹《キリシタン》ものの一つであるが、「殉教」ではなく、「棄教」を扱った点が新しい。元和《げんな》か寛永《かんえい》か、とにかく遠い昔、切支丹は、すでに、火炙《あぶ》りか磔《はりつけ》であった。しかし、迫害が激しいだけに主の加護も厚かった。一方悪魔も、宗徒の精進を妨げるため、様々に姿を変えて出没した。浦上《うらかみ》の山里村に住むおぎんは、父母に死なれ、仏教の悪習に染まらず、農夫じょあん孫七によって洗礼を受け、まりやと名づけられていた。やがて、おぎんは孫七の養女になる。孫七の妻じょあんなおすみも、心の優しい女であった。おぎんは、幸福に暮らした。むろん、祈禱《きとう》も熱心にしていた。ところが、クリスマスの夜、悪魔が役人とともに来て、おぎんと養父母は捕らえられてしまう。教えを捨てるよういろいろな責め苦に会わされるが、彼らの決心は動かず、一月後に焚刑《ふんけい》に処せられるべく、刑場へ引き出された。刑場のまわりには、おおぜいの見物がいた。いざ火がつけられるというときに、突然、おぎんは、「わたしはおん教《をしへ》を捨てる事に致しました。」と言い出した。孫七とおすみは懸命に止めるが、おぎんは、実父母が仏教徒として死んで地獄に堕《お》ちている以上、自分だけ天国へ行くわけにはいかないという。おぎんの目には、「流人《るにん》となれるえわの子供」つまりあらゆる人間の心があった。孫七夫婦も、ついに棄教した。悪魔は大喜びし、書物に化けて夜中刑場を飛んでいた。しかし芥川は、「これもさう無性《むしやう》に喜ぶ程、悪魔の成功だつたかどうか、作者は甚だ懐疑的である。」と結んだ。梗概からも読み取れるが、前述のとおり、この作品は、「殉教」ではなく、「棄教」を扱った点が従来の「切支丹物」と異なる。しかし、もともと芥川は、「殉教」を取り上げても、そこに宗教的な価値を見いだしているとは言い難いところがある。彼自身、「僕は彼等《ら》の捨命の事蹟に心理的或《あるい》は戯曲的興味を感じ、その為に又基督《キリスト》教を愛した。即《すなは》ち僕は基督教を愛しながら、基督教的信仰には徹頭徹尾冷淡だつた。」（『断片―ある鞭《むち》』）と聖人について記している。したがって、その「棄教」もまた、信仰よりもドラマの方に関心が寄せられていたと考えられる。一方、とにかく、「殉教者」から「棄教者」へと芥川の興味が移動したことは、やはり、重要な問題をはらんでいる。佐藤泰正は、この作品を『奉教人の死』の「反極の世界」を描いたものとして、「切支丹物」の中で、「最も重い主題をになった、注目すべき作」としている。この佐藤の見解は、今後、様々な角度から、掘り下げられなければならない。それには、作品の結末で作者が示した「懐疑」が問題になろう。また、遠藤周作は、三好行雄との対談で、『おぎん』に言及し、芥川がザビエルの書簡を基にし、同作品を書いたであろうと典拠を推定し、殉教の問題を、宗教的意識よりも、むしろ、東と西との問題だと考えている。「教え」と「孝道」が矛盾する場合、「孝道」を選び取ったおぎんは、確かに、ひととき西洋へひかれても、結局、日本へ戻ること――というより、東西の間に揺れ動き、苦悩する芥川の問題意識を象徴しているのかも知れない。

〔**参考文献**〕 生田長江「九月号の創作から㈤」（『読売新聞』大正一一・九・一〇）、吉田精一「二二 春服」（『芥川龍之介』三省堂、昭和一七・一二・二〇）、佐藤泰正「『奉教人の死』と『おぎん』―芥川切支丹物に関する一考察―」（梅光女学院大学『国文学研究』昭和四四・一一）、遠藤周作・三好行雄「芥川龍之介の内なる神」（『国文学』昭和四七・一〇）　（塚越和夫）

尾崎紅葉《おざきこうよう》　慶応三・一二・一六、新暦明治元・一・一〇～明治三六・一〇・三〇（一八六七～一九〇三）。小説家・俳人。本名徳太郎。江戸生まれ。帝国大学法科大学（東大法学部の前身）政治科に入り、国文科に転じて中退。明治一八（一八八五）年硯友《けんゆう》社を創立し『我楽多《がらくた》文庫』を発刊。二二（一八八九）年『二人比丘尼《びくに》色懺悔《いろざんげ》』で文壇に出、以後読売新聞に入社して同紙に『伽羅《きゃら》枕《まくら》』『三人妻』『多情多恨』『金色夜叉《こんじきやしゃ》』などを発表、大家として仰がれた。泉鏡花・徳田秋声らはその門下。俳人としても一家をなし秋声会を創立した。明治文壇で紅露と並称された大家なので、芥川も幼少のころからその作品に親しんでいたが、彼は後年でも紅葉を高く評価し、『骨董羹《こっとうかん》（別稿）』（『人間』大正九・四）では「紅葉の歿後殆二十年。その多情多恨の如き、伽羅枕の如き、二人女房の如き、今日猶《なほ》（中略）光彩更に磨滅すべからざるが如し」と言い、『明治文芸に就いて』（大正一四・一〇）でも、露伴は「紅葉の才に及ぶべからず。」とし、「明治の文章家」としてまず紅葉を推している。

（岡　保生）

尾佐竹猛《おさたけたけし》　明治一三・一・二〇～昭和二一・一〇・一（一八八〇～一九四六）。明治史家・大審院判事。石川県生まれ。明治法律学校（明治大学の前身）卒業。雨華・雨花などの筆名を持つ。明治文化研究会を設立。下情に通じ、天性の史癖を持ち、在野史家の立場を貫いた。昭和二（一九二七）年五月三〇日星ケ岡茶寮での「柳田国男・尾佐竹猛座談会」（『文芸春秋』昭和二・七）で芥川と菊池とを聞き手に、怪談不思議談の蘊《うん》蓄《ちく》を傾けた。のちに『星ケ丘の一夜』（『文芸春秋』昭和二・九）で当夜の四時間ほどの歓談から芥川を追想している。

（影山恒男）

小山内薫《おさないかおる》　明治一四・七・二六～昭和三・一二・二五（一八八一～一九二八）。演出家・詩人・小説家・劇作家・演劇評論家。芥川龍之介にとっては『新思潮』同人の先輩。広島県生まれ。父の急死により明治一八（一八八五）年上京。一高を経て、東京帝国大学文科大学英文科卒業。第一次『新思潮』を刊行、坪内逍遙《しょうよう》の文芸協会に対して同四二（一九〇九）年市川左団次と自由劇場を創立し、ヨーロッパ近代劇運動を移植しようとした。十年間の活動後外遊、その後松竹キネマ研究所の顧問となったが、築地小劇場で外国の名作を演出することに力を注いだ。代表作に長編小説『大川端』（『読売新聞』明治四四・八・九～九・一三）戯曲『息子』（『三田文学』大正一一・七）等がある。芥川は「大正十四年」と付された『今昔』で小山内薫を回顧し、最初に小山内を見たのは自由劇場第一回公演の演説のときであり、彼に「新時代のチャンピオンを発見した」（『芥川龍之介未定稿集』葛巻義敏編、岩波書店、昭和四三・二・一三）と述べた。さらにその五、六年後の第三次『新思潮』のころ、初めて小山内を訪問した際の印象は彼の「若いこと」とエジプト産らしい「巻煙草《たばこ》」であった。その席で小山内が玄人の役者に芝居をさせているという伊庭孝の批判に対して、芥川は「素人の役者はなぜ好《すか》んですか？」と尋ねる。彼は「naturlich だとか何とか云ふんでせう。」と答えた。芥川は小山内を回想してそのドイツ語を見さえすれば思い出し、彼の巻煙草もいつしかドイツ産のように思ったと小山内の果たしてきた仕事、多年の間外国文化移入に積極的に取り組んできた業績を象徴的に語っている。また時期が前後するが、赤木桁平《こうへい》が『「遊蕩《ゆうとう》文学」の撲滅』を発表したとき、「永井や小山内を遊蕩小説の中に数えないのは議論の行きがかり上確かに不公平」（松岡譲宛、大正五・八・九）と赤木を批判、『大正八年度の文芸界』で小山内を多少の躊躇《ちゅうちょ》という条件付きで、唯美主義の諸作家の一人に数え、大正一四年の『鏡花全集』全一五巻の編集にはともに参加した。　（田中　実）

小沢碧童《おざわへきどう》　明治一四・一一・一四〜昭和一六・一一・一七（一八八一〜一九四一）。俳人。大正九（一九二〇）年前後に小穴《おあな》隆一の紹介で芥川龍之介を知り、その後の交遊を通じて芥川の句稿を見るようになった。東京日本橋で魚問屋を営む小沢徳兵衛、はなの次男として生まれ、明治二一（一八八八）年小沢忠兵衛の養子となる。俳句は、乳兄弟米倉冷雨との交遊を通じてたしなむこととなり、初め子規門下の松下紫人などに指導を受けた。のち河東碧梧桐《へきごとう》の人物に心服し、その門に入り、碧童と号して句作に専念。明治四二（一九〇九）年『日本及《および》日本人』の「各地俳況」欄の選を担当するなど、師碧梧桐の補佐役として自由律、新傾向俳句で活躍した。大正四（一九一五）年三月創刊の『海紅』同人となり、やがて滝井孝作、小穴隆一などを介して芥川を知り、以来芥川の句稿を見るようになった。芥川は中学、大学時代を通じてほとんど句作をしなかったが、大正五年から六年にかけて再び句作を始め、六年には、「一七字をヒネクル癖がついた」（井川恭《きょう》宛、大正六・二・九）ほどの執着ぶりであった。鎌倉在住中、高浜虚子に学び、『ホトトギス』誌上に自作を発表するなど大いに気炎をあげていたが、この直後碧童と知り合った。芥川の『わが俳諧《はいかい》修業』に、「わが俳諧修業は『ホトトギス』の厄介《やっかい》にもなれば、『海紅』の世話にもなり」とあり、碧童との関係については、「鉗鎚《けんつい》を受くること一方《ひとかた》ならず」との文章がある。しかし芥川との交遊により碧童もまた芥川の俳句に感化され、しだいに一七字音の定型句に転向、破調の自由律の句作を離れていった。芥川をはじめとする小説家や画家とも交遊があり、芥川の『魚河岸』（『婦人公論』大正一一・八）には露柴《ろさい》の号で、また滝井孝作の『無限抱擁』には青舎の名で登場している。晩年は専ら「道心堅固な心持」から求道者の意欲に満ちた観照生活を通した句作に専念、いわゆる市井の隠者、求道者的生涯をおくった。
（石阪幹将）

小沢碧童

押川春浪《おしかわしゅんろう》　明治九・三・二一〜大正三・一一・一六（一八七六〜一九一四）。冒険小説家。本名方存。愛媛《えひめ》県生まれ。東京専門学校（早稲田大学の前身）に学び、英文科および政治科を卒業。在学中に『海島冒険奇譚海底軍艦』（文武堂、明治三三・一一・二三）を著したのを始めとして、以後、博文館の『少年世界』『冒険世界』、自ら創刊した『武侠世界』などに次々に冒険小説を発表、その国粋的なロマンの夢で日露戦争前後の少年読者を魅了した。芥川は『毛利先生』（『新潮』大正八・一）で授業中に春浪の小説に読みふける中学生を描いているし、『支那游記《ゆうき》』（改造社、大正一四・一一・三）では春浪を愛読する余り、家出をし軍艦に乗り組んだという青年の姿を記している。芥川自身は『愛読書の印象』（『文章倶楽部《クラブ》』大正九・八）で春浪よりも『水滸《すいこ》伝』や『西遊記』の方が面白かったと回想しているが、明治三五（一九〇二）年の一一歳ごろは熱読したらしく、自ら冒険小説めいたものも作ったらしい。（山田有策）

お時儀《おじぎ》　小説。大正一二（一九二三）年一〇月一日発行の雑誌『女性』第四巻第四号に「お時宜」と題されて発表。のち作品集『黄雀《こうじゃく》風《ふう》』（新潮社、大正一三・一・一八）及び『芥川龍之介集』（新潮社現代小説全集第一巻、大正一四・四・一）に、題が改められて収録される。初出と作品集との間にはいくつかの異同がある。内容は売文業者の保吉《やすきち》が五、六年前にある避暑地で、毎朝出会ったお嬢さんをめぐる回想である。お嬢さんは一六か一七で、いつも銀鼠《ぎんねず》の洋服に銀鼠の帽子をかぶっていた。顔は美人というほどではないが愛敬がある。ところが三月の二十何日かに、保吉は同じ停車場で、午後には初めてお嬢さんを見かける。彼は「おや」と思いながら思わずお嬢さんへお時儀をしてしまう。すると相手も会釈をした。この反射的な一瞬間のお時儀には意志の自由がなく、保吉は「しまった」と思うが、どうにもならない。彼はそこから近くとりかかろうとする小説の筋を思い浮かべる。その主人公は革命的精神に燃える硬骨の英語の教員で、彼の頸《くび》はいかなる権威にも屈することをしらないが、ただ前後にたった一度顔なじみのお嬢さんにうっかりお時儀をしてしまったことがあるというものである。翌朝保吉はある期待をもってプラットフォオムを歩き、お嬢さんと出会うが、二人はまともに顔を見合わせたなり何ごともなしに行き違おうとした。その刹那《せつな》、彼はお嬢さんの目に何か動揺に似たものを感じ、また自分もお時儀をしたい衝動を感じるが、それは一瞬であった。二〇分後薄明るい憂鬱《ゆううつ》の中を彼は汽車にゆられている。一連の「保吉もの」に位置づけられる作品である。たった一度、ほとんど無意識にかわしたお時儀が与えた心理的動揺や期待が微妙に表現されている。川端康成が大正一二（一九二三）年の『時事新報』（一〇・三〇）で、「作者の理屈ばつた才筆は、この話の甘さを抜いて、美しさを残すことに成功」していると批評している。
（奥野政元）

おしの　小説。大正一二（一九二三）年四月一日発行の雑誌『中央公論』第三八年第四号に発表。『黄雀風《こうじやくふう》』（新潮社、大正一三・七・一八）、『報恩記』（而立社、大正一三・一〇・二五）、『芥川龍之介集』（現代小説全集第一巻、新潮社、大正一四・四・一）に収録。初出と初刊本との間にわずかの異同がある。佐佐木家の浪人だった一番ケ瀬半兵衛《はんべえ》の後家しのが、息子新之丞《しんのじよう》の病気を治してもらいに紅毛人の神父を南蛮寺に訪れる。清水《きよみず》の観音の名を出す異教徒しのに対し、神父はまことの神イエス・キリストの生涯を説いて聞かせる。神父の話が十字架上のイエスが叫んだ言葉「わが神、わが神、何ぞ我を捨て給ふや」のくだりにかかったとき、一度も敵に後ろを見せなかった亡夫半兵衛に比べイエスは何という臆病ものよと、しのは軽蔑と憎悪をこめて言い放ち堂外に去る。大正一二年五月の「新潮合評会」でこの作品が取り上げられているが、一連の切支丹《キリシタン》物の中では価値が低いとの評価がなされており、『文芸年鑑』大正一三年版の観台楼の批評もやや好意的ながら同様である。その後も、「智恵《ちえ》の遊び」「マンネリズムに落ち入つてゐる」（吉田精一）、「作者主体の衝迫を伴わぬ作意の思いつきのみが眼《め》につく」（佐藤泰正）と一般的評価は変わっていない。ただわずかに注目すべきは竹内真の指摘もある『神神の微笑』につながる東と西の問題であろう。しかしそれとてさほど深められたものとは言えず、『神神の微笑』のあらゆるものを同化し変容させる日本の精神と風土が語られているわけではない。また、十字架上のキリストの叫びを臆病と解するこの作品は、「クリストはこの悲鳴の為《ため》に一層我々に近づいた」（『西方の人』）という晩年の芥川のキリストへの接近とはいまだ遠いところにある。なお、この作品の素材として、アナトール・フランスの短編『ラエタ・アキリア』が指摘されている。
（三嶋　譲）

御数寄屋坊主《おすきやぼうず》　徳川幕府の職名。幕府殿中の茶事一切をつかさどる職務で、若年寄の管轄下にあった。「数寄屋坊主頭」、同「組頭」の下で、彼らは一二俵二人扶持《ぶち》を給せられた。河竹黙阿弥《もくあみ》の『天衣紛上野初花《くもにまごううえののはつはな》』（明治一四年初演）の主人公河内山宗俊《こうちやまそうしゅん》は「練塀《ねりべい》小路に隠れなき御数寄屋坊主の宗俊」と言い、「御直参の河内山だ」ともたんかを切って有名である。芥川龍之介は、この河内山宗俊と加賀侯前田斉《なり》広《ひろ》とをからませて、大正五（一九一六）年一一月『煙管《きせる》』（『新小説』）を書いた。加賀百万石の城主前田斉広は、金無垢《むく》の煙管を愛用していたので、お坊主たちはそれを話題にした。宗俊は、斉広の心理の機微をとらえて、まんまとそれを拝領するのだが、芥川は「御数寄屋坊主の」と宗俊を紹介している。黙阿弥劇のみならず、その原作である二世松林伯円《しょうりんはくえん》の『天保六花撰《てんぽうろっかせん》』をも、芥川はかつて愛読していたようである。なお、芥川家は代々江戸城の御奥坊主であった。

（岡　保生）

お富の貞操《おとみのていそう》　小説。大正一一（一九二二）年五月一日発行の雑誌『改造』第四巻第五号に前半が発表され、九月一日発行の同誌同第九号に後半が既発表分と併せて掲載された。『春服《しゅんぷく》』（春陽堂、大正一二・五・一八）に収録。若干の異同がある。ドラマは、明治元（一八六八）年五月一四日の午《ひる》過ぎ、上野戦争の前日で人々の立ち退いた下谷《したや》の小間物店を舞台に展開される。主人がかわいがっていた猫を探しに雨の中を戻って来た女中のお富は、人気のないはずの店の中に乞食の新公を見いだして驚くが、乞食と侮って傘で打ちすえ追い出そうとした。しかし逆に新公に襲われそうになり、お富は懐中から剃刀《かみそり》を出して抵抗したが、新公が短銃を出し、猫にねらいをつけておどすと、新公の言いなりに奥の茶の間へ行き、帯を解いた身を横たえる。ところが、そうしたお富を見た新公は、突然「冗談」だったと言って笑い出し、いずまいを正したお富に、貞操まで投げ出した大胆な行為の動機を尋ねるが、お富は「あの時はああしないと、何だかすまない気がしたのさ。」と答えるのだった。お富が去った後、一人になった新公は、「村上新三郎源の繁光、今日だけは一本やられたな。」とつぶやいていた。それから歳月がめぐって、明治二三年三月二六日、第三回内国博覧会開会式のその日、小さい時計店を営む夫と三人の子供と連れだったお富は、開会式帰りの貴紳顕官の中に、今は金モールや勲章《くんしょう》で身を飾った新公を見いだし、二〇年前の雨の日の記憶を鮮やかによみがえらせていた。あの時の動機はいまだに分からないものの、自分の行為も新公の態度も当然すぎるほど当然だったように思われ、何か心の伸びるような思いがしたお富は、夫の顔を見て活《い》き活きと嬉《うれ》しそうに頬笑《ほほえ》んで見せた。作者はのちにこの作品に関連して、「お富は某氏夫人ではないかと尋ねられた人が三人ある。又あの小説の中に村上新三郎と云ふ乞食が出て来る。幕末に村上新五郎と云ふ奇傑がゐたが同一人かと尋ねられた人もある。しかしあの小説は架空の談だから、謂《い》ふ所のモデルを用ゐたのではない。」（『暗合』）と言明しているが、何らかの典拠はあったと思われる。大正一一（一九二二）年三月三一日付塚本八洲《やしま》宛の書簡で、塚本の祖母（妻文《ふみ》の祖母）に、上野戦争前日の天候や人々の様子を尋ねており、そのころの起筆と思われるが、脱稿は八月になっている。発表直後に、生田長江（「九月号の創作から㈠」、『読売新聞』大正一一・九・六）は、「一体に少しひねり過ぎ」ており「悪い意味で抽象的であり、概念的であり、拵《こしら》へ物」であると手厳しい批評を下したが、竹内真（『芥川龍之介の研究』大同館書店、昭和九・二・八）は、「一篇よく纏《まと》まり佳什《かじふ》である」と評価している。吉田精一も「主題としたのは若い女の突然的な、微妙な心理であるが、それが殆《ほとん》ど目立たないほどに、背景の内に溶かしこまれ、渾然《こんぜん》とした味があり」「活き活きとした一幅の絵」になっていると認めている。森本修は、ストリンドベルグの『令嬢ジュリー』から「動機の不可知論」を学び応用した作品であり、「情欲を原罪的なものとし、女性の本能的なものに畏怖《いふ》さえ感じていた」芥川の女性観の表出を中心に読んでいる。柘植光彦（「同時代への羨望《せんぼう》―『お富の貞操』論」、『国文学』昭和五〇・二）は、プロレタリア文学への芥川の関心や評価をも考察の対象とした上で、「説明できないような無目的な行動性を描出することに、この作品の主眼はあった」と言っている。主人の猫を救うために貞操を失うという緊張度の高いドラマを生きようとした女が、男の演技によって、その裸形を生きつつ一つの型を演技しきった点、換言すれば新公の情欲に力点をおく読み方ではなく、外面は乞食であるが本質は武士である新公のモラルの中に、人生の充実した一瞬を生き得たお富の微笑の意味を明らかにするべきであろう。

〔**参考文献**〕　吉田精一『芥川龍之介』（三省堂、昭和一七・一二・二〇)、森本修「芥川龍之介『お富の貞操』の分析」(『論究日本文学』昭和二九・一二)、同「お富の貞操」(駒尺喜美編著『芥川龍之介作品研究』八木書店、昭和四四・五・一)、登尾豊「お富の貞操」(菊地弘・久保田芳太郎・関口安義編『芥川龍之介研究』明治書院、昭和五六・三・五)

(海老井英次)

鬼ごつこ《おにごつこ》　小説。昭和二(一九二七)年二月一日発行の雑誌『苦楽』第六巻第二号に発表。『湖南の扇』(文芸春秋社出版部、昭和二・六・二〇)に収録。彼(主人公)は、幼いころ、年下の女の子と鬼ごっこをしていたときの、真剣な顔を長く覚えていた。二〇年ほどたって、刑務所を出た彼は、既に未亡人となったその女に偶然出会って、やはり真剣な顔をしていると思う。しかし、その後二人が結婚してからは、女の真剣な顔を一度も見ないという話である。ちょっとした思い付きに違いないが、芥川の女性観がよく現れている作品だとも言えよう。

(石原千秋)

思ふままに《おもうままに》　随筆。大正一二(一九二三)年六月八日の『時事新報』(夕刊)に「浅香三四郎」のペンネームで発表。単行本には収録されなかった。一般に「真面目《まじめ》なる芸術家」とされている倉田百三《ひゃくぞう》について、心の中に真面目さを欠いている「俗漢」であり、その真面目さは山椒魚《さんしょううお》やミイラのそれと同じであって「人間性の存在」も想像できないと揶揄《やゆ》的に評したエッセイ。すなわち芥川はまず「最も水に憧れるものは水嚢《すゐなう》に水を貯へない駱駝《らくだ》背上の旅客である。最も正義に憧れるものは社会に正義を発見しない資本主義治下の革命家である。このやうに我々人間の最も熱心に求めるものは最も我々に不足したものである。」とすれば「真面目さに憧れる小説家、真面目さに憧れる評論家、真面目さに憧れる戯曲家等は悉《ことごと》く彼等《ら》自身の心に真面目さを欠いてゐる俗漢」であると断じ、また古来、真面目な芸術家の作品には「抑へ切れない笑ひ」があり、例えばそれはイブセンにもドストエフスキイにも武者小路実篤にもあると言う。しかるに「倉田氏は『常に』真面目である。(中略)予は笑ひ顔の見えないところには、独り真面目さのみならず、人間性の存在をも想像出来ない。真面目さに憧れる小説家、評論家、戯曲家等に敬意を持たないのは当《あた》り前」だと結論するのである。この批判の背景には直接的には当時における倉田百三ブームがあり、間接的には悲壮深刻を売りものにする自然主義陣営からの執拗《しつよう》な芥川攻撃に対する反駁《はんばく》がある。後者についてはひとまずおくとして前者について言えば倉田の戯曲『出家とその弟子』(岩波書店、大正六・六)がベストセラーとなり、続いて評論集『愛と認識との出発』(岩波書店、大正一〇・三)が青春の必読書というふうにもてはやされて倉田ブームとなったが、芥川の冷静な認識眼からすればそれは「真面目さ」を「看板」に振りかざした「人間離れのした怪物」と同断であった。

(鷺　只雄)

阿蘭陀書房《おらんだしょぼう》　出版社。森鷗外、上田敏を顧問として北原白秋と弟鉄雄によって大正四(一九一五)年四月に創立。東京麻布区坂下町一三に居をおき大正七年ごろまで文芸物の出版を主に手がけた。雑誌『ARS《アルス》』を創立とともに発刊し一〇月までに七冊を出した。白秋の詩集『わすれなぐさ』(大正四・五・三)を最初の単行本として刊行、以後白秋自身の著書として『雲母集』(大正四・八・一二)、『白秋小品』(大正五・一〇・一二)などを出版した。水野葉舟、三宅克巳、中沢弘光らの文学、絵画の入門書もある。主な文芸物としては森鷗外『沙羅《さら》の木』(大正四・九・五)、上田敏選注『小唄《こうた》』(大正四・一〇・五)、与謝野晶子『晶子新集』(大正六・二・五)、高浜虚子『十五代将軍』(大正六・六)、武者小路実篤『カチカチ山と花咲爺《はなさかじじい》』(大正六・一〇)、赤木桁平『近代心の諸象』(大正六・七・二〇)など。芥川の最初の短編集『羅生門』(大正六・五・二三)はこの阿蘭陀書房から赤木桁平の仲介により出版されたものである。

(山本昌一)

お律と子等と《おりつとこらと》　小説。大正九(一九二〇)年一〇月一日および一一月一日発行の『中央公論』に、『お律と子等』『お律と子等（後篇）』の題で発表された。単行本には収められず、『芥川龍之介全集』（全八巻、岩波書店、昭和二・一一〜四・二）において初めて収録されたが、そのとき、表題が『お律と子等と』に改められた。作品は七章からなり、主要な作中人物は、メリヤス問屋の主人賢造、その後妻であるお律、賢造の先妻の子で他家に嫁いでいるお絹、お律の連れ子の慎太郎、賢造とお律との間に生まれた洋一の五人で、お律が死ぬまでの三日間の家庭内の様子が描かれている。お律は十二指腸潰瘍《かいよう》のため病床に伏しているが、病状は日に日に悪化している。雨降りの午後、ある地方の高等学校に在学中の慎太郎に電報が打たれたり、病人の墨色を見てもらうために易者の所へ行ったり、お絹が見舞いに来たりして、家の中は落ち着かない。翌朝、洋一は受験勉強のため机に向かうが、一向に身が入らないまま、ふと小学校のころの慎太郎とのいさかいを思い出す。トランプの勝敗が原因のいさかいであったが騒ぎを知って駆けつけた母は洋一をかばい、兄を叱《しか》った。そのときの兄の口惜しそうな目つきを今でもまざまざと洋一は思い浮かべることができた。昼過ぎ、洋一が茶の間をのぞくと、お絹がおり、結婚するとき財産を分けてもらうことになっていたのに、まだその約束が果たされていないと言って、父をなじっている。隣室では母の苦しそうな唸《うな》り声がしている。夕方、電報を読んだ慎太郎が帰って来た。かかりつけの戸沢医師の診断だけでは不安なので、谷村博士の来診を仰いだが、結果は暗かった。夜、お律は慎太郎を枕元《まくらもと》に呼び、洋一がしっかり受験勉強をするように注意してほしいと頼み、夜中には夫の賢造を呼んで、外出用の着物はたんすの上のひきだしにあるからと告げる。慎太郎はその夜、十二時近くに床についたが、眠れないまま、小学校のころのお絹とのいさかいを思い出した。義父の賢造が慎太郎に新しい帽子を買ってくれたとき、それを嫉妬《しっと》したお絹は買ってもらったばかりの白菊の花かんざしを畳の上に放り投げた。慎太郎がその花かんざしの花びらをびりびりむしると、お絹は気が違ったように彼にむしゃぶりついた。そのときの彼の頭のどこかに、実母のいないお絹の気持ちが不思議なくらい鮮やかに映っていたことを、慎太郎は今でもはっきりと思い出すことができた。お律はその夜、一晩中苦しみ続け、翌朝、病状が急変し、慎太郎の両腕に抱かれたまま、息を引き取った。吉田精一はこの作品について、『秋』に次いで、彼が写実的な題材と正面から取組んだ第二番目の作である。彼は此《こ》の作に『秋』以上の努力を傾倒した。横山町のメリヤス問屋を観察に出かけたりして、場面や小道具の描写には正確を期したらしい。しかし、結果は遺憾ながら失敗だつた。何よりも焦点が散漫で、注意が小道具に向ひすぎてゐる。その為に読者の頭が始終外側にそれ、かんじんの母の死といふ中心事件が一向内面的な深い悲しみを伴つて来ない」と評している。賢造とお律は、お絹には実父と義母、慎太郎には義父と実母、洋一には実父と実母に当たる。こうした複雑な関係にある三人の姉弟の心理をお律の死を中心にして描こうというのが、この作品の意図であったと考えられる。しかし、「『お律と子等』の批評を書いて下さつた由《よし》感佩《はい》しますあれは未完でもう二三回通夜や墓の事を書かないと纏《まとま》りません（今度はお絹を主人公にして）但しもう嫌気がさしてゐます」という小島政二郎宛書簡（大正九・一一・一一）が示すごとく、その意図は十分実現されなかった。

〔参考文献〕吉田精一『芥川龍之介』（三省堂、昭和一七・一二・二〇、のち、『芥川龍之介Ⅰ』桜楓社、昭和五四・一一・一二）、小島政二郎『芥川さんの

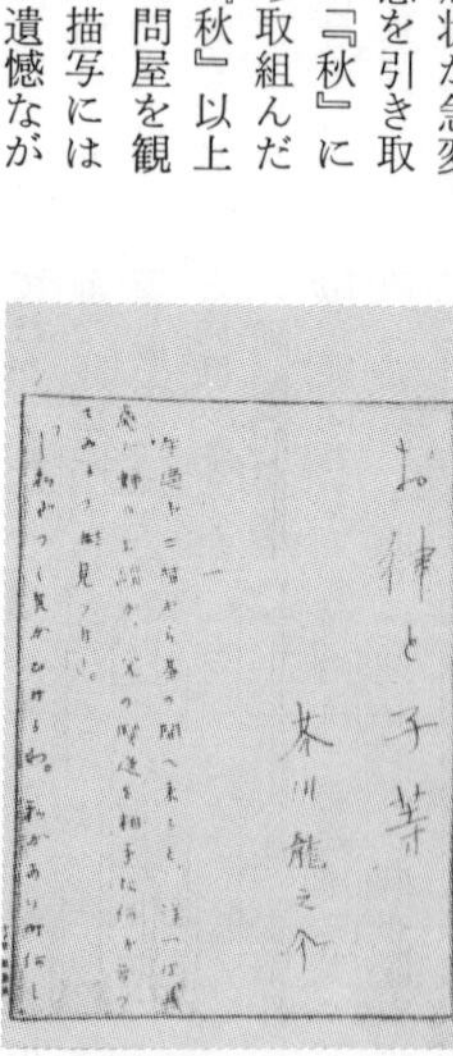

「お律と子等」の原稿

『お律と子等』を評す」(『時事新報』大正九・一一・九〜一〇)、三好行雄『芥川龍之介論』(筑摩書房、昭和五一・九・三〇)　　　(笠井秋生)

音楽学校《おんがくがっこう》　芥川の作品の中では東京上野にあった東京音楽学校を言う。東京芸術大学の前身。文部省内に置かれていた音楽取調《とりしらべ》掛《かかり》を改め、明治二〇(一八八七)年、広く音楽教師や音楽家を養成する目的で設立されたもの。同時に創立された東京美術学校と並び芸術教育のメッカとなった。毎週土曜日に定期演奏会が開かれ、『葱《ねぎ》』(『新小説』大正九・一)には、ボヘミアン・スタイルの芸術青年のたまり場として「音楽学校の音楽会」のことが描かれている。　　　(石崎　等)

温泉だより《おんせんだより》　小説。大正一四(一九二五)年六月一日発行の雑誌『女性』に掲載。『湖南の扇』(文芸春秋社出版部、昭和二・六・二〇)に収録。初出との間に数か所の異同がある。温泉宿に滞在している画家が、そこできいた、明治三十年代にいた萩野半之丞《はぎのはんのじょう》という人の好《よ》い大男の大工の話を書き送る体裁になっている。彼は死後死体解剖を許す約束で「た」の字病院へ「体を売り」、「豪奢《ごうしゃ》を極め」、達磨《だるま》茶屋の女お松に夢中になるが、一月かそこらで金を使い果たし、浮き世がいやになったとお松に遺書を残して、一晩中風呂につかって心臓麻痺《まひ》を起こして自殺を遂げる。その間、背広は着たが、注文した靴が出来上がったときには支払えなかった話、癇癪《かんしゃく》もちのお松が飼い猫を川の淵《ふち》に放りこむ話、お松にビールびんでなぐられても半之丞はお松の機嫌をとっていた話、東京にいた当時小学生の「な」の字さんに蛍を送った話などエピソードを重ね、お松の生んだ半之丞の子が今は郵便局に勤めるかたわら達磨茶屋通いをしているという後日談で結んでいる。竹内真(『芥川龍之介の研究』大同館書店、昭和九・二・八)が言うように『な』の字さん」というような人名や地名の記し方(作中国木田独歩の省略法に従ったとある。独歩の『鹿狩』がそれ)がおかしみのある題材とあいまって「好個のリズム」を生んでおり、ユーモラスな味のある作品になっている。それに題材的にも独歩の描いた世界と一面通じるものが感じられるのも確かである。さらに竹内は「作者は、半之丞に自己を観《み》てゐないとは云はれない。そして人間を」と言い、作に不気味さがあると指摘する。しかし深い人間省察のある作品ではなく、小穴《おあな》隆一宛の書簡(大正一四・四・二九)に「原稿の居催促をうけて弱つてゐる。この間例の大男の話を急行にかいてしまつた。」とあるように、むしろ題材のおもしろさに頼って急いで書かれた作品の感は免れない。宇野浩二は「調子の低い」(『芥川龍之介』文芸春秋新社、昭和二八・一〇・五)作品としている。　　　(菊地　弘)

女《おんな》　小説。大正九(一九二〇)年五月一日発行の雑誌『解放』第二巻第五号に発表。『夜来の花』(新潮社、大正一〇・三・一四)に収録。初出の結末「生きてゐる彼女は」が『夜来の花』で「生きてゐる女」に変えられた以外変更はない。真夏の日光の下、紅い庚申薔薇《こうしんばら》の花の底で、何か物思いに沈んでいるような雌蜘蛛《ぐも》は、一度獲物を見つけると猛然とそれを襲い、その息の根をとめ餌食《えじき》にする。こうした行為が何度も繰り返された。しかしある日、糸を張りめぐらして巣を作り、その円錐形の囊《ふくろ》の中に無数の卵を産み落とした蜘蛛は、卵がかえるまで何か考えているかのようにじっと動かずにいるだけだった。何週間かの後、卵からかえった子蜘蛛たちは、老いはてた母蜘蛛によって破られた巣から出て行った。が、母蜘蛛はやせ衰えて、天職を果たした限りない歓喜を感じながら巣の中で死んでいた。こうした雌蜘蛛の存在によって、真夏の明るい光の中の美しい花の内側にも恐ろしいことの潜んでいるのを示した芥川は、憂いに沈んでいるような女の内側に「殆《ほとんど》『悪』自身のやうに」、「殺戮《さつりく》と掠奪《りゃくだつ》」を好み、それを勝ち誇る残忍さの存することをも示し、「女は地獄の使い」とか「外面如菩薩《にょぼさつ》、内心如夜叉」を実証する。それは母になる前の女の貪婪《どんらん》さである。それに続いて種の保存のための産卵と卵の孵化《ふか》するまでの雌蜘蛛の姿と、孵化したときの行動を書いて示し、その死さえも「天職を果《はた》した母親の限りない歓喜」の中にあるものとする。芥川自身実母から受けることのできなかった母親の愛情の強さを描いたと言えよう。そこに大正九（一九二〇）年三月に長男比呂志が生まれ、母となる女性の強さ、たくましさを感じていたに相違ない芥川の心が反映していた点も指摘される。が、最後まで「悪」それ自身のような女という想念を捨て得なかったところには、当時芥川が交渉を持った女性、――『或阿呆《あるあほう》の一生』中の「彼女」「狂人の娘」「復讐《ふくしゅう》」などに書かれている秀《ひで》しげ子などの影響も見ることができる。（片岡　哲）

女と影《おんなとかげ》　⇩**野人生計事**《やじんせいけいのこと》

か

開化の殺人《かいかのさつじん》　小説。大正七（一九一八）年七月一五日発行の雑誌『中央公論』に発表。のち『傀儡師《かいらいし》』（新潮社、大正八・一・一五）、『戯《げ》作三昧《さくざんまい》』（春陽堂、大正一〇・九・八）、『沙《さ》羅《ら》の花』（改造社、大正一一・八・一三）などに収められる。雑誌初出から『傀儡師』に収められる際、本文に次のような異同が生じている。初出時には、本文は「本多子爵閣下、並《ならび》に夫人、予は予が最期に際し……」と始まり、「……卿等《ら》に常に忠実なる僕、北畠《きたばたけ》義一郎拝。」と遺書を結び、次のような追白が添えられていた。「追白、この遺書の書かれた当時は、まだ爵位の制が定められてゐなかつた。茲《ここ》に子爵と云ふのは、本多家の後年の称に従ふのである。」がその全文である。単行本所収の際、この不自然な追白の部分が削除され、その代わりに遺書の冒頭部に、「下に掲げるのは最近予が本多子爵（仮名）から借覧する事を得た、故ドクトル・北畠義一郎（仮名）の遺書である……」と、現行本にある注記風の前書きをおき追白の部分を吸収している。この改稿によって初出の遺書体から、現行の作者が借覧した遺書を引き写して公表するという体裁になった。この『開化の殺人』は序文と本文とからなり、序文では作者が北畠の遺書を発表する経緯を説明する。本文は遺書という書簡体の形式をとる。遺書の筆者ドクトル北畠は、自分のこの三年来胸中に秘めてきた「呪《のろ》ふべき秘密」を告白し「予が醜悪なる心中を暴露せんとす」と言う。北畠は一六歳の時、従妹《いとこ》の甘露《かんろ》寺《じ》明子《あきこ》に恋心を抱いたが小心のため気持ちを打ち明けぬまま、父に命じられて家業の医学を継ぐべくロンドンに留学することになる。その三年間の留学中、明子は銀行頭取満村恭平の金権によってその妻になる。失恋の慰藉《いしゃ》をキリスト教の信仰に求めたりしたが、明治一一年八月三日の両国橋畔の花火の折、北畠は満村と席を共にし、その品性の劣悪なるを知り、「不義を懲《こら》し不正を除かんとする道徳的憤激」によって彼を毒殺する。一方、子なきが故に満村家を去った明子は、かねてから相思相愛の本多子爵と結婚する。幸福そうな親友の姿をみて、再び自分の心中に殺意が芽生えてくるのを感じた北畠は、自分の「精神的破産」を免れるために自殺するというのがあらすじである。この作品の掲載された『中央公論』は「秘密と開放号」という臨時増刊号であった。小説欄は芸術的探偵小説と称して、谷崎潤一郎『二人の芸術家の話』、佐藤春夫『指紋』、里見弴『刑事の家』などが同時掲載されていた。この号について芥川は、大正七（一九一八）年七月二五日付江口渙《かん》宛書簡で「中央公論では第一里見第二サトウだよ（但《ただし》これは小説だドラマには久米がいるからね）谷崎氏のなどは書きなぐりで氏自身も恐らく自信がなからうと思ふ」という感想をもらしている。この小説は夏目漱石の『それから』『こゝろ』の主題を継承してエゴイズムの剔抉《てっけつ》にその核を置いていると見ることができるが、それに加えて人物・文体・形式に工夫がこらされている。その点を重視して、ヒロインの明子と本多子爵をつなぎ糸に『開化の良人』『舞踏会』とこの作との三作を、中村真一郎は「連環小説」ととらえる。吉田精一は「文体は明治開化期の翻訳文学、風俗文学等の文体に倣《なら》ひ、内容よりも文章をみるべき作品」とする。中島河太郎はこの作の「稿本」（吉田精一）とみられている推理小説じたての『未定稿』（『新小説』大正九・四）に関連づけて、推理趣味、ミステリー趣味の作品と評価している。

〔参考文献〕 吉田精一『芥川龍之介』（三省堂、昭和一七・一二・二〇、のち新潮文庫、昭和三三・一・一五、『著作集Ⅰ』昭和五四・一一・一二）、中島河太郎「芥川龍之介の探偵趣味」（『日本推理小説史』第一巻、桃源社、昭和三九・八）、清水茂「芥川龍之介と『明治』」（『解釈と鑑賞』昭和四四・四）、中村真一郎『名著復刻芥川龍之介文学館』解説（日本近代文学館、昭和五二・七・一）、海老井英次「開化の殺人」（三好行雄編『芥川龍之介必携』学燈社、昭和五四・二・一〇）

（浅井　清）

開化の良人《かいかのりょうじん》　小説。大正八（一九一九）年二月発行の雑誌『中外』に発表。『影燈籠《かげどうろう》』（春陽堂、大正九・一・二八）、『或日《あるひ》の大石内蔵之助《くらのすけ》』（春陽堂、大正一〇・一一・二八、のち文芸春秋社出版部、大正一五・二・八）、『沙羅《さら》の花』（改造社、大正一一・八・一三）に収録。発表直後、芥川は小島政二郎宛の書簡に、「開化の良人はね途中から時間がなくつて書き崩しちまつたのですだから大川の場から先は腹案通りに行かなかつた部分なので本にする時はあすこから先も前のやうに層々塁々《ママ》体に書き直します」（大正八・二・八）と記しているが、初出以下諸本の間に大きな異同はみられない。この作品は芥川文学におけるいわゆる開化期もの、明治初期・十年代の世相風俗を背景にした諸編の一つで、その種の作としては、『開化の殺人』に続く第二作である。いずれも題名に「開化」の語が付されている。前作は本多子爵および夫人明子《あきこ》にあてられたドクトル北畠義一郎の遺書の形をとっているのに対して、これは本多子爵自らの語る、親友の閲歴という体裁になっているのが、目につく。おなじく開化期ものに属する『舞踏会』も、三人称の語りでありながら、実は、かつての「――家《け》の令嬢明子《あきこ》」（『開化の殺人』には「甘露寺明子」とある）、いまの「H老夫人」の語る、一七歳のわが身にまつわる思い出話にほかならぬことが注意される。ところで『開化の良人』の主な内容をなす本多子爵の物語は、二五歳の彼がフランス留学から帰国するとき、船中で偶然に親しくなった、「下谷《したや》あたりの大地主」の子息三浦直記《みうらなおき》の身の上にかかわるものである。物語は、短い休止をはさんで、三つの場面に分けられている。まず、「純粋な理想的傾向」を有し、「愛《アムウル》のある結婚」を求めて、帰国後長く独身生活を送っていた三浦の、「藤井勝美と云ふ御用商人の娘」と結婚するに至るいきさつが、語られる。当時朝鮮にあった子爵は、赴任地京城で結婚通知を受け取ったが、その後も快活そうな消息をしばしば手にしたという。ところが任を終えて帰京した子爵の目に映じた三浦の暮らしは、手紙から予想されたような、幸福にみちたものではなかった。その次第が次に語られていく。「前よりは幽鬱《ゆううつ》らしい」三浦の様子、美貌《びぼう》と才気に恵まれた勝美夫人の、しかしどこか三浦とはそぐわぬ初対面の印象、夫人と、「楢山《ならやま》の女権論者」、俗悪な従弟《いとこ》の会社員某の三者をめぐる尋常ならざる関係の想像など……。子爵はひそかに三浦のために憂慮する。第三が小島政二郎宛書簡の言う「大川の場」で、夜の大川に浮かぶ猪牙舟《ちょきぶね》に、夫人離縁の事実を知らされて驚いた子爵が、離縁に至る内部の事情を告げる三浦の静かな言葉を傾聴するなりゆきを、語り手はたどっているのである。これはいわば理想を求めて開化の現実に破れた一人の青年の物語と読めなくはない。理想家三浦の情熱は物語の終わりで、「すつかり開化なるものがいやになつてしまつた。」との厭《えん》世《せい》的感懐に転じている。その姿を例えば荷風の『新帰朝者日記』の主人公に比することも不可能ではない。だが、この物語の語られる場が「明治初期の文明に関する展覧会」の開かれた「上野の博物館」の一室であることも、忘れられてはならぬ。そこには銅版の「築地居留地の図」や、開化錦絵が陳列されて、「和洋折衷」の美を示し、「あの江戸とも東京ともつかない、夜と昼とを一つにしたやうな時代」の雰囲気が、色濃く漂っている。その時代に青春を生きた本多子爵は、一枚の錦絵、大蘇芳年《たいそよしとし》作のそれが「そっと」ささやく「昔の話」にひきいれられて、やがて三浦の思い出を語りはじめるのである。物語そのものが、語り手によって、過去の自分を含めて、あたかも一枚の開化錦絵のように思い浮かべられていることに、注意すべきであろう。

〔**参考文献**〕中村真一郎「『連環小説』としての開化物」（『名著復刻芥川龍之介文学館』解説、日本近代文学館、昭和五二・七・一）、桶谷秀昭「芥川と漱石」（『国文学』昭和五六・五）

（遠藤　祐）

貝殻《かいがら》　小説。昭和二（一九二七）年一月一日発行（筆者注、奥付は、雑誌の性格上、大正一六年一月一日となっている）の雑誌『文芸春秋』第五年第一号に発表。単行本未収録。「一　猫」「二　河《か》鹿《じか》」「三　或《ある》女の話」「四　或運転手」「五　失敗」「六　東京人」「七　幸福な悲劇」「八　実感」「九　車力」「十　或農夫の論理」「十一　嫉妬」「十二　第一の接吻《せっぷん》」「十三『いろは字引』にない言葉」「十四　母と子と」「十五　修辞学」から成る。おそらく、芥川が面白いと思ってメモしておいたものを、アトランダムに並べたものである。

（石原千秋）

貝殻追放《かいがらついほう》　水上《みなかみ》滝太郎の全評論・感想・随筆に冠した総題。大正七（一九一八）年一月『三田文学』に掲載した『新聞記者を憎むの記』に始まり、昭和一五（一九四〇）年三月『図書』に発表した絶筆『覚書《おぼえがき》』にいたるまで二二年間に、断続しながら二〇三編を執筆。生前、『貝殻追放』（国文堂、大正九・九・三〇）、『第二貝殻追放』（東光閣、大正一二・七・一八）、『第三貝殻追放』（東光閣、大正一四・五・一三）、『第四貝殻追放』（大岡山書店、昭和四・七）、第五の『貝殻追放』（日本評論社、昭和八・八）および第六の『随筆集親馬鹿の記』（改造社、昭和九・五・一八）の六冊を出版する。『水上滝太郎全集』全一二巻（岩波書店、昭和一五・一一～一六・一）中に第九・一〇・一一巻をあてる。全一九七編で、六編を収めていない。内容は社会批評・文明批評、作品論、作家論・人物記、身辺記など広範にわたるが、筆致は健全な正義感と良識に支えられ、節度を保っている。『芥川龍之介氏の死』（『三田文学』昭和二・九、のちに『第四　貝殻追放』に収録）によると、芥川を知ったのは「大正六七年の頃《ころ》」で、「新詩社の短歌会」の席上である。そのときに「外国を舞台にした小説をほめてくれた」というが、例えば『紐育《ニユウヨオク》――リヴアプウル』（『新小説』大正八・六）を芥川は『大正八年六月の文壇』、『大正八年度の文芸界』で評価している。「偶々《たまたま》大正十三年に『鏡花全集』（筆者注、全一五巻、春陽堂、大正一四・七～昭和二・七）上梓《じょうし》の計画が立つて、小山内薫、谷崎潤一郎、久保田万太郎、里見弴、芥川龍之介の諸氏と共に、私も参訂者として御相談にあづかる事」が機縁になって、以来、親交が結ばれる。最後に会ったのは「大正十五年三月」、日本橋の浪花家《なにわや》で久保田を交えた会食のとき。「私は芥川さんの死の原因を徹頭徹尾文学そのものにあると見る。文学によつて生きた人が、文学の為《た》めに殺されたのである。文学と心中したのではない」と言う。水上滝太郎宛書簡（大正一四・五・二二）は、『第三　貝殻追放』と『鏡花全集の記』（大正一四・四・三〇～五・一二『時事新報』、のち『第四　貝殻追放』に収録）の切り抜きの寄贈

にこたえて、感想を述べたもの。（町田　栄）

懐疑主義《かいぎしゅぎ》　scepticism（英語）　一般に、確実な真理をとらえることを不可能とする考え方。ギリシャの哲学者ピュロン（紀元前三六〇ごろ～二七〇ごろ）に祖を見る。以来、独断論に対《たい》峙《じ》し、建設的には、真の認識を求める立場を支えた。芥川が「一つの自己はもう一つの自己を、絶えず冷笑し侮辱してゐる」（山本喜誉司宛書簡、明治四四《推定》）と言うとき、彼の「聡明《そうめい》」に懐疑の働きが見える。しかし、「僕はピルロンの弟子で沢山《たくさん》だ。我々は何も知らない、いやさう云ふ我々自身の事さへも知らない。（中略）だから、僕は歴史を書くにしても、嘘《うそ》のない歴史なぞを書かうとは思はない。唯如何《ただいか》にもありさうな、美しい歴史さへ書ければ、それで満足する。」（『西郷隆盛』）と述べるとき、懐疑主義はむしろ一つの土壌を形作っている。晩年の芥川は、『或阿呆《あるあほう》の一生』で「薔薇《ばら》の葉の匂《にほひ》のする懐疑主義」の理知を自嘲し、『小説作法十則』に「僕は何ごとにも懐疑主義者なり。唯如何に懐疑主義者ならんと欲するも、詩の前には未《いま》だ嘗《かつて》懐疑主義者たる能《あた》はざりしことを自白す。同時に又詩の前にも常に懐疑主義者たらんと努めしことを自白す。」と書き残している。語の用いられる次元はそれぞれに異なり、また彼の懐疑主義への評価にも変化はあるが、懐疑主義はついに建設的な過程とはなっていない。彼の内では、懐疑と希求とが常に離反して共存していたことが知られるだろう。（清水康次）

海軍機関学校《かいぐんきかんがっこう》　芥川龍之介が大正五（一九一六）年一二月から同八（一九一九）年三月まで英語教授嘱託として勤務した海軍の学校。明治二（一八六九）年一月、軍艦に機関長という職制が制定され、同五（一八七二）年には文官であった機関司が五階級の武官制度に改められた。翌年には海軍寮に機関科が設置され、本格的に機関士官の養成が始まった。その機関科が、明治七（一八七四）年には横須賀海軍兵学寮となり、同一四（一八八一）年には海軍機関学校となった。一時（明治二一年から同二六年）、江田島の海軍兵学校に吸収されたこともあるが、明治二七（一八九四）年独立し、以後、昭和二〇（一九四五）年一月廃校になるまで海軍機関科将校教育のメッカであった。大正一四（一九二五）年には、本部が舞鶴に移り、横須賀には練習生科が残り、海軍工機学校として独立分離した。生徒は、海軍機関将校、同特務士官育成を目的とし、全国から集まった三〇～六〇倍の応募者の中から選抜された。軍事学、普通学を履習させるとともに、〈心身を鍛え、軍人精神を養い、人格識見を磨くための訓育〉が施された。芥川龍之介は東大を卒業した年、大正五（一九一六）年の一二月、一高時代の恩師畔柳《くろやなぎ》都太郎の世話で、英語の教授嘱託として、海軍機関学校に着任した。大正八（一九一九）年三月まで、二年四か月教鞭《きょうべん》を執った。この間に、漱石の死去、塚本文《ふみ》と婚約（ともに大正五年一二月）、第一創作集『羅生門』出版（大正六年五月）、文と結婚（大正七年二月）、大阪毎日新聞社社友就任（同三月）、実父新原敏三《にいはらとしぞう》の死去（大正八年三月）と身辺に大きな動きもあった。一時（大正六年九月から翌年三月、横須賀瀬入の下宿時代を除いて）下宿先の鎌倉から横須賀線で通勤した。週末はほとんど田端《たばた》の自宅で過ごした。朝八時から午後三時までは拘束され、さらに生徒の気風にもなじめす〈不愉快な二重生活〉であった。が、のち、実生活と芸術の均衡が保たれたころとして想起され「保吉《やすきち》もの」として描かれ、溯行《そこう》ものの先蹤《せんしょう》となってもいる。教授嘱託の同僚に、黒須康之介（大正六年九月着任、数学）、内田栄造（百閒、同七年着任、ドイツ語）、豊島与志雄《としま》（同着任、フランス語）らがいた。また、物理教官佐野慶造と親交を深めてもいるが、その新妻花子は、〈月光の中の女〉のモデルとも言われている。（宮坂　覺）

海語辞典《かいごじてん》　芥川の「保吉《やすきち》もの」の一つ『十円札』（大正一三・八）の中に「英語の海語辞典」とあるが、この海語辞典の版次は特定できない。しかし大正期に出版され、流布したものに次のようなものがある。㈠ Ansted, A : a dictionary of sea terms. Glasgow, J. Brown & sons, 1917. ㈡ Soule, Charles Carroll. ed : Naval terms and definitions. New York, D. Van Nostrand, 1922. ㊂ Dunnage, James Arthur : Shipping terms and phrases, 1925.（尾形国治）

改造《かいぞう》　総合雑誌・時局雑誌。大正八・四〜昭和一九・六（一九一九〜一九四四）。再刊昭和二一・一〜昭和三〇・二（一九四六〜一九五五）。改造社発行。全四五五冊。東京毎日新聞社長であった山本実彦が創刊。「労働問題社会主義批判号」（大正八・七）、「資本主義征服号」（大正八・八）、「労働組合同盟罷工研究号」（大正八・九）、「階級闘争号」（大正八・一二）などの特集号を出し、急速に社会主義的色彩を濃くしていき、大正末年から昭和期にかけて一層急進的な雑誌として多くの読者を得た。創作欄にも力を入れ、幸田露伴の『運命』を創刊号に掲載したのをはじめ、志賀直哉の『暗夜行路』（大正一〇・一以降断続連載）、島崎藤村の『嵐』（大正一五・九）、黒島伝治の『渦巻ける烏《からす》の群』（昭和三・二）、平林たい子の『敷設列車』（昭和四・一二）、小林多喜二の『転形期の人々』（昭和八・六）、堀辰雄の『風立ちぬ』（昭和一一・一二）その他多くの秀作が載せられた。昭和三（一九二八）年以降の懸賞募集から出た作家に、龍胆寺《りゆうたんじ》雄・保高《やすたか》徳蔵・芹沢光治《せりざわこうじ》良《ろう》らがいる。芥川龍之介が『改造』に載せた創作は、『影』（大正九・九）『秋山図』（大正一〇・一）『好色』（大正一〇・一〇）『将軍』（大正一一・一）『お富の貞操』（大正一一・五、九）『保吉《やすきち》の手帳』（大正一二・五）『三右衛門《さんえもん》の罪』（大正一三・一）『寒さ』（大正一三・四）『十円札』（大正一三・九）『死後』（大正一四・九）『点鬼簿』（大正一五・一〇）『河童《かっぱ》』（昭和二・三）『誘惑』（昭和二・四）『三つの窓』（昭和二・七）『或阿呆《あるあほう》の一生』（昭和二・一〇）の一五編である。評論では、谷崎潤一郎との論争となった『文芸的な、余りに文芸的な』（昭和二・四〜六、八）や『西方の人』『（昭和二・八）、『続西方の人』（昭和二・九）などが発表された。そのほか、俳句『鄰《となり》の笛』（大正一四・九）や紀行文『槍ケ岳《やりがたけ》紀行』（大正九・七）『東北・北海道・新潟』（昭和二・八）なども書いている。

（浦西和彦）

解放《かいほう》　総合雑誌。大正八・六〜一二・九（一九一九〜一九二三）。大鐙閣《だいとうかく》発行。大正一四・一〇〜昭和八・三（一九二五〜一九三三）。解放社発行。編集発行人は最初田中孝治だったが、吉野作造・福田徳三ら黎明《れいめい》会の人々を顧問格とし、赤松克磨・佐野学ら東大新人会の人々が編集に参加。以後、赤松・宮崎龍介らの名義人を経て、大正九（一九二〇）年五月より麻生《あそう》久・山名義鶴らによって結成された解放社が編集を担当。黎明会、新人会などの運動を背景にした社会主義的色彩の強い雑誌で、第一次世界大戦後のデモクラシー思想高揚の中で創刊された。発行の趣旨は「伝統的・因襲的・保守的・反動的なる、一切の旧思想より解放せざるを得ず」という『解放宣言』に明確に示されている。新しい社会状勢に応じた言論活動の展開が目標であり、中心は社会・思想欄にあった。そして、単に社会の動きに応じた論調から社会主義運動・労働運動を中心とする論調へ姿勢を変化させていった。また、大正中期の日本史の科学的研究を反映して「日本国民性の研究」（大正一〇・四）や「明治文化の研究」（大正一〇・一〇）などの特集も組まれた。雑誌の中心が社会・思想欄にあったため、島崎藤村を顧問として出発した文芸欄は、常識的な文学界の傾向に従っており、独創性は見られない。初期には既成の大家・中堅・新進の均衡がとれた構成となっているが、一〇年以後は労働者作家・社会主義的傾向の作家がふえ、一二（一九二三）年ごろは『種蒔《ま》く人』などに近いものとなっていった。執筆者としては、婦人欄に山川菊栄《きくえ》・与謝野晶子らが見え、作家としては永井荷風、谷崎潤一郎、佐藤春夫、芥川龍之介、菊池寛などの耽美《たんび》主義、主知主義の作家から、島崎藤村、田山花袋の自然主義の作家、「白樺」派など多方面にわたっている。また、社会主義的傾向の小川未明、秋田雨雀《うじゃく》や宮地嘉六《かろく》、宮嶋資夫《すけお》ら労働者作家も見られる。文芸評論では、平林初之輔《はつのすけ》や宮嶋資夫らのプロレタリア文学理論の形成に寄与した評論や、増田篤夫《あつお》「有島武郎論」江口渙《かん》「永井荷風論」など注目されるものがある。芥川は『春の心臓』（大正八・一

○）と『女』（大正九・五）を執筆している。

（片岡　哲）

『傀儡師』《かいらいし》　芥川龍之介の第三短編集。大正八（一九一九）年一月一五日、新潮社刊。四六判三四〇頁、特製箱入り。定価一円四〇銭。装丁は芥川自らの手に成る。「伯母上に献ず」の献辞があり、母代わりとして彼を育てた伯母ふきへの感謝の気持ちが表明されている。収められた作品を目次順に示すと、『奉教人の死』『るしへる』『枯野抄』『開化の殺人』『蜘蛛《くも》の糸』『袈裟《けさ》と盛遠《もりとお》』『或日《あるひ》の大石内蔵之助《くらのすけ》』『首が落ちた話』『毛利先生』『戯作三昧《げさくざんまい》』『地獄変』の一一作である。短編集『傀儡師』には、比較的すぐれた作品が集められている。なかんずく巻頭に置かれた『奉教人の死』と、巻末を飾る『地獄変』が傑出している。このほか『或日の大石内蔵之助』をはじめ、『戯作三昧』『枯野抄』『開化の殺人』『蜘蛛の糸』と並べると、それぞれ芥川の切支丹《キリシタン》もの、王朝もの、江戸もの、開化期もの、さらには童話の代表が一堂に会したという感じである。『鼻』（第四次『新思潮』大正五・二）が漱石に認められ文壇に登場して以来三年、早くも芥川は第一級の小説集を世に問うたことになる。第一短編集『羅生門』（阿蘭陀《オランダ》書房、大正六・五・二三）と肩を並べ、ここに前期芥川文学が見事に開花した。本が出るや早速『新潮』（大正八・二）の新刊紹介欄をはじめとする書評が好意的に取り上げたこともあって、売れ行きは上々で、発売一か月後に早くも再版を出すほどであった。『傀儡師』全編の特色は、様々な素材が実に見事に料理され、作品化されているところにある。そこには完成品を願った芥川の願望が託されていた。洗練された、気品に富んだ作品が一巻に集められ、特製の箱入り本になった具合は、まさにこのころ芥川がしばしば書簡に書きつけた「世の中は箱に入れたり傀儡師」の句の感がある。この年一一月『新潮』に載せた『芸術その他』に、彼は「芸術家は何よりも作品の完成を期せねばならぬ」と書きつけたが、それは『傀儡師』収録諸作品の理論的根拠を示すものであった。

（関口安義）

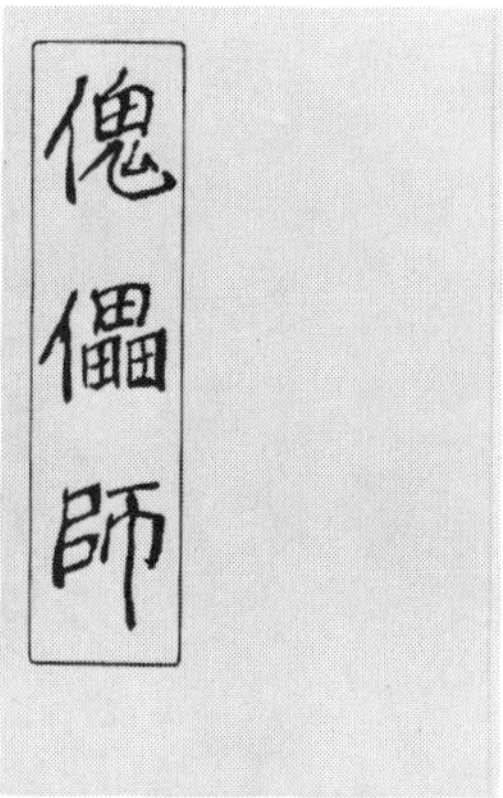

『傀　儡　師』

偕楽園《かいらくえん》　東京日本橋亀島町にあった中国料理店。店主笹沼《ささぬま》源之助は谷崎潤一郎の親友で、芥川にとっては一中時代の先輩である。そして以上の関係から芥川を含めた文人が多く出入りし、さらに文学上のいろいろな会が開催された。また大正末年ごろに芥川を交えた「新潮合評会」がしばしば催されたが、その「後記」には「小石川偕楽園」とある。しかし、この店と日本橋の店との関係は未詳。

（久保田芳太郎）

快楽主義《かいらくしゅぎ》　hedonism（英語）epicureanism（英語）あるいは hedonism（英語）の訳語。快楽を唯一絶対の善、人生の目的となし、快楽の追求、苦痛の回避を行動原理とする倫理説。また、そのような生活態度を言う。エピキュリアニズムが精神的快楽を求めるのに対し、ヘドニズムは感覚的快楽を求める。また、功利主義や一八世紀フランスの唯物論についても用いられ、誤用として禁欲主義に対する享楽主義をも指す。芥川の学生時代に秦《はた》豊吉が「学生時代享楽時代」の説を唱えたり、菊池寛の『半自叙伝』（『文芸春秋』昭和三・五～四・一二）にも「当時は文壇に享楽主義が隆盛であつた」という一文があるが、芥川自身は井川恭《きょう》宛書簡で「花に浣《そそ》いだり本を読んだりしてばかりゐられたらさぞ好いだらうと思ふ」「僕は元来東洋的エピキユリアンだからな」（大正六・八・二九）と述べ、後便（同九・四）にもエピクロスの隠居趣味に触れているごとく、精神的快楽の追求の意に用いている。

（栗栖真人）

回覧雑誌《かいらんざっし》　回覧雑誌とは、文学好きな仲間が集まり、それぞれの肉筆原稿または代表者が清書した原稿を綴《と》じ合わせ、目次を添えて周囲の人々に回覧して読んでもらう雑誌を言う。明治から大正にかけて、文学少年の間にはやった。一部一冊の場合がほとんどなので、残らないことが多い。芥川龍之介にも回覧雑誌時代があり、そのいくつかは現在確認されている。早く葛巻《くずまき》義敏が芥川一一歳のときの回覧同人雑誌『日の出界』の第三編を『日本文学アルバム芥川龍之介』(筑摩書房、昭和二九・一二・一〇)に写真入りで紹介した。その後、昭和五六(一九八一)年六月になって、東京都千代田区神田神保町一丁目一番の古書店、三茶《さんちゃ》書房主岩森亀一所蔵の岩森亀一コレクションに、さらに数種の芥川のかかわった回覧雑誌のあることが判明した。そのうち小学校時代のものには、『日の出界』第二編『文事の光』と『実話文庫』がある。前者には『不思儀《ママ》』とか『ウエールカーム』と題された小説や『実話昆虫採集記』が載っており、同人は上滝嵬《こうたきたかし》・野口真造・加藤源之助・清水正彦・田代鍬吉郎である。後者の同人は大島敏夫・田代鍬吉郎・吉川順之助・清水昌彦・野口真造となっている。原稿のほとんどは、編集者の芥川が清書し、カットを添え、美的統一を図っている。中学校時代のものには、明治三九(一九〇六)年六月三日発行の『曙光《しょこう》』第四号、同年八月一六日発行の『木菟《みみずく》』二号、明治四一(一九〇八)年二月二八日発行の『碧潮《へきちょう》』第三号などがある。これらはいずれも同人回覧雑誌と銘打つものの芥川の個人誌に近い。『碧潮』第三号には、漱石の『吾輩《わがはい》は猫である』を意識した『我輩も犬である』という小説を載せており、『木菟』二号には、『世界一の長髯』『髯のある婦人』『欧州第一の小独立国』という物語をはじめ、紀行文『勝浦雑筆』などを寄せている。これらには、のちの芥川文学の萌芽とも見られるものがあり、芥川龍之介もまた回覧雑誌から出発した作家の一人であることを明確に物語っている。　(関口安義)

『文事の光』

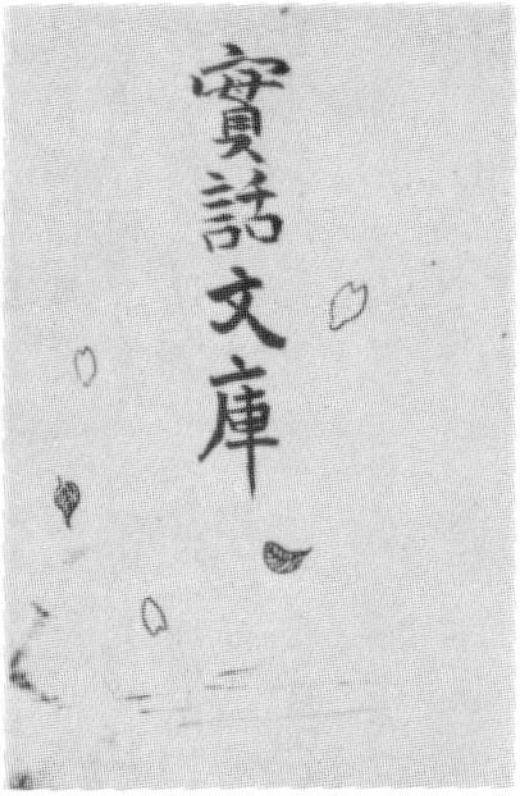
『実話文庫』

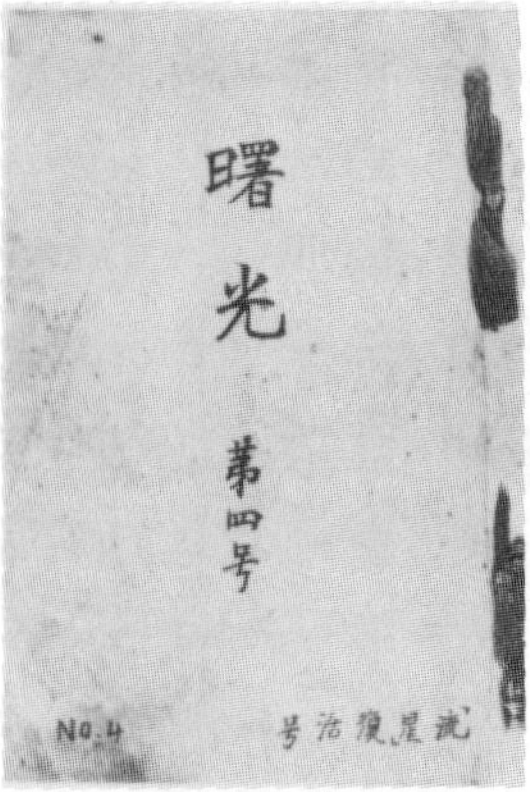
『曙光』第四号

蛙《かえる》　小説。大正六(一九一七)年一〇月一日発行の雑誌『帝国文学』第二三巻一〇号に、小説『女体』と同時発表。単行本未収録。自分が寝ころんでいると池で蛙が話している。一匹が、水も虫も土も太陽も何もかも我々のためにあると演説している最中に、蛇に食べられてしまう。別の、年寄り風の蛙は、あの蛇も我々のためにいるのだと思う。まさに「井の中の蛙《かわず》」をそのまま小説化したような話である。　(石原千秋)

我鬼窟《がきくつ》　我鬼とは芥川が大正六(一九一七)年一二月ごろより書簡などで用いた芥川の号。中国における自我《エゴ》のことを意味するという。大正八(一九一九)年三月、横須賀の海軍機関学校を辞し、師夏目漱石の朝日入社にならい、正式の大阪毎日新聞社員となり、鎌倉から田端《たばた》に引きあげた芥川は、二階の一二畳の書斎を我鬼窟と称した。この称は大正一一（一九二二）年春ごろ、下島空谷（勲《いさおし》）の筆による「澄江堂《ちょうこうどう》」の額に改めるまで続いた。一高の恩師で第一創作集『羅生門』の題簽《だいせん》を書いた菅《すが》白雲（虎雄《とらお》）の筆による「我鬼窟」の扁額《へんがく》（日本近代文学館で保存）を掲げ、日曜日を面会日とし、漱石山房における木曜会にならい、「龍門の四天王」と言われた小島政二郎、南部修太郎、佐佐木茂索、滝井孝作や、中戸川吉二、谷口喜作ら門弟が出入りした。小説や芸術論から人生論にいたるまでの話をたたかわせ、後進の原稿を読んで批評したり、夏目漱石がそうであったように後進に刺激をあたえ、その雰囲気はさながら芸術道場の趣さえあるものだったという。「我鬼窟」の様子や、面会日での芥川の溌溂《はつらつ》たる姿は宇野浩二『芥川龍之介』（文芸春秋新社、昭和二八・一〇・五）や小島政二郎『眼中の人』（三田文学出版部、昭和一七・一一・一）に詳しい。　（石割　透）

我鬼窟日録《がきくつにちろく》　日記。大正八（一九一九）年五月二五日～六月二六日、同年七月一六日～七月一八日、同年九月九日～一〇月一日（うち九月一八日～九月二〇日、九月二六日、九月二七日の記述はない）の日記。そのうち、五月二五日～六月二六日の分は、整理され、都合の悪い箇所は削られ、また付け加えられたりした形で大正九（一九二〇）年三月の雑誌『サンエス』に「私の日常生活㈢」（㈠は佐藤春夫、㈡は宮地嘉六《かろく》）の見出しのもとに「『我鬼窟日録』より」の形で発表。のち随筆集『点心』（金星堂、大正一一・五・二〇）に収録。雑誌掲載分は、整理されている関係で五月二七日、六月三日、六月四日、六月一一日、六月一二日、六月一三日、六月一九日、六月二五日、六月二六日の記述を欠く形となっている。芥川は、自然主義者や私小説家の態度とは一線

「我鬼窟」書斎にて（南部修太郎撮影）

を画し、日常生活や身辺の問題を作品の表面になまの形で表すことを意識的に拒絶した。晩年の身辺雑記風の作品にまで、ある程度貫かれる芥川文学の本質であり、芥川の日常や身辺が作品とは違った形で直接現れる書簡や日記は、その点芥川文学を究明するうえで、何が隠されているかを考えるためにもいっそう興味深い。書簡をさし出すことを好み、書簡は数多く保存され、彼の書簡集が芥川の別の一面をうかがえる重要な資料であるに対し、芥川には毎日日記をつける習慣はなかったようだ。『我鬼窟日録』は、発表することを意識しないで書かれ、現在まで残っている芥川の数少ない日記の一つであり、こうした日記には、葛巻《くずまき》義敏編『芥川龍之介未定稿集』（岩波書店、昭和四三・二・一三）所収の〈満十二歳〉の〈小学時代〉の「暑中休暇中の日記」、〈明治四十一年夏休み「日誌」〉の「丹波山・上諏訪《かみすわ》・浅間行」と題されたもの、明治四二年夏の『槍ヶ岳《やりがたけ》紀行』や「明治四十四年の日記」や他に断片が残され、作家になってからでは大正一四（一九二五）年二月四日～二月一七日の『澄江堂日録』などのみである。一方、私小説が盛んで文壇の主流でもあった大正期にはジャーナリズムの間で、流行作家の日常生活の一端を読者に明らかにするための公開日記の記事を掲載することが流行。芥川のそれらにはこの『『我鬼窟日録』より』のほかに『田端日記』

(『新潮』大正六・九、のち『文壇二家日記一年』新潮社、大正六・一一)『長崎日録』(『百艸《ひゃくそう》』新潮社、大正一三・九)『澄江堂《ちょうこうどう》日録』(『百艸』)『大震日録』(『女性』大正一二・一〇)などがあるが、これらは読まれるための配慮が施されており、純粋な日記とは言えない。我鬼とは大正六(一九一七)年暮より大正一二(一九二三)年四月ごろまで用いられた芥川の号で、大正八年三月田端《たばた》に引きあげた芥川は書斎を我鬼窟と称し、それは澄江堂に改められる大正一一(一九二二)年春まで続いた。大正八年五月より九月と言えば、芥川が『龍』(『中央公論』大正八・五)で行き詰まり、長編の現代小説『路上』(『大阪毎日』大正八・六・三〇～八・八)『疑惑』(『中央公論』大正八・七)『妖婆《ようば》』(『中央公論』大正八・九、一〇)などの発表があるが、芥川文学の停滞期と言える。が、文壇では最も華やかな中心人物の一人であり、こうした時期の日記は、そうした大正期の文学者の日常生活がうかがえる点で格好のもの。『路上』執筆のこと、菊池寛『我鬼』装丁のこと、『大阪毎日新聞』文芸欄、ホイットマン百年祭、新潮社版『羅生門』の刊行、『大正八年六月の文壇』執筆のこと、活動写真「呪《のろい》の家」を見たこと、東京工業高等学校文芸部主催の講演、十日会、室生犀星の「愛の詩会」、「伯父ワニヤ」観劇のこと、関根正二の葬式、「赤い鳥音楽会」のこと、自由劇場ブリュウ「信仰」観劇などの記述がある。記述される人物も、春陽堂社員今村隆、谷崎潤一郎、菊池寛、小林勢以子《せいこ》、小島政二郎、東京日日東京日日社員松内則信、南部修太郎、東京日日の畑耕一、有島武郎、与謝野鉄幹、晶子、室生犀星、時事の多田不二、野口功造、中根駒十郎、中戸川吉二、山本有三、滝田樗陰《ちょいん》、木村幹、平塚雷鳥、赤木桁平《こうへい》、富田砕花、室賀《むろが》文武、今東光、岩野泡鳴、岡落葉、大須賀乙字、江口渙《かん》、滝井折柴《せっさい》、北原白秋、川路柳虹、加能作次郎、成瀬正一《せいいち》、岡栄一郎、久保田万太郎、生田長江、長田秀雄、香取秀真《ほずま》、井汲《いくみ》清治、沢木梢《こずえ》、宮島新三郎ら、ほとんど大正文壇の中心人物を網羅し、交友関係のうえでも芥川が文壇の中心にいたことが察せられる。原稿執筆や書物、読書、文壇人との交際などに記述が限られ、まさしく身辺これ文学といった芥川の姿もうかがえる。注目すべきは、秀《ひで》しげ子が〈愁人〉として書かれ、中に六月一〇日の「十日会に行く」の記述があり、このとき芥川は初めて秀に会ったとされる。九月の記述には〈愁人〉に心が動いている芥川の姿が如実に感じられるが、これについては森啓祐「『愁人』から『狂人の娘』へ」(『芥川龍之介の父』桜楓社、昭和四九・二・五)に詳しい。また、例えば小林勢以子との交際のこと、「谷崎が北原白秋を除き詩人は皆酢豆腐だといつた」という記述が『サンエス』発表の折削られている。　(石割　透)

夏期大学《かきだいがく》　大正一二(一九二三)年八月一日から五日まで、山梨県北巨摩《こま》郡教育会主催の第二回夏期大学が秋田村(現在の長坂町)の曹《そう》洞《とう》宗清光寺内で開かれ、芥川は講師に招かれた。方丈高橋竹迷は文人であった。清光寺から発した芥川書簡は二日の小穴隆一宛、四日の芥川家宛、五日の岸浪静山宛の三通がある。それによると八月一日夜半に東京をたち五日まで滞在している。『山梨日日《ひび》新聞』(大正一二・七・一四)に「峡北《きょうほく》夏期大学」の案内が出ていて、哲学得能文《とくのうぶん》氏、宗教加藤咄堂《とつどう》氏とあり文芸講師は交渉中とある。『山梨日日新聞』(八・二～六)による記事を要約すると、芥川は八月二日午後の第一回の講演で文芸とは何か、それは表現する手段を文字に藉《か》りる芸術であるとし、文字の起源、その特質を述べ、他芸術に比較して文芸が人生と密接な関係のあることを述べ、八月三日第二回で文芸の意義の内容を感覚、人事、思想、情緒に四分類し、しょせん内容と形式とは不可離であると説く。八月四日第三回でロマン主義と自然主義についてそれぞれ主知的、主情的であるとしたうえで、両者は深い関係にあることを説き、余論として象徴主義その他を講じたとある。八月五日第四回はロマン主義と自然主義を詳述し、付加して明治より現時にいたる文壇の変遷史と天才論について述べたという。また、同新聞には「拾ひ集

清　光　寺

め『清光寺夏期大学』」として「ゆう公」「湧公」の署名で、芥川の話し振りは完全なる芸術である、文芸の講義の引例による梗概は散策がてらラヴァに話す口調だ、特に髪《たま》の毛の縮れて長い芥川氏の口から出るから堪らないなどとあり、芥川が二時間の音楽会で煙草《たばこ》を十三本喫《の》んだとか、ブルジョワ階級はやはり金のことが頭を離れないと見える、芥川が金のことを盛んに連発していたとかいう横顔が写されている。

（菊地　弘）

書く会《かくかい》　『魚河岸《うおがし》』に露柴《ろさい》の号で登場する俳人の小沢碧童《へきどう》、『夜来の花』以後、芥川の著作集の装丁をほとんど受け持った洋画家の小《お》穴《あな》隆一、それに芥川龍之介の三人が集まって短歌・俳句・絵などを書き合って興じた会である。大正八（一九一九）年ごろから始まったらしい。大正一〇（一九二一）年二月一二日付小穴隆一にあてて出した芥川のはがきに「啓碧童大哥の都合さへよければ十六日に書く会をやらばと思ふが如何」の一節がある。

（関口安義）

学士会館《がくしかいかん》　旧帝国大学出身の学士によって組織される学士会（明治一九年四月創設）の維持経営にかかわる会館。現所在地東京都千代田区神田錦町三丁目二八番一号。『その頃の赤門生活』（『東京帝国大学新聞』昭和二・二・二二）に、「僕は二年生か三年生かの時、矢代幸雄《やしろゆきお》、久米正雄の二人と共にイギリス文学科の教授方針を攻撃したり。場所は一つ橋の学士会館なりしと覚ゆ」とある。現在の建物は昭和三（一九二八）年に改築されたものだが、芥川の学生時代の旧館は、このような学生たちの集会にも利用されたようである。

（蒲生芳郎）

各種風骨帖の序《かくしゆふうこつちょうのじよ》　序文。滝田樗《ちょ》陰《いん》所蔵の画冊『各種風骨帖』に序したもの。大正一三（一九二四）年一一月三〇日発行の雑誌『書物往来』第五冊（従吾郎好社）に「澄江堂《ちょうこうどう》余墨壺」の大見出しで紹介。芥川の小《お》穴《あな》隆一宛書簡（大正一三・一〇・二九と推定）に、「僕滝田の画帖に序する文二篇を作り大いに疲る。但し作るのに疲れたるに非《あら》ず画箋《がせん》へ書するのに疲れたる也」とある。『手巾《ハンケチ》』（大正五・一〇）以来、『中央公論』に多くの作品を発表し、旅行先から金の融通を頼んだりもしている（滝田宛書簡、大正九・一一・二三）芥川としては、大いに気を張って筆をとったものであろう。

（井上百合子）

革命《かくめい》　国や社会の組織、形態、権力などを急激に変えること。社会主義革命の略。芥川龍之介は革命には常に傍観的であった。社会主義は「僕の血肉には幸か不幸か滲《し》み入らなかった。」（『追憶』）と彼は書いている。が、革命や社会主義に関する知的関心は、早くからあったようで、恒藤恭《つねとうきょう》によると大正七（一九一八）年のころ「社会思想について知りたいから、手ごろの本を貸して欲しい」という芥川の依頼で幾冊かの本を貸したという。芥川が社会科学書を系統的にかなり読むのは、関東大震災の翌年に当たる大正一三（一九二四）年の夏、軽井沢に避暑したときのことである。岩森亀一コレクションの芥川蔵書中には、そのとき読んだと思われるウィルヘルム・リープクネヒトの KARL MARX Biographical memoirs をはじめ、ロシア革命に関する洋書がかなりある。芥川は革命を予見していた。しかし、『侏儒《しゅじゅ》の言葉』の「嘘《うそ》」や

「革命」では、革命の背後にある矛盾を言い、『或阿呆《あるあほう》の一生』の「三十三　英雄」でもレーニンを取り上げ、その矛盾に満ちた行動に冷静な批判の目を投げかけている。　（関口安義）

影《かげ》　小説。大正九（一九二〇）年九月一日発行の雑誌『改造』第二巻第九号に発表。『夜来の花』（新潮社、大正一〇・三・一四）、『奇怪な再会』（金星堂、大正一一・一〇・二五）に収録。『夜来の花』以降、初出の章立てが一か所変更され、末尾の「九・七・十四」の日付が削られた。評価は一般に否定的であり、平林初之輔《はつのすけ》は「あまりにトリックが多過ぎてついわけがわからなくなつてしまつた」（「九月の創作」、『文章世界』大正九・一〇）と述べ、村松正俊は作者の試みと巧みさを認めながらも、「影について明確な意識」が欠けていたため「支離滅裂になり了《をは》つた」（「新秋文壇評〔十一〕」、『読売新聞』大正九・九・一五）とする。日華洋行の主人陳彩《ちんさい》は妻房子の不貞を知らせる怪文書（実は書記の今西の手になる）から、妻への疑心暗鬼に陥り、里見探偵事務所吉井に身辺を調査させる。一方、房子は身辺の影に脅え、また自分を凝視する者の幻影を見る。ある夜、妻の不貞を目撃した陳は妻を殺してしまうが、そのとき妻とともにいた男は、彼と全く同じ別の陳彩であった。影は今西や吉井という現実の存在によってひきおこされたかに見えながら、現実を凌駕《りょうが》して膨脹していくと言える。陳と陳の影との対峙《たいじ》においては、両者の虚実の位置も明確ではない。そのような物語を作者は極めて技巧的に構成している。作中、横浜の日華洋行と鎌倉の自宅との二つの場面が共時的に重層し、さらに一つの場面の内に過去と現在が交錯する。例えば第一の章では、陳の現在に二つの過去の場面が割り込むのだが、その場合、陳は三つの場面を通じて、「卓子《テーブル》に倚《よ》りかか」るという同じ姿勢をとっている。ところが、そのように構築された世界は、終章において突然「私」なる人物の見ていた「映画」とされ、さらに実在の映画ではなく、「私」の幻影とされてしまう。そこに作者の得意と「影」の概念の矛盾を見る村松の評は首肯されるのだが、なお、ことを逆に見れば、現実と非現実（影）との混乱、ないしは現実というものの拡散のモチーフを読むことができよう。映画的な手法を右に、またこの時期に多い「怪異譚《たん》」を左に置いた場合、なお検討すべき余地が残されていると思われる。　（清水康次）

『**影燈籠**』《かげどうろう》　芥川龍之介の第四短編集。大正九（一九二〇）年一月二八日、春陽堂刊。発行者和田利彦。新組み、軽装の縮刷版には、神代種《こうじろたね》亮《あき》校、とある。四六判、丸背・継表紙・上製本、箱付。定価二円。装丁は野口功造で、「芥川の本のうち、もっともクラシックな感じで、ノーブルなところもあるが、少し凝り過ぎの気味もなくはない」（稲垣達郎）とも評される。『羅生門』（大正六・五）『煙草《たばこ》と悪魔』（大正六・一一）『傀儡師』（大正八・一）に続く芥川の第四短編集。収録作品は一七編で「目録」の配列は作品の成立年次を追わず、『蜜柑《みかん》』（『新潮』大正八・五）『沼地』（同）『きりしとほろ上人伝』（『新小説』大正八・三・五）『龍』（『中央公論』大正八・五）『開化の良人』（『中外』大正八・二）『世之助の話』（『新小説』大正七・四）『小品四種、一　黄粱夢《こうりょうむ》』（『中央文学』大正六・一〇）『同、二　英雄の器』（『人文』大正七・一）『同、三　女体』（『帝国文学』大正六・一〇）『同、四　尾生の信』（『中央文学』大正九・一）『あの頃の自分の事』（『中央公論』大正八・一）『じゆりあの・吉助』（『新小説』大正八・九）『疑惑』（『中央公論』大正八・七）『魔術』（『赤い鳥』大正九・一）『葱《ねぎ》』（『新小説』大正九・一）『バルタザアル　翻訳』（『新思潮』大正三・二、『新小説』大正八・七再掲）『春の心臓　翻訳』（『新思潮』大正三・六、『解放』大正八・一〇再掲）で、『傀儡師《かいらいし》』以後の作は、『犬と笛』（『赤い鳥』大正八・一・一〜八・一・一五）と未完の長編『路上』（『大阪毎日新聞』大正八・六・三〇〜八・八・八）を除いて収録。再掲載の作を含め大正八年発表の作が一三編、芥川が海軍機関学校を辞し、大阪毎日新聞社員となり、鎌倉から田端《たばた》に引きあげた同年の作が中心。初期の翻訳収録については「附記」の通り、「紙数の不足を補ふ為」だろう。「自動作用が始まつたら、それは芸術家としての死に瀕《ひん》したものと思はなければならぬ。僕自身『龍』を書いた時は、明《あきらか》にこの種の死に瀕してゐた。」と『芸術その他』（『新潮』大正八・一一）にある通り、『傀儡師』が『戯作三昧《げさくざんまい》』『地獄変』『奉教人の死』を含み、芥川の歴史小説の頂点をなしていたに比し、『影燈籠』は身辺小説に近い『蜜柑』を巻頭に据えているように、現代小説を六編収録（『傀儡師』は一編）。題材も多様化を示し、歴史小説の限界を見せてもいる。「影燈籠」は回り燈籠の意で、この期の芥川の停滞をそのまま示しているようだ。宣伝文には、「芥川氏の一大転機なりとす文壇を驚倒せしめたる蜜柑を始めまだ顕《あらは》さゞりし作者の至宝蒐《あつ》めて本書にあり。」とある。『傀儡師』に比べ、著しく見劣りがするとの評価が一般である。（石割　透）

『影　燈　籠』

葛西善蔵《かさいぜんぞう》　明治二〇・一・一六〜昭和三・七・二三（一八八七〜一九二八）。小説家。青森県生まれ。小学校卒業後、新聞売り子・車掌・営林署の勤務等々転々としたが、明治三八（一九〇五）年、哲学館（東洋大学の前身）の聴講生となり、四一（一九〇八）年、徳田秋声の門に入り、小説家を志す。その後早稲田大学英文科の聴講生となり、広津和郎らと知る。大正元（一九一二）年九月『奇蹟《きせき》』創刊号に『哀しき父』発表。ついで『悪魔』『池の女』『メケ鳥』『贋物《にせもの》さげて』『雪をんな』等を発表。七年三月、『子をつれて』で文名があがる。その生涯は貧困の連続だったが、他に『馬糞石』『湖畔《こはん》手記』『酔狂者の独白』等がある。芥川と葛西とは、ともに大正時代に作家活動を開始し、昭和初頭に死去した文字通り大正期の小説家だった。作風は、全く対照的であるが、短編作家という一点では共通している。芥川にとって、早稲田系の作家は「憐《あは》れな早稲田派の奴等《やつら》」であったが、一方「残念ながら葛西善蔵には一寸《ちよつと》いいところがあるね」だった。具体的には『大正九年四月の文壇』に「葛西善蔵氏の『千人風呂』（解放）は、久しぶりで氏の作品を読んだせゐか、妙に懐《なつか》しい心もちがした。宇野氏から葛西氏へ転ずると、空也《くうや》念仏を聞いた耳に、『安心《あんじん》ほこりたたき』を聞くやうな気がする。僕はこんな味もまんざら嫌ひではない。」とあり「葛西善蔵氏は東洋的テムペラメントに富んだ作家である。」（『大正八年度の文芸界』）であった。なお『文芸雑談』でも葛西に賛辞を惜しまない。一方葛西は、芥川の『千人風呂』評に不快感を表明し、また『玄鶴山房』について「文人らしい冷酷さの感じが、作の纏《まとま》つてゐるとかゐないとか言ふ以上に、自分の気持の上に、働きかけられるやうな気がする。」と記し、もう少し温かかったら「国民教科書用としての実際の価値は殖えはしないだらうか。」（『冗語』）と言う。しかし、葛西も、『歯車』を読んで「芥川ははじめて小説らしい小説をかいた」と言った由、宇野浩二の『芥川龍之介』（文芸春秋新社、昭和二八・一〇・五）には記されている。（塚越和夫）

葛　西　善　蔵

鹿島龍蔵《かじまたつぞう》　明治一三・三・七〜昭和二九・七・一一（一八八〇〜一九五四）。東京生まれ。グラスゴー大学卒業。鹿島建設株式会社取締役であった。鹿島組（現、鹿島建設）の創立者鹿島岩蔵の長男。龍之介が大正三（一九一四）年に田端《たばた》に新居を構えてから親交をもった。『田端人』で「鹿島龍蔵　これも親子ほど年の違ふ実業家なり」、「少年西洋」にいたため発想の違いがあると述べたあと、書、篆刻《てんこく》、謡、舞、歌沢、狂言、テニスなど多芸に通じている人物であると言い、「僕の尊敬する所は鹿島さんの『人となり』なり。鹿島さんの如く、熟して敗れざる底の東京人は今日既に見るべからず。明日は更に稀《まれ》なるべし。僕は東京と田舎とを兼ねたる文明的混血児なれども、東京人たる鹿島さんには聖賢相親しむの情――或《あるい》は狐狸《こり》相親しむの情を懐抱せざる能《あた》はざるものなり。」と評している。また『我鬼窟《がきくつ》日録』大正八年七月一六日に「夜鹿島龍蔵氏邸の御馳走《ごちそう》に招かる。香取秀真《ほずま》、山本鼎《かなえ》、菊池寛、予の四人なり」、『澄江堂《ちょうこうどう》日録』大正一二（一九二三）年六月七日に「午前、香取先生、鹿島氏と共に来訪、澄江堂の印を贈らる。鹿島氏、大雅書と称する一軸を示さる。『衆《しゅう》芳揺落《ほうえうらく》独鮮妍《ひとりせんけん》』とあり。落欵《ママ》は九霞山樵。黒木欽《きん》堂氏の極めあり。但し何の為《ため》の極めなるかを明かにせず。」と記している。ほかに『東京田端』、香取秀真宛書簡（大正九・九・二五、一〇・一二・二八、一二・一一・七）に出てくる。近藤富枝『田端文士村』（講談社、昭和五〇・九・二〇）に芥川と鹿島龍蔵の交わりは詳しい。（菊地　弘）

片上伸《かたかみのぶる》　通称しん。明治一七・二・二〇～昭和三・三・四（一八八四～一九二八）。批評家・英文学者、ロシア文学者。愛《え》媛《ひめ》県生まれ。早稲田大学英文科卒業。自然主義文学の理論家として出発し、やがて唯美的・芸術至上主義的、理想主義の時代を経て唯物史観的文学理論の時代にいたった。この彼について芥川は、「この間唯、片上伸氏が一人穏秀《おんしゅう》の筆を執つて、清警の時評を草してゐるのは、僅《わづか》に人意を強からしむるものがあるやうである。」（『大正八年度の文芸界』）と評し、また、片上と芥川とは「新潮合評会(九)」（『新潮』昭和二・八）などで同席した。片上がロシアから帰朝（大正六）後のことであって、文学の社会性を強調しようとしたときであった。（久保田芳太郎）

片恋《かたこい》　小説。大正六（一九一七）年一〇月一日発行の雑誌『文章世界』第一二巻第一〇号に発表。『煙草《たばこ》と悪魔』（新潮社、大正六・一一・一〇）に収録。初出と初刊本の間にわずかの異同がある。女主人公お徳が語ってきかせる片恋の話である。お徳は名前も国籍も分からない外国の俳優に想《おも》いを懸け、映画を見に通いつめるが、突然出演した映画がかからなくなる。一〇年後芸者になったお徳はその俳優に銀幕上で再会するが、見た映画はお徳の「恋人」が泣きそうな顔で捕らえられてゆく夜の場面で終わり、あとは白い幕のみが広がって、「消えて儚《はかな》くなりにけりか。」というお徳の感慨で話は結ばれる。最後に、ことによるとこれはお徳の作り話で実は聞き手の友人の誰かに恋していたのではないかとのオチめいたものが付け加えられているが、一編の眼目はやはりお徳の儚い恋の顚末《てんまつ》にあるだろう。のちの『少年』の「幻燈」の章に似た雰囲気を有する作品である。また『奉教人の死』『舞踏会』などで語られる刹那《せつな》に閉じ込められる人生とも一部通い合うものを持つが、「いくら何でも一日半ぢや碌《ろく》なものは書けない」（松岡譲宛書簡、大正六・九・二〇）という状態で執筆された軽い作品であり、そのテーマはいまだ深められてはいない。同時代評も技巧の冴《さ》えとウィットには注目しているものの「つまらない」（石坂養平）作だとの評価は一致しており、「才人の筆を思はしめるばかりで、氏の弱点が殊に多く出てゐるやうに思はれて惜しい気がする」という田山花袋の意見がそれらを代表している。その後もこの作品が注目されることはなく、「作家芥川の技量や本領を充分に注ぎこんだ力作とはいえない」（森本修）との評価は現在に至るまで変わっていない。なお、作品中に描かれている映写幕上の顔を横から見るとどんな美男子でも平べったくなってしまうという発見は得意だったらしく、『拊掌談《ふしょうだん》』でも同様のことが述べられている。（三嶋　譲）

片山広子《かたやまひろこ》　明治一一・二・一〇～昭和三二・三・一九（一八七八～一九五七）。歌人・翻訳家。筆名松村みね子。埼玉県人で外交官であった吉田二郎の長女。東京麻布生まれ。東洋英和女学校卒業。明治二九（一八九六）年佐佐木信綱の門に入り、作歌に志す。二一歳で新潟県人片山貞次郎と結婚、夫はのち日本銀行理事となった。一男一女があり、長男達吉は筆名吉村鉄太郎で堀辰雄らと親交し『文学』の同人、長女総子は筆名宗瑛《そうえい》で『山繭』に小説を発表した。広子は『心の花』に明治三一（一八九八）年ごろから短歌や新体詩を載せているが、毎月、数多くの作品を発表するようになるのは明治四〇（一九〇七）年からである。大正二（一九一三）年三月発表の『草団子』から松村みね子の筆名が使われているようだ。竹柏会の中では知性的歌風で知られ、歌集『翡翠《かわせみ》』（大正五・三・二五）を出版。また、鈴木大拙夫人ビアトリス指導のもとにアイルランド文学に親しみ、松村みね子の筆名で翻訳をはじめ、歌からしだいに遠ざかる。芥川は第四次第一年四号の『新思潮』（大正五・六・一）の「紹介」欄に「啞《あ》苦《く》陀《だ》」の筆名で『翡翠』を取り上げ、「序で佐々《ママ》木信綱氏も云つてゐる様に在来の境地を離れて、一歩を新しい路《みち》に投じ様としてゐる。」と評し、優れている歌三首と、母としての胸懐を歌った歌二首を挙げている。片山広子からその後著書が届き、そのお礼（大正六・六・一〇《推定》）を含めて芥川から出した書簡四通がみられる。親交が深まるにつれ、「False honests は誇張だから、悪くとつちやいけません　あなたの事だから true modesty だと確信してゐます」（年未詳七・二四）と機微に触れるようなものもある。片山広子が芥川に強い印象を与えたのは大正一三（一九二四）年の七月軽井沢の旅館「つるや」に同宿した以後のことであると吉田精一は指摘している。軽井沢から出した二通の室生犀星宛書簡に「左団次はことしは来ねど住吉の松村みね子はきのふ来にけり／二伸クチナシの句ウマイナアと思ひましたボクにはとても出来ない」（大正一三・七・二八）、「けふ片山さんと『つるや』主人と追分へ行つた非常に落《お》ちついた村だつた北国街道と東山道《とうさんどう》との分れる処へ来たら美しい虹が出た」（同年八・一九）などと認《したた》められている。一四歳年長で、知性的な夫人を山梔《くちなし》夫人、越《こ》し人《びと》とよんで精神的に愛したようだ。それは『越びと』（『明星』大正一四・三・一）と題した旋頭歌二五首、『或《ある》阿《あ》呆《ほう》の一生』の「三十七　越し人」などで感得できる。しかしその心情は「才力の上にも格闘出来る女」に出会ったが、「越し人」などの抒情詩を作り、この危機を脱したとして、「風に舞ひたるすげ笠の／何かは道に落ちざらん／わが名はいかで惜しむべき／惜しむは君が名のみとよ。」と抑制の中に燃える慕情であったことをのぞかせている。吉田精一は室生犀星宛書簡（大正一四・四・一七）の中に「但し誰にも見せぬやうに願上候《ねがひあげさうらふ》」として認められている二連の詩の後連に夫人に惹《ひ》きつけられる芥川の恋情を見ている。また、小説『三つのなぜ』に登場するソロモンを芥川、シバの女王を片山広子として、夫人がソロモンとシバの女王の話をもち出して恋心を匂《にお》わす手紙を送っていたことを明らかにしている。遺書の一つに「なほ又僕と恋愛関係に落ちた女性は秀《ひで》夫人ばかりではない。しかし僕は三十歳以後に新たに情人をつくつたことはなかつた。これも道徳的につくらなかつたのではない。唯情人をつくることの利害を打算した為である。（しかし恋愛を感じなかつた訣《わけ》ではない。僕はその時に「越し人」「相聞」等の抒情詩を作り、深入りしない前に脱却した。）」とある。慕う心を詩に形象する方法がいっそう秘密の純度を高めたように思える。片山広子は「芥川さんの回想（私のルカ伝）」（『婦人公論』昭和四・七）で生前の芥川の風《ふう》貌《ぼう》を描いている。また、よく知られているが、芥川を師と仰いだ堀辰雄は、『物語の女』（のち改作して『楡《にれ》の家』一部）で森（芥川）と片山広子母娘をロマネスク風に描いた。なお、片山は昭和初年から書き始めた随筆「仔《こ》猫《ねこ》のトラ」、イエーツの詩劇「王の玄関」抄訳など収めた随筆集『燈火節』（暮しの手帖社、昭和二八・六・一〇）を刊行、第三回エッセイスト・クラブ賞を受賞、歌集『野に住みて』（第二書房、昭和二九・一・二五）は昭和三〇年の芸術院賞候補となった。死後『短歌』（昭和三四・九）に未発表の作品一七〇首が『砂漠』と題して載った。

〔参考文献〕吉田精一『芥川龍之介Ⅱ』（桜楓社、昭和五六・一一・一二）、吉田精一「芥川龍之介と最後の恋人―片山広子の書簡―」（『ブッククラブ情報』昭和四六・二）「心の花」九九九号「特集 心の花83年史――一〇〇〇号記念」（昭和五七・一）

（菊地 弘）

片山広子

かちかち山《かちかちやま》 草稿。大正八（一九一九）年ごろの執筆で、『教訓談』（大正一二・一）の草稿。「かちかち山」「花さか爺《じじい》」の老爺を混合させた老人、そして兎《うさぎ》と狸《たぬき》、「舌切雀《したきりすずめ》」の雀、「桃太郎」の鬼ケ島、「浦島太郎」の竜宮などが出てくる、「童話時代」を設定し、老人の妻の野辺送りと、兎と狸の争いと、「童話時代」の夜明けとが描かれている。「獣性の獣性を亡ぼす争ひ」を指摘する所に主題があったらしい。

（石原千秋）

河童《かっぱ》 小説。昭和二（一九二七）年三月一日発行の雑誌『改造』に発表。没後の『芥川龍之介全集』第四巻（岩波書店、昭和二・一一・三〇）『大導寺信輔《だいどうじしんすけ》の半生《はんせい》』（岩波書店、昭和五・一・一五）に収録。ほとんどは細部の表現にかかわるものであるが、初出の切り抜きに九〇数か所にわたって作者自身の訂正書き入れがなされている。岩波版新全集（第八巻、昭和五三）は、初出本文を底本とし、自筆原稿及び訂正書き入れを参照した本文である。脱稿は昭和二年二月一三、四日ごろと考えられるが、佐佐木茂索宛書簡（昭和二・二・一六）に「河童百六枚脱稿。聊《いささ》か鬱懐《うつくわい》を消した。」とあるように、自殺を前にした芥川龍之介の日ごろの「鬱懐」の吐露といったモチーフがこの作品にはある。「河童はあらゆるものに対する、――就中僕自身に対するデグウから生まれました。」（吉田泰司宛、昭和二・四・三）ともあるが、すべてに対する嫌悪《デグウ》、とくには自己嫌悪から『河童』が生まれたというのは、「鬱懐」のよってくるところを示していると同時に、嫌悪すべき人生、自己自身をあえて対象にすえようとする芥川の必死の営為をも物語っていると言ってよい。それは河童の国という架空の世界を必要とするほどのものだったのである。『河童』は、序と一七の章から成る。「これは或《ある》精神病院の患者、――第二十三号が誰にでもしゃべる話である。」――語り手の「僕」はこの狂人の話をかなり正確に写したつもりだが、飽き足りない人は東京市外××村のS精神病院を尋ねて見るがよい。静かにこの話を繰り返して最後に彼は「出て行け！ この

悪党めが！ 貴様も莫迦《ばか》な、嫉妬《しっと》深い、猥褻《わいせつ》な、図々《づうづう》しい、うぬ惚《ぼ》れきつた、残酷な、虫の善《よ》い動物なんだらう。出て行け！ この悪党めが！」とだれにでも怒鳴《どな》りつけるだろう、と語る。本文に入って、「三年前の夏のことです。」と狂人の「僕」は話し出す（一）。上高地から穂高を目指して霧の中、梓川の谷へ下りた「僕」は河童に出会った。追いかけて河童の背中に指先がさわったと思ったとたん、穴があったのか、深い闇の中へまっさかさまに転げ落ちた。気がつくと大勢の河童にとりかこまれており、チャックという医者の河童の診察を受けていた。「特別保護住民」となった「僕」はチャックや最初見かけた漁夫のバッグ、硝子会社社長ゲエルなどと親しくなった（二）。河童の説明があって（三）、河童のとんちんかんな習慣が分かってきた「僕」は河童の国の産児制限の問題を語る。お産のときは、父親が母親の生殖器に口をつけて、腹の子にこの世界に生まれてくるかどうかよく考えて返事をせよと言うと、生まれたくない、お父さんの遺伝は精神病だけでも大変で、その上僕は河童的存在を悪いと信じているからと胎児が答えたりする。大学生のラップが語る悪遺伝撲滅の義勇隊の話もある（四）。詩人トックは家族制度のばかげていることを語るが、平和な家庭への羨望《せんぼう》もかくさない（五）。河童の恋愛は、雌が雄を追いかける形を

とるが、醜い哲学者のマッグもまた半面、恐ろしい雌の河童に追いかけられたい気持ちのあることを告白している（六）。音楽会で高名な作曲家クラバックが演奏中、警官が演奏禁止を怒鳴って混乱するが、絵画・文芸には発禁がなく、耳のない河童には分からぬ音楽だけにはそれがあるとマッグは語る（七）。驢馬《ろば》の脳髄の粉末を流し込む書籍製造会社があり、失業者は職工屠殺法により食肉となる。人間の国でも第四階級の娘たちは売笑婦になっているではないかとゲエルは語る（八）。ゲエルはクオラックス党首ロッペやロッペを支配する新聞社長クイクイ、クイクイを支配するゲエル、ゲエルを支配する美しいゲエル夫人らを語り、河童と獺《かわうそ》の戦争が、ある雌の河童から起こったなどと話す（九）。学生ラップとともにクラバックを訪問、クラバックはライバルの音楽家ロックの存在に苦しみ、ラップは憂鬱なあまり股のぞきでさかさまに世の中を眺めたりする（十）。哲学者マッグの「阿呆《あほう》の言葉」の何章かの紹介があり（十一）、裁判官ペップは、犯罪を行わせた事情が消失した後はその犯罪者を処罰できぬと語る。犯罪の名を言うだけで死ぬほどに、人間より河童は神経が微妙だともある（十二）。詩人トックはピストル自殺を遂げ、「僕」は残された雌や子供の河童にたった一度の涙を流す（十三）。学生ラップが案内した近代教（生活教）の大寺院では、長老の河童が、発狂しようとも救われたり自殺したりすることなく生活教を信じて苦闘した聖徒（国木田独歩も含む）の像を「僕」に紹介するが、長老はそのように生き得ない自身を告白する（十四）。詩人トックの幽霊が出るという話があり、心霊学協会会長ペックらがホップ夫人をなかだちとしてトックと問答した記事を「僕」は読む。死後の名声や全集の売れ行き、家族の運命などが語られている（十五）。憂鬱になった「僕」は人間の国へ帰りたくなり、だんだん若くなった年寄りの河童に、出て行かれる道はここへ来た道しかないと教えられる（十六）。河童の国から帰ってきた当座、人間の方が気味悪く感じられた「僕」は、事業に失敗し、河童の国へ帰ろうとして入院させられる。河童たちの見舞いがあり、トックの全集の一冊（それは古い電話帳だった）を読みつつ、今は河童の国の精神病院にいる裁判官ペップを見舞ってやりたいと「僕」は洩《も》らす（十七）。同時代批評は概して浅いが、唯一芥川を動かした吉田泰司の「悲哀につながる憂憤」等の指摘（昭和二・四）や、腹の底では呻《うめ》きつづけていると読んだ堀辰雄（『芥川龍之介論』昭和四・三）があり、自己嫌悪を言う芥川自身からしても、自己批評（吉田精一）と見るのも当たっていよう。風刺小説、社会批判という見方もあるが、三好行雄（角川文庫、昭和四四）はそれらをしりぞけて寓意《ぐうい》小説とする。産児制限のサンガー夫人の来日や第一次世界大戦など当時の社会問題、あるいは芥川の家庭事情等と対照させて読みを進めている塚越和夫やこれまでの評価史と丁寧な読解の上に立ちつつ、芥川の「鬱懐」の意味の再検証を提起する関口安義等の論があり、透谷・独歩・芥川の系譜の上で言及した平岡敏夫の論もある。

〔**参考文献**〕塚越和夫「河童」（『批評と研究 芥川龍之介』芳賀書店、昭和四七・一一・一五）、関口安義「河童」（菊地弘・久保田芳太郎・関口安義編『芥川龍之介研究』明治書院、昭和五六・三・五）、平岡敏夫「河童」（『北村透谷研究第三』有精堂、昭和五七・一・五）

（平岡敏夫）

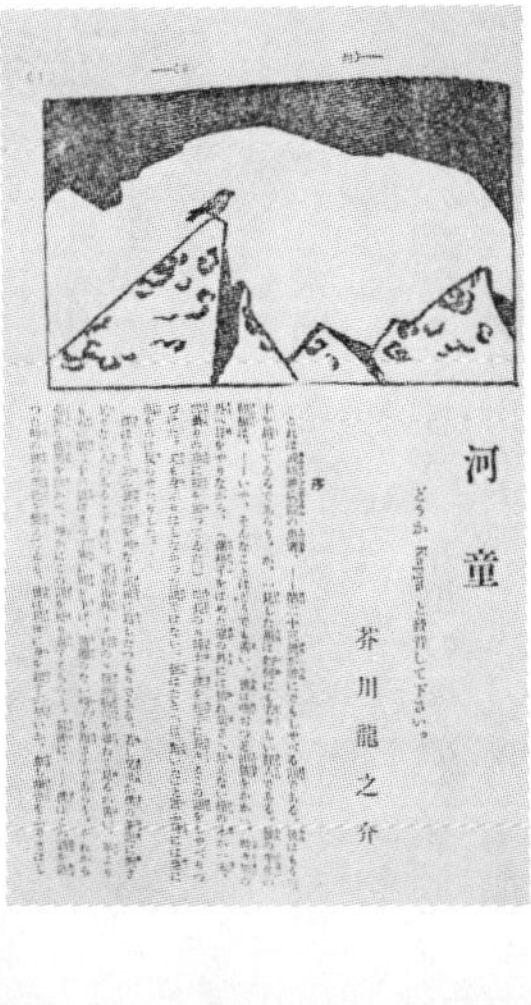
河童

どうか Kappa と発音して下さい。

芥川龍之介

序

河童（『改造』昭和二年三月号）

河童と芥川《かつぱとあくたがわ》　大正九（一九二〇）年九月二二日付の友人小穴《おあな》隆一宛はがきに「この頃河童の画《ゑ》をかいてゐたら河童が可愛くなりまし

た　故に河童の歌三首作りました　君の画の御礼に僕の画をお目にかけ併せて歌を景物とします」とあって、「短夜の清き川瀬に河童われは人を愛《かな》しとひた泣きにけり」など三首と「水虎《すいこ》問答之図」が描かれている。河童に自己を見ているようなところがあるが、同年一〇月二七日付下島勲《いさおし》宛にも「たまたま興を得川童の歌少し作り候」として八首が寄せられている（『蕩々《とうとう》帖《ちょう》』所収）。芥川は幼時、母より河童の話を聞き、柳田国男『山島民譚《たん》集』（大正三）で河童の考証の知識を得ているが、蒲《がま》らしい長い一茎を肩にして振り返る河童の墨絵は「水虎晩帰之図」に見られるように、不気味であり、鬼気迫るものがある。小穴はこの絵について、「（鳥の子の）紙質をうまく利用して濃淡にも成功してゐる点、芥川の河童の中で一番無難のものかも知れない。わたしがみてて、いつ何日とはつきりいへないが、芥川はほんとは河童が好きでもなく、ただ道具に使つてゐるのだと考へるやうになつた前の作である。」（『芥川龍之介遺墨』中央公論美術出版、昭和三五・四・一）と言っている。「娑婆《しゃば》を逃れる河童」（四一ページ図版参照）の絵もあり、小穴は自決の意志をそこに見いだそうとしている。左方へ長く手を伸ばし、体を水平に折り曲げて進もうとするこの河童には鬼気迫るものがある。「水虎晩帰之図」は気に入っていたらしく、何枚も残されており、久米正雄らとの戯画「馬に蹴られた河童」などもあるが、幼時からミステリアスなものを好んだ芥川の嗜《し》好《こう》が河童という想像上の動物と結び付き、河童に自画像を見いだすまでに至ったと言えよう。小穴が言うように芥川が必ずしも河童が好きでなかったとすれば、河童に託したその心情はさらに複雑なものとなってくる。小説『河童』（昭和二）がそれを最もよく語っているだろうが、別稿『河童』（大正一二）にも注意してみる必要があろう。

（平岡敏夫）

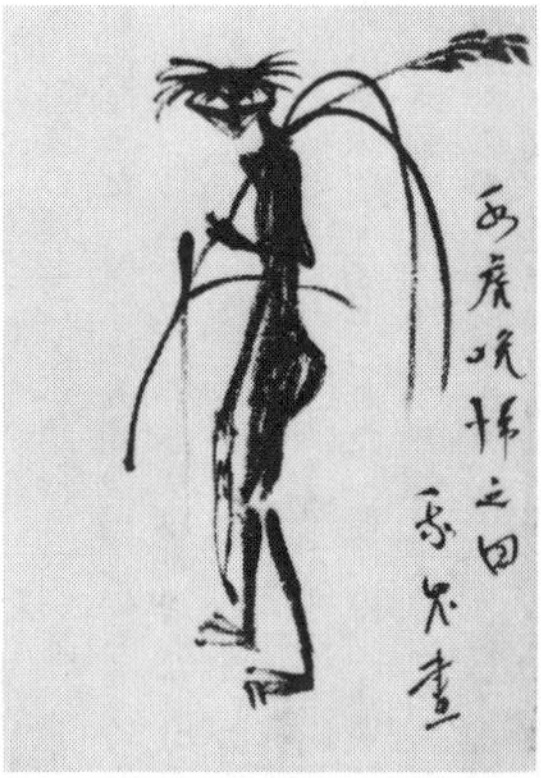

水虎晩帰之図

合評《がっぴょう》　芥川は合評という形での批評会にしばしば出席している。中でも「新潮合評会」には十回出席している。すなわち『新潮』の大正一二（一九二三）年八月、同年一一月、一三年七月、同年一〇月、一四年一月、同年二月、一五年二月、昭和二（一九二七）年二月、同年六月、同年八月の各号に掲載された「創作合評　第六回（七月の創作）」から「新潮合評会　第四十九回（芸術小説の将来に就いて語る）」に至る座談会である。これらのうち、大正一二年八月、同一三年一〇月、同一四年一月、昭和二年二月のものは岩波の小型版全集第一九巻（昭和三〇・八・一三）に、昭和二年六月のものを除くすべてが、新版岩波版全集第一二巻（昭和五三・七・二四）に収録されている。ただし両者とも、初出のままではなく、芥川の発言と問題点を中心にして整理と省略が加えられている。出席者は、その都度多少の変化はあるが、芥川のほか久米正雄、宇野浩二、久保田万太郎、千葉亀雄、菊池寛、徳田秋声、正宗白鳥、近松秋江、田山花袋、広津和郎、佐藤春夫、加能作次郎などと、『新潮』編集者であった中村武羅夫、水守亀之助である。これらは前月発表された作品を取り上げ論評したものと、例えば「凶災後の文芸時事六項」などのように、文芸の当面している問題について主に論議したものとあるが、いずれも当時の文学者たちの関心や姿勢が生き生きと示されていて興味深い。芥川の発言を見てゆくと、例えば大正一二年八月の「七月の創作」を論じたなかで、加能作次郎の『二つの遺稿』について叙述方法の不徹底、ひいては作家的態度のあいまいさを指摘し、翌年一〇月の「文芸時事問題」ではイプセンの思想が古くなって我々にアッピールしないという菊池などに対し、むしろ思想は残っているのだが、その思想の取り扱い方、表現の仕方が古くなっているのではないかと言ったり、思想的に平凡な芸術的天才も可能だと発言するなど、文学の方法と芸術性ということを何よりも念頭に置いていることが知られる。また一四年二月の「新年創作総評」で志賀直哉の『冬の往来』を論じて「玲瓏《れいろう》」とか「たけの高い感じ」と評し、志賀のもつ澄んだ境地を「天稟《てんぴん》」によると言っていることも注意をひく。昭和二年二月の「一月の創作評」で谷崎潤一郎の『九月一日前後のこと』と『日本に於《お》けるクリップン事件』を評して、話の筋は芸術的価値を決めないのではないかという疑問を表明したことも、こうした文学の表現方法を求める態度と一つづきのもので、この発言から、「話のない小説」を唱える芥川と、構造的美観を最も豊富に示し得るのは小説だと主張する谷崎との間に、「小説の筋論争」が起こった。また大正一二年一一月の「凶災後の文芸時事六項」や翌年七月の「六月の創作その他」などで当時興りつつあった社会主義に対し断片的ではあるが感想を述べているのも注意をひく。あらゆる社会主義的考えは少しも民衆の間に浸透していない、人々は徳川時代と大差ないくらいだと社会主義の無力を言っているところはリアリストの面目がうかがわれるし、イギリスのように流血なしで社会主義的になればいいとか、東洋的虚無主義者は社会主義者にはなり得ないだろうとか言っているのも注意される。しかし社会的条件だけでは芸術の本質は変わらないと言い、正しい時代意識の感覚による作品が出るべきだと提唱する千葉亀雄などに対し、時代意識を懐疑的に表現してもよいとか、時代意識を加え得な場合もあるとか発言してとらわれない態度を保持している。一四年一月の「大正一四年の文壇に就て語る」におけるまた新しい文学を模索する論議の中で、新感覚派的なものが出て来るのは当然としながらも、『文芸時代』の人々の中に新しい感覚はあまり発見されないと言い、むしろ岸田国士《くにお》や稲垣足穂《いながきたるほ》を新しい感覚があると評価しているのも注目される。新進作家の発見に関して作家何人かが共同責任で持ち込み原稿を読んではどうかという提言もしている。このほか『東京日日新聞』に大正八（一九一九）年九月四日から九日まで、六日を除き五回にわたって載った「九月の文壇を合評す」がある。芥川と菊池寛が一貫したメンバーで、ほかに第一回に南部修太郎と江口渙《かん》、第二、三、四回に久米正雄と田中純の名がある。岩野泡鳴『お常』、宮地嘉六《かろく》『ある職工の手記』、加能作次郎『追放』、宇野浩二『苦の世界』、吉田絃二郎『行く秋』、松村みね子の翻訳など十数編が取り上げられているが、発言者の名を記さず、短い会話を綴る体裁で印象を語るにとどまっている。『お常』『苦の世界』がやはり評価され、懸賞小説、宮川曙村『若い二人』が好意的に迎えられている。発言者名も不明の簡略なもののためか既刊の全集に未収録で、このほかにも芥川が加わった合評がある可能性があり、今後の調査が待たれることを付記しておく。（菊地　弘）

カッフェ《かつふえ》　大正から昭和にかけて流行したコーヒーや洋酒類で供応した店。軽食のできる店もあった。芥川は学生時代からカッフェにはよく出入りしている。『都会で』という小品には、「何かものを考へるのに善いのはカッフェの一番隅の卓子《テエブル》」との一句を書き留めている。芥川がよく利用した店は、銀座四丁目にあったカッフェ・ライオン、カッフェ・タイガー、それに京橋区南鍋町にあったカッフェ・パウリスタなどである。（関口安義）

勝峰晋風《かつみねしんぷう》　明治二〇・一二・一一〜昭和二九・一・三一（一八八七〜一九五四）。俳人・国文学者。本名勝峰晋三。東洋大学卒業。新聞記者を経て、震災以後、俳諧《はいかい》の研究や著述に専念。大正一五（一九二六）年、俳誌『黄橙』創刊、同年六月より昭和三（一九二八）年にかけて『日本俳書大系』一七冊を編纂《へんさん》・刊行。句集『汽笛』（黄橙社、昭和九・一）のほか、『年代鑑別芭蕉俳句定本』『七部集定本』『おらが春評釈』『其角《きかく》全集』『奥の細道創見』など、複刻・編著・研究書多数。芥川との関連では、『大正十二年九月一日の大震に際して』や『芭蕉雑記』中に氏名や著名がみられ、『わが俳諧修業』(『俳諧文芸』大正一四・六)中に「そこへ勝峰晋風氏も知るやうになり」とあり、交際の一端がうかがえる。直接には、大正一二年一一月七日付書簡や、晋風の解説書『続晋明集』(古今書院、大正一三・七)に対する紹介文『「続晋明集」読後』(『東京日日新聞』大正一三・七・一四)がある。

(浅野　洋)

加藤武雄《かとうたけお》　明治二一・五・三〜昭和三一・九・一(一八八八〜一九五六)。小説家。神奈川県生まれ。小学校卒業。小学校教員時代に投書家として知られ、中村武羅夫を頼って上京。その紹介で新潮社に入社。『文章倶楽部《クラブ》』『文学時代』などの編集をする。大正五(一九一六)年ごろから農村に取材し、抒情的で素朴なヒューマニズムを基盤とした短編を書き、大正八年第一創作集『郷愁』により新進作家として認められる。その題材・作風により「郷土芸術家」と呼ばれ、新現実主義時代の農民文学作家として注目された。大正一〇(一九二一)年ごろから長編に手をそめ、同時に通俗作家へと転身、作品が映画化され、昭和に入り流行作家となった。芥川の文章には『「羅生門」の後に』に、「自分は人伝《づて》に加藤武雄君が、自分の小説を読んだと云ふ事を聞いた。」と出るのが最初で、『大正八年六月の文壇』では加藤の作品に触れている。『夜来の花』の寄贈者にも名が見え、親近の情を抱いていたことがうかがえる。

(角田旅人)

香取秀真《かとりほずま》　明治七・一・一〜昭和二九・一・三一(一八七四〜一九五四)。鋳金《ちゅうきん》家・歌人。本名は秀治郎。東京田端《たばた》での芥川家の隣人で、龍之介が「お隣の先生」と呼んで親しみ、芸事、趣味上の教えをうけた人物。千葉県生まれ。明治三〇(一八九七)年、東京美術学校(東京芸術大学の前身)卒業。同校講師を経て教授となり、昭和九(一九三四)年に帝室技芸院会員に推挙され、昭和二八(一九五三)年秋には文化勲章を受章した。鋳金工芸界の第一人者であった。大八洲学校で岡麓《ふもと》と知り合い、岡らと歌誌『うた』を創刊、また『心の花』の会員となる。明治三二(一八九九)年一月、岡とともに正岡子規を訪ね、根岸短歌会の創立に参加した。子規没後は作歌から遠ざかったが、歌集『天之真榊』『秀真歌集』がある。「僕は先生と隣り住みたる為《ため》、形の美しさを学びたり。勿論《もちろん》学んで悉《しっ》したりとは言はず。(中略)時には叔父を一人持ちたる気になり、甘つたれることもなきにあらず。」(『田端人』)と言っているが、この「形の美しさ」を学んだことについては、『雑筆』中の「茶釜《ちゃがま》の蓋置《ふたお》き」に具体的に書かれている。また、遺稿『或阿呆《あるあほう》の一生』の「二九　形」の章も関連した記述と思われる。『東京田端』に「鋳物師《いもじ》香取秀真」とみえるが、「雨の音の竹の落葉にやむ時は鋳物師秀真が槌《つち》の音聞《きこ》ゆ」(『蕩々帖《とうとうちょう》』)という即事の短歌にも、芸に身を入れる秀真の人柄への傾倒がうかがえる。香取と龍村《たつむら》平蔵から話を聞いたあと、「両先輩の半生の話を聞いたらじみ《ママ》僕なぞは増長しすぎると思つた　香取先生が米塩の資にも困つて前の細君が逃げてしまつた話」(佐佐木茂索宛、大正八・一一・二三付)と感想を記している。大正九(一九二〇)年三月には香取家が全焼したが、芥川家は類焼を免れている。一二(一九二三)年六月に、「澄江堂《ちょうこうどう》」の印を香取から贈られている。このころから、道閑会と称する会合をもち、香取のほか、鹿島龍蔵《たつぞう》、小杉未醒、野口功造、菊池寛などが集まって趣味に遊んだ。

(海老井英次)

金沢《かなざわ》　石川県加賀平野中央にある市。明治二二(一八八九)年市制。県庁所在地。前田侯百万石の城下町。兼六公園があり、九谷焼・蒔《まき》絵《え》などの産地。芥川は大正一三(一九二四)年五月一五日から一七日まで、震災で金沢に帰郷していた室生犀星のもとに遊び、俳人桂井《かつらい》未翁《みおう》の世話で兼六公園内の三芳庵《みよしあん》別荘に泊まり、太田南圃(俳人)や小富貞一(詩人)にも会った。金沢の方言に興味を持った芥川は「むさんこにあせない旅のしよむなさはだら山中の湯にもはひらず」「ひがやすな男ひとり来五日あまりへいろくばかり云ひて去りけり」など三首(『手帳㈤』)を詠んだ。このときのことは犀星の『金沢に於《お》ける芥川龍之介氏』(『文庫』昭和四・一〇)にも書かれている。ほかに未発表発句「簀《す》むし子や雨にもねまる蝸牛《かたつむり》」など四句ある。加州藩の古老の話を小説化した『煙管《きせる》』(『新小説』大正五・一一)では、一一代藩主斉広《なりひろ》と河内《こうち》山宗俊《やまそうしゅん》ら数寄屋坊主らとの金無垢《きんむく》の煙管をめぐる虚栄とかけひきを描いている。(影山恒男)

加能作次郎《かのうさくじろう》　明治一八・一・一〇〜昭和一六・八・五(一八八五〜一九四一)。小説家。石川県生まれ。明治四四(一九一一)年早稲田大学英文科卒業。大正二(一九一三)年博文館に入社、『文章世界』の編集に従事したのち作家生活に入る。作風は平凡な庶民の質実な生活を温情と善意の目で描き、独特の情味を漂わせるところに特色があり、代表作に『世の中へ』(新潮社、大正八・一二)、『乳の匂《にほ》ひ』(牧野書店、昭和一六・八)などがある。芥川との関係は編集者・作家の両面において深いつながりはなく、芥川の『文章世界』への発表作は『運』(大正六・一)『私と創作』(同七月)『片恋』(同一〇月)の三編であり、以後は執筆を断っている。芥川の加能評としては「氏の小説には、殆《ほとん》ど一毫《いちがう》の嫌味もない」(『大正八年度の文芸界』)を始めとして『大正八年六月の文壇』『大正九年四月の文壇』においても好意的に評している。加能のナイーブな資質への芥川の感応を示すものであろう。(鷺　只雄)

加納夏雄《かのうなつお》　文政一一・四・一四〜明治三一・二・三(一八二八〜一八九八)。彫金家。旧姓は伏見《ふしみ》。加納家の養子となる。通称は治三郎。宮内省御用掛、東京美術学校教授、帝室技芸員、造幣少技監などを務める。薄肉彫や片切彫《ぼり》を得意とし、寿朗のち夏雄の銘を用いた。主要作品は『千羽鶴花瓶』『月雁図鉄額』。古美術を愛した文章の彫金師芥川は、同じ田端《たばた》に住む歌人で鋳金家の香取秀真《ほずま》との交際(『雑筆』)を通して名工夏雄に関心を寄せ、『点心』でその晩年の姿に触れている。(川端俊英)

歌舞伎《かぶき》　芥川が幼い時から歌舞伎を見ていたことは『文学好きの家庭から』(『文章倶《ク》楽部《ラブ》』大正七・一)などからうかがわれ、江戸文学、文化によく通じていたことは知られるが、一方、「東京の下町に育ちながら、更に江戸趣味なるものに興味のない自分は、芝居に対しても同様に、滅多にドラマテイツク・イリユウジヨンは起す事が出来ない程、冷淡に出来上つた人間だつた。」(『あの頃の自分の事』、『中央公論』大正八・一)と書いている。芥川の書いた歌舞伎評は、『有楽座の「女殺油地獄《おんなごろしあぶらのじごく》」』(初出未詳。『百《ひやく》艸《そう》』(新潮社、大正一三・九・一七)に収録。普及版全集の文末に「大正八年二月」の日付がある)、『九年一月明治座評』(「明治座劇評」の題で『東京日日新聞』大正九・一・一六。のち『点心』(金星堂、大正一一・五・二〇)に収録)、『九年十月市村座評』(『市村座劇評』の題で『東京日日新聞』大正九・一〇・一五、のち表記の題で『点心』に収録)、『九年十一月明治座評』(『明治座劇評』の題で『東京日日新聞』大正九・一一・一三、のち表記の題で『点心』に収録)、『十年一月帝国劇場評』(『帝劇々評』の題で『東京日日新聞』大正一〇・一・二〇、のち表記の題で『点心』に収録)、『十年二月歌舞伎座評』(『歌舞伎座劇評』の題で『東京日日新聞』大正一〇・二・一五、のち『点心』に収録)、『新富座の「一谷嫩《いちのたにふたば》軍記」』(雑誌『新演芸』大正一一・四に表記の題に「新らしく評価したる歌舞伎劇」の肩書きを付して掲載。のち『百艸』に収録)、『市村座の「四谷怪談」―附御所五郎蔵―』(『新演芸』大正一二・六に「世話狂言の新研究」の標書のもとに掲載、のち『百艸』『梅・馬・鶯《うぐいす》』に収録)の八編がある。観劇当日認《したた》めた書簡に「いやな芝居」(下島空谷宛、大正九・一〇・一二)「愚にもつかぬ芝居」(小穴《おあな》隆一宛、大正一一・三・一〇)などの言葉があり、劇評を書かねばならぬ負担感から出た分を割り引きして考えても、芥川が歌舞伎にある距離をおいていたことがうかがわれる。それだけにかえって自由に柔軟に論じている点があり、例えば『女殺油地獄』を与兵衛の病的背徳性からのみ起こった悲劇で、「ノオマルな人間が自ら省みて戦慄《せんりつ》すべき悲劇」ではないとか、歌舞伎の約束事の多いのに驚くとか、俳優に辛辣《しんらつ》で揶揄《やゆ》的な感想を述べたりしている。『四谷怪談』を、現代にも生きる人間像をとらえているとして鶴屋南北を高く評価しているのが注目される。また芥川は『芝居漫談』で、完成した芝居である歌舞伎を「歌舞伎劇のまゝ保存したいと思つてゐる。しかし大道具や小道具を始め、役者の化粧さへいつの間にか現代の空気にかぶれるらしい。この流転の力に対抗することは或《あるい》は絶望に了《をは》るかも知れぬ。けれども若《も》し出来るならば、やはり火入りの月の前に縫ひぐるみの犬を吠《ほ》えさせて置きたい。」と言っている。

（菊地　弘）

歌舞伎座《かぶきざ》　明治二二（一八八九）年一一月、東京都中央区銀座（当時の木挽《こびき》町）に建てられた劇場。近代の歌舞伎の進展の中心地。芥川は早くからその雰囲気に親しみ、「下座の三味音楽のよび起こすやさしい情調を味はってくらした」（山本喜誉司宛、明治四三・六・四）。一方で学生時代に久米正雄と「立見」を見た思い出で、「役者の芸よりも土間桟敷の見物が、余程《よほど》自分には面白かつた。」（『あの頃の自分の事—二』）と記し、屈折した心情を見せている。なお大正一〇（一九二一）年の劇評として、『十年二月歌舞伎座評』がある。

（中島国彦）

鏑木清方《かぶらぎきよかた》　明治一一・八・三一〜昭和四七・三・二（一八七八〜一九七二）。日本画家。東京生まれ。水野年方門に入り江戸趣味や明治風俗の挿絵のほか、とくに泉鏡花、島崎藤村らの小説の口絵、挿絵を多く手がけ、昭和期には美人画、肖像画に独自の画境を開いた。代表作に「築地明石町」など。小穴《おあな》隆一ら美術界の人々とも交渉の深かった芥川は、自分の出生地の築地明石町で育った清方にも少なからぬ関心をもっていたと想像されるが、小説『葱《ねぎ》』では、清方の美人画「元禄女」にひかれる芸術趣味のカフェの女給の生活を細やかに描いている。

（神田重幸）

南瓜《かぼちゃ》　小説。大正七（一九一八）年二月二四日の『読売新聞』に発表。『点心』（金星堂、大正一一・五・二〇）、『梅・馬・鶯《うぐいす》』（新潮社、大正一五・一二・二五）に収録。江戸の吉原で、南瓜の市兵衛《いちべえ》と呼ばれている太鼓持《たいこもち》が、薄雲太夫《うすぐもだゆう》という花魁《おいらん》を奈良茂という成金と争ううち、『ハムレット』の台詞《せりふ》そのままに奈良茂を刺殺してしまう。主人公の隠された情念を描いた作品の一つである。

（石原千秋）

鎌倉《かまくら》　神奈川県東南部の町。三浦半島の起部に位置して、横須賀線の一駅。建久三（一一九二）年、源頼朝《みなもとのよりとも》が幕府を開き、元弘三（一三三三）年、新田義貞《にったよしさだ》が北条高時を滅ぼし、正平四（一三四九）年、足利尊氏《あしかがたかうじ》が次子基氏を関東管領として置いた地。幕府・頼朝屋敷跡・鶴岡《つるがおか》八幡宮・建長寺・円覚寺・長谷《はせ》大仏・長谷観音などの史跡・社寺が多く、また風致にすぐれた由比浜《ゆいがはま》・材木座海岸は夏季海水浴場として有名。また鎌倉文士という言葉ができたほど文士は鎌倉に縁が深い。芥川は大正七（一九一八）年二月二七歳の時、塚本文《ふみ》と結婚。三月、鎌倉町大町字辻小山別邸内に居を移し、文と伯母ふきを呼び、手伝いをおいて新しい生活に入った。『世之助の話』（『新小説』四月）『袈裟《けさ》と盛遠《もりとお》』（『中央公論』同）『地獄変』（『大阪毎日』『東京日日』五月）『開化の殺人』（『中央公論』七月）『奉教人の死』（『三田文学』九月）と、この年の芥川は多くの秀作を発表した。大正八（一九一九）年、二八歳の時の四月、鎌倉から再び田端《たばた》の自宅に引きあげた。大阪毎日新聞社社友となったのもこの間のことであり、芥川にとっては、生活も安定し、かつ充実した期間であった。しかし、一方では神経衰弱が高じて、そろそろ晩年の不幸な生活の影もみえはじめている。大阪毎日新聞社に入社前の芥川は、横須賀の海軍機関学校嘱託教官になり（大正五・一二）その生活は、大阪毎日新聞社の正式な職員となるまで（大正八・三）続いた。それと同時に鎌倉を去ったのである。鎌倉在住中、鎌倉に取材した作品はなく、横須賀線内での出来事に材を取ったものに『私の出遇《であ》つた事』の中の『蜜柑《みかん》』（『新潮』大正八・五）がある。『お時儀』（『女性』大正一二・一〇）はこのころの体験でなく主人公保吉《やすきち》の年齢（「三十になつたばかり」とある）からみて、大正一二（一九二三）年夏に避暑のため鎌倉駅前の平野屋に逗留《とうりゅう》したときの体験と思われる。岡本かの子の『鶴は病

みき』（『文学界』昭和一一・六）は芥川の疲れ果てた生活を伝えている。　（山敷和男）

鎌倉小町園《かまくらこまちえん》　鎌倉市小町小町ロ二八七番地にあった和風料理屋。本覚寺の貸地二四〇〇坪内に平屋で幾棟か建っていた。東京築地の小町園の支店。関東大震災の折一部焼失。芥川が鎌倉海岸通《どおり》野間方に住んで海軍機関学校に通っていたころ、この料亭を毎土曜というくらいに利用した。佐野花子は「そのころ鎌倉に『小町園』という料亭がございまして、ここの離れ座敷で、招いたり、招かれたりの土曜の夜は本当に三人（筆者注、芥川と佐野夫妻を指す。）とも楽しさに心あたたまり『お千代さん』という片えくぼのある女中さんや、『お園さん』という肥った女中さんがもてなしてくれました」（『芥川龍之介の思い出』短歌新聞社、昭和四八・一一・二五）と書いている。池崎忠孝宛の書簡にも「鎌倉に来て僕と駄弁をふるはないか（中略）場所は小町園にしよう」（大正六・五・二四）がみえ、小町園宛の書簡（大正一三・五・一三《年次推定》）もある。『大震雑記』をみると大正一二（一九二三）年八月一游亭《いちゆうてい》と鎌倉に行き、小町園の庭の池に菖蒲《しようぶ》も蓮《はす》と咲き競っていたと「自然」の「発狂の気味」に気づいたことを書いている。なお女将野々口豊子は芥川と親しく、芥川文は「小町園の女主人は、ときどき私も相談に行ったりする賢い女主人でした」（『追想 芥川龍之介』筑摩書房、昭和五〇・二・一五）と語っている。「小町園」は現在はなくなっている。近くに同名のフランス料理店があるが、無関係。　（菊地　弘）

神神の微笑《かみがみのびしよう》　小説。大正一一（一九二二）年一月『新小説』に発表。『春服《しゆんぷく》』（春陽堂、大正一二・五・八）に収録。『春服』収録の際、結末に近い二頁余りを削除。芥川の切支丹《キリシタン》物のなかでも、文明批評的な意味をこめての作者の主張が最も端的に現れた作品である。オルガンティノ神父はこの日本という風光も美しく気候も温和な風土を愛しながら、なぜか彼を憂鬱《ゆううつ》にするこの国から去りたいと思う。「この国には山にも森にも、或《あるい》は家家の並んだ町にも、何か不思議な力が潜」み、それが彼の「使命を妨げ」「理由もない憂鬱の底へ」引きずってゆく。ある宵《よい》、神神の狂宴の幻想になやまされた彼の耳に「この国の霊と戦ふのは、……」「負けですよ！」という不気味な囁《ささや》きを聞く。その翌日の夕暮れ「この国の霊の一人」という老人が現れ、「我我の力と云ふのは、破壊する力ではありません。造り変へる力なのです。」「事によると泥烏須《デウス》自身も、此《こ》の国の土人に変《かは》るでせう。支那や印度も変つたのです。西洋も変らなければなりません。我我は木木の中にも」「浅い水の流れにも」「薔薇《ばら》の花を渡る風にも」「寺の壁に残る夕明りにも」「何処《どこ》にでも、又何時《いつ》でもゐます。御気をつけなさい。御気をつけなさい。……」と言い残して消え去る。オルガンティノはやがて古屏風の中へ帰ってゆくが、語り手の声は彼に向かって「泥烏須が勝つか、大日孁貴《おほひるめむち》が勝つか――それはまだ現在でも、容易に断定は出来ない」が、「やがては我我の事業が、断定を与ふべき問題である。」と言い、しばらくの別れを告げる。遠藤周作は『神々の微笑』の意味」という一文の中で、この作品の「怖《おそ》しさは、芥川龍之介が老人の口を借りて、いかなる外国の宗教も思想もそこへ移植すればその根が腐り、その実体が消滅し、外形だけはたしかに昔のままだが、実は似而非《にてひ》なるものに変わってしまう日本の精神的風土を指摘していることだ」と言い、『沈黙』を書くまでこの作品を読んではいなかったが、主想の符合に「偶然の、幸福な一致」を感じたという。また「この問題のために、多くの文学者がどれだけ苦しんだか、今更、言うまでもないだろう」と述べ、芥川はその貴重な一石を投じたのだと言う。また作中、老人の言う言葉はまことに重要だが、その「造りかえる力」を芥川が肯定したか、否定したかはさだかでないと言う（『神々の微笑』の意味」）。しかしこれは単なる曖昧《あいまい》さではあるまい。ここに芥川文学に「一貫して流れ」る「日本的な優情」とも言うべきものを見、「人間の現実を超えんとする意志」、その「永遠に超えんとするもの」を「呑みこんでしまふ靉靆《あいたい》たるもやのごとき日本の風土」への「郷愁」を見るという評家の指摘（福田恆存《つねあり》『芥川龍之介』）は頷《うなず》くべきものがあろう。それはまた〈神〉の相貌の背後からにじみ出る〈神神の微笑〉にもつながるかとみえるが、初出稿の削除はその題意を曖昧にしてしまったとも言える。すなわち削除の部分は老人が消えたあとの夜の描写となるが、壁画の耶蘇《ヤソ》の顔が変わり、弟子のペテロが微笑する。二人の応答の背後から一二人の弟子たちの「主よ、大日孁貴よ。我等主と共にあらん。」という叫びが聞こえ、耶蘇の顔が美しい女に変わる。「ホザナよ。ホザナよ。大日孁貴の名によりて来るものは幸なり。いと高き所にホザナよ。」という「鬨《とき》の声が闇の中に」挙がり、オルガンティノの手から燭台の蠟燭《ろうそく》の火が落ちる。明らかに〈神〉の背後から〈神神の微笑〉がにじみ出る場面だが、何故か芥川はこれを削除した。恐らくはその趣向のあざとさというか、思いつきめいた手法への自省のゆえとも思える。ただここで消えた微笑はさらに半年の後書かれた。『長崎小品』（大正一一・六）では、再び〈基督《キリスト》〉や〈麻利耶《マリヤ》観音〉の微笑となって現れる。ただこれを微笑の転移とのみは見ず、「デウスが勝つかオオヒルメムチが勝つかというあの困難な問い」に対して、芥川がこの小品によって「西洋文明の命の火」が「日本の風土との微妙な一体化を遂げて生きるの」だという「ひとつの解答」を与え、しかもすべてが美的感性の場に収斂《しゅうれん》されてゆくところに芥川の特性を見るという評家（三好行雄）の論は頷くべきものがあろう。

〔**参考文献**〕三好行雄「芥川龍之介論・第一章―大川の水―」（三好行雄編『現代のエスプリ』第二十四号、至文堂、昭和四二・三）、笠井秋生「芥川龍之介の切支丹物」（山梨英和短期大学『日本文芸論集』Ⅰ、昭和四三・三）、遠藤周作「『神々の微笑』の意味」（『日本近代文学大系38、芥川龍之介集』月報、角川書店、昭和四五・二・一〇）　（佐藤泰正）

上司小剣《かみつかさしょうけん》　明治七・一二・一五～昭和二二・九・二（一八七四～一九四七）。小説家。本名延《のぶ》貴《たか》。奈良県生まれ。大阪予備学校中退。『読売新聞』時代には編集局長を務めた。自然主義的傾向からしだいに社会文芸的傾向を強めていった。芥川は小剣を「社会主義的自然主義者」と呼び、その社会改良論を寓《ぐう》した『黒王の国』（『中央公論』大正八・六）その他を注目した。しかし「唯異色あるものと云ふに止《とど》まつて、その芸術的完成の点になると、モリス、ウエルス、フランス等のユウトピア・ロマンスとは殆《ほとん》ど同日の談ではない。」と厳しく、むしろ自然主義作家中「唯一のヒユウモリストたる氏を彷彿《ほうふつ》せしめる『愛国者』が成功作か、と言う。（『大正八年度の文芸界』、『毎日年鑑』大正八・一二・五）ただ、もしもウエルズ、フランスのごとく成功すれば「日本にも上司氏がゐるのは聊《いささ》か人意を強うするに足るかも知れない。」（『大正八年六月の文壇』、『大阪毎日新聞』大正八・六・四～一三）とも評した。小剣に芥川の自殺を正岡子規と対比した『遺書の技巧美』（『中央公論』昭和二・九）がある。　（中山和子）

ガリヴアアの旅行記《がりばーのりよこうき》　Gulliver's Travels 一七二六年一〇月ロンドンで出版されたスウィフト（一六六七～一七四五）の小説。船員ガリバーの難破漂流記に託して小人や巨人の国、馬の国等での数奇な体験見聞を語り、英国の社会や政治、人間存在に強烈な風刺を浴びせかけたもの。芥川には『河童《かっぱ》』や『不思議な国』等一見して類似した作品群があるが、問題はそれらの関連よりもスウィフトの怒りに満ちた絶望的な精神への深い感応があった点が重要である。　（篠永佳代子）

軽井沢《かるいざわ》　避暑地として軽井沢はスコットランド生まれの宣教師アレキサンダー・クロフト・ショーによって発見され、外国人、日本の文人、学者によって利用され、発展してきた。芥川が初めて出かけたのは書簡で見る限り大正一三（一九二四）年で、七月二二日から八月二三日まで軽井沢町つるや旅館に滞在した。その様子は書簡のほかに『軽井沢日記』に描かれている。それによると「夜半『僻見《へきけん》』の稿を了す。」とか「夜、オオニイルの『水平線の彼方《かなた》』を読む。」などとあるほか、室生犀星、堀辰雄、片山広子（筆名松村みね子）、田中純らと交遊している。室生犀星の『碓氷山上之月《うすいさんじようのつき》』によると、「澄江堂《ちようこうどう》」はとなりの襖《ふすま》を隔てた部屋」にいて、初めはお互いに仕事の都合が悪くないかと心配したが、かえって意気が合ったと言い、句や歌を作ったり、峠の上へ月を見に行くなど親交の様子が描かれている。芥川は翌年も八月二〇日から九月八日までつるやに逗留《とうりゆう》した。その様子は『軽井沢で』、『軽井沢にて』に写されている。書簡によると室生犀星、片山広子、小穴《おあな》隆一夫妻、佐佐木茂索夫妻、堀辰雄らと夏を過ごしている。なお、つるや旅館は島崎藤村、永井荷風、谷崎潤一郎、正宗白鳥、志賀直哉らも足をとどめている。

（菊地　弘）

軽井沢での芥川

軽井沢で　かるいざわで　断章。昭和二（一九二七）年三月一日発行の雑誌『文芸春秋』第五年第三号に「――『追憶』の代りに――」の副題付きで発表。単行本未収録。一〇字から三〇字程度の断章二二編から成っている。大正一四（一九二五）年の夏に、軽井沢のつるや旅館に滞在したときの思い出であろう。しかし、写生ではなく、「黒馬に風景が映ってゐる。」等の表現で、一つの雰囲気を出そうとしている。最後は「さやうなら、僕の抒情詩時代。」で終わっている。

（石原千秋）

軽井沢日記　かるいざわにつき　『軽井沢日記』と題されるものは二稿ある。一つは大正一三（一九二四）年九月『随筆』に発表されたもの（A稿と略称する）。もう一つは大正一四年八月執筆の未定稿（同B稿）である。このほかに二稿と関連する内容を持った『軽井沢で』（大正一四年稿）がある。芥川は、大正一三年七月二二日より八月二三日まで、長野県軽井沢町旧道のつるや旅館に止宿して避暑生活を送ったが、この間、片山広子（筆名松村みね子）と交流したこと、社会主義関係の書をかなり読んだことなど、いくつかの重要な経験をした。A稿ではこの滞在中の八月三日から四日間の出来事、すなわち室生犀星が来軽し同宿したこと、翌日堀辰雄が一晩泊まって帰ったことなどが書かれているが、右記の経験は具体的に記されていない。この点、犀星の軽井沢滞在記『碓氷山上之月《うすいさんじようのつき》』（『魚眠堂《ぎよみんどう》随筆』）は八月三日より一四日までの出来事を記しているが、五日夜には二人は同宿の片山広子と話を交わしている。また、一三日夜には彼女らと自動車で近くの碓氷峠に出かけている。犀星によればそのおりの彼女の印象は「薔薇《ばら》夫人」「くちなし夫人」（芥川宛書簡、大正一三・八・二六）ということであった。翌大正一四年は八月二〇日から九月七日ごろまで同旅館に滞在し、彼女らと軽井沢近辺を訪れた。前記『軽井沢で』中で、「M夫人―舌の上に蝶が眠ってゐる。」「碓氷山上の月、―月にもかすかに苔《こけ》が生えてゐる。」などとあり、犀星文と相関する。B稿はその滞在中の一日一晩の記である。M（犀星）やH（堀辰雄）といるところにS（萩原朔太郎）が二人の美しい妹を連れて訪れ、散歩したり花札をしたりするが、ついにMは癇癪《かんしやく》を起こしてしまう、という内容で、短い文章の中に各々の個性が活写されている。同様の出来事を朔太郎の妹をめぐっての心理的葛藤《かつとう》面からとらえた犀星の『詩人・堀辰雄』がある。いずれにしても芥川にとっての軽井沢はある意味で「僕の抒情詩時代」（『軽井沢で』）であった。

（池内輝雄）

カルメン　かるめん　小説。大正一五（一九二六）年七月一日発行の雑誌『文芸春秋』に発表。『湖南の扇』（文芸春秋社出版部、昭和二・六・二〇）に収録。芥川の『手帳　九』に作の覚え書きとみられる記述、「カゲキ―歌劇。イナ・ブルスカヤ。カルメン、フアウスト、アイダ、トラヴイアアタ、ゴドノフ（マリア）。貴族。縊死《いし》。孔雀《くじやく》の扇。男たち。ボックス。ブザノウスキイ」がある。イナ（イイナ）の所属するロシア帝室歌劇座専属オペラ団は、革命後外国巡業に出、大正八（一九一九）年九月に来日、帝国劇場で「アイーダ」「椿姫《つばきひめ》」その他を上演した。イイナは一座の花形女優で、カルメンに扮《ふん》して四日・九日の舞台に姿をみせたが、一四日の晩は休場、他の女優がこれに代わった。その直後に新聞は、帝国ホテルにおけるロシア人の鉄道技師の服毒自殺を、イイナへの失恋のためとして報じたという。作品は、この事件に基づいて書かれているが、一方にメリメの『カルメン』が意識されたのが芥川の小説にほかならない。イイナのカルメンを目あてに帝劇に赴いたところ、代役だったので失望した「僕」は、同行のT君からイイナの出ない理由、彼女のあとを追ってきた某侯爵の縊死した事実を知らされる。やがて当のイイナが数人の外国人と客席に現れ、「孔雀の羽根の扇を使ひながら、悠々《ゆうゆう》と舞台を眺め出した。」のを認め、そこに「男を殺したことを何とも思つてゐないらしい露西亜《ロシア》のカルメン」を見いだして、最後まで目を離せない。のみならず二、三日後に、「あの晩」ホテルに帰ったイイナが皿を壁に叩《たた》きつけ、その破片をカスタネット代わりに握って、指から血の流れるのも構わずに、ひとり踊り続けたという話を聞いて、興奮に包まれる。「目の大きい、小鼻の張つた、肉感の強い女」イイナの、激情を内にたぎらせつつ、表は落ち着いている、それゆえにどこか謎《なぞ》めいてみえるイメージは、『湖南の扇』（大正一五・一）の玉蘭《ぎょくらん》にかようところがあって、芥川の心惹《ひ》かれる女性のタイプを刻みだしたものということができる。

（遠藤　祐）

彼《かれ》　小説。昭和二（一九二七）年一月一日発行の雑誌『女性』（第一一巻第一号）に発表。その後、単行本『湖南の扇』（文芸春秋社出版部、昭和二・六・二〇）に収録。初出と単行本にほとんど異同はない（二箇所）。この作品について「新潮合評会（八）」（『新潮』昭和二・二）で芥川は、『彼』を『彼　第二』、『玄鶴山房《げんかくさんぼう》』、『貝殻《かいがら》』の中で「一番自信を持つてゐる」と述べているのが注目を惹《ひ》く。またその席で近松秋江が「何だか、果敢《はか》ない感じがした。作者の私が云つてゐるやうに果敢ない。若い秀才が、無惨《むざん》に死んでいつた気持ちが一寸《ちょっと》胸に来た」と評したのに対して芥川は、「第一の彼にも第二の彼にも、殆《ほとん》ど嘘《うそ》のことは書いてゐない。第一の彼は何をしても寂しい。第二の彼はどこへ行つても寂しい。」と解説している。合評の席で、徳田秋声は「アレだけの人の生活を、あゝ云ふ風に唯印象的に書いたと云ふことは無理ですからね。（中略）第一なんかはおしまひの勝敗見たやうなもの、あゝ云ふ観念、芥川君にはよくあゝ云ふものが出るが」と批判し、宇野浩二は「もつと小説的な書方をやつても宜《よ》いぢやないかと云ふ気がしますね」と批評している。近松は第一の『彼』を良しとし、徳田は『彼　第二』を良しとしている。
僕の旧友の一人に「彼」がいた。彼は肉親の愛に恵まれず、貧しい三中生で印刷屋の二階に独居していた。貧しい棟割《むねわり》長屋に嫁いだ妹、一高受験の失敗、マルクスやエンゲルスの思想への目覚め、岡山の六高への入学、腎臓《じんぞう》結核による帰京、海岸への転地療養、叔父の娘への失恋、『ジャン・クリストフ』の旺盛さに対する無力感の告白、そして彼はそのまま帰らぬ人となった。僕は、頼まれて貸したロマン・ロランのその本が、黒枠の葉書の端に付記されたように故人の遺骸とともに一切の所持品が焼き棄てられ炎となって立ちのぼったことに感傷とともにある象徴を感じた。そしてこの世に生き残った僕の心中に「勝利者」の心理を指摘され動揺するのである。

（竹田日出夫）

彼　第二《かれだいに》　小説。昭和二（一九二七）年一月一日発行の雑誌『新潮』に『彼・第二』の題で発表。同年同月発行の雑誌『女性』に発表した『彼』に引き続き書いたので「第二」を付加したもの。ただし、主人公は別人であり、初出の文尾の「追記」には、二作には直接の「関係のある訳ではない」とある。『湖南の扇』（文芸春秋社出版部、昭和二・六・二〇）に表記の題で収録。内容は作者と思われる「僕」が今は亡き、

「愛蘭土人《アイルランドじん》」の「友だち」との交渉を回想したもの。主人公の「彼」（名前は不出）は、「僕」が「雪の晩などはどこまでも歩いて行きたくなるんだ。」とつぶやくと、「ロマンティックなのがどこが悪い？ 歩いて行きたいと思ひながら、歩いて行かないのは意気地なしばかりだ。凍死しても何でも歩いて見ろ。……」と言明し、従軍の決意を表明するほどの「ロマン主義者」であったが、しだいに変化し、「天然痘に罹《かか》つて死んでしま」う。そういう「彼」を見ている「僕」自身もかつてとは違ってきていることも描かれている。芥川の友人だったアイルランド人新聞記者ジョーンズがモデルと見られる。同時代評で、まず注目すべきは、徳田秋声の「何となく叙情詩のやうな一種の感慨が流れてゐるので、面白いと思つた」（「昭和劈頭《へきとう》の文芸（一一）」、『読売新聞』昭和二・一・一五）であろう。続いて、『新潮』（昭和二・二）の合評会でも取り上げられ、出席者の一人である作者芥川は主人公について「第二の彼はどこへ行つても寂しい」と説明している。片岡鉄兵はこの作品に芥川の「悔恨」（「作家としての芥川氏」、『文芸春秋』昭和二・九）を読み取っている。芥川はこの作品を発表してから約半年後に自殺した。「僕」が亡くなった旧友を回想するという形式の文章を書くことで、芥川は自分の生涯をも振り返り、死について考えていたのであろうか。（斉藤英雄）

枯野抄《かれのしょう》　小説。大正七（一九一八）年一〇月一日発行の雑誌『新小説』に発表、のち『傀《かい》儡師《らいし》』『地獄変』『沙羅《さら》の花』『芥川龍之介集』に収録された。初出と初刊本の間に数箇所の異同があるが、いずれもわずかなもの。初出には文末に「（七・九・二十一）」とある。作者自身、『一つの作が出来《でき》上《あが》るまで』でこの作について、『花屋日記』や「支考だとか其角《きかく》だとかいふ連中の書いた臨終記のやうなものを参考とし材料として、芭蕉が死ぬ半月ほど前から死ぬところまでを書いてみる考」えであったこと、それについては「先生の死に会ふ弟子の心持といつたやうなものを私自身もその当時痛切に感じてゐた」こと、ところが、俳句研究家の沼波瓊音《ぬなみけいおん》が小説「芭蕉の臨終」を書いているのを見て、最初の構想を捨てたこと、次に芭蕉の遺骸を船で運ぶ途中にシーンを取って弟子たちの心持ちを書こうとしたが、筆が進まず、締め切りを翌月に延ばしてもらい、たまたまそのころ知人が入手した蕪《ぶ》村《そん》筆の仏画「芭蕉涅槃図《ねはんず》」を見てそこから「ヒントを得て」今日見るようなものとしたことを語っている。また七年一〇月一〇日付の菅《すが》忠雄宛の書簡で「枯野抄骨を折つたものですから世評に関《かか》はりなく自分では或《ある》程度の満足を持つてゐます」と書いている。元禄七年一〇月一二日、大阪御堂前南《みどうまえみなみ》久太郎町《きゅうたろうまち》の花屋仁左衛《にざえ》門《もん》の裏座敷で芭蕉が弟子たちに囲まれて息を引きとろうとしている。そのぼんやりした眼《め》には、辞世の句に詠じた「茫々《ぼうぼう》とした枯野の暮色」が「夢のやうに漂つて」いたのかもしれない。最後に水で師の唇を弟子たちがかわるがわるしめすが、木節《もくせつ》は医者として万方《ばんぽう》を尽くしたかという疑問を感ずる。また緊張したこの瞬間に「一種の弛緩《しかん》した感じが――云はば、来る可《べ》きものが遂《つひ》に来たと云《い》ふ、安心に似た心もち」が一同の心に通り過ぎる。其角は、師の不気味な姿に、ほとんど生理的な堪え難い嫌悪を感じる。去来は悔恨とともに、看病に力を尽くしたという満足を感じ、また満足を感ずる自分が疚《やま》しく卑しいものに思えて動揺し、興奮する。動《どう》哭《こく》する正秀《せいしゅう》。その誇張――あるいは自己抑制力の不足――を不快と思いながらも嗚咽《おえつ》してしまう乙州《おつしゅう》などが描かれる。皮肉屋の支考《しこう》はそうした感情には動かされなかったが、「野ざらしを心に風のしむ身かな」の句のある師は、こうした美しい蒲団の上で往生の素懐を遂げることが出来ることに礼を言われたが、垂死の師を前にして師の経過を観察的に眺め、他門への名聞《みょうもん》や、己の興味打算を考え、師を失う自分たち自身を悼《いた》んでいる弟子（「本来薄情に出来上った自分たち人間」）を思えば、やはり師は「限りない人生の枯野の中で、野ざらしになつたと云つて差《さし》支《つか》へない」という感慨を抱く。惟然坊《いねんぼう》はこの次に死ぬのは自分ではないかという恐怖にとらわれる。こうした中で「老実な禅客の丈艸《ぢやうさう》」は、悲しみとともに限りない安らかさが心に広がって来るのを感じる。それは「芭蕉の人格的圧力の桎梏《しつこく》」から解放される、「恍惚《くわうこつ》たる悲しい喜び」だったのである。こうした弟子たちに囲まれて、芭蕉は死んだ。発表後すぐ赤木桁平《こうへい》は、「以前の境地を低徊《ていかい》」した「佳作の部類には属」さない作品とし、「殊に君によつて解剖され尽したらしい人間の心持が果してあれほど醜悪をのみ極めてゐるものであらうか」と述べている。宮本顕治は、門弟たちの描き方のうちに「近代的個性の痛々しい自己省察」を読み取っている。また片岡良一や竹内真は、弟子たち(人間)のエゴイズムとともに、芭蕉の孤独な姿をとらえた作品として、片岡はそこに芥川の虚無感を読み取り、竹内は、『地獄変』の良秀などの場合と同様芭蕉を通して作者自らを告白したものと読む。そして芥川の芸術主義がそれ自体に終始する質のものでなく、「人生の為《ため》の芸術」に半ばかかわってくるものであることを指摘する。が、前述したように芥川が師に別れた心持ちを言ったこともあって、従来、門弟たちの心理に重点をおいた読解がなされてきた。宇野浩二が、芥川自身が『枯野抄』の門弟たちは漱石門下の人たちだよと言ったというエピソードを伝えているというようなこともあった。吉田精一もテーマを門弟たちの姿に見て、丈草が感じた自由な精神の解放の喜びは芥川自身の「漱石の死に当っての感じ」でもあったと言い、「短篇の中に六人の門弟達の性格を描き分けようとした苦心は観取され、彼の学才と器用さとを見るべき一篇」としている。が、三好行雄は、こうした従来の見方に反対し、門弟たちの「エゴイズムが実は、〈枯野に窮死した〉芭蕉の孤独を実現するためにのみ必要だった」とし、「夢が枯野をかけめぐっただけでなく、死もまた枯野に実現したことの発見が、『枯野抄』の真の主題を決定したのである。小説の主題は、すでに漱石体験のはるか外へ逸脱している」、従って芭蕉を理解し、同じ芸術家の覚悟に生きようとする丈草のみが、微笑を許されたとする。そして『地獄変』などの一連の芸術家小説の系譜を継ぐ作品として位置づけ、方法的にも意識的、技巧的であるとする。萬田務は三好の論に大方は賛意を表しながらも、弟子たちの重要性を言い、「丈草を芭蕉に結びつけることで、現実のあらゆるものを越えるものは芸術だという、『戯作三昧《げさくざんまい》』以来のテーマをさらに確認し敷衍《ふえん》した」と結論づけた。菊地弘は、芭蕉の「枯野」は弟子たちにも共通する荒涼とした人生の影であり、そのような人生からの超脱が丈草によって示されていて、それはまた芥川の課題でもあったと論じた。

〔参考文献〕 赤木桁平「鉛刀一割(六)」(『時事新報』大正七・一〇・九)、宮本顕治「敗北の文学」(『改造』昭和四・八)、竹内真『芥川龍之介の研究』(大同館書店、昭和九・二・八)、片岡良一『現代作家論叢』(三笠書房、昭和九・三・二〇)、吉田精一『芥川龍之介』(三省堂、昭和一七・一二・二〇、のち『芥川龍之介I』桜楓社、昭和五四・一一・一二)、宇野浩二『芥川龍之介』(文芸春秋新社、昭和二八・一〇・五)、三好行雄『芥川龍之介論』(筑摩書房、昭和五一・九・三〇)、萬田務「芥川龍之介『枯野抄』覚え書」(『日本文学の重層性』桜楓社、昭和五五・四・二一)、菊地弘『芥川龍之介—意識と方法—』(明治書院、昭和五七・一〇・二五)

(菊地　弘)

「翡翠」《「かわせみ」》 片山広子氏著《かたやまひろこしちょ》 書評。初出『新思潮』大正五(一九一六)年六月。片山広子(筆名松村みね子)の歌集『翡翠』(竹柏会出版部、大正五・三)の批評。芥川は、作者が、幻想的な美的世界から脱出、日常的世界に詩を求めようとしていることに賛意を表しているが、新しい試みでは「表現の形式内容二つながら、この作者は、まだ幼稚である。」と言う。

(田中保隆)

河竹黙阿弥《かわたけもくあみ》 文化一三・二・三〜明治二六・一・二二(一八一六〜一八九三)。幕末から明治にかけて活躍した歌舞伎狂言作者。世話物に優れた手腕を示し、その音楽的効果や味わいは黙阿弥調として知られる。芥川家にはゆかりのある人物で、芥川の大叔父、幕末の大通津国《つのくに》屋藤次郎（細木《さいき》香以《こうい》）は黙阿弥と親交深く、黙阿弥は『江戸桜清水清玄』（安政五・三）で紀国屋文左衛門のモデルに使った。芥川はそれを養母儔《とも》に聞いたと記している（『孤独地獄』）。また、芥川家には代々江戸文人的な趣があり、芥川は小さいときから芝居見物などしていた（『文学好きの家庭から』）から、黙阿弥には親しんでいただろう。そのことは、「近くは河竹黙阿弥翁が、浅草寺の鐘の音と共に、其《その》殺し場のシュチンムングを、最《もっとも》力強く表す為《ため》に、屡々《しばしば》、其世話物の中に用ゐたものは、実に此《この》大川のさびしい水の響《ひびき》であつた。」（『大川の水』）や、いくつかの劇評からもうかがわれる。（山口幸祐）

観劇記《かんげきき》　芥川には、以下一三編の舞台芸術鑑賞の記がある。『「結婚の前」の評判』は大正七（一九一八）年八月一日発行の雑誌『新演芸』に発表された。これはズーデルマン作『ヨハネスファイア』を松井松葉《しょうよう》が翻案した大正七年七月帝国劇場で上演の『結婚の前』の劇評である。『有楽座の「女《おんな》殺《ごろし》油《あぶらの》地獄《じごく》」』は大正八年二月上演の近松門左衛門作『女殺油地獄』の劇評で、『百艸《ひゃくそう》』（新潮社、大正一三・九・一七）に収録された。「劇評一束」の題のもとに『点心』（金星堂、大正一一・五・二〇）に収録されたのは以下の五編である。『九年一月明治座評』は岡本綺堂《きどう》作『増補信長記《しんちょうき》』、長谷川千四作『一条《いちじょう》大蔵譚』、大森痴雪《ちせつ》作『関の小唄』（初演）、岡鬼太郎作『小猿七之助』（初演）の劇評。『九年十月市村座評』は『伊達《だて》安芸《あき》尽忠録《じんちゅうろく》』『御金蔵破《ごきんぞうやぶ》り』の劇評。『九年十一月明治座評』は河竹新七作『明治維新』、近松半二《はんじ》作『関取《せきとり》千《せん》両《りょうの》幟《ぼり》』、岡鬼太郎作『義貞《よしさだ》の使者』（初演）、近松門左衛門作『毛剃《けぞり》』の劇評。『十年一月帝国劇場評』は近松作、岡本綺堂脚色『雪女《ゆきおんな》五枚《ごまい》羽子板《はごいた》』、大村嘉代子《おおむらかよこ》作『柳橋《りゅうきょう》新話《しんわ》』（初演）の劇評。『十年二月歌舞伎座評』は榎本虎彦作『南都《なんと》炎上《えんじょう》』（初演）、『船弁慶《ふなべんけい》』『鎌倉《かまくら》三代記《さんだいき》』『御祭《おまつり》佐七《さしち》』の劇評。『新富座の「一谷《いちのたに》嫩《ふたば》軍記《ぐんき》」』は大正一一（一九二二）年四月一日発行の『新演芸』に発表され、『百艸』に収録された。『帝劇の露西亜《ロシア》舞踊』は大正一一年一〇月一日発行の『新演芸』に発表され、『百艸』、『梅・馬・鶯《うぐいす》』（新潮社、大正一五・一二・二五）に収録された。一一年九月一一〜二六日上演のアンナ・パブロワを中心とする露西亜バレー団の評である。『市村座の「四谷怪談」—附五所五郎蔵』は大正一二（一九二三）年六月一日発行の『新演芸』に発表され、『百艸』、『梅・馬・鶯』に収録された。一二年四月上演『形見草四谷怪談』の劇評である。『金春会《こんばるかい》の「隅田川」』は大正一三（一九二四）年三月一日発行の雑誌『女性』に発表され、『百艸』、『梅・馬・鶯』に収録された。『寄席《よせ》』は大正一三年六月一日発行の『女性』に発表され、『百艸』、『梅・馬・鶯』に収録された。『Gaity 座の「サロメ」』は大正一四（一九二五）年八月一日発行の『女性』に発表、『梅・馬・鶯』に収録された。大正元年一一月九日横浜山手ゲエテ座上演のイギリスの旅芸人アラン・ウィルキイ一座の『サロメ』（日本初演）の劇評である。二歳ぐらいから家族と芝居や寄席に通った芥川は、身に付けた江戸風の美意識を尺度に、演劇、舞踊、寄席芸への鋭い批評を下している。旧劇では、江戸期の作劇法を好み、近松のテクニックや会話の巧妙さ（『女殺油地獄』『毛剃』）、南北の「時代を写しながら」現代にも通じる手腕（『四谷怪談』）などを絶賛している。また旧劇を演じる場合は「昔の約束を重んずべきだ。」と説いている。この観点から、『小猿七之助』は「因果の気味悪さを感じさすべく」舞台面が陽気すぎ、『御金蔵破り』はパノラマじみた書き割りで黙阿弥の芝居の味が消滅し、『関取千両幟』は役者の近代的な芸が浄瑠璃《じょうるり》めいた味わいを破っていると評し、『鎌倉三代記』で時姫に扮した五代目中村歌右衛門の古雅な気品を讃《たた》える一方「今代の悪臭を放」つ若手の芸を貶《けな》している。初演の新作物には、概して点が辛い。寄席芸に対しても、落語家の下手になったこと、芸の趣向が俗悪化したことを嘆き、往年の名人芸を懐かしんでいる。また、舞台芸術における視覚美を重視し、桜間金太郎の狂女（『隅田川』）やアンナ・パブロワの『瀕死《ひんし》の白鳥』の美を推賞している。さらに、ロシア舞踊に「野性の呼び声」を見聞き、『隅田川』の狂女に「天才の悲劇」を見るなど、芥川文学の本質に通じる感覚も散見する。見物席や端役への細かい目配りにも、観劇作法や役者心得を重視する芝居通の一面がうかがえる。芥川は、「滅多にドラマティック・イリユウジョンは起す事が出来ない」(『あの頃の自分の事』)と語っているが、この観劇記にみなぎっているのは、芥川のいかにも自在なドラマティック・イリュウジョンである。彼はそのイリュウジョンによって、幼少時の幸福な思い出(『寄席』)や青年期の浪漫主義(『サロメ』)を呼びおこしつつ、諧謔《かいぎゃく》を交えた楽しげな文体で、機知に富んだ批評を展開している。芥川の、舞台芸術への深い造詣と親愛を伝える九編である。 (神田由美子)

寒山拾得《かんざんじっとく》 草稿。大正六(一九一七)年ごろの執筆で、『東洋の秋』(大正九・四)の草稿とされている。夏目漱石『夢十夜』の、「第六夜」、運慶の話を下敷きにしたもので、「さう思つたら、彼等《ら》が現代の東京を歩いてゐるのも、略々《ほぼ》無理がないやうな心もちがした。」という末尾の一文までそっくりである。漱石先生の所から帰る途中に、寒山拾得が歩いているのを見たというだけの話だが、これが『東洋の秋』に組み入れられると、芥川らしい作品になるのである。 (石原千秋)

「寒山拾得」原稿

漢詩と芥川《かんしとあくたがわ》 漢詩とは、中国でつくられた詩(時代の新旧・形式のいかんを問わない)及び、日本人がそれにならってつくった詩を指す。芥川は明治二五(一八九二)年の生まれであるから、当然のこととして、まだ早くから漢詩に親しめる状態にあった。しかし、彼が漢詩の面白味を理解し、許丁卯詩集などを愛読したとされる明治四三(一九一〇)年には、日本の漢詩壇はすでに衰えていた。牧野謙次郎は『日本漢学史』(世界堂書店、昭和一三・一二)の中で、明治の詩史を三期に分け、第一期を明治初年より二二、三年ごろに至る下谷《したや》吟社(大沼枕山《ちんざん》)・茉莉《まつり》吟社(森春濤《しゅんとう》)の時代とし、詩壇は「蕾《つぼみ》の将《まさ》に開かんとする時期」であるという。第二期を、それより三〇年前後に至る星社時代として、「詩壇の花満開の時期」であると言う。第三期を、それより末年に至るまでとして「詩壇の花衰微の時期」であるとしている。この分類に従うと、芥川は漢詩の面白味の分かったときには、もう、明治の漢詩壇は末期になっていたのである。これが、芥川が、どの詩の吟社にも所属しなかった理由の一つであろうと思われる。それで、芥川は、おそらく『日本外史』などを教わった人の手引きで作詩を始めたと思われるが、今日、日本近代文学館にある芥川の旧蔵書には、作詩家必携の『佩文韻府《はいぶんいんぷ》』五二冊『韻府拾遺』八冊があることからみて、楽しみに漢詩をつくってみる、という気持ちはもっていたらしい。大正二(一九一三)年一二月九日付浅野三千三宛の書簡に「寒更無客一燈明　石鼎火紅茶靄軽　月到紙窓梅影上　陶詩読罷道心清」(訓読。寒更《かんこう》客無く一燈明らかなり。石鼎火《せきていか》紅茶靄《もや》軽し。月は紙窓に到《いた》り梅影上る。陶詩読み罷《や》み道心清し。)という詩を記しているのもその現れであろう。ついで、大正四(一九一五)年八月二三日付、井川(恒藤《つねとう》)恭《きょう》宛の書簡には四首の詩が記されている。まず「波根《はね》村路」と題して「倦馬貧村路　冷煙七八家　伶俜孤客意　愁見木棉花」(訓読。倦馬《けんば》貧村の路《みち》。冷煙七八家。伶俜《れいへい》孤客の意《こころ》。愁いて見る木棉の花。)ついで「真山《しんやま》覧古」と題して「山北山更寂　山南水空廻　寥々残礎散　細雨灑寒梅」(訓読。山北山更に寂《せき》たり。山南水空しく廻《めぐ》る。寥々《れうれう》として残礎散り、細雨、寒梅に灑《そそ》ぐ。)次の二首は七絶、まず「松江秋夕」と題して、「冷巷人稀暮月明　秋風蕭索満空城　関山唯有寒砧急　擣破思郷万里情」(訓読。冷巷《れいかう》人稀《まれ》にして暮月明らかなり。秋風蕭索《せうさく》として空城に満つ。関山唯《ただ》、寒砧《かんちん》の急なるあり。擣破《たうは》す思郷万里の情。）ついで「蓮」と題して、「愁心尽日細々雨　橋北橋南楊柳多　櫂女不知行客涙哀吟一曲采蓮歌」（訓読。愁心尽日細々たる雨。橋北橋南楊柳《やうりう》多し。櫂《たう》女は知らず、行客の涙。哀吟一曲采蓮《さいれん》の歌。）以上は、いわば素人宛の手紙だが、石田幹之助宛の大正四年八月二四日付のものでは、さすが気がひけたのか、「松江秋夕」を書いて「乞玉斧《こうぎよくふ》」と付け足している。同年九月二一日付井川恭宛の書簡にある竹枝詞というのは「あまりうまくない（削除）」と断ってあるが、引用すると、「黄河曲裡暮烟迷　白馬津辺夜月低　一夜春風吹客恨　愁聴水上子規啼」（訓読。黄河曲裡暮烟《りぼえん》迷ふ。白馬津辺夜月低し。一夜春風客恨を吹き、愁ひ聴く水上に子規《ほととぎす》の啼《な》くを。）以上書簡からひろい集めたどの詩も、特にうまいとは言えず、題材も内容も大体平凡である。大正九年九月一六日は小島政二郎宛の中の詩「昨夜帰途得短韻」の「十載風流誤一生　愁腸難解酒杯傾　煙花城裡昏々雨　空対紅裙話旧盟」（訓読。十載の風流一生を誤つ。愁腸解き難く酒杯傾く。煙花城裡昏々たる雨。空しく紅裙《こうくん》に対して旧盟を話す。）では、さすが『漢文漢詩の面白味』（『文章倶楽部《クラブ》』大正九・一）で『香奩《こうれん》集』の魅力を説明している芥川を思わせるが、しょせん芥川にとって漢詩は道楽の域を出ず、彼の作家活動の中で、文章などにいろいろと反映したではあろうが、副次的なものにすぎなかった。また王次回の『疑雨集』を愛読したらしいこと（『支那游記《ゆうき》』）も、特殊な漢詩への嗜好を思わせる。（山敷和男）

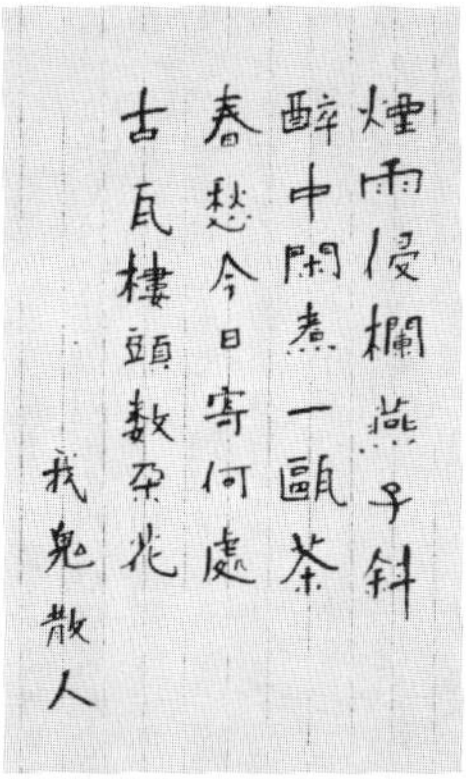

芥　川　の　書

漢楚軍談《かんそぐんだん》　通俗書『通俗漢楚軍談』一五巻。七巻までが夢梅軒章峰、八巻以後は望東南徽《き》庵の作。元禄七（一六九四）年完成。かつて、『通俗三国志』と並んで、中国の軍談物の双璧《そうへき》と言われていた。秦《しん》の始《し》皇帝《こうてい》の阿房宮建立に始まり、漢が天下を統一し、高祖《こうそ》が死んで恵帝嗣立するに至るまでのことを書いてあるが、いわゆる群雄ならび起こり、劉邦《りゅうほう》・項羽《こうう》の両名が天下を争ったことが中心で、内容が豊かなので興味深い書。芥川は、『僻見《へきけん》』（『女性改造』大正一三・四～九）の『三 大久保湖洲』で、この書に触れ、「諸君の軽蔑する『漢楚軍談』」と言っているのは、この書が通俗書として文学青年の間に軽くみられていたことを示しているが、中国の歴史書、小説から広く材料をとってあって面白い。芥川は愛読したらしく、この巻一二を使って、『英雄の器』（『人文』大正六・一一）という小説とも小品ともつかない作品を書いている。（山敷和男）

カント《かんと》　Immanuel Kant　一七二四・四・二二～一八〇四・二・一二。ドイツの哲学者。理性について考察し、近代哲学における批判的認識論を確立した。『路上』は英文科の勤勉な学生俊助を主人公にし、大正期の東京帝国大学生の内外両面の風俗を描いた未完の作品であるが、この中に実業家のような風采《ふうさい》のL教授が、哲学概論の講義の導入部にカント哲学の範《はん》疇《ちゅう》論を取り上げ、俊助は熱心にしかも手際よくノートを取るという叙述がある。（赤瀬雅子）

関東大震災《かんとうだいしんさい》　大正一二（一九二三）年八月二五日、芥川は鎌倉から田端《たばた》に帰ったが、鎌倉で八月に藤《ふじ》・山吹《やまぶき》・菖蒲《しょうぶ》などの花が咲いているのを見てから、久米正雄や小穴《おあな》隆一らにしきりに「天変地異が起りさうだ」と予言していたという（『大震雑記』）。九月一日、自宅の茶の間で大震に見舞われ、屋外に出ようとしたが、「家大いに動き、歩行甚だ自由ならず。屋《をく》瓦《くわ》の乱墜するもの十余。大震漸《やうや》く静まれば、風あり。面を吹いて過ぐ。土臭殆《ほと》んど噎《むせ》ばんと欲す。」（『大震日録』）状態だったと書き、二日、田端の家に延焼の危険が迫ると聞くと、「漱石先生の書一軸を風呂敷に包む。」（同）も、夜になって三十九度の熱をだし、立つことすら出来なかったという。田端の家の付近は延焼を免れたが、東京は焦土と化し、芥川家には小島政二郎夫妻が避難してきた。熱が下がると、提灯に蠟《ろう》燭《そく》をともして自警団の詰所に出かけた。数日後、見舞いにきた川端康成、今東光と三人で吉原の地へ死骸を見にゆくなど、「地獄絵」さながらの焼け跡を何度か見て歩いた。その見聞や感想は、八編ほどの震災文にまとめられ、『中央公論』『女性』『改造』などに発表されている（全集第六巻）。また森本修の『新考芥川龍之介伝』（北沢図書出版）に詳しい記述がある。その一つ『震災の文芸に与ふる影響』（初出未詳）に、芥川は「こんどの大地震は、我我作家の心にも大きな動揺を与へた。我我ははげしい愛や、憎しみや、憐《あはれ》みや、不安を経験した。（中略）我我は在来のやうに、外界に興味を求めがたい。すると我我自身の内部に、何か楽《たのし》みを求めるだらう。（中略）乱世に出合つた支那の詩人などの隠棲の風流を楽しんだと似たことが起りさうに思ふ」と書き、多数に訴える小説と少数に訴える小説が生まれることになるのではないか、と予言している。芥川ら一一名による座談会「創作合評―凶災後の文芸時事六項」（『新潮』大正一二・一一）での発言なども見逃せない。

（小田切進）

蒲原春夫《かんばらはるお》　明治三三・三・二一〜昭和三五・九・一（一九〇〇〜一九六〇）。小説家・郷土史家。芥川龍之介に師事した長崎出身の作家。長崎県生まれ。大正七（一九一八）年三月、長崎中学校を卒業。同級生に渡辺庫輔《くらすけ》がいた。大正八年三月、芥川が菊池寛とともに長崎を訪れた折に面識を得、大正一一（一九二二）年四月下旬から五月いっぱいに及んだ芥川の長崎再遊の際には、より親しい交誼《こうぎ》を得る。同年帰京した芥川を頼って上京。作家を志し、田端《たばた》の芥川家の近くに住み、創作の指導を受けるかたわら、何かと芥川の手伝いをした。そのうち特記すべきは、芥川龍之介編『近代日本文芸読本』全五集（興文社、大正一四・一一・八）の手助けである。この読本は、「明治大正の諸作家の作品を集めた副読本用の選集」であり、全五集に配置された作品は一四八編にも及ぶ。これは芥川がその凝り性ぶりを発揮した仕事と言えるが、当時縁の下の力持ち的な存在として、下働きをしたのが蒲原春夫であった。一方、上京直後、彼は真剣に作家となることを考え、かなりの量の小説を書いている。そのいくつかを列挙すると、『女人伴天連《バテレン》』（『婦人倶楽部』大正一三・五）『伴天連異聞』（『新小説』大正一三・八）『奉教人の恋』（『青年』大正一三・八）『パライソ・テレアル』（『女性改造』大正一三・八）『二つの夜咄《よばなし》』（『新小説』大正一三・九）『切支丹《キリシタン》の殉教哀話』（『青年』大正一三・一二）などで題名からして切支丹ものと分かる作が多く、のち『南蛮仏』（博文館、昭和二・二・一〇）にまとめられた。その作風は芥川の強い影響下にあるものの、発想や表現技法の未熟さは覆うべくもない。蒲原春夫の作家としての活動期間は、大正一三（一九二四）年を頂点とした前後二、三年に過ぎない。芥川没後間もなく故郷長崎に戻り、古本屋を開業、傍ら長崎史の研究に打ち込むようになる。長崎の文学愛好家の機関誌『長崎文学』は、蒲原春夫が中心となり、昭和六（一九三一）年に創刊されたもので、断続しながらも戦後にまで及んだ。晩年は長崎ペンクラブ委員長に推され、郷土作家の育成に努力した。

（関口安義）

漢文漢詩の面白味《かんぶんかんしのおもしろみ》　随筆。大正九（一九二〇）年一月一日発行の雑誌『文章倶楽部《クラブ》』に発表。この文章は「漢詩漢文を読んで利益があるかどうか？」という雑誌編集部の質問に応《こた》えて書かれた。質問に対し芥川は「利益があると思ふ。」と答え、その理由をあげている。日本語は支那《シナ》語の恩を受けている。漢字を使っているというばかりでなく「遠い過去から積んで来た支那語流のエクスプレッション」が日本語の中に残っている。だから過去の日本文学の鑑賞にも、現在の日本文学の創造にも利益がある、と。具体的な利益については、漢詩を例にそこにつきまとう通念を打破する形で記している。漢詩と言えばみな「極《ご》大雑把な枯淡の文字のやうに思はれてゐる。」が、実際はすこぶる繊細な神経の働いている作品も少くないとし、高青邱《こうせいきゅう》（明）の五言絶句を引いている。また「抒情的《リリカル》な感情」に縁がないと思われているが、これも違っているとし、韓偓《がんあく》（唐）の詩集から七言絶句を一編引いている。さらに興を遊ばせ、孫子瀟《そんししょう》（清）の詩に現れた「ノスタルジア」に共鳴し、趙甌北《ちょうおうほく》（清）の詩に自己の売文生活の不安定な境遇を重ねている。杜牧《とぼく》（唐）の詩には、吉井勇と共通な頽唐《たいとう》趣味を見いだしている。さらに自然描写においても「鋭い詩眼」を感じさせる例が数多い、として、杜甫《とほ》、僧無己《そうぶき》、雍陶《ようとう》の作品を引いている。芥川は結論的に「我々の心境に合するもの」「学ぶ可き事」が「思ひの外多くはないかと思ふ。」と述べているが、この言い方は啓蒙的である。と同時に漢詩漢文が時代の教養の外にすでに置かれてしまっていることを告げている。漢詩漢文を「利益」という観点を超えたところで読んでいた芥川ならではの言葉である。近代日本の草創期の文学者たちは、漢詩漢文とともに西洋文学をも教養とする必要があった。芥川もこの例にもれず、早くから英語と漢学を学び、結局東京帝国大学英文科に入った。こうした質問と文章は時代の過渡期のあり方を、教養という面からよく映し出していたと言える。

（芹沢俊介）

き

奇怪な再会《きかいなさいかい》　小説。大正一〇（一九二一）年一月五日から二月二日まで十七回にわたって『大阪毎日新聞』夕刊に連載（一月九、一〇、一四、一五、一七、二一、二三、二四、二六、二八、二九、三一の各日は休載）、のち『夜来の花』（新潮社、大正一〇・三・一四）『奇怪な再会』（金星堂、大正一一・一〇・二〇）に収められた。一七章より成る。初出では、第一回の文末に「追記、予告には『河童《かっぱ》』を書くやうに出したが、さし当《あた》り気もちがさうならない為《ため》、本篇に取りかゝる事とした。尤《もっと》も気もちの遣《や》り繰《くり》がつき次第、是非『河童』も書きたいと思ふ。（作者識《しるす》）」という文が行を改めて付されていた。また、「八」が、現在の「九」の冒頭の十数行をも含んでいたという章の区切り方の異同のほか、比較的小さな語句の異同がある。日清戦争中、威海衛《いかいえい》の妓《ぎ》館で客をとっていた孟蕙蓮《もうけいれん》は陸軍一等主計の牧野に日本に連れて来られ、名もお蓮と変えて囲われている。相愛の仲だった金は牧野がお蓮に親しみ出したころ急に消息を断った。占い師は、東京が森や林にでもならない限り、再び金に会うことはないと言う。静穏な妾《めかけ》暮らしの中でかつての野性を抑えてお蓮は暮らしているが、金を思い続け、金が牧野に殺されているのではないかと感じてゆく中で、幻覚で金を見、金に会えると確信して狂ってゆくという筋で、いわば仮装の生の中で一心に男を思い続ける一念を描いている。この時期芥川は中国に取材した作品をいくつか書いているが、これもそうした系列の一つ。主題の点でも『南京《ナンキン》の基督《キリスト》』と通じるものをもつ。また新聞小説であったため、一回ごとに話を区切りながら興味を次につないでゆく技巧が示されており、犬を巧みな小道具として用いていることや、『マクベス』の魔女の予言を思わせるような筋などが注目される。ばあや、医者のKなど、認識者ないし語り手の役割を負う人物が設定されていることも、芥川の他のいくつかの作品と共通する。吉田精一は「題材から云つて、鷗外の『鼠坂』と鏡花の『三尺角』とを思はせる。或《あるい》はこの二篇からの暗示を認めると断言してよいかも知れない。」（『芥川龍之介』三省堂、昭和一七・一二・二〇）と言っている。

（菊地　弘）

機関車を見ながら《きかんしゃをみながら》　昭和二（一九二七）年九月一五日発行の雑誌『サンデー毎日』第六年第四十一号（秋季特別号）に発表。遺稿。「我々は子供と大人とを問はず、我々の自由に突進したい欲望を持」つ機関車だと芥川は言う。しかし、機関車は軌道が無ければ走れない。「この軌道は或《あるい》は金銭であり、或は又名誉であり、最後に或は女人」だと言う。この二律背反に芥川は生涯苦しめられたことは『西方の人』における「永遠に守らんとするもの」と「永遠に超えんとするもの」の相克からも分かるのであるが、この軌道に関しては幼いときから漠然としたイメージがあったらしい。『少年』における四歳の保吉《やすきち》は道の上に延々と続く二すじの線は何であるのか不思議に思う。女中の鶴が言う。「これは車の輪の跡です！ 保吉は呆気《あつけ》にとられたまま、土埃《ほこり》の中に断続した二すぢの線を見まもつた。同時に大沙漠《さばく》の空想などは蜃気楼《しんきろう》のやうに消滅した。今は唯泥《どろ》だらけの荷車が一台、寂しい彼の心の中におのづから車輪をまはしてゐる。……」(『少年』)この車輪のイメージは「三十年来考へて見ても、何一つ碌《ろく》にわからな」かったのであるが彼の死が近づくにつれしだいに明確な形をとり始める。「路《みち》の左は砂原だつた。そこに牛車の轍《わだち》が二すぢ、黒ぐろと斜めに通つてゐた。僕はこの深い轍に何か圧迫に近いものを感じた。逞《たくま》しい天才の仕事の痕《あと》、—そんな気も迫つて来ないのではなかつた。」(『蜃気楼』)そして『機関車を見ながら』で芥川の結論は出たとみられるのである。「我々はいづれも機関車であ」り、その機関車はムッソリーニでありマクベスであり、小春治兵衛だという。芥川の機関車は窮極的には悲劇的機関車であり、それは取りも直さず喜劇的機関車でもあるのだ。そして「大抵《たいてい》の機関車は兎《と》に角《かく》全然さびはてるまで走ることを断念しない。」しかし芥川は自らの手で走ることを断念してしまったのである。

（西谷博之）

奇遇《きぐう》　小品。大正一〇（一九二一）年四月一日発行の雑誌『中央公論』第三六年第四号に発表された。のち『春服《しゅんぷく》』（春陽堂、大正一二・五・一八）に収録された。初出と比べて大きな異同はない。岩波版全集（昭和五二〜五三年刊）は、『春服』を底本として、「酔蟹《すいがに》」（初）が「酔蟹《すがに》」に、「吃嫖賭戯《きつぴやうとぎ》」（初）が「吃喝嫖賭《きつかつぴやうと》」に、「紅《あか》い芙《ふ》蓉《やう》の簇《むら》がる中に、その舟の帆影を見送りながら、少女の父母が交換した、下のやうな会話を知らなかつた。」（初）が「少女の父母が交換した、下のやうな会話を知らなかつた。父母は二人とも目《ま》かげをしながら、水際の柳や槐《えんじゆ》の陰に、その舟を見送つてゐたのである。」となっている。そして、『春服』で「黙つて置く」に直された箇所のみが元の「黙つて読ませて置く」（初）に戻されている。芥川はこの年（大正一〇）三月、自分の属している大阪毎日新聞社から海外視察員として中国に派遣されることになり、その準備の急がしい最中にこの作品を執筆した。彼はこれから訪れようとしている新旧入り混じった異国の世界に想像を馳《は》せ、中国の古典である『剪燈《せんとう》新話』の「渭塘《いとう》奇遇記《きぐうき》」からその題材をとりながらも、才子佳人の登場するロマンティックな幻想の世界と、自ら育った下町とも共通する少女の父母の人情噺《ばなし》的な世界とを組み合わせ、さらにそこに小説家と編輯《へんしゆう》者との小説の芸術性をめぐる価値観の対立をもモザイクのように組み合わせている。そのことによって、あの『南京《ナンキン》の基督《キリスト》』のときと同じような「実在性がとぼしい」という批判にあらかじめ先手を打ったとも言えよう。梗概を述べると、まず冒頭で支那《シナ》旅行へ出発するあわただしさの中で編輯者に以前に書いた作品を取り出して読むという形式で話は始まる。至順《しじゆん》年間のこと、長江に臨《のぞ》んだ古金陵《こきんりよう》の地に王生《おうせい》という青年があった。才力豊かで容貌も美しく親譲りの資産もある。その彼が去年の秋以来道楽をやめ酒も飲まなくなった。親友の趙生《ちょうせい》が心配して家に訪ねると、彼は元稹体《げんしんたい》の会真詩《かいしんし》三十韻《いん》を出して見せ、その中に嗟嘆《さたん》の意が洩《も》らしてあった。しかも机の上には紫《し》金《こん》碧甸《へきでん》の指環が一つ転《ころ》がっている。それをみて、親友はその指環の主を追及する。すると王生は確かに自分の恋をしている女の存在を認めたが、それがありふれた才子の情事ではなかった。去年の秋渭塘のほとりの酒旗を出した一軒の家で酒を飲み、その夜夢の中でその家の玉人《ぎょくじん》のような美しい女を訪ねたが、その後夢の中で水晶の双魚《そうぎょ》の扇墜《せんつい》を贈ったら、女がこの指環を抜いて渡してくれたと言うのである。やがて、その不思議な夢は現実となって、ある日王生と少女のカップルが誕生する。これを趙生から最後に伝え聞いた銭塘《せんとう》の文人瞿祐《くゆう》は、美しい「渭塘奇遇記」を書いた。ここまで聞いて編輯者は「ロマンテイクな所は好いやうです。」と言う。ところが、小説家は「後《あと》が少し残つてゐる」といって、少女の父や親友に話した夢の話は嘘《うそ》だったことを明かす王生と少女の会話と、実はそれを知りながら許した少女の父母の会話とを付け足し、それを蛇足だとする編輯者（夢を大事にする人間）と小説家（ロマンティックなものを現実に引き下ろさずには気のすまぬ人間）との対立のまま作品は終わっている。従来研究史の中でこの作品はほとんど無視されてきた。「作品も間に合わせで、」「才人としては失敗の作」（松山悦三）とか、「感動的な話柄が『読者の感興をぶち壊す』認識の地平にまで移されてしまっている。」（海老井英次）と批判されてきた。しかし、後半の編輯者と小説家との対立の構図は、『南京の基督』をめぐる論争後の芥川の内部の小説観の矛盾対立の方法的表現として読めば興味深い。

〔**参考文献**〕 松山悦三「奇遇」（『芥川龍之介読本』社会思想社、現代教養文庫、昭和四三・五・三〇）、海老井英次「第六短篇集『春服』」（『国文学』昭和五二・五）

（小沢勝美）

菊池寛《きくちかん》 明治二一・一二・二六～昭和二三・三・六（一八八八～一九四八）。小説家・劇作家。芥川龍之介の一高以来の友人。本名寛《ひろし》。香川県生まれ。生家はもと高松藩士族で、祖先の一人に天保の漢詩人菊池五山がいる。県立高松中学校を出たのち、一時東京高等師範学校・明治大学・早稲田大学予科などに籍を置き、明治四三（一九一〇）年九月、心機一転して第一高等学校第一部乙に入学する。同級に芥川龍之介・久米正雄・松岡譲・成瀬正一《せいいち》・佐野文夫らがおり、彼は特に佐野と親しかった。演劇にこり、久米や松岡らと当時十ばかりあった東京の劇場を片っ端から見て歩き、ワイルドやショーに傾倒する。大正二（一九一三）年四月、一高卒業を直前に控え、佐野文夫の窃盗の罪を負って退学。同年九月、京都帝国大学英文科選科入学。翌年本科に転じた。この間の事情は『半自叙伝』（『文芸春秋』昭和三・五～四・一二）に詳しい。また、小説『青木の出京』（『中央公論』大正七・一一）は、この事件に取材している。京都時代は当時十五銀行支配人だった成瀬正一の父正恭の援助を受けていた。以後菊池の成瀬家報恩の念は生涯に及ぶ。京大在学中の大正三（一九一四）年二月、第三次『新思潮』が創刊され、菊池は芥川・久米らとともに同人の一人となり、戯曲『玉村吉弥の死』（大正三・五）その他を発表。また、同五（一九一六）年二月には、芥川・久米・松岡・成瀬、それに菊池の五人の仲間で第四次『新思潮』をはじめ、彼は『暴徒の子』（大正五・二）『屋上の狂人』（大正五・五）『父帰る』（大正六・一）などの戯曲、『身投げ救助業』（大正五・九）『三浦右衛門の最後』（大正五・一一）などの小説を載せている。若き日の菊池の情熱の対象は、演劇だった。京大卒業論文は「英国及《および》愛蘭土《アイルランド》の近代劇」であり、ヨーロッパ近代劇の研究は、菊池の戯曲や小説に濃い影響を与えることとなる。大正五年七月、京大を卒業し東京に戻った菊池は、時事新報社の記者となり、創作に励む。雌伏二年、大正七（一九一八）年七月『無名作家の日記』、同九月『忠直卿行状記』をいずれも『中央公論』に発表、文壇での地位を確立した。このころの菊池を芥川は、「菊池と一しよにゐると、何時《いつ》も兄貴と一しよにゐるやうな心もちがする。」（『兄貴のやうな心持―菊池寛氏の印象―』、『新潮』大正八・一）と書いた。翌大正八（一九一九）年正月に菊池は名作として称《たた》えられる『恩讐《おんしゅう》の彼方《かなた》に』をこれまた『中央公論』に発表し、その声名はいやが上にも高まり、流行児《はやりっこ》になっていく。流行作家となった菊池は、時事新報社を退き、芥川の勧めで大阪毎日新聞社の客員となる。大正期の菊池の作品は、㈠明確な主題を無造作な表現で描く、いわゆるテーマ小説 ㈡身辺雑事に取材した啓吉もの㈢『真珠夫人』(『大阪毎日新聞』、『東京日日新聞』大正九・六・九―一二・二二)によって代表される通俗小説と、その作品系列は三つに分けることができる。「生活第一、芸術第二」(『文芸作品の内容的価値』大正一一・七)という菊池の考えは、「人生は一行のボオドレエルにも若《し》かない。」(『或阿呆《あるあほう》の一生』、『改造』昭和二・一〇)と書いた芥川龍之介とは、およそ対蹠的《たいせき》であった。菊池のたくましい生き方は、『文芸春秋』を創刊(大正一二・一)し、文壇でのリーダーとしての位置を不動のものとするに従い、いっそう顕著になっていく。芥川はそのような菊池を評し、「菊池は生き方が何時も徹底してゐる。中途半端のところにこだはつてゐない。彼自身の正しいと思ふところを、ぐん〳〵実行にうつして行く。その信念は合理的であると共に、必らず多量の人間味を含んでゐる。」(『合理的、同時に多量の人間味』、『文章倶楽部《クラブ》』大正一〇・一)と書いた。実生活に行き詰まり、死を目前にした芥川が頼ったのが菊池であったのも肯《うなず》けるところだ。菊池は芥川の追悼文(『芥川の事ども』、『文芸春秋』昭和二・九)の中で、「彼が僕を頼もしいと思つてゐたのは僕の現世的な生活力だらうと思ふ。」と記している。芥川没後の菊池は、通俗小説を書きまくり、『文芸春秋』を主宰し、東京市議会議員や大映社長に就くなど、文壇の大御所の名をほしいままにすることとなる。昭和一〇(一九三五)年の芥川賞の創設は、亡友に対する最大のはなむけであったと言えよう。

〔参考文献〕鈴木氏亨『菊池寛伝』(実業之日本社、昭和一二・三・一五)、村松梢風『芥川と菊池』(文芸春秋新社、昭和三一・五・二六)、尾崎秀樹「菊池寛論」(『大衆文学研究』昭和三八・七)、前田愛「大正後期通俗小説の展開」(『文学』昭和四三・六〜七)

(関口安義)

『文芸春秋』創刊一年ほど前の菊池寛

「菊池寛全集」の序《「きくちかんぜんしゅう」のじょ》 序文。『菊池寛全集』第三巻巻頭の掲載。大正一一(一九二二)年四月、春陽堂刊。のち『梅・馬・鶯』に収録。菊池の作品の特色を、道徳的意識に根ざしたリアリズムととらえ、その太く大きな力量を称揚している所に、芥川がよく友を知るとともに、己との相違を見ていたことが分かる。

(井上百合子)

岸田国士《きしだくにお》 明治二三・一一・二〜昭和二九・三・五(一八九〇〜一九五四)。劇作家。東京生まれ。名古屋幼年学校、陸軍士官学校を経て大正元(一九一二)年少尉に任官したが、間もなく疾病と称して軍職を退き、大正六年東京帝国大学文科大学仏文選科に入学した。のち、パリに渡り、通訳などをしながら演劇の研究に没頭、大正十二(一九二三)年に帰国して『古い玩具』『チロルの秋』などを『演劇新潮』に発表し、注目される。小山内薫の指導する築地小劇場が翻訳劇一辺倒で、しかもイプセンやストリンドベリーの北欧的な暗鬱《あんうつ》さを映し出していたのに対し、岸田はフランス風の陰影に富む心理抒情劇の明るさを導入、さらに洗練された批評性を加えて創作劇の新領域を切り開いた。芥川より二年前に東京四谷に生まれ、芥川が卒業した翌年、東大選科に入学した岸田と、芥川とは、芥川が共に第三次『新思潮』を発刊した仲間である豊島《とよしま》与志雄と、岸田もまた親しかったという程度で直接的な交流はなく、岸田自身の作品の大半は、芥川の死後に発表されている。しかしながら岸田は、ジュール・ルナールを翻訳、紹介したことによって、芥川に強い刺激を与えた。昭和二(一九二七)年の二月に始まり、その死によって中絶した谷崎潤一郎との有名な「小説の筋《プロット》」論争において、芥川は彼の考えるところの「最も純粋な」、「通俗的興味のない」小説としての「『話』らしい話のない小説」の代表に、志賀直哉の『焚火《たきび》』、ルナールの「フィリップ一家の風景」(『葡萄《ぶどう》畑の葡萄作り』に含まれる。『演劇新潮』大正一三・九）をあげた。ルナールは、フランスの農村に生まれ、自然主義の影響を受けつつそれを超えて、伝統的な「文学の嘘《うそ》」に挑戦する「反文学の文学」を目指した作家で、一切の文学的粉飾や感情的誇張を嫌った正確潔癖な文体は写実主義的文体の極限と言われている。このような文体が、「新技巧派」「新理知派」と呼ばれて大正文壇に登場した芥川の最後の理想であった。

（高橋陽子）

岸田劉生《きしだりゅうせい》　明治二四・六・二三〜昭和四・一二・二〇（一八九一〜一九二九）。画家。新聞人吟香《ぎんこう》の四男。東京高等師範付属中学校を中退し、白馬会洋画研究所で外光派を学ぶ。明治四三（一九一〇）年、一九歳で文展に入選。武者小路実篤ら『白樺』同人に共鳴して、「第二の誕生」を自得する。明治四五年五月に琅玕洞《ろうかんどう》で初個展、後期印象派に傾倒して高村光太郎・木村荘八・萬《よろず》鉄五郎らとフュウザン会を結成。その解散後、旧フュウザン会同人展（大正二・一一〜一二）を神田の自由研究所で開くが、井川恭《きょう》宛芥川書簡（大正二・一二・三）に同展評がある。また、同大正三（一九一四）年一一月三〇日付でも巽《たつみ》画会展（上野竹之台陳列館、大正三・一〇・一八〜一一・二八）出品の『南瓜《かぼちゃ》を持てる女』、『画家の妻』などを寸評。画法が後期印象派をぬけてデューラー風の精密な写実、いわゆる「内なる美」表出を志向していることを鋭く察知したもの。大正四（一九一五）年一〇月に椿貞雄《つばきさだお》・中川一政・清宮彬《あきら》らと草土社を結成し、一一（一九二二）年一一月の九回展まで続ける。藤沢市鵠沼《くげぬま》に住む（大正六・六〜一二・九）が、のち芥川も一時同じ家に仮寓《かぐう》。大量の麗子肖像画の製作について、三遷する描法の推移を「麗子の絵は、私の美術鑑賞上の変遷と可なり歩を同うしてゐる」（『図書教育論』改造社、大正一四・五）と言う。芥川は、大正一一年度作品に関心を寄せている。かねて、『寒山拾得《かんざんじつとく》』・『東洋の秋』に「古怪な」寒山拾得像を述べたが、『支那《シナ》の画《え》』で「古怪な寒山拾得の顔に、『霊魂の微笑』を見たものは、岸田劉生氏」と指摘。事実、この第二期の『野童女』（原題『菓子持ちて笑ふ麗子』、通称『麗子嬉笑図《きしょうず》』）は「顔輝の寒山拾得のグロテスクの味からヒントを得たモテイフ」（『劉生絵日記』大正一一・三・二三）によると打ち明ける。同題日本画『麗子微笑』・『麗子像』などは「或《あるい》は泣き、或は笑ふ、愛すべき異類異形」（『支那の画』）であろう。その前後期の写実主義、浮世絵風の退廃美とは異なる。芥川の劉生理解、親近感、鑑識力をうかがわせる。ほかに『白樺』の表紙、武者小路・室生犀星の著書の装丁なども多く手がけた。

（町田　栄）

煙管《きせる》　小説。大正五（一九一六）年一一月一日発行の雑誌『新小説』に発表。第一短編集『羅生門』（阿蘭陀《オランダ》書房、大正六・五・二三）、次いで〈新進作家叢書（８）〉として刊行された第二短編集『煙草《たばこ》と悪魔』（新潮社、大正六・一一・一〇）に収録。文壇に出て間もない作品である。

加州金沢城主前田斉広《なりひろ》は、参勤中江戸城本丸に登城するごとに数寄を凝らした金無垢《きんむく》の煙管を愛用していた。それは加賀百万石の象徴として斉広の優越感を充たしてくれるのである。お坊主たちはよるとさわるとこの煙管を話題にしていたが、河内山宗俊《こうちやまそうしゅん》は他の坊主たちをしり目にまんまとこの煙管を拝領してしまう。煙管をまきあげられた斉広も、かえって「百万石」にかけた「虚栄心」を満足させる。これを聞いた家中の者は城主の「宏量《こうりょう》」に驚くが、御用部屋の山崎勘左衛門《かんざえもん》、御納戸《なんど》係の岩田内蔵之助《くらのすけ》、御勝手方の上木九郎右衛門《かみきくろうえもん》の役人たちは一藩の経済を考えて眉《まゆ》をひそめ、善後策を評議の結果、金無垢に代わって銀の煙管を造らせることにした。斉広は新調の煙管を以前ほど得意にしなかったが、金無垢のころ遠慮していた坊主たちは、そのため気軽に拝領を申し出るようになった。先の三人の忠臣たちが、今度は地金を真鍮《しんちゅう》におとそうと評議していたところへ、斉広から、銀の煙管では所望がうるさいからまた金の煙管に致せと伝えてくる。こうして以前のように金無垢の煙管で悠々《ゆうゆう》と煙草をくゆらしている——と見えた——斉広に出会った宗俊は、再びそれを拝領に及ぶ。がそれは、三人の忠臣が金と偽った、実は真鍮の煙管であった。話はたちまち伝わって、以来坊主たちが斉広の煙管をねだることはぱったり跡を絶った。そこで三人の家来は再び本物の金無垢の煙管を調整させたのだが、坊主たちも同席の大名たちも全く関心を示さない。そういう新しい事態を「不思議」に思うことから更に「不安」に感じるようになった斉広は、ついに宗俊に煙管をとらせようとするが、この男からまで謝絶されてしまう。斉広は「不快」そうに顔をくもらせる。長崎煙草の味も口に合わない。それは「急に今まで感じてゐた、百万石の勢力が、この金無垢の煙管の先から出る煙の如く、多愛《ママ》なく消えてゆくやうな気がしたからである。」梗概は以上のとおりだが、斉広の微妙な心理の推移が主題である。素材については発表と同月号の『新思潮』の『校正の后《のち》に』で、『虱《しらみ》』（『希望』大正五・五）とともに、「加州藩の古老に聞いた話を、やはり少し変へて使つた。」と自ら言う。加州藩の古老については詳《つまびら》かにしないが、「少し変へて」というところに、他の歴史小説の場合と同様、芥川一流の文題に添った処理がなされていることは充分うかがい得る。もっとも『MENSURA ZOILI』（『新思潮』大正六・一）という短編の中では、「芸術的な価値」を測定するという標題と同名の器機に『煙管』の価値を測定させて、「常識以外に何もないさうですよ。」と言わせ、また「この作者早くも濫作をなすか。」とも言わせている。常識以外に何もないと言い、早くも濫作と言い、そういう作者の自嘲的な物言いは、大正五（一九一六）年一一月四日付の岡栄一郎宛書簡の中でも「あれはいくら己惚《うぬぼれ》の強い私でもいいとは思ひません」と書き送っているところに見当てられる。確かに主人公斉広の心理の推移は、『鼻』などの場合と同工で、『鼻』が斬新であったように斬新ではない。主題も構想もやや二番煎《せん》じの感があって、芥川も自他に向かって快心の作と任ずることができなかったのだろうかと思われる。（高橋春雄）

北原大輔《きたはらだいすけ》　明治二二・五・一七〜昭和二六・五・二二（一八八九〜一九五一）。画家。長野県下伊那郡生まれ。県立飯田中学から明治四四（一九一一）年美術学校予備科日本画科入学、大正七（一九一八）年卒業。『芥川龍之介全集』4（筑摩書房、昭和四六・六・五）の注に、「北原大輔（一八六七―一九五七）アルス出版社長、北原白秋の弟」とあるが、近藤富枝も『田端《たばた》文士村』（講談社、昭和五〇・九・二〇）で指摘しているように白秋の弟とは別人である。近藤によると、芥川に北原を引き合わせたのは下島勲《いさおし》であるという。芥川は『田端人』の中で「北原大輔　これは僕よりも二三歳の年長者なれども、如何《いか》にも小面の憎い人物なり。幸にも僕と同業ならず。若《も》し僕と同業ならん乎《か》、僕はこの人の模倣ばかりするか、或《あるい》はこの人を殺したくなるべし。」「僕は捉へ次第、北原君の蔵家底を盗み得るに反し、北原君は僕より盗むものなければ、畢竟《ひつきやう》得をするは僕なるが如し。これだけは聊《いささ》か快とするに足る。」「北原君は底抜けの酒客なれども、座さへ酔うて崩したるを見ず。纔《ひそか》に平生の北原君よりも手軽に正体を露《あらは》すだけなり。」と人物評をしている。なお書簡下島勲宛（大正一一・一二、何日かは不明）、小穴《おあな》隆一宛（大正一二・八・一）でも北原大輔に触れている。（菊地　弘）

北原鉄雄《きたはらてつお》　明治二〇・九・五〜昭和三二・三・二八（一八八七〜一九五七）。出版人。福岡県生まれ。兄は詩人北原白秋である。慶応大学を中退し、大正四（一九一五）年二月、白秋を顧問に麹町《こうじまち》区有楽町一丁目に阿蘭陀《オランダ》書房を創業（のち店名はアルスと改められる）。大正六（一九一七）年五月二三日、芥川龍之介の第一創作集『羅生門』を刊行。以後芥川との交流が深まる。芥川の『正岡子規』（『アルス新聞』大正一三・四）は、北原鉄雄宛の書簡の形をとった、優れた子規論である。（関口安義）

北原白秋《きたはらはくしゆう》　明治一八・一・二五〜昭和一七・一一・二（一八八五〜一九四二）。詩人・歌人。本名は隆吉《りゆうきち》。福岡県生まれ。早稲田大学英文科予科中退。早稲田時代に詩作で注目され、その後、『明星』『スバル』等で活躍した。芥川は、大正四（一九一五）年に「芥川龍之介」の名を用いる以前は、「柳川《やながわ》隆之介」なるペンネームを用いていた。「柳川隆之介」は、佐々木充「龍之介における白秋」（『国語国文研究』昭和四七・一〇）が指摘したように、白秋の故郷柳川と本名隆吉に由来するものと見られる。この一例からも分かるように、ごく初期の芥川は、白秋をよく読み、白秋に憧憬《どうけい》を覚えていたようである。短歌作品には白秋への傾倒ぶりを示す模倣例を見ることができるし、芥川自身、「僕等の散文に近代的な色彩や匂《にほひ》を与へたものは詩集『思ひ出』の序文だつた。」（『文芸的な、余りに文芸的な』）と記してもいる。だが、斎藤茂吉の『赤光《しゃっこう》』に出遇《あ》って、芥川の白秋評価は急激に色あせる。「幸福なる何人かの詩人たちは或は薔薇を歌ふことに、或《あるひ》はダイナマイトを歌ふことに彼等の西洋を誇つてゐる。が、彼等の西洋を茂吉《もきち》の西洋に比べて見るが好《よ》い。茂吉の西洋はをのづから深処に徹した美に充ちてゐる。これは彼等の西洋のやうに感受性ばかりの産物ではない。正直に自己をつきつめた、痛いたしい魂《たましひ》の産物である。」（『僻見《へきけん》』）とある中の「詩人」の中心的なイメージは白秋であった、と考えられる。「正直に自己をつきつめ」ることのない、「感受性ばかりの産物」と見なすようになるのである。芥川は『赤光』を読んで、少年期の詩歌体験を脱皮した。脱ぎ捨てた皮は恥ずかしいものだ。その恥ずかしさを芥川はこう書いている。「雨降りの午後、今年中学を卒業した洋一は、二階の机に背を円くしながら、北原白秋風の歌を作つてゐた。すると『おい』と云ふ父の声が、突然彼の耳を驚かした。彼は倉皇《さうくわう》と振り返る暇にも、丁度其処《そこ》にあつた辞書の下に、歌稿を隠す事を忘れなかつた。」（『お律と子等と』）

（佐佐木幸綱）

北原白秋

木下杢太郎《きのしたもくたろう》　明治一八・八・一～昭和二〇・一〇・一五（一八八五～一九四五）。医学者・詩人・劇作家・小説家・美術家。本名太田《おおた》正雄。静岡県生まれ。一高を経て、東京帝国大学医科大学（東大医学部の前身）卒業。木下杢太郎が芥川龍之介に会ったのは大正三（一九一四）年、芥川たちの出していた雑誌『新思潮』の表紙絵を頼むため当時、医科大学（皮膚科教室）の医員であった杢太郎を訪ねていったのが初めであるという。大正三年一月二九日、山本喜誉司宛の手紙に「次号（筆者注、『新思潮』）から木下杢太郎氏の画《え》にでもなるでせう」とある。芥川の申し出を杢太郎は承諾し「女の首を持つ大きな蛇体が暗い海から伸《の》り出してゐる所を描いた」（野田宇太郎「木下杢太郎と芥川龍之介」、『大正文学論』高田瑞穂編、有精堂、昭和五六・二）という。大正七年九月発表の『奉教人の死』から芥川のいわゆる切支丹《キリシタン》ものが始まるわけであるが、こうした室町時代から安土桃山《あづちももやま》時代にかけての切支丹文化の研究に素材をおく切支丹文学の開拓者は木下杢太郎であった。明治四〇（一九〇七）年の夏休み与謝野鉄幹の主宰する新詩社の九州旅行に参加、その旅行に先立って杢太郎は精力的に切支丹文献を播読《はんどく》、ゲーテの『イタリア紀行』になぞらえたこの南蛮遺跡紀行は、杢太郎に多くの詩材を提供、その成果が『明星』一〇月号の『はためき』外四編の詩となった。戯曲『南蛮寺門前』（『スバル』明治四二・二）も延長線上にある。杢太郎の南蛮研究に影響されて北原白秋の処女詩集『邪宗門』（明治四二・三）も世に出た。芥川も自分の切支丹ものがかかる先輩たちの影響下にあることを認めている。「かう云ふわたしは北原白秋氏や木下杢太郎氏の播《ま》いた種をせつせと拾つてゐた鴉《からす》に過ぎない」（『西方の人』）。しかし杢太郎たちの開拓したこの分野に独自の芸術性を発揮しえたのはやはり芥川の一連の切支丹ものであったろう。

震災後の東京の都市計画のための「橋の会」で芥川と杢太郎が出会う（大正一三年）いきさつは前記の野田宇太郎の論考に詳しい。

（剣持武彦）

岐阜提灯《ぎふぢょうちん》　岐阜市付近の特産の提灯のことであり、骨が細く、紙が薄く、紙には四季の草花の絵があしらわれ、房を垂らしてある。納涼用にまたはお盆などに軒端につるす。この岐阜提灯を芥川は小説『手巾《ハンケチ》』で、「その提灯によつて代表される日本の文明」というふうに主人公長谷川謹造をめぐる東と西における東（日本）の文明の象徴としてとらえている。そしてその象徴は欧米のキリスト教精神に匹敵すべき日本の武士道ともなっていくのだが、やがてその武士道とその「型《マニイル》」にも懐疑的になっていく。あとにはヴェランダの「秋草を描いた岐阜提灯の明い灯」のみが残されたのであった。

（久保田芳太郎）

君看双眼色　不語似無愁《きみみよそうがんのいろかたらざればうれいなきににたり》　英朝編『禅林句集』所収の五言対句。この二つの眼の色を見よ、語らなければ何の愁いもないように見える、の意。大正六（一九一七）年五月、阿蘭陀《オランダ》書房から出版された第一創作集『羅生門』の扉に恩師菅虎雄《すがとらお》の筆でこの句が掲げられている。芥川がこの句を『羅生門』のエピグラムとして選んだのは、ここに収められた諸編の中に、作者の語るべからざる憂愁を読み取ってほしいというほどの願いを込めてのことであったろう。以来、芥川は生涯にわたってこの詩句を愛誦《あいしょう》する。あからさまな告白を拒否しながらも、その内奥にある愁《かな》しみを表現しようとした芥川の文学的姿勢をよく象徴した句だと言える。大正八（一九一九）年二月の句稿のタイトル『似無愁抄』もこの詩句に基づくものである。晩年の『文芸的な、余りに文芸的な』の「二十一　正宗白鳥氏の『ダンテ』」（『改造』昭和二・五）の章では白鳥の「ダンテに就いて」（『中央公論』昭和二・三）を「正宗氏はあの論文の中にダンテの骨肉を味はつてゐる。」と高く評価した上で「僕はダンテ論を読んでゐるうちに鉄仮面の下にある正宗氏の双眼の色を感じた。古人は『君《きみ》看双眼色不語似無愁《みよそうがんのいろかたらざればうれひなきににたり》』と言つた。やはり正宗氏の双眼の色も、――しかし僕は恐れてゐる。正宗氏は或はこの双眼も義眼であると言ふかも知れない。」と書いている。ここでもこの詩句は文学者の「鉄仮面の下」に秘められている内的真実を暗示することばとして使われている。小説『三つの窓』（『改造』昭和二・七）は、一等戦艦××に乗っているA中尉、K中尉、そして戦艦××自身の視点からみた三つのコントで構成されている作品だが、K中尉のエピソードの中で、三人の兵士の死を目撃して「厭世《えんせい》主義」に陥りながらも「いつか部内で評判の善《よ》い海軍少将」にまでなったKが、求められてやむを得ず揮毫《きごう》することばとしてこの句があげられている。それは「評判の善い海軍少将」の仮面の内側に隠された「厭世主義」を示すものであった。死を前にした芥川の胸裡《きょうり》にこの詩句があらためて蘇《よみがえ》ったことは興味深い。

（東郷克美）

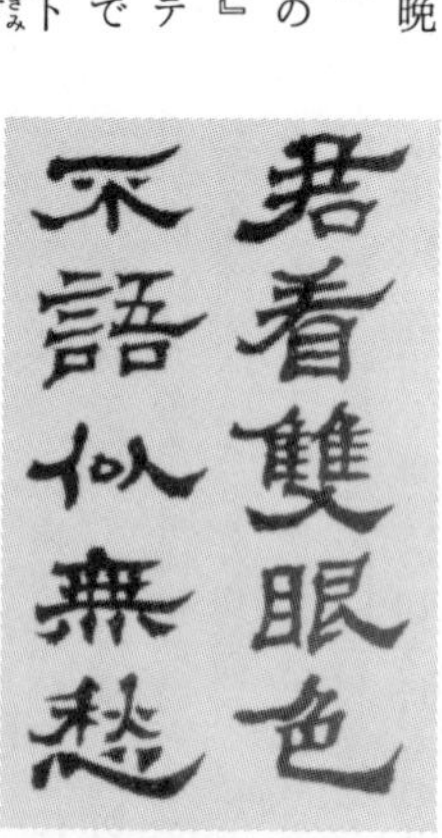

『羅生門』の扉。菅虎雄揮毫。

着物《きもの》　小説。初出未詳。『点心』（金星堂、大正一一・五・二〇）、『梅・馬・鶯《うぐいす》』（新潮社、大正一五・一二・二五）に収録。夢の中での着物の品評に託した、文壇の情勢を語ったものであり、特に自然主義作家らしい男から「遊んでゐる」とか「同じ着物」ばかりだとか批判される芥川自身の姿が、多少揶揄《やゆ》的に描かれている。『MENSURA ZOILI』（大正六・一）以来、芥川の得意のパターンである。

（石原千秋）

凶《きょう》　大正一五（一九二六）年四月一三日鵠沼《くげぬま》にて浄書。遺稿。昭和二（一九二七）年の遺稿『歯車』を思わせるモチーフを蔵している小品。芥川の暗い晩年を暗示するような四つの凶事を書いている。大正一二年の冬の夜、「僕」はタクシーに乗る。「―僕のタクシイのヘッド・ライトがぼんやりその車を照らしたのを見ると、それは金色の唐艸《からくさ》をつけた、葬式に使ふ自動車だつた。」大正一三年の夏、室生犀星と軽井沢の小みちを歩いていてふと頭上を見上げるとアカシヤの枝の間に人の脚が二本ぶら下がっていた。大正一四年夏、築地の待合でビールを飲んでいると鬢《びん》に「僕」の顔が実際は「目を開いてゐたのにも関《かか》はらず、幻の僕は目をつぶつた上、稍《やや》仰向い」て映っているのを見る。最後は大正一五年正月一〇日、タクシーに乗ると大正一二年と同じ葬式用の自動車に出会う。「――殊にその中の棺を見た時、何ものか僕に冥冥《めいめい》の裡《うち》に或《ある》警告を与へてゐる」ことを「僕」は確信するのである。 （西谷博之）

鏡花全集《きようかぜんしゆう》 大正一四（一九二五）年七月から昭和二（一九二七）年七月まで、全一五巻春陽堂刊。岡田三郎助の案になる菊版総絹表紙の大冊。第二次鏡花全集は昭和一五（一九四〇）年から一七（一九四二）年まで、第三次は昭和四八（一九七三）年から五一（一九七六）年まで、それぞれ岩波書店から刊行された。芥川龍之介は春陽堂版鏡花全集に編纂《へんさん》者の一人として参加、推薦文『鏡花全集目録開口』（『天才泉鏡花』、『新小説』臨時増刊大正一四・五・一）をいかにも鏡花世界にふさわしく、四六駢儷《べんれい》体ふうの華やかな美文で書く。芥川は鏡花宛の書簡のなかで「朶雲拝誦仕候《だうんはいしようつかまつりさうらふ》 開口の拙文御よろこび下され忝《かたじけな》く存候《ぞんじさうらふ》 何度試みても四六駢麗《ママ》体の評論のやうなものしか書けず、今更あゝ言ふもののむづかしきを知りし次第、垢《あか》ぬけのせぬ所はいくへにも御用捨下され度《たく》候」（大正一四・三・一二）と述べているが、それは格調の高い文章として名高い。芥川は「其《そ》の明治大正の文芸に羅曼《ローマン》主義の大道を打開し、艶は巫山《ふざん》の雨意よりも濃に、壮は易水《えきする》の風色よりも烈なる鏡花世界を現出したるは啻《ただ》に一代の壮挙たるのみならず、又実に百世に炳焉《へいえん》たる東西芸苑《げいえん》の盛観と言ふ可《べ》し。」と記す。彼がいかに鏡花の世界に親炙《しんしや》していたかが理解されるだろう。ちなみに鏡花全集の編纂者は芥川のほかに、小山内薫、谷崎潤一郎、里見弴、水上《みなかみ》滝太郎、久保田万太郎らがおり、『新小説』臨時増刊巻末の広告文『鏡花全集の特色』も芥川の筆になるものである。芥川はその一節で鏡花世界について「近代日本文芸史の最も光彩陸離《りくり》たる一頁」と言う。彼はさらに『鏡花全集に就いて』（『東京日日新聞』大正一四・五・五〜六）という短文を草して鏡花文学の本質を的確にとりだしている。超自然的存在として鏡花世界に登場する魔人、女妖らについて、詩的正義であるばかりではなく、他に類をみない威厳を備えていると言い、その完成したものとして『天守物語』を指摘するあたり、さすがである。 （笠原伸夫）

鏡花全集に就いて《きようかぜんしゆうについて》 書評。初出『東京日日新聞』大正一四（一九二五）年五月五日、六日。大正一四年春陽堂版『鏡花全集』の刊行に当たって、参訂者の一人芥川が、「詩的正義に立つた倫理感」と「独持の措辞」の二面から鏡花論を展開したもの。『貧民倶楽部《クラブ》』（明治二八・七）の女主人公お丹の倫理感は、作者鏡花自身の倫理感であり、「同時にまた大正何年かのプロレタリアの倫理感ではないであらうか？・」と言っている。 （田中保隆）

鏡花全集の特色《きようかぜんしゆうのとくしよく》 書評。初出『新小説』臨時増刊「天才泉鏡花」号、大正一四（一九二五）年五月。春陽堂版『鏡花全集』の特色を「作品」「編輯」「校正並びに印刷の体裁」の三つの面から述べたものである。 （田中保隆）

鏡花全集目録開口《きようかぜんしゆうもくろくかいこう》 広告文。大正一四（一九二五）年、春陽堂から『鏡花全集』全一五巻を刊行（大正一四・七〜昭和二・七）するに当たり、『新小説』（大正一四・五）臨時増刊「天才泉鏡花」の巻末広告頁『鏡花全集』広告中に無題で掲げられた。文末の日付は大正一四年三月である。署名は小山内薫・谷崎潤一郎・里見弴・水上《みなかみ》滝太郎・久保田万太郎・芥川龍之介の連名。全集の内容見本にも同文が掲載されている。鏡花は芥川の好んだ作家であり、芥川の鏡花宛書簡（大正一四・三・一二）に「開口の拙文御よろこび下され忝《かたじけな》く存《ぞんじ》候《さうらふ》」とある。また谷崎宛（大正一四・三・一七）には「久しぶりに鏡花全集の広告文を作りました。久しぶりにと言ふのは『人魚の歎き』以来だからです。」と書いている。阿部章蔵宛（大正一四・五・一〇）に「鏡花全集景気よろしきよし何よりの事」と書いているのでも、芥川の肩入れの仕方が分かる。（井上百合子）

狂《きょう》気《き》　社会生活が維持できないほどに心的機能が損われた病的な精神の状態。ロンブローゾの天才狂気説がある。芥川の狂気への関心を示す作品に、初・中期には『忠義』『二つの手紙』『疑惑』『奇怪な再会』がある。これらはフィクションの枠内にあるが、告白的な小説の書かれ出した後期の作品、特に『歯車』に代表される晩年の諸作に描かれた神経の世界は芥川の内的体験を表出したものである。「僕の母は狂人だつた。」と出生の秘密を書いた『点鬼簿』（大正一五・一〇）に始まり、機知と諧謔《かいぎゃく》の裏に「娑婆苦《しゃばく》」の苦悩をのぞかせた『河童《かっぱ》』（昭和二・三）、「透き徹つた神経だけが生き生きと動いてゐる」（堀辰雄『芥川龍之介論』）と評された『蜃《しん》気楼《きろう》』（昭和二・三）、自己の深奥の「Daimôn」を対話形式で語る『闇中問答《あんちゅうもんどう》』（遺稿）、その他『浅草公園』（昭和二・四）、『冬と手紙と』（昭和二・七）、小品の『夢』『鬼ごつこ』『僕は』などがある。この時期の芥川は大正一〇（一九二一）年ごろからの神経衰弱が昂進《こうしん》し（『病中雑記』）、極度の不眠と肉体的過労に苦しんでおり、遺稿『凶』『鵠沼《くげぬま》雑記』には、妄想知覚に近い心理が書かれている。友人、知人あての書簡にも錯覚や「この頃《ごろ》又半透明なる歯車あまた右の目の視野に廻転する事あり」（斎藤茂吉宛、昭和二・三・二八）と幻覚様の症状が訴えられている。『歯車』では、こうした妄想や錯覚の交錯する中、絶えずつけ狙う何ものかにおびえながら発狂の恐怖に慄《ふる》える「気違ひの息子」の心象風景を描き、晩年の芥川の住む「氷のやうに透み渡つた、病的な神経の世界」（『或《ある》旧友へ送る手記』）を小説的に定着させ、一方、『或阿《あ》呆《ほう》の一生』では「発狂か自殺か」に至る道程の理知的な解剖を試みている。芥川を追い詰めた要因は従来多く論じられているが、芥川自らは「四分の一は僕の遺伝、四分の一は僕の境遇、四分の一は僕の偶然、――僕の責任は四分の一だけだ。」（『闇中問答』）とも言う。なお、精神医学の側からは塩崎淑男、岩井寛の論がある。（田中夏美）

教訓談《きょうくんだん》　小説。大正一二（一九二三）年一月一日発行の雑誌『現代』第四巻第一号に発表。単行本未収録。『かちかち山』はこの作の草稿である。この『教訓談』は、お伽噺《とぎばなし》の「かちかち山」から、「我々の内にある獣」性を指摘し、それをもって「教訓」としているようである。しかし、いかにも常識的で、底の浅い感じは免れない。（石原千秋）

京都日記《きょうとにっき》　随筆。大正七（一九一八）年七月二二日と七月二九日の『大阪毎日新聞』に『京都で』の題で発表。『点心』（金星堂、大正一一・五・二〇）に『京都日記』として収録。江田島の海軍兵学校参観の帰りに、京都へ寄ったときのことを書いたもの。「光悦寺」「竹」「舞《まい》妓《こ》」の三章から成るが、いずれの章にも、京都の自然を求め、またそれに触れて心和む様子が描かれている。（石原千秋）

虚栄《きょえい》　芥川は随筆『追憶』（『文芸春秋』昭和二・二のち『侏儒の言葉』に収録）中の「虚栄心」で「……歩きながら、突然往来の人々が全然僕を顧みないのを感じた。同時に又妙に寂しさを感じた。」と叙し、小説『歯車』では「この小説の主人公は虚栄心や病的傾向や名誉心の（中略）持ち主だつた。」と書いている。また井川恭《きょう》宛書簡（大正三・三・二一）や山本喜誉司宛書簡（大正五・一・二三）ではVANITYの語を使っている。（影山恒男）

切支丹趣味と芥川《きりしたんしゅみとあくたがわ》　芥川の作品でキリスト教に関するものを時代順に挙げると『煙草《たばこ》と悪魔』『尾形了斎覚え書』『さまよへる猶太人《ユダヤじん》』『悪魔―小品』『奉教人の死』『るしへる』『邪宗門』『きりしとほろ上人伝』『じゆりあの・吉助』『黒衣聖母』『南京の基督《キリスト》』『神神

の微笑』『報恩記』『長崎小品』『おぎん』『おしの』『糸女覚え書』『誘惑』『西方の人』『続西方の人』の一九編で芥川の全作品の一割を越える。彼が興味を持ったキリスト教はカトリックであるが、これらの作品のすべてが切支丹《キリシタン》趣味で片付けられるものではなく、特に最後の二つの作品は趣味ではなく芥川の思想を語るものである。芥川の切支丹趣味を最もよく表している作品は断片として全集に収められている「ある鞭《むち》」である。「僕は年少の時、硝子画《ガラスゑ》の窓や振り香炉やコンタスの為《ため》に基督教を愛した。その後僕の心を捉《とら》へたものは聖人や福者の伝記だつた。僕は彼等《ら》の捨命の事蹟《じせき》に心理的或《あるい》は戯曲的興味を感じ、その為に又基督教を愛した。即《すなは》ち僕は基督教を愛しながら、基督教的信仰には徹頭徹尾冷淡だつた。しかしそれはまだ好《よ》かつた。僕は千九百二十二年来、基督教的信仰或は基督教徒を嘲《あざけ》る為に屢《しばしば》短篇やアフォリズムを艸《さう》した。しかもそれ等の短篇はやはりいつも基督教の芸術的荘厳を道具にしてゐた。即ち僕は基督教を軽んずる為に反《かへ》つて基督教を愛したのだつた。僕の罰を受けたのは必《かならず》しもその為ばかりではあるまい。けれども僕はその為にも罰を受けたことを信じてゐる。」芥川の切支丹ものの最初の作品『煙草と悪魔』における悪魔は、「煙草は、悪魔がどこからか持つて来たのださうである。さうして、その悪魔なるものは、天主教の伴天連《ばてれん》が(恐らくは、フランシス上人が)はる〴〵日本へつれて来た」悪魔であって、キリスト教の本質である愛を実現する善と対立する悪魔ではない。南蛮趣味、ひいてはエキゾティシズムの対象としての悪魔である。『尾形了斎覚え書』における基督教も同じである。基督教は邪法であり魔法である。笹淵友一によれば絶命した里の蘇生《そせい》は「ラザロの復活を連想させる里の再生という奇蹟が、彼にとっては『切支丹宗門の邪法』たることの証明であり、したがって奇蹟は『芥子粒《けしつぶ》を林檎《りんご》のごとく見《あらは》すといふ欺《ぎ》罔《まう》の器、波羅葦僧《はらいそ》の空をも覗《のぞ》く伸び縮む奇なる眼鏡《めがね》』(白秋)と同類の『切支丹でうすの魔法』」なのである。このようにキリスト教は作品内部に一歩も踏み入ることなく、専ら異端としてあるいはエキゾティシズムの対象として眺められている。『邪宗門』『黒衣聖母』『長崎小品』なども多かれ少なかれこのような傾向をもつ作品である。『邪宗門』は「摩利の教」すなわちキリスト教を奉ずる摩利信乃法師の神変不思議な法力の話であり、しかもその法力や奇跡は実際の信仰とは全く関係の無いものである。『黒衣聖母』も怪奇趣味を扱っており、悲しみの聖母は芥川特有の揶揄《やゆ》で「福を転じて禍とする、縁起の悪い聖母」に一転する。『長崎小品』は、硝子戸棚の中の玩具としてキリストやマリアが扱われており、異国趣味以外の何物でもない。しかしこれらの作品のすべてが異国趣味や切支丹趣味だけを扱っているのではない。『じゆりあの・吉助』『南京《ナンキン》の基督』『報恩記』『おしの』『糸女覚え書』などは「趣味」と同時に芥川独自のキリスト教批判がある。更に『さまよへる猶太人』『るしへる』『きりしとほろ上人伝』『神神の微笑』『奉教人の死』になると芥川のキリスト教理解がかなり深まり、罰や悪という倫理問題も扱われるようになった。これらの中で従来『奉教人の死』だけが重要視されてきたきらいがあるが、この他に注目すべき作品が二つある。一つは『きりしとほろ上人伝』で芥川の切支丹物の中では珍しく信仰者の感動が素直に伝わってくる傑作である。もう一つは『おぎん』でこの作品を切支丹物の「系列中の第一等の作」であるとしたのは佐藤泰正であるが、ここで初めてキリスト教の「秘跡」が扱われており芥川のキリスト教理解が更に深まっている。

〔**参考文献**〕 新村出《いずる》「南蛮記」「南蛮更紗」(『新村出全集』第五巻、筑摩書房、昭和四六・一二・二〇)、新村出「南蛮広記抄」「続南蛮広記抄」(『新村出全集』第六巻、筑摩書房、昭和四八・一・三〇)、新村出「南蛮文学(一)(二)」(『新村出全集』第七巻、筑摩書房、昭和四八・六・一五)、安田保雄「きりしとほろ上人伝―芥川龍之介の切支丹物攷」(『明治大正文学研究』第14号、昭和二九・一〇)、R・Nマッキンノン「芥川龍之介と切支丹文学」(『国文学』昭和三二・二)

(西谷博之)

きりしとほろ上人伝《きりしとほろしようにんでん》　小説。大正八（一九一九）年三月一日、五月一日発行の雑誌『新小説』に発表、『影燈籠《かげどうろう》』（春陽堂、大正九・一・二八）に収録。初出以下大きな異同はない。芥川は『風変《ふうがわ》りな作品二点に就て』という一文の中で『奉教人の死』とこの作を挙げ、これが天草本『伊曾保《いそほ》物語』の文体に倣《なら》ったものだが、その「簡古素朴」な味が出なかったこと、「セント・クリストフの伝記を材料に取入れて作つたものである」こと、また「出来不出来から云へば」両者のうちこの作の方が「いゝと思ふ」と述べている。松岡譲宛の書簡（大正九・三・三一）にも『影燈籠』収録の作中、ほかはともかく『きりしとほろ』上人伝だけ自信がある」と語っていることなどにも、この作に対する愛着は格別深く、この自足感が何から来るかは留意すべきところであろう。芥川の言明通り、これは"Legenda Aurea"（『黄金伝説』）の William Caxton による英訳 "The Golden Legend" 第四巻所収の "The Life of S. Christopher" を原拠としたものとみられる。「遠い昔のことでおぢやる。『しりあ』の国の山奥に、『れぷろぼす』と申す山男がおぢやつた。その頃『れぷろぼす』ほどな大男は、御主《おんあるじ》の日輪の照らさせ給ふ天《あめ》が下《した》はひろしと云へ、絶えて一人もおりなかつたと申す。」このような書き出しで始まる物語は、彼が天下で最も強い者に仕えんと願い、「あんちをきや」の帝に仕えて武勇を立て大名となるが、その帝よりも強いと知って悪魔《ぢやぼ》の弟子となる。しかし悪魔も十字架《くるす》にかなわぬと知り、御主「えす・きりしと」の僕にならんと願い、隠者の勧めによって流沙河の渡し守となる。こうして三年目のある嵐の夜、十歳にも足らぬ白衣の「わらんべ」を背負い河を渡るが、子供は大盤石よりも重くなり、あやうくも喘《あえ》ぎつつ向こう岸へと渡ったが、この「わらんべ」こそ「世界の苦しみを身に荷《にな》うた『えす・きりしと』」であり、その夜からこの山男の姿は見えなくなったが、遺《のこ》された柳の太杖《ふとづえ》にはくしくも「麗しい紅の薔薇《ばら》の花が、薫《かぐは》しく咲き誇つて居」たという。「されば馬太《またい》の御経にも記《か》いた如く『心の貧しいものは仕合せぢや。一定天国はその人のものとならうずる。』」という結びの一節に、この作の主題は明らかであろう。原話は主人公がさらに迫害と戦いながらさまざまな奇跡を示し、ついに殉教することとなるが、芥川はその前半のみをとって見事な一短編とした。見るべきはその文体の妙であり、作者の謙辞にもかかわらず独自の流れを示し、とりわけ「嵐に狂ふ夜河」の激流を踏み進み、童子実は基督《キリスト》との対面を果たすに至る場面は、ほとんど一息と思わせるほどの力と転調の妙をもって描ききっている。作者の示した充足感がこの文体によるものであることは、この擬古文ならぬ口語文体で試みた未定稿の中絶にもおのずからに現れていよう。未定稿『くりすとほろ上人』は悪魔との出会いの怪奇な場面などに芥川らしい味は出ているが、総じて平板な運びであり、六章はじめのくりすとほろが渡し守となり、童子と出会う場面の手前のところで中断されている。恐らく文体の平板さがかなめの場面を書き得ずとして筆をとめさせたのであろうが、この別稿を収めた『芥川龍之介未定稿集』の編者葛《くず》巻《まき》義敏は、これが同じく天草本『平家物語』に倣って書かれた『奉教人の死』（大正七・九）以前、「多分その直前に書かれたままになって」いたものではないかと言う。同時代評としては「技巧の洗錬と形式美には讃歎し得ても、その創作的動機が氏のある趣味以外に出てゐなささうなのが飽き足りな」いという批評（南部修太郎「五月号創作の印象㈤」、『読売新聞』大正八・五・七）もあり、後にも「この作品は珍らしく芥川の精神生活を反映してをらず、彼の弱味がそこで血を流すといふことがない」（進藤純孝『芥川龍之介』）などという否定的評価もあるが、しかし芥川が愛した〈神聖な愚人〉の系列につながるひとりを独自の流露感をもって描いたこの作が、〈心貧しきもの〉への讃歌としての、ある深い宗教性を示していることは見逃すことはできまい。

〔**参考文献**〕渋川驍「異国趣味と芥川」（大正文学

研究会『芥川龍之介研究』河出書房、昭和一七・七・五)、安田保雄「芥川龍之介の切支丹物攷」(『明治大正文学研究』第14号、特集・芥川龍之介研究、昭和二九・一〇)、葛巻義敏編『芥川龍之介未定稿集』(岩波書店、昭和四三・二・一三)　　(佐藤泰正)

キリスト教と芥川《きりすときょうとあくたがわ》

芥川文学の重要な素材にキリスト教、とくにカトリックがあることは周知のことだが、彼自身「わたしは彼是《かれこれ》十年ばかり前に芸術的にクリスト教を―殊にカトリック教を愛してゐた。長崎の『日本の聖母の寺』は未だに私の記憶に残つてゐる。かう云ふわたしは北原白秋氏や木下杢太郎氏の播いた種をせつせと拾つてゐた鴉《からす》に過ぎない。それから又何年か前にはクリスト教の為《ため》に殉じたクリスト教徒たちに或《ある》興味を感じてゐた。殉教者の心理はわたしにはあらゆる狂信者の心理のやうに病的な興味を与へたのである。わたしはやつとこの頃になつて四人の伝記作者のわたしたちに伝へたクリストと云ふ人を愛し出した。クリストは今日のわたしには行路の人のやうに見ることは出来ない。」(『西方の人』)と述べているように、その出発は白秋・杢太郎らの南蛮文学趣味の影響下にあった。「mysterious な話し」を愛した彼の資質が白秋・杢太郎の追随者たらしめたにちがいない。しかしこれら先駆者から区別される芥川の個性は彼の切支丹《キリシタン》ものの処女作『煙草《たばこ》と悪魔』において既に鮮やかである。「煙草は、悪魔がどこからか持つて来た」、「その悪魔なるものは、天主教の伴天連《ばてれん》が(恐らくは、フランシス上人が)はる〴〵日本へつれて来た」という文明史的な警抜な批評は、芥川が白秋・杢太郎の、単なる亜流でないことを証明したものと言ってよい。しかもその悪魔が遠くの寺の鐘の音を聞き、「曖《あい》々たる日光に浴してゐると、不思議に、心がゆるんで来る。善をしようと云ふ気にもならないと同時に、悪を行はうと云ふ気にもならずにしまふ。」という風刺は道徳と風土との相関性を示唆するもので、後の『神神の微笑』につながる主題である。この比較文化史的視点からする文明批評は、芥川キリスト教ものの一つの主題と言ってよい。第二の主題は殉教心理に対する病的な興味である。その関心のありようは精神病理学的視点に近い。しかし合理的認識は不可能であり、結局「ミステリアス」な問題として残る。したがって永久に好奇心の対象としての魅力を失わない。この殉教心理に関連してキリスト教の奇跡が芥川文学の主題となったことは極めて理解しやすい。切支丹ものの第二作『尾形了斎覚え書』の「古来、一旦落命致し候上、蘇生仕り候類《たぐひ》、元より、少からずとは申し候へども、多くは、酒毒に中《あた》り、乃至《ないし》は瘴気《しやうき》に触れ候者のみに有之《これあり》、里の如く、傷寒の病にて死去致し候者の、還魂仕り候例《ためし》は、未嘗《いまだかつて》承《うけたまは》り及ばざる所に御座候へば、切支丹宗門の邪法たる儀此《この》一時にても分明致す可く、別して伴天連当村へ参り候節、春雷頻に震ひ候も、天の彼を悪《にく》ませ給《たま》ふ所かと推察仕り候。」は、邪法という批判を被《かぶ》せながら、奇跡そのものを描く。ただ里は百姓与作の娘であり、母篠《しの》と共に無学単純な信者であった。この視点を強調した奇跡物語が『きりしとほろ上人伝』『じゆりあの・吉助』などの、愚人の信仰と奇跡との結び付きであり、そこに知性の立場からの批判がある。この批判にはヴォルテエル的「人工の翼」(『或阿呆《あほう》の一生』)も協力していよう。しかしこの否定の反面に奇跡への憧憬――芸術的な――がかくされていたことも見逃せない。しかしいずれにせよ、これらのキリシタン物は「我我は神を罵殺《ばさつ》する無数の理由を発見しているる。が、不幸にも日本人は罵殺するのに価ひするほど、全能の神を信じてゐない。」(『侏儒《しゆじゆ》の言葉』)という意識の下に成立した。だがそれが芥川のすべてではなかった。その証明は断章「ある鞭」「唾《つば》」――大正一五(一九二六)年ごろと推定――である。「僕は千九百二十二年来、基督教的信仰或《あるい》は基督教徒を嘲る為に屢《しばしば》短篇やアフォリズムを艸《さう》した。しかもそれ等《ら》の短篇はやはりいつも基督教の芸術的荘厳を道具にしてゐた。即《すなは》ち僕は基督教を軽んずる為に反《かへ》つて基督教を愛したのだつた。僕の罰を受けたのは必《かならず》しもその為ばかりではあるまい。けれども僕はその為にも罰を受けたことを信じてゐる。」（「ある鞭」）という告白には、作家意識の底に潜んでいた生——実存と言ってよい——の意識が露呈されている。「唾」は『全智全能の神の悲劇は神自身には自殺の出来ないことである。』」というアフォリズムが彼の良心の棘《とげ》となったことを告白して、「僕はこの苦しい三箇月の間に屢自殺に想到した。その度に又僕の言葉の冷《ひや》やかに僕を嘲るのを感じた。天に向つて吐《は》いた唾は必ず面上に落ちなければならぬ。僕はこの一章を艸する時も、一心に神に念じてゐる。——『神の求め給ふ供物は砕けたる霊魂なり。神よ。汝は砕けたる悔いし心を軽しめ給はざるべし。』」と書いた。生の黄昏の自覚がこの懺悔を生んだ。しかしそれはおそらく偶然ではなかった。宮坂覺によれば、芥川は明治四五（一九一二）年ごろ教会に出席していたという。明治四四（一九一一）年と推定されている山本喜誉司宛書簡の「しみ〴〵何のために生きてゐるのかわからない。神も僕にはだん〳〵とうすくなる。」という告白は、当時のキリスト教との関係を踏まえた上での懐疑であろう。この青年期の精神的経験が彼の芸術家意識のかげに命脈を保っていたにちがいない。『西方の人』（「1 この人を見よ」）の「クリストは今日のわたしには行路の人のやうに見ることは出来ない。」という告白は、さきの「ある鞭」「唾」と無縁ではない。そういう意味で『西方の人』『続西方の人』は、芥川が生涯の終わりにおいて一度だけ書きえた作品である。それにもかかわらず彼は一個の砕けたる魂として神とクリストの前に頭を垂れるのではなく、浪漫人としての自己の悲劇をクリストに投影することによってクリスト像を造型しようとした。芸術家は彼にとってもはや仮面ではなく肉づきの面であった。芸術家の業をそこに見ることができよう。

〔**参考文献**〕佐古純一郎『芥川龍之介における芸術の運命』（一古堂書店、昭和三一・四・一〇）、笹淵友一「芥川龍之介のキリスト教思想」（『解釈と鑑賞』昭和三三・八）、鈴木秀子「芥川龍之介とキリスト教—『西方の人』を中心として—」（『聖心女子大学論集』昭和四二・一二）、笹淵友一「芥川龍之介『西方の人』新論」（『ノートルダム清心女子大学紀要』昭和五二・一一）

（笹淵友一）

芥川愛蔵のマリア観音。長崎で求めたもの。『西方の人』の表紙にも使われた。

疑惑《ぎわく》　小説。大正八（一九一九）年七月一日発行の雑誌『中央公論』に発表。『影燈籠《かげどうろう》』（春陽堂、大正九・一・二八）に収録。初出初刊の間に大きな異同はない。十年あまり以前の春、「私」は、実践倫理学の講義を依頼され、大垣の素封家N氏の別荘に滞在した。ある夜四〇歳ぐらいの中村玄道《げんどう》という男から身の上話を聞かされた。——明治二四年の濃尾の大地震のとき、K小の教員をしていた中村は、家の梁《はり》の下敷きになった妻を瓦《かわら》で打って殺したと言う。初めは、火に巻かれて生《なま》殺しにされるのが無惨で殺してやったのだと思っていたが、しだいに、自分は、肉体的欠陥のあった妻を内心憎んでいて、大地震の混乱の中で、妻を殺したのではないかという疑惑にとりつかれるようになる。そんな中で二六年の初夏、資産家N家の二番娘と結婚することになったが罪の意識にさいなまれ、結局、結婚式の当日、自分は罪人だと告白した。それ以来、玄道は、狂人扱いされて生きて来たと言う。彼は「私を狂人に致したものは、やはり我々人間の心の底に潜んでゐる怪物のせい」ではないかと言う。それを聞きながら「私」はただ黙然と座っているのであった。芥川自身は、「悪作読む可《べか》らず」（佐々木茂索《ママ》宛書簡、大正八・七・八）と言う。芥川が「小説が出来ないんで閉口」（岡栄一郎宛書簡、大正八・六・一五）している時期の作品である。菊池寛は『東京日日新聞』（大正八・

七・七）の「文壇動静」において、「芥川の表現能力の凄《すさま》じさを感心」したと書く。鈴木秀子は『沼地』と同じく、自己の主張しようとする価値や純粋さへの世間の無理解や冷たさに対する芥川の悲しい心情がぬりこめられている」（「芥川・短篇集の分析・『影燈籠』」、『国文学』昭和五二・五）とする。こぢんまりとよくまとまった作品だが、「人間の心の底に潜んでゐる怪物」を剔《てっ》抉《けっ》するのは、『羅生門』以来の芥川の主題で、それゆえに、「自動作用が始まったら、それは芸術家としての死」（『芸術その他』）と自らも言うような、芥川の停滞をも感じさせる作品である。

（渡部芳紀）

金将軍《きんしょうぐん》　小説。大正一三（一九二四）年二月一日発行の雑誌『新小説』に発表。『黄雀《こうじゃく》風《ふう》』（新潮社、大正一三・七・一八）に収録。本文に大きな異同はない。出典は朝鮮の伝説。ある夏の日、加藤清正と小西行長《ゆきなが》とが僧形をして、朝鮮平安南道を視察していた。路傍に一人の童子が寝ていた。清正はその相が将来日本にわざわいをする者と見て殺そうとするのを、行長がとどめた。それから三〇年後、二人は朝鮮に進攻し、行長は平壌で妓生桂月香をはべらせていた。ある夜、行長は眠り薬を飲まされて、かつて路傍に寝ていた童子、すなわち金応瑞将軍と桂月香とに襲われた。二人が行長の寝所に近づくと行長の剣が鞘《さや》を離れて飛びかかった。金はとっさに唾をかけて神通力を失わせて、行長の首を切った。その首はもとの体に舞い戻ろうとしたが、月香が灰をかけたので戻ることができなくなった。首を失った行長は剣をとり金に投げたので、金は小指を失って逃げた。その後、金は月香が行長の子をはらんでいることを知り、日本の将の子は蛇同然だと、月香を殺し、胎児を引きずり出した。胎児は大声をあげて「おのれ、もう三月待てば、父の讐《かたき》をとってやるものを！」と言った。これが朝鮮に伝えられる小西行長の最後だが、もちろん行長はここでは死んではいず事実を粉飾したものである。日本でも歴史の教科書には『日本書紀』の白村江の敗戦などは載せていない、と結んでいる。金が月香を殺すところで「英雄は古来センティメンタリズムを脚下に蹂躙《じゅうりん》する怪物である。」と英雄の非人間性を批判し、また、事実の粉飾については「如何《いか》なる国の歴史もその国民には必ず光栄ある歴史である。」と言い、皇国史観への批判を試みている。ここに芥川がまだ持ちこたえていた批判精神の健在をうかがうことができる作品である。また怪奇の数々は、怪奇趣味の執着と見ることができよう。

〔**参考文献**〕竹内真『芥川龍之介の研究』（昭和九・二・八）、石割透「黄雀風」（『国文学』昭和五二・五）

（和田繁二郎）

近世日本国民史《きんせいにっぽんこくみんし》　徳富蘇峰《そほう》著。史書。大正七・一二〜昭和三七・八（一九一八〜一九六二）。民友社、明治書院、時事通信社。全一〇〇巻。晩年、皇室中心主義を唱えた蘇峰が、明治天皇御宇史を書こうと試みたのが本書で、織田・豊《とよ》臣《とみ》時代から始まる膨大なものであり、また、歴史家の立場より、ジャーナリストの史観から歴史を見る独自なものでもある。芥川は大正一五（一九二六）年一月一五日から同二月一九日まで湯治のために湯河原《ゆがわら》中西屋に滞在したが、この間、神経衰弱や胃酸過多、胃アトニイ等に悩まされつつ『近世日本国民史』を愛読した。養父道章《どうしょう》に「本の外に心を慰むるものなし。この手紙つき次第、蘇峰の近世日本国民史豊臣時代三冊（合計九円）至急お送り下され度候。」（大正一五・一・二一）と書き送り、片山広子には「何を書く気も何を読む気もせず、唯《ただ》徳富蘇峰の織田時代史や豊臣時代史を読んで人工的に勇気を振《ふる》ひ起《おこ》してゐる次第」（大正一五・二・八）と記している。

（高橋陽子）

近代と反近代《きんだいとはんきんだい》　近代日本文学の歴史は、自我確立の一線に沿って展開されるが、「白樺」派あたりを一つの頂点として、大正期の作家になると、むしろその行きづまりや危機のほうが大きく露呈するといった状況を呈する。芥川が文壇に登場してきたとき、すでにこういった問題をかかえこんでいた。「イゴイズムをはなれた愛があるかどうか　イゴイズムのある愛には人と人との間の障壁をわたる事は出来ない人の上に落ちてくる生存苦の寂寞を癒す事は出来ない　イゴイズムのない愛がないとすれば人の一生程苦しいものはない／周囲は醜い　自己も醜い　そしてそれを目のあたりに見て生きるのは苦しい　しかも人はそのまゝに生きる事を強ひられる」（井川恭《きょう》宛、大正四・三・九）と苦悩を表白したように、人と人とを結び付けるはずの愛が、そしてまた最も純粋だとされる愛にも醜いエゴイズムの魔手が潜んでいることを自覚せずにはいられなかったのである。『羅生門』（『帝国文学』大正四・一一）では、生きるか死ぬかという極限状況におかれた人間の在り方が追求されている。そしてこの作品を書いている芥川の根底には、井川（恒藤《つねとう》）宛書簡に見られるような、エゴとエゴの確執の問題があり、究極的にはその問題は解決する道がないという絶望的な意識がはたらいている。そこから必然的に、人間の根源的な悪と罪といった問題が起こってくるが、『偸盗《ちゅうとう》』（『中央公論』大正六・四）には、そういった問題からの救済が試みられ、愛と死と無垢が描き出されている。しかししょせんそれは試みにすぎないものである。次に試みた方法は、「実人生の日常性にからめとられたあらゆる哀歓、実人生のすべての脈絡を人生の残滓《ざんし》として葬る絶望的な勇気と、芸術の創造行為のなかにしか芸術家の〈真の人生〉はないとする夢想」――「〈芸術と人生〉のあらたな図式」（三好行雄）であった。大正六（一九一七）年一〇月『戯作三昧《げさくざんまい》』（『大阪毎日新聞』）にはじまる一連の〈芸術家〉小説とも呼ぶべき作品群がそれである。「なべて人の世の尊さは、何ものにも換へ難い、刹那《せつな》の感動に極《きはま》るものぢや。」（『奉教人の死』）との理念を導きながら、そこでも、その「刹那の感動」によって凝結しきらない〈生〉の広がりを認識せざるを得ない結果に終わる。その後もさまざまな方法と形式を試みながら、そしてまた着実に現実との距離を縮めてくるものの、どうしても現実の生な人間に触れることができないために、絶えず苦悩にさいなまれる。こういった苦悩の由因は、彼の根底で支えている、自己を絶対とする強烈なエゴの所為にほかならないのだが、そのエゴも肉体の衰弱とそれに伴う精神の衰弱によって、徐々に崩壊へ傾斜していく。そこに、自身の根源への内省と自認を強く表明した『少年』（『中央公論』大正一三・四）『大導寺信輔《だいどうじしんすけ》の半生《はんせい》』（『中央公論』大正一四・一）『点鬼簿』（『改造』大正一五・一〇）等が産み出されてくるのである。この後も自己統一と分裂を繰り返すが、『蜃気楼《しんきろう》』（『婦人公論』昭和二・一）『手紙』（『中央公論』昭和二・七）には、何としても自己統一をはかろうとする芥川の苦悩が滲《にじ》み出ており、そこに徹底した近代人の姿を垣《かい》間《ま》みることもできる。しかし、その「本質的な部分を形づくっている」のは、「日本的な近代＝〈人生〉に領略されない伝統的な自然であり、ヴォルテール的な西欧近代の理智《りち》で武装しながら、その〈人工〉の世界の内実を芥川において充《み》たすものは日本的な〈自然〉」（平岡敏夫）なのである。芥川の文学を、西欧的な理智に支えられたイロニーによって、卑小な日本的現実に批評を加えたものとして把握することもできる。それをまた一種の反近代と呼ぶことも可能にはちがいないが、むしろ「〈人生〉としての近代を批判すべき〈自然〉を産み出した」（平岡）ところにこそ、芥川における近代と反近代の問題があろう。

〔**参考文献**〕三好行雄「ある芸術至上主義―『戯作三昧』と『地獄変』―」（『芥川龍之介論』筑摩書房、昭和五一・九・三〇）、平岡敏夫「芥川における〈人工〉と〈自然〉―芥川の反近代」（『国文学』昭和五六・五）、佐藤泰正「芥川文学の現代性」（『解釈と鑑賞』昭和四九・八）、和田繁二郎「芥川龍之介」（『芥川龍之介』創元社、昭和三一・三・二〇）

（萬田　務）

近代日本文芸読本《きんだいにっぽんぶんげいとくほん》　芥川龍之介が編集した旧制中学校生徒を対象とした課外読物のアンソロジー。全五集。大正一四（一九二五）年一一月八日、興文社刊（全五集同時刊行）。目次・序・凡例・附録を含めて平均三一六頁、各集とも定価一円七〇銭。大正一二年九月一日に神代種亮《こうじろたねあき》の紹介で興文社社長石川寅吉《とらきち》から編集の依頼を受け、以後一年有半編集に苦心し、発刊までに二年二か月を要した仕事である。芥川ははじめこの編集を大事業とは思わず、「やつて見ても好い」と返事をしてやりはじめた。ところが「想像してゐたよりも遥《はる》かに骨の折れる仕事」で、「どうかすると本職も碌《ろく》に出来ぬのに驚き、何度もこの仕事を抛《なげう》たうとした」ものの、社長の石川寅吉の巧みな操縦によって、ともかくも完成にこぎつけたという(「『近代日本文芸読本』縁起」)。興文社では、はじめこの読本を文部省の検定を受け、旧制中学校国語科の副読本にしようと考えていた。が、最終的に有島武郎と武者小路実篤の作品を除かない限り文部省の検定が通らないことが分かり、申請は見合わせ課外読物としての色彩を強く出すことになった。編集に当たっては、そのころ芥川に師事していた長崎出身の作家蒲原《かんばら》春夫が手伝っている。全五集の収録作品は百四十八編、明治大正の文壇作家のほとんどが顔を並べている。芥川は肉体の衰えを意識する中で誠実にこの仕事に取り組んだ。検定を断念した読本ゆえ、初めから営業上の成功は見込めないものだったのに、完成後「芥川は読本で儲《もう》けて書斎を建てた」といったうわさが立ち、彼の神経を悩ますことになる。菊池寛は、これが芥川を自殺に追い込む一契機をなしたとまで言う(『芥川の事ども』)。芥川は文学教育の有効性に期待し、神経の行き届いた編集をし、第一級の文芸読本を残したのである。この読本に初めて採用された作品が、以後昭和期の国語読本に教材として登場するという例も多い。　(関口安義)

『近代日本文芸読本』(全五集)

「近代日本文芸読本」《きんだいにっぽんぶんげいとくほん》縁起《えんぎ》　芥川編『近代日本文芸読本』全五集の各巻頭に掲載。大正一四(一九二五)年一一月、興文社より全巻同時刊行。日付は一四年三月。芥川がこの読本を純粋に文芸的なものにしようとして凝ったために、売れ行きが悪く、精神的に打撃を受けたことは、菊池の『芥川の事ども』でも分かる。山本有三宛書簡(大正一五・五・九)には、「編サンものなどやるものぢやない。」と書いている。(複刻版『近代日本文芸読本』第五集〈日本図書センター、昭和五六・一〇・二五〉に関口安義の解説がある。)　(井上百合子)

近代風景《きんだいふうけい》　詩歌雑誌。大正一五・一～昭和三・八(一九二六～一九二八)。全三巻二二冊。編集は北原白秋で、アルス発行。白秋は創刊号の巻頭で「熱、熱、熱。いかなる芸術運動も之《これ》無くして決して狂風は捲《ま》き起さぬ」(「『近代風景開現』」)と宣言し、清新の気を詩壇に送り込もうとする意気ごみを示している。三木露風、室生犀星、堀口大学、萩原朔太郎、若山牧水等多くの詩歌人が稿を寄せたが、芥川は大正一五(一九二六)年一二月五日付犀星宛の手紙に「僕今新年号に煩はさる。『近代風景』君よりも頼むと云ふ事故、萩原朔太郎論を五六枚書いた。日々快々」としたため、第二巻第一号(昭和二〈大正一六〉・一)に、『萩原朔太郎君』を発表した。その結びに「僕は『純情詩集』の現れた時、何か批評を草することを萩原君に約束した。(中略)今この文章を草するのは前約に背《そむ》かない為《ため》である。必《かならず》しも『近代風景』に原稿を求められた為ばかりではない。」と記している。(首藤基澄)

金瓶梅《きんぺいばい》　明の長編小説。百回。作者不明。使用されている方言から、山東《さんとう》の人の作ではないかと言われている。一六、七世紀ごろ成立し、古い刊本には万暦三八年ごろの蘇《そ》州の初版がある。出版後まもなく別人が手を加えたものと、原作に近い版本とされる『金瓶梅詞話』があるが、一般には前者が行われた。『水滸伝《すいこでん》』

に登場する、虎退治の豪傑武松が、兄武大が兄嫁の潘金蓮《はんきんれん》とその情人西門慶に毒殺されたので復讐《ふくしゅう》する話から始まる。江戸末期に馬琴が翻案した『新編金瓶梅』がわが国ではよく読まれた。明治一五（一八八二）年から一七年にかけて出版された松村操の訳もあるので、芥川は十分親しめたはずである。古くから猥褻《わいせつ》の書の筆頭とされ、芥川も、『雑筆』（『人間』大正九・九～一二）の「痴情」の項で、この書の猥褻さを強調し、『金瓶梅』程の小説、西洋に果《はた》してありや否や。」と言い、『戯作三昧《げさくざんまい》』（『大阪毎日』大正六・一一）で『新編金瓶梅』の版元の和泉屋市兵衛《いずみやいちべえ》を登場させている。（山敷和男）

く

鵠沼《くげぬま》　現在の神奈川県藤沢市の一部で、相模《さがみ》湾と東海道、境川と引地川の間の地域を言い、砂丘上の住宅地域で、当時は別荘地として栄えた。中国旅行以後健康状態がすぐれず、神経衰弱や胃腸をこわしていた芥川は、大正一五（一九二六）年一月一五日より湯河原《ゆがわら》に療養したが、健康状態は回復を見せず、帰京後も不眠症が続き、同年の四月二二日から義弟塚本八洲《やしま》が療養し、夫人の実家もあった鵠沼へ夫人と也寸志の三人で養生、里見弴、久米正雄、佐佐木茂索、大杉栄、小林勢以子らも度々滞在していた東屋旅館に、「西洋皿一枚と缶詰の簡易生活をしたい」との希望で逗留《とうりゅう》。七月中旬には、斎藤茂吉の勧めで、一万坪以上もあった東屋の敷地内にあった、「庭が広くて真紅のさるすべりの花がたくさん咲いていた」「イの四号」の家を借り（小穴《おあな》隆一『二つの絵』には「イの四号」の図面が描かれている）、また秋には、「イの四号」の裏の二階家に移った。その間、芥川は時折田端《たばた》に帰ったりしたが、田端の家は葛巻《くずまき》義敏が留守を守り、結局芥川はこの年一杯、鵠沼で主に過ごした。『或《ある》旧友へ送る手記』には「僕はこの二年ばかりの間は死ぬことばかり考へつづけた」と書き、小穴隆一には鵠沼に赴く一週間前の四月一五日に自殺の決心を告げたというが、芥川家の窮屈な養父母や伯母から脱した芥川は、鵠沼で最後の自由な生活を送った。『或阿呆《あほう》の一生』の「四十三 夜」には、「夜はもう一度迫り出した。荒れ模様の海は薄明りの中に絶えず水沫《しぶき》を打ち上げてゐた。彼はかう云ふ空の下に彼の妻と二度目の結婚をした。それは彼等《ら》には歓びだつた。が、同時に又苦しみだつた。三人の子は彼等と一しよに沖の稲妻を眺めてゐた。彼の妻は一人の子を抱き、涙をこらへてゐるらしかつた。／『あすこに船が一つ見えるね？』／『ええ。』／『檣《ほばしら》の二つに折れた船が。』」、と回想されている。文《ふみ》夫人によれば、鵠沼生活は「西洋皿が三枚、小さな机がお膳《ぜん》になつたり勉強机になつたり、缶詰が灰皿になるような」気ままな生活だったという。しかし、芥川の健康は悪化の一途をたどり、一時「ここにゐると割合に好い。」（佐佐木茂索宛、大正一五・五・二）という状態だったが、やがて「催眠薬の量はふえるばかり。」（山本有三宛、大正一五・五・九）、「鵠沼に一月ゐる間の客の数は東京に三月ゐる間の客の数に匹敵す。」（佐佐木茂索宛、大正一五・六・二）という状態で、六月には夫人と湯河原に赴いたりしたが、神経衰弱は激しく、「近頃目《ちかごろめ》のさめかかる時いろいろの友だち皆顔ばかり大きく体は豆ほどにて鎧《よろひ》を着たるもの大抵《たいてい》は笑ひながら四方八方より両眼の間へ駈《か》け来るに少々悸《おび》え居り候。」（斎藤茂吉宛、大正一五・六・一一）となり、以後もひどい下痢、痔《じ》に悩み、「七月になると云ふのに足袋をはき足のうらへカラシを貼《は》り、脚湯まで使」（小島政二郎宛、大正一五・六・三〇）うようだった。七月には、一軒おいて隣に小穴隆一が来て自炊生活を始めた。このころの芥川書簡は健康の衰弱を訴える悲痛な内容が続く。夏期には、「ヴアイオリン、ラヂオ、蓄音器、笛、ラツパ、謡、鼓、の上にこの二日はお祭りにて馬鹿囃《ばや》しあり」（佐佐木茂索宛、大正一五・八・九）といった近所の騒音に神経を病み、『鵠沼雑記』に書かれる、幻覚や予兆をしばしば体験。八月には堀辰雄、九月には茂吉や土屋文明、一一月には小沢碧童《へきどう》、遠藤古原草、宇野浩二らが訪れたが、宇野は『芥川龍之介』の中で、このときの芥川の風貌《ふうぼう》を「この世のものとは思はれぬ」と形容しており、夫人によれば『歯車』にある最後の記述にある出来事も、この年の初秋のことだったという。「新年号をいくつ書くことなどを考へると、どうにもかうにもやり切れない」（佐佐木茂索宛、大正一五・一〇・二九）、「（羊羹と書くと何だか羊羹に毛の生へてゐる気がしてならぬ）」（佐佐木茂索宛、大正一五・一一・二九）ので、精神鑑定をしてもらおうか、と思ったりもした。鴉片《アヘン》エキス、ホミカ、下剤、ヴェロナアルを常用の日の続く。「門《カド》ノベノウス暗ガリニ人ノキテアクビセルニモ恐ルル我ハ」はこのころの作。茂索は一二月に芥川を赤倉へスキー行に誘い、自殺の方法として凍死も考えた芥川は乗り気だったが結局行かなかった。一二月末日、鎌倉小町園を訪れる〈小さな家出〉を試み、翌年一月二日田端に帰った。以後、鵠沼の家は三月まで借りたが、再び鵠沼で生活することはなかった。宇野浩二は「この鵠沼にゐた頃が芥川の短かい生涯の中でもつとも陰惨な時代」と言い、「短かい一生の中で、重大な時期の一つ」としているが、芥川が自殺を動かぬこととして考えたのも、この鵠沼時代だった。鵠沼時代に作られたのは、『三つのなぜ』（大正一五・七・一五脱稿）『春の夜』（大正一五・八・一二）『点鬼簿』（大正一五・九・九）『悠々荘』（大正一五・一〇・二六）『彼』（大正一五・一一・一三）『玄鶴山房《げんかくさんぼう》 一』（大正一五・一二・一五?）らがあり、いずれも枚数の少ない断片的作品や緊張度の低いものだが、はかない死の翳《かげ》が現実感を漂わせている。以後の『蜃気楼《しんきろう》』（『婦人公論』昭和二・三）『歯車』（『文芸春秋』昭和二・一〇）『或阿呆の一生』（『改造』昭和二・一〇）などいわゆる『詩』に近い小説」には鵠沼の風景が描かれ、鵠沼は芥川の「末期の眼」が捉えた重要な光景の一つとなった。

「イの四号」の庭にて

〔**参考文献**〕 小穴隆一『二つの絵―芥川龍之介の回想―』（中央公論社、昭和三一・一・三〇）、宇野浩二『芥川龍之介』（文芸春秋新社、昭和二八・一〇・五、のち筑摩書房、昭和四二・八・五）、芥川文述、中野妙子記『追想 芥川龍之介』（筑摩書房、昭和五〇・二・一五）、森本修『新考・芥川龍之介伝』（北沢図書出版、昭和四六・一一・三）

（石割 透）

「イの四号」の家

鵠沼雑記《くげぬまざつき》 身辺雑記。遺稿。昭和六（一九三一）年七月五日、岩波書店刊の『文芸的な、余りに文芸的な』に収録。文末に（一五・七・

二〇）の日付がある。中国旅行以後健康状態がすぐれなかった芥川は、大正一五（一九二六）年一月湯河原《ゆがわら》で療養したが、相変わらずの不眠症と神経衰弱、便秘に悩まされ、帰京後もアロナアルーロッシュ、アダリンを常用、同年四月二二日より、夫人の実家があり義弟塚本八洲《やしま》が療養している鵠沼西海岸東屋旅館に夫人と也寸志とともに行くが、不眠症、痔《じ》、胃腸疾患が癒《い》えない。その後、時折田端《たばた》に戻ったりしたが、七月中旬、茂吉の勧めで東屋の貸別荘「イの四号」に移った。この鵠沼滞在から、後の『歯車』にも描かれる幻覚、予兆を体験、神経の不安感が芥川を脅かす。『鵠沼雑記』は原稿五枚足らずの小品で、鵠沼滞在中の幻覚や予兆を「僕は」という第一人称で始まる一一の段章に綴《つづ》ったもので、「東屋にゐるうち」「家を借りてから」の二つに分かれる。同年四月一三日の日付の『凶』に性格が近く、翌年の『蜃気《しんき》楼《ろう》』『悠々荘』の先蹤《せんしょう》をいくものと思われる。健康の衰弱の中の、死と近接した幻覚や予兆のリアリティにすがるのが晩年の「『詩』に近い小説」であった。「僕は風向きに従つて一様に曲つた松の中に白い洋館のあるのを見つけた。すると洋館も歪《ゆが》んでゐた。僕は僕の目のせゐだと思つた。しかし何度見直しても、やはり洋館は歪んでゐた。これは無気味でならなかつた。」「僕はひとり散歩してゐるうちに歯医者の札を出した家を見つけた。が、二三日たつた後、妻とそこを通つて見ると、そんな家は見えなかつた。僕は『確かにあつた』と言ひ、妻は『確かになかつた』と言つた。それから妻の母に尋ねて見た。するとやはり『ありません』と言つた。しかし僕はどうしても、確かにあつたと思つてゐる。その札は歯と本字を書き、イシヤと片仮名を書いてあつたから、珍らしいだけでも見違へではない。」などを含む。宇野浩二は『芥川龍之介』の中でこの作のイメージの幾つかが『蜃気楼』『悠々荘』に生かされていることを指摘、この期の芥川の「創作力は然《さ》程《ほど》おとろへてはゐなかつた」とし、先の〈白い洋館〉の文章のイメージが『アッシャー家の崩壊』と似ていることを指摘。またこの作は精神病理学的立場から注目され、塩崎淑男は「そのまま彼の病的精神の形象化」とし、そこに〈関係妄想〉〈被害妄想〉らを指摘（「漱石・龍之介の精神異常」）。岩井寛も〈異常知覚〉〈妄覚〉〈誤った自己関係づけ〉〈被害念慮〉らを見ている（『芥川龍之介　芸術と病理』）。

（石割　透）

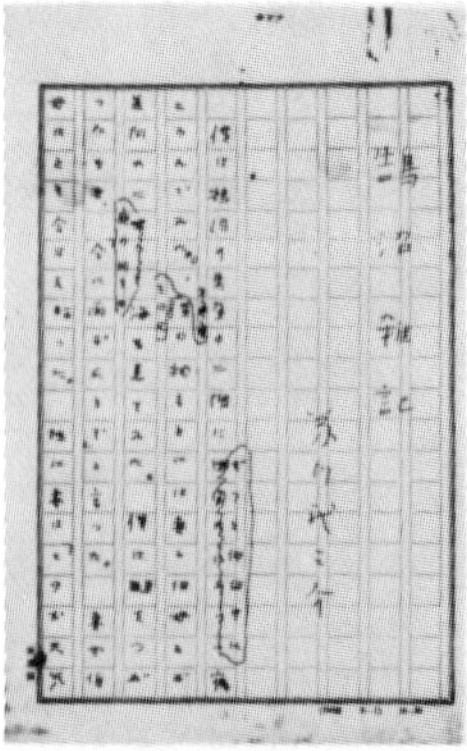

『鵠沼雑記』（遺稿）

愚人《ぐじん》　芥川龍之介の作品に登場する人物の一様相を示す語。芥川は、遺稿分の『侏儒《しゅじゅ》の言葉』で「理性のわたしに教へたものは畢竟《ひっきやう》理性の無力だつた。」（「理性」）、さらに遺稿『或《ある》阿呆《あほう》の一生』では「いつ死んでも悔いないやうに烈《はげ》しい生活をするつもりだつた。が不相変《あいかはらず》養父母や伯母に遠慮勝ちな生活をつゞけてゐた。」（「道化人形」）と書き残している。その芥川にとって、理性の場、日常の場における明暗を克服する方法は二つあった。一つはしたたかな自我人、超人への道であり、一つは場の認識を受け止めることの不能な者の道である。芥川は、このような人間像に強い憧憬《どうけい》を抱いている。後者が愚人憧憬と言ってよく、それは美談否定、英雄否定の逆の力学を有するものである。最初は、優情の対象として、後に己自身の実現不可能の人物群としてかかわる。代表的な人物として、阿濃（『偸盗《ちゅうとう》』）、れぷろぼす（『きりしとほろ上人伝』）、吉助（『じゅりあの・吉助』）、尾生（『尾生の信』）、金花（『南京《ナンキン》の基督《キリスト》』）、五位の入道（『往生絵巻』）、権助（『仙人』）などである。彼らのほとんどが宗教的位相の内に存在し、また芥川の宗教への憧憬とも重なることも注目できる。それ故、自我を投棄することで、さらにしたたかな自我を獲得する宗教人の一つの有様も認められ、ろうれんぞ（『奉教人の死』）、クリスト（『西方の人』）なども含める〈聖なる愚人の系譜〉（宮坂覺）成立の可能性を孕《はら》む。阿濃は、「白痴に近い天性」ゆえに鮮やかである。天下無双の強者を求めるれぷろぼすは、悪魔《ぢやぼ》より強いという、えす・きりしとこそ仕えるべき強者と信じる。「最も愛してゐる、神聖な愚人」とされた吉助は、キリストが恋に焦がれ死にしたと信じ自分の同じ悩みも理解してくれると切支丹《キリシタン》になり磔刑《たつけい》にかかる。金花は、キリストが南京に下り自分の梅毒を癒《いや》す奇跡を行ったと信じる。五位は、阿弥陀《あみだ》を求めて西へ西へと行き、ついに浜辺で餓死する。これらのいくつかは原典があるが、芥川が好んで描いた人間像であった。
（宮坂　覺）

葛巻義敏《くずまきよしとし》　明治四二・八・二八〜昭和六〇・一二・一六（一九〇九〜一九八五）。小説家・評論家。芥川龍之介の姉ひさと葛巻義定の長男。大正一一（一九二二）年東京高等師範附属中学に入学。夏、千葉県富浦の合宿に参加したとき肺炎にかかり、病後芝新銭座町の新原家からの通学は無理のため、一時芥川家から通学した。大正一二（一九二三）年正月家出をし、登校拒否の事件を起こす。葛巻の直話によると、芥川は自分は作家としては一流ではないが、教育では自信があると言って、書斎隣六畳間で二年間、朝八時から夕方まで一通りの教育を施してくれたという。一方、大正一〇（一九二一）年ごろから武者小路実篤の「新しき村」運動に共鳴し、親族会議で了承され、武者小路が上京の折に九州の「新しき村」へ連れて行ってもらうことになる。父義定の許可を得るため北海道へ行ったが、関東大震災が起こり、大叔母たちの引き留めで「新しき村」行きを諦め、武者小路に断ったという。以後芥川家で育てられた。この年の三月ごろより松屋の原稿用紙を買いに行くなど、芥川の使い走りをする。大正一四（一九二五）年ごろになると芥川から自殺の話を聞かされたという。堀辰雄・中野重治らの同人誌『驢馬《ろば》』第一一号より同人となって、『僕の憂欝《ゆううつ》』を発表、堀風な抒情的作品である。また昭和五（一九三〇）年アテネ・フランセで坂口安吾を知り、雑誌『言葉』、その後継誌『青い鳥』を出す。芥川没後、原稿、資料の保存と整理に尽くし、昭和二（一九二七）年一二月三〇日から刊行された『芥川龍之介全集』（岩波書店）の編集に従事。日本文学アルバム6『芥川龍之介』（筑摩書房、昭和二九・一二・一〇）、資料原稿を整理した『私のノート椒図志異《しようずしい》』（ひまわり社、昭和三〇・六・一五）、共編近代作家研究アルバム『芥川龍之介』（筑摩書房、昭和三九・六・二〇）、『芥川龍之介未定稿集』（岩波書店、昭和四三・二・一三）、『芥川龍之介　未定稿・デッサン集』（雪華社、昭和四六・七・二四）などを編集した。なお作品とのかかわりについては、『晩春売文日記』に名が見える。葛巻宛書簡は一九通ある。
（菊地　弘）

国木田独歩《くにきだどっぽ》　明治四・七・一五、新暦八・三〇〜明治四一・六・二三（一八七一〜一九〇八）。詩人・小説家。芥川龍之介が終生意識し、親近感を抱いていた明治の文学者。幼名亀吉《かめきち》、のち哲夫と改名。下総国《しもうさ》（現在、千葉県）銚子《ちょうし》生まれ。明治二四（一八九一）年、東京専門学校（早稲田大学の前身）中退。日清戦争従軍記者として『愛弟通信』により文名をあげ、佐々城信子《ささきのぶこ》と恋愛・結婚。破婚後、明治三〇（一八九七）年、宮崎湖処子《こしょし》・田山花袋・松岡（柳田）国男らとの合著『抒情詩』に『独歩吟』を発表。処女作『源叔父』（明治三〇）以後、第一文集『武蔵野』（明治三四）、第二文集『独歩集』（明治三八）に続いて、日露戦争後、『運命』（明治三九）で島崎藤村・夏目漱石とともに新文学として注目された。経営する独歩社倒産とともに病勢も進み、『濤声《とうせい》』

国木田独歩

(明治四〇) 刊行の翌四一年六月、茅ヶ崎《ちがさき》南湖院に没した。その翌月、『独歩集第二』が刊行されている。芥川龍之介が『河童《かっぱ》』(昭和二) のなかに「轢死《れきし》する人足の心もちをはつきり知つてゐた詩人です。」として、日本人としてはただ一人、独歩を登場させているが、『独歩集第二』所収の『窮死』(明治四〇) を意識していることは明らかである。芥川が独歩に言及した文章のうち、まとまっているのは『文芸的な、余りに文芸的な』(昭和二) の中の「二十八 国木田独歩」であるが、独歩が持つ、鋭い頭脳と柔かい心臓は不幸にも調和を失っているとして、二葉亭四迷や石川啄木同様、悲劇中の人物であると述べている。地上を見ずにはいられぬ鋭い頭脳の独歩は『正直者』『竹の木戸』等を生み、天上を見ずにもいられぬ柔かい心臓の独歩は『非凡なる凡人』『少年の悲哀』『画《え》の悲《かな》み』を生んだとも芥川は言う。「自然主義の作家たちは皆精進して歩いて行つた。が、唯一人独歩だけは時々空中へ舞ひ上つてゐる。」と芥川は結んでいるが、保吉《やすきち》物の『寒さ』(大正一三) にも『窮死』のかげが落ちているという以上に、自殺の問題を含め、芥川と独歩のつながりは想像以上に深い。 (平岡敏夫)

国富信一《くにとみしんいち》 明治二五・七・四〜昭和三九・一二・二二 (一八九二〜一九六四)。気象学者。芥川龍之介の江東《えひがし》小・府立三中時代の同級生。東京生まれ。大正八 (一九一九) 年東京帝国大学理科大学 (東大理学部の前身) 物理学科卒業。ただちに中央気象台に入り、のち上海《シャンハイ》気象台長・大阪管区気象台長などを勤める。退官後、東京女子大・東京電機大・東洋大教授を歴任した。少年時代、芥川を芥龍《あくりゅう》と呼んで親しんだ。犬嫌いだった芥川を回想した「芥龍と犬」(『文芸 芥川龍之介読本』昭和二九・一二) の一文がある。 (関口安義)

首が落ちた話《くびがおちたはなし》 小説。大正七 (一九一八) 年一月一日発行の雑誌『新潮』に発表。『傀儡《かいらい》師』(新潮社、大正八・一・一五) に収録。物語は〔上〕で、日清戦争中、何小二《かしょうじ》というシナ兵が偵察に行き、日本兵に軍刀で首を斬られ意識不明になる、〔中〕で、瀕死《ひんし》の何小二が蒼空《あおぞら》に浮かぶ母親や故郷の幻影を見て、過去の生活の醜さを自覚する、〔下〕は戦後一年ほど経た早春の後日譚《たん》で、木村少佐が山川技師に、無頼漢の何小二が喧嘩《けんか》をし、戦中の古傷が破れ首が落ちて死んだという新聞記事を見せ、野戦病院で何《か》から聞いた瀕死の状態の時の純粋な反省の念を伝える場面が描かれる。そして、その何小二が戦後何故無頼漢になったかという山川の言葉に「我々は我々自身のあてにならない事を、痛切に知つて置く必要がある。」と答える木村の言葉で結ばれている。原話は『聊斎志異《りょうさいしい》』第三巻第二十二「諸城某甲《しょじょうのぼうこう》」と本文中にあるが、ほかにトルストイの『戦争と平和』第一巻第二編第一九章、第三編第一六章及び一九章 (吉田精一・島田謹二・加藤京子)、エドガー・アラン・ポーの『鋸山《のこぎりやま》奇譚』(島田謹二)、アナトール・フランスの『赤い卵』(大島真木・富田仁)、アンブローズ・ビアスの『アウル・クルーク橋の一事件』(西川正身) の影響が指摘されている。このように種々の典拠から思想、小説作法を借用した創作過程が同時代に「空虚な嘘《うそ》らしい調子」(田中純) を批判され、芥川自身に「ウハキをしてゐるやうな気」(松岡譲宛書簡、大正六・一二・一四) をおこさせたゆえんだが、独特のテンポとリズムのある文体がその欠陥を補い、数種の典拠を見事に一つの物語に融合した点に、この作品の身上がある。収束部に置かれた「人間はあてにならない」という木村の言葉にも、「ヴォルテールあたりの『コント・フィロゾフィック』から悟入した」落ち (島田謹二) というだけでなく、失恋体験や複雑な生い立ちから会得した人間や人生についてのある種の諦《てい》念《ねん》が、切実に吐露されているはずである。 (神田由美子)

久保田万太郎《くぼたまんたろう》 明治二二・一一・七〜昭和三八・五・六 (一八八九〜一九六三)。小説家・劇作家・俳人。東京生まれ。慶応義塾大学文科卒業。『末枯《うらがれ》』(大正六) 戯曲『大寺学校』(昭和二) 中編小説『春泥』(昭和三) 短編小説『市井人』

(昭和二四)などがある。昭和三二(一九五七)年、文化勲章受章。万太郎の「芥川君」(『文芸春秋』昭和二・九)によると、万太郎は東京の第三中学校で、芥川より二年先輩であった。そのころ、二人はまだ知らなかった。万太郎に芥川を引き合わせたのは、芥川の小学校時代の友人で、また万太郎の知人でもあった野口真造であった。大正四(一九一五)年の春だったという。だとすれば芥川の「ひよつとこ」が発表されているころになる。角帽をかぶった芥川は「極めて謙遜《けんそん》な、注意深い、挙止端正な若い東京人」だと万太郎には映った。『鼻』を発表し、東京帝大英文科を出るのはその翌年であった。その後、万太郎は関東大震災で焼け出され、日暮里《にっぽり》に転居したころから、田端《たばた》にいた芥川と往来を重ねた。当時、芥川は『久保田万太郎氏』を書き、万太郎の描く「主人公は常に道徳的薄明《うすあか》りに住する閭巷《りょかう》無名の男女なり。(中略)チエホフのそれよりも哀婉《あいえん》なること」を指摘したが、半面、一たびあきらめたら、「槓《てこ》でも棒でも動くものにあらず。談笑の間《かん》もなほ然《しか》り。酔うて虎《とら》となれば愈《いよいよ》然り。」と言い、主人公においてまた然りとみて、江戸っ児の作家の風貌を指摘した。このことは逆に万太郎の随筆『かれは』(昭和三)と、ある意味で呼応している。他方、『春泥』(石井鶴三画)の若宮の自殺が、芥川の自殺に負うところとなり、ひとつの「刺激」になったとは作者の言である。芥川が万太郎の身辺にいた作家の一人であったことは否めないところである。万太郎が芥川にみたものは、かたくななほどの用心深さであり、本音の吐けない人であった。「魂の歌の美しい旋律」への共鳴であり、「敗北」いやさに死んだ人とみる理解者の立場であった(「芥川龍之介―その人と作品について―」(対談)久保田万太郎・窪川鶴次郎、『新潮』昭和一七・五)。　(伴　悦)

久保田万太郎と

久保正夫《くぼまさお》　明治二七(?)〜昭和二(?)(一八九四?〜一九二七?)。芥川の一高、東大での後輩。東京生まれ。一高文科を大正四(一九一五)年、東京帝国大学文科大学哲学科を大正七(一九一八)年に卒業した。卒業まもなく三高か京都帝大の教師の話があったが(恒藤恭《つねとうきょう》宛、大正九・四・二八)、実現しなかったらしい。芥川は終始、好感を抱くことはなく、友人にも「未来の山田アーベントで久保正にあつた　久米がゐたもんだから傍《そば》へやつて来ていろんな話しをしてよはつた　あいつの笑ひ方は含蜜《がんみつ》の笑《わらひ》だと思ふ　やに甘つたるくつて胸の悪くなる所は甘草の笑の方がいゝかもしれない」(井川(恒藤)恭宛、大正三・三・一九)と述べ、「久保正夫の講師は好いね　世の中はさう云ふものだ　さう云ふものだから腹を立てる必要はない」(恒藤恭宛、大正九・四・二八)と語っている。このほか、大正三年七月一六日付小野八重三郎宛書簡や『我鬼窟《がきくつ》日録』(大正八・五・三〇)でも言及している。　(森　英一)

久米正雄《くめまさお》　明治二四・一一・二三〜昭和二七・三・一(一八九一〜一九五二)。小説家・劇作家。芥川龍之介の一高以来の友人。長野県生まれ。幼くして父を失い、母方の実家のあった福島県安積《あさか》郡桑野村に移住。県立安積中学校を経て、明治四三(一九一〇)年九月、第一高等学校入学。中学在学中は教頭西山雪人の指導を受け、俳句に親しんだ。作風は当時隆盛をきわめた新傾向で、三汀《さんてい》の俳号を用いた。一高へは推薦無試験で第一部乙類に入り、芥川龍之介・菊池寛・松岡譲・成瀬正一《せいいち》・山本有三・土屋文明らと同じクラスとなる。松岡とは特に親しく交わる。大正二(一九一三)年九月東京帝国大学文科大学英文科入学。翌三年二月、第三次『新思潮』が創刊され、同人として参加した彼は、第二号に戯曲『牛乳屋の兄弟』を発表。これは新時代劇協会の桝本《ますもと》清に認められ、同年九月有楽座で上演されて好評を博した。大学に進学後、それまでの松岡譲や成瀬正一らとの交流に芥川が加わってくる。一高時代の芥川は、井川（恒藤《つねとう》）恭《きょう》と特に親しく、いつも二人で行動を共にしていたが、井川が京都帝大に移ったこともあって、このころには「所謂《いはゆる》南寮の Gruppe」であった久米・松岡らに接近するようになる。芥川が第三次『新思潮』に同人として加わり、『老年』（『新思潮』大正三・五）を書き、その後も『帝国文学』に作品を発表するのも久米の刺激が大いに与《あず》かっている。芥川の『小説を書き出したのは友人の煽動《せんどう》に負ふ所が多い』（『新潮』大正八・一）には、「その頃久米がよく小説や戯曲などを書くのを見て、あゝいふものなら自分達でも書けさうな気がした。そこへ久米などが書け〳〵と煽動するものだから、書いて見たのは、『ひよつとこ』と『羅生門』とだ。かういふ次第だから、書き出した動機としては、久米の煽動に負ふ所が多い。」とある。また、大正四（一九一五）年一一月一六日付久米正雄宛芥川書簡には、「唯君のみから或《ある》圧迫をうけるさうしてその圧迫によつてのみ或興奮を感じさせられる」との一節を含み、当時の芥川の久米への傾倒ぶりがうかがえる。大正四年秋、林原耕三の紹介で久米は芥川とともに夏目漱石の木曜会に出席、以後その常連となる。翌五（一九一六）年二月、第四次『新思潮』を芥川・松岡・成瀬・菊池と始め、『父の死』（大正五・二）『手品師』（大正五・四）『競漕』（大正五・六）などを発表する。久米の初期短編小説は、抜群の自然描写、ゆるぎない構成によって、作家としての確かな腕を示しており、師漱石も「『競漕』はあれ以上行けないのです。又あれ以上行く必要がないのです。」（芥川・久米両名宛書簡、大正五・九・二）と好意的批評をしている。同年七月、大学を卒業。大正六（一九一七）年三月、文壇の登竜門『中央公論』に『嫌疑』を発表、さらに『エロスの戯れ』（『文章世界』大正六・四）戯曲『地蔵教由来』（『中央公論』臨時増刊号、大正六・七）同『心中後日譚』（同上、大正六・九）と好調に作が続いた。ところで、この年久米はその生涯に長く尾を引く事件に遭遇した。それは漱石没後も知遇を得、出入りしていた夏目家の長女筆子への一方的とも言える恋が、筆子の松岡譲への傾斜によって破局に至ったことである。傷心の身で彼はいったん故郷に帰るが、ほど経ずして再上京。翌年からその失恋体験を素材とした作品を次々と発表し、文名を高めることとなる。『蛍草』（『時事新報』大正七・三・一九〜九・二〇）から始まり、『敗者』（『中央公論』大正七・一二）『帰郷』（『人間』大正八・一二）『和霊《にぎたま》』（『改造』大正一〇・四）『破船』（『主婦之友』大正一一・一〜一二）がその主なもので、甘美な哀愁に包まれたその文章は、世の同情と共感とを呼ぶのにふさわしかった。こうして彼は、のちに自らも認めるように、「その失恋を売りものにして浮かび上った」（『風と月と』、『サンデー毎日』昭和二二・一〜三）のであった。昭和に入ると彼は婦人雑誌や新聞に、多くの通俗小説を載せるようになり、菊池寛とともに第一線の流行作家となっていく。その活躍はめざましく、いつも文壇をにぎわす存在であった。芥川は久米を「新しき時代の浪漫《ロマン》主義者《チスト》」（『一家の風格が出来た』、『新潮』大正一三・二）と呼んだ。そしてその自決に際しては、『或阿呆《あほう》の一生』の原稿を託し、「君の恐らくは誰よりも僕を知つてゐると思ふからだ。」と言い、発表の時と機関とを一任している。

〔参考文献〕小島政二郎「久米正雄論」（『新潮』大正八・九）、江口渙「久米正雄論」（筑摩版『現代日本文学全集』25、昭和三一・三・一五）、前田愛「久米正雄の位置」（『成蹊国文』第二号、昭和四四・三）

（関口安義）

蜘蛛の糸《くものいと》　童話。大正七（一九一八）年七月一日発行の雑誌『赤い鳥』創刊号に発表。『傀儡師《かいらいし》』（新潮社、大正八・一・一五）、『沙羅《さら》の花』（改造社、大正一一・八・一三）『三つの宝』（改造社、昭和三・六・二〇）に収録。初出以下『三つの宝』までの諸本に大きな異同はない。が、没後刊行された第一回全集以降、初出の際に加わった鈴木三重吉の添削を排し、原稿通りに戻したため大幅な異同が生じた。この作品は、芥川の大学の先輩に当たり、漱石門下の作家であった鈴木三重吉の勧めによって書かれたものである。当時新婚早々でまだ子供がいなかった芥川は、児童読者を想定し得ず、執筆には苦労したようで、「御伽噺《おとぎばなし》には弱りましたあれで精ぎり一杯なんです但《ただし》自信は更にありませんまづい所は遠慮なく筆削して貰ふやうに鈴木さんにも頼んで置きました」(小島政二郎宛、大正七・五・一六)との手紙を残している。『赤い鳥』に載った『蜘蛛の糸』は、文体に三重吉の手がかなり加わっている。そのことは原稿をもとにして成立している全集本と初出『赤い鳥』掲載作との比較により、今日明らかにできることである。つまり、三重吉は芥川の原稿に朱筆を入れ、漢字の一部を平仮名にしたり、改行の箇所を多くしたり、文末表現を変えたりしているのである。三重吉の添削は、読者としての子供を意識してのものであった。しかし、人間のエゴイズムのあさましさや悲しさを追究したテーマは、あくまでも芥川自身のものである。物語は三つの場面から成り立っている。「一」と「三」は極楽の蓮池のふちに立って下の地獄の底を眺める御釈迦様《おしやかさま》の様子が描かれ、「二」では地獄の底と蜘蛛の糸にすがって極楽にはい上がろうとする、犍陀多《かんだた》という罪人のことが描かれる。その場面設定と時間処理は、実に巧みである。ある朝のこと、極楽の蓮池のふちを独りでぶらぶら歩いていた御釈迦様は、水の面を覆っている蓮の葉の間からふと下の地獄を見ると、犍陀多という男が外の罪人と一緒にうごめいている姿が眼にとまる。この男は、生前人を殺したり、家に火をつけたり、いろいろ悪事を働いた大泥坊《どろぼう》だったが、たった一つ善いことをしたことがある。それは林の中で小さな蜘蛛が一匹這《は》っているのを見た時、これも小さいながら命のあるものに違いないとして助けてやったのである。御釈迦様はそのことを思い出し、この男を地獄から救い出してやろうと極楽の蜘蛛をつかまえ、その糸を地獄の底へ下ろす。一方、地獄の底の血の池で浮いたり沈んだりしていた犍陀多は、目の前に垂れ下がってきた銀色の蜘蛛の糸を見、これにすがりついてどこまでも上っていくなら地獄から抜け出せるにちがいないと、両手でしっかりつかみながら一生懸命に上へ上へとたぐり上りはじめる。が、途中で一休みし、下を見ると、数限りもない罪人たちが後をつけて上ってくるのを知り、「こら、罪人ども。この蜘蛛の糸は己《おれ》のものだぞ。お前たちは一体誰に尋《き》いて、のぼって来た。下りろ。下りろ。」と喚《わめ》く。その途端、それまでなんともなかった蜘蛛の糸が、急に犍陀多のぶら下がっている所からぷつりと音をたてて切れ、犍陀多は再び地獄の闇の底へ落ちてしまう。極楽の蓮池のふちに立って、御釈迦様はこの一部始終を見ていたが、やがて悲しそうな顔をして立ち去る。

『蜘蛛の糸』(大正7年7月『赤い鳥』創刊号)

この物語の典拠は、古くは吉田精一によって『カラマーゾフの兄弟』第七編三の「一本の葱《ねぎ》」が指摘されていたが、現在ではポール・ケーラスの『カルマ』説(山口静一)、及びその鈴木大拙訳による『因果の小車』説(片野達郎)が有力である。このような典拠をもちながらもそれを自家薬籠《やくろう》中のものとし、物語性に満ちた童話に創《つく》り上げているところに芥川の力量を見いだすことができる。大正期児童文学の中にあってもひときわ光る作品である。

〔参考文献〕山口静一「『蜘蛛の糸』とその材源に関する覚書き」（『成城文芸』昭和三八・四）、片野達郎「芥川龍之介『蜘蛛の糸』出典考」（『東北大学教養部紀要』昭和四三・一）、佐藤泰正「芥川龍之介の児童文学—『蜘蛛の糸』小論」（『国文学』昭和四六・一一）、藤多佐太夫「『蜘蛛の糸』論」上（『山形大学紀要』、昭和四七・一）、同上、下（同上、昭和四八・二）

（関口安義）

クラシシズム《くらししずむ》 classicism（英語）いわゆる古典主義に相当する英語。知性と感情の間に、均整がとれていて、理性が支配的であり、静謐《せいひつ》を特色とする世界を志向する芸術的傾向に名づける名称である。しばしば、ロマンティシズムと対比して用いられる。芥川も、この語をおおむねそうした意味で使い、古典そのものにはクラシックの語を当てている。『或《ある》悪傾向を排す』（『中外』大正七・一一）という評論の中で「が、ロマンティシズムの後にリアリズムが起つたと云ふ文芸史上の過去の事実のみによつて、ロマンティシズムを唱導するのが時代錯誤だと云ふならば、リアリズムの後にシムボリズムや、ネオと称するロマンティシズムが起つたと云ふ、同じく文芸史上の過去の事実のみによつて、本間君自身の唱導するリアリズムも、亦《また》、時代錯誤たる事は免れない筈《はず》である。もし本間君の謙譲の徳を傷《きずつ》けないならば、君をゲエテと比較して、晩年の彼のクラシシズムは、クラシシズムの後にロマンティシズムが起つたと云ふ同じく文芸史上の過去の事実のみによつて、時代錯誤ではないかと云つても差支《さしつか》へない。云ふまでもなく、これは滑稽《こつけい》なディレムマである。」ちなみに、「クラシック」の用例を芥川の言辞にさぐると『家庭に於《お》ける文芸書の選択に就いて』（『女性改造』所収座談会、大正一三・三）にみると、「僕は実験的に子供に西洋のクラシックを話して聞かせたことがあるのですが、大抵の子供は面白がりますね。『ドンキホーテ』とか、『アラビアンナイト』なんか喜びますね。イリヤッドなども好きますね。」などと語っている。『文芸的な、余りに文芸的な』では、『源氏物語』の例を挙げて「すると古典と呼ばれるのは或は五千万人中滅多に読まれない作品かも知れない。」などという彼らしいアフォリズムを記している。

（石丸　久）

倉田百三《くらたひやくぞう》 明治二四・二・一三〜昭和一八・二・一二（一八九一〜一九四三）。劇作家・評論家。広島県生まれ。第一高等学校中退。西田幾《き》多《た》郎《ろう》の影響を受け、人間の苦悩と倫理を深く追及し、独自な宗教文学を確立した。戯曲に『俊寛』『出家とその弟子』、評論に『愛と認識との出発』などがある。芥川は『澄江堂雑記—俊寛』（『新潮』大正一一・四・一）で、倉田の『俊寛』（第一幕を『白樺』大正七・三に発表し、のち第二、第三幕を書いて創作集『歌わぬ人』（岩波書店、大正九・六・二〇）に全幕を収録）に触れて、彼の俊寛像は、菊池寛の俊寛とともに「俊寛のみを主題としてゐる」と評し、さらに『源平盛衰記』中の俊寛像の変更の仕方について「倉田氏が俊寛の娘を死んだ事にしたり、菊池氏が島を豊沃《ほうよく》の地にしたり、——それらは皆両氏の俊寛、——『苦しめる俊寛』と『苦しまざる俊寛』とを描出するに便だつた為であらう。僕の俊寛もこの点では、菊池氏の俊寛の蹤《あと》を追ふものである。」と書いて倉田の「苦しめる俊寛」を暗に批判している。すなわち、換言すると倉田の俊寛はあくまで平家を恨み、運命を呪《のろ》う悲劇の主人公であるのに対して、芥川の小説『俊寛』（『中央公論』大正一三・一）中の俊寛像は、流された島に安住の地を見いだした「苦しまざる俊寛」を描きながらも、人間苦を超脱しようとして「苦しめる俊寛」をも書いているのである。つまり、究極のところ、倉田の、いかにも深刻そうな様相及びその作者から創《つく》り出された悲壮ぶった登場人物が、内面の苦痛を表面に表すことを嫌った、都会人芥川には気にいらなかったのであろう。そしてこのことは、倉田百三を「所謂《いはゆる》真面目なる小説家、評論家、戯曲家等に真面目さの欠けてゐることは論理の証するところにより疑ふ余地のない事実」（『思ふままに』）の槍玉《やりだま》にあげていることでも分かる。しかし、かといって以上の倉田への厳しい批評は、芥川特有の一種のイロニーとも解すべきであって、実際には「クラタの『出家とその弟子』をよんで感心したよ」（池崎忠孝宛端書、大正六・七・一九）と書き送っていて倉田の求道の精神とも言うべきものを高く評価していたと考えられる。

（久保田芳太郎）

クラリモンド《くらりもんど》 Clarimond テオフィル・ゴーチエ Théophile Gautier（一八一一～一八七二）の小説。芥川の翻訳。大正三（一九一四）年一〇月一六日、新潮社発行の「新潮文庫」第一〇編、ゴーチエ作・久米正雄訳『クレオパトラの一夜』に収録され、のち大正一〇（一九二一）年四月一七日、新潮社発行の単行本、ゴーチエ作・久米正雄訳『クレオパトラの一夜』に収められた。二著ともその目次、中扉、奥付に芥川の名は見えない。文庫本、単行本に付せられた久米正雄の序文には「友人、山宮允《さんぐうまこと》、柳川《やながは》隆之介、成瀬正《せい》一《いち》、三君の大なる助力なくば、今日の小成をすらなす事ができなかつたのだ。」とある。原題は La Morte Amoureuse. 一八三六年六月二三日、二六日の二回にわたり『パリ年代誌』に掲載され、のちに『悪魔の涙』（一八三九）『中篇小説集』（一八四五）等に再録され、一八五〇年三月二〇日『絵画雑誌』に載った際には『クラリモンド』と題されていた。倉智恒夫の調査によると、右のテキストを基にしてラフカディオ・ハーン Lafcadio Hern（一八五〇～一九〇四）の英訳で「クラリモンド」を含んでいるものは次の二種であるという。㈠The World's Stories Tellers, dited by Arthur Ransome. Clarimond and other stories, London & Edinburgh. T. C. & E. C. Jack（一九一一）㈡One of Clepatra's Night and other fantastic romances. London, Maclaren and company（一九〇七）芥川が「クラリモンド」を翻訳するさいに用いたのは右のうち㈡のテキストであると言われている。この作品は、六六歳になった聖職者ロミュアルの昔語りという体裁をとっている。彼が二四歳のとき聖職者として最後の位階を得るための教会での儀式に臨んだとき、一人の女に会う。「彼女は自ら輝いてゐるやうに、しかも光を受けてゐると云ふよりは、自ら光を放つてゐるやうに見えた」。ロミュアルは一年に二度老齢で体の弱い母親に逢《あ》いにいく以外全く「女」というものを知らない修業者であった。これから生涯を神に捧げる生活に入ることに激しい躊躇《ちゅうちょ》を感じるが彼の内面の懊悩《おうのう》とはかかわりなしに儀式は進行してしまう。式が終わり戸口を出ようとすると、急に一つの手が彼の手を捕まえる。女の手だ。「不仕合せな方ね。不仕合せな方ね。何と云ふ事をなすつたの。」彼女は低い声で叫ぶとたちまち群衆のなかに紛れこんでしまう。やがてその女の従者が彼にこっそり金縁の手帳を手渡す。彼は自分の部屋に入りそれを開くと「クラリモンド・コンチニの宮にて」とある。クラリモンドとはその女の名である。出発前に彼の苦悶の様子を察知した僧院長《アベ》・セラピオンは彼をじっとみつめ、悪魔が「お前を捕《つかま》へる最後の努力をしてゐるのぢや。征服されるよりは、祈禱《きたう》を胸当てにして苦行を楯《たて》にして、勇士のやうに戦ふがよい。」と忠告する。そのあくる日、ロミュアルは任地に旅立つ。荒涼とした任地の教会で神聖な使命を果たす日々の営みが始まったが、思いは絶えずあの日一目見たクラリモンドの方へ漂っていった。かくて一年ほど経ったある夜、臨終の秘《ひ》蹟《せき》を頼みに使いのものが来る。コンチニの王の寵姫《ちょうき》クラリモンドのもとからである。ロミュアルは馬を疾駆させて宮殿に到るがクラリモンドの臨終に間に合わない。彼女の屍体《したい》の傍らで黙想に沈んでいるうちに耐えがたくなった彼は思わず彼女の唇に接吻《せっぷん》すると一瞬彼女は蘇《よみがえ》り、竪《たて》琴《ごと》の最後の響きのような懶《ものう》い美しい声で別れを告げる。そのとき旋風が吹き起こり白い薔薇《ばら》の花びらのひとひらとともにクラリモンドの魂は窓の外へひるがえって去り、灯火も消える。ロミュアルはそこに気を失う。ロミュアルは教会に運ばれ三日三晩人事不省に陥る。僧院長セラピオンが彼を見舞いに来るが、それは半ばロミュアルの異常な事態への審問を兼ねたものであった。セラピオンはクラリモンドがビイルゼバップ（女の悪魔）であると告げる。さらに彼女はその墓から何度も蘇っては人間を誘惑するので、墓に三重の封印をせねばならぬと暗示めいたことを言う。やがてロミュアルは健康を回復し、職務に復したが僧院長の予言を忘れることができない。再びクラリモンドはロミュアルの夢に現れ、彼をヴェニスに連れて行く。彼はロムアルドオ（ロミュアルのイタリア語名）という貴族になりすまし、クラリモンドと豪奢《ごうしゃ》な生活を送るうち、クラリモンドは病気になる。ロミュアルが果物を切ろうとして誤って指を傷つけたとき、その血を彼女は吸って健康を回復する。その後もロミュアルの睡眠中にクラリモンドは彼の血を吸い続ける。もはや疑いなく彼女は吸血鬼であることを悟ったロミュアルは僧院長セラピオンとともに彼女の墓を発《あば》くと、「彼女の色褪《あ》せた脣《くちびる》の一角には、露の滴つたやうに、小さな真紅の滴がきらめいてゐる」のを認める。セラピオンが聖水を屍《しかばね》と柩《ひつぎ》に注ぎかけるとその美しい屍体はたちまち腐骨の一堆と化してしまう。

〔**参考文献**〕倉智恒夫「芥川龍之介とテオフィル・ゴーチェ」（『比較文学研究』一八号、昭和四六・一）なお同論文は富田仁編『比較文学研究・芥川龍之介』（朝日出版社、昭和五三・一一・二〇）に再収録。

（剣持武彦）

栗本癸未《くりもときみ》　明治一六・九・二〇～昭和一九・二・二〇（一八八三～一九四四）。丸善社員。東京生まれ。高等小学校を卒業して明治三〇（一八九七）年、丸善入社。洋書仕入れ部に配属される。独学で英・独・仏語をマスターし、原書通として評判が高かった。博識であり、キリシタン関係の文献をはじめ、貴重本の収集に力を尽くした。当時の作家や学者の多くがその世話になっている。芥川龍之介もその一人であった。癸未《みずのとひつじ》の年（明治一六）の生まれゆえ、癸未《きみ》と命名されたらしいが、丸善の店ネームでは、きみさんがなまってきんさんで通っていたという。芥川の初出未詳の小品『饒舌《じょうぜつ》』（『点心』金星社、大正一一・五・二〇収録）には、「丸善の金どん」として登場する。そこでは「学者ぢやないけれど、金どんはあんまり生物識《なまものしり》を振まはすから、丸善ぢや学者つて綽名《あだな》がついてゐる」と評されている。丸善洋書部の礎を築いた一人であり、カードによる文献処理の技術にも秀でていた。

（関口安義）

厨川白村《くりやがわはくそん》　明治一三・一一・一九～大正一二・九・二（一八八〇～一九二三）。英文学者。本名辰夫。京都府生まれ。東京帝国大学文科大学英文科卒業。該博な知識で欧米の近代文芸思潮を紹介した。芥川の『或《ある》恋愛小説』に、主筆から恋愛小説を依頼された保吉《やすきち》が「恋愛は至上なり」を主題とした小説を書くというと、主筆が「すると恋愛の讃美《さんび》ですね。それは愈《いよいよ》結構です。厨川博士の『近代恋愛論』以来、一般に青年男女の心は恋愛至上主義に傾いてゐますから。」と言うくだりがある。岡栄一郎宛書簡に「京都で厨川白村氏に会ひましたよ　有名な細君も見て来た中々盛《さかん》な人で大に敬服しましたあれぢや誰でも敬服するでせう」（大正七・六・四）、恒藤恭《つねとうきょう》宛書簡に「厨川白村の論文なぞ仕方がないぢやないかこちらでは皆軽蔑《けいべつ》してゐる　改造の山本実彦に会ふ度に君に書かせろと煽動してゐる君なぞがレクチュアばかりしてゐると云ふ法はない」（大正一〇・三・七）とある。ほかに『僻見《へきけん》』の「斎藤茂吉」の中にも「僕に上田敏と厨川白村とを一丸にした語学の素養を与へたとしても」という言葉がある。

（菊地　弘）

黒猫《くろねこ》　The Black Cat（一八四五）エドガー・アラン・ポー Edgar Allan Poe（一八〇九～一八四九）の短編小説。子供のころから素直で情ぶかく、とりわけ動物好きだった私が結婚してから利口な美しい黒猫を飼い冥府の王《プルート》と名づける。私は酒におぼれるようになり性格も変わり黒猫を虐待するようになる。ついにはその猫の片眼《め》をくり抜く。あげくの果てに猫を絞殺してしまった夜、火災が起こり私の家は全焼する。その後、プルートに似た猫を再び飼うことになるが、その猫への恐怖が募り殺そうとした時、妻にさえぎられ怒りのあまり妻を殺してしまう。妻の屍体は地下室の壁に塗りこめてしまうが、取り調べの警官が立ち去ろうとするとき、私は塗りこめた壁のなかからの声を聞き、警官たちによって壁が壊され、屍体が発見される。その頭上には真赤な口を大きく開けた、火のような片眼の恐ろしい獣が座っていた。芥川はポーの短編に対する愛着が深く『ポーの片影』(『秋田 魁《さきがけ》新報』大正一四・八・一、四)『ポオの一面』(新潟高等学校での講演の草稿、昭和二・五)がある。また、『短篇作家としてのポオ』(東京帝国大学での講演の草稿、大正一〇・二・五)には、病的な心理に立ち入った作の例としてThe Black Catを挙げている。(剣持武彦)

軍艦金剛航海記《ぐんかんこんごうこうかいき》 ルポルタージュ。大正六年七月二五日〜二九日「時事新報」連載。大正六(一九一七)年八月執筆。『点心』(金星堂、大正一一・五・二五)、『梅・馬・鶯《うぐいす》』(新潮社、大正一五・一二・二五)に収録。この文章について芥川は、「十五日から金剛へのつて航海見学といふものに出かけるんです」(江口渙宛書簡、大正六・六・一〇)「愈々《いよいよ》今日フネにのる事になつた この頃《ごろ》胃を悪くしてゐるから酔ふだらうと思つて聊《いささか》恐れてゐる二十四日の夕方かへる予定だ」(松岡善譲宛書簡、大正六・六・二〇)などと述べている。全文は五(章)から成っている。僕(芥川)は海軍機関学校のほかの教師たちと巡洋戦艦金剛に乗る。上甲板《じようかんぱん》からの美しい海上の光景、夕飯を知らせる銅鑼《どら》、士官室、新婚のS士官などに興味をもち、また船乗りの顔には「一種のタイプ」のあることも発見したりする。さらに水兵たちの勤務ぶりを眺め、また「眠つてゐる水兵たち」に「軍艦の臭ひ」を嗅《か》ぎ、汽罐《かん》室、炭庫などを見学し、靴下ひとつで檣楼《トップ》へ上ったりする。やがて艦は瀬戸内海へ入った。砲にとまった褄黒蝶《つまぐろちょう》に陸、畠、町、人間を懐かしく思い出すのであった。(久保田芳太郎)

軍艦金剛での芥川(左端)

け

桂月全集《けいげつぜんしゅう》　明治期、硬派の評論家として活躍、一方『中学世界』、『学生』の主筆として青少年にも人気を博した大町桂月の全集。第一巻美文・韻文、第二巻〜三巻紀行、第四巻〜七巻史伝、第八巻評論・随筆、第九巻〜一一巻修養、第一二巻詩歌・俳句・書簡・雑篇。追悼録その他を収めた別巻、全一三冊が興文社内桂月全集刊行会から刊行（大正一一・五・九〜昭和四・一〇・二五）。芥川は少年期、桂月の文章を愛読しており、のち面識を得て（『鴨《かも》猟』はその思い出の一端）親しみを感じていたらしい。大正一一（一九二二）年一二月、この全集の巻頭に掲げた推薦文『「桂月全集」第八巻の序』のなかで「桂月先生の文章は、淡々たる事白湯の如し。（中略）雲門の糊餅、趙州《てう》の茶、いづれもその味を解せんとせば、痛棒熱喝《かつ》を喫せざるべからず。桂月の白湯、豈《あ》に味到し易《やす》からむや。」と評している。　（福田久賀男）

「桂月全集」第八巻の序《「けいげつぜんしゅう」だいはちかんのじょ》　序文。大町桂月の全集全一二巻別巻一、興文社内桂月全集刊行会刊（大正一一・五・九〜昭和四・一〇・二五）の第八巻巻頭に掲載。大正一一（一九二二）年一二月刊。文末の日付大正一〇年七月。芥川は桂月の文章の特色をよくとらえており、序を書いたのは興文社の関係であろうが、ほかに『鴨猟』（『桂月』大正一五・一）も書いている。　（井上百合子）

囈語《げいご》　断章。大正一五（一九二六）年八月一日発行の雑誌『随筆』第一巻第三号に発表。単行本未収録。主に病気のときの身体感覚を、奇抜な比喩《ひゆ》などで表現している。「僕の胃袋は鯨《くぢら》」だとしたり、「憂鬱《いううつ》になり出すと、僕の脳髄の襞《ひだ》ごとに虱《しらみ》がたかつてゐる」と感じたりしている。実際にこう感じていたら異常だが、奇抜なわりには頭で考えられた表現という感じが強い。　（石原千秋）

芸術座《げいじゅつざ》　劇団名。島村抱月、松井須磨子を中心に芸術的な新劇を追求する意図をもって大正二（一九一三）年八月結成された。同年九月一九日から有楽座でメーテルリンクの翻訳劇を公演したのち、「芸術座音楽会」が一〇月三〇日催された。芥川はその模様を原善一郎宛書簡で「同じ日に芸術座が有楽座で音楽会をやりました新興芸術の為《ため》に気を吐く試みなんださうですがショルツのひいたドビュッシーや何かの外はあんまり感心したものはなかつたさうです」（大正二・一一・一）と書いている。「同じ日に」とあるのは帝国ホテルでやはり音楽会が開かれたことを指す。　（菊地　弘）

芸術至上主義《げいじゅつしじょうしゅぎ》　普通この言葉は、芸術のための芸術を原理とし、芸術はそれ自身のために存在するという意に用いられている。芥川は『或阿呆《あるあほう》の一生』（昭和二）で、丸善の二階において、書棚にかけた梯子《はしご》から、「モオパスサン、ボオドレエル」以下の「世紀末それ自身」の作家たちを見渡しながら、「人生は一行のボオドレエルにも若《し》かない。」と述べたのであった。これは人生よりも芸術を重要視する文句であって、芥川にはこうした芸術至上主義的な傾向もしくはその一面が強くあったと言っていい。すなわち『芸術その他』（大正八）で、「芸術家は何よりも作品の完成を期せねばならぬ。さもなければ、芸術に奉仕する事が無意味になつてしまふだらう。」「芸術は表現に始《はじま》つて表現に終る。」「芸術家は非凡な作品を作る為に、魂を悪魔へ売《うり》渡す事も、時と場合ではやり兼《か》ねない。」などと語っていて何よりも作品第一主義を強調していたのであった。換言するとこの立場は、「人生は芸術を模倣す」（芥川が『僻見《へきけん》』で引用）と言ったワイルドの芸術至上主義の観点と相通じるものであった。そしてそれはまた、『戯作三昧《げさくざんまい》』（大正六）における主人公馬琴の、創作中の内面の心理すなわち「この時彼の王者のやうな眼《め》に映つてゐたものは、利害でもなければ、愛憎でもない。まして毀誉《きよ》に煩はされる心などは、とうに眼底を払つて消えてしまつた。あるのは、唯不可思議な悦《よろこ》びである。或《あるい》は恍惚《くわうこつ》たる悲壮の感激である。この感激を知らないものに、どうして戯作三昧の心境が味到《みたう》されよう。どうして戯作者の厳かな魂が理解されよう。」という至福の境地ともつながっていたのであった。しかし、『地獄変』（大正七）にいたると主人公の絵師良秀（作者芥川）の芸術至上主義は後退し、挫折《ざせつ》してしまう。なんとなれば、良秀は、娘の死を伴った地獄絵が完成するや、しばらくして縊死《いし》してしまうのであるが、いわば美が成就しても娘の犠牲に対して倫理的な死を遂げてしまったからであった。まさに「芸術に於《お》ける成功は、現世的な敗北を意味した」（吉田精一『芥川龍之介I』）のであった。ところで他方芥川は、「古来熱烈なる芸術至上主義者は大抵《たいてい》芸術上の去勢者《きよせいしや》である。丁度熱烈なる国家主義者は大抵亡国の民であるやうに――我我は誰でも我我自身の持つてゐるものを欲しがるものではない。」（『侏儒《しゆじゆ》の言葉―芸術至上主義者』）と叙し、さらに「僕の小説を作るのは小説はあらゆる文芸の形式中、最も包容力に富んでゐる為《ため》に何でもぶちこんでしまはれるからである。」（『文芸的な、余りに文芸的な―三 僕』）と書き、ついで「僕は上《かみ》に書いた通り、頗《すこぶ》る雑駁《ざつぱく》な作家である。」（『文芸的な、余りに文芸的な―四 大作家』）と述べている。とするとこれらの文章は、元来彼自身がいわゆる芸術至上主義ひとすじに徹しきれなかった側面を持っていたことをも証左するものであった。そしてこのことはまた、彼自らが属した新技巧派の主旨を、「真善美」の、「人間がその一《いつ》を欠いた所に、安住出来ないと云ふ事」（『大正八年度の文芸界』）に見いだしたことでもよく分かることだ。けれども、かように芸術至上主義に徹しきれなかった「雑駁な」ところがまた、芥川の誠実さであり、かつ彼の悲劇でもあった。なお、以上の事柄について、吉田精一は「彼が芸術に絶対の価値を置き、人生の最高の事業と考える芸術至上主義者として生きていたことはいう迄《まで》もない。だが良秀の死に於《お》いて見られるように、彼の芸術至上主義は、谷崎潤一郎の耽美主義とはことなる。道徳と訣別した頽唐《たいとう》の享楽は、彼にはない。彼の内部には世間並の道徳でなくとも、倫理的な関心が、彼自身の倫理的誠実の問題が常に横たわっていた。それが彼の芸術の後髪を引いていた」（『芥川龍之介I』）と記し、また中村真一郎は「彼の芸術創造のための武器は、鋭敏さの極点に達したときに、ついに芸術そのものをも、人生の真の姿をおおうものと認識させるにいたった」（『芥川龍之介の世界』）と書いている。だが何はともあれ芥川は、「シエクスピイアも、ゲエテも、李太白も、近松門左衛門も滅びるであらう。しかし芸術は民衆の中に必ず種子を残してゐる。」（『侏儒の言葉（遺稿）―民衆』）と書き残して、あくまでも芸術の根本的基盤を民衆に置いたのであった。

〔**参考文献**〕 宮本顕治「敗北の文学―芥川龍之介氏の文学について」（『改造』昭和四・八）、中村真一郎『芥川龍之介の世界』（角川文庫・角川書店、昭和四三・一〇・一〇）、三好行雄『芥川龍之介論』（筑摩書房、昭和五一・九・三〇）、吉田精一『芥川龍之介I』（『吉田精一著作集I』桜楓社、昭和五四・一一・一二）

（久保田芳太郎）

芸術その他《げいじゆつそのた》 芸術論的エッセイ。大正八(一九一九)年一一月一日発行の雑誌『新潮』に発表。芥川の芸術についての基本的な考え方を述べたものである。一方に芸術のための芸術を踏まえ、他方に人生のための芸術を踏まえて、芸術遊戯説にも芸術功利説にもならない方途を模索したものである。その中心が芸術における内容と形式の考察に置かれている。とくに「内容が本《もと》で形式は末《すゑ》だ。」といった考え方を批判して、「それはほんたうらしい譃《うそ》だ。」「まづ内容があつて、形式は後《あと》から拵《こしら》へるものだと思ふものがあつたら、それは創作の真諦《しんてい》に盲目なものの言なのだ。」と述べている。「内容を手際《てぎは》よく拵へ上げたものが形式ではない。形式は内容の中にあるのだ。」という立場から、内容と形式との一つになった全体を的確に捉え得た例として、イプセンを挙げている。芥川はこのように内容主義を批判するとともに、誤った形式偏重論を奉ずるのも災いだとして、誤った内容偏重論を奉ずるよりもさらに災いだと述べている。「芸術は表現に始《はじま》つて表現に終る。」という芥川の立場は、常識的だが今日でも正しい面をもっている。表現を中心におく芥川は、芸術の技巧を軽視していない。技巧を軽蔑《けいべつ》するものは、始めから芸術が分からないか、さもなければ技巧という言葉を悪い意味に使っているか、いずれかである。「凡《すべ》て芸術家はいやが上にも技巧を磨くべきものだ」。危険なのは技巧ではなく、技巧を駆使する小器用さなのだという。なかには「僕は芸術上のあらゆる反抗の精神に同情する。たとひそれが時として、僕自身に対するものであつても。」という箇所があるから、芥川が大正五（一九一六）年ごろから活発になってきた民衆芸術論を頭において、このエッセイを書いていることが分かる。しかし、芥川は芸術家は何よりも作品の完成を期せねばならない存在であって、その意味で芸術活動は意識的なものであって、無意識的な芸術活動などは架空なものだという。またより正しい芸術観を持っているものが、必ずしもよい作品を書くとは限っていないという箇所も、民衆芸術論を頭においての言葉であろう。この『芸術その他』については、伊福部隆輝が「芥川龍之介論」（『新潮』大正一一・九）の中で触れ、芥川は『一批評家に答ふ』（大正一一、月・掲載誌不明）で反論しているが、本質的な展開はない。むしろ大正一一（一九二二）年一一月一八日、学習院特別邦語大会で講演した『文芸雑感』で、『芸術その他』の趣旨を近代文学史の流れに添って展開しているのが注目される。自然主義のモットーとしたものは真を描くということであり、自然主義の反動として起こった唯美主義は、真に対して美を唱えた。白樺派の人道主義は、自然主義に対する反動であるとともに、唯美主義に対する反動でもあって善を標榜《ひょうぼう》した。ところが、唯美主義と自然主義とは人生観上のマテリアリズムで一致し、人道主義と自然主義は、言葉や文章上で手を握っている。こうした事態に対して、さらに新しく起こった文学は、従来の流派よりは総合的な特色をもち、真善美のいずれにおいても円満な作品を作りだそうとして、芸術の表現に中心をおくようになったという。そして、菊池寛と里見弴の間に交わされた芸術の内容的価値論争（大正一一）を取り上げて、菊池寛の内容的価値説を批判した。さらに大正一四（一九二五）年一月の『文芸一般論』（『文芸講座』昭和四・五）において、文芸とは㈠言語の意味と㈡言語の音《おん》と㈢文学の形との三要素によって、生命を伝える芸術であるという立場から、もう一度内容と形式とを論じた。芥川の言う内容とは、言語の意味と言語の音《おん》との一つになった全体であって、一篇の筋や一首の大意ではない。この内容に対して形式とは、作品を支配するある構成上の原則である。芥川はこれをさらに文芸的内容の認識的方面と情緒的方面に分けて、短歌・抒情詩は情緒的方面の勝った文芸であり、小説・戯曲は認識的方面の勝った文芸であるとした。これらの論旨は昭和三、四年の横光利一・小林秀雄らの形式主義文学論争に引き継がれる。（森山重雄）

ゲイティ《げいてい》座《ざ》 明治大正時代の外人経営の劇場。ゲイティ座の名は、ロンドンの有名な劇場名に由来する。明治三（一八七〇）年、横浜居留地六八番地に、オランダ人ヘクトによって作られ、居留地のADC（Amateur Drama Club）に貸したほか、さまざまな催しものを行った。明治一八（一八八五）年には、居留地の住民が出資し、山手二五六、七番に移転、出資者がPublic Hall Association を結成し運営。正式名もパブリックホールとなったが、通称としてゲイティ座の名は残った。明治二八（一八九五）年六月、アメリカ人劇団によって日本初の『ハムレット』が上演されたが、日本人客は坪内逍遙《しょうよう》・北村透谷だけであった。大正元（一九一二）年一〇月、アラン・ウイルキー一座が『サロメ』（オスカー・ワイルド）を上演したとき、多くの詩人・小説家が集まった。芥川龍之介も久米正雄・恒藤恭《つねとうきょう》・石田幹之助らと観劇した。ほかに、小山内薫・

和《わ》辻哲郎《つじてつろう》・野上豊一郎・大仏《おさらぎ》次郎・萩原朔太郎・谷崎潤一郎らがゲイティ座に通い、明治から大正にかけ、多くの文学青年たちに影響を与えた。震災によって崩壊。　（宮坂　覺）

ゲエテ《げーて》　Johann Wolfgang von Goethe　一七四九・八・二八～一八三二・三・二二。ドイツの詩人。芥川は、「僕一時（二十三歳前後）精神的に革命を受け　始めてゲエテの如きトルストイの如き巨匠を正眼に見得たりと信ぜし時あり」（佐佐木茂索宛、大正八・七・三一）と言っているから、彼がゲーテに興味を持ったのは、すでに物を書くようになった学生時代にさかのぼるものである。そして、晩年には、それが深い傾倒に変わっていった。日本の文壇には、森鷗外、木下杢太《もくた》郎《ろう》、亀井勝一郎などのゲーテ通がいるが、芥川のゲーテへの傾倒には、彼らには見られない、一種固有な、作家的直観がひらめいている。彼は『或阿《あるあ》呆《ほう》の一生』の中で、ゲーテの『西東詩集』の読後感を次のように述べている。「Divan はもう一度彼の心に新しい力を与へようとした。それは彼の知らずにゐた『東洋的なゲエテ』だつた。彼はあらゆる善悪の彼岸に悠々《いういう》と立つてゐるゲエテを見、絶望に近い羨《うらや》ましさを感じた。詩人ゲエテは彼の目には詩人クリストよりも偉大だつた。この詩人の心の中《うち》にはアクロポリスやゴルゴタの外にアラビアの薔薇《ばら》さへ花をひらいてゐた。若《も》しこの詩人の足あとを辿《たど》る多少の力を持つてゐたならば、——彼はディヴァンを読み了《をは》り、恐《おそ》しい感動の静まつた後、しみ〴〵生活的宦官《くわんぐわん》に生まれた彼自身を軽蔑せずにはゐられなかつた。」（「四十五　Divan」）彼が絶望に近い羨ましさを感じた、あらゆる善悪の彼岸に悠々と立っているゲーテとは、いったい、何を指しているのか。『西東詩集』の中心をなしているマリアンネとの相聞の歌の天衣無縫な豊かさが、自らの場合と比べてみて、芥川の胸に深く突き刺さったのである。『西東詩集』の深奥の秘密をこれほどまでに鋭くえぐりだした表現は、他に例がない。ゲーテの文学は崇高《すうこう》な理念から奔放な性愛描写にまで及んでいる。この世ならぬ夢の社会から詐欺師や娼婦《しょうふ》の世界にまでくだってゆく。ゲーテは文芸の世界の中に純粋と真実を求め、そこに、自らの魂の救済を見たのである。現実に挫折した晩年の芥川も、あくことなく、文芸の世界に真実を求めていた。死期の近づいた芥川の脳裡《のうり》には、常にゲーテの姿がちらついていた。彼は『西方の人』の中で「聖霊」について次のように述べている。「我々は風や旗の中《うち》にも多少の聖霊を感じるであらう。聖霊は必ずしも『聖なるもの』ではない。唯『永遠に超えんとするもの』である。ゲエテはいつも聖霊に Daemon《デーモン》の名を与へてゐた。のみならずいつもこの聖霊に捉《とら》はれないやうに警戒してゐた。が、聖霊の子供たちは——あらゆるクリストたちは聖霊の為《ため》にいつか捉はれる危険を持つてゐる。聖霊は悪魔や天使ではない。勿論《もちろん》、神とも異るものである。我々は時々善悪の彼岸に聖霊の歩いてゐるのを見るであらう。善悪の彼岸に、——」（「3　聖霊」）。作家を動かす究極的な力を芥川は聖霊と名づけた。それは、「永遠に超えんとするもの」である。善悪の彼岸にある力、その力によって表現されたものこそ、真実な作品なのである。芥川は、ゲーテにその力を見た。それが、「あらゆる善悪の彼岸に悠々と立つてゐるゲエテ」だったのである。死の瀬《せ》戸《と》際《ぎわ》で衰えた肉体に鞭《むち》うちながら、あかず文学論に熱情をそそいでいた芥川の在り方も、まさにこの「永遠に超えんとするもの」に憑《つ》かれた作家の姿ではなかったか。作家の価値は一つに「聖霊の子供」であるかないか、にかかっている。「我々

カムパニアのゲーテ
（ティシュバイン筆）

のゲエテを愛するのはマリアの子供だつた為ではない。マリアの子供たちは麦畠《ばたけ》の中や長椅《い》子《す》の上にも充ち満ちてゐる。いや、兵営や工場や監獄の中にも多いことであらう。我々のゲエテを愛するのは唯聖霊の子供だつた為である。」（『西方の人』、「36 クリストの一生」）彼は人生と文学とのかかわりあいにおいて、ゲーテを「最大の多力者」（『闇中《あんちゅう》問答―一』）と信じていた。

（星野慎一）

ケエベル《けーべる》 Raphael von Koeber 一八四八・一・一五〜一九二三・六・一四。ロシアのニシニイ・ノブゴロッド生まれの哲学者。モスクワの音楽学校を卒業後、ドイツに留学、イエナ大学・ハイデルベルク大学に学び、オイケン、フイッシャー、ハルトマンについたこともあって、ドイツを祖国とした。ハルトマンの推薦で東京帝国大学の哲学教師となり、明治二六（一八九三）年から大正三（一九一四）年まで西洋哲学、美学、ラテン語、ドイツ語、ドイツ文学を講じた。門下から西田幾多郎《きたろう》らの哲学者を輩出。芥川は大正二（一九一三）年東大に入学したからその授業を受けている。『その頃《ころ》の赤門生活』（『帝国大学新聞』昭和二・二・二一）に「僕はケエベル先生を知れり。先生はいつもフランネルのシヤツを着られ、シヨオペンハウエルを講ぜられしが、そのシヨオペンハウエルの本の上等なりしことは今に至つて忘るゝこと能はず。」と記されている。ケーベルは一八八二（明治一五）年、シュヴェグラーの『哲学史』第一一版にショーペンハウエルの項を執筆、また一八八八年『シヨオペンハウエルの哲学』を出版していることとからうなずける。『仏蘭西《フランス》文学と僕』（『中央文学』大正一〇・二）に「近頃ケエベル先生の小品集を読んで見たら、先生もあれ（筆者注、フローベルの『聖アントワンの誘惑』と『サランボオ』とは退屈な本だと云つてゐる。僕は大いに嬉《うれ》しかつた。」と、ケーベルの評価を基準にした信頼を寄せている。芥川が読んだのは深田康算・久保勉訳『ケーベル博士小品集』（岩波書店、大正八・六〜一三・九）の一部である。また『小説の読み方』（大正九・五、東京高等工業学校における講演草稿）で作品の好悪は「時代」と「人に依《よ》つて違ふ（ケエベル先生、私）。」と、相対的であることの例証としてケーベルを挙げている。このこともケーベルの影響が講義を通じて近代日本の哲学界に与えた足跡だけでなく、第一次世界大戦の勃発でドイツに帰国できなくなり、著作活動などを通じて文学や芸術に啓蒙の役割を果たした重味を証明する。

ケーベル

（長谷川泉）

戯作三昧《げさくざんまい》 小説。大正六（一九一七）年一〇月二〇日から一一月四日まで（一〇月二三日は休載）、一五回にわたって『大阪毎日新聞』（夕刊）に連載。『傀儡師《かいらいし》』（新潮社、大正八・一・一五）、『戯作三昧』（春陽堂、大正一〇・九・八）、『芥川龍之介集』（新潮社、昭和二・九・一二）に収録。初出と諸本との間には、かなりの異同があるが（特に会話に多い）、誤記誤植などを正し、より適切な表現に改めたもので、作品の見方を根本的に変えなければならないというようなものではない。『戯作三昧』は、芥川龍之介が新聞に初めて執筆した連載小説で、翌七（一九一八）年三月、大阪毎日新聞社と社友契約を結ぶ下地となった作品である。内容は、天保二（一八三一）年九月のある午前、馬琴滝沢瑣吉《さきち》が神田の銭湯松の湯で身体を洗っているとき、ふと「死」の影がさした。馬琴は、何十年来の絶え間ない創作の苦しみに疲れていた。しかも、松の湯で会った馬琴の愛読者近江屋《おうみ》平吉の心ない賞賛や、眇《すがめ》の男の悪口に気分を乱される。帰宅すると、待ちうけていた版元和泉屋市兵衛《いずみやいちべえ》の低劣な人格と巧みな戦術に、不快を感じるとともに、脅かされるような心持ちになった。また、去年の春、弟子入りを志望してきた長島政兵衛の手紙を思い出し、情無さと寂しさを感じる。渡辺《わたなべ》華山の来訪で、気分は晴れるが、話題が改《あらため》名《な》主《ぬし》の図書検閲の厳しさに及び、一種の不安を感じた。しかし、観音様のお告げとして孫の太郎が言った「勉強しろ。癇癪《かんしゃく》を起すな。さうしてもつとよく辛抱しろ。」という言葉が馬琴を励まし、その夜、八犬伝の稿を書き続けた。「根《こん》かぎり書きつづけろ。」と自身に呼びかけ、「恍惚たる悲壮の感激」に満ちて筆を執る馬琴は、戯作三昧の心境に没入する。茶の間では、縫物《ぬいもの》をしている妻のお百が、「困り者だよ。碌《ろく》なお金にもならないのにさ。」と、伜《せがれ》宗伯と嫁お路に言ったが、答えなかった。蟋蟀《こおろぎ》が秋を鳴きつくしていた、というものである。材源は、主として饗庭《あえば》篁村《こうそん》『馬琴日記鈔《しょう》』(文会堂書店、明治四四・二・一五)に得ており、永井荷風『戯作者の死』(『三田文学』大正二・一、三、四)の影響もみられる。『馬琴日記鈔』との関係については、森本修の論考がある。この作品は、『馬琴日記鈔』に材料を得ているが、これによって創作家馬琴の生活や心理を客観的に描こうとしたものではなく、早く菊池寛が「戯作三昧の如き、彼の創作的告白でなくして何であらう。ただ彼が世の所謂《いはゆる》告白小説家よりももつと芸術家である為《ため》に、曲亭馬琴を傀儡として、告白の代理をせしめたに過ぎないと思ふ」(「芥川龍之介に与ふる書」、『新潮』大正七・一)と指摘しているように、創作家芥川のもっていた思想、感情、問題を馬琴に仮託して描いたものである。このことについては、芥川自身も「僕の馬琴は唯僕の心もちを描かむ為に馬琴を仮りたものと思はれたし」(渡辺庫輔《くらすけ》宛、大正一一・一・一九)と言っている。自己の心境を託すのに馬琴を選んだ理由について、蒲池文雄は「『八犬伝』あるいは馬琴に対する敬意、関心」を挙げ、森本修はこれに加えて、家庭環境の共通面、両者の作家としての共通性を挙げている。この作品で、芥川が描いている問題は、一、芥川を理解しない俗衆　1愛読者の読み方と自作の本質との差　2批評家と作家　3出版業者の俗悪さ　4亜流作家志望者の悪態　二、芸術と道徳との相剋《そうこく》　三、政治と文学の問題　に分けてみられ、一～三までの諸問題によって生じる障害を克服するものとして、芸術活動の信念が描かれている。この作品を、『地獄変』(『大阪毎日新聞』大正七・五)の先蹤《せんしょう》とみなす位置づけは、ほぼ定説となっているが、浅野洋に『或日《あるひ》の大石内蔵之助《くらのすけ》』(『中央公論』大正六・九)との対比からみた論がある。海老井英次は、銭湯での「死」という語と、結末にみられる「人生」という語の対応関係に着目して、「『死』から『人生』への馬琴の転移を主軸とした作品」であると言い、「『死』を『人生』に止揚したこの部分に作品一篇の主想」があるとみている。他にも、この作品をめぐって多くの論評があるが、三好行雄の「作家の〈真の人生〉は、芸術創造の営為を通じてしか実現しない、という『戯作三昧』のテーマは龍之介の確信に支えられて明快である。しかし、作品の構造に目をうつせば、〈戯作三昧〉の境地を描く最終節は、首尾の結構をみごとにととのえた短篇的世界の内部で、観念の肉化がやや不足するとの印象をいなめない。芥川龍之介の〈観念〉と、曲亭馬琴の〈肉体〉との亀裂である」という論に尽くされていると言えよう。なお、この作品は馬琴が戯作三昧の境地に没入する場面で終わっていない。このことについて、塚越和夫は「芥川の機智《きち》や嗜好《しこう》を読みとれる一文だが、いささか蛇足の感を免れない」としているが、海老井英次は「『王者』のような馬琴の描写をもって作品を閉じずに、それとは対比的な家族の姿をもって結びとしたのは、単に芥川作品に通有のパターンの問題として片づけるべきではあるまい。(中略)近代市民社会における芸術家の実態、換言すれば芸術至上主義の限定性を正確に表現していたということであろう」とみている。いずれにしても、この作品は海老井の言うように「芸術家の〈かくあるべき姿〉を描ききった力篇」で、芥川の初期の代表作と言えよう。研究史については、佐藤泰正「戯作三昧」(『別冊国文学・芥川龍之介必携』昭和五四・二・一

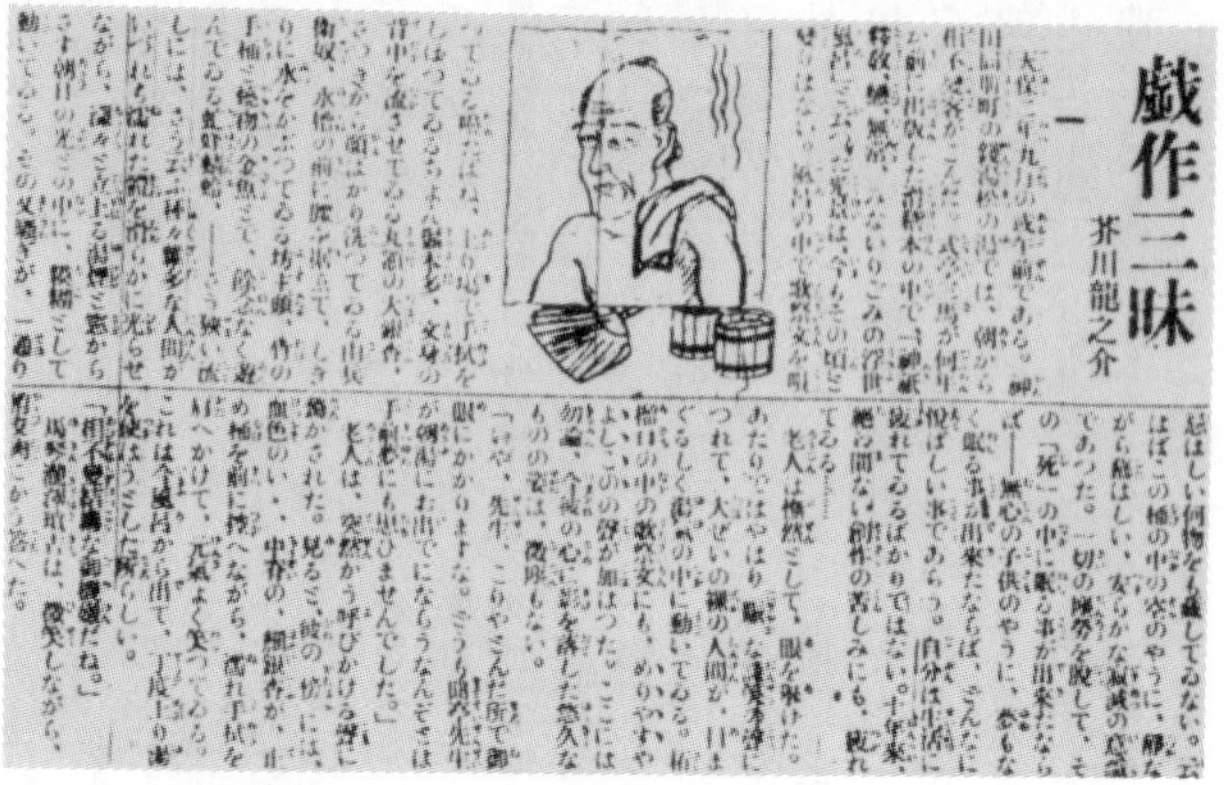
戯作三昧
一
芥川龍之介

『戯作三昧』連載第一回（『大阪毎日新聞』《夕刊》大正６年10月20日）

〇）、福本彰「戯作三昧」（菊地弘・久保田芳太郎・関口安義編『芥川龍之介研究』明治書院、昭和五六・三・五）がある。

〔参考文献〕蒲池文雄「『戯作三昧』の成立に関する一考察」（『愛媛大学紀要』第一部・人文科学・第一一巻・Aシリーズ、昭和四〇・一二）、森本修『戯作三昧』論考」（『立命館文学』昭和四二・一、二）、三好行雄『芥川龍之介論』筑摩書房、昭和五一・九・三〇）、塚越和夫「芥川の芸術小説」（作家・作品シリーズ5『芥川龍之介』東京書籍、昭和五三・四）、浅野洋『戯作三昧』（『国文学』昭和五六・五）、海老井英次「戯作三昧」『鑑賞現代日本文学11 芥川龍之介』角川書店、昭和五六・七・三一）

（森本　修）

袈裟と盛遠《けさともりとお》　小説。大正七（一九一八）年四月一日発行の雑誌『中央公論』第三三年第四号に掲載。『傀儡師《かいらいし》』（新潮社、大正八・一・一五）『或日《あるひ》の大石内蔵《くら》之《の》助《すけ》』（春陽堂、大正一〇・一一・一八、文芸春秋社出版部、大正一五・二・八）に収録。芥川は短編形式の王朝ものについても、一編ごとに様式の変化を心掛けることに何よりも苦心した。この作品もその一環であり、男女の独白のみによって一短編を構成するものである。鎌倉前期の真言宗の僧侶文覚《そうりょもんがく》は、かつて遠藤盛遠という北面の武士であったが、十八歳のとき誤って源左衛門尉渡《みなもとのさえもんのじょうわたる》の妻袈裟を斬り、このために発心、出家し、苦心の末高雄山神護寺《じんごじ》を再興するに至ったという史実を踏まえ、数多くの浄瑠璃《じょうるり》、謡曲が生まれた。それらの筋は、美貌の女性であり操正しい人妻である袈裟が盛遠の邪恋を知って苦悩し、夫を殺す謀略に加担すると見せかけた上、自ら盛遠の刃にかかって果て貞節を全うするというものである。芥川は他の王朝ものと同様、この史実と先行の文学作品群とに独自の解釈を加えた。『袈裟と盛遠』の「上」は、築土《ついじ》の外で月を眺めて物思いにふける盛遠の独白から始まる。彼は袈裟が縁付く前から彼女を愛していた。三年を隔てて偶然彼女に会い、それから半年の間求愛し続けた後いよいよこの恋が成就しようというとき、彼はにわかに幻滅を感じる。その原因は主として彼女の容色の衰えにあったが、彼女の虚栄心を打ち砕きたい欲望と、今はもう精神も肉体も醜い彼女への奇妙な情欲とから、彼は、渡を殺そう、と彼女にささやく。不思議な熱情を示してこれに賛成する彼女をみて、彼は嫌悪と義憤を覚えるが、名状し難い彼女への恐れから、彼は今、渡を殺しに行こうとしている。「下」は帳台の外で燈に顔をそむけて袖をかむ袈裟の独白である。彼女は盛遠が必ずやって来ると、彼の利己心と恐怖心にかけて確信している。彼女は彼の眼《め》に映った自身の容色の衰えを知っているが、その寂しさもあって彼に逢《あ》った。しかし渡を殺そう、と言われたときはにわかに生き生きした心持ちになった。彼が自分を愛していると思ったからである。しかし彼の眼をみてそうではないことを悟る。貞女としての自分を世間に示したいがためと、口惜しさと恨めしさから復讐《ふくしゅう》心のために、彼女は夫の身代わりになろうと決意し、燈を吹き消す。この作品の発表後半年あまりの後、袈裟は操を守るために死を決した烈女であるのに、盛遠との間に情交があったごとくに書いた、という読者からの批判の手紙に対して芥川は『源平盛衰記』の文覚発心の条《くだり》を挙げて論駁《ろんばく》し、改めて一文を書いて「だから史実を勝手に改竄《かいざん》した罪は、あの小説を書いた自分になくして、寧《むし》ろあの小説を非難するブルヂョア自身にあつたと云つて差支《さしつか》へない。」（『袈裟と盛遠との情交』）と断じている。この年の初秋には「御面倒乍《なが》ら佐藤春夫氏の小説をよんでインスピレーションを得たいから帝文前月号送つてくれないか僕は『袈裟と盛遠』式のものを書きためて Men and Women のやうなものにしたいと思つてゐる計画ばかり色々立ててゐるが一向実行されさうもないこの頃すつかりブラウニング信者になつた」（江口渙《かん》宛、大正七・九・一九《推定》）という手紙を書いている。芥川はロバート・ブラウニングの作品集 "Men and Women" を、大学の上級のころから大学卒業後の数年間にかけて精読していた。芥川は内外の文献を数多く読破した読書人としてのブラウニングに強く魅かれていた。島田謹二により、この作品は『マクベス』とフリードリッヒ・ヘッベルの『ユーディット』の渾融《こんゆう》されたものであり、この間に芥川自身の一女性に対する気持ちを潜ませたものであると指摘された。このほかプロスペル・メリメの影響も色濃い。芥川の生前、王朝ものを一括して収めた『芥川龍之介集』（「現代小説全集」新潮社、大正一四・四・一）の刊行をみたが、このことはいわば芥川の望んだ、彼自身の Men and Women の成就とみることもできよう。

〔参考文献〕島田謹二『日本における外国文学 上巻』（朝日新聞社刊、昭和五〇・一二・一〇）、安田保雄「芥川龍之介─『袈裟と盛遠』から『藪の中』」（『国文学』昭和四七・九）、鈴木美知子「『袈裟と盛遠』試論」（『国文白百合』昭和四七・三）、長野甞一『古典と近代作家─芥川龍之介─』（有朋堂刊、昭和四二・四・二五）

（赤瀬雅子）

月耕漫画《げっこうまんが》 芥川の愛読した尾形月耕が描いた漫画。尾形月耕（安政六・九・一五～大正九・一〇・一）は、明治中期に『絵入朝野新聞』を初めとする新聞雑誌の口絵や挿絵に当世風俗を描いた画家であり、二葉亭四迷の『浮雲』第二編の挿絵を描いたことでも知られている。芥川の小説『疑惑』に「その頃評判の高かつた風俗画報と申す雑誌が五六冊、夜窓鬼談や月耕漫画などと一しよに、石版刷の表紙を並べて居りました」との一節がある。

（関口安義）

月評《げっぴょう》 芥川の書いた月評は、大正八（一九一九）年六月四日から一三日まで（八～一二日休載）五回にわたって『大阪毎日新聞』、および同月三日から一〇日まで（八日休載）七回にわたって『東京日日新聞』に掲載された『六月の文壇』と、翌九年四月八日から一三日まで（一〇、一二日休載）四回にわたって『東京日日新聞』に掲載された『四月の月評』である。これらはのち、それぞれ『大正八年六月の文壇』、『大正九年四月の文壇』の題で『百艸《ひやくそう》』（新潮社、大正一三・九・一七）に収録された。両者とも各数か所の小さな異同があるほか、前者では舟木重信の『悲しい夜』に触れた二行ほど、後者では近藤経一の『楊貴妃《ようきひ》』を注目すべき力作とした四行ほどが削除された。前者で芥川は、自分が書くのは小説だけの、しかも偶然目に触れた作品に対するとりとめのない感想に過ぎない、とすると自分に対する読者の興味で月評を書く資格が決定されているのであり、そう考えると凡庸な自分が恥ずかしく、月評の対象となる作家にも気の毒だという、いささか反省過多な前置きで相馬泰三『さよ子』、吉田絃二郎『馬鈴薯《ばれいしょ》畑』、加藤武雄『みじめなる恋の話』、豊島《とよしま》与志雄『非常線』、谷崎精二『嗣郎夫妻』、佐藤春夫『或《あ》る晩に』、中戸川吉二『いぼたの虫』、水上滝太郎『紐育《ニューヨーク》──リヴアプウル』、岩野泡鳴『山の総兵衛』、南部修太郎『蜂谷のきず跡』『少年の日』、須藤鐘一《しょういち》『廃倉の病者』、藤森成吉『蛙』、谷崎潤一郎『青磁色の女』、江口渙《かん》『巴西侯《はせいこう》』、正宗白鳥『孝行娘』、小川未明『絵に別れた夜より』、田山花袋『萎《しお》れた草』、上司小剣《かみつかさしょうけん》『黒王の国』、加能作次郎『茶碗《ちゃわん》むし』、有島生馬《いくま》『嘘《うそ》の果《み》』について論じている。これら諸編の掲載雑誌は『新潮』『雄弁』『新小説』『文章世界』『三田文学』『早稲田文学』『帝国文学』『改造』『大観』『中央公論』『太陽』『解放』にわたっている。広範に作品を取り上げており、個々の作品についてはおおむね数行の印象批評的な触れ方をしているにとどまるが、とらわれない態度で作品の世界に入り込み、人間が描かれているかどうかを見、表現のおもしろさや、作者の意図、手腕などに言及している。後者では長田秀雄『大仏開眼』、中村吉蔵『井伊大老の死』、三宅幾三郎『死へ』、正宗白鳥『破壊前』、徳田秋声『或些《ささ》やかな恥』、志賀直哉『山の生活にて』、藤森成吉『盗人』、室生犀星『蒼《あお》ざめたる人と車』『二本の毒草』、岩野泡鳴『美人』、上司小剣『石童丸』、広津和郎『三人の患者』、鍋井克之『心の虫』、水守亀之助『樹《き》を伐《き》る』、舟木重信『煙』、加能作次郎『発狂前』、細田民樹『極みなき破局』、泉鏡花『新江戸土産』、南部修太郎『疑惑』、島崎藤村『斎藤先生』、岡田三郎『兵営時代』、久米正雄『工廠裏にて』、里見弴『夜桜』『活弁に間違へられる』、菊池寛『盗者被盗者』、宇野浩二『迷へる魂』、葛西《かさい》善蔵『千人風呂』について論じている。これら諸編の掲載雑誌は『人間』『早稲田文学』『行路』『改造』『雄弁』『大観』『文章世界』『新潮』『新小説』『太陽』『中央公論』『解放』にわたっており、前回の月評と同じような印象批評風の態度で論じている。二つの月評を通して、人間が描かれ共感できるということで中戸川吉二、急所を鋭くとらえているという点で三宅幾三郎、独得の冴えという点で岡田三郎などの新人に嘱望し、ユニークな美しさという点で犀星や春夫の世界に注目している。また、秋声、白鳥の老練さに敬意を表し、藤村の低徊《ていかい》趣味、泡鳴の主観に距離をおいているのが注意される。なお前者で有島生馬の作品を低く評価したことに関連して生馬が芥川の態度を『新潮』一一月号で問題にしたのに対し、芥川は私交上の礼儀と作品批評の区別を説いた『有島生馬君に与ふ』(『新潮』大正九・一)を書いている。またのち、大正一一(一九二二)年一月号の『新潮』で「月評是非の問題に就いて」の問いに答えて、月評は存在する方がよいと思う、作品を書く方でも張合いがあるし、批評家の頭の程度も分かって愉快だ、しかし総括的なものと問題作のみを論じるものとの二種類があるとよい、また雑誌掲載作だけでなく本として刊行された作品も対象にすべきだと答えている。これは「二種の形式を執りたい」の題で掲載され、のち『点心』(金星堂、大正一一・五・二〇)に『月評の事』、『百艸』(新潮社、大正一一・九・一七)に『「新潮」月評の存廃を問ふ』の題で収録された。　(菊地　弘)

「ケルトの薄明」より《「けるとのはくめい」より》　翻訳。イェイツ W. B. Yeats の作。大正三(一九一四)年四月発行の雑誌『新思潮』第一巻第三号に発表。芥川は大正三年ごろイェイツを盛んに訳し、このほかにも『春の心臓』『火と影との呪《のろい》』などがある。『ケルトの薄明』"The Celtic Twilight" はアイルランドに住むケルト民族の妖精《ようせい》に関する神秘的、幻想的民話に取材した小品集である。芥川の翻訳は三話から成っており、Ⅰは夢の話。無底の大坑で無数の猿が掌《てのひら》に盛った宝石を食っている夢から筆者はケルト族の地獄すなわち芸術の士の地獄を垣間《かいま》見る。貪婪《どんらん》に美を求める者が平俗に堕する夢、またほかの地獄の夢では「見えざる『影』の犯した悪行」を量る霊や悪魔の群れを見る。Ⅱは呪われたオービュルン家の宝掘りの話。Ⅲは夢幻の中で矮人《こびと》の女王に精霊について聞く話である。特にⅠ話は後の芥川の耽美的作品のモチーフが種々見られて興味がある。　(西谷博之)

幻覚《げんかく》　実際には存在しない刺激や対象をあたかも存在するかのように知覚すること。幻視・幻聴・幻嗅など。実際のものを間違って知覚する錯覚とは区別される。芥川には『二つの手紙』『影』のドッペルゲンゲル、『奇怪な再会』『妙な話』など、幻覚や錯覚を題材とした小説があるが、末期の『蜃気楼《しんきろう》』(『婦人公論』昭和二・三・一)、『歯車』(『大調和』同二・六・一、『文芸春秋』同二・一〇・一)などの錯覚・幻覚・妄想には芥川に内在する病的神経が反映している。大正一五（一九二六）年半ばごろからの芥川書簡には、半覚醒時の幻覚（斎藤茂吉宛、大正一五・六・一二）、「先夜も往来にて死にし母に出合ひ、（実は他人に候ひしも）」（同前、大正一五・一一・二八）などがある。『歯車』では、視野を遮る歯車、皿の上の肉片に蠢《うごめ》く蛆《うじ》、ホテルの窓外の風景、暗中の銀色の翼、「何か僕の目に見えないものはかう僕に囁《ささや》いて行つた。」という幻聴など、様々の幻覚・錯覚を書き連ね、全編のモチーフとなっている歯車は「何ものかの僕を狙《ねら》つてゐることは一足毎に僕を不安にし出した。そこへ又半透明な歯車も一つづつ僕の視野を遮り出した。」という主人公の不安と妄想の象徴として用いられている。歯車は幻覚ではなく閃輝性暗点という眼科的疾患とも考えられるが、「この頃又半透明なる歯車あまた右の目の視野に回転する事あり、或《あるい》は尊台の病院の中に半生を了《をは》ることと相成るべき乎《か》。」（斎藤茂吉宛書簡、昭和二・三・二八）とあるように、現実の芥川にとっても狂気の前兆と感じられている。遺稿『凶』（大正一五・四・一三浄書）、『鵠沼《くげぬま》雑記』（同一五・七・二〇）に書かれた錯覚や幻覚は、厳密には病的な幻覚とは言いがたいものも多いが、ここで芥川は偶然と思われる事柄の間に運命的な暗合を見いだし、歯車への意味づけと同様に、「何ものか僕に冥冥《めいめい》の裡《うち》に或《ある》警告を与へてゐる」と感じ、おのれ以外の意志の働き、狂気へ導く「何ものか」を恐れる妄想の世界を形成している。　（田中夏美）

玄鶴山房《げんかくさんぼう》　小説。昭和二（一九二七）年一月一日発行の雑誌『中央公論』（筆者注、奥付は雑誌の性格上、大正一六年一月一日となっている。）に「一」、「二」章が載り、同年二月一日発行の同誌に「一」、「二」章も再録して全編が掲載された。初版本『芥川龍之介全集』第四巻（岩波書店、昭和二・一一・三〇）、『大導寺信輔《だいどうじしんすけ》の半生《はんせい》』（岩波書店、昭和五・一・一五）に収録。著者訂正書き入れ（『中央公論』一月号の切り抜き、日本近代文学館蔵）があり、一月号と二月号の間にもわずかな異同がある。六章からなり、第一章で外景——「玄鶴山房」の額のかかった「奥床しい」門のあたりを写し、第二章以下で、その家の中で肺結核のため死に瀕している堀越玄鶴とその周囲の人々を描き、第六章で家の外へ出て、新しい空気に触れるという構成になっている。堀越玄鶴は多少は知られた画家だが、資産を作ったのはゴム印の特許を受けたり、土地の売買をやったためだった。妻のお鳥も七、八年前から腰がぬけてやはり床についており、娘のお鈴とその夫で銀行員の重吉、お鈴夫婦の息子の武夫、看護婦の甲野、女中のお松と暮らしている。秀才で神経の鋭い重吉は舅《しゅうと》や姑《しゅうとめ》にきちんと対しているが、舅の息の匂《にお》いを不快に思って病室に足を入れないなど婿養子らしい立場を示している。そこへ、かつてこの家の女中で玄鶴の妾となっていたお芳が、玄鶴との間にできた文太郎を連れて看病に来たことから、家の中の空気は険悪になってゆく。武夫と文太郎の喧《けん》嘩《か》、それによって起こるお鈴とお芳の感情のからみあい、お鳥の嫉妬《しっと》や重吉への八ツ当たり、玄鶴の気持ちなどを甲野は冷たく観察し、想像している。それにとどまらず、人々の動揺を享楽し、かえってそれとなくその感情を煽《あお》るようなことをしさえする。お芳が帰ったあと、玄鶴は衰弱してゆき、恐ろしい孤独の中で自分の一生と向き合い、それがいかに浅ましいものだったかを痛切に感じる。苦しみのあまり自殺を図るが、果たせない。それから一週間後、彼は死に、盛大な告別式が営まれる。火葬場へ行く馬車の中で、重吉の従弟の大学生はリープクネヒトの追憶録を読みふけっている。帰りに火葬場の塀の前でお芳が馬車に目礼している。大学生はお芳の行く末について重吉に問いかけるが、重吉は冷淡な返事をする。大学生はお芳親子のこれからの生活を思い描き、険しい顔でリープクネヒトを読み始める。以上が筋である。この作品の素材は宇野浩二宛の書簡（昭和二・一・三〇）によると『春の夜』とともにある看護婦から聞いた話だという。が『春の夜』が聞き書きらしい面影を残しているのに対し、この作品は周到に創《つく》られた客観的小説である。作者はこの作品を書くのに難渋したことが書簡などからうかがえるが、緊密な筆で鋭く人間を描いており、晩年の代表作の一つである。発表当時から好評で、広津和郎（「文芸雑感(上)」、『時事新報』昭和二・二・二三）は作家的道程を切り開くのに苦しんでいた芥川が「不思議な新生面を見せ始めた。」と言い、その「貫目が並々でない」と高く評価したのをはじめ、「新潮合評会」（『新潮』昭和二・三）で「今月読んだ中では一番よかった」と話題になり、室生犀星（「芥川龍之介の人と作」、『新潮』昭和二・七）は「圧搾《あっさく》の美」「透徹冷厳の旨《うま》み」と賞賛している。この作品は家庭内に目を据えて暗鬱《あんうつ》な人間像を描いており、それが晩年の芥川が人生に見ていた風景であることはたしかで、こうした暗い面をえぐることに「作者自身一種のマゾヒスティックな快感を覚えていたのであろう。」という吉田精一（『芥川龍之介I』、『吉田精一著作集』桜楓社、昭和五四・一一・一二）の指摘もある。また玄鶴の苦悩には作者の内面が託されており、玄鶴の縊死の企てに『或《あ》阿呆《あほう》の一生』の「四十四 死」との一致を見る意見（吉田精一）もある。この作品について問題になるのは第六章のリープクネヒトを読む大学生を描いたくだりである。前掲の「新潮合評会」で、この場合リープクネヒトでなくとも『苦楽』でも同じだという金子洋文などの発言に対して青野季吉《すえきち》がリープクネヒトを持って来たのは意味があると言い、芥川は青野に書簡（昭和二・三・六）を送って「玄鶴山房の悲劇を最後で山房以外の世界へ触れさせ」て「その世界の中に新時代のあることを暗示したいと思ひました。（中略）リイプクネヒトは御承知の通り、あの『追憶録』の中にあるマルクスやエンゲルスと会つた時の記事の中に多少の嘆声を洩《も》らしてゐます。わたしはわたしの大学生にもかう云ふリイプクネヒトの影を投げたかつたのです。（中略）なほ又わたしはブルヂヨオワたると否とを問はず、人生は多少の歓喜を除けば、多大の苦痛を与へるものと思つてゐます。」と説明し、青野は「芥川龍之介氏と新時代」（『不同調』昭和二・七）を書いて、芥川が新時代の到来を認めずにはいられなかったけれど、それに情熱は持ち得ず、離れた心で眺めているだけだと論じた。芥川が新時代の到来を意識していたという見方は広く受け継がれたが、こうした見方に対し、宇野浩二は芥川が青野に述べた新時代の到来ということは問題にならないとし、六章のために作品の形が崩れているとする。確かにこの大学生の出現はやや唐突であり、青野宛書簡という解説がなかったとしたら、作者の意図は読者に伝わりにくかったのではないかという疑問は残る。平岡敏夫はリープクネヒトの『追憶録』の内容を吟味して、それが従来いわれていたように社会主義者＝新時代を意味するよりもむしろ、「マルクスの『人間的なもの』そして彼をとりまく家族・友人の深い愛情」「『玄鶴山房』の世界のまったき反極」を暗示するのであり、芥川は「人間愛」による眼をそこで示しているという解釈をしているのは注目される。すると素朴で人間的なお芳の存在が大きく浮かび上がってくるのである。

〔参考文献〕 宇野浩二『芥川龍之介』（文芸春秋新社、昭和二八・一〇・五）、平岡敏夫「『玄鶴山房』論」（駒尺喜美編『芥川龍之介作品研究』新生出版、昭和四三・一〇・二〇）、榎本隆司「玄鶴山房」（『解釈と鑑賞』昭和四四・四）、浅井清「玄鶴山房」（現代国語シリーズ『芥川龍之介』尚学図書、昭和四七・五・一）、海老井英次「玄鶴山房」（『日本文学』昭和四七・一二）、島田昭男「玄鶴山房」（菊地弘・久保田芳太郎・関口安義編『芥川龍之介研究』明治書院、昭和五六・三・五）、菊地弘『芥川龍之介―意識と方法―』（明治書院、昭和五七・一〇・二五）

（菊地　弘）

現代小説全集《げんだいしょうせつぜんしゅう》　新潮社版全一五巻の第一巻が『芥川龍之介集』で、大正一四（一九二五）年四月一日刊。別に非売品として大正一五年五月一日発行のものがある。菊判。巻頭に著者の肖像と筆跡を置き、本文六〇六頁、巻末に自筆の「芥川龍之介年譜」を付す。題署菅《すが》虎雄《とらお》、装画恩地孝。筆跡は、「人生は落丁の多い本に似てゐる。一部を成してゐるとは称し難い。しかし兎《と》に角《かく》一部を成してゐる。」というもの。収録作品は、『六の宮の姫君』『羅生門』『鼻』『藪の中』『運』『地獄変』『奉教人の死』『るしへる』『きりしとほろ上人伝』『おぎん』『おしの』『黒衣聖母』『首が落ちた話』『南京《ナンキン》の基督《キリスト》』『枯野抄』『戯《げ》作三昧《さくざんまい》』『老いたる素戔嗚尊《すさのおのみこと》』『蜘蛛《くも》の糸』『魔術』『杜子春《とししゅん》』『三つの宝』『開化の殺人』『雛《ひな》』『秋』『庭』『トロッコ』『一塊の土』『父』『母』『手巾《ハンケチ》』『将軍』『葱《ねぎ》』『不思議な島』『MENSURA ZOILI』『蜜柑《みかん》』『保吉《やすきち》の手帳から』『寒さ』『お時儀』『子供の病気』『野呂松《のろま》人形』（掲載順）の四〇編、初期から大正一二（一九二三）年までの主な作品を集めている。この全集は、泉鏡花、島崎藤村、田山花袋、徳田秋声、正宗白鳥らの既成大家と谷崎潤一郎、近松秋江、武者小路実篤、志賀直哉、菊池寛、久保田万太郎、久米正雄、佐藤春夫、里見弴の当代を代表する作家を並べ、その自選による、まさに「傑作全集」と言われるもので、文字通り大正期文壇の現況をうかがうに足るが、その第一回配本として芥川が当てられているところに、彼の占めていた地位が認められる。筆跡の語る中に、ようやくにして実生活上の問題に深い思いをひそめつつあった芥川がしのばれるが、他方、作品の並べ方を通じて、この作家の芸術的な軌跡をたどることができる。年次を追って、「特に作家たらむ希望なし。」「夏目漱石の賞讃《しやうさん》を蒙《かうむ》る。」「芸術上隆一に服すればなり。」といった記述の「年譜」がまた、芥川自身の感慨に裏打ちされた貴重な証言として注目される。

（榎本隆司）

現代日本文学全集《げんだいにほんぶんがくぜんしゅう》　大正一五（一九二六）年一二月から昭和六（一九三一）年一二月にかけて改造社から刊行された全六二巻、別巻一の文学全集。改造社社長の山本実彦は関東大震災後の出版界の不況を打破すべく、『現代日本文学全集』全三八巻（当初）を予約金一円で出版しはじめた。菊判で平均三百頁の本が一冊一円という破格の廉価であったため、三五万部という空前の売れ行きを示した。そこで改造社は次々に増巻し、他社も新潮社の『世界文学全集』全三八巻、春陽堂の『明治大正文学全集』全五〇巻などいっせいに追随し、いわゆる円本合戦、円本ブームが出現した。一方、作家たちもこれによってかつてないほど多額の印税を得ることになりその社会的地位も向上した。『現代日本文学全集』の『芥川龍之介集』の配本は昭和三（一九二八）年一月だったので、ついに芥川は生前にこのブームの恩恵を得ることがなかったが、全集の宣伝のため改造社が企画した講演会には二度ほどかり出されている。昭和二（一九二七）年二月二七日からは佐藤春夫らと大阪中之島公会堂での改造社の講演会に出かけ「舌頭小説」の題で話をした。なお、この旅では「筋のない小説」で論争中の谷崎潤一郎と会い、徹夜で語り明かしたり、弁天座の文楽を見に行ったりしている。五月には里見弴とともに仙台、盛岡、函館、札幌、旭川、青森などを講演してまわった。小樽では「描かれたもの」という題で、青森では「夏目先生」の題で話をした。小樽での講演の様子は伊藤整の『幽鬼の街』（『文芸』昭和一二・八）に詳しく描かれている。またこの円本ブームは児童文学にまで及び、アルスの『日本児童文庫』と興文社の『小学生全集』が競合し、これをめぐって両社の誹《ひ》謗《ぼう》、告訴騒ぎや、北原白秋と菊池寛の論争にまで発展し、前者の執筆予定者であり、かつ後者の編集責任者としても菊池とともに名を連ねていた芥川は、大正一四（一九二五）年の『近代日本文芸読本』（興文社）に続いて再び神経を悩ますことになった。

（東郷克美）

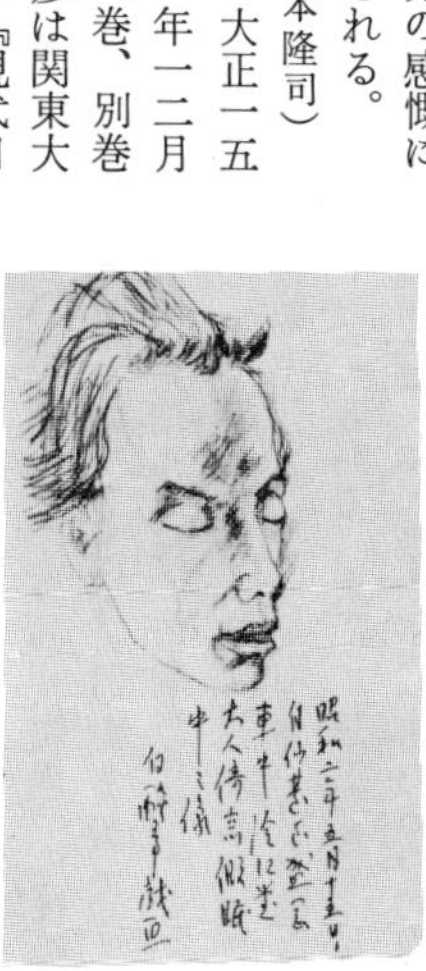

講演旅行の車中で仮眠する芥川（里見弴筆）

こ

講演草稿《こうえんそうこう》　芥川龍之介の講演草稿には、『小説の読み方』『短篇作家としてのポオ』『内容と形式』『ポオの一面』の四編がある。『小説の読み方』は、大正九（一九二〇）年五月の東京高等工業学校での講演草稿である。五項に分けられているが、結論的には、「作品個々の立場」「立場を認めた上での内容形式の問題」などを考慮し、「その問題を解決した上で個々の立場の比較」をするという、「読み方」を提示したものと思われる。終結部では、「唯この立場に新しく深く、広く触れた人を文芸上の聖人と云ふ。」と、理想の読者像にもふれたようだ。『短篇作家としてのポオ』は、大正一〇（一九二一）年二月五日の東京帝国大学での講演草稿である。「Poe なる一人格が短篇作家たる side には如何《いか》に見えるかを云はんと」したもので、「*Narrative of Arthur Gordon Pym.*」と「*Pym* 談の特色」とに分けられている。とくに「*Pym* 談の特色」に関する話が詳細で、「事実らしく書いてある事」「Defoe に似たる点」「Defoe に似ざる点」「Defoe ニ似タル点ト似ザル点ノ関係」などの諸側面から、その「特色」を論じていったようだ。『内容と形式』は、大正一二年の草稿かと推測されているが、講演場所は未詳である。「題ノ因縁及ビ説明」「Inhalt 論」「Form 論（principle）」「価値論（outline）」の四段に分けられ、各段がさらに小節に分けられている。結論的には、「形式の価値」と「内容の価値」との「豊ナルモノヲ傑作ト云」い「コノ傑作ヲナスモノヲ天才ト云フ」と、述べられたようだ。『ポオの一面』は、昭和二（一九二七）年五月の新潟高等学校その他での講演草稿である。「Introduction」のあと、「Poe ハ critic トシテミトメラル」の論よりはじめ、文学者としてのポオの特質を種々紹介し、さらに、ポオの詩、短編小説、評論などのもつ特質を紹介して、「死ニザマ」に至るまで考察、「ポオの一面」を提示しようと試みたものであった。以上、四編の草稿は、芥川龍之介の小説観などの考察をする際に、それぞれ貴重な手がかりを与えてくれるだろう。（山内祥史）

黄禍論《こうかろん》　日清戦争末期の明治二十八（一八九五）年春ごろ、ドイツ皇帝ウィルヘルム二世（一八五九〜一九四一）が唱え出した黄色人種が世界に禍いをもたらすであろうという思想。ウィルヘルム二世はこの幻想を絵にした「黄禍の悪夢」を従兄のロシア皇帝ニコライ二世に送っている。日本における黄禍論は、日露戦争中から鷗外、河上肇《はじめ》、小寺謙吉らによって紹介された。龍之介の親しんだアナトール・フランスの小説『白い石の上で』は、欧米の露骨な悪意とは異なり、日露戦争による白人の敗北を契機として、世界の歴史に新しい段階が来るかも知れぬ事を予言している。龍之介は『雑信一束』の中で「丁度日の暮の停車場に日本人が四五十人歩いてゐるのを見た時、僕はもう少しで黄禍論に賛成してしまふ所だつた。」（十九 奉天）と記している。また、直截《ちよくせつ》的表現ではないが、小品『わが散文詩』の「日本の聖母」で山田右衛門作の描く「黄色い顔のマリヤ」について点描している。（山崎一穎）

『黄雀風』《こうじゃくふう》　大正一三（一九二四）年七月一八日、新潮社刊行の第七短編小説集。小穴《おあな》隆一装丁。『一塊の土』『金将軍』『不思議な島』『雛《ひな》』『文放古』『糸女覚え書』『子供の病気』『寒さ』『あばばばば』『魚河岸』『或《ある》恋愛小説』『少年』『保吉《やすきち》の手帳から』『お時儀』『文章』の一六編を収める。『「黄雀風」の後《あと》に』に「『黄雀風』と云ふ名は深意のある訳ではない。唯《ただ》『此節《このせつ》東南常有風《つねにかぜあり》。俗名黄雀風。』とあるのに依《よ》り、『春服《しゆんぷく》』に継いだ意を示しただけである。／装幀《さうたう》も亦《また》例の通り、小穴隆一君を煩はせる事にした。」とある。大正一三年六月一一日付小穴宛書簡には、装丁に用いるための何編かの漢詩の引用がある。また同年六月二六日付の小穴宛書簡には、装丁に関する具体的な希望が述べられている。初版にはなぜか誤植が多く「(誤植が)三十余りに及び、著者は手のつけやうなく弱り居る次第、御憐察下され度候」(大和資雄宛、大正一四・三・一三)と嘆いている。

(藤多佐太夫)

『黄雀風』の背表紙

好色《こうしょく》　小説。大正一〇(一九二一)年一〇月一日発行の雑誌『改造』第三巻第一一号に発表。のち『春服《しゅんぷく》』(春陽堂、大正一二・五・一八)に収録。初出と初刊本間の目立つ異同は下記の通り。Ⓐ、初出では、各段落につけられた小題がない。Ⓑ、四の「好色問答」は、初出では地の文があり、義輔《よしすけ》・範実《のりざね》二人の表情などに触れている。Ⓒ、五の「まりも美しとなげく男」の段で、侍従の「糞《まり》」が初出ではすべて「大便」となっている。Ⓓ、初出の末尾には、「しかしその時の侍従の姿は、何時《いつ》か髪も豊かになれば、顔も殆《ほとんど》玉のやうに変《かは》つてゐた事は事実である。」という一文がある。なお、主原拠は『今昔物語集』巻三〇第一の「平定文仮《け》借《さうセル》本院ノ侍従ニ語《こと》」である。「天が下の色好み」である平貞文《たいらのさだぶみ》の「晴れ晴れした微笑」(傍点筆者)の裡《うち》には、「幸福のみ」で片付けられぬ面を有している。すなわち「遠い何物かに、軽蔑」を抱くと同時に「手近い一切に、悄悦《しやうけい》」をもつという面である。それは自らの望みを容易に現実処理し得る故にかえって現実不満・空虚に陥り、非現実の不透明な幻影を憧憬《どうけい》せざるを得ないところから来ている。しかし、この点からのみ彼を見ると、「四　好色問答」における範実の単なる天才不幸論の理解で終わってしまい、「天が下の色好み」という優越意識面の問題が軽視されてしまうことになる。作品世界の展開は、本院の侍従が徹底的なはぐらかしによって、叙上のような彼の両面〈心〉の機微を振幅豊かに抉《えぐ》り出すところにある。そしてその意味での作品の山場は、侍従の(と思い込んでいる)「糞《まり》」奪取後、その確認をしようとするところであろう。最初彼は確認を躊躇《ちゆうちよ》する。「窶《やつ》れた頰《ほほ》の上に、涙の痕《あと》を光らせながら、今更のやうに思ひ惑つた。」とある。天才の不幸問題故である。しかし彼は優越意識に囚《とら》われて「殆《ほとんど》気違ひのやうに」確認行為を取るが、それをさらに芥川は、「香細工の糞《まり》」を通して、どんでん返しの結び――優越意識の完全な敗北そのものの裡に幻影の美を見させる、〈至福の悲劇〉――として仕組んだのである。

(福本　彰)

神代種亮《こうじろたねあき》　明治一六・六・一四～昭和一〇・三・三〇(一八八三～一九三五)。文筆業。島根県生まれ。文筆関係者に「校正の神様」といわれた人物で、雑誌『書物往来』、『明治文化全集』などの編集に尽力した。芥川は作品を刊行するときには校正をよく神代に頼んだ。『「黄雀《こうじやく》風《ふう》」の後に』(新潮社、大正一三・七・一八)に「神代種亮君に校正の面倒を見て貰つたことも深謝の意を表したいと思つてゐる。」と記している。また芥川は「たねすけ」とルビを付している。『近代日本文芸読本』(興文社、大正一四・一一・八)の編集依頼を受けたのは神代の紹介によったと同書の「縁起」に書いており、文字や仮名遣い、校正にも彼を煩わしたと「凡例」に記している。が、小穴《おあな》隆一宛書簡(大正一三・八・一九)には「黄雀風一読。神代の校正に少々憤慨してゐる。」の一行がある。室生犀星宛(同年八・二六)の二伸に「神代君の談によれば『高麗の花』近々出来のよし神代君はもし軽井沢へ行つたら室生さんにさう云つてくれと中根に言づかつたよし神代君は僕と行き違ひに軽井沢へ行つた故けふ僕にその言づてをする也」とある。他に『鴨猟』、『澄江堂日録《ちようこうどう》』大正一四(一九二五)年一月四日のくだりに名が出てくる。神代に「芥川氏の原稿その他」(『中央公論』昭和二・九)がある。

(菊地　弘)

校正の后に《こうせいののちに》　第四次『新思潮』(大正五・二～六・三)の編集後記から芥川の文を採集したものの総称。名称は「校正後に」「校正の后に」などさまざまだが、全一一号のうち、芥川は第四号、第六号、第七号、第九号、二巻第一号に執筆。『酒虫《しゆちゆう》』『猿』『創作』『煙草《たばこ》』『煙管《きせる》』など、自作の材源を明かしたもののほか、初期芥川の文学観や創作意識の秘密が語られていて貴重な資料となっている。例えば「僕の書くものを、小さく纏《まとま》りすぎてゐると云うて非難する人がある。しかし僕は、小さくとも完成品を作りたいと思つてゐる。芸術の境に未成品はない」（第七号、大正五・九）という主張は、のちに展開する芥川文学の本質を正確に予言しているし、第九号（大正五・一一）では、一つの「傾向」によって作品をはかるよりも、素材の「つかまへ方、書き方」の巧拙を論じたほうが合理的であるという、作品評価の客観的基準としての技術批評の重要性を説いている。これらはゴシップ的な記事に流れがちな編集後記の中にあって、ひときわ冷静かつ真摯《しんし》な発言である。また第二巻第一号（大正六・一）では、夏目漱石の死に直面し、それをしっかり受けとめて生きて行かねばならない不安と覚悟が語られていて感動的である。「外の人にどんな悪口を云はれても先生に褒められゝば、それで満足だつた。」ほど創作の「基準」を漱石の評価に置いて尊敬してきた芥川にとって、漱石の死は精神的な自立のときを意味した。「絶えず必然に、底力強く進歩して行かれた夏目先生」に比するとき「自分の意気地のないのが恥《はづか》しい。」が、もはやそんなことばかり言ってはいられない。「今年は必《かならず》何かある。何かあらずにはゐられない、僕等《ら》は皆小手しらべはすんだと云ふ気がしてゐる。」と語るとき、芥川が漱石の弟子として、どれほど師の死を深刻に受けとめ、新たな転機を一つの覚悟をもって迎えようとしていたかが分かるであろう。

（石崎　等）

上滝嵬《こうたきたかし》　生没年未詳。東京市立江東《えひがし》小学校時代の学友。龍之介編集の回覧雑誌『日の出界』に野口真造、清水昌彦《まさひこ》らと加わっていた。『学校友だち』で「上滝嵬　これは、小学以来の友だちなり。嵬はタカシと訓ず。細君の名は秋菜（アキナ）。秦豊吉《はたとよきち》、この夫婦を南画的夫婦と言ふ。東京の医科大学を出、今は廈門《アモイ》の何とか病院に在り。人生観上のリアリストなれども、実生活に処する時には必しもさほどリアリストにあらず。西洋の小説にある医者に似たり。子供の名を汸（ミノト）と言ふ。上滝のお父さんの命名なりと言へば、一風変りたる名を好むは遺伝的趣味の一つなるべし。書は中々巧みなり。歌も句も素人並みに作る。『新内に下見おろせば燈籠《とうろう》かな』の作あり。」とある。また『手帳』（一）に「一月二十七日。夜山本から平塚の入院をしらせて来た。その時己《おれ》の心には victor の感じがうすいながらあつた。人間は同胞の死をよろこぶものらしい。恐《おそ》しいが事実だ。上滝へ手紙を出した。」とあり、下田たい宛書簡（大正一四・四・二二）にも名が見える。筑摩版『芥川龍之介全集』の注によると、『或阿《あるあ》呆《ほう》の一生』の「九　死体」にある「彼の友だち」は、医科大学生であった上滝であると言う。

（菊地　弘）

幸田露伴《こうだろはん》　慶応三・七・二三、新暦八・二〇～昭和二二・七・三〇（一八六七～一九四七）。小説家・文学博士。本名成行《しげゆき》、幼名鉄四郎。別号蝸牛《かぎゆう》庵主人・把月庵・叫雲老人・脱顛子《てんし》など。江戸下谷《したや》三枚橋横町生まれ。明治一七（一八八四）年電信修技学校卒業。『露団々《つゆだんだん》』（『都の花』明治二一・二～八）で文壇に登場し、『風流仏《ふうりゆうぶつ》』（吉岡書籍店、明治二二・九）が出世作となった。『一口《いつこう》剣《けん》』（『国民之友』明治二三・八）、『五重塔《ごじゆうのとう》』（『国会』明治二四・一一～二五・三）など多くの作品を発表し、紅露逍鷗と並称された。『天《そら》うつ浪《なみ》』（『読売新聞』明治三六・九・二一～三七・二・九、三七・一一・二六～三八・五・七）を中絶して以後、史伝・研究考証・修養書・随筆に没頭し、『頼朝』（東亜堂書房、明治四一・九・二〇）、『努力論』（同、明治四五・七）、『幽情記』（大倉書店、大正八・三・一七）、『春の日　曠野《あらの》抄』（岩波書店、昭和二・六・二〇）、『幻談』（日本評論社、昭和一六・八・二〇）、『蝸牛庵聯話』（中央公論社、昭和一八・一・二五）などを刊行した。露伴の明治期における文業についての芥川龍之介の評価は否定的である。遺稿として残された『明治文芸に就いて』の中で、芥川は「紅露を明治の両大家と做《みな》すは誤れるも亦《また》甚しと言ふべし。露伴は唯古今の書を読み、和漢の事に通ぜるのみ。紅葉の才に及ぶべからず。文章亦遙かに紅葉の下にあり。大作『ひげ男』の庸劣《ようれつ》なるに至つては畢《をはり》に巻を擲《なげう》たざる能《あた》はず。」と述べている。しかし、露伴の『運命』（『改造』大正八・三）には驚いたらしく、『芥川龍之介氏縦横談』（『文章倶楽部《クラブ》』大正八・五）には、芥川が『運命』を「名文」だと言い、「天耶《か》、時耶。燕《えん》王の胸中颶母《ぐぼ》まさに動いて、黒雲飛ばんと欲し、張玉、朱能等の猛将梟雄《けうゆう》、眼底紫電閃《ひらめ》いて、雷火発せんとす」のところから「燕王宮中の士気をして、勃然凜然《ぼつぜんりんぜん》、糾々然、直《ただ》ちにまさに天下を呑《の》まんとするの勢《いきほひ》をなさしめぬ」のところまで「朗々たる声で一気に読んで『実に巧な修辞ですね』と云つた。」ことが描かれている。（浦西和彦）

講談倶楽部《こうだんくらぶ》　大衆雑誌。明治四四・一一〜昭和二一・二（一九一一〜一九四六）、昭和二四・一（復刊）〜昭和三七・一二（一九四九〜一九六二）。一般大衆を講談を中心に啓蒙《けいもう》する目的で野間清治《せいじ》によって創刊された。編集者は望月《もちづき》茂、淵田《ふちだ》忠良、岡田貞三郎、萱原宏一《かやはらこういち》、原田常治。講談社発行。大正二（一九一三）年六月速記原稿ではなく、作家による「書き講談」を企画、また大正六、七年の欧州大戦による好景気に乗って成長し、講談社発展の基礎を作った。大正三年一〇月、『江の島物語』の入選によって、吉川英治は作家として登場する機会を得た。また大正一一（一九二二）年以降、中村武羅夫《むらお》（筆名、藤沢草人、香川春作）『夜の潮』『女王』、長田幹彦『波のうへ』、村上浪六『妙法院勘八』などの傑作を掲載、大衆娯楽雑誌の位置を不動のものとした。昭和期に入ってからは将棋、相撲記事のほか、芸能界の艶話などの新企画を試みる一方、加藤武雄『銀の鞭《むち》』、江戸川乱歩『蜘蛛《くも》男』、牧逸馬『悲恋華』などが愛読された。文学史的には大正期における大衆小説の台頭と昭和期大衆小説隆盛に多く貢献した点が注目される。芥川の作品の「保吉《やすきち》もの」の一つ、女性の属性を主題とした作品『あばばばば』（『中央公論』大正一二・一二）の中で「保吉は学校の帰りがけにこの店へココアを買ひにはひつた。女はけふも勘定台の後ろに講談倶楽部か何かを読んでゐる。」とある。（尾形国治）

江東小学校《こうとうしょうがっこう》　⇩**江東小学校**《えひがししょうがっこう》

江南游記《こうなんゆうき》　紀行文。大正一一（一九二二）年一月一日から二月一三日まで、『大阪毎日新聞』（朝刊）に二八回にわたって連載。休載は一月四、八〜一〇、一八、二〇、二三、二五の各日および二月二〜四、六、八、九、一一、一二の各日である。のち、『支那《シナ》游記』（改造社、大正一四・一一・三）に収録される。この紀行は大阪毎日新聞社の「旧《ふ》るき支那が老樹の如く横《よこた》はつてゐる側《そば》に、新しき支那は嫩草《わかくさ》の如く伸びんとしてゐる」姿を掲載するという意に応じて、大正一〇年三月末から約四か月間、中国各地を旅行した芥川の江南地方の報告である。なお、同新聞にはこのあと、「長江游記、湖北游記、北京《ペキン》游記、大同游記」と連載するつもりであったが、体の具合が悪く、結局これまで新聞連載は終わっている。梗概《こうがい》は北京にいたときの回想からしばらく中絶していた紀行にとりかかる気持ちを書き、一・二は杭《こう》州行きの車中と村田氏との会話、三〜五は杭州の一夜と西湖の美しさを描き、六〜一一は西湖を画舫《がぼう》で巡りながら古寺や名士、英雄についての感慨。一二は霊隠寺だが、ここは豊島《とよしま》与志雄・小穴《おあな》隆一・小杉未醒らにあてた書簡の形をとって書かれている。一三〜一五は蘇《そ》州城内での感想、一六〜一八は白雲寺より霊厳寺へ行ったときの苦労話。一九は寒《かん》山寺《ざんじ》と虎邱《こきゆう》。二〇は蘇州について客・主の対話と批評。二一は客桟と酒桟《チュザン》の食べ物について、二二は揚子江《ようすこう》の案内記の違い。二三〜二五は古揚州の町と寺の様子。二六は金山寺での風情、二七〜二九は南京ホテルでの出来事と、二九の部分に分けられ、作者自身の感慨がいたるところに出ている。旅行中及び執筆時を通して体の調子が悪く神経も著しく悪化していたときであり大変な苦労を重ねて書いたものである。発表当時の評はあまりみないが、紀行文については「機智と諧謔《かいぎゃく》と皮肉が百出してつまらない読物ではないが小説家の見た中国であって」と吉田精一（『芥川龍之介』）の評にあるように芥川という作家の目を通して描かれた中国で、客観性に欠けているところがある。

（矢島道弘）

耕牧舎《こうぼくしゃ**》** 芥川龍之介の実父新原敏三《にいはらとしぞう》の経営した牛乳販売会社。明治一二（一八七九）年、渋沢栄一らが日本の牧畜業の不振を憂い、箱根仙石原《せんごくばら》に牧場耕牧舎（神奈川県から払い下げを受けた総面積七三一ヘクタール）を開いた。当初は羊牧場として着手したが乳牛牧場に変更し、米国から洋牛、南部地方から和牛を求めた。箱根・宮ノ下に支店を設けて牛乳を販売したが、頭数が増加するにつれ東京方面に販路を拡大することとなる。渋沢の信頼を得ていた新原敏三が、明治一六年、東京における販売管理者として居留地であった築地入船町《つきじいりふねちょう》に本店を置く。根岸・芝・四谷・日暮里《にっぽり》・新宿と支店を増やし、東京耕牧舎は順調に発展し、二八年ごろには敏三は業界の長老格になっている。二六（一八九三）年に居留地撤廃のため芝新銭座に移ったのちも発展を続けたが、渋沢は、三九（一九〇六）年、同業者の増加と体調がおもわしくないこともあり、敏三に芝と新宿の土地建物を売却。このころから収益が落ちこみ始め、大正七（一九一八）年に新宿が、敏三の死後には芝が人手に渡っている。

（宮坂　覺）

当時の耕牧舎牧場の一部

「高麗の花」読後《「こうらいのはな」どくご》 書評。初出『東京日日新聞』大正一三（一九二四）年一〇月六日（のち『梅・馬・鶯《うぐいす》』に収録）。室生犀星の詩集『高麗の花』（新潮社、大正一三・九）の批評。芥川は『高麗の花』の犀星を「第三の室生犀星君」と呼び、「三度《みたび》の転身を閲した後も、素朴な、しかも繊細な詩人の面目を保つてゐる。」とし、犀星の半生を振り返ってその「大踏歩の跡をうらやまぬ訳には行かなかつた。」と言っている。犀星論としても重要な意味を持つ文章である。

（田中保隆）

黄粱夢《こうりょうのゆめ》 小説。大正六（一九一七）年一〇月一日発行の雑誌『中央文学』第一年第七号に「黄粱夢（小品）」と題して発表し、『影燈籠《かげどうろう》』（春陽堂、大正九・一・二八）、『或日《あるひ》の大石内蔵之助《くらのすけ》』（春陽堂、大正一〇・一一・二八、文芸春秋社出版部、大正一五・二・八）などに「小品四種」の一つとして収録。唐の李既済《りきさい》撰の『枕中記《ちんちゅうき》』を粉本とし、「黄粱一炊夢《いっすいのゆめ》」の故事を素材とした作品である。主人公の青年盧生《ろせい》は、死を体験した直後に、「急にはつと何かに驚かされて、思はず眼《め》を」開く。すると、枕《まくら》もとには依然として道士の呂翁《ろおう》が座っていて、「主人の炊《かし》いでゐた黍《きび》も、未だに熟さない」ようであった。蘆生は、青磁の枕から頭をあげて、邯鄲《かんたん》の秋の午後、呂翁と「夢」をめぐって会話を交わす。呂翁は、「これであなたの人生の執着も、少しは熱がさめたでせう。得喪《とくさう》の理も死生の情も知つて見れば、つまらないものです。」というが、盧生は眼を輝かせながら、「夢だから、猶《なほ》生きたいのです。あの夢のさめたやうに、この夢もさめる時が来るでせう。その時が来るまでの間、私は真《しん》に生きたと云へる程《ほど》生きたいのです。」と言う。これに対し「呂翁は顔をしかめた儘《まま》、然《しか》りとも否とも答へなかつた。」として、作品は閉じられている。駒尺喜美は、この対話を「二人の芥川の内面の対話」と見、認識者と理想追求者との相克という「この時期の芥川の内面葛藤《かっとう》がすけてみえる」（『芥川龍之介論』芥川龍之介研究会、昭和三九・九・一）作品だと評し、進藤純孝は、「外的な世界も、限りなく内的世界に吸収される限り、夢にすぎない。あるのはただ、内的な、夢幻の世界ばかりである」として「内的世界を絶対化しようとする芥川の立場を、一層強固にするといふ意味では、やはり書かれねばならなかつた作なのに違ひない。」（『芥川龍之介』河出書房新社、昭和三九・一一・二五）と評した。芥川龍之介の人間主義的な側面が強調された小品で、この時期の芥川龍之介の思想傾向を知る上で意義をもつ作品と言えよう。　（山内祥史）

ゴオガン　ごーがん　Eugène Henri Paul Gauguin　一八四八・六・七〜一九〇三・五・八。フランスの画家。印象主義の影響を経て、ブルターニュの古い民芸品や日本の浮世絵などに示唆を受けて装飾的な感覚の画風を完成した。マルケサス諸島のドミニカ島で死んだ。芥川はゴーガンの絵について『文芸的な、余りに文芸的な』の「三十『野性の呼び声』」の中で、次のように述べている。最初、光風会で「タイチの女」を見たとき、反発するものを感じた。橙《だいだい》色の女が野蛮人の皮膚の匂《にお》いを放つことに辟易《へきえき》した。しかし、時間が立つにつれて、その橙色の女は威圧感を発揮し出し、むしろ「人間獣の一匹」が写実派の画家たちよりも痛切に表現されていることに気付くようになる。そこに「野性の呼び声」すら感じるというのである。とはいえ、ルノアールにみられるような画面の美しさはそれ以上に捨てがたい。文芸にも「人間獣の一匹」か、あるいは「人間獣の一匹を含んだ画面の美しさ」を採るかの相克は感じられる。　（森　英一）

『タヒチ島にて』（ゴーガン筆）

ゴーチエ　ごーちえ　Théophile Gautier　一八一一・八・三〇〜一八七二・一〇・二三。フランス・ロマン派時代の詩人・小説家。「モーパン嬢」の長い序文は芸術は芸術美の完成のみを目的とすべきであるという芸術至上主義の主張として著名である。芥川がゴーチェの諸作品に熱中したのは一高卒業（大正二・七）から東大の英文科に入るまでのころのことであるらしい。大正二（一九一三）年九月一七日、山本喜誉志あての手紙に「この頃ゴーチエをよみ候《さうらふ》ゴーチエの著作は三十冊に余り候へど／CAPITAIN FRACASSE, M'D'LLE DE MAUPIN, ROMANCE OF THE MUMMY の三巻のみ有名にて他は殆《ほとんど》忘れられ居《をり》候三冊共この緋《ひ》天鵞絨《びろーど》のチョッキを着た髪の長いロマンチシストの特色を現し居り一読の値《あたひ》有之《これあり》候へど殊に木乃伊《ミイラ》のロマンスは君にすゝめたく候　三冊のうちにて僕の最愛するはこれに候　短かけれどモーゼの埃汲《エジプト》を去るに関係ある愛すべきLOVE-STORYに候」とある。芥川はその翌年『クラリモンド』を訳しているがゴーチエへの関心は大学に入ってストリンドベルクやドストエフスキーを読むようになってから急速に冷めてゆく。「中学を卒業してから色んな本を読んだけれども、（中略）概して云ふとワイルドとかゴーチエとかいふやうな絢爛《けんらん》とした小説が好きであつた。それは僕の気質からも来てゐるであらうけれども、一つは慥《たし》かに日本の自然主義的な小説に厭《あ》きた反動であらうと思ふ。ところが、高等学校を卒業する前後から、どういふものか趣味や物の見方に大きな曲折が起《おこ》つて、前に言つたワイルドとかゴーチエとかいふ作家のものがひどくいやになつた。ストリンドベルクなどに傾倒したのはこの頃である。その時分の僕の心持からいふと、ミケエロ・アンヂエロ風な力を持つてゐない芸術はすべて瓦礫《ぐわれき》のやうに感じられた。これは当時読んだ『ジヤンクリストフ』などの影響であつたらうと思ふ。」(『愛読書の印象』、『文芸倶楽部』大正九・八)　　(剣持武彦)

郡虎彦《こおりとらひこ》　明治二三・六・二八～大正一三・一〇・六(一八九〇～一九二四)。劇作家・小説家。鈴木耕水、すゞの三男として東京に生まれる。日本郵船の船長郡寛四郎の養子となり、横浜・神戸で育ち、学習院中等科に入学。早熟で、語学に長じ、明治四三(一九一〇)年四月創刊の『白樺』に加わる。養祖父の姓と当年齢を合わせた萱野《かやの》二十一を筆名とし、耽美的な作品を発表。『白樺』を最も早く巣立ち、小説『松山一家』(『太陽』明治四三・一二)、戯曲『父と母』(『三田文学』、明治四四・八)などがある。『道成寺』は明治四五年四月に自由劇場が帝劇上演。大正二(一九一三)年に東京帝国大学文科大学英文科を中退して渡欧。一時、帰国するが、再渡欧してスイスで客死。英国演劇界で知られ、「ザ・トイルス・オブ・ヨシトモ」(義朝記)など好評再演。芥川は『「女と影」読後』で「郡虎彦氏の如き、西洋に名を馳せた日本人」とたたえ、「寛大な西洋人」に対する「偏狭な日本人」を批判している。　　(町田　栄)

黒衣聖母《こくいせいぼ》　小説。大正九(一九二〇)年五月一日発行『文章倶楽部《クラブ》』第五年第五号に発表。『夜来の花』(新潮社、大正一〇・三・一四)、『奇怪な再会』(金星堂、大正一一・一〇・二五)、『報恩記』(而立社、大正一三・一〇・二五)、『芥川龍之介集』(新潮社、大正一四・四・一)に収録。初出と『夜来の花』以降との間に異同があり、「麻利耶《マリヤ》観音は約束通り、祖母の命のある間は、茂作を殺さずに置いたのです。」の一文、及び像の台座の銘「DESINE FATA DEUM LECTI SPERARE PRECANDO……」の右注が加筆され、「汝《なんぢ》の祈禱《きたう》、神々の定め給《たま》ふ所を動かすべしと望む勿《なか》れ」の意。文末日付「九・三・二十七」が削られた。「ピリツトした、所謂《いはゆる》芥川式を遺憾なく発揮したもの」という評価(須藤鐘一『五月の文壇』、『文章世界』大正九・六)もあるが、「変梃《へんてこ》に複雑な事象が描かれてゐる」という感想(滝井孝作『五月の雑誌から㊤』、『読売新聞』大正九・五・一八)がより一般的か。吉田精一は「切支丹《キリシタン》物の変形」であり「力を抜いたもの」としている(『芥川龍之介』三省堂、昭和一七・一二・二〇)。なお、堀辰雄が「『黒衣聖母』はメリメの『イルのヴイナス』を」想起させると述べている(『芥川龍之介論』昭和四・三、卒業論文)。「禍《わざはひ》を転じて福《さいはひ》とする代りに、福《さいはひ》を転じて禍《わざはひ》と」した麻利耶観音(黒衣聖母)の話。嘉永《かえい》の末年ごろのある秋、新潟の稲見という素封家でのこと。幼いお栄・茂作姉弟を一人で守り育てていた祖母は、病で死に瀕《ひん》した茂作のために、自分の寿命の限りの延命を祈る。麻利耶観音は「微笑」をもって願に応じるが、翌日、祖母が死に、茂作もまた後を追った。右記の加筆のように、観音は「約束」を守ったとされる。話は、お栄の息子から像を譲られた田代君によって「私」に語り継がれ、事件ははるかに遠い。ただ、田代君は右記の像の台座の銘を示す。「聖母は黒檀《こくたん》の衣を纏《まと》つた儘《まま》、やはりその美しい象牙《ざうげ》の顔に、或《ある》悪意を帯びた嘲笑を永久に冷然と堪《たた》へてゐる。――」と結ばれている。なお、標題の下に、「この涙の谷に呻《うめ》き泣きて、御身に願ひをかけ奉る。……御身の憐《あはれ》みの御眼をわれらに廻《めぐ》らせ給へ。……」という引用があり、激しく対立する。従って、作品の意図は、その神の「悪意」・「嘲笑」にあろうが、その意味は未だ分明ではない。　　(清水康次)

国技館《こくぎかん》　明治四二(一九〇九)年六月、東京両国の回向院《えこう》(現、墨田区両国二丁目一〇番地)境内に造られた相撲の常設館。芥川の存命中、大正六(一九一七)年と関東大震災と二回焼けた。芥川は『妖婆《ようば》』の中で、大都会の一隅でポオやホフマンの小説に出て来るような気味の悪い事件が起こるのだとして、その一例に「人つこ一人ゐない国技館の中で、毎晩のやうに大勢の喝《かつ》采《さい》が聞えたり」と書いている。また、『少年』

の「六　お母さん」の中にも「これは勿論《もちろん》国技館の影の境内に落ちる回向院ではない。」とある。また、『本所両国』の「相生町」にも「国技館は丁度日光の東照宮の模型か何かを見世物にしてゐる所らしかつた。」等と出ている。

（菊地　弘）

国語教科書と芥川作品《こくごきょうかしょとあくたがわさくひん》

芥川は、夏目漱石、森鷗外、志賀直哉などと並んで、今日、その作品が、中学校・高等学校の国語教科書の多くに教材として採られている代表的な作家の一人である。まず、高等学校におけるその掲載状況を概観してみよう。昭和五三（一九七八）年の教育課程の改訂によって、高等学校国語科は、必修の「国語Ⅰ」と、選択の「国語Ⅱ」「国語表現」「現代文」「古典」の五科目となった。そのうち、芥川作品を教材としているものは、「国語Ⅰ」「現代文」で、表1のようになっている。すなわち、芥川作品は、第一学年での履修を原則とする「国語Ⅰ」に集中し、それも、一四社三二種のうち、二五種が『羅生門』を採用、他は『蜜柑』を三種、『鼻』『舞踏会』『幻灯』を一種が採用、芥川作品を教材としていないのは一種のみとなっている。なお、「国語Ⅱ」への採用はなく、「現代文」に『枯野抄』『鼻』『ピアノ』『或阿呆の一生』『奉教人の死』が採られている。『羅生門』の場合のように一つの作品がほとんどの教科書で教材とされている例は、必修の「国語Ⅰ」にはほかになく（「国語Ⅱ」「現代文」になると、漱石の『こころ』、鷗外の『舞姫』に同様の傾向が見られるが）、その点で、この作品は、実質上、高等学校国語科の必修教材のようになっている。この傾向は、必修科目「国語Ⅰ」の設定（昭和五三年の教育課程改訂）の頃からあらわれていて、昭和六〇（一九八五）年の検定教科書では、一三社一九種のうち一七種が『羅生門』を採用、他の二種は、一つが「国語Ⅰ」に『雛《ひな》』、一つが「国語Ⅱ」に『藪の中』を採っている。ちなみに、昭和三五（一九六〇）年の教育課程改訂のとき、新設された「現代国語」という科目の最初の教科書、すなわち、昭和三七（一九六二）年検定、三八年より使用のものを見ると、表2のようになっている。一五社一五種にわたって作品がかなり広がっている中で、『羅生門』は一社のみで、『鼻』を採っているものが三社、また芥川作品を採っていないものが三社あることなどが目につく。三七年検定の「現

表1　現行高等学校教科書（平成一三年三月現在）

出版社名		国語Ⅰ	現代文
東京書籍		羅生門	
	精選	羅生門	
	新編	羅生門	
学校図書		羅生門	
	基礎	羅生門	
三省堂		羅生門	
	新編	羅生門	
	明解	羅生門	
教育出版		羅生門	鼻
	新編	羅生門	
大修館		羅生門	
	新	羅生門	
	現代	羅生門	
明治書院	高校生	羅生門	
	精選	羅生門	
右文書院		羅生門	
	新	羅生門	ピアノ
筑摩書房		羅生門	或阿呆の一生
	新	蜜柑	奉教人の死
角川書店	高校生	羅生門	
	新	鼻	
旺文社		舞踏会	
	新	蜜柑	
尚学図書	新選	羅生門	枯野抄
	標準		
第一学習	新	幻灯	
	新編	羅生門	鼻
		羅生門	
	新訂	羅生門	
桐原書店	探求	羅生門	
	展開	蜜柑	
日本書籍		羅生門	

表2　三七年度検定済の高等学校教科書（「現代国語」）

出版社名	現代国語Ⅰ	Ⅱ	Ⅲ
東京書籍	ある日の大石内蔵之助		
大日本	手紙		
実教出版		鼻	
秀英出版		舞踏会	
三省堂	なし		
清水書院	手紙		
好学社	鼻		
日本書院	煙管		
教育図書		手紙	
大原出版	なし		
明治書院		枯野抄	侏儒の言葉
中央図書	羅生門		江南游記
筑摩書房	なし		
角川書店	舞踏会		
尚学図書	鼻		

代国語」と五六（一九八一）年検定以降の「国語Ⅰ」とを比較してみると、芥川作品からは第一学年の教材としてまず『羅生門』を採るというようになってきていることがはっきりするが、そこからは、今日、芥川作品の教材価値がどう見られているか、また、高等学校国語科がどのようなものを教材として求めるようになってきているかをうかがうことができる。

表3　中学校教科書（現行5社）掲載の芥川文学（昭和40,49,58,平成8年度）

昭和31年以前の数字は検定年度。（　）の中は学年。

	東京書籍	学校図書	教育出版	光　村	三省堂
（検定年度）	25 龍(3) 27 龍(3)	25 トロッコ(1) 28 三つの宝(1) 27 杜子春(1) 29 杜子春(1)	27 手紙(3) 30 槍が岳紀行(1)	26(なし) 29 戯作三昧(3) 30 戯作三昧(3)	25(なし)
昭和31	くもの糸(1) (34—同じ)	杜子春(1)	32 槍が岳紀行(1)	33(なし)	くもの糸(1) (33—同じ)
40	トロッコ(1)	くもの糸(1)	杜子春(2)	魔術(1)	鼻(3)
49	トロッコ(1)	杜子春(1)	(なし)	杜子春(1)	トロッコ(1)
58	(なし)	(なし)	トロッコ(1)	(なし)	トロッコ(1)
平成8	相聞(3)	(なし)	(なし)	(なし)	トロッコ(1)

注　1　『相聞』は，芥川が，室生犀星，佐藤春夫に書き送った未発表の詩である。教科書には，この詩が佐藤春夫の紹介文を添えて収載されている。

相聞《そうもん》　また立ちかへる水無月《みなづき》の／嘆《なげ》きを誰《たれ》にかたるべき。
沙羅《さら》のみづ枝《え》に花さけば，／かなしき人の目ぞ見ゆる。

2　上記のほかに，中学校「国語」教科書に載ったものには，『山鴫』がある（大阪書籍発行）。なお，40年検定においては，8社9種の教科書が発行されていた。

さて、『羅生門』を教材とすることの理由の第一は、それが「作者芥川の天分を早くも遺憾なく発揮せしめた、方法的にもほとんど完璧とされている小説」（筑摩書房の『現代国語Ⅰ　学習指導の研究』（昭和四一）より）であって、高等学校第一学年で、小説およびその読み方についての理解を深めさせるために適切な教材となると考えられているからであろう。事実、各社の学習の手引きを見ると、そのほとんどが、(1)「蟋蟀《きりぎりす》」や「面皰《にきび》」の描写、あるいは比喩《ひゆ》表現など、細部の叙述の意味や効果の吟味 (2)人物の境遇と心理の推移の把握 (3)作品の構成および主題の把握の三点に重点を置いており、本格的な小説の読解・鑑賞の仕方の学習を意図していることが分かる。しかし、小説の読み方の学習ということだけだったら、必ずしも『羅生門』でなければならないということはない。芥川の中でも、特に今日『羅生門』が教材として重視せられるのは、この作品が高校生に、人間のエゴイズムの問題と向き合わさせ、善にも悪にもなる人間内部の矛盾をみつめさせるものだからであろう。読みの在り方の観点から言うと、この作品は、読者に生々しいイメージを描かせるとともに、老婆の論理を逆手にとる下人の内面に対して理知的分析を加えさせ、さらに、善と悪との両極に揺れる意識の深層への洞察を体験せしめるものと言えよう。読みの学習の上からも、また、文学的体験の質の上からも、この作品は、高等学校教材として高く評価されているものである。(ということは、高等学校の国語科が、そのような教材を求めているということでもある。)

次に、中学校教科書における芥川作品を、現行の五社に限って概観すると、表3のようである。かつては、いろいろな作品がかなり広く採り上げられていたが、最近は、小説教材としては、『トロッコ』だけになっている。『蜘蛛の糸』『杜子春』が教科書から消えたのは、ややもすると教訓的に読み取られやすく、学習にふくらみが欠けるうらみがあるからではないだろうか。それに対して、『トロッコ』は、細部を注意深く読み、人物の心理の推移をとらえるといった小説の読みの基本的な学習をさせるのに適した教材として高く評価されてきたのだと思われる。しかも、かつては作品の末尾などが教材から削除されていたが、昭和四六(一九七一)年検定以降の教科書では、無削除の全文が教材とされるようになり、少年のトロッコ体験の意味が、人生の孤独や不安につながるものとして掘り起こされ、中学生の自己認識を深めている。しかし、教材としての評価の高い『トロッコ』も、昭和五〇年代以降、徐々に教科書から消えてきたのは、今日の教科書が、時代の感覚に合うような現代的な作品を教材として求めるようになってきているからであろう。

(田近洵一)

国粋《こくすい》 文芸雑誌。大正九・一〇～一〇・一二(一九二〇～一九二一)。編集発行人小林憲雄、国粋出版社発行。第一次大戦後の大正モダニズム、芸術の民衆化の風潮を背景に「政治も教育も、文芸も乃至《ないし》あらゆる社会の事物が一般に民衆化せられたる今日に於《おい》て、独り趣味の生活のみが一部階級のものたるを許されない」という趣旨のもとに発行された。編集はおもに加藤淳一、のち林五十三が担当。「美術季号」(大正九・一二)「生活美化の欲求・最高文化の創造号」(大正一〇・九)など、常に時代風潮を先取りした企画により、趣味の民衆化に貢献した。津田青《せい》楓《ふう》、伊東忠太、岸田劉生《りゅうせい》、中川一政、伊東深水、竹久夢二、石井柏亭など、文芸界では泉鏡花、吉井勇、谷崎精二、田山花袋、室生犀星などの活躍が目立つ。芥川は『今昔物語集』巻十九「讃岐国《さぬきノくに》多度郡《ノ》五位、聞《キテ》レ法《ヲ》即《チ》出家《セル》語《こと》第十四」から筋を借用、スタイルに工夫をこらした物語劇『往生絵巻』を大正一〇(一九二一)年四月号に発表している。同誌は大正一一年一月より「さいらく」と改題、間もなく終刊する。

(尾形国治)

国粋会《こくすいかい》 大日本国粋会の略称。大正八(一九一九)年、時の政治家床次《とこなみ》竹二郎らの斡旋により、関西の侠客西村伊三郎らが創立した国家主義的な思想団体。初代総裁は大木遠吉。奈良県水平社との流血抗争などが有名で、太平洋戦争後解散。芥川は、お伽《とぎ》話に取材した風刺的作品『猿蟹合戦《さるかにかっせん》』(『婦人公論』大正一二・三)の中で、蟹に対する一般的な同情への反措定として、蟹の仇討を尻押ししたのは国粋会かも知れないと皮肉な解釈を下している。

(佐久間保明)

獄中の俳人《ごくちゅうのはいじん》 書評。『「獄窓から」を読んで』。初出『東京日日新聞』昭和二（一九二七）年四月四日（元版全集では『「獄窓から」読後』、普及版全集、新書版全集では『「獄窓から」を読んで』）。和田久太郎の『獄窓から』（労働運動社、昭和二・三。なお、近藤憲二の編集で昭和五年一一月、「孤囚漫筆」「略歴」を加え、『獄窓から』の書名で改造文庫に収められた。）の批評。和田久太郎は、大正一三（一九二四）年九月一日、大杉栄らの復讐《ふくしゅう》のため福田雅太郎陸軍大将を狙撃したが果たさず、無期懲役となって秋田刑務所で服役していた。『獄窓から』は、市ヶ谷の未決監に収容されていたころの随筆、書簡、短歌、俳句等を集めたもの。芥川は、「社会運動家でも何でもないわれわれに近い心臓」の持ち主であった和田久太郎が、同時に「唯物主義的に鋭い頭脳の持ち主」であったところに「悲劇的な矛盾」があるが、それは「しかし同時代に生れ合はせたわれ〳〵に共通する矛盾である」と言っている。また、和田の俳句は「排悶」のためであったかもしれないが、自分が、『獄窓から』を前にしたまま、一気にこの短い文章を草した」のも、「やはり排悶のため」であったと述べて、筆を擱《お》いている。（田中保隆）

黒潮《こくちょう》　総合雑誌。大正五・一一・七・五、全一九冊。芥川の初期小説『忠義』の掲載誌。時の閣僚大浦兼武の側近升巴陸龍《ますともりくりょう》が社長をしていた太陽通信社の発行。編集発行人は、はじめ県新《あがたしん》、のち鎌田実で文芸欄は長谷川巳之吉《はせがわみのきち》が担当した。雑誌の性格そのものは「発刊之辞」に「『黒潮』は世界の文明を日本に運ぶ水路にして、日本の正義を大陸に送る潮流也《なり》」とあるように、国家主義的色彩が濃かった。が、文芸欄はのち第一書房を創業する長谷川巳之吉が担当しただけあって、大正文壇の有力新人が多数登場し、活気に満ちている。佐藤春夫の『田園の憂鬱《ゆううつ》』の第一稿の前半にあたる『病める薔薇《そうび》』（大正六・六）をはじめ、豊島《とよしま》与志雄の『田島氏の犯罪』（大正六・八）志賀直哉の『和解』（大正六・一〇）谷崎精二の『夜の人々』（大正六・一〇）広津和郎の『転落する石』（大正六・一一）久米正雄の『受験生の手記』（大正七・三）など見るべきものが多い。『忠義』は大正六（一九一七）年三月号に載った。（関口安義）

コクトオ《こくとー》　Jean Cocteau　一八八九・七・五〜一九六三・一〇・一一。フランスの詩人・劇作家・小説家。モダニズムを出発点として、芸術の多方面のジャンルを手掛け、つねに時代の先頭をきって進んだ才人。芥川は「『芸術は科学の肉化したものである』と云ふコクトオの言葉は中《あた》つてゐる。尤《もっと》も僕の解釈によれば、『科学の肉化したもの』と云ふ意味は『科学に肉をつけた』と云ふ意味ではない。」（『続文芸的な、余りに文芸的な―八　コクトオの言葉』）と述べ、警句、逆説を得意とするコクトーの言葉が、わが国の風土の中で誤解されることを憂慮している。また『世紀末の悪鬼』は実際彼を虐《さいな》んでゐるのに違ひなかつた。彼は神を力にした中世紀の人々に羨《うらやま》しさを感じた。しかし神を信ずることは――神の愛を信ずることは到底彼には出来なかつた。あのコクトオさへ信じた神を！」（『或阿呆《あるあほう》の一生―五十　俘』）と書き、世紀末の芸術家としての自らの悲劇がコクトーを凌《しの》ぐものであることを見詰めている。（赤瀬雅子）

告白《こくはく》　「もっと己《おの》れの生活を書け、もつと大胆に告白しろ」とは諸君の注文だが、「僕も告白をせぬ訳ではない。僕の小説は多少にもせよ、僕の体験の告白である」。ただあえて「告白小説」なるものを否定するのは「もの見高い諸君に僕の暮しの奥庭をお目にかけるのは不快で」あり、「告白を種に必要以上の金と名とを着服するのも不快である。」からだと、「告白」と題した一文の中で芥川は述べている（『澄江堂《ちょうこうどう》雑記―告白』）。また『侏儒《しゅじゅ》の言葉』の「告白」と題した断章でも次のように語っている。「完全に自己を告白することは何人にも出来ることではない。同時に又自己を告白せずには如何《いか》なる表現も出来るものではない。／ルツソオは告白を好んだ人である。しかし赤裸々の彼自身は『懺悔《ざんげ》録《ろく》』の中にも発見出来ない。メリメは告白を嫌つた人である。しかし『コロンバ』は隠約の間に彼自身を語つてはゐないであらうか？所詮《しょせん》告白文学とその他の文学との境界線は見かけほどはつきりはしてゐないのである」。また『或阿呆の一生』では「嘘《うそ》」（四十六）と題して「ルツソオの懺悔録さへ英雄的な嘘に充ち満ちてゐた。殊に『新生』に至つては、——彼は『新生』の主人公ほど老獪《ろうかい》な偽善者に出会つたことはなかつた。」とも言う。すでに芥川が「告白」なるものをどう解していたかは明白であろう。言わば芥川の文学は自然主義文学台頭以来の「告白」や「私小説」のありように対する本質的な疑いから出発したものであり、彼が物語という枠を必要としたのも「人間の醜悪を見ぬき、しかも人間の善良を信じ、頑としてその中間の真空地帯を形象化しようとした」とき、もはや「私小説的な告白形式や現実描写によって描け」ぬが故に、「真空を保つためのガラス壁として物語の枠」を必要としたのであり、その主題の如何《いかん》を問わず、「どの作品にもこの真空地帯を往き来する人間の空虚なうしろ姿の映像」（福田恒存《つねあり》『芥川龍之介』）を見るという指摘は頷《うなず》くべきものであろう。同時に『戯作三昧《げさくざんまい》』や『地獄変』をはじめ晩期の『河童《かっぱ》』や『西方の人』に至るまで、彼が素面の現実ならぬ「比喩《ひゆ》の文学」（福田恒存）として、いかに己をよく語ったかを見逃すことはできまい。（佐藤泰正）

国民新聞《こくみんしんぶん》　明治二三・二・一〜昭和一七・九・三〇（一八九〇〜一九四二）。総合雑誌『国民之友』の成功を踏まえて徳富蘇峰が創刊した日刊新聞。論調は、当初は平民主義的傾向が強く、民党を支持していたが、日清戦争前後、蘇峰が国権論に転じ、政治に直接携わり、山県有《やまがたあり》朋《とも》・桂《かつら》太郎と接近するにつれ、政府の御用新聞と化した。それによって屈指の全国紙に成長したものの、二度にわたり反政府運動の群衆の襲撃を受けた。大正期は、蘇峰は政界を離れ、不偏不党の帝国主義を鼓吹したが、関東大震災で社屋が全焼し、昭和四（一九二九）年には蘇峰も手放し、最後は『都新聞』と合併（昭和一七）して『東京新聞』と改称した。井川（恒藤《つねとう》）恭《きょう》あて書簡には、連載中の「三重吉の桑の実を毎日おもしろくよんでゐる」（大正二・八・一六）とあり、一高校長の瀬戸虎記の談話記事「現代学生欠陥論」紹介の文面がある（大正二・一二・三）。小説『白』には、この新聞の記事として、白らしい黒犬の消息が紹介されている。（吉田正信）

国民文芸協会《こくみんぶんげいきょうかい》　正確には国民文芸会のことと推定される。大正デモクラシーの高揚期の大正八（一九一九）年四月、「民衆芸術」の実践運動を目指して設立された演劇革新団体。発起人は里見弴・久米正雄・吉井勇・田中純・小山内薫のほか、小村欣一《きんいち》・伊丹繁《いたみしげる》・大島直道・結城《ゆうき》礼一郎・長崎英造など、多彩な顔ぶれであった。六月、小山内薫の「夜明前《よあけまえ》」を最初に、伊藤貴麿「黎明《れいめい》の前」、田島淳「能祇」などを上演するが、評判はもう一つ芳しくなかった。一二（一九二三）年、「演劇改善令」公布に協力して、国立劇場と文芸局設置の請願運動を行うなど、官民一致運動であった点に特色があった。芥川との関連で言えば『我鬼窟《がきくつ》日録』（大正八・六・六）の中に次のような記録がみられる。「夕方久米の所へ行く。湯ヶ原より帰り立てなり。山本《ママ》勇三と落合ふ。山本大に国民文芸協会の芝居の悪口を云つてゐた」。（尾形国治）

『心の王国』《こころのおうこく》　小説・戯曲集。大正八（一九一九）年一月新潮社より刊行。菊池寛の第一短編集。一部に菊池の「処女出版」とみなす解釈があるが、前年（大正七）新進作家叢書の一冊として、仮綴《かりと》じ廉価本『無名作家の日記』が上《じょう》梓《し》されているので、第一短編集とみなすのが妥当である。収録作品は、小説では『大島が出来る話』『若杉裁判長』をはじめ、出世作『忠直卿行状記』（『中央公論』大正七・九）など一〇編の作品が収められ、戯曲では、『屋上の狂人』『父帰る』『海の勇者』『暴徒の子』が収録されている。なお、著者菊池から「跋《ばつ》」を書いてほしいとの注文に応じた、芥川の『「心の王国」の跋』が収められ、それが簡単な友人としての作品評ともなっている。その一節に、「菊池の命令に応じて」跋を書いたことは、「菊池にとつても満足であり、自分にとつても愉快である」とあり、当時の二人の交遊関係の在り方といったも

のがうかがえる。　（石阪幹将）

「心の王国」の跋《「こころのおうこく」のばつ》　跋文。菊池寛の第一短編集『心の王国』巻末に掲載。大正八（一九一九）年一月八日、新潮社刊。のち『点心』（金星堂、大正一一・五・二〇）『梅・馬・鶯《うぐいす》』（新潮社、大正一五・一二・二五）に収録。芥川の親友菊池へのこの時期の思いやりがよく現れている文。この前後の『兄貴のやうな心持―菊池寛氏の印象―』（『新潮』大正八・一）、『合理的、同時に多量の人間味―相互印象・菊池氏―』（『文章倶楽部《クラブ》』大正一〇・一）などもそれを示すが、菊池の追悼「芥川の事ども」（『文芸春秋』、昭和二・九）も、よくその友情を伝える。　（井上百合子）

心の花《こころのはな》　短歌雑誌。明治三一（一八九八）年二月から発行された月刊誌。芥川は小品『大川の水』を大正三（一九一四）年四月号に「柳川《やながわ》隆之介」の署名で発表、ついで短歌を、「紫天鵞絨《ビロード》」と題し「やはらかく深紫の天鵞絨をなづる心地か春の暮れゆく」ほか一一首を同年五月号に、「薔薇《さうび》」と題して「すがれたる薔薇をまきておくるこそふさはしからむ恋の逮夜は」ほか一一首を同年七月号に、「客中恋」と題して「初夏の都大路の夕あかりふたゝび君とゆくよしもがな」ほか一一首を同年九月号に、旋頭歌を、「若人」と題して「うら若き都人こそかなしかりけれ。／失ひし夢を求むと市《まち》を歩める。」ほか一一首を同年一〇月という具合で載せている。芥川がこの雑誌と関係をもった契機を佐佐木幸綱は「芥川の中学時代の友人原善一郎という人物がいた。横浜の三渓園のかつての主人原三渓の息子である。原三渓と『心の花』の主宰者の佐佐木信綱は友人であり、その関係で原善一郎は『心の花』会員として同誌に短歌を出詠していたのだった。彼が芥川の文才を高く評価していて、『大川の水』を推薦し、信綱が読んで『心の花』掲載に踏み切った、ということだったらしい」（『墨』昭和五三・九）としている。芥川が「越し人」と歌った片山広子もこの誌の会員であった。　（菊地　弘）

越びと《こしびと》　『明星』大正一四（一九二五）年三月に発表の旋頭歌二五首。「一」三首、「二」一三首、「三」九首からなる。「越びと」は歌人片山広子を言う。「あぶら火のひかりに見つつこころ悲しも、／み雪ふる越路のひとの年ほぎのふみ。」「ひたぶるに昔くやしも、わがまかずして、／垂乳根《たらちね》の母となりけむ、昔くやしも。」などからも分かるように恋い慕う芥川の内実がみえる。『或阿呆《あるあほう》の一生』の「三十七　越し人」では「彼は彼と才力の上にも格闘出来る女に遭遇した。が、『越し人』等の抒情詩を作り、僅《わづ》かにこの危機を脱出した。それは何か木の幹に凍つた、かゞやかしい雪を落すやうに切ない心もちのするものだつた。」とある。　（菊地　弘）

小島政二郎《こじままさじろう》　明治二七・一・三〜平成六・三・二四（一八九四〜一九九四）。小説家。東京下《した》谷《や》の呉服商柳河屋の次男に生まれ、祖母の実家小島姓を継いだ。下谷小学校から京華中学へ入学、上級学年に進んで永井荷風に傾倒、当時荷風が教鞭《きょうべん》をとっていた慶応大学に進む。しかし本科一年を終えた大正五（一九一六）年三月荷風が辞任したので、その希望はあえなくついえた。大正六年『三田文学』（五〜六月）に『睨《にら》み合《あい》』を発表、三田文学系の新人として一部の注目を集める。卒業間ぎわ、鈴木三重吉の紹介で芥川龍之介を訪ねた。この記念すべき芥川訪問に始まる新たな文学開眼のいきさつは、代表作『眼中の人』（昭和一七・一一・一）に詳しい。「日曜日が、芥川龍之介の面会日だつた。私は、佐佐木茂索などと一緒にそこの常連だつた。（中略）『羅生門』といふ短篇集を読んで、すつかり芥川に傾倒したのだつた。傾倒したばかりでなく、私は血の近さを感じた。」『羅生門』の典雅な文章に心ひかれると同時に、地方出身者の多い自然派横行の文壇の中で、同じ東京出身という芥川を身近に得たことは、荷風との接触の少なかった恨みを十分にいやすに足りるものだった。芥川は佐佐木茂索を剛才人、小島を柔才人と評している（『剛才人と柔才人と』、『新潮』大正一五・四）。『眼中の人』にみられるように、芥川の都会的な洗練された生き方に魅入られながら、一方「教養ある自然児」とも言うべき菊池寛の率直な人間的魅力に開眼していくさまは、文章優先の世界から文章をこえた生活的な迫力への開眼でもあり、文章家として私淑した鈴木三重吉の世界から一歩を踏み出すものでもあった。しかし、三重吉の門に出入りすることによって『赤い鳥』の編集を手助けした経歴にも注目すべきであろう。三重吉の意をうけて、低俗な児童よみものから脱却するために文壇諸家へ童話の執筆を要請したという『眼中の人』記載の事実は、その代表的なものとして芥川の『蜘《く》蛛《も》の糸』を世におくり出したことによっても評価されなければならない。大正一一（一九二二）年、三重吉夫人楽子の妹みつ子と結婚。一二年には一月創刊の『文芸春秋』同人となり、一三年六月、出世作『一枚看板』を収める最初の創作集『含羞《がんしゅう》』を東光閣から刊行。一五（一九二六）年八月には第二創作集『新居』を春陽堂から刊行した。昭和二（一九二七）年七月、芥川の自殺に強い打撃をうけた。菊池寛の大衆小説の成功につづいて『緑の騎士』（文芸春秋社、昭和二・一一）で大衆文壇へ転じたが、それは才筆の自然な道すじであったろうし、芥川の自殺や左翼文学の隆盛という時代背景も考えなければならない。『東京朝日新聞』に連載した『花咲く樹』（昭和九・三・二三〜八・二〇）によって絶大な人気を得、新聞小説作家として屈指の存在となった。この年設定された芥川賞と直木賞の選考委員に加わる。随筆集『場《ば》末《すえ》風流』（昭和四・一二）は後年の名随筆家としての第一歩であり、『わが古典鑑賞』（昭和一六・一二）は国文学の造詣と柔軟明敏な鑑賞力を示す名著として、これも後年の古典の仕事の一端を示すものだった。戦後は『久保田万太郎』（『小説新潮』昭和四〇・七）をはじめ、以後の主要な仕事となる作者自身と交渉のあった作家の神髄をつく名作を書きついで旺盛な筆力を示す。また、『アマカラ』に連載した『食いしん坊』（昭和二六以降）は、のちに文芸春秋社（三巻）、文化出版局（正続六巻）からそれぞれ刊行されたが、単なる味覚随筆でなく、芥川龍之介をはじめ同時代作家の回想を織りこんだ文学随筆であり、たべものにからむ文明批評であって、多くの時代証言を蔵した興味ある随筆集である。谷崎潤一郎を扱った『聖胎拝受』（新潮社、昭和四四・一一）や、『鷗外・荷風・万太郎』（文芸春秋社、昭和四〇・九）などのほか、昭和五二（一九七七）年一一月には『芥川龍之介』が読売新聞社から刊行された。

〔**参考文献**〕水上滝太郎「『含羞』の作者」（『貝殻追放　上』改造社、昭和九・八・二〇）、和田芳恵「『眼中の人』解説」（角川文庫、昭和三一・八・三〇）平野謙「人生派と芸術派」（岩波講座『日本文学史15』岩波書店、昭和三四・八・三一）

（大河内昭爾）

小杉未醒《こすぎみせい》　明治一四・一二・三〇〜昭和三九・四・一六（一八八一〜一九六四）。芥川と交友のあった画家・歌人。本名国太郎、昭和四（一九二九）年からの別号放庵《ほうあん》。栃木県生まれ。宇都宮中学を中退し上京、太平洋画会の会員になる一方、近事画報社に入り国木田独歩の知遇を受ける。日露戦争に従軍、反戦詩を含む『陣中詩篇』（嵩山房、明治三七・一一）や『詩興画趣』（彩雲閣、明治四〇・六）などを刊行。文展出品作『水郷』（明治四四）『豆の秋』（明治四五）で見事な達成を見せた後、大正二（一九一三）年に渡欧、一一（一九二二）年には同志と春陽会を結成。大正八（一九一九）年田端《たばた》の自宅に戻った芥川は、小杉未醒の家（芥川の小文『東京田端』参照）が田端一五四にあったことから、近所の先輩芸術家として交友を始めた。その親交が深まるのは一〇年ごろからで、芥川は『中央美術』（大正一〇・三）の『小杉未醒論』に「外貌と肚《はら》の底」の見出しで短い人物評を寄稿（のち『小杉未醒氏』と改題）、「肚の底は見かけよりも、遥に細い神経のある、優しい人」、「気の弱い、思ひやりに富んだ、時には毛嫌ひも強さうな、我々と存外縁の近い感情家肌の人物」と記した。同じ文に「近代の風に神経を吹かれた小杉氏の姿」ともあり、芥川はひそかに自分の立場との類縁を感じていたふしもある。のちの『田端人—わが交友録—』（『中央公論』大正一四・三）にも短い人物評がある。大正一〇（一九二一）年の芥川の中国旅行に際し、未醒は自身の大正六（一九一七）年の中国旅行の画文集である『支那画観』（アルス、大正七・一）を、「旧著を以《もつ》て我鬼兄が中華に入るに餞《はなむけ》す」という献辞を記して贈った（日本近代文学館「芥川文庫」に現存）。夢想の中で古《いにしえ》の中国に遊ぶようなその画文の世界は、芥川文学とのつながりで見ると興味深い。自著『夜来の花』を贈り、「支那《シナ》旅行につきいろいろ御配慮に預《あずか》りありがたく存じそろ」（大正一〇・三・一一）と記した芥川の書簡もあり、『江南游記《ゆうき》』には霊《れい》隠《いん》寺の五百羅漢の中に未醒と瓜二つの像を見いだして愉快だと絵葉書に記す一節も見られる。現存の芥川の未醒宛書簡は四通だが、短歌を記したものもあり、『放庵歌集』（竹村書房、昭和八・一二）を持つ歌人でもある未醒との交友を思わせる。芥川の死後未醒は水墨画に親しみ、文人画家としての色彩を強めた。（中島国彦）

古千屋《こちや》　小説。昭和二（一九二七）年六月一五日発行の雑誌『サンデー毎日』に発表。『西方の人』（岩波書店、昭和四・一二・二〇）に所収。大阪夏の陣の樫井《かしい》の戦いは元和《げんな》元年四月二九日だった。大阪方の塙団右衛門直之《ばんだんえもんなおゆき》は、この戦いで打ち死にした。家康は本多正純《ほんだまさずみ》に命じ、首実検をしようとした。本多は「暑中の折から、頬《ほほ》たれ首になつてをります。」と言って断った。その晩、井伊直孝《なおたか》の陣屋の女召使、古千屋が気が狂ったように「塙団右衛門ほどの侍《さむらひ》の首も大御所の実検には具《そな》へをらぬか？　某《それがし》も一手《ひとて》の大将だつたものを。かういふ辱《はづか》しめを受けた上は必ず祟《たた》りをせずにはおかぬぞ。……」と叫び出した。わけを聞いた家康は、首実検をした。そのあとで、直孝に女の素姓を調べるよう命じた。古千屋は首実検の話を耳にすると「本望、本望」と声をあげ、微笑を浮かべてから、眠りに落ちた。翌日、直孝は、古千屋を調べ、彼女が塙直之の子を生んだことを知り、それを家康に告げた。「家康は古千屋の狂乱の中にもいつか人生の彼に教へた、何ごとにも表裏のあるといふ事実を感じない訳《わけ》には行かなかつた。」直孝の「上《かみ》を欺《あざむ》きました罪は……」という問いに対し、家康は、「いや、おれは欺かれはせぬ。」と返事をした。この作品は、芥川晩年の諸作の陰に隠れて、ほとんど論究の対象にならなかった。ただし、葛巻《くずまき》義敏編の『芥川龍之介未定稿集』（岩波書店、昭和四三・二・一三）に、その続稿が発表され、編者の詳細な注が付せられたことで、この作品が本来もう少し長い作品の予定であったらしいことや芥川の人名誤記等が明らかにされた。編者は、これらの材料のほとんどが熊田葦城『大阪陣前篇・後篇』（至誠堂書店、大正三）と徳富蘇峰『近世日本国民史』（国民之友社、大正七、二以降）によっているだろうと推定している。あとは、芥川のふだんの読書の結果であろうという。また、佐々木充「龍之介『古千屋』の素材」（『国語と国文学』昭和五七・五）は、「古千屋」の素材を葛巻も触れた参謀本部編『日本戦史』にしぼり、詳細な比較を行っており、鷗外の『佐橋甚五郎』との関係も記されている興味深い論考である。いずれにせよ、この短編を芥川の晩年にどう位置づけるかは、今後の問題である。（塚越和夫）

骨董羹《こっとうかん》　随筆。大正九（一九二〇）年四～六月発行の雑誌『人間』第二巻四～六号に発表。のちに『点心』（金星堂、大正一一・五・二〇）に収録。そのとき「天路歴程」以下が省かれた。寿陵余子《じゅりょうよし》の筆名は『韓非子《かんぴし》』に登場する少年のことで、己の本分を忘れ、みだりに他のまねをすることへの戒めの意。芥川は「泥黎《でいれい》口業」で「東西古今の雑書を引いて、衒学《げんがく》の気焔を挙ぐる事、恰《あたか》もマクベス曲中の妖婆《ようば》の鍋《なべ》に類せんとす。」と述べ、「寿陵余子亦《また》骨董羹を書いて、抑如何《そもいかん》の冥罰《みょうばつ》をか受けん。」「昨の非を悔い今《こん》の是《ぜ》を知る。何《なん》ぞ須臾《しゅゆ》も躊躇《ちちゅう》せん。拋下《ほうか》す、吾家《ごか》の骨董羹。」と謙遜しているが、「別乾坤《べつけんこん》」から「演劇史」に至る全編に漢文の素養と、東西の芸術文化にわたる博学の才をふんだんに披瀝《ひれき》した短文集。取り上げた人物も中国の李衎《りかん》からバルザック、ボードレール、日本の北斎、紅葉、鏡花を初め多岐にわたり、引用作品も多彩である。芥川はそれらの豊饒な知識の断片を鋭利で小気味よい語調でまとめている。特に、全編が漢文調の文体で書かれているのは特徴である。彼は「語謬《ごびゅう》」で示したように「漢学の素養の顧られざる」時代になって誤字、誤用が平気で行われる風潮を、語の歴史的意味、由来等を折り込みながら風刺的に批判している。また「俗漢」「批評」等では、自己主張と大言壮語に謙譲の精神を失いつつある青年たちを批判し、三〇にして祇園《ぎおん》南海に教えを請うた大雅のごとき姿勢を学ぶべしとも記している。あるいは「松並木」のように歴史と伝統が蓄積してきた風流が時代変革の荒々しい手で崩壊を余儀無くされ、芸術においても「麗人図」で取り上げたマリアテレサの画像のように、過去の芸術家たちの営為が忘れ去られていってることに対し深い嘆きを書きとめている。そうした「目前は泡《ほう》沫《まつ》、身後は夢幻」（「後世」）の痛恨の中で「俗に混じて、しかも自ら俗ならざる」べき時代批判の精神と、新時代に〈俗〉を顧りみず闊《かっ》歩《ぽ》する世間に対する覚醒の必要性を訴えている。（細川正義）

ゴッホ《ごっほ》　Vincent van Gogh　一八五三・三・三〇〜一八九〇・七・二九。オランダの画家。後半生をフランスで送った。ドラクロワや印象派、新印象派の影響を経て独自の画風を確立し、二〇世紀の美術界に多大な影響を及ぼした。芥川は東大入学後、ゴッホの画集に接し、

『耳を切った自画像』（ゴッホ筆）

魅了されるところとなった。友人にあてて「此《この》頃になつてほんとうにゴーホの絵がわかりかけたやうな気がする」（井川恭《きょう》宛、大正三・一一・三〇）とか「偉大な先輩の中には不幸な生涯を送つた人が沢山あります　殊にゴッホ——しかし僕は幸福になる事を求めます」（山本喜誉司宛、大正四・五・二）と述べている。その他、『僻見《へきけん》』『十円札』『文芸的な、余りに文芸的な—三十野性の呼び声』『或阿《あるあ》呆《ほう》の一生—七　画』等でゴッホに言及し、『ひまわり』（一八八八年）『耳を切った自画像』（一八八九年）『糸杉と星のある道』（一八九〇年）等の印象を語る。画風もさることながら、彼の最期にも興味を抱いたと思われる。（森　英二）

後藤末雄《ごとうすえお》　明治一九・一〇・二五〜昭和四二・一一・一〇（一八八六〜一九六七）。小説家・仏文学者。東京生まれ。明治四三（一九一〇）年九月、東京帝国大学文科大学仏文科に進むと同時に谷崎潤一郎らとともに第二次『新思潮』を創刊し、文壇に出た。芥川には府立三中、一高時代を通じての先輩に当たる。かつそれぞれの生い立ちの時期を同じように大川（隅田川）端で過ごしたこともあり、芥川は一定の親近感を持っていたようで、後年、「僕の知れる江戸つ児中、文壇に縁あるものを尋ぬれば第一に後藤末雄君、第二に辻《つじ》潤君、第三に久保田万太郎君なり」（『久保田万太郎氏』、『新潮』大正一三・六）と書いている。また、『羅生門』刊行時、芥川が献本した一四人の「文壇の士」の一人にその名がある（江口渙《かん》・佐藤春夫宛、大正六・六・一六）。後藤は明治末年から大正初期の文壇に耽美派の作家として活躍したが、大正九（一九二〇）年以後は慶応大学教授として仏文学を講じて学界の人となった。作品集に『素顔』（大正三・三）『桐屋』（大正三・一〇）などがあり、ほかに比較文化、比較文学研究にかかわる数冊の学術的著作がある。（蒲生芳郎）

孤独《こどく》　心の通じ合う人などがなく、さびしいこと。芥川龍之介は終生、孤独意識に悩まされた人間であった。特に生後間もなくして実母の発狂によって母の実家、芥川家に引き取られ、養子として育つという生い立ちは、早くから孤独を意識させることとなった。若き日の芥

川書簡には、「淋しい」という言葉がしばしば見られる。その作品系譜も孤独に色濃く染められたものが多い。処女作『老年』(第三次『新思潮』大正三・五)には、一生を放蕩《ほうとう》に送った主人公の老いのさびしさ、孤独感が描かれ、準処女作『羅生門』(『帝国文学』大正四・一一)もまた孤独な一人物を主人公としている。初期作品である『孤独地獄』(第四次『新思潮』大正五・四)では、「孤独」という言葉自体を題名とし、末尾に「或《ある》意味で自分も亦《また》、孤独地獄に苦しめられてゐる一人だ」との一文を書きつける。以後も『地獄変』の良秀、『秋』の信子、『一塊の土』のお住、『大導寺《だいどうじ》信輔《しんすけ》の半生《はんせい》』の信輔など、孤独に悩む主人公を次々と登場させる。自決の年の昭和二(一九二七)年三月、『改造』に発表された『河童《かっぱ》』の主人公〈僕〉も孤独を全身に感じている人物である。孤独は芥川文学を支配する一要素であったと言える。(関口安義)

孤独地獄《こどくじごく》 小説。大正五(一九一六)年四月一日発行の雑誌『新思潮』第一年第二号に「紺珠《こんじゅ》十篇」の大見出しに「一 孤独地獄」の題で発表。のち『羅生門』(阿蘭陀《オランダ》書房、大正六・五・二三)、『鼻』(春陽堂、大正七・七・八)に収められた。諸本間に若干の字句異同がある。特に初出には末尾の日付「五年二月」がなく、代わりに小字で「とうから、小説を書く外に、暇を見てかう云ふ小品を少しづゝ書いて行かうと思つてゐた。さうしてその数が幾つかになつたら発表するつもりでゐた。今、それを一つ切離して出すのは、全く紙数の都合からである。」との付記があった。作品は入れ子型の構成をとり、作者の母が大叔父の細木《さいき》香以《こうい》(俗称津藤)から聞いた逸話を、作者が又聞きする形で展開する。津藤が吉原で知り合った嫖客《ひょうかく》の一人禅超は、出家の身ながら大酒家で女色に沈湎《ちんめん》するのも津藤より著しいという男だった。あるとき、いつになくしんみりと、自分は仏説にいう孤独地獄におちた人間で、一切のことに永続した興味がもてず、ただいたずらに「転々としてその日その日の苦しみを忘れるやうな生活をしてゆく。しかし、それもしまひには苦しくなるとすれば、死んでしまふよりも外はない。」と漏らして、以後姿をくらませたという。自分は彼らと全く没交渉の世界に住む人間だが、述懐を聞いてその荒涼たる苦患には同情を禁じがたいものがあった。「或《ある》意味で自分も亦《また》、孤独地獄に苦しめられてゐる一人だからである。」字義通りの小品だが、発表後いちはやく「作者が取扱つた主題は好い。唯とかく説明に堕《お》ちた為《ため》、孤独地獄が十分立体的に描出されなかつた」(「芥川君の作品」、『東京日日新聞』大正六・七・一)と述べたのは江口渙《かん》だった。褒貶《ほうへん》半ばする江口評を受け継ぎ、さらに徹底化させたのがのち『作家論』に収められて有名な正宗白鳥の発言とみることもできるだろう。白鳥は、出世作『鼻』以上にこの作品に共感を寄せつつも、一方で禅超の生涯を「もつと具象的に細叙したなら」「絢《けん》爛《らん》にして凄惨《せいさん》なる名作が現れた」はずといらだちを隠さなかった。この自然主義者には、「禅超の心の一端を瞥見《べっけん》して、ある理解を試みたのに過ぎなかつた」と映じたのも「芥川氏は、その短い人生行路に於《おい》て、さういふ材料を生かすほどの実験を心身に吸収し得なかつた」ためだと、踏み込みの足りなさが不満だったのである。こうした批評の方向に対して、最近、語られた「孤独地獄」よりも、語り手自身のそれを吟味しようとする新鮮な立論が現れてきたことは興味深い。語り口ののびやかさに注目した佐伯彰一文もその一つだが、作品の背後にまわって芥川内部の混沌《こんとん》を切りひらこうとした代表例が石割透の立場だ。石割は白鳥評を逆手にとりつつ、「こうした『材料を生かすほどの実験』を生涯決して行なわないことを、作者が己れに誓った〈小品〉であるのであって、そこにこそ、『孤独地獄』の意味も面白さもある」と評する。この前後の芥川には、「安らかな家庭と、デモニッシュな情念に人を駆りたてる創作世界との緩衝地帯として、〈書斎〉という場を見出《みいだ》し」、以後はそこに己を定位させようとする、ストイックな生涯の確認が読み取れるからだという。「自分」を前面に押しだした芥川文学最初の作品の究明はこうしてようやく本格化しようとしつつある。なお、大通津藤に対しては森鷗外が少なからぬ関心を寄せ、ほとんど同じころ『細木香以』（『東京日日新聞』大正六・九・一九〜一〇・一三）を綴《つづ》ったのも忘れがたい。

〔**参考文献**〕正宗白鳥「芥川氏の文学を評す」（『中央公論』昭和二・一〇）、石光葆『孤独地獄』と『地獄変』について」（大正文学研究会『芥川龍之介研究』昭和一七・七・五）、佐伯彰一「芥川における『語り手』と『私』」（『解釈と鑑賞』昭和四九・八）、石割透「芥川龍之介の小品―『孤独地獄』―」（『文学年誌』昭和五〇・一二）、佐藤泰正「孤独地獄」（別冊国文学『芥川龍之介必携』昭和五四・二・一〇）

（寺横武夫）

寿座《ことぶきざ》　第二次世界大戦中まで東京都墨田区緑町二丁目にあった歌舞伎劇場。芥川が小学校に入学した明治三一（一八九八）年に両国から移り、開場した。本所《ほんじょ》の寿座として下町の人々に親しまれ、芥川もしばしば観劇した。『追憶』（『文芸春秋』大正一五・四〜昭和二・二）に「寿座」という小見出しのもと、「本所の寿座が出来たのもやはりその頃のことだつた」に始まる回想がある。芥川にとって懐かしい劇場の一つであったと言える。

（関口安義）

子供の病気《こどものびょうき》　小説。大正一二（一九二三）年八月一日発行の雑誌『局外』に発表。『黄雀風《こうじゃくふう》』（新潮社、大正一三・七・一八）、『芥川龍之介集』（新潮社、大正一四・四・一）に収録。芥川は大正一二年以降「保吉《やすきち》もの」と呼ばれる私小説的作品を書くがその多くは五年以前の海軍機関学校時代に材を得たもので、私小説的とは言っても芥川らしい落ちや物語としての結構をそなえているのに対し、この作品は大正一二年六月八日以降の実際の出来事を書いた芥川の数少ない私小説である。「自分」は夏目先生の夢をみて夜中に目をさますと、乳《ち》呑み子の次男多加志の腹の具合が悪い。翌朝医者のSさんに来てもらうが容体は悪化するばかりである。「自分」は締め切りの迫った原稿を書こうとするがはかどらない。以下多加志の容体の推移と平行して、それを気にしながら気乗りのせぬ執筆を続けるかたわら、金の無心に来た得体の知れぬ労働者や面会の来客の相手をする「自分」の様子が気どりのない筆致で書かれる。二日目になって多加志はついに入院することになる。原稿は結局締め切りに間に合わなかった。不安な気持ちで病院に駆けつけると、多加志はすでによくなっていて、付き添いの妻や妻の母は笑っており、「自分も何時か笑つてゐた」。苦しい執筆生活の中で病気の子供を案じる素顔の芥川の有様が芥川の作品としては珍しく何のけれん味もない抑制された筆で描かれている。もっとも吉田精一は「とかく眼《め》が現象の表面を流れて、立体的な人生の浮き彫りというような厚みにとぼしい」（新潮文庫『芥川龍之介』昭和三三・一・一五）と評している。末尾に「多加志はやっと死なずにすんだ。自分は彼の小康を得た時、入院前後の消息を小品にしたいと思つたことがある。（中略）自分は原稿を頼まれたのを機会に、とりあへずこの話を書いて見ることにした。読者には寧《むし》ろ迷惑かも知れない。」とあって純粋に文学的動機だけではなく、子供が小康を得たときの親としての個人的な喜びを書き止めておきたいという気持ちもあったことが分かる。そのためにこうした素直な作品になったのであろう。副題に「一游亭《いちゆうてい》に」という献辞が添えられている。一游亭は親友の画家小穴《おあな》隆一の号で、多加志は隆一の「隆」をとって名づけられた。その名にゆかりのある多加志の病気に取材したこの作品が小穴に捧げられた所以《ゆえん》であろう。

（東郷克美）

湖南の扇《こなんのおおぎ》　小説。大正一五（一九二六）年一月一日発行の雑誌『中央公論』に発表され、のち同名の単行本（文芸春秋社出版部、昭和二・六・二〇）に収録された。文末の「大正一四・一二・?」は初出にはない。この作品は大正一〇（一九二一）年三月から約四か月の中国旅行の体験を背景にした小説である。『支那《シナ》游記《ゆうき》』以外、創作としては唯一の中国土産である。大正一〇年五月一六日「僕は」湖南省の省都長沙《ちょうさ》に着いた。出迎えの代理として来た譚永年（東大医科留学中の知り合い）の勧めで、翌々日嶽麓《がくろく》へ出かけた。途中で、一週間前に斬首《ざんしゅ》された湖南でも評判の悪党黄六一の情婦だった玉蘭《ぎょくらん》を見かけた。その晩、譚と共にある妓館に行き、再び玉蘭に出会い、彼女が「わたしは喜んでわたしの愛する……」と言って黄六一の血の浸みたビスケットを食べるのを見て、情熱に富んだ湖南の民の心意気に驚くという短編である。脱稿直後の斎藤茂吉宛書簡（大正一四・一二・三一）で『年末の一日』と比較して、こちらを「出来損ひ」と言っているが、宇野浩二は「下賤《げせん》な譬《たとへ》だが惚《ほ》れられる才能を」（『報知新聞』大正一五・一・一三）で、田山花袋は合評会（『新潮』大正一五・二）で好評している。『読売新聞』（大正一五・一・二五）でも「筆致が絢爛《けんらん》で、才筆煥発で、ちよつと他人には真似の出来ないところがある」と評された。吉田精一は「小説としてよりも、旅行記の一節といったような淡々とした味があり、苦心のわりに報いられない」（『芥川龍之介』）と評した。　（影山恒男）

『湖南の扇』《こなんのおおぎ》　昭和二（一九二七）年六月二〇日、文芸春秋社出版部より刊行の第八短編集。四六判・二三六頁。定価二円二〇銭生前出版された最後の短編集である。大正一四（一九二五）年より昭和二（一九二七）年にかけて書かれた、『湖南の扇』『温泉だより』『浅草公園』『誘惑』『春の夜』『尼提《にだい》』『カルメン』『彼』『彼　第二』『僕は』『O君の新秋』『春の夜は』『鬼ごつこ』『或《ある》社会主義者』『塵労《じんろう》』『年末の一日』『海のほとり』『蜃気楼《しんきろう》』の一八編の小説と小品を収録しているが、発表順にはなっていない。この作品集に収められている作品以後を芥川の晩年と見ることを吉田精一が最初に提唱した。渡部芳紀は、「すでに自殺を決意していた芥川は、意識的に、自己の死の影をほのめかすような作品」「自伝的な作品、死の影の濃い暗い作品」は排除しているとしているが、『温泉だより』『海のほとり』『湖南の扇』『カルメン』『彼』『彼　第二』には死またはそれと関連した出来事が描かれている。また、『年末の一日』には漱石の墓を容易に見つけられなかった自己を描き、『蜃気楼』にも「日の光の中に感じる筈《はず》のない無気味《ぶきみ》さ」を感じるとともに、『海のほとり』にも学校卒業後生活の手段を得なかった自己を描くなど、自己の身の衰えや現実から浮いた状態を描写している。さらに『浅草公園』にも父親にはぐれた少年の孤独の寂しさと怖れを描いて、具体的、現実的な生活の場を持つことのできなくなった人間の寂しさに目を向け、『彼』『彼　第二』では旺盛なものに心ひかれ、情熱的に自分の感情を生きようとして、社会科学やソビエットに憧《どう》憬《けい》を示しながら、結局は身を亡ぼしてしまう人々を描いている。『或社会主義者』で、若い社会主義者の変身を描いて、新興の社会主義に対する関心の一端とそれを生きる人間の不調和な生を示し、『温泉だより』『海のほとり』『湖南の扇』『カルメン』には恋する男に死別した女の種々相を描き、『尼提』には心身の清浄に最も縁遠い、最下層の民衆の一人が、その謙虚な心のために釈迦《シャカ》の慈悲を得たことを描くなど、晩年の芥川の中心テーマであった作品（『大導寺《だいどうじ》信輔《しんすけ》の半生《はんせい》』、『河童《かっぱ》』等）が含まれていないが、自殺を決意した彼の心身の状況をうかがわせる作品集と言える。　（片岡　哲）

『湖南の扇』の表紙

「駒形より」《こまがたより》　**久保田万太郎**《くぼたまんたろ》**氏**《うし》**著**《ちょ》　書評。初出『新思潮』大正五（一九一六）年一一月。随筆集『駒形より』（平和出版社、大正五・一〇）の批評。「小説や戯曲を書く片手間に書いた感想や消息や劇評のたぐひを纏《まと》めたものである」が、「第一にいづれも氏の生活を想見させる点で、面白い」と言い、それが自分の生活と「非常にちがつてゐる点で、更に面白い」。第二に「僕なんぞの日常使ふ語彙《ごい》」と非常に違った語彙が使われていることに興味を示している。本所《ほんじょ》育ちの芥川の「寿陵余子《じゅりょうよし》」の嘆きを思わせ

るところのある文章である。（田中保隆）

小宮豊隆《こみやとよたか》　明治一七・三・七〜昭和四一・五・三（一八八四〜一九六六）。独文学者・評論家。福岡県生まれ。一高を経て、明治四一（一九〇八）年東京帝国大学文科大学独文科卒業。漱石全集の編纂《へんさん》者として、またその伝記および芸術の研究者としての業績は不滅。漱石門下として芥川の先輩であり、二人の間にはある距離があったが、芥川は、小宮の伝統芸術鑑賞眼は高く買っていたらしく、『芭蕉俳句研究』（沼波・太田・阿部・安倍・和辻・幸田・小宮等の芭蕉研究会著、岩波書店、大正一一・九・二五）を貰《もら》った礼状に、「尊大の御説一番ありがたく」（大正一一・一一・二八書簡）と書き、また『近代日本文芸読本 第五集』の中に、小宮の『能楽に就いて』を選んでいる。小宮が芥川の才能を認め、その心情にも理解を示していたことは、「芥川龍之介の死」（『中央公論』昭和四・六）でも分かる。漱石の長女筆子の婿に芥川のごとき人物ならばと言ったと伝聞されるくらいである。『江南游記《ゆうき》』（『大阪毎日新聞』大正一一・一〜二）の中で、中国人の容貌に小宮を引き合いに出す諧謔《かいぎゃく》も芥川の一種の甘えだろう。（井上百合子）

コレラ《これら》　⇩野人生計事《やじんせいけいのこと》

今昔物語鑑賞《こんじゃくものがたりかんしょう》　評論。昭和二（一九二七）年四月三〇日、新潮社発行の『日本文学講座』第六巻の「鑑賞」欄に所載（従来の全集では『今昔物語に就いて』の題で収められている）。本朝この文章は、まず『今昔物語集』の中で、本朝部、とくに「世俗」や「悪行」に興味を感じているが、「仏法の部」にも多少の興味を感じているという。その理由は「当時の人々の心に興味を感じ」るからだとし、その人々の仏教に対する情熱には「超自然的存在、——仏菩薩《ぼさつ》を始め天狗《てんぐ》などの超自然的存在を如実に感じ」それに「恐怖や尊敬を感じてゐた。」ことをあげる。それは「気味の悪い荘厳」だとも、「美しい生《な》ま々しさ」とも言う。これが『今昔』の芸術的生命であり、その「野蛮に輝いてゐる」点は、「紅毛人の言葉を借りれば、brutality（野性）の美しさ」であり、「優美とか華奢《きゃしゃ》とかには最も縁の遠い美しさである。」と言う。その表現の特色は、「写生的筆致」の無遠慮さにあると言う。それは人間の心理を写すのにも生かされていて、その心理が複雑でないにもかかわらず、「今日の僕等《ら》の心理にも（中略）響き合ふ色を持つてゐる」と言う。また、若者たちのもつモダンな感覚とも通じるものをもつと言う。さらに「当時の人々の精神的争闘もやはり鮮《あざや》かに描き出してゐる。」が、それは「野蛮」「残酷に彼等の苦しみを写してゐる。」とも言う。こういう「野性の美しさ」の世界に出没する人々は、天皇から下は土民に、あるいは盗人や乞食にまでも及んでいる。そればかりでなく、観世音菩薩や大天狗や妖怪変化《ようかいへんげ》にも及んでいると言う。このような芥川の『今昔』観が、彼の創作にかかわるところは大きい。彼はこの文章の終わりの方に「僕等は時々僕等の夢を遠い昔に求めてゐる。」と書いているが、それは、彼の初期の創作とのかかわりと、この晩年の心境との二者に分けて考えてみなければならない。初期の歴史小説の類で、日本古典に取材したもの一七編のうち一〇編がこの『今昔』に求められているのである。それには『青年と死と』（大正三）、『羅生門』（同四）、『鼻』『芋粥《いもがゆ》』（同五）、『運』『偸盗《ちゅうとう》』（同六）、『往生絵巻』『好色』（同一〇）、『藪《やぶ》の中』『六の宮の姫君』（同一一）等である。これらのうち『偸盗』と『往生絵巻』との間には四年間の隔たりがあり、この種の作品にも二つの相をうかがわせる。初期のものは、彼の知識人としてもっていた、厭世《えんせい》・自虐・不安より生じる課題への解答の形をとった。いわゆるテーマ小説である。そこで、そのテーマを最も力強く表現するためには、異常な事件と、現代を離れた時代での設定を必要として、遠い過去の時代に取材しようと『今昔』を取り上げたのである。この方法が最も成果を発揮したのは、『羅生門』『鼻』『芋粥』等であろう。そこには、彼の当時いだいていた課題に対する、ヒューマニスティックな解答が与えられている。現実と対決しようという情熱と義憤を豊かにもっていたのである。ところが『往生絵巻』以後は、身心の衰弱から、鮮烈な問題意識を欠くこととなり、創作のエネルギーも衰え、『藪の中』を除いては、原典である『今昔』をなぞるような結果に終わっている。これはやがて芸術家としての「死」を予知させるものであった。こういう身心の衰弱の果てに、「唯今の小生に欲しきものは第一に動物的エネルギイ、第二に動物的エネルギイ、第三に動物的エネルギイのみ。」（斎藤茂吉宛書簡、昭和二・三・二八）と言わねばならなくなる。このような晩年の芸術家として危機のただ中で、『今昔』を再認識したのがこの鑑賞である。そこで、『今昔』の本質として「野蛮」「野性」を発見したのである。

〔**参考文献**〕吉田精一『芥川龍之介』（新潮文庫、昭和三三・一・一五）、長野甞一『古典と近代作家―芥川龍之介』（有朋堂、昭和四二・四・二五）、和田繁二郎「芥川龍之介と今昔物語」（『解釈と鑑賞』昭和四七・一〇）　（和田繁二郎）

今昔物語集《こんじやくものがたりしゆう》　説話集。通称「今昔物語」。三一巻（うち巻八・一八・二一欠）。一二世紀中ごろの成立。編者については諸説があるが定かでない。千数十話の説話を有し、登場人物は天皇・貴族・僧侶・武士・盗賊等、あらゆる階層に及ぶ。舞台もインド・中国・日本と、当時としては全世界に及んでいる。文章は簡潔な和漢混淆《こんこう》文で、庶民文学の祖とも称し得る内容は、平安時代を象徴する貴族文学とは異質の世界を展開している。芥川は『今昔物語集』を愛読し、これから取材した作品として、『青年と死と』（『新思潮』大正三・九）『羅生門』（『帝国文学』大正四・一一）『鼻』（『新思潮』大正五・二）『芋粥《いもがゆ》』（『新小説』大正五・九）『運』（『文章世界』大正六・一）『偸盗《ちゆうとう》』（『中央公論』大正六・四、七）『往生絵巻』（『国粋』大正一〇・四）『好色』（『改造』大正一〇・一〇）『藪《やぶ》の中』（『新潮』大正一一・一）『六の宮の姫君』（『表現』大正一一・八）があり、長編『邪宗門』（『大阪毎日新聞』大正七・一〇・二三〜一二・一三）も一部に『今昔物語集』を使用している。芥川の見た『今昔物語集』は『青年と死と』執筆時以外は校註国文叢書第一六・一七巻所収『今昔物語』（博文館、大正四）である。以下、『今昔物語集』に取材した作品の原話を記すと、『青年と死と』は巻第四「竜樹《りゆうじゆ》俗ノ時作ル二隠形ノ薬ヲ一語《こと》」第二四、『羅生門』は巻第二九「羅城門ニテ登リ二上層《こし》ニ一見ル二死人ヲ一盗人ノ語」第一八と巻第三一「大刀帯ノ陣ニ売ルレ魚ヲ嫗ノ語」第三一、『鼻』は巻第二八「池尾ノ禅珍内供ノ鼻ノ語」第二〇、『芋粥』は巻第二六「利仁将軍若キ時従リレ京敦賀ヘ将テ二行ク五位ヲ一語」第一七、『運』は巻第一六「貧女仕ヘ二清水観音ニ一値フ二盗人ノ夫ニ一語」第三三、『偸盗』は巻第二九「不《ざル》レ被《らレ》レ知レ人ニ女盗人ノ語」第三、『往生絵巻』は巻第一九「讃岐国ノ多度郡ノ五位聞キテレ法ヲ即チ出家スル語」第一四、『好色』は巻第三〇「平定文仮《け》二借《さうせル》本院ノ侍従ニ一語」第一、『藪の中』は巻第二九「具シテレ妻ヲ行ク二丹波ノ国ヘ一男於テ二大江山ニ一被レ縛ルル語」第二三、『六の宮の姫君』は巻第一九「六ノ宮ノ姫君ノ夫出家スル語」第五と巻第一五「造リ二悪業ヲ一人最後ニ唱ヘテ二念仏ヲ一往生セル語」第四七である。千年前の昔、羅城門を舞台に起こった小事件を人間の醜いエゴイズムを追求する作品に仕立て上げた『羅生門』、夏目漱石の激賞するところとなった『鼻』、堀辰雄をして「クラシックの高い香を放つた、何とも言へず美しい作品」（『芥川龍之介論』）と絶賛せしめた『六の宮の姫君』など、単に芥川の代表作というだけでなく、近代文学史上、特筆すべき作品が『今昔物語集』を素材として作られていた。芥川は、『小説を書き出したのは友人の煽動に負ふ所が多い』（『新潮』大正八・一）で『今昔物語集』について『羅生門』『芋粥』『鼻』の材料であることを記し「当時でも今日でも、私は愛読を続けてゐる。」と述べている。『今昔物語鑑賞』（新潮社『日本文学講座』昭和二・四・三〇）は、『今昔物語集』の文芸性を初めて指摘した評論で、その「芸術的生命」を「生《な》ま々しさ」と指摘し、「優美とか華奢《きやしや》とかには最も縁の遠い美しさ」と評したのは著名である。そして芥川が禅珍（『鼻』）・五位（『芋粥』）・源大夫（『往生絵巻』）・平仲（『好色』）・六宮姫君（『六の宮の姫君』）と、『今昔物語集』一千余話の中でも屈指の名編に注目しているのは、芥川の鑑賞眼の鋭さを認めないわけにはいかない。しかし、『今昔物語鑑賞』で「生ま々しさ」と「野性の美」を指摘しながら、『今昔物語集』に取材した最後を飾る『六の宮の姫君』が「優美」で「華奢」であるのは興味深い結果である。

〔参考文献〕長野嘗一『古典と近代作家―芥川龍之介』（有朋堂、昭和四二・四・二五）、吉田精一「芥川龍之介と今昔物語―藪の中を中心に」（『解釈と鑑賞』昭和三五・八、九）、菊地弘・久保田芳太郎・関口安義編『芥川龍之介研究』（明治書院、昭和五六・三・五）

（志村有弘）

今東光《こんとうこう》　明治三一・三・二六～昭和五二・九・一九（一八九八～一九七七）。小説家。法名春聴。神奈川県横浜市生まれ。父は日本郵船の船長。関西学院中学部・豊岡中学のいずれも中退。大正八（一九一九）年六月の『我鬼窟《がきくつ》日録』には今東光の名が一両度出てくる。今が芥川から『今昔物語集』を「読めとすすめられた」のは、このころのことだろうか（今東光『今昔物語入門―前口上』光文社、昭和四三・四参照）。また、『八宝飯―石敢当』（『文芸春秋』大正一二・三）にも、芥川は「今東光君は好学の美少年、（中略）瀟麗《しょうれい》の文章風貌に遜《ゆず》らず」云々《うんぬん》と書きとめている。このころの芥川の好尚と今東光のそれとは相通ずるところがあったように思われる。今の絶筆となった『十二階崩壊』（中央公論社、昭和五三・一）によれば、その「支那文学」への関心も芥川に点じられたものらしい。芥川は「日本文学史に残るディレッタント（中略）学は和漢洋に亘《わた》り、文人趣味をもっていて、書画俳諧《はいかい》和歌と行くとして可ならざるはない」（『十二階崩壊』）と谷崎潤一郎の口を藉《か》りて、今東光は記している。

（保昌正夫）

近藤浩一路《こんどうこういちろ》　明治一七・三・二〇～昭和三七・四・二七（一八八四～一九六二）。水墨画家。本名浩。山梨県生まれ。東京美術学校（東京芸術大学の前身）卒業。芥川は大正九（一九二〇）年六月一日発行の雑誌『中央美術』第六巻第六号に「近藤浩一路論」の大見出しのもとに『神経衰弱と桜のステッキ』と題した一文を寄せている。（のち『点心』、『梅・馬・鶯《うぐいす》』に『近藤浩一路氏』の題で収録。）冒頭で「近藤君は漫画家として有名であつた。今は正道を踏んだ日本画家としても有名である。」と紹介した後、彼の画について「近藤君の画《ゑ》は枯淡ではない。南画じみた山水の中にも、何処《どこ》か肉の臭《にほ》ひのする、しつこい所が潜んでゐる」と評し、「昨日の流俗」と「今日の流俗」との拮抗の中で神経衰弱に陥った彼に「丸太のやうな桜のステッキ」を所持していた往時の剛気を思い「近藤君もしつかりと金剛座上に尻《しり》を据ゑて、死身に修業をしなければなるまい。」と激励するのである。大正一〇（一九二一）年日本美術院同人。東京国立近代美術館所蔵の水墨画『鵜飼六題』、ほか句集に『柿腸』がある。

（瓜生鉄二）

「坊つちゃん」（夏目漱石）の挿絵。近藤浩一路筆。

近藤書店《こんどうしょてん》　東京銀座の書店（現存）。小田原出身の近藤音次郎（北村透谷のいとこ）により明治一六（一八八三）年に創業。初め時計屋に勤めた音次郎が、現在の松屋の辺りで板をはって本屋の夜店を開いたという（近藤八重）。現在地へ変わる前に銀座三越の辺りに移転している。芥川の『歯車』に丸善とともに近藤書店へ出入りしたことが書かれている。帝国ホテルを仕事場としていた芥川にとって最も身近な書店だった。

（竹田日出夫）

さ

細木香以《さいきこうい》　文政五〜明治三・九・一〇（一八二二〜一八七〇）。龍之介は小説『孤独地獄』において「姓は細木、名は藤次郎《とうじろう》、俳名は香以、俗称は山城河岸の津藤《つとう》」と記している。小説は母から聞いた話であり、母は大叔父の香以から聞いだと言う。津国屋藤次郎は俳諧《はいかい》を可布庵逸淵《いつえん》に学び、のち其角堂永機《きかくどうえいき》の深川座に入った。父龍池とともに大通として聞こえ、晩年家産を蕩《とう》尽《じん》した。魯文《ろぶん》の『再来紀文郭花街』や鷗外の『細木香以』に細叙されている。香以の姉壻伊三郎の娘儔《とも》は、芥川道章《どうしょう》に嫁した。龍之介の養母に当たる。なお、叔父、新原《にいはら》元三郎の妻えいは、香以の嗣子慶次郎の娘である。龍之介は小説『老年』で「津藤が催した千社札」について、随筆『文学好きの家庭から』で「母は津藤の姪《めい》で、昔の話を沢山知つてゐます。」と記している。同じく『身のまわり』中の「ペン皿」で、香以の妹壻の細木伊兵衛の作った紫檀《したん》の茶《ちゃ》箕《み》について語り、『わが家の古玩』においても香以に触れている。

（山崎一穎）

西行法師《さいぎょうほうし》　元永元〜建久元・二・一六（一一一八〜一一九〇）。平安末期から鎌倉初期の歌人。姓名佐藤義清《のりきよ》、憲清。法名円位。二三歳で出家。仏道の修行と作歌に生涯をかけた。西行の歌はあくまでも自己が中心になっており、自然や人物を歌う場合でも自身の生活体験を基にすることを第一義とした。『短歌雑感』で芥川は、「西行法師もどう云ふものか、存外歯ごたへのないと云ふ気がする。」「西行は芭蕉《ばせう》の先生だが、丁度ヴェルレェヌがテニスンに感服したやうに御弟子の方がちと偉かつたやうな心もちがする。」と、西行より芭蕉を評価しているが、『続芭蕉雑記』の「二 伝記」では、芭蕉が「文覚さへ恐れさせた西行ほどの肉体的エネルギイのなかつたことは確かであり、やはりわが子を縁から蹴落《けおと》した西行ほどの神経的エネルギイもなかつたことは確かであらう。」と書き、西行が持つ人間的エネルギイの強靱《きょうじん》さを高く評価しようとしている。

（島田昭男）

西郷隆盛《さいごうたかもり》　小説。大正七（一九一八）年一月一日発行の雑誌『新小説』に発表。『鼻』（春陽堂、大正七・七・八）、『芋粥《いもがゆ》』（春陽堂、大正一一・二・一）に収録。初出では「老紳士」がすべて「老人」となっているが、その他に大きな異同はない。この作品について大正六（一九一七）年一二月一四日付松岡譲宛の端書に「新年の新小説へは西郷隆盛と云ふへんてこなものを書いたから出たらよんでくれ」とある。筋は維新史の学者本間さんの西郷隆盛の話で始まる。その話とはこうだ。本間さんがまだ大学生のころ、維新前後の史料を研究かたがた、独りで京都へ遊びに行ったときのことである。調査のため七条から二等列車に乗り込んだところ、こんでいたため食堂車に行った。その車内には客として斑白《はんぱく》の老紳士がひとりだけいたが、その人を一度見たことがあったような気がした。そのうちその老紳士が本間さんのテーブルにやってきて本間さんに挨拶《あいさつ》したあと、「ジョンソン曰《いはく》、歴史家は almanacmaker（筆者注・年鑑、暦書を作る人）にすぎない。」と言い、さらに西南戦争についての批判を述べる。その批判とは西南戦争の史料にはずいぶん誤伝があってそれがまた正確な史料で通っていると言う。そしてそのいちばん大きな誤伝は、西郷隆盛が城山の戦いで死亡したという説だと言う。だがそれを本間さんは信じない。しかし、老紳士は「確《たしか》な実証」として西郷隆盛は今日まで生きていて現在西郷が僕といっしょにこの汽車に乗っていると言う。そこで一等室にいくと、そこには確かに西郷らしき顔をした人が居睡《ねむ》りしていた。そこで本間さんは当惑した。すると老紳士は、客観的な史料や事実などは存在しない。むろん、あの西郷らしき人は医者で自分の友人だ。そして歴史を書くにしても「嘘《うそ》のない歴史」を書こうとは思わない、と語った。このようにこの小説は「歴史其儘《そのまま》」（森鷗外）の客観的史料ないし事実に対して疑問を提出し、さらに「歴史離れ」（同）の主観の想像力を強く主張しているのである。作者芥川の歴史観をよく表している作品である。（久保田芳太郎）

斎藤勇《さいとうたけし》　明治二〇・二・三〜昭和五七・七・四（一八八七〜一九八二）。英文学者。芥川龍之介の大学の恩師。福島県生まれ。東京帝国大学文科大学英文科卒業。代表的著書に『イギリス文学史』『斎藤勇著作集』八巻がある。大正二（一九一三）年三月、東京帝国大学文科大学の講師となり、芥川はその講義を聞く。芥川書簡に「十五日からいろんな講義が始まる。英語を斎藤勇さんに教はる」（井川恭《きょう》宛、大正二・九・一三）とある。また『あの頃の自分の事』の「別稿」で、「英文科ぢや、松岡さんの講義が評判が好いやうだ。斎藤さんの講義も聞いたが、これもロオレンス先生よりは面白いと思ふ。」と述べている。『「我鬼窟《がきくつ》日録」より』大正八年五月三一日のところには「夕方ミカドのホイットマン百年祭に行く。始めて有島武郎氏、与謝野鉄幹氏夫妻に会ふ。斎藤勇氏と有島氏とホイットマンの詩を朗読す」と記している。（菊地　弘）

斎藤茂吉《さいとうもきち》　明治一五・五・一四〜昭和二八・二・二五（一八八二〜一九五三）。歌人・精神科医。芥川龍之介の知人・診察医。別号童馬山房主人。山形県金瓶《かねかめ》村守谷家に生まれる。明治二九（一八九六）年斎藤紀一家に寄宿。開成中、一高、東京帝国大学医科大学（東大医学部の前身）に学ぶ。明治三八（一九〇五）年、斎藤家（紀一次女てる子の婿養子として）に入籍。医科大学卒業後、副手として付属病院である東京府巣鴨《すがも》病院に勤務、臨床医としての経験も深める。大正三（一九一四）年、てる子と結婚。大正六年一月、東大助手と巣鴨病院を辞める。同年一二月、長崎医学専門学校教授となる。大正八年五月七日から一二日の間、芥川と菊池寛とが長崎に旅行し、永見徳太郎の世話になり、南蛮キリシタン・シナ趣味をみた折に、茂吉の勤務している県立長崎病院を訪ねたことが初対面となって、茂吉と芥川との親交はとみに深まる。この対面直後の芥川宛茂吉書簡で「拙作貴堂より読《はつ》みいただいてゐる事内心光栄にて恥かしき気いたし申候《まうしさうらふ》、そのうち勉強して一首でも御心に酬《むく》いたく候」（大正八・六・二）と記し、自分の歌が芥川に関心をもたれていることを謝している。芥川の長崎旅行の歌に「瑠璃《るり》灯のほのめく所支那《シナ》人来たり女を買へとすすめけるかも」があるが、ちょうどこの年、芥川にとっては女性関係に心を煩わすことが多く、精神的負担が大きかった。芥川は大正八年茂吉と会う以前に、すでに茂吉の歌に関心をもち、茂吉に推服している。大正一〇（一九二一）年、茂吉はオーストリアのウィーン大学に留学、ついでドイツのミュンヘン大学独逸《ドイツ》精神病学研究所に転学、医学博士となり、大正一三年一二月帰国の直前、青山脳病院（養父紀一設立）全焼。一四年一月、その焼け跡に帰ってきた。茂吉留学中の大正一三年四月、芥川は『僻見《へきけん》』（『女性改造』）で「斎藤茂吉」の項をたて「僕の詩歌に対する眼《め》は誰のお世話になつたのでもない。斎藤茂吉にあけて貰《もら》つたのである。」という熱っぽい口吻《こうふん》で茂吉論を述べている。この一文が大きい力となって帰国後の茂吉と芥川との間はめだって親密の深さを加えていった。そして茂吉も芥川宛書簡で「小生も後年に短篇小説十ばかり書きたくその節御導き願《ねがひ》奉り候」（大正一四・四・五）と述べている。茂吉は随筆に精を出していたころである。大正一五年一月一三日、芥川は茂吉の青山脳病院を訪ね診察をうける。茂吉は日記に「神経衰弱ト胃病トガアル」と記す。四月六日も芥川の診察をする。その処方箋《せん》は「臭素加里二・〇 臭素ナトリウム一・〇 重曹二・〇 苦丁一・〇 浄水一〇〇・〇 右一日量一日二回食前分服」とあり、胃病の薬を与えている。一一月二一日には茂吉に「アヘンエキス（阿片丸）」を送ってほしい旨を書き、昭和二（一九二七）年一月二七日芥川を診察、「ウエロナール」「ヌマアル」等を投薬。ドイツのバイエル会社の「ウエロナール」とロッシュ会社の「ヌマール」を特別に芥川に届けたりし、芥川も「ヴェロナアル〇・七常用。アロナアルよりもヌマアルの方が眠るのに善い。やはりロッシュ会社製。」(佐佐木茂索宛、昭和二・二・一六)と記す。三月二八日の茂吉宛書簡で芥川は「みづから『くたばつてしまへ』と申すこと度たびに有之《これあり》候。御憐憫《れんびん》下され度《たく》候。この頃又半透明なる歯車あまた右の目の視野に廻転する事あり、或《あるい》は尊台の病院の中に半生を了《をは》ることと相成るべき乎《か》。(中略)唯今の小生に欲《ほ》しきものは第一に動物的エネルギイ、第二に動物的エネルギイ、第三に動物的エネルギイのみ。」と訴えている。茂吉が芥川の最後の来訪をうけたのは、自殺五〇日前の六月二日であった。「宵やみよりくさかげろふの飛ぶみればすでにひそけき君ししぬばゆ」(『白桃』)と茂吉は芥川を悼んでいる。両者の交友を示す芥川宛茂吉書簡二八通、茂吉宛芥川書簡二五通が今日残されているが、その多くに茂吉のよき

斎藤茂吉

理解者としての芥川像が浮かんでくる。茂吉は伊藤左千夫の門に入り、のち『アララギ』の編集発行人となる。大正二年歌集『赤光』、大正一〇年『あらたま』、昭和二四(一九四九)年『白き山』等一七冊の歌集、『短歌写生の説』『柿《かきの》本人麿《もとのひとまろ》』全五巻等の著書をもち、昭和二六年文化勲章を受章する。(藤岡武雄)

斎藤緑雨《さいとうりょくう》　慶応三・一二・三一～明治三七・四・一三(一八六七～一九〇四)。小説家・評論家・随筆家。本名賢《まさる》。別号正直正太夫・江東みどり・登仙坊等。伊勢国神戸《かんべ》(現、三重県鈴鹿市)に本多侯藩医の長男として生まれ、明治九(一八七六)年ごろ一家上京。明治義塾・明治法律学校(明治大学の前身)中退。仮名垣魯文に認められ、文筆生活に入った。「緑雨は右に鷗外を携へ、左に露伴を提《ひっさ》げつつ、当時の文壇に臨みたるが如し。」(『明治文芸に就いて』)と芥川は述べているが、旧派と目されながら、坪内逍遙《しょうよう》、石橋忍月、内田不知庵、『文学界』同人、田岡嶺雲《れいうん》、幸徳秋水らとも往来、小説には戯作臭を残したが、軽妙な随筆、鋭い風刺の短文で異彩を放った。その短文は、少年時代緑雨の『あられ酒』(明治三一)を「愛読」した(『愛読書の印象』)芥川の、後年のアフォリズムの先蹤《せんしょう》をなしている。芥川は明治の文章家として紅葉、一葉について緑雨を推した(『明治文芸に就いて』)が「縦横の才を蔵し」ながら俳句では凡庸《ぼんよう》であったことを不思議としている(『骨董羹《こっとうかん》』の中の「俳句」)。(田中保隆)

西方の人《さいほうのひと》　評論。昭和二(一九二七)年八月一日発行の雑誌『改造』に発表。芥川は自死を前にして、クリストを主人公にしたこの作品と従来のクリスト教物との間に一線を画して、「わたしはやつとこの頃になつて四人の伝記作者のわたしたちに伝へたクリストと云ふ人を愛し出した。クリストは今日のわたしには行路の人のやうに見ることは出来ない。」と述べた。クリストと自己との間に浪漫的気質の持ち主という点で共通性があると考えたのである。

クリストは、母マリアがある夜聖霊に感じて生み落としたのである。聖霊とは必ずしも聖なるものではない。「永遠に超えんとするもの」である。それは善悪の彼岸にある。ゲーテによれば Daemon である。悪魔や天使ではない。神とも異なる。「マリアは唯の女人だった」と言われるが、「あらゆる女人の中」ばかりでなく、「あらゆる男子の中にも」「多少のマリアを感じる」という説明によれば、マリアは、「永遠に女性なるもの」の象徴でないのはもちろんのこと「母性なるもの」でもない。したがって「永遠に守らんとするもの」の「守る」は「護る」protect ではなくて「保守」conserve を意味する。同時に日常性、民衆、生活者等の概念とも重なり合う。「民衆は穏健なる保守主義者

である」（『侏儒《しゆじゆ》の言葉』）という言葉はマリアの概念内容を言い現したものと言ってよい。浪漫的憧憬《どうけい》と生活（現実）というこの二極性は芥川自身のものであり、この視点を福音書に応用したのである。もちろん大きな聖書離れである。しかし完全な聖書離れの印象を与えることを恐れた芥川は一種の弥縫《びほう》策を講じている。「クリストの度たび説いたのは勿論《もちろん》天上の神である。」（「20 エホバ」）と彼は言うが、もし聖霊が聖なるものでも、神でもないとすれば、聖霊の子であるクリストが神について説くはずはない。「勿論」はこの不合理性をかくすためのレトリックである。また「クリストはこの神の為《ため》に――詩的正義の為に戦ひつづけた。」という、詩的正義という概念は曖昧《あいまい》である。詩的正義とはオスカー・ワイルド『獄中記』の言葉だが、その場合の詩的正義とは愛を意味した。芥川の場合にはこのような明確な内容がない。さらに聖書とは直接関係ないが、彼はしばしばマリアを「美しいマリア」と呼ぶ。このイメージは言うまでもなくルネッサンス芸術による気高い、貴族的気品にあふれたマリアのイメージを根拠とするもので、彼のマリア概念と感覚的に調和しない。このような論理や感覚の揺れに、寿陵余子《じゆりようよし》と自ら号した彼の左顧右眄《さこうべん》癖がある。しかし「永遠に超えんとするもの」と「守らんとするもの」の二極性には動揺はない。

マリアの子であるクリストは「下界の人生に懐しさを感じずにはゐなかつたであらう。しかし彼の道は嫌でも応でも人気のない天に向つてゐる。」（「25 天に近い山の上の問答」）それは彼が「人生よりも天国を重んじた詩人だつた。」（「28 イエルサレム」）からで、「彼は母のマリアよりも父の聖霊の支配を受けてゐた。」そして「彼の十字架の上の悲劇は実にそこに存してゐる。」（「36 クリストの一生」）「クリスト教はクリスト自身も実行することの出来なかつた、逆説の多い詩的宗教である。」（「18 クリスト教」）という批評は、クリストの説いた天国の福音は十字架の死によってクリスト自身も実現しえなかったと見る。クリストは父の聖霊に翻弄されたのである。（「27 イエルサレムへ」）この悲劇的クリスト像と対照的なのがゲーテである。「聖霊はこの詩人の中にマリアと吊り合ひを取つて住まつてゐ」た。そこで「徐《おもむ》ろに老いるよりもさつさと地獄へ行きたい」と願ったりしたにもかかわらず、「徐ろに老いて行つた」（「36 クリストの一生」）。これは人生の幸福がマリアの比重にかかわることを示唆している。『西方の人』の全文脈は以上の視点によって一貫している。ただ一箇所これと完全に矛盾する視点が「36 クリストの一生」の末尾にある。「クリスト教は或《あるい》は滅びるであらう。少《すくな》くとも絶えず変化してゐる。けれどもクリストの一生はいつも我々を動かすであらう。それは天上から地上へ登る為に無残にも折れた梯子《はしご》である。薄暗い空から叩きつける土砂降りの雨の中に傾いたまゝ。……」筆者はこの「天上から地上へ」は「地上から天上へ」の誤記または誤植と解する。それはこの一文が全文脈から完全に孤立しているからである。さらに細部的にみれば「天上から地上へ」の「天上から」という視点は成り立ちえない。クリストは地上にあって天国に惝怳《しようこう》したのであり、その惝怳は惝怳にとどまって、天国に入ることは逆にできなかったというのが芥川の認識である。したがって「天上から」という起点は不可能である。次に「地上へ登る」の「登る」だが、物理的には当然「降る」とあるべきだろう。それを「登る」と書いたとすれば、地上への価値観によると見なければなるまい。だがクリストは「彼の天才の為に人生さへ笑つて投げ棄《す》てしまつた」し、「炉辺の幸福」をも信じなかった、したがって「天上」より「地上」を高く評価したという仮定は成立しない。第三に「地上へ登る」ことが挫折《ざせつ》につながったということである。地上への志向が平穏な人生を約束することはゲーテ論によっても明らかであり、それが悲劇を結果するという論理は成り立ちえない。このようにこの一文そのものが論理的に成立困難であるばかりでなく、それに先行する「けれどもクリストの一生はいつも我々を動かすであらう。」という一句との関連においても、その存在権は否定されなければならない。「クリストの一生はいつも我々を動かすであらう。」という文章は、「勿論クリストの一生はあらゆる天才の一生のやうに情熱に燃えた一生である。彼は母のマリアよりも父の聖霊の支配を受けてゐた。彼の十字架の上の悲劇は実にそこに存してゐる。」という一節を承《う》けている。したがって何の矛盾感もなしに、「天上から地上へ」という一文をこれに続けるということは、到底考えがたい。精神異常者ならばともかく、芥川が極めて明晰《めいせき》な意識をもっていたことは言うまでもないからである。

〔**参考文献**〕佐藤泰正「芥川龍之介管見―近代日本文学とキリスト教に関する一試論―」(『国文学研究』昭和三六・九)、同「『西方の人』論」(『国語と国文学』昭和四五・二)、笹淵友一「『西方の人』論」(『明治大正文学の分析』明治書院、昭和四五・一一・二五)、高田瑞穂「『西方の人』の運命と美」(『成城文芸』昭和四六・一〇、四七・一、九、一一、四八・三)、関口安義「『西方の人』『続西方の人』考」(『都留文科大学研究紀要』昭和五一・九)、笹淵友一「芥川龍之介『西方の人』新論」(『ノートルダム清心女子大学紀要』昭和五二・一二)、宮坂覺「『西方の人』―その行程〈絶筆〉〈聖書〉を軌軸として―」(菊地弘・久保田芳太郎・関口安義編『芥川龍之介研究』明治書院、昭和五六・三・五)

(笹淵友一)

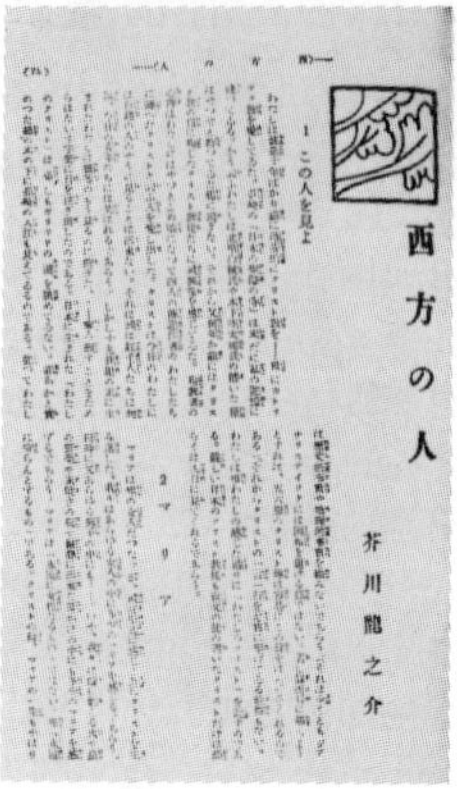
西方の人
芥川龍之介
1 この人を見よ
2 マリア

『改造』(昭和2年8月号)

『西方の人』《さいほうのひと》　創作集。昭和四(一九二九)年一二月二〇日、岩波書店刊。四六判。定価二円。芥川最晩年の作、昭和二(一九二七)年五月発表以後の作一一編を収める。配列順に記せば『三つの窓』『手紙』『冬』『古千屋』『たね子の憂鬱《ゆううつ》』『十本の針』『闇中《あんちゅう》問答』『歯車』『或阿呆《あるあほう》の一生』『西方の人』『続西方の人』であり、巻末に佐藤春夫の跋《ばつ》文がある。この中の「或《ある》ものは文字どほりに必死の努力によつて生命をそのなかに注入しようとしてゐるし、また少数の或《あ》るものは心にもない重たげな筆を義務を痛感しながら不機嫌そうに運んでゐる」が、いずれとして「彼が傷《いた》ましい生活を反映せぬものはない。就中、歯車の如きは紙背にこもつてゐる作者の暗涙がそぞろに人に迫つて、心なしには通読出来ないのである。」「さきの日の颯爽《さつそう》たるすがたは今や悲痛な面ざしに変つた」が、「彼を愛する読者にとつてこれらの諸篇こそは最も愛惜に堪得ぬもので」あろうとは、その跋文の言うところである。内容上から区分すれば前半の五編(但し『手紙』と『冬』は、初め『冬と手紙と』と題し『中央公論』昭和二年七月号に発表)は小説であり、いずれも軽いタッチながら芥川晩期の暗鬱《あんうつ》な心情を投影している。これに対し『十本の針』以下の遺稿は断章、問答体、小説などスタイルは違うが、いずれも死を期した芥川の内面を痛切に吐露したものである。『歯車』や『或阿呆の一生』正続『西方の人』が、それぞれ芥川の生涯と思想を論ぜんとするとき、最も重要な作品であることは言うをまたないが、『十本の針』や『闇中問答』により直截《ちょくせつ》な内心の声が記されていることをも見逃してはなるまい。『闇中問答』にあって闇よりの〈声〉に対し「お前の来る所に平和はない」「僕は群小作家の一人だ」「平和はその外に得られるものではない」と言い、「芥川龍之介！ 芥川龍之介、お前の根をしっかりとおろせ。」「唯しっかり踏んばつてゐろ。それはお前自身の為《ため》だ。同時に又お前の子供たちの為だ。」「これからお前はやり直すのだ。」という悲痛な叫びは、「永遠に超えんとするもの」ならぬ「守らんとするもの」の声であり、『西方の人』へ主想を側面より鋭く照射するものであろう。また『十本の針』は『侏儒《しゅじゅ》の言葉』に似て、はるかに真率であり、己の宿運と限界をみつめる作家の眼は透徹してにがい。没後の創作集『西方の人』一巻が、どの作品集にもまして重く深切なるゆえんである。

（佐藤泰正）

西遊記《さいゆうき》　中国明代の奇抜な長編小説。呉承恩《ごしょうおん》（一五〇〇～一五八二）の作とされる。玄奘三蔵《げんじょうさんぞう》法師が孫悟空《そんごくう》・沙悟浄《さごじょう》・猪八戒《ちょはっかい》を伴って、インドから仏典をもたらすまでの冒険談。わが国では孫悟空を中心としての翻案が様々に行われている。芥川は『私の文壇に出るまで』（『文章倶《ク》楽部《ラブ》』大正六・八）にこう述べている――「小学時代、私の近所に貸本屋があつて、高い棚に講釈の本などが並んでゐたが、私はそれを端から端まですつかり読み尽《つく》してしまつた。さういふものから導かれて、一番最初に『八犬伝』を読み、続いて『西遊記』、『水滸《すゐこ》伝』、馬琴のもの、三馬のもの、一九のもの、近松のものを読み初めた。」と。また、『愛読書の印象』（『文章倶楽部』大正九・八）には、「子供の時の愛読書は『西遊記』が第一である。これ等《ら》は今日でも僕の愛読書である。比喩《ひゆ》談としてこれほどの傑作は、西洋には一つもないであらうと思ふ。」とある。

（石丸　久）

佐佐木房子《ささきふさこ》　明治三〇・一二・六～昭和二四・一〇・四（一八九七～一九四九）。小説家。旧姓大橋房子。ペンネームはささき・ふさ、青山学院英文科卒業。『ある対位』『思ひ合はす』などの短編を発表し、芸術派系の数少ない女流作家として活躍した。大正一四（一九二五）年三月、佐佐木茂索と結婚。芥川が媒酌人を務めた。芥川は結婚以前の彼女ともすでに面識があったらしく、「拝啓／おとぎばなしの本ありがたう（略）」（大橋房子宛、大正一一・一・二一）という礼状を出している。また彼女の結婚後も夫妻ともども親密に交際し、彼女のことをチャコ、お房さんと親しく呼んでいた。

（久保田芳太郎）

佐々木味津三《ささきみつぞう》　明治二九・三・一八～昭和九・二・六（一八九六～一九三四）。小説家。本名光三。愛知県生まれ。明治大学政経科卒業。在学中茅原《かやはら》華山の『第三帝国』で文芸評論担当。五来素川《そせん》の知遇を得て『大観』記者。大正九（一九二〇）年『報知新聞』に『呪《のろ》はしき生存』を連載、大正一二（一九二三）年『文芸春秋』に編集同人として加わり『文芸時代』に及ぶ。大正一五年長兄を喪《うしな》い、弟妹遺児の養教育を果たすべく、収入の多い大衆小説の筆を執る。芥川とは菊池寛と『文芸春秋』を通しての縁で、文芸講演会でも同行。芥川は「君たち新進作家が、なぜその方面に鍬《くは》を入れないか、僕は不思議に思ふ位だよ。興味中心の文学を浩々と樹立したら大事業ぢやないか。ちつとも恥るべきことはないぢやないか。今後百年ののちを見たまへ」（『大衆文学は無軌道の花電車』）と鞭撻《べんたつ》したという。『文壇名家垣のぞ記』（『改造』大正一三・一）で「芥川龍之介氏の睡眠剤」を書く。『右門捕物帖』（講談社、昭和四・七）『旗本退屈男』（博文館、昭和六・一）の著で知られ、全集一二巻（平凡社、昭和九～一〇）がある。

（高橋新太郎）

佐佐木茂索《ささきもさく》　明治二七・一一・一一～昭和四一・一二・一（一八九四～一九六六）。小説家・雑誌編集者。京都市上京区生まれ。父常右衛門《つねえもん》は種油製造業だったが、倒産のため子供のころより朝鮮居住の叔父のもとに養子にやられそこで成長した。小学校卒業後独学で過ごし、大正五（一九一六）年上京し、九年一月から時事新報社文芸部に勤めた。そのころ、芥川の門下生となり、八年一一月に芥川の世話で処女作『おぢいさんとおばあさんの話』を『新小説』に掲げた。一三（一九二四）年一一月の処女短編集『春の外套《がいとう》』（金星社刊）に芥川は「たるみのない画面の美しい作との序文を寄せ、これによって茂索の文壇上の地歩は固まったと言われる。翌一四年、大橋房子と結婚。芥川が媒酌人を務めた。茂索の作品は私小説的作風だが繊細な神経と新鮮な感覚に富み、芥川からの影響が強いとされる。昭和四（一九二九）年一〇月文芸春秋社に入社、戦後二一年より社長に就任した。

（永岡健右）

囁く者《ささやくもの》　翻訳戯曲。Fiona Macleod 原作。大正三（一九一四）年ごろ手がけ、未完に終わる。夏の午後の雑踏したロンドンの街路を足早に東へ歩く男と、囁《ささや》く者との対話でドラマは進行する。男と囁く者との霊と肉をめぐる問答に中心が置かれた作と言ってよい。遺稿となった晩年の作品『闇中《あんちゅう》問答』(『文芸春秋』昭和二・九)の或《ある》声と僕との対話に形式がやや似ている点が注目される。訳文はよくこなれ、翻訳臭を感じさせない。　(関口安義)

佐多稲子《さたいねこ》　明治三七・六・一〜平成一〇・一〇・一二(一九〇四〜一九九八)。小説家。長崎県生まれ。大正四(一九一五)年に一家をあげて上京、家の没落により小学校も中退して働きだす。大正九年には上野池之端の清凌亭の座敷女中をしていたが、芥川龍之介はこの料亭の客であった。『芥川さんのこと』(集英社『日本文学全集28』月報、昭和四七・九)によれば、文学少女であった稲子が作家芥川を知っていたことが「芥川さんにおもしろく思われたらしく」、以後しばしば菊池寛や宇野浩二らと一緒にやって来たという。この間の事情について宇野の『芥川龍之介』(文芸春秋新社、昭和二八・九・三〇)では、「芥川が、『清凌亭』に一人でゆくのがキマリわるくなつたのは、そこにつとめてゐる、十七八歳の女中が、ちょいと好きになつたのである」と書かれてある。またこの清凌亭で小穴《おあな》隆一と寄せ書きしたと思われる芥川書簡(小沢忠兵衛宛、大正九・一二・二八)には、「清凌亭の御稲さんの御酌にて小穴先生と飲み居候《をり》」とある。昭和二(一九二七)年七月、すでに『驢馬《ろば》』同人の窪川鶴次郎《くぼかわつるじろう》と再婚していた稲子は、堀辰雄《たつお》から一度逢《あ》おうという芥川の伝言を聞いて再会。芥川に、一度目の結婚で自殺未遂にまで及んだ経験について、使用した睡眠薬のことや「また死にたいとは、おもいませんか」(「芥川龍之介―自殺三日前の質問」、『朝日新聞』昭和四一・一二・一五)などと問われている。それは芥川がベロナールを服用して自殺した三日前の出来事であり、周密な彼が「死を決する前に、生き返ったものの顔を見ておこう、(中略)その後の心理や健康状態まで知っておこうとおもったにちがいない」(同)と、稲子は再会の意味を回想している。この後稲子は処女作『キャラメル工場から』(『プロレタリア芸術』昭和三・二)を発表してプロレタリア作家として出発、左翼運動に参加していった。代表作品に『くれなゐ』(中央公論社、昭和一三・九・三)、『私の東京地図』(新日本文学会、昭和二四・三・一五)、『時に佇《た》つ』(河出書房新社、昭和五一・四・三〇)その他がある。　(長谷川啓)

雑信一束《ざつしんいっそく》　書簡。初出未詳。『支那《シナ》游《ゆう》記《き》』(改造社、大正一四・一一・三)に収録。大正一〇(一九二一)年三月から七月にかけて、大阪毎日新聞社の海外視察員として中国へ出かけたときに見聞したものをスケッチ風に記し、それに感想を交えた短文。欧羅巴《ヨーロッパ》的漢口《ハンコウ》、支那的漢口、黄鶴楼《こうかくろう》、古琴台、洞庭《どうてい》湖、長沙《ちょうさ》、学校、京漢鉄道、鄭《てい》州、洛陽《らくよう》、龍門、黄河《こうが》、北京《ペキン》、前門《チエンメン》、監獄、万里の長城、石仏寺、天津、奉天、南満鉄道の二〇編からなる。『支那游記』の序に「『雑信一束』は画《ゑ》端書に書いたのを大抵はそのまま収めることにした。しかし僕のジャアナリスト的才能はこれ等《ら》の通信にも電光のやうに、――少くとも芝居の電光のやうに閃《ひらめ》いてゐることは確《たしか》である。」と自ら記している。「汽車の黄河を渡る間に僕の受用したものを挙げれば、茶が二椀《わん》、棗《なつめ》が六顆《くわ》、前門牌《はい》の巻煙草《まきたばこ》が三本、カアライルの『仏蘭西《フランス》革命史』が二頁半、それから――蝿《はへ》を十一匹殺した!」というような、黄河の河幅の大きさを示す愉快なもの、「黒光りに光つた壁の上に未《いまだ》に仏を恭敬《くぎやう》してゐる唐朝の男女の端麗さ!」を示す「龍門」や「芸術的エネルギイ」を感じさせる「石仏寺」などの旧《ふる》い中国の面影にひかれると同時に、風趣を失った「黄鶴楼」「洞庭湖」の現実や物騒な「京漢鉄道」など当時の中国の否定的な側面にも触れている。一方、「排日の為《ため》に鉛筆や何かを使はない」女学生や、奉天停車場で見た四、五〇人の日本人の姿に「僕はもう少しで黄禍論に賛成してしまふ所だつた。」と書いて、海外の日本人の実態にも触れている。「南満鉄道」を「高粱《カオリヤン》の根を匍《は》ふ一匹の百足《むかで》。」と書いて、中国文化の最遠の地として満州をとらえ、「北京」では、「甍《いらか》の黄色い紫禁城を繞《めぐ》つた合歓《ねむ》や槐《ゑんじゆ》の大森林、――誰《たれ》だ、この森林を都会だなどと言ふのは?」と書くなど優れた記述の才をも示している。が、満州に対する記述は乏しく、見方にも統一性がないところから、『雑信』としてひとまとめにしたものであると言えよう。　（片岡　哲）

雑筆《ざっぴつ》　随筆・評論・雑録類の総量は小説に匹敵するほど多量である。それらは芥川の知識欲と文人趣味を証明するものであり、いささか学才をもって韜晦《とうかい》する弊はあるにしても十分に芸術観や現実認識を伝えるものである。「雑筆」の総題で書かれた随筆は四種ある。(A)未発表の九編。(B)『人間』（大正九・九、一一、一〇・一）掲載の二八編（後に『点心』金星堂、大正一一・五・二〇に再録）。またこのうち五項は『沙羅《さら》の花』（改造社、大正一一・八・三〇）に再録。(C)『随筆』（大正一二・一一）掲載の五編（後に『百艸《ひゃくそう》』新潮社、大正一三・九・一七、及び『梅・馬・鶯《うぐいす》』新潮社、大正一五・一二・二五に『澄江堂雑記』として再録）。(D)『随筆』（大正一三・三）掲載の九編(C)と同じく再録されたが、「猫」「家」は不載）。(C)(D)は当該項参照。(A)の項目は「眼」「貞操」「空想」「貴族」「民衆」「流俗」「浪漫主義」「絵画と詩歌」「鶉《うずら》」で、執筆日付は三月七日から九月一二日である。未発表の理由は定かでないが、「絵画と詩歌」中の「『アララギ』（筆者注、大正九・四～一〇）に斎藤茂吉氏が『写生の説』を書いてゐる。」の一文から大正九年のものと推定できる。(B)の第一回には「手帳より」の副題がある。項目は(1)「竹田」「奇聞」「芭蕉」「※蜻蛉」「小供」「十千万堂日録」「※隣室」「若さ」「痴情」「※竹」「*貴族」(2)「井月《せいげつ》」「*百日紅《さるすべり》」「大作」「水怪」「器量」「誤謬《ごびゅう》」「*不朽」「*流俗」「木犀《もくせい》」(3)「*Butler の説」「今夜」「夢」「日本画の写実」「理解」「茶釜《ちゃがま》の蓋《ふた》置き」「西洋人」「粗雑と純雑」。＊印は『沙羅の花』に再録。執筆日付は七月二〇日から一一月一二日まで。※印の三項の末尾に「青根温泉にて」とあり、芥川はこの年八月初めから末まで宮城県の同所で『お律と子等《ら》と』を執筆中で、右のうち八編は同時制作になる。「如何《いか》なる作品が、古くならずにゐるかと云ふに、（中略）文芸上の作品にては簡潔なる文体が長持ちする事は事実なり。」（「不朽」）とある。　（影山恒男）

佐藤惣之助《さとうそうのすけ》　明治二三・一二・三～昭和一七・五・一五（一八九〇～一九四二）。詩人。神奈川県生まれ。川崎高等小学校修業後、糸商に住み込んだが、その店を辞めて暁星中学仏語専科に学んだ。俳句から詩に入り、人道主義的な『正義の兜《かぶと》』（天弦堂書店、大正五・一）、鮮烈な感覚を豊富なヴォキャブラリーを駆使して表現した『深紅の人』（日本評論社、大正一〇・一二）『華やかな散歩』（新潮社、大正一一・四）『琉球諸島風物詩集』（京文社、大正一一・一二）等がある。芥川は『琉球諸島風物詩集』を贈られ、「みやらび」（娘子の意）の言葉に感動して、「空にみつ大和扇をかざしつつ来よとつげけむ『みやらび』あはれ」（『澄江堂《ちょうこうどう》雑詠―みやらび』）と書き送っている。そして、『文芸春秋』（大正一二・二）で、今東光が惣之助を批判すると、すかさず東光の「知らざるを以《もっ》て知らざるを嗤《わら》ふ」（『八宝飯―石敢当』）愚をつき、惣之助を弁護した。芥川はその生命感の充溢《じゅういつ》した開放的な人柄に好感を持っていたと言えよう。　（首藤基澄）

佐藤春夫《さとうはるお》　明治二五・四・九～昭和三九・五・六（一八九二～一九六四）。詩人・小説家・評論家。芥川龍之介の文学上の友人。和歌山県生まれ。新宮中学校を経て慶応大学予科文学部に入学したが中退。大正六（一九一七）年一月、『星座』同人の江口渙《かん》を通して芥川と知る。江口の『羅生門』の出版記念会と佐藤春夫」（『わが文学半生記』青木文庫、昭和二八・七・二〇）によると、大正元（一九一二）年ごろ江口は『スバル』の編集をしていた友人の江南文三を通じて佐藤を知り、大正六年一月、『星座』を創刊（同年五月、第五号で廃刊）。その第一号に、佐藤の『西班牙《スペイン》犬の家』が載ったことは有名。同年五月、芥川の第一創作集『羅生門』が、北原白秋の弟鉄雄の経営する阿蘭陀《オランダ》書房から刊行され、佐藤の発起で、六月二七日夕、日本橋のレストラン鴻《こう》の巣《す》で出版記念会「羅生門の会」が催される。江口によれば、発起人は『星座』と『新思潮』から二人ずつということで、佐藤、江口、久米正雄、松岡譲の四人。案内状は五〇人ほど出したという。発起人を代表して、佐藤が開会の辞を述べ、真っ先に先輩作家の谷崎潤一郎がしゃべった。芥川はその晩とても嬉《うれ》しそうでことに谷崎が来てくれたのを非常に喜んだという。重要なのは、この出会い以後、芥川と佐藤と谷崎の芸術的交遊が始まることで、この三人が大正後期の美意識を代表していた、と言っても過言ではない。この三者は審美主義という点で共通項を持ち、求道的私小説を支えた志賀直哉の人格主義美学と鋭く対立する。そのことは、佐藤の『「風流」論』（『中央公論』大正一三・四）によって如実に分かるが、しかし当時の三者の「風流」に対する考えは微妙に違っていて、谷崎はそれを菜食主義的美食と呼んでそれが人々から青春を奪い人々を消極的なものにするというのでひどく怖《おそ》れていたという。佐藤は、月光的恍惚《こうこつ》と呼んでむしろ近代のデカダンの徒、ボードレル的精神の青白い情熱に近いものを見ていた。芥川は、谷崎の菜食芸術に対する怖れを知って、「谷崎のやうに何もああ戦慄《せんりつ》するにも及ぶまい」と言ったらしいが、この三者の違いは、上田秋成の『雨月物語』についての評価にもそのまま現れていて、佐藤の「あさましや漫筆」（『世紀』大正一三・一二）によると、谷崎は『雨月』では「蛇性の婬《いん》」が第一だと言い、佐藤は「菊花の約《ちぎり》」を推す。佐藤が、自分の故郷の人間が主人公の「蛇性の婬」について、「あの作は持つてまはつてゐる。一本調子なくせにくどい。それにいやらしい」というと、芥川は、「いや、小説といふものは本来くどくつていやらしいものだよ。――それが好きでなけや小説家にはなれないのさ。蛇性の婬は僕もいいと思ふね」と傍《そば》から言い、佐藤の傑作だと折り紙の付けた「菊花の約」については、「どうも飜案味が抜けきらなくつてね」とコメントを加えている。佐藤は芥川について、『芥川龍之介のこと』（『新潮』大正一二・一一）で、「何しろ間抜けなところ――拙の少しもない人だ」と評し、『秋風一夕話㈠』（『随筆』大正一三・一〇）では、芥川・久米正雄・菊池寛の三者のうち一番創作家らしい才能と佐藤の言う久米が「芸術の喜びは一種の流露感だ」と言ったことについて、これが芥川君の口から聞けたのなら定めし愉快だろうと思った、と書いている。続けて、芥川が、「俺《おれ》は裸体になつた告白などは嫌《きら》ひだ」と言った意味のことをある随筆に書いたことについて、「僕は、芥川君があまりに都会人過ぎて自己を露骨に語る野蛮に耐へない心情に同情すると同時に、／芥川君は窮屈なチョッキを着て居て／肩が凝りやしないかと思つたことがよくある」と言う。その点では、芥川の方も負けていなくて、『佐藤春夫氏』（『新潮』大正一三・三）で佐藤の批評を「誤解」として一々反論している。芥川と佐藤とでは、人間も文学もまるで対蹠《たいせき》的だが、それだけに互いの長所短所を鋭く見抜いていた。なお、佐藤は、戦後、『わが龍之介像』（有信堂、昭和三四・九・一五）をまとめた。

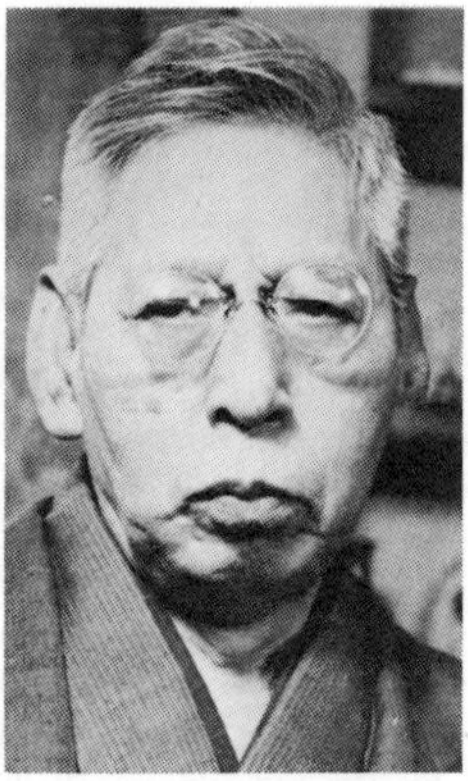

佐藤春夫

〔**参考文献**〕小穴隆一「友人・佐藤春夫」（『二つの絵―芥川龍之介の回想―』中央公論社、昭和三一・一・三〇）、鳥居邦朗「芥川龍之介と佐藤春夫」（『国文学』昭和四一・一二）、高田瑞穂「春夫と龍之介」（『解釈と鑑賞』昭和四四・四）　（大久保典夫）

里見弴《さとみとん》　明治二一・七・一四～昭和五八・一・二一（一八八八～一九八三）。小説家・随筆家。伊吾（ego）ともいう。本名は山内英夫《やまのうちひでお》。横浜市生まれ。兄に有島武郎、壬生馬《みぶま》（生馬《いくま》）がいる。誕生直後に母方の姓を継ぐが、有島家に育つ。学習院中等科のころより壬生馬とその友人志賀直哉に影響され、また泉鏡花に傾倒し、東京帝国大学に入ったが放棄して文学に志す。『白樺』同人。同誌発表の『河岸のかへり』（明治四四・四）は鏡花に認められて接近する契機となり、『手紙』（大正元・一二）は「昌造もの」の初め、自伝『君と私と』（大正二・四—七）は志賀との交友と蟬脱《せんだつ》を目指す青春譜。大阪に出て、芸妓《げいぎ》中山まさと自由結婚。『実川延童の死』（大正二・一二、『河豚《ふぐ》』と改題）、『晩《おそ》い初恋』（『中央公論』大正四・四）、『俄《にわか》あれ』（『文章世界』同・七）などを収めた第一短編集『善心悪心』（春陽堂、大正五・一）で、名人芸とうたわれる絶妙な語り口を示す。心理のひだを描き、会話に優れ、さわやかなテンポで運ぶストーリーテラー。芥川とともに、大正期を代表する新技巧派と目される。大正八（一九一九）年一一月に吉井勇、久米正雄らと『人間』を創刊し、主義・思想によらぬ「素《す》」の人間を尊重。芥川の評に「雑誌として特色に乏しい所が特色」（『本年度の作家、書物、雑誌』）がある。『多情仏心』前後編（新潮社、大正一三・四、八）、『安城家の兄弟』（中央公論社、昭和六・三）に「まごころ哲学」を説き、己に忠実な生き方を唱える。戦中・戦後、現代にわたって豊かな筆力をたたえ、『美事な醜聞』（『改造』昭和二一・一）や『極楽《ごくらく》とんぼ』（『中央公論』昭和三六・一）は絶賛される。芥川は弴の作品を「構造的美観」（『文芸的な、余りに文芸的な』）をそなえていると評した。一方、『朱《あか》き机に凭《よ》りて』（金星堂、大正一一・九）から『私の一日』（中央公論社、昭和五五・五）にいたる随筆集を持っている。自選『里見弴全集』一〇巻（筑摩書房、昭和五二・六〜五四・三）があり、書簡集『月明《あかり》の径《みち》 弴・良こころの雁書』（文芸春秋、昭和五六・一二）も公刊。芥川との交渉は「芥川龍之介を憶《おも》ふ」（『女性』昭和二・八）「講演旅行中の芥川君」（『改造』同）「追憶」（『文芸春秋』昭和二・九）などに語っている。それらによると、初対面は大正五、六年のころ、「後藤新平が催すところの文人招待の席上」で鏡花、久米を介して紹介されたという。その後、個人的な往来はないようだが、大正七（一九一八）年七月二一日の後藤の文士招宴や、大正九年一一月に芥川が菊池寛・宇野浩二・植村宗一らとともに文芸講演に来阪したとき、翌年三月九日の中国旅行の送別会（上野精養軒）などに同席し、交歓していることが確かめられる。『鏡花全集』全一五巻（春陽堂、大正一四・七〜昭和二・七）の校訂・編集者に名を連ねて以来親交を結ぶ。とくに、昭和二（一九二七）年五月一三日から仙台・盛岡・函館・札幌・小樽をめぐって二一日に青森で別れた、芥川との講演旅行（改造社主催）は「元気で、優しくて、趣味はもとより高雅で、大へんよかつた」と記す。連夜の招宴ぜめに苦しめられ、里見がその謝絶役になり、「今夜は遁《のが》れられないかな、などと悲観して話し合つてゐるうちに、小さんの『猫又』の文句『遁れざるやと喧嘩《けんくわ》を致し』などと云ひ出し、それが旅行中の流行《はやり》言葉」になったという挿話もある。芥川には里見文学に関心を持って書いた文章が多い。『或《ある》悪傾向を排す』（『中外』大正七・一一）は里見と同題、同旨（『中外』大正七・八）のエッセイで、ともに浴びた「うますぎる」という評語に対する反駁《はんばく》である。芥川・里見の並称されていた実状を示している。芥川は里見の『強気弱気』（『中央公論』大正八・八）『夜桜』（『中央公論』大正九・四）『蚊やり』（『改造』大正一四・九）や、里見・菊池の「内容的価値論争」について行き届いた理解を寄せている。『大道無門』（『婦人公論』大正一五・一〜一二）細評（『文芸的な、余りに文芸的な』）中には、里見をして「天成の理想主義者

改造社の円本全集の宣伝のため旅行をする芥川と弴。青函連絡船中にて（昭和2年5月）

ではない。現実主義者的気質から精進をつづけて行つた理想主義者」とする、卓見を吐いている。

〔**参考文献**〕片岡良一「里見弴氏の傾向」（『現代作家論叢』三笠書房、昭和九・三・二〇、『片岡良一著作集・8』中央公論社、昭和五四・七・二五）、本多秋五「里見弴おぼえ書」・「代表についてのノート」（『「白樺」派の作家と作品』未来社、昭和四三・九・一五）、紅野敏郎「里見弴研究の一視点」（前記『全集』月報一～一〇）　（町田　栄）

里見病院《さとみびょういん》　中国上海《シャンハイ》市密勒路《ミロクロ》A6号にあった日本人経営の病院。芥川は大正一〇（一九二一）年の中国旅行中、四月一日から三週間余乾性肋膜炎《かんせいろくまくえん》のため、この病院に入院、静養した。紹介者は大阪毎日新聞記者の村田孜郎《しろう》である。当時の院長は里見義彦と言い、狭処水《きょうしょすい》という俳号をもつ碧梧桐《へきごとう》派の俳人であった。上陸早早の入院であったが、芥川はこの病院が気に入り、院長はじめ見舞いに訪れた島津四十起《しじっき》・大島葎花《りっか》ら俳誌『海紅《かいこう》』の俳人らと交わり、静養につとめた。（関口安義）

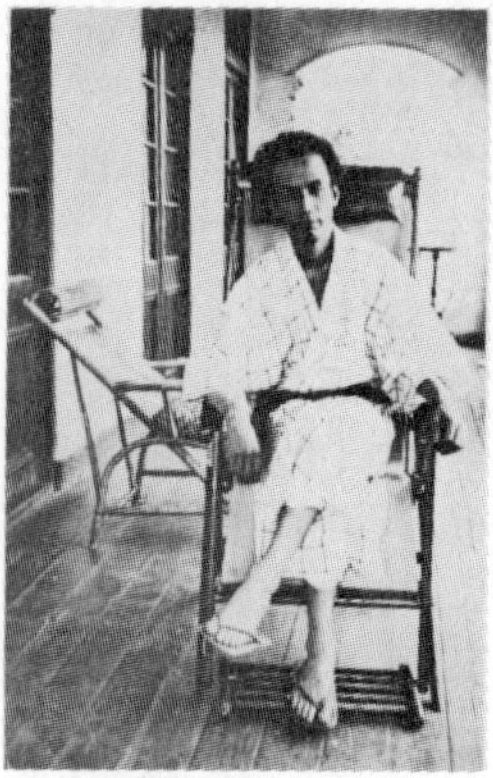
上海里見病院の芥川

佐野慶造《さのけいぞう》　明治一七・二・一〇～昭和一二・一二・一一（一八八四～一九三七）。横須賀の海軍機関学校教授。理学士。芥川の友人。東京生まれ。紙屋（大黒屋）の佐野清七、とくの二男。小島政二郎は従弟《いとこ》に当たるという。一高を経て、東京帝国大学理科大学（東大理学部の前身）物理学科卒業。大正四（一九一五）年ごろ横須賀の海軍機関学校に物理担当の教授として赴任。大正五年一二月芥川が海軍機関学校に英語担当の教授嘱託として奉職するに及び、文壇の新人として著名の芥川を敬して、以後交友関係に発展。大正六年四月上旬、のちの中央気象台長藤原咲平の媒酌で東京女子高等師範学校（お茶の水女子大学の前身）文科卒の山田花子と結婚。新婚旅行の途次芥川に会って以来、慶造の円満、寛容な人柄もあり横須賀に住む芥川と夫妻ともども親しみ、花子に対する芥川の好意もあり、毎土曜日の夜鎌倉小町園に招いたり、招かれたりの交際が続く。大正六年九月の芥川の下宿移転にも花子が世話をしたりした。全集には慶造、花子宛書簡が大正六年四月一三日から大正八年五月二七日のものまで、年月未詳の一通を含み計五通収録されている。芥川が結婚した後も親しい交際が続いた。菊池寛のいた『時事新報』の「◇新郎新婦」欄（大正六・六・一四、木曜日）に芥川の紹介で結婚式の夫妻の写真が掲載されたこともあったが、大正九年春ごろより突然交際が絶え、ある年の冬芥川が『新潮』に『佐野さん』と題した随筆を書き、夫妻を傷つけ、機関学校でも問題となり、芥川が陳謝のため学校を訪れたともいうが、正確なことは現在不明。関東大震災以後は江田島に、大正一四（一九二五）年舞鶴の機関学校に、昭和五（一九三〇）年追浜海軍航空隊の主任教授となる。佐野花子・山田芳子『芥川龍之介の思い出』（短歌新聞社、昭和四八・一一・一二）のほか、これに基づいた田中純の小説『二本のステッキ』（『小説新潮』昭和三一・二）に詳しい。なお、この稿の多くは山田芳子氏の教示によった。（石割　透）

佐野花子《さのはなこ》　明治二八・一・一七～昭和三六・八・二六（一八九五～一九六一）。歌人。芥川が勤務した横須賀の海軍機関学校の同僚佐野慶造の妻。長野県生まれ。諏訪高女を経て、東京女子高等師範学校（お茶の水女子大学の前身）文科に学ぶ。卒業後、海軍機関学校の物理担当教授、佐野慶造と結婚、横須賀に住む。芥川は大正五（一九一六）年一二月、海軍機関学校の英語担当の教授嘱託となり、翌年鎌倉から横須賀汐入《しおいり》に下宿を移すが、このころから同僚の妻であった花子との交際が始まる。以後大正八（一九一九）年四月、同校を辞職し、東京田端に居を移すまで約二年間、慶造を通しての親密な交際が続いた。芥川が想《おも》いを寄せた女性の一人とも言える。花子によれば、芥川の詩の題に見られる「月光の女」は自分のことで、「悪念」「夏」「船乗りのざれ歌」なども自分たち夫妻に取材したものではないかという。花子に山田芳子との共著『芥川龍之介の思い出』（短歌新聞社、昭和四八・一一・一二）がある。

（矢島道弘）

佐野文夫《さのふみお》　明治二五・四・一八～昭和六・三・一（一八九二～一九三一）。翻訳家。芥川龍之介の一高時代の友人。山口県生まれ。山口中学校・一高を経て、大正三（一九一四）年東京帝国大学文科大学独文科中退。芥川とは一高入学が同期（明治四三）であったこともあり、一時期かなり親しかった。菊池寛の『半自叙伝』（『文芸春秋』昭和三・五～四・一二）には、「一年生時代に、芥川は佐野文夫と親しかつた。二人とも秀才でどこかに圭角《けいかく》を蔵してゐた」とある。二人の交遊は長く続かず、芥川は井川（恒藤《つねとう》）恭《きょう》と親しくなり、佐野は菊池寛・久米正雄・松岡譲・成瀬正《せい》一《いち》らに接近し、文学熱を高めることになる。二年生の時には、文科生として輝かしい仕事であった文芸部委員に久米正雄とともに選ばれており、『校友会雑誌』にいくつかの若々しい評論を発表し、注目された。大学に進学した翌年の大正三年二月、第三次『新思潮』が創刊され、同人の一人として加わった佐野は、創刊号に『生を与ふる神』を発表。芥川はこの論を「佐野の論文も今度のは空疎なものです」（山本喜誉司宛、大正三・一・二九）と友人に感想を書き送り、認めていない。佐野は白皙《はくせき》のまれに見る秀才だったが、二重性格的傾向を帯び、盗癖や借金の踏み倒しなど平気でするという行為があった。芥川書簡にも「（成瀬は）時計を九月に佐野にかしたのがかへつてこないと云つて悲観してゐる」（井川恭宛、大正二・一二・三）「久米は月謝を佐野にかしたのがかへつて来ないと云つて悲観してゐる」（同上）と芳しからぬ名をとどめている。菊池寛が一高を卒業目前にやめねばならなかったのも、この男の盗癖をかばってのことだった。菊池の『青木の出京』（『中央公論』大正七・一一）は、佐野文夫をモデルとした小説である。彼はのち社会主義運動に身を投じ、初期の共産党の中心人物となり、福本和夫らと二七テーゼをまとめている。が、昭和三（一九二八）年三月一五日の大弾圧にあって検挙、転向。その間、大連満鉄図書館、外務省情報部に勤務した。訳書にレーニン『十九世紀末ロシアに於ける農村問題』（希望閣、昭和二・三・二八）、エヌ・ブハーリン『転形期経済学』（同人社書店、昭和三・九・一三）のほか岩波文庫にレーニン『唯物論と経験批判論』その他がある。

（関口安義）

さまよへる猶太人《さまよえるゆだやじん》　小説。大正六（一九一七）年六月一日発行の『新潮』に掲載。のち『煙草《たばこ》と悪魔』（新潮社、大正六・一一・一〇）、『報恩記』（而立社、大正一三・一〇・二五）に収録。単行本収録に際して人魚メルジナ、およびハットオ僧正の逸話が削除された。「さまよへる猶太人」とは何か。「イエス・クリストの呪を負つて」「永久に漂浪を続けてゐる猶太人の事」で、キリスト教国にはどこにでもこの伝説が残っている。それならば、彼は日本にも渡来したことがあったのではなかったか。そしてまたなぜ、「彼ひとりクリストの呪を負」うことになったのか。文禄年間の写本によれば、確かに彼は「平戸から九州の本土へ渡る船の中で、フランシス・ザヴイエルと邂逅《かいこう》」、問われるままに、その遭遇《そうぐう》したキリスト受難の模様を語り、「えるされむは広しと云へ、御主を辱《はずかし》めた罪を知つてゐるものは、それがしひとりでござらう。罪を知ればこそ、呪もかゝつたのでござる。罪を罪とも思はぬものに、天の罰が下らうやうはござらぬ。」と付言する。作品の構想には『貉《むじな》』との連関を思わせるものがあるが、三好行雄は『学殖をしのばせる華麗なペダンティズムも知的な作風の彫をふかめる効果の反面には、ひとつまちがうと、きらびやかな外装がかえって作意の底をあさくするおそれがあり」、当作も「そのおとし穴に陥《お》ち」（角川文庫解説）たとして、その弊を突いた。対して駒尺喜美は「自覚者のみが苦悩を背負うというテーマ」の中から「作者のもつ苦悩とひそやかな誇りと自信」（『芥川龍之介の世界』法政大学出版局、昭和四二・四・五）を抽出、提示する。また、当作はその題材によってキリシタン物に分類されているが、佐藤泰正は芥川の「宗教的モチーフを軽視すること」の誤りを指摘、『さまよへる猶太人』は「芥川という作家の内奥に潜む宗教的関心の所在を語る」（『芥川龍之介必携』、別冊『国文学』昭和五四・二・一〇）ものとして位置づけている。　（中村　友）

寒さ《さむさ》　小説。大正一三（一九二四）年四月一日発行の雑誌『改造』に掲載、のち『黄雀風《こうじゃくふう》』（新潮社、大正一三・七・一八）『芥川龍之介集』（新潮社、昭和二・九・一二）に収められた。異同は、初出の二箇所の「景色」が「光景」に改められたのみ。いわゆる「保吉《やすきち》もの」の一つ。物理の教官室では寒さと闘いながらストーブが燃えている。保吉はふと宇宙的寒冷を想像し、石炭に「同情に近いもの」を感じる。折から伝熱作用の法則が恋愛中の男女の間にも成立することが話題になり、保吉も作者と読者の間には伝熱作用が起こらないようだと口にする。四、五日後、登校途中列車に轢《ひ》かれそうになった子供を救うため踏み切り番が死んだところに保吉は行き合わせ、線路上の赤い血から水蒸気が立っている光景が心に焼きつく。彼は伝熱作用のことを思い出し、職に殉じた踏み切り番の血から生命の熱が法則通り刻薄に線路に伝わってゆくのに重苦しい感銘を受ける。その後プラットフォームに立った保吉は、幸福らしい顔をしている周囲の人々に苛立たしさを感じ離れるが、踏み切りの見えるのに不安を感じ、また戻って来る。手袋を落としたのに気付いて振り返ると、手袋は彼を呼びとめるような格好で転がっていた。彼は手袋の心を感じ、薄ら寒い世界にも、いつか温かい日の光がさしてくることを感じるという筋で、身辺の小事件をさらりと書いたような形をとりながら、それらに託して保吉の心情が語られている。初めの部分で火と寒さ、伝熱作用が、愛とか、仕事に対する情熱とかいうような情念の世界と外界の関係の比喩《ひゆ》となっており、次に語られる踏み切り番の轢死《れきし》事件と結び付いてゆく。末尾で冒頭と呼応するように「薄ら寒い世界の中」を出して、そこに点ぜられるかもしれないわずかな温かさへの予感を出して終わる。非常に短い作品であるが、技巧の勝った結構のはっきりと整った作品である。発表当時の時評などでは、むしろ思いつきで終わった理屈ぽい作品という評価を受けた。国木田独歩の『窮死』とのかかわり合いを指摘した遠藤久美江の「芥川龍之介『寒さ』の位置」（『国文学雑誌』昭和五〇・四）がある。また「技巧の冴《さ》えがあざやかで、ほしいままな情念の流露を許さないという意味でも、固有の世界はいぜんとして崩壊していない」（『芥川龍之介論』筑摩書房、昭和五一・九・三〇）という三好行雄の言及がある。　（菊地　弘）

The Modern Series of English Literature《ざ もだん しりーず おぶ いんぐりっしゅ りたれちゅあ》　芥川の編纂《へんさん》による八巻本の英語教科書。大正一三（一九二四）年七月から一四（一九二五）年三月にかけて興文社から発行された。芥川は一四年の一一月に明治・大正の諸作家の作品を集めた教科書副読本用の選集『近代日本文芸読本』（全五冊）を興文社の依頼で上梓《じょうし》したが、これと同種の企画であったと思われる。各巻共通の序文で芥川は叢書のもくろみを、新しい英米文学読破のための語学的訓練にあるとした。全体の構成は第一巻は近代童話集でワイルドの『幸福な王子』やキップリングの『白い紋章』、ダンセイニ卿、グレゴリー夫人等の作品計八編を収録。巻別の序文で、ワイルドやキップリングの作品は少年文学の白眉《はくび》というだけでなく最も特色に富んだ傑作だと述べている。第二巻と六巻は近代、現代短編集で、前者にはポー、スチーブンスン、ギッシング等の小説五編が、後者にはオー・ヘンリー『運命の道』やウェルズ『りんご』など五編が収録される。第三巻と七巻は近代、現代幽霊物語集。ビアスの『月明りの道』やブラックウッドの『ふたご座の恐怖』、ウェルズの『奇怪な蘭《らん》の開花』等五編（三巻）、クローフォードやオサリバンやウッド等六編（七巻）。これらは芥川の怪奇趣味や心霊嗜好《しこう》を知る上で興味深い。第四巻は近代劇集で、ショーの『ソネットの黒い《ダーク》女《レディ》』やアーヴィンの『批評家』など四編を収め、序文ではアベイ劇場出身の戯曲家兼小説家アーヴィンを紹介してショー的手腕を称揚している。第五巻は近代随筆集で芥川の編集意図や興味を知る上で最も面白い。ウォークレイ、ビアボーム、ショーの三者の作品で同時代のイギリス文学の推移を一瞥《いちべつ》できるとし、バトラーを入れたのはショーの思想の淵源《えんげん》だからだと言う。そして『エレウォン』の作者バトラーを紹介推奨する。第八巻は現存作家の作品集で八編収録。以上全五一編の作品選択、構成、解説すべてに行き届いた目配りが感じられ芥川の英文学の理解と興味の底辺を明示した選集である。

（篠永佳代子）

The Modern Series of English Literature《ざ もだん しりいず おぶ いんぐりつしゆ りたれちゆあ》 **序**《じよ》　序文。「英国文学現代叢書」大正一三（一九二四）年七月〜一四（一九二五）年三月、興文社刊、芥川龍之介編全八巻の英語教科書の各巻頭に掲げられた序（第三巻は欠）。文末の日付大正一三年七月、同年一〇月、一四年、一四年三月。芥川は一三年七月から翌年三月まで、この編集に従ったらしい。

（井上百合子）

沙羅《さら》　沙羅双樹の略。フタバガキ科の常緑高木。インドの原産で、幹高三〇メートルにも達する。葉は大型の長楕《だ》円形。花は小型の淡黄色で芳香があり、しぼみやすい。釈迦《シャカ》入滅の場所の四方に、この木が二本ずつ植えられていたといういわれから、この名がある。芥川は、単行本の表題に用い（『沙羅の花』改造社、大正一一・八・一三）、その自序に、「是等《これら》の作品も沙羅の花のやうに、凋落《てうらく》し易《やす》いものかも知れぬ。」と述べている。また、『澄江堂《ちようこうどう》雑詠』（『新潮』大正一四・六）にも詠《よ》みこんでいる。

（木村一信）

沙羅の花《さらのはな》　大正一四（一九二五）年六月一日発行の雑誌『新潮』第四二巻第六号に「澄江《ちようこう》堂《どう》雑詠　六」として発表。『梅・馬・鶯《うぐいす》』（新潮社、大正一五・一二・二五）に収録。この『澄江堂雑詠』では、「一　臘梅《ろうばい》」と、「六　沙羅の花」が、文語で書かれている。まさに「雑詠」であって、一〜六まで、特に関連があるわけではない。「沙羅の花」は、昔の恋人を思って詠んだ、という趣向になっている。

（石原千秋）

『沙羅の花』《さらのはな》　大正一一（一九二二）年八月一三日、改造社から刊行された作品集。四六判四七八頁。定価二円八〇銭。芥川龍之介、小穴《おあな》隆一画、小田淳校と記してある。白クロースにブルーの淡彩画で一游《いちゆう》亭画とある。ケース入り。「自序」に「これは大正五年から大正一一年に至る間の、わたしの作品の選集である。選の標準は必《かならず》しも、作品の佳否にのみに拠《よ》つたのではない。一巻の中に出来る限り、種々の企図のもとに書かれた作品を集めたいと思つたのである。／沙羅の花は和漢三才図絵に拠れば、『白軍弁状似山茶花而易凋』と云ふ事である。是等《これら》の作品も沙羅の花のやうに、凋落《てうらく》し易《やす》いものかも知れぬ。かたがたふと思ひついた通り、この選集の名前にする事とした。／大正十一年七月」とある。「沙羅の花目録」とあって短編小説として『羅生門』『鼻』『運』『藪《やぶ》の中』『奉教人の死』『きりしとほろ上人伝』『るしへる』『枯野抄』『或日《あるひ》の大石内蔵之助《くらのすけ》』『南京《ナンキン》の基督《キリスト》』『秋山図』『開化の殺人』『舞踏会』『秋』『将軍』『葱《ねぎ》』『蜜柑《みかん》』の一七編、童話として『魔術』『杜子春《とししゆん》』『蜘蛛《くも》の糸』の三編、紀行文として、『槍ケ岳《やりがたけ》紀行』『南国の美人』の二編、小品文として『尾生の信』『東洋の秋』『沼』の三編、随筆として『澄江堂雑記《ちようこうどうざつき》』一編が収録されている。

（菊地　弘）

猿《さる》　小説。大正五（一九一六）年九月一日発行の雑誌第四次『新思潮』第一年第七号に発表。『羅生門』（阿蘭陀《オランダ》書房、大正六・五・二三）、『鼻』（春陽堂、大正七・七・八）、『将軍』（新潮社、大正一一・三・一五）に収録。初出以下『将軍』までの諸本に大きな異同はない。初出には「――或《ある》海軍士官の話――」という副題が付いていたが、『羅生門』収録以降はずされる。『新思潮』の同じ号に芥川は『創作』という小品も載せており、同誌の『校正後に』で、「『猿』も『創作』も、材料は同じ小学校にゐた二人の友だちから聞いたものである。さうしてその二人が二人とも、話の中ではそれぞれ主人公になつてゐる。」と記している。吉田精一はこの作の材源を森鷗外訳の『諸国物語』所収のクラルテエ『猿』とする。この初出は大正二（一九一三）年三月の雑誌『新日本』であり、内容上も一部に挿入された、軍艦内で盗みを犯した猿の話に相関関係がうかがえる。作は遠洋航海をすませた軍艦が、横須賀に入港して三日目、盗難事件が起き、総員の身体検査が始まるところから書き出される。〈私〉という主人公は、犯人と思われる奈良島という男を捜し、初め勇躍して下甲板へ下る。そして石炭庫の入口で彼を発見し、飛びかかってとらえる。が、その顔を見、「面目ございません。」という言葉を聞くに及んで強い衝撃を受ける。「その時の私の心もちは、奈良島と一しよに『面目ございません』と云ひながら、私たちより大きい、何物かの前に、首がさげたかつた。」のだという。芥川文学のテーマの一つとも言える悪を前にして第三者の〈許し〉を乞うというプロットがここに展開する。『羅生門』ではそうした〈許し〉をばねとして行為に一歩進み出る下人が描かれたが、ここでの主人公は、いたわりをもって相手を見、その弱い男に最高の人間的共感と同情を寄せているのである。芥川の全作品に占める位置は低くとも、この時期の芥川の精神を考える上では、見逃すことのできない作品である。

（関口安義）

大学卒業のころの芥川

猿蟹合戦《さるかにがっせん》　小説。大正一二（一九二三）年三月『婦人公論』に発表。単行本には収められなかった。物語は、怨敵《おんてき》の猿を殺した蟹とその仲間たちの末路を描いたものである。裁判官は、蟹に熟柿《じゅくし》を与えず青柿《がき》ばかりを投げつけた猿の行為に、契約不履行などの悪意を認めず、主犯の蟹には死刑、共犯者には無期徒刑の判決を下す。弁護士は、ただ「あきらめ給《たま》へ」と言うばかりであり、新聞雑誌の与論も蟹に同情を寄せるものはほとんどない始末。「蟹の猿を殺したのは私憤の結果に外ならない。しかもその私憤たるや、己の無知と軽率とから猿に利益を占められたのを忌忌《いま〱》しがつただけではないか？優勝劣敗の世の中にかう云ふ私憤を洩《も》らすとすれば、愚者にあらずんば狂者である。」——これが与論に共通した非難の声である。蟹の処刑された後、家族の者も、それぞれ暗い運命をたどることになる。『猿蟹合戦』という題名は、『蜘蛛《くも》の糸』『犬と笛』などと同系列の童話作品を思わせるが、子供の豊かな心を育てるための童話の虚構性を剝奪《はくだつ》し、現実世界の冷酷な真相を直視していく内容は、童話系列とは異質のものである。これは、『三つの宝』で「我我はもう目がさめた以上、御伽噺《おとぎばなし》の中の国には、住んでゐる訳《わけ》に行きません」と決意した王子の冷厳な眼によってのみ獲得できる世界であり、『かちかち山』『教訓談』などとともに、覚めた眼《め》で「もっと醜い、もっと美しい、——もっと大きい」「世界に入らねばならぬといふ気持を」「表現した」（進藤純孝）作品と言うことができる。また、蟹たちに「流行の危険思想」の影響や「反動思想家」および「国粋会の尻押《しりお》し」を詮索《せんさく》したりする人物の設定には、「階級文芸論の跳梁《ちょうりょう》と、社会状勢の緊迫」とともに、芥川も強く「関心せざるを得なかった」「社会問題」（吉田精一）の影響を見ることができる。社会問題の核心を構造的にとらえる奥行きはないが、気の利いた風刺物としての面白さを持つものである。

（吉田俊彦）

沢木梢《さわきこずえ》　明治一九・一二・一六〜昭和五・一一・七（一八八六〜一九三〇）。美術史家。本名沢木四方吉。秋田県生まれ。明治四二（一九〇九）年慶応義塾大学文学科卒業。四五（一九一二）年ヨーロッパ留学、大正五（一九一六）年帰国。慶大文学部教授として西洋美術史を講ずるかたわら、『三田文学』の編集に従事。著書に『美術の都』（東光閣書店、大正六・一一）『西洋美術史論攷《ろんこう》』（慶応出版社、昭和一七・一二）などがある。芥川と沢木との交渉は、芥川を慶大へ招聘《しようへい》したいとの沢木の意向を小島政二郎（当時慶大予科講師）が芥川に伝えた大正七年に始まる。当時、鎌倉に住み海軍機関学校の教師だった芥川は東京に帰りたい希望を持っていたので、沢木に会い履歴書を提出した。が、正式決定をみないまま年を越したので、芥川は大阪毎日新聞社に入社してしまった。小品『窓』には、「沢木梢氏に」という副題があり、芥川は小島政二郎宛書簡（大正八・一〇・二七）で「沢木さんに献じたのは慚愧《ざんき》の意を表」する意味もあったと語っている。

（笠井秋生）

サンエス《さんえす》　文芸雑誌。大正八・一〇～九・一〇（一九一九～一九二〇）。サンエス本舗《ほんぽ》発行。編集兼発行人は細沼浅四郎だが、ほかに佐佐木茂索、井家忠男、藤森淳三《じゆんぞう》らがいた。田口掬汀《きくてい》が顧問をしていた「サンエス万年筆」の宣伝を兼ねた雑誌であったが、平凡な広告誌となることを嫌った掬汀は、小説・評論・詩などに多く の頁を割き、懸賞文芸欄をも設けて、強い主張は感じられないが総合雑誌的な体裁をとった。主な執筆者には、徳田秋声・芥川龍之介・菊池寛・加藤武雄・岡田三郎・室生犀星・佐佐木茂索・宇野浩二・佐藤春夫らが見られ、一応新現実主義的傾向の流れにのった雑誌と言えよう。掲載された作品としては、小説には久米正雄『空虚』（大正八・一〇）宮地嘉六《かろく》『第三の継母』（大正八・一二）岩野泡鳴『塩原日記』（大正九・一）佐佐木茂索『女の手紙と手』（同上）小川未明『華やかな笑』（同上）藤森成吉『蓬萊屋《ほうらい》』（大正九・二）岡田三郎『惨めな戯れ』（同上）相馬泰三『たはむれ』（大正九・九）室生犀星『不思議なる人の話』（大正九・一〇）小川未明『砂糖より甘い煙草《たばこ》』（同上）などがあり、評論などには、馬場孤蝶《こちよう》『現代文芸の価値』（大正八・一〇）岡栄一郎『近代劇界私見』（大正九・三）谷崎精二『いろ〳〵の事』（大正九・四）南部修太郎『転換期の芸術』（大正九・六）木村毅《き》『朝鮮の文学一瞥』（大正九・七）『水守亀之助論』（大正九・八）平林初之輔《はつのすけ》『反抗的精神と文芸』（大正九・一〇）などが見られる。芥川龍之介は『我《が》鬼《き》句抄』（大正八・一〇）『「我鬼窟《くつ》日録」より』（大正九・三）のほかに、ジュール・ルナールの模倣をした『『動物園』（大正九・一、一〇）を発表している。また、この雑誌には、横光利一『宝』（「骨董《こつとう》師」の改稿）佐藤一英『声なき歌』小島徳弥『藤森成吉論』片岡良一『広津和郎論』などが掲載されているが、こうした新進作家や評論家の紹介や育成に努めていた点に意義を見ることもできる。

（片岡　哲）

三右衛門の罪《さんえもんのつみ》　小説。大正一三（一九二四）年一月一日発行の雑誌『改造』に発表。単行本には収められなかった。初出誌に、治修《はるなが》と鷹匠とのエピソードを伝えたくだりのあと、「（註参照）」とあるが、註はない。加賀宰相治修の家来、馬廻《まわ》り役の細井三右衛門は、相役の次男である衣笠《きぬがさ》数馬の闇《やみ》打ちにあい、反対に数馬を打ち果たした。治修は聡明で、いつも理非を自らただそうとするのに加えて、三右衛門の率直さを前から好ましく思っていたので、三右衛門を呼び、子細を尋ねる。質問の一つ一つに答える形で三右衛門は武術指南の道場の納会で、数馬と平田多門の試合の行司をつとめた折の自分の心理状態を語ってゆく。数馬の素質を評価していた三右衛門は二人に対して公平であろうと努めるあまり、数馬の勝ちを疑い、多門の方へ傾いた裁定を知らず知らずのうちにしてしまったという。その道すじに理解を示した治修が、ではなぜ数馬と知りながら打ち果たしたかと尋ねると、「数馬は気の毒に思ひましても、狼藉《ろうぜき》者は気の毒には思ひませぬ。」と答える。自分が一方を勝たせたいと思っているという意識がかえってその側の勝ちを認めにくくするという心理を扱った短編。とりたてて出来のよい作品ではないが、手なれた題材を破綻《はたん》なくまとめているという印象である。生田長江は、同年一月一〇日の『報知新聞』で、こうした主題は、もっと身近な現代的生活において扱った方が、鮮やかで有効であろうと述べている。吉田精一は、「この期の作品には、時折り気軽な、もしくは力を抜いたような、或《ある》いは浅い諷刺《ふうし》をもてあそんだ戯作ようのものが現れて来る」として、失敗作の一つに数えている。志賀直哉の『范《はん》の犯罪』と筋立てが似ていること、また主人公三右衛門が、その時その時の自分の気持ちに忠実であろうとする、どこか志賀の作中人物の倫理的潔癖感を思わせる風貌《ふうぼう》をそなえていることが注目される。（菊地　弘）

山宮允《さんぐうまこと》　明治二五・四・一九～昭和四二・一・二二（一八九二～一九六七）。英文学者・詩人。芥川龍之介の一高・東大時代の先輩。山形県生まれ。東京帝国大学文科大学英文科卒業。大正三（一九一四）年二月、山本有三・豊島《とよしま》与志雄・久米正雄・芥川龍之介らと第三次『新思潮』を始め、評論や翻訳を発表した。また、同時に創刊した『未来』に「知見の塔」を載せる。芥川はこの作を「内へ内へ努力する作者の厳粛な心境を眼のあたりに見る心地がする」（「『未来』創刊号」）と評している。大正六（一九一七）年二月四日、『現代英詩鈔』（有明館書店）を刊行。芥川の同年二月一七日付山宮允宛書簡は、この書についての感想を述べたものである。大正八（一九一九）年五月、六高教授。のち府立高校教授を経て、法政大学教授となる。『ブレイク論稿』（三省堂、昭和四・一〇）、『明治大正詩書綜覧《そうらん》』（啓成社、昭和九・一二・二五）、『近代詩の史的展望』（河出書房、昭和二九・三）などの著作で、近代詩研究の書誌的基礎を築く。ほかに『山宮允著作選集』全三巻（山宮允著作選集刊行会、昭和三九～四一）がある。（藤多佐太夫）

懺悔録《ざんげろく》　Les Confessions（一七六二～一七六八初版）。フランスの哲学者ルソーの書。全一二編からなり、ルソーの生活の外面的及び内面的な汚らわしさや家族愛の欠如（我が子を育児院にゆだねる）などを辛辣《しんらつ》に告白した半生記であるが、後世多くの人から種々の改変と粉飾がほどこされていることが指摘された。芥川は「ルッソオは告白を好んだ人である。しかし赤裸々の彼自身は懺悔録の中にも発見出来ない。」（『侏儒の言葉—告白』）「第一に僕はもの見高い諸君に僕の暮《くら》しの奥底をお目にかけるのは不快である。第二にさう云ふ告白を種に必要以上の金と名とを着服するのも不快である。（中略）友だちは愈《いよいよ》裸になつたなどと、—考へただけでも鳥肌になる。』（『澄江堂《ちょうこうどう》雑記—告白』）というように告白を嫌った。彼が当時流行の自然主義風の作品や私小説に反発して虚構性を重んじたのは、彼の美意識と浪漫主義者である体質によるものである。（西谷博之）

三国志（誌）《さんごくし》　中国二十四史の一。魏《ぎ》・呉《ご》・蜀《しょく》三国の史書。六五巻。晋の陳寿《ちんじゅ》撰。内容は魏志本紀四巻、列伝二六巻、蜀志は本紀はなく列伝だけ一五巻、呉志も列伝だけ二〇巻。三国別々に書いてはあるが、実際的に天下を統一したのは魏だというので、天子としては魏の君主だけを正式にみとめるかたちになり、朱子学者などが、正統論を問題にしてなぜ蜀すなわち劉備《りゅうび》を正統にしないかと言いだした。また、この『三国志』を「演義」すなわち『三国志』を材料にして想像を加えた羅貫中の『三国志演義』がある。芥川は『或日《あるひ》の大石内蔵之助《くらのすけ》』（『中央公論』大正六・九）で、細川家に御預り中の内蔵之助に『三国志』の中の一冊らしいものを読ませているが、これは史書の方の『三国志』でないと意味をなさない。これに反し『江南游記《ゆうき》』（『大阪毎日新聞』大正一一・一・一～二・一三）中の「二十八　南京（中）」での孔子廟門前で講釈師が読んでいる『三国志』は当然『三国志演義』の方であろう。（山敷和男）

サンデー毎日《さんでーまいにち》　大阪毎日新聞社から大正一一（一九二二）年四月に創刊された週刊誌。芥川は、創刊号に発表した『仙人』から昭和二（一九二七）年九月一五日号に掲載された『機関車を見ながら』まで、一九編の随筆、小品などをこの週刊誌に発表。芥川と『サンデー毎日』との機縁は、大正八（一九一九）年三月、大阪毎日新聞社社友となったことによると思われる。当時、大阪毎日新聞社の学芸部長は、『暮笛集』『白羊宮』の詩人であった薄田泣菫《すすきだきゅうきん》（淳介《じゅんすけ》。このころの泣菫は随筆家として活躍）で、芥川と親密な交流があった。大正一一（一九二二）年二月一八日付薄田宛書簡に「冠省度々御手紙いたゞき申訳《まうしわけ》無之《これなく》候サンデイの小説は必《かならず》書くべく候間御休神下され度候」とあり、書簡中の「小説」とはその日付から見て、「オトギハナシ」の副題をもつ『仙人』を推定される。『サンデー毎日』に発表した随筆、小品の多くは、芥川生前に刊行された単行本には収録されていない。

（馬渡憲三郎）

三土会《さんどかい》　大正六（一九一七）年一〇月、久米正雄・松岡譲・芥川龍之介が中心となって作った若い文学者の集まりの会。毎月第三土曜日に開くことになっていたので、この名がある。広津和郎の『年月のあしおと』（講談社、昭和三八・八・一〇）によると、第一回の集まりは、上野公園内の韻松亭で行われ、芥川龍之介・菊池寛・久米正雄・松岡譲・豊島与志雄・佐藤春夫・赤木桁平《こうへい》・谷崎精二・広津和郎ら二〇人位が参加したという。派閥のない会にして、始終集まっている中には、おもしろいものになっていくだろうということで、始めたものらしい。が、間もなく、中心の久米正雄と松岡譲が漱石令嬢筆子をめぐって確執を生じ、わずか二回の会合をもっただけで立ち消えとなった。芥川は第一回には出席したものの、同年一一月の第二回には出席していない。「学校の進級会議で三土会には出られないこの頃実に多忙だ」（松岡譲宛、大正六・一一・一七）という書簡が残っている。

（関口安義）

し

詩歌句《しいかく》　芥川は大正一五（一九二六）年一二月二五日新潮社発行の『梅・馬・鶯《うぐいす》』で俳句短歌を自選し『発句』『短歌』と題して発表した。『発句』はこれまで作ったすべての句から七四句を厳選したもの（六句以外は既に雑誌に発表済みのもの）。没後、昭和二（一九二七）年九月に自家版として刊行された『澄江堂《ちょうこうどう》句集』はこれに三句を補足した句集。初句「蝶《てふ》の舌ゼンマイに似る暑さかな」から結句「兎《うさぎ》も片耳垂るる大暑かな」までほぼ時代順に配置され「木がらしや東京の日のありどころ」、「水涕《ばな》や鼻の先だけ暮れ残る」など人口に膾炙《かいしゃ》された句が多く大正六（一九一七）年から一五（一九二六）年に至る俳人芥川の真骨頂を示す選句である。『短歌』は大正一一（一九二二）年三月『中央公論』に掲載の『我鬼《がき》抄』や一四（一九二五）年四月『文芸日本』に掲載の『澄江堂雑詠』を基にした大正八（一九一九）年〜一五年の短歌二五首で「橋の上ゆ胡瓜《こか》なぐれば水ひびきすなはち見ゆる禿《かぶろ》のあたま」「わが庭はかれ山吹の青枝のむら立つなべにしぐれふるなり」等遺墨でも有名な代表的作品が収録。両作品の原型とも言うべき未発表稿が現在残っている。『我鬼窟《くつ》句抄』『我鬼句抄』『蕩々帖《とうとうちょう》』『ひとまところ』などでこれらは自家製の古風な手帳に毛筆で書かれている。『我鬼窟句抄』や『我鬼句抄』は大正六年～八年の句作の実状をうかがわせる貴重な資料。前者は大正七年の項に三七句、八年に一九句書かれ、後者は春夏秋冬の構成で四〇句、短歌六首、漢詩等、多くの抹消句もある。両者から八年一〇月発行の雑誌『サンエス』掲載の『我鬼句抄』（全一〇句）が編まれ、『発句』にも相当数採択されたのである。

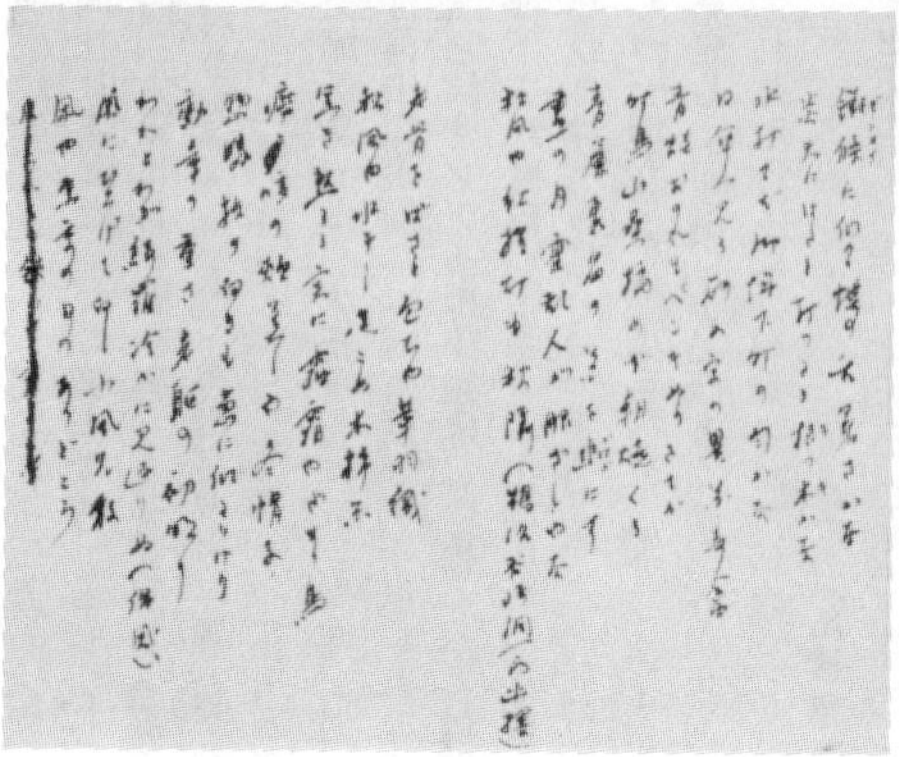
『我鬼窟句抄』

『蕩々帖（その一）』は大正九年～一一年のもので河郎《かっぱ》の歌七首連作や行燈の会の歌稿、そして「自南風《しらはえ》の夕浪高うなりにけり」「薄綿はのばし兼ねたる霜夜かな」等、『発句』所収句を含む二〇余の句稿がある。『蕩々帖（その二）』は大正一一年～一二年のもので長崎旅行の際の書画骨董《こっとう》のメモ、渡辺与茂平との連句、『発句』『短歌』収録の句や短歌が記載されている。『ひとまところ』は大正一三年九月一八日の病中吟の一片で「朝寒や鬼灯のこる草の中」など八句や漢詩稿がある。なお『蕩々帖』での句稿は一旦整理されて『澄江堂句抄』（『にいはり』大正一二・一二、一三・一、五）が編成される。二六句全部に詳しい詞書《ことばがき》が付されて自注句選の体裁でこのうち一九句が『発句』に採録された。その他に芥川には『越びと　旋頭歌《せどうか》二五首』がある。大正一四年三月『明星』に発表。「一」が三首、「二」が一三首、「三」が九首の旋頭歌で構成される。すべて越びとへの恋の哀しみ、苦渋、切なさ、嫉妬《しっと》の情感が歌われている。また、同年四月『文芸日本』に掲載された『澄江堂雑詠』は詩、俳句、短歌のアンソロジー。「主ぶり」「恋人ぶり」「父ぶり」「百事新たならざるべからざるに似たり」など古風な題の今様体、催馬楽《さいばら》の詩六編と三首の贈答歌、「庭前」と詞書された一句の構成で古歌に擬した詩形の斬新さと配列のバランスがうまく融合した作品集。芥川の詩はその大部分が未発表のまま筐底《きょうてい》に秘せられていた。「また立ちかへる水無月《みなづき》の／歎きを誰《たれ》にかたるべき。／沙羅《さら》のみづ枝に花さけば、／かなしき人の目ぞ見ゆる。」の『相聞』や『山吹』『冬』『手袋』『薹《とう》』『鏡』『臘梅《ろうばい》』等は『越びと』と関連する詩編。「ひたぶるに耳傾けよ。／空みつ大和言葉に／こもらへる箜篌《くご》の音ぞある。」の『修辞学』や『酒ほがひ』は『澄江堂雑詠』の系列に属する。ほかに不義密通と殺人をテーマにした『船乗りのざれ歌』『雪』『夏』『悪念』等一連の詩や『戯れに(1)(2)』『僕の瑞威《スキツツル》から』などの有名な詩編もある。これらは大体において大正一一年以降晩年にかけて作られたものである。以上の諸作のうちで俳句は評価定まった感がある。俳人として屈指の地位を占めるとした西谷碧落居以来、飯田蛇笏《だこつ》は技巧の冴《さ》えを指摘すると共に恐るべき「一極面の思想」を見るとし、室生犀星は「神経の響《ひびき》」と「鋭い見方」を述べて発句道の鍛練こそが緊《し》めつけた散文を生んだとした。山本健吉は句の多彩な特色を評し、村山古郷は総計千句に余る中から七〇余句を選んだ達見と俳句感覚を指摘した。これらの評価に異存はないが問題は中村草田男が指摘した芥川の言語感覚にある。彼の場合「把握した対象の生命そのものが言葉を生むといふよりも、言葉そのものがなにか生命を造り出そうと努力してゐるやうな感がある。」（「俳人としての芥川龍之介」、『芥川龍之介研究』筑摩書房、昭和三三・六）と中村草田男は言うが、これは土屋文明が彼の短歌に形式の重圧と堅苦しさを指摘したことや嘆きの情に身を委《まか》せた詩が多いと言った犀星の言葉ともパラレルで、一方旋頭歌体の『越びと』や催馬楽体今様体の詩編が今日高く評価されていることとも表裏の関係である。つまり日本古来の伝統的な詩形との格闘が芥川の詩語に生命を点《とも》したということである。大岡信は「芥川における抒情」（『国文学』昭和四七・一二）で芥川が詩に求めた「何か微妙なもの」とは今様などの伝統詩形の中でとりわけよく摑《つか》むことのできる極めて繊細な情緒であり、俳句の秀作たる所以《ゆえん》もそこにあるとした。しかし、それ以上に重要なことは伝統詩形の中にある命を意識的に摑めと主張した芥川の批評精神であり、それこそが『越びと』や『修辞学』に独特の詩と美を、『発句』に芥川らしい近代的特色をもたらしたと言える。そしてこの言語感覚と批評精神の微妙な関係はそのまま晩年の散文作品にも直結するものであり、重要な問題であることは疑いない。

〔**参考文献**〕村山古郷『芥川龍之介句集　我鬼全句』「解題」（永田書房、昭和五一・三・一〇）、飯田蛇笏「俳人芥川龍之介」、土屋文明「芥川龍之介の短歌」（『文学』昭和九・一二）、室生犀星『芥川龍之介の人と作(上)』（三笠書房、昭和一八・四・二〇）、山本健吉「澄江堂句鈔」（『芥川龍之介』河出書房新社、昭和三七・七・三〇）、佐佐木幸綱「詩歌」（菊地弘・久保田芳太郎・関口安義編『芥川龍之介研究』明治書院、昭和五六・三・五）
（原　子朗）

シェイクスピア　しえいくすぴあ　William Shakespeare　一五六四・四・二六～一六一六・四・二三。イギリスの劇作家。英文科の学生の必読のテキストは英文学を代表するシェイクスピアである。芥川は東京大学時代シェイクスピアをイギリス人の学者、ジョン・ローレンス John Lawrence（一八五〇～一九一六）に学んだ。しかし、この誠実勤勉な英国紳士の講義は当時の芥川にとって退屈極まるものだった。大学時代の回想『あの頃の自分の事』（『中央公論』大正八・一）によるとローレンスの『マクベス』講義は「講義のつまらない事は、当時定評があつた。が、その朝は殊につまらなかつた。始めからのべつ幕なしに、梗槩《かうがい》ばかり聴かされる。それも一々Act 1 Scene 2 と云ふ調子で、一くさりづつやるのだから、その退屈さは人間以上だった。」またその試験も「一生役に立たないに相違ないとしか思はれない名前や事実をむやみに覚えさせられた　沙翁のソンネットの初版は四つ切版で行数二千五百五十一行　その中《うち》誤植三十六ヴィナス　アンド　アドニイスは同版で行数三千四十七行その中誤植六と云ふのはその一つにすぎない」（井川恭《きょう》宛書簡、大正四・六・一二）とあるように芥川の大学時代のシェイクスピアとのつきあいは甚だ冴《さ》えないものだった。しかし、芥川がシェイクスピアが嫌いだったのではないことはもちろんで、彼は機関学校の嘱託教官として勤めるようになってからも、シェイクスピアを愛読している。大正七（一九一八）年三月一一日付、井川恭宛の書簡に「学校の方はいゝ加減にしてゐるから本をよむ暇は大分ある　この頃ハムレットを読んで大《おほい》に感心した　その前にはメジユア　フオア　メジユアを読んでやつぱり感心した　僕の学校は一体クラシックスに事を欠かない丈《だけ》が便利だ」と書き送っている。シェイクスピアの作品に優れた児童文学性を見いだしていることも芥川らしい読み方である。「僕の兄の子供は僕の作ったお伽噺《とぎばなし》より『ハムレット』の方が面白いと言ってゐますよ。かう云ふ悪評ならいつでも甘受しますが。」（座談会「家庭に於ける文芸書の撰択について」、『女性改造』

シェイクスピア

大正一三・三）との発言もある。　（剣持武彦）

志賀直哉《しがなおや》　明治一六・二・二〇～昭和四六・一〇・二一（一八八三～一九七一）。小説家。生地は宮城県牡鹿《おじか》郡石巻《いしのまき》町であったが二年後に上京し、麹町《こうじまち》区内幸町に住む祖父母と同居。祖父直道祖母留女《るめ》、父直温《なおはる》母銀および義母浩《こう》との生活の中で、志賀は作家としての気質の半面を培っていくことになる。明治二二（一八八九）年学習院初等科入学、三九（一九〇六）年東京帝国大学文科大学英文科入学、四一（一九〇八）年国文科に転じ、四三（一九一〇）年に退学。この間しだいに文学への志向を強め、文学研究会「十四日会」を結成。これが回覧雑誌活動につながり、その実績と情熱が『白樺』創刊にむけて結集していく。その創刊は明治四三年四月、同人には志賀のほかに武者小路実篤、木下利玄《りげん》、里見弴、柳宗悦《むねよし》、有島武郎、有島生馬《いくま》らがいた。ここに人道主義の呼称で統括される「白樺」派の活動が公的に開始されることになった。志賀は創刊号に『網走《あばしり》まで』を載せ、以後完成された文体と透徹した眼光に支えられた数々の名品を生み出していく。『城《き》の崎《さき》にて』『焚火《たきび》』などの短編でよくその本領を発揮したが、中、長編の代表作にそれぞれ『和解』『暗夜行路』がある。反自然主義の立場をとる芥川は、自然主義の弊に抗して出発した「白樺」派を評価、好感の情を寄せているが、芥川が示す志賀個人への執着は、より以上に、作家としての資性と内実に相わたる真剣な問題であったことを予測させるものがある。晩年の芥川が『暗夜行路』の主人公時任《ときとう》謙作について「僕はこの主人公に比べると、どのくらゐ僕の阿呆《あほう》だつたかを感じ、いつか涙を流してゐた。」（『歯車』）と記したことはよく知られている。また、『文芸的な、余りに文芸的な』では、「志賀直哉氏の作品は何よりも先にこの人生を立派に生きてゐる作家の作品である。」とも言う。芥川が志賀を畏敬する底には、この妥協を知らない強靱《きょうじん》な自我の実現者とちょうど対極の地点に自らを位置づけなければならなかった慚《ざん》愧《き》の思いが揺曳《ようえい》していたとみられる。志賀直哉の芥川に対する思い出として随筆『沓掛《くつかけ》にて―芥川君のこと―』（『中央公論』昭和二・九）がある。「芥川君とは七年間に七度しか会つた事がなく、手紙の往復も三四度あつたか、なかつたか、未だ友とはいへない関係だつたが、互に好意は持ち合つて居た。」の書き出しで始まるこの文章で、志賀は芥川との交流を具体的に語っているが、結果として志賀自身と芥川との文学の違いが示されている。「後《あと》で思つた事だが、私のやうに小説を書く以外全く才能のない人間は行きづまつても何時かは又小説へ還るより仕方ないが、芥川君のやうな人は創作で行きづまると研究とか考証とかいふ方面に外《そ》れて行くのではないかと。然し今にして見れば芥川君は矢張りさうはなり切れなかつた人かも知れない。」「今は誰の事を云つたか忘れたが、文壇の誰彼に対し、私が無遠慮に悪口《あくこう》をいふと、芥川君はその人のいい点をはつきり挙げて弁護した。それは私に反対しようといふのではなく、純粋な気持に感じられ、私は大変いい印象を受けた。」「一体芥川君のものには仕舞で読者に背負投げを食はすやうなものがあつた。これは読後の感じからいつても好きでなく、作品の上からいへば損だと思ふといつた。（中略）私は無遠慮に只、自分の好みを云つてゐたかも知れないが、芥川君はそれらを素直にうけ入れてくれた。」といった言葉の中に、志賀の芥川に対する人間理解が分かる。井上良雄は「侏儒《しゅじゅ》、阿呆、生活的宦官《かんがん》、道化人形――凡《およ》そこれら一切の芥川龍之介的なもの」と「未だ精神の近代的デカダンスを知らぬ人、何よりもこの人生の男々しい生活者」（「芥川龍之介と志賀直哉」）との距離に注

志賀直哉（昭和初年）

目、「人工の翼」を太陽に焼かれた芥川の悲劇を越えて、「強力健康な自然人」志賀、就中、『范《はん》の犯罪』における主人公の宣言を重視、「心の楯《たて》」としていく決意を表明した。井上の立論に対しては久保田正文の反駁《はんばく》（『芥川龍之介・その二律背反』）があり、鳥居邦朗（「志賀直哉と芥川龍之介」）、分銅惇作（「芥川龍之介と志賀直哉」）は、芥川、志賀をそれぞれ「無縁」「別種類の競技者」とみ、芥川を越える地点に志賀を位置づけることの無理を指摘する。一方、『文芸的な、余りに文芸的な』で、芥川はいま一つ作品に流れている「東洋的伝統の上に立つた詩的精神」を挙げ、志賀を「僕等《ら》のうちでも最も純粋な作家――でなければ最も純粋な作家たちの一人」と規定した。これについては三好行雄が示唆に富む論を展開している。「日本の抒情を愛しながら、西洋との出あいによる〈精神的にえらいもの〉への変貌を選ん」で出発した芥川は、『闇中《あんちゅう》問答』で「芥川龍之介！　芥川龍之介、お前の根をしつかりとおろせ。……これからお前はやり直すのだ。」と書いたとき、「西洋の知性」を、「おろすべき〈根〉だ」とは信じていなかったはずだと説く。しかし、その彼にはもう「〈やり直す〉時間」は残されていない。志賀への親炙《しんしゃ》という一事象から「芥川龍之介は、芥川にふさわしい死の秘儀を選んだことになる」（『芥川龍之介論』）と発展する同論は今後に大きな課題を投げかけたものと言えよう。

〔参考文献〕井上良雄「芥川龍之介と志賀直哉」（『磁場』昭和七・三）、久保田正文『芥川龍之介・その二律背反』（いれぶん出版、昭和五一・八・五）、三好行雄『芥川龍之介論』（筑摩書房、昭和五一・九・三〇）

（中村　友）

慈眼寺《じげんじ》　芥川家の菩提《ぼだい》寺。日蓮宗。東京都豊島区巣鴨五丁目三七番地。東京都染井霊園と近接している。墓は向かって右に「芥川家之墓」、左に「芥川龍之介墓」と刻まれて二基並んで建てられている。龍之介の墓碑の字は小《お》穴《あな》隆一の筆によるとされる。台座は生前用いていた座蒲団と同じ大きさと言われ、墓石の上面に家紋がある。近年向かって右側に「墓誌」が建ち「懿文院龍之介崇居士　昭和二年七月二十四日芥川龍之介」を筆頭に芥川道章《どうしょう》、儔《とも》、富貴《き》、英子、多加志《たかし》、文《ふみ》、比呂志《ひろし》の順に戒名と名が記されている。なお、『本所《ほんじょ》両国』の「萩《はぎ》寺あたり」の中で、この寺が本所の猿江にかつてあったことが記されている。

龍之介の墓

（菊地　弘）

死後《しご》　小説。大正一四（一九二五）年九月一日発行の『改造』第七巻第九号に発表。生前はどの単行本にも収められず、岩波版第一回『全集』「別冊」に「作者の遺志を重んじて小説集の中には入れず」（「編輯《へんしゅう》者のノオト」、『月報』第八号、昭和四・二）、「未定稿」として収められた。収録の際末尾近くの「フロイトは―」が削除された。内容は、夢の中で死後の「僕」が友人Sや再婚した妻に会うというとりとめのない話である。芥川は軽井沢の「つるや」より斎藤茂吉宛に「改造の小生の小説は雲煙の如く御覧下され度《たく》、（中略）今度は原稿とりの使《つかひ》を待たせ置きて後半数枚を書き上げし次第、赧顔《たんがん》の外無之《これなき》候《さうらふ》」（大正一四・八・二六）と書き送ったのに対し、茂吉は「御作は『改造』の方を一段と好み申《まうし》候感読仕《つかまつ》り候。あゝいふものになると微妙な深いものに相成《あひなり》凡俗の読者には分かり申すまじく候。かゝる不意識状を描写してフロイド一派の浅薄に堕せず実に心ゆくばかりと存じ候。」（同・八・二八）と褒めた。神崎清は「黄色評論」（『文芸時代』同・一〇）で、結末「フロイトは―」の部分の明解ならざる点を非難したが、芥川は神崎宛に書簡（同・九・二九）を送り弁解につとめていることから、後半とくに結末は匆《そう》匆《そう》のうちに書かれたことが分かる。『海のほとり』『尼《に》提《だい》』とともにこれを取り上げた『新潮』の「合評会」(同・一〇)では、広津和郎が「最後にくるりとフロイドで落《おと》して居る所は、何時《いつも》の彼の手だが、併《しか》し愛嬌《あいきよう》があつた。随筆風ではあつたが、悪い感じはしない。」と述べ、『改造』に同時掲載の志賀直哉『瑣事』より好きだ、とも言っている。夢の中の自分と目覚めた後の自分に「恐《おそ》ろしい利己主義者」を見いだす心境の変化とその表現の仕方の変化が広津をして「ほゝゑみ」(前記合評会)を感ぜしめたのであるが、前年の『少年』、この年一月の『大導寺《だいどうじ》信輔《しんすけ》の半生《はんせい》』で自らの過去を振り返ってみた芥川の関心が、この『死後』において夢の中という形をとりながらも自分の死に向かいはじめ、以後しだいに死への傾斜を深めてゆくという点で注目される作品である。　(吉田昌志)

地獄《じごく》　芥川の文学的イメージ。一般的には仏教語で迷界の一つを意味し、苦しみによって肉体的苦痛を与えるとされている。芥川にとって「地獄」のイメージは、晩年の精神的自画像である『歯車』の主人公が、「人生は地獄よりも地獄的である」(『侏儒《しゆじゆ》の言葉』)というアフォリズムと、『地獄変』における良秀の運命を回想するところに象徴されているように、芸術と実生活のはざまに広がる〈奈落の苦艱《くげん》〉として認識されていた。大別すると、(a)仏教的、東洋的な「地獄」、(b)キリシタン物やダンテの『神曲』における西洋的な「地獄」(「いんへるの」)、(c)日常生活における現実認識としての「地獄」の三種に分けられる。(a)では、『蜘蛛《くも》の糸』『杜《と》子春《ししゆん》』の教訓的な地獄から『地獄変』『邪宗門』などの背景にある地獄のイメージがあり、(c)では、正宗白鳥の文学に「地獄の業火」をみ、斎藤茂吉の『赤光《しやつこう》』『あらたま』にうたわれた狂人や地獄の世界に震憾《しんかん》する芥川の姿を想起すればよい。「目前の境界が、すぐそのまゝ、地獄の苦艱を現前する」(『孤独地獄』)という孤独地獄も、『歯車』の世界も、現実苦としての地獄であるこの範疇《はんちゆう》に属すると言えよう。　(石崎　等)

地獄変《じごくへん》　小説。大正七(一九一八)年五月一日〜二二日『大阪毎日新聞』(夕刊)に連載(五日、一六日休載)。同年五月二日〜二二日『東京日日新聞』(夕刊)に連載(一八日休載)。『傀儡《かいらい》師《し》』(新潮社、大正八・一・一五)、『地獄変』(春陽堂、大正一〇・九・一八)、現代小説全集1『芥川龍之介集』(新潮社、大正一四・四・一)に収録。初出と初出本『傀儡師』との主な異同は、吝嗇《りんしよく》で、……強慾で→(初)吝嗇、慳貪《けんどん》、好色、無《む》恥《ち》、怠慢、剛慾《がうよく》(四)。猛火が……渦を巻いて居りました。→猛火を、……渦巻かせたのでございます。(六)。その甚しい夢中になり方とは、→「今までよりは恐ろしい狂ひ方」とは、(七)。落葉の匂《にほひ》だか、……何やら怪しげな→落葉の匂か、瀧《たき》の水沫《しぶき》か或《あるい》は又猿酒の饐《す》えたいきれかと疑はれる、怪しげな(十)。思はず知らず→ふらふらと(十八)(十九)。苔蒸してゐるにちがひございません。→苔《こけ》蒸してゐるでございませう。(二十)。なお初出及び初出本には、(十八)の末尾に次の一節があった。「その猿が何処《どこ》をどうしてこの御所まで、忍んで来たか、それは勿論《もちろん》誰にもわかりません。が、日頃《ひごろ》可愛がつてくれた娘なればこそ、猿も一しよに火の中へはひつたのでございませう。」吉田精一は、この削除は小島政二郎の評言「わざ〳〵『日頃可愛がつてくれた娘なればこそ』などと説明の労を取らなくとも、黙つてあのパセチックなシインを描いてくれゝば、読者は一人で勝手に息がつけない位《くらゐ》緊張して来る。文章の面白味はさう云ふ微細な点にあると思ふ。芥川氏のやうに一々さう底をわられては、折角の面白味が消えてしまふ。」(「『地獄変』を読む」)を採用したためであろうとしている(日本近代文学大系38『芥川龍之介集』、「補注」角川書店、昭和四五・二・一〇)。この小説は『大阪毎日新聞』社友契約(大正七・二・一三)による第一作である。大正六(一九一七)年一二月初旬から着手され、最初は『開化の殺人』あるいは『踏絵《ふみえ》』という題で執筆するつもりでいたらしいが(薄田《すすきだ》淳介《じゆんすけ》宛書簡、大正六・一二・八)、翌年二月、題を『地獄変』として執筆し始めた(薄田宛書簡、大正七・三・一)。擱筆《かくひつ》、五月一三日。材料は『宇治拾遺物語』巻三（六）『絵仏師良秀の家の焼くるを見て悦《よろこ》ぶ事』（『十訓《じっきん》抄』巻六第三二も同じ）、『古今著聞集』巻一一、画図第一六『弘高地獄変の屏風《びやうぶ》』の条《くだり》に得たと言われている。なお、ヘッペルの『ユーディット』、メレジコフスキーの『失覚者——レオナルド・ダ・ヴィンチの物語（英訳）』なども素材として挙げられている。だがそれらの単なる翻案といったものではない。主題、構想など全く独自な形をとり、芥川独自の人生観、芸術観が活《い》かされている。概要は——堀川の大殿様は何事にも秀《すぐ》れたお方であり、数多い逸事を持っておられたが、なかでも地獄変の屏風の由来ほど恐ろしいものはなかった。大殿様からその地獄変の屏風を描くことを命ぜられたのは、本朝第一と呼ばれた絵師良秀であった。しかし良秀は技倆《ぎりよう》には秀でていたが、無恥で強欲、横柄で高慢な男として人々から嫌われている人物であった。地獄変の屏風を描くことになった良秀は、憑《つ》かれたようにその仕事に熱中するが、ただどうしても描ききれない一つの図柄があった。それは上《じよう》﨟《ろう》が燃えさかる牛車《ぎつしや》の中で悶え苦しむ姿であった。良秀は大殿様に檳榔毛《びろうげ》の車を自分の眼前で炎上させてほしいと願い出た。二、三日後の夜、良秀の願いがかなえられることになった。車の中にはきらびやかな衣装の上に鎖をかけられた上﨟が座していた。だが意外なことにそれは良秀の愛娘であった。思わず良秀は車に駆け寄ろうとするが、火が放たれるやその場にたたずみ、燃えさかる様をじっと見つめるだけであった。さすがの良秀も驚愕《きようがく》と恐怖の表情を見せずにはいられなかったが、しかししばらくするとそれは恍惚《こうこつ》とした法悦の輝きに変わっていった。一月ほどして完成した屏風は、猛火の中であらゆる身分の人間たちが苦しみもがく様子を独特の筆致で描出したものであった。特に牛車の中で炎に包まれ悶え苦しむ上﨟の姿は人目をひき、日ごろ良秀をよく思わぬ人たちも、これには心を打たれずにはおられなかった。だがこの絵を完成させた翌日、良秀は自ら縊《くび》れ死んだ。大正七（一九一八）年二月、塚本文《ふみ》と結婚した芥川は、前述したごとく翌三月、大阪毎日新聞社社友となり、その第一作として『地獄変』を執筆することになるが、以後数年間は、芥川の短い生涯の中で最も充実した時期に当たり、次々と話題作を発表している。小島政二郎宛書簡で「地獄変はボムバスティックなので書いてゐても気がさして仕方がありません本来もう少し気の利いたものになる筈《はず》だつたんだがと毎日、新聞を見ちや考へてゐます」（大正七・五・一六）と書いてはいるが背後には強い自信があったことは確かであり、芸術至上主義的理念を内側からしだいに強固なものにしていっている。『里見八犬伝』の作者馬琴を主人公とした『戯《げ》作三《さくざん》昧《まい》』（『大阪毎日新聞』（夕刊）大正六・一〇・二〇～一一・四）で、芥川は芸術家にとっての真の「人生」は「芸術創造の過程にのみ」存在し、他は「人生の残滓《ざんし》」にすぎぬという信念（三好行雄）を告白しているが、「地獄変」ではそうした芸術至上主義的理念の追究、確認が形を変え試みられることになる。つまり良秀という独創的な芸術家が創出され、芸術と人生（現実世界）との相関関係が再び追究されていくことになるの

地獄變
芥川龍之介

『地獄変』の連載第１回目（『大阪毎日新聞』大正７年５月１日）。
社友契約による第一作。

だが、生活者の倫理を犠牲にし、代償として「芸術家の光栄」を確保するにいたった良秀の生きざま（三好行雄）は、むろんこの時期の芥川の願望でもあった。芥川にとって芸術は人生（現実世界）をはるかに越える存在としてあったのである。

〔**参考文献**〕三好行雄「『地獄変』について」（『国語と国文学』昭和三七・八）、竹盛天雄「地獄変―語り手の影」（『批評と研究・芥川龍之介』芳賀書店、昭和四七・一一・一五）、海老井英次「『地獄変』と『邪宗門』」（『文学論輯』昭和五三・六）、菊地弘「地獄変」（『芥川龍之介―意識と方法―』明治書院、昭和五七・一〇・二五）。

（島田昭男）

『地獄変』じごくへん　短編小説集。ヴェストポケット傑作叢書第四編『地獄変　他六篇』と題して、大正一〇（一九二一）年九月一八日、春陽堂から発行。三五判、五〇銭の廉価版で、『地獄変』『きりしとほろ上人伝』『枯野抄』『龍』『首が落ちた話』『蜜柑《みかん》』『沼地』が収録されている。これには、春陽堂から独立した小峰八郎が「文芸春秋社出版部」の名儀を貸りうけて出版した同型の異装版（一五・二・八、五五銭）があり、そのときの題名は『地獄変』となっており、ルビ、用字などにわずかの相違がある。『地獄変』一編のみの単行本としては昭和一一（一九三六）年四月二五日発行の野田書房のものがある。一七〇部限定、菊変型判、帙《ちつ》入、頒価《はんか》五円、題簽《だいせん》小穴《おあな》隆一、装丁堀辰雄、本文用紙には著者自筆の芥川龍之介の透かし入りの越前産別漉《べつすき》鳥の子程村紙を使った豪華なものである。底本には、著者の意向に最もそったものとして普及版全集第二巻所載のものを用い、ルビについては『傀儡師《かいらいし》』初版（新潮社、大正八・一・一五）、『地獄変』（文芸春秋社出版部）、『芥川龍之介集』（新潮社、大正一四・四・一）を参照し、葛巻《くずまき》義敏、堀辰雄、芥川比呂志《ひろし》、野田誠三らで決めたもので、その複刻が「名著複刻芥川龍之介文学館」の一冊として昭和五二年七月一日、出版されている。

『地獄変』の表紙（野田書房版）

（田中夏美）

ジゴマじごま　Zigomar　フランス映画の題名。芥川の一高在学中の明治四四（一九一一）年に日本でも封切られた。監督ジャッセ、主演アルキエール。内容はピストル片手のジゴマが強盗を重ね、抵抗するものは容赦なく射殺し、逃亡するというもので、一種の犯罪映画である。興行的に大成功したため、のちには和製ジゴマ映画も続出した。当時の青少年の多くがこの映画を見、そのまねをする者も出たりして、内務省令による「活動写真検閲規則」が実施され、臨検警官が映画館に入り〈上映禁止〉を叫んだ。さらに大正元（一九一二）年一〇月には、ジゴマという名称のいっさいを興行に使うことが禁じられた。芥川は活動写真の検閲には批判的で、のちに『河童《かっぱ》』（『改造』昭和二・三）の中で河童の国の〈演奏禁止〉に託して、臨検警官の〈上映禁止〉を揶揄《やゆ》することとなる。ただしジゴマ映画に対しては『片恋』（『文章世界』大正六・一〇）で「『名金』だの『ジゴマ』だのって、見たくも無いものばかりやってゐる」と書き、否定的見解を示している。

（関口安義）

自殺じさつ　自ら自己の生命を絶つこと。人間だけに可能な行為とされる。その現れ方は、時代、社会制度、文化伝統、個人の体質や環境などによりさまざまである。世界的に二〇世紀の芸術家に自殺が多いのは、キリスト教的権威の失墜による生の不条理性の露呈や自殺タブーの無力化によるものと考えられるが、アルヴァレズの言うように（『自殺の研究』）、現代の芸術家の自殺からはロマン派芸術家の自殺にあったようなヒーローとしての栄光が失われ、芸術家はただみじめな「生贄《いけにえ》の山羊《やぎ》」になる傾向がある。キリスト教的伝統を持たず、観念上、生死の境界が西洋ほど定かでない日本においては、とりわけ自殺作家が多いが、「生贄の山羊」になる点は同じである。「ぼんやりした不安」を動機とした芥川の自殺が時代の象徴になり得たのも、さまざまな原因をそこに押し込めることのできる「生贄」を、時代が彼に要求し、彼がそれを演じきったからであると考えられる。

（曾根博義）

猪・鹿・狸《しし・しか・たぬき》　書評。初出『東京日日新聞』大正一五（一九二六）年一二月六日。早川孝太郎の『猪・鹿・狸』（郷土研究社、大正一五・一二）の紹介。怪談、奇異譚の好きな芥川は、この本の民俗的な狸や鹿の話に興をそそられ、『オピアム・エックス』をのむ合ひ間にちよつとこの紹介を草することにした。」と述べている。

（田中保隆）

時事新報《じじしんぽう》　明治一五（一八八二）年三月一日、福沢諭吉が創刊した新聞で、不偏不党を標榜《ひょうぼう》。慶応義塾出身者が運営の中心になり、経済記事の充実に特色を示した。読者も中上層である大商人、実業家、会社銀行員、高級官吏などが多く、それがまた他紙と異なる。関東大震災後、社運衰退し、昭和一一（一九三六）年一二月、『東京日日新聞』に合併されて廃刊。第二次大戦後、再刊されたが長続きせず『産業経済新聞』に再び合併された。ところで、芥川の同紙との関係で目につく事は間接的なものが主である（直接的なものとしては若干の雑文執筆程度）。例えば、同紙（大正五・一一・八）に載った広津和郎の『煙管《きせる》』評に対して、『MENSURA ZOILI』という鬱憤《うっぷん》晴らし的作品を書いたり、同紙（大正六・一〇・一八）文芸消息欄に、彼が「大阪朝日の依嘱により短篇黴菌《ばいきん》を書いてゐる」と間違い（「馬琴」と「黴菌」）記事の出たことを手紙（薄田淳介《すすきだじゅんすけ》宛、大正六・一〇・一八）に書いたり、また大正八（一九一九）年二月、同紙外交記者であった菊池寛も、自分と同じ大阪毎日新聞社の社員にしてくれるよう交渉した、ということなどがある。

（福本　彰）

詩集《ししゅう》　小説。大正一四（一九二五）年五月一日発行の雑誌『新小説』第三〇年第五号に、『雪』『ピアノ』と共に発表。『梅・馬・鶯《うぐいす》』（新潮社、大正一五・一二・二五）に収録。「夢みつつ」（仮構の名）という詩集が、三年ほどの間に林檎《りんご》の実を守る紙袋になってしまう過程を書いたもの。しかし、それは「夢みつつ、／夢みつつ／日もすがら、／夢みつつ……」というリフレインにふさわしい、というニュアンスで書かれている。

（石原千秋）

自笑軒《じしょうけん》　東京田端《たばた》にあった会席料理の店。正しくは天然自笑軒という。店主は宮崎直次郎と言い、芥川の養父道章《どうしょう》とは一中節《いっちゅうぶし》の仲間だった。趣味人の直次郎は庭の植え込みや座敷の掛けものに凝って、予約以外の客はとらないという一風変わった経営をした。芥川家はこの店をひいきにし、龍之介の結婚披露宴（大正七・二・二）もこの店で行われた。なお、芥川を含めた田端文化人の集まりである道閑会《どうかんかい》の会場にも利用されている。

（関口安義）

自序跋《じじょばつ》　『編輯後に』『校正後に』などは第四次『新思潮』の編集後記（大正五・三〜大正六・一）で、芥川の書いたものが六編ある。自分の作品を「単なる歴史小説の仲間入をさせられてはたまらない」こと。「小さくとも完成品を作りたい」「芸術の境に未成品はない」こと。他の作家の作品を読むとき「傾向」を読むのではなく「つかまへ方、書き方」をみるようにしていること。批評家が作家につけるより、作家が批評家につける折紙の方が「客観的にも、正否がきめられ得るから」論理的であること。漱石が惜しくも死んだこと、その漱石に褒められることの「満足」と漱石を「唯一の標準にする事の危険」の両方を自分は感じていたこと。「絶えず必然に、底力強く進歩して行かれた」漱石を思うと自分の現在が恥ずかしいこと。「文壇は来るべき何物かに向《むか》つて動きつゝある」こと、などがメモ風に記されている。若々しく、また編集後記らしく全体に攻撃的な文章である。『「羅生門」の後に』は大正六（一九一七）年五月二三日刊の第一短編小説集『羅生門』の後記である。大別して二つの事柄が記されている。一つは『鼻』が漱石に認められ、文壇にデビューするまでの作品と発表機関の年代記的な覚え書きである。作品を書いたときの自分を自分に記念したかったからという動機に基づいている。二つ目は、早くも貼《は》られた「新理智《りち》派」「新技巧派」といったレッテルを迷惑だと排していることである。「それらの名称によつて概括される程《ほど》、自分の作品の特色が鮮明で単純」だとは思えないからというのが理由である。『私と創作』は大正六年一一月一〇日刊の『煙《たば》草《こ》と悪魔』の序である。ここには創作にかかわる内面の機微が略述されている。「拵《こしら》へてゐると云ふ気より、育ててゐると云ふ気がする。人間でも事件でも、その本来の動き方はたつた一つしかない。その一つしかないものをそれからそれへと見つけながら書いて行くと云ふ気がする。」と記し、さらに自作について書き方より物の見方に対し、「救はれない」と述べ、「ふだんの生活そのものに、愛憎がつかしたくなる」と自嘲している。『羅生門』の後記と比較すると、文壇での位置の確立へ向けての自信と不安がのぞいている。『「バルタザアル」の序』は、第三次『新思潮』の創刊号に発表したアナトール・フランスの作品の翻訳を、大正八（一九一九）年七月の『新小説』に再掲載するに当たっての序文である。芥川は、この翻訳が二度活字になる運命を前に、無名の青年だった昔を思い「苦笑を洩《もら》すより外に仕方がない。」と書いている。また自分の小説も活字にさえならないような時がくるかも知れないが、その時もやはり「苦笑を洩」すだろうとも書いている。これ以外に「時代に対する礼儀を心得てゐないから」というのが理由である。こうした倫理から、ジャーナリズムの寵児の心に時代の推移の速さが鋭く投影しているのをみることができよう。『露訳短篇集の序』。芥川の露訳短編集は昭和二（一九二七）年三月にモスクワで刊行され、この文はそれに付された。芥川はここで、ロシア文芸ほど日本近代の作家及び読書階級に影響を与えたものはないとし、その理由にロシア人と日本人の「性質」の近似性を想定している。その例としてレニンを挙げ、頼朝《よりとも》や家康《いえやす》に近い政治的天才だと言い、「東洋の草花の馨《かお》りに満ちた、大きい一台の電気機関車」だと述べている。晩年の芥川の眼差《まなざ》しの向かう所が示されている。加えて芥川は一八八〇（明治一三）年以降、日本は大勢の天才を生んだこと、自作の翻訳を機にそれら天才たちの作品もロシアに紹介されることを望むのを忘れなかった。『「開化の殺人」附記』『「影《かげ》燈籠《どうろう》」附記』『「夜来の花」附記』『「点心」自序』『「沙羅《さら》の花」自序』『「邪宗門」の後に』『「春服《しゅんぷく》」の後に』『「黄雀風《こうじゃくふう》」の後に』『「梅・馬・鶯《うぐいす》」小序』は、芥川の内面及び作品を知るうえで、得るところは少ない。

（芹沢俊介）

私生児問題《しせいじもんだい》　芥川龍之介私生児説がジャーナリズムの間で大きな話題となったのは、昭和三〇（一九五五）年から三一年にかけてのことである。ことの発端は、昭和三〇年一〇月六日付の『東京新聞』が、「芥川龍之介出生の謎判《なぞわか》る　小穴《おあな》隆一氏が近く公表」「母親は横尾その　実家新原《にいはら》牧場の女中」という見出しでセンセーショナルに報道したことによる。小穴の新説は、『二つの絵―芥川龍之介の回想―』（中央公論社、昭和三一・一・三〇）で明らかにされたものだが、それは旧稿「二つの絵―芥川龍之介自殺の真相」（『中央公論』昭和七・一二、八・一、のち昭和一五・一〇・三〇、中央公論社刊『鯨のお詣《まい》り』に収録）で示した「彼の棺に釘《くぎ》を打つときに、『これを忘れました。』――惶急《くわうきゆう》に彼の夫人が自分に渡した紙包《づつみ》は〇〇龍之助。断じて龍之介とは書いてなかつた臍緒《へそのを》の包《つつみ》である。のみならず新原・芥川そのいづれでもない苗字《みやう》を読んだ」という憶説をさらに大胆に飛躍させ、四半世紀後にもなって女中の子「横尾龍之助」説を打ち出したわけである。このスキャンダラスな新説に対し、とうぜん近親者から反論がおこった。芥川比呂志《ひろし》は「父龍之介出生の謎―『新事実』は事実ではない」（『文芸春秋』昭和三〇・一二）を、姉の葛巻《くずまき》ひさは「私の立場から訂したいこと」（『新潮』昭和三一・二）を書いた。芥川比呂志は、実在した横尾そのが龍之介より一歳年下で、本所《ほんじょ》の芥川家から伯母ふきと一緒に内藤新宿二丁目七番地に留守番にきていた娘であったことを明らかにし、また葛巻ひさは「それは弱々しい赤児《ご》ではありましたが、母の床の中で真綿をかぶつて木綿の麻の葉のうぶ着を着て寝て居た弟を覚えて居ます」と語り、臍緒もただ「龍之介」としか書かれていなかったと小穴説の根拠薄弱を衝いた。小穴の芥川私生児説が最初『中央公論』に発表されたとき、反響がないわけではなかった。下島勲《いさおし》は「二つの絵の誤りを訂す」(『文芸春秋』昭和八・二)をただちに書き、両親共に大厄のときの子供だったために「昔より伝はる迷信の上から、一度び捨《た》て児としてその形式を踏ませられた」とし、その拾い親を実父新原敏三の経営する耕牧舎日暮里《にっぽり》支店の松村浅二(正しくは「次」)郎だとした。したがって○○の伏せ字は「松村」に違いないと反論した。しかし、小穴はそれを無視して推論を展開したわけである。現在、私生児説は否定されており、発狂した実母をめぐる新原・芥川両家の家庭環境については、いくらかの謎の部分を残しているとはいえ、森啓祐の『芥川龍之介の父』(桜楓社、昭和四九・二・五)と沖本常吉の『芥川龍之介以前—本是山中人—』(東洋図書出版、昭和五二・五・二〇)によってほぼ明らかにされたと言える。その二著ではとくに新原敏三《としぞう》の除籍謄本に記述されている推定家督相続人廃除の裁判の確定を基に、芥川家との養子縁組の実体が解明され、新原家の家系、龍之介を真ん中にはさみ、はつ・ひさ・得二・敏二などの姉弟および拾い親松村浅次郎についての実証的な考察がなされている。これらの資料をみるかぎり今後大幅な訂正はないであろう。ところで、小穴の発言は、ジャーナリズムの間にちょっとした芥川出生論議をひきおこした。多くの推論や発言のうちで、代表的なものとして、山本健吉の「芥川私生児説の余波」(『三田文学』昭和三一・二)、吉田精一の「芥川私生児問題について」(『近代文学』昭和三一・二、同年八月『国文学解釈と鑑賞』に転載)、荒正人の「芥川龍之介の出世の謎をめぐって」(『近代文学』昭和三一・二)を挙げることができる。後二者は「特集・芥川龍之介における生活と文学の問題」として組まれたもの。同誌には他に中村真一郎と奥野健男が寄せている。吉田文は、前出『東京新聞』に誤伝された談話筆記を訂正する意味を含んで書かれたもので、吉田の関心が一貫して「私生児かどうかということよりは発狂した生母ふくの子供であるかないか」、それを芥川が知っていて成育したのかどうか、という点にあったことが知れる。また荒文は、作品研究の方法とその問題点にまで立ち入りその経緯をよく整理していて参考になる。これらをみるかぎり、芥川私生児説は、芥川伝の一齣《ひとこま》をうめるためにのみ論議されたのではなかった。当時の文学研究の状況を反映し、より本質的な問題にまで発展してゆかざるをえない要素をはらんでいた。なお、小穴説にそいつつ独自な観点から芥川の生の秘密に迫ったものとして福田恆存《つねあり》の「芥川龍之介論」(『近代文学』昭和二一・六〜一二)がある。

〔参考文献〕森本修「芥川龍之介伝の謎」(三好行雄編『別冊国文学№2　芥川龍之介必携』昭和五四・二・一〇)　（石崎　等）

自然（「人工の翼」に対する）しぜん　芥川文学における「自然」の観念を「人工の翼」との対比において定立させようとする場合の問題点は、一方の極である「人工の翼」についてしか芥川による限定が残されていないという点にある。「人工の翼」は、芥川が遺稿として書き残した自己の精神史『或阿呆《あるあほう》の一生』の「十九」である。この項は「彼はアナトオル・フランスから十八世紀の哲学者たちに移つて行つた。」と始められている。フランスについては「十六枕《まくら》」で、「彼は薔薇《ばら》の葉の匂《にほひ》のする懐疑主義を枕にしながら」フランスを読んでいたと書かれていた。そこから「移つて行つた」ものとして一八世紀の哲学者たちと複数で言われている。その中のルソーに近づかなかった理由は、「彼」の一面である情熱に駆られやすい面を持つからであり、「彼」の他の一面である「冷《ひや》かな理智《りち》に富んだ」面を持つヴォルテェルに近づいたと言う。そして「人生は二十九歳の彼にはもう少しも明るくはなかつた。が、ヴォルテエルはかう云ふ彼に人工の翼を供給した。」と続く。すなわち、「人工の翼」は「情熱」に対するものとしての「理智の光」そのものを意味しているのであり、またそれは二九歳（大正九年に当たる）のことだと明示されている。その「人工の翼」の下で見た「人生の歓びや悲しみ」は目の下へ沈《しず》み、「見すぼらしい町々」へは「反語や微笑」を落とすことでやり過ごしたと書く。最後に「太陽の光りに焼かれ」海に落ちる予感を書き添えて終わっている。これが芥川自身による「人工の翼」ということばの語法である。ここで注意すべきは、「人工の翼」が人為的、人工的な事物を指すのではなくて、人生や生活など生き方の態度・姿勢として意味づけられていることである。したがってその対応としての「自然」を考えようとする場合も一つの態度・姿勢として、例えば「五我」の項で描かれる「『何、唯乗つてゐたかつたから。』／その言葉は彼の知らない世界へ、――神々に近い『我』の世界へ彼自身を解放した。」という「観」のレベルで考えられるべきであろう。この理解の筋道は、『侏儒《しゆじゆ》の言葉』（遺稿）の中の二つの「理性」の項にある「わたしはヴォルテェルを軽蔑してゐる。」とも「理性のわたしに教へたものは畢竟《ひつきやう》理性の無力だつた。」と呼応し、同じく「自然」の「我我の自然を愛する所以《ゆゑん》は、――少くともその所以の一つは自然は我我人間のやうに妬《ねた》んだり欺いたりしないからである。」という、「自然」を人生や生活への態度の角度からとらえようとする芥川とも整合する。このことから、芥川の語法による「人工の翼」との対比において定立される「自然」の観念は、「情熱」とか「唯乗つてゐたかつたから」という「神々に近い『我』の世界」といった、生きて行くに際しての一つの態度として理解されるべきだと言えるだろう。「孫の太郎に具現されている〈無邪気〉」は「近代的知性がある意味では対立的なものにしてしまった人間の〈自然〉性に外ならない」（海老井英次「戯作三昧《げさくざんまい》」、菊地弘・久保田芳太郎・関口安義編『芥川龍之介研究』明治書院、昭和五六・三・五）といった把握はこのパターンに照応しよう。さらにもう一つの問題として「人工の翼」に含まれる「二十九歳」という要素がある。芥川は自己の創作活動の一つの屈折点をこの年齢に見ていて、そこに「人工の翼」なる観念を置いている。従来、芥川文学は西欧的な理知によって卑小な現実に皮肉な批評を下したものとする評価がある。その特徴を「人工の翼」一語で領略し、この語を芸術そのものと考えようとする理解がある。しかしそれは芥川の語法には合っていない。それとは別に、「人工の翼」による飛翔中に芥川が見た「人生」や「町々」の中に、「人生」と対立して存在する「自然」を指摘する論（平岡敏夫「芥川における〈人工〉と〈自然〉」、『国文学』昭和五六・五）がある。

（角田旅人）

〔参考文献〕三好行雄『芥川龍之介論』（筑摩書房、昭和五一・九・三〇）

自然主義《しぜんしゆぎ》　文学思潮および運動。一九世紀後半フランスで起こった文学主義の影響下に、明治四〇（一九〇七）年以後内面及び現実の直視による個の解放をめざし一時期を画した。芥川は『大正八年度の文芸界』（『毎日年鑑』大正八・一二）の「概観」において、田山花袋らの自然主義を「文芸上の理想を『真』の一字に置いた」ものとし、それに対する永井荷風らの耽美主義、善の理想に奉仕する武者小路実篤らの人道主義を大正文学の流れとして挙げ、自然主義と唯美主義は技法的には対立したが「物質主義的人生観」において相通じ、人道主義と自然主義は人生観において断絶しながら「排技巧論」において共通する点を指摘、それ以後の芥川もその一員である新進作家共通の傾向を真・善・美の理想の調和にあるととらえた。これは「芥川龍之介という生えぬきの大正文学の作家が前代ならびに当代の文学からなにをその栄養として吸収し、その地盤にたっていかに自己を規定しているかが端的にうかがえて興味ふかい」（平野謙「大正文学」近代文学社編『増訂版現代日本文学辞典』河出書房、昭和二六・七・三一）ものであり、続いて各論たる「自然主義の諸作家」で、とりわけ正宗白鳥の手腕に注目し、花袋・徳田秋声の停滞を認め、島崎藤村の『新生』批判、岩野泡鳴の健闘に及んだ指摘は、芥川の自然主義及び作家観の基本を示している。『文芸的な、余りに文芸的な』の「九 両大家の作品」で秋声の世界には「たとひ娑婆苦《しゃばく》はあつても、地獄の業火は燃えてゐない。けれども正宗氏はこの地面の下に必ず地獄を覗《のぞ》かせてゐる。」とした指摘は、「二十一 正宗白鳥氏の『ダンテ』」の共鳴に至り、「自然主義の作家たちは皆精進して歩いて行つた。が、唯一人独歩だけは時々空中へ舞ひ上つてゐる。」とした「二十八 国木田独歩」では、花袋・藤村と独歩との超え難い差を鋭く指摘してもいる。その他、花袋を小説家思想家として認めず紀行文家として認めていた、と記す『あの頃の自分の事』や、「愛すべき楽天主義者」泡鳴の姿を書きつけた『岩野泡鳴氏』もある。『澄江堂《ちょうこうどう》雑記』の「告白」で、日常に取材する身辺経験の告白を嫌った芥川が初期の芸術至上の短編からしだいに心境小説風なものへと推移していったときに、その手腕を認めていた白鳥からは、歴史小説の方が好いと言われ（「九月の創作」、『報知新聞』大正一三・九・一の『十円札』評）、一方認めていなかった花袋からは「一種の芸術的共鳴を感ずる」（「一月の小説」、『読売新聞』大正一五・一・二一の『年末の一日』評）とされたのは皮肉であるが、真・善・美の総合者として立った芥川の消長は大正文学の運命を一面で体現していると言えよう。

（吉田昌志）

自然と人生《しぜんとじんせい》 徳冨蘆花の随筆小品集。明治三三（一九〇〇）年八月一八日、民友社刊。短編小説『灰燼《かいじん》』、自然スケッチ集『自然に対する五分時』、人生についての小品集『写生帖』、自然スケッチによる日記『湘南《しょうなん》雑筆』、評伝『風景画家コロオ』から成る。三一、三二年に『国民新聞』に発表されたものがほとんどである。文範として永く読まれ、ツルゲーネフ流の写生に徹した『湘南雑筆』の評価が特に高い。基調は自然賛美にあり、視覚による把握と汎神《はんしん》論的な感情の移入が、清新な自然描写の特徴であるが、前者の方法と漢語を生かした簡潔な表現を、芥川は学んだのではなかろうか。芥川は、高等小学一年の時に読んで「幾らか影響を受けたやうに思つた。」（『私の文壇に出るまで』）と述べており、好対照をなす『武蔵野』ほどには、「沈痛な色彩を帯びて」はいず、「広いロシアを含んだ東洋的伝統の古色を帯びて」はいない、と評価している（『文芸的な、余りに文芸的な』）。

（吉田正信）

死相《しそう》 葛巻《くずまき》義敏編『芥川龍之介未定稿集』（岩波書店、昭和四三・二・一三）に発表された芥川の未定稿「小説」。残された草稿には、無数の書き換えと訂正があるため、葛巻によって編集されたらしい。また草稿の筆跡や墨の色から葛巻は執筆の年代を、「老狂人」よりも遅いが、中学の最高年級から高等学校の初年級までの間と推定している。字数から算定すると、四百字詰原稿用紙で約六枚という短い作品である。岩波版全集（昭和五二〜五三）には収められていない。年をとった占《うらない》者が、下から自分を見上げながら、「眉《まゆ》の間に、曇りがあるわ。――若死《わかじに》の証拠よ。」と言う。自分がいつ死ぬのかと聞くと、「日輪がの。――日のうちに、暮《くら》くなる日が来るのぢや。――赤い日のおもてを、暗いかげが、蝕《むしば》む日よ。それを知らず、烏《からす》のむれが、輪をかいて鳴かう日よ。――その日には、向日葵《ひまはり》が散るがの。その花が散りつくすと、――やがて、若い命が亡ぶのぢや。」と答える。自分はうちに帰って、向日葵の根もとに毎日水をやって花の散るのをとどめようとするが、ある日、東から西へ動く大きな赤い日に暗い影が宿り始め、それが広がるにつれ、空が薄暗くなっていく。そこへ鳥が飛び集まって鳴き騒いでいる。向日葵は東から西へめぐるのをやめ、やがて黄色い出刃のような形をした花弁が落ちていく。自分は「一つ」「二つ」と数えながら死ななければならない。以上の内容から葛巻は「夭折《ようせつ》」に対する芥川の強い関心を指摘し、しかもそれが弱々しいものとしてよりも、強い鮮やかな力の感じとして在ることを述べている。が、全体としてこの作品のイメージには、漱石の『夢十夜』(明治四一・七～八)に通じるものがあって、その影響下に形象されたものとも言える。太陽が東から西へ動く描写、花の前で待つ場面、数えあげればいくつか指摘できよう。夢のようなイメージに仮託して、運命的予感を描いたものと言える。 (奥野政元)

詩と音楽《しとおんがく》 詩・音楽雑誌。大正一一・九～一二・九(一九二二～一九二三)。全一三冊。最後の震災記念号で休刊宣言したまま、再刊されなかった。北原白秋、山田耕筰《こうさく》の二人を主幹として、詩と音楽の芸術的融合を企図してアルス社から発行された菊倍判の豪華な雑誌。発行者は白秋の実弟北原鉄雄。執筆陣は白秋、耕筰をはじめ室生犀星、野口米次郎、河井酔茗《すいめい》、日夏耿之介《こうのすけ》、大手拓次、三木露風、佐藤惣之助《そうのすけ》、大木惇夫、近衛秀麿《ひでまろ》、服部龍太郎、田辺尚雄《たなべひさお》ら詩人、音楽家のほか、小杉未醒《みせい》、山本鼎《かなえ》、森田恒友ら画家まで動員するにぎやかさで、芥川と親しかった小穴《おあな》隆一の寄稿もある。芥川は第三号(大正一一・一一)に、『わが散文詩』の標題のもとに、小品「秋夜」、「椎《しい》ノ木」、「虫干《ぼし》」の三編を発表している。ちなみに、のち雑誌『女性』(大正一二・一)に『線香』の見出しで発表した他の三編の小品とともに『わが散文詩』の総題で単行本『春服《しゅんぷく》』(春陽堂、大正一二・五・一八)に収録されている。 (福田久賀男)

詩と真実と《しとしんじつと》 Dichtung und Wahvheit 元来『我が生涯より』(Aus meinem Leben 一八一一～一八三三)というゲーテの青年時代を描いた自叙伝の副題だが、これが本題のように思われている。「自分の生涯を支配した本当の根本的真実」を述べようとした自叙伝の典型とされる。『或阿呆《あるあほう》の一生』の「四十九 剥製の白鳥」の冒頭、「彼は最後の力を尽し、彼の自叙伝を書いて見ようとした。が、それは彼自身には存外容易に出来なかつた。それは彼の自尊心や懐疑主義や利害の打算の未だに残つてゐる為《ため》だつた。彼はかう云ふ彼自身を軽蔑せずにはゐられなかつた。」とある。しかし、「文芸上の作品に必《かならず》しも誰も動かされないのは彼にははつきりわかつてゐた。彼の作品の訴へるものは彼に近い生涯を送つた彼に近い人々の外にある筈《はず》はない。――かう云ふ気も彼には働いてゐた。彼はそのために手短かに彼の『詩と真実と』を書いて見ることにした。」芥川の「詩と真実と」はすなわち『或阿呆の一生』である。 (中山和子)

支那の画《しなのえ》 随筆。大正一一(一九二二)年一〇月一日発行の雑誌『支那美術』第一巻第三号に発表。のち『百艸《ひゃくそう》』(新潮社、大正一三・九・一七)に収録された。全文で千六百字余だが、「松樹図」「蓮鷺図《れんろず》」「鬼趣図」の三部に分かれ、いずれも芥川自身の見た画についての感想と批評が述べられている。「松樹図」は、元代の画家雲林の作で、芥川はこの画を宣統帝(清朝第十二代の皇帝)の御物である「今古奇観」という画帖で見、文華殿などで見た同じ雲林の画に比べて「雄勁《ゆうけい》さや気稟《きひん》」においてはるかに優れていると絶賛している。尖《とが》った岩の中から真っすぐに空へ生え抜いている松、その梢《こずえ》には角ばった雲煙が横たわっているだけの風景で、しかも墨一色で描かれている松なのに、自然がほうふつと生きていると指摘する。芥川の雲林好みは周知のところで、雲林の名やその画のことは全集中にしばしば登場している。例えば評論『芸術その他』(大正八・一〇)、同『文芸鑑賞』(大正一四)等にも見え、特に小杉放庵宛書簡(大正一一、二年ごろ)には「ただに見てすぎむ巌《いは》ほぞ雲林の弟子とならむは転生ののち」の歌が詠まれている。「蓮鷺図」は、志賀直哉所蔵にかかる宋画への賛辞であり、どっしりと落ち着いた蓮《はす》の花や蝶《ちょう》、背中の羽根を逆なでしたら手の平に羽先がこたえそうな鷺《さぎ》の「空霊澹蕩《くうれいたんとう》たる趣」を褒め、さらに、中国の画と親類同士の間柄であるはずの日本の画には、「蓮鷺図」に見られる重さがなくむしろ軽みがあるうえに優しみもあるとして、「支那の画は実は思ひの外、日本の画には似てゐないらしい。」と結論している。「鬼趣図」は、天津《てんしん》の方若氏のコレクションで見た全冬心（清代中期の書家・画家・詩人）の作品であり、芥川はその画に現れた化け物の「可愛げ」にひかれたことを述べながら愛すべき「異類異形」を発見している。大正一〇（一九二一）年春から夏への中国旅行の〈成果〉でもあり、芥川の美意識と絵画鑑賞への指向が端的にうかがえる随筆である。　（森安理文）

支那游記《しなゆうき》　紀行。大正一四（一九二五）年一一月三日、改造社発行。四六変型判、本文二六五頁。装丁小穴《おあな》隆一。内容は『上海《シャンハイ》游記』（『大阪毎日新聞』大正一〇・八～九）、『江南游記』（『大阪毎日新聞』大正一一・一・一～二）、『長江游記』（『女性』大正一三・九）、『北京日記抄』（『改造』大正一四・六）および『雑信一束』（『支那游記』に初版）の五部から成る。芥川の中国旅行は大正一〇（一九二一）年三月下旬から同年七月上旬まで百二十余日間、上海、南京《ナンキン》、九江、漢口《ハンコウ》、長沙《ちょうさ》、洛陽《らくよう》、北京《ペキン》、大同、天津等を遍歴したもの。見返しには「薄田淳介氏《すすきだじゅんすけ》に」の献辞が記されている。薄田淳介（泣菫《きゅうきん》）は、芥川が大阪毎日新聞社社友となった大正七（一九一八）年当時すでに同社の学芸部長。これより前、谷崎潤一郎や佐藤春夫が私費で中国に遊んでいたが、芥川の場合、大毎の海外視察員として特派されての旅立ちであった。泣菫には旅費や前借の件など問い合わせ（大正一〇・三・二付書簡）たり、恒藤恭《つねとうきょう》には「社命だから貧乏旅行だ」（同三・七付書簡）と愚痴をこぼしたりしているが、もともと中国文学に対する造詣が深く、作品の素材の多くも中国の文物などに採っている芥川であってみれば、かつまた谷崎たちがかの地を訪れた成果を作品の中に結実させていることなどを目のあたりにしては、中国への旅はむしろ年来の宿願であったに違いない。社からは政治、風俗、思想の全般にわたる印象記を期待したようであり、芥川自身もそれにこたえてはいるが、おのずから視点は中国古来の風俗や文化に注がれ、随所に独得の才気をほとばしらせて興味ある紀行を成し得たのである。「自序」の冒頭に「『支那游記』一巻は畢竟《ひっきやう》天の僕に恵んだ（或《あるい》は僕に災ひした）Journalist 的才能の産物である。」と言うのは、若干の含羞《がんしゅう》を伴いながら、結構正直な自恃《じじ》ではなかったかと思われる。
（高橋春雄）

大同石仏を見る芥川

芝居漫談《しばいまんだん》　評論。昭和二（一九二七）年三月一日発行の雑誌『演劇新潮』に発表。単行本には未掲載。「僕は芝居らしい芝居には、……今はもう飽き々々してゐる。……出来るだけ筋を省いた、空気のやうに自由な芝居を見たい。」「小説にもかう云ふ要求を感じてゐる。」と述べ、「詩的精神」を強調する。ここから「イブセンからメエテルリンクへ――メエテルリンクからアンドレエフへ移つて行つた。」自由劇場の小山内薫の「詩を求める（中略）気もちに（中略）同情」しつつも、「イブセン自身の中にある詩的精神へ踏み入る」べきだったと言う。ついで、伝統演劇としての「歌舞伎劇は歌舞伎劇のまゝ」「現代」化せずに進むことを望む。他方、「伝統に根ざしてゐない」「新劇」も「いつかは歌舞伎劇のやうに完成した芝居」になり得る、「僕は（中略）日本人の芸術的素質には未だに希望を失はない」と結んだ。特に前半は、同時期の評論『文芸的な、余りに文芸的な』（『改造』昭和二・四）の論旨と共通し、その内実の一端をうかがわせる。
（祖父江昭二）

司馬江漢《しばこうかん》　元文三（または延享四）～文元元・一〇・二一（一七三八～一八一八）。江戸後期の洋画家。名は峻。字は君岳。春波楼・不言道人とも号した。平賀源内と交わり、蘭《らん》書によって銅版画を草創、天明七（一七八七）年ごろからは油絵を試み、風景画を描いた。芥川がいつごろから司馬江漢に興味を抱いたかは分からないが、『わが家の古玩』（昭和二年、遺稿）の中に「司馬江漢作秋果図一幀《とう》」を挙げているから、古くから芥川家に司馬江漢の作品があったのかもしれない。（この画は、昭和四（一九二九）年一月、佐藤春夫の編んだ『おもかげ』にも載っているので、写真ならば比較的みやすい。）また、『長崎小品』（『サンデー毎日』大正一一・六）でも、芥川は、司馬江漢筆の蘭人と、甲比丹《カピタン》、鸚鵡《おうむ》、阿蘭陀《オランダ》の女、麻利耶《マリヤ》観音などを登場させて異国情緒を漂わせているので、そういう芥川の異国趣味を満足させるものの一つが司馬江漢の画であったとみてよい。

（山敷和男）

島木赤彦《しまきあかひこ》　明治九・一二・一七～大正一五・三・二七（一八七六～一九二六）。歌人。芥川の知人。本名久保田俊彦《としひこ》。別号柿《かき》の村人。長野県生まれ。長野師範在学中、同級の太田みづほのや（水穂）と交わり、新体詩を作り、『万葉集』を読み、正岡子規の影響をうけ、新聞『日本』紙上で子規選の募集歌に応募して、短歌に力を注ぐようになる。明治三六（一九〇三）年一月、太田水穂や森山汀川《ていせん》らと雑誌『比牟呂《ひむろ》』を発刊し写実主義を鼓吹した。一方、子規没後の根岸短歌会では、三六年六月に伊藤左千夫が機関誌『馬酔木《あしび》』を創刊、赤彦も参加した。『馬酔木』廃刊後は四一（一九〇八）年一〇月『阿羅々木〈アララギ〉』発刊に参加し、四二年九月『比牟呂《ひむろ》』を『アララギ』に合同、斎藤茂吉とともに同誌で活躍した。写生を重んじながらも、作者の個性や人格や真率な感情が現れるべきであるという考え方にたち、主観的な色調の歌を詠む。大正三（一九一四）年三月、諏訪《すわ》郡視学の職を辞し上京。『アララギ』の編集に当たる。淑徳女学校に教鞭《きょうべん》をとりながら『アララギ』の発展に力を尽くし、歌壇の主流を形成することになる。赤彦の強い統率力によるところが大きい。芥川は『大正八年度の文芸界』の中で「斎藤茂吉氏、島木赤彦氏の『アララギ』派が、事実に於《お》て現代の歌壇に君臨してゐる事のみを記して置きたい。」と書いている。大正九（一九二〇）年七月には香取秀真《かとりほずま》を通じて赤彦は芥川に『アララギ』を呈上している。両者の親交が特に深まるのは大正一四（一九二五）年のことで、赤彦が芥川に自著の歌集『太虚《たいきょ》集』の批評文を頼んだことに始まる。『アララギ』大正一四年八月号が「太虚集批評号」として出され、芥川は『「太虚集」読後』を執筆、茂吉とともに芥川との往来があった。大正一五年三月、胃癌《がん》で赤彦は亡くなったが、その追悼文『島木赤彦氏』の中で芥川はアララギ発行所にいた赤彦が（大正一五年一月）大分憔悴《しょうすい》していたこと、茂吉に注射をうけていたことを述懐している。赤彦は「鍛錬《たんれん》道」を唱え、作歌道を人間の生き方に結び付けた。

島　木　赤　彦

（藤岡武雄）

島崎藤村《しまざきとうそん》　明治五・二・一七～昭和一八・八・二二（一八七二～一九四三）。詩人・小説家。本名春樹。芥川と島崎藤村とのかかわりは、書かれたものに関するかぎりきわめて希薄である。芥川の生前、藤村は芥川について一行の文章も書いていないし、芥川が藤村を対象として書いたものは、行きがかり的な文芸時評の短評二つだけである。そのうち大正九（一九二〇）年一月刊の『毎日年鑑』中の『大正八年度の文芸界』での『新生』評は、『新生』の主人公の自己批判の甘さを衝《つ》いた適評であるが、この限りでは特に問題とすることはない。『破戒』に対する傾倒をうかがわせる材料もあるが（浅野三千三宛書簡、大正二・八・一二）、これも今取り上げるほどのものではない。とにかく藤村は自然主義作家中、芥川の最も語らなかった作家である。ところが、芥川の死後やや事情が変わる。遺稿として残された『侏儒《しゅじゅ》の言葉』中の「『新生』読後」、同じく『或阿呆《あるあほう》の一生』中の「四十六 譃《うそ》」がいずれも『新生』に触れ、特に後者には「彼は『新生』の主人公ほど老獪《らうくわい》な偽善者に出会つたことはなかつた」という、藤村の人格への糾弾とも読める一条があって、藤村が直ちに「芥川龍之介君のこと」(『文芸春秋』昭和二・一二)をもってそれに応えるという一幕があったからである。これは、芥川の晩年の文章の随所に見られる、生と芸術、詩と真実の問題への濃密な関心の一環として解くことができるが、ここにさらに深刻な見解が登場することになる。小穴《おあな》隆一の「二つの絵―芥川龍之介自殺の真相」(『中央公論』昭和七・一二、八・一)を震源とし、江口渙《かん》「運命悲劇としての芥川龍之介の自殺」(『愛情』白新社、昭和一七・七)から平野謙「島崎藤村―『新生』覚書」(『近代文学』昭和二一・一、二)にいたる諸説がそれである。いずれも藤村と芥川とを、陰湿な血族・係累のきずなに苦悩した同族としてとらえ、そこから芥川の藤村への特殊な関心をうかがい、繊弱な芥川の、強靭な藤村に対する「不倶戴天《ふぐたいてん》の仇《かたき》」(平野)とも見る憎悪を浮かび上がらせる点で共通する。根拠とするところに近親の愛、出生の謎などがからみ、問題を残すが、避けては通れぬものがある。(山田　晃)

島崎藤村

島津四十起《しまずしじつき》　明治四・一〇・一七〜昭和二三・二・六(一八七一〜一九四八)。俳人。本名長次郎。淡路《あわじ》国津名郡志筑《しずき》町(現、兵庫県津名郡津名町)生まれ。号は生地の名にも由来する。志を立て東京に出るが、明治三三(一九〇〇)年上海《シャンハイ》に渡る。売薬行商をはじめ様々の職業を経て、自由律俳句誌『華彫《ホア》』編集のほか『上海案内』『支那《シナ》人名録』などの出版に従事、産をなす。敗戦により生地に帰郷。昭和二三(一九四八)年死去した。生地に句碑が建つ。句は、碧梧桐に私淑し『日本俳句』の初期から作り始め、『層雲』『海紅』などに発表。詩・短歌・消息も書いている。『重ねる涙』(島津四兎二追悼句集・昭和一〇)、『四十起歌集』などがある。芥川の作品には『上海游記《ゆうき》』の「五 病院」の章に、初めは未知の見舞い客の中に「何時《いつ》か互《たがひ》に遠慮のない友達づき合ひをする諸君」の一人として登場、以後案内役として随所に顔を出す。人物への共感は語られているが、斎藤貞吉宛端書(大正一一・五)には「四十起などには句も歌もわからん」とある。(角田旅人)

清水昌彦《しみずまさひこ》　生没不詳。芥川龍之介の江東《えひがし》小学校、府立第三中学校時代の学友。回覧雑誌『日の出界』に上滝嵬《こうたきたかし》とともに参加している。西川英次郎宛の書簡に「清水昌彦が死んだ。喉頭《こうとう》結核と腸結核とになつて死んだのだ。」(大正一四・四・一三)とある。芥川文《ふみ》宛書簡に「清水の葬式へは蒲原《かんばら》君にでも行つて貰つてくれ。(中略)香奠《かうでん》は十円やつてくれ。」(同・四・一二)、また下田たい宛書簡には「廿六日に御葬儀のありますよし」(同・四・二一)とある。『追憶』の「水泳」で、日本水泳協会へ通って水泳を習ったのが清水昌彦らと一緒だったとして「『僕は誰にもわかるまいと思つて水の中でウンコをしたら、すぐに浮いたんでびつくりしてしまつた。ウンコは水よりも軽いもんなんだね。』／かう云ふことを話した清水も海軍将校になつた後、一昨年(大正十三年)の春に故人になつた。僕はその二三週間前に転地先の三島からよこした清水の手紙を覚えてゐる。(中略)僕は返事のペンを執りながら、春寒の三島の海を思ひ、何とか云ふ発句を書いたりした。」とある。一三(一九二四)年死亡とあるのはおそらく記憶ちがいと思う。また『本所両国《ほんじよ》』の「回向院《えこう》」の中で、美文調の作文を書く人であったと記している。(菊地　弘)

シムボリズム《しんぼりずむ》　symbolism(英語)　象

徴主義。一九世紀中葉以降、仏・英・独・露などの文学・美術に現れた一傾向。最初に顕現するのはフランス語圏の詩で、作品に幻想性・暗示性・音楽性を付与、理想を模索しつつ詩の自立を志向した。ボードレールが先駆、マラルメが整斉、ヴァレリーが後継したとされる。芥川は晩年の作で明治四三(一九一〇)年ごろを回顧し、ヴェルレーヌ、ランボー、ボードレールらを「偶像以上」(『彼』)と観じたと書くが、四〇年代の書簡にヴェルレーヌの詩の英訳の写しと試訳とがあり、やがてはその詩『作詩術』に象徴派の手法を知得したと思われる。若年の芥川は彼らの反俗の生き方、「デカダンス」や「耽美主義」(『あの頃の自分の事』大正八・一)あるいは神秘主義への傾斜に惹《ひ》かれたらしい。マラルメ、ランボーへの言及はきわめて少ないが、同様に少ないヴァレリーと、学生時代から深い興味を寄せたボードレールとの詩に「何か超自然と言ふ外はない魅力を含んだ美しさ」(『文芸的な、余りに文芸的な』昭和二・六)を感受した。ボードレールは英訳に続いて原典に触れ、その感化の下に『小品二種』(大正九・三)を書き、ジッドの『狭い門』によって「純粋な詩人」および「一行のボオドレエル」の尊重に至る。象徴派系の雑誌『メルキュル・ド・フランス』に注目したほか、文学者ではサマン、グルモン、レニエ、リラダン、ユイスマンス、ヴェラーラン、メーテルランク、サイモンズ、イェイツ、画家ではゴーガン、ルドンへの関心を示した。また『或《ある》悪傾向を排す』(大正七・一一)、『パステルの龍』(大正一一・一)では象徴主義をリアリズムに継起、イマジズムに先行するものと見、さらに大正一四(一九二五)年の『文芸一般論』では「在来の文芸の絶望してゐた情緒を捉《とら》へるのに成功し」たと評価した。芥川は自らの作家としての一資格に「シムボリスト」(南部修太郎宛書簡、大正八・二・四)を数えようともした。

(田所　周)

耳目記《じもくき》　断章。昭和二(一九二七)年五月一日発行の雑誌『文芸時代』第四巻第五号に発表。単行本未収録。九つの断章をアトランダムに並べたもの。内容にも特に相互の関連はないが、全体として、人の性格や容貌や表情等に関するものが多く、「性格」と「頸《くび》すじの線」や「声」との関係、美人の判定に個人差の激しいことなどが書かれている。

(石原千秋)

下島勲《しもじまいさおし》　明治三・八・二五〜昭和二二・五・三〇(一八七〇〜一九四七)。医者・俳人・書家・随筆家。空谷《くうこく》・空谷山人と号した。芥川龍之介の主治医であり、友人でもあった。長野県生まれ。明治一五(一八八二)年、生家を出奔して上京、苦学して慈恵医学校を卒業。軍医として日清、日露の両戦争に従軍する。のち、当時の東京府豊島郡田端《たばた》にて開業。大正三(一九一四)年、芥川家は田端に移り住み、翌四年ごろから芥川と下島との交際が始まった。これは、下島の「芥川龍之介君の日常」(中央放送局趣味講座、昭和九・二・二八)と題した談話で、「芥川君と私の関係でありますが、それは同じ田端に偶然住むやうになり、医者としての私はその職務の上から彼が帝大卒業の年ごろから懇意になつたのであります。」と話していることから分かる。また、下島は「芥川龍之介のこと」(『改造』昭和二・九)と題する文章に、「芥川氏と私とは十二年の長い間の接触で、単に医者としてばかりでなく、老友として、また年こそ違へ私の師として、種々の教へを受けてゐたのである。」とも述べている。一方、芥川の『田端人』(『中央公論』大正一四・三)は、「わが交友録」との副題があり「下島勲」について語るところから書きおこされているが、これによって二人の交友の内容をうかがい知ることができる。すなわち、「下島先生はお医者なり。僕の一家は常に先生の御厄介になる。又空谷山人と号し、乞食俳人井月《せいげつ》の句を集めたる井月句集の編者なり。僕とは親子ほど違ふ年なれども、老来トルストイでも何でも読み、論戦に勇なるは敬服すべし。僕の書画を愛する心は先生に負ふ所少なからず。(後略)」と。芥川は、下島の編纂《さん》した井月の句集のために『「井月句集」の跋《ばつ》』(下島勲編『井月の句集』大正一〇・一〇・二五)を書き、「このせち辛い近世にも、かう云ふ人物があつたと云ふ事は、我々下根の凡夫の心を勇猛ならしむる力がある。」と記している。また、芥川は下島によって書画に関する啓発を受け、高泉禅師の掛《かけ》軸《じく》を下島から譲りうけた（下島勲宛書簡、大正八・二・二四、及び三・九）のをはじめとしてこの方面への関心を深めていった。さらに、下島は能書家であり、芥川家の六曲屏風《びょうぶ》に李白《りはく》の詩を書き、芥川は、大正九（一九二〇）年四月四日付下島宛書簡にてその礼を述べ、自作の七言絶句を書き記している。書斎の「澄江堂《ちょうこうどう》」の額も下島が揮毫《きごう》（大正一一年）。下島は、この後、『書物往来』『驢馬《ろば》』、室生犀星、久保田万太郎、佐藤惣之助の著書、『石川啄木全集』（改造社版）などの題簽《だいせん》も手がけた。芥川家の人々は下島を主治医としていたが、龍之介も神経衰弱、胃アトニー、痔《じ》疾などの診察、投薬をしばしば下島に依頼している。晩年は、特に下島との往来が頻繁となった。下島の「芥川龍之介終焉《しゅうえん》の前後」（『文芸春秋』昭和二・九）は、自裁前後の芥川の姿をよく写した文章の一つである。それによると、昭和二（一九二七）年七月二四日未明、知らせを受けた下島が芥川を診察した。「……直《す》ぐ心《しん》尖《せん》部に聴診器をあてた。刹那《せつな》、――微動、……素早くカンフル二筒を心臓部に注射した。そして更に聴診器を当てて見たが怎《ど》うも音の感じがしない。尚一筒を注射して置いて、瞳孔《どうこう》を検し、軀幹《くかん》や下肢の方を検《しら》べて見て、体温はあるが、最早全く絶望であることを知つた。そこで近親其《その》他の方々に死の告知をすましたのは、午前七時を少し過ぎてゐた頃かと思ふ。」とある。遺書数通のほか、芥川の枕元には『聖書』が置いてあり、前夜伯母ふきに託した下島宛の短冊、「自嘲。水洟《ばな》や鼻の先だけ暮れのこる」がのこされていた。下島には、『空谷山房随筆集 人犬墨』（竹村書房、昭和一一・八・一五）があり、芥川に関する文章が多く収められている。のち、その後に書いた芥川関係の文章も含めて『芥川龍之介の回想』（靖文社、昭和二二・三・五）としてまとめ、刊行されている。ほかに、句集、随筆集の著書もある。（木村一信）

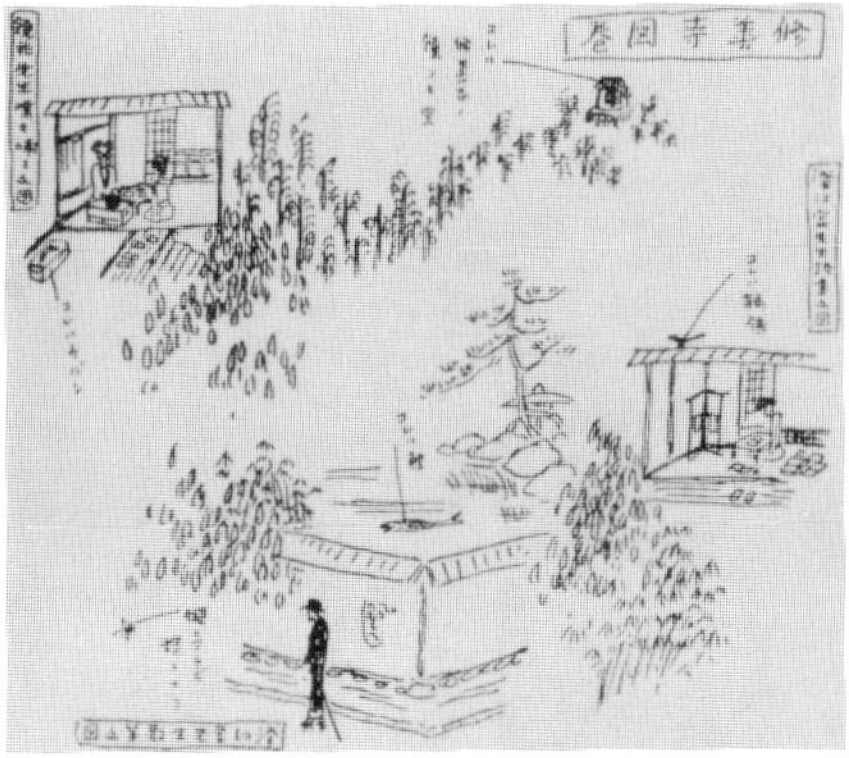
芥川が下島にあてた戯画（大正14年5月2日）

霜夜《しもよ》 ⇩**野人生計事《やじんせいけいのこと》**

ジヤアナリスト兼詩人《じゃーなりすとけんしじん》　芥川龍之介は自らを「ジヤアナリスト兼詩人」（『文芸的な、余りに文芸的な―十、二十』）と称した。それは新時代のチャンピオンたらんとする彼のあこがれの対象であった。芥川はそのような存在の代表者としてハインリッヒ・ハイネやキリストを挙げる。死を直前にして書き残した彼のキリスト論『西方の人』（『改造』昭和二・七）『続西方の人』（遺稿、『改造』昭和二・九）は、キリストを最大のジャーナリスト兼詩人としてたたえた作品でもあった。天才的ジャーナリスト、それが彼の言う「わたしのクリスト」の一面である。「クリストは洗礼を受けると、四十日の断食の後、忽《たちま》ち古代のジヤアナリスト」（『続西方の人』5）になり、「海のやうに高まつた彼の天才的ジヤアナリズム」（『西方の人』14）で「貧しい人たちや奴隷を慰め」（『続西方の人』22）る。第一流のジャーナリストとなったキリストは、「一時代の社会的約束を踏みにじつ」（『西方の人』14）て〈天才〉として飛躍する。そこに注がれる芥川の視線は熱い。さらに「彼のジヤアナリズムは十字架にかかる前に正に最高の市価を占めてゐた。」（『続西方の人』7）とまで言い、キリストに己の自画像を託すのであった。一方でたぐいまジャーナリストのキリストは、一方でたぐいまれな詩人とされる。「クリストは彼の詩の中にどの位情熱を感じてゐたであらう。『山上の教へ』は二十何歳かの彼の感激に満ちた産物である。」（『西方の人』14）と芥川は言う。次にワイルドの『獄中記』のキリスト観などを踏まえ、「彼の道は唯詩的に――あすの日を思ひ煩はずに生活しろと云ふことに存してゐる。」（『西方の人』18）と言い、『善いサマリア人』や『放蕩息子の帰宅』はかう云ふ彼の詩の傑作である。」（『西方の人』19）とまで言う。かくてキリストにジャーナリスト兼詩人を見いだす芥川は、そこに己と同じ資質と宿命とを感じ、最大の共感と安堵《あんど》感とを示すこととなる。「クリストも彼の一生を彼の作品の索引につけずにはゐられない一人だつた。」（『続西方の人』13）と書きつけた芥川は、自らも自己の一生をその〈作品の索引〉につけていたのである。（関口安義）

ジヤアナリズム《じやーなりずむ》 『文芸雑談』（『文芸春秋』大正一六・一）で芥川は「あらゆる文芸の形式中、小説ほど一時代の生活を表現出来るものはない。同時に又、一面では生活様式の変化と共に小説ほど力を失ふものはない。」とし、「すると小説は、――恐《おそ》らくは戯曲も頗《すこぶ》るジヤアナリズムに近いものである。」と書いた。これ以後芥川の没する年には、『文芸的な、余りに文芸的な』『西方の人』『続西方の人』らに、「ジヤアナリズム」「ジヤアナリスト」が頻出、芥川は自己をジャーナリストと規定し、ハイネやキリストもまたジャーナリストとすることで自己と重ね合わせた。例えば「最も内心に愛してゐたのは詩人兼ジヤアナリストの猶太人《ユダヤ》――わがハインリツヒ・ハイネだつた。」（『文芸的な、余りに文芸的な―三』）「僕は或《あるい》は便宜上のコムミユニストか何かに変《かは》るかも知れない。が、本質的にはどこまで行つても、畢竟《ひつきやう》ジヤアナリスト兼詩人である。」（『文芸的な、余りに文芸的な―十、二十』）などである。芸術は時代を超えて永遠であるという古典主義者的な信念の動揺、芥川のいかにも大正的な芸術家意識の崩壊がここから指摘できる。そこにはまた、文壇の流行作家として生きてきた悔恨を伴った自嘲も感じられる。新聞小説の流行、大正中期からの読者層の拡大、大衆文芸の隆盛、マスコミの発達などの「新時代」の現象が、こうした芥川の態度の背後にうかがえよう。『西方の人』では芥川はキリストを「古代の天才的ジヤアナリスト」と幾度も呼び、「我々は唯我々自身に近いものの外は見ることは出来ない。少くとも我々に迫つて来るものは我々自身に近いものだけである。クリストはあらゆるジヤアナリストのやうにこの事実を直覚してゐた」（19）「クリストの最も愛したのは目ざましい彼のジヤアナリズムである。」（『続西方の人』6）などと書き、時の民衆を魅惑してやまなかったジャーナリスト、キリストの像を示した。（石割 透）

社会思想と芥川《しやかいしそうとあくたがわ》 小説『玄鶴山《げんかくさん》房《ぼう》』（昭和二）の終わりのところで、主人公玄鶴の葬儀に重吉の従弟《いとこ》の大学生が登場し、ドイツの社会主義者リープクネヒトの『追憶録』を読む場面がある。そのことについて芥川は青野季吉《すえきち》宛の手紙（昭和二・三・六）で、『新潮』の合評会の記事を読み、ちよつとこの手紙を書く気になりました。それは篇中のリイプクネヒトのことです。或人《あるひと》はあのリイプクネヒトは『苦楽』でも善いと言ひました。しかし『苦楽』ではわたしにはいけません。わたしは玄鶴山房の悲劇を最後で山房以外の世界へ触れさせたい気もちを持つてゐました。（中略）わたしはチエホフほど新時代にあきらめ切つた笑声を与へることは出来ません。しかし又新時代と抱き合ふほどの情熱も持つてゐません。」と述べている。ところでこの一文で分かるように芥川は、プロレタリアートを主とする、いわゆる新しい世界や「新時代」への期待をわずかに抱きながら、その反面、そうした「新時代」と「抱き合ふほどの情熱」はないと言っているのである。したがって端的に言うと彼の社会思想は、社会主義というものに対して一定の理解を示しながら、結局「中産下層階級」（『大導寺《だいどうじ》信輔《しんすけ》の半生《はんせい》』）出身の自分の、プチ・ブルジョアとしての限界を十分にわきまえていてその埒《らち》内から一歩も踏み出そうとしなかったと言える。そしてこのことは別の文章などからも言い得ることなのである。すなわち、例えば「ブルヂョアジイは倒れるでせう。ブルヂョアジイに取つてかはつたプロレタリア独裁も倒れるでせう。その後にマルクスの夢みてゐた無国家の時代も現れるでせう。しかしその前途は遼遠《れうあん》です。」(赤木健介宛書簡、大正一四・五・七)と書き送り、また「シエクスピアも、ゲエテも、李太白も、近松門左衛門も滅びるであらう。しかし芸術は民衆の中に必ず種子を残してゐる。」(『侏儒の言葉(遺稿)―民衆』)と叙し、さらに「打ち下ろすハンマアのリズムを聞け。あのリズムの存する限り、芸術は永遠に滅びないであらう。」(『侏儒《しゆじゆ》の言葉』(遺稿)の「又(民衆)」)と述べ、さらにまたレーニンのことを「君は僕等《ら》の東洋が生んだ/草花の匂《にほひ》のする電気機関車だ。」(「レニン第三」)とうたってある意味で労働者階級への期待を持ちながら、他方において「革命に革命を重ねたとしても、我我人間の生活は『選ばれたる少数』を除きさへすれば、いつも暗澹《あんたん》としてゐる筈《はず》である。しかも『選ばれたる少数』とは『阿呆《あほう》と悪党と』の異名に過ぎない。」(『侏儒の言葉』(遺稿)の「人生」)と書いて革命への不信を表明しているのである。さらに芥川は、「若《も》し如何《いか》なる小説家もマルクスの唯物史観に立脚した人生を写さなければならぬならば、同様に又如何なる詩人もコペルニクスの地動説に立脚した日月山川を歌はなければならぬ。が、『太陽は西に沈み』と言ふ代《かは》りに『地球は何度何分廻転《くわいてん》し』と言ふのは必《かなら》ずしも常に優美ではあるまい。」(『侏儒の言葉』の「唯物史観」)と書いて唯物史観による創作上のリアリズムを厳しく批判し、また「唯僕の望むところはプロレタリアたるとブルジョアたるとを問はず、精神の自由を失はざることなり。敵のエゴイズムを看破すると共に、味方のエゴイズムをも看破することなり。」(『「改造」プロレタリア文芸の可否を問ふ』)と言って階級的イデオロギーだけではそう簡単に人間のエゴイズムの問題が解決つかないことを鋭く指摘している。そしてこれらの文章は、唯物史観ならびにその文学への適用について言及しているのであって、芥川は「社会科学の方面についての読書などもいゝ加減なプロ文学者などよりも、もっと深いところまで進んでゐた。」(菊池寛『芥川の事ども』)ということが言えるかもしれない。さらにまた、いままで前述してきた引用文中の社会思想やその人名などに、クロポトキンの『相互扶助論』(『猿蟹合戦』)、スパルゴーの『社会主義早わかり』(『あばばばば』)、W. Liebknecht による『KARL MARX BIOGRAPHICAL MEMOIRS』(岩森亀一コレクションの芥川の蔵書)などの書物を加えると芥川はある程度深く社会思想の本を読んでいたとも考えられる。しかし、果たしてその範囲が広かったかどうかという段になると多少の疑義を残している。ところで、何はともあれ芥川は、やはり究局的には「小ブルジョア的イデオロギー」(大山郁夫「芥川龍之介氏の『死』とその芸術」)に終始し、「その創造的苦悩が如何に大きかつたにもせよ」(同)、プチ・ブルジョアとしての知性と感性の域を越えるものではなかった。しかし、そういった知識人としての苦悩がまた、「『人生に対する敗北』の痛み」(宮本顕治「敗北の文学―芥川龍之介氏の文学について」)とつながっていったのであった。

〔**参考文献**〕 青野季吉「芥川龍之介と新時代」(『不同調』昭和二・七)、大山郁夫「芥川龍之介氏の『死』とその芸術」(『中央公論』昭和二・九)、宮本顕治「敗北の文学―芥川龍之介氏の文学について」(『改造』昭和四・八)、井上良雄「芥川龍之介と志賀直哉」(『磁場』昭和七・三)

(久保田芳太郎)

邪宗門《じやしゅうもん》 小説。初出『大阪毎日新聞』・『東京日日新聞』(大正七・一〇・二三〜一二・一三)に連載。三二回で中絶。最終回には作者病気のため未完という主旨の断りがある。『邪宗門』(春陽堂、大正一一・一一・一三)として刊行。『報恩記』(而立社《じりつしや》、大正一三・一〇・二五)に収録。作者自身、始めから余り腰のすわらなかった作品のようで、中絶したこともあって、従来評価も高くない。略年譜ともなると削られている場合が多い。単行本『邪宗門』の「自序跋」、『「邪宗門」の後に』も『邪宗門』は少時の未定稿である。今更本の形にすべきものではない。それを今上梓《じょうし》するのは一には書肆《しょし》の嘱により、二には作者の貧によるのである。／なほ又未定稿のまま上梓するのは作者の疎懶《そらん》の為《ため》ばかりではない。作者の心も谷水のやうに逆流することを得ないからである。」とあったりする。本にするにあたり未定稿を思いわずらっている。前にも進めず後にも戻れず、あるがままの自分に居直っている風情である。そんな風情の反映がこの作品にはある。物語は『地獄変』の後編のような口吻《こうふん》で始められる。『地獄変』で堀川の大殿に仕えている者の口を通して、絵師、良秀のことが語られたように、この作品では次代の若殿の生涯で、たった一度の不思議な出来事が語られていく。若殿は豪放雄大で武張った事を好む父、大殿と違って、繊細優雅で詩歌管絃を好む風流人である。大殿の死後、屋形の景色はかわり長閑になる。詩歌管絃に明け暮れ、若殿を「天《あめ》の下《した》の色ごのみ」などと渾名《あだな》する者もあった。ところで例の不思議な話であるが、若殿は中御門の少納言の姫君に思いをよせた。しかし、返事一つもかなわなかった。ある夜、若殿は路上で怪しい覆面の者たちに襲われる。それはかねてから堀川家を憎む中御門家の老侍、平太夫《へいだゆう》の一味であった。若殿は落ち着きはらい金銀ほしさの覆面どもの気持ちを察知して味方にさせ、逆に平太夫をも搦《から》めとってしまう。人に優れた若殿の気象を老侍からきいた姫君は、若殿とねんごろになる。二人は恋の功徳について語り合うこともあった。そのころ、洛《らく》中《ちゅう》には、摩利信乃法師という異形な沙門《しゃもん》が現れ、十文字の黄金の護符を頸《くび》にかけ、天上皇帝の教えを説いていた。沙門は姫君が仏教という外道を信じ、地獄の火に焼かれる運命にあるのをしのびず、教化したい旨の取次を平太夫に乞う。この話をひそかにきいた語り手の甥《おい》は、叔父と一緒になって沙門を襲い殺そうとするが、逆に沙門の法力の前に敗れ去る。その後、嵯峨《さが》の阿弥陀《あみだ》堂建立の供養があり、その当日、沙門はなみいる僧たちに向かい仏菩薩《ぼさつ》の悪口をまくしたて、天上皇帝の教えといずれが正法か法力競べをしようではないかと申し出る。しばし沙門の怪しい法力の前に抗すべきものもなかったが、横川の僧都というのが歩を進め、大獅子吼《ししく》と共に印を結ぶ。僧都の水晶の念珠と沙門の十文字との争いとなるが、水晶は二つに裂けて四方に飛び散る。沙門はいよいよ勝ち誇り胸をそらす。が、それにやおら応じて、あたりを払い悠然と現れたのが堀川の若殿であった。ここで物語は中絶している。この物語の典拠は、吉田精一によると不明としながら、『大鏡』の道長の伝や、『栄花物語』等に見られる道長と頼通父子の相違に依拠しているのではないかとされている。いわゆる「王朝物」の一作である。在来、批評研究は少ないが、駒尺喜美は「認識者」若殿、「情熱の人」摩利信乃法師との対立葛藤《かっとう》とみて、芥川生涯の精神内部の決定しがたいアポリアを指挙している。この駒尺や長野嘗一の研究のあとをうけて、海老井英次は「小市民的なヒューマニズムの埒《らち》内に定着した風流人、愛の享楽家」若殿と「創造的、超越的な美的ヒューマニズムの先鋭化した者」法師との対立とみる。両者の対決の〈結果〉、勝者を若殿と予測する。法師の情熱的死を推考し、あるべき新しい風流人若殿の登場に注目する。が、法師の死を予測するのはいいとしても、死にいたらしめる若殿の中身、造型の証《あかし》といったものはほとんど発見できない。良秀の死で一挙に凝固した『地獄変』一編を、抜くことの意味は、その一点にあったはずである。しかし中絶することで凝固の二番煎《せん》じからは救われていたので、作者としては真摯《しんし》な態度であったことを傍証している。また現実的な深刻味はもとよりないが、古典的材料を十分に咀嚼《そしゃく》し結構を計り、綺《き》語《ご》措辞の妙は、それなりにおもしろみのある読み物にしている。

〔**参考文献**〕駒尺喜美「『邪宗門』と芥川龍之介」（『日本近代文学』昭和四〇・一一）、長野甞一『古典と近代作家―芥川龍之介―』（有朋堂、昭和四二・四・二五）、松山悦三『芥川龍之介読本』（現代教養文庫

624、社会思想社、昭和四三・五・三〇)、海老井英次『地獄変』と『邪宗門』」(『文学論輯』25、昭和五三・六)、同「邪宗門」(『別冊国文学・芥川龍之介必携』昭和五四・二)　(伴　悦)

『邪宗門』《じやしゆうもん》　大正一一(一九二二)年一一月一三日、春陽堂から刊行された単行本。縦一五・五センチ、横一一・五センチ、一五二頁の小型の本。定価一円。白の無地の装丁で、金色で、中央に芥川龍之介、中央上のやや左に邪宗門とある。ケースには表と背に、邪宗門、芥川龍之介と墨字で書いた黄色の紙が貼《は》ってある。扉の前に、薄い白紙に朱印を模したデザインで三行、芥川龍之介作、邪宗門、春陽堂とある。奥付の次頁に、「創作書類」「新興文芸叢書」「夏目漱石氏作」の各一頁の広告がある。小説『邪宗門』のみを収録し、末尾に『「邪宗門」の後に』として「『邪宗門』は少時の未定稿である。今更本の形にすべきものではない。それを今上梓《じようし》するのは一には書肆《しよし》の嘱により、二には作者の貧によるのである。/なほ又未定稿のまま上梓するのは作者の疎懶《そらん》の為《ため》ばかりではない。作者の心も谷水のやうに逆流することを得ないからである。/大正十一年十月　芥川龍之介記」とある。　(菊地　弘)

酒竹文庫《しやちくぶんこ》　明治の俳人大野酒竹(明治五・一一・一九〜大正二・一〇・一二)がその収集した蔵書によって明治四〇(一九〇七)年設立した文庫。酒竹は帝国大学医科大学(東大医学部の前身)に学んだ医師であるが、佐々《さっさ》醒雪《せいせつ》らと筑《つく》波《ば》会を起こして俳句の革新に努めたことで知られる。また、大学在学中から俳諧《はいかい》に関する書物の収集に興味をもち、多くの連歌・俳書を集めていた。大学卒業後、京橋木挽《こびき》町に大野病院を開設、医師としての仕事の繁忙さの中でも俳書収集を怠らなかった。その没後、東大図書館に約四千種の俳書が酒竹文庫の名の下に寄託されていたが、大正一二(一九二三)年九月一日の関東大震災で一部が焼失した。芥川は『古書の焼失を惜しむ』(『婦人公論』大正一二・一〇)というエッセイで「大野酒竹の一生の苦心に成った酒竹文庫の焼け失せた丈《だ》けでも残念で堪《たま》らぬ。」と言い、「個人の蔵書は兎も角も大学図書館の蔵書の焼かれたことは何んといっても大学の手落ちである」と慨嘆している。　(関口安義)

「若冠」の後に《「じやつかん」のあとに》　跋文。平木二六の第一詩集巻末に掲載。大正一五(一九二六)年三月、自我社刊。序文は室生犀星。芥川は犀星を介して平木を知り、その縁で一文を草したものであろう。　(井上百合子)

赤光《しやっこう》　斎藤茂吉第一歌集。大正二(一九一三)年一〇月一五日、東雲堂書店刊。明治三八(一九〇五)年から大正二年八月までの歌八三四首を逆年順に収める。大正一〇(一九二一)年一一月、改選版『赤光』(改訂削除・年代順に改編七六〇首)を出しその第三版(春陽堂、大正一四・八)を著者自身定本とした。この歌集出版によって一躍脚光をあび、著者並びに『アララギ』の歌壇的位置を定めた。左千夫の指導を経て、独自の稟質《ひんしつ》をあらわし、とくに「女中おくに」との死別、「おひろ」との離別、「死にたまふ母」の生母いくとの死別、「悲報来」の左千夫の急死といった悲傷事を歌う連作は、相互に強められ、高められて抒情の高揚をみる。これら悲劇的な発想が強烈な生命感に支えられて、ひたむきな抒情をうちだした。芥川は『僻見《へきけん》』の中で「僕は高等学校の生徒だつた頃に偶然『赤光』の初版を読んだ。『赤光』は見る見る僕の前へ新らしい世界を顕出した。爾来《じらい》僕は茂吉と共におたまじやくしの命を愛し、浅茅《あさじ》の原のそよぎを愛し、青山墓地を愛し、三宅坂を愛し、午後の電燈の光を愛し、女の手の甲の静脈を愛した。」と言い「僕の詩歌に対する眼《め》は誰のお世

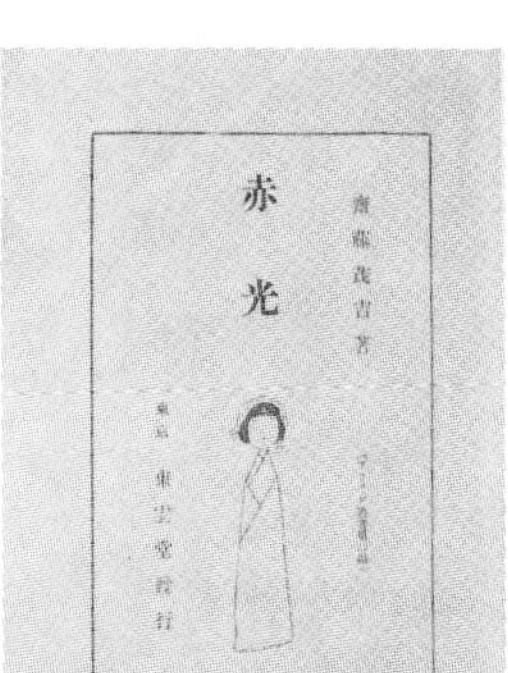

歌集「赤光」の扉

話になつたのでもない。斎藤茂吉にあけて貰つたのである。」「『赤光』の一巻を読まなかつたとすれば、僕は未《いま》だに耳木兎《みみづく》のやうに、大いなる詩歌の日の光をかい間《ま》見ることさへ出来なかつたであらう。」とまで言う。さらに茂吉の特色を説明して「茂吉は『おひろ』の連作に善男《ぜんだん》子《し》の恋愛を歌つてゐる。『死にたまふ母』の連作に娑婆《しやば》界《かい》の生滅《しやうめつ》を語つてゐる。『ロぶえ』の連作に何ものをも避けぬ取材の大胆を誇つてゐる。」「『この里に大山大将住むゆゑにわれの心のうれしかりけり』におほどかなる可笑《をか》しみを伝へてゐる。『くろぐろと円《つぶ》らに熟《う》るる豆柿に小鳥はゆきぬつゆじもはふり』に素朴なる画趣を想はせてゐる。」「『赤光』の作者のやうに、近代の日本の文芸に対する、——少くとも僕の命を託した同時代の日本の文芸に対する象徴的な地位に立つた歌人の一人もゐないことは確かである。」とまで言っている。（藤岡武雄）

ジャン・クリストフ《じやん・くりすとふ》 Jean-Christophe（一九〇四〜一九一二）ロマン・ロラン Romain Rolland（一八六五〜一九四四）の長編小説。ロランは一九〇三年に『ベートヴェンの生涯』、翌年には『ジャン・クリストフ』の第一巻『曙《あけぼの》』と第二巻『朝』を発表し、一九一二年まで巻を追って公表した。一九一三年アカデミー・フランセーズの大文学賞、一九一五年にはノーベル文学賞が贈られた。芥川はこの作品を二三歳のころ読み、当時東京大学英文科二年であったが「甚《ひど》く感動させられて、途中でやめるのが惜しくて、大学の講義を聴きに行かなかつたことがよくあつた。」（『私の文壇に出るまで』、『文章倶楽部《クラブ》』大正六・八）ほどであった。この作品をこの時代に読んだことの感動は生涯に繰り返し回想されている。大正八（一九一九）年七月三一日付、佐佐木茂索宛の手紙に「僕一時（二十三歳前後）精神的に革命を受け　始めてゲエテの如きトルストイの如き巨匠を正眼に見得たりと信ぜし時あり　僕をしてその境地に置きしもの　種々復雑《ママ》なる事情あれどジアン・クリストフの影響大なりしは今に到《いた》つて忘るゝ能《あた》はず　今にして思へば当時の僕は始めて天日を仰ぎしものの如く唯天日あるを知つて諸他の星辰《しん》あるを知らざりしが如し」とある。芥川のジャン・クリストフ熱は大学を卒業して後、作家として活動を始めるに及んで徐々に鎮静し、大正九年八月『文章倶楽部』に書いた『愛読書の印象』では「段々燃えるやうな力の崇拝もうすらいで、一年前から静かな力のある書物に最も心を惹かれるやうになつてゐる。但《ただし》、静かなと言つてもたゞ静かだけでも力のないものには余り興味がない。（中略）序《ついで》ながら附け加へておくが、此間《このあひだ》『ジヤンクリストフ』を出して読んで見たが、昔ほど感興が乗らなかつた。あの時分の本はだめなのかと思つたが、『アンナカレニナ』を出して二三章読んで見たら、これは昔のやうに有難い気がした。」とある。（剣持武彦）

上海游記《しやんはいゆうき》 紀行。大正一〇（一九二一）年八〜九月『大阪毎日新聞』に連載。『支那《シナ》游記』（改造社、大正一四・一一・三）に収録。大正一〇年三月下旬から七月上旬にかけて、芥川が『大阪毎日』から派遣された中国旅行における上海見聞記。門司から上海へ向かう船上での船酔い経験から書き出し、チップを強要する車屋、馭者《ぎよしや》、花売りの姿に上海の「第一瞥《ろくまく》」を代表させ、上海到着の翌々日から乾性肋膜炎で約三週間入院生活を強いられた事実を報告したあとで、尿《によう》臭《しゆう》漂い、不潔な乞食が横行し、伝奇小説の挿画をほうふつさせる上海市街を描写している。また、支那演劇とその汚ない楽屋への感想、章炳《へい》麟《りん》、鄭孝胥《ていこうしよ》などの著名政治家や社会主義者との会見、西洋の趣を備え「支那第一の『悪の都会』」でもある上海の特質、美しい耳を持つかれんな上海美人たちの印象、上海在住の日本人が皆愛国主義者になってしまう秘密、上海におけるキリスト教伝道の変遷などを述べ、最終章で、上海を去る日、様々な思い出に感傷的になりがちな自分を抑えて科学的な書物を読みはじめる姿を描出し、上海の風物に抒情を覚えつつ、その抒情を鋭い機知と諧謔《かいぎやく》に封じ込めたこの紀行文の方法を暗喩《あんゆ》している。また芥川は、当時の上海の猥雑《わいざつ》で不潔な状況を軽侮するあまりに、その政治的、経済的現状を故意に無視し、前述の要人たちとの会見記事にも、新しい中国の思想や論理が必ずしも紹介されていない。つまり、新聞記者的視点では上海をとらえきれなかった。が、「上海紀行の諸体を兼備するは　あゝする方が楽な故なり（中略）紀行は平地を行くが如し　あたり前に書いてゐては筆者最も退屈なり」（佐佐木茂索宛、大正一〇・九・二〇）と書簡にあるように、問答体（「十二　西洋」）、書簡体（「十四　罪悪」）、メモ風の文語体（「十八　李人傑氏」）、戯曲体（「二十　徐家滙」）など文体、体裁に工夫を凝らし、興味あふれる読み物に仕上げている点に、「小説家の見た」（吉田精一）上海紀行の面白さとともに、芥川の、別な意味での「ジャアナリスト的才能」をうかがうことができる。（神田由美子）

自由《じゆう》　自分の心のままに行動できる状態。この言葉について芥川はいろいろと述べ、定義している。例えば、「誰も自由を求めぬものはない。が、それは外見だけである。実は誰も肚《はら》の底では少しも自由を求めてゐない」（『侏《しゅ》儒《じゅ》の言葉―自由』）と風刺的に記しながらも、「しかし自由とは我我の行為に何の拘束もないことであり、即ち神だの道徳だの或《あるい》は又社会的習慣だのと連帯責任を負ふことを潔《いさぎよ》しとしないものである。」（同）と書いて自由の理念について規定している。ところがその反面、自由は「弱い者には堪へることは出来」（『侏儒の言葉―自由・又』）ず、「自由主義、自由恋愛、自由貿易、――どの『自由』も生憎《あいにく》杯の中に多量の水を混じてゐる。しかも大抵はたまり水を。」（同）と言って現実における自由の不可能性についても叙している。かような自由をめぐる理念と現実は、芥川自身の実生活からの思考であった。彼ほど心底から自由を憧憬《どうけい》しながら、現実の道徳、社会的慣習に束縛されたものもいなかったのである。（久保田芳太郎）

十円札《じゅうえんさつ》　小説。大正一三（一九二四）年九月一日発行の雑誌『改造』第六巻第九号に発表。のち『芥川龍之介全集』第四巻（岩波書店、昭和二・一二・三〇）に収められた。いわゆる「保吉《やすきち》もの」の一つで、小説を書きながら教師をしていた作者の海軍機関学校時代が遡行《そこう》される。堀川保吉はその当時いつも手元不如意をかこっていた。勤め先からの六〇円の報酬以外に原稿料も入ってきて、人には羨《うらや》まれるほどの月収だったが、趣味を楽しみ、週一度は必ず上京するという生活を送るためにはそれでも不足気味だったからである。東京行きを翌日にひかえたその日も、給料日までには間があるというのにポケットの底には六〇何銭しか残っていなかった。そのことを主席教官の栗野《くりの》廉太郎に漏らすと一〇円を貸してくれた。が、好意に甘えて借りたその一枚の紙幣のために、明日は使わないままで一時も早く返し「社会人たる威厳」を保たねばならぬとする方向と、「芸術家の享楽は自己発展の機会である。自己発展の機会を捉《とら》へることは人天に恥づる振舞《ふるまひ》ではない。」と考える方向との、奇妙に切り裂かれた彼固有の意識のクレヴァスに落ちて半日を懊悩《おうのう》しなければならなかった。こうした過分な意識を頭の発達し過ぎた「火星人」（『文芸秋の夜長』、『報知新聞』大正一三・九・一五）と形容して揶揄《やゆ》したのは佐藤春夫だったが、一方そこにある一種の余裕を「人間としての保吉の悩みを、芸術家の保吉が上から離れて、凝視してそれを享楽する」（『新秋文壇を総評す』、『読売新聞』大正一三・八・三〇）と解説したのは千葉亀雄だった。当時の月給六〇円（塚本文《ふみ》宛書簡、大正六・四・一八）なども援用して往時の日常へ戻ってゆくのは確かだが、主人公には肉体が感じられない。「かりに保吉が作者の等身大の分身だとしても、生身の生活者の体臭は決してただよわぬのである。描くべき対象の差は芥川固有の方法を真に動かすにいたっていない」（三好行雄「人と文学」、『芥川龍之介』昭和四七・五）と言われるゆえんである。（寺横武夫）

自由劇場《じゆうげきじょう》　新劇団。明治四二（一九〇九）年小山内薫と二世市川左団次が近代劇の上演をねらって結成、イプセン作『ジョン・ガブリエル・ボルクマン』を上演。以後、同時代のヨーロッパ劇文学を軸に、吉井勇・長田秀雄ら新進劇作家の戯曲も上演。日本近代劇運動の先駆的位置を占める。五年間の活動中止期を経て大正八（一九一九）年の公演で自然消滅。芥川はこの最終公演を観劇。また『芝居漫談』（『演劇新潮』昭和二・三）で自由劇場の小山内に触れている。

（祖父江昭二）

秀才文壇《しゅうさいぶんだん》　投書文芸雑誌。明治三四・一〇～大正一二・？（一九〇一～一九二三）。文光堂刊。投稿欄を主とした雑誌で、明治三七（一九〇四）年に、それまでの論文・漢詩・和歌・俳句に加えて小説欄が設けられた。四一（一九〇八）年一〇月、小川未明が編集に当たり、旧派的色彩が一新された。四二年二月から前田夕暮が、大正二（一九一三）年一一月から清見陸郎が編集に当たった。芥川は大正九（一九二〇）年七月の同誌に『大正九年度文壇上半期決算』と題して、志賀直哉の『小僧の神様』を面白く読んだとし、「内容も新しい。技巧も新しい。推奨するに足りると思ふ。」と書いている。岩波新版『芥川龍之介全集』第四巻の「後記」には、「表記の題を大見出しにして諸家の回答と共に掲載された。」とある。また、大正一一年一月『英米の文学上に現はれた怪異』が載っているが、『近頃の幽霊』と重複する所が多いとして、全集の本文としては収録されず、「後記」に掲げられている。

（菊地　弘）

秋山図《しゅうざんず》　小説。大正一〇（一九二一）年一月一日発行の雑誌『改造』に発表。『夜来の花』（新潮社、大正一〇・三・一四）収録。原本は中国の甌香《おうこう》館集補遺画跋《ばつ》『記秋山図始末』であるが、芥川が直接参照したのは今関寿磨《としまろ》の『東洋画論集成』に収められている訓読文である。惲南田《うんなんでん》を訪ねた王石谷《おうせきこく》は、黄大癡《こうたいち》の秋山図について、不思議な話をした。煙客翁《えんかくおう》（王時敏《じびん》）は元宰《げんさい》先生（董其昌《とうきしょう》）が在世中、元宰に勧められて潤《じゅん》州の張《ちょう》氏宅へ「秋山図」を見に行った。煙客はそのとき、まさに「神品」である、と深く感動する。その後、譲り受けたい、との再三の懇望にもかかわらず、張氏は決して手放さない。再び見に行っても主人は不在で要領を得ず、結局、煙客翁は二度と張家で「秋山図」を見ることはなかった。五〇年後、王氏が「秋山図」を手に入れたと聞き、王石谷はさっそく王氏宅へ絵を見に行く。それは紛れもない黄一峯《いっぽう》ではあるが、あの煙客を感動させたそれとは、確かに別の黄一峯であった。遅れて着いた煙客もまた、同じことを感じる。あの「秋山図」は幻だったのか。張家の主人は狐仙か何かだったかもしれない、と煙客はそっと王石谷につぶやいた。王石谷の話はこれで終わるが、惲南田はこれを聞いて、「しかし煙客先生の心の中には、その怪しい秋山図が、はっきり残ってゐるのでせう。それからあなたの心の中にも、――」「では秋山図がないにしても、憾《うら》む所はないではありませんか？」と言う。これが小説の梗概である。王石谷の話の部分は細部まで原典に忠実であり、独自の文体以外に芥川の独創はない。原典と、芥川の小説との唯一の相違は王石谷と惲南田との会話の部分で、特に最後の惲南田の言葉に集約的に芥川は「記秋山図始末」の中に、彼自身が見いだした芸術観（人生観にもつながる）を語った。書簡によると、芥川はこの作品を書くのに先立って、八大山人や王石谷の複刻本を購入したり（小穴《おあな》隆一宛、大正九・一〇・三〇）、また人に四王呉惲の画集を借り（小穴隆一宛、大正九・一二・三）たりして、登場人物の絵に親しむという準備をした。そして、同時代には「名工の手になつた建築を思はせる」（豊島《とよしま》与志雄）、「秋山図といふ絵を文字で書いて見せたやうなところ、それを神秘の靄《もや》で封じこめた手際は彼のキリシタン類小説逸品と並んで、なかなか特色ある真値《まね》のできない小説」（宇野浩二）といっ

『東洋画論集成　上巻』

た賛辞を得た。ただし、「秋山図」における芥川一流の手際のよすぎるまとめ方に、豊島は「創作時の作者の頭の働きは、築き上げることにあつて流露することにはなかつたらしい。組み立てることにあつて、生み出すことにはなかつたらしい」という不満を、宇野は「家伝流の完成された作品」に「安んじ」ずに「類の違つた小説方面」への飛躍を、といった希望を、それぞれ賛辞とともに述べている。後代においては、この作品の評価は概して高く、吉田精一の、『秋山図』を「龍之介中期の佳作」としつつ、主題を「芸術は結局鑑賞者と創作者との共同製作になること」「理想的な芸術の像は鑑賞者の想像に於《お》てのみ存在し得ること」に置く解釈、三好行雄の「人間離れのした芸術美の世界を描いている。……眼前に確固として在るものよりも、そこにない幻影、いわば〈私だけに見える美しさ〉に賭《か》けようとする画家たちの心情」という解釈、また、由良君美の「〈虚構の真贋《しんがん》と生存の意味〉とに、美事《みごと》な表現を与えた作品」「〈実証主義〉への嘲笑」といったユニークな見解などがある。

〔**参考文献**〕 豊島与志雄「新年の創作㈠」(『読売新聞』大正・一〇・一・一)、宇野浩二「十年文壇事始十一」(『時事新報』大正一〇・一・二五)、吉田精一『芥川龍之介』(三省堂、昭和一七・一二・二〇)、同『芥川龍之介全集5』解説(角川書店、昭和四三・四・二〇)、三好行雄『藪の中・将軍』解説(角川文庫、昭和四四・五・三〇)、由良君美「『秋山図』讃」(『ユリイカ』昭和五二・三)

(高橋陽子)

蒐集《しゅうしゅう》 ⇩野人生計事《やじんせいけいのこと》

十二階建の凌雲閣《じゅうにかいだてのりょううんかく》 東京都台東区浅草公園にあった一二階のレンガ造りの建物。俗称、十二階。イギリス人メルトンの設計したもので、明治二三(一八九〇)年竣工し、大正一二(一九二三)年の大震災で倒壊した。この建物について芥川は、「僕は浅草千束町にまだ私娼の多かつた頃の夜の景色を覚えてゐる。それは窓ごとに火《ほ》かげのさした十二階の聳《そび》えてゐるために殆ど荘厳な気のするものだつた。」(『本所両国―柳島』)と記し、また私娼が「十二階下に巣を食つて」(『路上』)いたことを書いている。

(久保田芳太郎)

穐夜読書の記《しゅうやどくしょのき》 芥川の東京府立第三中学校二年の時(明治三九年)の作文。当時「同校の国語漢文学科を担当し、同氏(注、芥川)の学級主任でもあつた」岩垂《いわたれ》憲徳の回想「芥川龍之介氏の中学校時代」(『国漢』第三八号、昭和一二・八・一)に紹介され、同誌の口絵に原稿が写真版で掲げられた。「二乙　芥川龍之介」と署名されている。なお、岩垂の記述によれば、彼が「穐の字は秋といふ字の古文字です」と教えていたことから、芥川がわざわざその字を使ったという。文章は、まず読書する彼の周囲の秋夜の情景を描き、次に『日本外史』巻一一『足利氏後記　武田氏上杉氏』の一節、天正二(一五七四)年の上杉謙信の西征のくだりを引く。現実の秋夜の情景と、書中の秋夜の陣中での謙信の吟ずる七絶の情緒とが相和す趣向。「げにげにそれもかゝる夜なりけむ思ひやる月下猛将傑士の会」。書物の世界に寄り添い、没入し、空想をめぐらせるさまが、古文的な文章の擬態の中で綴られている。

(清水康次)

侏儒《しゅじゅ》 辞書的な原義は、こびと、一寸法師。芥川の箴言《しんげん》集『侏儒の言葉』(大正一二〜昭和二)の中に「侏儒の祈り」なる一章がある。色あざやかな衣服を着、とんぼをきる中国の芸人、こびとの祈りという形をとっているが、むろん、芥川は自身のことを語っているのである。彼は平凡な生活を希求する人間の祈りを叙述する。それが「侏儒」ということなのだろう。ところが、ここには、芥川特有のヒネリがある。「わたしは現に時とすると、攀《よ》ぢ難い峯の頂《いただき》を窮め、越え難い海の浪《なみ》を渡り――云はば不可能を可能にする夢を見ることがございます。」と記し、それは恐ろしいから、そうさせないでくれと祈る。そう言いながら「この夢と闘ふのに苦し」む姿を刻みつける。巨人ではなかったが、真摯な芸術家であることを読者に印象づけるヒネリである。小型であるにせよ、完成された作品を築いた自己に「侏儒」の名を与えた背後には、まだ自信がちらついている感がある。

（塚越和夫）

侏儒の言葉《しゆじゅのことば》 随筆・アフォリズム。『侏儒の言葉』は、「作家」までの一八六の短章（「修身」と題する一二の短章をそれぞれ独立したものとして数えると一九七になる）が、芥川の生前、『文芸春秋』の創刊号（大正一二・一）から、第三年一一号（大正一四・一一）まで、雑誌の休刊（大正一二・九、一〇、一二および大正一三・五）と、大正一四年一〇月の「病牀《びょうしょう》雑誌」のサブタイトルのあるもの（ふつうこの号は休載ということになっている）を除いて、計三〇回にわたり同誌の巻頭に掲載され、さらに「弁護」以下の八〇の短章が、彼の死後、遺稿として同誌第五年一〇、一二号（昭和二・一〇、一二）に発表された。昭和二（一九二七）年一二月には、単行本『侏儒の言葉』が刊行されたが、この初版では、芥川自身の訂正書き入れの雑誌切り抜きをもとに、「序」が加えられ、また、「神秘主義」（大正一二・五）「或《ある》自警団員の言葉」（大正一二・一一）「森鷗外」（大正一三・一〇）「落楓」「蟇《がま》」「鴉《からす》」（大正一四・九）の六章が削除された。内容的に見ると、これは芥川が、倫理・思想上のテーマから、文明や芸術、あるいは社会や人生上の問題に至るまで様々な問題を取り上げ、常人の気付かぬ隠れた一面を、冷ややかな理知の刃で鋭くえぐり出して見せたアフォリズム集で、すでに研究者によって、そこには、芥川が愛読したパスカルの『パンセ』、ラ・ロシュフーコーの『マキシム』、アナトール・フランスの『エピキュールの園』の影響のあることが指摘されている。『侏儒の言葉』の「侏儒」とは、こびとのことだが、また見識のない人を罵《ののし》っていう語でもあって、ここでは芥川自身、自分を蔑《さげす》んで言っているものと思われる。「人工の翼をひろげ、易《やす》やすと空へ舞ひ上つた」（『或阿呆《あるあほう》の一生』）はずの芥川が、自分を侏儒として語り出すところに、芥川のこのアフォリズムを貫く、反語的姿勢あるいは逆説的発想がうかがわれると言ってよいであろう。芥川は、比喩《ひゆ》と逆説と諧謔《かいぎゃく》、あるいは警句表現、命題表現などを多彩に駆使しながら、世間の常識を、その裏側からとらえ、通俗的な観念をひっくり返して見せたのである。しかし、それは雨中の架空線の放つ「紫いろの火花」（『或阿呆の一生』）のような機知の産物ではあっても、芥川のぎりぎりの思考の結果生まれたものではなかった。確かに直観の鋭さはあるのだが、深い思想を含んでいて、寸鉄人を刺し、意識の覚醒を迫るというようなものとは言いがたい。例えば、「修身」を初め、「輿論」「民衆」「親子」「天才」「虚偽」「結婚」「世間智」「弁護」などは、鋭い直観で、常識の中の世俗性をあばき出してはいる。しかし、芥川は、厳然たる態度で問題を追求し、通俗的観念にゆるぎなき裁断を下しているのではない。それは、世間智を裏から見るシニカルな視点の設定であった。確かに、ものの見方一つで世の中は変わって見えるのである。理知の人芥川は、そのものの見方自体を意識し、それにこだわらないではいられなかった。例えば、我々の行為を決するものは、ものの善悪ではなく主体の側の好悪であり、好悪によって「荊棘《けいきょく》の路《みち》にも、薔薇《ばら》の花を咲かせる」（「好悪」）のが賢人だという考え方は、芥川の、視点の設定の仕方そのものへのこだわりを示している。それは、芥川における複数の視点もしくは視点の転換にかかわる問題でもある。駒尺喜美は、「彼の内部精神が二律背反の構造におちいっていた」（『芥川龍之介の世界』）と言い、石崎等も「文体の特徴をなしている二元的なもの」（「作品論 侏儒の言葉」）を指摘しているが、芥川はもう一つのものの見

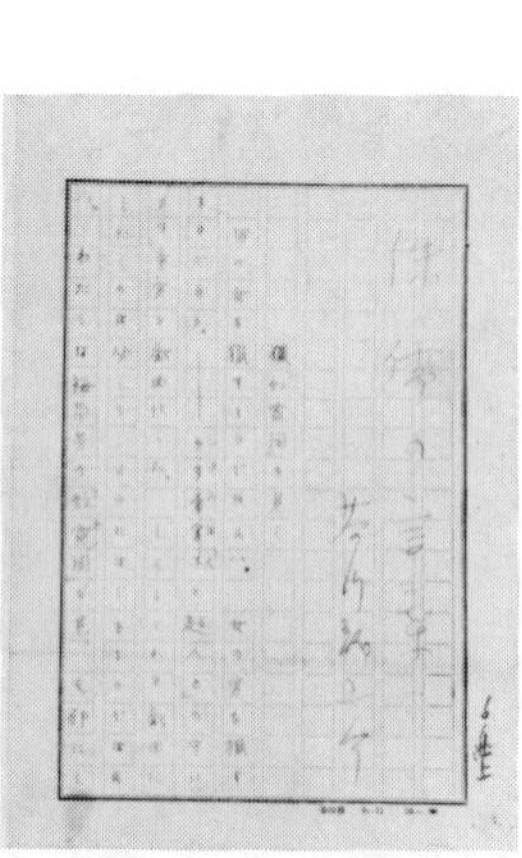

『侏儒の言葉』原稿

方へのとらわれからぬけ出ることができず、したがって、もののもう一つの側面が見えてしまったのである。「完全に自己を告白することは何人にも出来ることではない。同時に又自己を告白せずには如何《いか》なる表現も出来るものではない。」（「告白」）とか、「人生を幸福にする為《ため》には、日常の瑣事《さじ》を愛さなければならぬ。……人生を幸福にする為には、日常の瑣事に苦しまなければならぬ。」（「瑣事」）といった二律背反は、芥川のアフォリズムの特質であるが、それはまた、彼を悩ませ、イロニイに陥らせることとなったと思われる（その点で、彼は峻厳《しゅんげん》たるモラルの人とはなりえなかった）。芥川は、鋭い批判の刃を持つ故に、批判されるべき人間の弱さを見ないわけにはいかなかったのである。また、芥川の逆説的発想も二元的なものの見方の上に生まれたものであった。彼は、ものを通俗的な観念の逆からとらえ、常識の俗悪さを批判した。しかし、それは人間の弱さを見ることでもあった。芥川のイロニイはそこに胚胎《はいたい》したのであり、彼のアフォリズムには、人間の弱さを見てしまった者の哀愁が漂っている。例えば、芥川が「自己欺瞞《ぎまん》」を「世界の歴史を左右すべき、最も永久な力かも知れない。」（「鼻」）と言う時、彼は、理性の存在を忘れた人間の愚《ぐ》昧《まい》さを批判しつつ、自己欺瞞の中に生きている愚昧さに、人間が人間であることの荘厳さを見ているのである。確かにそこに鋭い知性のひらめきはある。逆説も皮肉も知性の産物であり、芥川はそれで常人の盲点を突いて見せた。しかし、この短章が読者の胸にこたえるのは、批判の刃の鋭さにあるのではなく、その知性がもたらしたイロニイと哀愁の思いの深さによるものなのではないだろうか。そもそも、自分を侏儒として語り出したこと自体、例えば、人工の翼により見すぼらしい町を見下ろした空中の飛翔《ひしょう》から、やがて町行く人が自分を顧みない寂しさを感じる地点（『追憶―虚栄』、『文芸春秋』昭和二・二）に向かって落ち込み始めていることを示しているように思われる。つまり、この『侏儒の言葉』は、芥川の知性の産物という面だけでなく、中期から後期への感性のあり方を示すものとして見られなければならないであろう。なお、ここで見落とせないのは、三好行雄が言うように、『芸術その他』で「意識的芸術活動の優位を説き、技巧の美について説」いた芥川が、『侏儒の言葉』においては、「作品の美醜の一半は芸術家の意識を超越した神秘の世界に存している」（「創作」）と述べていることである。そして、「わたし」が前面に出て「傷ましい自己認識」（関口安義）に満ちた遺稿になると、芥川は「理性のわたしに教へたものは畢竟《ひつきやう》理性の無力だつた。」（「理性」）と言うようになり、知的な姿勢は完全に崩れてしまうのである。

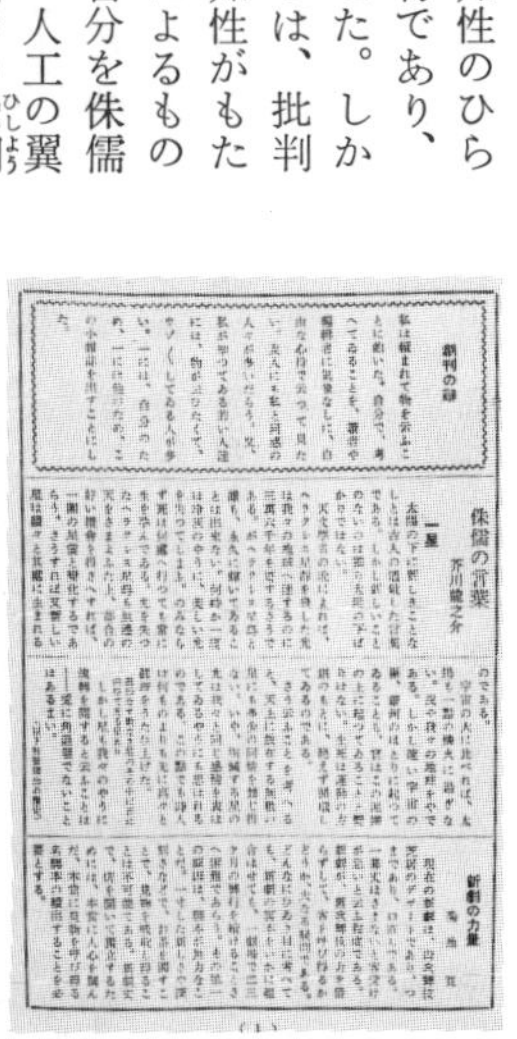

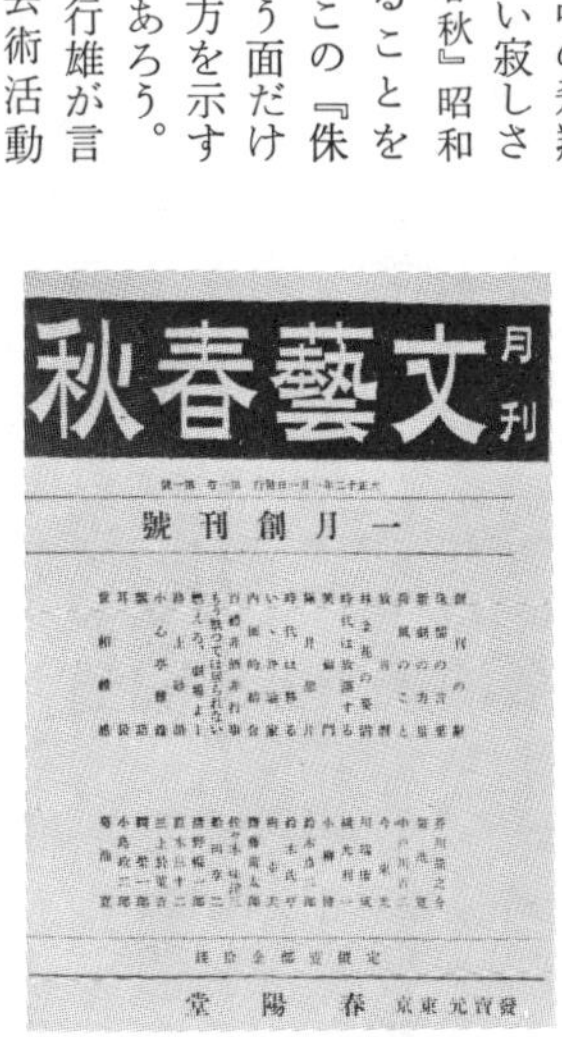

『文芸春秋』創刊号と『侏儒の言葉』（第一回）

〔**参考文献**〕吉田精一『芥川龍之介』（三省堂、昭和一七・一二・二〇）、駒尺喜美『芥川龍之介の世界』（法政大学出版局、昭和四二・四・五）、石崎等「作品論　侏儒の言葉」（『国文学　解釈と教材の研究』学燈社、昭和四七・一二）、三好行雄『芥川龍之介論』（筑摩書房、昭和五一・九・三〇）、吉川浩「芥川龍之介の『侏儒の言葉』とラ・ロシュフコオの『省察と箴言』」（『芥川龍之介 II』有精堂、昭和五二・九・一〇）、後藤玖美子「芥川龍之介とラ・ロシュフコー―『侏儒

の言葉』を中心に」（『比較文学研究 芥川龍之介』朝日新聞社、昭和五三・一一・二〇）、関口安義「侏儒の言葉」（一冊の講座『芥川龍之介』有精堂、昭和五七・七・一〇）
（田近洵一）

『侏儒の言葉』《しゅじゅのことば》 評論随筆集。昭和二（一九二七）年一二月六日文芸春秋社より刊行。B6判。定価二円二〇銭。単行本『侏儒の言葉』序には、「『侏儒の言葉』は必《かならず》しもわたしの思想を伝へるものではない。唯わたしの思想の変化を時々窺《うかが》はせるのに過ぎぬものである。」以下の文がみられ、次の表題になる五編の文章が収録されている。『侏儒の言葉』（『文芸春秋』大正一二・一～同一四・九、一一、以上「作家」まで、昭和二・一〇「弁護」以下の遺稿）、『澄江堂雑記』（『文芸春秋』大正一四・一二～同一五・一。ただし『侏儒の言葉』の代りに―」の副題がある。）、『病中雑記』（『文芸春秋』大正一五・二～三。ただし「『侏儒の言葉』の代りに―」の副題がある。）、『追憶』（『文芸春秋』大正一五・四～昭和二・二。ただし四、五月号に「―病中雑記―」の副題がある。）、『文芸的な、余りに文芸的な』（『改造』昭和二・四～八）。いずれの論も大正一二（一九二三）年以降に発表された評論・随筆で、ここに芥川最晩年の心境ないし文学観といったものを大過なく読み取ることが可能である。収録された論が評論、随筆、小品のいずれの文学ジャンルに属するかは別として、対谷崎との論争を契機とする『文芸的な、余りに文芸的な』を例外とすれば、いずれも短章による「連続と非連続」という表記形式になる散文集である。表題となった「侏儒の言葉」は、その意味でも本書の中核をなし、言うまでもなく独特のアフォリズム（Aphorism）と呼ぶべき形式から成り立っている。その中には権力に対する抵抗の姿勢、あるいは偽善的な道徳、ないしは性欲に関する章句などが混在し、いわゆる社会の因習と、その因習にとらえられた人間の愚かさや醜さについてのアイロニー（irony）批判もある。また「弁護」以下の遺稿にみられる死や自殺ないしは狂気、宿命等に関するつきつめた自己観照の文章には、そのまま最晩年の芥川の思想、感情が告白という形で示されてもいる。
（石阪幹将）

酒虫《しゅちゅう》 小説。大正五（一九一六）年六月一日発行の雑誌第四次『新思潮』第一年第四号に発表。『羅生門』（阿蘭陀《オランダ》書房、大正六・五・二三）、『鼻』（春陽堂、大正七・七・八）、『芋粥《いもがゆ》』（春陽堂、大正一一・二・一）に収録。初出以下『芋粥』までの諸本に若干の異同がある。『新思潮』大正五年八月号（第一年第六号）の「校正後に」に「酒虫は『しゅちう』で『さかむし』ではない。気になるから、書き加へる。」との芥川の自注がある。また、この作の載った六月号には、同じく芥川の筆で「酒虫は材料を聊斎志異《れうさいしい》からとつた。原《もと》の話と殆変つた所はない。」とある。作は四つの章から成り立っている。「一」は夏の最中三人の男が炎天の打《だ》麦場《ばくじょう》で何かをしている。その中の豚のように肥《ふと》った一人は、素裸であり細引《ほそびき》で手足をぐるぐる巻きにされているが、それを苦に病んでいる様子もない。もう一人は奇怪で昔風な沙門、そしてあとの一人は儒者と思われる人物である。「二」では素裸の男が劉《りゅう》大成という名の素封家で、大酒豪であることが明かされ、それがなぜ裸で炎天に寝ころんでいるかの因縁が語られる。その日飲み仲間の儒者孫先生と碁を打っていた劉のところに、宝幢寺《ほうどうじ》という蛮僧がきて、劉の腹中にいる酒虫を除いてやろうと言い、劉は彼の勧めるまま、孫先生の立会いの下、不思議な療法に従ったのである。「三」では劉の口から酒虫が這《は》い出て素焼きの酒をたたえた瓶《かめ》の中に入った次第が描かれる。「四」ではその後劉が酒を飲めなくなると同時に健康が衰え、家産も傾いたことが語られ、何故そうなったのかの問いに対し、㈠酒虫は劉の福であった ㈡酒虫は劉の病で、除かなければもっと悪い結果を生んだ ㈢酒虫は即劉、酒虫を去ったのは己を殺したのも同然という三つの答えが書きとめられる。「一」～「四」の章は起承転結にはっきりと区分され、構成には破綻《はたん》がない。なお、末尾の答えは㈠が原著にあるもの、㈡は但明倫が新評として添えたもの、㈢は芥川が加えたものとされている。ぴりりとま

まった一編である。　（関口安義）

出帆《しゅっぱん》　随筆。大正五（一九一六）年一〇月一日発行の雑誌『新思潮』第一年第八号に発表。単行本未収録。八月に欧米に留学した成瀬正一《せいいち》が、横浜を出帆するときの様子を、成瀬宛の手紙の形式で書いたもの。船は遠ざかってゆくが海は汚く、成瀬の表情も通俗的で、自分は万歳も言えず、唯一見送りにふさわしい様子の異人は乞食だと分かるなど、見送りが散文的に終わったことを告げている。芥川の「万歳」に対するこだわりは、『夏目先生』にも見える。　（石原千秋）

十本の針《じゅっぽんのはり》　アフォリズム。昭和二（一九二七）年九月一日発行の雑誌『文芸春秋』第五年第九号（『芥川龍之介追悼号』）に、『十本の針（遺稿）』として掲載された。その『編輯後記』で菊池寛は「死直前のもの」とし、同誌掲載の『闇中問答《あんちゅうもんどう》』とともに「いづれも、彼の死を頭に入れて読むと、拡されたる遺書と云ふべき、大切な文献であらう。」と述べている。「或《ある》人々」「わたしたち」「鴉《からす》と孔雀《くじゃく》と」「空中の花束」「2＋2＝4」「天国」「懺悔《ざんげ》」「又或人びと」「声」「言葉」の十節からなる。別に、草稿とされる断片があり、「一　罪と罰と」「三　人間」「四　マイクロフォン」の三つの節の部分ないし全体が残っている。その「一」は「懺悔」と、「三」は「2＋2＝4」と、「四」は「声」と関連していることが知られるが、草稿は各節が挿話の形をとり、形を異にしている。『十本の針』は、同じアフォリズムの『侏儒《しゅじゅ》の言葉』と比較した場合、機知はそれほど鋭角的ではなく、内容はむしろ自己表現に近いと思われる。しかしなお、芥川の思いが直接的に表現されているわけではない。例えば、「声」は、大勢の叫びの中のただ一人の声であっても、「わたしたちの心の中に一すぢの炎の残つてゐる限りは」必ず聞こえるものだと言う。しかし、次の「言葉」は、逆に後代の「第二の彼」以外に「彼」の言葉を理解する者はないと言う。「後代」をめぐる二つの節に論理的な矛盾はないが、前者の肯定は後者の否定に逆転されている。また、「鴉と孔雀と」は、「鴉はいつになつても孔雀になることは出来ない。」とし、自己のさだめを超えることの不可能を言うが、次の「空中の花束」は、稀有《けう》な詩人にのみ評された「精神的飛躍」と、そのもたらす「空中の花束」（この語は『或《ある》阿呆《あほう》の一生』の「空中の火花」の語に近い。）について語っている。語られる思いは対極にひきさかれており、下等な世俗への嘲弄《ちょうろう》と、自己自身への嘲弄と、さらに自恃や希求が共存し、一つの論は必ず逆転される。「それ等《ら》の人々は阿呆ではない。が、阿呆以上の阿呆である。」（「又或人びと」）。そのように、ひきさかれた両極を翻るような断章によって、彼の思いが語られていると言えるだろう。　（清水康次）

じゆりあの・吉助《じゅりあの・きちすけ》　歴史小説。切《キリ》支丹《シタン》物。大正八（一九一九）年九月一日発行の雑誌『新小説』に発表。『影燈籠《かげどうろう》』（春陽堂、大正九・一・二八）に収録。肥前国浦上《うらがみ》村の農民三郎治の下男吉助は、性来愚鈍だったが、三郎治の一人娘兼《かね》に懸想《けそう》し、悶々の情に堪えかねて出奔する。三年後、浦上村に戻り再び三郎治に仕えるが、切支丹宗門の信者であることを発見され、代官所へ引き渡される。そこで尋問を受けた吉助は「えす・きりすと様、さんた・まりや姫に恋をなされ、焦《こが》れ死《じに》に果てさせ給《たま》うたによって、われと同じ苦しみに悩むものを、救うてとらせうと思召《おぼしめ》し、宗門神となられたげでござる。」という独自の信仰を述べる。磔刑《たっけい》に処せられた吉助は、高々と祈禱《きとう》を唱えつつ、恐れげもなく槍《やり》を受ける。その死骸を磔柱《はりつけばしら》から下ろすと、口中から「一本の白《しろ》い百合の花が、不思議にも水々しく咲き出てゐた。」そして「これが長崎著聞集、公教遺事《こうきょういじ》、瓊浦把燭談《けいほはしょくだん》等に散見する、じゆりあの・吉助の一生である。さうして又日本の殉教者中、最も私の愛してゐる、神聖な愚人の一生である。」と結ばれている。ここに見える出典は、いずれも創作技法上の偽作であり、実際は、アナトール・フランスの短編『聖母の軽業師』（Le Jonglevr de hotre-Dome）が典拠とされている。また、芥川が熱心に研究していた「隠れ切支丹」の伝承にも由来するという指摘（笹淵友一）がある。この作品は、原稿用紙六枚程度という極端な短さや「御らんになるほどのものではありません。」（野村治輔宛書簡、昭和二・一・二一）という一言以外なんの感慨ももらしていない芥川自身の態度から、従来論究される機会が少なかった。が、ここには「力を抜いた手なれた機知と逆説の趣向だけで作った小品」（吉田精一）とか「狂信者の心理に対する興味から」「基督《キリスト》教を軽んずる為《ため》に」「さらりと書き流した作品」（笹淵友一）という断定だけでは片付かない、芥川文学の重要なモチーフが潜んでいる。これらは、この作品の結末の言葉「最も私の愛してゐる、神聖な愚人」に、「基督教を軽んずる為に反《かへ》つて基督教を愛した」（「ある鞭」）という芥川の基督教への言及を重ねた断定だが、ここに芥川のいう「軽んずる」は、ただの軽蔑以外の意味を含ませて解釈すべきである。つまりそこには、自己に欠落しているものへの憧憬と羨望《せんぼう》の裏返った軽んじが見られるのである。知性によってすべてを相対化し、エゴイズムの地獄に悩んでいた芥川は、一途な殉教者の情熱に憐憫《れんびん》の嘲笑を投げつつも、「イゴイズムのない愛」の具現化である殉教を、己の到達しえない境地として羨望していた。そして、この殉教の純粋性をより強化するために、芥川はこの作品で「神聖な愚人」という主人公を造型したのである。だから、キリスト殉教の意味を「恋愛」という俗的見地でとらえつつ殉教した吉助の姿も、本来の殉教が持つ宗教的感動とは無縁ながら、決して殉教者や基督教を蔑視するためだけの趣向ではなかった。信仰が俗的であればあるだけ、そんなものに殉じた吉助の純粋性がいっそう際立つ効果を意図していたのである。たとえ俗的であろうと、その信念を貫いて生涯を終えた吉助の純粋な情熱こそ、当時の芥川が希求していた信仰であり、吉助の口中に咲いた白百合こそ、現実を越えた不可思議な世界を象徴する、芥川の宗教的感動の美しい具象化だったのである。創作にも実人生にも行き詰まりを覚えていた大正八年の芥川は、現実とエゴを乗り越え奇跡を見た「じゆりあの・吉助」の生き方に、自己の進路を模索しはじめていたと言ってもよいだろう。この後、彼は、現実を越えた世界に出会う「神聖な愚人」たちの幸福を『南京《ナンキン》の基督』『往生絵巻』『仙人』などに描き続けていく。（超現実世界を口中の花として形象化した他の例は、『往生絵巻』『沼』に見られる。）「最も私の愛してゐる、神聖な愚人の一生」という言葉は、芥川の憧憬と羨望の切実な告白だったのである。

〔参考文献〕佐佐木啓一「芥川龍之介のキリスト教観(二)―続切支丹物について―」（『論究日本文学』昭和三四・四）、広瀬朝光『「じゅりあの・吉助」の素材と鑑賞」（『国文学』昭和三六・三）、笹淵友一「芥川龍之介のキリスト教思想」「芥川龍之介の本朝聖人伝―『奉教人の死』と『じゅりあの・吉助』」（『明治大正文学の分析』明治書院、昭和四五・一一・二五）、宮坂覺「芥川文学における〈聖なる愚人〉の系譜―その序章」（『文芸と思想』昭和五二・三）、吉村稠「『じゅりあの・吉助』とその系譜的作品の世界―『愚直者』のイメージとその羨望」（『芥川文芸の世界』明治書院、昭和五二・八・二五）

（神田由美子）

俊寛《しゅんかん》　小説。大正一一（一九二二）年一月一日発行の雑誌『中央公論』に発表。単行本未収録。材料が『源平盛衰記』第七であることは、エピグラムとしてその一文を引用していることからも明らかである。そのほか、『平家物語』巻四も参照したろうし、芥川が『澄江堂《ちょうこうどう》雑記』中の「俊寛」に記しているところから考えると、近松門左衛門の『平家女護島《にょごのしま》』も念頭にあったはずだ。さらに、倉田百三の戯曲『俊寛』が傑作という評判を得、続いて菊池寛の小説『俊寛』が出た。これらに触発されたことも前文から推察される。芥川が、ここで描こうとした俊寛像は、前記『源平盛衰記』からの引用「俊寛云ひけるは……神明外《ほか》になし。唯我等が一念なり。……唯仏法を修行して、今度生死《しやうじ》を出で給ふべし。」「（俊寛）いとど思ひの深くなれば、かくぞ思ひつづけける。『見せばやな我を思はぬ友もがな磯《いそ》のとまやの柴《しば》の庵《いほり》を。』」にほとんど尽くされている。本編は、「俊寛様の話ですか？ 俊寛様の話位《くらい》、世間に間違つて伝へられた事は、まづ外にはありますまい。」と有《あり》王《おう》を通じて語らせる鬼界が島における俊寛の姿である。同じ流人の成経《なりつね》少将や康頼の、都への強い執着と、真面目で滑稽《こっけい》な神頼みの生活に比し、俊寛は女房の小言を聞かずにいられるのが嬉《うれ》しいと、苦しまず、きわめて人間的に暮らしている。俊寛は手紙に動揺するが、感傷をしりぞけ、京に伝えられている自分の姿は、みな誤解であるとし、島の生活もなかなかよいと語る。彼は権力政治に虚無的であったから、陰謀心などなく、大納言家出入りは、鶴の前への恋からだったと言う。もっともこのあたりは『源平盛衰記』の記述によっている。やがて赦免の使いが来るが、清盛の恐怖心から、俊寛だけが許されない。帰京できることに狂喜した二人のうち、少将は、舟出の際、取りすがる子まで生ませた島の妻を邪慳《じゃけん》にしりぞけたため、俊寛は、その非情に怒り、地団駄を踏み、手招きをした。それが誤って都へ伝えられたのだと語る。要するに、俊寛は一人「悠々と」暮らしているのである。原話そのものがドラマチックなためか、プロットが巧みで、おもしろくできている作品だと思われるが、あまり、評価の高くない小説である。作者が生前単行本に収めなかったのは、自ら失敗作と認めたからであろうか。例えば、武藤直治は、この作品を「独創的」で「芸術的表現の技法が練達」ではあるけれども、人物が「作者の傀儡《くわいらい》」であるために生きていない、「余りに作者が自己の人生観や、社会に対する批評や、その他作者の様々な感想を、露骨に」表しすぎていると言う。ただ、近年、清水茂は、『平家物語』から『源平盛衰記』、『平家女護嶋』へと俊寛像をたどり、「近松の俊寛から、自覚的、思想的、論理的な俊寛、覚めたる、ヒューマニスティックな、『凡夫』というよりも『凡人』俊寛を抽出することを思いつく。」とし、「その世界は、ダイナミックな生命感に欠けるにしろ、いちがいに否定し、かんたんに断絶し、または新しい世代の波によって超えうるものではないのだ。なぜなら、そこには、疎外された場所での孤独を逆手に握って、時勢に対峙しようとするものの孤高と自由とが浮彫りにされているからだ。筆者は、そこに、あらゆる時代の転換期における、流動する諸現象にまどわされまいとする、ささやかではあるが、しずかな、ひとつの人間的良心のあかしをみることができるように思う。」と高い評価を与えている。

〔参考文献〕武藤直治「島の俊寛を主題とした三つの作品—倉田百三、菊池寛、芥川龍之介氏の『俊寛』を評す」（『新潮』大正一一・二）、弘二「小説『俊寛』評」（『種蒔く人』大正一一・二）、長野甞一『古典と近代作家—芥川龍之介』有朋堂、昭和四二・四・二五）、清水茂「『俊寛』像の系譜—芥川龍之介と古典—」（『批評と研究　芥川龍之介』芳賀書店、昭和四七・一一・一五）

（塚越和夫）

春城句集《しゅんじょうくしゅう》　芥川龍之介が「家に来る人達の中で最も善良な人」と称した室賀《むろが》文武の句集。大正一〇（一九二一）年一一月一三日、警醒社書店より発行。一四四頁、サイズA6判。収録句集一三〇〇余句。自序のほかに、大正六（一九一七）年執筆の芥川の「序」が附されている。（なお、昭和一〇年五月一五日に『第二春城句集』が向山堂書房から発行されている。一六六頁、サイズ四六判、収録句数二〇〇〇余句。）新年、春、夏、秋、冬の五部仕立、さらに各部が天文・地理・時候・人事・動物・植物に細分整理されている。「自序」によれば、室賀は父寛助の影響から三〇歳ごろより句作を始め、三宅青軒に師事したこともあるが独り句作を続ける。この二〇年間の句作の中から自選して『春城句集』とした。芥川の「序」の執筆月日から推測できるように、大正六年に刊行されるはずであった。が、延期され、四年後、新たに句を加え整理し出版された。「序」で、芥川はこの無名の俳人を、内村鑑三の門下であることを紹介し、『ジャン・クリストフ』の「ゴットフリイドの亜流」と温かい言葉を贈っている。室賀は、岩国から政治家を目指して上京し、芥川の実家が経営する耕牧舎で働く。しかし、政界に絶望し、内村の門に入り無教会主義のキリスト者となる。生計は、大正八（一九一九）年米国聖書協会に内村の紹介で入るまで、行商によって細々とたてていた。芥川は、当歳から二歳まで実家で室賀の世話になったりもしている。一高時代、二人は再会し、以来終生交渉は密に続き、「家に来る人達の中で最も善良な人」と芥川から深く信頼され、ことに最晩年には芥川にキリスト教への入信を勧め、その水先案内人となった。この句集に収められたのは行商時代から米国聖書協会入社初期の句である。一三〇〇余句の中には、芥川の長男比呂志の誕生を祝ったもの、実父の後妻となった叔母ふゆへのもの、南原繁《なんばらしげる》の新婚生活を描写したものなども認められる。なお、室賀の句作の態度、思想は『第二春城句集』「序」に書かれている。（宮坂　覺）

「春城句集」の序《しゅんじょうくしゅうのじょ》　序文。室賀《むろが》文武の句集巻頭に掲載。大正一〇（一九二一）年一一月一三日、警醒社書店刊。芥川と室賀との関係は、この序に記されているが、大正一五（一九二六）年三月五日には、室賀宛書簡で、聖書をもらった礼と、山上の垂訓に今まで気付かなかった意味を感じたと述べている。序文の日付は大正六（一九一七）年一〇月二一日、室賀の自序には、芥川の序文をもらってから、余儀ない事情で四年たったとある。（井上百合子）

『春服』《しゅんぷく》　芥川龍之介の第六短編小説集。「『春服』の後に」に「一二の例外を除きさへすれば、『春服』に収めた作品は二十代に成つたもののみである。だから『春服』と名づけることにした」とある。大正一二（一九二三）年五月一八日刊。春陽堂。四六判。定価二円五〇銭。装丁、小穴《おあな》隆一。巻首に、明治二九（一八九六）年一一月の袴着《はかまぎ》の祝いのときの作者の写真を掲げている。大正一三年三月、関東大震災のあと、普及版を出す。小穴隆一装丁、巻首の写真は入っていない。この集には、『六の宮の姫君』『トロッコ』『おぎん』『往生絵巻』『お富の貞操』『三つの宝』『庭』『神神の微笑』『奇遇』『藪《やぶ》の中』『母』『好色』『報恩記』『老いたる素戔嗚《すさのおの》尊《みこと》』『わが散文詩』の順で（発表順ではない）計一五編の短編、小品を収めている。第五短編小説集『夜来の花』（新潮社、大正一〇・三・一三）、中編小説『邪宗門』（春陽堂、大正一一・一一・一四）などに次ぎ、このあとは、第七短編小説集『黄雀風』《こうじゃくふう》（新潮社、大正一三・七・一八）が続いている。編中、『奇遇』『往生絵巻』が、大正一〇（一九二一）年四月で最も早く、『三つの宝』『わが散文詩』が大正一二（一九二三）年一月で最も遅い。大体大正一〇、一一年の作品である。編中、王朝物は四編、切支丹《キリシタン》物は三編、開化物は二編、古代に材をとったもの一編、中国の怪異小説によるもの一編、童話一編、現代生活を描いたもの三編で、歴史小説家としての作者の短編集である。『藪の中』『神神の微笑』は、この集に入れなかった『俊寛』『将軍』とともに、大正一一（一九二二）年の『新潮』『新小説』『中央公論』『改造』の新年号に載ったもので、この時期、芥川の名声は絶頂に達していたことが分かる。しかし、時代は動きつつあり、芥川自身も歴史小説家としてマンネリズムに陥りつつあった。このあと、歴史小説は、「雛《ひな》」その他一編を書くのみで、『春服』は歴史小説家芥川の最後の

袴着の祝い（5歳）

『春服』（小穴隆一装丁）

短編集となった。（西垣　勤）

春陽堂《しゅんようどう》　出版社。明治一一（一八七八）年岐阜県出身の和田篤太郎によって創業。初期は絵草紙や翻訳ものを手がけたが、二〇（一八八七）年に須藤南翠《なんすい》の『新粧之佳人』を出版したことを契機に文芸出版社を目指す。二二（一八八九）年文芸雑誌『新小説』を創刊。二十年代から三十年代にかけて「新作十二番」「文学世界」「春陽文庫」「小説百家選」など文芸作品叢書を次々と刊行し、明治文壇の大家新進の著作の大半を出し文芸出版書肆《しょし》の老舗《しにせ》となった。『新小説』は二九（一八九六）年以後露伴を編集主任として復刊、その後文壇の登竜門となった。芥川は『鼻』を漱石に激賞されたのが縁で、漱石門下の鈴木三重吉の推薦で大正五（一九一六）年九月『新小説』に『芋粥《いもがゆ》』を発表、新進作家としての地位を得た。第四短編小説集『影燈籠《かげどうろう》』（大正九）第六短編小説集『春服《しゅんぷく》』（大正一二）などを春陽堂から出版し、また『新小説』にも『世之助の話』（大正七・四）『枯野抄』（大正七・一〇）『神神の微笑』（大正一一・一）など発表している。昭和初年円本時代に『明治大正文学全集』を刊行して華々しい出版活動をして現在に至っている。（尾形明子）

彰義隊《しょうぎたい》　⇩東叡山彰義隊《とうえいざんしょうぎたい》

将軍《しょうぐん》　小説。大正一一（一九二二）年一月一日発行の雑誌『改造』に発表。短編集『将軍』（新潮社、大正一一・三・一五）に収録。官憲の命による伏せ字が一三か所あり、原稿紛失のため復元されていない。この作品は、忠君愛国の士であり、明治天皇に殉じた乃木希典《まれすけ》を批評しようとしたもので、森鷗外の『興津弥五右衛《おきつやごえ》門《もん》の遺書』や、夏目漱石の『こゝろ』と対比すべき作品であり、芥川の仕事で言えば、『手巾《ハンケチ》』や『或日《あるひ》の大石内蔵之助《くらのすけ》』や『忠義』などの日本人の道徳心の内容を問題にした作品と連続しているものである。但し、乃木は「N将軍」として登場し、芥川の腰のすわりの弱さを示しているようでもある。章立ては四つに分かれ、一白襷《たすき》隊、二間牒《かんちょう》、三陣中の芝居、四父と子と、となっている。一では、第三回旅順総攻撃に決死隊として出陣する兵士たちの死を直前にする様々な想いを描き、それに対比して、兵士たちの深刻な思いを理解しえず、その「声には、何時か多少戯曲的な、感激の調子がはひつて」いる、兵士の死の痛みを感じていぬNを描き、二では、二人のシナ人の「露探」を、「斬れ！　斬れ！」と命じ、その斬殺を満足気にながめるNを描いて、その残酷な、モノマニアックな性格を描き、三では、「陣中の芝居」を見ていて、その滑稽なシーンや濡れ場に激怒し、義理人情の劇や敵討劇には感動するNを描いて、参謀の穂積中佐に「軽い軽蔑の中に、明るい好意」を感ぜさせ、四では、日露戦争の二〇年後、Nの部下であった中村少将にNの偉さ、人柄の良さを回想させ、息子が、それに対してNの至誠の、若者に通じない俗さを述べて対立する「父と子と」の姿を描き、二人がその対立を「時代の違ひ」として決着をつけて、この作品は終わっている。乃木将軍の評価は様々あろうが、芥川は、この英雄の忠君愛国の精神が、実は単純な、思想性のないものであること、また、乃木の人間の実際が兵の死の重さを感ぜず、殺人を平然と眺めるモノマニアのものであることをもって批判としたのである。確かにそれは「無智で残忍で打算的な将軍の裸体」「軍神の封建的な非人間性」（宮本顕治「『敗北』の文学」、『改造』昭和四・八）をあばいているとは言えるが、果たして乃木将軍の実際がこのようなものであったか疑問なしとしない。つまり、乃木をあまりにひどい人間像に特殊化することによって普遍性を失っているかもしれないのである。将軍がもっと至誠の人であり、二人の息子を死なせて平然としていなくてはならぬ人間性の持ち主であり、なおかつ軍国主義の英雄であった所に、天皇制国家のイデオロギーの恐ろしさ、深刻さがあったのであって、それを見過ごすことになるのである。つまり「人間性の自然さを価値評価の基準」とし、「戦争に対する自由主義見地からの批評、偽善に対する嫌悪」（吉田精一『芥川龍之介』三省堂、昭和一七・一二・二

○）から描きながら、その特殊化のために底を浅くしたのである。そして、その乃木評価を示しながら、最後に父と子の評価の違いを世代の差としているのも、この乃木否定の性格が世代を越えて否定的なものであるために不自然と言わざるをえない。「世間の乃木像を覆す」に至っていないとする評価（島田昭男「『将軍』論」、『批評と研究 芥川龍之介』芳賀書店、昭和四七・一一・一五）は正しいのである。しかし、他方、この小説が、陛下のために死なねばならぬ兵士たちの深刻さや、平然と人を殺す戦地の人間の恐ろしさを描き出している反戦性は評価すべきものであろう。

〔**参考文献**〕和田繁二郎『芥川龍之介』（創元社、昭和三一・三・二五）、清水茂「芥川龍之介と『明治』」（『解釈と鑑賞』昭和四四・四）、三好行雄「藪の中・手巾」（角川文庫注釈、昭和五三・四・二〇）、三島盛武「将軍」（菊地弘・久保田芳太郎・関口安義編『芥川龍之介研究』明治書院、昭和五六・三・五）、清水康次「将軍」（『信州白樺』四七・四八合併号、昭和五七・二）

（西垣　勤）

『将軍』《しょうぐん》　小説集。大正一一（一九二二）年三月一五日、小説集『代表的名作選集』三七として新潮社より刊行。判型は今日の文庫本とほぼ同型で羽二重表紙の装丁、一六〇頁、定価五五銭。作品は『将軍』『羅生門』『鼻』『猿』『運』『藪《やぶ》の中』『手巾《ハンケチ》』『虱《しらみ》』『秋』の九編を収録。『将軍』と『藪の中』がこの小説集に初めて収録された。短編集『将軍』はこの新作の外大正九（一九二〇）年四月の『秋』を除いて、大正四（一九一五）年一〇月から同六（一九一七）年一月までのものに集中している。『将軍』の初出は大正一一（一九二二）年一月一日発行の雑誌『改造』であり、また同日『藪の中』が『新潮』、『俊寛』が『中央公論』、『神神の微笑』が『新小説』に各々発表された。各雑誌は新年号に芥川の作品を掲載し、彼が文壇の最流行児の一人であることを示した。『将軍』は、多くの伏せ字があり、初出との異同で気にかかる箇所に「小さい欠伸《あくび》を噛《か》み殺した。」が「嬉しさうに話頭を転換した。」がある。作者はこの作品で乃木将軍の偶像破壊を試み、これは『鼻』『手巾』、特に後者に通じているが同時代及び後世代の中で相対化し時代相の中で捉《とら》えようとしている。島田昭男の丁寧な作品論（『批評と研究 芥川龍之介』芳賀書店、昭和四七・一一・一五）をはじめ総じて批判的あるいは否定的だが、その中で浅井清は「偶像破壊の鋭さよりも美意識の異和感」に主眼があり、「知的憂愁を漂わせた佳品」（『名著複刻芥川龍之介文学館』昭和五二・七・一）と評価した。また、『藪の中』は実に様々なテーマ把握があり、中村光夫は構成の乱れを（『すばる』昭和四五・六）、福田恆存《つねあり》はこれに反論して人間の自己劇化を述べ、あるべき事実を指摘（『文学界』昭和四五・一〇、一一）、大岡昇平は前二者を検討して三角関係による男女間の葛藤がテーマだと論じた（『歴史と人物』昭和四五・一二）。また海老井英次は「真相の再構成は不可能」（『芥川龍之介』角川書店、昭和五六・七・三一）だと強調した。

（田中　実）

商賈聖母《しょうこせいぼ》　初出未詳。大正一二（一九二三）年ごろの執筆か。島原の乱のときの「天草《あまくさ》の原の城の内曲輪《うちくるわ》」には、男女の死骸が折り重なっている。一人の老人は、それでもハレルヤを唱えていたが、彼も銃弾に当たって死んでしまう。白衣の聖母がそれを見下ろしていると思いきや、実は煙草《たばこ》商会の女にすぎない、という話である。三〇〇字程度の作とは言え、思い付きだけの、あまりにも不出来な小品である。

（石原千秋）

椒図志異《しょうずしい》　昭和二九（一九五四）年から三〇（一九五五）年にかけて発行された『芥川龍之介全集』に初めて収められたノート。昭和三〇年六月葛巻《くずまき》義敏によって写真版複製ノート『椒図志異』（ひまわり社）が刊行された。葛巻はその「解説」の中で、「旧制高等学校時代から大学時代にかけて、先輩、知己、友人、家族、その他等から聞き、また読書等によって識り得た『妖怪』談の類を分類し、清書したものである。」とし、明治四五（一九一二）年七月恒藤恭《つねとうきょう》宛の「MYSTERIOUSな話があつたら教へてくれ給へ……」同年八月藤岡蔵六宛の「Mysterious な話を何でもいゝから書いてくれ給へ……」によってその存在を確認し、また「彼のいわゆる『初恋』の後、『官能に救ひを求めた』時代、――少くとも、大正三、四年時代以前に、一応筆が措かれていると思われる。」と推定している。また、「椒図」という号について、書きほごし原稿「白獣」の冒頭に、「嘗《かつて》、椒図と云ふ号をつけた事がある。椒図とは、八犬伝によると『黙するを好む』龍だと云ふ。そこで、この号を得意になつて、椒図居士とか何とかつけた」とあるのを指摘している。「椒図志異」の内容は、「怪例及《および》妖異《ようい》」一七編、「魔魅《まみ》及天狗《てんぐ》」二六編、「狐狸妖」七編、「河童《かっぱ》及河伯《かはく》」五編、「幽霊及怨念《おんねん》」二〇編、「呪詛《じゅそ》及奇病」三編の六部構成七八編より成るが、さらに「ノート断簡」に、「雪女臈《じょろう》」「柳妖」など諸編がある。出典に『北越雪譜』『北窓瑣談』『沙石《しゃせき》集』『神社考』、『柳田国男氏』などがあり、とくに芥川の養父母からの聞き書きが多く記されているのは、芥川の育った家庭環境の中に妖怪譚がしみこんでいたことをうかがわせていて興味深い。葛巻は先の「解説」で、後年の『本所《ほんじょ》両国』『追憶』『「猪《しし》・鹿《しか》・狸《たぬき》」書評』に『椒図志異』と照応する所があること（例えば『本所両国』中の「緑町、亀沢町」の養父が狐に化かされた話と「狐狸妖」の1、京橋観世新路の植木屋喜三郎の話と「河童及河伯」の1など）を指摘し、「芥川龍之介が幼・少年期を過《すご》した、東京人の大部分という者が、矢張りこの様な『妖怪』談を愛し、好んだという事」を挙げ、吉田精一の『芥川龍之介の生涯と作品』における「後年の彼が好んで現実以上の現実に神秘の影を見たり、非現実的な怪異を信じない迄《まで》も愛好した」という説を支援できるとしている。また、「柳田国男氏等の本の影響」「彼自身が訳しているイエッの『ケルトの薄明り』等の影響」を挙げているのは貴重な示唆である。芥川のポーへの接近の下地をここに求めることもでき、さらに柳田国男の関連は、芥川と民譚、民俗のかかわりに広がって、芥川の説話文学の特質への視野を与える。妖異例を採集し分類し清書した情熱の潜行力は、芥川文学にみられる神秘愛好、非現実への自己投企に通うものであり、ここから芥川文学の新しい解釈の可能性も引きだされる。葛巻の「彼の生涯の一時期の補遺とし、彼の作品への或《ある》補遺として、見られる事を希望している。」と結ぶ希望に応える課題が残されたままであるが、「補遺」にとどまらない積極的な一視点とされることも今後期待される。（森安理文）

『椒図志異』

饒舌《じょうぜつ》　小説。大正七・一・三「時事新報」。『点心』（金星堂、大正一一・五・二〇）に収録。秦《しん》の始皇帝の焚書《ふんしょ》坑儒が、大正の日本で起きていて、騒ぎを見に行った自分に、ある書生が文壇批判を語る。しかし、気が付くと、それはカフェで原稿の依頼を受けている自分の白昼夢だったという話。大正六（一九一七）年一月発表の『MENSURA ZOILI』とほぼ同趣向の作品。『新思潮』の同人を「新技巧派」としてひとくくりにする傾向への反発が見える。（石原千秋）

小説作法十則《しょうせつさほうじっそく》　評論。昭和二年九月一日発行の雑誌『新潮』に発表された。遺稿だが末尾に「（大正十五・五・四）」とある。昭和六（一九三一）年七月五日刊行『文芸的な、余りに文芸的な』（岩波書店）に収録。十則とあるように、マキシム風に「一」から「十」まであり、最後に「附記」がある。文語調の文体。これらのスタイルから判断するに、永井荷風の「小説作法」（『新小説』大正九・四）に見習ったものか（ただし荷風は一、……一、……という形で、三九か条を記す）。ともにその短いものを挙げて示す。「一　小説はあらゆる文芸中、最も非芸術的なるものと心得べし。文芸中の文芸は詩あるのみ。即ち小説は小説中の詩により、文芸の中に列するに過ぎず。従って歴史乃至伝記と実は少しも異《ことな》る所なし。」(『小説作法十則』)「一、脚色の変化に重を置き人物の描写を軽んずるものは所謂《いはゆる》通俗小説にして小説の高尚なるものにあらず。人物の描写を骨子とすれば脚色はおのづからできて来るものなり。」(『小説作法』)ただ、荷風がまさに作法を言うのに対して芥川は小説家とはを言うに傾く。「一」は右に記したように小説はその中に詩をとらえて初めて文芸作品となること。「二」は小説家とは詩人にしてかつ歴史家ないし伝記作者であること。「三」は小説家はつねに暗澹たる人生と直面するを覚悟せねばならぬこと。「四」は小説家は一生無事平穏ではいられぬと覚悟したほうがよいこと。「五」はもし平和な一生を送りたい者は小説家とはならぬほうがよいこと。「六」は小説家となって平穏な生活を営むためには何よりも処世的才能を鍛錬すべきこと。「七」は文章の鍛錬を小説家は怠ってはならぬこと、一語の美しさに感じ得られねばならぬこと。「八」は小説家は時代の約束を守らねばならぬが、天才はしばしばそれを破りそれ故孤独を余儀なくされること。「九」は小説家は自らのありのままに従うべきこと。「十」はこの『小説作法十則』は黄金律ではないこと。「附記」は芥川が常に懐疑主義者たらんと努めたことを記す。他者に何かをすすめ勧告する文でありながら、結局、自らを顧み、自らに物言うことになってしまっているところに、荷風との顕著な相違点がある。

(佐々木充)

小説の戯曲化《しょうせつのぎきょくか》　評論。大正一三(一九二四)年三月一日発行の雑誌『演劇新潮』に発表。『百艸《ひゃくそう》』(新潮社、大正一三・九・一七)、『梅・馬・鶯《うぐいす》』(新潮社、大正一五・一二・二五)に収録。あまり異同なし。売文に関する法律は不備をきわめている。例えば雑誌社に短編を一つ渡して若干金をもらったとすると、それは小説に対する金か、それとも原稿用紙を売った金か、法律には何とも規定されていない。しかしそれ以上困ることは著作権侵害である。例えばこの間、菊池寛は自身の小説『義民甚兵衛』を三幕の戯曲に書き直したが、あれを僕が書き直したとすればどうか。その場合、僕は友誼《ゆうぎ》上あるいは慣例上菊池の許可を得て戯曲に書き直し、その原稿料ないし上場料の何割かを菊池に奉納するであろう。ところが万一許可を受けず、原稿料ないし上場料のすべてを着服してしまったにしろ、僕は必ずしも罰金を出したり、監獄へ入ったりしないでもいい。日本の法律にこういう著作権侵害に関する明文が存在しないのである。もっともこれは日本ばかりでなく、イギリスの場合も同じで、ショーは法律上の不備を論じている。しかし、この法律上の不備に応じる道は菊池寛やショーのしたように、小説の作者自身が戯曲に書き直すことである。だが戯曲を書かない(例えば僕のような)作者はおいそれと書き直しの出来るものではない。するとその作者の小説はだれでも勝手に戯曲に書き直してもかまわぬことになる。さらに、もう一ついでに考えられることは作者自身の小説を戯曲に書き直すことの可否である。例えば、『義民甚兵衛』は小説と戯曲とのどちらの形式に表現すべきものか、あらかじめ菊池の考え、あるいは考えねばならぬことである。それを前に小説にし、後には戯曲にするというのは、ゆうべの刺身をぬたにしたのと同じ非難を招かないであろうか。いずれにしてもそのうちどちらの方がより傑出した作品であるかという価値判断が伴って問題が多い。このように著作権の問題を究明し、併せて小説の戯曲化についての当否を論じているのである。

(久保田芳太郎)

小説の筋論争《しょうせつのすじろんそう》　谷崎潤一郎と芥川龍之介との間で交わされた小説論争。昭和二(一九二七)年『新潮』二月号の「新潮合評会」第四三回(一月の創作評)で芥川が谷崎の『日本に於《お》けるクリップン事件』に触れて筋のおもしろさに芸術性を認めることへの疑問を示したことから始まった。すなわち芥川は『藪《やぶ》の中』などに対する自省もこめて「奇怪な小説だの、探偵小説だの、講談にしても面白いと云ふやうな筋を書いて、其の面白さが作品其物の芸術的価値を強めると云ふことはないと思ふ。」と述べ、「谷崎氏は美と云ふことと、華美と云ふことを、混同して居るやうな所がある」と指摘した。これに対して、『改造』の同じく二月号から文芸時評『饒舌《じょうぜつ》録』を掲載し始めて「素直なものよりもヒネクレたもの、無邪気なものよりも有邪気なもの、出来るだけ細工のかゝつた入り組んだ」小説が好ましいと書いていた谷崎は反論して、同誌次号の『饒舌録』第二回で「筋の面白さは、云ひ換へれば物の組み立て方、構造の面白さ、建築的の美しさである。（中略）凡《およ》そ文学に於《お》いて構造的美観を最も多量に持ち得るものは小説である」と筋のおもしろさの価値を主張し、日本の小説に欠けているのはこの「構成する力」だとした。芥川もこれを受けて同誌四月号に『文芸的な、余りに文芸的な』一〜二十を発表し、絵がデッサンの上に成り立つように小説は「話」の上に立つものであるから「話」のある小説に敬意を表するのは当然であるが、小説の価値を決めるのは「話」の長短、奇抜さでもなければ「話」の有無でもない、「話」のない小説は最上ではないにしろ、「存在し得る」ものだとし、それを「あらゆる小説中、最も詩に近い小説」「通俗的興味のないと云ふ点から見れば、最も純粋な小説」「デッサンよりも色彩に生命を託した」セザンヌの絵のような作品と説明し、例としてジュール・ルナールの『フィリップ一家の家風』、志賀直哉の『焚火』以下の諸短編を挙げた。芥川が重要としたのは「詩的精神の如何」「詩的精神の深浅」であって、「構造的美観」を否定したのではない。もっとも「構造的美観」を最も多量に持つのは戯曲であり、また日本人も構成力があると反論したが。谷崎の作品に批判的であるのも詩的精神の薄弱さという点であった。なお、三茶書房主、岩森亀一コレクションの『文芸的な、余りに文芸的な』自筆原稿を見ると、一から三までは改造社原稿用紙に赤インクで書かれており、谷崎に対する感情の激しさがうかがわれる。翌五月号の同誌で谷崎は、告白小説をよしとする自然主義の悪影響を打破するために「話」のある小説を主張するのだと、論ずる理由を明らかにし、自分が構成力というのは「肉体的力量感」だと言い、その最もよく表れた作品として紅葉の『三人妻』を挙げた。そして芥川の詩精神の意味が分からない、君は「左顧右眄《さこうべん》」していると難じた。同誌六月号で芥川は再び答えて、自分は「純粋であるか否かの一点に依《よ》つて芸術家の価値は極まる」と言ったのだと強調したが、それは今まで述べてきたことを谷崎への感懐の情をこめて繰り返したものに過ぎず、さらに同誌八月号の「三十四 解嘲」で容易に理解されない自分の立場を嘆いている。芥川の死によって論争は終わり、谷崎は『饒舌録』で「故人の死に方は矢張筋のない小説であつた」「小説を書くには不向きな人だつた。」とその死をいたんだ。筋とは直接かかわらない芸術の美——詩的精神、純粋な芸術家の面目——を見ようとした芥川に対して、谷崎は、作品の構造美——プロットの価値——を主張し続け、論点が交わることはなかった。かつて芸術活動は意識的なものだと『芸術その他』（大正八）で主張し、そうした立場に立って技巧的な作為による創作を続けて来た芥川が、切実な反省を経て、微妙な変わり目に立っているのが知られる。それは、私小説ないし心境小説への傾斜であったのか、新しい芸術美の主張であったのか、論者によって大きく分かれる。この論争の背景には、大正一四（一九二五）年ごろから起こった心境小説論があるわけだが、そこで説かれた自己肯定的な安定した境地を芥川も視野のうちに入れていたとするか、あるいは『「私」小説論小見』の、小説の手法は問わない、傑作の中にのみ芸術の本道はあるという言葉の、芸術道の探究者としての側面を重く見てゆくかといったことにも連なる。三好行雄は、この芥川・谷崎論争を「心境小説論の一支流」とし、志賀直哉へ「脱帽」した芥川を「自分の前半生の営為をことごとく抹殺して、なおかつ心境小説を仰望した。そこへいたるまでの動揺と懐疑の深刻さをおしはかるべきである」と述べている。このような見方に対し久保田正文は、芥川の志賀に対する関心が「文章・文体に重点がかかっている」とし、筋のない小説肯定がただちに私小説肯定を意味するものでないことを主張する。また、高田瑞穂は、芥川における『フィリップ一家の家風』のもつ重要さを説いて、「その時芥川の心の奥底に在って、真に芥川を魅了していたものは、実は、そういう小説形態ではなく、かえって、フィリップとそのおかみさんの具現し得ていた人間性そのもの」「生と人間性の問題だったのではないか」と言っている。芥川は実作の上でも『年末の一日』『蜃気楼《しんきろう》』『歯車』などの身辺的素材による作品を書いた。こうした作品を私小説ととるか、新しい方法を意図した作品と見るか二つの立場があるが、これらと同時期に『玄鶴山《げんかくさん》房《ぼう》』のような虚構による巧緻な小説を創《つく》っていること一つを考えても、芥川の仮構意識は衰えていないと見るべきであり、この論争にも、新たな芸術美の主張、創作方法の探求を志している芥川をつかまなければならない。

〔**参考文献**〕三好行雄「芥川龍之介の死とその時代」(「近代文学鑑賞講座」第一一巻『芥川龍之介』角川書店、昭和三三・六、のち『日本文学の近代と反近代』東京大学出版会、昭和四七・九・三〇)、高田瑞穂「文芸的な、余りに文芸的な」(一)~(六)(『国文学』昭和三八・九~三九・二、のち『芥川龍之介論考』有精堂、昭和五一・九・一〇)、久保田正文「芥川龍之介の行くてに在るもの」(駒尺喜美編『芥川龍之介作品研究』新生出版、昭和四三・一〇・二〇、のち『芥川龍之介・その二律背反』いれぶん出版、昭和五一・八・五)、菊地弘『芥川龍之介―意識と方法―』(明治書院、昭和五七・一〇・二五)　(菊地　弘)

小説の中の芥川《しょうせつのなかのあくたがわ》

芥川ほど多くの小説中で多様な形で描かれている作家はまずあるまい。それはむろん、それぞれの芥川像の相違は各作者の視点の違いからきている。しかしその反面、各作者が属している世代世代によって芥川への認識がある相似点を持っていてその描く芥川像がやや似ているところがあることもまた事実である。さて、小説中で芥川を登場させた作者をおおよそ以下のように分類してみる。(一) 芥川の、文字通りの知友と目された人たち――久米正雄・菊池寛・宇野浩二ら、(二) 芥川と同時代に活躍した人たち(ただし、(一)と重なるところもある)――室生犀星・佐藤春夫・広津和郎・志賀直哉・岡本かの子ら、(三) 芥川より少し下の年齢ないし一世代若い人たち――堀辰雄・佐多稲子・宮本百合子・中野重治・伊藤整・小島政二郎ら、以上三つのカテゴリーである。そこで順を追ってそれぞれの芥川像をみていくことにしたい。まず(一)の久米正雄の長編『破船』(『主婦之友』大正一一・一~一二)、『風と月と』(『サンデー毎日』昭和二一・一~三)では芥川がどのように描かれているか。『破船』では、芥川(作品中の名前―柳井)が許嫁《いいなずけ》に優しく、師の死に対して清澄な涙を流し、主人公久米(小野)の恋のよき相談相手として書かれている。また『風と月と』では、作者久米と芥川との交友関係、すなわち大学時代、菊池らと一緒に第三次『新思潮』創刊の前後のときの事情、漱石の木曜会に共に出かけたことなどが叙され、さらに芥川が漱石から『鼻』絶賛の手紙をもらったときの芥川の喜びに満ちた表情なども生き生きと写し出されている。そしてこの小説中の芥川像は、作者自身の友人としての真摯な親近感から刻み込まれていて、芥川の才能と学殖、さらに彼の鬼気せまる「作家道」というものを如実に伝えていると言っていい。次の菊池寛の短編『無名作家の日記』(『中央公論』大正七・七)は、やはり『新思潮』刊行、芥川(山

『破　船』

野）、桑田（久米）らの文壇登場などの模様、さらにこれらのことを介して芥川や久米らへの作者菊池の複雑な感情、ことに芥川の才能への羨望と嫉妬がわざと誇張され、虚構化されて叙されている。換言すると、京都という遠隔の地にいる者（菊池）の不安から芥川を「意識的に俺《おれ》を圧倒した。彼奴は、自分の秀《すぐ》れた素質を自分より劣つた者に比較して、其処《そこ》から生ずる優越感で以て、自分の自信を培つて居ると云ふ、性《た》質《ち》の悪い男である」というふうに書かれているのである。しかし、これはあまりにデフォルメされた芥川像であるが、これには作者菊池の、十分な計算が働いていたものと考えられる。というのは、作者は、「無名作家」たる主人公の、芥川への感情の起伏や心理などを意図的に拡大することによって主題を際立たせることができるという小説の効果をねらっていたからだ。そのことは生涯にわたっての芥川と菊池との厚情及びのちに菊池自身が「『無名作家の日記』は、小説であるだけに、可なり違つてゐるので、その当時芥川や久米に対し、僕が隔意があつたわけではないのである」（『半自叙伝』）という文章を書いたことでも判明することである。ところで以上の二人は、芥川と、学校、文壇、社会などを通して終生変わらぬ親友であったが、次の宇野浩二になると果たして知友であったかどうか分からぬ。しかし、たとえ一時期であっても芥川との間にはきわめて強い心の結び付きがあったものと解される。したがって宇野の『芥川龍之介』（文芸春秋新社、昭和二八・一〇・五）は、芥川に関する「評伝でも評論でも」（序文）なくて芥川への「思ひ出」（同）をつづりながら、芥川の見えざる部分をも描き出しているのである。さてこの本は、芥川の人間像について「私は、芥川を思ひ出すと、いつも、やさしい人であつた、深切な人であつた、しみじみした人であつた、いとしい人であつた」と書き、さらに芥川との大阪、生駒《いこま》への講演や旅行、そしていわゆる下諏訪のゆめ子をめぐっての二人の感情の対立とあつれき、晩年の「鬼気迫る芥川」などがこの作者特有の細やかな筆致で活写されている。しかし芥川の才能について、「作り話」を工夫することに長じていても、「なにか『種《たね》』（つまり、平安朝の話、その他）がなければ、書けなかつたやうなところが、芥川の致命傷にちかいものである」とも言っている。一視点であるだろう。さて㈡の室生犀星の長編『青い猿』（春陽堂、昭和七・三・一）では、芥川（秋川龍之）の「澄んだ眼《め》」や「詩人肌」について言及され、また「自殺するやうな作家かも知れない」という暗い予測の下で芥川の痛々しい絶望の姿がよく描かれている。これは詩人室生が芥川の詩人としての資質をよく見抜いたと言うべきであろう。これに対して佐藤春夫の『わが龍之介像』（有信堂、昭和三四・九・一五）では、芥川の、都会人としての「社交性」「気質上のロマン主義」「東洋人」などの各側面が描き出されていながらも、結局彼は「詩才によらずに学才を以て」作品を書く小説家として定義されている。さらに志賀直哉の『沓掛《くつかけ》にて―芥川君のこと―』（『中央公論』昭和二・九）は、「芥川君とは七年間に七度しか会つた事がなく、手紙の往復も三四度あつたか、なかつたか、未だ友とはいへない関係だつたが、互に好意は持ち合つて居た」という文句で書きはじめられ、ついで芥川の人柄と文学すなわち彼の都会人らしさ、繊細な神経、審美眼のこと、小説の筋と技巧などについて言及され、末尾で「兎に角私が会つた範囲では芥川君は始終自身の芸術に疑ひを持つて居た。それだけに、もつと伸びる人だと私は思つてゐた。（中略）芥川君の死は芥川君の最後の主張だつたといふやうな感じを受けてゐる」という文章で結んでいる。芥川の本質をよく洞察しているといえる。また岡本かの子は『鶴は病みき』（『文学界』昭和一一・六）で、作者が芥川（麻川荘之介）とともにひと夏（大正一二・七、八）鎌倉のホテルH屋で過ごしたときのことを中心に、芥川の性格の特質を的確に語っている。すなわち、その性格は、ときとして陰性と陽性の、正反対の二つのものが一つになって重なり合っていること、いつも「うしろ暗い事」を持っていること、「気の弱い好人物」のくせに女々しい「執拗《しつよう》」さを備えていることなどを述べ、さらに芥川の「自己満足の創痍《そうい》」に彼自身の「性格の悲劇性」を看取しているのである。終わりに晩年の、不安におののく芥川の姿を「この鶴も、病んではかない運命の岸を辿《たど》るか」と描いた。ところでこの岡本の小説中における、このような芥川像には、女流作家特有のナルシシズムの筆で多少ゆがめられたところがあるが、やはり芥川を、痛ましい同時代の犠牲者として同情のまなざしをもってとらえている。そしてさらにこの芥川の痛みと不安を、広津和郎は『あの時代—芥川と宇野』(『群像』昭和二五・一〜二)で、「私達年代」のよりどころのない「不安」と痛みとして捕捉《ほそく》している。すなわち、作者広津は宇野を精神病院に見舞ったあと、芥川、画家のK・Mらと一緒に連れ立って亀《かめ》戸《いど》の色街を歩いたが、そのときの芥川の、疲労し、衰弱して虚無の影を帯びた模様について語り、また彼が自殺する二日前の姿を「理智で武装して戦へるだけ戦つて来た弱い正直な魂が、刀折れ、矢尽きて、泣き崩れてゐるやうな侘《わび》しい姿」というふうに表現している。総じて広津の芥川像には、芥川の内なる精神とその危機がよくとらえられている。そしてさらに、この芥川の痛みと不安との影響をだれよりも深く受けたのが㈢の堀辰雄であって、その観点から彼の小説中における芥川像は描出されている。すなわち、『聖家族』(『改造』昭和五・一一)は、芥川(九鬼)の告別式から始まっていて芥川と堀(河野扁理)との「精神的類似」とその関係を説き、さらに芥川の残した世界をどのように継承しまた脱するかが主題となっているのである。また『菜穂子《なおこ》』(創元社、昭和一六・一一・一八)では、「楡《にれ》の木の陰」の芥川(森)さんの、「胸苦しいやうな」ロマネスクをたえず引きずっている堀(主人公於兎彦《おとひこ》)の苦悶がテーマとなっている。いわば堀が描いた芥川は、彼の内の心象風景に深く取り入れられた映像であると言える。また佐多稲子の『私の東京地図』(『人間』他、昭和二一・三〜二三・五、諸雑誌に分載)では、『驢馬《ろば》』同人の思い出とともに芥川の「疲労」と悲しい死について触れられている。さらに宮本百合子の長編『二つの庭』(『中央公論』昭和二一・一〜二二・八、二月休載)では、芥川(相川良之介)とその文学が「作家の精神と肉体との危機」の象徴として認識され、また彼の死は「命がけの抵抗をつづけた」知識人の悲劇として描写されている。さらにまた中野重治の『むらぎも』(講談社、昭和二九・八・三〇)では、芥川(葛飾伸太郎)が「最前線の派手な作家」として報じられている。が、その晩年の芥川が『驢馬』同人の中野(安吾)にしきりに会いたがっていることが述べられ、また実際に中野が芥川に会ってみると、芥川が心身ともに病んでいること、芥川の文学重視の考え方に対して中野はやや反発を感じながらも、芥川の「きれいな目」のこと、また彼に対して主人公が「全く道理に合わぬ愛」を抱いたことなどが叙されている。以上㈢に属する世代の者が書いた小説の中では、芥川像がたえず痛みと不安を持つ知識人ないし文学者として描かれ、さらにその悲劇をどのように乗り切るかということが各作者の命題として提出されている。さらに伊藤整の『幽鬼の街』(『文芸』昭和一二・八)では、小学校の壇上で講演する芥川(塵川辰之介)の様子が「澄んだ眼」を放ちながらも、一瞬「彼の顔は幽霊のように見えた」というふうに描かれ、ついで映画中に登場した彼が「百日紅《さるすべり》かなにかの木」によじ登ってこちらを見てにやっと笑い、ぶるんと身震いした、と書かれている。やはり芥川像を世紀末の不安の象徴としてとらえているのである。このほか、㈢に入る小島政二郎の長編『眼中の人』(三田文学出版部、昭和一七・一一・一)、『芥川龍之介』(読売新聞社、昭和五二・一一・五、筆者注、『眼中の人』を加筆し改訂したもの)には、芥川との交遊を介して、芥川の学問、「洗練された味」の都会趣味と文学、芸術至上の文学観などが具体的に書かれている。

〔参考文献〕 無署名「小説に描かれた芥川」(『文芸』臨時増刊〈芥川龍之介読本〉昭和二九・一二)

（久保田芳太郎）

饒舌録《じょうぜつろく》　谷崎潤一郎の随想。昭和二（一九二七）年二月から一二月までの『改造』に発表。同誌前年一一月号には新年から谷崎潤一郎が文芸時評の連載を担当するという予告が出ているが、単なる時評を書くつもりはなく、「毎号何かしら文学芸術に関することを書くには書くが、想ひ出すまゝを独り言のやうにしやべるのだから、標準も範囲も極まつてゐない」という次第。関西に移住し、文壇から距離をおく位置にあった谷崎にとって、情況のさなかに身をおく意志は初めからなかったようである。しかしこの連載随想の第一回目で谷崎が「いつたい私は近頃悪い癖がついて、自分が創作するにしても他人のものを読むにしても、うそのことでないと面白くない。事実をそのまゝ材料にしたものや、さうでなくても写実的なものは、書く気にもならないし読む気にもならない。」と述べるとき、文壇情況に対する鋭い告発となったことは否めない。なぜなら大正から昭和の初めにかけて、文壇の主流は、私小説、心境小説を中心として構成され、「白樺」派の文学的成熟とあいまって、その勢いは拡大するばかりであったからである。それは中村武羅夫、久米正雄、生田長江、宇野浩二らによる〈私小説論争〉という形をとって顕在化するが、例えば久米正雄の「私は第一に、芸術が真の意味で、別な人生の『創造』だとは、どうしても信じられない。そんな一時代前の、文学青年の誇張的至上感は、どうしても持てない。そして只《ただ》私に取つては、芸術はたかが其の人々の踏んで来た、一人生の『再現』としか考へられない」（「私小説と心境小説」、『文芸講座』大正一四・一～二）という発言は、いささか極端ではあっても、私小説、心境小説擁護派の代表的見解とみなしてよいだろう。この論争は概念規定があいまいなまま、徳田秋声や佐藤春夫らも加えて繰り広げられるが、谷崎潤一郎の『饒舌録』が出るに及んで、問題は一挙に深化する気配をみせた。谷崎にとって文壇の情況論など初めから眼中になく、『刺青』以来の己の信念を吐露したままでだが、久米正雄が『戦争と平和』や『罪と罰』まで通俗小説として退けたのに対して、泉鏡花が推称してやまなかったという中里介山の『大菩薩《だいぼさつ》峠』を持ち出したのだから、刺激的発言であったことは間違いない。『新潮』二月号の合評会で芥川龍之介がたまたま谷崎の『日本に於けるクリップン事件』（『文芸春秋』昭和二・二）などに触れて、話の筋の面白さということが、果たして芸術的なものかどうか、という疑念を表明したのと時期が重なって、谷崎、芥川による小説の筋論争が以後、芥川の自殺によって中絶するまで続くことになる。谷崎は芥川の意見を受けて『饒舌録』の第二回目で「筋の面白さは、云ひ換へれば物の組み立て方、構造の面白さ、建築的の美しさである。此《こ》れに芸術的価値がないとは云へない。（材料と組み立てとはまた自《おのづか》ら別問題だが、）勿論此ればかりが唯一の価値ではないけれども、凡そ文学に於《お》いて構造的美観を最も多量に持ち得るものは小説であると私は信ずる」と反論する。芥川はこれに対して同じ『改造』に『文芸的な、余りに文芸的な』（昭和二・四・一、五・一、六・一、八・一）を連載しはじめ、谷崎の見解に反駁する。その中で芥川は、話らしい話のない小説を最上のものとは思っていない、と言いながら、「あらゆる小説中、最も詩に近い小説」を理想とする、と述べる。「最も純粋な小説」というわけである。すでに生命力の衰えきっていた芥川にとって、そのような危機を全くもたない谷崎との論争は、大変困難な立場に立つことになるが、この論争のもつ意味は、文学史的にみてもきわめて重要なものがある。

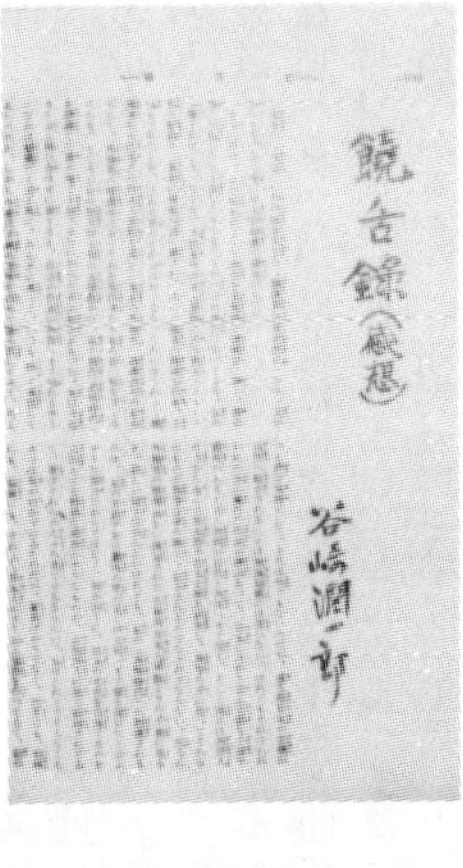

饒舌録（『改造』大正二年三月号）

〔参考文献〕　臼井吉見『近代文学論争』上（筑摩叢書、昭和五〇・一〇・二〇。初版、昭和三一・一〇・三〇）、『現代日本文学論争史』上巻（未来社、昭和三一・七・一六）、平野謙「谷崎、芥川論争の時代背景」（『谷崎潤一郎研究』昭和四七・一一・二〇）

（笠原伸夫）

椒図志異《しょうとしい》 ⇩ **椒図志異《しょうずしい》**

少年《しょうねん》　小説。大正一三（一九二四）年四月および五月一日発行の雑誌『中央公論』第三九年第四、五号に掲載された。のち『黄雀風《こうじゃくふう》』（新潮社、大正一三・七・一八）をはじめ、岩波・筑摩・角川各社の『芥川龍之介全集』に収められた。いずれも初出とほとんど異同はない。この作品は、いわゆる「保吉《やすきち》もの」の一つであるが、同じ「保吉もの」でも作者の個性形成以後の原点にまでさかのぼっているところにその特色がある。「一　クリスマス」「二　道の上の秘密」「三　死」「四　海」「五　幻燈」「六　お母さん」以上六つの挿話から成っている。「一」はその導入部分で、堀川保吉が乗り合い自動車の中で一人のフランス人のカトリックの宣教師と出会い、その宣教師が席を譲った少女に今日「十二月二十五日は何の日ですか？」ときくのに対して、「けふはあたしのお誕生日。」と答える。宣教師は哄笑《こうしょう》する。その会話を通して保吉は二〇年前の娑婆苦《しゃばく》を知らぬ小さい幸福を所有していた自分を夢のごとく回想するという形式をとる。「二」の「道の上の秘密」では、鶴（つうや）という女中が道の上の太い線を指さして「何でせう？　坊ちゃん、考へて御覧なさい。」と言う。四歳の保吉はその二すじの線が永遠そのものに通じているように感じられ、蒙古《もうこ》の大砂漠を夢想する。ところが彼女は、おごそかに「これは車の輪の跡です。」と秘密の種明しをする。現在の保吉は、ただ泥だらけの荷車が一台、寂しい彼の心の中に車輪をまわしていることを感じている。「三」の「死」では、晩酌中の父が「二絃琴の師匠」が「お目出度《めでた》くなつた」と言う。この言葉をめぐって不可解な死について考えはじめた保吉は、ある日入浴中の父が途中から姿を消したとき「死とはつまり父の姿の永久に消えてしまふことである！」と了解する。「四」の「海」は、保吉が五、六歳のころ大森の海をみて、海の色が青ではなく代赭色《たいしゃいろ》であることを発見し、「浦島太郎」のさし絵の中で海を代赭色に塗って母に見せたところそれを否定されて癇癪《かんしゃく》を起こす話である。しかし、現在の保吉は満潮の大森の海が青い色の波を立たせることを知っており、作者はその話を現実のとらえがたさという問題にやや強引に重ね合わせている。「五」は父と一緒に行った玩具屋《おもちゃ》で映した「幻燈」の話である。その人影一つないベニスの風景に寂しさを感じていると、家の窓の一つからリボンをした少女が顔を出してほほえむ。家に帰って再び映すが少女は現れず父もそれを信じてはくれない。保吉は三〇年後の今日さえ、塵労に疲れたときにはこの少女を思い出す。最後の「お母さん」は八歳か九歳の秋のことで、回向《えこう》院の濡れ仏の前で兵隊遊びをしているとき、地雷火の保吉は転んで鼻血にまみれ、懸命に泣き続ける。すると陸軍大将の川島が突然「やあい、お母さんつて泣いてゐやがる！」と嘲笑の声を挙げ、工兵の小栗までが大声で笑い出す。けれども保吉には「お母さん」と言った覚えはない。それを言ったように誣《し》いるのはいつもの川島の意地悪である。ところが数十年たったちょうど三年前、上海《シャンハイ》の病院の寝台でうつらうつらしていたとき看護婦が今確かにお母さんと言ったという。保吉は回向院の境内を思い出し、川島もうそをついたのではなかったかも知れないと思うところで終わっている。この作品についての同時代評は概してよくない。徳田秋声は「言葉のうへの遊戯」を指摘し、昭和に入ってやっと竹内真が「之《これ》は之なりで発見もあり、相当の芸術価値を持つてゐる」と評価した。戦後、駒沢喜美がさらに「これほど見事に、芥川自身が自己の生涯を要約したものを私は知らない。」と言い、羽鳥一英は「童心（無智）が開いてみせる意識以前の楽園の状態に憧《あこが》れ」る芥川を強調した。三好行雄は「〈娑婆苦を知らぬ〉少年時代の幸福への旅立ち」が「娑婆苦にまみれた保吉の切ない吐息」へと変化する過程としてとらえた。

〔**参考文献**〕 徳田秋声「四月の作品㈣」（『報知新聞』大正一三・四・五）、竹内真『芥川龍之介の研究』（大同館書店、昭和九・二・八）、駒尺喜美「少年」（『芥川龍之介作品研究』八木書店、昭和四四・五・一）、三好行雄「作品解説」（『少年・大導寺信輔の半生』角川文庫、昭和四四・七・二〇）、羽鳥一英「少年」（『国文学』昭和四七・一二）

（小沢勝美）

少年世界《しょうねんせかい》 児童雑誌。芥川が少年時代に愛読した雑誌。明治二八・一〜昭和九・一（一八九五〜一九三四）。明治三二（一八九九）年までは月二回、三三年一月より一回発行。博文館から発行されていた『幼年雑誌』『日本之少年』『学生筆戦場』『少年文学』『幼年玉手箱』などの雑誌・叢書類が合併したもの。論説・史伝・文学・科学・雑録その他多面的な構成となっている。主筆は巌谷《いわや》小波《さざなみ》で、彼の少年文学・お伽噺《とぎばなし》作家としての名声や資質が高く評価されての起用であった。小波のお伽噺をはじめ、少女欄は巌本善治《よしはる》・若松賤子《しずこ》・三宅《みやけ》花圃《かほ》、小説には江見水蔭《すいいん》・宮崎三昧《さんまい》・川上眉山《びざん》・大橋乙羽《おとわ》・泉鏡花・松居松葉《しょうよう》・広津柳浪・山田美妙・石橋思案・大町桂月《けいげつ》・徳田秋声など当時の代表的作家が登場している。また、海外名作の翻訳紹介にも力が注がれた。芥川はこの雑誌でキップリングの『ジャングル・ブック』を読んでいる。小波の努力で名実ともに明治時代を代表する少年雑誌となり、多くの児童文学の作家を輩出した。が、明治末年からは少年雑誌も多様になり、大正七（一九一八）年に小波が博文館を去ったことから、『少年文学』も衰退するに至った。

（片岡　哲）

商務印書館《しょうむいんしょかん》 中国の上海《シャンハイ》にある出版社。一八九七（光緒二三）年、新しい出版を目指して創立され、一時は日本人の資本と技術も参加した。ここで出した〈世界叢書〉の中の一冊に『現代日本小説集』があり、漱石・鷗外・武郎・直哉・龍之介ら一五人、三〇編の作が魯《ろ》迅《じん》と胡《こ》適《てき》の訳で紹介されている。芥川の『日本小説の支那《シナ》訳』（『新潮』大正一四・三）という随筆は、商務印書館刊行の本についての感想を述べたものである。

（関口安義）

ショオ《しょー》 George Bernard Shaw 一八五六・七・二六〜一九五〇・一一・二。イギリスの劇作家・評論家。マルクス主義と進化論の立場を取り、イプセンにも傾倒してイギリス近代劇を確立した。辛辣《しんらつ》な諧謔と機知に富んだユーモアで有名。芥川は二〇歳のとき、本屋で新しい本を探した中にショーの名を挙げている（『或阿呆《あるあほう》の一生』）。大正二（一九一三）年山宮允《さんぐうまこと》に誘われ、畔柳芥舟《くろやなぎかいしゅう》の読書会で「SHAW AS A DRAMATIST」（井川恭《きょう》宛書簡、大正二・一二・三）を論ずる。一高時代「笑へるイブセン」の題でショー論を書いた菊池寛への影響を、「あらゆる文芸はジヤアナリズムである」というショーの言葉とともに紹介している（『「菊池寛全集」の序』）。ショーを道徳的作家とし、「バック・トウ・メスウズラ」の「序文」のクリスト論には反対で（『文芸雑談』）、「シヨウは十字架に懸けられる為《ため》にイエルサレムへ行つたクリストに雷に似た冷笑を与へてゐる。しかしクリストはイエルサレムへ驢《ろ》馬《ば》を駆つてはひる前に彼の十字架を背負つてゐた。」（『西方の人』）としている。

（中西芳絵）

ショオペンハウエル《しょーぺんはうえる》 ショーペンハウアー。Arthur Schopenhauer 一七八八・二・二二〜一八六〇・九・二一。ドイツの哲学者。主著『意志と表象としての世界』（一八一九）。根本思想はカントの認識論、プラトンのイデア論、ヴェーダの汎神論《はんしん》および厭世観との結合である。ワーグナー、ニーチェ、トーマス・マンに影響を与えた。彼の哲学は晩年まで認められなかったが、処世哲学の通俗的小論文集『付録と追加』（一八五一）の巧みな文章により、一九世紀後半の厭世的な世相に迎えられた。芥川は七作品の中でショーペンハウアーに言及している。「ショオペンハウエルの厭世観の我我に与へた教訓もかう云ふことではなかつたであらうか？」（『侏儒《しゆじゆ》の言葉―或《ある》自警団員の言葉』）。「ニイチエやショオペンハウエルは少くとも彼に一臠《いちれん》の肉を恵んでくれた」（『大導寺《だいどうじ》信輔《しんすけ》の半生《はんせい》』《雑纂》）

の「空虚」。そのほか『コレラ』、『解嘲』、『澄《ちょう》江《こう》堂《どう》雑記』の「美人禍」、『その頃の赤門生活』、『河童《かっぱ》』などで言及している。また芥川はショーペンハウアーの英語版を三冊持っていた。

（影山恒男）

書簡《しょかん》　芥川龍之介の書簡は、没後五〇年を記念して刊行された『芥川龍之介全集』（全一二巻、岩波書店、昭和五二・七・一三〜五三・七・二四）の第一〇、一一、一二巻に一六四七通が収録されている。これらの書簡は、明治三八（一九〇五）年から昭和二（一九二七）年までの二三年間に、二二八の宛先（ほかに宛先不明四）に出されたものである。このほか、葛巻《くずまき》義敏編『芥川龍之介未定稿集』（岩波書店、昭和四三・二・一三）に、「書簡補遺」として一七の宛先（ほかに宛先不明七）に出された五六通が収載されているが、このうち二四通は前掲の『芥川龍之介全集』に収められている。したがって、現在芥川の書簡で公にされているものは、一六七九通である。もっとも、これが芥川の書簡のすべてではなく、このほかにも散逸したものや、何らかの事情で公表されないものもあるであろうが、他の作家に比べると、他界した年齢や、全集に収録されている数からみると多い方である。例えば、夏目漱石は『漱石全集』（全一六巻、岩波書店、昭和四〇・一二・九〜四二・四・二八）に、明治二二（一八八九）年から大正五（一九一六）年までの三八年間に三五〇の宛先（ほかに宛先不明二）に出した二三六五通が収められており、森鷗外は『鷗外全集』（全三八巻、岩波書店、昭和四六・一一・二二〜五〇・六・二八）に、明治一四（一八八一）年から大正一一（一九二二）年までの四二年間に宛先一九九（ほかに宛先不明三）に出した一五九五通が収められている。宛先からみると、漱石の場合、五〇通以上では門下生にあてたものが多く（九人、門下生以外三人）、家族宛のものは少ない。これに比べて、鷗外の場合、しげ（二一三）峰子（一八〇）というように家族宛のものが多く、友人知己宛で五〇通以上のものは四人に過ぎない。芥川の場合、五〇通以上は小穴《おあな》隆一（一一六）佐佐木茂索（一〇二）恒藤恭《つねとうきょう》（九四）山本喜誉司（八三）小島政二郎（七一）下島勲《いさおし》（六六）松岡譲（五八）で、このほか二〇通以上のものが一一人おり、家族宛は文《ふみ》（二六）道章《どうしょう》（一三）比呂志（七）ふき（六）儔《とも》（三）多加志（三）と少なく、しかも連名のものが多い。また、宇野浩二が「呆《あき》れかへつた」と言っているように、ただの愛読者である真野友二郎に一三通も出しているような例がある。宛先からみると、芥川の場合、友人、知己、先輩、後輩の別なく、小まめに出していると言えよう。芥川の書簡は、宛先、内容などから、㈠明治三八（一九〇五）年〜大正七（一九一八）年　四九五通、㈡大正八（一九一九）年〜一四（一九二五）年　九五二通、㈢大正一五（一九一六）年〜昭和二（一九二七）年　二〇九通、の三つの時期に大別してみることができる（ほかに年月不詳二三通）。㈠は、府立三中、一高、東大の学生時代と海軍機関学校教官時代で、この間、吉田弥生《やよい》との恋愛問題があり、また『芋《いも》粥《がゆ》』（『新小説』大正五・九）『手巾《ハンケチ》』（『中央公論』大正五・一〇）などで文壇にデビューし、新進作家としての地歩を固める一方、塚本文と結婚し、大阪毎日新聞社の社友となった時期である。この時期に最も親交のあったのは、山本喜誉司と恒藤恭で、書簡数も山本八一通、恒藤八五通と共に多い。山本宛の書簡は、芥川が一八歳の年、府立三中四年生の学年末の明治四二（一九〇九）年三月二八日付のものが最初で、三中在学中の書簡は身辺の状況を記した変哲もないものであるが、芥川が一高に入学したころを境として、内容に変化がみられる。一高入学直後の明治四三（一九一〇）年九月一六日付のものには、「一高の状況と用事」を記した後、「筆のすゝむにつれて心絃幾度かふるひて君を思ふの心いつか胸に溢《あふ》れ候（中略）あゝ僕は君を恋《こ》ひ候君の為《ため》には僕のすべてを抛《なげう》つを辞せず候（中略）君の為には僕は僕の友のすべてにも反《そむ》くをも辞せず候　僕の先生に反くをも辞せず候　将《まさに》僕の自由を抛つをも辞せず候　まことに僕は君によりて生き候君と共にするを得べくんば死も亦《また》甘かるべしと存候」と、単なる友情、感傷の域を越えた異常な心情を山本に寄せている。このような心情は、明治四四（一九一一）年二月二五日付に「君のかへつた跡はさびしきものに候恋しき人の去りたる後に "I love you, Do you pardon me?" とつぶやける　アムステルダムの少年詩人を思浮《おもひうか》べ候」、三月一四日付（推定）に「あゝ春に候　春に候　ゆるし給へ我　君を恋ふ」を散見する。しかし、四四年四月以後は再び身辺の状況だけを記したものとなり、四五（一九一二）年四月一三日付（推定）の末尾に「最後に御願《おねがひ》がある　一昨年の九月にあげた手紙は破るか火にくべるかしてくれ給へ　どんな事を書いたか今になつて考へると殆《ほとんど》取留《とりと》めがない　さぞ馬鹿々々しい事が書いてあつたらうと思ふ／何となく気まりが悪いからどうかしちやつてくれ給へ　切に御願する」と、前掲（明治四三・九・一六）の書簡を破棄するよう頼んでいる。この後、大正四（一九一五）年五月二日付で「正直に云へば僕は反省的な理性に煩《わづらは》される事なしに――云はゞ最も純に愛する事が出来たのは君を愛した時だけだつたと云ふ気がしてゐます」と言っていることからも、芥川が山本に同性愛ともいうべき心情を寄せていた時期があったことは、確かなようである。中学校時代から大学卒業ごろまでの、芥川の書簡には「淋《さび》しい」という言葉が多くみられる。大正五（一九一六）年八月一日付の山本宛の書簡に、「僕はさびしい　始終さびしい　誰かに愛され誰かを愛さなければ生きる事の出来ない人間のやうな気がする」と言っているように、生後早く実父母のもとを離れて、養家で育った芥川は、養父母、伯母の愛情を一身に受けていたものの、何か満たされぬ一抹《いちまつ》の孤独感を抱いていたようである。小穴隆一によると、中学校時代の芥川は、山本と平塚逸郎との「三人が各々発狂した母を持つたと言つた奇縁で一つのグループを成して」いたということであるが（小穴隆一『二つの絵―芥川龍之介の回想―』中央公論社、昭和三一・一）、そういった共通した不幸な境遇が、山本に親近感を抱く一因となったとも思われるが、生来の孤独感に加えて、山本が一高に不合格となったことへの感傷、芥川家が本所《ほんじょ》から新宿へ転居して、山本と顔を合わせる機会が少なくなったことなどがあって、山本への友情が高ぶったのではなかろうか。そして、明治四四（一九一一）年四月ごろからの書簡に、山本への異常な心情が影を潜めるようになったのは、このころ、気心の許せる友人として、恒藤を身近に得たためではなかろうか。芥川は、恒藤とは一高一年生の二学期に急速に親しくなり、人生や芸術について論じ合い、芝居や絵の展覧会、音楽会などに共に出掛ける仲となった。そして、二年生になって一高の寄宿舎の同じ室で一年間起居を共にするようになり、さらに親密の度が加わった。恒藤は一高卒業後、京都大学に入学し、以後一年に一、二度しか会う機会がなかったが、互いに最も親しく敬愛する友人としての交際が続いた。「愈々《いよいよ》君が京都へゆくとなつて見ると、自分は大へんさびしく思ふ。時としては悪《にく》み、時としては争つたが、矢張《やはり》三年間一高にゐた間に一番愛してゐたのは君だつたと思ふ。」という、一高卒業直後の大正二（一九一三）年七月一七日付の書簡には、一高時代を通じての恒藤に対する情誼《じょうぎ》がいかに深いものであったかうかがえる。この時期の恒藤宛の書簡は、一高時代は毎日のように顔を合わせているためか六通と少ないが（うち五通は恒藤が休暇中帰省していた時のもの）、大学入学後は急激にその数を増している。中には、第三、四次『新思潮』の同人、作品に関するものや、吉田弥生《やよい》との恋愛が破局に至った経緯、当時の心情を記したもの（大正四・二・二八、三・九、三・一二）など、芥川を研究する上で重要となる書簡も少なくない（なお、吉田弥生宛の書簡はかなりあったと思われるが、『芥川龍之介未定稿集』に草稿断片を含めて二通収められている）。駒尺喜美は、芥川の初期の書簡には、漱石の影が色濃くうかがわれ、特に婚約者であった塚本文にあてたものにはそれが著しく、その口調、内容が余りにも似通っていると指摘している。(二)は、大正八（一九一九）年三月に海軍機関学校を辞職し、作家生活に専念するために田端《たばた》の自宅へ帰ったときから、大正一四（一九二五）年一月『大《だい》導寺《どうじ》信輔《しんすけ》の半生《はんせい》』（『中央公論』）を発表して、前年からの作風の行き詰まりを打開し新しい方向を示そうとしたものの、作品の発表数は少なくなり、健康が目立って悪化してきたころまでの時期である。大正八（一九一九）年三月、田端へ帰宅後、面会日には当時「龍門の四天王」と称された小島政二郎、佐佐木茂索、滝井孝作、南部修太郎などの常連のほか多くの人が集まった。小島も言っているように（『芥川龍之介』読売新聞社、昭和五二・一一・一五）、「四天王」の中で芥川が最も属目《しょくもく》し、心を許していたのは佐佐木であったようで、書簡数も佐佐木（一〇二）は小島（七一）南部（四八）滝井（三一）に比べて多い。芥川は「四天王」に対して個々の作品評をするとともに、たえず励まし細かい心遣いをみせているが、これらの書簡を、芥川宛の漱石の書簡と照らし合わせてみると、似通っているところがあって興味深い。㈢は、不眠症が昂進《こうしん》し、湯河原《ゆがわら》へ湯治に出かけた大正一五（一九二六）年初めから、自殺に至るまでの時期で、このころになると、作品が思うように書けず、「多事、多病、多憂」で苦しんでいることを訴えた書簡が目立って多くなってくる。特に斎藤茂吉にあてた書簡は、この時期は一三通と少ないが、薬のことや神経衰弱の昂進を訴えたもので占められている。以上、㈠の時期に紙数をさいたきら

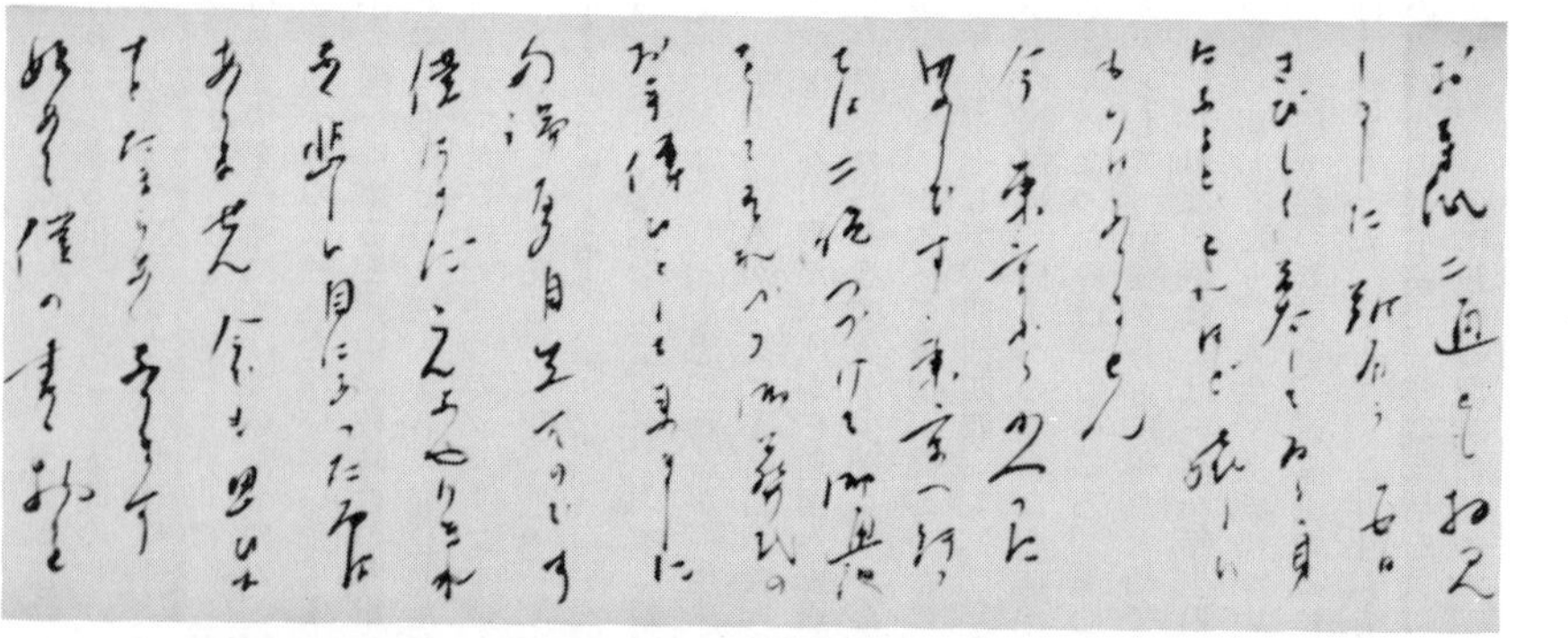

塚本文あて書簡（大正5年12月13日付）漱石の通夜をして葬儀の手伝いをしたこと，そのきわまりない悲しさが切々と述べられている。

いはあるが、芥川の書簡は、全体的にみて、宇野浩二が言っているように「儀礼の多い、魂胆《こんたん》つまり、たくらみ）の多い、わざとらしい諧謔の多い、ある点で芥川の俗物らしさの一面さへ、ところどころに、あらはれてゐる」一方で、「真実に充《み》ちた（本音を吐いた）書翰が随分ある」と言えよう。

〔参考文献〕野口冨士男「龍之介の書翰」（『芥川龍之介研究』、河出書房、昭和一七・七・五）、宇野浩二『芥川龍之介』（文芸春秋新社、昭和二八・一〇・五）、駒尺喜美「芥川龍之介の書簡から」（『国文学』昭和五二・五）（森本　修）

抒情《じょじょう》　新理知派・新技巧派・新現実派といった呼称が示すように、芥川龍之介の文学は、主知的、合理的、技巧的なものとして見られて来ているが、反面、抒情的な性格を有していることも注意されてきた。詩歌に最もよくそれが示されているが、それだけでなく、例えば初期の『大川の水』（大正三）のようなエッセイにも、北原白秋『思ひ出』（明治四四）の影響が著しいように、散文にもその抒情性は色濃く流れている。つとに室生犀星も「詩的なものは文章の表面ではなく、行と行との間、字と字との間に、たなびく縹渺《へうべう》たる作者の呼吸づかいや気《き》魄《はく》や逼迫《ひっぱく》的なものを言ふのだ。芥川の文章の中にいつも此の縹渺たる何物かがある」（「芥川龍之介の人と作」、『新潮』昭和二・七）と言っており、

小林秀雄もまた芥川を理知的ではないとして、そこにあるのは「神経の情緒」だと述べている(「美神と宿命」、『大調和』昭和二・九)。福田恒存《つねあり》は、従来、芥川の作品から、単に主題抽出を行って能事終われりとする傾向のあったことを指摘しつつ、俗に言うその主題なるものは額縁に過ぎないとして「罪のない稚純と優情とにたいする郷愁が、芥川龍之介の文学を、ほとんど死の間近まで一貫して流れてをります」(『芥川龍之介研究』新潮社、昭和三一・一・三〇)と述べ、芥川の作品における「日本的優情」に注目している。大岡信「芥川龍之介における抒情」(『国文学』昭和四七・一二)は、主として詩歌についてその抒情を論じたものであるが、斎藤茂吉『赤《しゃっ》光《こう》』(大正二)が芥川に与えた影響を、とくに「光」は――少くとも日本では東よりも西から来るかも知れない。が、過去からも来る訣《わけ》である。」と「西洋」と「日本」の問題に見いだしつつ、「光」と「西洋」と「日本」の問題に見いだしつつ、「文芸的な、余りに文芸的な」(「詩形」)のする『文芸的な、余りに文芸的な』(「詩形」)の一節を重ねて『修辞学』と題した三行詩を引用している。「ひたぶるに耳傾けよ。/空みつ大和言葉に/こもらへる箜篌《くご》の音《と》ぞある。」の上に倭建命《やまとたけるのみこと》の「思国歌《くにしぬびうた》」を想起しての大岡の鑑賞は優れているが、芥川の「萩原朔太郎君」という文章を引用して、この詩人に対する芥川の洞察力を称揚しつつ、「相聞三」によって詩人としての芥川龍之介はこの詩によって代表されれ、記憶されるだろうとしている。確かに「またた立ちかへる水無月の/歎きを誰にかたるべき。/沙羅《さら》のみづ枝に花さけば、/かなしき人の目ぞ見ゆる。」の今様体のこの詩には芥川の抒情が最もよく生きているように思われるが、芥川が森鷗外の詩歌に触れて「微妙なもの」が感じられないとしたこと(『文芸的な、余りに文芸的な』)に言及して、大岡信が「芥川自身が詩に求めたところも、おのずとこの『微妙なもの』の鋒芒《ほうぼう》をとらえることに尽きるといえばいえたであろう。それが彼にとって、今様をはじめとする伝統詩形の中でとりわけよく摑《つか》むことのできる、きわめて繊細な情緒であったことは言うまでもない」と述べているのは当たっているだろう。大岡は、さらに旋頭歌二五首から成る『越びと』連作こそ「芥川のさらに重要な詩的表現」とも言っているが、詩歌に集中的に現れる「きわめて繊細な情緒」は、小林秀雄の言う「神経の情緒」にも通っているはずであり、実はそれは、詩歌のみならず、芥川の散文、その短編にも、随所に見いだし得るはずのものである。『澄《ちょう》江堂《こうどう》雑記』のよく引かれる周知の一節(『昔』)に続く「……或《ある》異常なる事件を不自然の感じを与へずに書きこなす必要上、昔を選ぶと云ふ事にも、さう云ふ必要以外に昔其のものの美しさが可成《かなり》影響を与へてゐるのにちがひない。」という部分にも注目すべきであって、芥川の歴史小説に単にテーマを見いだすだけでなく、「昔其のものの美しさ」にひかれている芥川の心情をも汲《く》みとる必要がある。そこには、福田恒存が言う「日本的優情」があり、そこに流れる抒情こそが読む者をひきつけるといった側面を見逃すことはできない。

〔**参考文献**〕平岡敏夫「芥川龍之介の『抒情』」(大東文化大『日本文学研究』昭和三八・一一)、大岡信「芥川龍之介における抒情」(『国文学』昭和四七・一二)

(平岡敏夫)

女性《じょせい》　婦人雑誌・文芸雑誌。大正一一・五～昭和三・五(一九二二～一九二八)。月刊・通巻七二冊。プラトン社発行。「二十世紀は婦人の世紀」(「巻頭言」)「婦人問題の種々相」(創刊号)というように、『婦人公論』を模して婦人の向上発展を目すが、しだいに文芸中心となる。初期には鏡花『龍胆《りんどう》と撫子《なでしこ》』細田民樹『逆生』などの長編連載のほか、徳田秋声、正宗白鳥、近松秋江、佐藤春夫、里見弴、室生犀星、豊島《とよしま》与志雄などの小説、小山内薫や小宮豊隆《とよたか》の翻訳、評論のほか千葉亀雄、島崎藤村、内田魯庵などの寄稿があった。また荷風は『耳無草』(『下谷《したや》のはなし』を含む)や小説『芸者の母』『ちゞれ髪』を寄稿している。女性では与謝野晶子、茅野《ちの》雅子、九条武子らの詩歌、神近市子、三宅やす子、高村智恵子、山川菊栄らの活躍が目立つ。関東大震災によって転機を迎え、同じくプラトン社の『苦楽』と共に震災後の文壇をリードした。森田草平『輪廻』、谷崎潤一郎『痴人の愛』後半、武者小路実篤『彼等《ら》と彼女達』、水上滝太郎『大阪の宿』などが好評であった。芥川は『線香』（大正一二・二）、『お時宜』『大震前後』（以上大正一二・一〇）、『霜夜』（大正一三・二）、『隅田河』（大正一三・三）、『文章』（大正一三・四）、『長江』（大正一三・九）、『春』（大正一四・四）、『温泉だより』（大正一四・六）、『彼』（昭和二・一）などを発表している。　（尾形国治）

女性改造《じよせいかいぞう》　婦人雑誌。大正一一（一九二二）・一〇〜一三（一九二四）・一一（一二・一二休刊）。全二五冊。改造社刊。『改造』の姉妹誌として女性の「経済的精神的自立」を目指したもの。芥川は大正一二（一九二三）年六月三〇日午後六時から一〇時にわたって、同誌の現代婦人問題についての談話会に出席し、それは「女性改造談話会」として八月号に掲載された。当日の他の出席者は、帆足理一郎・与謝野晶子・三宅やす子・石本静枝・奥むめお・鷹野《たかの》つぎ・磯貝ふさ子・佐藤春夫であった。またこの号に、「秋子さんの印象」の大見出しのもとに波多野秋子の「東洋趣味」を語り、また七月八日田端《たばた》から藤沢清造宛の書簡が示すように、一〇日いっぱいには仕上げた童話的小説『白』を同年八月号に発表。翌一三年一月には、「若し千円をお年玉に貰ったら」に『女性改造』へ寄附します。」と答え、また三月、四月、五月、六月、八月、九月に『僻見《へきけん》』を発表。『軽井沢日記』（『随筆』一三・九）の八月四日の項に「夜半『僻見』の稿を了《れう》す。」と記している。　（井上百合子）

書籍批評《しよせきひひよう》　ふつう書評と略して言うが、芥川は、随筆集『梅・馬・鶯《うぐいす》』で「小論文」「小品」などと並べて「書籍批評」という区分を立て、『「太虚集《たいきよ》」読後』以下合計五編の書評を収めている。「書籍批評」を重視したことの現れであろうが、事実その批評には芥川の心境、文学観などが折にふれて洩《も》らされており、軽視できないものがある。普及版全集第八巻（昭和一〇）には「書籍批評」として『「続晉明《しんめい》集」読後』以下合計一一編が載せられているが、そのほかに「補遺」の中に「新刊批評」として『翡翠《かわせみ》』以下合計七編が収録されている。新書版全集第一四巻には「書籍批評」として、普及版全集の「書籍批評」の中から『人及び芸術家としての薄田泣菫《すすきだきゅうきん》氏』（初出『サンデー毎日』大正一四・四・二六）を省き、補遺の「新刊批評」七編と『松浦一氏の「文学の本質」に就いて』『「鏡花全集」の特色』を加え合計一九編を載せている。そのうち『平田先生の翻訳』は普及版全集所収を踏襲したものであるが、「書籍批評」としてはふさわしくなかろう。　（田中保隆）

白樺《しらかば》　文芸雑誌。明治四三・四創刊〜大正一二・八終刊（一九一〇〜一九二三）。当初の同人は武者小路実篤、志賀直哉、木下利玄、里見弴、柳宗悦《むねよし》、郡虎彦《こおりとらひこ》、有島武郎、同生馬《いくま》、長与善郎《よしろう》らで、ほとんど学習院出身である。個我の発揮を至上目標とし、さらに普遍的な人道主義に深化させて、大正期の思潮を形成する。芥川は、その開幕を『あの頃の自分の事』で、「武者小路氏が文壇の天窓を開け放つて、爽《さはやか》な空気を入れた事を愉快に感じてゐる」と、若い同時代の共感を代弁し、その盲進ぶりを「所謂《いはゆる》『白樺派』の作家たちはいづれも理想主義の色彩を帯びた兜や槍を輝かせながら、文芸的トウナメントの広場へそれぞれ馬を進めて行つた。」（『文芸的な、余りに文芸的な』）と揶揄《やゆ》と羨望を述べる。「人道主義」の思想は『「善」の理想』に向かう点で「反自然主義的傾向」（『大正八年度の文芸界』）としながらも、「言葉或《あるい》は文章の上では自然主義者と手を握つて居ります。」（『文芸雑感』）と、意外な近似性を鋭く指摘している。

（町田　栄）

虱《しらみ》　小説。大正五（一九一六）年五月発行の雑誌『希望』に発表。『羅生門』（阿蘭陀《オランダ》書房、大正六・五・二三）、『鼻』（春陽堂、大正七・七・八）、『将軍』（新潮社、大正一一・三・一五）に収録。『知己料』（初出未詳）によると、芥川が一枚稿料三〇銭で最初に原稿料を貰ったのはこの作品であった。この小説は「加州藩の古老に聞いた話を、やはり少し変へて使つた。」（『校正の后《のち》に』、

『新思潮』第一年第九号）と言い、長州征伐に向かって加州の船が出ていくところから始まる。身を切るように冷たい船上では虱が沢山出、侍の体は麻疹《はしか》にかかったようにはれ上がった。なかに妙な男がいてとれた虱を懐に入れる。この男森権之進によると、虱は必ず刺す、刺すと掻《か》きたくなる、痒《かゆ》いと思って掻いているうち温かくなって寝つきもよく風邪もひかない。それから虱を飼う連中が出来てくる。しかしその説に反対の筆頭井上典蔵は逆に虱を食う。井上の説は虱がいても体は温まらず、その上父母に受けた身体を虱に食わせるのは孝経にも悖《もと》ると言う。二人は口論し、刀の柄に手をかけるまでになり、周りの連中は慌てて止める。こうしている間にも五百石積の金毘羅《こんぴら》船だけははるばると西へ西へと走って行った。作者は一見森を立て井上を貶《おとし》める言い方をしているが、それは単に滑稽化をねらった方便の一つに過ぎず、無論両説は等価であり、しかも作者はこうした人事の卑少さをどこかほのぼのと描き出す。あらゆる人事人情を越えて五百石積の金毘羅船はかかわりなく走っていくという視点、ここにこの作品の主題がかかっており、これによって人間の営為、存在の微小さが巧みに描き出されていく。軽くささやかではあるが、この短編小説には後年の芥川の特質を鮮やかに映し出している側面を持つ。あらゆる人事を相対化し、それを超えた視点からそれぞれの人物を描く芥川の小説の方法は、最も早くにこの作品の中にも定着されていたのだった。　（田中　実）

白柳秀湖《しらやなぎしゅうこ》　明治一七・一・七〜昭和二五・一一・九（一八八四〜一九五〇）。小説家・史論家。本名武司。静岡県生まれ。早稲田大学哲学科卒業。中学時代、島崎藤村の『若菜集』に触れ、その後長く影響をうける。早稲田大学在学中、堺利彦ら平民社と接し、明治三八（一九〇五）年九月、山口孤剣・中里介山らと、プロレタリア文学雑誌の先駆となる『火鞭《かべん》』を創刊（〜明治三九・五、全九冊）。誌上、評論を多く執筆し、クロポトキン・ツルゲーネフ・トルストイ等の紹介にも努めた。また、第一文集『離愁』（明治四〇・一〇）、評論集『鉄火石火《てっかせっか》』（明治四一・六）、小説集『黄昏《たそがれ》』（明治四二・五）、小品集『新秋』（明治四二）等を刊行。中でも、明治四〇（一九〇七）年一二月号『新小説』に発表され、『黄昏』に収録された『駅夫日記』は、「日本文学史上最初のプロレタリア小説」（西田勝「白柳秀湖『駅夫日記』の位置」、『近代文学の発掘』法政大学出版局、昭和四六・八所収）と評価されている。当時、社会主義運動への弾圧は日ましに強まり、明治四三（一九一〇）年五月に始まる大逆事件の後、運動は冬の時代を迎えるが、以後秀湖は歴史物の世界に移り、独自な「白柳史学」を展開する（上笙一郎「白柳秀湖についての一考察」、『日本文学』昭和三七・六）。『町人の天下』（明治四三）『新体二千六百年史』（大正五）『財界太平記』（昭和四）等、著書多数。芥川は、『追憶』の「火花」の文章によれば、中学時代に『離愁』を読んでいる。「（僕に白柳秀湖氏や上司《かみつかさ》小剣氏の名を教へたものも或《あるい》はヒサイダさんだつたかも知れない。）」と述べているが、芥川に社会主義文学者としての秀湖への言及はない。記されるのは、ツルゲーネフ等ロシア文学者への啓蒙であり、彼の文章への愛惜である。また、『少時からの愛読者』は、「通俗的」を自認する秀湖に、「俗人に通じないイデエ」の多くあることを特筆し、『文芸的な、余りに文芸的な』では、「白柳秀湖氏」と題する一節を設けて、彼の美学、美の発生論への興味を語っている。そのように、芥川が語る関心と、現代の秀湖の評価の間には齟齬《そご》があるのだが、同時代の宇野浩二がやはり秀湖の文章への愛着を語って、「さながら本を作るために本を作るやうな人に『新秋』の作者がならうとは」と述べており（『文学の三十年』中央公論社、昭和一七・八）、この世代の秀湖理解の一端をうかがわせて興味深い。　（清水康次）

白《しろ》　童話。大正一二（一九二三）年八月一日発行の雑誌『女性改造』に発表。『三つの宝』（改造社、昭和三・六・二〇）に収録。芥川の童話活動は大正七（一九一八）年七月に『赤い鳥』に掲げた『蜘蛛《くも》の糸』を皮切りに、『犬と笛』（大正八・一〜二、同誌)『魔術』(大正九・一、同誌)『杜子春』(大正九・七、同誌)『アグニの神』(大正一〇・一、同誌)『三つの宝』(『良婦の友』大正一一・一)を経て、『白』は第七番目の童話として書かれたものである。それまでの芥川の童話作品は仏教説話や唐代小説やプーシキンの『スペードの女王』のアダプテーションであったり、古代伝説や異国奇話といった類《たぐ》いのものであった。これらは、もとより児童に良質な童話を与え、児童文学界に新風を興そうとした鈴木三重吉の『赤い鳥』運動の要請に応じて執筆したものであったから人間の善意の尊さを知らしめる意図に基づいており、それぞれの完成度も希代のテクニシャンの名に恥じるものではなかった。しかし、『白』の着想と特異性は右六編に比して数段優《まさ》るものであり、児童文学の一分野である動物小説の名品として児童文学史上逸することのできない創作と言うべきであろう。時代は現代。東京のあるお屋敷に飼われていた白犬の白はある春の午《ひる》過ぎ、隣家の飼い犬の黒が「犬殺し」につかまりそうになっているのを目撃して、「黒君! あぶない!」と叫ぼうとしたとき、じろりとその男ににらみつけられ、勇気を失ったため、とうとう友達の黒はつかまってしまう。ここまでが第一章で、第二章はお屋敷に逃げ戻った白の体が、いつのまにか黒色に変じていたため、お嬢さんからも坊ちゃんからも、野良犬が庭にしのび込んだものと間違えられて、バットで打たれたり砂利を投げつけられたりして追い出され、とうとう宿無し犬になり果てる。悲しい白の目に「春の日の光りに銀の粉なを浴びたモンシロ蝶が一羽、気楽さうにひらひら飛んでゐます。」といった叙景が挿入されているあたりはさすがである。さて、続く第三章は宿無しの白が道端で子供にいじめられている子犬を助けて飼い主の家に送り届けてやる場面、しきりに「臆病ものになるな!」という幻聴に襲われたりする白の内面描写もなされている。次の第四章は起承転結の転に当たる部分で、作者は思いきった飛躍をここで展開させる。「その後の白はどうなつたか?——それは一一話さずとも、いろいろの新聞に伝へられてゐます。大かたどなたも御存知でせう。度々危い人命を救つた、勇ましい一匹の黒犬のあるのを。又一時『義犬』と云ふ活動写真の流行したことを。あの黒犬こそ白だつたのです」。作者はこう記した上で、東京日日新聞、東京朝日新聞、国民新聞、時事新報、読売新聞各紙の記事を引用した形をみせる。黒犬(白)は汽車にひかれそうな子供を助けたり、外人のペルシャ猫を襲った大蛇を噛み殺したり、山で遭難しかけた登山者の道案内をしたり、赤ん坊を火中からくわえ出したり、動物園から飛び出した狼《おおかみ》と格闘して危険を防いだりしたというのである。かくして最後の第五章はある秋の真夜中、白は再び懐かしいお嬢さんや坊ちゃんの顔を見たさにお屋敷に帰ってくる。翌朝、お嬢さんは白色にもどった白を発見し、白が帰って来たと抱きしめる。お嬢さんの目に映じた白い犬が自分であることに気付いて白は泣く。お嬢さんも白を抱きしめながら泣いている場面で、この童話は終わっている。尾崎瑞恵はこの作品について、「小説ではまったく見られなかった行き方を示し、子どもたちの将来に明るい希望と夢を与えようとしている芥川がそこに感じられる。人生は、もう少しも明るくなかったというようになっている芥川が少しでも明るい方向へ童話の世界で出ていこうとした。そこに彼の童話作家としての意義があった」と評価している。

〔**参考文献**〕尾崎瑞恵「芥川龍之介の童話」(『文学』昭和四五・六)、村松定孝「芥川龍之介」(『日本の童話作家』ほるぷ出版、昭和四六・九・一〇)

(村松定孝)

新演芸 しんえんげい　演劇雑誌。大正五・三〜一四・四(一九一六—一九二五)。全一〇八冊。玄文社は伊東胡蝶園《こちょうえん》という〈御園白粉《みそのおしろい》〉の製造元の出版部であり、花柳界におしろいを宣伝するため始めた雑誌である。玄文社発行。主筆岡村柿紅、編集責任者安部豊。顧問格として坪内逍遙が発刊に力を貸している。新劇運動の研究・評論、海外演劇の紹介、毎月の各劇場の舞台写真の紹介と批評が中心で逍遙のほか、小山内薫・岡本綺堂・岡鬼太郎らが主な執筆者だった。芥川はこの雑誌に『「結婚前」の評判』(大正七・八)『新富座の「一谷嫩軍記《いちのたにふたば》」』(大正一一・四)『露西亜《ロシア》舞踊の印象』(大正一一・一〇)『四谷怪談』(大正一二・六)の四作を寄せている。

(関口安義)

新家庭《しんかてい》　月刊画報雑誌・家庭雑誌。大正五・三〜一二・九(一九一六―一九二三)。全九一冊。玄文社発行。同じ玄文社の『新演芸』が花柳界におしろいの宣伝をめざし創刊されたのに対し、こちらは一般家庭に〈御園白粉《みそのおしろい》〉の普及宣伝をめざし創刊された。毎号名家の令嬢・夫人の写真を口絵に用い、川端龍子《りゅうし》・伊東深水・蕗《ふき》谷《や》虹児《こうじ》らに扉絵を描かせている。上流婦人向けの話題の特集と文芸作品、それに各界名士の随筆が数多く載せられた。芥川はこの雑誌に『近頃の幽霊』(大正一〇・一)『世の中と女』(大正一一・一)『旅と女』(大正一一・七)の三作を寄せている。

(関口安義)

新感覚派《しんかんかくは》　大正末期から昭和初期にかけて旧来の文学に反抗してできた文学流派。横光利一・川端康成・片岡鉄兵・中河与一らの同人雑誌『文芸時代』を中心として活躍し、斬新な感覚と言語表現の技巧の上に近代的な特色をもつ。この派について芥川は『文芸的な、余りに文芸的な――三十三「新感覚派」』で、彼らに興味をもち、期待しながら「が、彼等《ら》の所《いは》謂《ゆる》感覚は、――たとえば横光利一氏は僕の為《ため》に藤沢桓夫《たけを》氏の『馬は褐色《かつしよく》の思想のやうに走つて行つた』(?)と云ふ言葉を引き、そこに彼等の所謂感覚の飛躍のあることを説明した。かう云ふ飛躍は僕にも亦《また》全然わからない訣《わけ》ではない。が、この一行は明らかに理智的な連想の上に成り立つてゐる。彼等は彼等の所謂感覚の上にも理智の光を加へずには措《お》かなかつた。彼等の近代的特色は或《あるい》はそこにあるのであらう。」と理知的技巧に特色を認めながらも、続けて「けれども若し所謂感覚のそれ自身新しいことを目標とすれば、僕はやはり妙義山に一塊の根《ね》生姜《しやうが》を感じるのをより新しいとしなければならぬ。」と言って感覚それ自身の、なおいっそうの新しさを求めていた。

(久保田芳太郎)

新技巧派《しんぎこうは》　大正中期の、主として第三次・第四次『新思潮』によった新進作家たちを指す名称。その作風や表現方法から名づけられている。芥川龍之介や菊池寛、久米正雄、豊島《とよしま》与志雄らの『新思潮』同人、また、里見弴、佐藤春夫らは、自然主義の無技巧性や平板な描写に対して、表現方法、構図、文章などの技巧を尊重する立場をとった。そのため、「新現実派」「新理智派」、あるいは、「新技巧派」と呼ばれた。芥川は、『「羅生門」の後に』(『時事新報』大正六・五・五)において、「屢々《しばしば》自分の頂戴《ちょうだい》する新理智派と云ひ、新技巧派と云ふ名称」は「迷惑な貼《はり》札」だと述べ、それほど「自分の作品の特色が鮮明で単純だとは、到底自信する勇気がない」と言う。さらに、『大正八年度の文芸界』(『毎日年鑑』大正八・一二・五)では、「新技巧派」「新現実派」を同義に用い、その特色を「取材の多方面な事」、「技巧の変化に富んでゐる事」にあるとした。

(木村一信)

蜃気楼《しんきろう》　小説。昭和二(一九二七)年三月一日発行の雑誌『婦人公論』三月号(第一二年第三号)に発表。『湖南の扇』(文芸春秋社、昭和二・六・二〇)の最後に収録。初出文末の脱稿日付「元《ぐわん》・二・四」が「昭和二・二・四」と正され、初出時の副題「或《ある》は『続海のほとり』」が削除されているが(ちなみに初刊本では『蜃気楼』は『海のほとり』の次に置かれている)、本文中には内容にかかわる大きな異同はない。最初芥川はこの作品の題を『海の秋』とする予定だったことは、斎藤茂吉宛書簡(昭和二・二・二)に「唯今『海の秋』と云ふ小品を製造中、同時に又『河童《かつぱ》』と云ふグァリヴァの旅行記式のものをも製造中、その間に年三割と云ふ借金(姉の家の)のことも考へなければならず、困憊《こんぱい》この事に存じ居り候」とあることでも分かる。が、それ以上にこの書簡は当時の芥川を取り巻く苦しい情況、経済的な負担や神経衰弱の様相を生生しく伝えている。『続海のほとり』という意識があっても、『海のほとり』は大正五（一九一六）年夏の終わりに久米正雄と一宮《いちのみや》海岸に遊んだときの懐かしい思い出であり、その続きをその時点で描くことは困難であったろう。同じ秋の海岸といっても執筆時に近い大正一五（一九二六）年の秋の出来事を描き、題名も『蜃気楼』という作者の心情と奥深くつながるような象徴的な題に変えられたのも必然であった。作中の「或《ある》秋」が一五年秋であることは、鵠沼《くげぬま》海岸に実際に蜃気楼が出たことを報ずる当時の新聞を探索した平岡敏夫の指摘によっても確かめられる。作品は「或秋の午《ひる》頃」、鵠沼海岸に家族と住む「僕」が、東京から遊びに来た学生K君と近所に住むO君（モデルは小穴《おあな》隆一）と一緒に、海岸に評判の蜃気楼を見に出かけるところから始まる。途中で「僕」は、牛車の轍《わだち》に「圧迫に近いもの」を感じたりして「妙に参つてしまふ」。その日残念ながら蜃気楼を見られなかった一行は、海岸で流行の風俗の男女を見て「新時代」を感じ、「この方が反《かへ》つて蜃気楼ぢやないか？」と考えたりする。川岸の砂山で水葬した死体に付ける木札《きふだ》を拾い、「縁起でもないものを拾つたな。」「何、僕はマスコットにするよ。」などと語り合う（以上「一」）。その日の夜、O君や妻と一緒に海岸に散歩に出た「僕」は、マッチの火の中に浮かび上がる遊泳靴を「土左衛門の足かと思」い、妻の袂《たもと》の中で鳴るYちゃん（モデルは三男也寸志）のおもちゃの鈴の音に神経をとがらせる。「僕」は昨夜の夢の話をして、「何だか意識の閾《しきゐ》の外《そと》にもいろんなものがあるやうな気がして、……」とつぶやく。そして、「この夏見た或錯覚《さつかく》」のことを思い出したりするが、すでに「半開《はんびら》きになつた門の前へ来てゐた」ことに気付く（以上「二」）。二〇枚足らずの短編でとりたてて筋やドラマはないが、不思議に余韻は残る。久米正雄が、「変な実感に富んだ——鬼気にも富んでゐるし、深い暗示を含んだ作品」（「芥川龍之介の追悼座談会」『新潮』昭和二・九）と評したのも納得がいく。芥川自身、「婦人公論のはしみじみとして書いた」（小穴隆一宛、昭和二・二・一二）、「蜃気楼は一番自信を持つてゐる」（滝井孝作宛、昭和二・二・二七）、「唯婦人公論の『蜃気楼』だけは多少の自信有之《これあり》候」（斎藤茂吉宛、昭和二・三・二八）と繰り返し述べているのに注意すべきである。一方で『河童』という幻想世界を構築しながら、ふと垣間《かいま》見せた心象のバランスが、この一編に定着されているからである。さり気なくちりばめられている様々な素材も、短い作品の中でうまく作用しているし、何にも増して「僕」の日常と意識の世界の交錯が、一つの独特の雰囲気をかもし出している。読者は「僕」と一緒に海辺を散歩し、様々なものに出会い驚き神経をとがらすわけである。この作品と志賀直哉の『焚火《たきび》』（『改造』大正九・四）との類似性についてはすでに指摘（平岡敏夫ら）があるが、透明な文体の中で浮かび上がるものの実体感は微妙に違う。が、芥川が『蜃気楼』でいわゆる「筋のない小説」の見事な実例を示したことは疑えない。その意味で、この作品と『文芸的な、余りに文芸的な』の所論とのつながりは、これまで以上に注目されてしかるべきであろう。芥川は作中で、「意識の閾の外」に目を向けた。のちに『歯車』などの作品に通ずる視点だが、その評価は難しい。「僕」にもたらされる不安の実感は確かだが、一方で「そう

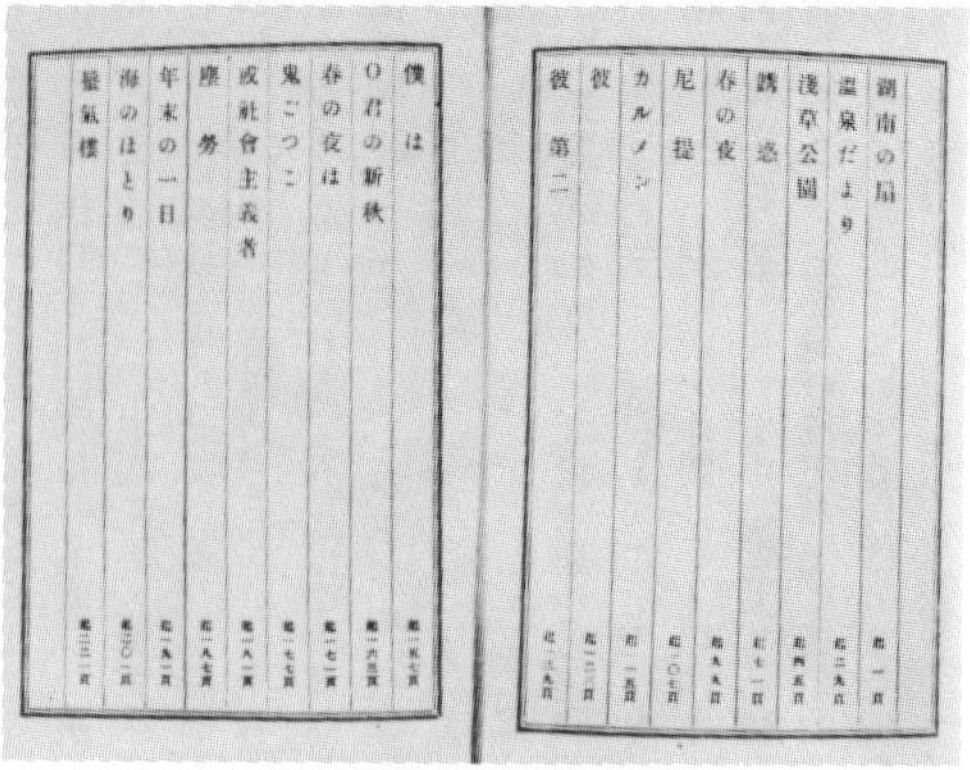

『湖南の扇』の目次

した不安の克服には何等の志向をも示し得ておらぬところに、この作の限界がある」（片岡良一）という見方も成り立つ。もとより『蜃気楼』に、不安そのものの形象化を見ようとするわけにはいかないが、不安と背中合わせの心情は嗅《か》ぎ取れよう。そうした微妙さの中にこそ、この作品に示された不思議な瞬間のバランスがあるとも言える。確かに「蜃気楼」という一語はイメージ豊かだが、「あらゆる小説中で最も詩に近い小説」（堀辰雄『芥川龍之介論』昭和四・三）とのみその詩的性格を強調することは問題になろう。自分が書き続けて来た作品がすべて「蜃気楼」なのかも知れないという思いを、芥川はどこかで抱いたはずであるし、そうした芥川作品の宿命的性格を逆に浮かび上がらせる方向で、この作品の表現構造を見据えることが必要であろう。その意味でも、『玄鶴山房』や『河童』と作品の質は違うものの、晩年の芥川の立場の一端を見事に示した一編『蜃気楼』の存在は注目に値する。

〔**参考文献**〕片岡良一「芥川龍之介の『蜃気楼』」（『文学の世界』昭和二三・一〇、のち中央公論社版『片岡良一著作集』第九巻、昭和五五・二・二五）、吉田精一「蜃気楼―本文および作品鑑賞」（『近代文学鑑賞講座　第一一巻　芥川龍之介』角川書店、昭和三三・六・五）、平岡敏夫「蜃気楼」（『国文学』昭和四五・一一）、三嶋譲「芥川龍之介『蜃気楼』試論―『海のほとり』から『続海のほとり』へ―」（『佐世保工業高等専門学校研究報告』一四号、昭和五二・一一）、平岡敏夫「『蜃気楼』―その方法」（菊地弘・久保田芳太郎・関口安義編『芥川龍之介研究』明治書院、昭和五六・三・五）、海老井英次「『蜃気楼』―〈光〉なき反照の世界」（『国文学』昭和五六・五）

（中島国彦）

シング《しんぐ》　John Millington Synge　一八七一・四・一六〜一九〇九・三・二四。イギリス（アイルランド）の劇作家。伝説を素材とした『谷間にて』など六編の戯曲と、紀行文『アラン島』のほか、未完の詩劇『嘆きのデアドラ』（Deirdre of the Sorrows, 1910）などがある。なかでもW・B・イェイツの勧めで、アイルランド西岸、アラン島を調査し、その原始的生活の実態を記録報告した『アラン島』は有名である。シングは好んで原始的な農民・漁民を素材に扱ったが、徹底した写実主義と想像力によって、彼らを地域的、閉鎖的な枠にとじ込めず、あくまでも大自然の中で生きる人間像として生き生きととらえている点に特色がある。芥川は大正二（一九一三）年、東京帝国大学入学直後の一〇月一七日に、井川（恒藤《つねとう》）恭《きよう》宛の書簡の中で「学校は不相変《あいかはらず》つまらない／シンヂ《ママ》はよみ完《をは》つたDEIDRE《ママ》 OF SORROWS と云ふのが大へんよかつた」と書いている。『嘆きのデアドラ』は神話を素材とした恋物語であるが、芥川の古典に素材を得た作品への強い関心が読み取れる。また芥川は、同じく井川宛で「時々山宮《さんぐう》さんと話しをする　アイアランド文学を研究してゐる　ひとりで僕をシング（小山内さんにきいたらシングがほんとだと云つた）の研究家にきめていろんな事をきくのでこまる」（大正三・三・一九）と言い、また、「下宿生活位天下に索漠蕭瑟《せうしつ》たるものはないね　パリで下宿ずまひをしてゐる中に、シングが碌《ろく》なものを書かなかつたのは当然すぎる事だよ」（大正六・九・四）と、自らのシングへの通暁ぶりを示している。これらの書簡を通して、芥川が数年にわたってシングに関心を寄せていたことが知られるが、興味があるのは、半ば原始的に生きる人々の生活を主に素材としたシングの世界に、芥川が心ひかれている点であろう。シングはアイルランド国民劇場運動で活躍した点でも注目される。ほかに『海に騎りゆく人々』『西の国の人気者』などがある。

（尾形国治）

新現実主義《しんげんじつしゆぎ》　明治末年以来の唯美派や「白樺」派によって、文学が日常生活の場を離れ、特殊な世界に逸脱したのを、もう一度日常生活の場に引き戻すとともに、現実に即して調和を乱さない生の道を求めようとしたところに形成された主張。新現実主義という語は片上伸《のぶる》などによって大正七（一九一八）年に用いられた。芥川はこうした傾向について、「意識的に或《あるい》は無意識的に、自然主義以来代る〳〵日本の文壇に君臨した、『真』と『美』と『善』との三つの理想を調和しやうとしてゐる事である。勿論彼等《ら》はその個性の赴く所に従つて、三つの理想のいづれの上に、力点を置くかの差はあるかも知れない。新技巧派と云ひ、新現実派と云ふが如き評語は、その結果として彼等の二三者に附される事になつたのであらう。」(『大正八年度の文芸界―一 概観』と述べ、その原因として、取材の多方面さと技巧の変化の豊富さを挙げている。が、現実の見直しと生の再建とを意図した新現実主義が、その基調を主知的とし、理念として人格主義・教養主義・文化主義等を掲げながら、一面主情主義化された思想性の排撃や固執を退ける風潮を持っていたために、主知主義も理想主義的傾向も十分に育たず、人情主義的な調和を求めて、いわゆる「人間味」や「しみじみした味わい」を尊ぶようになった。そして凡人主義や新しい通俗小説の誕生を導き、市民的イデオロギーの常識的社会化を促すことになり、そのために閉塞《へいそく》された現実の根本問題を打開できず、心境主義と芸術による救いを求めた芸術主義または技術主義の強化をもたらし、私小説の氾濫《はんらん》と新感覚派の技術革新運動を誘発することになってしまった。これはある意味で、個人主義的自由主義の日本的成熟だが、正しい思想性への徹底を欠いたために、背後に常に虚無感を漂わせていた。芥川のほか、広津和郎、葛西《かさい》善蔵、吉田絃二郎、山本有三、宇野浩二、水上滝太郎、佐藤春夫、室生犀星らを代表的な作家とする。（片岡　哲）

人工の翼《じんこうのつばさ》　理知、知性、意識、技巧の上に己の基盤を置く姿勢を言う。芥川の『或《ある》阿《あ》呆《ほう》の一生』の十九章「人工の翼」を出典とする。そこでは、「彼自身の一面」、すなわち「情熱に駆られ易い一面」を代表するルソーには近づかず、「冷《ひや》やかな理智に富んだ一面」を持ったヴォルテールに近づき、「人工の翼」を選び取る主人公を描く。彼は、この「人工の翼をひろげ」、「見すぼらしい町々」に別れを告げ、「人生の歓《よろこ》びや悲しみ」とも離れて「太陽」の方へ登って行く。この「人工の翼」とは、『芸術その他』(大正八)で「芸術活動はどんな天才でも、意識的なもの」と言い、「凡《すべ》て芸術家はいやが上にも技巧を磨くべきものだ。」と述べるところの「意識的なもの」「技巧」の謂《いい》であろう。そうした姿勢の上に立って芥川は「芸術家は何よりも作品の完成を期せねばならぬ。」と、自己の芸術世界の構築に努めるのである。それは芥川の歴史小説の中で次々と実現され、『戯《げ》作三昧《さくざんまい》』『地獄変』『奉教人の死』などが書かれる。そうした「技巧」の美学は、『舞踏会』(大正九)に至って一つの頂点に達するのである。しかし、一方で「危険なのは技巧ではない。技巧を駆使する小器用さなのだ。」「殻の出来る事を禦《ふせ》がねばならぬ。」と自戒していた芥川も「人工の翼」を操ることに行き詰まって来る。『侏儒《しゅじゅ》の言葉』(大正一二〜一四)において「理性のわたしに教へたものは畢竟《ひつきやう》理性の無力だつた。」「わたしはヴォルテェルを軽蔑してゐる。」と書き、「芸術家の意識を超越した神秘の世界」「無意識の境に対する畏怖《いふ》」を語るようになる。これは、彼自身が築き上げてきた「技巧」の美学の崩壊であり、彼自身が「人工の翼」による飛翔《ひしょう》からの墜落を表明したものである。芥川は「人工」から「現実」へ目をやり、「保吉《やすきち》もの」と言われる私小説的な作品を書き始め、さらに『文芸的な、余りに文芸的な』(昭和二)では、「『話』らしい話のない小説」をも肯定し、志賀直哉の心境小説に賞賛を与えるまでに至るのである。この芥川の「人工の翼」に関して、三好行雄は芥川の「技巧の美学」をそこに見、「芥川龍之介は徹頭徹尾、醒《さ》めた芸術家であり、明敏な解析家であった」(『芥川龍之介論』筑摩書房、昭和五一・九・三〇)ととらえ、「芥川龍之介が〈技巧〉の語に托して語りたかったのは、意識的芸術活動」であり「主知主義の美学であった」とし、それにより「芸術の創造行為のなかにしか芸術家の〈真の人生〉はないとする」「独創的な観念に到達し」、芥川の一連の芸術家小説、芸術至上主義の小説が作られたとする。吉本隆明は「芥川龍之介の死」(『解釈と鑑賞』昭和三三・八)で、芥川が下町的世界への感性的憧憬を捨て、「自然的資質の放棄」により「人工的な構成」「知的構成」に努めたのは、「中産下層階級という」「出身にたいする自己嫌悪」からであったと述べる。梶木剛は「芥川龍之介の位相をめぐって」(『思想的査証』国文社、昭和四六・一・二五)において、「自然」に対立するものとして「知識」を想定し、「〈人工の翼〉とは、知識主義の異名」だとした。このように、芥川文学において、「人工の翼」というテーマは、最も根本的、中心的なものである。この問題の検討なしに芥川文学を論ずることはできない。ただその際忘れてならないのは、「人工の翼」を「技巧」「意識」「理性」という側からだけ考えていってはならないということである。むしろ、その逆の「無技巧」「無意識」「感性」といった側面との比較対照をへて、芥川の中の「人工の翼」が本当に把握できるのである。芥川が後に「人工の翼」に懐疑を抱かざるを得なかった原因をたどることが、芥川文学を、また人間芥川を真にとらえる基盤となるだろう。従来の芥川は、「人工の翼」の側からの評価が中心であったように思われる。逆に、晩年の芥川の挫折からさかのぼって考えることにより、より総体的な芥川世界の把握が可能になるものと考えられる。（渡部芳紀）

「新作仇討全集」の序《「しんさくあだうちぜんしゅう」のじょ》 序文。直木三十五(当時は三十三)著『大衆文芸新作仇討全集』第一巻巻頭に「序に代ふる小戯曲『直木三十三』」の題で掲載。大正一四(一九二五)年一二月、興文社刊。文末の日付は大正一四年一一月二四日夜半である。のち『梅・馬・鶯《うぐいす》』に収録。芥川は、『人間』の編集者としての直木(当時は植村宗一)を知っており、『文芸春秋』が創刊されてからは、菊池寛と共に友人でもあった。(なお大正一五年一〇月発行の第二巻の序は菊池が書いている。)（井上百合子）

新詩社《しんししゃ》 明治三二(一八九九)年一一月、与謝野鉄幹が創始した詩歌結社で、昭和二四(一九四九)年一〇月まで存続した。明治三三(一九〇〇)年四月から四一(一九〇八)年一一月まで『明星』を刊行、後期ロマン主義の拠点となった。『トキハギ』(常磐樹)(明治四二・五〜四三・五)刊行を経て、大正一〇(一九二一)年一一月より昭和二(一九二七)年四月まで第二次『明星』を刊行、戦後、与謝野光の手により第三次『明星』(昭和二二・五〜二四・一〇)が出た。芥川は第一次『明星』時代の新詩社には、石川啄木や吉井勇のように歌に「全生活感情を盛」(『文芸的な、余りに文芸的な』一八 詩歌)り込む試みがみられると評価しているが、第二次『明星』発刊に際しては、その同人となることを断っている。「大阪毎日新聞社員と云ふ、厄介な荷を背負つてゐますですからもうこの上にはなる可く気楽にしてゐたいのです」(森林太郎・与謝野晶子宛(宛名が破れているため、推定)、大正一〇・九・一四)という。結局『本の事』(大正一一・一)を発表したにとどまる。（首藤基澄）

新時代《しんじだい》 「新時代」としてとらえられた歴史意識の総体。『玄鶴山房《げんかくさんぼう》』にリープクネヒトを読む大学生が登場することについて、芥川自身「新時代のあることを暗示」(青野季吉宛書簡、昭和二・三・六)するためだったと解説して以来、彼の「新時代」意識をどう理解するかで多様な論議がまき起こった。特に作者の企図に理解を示した青野が、マルクスの回想録＝社会主義＝新時代という方向を打ち出した(『芥川龍之介と新時代』昭和二・七)ことから、その当否をめぐって評価は分かれてきた。ただ、先の書簡中にも「わたしはチエホフほど新時代にあきらめ切つた笑声を与へることは出来ません。しかし又新時代と抱き合ふほどの情熱も持つてゐません。」とある事実、『蜃気楼《しんきろう》』中のさらに別な用法などから、その実体がそれほど瞭然たるものでないことも確かめられている。今のところ、思想的に措定しうるものというより、「自身を『旧時代』と決めつけることによって浮上してくる曖昧《あいまい》なもの」(海老井英次「玄鶴山房」昭和四七・一二)とでも言う以外はない。（寺横武夫）

新思潮《しんしちょう》 文芸誌。第一次創刊号（明治四〇・一〇・一）から一九次にわたって、東京大学系の人たちによって断続して出たが、芥川龍之介が関係したのは第三次大正三（一九一四）年二月一二日創刊から同年九月一日終刊までの計八冊、第四次大正五（一九一六）年二月一五日創刊から翌年三月一五日終刊の計一一冊である。同人は第三次は豊島《とよしま》与志雄、山本有三、山宮允《さんぐうまこと》、久米正雄、芥川龍之介、松岡譲、成瀬正一《せいいち》、菊池寛らで、編集兼発行人は久米正雄、発行所は新思潮社となっており、発売所は啓成社とある。第四次は第三次の同人で第一高等学校時代の同級生だけで始めたもので、久米正雄、松岡譲、成瀬正一、菊池寛、芥川龍之介の五人である。編集兼発行人は創刊号から五号までは成瀬正一、六号から終刊までは松岡譲であった。普通は五人を新思潮派と呼称するが、「とくに芥川、久米、菊池の三名がはなばなしい文壇的成功を収めたところから、しばしば『新思潮派』の名が彼等《ら》に冠せられている」（吉田精一）としている。三次は豊島の『湖水と彼等』『蠱惑《こわく》』、久米の戯曲『牛乳屋の兄弟』が注目されたが、芥川は作品二本のほか翻訳などを載せている。題名と署名を列記すると、一巻一号（大正三・二・一二）『バルタザアル』（アナトール・フランス）柳川《やながわ》隆之介、一巻二号（同年三・一）は『ケルト民族の薄明より』（イェイツ）柳川隆之介と目次にはあるが、実際は頁数が超過のため山宮允訳『肉体の秋』（イェイツ）とともに掲載されず次号にまわされた。一巻三号（同年四・一）『「ケルトの薄明」より』（イェイツ）柳川隆之介、「新刊批評」欄に『未来創刊号』隆之介、一巻四号（同年五・一）『老年』（小説）柳川隆之介、一巻五号（同年六・一）『春の心臓』（イェイツ）押川隆之介、一巻七号（同年八・一）『シング紹介』柳川隆之介、一巻八号（同年九・一）『青年と死と』（戯曲習作）柳川隆之介で、翻訳を除いて言えば、『老年』は一中節《いっちゅうぶし》の順講の席で、往時の華やかな面影を失っている老人が、そっと離れに移って、幻の中で昔の女を相手に独り言を言い続ける佗《わび》しい短編、『青年と死と』は、死を忘れることは生を忘れていることだという主題の戯曲である。第四次の芥川の執筆したものの題名と署名を列記すると、創刊号（大正五・二・一五）『鼻』芥川龍之助、「編輯《へんしゅう》後に」欄に芥川、第一年二号（同年四・一）「紺珠十篇『一 孤独地獄』」芥川龍之介、第一年三号（同年五・一）『父』―矢間雄二氏に献ず―」芥川龍之介、第一年四号（同年六・一）『酒虫《しゅちゅう》』芥川龍之介、「紹介」欄に片山広子の歌集『翡翠《かわせみ》』について啞苦陀《あくた》、「校正後に」欄に芥川、第一年六号（同年八・一）『仙人』芥川龍之介、「紹介」欄に久保田万太郎著『薄雪双紙』について啞苦陀、「校正の後に」欄に芥川、第一年七号（同年九・一）『猿』―或《ある》海軍士官の話―」と『創作』（小品）の二篇を芥川龍之介、「校正後に」欄に芥川、第一年八号（同年一〇・一）『出帆』芥川龍之介、第一年九号（同年一一・一）「『煙草《たばこ》』―西川英次郎氏に献ず―」芥川龍之介、「紹介」欄に久保田万太郎著『駒形より』、松本初子著『藤娘』について芥川、「校正の后《のち》に」欄に芥川、第二年一号（大正六・正月・一）『MENSURA ZOILI』芥川龍之介、「紹介」欄に若山牧水・金子薫園《くんえん》選『代表歌選』及び新井洸の歌集『微明』について、「校正の后に」欄にそれぞれ芥川、第二年二号（同年三・一五）「漱石先生追慕号」に『葬儀記』芥川龍之介である。『鼻』が漱石に推輓《すいばん》されて文壇登場作品となったことはよく知られている。『孤独地獄』、『仙人』が人生苦を取り上げている点は興味深いものがあり、『酒虫』は、解釈によっては物事をいろいろに見ることができるというテーマで、芥川特有の一つの手法が示されている。『父』『猿』は人間の悲しみが描かれているが、特に後者には「日本的優情」が背後にあると指摘されている。『MENSURA ZOILI』は芸術作品の価値を測定器にのせて判定するという寓《ぐう》意《い》小説である。また「編輯後に」（号によって「校正後に」、「校正の后に」など）欄には自作への補説、同人たちの消息などがあって興味深い。芥川執筆のものを挙げると、創刊号でこれからも『鼻』と同じような材料を使って創作するということと、あれは単なる歴史小説ではないという自負を述べ、第四号で『酒虫』は「聊斎志《りょうさいし》異《い》」に取材し、原話と変わっていないと明かし、第六号では『酒虫』の読み方を「しゆちう」であると示し、第七号では『猿』も『創作』も材料を同じ小学校にいた二人の友達から得たと言い、自分の作品が小さくまとまり過ぎていると非難する人がいるが、僕は小さくとも完成品を作りたいと思っている、芸術の境に未成品はないと書いている。第九号では『煙草』、『煙管《きせる》』、『虱《しらみ》』の材料を明かし、同人たちを自信家のように思う人がいるがそれは大違いで、他の作家のものでも、書いていることを問題外にして、つかまえ方、書き方のうまいのには敬意を表せずにいられないと述べている。また、批評家が作家に折紙をつけるばかりではない、作家も批評家に折紙をつけると書いている。第二年一号では漱石の逝去を悼み、「僕一身から云ふと、外の人にどんな悪口を云はれても先生に褒められゝば、それで満足だつた。同時に先生を唯一の標準にする事の危険を、時々は怖れもした。」と書いている。そしてゆっくり腰を据えて少しは大きなものにぶつかりたい、文壇は何物かに向かって動きつつある、「僕等は皆小手しらべはすんだと云ふ気がしてゐる。」と創作の道を歩むことについて自省と気概を込めて述べているのが注目される。その他、他の同人の筆によるもので芥川に関するいくつかを拾ってみると、芥川は同人中一番学校の成績がよく一高以来二番より下がったことがない、しかし他の級に特待生をとられたと憤慨し、来年はきっとなると言っているとか、第一次世界大戦について、芥川と成瀬はすぐフランスの肩をもつとか、久米と芥川は当分仕官しないと言っているが、口がないのであって、あればいつでも務めに出るなどとある。後年『私の文壇に出るまで』で「大学一年の時、豊島だの、山宮だの、久米だので第三次の『新思潮』をやつた。その時短篇を初めて書いた。それは題を『老年』といふのであつた。雑誌は一年ならずして廃《よ》した。三年になつてから、『新思潮』の次を出した。それから小説を書き出して、今日まで作家になるとも、ならないともつかずに小説を書いて来た。」(『文章倶楽部《クラブ》』大正六・八・一)、また『小説を書き出したのは友人の煽動に負ふ所が多い』では「その後新たに出た第四次の『新思潮』の同人に加はつて、その初号に『鼻』といふ小説を書いた。それが夏目さんを始め、小宮君や、鈴木三重吉君や、赤木の目にとまつて、褒められた。三重吉君の如きは、それを動機として、その年の『新小説』の特別号に小説を書かしてくれた。」(『新潮』大正八・一・一)とある。

〔**参考文献**〕 吉田精一、複製版『新思潮』解説（一次〜四次、臨川書店、昭和四二・一二・二〇）

（菊地　弘）

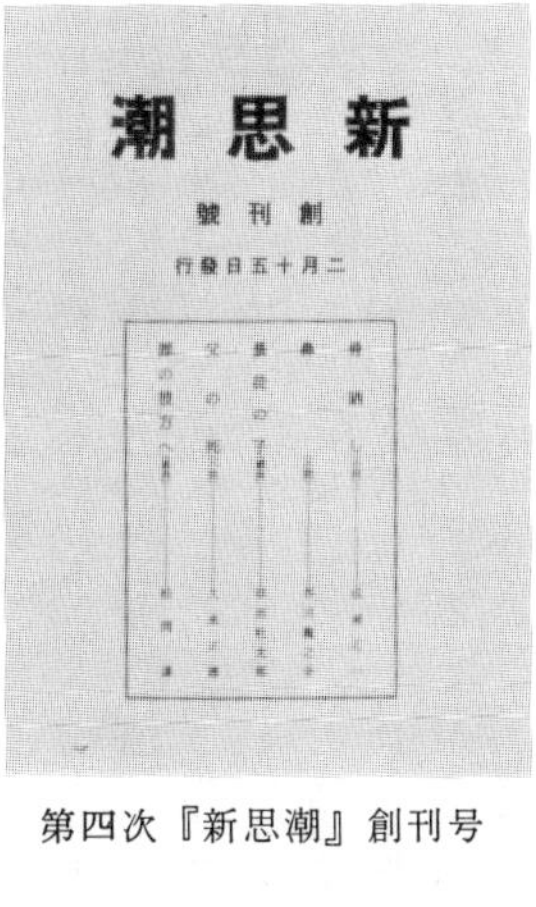

第四次『新思潮』創刊号

新小説《しんしょうせつ》　芥川の寄稿した文芸雑誌。須藤南翠《なんすい》らが中心の第一次（明治二二・一〜二三・六）や戦後の第三次もあるが、芥川とつながりがあるのは第二次（明治二九・七〜大正一五・一一）である。月刊。博文館の『文芸倶楽部《クラブ》』に対抗する形で当時の出版界の老舗春陽堂が刊行、編集の任は幸田露伴・後藤宙外らが引き継いだ。大正五（一九一六）年九月号の小説欄の最初に芥川の『芋粥《いもがゆ》』が抜擢《ばってき》されて載るのも、新進作家を積極的に起用するこの雑誌の特色の現れである。その抜擢には当時の編集顧問鈴木三重吉の口ききもあったが、そうした事情や編集所に仕上がった原稿を持参した若き芥川の面影は、四年七月から編集主任であった田中純の回想「秀才芥川龍之介」（『作家の横顔』朝日新聞社、昭和三〇・七・一〇）に描きとめられている。同年一一月に『煙草《たばこ》』を再度寄稿する芥川だが、「新年号は御免を蒙《かうむ》りたい」(井川恭宛、大正五・九・六)とも記し、流行作家となって行く実情を友人に訴えている。『新小説』に予定していた原稿を他の雑誌に回すこともあったが、それでも芥川は『新小説』に、『西郷隆盛』『世之助の話』『枯野抄』『きりしとほろ上人伝』『じゅりあの・吉助』『葱《ねぎ》』『神神の微笑』などの小説を寄稿、大正時代になって若干盛り上がりを欠いていたこの雑誌を盛り立てた。時折、編集者に頼まれ知人に『新小説』への寄稿を依頼したりしていた芥川だが、一二(一九二三)年九月から菊池寛と共に編集顧問に迎えられた(八月号の広告による)。実質的にその任に当たったのは関東大震災による休刊(同年九~一二)の後、一三年一月からだが、「少くとも小生のは名ばかりにて出張もしなければ相談にも来ないのです」(薄田《すすきだ》 淳介《じゅんすけ》宛、大正一三・一一・二四)とも記している。大正末期の芥川の寄稿は短い随筆類がほとんどであるのも、芥川の意識がうかがえて興味深い。芥川作品の同時代評もいくつか誌面に見られるが、昭和二(一九二七)年一月『黒潮』と改題し三月に終刊となったため、芥川の没後に追悼特集などを編む機会が無かったのは残念である。

(中島国彦)

新進作家叢書《しんしんさっかそうしょ》 新潮社刊。菊半截《はんせつ》判、紙装、定価四〇銭。大正期文壇の新進作家を各一冊に配する。武者小路実篤『新らしき家』(大正六・五・一〇)に始まり、里見弴、豊島《とよしま》与志雄、志賀直哉、谷崎精二、長与善郎《よしろう》、有島生馬《いくま》、芥川龍之介、相馬泰三、久米正雄、中条百合子《ゆりこ》、広津和郎、江馬修、野村愛正、菊池寛(以上、大正六~七年刊)と続き、まず『白樺』『新思潮』『奇蹟《きせき》』の同人を中心に刊行、次々と当時の新進を網羅しながら、宮地嘉六《かろく》、新井紀一、宮嶋資夫《みやじますけお》らのプロレタリア作家をも含み、さらには横光利一、中河与一、稲垣足穂ら『文芸時代』同人に及んで、大正一四(一九二五)年九月まで四五編を刊行、版を重ねて広く流布した。岡野他家夫が、そこに名を連ねることは「文壇のパスポートを得ることでもあった」と述べている(『近代日本名著解題』有明書房、昭和三七・三)ように、例えば『白樺』同人であれば、『白樺叢書』(洛陽堂)を皮切りに、『新進作家叢書』、『新進文芸叢書』(春陽堂)、そして『代表的名作選集』(新潮社)と出版を重ねて一家をなしていく経路が確認され、また、豊島与志雄『生あらば』、広津和郎『神経病時代』、江口渙《かん》『赤い矢帆』等、これを処女出版とする作家も少なくない。その意味で、量・質ともに、大正期の円本以前の叢書・全集類の中で最も重要なものの一つに数えられる。『日本近代文学大事典』に紅野敏郎の解説と細目がある。(なお、『赤い矢帆』には芥川の仲介があったことが、大正八・四・一五付江口渙宛書簡、及び江口渙『わが文学半生記』(青木書店、昭和二八・七・一五)から知られる。)第八編『煙草《たばこ》と悪魔』(大正六・一一・一〇)は、『序に代ふ―私と創作』『煙草と悪魔』『或日《あるひ》の大石内蔵之助《くらのすけ》』『野呂松《のろま》人形』『さまよへる猶太人《ユダヤじん》』『ひょっとこ』『二つの手紙』『道祖問答』『MENSURA ZOILI』『父』『煙管《きせる》』『片恋』を収録する、芥川の第二短編集である。当初、『偸盗《ちゅうとう》』として予告されていたが、芥川に『偸盗』を「あのままで本にする勇気はな」く、また阿蘭《オラン》陀《ダ》書房との関係で『羅生門』からは一編以上取れぬことがあり、一旦は出版を断念しようとしていた(中根駒十郎宛書簡、大正六・五・二七)が、結局上記の内容で出版されたものである。なお、この本は芥川の没するまでに二〇版を重ねている。

(清水康次)

新生《しんせい》 島崎藤村の大正期の代表的小説。大正七(一九一八)年五月より一〇月まで第一部を、同八年四月より一〇月まで第二部を共に『東京朝日新聞』に連載。のち単行本として大正八年一月第一巻、同年一二月に第二巻を春陽堂より刊行。新生事件という姪《めい》との恋愛を取り扱った自伝的告白文学である。告白をすることにより救いを得ようとするものは藤村のよく行う方法であるが、内容が内容だけに道徳的な面や事件に対する作者の態度を云々されることが多かった。芥川は『大正八年度の文芸界』で「叔姪《しゅくてつ》の恋愛と云ふ如き大問題でありながら、『新生』の主人公の自己批判は、余りに容易なる憾《うらみ》がある。従つてこれを肯定しようとする主人公の心もちも余りに虫が好すぎる観なきを得ない」と言い、また『或阿呆《あるあほう》の一生』では「彼は『新生』の主人公ほど老獪《ろうくわい》な偽善者に出会つたことはなかつた」とも述べている。これらはこの作品から藤村のエゴイズムと巧みな自己弁護の臭《におい》を嗅《か》ぎとっての批判的発言と言える。（畑　実）

新潮《しんちょう》　文芸雑誌。新潮社を起こした佐藤義亮《ぎりょう》が、明治三七（一九〇四）年五月に創刊、戦争末期の一時休刊をはさんで今日に及んでいる。投書雑誌から出発したが、自然主義の興隆とともに重きをなし、文壇の動きに即応しながらも、穏健で公平な編集方針を貫き、文壇の公器と目されるに至った。創作のみならず、海外文芸思潮の紹介や作家論などにも意を注ぎ、とくに座談会形式の「創作合評」は話題を呼んだ。芥川はこの合評にたびたび出席したほか、掲載した作品は長短八〇編に近いが、主な創作に『舞踏会』（大正九・一）、『藪《やぶ》の中』（同一一・一）、『一塊の土』（同一三・一）、感想に『澄江堂《ちょうこうどう》雑記』（同一一・四）、『芭蕉雑記』（同一二・一一〜一三・七）、『「私」小説論小見』（同一四・一一）などがある。一方、諸家による「芥川龍之介氏の印象」（同六・一〇）、「最近の芥川龍之介氏」（同一二・一一）の特集があり、その死後には、徳田秋声らによる「追悼座談会」（昭和二・九）も組まれた。（宗像和重）

新潮合評会《しんちょうがっぴょうかい》　文芸雑誌『新潮』誌上で行われた創作の新作品についての合同批評会。第一回、二月の創作「創作合評」として大正一二（一九二三）年三月号に掲載されたのが最初である。このときの参加者は徳田秋声、久保田万太郎、田中純、久米正雄、菊池寛、水守亀之助、中村武羅夫の七人で、中村星湖『悪霊』、中西伊之助『お絹の心』など一三作品について批評している。以後、第八回「凶災後の文芸時事六項」（大正一二・一一）までは「創作合評」として続けられたが、第九回「各雑誌と新年号」（大正一三・一）からは「新潮合評会」と表題を改め創作合評と同じ形式でそのまま回数を引き継いで行っている。したがって「新潮合評会」という標題は九回目からではあるが、内容的に言うならば「創作合評」の第一回目からをもって総称すべきであると思う。最終回は第四十六回、四月の創作（昭和二・五）であるが、四か月後の九月号に「芥川龍之介の追悼座談会」を第五十回「新潮合評会」として徳田秋声、近松秋江《しゅうこう》、久保田万太郎、久米正雄、小島政二郎、中村武羅夫で行われており、これが事実上の最終回と言えよう。毎回、六名から八名くらいの作家・批評家が参加し二〇前後の作品を論じ合っているが、第七回「『合評』是非の問題」ほか（大正一二・一〇）、第八回「凶災後の文芸時事六項」など直接作品にかかわらないものや、第二十五回「新聞の文芸欄」（大正一四・六）で島田青峰（『国民新聞』）、上泉秀信（『都新聞』）ら七人の担当記者を呼んでの座談会など趣の異なった回も数度ある。主たる参加者は『新潮』の編集をしていた中村武羅夫が立場上最も多く、久保田万太郎、菊池寛、久米正雄、徳田秋声、田中純、近松秋江、水守亀之助などがしばしば顔を出している。芥川龍之介も第六回「七月の創作」（大正一二・八）に徳田秋声、久米正雄、久保田万太郎、菊池寛、千葉亀雄、中村武羅夫と水上滝太郎『邂逅《かいこう》』や宇野浩二『心づくし』などを論じ、第八回（大正一二・一一）には菊池寛、久米正雄などと、第一五回（大正一三・七）には正宗白鳥などと、また、第二一回（大正一四・二）にも田山花袋、宇野浩二などと、さらに四三回（昭和二・二）に徳田秋声、近松秋江と共に参加している。一方、この合評会に取り上げられた作品としては、第二回（大正一二・四）に『雛《ひな》』が俎上《そじょう》にあがり、久米、菊池の評価に対して徳田が批判的で対立しているのが目につく。第四回（大正一二・六）では『保《やす》吉《きち》の手帳』が、第一三回（大正一三・五）では『寒さ』、第一四回（大正一三・六）では『少年』、第二一回（大正一四・二）では『大導寺信輔《だいどうじしんすけ》の半《はん》生《せい》』、第二八回（大正一四・一〇）『海のほとり』、

第三一回（大正一五・二）『年末の一日』、『湖南の扇』、第四三回（昭和二・二）『彼』『彼 第二』『玄《げん》鶴山房《かくさんぼう》』『貝殻』、第四四回（昭和二・三）『玄鶴山房』、第四六回（昭和二・五）『誘惑』『浅草公園』『河童《かっぱ》』と多くの作品が対象となっている。第四四回の合評に参加した青野季吉が芥川の書簡に答える形で「芥川龍之介と新時代」を書いたことはよく知られている。（矢島道弘）

人道《じんどう》主義《しゅぎ》　人類全体の幸福の実現を目指す、人間愛の立場。ヒューマニズム。この言葉を芥川は主に「白樺」派について使っている。すなわち『大正八年度の文芸界』で、武者小路実篤の「善」の理想を述べたあと、「が、人道主義はその理想主義的人生観を以て、明快に自然主義との連鎖を截断してゐる。と同時に又人道主義はその一種の排技巧論を以て、一方極端に唯美主義と相反した代り、反つて技巧的方面では、他方幾分自然主義に近かつたと云はねばならぬ。」と人道主義の特色を問題とし、さらに章を改めて武者小路実篤、志賀直哉、有島武郎、里見弴、有島生馬《いくま》らの「白樺」派の文学作品を取り上げて批評し、また小説『あの頃の自分の事』でも、武者小路の文学を形式上では「性急な憾《うらみ》」があるとしながら、内容上では「人道《ユウマニテエ》」の意義を高く評価しているのである。しかしこの「人道主義」の語に底流している『人間らしさ』に愛を感ずる」（『侏儒《しゅじゅ》の言葉―人間らしさ』）という愛が芥川自身の諸作品にも貫いていたこともまた事実である。（久保田芳太郎）

新富《しんとみ》座《ざ》　江戸三座の一つ守田座の後身。興行師一二世守田勘弥が明治五（一八七二）年守田座を浅草猿若町から都心の京橋新富町に移し開場した歌舞伎劇場。名優の九世市川団十郎と結び東京で最高の劇場となった。のち松竹が買収、大震災（大正一二）で焼失。大正一一（一九二二）年三月にここで上演された初世中村吉右衛門らの『一谷嫩軍記』を芥川は劇評している（『新富座の「一谷嫩軍記」』、『新演芸』大正一一・四）。（祖父江昭二）

神秘《しんぴ》主義《しゅぎ》　mysticism（英語）　科学主義に対して内面的直観力によって神（最高の実在）を直接に体験することができるという主義である。文学の場合、理性では認識し得ぬ不可知な霊的存在や超自然力などに神秘性を与えてこれを対象としたもののことである。ところで芥川は、「神秘主義は文明の為《ため》に衰退し去るものではない。寧《むし》ろ文明は神秘主義に長足の進歩を与へるものである。（中略）我々は理性に耳を借さない。いや、理性を超越した何物かのみに耳を借すのである。」（『侏儒《しゅじゅ》の言葉―神秘主義』）と言って合理主義の反措定としての神秘主義を強調し、また昔の人は、仏・菩薩《ぼさつ》・天狗《てんぐ》などの「超自然的存在」（『今昔物語鑑賞』）をいかに感じていたかということを説いている。さらに彼自身、神秘主義の形象を『妖婆』『黒衣聖母』などの作品で描き、また『歯車』では、神秘主義が死と不安の世紀末思想と結び付いて形象化されている。（久保田芳太郎）

人物評《じんぶつひょう》・人物記《じんぶつき》　大正七（一九一八）年ごろから死に至るまでの間に、芥川は三〇編ほどの人物評・人物記をものしている。雑誌『新潮』に連載された「人の印象」や「人間随筆」を中心に、求められて書いたものがほとんどで、「人の好い公卿《くげ》悪《あく》」（『新潮』大正七・五・一、のち『豊島《とよしま》与志雄氏の事』と改題）というタイトルのついた豊島与志雄についての印象記などが最も早い時期のものである。このタイトルは恐らく編集部のつけたものであろうが、例えば、豊島に先んじて芥川自身が対象になったときのそれが、「隠れたる一中節《いっちゅうぶし》の天才」（久米正雄）「敏感で怜悧《れいり》な都会人」（豊島与志雄）「印象的な唇《くちびる》と左手の本」（菊池寛）「理智的な冷たい感じ」（後藤末雄）「勉強家で多能の人」（松岡譲）「口の辺《あたり》の子供らしさ」（谷崎潤一郎）といったふうであるように、近いところで接してきた者の人物観・人間評という体のものになっている。したがって、くだけた筆調による、隠れた一面への照明とか紹介とかにむしろ特色が見られ、オーソドックスな人物論とか作家論としての重厚さは求めがたいが、さりげない言及や素描を通じて、かえってきわやかに人物が浮き彫りされ印象づけられているおもしろさがある。『侏儒《しゅじゅ》の言葉』などに顕著に見られるアフォリズムは、デリケートな神経に裏打ちされた芥川の人間洞察の鋭さをうかがわせるが、気楽に書きとめた人物評・人物記においても随所にそれは認められる。芥川が人間をどう見ていたか、この人生に何を求めていたか、などの課題に答える材料が、そこには多く見いだせる。当然それは、芥川自身を逆照射するものになっており、交友の広狭にからむ大事な問題にもかかわって看過できないものになっている。一年先輩の豊島の作品は早くから注意して読んできていたが、作品から受ける感じとよく似た豊島を、「何時《いつ》でも秋の中にゐる」と見る目に対して、芥川は、その人間にある「愛す可《べ》き悪党味」をもって、「実は秋が豊島の中にゐるのである。」と言う。「多方面な生活上の趣味」に目を向ける芥川がそこにはいる。『新思潮』の同人の中では「最も善《よ》い父で且《かつ》夫たる」存在として、菊池寛をつねに『兄貴のやうな心持』（『新潮』大正八・一・一）で見ていた。苦労人である菊池の持つ人間の大きさ、抱擁力は、孤独な苦悩を生きた彼にとって断ちがたい寄辺《よるべ》であった。ことに、その面ではついに敗北者たることを余儀なくされた実生活上の相談役・庇護者としての菊池の存在は大きい。しかもその人間としての大きさが、豊かな学殖や多方面なカルチュアに基づくものと見ているところに、自らそれを強い拠《よ》りどころとしていた芥川らしい目がうかがわれる。「佐藤春夫は詩人なり、何よりも先に詩人なり。」（『何よりも先に詩人』、『新潮』大正八・六・一、のち『佐藤春夫氏の事』と改題。）と明言する。その思想を彩るものはつねに一脈の詩情であり、「その詩情を満足せしむる限り、乃木大将を崇拝する事を辞せざると同時に、大石内蔵助《くらのすけ》を撲殺するも顧る所にあらず。」と言う。一身のうちに「詩仏と詩魔とを併せ蔵す」として複眼による人間透視を望む芥川だが、「詩人」たることを懸命に希求した芥川自身と、対比して考えるべき問題をそれは含んでいる。別に『最近の佐藤春夫氏』（『新潮』大正一三・三・一、のち『佐藤春夫氏』と改題）で芥川は、「到底僕は佐藤と共に天寿を全うする見込みはない」云々《うんぬん》と述べている。併せて記憶したい。久米正雄は、最も近い生涯の友である。後に芥川は、己のすべてを告白した『或阿呆《あるあほう》の一生』（『改造』昭和二・一〇・一）を久米に託しているが、そこでも「君はこの原稿の中に出て来る大抵の人物を知つてゐるだらう。」と述べているほどの深いつきあいをしている。刎頸《ふんけい》の交りというにふさわしい。だからこそ、久米を語って開口一番、「官能の鋭敏な田舎者です。」（『久米正雄氏の事』初出未詳。『点心』金星堂、大正一一・五・二〇に収める）と直言することを躊躇《ちゅうちょ》しない。久米の持つ清新な描写力や素朴な抒情味は、ある意味で憧憬《どうけい》する「田舎者」ぶりであったし、しかもその中に多分に「道楽者《ダンディ》の素質」を有していたがゆえに、「好い加減な都会人」ならぬ芥川の終生の友たり得たのだと言っていい。江口渙《かん》を『陰影に富んだ性格』（『新潮』大正八・一一・一、のち『江口渙氏の事』と改題）の所有者として解明するために、自身言うように「人の印象」の中でこれまでにない筆を費やしている。とかく誤解されやすい江口を、論理より直観で押してゆく創作家のタイプとしてとらえているあたり、その本質を見抜く目が光っている。類は友を呼ぶ。漱石の死を見送る芥川をとらえて江口が、「この葬儀で一とうふかい悲しみに打たれたのは、弟子の中のだれよりも芥川ではないだろうか。」（『わが文学半生記』）と述べていたことが思い合わされる。「生面の間柄」（『常磐木』に『大須賀乙字氏を憶《おも》ふ』と題して掲載されたというが未詳。）と言っていい亡き大須賀乙字の律儀さに頭を垂れて「凍《い》てつくやうな心」を語る芥川や、「二種の流俗が入り交つた現代の日本に処する」（『神経衰弱と桜のステッキ』、『中央美術』大正九・六・一、のち『近藤浩一路氏』と改題）心構えを近藤浩一路に説く芥川が登場する。「長所十八」を並べて南部修太郎を伝える筆とともに、芸術家として、家庭人として心する芥川が読み取れる。「突兀《とっこつ》たる」風景のうちに「近代の風に神経を吹かれた」(『外貌と肚の底』、『中央美術』大正一〇・三・一、のち『小杉未醒氏』と改題)小杉未醒を見る目も同じである。鷗外を追想して『森先生』(『鷗外先生の事』、『新小説』臨時号、大正一一・八・一、のち改題)という一文がある。山宮允《さんぐうまこと》と観潮楼を訪ねた折の快活な印象や、漱石の葬儀の際に接したときの立派な風貌などが、簡潔な筆に生かされて、ヴィヴィッドに鷗外像を刻む。一高時代からの親友恒藤恭《つねとうきょう》(『恒藤恭』、『改造』大正一二・一〇・一、のち『恒藤恭氏』と改題)を、秀才として、詩人として、論客として、また謹厳の士として伝えながら、久米や菊池ほか、学生生活を共にした時代の若い群像の点描が楽しい。文語調の地の文に、「しないのぢやない、出来ないのだ。」といった俗語調の混入が、その楽しさを増している。健康な青春期の回想に、心和むいっときの芥川が髣髴とする。諧《かい》謔《ぎゃく》を喜ぶ一面をうかがわせるが、それは再度久米を語るに「―仿《なら》う久米正雄文体―」(『一家の風格が出来た』、『新潮』大正一三・一・一、のち『久米正雄―倣久米正雄文体―』と改題)と副題するあたりにも見られる。「……新しき時代の浪曼主義者《ロマンチシスト》は三汀久米正雄である。(中略)私は殊に、如何なる悲しみをもおのづから堪へる、あはれにも勇ましい久米正雄をば、こよなく嬉しく思ふものである。」と、信頼する友を祝福する芥川には、内に苦悶を潜めつつもまだゆとりがあった。『紅薔薇《べにばら》の様なネクタイ』(『新潮』大正一三・二・一、のち『谷崎潤一郎氏』と改題)の谷崎潤一郎が登場する。谷崎との間では、後にいわゆる「小説の筋をめぐる論争」を交わすことになるが、その「喉《のど》もとに燃えたロマンティシズムの烽火《のろし》」に寄せる思いは熱かった。同時代を生きる芸術の使徒への共感が、そこにははっきりとどめられている。俳人芥川を知るに飯田蛇笏《だこつ》を忘れることはできない。「死病得て爪《つめ》美しき火桶《ひをけ》かな」の一句は、芥川の蛇笏観を根本から覆した。以後彼は蛇笏に私淑する。この蛇笏との出会いをめぐる一文(『蛇笏君と僕と』、『雲母』大正一三・三・一、のち『飯田蛇笏』と改題)は、蛇笏研究の場でもしばしば引き合いに出されることになった。久米正雄の言う微苦笑を微哀笑に代えて江戸っ児《こ》久保田万太郎を評した芥川は、自らは「江戸つ児の資格を失ひたる、東京育ちの書生なり」(『微哀笑』、『新潮』大正一三・六・一、のち『久保田万太郎氏』と解題)とし、しかも万太郎の小説戯曲を敬愛すること人後に落ちないと言う。掬《きく》すべき発言として記憶にとどめたい。聡明・多感の人として宇野浩二を見、その喜劇的精神に触れて「いざ子ども利《と》鎌《がま》とりもち宇野麻呂《うのまろ》が揉《も》み上げ草を刈りて馬飼へ」(『格さんと食慾』、『新潮』大正一三・八・一)の一首を添える。その諧謔は、万葉集巻十六に通ずる。広く古典を享受した芥川におけるこの

巻十六との邂逅は、芥川研究のための新視点たるを失わない。室生犀星は、「ちゃんと出来上《あが》つた人」(『出来上った人』、『日本詩人』大正一四・一・一)として芥川の前に屹立《きつりつ》する。「魚眠洞の洞天に尻《しり》を据ゑてゐる」犀星を知った幸福感は、犀星、朔太郎、芥川といった「詩人」のつながりを思わせて問題を投じている。編集者滝田哲太郎についても重ねて書いている(『滝田哲太郎君』、『サンデー毎日』大正一四・一一・一五、『滝田君と僕と』、『中央公論』大正一四・一二・一、のち『滝田哲太郎氏』と改題)。原稿を書かせる名人と言われた滝田の恩恵を感謝する。前借のために滝田の家を訪ねたこともあると言う。芥川の生活の一端をのぞかせる話である。また、書画骨董《こっとう》を愛した滝田に学んでいる、文人芥川の横顔がうかがわれる。多分、初見は漱石の宅であったろうと回想する滝田の死を知って、犀星と一緒に弔問するが、その顔を見て深い落莫《らくばく》を感ずる。しかもそれは、あれほど熱烈に生活した人は滅多にいないのではないかという、その「大きい情熱家」を失った衝撃ゆえだった。芥川の生への思いにかかわって忘れられない述懐である。漱石に多くの書をねだった滝田の紹介(『夏目先生と滝田さん』初出未詳。大正一四・一一(推定))に続いて、いよいよ『夏目先生』(初出未詳)である。これは談話筆記だが、人物評・人物記の中で最も長いものである。まさにただ

一人の「先生」と言っていい漱石のエピソードやプロフィールを、深い敬愛と追慕の心で伝えている。漱石を知る上でも欠くことのできない記録である。『鴨《かも》猟』(『桂月』大正一五・一・一)にかかわって人間大町桂月が、『剛才人と柔才人と』(『新潮』大正一五・四・一)の対比の中で佐佐木茂索や小島政二郎が語られ、そして島木赤彦を斎藤茂吉に伴われて『アララギ』発行所に見舞ったときの様子がつづられる。お茶うけのはなはだ小さい蜜柑《みかん》に『アララギ』らしい親しみを感じ、大往生だったと書く茂吉の『赤彦終焉《しゅうえん》記』に、むしろ「愴然《そうぜん》の感」を得たと言うことばに、死に近い大正十五年の芥川がしのばれる。「魂はいづれの空に行くならん我に用なきことを思《も》ひ居《を》り」という赤彦の述懐が、そのまま「病中の僕の心もちである。」(『島木さんのこと』、『アララギ』大正一五・一〇・一〇、のち『島木赤彦氏』に改題)と結んだ芥川に、あらためて惻然《そくぜん》たる思いを禁じ得ない。「千八百九十年代の芸術的雰囲気の中に人となつた」芥川は、「韻律」の問題を介在させて佐藤春夫と対比しつつ萩原朔太郎を説く。人物評・人物記の中で、その人と作品に、その思想と感覚に最も直截に斬り込んで書かれたものと言っていい。朔太郎が、今日の詩人よりもむしろ「明日《みょうにち》の詩人たちに大きい影響を与へるであらう。」(『近代風景』大正一六《ママ》・一・一)と予見した芥川の慧眼《けいがん》が強く印象づけられる。作家犬養健の存在を確認し、そして「内田百間《ママ》氏を顧みざるは何故ぞや。」と訴えて『冥途』を称揚する芥川――。最後となったその人物記(『文芸時報』昭和二・八・四)を、「単に友情の為《ため》のみにあらず、真面目に内田百間氏の詩的天才を信ずるが為に特にこの悪文を草するものなり。」と芥川は結んだ。死を決意した中で、この筆は異様なほどに厳しく強い。もはやここには遊びはない。うつつの生命を越えて、詩神に迫る鬼気をさえそれは感じさせる。多くの人物評・人物記をしめくくるにふさわしく、人および芸術家として芥川がいかに生きたかを、最もよく逆照射するものであった。対極に立つと見ていい岩野泡鳴を語って、「殆ど荘厳な気がする位、愛すべき楽天主義者だつた。」(『岩野泡鳴氏』初出未詳)と言っていたことが、きわやかな対照をなして思い合わされる。

(榎本隆司)

人文《じんぶん》　月刊雑誌。大正五・一～大正八・三(一九一六～一九一九)。発行所は樗牛会事務所。「発刊の辞」として「樗牛会同人は忌憚《きたん》なく遠慮なく各自の所信と抱負とを思ふ儘に吐かんが為《ため》に、此《ここ》に本誌を発刊す。」という刊行の動機が書かれている。芥川は大正五(一九一六)年八月号に『野呂松《のろま》人形』、大正七年一月に『英雄の器』、大正八年一月に芥川龍之助《ママ》で『樗牛の事』を載せている。

(菊地　弘)

新村《しんむら》出《いずる》　明治九・一〇・四～昭和四二・八・一七(一八七六～一九六七)。言語学者・随筆家・文学博士。重山と号す。山口県生まれ。帝国大学文科大学(東大文学部の前身)博言学科卒業後、明治四〇(一九〇七)年からのヨーロッパ留学で、言語学理論を学び、それに基づいた国語の研究で実証主義的立場を貫き、日本の国語学の基礎を築いた。言語学・国語学の幅広い研究を行い、日本語の系統の研究について優れた見解を示す一方、国語の史的研究にも力を注ぎ、国語音韻史や中世近世の国語の研究に優れた業績を残した。また、明治四〇年代に始めた南蛮研究では、典籍の考証、原文の翻字などのほか、文化史的な考察も多く、近代南蛮文学研究のさきがけをなし、『南蛮記』『南蛮更紗《さらさ》』『琅玕記《ろうかんき》』『東方言語史叢考』等の著書がある。昭和三一(一九五六)年文化勲章受章。また、編著に『広辞苑』がある。芥川の『奉教人の死』の文体は、新村出の『南蛮記』(大正四・八)所収の「南蛮本平家物語抄」を参照したものと思われる。

(片岡　哲)

新理《しんり》知(智)派《ちは》　文学史の上で大正中期の文壇に登場して活躍した芥川龍之介、菊池寛、久米正雄、豊島《とよしま》与志雄らの主として『新思潮』に拠った作家たちに与えられた呼称。新思潮派、新技巧派、理知派などとも呼ばれる便宜的な呼称で、特定の主義や主張をもった文学流派ではない。大正の中期に至って第一次大戦（大正三年〜七年）後の深刻な経済不況と労働運動がしだいに高揚する中で「白樺」派の理想主義や楽天的ヒューマニズムは急速に力を失い、代わって芥川らの新理知派が文壇に新風を吹きこむことになる。彼らは現実を理知的に認識し自然主義や「白樺」派の無技巧と平板さに対して技巧や機知を重視し、作品の題材、形式、構成、文体、心理の分析、描写に新生面を開いた。芥川はその代表で題材において『今昔物語集』の発見を初めとして古今東西に材源を求め、驚くべき博識と理解力と巧みな構成力によって短編小説の可能性を追求し、面目を一新した。

（鷺　只雄）

新緑の庭《しんりょくのにわ》　⇩**野人生計事**《やじんせいけいのこと》

塵労《じんろう》　小説。大正九（一九二〇）年八月一日発行の雑誌『電気と文芸』第一巻第一号に、「極《ごく》短い小説二種」の総題で「秀吉と神と」と共に発表。『湖南の扇』（文芸春秋社、昭和二・六・二〇）に収録。私が、出版社に勤めている知人の田崎に、旅行したいので前借したいがと話すと、田崎は、自分は旅行なぞしたことがないからと羨んだ。ところがその田崎は、今度旅行案内を作るという。このちょっとした矛盾の面白さだけがこの小説の眼目である。

（石原千秋）

秦淮の夜《しんわいのよる》　谷崎潤一郎のルポルタージュ。大正八（一九一九）年二月、雑誌『中外』に発表。大正六（一九一七）年四月『ハッサン・カンの妖術』を発表した谷崎潤一郎は、その前後から作家としての転換期にさしかかったことを意識したらしく、エキゾティックな題材を取り上げる傾向があった。その異国趣味はやがて彼を現実に海外旅行させるに至った。大正七年一月から一二月へかけての朝鮮・満州（中国東北部）・中国旅行がそれである。そのルポルタージュの中に『秦淮の夜』と、その続稿である『南京《ナンキン》希望街』（『新小説』同年・三）があった。南京の中華料理店と魔窟《まくつ》の探訪記である。芥川は『南京の基督《キリスト》』の後記に「本篇を草するに当り、谷崎潤一郎氏作『秦淮の一夜』に負ふ所尠《すくな》からず。附記して感謝の意を表す。」と記した。魔窟のイメージは、確かに谷崎のルポの雰囲気から触発されたと考えられる。しかし、ストーリーは全く別なので、芥川の創作か、あるいは、他の材源を借りているはずである。

（塚越和夫）

す

水滸伝《すいこでん》　中国、四大奇書の一つ。施耐《したい》庵《あん》の作とも、施耐庵の作を羅貫中《らかんちゅう》が改訂したものとも言われ、作者ははっきりしていない。『宋史』その他に材を得て作られた、宋江を中心とする一〇八人の豪傑が繰り広げる物語。七〇回本、一〇〇回本、一二〇回本があり、馬琴と蘭山《らんざん》の編訳にかかる『新編水滸画伝』が広く日本で行われていた。芥川は『愛読書の印象』（『文章倶楽部《クラブ》』大正九・八）で『西遊記』の次に挙げている。

（山敷和男）

随筆《ずいひつ》　芥川は『野人生計事』（『サンデー毎日』大正一三・一）中の「清閑」で、随筆について以下のように叙している。すなわち、随筆は「清閑の所産である。少《すく》くとも僅に清閑の所産を誇つてゐた文芸の形式である。」と定義し、さらにその「在来の随筆」を、「第一は感慨を述べたもの」「第二は異聞を録したもの」「第三は考証を試みたもの」「第四は芸術的小品」というふうに四種類に分け、その「在来の随筆」の、最もよき手本として森鷗外の『観潮楼偶記』(『月草』春陽堂、明治二九・一二・一八)と永井荷風の『断腸亭雑藁《ざつこう》』(籾山《もみやま》書店、大正七・一・二)の名前を挙げている。以上の「在来の随筆」に対して「大正十二年の三四月以後の今人」の随筆を「新らしい随筆」と規定し、さらにまたそれについて「清閑を得ずにもさつさと随筆を書き上げるのである。いや、清閑を得ずにもではない。寧《むし》ろ清閑を得ない為《ため》に手つとり早い随筆を書き飛ばすのである。」と述べ、また「新らしい随筆とは何であるか？ 掛け値なしに筆に随《したが》つたものである。純乎《じゅんこ》として純なる出たらめである。」と強い調子で断定しているのである。ところでかように芥川が大正一二(一九二三)年を境として随筆を二つに分けたのは、同年に『文芸春秋』(一月)『随筆』(一一月)がそれぞれ創刊されて商業ジャーナリズムにおける随筆の需要が一挙にふえたことが彼の念頭にあったからだと推測される。芥川は、生前、四冊の随筆集を刊行している。すなわち、第一随筆集『点心』(金星堂、大正一一・五・二〇)、第二随筆集『百艸《ひやくそう》』(新潮社、大正一三・九・一七)、第三随筆集『支那《シナ》游記《ゆうき》』(改造社、大正一四・一一・三)、第四随筆集『梅・馬・鶯《うぐいす》』(新潮社、大正一五・一二・二五)である。これらの収録作品は、合計一五三編で、重複作品を除くと、一二三編となる。また芥川の、随筆についての概念はそうとう幅広く、『梅・馬・鶯』の「目録」によれば、「小論文」「小品」「紀行」「観劇記」「人物記」「澄江堂雑記」「序跋《ばつ》」「書籍批評」「翻訳」「発句」「短歌」の各一一分野に及んでいてまさに「短篇以外のもの」(『梅・馬・鶯―小序』)をすべて随筆と観じていたと言える。さらに彼は随筆の本質について、「小説や戯曲を飯とすれば、これらの随筆は点心に過ぎぬ。」(『点心―自序』)としつつ、点心(焼き餅《もち》)を食べた客がたちまち驢馬《ろば》に変じたという中国の説話を引用したあとで、「吾家《わが》の閑点心を食つたものも、或《あるい》は驢馬に変ずるかも知れぬ。しかし手前味噌《みそ》を揚げさせれば、或は麒麟《きりん》に変ずるかも知れぬ。」(同)と述べて自らの抱負を語っている。ところで、こういった随筆の形式と本質についての芥川の考え方はむしろヨーロッパのカテゴリーに近く、また彼の随筆は、それにふさわしい東西にわたる学識や鋭い機知などに支えられていて全く独自なものである。吉田精一は『芥川龍之介Ⅱ』(『吉田精一著作集2』桜楓社、昭和五六・一一・一二)で、「小品類にないペダントリイ」が目につき、「彼の旺盛な知識欲と、学才」を物語っているようであるけれども、その臭味《くさみ》は『骨董《こっとう》羹《かん》』に最も強く、『雑筆』『点心』『澄江堂《ちょうこうどう》雑記』などもいく分ともその系統に属していて「好意を以《もっ》て見れば、彼生来の読書癖、勉強癖のはけくちを随筆に見出したものというべきであろう。同時に又この衒学《げんがく》癖は江戸文人の随筆類の顰《ひそ》みにならったものでもある」と書いている。しかし、前述の随筆集の諸本に重複して収められた『澄江堂雑記』などは、最も評論の形式に近い随筆であって、「一大雅《たいが》の画《え》」以下の各章は、芥川の文学、芸術、人生などの各観を端的に表していて芥川研究の上でもきわめて貴重な文章と言ってよい。そしてさらにこのあと、彼は、随筆で『侏儒《しゅじゅ》の言葉』(『文芸春秋』大正一二・一～一四・一一、単行本は文芸春秋社出版部、昭和二・一二・六)、『澄江堂雑記』(『文芸春秋』大正一四・一二、一五・一、筆者注、前の『澄江堂雑記』の続き)、『追憶』(『文芸春秋』大正一五・四～昭和二・二)などを発表した。この中でとりわけ『侏儒の言葉』は、「断章の最も凝縮した型というべきアフォリズム」(荻久保泰幸「随筆」、菊地弘・久保田芳太郎・関口安義編『芥川龍之介研究』)の、「新らしい随筆」と呼ぶべきであろう。

〔**参考文献**〕高田瑞穂「芥川の随筆について―『澄江堂雑記』のこと」(『国文学』昭和三一・二)、三好行雄『芥川龍之介論』(筑摩書房、昭和五一・九・三〇)、荻久保泰幸「随筆」(菊地弘・久保田芳太郎・関口安義編『芥川龍之介研究』明治書院、昭和五六・三・五)、吉田精一『芥川龍之介Ⅱ』(『吉田精一著作集2』桜楓社、昭和五六・一一・一二)

(久保田芳太郎)

随筆《ずいひつ》　文芸雑誌。大正一二・一一～一三・一二(大正一三・二休刊)(一九二三～一九二四)。全一二冊。編集兼印刷人牧野信一。随筆発行所（随筆社）発行。編集同人として水守亀之助・久米正雄・中村武羅夫・佐佐木茂索らが参加。表題通り随筆を中心とした雑誌である。芥川は創刊号から大正一三（一九二四）年三月号まで「随筆」（『澄江堂《ちょうこうどう》雑記』）を連載したほか、『不思議な島』（大正一三・一）『軽井沢日記』（大正一三・九）などを寄稿している。　（関口安義）

睡眠薬《すいみんやく》　芥川龍之介が不眠症に襲われ、睡眠薬を用いるようになるのは、大正一〇（一九二一）年の中国旅行以降のことである。この年三月下旬、芥川は大阪毎日新聞社の海外視察員として中国へ赴くが、約四か月に及ぶ旅程は無理が多く、帰国早々胃腸を病み、神経衰弱に悩まされ、その上痔《じ》にもかかるという始末であった。湯河原《ゆがわら》に静養に行き、体力は多少回復するものの「神経衰弱が癒《なほ》らないのに困つてゐます」（塚本八洲《やしま》宛、大正一〇・一〇・一二）「神経が昂《たかぶ》つてゐて睡《ねむ》りにくゝて困ります」（下島勲《いさおし》宛、大正一〇・一〇・三一）「この頃神経衰弱甚《はなはだ》しく催眠薬なしには一睡も出来ぬ次第」（薄田淳介《すすきだじゅんすけ》宛、大正一〇・一一・二四）という状態が続く。『病中雑記』（『文芸春秋』大正一五・二〜三）にも、「僕の神経衰弱の最も甚しかりしは大正十年の年末なり」とある。以後自決に至るまで、常に不眠症に悩まされた芥川は、何種類かの睡眠薬とのかかわりをもった。彼が当初用いた睡眠薬は、カルモチンおよびアダリン錠であった。双方とも白色無臭の錠剤である。通常一回〇・三〜〇・六グラムを服用する。が、芥川は「不眠症の為《ため》に〇・七五のアダリンを常用」（『病中日記』）とあるように、少々多目に服用したようだ。催眠作用は双方とも緩和であり、短時間で終わる。次にロッシュ会社製の淡黄色粉末のアロナアルを佐佐木茂索の勧めで用いるようになる。「アロナアルの効力は細く長きものと見え、翌日は一日懜々然《ぼうぼうぜん》として暮らしたり」（佐佐木茂索宛、大正一五・四・九）との書簡が残っている。また、同じロッシュ社のヌマアルという薬も用いており、「アロナアルよりもヌマアルの方が眠るのに善い」と佐佐木に書き送っている（昭和二・二・一六）。最晩年には、ヴェロナアルの常用が目立つ。自決に用いたのは、このヴェロナアルとジアールという催眠薬の混合である。ヴェロナアルの常用量は一回〇・三グラム程度でアダリンはじめほかの催眠剤と同様だが、ジアールは〇・〇五グラムが一回量とされる。強力で毒性の大きい持続性睡眠薬である。芥川はそのことを十分知って、致死量を仰いだのであった。　（関口安義）

スウィフト《すうぃふと》　Jonathan Swift　一六六七・一一・三〇〜一七四五・一〇・一九。イギリスの作家。その文章は痛烈な風刺に満ちている。『ガリヴァー旅行記』は有名。芥川は『芥川龍之介氏との一時間』（『新潮』大正一四・二）で記者に愛読書を聞かれたとき、『ガリバーの旅行記』と答え、「昔から僕は好きです」「何度読むか分らない位《くらい》読むです」と傾倒ぶりを付加し、その理由を聞かれると、「悪辣《あくらつ》な諷刺《ふうし》が非常に元気附《づ》けるんですね」「全体の空想的の空気の中に、さう云ふ事件（筆者注、小人国で火事を小便で消すことなど）を書かずには居られないスヰフトの心持は兎《と》に角《かく》僕には愉快ですね」と説明している。芥川がスウィフトの心情に親近感を持っていたことが分かる。芥川は「Yahoo《ヤフー》の牝《めす》を軽蔑したスウィフト」が「狂死」したことに触れ、「女性の呪《のろ》ひ」か、「理性の呪ひ」かと推測している（『侏儒《しゅじゅ》の言葉—女人崇拝』）。『河童《かっぱ》』は『ガリヴァー旅行記』を意識しつつ、書かれたと見られている。　（斉藤英雄）

菅忠雄《すがただお》　明治三二・二・五〜昭和一七・七・九（一八九九〜一九四二）。小説家・編集者。東京生まれ。上智大学中退。父虎雄は一高ドイツ語教授、夏目漱石と親交があった。大正二（一九一三）年一一月、帝大の学生だった芥川が初めて鎌倉の虎雄を訪ねたときに、面識を得る。とくに海軍機関学校の教官として、芥川が鎌倉に下宿してからはよく往来し、その影響から文筆生活を志した。この間の経緯は、忠雄の追悼文「追悼を書くとは思はざりき」（『文章倶楽部《クラブ》』昭和二・九）や、回想文「鎌倉の時代を」（岩波書店版『芥川龍之介全集』月報第一号、昭和九・一〇）に詳しい。久米正雄・菊池寛らの知遇も得た忠雄は、大正一三（一九二四）年文芸春秋社に入社、のちに『文芸春秋』の編集長を務めた。作家としては『文芸時代』の創刊同人で、創刊号に『銅羅《どら》』（大正一三・一〇）を発表。作品集に平凡社版「新進傑作小説全集」第一三巻『関口次郎集・菅忠雄集』（昭和五・七）がある。　（宗像和重）

菅虎雄《すがとらお》　元治元・一〇・一八〜昭和一八・一一・一三（一八六四〜一九四三）。福岡県生まれ。帝国大学文科大学（東大文学部の前身）の創設時の独文科に学んだドイツ語学者。明治二四（一八九一）年卒業。のち、第五高等学校教授等を経て、第一高等学校教授となる。また能書家として知られる。芥川の一高の恩師であり、卒業後の大正二（一九一三）年一一月一六日、藤岡《ふじおか》蔵六と鎌倉の菅宅を訪れた際には、その書における造《ぞう》詣《けい》の深さに驚いている（恒藤《つねとう》恭《きょう》宛書簡、大正二・一一・一九）。大正五年一二月の横須賀の海軍機関学校就職を機に、芥川が鎌倉へ移転したことから往来も頻繁になり、「時々菅さんの所へ行くので少々法帖《ほうちょう》趣味を解して来た」（松岡譲宛書簡、大正五・一二・一七）と言う。以後長く親しい。第一短編集『羅生門』の題簽《だいせん》や「我鬼窟《がきくつ》」の扁額《へんがく》、「ペン皿」の「本是山中人　愛説山中話」の銘（『身のまはり』）などは菅の手になっている。なお、菅は夏目漱石の学友であり、漱石を五高に招いたのも彼である。また、高見順は『昭和文学盛衰史㈠』（文芸春秋新社、昭和三三・三）の中で、名物教授「菅虎」の風貌を伝えている。菅忠雄はその長男である。　（清水康次）

巣鴨の癲狂院《すがものてんきょういん》　松沢病院の前身の精神病院。明治一九（一八八六）年に上野から東京市小石川区巣鴨駕籠《かご》町四五番地（現、文京区本駒込二丁目一〇番地）に移った。大正七（一九一八）年ごろは東京府立巣鴨病院と言った。大正八年、現在地の東京都世田谷区に移転して松沢病院と改称。井川（恒藤《つねとう》）恭《きょう》宛書簡に「一週間程《ほど》前に巣鴨の癲狂院へ行つたら三十位の女の気狂ひが『私の子供だ私の子供だ』と云つて僕のあとへついて来た」（大正三・三・一〇）と書いている。そのあとで成瀬と医科の解剖を見に行き、土気《つちけ》色の皮膚にしたたっている朱が血のようで気味悪かったという文が続く。このくだりと『或阿《あるあ》呆《ほう》の一生』の「九死体」の死体解剖の部分を重ねて『羅生門』の構想執筆時期を探る見方もある。『河童《かっぱ》』の「序」で「東京市外××村のS精神病院を尋ねて見るが善《よ》い」とあり、筑摩版『芥川龍之介全集3』（昭和四六・五・五）の脚注に「東京市外巣鴨村にあった巣鴨精神病院、芥川は小説を書くためここを見学した。」とある。「癲狂院」を訪問する場面は『路上』に描かれており、『雛《ひな》』などにも「癲狂院」という語は出てくる。　（菊地　弘）

素戔嗚尊《すさのおのみこと》　小説。大正九（一九二〇）年三月三十日から六月六日まで『大阪毎日新聞』に四五回にわたって連載。のち新聞連載の初めから三五回分を削り、後半の一〇回分を独立させ「老いたる素戔嗚尊」と改題して、単行本『春服《しゅんぷく》』（春陽堂、大正一二・五）に収録。『素戔嗚尊』の一部が『老いたる素戔嗚尊』とされているばかりでなく、『老いたる素戔嗚尊』には、原作との間に大幅な加筆、訂正等の異同が生じている。そのために、岩波版全集（昭和五二・一一・二二、『芥川龍之介全集』第四巻所収）には二作共に別個の作品として収録されたが、本質的には一つの作品の一部が分割されているので『老いたる素戔嗚尊』を論じる場合、その初出形態たる『素戔嗚尊』を比較対照して作者の意図を探るに格好の素材となる。素戔嗚は、高天原《たかまがはら》での力競べ、恋愛、狼藉《ろうぜき》の果て、追放され、女人部族での肉欲生活を経て、出雲《いずも》で高志《こし》の大蛇《おろち》の生けにえとなる櫛名田姫《くしなだひめ》と出会う。大蛇を退治し、櫛名田姫と結婚した素戔嗚は部族の長となる。のち、妻を亡くし、娘の須世理《すせり》姫を伴って根堅洲国《ねのかたすくに》に移住する。そこへ葦原醜男《あしはらしこお》が現れ、須世理姫と恋仲になる。素戔嗚はこれを認めず、度々、醜男殺害を図るが、その都度須世理姫の妨害で失敗する。意を決した二人は、独木《まるき》舟に乗って素戔嗚のもとから脱出を図る。これを知って、素戔嗚は二人の仲を許し、舟の二人に向かって大声で祝福を与える、というのが大筋である。神話の「スサノヲの命《みこと》」が大蛇退治以外は悪役として設定してあるのに対し、芥川の描く「素戔嗚」は、力はあっても容貌醜く、思いやりの乏しい「御目出度《おめでた》く出来上《あが》つた人物」で、人から誤解されやすい人物として描かれている。芥川の『老いたる素戔嗚尊』改変への心理的経過は、新聞連載中に思い通り描けない不満を友人に洩らしている書簡（岡栄一郎宛、大正九・四・二、佐藤春夫宛、大正九・四・四等）を初めとして、その後、「廿三回から持直すつもりでゐる。さうしたら褒めてくれ給《たま》へ」（恒藤《つねとう》恭《きよう》宛、大正九・四・二八）とか「この頃スサノヲ先生も念入りに書いてゐる目下先生は太古の放《はう》蕩《たう》を始めた所だ」（南部修太郎宛、大正九・五・九）というような推移の経過として見ることができる。そして、「スサノヲも二十回位まではなぐつたがこの頃は大《おほい》に身を入れて書いてゐる」（南部修太郎宛、大正九・五・一八）と書いているように、新聞連載分の後半、「高天原」以降に自信を見せている。この自信を示した部分が後に『老いたる素戔嗚尊』として独立させられた部分である。『春服』に収められた短編一五編の内訳は王朝物四、切支丹《キリシタン》物三、開化物二、中国の怪異物一、童話一、現代物三、それに『老いたる素戔嗚尊』である。この『春服』刊行の大正一二（一九二三）年五月前後の芥川の名声は絶頂期にあり、発表時に自信がもてなかった『素戔嗚尊』をそのまま収めず、自信のもてる後半のみを、『老いたる素戔嗚尊』として改変して載せたいきさつは、芥川の芸術家的潔癖のなせる結果であったと思われる。従来の評価では、吉田精一が『老いたる素戔嗚尊』を「神々の世界を、人間の社会に引き下し、原始時代の素朴で赤裸々な人間性」を描いた作品と見（『芥川龍之介』三省堂、昭和一七・一二・二〇）、長野嘗一は「……争闘と恋愛、この二つの場面を描くに作者はとかく及び腰で、叙事詩の精彩を失うことはなはだしく、しつこくさしはさむ心理解剖や知的な分析も木に竹をついだ違和感をまぬかれず、全体としては失敗作……」で「……主人公素戔嗚尊の性格から野性の魅力がみじんも感じられない」（『古典と近代作家』有朋堂、昭和四二・四・二五）と指弾している。

【参考文献】福田恆存『芥川龍之介研究』（新潮社、昭和三二・一・三〇）、長野嘗一『古典と近代作家―芥川龍之介』（有朋堂、昭和四二・四・二五）、羽鳥徹哉「傀儡師の誤算―『素戔嗚尊』論―」（『国文学』昭和五〇・二）

（薬師寺章明）

逗子《ずし》 神奈川県東南部、三浦半島西側の相模《さがみ》湾に面した、湘南《しようなん》の観光・保養地。鎌倉、葉山とともに京浜地区の別荘・保養地から住宅都市に発展した。大正二（一九一三）年に町制、昭和二九（一九五四）年に市制を敷く。逗子の名を広めたのは、徳冨蘆花の『不如帰《ほととぎす》』（明治三二）及び『自然と人生』（明治三四）であると言われる。逗子から藤岡蔵六にあてた芥川書簡（大正三・三・六）に「三浦半島は予想以上によかった」とあるが、芥川はこのとき以来、鵠沼《くげぬま》・修善《しゆぜん》寺《じ》・上総《かずさ》一の宮などと同様、幾度も逗子を訪れている。その度毎の宿泊先は不明だが、大正五（一九一六）年三月二四日付の井川恭《きよう》宛書簡には「今日まで三日ばかり逗子の養神亭へ行つて来た」という記述が見える。また大正六年九月に横須賀へ移転した後も、「僕は小閑を得ると汽車でわざわざ逗子鎌倉へゆく」（松岡譲宛、大正六・一〇・二五）とあるように、芥川は相当にこの地を気に入っていたようである。

（栗栖真人）

篠懸《すずかけ》 芥川の愛したスズカケノキ科の落葉高木。芥川が文壇に登場した大正五（一九一六）年ごろの東京の公園や街路樹には、この木が比較的多く植えられていた。『都会で―或《あるい》は千九百二十六年の東京―』という小品で、芥川は「並み木に多いのは篠懸である」と言い、「派出所の巡査はこの木の古典的趣味を知らずにゐる」と書く。また、『東洋の秋』では、路上に明るく散り乱れる印象的な篠懸の落葉について触れている。

（関口安義）

薄田泣菫《すすきだきゆうきん》 明治一〇・五・一九～昭和二〇・一〇・九（一八七七～一九四五）。詩人・随筆家。芥川龍之介の大阪毎日新聞社社友、社員時代の同社学芸部副部長、部長。本名淳介《じゅんすけ》。岡山県生まれ。岡山尋常中学校を二年で中退。明治二七（一八九四）年上京、独学でキーツなどを学び、三〇（一八九七）年五月『花密蔵難見《はなみつにしてかくれてみえがたし》』と題するソネット一一編を雑誌『新著月刊』に発表、認められた。さらに第一詩集『暮笛集』（金尾文淵堂、明治三二・一一・二〇）を刊行、その醒《さ》めた知性味もある浪漫的詩風が世に受け入れられた。のち、大阪で文芸雑誌『小天地』の編集などに携わったが、引き続き古代憧憬《どうけい》的浪漫性を色濃く持つ詩などを発表し、『白羊宮』（金尾文淵堂、明治三九・五・七）を刊行、確固たる詩壇的地位を築いた。しかし四十年代に入ると、しだいに詩興衰え、やがて詩作を断ち、散文の世界に活路を見いだしつつ、生活上の基盤を得るため、大正元（一九一二）年大阪毎日新聞社に入社、学芸部担当となった。そして六（一九一七）年九月従来講談が中心となっていた大阪毎日新聞夕刊の小説欄刷新のため、その第一作として芥川龍之介へ原稿依頼したのが、芥川とのかかわりの第一歩となった。芥川は承諾し、その結果連載されたのが、初の新聞小説『戯作三昧《げさくざんまい》』（大正六・一〇・二〇～一一・四）であった。芥川起用の背景には「芥川の作品にあらはれてゐる（中略）その教養の深さと、俊爽《しゅんそう》の気のひらめきと、文品の高さを考へ合《あは》せるといかにも泣菫の好みにぴつたりと合致しさうな条件が揃《そろ》つてゐる」（松村緑）ことなどがあろう。ところで芥川はその連載中の一〇月二七日（推定）、薄田宛書簡四八通中、最も熱い情感に満ちた書簡を薄田に送る。「薄田さん　今日は大阪毎日の学芸部長へ書くのではありませんあなたへ書くのです」という書き出しで始まり、詩『公孫樹下に立ちて』や葛城《かつらぎ》の神から受けたかつての文学的体験を述べつつ、最近読んだ『ああ大和《やまと》にしあらましかば』に感動、「完成した芸術品は何時《いつ》までも生きる」のを実感したことを伝えている。編集者・作家との関係を越えた、芥川の薄田との幸福な出会いを読み取ることができると同時に、馬琴を題材とした芸術家小説を執筆中の芥川の内面をもうかがい知ることができよう。この芥川の熱い想《おも》いに応《こた》えるように、薄田は翌七年一月上京して、芥川に大阪毎日新聞社社友になることをすすめた。芥川は同年二月一三日付の薄田宛書簡で、他新聞へは執筆しないこと、報酬月額五〇円などの条件を出して承諾した。ところで芥川は翌八年一月、教師と作家という二重生活を脱して、作家生活に専念するため、今度は逆に薄田に対して、大阪毎日新聞社の社員にしてほしい旨の依頼をする（大正八・一・一二）。その依頼の書簡には、「私の知己としてあなたに相談する心算《つもり》も含んでゐるのです」とか、「虫の好《よ》さを承知の上であなたに相談しなければならない程作家生活の上の問題に行き悩んでゐるのです」とか、芥川の薄田に対する真率な感情も書き記されている。結果として芥川は同年三月、出勤義務なしの社員となることができた。ところでその間、薄田は大正六（一九一七）年に発病したパーキンソン氏病がしだいに悪化、一二（一九二三）年には歩行も困難になり、大阪毎日新聞社を休職になった。そのような薄田に対して、芥川は彼一流のエスプリに満ちた『人及び芸術家としての薄田泣菫氏』（『サンデー毎日』大正一三・四・二六）を捧《ささ》げ、「薄田氏の拓《ひら》いた一条の大道」が「まつ直《すぐ》にラファエル前派の峰を登り、象徴主義の原野へ通じてゐる。」などと称揚、また「薄田泣菫氏の明治三十年以来詩人、小説家、戯曲家等を作れるは枚挙すべからず。」として、「その主なるもの」にまず『芥川龍之介』を挙げた。そして薄田の大阪毎日新聞社引退に当たって、同社より『泣菫詩

薄田泣菫

集』（大正一四）、『泣菫文集』（大正一五）などが刊行されたが、芥川はその『泣菫詩集』のため、春陽堂との『二十五弦《げん》』の版権交渉に当たるなど、薄田に対する変わらぬ敬愛の情を示し続けてもいる。薄田は以後不自由な体ながら、口述筆記などによってエッセイを書き続け、『艸木虫魚』（創元社、昭和四・一）などを刊行、エッセイストとしての名を高からしめた。

〔**参考文献**〕松村緑『薄田泣菫論考』（教育出版センター、昭和五二・九）

（大屋幸世）

鈴木善太郎《すずきぜんたろう》　明治一七・一・一九〜昭和二六・五・一九（一八八四〜一九五二）。小説家・劇作家・翻訳家。福島県生まれ。明治三八（一九〇五）年早稲田大学英文科卒業。国民新聞、東京朝日新聞の記者を経て、大正一一（一九二二）年欧米遊学、以後、新劇運動とモルナールの紹介に半生を注いだ。小説家としては、大正七（一九一八）年一月短編小説集『幻想』（万朶書房）を刊行したころが最も注目され、この年菊池寛・野村愛正とともに新進作家として記憶された。芥川は、『鈴木君の小説』（初出未詳、昭和九〜一〇年発行の『芥川龍之介全集』の文末日付に「（大正七年九月）」とある。）の一文を草し、鈴木の作風を「自然主義以後の文壇の傾向を善い方面も悪い方面も代表してゐる」と言い、「ポイントのないものは殆《ほとんど》一つもな」いが、そのポイントが「君の人生観なり世界観なりに、深い根ざしを下《おろ》してゐると思はれない事も少《すく》なくない」と批判する。

（塚谷周次）

鈴木三重吉《すずきみえきち》　明治一五・九・二九〜昭和一一・六・二七（一八八二〜一九三六）。小説家・童話作家。芥川龍之介が兄事した夏目漱石門下の先輩。広島県生まれ。広島県立一中、三高を経て、東京帝国大学文科大学英文科卒業。明治三七（一九〇四）年九月東大英文科に入学、在学中から漱石に親炙《しんしゃ》した。明治三九年五月、漱石の推挙で『千鳥』を『ホトトギス』に、四〇（一九〇七）年一月、『山彦』を同じく『ホトトギス』に発表。さらに同年四月、処女短編集『千代紙』（俳書堂）を刊行して文名大いに上がり、新進作家としての地位を確立した。以後、新鮮な感覚的表現にみちた浪漫主義文学を展開し、『小鳥の巣』『返らぬ日』（のち『瓦《かわら》』）『桑《くわ》の実』『八の馬鹿』などの名作を残す。大正五（一九一六）年、「世界童話集」の一冊として『湖水の女』をかわきりに次々と西洋童話の紹介と出版を試み、七年七月、「芸術として真価ある純麗な童話と童謡を創作する、最初の運動」というべき雑誌『赤い鳥』を創刊、児童文学の世界に「清新なリアリズムと芸術的な芳香」（小宮豊隆《とよたか》）を吹き込み、大正・昭和期の児童文化界に多大の貢献をした。芥川とは大学英文科の先輩後輩の関係のみならず、漱石門下の兄弟子として芥川の文学的出発やその創作活動に少なからぬ影響を及ぼした。大正五年九月、『芋粥《いもがゆ》』が『新小説』に発表されたのは、編集者としての三重吉の手腕であった。当時、三重吉は『新小説』の編集顧問をしており、『鼻』を書いた芥川の才能をいち早く認めたからである。これにより芥川は文壇の檜《ひの》舞台《き》におどり出、将来の活躍を確約された。そういうこともあって、『赤い鳥』運動には芥川も協力を惜しまなかった。同誌に児童文学の古典と言うべき『蜘蛛《くも》の糸』（大正七・七）や『杜《と》子《し》春《しゅん》』（大正九・七）をはじめとして、『犬と笛』（大正八・一）『魔術』（大正九・一）『アグニの神』（大正一〇・一〜二）などの童話を寄稿し、芥川文学の新しい一面を拓くことになったのは、三重吉の熱意にみちた童話執筆の勧めが大いにあずかっている。芥川の三重吉文学に対する総合的な評価はいまひとつ不明瞭《めいりょう》だが、初期のロマンチックで独特な夢幻的世界を払拭《ふっしょく》し、青年の先鋭な神経や暗鬱《あんうつ》な心情をねばっこく描いた『小鳥の巣』（『国民新聞』明治四三・三・三〜一〇・一四）については関心が深かったようである。『大正八年度の文芸界』（『毎日年鑑』大正九・一）では、『小鳥の巣』を「気分本位の色彩」を帯びた「唯美的傾向に富んだ作品」と位置づけ、上田敏の『渦巻』、谷崎潤一郎の『刺青』、永井荷風の『冷笑』とともに列挙しており、また『近代日本文芸読本』（興文社）の第三集に『小鳥の巣』の一部を採用するに際しては、次のような書簡を三重吉に送っている。

「十吉が万千子と喧嘩《けんくわ》をして外へ出てかへって来る、それを万千子がむかへに出る所をとつたのですが、あすこには全集にも『のい十さん、屋根の燕《つばめ》がのい』と言ふ言葉があります。小生は昔よりあの一段を愛読し、今日もなほ愛読してゐます。どうか今度は小生の我儘《わがまま》を通させ、あの一段にさせて下さい。あの一段は小生の過去の記憶がまとひついてゐるせゐか、どうも割愛する気になりません。実は御手紙を頂いた後、『桑の実』のみならず、外にシルシをつけて置いた作品もよみかへしたのですが。」（大正一四・五・一三）三重吉の芥川宛書簡が残存していない現在、三重吉が何に拘泥《こうでい》したのか不明だが、この書簡には芥川の『小鳥の巣』への愛着ぶりがあふれていて興味深い。井川（恒藤《つねとう》）恭《きょう》宛書簡には「新聞は国民で三重吉の桑の実を毎日おもしろくよんでゐる」（大正二・八・一六）とあり、『桑の実』（『国民新聞』大正二・七・二五～一一・一五）に対しても敬愛していたらしいが、それ以上に芥川文学とは異質の個性をもった『小鳥の巣』には個人的な関心を寄せていた。

鈴木三重吉

〔**参考文献**〕小宮豊隆『漱石寅彦三重吉』（岩波書店、昭和一七・一・二五）、小島政二郎「鈴木三重吉」（『鷗外荷風万太郎』文芸春秋新社、昭和四〇・九・五）、桑原三郎『「赤い鳥」の時代―大正の児童文学』（慶応通信、昭和五〇・一〇・二〇）、根本正義『鈴木三重吉の研究』（明治書院、昭和五三・一一・二五）

（石崎　等）

捨児《すてご》　小説。大正九(一九二〇)年八月一日発行の雑誌『新潮』に発表。第五短編集『夜来の花』(新潮社、大正一〇・三・一四)に収録。初出・初刊の間に大きな異同はない。初対面の客は次のような話を私に語った。明治二二年の秋、浅草永住《ながすみ》町の信行寺《しんぎょう》の門前に男の子が一人捨てられた。当時の住職田村日錚《にっそう》老人は、もと深川の左官だったでんぼう肌の畸人《きじん》で、捨て子に勇之助《ゆうのすけ》という名をつけ、わが子のように育て始めた。生みの親に会わせたいと、豪傑じみていても情に脆《もろ》い日錚和尚は、説教で親子の恩愛についてたびたび語った。明治二七年の冬、母親と名のる女が涙ながらに勇之助を引き取り、針仕事を教えてその子を育て上げた。その捨て子が、客の松原勇之助であった。勇之助の母は一昨年亡くなったという。母の亡くなる前年、ひょんなことから勇之助は、母が実の母でなく、嘘《うそ》をついて自分を引き取って育てたことを知った。それを知り、勇之助は、「母は捨児の私には、母以上の人間」になったと言う。それを聞いて、聞き手の「私《わたし》」は、勇之助を「彼自身子以上の人間」だと思うのだった。芥川は、「新潮の僕の小説南部のなどとは品が違ふと思ふが如何《いかん》」（滝井孝作宛書簡、大正九・八・九）と自信のほどを示す。吉田精一は「残酷な事実を互いに隠しあう母子を描いている。（中略）こゝでは作者が、美しい夢に泥水をかけてさますことを否定している。むしろ真実を隠蔽しても、対手の気持をいたわる人情に、同感をもとうとしている」（『芥川龍之介』）とし、『南京《ナンキン》の基督《キリスト》』や『或敵討《あるかたきうち》の話』と「作品の基調に於《お》いて共通なものがある」（同）と言う。菊地弘は「個を捨てて説教の説くように生きなさい、そしてそれを信じて一層励みなさい」という「人間のもつ素朴さへの発見に感動」（「芥川・短篇集の分析『夜来の花』」、『国文学』昭和五二・五）した作だとする。母の行為も大切だが、勇之助の「母以上の人間」という受け取り方、「私」の「子以上の人間」というとらえ方に、芥川の感動の発露をみたい。芥川自身の〝捨子〟体験もモチーフの一つであろう。

（渡部芳紀）

ストリントベルグ（ストリントベリイ）《すとりんとべるぐ（すとりんとべりい）》　ストリンドベリイ。Johan August Strindberg 一八四九・一・二二〜一九一二・五・一四。スウェーデンが生んだ世界的文豪。強烈な個性と先鋭な批判精神をもち、世紀末の、苦悩する人間像を描き、作風は自然主義(現実主義)から神秘主義(象徴主義)へと移った。芥川は高等学校の卒業前後からストリンドベリイに傾倒して深く影響された。そして彼はそのときの経緯を、「読んだ本の中で、義理にも自分が感服しずにゐられなかつたのは、何よりも先《まづ》ストリントベルグだつた。その頃はまだシエリングの訳本が沢山あつたから、手あたり次第読んで見たが、自分は彼を見ると、まるで近代精神のプリズムを見るやうな心もちがした」(『別稿・あの頃の自分の事』)と叙してストリンドベリイに深い共感を示した。そしてまた、芥川は生涯にわたって、ストリンドベリイの、家族にも「反叛《ばん》」(『西方の人』)した反逆思想、「型《マニイル》」(『手巾《ハンケチ》』)を批判した近代精神、「自殺未遂者」(『河童《かっぱ》』)としてのニヒリズムなどを熱っぽく追究したのであった。 (久保田芳太郎)

せ

生活的宦官《せいかつてきかんがん》 「宦官」は、昔、東洋諸国、特に中国で、後宮に仕えた去勢された男の役人のことだが、芥川は、それに「生活的」という形容をつけ、『或阿《あるあ》呆《ほう》の一生』の中で使用した。「四十五 Divan」に「——彼はディヴァンを読み了《をは》り、恐《おそろ》しい感動の静まつた後、しみじみ生活的宦官に生まれた彼自身を軽蔑《けいべつ》せずにはゐられなかつた。」とある。つまり、自分の理知に比べて生命力があまりにも貧弱であるというほどの意である。 (塚越和夫)

世紀末《せいきまつ》 十九世紀末のフランスにおいて、写実的なナチュラリスムや楽天的なパルナシアンの行き詰まりから、懐疑的、耽美的、頽廃的、鬱《うつ》的、逃避的な風潮を生じた。ボードレール、リラダン、ベルレーヌ、マラルメらにその傾向が認められ、イギリスではワイルド、ドイツではニーチェやショーペンハウアーの影響も受けたシュニッツラーらがその代表である。龍之介は『或阿《あるあ》呆《ほう》の一生』で新本を探す中に「モオパスサン、ボオドレエル、ストリントベリイ、イブセン、シヨオ、トルストイ」を挙げ、「そこに並んでゐるのは本といふよりも寧《むし》ろ世紀末それ自身」だとし、「ニイチエ、ヴェルレエン、ゴンクウル兄弟、ダスタエフスキイ、ハウプトマン、フロオベエル」を挙げ、「人生は一行のボオドレエルにも若《し》かない。」と述べた。「最も芸術的な時代」とする「千八百九十年代の芸術的雰囲気の中に人となつた。」(『萩原朔太郎君』)と精神の軌跡を述べる龍之介は『仏蘭西《フランス》文学と僕』『Gaity 座の「サロメ」』『大導寺信輔《だいどうじしんすけ》の半生《はんせい》』『闇中《あんちゅう》問答』『歯車』『或旧友へ送る手記』などで、世紀末の文学者に言及している。 (長谷川泉)

井月《せいげつ》 文政五?〜明治二〇・三・一〇(一八二二?〜一八八七)。俳人。本名井上克三。越後《えちご》長岡の武家の出という。幕末から伊那に住みつき、美篶《みすず》村の塩原家に入籍もした。晩年の井月を幼時に見た下島勲《いさおし》によって芥川はその人物と作品とを知り、『雑筆』(『人間』大正九・一一)中に犬嫌い以外に「伝を詳《つまびらか》にせず」としながらもその「拓落たる道情」を認め、「落栗《おちぐり》の座をさだむるや窪《くぼ》たまり」「何処《どこ》やらで鶴《つる》の声する霞《かすみ》かな」等の句を挙げた。下島編『井月句集』(空谷山房、大正一〇・一〇)の『跋《ばつ》』で、時機に恵まれず佳句も多くはないが、「古俳諧《はいかい》」すなわち蕉風《しょうふう》の余香を残すものと見、書技の卓抜、精神の生死を超脱した境地を指摘した。北信に旅した井月を、芥川は「木曾《きそ》へは少くも三度行つてゐる」（小穴《おあな》隆一宛書簡、大正一〇・一二・二）と書いて、『庭』（『中央公論』大正一一・七）でその辺の旧家に出入りする「乞食宗匠の井月」を登場させ、発句をも記している。　（田所　周）

井月句集《せいげつくしゅう》　正しくは『井月の句集』。下島勲《いさおし》編、空谷山房、大正一〇（一九二一）年一〇月二五日刊、四六判、箱付き。筆跡写真一五葉、全百八〇頁。実弟五山（本名は富士）と集めた井上井月の俳句一〇二九（内二百数十は竄入《ざんにゅう》句）、連句五、文章三、書簡一を収め、略伝・奇行逸話を付す。装丁は香取秀真《ほずま》・北原大輔《だいすけ》・虚子《きょし》・鳴雪・鼠骨《そこつ》・碧童《へきどう》の題句、芥川の跋《ばつ》文。なお下島・高津才次郎編の増補『漂泊俳人井月全集』（白帝書房、昭和五・一〇・一五）・増補改訂版再版（伊那毎日新聞社、昭和四九・一一・二五）がある。　（町田　栄）

「井月句集」の跋《「せいげつくしゅう」のばつ》　跋文。下島勲《いさおし》編『井月の句集』に掲載。大正一〇（一九二一）年一〇月二五日発行。のち『点心』『梅・馬・鶯《うぐいす》』に収録。増補版『井月全集』（下島勲・高津才次郎共編、白帝書房、昭和五・一〇・一五）に収められ、また増補改訂版再版『井月全集』（下島・高津共編、伊那毎日新聞社、昭和四九・一一・二五）巻末に収められた。井上井月（文政五（一八二二）？―明治二〇（一八八七））が信州漂泊中に遺した俳句一四〇〇句以上を、芥川の主治医で俳人でもある下島勲が集めたもので、芥川はこの句集に力を入れ、その附記・跋の体裁や校正のことなどを滝井孝作に依頼し（大正一〇・一〇・一書簡、一〇・八絵葉書）、句集の成ったときは、下島宛に「月の夜の落栗拾ひ尽しけり」の句を送っている（大正一〇・一一・四書簡）。　（井上百合子）

聖書《せいしょ》　⇩**芥川と聖書**《あくたがわとせいしょ》

西廂記《せいそうき》（せいしょうき）　元代の戯曲の名。唐代の元稹《げんしん》の『鶯鶯《おうおう》伝』に基づいた作。直接には金の董《とう》解元の『董西廂』により雑劇に改変したもの。作者は王実甫《じつぽ》。（第五本は関漢卿《かんかんけい》の続撰）。芥川は「小説を書き出したのは友人の煽動《せんどう》に負ふ所が多い」（『新潮』大正八・一）で、「高等学校から大学に進むと、小説は支那《シナ》のものに移つた」として、その中の一冊にこの書を挙げているし、『支那游記《ゆうき》』（改造社、大正一四・一一・三）でも引用している。　（山敷和男）

青年会館《せいねんかいかん》　イギリス人、ウィリアムズが創立したキリスト教青年会が、その教化活動として建設した会館。日本では明治一三（一八八〇）年、東京の神田に出来た青年会館を言う。現在、千代田区神田美土代町七番地にある東京ＹＭＣＡがそれである。映画会、音楽会、講演会が行われた。芥川は最初の講演会を大正八（一九一九）年一一月八日に東京日日新聞主催で菊池寛、片上伸《のぶる》などと一緒にここで行ったと言われているが、衛生会館（大手町）という説もあり詳かでない。また、大正一一（一九二二）年四月一三日にはイギリス皇太子来朝記念英文学会で「ロビン・ホッド」という演題で講演した。青年会館での音楽会や映画会にも行ったことがあるらしい。例えば「今日も青年会館に音楽会がある」（山本喜誉司宛、明治四三・四（日にち未詳））や『田端《たばた》日記』に出てきているところから分かる。　（矢島道弘）

青年と死と《せいねんとしと》　戯曲。大正三（一九一四）年発行の『新思潮』第一巻第八号に「（戯曲習作）」として、柳川《やながわ》隆之介の署名で発表された。単行本には収められなかった。当時の芥川には戯曲の未定稿が幾編かあるが、発表されたのはこれだけである。末尾に「龍樹菩薩《ぼさつ》に関する俗伝より」と注記されている。芥川が参照した可能性のあるものは『今昔物語集』『三国伝記』等である。『今昔物語集』巻四第二四「龍樹、俗の時、隠形の薬を作る語《こと》」は、龍樹が外道の法を学んで隠形の薬を作り、三人で後宮に忍び入って、多くの后妃《こうひ》を犯した物語である。国王の発案で王宮の内部に隙なく粉をまいて、足跡を頼りに追いたてられたため、二人は斬られ、龍樹のみ、后の御裳の裾《すそ》にかくれて助かったのである。芥川はこれを変形して、「欺罔《ぎもう》」と「快楽」、死と生の問題を追究する、シムボリックな思想劇に作りあげた。Ａ・Ｂ二人の青年は、かつては生だの死だのについてさかんに論じ、

「唯一実在」とか「最高善」とかいう言葉に食傷していたが、すべての道徳や思想に疑いを抱き、あらゆる「欺罔」を破るために「快楽」を求めた。二人は姿の見えなくなるマントルを身につけて夜毎に後宮に忍びこみ、多くの妃たちを犯して次々に妊娠させるが、Bは快楽に溺《おぼ》れ、いつまでも生きて生活を楽しみたいと願ったために、黒い覆面をした男（死）に死を宣告されて、斬り殺される。Aは快楽に溺れることが出来ず、快楽に欺罔を感じて、常に死を予想し、死を見つめていたために、男に導かれ、黎《れい》明《めい》の光の中に新しく出発する。男はBに対して「己《おれ》はすべてを亡ぼすものではない。すべてを生むものだ。お前はすべての母なる己を忘れてゐた。己を忘れるのは生を忘れるのだ。生を忘れた者は亡びなければならないぞ」と言う。あらゆる「欺罔」を破り、すべての権威を否定して、ひたすら「死」を直視するところに、芥川は自己の芸術の出発点を求めたのである。
（伊豆利彦）

青年文壇《せいねんぶんだん》　投書雑誌。大正五・一〇〜七・八（一九一六〜一九一八）。全二三冊。発行所東亜堂雑誌部。編集兼発行の名義人は木村定次郎となっているが、編集実務は、初め尾張穂草、のちに高桑義生が当たった。毎号雑誌の半分以上の頁数を投書欄にあてるなど、先行の『文章世界』、『文章倶楽部《クラブ》』を上回る意欲的な姿勢がうかがえる。選者は論文＝大町桂月→前田晁《あきら》、散文＝笹川《ささがわ》臨風→谷崎精二、長詩＝正富汪《おう》洋《よう》→北原白秋、俳句＝武田鶯塘、和歌＝尾張穂草、書簡文＝水野葉舟、小説＝小川未明→前田晁、短文＝高桑義生。主な寄稿家は右の選者たちのほか、幸田露伴、田山花袋（『新小説作法』を連載）、島村抱月、岩野泡鳴、馬場孤蝶、上司《かみつかさ》小《しょう》剣《けん》、豊島《とよしま》与志雄、若山牧水、窪田空穂、山村暮鳥らである。新井紀一はこの雑誌の投書家から文壇にデビューした。萩原恭次郎、浅見淵《ふかし》の投稿も目立つ。芥川は七（一九一八）年六月号に、切《キリ》支丹《シタン》物の小品『悪魔』（『点心』に収録）を寄稿している。
（福田久賀男）

西方の人《せいほうのひと》　⇨**西方の人**《さいほうのひと》

西洋絵画《せいようかいが》　芥川龍之介は自身の小説中に、〈西洋絵画〉のその作者なり作品なりをほとんど登場させていない。作中人物のイメージ、ないしあるときの姿勢を絵にたとえた例は幾つかあるが（『舞踏会』『葱《ねぎ》』など）、王朝の絵師良秀の描く『地獄変』の屏風《びょうぶ》絵や、中国元代の画聖黄大癡《こうたいち》の作とされる幻の名品『秋山図』のように、〈西洋絵画〉が作中に重要な役割を与えられている場合は、見当たらないのである。いささか意味があると言えば、遺稿『闇中《あんちゅう》問答』で「或《ある》声」（ヤコブと格闘した天使）が「お前は妻子を憐《あはれ》まないのか？」と問うのに対して、「僕」が「誰か憐まずにゐられるものがあるか？ゴオギヤアンの手紙を読んで見ろ」と答えているほかには、『将軍』の「四 父と子」でN（乃木）将軍の肖像写真と対比されるレムブラントの肖像画くらいであろう。そこには両者に託して、N将軍を敬愛する〈父〉と、レムブラントを「僕等《ら》に近い気もちのある人」という〈子〉との間にある「時代の違ひ」、明治と大正のそれが示されている。だが小説との直接のかかわりはあまりないとしても、〈西洋絵画〉が芥川の内部に浸透し、忘れえぬ印象を遺《のこ》していたことは、書簡、随筆などに明瞭である。『追憶』中の「画」によれば、すでに小学校のころに「洋画家」になりたいと思い、「西洋名画の写真版」を買い集めていたというが、彼の関心を強く刺激したものに、一高入学の明治四三（一九一〇）年に創刊された『白樺』があったのは疑いない。その毎号にわたる、彫刻を含めた西洋美術の写真版による紹介、解説記事、関係論文が芥川の眼《め》を具体的に開いた事情の一端は、『芥川龍之介未定稿集』（葛巻《くずまき》義敏編）中の書簡補遺に「僕たちは、第一高等学校の英文科にゐる『白樺』の愛読者です、／正直な事を申しますと今までは、皆様の御作を拝見する為《ため》よりも、文芸なり美術なりの、御紹介を読む為に毎月『白樺』を見てをりました、Cézanne なり Gauguin なりの」（「白樺編集部宛」）とあるので知られる。そしてセザンヌ、ゴーガンのみならずルノワール、ゴッホ、ないしは『将軍』の〈子〉に親近感があると言わせたレンブラントなどをも、芥川は『白樺』誌上によく観《み》たはずである。芥川の武者小路実篤への注目（『あの頃の自分の事』）は周知だが、その実篤がまたゴッホに傾倒していたことも知られている。実篤の「ゴッホの一面」の載った『白樺』はゴッホ特輯《とくしゅう》号であった。自己の内なる生命の炎を燃えたたせる、その意味での〈自然〉尊重において、ゴッホは実篤とともに芥川の心にとくに刻まれたであろう。後年の『或阿呆《あるあほう》の一生』の「七 画」はそれを反映する。「彼は或本屋の店先に立ち、ゴオグの画集を見てゐるうちに突然画と云ふものを了解した。勿論《もちろん》そのゴオグの画集は写真版だつたのに違ひなかつた。が、彼は写真版の中にも鮮《あざや》かに浮かび上《あが》る自然を感じた」。書簡（井川恭《きょう》宛、大正三・一一・三〇）にも「ゴーホの絵」の理解が語られているが、その太陽や一本の糸杉のもたらす生命感は、折に触れて芥川の心に蘇《よみがえ》っている。だが彼の愛したのはゴッホのみでは無論ない。多くの西欧の作家に親しんだのに劣らず、多くの画家たちに近づいた。時代と傾向とを問わずに。つまりあらゆる芸術的天才に惹《ひ》かれた訳で、その鑑識の姿勢は、『白樺』派の天才至上主義に通じていると言える。後に『文芸的な、余りに文芸的な』の中で、芥川は自らの美術遍歴を顧み、それを整理して、「まづあの沈痛な力に満ちたゴオグに傾倒した」が、「いつか優美を極めたルノアルに興味を感じ出した」という（「三十『野性の呼び声』」）。同時にゴーガンの描く「橙《だいだい》色の女」の自身に迫る「威圧」をも語っている。そこには芸術の美的完成を目指しながら、しかも内部生命の薄弱さを意識せざるをえなかった芥川の、告白ならざる告白が〈西洋絵画〉への関心の在り方を通して、語られているとみることもできる。それに続いて「西洋」の「造形芸術」の根底にギリシャ彫刻のもつ「肉感的な美しさの中に何か超自然と言ふ外はない魅力を含んだ美しさ」（「三十一『西洋の呼び声』」）がみつめられているのは、芥川晩年の志向を象徴的に示すものと思われる。

〔**参考文献**〕和田繁二郎「芥川龍之介における西欧の絵画」（『説林』昭和二五・八〜九）、中村真一郎「西洋」（『芥川龍之介の世界』青木書店、昭和三一・一〇・一）、佐藤春夫「芥川龍之介を憶ふ」（『わが龍之介像』有信堂、昭和三四・九・一五）

（遠藤　祐）

セザンヌ《せざんぬ》　Paul Cézanne　一八三九・一・一九〜一九〇六・一〇・二二。フランス後期印象派の画家。高田博厚編著、講談社版『世界美術大系 フランス美術』によれば、「古典が探り当てた『形』あるいは『形式』は」「真美を追求する者にとっては、形而上《メタフィジック》、精神自体が持っている『規定』に相通ずる。簡単にいえば、結局『対象』と『自我』との調和、そこに一世界の秩序を生もうとする態度で、」「ほとんど哲学的にこの調和に一生を賭《か》け、最大の画家となり、生存中すでに『古典』を新しく打ち建てたのがセザンヌである。」芥川のセザンヌへの関心は大正五（一九一六）年当時にさかのぼるが、大正末年以降「画家の画家」として傾倒を認める。この傾倒は「小説家の小説家」としての志賀直哉尊敬と共通の根拠をもっている。『文芸的な、余りに文芸的な』によれば、「デッサンのない画は成り立たない」が、「デッサンよりも色彩に生命を託した画は成り立つ。」セザンヌがそれであり、「かう云ふ画に近い小説」と

『静物』（セザンヌ筆）

『群　馬　図』（雪舟筆）

して志賀直哉の短編を評価している。「志賀直哉氏に就いて（覚え書）」における志賀批評は高田博厚のセザンヌ批評と共通するところが多い。　（笹淵友一）

雪舟《せっしゅう》　応永二七〜永正三・八・八（一四二〇〜一五〇六）。室町時代の画僧。若いとき、相国寺の僧となり、禅を学ぶかたわら、絵の修業を続けた。応仁元（一四六七）年、明国に渡り水墨画の様々な技法を学び、文明元（一四六九）年帰国。周防（現、山口県）や豊後（現、大分県）に住む。日本水墨画の祖と仰がれ、代表作に『山水長巻』『秋冬山水図』などがある。芥川が雪舟の水墨画に関心を持っていたことは、「この頃原の所で絵をみて以来大《おほ》いに日本人を尊敬し出した（中略）天平期の奴《やつ》はその中でも殊にえらい　あの時分の数名の画家にくらべると雪舟さへ小さくなる」（井川恭《きょう》宛、大正六・二・九）という書簡や、「僕はこの頃大雅の画に推服し尽《つく》してゐる　あいつ一人　どうしてあんな時代に出たらう　雪舟とくらべたつて、或《あるい》はだと思ふ」（井川恭宛、大正六・九・四）といった書簡などからも知られる。自らも墨書きの絵を描いたが、養父、伯母、叔父などが南画に親しんでいた環境も影響していよう。　（笠井秋生）

刹那の感動《せつなのかんどう》　『奉教人の死』の中の「なべて人の世の尊さは、何ものにも換へ難い、刹那の感動に極《きはま》るものぢや。暗夜《やみよ》の海にも譬《たと》へようず煩悩心の空に一波をあげて、未《いま》だ出ぬ月の光を、水沫《みなわ》の中へ捕へてこそ、生きて甲斐《かひ》ある命とも申さうず。」による。この「刹那の感動」は芥川の芸術に対する悲しいまでに切実な憧憬《どうけい》であり、「架空線は不相変《あひかはらず》鋭い火花を放つてゐた。彼は人生を見渡しても、何も特に欲しいものはなかつた。が、この紫色の火花だけは、――凄《すさ》まじい空中の火花だけは命と取り換へてもつかまへたかつた。」（『或阿呆《あるあほう》の一生』）の「火花」と共通するものである。更に『舞踏会』の「其処《そこ》には丁度赤と青との花火が、蜘蛛手《くもで》に闇《やみ》を弾きながら、将《まさ》に消えようとする所であつた。明子には何故かその花火が、殆《ほとん》ど悲しい気を起《おこ》させる程それ程美しく思はれた。／『私は花火の事を考へてゐたのですわ。我々の生《ヴィ》のやうな花火の事を。』」の「花火」も同じ「刹那の感動」を表している。この「刹那の感動」は芥川の耽美《たんび》主義を解明する鍵《かぎ》でもあるのだが、笹淵友一によればこれはウォルター・ペイターの終末的世界観と芸術のための芸術との関係と同じパターンであるという。芥川の人生観は『或阿呆の一生』の「彼は梯子《はしご》の上に佇《たたず》んだまま、本の間に動いてゐる店員や客を見下《おろ》した。彼等は妙に小さかつた。のみならず如何《いか》にも見すぼらしかった。／『人生は一行のボオドレエルにも若《し》かない』／彼は暫《しばら》く梯子《はしご》の上からかう云ふ彼等を見渡してゐた。……」の「人生は一行のボオドレエルにも若かない」に尽きるであろう。実人生よりもボードレールのたった一行に生甲斐を見いだす芸術の使徒であるという認識を持つ芥川であるからこそ、「刹那の感動」を追い求めたのである。『戯作三昧《げさくざんまい》』の馬琴における「恍惚《くわうこつ》たる悲壮の感激」も、『地獄変』の良秀における「恍惚とした法悦」もすべて「何ものにも換へ難い、刹那の感動」を追い求めた結果得られたのである。　（西谷博之）

千家元麿《せんげもとまろ》　明治二一・六・八〜昭和二三・三・一四（一八八八〜一九四八）。詩人。東京生まれ。早くから文学に親しみ、佐藤惣之助《そうのすけ》らとの同人雑誌『テラコッタ』をきっかけに武者小路実篤を知り、『白樺』同人たちとの交流が始まった。大正七（一九一八）年、武者小路の序を付した第一詩集『自分は見た』を刊行、人道主義的な善意と愛情にあふれた平明な詩で、「白樺」派の代表的詩人と目される。翌年第二詩集『虹』が刊行されたが、芥川はこれを『大正八年度の文芸界』（大阪毎日新聞社・東京日日新聞社編『毎日年鑑』、大正八・一一・二）の中で、西条八十『砂金』、室生犀星『第二愛の詩集』とともに「本年度に出版された詩集中、最も特色あるもの」として取り上げ、『虹』と『第二愛の詩集』からは「大河の如きウオルト・ホイットマンのリズム」が聞こえると評価している。千家にはこの後、長編叙事詩『昔の家』（昭和四）、感想集『詩・美・自然』（昭和一八）などがある。　（宗像和重）

戦争と平和《せんそうとへいわ》　Voina i Mir　レフ・トルストイの長編小説。一八六九年刊。ナポレオンとその軍隊の侵略に対する祖国防衛戦争を背景とし、ロシア国民の生活及び歴史を動かす人間の力と真実を描いた作品で、世界文学の代表的古典の一つ。この小説について芥川は、「この頃毎日戦争と平和をよんでゐる　あんまり大きいので作としての見通しは殆まるでつかない（中略）こんなものを書いた奴がゐるのだと思ふとやりきれない　日本なんぞまだまだだ夏目さんにしてもまだまだだ」（井川恭《きよう》宛書簡、大正四・一二・三）と賛嘆の言葉を書き送り、さらに「僕は始めて『戦争と平和』を読んだ時、どんなに外の露西亜《ロシア》の作家を軽蔑したかわからない。が、これは正しくない事だ。僕等《ら》は太陽の外に、月も星もある事を知らなければならぬ。」（『芸術その他』）とも述べ、またこの作品の「細部の美しさ」（『文芸鑑賞講座』）にも言及している。したがって以上のように芥川は、このトルストイの小説から大いなる感動を受けたのであった。　（久保田芳太郎）

仙人《せんにん》　小説。大正五（一九一六）年八月一日発行『新思潮』（第四次）第一年第六号に発表。単行本には収録されていない。広津和郎に「『仙人』と云ふ短篇を見て、氏に一種の気品のあることを知つた」とする評価がある（『「大家」と「新進作家」の傾向の際立った創作壇』、『新潮』大正五・一二）。大島真木は、典拠としてアナトール・フランスの『聖母の軽業師』を指摘し、「模倣といってもいいほどにその設定・描写・構成までが」類似していると述べている（「芥川龍之介の創作とアナトール＝フランス」、『芥川龍之介Ⅰ』有精堂、昭和四五・一〇・二〇所収）。話の時代は不詳、「北支那《シナ》」でのこと、鼠《ねずみ》に芝居をさせて口を糊《のり》している李《り》小二という野天の見世物師が、たまたま、「乞丐《こじき》をして歩く」仙人に会い、「陶朱《とうしゆ》の富《とみ》」を得る話である。上・中・下の三段よりなる。「上」は、李の生活苦を「世故のつらさ」として述べ、それに「屈託」する心境を描く。ただ、「何故生きてゆくのは苦しいか、何故、苦しくとも、生きて行かなければならないか。」という生きる苦しみの「不当」さには、むしろ芥川自身の「生存苦」の表白が認められよう。「中」は、李と仙人の出会いを描く。初め、李は老人のみすぼらしさに優越的な同情を感じていたが、やがて老人が仙人と分かり、彼我の強者と弱者の立場が逆転していく。そして、仙人は李に富を与えるのだが、「下」は、仙人が李に残した「四句の語」を示す。「死苦共に脱し得て甚《はなはだ》、無聊《ぶりよう》なり」という感慨に、「生存苦」を慰撫《いぶ》する契機を見ることができよう。作品は文末に大正四（一九一五）年七月二三日の日付を持つが、吉田精一は、吉田弥生《やよい》との恋愛事件以後に「はじめて成稿した小説」であり、「薄ら寒い彼の気持が赤むけに語られてゐる」と述べている（『芥川龍之介』三省堂、昭和一七・一二・二〇）。なお、雨にふりこめられた「山神廟《さんじんびょう》」での仙人との出会いという設定、及び、彼我の強者と弱者の位置の逆転という展開は、『羅生門』と類似しており、二作品の関係が興味をひく。

（清水康次）

仙人《せんにん》 小説。大正一一（一九二二）年四月二日発行の『サンデー毎日』（第一年第一号）に「オトギバナシ」の副題つきで発表。単行本には収録されなかった。芥川には別に昭和五（一九三〇）年七月一日発行の『春泥』（第五号）に紹介掲載され、普及版全集に収められた同名の小品『仙人』があり、こちらは『素描三題』（『週刊朝日』昭和二・六・一五〈第一一巻第二七号　夏季特別号〉）の草稿として執筆されたと普及版全集で推定している。現存の『素描三題』との共通性はなく、また、先行の作品『仙人』の後日談として連繋させることもできにくい。なお、大正五（一九一六）年八月一日発行の『新思潮』掲載の作品『仙人』とは別個の作品である。この作品は語り調の文体で書かれていてその梗概は次のようなものである。大阪へ飯炊《めしたき》奉公に来た権助《ごんすけ》という男が、口入れ屋に現れて、仙人になりたいが周旋しろと言う。番頭は途方に暮れて、近所の医者の所へ相談に行くと、狡猾《こうかつ》な医者の細君は、その男を仙人にしてみせるからここへおよこしと言い、男は連れてこられる。男は、なぜそんな望みをもつのかとの問いに、別に訳はないが「唯あの大阪の御城を見たら太閤様《たいかふ》のやうに偉い人でも、何時《いつ》か一度は死んでしまふ、して見れば人間と云ふものは、いくら栄耀《えよう》栄華をしても、果《はか》ないものだと思つたのです。」と答えた。仙人になれればどんな仕事でもするという男は仙術教示を二〇年後に約束され、二〇年も重宝な只《ただ》働きの奉公人として勤めあげた。約束の日が来た。医者の女房は厚顔にも男を松の木の上まで登らせ左右の手を離せと命ずるが、不思議や男の体は中空にとどまり、礼を述べて雲の中へ昇っていった、というもの。この作品は小品ながら、芥川の芸術と実生活との相克や、彼のこの期の虚無的心境などを色濃く反映している。「塵労《じんろう》に疲れた姿が、諦悟《ていご》の情で愛憮されている」（進藤純孝『伝記　芥川龍之介』六興出版、昭和五三・一）などの評もある。

（竹田日出夫）

仙人《せんにん》 小説。昭和五（一九三〇）年七月一日発行の雑誌『春泥』第五号に紹介された。『素描三題』の原稿とされているが、共通点はない。琵琶湖に近いO町で裁判官をしていた「仙人」がH市へ転任する際、集めていた二百余りの瓢箪《ひょうたん》を括《く》り合わせた舟で琵琶《びわ》湖を渡った。この「仙人」は、その後死んでしまったが、俗人よりも綿密に書いた遺言は忠実に守られなかった、という話。「仙人」の語は、かぎ括弧付きである。「仙人」という渾名《あだな》を付けられた男の妄執でも書こうとしたものらしい。

（石原千秋）

そ

葬儀記《そうぎき》　師夏目漱石の死去にあたり、芥川が描いた葬儀記録。大正六（一九一七）年三月十五日発行の第四次『新思潮』終刊号（第二年第二号、「漱石先生追慕号」と明記、「謹而漱石先生の《ママ》霊前ニ捧グ」と献辞）に掲載し、のちに随筆集『点心』（金星堂、大正一一・五・二〇）に収録。漱石は大正五（一九一六）年一二月九日夕刻に死去、翌日東大病院で解剖。芥川は一一日に鎌倉より弔問し、いったん帰宅して式服を整え、再訪して通夜に臨む。葬儀は一二月一二日、青山斎場で行われる。芥川文は当日の記録で、一行空きで二分されている。前半は早朝、夏目家の書斎に安置された遺体との別れの礼を語り、後半は受付係として自身の目に映じた会葬者の様子を語り、葬儀を終えて落合《おちあい》火葬場に向かう霊柩《れいきゅう》馬車を見送るまでを描く。漱石に接して最も日の浅い門下生の置かれた状況、心理や観察がうかがわれる。同誌上の菊池寛『先生と我等《ら》』、久米正雄『臨終記』、松岡譲『其後の山房』と共に、漱石にあてて作った同人誌の、自家用の追悼記である。　（町田　栄）

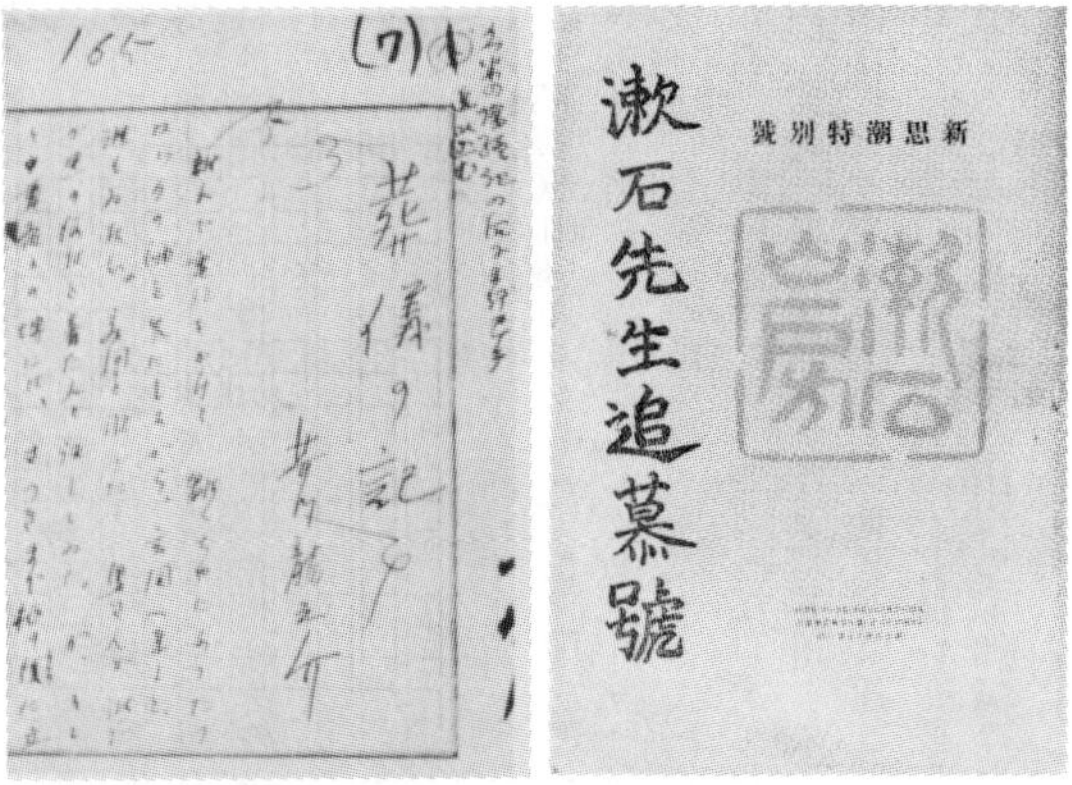

『新思潮』漱石先生追慕号と同誌掲載『葬儀（の）記』の原稿

創作《そうさく》　小説。大正五（一九一六）年九月一日発行の雑誌『新思潮』第一年第七号に、小説『猿』と同時に発表。八月一九日執筆の注記がある。単行本未収録。主人公の僕が独り語りをする形式。僕が友人の小説家たちに、別の友達について想像したことを事実らしく語ると、小説家たちはそれを事実と思い込んで小説にしてしまう。世の中の事実や人生も同じようなものかもしれない、という内容。論理的には多少の飛躍があるが、芥川の懐疑主義が既に色濃く現れている。文中のKは、菊池寛がモデルか。　（石原千秋）

早春《そうしゅん》　小説。大正一四（一九二五）年一月一日、『東京日日新聞』に発表。「薄い春のオヴァ・コオト」に身を包んだ大学生中村は恋人三重子との待ち合わせの場所博物館の爬虫《はちゅう》類の標本室に入って行った。ここは人目を避けるために選ばれた去年の夏以来の「出合ふ場所」である。二時になったのにまだ八重子は来ていない。しかし中村の心は喜びとは別の「寧《むし》ろ何か義務に対する諦《あき》らめに似たもの」に心が満たされている。それも「今日《こんにち》の三重子は幸か不幸か全然昨日の三重子ではない」からなのだ。以前の三重子は優しく寂しさをおびた女学生だったのに彼女は変わってしまった。「半年の間に少しも見知らぬ不良少女になつた」のである。魂の美しさを失ってしまった。一月ほど前に会ったとき三重子はさんざんふざけてフット・ボールと称しながら枕《まくら》を天井へ蹴上げたり、チュウインガムばかりしゃぶっている女になっていた。三重子に対する中村の熱情が失せたのは三重子の責任である。幻滅とか倦怠《けんたい》の結果などではない。三十分待った。まだ来ない。標本室を出ようとして出なかったのは三重子が気の毒というより中村自身の義務感であって、その義務感のためにもう一〇分ほど待たねばならないと思う。しだいにある苛立《いら》たしさを感じる。それでも待っているのは何故か。「情熱」か「欲望」からか。三時一〇分となった。ついに中村は標本室を出てしまう。その夕方中村は友人の小説家志望の堀川保吉《やすきち》と話をしていた。堀川は中村に向かい中村の立ち去ったあと入れかわりに女学生が入って来ていつまでも標本室にたたずんでいると考えれば小説だが、肥《ふと》った中村を主人公にすると「気の利いた小説ぢやない。」とからかう。中村も自分だけではない、三重子も肥った女だと答える。一〇年後、堀川は婦人雑誌に三重子が男女三人の子供と幸福そうに頬笑んでいる写真を見つけた……。結びの部分が意味不明の、練りのきいていないスケッチ風の小説である。　（山本昌一）

漱石山房《そうせきさんぼう》　東京市旧牛込区早稲田南町七番地（現、新宿区）にあった夏目漱石邸の書斎の号。漱石は明治四〇（一九〇七）年九月二九日にこの家に転居し、以後亡くなるまでここで過ごした。松岡譲《ゆずる》によると、この家は三浦篤次郎というアメリカ帰りの人が明治三〇（一八九七）年ごろに建てたもので、漱石が書斎にした十畳の間は板敷きになっていたという。また、漱石が〈漱石山房〉という七センチ角の石印を彫らせたり、橋口五葉のデザインになる〈漱石山房〉のネーム入り原稿用紙を作らせたりしたのは、ここへ移った翌年の明治四一年のことで、このころに漱石山房の名称が定着したのだという。芥川は大学在学中の大正四（一九一五）年初冬、仏文科の岡田（林原）耕三の手引きによって、久米正雄とともに漱石邸を訪ね、山房に列席した。当時漱石の面会日は木曜会と称し、毎週一回木曜の夜と決められていたのである。二度目の訪問からは松岡譲をも誘い、以後漱石の死まで約一年間、彼らの山房通いが続く。芥川の晩年の講演『漱石先生の話』（『東奥日報』昭和二・五・二四〜二七）に「先生のお宅は玄関の次《つ》ぎが居間で、その次ぎが客間で、その奥に先生の書斎があるのですが、書斎は畳なしで、板の上に絨氈《じゅうたん》を敷いた十畳位《くらゐ》の室で、先生はその絨氈の上に座布団を敷き机に向《むか》つて原稿を書いて居られた。其《その》書斎は先生の自慢の一つ」との一節がある。また、『東京小品』中の『漱石山房の秋』にも山房の室内の様子が詳しく述べられている。芥川が山房入りをしたころは、漱石の古い弟子に当たる森田草平・鈴木三重吉・安倍能《よし》成《しげ》・小宮豊隆《とよたか》らの足がやや遠のき、代わって内田百閒《ひゃっけん》・池崎忠孝（赤木桁平《こうへい》）・江口渙《かん》・岡田耕三・岡栄一郎・松浦嘉一《かいち》など、芥川・久米・松岡などより少し年上の若い世代が常連となっていた。そこで後れて加わったとはいえ彼らは遠慮することもなく、すぐ山房の雰囲気になれ、やがては木曜会の花形となっていくのであった。芥川の文壇出世作『鼻』の載る第四次『新思潮』（創刊号、大正五・二・一五）は、山房主人、漱石先生を第一の読者に見立てて刊行されたものである。漱石山房は関東大震災をくぐりぬけたものの、第二次世界大戦中の昭和二〇（一九四五）年五月二五日夜の大空襲で惜しくも焼失した。　（関口安義）

漱石山房で執筆する夏目漱石

漱石山房の冬《そうせきさんぼうのふゆ》　小品。大正一二（一九二三）年一月七日発行の『サンデー毎日』第二年七二号に『書斎』の題で発表。改題し『百《ひゃく》艸《そう》』（新潮社、大正一三・九・一七）に収録。没後刊行の『芥川龍之介集』（新潮社、昭和二・九・一二）にも収められている。芥川が林原（旧姓岡田）耕三の紹介で久米正雄とともに初めて漱石のもとを訪れたのは大正四（一九一五）年一一月で、翌年二月、第四次『新思潮』の創刊号に載せた『鼻』に漱石が、「あゝいふものを是《これ》から二三十並べて御覧なさい文壇で類のない作家になれます」（二月一九日付書簡）と書き送ったのも周知のとおりである。その漱石もその年の一二月に死去した。『漱石山房の冬』は、漱石没後満六年（本文中には「歿後七年の今……」とある。）、大正一一（一九二二）年一二月のころ、「年少のW君」（渡辺庫輔）と「旧友のM」（松岡譲）と連れだって久しぶりに山房を訪ね、書棚も机も調度なども往時のままの書斎で、以前の三度の山房訪問を想起した小品。第一番目は林原、久米と共に訪れた初回の折の回想。そのとき芥川は「膝《ひざ》の辺りの寒い為《ため》に、始終ぶるぶる震《ふる》へてゐた」。第二話は「又十月の或《ある》夜」のこと。漱石と二人だけ対座していて、「貧の為ならば兎《と》も角《かく》も、慎むべきものは濫作である。」とさとされた。芥川は「先生の訓戒には忠だつたと云ひ切る自信を持たない。」と述懐する。三番目の思い出は「更に又十二月の或夜」のこと。漱石没後で、鏡子夫人と松岡譲と芥川の三人で話し合う。夫人の話では小さな机にペンを動かしながら、「床板を洩《も》れる風の為に悩まされた」というが、それでも漱石は書斎の「雄大」さを傲語《ごうご》していた。山房を辞して埃風《ほこりかぜ》に吹かれながら「蕭条《せうでう》とした先生の書斎」をありありと思い浮かべ、「寒かつたらう。」と、「わたしは何か興奮の湧《わ》き上《あが》つて来るのを意識した」のである。気取りやてらいがなく、旧師へのしみじみとした気持ちを伝えた小品である。なお、漱石山房の模様は『漱石山房の秋』（別項『東京小品』参照）に詳しい。

（高橋春雄）

草土社《そうどしや》　大正期の洋画団体。岸田劉生《りゅうせい》や木村荘八らが中心となって大正四（一九一五）年から一一（一九二二）年まで続いた。思想的には「白樺」派の人道主義の影響を受け、画風としては後期印象派からやがてデューラー風の写実に移って行った。芥川は早くから木村や岸田らの絵に親しんでおり、フュウザン会時代（大正一～二）にも展覧会に出かけ、木村は「大分腕を上げた」（井川恭《きよう》宛、大正二・一二・三）が岸田の方は「あまり出来がよくない」（同前）と評し、またその後も「木村荘八氏が大分うまくなった　岸田劉生氏がボッチシエリやセガンチニのやうな色と線とをつかひ出したのも面白い」（井川恭宛、大正三・一一・三〇）と言い、劉生が装丁した室生犀星の『高麗《こうらい》の花』については「装幀《さうてい》は大兄の詩集中一番よろしきのみならず劉生の装幀中にても一番よろしかる可《べ》く候《さうらふ》」（室生犀星宛、大正一三・九・二五）と賛辞を呈しており、このころにはすでに面識もあった。

（鷺　只雄）

相馬泰三《そうまたいぞう》　明治一八・一二・二九～昭和二七・五・一五（一八八五～一九五二）。小説家。『大正八年六月の文壇』で芥川は、相馬の『さよ子』を評し、主人公の印象が稀薄であることを指摘している。一方で、あるくだりの描写を評価し、それを踏まえて言っているのだが、ストーリーテラー芥川の目をうかがわせる。「新早稲田派」を成す一人として相馬は芥川と同時期に世に出ており、芥川にとっては無視できない存在だった。『大正八年度の文芸界』では谷崎精二と吉田絃二郎の間に置き、「その纏綿《てんめん》たる情味に富んでゐる点」で、三者が「等差級数的継列」を作っていると述べているが、どちらかと言えば抒情味に乏しい自作を思い合わせての発言として読み取れる。貧しい作家修業の中に生い立った相馬の作品世界が、チェーホフ風の雰囲気や情緒を見せているのに対し、芥川はそれを理知的に超克してゆく。そこに様々な個性を生んだ大正期の、一つの対比を見ることができる。

（榎本隆司）

続西方の人《ぞくさいほうのひと》　評論。昭和二（一九二七）年九月『改造』に発表。『西方の人』は「雑誌の締め切日の迫つた為《ため》にペンを抛《なげう》たなければならなかつた」が、「今は多少の閑《ひま》のある為にもう一度わたしのクリストを描き加へたい」という意図によって成立した、いわば「西方の人」の補遺である。したがって当然のことながら「西方の人」の主題を継承している。ただ「西方の人」が「永遠に超えんとするもの」「永遠に守らんとするもの」の二律背反的視点を標語としていたのに対して、『続西方の人』の標語は「ジャアナリズムと生活」である。（もちろんその本質は前者と変わりはない。『西方の人』にも「19 ジャアナリスト」の一章があった。）ジャーナリストとしての自己の生活を自ら閉じようとしていた芥川がジャーナリズム至上主義者と見なすクリストの人間像の傍らに身を寄せることによって、自己の生の意義を見いだそうとする企てだと言ってよい。「我々はエマヲの旅びとたちのやうに我々の心を燃え上らせるクリストを求めずにはゐられない」（「22 貧しい人たちに」）という結語はその証明である。一二歳の時に両親とエルサレムに上ったクリストが両親にはぐれ、三日後に彼の行方をさがしていた彼らに出会ったとき「どうしてわたしを尋ねるのです。わたしはわたしのお父さんのことを務めなければなりません」と言った言葉について、芥川は「『人の皆無、仕事は全部』と云ふフロオベルの気ちは幼いクリストの中にも漲《みなぎ》つてゐる。」（「8 或時《ある》のマリア」）と評した。一八七五年二月付ジョルジュ・サンド宛書簡（L'homme n'est reiw, loeure tout! 人間とは何物でもない、作品がすべてです。）が典拠であり、芥川が書簡集を通じてフローベールの芸術至上主義の消息に理解をもっていたことが想像できる。「彼は十字架にかかる為に、――ジャアナリズム至上主義を推し立てる為にあらゆるものを犠牲にした。」（「22 貧しい人たちに」）という、クリスト認識もフローベールの芸術至上主義を母胎としていると見ることができる。「クリストの一生の最大の矛盾は彼の我々人間を理解してゐたにも関《かかわ》らず、彼自身を理解出来なかつたことである。」（「12 最大の矛盾」）というクリスト認識が福音書の叙述と矛盾することは、先の一二歳の折のエピソードに照らしても明らかだが、あるいはフローベールの次の自己認識とも無関係ではないかもしれない。「ぼくはペンの人間です。ペンによって、ペンのために、ペンとの関係において感じ、ペンをもつとずっと感ずることも多くなるのです。しかし、心底では何かしらぼくを苦しめることがあります。すなわち、自分の力量を知らないということ。これです。かくも心静かだと話している男が、実は自分への懐疑でいっぱいなんですからね。」（ルイーズ・コレ宛、一八五三・二・一）

芥川はクリストを「最速度の生活者」（「5 生活者」）と呼んだ。生活者を極めてスピーディに卒業した人間の謂《いひ》である。そして「四十日の断食の後、忽《たちま》ち古代のジャアナリストになつた」彼は「みづから燃え尽きようとする一本の蠟燭《らふそく》」であり、「彼の所業やジャアナリズムは即《すなは》ちこの蠟燭の蠟涙だつた。」すなわち彼のジャーナリズムは死―十字架―に至る道である。一方「平和に至る道は何びともクリストよりもマリアに学ばなければならぬ。」（「11 或時のクリスト」）と言い、また『サドカイの徒やパリサイの徒はクリストよりも事実上不滅である。（中略）彼等《ら》は今後も地衣類のやうにいつまでも地上に生存するであらう。『適者生存』は彼等には正に当嵌《あては》まる言葉である。彼等ほど地上の適者はない。（中略）マリアは恐らくクリストの彼等の一人でなかつたことを悲しんだであらう。」（「16 サドカイの徒やパリサイの徒」）という、サドカイ、パリサイ、マリアへの認識はクリストの悲劇が「天上から地上へ登る」志向によって生じたという『西方の人』の本文が芥川の意識と逆行していることを証明するものにちがいない。

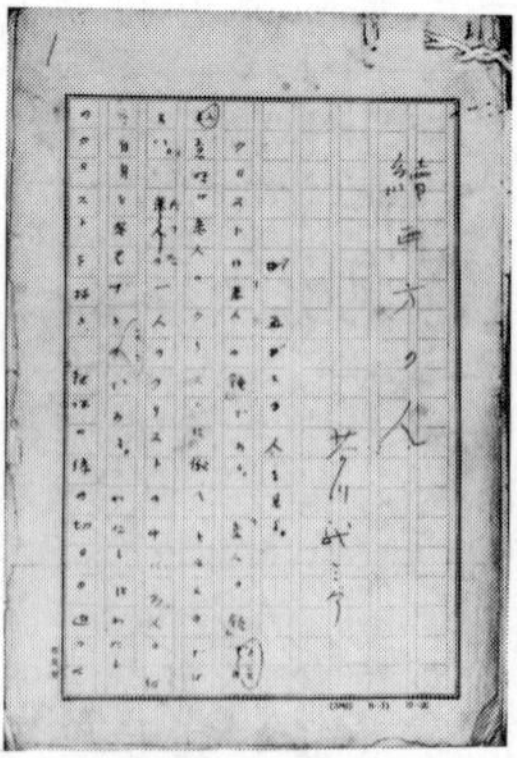

『続西方の人』の原稿

〔**参考文献**〕鈴木秀子「作品論　続西方の人―〈母

なるもの〉への傾斜―」(『国文学 芥川龍之介の手帖』昭和四七・一二)、関口安義「『西方の人』『続西方の人』考」(『都留文科大学研究紀要』昭和五一・九)、笹淵友一「『西方の人』新論」(『ノートルダム清心女子大学紀要』昭和五二・一一)　　（笹淵友一）

「続晉明集」読後《「ぞくしんめいしゅう」どくご》　書評。初出『東京日日新聞』大正一三(一九二四)年七月二一日(原題『几董《きとう》と丈艸《じょうそう》と―「続晉明集」を読みて』)、のち『梅・馬・鶯《うぐいす》』に『「続晉明集」読後』と改題収録)。勝峰晉風解説、遠藤蓼花《りょうか》校訂『続晉明集』(古今書院、大正一三・七)の批評。几董句稿第二編(第一編は大正一三・四の「晉明集」)であるが、其角を崇拝した高井几董は、本書においても丈草を支考、許六に及ばないものとしている。芥川は丈草の「澄徹《ちょうてつ》した句境は其角の大才と比べて見ても、おのづから別乾坤《けんこん》を打開して」いるとする。　　（田中保隆）

続西方の人《ぞくせいほうのひと》　⇩続西方の人《ぞくさいほうのひと》

即興詩人《そっきょうしじん》　デンマークのハンス・クリスチャン・アンデルセンの長編小説。デンハルトが独訳(Der Improvisator)したレクラム本から森鷗外が『即興詩人』と題して翻訳した。足掛け十年の歳月をかけ、『しがらみ草紙』『めさまし草』に訳載、明治三五(一九〇二)年春陽堂から二冊本として出版。ローマ、ナポリ、ヴェネチアの風物と遺跡、ダヴィンチ、ミケランジェロやラファエロやティティヤノなどの美術と音楽、ウェルギリウスやダンテやペトラルカやタッソーなどの文学と演劇を背景に、アントニオとアヌンチャタの悲恋物語は展開する。この西洋ロマンティシズムは多くの人々に影響を与えた。芥川は『Gaity 座の「サロメ」』―「僕等《ら》の一人久米正雄に―』で、一高時代横浜へ流れて来た無名の英国の老いたる女優のサロメを観劇しているうち、『即興詩人』〈末路〉の章の落魄《はく》した歌姫、アヌンチャタの舞台姿と二重写しになって来る。哀感を込めて、忘れえぬ思いを点綴《てんてい》している。　　（山崎一穎）

蘇東坡《そとうば》　蘇軾《しょく》。一〇三六・一二・一九～一一〇一・七・二八。宋の詩人・文人。眉山《びざん》県紗穀行(現、四川《しせん》省)に生まれ、字《あざな》は子瞻《しせん》、謚《おくりな》は文忠。東坡はその号。儒仏道の三教に通じ、詩では宋代随一と言われ、書画をよくした。父の蘇洵《じゅん》、弟の蘇轍《てつ》とともに三蘇と呼ばれ、優れた排文家として唐宋八大家にも数えられる。芥川は大正一〇(一九二一)年大阪毎日新聞社の海外視察員として中国に渡ったが、東坡ゆかりの地である江南を旅したもようを翌一一年『江南游記《ゆうき》』に描いている。ほかに『骨董羹《こっとうかん》』『奇遇』『蕩々帖《とうとうちょう》』『芥川龍之介氏との一時間』等で東坡に言及しているが、その詩文に深く立ち入った発言はみられない。ただ、大正一一年五月二十一日小穴《おあな》隆一宛書簡に、長崎旅行で接した唐画倭画中「東坡の墨竹ほど感心したるものは無之候《これなきそうろう》」とある。東坡には墨竹を論ずる画論があり、自身得意とする領域の一つであった。　　（中村　友）

外濠線《そとぼりせん》　東京電気鉄道の線で、明治三八(一九〇五)年一一月、土橋～新橋間を除いて全線開通し、三九年には他の二社と合併して東京鉄道となり、四四(一九一一)年には市営となる。もとの江戸城の外濠を一周するもので、左回りと右回りとがあった。市街電車の開通は、下町人の生活の律動を改め、「どぶ板の上に育った」(『本所《ほんじょ》両国』)芥川龍之介の下町意識に、一種の故郷喪失とも言うべき不安を与えた。『田端《たばた》日記』等にもその名が見える。　　（萬田　務）

その妹《そのいもうと》　武者小路実篤の戯曲。大正四(一九一五)年三月『白樺』に発表。世評高く、作者も「僕の出世作」と呼ぶ。大正六年三月二四、二五日に山本有三演出、舞台協会による初演以来しばしば上演され、芥川も「世間的にも相当な成功を博することが出来た」(『大正九年の文芸界』)とは言う。従軍して失明した「野村広次」は画業を断念し、小説家として再起しようと苦しんでいる。妹「静子」は兄の天分を生かすために犠牲となって、屈辱的な結婚をする。芸術的、人間的な「生長」への意欲、経済生活、献身・犠牲を主題とし、第一次大戦下の反戦的意図もこもっていよう。芥川は批判的で、松岡譲宛書簡(大正六・五・七)の「森田さんが『その妹』を評して、『なぜ広次はあんまにならないんだ』って云つたつてね。名言だと思ふ」に示す。同じ趣意を『春』の重要なプロットに用いる。『あの頃の自分の事』で分析して論じているが、藤村の『新生』批評に通じる基調も働いていよう。　（町田　栄）

素描三題《そびょうさんだい》　初出未詳。昭和二（一九二七）年五月六日執筆。「一」は一中節《いっちゅうぶし》の師匠を目指す髪の毛の薄いお宗さんは、いろんな毛生え薬を試した挙句「いつか蝙蝠《かうもり》の生き血を一面に頭に塗りつけ」るまでになった話。「二」はKさんの裏畠《ばたけ》の堤の上を走る汽車が勢いよく通り過ぎた際、「又庭鳥がやられたな」と思ったKさんの前にころがって来たのは「汽車に轢《ひ》かれた二十四五の男の頭だった」という話。「一」も「二」も芥川の得意とする手法の小品。「三」は芥川のキリスト教の話相手だった室賀《むろが》文武に関する話。ある夜行商から帰って来た武さんが蟇《ひき》がえるを踏みつぶす。信者の武さんは一心に神に祈る。次の朝牛乳配達が武さんに「踏みつぶされた蟇がへるが一匹向うの草の中へはひつて行きましたよ。」と報告する。武さんは神に感謝の祈りを捧げるのだが、芥川は武さんのようにかえるが生き返ったなどとは信じることはできない。どうしても信仰の世界に入れなかった芥川の武さんに対する羨望《せんぼう》がここにはある。

（西谷博之）

ゾライズム《ぞらいずむ》　Zolaism（英語）　自然主義。写実主義。明治三〇年代に入ると、小杉天外の『はつ姿』（春陽堂、明治三三・八）『女夫星』（春陽堂、明治三三・一〇）『恋と恋』（春陽堂、明治三四・六）『はやり唄』（春陽堂、明治三五・一）や、永井荷風の『野心』（美育社、明治三五・四）『地獄の花』（金港堂、明治三五・九）『夢の女』（新声社、明治三六・五）『恋と刃』（ゾラ『獣人』の翻案。『大阪毎日新聞』明治三六・七・九～八・二三。一一月、新声社刊）、『女優ナナ』（ゾラ『女優ナナ』『洪水』の梗概《こうがい》と『エミールゾラと其の小説』収載。新声社、明治三六・九）など、フランスの自然主義作家ゾラ（一九〇二（明治三五没））の影響をうけた作品が続出した。いわゆる前期自然主義期であるが、最もゾラに詳しかった荷風も、「大胆なる写実の筆を振《ふる》つて、人類の欲情及び罪悪等をも忌憚《きたん》なく描き出」（『エミールゾラと其の小説』）した作家としてゾラを称揚している。しかし明治四二（一九〇九）年になると、「其の頃の私の作品と云へば、凡《すべ》てゾラの模倣であつて、人生の暗黒面を実際に観察して、其の報告書を作ると云ふ事が、小説の中心要素たるべしと思つて居た。」（『我が思想の変遷』）と反省している。当時の新聞雑誌には、本能満足主義と同義のものとして「ニイチェイズム」なる言葉が頻出していた。卑小化した「ニイチェイズム」願望の上にゾラのナチュラリスムを取り込もうとしたのが、当代のゾライズムであったと言えよう。ただしゾライズムという呼称は、荷風たちが自ら名のったわけではなく、「天外のゾライズム」（高須梅渓）などというように批評家や文学史家が命名したものであり、本国フランスにもない。明治自然主義から人間を回復してくれたと武者小路実篤をたたえた芥川は、「どう云ふ因縁か、ゾラは大学へはひるまでに、一冊も長篇を読まずにしまつた。」（『仏蘭西《フランス》文学と僕』）と言っている。また、「リアリズムへ赴けと云つたつて、今日極端なゾライズムの出店を日本に出さうとしない以上、単なる写実主義ではないのに違ひない」（『或《ある》悪傾向を排す』）と軽くゾライズムを否定しているが、この場合には念頭にゾラのナチュラリスムがあったと思われる。

（田中保隆）

それから　夏目漱石の長編小説。明治四二（一九〇九）年六月二七日から一〇月一四日まで『朝日新聞』（東京および大阪）に連載。春陽堂より刊行（明治四三・一・一）。『三四郎』『門』とともに漱石文学におけるいわゆる前期三部作をなす長編として知られているが、とくに個に徹して生きる知識人、「三十になる」長井代助を主人公とする『それから』は、当時の若い世代の心を強い魅力でとらえるところがあった。「進んで外《ほか》の人を、此方《こつち》の考へ通りにするなんて、到底出来た話ぢやありやしない」と言い切る代助は、また「自己本来の活動を自己本来の目的として」いる人物である。自己の存在を他者と明瞭《めいりょう》に区別する代助が、三年ぶりに再会した旧識の三千代、友人平岡の妻に、内なる自然の促しによって、否応なしに惹《ひ》きつけられ、愛を告白して破滅に向かう成り行きをたどるこの長編に、『白樺』の武者小路実篤、あるいは『新思潮』（第二次）の谷崎潤一郎が著しい反応を示したのは、彼らの自ら記すとおりであった。芥川もまたエッセイ『点心』（『新潮』大正一〇・二・一）のひとこまに、「長井代助」と題して、「我々と前後した年齢の人々には、漱石先生の『それから』に動かされたものが多いらしい。」が、その中でも「長井代助の性格に惚れこんだ人々」のあったことに留意したいと書いている。そういう芥川自身が、代助に注目し、『それから』に動かされていたことは、歴史小説からの転換を試みた作品『路上』ないしは『秋』に、『それから』の影の落ちているのをみれば、明らかであろう。その点については三好行雄が「ある終焉《しゅうえん》―「秋」の周辺」（『芥川龍之介論』筑摩書房、昭和五一・九・三〇）で、それぞれを比較対照しつつ、「俊助の哲学が『それから』の高等遊民＝代助のそれに通じる」こと、「漱石の小説では、ふたりの男とひとりの女との三角関係が構想の端緒だったが、龍之介はそれを裏がえして、ふたりの女とひとりの男をめぐるトリアングルをえがいて見せた」ことなどを指摘している。

（遠藤　祐）

た

ダアク一座《だーくいちざ》　イギリスの操り人形劇団。明治二七（一八九四）年来日し、五月から七月にかけて東京で興行した。のち明治三三（一九〇〇）年に再度来日し、全国を巡業した。芥川は『追憶』という小品で、回向院《えこういん》の境内で見たこの一座の興行について触れている。そこでは「一番面白かつたのはダアク一座の操り人形である。その中でも又面白かつたのは道化《だうけ》た西洋の無頼漢が二人、化けもの屋敷に泊《とま》る場面である」と回想されている。

（関口安義）

第一高等学校《だいいちこうとうがっこう》　⇩**一高**《いちこう（いっこう）》

第一次世界大戦《だいいちじせかいたいせん》　大正三（一九一四）年七月二八日から大正七（一九一八）年一一月一一日まで英仏露の三国協商と独伊墺の三国同盟との間に行なわれた戦争で、日本は協商側についた。「柳川《やながは》（芥川、筆者注）と成瀬は熱心な日英同盟論者ですぐ仏蘭西《フランス》の肩を持つ」（『Spreading the News』の欄、『新思潮』大正三・九）とある。この戦争に触れた芥川の文章は「欧州の戦争が始まつて以来」（『軍艦金剛航海記』）、「欧州戦争が始まつてから、めつきり少《すく》なつた独逸《ドイツ》書を一二冊手に入れた揚句《あげく》」（『毛利先生』）、「君も知つてゐる通り、千枝子の夫は欧州戦役中、地中海方面へ派遣された『A―』の乗組将校だつた。あいつはその留守の間、僕の所へ来てゐたのだが、愈《いよいよ》戦争も片がつくと云ふ頃から、急に神経衰弱がひどくなり出したのだ。」（『妙な話』）、「殊に欧州の戦役以来、宗教的な感情が瀰蔓《びまん》すると同時に、いろいろ戦争に関係した幽霊の話も出て来たやうです。」（『近頃の幽霊』）、「先年欧州戦争の最中に、ドイツ軍が死体から油をとるといふ事が日本の思想界に憤慨を起させて、『悪魔の所業だ!!』『人道の敵だ!!』と、やかましく論ぜられたことです。」（『獄中の俳人』）、その他『彼第二』などあるが、戦争そのものについて芥川は明確な思想的立場は明らかにしていない。　（菊地　弘）

大観《たいかん》　総合雑誌。大正七・五〜大正一一・四（一九一八〜一九二二）。全四八冊。初め大観社、のち大隈重信《おおくましげのぶ》主宰。実業之日本社発行。世界の時勢を「大観」するという主旨で刊行。この雑誌に芥川は『トロッコ』（大正一一・三）を発表し、また『新潮』の『わが月評』で『大観』誌上の正宗白鳥、小川未明、上司小剣《かみつかさしょうけん》らの作品を批評したりした。だが「今日朝から晩まで癇《かん》癪《しゃく》の起《おこ》しつづけなり。私《ひそか》に自ら恥づ。大観、大隈侯の名にて茶話会に招待す。断る」（『我鬼窟《がきくつ》日録（別稿）―六月七日』）とあるようにこの雑誌とはあまり関係が密ではなかったらしい。

（久保田芳太郎）

太虚集《たいきょしゅう》　島木赤彦の歌集。大正一三（一九二四）年一一月八日、古今書院刊。大正九（一九二〇）年中ごろから一三年半ばまでの作四八一首を収める。著者自ら「漸《やうや》く簡古老蒼《らふさう》の域に入り円融具足の相を備へた」ことを述べているが、自然・人生を諦視《ていし》してその深処に迫り、円熟した風格をもつ赤彦第四歌集である。赤彦の求めに応じた芥川は『アララギ』（大正一四・八）に『「太虚集」読後』を執筆した。その中で肥満型の赤彦をとらえ、鈍重のように信ぜられやすいし、赤彦自身「のろま」をもって任じているが、そうではないと言い、『うち日さす都少女《みやこをとめ》の黒髪は隅田川《すみだかは》べの土に散りばふ（関東震災）』／これ等《ら》の歌を作ることは如何《いか》に鍛錬を重ねたとしても、到底『のろま』には成《な》し得るものではない。」と言い、『冬菜まくとかき平らしたる土明《つちあ》かしもの幽《かそ》けきは昼ふけしなり』／島木さんは現代の日本に於《お》ける最も完成した作家の一人である。」と称賛している。「みづうみの氷は解けてなほ寒し三日月の影波にうつろふ」など、人間的な情意を没して、自然に奥深く参入した歌集である。　（藤岡武雄）

「太虚集」読後《「たいきょしゅう」どくご》　書評。初出『アララギ』大正一四（一九二五）年八月（のち『梅・馬・鶯《うぐいす》』に収録）。島木赤彦の歌集『太虚集』（古今書院、大正一三・一一）の批評である。「益良夫《ますらを》さびた剛徳」、「丈の高い」「堂堂としたうちに沈痛な響きの籠《こも》つた味ひ」があり、当代の「最も完成した作家の一人」としている。なお芥川は文中、「僕はいつも作品よりも作家を考へずにはゐられぬものである」と記している。

（田中保隆）

第三回内国博覧会《だいさんかいないこくはくらんかい》　明治二三（一八九〇）年四月一日から七月三一日まで、東京の上野公園で開かれた第三回内国勧業博覧会。第一回は明治一〇（一八七七）年、第二回は一四（一八八一）年、同じく上野で開かれている。殖産興業と知識の普及を目的として、国内の物産・工芸・機械・美術品などを、数館に分けて一堂に展観、会期中は一〇〇万人を越える入場者でにぎわった。とくに、このとき会場内を日本で初めてスプレーク式電車が走り、話題となる。一般の縦覧に先立つ三月二六日、天皇が臨席して開場式が行われたが、芥川の『お富の貞操』（『改造』大正一一・九）は、後半がこの日に設定されている。すなわち、「丁度竹の台に、第三回内国博覧会の開会式が催される当日」に、時計商の夫や三人の子供と上野広小路の雑踏を歩いていたお富は、開会式帰りの二頭立ての馬車に、往年の乞食の新公が、金モオルと勲章に埋もれて座っているのを見いだすのである。

（宗像和重）

第四階級《だいしかいきゅう》　第三階級としての市民階級（ブルジョアジー）に対して、労働者階級（プロレタリアート）を言う。「今や第四階級を除いては文学の行くべき道はない」とする中野秀人《ひでと》の『第四階級の文学』（『文章世界』大正九・九）以来、平林初之輔《はつのすけ》や宮島資夫《すけお》らによって、労働文学や第四階級文学の主張が展開され、プロレタリア文学運動への道を開いた。そうした中で、有島武郎は『宣言一つ』（『改造』大正一一・一）を発表し、「第四階級に対しては無縁の衆生の一人である」自己の限界を告白、大きな波紋を投げた。芥川もまた『河童《かっぱ》』（『改造』昭和二・三）の医者チャックに、「あなたの国でも第四階級の娘たちは売笑婦になつてゐるではありませんか?」と言わせ、同情と関心を寄せているが、『文芸的な、余りに文芸的な』（『改造』昭和二・五）では、「僕等《ら》は時代を超越することは出来ない。のみならず階級を超越することも出来ない」とも語っている。（宗像和重）

第四の夫から《だいしのおっとから》　小説。大正一三（一九二四）年四月一日発行の雑誌『サンデー毎日』に発表。単行本には収録されなかった。四〇〇字詰原稿用紙約七枚ほどの短編で、まず、梗概《こうがい》を示すと次のようになる。「僕」という日本人の男が「さまよへる猶太人《ユダヤ》」のように諸国を放浪してチベットに住んでおり、その近況を日本の旧友に手紙で報告するという書簡体形式の作品である。「僕」は日本の国籍を捨ててシナ人となり、ラッサに住んでいるが、ここは東京より住み心地がよく数年は住みたいと思っている。その理由は第一に「怠惰」を美徳とし、午睡を楽しみ、怠惰の天国であるからであり、第二に美人の妻ダアワがいるからである。「僕」は今、彼女の第四の夫として三人の男――第一の夫は行商人、第二は軍人、第三は仏画師――たちとダアワを共有して満足している。この一妻多夫に対してキリスト教徒や文明国では軽蔑《けいべつ》するが、「僕」の立場から反論すれば、第一にすべて結婚の形式は便宜的なものにすぎないのであり、第二に一夫一妻のキリスト教徒がそうでない異教徒よりも道徳心が高いというわけではなく、第三に「事実上」の一妻多夫は「事実上」の一夫多妻と共にどこの国にも存在するものであり、第四に文明国で一妻多夫を軽蔑するように、チベットでは一夫一妻を軽蔑するのであってそれは要するに風習の相違にすぎない。かくして「僕」は共有に不便がなく、四人の夫を平等に愛しているダアワは「女菩薩《にょぼさつ》」であり、子を抱いて樹下に立つ姿は「円光」を負っており、桃の花盛りの今、ここはまさしく桃源郷だと報じて終わるのである。一編の趣意は言うまでもなく一夫一婦制の形式的結婚制度を揶揄《やゆ》的に批判して、男女の結合においては愛に基づくのが本源的な結び付きであって、結果としてそれがアナーキーなものとなったとしても何の不都合もないのみならず、憧憬《どうけい》の国、理想郷、アルカディアとして芥川自身の願望をこめたと見られる。（鷺　只雄）

大正九年の文芸界《たいしょうくねんのぶんげいかい》　評論。大正九（一九二〇）年一一月二〇日発行、大阪毎日新聞社編『毎日年鑑』（大正一〇年版）に掲載された。単行本には収められなかった。前年度『毎日年鑑』に書いた『大正八年度の文芸界』は作家と流派を中心に文壇を鳥瞰《ちょうかん》したが、『大正九年の文芸界』では、「外面的な、その代りもっと大づかみな、文壇的事実を本位にした鳥瞰図」を描こうとして、「一　新進作家の輩出」、「二　文芸の多様化」、「三　モデルの為《ため》のモデル」、「四　文芸の社会化」の四項目を立てて論じた。「年鑑」発行日の関係で、大正八（一九一九）年下半期から大正九年にかけての文壇の動きを取り上げている。まず、この間の最も人目につくものは新進作家の輩出であるとして、室生犀星、細田民樹、細田源吉、田中純、岡田三郎、佐佐木茂索らを挙げている。この数年間に文壇は明らかに局面を転換し、「自然主義の桎梏《しっこく》」を完全に脱し、その結果として新進作家の輩出という現象が生じたと芥川は述べている。このような転換を実現したのは、かつての新進作家たちの力であった。すなわち、当時の新進作家たちは自ら「機会を作り出した」のである。これに反して現在の新進作家は、局面が転換し、旧人が葬られた結果として、続々と文壇に登場したのであり、「機会が新人作家を造り出した」のであると芥川は評している。そして、この数年間は反自然主義的傾向が文壇を支配したが、旧《ふる》い権威が倒れた結果、「文芸の多様化」ということが現在の文壇の特徴になっていると述べ、最近では「自然主義へ復帰した新進作家」さえ登場するにいたったことを指摘している。文壇全体が自然主義に統一されていた時代に比べると、「葬場から舞踏場へ移つたやうな観」があり、これほど文壇が多様でにぎやかな時代は明治以来はじめてのことであるかも知れないと言って、徳田秋声、武者小路実篤、菊池寛、室生犀星、有島武郎、宇野浩二らの様々な傾向と個性の作家たちが同時に並立し、競い合っているところに、現在の文壇の特徴を見ている。しかし、それは同時に、中心となる新しい芸術的な主張や流派が生まれないことを示すものでもあり、文壇が「乱れ出した兆候」も発見されるとして、モデル問題について述べている。すなわち、近年の文壇ほど自叙伝小説が盛んな時代は滅多にないが、作家の交際範囲が狭いために、文壇知名の作家たちが見えすいた仮名で登場し、さらに、モデルそのものの興味に頼ろうとする悪傾向が生じている。さらに進んで、モデルその人を傷つけるために、その私行や家庭の秘事を暴露し、その上なお架空のことを捏造《ねつぞう》して累を及ぼすというようなことさえ生じている。このように述べて、芥川は「芸術家の堕落これよりも甚しきはない」と力説した。多様化が進む一方で、はっきりした文芸の理想が見失われ、文壇に行き詰まりと堕落が生じていることを指摘したのである。文芸の多様化の結果はまた、「文芸の社会化」が進み、通俗小説が進歩するという現象を生じさせた。芥川はこれを積極的に評価し、通俗小説は社会と文芸が隔離された時代に、両者を結ぶ運河のようなものとして生まれたが、両者の関係がより密接になれば、運河の代わりに「自然の大河」が貫流することになるはずだとして、久米正雄の『不死鳥』、菊池寛の『真珠夫人』、里見弴の『今年竹』を挙げ、志賀直哉もこの種の長編を書こうとしていると言って、「もしこの傾向が理想的に進んで行つたら、所謂《いはゆる》通俗小説なるものは、数年の内に堂々たる芸術的長篇に変つてしまふかも知れない。」と述べた。また、「文芸の社会化」の傾向は、新旧劇俳優が新しい作家の戯曲を上演するようになったことにも見られるとして、中村吉蔵の『井伊大老』、山本有三の『生命の冠』、菊池寛の『恩讐《おんしゅう》の彼方《かなた》に』『藤十郎《とうじゅうろう》の恋』、武者小路実篤の『その妹』等が上演され、世間的にも成功したことを挙げている。純文学と言われる私小説の行き詰まりと堕落からの脱出の道を「文芸の社会化」の方向に求めたことが注目される。　（伊豆利彦）

大正八年度の文芸界《たいしょうはちねんどのぶんげいかい》　評論。大正八（一九一九）年一二月五日発行、大阪毎日新聞社・東京日日新聞社編『毎日年鑑』（大正九年版）に掲載された。単行本には収められなかった。内容は、「一 概観」、「二 自然主義の諸作家」、「三 唯美主義の諸作家」、「四 人道主義並《ならび》にその以後の諸作家」、「五 評論、戯曲、詩歌」という整然とした構成で、大正八年度に活躍した作家と小説界を中心にした鳥瞰《ちょうかん》図である。以下その概略について述べると次のようである。この二、三年の傾向として自然主義の「真」、それに反発する唯美主義の「美」と人道主義の「善」とが鼎立《ていりつ》の状況にあるとし、子細に検討すると、自然主義と唯美主義とは物質主義的人生観において相通じ、自然主義と人道主義とは排技巧論において共通点を持つと指摘する。そのような文壇状況へ白樺派から有島武郎、里見弴、新早稲田派から広津和郎、葛西《かさい》善蔵、新赤門派の菊池寛、久米正雄らがこの両三年以前になって登場し、真・美・善の理想を調和しようとして、多彩な題材と変化に富む技巧によって活躍を示しているのが現況であると言う。図式的だが明快に流派の傾向と特色をとらえており、その観点は今日の文学史的整理の原点の一つになっていると言っても過言ではあるまい。以下各流派別に五三名の作家と関連する四一編の作品を挙げ、近業に印象批評風の鋭い短評を加えている。その批評の特徴は対象作家の主題や文体を含めて作風を展開の相においてとらえ論じるというところにある。大正八年度の出色と評価されたのは、「手腕の非凡な」正宗白鳥、「自然主義の諸作家中、唯一のヒュウモリスト」上司小剣《かみつかさしようけん》、「独自の異常なる感覚の世界へは愈《いよいよ》奥深く進んで行つた」佐藤春夫、「擒縦《きんしよう》自在なる筆力」宇野浩二らであるとする。反面島崎藤村については『新生』の主人公の自己批判は、余りに容易なる憾《うら》みがある。従つてこれを肯定しようとする主人公の心もちも余りに虫が好すぎる観なきを得ない」と突き放す。この年の三月、芥川は海軍機関学校を退き、大阪毎日新聞社に入社した。創作以外にも『我鬼窟《がきくつ》日録』『大正八年六月の文壇』といった雑文や時評の執筆の機会が飛躍的に増加してきた。六月の時評をめぐって有島生馬《いくま》と応酬を交わすことになる。本格的な文壇生活が始まったのである。芥川の毎日入社について、柴田勝衛は大阪毎日新聞が芥川、菊池寛、水上《みなかみ》滝太郎と特殊な関係を結んだのは、大阪朝日新聞が三宅《みやけ》雪嶺《せつれい》、厨川白村《くりやがわはくそん》の両博士及び内田魯庵《ろあん》と密接な関係のあるのに対抗したためであると評した（「文芸に関係のある新聞及雑誌の本年度の総勘定」、『新小説』大正八・一二）。この年、芥川の展望以外には、吉田絃二郎『小説壇の回顧』（『早稲田文学』一六九号、大正八・一二）、宮島新三郎『大正八年の文壇を論ずる書』（『新小説』大正八・一二）などがある。両者とも書簡体で書かれており、吉田は抽象的に文壇の趨勢を論じたもので取り立てて言うほどのことはなく、宮島は芥川から説き起こし三六人の作家を並べて注文をつけたものと言ってよかろう。芥川が展望の中で「評論界の沈滞は甚《はなは》だしい。西宮藤朝氏の如き、宮島新三郎氏の如き、新進気鋭の批評家もゐないではないが、彼等《ら》は皆小宮豊隆《とよたか》氏が往年文壇に臨んでゐた権威程《ほど》のものさへ持つてゐない」の言を裏づけているようである。『新潮』では「本年発表せる創作に就《つい》て」で三九作家のアンケートを掲載する。この中で藤村は「誰も御苦労と言つて呉《く》れる人もない境涯だから、私は独りで御苦労、御苦労と云つて見て自分で自分をねぎらつた」と答えている。ところで芥川の展望で欠落しているのには『運命』（『改造』大正八・四）の幸田露伴がある。また宮地嘉六《かろく》、沖野岩三郎、堺枯川《さかいこせん》、荒畑寒村らのいわゆる労働文学の登場も芥川の死角にあったものと言える。

〔**参考文献**〕北条常久「芥川の文芸時評についての覚え書き」（『日本文芸論稿』4、昭和四七・九）、海老井英次「大正八年度の文芸界」（三好行雄編『芥川龍之介必携』学燈社、昭和五四・二冬季号）

（浅井　清）

大調和《だいちようわ》　文芸雑誌。昭和二・四～三・一〇（一九二七～一九二八）。全一九冊。春秋社発行。表紙に「武者小路実篤編輯《へんしゆう》」とあり、顧問格として志賀直哉をはじめ柳宗悦《むねよし》・長与善郎《よしろう》・千家《せんげ》元麿《もとまろ》・岸田劉生《りゆうせい》らの旧「白樺」同人がいたことからもその性格の一端がうかがえる。芥川はこの雑誌に生前『歯車』の「一　レエンコオト」（昭和二・六）の部分を発表し、没後滝井孝作によって「芥川さんの手紙」（昭和二・一一）が載せられた。また、小林秀雄「芥川龍之介の美神と宿命」（昭和二・九）の掲載誌としても記憶される。

（関口安義）

大東京繁昌記《だいとうきようはんじようき》　昭和二（一九二七）年三月一五日から同年一〇月三〇日まで『東京日日新聞』夕刊に連載。のち二冊に分かち、同題名で「下町篇」は翌三年九月二〇日、また「山手篇」は同年一二月一〇日、ともに「著作者　東京日日新聞社編」として春秋社刊。関東大震災後の変貌した東京市内各地の風景を著名な作家、画家にスケッチさせた地誌。「下町篇」は、芥川に小穴《おあな》隆一の絵を配した『本所《ほんじよ》両国』をトップに、泉鏡花の『深川浅景』、北原白秋の『大川風景』、吉井勇の『大川端』、久保田万太郎の『雷門以北』、田山花袋の『日本橋附近』、岸田劉生《りゆうせい》の『新古細工銀座通』を収める。「山手篇」は、新しく書き加えた島崎藤村『飯倉附近』ほか十編。芥川の『本所両国』は、「大溝《おおどぶ》」から始まり、「両国」や「一銭蒸汽」、「柳島」「萩寺《はぎでら》あたり」「錦糸堀《きんしぼり》」「相生町《あいおいちょう》」「回向院《こういん》」等々、この一帯を幼少年期の回想と重ね合わせつつ描き、『方丈記』の感慨に共感して結びとしている。　（岡　保生）

大導寺信輔の半生《だいどうじしんすけのはんせい》　小説。大正一四(一九二五)年一月一日発行の雑誌『中央公論』に発表。八巻本の『芥川龍之介全集』の第四巻(岩波書店、昭和二・一一・三〇)に収録された。初出では「六　友だち」の記述「彼の友だちは青年らしい心臓を持たぬ青年でもなかつた。」とあったのが「……青年でも好かつた。」と改められた。なお「六　友だち」の終末に「(以下続出)」とあり、「附記」として「この小説はもうこの三四倍続けるつもりである。」『大導寺信輔の半生』の第一篇と思つて頂けば幸甚である。」とされているが、その約は果たされず、未定稿として『空虚』(『創作月刊』昭和三・五)と『厭世主義』があり、『未定稿・断片』として『大導寺信輔の半生』の題で普及版、十巻本の『芥川龍之介全集』の第九巻(岩波書店、昭和一〇・七・一〇)に収録された。『大導寺信輔の半生』は副題に「或《ある》精神的風景画」とあるように、龍之介自身を思わせる大導寺信輔という主人公の生いたちから、家庭や環境条件、それとない合わされた内面的成長の軌跡を追って、「半生」を描いている。「大導寺信輔の生まれたのは本所の回向院の近所だつた。」という起筆で、主人公は「信輔」「彼」という客観的記述で終始する。しかし、この作品を龍之介の精神的私小説としてみる場合には、記述の末端にいたるまで虚実の接点が追求される。冒頭、龍之介の生地が本所とされているのは既に事実に反する。生育の地である。(『本所両国』『追憶』『最初の思ひ出』『十八年目の誕生日……』『大川の水』)そして心象風景画としてみる場合にも、川波に漂う「坊主頭の死骸」によって象徴されるように、嗜虐的《しぎやく》とも言えるまでに暗鬱《あんうつ》にして厭世的でありすぎる虚像ではないかと思われる。虚妄の極限から自己確認をした心象は「信輔。雨中の漏電の如き mental flash を欲す。」(『手帳(九)』)の言葉にも察せられる。梗概は次の通り。「一　本所」大導寺信輔は本所の回向院の近所に生まれたが、記憶に残るものは寂しく、憂鬱、不快な町々であったが、その見すぼらしく、醜い自然に憐《あわれ》みに近い愛を覚えた。「坊主頭の死骸」が乱杭の間に漂うといった百本杭を三〇年後も覚えていて、そのころの本所は「感じ易《やす》い信輔の心に無数の追憶的風景画を残した」のである。「二　牛乳」信輔は罎《びん》詰めの牛乳を飲んで育った。虚弱な母は一粒種の彼に、一滴の乳も与えなかった。彼の生涯の秘密である。小学生時代、若い叔母が乳の張ったのを苦にして「信ちゃんに吸つて貰《もら》はうか?」とからかったが、彼はもちろん吸い方を知るはずがなく、叔母は隣の女の子に盛り上がって固い乳房を吸ってもらった。彼は女の子と叔母を憎んだ。嫉妬《しっと》と、彼の Vita sexualis の始まりとも思える。彼は父に似ず、また虚弱であることを牛乳のせいにした。その迷信はやがて消えた。「三　貧困」彼の家庭は、体裁をつくろうために苦痛を受ける「中流下層階級の貧困」で「退職官吏」だった父は「節倹の上にも節倹を加」え、彼はこの貧困を憎悪し、父を母を憎悪し「肉親の父を恥ぢる彼自身の心の卑しさ」を恥じた。独歩を模した「自ら欺かざるの記」に憎悪を憎悪し、貧困・虚偽に対する憎悪を憎悪する心象を記した。「四　学校」彼は「拘束の多い中学」を憎み「囚徒の経験する精神的苦痛」を経験し、教師を憎んだ。不遜《ふそん》な彼を厳罰に処する教師に対する「自彊《じきやう》術の道具」を「自ら欺かざるの記」に求めた。「予の蒙《かうむ》れる悪名」の三は「文弱」「軽佻《けいてう》浮薄」「傲慢《がうまん》」として

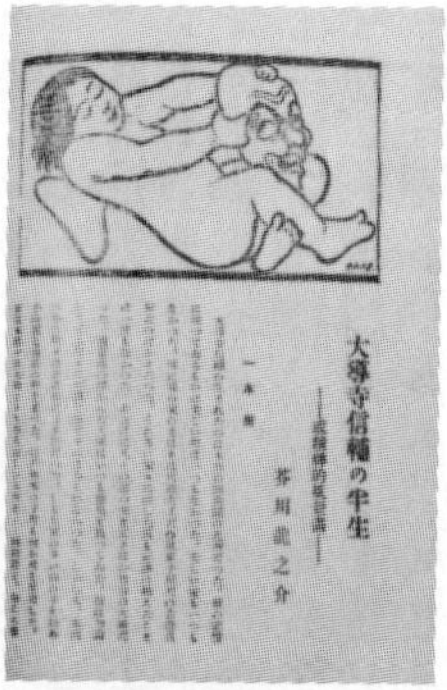

『大導寺信輔の半生』
(『中央公論』大正14年1月)

記した。学業はいつも高点だったが、操行点は一度も六点を上がらず、そこに「冷笑」と「復《ふく》讐《しゅう》」を感じた。彼は「落寞《らくばく》とした孤独」に安住した。「五 本」彼は貧しい中で本、とくに「世紀末の欧羅巴《ヨーロッパ》の産んだ小説や戯曲」によって「あらゆるものを本の中に学んだ。」図書館、貸本屋、節倹によって本に接した。しかし愛したのは買った本であった。本を買うため、やむをえず七十銭で売った『ツアラトウストラ』は古本屋から買い戻すときは値切って一円四〇銭であった。彼は「何度も彼自身を嘲笑」した。「六 友だち」彼は「才能の多少を問はずに友だちを作ることは出来なかつた。」彼は、がっしりと出来上がった頭脳の持ち主を愛し、同時に憎んだ。彼は上流階級の青年に、時には中流上層階級の青年に憎悪を感じた。未定稿の「空虚」学者たらんとして哲学—ベルグソン、オイケン、ラ・メトリイ、スピノザ、カント、ニーチェ、ショーペンハウアーに近づいたが空虚を感じた。芸術的たらんとして書いたが「表現的陰《いん》萎《ゐ》」に失敗と失望を味わった。翻訳にも倦怠《けんたい》を感じた。その道程をへて自己の無力を発見した。「厭世主義」彼は厭世主義の哲学を読まぬ前にすでに厭世主義者であった。彼は「いつまでも薄暗いランプ」を、「自ら欺かざるの記」を、「磯臭い朝焼けの大川端に浮かんだ坊主頭の屍骸《しがい》」を覚えていた。この作品の研究史を整理したものに川端俊英「大導寺信輔の半生」（菊地弘・久保田芳太郎・関口安義編『芥川龍之介研究』明治書院、昭和五六・三・五）がある。また「課題・展望」として「詩と真実」の乖離《かいり》に注目し、「保吉」→「信輔」→「僕」と移る経緯、〝断片的回想〟→「半生」→「一生」へ進む展開の軸をなすから、内面の鋭い屈折を読み取る上で虚構性の分析が重要だとしている。三好行雄も『芥川龍之介論』（筑摩書房、昭和五一・九・三〇）の冒頭に「仮構の生—『大川の水』をめぐって—」を据え、『大川の水』（『心の花』大正三・四）だけでなく『大導寺信輔の半生』にも言及した。『大導寺信輔の半生』では「一 本所」の「厭世主義」に相照応するように出てくる坊主頭の死骸が、『大川の水』の感傷では消去されて、愛する東京の臭《にお》いになっていることは注視される。初期の物語性から告白性に文学様式が変化し「人格の裏側に潜んでいるパトロギー（病理）」を指摘し、母の乳を吸ったことなく、牛乳だけで育った龍之介の告白に「裸になって自分の内臓までさらけだし」た態度を重視するナルシシズムとコンプレックス観もある。（岩井寛『芥川龍之介 芸術と病理』金剛出版新社、昭和四四・一〇・二〇）

〔**参考文献**〕宮本顕治「『敗北』の文学」（『改造』昭和四・八）、竹内真『芥川龍之介の研究』（大同館書店、昭和九・二・八）、中村真一郎『芥川龍之介』（要書房、昭和二九・一〇・一〇）、恒藤恭『旧友芥川龍之介』（朝日新聞社、昭和二四・八・一〇）、山敷和男『「大導寺信輔の半生」と「女中の子」』（『比較文学年誌』3、昭和四一・六）、吉田精一『芥川龍之介集』（角川書店『日本近代文学大系』38、昭和四五・二・一〇）、森本修『新考・芥川龍之介伝』（北沢図書出版、昭和四六・一一・三）、菊地弘・久保田芳太郎・関口安義編『芥川龍之介研究』（明治書院、昭和五六・三・五）

（長谷川泉）

『大導寺信輔の半生』《だいどうじしんすけのはんせい》 芥川の死後、昭和五（一九三〇）年一月一五日、岩波書店から発行された単行本。四六判、布装、箱付き、二八〇頁、定価二円。装丁は小穴《おあな》隆一による。収録作品は『大導寺信輔の半生』（『中央公論』大正一四・一）『第四の夫から』（『サンデー毎日』大正一三・四）『馬の脚』（『新潮』大正一四・一～二）『早春』（『東京日日新聞』大正一四・一）『桃太郎』（『サンデー毎日』大正一三・七）『三つのなぜ』（『サンデー毎日』昭和二・四）『点鬼簿』（『改造』大正一五・一〇）『悠々荘』（『サンデー毎日』昭和二・一）『玄鶴山房《げんかくさんぼう》』（『中央公論』昭和二・一～二）『白』（『女性改造』大正一二・八）『河童《かっぱ》』（『改造』昭和二・三）の計一一篇である。巻末には昭和四年初冬の日付がつけられた菊池寛の「跋《ばつ》」がある。その中で菊池は、芥川の死因が神経衰弱に半ば以上あったことを述べながら、一方では芥川死後の始末が、すべてなごやかに行われ

『大導寺信輔の半生』（小穴隆一装丁）

たことを報告し、故人のやすらかな微笑を想像している。これらの菊池の言葉は、この直前に出された単行本『西方の人』の佐藤春夫の「跋文」にみられる、生命をその中に注入しようとした芥川の必死の努力、あるいは一編として彼の傷ましい生活を反映せぬものはないという言葉と対照的で、両単行本の内容上の相違も明らかにしているようである。すなわちここでは、表題作や『点鬼簿』のような私小説的傾向の作品もあるが、それよりも『白』や『河童』のような筋のある物語が比較的多く集められており、全体として、物語作家芥川の一面が前面に出ているからである。作品集としてその内容を眺めて批評したものには、『名著複刻芥川龍之介文学館解説』（日本近代文学館、昭和五二・七・一）の中で、篠田一士が芥川晩年の特徴を遠心性よりは求心性が濃厚になるとして論じたものがある。なお、巻末の作品年表中、『桃太郎』の初出が大正一四年とあるのは一三年の誤りである。（奥野政元）

大菩薩峠《だいぼさつとうげ》　長編小説。著者は中里介山。大正二（一九一三）年九月一日『都新聞』に掲載して以来、『大阪毎日新聞』（『東京日日新聞』併載）『隣人之友』『国民之友』『隣人之友』に断続的に書き継がれ、その後は『農奴の巻』『京の夢おう坂の夢』『山科の巻』『椰子《やし》林の巻』が書き下ろされた。昭和一九（一九四四）年作者が没して作品は未完に終わる。最終巻となった『椰子林の巻』は一六（一九四一）年六月二日刊。沢井道場音無しの構えで知られた机龍之助は大菩薩峠で巡礼を斬り、御嶽山奉納試合で宇津木文之《ぶんの》丞《じょう》を倒す。小説はこれを発端として、幕末の大きな変転期の中で、己の業を背負って生きる龍之助を、江戸へ京へと舞台を移して描いていく。作品を構想するに際してその根幹には大逆事件があったと言われるが、後に輩出した大衆的時代小説と同一視されることを嫌って、介山は大乗小説たることを主張した。芥川の『文放古』には、『大菩薩峠』を評する「一知半解」の女が登場する。（中村　友）

高橋竹迷《たかはしちくめい》　明治一六・五・一三〜昭和二六・四・一〇（一八八三〜一九五一）。曹洞《そうとう》宗僧侶。山梨県北巨摩《こま》郡秋田村（現、長坂町）清光寺住職・文人。岐阜県生まれ。本名定坦《じょうたん》。本姓矢島、幼名喜一だったが、美濃市の永昌院高橋慧《え》定《じょう》の養子となり、得度して法号定坦となり、それを本名とした。早くから神童と言われていた。明治以後宗門に『引導法語』に関する出版が多く出たが、竹迷の著が精確で傑出していると言われ、やはり彼の解説した偈《げ》などとともに永平寺で用いられている。バイブルを読み、講話の中に取り入れていたと言われ、大本教などの新興宗教にも関心をもち、その方面の人との付き合いもしたという、進取の気象に富んだ人であった。漢詩壇の名家福井学圃の門人として漢詩を学び、希《まれ》にみる異才と言われ、特に四六文は一頭地を抜いていたらしい。青年のころから大町桂月の文章に魅せられ、影響を受けていると言われる。晩年には小室翠雲の門に入って画筆に親しみ、詩、書画に能筆を揮《ふる》った。文学者との交際は漢詩の手ほどきを通してのことで、親交のあった人に大町桂月、幸徳秋水、相馬御風、吉田絃二郎、小杉放庵、下島勲《いさおし》、小穴《おあな》隆一らがおり、若槻《わかつき》礼次郎、山本五十六《いそろく》などとも交際があった。桂月の『甲州日記（三）八ヶ嶽登山』の大正一三（一九二四）年八月一二日のくだりに「清光寺和尚谷底へ落ちたり三時也《なり》」の一文がある。芥川が竹迷を知ったのは、大正一二（一九二三）年八月一日から始まった山梨県北巨摩郡教育会主催の夏期大学が清光寺で開かれ、その講師に招かれたときである。竹迷については、芥川は小穴隆一宛書簡で「方丈さんは高橋竹迷氏と申し曹洞宗中の文人なり　方丈さん画を描き僕句を題す　この間多少の魔風流ありと思召《おぼしめ》され度候《たくさうらふ》」（大正一二・八・二）、また岸浪静山宛で「夏期大学の先生に来たところ思ひかけず庵主は竹迷上人なり、為《ため》に教育会のお客だか竹迷上人のお客だかわからぬやうに相成《あひなり》候」（同年八・五）と認めている。また「夜宿清光寺」として、「木石の軒ばに迫る夜寒かな」の句が滝井孝作宛書簡（大正一三・三・一二）の中に詠まれている。竹迷に芥川は漢詩をみてもらったようだが、現在知れるのは竹迷宛の絵葉書に「買酒窮途哭誰吟帰去来故園今泯泯廃巷暗蛩催／乞玉斧／ワタシノウチハ無事デスガ親戚皆焼カレマシタ」（大正一二・九・二二《年次推定》）とある一つだけである。竹迷は芥川の漢詩はまだ幼稚だと言っていたとのことである。主著に『隠元・木庵・即非』（丙午出版、大正五・一・一五）、『白隠禅師言行録』（東亜堂書房、大正五・五・一）、『支那祖蹟参拝紀行』（中央仏教社、大正一五・一一・一九）がある。（菊地　弘）

高浜虚子《たかはまきよし》　明治七・二・二二～昭和三四・四・八（一八七四～一九五九）。俳人・小説家。本名清。愛媛県生まれ。第三高等学校の大学予科解散に伴い、第二高等学校に転校し、中退。『ホトトギス』主宰。芥川の井川恭《きょう》宛書簡（大正六・二・九）に「ボクはこの頃十七字をヒネル癖がついた」とあって、五句添えている。菅《すが》忠雄宛書簡（大正六・一二・二六）に「新年号のあとで大阪毎日を頼まれたので又弱つてゐます鎌倉へ行つたら高浜さんへつれて行つて下さい句でもやつて閑寂に暮したいと思ひます」とある。菅に紹介されて虚子に師事する。『わが俳《はい》諧《かい》修業』に「海軍機関学校の教官となり、高浜先生と同じ鎌倉に住みたれば、ふと句作をして見る気になり、十句ばかり玉斧《ぎょくふ》を乞ひし所、『ホトトギス』に二句御採用になる。その後引きつづき、二三句づつ『ホトトギス』に載りしものなり。」とある。運座にも加わる。虚子については『写生論』（大正七、月は不詳）、『澄江堂《ちょうこうどう》雑記』の「相撲」（『随筆』大正一三・三）、『文芸的な、余りに文芸的な』の「六　僕等《ら》の散文」（『改造』昭和二・四）などで触れられている。そのほか書簡小島政二郎宛（大正七・五・一六、九・二二）、永見徳太郎宛（大正八・五・二二）、森幸枝宛（大正九・三・二七）、下島勲《いさおし》宛（大正一〇・九・二、九・一三）、香取秀真《ほずま》宛（大正一一・三・一九）、渡辺庫輔《くらすけ》宛（大正一一・四・八）、大岡龍男宛（昭和二・六・二四）にも虚子の名が出ている。（菊地　弘）

高　浜　虚　子

高山樗牛《たかやまちょぎゅう》　明治四・一・一〇、新暦二・二八～明治三五・一二・二四（一八七一～一九〇二）。評論家。本名林次郎。帝国大学文科大学（東大文学部の前身）哲学科卒業。在学中『帝国文学』を創刊、『太陽』主幹。思想的には短い生涯の間、日本主義、ニーチェイズム、日蓮主義と変転した。芥川は中学時代、樗牛の『平家雑感』を愛読し（『愛読書の印象』大正九・八）、大正五（一九一六）年ごろには『樗牛のこと』（発表誌未詳、『点心』所収）という随筆を書いている。中学三年のとき樗牛全集を読んだ折には、その美文がいかにも空々しく、樗牛は嘘《うそ》つきだ、と思ったが、十年の後再読してみて、あらためて樗牛の痛々しい生の慟哭《どうこく》を見いだし、共感した。しかし、自分と樗牛との間には、まだ何かが挟まっている、といった内容である。また、大正一一（一九二二）年九月一二日の工藤恒治宛書簡に「樗牛の事は拙著点心の中に一文ありその外は何の感想も無之候《これなくさうらふ》唯《ただ》樗牛ほどの批評家現在は一人も居らざるべき乎《か》樗牛も亦《また》才物と存《ぞんじ》候」とある。（高橋陽子）

滝井君の作品に就いて《たきいくんのさくひんについて》　未定稿。執筆の日付は大正一五（一九二六）年六月一四日とある。『辻《つじ》馬車』同人が滝井の小説を悪評したのに対する芥川の弁護の文章である。芥川は第一に文章上の特徴を挙げ「あれは晦渋《くわいじふ》を極めてゐるやうですが、決して下手な文章ではありません。」「あのごつごつした、飛騨《ひだ》の国に産する手織木綿の如き、蒼老《さうらう》の味のある文章は容易に書けるものではないのです。」と言い、第二に彼の作品に見るトリビアリズムに関する批判について、トリビアリズムこそ彼の作品の面白味の一因であり美しさを形成する要素なのだと言う。特定の定木をあてずに、彼の作品を見るとき、そこに「古画や古俳諧《はいかい》に共通」する「東洋詩的な」美しさを発見出来るだろうし、同情して読めば、理解し合う点も出来るのではないかとも述べている。『辻馬車』同人神西《じんざい》清の煽動によりこの文章を草したと断ってあるが、いずれにしても友情のこもった善意あふれる文章である。（瓜生鉄二）

滝井孝作《たきいこうさく》　明治二七・四・四〜昭和五九・一一・二一（一八九四〜一九八四）。小説家・俳人。俳号は折柴《せっさい》。岐阜県生まれ。代表作には長編小説『無限抱擁』（改造社、昭和二・九）、句集『折柴句集』（やぽんな書房、昭和六・八）などがあるが、短編小説、随筆の名手として知られる。一五歳にして新傾向俳句にめざめ、その後、大阪、東京で特許事務所に勤めたり、早稲田大学の聴講生になったりしながら、荻原井泉水《おぎわらせいせんすい》の主宰する『層雲』や河東碧梧桐《かわひがしへきごとう》を中心とする『海紅』に拠《よ》って句作に励んだ。芥川との接触が生じたのは、大正八（一九一九）年二月、時事新報社の文芸部記者となってからであるが、間もなく、当時俳句に関心を深めていた芥川の知遇を得たようで、同年の『我鬼窟《がきくつ》日録』六月一五日の記録に、「夜に入って滝井折柴が来て又俳論を闘はせる。海紅句集一冊呉《く》れる。」とある。また、六朝の書を中心に東洋美術に関心の深かった滝井はその点においても芥川と共鳴するところがあったらしく、同年八月三〇日付けで、芥川から滝井宛に、「雲坪の幅二　隆達筆隆達節巻物一　手もとにあり」「一人で見るのは勿《もっ》体《たい》ない」から見に来るようにとの誘いの葉書も書かれている。二人のつきあいはまずこういう形で始まり長く継続するが、一方で、出会いの翌年（大正九年）から滝井が小説を書き出し、さらに大正一〇（一九二一）年の春から滝井が芥川の居宅に近い田端《たばた》に移り住んだことが契機となって、おのずから滝井は芥川に師事する形にもなった。芥川も滝井の人物と作品とを積極的に認め、「滝井君の作品は少くとも古画（足利時代の画と云ふ意味ではなしに）や古俳諧《はいかい》に共通した美しさの上に立つてゐる。」（『滝井君の作品に就いて』未定稿、大正一五・六・一四）と書き、その作品に流れる「詩的精神」の「美しさ」（『文芸雑談』、『文芸春秋』昭和二・一）をたたえた。滝井はこういう形で文壇に出たため、一時は南部修太郎、小島政二郎、佐佐木茂索とともに「龍門の四天王」と呼ばれたりしたが、しかし、大正一〇年ごろからは芥川よりは志賀直哉にいっそう深く傾倒し、大正一一年から昭和四（一九二九）年まで志賀のあとを追って、我孫子《あびこ》、京都、奈良と移り住んだ。芥川賞創設（昭和一〇年）以来、長くその選考委員の任にあたった。（蒲生芳郎）

滝井孝作

滝沢（曲亭）馬琴《たきざわ（きょくてい）ばきん》　明和四・

六・九〜嘉永元・一一・六(一七六七〜一八四八)。江戸時代後期の読本、草双紙作家。本名、興邦《おきくに》、解《とく》。別号、著作堂主人、蓑笠漁隠《さりつぎょいん》など。芥川が小学生時代から愛読した作家で、『戯作三昧《げさくざんまい》』では自身を仮託した主人公としている。旗本松平信成の用人を父とし、文武の教えをうけたが、一四歳で家を出、二四歳で山東京伝に弟子入りして戯作生活に入った。『椿説《ちんせつ》弓張月』『新編金瓶《きんぺい》梅《ばい》』『近世説美少年録』『南総里見八犬伝』『朝《ちょう》夷《い》巡島記』など、六〇年間に、読本を中心に黄表紙、合巻などおびただしい著作をした。儒教思想に基づく武士道と、仏教の因果応報思想とを基調として勧善懲悪主義を主張した。坪内逍遥の『小説神髄』における否定以来、近代文学の展開において否定的に扱われていたが、芥川は小学校時代から愛読していたらしい(『小説を書き出したのは友人の煽動に負ふ所が多い』)。饗庭《あえば》篁村《こうそん》編『馬琴日記鈔《しょう》』(文会堂書店、明治四四・二・一五)に取材した『戯作三昧』では、馬琴を借りて芸術家としての自己の態度を表明している。後年は、「僕は曲亭馬琴さへも彼の勧善懲悪主義を信じてゐなかつたと思つてゐる。」(『徳川末期の文芸』)と言っている。

(海老井英次)

滝田哲太郎《たきたてつたろう》(**樗陰**《ちょいん》) 明治一五・六・二八〜大正一四・一〇・二七(一八八二〜一九二五)。編集者。号は樗陰。秋田県生まれ。秋田中学より仙台の二高を経て、明治三六(一九〇三)年東京帝国大学文科大学英文科に入学し、内職に『中央公論』の「海外新潮」の翻訳を始め、やがて同誌の記者に採用された。東大入学一年後に法科大学(法学部の前身)に転じたが、しだいに社主の麻田駒之助に重んじられるに及んで、四二(一九〇九)年に大学をやめ、編集業務に専心し、大正元(一九一二)年には主幹になった。その間、一時『国民新聞』に入社したこともあったが、すぐ『中央公論』に戻っている。彼は『中央公論』が宗教色の強い固苦しい雑誌で、売れ行きが伸びなかったのを、時代に合わせたものに生まれ変わらせるために文芸欄を充実させることを主張し、小説掲載を社主に説き、これにより雑誌の売れ行きを大いに伸ばした。ことに三八(一九〇五)年一一月の二〇〇号記念には露伴、漱石などの作品を載せ、これが好評で、以後春秋の附録小説などが評判となり、しだいに『中央公論』の小説欄は作家の檜《ひのき》舞台になり、とくに新人にとっては小説欄に作品が載ることは文壇に認められたことを意味するようになって、『中央公論』は文壇への登竜門とみられるに至った。この間、樗陰は新人の発掘に力を入れ、気に入った作家には大いに活躍の機会を与え引き立てた。その反面自分の好みに合わなかった作家は拒否され、文壇に出ることがなかなかできなかったという。その意味では文壇に独裁的権力をふるったと言ってよい。それゆえ、明治の終わりから大正にかけて文壇に出た作家で彼に育成された人がたくさんいる。芥川もその一人で、大正五(一九一六)年一〇月に『手巾《ハンケチ》』を『中央公論』に載せて以来、『偸盗《ちゅうとう》』『或《ある》日の大石内蔵之助《くらのすけ》』『秋』『南京《ナンキン》の基督《キリスト》』など数多くの作品を寄稿した。樗陰と芥川が初めて会ったのは漱石宅であったというが、『手巾』を『中央公論』に掲載したとき、芥川宅を訪ね、その後二、三か月おきに訪問し芥川が「実際あらゆる編輯《へんしゅう》者中、僕の最も懇意にしたのは正に滝田君に違ひなかつた。」と述べるような深い交際を結んでいる。芥川は創作に人一倍苦心をする作家であった。樗陰はその点をよくのみ込んでいて、原稿が出来ずに苦しんでいる芥川に谷崎潤一郎の苦心のあとの見える原稿を示して激励し、芥川に「始終滝田君に僕の作品を褒められたり、或《あるい》は又苦心の余になつた先輩の作品を見せられたり、いろいろ鞭撻《べんたつ》を受けた為《ため》にいつの間にかざつと百点ばかりの短篇小説を書いてしまつた。」と言わせている。このように激励するのは、芥川の創作に対する苦心の状を評価しているからで、大正九(一九二〇)年三月から四月にかけての『秋』に関する芥川の書簡を『新潮』に発表し、芥川の「苦心の程を世の人に知らしめたいと思うて巻物にした」ものを公にした旨を述べたり、「芥川龍之介氏は非常の苦心と遅

滝田樗陰

筆な上に、書きかけてから二度も三度も題材を変へたり、又二度も三度も描写法を変へたりするので、いつも大変後れるけれども（中略）之《これ》も結局間に合はして下さる」と言ったりしている。樗陰は文学だけでなく政治社会にも関心を持ち、吉野作造たちに執筆の機会を与え、大正デモクラシーの隆盛に貢献するところが多かった。彼はたいへん精力的な活動家で、人力車で評論家や作家のところを回ったという。芥川が樗陰の死に際して落莫《らくばく》を感じた原因を「僕に親切だつた友人の死んだ為と言ふよりも、況《いはん》や僕に寛大だつた編輯者の死んだ為と言ふよりも、寧《むし》ろ唯あの滝田君と言ふ、大きい情熱家の死んだ為だつた。」と言っているのは、樗陰の精力的な面の印象が強烈であったことを示していよう。彼は活動的で健康そのものに見えたというが、その実あまり丈夫でなく、大正一〇（一九二一）年ごろから喘息《ぜんそく》を病み、次いで腎臓《じんぞう》を患って四三歳という若さで死去した。芥川の「日本の文芸に貢献する所の多かつたことは僕の贅《ぜい》するのを待たないであらう。」という言葉が彼に対する一般的評価と言える。なお芥川は樗陰没後『滝田哲太郎君』『滝田哲太郎氏』『夏目先生と滝田さん』の三つの追悼記を書いている。

〔**参考文献**〕諸家「滝田樗陰追悼記」（『中央公論』大正一四・一二）、杉森久英『滝田樗陰』（中公新書、昭和四一・一一・二五）　（畑　実）

焚火《たきび》　志賀直哉の短編小説。大正九（一九二〇）年四月『改造』に発表。原題『山の生活にて』。作品集『寿々』（改造社、大正一一・四・二〇）に収めるとき、字句修正と改題とを施す。大正四（一九一五）年五月から九月まで、志賀と康《さだ》夫人とは群馬県赤城山に仮寓している。初夏のある日、午後から深夜にいたる山の生活を描いたもの。小説的な事件は起こらず、物語性も皆無。「気楽な、いい生活だつた。第一次欧州大戦の最中だつたが、山では殆どさういふ話はせず、けものとか鳥とか虫とかさういつた自然物がいつも話題になつてゐた。康子もすつかり元気になつた」（『稲村雑談』、『作品』昭和二三・八～二四・三）という生活を語る作品。志賀夫妻、猪谷《いがや》六《く》合雄《にお》（随筆家、スキー指導者。明治二三・五・五～）、小林真二（画家、光風会。明治二三・三・？～昭和四〇・四・四）らが、さかしらな自我を捨て去り、「自然物」に溶合し、交感する。そのいずれもが、自然を構成するに掛け替えのない存在感をたたえ、調和している。当時、志賀は父直温《なおはる》との不和を中心に、「人と人との関係」に困憊《こんぱい》しきって、創作不能に陥ってしまう。康夫人も神経衰弱である。赤城山の生活は、文字通りの自然治癒、回復をもたらす。最晩年の芥川が『文芸的な、余りに文芸的な』で、志賀を「最も純粋な作家」と呼び、『焚火』を「最も詩に近い小説」と賛美する。「詩的精神」のみ文学に「価値」と「生命」を託するに足りると見る。芥川にとって、志賀はその体現者であり、『焚火』はその顕現であった。「赤城山」は芥川のかつて二回遊んだ地、作品化を意図して、果たさなかった地である。恒藤恭《つねとうきょう》「友人芥川の追憶」（『文芸春秋』昭和二・九）に、大正二（一九一三）年六月の赤城行を回想するが、「前の年の春休み」にも訪れていた、という。「それから三四年後のこと、赤城の頂の霧の中に径《こみち》がかようて居る叙景を結末に取り入れた、『道』と題する長篇」小説執筆を意図していた、という。過度な賛辞は、生命と創意とを鼓して来た芥川の、その衰亡に瀕《ひん》してもらした渇望であろう。　（町田　栄）

竹内顕二《たけうちけんじ》　嘉永五～大正一三・一〇・二〇（一八五二～一九二四）。芥川俊清《しゅんせい》の次男。芥川龍之介の叔父。測量技師。「僕の一家一族の内にもこの叔父程負けぬ気の強かつた者はない」という顕二は、十何歳かの『御維新』以前には新刀無念流の剣客」で、「彰義隊に加はる意志を持つてゐた」らしい（『本所《ほんじょ》両国—大溝《おおどぶ》』）。『本所両国』、大正一三（一九二四）年一〇月二二日付、室生犀星宛の書簡に、食道癌《がん》で亡くなったと記されている。

（森本　修）

武林無想庵《たけばやしむそうあん》　明治一三・二・二三〜昭和三七・三・二七（一八八〇〜一九六二）。小説家・翻訳家。ドーデの『サッフォ』、アルツイバーシェフの『サーニン』の完訳出版は、その主題（虚無思想と性愛賛歌）が大正期のダダイズムの思潮と呼応し、サーニスムの語まで生じた。芥川が無想庵に触れたものとしては、『江南游記《ゆうき》』の「九　西湖（四）」で「武林無想庵氏の新夫妻は、この楼外楼で食事したらしい」の記述がある程度で、詳細なものはない。無想庵は、大正一一（一九二二）年一〇月四日『読売新聞』で、芥川の作品『百合』について内容を紹介し「我輩はこの続きを大して読んで見たいとは思はぬ」と述べている。また『世界を家として』（人文社、大正一四・一・一〇）で、芥川の『将軍』のモデルとされている中村覚将軍に触れている。芥川はドーデの『サッフォ』を中学時代に読んでいるが、無想庵の訳本ではなく、英訳本である。

（馬渡憲三郎）

ダダイスム《だだいすむ》　Dadaisme（フランス語）第一次大戦末期にスイスで興った新芸術主義で、文学・哲学にも広がり、のちシュールレアリスムに影響した。ダダの運動に終始活躍し、のちシュールレアリスムに参加したフランスの詩人ジョルジュ・リブモン・デセーニュの『ダダの歴史』（岡田弘訳）によれば、ダダ運動は起点・頂点・没落を伴う精神の運動であって、一九一六年、チューリッヒで、トリスタン・ツアラ（ルーマニア人）、フーゴ・バル（ドイツ人）らによって初めてこの運動のことが語られ、一九一二年のパリで運動は栄え、一九二一年にパリで亡びた。その特徴は、伝統を否定し、既成の観念や芸術を打倒破壊し、虚無と混乱と無秩序の具現にあった。日本では大正一一（一九二二）年一〇月に高橋新吉が『ダダの詩三つ』を『改造』に発表したのが始まりで、詩集『ダダイスト新吉の詩』（辻潤編、中央美術社、大正一二・二・一五）、萩原恭次郎の詩集『死刑宣告』（長隆社書店、大正一四・一〇・一八）を頂点として昭和初期にはほとんど終息した。

（森安理文）

龍村平蔵《たつむらへいぞう》　明治九・一一・一四〜昭和三七・四・一一（一八七六〜一九六二）。染織工芸家。大阪府生まれ。一七歳で家を出て独立で織物業を始め、明治三九（一九〇六）年西陣に龍村制織所をもち、高浪織・ゴブラン織・綾浪織など種々の織物を発明。また古代織物の研究にも力を注ぎ、古代裂《ぎれ》・名物裂の復元に成功。その美術織物は高く評価され、染織工芸に大きな貢献をした。昭和三一（一九五六）年、日本芸術院恩賜賞受賞。ところで、大正八（一九一九）年一一月一五、一六日、日本橋倶楽部《クラブ》において彼の作品展が開かれたが、芥川はその推薦文『龍村平蔵氏の芸術』で彼の芸術を種々雑多な「芸術品の特色を巧《たくみ》に捉《とら》へ得たが為《ため》に、織物本来の特色がより豊富な調和を得た、殆《ほとん》ど甚深微妙とも形容したい、恐るべき芸術的完成があつた。」と述べ、その「芸術的完成」故に「頭を下げざるを得なかつた。」とし「天才の名」を冠して推賞している。「自動作用」に陥りつつあった芥川にとって、憧憬の芸術家であったのではないか。

（福本　彰）

田中純《たなかじゅん》　明治二三・一・一九〜昭和四一・四・二〇（一八九〇〜一九六六）。小説家。広島県生まれ。関西学院大学神学科を経て早稲田大学英文科卒業。春陽堂に入り、『新小説』『中央文学』の編集に従事、また、大正中期の有力な文芸雑誌となった『人間』（大正八・一一〜一一・六）を里見弴、久米正雄らと刊行した。大正八（一九一九）年ごろから創作活動に見るべきものがあり、大正期が作家としての活躍時代で、代表作に自然主義の影響を受け、信仰と愛欲の葛藤《かっとう》を描いた『妻』（『人間』大正九・五）がある。芥川とは雑誌の編集者時代に知り合い、作家生活に入ってからは親交を深め、芥川のもとに足繁く出入りしていた。すなわち芥川は『大正九年の文芸界』(『毎日年鑑』大正九・一二・二〇)で「大正八年度の下半期から九年度の文壇を見渡すと、最も人目につくものは、新進作家の輩出である」として、室生犀星や佐佐木茂索らと並べて田中の名前を挙げ、大正九年一一月の大阪中之島公会堂での文芸講演会には芥川、菊池寛、久米正雄、宇野浩二らと共に田中も講演し、しだいに親交を深めていたようである。大正一二(一九二三)年八月には鎌倉の平野屋別荘に芥川、久米らと滞在し一足先に帰京する芥川を駅に見送り(『大震日録』)軽井沢ではテニスを楽しんでいた田中が芥川の滞在する鶴屋旅館に訪ねた折の事が『軽井沢日記』(『随筆』大正一三・九)に『午頃《ひるごろ》、田中純来る。運動服を調《ととの》へ、チルデン愛用ラケツトを買ひ、毎日テニスしつつありと言ふ。」と記されている。芥川と田中とのかかわりは専ら文壇社交の域にあり、その資質、作風、志向から見ても両者の間に本質的な文学的交流はなかったと言ってよいであろう。

(鷺 只雄)

谷口喜作《たにぐちきさく》 明治三五・六・一六〜昭和二三・五・二五(一九〇二〜一九四八)。俳人。芥川のひいきにした菓子屋の主人。別号怙寂。早く父を亡くし、以後母とともに上野広小路の菓子舗うさぎやを経営する。河東碧梧桐《かわひがしへきごとう》の主宰していた俳句雑誌『海紅』(創刊大正四・三)、同じく碧梧桐のかかわった『三昧《ざんまい》』(創刊大正一四・三)などに句やエッセイを載せるなど文人趣味をもち、多くの文化人と交流があった。特に滝井孝作とのかかわりが深く、孝作の随筆集『風物誌』(砂子屋書房、昭和一三・八・二五)、短編集『積雪』(改造社、昭和一三・一二・一八)などの装丁も行っている。芥川家には小穴《おあな》隆一などとしばしば出入りしており、芥川の葬儀には裏方的役割を演じた。甘い菓子を好んだ芥川は、うさぎや製の一口最中《もなか》をはじめとする菓子類をことのほか好んだようである。大正一二(一九二三)年八月一三日、喜作宛の葉書で芥川は、鎌倉にはうまい菓子がないので、手製のものを送ってほしいと図解入りで和菓子の注文をしている。

(関口安義)

谷崎潤一郎《たにざきじゅんいちろう》 明治一九・七・二四〜昭和四〇・七・三〇(一八八六〜一九六五)。小説家。東京生まれ。府立一中・一高を経て、東京帝国大学文科大学国文科に進んだが中退。明治四三(一九一〇)年後藤末雄らと第二次『新思潮』を創刊、同誌に発表した『刺青《しせい》』などにより永井荷風の推賛を得て華々しく文壇に登場した。以後、耽美主義、悪魔主義の代表的作家として大正文壇に活躍、関東大震災後は関西に移住して『痴人の愛』(『大阪毎日』大正一三・三〜六、『女性』大正一三・一一〜一四・七)以後しだいに日本古典の伝統への回帰を色濃くして『蓼喰《たでく》ふ虫』(『東京日日新聞・大阪毎日新聞』昭和三・一二・四〜四・六・一八)から『盲目物語』(『中央公論』昭和六・九)『春琴抄』(『中央公論』昭和八・六)を経て、『源氏物語』の現代語訳を試み、戦時中にも長編『細《ささめ》雪《ゆき》』を書きついで昭和二一(一九四六)年から二三年にかけて刊行(中央公論社)した。その後にも『鍵《かぎ》』(『中央公論』昭和三一・一〜一二)『瘋癲《ふうてん》老人日記』(『中央公論』昭和三六・一一〜三七・五)など旺盛な筆力を示した。芥川は成瀬正一《せいいち》や久米正雄らと『新思潮』(第四次)を創刊しようとする少し前の時期を回想した『あの頃の自分の事』(『中央公論』大正八・一)の中で、谷崎を「有名な耽美主義の作家」と呼び、彼の「耽美主義」が、ポーやボードレールと違い、「享楽的な余裕があり過ぎ」ることを指摘したが、同時に谷崎の文章には「ありとあらゆる感覚的な美」があり、「その流れて尽きない文章のリズムから、半ば生理的な快感を感じる事が度々ある。」と告白した。芥川にとって、谷崎が敬愛する先輩であり、知友であったことは疑いあるまい。大正七(一九一八)年一月の談話筆記『良工苦心(仮題)』でも、谷崎の文章のみごとさを賛嘆しており、後述の晩年における対谷崎の有名な論争『文芸的な、余りに文芸的な』の中でも、谷崎に「大いなる友よ」と呼びかけている。また、葛巻《くずまき》義敏編『芥川龍之介未定稿集』(昭和四三・二・一三)所収の『晩年未定稿断片』によれば、芥川は谷崎を「T君」と呼び、その「T君」に「御《ご》馳走《ちそう》になつたことばかりを覚えてゐるやうである」と、書きとめている。芥川の大正一〇（一九二一）年の中国旅行にしても、大阪毎日からの派遣によるものではあるが、彼に先立って大正七（一九一八）年秋谷崎がひとりで中国旅行に出かけているのに刺激されたことも一因であろう。げんに芥川の『南京《ナンキン》の基督《キリスト》』（『中央公論』大正九・七）の末尾には付記があり、そこで「本篇を草するに当《あた》り、谷崎潤一郎氏作『秦淮《しんわい》の一夜』に負ふ所尠《すくな》からず。」と感謝の意を表している。『秦淮の一夜』とは、正しくは『秦淮の夜』で大正八年二月『中外』に発表された作品である（なお、続稿が三月の『新小説』に発表されている）。が、芥川と谷崎との交渉と言えば、最も著名なものは、例の『文芸的な、余りに文芸的な』（『改造』昭和二・四〜八）論争であろう。ことは昭和二（一九二七）年二月の『改造』に『饒舌録《じょうぜつ》』を連載中の谷崎が、小説には「筋の面白さ」が重視さるべきだと述べ、芥川の「話」らしい話のない小説も存在しうるという考えと対立した。かくて、芥川は『文芸的な、余りに文芸的な』の「二　谷崎潤一郎氏に答ふ」で、谷崎が日本の小説には「構成する力」が欠けているというのに対し、必ずしもそうではないと反論し、問題は、小説の「材料を生かす為《ため》の詩的精神の如何《いかん》である。或《あるい》は又詩的精神の深浅である」と論じた。そして、『刺青』の谷崎は詩人だったが、『愛すればこそ』の谷崎は「詩人には遠い」と断じた。その後、谷崎からの「詩的精神」とは何か、の問いには、「最も広い意味の抒情詩」である、と答え、また、「二九　再び谷崎潤一郎氏に答ふ」で、上記諸論点を繰り返し説明した上、谷崎の提出した「おのおの体質の相違」に基づくのではないか、という語について、一言感慨を洩《も》らしてこの論争を終えている。

〔参考文献〕平野謙「谷崎・芥川論争の時代背景」（荒正人編著『谷崎潤一郎研究』八木書店、昭和四七・一一・二〇）、三好行雄『芥川龍之介論』（筑摩書房、昭和五一・九・三〇）

（岡　保生）

谷崎潤一郎

ダヌンツィオ《だぬんちお》　Gabriele d'Annunzio　一八六三・三・一二〜一九三八・三・一。イタリアの詩人・小説家・劇作家。アドリア海沿岸のペスカラ生まれ。一六歳で『早春』という詩を書き一躍有名になったが、のち『罪なき者』『死の勝利』などの長編小説を次々に発表した。三六歳の時、下院議員に選出され、『死都』『ジョコンダ』などの劇作を発表する。第一次大戦に出征し一眼を失ったが、功績によりフィウメネヴォーズ侯爵の称号を贈られた。芥川は自伝風小品『大川の水』で「大川の流《ながれ》を見る毎に、自分は、あの僧院の鐘の音と、鵠《くぐひ》の声とに暮れて行く伊太利亜《イタリア》の水の都――（中略）ヴエネチアの風物に、溢《あふ》るゝばかりの熱情を注いだダンヌンチヨの心もちを、今更のやうに慕はしく、思ひ出さずにはゐられないのである。」と書いており、この作品が自分の精神形成をした本所《ほんじょ》での心象風景であることを考えればダヌンチオの作品に自分の感性を見いだしていたに違いない。剣持武彦は芥川作品に「水」と「火」のイメージが根源的なものとしてあることを述べ、「ダヌンツィオ原作、森鷗外訳『秋夕夢』はまさにヴェネツィアを背景にした劇であり、芥川に深い印象を与えた作品」であるとし、同じくダヌンチオの半自伝的小説 ILEFUOCO を「英訳 The Flame of Life で読んでいたに違いない」（「芥川龍之介『大川の水』論―すみだ川文学とヴェネツィア文学の合流―」）と指摘し、三好行雄は「ダヌンチヨへの感性的な自己仮託をくぐりぬけることで、大川の水にたいする自己感情のあかしが手にはいる」（『芥川龍之介論』筑摩書房、昭和五一・九・三〇）と述べている。

（矢島道弘）

たね子の憂鬱《たねこのゆううつ》　小説。昭和二（一九二七）年五月一日発行の雑誌『新潮』に発表。『西方の人』（岩波書店、昭和四・一二・二〇）に収録。たね子は結婚披露宴の通知をもらって憂鬱になった。洋食のマナーを知らなかったからである。夫はみかねてあるレストランへ連れていき教えてやった。披露宴の当日、たね子は震えながらもやっと無事に終わってはしゃいでいた。翌日、彼女はある娘がキスされて発狂した新聞記事のことを夫に話し、さらに昨夜の夢のこと、線路へ飛び込んで汽車に轢《ひ》かれ、身体は滅茶滅茶になったが眉毛《まゆ》だけ線路に残っているという、奇妙な話をした。夫が出かけた後、番茶を飲もうとしたが、番茶は雲母《きらら》に似たあぶらが浮き、それはたね子の眉にそっくりであった。彼女はじっとそれを眺めていた。この小説の出発は「手帳」に「洋食のくひ方を苦にし neurothea になる。式に出て洋食を食ふ。なほる。愈《いよいよ》くひたくなる。食ふ機会なし。」にあろう。このメモから作品完成まではかなりの隔たりがある。この小説の特色は夫が鏡の中にたね子の眉を見るという行為と彼女の夢のなかの眉、そして番茶のなかに見る眉との奇妙な暗合、その取り合わせにある。そしてその間にはキスされて発狂した娘がある。この小説は明らかに『歯車』に直結する。「レエン・コオト」に代表される一連の暗合、双方とも結婚披露宴に出かけるという設定、眉毛と口髭《くちひげ》、両者に共通することは多い。だがこの作品は『歯車』の僕が自らの意識の中で起こす研ぎすまされた緊密な自意識の狂的ドラマを欠落させている。夫の見る眉と妻の感じる眉とには有機的つながりがなく、これを統一するとすれば、語り手をもっと前面に出すか、夫の見る眉を感じ取る妻の病的な意識が書かれなくてはならない。この作品は平凡な家庭の中に潜む妻の病的な自意識の世界を描くことが芥川の当初のねらいだったはずであり、作品としては成功しなかったが、『歯車』を用意した作品と言えよう。　（田中　実）

田能村竹田《たのむらちくでん》　安永六・六・一〇〜天保六・八・二九（一七七七〜一八三五）。江戸後期の文人画家。名は孝憲。芥川の愛した歴史上の芸術家の一人。豊後竹田（現、大分県竹田市）生まれ。生家は藩の侍医であったが、儒学を志し、藩校由学館に学んだ。熊本・京都に遊学して研修に努め、やがて由学館の教師となり、頭取にまでなった。もともと絵が好きなこともあって、江戸に出たときには谷文晁《ぶんちょう》を訪れ、画法を問うている。文化八（一八一一）年と九年の大一揆《いっき》に際して、藩政改革の建白書を再度提出したが入れられず、家を息子に譲って隠居した。その後は詩や絵をつくり、岡田米山人や頼山陽などと交流し、余生を過ごす。芥川は竹田の絵を愛し、大正一一（一九二二）年の長崎旅行の際には、永見徳太郎家蔵の「丸山写生画」を特別に見せてもらっている。また『雑筆』（『人間』大正九・九〜一〇・一）という随筆の冒頭には、「竹田」と題された愛情こめた一章がある。　（関口安義）

煙草と悪魔《たばことあくま》　小説。大正五（一九一六）年一一月一日発行の雑誌『新思潮』第一年第九号に『煙草』と題し発表。のち『煙草と悪魔』（新潮社、大正六・一一・一〇）刊行の際表題を変更。『報恩記』（而立社、大正一三・一〇・二五）に再録。若干語句の異同がある。なお、現行文と異なる書き出しの「悪魔の話」と題した原稿（岩森亀一コレクション）がある（『芥川龍之介資料目録』三茶書房、昭和五六・六による）。英、チェコ、伊、露の各国語に訳されている。煙草は本来日本になかった植物で、伝説には悪魔のもたらしたものだという。その伝説とは――フランシス上人の伴である伊留満《いるまん》に化けた悪魔は、まだ信者も出来ぬ国ゆえ誘惑も儘《まま》ならず、暇潰《ひまつぶ》しに煙草の栽培を始める。上人の留守中この草を眼にとめた牛商人《うしあきうど》に、悪魔は名をあてたら全部を与えようと約束する。商人は畑に牛を追い込み、牛を叱《しか》る悪魔の口から草の名を聞き出すことに成功した――というものである。悪魔は牛商人の肉体と魂を自らのものには出来なかったが、煙草が日本に普及したことを思えば失敗も一面の成功を伴っていはしまいか。以上が梗概《こうがい》だが、本作掲載の

『新思潮』巻末「校正の后《のち》に」で芥川自身「『煙草』の材料は、昔、高木さんの比較神話学を読んだ時に見た話を少し変へて使つた。」と記す通り、高木敏雄著『比較神話学』(博文館、明治三七・一〇・一七)中の第五章英雄神話・第三節怪物退治物語の一節が典拠であることを広瀬朝光が明らかにした。同時代評では、広津和郎が「十一月文壇」(『時事新報』大正五・一一・一五)で「『煙管《きせる》』よりは面白かつた。」と述べ、併せて技巧や趣味性を指摘し、加藤武雄は「芥川龍之介氏を論ず」(『新潮』大正六・一)で『新思潮』所載の各作を一括して「皆小説といふよりも、お話に近いものである。」とした。その後も切《キリ》支《シ》丹《タン》物第一作である本編について「醱酵《はつかう》半ばのやうな所がありました。」(滝井孝作「解説」、新潮文庫版『煙草と悪魔』昭和二四・一二・五)、「気のきいた小手試《しら》べのようなもの」(中村真一郎『芥川龍之介の世界』角川文庫、昭和四三・一〇・一〇)、「才能の浪費にすぎぬ失敗作」(三好行雄『芥川龍之介論』筑摩書房、昭和五一・九・三〇)と評され、シンポジウム「芥川龍之介の志向したもの」でも諸氏は本作の位置を定めかねているし、キリスト教的視点からは「キリスト教の本質にも全く触れることのない、いはば硝子《ガラス》絵の中の一風景としてエキゾティシズムの対象なのである。」(笹淵友一「芥川龍之介のキリスト教思想」、『解釈と鑑賞』昭和三三・八)とされるなど発表時より高い評価を得ていない。今のところ「作者得意の考証的な説話スタイルにエキゾチシズムや一種メルヒェン的情趣を溶かしこみ、それに人間批評の辛味を利かせたところにこの作のねらいがある」とする佐藤泰正の総括に尽きよう。本作の主眼は「西洋の善が輸入されると同時に、西洋の悪が輸入されると云ふ事は、至極、当然な事である」という認識の寓話《ぐうわ》による証明にあると言ってよく、作者の批評的視点を生かすために、寓話をはさむ考証体の文章は不可欠であったし、芸術的情趣に富む考証に特色ある新村出《いずる》著『南蛮記』(東亜堂書房、大正四・八・一六)なども本作の構成及び文体に浅からぬ影響を与えただろう。「自分には善と悪とが相反的にならず相関的になつてゐるやうな気がす」ると記した井川恭《きょう》宛書簡(大正三・一・二一)にもかような認識のきざしがみられるし、のちの悪魔の告白をつづった小品『悪魔』(初出未詳、大正七・七)や、「悪魔亦《また》性善なり。断じて一切諸悪の根本にあらず」と巴《は》毗《び》弇《あん》をして感慨せしめた『るしへる』(『雄弁』大正七・一一)まで、善悪相対観はしばしば取り上げられているにもかかわらず、少なくとも切支丹物においては、事柄の表裏、正負、善悪がもたらす皮肉や逆説を示し得たとしても、これを自己の切実な問題として追求するには至らなかったと考えられる。

〔**参考文献**〕 越智治雄・菊地弘・平岡敏夫・三好行雄「シンポジウム・芥川龍之介の志向したもの」(『国文学』昭和五〇・二)、広瀬朝光「芥川の切支丹物新考察―『煙草』と『るしへる』の典拠」(『文芸研究』第七九号、昭和五〇・五)、佐藤泰正「芥川文学作品論事典・煙草と悪魔」(三好行雄編『芥川龍之介必携』学燈社、昭和五四・二・一〇)

(吉田昌志)

『煙草と悪魔《たばことあくま》』 「新潮社の新進作家叢書」第八巻として、大正六(一九一七)年一一月一〇日に出版された第二短編小説集。定価四〇銭。縦一五・七センチ、横一一・六センチ。表紙に横書で「新進作家叢書 8 煙草と悪魔」とある。蔓の紋様がある。一六一頁。奥付の次頁から七頁にわたって新進作家叢書などの広告がある。『煙草と悪魔』のほか『或日《あるひ》の大石内蔵之助《くらのすけ》』『野呂松《のろま》人形』『さまよへる猶太《ユダヤ》人』『ひよつとこ』『二つの手紙』『道祖問答』『MENSURA ZOILI』『父』『煙管《きせる》』『片恋』の一一編を収録してある。短編小説の妙手であった芥川には第

『煙草と悪魔』

八短編集まである。巻頭の『煙草と悪魔』は大正五（一九一六）年一一月『煙草』（のち『煙草と悪魔』と改題）として『新思潮』に発表した南蛮切支丹《キリシタン》物としての最初のもので煙草の伝来にまつわる伝説を近代的な説話風にしあげた知的な作品。　（森安理文）

田端《たばた》　芥川は、大正三（一九一四）年一〇月末、新宿から北豊島郡滝野川町字田端四三五番地（現、都内北区田端）に新築した住宅に転居し、その後横須賀、鎌倉、鵠沼《くげぬま》時代を除いて、終生田端に家族と暮らした。閑静な高台で、庭には椎《しい》、楓《かえで》、銀杏《いちょう》などが植えられていた。付近には、美術家団体のポプラ倶楽部《クラブ》や、芥川の結婚披露宴の会場でその後もしばしば利用した会席茶屋自笑軒があるほか、小杉未醒《みせい》、下島勲《いさおし》、香取秀真《ほずま》、鹿島《かじま》龍蔵、室生犀星、久保田万太郎、滝井孝作、北原大輔《だいすけ》などの美術家、趣味人、文学者が風流な邸宅を構え、芥川の骨董《こっとう》趣味や詩興を刺激した。また芥川は、生活と自然、都会と田舎が共存する田端の四季を愛し、よく近辺を散索して、田端の郊外風景に塵労をいやした。このような田端の生活は、芥川文学に底流するディレッタンティズムと叙情性をひそかに育《はぐ》んだのである。芥川は田端の魅力を、『田端人』『東京田端』および多くの書簡の中で語っている。　（神田由美子）

田端の家の門

田端人《たばたじん》　随筆。大正一四（一九二五）年三月一日発行の雑誌『中央公論』第四〇年第三号に「わが交友録(一)」の大見出しのもと『田端人』の題で発表。大正三（一九一四）年以降、芥川が住みなれた、東京田端の自宅近くに住む下島勲《いさおし》・香取秀真《ほずま》・小杉未醒《みせい》・鹿島《かじま》龍蔵・室生犀星・久保田万太郎・北原大輔《だいすけ》の七名に言及した一種の人物記である。冒頭に「こは必ずしも交友ならず。寧ろ僕の師友なりと言ふべし。」と書きつけているが、田端文化人のプロフィールを語り、読ませるものを持つ。　（関口安義）

田端日記《たばたにっき》　日記。大正六（一九一七）年九月一日発行の雑誌『新潮』九月号に八月の日記として発表。作者の生前の単行本には収載されていない。大正六年の『新潮』には、里見弴『六月の日記』（七月号）、江馬修『七月の日記』（八月号）などが掲載されており、そうした企ての一環として書かれたものである。のち、佐藤義亮《ぎりょう》編輯《へんしゅう》『文壇十二家日記一年』（新潮社、大正六・一一・一八）に「八月」という題名で収められた。この本には雑誌に掲載した日記、十二か月を一月ずつ別個の作家による日記として収録したものである。『田端日記』は大正六年八月二七日から三〇日までの日記である。内容は八月二七日はなんとなく怠惰な感情にとらわれながら執筆にとりかかるが気がすすまずそのまま眠り込んでしまう。二八日は久米の家へ行ったが留守だったので本郷の古本屋を回り丸善へ行く。丸善から親戚により再び久米の家へ行く。ここで御馳走《ちそう》になり帰途に着く。途中街路で催眠術の本を売っている男がいて、術にかけられそうになったので早々と帰る。二九日は、赤木桁平《こうへい》が来る。議論好きの赤木にはあまりかかわらず夕方になって赤木の家へ行く。そこで奥さんの丁寧な挨拶《あいさつ》を受ける。隣家から聞こえてくる楽器について議論する。三十日、歯ぐきがひどく脹《は》れ藤岡蔵六と横になって話す。藤岡が帰ったあとも具合が悪く、蚊帳の中から明るい空をみると三年ほど逢《あ》ったことのない人のことを想《おも》った。以上が『田端日記』の内容である。二七日から三〇日までの出来事を逐次記していったものので事実に近いものと思われ、吉田精一も「こういう瑣末《さまつ》な日常生活への興味は、やがて日本特有の『私小説』にむすびついていった」（角川版『芥川龍之介全集』解説）とみている。なお、岩波版全集解題に「昭和九―十年発行の芥川龍之介全集以降『田端日記』を『八月』の記事としているが、右『新潮』に『八月二十八日印刷納本』とあること『鷗外日記』大正六年七月二十八日の条に『陰・涼』と見えることなどから『七月』の記事と思われる」とあるが、大正六年八月四日の書簡（菅《すが》忠雄宛）に「歯が痛くつて熱が出て弱りきりました」とあること、八月末には鎌倉に戻っていることなどから七月末の日記を書いたという指摘は正しいものと推定できる。　（矢島道弘）

田山花袋《たやまかたい》　明治四・一二・一三、新暦五・一・二二～昭和五・五・一三（一八七二～一九三〇）。小説家。本名録弥。群馬県生まれ。初め尾崎紅葉の門に入るが『文学界』に接近。国木田独歩、島崎藤村、柳田国男らとの交流の中で外国文学に親しむ。ゾラ、モーパッサンらとの出会いにより、美文調のセンチメンタルな作風がしだいにリアリズムに近づいていく。『重右衛《じゅうえ》門《もん》の最後』『女教師』『少女病』を経て、明治四〇（一九〇七）年九月『蒲団《ふとん》』を発表、私小説という日本自然主義《ジャパニーズ・ナチュラリズム》の道を切り開いた。三部作『生』『妻』『縁』及び『田舎教師』を発表し自然主義文学の中心となる。芥川は『あの頃の自分の事』において「自然主義運動があれ丈《だけ》大きな波動を文壇に与へたのも、全く一つは田山氏の人格の力」と認めるが、当時は「何しろ時代が時代だつたからね」と軽蔑し、その小説をただ「月光と性欲のみ」と言い、評論、感想も冷笑の対象でしかなかったと回想している。代表作に『時は過ぎゆく』『廃駅』『百夜』などがある。　（尾形明子）

短歌《たんか》　芥川が俳句に並々ならぬ興味と情熱と才能を示したことはよく知られている。俳句ほどではないが、短歌にも深い興味を示した。筑摩書房版『芥川龍之介全集』中の「芥川短歌俳句索引」には五〇〇余首が収められている。それは書簡中の歌、あるいは旋頭歌をも含めた数で、単純に比較することはできないが、石川啄木の歌集収録歌が七四五首であるのを知れば、少なくない数だということが分かろう。「芥川龍之介」という筆名を初めて用いたのは大正四（一九一五）年である。それ以前は「柳川《やながわ》隆之介」なるペンネームを用いた。佐々木充「龍之介における白秋」（『国語国文研究』昭和四七・一〇）が指摘したように、北原白秋の故郷である福岡県の柳川、白秋の本名隆吉を踏まえてのペンネームであった。この一事からも分かるように、まず、白秋から短歌に入った。「なやましく春は暮れゆく踊り子の金紗《きんしゃ》の裾《すそ》に春は暮れゆく」（柳川隆之介）、「悩ましく廻《まは》り梯子《はしご》をくだりゆく春の夕の踊子がむれ」（北原白秋）といった模倣例を幾つも指摘することができる。その後、芥川は斎藤茂吉に傾倒する。『僻見《へきけん》』（大正一三・四）から引用する。「僕は高等学校の生徒だつた頃に偶然『赤光』の初版を読んだ。『赤光』は見る見る僕の前へ新らしい世界を顕出した」（芥川の一高時代は大正二年七月までであり、『赤光』発刊は同年一〇月のことであるから、時期的な思い違いがあるようだ）、「僕の詩歌《しいか》に対する眼《め》は誰のお世話になつたのでもない。斎藤茂吉にあけて貰《もら》つたのである」、「幸福なる何人かの詩人たちは或《あるい》は薔薇《ばら》を歌ふことに、或はダイナマイトを歌ふことに彼等《ら》の西洋を誇つてゐる。が、彼等の西洋を茂吉の西洋に比べて見るが好《よ》い。茂吉の西洋はをのづから深処に徹した美に充《み》ちてゐる。これは彼等の西洋のやうに感受性ばかりの産物ではない。正直に自己をつきつめた、痛いたしい魂の産物である」。引用最後の部分の「幸福なる何人かの詩人」の中心は白秋を指すと想像される。大正一三（一九二四）年の時点では、魂の産物としての詩歌に対して感受性の産物としてのそれを断定的に否定するに至るわけで、そうなった根の部分に茂吉体験があった点は信用していいと思われる。大正五（一九一六）年一二月三日付の久米正雄宛書簡に「斎藤茂吉調」と注記して「宵月は空に小さし海中にうかび声なき漁夫《れふし》の頭」とあり、同六年九月二三日付の江口渙《かん》宛書簡に「ふくだめる脾腹《ひばら》の肉のうごかずば命生《いき》けりと誰か見るべき（倣斎藤茂吉調）」とある。さらに、昭和二（一九二七）年一月一六日付の茂吉宛書簡に「来ム世ニハ水ニアレ来ン軒ノヘノ垂氷《たるひ》トナルモココロ足ラフラン」の一首を書いているが、これは東郷克美「芥川の『赤光』体験」（『短歌現代』昭和五六・四）が指摘するように、「たまきはる命をけりし後世《のちのよ》に砂に生れて我は居るべし」という茂吉の作を模した歌である。白秋の場合にしろ茂吉の場合にしろ、じつに巧みに模倣作をものしているのは、歌人になるつもりがなかったからだろうが、芥川の完璧主義がしからしめたところでもあったろう。完成品をもとにしてバリエーションを楽しむなら完成品に近いものができる。土屋文明「芥川龍之介の短歌」（『文学』昭和九・一一）が「実際氏の短歌には措辞なり技巧なりの上で些《いささか》の素人臭もない。けれどもその万端行き届いたところが、反《かへ》つて氏の短歌に全体としての或る素人臭を残して居まいか」と評しているが、まさにその通りで、歌人が「破れ」を視野に入れて形式美を獲得する、そのダイナミズムとは無縁なところで作歌したのだった。最後に、五〇〇余首中から選んだ佳作を挙げておこう。「わが前を歩める犬のふぐり赤しつめたからむとふと思ひたり」、「川そこの光消えたれ河郎は水こもり草に眼をひらくらし」。

〔参考文献〕土屋文明「芥川龍之介の短歌」（『文学』昭和九・一一）、佐佐木幸綱「柳川隆之介から芥川龍之介へ」（『墨』昭和五三・九）

（佐佐木幸綱）

短歌雑感《たんかざっかん》　短歌に対する私的な感想録。大正九（一九二〇）年六月一日発行の雑誌『短歌雑誌』第三巻第八号に「芥川龍之助《ママ》」の署名で発表。のち、『点心』（金星堂、大正一一・五・二〇）に収められた。芥川は、その中で、まず生活派の歌を貶《おと》しめ、斎藤茂吉ないし「アララギ」派の歌を褒めているが、これがこの短文の主眼と言えよう。いわば寸感とも言うべき文であるが、作者の生活派を排し、芸術派に――ただし新現実的芸術派に就こうとした姿勢がうかがわれ、そこにジャンルこそ異なれ、作風の共感が認められる。つまり、表現面を表現するのでなく、表現面で表現するという一種の象徴的手法である。彼は生活派に対しては「あんな平俗な、と云つて悪ければ実生活的なとでも、民衆的なとでも云ひ換へるが、兎に角あんな平俗な心もちを歌ふ位なら、何も窮屈な思ひをして、三十一文字を弄してゐなくつても、詩とか小説とか、もつと叙述に便利な形式を選んだ方が好ささうな気がする。あれぢやいくら善く行つても頭の下がるやうな境致には行けさうもない。況《いはん》や三行の社会主義的気焔《きえん》を挙げてゐるなどは、寧《むし》ろ悪い道楽である。」と言い、それに対して、「現代の歌は斎藤茂吉氏以後、或《あるい》は『アララギ』派の台頭以後、殆《ほとんど》面目を一新したやうである」と述べ、「何時《いつ》か或《ある》雑誌を見たら、斎藤氏の歌の悪口が出てゐた。その悪口の中に見本として引いてある歌を見ると『ふゆの日のうすらに照れば並み竹は寒む寒むとして霜《しも》しづくすも』と云ふ歌がはひつてゐる。その悪口の当否は問題ぢやないが、この歌が一土塊の価値もないと云つてゐるのを読むと、かうまで鑑賞上の評価の差《さ》は甚しいものかと驚かざるを得ない。……唯悪口を云つてゐる人自身の為《ため》に、妙に気の毒な心もちがする。」と述懐し、「僕は歌や俳句は巧拙の問題以外に、言詮《げんせん》を絶した心の動きを捉《とら》へようとすべきものだらうと思ふ。」と象徴的芸術性を看破し道破しているのである。

（石丸　久）

短歌雑誌《たんかざつし》　総合短歌雑誌。大正六・一〇〜昭和六・一〇（一九一七〜一九三一）。歌壇に対して何か注文をという要請があって書いた随筆『傍観者より』（大正七・二）、冬の気候が好きで、小説を書くのも夏より冬の方がいいということを書いた『一番気乗のする時』（大正七・一二）、「何か書けと云ふ尾山君の注文で」書いた『短歌雑感』（大正九・六。岩波新版『芥川龍之介全集』第四巻の「後記」によると、「芥川龍之助《ママ》」の署名がある）などを載せている。『短歌雑感』は「雑感」としながらも、斎藤茂吉から受けた影響を語り、芭蕉を評価し、「貫之は勿論、西行法師もどう云ふものか、存外歯ごたへのないと云ふ気がする。」などと鋭さをうかがわせている。

（菊地　弘）

ダンテ《だんて》　Dante Alighieri　一二六五・五・下旬〜一三二一・九・一三。フィレンツェ生まれ。イタリア最大の詩人として知られるが、当時の貴族の常として政治家として生きた。晩年は追放に会い、孤独な放浪生活を送る。その中でイタリア語の美と力を説き、文学をラテン語から解放せんとの意図を持つ『俗語論』、イタリア統一の必要性を強調する『帝政論』、愛による魂の救済を追究する詩編『神曲』などが書かれた。『神曲』は「地獄編」「煉獄編」「天国編」の三部から成るが、芥川の関心は「地獄編」に集中している。しかもその名が現れる作品も『河童《かっぱ》』『歯車』『澄江堂《ちょうこうどう》雑記』『西方の人』と晩年の作に偏っているのが特徴的である。「しかしダンテの達した天国は僕には多少退屈である。それは僕等《ら》は事実上地獄を歩いてゐる為《ため》であらうか？　或《あるい》は又ダンテも浄罪界の外に登ることの出来なかつた為であらうか？」（『文芸的な、余りに文芸的な―二十一』）などと言っている。

（角田旅人）

ダンテ

耽美派《たんびは》　aestheticism（耽美主義）を標榜する一流派で、広義には、芸術派、悪魔派、表現派、構成派なども包括される。反自然主義文芸として出現した我が国の耽美派は、世紀末芸術と同様、近代都市を背景に美に最高の価値を与え、官能による美的享楽を理想とする流派であった。芥川は『或阿呆《あるあほう》の一生』の「一　時代」で、ある本屋の光景を「そこに並んでゐるのは本といふよりも寧ろ世紀末それ自身だつた。」として、「モオパスサン、ボオドレエル、ストリントベリイ」「ニイチエ、ヴエルレエン」などを挙げているごとく、一九世紀末の西欧の芸術至上主義や懐疑主義に深い関心を寄せていた。あるいは、「千八百九十年代は僕の信ずる所によれば、最も芸術的な時代だつた。僕も亦千八百九十年代の芸術的雰囲気の中に人となつた。」（『萩原朔太郎君』）と晩年に回顧するごとく、確かに芥川の青年時代の我が国の文学は、耽美主義的な色彩を濃厚にしていた。そうした文学的雰囲気の中から出発していった芥川ではあったが、「芸術の為の芸術には不賛成」（原善一郎宛書簡、大正三・一一・一四）であることを述べている。したがって、芸術家の生活に材を得た『戯作三昧《げさくざんまい》』や『地獄変』、あるいは『沼地』にしても、その芸術性や耽美性は、谷崎潤一郎や永井荷風などのように官能的、享楽的、頽唐《たいとう》的ではありえなかった。そこには「僕たちは、時代と場所との制限をうけない美があると信じがつてゐる。……しかし、それが、果してさうありたいばかりでなく、さうある事であらうか。」（『野呂松《のろま》人形』）という懐疑があったと言える。そうした懐疑は、「作品の美醜の一半は芸術家の意識を超越した神秘の世界に存してゐるのである。」（『侏儒《しゅじゅ》の言葉』）といった認識に傾いていくのである。ワイルドの芸術論の影響を受けながらも、芥川の耽美性の形象過程には倫理的意味がぬぐいがたくあった。そこに新理知主義、新現実派などと規定される理由もある。

（馬渡憲三郎）

短評《たんぴょう》　芥川の書いた評論等でとくに短いもの。筑摩版全集第五巻に「問に答ふ」として、三〇編がまとめられ収録されている。これらの短評は、(1)自己の文学および文学観に関するもの　(2)他の作家、作品評に関するもの　(3)日常生活に関するもの　(4)女性観に関するも

の　(5)文芸雑誌に関するもの、の五つに大別することができよう。(1)—『小説を書き出したのは友人の煽動に負ふ所が多い』（『新潮』大正八・一）は、「出世作を出すまで」のことを書いたものである。このことに触れたものには『私の文壇に出るまで』（『文章倶楽部《クラブ》』大正六・八）があるが、この稿には「初めは歴史家を志望」の見出しが付いている。両者に書かれている読書歴、さらに中学時代は歴史家志望であったことなど内容が重なるのは興味深い。むしろ、『新潮』稿は、『文章倶楽部』稿を書き改めた感がある。小学校時代から文壇登場までの読書傾向などが知れる。すなわち、小学校時代の講釈本から始め『思ひ出の記』『自然と人生』、中学時代の鏡花、漢詩、漱石、鷗外、一高時代の近世小説そしてツルゲーネフ、イプセン、モーパッサン、大学時代の中国文学、志賀直哉の『留女』、武者小路実篤、さらには『ジャン・クリストフ』などと読書歴が鳥瞰《ちょうかん》されている。『文章倶楽部』稿では漱石から「芸術上の訓練ばかりでなく、人生としての訓練を叩き起されたと云ふ気がする」と結ばれる。『新潮』稿では、その言及はなく、『羅生門』の黙殺、『鼻』への注目、『芋粥《いもがゆ》』での文壇登場が書かれ、「本当に小説を書いて行かうといふ勇気を生じて来たのは、最近半年ばかりの事である。」と結ばれている。愛読書に触れたものに『余の愛読書と其れより受けたる感銘』（『中央文学』大正八・四）がある。前者では大正八（一九一九）年時点での愛読書として小泉八雲の著作を掲げている。後者は、小学校時代から大正九（一九二〇）年までの愛読書を概観しているが、先の読書歴とは振幅がある。文体について書いたものに、『ほんものゝスタイル』（『中央文学』大正六・一二）『眼《め》に見るやうな文章』（『文章倶楽部』大正七・五）がある。前者で、「ほんものゝスタイル」を「読み飽かない、読む度に寧今までの気のつかない美しさがしみ出して来る」スタイルとし、鷗外の文体を掲げている。後者では「景色が visualize（眼に見るやうに）されて来る文章が好きだ。」とし、漱石の『永日小品』中の数編を掲げ「随所にさうした私の好きな文章を発見することが出来る。」と結んでいる。芥川が目標とした文体を鷗外、漱石に発見しているのは注目できる。中学生向きに書かれた『文芸家たらんとする諸君に与ふ』（初出誌不明、大正八・三執筆）で、国語には冷淡でよく、理路をたどる数学、健康体力のための体操は重要と説いているのは興味深い。

(2)—谷崎潤一郎、鈴木善太郎、久米正雄、伊藤貴麿《たかまろ》、柳原燁子、藤森成吉に言及したものがある。谷崎に関するものは『良工苦心』（『文章倶楽部』大正七・一）『谷崎潤一郎論』（初出誌不詳、大正八・四執筆）『「チャップリン」其他』（『新潮』大正一〇・一〇）がある。前二編において、芥川は谷崎を、鷗外を除いて日本の古典に最も通じている作家と位置づける。さらに外国文学の影響が浅いため、翻訳不可能なほどに豊麗であるとする。最後の稿は、谷崎脚色の映画『蛇性の婬《いん》』などに言及したものである。久米に関するものも『親し過ぎて書けない久米正雄の印象』（『中央文学』大正九・六）『「チャップリン」其他』（前出）がある。前者は表題通り、親しすぎて書けないという弁解が書かれ、後者には「病床」についての好意的な批評がある。人物、作品評は全般的に依頼に対して気乗りしないままで書いたものが多い。

(3)—この中には文明批評に通じるものが数編含まれている。『文章倶楽部』東京に関する感想を問ふ』（『東京に生れて』の題で掲載。大正一二・一）『壮烈の犠牲』（『婦人画報』に『洋装と和装と』の大見出しのもとに掲載。大正一四・一）には、芥川の文明批評的視点が見える。前者では、東京に江戸的情緒がなくなったことを嘆き、「アメリカ式の大建築は」「見にくいもののみ」で、「電車、カフエー、並木、自働《ママ》車」も感心できないとしている。この感慨は、『大導寺《だいどうじ》信輔《しんすけ》の半生《はんせい》』『本所《ほんじょ》両国』のそれと共通する。後者では「現代の日本の女は、洋装するにはあまりに日本じみてゐるし、和装するにはあまりに西洋じみてゐる」てどちらもよい感を与えず、「現代」は過渡時代としている。この視点は、文明一般に敷衍《ふえん》できそうである。ほかに日常生活に関して、字がまずいから「来年は手習でもやらうと思つてゐる。」とする『「新潮」大正十一年度の計画を問ふ』(『新潮』大正一一・二)や漱石未亡人から結婚祝に贈られた机のことを書いた『我机』(『婦人公論』大正一四・九)、自分の家に関する感想をつづった『註文無きに近し』(『新潮』昭和二・三)、しるこ談義の『しるこ』(『スキート』昭和二・六)がある。 (4)―女性観についてのものは、『私の嫌ひな女』(『婦人公論』大正七・一〇)『「婦人画報」如何なる女人を好むかを問ふ』(『婦人画報』大正一一・四)『私が女に生れたら』(『婦人公論』大正一二・四)『「新家庭」旅行と女人に関する感想を問ふ』(『新家庭』大正一二・七)などがある。芥川の女性観の一端を物語る。「利巧だと心得てゐる莫迦《ばか》な女」は嫌いだと断言している。では、どんな女性を好きかとなると明白にはしておらず、『新家庭』稿などでは答えぬ理由を長々と書いている。『婦人画報』稿においても同様で不可能だとしたうえで記者の質問に辛うじて「瓜実顔」が好きだと答えている。芥川の周辺に秀《ひで》しげ子、野々口豊子、松村みね子、平松麻素子《ますこ》などがいたことを思い合わせるとこの対応は興味がもてる。 (5)―文芸雑誌に関わるものは『「新潮」月評の存廃を問ふ』(『新潮』大正一一・二)『「新潮」文壇沈滞の所以を問ふ』(同、大正一一・七)がある。前者では月評を総括的なものと注目作評の二本立てを提言し、後者では批評家に文芸思潮中心の視点しかなく作家各自の努力を見過ごしているところに因があると答えている。

(宮坂　覺)

ち

チエホフ(チェホフ) ちえほふ　チェーホフ。Anton P. Chekhov 一八六〇・一・一七～一九〇四・七・二。ロシアの小説家・劇作家。ロシアにおける批判的リアリズムの文学者。帝政末期の社会の醜悪さと知識人の無力さを描き、また社会的視点から人間の心理を精緻に追求した戯曲を書いた。小説には『決闘』、戯曲には『ワーニャ伯父』『三人姉妹』『桜の園』などがある。このチェーホフについて芥川は、「まづ近代の日本に最も大きい影響を与へたロシアの小説を例にすれば、兎《と》に角《かく》トルストイ、ドストエフスキイ、トゥルゲネフ、チェホフなどをお読みなさい」(『文芸鑑賞講座』)と言って重要な作家として名前をあげ、また『侏儒の言葉―チエホフの言葉』(『文芸春秋』大正一二・一～一四・九、一〇)で、チェーホフの、「女は年をとると共に、益々女の事に従ふものであり、男は年をとると共に、益々女の事から離れるものである。」という警句を引用して異性間における没交渉と断絶のこと、男女の「差別」と「無差別」

チェーホフ

についてイロニカルに言及し、さらにまた、「チェホフの主人公は我等《ら》読者を哄笑《かうせう》せしむること少しとなさず」(『久保田万太郎氏』)と述べている。したがって以上の各文章は、芥川がいかにチェーホフのもつ機知と笑いと逆説に対して魅力を感じていたかという明らかな証左であったと言える。しかし他面、芥川は、「チエホフは御承知の通り、『桜の園』の中に新時代の大学生を点出し、それを二階から転げ落ちることにしてゐます。わたしはチエホフほど新時代にあきらめ切つた笑声を与へることは出来ません。しかし又新時代と抱き合ふほどの情熱を持つてゐません。」(青野季吉宛書簡、昭和二・三・二六)と書き送って、新時代に対する、チェーホフと彼自身との相違をはっきりとさせている。

(久保田芳太郎)

近松さんの本格小説《ちかまつさんのほんかくしょうせつ》 評論。大正一五(一九二六)年七月一日発行の雑誌『不同調』に発表。「近松さん」とは近松秋江を指しており、「本格小説」の例として挙げられているのは『燐《りん》を飲んで死んだ男』(正しくは『燐を嚥《の》んで死んだ人』、『中央公論』大正一五・三)である。この小説は妻子、愛人との同居生活の中で破局を迎えるにいたる男の話である。芥川はこの小説をもとに、秋江の従来の「『私』小説」に対して「本格小説」を評価し直そうとしている。これまで批評家たちが、秋江の「『私』小説」を評価すると同じ尺度で「本格小説」に対していることを批判した芥川は、「最近の本格小説は従来余り近松さんの本格小説に親しまなかつた僕の如きものの所見に従へば、その簡にして要を得てゐることは故森鷗外先生の『里芋の芽と不動の目』の筆致に近いものを持つてゐる。たとひ可否を問はないにもせよ、かう云ふ味はひの本格小説は近頃の文壇に多かつたであらうか?」とその「価値」の高さを指摘している。芥川は秋江の「『私』小説」が読者を動かさずにおかぬのは、「近松さんの己の流露する為《ため》」であるが、しかしだからといって「本格小説」を軽視することはあるまい。作品としての「本格小説」の「価値」はそれなりに評価する必要があろうというわけである。なお芥川は、久米正雄が散文芸術の本道は実生活を描いた私小説にあり、私小説の至り着いた心境小説を最高としたのに反論して、「『私』小説の『私』小説たる所以《ゆえん》は『嘘《うそ》ではない』と言ふこと」であるが、その「『嘘ではない』と言ふことは実際上の問題は兎に角、芸術上の問題には何の権威をも持つて」いないと書き、「あらゆる芸術の本道は唯傑作の中にだけ横《よこた》はつて」おり、散文芸術においても同様であるとした(「『私』小説論小見」)。「傑作」であるかどうかが問題であるとする考えは、作品としての「本格小説」の「価値」を重視しようとした先の考えにもつながっていよう。

(島田昭男)

近松秋江《ちかまつしゆうこう》 明治九・五・四〜昭和一九・四・二三(一八七六〜一九四四)。小説家・評論家。本名徳田浩司。岡山県生まれ。東京専門学校(早稲田大学の前身)英文科卒業。正宗白鳥の担当する『読売新聞』の「日曜附録」に『文壇無駄話』を匿名連載し、批評家としてまず認められた。明治四三(一九一〇)年四月から『早稲田文学』に、文壇的処女作『別れたる妻に送る手紙』を連載、自然主義陣営の特異な作家として地位を確立。作品に『黒髪』『子の愛の為《ため》に』等がある。芥川は『近松さんの本格小説』(『不同調』大正一五・七)で、その作品をあまり読んでいないとしながら「この頃『現代小説全集』中の近松秋江集を読み」「近松さんほど、自然に己を語るものは一人もあるまい。」と記した。さらに「近松さんの本格小説は(中略)その簡にして要を得てゐることは故森鷗外先生の『里芋の芽と不動の目』の筆致に近いものを持つてゐる。（中略）かう云ふ味はひの本格小説は近頃の文壇に多かつたであらうか？」と称揚した。

（塚越和夫）

近松門左衛門《ちかまつもんざえもん》　承応二～享保九・二・二二（一六五三～一七二四）。浄瑠璃《じょうるり》作者。芥川龍之介は近松を高く評価していた。大正八（一九一九）年二月上演を観て書いた『有楽座の「女　殺　油《おんなごろしあぶらの》地獄《じごく》」』を始めとし、『十年一月帝国劇場評』に岡本綺堂が書き直した近松の『雪女五枚羽子板』を劇評した。さらに『澄江堂雑記《ちょうこうどう》』の「俊寛」の項に、近松の『平家女護島《にょごのしま》』を論じ、倉田百三・菊池寛の『俊寛』と自作の『俊寛』を比較論評している。『文芸一般論』では近松の『大経師昔暦』『鑓《やり》の権三重帷子《ごんざかさねかたびら》』に触れている。しかし、なんといってもその代表的な論文は『文芸的な、余りに文芸的な』の「近松門左衛門」であろう。彼は世話物『心中天網島』、時代物『日本振袖始《ふりそではじめ》』を例にとって、近松がたくましい写実主義者であるゆえんを論じている。そして最後に『闇中問答《あんちゅう》』において、ゲーテや近松はいつか滅びるであろうが、彼らを生んだ胎《たい》—大いなる民衆は滅びず、あらゆる芸術は必ずその中から生まれると結論づけている。

（森山重雄）

知己料《ちきりょう》　⇩**野人生計事**《やじんせいけいのこと》

父《ちち》　小説。大正五（一九一六）年五月一日発行の雑誌『新思潮』に発表。『羅生門』（阿蘭陀《オランダ》書房、大正六・五・二三）、『煙草《たばこ》と悪魔』（新潮社、大正六・一一・一〇）に収録。初出には、末尾近くの「あとで、それとなく聞くと、その頃大学の薬局に通つてゐた能勢《のせ》の父親は、能勢が自分たちと一しよに修学旅行に行く所を、出勤の途《みち》すがら見ようと思つて、自分の子には知らせずに、わざわざ停車場へ来たのださうである。」の後に行を改めて、「自分はその時うけた異常な感動を、今でもはつきり覚えてゐる。倫理の講義が教へる在来の道徳律は、或《あるい》は自分に命じて、能勢のこの行為を不孝の名の下に、否定させやうとするかも知れない。しかしこの感動だけは常に自分を促して、飽《あ》くまでも能勢の為《ため》に、一切の非難を弁護させやうとするのである。」という一文があったが、初刊本に収録する際に削除された。芥川の三中時代の体験に材を取った作品で、作中の「自分」は芥川自身を、「能勢五十雄《いそお》」は三中時代の友人能勢五十雄をモデルにしている。自分が中学の四年生の時の秋、日光から足尾へかけての三泊四日の修学旅行があった。出発の日の朝、自分と同じ小学校を卒業し、同じ中学校に入学した能勢五十雄と共に集合場所の上野停車場に着くと、級友はまだ二、三人しか集まっていなかった。自分たちは待合室のベンチに腰かけて、旅行の予想、生徒同志の品隲《ひんしつ》、教員のうわさなどをしはじめた。そのうちに能勢が隣のベンチに腰をかけている職人らしい男の靴を、パッキンレイだと批評したので、皆一時に、失笑した。当時、マッキンレイという新形の靴が流行していたが、その男の靴は光沢もなく、そのうえ、先の方がぱっくり口を開けていたからである。それを機に、自分たちは待合室に出入りするいろいろな人間に生意気な悪口を加え出したが、なかでも、能勢の形容が一番辛辣《しんらつ》で、かつ、一番諧謔《かいぎゃく》に富んでいた。時間表の前に、服装と言い、態度と言い、すべてが、パンチの挿絵を切り抜いて、そのままそれを停車場の人ごみの中へ立たせたようなかなり年配の男が立っていた。能勢の父親だったが、そのことを知らない級友の一人が、また新しく悪口の材料ができたのを喜ぶように、肩でおかしそうに笑いながら、能勢の手を引っぱって、「おい、あいつはどうだい。」と言った。自分は危うく「あれは能勢の父《ファザア》だぜ」と言おうとした。が、その前に、「あいつかい。あいつはロンドン乞食さ。」と能勢がすかさず言ったので、皆は一時にふき出した。自分は思わず下を向いた。そのときの能勢の顔を見るだけの勇気が欠けていたからである。後で聞くと、能勢の父親は、能勢が修学旅行に行くところを出勤の途中に見送ろうとわざわざ停車場へ来たのだそうである。能勢は、中学を卒業すると間もなく、肺結核のため物故した。その追悼式で悼辞を読むことになった自分は、悼辞の中に「君、父母に孝に」という句を入れた。この作品に対しては吉田精一の「偽悪家能勢の心理に、龍之介は、親を恥ぢる感情、つまりは自己を愛する感情を読みとつた。(中略)彼は能勢にうとする感情と同時に、父をかばひ、愛しよ『親孝行』の判断を下した。親を衆人の前で嘲笑することを親孝行とよぶことは、龍之介の家庭に於《お》ける、乃至《ないし》一般の家庭に於ける、形式的・封建的な道徳観念に対する皮肉であり、辛辣な批評であるに相違ない。外面の形式にこだはらず、内面の真実を絶対視する、といふ意味で新しいモラルをつきつけたものといへるかも知れない」という評言がある。この作品の理解にあたっては、井川(恒藤《つねとう》)恭《きょう》宛の書簡(大正五・六・七)や渡辺庫輔《くらすけ》宛の書簡(大正一一・五・三〇)なども参考になろう。

〔参考文献〕 吉田精一『芥川龍之介』(三省堂、昭和一七・一二・二〇、のち、『吉田精一著作集1』昭和五四・一一・一二)、進藤純孝『伝記芥川龍之介』(六興出版、昭和五三・一・二七) (笠井秋生)

チャアリイ・チャプリン《ちゃありー・ちゃぷりん》 チャップリン Charles Spencer Chaplin 一八八九・四・一六〜一九七七・一二・二五。イギリス人。アメリカ映画界で俳優、監督、製作者として活躍。結婚、離婚を繰り返し、政治批判を行いアメリカを追われ、スイスでその生をおえた。珍妙なスタイルとコミカルなしぐさで世界の喜劇王と呼ばれた。代表作に、「キッド」(一九二一)、「街の灯」(一九三一)、「モダン・タイムス」(一九三六)、「独裁者」(一九四〇)などがある。芥川は、関東大震災時の社会主義者弾圧に関連して、『澄江堂《ちょうこうどう》雑記』に「チャプリン」(『随筆』大正一二・一一)の章を設け、「あのチャアリイ・チャプリンもやはり社会主義者の一人である。もし社会主義者を迫害するとすれば、チャプリンも亦《また》迫害しなければなるまい。」と述べた。また、『「チヤップリン」其他』(『新潮』大正一〇・一〇)や、『しるこ』(『スキート』昭和二・六)などの文章においても言及がみられる。 (木村一信)

中央公論《ちゅうおうこうろん》 総合雑誌。明治二〇(一八八七)年八月に京都西本願寺の学生を中心にその機関誌として創刊された『反省会雑誌』(明治二五年五月以降『反省雑誌』となる)が前身。明治三二(一八九九)年一月より『中央公論』と改題され現在に及んでいる。『反省(会)雑誌』時代には文学的色彩はきわめて薄く、三〇(一八九七)年八月の「夏期附録」や三一年一月の「附録」の柳浪、露伴、樗牛、鏡花、虚子などの寄稿が目立つ程度である。三二年の改題とともに総合雑誌としての性質を濃くして行き「政事・文学・教育・宗教・経済」と頭書きした分野で発言力を強めていった。文芸欄は改題当時はそれほど積極的ではなく、創作など見るべきものはないが、日露戦争あたりより編集に高山覚威、滝田樗陰らを迎えてしだいに力を入れはじめ、三八(一九〇五)年以降は毎月創作を掲げるようになった。三九年から滝田樗陰が編集の中心となり文芸欄の成長は著しく、その社会面の評論文とともに創作欄には問題作、力作が掲載された。明治末年ごろには新人の登竜門としての役割も果たすようになった。またこのころ「説苑《えん》欄」に特集された多くの作家論も資料として現在でも貴重である。大正期に入っては論壇方面ではデモクラシー論の主要な舞台となり、創作欄では既成の大家の作品といっしょに多数の新人を発掘し、志賀直哉、武者小路実篤、中条百合子、広津和郎、佐藤春夫、菊池寛らの文壇的出世作を掲載した。大正末年には江口渙《かん》、宮地嘉六《ろく》、新井紀一などの初期社会主義文学者も登場させた。樗陰は大正一四(一九二五)年に死去したが、彼の編集時代が『中央公論』創作欄の最も華やかな時期であった。昭和期にも多くの名作は掲げられたが派手さはなくなり現在に至っている。芥川の作品は『手巾《ハンケチ》』(大正五・一〇)に始まり、『偸盗《ちゅうとう》』(大正六・四〜七)『或日《あるひ》の大石内蔵之助《くらのすけ》』(大正六・七)『南京《ナンキン》の基督《キリスト》』(大正九・七)『大導寺《だいどうじ》信輔《しんすけ》の半生《はんせい》』(大正一四・一)『玄鶴山《げんかくさん》房《ぼう》』(昭和二・一〜二)のほか、多数発表されている。 (山本昌一)

中央美術社《ちゅうおうびじゅつしゃ》 田口鏡次郎(掬汀《きくてい》)

を編集兼発行人とする『中央美術』（大正四・一〇〜昭和一一・一二）を発行し、美術の普及および研究に寄与した。当初、日本美術学院を発行所としたが、大正一二（一九二三）年五月に中央美術社となり、昭和八（一九三三）年八月から中央美術刊行会となった。その間、昭和四（一九二九）年七月から八年七月まで休刊している。大正八（一九一九）年、『中央美術』編集主幹となった佐佐木茂索は、久米正雄を通じて芥川に師事することとなった。この雑誌は、日本・西洋の近代美術の紹介を中心に、日本画・洋画・版画・彫刻など各分野にわたって論評する総合的美術誌で、執筆陣も多彩であった。文壇人のものには、長与善郎《よしろう》・武者小路実篤の『岸田劉生《りゆうせい》論』（大正九・八）や与謝野寛の『石井柏亭論』（大正一一・一）などがあり、芥川も『近藤浩一路論』（大正九・六）『小杉未醒《みせい》論』（大正一〇・三）、中央美術社展覧会印象記『西洋画のやうな日本画』（大正九・八）などを寄せている。

（川端俊英）

中央文学《ちゆうおうぶんがく》　文芸雑誌。春陽堂刊。大正六・四創刊、終刊未詳（一九一七〜?）。紅野敏郎は大正一〇（一九二一）・一一まで確認。日本近代文学館蔵本は途中欠号を含み大正一〇・一一まで。編集人は細田源吉に始まり水守亀之助・新井紀一と変わる。表紙は竹久夢二。著名作家の短編を中心に、読者からの短歌・俳句・書簡文・日記文などの投書も載せ、また毎号種々の試みをして目次に著名作家の名を並べる。芥川もしばしば名を出すが、作品には『黄粱夢《こうりようむ》』（大正六・一〇）『尾生の信』（大正九・一）、エッセイには『仏蘭西《フランス》文学と僕』（大正一〇・一一）、人物記に『親し過ぎて書けない久米正雄の印象』（大正九・六）がある。また森鷗外の文章を評した短文『ほんもののスタイル』（大正六・二）以下七点のアンケートの答えがある。『「槐多《かいた》の歌へる」推賞文』（大正九・九）、大正八（一九一九）年九月には題言を担当、「椰櫟横担不顧人／直入千峯万峯去」という二行と署名とを、筆跡影印で載せている。

（佐々木充）

中外《ちゆうがい》　総合雑誌。大正六・一〇〜大正八・四（一九一七〜一九一九）。復刊し、大正一〇・六〜八（一九二一）。前期一九冊、復刊後二冊。芥川はエッセイ『或《ある》悪傾向を排す』（大正七・一一）、小説『開化の良人』（大正八・二）を載せている。『或悪傾向を排す』で、「この雑誌で里見弴君が、『或悪傾向を排す』と云ふ論文を書いた。批評家が作家の才や腕に軽蔑《けいべつ》を持つのが間違ひだと云ふ趣旨である。至極同感である。」とし、「芸術は正に表現である。」と主張し、本間久雄の『浪曼主義か現実主義か』の論を取り上げて批判している。当時の芥川の芸術的立場が明瞭《めいりよう》に示されており興味深い。

（菊地　弘）

忠義《ちゆうぎ》　小説。大正六（一九一七）年三月一日発行の雑誌『黒潮』第二巻第三号に発表。『羅生門』（阿蘭陀《オランダ》書房、大正六・五・二三）、『鼻』（春陽堂、大正七・七・八）に収録。初出とその後の文章に若干の異同があるが、『鼻』所収文において主、家にカギカッコがつけられた以外は語句の改訂にかかわるものである。草稿では題名が「主従」となっている。「一　前島林右衛門」「二　田中宇左衛門」「三　刃傷」から成る。板倉修理は病後の神経衰弱が高じ、周囲の無理解のなかで発狂の不安に陥るようになる。本家の附人《つきびと》である家老前島林右衛門は修理の逆上に心を痛めるが、それは「家」にかかわる大事として危惧《きぐ》したためであった。心の通わない主従の関係はしだいに荒《すさ》んでくるが、自分を押し込め隠居にして板倉佐渡守《さどのかみ》の子息を養子に迎えようとしていることを耳にした修理の憎悪は頂点に達し、林右衛門に縛り首を申し付ける。命をうけた林右衛門は一族郎等を引き連れて昂《こう》然《ぜん》と屋敷を立ち退いてゆく。後を継いで家老となった田中宇左衛門は、「家」ではなく「主」にかかわる大事として親のような気持ちで修理の逆上を憂慮するが、病後はじめて出仕した修理は、林右衛門の処置についての話から半狂乱になり佐渡守《さどのかみ》に無礼の振る舞いを行う。そのため修理の出仕登城差し止めを佐渡守から指示された宇左衛門は、「家」と「主」との板挟みの中でなんの方策も見いだせないまま悩み続ける。数日後、修理は隠居の決意を宇左衛門に告げ、最後の望みとしていま一度出仕したいと懇願する。情に負けた宇左衛門は遂に同意するが、登城した修理は何の恩怨《おんえん》もない細川越中守を殺害して発狂する。修理は切腹を命ぜられ、宇左衛門は縛り首に処せられて事件は落着する。紋所が似ているために越中守を佐渡守と見誤ったのだろうというのが市中の定評であった。発狂した修理が時鳥《ほととぎす》のことを口走る場面について江口渙《かん》は「余りにティピカルであり、固定的である」と苦言を呈したが、「お説通り活字になつた時から不愉快で仕方がないんです」（大正六・六・三書簡）と芥川は答えている。この作品の主題をどう考えるかは発表当時から大きく揺れている。修理の狂的心理の描写に主眼がある（無署名「三月の雑誌から―黒潮」、『時事新報』大正六・三・九）、「家」と「主」との相克から破滅へ向かう過程を描いた（田中純「芥川龍之介氏を論ず」、『新潮』大正八・二）、芥川の虚無思想の現れ（石坂養平「芥川龍之助《マ》論」、『文章世界』大正八・四）などである。したがって評価の振幅も大きい。その後吉田精一によって、家が主で人が従だという封建思想を逆転させようとしたヒューマニズムが、かえって家の滅亡を招いたとの読みが示された（『芥川龍之介』三省堂、昭和一七・一二・二〇）。片岡良一は、芥川自身の「家」の問題の投影と見つつ、個人の肉体を離れた新しい家のモラルを確立できなかった新現実主義の限界を指摘している。勝倉寿一は、相いれない二様の忠義観の狭間で狂気に落ちてゆく修理に託された芥川の暗い人生認識と懐疑的不安の影を読み取る。菊地弘は、二人の家臣を中心とした個の意識と資性のドラマだとし、とくに古い秩序とそれから飛翔《ひしょう》という異質のものを共存させている林右衛門に注目して、人間を個的な存在として徹底して認識しとらえようとする芥川の現実的精神を高く評価する。このように三人の登場人物のいずれに重点を置くかで読みが大きく変わってくる作品であり、主題はいまだ定まっているとは言いがたい。なお主たる典拠としては、吉田精一により松崎堯臣『窓のすさみ』巻二が指摘されている。

〔**参考文献**〕片岡良一「芥川龍之介と『家』の問題」（『文学』昭和二三・五）、勝倉寿一「芥川龍之介『忠義』論―『偸盗』失敗論への一視点として」（『文芸研究』昭和五五・九）、菊地弘「忠義」（『信州白樺』昭和五七・三）　（三嶋　譲）

中国文学《ちゅうごくぶんがく》　中国文学という言葉によって包括されるものは非常に多い。中国文学を古い呼称に従って漢文学としても、それはなおかつ、漢文で書かれたすべての書物をその中に含んでいる。夏目漱石は『文学論』（明治四〇・五）の序文で「余は少時好んで漢籍を学びたり。之《これ》を学ぶこと短かきにも関《かかは》らず、文学は斯《か》くの如き者なりとの定義を漠然と冥々裏《めいめいり》に左国史漢より得たり」と言っているが、この左国史漢すなわち、春秋左氏伝、国語、史記、漢書は、史書であり、史書は同時に政治の書であり、また倫理思想の書であった。これは、我々の目から見ると、もちろん文学作品としても面白いものであるが、しかし、これが文学のすべてであると言われた場合には困惑せざるを得ない。しかし、そういう時代のあったことは否定しえない。例えば武内義雄が『儒教の精神』（岩波書店、昭和一四・一一・二七）を書いたとき、日本の儒教を述べる参考書として使ったものの一つに内藤湖南の『近世文学史論』（政教社、明治三〇・一）があるが、それはこの「文学史」が「儒学」から始まっているからである。すると、詩文はどこかへ消えてしまうわけであるが、中国最古の詩集『詩経』は文字どおり「経書」であるから、文学は、そこでは「経学」の中に組み込まれているのである。しかし、芥川が親しんだ中国文学は、どうやら、我々のいう文学に近いものであったと思われる。芥川には『漢文漢詩の面白味』（『文章倶楽部《クラブ》』大正九・一）という短い文があるが、そこで例えば韓偓《かんあく》の『香奩集《こうれんしゅう》』の中の七絶「想得たり」をひいている。「両重門裏、玉堂の前／寒食の花枝、月午の天／想得たり、那人手を垂れて立ち、／嬌羞《けふしう》、肯《がへん》じて鞦《しう》韆《せん》に上らざりしを」。これがその詩の全部であるが、芥川はこれに「羞ぢてブランコに上る事を承知しなかつた少女を想う所なぞは、殆《ほとんど》生田春月君の詩の中にでも出て来さうである」という評を下している。『香奩集』を取り上げること自体が、すでに芥川の頭の中にあった漢文学の内容が、漱石のそれなどと初めから違っていたことを意味しているが、それをまた、生田春月の詩に比較しているところにも、もはや、漢文学すなわち経学といったイメージが壊れてしまっていることを示している。芥川が最初に漢文を習ったのは、一家の一中節《いっちゅうぶし》の師匠宇治紫山からで、当時の一般の子供と同じように『日本外史』から入っている。芥川は頭脳明晰《めいせき》で記憶力もよかったので漢文の読書力は相当の速度で進んだと思われるが、同時に、当時、帝国文庫が続々と近世の文芸を活字にして出版し、中に『通俗三国志』(「上」明治二六・九・一、「下」二六・九・一五)『校訂水滸《すいこ》伝』(中味は『通俗水滸画伝』)(「上」明治二八・一〇・二五、「下」二八・一二・二五)、『続水滸伝』(明治三三・九・三〇)などを次次と刊行したので、これらを読みあさって、漢文の世界の面白味をより多く味わったらしい。(ということは、それだけ、漢学、あるいは経学から遠い世界に遊んでいたのである。)また、芥川の書簡をみると、大正二(一九一三)年七月二十二日の藤岡蔵六宛の中で、「唯本は少しよんだよんだと云ふ中には古ぼけた虞書《ぐしょ》新誌や剪燈《せん》新話や五才子書(引用者注、『水滸伝』のこと)や金瓶梅《きんぺいばい》のやうな小説が多い横文字の本は殆よまなかつた」とあるから、中国文学への傾倒ぶりが分かるであろう。また当然のことながら、漢詩の作り方を知った芥川はこの年の末(一二月九日)の、浅野三千三宛の書簡で自作を披露している。「寒更無客一燈明/石鼎火紅茶靄軽/月到紙窓梅影上/陶詩読罷道心清」(訓読「寒更客なく一燈明らかなり　石鼎火紅に茶靄軽く　月は紙窓に到りて梅影上る　陶詩読み罷んで道心清し」)。次に芥川が、材料を中国古典にとった作品とその材源を挙げてみると、次のようになる。『酒虫《しゅちゅう》』(『新思潮』大正五・六)→『聊斎志異《りょうさいしい》』巻一四『酒虫』。『仙人』(『新思潮』大正五・八)→『聊斎志異』巻二『鼠戯』、巻一四『雨銭』、『黄粱夢』(発表誌不詳、大正六・一〇)→沈既済『枕中記《ちんちゅうき》』、『英雄の器』(『人文』大正六・一一?)→『通俗漢楚軍談』巻一二、『首が落ちた話』(『新潮』大正七・一)→『聊斎志異』巻三「諸城某甲」、『杜子春』(『赤い鳥』大正九・七)→鄭還古「杜子春伝」、『仙人』(『サンデー毎日』大正一一・四)→『聊斎志異』巻一「労山道士」。以上から判断して、芥川は大正期の作家としては珍しく、多くの材料を中国(古典)文学から得ている(山敷和男「芥川龍之介と古典」、『一冊の講座　芥川龍之介』有精堂、昭和五七・七・一〇参照)。また、芥川は、『支那《シナ》游記《ゆうき》』(改造社、大正一四・一一)の中でも、多くの中国古典を引用しているが、それ以外でも、例えば『解嘲』(『新小説』大正一三・四)という文の題は、単に「嘲《あざけ》りを解く」という意味の題ではなく、漢の揚雄の「解嘲」に学んだ題の付け方であることは明らかなごとく、あちこちに中国文学の素養の感じられる語を使っている。また院本を読んだことが『支那游記』の引用漢文から分かるが、これらは例えば『西廂《せいそう》記』なら、明治以後でも岡島泳舟の訳著(二冊本、岡島長英発行、明治二七・五)などがあって、それらを読み解く方法は出来ていたのであるから、芥川も当然ある程度読めたのである。通俗小説のためには、秋水園主人の『画引小説字彙』(寛政三年刊)があった。最後に、中国文学は旧呼称の漢文学に直すと、当然日本漢文学が入ってくるが、この方面では、やはり芥川は頼山陽をよく読んだらしい。そのほか、明治の文人では成島柳北が好きだったらしく『開化の殺人』(『中央公論』大正七・六)に登場させている。

(山敷和男)

〔参考文献〕稲垣達郎「歴史小説家としての芥川龍之介」(大正文学研究会編『芥川龍之介研究』河出書房、昭和一七・七・五)

中国旅行《ちゅうごくりょこう》　芥川は大正一〇(一九二一)年『大阪毎日新聞』の海外視察員として中国を旅行し、「三月下旬から」「七月上旬に至る一百二十余日の間に上海《シャンハイ》、南京《ナンキン》、九江、漢口《ハンコウ》、長《ちょう》沙《さ》、洛陽《らくよう》、北京《ペキン》、天津《テンシン》等を遍歴した。」

中国旅行送別会（大正10年3月9日、上野精養軒）前列左より久米正雄、芥川、里見弴、与謝野晶子、菊池寛。後列左より豊島《とよしま》与志雄、田中純、吉井勇、小山内薫、鈴木三重吉、久保田万太郎、佐佐木茂索、中根駒十郎、南部修太郎、村松梢風、山本有三、小島政二郎

（『支那游記《シナゆうき》』自序）三月一九日にかぜ気味のまま出発したため三〇日に上海に着くと翌日から乾性肋膜《ろくまく》炎にかかり約三週間入院、その後も各地で発病した。この体調の悪さに中国全土の不潔さ、排日的感情、暴動が頻発する危険な状況や強行スケジュールが重なって、芥川の中国への印象は「政治、学問、経済、芸術 悉《ことごとく》 堕落」（『長江游記』）という厳しいものとなり、漢詩漢文を通じて育《はぐく》んでいたロマンティックな中国像は破壊された。が、だからこそ芥川は、「中華民国十年」という当時の激動する政治状況を故意に無視し、中国の著名政治家、運動家との会見にも深い政治的興味は抱かず、現代になお残存する「支那風俗」や「支那美人」の面影に自己の中国像を重ねて、強い関心を見せている。ただ、北京にだけは「二三年住んでも好い」（岡栄一郎宛書簡、大正一〇・六・一四）ほどの現実的な愛着を抱いた。また、ジョオンズ、西村貞吉、山本喜誉司、井川恭《きょう》の兄など旧友知人との再会、かつて書物で見知っていた中国の詩人、学者との面談、中国新聞や在中日本人の熱烈な歓迎が、病軀に鞭《むち》うち特派員という制約に縛られて孤独に旅する芥川の郷愁を慰めた。病気のため、旅行中『大阪毎日』に原稿を送る約束は実現しなかったが、熱心にとったメモをもとに、帰国後中国紀行を『上海游記』『江南游記』『長江游記』『北京日記抄』『雑信一束』として発表し、のちこれらを『支那游記』にまとめて出版した。小説『湖南の扇』にも中国旅行の体験が生かされている。この中国旅行で健康を害し、中国への浪漫的な夢を壊された芥川は、この後、晩年まで激しい不眠症と神経衰弱に悩み、その心身の衰弱が、芥川の作品からロマネスクな要素を奪い、現実的な作風への転換をもたらした。（神田由美子）

偸盗《ちゅうとう》 小説。大正六（一九一七）年四月一日発行の雑誌『中央公論』に（一）から（六）が、同年七月一日発行の同誌に『続偸盗』として（七）から（九）が掲載され、単行本には収められなかった。『羅生門』『鼻』『芋粥《いもがゆ》』などに続くいわゆる「平安朝シリーズ」の一つであり、例によって『今昔物語』の巻二九の「不《ざル》レ被《られ》レ知レ人《ニ》女盗人《ノ》語《こと》第三」や「筑後前司源忠理家入《ル》盗人《ノ》語第十二」などに取材しているが、原典に大きく依存した従来の方法から、個々の場面を原典に借りながらも、それを独自の作品世界に再構成するという、一種の「ロマン」としての小説的構造を備えている。物語は平安末期、荒廃した京の町を背景に、そこに横行する盗賊一団の真夏の昼下がりから夜、夜明けまでのほぼ一日が描かれる。太郎と次郎の兄弟はともに盗賊の仲間だが、猪熊《いのくま》の婆《ばば》の娘で一味の頭目沙《さ》金《きん》をめぐって反目する。沙金は養父猪熊の爺《おじ》と

も通じており、多くの男を手玉にとる。情夫を任じる太郎はそれを黙視しているが、沙金が次郎に近づくに至り、早晩兄弟が対立しなければならないことを思い暗澹《あんたん》とする。沙金一味はある夜藤判官《とうのほうがん》の屋敷を襲おうとするが、これを機に太郎をなきものにしようとする沙金は、次郎ともはかり、あらかじめ襲撃を敵方に密告する。案の定、手強い反撃にあって、猪熊の婆は死に爺も深手を負う。次郎も予期せぬ猛犬の群れに囲まれ危うい。しかし奇跡的に危機を脱した太郎が、獲物の陸奥《みちのく》出の三歳馬を駆って逃げる途中これを目撃、いったんは見過ごすが、肉親の情にひかれ、再びとって返して次郎を救う。その夜、猪熊の家の下女で白痴の阿濃《あのう》は、羅生門楼上で月の光の中、子供を産む。逃れて来た盗賊たちはそれを知って騒ぐが、猪熊の爺はそれが自分の子だと言って静かに息を引きとる。翌日、太郎と次郎に殺された沙金の死骸が発見される。芥川は大正六（一九一七）年三月二九日付松岡譲宛書簡で、「『偸盗』なんぞヒドイもんだよ安い絵双紙みたいなもんだ」と、この作品を早々に失敗作としている。その後、改作をほのめかしているが、結局実現せず、未完成の作品として長く看過されてきた。しかし、近年再評価の論が相次ぎ、例えば海老井英次は「『偸盗』への一視角」（『語文研究』昭和四六・一〇）において、芥川の創作ノートにある「“There is some thing in the darkness”, says the elder brother in the Gate of Rasho」などのメモに注目しながら、「羅生門」をとりまく「darkness」の中に「something」を見いだすこと、つまり『羅生門』の「黒洞々《とうとう》たる夜」に消えた下人の救済こそ、『偸盗』の重要なモチーフであったことを指摘し、にもかかわらずそれが太郎と次郎の「兄弟愛」に収斂《しゅうれん》されんとしたとき、作品は緊張を欠き通俗に堕さざるをえなかったとした。それに対し越智治雄は「作品論　偸盗」（『国文学』昭和四七・一二）において、同じく『羅生門』と『偸盗』との「重層性」を強調しながら、人間を取りまく「大きな暗黒」を描きつつ、ここには「芥川のある渇きの感情」が流れていると指摘、「彼の内部においてあの『限りない夜』からの脱出が、強く希求されていたことだけを確認すれば、それで十分である」とする。そして例えば阿濃の夢や太郎と次郎とのほとんど「電光」のような愛を通して、芥川が定着したかったものも己の「うつくしい夢」であった、たとえ作品として「支離滅裂」の観があるにせよ、「あの彼の夜の世界からの脱出という重い人生的な課題も、ここにはこめられていたに違いない」と、『偸盗』の性格をとらえている。また三好行雄は「下人のゆくえ―『偸盗』論の試み・その一―」（『日本文学』昭和四八・七、『芥川龍之介論』筑摩書房、昭和五一・九・三〇所収）において、前二者の論に触れながら、特に阿濃の中に「あらゆる悪をつつみこんで、それを〈悲しみ〉としてひきうける抱擁者＝〈母〉による救済のモチーフ」を読み取り、それを「母」への志向という自らの芥川龍之介論の中軸に位置づけているが、しかし作品としては、太郎・次郎系のメインプロットと、阿濃・猪熊系のサブプロットとの断層を指摘し、そこに『偸盗』の「ロマンとしての挫折《ざせつ》」と「救済の失敗」を説いている。ともあれ、こうして『偸盗』は作品としての、つまりこの場合、作家による世界の領略の場である「ロマン」＝長編小説としての「失敗」や「挫折」を言われつつ、しかもなお芥川の人生と文学の全体に及ぶ重い問題を担うものとして、ようやく正当な位置を与えられた観がある。しかし、作品そのものの評価と内容の評価との分裂に、なお課題が残るといってよく、この作品の意味もまたそれだけ奥深いと言えよう。なお文体について、寺田透に、「羅生門楼上における阿濃を描いた部分ほど「濃密で、生の力にゆさぶり上げられるような、歓喜にみちた独白めく抒情的文体は、芥川の文章の他のどこにも見出せぬ」（『文学その内面と外界』清水弘文堂、昭和四五・一二・一〇）という指摘があるのを書き添えておく。

〔参考文献〕井汲清治「批評・偸盗」（『三田文学』大正六・三）、佐佐木茂索「『偸盗』に就て」（岩波文庫『偸盗』解説、昭和三・一二)、吉田精一『芥川龍之介』(三省堂、昭和一七・一二・二〇)、塩田良平『芥川龍之介』(学燈社、昭和二九・三・二〇)、長野嘗一『古典と近代作家―芥川龍之介』(有朋堂、昭和四二・四・二五)、海老井英次「〈我執〉から〈救済〉へのロマン―『偸盗』論続稿―」(『近代文学考』昭和四九・三)、石割透「『偸盗』における意味」(『日本近代文学』昭和五〇・一〇)

(佐々木雅発)

中有《ちゆうゆう》　仏教用語で、意識をもつ生物が死んでから次の生をうけるまでの間を言う。『藪《やぶ》の中』の、妻を盗人に犯され、自身は、殺された(あるいは自殺した)金沢の武弘の死霊が巫女《みこ》の口を借りて行った告白の最後のくだりに、「おれはそれぎり永久に、中有の闇へ沈んでしまつた」とあり、物語の主題である人生の不可解さを象徴する語として用いられている。また『六の宮の姫君』で、ただ運命のおもむくまま、なりゆきにまかせて一生を送るよりほかすべがなかった主人公が死後迷って朱雀《しゆじやく》門のあたりに泣き声の歎きを送ってくるくだりがあり、「中有」という語は用いていないが、そこに迷う「腑甲斐《ふがい》ない」魂を描いている。海老井英次は『鑑賞日本現代文学第11巻　芥川龍之介』(角川書店、昭和五六・七・三一)で、これら二作に加えて『おぎん』を挙げ、「大正十年後半期を境に、芥川は〈刹那の感動〉を謳《うた》い上げる姿勢を捨てて、その後の〈残余の人生〉を生き〈中有〉に迷う者に〈人間らしさ〉を見て共感するようになっていたのである」と言っている。仮構の世界を築きながら現実的なものを見つめざるをえない作者の姿がうかがえる。

(菊地　弘)

中庸の精神《ちゆうようのせいしん》　中庸は偏らない中正の道。孔子の思想の根本原理で、儒教の中心をなす精神。芥川は中庸の精神を「神と悪魔、美と醜、勇敢と怯懦《きようだ》、理性と信仰」など、あらゆる対極のそれぞれの半ばを信じ、半ばを疑う態度だとし、それは「英吉利《イギリス》語の goodsense」であり、この「グッドセンスを待たない限り、如何《いか》なる幸福も得ることは出来ない。」(『侏儒《しゆじゆ》の言葉―自由意志と宿命と』)と説明している。また、「中庸道に立還《たちかへ》つて静かにものの正体を見る心がけ」(『明日の道徳』)が真の道徳を生み出す方法であると論じている。つまり、芥川は中庸の精神を最良の処世術だと考えていたのである。例えば彼は、「微温底なる中庸を愛した」江戸時代のディレッタント木村巽斎《そんさい》の清福をたたえ(『僻見《へきけん》―四　木村巽斎』)、「良心―と云ふよりも道徳的神経」(『文芸的な、余りに文芸的な―志賀直哉氏に就いて《覚え書》』)を持ち、りっぱな人生を生きている志賀直哉の作品に敬服しているが、詩興の赴くままに詩文を草し、「已を抑へると共に已を　恣《ほしいまま》に」(『僻見』)する中庸の精神に支えられた巽斎や直哉の生き方は、糊口《ここう》の売文に追われ、創作のために生活を犠牲にしがちだった芥川が羨望《せんぼう》する、理想の処世であった。が、現実の芥川は、その最晩年に及んで「僕のエピキユリアニズムを破」り「中庸の精神を失はせる」(『闇中問答《あんちゆう》』)Daimon の声を聞いている。元来、東洋的エピキュリアンとしての資質を備えていた彼は、実生活では骨董《こつとう》を愛し、中庸道を行く円満な紳士である反面、群小作家やディレッタントの境涯には堪えきれぬ、芸術の Daimon の俘《とりこ》でもあった。すべての現象や思想を相対的に眺め得る芥川の理性は、「菽麦《しゆくばく》すら弁《べん》ぜぬ程、愚昧《ぐまい》に」も「雲気《うんき》さへ察する程、聡《そう》明《めい》にも」(『侏儒の言葉―侏儒の祈り』)なることを好まぬ中庸の精神こそ、芸術家の最良にして安全な処世術であることを悟りつつ、彼の本能は、人生と芸術の調和を破る不可思議な芸術の魔力、つまり Daimon を常に求め続けていた。中庸の精神をめぐるこのような理性と本能の分裂は、芥川の実人生の悲劇を、また彼の芸術の魅力を語る要因の一つである。

(神田由美子)

チョイス・リイダア《ちよいす・りーだー》　芥川の『毛利先生』(『新潮』大正八・一)は批評家の「自分」が、府立中学校で教わった英語教師を回想する話である。毛利先生は生徒たちに「これから私が、諸君にチョイス・リイダアを教へる事になりました」と挨拶《あいさつ》し、授業で『ロビンソン・

クルウソオ』やロングフェローの『サアム・オヴ・ライフ』について説明する。この『チョイス・リイダア』とは、芥川が府立第三中学校の生徒のとき、実際に流布していた英語教科書であり、『Standard Choice Readers』のことである。初版は明治三五（一九〇二）年で、のち、改訂されつつ、版を重ねる。全五巻。明治四〇（一九〇七）年度版では、発行所は鍾美堂書店、発行者は中村寅吉《とらきち》・中村由松《よしまつ》となっており、発行兼印刷者に福岡元治郎、校訂者にジェーティ、スウィフトの名が挙がっている。『ロビンソン・クルウソオ』は第三巻と第五巻に、『サアム・オヴ・ライフ』は第四巻に入っている。（斉藤英雄）

澄江堂《ちょうこうどう》　芥川龍之介の号。大正一一（一九二二）年一月二一日付小穴《おあな》隆一宛書簡に初めて用いた。同年四月ごろ書斎の扁額《へんがく》を「我鬼窟《がきくつ》」から「澄江堂」（下島空谷揮毫《くうこくきごう》）に改め、「我鬼」に代わる号として用い始めた。『澄江堂雑記』（『文芸春秋』）に「唯いつか漫然と澄江堂と号してしまつた」とあるが、心機一転を図ったものか。従来、隅田川また中国長江に由来を求める説があるが、あるいは「芥川」を逆転させた意を含むものとも思われる。（田中夏美）

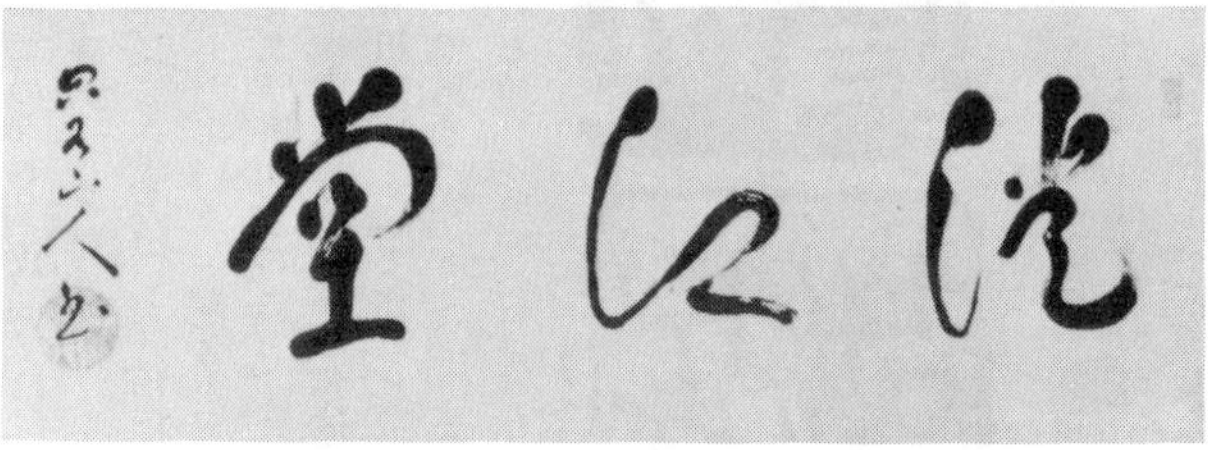

大正11年4月ごろ書斎の扁額を「我鬼窟」から「澄江堂」に変えた。

澄江堂遺珠《ちょうこうどういしゅ》　未定稿詩集。芥川龍之介遺著・佐藤春夫纂輯《さんしゅう》『澄江堂遺珠 Sois belle, sois triste』として、昭和八（一九三三）年三月二〇日、岩波書店より刊行。佐藤春夫筆の「はしがき」によると、『芥川龍之介全集』別冊（昭和四・一二・二八）所収の堀辰雄編の「詩歌」からもれた芥川の詩稿を編集したものである。吉本隆明（「芥川龍之介の死」、『解釈と鑑賞』昭和三三・八）が、芥川の本領としての中産下層階級を論じた際に引用してから特に注目されるようになった、「汝《なんぢ》と住むべくは下町の／水どろは青き溝づたひ／汝が洗湯《あらひゆ》の往き来には／昼もなきづる蚊を聞かむ」（『戯れに(1)』）など、完成作品とみなしてよいものとともに、未定詩稿がその異稿をも含めて紹介されており、それについての佐藤の解説、感想がみられる点に本書の特徴がある。特に「かすかに雪のつもる夜は／ココアの碗《わん》もさめやすし」の連は、抹消されたものも含めて幾つものバリエーションが並べられており、芥川の彫琢ぶりがしのばれる。この書のもとは、雑誌『古東多万《ことたま》』（昭和六・九〜七・一）に連載されたものであるが、全集では、『芥川龍之介全集』第九巻（岩波書店、昭和五三・四・二四）所収の「未定詩稿」の部に『*Sois belle, sois triste*』の小見出しのもとに収められている。ところで、このボードレールの一行は、生前の芥川が愛好したものであり、未定詩稿中に書き込まれた箇所は、写真復刻で本書の表紙裏に見ることが出来る。佐藤は最後に「かく閲《けみ》し来れば一把の未定詩稿は故人が心中の消息を伝へて余りあり。語らずして愁《うれひ》なきに似たりし故人が双眸《そうぼう》に似て幽麗典雅なるその遺詩は最も雄弁なる告白書に優《まさ》るの観を呈するに非《あら》ずや」と感想を記しているが、未定稿詩集である本書について言い得た言である。小穴《おあな》隆一筆『白衣像』『南支漫遊中驢背《ろはい》の著者』『漫画筆蹟』『詩稿筆蹟』の四葉の写真が挿入してある。（海老井英次）

澄江堂句集《ちょうこうどうくしゅう》 **印譜附**《いんぷつき》　自選句集ならびに所蔵印の印影を集めた和装本。昭和二（一九二七）年一二月二〇日文芸春秋社出版部刊。名儀人は著作者芥川龍之介、編纂《へんさん》兼発行者小峰八郎。大正一五（一九二六）年夏、鵠沼《くげぬま》の借家に滞在の折、芥川は、それまでの作句中より厳選した句を、長崎から呼びよせた年少の知友渡辺庫輔《くらすけ》に清書させたという（芥川文《ふみ》『追想 芥川龍之介』・中公文庫）。句集はそれらに昭和二年の吟を加えた「計七十七句」より成る。「蝶《てふ》の舌ゼンマイに似る暑さかな」（大正七）に始まり、「旭川／雪どけの中にしだるる柳かな」（昭和二）に終わる七七句は、おおむね年代順に配列されており、集中最も年代の早いものは、大正六（一九一七）年の「木がらしや東京の日のありどころ」「木がらしや目刺《めざし》にのこる海のいろ」である。『わが俳諧《はいかい》修業』によれば、芥川は小学校尋常科四年のとき初めて句を詠んだというが、句作に力を入れるのは大正六年ごろからで、七年鎌倉に居を定め、近くの高浜虚子に添削を請い、『ホトトギス』に掲載されるにいたって、吟詠は本格化した。「白桃や莟《つぼみ》うるめる枝の反り」「炎天にあがりて消えぬ箕《み》のほこり」「臘梅《らふばい》や雪うち透かす枝のたけ」など繊細な感覚を生かした叙景の作が多いが、「自嘲／水洟《ばな》や鼻の先だけ暮れ残る」「伯母の言葉を／薄綿はのばし兼ねたる霜《しも》夜かな」「一游亭《いちゆうてい》を送る　別情愴《さう》然《ぜん》／霜のふる夜を菅笠《すげがさ》のゆくへ哉《かな》」など人事・抒情の句もある。印譜は、浜村蔵六作の「鳳鳴岐」「戌哉」ほか三種、小沢忠兵衛作「河郎之舎《かわろうのや》」、養父道章の刻「芥川文庫」など計一〇種をのせている。このうち「戌哉」は、その印影が「直哉」とも読めそうなので、もし「直」だったら「私が貰ふべきだ」と芥川に話したところ、彼も同意したというエピソードを、志賀直哉は『沓掛《くつかけ》にて—芥川君のこと—』の中に記している。なお本書は、龍之介の葬儀ののち、香典返し用に芥川家によって作られ、それぞれに送られたものである。（遠藤　祐）

浜村蔵六作の石印

澄江堂雑記《ちょうこうどうざつき》　随筆。芥川は大正一一（一九二二）年一月二一日付け小穴《おあな》隆一宛書簡に「澄江堂主人」と署名している。試みに書簡集をたどってみると、俳号「我鬼」の使用は、「澄江堂」と混用しながら、大正一二（一九二三）年八月九日付け下島勲《いさおし》あての端書《はがき》に記した俳句の署名で終わっている。その後は本名ないし「龍」が多くなり、「澄江堂」「澄江子」「澄江老人」などが時折出てくる。その間、一一年四月ごろには書斎の額を「我鬼窟《がきくつ》」から「澄江堂」に代えている。「澄江堂」の命名には、芥川がそのほとりで育った隅田《すみだ》川や、四か月にわたった中国旅行の記憶がかかわっていると思われる。隅田川も「今では如何《いか》にも都会の川らしい、ごみごみしたものに変《かは》つてしまつた。」（『東京に生れて』大正一二・一）し、現実の長江の流れは「金鏽《さび》に近い代赭《たいしゃ》」（『長江游記《ゆうき》』大正一三・七）であったのだが、このことは、「澄江」に芥川の心情、願望を読み取らせることにもなろう。いずれにしても「我鬼窟」から「澄江堂」への変化は、芥川の心境の変化を表している。とすると、旧版全集のように『雑草』『点心』『骨董羹《こっとうかん》』『野《や》人生計事《じんせいけいのこと》』『澄江堂雑記』などを総括して『澄江堂雑記』とすることは適当でない。芥川が随筆を初めて『澄江堂雑記』と題したのは大正一一年四月『新潮』においてであったから、それ以前に発表されたものは、芥川自身が『澄江堂雑記』に加えたものは別として、『澄江堂雑記』とすることはできない。また、大正一一年八月『沙羅《さら》の花』に『澄江堂雑記』として収められた九編は『百艸《ひやくそう》』（大正一三・九）、『梅・馬・鶯《うぐいす》』（大正一五・一二）の『澄江堂雑記』にも再収されておらず、性格も違うので、これも除外してよかろう。そのほか大正一四（一九二五）年一二月、一五年一月の『文芸春秋』に載せた『澄江堂雑記—「侏儒《しゅじゅ》の言葉」の代《かは》りに』は、新全集では『澄江堂雑記』として、旧全集では『続澄江堂

雑記』として収められているが、これも、高田瑞穂の説に従って、『澄江堂雑記』とは区別した方がよかろう。さて、『百艸』の『澄江堂雑記』は二六編であるが、そのうち「猫」「家」の二編を除いて『梅・馬・鶯』に再収されている。『梅・馬・鶯』の『澄江堂雑記』は三一編であるが、芥川自身が編んだ随筆集でもあり、『澄江堂雑記』を一つの統一体として考えるときは、その基本的な構成は『梅・馬・鶯』収録のものとすべきであろう。旧版全集は『梅・馬・鶯』の『昔』を除き、『百艸』の「猫」「家」を復活させて都合三二編、その後の全集では『昔』を復活させ、「放屁《ほうひ》」を『続野人生計事』に戻して都合三二編となっている。『澄江堂雑記』の本体はほぼこれによってよいと思われる。なお新全集では「放屁」「袈裟《けさ》と盛遠《もりとお》」「後世」「『昔』」「徳川末期の文芸」は『澄江堂雑記』とせず、それぞれ独立に、初出の題名で収録してある。いま新書版全集によって『澄江堂雑記』各編の初出を見ると、大正一一年四月以前のものは、「二九　袈裟と盛遠」(『新潮』大正七・一二)、「三〇　後世」(『東京日日新聞』大正八・七・二七)「三十一　『昔』」(初出未詳、文末記入大正七・一)の三編で、いずれも芥川が『梅・馬・鶯』に「澄江堂雑記」として収録したものである。最も新しいのが「二十七　続『とても』」、「二十八　丈艸の事」「三十二　徳川末期の文芸」の大正一四年一月であって、『澄江堂雑記』の大部分は大正一一年から一三年にかけて書かれている。この時期は、初期の華々しい時期と、後期の苦闘の時期の狭間《はざま》に当たっている。歴史小説から現代小説への移行の時期でもある。中国旅行後思わしくなかった健康は一時回復したが、再び悪化しはじめていた。小説の創作は著しく減少していた。——芥川は初め随筆集『百艸』の書名を『全家宝』にしようと思っていた(中根駒十郎宛書簡、大正一三・六・六)。『全家宝』については『江南游記』に、「何でも偕楽園《かいらくえん》主人の説によると、全家宝と称する支那《シナ》料理は、食ひ残りの集成だと云ふ事である」とある。同じく随筆集「『点心』自序」では、「点心とは、早飯前及び午前午後哺《ほ》前《ぜん》の小食を指すやうである。小説や戯曲を飯とすれば、これらの随筆は点心に過ぎぬ。」と言い、『野人生計事』では、「随筆は清閑の所産である」が、「今人《こんじん》は(中略)清閑を得ずにも(中略)、寧《むし》ろ清閑を得ない為《ため》に手つとり早い随筆を書き飛ばす」と言っている。描写が不得手で、短編小説しか書けなかった芥川は、その短編にも骨を刻む苦労をした。随筆はそれに比べると楽だったことは否定できない。しかしこのことは芥川の場合、「随筆を書き飛ば」したことにはならず、むしろ随筆という「文芸の形式」が芥川の才能に合っていたことを示している。芥川自身、板橋三娘子の点心を食った客が驢馬《ろば》になる話を記して、「吾家《わがや》の閑点心を食ったものも、或《あるい》は驢馬に変ずるかも知れぬ。しかし手前味噌《てまへみそ》を揚げさせれば、或は麒麟《きりん》に変ずるかも知れぬ。」(『「点心」自序』)と、冗談めかしながら自負するところを示している。——『澄江堂雑記』には才知に誇ったかつての気負いは見られない。『骨董羹』や『雑筆』などの異聞、芸術論、考証などには感慨が露出していたり、ペダンティックな構えが目に付いたりするところがあった。その技巧や機知は時に読者の反発をかった。『澄江堂雑記』では、一部を除いて、対象との距離が程よく保たれ、官憲や世俗への憤りや皮肉も、読者の心に障害なく入ってくるようになっている。「我鬼窟」から「澄江堂」への変化であったと言えよう。例外的な一部とは「告白」などである。これは次の「チャプリン」とともに大正一二(一九二三)年一一月『随筆』(中戸川吉二編集)創刊号に掲載されたが、三か月前の『侏儒の言葉』の「告白」では冷静簡潔に告白文学の限界を指摘していたのに、これは「誰が御苦労にも恥ぢ入りたいことを告白小説などに作るものか。」という激しい言葉で終わっている。この「恥ぢ入りたいこと」を母の狂気の秘匿と短絡することはできないが、作風転換の時に当たっての苦渋が、芥川の感情を高ぶらせたことは想像される。しかし、三か月前の冷静さを思うと、文章の性質が違うとはいえ、いささか奇異の感を免れない。三か月の間には関東大震災があった。「十七 チャプリン」は、甘粕《あまかす》憲兵大尉らが大杉栄たちを殺害したことへの抗議である。チャップリンを持ってきたのは検閲を顧慮したためと思われる。芥川は同じ一一月『文芸春秋』の『侏儒の言葉』には「或《ある》自警団員の言葉」を書いている。これは単行本のときには削除された。関東大震災に伴う現実は芥川に強いショックを与え、それが『澄江堂雑記』の破調を呼んだのではなかったか。

〔参考文献〕 高田瑞穂「澄江堂雑記」(『成城文芸』昭和三四・八) (田中保隆)

澄江堂日録《ちようこうどうにちろく》 日記。大正一二(一九二三)年六月執筆。掲載誌未詳。『百艸《ひやくそう》』に収められる。大正一二年六月六、七、八、九、一〇、一一日の六日間の日記。別に『澄江堂日録(別稿)』(新全集では「雑纂《ざつさん》」とする)もある。これは、大正一四年二月四、五、七、八、一七日の九日間の日記である。ほかに、同類の同題名の『澄江堂句抄』『澄江堂雑詠』『澄江堂雑記』『澄江堂雑誌』『澄江堂小品』がある。六月八日には「『サンデイ毎日』の小説を起稿す。多加志、消化不良の気味あり。夜下島先生、往診せらる。又、藤沢氏来訪。」と書く。 (藤多佐太夫)

長江游記《ちようこうゆうき》 紀行。大正一三(一九二四)年九月一日発行の雑誌『女性』に初め「長江」の題で掲載され、翌年『支那《シナ》游記』(改造社、大正一四・一〇・二〇)に標記の題で収められた。初出との異同はわずかである。内容は「前置き」「蕪湖《ウウフウ》」「溯江《そこう》」「廬山《ろざん》」(上)・(下)から成っている。「蕪湖」では親友の西村貞吉に万事親切にしてもらい、大花園というもと李鴻章《りこうしよう》の別荘だった料理屋へ連れて行かれるが、うまい支那料理を食べながらも私(芥川)の支那に対する嫌悪はだんだん逆上の気味を帯び始める。その夜私は熱心に現代の支那の悪口を言い、つくづく日本へ帰りたいと思う。すると西村は「お前なんぞは何時でも帰れるぢやないか?」と独り語《ひとりごと》のように言う。「溯江」では上海から蕪湖まで溯上する汽船鳳陽《ほうよう》丸の中で、ルウズというデンマーク人の探検家やアメリカ人の夫婦と一緒になる。たまたま東西両洋の愛に関する議論となり、横柄な細君は支那人も日本人もラヴということを知らぬと言う。ルウズ氏は一々これに異議を唱え、細君を激怒させてしまう。南陽丸では、数か月豚を飼い生活をしながら悠々と江を下って来る大筏《いかだ》や米国の砲艦とすれちがう。船長から夏冬四十五、六呎《フイート》の水面の差があることも聞く。「廬山」では皮をはいだ豚に悪趣味を感じ、苦力《クウリイ》の大将の顔に蛇のような何かを感じたりしながら籐椅子《とういす》の駕籠《かご》で山を登る。海抜三千尺の冷気にやっと満足を感じ西洋人の別荘を見下ろしながら東京の子供の顔を思い出すというところで終わっている。吉田精一は「中国の現在や将来を深く洞察し得たものではない」(『芥川龍之介』三省堂、昭和一七・一二・二〇)と批判し、内村剛介は、芥川の「アナクロニズム」と「ぼんやりした目」(「未熟と成熟—上目づかいの『支那游記』」、『国文学』昭和五二・五)を批判する。矢島道弘は、芥川の中国への「夢想」の「崩壊」と「混乱」がもたらした主観的な「気負い」(「紀行」、菊地弘・久保田芳太郎・関口安義編『芥川龍之介研究』明治書院、昭和五六・三・五)を指摘する。 (小沢勝美)

超人《ちようじん》 あらゆる人間的弱点に打ち勝って人間以上に出でんとする「人の完全性」の理念。それについて西洋ではいろいろなことがゲーテを始めとして称《とな》えられてきたが、この理想を最も強調したのがニーチェであった。彼の超人思想は、凡俗を超えた自由なる権力意志の体現者のことであり、また人類がすべてそのような天才となる理想郷のことでもあった。芥川にとって超人の代表的思想家はやはりニーチェであったが、メリメをも「ニイチエ以前の超人崇拝者」(『文芸的な、余りに文芸的な—十八 メリメエの書簡集』)として数えていた。それはともかく、彼はニーチェとその超人について「これはツアラトストラの詩人ニイチエです。その聖徒は聖徒自身の造つた超人に救ひを求めました。が、やはり救はれずに気違ひになつてしまつたのです。」(『河童《かっぱ》』)と語ったが、同時にそこにニーチェの悲劇をも看取したのであった。また芥川自身、人間を超えることをたえず熱望しながら「いや、僕は超人ではない。僕等は皆超人ではない。超人は唯ツアラトストラだけだ。」(『闇中問答《あんちゅうもんどう》』)と述べていた。彼にとって超人とは、弱い自己への反措定であり、また偶像でもあったのである。
(久保田芳太郎)

つ

追憶《ついおく》 回想。大正一五(一九二六)年四月一日発行の雑誌『文芸春秋』第四年四号から昭和二年(一九二七)二月一日発行の第五年二号まで一一回にわたって連載され、のち『侏儒《しゅじゅ》の言葉』に収められた。幼少のころの思い出、小学校時代、活動写真や親しかった友人、読んだ本のこと、中学時代のことなど、「埃《ほこり》」から「渾名《あだな》」までほぼ時代を追って四四章の断編からなる。「新らしい僕の家の庭には冬青《とうせい》、榧《かやのき》、木斛《かしは》、かくれみの、臘梅《らうばい》、八つ手、五葉の松などが植わつてゐた。僕はそれ等《ら》の木の中でも特に一本の臘梅を愛した。が、五葉の松だけは何か無気味でならなかつた。」(「庭木」)「或《ある》冬に近い日の暮、僕は元町通りを歩きながら、突然往来の人々が全然僕を顧みないのを感じた。同時に又妙に寂しさを感じた。しかし格別『今に見ろ』と云ふ勇気の起《おこ》ることは感じなかつた。薄い藍《あゐ》色に澄み渡つた空には幾つかの星も輝いてゐた。僕はそれ等の星を見ながら、出来るだけ威張つて歩いて行つた。」(「虚栄心」)といったように、どの章も二〇〇字から六〇〇字程度と短いが、その折々心の襞《ひだ》に刻まれた光景と感情とがしみじみと回想されている。過ぎた日々への哀惜が、痛みにも似た感動をもって、むしろ抑えられた文章の間を漂う。中村真一郎は「『追憶』から―編集余話(その八)―」において「ここには初期の頃の書斎人としての芥川とは異った、彼の内面の奥深くをほとんど無意識に養ったはずの、江戸伝来の下町における生活の歴史の匂《にお》いが浸《し》みついた柔らかい魂が息づいており、その吐息が、芥川のそれまで身にまとっていた理智の鎧《よろい》のしたの肉身に、私たちをはからずもおびきよせることになる。そうしてこれらの断章は、あのあたりに異様な沈黙をひろげている『点鬼簿』という感銘深い小篇へ、まっすぐに繋《つなが》っているのである。」と述べている。大正一二(一九二三)年五月『保吉《やすきち》の手帳から』に始まる保吉もの、回想小説『少年』(『中央公論』大正一三・四)を書くなかで、芥川の記憶の底から流れ出てきた思いを、素直にリリカルに言葉にしたのがこれらの断章と言えよう。
(尾形明子)

塚本八洲《つかもとやしま》 明治三六・三・八〜昭和一九・六・一〇(一九〇三〜一九四四)。龍之介の妻文《ふみ》の弟。長崎県生まれ。第一高等学校入学後結核を発病し、以後没年まで病状に軽重はあったがほとんど療養生活を続けた。芥川は軽井沢発信の塚本八洲宛書簡(大正一四・八・二九)で、「二三日前文子より手紙参り、オバルチンを送つて頂いた事を知りました。どうも難有《ありがた》う。文子の手紙に曰《いはく》『自分が病気にかかつてゐる為《ため》でせう私の事まで気を揉《も》むで居ると見えます。何となくやしまがかわい（コノ「ワ」ノ字原文ドホリ）さうになつてしまひました。』文子の為にも勉強して早く丈夫におなりなさい。」と認《したた》めている。ほかに五通八洲宛の書簡が全集にある。修善寺からの文・富貴宛書簡（大正一四・四・二二）には「八洲の所へ行つたのなら、八洲の事をもつと詳しく書け。あちらから甘栗《あまぐり》を貰《もら》つた。原稿ぜめでまだお礼も出さない。これと一しよに出す。但し栗はみんな食つてしまつた。」とあり、ほかに八洲に触れた書簡に文宛（大正六・九・四、二八）、塚本鈴宛（大正一四・九・七）、小《お》穴《あな》隆一宛（大正一三・一〇・二九《推定》）がある。『我鬼《がき》窟《くつ》日録』大正八（一九一九）年五月二五日晴のくだりに「午後になつて塚本八洲来る。十七で一高の試験を受けるのだから及第すれば二十三で学士になる訣《わけ》である。」と書いている。また『澄《ちょう》江堂《こうどう》日録』（雑纂《ざっさん》）大正一四（一九二五）年二月五日の箇所に「妻、比呂志をつれて牛込《うしごめ》へ行く。八洲相不変《あひかはらず》のよし。蒲原《かんばら》来る。」との一文がある。『歯車』で主人公は暗合の不気味におびえながら、妻や弟（八洲のこと）と世間話をする箇所がある。「『気味が悪くなるなんて、……もつと強くならなければ駄目ですよ。』／『兄さんは僕などよりも強いのだけれども、——』／無精《ぶしやう》髭《ひげ》を伸ばした妻の弟も寝床の上に起き直つたま ま、いつもの通り遠慮勝ちに僕等《ら》の話に加はり出した。」（「六 飛行機」）と弟が主人公を見詰める描写がある。（菊地　弘）

塚本八洲

築地居留地《つきじきょりゅうち》　明治元（一八六八）年政府により、外国人居留地として定められた、現在の東京都中央区明石町一帯の地。龍之介の誕生地はこの近くだった。『開化の殺人』中でドクトル北畠《きたばたけ》は失恋の慰藉《いしゃ》を神に求め、宣教師タウンゼントの釈義を聞く。「予は屢《しばしば》、同氏と神を論じ、神の愛を論じ、更に人間の愛を論じたるの後、半夜行人稀《まれ》なる築地居留地を歩して、独り予が家に帰りしを記憶す。」とある。また、『開化の良人』でも銅版画築地居留地の図を見て、明治初期の芸術が和洋の調和を示していたと思うくだりがある。『点鬼簿』に「築地」と出てくるのは外人居留地を指すか。（菊地　弘）

辻馬車《つじばしゃ》　藤沢桓《たけ》夫、神崎清、武田麟《りん》太郎《ろう》らの同人雑誌。大正一四（一九二五）年三月創刊、昭和二（一九二七）年九月終刊。月刊通冊三一号。川端康成、横光利一の次の世代の旧制大阪高校グループを中心とした東大生たちによって刊行された。第三号に発表された藤沢桓夫の小説『首』は川端康成に絶賛された。芥川龍之介との関連では、第一三号（大正一五・三）に堀辰雄が随筆『ハイカラ考』と、第二三号（昭和二・一）に翻訳『アムステルダムの水夫』（アポリネール）を発表しているが、これらは堀の前衛派宣言と言うべきもので、『山繭』に発表（大正一四・九）した『甘栗』なども含めて、大正一四年七月二〇日、堀宛への書簡で芥川は細心な忠告を与えている。最終号第三一号は芥川龍之介氏追悼記特集。神崎清、武田麟太郎、長沖一、小野勇が執筆。神崎は『芥川先生葬儀の記』で「日本の『芥川時代』は今や追悼の時期から、今や厳正なる批判の時期にまで推移しつつある。」と記していた。（小川和佑）

津田青楓《つだせいふう》　明治一三・九・一三〜昭和五三・九・三〇（一八八〇〜一九七八）。日本画家・装丁家・随筆家。本名亀次郎。京都市生まれ。浅井忠《ちゅう》の関西美術院で洋画・水彩画を学び、明治四〇（一九〇七）年にフランス留学。帰国後、小宮豊隆《とよたか》を介して夏目漱石の早稲田南町の家に出入りするようになり、漱石晩年の弟子芥川とも知り合いになる。漱石に水彩画の手ほどきをし、『道草』や『明暗』の装丁を行ったことでも知られる。芥川はしばしば師漱石と津田青楓の絵を比較し、画品の点で漱石を上としている（松岡譲宛書簡、大正七・六・一九など）。また『俳画展覧会を観て』（『ホトトギス』大正七・一二）というエッセイでは、「津田青楓さんに御相談申し上げるが、技巧は兎《と》に角《かく》も、気品の点へ行くと、先生の画《ゑ》の中には、あなたが頭を御下《おさ》げになつても、恥《はつか》しくないものがありやしませんか。」と問うている。芥川の随筆や書簡集には、津田青楓の名が頻繁に登場する。　（関口安義）

土田麦僊《つちだばくせん》　明治二〇・二・九〜昭和一一・六・一〇（一八八七〜一九三六）。日本画家。本名金二。新潟県生まれ。明治四四（一九一一）年京都市立絵画専門学校別科卒業。第二回文展（明治四一）に『罰』を発表、以後『髪』『島の女』『海女《あま》』などを同展に出品したが、やがて表現の自由を求めて離脱、村上華岳らと国画創作協会を結成し（大正七）、日本画壇における新風の樹立を目指した。芥川は早くその存在を意識しており、原善一郎にあてた「吉例」の文展評に「海女は此頃《このごろ》またよみかへしたゴーガンの『ノアノア』の為《ため》に一層興味を感じたのかもしれません土田氏は私の嫌《きらひ》な作家の一人です昨年の『島の女』も私の嫌な作品の一でしたしかし海女のすぐれてゐるのはどうしても認めなければならない事実です」と記し、詳しく作柄を紹介している（大正二・一一・一書簡）。ちなみに『ノアノア』は小泉鉄訳で『白樺』（明治四五・一〜大正二・一〇）に断続的に掲載、「白樺叢書」の一冊として刊行された（洛陽堂、大正二・一一・一八）。　（遠藤　祐）

土屋文明

土屋文明《つちやぶんめい》　明治二三・九・一八〜平成二・一二・八（一八九〇〜一九九〇）。歌人。芥川の一高時代の同級生。群馬県生まれ。東京帝国大学文科大学哲学科卒業。高崎中学校で国語教師村上成之（蛃魚）の影響をうけ文学に親しみ、歌誌『アカネ』に蛇床子の筆名で投稿。明治四二（一九〇九）年上京し、伊藤左千夫を頼って牛乳搾取業を助け、第一高等学校に入学、芥川龍之介・久米正雄・菊池寛・山本有三らと同級で知り合う。大正二（一九一三）年東大哲学科に進み、芥川・久米・菊池らと第三次『新思潮』を発刊。井出説太郎の筆名で、戯曲『雪来る前』（創刊号）小説『妹のこと』（三号）『従姉』（四号）『桑の実』（六号）『誘惑』（七号）を発表。大正七年諏訪《すわ》高等女学校教師として赴任、九年には同校校長、さらに松本高等女学校長、一三（一九二四）年木曽中学校長に遷され、職をやめて上京、法政大学に勤める。一四年歌集『ふゆくさ』を出版。芥川は、「第三次『新思潮』の同人中、まつ先に一家の風格を成したものは」土屋文明であると言い、外見は荒御《あらみ》魂《たま》の文明も『ふゆくさ』三八〇首の歌は和御《にぎみ》魂《たま》を示すと言い、「土屋ばかりずんずん進歩するのは決して僕には愉快ではない。」（『「ふゆくさ」読後』）と評した。戦後は「生活即文学」を主張し、「生活そのものの歌」を歌うことを実践している。歌集『往還集』（岩波書店、昭和五・一二・二〇）『山下水《やましたみず》』（青磁社、昭和二三・五・一五）『青南集』（白玉書房、昭和四二・一一・二九）ほか多数ある。　（藤岡武雄）

恒藤恭《つねとうきょう》　明治二一・一二・三〜昭和四二・一一・二（一八八八〜一九六七）。法学者。芥川龍之介の一高時代の親友で、芥川が生涯にわたり敬愛した人物。旧姓井川。島根県生まれ。大正二（一九一三）年七月、第一高等学校第一部乙類（文科）卒業後、京都帝国大学法学部政治学科に転じ、国際公法を専攻して大学院へ進み学究生活に入った。同志社大学法学部教授、京都帝国大学法学部助教授を経て、昭和四（一九二九）年四月、教授となる。しかし、昭和八年七月、京大事件のため退官し大阪商科大学に移った。その後、大阪市立大学学長を務め、昭和四一（一九六九）年一一月には文化功労者として表彰された。法学博士、学士院会員。専門の法理学、国際法の分野で、『国際法及国際関係』（弘文堂書房、大正一一・一〇・五）『法の基本問題』（岩波書店、昭和一一・一〇・二〇）『法的人格者の理論』（弘文堂書房、昭和一一・一一・二〇）『型による認識』（勁草書房、昭和二五・一〇・一八）『法の本質』（岩波書店、昭和四三・一〇・一六）などの著書がある。また、ゲーテの翻訳「自然他六篇」（『ゲーテ全集』第二五巻、改造社、昭和一五・一二・二〇）もある。島根県立第一尋常中学校卒業後の明治四一（一九〇八）年、小説『海の花』が『都新聞』の懸賞に当選し掲載（八・一五～九・二三）され、小説家になる夢を抱いて上京、新聞記者見習いなどを経験した後、明治四三年九月に第一高等学校に入学し、菊池寛、久米正雄、山本有三、土屋文明らとともに芥川を知った。一高時代の芥川は、四歳年長の同級生井川（恒藤）に最も親しみ、「一高にゐた時分は、飯を食ふにも、散歩をするにも、のべつ幕なしに議論をしたり。しかも議論の問題となるものは純粋思惟《しい》とか、西田幾多郎《きたろう》とか、自由意志とか、ベルグソンとか、むづかしい事ばかりに限りしを記憶す。僕はこの論戦より僕の論法を発明したり。」（『恒藤恭氏』）と言っている。恒藤が京都大学へ転じた後も二人の親交は続き、特に恒藤宛芥川書簡には、大学時代の芥川の最も真摯《しんし》な思索が展開されており、作家としての揺籃《ようらん》期でもあり注目される。大正二（一九一三）年のものが観劇や音楽会の感想など、芸術受容者の姿勢で書かれたものであったのに対して、三年からは芸術への積極的な関心が吐露されるようになる。芸術への信仰を言い（一・二一）、『新思潮』参加の心境をもらし（三・二一）、芸術観上の変化を語る（一一・三〇）など、小説を書き始める時期の芥川の精神的発展をみる上で不可欠の資料となる発言がみられる。大正四年には、いわゆる「初恋」の経緯と心情を記したもの（二・二八、三・九）がありこれもよく引用されている。大正四年八月、恒藤の誘いでその郷里松江や出雲に遊んだ芥川は、地元紙『松陽日報』に『松江印象記』を発表、「恬然《てんぜん》と本名を署して文章を公にせる最初」（『学校友だち』）の体験だった。芥川が自殺に際して書き遺《のこ》した『或《ある》旧友へ送る手記』は、一高時代の親友恒藤にあてたものと考えてよいであろう。その附記に、「君はあの菩提樹《ぼだいじゅ》の下に『エトナのエムペドクレス』を論じ合つた二十年前を覚えてゐるであらう。僕はあの時代にはみづから神にしたい一人だつた。」との言がみえるが、自殺を目前に、自身の精神生活の原点として、恒藤と過ごした一高時代が追懐されているのは注目に値する。一方、恒藤は『旧友芥川龍之介』（朝日新聞社、昭和二四・八・一〇）を著し、その当時未公表だった芥川書簡三〇通を紹介するなど貴重な文献となっている。目次は「友人芥川の追憶」「芥川龍之介」「芥川龍之介のことなど」「赤城山のつつじ」「芥川書簡集」となっており、このうち、「芥川龍之介のことなど」は、「一、戦火に焼け失せた澄江堂」をはじめ、四〇の短文から成っており、芥川の私的側面を知る上で貴重なものである。芥川の三男也寸志の名は、恒藤の名恭の訓読みによったものと考えられる。

〔**参考文献**〕谷口知平他編『恒藤博士還暦記念論文集・法と経済の基本問題』（有斐閣、昭和二四・一〇・二五）、山崎時彦編『若き日の恒藤恭』（世界思想社、昭和四七・一・五）

（海老井英次）

罪《つみ》　審美主義や理知主義の名をもって呼ばれる芥川の裡《うち》に潜む倫理性、実存的志向、さらには独自の宗教性とも言うべきものを見ずして、その本質を論ずることはできまい。彼が描いた〈罪と罰〉とも言うべき遺稿『歯車』が、初めその題名の一つとして、旧約聖書「創世記」の罪悪によって神に滅ぼされた町の名をとり、「ソドムの夜」と記されていたことは意味深い。これは作中、主人公が己の「堕《お》ちた地獄を感じ」ながらつぶやく「神よ、我を罰し給《たま》へ。怒り給ふこと勿《なか》れ。恐らくは我滅びん。」という祈りとも相呼応し、さらには遺稿断片（『唾《つば》』）に、神をあざけった傲慢《ごうまん》を悔いつつ旧約詩篇の一節（五一篇一七部）「神の求め給ふ供物は砕けたる霊魂なり。神よ。汝《なんぢ》は砕けたる悔いし心を軽しめ給はざるべし。」という詞句を祈りの誦句として記していることとも無縁ではあるまい。童話『白』や初期の小品『猿』などをはじめ芥川文学に底流する〈罪〉の意識が、超越者の目によって問い返される実存的根源性を示していることが見逃されてはなるまい。（佐藤泰正）

罪と罰《つみとばつ》 『骨董羹《こつとうかん》』（大正九）に「罪と罰」の項目があり、森鷗外が『しがらみ草紙』に発表した七言絶句「読罪与罰上篇」の数首を抄出し、「明治二十六年の昔、既に文壇ドストエフスキイを云々《うんぬん》するものありしを思へば、この数首の詩に対して破顔一番するを禁じ難き」と記している。また『侏儒《しゆじゆ》の言葉（遺稿）』に「罪」と「罰」の項目があり、「道徳的並びに法律的範囲に於《お》ける冒険的行為、――罪は畢竟《ひつきやう》かう云ふことである。」「罰せられぬことほど苦しい罰はない。」と記している。芥川における「罪と罰」は、芥川の出生から自殺にいたる生の実相にかかわる生涯の問題であるとともに、ドストエフスキーの『罪と罰』を深く意識に浸潤させたものであった。死の予告とも言える『歯車』（昭和二）の中で、『罪と罰』を読みながら製本屋の綴《と》じ違えで『カラマゾフの兄弟』の悪魔に苦しめられるイヴァンを描いた一節を偶然読まされるところなど、芥川とドストエフスキーのぬきさしならないつながりを感じさせる。（森安理文）

ツルゲネフ（トゥルゲネフ）《つるげねふ》 ツルゲーネフ。Ivan Sergeevich Turgenev 一八一八・一一・九〜一八八三・九・三。ロシアの著名な作家。オリョールの富裕な地主の家庭に生まれた。地主と農民の諸タイプを描いた『猟人日記』によって文壇的地位が確立。以後、ヒューマニズムの立場から社会的矛盾を書き続けた。またその美しい自然描写には定評がある。代表作は『ルージン』『父と子』など。ところで芥川は、「中学の四年か五年の時に英訳の『猟人日記』（『追憶』）を読んだことを述べ、また短編『山鴫《しぎ》』では、武骨なトルストイと比べて「上品な趣があると同時に、何処《どこ》か女らしい答《こたへ》ぶり」のツルゲーネフ像を描いた。さらに「北方ロシヤの白樺の林はツルゲネフに猟人日記の雄篇を齎《もたら》した」（西村貞吉宛絵端書《はがき》、明治四三・九・一）と書き、また「枯草の間に竜胆《りんだう》の青い花が夢見顔に咲いてゐるのを見た時に、しみじみあの I have nothing to do with thee（筆者注、『猟人日記』の一節か）と云ふ悲しい言が思ひ出された。」（『日光小品―戦場ヶ原』）と叙してツルゲーネフの自然描写に触れている。（久保田芳太郎）

ツルゲーネフ

て

帝国劇場《ていこくげきじょう》　明治四四（一九一一）年に渋沢栄一らの発起により東京丸の内に建てられた劇場。全部洋風のいす席で、食堂・喫煙室などがあり、ルネッサンス式フランス風のものであった。古典歌舞伎のほか、外国の劇や音楽会の興行も行った。芥川も大正四（一九一五）年四月一四日の井川恭《きょう》宛書簡に「昨日帝劇へ行つた。梅幸のお園、お富、松助の蝙蝠《かうもり》安に感心して帰つて来た。」とあるように観劇に出かけているし、大正一〇（一九二一）年一月の帝劇、および大正一一年の露西亜《ロシア》舞踊には批評を残している。（奥野政元）

帝国図書館《ていこくとしょかん　しょじゃくかん》　文部省が明治五（一八七二）年湯島《ゆしま》に創設した書籍館が源流。東京書籍館、東京府書籍館、東京図書館と変転、場所も上野へ移り、明治三〇（一八九七）年四月、帝国図書館と改称。三九年三月に新館が完成を見た。『大導寺《だいどうじ》信輔《しんすけ》の半生《はんせい》』の「本」は、彼の読書の場が、貸本屋（小学校入学当時）から大橋図書館（「十二歳」のころ）へ、さらに帝国図書館へ移ったとしている。ちなみに、当時の規則によれば、明治三五（一九〇二）年六月に開館した大橋図書館は満一二歳以上の者に、帝国図書館は満一五歳以上の者に開放されている。昭和二四（一九四九）年四月、新たに創設された国立国会図書館に吸収され、支部上野図書館となり、現在に至っている。（清水康次）

帝国文学《ていこくぶんがく》　帝国大学文科大学（東京帝国大学文科大学）の機関誌。学術・文芸雑誌。明治二八・一〜大正六・一二、（三〜九休刊）六・一〇〜九・一（一八九五—一九一七）。全二九六冊。うち臨時増刊二回。ややアカデミックな性格を持つが、内容は、人文学研究、論説、創作、翻訳紹介、時評等々多岐にわたる。特に、海外の思想、文芸思潮の積極的摂取と紹介に努め、また、詩・小説・戯曲の翻訳に優れたものを掲載し、日本近代文芸思潮にも影響を与えたが、芥川の時代には文壇との交渉は以前ほど深くはなかった。芥川も『帝国文学』の母胎帝国文学会会員で、雑誌はよく読んでいた。大正六（一九一七）年には委員にもなっている。芥川が『帝国文学』に発表したものは次の五編である。『桐《きり》』（To Signorina Y. Y.）（第二〇巻第五号、大正三・五。短歌連作一一首。〈四・九・一四〉の日付がある。）『ひよつとこ』（第二一巻第四号、大正四・四）『羅生門』（第二一巻第一一号、大正四・一一）『蛙と女体』（第二三巻第三号。復刊第一号。大正六・一〇。のち、『蛙』と『女体』に分ける）『バベックと婆《ば》羅門《らもん》行者』（第二四巻第五号、大正七・五。ヴォルテールの翻訳）前三作は筆名柳川《やながわ》隆之介である。ただ、芥川には『ひよつとこ』と『羅生門』の発表誌として印象に残っていた（『「羅生門」の後に』『小説を書き出したのは友人の煽動《せんどう》に負ふ所が多い』）。『羅生門』は「当時帝国文学の編輯《へんしふ》者だつた青木健作氏の好意で、やつと活字になる事が出来た」（別稿『あの頃の自分の事』）が、青木はむしろ「本号には若月（筆者注、紫蘭）氏の『妻』柳川氏の『羅生門』の特色ある二編を輯録することが出来たのは愉快である」（『編輯の後に』）と賛辞を送っている。この時期は第三次『新思潮』が廃刊され、第四次『新思潮』が発刊される前で、芥川は身近な発表機関と考えたのであろう。友人久米正雄はすでに戯曲時評や戯曲を『帝国文学』に書き、他の『新思潮』の仲間も発表していた。（山口幸祐）

『羅生門』が掲載された『帝国文学』

帝国文庫《ていこくぶんこ》　明治二六（一八九三）年三月

から同三五（一九〇二）年まで続刊された文学叢書。博文館刊。正・続に分かれ、各五〇冊。毎月二回刊行で、定価五〇銭、各冊一〇〇〇ページ前後という大冊で広く普及した。とくに正編の第一〜四編『真書太閤記』、第九編『道中膝栗毛《ひざくりげ》』は好評を博したという。和漢の小説、稗史《はいし》、奇談、実録、通俗的読物など広範囲にわたって収録している。芥川龍之介は『大導寺《だいどうじ》信輔《しんすけ》の半《はん》生《せい》』（『中央公論』大正一四・一）に「本に対する信輔の情熱は小学時代から始まつてゐた。この情熱を彼に教へたものは父の本箱の底にあつた帝国文庫本の水滸《するこ》伝《でん》だつた。」と書き、そのころ水滸伝に夢中だったと懐かしんでいる。その『水滸伝』は、第三六、三七編である。また、馬琴の『八犬伝』にしても第六〜八編として刊行されており、『通俗三国志』は第一一、一二編、『四大奇書』は第三九、四一編で、帝国文庫はおそらく当時芥川の座右の書だったであろう。（岡　保生）

帝国ホテル《ていこくほてる》　明治二三（一八九〇）年大倉喜八郎らにより創立。大正一一（一九二二）年現在地の東京都千代田区内幸町に建て替えられた。昭和四三（一九六八）年明治村に移築された旧館は、ライトの設計によるもので現代建築の名作として有名であった。芥川龍之介は晩年このホテルをしばしば仕事場として使用しており、昭和二（一九二七）年四月七日「スプリング・ボオド」（『或《ある》旧友へ送る手記』）としての平松麻素子《ますこ》と心中を計画し未遂に終わった場所でもあった。（三嶋　譲）

帝展《ていてん》　帝国美術院展覧会の略称。大正八（一九一九）年文部省の管理下に設置された帝国美術院が開催した。それ以前の文部省美術展覧会（文展）が改組、再出発したもの。しかし、昭和一〇（一九三五）、一一年の帝国美術院改組について、一二年には帝国芸術院が創設され、これを機に展覧会は文部省美術展覧会（新文展）と改められた。この動きにならい芥川作品でも『路上』では文展、『文芸雑感』では帝展の呼称が用いられている。（中村　友）

Divan《でいばあん》　ドイツの世界的詩人・小説家・劇作家・自然研究家・ヴァイマール公国宰相でもあったゲーテ（一七四九〜一八三二）の有名な詩集『西東詩集』（West-östlicher Divan 一八一九刊）。ゲーテは晩年の三つの恋愛体験から、それぞれに有名な作品を生んでいるが、その一つヴィレーヌ夫人マリアンヌとの恋愛が主材となったもの。老年のゲーテの円熟した思想と情熱とを示している。遺稿『或阿《あるあ》呆《ほう》の一生』の四五章が「Divan」と題されてある。「Divan はもう一度彼の心に新しい力を与へようとした。それは彼の知らずにゐた『東洋的なゲエテ』だつた。彼はあらゆる善悪の彼岸に悠々《ゆうゆう》と立つてゐるゲエテを見、絶望に近い羨《うらや》ましさを感じた。詩人ゲエテは彼の目には詩人クリストよりも偉大だつた」。死を目前にした芥川は、最も尊敬した「最大の多力者」（『闇中《あんちゆう》問答』）ゲーテへの絶望的な距離を自覚し、自己の卑小を「生活的宦官《かんがん》」と呼んだ。（中山和子）

テーマ小説《てーましようせつ》　テーマの表出に重点を置く小説。大正中期、菊池寛が題目（テーマ）小説として提唱。テーマ（Thema 独）は主題。ギリシャ語の「置く」（θεῖναι）が語源。文学史上では菊池寛の小説、芥川龍之介の歴史小説を指す。自然主義および理想主義批判から出発した菊池と芥川は、自然主義よりは主観的、理想主義よりは現実的な観点から、テーマを明確に示した人生の断面図を、主知的技巧を駆使した短編小説として描き続けた。芥川は「テエマを芸術的に最も力強く表現する為《ため》に」「或《ある》異常な事件が必要になる」場合「今日《こんにち》この日本に起《おこ》つた事として」書けば「不自然の感を読者に起させて」「折角《せっかく》のテエマまでも犬死をさせる事になつてしまふ」ので「舞台を昔に求めた」（『「昔」』）と語っている。つまり彼は、創作の際、テーマを最重要視し、テーマを最大の芸術的効果とともに表現する手段として、歴史小説を試みたのである。だから芥川の歴史小説のほとんどが「古人の心に、今人の心と共通する、云はばヒュマンな閃《ひらめ》きを捉《とら》へた」（『澄江堂雑記―歴史小説』）、歴史の時代性には重きをおかないテーマ小説であった。例えば、『鼻』(テーマは傍観者の利己主義、人間の愚かさ)、『芋粥《いもがゆ》』(満足ののちの幻滅)、『地獄変』『戯作三昧《げさくざんまい》』(芸術と実人生との相克)、『奉教人の死』『舞踏会』(刹那《せつな》の感動)などには、それぞれのテーマに寄せて、現代の、というより芥川自身の重大な心の問題がとらえられている。万人共通の問題を合理性に即してとらえ、やや常識的な生活人の論理で描いた菊池に比べ、より切実な、芸術家芥川が直面した難題《アポリア》がテーマとなっている。ここに、芥川のテーマ小説が、菊池のように通俗小説へ傾くことなく、一定の抒情性を保ち得た原因がある。が、歴史の総体的な動向を無視し、観念的なテーマの追求に終始した点では、単なる「知的遊戯」だという批判も逃れられず、自らその欠点を痛感した芥川は、しだいにテーマより詩的精神を重視する「自伝風作品」や『話』らしい話のない小説」を志向しはじめ、晩年にはテーマ小説から離れていった。　(神田由美子)

デカダンス《でかだんす》　Décadence (フランス語) は、「堕落せる人」の意。また、道徳・理想などの衰退や腐敗を示す語で退廃・堕落などと訳され、文芸上では一九世紀末の、いわゆる世紀末芸術と称される虚無的で、かつ放蕩無頼《ほうとうぶらい》な芸術傾向を示す語。ボードレール、ワイルド、ポーなどが代表的作家として挙げられる。芥川には有名な「人生は一行のボオドレエルにも若《し》かない。」(『或阿呆《あるあほう》の一生』)という言葉があるが、一方「善い芸術家以上の人間でなければ、善い芸術を作る事は出来ない。」(『アフォリズム』)という考えもあって、一概に芥川をデカダンスの作家とすることはできない。確かにデカダンスの一傾向としての耽美性を、芥川の作品、例えば『戯作《げさく》三昧《ざんまい》』『地獄変』などに指摘できる。しかし、『大導寺信輔《だいどうじしんすけ》の半生《はんせい》』『河童《かっぱ》』『歯車』などになると、耽美性よりも、むしろ「遺伝、境遇、偶然、――我我の運命を司《つかさど》るものは畢竟《ひっきょう》この三者である。」(『侏儒《しゅじゅ》の言葉』)とする方向に傾く。　(馬渡憲三郎)

鉄道馬車《てつどうばしゃ》　軌道上の車両を二頭立ての馬で引く市街交通機関。東京では明治一五(一八八二)年、新橋・日本橋間に開設されたが、三〇年代には路面電車にとってかわられた。芥川は、「保吉《やすきち》もの」の一編である『少年』の中で、幼少期に愛した東京の風景として「高い時計台の下に鉄道馬車の通る銀座」などを挙げている。また、大正五(一九一六)年の草稿『明治』には「円太郎馬車」として、その喇叭《ラッパ》の音を添景に描いている。　(岡本卓治)

手帳《てちょう》　芥川の手帳約一〇冊を整理して、没後最初の全集(元版全集)で活字化したもの。現在そのうちの数冊が岩森亀一コレクションに保存されている。中はほとんど走り書きで判読するのにも苦労する。現全集本には「一」～「十二」、それに「手帳補遺」の一二の部分に区分され、活字化されているが、図は省略され、伏字も多い。時期は大正五(一九一六)年一月から晩年に及ぶ。「一」には「一月二十日。『鼻』をかき上げる。久米と成瀬と夜おそくcafé Lionではなす。かへりにCの事を考へる。かはいさうになる。」など日記を思わせる記事が前半に多い。「二」には「1先生　2志賀氏の家(松江)　3師走(山田との原稿いきさつ)　4第三新思潮時代のスクラップ　5第四新思潮時代のスクラップ(松岡の寝顔)　6鈴木三重吉の first impression (夏)　7成瀬の手紙」といったように『あの頃の自分の事』(『中央公論』大正八・一)の構想メモのようなものや『路上』(『大阪毎日新聞』大正八・六・三〇～八・八)の人間関係図を含んだ創作メモも見いだせる。芥川の創作工房をうかがうにたる一等資料と見なされている。　(関口安義)

手帖《てちょう》　文芸雑誌。昭和二・三～一一(一九二七)。全九冊。『文芸時代』の同人が多く参加している。芥川は、心象を全一四章の短章でスケッチ風に描いた『都会で――或《あるい》は千九百二十六年の東京――』を、昭和二(一九二七)年三月一日、四月一日、および五月一日発行の同誌に掲載した。なお第二、三号では表題を「都会で(二)」、「都会で(三)」としている。『風琴』も同年八月同誌に載せたが、この『風琴』と題した詩

の初形は佐藤春夫宛書簡（大正一四・九・二五）にみえる。特輯（昭和二・九）。　（菊地　弘）

手風琴《てふうきん》　アコーディオンの和名。両手で箱形の蛇腹を伸縮させ空気を送りながら、両側についている鍵盤《けんばん》やボタンを操作して鳴らす楽器。オルガンを風琴と呼称したことに基づく。明治末期から用いられ、大正時代に普及した。『冬と手紙と』（『中央公論』昭和二・七）という小説には「この女は何も口を利かずに手風琴ばかり弾いてゐます。」とあり、また小品『軽井沢で』（『文芸春秋』昭和二・三）には、軽井沢が比喩《ひゆ》的に「手風琴の町」と表現されている。
（石崎　等）

伝吉の敵打ち《でんきちのかたきうち》　小説。大正一三（一九二四）年一月一日発行の雑誌『サンデー毎日』第三年第一号に「或敵打《あるかたき》ちの話」の題で発表。単行本未収録。初出は諸書からの抜粋の間を作者の文章でつなぐという形式であったが、全集本以後は作者の文が削除され、諸事の抜粋という形になっている。また、文中に「註《ちゅう》」「地図参照」などの語があるが、注や地図は付けられていない。信州笹山《ささやま》村の百姓の一人息子の伝吉は、天保七年春のある日、浪人服部《はっとり》平四郎を怒らせ斬られようとする。平四郎に追われた伝吉は、父の伝三がいる畑の方へ逃げて行き、芋の穴の中に隠れる。後を追いかけて来た平四郎に、伝吉の行方について嘘《うそ》を教えた伝三は、舌を出したことを平四郎に見とがめられ、斬り殺されてしまう。父を殺された伝吉は、桝《ます》屋という叔父の経営する旅籠《はたご》に住み込み、働きながら敵打ちの機会をねらっていた。ところが、平四郎は突然姿を消してしまい、行方が分からなくなった。絶望した伝吉は、落胆から遊蕩の道へ入り、叔父の所を放逐されてしまう。その後、博徒の乾分《こぶん》となった伝吉は、桝屋の娘を誘拐したり、本陣へ強請《ゆすり》に行ったりという無頼の生き方を二十年ほど続けたが、その間も敵打ちのことは忘れなかった。平四郎の行方はなかなかつかめなかったが、安政六年の秋、倉井村の地蔵堂の堂守になり浄観と名のっていることが分かった。敵打ちに出かけた伝吉が見た平四郎は、骨と皮になった老人であり、立ち居振る舞いも自由にならない不自由な身になっていた。その平四郎の様子を見た伝吉は「嫌悪、憐憫《れんびん》、侮蔑《ぶべつ》、恐怖」などの入りまじった感情によって太刀先が鈍ったが、平四郎の傲然《ごうぜん》とした態度や酒を飲んでいる様子に、昔父親が殺されたときに感じた「父を見殺しにした彼自身に対する怒《いかり》」を再び感じ、平四郎を斬り殺した。この敵打ちは世間の評判となった。伝吉は維新後材木商となったが、失敗を重ね、精神異常で明治一〇年の秋に死亡した。これは芥川が、自分の材料の処理方法や原典とは異なった独自の解釈を提示することを示した作品と言える。また、田代玄甫『旅硯《すずり》』小泉孤松『農家義人伝』や『孝子伝吉物語』などの作品名や、「註」などを示すことによって出典が存在するのかのように描いている。『きりしとほろ上人伝』の『れげんだ・あうれあ』などと同様の手法である。敵打ちの相手が行方不明になると失望し、放蕩に身を持ち崩し、無頼の徒の仲間に入って叔父の娘を誘拐したり、せっかく平四郎を見つけ出しても、彼の老い衰えた姿とそれにもかかわらず落ち着いた態度で自分に対していることからかえって恐怖心すら抱いて、容易に切りつけることのできない伝吉を描いた芥川は、他から与えられただけで、自己の生の必然性から生まれたものではない目的を追う人間の弱さ、頼り無さと、そういう人間の享楽的傾向への誘惑に対するもろさを示した。とともに、酒を飲んでいる平四郎の状態に、父を見殺しにした自己に対して抱いたと同様な憤りを感じて彼を討つ伝吉に、他人の享楽に対しては寛大になれない人間の勝手さと自己の弱みを他人の欠点を容赦しないことによって覆おうとする正義感の実体とを、また、周囲の条件の変化に容易に影響されて行動する、精神的に動かされやすくなっている人間の相とを併せて描いた。さらにこうした主体性のない人間である伝吉が明治になって事業に失敗したことを付け加えて、一応現代の人間にとって自立的な思考、行動の必要なことを指摘した。そして、敵打ちを実行した人間をいたずらに理想化した旧来の考え方に皮肉な目を向け、『羅生門』や『或日《あるひ》の大石内蔵之助《くらのすけ》』以来の立場に変化のないことを示すとともに、恐らくは菊池寛の『恩讐《おんしゅう》の彼方《かなた》に』などを念頭に置いたのであろう。敵を打つにしろ打たれるにしろ、そうした人間の卑小さとともに、そういう人間の行為が、いずれも衝動的な生き方をする人間の営みに過ぎないことを打ち出し、敵打ちが人間の愚劣さと裏腹の関係にあることを示すことになっている。　（片岡　哲）

点鬼簿《てんきぼ》　小説。大正一五（一九二六）年一〇月一日発行の雑誌『改造』（第八巻第一一号）に発表。『大導寺《だいどうじ》信輔《しんすけ》の半生《はんせい》』（岩波書店、昭和五・一）に収録。両者に本文の異同はない。四節に分かれており、㈠には、狂人であった母とその死が書かれている。芝の実家でただ一人座って、生気のない顔をして、長煙管《きせる》で煙草《たばこ》を吸っていた母。絵を描いてくれるときは、人物が皆狐《きつね》の顔をしていたこと。母の死は僕の一一歳の秋で、臨終に近いころ、突然目をあいた母が何か言ったので、悲しいなかに小声でくすくす笑ったこと。泣きやまない姉の手前、泣くまねをしていたが、僕が泣けない以上、母は死なないと信じていたこと。母は死ぬ前に正気に戻ったのか、僕らの顔を眺めて涙を流したこと。母の命日は一〇月二八日、戒名は帰命院妙乗日進大姉で、これを覚えていることが、一一歳の僕の誇りの一つであったことなど。㈡は、上の姉、初子のこと。仏壇の写真の「初ちゃん」は笑窪《えくぼ》のある杏《あんず》のようにまるまるとしていること。父や母の愛をいちばん多く受けたこと。よく芥川家へ来たこと。命日が四月五日であること。僕の生まれる前に死んだので全く見知らぬこの姉に、なぜか親しみを感じており、この姉にいま見守られているような気がすること。㈢は実父のこと。僕が生まれるとすぐ母が発狂して、僕は芥川家へ来たので、この父にはなじみが薄いこと。父は成功者の一人であったこと。バナナ・アイスクリーム・パイナップル・ラム酒など、当時では新しい食べものを食べさせてくれたが、それは僕をなじませて、芥川家から取り戻そうとする魂胆であったこと。僕が芥川の父母、とくに伯母を愛していたので、その実父の思惑は成功しなかったこと。父は短気で、僕と相撲をとって、負けると血相を変えて腹を立てたこと。父が入院してから、付き添っていた僕が外出すると、僕の帰りを待ちわびていて、帰ると僕の手をにぎって、僕の知らない父と母との新婚のころの話を、涙をためて語ったこと。そんなことがあった翌朝死んだこと。死ぬまぎわに頭が変になったこと。㈣は、この『点鬼簿』に書いた三人は皆谷中の墓地に眠っており、そこへ墓参したこと。僕は墓参ということは好きではなく、死んだ人は忘れたいと思っているが、この日は、三人のうちだれが幸福だったのかと考えたこと。「かげろふや塚より外に住むばかり」という丈草の心もちが押し迫ってくるのを感じたことなどを書いている。なお、母はふく、姉ははつ、父は新原《にいはら》敏三《としぞう》である。これが発表されたとき、徳田秋声は「作者が果《はた》してどれほどの芸術的感興をもって筆を執ったものであるか疑はざるを得ない」（『時事新報』大正一五・一〇・九）と否定的な評価をし、正宗白鳥は、秋声説によりながらも、「底に流れている陰鬱《いんうつ》さ」にある感動を受けたとしている（『報知新聞』大正一五・一〇・一八）。発表当時は好評ではなかったが、吉田精一は「大正十五年度ではただ一作といってよい位《くらゐ》の小説」（『芥川龍之介』昭和一七・一二・二〇）と言い、また宇野浩二は、「芥川の全作品の中で、もつとも真剣になつて書かれた作品」（『芥川龍之介』昭和二八・五・二〇）などと高い評価を下している。このように評価はまちまちであるが、発表当時、広津和郎が、芥川は自殺するのではないかと心配した（「芥川龍之介と現代作家・座談会」『芥川龍之介案内』岩波書店、昭和三〇・八）ということもあり、「死」と対面している芥川の姿勢を見いだすことは不可能ではあるまい。ただ、そういう芥川の「死」の予感と、文芸性の高下とは必ずしも一致するとは限らないであろう。そこで、晩年の〈私小説〉的作風を高く評価する人々には共感を呼ぶであろうし、初期の王朝物などを高く評価し、晩年のそういう心象風景を敗北の現れと見る向きには共感を呼ばないということになろう。それにしても、最も身近な肉親の死に注目することとなった芥川の内面に、ただならぬ波立ちがあったことは想像にかたくない。しかし、その表現は淡々としており、しかも、芥川一流の神経の世界と、ギャグめいた身ぶりの表出を交えているところには、真実への肉迫よりも、余裕をもった潤色の意識を見いだすことができる。例えば、母が危篤でかけつけるとき、していた襟巻《えりまき》が「南画の山水か何かを描いた、薄い絹の手巾《ハンケチ》」で、「アヤメ香水」という「香水の匂《にほひ》のしてゐたことも覚えてゐる。」と書いたり、姉が泣いているのに、僕が泣ける気持ちにならない限り「僕の母の死ぬことは必ずないと信じてゐた。」と書いたりしていること。また、葬式の日、車上でねむくて、手に捧げている香爐《こうろ》を落としそうになったこととか、姉の着物の端巾《はぎれ》を貰《もら》ってゴム人形に着せたものが、「言ひ合せたやうに細かい花や楽器を散らした舶来のキヤラコばかりだつた。」などというものもその類であろう。これらは〈私小説〉的迫真を期待する者には一脈の遊びを感じさせるだろうし、芥川の芸術家としての執念に期待する者といえども、かえって手のうちの見えすいたものとも見えるのではないか。そういうギャグめいた表現と、最後の「かげろふや塚より外に住むばかり」という丈草の句を挙げて、「僕は実際この時ほど、かう云ふ丈艸《ぢやうさう》の心もちが押し迫つて来るのを感じたことはなかつた。」という、今の生を死と同然とする恐ろしい自己凝視との間に、違和を感じざるを得ないだろう。このように、評価の定まりにくい作品であることは確かである。

〔**参考文献**〕広津和郎「点鬼簿と歯車」(『報知新聞』大正一五・一〇・一八)、宇野浩二『芥川龍之介』(文芸春秋新社、昭和二八・一〇・五)、三好行雄『芥川龍之介論』(筑摩書房、昭和五一・九・三〇)、登尾豊「〈告白〉への過程―『点鬼簿』論―」(『国文学』昭和五〇・二)、宮坂覺「点鬼簿」(『別冊国文学』№2「芥川龍之介必携」昭和五四・二・一〇)

(和田繁二郎)

点心《てんしん》　随筆。大正一〇(一九二一)年二月一日および三月一日発行の雑誌『新潮』に発表。「御降《おふ》り」「夏雄の事」「冥途《めいど》」「長井代助」「嘲魔」「池西言水《ごんすい》」が二月号に、「托氏《トし》宗教小説」「印税」「日米関係」「Ambrose Bierce」「むし」「時弊一つ」「蕗《ふき》」が三月号に掲載され、のち「時弊一つ」を削除して『点心』(金星堂、大正一一・五・二〇)に収録。選集『沙羅《さら》の花』(改造社、大正一一・八・一三)には、『澄江堂《ちようこうどう》雑記』の題の下に「御降り」「池西言水」が採られ、随筆集『梅・馬・鶯《うぐいす》』(新潮社、昭和元・一二・二五)には、「小品集 一」として「御降り」「蕗」が採られている。各章末の日付により大正一〇年一月二日から二月一〇日までの間に、折にふれて書かれたものであることが知られる。「御降り」は、正月三箇日に降る雨(御降り)にまつわる幼少期の嫉妬《しつと》の体験の思い出と、娑婆苦《しやばく》の思いを重ねて語ったもの。「夏雄の事」は、彫金家加納夏雄が晩年病床にありながら大判小判などの黄金を愛したことを貪心の姿と見て浅ましいとする見方に対して、再起の日にそれらに細工することを楽しみにしていたのだと言う香取秀真《ほずま》の解釈に同感を示したもの。「冥途」は、内田百閒《ひやつけん》の『冥途』を読んでの感想で、文壇の流行に囚《とら》われない自由な作物に気持ちのよいペーソスに見いだすとともに、自分自身の以前の作品がどこか囚われていて不愉快であると言っている。「長井代助」は夏目漱石の『それから』の主人公長井代助の性格の魅力を分析したもので、手近に住んではいないがどこかに住んでいそうな性格こそ読者の共感するものだとし、そうした性格の創造が理想主義的な小説家の負わねばならない大任だとする。「嘲魔」は、サント・ブーブのモリエール論に触発される形で、自分の内の二つの自己、常に活動的な情熱のある自己と冷酷な観察的な自己について言い、嘲魔である冷酷な自己に毒されていなかったモリエールの幸福に対して、自分自身の場合はどうにも出来ないと言っている。「池西言水」は、江戸前期の俳人池西言水の特色について論じた正岡子規の説に注文をつける形で、むしろ一種の鬼気を盛りこんだ手際にそれがあると、句を例示して説いている。「托氏宗教小説」は、古本屋でたまたま手に入れた中国語訳のトルストイの作品集を手に、その本を読んだためにトルストイを生涯の師と仰いだ青年もいたことであろうと空想を広げている。「印税」は、バルザックの印税にかかわる逸話を紹介して、印税の点でも日本がヨーロッパに百年遅れていることを指摘し、まだまだ日本の小説家は貧乏に堪えねばならないようだと結んでいる。「日米関係」は、外国文学を主として英語によって移入している日本の文壇は、ヨーロッパ大陸の文学の英訳本が主にアメリカ向きのものが多いことの結果として、アメリカを火の元とする流行にとらわれやすいかもしれないと言う。「Ambrose Bierce」は、アメリカの異色作家ビアスについて、その特徴と代表作品集を紹介したもので、わが国で最初のビアスについての言及と目される文章である。「むし」は、かつて『龍』の中に書いた「虫の垂衣」について、それが行われたのは鎌倉《かまくら》時代以後だとある人に注意されたが、『今昔物語』中にみえるとの教示を得てそれを早速確認し、自説の正しかったことを知って安心したと、芥川の考証の一面を語ったもの。「時弊一つ」は、西宮藤朝による一茶の句の解釈を例に、作者の伝記を知っているためにかえって作品鑑賞を誤る時弊について言い、評家は常に作品の中にのみ作品の価値を求めなければいけないと言う。「蕗」は、中学時代の思い出話で、真夏の日盛りに山間の町に出会った少女が、背負っている赤児のために蕗で日蔭を作っているのを見て、友人と思わず微笑しあったことがあるが、その少女の顔がいまだに忘れられないのは、いわゆる「一目惚《ぼ》れ」なのかもしれないと言う。以上の一三章から成る『点心』は、芥川の東西古今にわたる知的関心の広がりをよく示しており、簡潔で巧みな文章にまとめた点といい好随筆と言えよう。特に『冥途』の評価やビアス紹介の文章は、文学鑑賞家としての芥川の見識をよく示すものと言える。『点心』の自序には「点心」について次のように言っている。「点心とは、早飯前及び午前午後哺前《ほぜん》の小食を指すやうである。小説や戯曲を飯とすれば、これらの随筆は点心に過ぎぬ。」芥川の随筆観は、ほかに『野人生計事』中の「清閑」にみられる。

〔参考文献〕高田瑞穂『芥川龍之介論考』（有精堂、昭和五一・九・一〇）　（海老井英次）

『点心』《てんしん》　大正一一（一九二二）年五月二〇日、金星堂刊行の最初の随筆集。縦一八・五センチ、横一一センチ。表紙に横書きで、「点心」とあり、その下に「芥川龍之助《マ》」とある。装丁は

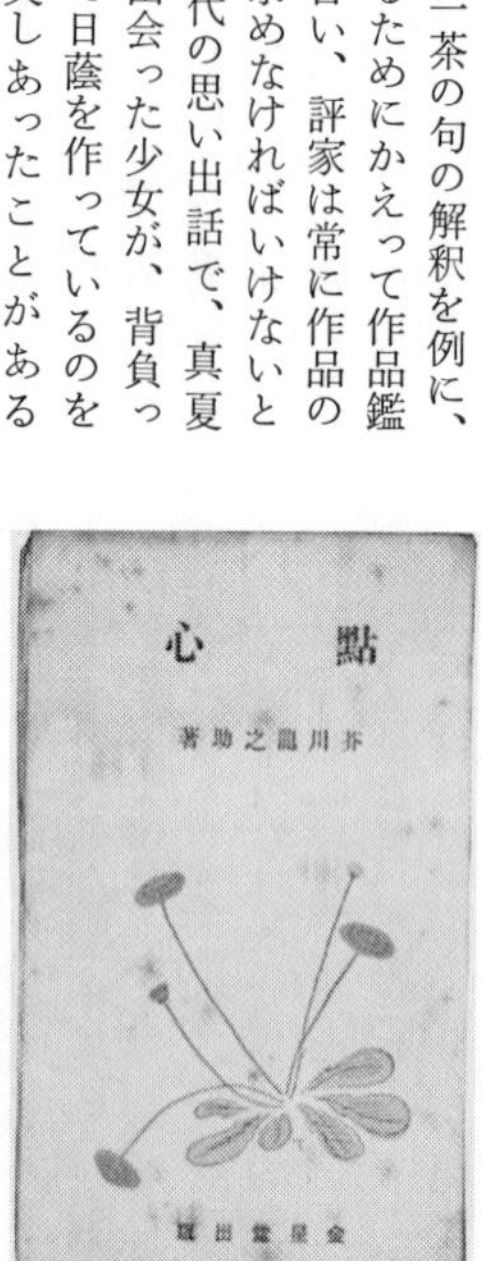

『点心』の表紙

クロス張りで草花の絵がある。三七七頁。定価一円八〇銭。『点心』『本の事』『雑筆』『芸術その他』『東京小品』など四六編を収録。題名については自序で、「小説や戯曲を飯とすれば、これらの随筆は点心に過ぎぬ。のみならずわたしはこの四五年、丁度《ちやうど》点心でも喫するやうに、時々これらの随筆を艸した。この書に題して点心と云ふのも、畢竟《ひつきやう》こんな理由に出《い》でたのである。」と述べているが、更に点心を食べた人が驢馬《ろば》に変身したという『板橋の三娘子』を引き、「吾家《わが》の閑点心を食ったものも、或《あるい》は驢馬に変ずるかも知れぬ。しかし手前味噌《みそ》を揚げさせれば、或は麒麟《きりん》に変ずるかも知れぬ。」と結んでいる。随筆は閑文字であるが、筆者の本音が含まれており、極めて重要なものと、自信のほどを示し、小説や戯曲に劣らない価値を持つものとしている。「短篇小説以外のものを集めた本」を随筆集とする芥川は、「新しい随筆以外に、ほんものの随筆の生まれる」可能性はないと考

え、自らの信じた文をまとめたものが彼の随筆集なのである。『点心』の中にも、「芸術の為《ため》の芸術は、一歩を転ずれば芸術遊戯説に堕《お》ちる。／人生の為の芸術は、一歩を転ずれば芸術功利説に堕ちる。」「作品の内容とは、必然に形式と一つになつた内容だ。」「危険なのは技巧ではない。技巧を駆使する小器用さなのだ。小器用さは真面目さの足りない所を胡麻化《ごまか》し易《やす》い。」（『芸術その他』）とか、内田百閒《ひゃっけん》氏の「小品が、現在の文壇の流行なぞに、囚はれて居らぬ所が面白いのである。」「一かどの英霊を持つた人々の中には、二つの自己が住む事がある。一つは常に活動的な、情熱のある自己である。他の一つは冷酷な、観察的な自己である。この二つの自己を有する人々は、……唯賢明な批評力を獲得するだけ」であり、「この二つの自己の分裂を感じない人間」が作家となり得る（『点心』）などと、芥川自身の芸術観などが述べられており、芥川の文学創作上の考えをみることができよう。

（片岡　哲）

と

ドイツ文学《どいつぶんがく》　芥川の多読博識は有名であった。彼は英文科出身の作家ではあったが、ドイツ文学についても一つの見識を持っていた。当時は、フランス文学、ロシア文学、英文学などがよく読まれていて、ドイツ文学に深い理解を示した作家は、独文科出身の作家以外には、ほとんど見当たらなかった。つまり、一般作家たちが全く顧みなかったドイツ文学に対しても、彼は鋭い洞察眼を向けていたのである。芥川はドイツの作品を原書で読む努力もした。大正九（一九二〇）年八月、宮城県青根温泉で芥川と知り合った小説家木暮亮は、「東京に帰ってからたびたび田端の澄江堂《ちょうこうどう》のお宅を訪ねた……わたしたちはE・T・A・ホフマンの小説を週一度いっしょに読んだ」と、彼自身の作品集の覚え書きの中で語っている。木暮は当時東京帝国大学の独文科の学生であった。ホフマンはドイツ・ロマン派の鬼才で、ボードレール、ポー、ドストエフスキーなどの外国作家にも影響を与えている。ドイツ文学に対する芥川の知識と判断は、的確で、かつ、作家的個性に富んでいた。ドイツ文学者高橋健二は大正一三（一九二四）年夏軽井沢で芥川に初めて会ったが、そのとき芥川が彼に語ったドイツ文学の知識の一端を次のように回想している。「私が東大の独文科の学生だと知ると、独文学の話をしましたが、その点でも私よりはるかによく知っておりました。E・T・A・ホフマンをいま読んでいるが、まあまあだ、その他あまりたいしておもしろいものは、ドイツ文学にはない。たとえば劇作家のヘッベルなんか、劇はつまらない。短編の『雌牛』なんかの方がまだしもいい、といった調子です。私はまだホフマンもろくに読んでいませんでしたし、『雌牛』という短編も知りませんでした。東京に帰ってから、さっそくそれを読んで、なるほど芥川の言うとおりだと思いました。だが、ゲーテだけは太刀うちできない。ゲーテは骨っぽくて、かなわないと、芥川は申しました。……それから、芥川は、ゲーテは『ライネケぎつね』を書いただけでも偉大だと言って、私を驚かしました。私はそれもまだ読んでいませんでした。後に読んで、芥川の意見に共鳴いたしました。……ゲーテの『色彩論』についても感想を述べていたくらいですから、芥川はゲーテにはよほど傾倒していたにちがいありません。」（『内外の文豪の印象』）当時芥川は三二歳であった。自殺の三年前である。高橋健二によって伝えられた芥川のドイツ文学に対する造詣のひらめきは、『文芸的な、余りに文芸的な』『西方の人』『或阿呆《あるあほう》の一生』などの最晩年作において明らかに感じ取られる。ドイツ・ロマン主義に対する批判、ドイツ自然主義の作家たちやドイツ表現主義に対する知識、ニーチェやハイネに関する洞察、とりわけ、ゲーテへの深い傾倒と理解（一七二ページ、「ゲエテ」の項参照）など。ハイネについて芥川は、「僕はいろいろの紅毛人たちに何度も色目を使つて来た。しかし今になつて考へて見ると、最も内心に愛してゐたのは詩人兼ジヤアナリストの猶太《ユダヤ》人―わがハインリツヒ・ハイネだつた。」（『文芸的な、余りに文芸的な―三僕』昭和二・二・一五）と、述懐している。高山樗牛《ちょぎゅう》以来センチメンタルな恋愛詩人の代表のように紹介されてきたハイネ観を捨てて、彼はハイネを、プロレタリア戦士の先駆者と見ていたのである。中村真一郎は、次のように述べて、芥川とカフカとの内面的脈絡について推論している。「……『妙な話』のように日常生活のなかの小さな情事が気の小さい当事者の心に惹《ひ》きおこす恐怖の反映として現れたり、或《ある》いは『馬の脚』のような、ほとんど写実的寓話《ぐうわ》とでも云うような、いわばカフカ張りの作品となって現れたりしている。（カフカの最初の読者のひとりに、芥川は数えられるらしい。恐らく『変身』などの短篇の）」。（『芥川龍之介』昭和二九・一〇・一〇）　（星野慎一）

東叡山彰義隊《とうえいざんしょうぎたい》　慶応四（一八六八）年の維新の政変に際し、前将軍徳川慶喜《よしのぶ》の恭順を不満とした幕府恩顧の士が明治新政府に反抗して隊を編制、彰義隊と称した。東京上野の東叡山寛永寺に結集したが、五月一五日に大村益次郎《ますじろう》の指揮する官軍に討滅された。芥川は、叔父竹内顕二が彰義隊に加わろうとしたことなども知って（『本所《ほんじょ》両国』）、彰義隊の話には早くから関心を示していた。『お富の貞操』（『改造』大正一一・五、九）は、官軍が東叡山彰義隊を攻撃する前日、上野下谷《したや》町二丁目の小間物店を舞台とした小説である。歴史の大きなうねりを物語の背景に意図的に組み入れた作と言える。　（関口安義）

道閑会《どうかんかい》　芥川龍之介が住んでいた田端《たばた》の文化人を中心とした集まり。大正八（一九一九）年ごろから始まっている。会員は芥川のほか鹿島《かじま》龍蔵《たつぞう》・小杉放庵《こすぎほうあん》・香取秀真《かとりほずま》・久保田万太郎・山本鼎《かなえ》・下島勲《いさおし》・北原大輔《だいすけ》らで時々会員が各自の友人を連れて来ることもあった。芥川は泉鏡花や菊池寛を誘って出席している。大正一二（一九二三）年一一月七日付香取秀真宛《あて》芥川書簡に「道閑会の件につき幹事よりも御手数を相かけ申訣無之候《まうしわけこれなくさうらふ》扨《さて》いよいよ十日午後五時より自笑軒《じせうけん》に開催いたす事にとりきめ候」とあるように、会場には田端の天然自笑軒という会席料理の店がよく使われた。　（関口安義）

東京小品《とうきょうしょうひん》　小品。「鏡」「下足札」「漱石山房の秋」の三部から成る。「漱石山房の秋」は『山房の中』の題で、『大阪毎日新聞』（大正九・一・一）に掲載。「鏡」「下足札」は初出不

「道閑会」（大正10年11月，自笑軒）前列左より芥川，北原大輔，野上豊一郎，香取秀真，鹿島龍蔵。後列左下島勲，中央自笑軒主人。

詳。『点心』（金星堂、大正一一・五・二〇）に収録。このうち「漱石山房の秋」は、「漱石山房の冬」（別項参照）とともに、没後刊行された『芥川龍之介集』（新潮社、昭和二・九・一二）にも「小品」として収められている。この「漱石山房」を回想する二編は、どちらかといえば衒《げん》気《き》の目立つ芥川の小品中では自然な流露感があり、室生犀星編になる『芥川龍之介の人と作』下（三笠書房、昭和一八・七・二〇）の中にも、小品としてはこの二編だけが収められている。「鏡」は、書物の中に蹲《うずくま》って「寂しい春の松の内」をぼんやり過ごしていたある日、どこかの奥さんが女の子を連れて遊びに来る。大人たちから疎外されて退屈した女の子に鏡を与えて、「鏡さへ見てゐれば、それでもう何も忘れてゐられるんですから。」と子供心を説明したのに対し、「あなただつて鏡さへ見てゐれば、それでもう何も忘れてゐられるんぢやありませんか。」と、奥さんに軽い悪意をこめて冷評《ひやか》した話。「下足札」は、日本に来て間もないアメリカ人が赤坂の茶屋で一人の芸者と親しくなったまではよかったが、翌朝酔がさめてみるとどうしても彼女の名前が思い出せずに、「記念品《スヴニイル》」としてその晩の下足札を一枚貰《もら》ってきたという、新参の異人と芸者とのはかないすれちがいの恋を下足札と取り合わせたユーモラスな話。「漱石山房の秋」は、山房の門、庭先、玄関から、客間やそこに懸けられていた軸物、さらにその次の間のおびただしい書籍、小さな紫檀《したん》の机とその上に置かれた印形やペン皿、万年筆、原稿用紙等々が回想される。その机に向かっては、二枚重ねた座蒲団《ざぶとん》の上に、「何処《どこ》か獅子《しし》を想はせる、背の低い半白の老人」が、手紙を書いたり詩集を翻したりしながら端然と独り座っている。——「漱石山房の秋の夜は、かう云ふ蕭条《しゆくでう》たるものであつた。」（高橋春雄）

東京田端《とうきょうたばた》 ⇩**野人生計事**《やじんせいけいのこと》

東京帝国大学文科大学《とうきょうていこくだいがくぶんかだいがく》 現在の東京大学文学部。東京大学は、明治一〇（一八七七）年、幕府直轄《かつ》の開成所の後身東京開成学校と東京医学校とを統合して創立。明治一九（一八八六）年帝国大学となり法・医・工・文・理の五つの分科大学より構成された。のち農科大学が設けられ、明治三〇（一八九七）年、東京帝国大学となり、大正七（一九一八）年分科大学制は廃止され学部の構成となった。芥川は大正二（一九一三）年九月に英吉利《イギリス》文学科に入学、大正五（一九一六）年七月、二十名中二番の成績で卒業。卒業論文は「ウイリアム・モリス研究」であった。当時はロオレンス、スウィフトの両外人教授や、松浦一《はじめ》、斎藤勇《たけし》、鈴木貞太郎、市河三喜《さんき》などが教鞭を取っていた。在学当時の様子は、『あの頃の自分の事』、同別稿に活写されている。芥川は授業にはほとんど魅力を感じず、もっぱら読書の中に自分の人生を求め、かつ、『新思潮』や『帝国文学』に翻訳や創作を発表することによって青春の情熱を燃やしていた。（渡部芳紀）

東京帝国大学文科大学本館

東京日日新聞《とうきょうにちにちしんぶん》 ⇩**大阪毎日新聞**《おおさかまいにちしんぶん》

東京府立第三中学校《とうきょうふりつだいさんちゅうがっこう》 芥川龍之介の出身中学校。下町の名門中学校。現在の東京都立両国高等学校。明治三四（一九〇一）年四月一日、京橋区築地三丁目（現、中央区築地四丁目）の東京府立第一中学校分校を東京府立第三中学校と改め、三五年二月四日、本所《ほんじよ》区柳原一丁目（現、墨田区江東橋一丁目）に校舎を新築移転。同年六月二八日開校式を挙行。芥川は三八（一九〇五）年四月に入学した。三級上に後藤末雄（仏文学者）、二級上に久保田万太郎（三年から四年に進む際進級できず、慶応義塾普通科へ転じた）、河合《かわい》栄治郎（経済学者・評論家、東大教授）、同級にとくに親しかった友人として西川英次郎（農科大学を出て、鳥取の農林学校へ行く）、山本喜誉司（農科大学を出て三菱に入る）らがいた。ずっと後輩には芥川文学の系統に立つ堀辰雄（大正六年入学）がいる。芥川は、回覧雑誌『流星』（のち『曙光《しょこう》』）などを出しつつも、成績優秀のためここから一高に無試験で入学した。（山敷和男）

東京府立第三中学校

道化《どうけ》　人を笑わせるためにする、おどけた振る舞いを言い、本来演技される虚構であり、現実の生との間には明確な一線がある。しかし、その虚実の位置が転倒する場合がある。『ひよっとこ』における、平吉の酔って馬鹿踊りをする一面を「道化」と考えれば、作品はむしろ、平吉の他の一面すなわち現実の生の、「嘘《うそ》を除いたら、あとには何も残らない」という空虚を示し、「ひよっとこの面」だけの存在を語っている。『或阿呆《あるあほう》の一生』には、「彼はいつ死んでも悔いないやうに烈《はげ》しい生活をするつもりだつた。が、不相変《あひかはらず》養父母や伯母に遠慮勝ちな生活をつゞけてゐた。（中略）彼は或洋服屋の店に道化人形の立つてゐるのを見、どの位《くらゐ》彼も道化人形に近いかと云ふことを考へたりした。」という文章があり、あるべき本来の生を持ちえない彼自身が「道化人形」と自嘲されている。さらに『闇中《あんちゆう》問答』は、苦しみだけの生を生きる彼自身に、「お前は或《あるい》は正直者かも知れない。しかし又或は道化者かも知れない。」と問いかけている。そのような語に、彼の空虚の意識と、根強い本来の生への希求が読み取れる。ただ、芥川は決して「道化」の生を意識的に仮構したわけではない。（清水康次）

道祖問答《どうそもんどう》　小品。大正六（一九一七）年一月二九日の『大阪朝日新聞』に発表。のち『煙草《たばこ》と悪魔』（新潮社、大正六・一一・一〇）や各社の『芥川龍之介全集』に収められた。その間大きな異同はないが初出には「道命阿闍梨《だうみやうあざり》の逸事は、今昔宇治拾遺、古事談、東斎随筆、元亨釈書、東国高僧伝などに散見する。この話は、大体宇治拾遺によつて、書いた。」と附記されている。長野甞一は『古典と近代作家―芥川龍之介』（有朋堂、昭和四二・四・二五）で梗概を(1)道命阿闍梨が和泉《いずみ》式部のもとへ情人として泊まった夜、ひとり起きて法華経を中音で誦《ず》している。(2)そこへ、影のような老翁があらわれ、じっと阿闍梨の誦経を聴聞する。(3)誰何《すいか》すると、五条の道祖神《さえのかみ》だと言い、誦経聴聞のお礼を申そうがためまかり出たと答える。(4)誦経はなにも今宵《こよい》に限ったことではないといぶかる阿闍梨に、道祖の答えた言葉。―清くて読まれるときは梵天帝釈《ぼんてんたいしゃく》より諸菩薩《ぼさつ》までが聴聞せられるので、翁の如き下賤《げせん》のものは近よることもかなわなかった。ところが今宵は女人の肌に触れられたまま、行水もされずに読まれたので、仏神も不浄を忌んで現《げん》ぜられず、されば翁も心安う近づいてかくは聴聞することを得ました―と言う。(5)あきれ顔の阿闍梨に向かってさらに道祖は続ける。―されば向後御誦経のせつは十分おつつしみあって―といましめる。(6)阿闍梨怒る。大乗を悟った身に小乗の戒律は無益《むやく》、早々に立ち去れ、と叱咤《しった》する。(7)道祖消え去る。一番鶏《どり》が鳴き、「春の曙《あけぼの》」が近づく。以上のように要約し、(1)〜(4)では『宇治拾遺』が主で『今昔』は補助、(5)〜(7)こそが芥川の創作であるとして、(6)の詭弁《きべん》を噴飯物と批判する。原作にちょいとした附加物を加える新解釈など智慧《ちえ》の遊びにすぎぬと言う。一方、駒尺喜美は「何もかも（矛盾関係を）知っているから、そのままを絶対として価値づけようという精神」（『芥川龍之介の世界』法政大学出版局、昭和四二・四・一五）をこの作にみている。（小沢勝美）

道徳《どうとく》　この言葉を芥川は生涯にわたって追究している。例えば彼は、「道徳は便宜の異名である。『左側通行』と似たものである。」（『侏《しゅ》儒《じゅ》の言葉―修身』）と述べ、さらに「我我を支配する道徳は資本主義に毒された封建時代の道徳である。」（『侏儒の言葉―修身』）と叙し、また「強者は道徳を蹂躙《じうりん》するであらう。弱者は又道徳に愛撫《あいぶ》されるであらう。道徳の迫害を受けるものは常に強弱の中間者である。」（同）と説き、さらにまた「わたしは良心を持つてゐない。わたしの持つてゐるのは神経ばかりである。」（『侏儒の言葉―わたし』）と語っている。いずれも道徳を風刺的かつ逆説的にとらえた文章である。だからこれらのことからみると、芥川ほど「善悪の彼岸」（『西方の人―3　聖霊』）を超えようとした人はいなかったであろう。しかしまた、彼ほどこの道徳を問題にし、しかもそれに束縛された作家もいなかったであろう。そのことは『おぎん』『杜子春《とししゅん》』『蜘蛛《くも》の糸』などの諸作品にくっきりと現れている。（久保田芳太郎）

動物園《どうぶつえん》　小品。大正九（一九二〇）年一月一日、一〇月一日発行の雑誌『サンエス』に発表。『夜来の花』（新潮社、大正一〇・三・一四）に収録。題名が示すとおり様々な動物を並列し（象、鸛《こふ》の鳥《とり》、駱駝《らくだ》、虎《とら》、家鴨《あひる》、白孔雀《しろくじやく》、大蝙蝠《おほかうもり》、カンガルウ、鸚哥《いんこ》、猿、山椒魚《さんせうらお》、鶴《つる》、狐《きつね》、鴛鴦《をしどり》、鹿《しか》、波斯猫《ペルシヤねこ》、鸚鵡《あうむ》、日本犬、南京鼠《ナンキンねづみ》、猩々《しやうじやう》、鷺《さぎ》、河馬《かば》、ペングイン、馬、梟《ふくろふ》、金魚、兎《うさぎ》、雀《すずめ》、麝香獣《じやかうじう》、獺《かはうそ》、黒豹《くろへう》、蒼鷺《あをさぎ》、栗鼠《りす》、鴉《からす》、ジラフ、金糸雀《かなりや》、羊）、芥川一流の皮肉にヒューモアを交えて、それぞれの印象を語った小品。例えば、「山椒魚」は「おれがね、お前は一体何物だと、頭に向《むか》つて尋ねたら、私《わたし》は山椒魚ですよと、尻尾《しつぽ》がおれに返事をしたぜ。」「波斯猫」は「日の光、茉莉花《まつりくわ》の匂《にほひ》、黄色い絹のキモノ、Fleurs du Mal. それからお前の手ざはり。……」「鸚鵡」は「鹿鳴館《ろくめいくわん》には今日《けふ》も舞踏がある、提灯の光、白菊《しらぎく》の花、お前はロテイと一しよに踊つた、美しい『みやうごにち』令嬢だ。」といった具合に、古今東西にわたる豊富な知識に裏打ちされたイメージの奔流である。吉本隆明は芥川について、「内的な展開の流れからも、作品の流れからいってもそれほど本質的でないようなものに対して……ぜんぶ全力投球で……普通の人だったら流して書いてしまうのをたぶん芥川は一度も流して書いていない。」（三好行雄との対談、『国文学』昭和五六・五）と述べているが、この芥川にとってさほど本質的と思われない作品も、非常に丹念に仕上げられ、そこに芥川の律儀な性格の一端をうかがうこともできる。『夜来の花』にあえて収録しているところからみて、芥川自身、この小品が比較的気に入っていたのではないか。また、このように短文を積み上げてゆく表現形態は、芥川の感性に合っていたと思われ、同様な形式で多くの作品を残しているが、殊に、後半の『或阿呆《あるあほう》の一生』『西方の人』『続西方の人』など死に臨んだ切実な心情の吐露をこの形式で行っているのは注目される。（髙橋陽子）

動物的エネルギイ《どうぶつてきえねるぎー》　この言葉について芥川は、斎藤茂吉宛書簡（昭和二・三・二八）で「一休禅師は朦々《もうもう》三十年と申し候《さうら》へども、小生などは碌々《ろくろく》三十年、一爪痕《さうこん》も残せるや否や覚《おぼ》束《つか》なく、みづから『くたばつてしまへ』と申すこと度たびに有之《これあり》候。御憐憫《れんびん》下され度《たく》候。（中略）唯今の小生に欲《ほ》しきものは第一に動物的エネルギイ、第二に動物的エネルギイ、第三に動物的エネルギイのみ。」と書いている。晩年の芥川の疲労がうかがえる言葉である。（久保田芳太郎）

東北・北海道・新潟《とうほく・ほつかいどう・にいがた》　紀行文。昭和二（一九二七）年八月一日発行の雑誌『改造』に発表。昭和二年五月一三日から二五、六日まで東北、北海道を歴訪した改造社の現代日本文学全集宣伝講演旅行の紀行文。上野、仙台、盛岡、津軽海峡、函館《はこだて》、札幌《さっぽろ》、旭川《あさひかわ》、石狩平原、小樽《おたる》、青森、羽越線の汽車中、新潟、新潟高等学校、信越線の汽車中、上野と訪れた順に地名を挙げ、それぞれ極端に短いスケッチに会話体、俳句、抒情詩をおりまぜ、「小樽――起重機は海を吊り上げようとしてゐる。」などという表現主義的発想を取り入れたアフォリズム風の形式で書かれている。『蜃気楼《しんきろう》』『誘惑』『浅草公園』など筋のない詩的作品を発表していた当時の芥川の小説作法を彷彿《ほうふつ》させるスタイルである。上野を出発し自宅のある田端《たばた》を過ぎるころから感傷主義者となり、上野に帰って現実主義者に戻るという構成にも、この紀行を一編の抒情詩として描こうとした芥川の意図がうかがえる。この旅行は「汽車にのる、しやべる、ねる、又汽車にのる」(佐佐木茂索宛、昭和二・五・一七)という強行軍で、一九日小樽で文学青年の伊藤整や小林多喜二も聴講した『描かれたもの』、二二日青森で『夏目漱石』、二四日新潟高等学校で『ポオの一面』を講演した。また「憂《ゆう》鬱《うつ》夜々即時に死ねる支度をして休みをり候」(小穴《おあな》隆一宛、昭和二・五・一七)と北海道からの書簡にあるように、芥川にとっては自殺決意後の暗い旅だったが、その末期の眼《め》の鋭さと優しさがこの紀行に的確な機知と幻想と抒情を与え、描かれた旅先の風物に独特な魅力を加えている。女連れで同行した里見弴が「元気で、優しくて」いたずら好きだった旅行中の芥川を語っているが(『講演旅行中の芥川君』)、死を目前にしてなお鋭く冴《さ》える機知と、当時理想の文学理念としていた〈詩的精神〉と、文壇に浸透しつつあったヨーロッパの前衛芸術運動への関心が融合したこの紀行文は、晩年の芥川文学の特質が凝縮して語られている一編と言えよう。

(神田由美子)

東洋の秋《とうようのあき》 小説。大正九(一九二〇)年四月一日発行の『改造』第二巻第四号に、『沼』と共に「秋」の題で発表。『沙羅《さら》の花』(改造社、大正一一・八・一三)『梅・馬・鶯《うぐいす》』(新潮社、大正一五・一二・二五)に収録。『秋』(大正八・五)と同工異曲の作で、「疲労と倦怠《けんたい》」にとらわれたおれが、公園にいた二人の男を寒山拾得だと思うことで、救われる話である。草稿の『寒山拾得』と違って、寒山拾得の実在がぼかされている点は、芥川一流の手法である。(石原千秋)

東洋文庫《とうようぶんこ》 大正六(一九一七)年、男爵岩崎久弥が中華民国総統府顧問兼タイムズ通信員モリソンから中国を中心とした東洋諸国各般の欧文文献の一大蒐集《しゅうしゅう》「モリソン文庫」を購入し、それを中心として設立し、和漢の貴重書をもつ岩崎文庫などを加えた、東洋学関係の図書館。現在は国会図書館支部。文京区駒込富士前町にある。宇野浩二の『芥川龍之介』(文芸春秋新社、昭和二八・五・二〇)によると、大正九(一九二〇)年の秋の中ごろ、芥川は宇野と連れ立ってそのころは丸の内のビルディングの二階の一室にあった「東洋文庫」を訪れている。そこには芥川の、一高時代の級友石田幹之助が勤務していたからであり、目的は芥川自身の、小説の題材探しであったらしい。このときの模様を宇野は「石田は、芥川と用事の話をしてゐる間に、二三度、となりの部屋に行つて、二三冊(あるひは四五冊)の本をかかへて来た。そのたびに、芥川と石田は、両方から本の上に顔をよせて、何か話し合つた」と記している。この「東洋文庫」を芥川はどのように文学作品上でいかしたかは判然としないが、随筆『結婚難並びに恋愛難』で、「『東洋文庫』の『アラビア』の部の乙の百三十八文書」なる言葉を使っている。

(久保田芳太郎)

童話《どうわ》 子供のために作られたお話、物語。日本の近代作家の、その多くが童話に手を染めている。芥川龍之介も未完成作品一つを含めて九編の童話を書いている。芥川のその全文業中に占める割合はわずかであるとはいうものの、大正の一時期、芥川が誠実に子供を対象とした読みものを書いたことは、興味ある事実と言えよう。死の直後刊行された童話集『三つの宝』(改造社、昭和三・六・二〇)は、大判の豪華な造りの書物である。ここには未完成作品『三つの指環』と著者の眼鏡に合わなかった『犬と笛』『仙人』を除く六編が収録されている。「跋《ばつ》」で編者の小穴《おあな》隆一は、この書物が生前の芥川との共同の考えのもとに計画されたものであることを言い、「私達は一つの卓子《テエブル》のうへにひろげて　縦からも　横からも　みんなが首をつつこんで読める本がこしらへてみたかつたのです。」とも言っている。芥川と童話創作との直接のきっかけは、鈴木三重吉の勧めによって『蜘《く》蛛《も》の糸』を『赤い鳥』に発表したことに始まる。三重吉は芥川の大学の先輩であり、漱石門下の兄弟子でもあった。漱石が無名の大学生芥川の『鼻』（『新思潮』大正五・二）を激賞したことを知り、いち早く原稿の注文をしたのも当時『新小説』の編集にタッチしていた三重吉だった。『芋粥《いもがゆ》』（『新小説』大正五・九）はかくして生まれたのであり、以後、芥川は三重吉を徳としていた。それゆえ三重吉が大正七（一九一八）年七月、〈童話と童謡を創作する最初の文学的運動〉として雑誌『赤い鳥』をはじめる際、協力を約したのも自然の成り行きであったと言えよう。

さて、芥川の童話第一作は、『赤い鳥』創刊号に載った『蜘蛛の糸』である。大正七年の芥川は、二月二日に塚本文《ふみ》と結婚、三月下旬には居を鎌倉大町辻《つじ》へ移し、同月より海軍機関学校の教官の傍ら、大阪毎日新聞社社友となっている。その生涯において明るい展望の感じられた年である。そして『袈裟《けさ》と盛遠《もりとお》』『地獄変』『開化の殺人』『奉教人の死』『枯野抄』『邪宗門』など力作・大作が次々と発表されていく。童話『蜘蛛の糸』もこれらの作品に伍してその存在を主張するものである。当時まだ子供を持たなかった芥川は、児童読者が想定できず、執筆にはかなり苦労したようで、「御伽噺《おとぎばなし》には弱りましたあれで精ぎり一杯なんです但自信は更にありませんまづい所は遠慮なく筆削して貰《もら》ふやうに鈴木さんにも頼んで置きました」（小島政二郎宛、大正七・五・一六）との手紙を残している。

周知のように『赤い鳥』に載った『蜘蛛の糸』は、文体に三重吉の手がかなり加わっている。が、構成やテーマの明確さは、芥川自身のものであり、ここに芸術的に優れた一編の童話が誕生する。芥川の童話創作は、鈴木三重吉の存在抜きには考えられない。三重吉は芥川に童話を書かせた人としてばかりでなく、その作風や表現に影響を与えた存在として記憶にとどめねばならぬ。子供の気持ちをよくのみこんでの三重吉童話の巧みな語り口、その表現技巧に芥川はすっかり参ってしまう。「鈴木さんのは仮名と漢字の使ひ方ばかりでなくすべてがうまいやうです　とてもああは行きません」（小島政二郎宛、大正七・六・二三）「『赤い鳥』巻頭の鈴木さんの御伽噺うまく書いてあるので大《おほい》に感心」（同上、大正七・一〇・一八）といった書簡がそのことを証明する。ここで芥川龍之介の九編の童話を発表順に示すと、『蜘蛛の糸』（『赤い鳥』大正七・七）『犬と笛』（『赤い鳥』大正八・一～二）『魔術』（『赤い鳥』大正九・一）『杜子春』（『赤い鳥』大正九・七）『アグニの神』（『赤い鳥』大正一〇・一～二）『三つの宝』（『良婦の友』大正一一・二）『仙人』（『サンデー毎日』大正一一・四）『白』（『女性改造』大正一二・八）『三つの指環』（未完、大正一二）となる。いずれも作家芥川にとっての中期、すなわち大正七（一九一八）年七月から大正一二（一九二三）年八月までの五年間に発表されたことになる。この時期の小説が総じて虚構を最大限に生かした筋のおもしろさに一つの特徴を見いだせるように、その童話にも豊かな物語の世界が展開しているのである。大正期の児童文学が、とかく童心を売り物とした追憶の文学、回想の文学となりがちだったことを考えると、これは大きな違いである。『蜘蛛の糸』『犬と笛』『杜子春』『白』といった作は、筋のおもしろさといった点では、同時代の童話にあって決してひけを取るものではない。ところで、芥川にあって童話と小説とは、どのような結び付きになっているのだろうか。すでに述べたように、芥川が童話を書き出したのは、鈴木三重吉の強い勧めによる。そして、まず『蜘蛛の糸』を書き、同じ号に載った他作品を見、「どれをよんでも私のよりうまいやうな気がします」（小島政二郎宛、大正七・六・一八）との感想を抱く。が、この処女童話が好評だったこともあって、「今度亦《また》鈴木さんのおだてに乗つて一つ御伽噺を書きました」（同上、大正七・六・二三）と『赤い鳥』への寄稿を続けることになる。つまり芥川の童話執筆は、『赤い鳥』からの要請という外的要因面が強く、自らの資質が童話創作に適していたとか、児童文学への愛着や使命感あってのものではなかった。芥川と同時代作家の宇野浩二や豊島《とよしま》与志雄も多くの童話を書いているが、その執筆にはいずれも内的必然性とも言えるものが強く感じられる。宇野も豊島も共に夢見る資質があり、その小説で実現できなかったことを童話の世界に託していたのである。が、芥川の場合、童話の創作は、どちらかというと単に読者対象の違いとして意識されていたようであり、独自の童話観を持っていたというのでもない。それゆえ彼の童話には、その小説世界での主要なテーマであったところのエゴイズムの問題（『蜘蛛の糸』『魔術』『白』など）や趣味としての怪異好み（『アグニの神』など）がそのまま反映することとなる。しかし、龍之介童話には、その小説に見られる皮肉や冷徹な観察は少ない。そして、『杜子春』や『三つの宝』や『白』の結末のように、明るい展望を示すものもある。常に芸術的完成を目指した芥川は、童話という表現形態においても精いっぱい努力したと言ってよい。

〔**参考文献**〕恩田逸夫「芥川龍之介の年少文学」（『明治大正文学研究』一四号、昭和二九・一〇）、尾崎瑞恵「芥川龍之介の童話」（『文学』昭和四五・六）、村松定孝「芥川龍之介」（日本児童文学学会編『日本の童話作家』ほるぷ出版、昭和四六・四・一五）

（関口安義）

十日会《とおかかい》　大正六（一九一七）年ごろから九年の春あたりまで、岩野泡鳴が中心になって開かれた新進文士の会。泡鳴の人間的魅力が多くの作家をこの会に参加させた。十日会の名の通り、毎月十日に万世橋駅楼上のミカドという洋食屋で月例会が開かれた。広津和郎の『年月のあしおと』（講談社、昭和三八・八・一〇）によると、「頗《すこぶ》る肩の凝らない気楽な会で、夕食を食べてから出かけると、紅茶代十銭を払えば好いし、会費一円を払えば、スープに二品ついた洋食を食べさせてくれた」とある。徳田秋声や斎藤茂吉らのほか、女性では杉浦翠子や秀《ひで》しげ子なども見えたという。芥川龍之介も何度か出席し、泡鳴夫人英枝に久米正雄の結婚相手を捜してくれるよう頼んだりしている。大正八（一九一九）年一二月一四日付岩野英枝宛芥川書簡には、「久米のお嫁さんいろ〳〵難有《ありがた》うございました十日会で御目にかゝつて御礼申上げる所年末の原稿を書くのが多忙な為《ため》とう〳〵行けなくなりました」の一節がある。

（関口安義）

ドオデエ《どーでー》　ドーデ。Alphonse Daudet　一八四〇・五・一三〜一八九七・一二・一六。フランスの小説家・劇作家。自然主義に属する作家とされているが、人生への共感と柔らかい感受性とを表面に出した、ユーモアとメランコリーとの微妙に調和した作風によって、この流派の中で特異な位置を占めている。芥川は「僕は中学五年生の時に、ドオデエの『サツフオ』と云ふ小説の英訳を読んだ。勿論《もちろん》どんな読み方をしたか、当てになつたものではない。まあ好い加減に辞書を引いては、頁をはぐつて行つただけであるが、兎《と》も角《かく》それが僕にとつては、最初に親しんだ仏蘭西《フランス》小説だつた。『サツフオ』には感心したかどうか、確《たしか》な事は覚えてゐない。唯あの舞踏会から帰る所に、明け方の巴里《パリ》の光景を描いた、たつた五六行の文章がある。それが嬉《うれ》しかつた事だけは覚えてゐる。」（『仏蘭西文芸と僕』）と述べている。のちに芥川が「サツフオを読んだ時の単語覚え」ノートを作っていることや、海軍士官ピエール・ロチがおもむく鹿鳴館の舞踏会を描いた『舞踏会』の構成、筆致から考えると、十代のころにドーデーと出会ったことの意義は深いと思われる。芥川の意識の底にもドーデーの面影が存在したようで、作品と夢との関係に触れて「時々の夢を記して置くが好い。自分なぞはそれも怠つてゐるが、ドオデエには確か夢の手記があつた。」（『雑筆―夢』）と書いている。また自らの創作の秘密と真に影響を受けた作家についての告白ともいうべき断片には「何かの中でドオデエは、小説を一つ書かうと思つても、パリの町には至る所に、バルザツクの影がさしてゐると嘆じてゐたが、ストリントベルグを知らない彼は、まだしも幸福な人間だつた。」(『あの頃の自分のこと』(別稿))とある。また大正八(一九一九)年五月二九日の日記の一節に「今日よりトオデ《ママ》のミケルアンジエロを読み出す。」(『「我鬼窟日録」より』)、六月一七日「今日トオデ一冊だけ卒業。」(同)とあるなど、ドーデへの関心は、おそらく生涯にわたるものであったと思われる。　(赤瀬雅子)

都会で《とかいで》　断章。昭和二(一九二七)年三月一日発行の雑誌『手帖』第一巻第一号に一〜四、四月一日の第二号に五〜八、五月一日の第三号に九〜一四を発表。副題は「—或《あるい》は千九百二十六年の東京—」。単行本未収録。『軽井沢で』(昭和二・三)と比べると、写生的だが、それでいて「マッチの炎」や「枯芝」や「女給」や「カンテラ」といったものに芥川の思いがまつわりついていることが読み取れる。芥川にとって東京は、まごうかたなく故郷だったのだと思わせる一文である。　(石原千秋)

常盤座《ときわざ》　明治一九(一八八六)年一〇月、浅草六区に開設された、浅草最古の劇場。昭和五九(一九八四)年九月、閉館した。開設当時は大衆的な歌舞伎《かぶき》専門の劇場であった。大正期に入ると歌舞伎以外の演劇も上演され、特に大正五(一九一六)、六年には松井須磨子が『復活』『サロメ』『思い出』その他の公演を行った。また、沢田正二郎らのちに新国劇や新劇で名を成した人々も多く出演している。芥川は浅草によく出かけており、松井須磨子などを見たと思われる。昭和四〇(一九六五)年に映画上映専門館になった。　(片岡　哲)

徳田秋声《とくだしゅうせい》　明治四・一二・二三〜昭和一八・一一・一八(一八七一〜一九四三)。小説家。本名末雄。芥川にとって秋声は、「比較的西洋種を交へない」、正宗白鳥と並ぶ自然主義の「双絶」で、しかも最も「客観的」な作家である。「徳田水」と言われるような「東洋詩的情緒のある小宇宙」を現出するところに特色があるが、白鳥がのぞかせている「地獄」を見ていないとの評価に立つ。秋声は、時評や追悼文や座談会などで芥川を語っているが、アンビシアスな作家としての情熱をはじめその文学的才能や天分を十分に尊重しつつも、いわば対極にある存在として見ていた。親友の岡栄一郎が秋声の縁戚であったことから、芥川は彼を介して葉書を託したりの関係も持っており、文学的立場は別として秋声を畏敬していた。『近代日本文芸読本』(大正一四・一一・八)を編んだ折、無断収録等のことで秋声らの厳しい抗議を受けることになり、それが大きなショックを与えたことも記憶にとどめられる。　(榎本隆司)

徳冨蘇峰《とくとみそほう》　文久三・一・二五〜昭和三二・一一・二(一八六三〜一九五七)。新聞記者・評論家。本名猪《い》一郎《いちろう》。熊本県生まれ。同志社英学校(同志社大学の前身)中退。作家の徳冨蘆花《ろか》は弟。天性の文章家であり、たいへんな読書家で、政治のみならず、文学・宗教・美術・教育いずれにも相当の見解を有した。思想的には、最初平民的急進主義に立ったが、日清戦争に及んで国権論者へと転換して国家主義を唱え、晩年は皇室中心主義者となった。芥川は中国遊行に先立ち、蘇峰の『支那《シナ》漫遊記』(民友社・大正七・六)を読んでいるが、芥川自身の『江南游記《ゆうき》』では、蘇峰が賛美する山水よりも、自分には人間のほうがより興味深い、と述べ、また、小島政二郎(大正九・三・二二)や松岡譲(同・三・三一)にあてた書簡に蘇峰の詩よりも、自作の詩のほうが「少しうまいつもりだ」と述べたりもしている。ただし、自殺の一年半ほど前、湯河原《ゆがわら》で多病な体を静養していた時期、芥川は蘇峰の『近世日本国民史』(別項)を愛読した。　(高橋陽子)

徳冨蘆花《とくとみろか》　明治元・一〇・二五〜昭和二・九・一八(一八六八〜一九二七)。小説家。本名健次郎。熊本県生まれ。蘇峰の弟。明治一八(一八八五)年、受洗し、二〇(一八八七)年、失恋して同志社英学校(同志社大学の前身)を中退。民友社で記者生活を送り、『不如帰《ほととぎす》』『自然と人生』『思出《おもいで》の記』を著して流行作家となった。自然を重んじたキリスト教的人道主義者として知られる。三六（一九〇三）年、社会小説『黒潮』第一編の刊行を機に独立。日露戦後、トルストイに学んで半農生活に入り、文壇を離れて虚飾のない告白文学を志した。大正期の作品には、特異な宗教文学『新春』や、半生の告白録『冨士』などがある。芥川は、「明治のクリスト教文学といふものには、殆《ほとん》ど親しんだことがない。」が、「徳富《ママ》蘆花氏の作品は例外」（『文芸雑談』）で、『思ひ出の記』や、『自然と人生』は、高等小学一年の時に読んだ。その中で『自然と人生』は幾らか影響を受けたやうに思つた。」（『私の文壇に出るまで』）と述べている。　（吉田正信）

杜子春《とししゅん》　童話。大正九（一九二〇）年七月一日発行の雑誌『赤い鳥』第五巻第一号に発表。『夜来の花』（新潮社、大正一〇・三・一四）、『芋粥《いもがゆ》』（春陽堂、大正一一・二・一）、『沙羅《さら》の花』（改造社、大正一一・八・一三）、『芥川龍之介集』（新潮社、大正一四・四・一）に収録。初出で長安とある物語の舞台が、『夜来の花』以後洛陽《らくよう》に変えられた以外、大きな異同はない。初出には「これは杜子春の名はあつても、名高い杜子春伝とは所々、大分話が違つてゐます。㈢のしまひにある七言絶句は、呂洞賓《りょどうひん》の詩を用ゐました。少年少女の読者諸君には、『ちちんぷいぷいごよの御宝』と同じやうに思つて貰ひたいのです。」という「付記」がつけられ、また、河西信三宛書簡（昭和二・二・三）中の「拙作『杜子春』は唐の小説杜子春伝の主人公を用ひをり候へども、話は2/3以上創作に有之《これあり》候。」とあるように、この作が中国古典に題材を借りた創作であることを示している。金持ちの息子杜子春が財産を使い果たし、唐の都洛陽の西の門の下にぼんやりと立っていると、仙人鉄冠子が現れ、多額の黄金を与えられる。大金持ちになった杜子春は贅沢《ぜいたく》な暮らしをはじめ、才子佳人が彼の周囲に群がるが、金を使い果たした彼には見向きもしなくなる。これを二度繰り返し、人間の薄情さに気づいた彼は、鉄冠子について仙人になる修行をはじめることになる。峨嵋山《がびさん》に連れて行かれた杜子春は、鉄冠子から何事が起こっても口をきくなと命ぜられ、岩の上に座る。種々の魔性が現れ杜子春を責めるが、口をきかない彼は殺され、その魂は地獄へ下り、閻魔《えんま》大王の前へ行く。しかし、大王の問いにも答えないため、様々な責め苦を受ける。最後に馬に変えられている両親が引き出され、鞭《むち》打たれるが、彼は目をつぶって沈黙を守り続ける。が、「心配をおしでない。私たちはどうなつても、お前さへ仕《し》合《あは》せになれるのなら、それより結構なことはないのだからね。」と言う母の声を聞いて、「お母さん」と叫んでしまう。その声に気がついてみると、彼はまだ洛陽の門の下にいた。仙人になれなかった杜子春は、「人間らしい、正直な暮《くら》し」をしようと決心する。鉄冠子は杜子春に、泰山の南の麓《ふもと》の桃の花の咲く家を畑ごとやると告げて立ち去る。峨嵋山や地獄での体験を夢としたところには『邯鄲《かんたん》の枕《まくら》』の構成が取り入れられている。この作に対しては、「氏が一時代の一階級の道徳律を越えることの出来なかつたモラリストであつた」証左（宮本顕治）とか、「有り振れた人情に雷同した作為された物」（正宗白鳥）といった批判的な批評もあるが、「人間の善意を肯定し、明るい勇気を与えようとするもの」（恩田逸夫）とか、「芥川の本音」が出ており、「育ちのよさと高貴な性質がのびのびと現われ出ている」（中村真一郎）という肯定する批評や、「原作にない、この童話の倫理的な美しさ」（吉田精一）を認める説もある。さらに、杜子春に「大正の小市民の祈りを代表している人間」（山敷和男）を見ようとするものもある。

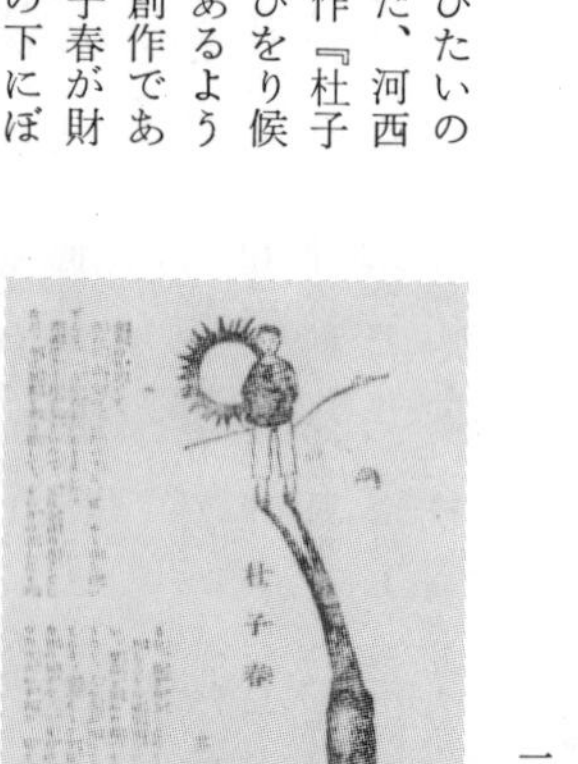

『杜　子　春』
（『赤い鳥』大正9年7月）

世俗的な世界に生きる人間の薄情さにあいそをつかし、仙人を志向した杜子春の気持ちが、地獄で再会した母の無償の愛の前に挫折《ざせつ》し、人間らしく生きることを希求するようになったところには、芥川が不愉快な現実の中でより人間らしく生きるためには、何が必要であるかを示していると言えよう。しかし、最後の鉄冠子の言葉は桃源郷における平和な暮らしを示唆するだけのものでしかないし、人間の薄情さにあいそをつかし、仙人を志向することと合わせて、薄情な人間の在り様を克服して行く、具体的な方法を十分に考えたものとは言えない。また、薄情な人間、非人間的な仙人志向、母の愛という組み合わせも類型的すぎていよう。さらに、死んだ両親が地獄の畜生道に落とされている、とする設定にも安易さが感じられる。

〔**参考文献**〕 恩田逸夫「芥川龍之介の年少文学」(『明治大正文学研究』、昭和二九・一〇)、山敷和男『『杜子春』論考」(『漢文学研究』昭和三六・九)、村松定孝「唐代小説『杜子春伝』と芥川の童話『杜子春』の発想の相違点」(『比較文学』昭和四〇・二)、尾上兼英「杜子春ノート」(『旺文社高校クラスルーム』昭和四八・八) (片岡 哲)

杜子春伝《とししゅんでん》 伝奇物語。唐代李《り》復言撰《せん》(一説には鄭《てい》還古撰)。道士の老人から三度金を貰《もら》った杜子春は、最後の金は人々の生活建て直しに使い、自らは道士の恩に報いるため、その仙薬作りに奉仕するが、彼の生まれかわりの女が、子供のために禁を破り声を出したので失敗し、道士に詫《わ》びに行く。芥川の『杜子春』の原作だが、仙人に対する義理の尊重を重視する点に、芥川作品のみならず、日本と中国の考え方の相違を示している。 (片岡 哲)

ドストエフスキイ《どすとえふすきー》(**ダストエフスキイ**) Fyodor Mikhailovich Dostoevskii 一八二一・一一・一一〜一八八一・二・九。ロシアの世界的文豪。モスクワの軍医の家に生まれた。ペトラシェーフスキー事件に連座してシベリア流刑に処せられ、そのときの体験を基にして『死の家の記録』を書いて脚光をあび、以後、人間の、内部と実存を描いた作品『罪と罰』『白痴』『カラマーゾフの兄弟』などを発表するに至った。このドストエフスキーを芥川は『或《ある》阿呆《あほう》の一生』の「一 時代」で、「世紀末それ自身」の代表者の一人としてとらえ、また大正二(一九一三)年九月五日藤岡蔵六宛の手紙で、「東京へかへつてから何と云ふ事なくくらした罪と罰をよんだ四百五十何頁が 悉《ことごとく》心理描写で持《もち》きつてゐる一木一草も hero の心理と没交渉にかゝれてゐるのは一もない従つて plastic な所がない(これが僕には聊《いささか》物足りなく感ずる所なのだが)其代《そのかは》りラスコルニコフと云ふ hero のカラクタアは凄《すご》い程《ほど》強く出てゐるこのラスコルニコフと云ふ人殺しとソニアと云ふ淫売婦とが黄色くくすぶりながら燃えるランプの下で聖書(ラザロの復活の節—ヨハネ)をよむ scene は中でも殊に touching だと覚えてゐる始めてドストイエフスキーをよんで大へんに感心させられたが英訳が少ないので外のをつゞけてよむ訣《わけ》には行かないで困る」と『罪と罰』細評を書き送ってドストエフスキーへの関心の深さを示した。さらに「ドストエフスキイの小説はあらゆる戯画に充ち満ちてゐる。尤《もっと》もその又戯画の大半は悪魔をも憂鬱《いううつ》にするに違ひない。」(『侏儒《しゅじゅ》の言葉—ドストエフスキイ』)と述べてドストエフスキーの人間実存の暗い思想に触れ、次いで「ドストエフスキイは『死人の家』の中にたとへば第一のバケツの水をまづ第二のバケツへ移し、更に又第二のバケツの水を第一のバケツへ移すと言ふやうに、無用の労役を強ひられた囚徒の自殺することを語つてゐる。」(『大導寺《だいどうじ》信輔《しんすけ》の半生《はんせい》—四 学校』)と叙してドストエフスキーが剔出《てきしゅつ》した、人間の

ドストエフスキイー

深い「精神的苦痛」に言及した。なお、ほかの文章ではドストエフスキーの理想主義的な面をも強調している。　（久保田芳太郎）

ドッペルゲンゲル　離魂体《どつぺるげんげる　りこんたい》　ドッペルゲンゲル（ドイツ語 Doppelgaenger）は、同一人物が同時に二か所に現れること、また、その人物を言い、日本では離魂体、離魂病という。古くから中国・欧米の怪異小説の題材として扱われ、ポー、ドストエフスキーにもこのテーマのものがある。早くから妖怪趣味のあった芥川はノート『椒図志異《しょうずしい》』に「影の病」（出典『奥州波奈志』）と題して採録している。作家となってからは『二つの手紙』（『黒潮』大正六・九）、『影』（『改造』大正九・九）などの小説があり、大正八年の『路上』にも「離魂病」「離魂体《ドッペルゲンゲル》」の語を用いている。この時期のものが小説的題材の域にあるのに比して、遺稿『歯車』（『文芸春秋』昭和二・一〇）には、記憶の欠落によると考えられるが、芥川自身のドッペルゲンゲルが出現したことが書かれており、自己を理性的に把握できなくなるという芥川の恐怖を語るものとなっている。　（田中夏美）

富田砕花《とみたさいか》　明治二三・一一・一五～昭和五九・一〇・一七（一八九〇～一九八四）。詩人・歌人。芥川龍之介の友人。本名戒治郎《かいじろう》。岩手県生まれ。盛岡中学校を経て、日本大学植民科卒業。はじめ『明星』『スバル』に短歌を発表。次いで前田夕暮の『詩歌』や尾山篤次郎らの『異端』の同人となる。大正五（一九一六）年ごろから口語自由詩を書くようになり、またカーペンターやホイットマンの詩集を訳出、一方『民衆芸術としての詩歌』（『早稲田文学』大正六・二）などを書き、民衆詩運動に活躍した。芥川龍之介とは大正四（一九一五）年ごろからかなり親しく交わり、自身の訳出したホイットマンの詩集『草の葉』第一巻（大鐙閣、大正八・六・六）を贈っている。芥川没後『芥川君を憶《おも》ふ』（『改造』昭和二・九）の一文を書き、龍之介の初恋の模様を語った。これは芥川の失恋について触れた数少ない証言の一つとなっている。詩集『地の子』（自家版、大正八・三・一五）、評論集『解放の芸術』（大鐙閣、大正一一・五・二五）などのほか、戦前の全国中等学校優勝野球大会や日本体操大会の行進歌や大会歌の作詞者としても記憶される。　（関口安義）

豊島与志雄《とよしまよしお》　明治二三・一一・二七～昭和三〇・六・一八（一八九〇～一九五五）。小説家・児童文学作家・翻訳家。福岡県生まれ。県立中学修猷館《しゅうゆうかん》、一高第一部丁類を経て、大正四（一九一五）年東京帝国大学文科大学仏文科卒業。在学中の大正三（一九一四）年二月、第三次『新思潮』を山本有三・久米正雄・芥川龍之介らとはじめ、創刊号に『湖水と彼等《ら》』、二号に『蠱惑《こわく》』を発表。その清澄な世界と神秘主義的傾向が注目された。同年五月『帝国文学』に発表した『彼と彼の叔父』が中村星湖・相馬御風らに認められ文壇に登場した。続いて『霧』『病後』『弱者』などを発表。初期の作品はロシア近代小説作家のザイツェフを思わせるような人事と自然との一体化した緊密な文体に特徴をもち、芥川によって「山間の湖の如く静《しづか》」「秋よりも爽《さはや》かな情味」（『大正八年度の文芸界』）と評された。『彼と彼の叔父』は、のち第一創作集『生あらば』（新潮社、大正六・六・八）の巻頭に収録されるに際し、題名が『恩人』と改められるが、芥川の作風の転換を告げる『秋』（『中央公論』大正九・四）に影響を与えた作としても記憶される。芥川は「始終豊島の作品を注意して読んでゐた」「僕の興味は豊島の書く物に可成《かなり》強く動かされてゐたのかも知れない。」と『豊島与志雄氏の事』で語っているが、『秋』を書くに際し、尊敬する先輩から作の構成や情調や気分、さらにそれらを叙述する表現を学んでいるのである。そのことは二作品の全体的構成や登場人物の配置、文体などの比較によって実証できる。豊島の小説はきわめて多く、主要なものは、『微笑』（東京刊行社、大正八・一〇・一七）『人間繁栄』（玄文社、大正一三・六・五）『道化役』（言海書房、昭和一〇・四・一六）『白い朝―小悪魔集』（河出書房、昭和一三・七・二〇）『近代説話白蛾《が》』（生活社、昭和二一・一二・一〇）『山吹《やまぶき》の花』（筑摩書房、昭和二九・一・三一）などの作品集に収録されている。早くから東大講師をはじめ、法政・明治両大学の教授としてフランス文学を講じる一方、名訳として誉れの高いユーゴーの『レ・ミゼラブル』、ロマン・ロランの『ジャン・クリストフ』の訳業をものしている。また、『夢の卵』（赤い鳥社、昭和二・三・七）『エミリアンの旅』（春陽堂、昭和八・一・二五）『海の灯・山の灯』（筑摩書房、昭和二七・一一・三〇）などの童話集も多数ある。その前衛的作風は、現在一般に十分に理解されてはいないが、一九七〇年代後半から再評価の気運が出はじめている。（関口安義）

一高時代の豊島与志雄

豊田実《とよだみのる》　明治一八・九・二六〜昭和四七・一一・二二（一八八五〜一九七二）。英語学者。文学博士。福岡県生まれ。青山学院高等部、神学部に学んだのち、東京帝国大学文科大学に入学、大正五（一九一六）年英文科を首席卒業（一二番が芥川）。一四（一九二五）年より九州帝国大学教授。退官後、昭和二一（一九四六）年より青山学院長。主著に『日本英学史の研究』がある。芥川は井川（恒藤《つねとう》）恭《きょう》宛書簡（大正三・三・一二）や『あの頃の自分の事』で豊田に触れ親近感を示している。芥川の豊田宛書簡には、鎌倉に住んでいた時代（大正八・三・一二）と、東大英文学会の講演依頼への返事（大正九・一二・二〇）があり、このときの講演筆記が『短篇作家としてのポオ』である。豊田の芥川についての言及は、比較文学的研究の嚆矢《こうし》「芥川龍之介とエドガ・アラン・ポオ」（『文学研究』昭和九・一）、『あの頃の自分の事』や『毛利先生』に触れた「文壇人の語学逸話」（『文芸春秋』昭和九・七）の二編を収め、さらに芥川の来信を写真版で掲げた『語学畑の副産物』（冨山房、昭和一三・八・三）もあるが、自伝『私の歩いてきた道』（松柏社、昭和四八・九・一六）中の「東大英文科時代」が、それらを含んで最も詳しい。（吉田昌志）

豊田実

虎の話《とらのはなし》　小説。大正一五（一九二六）年一月三一日の『大阪毎日新聞』に発表。単行本未収録。父と子の会話形式の作で、父が息子にせがまれるままに、虎の話を二つ三つとしているうちに、子供は寝入ってしまったという話。子供は五歳となっており、おそらく執筆時の大正一四（一九二五）年一二月における、芥川自身の団《だん》欒《らん》の一こまであったのだろう。子供は、長男の比呂志である。（石原千秋）

トルストイ《とるすとい》　Lev Nikolaevich Tolstoi　一八二八・八・二八〜一九一〇・一一・七。ロシアの世界的文豪。貴族の子としてヤースナヤ・ポリヤーナに生まれた。クリミア戦争に従軍、その体験を描いた『セバストーポリ物語』で名声を博す。以後、教育活動を経て『戦争と平和』『アンナ・カレーニナ』などの創作に没頭し、人間の苦悩と社会の矛盾をリアリズムで精緻《せいち》にとらえた。しかし、やがて厭世《えんせい》主義から宗教に至った。このトルストイを芥川は、中学入学前後から愛読し、さらに長じては『戦争と平和』や『アンナ・カレーニナ』を深い感動をもって読んだことを叙している。そしてなお、「ビュルコフのトルストイ伝を読めば、トルストイの『わが懺悔《ざんげ》』や『わが宗教』の譃《うそ》だつたことは明らかである。しかしこの譃を話しつづけたトルストイの心ほど傷ましいものはない。彼の譃は余人の真実よりもはるかに紅血を滴らしてゐる。」（『侏儒《しゆじゆ》の言葉―トルストイ』）と書いてトルストイの悲痛な嘘と真実について語り、さらに短編『山鴫《しぎ》』で、「我執」が強く、真実を探求するために「常に他人のする事には、虚偽を感ずる人間」としてのトルストイ像を描いた。また「トルストイは彼の死ぬ時に『世界中に苦しんでゐる人々は沢山ある。それをなぜわたしばかり大騒ぎをするのか？』と言つた。この名声の高まると共に自ら安《やす》じない心もちは我々にも決してない訣《わけ》ではない。」（『続西方の人』）と言ってトルストイのヒューマニズムと人間性に触れ、さらに小説『河童《かつぱ》』では、「三番目にあるのはトルストイです。この聖徒は誰よりも苦行をしました。それは元来貴族だつた為《ため》に好奇心の多い公衆に苦しみを見せることを嫌つたからです。この聖徒は事実上信ぜられない基督《キリスト》を信じようと努力しました。いや、信じてゐるやうにさへ公言したこともあつたのです。しかしとうとう晩年には悲壮な嘘つきだつたことに堪へられないやうになりました。」と苦悩するトルストイについて叙述した。また、ほかの文章では、『戦争と平和』や『アンナ・カレーニナ』の技巧のうまさについても言及している。

トルストイ（レーピン筆）

（久保田芳太郎）

トロッコ とろつこ　小説。大正一一（一九二二）年三月一日発行の雑誌『大観』に発表。第六創作集『春服《しゆんぷく》』（春陽堂、大正一二・五）に所収。良平は小田原熱海《あたみ》間に軽便鉄道敷設工事が始まったとき、八歳だった。彼は毎日、村外れへその工事を見に行く。工事現場のトロッコに魅せられ、乗りたくてたまらなかった彼は、ある日、そのトロッコを動かしているとき工夫に怒鳴られ、それから十日余りののち、彼は二人の〝若い〟工夫の許しを得て、トロッコ押しを手伝う。初めのうち、勇んでトロッコを押していたが、山の奥へ入るにつれて、不安が増して来る。彼はその不安と戦いながら目的地に突き進む。その目的地に着いたとき、工夫は「帰んな」と無造作に言う。彼は無我夢中で夕闇の山道を家へ走り帰るが、家へ着くや否や、大声で泣き出す。「その泣き声は彼の周囲へ、一時に父や母を集まらせた。殊に母は何とか云いながら、良平の体を抱へるやうにした。」が、彼は泣き続け、なぜ泣くのかという尋ねにもただ泣き立てるばかりだった。その彼も二六歳、妻子と共に上京して、ある雑誌社の二階に校正の朱筆を握っている。「塵労に疲れた彼の前には今でもやはりその時のやうに、薄暗い藪《やぶ》や坂のある路《みち》が、細細と一すぢ断続してゐる。……」で作品は終わる。戦前・戦中・戦後を通じ現在に至るまで、小・中学校の国語教科書に採録されてきたこの作品について、発表当時の同時代評では、まず佐治祐吉が「かうまで短篇といふものの骨を会得してゐる作品を見ると恐ろしくなるほどだ。そこには一言の無駄もなければ一言の不足もない」（『読売新聞』大正一一・三・七）と絶賛し、第二次大戦後、芥川を愛読した三島由紀夫は「日本独得の、作文的短篇、トロッコといふ小物象にまつはる記憶を描いて、それを徐々に人生の象徴へもつてゆき、最後に現在の心境に仮託させる、といふ型の短篇」の中で最も「佳良なものの一つ」だと評価した（『新潮』昭和三二・六）。吉田精一の『芥川龍之介』（三省堂、昭和一七・一二・二〇）に、「ボクも大芸先生（筆者注、佐佐木茂索のこと）に

『トロッコ』
（『大観』大正11年3月）

かぶれ今夜一夜に小説一篇を作った　岡（筆者注、岡栄一郎のこと）の為《ため》に大観へのせるつもり」（佐佐木茂索宛、大正一一・二・一六）とあるように、彼としては珍しく、短期間に作り上げた作品である。室生犀星は『蜜柑《みかん》』さえもこの作の清澄簡潔に及ばないと評しているが、『蜜柑』ほどの構えもなく、全く手ぶらで題材と取り組み合っている。滝井孝作は「湯ケ原出身の某雑誌記者の原稿をもとにしたという。最後の数行はフィクションではなかったわけである。小品としては上乗のものだろう。」（「純潔―『藪の中』をめぐって―」、『改造』昭和二六・一）と言う。浅井清は、少年の日への回帰が現実を逆照射している可逆性に注目し（『国文学』昭和四五・一一）、さらに海老井英次は、「作者の内実の〝一すぢの路〟とは、かつて芥川が描いた〈蜘蛛《くも》の糸〉と同質のものである」（『別冊国文学』第二号、昭和五四・二）と言って論を展開した。しかし、言うところの「回帰」または、「帰路」とは、作者と何の関係もない。「我鬼」という俳号を「澄江堂《ちょうこうどう》」に改め（大正一一・一）、切れた蜘蛛の糸にすがり「地獄」に落ちた作者が「本《もと》是山中人《これさんちゅうのひと》」と六朝風の書体で処女創作集『羅生門』出版記念会において、「ちよつとてれた」顔で揮毫《きごう》したときのそのポーズがやがて『一塊の土』そして『歯車』へと自爆する軌跡の中で、この作品が単なる少年読物でなかったことは自明ではなかろうか。作者の「自殺」が、この作品のモデル及びその家族や親族といかにかかわっていたか、それは今後の問題であろう。

〔**参考文献**〕下沢勝井「トロッコ」（駒尺喜美編著『芥川龍之介作品研究』新生出版、昭和四三・一〇・二〇）、海老井英次「トロッコ」（『別冊国文学』昭和五四・二）、石井茂「芥川の小説『トロッコ』の原作者力石平蔵について」（横浜国立大学『紀要』昭和五五・一一）、同「芥川龍之介『一塊の土』モデル論」（『日本文学』昭和五五・一一）　（藤多佐太夫）

な

直木三十五《なおきさんじゅうご》　明治二四・二・一二～昭和九・二・二四（一八九一～一九三四）。小説家。本名植村宗一。大阪府生まれ。早稲田大学英文科中退。『時事新報』に三一歳で月評を書いたとき直木三十一の筆名を用い、以後年齢に合わせて一を加え三五歳以降は三十五で留めた。大衆文学を知識人の読み物にまで高めたことが功績で、それを記念して直木賞が設けられた。芥川は興文社発行の直木三十三著『大衆文芸新作仇討《かたきうち》全集』（大正一四・一二・二二）に序を寄せ、「巻煙草《まきたばこ》を啣《くは》へたる直木三十三、支那《シナ》服を着、（但し帽はかぶらず。）合財《がつさい》袋をぶら下げ、漫然と左より出で来る。三十三の舞台の中央に来るや、編笠《あみがさ》をかぶれる数十名の武士たち、影の如く左右より立ち現る。」と戯曲形式で、直木が伝説的な剣豪たちに人間性を与えたことをユーモアを交えて書いている。宇野浩二は「芥川と直木」（『文学』昭和九・一一）で、まだ無名の直木が大正九（一九二〇）年秋、紹介状もなしに宇野、里見、菊池、久米、芥川などを訪れ大阪で講演する話

直木三十五

をその場で取り決めたことを語っている。これが初めての出会いか。また、新婚の久米正雄にあてた里見弴、小山内薫、菊池寛などとの寄せ書きの書簡に、「夜寒さを知らぬ夫婦と別れけり　龍之介、（中略）十二年地異人変の起る年三十三」（大正一二・一一・一七）とあり、能沢かほる宛の花柳界の女性を交えた連名の書簡の末尾で「この直木や三十三と申すは男にて悪たう也《なり》この男の申すことは御信用なさるまじく候《さうらふ》」（大正一三・五・二〇）と書いている。また、直木は大衆娯楽雑誌『苦楽』の編集に携わっていたが、芥川は『玄鶴山房《げんかくさんぼう》』で書いたリイプクネヒトについて、青野季吉《すえきち》宛書簡で「或人《ある》はあのリイプクネヒトは『苦楽』でも善いと言ひました。しかし『苦楽』ではわたしにはいけません。」（昭和二・三・六）と書き送っている。

（菊地　弘）

永井荷風《ながいかふう》　明治一二・一二・三～昭和三四・四・三〇（一八七九～一九五九）。小説家・随筆家。本名壮吉。別号に断腸亭主人、金阜山人など。東京生まれ。高等商業学校付属外国語学校清《シン》語科（東京外国語大学の前身）中退。一時期ゾラの影響色濃い作品を発表したが、アメリカ、フランス生活をはさんで帰朝後は耽美《たんび》的傾向を強めた。『地獄の花』『腕くらべ』『おかめ笹《ざさ》』『濹東綺譚《ぼくとうきたん》』などの作品がある。芥川の『大正八年度の文芸界』『文芸雑感』『梅花に対する感情』の諸文からは、他我の内実にかかわる具体的な発言は差し控えられているものの、荷風への関心の所在がうかがわれて興味深い。特に『一夕話』を荷風の『雨瀟瀟《しょうしょう》』に対する風刺排撃とみる宮城達郎（「芥川と荷風」）の指摘は、両者における江戸趣味および時代認識を考える上で重要。なお荷風の日記『断腸亭日乗』は「余芥川氏とは交《まじはり》無し。曽《かつ》て震災前新富座にて偶然席を同じうせしことあるのみ」とした。芥川自殺当日の記事である。

（中村　友）

長崎《ながさき》　長崎県の県庁所在地。芥川龍之介の終生愛した町。室町時代の末の元亀二（一五七一）年、ポルトガル船入港よりしだいに発展し、鎖国令の出た江戸時代にも日本唯一の海外貿易港として栄えた。芥川は大正八（一九一九）年五月、菊池寛とともに初めて長崎を旅し、永見徳太郎（夏汀）家に滞在、この町がすっかり気に入ってしまう。同年五月一〇日付松岡譲宛絵葉書には、「長崎へすんでギヤマンを集めたり阿蘭陀《オランダ》皿を集めたり切支丹《キリシタン》本を集めたりして暮《くら》したくもなつたよ」とある。中国旅行から帰った翌大正一一（一九二二）年五月、芥川は再度長崎を訪れている。『長崎小品』や『長崎日録』はその折のものである。長崎旅行以前にも芥川は『奉教人の死』（『三田文学』大正七・九）をはじめとする切支丹ものを書いていたが、以後『じゆりあの・吉助』『黒衣聖母』『神神の微笑』『おぎん』などといった作品が発表されていく。芥川は長

グラバー邸より長崎市内を望む

崎に東と西の接点を見、その町のもつ雰囲気を深く愛したと言える。（関口安義）

長崎《ながさき》 ⇩**野人生計事《やじんせいけいのこと》**

長崎小品《ながさきしょうひん》 小品。大正一一（一九二二）年六月四日発行の週刊誌『サンデー毎日』（第一年第一〇号）に発表。第二随筆集『百艸《ひゃくそう》』（感想小品叢書Ⅷ、新潮社、大正一三・九・一七）に収録。永見徳太郎の『阿蘭陀の花』(四紅社、大正一四・三)に「序に換ふる小品」として転載。初出以下に大きな異同はない。長崎のある人物の異国関係資料を収めたガラス戸棚の中で、絵画に描かれたり、象牙彫《ぞうげぼり》の人物たちがかわす会話の形で展開される、趣向のまさった作品。「司馬江漢筆の蘭人」が「阿蘭陀出来の皿の中」の女に恋するが、気位の高い女に相手にされずに嘆いている。それをみかねた「古伊万里の茶碗《ちゃわん》に描かれたる甲比丹《カピタン》」が「麻利耶観音《マリヤ》」に尽力を頼むが、女は生まれも育ちも違うと言って拒絶し、「麻利耶観音」をも軽蔑《けいべつ》する始末である。結局、「亀山焼の南蛮女」が男に同情する形で結ばれるというストーリーである。そして最後に、部屋へ入ってきた主人と客人とによって、「阿蘭陀出来の皿の女」より「亀山焼の南蛮女」の方が美人であると語られ、「日本出来の南蛮物には西洋出来の物にない、独得な味があ」ることが確認されている。作者自身の「長崎小品の中の家（中略）は長崎の金持ち永見徳太郎君の家でありますす小生は長崎滞在中よく永見君の家の所へ遊びに行きましたあの小品も永見君の家の二階で書いたのです」（真野友二郎宛書簡、大正一一・六・六）との言明を信ずべきであろう。大正一一年四月末から五月末までの長崎再訪の折に成った作品である。趣向のまさる作品だが、その内容には重要な問題が含まれている。「日本出来の南蛮物」には「西洋出来の物」にない味があり、そこから「今日の文明も生れ《うま》」「将来はもつと偉大なもの」が生まれる、という考えに、西欧と日本との関係をめぐる芥川の考察の一つの結論をみることが出来よう。西欧的なものの日本化を是認した態度の表明と認められる。（海老井英次）

長崎日録《ながさきにちろく》 日記。初出誌未詳。ただし、昭和二（一九二七）年から四年にかけて発行された『芥川龍之介全集』の文末に「（大正十一年）」とある。第二随筆集『百艸《ひゃくそう》』（新潮社、大正一三・九・一七）所収。大正一一（一九二二）年四月二五日出立から、五月三〇日帰京（往路一〇日ほど京都に立ち寄る）の日程で芥川は、二度目の長崎遊行を試みたが、『長崎日録』は、その折の長崎滞在中の日記。記載日は、長崎着の五月一一日から始めて、同月二二日までの一二日間。文体は、紀行日記にふさわしい簡明な漢文体で、その日の出来事を書きとめたもの。「萱艸《かんぞう》も咲いたばつてん別れかな」などの三句を収める。

年来の憧憬《どうけい》の地である長崎の南蛮情緒を存分に享受したであろう芥川の実感の横溢《おういつ》した文章である。芥川の長崎再遊は、渡辺庫輔《くらすけ》宛書簡（同・一一・一九）の旅館手配依頼の文面からみて、早くから計画されていたらしいが、大正八（一九一九）年菊池寛とともにこの地を訪遊したさいに交流をもった永見徳太郎、渡辺庫輔、蒲原《かんばら》春夫ら長崎人の案内をえての遊行であった。五月一二日、渡辺庫輔と寺町の道具屋で書画骨董《こっとう》をあさる。（「如何《いかが》はしき逸雲鉄翁あるのみ」と記してはいるが、『蕩々帖《とうとうちょう》』に「五月十一日」とあって、「鉄翁、梧門、逸雲、右三幅購入」のメモがある。）同月一三、一七日、永見徳太郎家に出向き、「永見家蔵幅」（『蕩々帖』所収）のメモとなった一五点の骨董をみている。同月一四日、渡辺、蒲原とともに、梅若の謡の会にゆく。同月一五日、「蒲原春夫来り、僕の為《ため》に佐賀の俗を談《かた》る。」とあるが、同じく『蕩々帖』に「佐賀語」のメモが

大浦天主堂

ある。同月一八日、渡辺、蒲原とともに丸山遊廓に遊ぶ。妓は照菊。芥川は、この美妓のために「水虎晩帰之図」の力作を描き、長崎を去るにあたって、前述の「萱艸も」の色紙を与えた。同月二〇日、渡辺、蒲原と「日本の聖母の寺」（大浦天主堂）のミサに列した。同月二一日、松本家にて書画骨董をみる（『蕩々帖』に「松本家蔵幅」のメモがある）。

（塚谷周次）

長田幹彦《ながたみきひこ》　明治二〇・三・一〜昭和三九・五・六（一八八七〜一九六四）。小説家。東京生まれ。早稲田大学英文科卒業。学業半ばで鉄道工夫、炭坑夫、旅役者の群れに入り、各所を放浪。帰京後、明治四四（一九一一）年一一月から『スバル』に『澪《みお》』を連載、ついで明治四五年五月『中央公論』に『零落《れいらく》』を発表して文壇に登場。以後、『祇園夜話』を代表とする祇園物を次々に刊行、耽美派の作家として谷崎潤一郎と並び称されたこともある。しかし赤木桁平《こうへい》の『遊蕩《ゆうとう》文学の撲滅』で打撃を受け、通俗に傾いた。芥川は、『大正八年度の文芸界』の「唯美主義の諸作家」の項で、「其《その》他長田幹彦氏の如き、この主義に属すべき作家もあるが、氏の創作が所謂《いはゆる》通俗小説の領域に存する以上、且《かつ》又その通俗小説が花袋氏などの長篇より更に非芸術的である以上、此処《ここ》には多くを語るべき必要を見出《いだ》さない。」と断って捨てた。ただし、通俗小説そのものについては「堂々たる芸術的長篇」（『大正九年の文芸界』）になるかとも言っている。

（塚越和夫）

長塚節《ながつかたかし》　明治一二・四・三〜大正四・二・八（一八七九〜一九一五）。歌人。茨城県生まれ。茨城県尋常中学校（のち、県立水戸中学校）中退。中学時代に作歌を始め、正岡子規の『歌よみに与ふる書』『百中十首』を愛読、明治三二（一八九九）年三月、子規を訪ねて門人となった。以降、「根岸短歌会」『馬酔木』『アララギ』の主要メンバーとして活躍した。一方、写生文、小説にも一時力を注ぎ、明治四三（一九一〇）年『朝日新聞』に連載した長編小説『土』（春陽堂、明治四五・五）はよく知られている。芥川は、節の短歌をある程度は読んでいたらしい。「長塚節氏の歌に『春雨《はるさめ》になまめきわたる庭ぬちにおろかなりける梧桐《あをぎり》の木か』とあれど、梧桐の芽を吹くは百日紅《さるすべり》よりも早きやうなり。」（『雑筆』の中の「百日紅」）と書いている。節は晩年に後輩の赤彦、茂吉らと対立した。芥川は茂吉の側から節を見ていたらしく、評価は必ずしも高くなかったようである。節の『赤光《しやつこう》』書き入れについて、「面白いが時には感違ひもあるやうですね」（渡辺庫輔宛、大正一一・三・三一）と、突き放した見方をしている。

（佐佐木幸綱）

中戸川吉二《なかとがわきちじ》　明治二九・五・二〇〜昭和一七・一一・一九（一八九六〜一九四二）。小説家。北海道生まれ。明治大学中退。里見弴に兄事、自叙伝的作品が多い。大正七（一九一八）年一〇月、佐治祐吉らと第五次『新思潮』を創刊（〜大正八・六）、のち代表作となる『反射する心』（新潮社、大正九・一）の第一編等を発表。以後芥川と親しく交わり、そのサークルにも近い。芥川は同人中最も期待を寄せ（吉二宛書簡、大正八・二・二）、『イボタの虫』（『新小説』大正八・六）を取り上げ（『大正八年六月の文壇』）、新進作家に数えて「毛彫りの如き心理描写に長じてゐる。」が、「時としては心理描写に於《お》ける瑣末《さまつ》主義に陥り易い。」と評している（『大正八年度の文芸界』）。以後多産の数年を送るが、結婚問題から弴と絶交し一時文壇を退く。大正一二（一九二三）年一一月、水守亀之助らと『随筆』を創刊（〜大正一三・一二）、復帰するが、終刊後文壇を離れた。「芥川との関係」（『文芸春秋』昭和二・九）があり、「芥川君はいい人だつた。好人物と云つていいほどのいい人でつた《ママ》。」と述べている。なお、森本修「中戸川吉二論」（『立命館文学』昭和三六・一〇、三七・三、一〇）がある。

（清水康次）

中西屋《なかにしや》　書店。明治大正期に神田神保町にあった。明治一四（一八八一）年九月に開店し、大正九（一九二〇）年一〇月に丸善と合併。和洋書の販売と出版を行った。代表的出版物には『日本名勝写生紀行』や児童書などがある。芥川は丸善と共に中西屋からもワイルドなどの洋書を購入していた。大正二（一九一三）年八月一二日浅野三千三宛書簡や、大正八（一九一九）年一一月二三日佐佐木茂索宛書簡などに中西屋の名前を見ることができる。

（片岡　哲）

中西屋《なかにしや》　旅館。神奈川県湯河原《ゆがわら》町宮上《みやかみ》七四五番地。現在もある。書簡でみる限り、芥川は三度出かけて長期滞在している。恒藤恭《つねとうきょう》宛書簡に「どうも支那《シナ》で悪くした腹は容易に恢復《くわいふく》しないらしい明日から当分の間相州湯河原へ湯治に参るつもりだ」（大正一〇・九・三〇）とあって、一〇月八日「湯河原中西内」からの室生犀星宛書簡に「南部と一しよにここへ来てゐます神経衰弱は中々根治しさうもありません仕事はせず、句を作つたり楽焼きを描いたりしてゐます」とある。一六日まで滞在していたことは書簡で分かる。小穴《おあな》隆一は『白いたんぽぽ』（日本出版協同株式会社、昭和二九・四・一）の中で、この折芥川に招かれて小沢碧童《へきどう》と出かけ、南部修太郎らと歌や俳句を披露し合ったと書いている。二度目は大正一二（一九二三）年三月一六日から四月一五日まで。自宅宛書簡に「マヅ用ヲ書ク松屋ノ原稿用紙五トヂ　至急送ラレタシ」（三・二四）とあるが、原稿ははかどらず、『改造』の記者がおしかけてひどいめにあったなどの書簡もある。また加藤首相と同宿中とのことばもみえる。三度目は大正一五（一九二六）年一月一五日から二月一九日までで、静養のため滞在。二月中旬ごろ伯母ふきも来て同宿したことが小穴宛書簡（二・九）、比呂志宛書簡（二・一四）で分かる。

（菊地　弘）

中根駒十郎《なかねこまじゅうろう》　明治一五・一一・一三〜昭和三九・七・一八（一八八二〜一九六四）。出版業者。愛知県生まれ。郷里の小学校卒業後上京。明治三一（一八九八）年新声社（現、新潮社）に入社し、以後佐藤義亮《ぎりょう》の片腕となって経営に尽力、支配人として活躍した功績は大きい。芥川は大正六（一九一七）年、『煙草《たばこ》と悪魔』（新進作家叢書）出版の前後より親しく接した。『新潮』への寄稿や短編集刊行の折に書簡の往来があるが、それ以外で多いのはたびたびなされた借金や前借の依頼である。「何とぞ御光来の節はお金三百円ばかり御融通下され度願上《たくねがひあげ》候。文章倶楽部《クラブ》のゴシップによれば千葉の海に命を失はむとなされし候よし、それは小生にお金を渡さざる祟《たた》りなり。今度のお金も御延引なされ候に於《おい》ては自動車か電車に轢《ひ》かれ御落命の惧有之《おそれこれあ》るべき乎《か》。」（大正一四・九・二五）と面白い手紙を書き送っている。借金の仕方にも才気と閃《ひらめ》きを感じたと後年中根も回想している（『図書新聞』昭和三五・一〇・二二）。

（篠永佳代子）

中野江漢《なかのこうかん》　明治二二〜昭和二五・二・二〇（一八八九〜一九五〇）。本名吉三郎。福岡県生まれ。中国民俗研究家。二六歳のとき、中華民国北京《ペキン》に渡り、三〇年間も在住した。その間、中国民俗の研究に没頭し、支那《シナ》風物研究会を主宰する。『北京新聞』『京津日々新聞』に民俗随筆を発表したり、『北京繁昌記』『支那の売笑』『支那の社会』等を著す（いずれも中国での刊行）。芥川龍之介が大正一〇（一九二一）年三月、大阪毎日新聞社から海外視察員として、中国に派遣されたとき、北京での案内を引き受けたのが中野江漢である。芥川は北京を気に入り、中野の案内で梅蘭芳や楊小楼の昆曲の芝居を観《み》たり、本屋をまわったりしている。また、人のあまり訪れないところも「中野君の案内を待つて一見」（『北京日記抄』）するチャンスが与えられた。中野は帰国後も中国事情を日本に紹介し、自らも民俗、民話に基づく不老長寿薬等の研究を続けた。

（萬田　務）

中野重治《なかのしげはる》　明治三五・一・二五〜昭和五四・八・二四（一九〇二〜一九七九）。小説家・評論家・詩人。福井県生まれ。東京帝国大学文学部独文科卒業。四高時代、室生犀星を知る。東大進学後、同人誌『裸像』に多くの詩を発表し、大正一五（一九二六）年四月、犀星に近い窪川《くぼかわ》鶴次郎・堀辰雄らと『驢馬《ろば》』を創刊（〜昭和三・五、全一二冊）、『夜明け前のさよなら』『機関車』等の詩や評論を発表。一方、同年一一月、日本プロレタリア芸術連盟の結成（〜昭和三・三）に参加し、以後、ナップ（三・三〜六・一一）及びその傘下に組織されたナルプ（四・二〜九・二）に参画して運動を推進し、プロレタリア文学運動の抗争の中に論陣をはる。評論集『芸術に関する走り書《がき》的覚え書』(昭和四)がある。昭和七(一九三二)年四月逮捕され、獄中で転向。九(一九三四)年五月出所。のち、転向の傷を背負って再び運動の先頭に立ち、『村の家』(昭和一〇)ほかの「転向小説五部作」を発表することになる。『汽車の罐焚《かまた》き』(昭和一二)『歌の わかれ』(一四)『むらぎも』(二九)『梨《なし》の花』(三二〜三三)『甲乙丙丁』(四〇〜四四)等、多くの優れた作品を残している。中野は、『驢馬』を介して芥川と出会う。『芥川氏のことなど』(『文芸公論』昭和三・一)によれば、昭和二(一九二七)年の六月ごろ(但し、『小さい回想』(『文芸春秋』昭和九・一二)には「(一九)二六年の春の終りごろ」とある)、中野はただ一度芥川と語り合い、詩編『僕の瑞威《スキフツル》から』を示され、自分に寄せる期待を告白されたという。芥川自身、『文芸雑談』に「僕は又、プロレタリア文芸にもかなり、希望を持つてゐる。(中略)譬《たと》へば中野重治氏の詩などは昨日の所謂《いはゆる》プロレタリア作家の作品の様に精彩を欠いだ《ママ》ものではない、どこか今迄《いままで》に類少《すくな》い、生《はえ》ぬきの美を具《そな》へて居る。」と述べ、犀星宛の書簡(大正一五・一二・五)では「中野君ヲシテ徐《おもむ》ロニ小説ヲ書カシメヨ。今日ノプロレタリア作家ヲ抜ク事数等ナラン。」と書いている。晩年の芥川は中野に大きな期待を抱いていたのだが、それはまた芥川におけるプロレタリア文学の問題と不可分であり、詩的精神の問題と関連する。さらに、『文芸的な、余りに文芸的な』の終章「文芸上の極北」において、芥川は「僕の尊敬してゐる一人」への期待を語るが、吉田精一の推定(『芥川龍之介の生涯と芸術』、『芥川龍之介案内』岩波書店、昭和三〇・八)のように、それが中野を指すとすれば、期待は逆に晩年の芥川の位置を示す指標となろう(佐藤勝「芥川龍之介と中野重治」、『国文学』昭和四一・一二)。芥川は期待を残して没し、以降中野が多くの言(前記のほか『芥川龍之介』昭和二六、『むらぎも』『三つのこと』昭和二九等)を残すことになるが、中野の芥川への思いは彼の閲歴とともに変化していくのである(杉野要吉「中野重治論」、『日本近代文学』昭和四一・五、満田郁夫「『感情詩派』中野重治」、『黄塵』昭和四一・一〇)。この二人の「大正から昭和への変革期の波だちが必然うながした一つの文学史的な出会い」(杉野要吉「中野重治における芥川龍之介と太宰治」、『解釈と鑑賞』昭和四七・一〇)は、様様に意味深いものと言えるだろう。

中野重治

(清水康次)

中原安太郎《なかはらやすたろう》 生没年未詳。芥川の府立三中以来の友人。生地未詳。東京帝国大学法科大学(東大法学部の前身)卒業。明治四三(一九一〇)年九月に芥川と一緒に三中から一高に入学したのは、西川英次郎と中原のみであり、その学力の程が知られよう。府立三中の折の交友は西川英次郎ほど深くなかったが、四二年八月に芥川は市村友三郎や中原らと槍《やり》ケ岳に登っている。その折の紀行文『槍ケ岳に登つた記』にも「中原」の名が見え、その姿を描いた部分がある。一高では一部甲類(英法科)と芥川とコースが違い、東大卒業後三井物産に入社、のち自分で事業をおこした。芥川の中原評に、「西川に伯仲する秀才なれども、世故には西川よりも通ぜるかも知れず。菊池寛の作品の——殊に『父帰る』の愛読者。(中略)実生活上にも適度のリアリズムを加へたる人道主義者。」(『学校友だち』、『中央公論』大正一四・二)とある。芥川の中原宛書簡は現在伝わらず、中原の芥川に関する回想文も無い。

(中島国彦)

永見夏汀《ながみかてい》(**徳太郎**《とくたろう》) 明治二三・八・五〜昭和二五・一〇・二三(一八九〇〜一九五〇)。本名、徳太郎。南蛮美術研究家・戯曲家。

長崎県生まれ。夏汀は雅号。大正八(一九一九)年、芥川が長崎に旅したとき、永見家に宿泊、以後、親交を結ぶ。永見家は江戸時代から続く御用商人で、夏汀は倉庫業などを営んだ素封家。芥川の『黒衣聖母』(『文章倶楽部《クラブ》』大正九・五)に登場する稲見は永見であり、『おぎん』(『中央公論』大正一一・九)の主人公おぎんは、永見の妻ぎん子がモデルであり、『長崎小品』(『サンデー毎日』大正一一・六)は、永見の家を素材にしたという。大正一五(一九二六)年上京。戦後零落し、相模《さがみ》湾に投身。戯曲集『月下の沙漠《さばく》』(人と芸術社、大正一三・二・二八)『阿蘭陀《オランダ》の花』(四紅社、大正一四・三・一七)、創作集『恋の勇者』(表現社、大正一三・四・二〇)、研究に『南蛮長崎草』(春陽堂、大正一五・一二・一)その他がある。

(志村有弘)

中村憲吉《なかむらけんきち》　明治二二・一・二五～昭和九・五・五(一八八九～一九三四)。歌人。広島県生まれ。東京帝国大学法科大学経済科(東大経済学部の前身)卒業。明治三九(一九〇六)年、鹿児島の第七高等学校に入学、堀内卓造・橋田東声・岩谷莫哀らを知り、特に卓造の導きによって、子規、左千夫の歌風に親しみ作歌に入る。四二(一九〇九)年『アララギ』に同人として参加。大正五(一九一六)年一〇月、郷里三次《みよし》に帰住して家業の酒造業に従事、同年歌集『林泉集《りんせん》』(アララギ発行所、大正五・一一)を出し、みずみずしい都会諷詠や新婚の哀歓を詠んだ作によって高い評価をうけた。九(一九二〇)年四月に西宮に出て、一〇(一九二一)年から一五(一九二六)年まで『大阪毎日新聞』経済部記者として勤務した。大阪毎日新聞社員であった芥川は一〇年海外視察員として中国へ特派されている。一三(一九二四)年に憲吉は歌集『しがらみ』(岩波書店、大正一三・七)を出し、人生や現実への凝視を深めた。芥川は斎藤茂吉宛書簡の中で「『柵《しがらみ》』を読み候。なかなか名歌あり」(大正一四・五・二二)と言い、雨や川を歌ったものをほめている。

(藤岡武雄)

中村星湖《なかむらせいこ》　明治一七・二・一一～昭和四九・四・一三(一八八四～一九七四)。小説家。本名、将為《まさため》。山梨県生まれ。早稲田大学英文科卒業。在学中『少年行』(明治四〇)が『早稲田文学』の小説募集に当選して文名を得た。その後『早稲田文学』の記者となって小説評論に筆を振るい、自然主義系統の作家として注目された。芥川は『文芸的な、余りに文芸的な』で国木田独歩の最も調和のとれた作品は『鹿狩り』であり、星湖の初期の作品はこの独歩に近いものであったと述べ、『少年行』などに見られる純朴な少年と自然とがとけ合った詩情ゆたかな描写を特色あるものと見ているが、大正期の作品には『大正八年度の文芸界』で「今日までの所、これと云つて、文壇の視聴を惹《ひ》くに足る作品は一つも発表しなかつた。」と言ったり、松岡譲宛書簡(大正六・一・一九)で星湖の『お歌さんの幻影』に触れ、愚作と評するなどかなり厳しい批判を加えている。星湖はのち農民文学に心を寄せたり、日本女子高等学院の教授になったりしたが、晩年は郷里に帰って生活した。小説集に『半生』(明治四一)『星湖集』(明治四三)などがある。

(畑　実)

中村不折《なかむらふせつ》　慶応二・七・一〇～昭和一八・六・六(一八六六～一九四三)。画家・書家。東京生まれ。本名鈼太郎。明治一〇年代、真壁雲郷に南画を学び、二〇年代、小山正太郎、浅井忠《ちゅう》に洋画を学ぶ。三四(一九〇一)年から三八(一九〇五)年まで、フランスの、ジャン・ポール・ロランスに師事。帰国後、太平洋画会を中心に活躍する。夏目漱石の単行本『吾輩《わがはい》は猫である』『漾虚集《ようきょ》』の挿絵をかく。芥川は、不折の家に訪ねたりしているが、漱石との関係から知り合ったのかもしれない。大正二(一九一三)年一一月一日、原善一郎宛書簡に「不折は例の如く角のはえた『神農』と称する老人の裸体をかいてゐます」とあり、大正一〇(一九二一)年三月一三日、小穴《おあな》隆一宛書簡に「空谷老人入谷大哥の『夜来の花』を見て曰《いはく》不折なぞとは比べものになりませんな《ママ》」と」とあるのが残っているくらいである。明治四〇(一九〇七)年文展審査員。昭和一二(一九三七)年帝国芸術院会員。『建国剏業《そうぎょう》』(明治四〇)は洋画の代表作。北画風水墨画、六朝風書にも堪能

であった。　（西垣　勤）

中村武羅夫《なかむらむらお》　明治一九・一〇・四～昭和二四・五・一三（一八八六～一九四九）。編集者・小説家・評論家。北海道生まれ。明治三六（一九〇三）年岩見沢小学校を卒業、三八年、小学校の代用教員となったが、小栗風葉《おぐりふうよう》の『青春』を読み、文学者になろうとして上京。大町桂月の紹介で風葉の弟子になる。四一（一九〇八）年、『新潮』の訪問記者として当時の大家、新進作家を訪ね談話筆記をとることに成功。大正元（一九一二）年、『新潮』の編集者となり、斬新な企画力で同誌を一流の文芸雑誌に発展させた。大正一四（一九二五）年、『不同調』創刊。昭和四（一九二九）年『近代生活』創刊。新興芸術派運動の中心人物になった。反マルキシズムの立場から評論「誰だ？花園を荒す者は！」（『新潮』昭和三・六）を発表、純文学のとりでを守った。小説に『地霊』（昭和五・三）『嘆きの都』（昭和六・九）などがある。太平洋戦争中、日本文学報国会の常任理事、事務局長として活躍、敗戦後、苦難の立場に追い込まれた。芥川は、『中央公論』（大正五・一〇）に『手巾《ハンケチ》』を発表、新進作家としての地位を確立した翌年一月、編集長中村武羅夫の『新潮』に『尾形了斎覚え書』を発表。その後、『さまよへる猶太人《ユダヤ》』『首が落ちた話』『毛利先生』『舞踏会』『藪《やぶ》の中』『澄江堂《ちようこうどう》雑記』等々を『新潮』に発表した。また、大正一二（一九二三）年八月、同一三年一〇月、一四年一月の「新潮合評会」などで、中村の司会により、文壇の大家、中堅とともに、様々な問題について語っている。芥川の自死後、昭和二（一九二七）年九月の『新潮』は、中村の発案により、徳田秋声、久保田万太郎、小島政二郎、近松秋江、久米正雄の顔ぶれで、追憶座談会を掲載した。そのとき、中村は「……世態、人情の浮世《うきよ》の苦労の話をしますね、そういう話になると、僕は芥川さんはかなりませたことを言いながら……やはり子供つぽい書生で、何か手の上に載つけて丸めれば丸められそうな、世の中というものから見れば、そういう感じがしていました。」と発言している。　（塚越和夫）

長与善郎《ながよよしろう》　明治二一・八・六～昭和三六・一〇・二九（一八八八～一九六一）。小説家・劇作家。東京生まれ。東京帝国大学文科大学英文科中退。学習院時代に武者小路実篤の強い影響を受け、明治四四（一九一一）年『白樺』に参加して『兎《うさぎ》』などの作品を発表。東大中退後、自伝小説『盲目の川』『彼等《ら》の運命』を書く。ほかに激しい正義感と理想をみなぎらせ、戯曲『項《こう》羽《う》と劉邦《りゆうほう》』（大正五～六）を発表、劇作家としても認められた。これらに対して芥川は最初、「あれは俗だよ」（松岡譲宛、大正六・一〇・四）などと評価は高くなかったが、『大正八年度の文芸界』（大阪毎日新聞社・東京日日新聞社編『毎日年鑑』大正八・一二）では「氏の単刀鉄門に迫るが如き努力は、懈怠《けたい》なく続けられてゐるやうである」と評価、『我鬼窟《がきくつ》日記』（大正八・六・一二の項）にも「舟木重信『悲しき夜』を書いて、芥川龍之介、長与善郎の徒を退治す」と並記している。長与はその後、『青銅の基督《キリスト》』『竹沢先生と云ふ人』などを書き、東洋的調和の心境に傾いていった。　（宗像和重）

夏目鏡子《なつめきようこ》　明治一〇・七・二一～昭和三八・四・一八（一八七七～一九六三）。夏目漱石の妻。広島県生まれ。貴族院書記官長中根重一長女。戸籍名キヨ。小学校卒業。明治二九（一八九六）年六月、熊本で漱石と結婚。その口述を松岡譲が筆録した『漱石の思ひ出』（昭和三・一一）によって著名。芥川は、大正六（一九一七）年二月八日、鎌倉から鏡子にあてて、「久米や松岡が泊《とま》りに行つたり何かしてゐるのに僕独り安閑と鎌倉にゐるのは何だかすまないやうな気がしますから」手紙を書くと言い、腹がはると「健啖《けんたん》な奥さんの事が思ひ出され」ると書き、また同年一〇月二七日には、横須賀から、鎌倉へ遊びに来ることをすすめる葉書を出し、松岡宛の葉書（一〇・三〇）では、奥さんが来ないでがっかりしたなどと親愛の情を示している。大正六（一九一七）年九月五日の塚本文《ふみ》宛書簡が示すように、長女筆子とのことは、お互いに意中になかったことであろうが、尊敬する師漱石の妻というだけではなく、鏡子の些事《さじ》に拘泥《こうでい》しない性格に親しみを持っていたものであろう。

（井上百合子）

夏目鏡子

夏目漱石《なつめそうせき》　慶応三・一・五、新暦二・九～大正五・一二・九（一八六七～一九一六）。小説家。芥川龍之介の師。本名金之助。江戸牛込《うしごめ》生まれ。明治二七（一八九四）年、帝国大学文科大学（東大文学部の前身）英文科卒業。大学院在籍のかたわら東京高等師範英語嘱託。翌年四月、松山の尋常中学校に赴任、翌二九（一八九六）年、熊本の第五高等学校教授となり、明治三三（一九〇〇）年より三年間、ロンドン留学。帰朝後は一高・東大で英文学を講ずるとともに、『吾輩《わがはい》は猫である』（明治三八～三九）や、『漾虚集《ようきょしゅう》』（明治三九）にまとめられる短編群で文名をあげ、『坊《ぼ》っちゃん』（明治三九）『草枕《くさまくら》』（同）『野分』（明治四〇）などを発表。明治四〇（一九〇七）年、朝日新聞社入社。以後の作品に『虞美人草《ぐびじんそう》』（明治四〇）『坑夫』（明治四一）『三四郎』（同）『それから』（明治四二）『門』（明治四三）『彼岸過迄《すぎまで》』（明治四五）『行人』（大正元～二）『こころ』（大正三）『道草』（大正四）等があり、大正五（一九一六）年一二月、『明暗』連載中に胃潰瘍《かいよう》悪化により死去した。芥川龍之介は、大正四年一二月、漱石門下生であった級友林原（旧姓岡田）耕三に伴われて、久米正雄とともに、早稲田南町の漱石宅を初めて訪問した。そのときの印象を芥川は後年、次のように描いている。「十一《ママ》月の或《ある》夜である。この書斎に客が三人あつた。客の一人はO君である。O君は綿抜瓢一郎《わたぬきへういちらう》と云ふ筆名のある大学生であつた。あとの二人も大学生である。しかしこれはO君が今夜先生に紹介したのである。その一人は袴《はかま》をはき、他の一人は制服を着てゐる。先生はこの三人の客にこんなことを話してゐた。『自分はまだ生涯に三度しか万歳を唱へたことはない。最初は、……二度目は、……三度目は、……』制服を着た大学生は膝《ひざ》の辺《あた》りの寒い為《ため》に、始終ぶるぶる震へてゐた。それが当時のわたしだつた。もう一人の大学生、――袴をはいたのはKである。Kは或事件の為に、先生の歿後《ぼつご》来ないやうになつた。同時に又旧友のMとも絶交の形になつてしまつた。これは世間も周知のことであらう。」（『漱石山房の冬』大正一二）――Oが岡田耕三、Kが久米正雄、Mが松岡譲であることは言うまでもないが、この文章は漱石の没後、漱石山房を訪れた芥川が、冬は寒かったに違いない「あの蕭条《せうでう》とした先生の書斎」を思い浮かべ、「『寒かつたらう。』／わたしは何か興奮の湧き上つて来るのを意識した」ことを記したものであるが、そこには、孤独な営為を続ける師漱石への深い思いがこめられている。『漱石山房の秋』（『東京小品』大正九）なる文章もあり、「……その机の後、二枚重ねた座蒲団《ざぶとん》の上には、何処《どこ》か獅子《しし》を想はせる、背の低い半白の老人が、或《あるい》は手紙の筆を走らせたり、或は唐本の詩集を翻《ひるがへ》したりしながら、端然と独り坐《すは》つてゐる。……／漱石山房の秋の夜は、かう云ふ蕭条たるものであつた。」と結ばれている。『葬儀記』（大正六）は漱石の葬儀の際に受付をした芥川の印象記であり、久米正雄とともについに泣いてしまった場面も描かれているが、大正五年夏、芥川が久米と二人、千葉の一の宮に滞在していたとき、漱石が寄せた書簡はあまりにも有名である。「君方は新時代の作家になる積《つもり》でせう。僕も其積《そのつもり》であなた方の将来を見てゐます。どうぞ偉くなつて下さい。然《しか》し無暗《むやみ》にあせつては不可《いけ》ません。たゞ牛のやうに図々しく進んで行くのが大事です。」（大正五・八・二一）と漱石は説き、続く書簡でも、根気を説いて「世の中は根気の前に頭を下げる事を知つてゐますが、火花の前には一瞬の記憶しか与へて呉《く》れません。うん／＼死ぬ迄《まで》押すのです。」「牛は超然として押して行くのです。何を押すかと聞くなら申します。人間を押すのです。文士を押すのではありません。」（同・八・二四）とさとしている。一瞬の火花にかけた後の芥川龍之介にこの教訓はどのように蘇《よみがえ》っていたのだろうか。同じ書簡で芥川の作物を「ちゃんと手腕がきまつてゐるのです。決してある程度以下には書かうとしても書けないからです。」と見抜いていた漱石という存在は、『鼻』（『新思潮』大正五・二）を激賞されて（大正五・二・一九）、文壇に認められる機縁を得て以来、芥川にとってどれほど重いものであったかは想像にあまる。ある意味では漱石に対して、甘えに近い親近感を抱いていた小宮豊隆《とよたか》、鈴木三重吉、森田草平らと異なり、芥川龍之介は漱石に対して親愛感は持ちながらも、畏敬すべき、あるいは時として圧迫を伴う感情を抱いていたようである。言い換えれば、芥川は漱石の存在をまるごと受けとめていたと言えるので、彼ら先輩格の門下が作家としてはあまり名をなさなかったのに対し、少なくとも芥川は、自己の資質を保持しつつ、作家漱石を深く意識することで、作家としての独自の道を切り開いて行ったと思われるふしもある。『文芸的な、余りに文芸的な』の「十七 夏目先生」では、「風流漱石山人」と見るような没後数年の傾向に対し、来客中の漱石が葉巻を取ってくれと言い、見当がつかずにどこにあるかと尋ねた芥川に、漱石は何も言わずに猛然と顎《あご》を右へ振った、その右の方の机上に葉巻はあったというエピソードを紹介し、「老辣無双《ろうらつむそう》」の漱石像を描き出している。前掲初対面の印象についても、別な談話『夏目先生』（大正一四）では、万歳をめぐって芥川が自説を強く主張したところ、漱石は厭《いや》な顔をして沈黙し、「それ以来、どうも先生に反感を持たれてゐるやうな気がした。」と述べている。遺稿『或阿呆《あるあほう》の一生』（「十三 先生の死」）には「センセイキトク」の電報を手にして「歓びに近い苦しみ」を感じたという一節があるが、ここに芥川における漱石がよくうかがえる。同じく遺稿『闇中《あんちゅう》問答』にも、「僕は勿論夏目先生の弟子だ。お前は文墨に親しんだ漱石先生を知つてゐるかも知れない。しかしあの気違ひじみた天才の夏目先生を知らないだらう。」の一節がある。『三四郎』と『路上』、『それから』と『秋』等の対応が論じられているが、「気違ひじみた天才」が芥川の作品に生きている事実の一層の検討が望まれる。

夏目漱石

〔**参考文献**〕井上百合子「芥川龍之介と夏目漱石」（『国文学』昭和四一・一二）、三好行雄『芥川龍之介論』（筑摩書房、昭和五一・九・三〇）

（平岡敏夫）

成瀬正一《なるせせいいち》 明治二五・四・二六～昭和一一・四・一三（一八九二～一九三六）。小説家・仏文学者。芥川龍之介の一高・東大時代の友人。神奈川県生まれ。私立麻布中・一高を経て、大正五（一九一六）年東京帝国大学文科大学英文科卒業。父正恭は香川県三木郡（現、木田郡）井戸村の出身で草創期の慶応義塾に学んだ俊才。福沢諭吉に勧められ二〇歳のときアメリカへ留学し、コーネル大学で法学博士号を得、帰国後正金銀行、のち十五銀行に入り、その頭取となった。正一はその長男である。彼ははじめ法科志望の学生だった。が、一高時代に芥川や久米正雄・菊池寛・松岡譲ら、のちの『新思潮』同人と一緒になったのが決定的に影響し、父母の期待を裏切る形で大学は英文科に籍を置いた。一高時代は父母の出身地が香川ということもあって、同県出身の菊池寛とは特に親しかった。菊池が友人佐野文夫の盗癖の罪を負って、卒業寸前に退学しなければならない状況に追い込まれたとき、成瀬が物心両面の援助をしたことは、広く知られている。芥川とは大学に入ってから親交を結び、医科の解剖を見に行ったり、帝劇のフィルハアモニイ会を聴きに行ったり、逗子《ずし》にあった成瀬別荘で一夏を過ごしたりしている。熱血漢の成瀬と常に冷静な芥川とは、好対象の性格とはいえ、ウマがよく合ったらしい。成瀬のロマン・ロランへの傾倒は、芥川からジルバート・カナンの英訳『ジャン・クリストフ』を勧められたことに始まる。大学在学中の大正五(一九一六)年二月、同人誌の第四次『新思潮』を先の四人の仲間と始め、創刊号に『骨晒《ざら》し』を発表。「白樺」派の人々に通じる若々しい理想的作風が注目された。雑誌創刊に際し、資金作りとして成瀬はロマン・ロランの『トルストイ』翻訳出版を思いたつ。仕事は芥川・久米・松岡に英訳本から分担訳出してもらい、彼が原典に当たって確かめるという方法をとった。この本は新潮社から成瀬の名で大正五年三月一八日刊行されている。同年八月三日、横浜港から欧米留学に出発。芥川の『出帆』(『新思潮』大正五・一〇)という小品がこのときの模様を伝えている。アメリカに着いた成瀬は、初めコロンビア大学の大学院に、次にハーバード大学の大学院に入学する。が、いずれも講義のつまらなさに失望し、以後は宿の自室に日を送り、創作と文学研究と美術館通いにすべての時間を捧《ささ》げるようになる。その成果は日本に送られ、『新思潮』の誌上を飾る。そのうちの一編『航海』(『新思潮』大正五・一一)は、アメリカまでの船旅を素材とした小説であり、漱石から「あなたの独探の話(航海中の)は新思潮で読みました。面白いです。」(成瀬正一宛、大正五・一一・一六)と評されている。アメリカ滞在中の成瀬は、日本の『新思潮』のため浮世絵の説明のアルバイトをしたり、懸賞論文に応じたり、三度の食事を二度で済ませたりしては金を蓄え、日本に送金している。彼はこの同人誌を愛し、ここをホームグラウンドとし、己の文学を樹立するのを夢見ていたのである。が、その『新思潮』も大正六(一九一七)年三月に〈漱石先生追慕号〉を出し、後が続かなかった。『新思潮』という心の拠《よ》り所を失い、アメリカ生活にも絶望した成瀬は、大正七(一九一八)年春、かねてあこがれのヨーロッパへと旅立つ。そして戦禍のフランスを遍歴、イタリアを経て、スイスにロマン・ロランを訪ねる。『或《ある》夏の午後—ロオランとの一日』(『新潮』大正八・五)は、そのときの紀行文であり、レマン湖畔《こはん》でのロランとの会見を美しい文章で綴《つづ》ったものである。帰国後、彼は創作を断念、以後一八、九世紀のフランス古典文学研究に沈潜する。大正一四(一九二五)年、九州帝国大学法文学部講師に就任、翌年教授となる。仏文学者としての成瀬の仕事は、遺稿として出版された『仏蘭西《フランス》文学研究』(白水社、第一輯《しゅう》昭和一三・五・二五、第二輯昭和一四・一〇・五)にほぼまとめられている。

〔参考文献〕関口安義「第四次『新思潮』と成瀬正一」(『国文学研究』第四六集、昭和四七・三)、薄井八代子「成瀬家の人々」(『菊池寛資料集成』昭和五四・三・六)

(関口安義)

南京の基督《なんきんのきりすと》　小説。大正九(一九二〇)年七月一日発行の雑誌『中央公論』に発表。『夜来の花』(新潮社、大正一〇・三・一四)『沙羅《さら》の花』(改造社、大正一一・八・一三)『芥川龍之介集』(新潮社、大正一四・四・一)に収録。『夜来の花』に収めたとき、「よみ返つて来る」(初)を「よみ返つてゐる」としたような多少の字句改訂が施されたが、以来諸本に異同は認められない。なお初出文末に「(九・六・二二)」の日付がある。初刊本では「大正八年四月」「本篇《ママ》を草するに当《あた》り、谷崎潤一郎氏作『秦淮《しんわい》の一夜』に負ふ所尠《すくな》からず。附記して感謝の意を表す。」とあることから、谷崎が南京に遊んだ私小説風紀行文『秦淮の夜』(『中外』、『新小説』大正八・二〜三)に材を得たことが明らかである。谷崎の描写の細部を自在に組み入れ、換骨奪胎し、南京奇望街の私娼の部屋を芥川はみごとに再現している。その陰鬱《いんうつ》な情景のなかに、カソリック信徒である「涼しい眼《め》」の一少女を配したことが、芥川の独創である。まだ一五歳の宋《そう》金花は界隈《かいわい》にも珍しい気立ての優しい娘で、夜毎に客を迎えるのは、年老いた一人の父親を養うためであった。亡くなった母親に教えられた信仰を持ち続け、壁に真鍮《しんちゆう》の十字架、受難のキリスト像をかけている。一夜おとずれた日本人旅行家がそれを見付け、からかい気味に問うと金花は、「この商売をしなければ、阿父様《おとうさん》も私も餓《う》ゑ死《じに》をしてしまひますから。」「天国にいらつしやる基督様は、きつと私の心もちを汲《く》みとつて下さると思ひますから。」と答える。金花はやがて悪性の楊梅瘡《そう》に犯され、薬物も効なく困っていた折、朋輩《ほうばい》が経験から妙法をささやく。お客に移せば癒《なお》る――しかし相手のお客は目がつぶれてしまった、とも。金花はたとい餓え死しようともお客と寝台を共にすまいと決心した。自分の仕合わせのため他人を不仕合わせにはできない。どうぞ誘惑から私をお守り下さいと金花は熱心に祈った。ある夜、泥酔した通行人のように思われる、見慣れぬ外国人が入って来る。彼は「索莫《さくばく》とした部屋の空気が、明《あか》るくなるかと思ふ程、男らしい活力に溢《あふ》れ」「今まで彼女が見た事のある、どんな東洋西洋の外国人よりも立派であつた」。その不思議なしかしどこか見覚えのある外国人が、十字架のキリスト像に生き写しであることを発見したとき、金花は恍惚《こうこつ》としてその人に抱かれ「始めて知つた恋愛の歓喜」に身をゆだねる。その夜、金花のみた安らかな天国の夢に華やかな食卓が現れ、光の環《わ》のかかった外国人が無限の愛をたたえ微笑《ほほえ》んでいた。――それをお食べ。お前の病気がよくなるから。――ふと気が付くと、金花の側に昨夜の外国人の姿はなかった。あれも夢であったかと思うが、現実の部屋の有様が事実を語っていた。「もしあの人に病気でも移したら、――」しかし突然、金花は自分の体におこった「奇《き》蹟《せき》」に気付いた。楊梅瘡は治っていたのである。「ではあの人が基督様だつたのだ。」転ぶように寝台を這《は》い下りた金花は、敷石に跪《ひざまず》いて熱い祈禱《きとう》を捧げた。この南京に降り給《たも》うたキリストの話には、芥川の好んだどんでん返しがついている。翌年春、再び金花の部屋を訪れた日本人旅行家は、「奇蹟」の話を聞かされるが、彼は知人に知らされた別の話を思い浮かべる。George Murry という無頼の混血の男が、南京の私娼を買い、眠っている間に逃げたと得意がっていたけれど、悪性の梅毒を病んでとうとう発狂したと。「しかしこの女は今になつても、ああ云ふ無頼な混血児を耶蘇《ヤソ》基督だと思つてゐる。おれは一体この女の為《ため》に、蒙《もう》を啓《ひら》いてやるべきであらうか。それとも黙つて永久に、昔の西洋の伝説のやうな夢を見させて置くべきだらうか……」ひそかに自問する旅行家を前にして、金花は「晴れ晴れと顔を輝かせて」いたのであった。この作を「実によく出来た、実に芥川的な短篇だが、古典的名作のやうに云はれながら、案外かういふ作品が、芥川のもので一等早く古びさう」だと言い、完全に「ナイーヴィテが欠けてゐる」と三島由紀夫は言う。発表当時の久米正雄評「趣味ばかりで固めたメルヘンの領域」「通俗小説以下に安易」は名高いが、技術の精妙、作品完成度についてはやはり賛辞を惜しまない。確かに「主題と形式についての芥川的な計算が、きっちりと完結したミクロコスモス」（三好行雄）という評価は動かぬ、と同時に諸家のこの作に感ずるある種の欠如、または作者が「なかば無自覚に触れはじめていたアポリア」（三好）の意味をいかに解くかに、この作の論点があるだろう。『南京の基督』のテーマが「迷信の幸福」とも「迷信をあばいた」とも、いずれにでもとれる（竹内真）のは、実はそのいずれでもない岐路に立って、芥川が問いかけているので、「真実（事実）と幸福、知と信の背馳《はいち》」に芥川の問題意識があったとする駒尺喜美は、この作を不真面目だと批評した南部修太郎宛の芥川の激しい反論（大正九・七・一五、同一七書簡）にこの本音とモティーフをみる意見である。梅毒の完治を是非した一七日書簡をとくに重視し「小説の終ったあとで金花の〈現実の生〉が瓦解《がかい》」したこと、日本人旅行家の自問自体が実はむなしいこと、「人間の〈幸福〉が危うい一瞬の錯覚のなかにしかない」人生の「暗黒」の認識をそこに見、芥川の「現実的な幸福への志向と、幸福を所詮《しょせん》は無知の恩寵《おんちょう》と見る暗い認識とを重層させ」た作というのが三好行雄である。「キリスト教の信仰をお伽話として批評した」（笹淵友一）という意見もある。

〔参考文献〕 三島由紀夫「『南京の基督』解説」（『現代小説は古典たり得るか』新潮社、昭和三二・九・二五）、久米正雄「続七月の文壇」（『時事新報』大正九・七・一四）、三好行雄「地底に潜むもの—『南京の基督』前後—」（『芥川龍之介論』筑摩書房、昭和五一・九・三〇）、竹内真『芥川龍之介の研究』（大同館書店、昭和九・二・八）、駒尺喜美「南京の基督」（『芥川龍之介作品研究』八木書店、昭和四四・五・一）、笹淵友一「芥川龍之介のキリスト教思想」（『解釈と鑑賞』昭和二三・八）　（中山和子）

南部修太郎《なんぶしゅうたろう》　明治二五・一〇・一二〜昭和一一・六・二二（一八九二〜一九三六）。小説家・評論家。宮城県生まれ。父常次郎は港湾・架橋などの土木技師で工学博士。幼時、その任地に従って東京、神戸、博多、熊本、長崎に移る。喘息《ぜんそく》が宿痾《しゅくあ》となり苦しむ。明治三八（一九〇五）年五月に一家は上京し赤坂小学校に編入、芝中学校を経て、大正七（一九一八）年慶応義塾大学文学科を卒業。井汲《いくみ》清治、小島政二郎と親しむ。『三田文学』に翻訳『駅路』（大正五・八）、出世作『修道院の秋』（大正五・一二）、評論「志賀直哉氏の『和解』」（大正六・一〇）を発表し、同誌の編集主任をつとめる（大正七・五〜九・五）。「白木蓮《もくれん》の樹蔭《こかげ》から」（『時事新報』大正七・四・七〜一四）、「菊池寛論」（『新潮』大正八・三）、「若葉の窓にて」（『読売新聞』大正八・五・一〜一四）など評論・時評は多い。大正一〇（一九二一）年以降は少女小説も執筆。「交遊十年」（『文芸春秋』昭和二・九）によると、芥川との交渉は大正六（一九一七）年の秋、小島の紹介によって始まる。『三田文学』寄贈に対する来信（大正七・二・一）がその最初という。『奉教人の死』（『三田文学』大正七・九）は南部の寄稿依頼に応《こた》えたもの。相互の往来は盛んで、とくに大正一〇年一〇月中は湯河原《ゆがわら》温泉に同宿して滞在。多数の芥川書簡が残され、南部は「芥川龍之介の手紙から」（『三田文学』昭和二・一〇）で一部を解説。芥川は『大正八年六月の文壇』『大正八年度の文芸界』で南部の『蟀谷《こめかみ》のきず跡』（『三田文学』大正八・六）、『少年の日』（『新時代』同）、『猫又先生』（『三田文学』大正八・四）などの「追憶的短篇」に、「作家ずれのしない純粋さ」や「素直な美しさ」を評価する。また『彼の長所十八』を挙げる。南部を愛し、良き理解者でもあるが、『南《ナン》京《キン》の基督《キリスト》』について南部が書いた月評に関して、南部を難詰する書状（大正九・七・一五、一七）を送っている。南部の集約的な芥川評は、「全人間的な体現を」（『新潮』大正一〇・六）に「氏は余《あまり》に智《インテレクト》の作家だ、余に書斎的な芸術家だ」と批評し、「もっと自己を裸にして芸術に、人生に対する事を望みたい」に示されよう。「秀《ひで》しげ子共有事件」も伝えられる。なお、三宅周太郎に「芥川氏と南部君」（『三田文学』昭和一一・八）がある。　（町田　栄）

左から小沢碧童，南部修太郎，芥川。

南寮《なんりょう》　芥川は明治四三（一九一〇）年九月、第一高等学校一部乙類に入学。当時一高は皆寄宿制度をとり、一、二年生は義務的に入寮することになっていたが、芥川は自宅から通学する。四四年九月の二年進級時に恒藤恭《つねとうきょう》らと中寮三番に入り、四五年六月下旬まで寮生活を経験した。当時の一高には東西二寮、南北中朶《だ》の四寮の六寮があり南寮は明治二三（一八九〇）年北寮とともに新設、三三（一九〇〇）年に建て直された。南寮は中寮と同じ木造二階建てで一階は自習室、二階が二〇畳ぐらいの寝室。一年のとき、恒藤がいた南寮は芥川が寮生活経験の折には、久米正雄、菊池寛、成瀬正一《せいいち》、松岡讓、佐野文夫らが八番の同室で、この交友関係が第三次『新思潮』を生む母胎となる。佐野、菊池、特に久米は文芸部で活躍、また享楽主義を奉じていた南寮グループは、秀才然とし読書や思索に耽《ふけ》る芥川、恒藤とは肌が合わず、なじみ得なかったという。

（石割　透）

に

新潟高等学校《にいがたこうとうがっこう》　大正八（一九一九）年創立の旧制高等学校。芥川は、改造社一円本『現代日本文学全集』の宣伝のため、昭和二（一九二七）年五月、文芸講演の講師として北海道へ行ったが、帰途、青森で一行と別れ、第三中学校在学中に校長だった八田三喜が、当時校長をしていた同校に立ち寄り、その最後の講演「ポオの一面」をした。現在、自筆のメモが残っている。その後、篠田《しのだ》旅館で、学校関係者たちと座談会をし、それが雑誌『芸術時代』に載った。

（塚越和夫）

八　田　三　喜

ニイチエ《にーちえ》　Friedrich Wilhelm Nietzsche　一八四四・一〇・一五〜一九〇〇・八・二五。ドイツの哲学者。キリスト教的、民主主義的倫理思想を弱者の奴隷道徳とみなし、強者の自律道徳として君主道徳を主張し、この道徳の人間を「超人」と呼び、またその権力意志を生の原理とした。麻痺《まひ》狂で死す。芥川は二〇歳のころ、丸善の二階に行って新しい洋書をしりに探し、「そのうちに日の暮《くれ》は迫り出した。しかし彼は熱心に本の背文字を読みつづけた。そこに並んでゐるのは本といふよりも寧《むし》ろ世紀末それ自身だつた。ニイチエ、ヴエルレエン、（中略）……」（『或阿呆《あるあほう》の一生』）と書きつけ、早くからのニーチェの影響をうかがわせた。また小説『路上』では精神病者の実例としてニーチェの名をあげ、さらに『闇中問答《あんちゅうもんどう》』以下の諸文で、ニーチェの、凡俗の道徳を超越した「超人」思想やキリスト教への反逆の姿勢についてしばしば言及した。しかし、究極にはニーチェは芥川にとって「一臠《いちれん》の肉を恵んでくれたのに違ひなかつた。けれども彼の饑《う》ゑは依然としてゐた。」（『大導寺信輔《だいどうじしんすけ》の半生《はんせい》（雑纂《さん》）』、『創作月刊』昭和三・五）ということなのであった。

（久保田芳太郎）

新原得二《にいはらとくじ》　明治三二・七・一一〜昭和五・二・一八（一八九九〜一九三〇）。芥川龍之介の異母弟。芥川の実父、新原敏三と実母ふくの妹ふゆとの間の子。龍之介の明治三七（一九〇四）年の『暑中休暇中の日記』には、「弟」としての交際が記され、『或《ある》阿呆《あほう》の一生』の「三十二　喧《けん》嘩《か》」（『改造』昭和二・一〇）には、「異母弟」として描かれている。一七歳のころは「彫刻家になると自称し」（井川恭《きょう》宛、大正四・一二・三）、「十九歳にして最初にして最後の小説『鰻《うなぎ》』を書き、後に岡本綺堂《きどう》門に入って戯曲『虚無の果《はて》』を発表」（北川桃雄「芥川さんの弟」、『普及版全集月報』昭和一〇・一）し、将来を嘱望されていたが、後に家業も創作も棄《す》てて日蓮宗に打ち込んだ。龍之介は、「僕は僕の死後、姉及び異母弟と義絶す」という遺書をのこしたという。（森本　修）

新原敏三《にいはらとしぞう》　嘉永《かえい》三・九・六〜大正八・三・一六（一八五〇〜一九一九）。芥川龍之介の実父。山口県玖珂《くが》郡生見村（現、美和町）生まれ。本家は代々の庄屋であった。一三歳で家出し、のち大林源治（次）の変名で、長州藩と幕府との戦争（四境戦争）に長州兵として参加し負傷する。明治三（一八七〇）年、脱隊騒動に巻き込まれ、脱隊。明治八、九年ごろ上京し、勧農局三里塚牧場で働き、さらに一二（一八七九）年渋沢栄一らが興した箱根仙石原《せんごくばら》の耕牧舎で働く。一六（一八八三）年には、耕牧舎の牛乳販売の管理者として築地入船《いりふね》に本店を、さらに根岸・芝・四谷《よつや》と支店を増やしていった。二六（一八九三）年には入船から芝新銭座に移り、事業も順調に発展、のち新銭座町、新宿内藤町の広大な土地、建物を渋沢から譲り受け、実業家として「小さい成功者の一人」（『点鬼簿』）となった。牛乳のほか、バター、クリームを扱い、ことに牛乳は築地精養軒・帝国ホテル・李王家に納めるほどになった。しかし、しだいに乳製品の拡大によって収益は落ち込み始め、さらに永年の協力者であった伯父の松村浅次郎と甥《おい》の松村泰次郎を相次いで失い、大正七（一九一八）年には新宿牧場を手放している。翌八年三月、全国的に襲ったスペイン感冒のために七〇歳の生涯を閉じた。築地入船に本店を出した明治一六年一二月二五日、龍之介の実母である芥川ふく（二四歳）と結婚。はつ・ひさ・龍之介の一男二女をもうける。龍之介の生後七か月でふくが発狂したため、龍之介を芥川家に預ける一方、ふくの妹のふゆに家事手伝いを依頼。敏三とふゆは結ばれ、異母弟得二が誕生。明治三七（一九〇四）年ふゆの入籍を条件に芥川家と龍之介の養子縁組を結ぶが、それまで必死で龍之介を実家に戻そうとしている。敏三は、家出の原因も喧嘩《けんか》であったというが短気な激しい性格の持ち主であった。また、渋沢に信頼を得るような商売の手腕を有し、進取の気性にも富んではいたが、思い付き的な側面もあったようで、必ずしも将来的展望はしっかりしていなかった。

〔参考文献〕　沖本常吉『芥川龍之介以前―本是山中人―』（東洋図書出版、昭和五二・五・二〇）

（宮坂　覺）

右からひさ，龍之介，大野ツネ（芥川家のお手伝い），実父新原敏三

新原はつ《にいはらはつ》　明治一八・六・一一〜明治二四・四・五（一八八五〜一八九一）。芥川龍之介の長姉。龍之介の「三人の姉弟の中でも一番賢かった」（『点鬼簿』）というはつは、龍之介が生まれた前年に風邪をこじらして脳膜炎を患い、七歳で夭折《ようせつ》した。龍之介は、この「見知らない姉に或《ある》親しみを感じて」いたと言い、「初ちゃん」と呼んでいる（『点鬼簿』）。『点鬼簿』（『改造』大正一五・一〇）には、はつについてのエピソードが記されている。

（森本　修）

新原ひさ《にいはらひさ》　明治二一・三・一九〜昭和三一・六・二八（一八八八〜一九五六）。芥川龍之介の次姉。明治四一（一九〇八）年、獣医葛巻《くずまき》義定と結婚し、義敏、さと子を産んだが、四三（一九一〇）

年に離婚。大正五（一九一六）年、弁護士西川豊と再婚、瑠璃子《るりこ》、晃《あきら》を産んだ。昭和二（一九二六）年一月六日、西川が放火容疑で鉄道自殺後、葛巻と復縁した。龍之介は、「僕は僕の死後、姉及び異母弟と義絶す」という遺書をのこしたという。 （森本 修）

新原ふく《にいはらふく》 万延元・九・八〜明治三五・一一・二八（一八六〇〜一九〇二）。芥川龍之介の実母。明治一六（一八八三）年一二月二五日、新原敏三と結婚。龍之介が生まれた年の一〇月二五日発病した。「僕の母は狂人だつた。」という書き出しの『点鬼簿』（『改造』大正一五・一〇）には、ふくのエピソードが描かれている。また、晩年には『歯車』（『文芸春秋』昭和二・一〇）、『或阿呆《あるあほう》の一生—二 母』（『改造』昭和二・一〇）にみえるように、母の狂気の遺伝を絶えず気にしていた。 （森本 修）

新原ふゆ《にいはらふゆ》 文久二・一〇・九〜大正九・四・二一（一八六二〜一九二〇）。芥川龍之介の叔母、義母。実母ふくの妹。ふくの発病後、新原家へ家事手伝いの形で行き、明治三二（一八九九）年七月一一日、得二を生んだ。三七（一九〇四）年八月、龍之介が芥川家へ正式に養子縁組入籍した翌月、新原家に入籍した。龍之介は、終生ふゆのことを芝、あるいは実家の「叔母」と言い、「義母」とは呼ばなかった。 （森本 修）

西川英次郎《にしかわえいじろう》 明治二五・三・二二〜（一八九二〜）。農芸化学者。農学博士。芥川龍之介とは三中以来の友人。東京生まれ。一高を経て、大正五（一九一六）年東京帝国大学農科大学（東大農学部の前身）卒業。鳥取の高等農林学校に勤め鳥取大学教授、東北大学教授を経て昭和五三（一九七八）年九月、和洋女子短大教授を退職する。芥川は「僕の柔道友だちは西川英次郎一人」（『追憶』）と言い、「水泳等《とう》も西川と共に稽古《けいこ》し」（『学校友だち』）、丹波山《たんばやま》や赤城山、塩原《しおばら》などあちこち一緒に旅行もする親しい友人だった。「諢名《あだな》をライオン」（同）と言った。西川は「僕も勿論《もちろん》秀才なれども西川の秀才は僕の比にあらず」（同）、「僕を驚かせた最初の秀才」（『追憶』）で、「少なからず啓発を受け」（同）、一緒に英訳本の『サッフオオ』など読んだ。旅行中、両親が死んでも悲しく思わない人間がいることを、「創作をやるつもりなんだから」知って置くといいと言われたことを印象深く記している（『追憶』）。西川に献じられた『続野人生計事』の「十 梅花に対する感情」の一文もある。 （渡部芳紀）

西川豊《にしかわゆたか》 明治一八・一二・一一〜昭和二・一・六（一八八五〜一九二七）。芥川龍之介の義兄に当たる。もと豊之助。滋賀県生まれ。明治大学法科卒業。弁護士、後に法律事務所を営む。大正五（一九一六）年五月八日、芥川の実姉新原ひさと結婚（届出）。ひさは前夫葛巻《くずまき》義定との間の二子（義敏・さと子）を実家に預けて嫁す。同年九月二一日長女瑠璃子《るりこ》、七年一月一三日長男晃《あきら》が誕生した。『歯車』に「体の逞《たくま》しい姉の夫は人一倍痩《や》せ細つた僕を本能的に軽蔑《けいべつ》してゐた。のみならず僕の作品の不道徳であることを公言してゐた。僕はいつも冷《ひや》やかにかう云ふ彼を見おろしたまま、一度も打ちとけて話したことはなかつた。」という文章がある。大正一一（一九二二）年末ごろから芥川は著しく健康を害していたが、そのころ、西川の偽証教唆による失権、市ケ谷刑務所収監という事件が起こる。刑務所を「親威総代」として訪ねた一日を描いた『冬と手紙と』（「一 冬」）がある。失権の後、昭和二（一九二七）年一月四日、西川家が全焼し、時価七千円程度の家に三万円の保険がかけられていたことから、西川に保険金めあての放火の嫌疑がかかる。取り調べの後、西川は失踪《しっそう》し、六日、千葉県山武《さんぶ》郡土気《とけ》トンネル付近で鉄道自殺をとげた。「彼の姉の夫の自殺は俄《にはか》に彼を打ちのめした。彼は今度は姉の一家の面倒も見なければならなかつた。彼の将来は少くとも彼には日の暮のやうに薄暗かつた。」（『或阿呆《あるあほう》の一生』）。この年一月以降の芥川の書簡からは、残された一家と莫大《ばくだい》な借金のために東奔西走し、親族会議に明け暮れている様子がうかがえる。「来月朔日《ついたち》には帰京、又々親族会議を開かなければならず、不快この事に存じをり候。（中略）

唯今の小生に欲《ほ》しきものは第一に動物的エネルギイ、第二に動物的エネルギイ、第三に動物的エネルギイのみ」（斎藤茂吉宛、昭和二・三・二八）。後年、ひさは葛巻義定と復縁（昭和六・五）、義定の養女となった瑠璃子は芥川比呂志と結婚（昭和一二・八）、西川家を継いだ晃は二五歳で没し（昭和一七・五）、西川家は絶えている。なお、森啓祐『芥川龍之介の父』（桜楓社、昭和四九・二・五）が伝に詳しい。　（清水康次）

西田幾多郎《にしだきたろう》　明治三・五・一九〜昭和二〇・六・七（一八七〇〜一九四五）。哲学者。石川県生まれ。明治二七（一八九四）年帝国大学文科大学（東大文学部の前身）哲学選科卒業。明治四四（一九一一）年、四高教授在職中、それまでの孤独な読書と思索の結実として『善の研究』（弘道館、明治四四・一）を著す。この著作によって西田は明治以降のわが国の生んだ唯一の独創的な哲学者とみなされるに至り、以後、わが国の知識人・読書人の間に深甚の影響を及ぼした。芥川の一高在学時代（明治四三・九〜大正二・七）は、ちょうどこの書の出現の時期と重なり、のちにそのころを回想した文章（『恒藤恭《つねとうきょう》氏』、『改造』大正一一・一〇）に、「一高にゐた時分は」「飯を食ふにも、散歩をするにも」「純粋思惟《しゐ》とか、西田幾多郎とか、自由意志とか、ベルグソンとか、むづかしい事ばかり」議論していたと書いている。また、大正六（一九一七）年一〇月、西田の『自覚に於《お》ける直観と反省』（岩波書店）が刊行された直後にもただちにこの書を読んで、「えらい人がえらい事をし出したもんだと思つて驚嘆しながらよんでゐる　実際こっちの不真面目《ふまじめ》な所へ棒喝《かつ》を食つてゐるやうな気がするね」（松岡譲宛、大正六・一〇・三〇）と感想をもらしている。大正二（一九一三）年京都帝国大学教授になり、文学博士の学位を受ける。昭和一六（一九四一）年文化勲章受章。　（蒲生芳郎）

尼提《にだい》　小説。大正一四（一九二五）年九月一日発行の雑誌『文芸春秋』（第三年第九号）に発表。第八短編集『湖南の扇』（文芸春秋社出版部、昭和二・六・二〇）に収録。作品末尾記載の「大正十四年八月十三日」に脱稿か。物語は、除糞人《じょふんにん》の一人である尼提が、ある午後、舎衛城《しゃえいじょう》の路地で釈迦如来《しゃかにょらい》に出会うところに始まる。彼は、糞器を背負った自分の姿を恥じ、何度も自らほかの路《みち》へと避けるのだが、如来はその度に前方から姿を現す。進退に窮し、恐縮しきった尼提に、如来は出家を勧め、「偈《げ》」を説き、仏弟子となった彼は、一心に仏道に励み、ついに「初果《しょか》」を得る。吉田精一（『芥川龍之介』新潮文庫、昭和三三・一・一五）によれば、『尼提』の「原話はいろいろの仏典に出て」おり、『賢愚経』巻六（『大正新修大蔵経』第四巻一）や『今昔物語集』巻三「長者家《ノ》浄《きよムル》ニ屎尿《しねうヲ》一女得《タル》レ道《ヲ》語《こと》」に類話があり、作者は「恐らく今昔物語及び法苑珠林《ほうえんじゅりん》や、直接仏典によ」ると推定する。また、『尼提』は『湖南の扇』中「唯一の歴史小説」だが、芥川が「格別の解釈を加えたふしが見えない」とする。こうした見解を踏まえ、渡部芳紀（「第八短篇集『湖南の扇』」、『国文学』昭和五二・五）は、同時代評にも触れつつ、「手慣れた作品ですっきりしたおもしろさはあるが重みはない」と評している。書簡から推察すると、芥川は同月『中央公論』に発表された『海のほとり』執筆に難渋しており、また、直後に軽井沢行を控え、いかにも忽忙《そうぼう》の間に書き上げた軽い小品、との印象は否めない。その意味では吉田・渡部説は妥当な評価だが、一方、『尾生の信』や『往生絵巻』など「〈神聖なる愚人〉を主人公とした一連の作品」（海老井英次『芥川文学作品論事典・往生絵巻』、『別冊国文学・芥川龍之介必携』昭和五四・二）との関連性から再考する必要もある。作の出来栄えを別とすれば、主人公自体は、観念の勝った知的風貌《ふうぼう》とは別の、もう一人の芥川が愛した人間像であることは確実である。　（浅野　洋）

日光《にっこう》　男体山《なんたいさん》の別名二荒山《ふたらさん》の音読みによるという。日光市を中心とした日光国立公園一帯の地の総称。奈良末期に四本龍寺・二荒山神社、江戸時代に東照宮が建立された。火山・湖沼・滝・湿原などの自然と塩原・日光湯元などの温泉、それに由緒ある寺社が在るため、早くから人を集めた。芥川は府立三中五年の秋、修学旅行で初めて日光を訪れた。その際の養父宛の手紙(明治四二・一〇・二七)に「建築は大していゝとは思ひません、/陽明門も一向感じません　唯、杉の並木の青黒い間に朱の門の見えるのは一寸《ちよつと》きれいです」と書く。従来、明治四四(一九一一)年ころの執筆と考えられている『日光小品』は、このときの印象を記したものであろうが、『槍《やり》ヶ岳に登つた記』がそうであるようにまわりの学友たちの姿は描かれず、嘱目した外界とそれに触発された思念がたどられる。これは竹内真『芥川龍之介の研究』(大同館書店、昭和九・二・八)で初めて活字になった。(佐々木充)

日光小品《にっこうしょうひん》　初期習作。明治四四(一九一一)年ごろの作品とされている。「大谷川」「戦場ヶ原」「巫女《みこ》」「高原」「工場」「寺と墓」「温き心」の七つの短章から成る。一見紀行文風の小品だが、構成は時間的経過に従って配列されず、荒涼たる自然とそこに生きる人間の生活を描き、当時の芥川の心的世界がシムボリックに表現されている。どんより濁った沼に死んだ家鴨《あひる》がぶっくり浮いている風景や、荒廃した寺と荒涼たる石山の中腹に広がる墓場の叙述は、当時の芥川の暗い心を如実に示している。華麗な東照宮には一言も触れず、山の中で一生を神に捧《ささ》げて過ごす巫女の淋《さび》しい生涯を思い、放牧の馬に「我々の祖先の水草を追うて漂浪した昔」を思っている。「高原の、殊に薄曇りのした静寂」に心を惹《ひ》かれ、昔から変わらぬ荒涼たる自然の中で生活する人間の生と死に深い関心を寄せたのである。「工場」では、裸体で汗みどろになって働く足尾の精錬所の労働者のたくましい姿を描き、それを見ると「労働者の真生活と云ふやうな悲壮な思《おもひ》が抑《おさ》へ難い迄《まで》に起《おこ》つて来る。」と記し、「私たちの生活は彼等を思ふ度にイラショナルな様な気がしてくる。或《あるい》は真に空虚な生活なのかもしれない。」と述べている。末尾の章「温き心」では、川に沿うて立ち並ぶあばら屋に住む盲目の老婆と、付近の貧しい子供たちを見て、クロポトキンの「青年よ、温き心を以《もつ》て現実を見よ」という言葉を思い出している。そして、「この『形ばかりの世界』を破るのに、あく迄も温き心を以てするのは当然私たちのつとめである。」と述べ、排技巧、無結構、ただ真を描けという自然主義の主張に反対して、「私は世なれた人のやさしさを慕ふ。」と言っている。中学時代の『義仲論』が、野性的な革命の健児に対する称賛と憧憬《どうけい》の情熱に満ちあふれていたことを思えば、この一、二年の間に、芥川の精神に大きな変化が生じたことが知られる。その意味でも芥川の出発点を考える上で重要な作品である。(伊豆利彦)

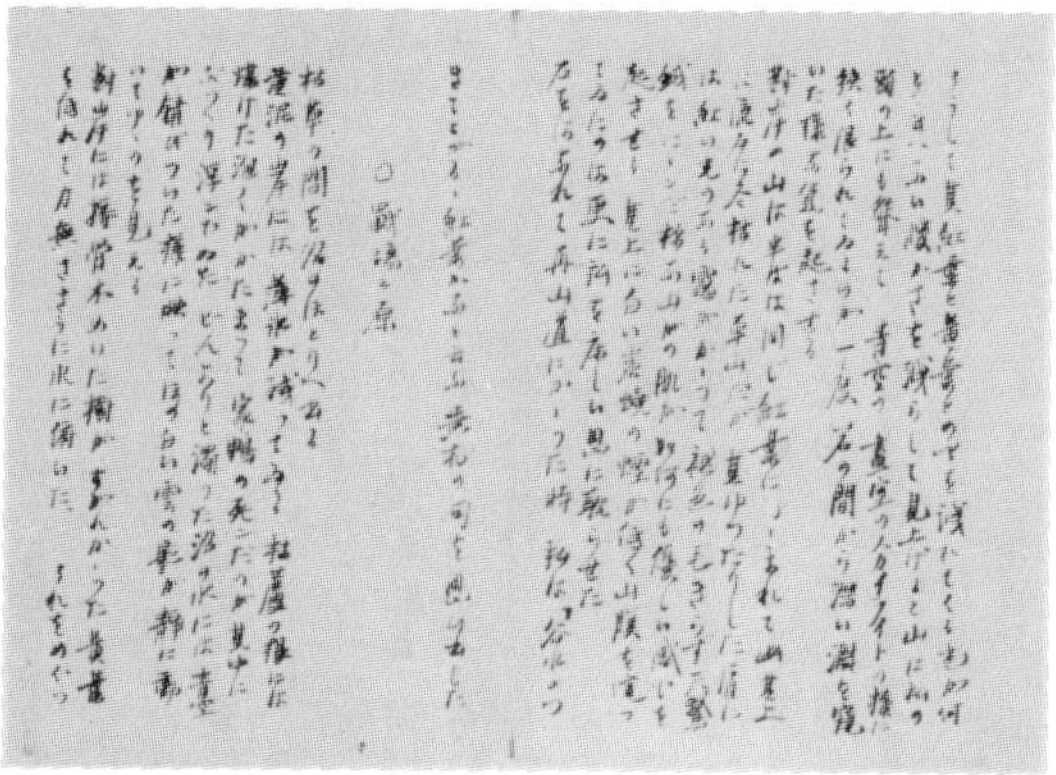

日光小品

新渡戸稲造《にとべいなぞう》　文久二・八・三〜昭和八・一〇・一六(一八六二〜一九三三)。教育者・農学者。南部藩士の子として盛岡に生まれる。東京英語学校を経て、札幌農学校(北海道大学の前身)卒業。札幌農学校第二期生として内村鑑三らと共に学んだ札幌バンドの一人。学生時代より「太平洋の橋とならん」との志を抱き、卒業後アメリカ・ドイツに留学、農業経営学・農学統計学を学ぶ。帰国後、札幌農学校・京都帝国大学・東京帝国大学の教授、一高校長、東京女子大学長を歴任。高等教育に自由主義的、人格主義的教養主義の学風を確立した。また、国際連盟事務次長として世界平和に貢献する。日本・西洋の文化・思想の交流を目指して活動、英文の著書『武士道』は各国語に翻訳された。芥川は一高校長時代の生徒であった。『手巾《ハンケチ》』（大正五）の長谷川先生は彼をモデルとしている。『明日の道徳』（大正一三）の中にその倫理観について、「私は之《これ》を聴いて非常に憤慨しました。（中略）今日では（中略）多少の真理を認めて居ります。」と書いている。　（片岡　哲）

日本画と芥川《にほんがとあくたがわ》　狂人になった母ふくは画《え》を描いた。『点鬼簿』に、墨だけでなく水絵の具を行楽の子女の衣服や草木の花になすったことが記されている。ただし画中の人物は狐《きつね》の顔をしていたという。その姉で龍之介を養育した伯母ふきは柴田是真に画を学んだ。是真は是真派の創始者で明治二三（一八九〇）年には帝室技芸員となっている。伯母にあたる、ふき・ふくの長姉ふじは狩野芳崖《かのうほうがい》の弟子狩野勝玉《しょうぎょく》にとつぎ、伯父竹内顕二も南画家として知られた川村雨谷に画を学んでいた。そのような環境の影響もあったろう、龍之介は小学校入学のころから画家志望となった。好んで絵筆をとり、芥川家の主治医下島勳《いさおし》によれば天才のきらめきらしいものが認められたという。横山大観から弟子入りを口説かれたことは龍之介が親友小穴《おあな》隆一に語った言葉に示されている。「君、大観は、僕に絵かきになれといふんだ。さうすれば、自分が引きうけて、三年間みつちり仕込んで必ず者にしてみせる、といふんだ。」（小穴隆一『二つの絵―芥川龍之介の回想―』中央公論社、昭和三一・一・三〇）と。画家の小穴は『或阿呆《あるあほう》の一生』の「二十二　或画家」に「一羽の雄鶏《おんどり》の墨画」の個性で注目させ、その訪問が「彼の一生のうちでも特に著しい事件」だと記され、この画家の中に「誰も知らない彼」「彼自身も知らずにゐた彼の魂を発見した。」と書かせた一期一会の邂《かい》逅《こう》の対象であった。龍之介の遺書『わが子等《ら》に』の「小穴隆一を父と思へ。従って小穴の教訓に従ふべし。」や、文夫《ふみ》人宛の「石塔の字は必ず小穴君を煩はすべし。」や、小穴の装丁が条件で岩波茂雄に出版権を与えることなどに全人的な傾倒をみる。「書画骨董《こっとう》は非常に好きだ。」（『現代十作家の生活振り』）と書く龍之介が「書画、篆刻《てんこく》、等を愛するに至りしも小穴一游《いちいう》亭に負ふ所多かるべし。」（遺稿『わが家の古玩』）とも記している。龍之介の所持した「古玩《こぐわん》」の画は「蓬平《ほうへい》作墨蘭《ぼくらん》図一幀《たう》、司馬江漢作秋果図一幀、仙厓《せんがい》作鍾鬼《しょうき》図一幀、愛石の柳陰呼《りういんこ》渡《と》図一幀《せう》」のほか、「わが伯母の嫁《とつ》げる狩野勝玉作小楠公《なんこう》図一幀、わが養母の父なる香以《かうい》の父龍池《りゅうち》作福禄寿《ふくろくじゅ》図一幀」とされる。しかし「こはわが一族を想《おも》ふ為《ため》に稀《まれ》に壁上に掲ぐるのみ。」とされる。養母儔《とも》は細木香以の娘ではなく姪《めい》に当たる（『文学好きの家庭から』に「母は津藤の姪」とあるのが正しい。）が、とにかく友人小穴の存在とその知識が古玩を有するより多幸だとしているから、その雅盟交遊と影響力はたいへんなものである。小穴を知ったのは大正八（一九一九）年であった。小穴宛書簡（大正九・一二・七）で二〇枚中に「王煙客《わうえんかく》、王廉州《れんしう》、王石谷《せきこく》、惲南田《うんなんでん》、董《とう》其昌《きしやう》の出現する小説」と得意げに報告した『秋山図』（『改造』大正一〇・一）は「洞庭万里の雲

水彩画　中学四年のとき

煙を咫尺《しせき》に収めた」自賛の通り中国画図の話であるが、非在の画興にも神韻を見ることのできる芸道の主体性の極致を描いている。『雑筆』（『人間』大正一〇・一）の「日本画の写実」の写実否定にも通う美学である。大雅・鉄斎・竹田への傾倒もあった。河童《かっぱ》の世界に仮託して、寓《ぐう》意《い》的思考の自由を獲得した手法で、晩年の龍之介世界をパノラマのように展開してみせた『河童』（『改造』昭和二・三）は代表作の一つであるが、これに先立つ序言的な『雑筆』（『人間』大正九・一一）の『水怪』、『河童』（『新小説』大正一一・五）の実証的関心などもあって、龍之介の絵筆にのった河童は、龍之介自身の象徴画とも見なされる。小穴隆一宛書簡（大正九・九・二二）に「この頃河童の画をかいてゐたら河童が可愛くなりました」とあり「水虎《すいこ》問答之図」として河童二匹を描いた絵葉書に短歌三首を「景物」と言って添えている。小穴は『二つの画―芥川龍之介の回想―』で「晩年人が紙を渡しさへすれば河童を画いてゐたその芥川の心中を思ふとひとりでに涙がわいてくる。」と書いている。そして晩年の河童は「芥書」の画になり、「疲れてゐる。」とも書く。宮本百合子『二つの庭』に相川良之介が河童の図を画く姿が出てくる。龍之介は『本所《ほんじょ》両国』（『東京日日新聞』昭和二・五・六〜二二）の挿画を藤沢古実に代わって画こうとしたこともある。時評に『俳画展覧会を観て』（『ホトトギス』大正七・一二）もある。『西洋画のやうな日本画』（『中央美術』大正九・八）には、中央美術社の展覧会の批評であって、絹や紙に日本絵具をなすって油絵じみた効果を狙《ねら》った「西洋画と選ぶ所のない」日本画を批判した言がある。龍之介の河童は墨絵であった。

〔**参考文献**〕森本修『新考・芥川龍之介伝』（北沢図書出版、昭和四六・一一・三）、小穴隆一『二つの絵―芥川龍之介の回想―』（中央公論社、昭和三一・一・三〇）、小穴隆一編『芥川龍之介遺墨』（中央公論美術出版、昭和三五・四・一）、久保田正文「芥川龍之介書画・筆墨」（『日本近代文学館』昭和四六・七・一五）

（長谷川泉）

日本古典と芥川《にほんこてんとあくたがわ》　芥川龍之介は、日本の古典を自己の文学に最大限に利用し、独自の文学世界を形成した。特に『今昔物語集』や『宇治拾遺物語』など説話文学を素材とし、数々の名短編を生み出した。大正三（一九一四）年九月、『新思潮』に発表した『青年と死と』は、すでに『今昔物語集』を素材としており、代表作『羅生門』（『帝国文学』大正四・一一）では、『今昔物語集』を素材として人間のエゴイズムを追求していた。ついで大正五（一九一六）年二月、やはり『今昔物語集』に材を得て『新思潮』に発表した『鼻』は、師夏目漱石から激賞されるところとなった。のちに芥川は、『小説を書き出したのは友人の煽動《せんどう》に負ふ所が多い』（『新潮』大正八・一）で「『羅生門』も『芋粥《いもがゆ》』も『今昔物語』から材料を取ってゐる。『今昔物語』は当時でも今日でも、私は愛読を続けてゐる。」と述べているように、『今昔物語集』は芥川文学の重要な素材となる。すなわち、『青年と死と』『羅生門』『鼻』以外にも『芋粥』（『新小説』大正五・九）『運』（『文章世界』大正六・一）『偸盗《ちゅうとう》』（『中央公論』大正六・四、七）『往生絵巻』（『国粋』大正一〇・四）『好色』（『改造』大正一〇・一〇）『藪《やぶ》の中』（『新潮』大正一一・一）『六の宮の姫君』（『表現』大正一一・八）を『今昔物語集』に取材しているのである。一方、『道祖問答』（『大阪朝日新聞』大正七・五・一〜五・二二）『龍』（『中央公論』大正八・五）を『宇治拾遺物語』、未完の長編『邪宗門』（『東京日日新聞』大正七・一〇・二三〜一二・一三）は『今昔物語集』や『古今著聞集』等に取材している。芥川文学が説話文学といかに密接に結び付いていたかが分かる。このほか、純粋な説話集ではないが、『素戔嗚尊《すさのおのみこと》』（『大阪毎日新聞』大正九・三・三〇〜六・六）の出典は『古事記』、『袈裟《けさ》と盛遠《もりとお》』（『中央公論』大正七・四）は『源平盛衰記』の文覚説話、『俊寛』（『中央公論』大正一一・一）は『平家物語』の俊寛説話に材を得ている。『古事記』は国史とは言うものの、しょせんは神話・説話から構成されたものであり、『平家物語』や『源平盛衰記』も軍記物語とは言うものの、説話をつなぎ合わせて作り上げたものである。芥川文学と説話文学の密接な関係とともに、説話文学に対する芥川の志向がうかがえよう。芥川と説話文学との関係は、作品の素材というだけでなく、例えば『今昔物語鑑賞』（新潮社『日本文学講座』昭和二・四・三〇）は、『今昔物語集』の文学性を指摘した日本最初の評論である。そこで、「生ま々しさ」と「brutarity（野性）の美しさ」を指摘したのは、著名である。芥川と古典、特に説話文学との関係を論じるとき、『古今著聞集』の存在も看過できない。『古今著聞集』は、『地獄変』や『邪宗門』にも素材を提供し、『偸盗』という題名も『古今著聞集』巻第一二の題名偸盗から採ったものらしい。沙金《さきん》という登場人物も、巻第一六興言利口篇収載「兵庫頭仲正美女沙金を秘蔵の事並びに佐実髻《もとどり》を切らるる事」説話中の沙金を使用したと目される。同じ『偸盗』登場の交野《かたの》の平六《へいろく》という名も、巻第一二偸盗篇「後鳥羽院強盗の張本交野八郎を召《めし》取らるる事」に登場する交野八郎の名を利用したものであろうか。なお『羅生門』の草稿でも主人公が「下人」ではなく「交野平六」となっている。これは『羅生門』で使おうと思っていた「交野平六」の名を『偸盗』で使ったことになり、これから見ると芥川は、『羅生門』執筆以前に『古今著聞集』を読んでいたらしい。『地獄変』の題名も『古今著聞集』巻第一一画図収載「巨勢弘高地獄変の屏風《びやうぶ》を画《あが》く事並びに千体不動尊を書きて供養の事」によるものであろう。芥川は、近世文学にも深い関心を抱いていた作家である。滝沢（曲亭）馬琴を描いた『戯作三昧《げさくざんまい》』（『大阪毎日新聞』大正六・一〇・二〇〜一一・四）、芭蕉の死を描いた『枯野抄』（『新小説』大正七・一〇）などの作品が示すように、近世文学——特に江戸期の文人に関心を寄せていた。ところで芥川は少年時から怪奇には人一倍興味を持っていた。『里見八犬伝』の作者である馬琴、「芭蕉の俳諧《はいかい》にある鬼趣」（『芭蕉雑記』）に興味を抱いたのは、芥川の性癖を示すものでもあろう。浅井了意の『伽婢子《おとぎぼうこ》』を読んでいたらしいのは（『芭蕉雑記』）、怪奇への興味であり、馬琴の『燕《えん》石《せき》雑志（手紙原文は「誌」）』を読んだのは（岡部菅司宛書簡、大正八・七・八）、奇談への関心ゆえであろう。また、芥川は、説話文学や江戸文学を読んでいただけでなく、軍記物語も相当に幅広く読んでいる。『源平盛衰記』を資料とした『俊寛』など、芥川文学と軍記物語とのかかわりも密接である。『俊寛』執筆の際には、『平家物語』『源平盛衰記』だけでなく、近松の浄瑠璃『平家女護島《にょごのしま》』にも目を通している。ほかに、『義仲論』（『東京府立第三中学校学友会雑誌』明治四三・二）の存在や『手帳』に北条一門のこととか「義経記。承久記。北条九代記。」などとメモされているのを見ると、軍記物語に対する芥川の関心は相当に強かったと言えよう。そして、自裁する二か月前に書いた『本所《ほんじょ》両国』（『サンデー毎日』昭和二・五・六〜二二）では、無常観を根底とする『方丈記』を取り上げて本所の転変の激しさを伝えているのも、晩年における芥川の思想・古典遍歴の到達点を示しているようである。

〔**参考文献**〕長野甞一『古典と近代作家—芥川龍之介』（有朋堂、昭和四二・四・二五）、駒尺喜美編『芥川龍之介作品研究』（八木書店、昭和四四・五・一）、竹盛天雄「芥川龍之介における歴史小説の方法」（『国文学』昭和四七・一二臨時）、菊地弘「龍之介の歴史意識」（『解釈と鑑賞』昭和四九・八）、菊地弘・久保田芳太郎・関口安義編『芥川龍之介研究』（明治書院、昭和五六・三・五）

（志村有弘）

日本昔噺《にほんむかしばなし》　巌谷《いわや》小波《さざなみ》編の童話全集。全二四冊、博文館刊行（明治二七・七〜二九・八）。『桃太郎』『猿蟹《さるかに》合戦』『花咲爺《はなさかじじい》』『大江山』『舌切雀《すずめ》』『かちかち山』『浦島太郎』『一寸法師』『金太郎』などの伝承童話が収められている。芥川の少年時代の愛読書の一つであった。『少年』（『中央公論』大正一三・四〜五）に、「母は何処《どこ》かへ行った帰りに『日本昔噺』の中にある『浦島太郎』を買つて来てくれた。かう云ふお伽《とぎ》噺を読んで貰《もら》ふことの楽しみだつたのは勿論である。」との一節がある。

（関口安義）

女仙《にょせん》　小説。昭和二（一九二七）年六月発行の雑誌『譚海《たんかい》』に発表、とされているが、まだ確認されていない。単行本未収録。昔、「支那《シナ》」の田舎に一人の書生が住んでいた。隣には若い女が住んでいたが、あるときその女が年老いた木樵《きこ》りの頭をたたいている。書生がたしなめると、女は、私はこの木樵りの母親だと言う。そして、女はどこかへ姿を消してしまった、という話である。「です・ます」体で書かれている。

（石原千秋）

女体《にょたい》　小品。大正六（一九一七）年一〇月一日発行の雑誌『帝国文学』第二三巻第一〇号に発表。『蛙《かえる》と女体』という大見出しで、「蛙」とともに掲載された。「二　女体」の小見出しを付けられ、末尾には「六・九・三」と脱稿日が付記されている。後に『女体』のみ、『影燈籠《かげどうろう》』（春陽堂、大正九・一・二八）、『或日《あるひ》の大石内蔵之《くらの》助《すけ》』（春陽堂、大正一〇・一一・一八）に収録。異同の多くは『影燈籠』収載時になされているが、大きな異同を挙げておくと、初出時の「一番前にある二本の足をあげながら」という箇所は、ここでは「寝床の汗臭《あせくさ》い匂《にほひ》も忘れたのか」となっている。物語は楊《よう》という支那《シナ》の男の話である。夏の夜、彼が寝床の上の虱《しらみ》を眺めているうちにいつか魂が虱の体内に入ってしまい、気が付くと隣りに寝ている細君の乳房の一つを這《は》いまわっていた。白くて美しい山が細君の乳房だと知ったときの驚嘆、楊は虱になってはじめて、自分の細君の肉体の美しさを如実に観ずることが出来たのであった。作者は、「芸術の士にとつて、虱の如く見る可《べ》きものは、独り女体の美しさばかりではない。」と結んでいるが、福田恆存《つねあり》はこの一文に、芥川龍之介の芸術家としての「覚悟」を見ている（新潮文庫『影燈籠』解説、昭和二七・一二・一五）。また吉田精一も、中国関係の小説の一つだが「出典を明らかにしない」と言い、「西洋に蚤《のみ》になって閨房《けいぼう》や男女の痴態を観察するという奇抜な形式をもった作品があるが、この作の狙《ねら》い所はもっと芸術的であるにしても、女体の美しさを舌なめずりして味わっているようなところがある。しかし作者の主意はむろん結尾の二行にあった」と述べている（角川文庫『湖南の扇』解説、昭和三三・五・一五）。芥川の『我鬼窟《がきくつ》日録』（草稿）に「黄粱夢《くわうりやうむ》、英雄の器、蛙、女体。」（大正八・一〇・一）の一行がみられるが、大正六（一九一七）年に相前後して発表された自身の作品名の列挙でもある。ここには『女体』解読の一つの手掛かりがありそうだ。

（長谷川啓）

ニル・アドミラリ《にる・あどみらり》　nil admirari（ラテン語）ローマの詩人ホラティウスの『書翰《かん》詩』第一巻第六書翰の一行目に出てくる言葉。何事にも感動しない冷淡な態度もしくは精神。この言葉は、鷗外が『舞姫』でまた漱石が『それから』でそれぞれ使用している。いずれも優れた知識人でありながら実行が伴わぬ冷静で虚無的な傍観主義者の言葉として用いられているのである。芥川も小説『路上』で、「俊助はこんな醜い内幕に興味を持つべく、余りに所謂《いはゆる》ニル・アドミラリな人間だつた。」と叙し、さらに「が、彼は持つて生《うま》れた性格と今日まで受けた教育に煩はされて、とうの昔に大切な信ずると云ふ機能を失つてゐた。まして実行する勇気は、容易に湧いては来なかつた。従つて彼は世間に伍して、目まぐるしい生活の渦の中へ、思ひ切つて飛びこむ事が出来なかつた。袖手《しうしゆ》をして傍観す――それ以上に出る事が出来なかつた。」と書いて「ニル・アドミラリ」を規定づけている。そしてこのニヒルの色をたたえた主人公俊助の態度こそまた芥川の特性でもあったのである。

（久保田芳太郎）

庭《にわ》　小説。大正一一（一九二二）年七月一日発行の雑誌『中央公論』第三七年第七号に発表。のち『春服《しゅんぷく》』（春陽堂、大正一二・五・一八）に収録。「昔はこの宿の本陣だつた、中村と云ふ旧家の庭」がここでいう庭である。「庭は御維新後十年ばかりの間は、どうにか旧態を保つてゐた。瓢箪《へうたん》なりの池も澄んでゐれば、築山《つきやま》の松の枝もしだれてゐた。栖鶴軒《せいかくけん》、洗心亭、――さう云ふ四阿《あづまや》も残つてゐた。池の窮まる裏山の崖《がけ》には、白白《しろじろ》と滝《たき》も落ち続けてゐた。和の宮様御下向の時、名を賜はつたと云ふ石灯籠も、やはり年年に拡《ひろ》がり勝ちな山吹《やまぶき》の中に立つてゐた。しかしその何処かにある荒廃の感じは隠せなかつた。殊に春さき、――庭の内外の木木の梢《こずゑ》に、一度に若芽の萌《も》え立つ頃には、この明媚《めいび》な人工の景色の背後に、何か人間を不安にする、野蛮な力の迫つて来た事が、一層露骨に感ぜられるのだつた。」というその庭である。中村家の隠居夫妻は悠々《ゆうゆう》自適の生活を楽しんでおり、三人の男子がある。長男は、脳溢血《のういっけつ》で父が頓死《とんし》してからは、老母と共に母屋に住まっていたが、その跡の離れを借りて住んだ土地の小学校の校長は、福沢諭吉の実利主義を奉じて、その庭に桃《もも》・杏《あんず》・李《すもも》などの果樹を植えさせた。彼は一挙両得と得意になったが、そのため、「築山や池や四阿は、それだけに又以前よりも、一層影が薄れ出した。」作者はこれを「自然の荒廃の外に、人工の荒廃も加はつたのだつた。」と評している。長男夫妻はあいついで肺病のために死に、一粒種の廉一《れんいち》は祖母に育てられたが、その祖母もやがて亡くなってしまった。三男は初め、遠い造り酒屋に勤めていたが、主人の末娘を妻として校長の去った離れに戻ってきた。縁家《えんか》の穀屋《こくや》へ養子に行っていた次男は、養家の金をもって酌婦と駆け落ちし、十年目に実家に帰ってきたが、「庭をもとのやうにしつと思ふだ。」と毎日庭の修復に努めはじめ、廉一もそれを手伝ったりして、曲がりなりにも旧に復した庭に満足して次男は一人息を引き取ってしまい、「次男の野辺送りをすませた後、廉一はひとり洗心亭に、坐《すわ》つてゐる事が多くなつた。何《い》時《つ》も途方に暮れたやうに、晩秋の水や木を見ながら、……」ということになる。上・中・下となっているこの短編の下は、「昔はこの宿の本陣だつた、中村と云ふ旧家の庭である。それが旧に復した後、まだ十年とたたない内に、今度は家ぐるみ破壊された。破壊された跡には停車場が建ち、停車場の前には小料理屋が出来た。／中村の本家はもうその頃、誰も残つてゐなかつた。母は勿論とうの昔、亡い人の数にはひつてゐた。三男も事業に失敗した揚句《あげく》、大阪へ行つたとか云ふ事だつた。汽車は毎日停車場へ来ては、又停車場を去つて行つた。停車場には若い駅長が一人、大きい机に向《むか》つてゐた。彼は閑散な事務の合ひ間に、青い山山を眺めやつたり、土地ものの駅員と話したりした。しかしその話の中にも、中村家の噂《うわさ》は上らなかつた。況《いはん》や彼等《ら》のゐる所に、築山や四阿のあつた事は、誰一人考へもしないのだつた。／が、その間に廉一は、東京赤坂の或《ある》洋画研究所に、油画の画架に向つてゐた。天窓の光、油絵の具の匂《にほひ》、桃割《われ》に結つたモデルの娘、――研究所の空気は故郷の家庭と、何の連絡もないものだつた。しかしブラッシュを動かしてゐると、時時彼の心に浮《うか》ぶ、寂しい老人の顔があつた。その顔は又微笑しながら、不断の制作に疲れた彼へ、きつとかう声をかけるのだつた。『お前はまだ子供の時に、おれの仕事を手伝つてくれた。今度はおれに手伝はせてくれ。』……／廉一は今でも貧しい中に、毎日油画を描き続けてゐる。三男の噂は誰も聞かない。」と結んでいる。懐旧の情と、幻覚・幻聴の描写にもこの作家の宿命観がうかがわれる。　（石丸　久）

「庭苔」読後「にわごけどくご」　書評。初出『アララギ』大正一五（一九二六）年四月。岡麓の歌集『庭苔』（古今書院、大正一一・一〇）の批評。明治時代の東京らしい町は山の手の裏通りだけになったという芥川は、この歌集に、そういう町の「塀《へい》の中に伝統的な喜劇や悲劇を静かに演じてゐる人々の姿」を感じたという。　（田中保隆）

「人魚の嘆き・魔術師」広告文「にんぎょのなげき・まじゅつしこうこくぶん」　谷崎潤一郎著『人魚の嘆き・魔術師』の広告文。大正八（一九一九）年八月、春陽堂発行。大正八年一〇月一日発行の『新小説』所載。芥川が『文芸的な、余りに文芸的な』で谷崎と論戦したことは、よく知られているが、同じ東京下町の生まれで、菩提寺も同じであり、お互いに親しみを感じていた。芥川に『谷崎潤一郎論』（大正八・四）『谷崎潤一郎氏』（『新潮』大正一三・二）などがあり、谷崎の『芥川君と私』（『改造』昭和二・九）『いたましき人』（『文芸春秋』昭和二・九)でもそれが分かる。なお『鏡花全集目録開口』の項参照。

(井上百合子)

人間《にんげん》　大正八(一九一九)年一一月、里見弴、吉井勇、久米正雄、田中純ら四人を中心に創刊された文芸雑誌。初めは総合雑誌の性格だったが、間もなく発行元が玄文社から里見の自宅に置かれた人間社に変わり、大正文壇の有力作家たちが活躍、一一(一九二二)年六月まで二四号を発行して終わった。芥川は寿陵余子《じゅりょうよし》のペンネームで第五号(大正九・四)から第七号まで『骨董羹《こっとうかん》』を、第八号(同・九)から第一〇号までは芥川龍之介の名で『雑筆』を連載、第二一号(大正一一・二)には仏・米の女流詩人二人の詩を翻訳した『パステルの龍』と、創作欄に『LOS CAPRICHOS』を発表した。これらはいずれも大正一一年五月刊の『点心』に収められた。その際若干手が加えられている。「寿陵余子」の名については大正九(一九二〇)年三月三一日付滝田哲太郎宛書簡などに由来に触れて書いている。さらに『雑筆』は『沙羅《さら》の花』に、『パステルの龍』『LOS CAPRICHOS』は『梅・馬・鶯《うぐいす》』にも収録された。

(小田切進)

ぬ

沼波瓊音《ぬなみけいおん》　明治一〇・一〇・一〜昭和二・七・一九(一八七七〜一九二七)。国文学者・俳人。本名武夫。愛知県生まれ。明治三四(一九〇一)年東京帝国大学文科大学国文科卒業。一高教授。東大在学中より俳諧《はいかい》研究を志し、芭蕉研究家として知られる。著書に『俳諧音調論』(明治三三・八)『俳論史』(明治四〇・四)『芭蕉の臨終』(大正二・一〇)などがある。芥川は瓊音のことを小宮豊隆《とよたか》宛の手紙(大正一一・一一・二八)で、「冠省　芭蕉俳句研究ありがたく拝受仕候(中略)／二伸　(中略)『年の《(ママ)》　線香買ひに行かばやな』を三十棒なりなどと申候瓊音こそ三十棒を蒙る可き」とやや批判的に述べ、さらに『一つの作が出来上るまで—「枯野抄」—「奉教人の死」—』で、『枯野抄』を執筆するときは『花屋日記』や弟子たちの書いた臨終記のようなものを参考とし材料として叙していこうとしたが、「沼波瓊音氏が丁度それと同じやうな小説(?)を書いてゐるのを見ると、今迄《まで》の計画で書く気がすつかりなくなつてしまつた。」と記している。文中の小説とは『芭蕉の臨終』のことである。

(久保田芳太郎)

沼《ぬま》　小説。大正九(一九二〇)年四月一日発行の雑誌『改造』第二巻第四号に『東洋の秋』と共に発表。『沙羅《さら》の花』(改造社、大正一一・八・一三)、『梅・馬・鶯《うぐいす》』(新潮社、大正一五・一二・二五)に収録。執筆は大正七(一九一八)年三月らしい。夏目漱石の『夢十夜』を思わせる作品で、沼に身を投げた男の口から睡蓮《すいれん》の花が生えたという話である。しかし、描かれているのは徹底した自意識の世界で、『夢十夜』のような広がりを見せていない。

(石原千秋)

沼地《ぬまち》　小説。大正八(一九一九)年五月一日発行の雑誌『新潮』第三〇巻第五号に「私の出遇《あ》つた事」の総題で「一 蜜柑《みかん》」「二 沼地」として併載。『影燈籠《かげどうろう》』(春陽堂、大正九・一・二八)、『地獄変』(春陽堂、大正一〇・九・二八)に収録。初出の脱稿日付「六・九・三」が初刊本では「八年四月作」となっている。私は「沼地」と題された油絵の中にいたましい芸術家の姿を見いだし、恍惚《こうこつ》たる悲壮の感激をうける。同席した美術記者から、思うように絵が描けないため狂気になって死んだ画家の絵だという揶《や》揄《ゆ》気味の言葉を聞き、私は全身に異様な戦慄《せんりつ》を感じて、「傑作です。」と昂然《こうぜん》と告げる。五枚ほどの小品ながらこの時期の作者の芸術至上主義のありかを端的に示した作品であり、『戯作三《げさくざん》味《まい》』『地獄変』などにつながる「芸術家小説」だと言えよう。南部修太郎は『読売新聞』の時評で「初めてほんたうの氏の心の世界へ引入れられた喜びを感じた」と述べているが、その後もこの作品に芥川の肉声を感じとる意見が多い。美術記者に託して書かれた生命を賭《と》した芸術への無理解は、続く『戯作三昧』で馬琴をとりまく世間の形で描かれるが、この『沼地』においては「傑作です。」と繰り返す作者の昂然とした姿勢を示して結ばれており、それは書斎の中で戯作三昧の境地に没入する馬琴の姿や、愛《まな》娘《むすめ》を犠牲にして地獄変の屏風《びょうぶ》を完成する良秀の頭上の円光と重なる、作者の芸術に対する矜持《きょうじ》を示すものである。これらの作品に共通して使用されている「恍惚たる悲壮の感激」(『戯作三昧』)、「恍惚とした法悦の輝き」(『地獄変』)は、そうした内的なつながりを物語っている。ただし画家が狂死したという設定は、良秀の縊死《いし》とともに注意する必要があろう。なお、『沼地』に描かれた風景は、ポオの『アッシャー家の崩壊』の憂鬱《ゆううつ》で鬼気迫る光景と共通する「破滅に瀕《ひん》している一つの魂の象徴的表現である」という江口裕子の指摘がある。

（三嶋　譲）

ね

ネオ・ロマンティシズム　ねお・ろまんてぃしずむ　**neo-romanticism**（英語）一九世紀末のフランスのデカダンス・象徴主義を初めとして二〇世紀初頭にドイツを中心に起こった文学思潮。自然主義・リアリズムに反抗して起こり、唯美主義・神秘主義・芸術至上主義の傾向を帯びていた。わが国では新浪漫主義を指し、明治四〇年代以降の反自然主義的文学傾向のことを言っている。この言葉について芥川は、「所謂《いはゆる》ネオ・ロマン主義は日本にも幾多の作品を生んだ。が、先生（筆者注、森鷗外）の戯曲『生田川《いくたがは》』ほど完成したものは少かつたであらう。」（『文芸的な、余りに文芸的な』）というふうに使っている。

（久保田芳太郎）

葱　ねぎ　小説。大正九（一九二〇）年一月一日発行の雑誌『新小説』（第二五年第一号）に発表。のち、『影燈籠《かげどうろう》』（春陽堂、大正九・一・二八）、『沙《さ》羅《ら》の花』（改造社、大正一一・八・一三）などに収録。初出には、「漢の大将韓信」が二〇万の趙《ちょう》軍を前に帷幕《いばく》の中に悩みつつ、遂に一策を案出した姿を描いて緒にしているが、『影燈籠』所収のもの以降はそれが削除されている。この作品を書くに際しての苦しみぶりを言いたかったものであるが、初出の形はあまりに仰々しかったからであろう。神田神保町辺りのあるカッフエの女給仕お君さんが主人公である。同僚のお松さんを趣味の低さのゆえに軽蔑《けいべつ》しているお君さんだが、彼女自身の趣味生活も新派悲劇のセンチメンタリズムを出ていないようである。そのお君さんは無名の芸術家田中君に愛を抱き、幻のような恋愛を夢想している。しかし、ある夜田中君とデートしたとき、通りがかりの八百屋の店先に「一束四銭」の葱を見付けたお君さんは、それを買い求めうれしそうにほほえむのだった。「薔薇《ばら》と指環と夜鶯《ナイチンゲール》と三越の旗」で象徴されるロマンチックな恋愛は、「あらゆる生活費」のために、お君さんの頭から追い出されてしまったのである。芥川は、「『葱』は決して悪作ならず嘘《うそ》だと思つたら本を読むべし二三嫌な文句あれどあれはあれにて完成せるものなり」（南部修太郎宛書簡、大正九・三・一一）と弁明しているが、初出から『影燈籠』所収までの短期間に、削除した点をみても、作品の出来はもう一つで、高く評価することは出来ない。歴史に仮装する従来の創作にむなしさを自覚して、現代を描こうとする芥川の内的変化を写す試み（三好行雄『芥川龍之介論』筑摩書房、昭和五一・九・

三〇）として、これを位置づけてよいであろう。「刹那《せつな》の感動」を夢みる生き方ではなく、日常的な現実をみつめなおそうとする芥川の姿勢の反映をお君さんにみてよいであろう。

（海老井英次）

鼠小僧次郎吉《ねずみこぞうじろきち》　小説。大正九（一九二〇）年一月一日発行の雑誌『中央公論』に発表。『夜来の花』（新潮社、大正一〇・三・一四）に収録。大正八（一九一九）年一一月二四日の小島政二郎宛書簡に「頃来鼠小僧次郎吉を書き居る」とあり、「江戸詞《ことば》始末に了《を》へず」という苦心談も書かれている。また「手帳」には「criminal が crime を白状する。その crime なりとて軽蔑され憤慨しだんだん大袈裟《おほげさ》な法螺《ほら》をふくに至る。」とあり、さらに「第二鼠小僧。分銅伊勢屋の子。復讐的《ふくしう》。」とあって続編の予定があったことが分かる。だが大正九年四月九日の滝田哲太郎宛書簡では「鼠小僧次郎吉続篇は当分執筆の勇気無之《これなく》」とあり、代わりに『南京《ナンキン》の基督《キリスト》』が書かれ、続編はついに書かれなかった。小説の始まりは遊び人らしい二人の男が酒を飲んでいる。いなせな方の男が次の話をする。旅の途中偶然連れがつき、その男が明け方自分の胴巻きを震えながら盗もうとする。おれは男をしめあげ、宿の亭主に引き渡したが、盗人は自分が大泥坊の鼠小僧だと名乗る。すると今までさんざん馬鹿にしていた宿の者が貌変《ぼうへん》してその盗人

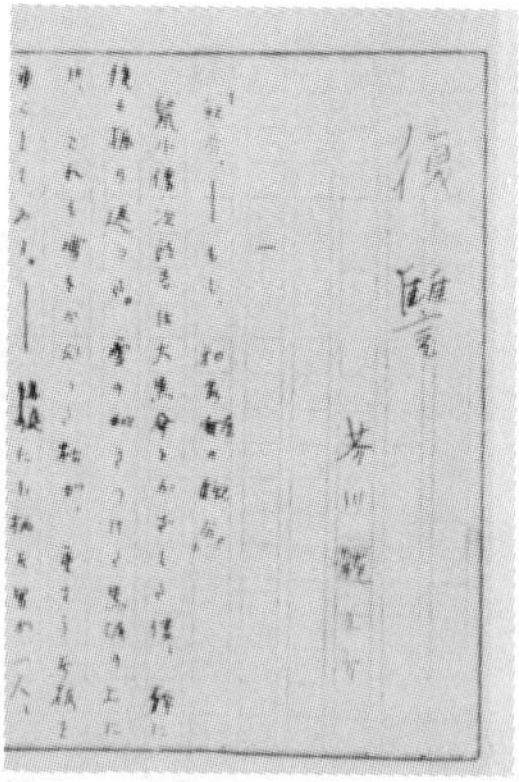
『鼠小僧次郎吉』別稿『復讐』

に敬意を示しだす。側で聞いていたおれは馬鹿馬鹿しくなってその盗人に獄門になってもよいのかと脅すと、小心なその男は自分は深川の越後屋重吉という小間物屋であると白状する。すると今度は皆に殴られてしまう。実はこの話をしている「おれ」という男こそ本物であった。芥川はこの作品において主人公の次郎吉を相対化してとらえず、次郎吉の視点で重吉を見ている。この手法は、重吉の卑少さに対して次郎吉の一種の絶対化が行われ、英雄像の形成をより可能にし、この小説の痛快さのゆえんもここによっている。また、最後に主人公の正体が分かる作品の構造は『奉教人の死』と同様であるが、この小説はやや手軽で作者の人生観や人間認識もうかがわれず傑作にはほど遠い。しかし、文章の彫琢はさすがに見事で作者の苦心がうかがわれるとも言えよう。

（田中　実）

年末の一日《ねんまつのいちにち》　小説。大正一五（一九二六）年一月一日発行の雑誌『新潮』に発表。『湖南の扇』（文芸春秋社出版部、昭和二・六・二〇）収録。文末に「（大正一四・一二・八）」とある日付けは初出にはない。「僕」は、淋《さび》しい崖《がけ》の上を歩いている夢を見て目覚める。新年号の仕事を不満足ながら片付けたが、どうすることも出来ない疲労を感じている。新聞記者のK君と用談をすませたあと、家に閉じこもっているのはやりきれない気持ちになり、かねて約束していた夏目先生のお墓にK君を案内することにした。師走の心が感じられる町を通って雑司《ぞうし》ケ谷《がや》墓地へ着くと、どうしても先生のお墓が見付からない。命日の一二月九日はいつも新年号の締め切りに追われてお墓参りをめったにしないのを思い出す。「困りましたね。」というK君の言葉に「僕」は冷笑に近いものを感じるが腹を立てるわけにもゆかない。いらいらした気持ちの底に佗《わび》しさがあり、それは少年のころいじめられて泣かずに我慢して家に帰ったときの心持ちであったことを思い出す。掃除婦に教えられて墓の前に出たが、おじぎをする勇気は出にくかった。K君と別れて田端《たばた》へ戻り、人通りも減りはじめた路《みち》を「受け身になりきつたまま」歩いていると墓地裏の坂の下に東京胞衣《えな》会社と書いた箱車を引いた男が休んでいた。「僕」は後ろから声をかけた後ぐんぐんその車を押してやった。「力を出すだけでも助かる気もし」「かう言ふ薄暗がりの中に妙な

興奮を感じながら、まるで僕自身と闘ふやうに一心に箱車を押しつづけて行つた。……」。日常的な身辺の出来事をとらえた小品だが、何げない一つ一つの出来事に作者の心境が託されている。創作の道を開くことに苦しみ、疲れている作者のいらだたしさ、佗《わび》しさが作中師の墓を探す心情に重なる。終結部の箱車を押すくだりには、ひたすら自身と闘いながら対象に向かってゆこうとする姿勢が示される。そこには、新進作家としての歩みを始めたばかりの芥川と久米正雄が受けた漱石の書簡（大正五・八・二四）「あせつては不可《いけ》ません。頭を悪くしては不可せん。根気づくでお出《い》でなさい。世の中は根気の前に頭を下げる事を知つてゐますが、火花の前には一瞬の記憶しか与へて呉《く》れません。うん〳〵死ぬ迄《まで》押すのです。（中略）何を押すかと聞くなら申します。人間を押すのです。」を想起する作者の姿が読み取れる。文学の表現方法に骨身を削ってきた作者はやがて谷崎潤一郎との論争で「筋のない小説」を主張するが、これはそうした性格の、『蜃気《しんき》楼《ろう》』などへ連なってゆく作品の一つである。発表後、「新潮合評会」（『新潮』大正一五・二）で、同じく新年号に発表された『湖南の扇』の方を高く買う田山花袋に対して、作者自身「僕としては『年末の一日』の方が好きです。段々私小説に近づいて行くのですかね。」と言っている。久保田万太郎は、「いつまでも心に残つていとしい作」とした上で、当時の『新潮』編集者の語った、芥川が箱車に「東京胞衣会社」の数文字を得るまで幾度その行を書き変えたか知れなかったという話を伝えているが、そのことは無技巧に日常瑣事《さじ》を綴《つづ》ったものではないというこの作者のこうした作品の性格を証している。宇野浩二は、小説ではないとしながら、「妙に人の心を打つ」「芥川の心境がおのづから、象徴された」痛々しい小品と見る。海老井英次は冒頭の夢に出て来る水鳥の飛翔《ひしょう》しない翼は芥川の表象であり、「胞衣」に人生の「抜殻」―虚無―を見て、「喪失したもののみが鮮《あざ》やかに定着された」「象徴的世界」とこの作品を読んでいる。

〔**参考文献**〕竹内真『芥川龍之介の研究』（大同館書店、昭和九・二・八）、久保田万太郎「年末」（大正文学研究会編『芥川龍之介研究』河出書房、昭和一七・七・五）、宇野浩二『芥川龍之介』（文芸春秋新社、昭和二八・一〇・五）、海老井英次「年末の一日」（海老井英次編『鑑賞日本現代文学⑪ 芥川龍之介』角川書店、昭和五六・七・三一）

（菊地　弘）

の

野上豊一郎《のがみとよいちろう》 明治一六・九・一四〜昭和二五・二・二三（一八八三〜一九五〇）。英文学者・能楽研究者。大分県生まれ。臼杵中、一高を経て、東京帝国大学文科大学英文科卒業。夏目漱石に師事した。昭和二二（一九四七）年法政大学総長となった。『隣の家』『赤門前』『巣《す》鴨《がも》の女』などの小説、翻訳『春の目ざめ』『お菊さん』などがある。後半生は能楽研究に打ち込み、独特な視点から能の理論を展開した。芥川は「木曜会」で知り、『葬儀記』の中で「人影が大分ふへて、その中に小宮さんや野上さんの顔が見える。」と書いている。また小島政二郎宛書簡に「『赤い鳥』巻頭の鈴木さんの御《お》伽噺《とぎばなし》うまく書いてあるので大《おほ》に感心、たとへば野上さんのなどにくらべるとまるで段がちがつてゐます」（大正七・一〇・一八）の評がもらされている。野上宛書簡が四通みられるが能に関係した内容が多い。「お能は四人づめの席を一つおとり下さい。但しなる可《べ》く前の方が欲《ほ》しいのです。鼻の先で舞つてゐるのを見たいと思ひますから。」（大正一二・五・二〇）、「野上氏だけは是非きかせて頂きに上りたいと存じてをります」（大正一三・二・二〇）などである。

（菊地　弘）

野上弥生子《のがみやえこ》　明治一八・五・六〜昭和六〇・三・三〇（一八八五〜一九八五）。小説家。大分県生まれ。明治女学校高等科卒業。夏目漱石門下の野上豊一郎と結婚し、漱石の紹介で処女作『縁《えにし》』を『ホトトギス』（明治四〇・二）に発表。同門の芥川龍之介とは豊一郎を通じて交遊があった。芥川は『文放古《ふみほご》』（『婦人公論』大正一三・五）で、教育を受けたために結婚難に遇《あ》っている女性を皮肉っているが、こうした女性の問題を描いていない日本の小説家の一人として、自分自身や弥生子の名も挙げている。いっぽう弥生子は『芥川さんに死を勧めた話』（『文芸春秋』昭和六・三）で、芥川が死をえらぶ十数か月前のエピソードを書いている。芥川の「年寄《としより》を幾人も抱へて大抵ではないと云《い》ふ愚痴」に、弥生子が金のもうかる方法を教えて、「あなたがお亡くなりになるのよ。自殺ならなほ結構ですわ。そうして、全集の印税がどつさり入つた頃を見はからつて生き返るのよ」と言ったという笑い話である。彼女の代表作に『迷路』（『中央公論』昭和一一・一一、一二・一一、『世界』昭和二四・一〜三一・一〇）その他がある。

（長谷川啓）

乃木大将《のぎたいしょう》　乃木希典《まれすけ》を指す。嘉永《かえい》二・一一・一一〜明治四五・九・一三（一八四九〜一九一二）。陸軍大将。江戸長州藩邸生まれ。一時台湾総督も務める。日露戦争で第三軍司令官として旅順攻撃を指揮したので有名。その後学習院長。明治天皇の死に際して夫人静子とともに殉死、反響を呼んだ。大正一一（一九二二）年一月、芥川が雑誌『改造』に発表した『将軍』は、N将軍つまり乃木希典をモデルにした短編小説であるが、ここでは巷間《こうかん》に伝えられる武将の鑑《かがみ》あるいは神人といった乃木像の否定が試みられている。旅順要塞《ようさい》の正面攻撃に固執するあまり、多くの犠牲者を出すにいたった軍事的無能力さへの批判や、間諜《かんちょう》容疑者の取り調べ中に見せた気味悪いモノメニアックな目に乃木の性格上の欠陥（非人間性）を認めようとする部分など、明治期の英雄的将軍像への辛辣《しんらつ》な批判がなされている。しかし、真の意味での反乃木像の創出という点では必ずしも充分ではなかった。

（島田昭男）

野口功造《のぐちこうぞう》　明治二一・九・二六〜昭和三九・三・七（一八八九〜一九六四）。呉服商。東京生まれ。『我鬼窟《がきくつ》日録』（大正八）六月一日に、「午後大彦の若主人来る。日暮から一しよに柳橋へ行つて花長の天ぷらを食ひ更に待合へ行つて芸者を見る。」と出てくる日本橋の呉服問屋大彦の若主人のこと。芥川とは小学時代から友達であった野口真造の兄にも当たる。大正九（一九二〇）年一二月二四日付岡栄一郎宛葉書《はがき》には、大彦功造と相談の上帯を買うように依頼している。大正一二（一九二三）年一二月三一日付久米正雄宛書簡では、久米への大彦の祝いが述べられている。そのほか『澄江堂《ちょうこうどう》日録』（大正一四）二月七日に「明日大彦老人の十日祭に当《あた》る故、精養軒に来てくれと言ふ回状来る。」とあり、また翌八日には「大彦老人の十日祭の御馳走《ごちそう》に行く。」とある。この同月一七日には、「アシタハ又岡一件ノ為《ため》ニ大彦来ルベシ。不愉快ナリ。」とあって、大正八年〜一四年にかけて、芥川とも行き来があったようである。

（奥野政元）

野口真造《のぐちしんぞう》　明治二五・二・一〜昭和五〇・一二・二九（一八九二〜一九七五）。戸板女子短期大学名誉教授。染色家。東京生まれ。商工中学校卒業。日本橋の呉服問屋大彦の息子で芥川とは江東《えひがし》尋常小学校で同級であった。明治三五（一九〇二）〜三六年回覧雑誌『日の出界』、明治三九年回覧雑誌『流星』を芥川と一緒に出している。その後芥川は野口の妹綾子《あやこ》と岡栄一郎の仲人をしたが、大正一四（一九二五）年離婚問題がもちあがってその処理に苦労し、仲人はこりごりしたとの感想をもらしている。「品行方正にして学問好きなり。自宅の門を出る時にも、何か出かたの気に入らざる時にはもう一度家へ引返し、更に出直すと言ふ位《くらゐ》なれば、神経質なること想《おも》ふべし。小学時代に僕と冒険小説を作る。僕よりもうまかりしかも知れず。」（『学校友だち』）また『東京人』には、関東大震災に際しての野口の江戸っ子ぶりが描かれている。なお野口真造には回想「龍之介愛憶記」（『風報』昭和三一・一二〜昭和三二・四）がある。　（三嶋　譲）

野口米次郎《のぐちよねじろう》　明治八・一二・八〜昭和二二・七・一三（一八七五〜一九四七）。詩人。愛知県生まれ。慶応義塾大学中退。渡米して詩人ウォーキン・ミラーの知遇を得、「Seen and Unseen」（一八九六）、「From the Eastern Sea」（一九〇三）等を米・英で公刊し、Yone Noguchi の名で国際詩人として認められた。明治三七（一九〇四）年帰国、「あやめ会」を結成し詩人の国際交流を図り、日本文化の海外への紹介にも努めた。ポーと芭蕉の詩を尊敬し、終始自由詩を書いた。最初の日本語詩集の名のごとく『二重国籍者の詩』（第一書房、大正一〇・一二・一七）であるが故に、より顕著に日本的であろうとする特質をもつ。芥川とは講演会の講師として同席した程度で個人的には無関係であった。没後『都新聞』に「芥川論（対話）」（昭和二・八・六〜一〇）を載せ、芥川を「女性的天才」の一人としてスウヰンバーンに擬した。「繊細で近代的風韻のある線を文字で出した」のが芥川であり、「感傷的心情から理智《りち》を花咲かした」が故に、それが「極めて詩的微光を放つた」と評している。

（高橋新太郎）

能勢五十雄《のせいそお》　明治二五・一〇・二四〜明治四四・一・二五（一八九二〜一九一一）。芥川龍之介の江東《えひがし》小学校及び府立三中時代の友人。東京市本所《ほんじょ》区緑町生まれ。明治四三（一九一〇）年三月、芥川と共に東京府立第三中学校を卒業したが、翌年の一月、肺結核のため死去。その追悼式で芥川は、「明治四十四年一月廿五日　畏友能勢五十雄君　溘然《かふぜん》として簀《さく》を易へらる／君や　春秋僅《わづか》に二十歳　父母に孝にして　弟妹に篤《あつ》し　君　常に草木に培ひ　蔬蓏《そら》に灌《そそ》ぐを愛し怡然《たいぜん》として自適する所あり／其《その》業を母校に卒ふるや　将《まさ》に牙籌《がちう》を執りて　計簿に親しまむと欲す　然《しか》れ共《ども》志は長くして　身は空しく泉途に去れり　我等《ら》が衷懐の戚々《せきせき》　以《もつ》て焉《これ》に加ふるあらむや／茲《ここ》に　疎菓を陳して不腆《ふてん》の祭を致《いた》す在天の霊　庶幾《こひねがは》くは降格せよ」（葛巻《くずまき》義敏編『芥川龍之介未定稿集』）という追悼文を読んだ。大正五（一九一六）年五月号の『新思潮』に発表した短編小説『父』は、この能勢五十雄をモデルにした作品である。　（笠井秋生）

野々口豊子《ののぐちとよこ》　生没年不詳。鎌倉小町園の女将。芥川が海軍機関学校教官時代に知り合った女性で、二人の仲は文壇でもよく知られていた。昭和元（一九二六）年の暮、芥川は彼女に生活の行き詰まりを訴えて、駆け落ちの相談をしたが、果たされなかった。『悪念』『夏』『船乗りのざれ歌』などの詩や、『或阿呆《あるあほう》の一生』に「月の光りの中にゐるやう」な顔をした女性として描かれている。　（森本　修）

野呂松人形《のろまにんぎょう》　小説。大正五（一九一六）年八月一日発行の雑誌『人文』第一巻第八号に発表。『煙草《たばこ》と悪魔』（新潮社、大正六・一一・一〇）、『芋粥《いもがゆ》』（春陽堂、大正一一・二・一）ほかに収録。初出と初刊本以下に大きな異同はない。野呂松人形を使うので見に来るように、との招待を受けた「僕」は、当日会場へ出かける。友人と会い、野呂松人形の説明を聞いた後、人形の狂言を見、ある種の思いにとらえられる。この作品に対する評価として、森鷗外の『百物語』との共通点を指摘し、芥川としてはユニークな作品とした吉田精一や、野呂松人形の動作・表情に異質感を強くし、人を感動させる芸術や美が永遠でないと考え、芸術至上主義に安住できなかったとする片岡良一の説などがある。人形に違和感を持ち、「時代と場所との制限を離れた美は、どこにもない。」「あらゆる芸術の作品は、その製作の場所と時代とを知つて、始めて、正当に愛し、且《かつ》、理解し得られるのである。」と言うアナトール・フランスの言葉から自分の芸術観に疑問を持ち、「僕たちの書いてゐる小説も、何時《いつ》かこの野呂松人形のやうになる時が来はしないだらうか。」と感じたことが示されている。自然主義的芸術を否定した新しい芸術として、「時代と場所との制限をうけない美」の存在を信じたい一方で、芸術の永遠性に疑問を感じている芥川の姿が見られる。野呂松人形の見物人の羽織・袴《はかま》という服装にエトランゼを感じ、また、単純な作りで、「間ののびた、同時に、何処《どこ》か鷹揚《おうやう》な、品」のよさにも違和感を持った芥川である。近代芸術の世界に生きていることを認識しているが、人形や観客によって作り出される没個性的な世界と近代芸術の世界の相違を、「エトランゼ」と感じるだけで十分には認識していない芥川であったと言えよう。が、一方、自己の芸術に対する十分な自信を持たず、自然主義芸術を否定しながらもそれに影響され、そこからの脱出を伝統的な思想に求めようとした芥川を見ることもできる。

（片岡　哲）

は

ハーン《はーん》　⇩**ヘルン**《へるん》

梅花に対する感情《ばいかにたいするかんじよう》　⇩**野人生計事**《やじんせいけいのこと》

俳句と芥川《はいくとあくたがわ》　村山古郷編『芥川龍之介句集―我鬼全句』（永田書房、昭和五一・三・一〇）によれば、我鬼という俳号をもつ芥川が三六年間の生涯に残した俳句は、同類・同想の句や改作した句などの重複句が若干混じっているが、都合九五七句、無季句・自由律俳句を含めると一〇一四句に上るという。芥川の没後に刊行された『澄江堂句集』は、芥川生前の自選句に基づいて選句されたものであるが、その中からわずか七七句を採録するにとどまっている。この総句数一〇一四句から七七句にまで厳選された過程をたどる中に、芥川の俳句観や創作志向をうかがうことが出来る。それは彼の推敲《すいこう》癖とも言えるくらいに、限りない完璧《かんぺき》を求めてゆく姿勢と無縁ではない。『帝国文学』初出の『羅生門』の結句が「下人は、既に、雨を冒して、京都の町へ強盗を働きに急ぎつゝあつた。」から、単行本『鼻』に収録される段階で「下人の行方は、誰も知らない。」に書き換えられるまで、芥川の念頭には、下人の行方を「明示するか、否か」の二つの判断があって、後者の判断に終局の落ち着き場所を求めたのであろう。

「水洟《ばな》や鼻の先だけ暮れ残る」の句にしても「土雛《つちびな》や鼻の先だけ暮れ残る」の別形がある。「土雛や」だと、「単純な写生句」に終わってしまう。それが「自嘲」という前書きを付して「水洟や」の句として案出されると、この句は自画像化した境涯句の様相を帯びてくる。しかもそれが室生犀星の言うように、芥川は「自分で死面をゑがいてゐた」とすれば、自殺の前日、この句を短冊に認《したた》めて主治医の下島勲《いさおし》に遺《のこ》したことと併せて、辞世句の様相が強くなり、人間存在の根底を脅かす凄愴《せいそう》味を帯びた句へと昇華する。「もろもろの悩みも消ゆる雪の風」を辞世句に生を絶った獄窓の俳人・和田久太郎の句作を『排悶のため』を超越してゐる」と見た芥川の方が、彼に先立ったのも運命の皮肉である。そしてこの境地にまで達すれば「所謂《いわゆる》文壇の徒として真に俳句精神を味得し、これが創作の上に高い価値を示したる、かの漱石を喪って以来果《はた》して芥川龍之介に匹敵するものが、他にあり得るであろうか。』（西谷碧落居『俳人芥川龍之介論』緒言）の評言も首肯出来る。『澄江堂句集』には、次のような句もある。

1 蝶《てふ》の舌ゼンマイに似る暑さかな
2 木がらしや東京の日のありどころ
3 木がらしや目刺《めざし》にのこる海のいろ
4 癆咳《らうがい》の頬《ほほ》美しや冬帽子
5 白桃や莟《つぼみ》うるめる枝の反《そ》り
6 元日や手を洗ひをる夕ごころ
7 お降《さが》りや竹深ぶかと町のそら
8 兎《うさぎ》も片耳垂るる大暑かな

1の句からは、「青蛙《がへる》おのれもペンキ塗り立てか」などと同様、彼の「機智《きち》的な鋭さ」をうかがうことが出来、これは「破調」と題した8の句にも通じている。2の句は蕪村の「几巾《いかのぼり》きのふの空のありどころ」を連想せしめる。「凧《たこ》」と「東京の日」の差はあれ、双方から寂寥《せきりよう》・郷愁・追憶といった情感がくみ取れる。3の句も池西言水《ごんすい》の「凩《こがらし》の果はありけり海の音」に暗示を受けたものと見えるが、「目刺にのこる海のいろ」の措辞は、芥川ならではの冴えである。4の句は飯田蛇笏《だこつ》の「死病得て爪《つめ》美しき火桶《ひをけ》かな」の句境を剽窃《ひようせつ》したものである。だが蛇笏句の重厚な句調に芥川は遂に及び得なかった。5の句は、鋭敏・繊細な感覚の働いた句で、「人工的な凝った美しさの極致」を示している。6の句は、静謐《せいひつ》・平穏な元旦の情趣を、微《かす》かな哀愁を込めて、なだらかな調べで言い流している。「夕ごころ」は動かない言葉である。7の句は6と同じく正月の情趣を詠んだもの。「写

水洟や鼻の先だけ暮れ残る

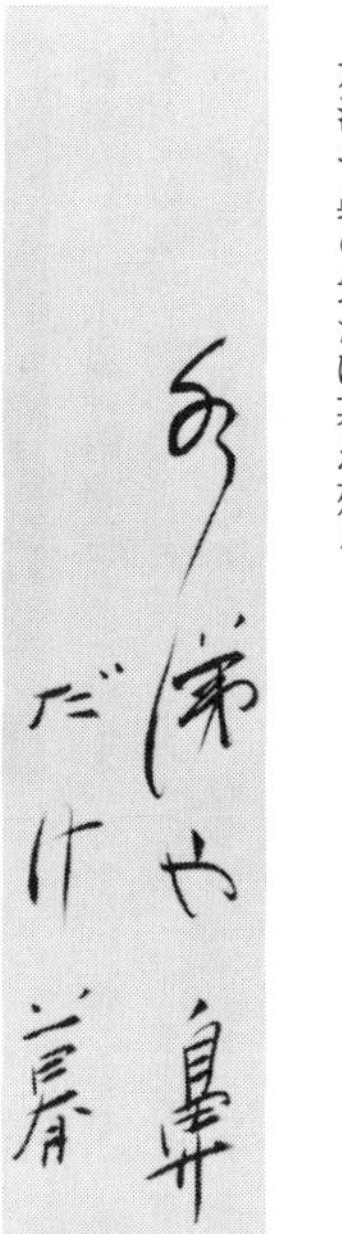

生的で、凝視する眼《め》の鋭さ」を看取出来る。以上見て来たように、芥川の俳句は「洗練されたレトリックと、磨き上げられた技巧の冴えに、珠玉のごとき感覚を持つ点」（村山古郷）を優れた特色とするが、総じて彼の句は、(1)元禄諸家の古風にのっとり、蕉風の流れをくむ一方、蕪村・召波のロマンチシズムにもひかれていること、(2)句の調べが流麗であること、(3)古調ではあるが、近代人の繊細な神経の震動を聴き取れること、(4)主観句は少なく純客観的な作句態度を保持した作品がそのほとんどを占めていること、等の特色を持っている。芥川は『枯野抄』（大正七）『芭蕉雑記』（大正一二〜一三）『続芭蕉雑記』（昭和二）、さらには『発句私見』（大正一五）『凡兆について』（同）等の作品を残している。中でも芭蕉を最も敬仰し、「秋ふかき隣は何をする人ぞ」の一句に「かう云ふ荘重の『調べ』を捉《とら》へ得たものは茫茫《ばうばう》たる三百年間にたつた芭蕉一人である。」との誉言《よげん》を贈っている。「ひやひやと壁をふまへて昼寝かな」からは、芭蕉俳句のモダンさと世故人情に通じた芭蕉のしたたかさを読み取っている。丈草については「最も的々と芭蕉の衣鉢《いはつ》を伝へ」「芭蕉の寂《さ》びを捉へたもの」と観《み》、「木枕《まくら》の垢《あか》や伊吹《いぶき》にのこる雪」等の句を評価している。自らの稟《ひん》性と併せて好んだのは凡兆で「捨《すて》舟のうちそとこほる入江かな」「時雨《しぐ》るるや黒木積む屋の窓明り」等の句に、彼の卓越した才力を認めている。凡兆に次いで、その句の気品の高さから評価したのは、召波である。一方蕪村については、『雛《ひな》』の冒頭に「箱を出る顔忘れめや雛二対」の句を置くなど、多分に影響は受けているが、芥川作品には、蕪村俳句に見るような文人画風なおおらかさが欠けており、近代人的な弱さがつきまとうのが難点である。『獺祭書屋俳話《だつさいしよおくはいわ》』や「子規随筆」から入り、鎌倉在住時には高浜虚子に玉斧《ぎよくふ》を乞い『ホトトギス』雑詠欄の巻頭をも占めた芥川の俳句は、写生を骨法に据えながら、古俳句に学び、一方小沢碧童《へきどう》・滝井孝作・小穴《おあな》隆一・遠藤古原草・室生犀星らとの交遊から

「滑稽《こっけい》」「挨拶《あいさつ》」の俳句理念を抽《ひ》き出し、独自な俳風を樹立したのである。（瓜生鉄二）

萩原朔太郎《はぎわらさくたろう》　明治一九・一一・一～昭和一七・五・一一（一八八六～一九四二）。詩人。群馬県生まれ。父は開業医。五高、六高、慶応義塾大学をいずれも中退。大正二（一九一三）年、室生犀星を知り、無二の親友となる。詩集『月に吠《ほ》える』（感情詩社、白日社共刊、大正六・二）、『青猫』（新潮社、大正一二・一）は独得のスタイルにより存在の不安を音楽的に表出していて近代象徴詩の白眉《はくび》と言われる。『純情小曲集』（新潮社、大正一四・二）や『氷島』（第一書房、昭和九・六）の哀傷や憤怒の表現も鮮烈な感動を与えた作品である。大正一四（一九二五）年二月から九か月ほど田端《たばた》に住み、芥川と交友があった。芥川は佐藤春夫に「この頃田端に萩原朔太郎来り、田端大いに詩的なり。」（大正一四・五・一七書簡）と報じている。「『純情詩集』」（『純情小曲集』）を中心に論じた『萩原朔太郎君』（『近代風景』昭和二・一）では、その「抒情詩的表現」にも「理智」の「鋭い鋒芒《ほうぼう》」を読み取り、「情熱を錬金することに熱中せずにはゐられぬ思想家」を看取している。そして「萩原君の真面目は何かと言へば、それは人天《じんてん》に叛逆する、一徹な詩的アナアキストである。」という。つまり朔太郎の独自性は伝統を顧みないところにあると言い、『月に吠える』、『青猫』等の一代の人目を聳動《しょうどう》した、病的に鋭い感覚もその表現を導き出したものは或《あるい》はこの芸術上のアナアキズムに発してゐるのであらう。」（『萩原朔太郎君』）と言う。作品の完成度を優先したかに見える芥川が、実はアナーキスト朔太郎の未完成の「悲劇」と「栄光」に注目していたのである。芥川は『郷土望景詩』を朝寝床で読んでいて「やみがたい悲痛の感動が湧きあがつてきて、心緒《しんちょ》の興奮を押《おさ》へることができなくな」（萩原朔太郎「芥川龍之介の死」、『改造』昭和二・九）り、寝巻きのまま朔太郎家を訪ねたというエピソードがある。朔太郎は「芥川龍之介——彼は詩を熱情してゐる小説家である。」（同）と言い、魂の共鳴を表明している。（首藤基澄）

萩原朔太郎

歯車《はぐるま》　小説。昭和二（一九二七）年六月一日発行の雑誌『大調和』六月号に、「歯車」の題で「一　レエン・コオト」のみを発表。のち同年一〇月一日発行の雑誌『文芸春秋』第五年一〇号に「レエン・コオト」を含め、全文を「歯車」の題で発表。短編小説集『西方の人』（岩波書店、昭和四・一二・二〇）に収録。自筆原稿および『大調和』の切り抜きに芥川自身の訂正書き入れがあり、『大調和』と『文芸春秋』、初刊本との間に若干の異同がある。そして表題の「歯車」も自筆原稿では最初、「ソドムの夜」であったものが芥川自らの手で「東京の夜」に訂正され、それがさらに「夜」に訂正されている。最終的に「歯車」となったのは佐藤春夫の示唆によるものである。佐藤が芥川を訪問したとき、「レエン・コオト」の原稿を見せられたので、「東京の夜は気取り過ぎるし『夜』ではあまり個性がなさ過ぎるので自分は『歯車』と云ふ題を薦めて見た。彼は即座にペンを取り上げてさう直した」と、「芥川龍之介を憶《おも》ふ」（『改造』昭和三・七）の中でその事情を語っている。つまり、「ソドムの夜」から「東京の夜」へ、「東京の夜」から「夜」へ、さらに「歯車」へと表題は移行していったわけだが、「ソドム」、「東京」が芥川自らによって棄却されねばならなかったように、作品全体と深くかかわってはいない。この作品に底流するのはそんな狭義のものではなく、より根源的な、それこそ「ソドム」「東京」を収斂《しゅうれん》した暗い深淵そのものであった。それは、「個性がなさ過ぎる」きらいがあるにしても、「夜」こそ芥川をとりまく不安の象徴として最も適していたのである。昭和二（一九二七）年三月二三日にまず「レエン・コオト」の章が書かれ、二七日に「復讐《ふくしゅう》」、二八日に「夜」、二九日に「まだ?」、三〇日に「赤光」、四月七日に「飛行機」が書かれている。当時、芥川の健康は衰え、家庭の煩雑さに憔悴《しょうすい》し、加えて芸術上の悩みもあって神経は痛めつけられ、「将来に対する唯ぼんやりした不安」（『或《ある》旧友へ送る手記』）から逃れられない状態にいた。「歯車」の幻視にしても現実の体験であったことは斎藤茂吉宛書簡（昭和二・三・二八）によっても察知できる。しかし、この作品は芥川の現実をそのまま描いたものでもなければ、自己をありのままさらけ出し、告白の迫真を示したものでもない。作品そのものは全六章から成立し、意識の連続の形で各章は連係しているものの、『話』らしい話のない小説」（『文芸的な、余りに文芸的な』）である。主人公〈僕〉は「地獄よりも地獄的」な人生に苦悩し、強度な不眠症と発狂の恐怖におびえ続けている。ある日、〈僕〉は知人の結婚披露宴に列席するため、避暑地から東京のホテルに向かうが、途中でふと松林を思い出した。「のみならず僕の視野のうちに妙なものを見つけ」出す。「妙なものを?――と云ふのは絶えずまはつてゐる半透明の歯車だつた。」のである。こんな経験はしばしばあり、医者も単なる錯覚だという。しかし〈僕〉はもっと不吉な、発狂の兆候に思えてならない。披露宴がすんだあとも小説を書くために、そのままホテルに滞在する。ところが目にするもの、耳にするものすべてが神経を刺激し、「絶えず僕をつけ狙《ねら》つてゐる復讐の神」を背中に感じなければならなかった。あるとき電話がかかる。「何度返事をしても、唯何か曖昧《あいまい》な言葉を繰り返して伝へるばかり」で、「兎《と》も角《かく》もモオル」という語だけを聞き取った。「モオルは鼹鼠《もぐらもち》と云ふ英語だつた。この連想も僕には愉快ではなかつた。が、僕は二三秒の後、Mole を la mort に綴《つづ》り直した。ラ・モオルは、――死と云ふ仏蘭西《フランス》語は忽《たちま》ち僕を不安にした。」〈僕〉は家に帰る決心をして東京を離れる。相変わらず「半透明な歯車」が〈僕〉の視野を遮り、「愈《いよいよ》最後の時の近づいたこと」を恐れた。「かう云ふ気もちの中に生きてゐるのは何とも言はれない苦痛」であり、「誰か僕の眠つてゐるうちにそつと絞め殺してくれるものはないか?」と願う。発表当時から評価が高く、芥川の作品の中でも最高傑作だとする人が多い。それらの論に共通するのは、「人間存在の窮極に火華と散る狂気へのロマンを最後まで失わず、しかもその火華の所在を、自己の衰えきった肉体と精神、いな神経のなかに見出《みいだ》し、さらにその自らを、その狂気へのロマンのために対象化し、再構築しようとした」、「その芸術への殉教の凄絶《せいぜつ》さ」（和田繁二郎）の論に象徴されるように、精神的にも肉体的にも衰弱の極にありながら、それでもなお意識的かつ刻明に描きあげていったという点である。さらにこれを一歩進めたのが、「存在の危機的人間の心象を、〈善く見る目〉と〈感じ易い心〉で分析的に捉《とら》え構築する方法」は、「理智の人間に適《かな》った主体的表現であり、表現の最も相応《ふさわ》しい形式」だとし、これこそ表現者芥川の新しい方法の試みだった（菊地弘）とする論であろう。とにかくこの作品は、徹底的に計算された構図と配色をもっているが、最後の最後まで方法を模索し続けた芸術家・芥川の姿が刻みこまれている。しかし一方では、「芥川が死ぬ直前まで形式的構成に拘泥《こうでい》」したのは、「作品のなかではもはや自己確認にいたらないことを知っていた」からだ（柄谷行人「芥川における死のイメージ」、『国文学』昭和四五・一一）という論もある。

〔**参考文献**〕水谷昭夫「芥川龍之介『歯車』の意義」（『近代日本文芸史の構成』昭和四三・五）、和田繁二郎「芥川龍之介・歯車」（『国文学』昭和四五・八）、佐藤泰正「『歯車』論―芥川文学の基底をなすもの」（『国文学研究』昭和四五・一一）、石崎等「松林のある風景―『歯車』一面」（『芥川龍之介〈尚学図書・現代国語研究シリーズ〉』昭和四七・五）、三好行雄「歯車」（『芥川龍之介論』昭和五一・九・三〇）、寺横武夫「歯車」（菊地弘・久保田芳太郎・関口安義編『芥川龍之介研究』明治書院、昭和五六・三・五）、関口安義『『歯車』―〈滅び〉への道の記録―』（『信

『歯車』（『文芸春秋』昭和2年10月号）

州白樺』昭和五七・二）、菊地弘『芥川龍之介―意識と方法―』（明治書院、昭和五七・一〇・二五）

（萬田　務）

芭蕉《ばしよう》　正保《しようほう》元～元禄七・一〇・一二（一六四四～一六九四）。江戸前期の俳人。本名松尾宗房《むねふさ》、芭蕉はその俳号。伊賀上野（現、三重県上野市）生まれ。初め北村季吟の門に学び、のち江戸に出て近世俳壇の宗家としての地歩を築く。後半生は多く旅に日を暮らして多くの紀行文を残した。発句は『俳諧《はいかい》七部集』にまとめられ、散文には『野ざらし紀行』『奥の細道』（没後刊行）その他がある。従来の俳諧を革新して、自然に従い伝統を生かした「わび」「さび」を重視する蕉風を樹立した。後世俳諧の停滞時には必ず廓清運動としての目標となり、明治に至っては正岡子規による新たな見直しによって、再び彼の要諦《ようてい》が俳壇振興の指標とされた。芭蕉は芥川が日本の古今の作家中最も尊敬した詩人であり、彼に言及した文章は多い。正面から取り上げたものには、のち久米正雄が「文学博士に価する」と推賞した『芭蕉雑記』（『新潮』大正一一・一一～一三・七）、『続芭蕉雑記』（『文芸春秋』昭和二・八）等がある。芥川の芭蕉観は、一生を託した俳諧をも「生涯の道の草」と観じた矛盾に導かれた、「後代には勿論《もちろん》、当代にも滅多に理解されなかつた、（中略）恐しい糞《くそ》やけになつた詩人」「日本の生んだ三百年前の大山師」という逆説的な評言によって表されており、これは吉田絃二郎の小説『芭蕉』（『改造』大正一一・一二）における感傷的な人物像に対する反発によると言われている。小説の形で漱石の死を模したという通説のある『枯野抄』（『新小説』大正七・一〇）は、エゴイズムと芸術家概念という芥川にとって窮極の課題を扱っているが、素材として弟子たちに囲まれた芭蕉の臨終の場面を採用しているところに、芭蕉に対する芥川の姿勢が象徴されている。実作者でもあった芥川の俳句観は『発句私見』（『ホトトギス』大正一五・七）に現れており、十七音を絶対とし、大正俳句が元禄に及ばないという見解は、その句風とともに、芭蕉への傾倒より生じている。

（佐久間保明）

芭蕉研究書と芥川《ばしようけんきゆうしよとあくたがわ》　『芭蕉雑記』その他に挙げる、芥川の属目《しよくもく》した芭蕉研究書に、まず正岡子規の『芭蕉雑談』（『日本』明治二六・一一・一三～二七・一・二二）がある。永く神格視されてきた芭蕉と文業とを、初めて客観的な場に引き出して、痛烈な批判を放った画期的な論文である。『増補再版獺祭書屋俳話《だつさいしよおくはいわ》』（日本新聞社、明治二八・九）に収録し、以降、大正三・二（金尾文淵堂）など、続刊される。大正期に入ると、評伝・作品編集・研究は飛躍的に拡充し、沼波瓊音《ぬなみけいおん》・太田水穂・阿部次郎・安倍《あべ》能成《よししげ》・小宮豊隆《とよたか》・和辻哲郎《わつじてつろう》・幸田露伴、途中から加わった勝峰晋風《かつみねしんぷう》の輪講記録「芭蕉俳句研究」が『潮音』誌上（大正一〇・一～一三・七）に四二回連載され、三巻（正、続、続々、岩波書店、大正一一・九、一三・七、一五・五）にまとめられる。発句を精密に鑑賞、批評したもの（「芭蕉連句研究」は大正一三・八～一四・一一）。また、樋口功『芭蕉研究』（文献書院、大正一二・六）は詳細な伝記と連句の付《つけ》合い研究で、定評のある名著である。作品編集に、勝峰編『年代鑑別芭蕉俳句定本』（古今書院、大正一二・一〇）が発句を年代順に集成し、存疑の作を論じ、評伝・年譜などを付す。一方、作家側から吉田絃二郎「芭蕉」（『改造』、大正一一・一二、ほか四編を合わせた作品集『芭蕉』改造社、大正一二・七）は「自然の寂寥」を極める孤独な求道者、漂泊者、聖者像を造型し、荻原井泉水《おぎわらせいせんすい》『旅人芭蕉』『続旅人芭蕉』、相馬御風『一茶と良寛と芭蕉』（春秋社、大正一二・七、一四・一二、一四・一二）などとともに一つの流れを作る。それらに対置する芥川の論は、類似の標題が示すように子規の批評眼をくみながらも、犀利《さいり》な鑑識力をふるい、付合いを評価し、特異な芸術家芭蕉を創造する。滝井孝作宛書簡（大正一一・一一・二三）に見える『芭蕉句解』は大島蓼太《りようた》が発句八六句に注解をつけ、古歌・故事の典拠を示したもの。宝暦九（一七五九）年一一月刊。葛巻《くずまき》義敏宛（大正一四・四・一三）の「お前の写した芭蕉の行状も送つてくれ」とあるのは『芭蕉翁行状記』か。芭蕉臨終の際に破門を許された路通が、師恩に感じて編んだ略伝と追善句集、元禄八（一六九五）年刊。『俳書集覧・第四巻』（松宇竹冷文庫刊行会、昭和二・八）、『日本名著全集・芭蕉全集』（同上刊行会、昭和四・五）に翻刻されている。　（町田　栄）

芭蕉雑記《ばしようざつき》　評論。「芭蕉雑記」「続芭蕉雑記」「続々芭蕉雑記」の三回に分けて、大正一二（一九二三）年一一月、大正一三年五月、大正一三年七月、文芸雑誌『新潮』に発表。それらを一括、『芭蕉雑記』として、『梅・馬・鶯《うぐいす》』（新潮社、大正一五・一二・二五）に収録。初出「芭蕉雑記」は、「断り」「著書」「装幀《そうてい》」「自釈」「詩人」「未来」「俗語」「耳」「又」「画」の一〇断章から成る。「続芭蕉雑記」は、前書と「衆道」「海彼岸の文学」の二断章とから成る。「続々芭蕉雑記」は、「詩人」「又」の二断章から成る。すなわち、全一四断章である。初刊『芭蕉雑記』は、「一 著書」「二 装幀」「三 自釈」「四 詩人」「五 未来」「六 俗語」「七 耳」「八 同上」「九 画」「十 衆道」「十一 海彼岸の文学」「十二 詩人」「十三 鬼趣」の一三断章から成る。ここでは、初出の「断り」と前書が削除され、表題の「又」二つが、それぞれ「同上」「鬼趣」と改められた。削除された「断り」は、次のような文章である。「これは芭蕉及びその作品に関する僕の感想を集めたものである。尤《もつと》も全部を集めた訣《わけ》ではない。残りはいづれ手を入れ次第、やはりいつか『新潮』に公にしたいと思つてゐる。／僕の Text に使つたのは一《（ママ）》一の例外を除きさへすれば、沼波瓊音《ぬなみけいおん》氏の芭蕉全集である。又僕の引用した逸話に出典を明記しなかつたのは僕の孫引きをした沼波氏の全集にその用意の足らぬ祟《たた》りである。さもなければ僕は恬然《くわつぜん》と一かどの俳書通を装つたかも知れぬ。大正十二年十月十日記」また、削除された前書は、次のような文章である。「『続芭蕉雑記』は題の示す通り、去年の十一月号に発表した『芭蕉雑記』の続篇である。今度も亦《また》浄書する暇に乏しかつた為《ため》に、下の二項以外の雑記は後の機会に譲らなければならぬ。これは読者並びに編《へん》輯《しう》者の諒恕《りやうじよ》を請ひたいと思つてゐる。」なお、初出本文の削除は、「三 自釈」「四 詩人」「七 耳」「十二 詩人」の四つの断章に、それぞれ一、二箇所ずつある。なかでは「十二 詩人」の削除が、最も多い。本文の異同は、『芥川龍之介全集』第六巻「後記」（岩波書店、昭和五三・一・二三）に詳しい。芥川は、この「芭蕉雑記」を「芭蕉及びその作品に関する」「感想」、と言っている。「雑記」と言うのも、そのような意味からであろう。だが、これは単なる「感想」にとどまらぬ。その内容は、次の通りである。「一 著書」は、「芭蕉に著書のなかつたのも当然」であることを、斎藤茂吉や寒山を引きながら、論じたもの。「二 装幀」は、芭蕉の装幀観を、ウイリアム・モリスを引いて、論じたもの。「三 自釈」は、芭蕉の自作自解について、バーナード・ショーを引きながら、論じたもの。（ただし、初出の最も評論的な部分は削除された。）「四 詩人」は、「詩人」芭蕉と「世捨人」芭蕉の矛盾について、ゲーテや深草上人を引きながら、論じている。「五 未来」は、芭蕉が「自身の進歩を感じてゐたこと」を、論じたもの。「六 俗語」は、芭蕉が「俗語を正したこと」を、正岡子規やウォルト・ホイットマンを引いて、論じたもの。「七 耳」は、芭蕉の俳諧《はいかい》のリズム・音楽性を、歌劇を引いて、論じたもの。「八 同上」は、芭蕉の俳諧が「言葉の Formal element と Musical element との融合の上に独特の妙のあること」を論じたもの。

「九 画」は、芭蕉の俳諧の絵画性について論じたもの。「十 衆道」は、芭蕉のHomo-Sexualityについて、シェイクスピアやミケル・アンジェロを引きながら、論じたもの。「十一 海彼岸の文学」は、「芭蕉の俳諧の中に、海彼岸の文学の痕跡《こんせき》のある」ことを論じたもの。芭蕉俳諧の比較文学的考察、とでも言うべきものである。「十二 詩人」は、芭蕉が「最も切実に時代を捉《とら》へ、最も大胆に時代を描いた」詩人であることを論じたもの。大正一二（一九二三）年に提出された芭蕉観（樋口功の『芭蕉研究』や吉田絃二郎の『芭蕉』など）に対する評論、とでも言うべきものである。「十三 鬼趣」は、芭蕉の怪談趣味について、浅井了意や西鶴を引きながら、論じたもの。以上に明らかなように、これは、まず、俳人芭蕉論であり、俳諧文学論であり、元祿文学論である。芥川の「芭蕉とその時代」である。そしてこれは、次に、洋の東西にわたり、古今を貫く、詩論であり、文学論である。芥川の「古典と現代文学」であり、「二十世紀文学論」である。すなわち、これは、単なる「感想」にとどまらぬ。研究者からも高く評価される内容を持った、論理・連想兼備の評論である。そして、さらに、これは、芭蕉に仮託した自己省察の文学、ということができるものでもある。すなわち、三好行雄が説くように、これは「告白の含羞《がんしゅう》を回避するために、比喩《ひゆ》と逆説で武装した自画像にほかならない」（『芥川龍之介論』筑摩書房、昭和五一・九・三〇）作品、なのである。こうして、『芭蕉雑記』は、芥川晩年の力作評論であるのみならず、最も芥川的な芥川文学の一つとして、今日の鑑賞に堪えうる作品、ということができる。最後に、この『芭蕉雑記』の続きとして、昭和二（一九二七）年八月『文芸春秋』に発表された『続芭蕉雑記』があり、『文芸的な、余りに文芸的な』（岩波書店、昭和六・七・五）に収録された。「一 人」「二 伝記」「三 芭蕉の衣鉢」の三断章から成り、「これは（中略）『芭蕉雑記』の一部になるものである。」との「追記」がある。これが執筆されたのは、昭和二年七月であるらしい。とすれば、芥川は、その死の直前まで、芭蕉の上に、そして、芭蕉を通して自分自身の内に、思いをいたしていたのである。（荻久保泰幸）

畑耕一《はたこういち》 明治二九・五・一〇～昭和三二・一〇・六（一八九六～一九五七）。小説家・評論家・劇評家。広島県生まれ。東京帝国大学文科大学英文科卒業後、東京日日新聞の記者を勤める一方、大正二（一九一三）年三月の『三田文学』に『怪談』を発表して文壇に登場。以後『おぼろ』『淵』『道頓堀《どうとんぼり》』など浪漫的耽美的な作品を発表。一三（一九二四）年松竹キネマに入社後は、大衆芸能にまでその活躍の場を広げ、作家活動も大衆小説の方へ向かった。作品としては、芥川の序文のある小説・戯曲集『笑ひきれぬ話』（大阪屋号書店、大正一四・一〇）のほか『棘《いばら》の楽園』（博文館、昭和四・三）『陽気な喇叭《ラッパ》卒』（資文堂書店、昭和四・五）などがある。芥川は新聞記者時代の畑に、他の作家を紹介するとともに、『笑ひきれぬ話』の序文で「人間界の話は不幸にも大抵は『笑ひきれぬ話』である。」その話をとらえることはだれにでもできることではないが、この作品は「それを易易《やすやす》と、しかも立派にやつてのけ」ていると述べ、その作品に注目している。（片岡 哲）

秦豊吉《はたとよきち》 明治二五・一・一四～昭和三一・七・五（一八九二～一九五六）。翻訳家・随筆家・劇場経営者。東京生まれ。七世松本幸四郎の甥《おい》。東京帝国大学法科大学（東大法学部の前身）卒業。府立一中から一高へ入り、芥川の言う「高等学校以来の友だち」（『学校友だち』、『中央公論』大正一四・二）となる。芥川は東大時代に、「秦の縁談の世話」をしたり（井川恭《きょう》宛、大正五・六・二九《推定》）、秦が受けた「外交官試験」の結果を心配したり（秦宛、大正五・九・二〇）、卒業後には、三菱商事の社員としてドイツへ行く前に「評論集を出したいと云ふ」秦のために、江口渙《かん》に「本屋」との間に立つよう依頼したり（江口宛、大正九・一・一九）している。芥川は秦の著書『文芸趣味』（聚英閣、大正一三・五・一五）に「序」を書き、「文章ノ才ハ一家ヲ成スニ足ルモノアリ。同窓ノ友久米正雄、芥川龍之介等、皆ソノ才ニ推服ス。」と記してもいる。秦はのち、帝国劇場社長に就任している。

（斉藤英雄）

鼻《はな》　小説。王朝ものの一編。大正五（一九一六）年二月一五日発行の雑誌『新思潮』創刊号（第四次）に「芥川龍之助《ママ》」の署名で発表。のち『羅生門』（阿蘭陀《オランダ》書房、大正六・五・二三）『鼻』（春陽堂、大正七・七・八）『将軍』（新潮社、大正一一・三・一八）『沙羅《さら》の花』（改造社、大正一一・八・一三）『芥川龍之介集』（新潮社、昭和二・九・一二）に収録。初出以下の諸本で十数か所の異同があるが、いずれも大きなものではない。日付が初出では「（四年十二月）」とあり、「禅智《ぜんち》内供《ないぐ》は、禅珍内供とも云はれてゐる、出所は今昔（宇治拾遺にもある）である、しかしこの小説の中にある事実がそのまゝ出てゐるわけではない」という一文が文末にある。『羅生門』では日付が「―五年一月―」となっており、以下諸本で日付を付したものは同様になっている。『今昔物語集』巻二十八「池尾《ノ》禅珍内供《ノ》鼻語《ノこと》第二十」、『宇治拾遺物語』巻二ノ七「鼻長《キ》僧《ノ》事」を素材とした作品で、素材はいずれも、真言の行法をよく修めた徳の高い僧である主人公が、五、六寸もある長い鼻の持ち主で、鼻を茹《ゆ》でて踏んで毛穴から出る虫のようなものを抜いてまた茹でるという方法で鼻を短くし、二、三日してまた腫《は》れて来ると同じ方法を繰り返していたこと、食事のときはいつも弟子の僧が対座して板で鼻を持ち上げていたが、その僧が病気で内供は朝粥《がゆ》も食べられず困っていたのを中童子が申し出て代わりを勤めたが、くしゃみをして鼻を粥の中に落としたので、立腹した内供が、これが自分ではないやんごとない人の鼻を持ち上げる場合だとしたらどうするかと叱《しか》ったので、こんな鼻を持った人がほかにいようかと皆で笑ったという話を内容としている。高僧の愚かしさを笑ったこの説話に対し、芥川は内供に、「鼻によつて傷《きず》つけられる自尊心の為《ため》に苦し」むデリケートな神経を持つ知識人としての性格を付与し、その「自尊心の毀《き》損《そん》を恢復《くわいふく》」しようとして様々の試みをする姿を描く。そして震旦《しんたん》から渡って来た医者から治療法を教わって来た弟子の僧の勧めにより、鼻を短くするのに成功し、満足するが、かえって前よりあからさまに笑われる。そこに、人が不幸な境遇から抜け出したのを喜ばない傍観者の利己主義があるという説明を作者はする。内供はなまじ鼻の短くなったのが恨めしく、日々に不機嫌になってゆくが、ある、風の吹く寝つかれない秋の一夜を過ごした朝、鼻が長くなっているのを知り、はればれした心が戻って来たのを感じるという筋に仕立てている。発表時、『新思潮』の同人などの評価は必ずしも高くなかったようであるが、夏目漱石に「あなたのものは大変面白いと思ひます落着《おちつき》があつて巫山戯《ふざけ》てゐなくつて自然其儘《そのまま》の可笑味《をかしみ》がおつとり出てゐる所に上品な趣があります夫《それ》から材料が非常に新《あた》らしいのが眼《め》につきます文章が要領を得て能《よ》く整つてゐます敬服しました。あゝいふものを是《これ》から二三十並べて御覧なさい文壇で類のない作家になれます」（芥川宛書簡、大正五・二・一九）と賞賛され、文壇的出世作となった。漱石は人間の悲哀が技巧のうちに描写されていることを見抜いて励ましと理解を送ったのである。吉田精一の言うように「形式内容の渾然《こんぜん》たる点でも、漱石のいうように前人未踏の新しい材料を捉《とら》えた点でも、たしかに当時の文壇に一異彩を放つ作」であったろう。芥川は内供の心理の起伏を描くことによって、他人に自分がどう映ずるかということばかり始終気にしている人間、それに付随して周囲の傍観的な冷ややかさをたたえた眼を捉えてみせた。他人の眼によって一喜一憂する内供は、その意味では、時々の状況によって変わってゆく、己に根ざした生の指針を持たない『羅生門』の下人と一脈通じるものを持っている。それは当時の芥川の人間観を語っていると思われる。発表誌『新思潮』創刊号の「編輯《へんしゆう》後に」に「僕はこれからも今月のと同じやうな材料を使つて創作するつもりでゐる。あれを単なる歴史小説の仲間入《いり》をさせられてはたまらない。」と書いている

はな

『鼻』の初稿と『新思潮』掲載の『鼻』

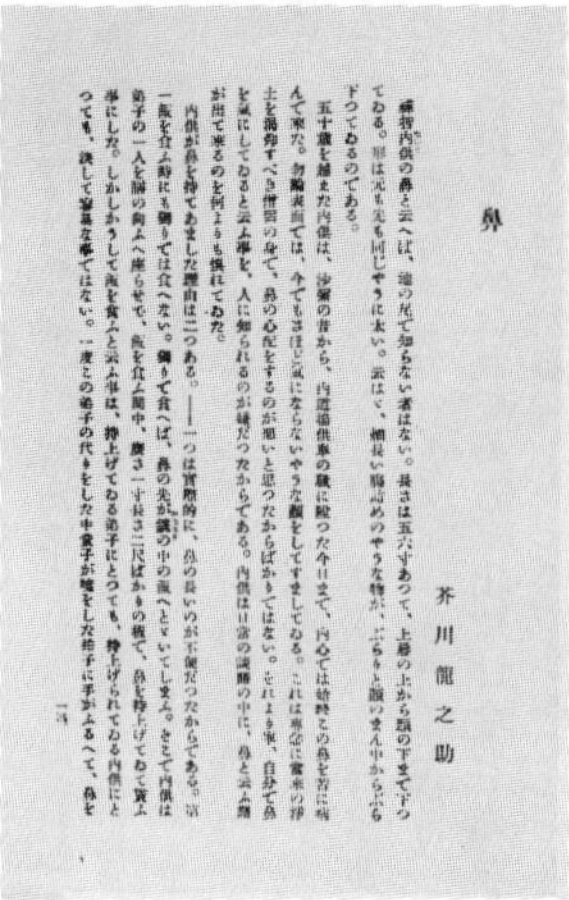
鼻

芥川龍之介

禅智内供の鼻と云へば、池の尾で知らない者はない。長さは五六寸あつて、上唇の上から顋の下まで下つてゐる。形は元も先も同じやうに太い。云はゞ、細長い腸詰めのやうな物が、ぶらりと顔のまん中からぶら下つてゐるのである。

五十歳を越えた内供は、沙彌の昔から、内道場供奉の職に陞つた今日まで、内心では始終この鼻を苦に病んで来た。勿論表面では、今でもさほど気にならないやうな顔をしてすましてゐる。これは専念に當来の浄土を渇仰すべき僧侶の身で、鼻の心配をするのが悪いと思つたからばかりではない。それよりも寧、自分で鼻を気にしてゐると云ふ事を、人に知られるのが嫌だつたからである。内供は日常の談話の中に、鼻と云ふ語が出て来るのを何よりも惧れてゐた。

内供が鼻を持てあました理由は二つある。――一つは實際的に、鼻の長いのが不便だつたからである。第一飯を食ふ時にも獨りでは食へない。獨りで食へば、鼻の先が鋺の中の飯へとゞいてしまふ。そこで内供は弟子の一人を膳の向ふへ坐らせて、飯を食ふ間中、廣さ一寸長さ二尺ばかりの板で、鼻を持上げてゐて貰ふ事にした。しかしかうして飯を食ふと云ふ事は、持上げてゐる弟子にとつても、持上げられてゐる内供にとつても、決して容易な事ではない。一度この弟子の代りをした中童子が嚔をした拍子に手がふるへて、鼻を

一四

のは、創作態度と作品に対する自信の表明であろう。のちに芥川は『あの頃の自分の事』（別稿）で「自分は半年ばかり前から悪くこだはつた恋愛問題の影響で、独りになると気が沈んだから、その反対になる可く現状と懸け離れた、なる可く愉快な小説が書きたかつた。」と『羅生門』と『鼻』について語っている。動機として滑稽《こつけい》な話を書いて気を紛らわすということがあったとしても、作品に流れているのは「近代的な心理」と「厳粛な人間の悲劇」（竹内真）と見られよう。一方、岩上順一の『歴史文学論』（中央公論社、昭和一七・三・三〇）のように唯物論思想の台頭に対する批判と見るような見方も現れた。また素材の解釈に関し、吉田精一はゴーゴリの『鼻』から暗示を得ていると指摘し、「表面的なユーモアや諧謔《かいぎゃく》にもかゝわらず、この作品の根底には人生に対する懐疑的な精神や、心をひらいて温かい愛情を授受し得ない利己的な人間性に対する諦観《ていかん》が、色濃く流れている」と述べている。三好行雄は「作品の出来栄えはさほどでもない。作意の底が意外にあさいし、〈傍観者のエゴイズム〉をいう作者の説明が、主題の奥行きを消した憾《うら》みもある。また、傍観者の嘲笑に傷つく被害者としての内供を描く後半と、〈栄ゆる寺〉の高徳の長者としてあらわれ、長鼻ゆえに傷つく自尊心や偽善をあばかれる前半とは、モチーフのうえで微妙な差がある。」と作の不徹底をつくとともに、不徹底さゆえに漂う後半のペーソスを漱石の「猫」の場合などと比較して論じている。鳥居邦朗は、芥川は、内供を笑う人々に世間の酷薄さを見、『今昔物語集』の作者に小ざかしさを見たのではないかと言い、内供の不幸の原因を看破しつつも同じような「対世間意識を捨てることができなかった人」としての芥川をとらえている。またゴーゴリの『鼻』との関係もそれほど密接ではないと論じている。また石割透は龍之介の恋愛問題と関連させて、諦念を託した告白的作品とする見方をしている。

〔**参考文献**〕竹内真『芥川龍之介の研究』（大同館書店、昭和九・二・八）、吉田精一『芥川龍之介Ⅰ』（桜楓社、昭和五四・一一・一二）、鳥居邦朗「芥川龍之介『鼻』」（『解釈と鑑賞』昭和四五・四）、石割透「芥川龍之介『鼻』をめぐって」（『国文学研究54』早稲田大学、昭和四九・一〇）、三好行雄『芥川龍之介論』（筑摩書房、昭和五一・九・三〇）（菊地　弘）

『鼻』《はな》　作品集。大正七（一九一八）年七月八日、春陽堂刊。新興文芸叢書第八篇。菊半截《せつ》判、二五五頁。定価五拾銭。表紙は右側二分が白、左側八分が紫のツウトン・カラー。背も白で、題字・著者名は金。表紙左上方に赤の小字で The Current／Literature／Library と英字三行に叢書名を記すという瀟洒《しようしや》な装丁である。序・跋《ばつ》など無し。作品は最初から順に『鼻』『羅生門』『猿』『孤独地獄』『運』『手巾《ハンケチ》』『尾形了斎覚え書』（「目次」に当たる「内容」では『尾了斎覚え書』と誤まる）『虱《しらみ》』『酒虫』『貉《むじな》』『忠義』『芋《いも》粥《がゆ》』『西郷隆盛』の一三編。前年刊行の処女作品集『羅生門』から『父』と『煙管《きせる》』を除いたものに、この七年一月『新小説』に発表した

『西郷隆盛』を収めている。そういう内容のため『羅生門』の姿を変えての再刊と見られてか、これまで軽視されてきたきらいがある。例えば岩波の新書版全集第一九巻の「著作一覧」には取り上げられていない。しかし、『羅生門』の末尾の一行が「下人の行方は、誰も知らない。」に変えられたのは、ここにおいてであり、また『西郷隆盛』が初めて収められた作品集はこれであり、決して軽視できないのである。作者は『羅生門』の再刊という印象を避けるべく、『鼻』と表題を変更したようであり、収録順も『羅生門』と『鼻』を入れかえて『鼻』を最初に据えた。『父』と『煙管』を除いたのは、すでに前年に新潮社から出した『煙草《たばこ》と悪魔』に、『羅生門』からこの二編をとって再掲したからであろう。瀬沼茂樹はこの作品集『鼻』を解説した文章（『名著復刻芥川龍之介文学館解説』昭和五二・七・一）で、『羅生門』以外の作品もこの作品集『鼻』では「推敲の跡が少《すくな》からず認められるから、注意するがよい。」と記している。芥川龍之介の作品は、これまで余り本文校訂に意を払われずにきた。改められるべきことであろう。作品集『鼻』はもっと重視されてよい。

（佐々木充）

作品集『鼻』の扉

花屋日記《はなやにっき》　藁井《わらい》文暁作の江戸後期の俳《はい》諧《かい》書。文化八（一八一一）年成立。芭蕉の弟子たちの名を借りて、元禄七（一六九四）年九月一二日以降の、芭蕉の旅行、病中、臨終、葬送について、手記や書簡、追悼文などの形を合わせて記したもの。上、下二巻より成り、普通『芭蕉翁反古文《ほごぶみ》』の名で知られている。芥川が大正七（一九一八）年一〇月に発表した作品『枯野抄』は、初めこの『花屋日記』を参考に、芭蕉が死ぬ半月ほど前から死ぬところまでを書く予定で書き始められていたらしい。しかし、沼波瓊音《ぬなみけいおん》に同じような作品（『芭蕉の臨終』敬文館、大正二・一〇・二五）があることを知って変更され、蕪村の『芭蕉涅槃《ねはん》図』からヒントを得て、臨終の場面に限定した形になったと言う（『一つの作が出来上るまで』）。題辞がわりに、「旅に病むで夢は枯野をかけめぐる」の部分が引用されている。

（海老井英次）

母《はは》　小説。大正一〇（一九二一）年九月一日発行の雑誌『中央公論』に発表。『春服《しゅんぷく》』（春陽堂、大正一二・五・一八）に収録。初出と単行本のものとの異同は主として三（章）の全部にわたっているが、筋の違いはほとんどない。が、そのうちで大きな異同は、作品の終わりのところで単行本では女主人公敏子が文鳥を放してやろうとする光景の描写があるが、初出では全然ない。この作について芥川は、「『母』は思ふに㈢悪し　女主人公が人の子供の死んで喜ぶ所をもつとアクションの上より書けばよろしからむか　さうすれば中々悪短篇にあらず　好短篇になる事受合ひなり」（佐々《ママ》木茂索宛書簡、大正一〇・九・二〇）と書いている。小説は三つの場面から成立している。上海《シャンハイ》の旅館の二階の一室に野村敏子とその夫がいた。昨夜同じ旅館の三階から引っ越してきたばかりである。だが隣室から赤児《あかご》の泣き声がきこえ、それで敏子は最近肺炎でなくした自分の赤児のことを思い出し、それが嫌で夫婦は再び三階に戻る。その翌日、敏子は、赤児がいる二階の隣室の女（同名の敏子）とふとしたきっかけで知り合った。そこでおのずから赤児のことが話題にのぼった。ところが泣き立てる赤児を胸に抱いた隣室の女は、「張り切った母の乳房の下から、汪然《わうぜん》と湧いて来る得意の情」をどうすることもできなかった。そのうちこの夫婦は雍家花園《ようかかえん》へ移住した。敏子は上海にいたときよりやや血色が好い。ある午《ひる》すぎ、敏子に郵便がきた。その手紙は意外にかつての上海の隣室の奥さんからのものであって、その文面によると「お隣の赤さん」もまた、やはり風邪をこじらせて肺炎で死亡してしまったという。それを読んで敏子は「ほんたうに世の中はいやになつてしまふ。」と憂鬱《ゆううつ》そうに言いながら、文鳥を追善のため放してやろうとする彼女の表情にはなぜか幸福の微笑がみなぎっていた。夫はその妻の微笑に何か酷薄なものを感じたのであった。かようにこの作品は、母の優情と、それと全くうらはらな母のエゴイズムとの両面を巧みに描いているのである。

（久保田芳太郎）

ババベックと婆羅門行者《ばばべっくとばらもんぎょうじゃ》 翻訳。大正七（一九一八）年五月一日発行の雑誌『帝国文学』第二四巻第五号に「芥川龍之介訳」の署名で掲載され、のち単行本の随筆集『点心』（金星堂、大正一一・五）に収められた。ヴォルテール Voltaire（本名 François-Marie Arouet 一六九四・一一・二一～一七七八・五・三〇）の短編作品。原題は「行者たち及び彼の友人のババベックについての一トルコ人の手紙」Lettre d'un Turc sur les fakirs et sur son ami Bababec（一七五〇）。ヴォルテールはフランスの古典主義的劇作家・啓蒙思想家で、しばしば異教徒の話に託して宗教上の狂信の迷妄を鋭く風刺したがこの作品もその一つで、イスラム教徒のトルコ人〈私〉を通してバラモン教の修行者の狂信を描いたもの。〈私〉がバラモン教の聖地ベナアルに滞在していたとき、バラモン教徒のオムリという男の家に世話になっていた。バラモンの修行者は肉体を痛めつければ痛めつけるほど徳が高いと評されるが、オムリは人間としてこの世に在る間に善い行をして世の中に尽くすことの方がそうした難行苦行をすることより大切だと考えていたので、名高い修行者のババベックの所へ行って問いかける。ババベックは素っ裸で首のまわりに六〇ポンドもする大きな鎖をさげ、釘《くぎ》のたくさん植えられた木のいすに座っている。そのような苦行に耐えているためにたいへんな人気で多くの女たちが魂の救いのための相談にやってくる。次に引用するのはオムリとその修業者の問答の部分である。「『先達、あなたは私の霊魂が七生の試錬を経た後で、私は婆羅吸摩《ブラアマ》のゐる所へ行かれると御思ひですか。』かうオムリが云つた。／『それはお前の生活の仕方次第だ。』かう婆羅門行者が答へた。／『私は善い市民になり、善い夫になり、善い父親になり、善い友人にならうとして、努力してゐます。私は金持ちには入用のあり次第、無利子で金を貸してやります。貧乏人にはそれも唯《ただ》でくれてやります。それから又近所の人とは喧嘩《けんくわ》などをした事がありません。』／『お前は尻《しり》へ釘を打ちこんだ事があるか。』／『いえ、先達。』／『それは残念だな。お前はきつと第九天へははいれまい。重々気の毒だが。』／『よろしうございます。私は私の運命に全く甘んじて居ります。輪《りん》廻《ね》を経る間に私の義務を果《はた》して、最後に天上に迎へられるのでございましたら、第九天にせよ、第十二天にせよ、そんな事は毛頭私はかまひません。この世で正直な人間となり、婆羅吸摩の国で幸福になると致しましたら、それでもう十分ではございませんか。ババベック先達、あなたは釘と鎖とで、一体第何天に行かうと思つていらつしやるのです。』／『第三十五天へ。』とババベックが答へた。」そこでオムリはババベックに向かって、あなたはこの世で名誉を求める者をお叱《しか》りになるが、あの世ではたいへんな名誉を求めようとなさっている、と反論し、釘の上に座る十年より実際に人のために働く十日のほうがどんなに貴いかわからないといって逆に修業者を説得し自分の家へ連れ帰ってまともな生活を送るようにさせた。ババベックも二週間ほどの間はそのことを喜んでいたのだが、人民の信用をすっかり失ってしまい女たちも相談に来なくなったので再び釘の座に座るためにオムリの家を去ったのであった。以上のような話である。

（剣持武彦）

パピニ《ぱぴに》 Giovanni Papini 一八八一・一・二九～一九五六・七・八。イタリアの文学者。初期の無神論、無政府主義の立場からのちにカトリックに改宗し『クリスト伝』を書いた。芥川が本格的にパピニに言及するのは、キリストや聖書に真剣な興味を抱き「評判のパピニのクリスト伝と云ふものを読んだ。」(『文芸雑談』) 最晩年である。『西方の人』『続西方の人』にはパピニの名が散見され、「各章の題名のつけ方、章の区切り方、キリストに関するエピソードの取り上げ方、特殊な表現の使い方等」(茅野直子「西方の人とパピニの基督《キリスト》の生涯」)に『クリスト伝』との類似が指摘されている。パピニは「詩的情熱」に富み、紋切型のクリスト像を粉砕し「クリストの一言一行に永遠の註釈を与へ」(『続西方の人―20 受難』)たが、その人間的かつ神秘的なキリスト像が芥川の「西方の人」像に与えた影響は大きい。ほかに、パピニの自伝風長篇 "A Finished Man" (「行詰った男」)の名が書簡(葛巻《くずまき》義敏宛、大正一四・四・一三)に見え、貧しい家に生まれたパピニの暗い生い立ちへの興味もうかがわれる。

(神田由美子)

ハムレット《はむれつと》 Hamlet デンマークの王子ハムレットの悲劇を描いたシェイクスピアの戯曲(一六〇一年ごろ作)。芥川の『ハムレット』への言及は多い。海軍機関学校教官時代、「ハムレットを読んで大《おほ》に感心した」(井川恭《きょう》宛、大正七・三・一一)と述べていることなどは良い例であろう。特に注目すべきは、婚約者塚本文《ふみ》宛書簡(大正六・一二・一二)において、「Frailty, the name is woman!」について「女と云ふものの当てにならない事を云つた」ものと説明し、「文ちゃんもお気をつけなさい 明日にもボクがいやになる事だつてないとは云へませんト」と付加していることである。『ハムレット』を利用して婚約者の心をつなぎとめておこうとする芥川のいじらしさが出ていて興味深い。晩年には、芥川は『ハムレット』を「ゲエテによれば」と断りながらも、「思想家たるべきハムレットが父の仇を打たなければならぬ王子だつた悲劇」(『文芸的な、余りに文芸的な』)としている。

(斉藤英雄)

早川孝太郎《はやかわこうたろう》 明治二二・一二・二〇～昭和三一・一二・二三(一八八九～一九五六)。民俗学者。愛知県生まれ。明治三九(一九〇六)年に豊橋市の私立素習学校を終えると、画家を志して上京し、葵橋洋画研究所に入り、白馬会《はくば》に属した。のちに日本画に転じ松岡映丘《えいきゅう》に師事。さらにその兄柳田国男の『郷土研究』に「色々の蛇」「オトラ狐《ぎつね》の話」などを寄稿。ほかに『三州横山話』(郷土研究社、大正一〇・一二・二五)『花祭』(岡書院、昭和五・四・一五)『猪《しし》・鹿《しか》・狸《たぬき》』(郷土研究社、大正一五・一一・一五)『大蔵永常』(山岡書店、昭和一八・三・五)など。芥川は『澄江堂《ちょうこうどう》雑記―家』(大正一三・三)の中で、盗賊が用心に唱える歌――「ねるぞ、ねだ、たのむぞ、たる木、夢の間に何ごとあらば起《おこ》せ、桁《けた》梁《はり》」――を引いて、「『家』に生命を感じた古《いにし》へびとの面目を見るやうである。」と言い、「早川氏の『三州横山話』は柳田国男氏の『遠野《とほの》物語』以来、最も興味のある伝説集であらう。」と書いている。『東京日日新聞』の『ブックレヴィユー』(大正一五・一二・六)で「『猪・鹿・狸』は民俗学の上にも定めし貢献する所の多い本であらう。しかし僕の如き素人にもその無気味さや美しさは少からず魅力のある本である。」と書いている。

(影山恒男)

林原耕三《はやしばらこうぞう》 明治二〇・一二・六～昭和五〇・四・二三(一八八七～一九七五)。英文学者・俳人。旧姓岡田、俳号耒井《らいせい》。芥川龍之介の一高時代の先輩であり、芥川の漱石山房入りの手引きをしたことでも知られる。福井県生まれ。福井中学校を経て、明治四二(一九〇九)年一高第一部丁類に首席合格。それ以前から漱石山房に出入りしており、漱石はこの年八月七日の日記に「一昨日岡田耕三が来て第一高の仏文学志望の試験を学科の方で及第したが、体格があやしいと云つて落胆してゐたが、新聞を見ると首席で及第してゐた、定めし嬉しからう。」と書きつけることになる。しかし彼は一高を中退し検定試験を受けて卒業。東京帝国大学文科大学仏文科から英文科に転じ、大正七(一九一八)年卒業。大学在学中の大正四(一九一五)年一一月、久米正雄と芥川龍之介を早稲田南町の漱石山房の木曜会に案内する。芥川の『漱石山房の冬』(『サンデー毎日』大正一二・一・七)にその夜のことが

林原（岡田）耕三

回想され、林原は「綿抜瓢一郎《わたぬきへういちろう》と云ふ筆名のある大学生」として登場する。一高・東大時代を通し、仏文科の同級生豊島《とよしま》与志雄と親しく、また漱石にその才を愛《め》でられ、単行本の校正などを任せられた。大学卒業後『漱石全集』の刊行に小宮豊隆《とよたか》らと力を尽くす。のち松山高校・台北高校・法政大学・明治大学の教授を歴任。戦後、明治大学人文科学研究所長を務めた。英文学関係論文のほか、漱石や同時代作家に言及したユニークな随筆集『漱石山房の人々』(講談社・昭和四六・九・二八)『漱石山房回顧・その他』(桜楓社、昭和四九・二・五)がある。また、松山時代に大須賀乙字が創刊した『石楠《しゃくなげ》』に入り、臼田《うすだ》亜浪《あろう》を師として始めた耒井の号による俳句は、素人の域を出、一家の風を成した。句集に『蜩《ひぐらし》』(桜楓社出版、昭和三三・六・五)『梅雨の虹』(南雲堂桜楓社、昭和三九・一〇・二〇)などが、俳論に『俳句形式論』(南雲堂桜楓社、昭和三九・六・一〇)『芭蕉を越ゆるもの』(桜楓社、昭和四七・一一・一五)などがある。ほかに翻訳書、編注書が若干ある。晩年は現代俳句協会名誉会員に推され、斯道《しどう》の発展に貢献した。

（関口安義）

原善一郎《はらぜんいちろう》　明治二五・四・一二〜昭和一二・八・六（一八九二〜一九三七）。貿易商。芥川龍之介の府立三中時代の後輩。神奈川県生まれ。早稲田大学高等科卒業後、大正二（一九一三）年九月渡米、コロンビア大学に留学、大正五（一九一六）年帰国、祖父善三郎以来の貿易業を継ぐ。善一郎宛の芥川書簡（大正二・一一・一ほか）に見られるごとく、二人には芸術一般、殊に絵画に対する共通の趣味があり、芥川は善一郎の父富太郎（三渓）が、画家を後援する傍ら収集した絵画を見て、「この頃原の所で絵をみて以来大に日本人を尊敬し出した（中略）天平期の奴はその中でも殊にえらい　あの時分の数名の画家にくらべると雪舟さへ小さくなる」（井川恭宛、大正六・二・九）と記している。大正五年一〇月三一日付書簡中の「君の所」の「庭」とは、同六（一九一七）年一月二九日付書簡（共に善一郎宛）中の三渓園のことで、横浜市本牧三ノ谷にあり、当時は原家の庭園（後に横浜市に寄贈）であった。

（栗栖真人）

春《はる》　小説。大正一四（一九二五）年四月一日発行の『女性』に掲載。ただし「一」と「二」の前半部は、大正一二（一九二三）年九月発行の『中央公論』に掲載されたもの。しかも一四年の『女性』掲載時においてなお作品は完成されず、ついに未完のまま筆が断たれた。作品には広子と辰子《たつこ》という、相反する二様の性格を表すかにみえる姉妹が登場。広子が結婚して二年目のある日、突然、妹の辰子が洋画研究所の生徒大村篤介と結婚したいと言い出す。辰子の依頼によって広子が二人の恋愛問題の解決に乗り出すところで中断している。その「付記」には「この前半は大正十二年九月発行の中央公論に掲げたものである。が、震災のあつたり何かした為《ため》に続編《ママ》を艸せずに打捨てて置いた。今続篇を艸するに当《あた》り、前半をも活字に組ませたのは掲げる雑誌を異《こと》にしたからである。又この続編《ママ》も稿半ばに親戚《しんせき》に病人を生じ為にペンを抛《なげう》たなければならなくなつた。これも併せて読者諸君の有恕《ゆうじょ》を請ひたいと思つてゐる。」とあった。「付記」中の震災は九月一日の関東大震災、親戚の病人云々《うんぬん》は義弟塚本八洲《やしま》の喀血《かっけつ》を指すか。この二度目の中絶について一四年三月一九日付、小沢忠兵衛（碧童《へきどう》）宛書簡では、他に芥川が仲人をした岡栄一郎夫妻の離婚問題を挙げ、「なほその余波にて何も出来ず、いら〳〵ばかりして弱つて居ります」と記している。角田《つのだ》忠蔵編『芥川龍之介自筆未定稿図譜』には『春』続稿とみられる断片の翻刻があり、葛巻《くずまき》義敏編『芥川龍之介未定稿集』収録の『新潟での座談会』では、『邪宗門』は「たうとう駄目」であったが『春』については継続の意志がまだあると言い、「然《しか》しどうなりますか」と付け加えている。作品の完結を期しながら再度未完のまま放《ほう》擲《てき》せざるを得なかった事実は、逆になぜ『春』は完結されなければならなかったかという疑問にもつながっていく問題である。この前後から小説らしい小説が激減していく作家の内的事情とあわせて考える必要があろう。　（中村　友）

バルザック《ばるざつく》　Honoré de Balzac　一七九九・五・二〇〜一八五〇・八・一八。フランスの小説家。『人間喜劇』の総合的題名のもとに約九〇編の長・短編小説を書いた。芥川のこの作家の名を挙げた例は、創作・随筆・書簡・日記の類に少なからず見られる。大正四（一九一五）年七月一一日付、井川恭《きよう》宛の書簡に付された詩の末尾には、「不可思儀《(ママ)》の巻煙艸《まきたばこ》をくゆらすとは／わがオノーレ　ド　バルザックの語なり」とある。『骨董羹《こつとうかん》』の「俗漢」（大正九）には、「バルザックのペエル・ラシエエズの墓地に葬らるゝや、棺側に侍するものに内相バロツシユあり。送葬の途上同じく棺側にありしユウゴウを顧みて尋ぬるやう、『バルザック氏は材能の士なりしにや』と。ユウゴオ咈吁《ふつか》として答ふらく『天才なり』と。バロツシユその答《こたへ》にや憤りけん傍人に囁《ささや》いて云ひけるは、『このユウゴオ氏も聞きしに勝る狂人なりけり』と。仏蘭西《フランス》の台《だい》閣亦這般《かくえきしやはん》の俗漢なきにあらず。日東帝国の大臣諸公、意を安んじて可なりと云ふべし」と。　（石丸　久）

バルタザアル《ばるたざーる》　フランスの作家アナトール・フランス Anatole France（一八四四〜一九二四）の小説の翻訳。大正三（一九一四）年二月一二日発行の『新思潮』第一巻第一号に「バルタザアル（アナトオル・フランス）」の表題、「柳川《やながわ》隆之介」の署名で掲載。大正八年七月一日発行の『新小説』第二四年七号に「芥川龍之介訳」の署名で再録。単行本では『影燈籠《かげどうろう》』（大正九・一）『梅・馬・鶯《うぐいす》』（大正一五・一二）に再収。『「バルタザアル」の序』は『新小説』に再録の際、文頭に付され、のち『点心』（大正一一・五）に収められた。『バルタザアル』は「バルタザールとバルキスの女王」Balthasar et la Reine Balkis としてカルマン・レヴィ書店より一八八九年刊行。カルトレ版、一八九九年刊。J・レイン女史による英訳は一九〇九年刊。芥川の翻訳はレインの訳によっている。「其頃はギリシア人にサラシンとよばれたバルタザアルがエチオピアを治めてゐた。」という書き出しで、バルタザアルが即位してから三年め、二二歳のときから物語が始まる。バルタザアルはシバの女王バルキスの招きに応じ、訪問の旅に出る。従うは魔法師のセムボビチスと宦官《かんがん》のメンケラである。七五頭の駱駝《らくだ》にはエチオピアの特産物、肉桂《につけい》、没薬、砂金、象牙《ぞうげ》などを満載している。一二日の旅ののち一行はシバの市に着く。バルタザアルはこの市が倉庫と工場に満ち富み栄えているのに驚く。シバの女王は噴水の噴きあげる庭園でバルタザアルを迎える。女王は「夢」よりも愛らしく、「望《のぞみ》」よりも美しく彼の目に映り両国間の商業上の条約を結ぶための訪問であることも忘れ、彼は女王の妖艶《ようえん》な美しさに酔いしれてしまう。シバの女王バルキスの「怖《おそれ》」ということを知りたいという願いをかなえるために、二人は乞食と百姓女に変装し夜の街に紛れこむ。（以上第一章）バルキスはバルタザアルをある居酒屋へ伴うが食事ののち金を支払う段になって金を携えて来なかったことに気付き、黙って抜け出そうとして店の主人と争う。彼は豪力で店のものたちをたたきのめしバルキスと脱出する。水のない河床を下ってゆくうちバルタザアルの額から血がバルキスの胸に滴ると彼女は「わたくしはあなたを愛して居りますわ」とつぶやく、二人は抱き伏して朝を迎えるが通りがかりの盗賊の一味に捕えられてしまう。途中で盗賊と争いバルタザアルはナイフを腹に突き立てられ気絶する。（以上第二章）バルキスの警備兵に二人は救われ六〇日目にやっとバルタザアルは人心地つく。ところがバルキスはその間にコマギイナの王と情を通じている。激高したバルタザアルに対してバルキスはあなたは夢を見ているのだと言い放つ。バルタザアルは絶望し再び卒倒する。(以上第三章) 三週間の後バルタザアルは蘇生《そせい》し、愛欲に狂って平静の心を失ったことを深く悔い魔法師セムボビチスの忠告に従って知恵の探究に向かう。バルタザアルは二年の日子を費やして高い塔を築き天文の研究をする。(以上第四章) バルキスはバルタザアルの心が己を離れたことを知り長い隊列を組んで王を訪ねてくるが王は地上のバルキスを退け、天上の星の語るのに耳を傾ける。星の導きにより王は旅に出発する。途中ガスパアという若い王とメルキオルという老人の王に会い三人はベツレヘムへ向かう。星の止まった下にマリヤとともにある幼児《おさなご》を礼拝する。(以上第五章)

〔**参考文献**〕根津憲三「芥川龍之介とアナトオル・フランス」(『仏蘭西文芸』昭和八・六)、篠塚真木「芥川龍之介の創作とアナトオル・フランス」(『大正文学の比較文学的研究』明治書院、昭和四三・三・三〇)、唄修「アナトール・フランス」(『欧米作家と日本近代文学』2、フランス篇、教育出版センター、昭和四九・一〇・一五)、大塚幸男「芥川龍之介とフランス文学」(『比較文学原論』白水社、昭和五二・六・一〇)、中村真一郎「翻訳について―編集余話(その一)」(『芥川龍之介全集月報一』岩波書店、昭和五二・七)

(剣持武彦)

「春の外套」の序《はるのがいとうのじょ》 序文。佐佐木茂索の第一創作集『春の外套』巻頭に、「『春の外套』の序文」の題で掲げられた。大正一三(一九二四)年一一月二〇日、金星堂刊。のち『梅・馬・鶯《うぐいす》』に収録。芥川はこの年少の友を愛し(佐佐木宛書簡、大正九・六・一五など)、「本が出るよし 何よりも大慶」(大正一三・八・二〇)と佐佐木宛絵葉書に喜びを述べている。

(井上百合子)

春の心臓《はるのしんぞう》 アイルランドの詩人イェイツ William Butler Yeats (一八六五～一九三九) の作品『秘密の薔薇《ばら》』The Secret Rose (一八九七) の中の一編の翻訳。大正三(一九一四)年六月一日発行の『新思潮』一巻五号に押川隆之介(目次は柳川《やながわ》隆之介)の署名で掲載。大正八(一九一九)年一〇月一日発行の雑誌『解放』第五号に「W. B. Yeats 作芥川龍之介訳」の署名で再録。のちに『影燈籠《かげどうろう》』(春陽堂、大正九・一・二八)及び『梅・馬・鶯《うぐいす》』(新潮社、大正一五・一二・二五)に収められた。なお、岩波書店版『芥川龍之介全集』第一巻の「後記」は成瀬正勝旧蔵の『新思潮』の文末にある芥川の書き込みを紹介している。「W. B. Yeats には詩・論文以外にも、かゝる愛すべき小品がある。イエエツがA・Eに献じたる Secret Rose 中の一篇なり。五年以前の旧訳なれども、この種の小品を愛する事、今も昔に変《かは》らざれば、再録して同好の士の一読を請はんとす。『秘密の薔薇』は、千八百九十七年の出版。Stories of Red Hanrahan, Rosa Alchemica と共に一巻を成す。後千九百八年イエエツ全集刊行の時、改訂版出たり。」芥川がイェイツの『秘密の薔薇』を読んだのは大正二(一九一三)年九月一七日のこと。同日発の山本喜誉司宛の手紙に「一日を CELTIC LEGEND のうす明りに費《つひや》し候」とある。右の芥川の文章中にA・Eとあるのはイェイツの友人ジョージ・ウイリアム・ラッセル George William Russell (一八六七～一九三五)。ラッセルはアイルランドの詩人、批評家で、イェイツと共にアイルランド文芸復興に力を尽くした人である。あらすじは次の通りである。ジル湖畔の修道院で断食や戒行を続けている老修道士は五年余りの歳月、その修道士に仕えてきた少年に自分がなぜこのような苦しい修行をして来たかその理由を語る。それは自分が不死の霊に憧《あこが》れて「永遠なる青春の王国」に入ろうと願ったからだ。そのことが成就するのは明朝である。私がその国へ旅立つための準備を今夜のうちにしてくれたらお前はここを去って「お前の小屋を作り、お前の畑を耕し、誰なりとも妻を迎へて」暮らすがよい。そのための準備とは「新らしい緑の灯心草を床に敷き、更に卓子《テーブル》と灯心草とを、僧人たちの薔薇と百合《ゆり》とで掩《おほ》はなければならぬ。」少年は老修道士に命じられたとおりの支度をし灯心草を敷いた床の上に眠る。夜明け方に少年は起きて湖の岸に下り、老修道士の旅立ちのために岸べに小舟を用意する。「それから彼は坐《すは》つて、其第一時間が黎明《れいめい》を去るのを待つてゐた。次第に鳥が唄《うた》ひはじめた。かくて砂時計の最後の砂が落ちてゐた時に、忽《たちま》ちすべてのものは其音楽を以《もつ》て溢《あふ》るゝやうに見えた。これは其年の中《うち》の最も美しい、最も生命に満ちた時期であつた。そして今や何人も其中に鼓動する春の心臓に耳を傾けることが出来たのである。」（傍点引用者）しかし少年が再び老人のもとに引き返したとき、その老修道士は薔薇と百合との束を堅く抱いて椅子《いす》に座ったまま息絶えていた。自然に「春の心臓」の鼓動が再び甦ったその生命の季節に老修道士の命は天に召されたのであった。（剣持武彦）

春の日のさした往来をぶらぶら一人歩いてゐる《はるのひのさしたおうらいをぶらぶらひとりあるいている》 ⇩**野人生計事**《やじんせいけいのこと》

春の夜《はるのよ》 小説。大正一五（一九二六）年九月一日発行の雑誌『文芸春秋』第四年第九号に発表。『湖南の扇』（文芸春秋社出版部、昭和二・六・二〇）に収録。そのときの文末に「（大正一五・八・一二）」という日付が付けられた。物語は、僕がNさんという看護婦に聞いた話の紹介という形式になっている。ある年の春、気丈なNさんが派出された野田家での、ある晩の出来事が話の核心である。女隠居、娘の雪さん、その弟の清太郎の三人家族に、女中がいる。姉弟は肺結核で、中庭は木賊《とくさ》ばかり繁茂しているため、妙に気の滅入る家である。Nさんと張り合うほど気の強い雪さんにひきかえ、清太郎の方は、素直ではにかみやであるが、木賊の影が映っているように色白で、病気も重い。ある晩、氷を買いに行った帰り、Nさんは清太郎そっくりの少年に後ろから抱きつかれ、金をせびられる。逃げ帰ってみると、いないか死んでいるかと思われた清太郎は、離れに眠っていたが、Nさんは後ろが気になってならなかったという。Nさんの話の焦点が絞られるにつれ、不気味さは増す。導入部に当たる僕が話を聞いたいきさつも、大腸加答児《かたる》で下痢が続いて世話になった、元来は弟の看護婦であるNさんに、五月雨の降り続くなかで聞いたという設定になっているので、感銘はいっそう深い。しかし、構成は緻密《ちみつ》ではあるが、僕の察したとおりNさんは清太郎が好きであったという結末は、おざなりに過ぎ、感銘を損ねている。死と隣り合わせの暗鬱《あんうつ》で幻覚的な世界が、巧みに描かれてはいる。が、そこには救いがない。芥川がある看護婦から聞いた話であることは、宇野浩二宛書簡（昭和二・一・三〇）で知られ、それは、義弟の療養先で看護婦の世話になったと述べている小穴《おあな》隆一宛書簡（大正一五・六・二〇）が書かれたころと見られている。それだけに作品は、当時の芥川の心の暗さを伝えるものと言える。『庭』に続き、『悠々荘《ゆうゆうそう》』『玄鶴山房《げんかくさんぼう》』に連なる作品である。（吉田正信）

春の夜は《はるのよは》 随筆。昭和二（一九二七）年四月一日発行の雑誌『中央公論』第四二年第四号に発表。『湖南の扇』（文芸春秋社出版部、昭和二・六・二〇）に収録。全体は、九つの短い節から成っており、「如何《いか》にも春の夜《よ》らしい」い出来事や感想が並べてある。芥川の自殺の年、昭和二年二月五日の執筆という日付があるが、いかにもほのぼのとした話ばかりである。しかし、この日付から考えるとこの「春」は昭和二年の「春」ではなく、思い出の中の「春」である。（石原千秋）

手巾《はんけち》 小説。大正五（一九一六）年一〇月一日発行の雑誌『中央公論』第三一年第一一号に発表。『羅生門』（阿蘭陀《オランダ》書房、大正六・五・二三）、『鼻』（春陽堂、大正七・七・八）、『芥川龍之介集』（新潮社、昭和二・九・一二）などに収録。初出から『芥川龍之介集』までの諸本にわずかに異同はあるが、『鼻』所収のものを定稿とする。主人公の東京帝国法科大学教授長谷川謹造先生は、学者としてのみならず教育者としても令名のあるクリスチャンで国際人だが、近年の日本文明における精神的堕落を憂い、それを救うには日本固有の武士道によるほかはないと考えている。ある初夏の午後、ストリントベルクの『作劇術《ドラマトウルギイ》』を読んでいた先生は、一人の女性客の訪問をうける。西山篤子というその女性は、先生の知っている学生の母親で、看病のかいなく息子が亡くなったことを告げるが、そのときの彼女の、まるで日常茶飯事でも語っているような、口元には微笑さえ浮かべている態度に先生はまず驚かされる。しかし、それに続いて、偶然の機会で婦人が実はその全身の悲しみをテーブルの下で手巾を握りしめる形で堪えている姿を発見したとき、先生は別の驚きにとらえられる。夕食後に、アメリカ人である夫人に、先生は西山夫人の姿を「日本の女の武士道」と賞賛し、満足を覚えていたが、その後再び読み進んだ『作劇術』の中に、顔では微笑しながら手巾を手で引き裂く、名女優ハイベルク夫人の二重演技を「臭味《くさみ》」と断定してあるのを読んで、心の調和が乱されるのを知り、先生はしだいに不快な気持ちに沈んでいった。この作品について、作者自身は当初「新渡戸《にとべ》さんをかいたので社会的反響が僕にとって不快なものでない事を祈つてます作としてはグルードで駄目」（秦《はた》豊吉宛書簡、大正五・九・二五）と懸念をみせていたが、発表後の評判はよく、それを知って後は、文壇への「入籍届だけは出せました」（原善一郎宛、大正五・一〇・二四）と言うようになる。当時、文壇への登竜門と目されていた『中央公論』への初めての発表であり、かなり力を入れたものであることは推定される。「新理知派とも称すべき彼の小説中、殊に文明批評を狙《ねら》つた『手帛』の如きは、殊に注意して読んで頂きたい」（『新思潮』大正五・八）との友人（久米正雄か）の推す辞もみられる。時評では概して好評で、『芋粥《いもがゆ》』以上に評価する評（赤木桁平《こうへい》「十月の創作〈上〉」、『読売新聞』大正五・一〇・一〇）もあったが、一方では、主人公の性格の不備、創作意図の雑然さを指摘して「滑稽《こっけい》な作」とする酷評（斬馬生「十月の文壇」、『帝国文学』大正五・一一）もないわけではなかった。吉田精一は、大正五、六年にかけての、太宰施門らの伝統主義の主張と、それに対する和辻哲郎《わつじてつろう》らリベラリストの反論という文壇の動きを背景にとらえて

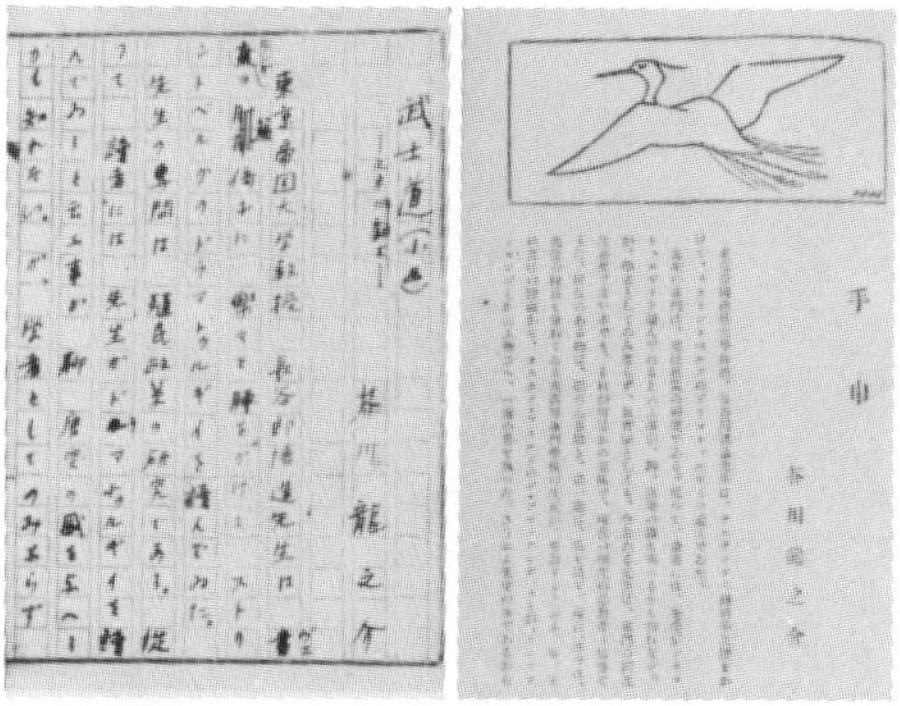

『手巾』（『中央公論』大正5年10月号）と「武士道」（手巾別稿）の原稿。

「文明批評としてはつっこみが足りず、作者自身も問題だけを出して、身をひいてしまつてゐる観があるが、気の利いたまとまりのよい短篇」とする。それに対して、三島由紀夫は「文明批評」などに拘泥しないで「これも美談否定物で、末尾には又なくもがなのレフレクションがついてゐるが、ここには作者自身の云つてゐる『型《マニイル》』の美がある。（中略）この型の美が、能楽の或《あ》る刹那《せつな》の型のやうな輝きを放つて、コントの小さな型式と融和したのである」と絶賛している。西山夫人に焦点を絞って極めて明快に読む三島の見解を容《い》れつつ、「美談否定を否定する三島由紀夫に肯定された美談否定の作品」であるこの作品を貫く手法に注目し、主題を負う人物長谷川先生を再確認したのが磯貝英夫である。長谷川先生を描く作者の「完全な見下ろし筆法」を指摘し「正面からの批判のことばはひとつもないので、気づかない読者もあるのだが、どこか偽善の匂《にお》いのする大ぶりな挙措、しかもそのことを決して意識することのない大時代なモラリストの姿が、自意識の過敏になった現代知識人の感覚によって、かなり意地わるく照らしだされている」とする。西山夫人には「児を失った母親の悲しみという厳粛な実感が実在している」のに、それを欠くハイベルク夫人との差を「無視する類比は浅薄だ」と、長谷川先生に象徴されるもののはらむ「根本的な危

険」をえぐり出している。読後の印象として西山夫人の「けなげな姿」だけが残る点は、芥川の失敗によるものであるとし、芥川の基本的な思想上の立場を「価値の多元論、相対主義の立場」をとる懐疑論であるとする。この作品の「文明批評」として何を読み取るかが作品論の核心を成すと言えよう。「泰西文化との出会いによる醒《さ》めた目の自覚、それによる古い〈型〉の動揺、その崩壊のきざしというならば、それはすでに明治末期の知的文学の格好の主題だったのだ。『手巾』はむしろそういう、いわば時代の問題をひかえめに受け継ぎ、そのかわり、それをより巧緻《こうち》、繊細に形象化してみせた作品にほかならなかった」（蒲生芳郎）との限定もある。三島のように西山夫人に誘引されることを極力避けるためには、長谷川先生の精神をいかに理解するかを明確にして、主題を把握しなければなるまい。「東西両洋の間に横《よこた》はる橋梁《けうりやう》」になろうという信念の所有者である先生のコスモポリタニズムを戯画化する点にこの作品の主意をみるべきであろう。すなわち、東西間に「或《ある》倫理的な背景」をもった「調和」などを、すでに幻想することさえ出来なくなっている若い大正の精神の、明治型コスモポリタンへの批判を主題と読み取ってよさそうである。作品としては、確かに一応の「まとまり」があるが、にかわ付け的に人物を配置したにとどまる感が残る点は欠点である。ここで俎上《そじよう》にした、東西の分裂と調和をめぐる問題は、その後の芥川文学の中に問われ続けている。

〔**参考文献**〕吉田精一『芥川龍之介』（三省堂、昭和一七・一二・二〇）、三島由紀夫「解説」（角川文庫『南京の基督』昭和三一・九・二〇）、磯貝英夫「作品論手巾」（『国文学』昭和四七・一二）、佐藤泰正「手巾」（三好行雄編『芥川龍之介必携』学燈社、昭和五四・二）、海老井英次編『鑑賞日本現代文学⑪ 芥川龍之介』（角川書店、昭和五六・七・三一）、蒲生芳郎「『手巾』の問題」（『信州白樺』第四七・四八合併号、昭和五七・二）。

（海老井英次）

晩春売文日記《ばんしゆんばいぶんにつき》 日記。昭和二（一九二七）年六月一日発行の雑誌『新潮』第二四年第六号の「ある日の日記」の欄に発表。『新潮』の切り抜きに芥川が訂正書き入れしたものが残っている。四月三〇日から五月五日まで六日間の日記である。「東京繁昌記」（『本所《ほんじよ》両国』の部）の挿画《え》をだれが描《か》くかをめぐる経緯を軸に、小穴《おあな》隆一・堀辰雄・内田百閒《ひやつけん》らとの交友、東日記者との交渉を記録している。三〇日は、挿画を芥川が自ら描かざるをえなくなるとある。芥川の画業に一つの評価があったことがくみとれる。一日には、客に来た堀に「出来かけの短篇を読んで貰《もら》ふ。」とある。若い堀から少しでも何かを受け取ろうとしている気配が感じられる。二日では『メイデイ』の検束者百四十余名」の記載が目を引く。末尾の「こぶこぶ」の句は、この日付の恒藤恭《つねとうきよう》宛と真野友彦宛両書簡にも書き込まれている。三日は、「題未定の小説を一二枚書いて見る。」と始まり、百閒と東日沖本記者とが前後して来ると、記者を待たせて百閒と夕食をしに外へ出る。続いて「繁昌記第八回脱稿。」とある。記者へ渡したのであろう。最後に睡眠薬を多用することが記載される。「小説」への姿勢、「繁昌記」原稿の芥川における位置、友人への気遣い、体調のことなど、この時期の芥川の日常生活における精神の構図が見て取れる。四日には、小穴が「土左衛門の図を作る。」とあるのがぎょっとさせる。五日は、百閒と興文社へ行き、次いで『新潮』の座談会に出席、銀座のカフェにも行き、帰って『文芸的な、余りに文芸的な』と講演草稿を書き、体調のことを記載している。谷崎潤一郎との論争がこの時期であることが分かるが、芥川はその論点について具体的に触れることをしていない。五日は芥川の作家としての生活のうち外部との交渉の構図が描かれ、三日の記述と呼応して芥川の作家生活の構図全体が浮かび上がるように工夫されている。「売文日記」の由縁と思われる。

（角田旅人）

バンヤン《ばんやん》 John Bunyan 一六二八・一一・三〇〜一六八八・八・三〇。イギリスの宗教作家。敬虔《けいけん》な信仰者として獄中で寓喩《ぐうゆ》小説

『天路歴程』（The Pilgrim's Progress）を書いた。芥川は『愛読書の印象』（『文章倶楽部《クラブ》』大正九・八）で、その第一に『西遊記』を挙げた際「名高いバンヤンの『天路歴程』なども到底この『西遊記』の敵ではない。」と触れ、『本の事』（『明星』大正一一・一）では、「僕は又漢訳のPilgrim's Progress を持つて」おり、日本の「天路歴程」なる訳語はこの本に学んだのであろう、と記し、訳者不明だが「清朝の同治八年（千八百六十九年）蘇松上海華草書院の出版である。」と説明する。本文末尾「この夏、北京《ペキン》の八大胡同《こどう》へ行つた時、或《ある》清吟小班の妓の几《つくゑ》に、漢訳のバイブルがあるのを見た。天路歴程の読者の中にも、あんな麗人があつたかも知れない。」とあるくだりは、『南京《ナンキン》の基督《キリスト》』を思わせる。原書、漢訳『天路歴程』ともに日本近代文学館「芥川龍之介文庫」に所蔵されている。

（吉田昌志）

ひ

ピアノ《ぴあの》　随筆。大正一四（一九二五）年五月一日発行の雑誌『新小説』第三〇年第五号に、『雲』『詩集』と共に発表。『梅・馬・鶯《うぐいす》』（新潮社、大正一五・一二・二五）に収録。ある秋の日、横浜の山の手を歩いていると、震災で崩れた家の跡に雨ざらしになっていたピアノが、ポンと音を立てた。次に行ったときに確かめると、栗《くり》の木から落ちた実が、ちょうど鍵盤の上に当たったためだったことが分かった。

（石原千秋）

ビイアス《びいあす》　ビアス。Ambrose Gwinnett Biece 一八四二・六・二四～一九一四ころ。アメリカのジャーナリスト、小説家。ポーを思わせる妖気と優れた技巧をもっている。この作家について芥川は『点心』中の「Ambrose Biece」で、「㈠短篇小説を組み立てさせれば、彼程鋭い技巧家は少《すくな》い。評家がポオの再来と云ふのは、確《たしか》にこの点でも当つてゐる。」「㈡彼は又批評や諷刺詩を書くと、辛辣無双な皮肉家である。」「㈢彼は同時代の作家の中では、最もコスモポリタ

ンだつた」、「㈣彼の著書には十二巻の全集がある。」「㈤彼の評伝は一冊もない。」と紹介し、また『近頃の幽霊』で、「ビイアスは無気味な物を書く」と記している。我が国にビアスを紹介したのは芥川が最初（西川正身『新潮世界文学小辞典』）であり、しかも芥川がビアスを愛読していたことは明らかである。さらにまた、『藪《やぶ》の中』の粉本の一つとしてビアスの短編集『怪奇な物語』中の『月に照らされた道』（The Moonlit Road）が吉田精一によって指摘（「芥川龍之介と今昔物語」）されている。ビアスには他に『悪魔の辞典』などがある。

（久保田芳太郎）

美意識《びいしき》　芥川は、比較的若いころの芸術観を著した『芸術その他』の中で、「芸術家は非凡な作品を作る為《ため》に、魂を悪魔へ売《うり》渡す事も、時と場合ではやり兼《か》ねない。これは勿論《もちろん》僕もやり兼ねないと云ふ意味だ」と書いている。この決意の裡《うち》に芥川の堅固な芸術主義の方向が示されている。その芸術は「生命」や「霊魂」で書く芸術方法の否定であり、「享楽的、悪魔的」な気分本位の芸術意識とも異なる仮構の芸術であった。そのような芥川の芸術理念は『地獄変』の良秀に託されている。良秀はそのような芸術論理の実践によって美の世界を打ちたてた唯美主義者の典型である。芥川の場合美意識は意識的に芸術活動をする根拠である。それ

は、文学は美を表現に託す芸術であり、その成った一行の美に恍惚《こうこつ》となれる者こそ芸術家であるという思念と気脈を通じているものでもある。そして意識的な美の追尋者は創《つく》られた仮構美に常に満足してとどまっていないことである。完成した美は極め尽くした美として満足していない。「人生は一行のボオドレエルにも若《し》かない。」とする一行の美的表現行為へ向かって、芸術家は休むことを許されない。そのような美意識は「本から現実へ」の生活態度と重なる。東西の古典から学んだ知識と様式美は、美的表現方法を豊かなものにしたろうし、周知のように芥川家に流れている文人墨客の趣味が芥川をして自然に文人的な気質を育《はぐく》んでいったということもあろう。作った句や歌の表現も何度も手直しすることや、本の装丁にも凝るといった性格は美を生動させる起因でもあったわけである。美意識は主観的なものであり、芥川の場合は理知的な光彩が作動した独自な形式感覚で美に高揚されている。中村真一郎は「彼の素質は小説家たるにはあまりにも唯美的な趣味が強かったから、(これは漱石にも鷗外にもない特質である)その短篇はなによりもまず唯美的なものとなった。それは写実主義的生活の断片の描写とは、まったく無縁の理想である」とし、作品のあたえる感動は蒲原有明《かんばらありあけ》や北原白秋の抒情詩のあたえるものに近い質のものであって、「唯美的な抒情詩人が一編の抒情詩をつくりあげるのと同じような配慮で短編を仕上げようとした。そうした詩人にとっては、感動の集中がまず問題となる」と指摘している。美の極端な高揚を計量する、そこに隘路《あいろ》が生じることもある。「自動作用」の危険を避けるため、有効な美的表現方法を模索する。芥川は晩年にセザンヌの色彩と光線において構成される画法に深い関心をよせる。それは「筋のない小説」の模索に連なるものであり、ルナールの『フィリップ一家の家風』の方法と、「詩的精神」に基づいた新しい感覚と認識をもって実存性を刻む方法の開拓につながるものである。それまでの理知美に視覚的なイメージが加わった構成的美観を所有することになり、型の決まった様式の拘束を受けないことになる。芥川が目指した「造形美術的効果」を生むことになる。したがって『侏儒《しゅじゅ》の言葉』の「創作」で「芸術家は何時《いつ》も意識的に彼の作品を作るのかも知れない。しかし作品そのものを見れば、作品の美醜の一半は芸術家の意識を超越した神秘の世界に存してゐる。一半？ 或《あるい》は大半と云つても好い。」とか、『文芸的な、余りに文芸的な』の「五 志賀直哉氏」の項で、氏の描写上のリアリズムは東洋的伝統の上に立った詩的精神を流し込んでいる、同氏のエピゴーネンの及ばないのはこの一点にあるとしたくだりのあとに「あらゆる芸術的活動を意識の閾《しきい》の中に置いたのは十年前の僕である。」とあることから、芥川が意識的表現による芸術を否定したとする見方があるが、賛同出来ない。『フィリップ一家の家風』に詩的精神を見た芥川は谷崎の『麒麟《きりん》』、志賀の『焚火《たきび》』などに強い関心をもつ。高田瑞穂はこうした事実について、自然と人間、神と人、あるいは美と存在との親和への憧憬《どうけい》にちがいない、という見解を示している。『文芸的な、余りに文芸的な』の「三十一『西洋の呼び声』」でルドンの「若き仏陀《ぶっだ》」に「西洋の呼び声」を感じていると言う。東洋のモチーフを色面で描いた「若き仏陀」に東洋と西洋の摂合を見定め、一つの小説の方法の指標を見いだしている。となると私小説に低頭していない。そしてその美意識は、情緒的というよりは、どこまでも知的計量性を具した造型的なものなのである。美の追求者芥川の精神が『文芸的な、余りに文芸的な』に盛られていたことになる。

〔参考文献〕中村真一郎『芥川龍之介の世界』(角川文庫、昭和四三・一〇・一〇)、高田瑞穂『芥川龍之介論考』(有精堂、昭和五一・九・一〇)、菊地弘『芥川龍之介—意識と方法—』(明治書院、昭和五七・一〇・二五)

(菊地　弘)

ピエル・ロチ ぴえる・ろち Pierre Loti 一八五〇・一・一四～一九二三・六・一〇。フランスの作家。海軍士官として世界各地に旅し、ロマンチックで異国情緒豊かな作品を書いた。日本には明治一八（一八八五）年と三三（一九〇〇）年に訪れ、長崎庶民の生活や鹿鳴館《ろくめい》の文明開化風俗を『お菊さん』や『秋の日本』に記録した。芥川の『舞踏会』は題材を『秋の日本』中の一編『江戸の舞踏会』に得て、華やかな鹿鳴館の舞踏風景を描くのに役立てているが、芥川はむしろロチの中にあるワットオの匂《にお》いのする日本にひかれていた（神崎清宛、大正一四・一一・一三）。それは、和洋折衷の文化が美しい調和を示した鹿鳴館時代への芥川の郷愁に通じるものがある。また、芥川はロチの死に際して「ロティは新《あた》らしい感覚描写を与へた、或《あるい》は新らしい抒情詩を与へた。しかし新らしい人生の見かたや新らしい道徳は与へなかつた」（『ピエル・ロティの死』）と本質に触れた批評を残した。

（山口幸祐）

ピエル・ロティの死《ぴえる・ろちのし》 ⇩**野人生計事**《やじんせいけいのこと》

樋口一葉《ひぐちいちよう》 明治五・三・二五〜明治二九・一一・二三（一八七二〜一八九六）。歌人・小説家。本名奈津《なつ》。東京生まれ。代表作品に『にごりえ』『たけくらべ』（『文学界』明治二八・一〜二九・一）その他がある。芥川龍之介は明治の文章家として一葉を高く評価し、『たけくらべ』の傑作たるは何びとも異存なかるべし。爾余《じよ》の小説（恐らくは『濁り江』を除き）は読むに足らず。唯この女子の文を行《や》るは渠《きよ》成つて水自ら至るの妙あり。天稟《てんびん》と称するも不可なからん乎《か》」と、遺稿『明治文芸に就いて』（大正一四・一〇）で書いている。また芥川編『近代日本文芸読本』（興文社、大正一四・一一・八）第五集には、日記体の文章であることを理由に一葉の『みづの上』を収め、「序」（大正一四・一〇）の中で、「『みづの上』は小説家樋口一葉の作品を示すのに足るものではない。が、小説家樋口一葉の生活を示すのに足るものである。或《あるい》は又当時の文壇の一瞥《いちべつ》を示すことにもなるかも知れない」と評している。

（長谷川啓）

微笑《びしよう》 随筆。昭和二九（一九五四）年版『芥川龍之介全集』（岩波書店）には、大正一四（一九二五）年八月の『東京日日新聞』とあるが、初出未詳である。大学を卒業した大正五（一九一六）年の夏、久米正雄と上総《かずさ》の一の宮の海岸に行ったときのこと、久米が叫び声を上げて宿に走って行ってしまったが、それは用便のためだったという話。「微笑」という題は、むしろ執筆時の芥川の心情を表している。なお、この夏に一の宮から交《かわ》した漱石との往復書簡は有名である。

（石原千秋）

尾生の信《びせいのしん》 小品。大正九（一九二〇）年一月一日発行の『中央文学』第四年第一号に発表。『影燈籠《かげどうろう》』（春陽堂、大正九・一・二八）に小品四種の中の一作として収録。尾生は橋の下にたたずんで女の来るのを待っている。鮮やかな入り日が暮色を加え、潮が沓《くつ》を濡らし、両脛《はぎ》、そして腹さえ浸しても、女はいまだに来ない。夜半、川の水と微風は、橋の下の尾生の死骸を優しく海の方へ運んでいった。それから幾千年かを隔てた後、尾生のこの魂は無数の流転《るてん》を閲《けみ》してまた、生を人間に託し、それがこういう私に宿っている魂である。だから私は、夜も昼も漫然と夢みがちな生活を送りながら、ただ何か来たるべき不可思議なものばかりを待っている。以上があら筋である。題名はこの作品の典拠に由来する故事成語で、固く約束を守ること、また小さな信、愚直なこと、の意味にも用いられ、この話はもともと有名である。『荘子《そうじ》』の「盗跖篇《とうせきへん》」に、「尾生与《と》ニ女子一期《ス》ニ於梁下一。女子不《ラ》レ来。水至《リテ》不《ラ》レ去。抱《キ》ニ梁柱《ヲ》一而《しかシテ》死《ス》」とあり、『史記』の「蘇秦伝《そしんでん》」にもほとんど同様な文がある。ほかにも『戦国策』や『淮南子《えなんじ》』に尾生の名はみえ、芥川が直接なにを参照したかは不明である。作品の大半は、豊かな想像力と確かな文章とで、尾生のたたずむ古代の風景を華麗に再現している以外、典拠と大きく変わるところはないが、芥川は最後に、それが自分の魂であり、だから夢見がちな生活を送っている、という数行を付け加えた。そして、この独創部分に作品を草した芥川の心情も凝集されている。芥川に関する論文で、『尾生の信』に言及しているものは少ないが、稲垣達郎はこの作品を正面から取り上げ、『尾生の信』は、芥川にとって、荘厳な阿呆《あほう》になりきれない芥川の「そういう阿呆から受ける圧迫感を、わづかにほぐさうとする、知性的な慰めである。」（「尾生の信」、『槻《つき》の木』昭和一六・一二）と述べている。いずれにせよ、あてどなく待ち続ける尾生にこの時期の芥川の心情の一端はうかがえる。

（高橋陽子）

秀しげ子《ひでしげこ》　明治二三・八・二〇〜未詳（一八九〇〜?・）。女流歌人。号は鞆音《ともね》。長野県埴科郡南条字横尾三〇七に生まれる。旧姓は小滝。明治四五（一九一二）年日本女子大学校家政学部卒業。太田水穂に師事して歌を作り、茅野《ちの》雅子を中心とした日本女子大出身の歌人たちの「春草会」に参加、歌を詠み、劇評を書いた。また太田水穂の主宰の雑誌『潮音』に短歌を発表。この彼女を芥川が知ったのは、大正八（一九一九）年六月一〇日、岩野泡鳴を中心とした「十日会」の例会の席上であった。そのとき、芥川はしげ子を見て、同席の広津和郎の肩をたたいて「おい、俺《おれ》を紹介してくれよ」（広津和郎『彼女』）と言い、それから二人の交際が始まり、芥川は彼女を「愁人」と呼ぶようになったが、森本修の『新考・芥川龍之介伝〈改訂版〉』（北沢図書出版、昭和四六・二・三）によるとこの二人は同年の六月から九月まで「少《すくな》くとも二回は会つている」という。ところで彼女のことを、広津は「目鼻立ちは当《あた》り前であり、飛び抜けて美人とは云へない、いはば十人並の器量ではあつたが、小作りの体《からだ》つきは年よりは若く見え、小ぢんまりした顔の中に怜悧《れいり》な目がよく動き、ちよつと上唇の出た口つきが一種魅惑的であつた」（『彼女』）と書き記している。そしてやがてこの二人は肉体関係に陥ったが、このしげ子を、江口渙《かん》は、芥川の「晩年の運命の少なくとも三〇パーセントは支配した女性であると判定」（『わが文学半生記』）し、また小穴《おあな》隆一の『二つの絵—芥川龍之介の回想—』（中央公論社、昭和三一・一・三〇）によると、のちには芥川はしげ子の動物的本能を著しく嫌悪し、その執拗《しつよう》さに迷惑を感じ、昭和二（一九二七）年小穴にあてた遺書には「しかしその中でも大事件だつたのは僕が二十九歳の時に秀夫人と罪を犯したことである。僕は罪を犯したことに良心の呵責《かしやく》は感じてゐない。唯相手を選ばなかつた為《ため》に（秀夫人の利己主義や動物的本能は実に甚しいものである。）僕の生存に不利を生じたことを少からず後悔してゐる」と書いてあったという。しかし、彼女が芥川に相当な影響を与えたことは間違いない。すなわち、彼女とのことが『藪《やぶ》の中』（大正一一）のモチーフとなり、またこのしげ子のことを『或阿《あるあ》呆《ほう》の一生』（昭和二）で「狂人の娘」ほかとして描き、さらに彼女は『歯車』（昭和二）で「復讐《ふくしゅう》の神」の、ある暗い影ともなっているからである。

（久保田芳太郎）

秀しげ子

火と影との呪《ひとかげとののろい》　翻訳。W・B・イェイツ原作。大正三（一九一四）年ごろ冒頭の部分数枚を訳出し、未完に終わる。「或《ある》夏の夜、静寂が四方《よも》を籠《こ》めてゐた時である。」に始まる訳文は、よくこなれ、格調の高さを示している。清教徒の騎兵によるカトリック僧院襲撃の様子が、短文を積み重ねた緊張感あふれる文体でつづられていく。翻訳者としての芥川の力量をうかがうに足る一編である。

（関口安義）

一塊の土《ひとくれのつち》　⇩**一塊の土**《いっかいのつち》

雛《ひな》　小説。開化物。大正一二（一九二三）年三月一日発行の『中央公論』第三八年第三号に発表。のち短篇集『黄雀風《こうじやくふう》』（新潮社、大正一三・七・一八）に収められた。初出との間にはわずかな異同がある。作品に「『雛』の話を書きかけたのは何年か前のことである」という付記があり、原型と考えられるものに、末尾に「（紺珠十篇の中）（大正五年）」と付された『明治』、および未定稿『雛』（葛巻《くずまき》義敏編『芥川龍之介未定稿集』岩波書店、昭和四三・二・一三）がある。両者とも作品『雛』と題材は同じだが、兄妹ではなく姉妹となっており、語りにも一人称ではなく客観的叙述で、話の運びも粗い。作品『雛』は「或《ある》老女」が少女時代を回想して語るという形式をとっている。豪商であった「わたし」（鶴《つる》）の家は維新後、急速に没落する。父、十二代目の紀の国屋伊兵衛は目ぼしい道具類を売り払った末、少女の雛も「或亜米利加人《アメリカ》」へ売ることにする。かつての豊かさを反映した「中中見事」な雛で、母や「わたし」の愛着も深く、昔風の母は、苦しい父の手前何も言わなかったが、涙ぐんでいる。開化人の兄、英吉はそうした「わたし」や母をけなす態度をとっている。「わたし」は雛が運び出される前にもう一度飾ってよく見ておきたいと願っている。しかし、父は手付金を受け取った以上、雛は「人様のものだ」と言って許さない。母は面疔《めんちょう》を患い床についているが、明日は雛と別れるという前日、「わたし」は「後生一生のお願ひ」と父に頼み、それを叱《しか》る兄と衝突する。激した母に「お前はわたしが憎いのだらう」と言われ、生涯弱みを見せなかった兄がすすり泣く。しかしその兄はあとで、父が許さないのは、見ればみんなに未練が出るからだと情愛の感じられる声で「わたし」をたしなめる。その夜、薄暗い無尽灯が父の意向でランプに替えられ、華やかな空気で家族は食卓を囲んだ。夜中に「わたし」がふと目を覚ますと、薄暗い行灯のもと、雛を並べた前に座っている父を見る。夢幻とも思うが、私と少しも変わらない「女女しい、……その癖《くせ》おごそかな父」を見たのだから夢としても悔やしくなかったと結んでいる。無尽灯からランプへの変化、人力車での町見物など開化期の空気が背景に取り入れられ、没落してゆく家に暮らす家族のそれぞれの心情が語られる。語り口にこまやかな美しさがあり、単純な筋ではあるが、そこに巧みに起伏も設けられるなど、小説的に整然と結構された作品である。こうしたいわば手なれた技巧がかえって作の印象を薄めたのか、発表当時はかなり低い評価を受けた。藤森淳三（「三月文壇創作評」、『時事新報』大正一二・三・八）は「形式から言えば（中略）まことに申《まをし》分ない出来栄え」だが「物足らぬ」「内容が貧弱」と評し、『新潮』四月号の「合評」でも買われていない。また、片岡良一（「芥川龍之介氏の作品」、『国語と国文学』大正一四・六）の、『庭』などで珍しい形式の作品も生んだ作者が、『雛』で「所《いは》謂《ゆる》家の芸」に戻ってしまったという指摘もある。しかし、千葉亀雄（「作品を通して見たる芥川龍之介」、『太陽』昭和二・九）は「人情美と表現」の調和、作者が資質の一面にもっていたよさと美しさの表白が見られると評価し、それまでの作品の異様美に対する美として注目している。三好行雄（「作品解説」、『トロッコ・一塊の土』角川文庫、昭和四四・七・三〇）の、芥川の「優情がすなおに流露する」「開化物の最後の傑作」という見方のように、「滅び」を歌ったこの作品の美しさは正当に評価すべきであろう。また末尾の付記に関して、前出の『新潮』の合評会で久米正雄が、あのテーマや材料では拈《ひね》らないと気がすまなかったのだろうと、芥川の癖の構成上の技法を見ているのに対し、石割透は、「自ら築いた虚構世界を半ば投げ出すのであり」「芸術家龍之介の、生活者龍之介に対する敗北を示すもの」、ひいては「あらゆる人為的なるものの敗北」を見ている。しかし、滅びる行末を示すことによってかえって「滅び」の美しさを見事な仮構美のうちに結実させたとも言える。なお、浅田隆は「雛」（菊地弘・久保田芳太郎・関口安義編『芥川龍之介研究』明治書院、昭和五六・三・五）で、単なる開化主義者ではないという、兄の新しい解釈を示唆している。

〔**参考文献**〕吉本隆明「芥川龍之介の死」（『解釈と鑑賞』昭和三三・八）、石割透『雛』について」（『日本文学』昭和五〇・一二）、菊地弘「芥川龍之介覚え書」（『日本近代文学』昭和五四・一〇）

（菊地　弘）

日夏耿之介《ひなつこうのすけ》　明治二三・二・二二～昭和四六・六・一三（一八九〇～一九七一）。詩人・英文学者。本名樋口圀登《ひぐちくにと》。長野県生まれ。大正三（一九一四）年、早稲田大学英文科卒業。同年三月、吉江喬松《よしえたかまつ》を中心に愛蘭土《アイルランド》文学会が発会したが、ここで芥川龍之介と初めて会う。研究会を大久保にあった西条八十《やそ》宅で行っていたのでここで初めて会ったものと思われる。以後、日夏にとって「同好の士友稀少《きせう》な文壇の中では趣味嗜好《しかう》接近せる知友として時あつて歓談する機会」（『俊髦亡ぶ』）をつくる仲となった。特に大正五年秋に病気の療養のため鎌倉の坂の下に仮寓《かぐう》していたとき、芥川は横須賀の海軍機関学校教授嘱託として赴任、鎌倉和田塚の海浜ホテル（現在はない）横の小家に下宿し、しばしば行き来するようになる。芥川はよく東西の怪異譚《たん》を話しに来たという。大正六年、第一詩集『転身の頌《しよう》』発刊以来、数多くの詩集と訳詩集、『明治大正詩史』など名著を出した。日本芸術院賞なども受け、早稲田大学教授、青山学院大学教授も務めた。芥川のことを書いた『鏡花・藤村、龍之介そのほか』（光文社、昭和二一・一一・二五）もある。

（矢島道弘）

被服廠《ひふくしよう》　陸軍被服本廠。東京に設置された、軍隊とその部隊に給する被服地質の調弁、分配および生地を貯蔵する所。所在は現在の東京都墨田区横網町一丁目であったが、現在は横網町公園となっている。その中に東京都慰霊堂（関東大震災の罹災者をまつり（旧震災記念堂）、第二次世界大戦の戦没者をまつる）がある。芥川は『本《ほん》所《じよ》両国』（『東京毎日新聞』昭和二・五・六～二二）の「大溝《どぶ》」で、この被服廠のことを「殊に僕の住んでゐたのは『お竹倉《たけぐら》』（筆者注、現、横網町一帯）に近い小泉町（筆者注、現、東両国二丁目）である。『お竹倉』は僕の中学時代にもう両国停車場や陸軍被服廠に変《かは》つてしまつた」と記している。

（久保田芳太郎）

「微明」新井洸氏著《「びめい」あらいあきらしちよ》　書評。初出『新思潮』大正六（一九一七）年一月一日。歌集『微明』（竹柏会出版部、大正五・一〇）の批評。石榑千亦《いしくれちまた》を除いて最も優れており、「的確に自然をつかまうとする態度の真面目さ」は石榑を除かずに最も優れていると言う。同じ号に掲載された『「代表歌選」若山牧水金子薫園二氏共選』は、『最新代表歌選』（新潮社、大正五・一二）の簡単な紹介である。

（田中保隆）

『百艸』《ひやくそう》　大正一三（一九二四）年九月一七日「感想小品叢書第八篇」として新潮社から刊行された第二随筆集。恩地孝装画。縦一八センチ、横一二センチ、定価一円二〇銭。表紙に横書きで「感想小品叢書Ⅷ　百艸」とある。草花の紋様がある。二五四頁。奥付の次頁から芥川の創作集などの広告が三頁ある。『漱石山房の冬』、『支那《シナ》の画《え》』（三編）、『長崎小品』、『仮面』（八編）、『看桟より』（五編）、『澄江堂《ちようこうどう》雑記』（二六編）、『日録抄』（二編）、『大正十二年九月一日の大震に際して』（六編）、『解嘲』、『問者に答ふ』（八編）、『野人生計事《やじんせいけいのこと》』（三編）、『続野人生計事』（一五編）、『わが月評』（二編）の一三項目を収録。なお『仮面』の中の「久米正雄」「佐藤春夫」の二編は『点心』からの再録である。芥川にとって随筆は、『点心』の序に見られるように、作者の本音が表された重要なものであった。これは、『野人生計事―一、清閑』でも『随筆は清閑の所産である。少くとも僅《わづか》に清閑の所産を誇つてゐた文芸の形式である」と述べている。この中では『漱石山房の冬』『長崎小品』『解嘲』が独立したものであり、後の項目はそれぞれ数編の文章をまとめたものになっており、ある程度内容的に分類されたものになっている。「芸術は生活の過剰ださうである。（中略）しかし人間を人間たらしめるものは常に生活の過剰である。僕等《ら》は人間たる尊厳の為《ため》に生活の過剰を作らなければならぬ。（中略）生活に過剰をあらしめるとは生活を豊富にすることである。」（『大震雑記』）「僕の小説は多少にもせよ、僕の体験の告白である。」が、本当の事を実在の人物で書くことはできない。その理由は「第一に僕はもの見高い諸君に僕の暮《くら》しの奥底をお

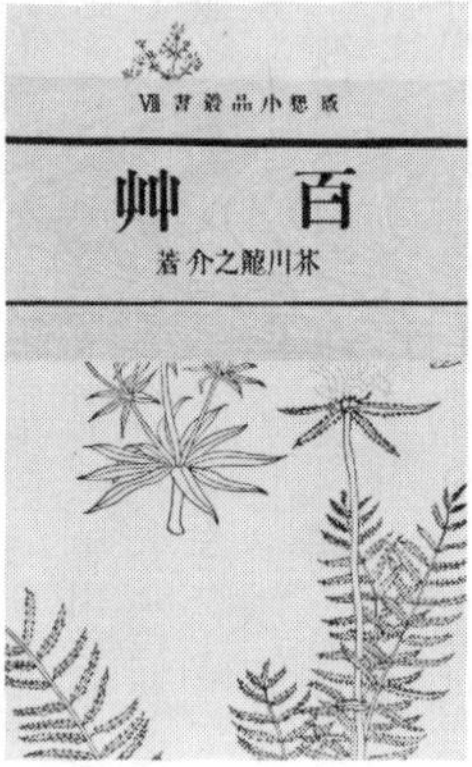

『百　艸』

目にかけるのは不快であ」り、「第二にさう云ふ告白を種に必要以上の金と名とを着服するのも不快」である。そのため告白小説は書きたくない（『澄江堂雑記—告白』）などと、文学についての芥川の考えが述べられており、『点心』に次ぐ、芥川の文学観をまとめた随筆集と言うことができる。この内容を見ると芥川の関心の多様性を見ることができ、『野人生計事』の中に述べられている「感慨」「異聞」「考証」「芸術的小品」の「随筆の四種類」がすべて収められている。（片岡　哲）

百万石《ひやくまんごく》　本郷三丁目の市電の停留所と東大赤門の間の、上野より裏通りにあった大衆食堂。これについて芥川は、大正八（一九一九）年「それから室生犀星の『愛の詩集』の会へ顔を出す。もう会が散じた所で、北原白秋氏等《ら》と平民食堂百万石へ行く。白秋酔つて小笠原島の歌をうたふ。」（『我鬼窟《がきくつ》日録』より—六月十日』）と記載している。（久保田芳太郎）

表慶館《ひようけいかん》　明治三三（一九〇〇）年の皇太子成婚を祝って、上野の帝室博物館（現在の国立博物館）構内に建設、同四一（一九〇八）年に落成した石造二階建ての美術館。芥川は大震災直後の『古書の焼失を惜しむ』（『婦人公論』大正一二・一〇）の中で、陳列されていた陶器類の多くが破損したことを惜しみ、また未完の作品『春』（『女性』大正一四・四）でも、ここを作品後半の舞台として、内部の構造や陳列品に触れている。（宗像和重）

表現《ひようげん》　総合雑誌。大正一〇・一一〜一三・一（一九二一〜一九二四）まで確認。発行者宮下軍平、発行所二松堂書店。編集は、クローチェ美学の翻訳者でもある鵜沼《うぬま》直と後藤亮一の二人が当たり、「公平な批判的態度を保つ」ことをモットーとしたが、一一（一九二二）年五月、鵜沼が退き、同年一一月からは後藤が発行者をも兼ね、発行所名も表現社と変わった。時宜を得た特集をしばしば組み、新進作家推薦にも熱心だった（小島政二郎の出世作や中村正常の処女作を掲載）。主な寄稿者は室生犀星、吉田絃二郎、上司小剣《かみつかさしようけん》、宇野浩二、滝井孝作、里見弴、正宗白鳥、葛西《かさい》善蔵、広津和郎、徳田秋声、長与善郎《よしろう》、前田河広一郎、江口渙《かん》、宮地嘉六《かろく》、中戸川吉二ら。『散文芸術の位置』につながる広津の評論『有島武郎氏に与ふ』も掲載された。芥川は『今昔物語集』に取材した『六の宮の姫君』を一二年八月号に発表したが、自信作だったらしく、のち単行本『春服《しゆんぷく》』に収録の際、この作品を巻頭に掲げた。（福田久賀男）

表現派《ひようげんは》　the expressionist school（英語）　芸術用語。一般には表現主義の人々という意味である。表現主義は人間の内面的体験を直接に表現、表出しようとする芸術上の一主義であり、自然主義、ローマン主義、印象主義などに対する反動として、絵画の領域での表現主義運動と呼応し、とくにドイツで第一次大戦前後の社会不安の中で流行したイズムである。文学における表現主義はスウェーデンのストリンドベリイやドイツのヴェデキントを先駆者に、主観表現を重視し、単なる印象ではなく本質的なもののみを表現しようとした。これは崩壊してゆく文明への苦悶《くもん》の表出であり、戦争によってひきおこされた社会不安への叫喚《きようかん》でもあり、世界救済のための衝動でもあった。しかし、主観が強調されるあまり単なる精神主義や観念主義に陥ることになり、その流行は長くは続かなかった。個々の動きとして一九一四年にハーゼンクレーフェルの『息子』やゲオルグ・カイゼルの『カレーの市民』などが出るに及んで、しだいにはっきりとした姿をとりはじめ、劇の方面ではシュテルンハイム、ウンルー、ウェルフェル、ゲーリング、トルレルなどが出現した。小説の方面ではクラブント、エド・シュミート、レーオンハルトなどが中心となり、詩ではトラクール、ハイム、ベン、ブレヒトなどが主役として活躍している。日本では大正四（一九一五）年ごろ小山内薫らによってドイツから輸入され、カイゼル『朝から夜中まで』、トルレル『群衆人間』、ゲーリング『海戦』などが築地《つきじ》小劇場で上演され大きな影響を与えた。芥川と表現（主義）派とのかかわりはかならずしも明確ではないが、例えば『文芸一般論』では「近代の文芸はフランスの象徴主義の運動以来、表現主義とかダダイズムとか言ふやうに在来の文芸の絶望してゐた情緒を捉《とら》へるのに成功しました。」とか、シナリオ風の『誘惑』で「表現派の画に似た部屋の中に紅毛人の男女が二人テエブルを中に話してゐる。」といった間接的な言及にとどまっている。　（山本昌一）

ひよつとこ　小説。大正四（一九一五）年四月一日発行の雑誌『帝国文学』に柳川《やながわ》龍之介の筆名で掲載。のち『煙草《たばこ》と悪魔』（新潮社、大正六・一一・一〇）に収録。単行本収録時に数か所にわたる文章の削除、改変がほどこされた。第三次『新思潮』で出発した当時、芥川は「久米がよく小説や戯曲などを書くのを見て、あゝいふものなら自分達でも書けさうな気がした。そこへ久米などが書け〳〵と煽動するものだから、書いて見た」のが、「『ひよつとこ』と『羅生門』と」であって、二作とも『帝国文学』に発表、「勿論両方共誰の注目も惹《ひ》かなかつた」（『小説を書き出したのは友人の煽動に負ふ所が多い』）と語っている。隅田川《すみだがわ》を上る花見の船上で、ひょっとこの面をつけて馬鹿踊りを踊っていた酔漢が頓死する。名は山村平吉。病名は脳溢血《のういつけつ》と報じられた。日本橋若松町の絵具屋の主人平吉は、「円顔の、頭の少し禿《は》げた、眼尻《めじり》に小皺《こじわ》のよつてゐる、何処《どこ》かへうきんな所のある男」で、道楽は「飲む一方」。ただ「酔うと、必《かならず》、莫迦踊《ばかをどり》をする癖」がある。この平吉が酒を飲むのは、「気が大きくなつて、何となく誰の前でも遠慮が入らないやうな心持ち」になれるためで、「平吉には、何よりも之《これ》が」ありがたかったのである。ただ、なぜありがたいかは、平吉自身にもよく分からない。そして、酔っているときとしらふでいるときと、「どつちの平吉がほんとうの平吉かと云ふと、之も彼には、判然《はつきり》とわからない。」のであった。さらに平吉には普段平気で嘘《うそ》をつく癖があった。しかし自分でも「何《な》故《ぜ》さう嘘が出るのだかわからない」。しかも、別段「悪い事をしたと云ふ気がする」わけでもないので、「毎日平気で嘘をついてゐる」。人の知っている平吉の一生から「これらの嘘を除いたら、あとには何も残らないのに相違」なかった。死に瀕《ひん》して、面をとるように平吉が頼む。が、そのとき人々が見たものは、平生の平吉の顔ではない。すでに小鼻が落ちて、死相のあらわれた、見知らぬ相貌をした男の顔であった。

従来の論の大半は、このひょっとこの面、ないしは二面神ヤヌスに仮託されたものの解明に論点が集中している。三好行雄は「所詮《しよせん》は影でしかなかった生のむなしさにかさねて、人間存在の秘めた深淵にヤヌスの双面神を見るという、またしても〈冷眼〉に写された生の凍りつく地獄が彷彿《ほうふつ》する」（『芥川龍之介』昭和五一・九・三〇）と言い、駒沢喜美は『青年と死と』が、「あからさまに欺《ぎ》罔《もう》の快楽に生きるなという主旨をうちだし」たものであったのに対し、「その欺罔に生きたものの哀れな末路がえがかれている」（『芥川龍之介の世界』法政大学出版局、昭和四二・四・五）のが、『老年』と『ひよつとこ』であると位置づけている。同様の視点から佐藤泰正は「芥川にあって〈面〉とは文体そのものではなかったか」（『芥川龍之介必携』、『別冊国文学』昭和五四・二・一〇）と提言した。対して石割透は吾《あ》妻《ずま》橋の欄干に群れ騒いでいる人山を、『大川の水』に彼が描いた、『五つの渡』を次々に滅ぼしつつあるもの、下町文化を侵すものの正体、近代化の成長による資本主義、功利主義、権力主義といった明治期の表面に漲《みな》ぎるもの」とみる観点からの読み取りを試みる。山村平吉に代表される「下町の衆は、明らかに、〈人山〉の視点から捉えられ」、「『二重にしめきった部屋』の中に頑《かたくな》に時代の侵入を拒んだ『老年』の世界に比し」、『ひょっとこ』の作者は「〈人山〉に影となって紛れ込み」、「〈下町〉とは相反せる〈近代〉の風に頬《ほお》を不安げにさらしている」。平吉を「〈人山〉の視線の中に死なせ」たことは、作者芥川の身に深く絡みつく大川端への「愛着を断ちきり、近代に生きのびる試練にうちかとうとした」(「芥川龍之介『ひょっとこ』をめぐる私感」、早稲田実業学校『研究紀要』昭和四九・一二)試みに他ならないと説いた。が、こうした作品の内包するものの重さとともに、宇野浩二が言う「マヤカシ」、鮮やかでありすぎるが故に浮き上がってしまう技巧の弊を指摘する声もまた、見逃しがたいものと言わなければなるまい。

(中村　友)

平木二六《ひらきじろう》　明治三六・一一・二六〜昭和五九・七・二三(一九〇三〜一九八四)。詩人。東京生まれ。府立第三中学校卒業。室生犀星の知遇を得、犀星の序文と、「天竺拘《てんじくく》薩羅《さら》国の王宮。若い王が一人、梵天《ぼんてん》の像の前に祈つてゐる。／(中略)コップに映つた二六の顔は拘薩羅国の王と少しも変らない」と書かれ、彼の詩作を神への祈りと規定した芥川の跋《ばつ》文を付した、処女詩集『若冠』(大正一五)で注目され、『驢馬《ろば》』同人となる。その後『詩と音楽』『日本詩人』『近代風景』『四季』『日本未来派』等に作品を発表した。詩集『春雁』(昭和二二)『鳥葬』(昭和四〇)、童詩集『藻汐帖』(昭和五)、童話『オレンジ色のランプ』などがある。自己の生活から出た素直な抒情を歌い、俳句的な短詩に優れた作品が多かった。「日本未来派」に加わった戦後の詩は、近代的な心象の構成を主としている。平木二六宛書簡(大正一五・五・二一)には、「おん句拝見」として「さみだれや青柴《しば》つめる軒の下」の返句が記されている。

(片岡　哲)

平塚逸郎《ひらつかいつろう》　生年月日不詳〜大正七・四・?(?〜一九一八、ただし没年については筑摩版全集第八巻所収『水の三日』の脚注による。大正七年一月一九日付の山本喜誉司宛書簡により、このときまで存命であったことは確かである)。芥川の三中時代の友人。三中を経て明治四四(一九一一)年九月、第六高等学校に入学するが、間もなく腎臓《じんぞう》結核となり帰京。転地療養先の千葉の病院で死亡。芥川が平塚と三中時代から同級の山本喜誉司(芥川夫人文《ふみ》の叔父)と共に親密な交流関係にあったことは明治四二(一九〇九)年以後の山本宛書簡に詳しい。晩年芥川は平塚の薄幸な生涯を二つの作品に書き、『学校友だち』では「病と共に失恋もし、千葉の大原の病院にたつた一人絶命せし故、最も気の毒なる」「忘れ難き亡友」と記し、『彼』では天涯孤独の生い立ちからその死までを小説風の結構の中に印象的に描いている。作品末尾の「勝利者」の感懐は『手帳』冒頭の「一月二十七日」の記述に直接するものである。

(鷺　只雄)

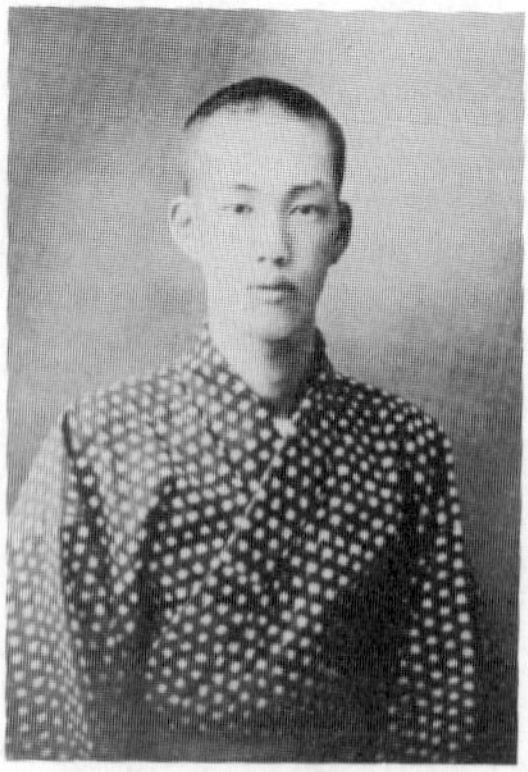

平塚逸郎

平塚雷鳥《ひらつからいてう》　明治一九・二・一〇〜昭和四六・五・二四(一八八六〜一九七一)。評論家。本名奥村明《はる》。東京生まれ。漱石門下の森田草平と「煤煙」事件を起こした後、明治四四(一九一一)年九月に『青鞜《せいとう》』を創刊し、婦人運動に多大な影響を与える。著書に評論集『円窓より』(東雲堂、大正二・五・一)その他がある。芥川の『「我《が》鬼《き》窟《くつ》日録」より』(「私の日常生活㈢」、『サンエス』大正九・三・一)に「午後木村幹来る。一しよに平塚雷鳥さんを訪ひ、序《ついで》に『叔父ワニャ』の稽古を見る。画室の中には大勢の男女。戸口の外には新緑の庭。隅の椅子《いす》に腰を掛けて見てゐると、好い加減の芝居より面白い。」(大正八・六・七)とある。このころ芥川は鎌倉から田端《たばた》の自宅に引きあげてきていたが、彼が訪問した当時の雷鳥の家は、『わたくしの歩いた道』(新評論社、昭和三〇・三・五)によれば、田端の高台で「坂道をへだてて、芥川龍之介さんのところの入口と向《むか》い合った崖上《がけうえ》」にあった。画家である夫の奥村博史が畑中蓼坡と劇団新劇協会を組織し、自分の一五畳ほどのアトリエを芝居の稽古場にしていた。（長谷川　啓）

平野屋別荘《ひらのやべっそう》　鎌倉駅前にあった割烹《かっぽう》旅館。本店は京都で、その支店だった。当時は座敷の軒先が藤棚《ふじだな》になっており、裏庭には八重の山吹《やまぶき》が生い茂っていた。芥川はこの旅館が好きでしばしば滞在している。『大震雑記』（『中央公論』大正一二・一〇）には、冒頭この平野屋別荘のことが描かれている。「松風や紅提灯《ちゃうちん》も秋どなり（我鬼）」の句は、大正一二（一九二三）年八月、ここに滞在中にできたものである。（関口安義）

平松麻素子《ひらまつますこ》　生没年未詳。『或阿呆《あるあほう》の一生』の「四十七 火あそび」「四十八 死」および『或旧友へ送る手記』に書かれている女性である。芥川の妻文《ふみ》の生家と同じ高輪東禅寺近くに生まれ、文とは幼友達であった。父は有楽町に事務所を持つ弁護士であった。東京女学館卒業後病身のため独身を続けていたが、句作、﨟纈《ろうけつ》染めなどをよくする聡明《そうめい》な女性で、柳原白蓮《びゃくれん》とも親しくしていた。芥川が知り合ったのは、小説の取材のため文に紹介されたのがきっかけであったらしい。昭和二（一九二七）年四月七日、芥川と帝国ホテルの一室で一緒に死ぬ約束をしていたが、麻素子が文と小穴《おあな》隆一にそれを告げたため未遂に終わった。その間の事情は芥川文・中野妙子『追想 芥川龍之介』（筑摩書房、昭和五〇・二・一五）などに詳しい。その後結核のため清瀬療養所に入り戦後しばらくして没した。「竹を伐《き》る音たそがれて時雨来る」の句が遺《のこ》されている。（三嶋　譲）

平松麻素子

疲労と倦怠《ひろうとけんたい》　つかれて物事にあきあきすること。芥川龍之介が好んで使った用語。中期の作品にしばしば見ることができる。例えば『蜜柑《みかん》』（『新小説』大正八・五）には、「私の頭の中には云ひやうのない疲労と倦怠とが、まるで雪曇りの空のやうなどんよりした影を落してゐた。」とあり、また『東洋の秋』（『改造』大正九・四）には、「おれは散歩を続けながらも、云ひやうのない疲労と倦怠とが、重たくおれの心の上にのしかかつてゐるのを感じてゐた。」とある。いずれも実人生とのかかわりの上で発せられている言葉と言える。大正八（一九一九）年三月、芥川は横須賀の海軍機関学校の教官を辞し、菊池寛とともに大阪毎日新聞社社員となり、文筆一本の生活に入った。以後、半自叙伝的自虐小説『大導寺信輔《だいどうじしんすけ》の半生《はんせい》』（『中央公論』大正一四・一）を発表するころまでが、作家芥川の中期と考えられる。この時期、彼はまさに「寸刻の休みない売文生活」（『東洋の秋』）に追われ通しであった。大正八年一月に発表される『毛利先生』（『新潮』）と『あの頃の自分の事』（『中央公論』）は、いずれも現代、しかも身辺に取材した作品で、回想から成っている。前期の歴史に衣装を借り、想像力を十分駆使して成った虚構の方法が姿を消しつつあったことには、注意を要する。それは創作の一つの試みとも見られるが、他方、創作の行き詰まりや生活の〈疲労〉を示すものでもあった。『秋』（『中央公論』大正九・四）では、ラストシーンに「全身で寂しさを感じ」ている女主人公を描き出す。『トロッコ』（『大観』大正一一・三）には、「塵労に疲れた」主人公がいる。芥川の精神的肉体的衰えは、大正一〇（一九二一）年の中国旅行後いっそう強まっていく。〈疲労と倦怠〉は芥川の実生活に同伴し、小説を書くという行為そのものともクロスする。「不可解な、下等な、退屈な人生」（『蜜柑』）は、常に〈疲労と倦怠〉を伴った。芥川はそこから逃れることを強く願い、一瞬でも物憂い人生を忘れさせてくれるものとして〈刹那《せつな》の感動〉に強いあこがれを抱くこととなる。

（関口安義）

広瀬雄《ひろせたけし》　明治七・三・二二〜昭和三九・五・二四（一八七四〜一九六四）。東京府立第三中学校第二代校長。大正一二（一九二三）年二代目校長になり、昭和五（一九三〇）年四月、府立第三高等女学校（現、駒場高校）に転任。寛容で温和な反面、近づき難い厳しいところがあったと伝えられている。芥川を五年間受け持ち、校長になって以後、芥川が死ぬまで、芥川との師弟愛は続いた。明治三三（一九〇〇）年、東京高等師範学校卒業。芥川は、江《え》東《ひがし》小学校を終えて、府立三中の一年丙組に入学したが、そのとき、担任の広瀬雄は、作文を四八人全員に書かせたが、ほとんどが、ラッパを吹いて時間を知らせるカイゼルひげの門衛について書いた中で、芥川だけは、中学校は小学校と違い、選ばれた秀才が集まっている。この仲間に果たして自分はついて行けるだろうか、母校の名を辱めることにならないだろうか、力いっぱい努力しなければ……と書き、その作文の最後を「男児立志出郷関。学若無成不復還《また》」（訓読。男児志を立てて郷関を出づ、学若し成る無くんば復還らず）という釈月性作といわれる「将二東遊一題レ壁」の詩句で結んだので、初めて芥川を発見したと語っている。また、芥川の方も、中学四年の終わりに、「批評の態度」という文章を書き、広瀬の添削を乞うている（広瀬宛書簡、明治四二・三・六）から、かなり恩師を信頼していたと思われる。三中時代の芥川は体が弱く、よく風邪をひいていたこと、やせていて、校舎の前に背の高い一本の松があって、パクパクくちのあいた靴をはいていたためパッチャンと呼ばれていた同級生の長島武が、その松を見て「まるで芥川みたいだ」とからかったこと、中学に入ってからの読書力はゆきつくところを知らず、速読速解、手当たりしだいに文芸書を読みあさったことなども、広瀬が伝えている。読書のことは先の書簡からも分かろう。（この項については、主に、「東京の高校めぐり」、『サンケイ新聞』昭和三九・二・一〇を使用した）。

（山敷和男）

広　瀬　雄

広津和郎《ひろつかずお》　明治二四・一二・五〜昭和四三・九・二一（一八九一〜一九六八）。小説家・評論家。東京生まれ。作家広津柳浪の次男。早稲田大学英文科卒業。早大在学中の大正元（一九一二）年九月、舟木重雄、相馬泰三、葛西《かさい》善蔵、谷崎精二らと『奇蹟《きせき》』を創刊する。卒業後は翻訳『女の一生』、評論『怒れるトルストイ』などを経て、小説『神経病時代』によって文壇に出た。芥川とのかかわりが具体的な形で生ずるのは、広津の「十一月文壇―創作及び其他―」（『時事新報』大正五・一一・八）以後のことであろうか。徳田秋声を褒める一方で久米正雄の『銀貨』、芥川の『煙管《きせる》』を酷評。『新思潮』同人の間に反駁《はんばく》の動きの出る中で、芥川は『MENSURA ZOILI』を発表。ゾイリア国の芸術的価値測定器、メンスラ・ゾイリを嘲弄の的としてこれに対した。橋本迪夫は、そこに反自然主義を標榜《ひょうぼう》した芥川の態度があったことを指摘する（「広津と芥川」、『国文学・解釈と鑑賞』昭和四四・四）一方、後年広津によって書かれた小説『あの時代』（『群像』昭和二五・一、二）には、宇野浩二の発狂事件を契機に、急速に緊密になった晩年の芥川との数日間が写し出されている。発狂もまた芸術家の一つの終着駅とみて、羨望《せんぼう》の色さえ漂わせる芥川と、残された宇野の家族とその悲惨な現実を思って心を痛める広津との対比を示し、平野謙は「この挿話は巧まずして芸術派の芥川龍之介と人生派の広津和郎との対比をうきぼりにしている」（『芥川龍之介と広津和郎―昭和文学の可能性』岩波書店、昭和四七・四・二〇）と評した。戦後、広津が松川裁判でみせた粘り強い戦いとその行動を思い併せ、興味深いものがある。なお、大正一五（一九二六）年一〇月一七日、芥川は広津にあてて「けふ或《ある》男が報知新聞を持つて来て君の月評を見せてくれた。近来意気が振はないだけに感謝した。（中略）この手紙は簡単だが（中略）書かずにゐられぬ気で書いたものだ」と書き送っている。ここで言う広津の月評とは、秋声にあえて対抗する立場をとって書かれた『点鬼簿』擁護の論であった。

（中村　友）

ふ

ファウスト ふあうすと　Faust　ドイツの詩人ゲーテ（一七四九〜一八三二）の代表作である戯曲（一七七四〜一八三一）。この難解の大作を芥川は鷗外訳で精読していた。彼は佐佐木茂索にあてた書簡の中で、「君の書中ゲエテに及ぶの語あり　僕私《ひそか》に君の為《ため》に喜ぶ　君既にゲエテの大を看取せば(但《ただし》月並の看取にあらず)更に猪突《ちよとつ》の勇を鼓して彼の奥所に味到せよ　一巻のファウストよく君の為に神の如き彼を彷彿《はうふつ》せしめん」（大正八・七・三一）と、記している。彼は『続西方の人』の「孤身」の項で、孤独を求めるイエスやトルストイを語り、それと同じ心境にあるファウストについて触れている。また、川柳が日本の諷刺《ふうし》詩であると論じた項（『文芸的な、余りに文芸的な』の「二十五　川柳」）では、「川柳も抒情詩や叙事詩のやうにいつかファウストの前を通るであらう。」と述べたあと、鷗外訳の「心より詩人わが／喜ばむことを君知るや。／一人だに聞くことを／願はぬ詞《ことば》を歌はしめよ。」という『ファウスト』の詩句を引用している。（星野慎一）

不安 ふあん　心が安らかでないこと。対象の明確でない、漠然とした恐れの感情。芥川龍之介はその遺書『或《ある》旧友へ送る手記』に、自殺者としての心理を「何か僕の将来に対する唯ぼんやりした不安である」と述べている。この遺書や自ら不安を解剖したという『或阿呆《あほう》の一生』（『改造』昭和二・一〇）では、半封建的な家庭生活の桎梏《しっこく》、自らを「生活的宦官《かんがん》」「道化人形」という生き方、身内の刑事事件、女性関係、狂気への宿命的予感などの「娑婆苦《しゃばく》」に囲まれ、「どう云ふ闘ひも肉体的に彼には不可能」な状態に追い詰められていくうち、「他人よりも見、愛し、且《かつ》又理解した」という聡明《そうめい》さと傷つきやすい神経が自己を損なっていく有様がとらえられている。こうした状況のもとで生まれた不安は、『歯車』（『大調和』昭和二・六、『文芸春秋』同二・一〇）などの末期の作品に投影されている。作品に現れた不安は、無気味、不快などの語とともに、芥川の情緒の表現の基調をなす。『たね子の憂鬱《ゆううつ》』（『新潮』同二・五）の強迫観念じみた「病的な不安」、『三つの窓』（『改造』同二・七）の「ぢつと運命を待ちつづけ」ながらじりじりと衰えていく不安、さらに「眼《め》に触れるあらゆる事、何でもない事、些末《さまつ》な事、それの悉《ことごと》くがこの作者に生存の不安を与へてゐた」（広津和郎「文芸雑感―『点鬼簿』と『歯車』」、『文芸春秋』昭和二・一二）と評された『歯車』では「何ものかの僕を狙《ねら》つてゐることは一足毎に僕を不安にし出した」といふ妄想的世界の不安に踏み込み、『蜃気楼《しんきろう》』（『婦人公論』昭和二・三）の「何だか意識の閾《しきみ》の外にもいろんなものがあるやうな」気味の悪さに通じるものとなっている。また、「ぼんやりした不安」については「彼の直後に起《おこ》らうとしてゐるものが、彼と全く絶縁体の新文化である事に気づいて、それに対する不安」（佐藤春夫『近代日本文学の展望』）や、「あらゆる小ブルジョア・インテリゲンチヤの痛哭《こく》」（宮本顕治『敗北』の文学』）など、プロレタリア文学勃興《ぼっこう》時の時代的不安を見るものが多い。（田中夏美）

フィリップ ふいりつぷ Charles-Louis Philippe 一八七四・八・四〜一九〇九・一二・二一。フランスの小説家。フランス中部のアリエ県の小邑《ゆう》セリイ生まれ。貧しい木靴工の息子。モンリュソン・ムーランの高等中学校に給費生として学ぶ。パリの高等理工科学校を志望したが体格がよくないため断念、一方文学に親しんでいたためパリに出て自活しつつ文学を志す。一八九六年一〇月パリ市役所に書記補の職を得、下層の市民たちの生活を作品化した。代表作はパリの暗黒面を描いた『ビュビュ・ド・モンパルナス』、死後、コント集『小さき町にて』が出版された。日本ではフィリップ作品が最初に翻訳されたのはフランスから帰朝して間もなくの小牧近江による『小さな町』（新潮社、海外文学新選、大正一四）であったが、芥川はそれ以前から英訳を通じてフィリップの諸作品を読んでいたと思われる。彼の回想『仏蘭西《フランス》文学と僕』（『中央文学』大正一〇・二）には特にフィリップのことに触れていないが、当時の文壇が主に一九世紀以降のフランス文学の影響を受けていることを述べている。芥川は高等学校時代ゴーチエの芸術至上主義的な傾向に傾倒したが、やがてロマン・ロランの『ジャン・クリストフ』を読むに及んでゴーチエ的なものに訣別する。およそゴーチエと対蹠《たいせき》的な庶民の文学者フィリップにひかれてゆくのは必然であったろう。（剣持武彦）

風俗画報 ふうぞくがほう 雑誌。明治二二・二〜大正五・三（一八八九〜一九一六）。増刊号も加えて五一七冊刊行された東陽堂発行の風俗雑誌。石版グラフ雑誌の先駆と言える。戦後、復刻版が出ている。地方民俗の読者による投稿は、民俗学の基礎資料ともなった。芥川は、短編『奇怪な再会』（『大阪毎日新聞』大正一〇・二）の中で、これを妾宅の一小道具として使っている。その「十六」のところで、「その日は一日店へも行かず、妾宅にごろごろしてゐた牧野は、風俗画報を拡《ひろ》げながら、不審さうに彼女へ声をかけた。」というところ。また、同じく「十六」の中に、次のような叙述があって、そこに用いられているのである――「牧野はばたりと畳の上へ、風俗画報を抛《はふ》り出すと、忌々《いまいま》しさうに舌打ちをした。……」と。要するにひまつぶしに読む――というより眺める雑誌のつもりであろう。（石丸　久）

ブウヴ ぶぶー サント・ブーヴ Charles Augustin Saint-Beuve 一八〇四・一二・一三〜一八六九・一〇・一三。フランスの批評家・詩人・小説家。医学を学んだのち文芸畑へ。初めユーゴーを知りロマン主義運動に参加するが、サン・シモンらの影響で社会主義に近付き、やがて気質など人間の精神世界にひかれる。これらの体験の上に鋭い人間解剖、心理の観察者としての批評家ブーヴが生まれる。『月曜閑談』(Causeries du Lundi)『文学的人物伝』(Portraits Littéraire) など古典的名著であるが日本での翻訳は昭和一〇（一九三五）年以降、二十年代が中心。芥川の蔵書に、ロンドン版の「Causeries du Lundi」及びニューヨーク版の「Portraits of the Seventeenth Century, Historie and Literary」二巻がある。芥川はしばしば「ブウヴの書いたものによると」としてブーヴを扱い、近代批評の確立者として高く評価し愛読していた。『変遷その他』で日本の評論家の韻文への卑屈さと、散文への傲慢《ごうまん》さを指摘し「サント・ブウヴも或《あるい》は高きにゐてユウゴオやバルザツクを批評したかも知れない。が、ミユツセを

批評する時にも格別『わたしは素人であるが』と帽子を脱がなかつたのは確かである。」と述べている。（尾形明子）

福間博《ふくまひろし》　明治八・五・二三〜明治四五・二・三（一八七五〜一九一二）。ドイツ語研究者。一高教授。芥川龍之介の一高時代のドイツ語担当教官。島根県生まれ。ドイツ人宣教師に導かれ受洗したことが縁となって、独学でドイツ語を修得。森鷗外をひそかに師と仰ぐ。その小倉赴任とともに後を追って交わりを結び、鷗外『二人の友』（『アルス』大正四・六）のF君のモデルとなった。のち山口高校の教授に就任したが、鷗外の東京第一師団転任とともにその職を投げうち再上京。明治三六（一九〇三）年から一高嘱託講師、同三九（一九〇六）年教授となった。芥川の『二人の友』（一高『校友会雑誌』大正一五・二）には、小柄で金縁の近眼鏡をかけ、長い口髭《ひげ》を蓄えた福間博のプロフィールが描かれている。彼は青年のように諧謔《かいぎゃく》を好み、学生の人気も高かったという。咽頭《いんとう》の癌腫《がんしゅ》で三十代半ばで逝《い》く。芥川は福間の死の少し前に、親友井川（恒藤《つねとう》）恭《きょう》と見舞いに行っている。第一高等学校『校友会雑誌』第二一三号（明治四五・二・二八）に、『故福間博教授を悼む』の追悼記事が載っている。（関口安義）

富士印刷《ふじいんさつ》　新潮社専属の印刷工場。会社組織をとり、富士印刷株式会社と称した。大正九（一九二〇）年六月二六日、東京小石川区西江戸川町二一番地に創立された。資本金七〇万円。取締役社長佐藤義亮《ぎりょう》、監査役中根駒十郎《こまじゅうろう》。社の一部の株主として芥川龍之介をはじめ、有島武郎・平福百穂《ひゃくすい》ら新潮社と関係の深かった文壇・画壇の知名人が名を連ねたことから、この会社の創立は話題となり、新聞にも報じられた。大正一二（一九二三）年一二月一五日付で中根駒十郎にあてた芥川書簡の一部に、「今日旅へ出るにつき手紙など片づけたら富士印刷の配当を貰《もら》つてゐなかつたのを発見しました故、貰ふ量見を起しましたどうか然《しか》る可《べ》く御取計《おとりはか》らひ下さい」とある。富士印刷はのち出版部を設け、自費出版の代理業も兼ねた。新潮社の姉妹会社として、第二次世界大戦で工場が焼けるまでの二五年間操業し、昭和二〇（一九四五）年六月解散した。（関口安義）

藤岡勝二《ふじおかかつじ》　明治五・八・一二〜昭和一〇・二・二八（一八七二〜一九三五）。言語学者・文学博士。三高を経て、帝国大学文科大学（東大文学部の前身）博言学科に入学し、上田万年の指導を受ける。明治三四（一九〇一）年よりドイツへ留学、同三八年帰朝後、恩師のあとをうけて母校文科大学の助教授に奉職、言語学講座を担当。明治四三（一九一〇）年教授となり、以後昭和八（一九三三）年に退官するまで東洋語学を講じた。特に日本語とウラル・アルタイ語の構造的類似性を説き、国語学界に影響を与えた。晩年は満州語の研究に力を注ぎ、清朝開国の日記体記録『満文老檔《まんぶんろうとう》』の邦訳を完成したが、その出版（昭和一四）を見ずに没した。大正五（一九一六）年六月二一日、藤岡蔵六宛芥川書簡に「成瀬が言語学の試験にしくじつたので藤岡さんの所へ運動にゆ」くため、木曜会欠席を伝える記事がある。また、『あの頃の自分の事』に「今度は藤岡博士の言語学の講義である」とあり、芥川の大学生時代の一齣《こま》に登場する人物である。（浅野　洋）

藤岡蔵六《ふじおかぞうろく》　明治二四・二・一四〜没年不詳（一八九一〜？）。愛媛県生まれ。哲学者。芥川龍之介の一高・東大の同期生で友人。大正五（一九一六）年東京帝国大学文科大学哲学科卒業。大正一三（一九二四）年甲南高等学校教授となり、修身哲学、心理学等を担当。芥川龍之介は、一高二年時に寮生活を送るが、そこで親密になり、井川恭《きょう》とともに一高時代の親友であった。さらにその交友は東大時代も続く。ことに無二の親友井川が京都に去ったこともあり、この時期のよき話し相手であった。吉田弥生《やよい》にかかわる一連の出来事も、井川同様に相談相手になっていたらしく、破恋の心情を訴えてもいる。芥川は、『学校友だち』（『中央公論』大正一四・二）において『藤岡位《くらゐ》損をした男はまづ外にあらざるべし」とし、それは〈理想主義〉ゆえとする。さらに「欺《だま》かし易《やす》く、欺かされ易き正直一図の学者なり。」と記している。

（宮坂　覺）

不思議な島《ふしぎなしま》　小説。大正一三（一九二四）年一月一日発行の雑誌『随筆』第二巻第一号に発表。『黄雀風《こうじゃくふう》』（新潮社、大正一三・七・一八）に収録。初出以後大きな異同はない。寓意《ぐうい》に託して文壇批評を試みたエッセイ風の作品である。『ガリバー旅行記』を読むうちに寝入った「僕」は、夢に老ガリバーその人と出会う。老ガリバーは、「僕」の目に入った「中央に一座の山の聳《そび》えた、円錐に近い島」が PARNA《パルナッ》-SSUS《サス》 の逆《さかさ》読みであるサッサンラップ島という名であることを教える。島は野菜であふれており、中央の山は売れ残りの様々な野菜が積み上げられてできている。その野菜を作る人に作家が、売買する商人に編集者・出版者が、善悪を決める人に批評家が、擬《なぞら》えられている。この寓意に乗って、野菜の善悪に関して「滋養の有無なり」との主張、「味《あじはい》に外ならず」との説、それらが複雑に絡まるさま、さらに赤黄系・青緑系という色の上の標準が議論される様子が描かれ、大学では一世紀より前のイギリスやフランス、ドイツ、ロシアの野菜だけが取り上げられていると皮肉られ、揚げ句に住民の信仰の本尊はカメレオンであることなど、芥川の目に映る文壇の文学情況が鋭く風刺されている。しかしこの作品は、最後に目を覚ました「僕」が「サッサンラップ島の野菜市には『はこべら』の類も売れると見える。」と言い、自身の作品をも雑草扱いして終わっているところに、二重の性格を持つものと言うことができよう。芥川は、文壇の情況を傍観的に眺め、皮肉に嘲弄《ちょうろう》しているかに見えて、そうではなく、そうした文学情況に繰り込まれて生存している自己を明らかにすることで、これを自嘲の文章にしているのである。そこにこの時期の芥川文学の様相の露頭があると言ってもよい。なお、この作品の材源は『MENSURA ZOILI』と同じく、アナトール・フランスの『ペンギン鳥の島』だとする吉田精一の指摘がある。

（角田旅人）

藤沢清造《ふじさわせいぞう》　明治二二・一〇・二八〜昭和七・一・二九（一八八九〜一九三二）。小説家・劇作家・劇評家。石川県生まれ。七尾尋常小学校卒業。一時、雑誌『演芸画報』の編集に参加。大正一一（一九二二）年四月、代表作である『根津権現裏』を刊行（日本図書出版）、実生活に取材し、貧窮生活の悲惨、生活不能者の苦悩を詳細に記し、田山花袋らの称賛をうけた。その後も文筆活動を続けたが、生涯を極貧の中に過ごし、ついに芝公園内で凍死体となって発見された。当時は貧窮の中にあっての高貴な魂を見る作家も少なくなかったが、現在はほとんど顧みられていない。彼の風貌や生活を伝えるものの

一つに、今東光『東光金蘭帖《きんらんちょう》』（中央公論社、昭和三四・一二）がある。芥川の書簡からは、まず、清造がその記者であったと推測される雑誌『女性』を介しての交際が知られる（清造宛、大正一一・一〇・一四、一一・一一・一三、一二・七・八、小穴《おあな》隆一宛、一二・六・二二）。のち、芥川は、清造の無心に応じたり（清造宛、大正一二・六・二二）、新潮社に『根津権現裏』の復刊を懇請したり（中根駒十郎宛、大正一四・一二・一六）している。当時の私小説論争の一端に位置する、『不同調』誌上での二人の論争が名高い。芥川の『「わたくし」小説に就いて』（創刊号、大正一四・七）に、清造が『昼寝から覚めて』（同・八）で、「なぜ夫子《ふうし》自身、素つ裸になつて、士俵《ママ》に立たうとはしなかつたのだらう」と不満を述べ、さらに芥川が『藤沢清造君に答ふ』（同・九）で応酬したものだが、この論争は芥川に『「私」小説論小見』（「藤沢清造君に」の副題を持つ）を書かせる契機となっている。一方、清造はのちの回想の中で、「一体に芥川は、非常に臆病《おくびやう》だつた。臆病だといふのがいけなければ、彼は、僕達とは比較を絶して彼自身を守るのに急だつた。彼は名聞をはばかり、赤裸裸になるのを恐れてゐた。」と述べている（『フロックコートと龍之介』、『文芸春秋』昭和五・七）。一人の特異な私小説作家の評として注目されよう。なお、志村有弘『芥川龍之介周辺の作家』（笠間書

院、昭和五〇・四・二〇）が二人の関係に詳しい。

（清水康次）

藤沢清造君に答ふ《ふじさわせいぞうくんにこたう》　大正一四（一九二五）年九月『不同調』三号掲載の四五〇字あまりの小文。同年七月芥川は『「わたくし」小説に就いて』で久米正雄の『わたくし小説論』を批判したが、それに〈なぜ汝自身の私小説論を試みないのか〉と迫った藤沢清造の難詰（『昼寝から覚めて』、『不同調』第二号、大正一四・八）に駁して、自分の期する所は「久米正雄君の議論の特色」を「解剖」するところにあったのだから、それが直ちに自ら「わたくし小説是非の論」を開陳する義務を負うことにはならぬと答えたもの。ただし、芥川はその二か月後の『新潮』（大正一四・一一）に、『「私」小説論小見―藤沢清造君に―』なる一三枚弱の文章を書いて、久米論文および宇野浩二の『「私小説」私見』（『新潮』大正一四・一〇）を相手どりながら、より踏み込んだ議論を展開している。

（蒲生芳郎）

「藤娘」松本初子氏著《「ふじむすめ」まつもとはつこしちょ》　書評。初出『新思潮』大正五（一九一六）年一一月。松本はつ子の歌集『藤むすめ』（初版、竹柏会出版部、大正三・一二）。著者は大正五・九、四六判の第二歌集『柳の葉』と同時に、菊半截で「柳の葉」三〇〇首を添えた『藤むすめ』を出している。芥川が取り上げたのはこの版である。）の批評。浮世絵風の艶麗さと下町情緒をうたった絢爛《けんらん》たる技巧は、かえって作者の「真率」さを示しているが、その「真率な心もちと、作者の表現しようとしたものとが、一致するかどうかは、多少疑問かもしれない」と言っている。

（田中保隆）

藤森淳三《ふじもりじゆんぞう》　明治三〇・一・三～昭和五五・四・六（一八九七～一九八〇）。小説家・評論家。順三とも書く。三重県生まれ。早稲田大学英文科中退。横光利一とは三重県立第三中学校（現、県立上野高等学校）の同窓。横光、富ノ沢麟太郎《りんたろう》らと同人誌『街』を創刊（大正一〇・六）し、小説、評論を書く。『中央美術』『新小説』『美術評論』『サンエス』などの編集に従事するとともに、『不同調』（大正一四・七創刊）の同人として活躍。「新潮合評会」にも何回か参加し、芥川龍之介と同席している。著書には評論集『文壇は動く』（越山堂、大正一二・五）、美術評論『小林古径』（石原求龍堂出版、昭和一九・一二）などがあり、後年は美術畑の人となった。芥川の書簡集には藤森の名前が五回ほど登場し、芥川が著書を藤森に送ったことなども記されている。また、『解嘲』の中で芥川は藤森の「宇野浩二論」に言及している。芥川の作品に対する藤森の批評は多く、まとまった芥川論に「芥川龍之介称讃《しょうさん》」（『中央公論』大正一一・九）がある。その中で藤森は、『きりしとほろ上人伝』と『奉教人の死』に触れながら、これらの作品は「芥川氏が才気縦横、到底凡庸の作家で無い事を証拠立てるばかりで無く、それが小手先乃至《ないし》頭脳《あたま》だけのもので無い事」をもよく示しているとし、「芥川氏は実際は情の人」であり、「詩人」であると論じている。他の作品に関しても、例えば、『庭』を「全くこの作品には私は文句なしに感服してしまった。――不可抗的な自然の推移、時代の変遷といふやうなものが恐ろしいくらい迫って来る。」（『時事新報』大正一一・七・一三）と評し、『猿蟹《さるかに》合戦』を「実に機知縦横、才気溢《あふ》るるばかりの、皮肉と諷刺に富む名文」（『時事新報』大正一二・三・八）だと賞賛している。さらに、『雛《ひな》』、『湖南の扇』、『河童《かっぱ》』などの作品に対しても好意的な批評をしている。

（笠井秋生）

藤森成吉《ふじもりせいきち》　明治二五・八・二八～昭和五二・五・二六（一八九二～一九七七）。小説家。長野県生まれ。三歳の時に母が自殺し、以後継母に育てられた。東京帝国大学文科大学独文科卒業。東大在学中の大正二（一九一三）年『波』（のち『若き日の悩み』と改題）を自費出版し、次いで四年に『雲雀《ひばり》』を発表して新進作家として認められた。五年大学を卒《お》え、第六高等学校の教師になり岡山に赴任、創作の筆を絶ったが翌年辞職し、七年に『山』を発表して創作活動に戻り本格的な作家生活に入った。芥川は『大正八年六月の文壇』で「藤森氏は時流を追ふの陋《ろう》を敢《あへ》てしない作家として、私《ひそ》かに近き将来の大成を期待してゐた」と言い、さらに『大正八年度の文芸界』では「本年度に至つて、始めて氏の特色を明《あきらか》にすべき多くの短篇を発表した。」「自然の気息のやうな、素朴な清新さが流れてゐる。」と高等学校・大学と一緒に彼を好意的な目で見ている。このころの作品には『娘』（大正七）『旧先生』（大正八）などがある。彼は学生時代から社会主義に関心を抱いていたが、大正一〇（一九二一）年には社会主義同盟に加わり、さらに日本フェビアン協会に入って労働運動に参加し、その体験記録『狼《おおかみ》へ』（大正一五）を出した。大正一五年戯曲に手を染め『磔茂左衛門《はりつけもざえもん》』『犠牲』を発表、昭和二（一九二七）年の『何が彼女をさうさせたか』は好評上演された。この年、芥川の死に際し、『芥川氏の（思想）死』を『文芸春秋』に寄せ、大学時代からの交友関係を述べ、次いで彼を従来の文学者中「最も聡明で又敏感だつた」と評している。一方、彼は『文芸戦線』同人、労農芸術家連盟加入、前衛芸術家連盟次いでナップ結成などプロレタリア文学運動の主要メンバーとして活躍した。昭和五年に渡欧、七年に帰国したが、同時に検挙され、その後転向して歴史小説の筆をとり、『渡辺《わたなべ》崋山』（昭和一一）などを書いた。戦後は民主主義文学の長老の一員として遇されたが、自動車事故のため逗《ず》子《し》の病院で死去した。（畑　実）

婦人画報《ふじんがほう》　婦人雑誌。明治三八・七〜（一九〇五〜）。国木田独歩によって近事画報社より創刊。明治四〇（一九〇七）年八月東京社発行となり『東洋婦人画報』と改題、のち旧題に復す。日露戦後は婦人画報社より刊行、現在に至る。日露戦争を背景にした画報雑誌として女性ジャーナリズムに新風を吹き込む。芥川は、随筆『瓜実《うりざね》顔』『壮烈の犠牲』『正直に書くことの困難』『日本の女』など四編を寄せ、アンケート一件に応じている。（佐久間保明）

婦人倶楽部《ふじんくらぶ》　婦人雑誌。大正九・一〇〜（一九二〇〜）。講談社発行。創刊号は『婦人くらぶ』と〈倶楽部〉は平仮名を用いている。婦人の精神教育に重点を置いて創刊された。のち、しだいに生活実用誌的色彩を濃くする。創刊時点で既にいくつかの類似雑誌があり、発行元の講談社では、収支相償うまでに長年月を要したという。芥川はこの雑誌に談話『僕の好きな女』（創刊号、大正九・一〇）、アンケートの回答『恋愛及結婚に就いて若き人々へ』（大正九・一一）の二作を寄せた。後者は短いものながら、恋愛や結婚に対する芥川の考えが披瀝され、若き人々へのよきメッセージとなっている。（関口安義）

婦人グラフ《ふじんぐらふ》　婦人雑誌。大正一三・五〜昭和三・六（一九二四〜一九二八）。全五〇冊。『国際写真情報』『劇と映画』などの画報類を刊行していた国際情報社が、婦人向けに創刊した大判のグラビア雑誌。伊東深水や竹久夢二らが表紙を担当。名家婦人や女流芸術家の色刷りを含む写真と紹介が主で、これに実用記事と、巻末に通常は八頁程度の「読みもの」欄がついた。この創刊号に、芥川は堀川保吉《やすきち》物の一編『或《あ》る恋愛小説―或《あるい》は「恋愛は至上なり」―』（大正一三・五）を寄稿、「或《ある》婦人雑誌社の面会室」で保吉が主筆に小説の腹案を語る形で、女性の恋愛心理を揶揄《やゆ》している。創刊号にはほかに、馬場孤蝶《こちょう》の随筆や、与謝野晶子・原阿佐緒《あさお》の短歌も掲げられた。その後、横光利一『新鮮な贈物』（大正一四・七）、片岡鉄兵『已花』（大正一四・一〇）などの短編や小品も少なくないが、直接購読を建前としてあまり一般に出回らず、その全体像は必ずしも明らかではない。（宗像和重）

婦人公論《ふじんこうろん》　婦人雑誌。大正五・一〜（一九一六〜）。中央公論社発行。『青鞜《せいとう》』によって切り開かれ、当時高揚期にあった女権拡張と自由主義の影響を受け、女性の地位向上を目指して編集主幹嶋中《しまなか》雄作によって創刊。大正期は、改造社の『女性改造』と並び、進歩的インテリ女性を対象にした高踏的な女性総合雑誌として時代をリードした。芥川は、編集部の求めに応じてアンケート、感想、短いエッセイなど多くを寄稿しているが、創作としては、『魚河岸』（大正一一・八）『猿蟹《さるかに》合戦』（大正一二・三）『文放古』(大正一三・五)、『蜃気楼《しんきろう》―或《あるい》は「続海のほとり」―』(昭和二・三)の四編が掲載された。いずれも短編だが、芥川自身「河童《かつぱ》は近年にない速力で書いた。蜃気楼は一番自信を持つてゐる。」(滝井孝作宛、昭和二・二・二七)と書いている通り、晩年の傑作の一つであり、『蜃気楼』のような生の不安をみごとに描いた心境小説が掲載されていることは注目される。

(石崎　等)

蕪村《ぶそん》　享保元～天明三・一二・二五(一七一六～一七八三)。江戸中期の俳人・画家。本姓谷口、のち与謝と改姓。摂津《せっつ》(大阪)に生まれ、江戸に出て蕉風の早野巴人《はじん》に俳諧《はいかい》を学んだ。諸国遍歴後、京都に定住し、天明期俳諧の中興の祖となった。また南画家としても大成し、池大雅《いけたいが》と並称された。俳句、俳文集『蕪村句集』『蕪村七部集』『新花摘《はなつみ》』、俳体詩『春風馬堤曲』などのほか、絵画では『牧(野)馬図屛風《びょうぶ》』や池大雅との合作『十便十宜図』その他がある。芥川龍之介が蕪村に親しんだのは中学時代に『蕪村句集』を読んで以来のことのようで、『芭蕉雑記』のようにまとまったものがあるわけではないが、折に触れて蕪村に言及している。潁《え》原《ばら》退蔵の編纂《へんさん》により大正一四(一九二五)年一一月、有朋堂書店から出版された『蕪村全集』に「序」を寄せた芥川は、「蕪村は一代の天才であります。」いるかを記し、「蕪村は一代の天才であります。」とまで書いている。蕪村への高い評価と関心の深さを物語るものであろう。その高い評価と関心の深さは、もちろん俳句、南画両面へのものである。俳句では、芭蕉と比較しては一歩を譲らねばならぬとしながらも、蕪村の俳句の絵画的特質、「大和絵らしい美しさ」(『芭蕉雑記』)をたたえ、南画では、いわゆる文人として蕪村を池大雅と並称することを批判しつつも、二人の合作『十便十宜図』に対して、大雅とともに「蕪村も筆力縦横孤峯《こほう》頂上に向《むか》つて廬《ろ》を結ぶ底の手腕には甚《はなはだ》敬服しました」と下島勲《いさおし》宛書簡(大正七・一二・八)で記している。しかし、絵画が与えた影響として特筆すべきは、知人の手に入れた蕪村の『芭蕉涅槃図《ねはんず》』が、書き悩んでいた小説『枯野抄』(『新小説』大正七・一〇)を完成させる重要なヒントになったことであろう。『一つの作が出来上るまで』(『文章倶楽部《クラブ》』大正九・四)の中で芥川は「その『芭蕉涅槃図』からヒントを得て、芭蕉の病床を弟子達が取り囲んでゐるところを書いて漸《やうや》く初めの目的を達した。」と書いている。

(大塚　博)

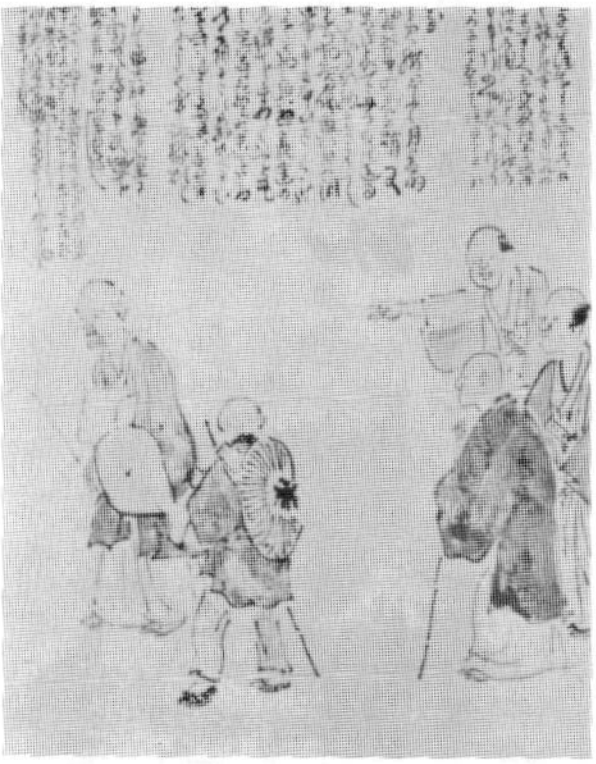

『奥の細道図屛風』(与謝蕪村筆)

「蕪村全集」の序《「ぶそんぜんしゅう」のじょ》　序文。潁《え》原《ばら》退蔵編『蕪村全集』の巻頭に掲載。大正一四(一九二五)年一一月、有朋堂書店刊。のち『梅・馬・鶯《うぐいす》』に収録。芥川は、大正一四年九月七日、軽井沢から潁原にあてて「序文相遅れ何とも申《まうし》訣無之《わけこれなく》」と書き、翌八日「御約束の拙文お送り申上候。(中略)蕪村全集の市に出《い》づる日を待ち焦《こが》るゝ事一方ならず。」と書いている。

(井上百合子)

二つの手紙《ふたつのてがみ》　小説。大正六(一九一七)年九月一日発行の雑誌『黒潮』に発表。『煙草《たばこ》と悪魔』(新潮社、大正六・一一・一〇)に収録。初出との間に若干の異同がある。この作品は「東京帝国文科大学哲学科卒業後、引続き今日まで、私立――大学の倫理及英語の教師」をしている佐々木信一郎という人物から「――警察署長」のもとへ差し出された二通の手紙からなる書簡体小説である。「第一の手紙」において彼は、三度まで現れた自己自身及び妻ふさ子のドッペルゲンゲル(Doppelgaenger)に苦しめられていることを訴え、多くの実例を列挙して、署長に自分が正気であることとこの「超自然な事実」の承認を求める。そして世間が自分ら夫婦に加える侮辱――妻の貞操に対する世間の疑いも、このドッペルゲンゲルという現象に因《もと》を発しているものであることを言い、残酷な世間の迫害に苦しんでいる夫婦の保護を依頼する。「第二の手紙」では、警察署長の怠慢の結果、妻が世間の圧迫に耐え兼ねて失踪《しっそう》した事実を告げて、「今後の私は、全力を挙げて、超自然的現象の研究に従事するつもりでございます。閣下は恐らく、一般世人と同様、私のこの計画を冷笑なさる事でせう。しかし一警察署長の身を以《もっ》て、超自然的なる一切を否定するのは、恥づべき事ではございますまいか。」と言い、最後に「人間が如何《いか》に知る所の少ないか」を考えようとしない署長の「傲慢《ごうまん》なる世界観」を彼は痛罵《つうば》する。この痛罵は、作者の「外界に対する、外界のみに頼った世界観に対する痛罵にほかなるまい」（進藤純孝『伝記 芥川龍之介』六興出版、昭和五三・一・二七）が、ドッペルゲンゲルという異常心理（「ドッペルゲンゲル」の項参照）を扱ったこの作品は、外界と内界との二極にとらわれた思想の殻から脱け出そうと試みた過程に描かれた一つの模索的作品であったと言えよう。この作品の典拠としては吉田精一によって鷗外訳『諸国物語』中のシュニッツレル作『アンドレアス・タアマイエルが遺書』が指摘されている。

（千葉俊二）

二葉亭四迷《ふたばていしめい》 元治元・二・二八、新暦四・四（元治元・二・三、文久二・一〇・八説もある）～明治四二・五・一〇（一八六四～一九〇九）。小説家・翻訳家。本名長谷川辰之助。別号冷々亭《れいれいてい》杏雨《きょうう》・四明。江戸市ヶ谷《いちがや》生まれ。東京外語露語部中退。坪内逍遙に刺激され、明治一九（一八八六）年四月、評論『小説総論』を発表。その理論に基づき同年夏ごろから小説『浮雲』に着手し、翌二〇（一八八七）年六月第一編を発表する。これが好評を博し、第二・三編の出現とともに日本最初のリアリズム小説と言われた。以後『あひゞき』『めぐりあひ』『うき草』などロシア小説の訳出、『其面影《そのおもかげ》』『平凡』などの長編小説を発表している。朝日新聞特派員としてロシア訪問の帰途、ベンガル湾上で病死。芥川は、二葉亭の小説は無論のこと、翻訳も高く評価しており、自ら編んだ『近代日本文芸読本』（全五集、興文社、大正一四・一一・八）の第一集に『平凡』の一部分を、第二集には翻訳『四日間』（ガルシン）を収録している。また、『文芸的な、余りに文芸的な』の「二十八 国木田独歩」の項では、「鋭い頭脳」と「柔かい心臓」を持ち、それが「不幸にも調和を失つ」ていたために、「悲劇的だつた」文学者として、独歩・石川啄木とともに二葉亭の名を挙げ、その悲劇に言及している。

二葉亭四迷

（関口安義）

二人小町《ふたりこまち》 戯曲。大正一二（一九二三）年三月二〇日発行の雑誌『サンデー毎日』第二年第一三号に掲載されるが、単行本未収録。平安前期の女流歌人で六歌仙の一人小野《おの》小町の伝説のパロディ化。『玉造《たまつくり》小町子壮衰書』『関寺小町』『卒都婆《そとば》小町』に材を求めたものかと考えられる。絶世の美女として聞こえる小野小町のもとに突然黄泉《よみ》の使いが現れ、小町を連れていこうとする。小町は必死に命乞いをし、今自分は愛し合っている深草の少将の子を宿していること、もし自分が連れて行かれるなら子供も少将も、老いた父母も死んでしまおうと泣き、代わりに醜く、死にたがっている玉造の小町を連れて行くようにと言う。黄泉の使いは玉造の小町を背負い地獄への道を行く。小町は使いを問い詰め、小野小町の嘘《うそ》に歯ぎしりし、使いに身体を投げかけて誘惑し、小野小町を自分の代わりに連れて行くように頼む。色香に惑わされた使いが再び小野小町のもとに行くと、小町に言いくるめられた大勢の神将がすでに家を守り、追い払われてしまう。数十年後、老いた女乞食二人が枯薄の原にいる。小野小町と玉造の小町だった。二人はあのときに死ねばよかったとかつての日を思うが、そこを黄泉の使いが通りかかる。二人は呼び止め、自分たちを連れて行ってほしいと懇願するが、もはや取り合ってはくれない。玉造の小町は、非常な美人であったが晩年は乞食をしていたと言われる。小野小町と同一人とする説が多い。しかし、芥川は二人を同時代の別人として、美しい女同士の嫉妬《しっと》とエゴイズムを鮮やかに描く。「世の中は神代以来、すつかり女に欺されてゐる。女と云へばか弱いもの、優しいものと思ひこんでゐる。ひどい目に会はすのは何時《いつ》も男、会はされるのは何時も女、――さうより外に考へない。その癖ほんとは女の為《ため》に、始終男が悩まされてゐる。」「わたしには神仏よりも、もつとあなたがたが恐ろしいのです。あなたがたは男の心も体も、自由自在に弄《もてあそ》ぶことが出来る。その上万一手に余れば、世の中の加勢も借りることが出来る。」――黄泉の使いの口を借りて、三十代に入った芥川の皮肉な女性観がのぞいている。　（尾形明子）

プチ・ブルジョア《ぷち・ぶるじよあ》　Petty Bourgeois（フランス語）　小ブルジョアジーの意で、中産階級に属する者。資本主義社会でブルジョアジーとプロレタリアートの中間にある階級。小市民。この言葉は芥川にとって自己の出身たる「中流下層階級」ないしその貧困を意味した。それについて彼は『大導寺信輔《だいどうじしんすけ》の半生《はんせい》』で、「彼は貧困を脱した後も、貧困を憎まずにはゐられなかつた。同時に又貧困と同じやうに豪奢《がうしや》をも憎まずにはゐられなかつた。豪奢をも、――この豪奢に対する憎悪は中流下層階級の貧困の与へる烙《らく》印だつた。或《あるい》は中流下層階級の貧困だけの与へる烙印だつた。彼は今日も彼自身の中にこの憎悪を感じてゐる。この貧困と闘はなければならぬ Petty Bourgeois の道徳的恐怖を。……」と述べ、さらに高等教育を受けたのもその貧困から脱出するためであったと語っている。しかしその反面、自らの階級を「超越することも出来ない」（『文芸的な、余りに文芸的な』）ことをも悟っていたのであった。だが、その中産階級を含めてのいわゆる民衆を心から愛したのもまた芥川であった。　（久保田芳太郎）

仏教と芥川《ぶつきようとあくたがわ》　物質主義的に仏教（広くは宗教）をとらえた考え方は『河童《かつぱ》』の中でトックの死に際し、ラップの意見として引き出している言葉に示される。「基督《キリスト》教、仏教、モハメット教、拝火教なども行はれてゐます。まづ一番勢力のあるものは何と言つても近代教でせう。生活教とも言ひますがね。」と河童国を展望する。同様の考え方は『侏儒《しゆじゆ》の言葉』の「仏《ぶつ》陀《だ》」にある。王城を出て六年の苦行をした悉達《シッタル》多《タ》は王城での生活の豪奢の祟《たた》りだとする。さらに「彼の成道の伝説は如何に物質の精神を支配するかを語るものである。彼はまづ水浴してゐる。それから乳糜《にゆうび》を食してゐる。最後に難陀婆《なんだば》羅《ら》と伝へられる牧牛の少女と話してゐる。」と。そのことは悉達多をメランコリアに沈ませた「思弁癖」とつながる。だから王城を出た後ほっと一息ついたものが「将来の釈迦無二仏」か「彼の妻の耶輸陀羅《やすだら》」だったか断定できないという言葉にもなっている。成道した後の釈迦が、地獄から脱出しようとする無慈悲な利己心の犍陀《かんだ》多《た》を救い得なかったことは『蜘蛛《くも》の糸』に描かれている。龍之介の思い描いた極楽すなわち「地上楽園」（『侏儒の言葉』）は「天然の温室」ではなく、地に足のついた「真実の幸福」にあふれたものであった。『蜘蛛の糸』と一見反対の主題設定は『運』である。清水《きよみず》の観音様のお告げを信じ、知らずに物盗りの女房になり、はずみで人を殺してしまった女に対しても何不自由ない身にしてやったという観音様が約束をたがえなかった話である。ただ、そこにアイロニカルな批判精神がのぞいている。『道祖問答』では天王寺の別当、道命阿闍梨《どうみようあざり》と五条の道祖神《さえのかみ》の問答に仮託して破戒非難の道祖神を斥《しりぞ》け去る。「生死即涅槃《ねはん》と云ひ、煩悩即菩提《ぼだい》と云ふは、悉《ことごと》く己《おの》が身の仏性を観ずると云ふ意《こころ》ぢや。己が肉身は、三身即一の本覚如来、煩悩業苦の三道は、法身般若《はんにゃ》外脱の三徳、娑婆《しゃば》世界は常寂光土にひとしい。」という境地が、行水もせず、女人の肌に触れての誦経をも是認する理論である。この思想は、観世音菩薩や大天狗《てんぐ》や妖怪変化《ようかいへんげ》の超自然的存在も、修羅や餓鬼や地獄や畜生等の世界が「現世の外」にあったのではない状況を『今昔物語集』に見、それを歴史小説の典拠にとった龍之介の精神構造に連ねうる（『今昔物語鑑賞』）。池の尾の禅智内供《ぜんちないぐ》の長鼻が短くなった際「法華経書写の功を積んだ時のやうな、のびのびした気分」（『鼻』）を与え、一転して長鼻に戻った際「はればれした心もち」の心境を与えた心理の曲折は、蔵人得業恵印《くらうどとくごうえいん》という大赤鼻の法師が、自分の赤鼻を笑う僧俗たちをかついでからかうため、昇龍のにせ高札を建て、はからずもその指定通りに龍が昇る結果に復讐《ふくしゅう》された悪戯の心理経過（『龍』）は、共に僧侶という悟達の人格が味わわざるをえなかった卑俗な人間心理の哀歓である。『好色』の平《へい》中《ちゅう》が「御仏よりも、お前に身命を捧げる」と恋する侍従への思慕から「清水の御寺《みてら》の内陣にはひれば、観世音菩薩の御姿さへ、その儘《まま》侍従に変《かは》つてしまふ」結果、侍従の工作した香木糞《まり》に復讐されるのは、思考・行動の設定上、仏教の権威を借りたものである。『地獄変』で卑しい傀儡《くぐつ》の顔を写した吉祥天、無頼の放免にかたどった不動明王を描き、自分の娘を焼き殺す画材に法悦する良秀に堕地獄の批判をした横川《よかわ》の僧都も、炎熱地獄画の出来栄えには賛嘆の基軸に使われている。『枯野抄』の惟然《いねん》坊は僧形を借りた心理の操り人形にすぎないが、鬼界ヶ島に流罪され「己身の中に、本仏を見る」『俊寛』の俊寛僧都、殺生好きな悪人から出家して「阿弥陀仏よや。おおい。おおい。」と呼び続け、屍《し》骸《がい》の口から蓮華の開いていた五位の入道（『往生絵巻』）、臨終の姫君に「往生は人手に出来るものではござらぬ。唯御自身怠らずに、阿弥陀仏の御名をお唱へなされ。」と自らも唱道する内記の上人《しょうにん》（『六の宮の姫君』）に、主体的、肯定的な僧侶の姿が描き出されている。しかし、概して言えば、宗教は「相対的」存在であった。（『女性改造法話会』）ほかに未定稿、習作類に『大釈迦』『弘法大師御利生記』がある。

〔**参考文献**〕長野甞一『古典と近代作家―芥川龍之介』（有朋堂、昭和四二・四・二五）、日夏耿之介「芥川の遺書文学について」（『国士』昭和二二・一二）、菊地弘・久保田芳太郎・関口安義編『芥川龍之介研究』（明治書院、昭和五六・三・五）

（長谷川　泉）

舞踏会《ぶとうかい》　小説。大正九（一九二〇）年一月一日発行の『新潮』第三二巻第一号に発表。第五短編小説集『夜来の花』（新潮社、大正一〇・三・一四）に収録。ただ、初出稿と初版との間には大きな異同がある。とくに「二」の最後は初出稿ではH老夫人が Julien Viaud（ジュリアン・ヴィオ）と『お菊夫人』を書いた Pierre Loti（ピエール・ロティ）とが同一人物であることを知っていることになっているのだが、初版では彼女はその事実を全く知らなかったし、今でもその点に無知なままであるように書き直されている。大正八（一九一九）年に芥川は長崎に遊んだが、そのときに味わった異国情趣とピエール・ロチの『お菊夫人』（『お菊さん』）や『秋の日本』中の「江戸の舞踏会」を読んだ印象とが結び付き、この小説が執筆されたとみてよい。同年の一二月に難行苦行のすえに脱稿している。ロチの『秋の日本』つまり『Japonerie d'Automme』（カルマン・レヴィ書店、一八八九年）が粉本となっているが、芥川は当時の訳書の飯田旗軒訳『陸眼《をかめ》八目』（春陽堂、明治二八・一二）や高瀬俊郎訳『日本の印象記』（新潮社、大正三・一一）を読む一方で、英訳本にも目を通していたらしい。ピエール・ロチ（一八五〇〜一九二三）はフランスの小説家、海軍軍人で、明治一八（一八八五）年に初めて日本を訪れ、同年七月から一二月まで滞在し、『お菊夫人』（『お菊さん』）や『秋の日本』の素材を体験した。芥川は彼の死後『ピエール・ロティの死』（『時事新報』大正一二・六・一三）で哀悼の意を表している。ピエール・ロチは『秋の日本』中の「江戸の舞踏会」で明治一九（一八八六）年一一月三日（ロチが実際に体験したのは明治一八年一一月の舞踏会である。なぜ彼が明治一九年と記したかは不明だが、この日付を芥川はそのまま小説の冒頭に利用している）に鹿鳴《ろくめい》館で開かれた舞踏会の様子を、西欧人の目で冷静かつ皮肉をこめて描いている。そこにはパリを模倣した鹿鳴館の一見豪華に見えるインテリアのうさんくささ、盛装はしているが「何だか猿によく似てゐる」日本の紳士たち、西欧の服装を着こなしてはいるが「つるし上つた眼の微笑、その内側に曲つた足、その平べつたい鼻」などは隠しようがない日本の女性たちなど、欧化に狂奔する当時の日本のグロテスクさがくっきりと浮き彫りにされている。ただ、芥川はこうした点は全く無視し、神崎清あて書簡（大正一四・一一・一三）にみられるように、「日本人が皆ロココの服装をしてゐる事」や舞踏会が「ワトウの匂《にほひ》のある日本」を表している事にのみ興味を示している。そして彼はロチの記述に示される舞踏会の醜く滑稽《こつけい》な面をすべて切り捨てて、その舞踏会を徹底して美化した世界へと転移させていったのである。こうして小説『舞踏会』は華麗で典雅きわまりない唯美の世界として描かれ、ヒロインの明子も美しく可憐《かれん》な少女として登場することとなった。「一」はその美しい舞踏会での出来事が描かれる。一七歳の明子は父に連れられ、初めて鹿鳴館の舞踏会に臨む。彼女の可憐な美しさは多くの人の目を奪った。一人のフランスの海軍将校が彼女にダンスを申し込み、二人は華麗な雰囲気の中でひとしきり踊りに興じた。やがて星月夜のバルコニーに出た二人の目に青と赤との花火が映り、消えていった。しばらく黙然としていた海軍将校は明子の問いに対して「私は花火の事を考へてゐたのです。我々の生《ヴイ》のやうな花火の事を。」と答えるのであった。「二」はそれから三二年後の大正七（一九一八）年の秋の出来事が簡潔に描かれる。「一」が長歌であるならば、「二」は反歌であるような構成と言ってよい。もう五〇歳近いH老夫人となった明子は汽車の中で一人の青年小説家に会い、かつての舞踏会の思い出を語ることになる。彼女の話を聞き終えた青年小説家はその海軍将校の名を尋ねる。ジュリアン・ヴィオと答えた明子の前で彼は興奮し、では『お菊夫人』を書いたピエール・ロティだったのですねと問う。しかし、彼女は「いえ、ロティと仰有《おつしや》る方ではございませんよ。ジュリアン・ヴィオと仰有る方でございますよ。」と何度もつぶやくばかりであった。言うまでもなく、この小説のテーマはまず海軍将校が口にした「我々の生《ヴイ》のやうな花火」に鋭く提示されている。花火のように一瞬美しく輝く人生について芥川は『奉教人の死』や『地獄変』などで幾度も主題化していた。ここでも暗い夜空に広がる花火の一瞬のきらめきは人生の輝かしさの象徴にほかあるまい。ただ、ここでは花火が消え去った後の夜空の暗さに人生の空しさや孤独が顔をのぞかせているようで、人生の深淵をも感じさせる効果をあげている。年若い明子ですら「悲しい気を起させる程それ程美し」いと感じたのもそれ故であったと言えよう。もろちん小説はそれだけでは終わらない。「二」でH老夫人として登場する明子は時間の風化にもかかわらず、そのときの感動をよみがえらせてやまない。彼女にとって海軍将校と共にながめた花火の美しさこそまさしく「人生《ヴイ》」にほかならなかった。青年小説家の知的な興奮とは無縁な世界で、追憶に支えられた彼女の感動は牢乎《ろうこ》として揺らぐことがない。彼女にとって「人生《ヴイ》」の輝きは記憶の中で永遠化しているのである。芥川はここで「人生《ヴイ》」の輝かしさとその背後の空しさとを、実感の重さと知性の軽さとの対比を交響させながら、みごとな構成のうちに鮮やかに描ききったのである。初出の最後を書き直すことによって、いかに小説が完成度を増したかは明らかであろう。

〔**参考文献**〕安田保雄『比較文学論考―近代日本文学に及ぼせる外国文学の影響』（学友社、昭和四四・一〇・五）、榎本隆司「舞踏会」（『批評と研究・芥川龍之介』芳賀書店、昭和四七・一一・一五）、宮坂覺「『舞踏会』試論」（『文芸と思想』昭和五〇・二）、三好行雄「青春の〈虚無〉」（『芥川龍之介論』筑摩書房、

（山田有策）

昭和五一・九・三〇）

不同調《ふどうちょう》　文芸雑誌。大正一四・七〜昭和四・二（一九二五〜一九二九）。全四四冊。中村武羅夫を主宰者に、堀木克三、戸川貞雄、川崎備寛ら一五人を同人として創刊。「一人一党主義」や「新人生派」文学を標榜し、「反『文芸時代』的、反『文芸春秋』的性格」（高見順）の色濃いものであった。芥川龍之介は創刊号に『「わたくし」小説に就いて』を寄せ、久米正雄の私小説論を分析・整理し、「久米君を始め大方の君子の高論を聴かんとする」と記した。この一文に対して、芥川自身が問題を論究すべきだと翌月の同誌で藤沢清造が批判し、芥川は『藤沢清造君に答ふ』（大正一四・九）で短く反駁《はんばく》したが、さらに『「私」小説論小見—藤沢清造君に—』（『新潮』大正一四・一二）で、その私小説観を展開した。また同誌には、同人による「芥川龍之介論—不同調合評会—」（昭和二・六）や青野季吉《すえきち》の「芥川龍之介氏と新時代」（昭和二・七）ほかの芥川評があり、殊に『玄鶴山房《げんかくさんぼう》』が多く論じられている。（大塚　博）

舟木重信《ふなきしげのぶ》　明治二六・七・二七〜昭和五〇・四・二九（一八九三〜一九七五）。小説家・独文学者。広島県生まれ。大正七（一九一八）年東京帝国大学文科大学独文科卒業。在学中から同人雑誌『異象』により盛んな創作活動を展開したが、のち早稲田大学独文科教授となり、ハイネ研究家として知られる。芥川は『大正八年度の文芸界』で「舟木重信氏は素質教養共、殆《ほとん》ど病的に近い神経の局所に逼《せま》つて、傷《いた》ましい人生の内面を示唆する道に立つてゐるらしい。が、憾《うら》むらくは筆力の未《いま》だ至らない結果、氏のデビウたる『悲しき夜《ママ》』も、格別著しい文壇的反響は惹起《じやつき》する事なく終つてしまつた。」と評した。『悲しい夜』（『新小説』大正八・六）は一雑誌記者の見た文壇の内情をシニカルな視点から描き出したもので、芥川をモデルとしたとおぼしき人物も登場し、『我鬼窟日録《がきくつ》』には「舟木重信『悲しき夜《ママ》』を書いて、芥川龍之介、長与善郎《よしろう》の徒を退治す。」との言葉もみられる。（千葉俊二）

文放古《ふみほご》　小品。大正一三（一九二四）年五月一日発行の雑誌『婦人公論』第九年第五号に発表。『黄雀風《こうじやくふう》』（新潮社、大正一三・七・一八）に収録。わたし、芥川龍之介が日比谷公園で拾った文放古にまつわる話である。それは女友達にあてた若い女の手紙で、「芥川龍之介と来た日には大莫迦《ばか》だわ。」と書いてあった。この「お転婆らしい放言」への怒りを抑えつつ、その本文を掲げ論拠を確かめるという形になっている。本文は、意味上、四つの段落に分けられる。まず、市とは言っても九州の片田舎での生活の退屈さが嘆かれる。文化的催しはなく、知識階級はやっと蘆花程度、「アンニュイそれ自身のやうな生活」である。次に結婚問題。彼女は自分の判断と責任で結婚すると言うが、結婚しないでいることが弟妹の邪魔だと言われるのでたまらない、とある。ついで夫の候補者の批判。県会議員の長男はピューリタンだが、下戸なのに禁酒会の幹事をしているという愚かさ。両親気に入りの電灯会社の技師は、芸術や哲学に関心がない。芸術が分かるのは従兄《いとこ》だが、しょせん田舎の文学通で評判の遊蕩児《ゆうとうじ》、その父は乗り気だが遊蕩をやめさせる道具に思われているだけ。自活する能力のない自分は結婚するしかないが、よい相手はいないので売笑婦に身を売るようなものだ、と嘆く。最後に、このような結婚難は全国的なものだが、日本の小説家に「あたしたちの代弁者」はいない、倉田百三、菊池寛、久米正雄、武者小路実篤、里見弴、佐藤春夫、吉田絃二郎、野上弥生《やよい》、「一人残らず盲目」で、とくに芥川は大莫迦だ、と言う。『六の宮の姫君』の中で作者が姫の意気地なしをののしっているのは不見識であり、「自活に縁のない教育を受けたあたしたち」も姫と同様で、自活の意志はもちえても「実行する手段はない」と訴えている。芥川は、彼女を「一知半解のセンティメンタリスト」だとして軽蔑《けいべつ》はしたが、「何か同情に似た心もちを感じた」と言う。彼女は不平を重ねつつも結婚し、いつの間にか世間並みの細君に変わるであろうと思い、文放古を机の引き出しにほうりこんだが、「其処《そこ》にはわたし自身の夢も、古い何本かの手紙と一しよにそろそろもう色を黄ばませてゐる。……」と結ばれる。彼女は東京で高等教育を受けたようである。田舎の文化の遅れをかこっているが、東京と比べているだけであり、その生活打開の意志のなさは責められるべきものである。結婚難の問題についても同様であり、自分の理想に合わない候補者の弱点を決定的なものとして嘆いている。そこには独善的な優越感にひたっているだけの甘さがあり、相手を好意的に、人生を肯定的に見る姿勢がない。自活についても彼女にはその意志がない。ピアノ教授で自活できる友達をうらやんではいるが、タイピストに対しては羨望《せんぼう》に蔑視が伴っていて、職業に対する貴賤《きせん》の意識が行動を阻んでもいる。彼女の不幸は、自省心が弱く理想への執着だけが強いその資質にも原因はあるが、社会問題でもある。大正九（一九二〇）年には全国タイピスト組合や新婦人協会が発足し、一一（一九二二）年からは恋愛の自由をうたった厨川白村《くりやがわはくそん》の『近代の恋愛観』が一世を風靡《ふうび》する、という女性解放の気運の高まりの中で、自我に目覚めた知的女性であれば直面せざるをえない問題であったと言える。それだけに日本の小説家への批判は時宜をえ、的を射たものであり、六の宮の姫君を「腑甲斐《ふがい》ない女」とさげすんでいる芥川が責められるのも無理はなかった。彼女は「豚のやうに子供を産みつづけ」るであろうという芥川の予言の仕方には、女性蔑視の姿勢が顕著である。これは彼女が田舎の男たちをあざけるのと同様の高慢さの現れであろう。そこには同情や連帯感は乏しい。妥協を強いられ理想を忘れてゆく彼女の運命に、芥川は夢がかなわないで惰性に流されている自分の現実を想起して悲しんでいるのである。彼女に対しては傍観者でしかないが、文放古の「論拠に点検」を加えられなかったところに、芥川の自責の念の深さを察することができる。

（吉田正信）

「ふゆくさ」読後《「ふゆくさ」どくご》　書評。初出「アララギ』大正一四（一九二五）年一〇月（のち『梅・馬・鶯《うぐいす》』に収録）。土屋文明の歌集『ふゆくさ』（古今書院、大正一四・二）の批評。『新思潮』同人として芥川と親交のあった土屋文明が、「和御魂《にぎみたま》」に安んじて「甜俗《てんぞく》」に流れようとしたり、また安んずることを恐れて「板俗」に落ちようとしたりする境地から抜け出ようとしていることを評価している。芥川が集中からただ一首「かたむける麓《ふもと》の原の村二つ家立ちひくく土につきたり（富士見高原）」を挙げていることは注目される。

（田中保隆）

冬と手紙と《ふゆとてがみと》　小説。昭和二（一九二七）年七月一日発行の雑誌『中央公論』第四二年第七号に発表。死後『西方の人』（岩波書店、昭和四・一二・二〇）に収録。作品は「一冬」「二手紙」のそれぞれ異なった内容をもつ二つの作品から構成されている。まず「一」（四〇〇字詰原稿用紙に換算して約一六枚の分量）は「僕」が市《いち》ヶ谷《や》刑務所に収監された従兄を慰問するために二月近い寒い日面会に赴く。しかし、午前一〇時から待って夕方近くなっても呼び出しがない。その間何度看守に尋ねても傍若無人な無愛想さで無視され続け、とうとう飢えと寒さと怒りから喧嘩《けんか》腰で受付とかけ合ってようやく六時ごろに面会できる。従兄は思ったより元気で、帰途「僕」は重い疲労をひきずって従姉の家を訪ねて報告する。そこで従兄の弟から醜い欲にからんだ話を聞かされ、いっそう暗い疲れに沈む。それから数年後、「僕」は従兄の初七日をすませた厳寒の夜、めっきり老けこんだ従姉と対座しながら、かつての刑務所を訪ねた日のことを思い起こし、骨身にしみる寒さを感じていた。「二」（「一」と同様に換算して約一五枚の分量）は「一」とは対照的に季節は真夏で、「僕」は温泉宿に保養と執筆を兼ねて滞在している。同宿の大学生のK君とその友人のS君、ボーイッシュな感じのM嬢とその母がここでの唯一の交友圏である。K君はM嬢を好いているらしいが、M親娘はS君を好いているらしい。M家には忌まわしい過去の秘密がある。M嬢の母というのは継母であり、Mには入試の失敗と継母との内紛から自殺した兄がいることを僕は知っている。その事もあってか、Mは死に極度に敏感で、毛虫や赤蜂《ばち》の死も「大嫌ひ」と嫌悪する。池のほとりでMの母は僕からS君の身元を聞きだそうとするが、相手にならず、共食いの習性がある沢蟹《がに》がけがをしたもう一匹の沢蟹をじりじりとひきずって行くのを見守る。間もなくM親娘はS君と帰京し、初秋の風景の中に僕とK君とが残る。「一」と「二」は共に死が基調にあり、晩年の『点鬼簿』(『改造』大正一五・一〇)や『蜃気楼《しんきろう》』(『婦人公論』昭和二・三)以下の諸作に共通する暗い死を背後に控えた心象風景が描かれている。殊に「一」では従兄の暗い事件とその死が彼にもたらした心身の重い疲労と暗《あん》鬱《うつ》な心情に焦点を当てて執拗《しつよう》詳細に描きだし、事件そのものの詳細は全く伏せられているのが特徴的である。すなわちこの時点では「従兄」夫婦であり、その死の状況には一切触れられていない。それが遺稿の『歯車』(『文芸春秋』昭和二・一〇)及び『或阿呆《あるあほう》の一生』(『改造』昭和二・一〇)に至ると一切は明されて、「従兄」ではなくて「義兄(姉の夫)」であり、刑務所に収監されたのは「偽証罪」に問われたからであり、その死は尋常な死に様ではなく、保険金詐取を目的とした放火の嫌疑(事実として多額の負債を抱えていたことと、火事の直前に評価額の二倍の保険に加入していたことがある)がかけられて千葉県内で鉄道自殺を遂げたものであった。その結果芥川はその跡始末に奔走し、心身共に疲弊し、精神に異状が自覚されるに至るのである。したがって「一」は当時の芥川の心象をうかがう上で貴重なものと言ってよい。一方「二」は同じく死が背景にありながら「一」に比してここには第一に夏から秋へという推移する季節の明るさがあることは否定できないし、第二に若い男女の恋の思惑がからむという色どりもある。次に指摘しておかなければならないのは「二」は芥川版『城《き》の崎《さき》にて』であるということである。温泉場、三つの死——毛虫、赤蜂、沢蟹——というふうに余りに道具立ても背景もお誂《あつら》えむきにすぎるほど酷似している。ただし、志賀の場合は死への凝視が生の意識に逆行してくるという構造にあってその心境が澄明に結晶化されるのに対して、芥川の場合には殊に前の二つの死が生のさなかにある女故に嫌悪の対象としかならず、死が力をもちえない点に彼我の優劣があると考えられる。(鷺　只雄)

プラトン社《ぷらとんしゃ》　クラブ化粧品本舗中山太陽堂が大正八(一九一九)年二月に始めた出版社。当初は大阪に本社があったが、昭和二(一九二七)年からは東京に本社が移り、大阪は支社となった。大正一一(一九二二)年五月に、婦人雑誌『女性』を創刊、永井荷風、谷崎潤一郎、志賀直哉らの作品を掲載して良質な文芸雑誌としての地位を得る一方、大正一三年一月には、川口松太郎、直木三十五を編集陣に加えて『苦楽』を創刊、大衆文学の向上に貢献した。芥川龍之介は、『苦楽』には小品『鬼ごっこ』を一編寄せているのみだが、『女性』には『お時儀《じぎ》』『文章』『温泉だより』『彼』などの小説や、『線香』『霜夜』『長江游記《ゆうき》』その他の小品、随筆、紀行、観劇記など合わせて一三編の文章を発表し、また「女?」と題された座談会にも出席している。なお『女性』には「芥川龍之介氏を憶《おも》ふ」(昭和二・九)という追悼小特集が組まれ、里見弴、徳田秋声、広津和郎、佐佐木茂索らが稿を寄せている。(大塚　博)

フランス文学と芥川《ふらんすぶんがくとあくたがわ》　芥川が初めてフランスの文学作品に接したのは、おそらく少年時で一九世紀の大ロマンの翻訳ないし翻案——ユーゴーやデュマなどの小説によるものだったと想像される。大正一四(一九二五)年の『文芸一般論』でそのうち黒岩涙香《るいこう》の『噫《ああ》無情』の名を挙げ、それは通俗小説であるとしても、文芸的価値の点で必ずしも非通俗の作物に劣るとは言えないと述べている。しかし大正一〇(一九二一)年の『仏蘭西《フランス》文学と僕』では「最初に親しんだアルフォンス・ドーデの『サッフォ』を中学五年のとき英訳で読んだ」と言い、次いでアナトール・フランスの『タイス』を読んで「大いに感服した」と記している。英書については初め担任の広瀬雄《たけし》の指導を受けたが、これらは級友と英語の勉強のために読んだものであった。原著は一九世紀末の二〇年以内の出版である。芥川は「外国語は英語丈《だけ》が読める。」（『私の生活』大正九・一）という謙辞を記したことがあり、原語で書いたフランス語にも誤記と見られるものがある。『仏蘭西文学と僕』に「高等学校へはひつた後は、語学も少し眼《め》鼻がついたから、時々仏蘭西の小説も読んで見た。」とあるのは英訳によるものである。同じ文章中に「ゴオテイエは面白がつて読んだ。何しろ絢爛《けんらん》無双だから、長篇でも短篇でも愉快だつた。」と見え、唯美的な作風に興味を持ったことが分かる。また後年には「若《も》し長詩形の完成した紅毛人の国に生れてゐたとすれば、僕は或《あるい》は小説家よりも詩人になつてゐたかも知れない。」（『文芸的な、余りに文芸的な』昭和二・四）という想像を述べるが、高校在学の明治末から大正初めにかけ、ヴェルレーヌやハイネなど「紅毛の詩人の詩を手あたり次第読ん」（『僻見《へきけん》』大正一三・三）でもいた。ハイネはドイツ語で詩を書いたが、フランス領に生まれ、後半生をパリで過ごしてゴーチエらとの交友もある。これらの読書と並行してレアリスム系統に分類される作家に関し、『仏蘭西文学と僕』にもフローベール、モーパッサン、ゾラ、ドーデをめぐる思い出があるが、いずれも深い理解と感動とには至らなかったとされる。大学に入って成瀬正一《せいいち》と「偶然同時にジアン、クリストフを読み出して、同時にそれに感服」（『あの頃の自分の事』大正八・一）し、このロマン・ロランへの共感によって「ワイルドとかゴーチエとかいふ作家のものがひどくいやになつた。」が、その「燃えるやうな力の崇拝もうすらいで、一年前から静かな力のある書物に最も心を惹《ひ》かれるやうにな」（『愛読書の印象』大正九・八）り、特にスタンダールとメリメとに着目したと言う。ほかにバルザックもかなり読んだ形跡があるが、フローベールの「人の皆無、仕事は全部」（『続西方の人』）に同感する芥川は、その人の『ボヴァリ夫人』を「超凡の才能を浪費してゐる」として批判したメリメを「ロマン主義者」と評し、「フロオベエル以前の唯一のラルティストだつたメリメエさへスタンダアルに一籌《ちう》を輸《ゆ》した」のはスタンダールの「諸作の中に漲《みなぎ》り渡つた詩的精神」（『文芸的な、余りに文芸的な』昭和二・四）を認めたためだと揚言している。バルザック、スタンダールの文章を評価しなかったアナトール・フランスはヴォルテールには私淑していて、この二人の著作の多くは、明徹で優雅な文体のうちに対象を知的に処理する点で共通している。芥川はまず、フランス語による文学的表現の典型でありえたこれらの述作から多くを学び、やがてメリメと、とりわけ小説『カンディド』におけるヴォルテールとの、情意的な表現を削り落とした謙抑な「簡潔なる文体」（『雑筆』大正九・一一）に就くようになる。彼が翻訳を試みたのはアナトール・フランスの『バルタザアル』（大正三・二）、ゴーチエの『クラリモンド』（大正三・一〇）、ヴォルテールの『ババベックと婆羅門行者』（大正七・五）で、小説表現の練習の所産であるが、信仰にかかわる内容でもある。　（田所　周）

フローベールの『ボヴァリ夫人』の草稿

仏蘭西文学と僕《ふらんすぶんがくとぼく》　随筆。大正一〇（一九二一）年二月一日発行の雑誌『中央文学』（仏蘭西文芸号）第五年第二号に発表。単行本には収めなかった。芥川が修業時代にどのような種類のフランス文学に接してきたかを、思いつくままの当時の印象で語っている。中学五年生のときドーデの『サッフォ』を英訳で読んで以来、とくに一九世紀のフランス文学を好んで読んでいたことが分かる。アナトール・フランスの『タイス』に大いに感服し、続いて『女王《レエン》ペドオク』『赤百合《ゆり》』『聖アントワンの誘惑』『サラムボオ』『マドモアゼル・モオパン』『アヴァタアル』『クレオパトラの一夜』『ギイゲスの指環』、フローベール、モーパッサン、ゾラ、ドーデ、ジョージ・ムーア、ヘッベル、ゴーチエといった作者に触れているが、もう面倒だと芥川は途中端折っている。二〇歳の彼がすでに「人生は一行のボオドレエルにも若《し》かない。」と嘆息したはずのそのボードレールほかは『或《ある》阿呆《あほう》の一生』に記されてある。ただ芥川はこれだけは付け加えておきたいと次のように語っている。「僕が読んだ仏蘭西の小説は、大抵現代に遠くない。或《あるい》は現代の作家が書いたものである。ざつと溯《さかのぼ》つて見た所が、シヤトオブリアンとか、——ぎりぎり決着の所と云つても、ルツソオとかヴオルテエルとか、より古い所へは行つてゐない」。それが文壇一般にも読まれているフランス文学であり、文壇に影響したのは主に一九世紀以後の作家であると。芥川の世代が西欧世紀末の文学「悪の花々」によって影響され、それに育てられたことを物語っている。芥川自身は英文学を学びながら、フランス文学を愛し、彼が最初に活字にしたのもアナトール・フランスの『バルタザアル』の翻訳であった。「若き芥川にとってはボードレールは神でありアナトール・フランスは伯父であった」（「フランス文学について」、『芥川龍之介全集』月報6、昭和五三・一）とは中村真一郎の言である。

（中山和子）

フロオベエル《ふろーべーる》 Gustave Flaubert 一八二一・一二・一二〜一八八〇・五・八。フランスの小説家。『ボヴァリ夫人』（一八五七）によって有名になり、その後『サランボー』『感情教育』『聖アントワーヌの誘惑』『三つの物語』等の傑作を書いた。彼は気質的にはロマンティックであったが、「芸術家は、彼がこの世に生存していなかったと後代人に思わしめるように身を処さねばなりません」と言い、芸術家が自己の情熱を作品に流し込むことは、「芸術を溲瓶《しゅびん》にするもの」と批難した。この非個人的、客観的創作手法のために彼は自然主義者とも見られたが、彼自身は「芸術のための芸術」の使徒をもって任じていた。芥川のフローベールもこの視点のものである。「或《ある》一群の芸術家は幻滅の世界に住してゐる。彼等《ら》は愛を信じない。良心なるものをも信じない。唯昔の苦行者のやうに無何有の砂漠を家としてゐる。（中略）しかし美しい蜃気楼は砂漠の天にのみ生ずるものである。百般の人事に幻滅した彼等も大抵芸術には幻滅してゐない。いや、芸術と云ひさへすれば、常人の知らない金色の夢は忽《たちま》ち空中に出現するのである。」（『侏儒《しゅじゅ》の言葉』）という或一群—芸術至上主義作家—が、芥川が「芸術至上主義の極致」と呼んだフローベールを意識においていたことは疑問の余地がない。もっとも芥川は芸術至上主義を無条件に肯定していたわけではない。「マダム・ボヴァリイにしても、ミクロコスモスは展開するが、我我の情意には訴へて来ない。／芸術至上主義、—少くとも小説に於《お》ける芸術至上主義は、確かに欠伸《あくび》の出易《やす》いものである。」（『澄江堂《ちょうこうどう》雑記』）という批評がされるゆえんであり、芥川が閃《ひらめ》きを求める詩人的資質の持ち主であったことを証明している。したがって同じフローベールの作品でも『聖ジュリアン物語』に対しては「末段昇天の数行（ジュリアンが裸になつて癩病人を抱いてより以後）は技巧の妙云ふ可《べ》からず。これを形容すれば万丈の光《くわう》焔忽然《えんこつぜん》として脚底より迸出《はうしゅつ》するが如し」（『聖ジュリアン物語』）と口を極めてその描写を絶賛し

フローベール

た。彼の『地獄変』『奉教人の死』などには間接的ながらその感化を認めうる。しかしフローベールとの関係において最も重要な作品は『西方の人』『続西方の人』、とくに後者である。後者の芸術至上主義的視点がフローベールに負うところが大きいことは、「8　或時のマリア」によって明らかである。イエスは一二歳の時、過《すぎ》越《こし》の祭に際してヨセフ、マリアと共にエルサレムに行き、祭の日が終わって両親は帰途についたが、イエスは独り残って宮で教師たちの中に座し、「聴き且《かつ》問ひ」して、人々をその知慧《さとき》によって驚かしていた。イエスを捜してその場に来合わせた両親に向かって、〈何故われを尋ねたるか、我はわが父の家に居るべきことを知らぬか〉と言ったという。芥川はそれを「どうしてわたしを尋ねるのです。わたしはわたしのお父さんのことを務めなければなりません」と言い換え、『人の皆無、仕事は全部』と云ふフロオベルの気もちは幼いクリストの中にも漲《みなぎ》つてゐる。」と評した。「人間とは何物でもない。作品がすべてです。」というジョルジュ・サンド宛書簡がその典拠であり、「彼は十字架にかかる為《ため》に、―ジヤアナリズム至上主義を推し立てる為にあらゆるものを犠牲にした。」という、クリスト認識もフローベールの芸術至上主義を母胎にしていると見ることができる。フローベールにとって人間とは何物でもなかった。彼にとって「あの隠れた『言』」のみがすべてであった。だから彼の芸術精神はわき目をふることなく、ひたすら上へ、永遠なるものへ、絶対へ、理想へと昇って行った。このフローベール的上昇精神こそ天国への惝怳《しょうきょう》の、芸術への反映というにふさわしいであろう。（笹淵友一）

プロレタリア《ぷろれたりあ》　proletariat（フランス語）資本主義社会で生産手段を持たず、自己の労働力を資本家に売ることによって生活する賃金労働者、近代産業労働者。またはその階級。以前は無産階級と呼ばれていた。資本主義の基本的矛盾である社会的生産と資本家的私的所有との矛盾は、独占資本主義段階でさらに深まり、ブルジョアジーとプロレタリアートの階級的対立を激化させることになる。革命運動は、基本的にはこのブルジョアジーの階級支配を倒して、プロレタリアートの階級支配、プロレタリアートの独裁を確立しようとする組織的運動である。しかしわが国の場合、権力構造を特殊化している天皇制や封建的土地所有などの問題があって、革命運動を複雑で困難なものにしていた。芥川もまた新たな時代の担い手としてのプロレタリア（階級）に関心を示さざるをえず、英訳その他で社会主義関係の文献を読んでもいるが、全的に同調するには至らなかった。思想（主義）で果たして人生が律し切れるのかという深い疑念は、終生芥川から離れなかったと言える。「ブルヂヨアジイは倒れるでせう。ブルヂヨアジイに取つてかはつたプロレタリア独裁も倒れるでせう。その後にマルクスの夢みてゐた無国家の時代も現れるでせう。しかしその前途は遼遠《れうえん》です。」（赤羽根健介宛、大正一四・五・七）しかもそこで人間は救われるのかという問題である。「地獄より地獄的」な人生が容易に逆転しうるとは考えられなかった。「ブルジョアは白い手に／プロレタリアは赤い手に／どちらも棍棒《こんぼう》を握り給へ。（中略）僕か？　僕は赤い手をしてゐる。／しかし僕はその外にも一本の手を見つめてゐる、／――あの遠国に餓《う》ゑ死《じに》したドストエフスキイの子供の手を。」（詩『手』）革命後のロシアに見られた悲劇は、芥川をして暗澹《あんたん》たる思いに突き落とした。いかなる社会組織にあっても、「人間の苦しみは救い難い」とする厭世《えんせい》主義に傾かざるをえなかったのも必然であったと言える。（島田昭男）

プロレタリア文学《ぷろれたりあぶんがく》　大正一二（一九二三）年二月『改造』から「階級文芸に対する私の態度」について意見を求められたとき、芸術至上主義者でも、プロレタリア文学者でも、「僕はあらゆる至上主義者」に「尊敬と好意とを有するものなり」（『「改造」プロレタリア文芸の可否を問ふ』）と答えた芥川は、翌一三年一一月の『プロレタリア文学論』（『秋田 魁《さきがけ》新報』）でも「将来はいゝものが必ず出来るからといつて現在のプロレタリア文学の不完全を是認出来ないのである。現在でもい丶プロレタリア文学を造らなければならない」と述べ、「われわれの胸を打つ力のある」「相当芸術作品としてものになつてゐるもの」が出てこなければならないと書いて、一種のプロレタリア文学擁護の立場を示したが、しかし当時発表されていたプロレタリア文学の作品に対してはきわめて否定的、悲観的な評価を下していた。が、『驢馬《ろば》』に載った中野重治の詩を読んで大正一五（一九二六）年一二月五日、鵠沼《くげぬま》から室生犀星へあてた手紙に「活《い》キ活キシテキル。中野君ヲシテ徐《おもむ》ロニ小説ヲ書カシメヨ。今日ノプロレタリア作家ヲ抜ク事数等ナラン」と書き送ったあと、さらに芥川は翌昭和二（一九二七）年一月の『文芸雑談』（『文芸春秋』）でも、「僕は又、プロレタリア文芸にもかなり、希望を持つてゐる。（中略）昨日のプロレタリア文芸は、ただ作家が社会的意識のあることを、唯一無二の条件としてゐた。（中略）批評家達は所謂《いはゆる》ブルジョア作家達に社会的意識を持てと云つてゐる。僕もその言葉に異存などはない、然《しか》し又、所謂プロレタリア作家にも詩的精神をもてと云ひ度《た》いのである。／僕は近頃、斯《か》ういふ希望が徒《いたづら》でなかつたことを感じてゐる。譬《たと》へば中野重治氏の詩などは昨日の所謂プロレタリア作家の作品の様に精彩を欠いだ《ママ》ものではない、どこか今迄《まで》に類少《すくな》い、生《はえ》ぬきの美を具《そな》へて居る。斯ういふ小説や戯曲なども、明日はもつと生《うま》れるかも知れない。或《あるい》は僕の目の届かぬところに、すでに続々と生れてゐるのであらう。」と書いて、中野の『夜明け前のさよなら』『歌』『機関車』『帝国ホテル』などに、賞賛のことばをおくった。芥川は前記『プロレタリア文学論』などで、文学の社会性、思想性、階級性を否定せずに大胆に認めている。しかし新感覚派でもプロレタリア文学でも、「詩的精神」を欠いてはならない、と何度も述べている。『文芸的な、余りに文芸的な』の中の「プロレタリア文芸」の一節でも、重ねて「プロレタリア的魂の生んだ文芸でなければならぬ」と説き、「詩的精神」と「純粋」を重く見る芸術観を繰り返し唱えた。芥川は中野の詩のようなプロレタリア文学が現れ、これからは次々に優れたプロレタリア文学が出ることを予感しているわけだが、だからと言って、それによって自己の文学や芸術についていささかでも疑ってみるとか、問い直してみるとかなどと考えている形跡は全くない。芥川が知的関心からマルクス主義や社会主義に興味を抱いていたことは『侏儒《しゅじゅ》の言葉』その他に示されている。晩年の秀作『玄鶴《げんかく》山房《さんぼう》』には、結末にリイプクネヒトを読む大学生を登場させたこともよく知られている。それに触れて芥川は「玄鶴山房の悲劇を最後で山房以外の世界へ触れさせたい気もちを持つてゐました。（最後の一回以外が悉《ことごと》く山房内に起つてゐるのはその為《ため》です。）なほ又その世界の中に新時代のあることを暗示したいと思ひました。」（青野季吉宛、昭和二・三・六）と記している。リイプクネヒトを読む大学生を書かずにいられなかったところに、作家としての芥川の優れた稀《まれ》な才能と、同時に芥川の深い動揺を見ないではいられない。

〔**参考文献**〕宮本顕治「『敗北』の文学」（『改造』昭和四・八）、駒尺喜美『芥川龍之介の世界』（法政大学出版局、昭和四二・四・五）、島田昭男「玄鶴山房」（菊地弘・久保田芳太郎・関口安義編『芥川龍之介研究』明治書院、昭和五六・三・五）

（小田切　進）

プロレタリア文学論《ぷろれたりあぶんがくろん》　評論。大正一三（一九二四）年一一月二日、同四日発行の地方紙『秋田 魁《さきがけ》 新報』に二回にわたって掲載されたが、芥川生前の著作集はもちろん、死後何種類か刊行されたいずれの全集にも収められなかった。昭和五三（一九七八）年二月刊行の岩波版全集第七巻に、初めて新資料として収録された。僅々四〇〇字六枚程度の小論であるが、これは元来、同年一〇月一一日、早稲田第一高等学院主催の文芸講演会が、スコットホールで開催された際の芥川の講演がもとになってできたものであり、『秋田魁新報』紙上に発表されるに先立って文芸雑誌『文章倶楽部《クラブ》』一一月号に、その講演の要旨が紹介された。「谷崎、芥川、三上、久米四氏の講演」と題されたこの紹介記事によれば、このときの芥川の講演の演題が「プロレタリア文芸」であったことが分かる。ちなみに、谷崎とは潤一郎の弟で早稲田大学に教鞭《きょうべん》をとっていた谷崎精二のことであり、当日開会の辞を述べた。三上は作家の三上於菟吉《おときち》、久米は同じく作家で芥川とはかつてクラス・メートだった久米正雄で、それぞれ『豊饒《ほうじょう》』、『心境論その他』の演題で、芥川のあと演壇に立ったことが記されている。芥川はまず「こゝではプロレタリア文学の悪口をいふのではない。これを弁護しやうと思ふ。」と自分がプロ文学への敵対者ではないことを断った上で、プロレタリア文学とは、プロレタリア文明の生んだ文学であるはずだが、プロレタリア文明の存在しない現在では、有り得べからざるもので、どうしてもそれはブルジョア文明の生んだ文学のうちの一流派たるものだ、と明言する。しかしてブルジョア、プロレタリア文学の別は作家しだいで決定されるとして、英国のバアナード・ショオを例に引き、それは作者の生活様式や題材ではなく、作者の態度によるものであると説く。すなわち作者がプロレタリアの精神に反対か賛成かで分かたれるものだと言う。しかし、白と黒のように明瞭《めいりょう》には行かず、反対もせず味方でもない中間的な立場も有り得ると言う。また、プロレタリア精神に味方した文学にも二通りあって、第一は宣伝《プロパガンダ》を目的としたもの、第二は文芸を作る傍ら宣伝するもの（ショオの作など）となるが、その宣伝内容の階級闘争にしても、実社会は資本家とプロレタリアという風に画然と別れてはいないから、迷惑を被むる人間もあるであろうと言う。さらにプロ文学はプロの天下を将来させんがための啓蒙的な一時的なものであるといっても技巧的にまずいものであってはならぬ。現在でも相当芸術作品としてものになっているものでなければならないとして、この見地からは自分たちの胸を打つプロ文学作品なるものは未だかつて現れていない、と断定する。そしてプロ文学を処女地にたとえ、新しい文学を樹立せんとする新人は大いにこの世界を開拓すべきであり、その完成を自分は期待している、と結んでいる。芥川のこの論に対して即座に反論したのは『文芸戦線』に拠《よ》ったプロ文学派の今野賢三、前田河広一郎の二人で、前田河は、現在のプロ文学がブルジョア文明の生んだ文学のうちの一流派であるという点を衝き、斯《か》く断ずることは宛然《えんぜん》社会主義の実行は社会主義社会においてのみ行わるべきものであるから、資本主義制度下に説かれつつある社会主義は資本主義の一流派であると論断するのと同然、詭弁《きべん》でしかない。むしろブルジョア文化あれば、それに対抗するプロレタリア文化の鼓吹があるのが当然であると批判、今野も、芥川が現在日本のプロ文芸に盲目であることに驚かずにいられないと言い、いったい芥川氏はプロレタリア文芸作品をどの程度において読んだのであろうか？　と詰問したが、この点に関しては芥川の水守亀之助宛書簡（大正一一・一二・二六）にもうかがえるように、『新潮』のアンケートに答えて、〈有望と思われるプロ文芸家〉として水守の名を挙げておきながら、それが適切でなく他に誤解を招く恐れもあると知らされると直ちに撤回、回答文で特にこの箇所を削除させるなど、芥川としてはやや軽率な面をのぞかせている事実がある。

〔**参考文献**〕　今野賢三「芥川氏のプロ文学論」（『文芸戦線』大正一三・一二）、前田河広一郎「芥川龍之介を駁す」（『早稲田大学新聞』大正一三・一二・三）、同「プロレタリア文学小論」（文末に大正一四・二とあるが初出未詳）二編とも、のち評論集『十年間』（大衆公論社、昭和五・五・二四）に収録。

（福田久賀男）

文芸一般論《ぶんげいいっぱんろん》　評論。文芸春秋社編・発行の『文芸講座』第一、四、八、一三、一四の各号（大正一三・九・二〇、一一・一〇、一四・一・一三、四・二五、五・一五）に分載された。前文、「言語と文字と」、「内容と形式」、「内容」、「余論」の五章からなる。芥川はまず、文芸を「言語或《あるい》は文字を表現の手段にする或《ある》一つの芸術」と定義し、表現に「言語の意味」、「言語の音」（聴覚的効果）、「文字の形」（視覚的効果――漢字に限る）の三要素を見る。そして、三要素のすべて、つまり「言語の意味と言語の音との一つになつた『全体』」を「内容」と呼び、「内容」に「形を与へる或構成上の原則」つまり言葉の並べ方を「形式」と呼んで、両者の不即不離を主張する。この論は、『或悪傾向を排す』や『芸術その他』を受けて理論化したものだが、当初の表現主体の側での主張が、表現手段の側で理論化されたため、かえって「形式」の規定に明確さを欠き、両者の不即不離の主張を弱めている。次に、彼は「内容」を「認識的方面と情緒的方面」に分かつ。そして、純情緒的芸術である音楽や絵画・彫刻と、認識専門の学問である哲学とに挟まれた領域、つまり、より情緒的な短歌や抒情詩から、より認識的な戯曲や小説までの領域を文芸の「地面」とする。さらに、小説一つの内にも無数の差異を認め、そのすべてを肯定している。芥川は、当時の内容的価値論争を意識しているが、「芸術を狭いものに考へたくない、生き生きした自由な広いものに考へたい」（『文芸雑感』）とする立場からの論は、菊池寛の性急な主張（「文芸作品の内容的価値」、『新潮』大正一一・七）に比して包容力を持つものだが、一面希薄でもある。とりわけ、やはり論争を受けて、芥川と似た芸術の分類を行いながら、「散文芸術は、直《す》ぐ人生の隣りにゐる」とする広津和郎の主張（「散文芸術の位置」、『新潮』大正一三・九）とは明確な対照を示している。なお、芥川はのちに、この一般論の上に「『話』らしい話のない小説」への注目を語ることになるが、その『文芸的な、余りに文芸的な』や『小説作法十則』への展開が、重要な問題となるだろう。（清水康次）

文芸鑑賞講座《ぶんげいかんしょうこうざ》　評論。文芸春秋社編・発行の『文芸講座』の第二、五、一二の各号（大正一三・一〇・一〇、一一・三〇、一四・四・三）に分載された。まず、文芸上の作品を鑑賞するためには文芸的素質がなければならぬとした上で、創作と同じく鑑賞にもそれ相当の訓練が必要であることを説き、それは我々凡人に限らず天才とは「殆《ほとん》ど如何《いか》なる時にも訓練を受ける機会を逃さぬ才能」を言うのだと強調している。この訓練の結果、鑑賞の程度と範囲が深く広くなること自身、人生を豊富にするばかりでなく、また創作上にも少からぬ利益をもたらすことを、ロダンの成長の一歩がミケランジェロの作品の美の鑑賞に発したことを例にして説く。そして文芸鑑賞は「文字を読んでその意味を理解する」ことに始まるが、それが「認識的に理解すると共に情緒的にも理解する」ことであると念を押して、好感であれ悪感であれ、情緒を伴って理解できぬことは鑑賞上の致命的弱点だとする。鑑賞に当たっては「素直に作品に面する」、つまり先入観を極力排して作品にじかに接し、さらに出来るだけ丹念に目を配って「一行の文字の使ひかた」にも注意を払う。筋の発展・人物の描写の仕方はもちろん、細部の美しさを鑑賞出来なければ「手堅い壮大な感銘」を明確にはとらえられない。だがどんな傑作も読者の年齢・境遇・教養の制約を受けることを言い、読者の鑑賞力を養うための半ばは、人間的修業、「文学青年」「当世才子」「自称天才」は不可で、「一通りは人情の機微を知つたほんたうの大人」になることと、もう一半は、古今の「ほんもの」「傑作」に是非とも親しむことが肝要と説く。さらに鑑賞上大切なことは、作中の事件・人物を読者自身の身の上に移して見ることだとする。芥川の鑑賞論の特色は、終始創作家の立場からの物言いを貫いていることで、「創作に志す青年諸君には殊に必要かと思ひます」の言もあるごとく、おのずと小説作法入門となっている。（高橋新太郎）

文芸講座《ぶんげいこうざ》　大正一三（一九二四）年九月二〇日から翌一四年五月五日にかけて、文芸春秋社編・発行で全一四冊刊行された。明治期の「文学講義録」の形を承《う》けたものである。「時勢に鑑《かんが》みて、文芸教育の普及を計りたいのが、その名分だが、もう一つには小説雑文丈では喰《く》へない同人及び関係者に、仕事を与へたい為《ため》もある」（菊池寛「編輯《へんしゅう》後記」、『文芸春秋』大正一三・七）というのが刊行の動機であった。第一次予約会員は一万名を越す盛況で、第二次、第三次と募集が重ねられ、第三次は新講座を加えて全一六冊となった。「創作本位でしかも学問的根拠のある立派な真面目なものにしたい」（同前）との菊池の意向もあって、講座の内容は、文芸一般論、美学及《および》芸術学、小説、戯曲演劇、日本文学史、海外文学、文芸評論、社会思想、韻文学、文章学、映画、新聞及雑誌、児童芸術、創作鑑賞指導、用語解説の多岐にわたっている。また執筆者は、徳田秋声、芥川龍之介、久米正雄、山本有三、菊池寛を責任講師とし、ほかに田山花袋、武者小路実篤、里見弴、豊島《とよしま》与志雄、川端康成、小島政二郎らの小説家、岸田国《くに》士《お》、岡本綺《き》堂《どう》、山本有三らの劇作家、北原白秋、日夏耿之《こうの》介《すけ》、川路柳虹らの詩人、島木赤彦、窪田《くぼた》空穂《うつぼ》、荻原井泉水《せいせんすい》らの歌人・俳人、千葉亀雄《かめお》、中村武羅夫らのジャーナリスト、さらには土居光知、平田禿木《とくぼく》、辰野《たつの》隆《ゆたか》、鈴木信太郎、米川正夫らの学者まで動員した多彩なものであった。なかでも「創作指導講座」の一つとして久米正雄が書いた「『私』小説と『心境』小説」は、大正期の私小説論争に一石を投じて話題となった。芥川龍之介は『文芸一般論』を、一、四、八、一三、一四（大正一三・九・二〇、一一・一〇、大正一四・一・一三、四・二五、五・一五）の各号に分載し、『文芸鑑賞講座』を、二、五、一二（大正一三・一〇・一〇、一一・三〇、大正一四・四・三）の各号に分載している。

（三嶋　譲）

文芸雑感《ぶんげいざつかん》　講演。初出『輔仁《ほじん》会雑誌』第一二〇号（大正一二・七）。単行本には未収録。大正一一（一九二二）年一一月一八日、学習院特別邦語大会講演。初めの演題「天才に就いて」を取り消し、文芸の形式と内容の問題を、当時の文壇的状況を踏まえて手際よくまとめ、主体的に文芸観を述べたもの。これらの主張はすでに『大正八年度の文芸界』にも触れられていた。自然主義の真、耽美主義の美、人道主義の善についてそれぞれの発展の跡をたどり、その後の綜合《そうごう》的流派の出現、それにかかわる「形式と内容は表現の一致」をもたらすという傾向は、里見弴と菊池寛の内容的価値論争にもなったという。両者の立場を理解したうえで、なお菊池の言う文芸以外に求める価値論に偏重の弊をみる。芸術をもっと生き生きした自由な広いものとして考えたいという主旨であった。この辺にも「新現実派」とは別の創作過程の「微妙」性を重視した「新技巧派」の立場がうかがわれる。

（伴　悦）

文芸雑談《ぶんげいざつだん》　評論。昭和二（一九二七）年一月一日発行の雑誌『文芸春秋』第五年第一号に発表。著者の訂正書き入れの切り抜きが残されているが、大きな異同はない。八小節から成る行文は、連鎖的に繰り広げられる多様な話題で占められていて必ずしも体系的ではなく、文字通りの「雑談」的な所感録の名に背かない。すなわち、話の及ぶところは文芸作品とその掲載紙誌、小説の生命と時代、批評と詩的精神、詩的精神とプロレタリア文学、久米正雄と文芸時評、バーナード・ショーと死後の名声、キリストと彼自身の宗教、キリスト教文学とキリシタン文学、等々にわたり、古今東西の文学者の月旦を中心とする。とりわけ注目に価するのは三、四節で開陳される「詩的精神」尊重の説、「美しさ――詩的精神の無いところには、如何なる文芸上の作品も成り立たない」とする考え方が表明されている点だろう。これは、結果的には一か月後に谷崎潤一郎との間で行われることになる小説の筋論争の、芥川側からのいち早い前哨《ぜんしょう》戦を意味することになった。ただし、谷崎も芥川の抽象的説明をもてあましてしまったように、ここでも「詩的精神」が包含する内容については「西洋詩的精神」と「東洋詩的精神」を含むと述べただけで、その説明の大半は具体例にゆだねている。「雨中の風景に似た或美しさ」をもっている葛西《かさい》善蔵や滝井孝作の私小説と、「昨日の所謂《ママ》プロレタリア作家の作品の様に精彩を欠いだものではない、どこか今迄《まで》に類少い、生ぬきの美」のある中野重治の詩とが解説を代弁するというわけだ。論争では、物語性に富み、プロットも入り組んだ小説をよしとする谷崎に対して、芥川はプロットを否定し、「『話』らしい話のない小説」を「最も純粋な小説」（『文芸的な、余りに文芸的な』）と評価して応酬したのだったが、そのとき、「詩的精神」の典型として志賀直哉の『焚火《たきび》』を挙げた発想法がそれと対応していたのは言うまでもない。

（寺横武夫）

文芸時報《ぶんげいじほう》　大正一四（一九二五）年一一月二〇日、文芸時報社より創刊。編集・発行は多恵文雄。タブロイド判の「純然たる文芸新聞」として当初旬刊、約二年後週刊となる。昭和六（一九三一）年一月『芸術新聞』と改題、一時休刊の後一六（一九四一）年一二月再刊、以後一七年一二月まで確認。紙面は文壇と出版界とを中心にして演劇・美術等多岐にわたり、中堅大家の寄稿を迎えている。芥川は創刊号の巻頭に『拊掌談《ふしょうだん》』を掲げたのを初め、昭和二（一九二七）年に随筆四編を載せている。

（佐久間保明）

「文芸趣味」の序《「ぶんげいしゅみ」のじょ》　序文。秦豊吉《はた》の随筆『文芸趣味』の冒頭に『「文芸趣味」の序に換《かへ》たる未定稿の辞書の一部』の題で掲げられた。大正一三（一九二四）年五月、聚英閣刊。芥川は秦と同年であり、『学校友だち』（『中央公論』大正一四・二）に「高等学校以来の友だち」と書いている。同じ下町の生まれとして親近感を持っていたことは、秦宛に助六や勧進帳の絵葉書を送ったり（大正五・九・二〇、同九・二五）、自作の一中節《いっちゅうぶし》を書いたり（大正六・五・一書簡）しているのでも分かる。秦の頭文字の「は」を並べて注釈をつけた芥川の機知と才を見るべきであろう。

（井上百合子）

文芸春秋《ぶんげいしゅんじゅう》　文芸雑誌・総合雑誌。芥川龍之介の友人菊池寛が大正一二（一九二三）年一月に創刊した。当初は菊池の個人雑誌と見なされ、頁数も少ない片々たるものだったが、しだいに発展し、のちに総合雑誌となる。誌名の由来は、少し前に菊池が『新潮』に〈文芸春秋〉というタイトルで月評をしたのが好評だったことから、そのまま用いたという説が有力である。芥川はこの雑誌の創刊号から随筆欄に『侏儒《しゅじゅ》の言葉』（大正一二・一〜一四・一一）を連載したのをはじめ、『尼提《にだい》』（大正一四・九）『浅草公園』（昭和二・四）などの小品、『澄江堂《ちょうこうどう》雑記』（大正一四・一二〜一五・一）『病中雑記』（大正一五・二〜三）などの随筆を載せている。遺稿の『十本の針』『或《ある》旧友へ送る手記』『闇中《あんちゅう》問答』『歯車』が載ったのもこの雑誌である。昭和二（一九二七）年九月号は〈芥川龍之介追悼号〉であり、芥川の遺稿のほか、追悼編には山本有三・内田魯庵《ろあん》ら二五人の著名人の追悼文が収められている。

（関口安義）

文芸的な、余りに文芸的な《ぶんげいてきな、あまりにぶんげいてきな》　評論。全五〇の短章で構成される。昭和二（一九二七）年四月一日発行の雑誌『改造』に「一」〜「二十」を「―併せて谷崎潤一郎氏に答ふ―」の副題を付して発表。そのうちの「三」までは改造社原稿用紙二〇〇字詰に赤インクで書かれ、以下は松屋製の青罫《けい》二〇〇字詰原稿用紙を用いている。「二十一」〜「二十八」は同誌五月、「二十九」〜「三十三」は同誌六月、「三十四」〜「四十」は同誌八月に掲載された。また同年四月一日発行の雑誌『文芸春秋』に『文芸的な、余りに文芸的な』の題で、「一」〜「七」を、同誌七月に「八」「九」を載せた。単行本『侏儒《しゅじゅ》の言葉』（文芸春秋社、昭和二・一二・六）にこの『文芸春秋』掲載のものに、同年六月一日発行の同誌に載った『二人の紅毛画家』を「十」として加えて収録。『芥川龍之介全集』第六巻（岩波書店、昭和三・八・二五）は『改造』掲載の「一」〜「四十」を収録。単行本『文芸的な、余りに文芸的な』（岩波書店、昭和六・七・五）も『改造』掲載の「一」〜「四十」を収録。普及版『芥川龍之介全集』第六巻（岩波書店、昭和一〇・一・七）は『文芸的な、余りに文芸的な』と題してこの「一」〜「四十」、『続文芸的な、余りに文芸的な』と題して、単行本『侏儒の言葉』に収められた『文芸的な、余りに文芸的な』の「一」〜「十」を併せて収録した。以後はどの種の全集もこの普及版の形式が採られたが、新版『芥川龍之介全集』第九巻（岩波書店、昭和五三・四・二四）は『文芸的な、余りに文芸的な』として「一」〜「四十」、『続文芸的な、余りに文芸的な』として『文芸春秋』掲載の「一」〜「九」を載せ、「十」として加えられていた「二人の紅毛画家」は独立させている。また別稿に『文芸的な、余りに文芸的な』の題で「志賀直哉氏に就いて（覚え書）」『大道無門』」の二編がある。なお『改造』掲載の著者訂正切り抜きが近代文学館に所蔵されている。この作品は芥川の最後の評論で最も大部であり、かつ晩年の文学観を示したものと言える。執筆の動機は周知のように谷崎潤一郎との論争による。発端は昭和二年二月『新潮』の「合評会」で芥川が谷崎の『日本に於《お》けるクリップン事件』を評して、筋の面白さに芸術性を認めることへの疑問を提起した。たまたま『改造』の同じく二月号から文芸時評『饒舌《じようぜつ》録』を掲載しはじめていた谷崎は、「素直なものよりもヒネクレたもの、無邪気なものよりも有邪気なもの、出来るだけ細工のかゝつた入り組んだ」小説が好ましいとしていた。谷崎は早速芥川に反論して、同誌次号の『饒舌録』第二回で、「筋の面白さは、云ひ換へれば物の組み立て方、構造の面白さ、建築的の美しさである。」とし、「凡《およ》そ文学に於いて構造的美観を最も多量に持ち得るものは小説である」と強調した。芥川もこれを受けて同誌四月号に『文芸的な、余りに文芸的な』を掲載し、「『話』らしい話のない小説」を主張し、その小説は「勿論唯身辺雑事を描いただけの小説ではない。それはあらゆる小説中、最も詩に近い小説」であり、「若《も》し『純粋な』と云ふ点から見れば、——通俗的興味のないと云ふ点から見れば、最も純粋な小説」であると力説し、その論理の基盤として、「善く見る目」と「感じ易い心」で『フィリップ一家の家風』をかいたルナールの方法と、色彩に生命を託したセザンヌの独創的画法を示した。そして日本の作品では志賀直哉の『焚火《たきび》』などに注目した。また「日本の小説に最も欠けてゐるところは、此《こ》の構成する力、いろ〱入り組んだ話の筋を幾何学的に組み立てる才能、に在る」とする谷崎の主張に無造作に賛同出来ないとし、大事なのは「材料を生かす為《ため》の詩的精神の如何《いかん》である。」と問題を絞る。しょせん芸術主義といっても芥川は芸術の詩的美に純粋な芸術家の面目を見ようとしたのに対して、谷崎はプロットの価値——構造美を主張するわけで、論争は平行線をたどった。吉田精一は「芥川の文章は、かえって谷崎との論争以外のところで、その識見をより強く示している。具体的にいえば、東西古今の文芸に対する解釈や批判を通じての、彼の芸術上の理想の提示と、プロレタリア文学についての自己の態度を語った部分がそれである」と断定しているが、芥川の筆は広範囲にわたって自己の到達した文芸観を伝えている。芥川に顕著に働いている意識の一つは「詩精神」である。「森先生」で、「先生の学は古今を貫き、識は東西を圧してゐるのは今更のやうに言はずとも善い。のみならず先生の小説や戯曲は大抵は渾然《こんぜん》と出来上《あが》つてゐる。」が、短歌や俳句は「何か一つ微妙なものを失つてゐる。」「この微妙なものは先生の戯曲や小説にもやはり鋒芒《ほうぼう》を露《あら》はしてゐない。」とし、その点「夏目先生の余戯だつた漢詩は、——殊に晩年の絶句などはおのづからこの微妙なものを捉へることに成功してゐる。」と評言するのはこの詩精神の重要性の主張にほかならない。そこにはアナトール・フランスの

文藝的な、余りに文藝的な
——併せて谷崎潤一郎氏に答ふ——
芥川龍之介
一 「話」らしい話のない小説

『文芸的な、余りに文芸的な』の第一回（『改造』昭和二年四月号。この作品の初稿は七三ページに掲げた「三十五歳の小説論」である。）

『ジアン・ダアク』よりもボードレールの一行を残したいとする文学精神が顕在し、文芸上の問題は「この人を見よ」でなく「これ等《ら》の作品を見よ」である（「人生の従軍記者」）とする芸術主義が生まれる。そのさめた目は「夏目先生」で、漱石は「才気煥発《かんぱつ》する老人」であって決して枯淡な「文人」ではなく、『それから』『門』『行人』『道草』はその情熱の賜《たま》ものである、先生を思う度に「老辣《らうらつ》無双の感を新たに」するという漱石観を示す。「志賀直哉氏」では志賀のリアリズムは「東洋的伝統の上に立つた詩的精神」であるとし、さらに作家たる自分は『暗夜行路』後篇に「テクニイクの上にも一進歩」を見いだすという、いかにも表現技巧者にふさわしい洞察《どうさつ》力に富む志賀観を表す。自然主義の作家徳田秋声と正宗白鳥に触れる部分では、秋声は「娑婆苦《しゃばく》はあつても、地獄の業火は燃えてゐない。」「正宗氏はこの地面の下に必ず地獄を覗《のぞ》かせてゐる。」（「両大家の作品」）とする芥川の確かな冷徹な目を示す。「僕も亦《また》正宗氏のやうに如何《いか》なる社会組織のもとにあつても、我々人間の苦しみは救ひ難いものと信じてゐる。」（「厭世主義」）という厭世的人生観は「人生は地獄よりも地獄的である。」（『侏儒の言葉』）と重なる表現で、思想の刻印である。芥川の人生はデカダンや諦観《ていかん》に没することはない。自然主義の「私小説的偏向」を否定する芥川は「プロレタリア文芸」で、新しい文芸であるためにはコミュニズムやアナーキズムの主義を持つことより「プロレタリア的魂を根柢に」持つことが大事だとし、「その作品の中に石炭のやうに黒光りのする詩的荘厳を与へるものは畢竟《ひつきやう》プロレタリア的魂だけ」だと説き、階級意識に偏った非芸術は、広範な人間の娑婆苦を写すことは出来ないと断言する。「フィリップはプロレタリア的魂の外にも鍛へこんだ手腕を具へてゐる。」と押さえる芥川は「国木田独歩」で、独歩作品に与えられる「無器用」の評言は当たっていない、「若し彼を無器用と云ふならば、フィリップも亦無器用であらう。」と重ねる裡《うち》に一つの観念が示唆される。また「鋭い頭脳」と「柔かい心臓」を所有した独歩は藤村や花袋と異なり「詩はもつと切迫してゐ」たとする評言は、『河《かっ》童《ぱ》』で聖徒の一人に独歩を挙げ、轢死《れきし》する人足の心持ちをはっきり知っていた詩人としたこととオーバーラップする。それをプロレタリア的魂と関連させてとらえると、文学の新旧対立の混迷の増す状況にあっての芸術論理がのぞかれる。西欧の前衛芸術の影響を受けた文学を論じた「新感覚派」の章では、新感覚派に「興味」を感じるとしたうえで、横光利一は藤沢桓夫《たけお》の『首』の一節を示して、「感覚の飛躍」があると説明したが、その一行は「理智《りち》的な連想」で成り立つ、もし感覚自身が新しいことを目標とするなら、室生犀星の妙義山を見て「一塊の根生姜《しょうが》」とした感覚の方が理智の光を帯びず新しいと主張する。「真に文芸的」に「新しいもの」を求めるとすれば、「所謂《いはゆる》『新感覚』の外に」ないとし、北原白秋、谷崎潤一郎、佐藤春夫らは「新感覚派」だったと独自な論理を盛った文章で対決している。私小説、プロレタリア文学、新感覚派文学の三派の文学気流の中で自己の文学の省察を含めて、詩的精神の盛られた新しい小説の方法を探るというのがこの作品を貫いている態度である。「『野性の呼び声』」では、芥川の都会人的感覚は古典的作家に近いルノアールに多く魅せられたように文芸上の作品にも「優美」を愛する。が、一方でゴーガンの『タイチの女』に見る「人間獣の一匹」の表現も等閑に出来ないとする。また「『西洋の呼び声』」では「西洋」の呼びかけてくるのは「造形美術」の中からであって、その「西洋」の底に根を張っているのは「不可思議なギリシア」である、美しいギリシャの魅力を直接に感じさせるのはルドンであるという。「『野性の呼び声』」とともに「『西洋の呼び声』」にも芸術的食欲の刺激を受けた芥川の「現世の日本に生まれ合せた僕は文芸的にも僕自身の中に無数の分裂を感ぜざるを得ない。」と告白する。「文芸上の極北」で「最も文芸的な文芸は僕等《ら》を静かにするだけである。僕等はそれ等の作品に接した時には恍惚となるより外に仕かたはない。文芸は——或《あるい》は芸術はそこに恐《おそろ》しい魅力を持つてゐる。」と言う。しかしまた「二人の紅毛画家」では、「ピカソはいつも城を攻めてゐる。ジアン・ダアクでなければ破れない城を。彼は或はこの城の破れないことを知つてゐるかも知れない。が、ひとり石火矢の下に剛情にもひとり城を攻めてゐる。かう云ふピカソを去つてマテイスを見る時、何か気易さを感じるのは必《かならず》しも僕一人ではあるまい。マテイスは海にヨツトを走らせてゐる。武器の音や煙硝の匂《にほひ》はそこからは少しも起つて来ない。唯桃色に白の縞《しま》のある三角の帆だけ風を孕《はら》んでゐる。」として、そのどちらを選ぶかと言えば、「僕のとりたいのはピカソである。兜《かぶと》の毛は炎に焼け、槍《やり》の柄は折れたピカソである。」と訴える精神は、芸術主義者の常に芸術の道に賭《か》ける意志と意力を表している。吉田精一は「谷崎がマティスならば、彼はピカソであった。悠々《ゆうゆう》とした時世の動きを白眼視し、趣味と雅致の中に自分を育てているマティス＝谷崎に対し、破れないことを知りながら城を攻めざるを得ないピカソに、彼は自分の行こうとした道を設定したのである。」と最晩年の芥川の心（理想）を洞察した、卓見を示している。その芸術家の理想と「文芸上の極北」の到達点とに「調和」しないものを垣間《かいま》見ることが出来る。しかし自らの創造的な行為に照らして、東西、明治、大正の文学思潮の流れにあって鋭い洞察力によって芸術の本質、位相に迫り、それを明らかにしょうとした、その芸術意識は強く、高い。その基層の核に「詩的精神」が「生動」していたことが確認出来る。

〔**参考文献**〕高田瑞穂「『文芸的な、余りに文芸的な』考」（『国文学』昭和三八・九〜三九・二、のち『芥川龍之介論考』有精堂、昭和五一・九・一〇に収録）、紅野敏郎「『文芸的な、余りに文芸的な』の検討」（『解釈と鑑賞』昭和四四・四）、吉田精一『芥川龍之介』Ⅰ、Ⅱ（桜楓社、昭和五四・一一・一二、昭和五六・一一・一二）　（菊地　弘）

『文芸的な、余りに文芸的な』《ぶんげいてきな、あまりにぶんげいてきな》

随筆・評論集。昭和六（一九三一）年七月五日、岩波書店刊。発行者岩波茂雄。四六判、並製本、ジャケット付き。二八六頁。装丁は、芥川の本のほとんどを担当した小穴《おあな》隆一。定価一円。安価、簡素に出来上がっていることに、時代の推移が明瞭《めいりょう》に感じられる。芥川の死後刊行のものとしては自家版『澄江堂《ちょうこうどう》句集』（昭和二・九）『侏《しゅ》儒《じゅ》の言葉』（文芸春秋社出版部、昭和二・一二）『西方の人』（岩波書店、昭和四・一二）『大導寺《だうどうじ》信輔《しんすけ》の半生《はんせい》』（岩波書店、昭和五・一）に次ぐ。配列順は『文芸的な、余りに文芸的な』（『改造』昭和二・四、五、六、八）『本所《ほんじょ》両国』（『東京日日新聞』昭和二・五）『凶』（遺稿）『鵠沼《くげぬま》日記』（遺稿）『ある鞭《むち》、その他』（遺稿断片）『晩春売文日記』（『新潮』昭和二・六）『機関車を見ながら』（遺稿）『或《ある》旧友へ送る手記』（諸新聞など、昭和二・七・二五）『わが家の古玩』（遺稿）『小説作法十則』（『新潮』昭和二・九）『文壇小言』（遺稿）『文芸雑談』（『文芸春秋』昭和二・一）『明治文芸に就いて』（遺稿）『今昔物語に就いて』（『日本文学講座』新潮社、昭和二・四）『続芭蕉雑記』（『文芸春秋』昭和二・八）『文芸一般論』（『文芸講座』文芸春秋社、大正一三・九）。「筋の面白さ」を主張する『饒舌録』の谷崎潤一郎に答えて、「『話』らしい話のない小説」、「最も詩に近い小説」を最も純粋な小説とし、晩年の芥川の小説観・方法を示して重要な『文芸的な、余りに文芸的な』、震災後急激に新時代の中で変貌する自己の育った地についての感慨を記した『本所両国』で全体の半分以上の頁を占め、ほかに芥川が数多くの歴史小説の材源とした『今昔物語集』についての文芸的価値

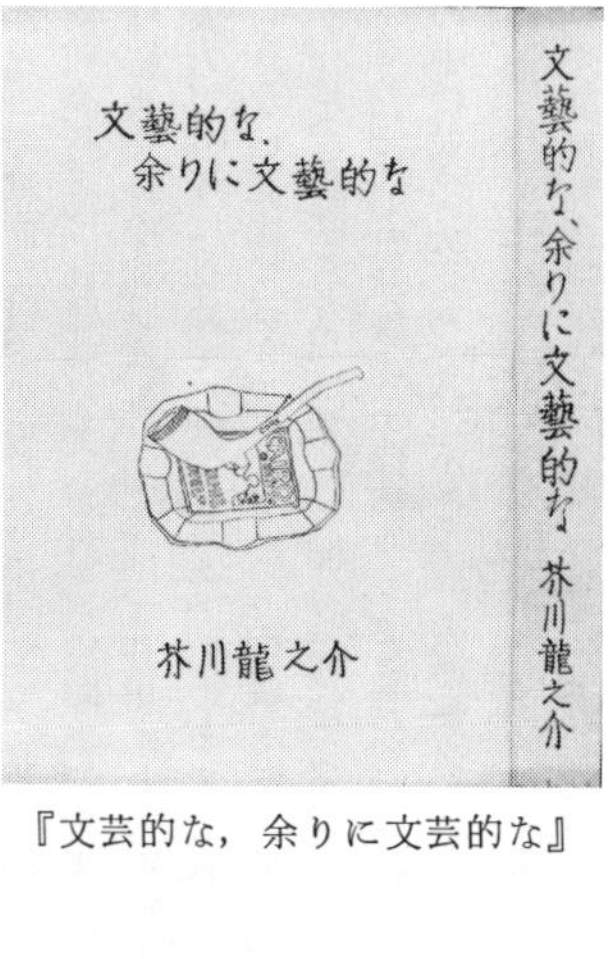

『文芸的な，余りに文芸的な』

を簡潔に記し「今昔」の享受史の中でも高い位置を占める『今昔物語に就いて』や『続芭蕉雑記』など、遺稿も多く収録しつつ、『西方の人』『侏儒の言葉』を除く晩年の芥川の重要な評論を網羅する。また、それらは、知性の無力を感じて敗北する痛ましい芥川の精神をそのまま示しているのだが、こうした評論を執筆しつつ、芥川は動揺する自分を立て直すことを一方では試みたのだった。　（石割　透）

文章《ぶんしょう》　小説。大正一三（一九二四）年四月一日発行の雑誌『女性』第五巻第四号に発表。『黄雀風《こうじゃくふう》』（新潮社、大正一三・七・一八）に収録。初出と初刊本の間に若干の異同があるが、葬式の場面の最後数行のみが大きな改訂である。小説を書くかたわら海軍機関学校で英語を教えている堀川保吉《やすきち》は、ほとんど面識のなかった同僚の弔辞の代筆を頼まれる。半時間もかからずに書き上げた弔辞は意外にも親族の感動をよび涙を誘う。その帰途保吉は「海軍××学校教官の余技は全然文壇には不必要である」というN氏の批評を読み、速成の弔辞は意外の感銘を与え、苦心して書いた小説は予期した感銘の十分の一も与えていない、一体運命はいつこういう悲しい喜劇の幕を下ろしてくれるのであろうかとしみじみ思う。他の「保吉物」の大部分と同じく海軍機関学校教官であった時期を舞台としているために、当時の評家は自伝的な小説と受け取ったようであり、戸川貞雄は自己に距離を置いた作者の姿勢を非難している。しかし、例えばN氏の批評をとってみても、舞台となっている大正八（一九一九）年三月のものではなくて、大正六（一九一七）年一月一三日『読売新聞』紙上の中村孤月の時評を使っており、むしろ芥川らしく再構成された虚構性の強い「私小説」であることに注意する必要があるだろう。つまり、「過去の追憶と現在の心境とのオーバーラップ」（駒尺喜美）としてこの作品は読まれなければならないのであり、ゆきくれた保吉を包む結末の夕暮れの描写にこめられた大正一三年の芥川自身の心境にこそ一編の眼目はあると言えよう。梶木剛はそれを、『弔辞』を手慣れた初期的技法による作品と読み、『小説』を『現代物』の試みとして読めば、芥川の現在只今《ただ》の位相は浮かびあがる」とし、「われわれは、こういう追いつめられた芥川の不幸の表情のなかにこそ、かれの文学の思想的核心を見定めねばならない」と指摘している。　（三嶋　譲）

文章倶楽部《ぶんしょうくらぶ》　文芸雑誌・投書雑誌。大正五・五～昭和四・四（一九一六～一九二九）。通巻一五五冊。発行所は新潮社。菊判、約八〇頁（大正一四年以後約一八〇頁）。寄稿した文壇人は大家から新人に至るまでほぼ全文壇的であるが、年少の文芸愛好者を対象にして発刊されただけに、啓蒙的な文芸投書雑誌の性格をおび、かなりの紙面を読者の投稿等に当てている。編集兼発行者は佐藤義亮《ぎりょう》であるが、実際上の編集は編集主任の加藤武雄。加藤は、芥川にとって友人以外では初めての読者であったことで忘れられない記念すべき人。そういう因縁もあってか、この雑誌と芥川は極めて深く、寄稿（対談等も含めて）した誌紙中上位にランクされ、『蚊帳の中の蚊』（大正六・八）から『一人の無名作家』（大正一五・三）まで二〇編を数える。なお、第二巻第一一号（大正六・一一）を「芥川龍之介氏の文章」の特集をし、没後の第一二巻九号（昭和二・九）を追悼号に当てている。　（五十嵐康夫）

文章世界《ぶんしょうせかい》　文芸雑誌・投書雑誌。明治三九・三～大正九・一二（一九〇六～一九二〇）。通巻二〇四冊（一五巻一二号）。のち、大正一〇（一九二一）年一月『新文芸』と改題、一年で廃刊。博文館発行。発行編集人は田山花袋、長谷川天溪、加能作次郎と代わる。初め実用作文の研究指導を目的とし、また読者の投書を中心に誌面を構成した。しかし四〇年代に入って花袋が主筆となるに及んで広く門戸を開放し、文芸投書欄の充実をはかりおのずから自然主義文学の一つの拠点となった。投稿者の中には加藤武雄、中村武羅夫、生田春月《いくたしゅんげつ》、久保田万太郎、小島政二郎、今東光、片岡鉄兵など、大正・昭和文壇で活躍する人々が多かった。既成の作家では国木田独歩『波の音』『二老人』、島崎藤村『黄昏《たそがれ》』『収穫』『桜の実の熟する時』、正宗白鳥『六号記事』『一夜』、徳田秋声『かくれ家』、森鷗外『不思議の鏡』、宇野浩二『蔵の中』など、また評論では花袋『インキ壺』、二葉亭四迷『私は懐疑派だ』『予が半生の懺悔《ざんげ》』、岩野泡鳴『悲痛の哲理』などが知られる。芥川は小説『運』（大正六・一）第二短編集『煙草《たばこ》と悪魔』の自叙『私と創作』（大正六・七）小説『片恋』（大正六・一〇）の三編を発表している。（尾形国治）

文壇小言《ぶんだんしょうげん》（ぶんだんこごと） 評論。大正一四（一九二五）年八月執筆。遺稿として昭和三（一九二八）年七月一日発行の雑誌『創作月刊』第一巻第六号に掲載された。文壇の状況と文壇人の社会的あり方について論じたもの。五節から成り、一節ごとにコラム的筆法の体裁で文壇と文壇人の世俗的態度を批評している。すなわち「文芸の士の没するや、その没後に墓穴を守る」門下は少ない。名声を守るためには子分を生前に養うのも無駄ではないが、誰でも高弟を持てるわけではない（二）のであり、「文壇と云ふも一社会のみ」のことであって作家も文才だけでなく「世故に長ぜざる可からざる所以《ゆえん》なり」とし（三）、資本主義社会では原稿料制度なるものによって文壇人も実業家的能力にたけ、大量生産をするが、その作品は「太倉《たいそう》の粟《ぞく》」に等しく、それをもって老大家となすのもまた大笑すべきことである（三）。文壇社会も世間と同じで大家の交代はあれ、片々たる雑文家はたえない。「若《も》し真に文壇に不朽不滅のものありとせば、そは文壇の襤褸《らんる》階級」だろう（四）。文壇は依然たるままで、無政府主義の社会ともなれば、多少の変化がみられるであろうか（五）、と結んでいる。文学批評とは趣を異にするが、芥川らしい犀利《さいり》にして揶揄《やゆ》的な文壇人批評というべき評であり、芸術至上主義の態度を固守してきた芥川の人間性を示唆する発言である。この提言で見落とせないのは、一つには文壇社会にあっては、「文才のみを以《もっ》てすれば、必《かならず》しも文壇に雄たる能《あた》はず。」とのことを熟知しつつも、「文才」を信じてきた芥川の素顔が端的にうかがわれること。一つには「真に文壇に不朽不滅のものありとせば、そは文壇の襤褸階級なるべし」と述べる「襤褸階級」が必ずしも具体的ではないものの、台頭してきたプロレタリア文学などを視野においたともとれるなかで、「作家に新旧を数ふれども、文壇は変化することなし。」という文壇の旧弊の現状に危惧《きぐ》を抱いていることである。生前の発表ではないが、その論旨は、『文芸的な、余りに文芸的な』の「大作家」の項などで問い直される含みをもった提言とみることができる。（神田重幸）

文展《ぶんてん》 明治四〇（一九〇七）年に創設された文部省美術展覧会の略称。日展の前身。芥川は美術にも関心が深く、原善一郎宛書簡（大正二・一一・一）で「文展がはじまりました吉例によつて少し妄評をかきます」と記し、日本画第二科の牛田鶏村と土田麦僊《ばくせん》を褒め、洋画の石井柏亭、藤島武二、斎藤豊作、中村不折、吉田博にも触れている。また、小説『路上』十二で「近藤は、……何時《いつ》か『帝国文学』へ、堂々たる文展の批評を書いた……」と描いている。（影山恒男）

へ

平面描写論《へいめんびょうしゃろん》　田山花袋の描写論。花袋は『生』（『読売新聞』明治四一・四〜七）において「単に作者の主観を加へないのみならず、客観の事象に対しても少しもその内部に立ち入らず、又人物の内部精神にも立ち入らず、たゞ見たまゝ聴いたまゝ触れたまゝの現象をさながらに描く。云はゞ平面的描写」の手法をとったことを談話筆記「『生』に於《お》ける試み」（『早稲田文学』明治四一・九）で述べている。岩野泡鳴の一元描写と並ぶ自然主義文学の代表的描写論である。芥川は『あの頃の自分の事』（『中央公論』大正八・一）で田山花袋に触れて、「氏の平面描写論が如何《いか》に幼稚であるにしても、確《たし》かに我々後輩の敬意——とまで行かなければ、少《すく》なくとも興味位は惹《ひ》くに足る人物だつた。」と記している。

（尾形明子）

僻見《へきけん》　随筆。大正一三（一九二四）年四月〜九月雑誌『女性改造』に発表。「大久保湖州」のみ『梅・馬・鶯《うぐいす》』（新潮社、大正一五・一二・二五）に収録。それ以外は『芥川龍之介全集』第五巻（岩波書店、昭和三・三・二五）に収録。この作品は「何人かの人々を論じたものである。いや、それらの人々に対する僕の好悪《かうを》を示したものである。」「この数篇の文章は僕の好悪を示す以外に、殆《ほとん》ど取り柄《え》のないものである。唯僕は僕の好悪を出来るだけ正直に示さうとした。」「僕はこの数篇の文章の中《うち》に直言即《すなは》ち僻見を献じた。」と前書きしているように、好悪を出来るだけ正直に示す人物論が中心である。内容は、斎藤茂吉・岩見重太郎・大久保湖州・木村巽斎《そんさい》の四人についての人物論、作品論となっている。「斎藤茂吉」では、詩歌の世界へ芥川が開眼したのは茂吉歌集『赤光』であることを述べ、「あらゆる文芸上の形式美に対する眼《め》をあける手伝ひもしてくれたのである。」とも言う。さらに「近代の日本の文芸は横に西洋を模倣しながら、竪《たて》には日本の土に根ざした独自性の表現に志してゐる。」「茂吉はこの両面を最高度に具《そな》へた歌人である。」とし、第二歌集『あらたま』の歌もさらに引用しながら、「幸福なる何人かの詩人たちは或《あるい》は薔薇《ばら》を歌ふことに、或はダイナマイトを歌ふことに彼等《ら》の西洋を誇つてゐる。が、彼等の西洋を茂吉の西洋に比べて見るが好《よ》い。茂吉の西洋はをのづから深処に徹した美に充《み》ちてゐる。これは彼等の西洋のやうに感受性ばかりの産物ではない。正直に自己をつきつめた、痛いたしい魂の産物である。」と述べ、斎藤茂吉のように「少くとも僕の命を托した同時代の日本の文芸に対する象徴的な地位に立つた歌人の一人もゐないことは確かである。」と称賛する。芥川は伊藤芳枝宛書簡で「日本の伝統を尊重するアララギの歌人の歌にさへ、如《い》何《か》に西洋の浸潤してゐるかを明らかにするのにあつたのです」（大正一三・七・二四《推定》）と言うが、近代日本の、芸術における西洋模倣の問題を取り上げ、茂吉の歌がこの問題に対するみごとな解答を示していると語っている。裏を返せば茂吉の「痛いたしい魂の産物」は同時に芥川自身も挫折《ざせつ》の痛ましさにおいて自ら「時代を象徴した」一人とも言える。要は芸術上の導者を斎藤茂吉に発見したということである。「岩見重太郎」では、重太郎を「歴史に実在した人物よりもより生命に富んだ」軽蔑《けいべつ》すべからざる人間であること、「現代の空気を呼吸してゐる人物」であることを述べ、多少は「思索」

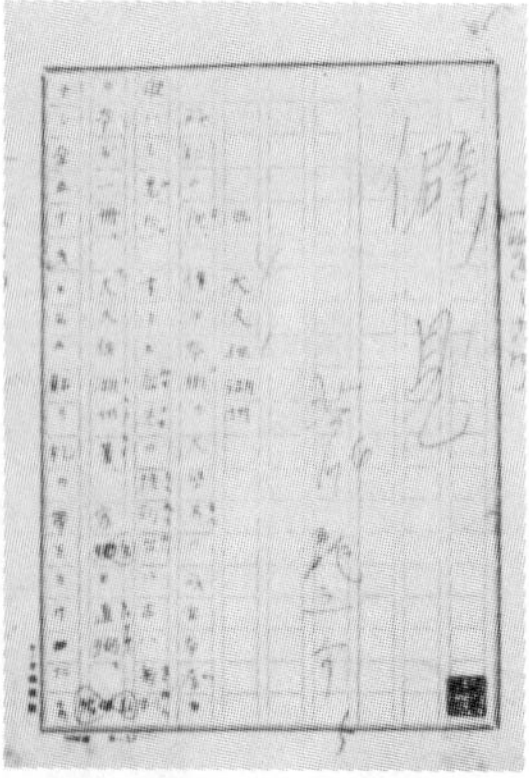

『僻見』の原稿

などを余りしない、「無分別」のところがあったが、生命力に富んだ、軽蔑すべからざる人物とみ、その豪傑さの中に超人主義をとらえている。幼年時に貸本屋で読んだ郷愁もあるのだろう。「大久保湖州」では、大久保湖州の著書『家康と直弼《なおすけ》』の中に、薄命の明治史家大久保の家康観の卓越していることを発見したものである。『殊に英雄の伝記の作者は無邪気なる英雄崇拝者でなければ、古色蒼然《そうぜん》たるモオラリストである。』だが「湖州の徳川家康は是等《これら》の怪物に比べずとも、おのづから人間らしい英雄である。（中略）湖州は家康を論ずるのに、凡人たらざる半面と共に凡人たる半面をも指摘したのではない、唯凡人たる半面と凡人たらざる半面との融合する一点を指摘した」として、家康を人間らしい英雄としてとらえた大久保湖州の史家として中道に倒れた先達をたたえている。「木村巽斎」では、巽斎は通称太吉《たきち》、堂を蒹葭《けんか》と呼んだ大阪町人。書画骨董《こっとう》の蒐集《しゅうしゅう》家でもあり、山水画をかいた素人でもある。大正一三年春、京都の博物館の中で、山水の素人作者木村巽斎の春山図の絵を見いだし、逸品であることに心を動かされて木村巽斎の芸術と生涯を語り、一幅の春山図に駘蕩《たいとう》の天地を表現していることをたたえ、その人物に及んで「一生を支配するものは実にこの微妙なる節制である。この己を抑へると共に己を恣《ほしいまま》にした手綱加減である。」とする。この四編の中でも、斎藤茂吉と大久保湖州の文章に芥川の才幹と熱意がこもって光っている。なお、新全集では『僻見』に「大久保湖州」を入れず独立させているが、これは「大久保湖州」の項のみが『梅・馬・鶯』に収録されたからである。本項では、雑誌『女性改造』の掲載順に拠《よ》った。　（藤岡武雄）

北京日記抄《ぺきんにっきしょう》　紀行文。大正一四（一九二五）年六月一日発行の雑誌『改造』第七巻第六号に発表。『支那游記《シナゆうき》』（改造社、大正一四・一一・三）に収録。初出と『支那游記』との間にごくわずかながら異同がある。『支那游記』の「自序」に「『北京日記抄』は必《かならず》しも一日に一回づつ書いた訣《わけ》ではない。が、何でも全体を二日ばかりに書いたと覚えてゐる」とある。芥川は大正一〇（一九二一）年三月下旬から大阪毎日新聞社の特派員として中国旅行に出かけ、上海《シャンハイ》・杭州・蘇州・南京《ナンキン》・九江・漢口《ハンコウ》・洛陽《らくよう》などをめぐり、六月一四日北京に到着する。『北京日記抄』は、このときの体験をもとに成ったものである。旅行中芥川は北京がすっかり気に入り、「僕東京に住む能《あた》はざるも北京に住まば本望なり」（室生犀星宛、大正一〇・六・二一）、「北京なら一二年留学しても好いといふ気」（下島勲《いさおし》宛、大正一〇・六・二四）などと親しい友人に書き送っていたほどであった。この紀行文は、気に入りの北京について書いただけに、そのジャーナリスト的才能の開花した作となった。『北京日記抄』は「一　雍和宮《ようわきゅう》」「二　辜《こ》鴻銘《こうめい》先生」「三　十刹海《じっさつかい》」「四　胡蝶夢《こちょうむ》」「五　名勝」の五章から成り立っている。「一」の「雍和宮」は北京名物の一つでラマ寺として知られる寺を見学した印象記である。「二」はユニークな学者として知られる辜鴻銘を訪ねた記事。「南は福建に生《うま》れ、西は蘇格蘭《スコットランド》のエディンバラに学び、東は日本の婦人を娶《めと》り、北は北京に住するを以《もっ》て東西南北の人と号す。」というこの学者の風貌が鮮やかに活写されている。「三」は蓮《はす》の花の名所として知られる北京安門の外にある遊園見学記。「四」は優雅な昆《こん》曲の芝居見物記。当時の劇場のありさまや中国劇についての芥川の感想に見るべきものがある。「五」は万寿山・玉泉山・白雲観・陶然亭・永安寺・北海・紫禁城などの名勝についての寸感を記したものである。中国民俗の研究家中野江漢の案内で、中国服を着て芥川は北京の諸処を探訪したのである。北京滞在中の芥川の動静をよく伝えた一編と言える。　（関口安義）

別稿《べっこう》　八編（『明治』〈少年〉『あの頃の自分の事』〈開化の殺人〉『河童《かっぱ》』『冬心』『俊寛』『大導寺《だいどうじ》信輔《しんすけ》の半生《はんせい》』）。『明治』＝大正五（一九一六）年執筆。『雛《ひな》』（『中央公論』大正一二・三）の別稿。『明治』を書き改めたのが『雛』であるが、むしろ『明治』の方が素直で無駄がないという評（羽鳥一英〉もある。『明治』が父母姉妹であるのに対し、『雛』では姉が兄になっており、さらに淡淡とした文体が「ございます」調の〈語り〉の文体となっている。〈少年〉(仮題)＝大正五年執筆。『少年』(『中央公論』大正一三・四・七)の別稿と思われ、小学校時代の回想。〈自分と丹阿弥《たんあみ》〉が教室掃除当番になったとき、二人の戦争ごっこで窓ガラスが割れたが、ヒロイズム故に〈自分〉一人で罪を負う。「こんなこましやくれた小供だつた自分を、情無く思はない事はない。」と結んでいる。確かに「少年」の「六」との間に共通性も発見するが、〈自分〉と〈保吉《やすきち》〉は全く異質である。『あの頃の自分の事』＝『あの頃の自分の事』(『中央公論』大正八・一)の初出の第二章と第六章。『影燈籠《かげどうろう》』(春陽堂、大正九・一)収録の際、削除されたものである。第二章は、『羅生門』『鼻』執筆にかかわる記述があり、ことに『羅生門』成立の重要な資料となっている。すなわち「半年ばかり前から悪くこだはつた恋愛問題の影響で、独りになると気が沈んだから、その反対になる可《べ》く現状と懸け離れた、なる可く愉快な小説が書きたかつた。」と執筆動機を語り、『羅生門』『鼻』が破恋と結び付くのである。ただ最近では、この通説の読み直しもなされているが、この別稿の書かれた背景にある心理は看過できない。〈開化の殺人〉(仮題)＝大正九(一九二〇)年四月執筆。『開化の殺人』(『中央公論』大正七・七)の別稿。定稿の満村恭平に当たる有川兵吉が俥中《しゃちゅう》で毒殺された新聞報道を発端とし、その犯人と目される人物がりっぱな身分のため新聞社社員でありながら素人探偵で高名な本多に警察が内偵を依頼するところで中絶している。いわば、定稿と別稿では視点が逆転している。『河童』＝大正一一(一九二二)年五月『新小説』に掲載。『河童』(『改造』昭和二・三)の別稿。冒頭に「序」、末尾に「未完」さらに未完になった理由が附記されている。別稿は河童に対する姿勢がペダンティックであり定稿とは著しく異なる。しかし、このころ河童に興味をもち河童の話を起筆したことを物語る。『冬心』＝大正一二、三年ごろ執筆。『冬と手紙と』(『中央公論』昭和二・七)の「一冬」の別稿。『冬と手紙と』の草稿とされているが、内容的には異なり「自分」の神経衰弱と主治医から聞いた娘の死について書かれている。『海のほとり』(『中央公論』大正一四・九)、『年末の一日』(『新潮』大正一五・一)の世界に近い。『俊寛』＝大正一四(一九二五)年一月『文芸春秋』に掲載。『俊寛』(『中央公論』大正一一・一)の別稿。冒頭に「一　硫黄《いわう》が島」とあり、文末に「(つづく)」とあるが書き継がれてはいない。定稿が俊寛側に視点を置いた「語り」であるのに対し、別稿では島民側に視点を求め書き進めようとしたことがうかがえる。「一」の

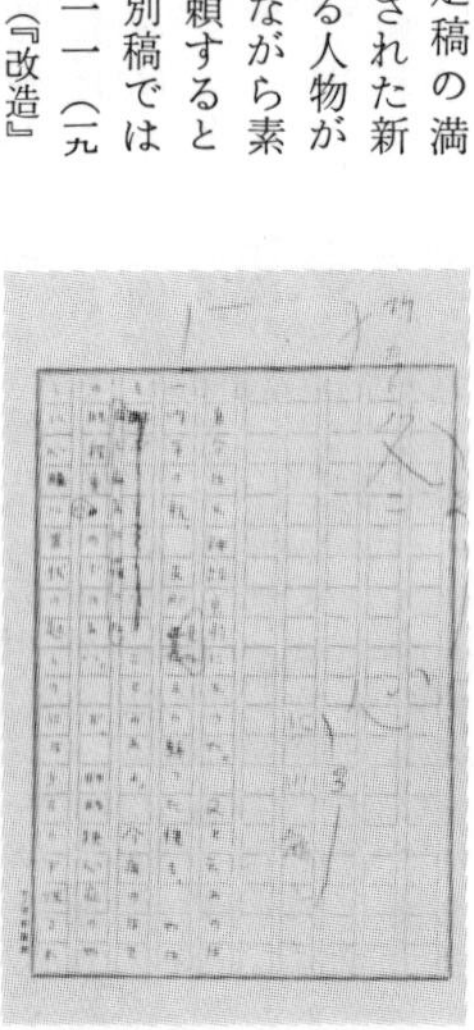

『冬心』の原稿

みで中絶しているが、文体は定稿に比べ説明的である。『大導寺信輔の半生』＝大正一四年執筆。『大導寺信輔の半生』(『中央公論』大正一四・一)の別稿。「空虚」「(厭世《えんせい》主義)」の二項があり、『空虚』は、昭和三(一九二八)年五月『月刊創作』に掲載。『厭世主義』(仮題)は文の途中で途切れている。定稿には「この小説はもうこの三四倍続けるつもりである。」に始まる付記があるが、これらの別稿もその続編として発表する意図で書かれたものであろう。しかし、この意図に反して続編を発表するに至らなかった。『空虚』は「精神的にえらいもの」に志向した信輔の、哲学・芸術への己の才能に失望する姿が描かれている。『厭世主義』では、信輔が人生に降り立ったときから厭世主義者であったことを描く。さらに、それが家庭的なものや健康に関するものに由来すると考える。芥川の一高時代の精神風景を知るうえで貴重である。

(宮坂　覺)

ベルグソン《べるぐそん》 Henri Louis Bergson 一八五九・一〇・一八～一九四一・一・四。フランスの哲学者。主知主義、唯物論的機械論に反対し、『意識の直接所与についての試論』（別名『時間と自由』）や『創造的進化』で「意識の純粋持続」や「生命の跳躍《エラン・ヴィタル》」など生の哲学を説き、二〇世紀の思想界に大きな影響を及ぼした。日本では、明治末から大正期にかけてブームをまき起こした。一高時代、芥川はその思想に没頭、一時期、友人恒藤恭《つねとうきょう》と「自由意志とか、ベルグソンとか、むづかしい事ばかり」（『恒藤恭氏』）を議論しあった。また『大導寺《だいどうじ》信《しん》輔《すけ》の半生《はんせい》（別稿）』（大正一四）には、「当時の哲学はベルグソンに第一の座を譲つてゐた。信輔はまづ手当《あた》り次第に『時間と自由意志』へ侵入した。それは硝子《ガラス》の建築よりも透明を極めた建築だつた。彼はこの冷たい壮《ママ》厳の中を犬のやうに彷徨《はうくわう》した。が、犬の求める肉は不幸にも其処《そこ》には見当らなかつた。」とやや詳しい心情が語られている。日本近代文学館の「芥川龍之介文庫」には、書き込みの多い英訳『時間と自由』が架蔵されているが、どの程度芥川の精神形成に影響を及ぼしたかについては、未解決の課題として今後に残されている。（石崎　等）

ヴェルレエン（ヴェルレーヌ）《べるれーぬ》 Paul Marie Verlaine 一八四四・三・三〇～一八九六・一・八。フランスの象徴派の詩人。『サチュルニアン詩集』以下詩作が多い。この詩人の名を、芥川は書簡や日記や随筆などにしばしば引用している。その要諦《ようてい》に触れたところを引けば、『文芸一般論』（大正一三）では、「ヴェルレエンと言ふフランスの詩人は名高い『作詩術』と言ふ詩の中に『何よりも音楽を』と言ひました。」とあり、「『春の外套《がいとう》』の序」には、「昔、ヴェルレエンは『作詩術』の中に『色彩よりも寧《むし》ろ陰影を』と言つた。」とある。また、山本喜誉司宛書簡（明治四四《年次推定》）には、例のランボオに寄せたヴェルレーヌの詩――Il pleure dans mon cœur/Comme il pleut sur la ville;……（巷《ちまた》に雨の降るごとく／わが心にも雨が降る……）――の英訳詩をそれと言わずに掲げて――It rains in my heart/As it rains o'er the town.……――、「雨がふつてゐる　あのしめやかな音は僕にこの句を思ひ出させる嘗《かつ》てよんだ仏国詩の中で最も僕の心を動かした詩である……願《ねがはく》はよんでくれ給へ……」と言っている。（石丸　久）

ヘルン（ハーン）《へるん（はーん）》 Lafcadio Hearn 一八五〇・六・二七～一九〇四・九・二六。文学者。もとイギリス人で、一八九六（明治二九）年に帰化し日本名、小泉八雲。アイルランドの軍医を父とし、ギリシャ人を母としてイオニア海の小島に生まれる。一八九〇年来日、松江中学教師となり、小泉節子と結婚して帰化。第五高等学校を経て、東京帝国大学の英文学講師となり毎週一二時間の講義を持つ（一八九六～一九〇三）。その講義は後に Interpretations of Literature 及び Appreciation of Poetry の二冊にまとめられた。芥川は大正八（一九一九）年二月にこれを読み、小島政二郎宛の手紙にそのことを記している。一高時代からの親友恒藤恭《つねとうきょう》が松江の出身者であった関係から松江を訪ねての後「荒川重之助（？）の事蹟《せき》を知る事は出来ならうか酒のみで天才だと云ふ事だけは君からきいたあれとヘルン氏とを材料にして出雲小説を一つかきたい　松江の印象のうすれない内に」（大正五・三・一一）とある。もってヘルンに対する親愛の気持ちが察せられる。（剣持武彦）

ヘルン（ハーン）

ほ

ホイットマン《ほいっとまん》　Walt Whitman　一八一九・五・三一〜一八九二・三・二六。民衆をうたった、アメリカの代表的詩人。芥川のホイットマンへの言及は、大正三（一九一四）年一一月四日の原善一郎（滞米中）宛書簡、大正八（一九一九）年五月三一日の『我鬼窟《がきくつ》日録』、同年一二月の『大正八年度の文芸界』、大正一〇（一九二一）年二月一日および三月一日発行の『新潮』に掲載した『点心』、そして昭和二（一九二七）年八月『改造』に発表された『西方の人』の「24　カナの饗宴」などに散見する。原宛書簡では、日本でのホイットマンの流行と亜流の散文詩の出現を報告し、『我鬼窟日録』では、万世橋のミカドで開催された「ホイットマン百年祭」出席（有島武郎、与謝野鉄幹夫妻、室生犀星ら参加）の記事がみられる。『大正八年度の文芸界』は、千家元麿《せんげもとまろ》の『虹』、室生犀星の『第二愛の詩集』を取り上げて、この詩集が「大河の如きウオルト・ホイットマンのリズム」を伝えていると批評、『点心』では、ホイットマン以後芸術的に荒蕪《こうぶ》なアメリカの低迷を言い、『西方の人』では、アメリカのキリスト、ホイットマンと言っている。

（竹田日出夫）

報恩記《ほうおんき》　小説。大正一一（一九二二）年四月一日発行の雑誌『中央公論』に掲載。のち『春服《しゅんぷく》』（春陽堂、大正一二・五・一八）、『報恩記』（而立《じりつ》社、大正一三・一〇・二五）に収録。作品は三つの「話」から成る。「阿媽《あま》港甚内《かはじんない》の話」は名高い盗人阿媽港甚内が伴天連《バテレン》に「ぽうろ」のためのミサを願う話。理由は、かつて北条屋に命を救われた甚内が恩返しとして六千貫の金を調達する約束をしたのだがと、そこまで語られてとぎれる。次の「北条屋弥三右衛門《やざえもん》の話」は、甚内の報恩にあずかった北条屋が、彼の曝《さら》し首のうわさを聞いて見に行くと、首は甚内ではなく、勘当した悴《せがれ》弥三郎のそれであったという話。北条屋は、弥三郎が甚内の身替わりとなって命を捨てたことを知る。わが子の首は、「お父さん。不孝の罪は堪忍して下さい。」「わたしは極道《ごくどう》に生《うま》れましたが、一家の大恩だけは返しました。」と、語りかけてくるように思えた。北条屋は甚内にうけた恩義と悴への愛憐《あいれん》の情とにさいなまれ、伴天連の前に歔欷《きょき》する。第一、第二話の懺《ざん》悔《げ》、独白が伴天連に向かってなされたのに対し、第三話「『ぽうろ』弥三郎の話」はおんな母「まりや」に語りかけられていく。弥三郎は純然たる報恩の意から身替わりとして縛についたのではなかった。一家の被った恩に報いるためにも手下となって働きたいという弥三郎の申し出が、「甚内は貴様なぞの恩は受けぬ。」と一蹴されたことに対する面当てとして計画されたものであったという。自分が甚内を名乗って死ぬことで、甚内の盗人としての名聞を奪取する。「一家の恩を返すと同時に、わたしの恨みも返してしまふ」。が、この猛々しい哄笑《こうしょう》の後には、さすがの弥三郎も苦しげな告白を絞り出さなければならなかった。「堪忍して下さい。お父さん！　吐血の病に罹《かか》つたわたしは、たとひ首を打たれずとも、三年とは命は続かないのです。（中略）わたしは極道に生まれましたが、兎《と》に角《かく》一家の恩だけは返す事が出来たのですから。」と。吉田精一は芥川作品のスタイルを整理する中で『報恩記』を「複合独白体」に分類。同じスタイルの小説として『藪《やぶ》の中』を挙げ、「題材に不自然さのあるのが、手法のやや二番煎《せん》じの感と共に、一般にこの作の価値を『藪の中』より低位に置かしめる理由」であろうとしながらも「主題には一種の逆説的な面白味があり、人生の真相が如何《いか》に各人各様な解釈から成《なり》り立っているかという作者の懐疑的精神が、具体的に物語られている」（『芥川龍之介Ⅰ』桜楓社、昭和五四・一一・二〇）と説く。一方、三好行雄は「小説の質からいえば」『藪の中』よりむしろ『袈裟と盛遠』に近いとして、「弥三郎の意図が、報恩と復讐《ふくしゅう》という両極端の心理で説明」されている点を指摘。「知的な遊戯に、いっそう徹底して、逆に、認識のあやうさに醒《さ》めた作者の冷眼を彷彿《ほうふつ》させる」（角川文庫、昭和五三・一・二〇）とした。確かに作中に現れる、恩をめぐる三つの話のうち、弥三郎の報恩には復讐という要素が加わる。しかし、同時にその弥三郎の報復も、単なる報復ではなく、死期を悟った男の自殺的要素を加味して仕組まれている点も注意されてよいであろう。極道息子弥三郎は死を代償として父に代表される家への帰参を願うかに見え、父は息子の死によって喪失したものの重さに気付く。弟子入りに来た弥三郎を「親孝行でもしろ」と罵倒《ばとう》する甚内の戒めが、逆の目に出る形で作品は完結するのだが、この北条屋父子の愛の覚醒《かくせい》をめぐる筋立てが、報恩と報復、どんでん返しの作品展開に一味の妙を加えていることは確かであろう。ただし、海老井英次に「〈報恩〉というかたちで、三人の人間関係において、そもそも感動的な事象が展開していながら、どの人物も結局のところその感動を全うすることができない点に、よくできた話だが、感動の印象の薄い理由があると思われる」（三好行雄編『芥川龍之介必携』学燈社、昭和五四・二・一〇）との指摘がある。

〔参考文献〕 中野博雄「芥川の『藪の中』『報恩記』その他」（『文学研究』昭和二七・九）

（中村　友）

『報恩記』《ほうおんき》　大正一三（一九二四）年一〇月二五日、而立《じりつ》社から刊行された作品集。縦一六センチ、横一四センチ。二九〇頁。定価一円八〇銭。装丁は白のクロス張りで表紙にえんじと黒の模様の四角い図形の中に黒で報恩記とあり、裏表紙には細い線の模様がある。背には黒字で芥川龍之介、赤地に白ぬきで報恩記、黒字の横書きで歴史物傑作集、而立社とある。扉には薄青色の横書きで歴史物傑作集 (2) 真中にえんじ縦書きで『報恩記』、その下に薄青色縦書きで芥川龍之介著となっている。次頁は発行の辞で、歴史物傑作選集に就いて、大正十三年十月、編者識《しるす》と二頁ある。収録作品は『奉教人の死』『きりしとほろ上人伝』『るしへる』『おしの』『じゆりあの・吉助』『尾形了斎覚え書』『糸女覚え書』『おぎん』『煙草《たばこ》と悪魔』『さまよへる猶太《ユダヤ》人』『黒衣聖母』『報恩記』『神神の微笑』『邪宗門《ママ》』の一四編。奥付には著者名が芥川龍之助となっている。奥付の裏は而立社主要出版物の広告となっている。（菊地　弘）

奉教人の死《ほうきょうにんのし》　小説。大正七（一九一八）年九月一日発行の雑誌『三田文学』第九巻第九号に発表。のち、『傀儡師《かいらいし》』（新潮社、大正八・一・一五）、『戯作三昧《げさくざんまい》』（春陽堂、大正一〇・九・八）、『沙羅《さら》の花』（改造社、大正一一・八・一三）、『報恩記』（而立社、大正一三・一〇・二五）、『芥川龍之介集』（新潮社、大正一四・四・一）に収められたが、それら諸本に大きな異同はない。ただ「ろおれんぞ」が「ろおらん」（初出）、「月も満たず女の子」が「月も満たず男の子」（初出）、「慶長二年三月上旬」が「慶長元年三月上旬」（初出）などの異同がある。作品の構成は、「たとひ三百歳の齢《よはひ》を保ち、楽しみ身に余ると云ふとも、未来永々《えいえい》の果《はて》しなき楽しみに比ぶれば、夢幻の如し。——（慶長訳 Guia do Pecador）——」と、「善の道に立ち入りたらん人は、御《おん》教《をしへ》にこもる不可思議の甘味を覚ゆべし。——（慶長訳 Imitatione Christi）——」とのエピグラムをおき、「一」「二」に分けている。「一」は、「去んぬる頃、日本長崎の『さんた・るちや』と申す『えけれしや』（寺院）に、『ろおれんぞ』と申すこの国の少年がござつた。」という一行から書き起こされる。御降誕祭の夜、「えけれしや」の戸口で飢え疲れていた「ろおれんぞ」は身の素性は明らかではなかったが、伴天連《バテレン》や多くの「いるまん」衆からかわいがられ、「えけれしや」で養成される。とりわけ、「元さる大名に仕へ」ていた「しめおん」のかわいがりようは、「鳩《はと》になづむ荒鷲《わし》」のようだとうわさされるほどだった。三年の月日が過ぎ、「ろおれんぞ」が元服するころ、町方の傘張りの娘と親しくしているとのうわさが立った。伴天連や「しめおん」がそのことを問いただしたが、「ろおれんぞ」は否定するだけであった。しかしその後、娘が懐妊し、相手が「ろおれんぞ」ということで彼は破門され教会から追放された。「ろおれんぞ」は町はずれの小屋に起き伏しする乞食となったが、朝夕の祈りだけは忘れず、夜には「さんた・るちや」へひそかに出かけていく彼の苦行を知る者はなかった。一方、傘張りの娘は、「ろおれんぞ」が破門されて間もなく、月足らずの女の子を出産した。その一年後、長崎の町に大火があり、運悪く娘の家も延焼し、火の中に幼子《おさなご》がとり残される。かけつけた剛力の「しめおん」ですらどうすることも出来ぬ火勢の中に、十字をきりながら飛び込んだのが「ろおれんぞ」であった。「ろおれんぞ」は無事に幼子を救い出したが、自らも火勢に傷つき「生死不定の姿」となってしまう。そのとき娘は、幼子が「家隣の『ぜんちよ』の子と密通して、まうけた娘」であることを「こひさん(懺悔《ざんげ》)」し、「ろおれんぞ」の無実が証明される。しかも、焦げ破れた衣から「清らかな二つの乳房」が現れ、「ろおれんぞ」が女であったことも明らかになる。しかし彼女は息たえてしまう。「二」は、この話が「長崎耶蘇《ヤソ》会出版」の「れげんだ・おうれあ」からの一話であることを解説する。この作品について芥川は、大正七年九日四日付小島政二郎宛書簡で「作そのものは唯今の所多少の自信があります　私としては好い方でせう」と述べている。また『一つの作が出来上《あが》るまで』(大正九・三)では、「初めから土瓶を書かうと思ふと土瓶がそのまゝ出来上がることもある。」という比喩《ひゆ》で作品の成立を、『風変りな作品に就いて』(大正一四・一二)では、その文体が「文祿慶長の頃、天草や長崎で出た日本耶蘇会出版の諸書」に倣《なら》って創作したものであること、内容については「日本の聖教徒の逸事を仕組んだ」もので「自分の想像の作品」であることなどを、それぞれ述べている。さらに「二」で記された種本が実在するものと勘違いして購入を申し込んできた人があったことなどの話も述べられている。評価としては、室生犀星の「キリシタン物の極北的な作品」(『芥川龍之介の人と作品』上、三笠書房、昭和一八・四・二〇)とする説、典拠とその書については内田魯庵《ろあん》の「れげんだ・おうれあ」(『文芸春秋』昭和二・八)があるが、現在では、「始め上田哲(『奉教人の死』出典新考」――『岩手短歌』昭三五・九)によって見出《みいだ》され、ついに芥川の旧蔵書中に存在することが確《たし》められた『聖人伝』(秀英社、明二七)所収の『聖マリナ』が、ほぼ確定的な典拠と考えられる」(海老井英次編『鑑賞日本現代文学⑪ 芥川龍之介』角川書店、昭和五六・七・三一)とする説がある。従来、典拠に関する考察が多かったのは、作品の独創性にかかわる問題があったからである。三好行雄は、『奉教人の死』で、「ろおれんぞ」が女であったことについて「一篇の小説的世界を構築するために必要だった唯一の、重要な独創性は主人公の半生を伏せ、男装の秘密を伏せることだった」(『解釈と鑑賞』昭和三六・一一〜三七・四)と指摘している。また主題にかかわるものとして、笹渕友一は「芥川龍之介の本朝聖人伝」(『ソフィア』昭和四三・一二)で、芥川のキリスト教とキリスト者に対しての理解の浅さと限界が、「宗教的感動

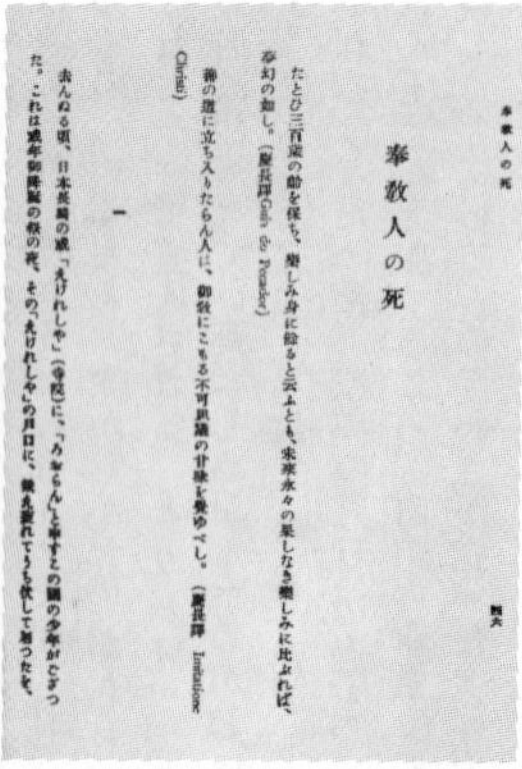
奉教人の死　四六
奉教人の死
たとひ三百歳の齢を保ち、楽しみ身に餘ると云ふとも、未来永々の果しなき楽しみに比ぶれば、夢幻の如し。(慶長譯Guia do Pecador)
善の道に立ち入りたらん人は、御教にこもる不可思議の甘味を覚ゆべし。(慶長譯 Imitatione Christi)
一
去んぬる頃、日本長崎の「さんた・るちや」と申す「えけれしや」(寺院)に、「ろおれんぞ」と申すこの國の少年がござつた。これは或年御降誕の祭の夜、その「えけれしや」の戸口に、餓え疲れてうち伏して居つたを、

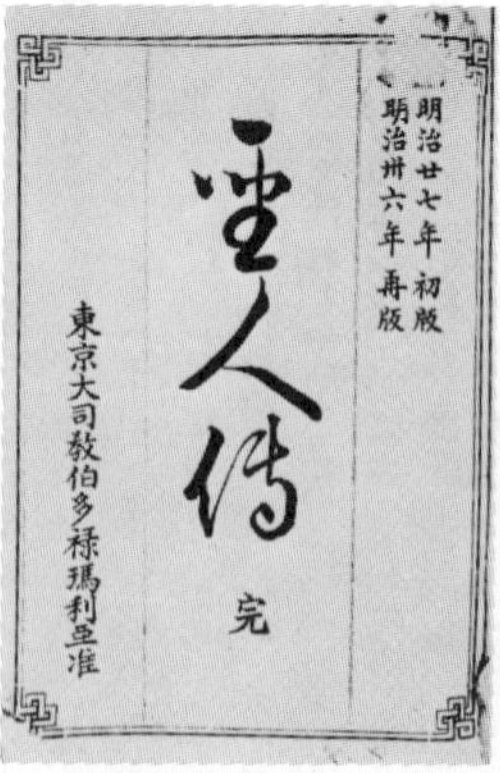
明治廿七年初版
明治卅六年再版
聖人傳
東京大司教伯多禄瑪利亞准
完

『奉教人の死』(『三田文学』第9巻第9号)と『聖人伝』

から芸術的感動への変質」となったとして、その宗教性を否定している。一方、佐藤泰正は『奉教人の死』と『おぎん』—切支丹《キリシタン》物に関する一考察—」（『国文学研究』昭和四四・一二）で、「一片の無償の愛（アガペエ）の行為」を指摘している。しかし、作品の感動を芸術的感動とするか宗教的感動とするかの両論があって、主題はいまだ定まったとは言い難いようである。

〔**参考文献**〕三好行雄『芥川龍之介論』（筑摩書房、昭和五一・九・三〇）、高田瑞穂『芥川龍之介論考』（有精堂、昭和五一・九・一〇）、安田保雄『奉教人の死』の比較文学的研究」（『明治大正文学研究』昭和二五・一〇）、藤多佐太夫「『奉教人の死』論—芥川版『黄金伝説』における虚構の意味」（『山形大学紀要』昭和四八・一）、村橋春洋「芥川龍之介の『奉教人の死』について」（『日本近代文学』昭和五四・一〇）

（馬渡憲三郎）

方丈記《ほうじょうき》　随筆。鴨長明《かものちょうめい》作。建暦《けんりゃく》二（一二一二）年三月末成立。前半に大火・辻風《つじかぜ》・飢饉・地震と四つの天変地異を記し、後半に自己の半生を述べて日野山隠遁までの経緯と閑居生活を流麗な和漢混淆《こんこう》文で綴《つづ》る。芥川龍之介の『本所《ほんじょ》両国』（『東京日日新聞』昭和二・五・六〜五・二二）の中に「方丈記」と題する一節がある。僕・父・母・伯母・妻の登場する戯曲形式で書かれており、本所へ行って来た「僕」が、本所の転変に驚いたことを吐露し、自分の書こうと思うことは、すべて『方丈記』の中に書いてあると して、冒頭の文章を引いている。ここには「無常を感じてね」という語があり、晩年の芥川が無常観の文学『方丈記』にひかれていたのは、彼の思想をうかがう意味で重要である。また、『羅生門』（『帝国文学』大正四・一一）に「旧記によると、仏像や仏具を打砕いて……」とある「旧記」とは、『方丈記』のことである。

（志村有弘）

放屁《ほうひ》　⇩**野人生計事**《やじんせいけいのこと》

砲兵工廠《ほうへいこうしょう》　明治一二（一八七九）年の砲兵工廠条令によって設けられた陸軍の兵器製造工場。前身は幕府が設立した関口製作所と長崎製鉄所で、前者は、小石川の東京工廠、後者は大阪の大阪工廠となった。日清日露戦争を通してその規模を拡張、旧日本陸軍の兵器、弾薬、戦闘用車両などの設計、製造、修理などを担当し、海軍工廠と並んで官営の軍需工場の中心であった。芥川は東大英文科三年の大正四（一九一五）年の冬、前年九月廃刊した第三次『新思潮』を再刊しようとしていたころのことを書いた『あの頃の自分の事』（大正七・一二）の中で、仲間うちで特に親しかった松岡譲と久米正雄が「砲兵工廠の裏にある、職工服を造る家」に一時下宿していた事実に触れている。

（尾形国治）

ポオ（ポー）《ぽー》　Edgar Allan Poe 一八〇九・一・一九〜一八四九・一〇・七。アメリカの詩人・小説家・批評家。その小説はほとんど短編だが、傑作が多い。芥川はポーの文学の、幻想性、世紀末思想などに強くひかれていたらしく、しばしばポーに言及している。芥川は名前の発音について「予等《ら》が英文学の師なりし故ロオレンス先生も時に、ポオエと発音せられしを聞きし事あり」（『骨董羹《こっとうかん》』、『人間』大正九・四・一）と述べている。これから、芥川が東大在学中、授業でポーに接触していたことが分かる。芥川が注目したのは短編小説の書き手としてのポーであった。芥川は大正一〇（一九二一）年二月五日に東大で『短篇作家としてのポオ』という題の講演をしている。この中で、芥川は Poe と Defoe を比較しつつ、論を展開し、「romantic 殊ニ fantastic ナル材料ヲ小説的ニ取扱ふ上には realistic ナル手法ヲ最モ必要トス」と指摘したあと、「Poe ガ短篇作家トシテノ成長ハ コノ realistic method と romantic material との調和ニアリシト云フモ過言ニアラズ。」と断言している。芥川は昭和二（一九二七）年五月にも新潟高等学校その他で『ポオの一面』という講演をしており、「P（筆者注、ポーのこと）ハ作品ノ craftmanship ニ鋭キ目ヲ有シタル事」と述べている。死後発表された半自叙伝的作品別稿『大導寺信輔《だいどうじしんすけ》の半生《はんせい》』（『創作月刊』昭和三・五・一）には「彼はポオの短篇を一日に一頁づつ訳して行った。（中略）元来彼の志したのは完全にポオを訳

ポー

すよりも、寧《むし》ろ大は一篇の布置を、小は文章の構成をポオに学ぶことに潜んでゐた。」という記述がある。この「彼」の姿は優れた短編を書いたポーにひかれ、その方法を自分の創作に生かそうとした芥川を如実に示していると思われる。『ポーの片影』（『秋田魁《さきがけ》新報』大正一四・八・一、四）はポー小伝とも言えるもので、短文ながら、ポーの生涯を鮮やかに浮き上がらせている。そして、悲惨な生活を送りつつ、文学に身をささげたポーへの共感がうかがわれる。（斉藤英雄）

ホオソオン《ほーそーん》 Nathaniel Hawthorne 一八〇四・七・四～一八六四・五・一八。アメリカの小説家。罪悪や良心を真摯《しんし》に追究した作品が多く、清教徒の伝統を守った。このホーソーンの名を芥川は、『骨董羹《こっとうかん》―妖婆』でウイッチ（女魔法使い）を描いた作家として挙げている。これはホーソーンの『スカーレット・レタア』の中に登場してくる老婆の魔法使いヒビンス夫人のことである。そのほか、好短編作家としてのホーソーンの名を記したり、『短篇作家としてのポオ』などでポーとの比較の上でホーソーンの名前を出している。（久保田芳太郎）

ボオドレエル《ぼーどれーる》 Charles Baudelaire 一八二一・四・九～一八六七・八・三一。フランスの詩人。詩集『悪の華』によってフランス象徴主義を開花させた。この一冊は詩人の誕生から死に至るまでの魂の遍歴を厳密な構成で展開したもの。日本では上田敏が訳詩集『海潮音』（明治三八・一九〇五）に初めて翻訳紹介した。ポール・ヴァレリイはこの一冊がなければ象徴詩派の詩人たちも存在しなかったとまで賞賛している。この詩集とともに『小散文詩（パリの憂愁）』は芥川にとって最も心ひかれる詩集であった。その都市的感性による審美意識、あるいは悪徳と背中合わせの至純への希求に貫かれた奔放な生涯はほとんど芥川の理想に近かったであろう。『あの頃の自分の事』（大正七）で谷崎潤一郎とポオ、ボードレールを比較して「氏の傾倒してゐるポオやボオドレエルと、同じ壮厳《ママ》な腐敗の香を放ちながら、或《ある》一点では彼等《ら》のそれと、全く趣《おもむき》が違つてゐた。彼等の病的な耽美《たんび》主義は、その背景に恐る可《べ》き冷酷な心を控えてゐる。」と論じている。芥川とボードレールに関して最も有名な言葉はその遺稿『或阿呆《あほう》の一生』の第一章で「人生は一行のボオドレエルにも若《し》かない。」と書き残したことであろう。同じく遺稿『十本の針』の四章「空中の花束」でも『人として』のボオドレエルはあらゆる精神病院に充《み》ち満ちてゐる。唯『悪の華』や『小さい散文詩』は一度も彼等の手に成つたことはない。」と彼一流のシニカルな言葉を吐いている。堀辰雄はエッセイ『芸術のための芸術』（『新潮』昭和五・二）で芥川を回想して「『何よりもボオドレエルの一行を！』／僕はこの言葉の終《をは》るところから僕の一切の仕事を始めなければならない。」との決意を示し「芥川龍之介がボオドレエルの一行を欲した気持は悲痛であった。しかし何が彼をあんなに絶望の中にまで落ち込ませたか。それは、一つは彼が詩人の一行と小説家の一行とを混同したためであるかも知れぬ。」と論じている。（小川和佑）

ボードレール

僕は《ぼくは》 アフォリズム。昭和二（一九二七）年二月五日発行の雑誌『驢馬《ろば》』第九号に発表。『湖南の扇』（文芸春秋社出版部、昭和二・六・二〇）に収録。自分の考えていること、感じたことなどを、アトランダムに並べてある。「僕はどう云ふ良心も、――芸術的良心さへ持つてゐない。が、神経は持ち合せてゐる。」の一節がある。全体として露悪的な感じはするが、それでいて常識的でもある。　（石原千秋）

細田民樹《ほそだたみき》　明治二五・一・二七〜昭和四七・一〇・五（一八九二〜一九七二）。小説家。東京生まれ。七歳のとき一家は父の郷里広島県山県郡壬生野川西へ転居。広島一中を経て、早稲田大学英文科卒業。『泥焔《でいえん》』（『早稲田文学』大正二・七）で登場し、早稲田派の新人として人道主義的な軍隊批判ものの作品群を発表。芥川は、『大正九年四月の文壇』（『東京日日新聞』大正九・四・八〜一三）で、細田の『極みなき破局』（『新小説』）を取り上げた。この作品が「堂堂たる力作」で「大幅な局面を展開させる手腕は、殆ど有島武郎氏と好一対」としながらも、「健筆の士は由来油潤佻達《ゆくわつてうたつ》の弊に陥り易《やす》い」と批評している。当時の芥川の眼前に登場した新進作家の一人である。その後プロレタリア文学に接近、『黒の死刑女囚』（『中央公論』昭和四・一）を経て、代表的長編で執筆停止となる『真理の春』（『東京朝日新聞』、『中央公論』昭和五・一〜六・一一）を発表した。　（竹田日出夫）

発句私見《ほっくしけん》　大正一五（一九二六）年七月一日発行の雑誌『ホトトギス』第二九巻第一〇号に「芥川龍之助《ママ》」の署名で発表。『梅・馬・鶯《うぐいす》』（新潮社、大正一五・一二・二五）に収録。芥川は見出しに「一　十七音」「二　季題」「三　詩語」「四　調べ」の四項目を掲げ、それぞれについて、一、「発句は十七音を原則としてゐる。」二、「発句は必《かならず》しも季題を要しない。」三、「季題は発句には無用である」が、「詩語は決して無用ではない。」四、「発句も既に詩であるとすれば、おのづから調べを要する筈《はず》である。元禄びとには元禄びとの調べがあり、大正びとには大正びとの調べがある。」といった私見を述べている。形式の面から「発句を発句たらしめるものも」「十七音にある」とする芥川の定型観は、「ホトトギス」派の主張に通じており、十七音以外でもその内容の面から新傾向俳句、自由律俳句と称していた河東碧梧桐《かわひがしへきごとう》、中塚一碧楼《いっぺきろう》、荻原井泉《おぎわらせいせん》水《すい》らの俳句は「短詩」と呼ぶほうがふさわしいと説いている。しかし二の「季題」において、芥川は無季論を展開している。芥川は「家常茶飯に使つてゐる言葉」「当《あた》り前の言葉」として流俗の見に陥りやすい季題を排斥するのである。それに代わるべく芥川が重視したのが「詩語」である。「詩語」とは、「祖先から伝へ来つた、美しい語感を伴つ」た言葉の意であり、この「詩語」と併せて芥川の大事に考えていたのが「調べ」ということになる。芥川は大正五（一九一六）年二五歳のころから俳句を作りはじめ、わずか一〇年足らずで総句数六〇〇を残している。中には新傾向ばりの句や破調の句もあるが、彼は新傾向にも旧傾向にも目を走らせず「在来の詩語を生かし、その伝統的な美しい語感にすがらうとした。」（吉田精一）。無季論を吐いても無季の句はさほどなく、俳句を発句と称し続けたほどの古調派で、すべて正しく美しい調べの句を残している。　（瓜生鉄二）

ホトトギス《ほととぎす》　俳句雑誌。明治三〇（一八九七）年一月一五日創刊。発行所は二〇号まで松山市立花町五〇、発行兼編集人は柳原正之（極堂）。三一年一〇月東京神田区錦町一丁目に移り、その後も移転、現在千代田区丸ビル八七六区。東京移転後、高浜清（虚子）、昭和二一（一九四六）年七月から高浜年尾が、昭和五五（一九八〇）年一月から稲畑汀子が発行兼編集人。正岡子規協力のもとに生まれ、松山で経営難となったので子規が東京に移し、虚子の編集で発行させた。芥川は「海軍機関学校の教官となり、高浜先生と同じ鎌倉に住みたれば、ふと句作をして見る気になり、十句ばかり玉斧《ぎょくふ》を乞ひし所、『ホトトギス』に二句御採用になる。」（『わが俳諧《はいかい》修業』）と記し、我鬼という俳号で大正七（一九一八）年六月号から『ホトトギス』に俳句を発表。「夕しぶき舟虫濡れて冴《さ》え返る」その後二、三句ずつ『ホ

『ホトトギス』投稿俳句

トトギス』に載り、虚子の運座にも加わった。『ホトトギス』に発表したのは大正七年六月から九年一月、一年六か月であった。しかし、東京に帰ってからは小沢碧童《へきどう》に指導をうけ、一游亭《いちゆうてい》（小穴《おあな》隆一）折柴《せっさい》（滝井孝作）らに交わり『海紅』（河東碧梧桐）の世話になる。芥川は形と調べの美しさをねらい佳句を残した。作句総数約六〇〇句あると言われている。（藤岡武雄）

不如帰《ほととぎす》　徳冨蘆花の小説。明治三一（一八九八）年一一月二九日～同三二（一八九九）年五月二四日、『国民新聞』に連載。同三三年一月一五日、民友社刊。片岡陸軍中将の先妻の娘浪子《なみこ》は、海軍少尉男爵の川島武男に嫁いだが、肺結核になり、家系の断絶を恐れる姑《しゅうと》のお慶によって、夫の留守中に離縁させられる。二人の愛情はさめなかったが、浪子は救われるすべもなく、二度と女に生まれはしないという言葉を残して他界する。この浪子の境涯の哀れさが主題であり、家庭小説の代表作として明治時代屈指のベスト・セラーとなり、新派劇の古典ともなって、婦女の涙を誘った。間接的には、家の苛《か》酷《こく》さが告発され、背景には暗躍する御用商人も描かれているので、社会小説的要素も濃い。芥川の『葱《ねぎ》』では、女給仕のお君さんが、浪子に同情するあまり慰問の手紙を書いたりするほどの熱烈な愛読者として描かれている。芥川自身が愛読者であったという記述は、別に残っていない。（吉田正信）

ポプラ並木《ぽぷらなみき》　ポプラ poplar は北ヨーロッパ、または北アメリカ産「セイヨウハコヤナギ」の類の総称。やなぎ科の落葉高木。一般に高く伸び、樹形が美しいので、街路樹などとして愛される。石井研堂の『明治事物起源』にはまだ名がみえないから、日本に入ったのは明治末年ころのことと思われる。芥川の通った府立三中の校舎の周りにこの木が植えてあった。大正三（一九一四）年一一月三〇日、田端《たばた》へ越してきて一か月目に、井川（恒藤《つねとう》）恭《きょう》にあてた書簡で「近所にポプラア倶楽部《クラブ》を中心とした画《ゑ》かき村があるだけに外へでると黒のソフトによく逢《ほう》着《ちゃく》する　逢着する度に芸術が紺絣《こんがすり》を着てあるいてゐるやうな気がする」と書いている。ここにある「ポプラ倶楽部」というのは、山本鼎《かなえ》、倉田白羊、森田恒友ら田端の住人がつくったクラブで、中に小豆島の出身者がいて、郷里からポプラの苗を送らせて、垣根代わりに、クラブハウス・テニスコート二面の地境に植えたものが、大正三年ごろには大樹となって並木をなしたのである。初めは芥川も単に美しい並木ぐらいに考えていたのであろう。しかし、日暮に見るポプラ並木というのは、丈の高い、見上げるような大樹の並木が風に吹かれてゆらゆられている有様は決して心地よい眺めではない。むしろ暗澹《あんたん》たる気持ちにさせるものである。芥川の頭の中で、そういう並木の像が出来上がってきても不自然ではあるまい。芥川は『玄鶴山《げんかくさん》房《ぼう》』（『中央公論』昭和二・二）の終わりで、玄鶴の妾が火葬場にきて玄鶴の婿とその従弟《いとこ》の乗っている馬車をそっと見送る場面に突然ポプラ並木を登場させている。すなわち「しかし彼等《ら》を乗せた馬車はその時にはもう傾きながら、ポプラアの枯れた道を走つてゐた。」と書いている。菊地弘は「『玄鶴山房』覚え書」（『跡見学園女子大学国文学科報』第一〇号）でそこに比重をかけて読んでいるが、ポプラ並木は、確かに芥川文学の中である位置を占めている。（山敷和男）

ボヘミアニズム《ぼへみあにずむ》　Bohemianism（英語）従来の社会的な慣習を無視した奔放な生き方を主義とする考えを指し、芸術家、文学者、俳優、知識人などの脱俗的な生き方を言うことがある。ボヘミアンとは元来ボヘミア地方の人およびその言語を言い、転じてジプシーや放浪生活者（vagabond）の意に使われた。芥川龍之介の場合には『小説作法十則』（遺稿、『新潮』昭和二・九、文末に大正一五・五・四の日付がある）にある。すなわち「五　既に一生の平穏無事なるを期すべからずとせば、体力と金銭と単身立命（即ちボヘミアニズム）とに頼まざるべからず。」云々《うんぬん》とある。芥川の晩年の不幸な身内の出来事・金銭関係・人間関係を背景において考えると、この語は悲痛な響きを残す。ちなみにボヘミアンの原語はフランス語の bohème（ジプシー）で、英語で一般化されたのはサッカレー以後である。芥川の場合、そのほかに一九世紀後半の英国の美術評論家P・G・ハマートンの『知的生活』（一八七三）などに拠《よ》ったかとも推定される。
（浅井　清）

堀口大学《ほりぐちだいがく》　明治二五・一・八～昭和五六・三・一五（一八九二～一九八一）。詩人。東京生まれ。慶応義塾大学文学部中退。外交官であった父九万一《くまいち》の郷里新潟県長岡で育ち、長岡中学では松岡譲と同窓であった。詩風は象徴主義から主知主義へと展開し、フランス語が堪能で訳詩訳文も多く、詩壇に与えた影響も大きい。また、ポール・モーラン作『夜ひらく』（新潮社、大正一三・七・一五）訳出は新感覚派文学の誘因となったとも言われる。芥川は『鴉片《あへん》』の冒頭で「クロオド・フアレエルの作品を始めて日本に紹介したのは多分堀口大学氏であらう。僕はもう六七年前に『三田文学』の為《ため》に同氏の訳した『キツネ』艦の話を覚えてゐる。」と書いている。また、堀口大学宛書簡に「いつぞや拙作を翻訳して下さると云ふ御手紙を頂いた節、生憎《あいにく》支那《シナ》へ遊びに行つてゐた為御返事をさし上げる機会を失ひ、その儘《まま》になつてしまひました」（大正一四・一一・二六）とあり、芥川のどの作か判明しないが、堀口に翻訳の意図があったことが分かる。なお『文芸的な、余りに文芸的な』の「二十三　模倣」では九万一の紹介した『お雪さん』というフランスの小説に触れている。大学には詩集『月光とピエロ』（籾山《もみやま》書房、大正八・一・一）、訳詩集『月下の一群』（第一書房、大正一四・九・一七）などがあり、昭和三二（一九五七）年芸術院会員、昭和五四（一九七九）年文化勲章受章。
（菊地　弘）

堀辰雄《ほりたつお》　明治三七・一二・二八～昭和二八・五・二八（一九〇四～一九五三）。小説家。芥川龍之介の出た中学・高校・大学の後輩で、彼の影響を最も強く受けて作家となり、宿痾《しゅくあ》の肺結核と闘いながら珠玉の作品を多数残した。東京市麹《こうじ》町区平河町（現、千代田区）生まれ。東京帝国大学文学部国文科卒業。父浜之助は東京地方裁判所の監督書記。母西村志気《しげ》は東京の商家の出。浜之助には正妻がいたが子がなく、辰雄は堀家の嫡男とされた。二歳の時母と共に堀家を出、二年後母が彼を伴って彫金師上条松吉に嫁したため、以後松吉を実父と信じ、東京墨田区向島で生育した。大正一〇（一九二一）年東京府立第三中学校四年修了で第一高等学校理科乙類（独逸語《ドイツ》）に入学。寮で神西《じんざい》清と親友となり、文学に目覚めた。大正一二年萩原朔太郎の『青猫』を耽《たん》読《どく》、芥川龍之介の作品にも親しんだ。また室生犀星の知遇を得、関東大震災によって母を亡くした後、犀星によって芥川龍之介に紹介された。以後、彼は龍之介のもとに出入りし、龍之介の死までの四年ほどの間に「芥川龍之介を論ずるのは僕にとつて困難であります。それは彼が僕の中に深く根を下《おろ》してゐるからであります」「芥川龍之介は僕の眼《め》を『死人の眼を閉ぢる』やうに静かに開けてくれました」（『芥川龍之介論』）というほどの深い影響を受けた。大正一四年には一夏軽井沢で過ごしたが、龍之介・犀星・朔太郎に加えて片山広子（筆名松村みね子）・総子《ふさこ》（筆名宗瑛《そうえい》）らと交際し、龍之介と広子の愛の関係を眺め、自らも総子に特別な感情を抱いた。この夏の体験は『ルウベンスの偽画』（前半、昭和二・二、定稿、昭和五・五）に「美化して小説化」されるが、ほかにも『聖家族』（昭和五・一一）『美しい村』（昭和八～九）『物語の女』（昭和九・一〇）『ほととぎす』（『かげろふの日記』の続編、昭和一四・二）『菜穂子』（昭和一六・三）などに造型される。また、彼の初期の詩『天使達が…』（昭和二・二）には、龍之介の『軽井沢で』（大正一四年稿）中の「朝のパンを石竹の花と一しよに食はう」「この一群の天使たちは蓄音機のレコオドを翼にしてゐる」など、発想の上での影響が認められる。昭和二（一九二七）年、東大国文科に在学中、芥川龍之介の自殺により激しいショックを受けたが、死後始められた岩波書店版『芥川龍之介全集』の編纂《へんさん》に葛巻《くずまき》義敏と当たり、没頭した。四年、卒業論文に『芥川龍之介論―芸術家としての彼を論ず―』を書き、大学を卒業。この論文は約四万字ほどの分量で、龍之介の初期作品から晩年の作品にいたるまでをきめ細かく分析し、その文学精神の形成、あるいは苦悩の過程を明らかにしたもの。特に龍之介の自殺にいたる「悲劇」の原因として、「鋭い理性と柔かい心臓の調和が破れ始めた」こと、「あらゆるものを見、愛し、理解したがため」の「雑駁《ざつぱく》さ」の二点を挙げている。言い換えれば「雑駁さ」故の自我の分裂ということになる。ここから堀辰雄の新しい人生・文学の歩みが始まる。彼は「自分の先生の仕事を模倣しないで、その仕事の終つたところから出発するもののみが、真の弟子であるだらう」（『芸術のための芸術について』昭和五・二）と述べ、雑駁さの代わりに「生の中心」（『刺青した蝶』昭和四・九）に赴くことを志向する。こうして死や愛の意味をラディゲに学んだ心理分析の手法で追求した『聖家族』は、昭和初期文学の傑作として高く評価されたが、それは同時に芥川体験の一つの決算報告書でもあった。以後も一貫して愛・生・死の文学テーマに取り組み、婚約者矢野綾子《あやこ》との生活を描いた『美しい村』『風立ちぬ』（昭和一一～一三）、日本古典に素材を求めた『かげろふの日記』（昭和一二・一二）、ロマン（本格小説）を志した『菜穂子』などの小説や、『大和路・信濃路《しなの》』（昭和一八～一九）『雪の上の足跡』（昭和二一・三）などのエッセイを発表した。

堀　辰　雄

〔**参考文献**〕佐々木基一「芥川山脈―単性生殖的ロマネスクの世界」（『近代文学鑑賞講座　芥川龍之介』角川書店、昭和三三・六・五）、三好行雄「堀辰雄の山脈」（『解釈と鑑賞』昭和三六・三）、渋川驍「堀辰雄と芥川龍之介」（同上）、進藤純孝「堀辰雄と芥川龍之介」（『国文学』昭和三八・七）、佐藤泰正「堀辰雄における近代と反近代」（『国文学』昭和五二・七）、中村真一郎「ある文学的系譜―芥川・堀・立原」（『新潮』昭和五四・五）　（池内輝雄）

ボルシェヴィッキ《ぼるしぇびいつき》　Большевики　（ロシア語）ロシア社会民主労働党内の急進的な革命的左翼勢力レーニン派を指す呼称で、「多数派」の意。一九〇三年の第二回党大会において、中心勢力のイスクラ派が、ボリシェヴィキとメンシェヴィキとに分裂し、党内の二大分派を形成した。一九一七年一一月ボルシェヴィキ革命が成功、ボルシェヴィキは、翌年三月の第七回党大会でロシア共産党と改称し、以後社会主義建設の中核となった。さて芥川は、「社会主義者と名のついたものはボルシェヴィツキたると然らざるとを問はず、悉《ことごと》く危険視されるやうである。」（『澄江堂《ちょうこうどう》雑記―チャプリン』）と記し、また、「これもやつぱり時勢ですね。はるばる露西亜《ロシア》のグランド・オペラが日本の東京へやつて来ると言ふのは。」「それはボルシェヴィッキはカゲキ派ですから。」（『カルメン』）という問答などを記している。いわば、ボルシェヴィキを、ロシアにおける特殊的事例と見、危険視されるべき過激派と見るという通念を示しているのだが、それ以上の立ち入った見解は示していない。　（山内祥史）

ヴオルテエル《ぼるてーる》　Voltaire　一六九四・一一・二一～一七七八・五・三〇。フランスの文学者・啓蒙思想家。本名フランソワ・マリ・アルーエ。理性と自由を掲げて封建制と専制政治に対して闘った。芥川は高等学校のとき、ボルテールを読み、深く影響された。そして芥川は、「彼は彼自身の他の一面、―冷《ひや》やかな理智《りち》に富んだ一面に近い『カンディイド』の哲学者に近づいて行つた。人生は二十九歳の彼にはもう少しも明るくはなかつた。が、ヴォルテエルはかう云ふ彼に人工の翼を供給した」(『或阿呆《あるあほう》の一生―十九 人工の翼』)と書いた。しかし同時に、「理性の無力」(『侏儒《しゆじゆ》の言葉―理性』)に気が付いていた後年の芥川は、「わたしはヴォルテェルを軽蔑してゐる。若《も》し理性に終始するとすれば、我我は我我の存在に満腔《まんこう》の呪咀《じゆそ》を加へなければならぬ。しかし世界の賞讃に酔つた Can-dide の作者の幸福さは!」(遺稿『侏儒の言葉―理性』)と辛辣《しんらつ》に述べ、さらに「理性を神にしたヴォルテエル」(『河童《かつぱ》』)の矛盾を厳しく批判するに至った。
(久保田芳太郎)

本格小説《ほんかくしようせつ》 中村武羅夫の「本格小説と心境小説と」(『新小説』大正一三・一)による造語。中村は、文壇における「心境小説」横行の風潮を批判し、「一人称小説に対する三人称小説」「主観的な行き方に対する、厳正に客観的な行き方の小説」としての「本格小説」を主唱、その優れた実例としてトルストイの『アンナ・カレニナ』を挙げた。これに対して久米正雄が「私小説と心境小説」(『文芸講座』大正一四・一、五)で、「作家が自分を、最も直截《ちよくせつ》にさらけ出した」「私小説」こそ芸術の「本道」「真髄」であり、「本格小説」も「結局、偉大なる通俗小説に過ぎない」と批判、問題は日本近代文学の宿命的特質である「私小説」論争として展開された。こうした中で芥川龍之介も、主として久米正雄の私小説論にかかわって自らの私小説観を明らかにした。『「私」小説論小見』(『新潮』大正一四・一一)がそれであるが、この一文は同時に芥川の「本格小説」への観点をも語っている。要するに芥川の主張は、詩と散文、抒情詩と叙事詩、主観的文芸と客観的文芸といった差別は本質的には存在しない、「唯量的な標準に従つた貼《は》り札に近いもの」であって、『「私」小説も同じやうに本質的には『本格』小説と少しも異《こと》つてゐない」というにある。この見解の背後には、「所詮《しよせん》告白文学とその他の文学との境界線は見かけほどはつきりはしてゐない」(『侏儒《しゆじゆ》の言葉』、『文芸春秋』大正一二・一～一四・一一)という芥川の文学観が横たわっている。「私小説」ではなく「私小説論」への異議を唱えたのだとする芥川が、「若《も》し僕を目するのに『本格』小説だけに礼拝する小乗嘗糞《しやうふん》の徒とするならば、それは僕の冤《えん》ばかりではない」(『「私」小説論小見』)とか、今後は「本格小説、私小説、歴史小説、花柳小説、俳句、詩、和歌等」「なんでもかきたいと思つてゐる」(『風変りな作品二点に就《つい》て』、『文章往来』大正一五・一)などと記すものも同根の発想によるものであろう。
(大塚　博)

本郷座《ほんごうざ》 本郷春木町(現、本郷三丁目)に明治六(一八七三)年奥田座として開設し、春木座を経て明治三五(一九〇二)年に本郷座と改称された。芥川がしばしば観劇した劇場。一時期、徳冨蘆花『不如帰《ほととぎす》』、菊池幽芳『己が罪』、大倉桃郎『琵琶《びわ》歌』等の公演で新派の劇場として栄えたが、その後は歌舞伎と新派の劇場となった。大正三(一九一四)年一月二九日(推定)の山本喜誉司宛書簡に「本郷座も見ました　小山内さんの所へも行きました。」とある。
(片岡　哲)

本所《ほんじよ》 旧東京三五区の一つ。隅田川の東岸、現在の墨田区西南の一地域で、両国を中心に下町を代表する。芥川の幼少年期の生活の営まれたところで、彼は生後八か月目に母の実家で、当時本所区小泉町一五番地(現、墨田区両国三丁目二二番一一号)の伯父芥川道章《どうしよう》の家に預けられ、一九歳の明治四三(一九一〇)年秋、一家が新宿に転居するまで住んだ。その間、明治四〇(一九〇七)年本所相生《あいおい》町三丁目(現、墨田区両国)の山本家へ母と共に移ってきた、のちの妻塚本文《ふみ》を知った。本所での生活その印象については、『大川の水』『少年』『大導寺信輔《だいどうじしんすけ》の半生《はんせい》』『追憶』『本所両国』などに懐旧の念とともに描かれている。芥川は、本所とは「江戸二百年の文明に疲れた生活上の落伍者が比較的多勢住んでゐた町」（『本所両国─大溝《おおどぶ》』）と言う。旧家だった芥川家の生活環境を言ったものであろう。しかし、そのような本所から芥川は、「自然の美しさを教」（『大導寺信輔の半生』）えられ、回向院《えこういん》界隈《かいわい》の「本所七不思議」の体験が怪異趣味を助長する実風景となり、一方では大川百本杭で死人を見た思い出が、「本所の町々の投げた精神的陰影の全部だつた」（『大導寺信輔の半生』）とも語っているように、以後の芥川の明と暗、生と死を示唆する心象風景を培った。すなわち本所は、「慰安と寂寥」（三好行雄）の対象として、陰に陽に芥川の生き方と文学にたえず回帰されていた原風景であったとみることができる。（神田重幸）

本所七不思議《ほんじょななふしぎ》　本所に伝わる七つの怪奇な伝説。置いてけ堀・ばか囃子《ばやし》・送り提灯《ちょうちん》・落葉なき椎《しい》・津軽家の太鼓・片葉の葦《あし》・消えずの行灯の七つ。これについて芥川は短編『少年』で、保吉《やすきち》（筆者注、作者芥川）が四歳のとき、女中の鶴《つる》といっしょに名高い「御竹倉」（墨田区横網町辺り）の竹藪《やぶ》を通り過ぎようとした際のこととして「本所七不思議の一つに当る狸《たぬき》の莫迦《ばか》囃子と云ふものはこの藪の中から聞《きこ》えるらしい。少《すく》くとも保吉は誰に聞いたのか、狸の莫迦囃子の聞えるのは勿論《もちろん》、おいてき堀や片葉の葭《よし》も御竹倉にあるものと確信してゐた。」と叙し、ついで「が、今はこの気味の悪い藪も狸などは何処《どこ》かへ逐《お》ひ払つたやうに、日の光の澄んだ風の中に黄ばんだ竹の秀《ほ》をそよがせてゐる。」と書いている。さらに小品『追憶』で、彼が小学生二、三年のころ、夜学の帰途、同じく「お竹倉」の藪の向こうの莫迦囃子を聞いた思い出を記しているし、また同様なことが『本所両国』でも述べられている。少年のころの芥川にとってこの伝説は、まさに実在する怪奇なものであったにちがいなかったし、大いに恐怖を与えたものであった。（久保田芳太郎）

本所両国《ほんじょりょうごく》　小品。昭和二（一九二七）年五月六日から五月二二日まで十五回（五月九、一六日は休載）にわたって『東京日日新聞』（夕刊）に「大東京繁昌記四六―六〇」の標書を付し連載された。『文芸的な、余りに文芸的な』（岩波書店、昭和六・七・五）に収録。なお、本編の執筆情況に触れたものに『晩春売文日記』（『新潮』昭和二・六）があり、普及版全集との間には異同がある。〈「大溝《おおどぶ》」両国「富士見の渡し」「お竹倉」「大川端」「一銭蒸汽」乗り継ぎ「一銭蒸汽」柳島　萩寺あたり「天神様」錦糸堀　緑町、亀沢町　相生《あいおい》町　回向院《えこういん》　方丈記〉の十五章からなり、これは芥川がその幼少年時代を過ごした本所両国界隈《かいわい》の印象記である。が、本編に貫流するのは「両国橋を渡りながら大川の向ふに立ち並んだ無数のバラックを眺めた時には実際烈《はげ》しい流転の相に驚かない訳には行かなかつた。」というように、震災後の激しい変貌への驚嘆とそれにつけて思い起こされる過去への愛惜と追懐の念である。吉田精一は「この種の雑文中の長編だが、同じ棒組で深川を書いた泉鏡花や、浅草をうけもった久保田万太郎等が、自分の趣味や情緒にとけこませた勝手な書き方をしているのに対し、しごく尋常な行き方をとり、それだけ個性的な特色にもとぼしいものになっている」（筑摩版『芥川龍之介全集』第四巻「解説」昭和三三・六・一〇）と評するが、確かにこれは「本所界隈のことをスケッチしろといふ社命」から書かれたもので、「心にもない重たげな筆を、義務的に痛感しながら不機嫌さうに運んでゐる」（佐藤春夫「『西方の人』跋《ばつ》文」）作品との印象もぬぐいきれない。しかし、その出発期に『大川の水』に「大川の水があつて、始めて自分は再《ふたたび》、純なる本来の感情に生きることが出来る」と記した芥川が、自裁の二か月前に書かれたこの印象記では、流転の相の下に強く無常感を漂わせており、この両編の位相の落差には注目される。（千葉俊二）

凡兆に就いて《ぼんちょうについて》　随筆。初出未詳。普及版全集第六巻所収文の文末日付には（「大正十五年」）とある。凡兆が芭蕉に入門したのは元禄三（一六九〇）年のことである。芭蕉はいち早くこの新人の天賦《てんぷ》の才を認めて重用し、去来とともに『猿蓑《さるみの》』（元禄四年跋《ばつ》）の編者に起用している。そこに「俳諧の古今集」とも評される元禄蕉門の金字塔がうちたてられたのである。『猿蓑』には師を凌駕《りょうが》する最も多い四四句が入集している。芥川は『文章倶楽部《クラブ》』大正一五（一九二六）年八月号に載った室生犀星の「凡兆論」を読んで自分も「凡兆のことを話したい」気になったという。芥川は凡兆の鋭さを示す例句として「物の音ひとり倒るる案山子《かゝし》かな」を挙げ、そこに「捨舟のうちそとこほる入江かな」（真蹟《しんせき》）の句と同様「何かピシリと僕等《ら》の心を打つもの」「犀利《さいり》な趣《おもむ》き」を看取している。他方、凡兆の「負けぬ気の強」さを指摘する芥川は「雪積む上の夜の雨」という句の上の句を芭蕉に尋ねたとき、芭蕉が「下京や」と置いたのでもなお承服しなかったという『去来抄』中の逸話を引き合いに出して、凡兆が事に座して下獄し、牢《ろう》から出たときの句といわれる「猪《ゐのしゝ》の首の強《つよ》さよ花の春」にも同じような「性格」の剛さを認めている。芥川は凡兆の群を抜いた才力の反面にある剛情な性格が招いた必然の帰結として彼の下獄事件をとらえている。そこに「才力」の横溢《おういつ》と「性格」の破綻《はたん》と、双方の均衡とり難いことがうかがえる。そして最後に「僕は昔、凡兆の／時雨るるや黒木積む屋の窓明り／と云ふ句を読んで、なるほど俳諧《はいかい》とは斯《か》う云ふものかと、大いに感心したことがあつた。とにかく、凡兆は只ものではない。」と結んでいる。芥川は、蕉門俳人の中では丈草と凡兆を高く評価しているが、許六より「風雅たるによつて、一筋に身を投げうちたる処《ところ》見えず」（『俳諧問答』）と評された丈草の清澄な句境より、物狂おしくなるまでの「才力」を秘めた凡兆の句境の方に「只ものではない」と感心したのであろう。

（瓜生鉄二）

本年度の作家、書物、雑誌《ほんねんどのさっか、しょもつ、ざっし》 評論。大正八（一九一九）年一二月一日発行の『東京日日新聞』に掲載した。単行本には収録されなかった。『永い恋仲』の宇野浩二、斎藤茂吉の『童馬漫語』、同人雑誌『人間』創刊を取り上げているが、同年同月発表の『大正八年度の文芸界』（『毎日年鑑』）の文芸時評に比較すると戯文調で、内容も簡単である。宇野については、いわゆる擒縦《きんしょう》自在の筆力を評価したもので「ふざけた」作風との批難に反論している。大正八年の宇野は、処女作『蔵の中』（『文章世界』大正八・四）や『苦の世界』（『解放』大正八・九、後編は「筋のない小説」の題名で大正九・一に発表）など一四篇を発表。『永い恋仲』（『雄弁』一〇月）も大阪弁の会話体による秀作の一つ。宇野は、一二月に第一創作集『蔵の中』（聚英閣）を刊行するなど、にわかに脚光を浴びて新進作家となった。芥川と宇野は翌九年に初めて顔を合わせている。宇野の弟子水上勉も、初期作品群の中でこの『永い恋仲』を「愛している」（『宇野浩二伝』）と書いている。『童馬漫語』について、芥川は①作歌態度の真剣、②文章の気品、③茂吉の面目が、字句の後に彷彿《ほうふつ》していることを賞揚している。『童馬漫語』は、アララギ叢書第七編として大正八年八月に春陽堂から刊行された歌論であり、『アララギ』に発表の一四〇余項の「小歌論」と五項の「独語と論争」からなっている。『赤光』（大正二・一〇）から『あらたま』（大正一〇・一）に至る時期の茂吉に芥川は、新しい世界の大いなる日の光りを垣間《かいま》みたのであり、強烈な個我と躍動する生命感による青春詠嘆は、芥川のみならず宇野ら当時の新進の作家たちに衝撃をあたえた。芥川は『僻見《へきけん》』（大正一三・三〜六、八〜九）で、彼が茂吉の『赤光』により、詩歌に対する目、文芸上の形式美に開眼させられたこと、茂吉が「単に大歌人たるよりも、もう少し壮大なる何もの」と評価した。また芥川は『歯車』（昭和二・六、一〇）の㈤で、彼の生涯かわらなかった茂吉への畏怖と驚嘆とを告白している。

（竹田日出夫）

本の事《ほんのこと》 随筆。大正一一（一九二二）年一月一日発行の雑誌『明星』第一巻第三号に発表。『点心』（金星堂、大正一一・五・二〇）に収録。「東西古今の雑書を引いて、衒《げん》学の気焔《きえん》を挙」げた『骨董羹《こっとうかん》』（『人間』大正九・四・一、五・一五、六・一五）と体裁の似通った随筆。「僕は本が好きだから、本の事を少し書かう。」（傍点、筆者）

と書き出されており、蔵書中のいくつかの書物にまつわる感想が記されている。最初の「各国演劇史」と題された文章は、明治一七（一八八四）年に出版された「妙な演劇史」である『各国演劇史』についての感懐と、そこから派生した二、三のエピソードが語られる。その中の「俳優にはウイリヤム・セキスピヤと云へる人あり！」との一節に芥川は興味を抱き、「三十何年か前の日本は、髣髴《はうふつ》とこの一語に窺《うかが》ふ事が出来る」と述べ、かつ、「僕はかう云ふ所に捨て難いなつかしみを感じ」ると記す。次の文章は、「天路歴程」と題され、「漢訳の Pilgrim's Progress」をあげ、これらも「なつかしい本の一つ」だと言う。そして、「この夏（筆者注、大正一〇年）、北京のある遊女屋で、「妓の几《つくえ》に、漢訳のバイブル」が置いてあるのを見たことを想起し、「天路歴程の読者の中にも、あんな麗人があつたかも知れない。」と結んでいる。三番目は、「Byron の詩」という題で、「バイロンの詩集」を話題とする。この本を贈ってくれた海軍学校教授豊島定氏の思い出に触れつつ、「僕はバイロンには、縁なき衆生に過ぎない」と述べる。最後は、「かげ草」と題し、夢の中で森鷗外の『かげ草』（翻訳・評論集、春陽堂、明治三〇・五）を手にした話を紹介する。芥川は、自分の集めたい本は、実在のものとは異なるところの、夢で見た「Quarto 版の『かげ草』」だという。「この本こそ手に入れれば希覯《こう》書である。」と語る。この随筆は、芥川のペダントリーな関心の在り方や、興味の方向を示し、のびやかな筆づかいの感じられる文章と言えよう。（木村一信）

本間久雄《ほんまひさお》　明治一九・一〇・一一〜昭和五六・六・一一（一八八六〜一九八一）。英文学者・国文学者・評論家。山形県生まれ。米沢中を経て、早稲田大学英文科卒業。『早稲田文学』『文章世界』などに評論を発表、大正七（一九一八）年から『早稲田文学』の編集を主宰し、外遊する昭和三（一九二八）年まで続ける。芥川についての批評はあまりないが、比較的きびしく、『奉教人の死』（『三田文学』大正七・九）については、「全体としてやはり在来の童話の味はひである」（『時事新報』大正七・九・四〜一〇）と言い、『葱《ねぎ》』（『新小説』大正九・一）に対しても、「作としての味はひに同感出来ない」（『東京日々新聞』大正九・一・一二〜一四）と否定的だ。しかし、『鼠《ねずみ》小僧次郎吉』（『中央公論』大正九・一）については、「遂にその面白さが、落語趣味の上に出ないのは遺憾」と言いながらも、その面白さを買っている。『文学概論』（東京堂、大正一五・一一・二五）、『明治文学史』全五巻（同、昭和一〇・七・二九〜三九・一〇・二〇）など著書多数。

（大久保典夫）

ま

毎日年鑑《まいにちねんかん》　大正八（一九一九）年一二月五日発行、大阪毎日新聞社・東京日日新聞社編《へん》纂《さん》・発売の『大正九年　毎日年鑑』が創刊号。四六判、定価一円。既に『国民年鑑』（民友社出版部、大正三・二創刊）『時事年鑑』（時事新報社、大正七・九創刊）があったが、新たにデイリー・メールとワールドの年鑑を範とし、後者の特色である統計と、前者の特色である記事・人名辞典を併せ持つものとして企画され、「創刊号は八万部発行してすぐ売切れ、翌年は十二万部と飛躍してたちまち先輩格の『国民年鑑』以上となった」（『毎日新聞七十年』毎日新聞社、昭和二七・二）。その後休刊なく続き、一般年鑑として最も長い歴史を持つ。昭和二三（一九四八）年版から大型判（B５）となり、昭和四二（一九六七）年版からは毎年二月の発行となって現在に至る。創刊当初は、各分野の総括記事のいくつかが署名入りであったが、当時大阪毎日新聞社の社員であった芥川は、創刊号に『大正八年度の文芸界』を、大正一〇年度版（大阪毎日新聞社編纂・発売、大正

九・一一・二〇）に『大正九年の文芸界』を執筆している。（清水康次）

正岡子規《まさおかしき》　慶応三・九・一七、新暦一〇・一四—明治三五・九・一九（一八六七—一九〇二）。俳人・歌人・写生文家。本名常規《つねのり》。通称升《のぼる》。別号獺祭書屋主人《だっさいしょおく》・竹の里人。伊予国（現、愛媛《えひめ》県）生まれ。帝国大学文科大学（東大文学部の前身）国文科中退。明治一六（一八八三）年六月、松山中学を中退して上京、共立学校を経て大学予備門（一高の前身）に入学。和歌や俳諧《はいかい》を学ぶ。二二（一八八九）年夏目漱石と知り合い、五月喀血《かっけつ》したのを機に「子規」と号す。二三年帝大国文科に入学、二四年「俳句分類」に着手し、俳句活動に没頭。二五年大学を中退、新聞『日本』に入社、二八年日清戦争に従軍し帰途喀血、八月松山に二か月療養、漱石を俳句の道に誘い入れる。俳句に主力を注ぎ、俳句の革新に功を収めた子規は、三一（一八九八）年二月『歌よみに与ふる書』（『日本』）を発表し、写生を唱え、さらに写生文を鼓吹した。芥川は子規の「生活力の横溢《わういつ》せるには驚くべし。」（『病中雑記』）と述べる。また、病床に暮らしながら、新俳句、新短歌、写生文の道を開き、なお女子教育や日本服を論ずるなどの、その活力に目を見はっている。（藤岡武雄）

正　岡　子　規

正宗白鳥《まさむねはくちょう》　明治一二・三・三〜昭和三七・一〇・二八（一八七九〜一九六二）。小説家・評論家・劇作家。本名忠夫《ただお》。岡山県生まれ。東京専門学校（早稲田大学の前身）文学科卒業。幼時より虚弱な体質で、生の不安・死の恐怖に怯《おび》えて過ごす。民友社の出版物を愛読、キリスト教に関心を持ち、ことに内村鑑三の著書から深い感動を得る。明治二九（一八九六）年東京専門学校英語専修科に入学し、明治三四（一九〇一）年文学科を卒業する。のち読売新聞社に入り、美術・文芸・演劇等に関する記事、評論を書く。かたわら幻滅と虚無の心象風景を描いた小説を相次いで発表、おりしも現出した自然主義の大流にのり、その重要な位置を占める。以後も『入江のほとり』（『太陽』大正四・四）『牛部屋の臭《にほ》ひ』（『中央公論』大正五・五）などの名作を次々と発表、大正末期からは『人生の幸福』（『改造』大正一三・四）などの戯曲や、のち『文壇人物評論』（中央公論社、昭和七・七）などにまとめられた評論を書き、その活躍は戦後に及ぶ。芥川に関しては『ある日の感想』（『国粋』大正一〇・六）で『往生絵巻』を称賛したのをはじめとし、また『郷里にて』（『文芸春秋』大正一三・二）では『一塊の土』を激賞、芥川はその書簡（大正一三・二・一二）で、「十年前夏目先生に褒められた時以来最も嬉《うれ》しく感じました」と謝している。芥川死後も直ちに『芥川氏の文学を評す』を書き、『孤独地獄』を読んで以来の芥川に対する関心を語り、その性急な自裁を悼んでいる。白鳥は芥川の作品に対し必ずしも甘くはなく、多く「知恵の遊び」視しているむきがないでもないが、しかし『地獄変』など漱石・鷗外の全集中にもない傑作・大作を推賞、年若くして「仮面を脱した人間生存の姿」を剔抉《てっけつ》しえた芥川の才能に瞠目《どうもく》し、またその「人間生存」に対する懐疑・苦悩の深さを忖度《そんたく》している。『龍之介・武郎・抱月』（『経済往来』昭和一〇・七）など以後の言及も多い。なお、芥川の方からも『文芸的な、余りに文芸的な』などに、白鳥に対し

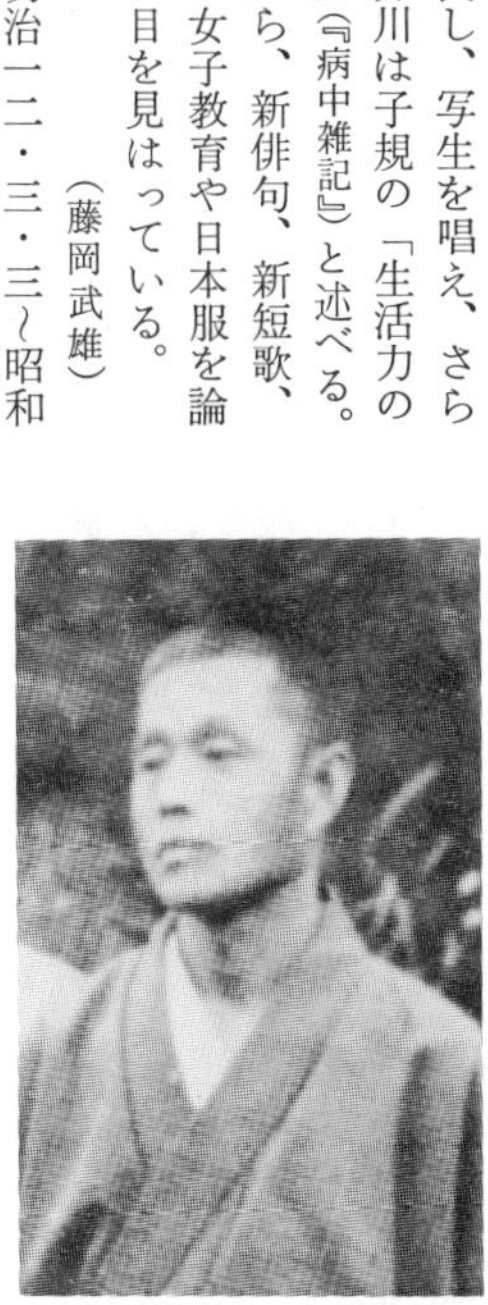

正　宗　白　鳥

て多くの言葉をさいている。　（佐々木雅発）

魔術《まじゅつ》　童話。大正九（一九二〇）年一月一日発行の雑誌『赤い鳥』第四巻第一号に発表。のち『影燈籠《かげどうろう》』（春陽堂、大正九・一）、『戯作三昧《げさくざんまい》』（春陽堂、大正一〇・九）、『沙羅《さら》の花』（改造社、大正一一・八）、『芥川龍之介集』（新潮社、大正一四・四）に収められた。諸本間に大きな異同はない。初出では末尾に「（大正八年十一月十日脱稿）」とあった。主人公の「私」はマテイラム・ミスラというインドの魔術の大家と懇意になってその秘技を見せてもらうことになる。ハッサン・カンという名高い聖僧から学んだというだけあって、目を見はらせる妙技ばかりだった。序《ついで》をもって秘法の伝授を乞うてみると、「欲を捨てる」ことを条件にそれもかなえてくれるという。それから一か月、友人たちにその手並みを見せる機会が訪れた。暖炉の中の燃えさかる石炭を金貨に変えるなどして有頂天になっていると、その金貨と自分の全財産とを賭《か》けてトランプの勝負をしようと言い出す者が現れた。勝てば全財産が手に入る、今をおいて魔術を使うときはない、と考えついた瞬間、トランプの声ともミスラのそれとも判然しない声で、欲心のある者に秘法を学ぶ資格はないことが告げられ、一か月前の現実に連れ戻されてしまうのだった。超現実の世界が劇中劇の形で織り込められているせいもあって『蜘蛛《くも》の糸』と比べられたりするが、作者自身も『魔術』は『蜘蛛の糸』程詩的でないから渾然《こんぜん》としないのは当然ですその代《かは》り『蜘蛛の糸』に無い小説味があるでせう」（小島政二郎宛書簡、大正八・一二・二三）と述べたことがある。これまで教材研究で扱われた（大田修教「魔術」、『日本文学』昭和四一・五）以外、まだ独立した作品論は書かれていない。なお、谷崎潤一郎も同一人物を主人公にした作品「ハッサン・カンの妖術《ようじゅつ》」（『中央公論』大正六・一一）を書いていることは興味深い。カンの衣鉢《いはつ》を伝えたミスラはそこでも語り手の谷崎を相手に術を発揮する。　（寺横武夫）

マゾヒズム《まぞひずむ》　masochism（英語）被虐待淫乱症。サディズムの裏返しで、異性から身体的精神的な虐待を受け、その苦痛を耐えることに性的快感を得る変態性欲の一種。その典型的人物を描いたオーストリアの作家ザッヘル・マゾッホの名にちなんで、ウィーンの精神病学者クラフト・エビングが命名した。日本では谷崎潤一郎の悪魔主義にこの傾向がある。芥川は「体は多病にもせよ、精神状態はまづノルマアルである。マゾヒスムスなどの徴候は見えない。誰が御苦労にも恥ぢ入りたいことを告白小説などに作るものか」（『澄江堂雑記《ちようこうどうざつき》』）としながら、晩年の作では自己の生に迫った。また『侏《しゅ》儒《じゅ》の言葉』で、「我我の行為を決するものは善でもなければ悪でもない。唯我我の好悪である。或《あるい》は我我の快不快である。」「柱頭の苦行を喜び、或は火裏の殉教を愛した基督《キリスト》教の聖人たちは大抵マゾヒズムに罹《かか》つてゐたらしい。」「賢人とは畢竟《ひつきやう》荊棘《けいきよく》の路《みち》にも、薔薇《ばら》の花を咲かせるもののことである。」と述べた殉教をキリシタン物で描いている。　（川端俊英）

松浦嘉一《まつうらかいち》　明治二四・九・一〜昭和四二・八・七（一八九一〜一九六七）。英文学者。東大で芥川と同級。愛知県生まれ。東京帝国大学文科大学英文科卒業。夏目漱石に師事。ジョン・ダンの研究家で、東大、お茶の水女子大学で教鞭《きようべん》をとった。芥川は『葬儀記』で、松浦らとともに受付をしたこと、法話の最中松浦が声を上げて泣いたのを「始めは誰かが笑つてゐるのではないかと疑つた」と記している。　（菊地　弘）

松浦一《まつうらはじめ》　明治一四・一・二五〜昭和四一・八・一三（一八八一〜一九六六）。英文学者。芥川の東大時代の恩師。東京生まれ。明治三八（一九〇五）年東京帝国大学文科大学英文科卒業。東大講師を経て、大正大学、駒沢大学、中央大学教授を歴任。東大での講義録に加筆した『文学の本質』（大日本図書株式会社、大正四・一一・二六）を、聴講した芥川は「『文学の本質』を」「把握する為《ため》には、知解を抛《なげう》つて悟入《ごにう》を求めるより外に無い」とする信仰が「自分にとつて最も興味あるもの」（『松浦一氏の「文学の本質」に就いて』と評している。「少し座談めいてゐる」（井川恭宛書簡、大正四・一二・二一（推定））が形《けい》而上学的《じじょう》で芸術的な松浦の講義に芥川は傾倒し「私宅を訪れては、特に疑義を正した」（久米正雄『風と月と』）という。夏目漱石の葬儀に出席した松浦講師に、芥川が心身の疲労のため失礼な態度をとったエピソードも残されている（『葬儀記』）。主著には前述の『文学の本質』のほか『トルストイの芸術観』（弘道館、明治四五・二）『文学のいのち』（アサギ書房、昭和二四・三）などがある。　（神田由美子）

松浦一氏の「文学の本質」に就いて《まつうらはじめしの「ぶんがくのほんしつ」について》　書評。初出『読売新聞』大正五（一九一六）年一月。松浦一『文学の本質』（大日本図書株式会社、大正四・一一・二六。なお、改修版、誠信書房、昭和三二）について、文学の本質は「超越《とらんせんでんたる》的な或《ある》物」であり、「此《この》或物を把握する為《ため》には、知解を抛《なげう》つて悟入を求めるより外に無い」という松浦の「信仰」に理解を示しながら芥川は、そこに一貫して流れている「旧日本に対する先生の思慕」が「単なる趣味上の隠遁所」であってはならず、その追慕は、「人類の将来に幸福を齎《もたら》す可《べ》き何物かゞ其《その》文明の中に潜んでゐる事を感得するから」であって、「希望と歓喜とに充ち」た未来を期待するものでなければならないと言っている。　（田中保隆）

松江《まつえ》　大正四（一九一五）年八月六日から二一日にかけて芥川は島根県松江市に旅行している。当時二四歳で大学生だった彼は吉田弥生《やよい》との恋の破局からくる傷心状態で、心配した親友恒藤恭《つねとうきょう》が郷里に招いたためであった。滞在中の印象は、初めて芥川龍之介の署名で土地の新聞『松陽新報』に掲載した『松江印象記』に書かれている。それによれば、彼がまず心を惹《ひ》かれたのは市内を縦横に流れ、「光と影との限りない調和」を示している「柳の葉のやうに青い川の水」であり、その川に架けられた多くの木造の橋梁《きょうりょう》と青銅の擬宝珠《ぎぼし》だった。また千鳥城の天主《ママ》閣にも芸術的価値を認め推賞している。月照寺の松平家の廟所《びょうしょ》や天倫寺の禅院などの建築物にも、「堀割に沿うて造られた街衢《がいく》」の美しさにも共感している。嫁ヶ島の防波工事など「風趣を害する」景観に苦言を呈してもいるが、市内を流れる川の水が「一切の反感に打勝つ程、強い愛惜《あいじゃく》」を喚起してくれると記している。　（細川正義）

松江印象記《まつえいんしょうき》　紀行文。大正四（一九一五）年八月の『松陽新報』に掲載されたという。単行本には収められていない。芥川自身によって、「これがわたしの芥川龍之介と署名して書いた第一の文章です」（増田渉宛、大正一三・一二・二九）と説明されている。芥川は「松江へ来て」「此《この》市を縦横に貫いてゐる川の水と其《その》川の上に架けられた多くの木造の橋」に惹《ひ》かれたという。ここには、都会の人々がたいていは自慢する鉄橋はなく、古日本の版画家によって好んで描かれた木造の橋と青銅の擬宝珠がある。それだけではない。千鳥城の天主《ママ》閣。天主閣は西洋の築城術の産物であるが、ほとんど西洋臭を消して日本化してある。しかし一方では、松江市内には古色を帯びた美しい青銅の鏡が、小銅像の鋳造用材として破壊される運命を待っているのである。この小品は、橋と天守閣、二つの過去の遺物への低徊《ていかい》趣味を語る単なる紀行文ではない。「明治維新と共に生まれた卑む可《べ》き新文明の実利主義」への批判がある。すでに吉田精一によって指摘（『芥川龍之介』）されているように、永井荷風の『日和下駄《ひよりげた》』の影響があるにしても、荷風におけるような現実を嫌悪する精神の代償行為としての趣味的世界への没入といった、簡単なものではない。芥川は、「新《あら》たなる建築物の増加をも決して忌憚《きたん》しようとは思つてゐない」という。青銅の鏡に加えられんとする運命から、「松江に対して同情と反感と二つながら感じてゐる」にもかかわらず、「此市の川の水は、一切の反感に打勝つ程、強い愛惜を自分の心に喚起してくれる」のである。つまり、「同情と反感」という相反する感情が、「川の水」によって流し去られるところに芥川の特性があると言えるだろう。「川の水」は『大川の水』に見るように、流れ行く先は、「無始無終に亘《わた》る

『永遠』の不可思議」の世界である。この意味で、『松江印象記』は小品ながら芥川の認識の祖型が示されている。（萬田　務）

松岡譲《まつおかゆずる》　明治二四・九・二八～昭和四四・七・二二（一八九一～一九六九）。小説家。芥川龍之介の一高・東大時代の友人。本名、善譲。のち「譲」一字に改名。新潟県生まれ。生家は浄土真宗大谷派の末寺。長岡中学校・第一高等学校を経て、大正六（一九一七）年東京帝国大学文科大学哲学科卒業。一高入学は芥川・久米正雄・菊池寛・成瀬正一《せいいち》らと同じ年であった。一高在学中将来の入寺問題で深く悩み、神経衰弱に陥り、一年休学している。そのため大学は芥川・久米らより一年遅れて卒業する。大正四（一九一五）年一二月、芥川・久米とともに早稲田南町の漱石山房の門をくぐり、以後その門下生となる。同五年二月、芥川・久米・菊池・成瀬と第四次『新思潮』を始め、創刊号に戯曲『罪の彼方《かなた》へ』を発表。続いて小説『河豚《ふぐ》和尚』（大正五・四）『砲兵中尉』（大正五・六）『青白端渓』（大正五・一〇）と他の同人にひけをとらぬ作品を次々に載せ、注目された。特に『青白端渓』は力作で、芥川はその感想を「あれは非常にいい作そのものの出来もいいがそれよりも書いてゆく君の力量が直下に人に迫って来る所が恐しいさうしてその力量なるものが僕に云はせれば絶え間なく努力する所から生れてくる根強い力量だ」とはがきに記して、松岡に書き送っている（大正五・一〇・八）。大正六（一九一七）年九月、芥川の推薦によって『文章世界』から原稿注文を受け、力作『兄を殺した弟』を送るが、「発禁の虞《おそ》れあり」とのことで日の目を見ず、代わりに書いた短編『法城を護《まも》る人々』（のち『護法の家』と改題）が同年一一月号に載り、題材の特異性と批判力の鋭さとによって話題作となった。翌七年四月、漱石の長女筆子《ふでこ》と結婚。この結婚をめぐって一高時代からの親友久米正雄と確執を生じ、倫理的に傷ついた彼は、一時創作の筆を絶ち沈黙する。この間芥川は彼のよき理解者であり、「今度の事件で或《あるい》は一番深い経験をしてゐるのは久米よりも寧《むし》ろ君ぢやないかと思つてゐる」との書簡（松岡宛、大正六・一一・二一）を残している。沈黙した松岡は、やがて久米によって新聞・雑誌に発表される『蛍草』（『時事新報』大正七・三・一九～九・二〇）をはじめとする数多くの失恋小説に、かなりゆがめられた姿で登場する。大正期のサークル的存在の狭い文壇は、夏目家を追われるようにして去った久米に同情し、他方、漱石山房の書斎に座った松岡をねたみ、白眼視した。久米の執拗《しつよう》なまでのモデル小説は、以後陰に陽に松岡にたたった。大正一〇（一九二一）年六月、松岡は『新小説』に『遺言状』を載せ、創作界に復帰する。続いて傑作『モナ・リザ』（大正一〇・一一）、自伝的短編小説『耳疣《みみいぼ》の歴史』（大正一一・二）が同じ『新小説』に載り、大正一一（一九二二）年七月二二日には、これらを収めた第一創作集『九官鳥』が春陽堂から上梓《じょうし》された。大正一二（一九二三）年六月一二日、長谷川巳之吉《みのきち》の創業になる第一書房の処女出版として長編『法城を護る人々』上巻が刊行され、ベストセラーとなる。先の同名短編の主題を引き継いだもので、文壇からは黙殺されたものの、長谷川如是閑《にょぜかん》・土田杏村《きょうそん》らから高く評価された。続いて一〇年の沈黙を破って、その結婚縁起を扱った『憂鬱《ゆううつ》な愛人』を『婦人倶楽部《クラブ》』昭和二（一九二七）年一月号から連載を開始する。芥川はこの小説が「久米との旧交回復のくさびに」（『久米との旧交回復のくさびに―松岡君の創作モデル問題―』、『読売新聞』大正一五・一一・二九）なることを願うという談話を発表している。昭和一三（一九三八）年一〇月、『改造』に『敦《とん》煌《こう》物語』初稿を掲載。のち加筆して日下部《くさかべ》書店から単行本として刊行（昭和一八・一・一五）。一部具眼者から高く評価された。松岡にはほかに『漱石先生』（岩波書店、昭和九・一一・二〇）をはじめとする漱石研究の仕事もある。が、その一生は総じて不遇であり、力量があった割には認められることが少なかった作家と言えよう。没後、その再評価が徐々に進んでいる。

〔**参考文献**〕関口安義「不遇なる作家―松岡譲の人と文学―」（『日本近代文学』第一五集、昭和四六・

一〇）、同『法城を護る人々』論」（『国語と国文学』昭和四六・一二）、真継伸彦「真宗教団論―『法城を護る人々』の提起するもの―」（復刻版『法城を護る人々（中）』法蔵館、昭和五七・一・二八）（関口安義）

松林《まつばやし》　晩年の芥川の心象風景の中心を占める象徴的なイメージ。荒涼とした精神的自画像『歯車』に頻出する。例えば「三 夜」に「僕は屈辱を感じながら、ひとり往来を歩いてゐるうちにふと、遠い松林の中にある僕の家を思ひ出した。それは或《ある》郊外にある僕の養父母の家ではない、唯僕を中心にした家族の為《ため》に借りた家だつた。僕は彼是《かれこれ》十年前にもかう云ふ家に暮らしてゐた。しかし或事情の為に軽率にも父母と同居し出した。同時に又奴隷に、暴君に、力のない利己主義者に変《かは》り出した。」とあるように。ここでの「遠い松林の中にある僕の家」とは、大正一五（一九二六）年、不眠症と精神異常に苦しみながら妻と也寸志《やすし》だけの生活を営んだ鵠沼《くげぬま》の借家。大正七（一九一八）年、妻、伯母と新婚生活を送った鎌倉も同様に松林の多いところであった。悔恨と敗北の生をかかえこみ疲弊した晩年の芥川にとって、松林のイメージは、郷愁に近いアルカディアとしての〈家〉の象徴であったとみることができる。（石崎　等）

松村浅次郎《まつむらあさじろう》　天保七・二・一九〜明治四二・一〇・八（一八三六〜一九〇九）。芥川は実父新《にい》原敏三《はらとしぞう》四二歳、母ふく三三歳の大厄《たいやく》の子として生まれ、形式的に捨て子とされ、家より二、三軒先の教会の前に捨てられたが、このときの拾い親が松村浅次郎。渋沢栄一と同郷の武蔵国《むさしの》榛《はる》沢《さわ》郡下手計《しもてばかり》村に松村源兵衛二男として生まれ、同姓浅之助の養子となる。若い時より渋沢の事業に関係。明治一三（一八八〇）年に耕牧舎に雇われ渋沢栄一の信頼を得、下総《しもうさ》三里塚牧場で新原敏三と接触していた甥《おい》の松村泰次郎を頼って明治一七（一八八四）年上京、新原敏三とともに渋沢のもとで苦労、それまで敏三の経営であった耕牧舎金杉村（のちの日暮里《にっぽり》）支店の経営を任され、敏三とともに耕牧舎の中心人物となる。のち日暮里支店を渋沢より譲り受けた。脳溢血《のういっけつ》で没したが、敏三はその死に大きな衝撃をうけた。耕牧舎の名を惜しみ現在まで松村の一族は搾乳経営を続けているという。沖本常吉『芥川龍之介以前』（東洋図書出版、昭和五二・五・二〇）森啓祐『芥川龍之介の父』（桜楓社、昭和四九・二・一）に詳しい。（石割　透）

松村みね子《まつむらみねこ》　⇩片山広子《かたやまひろこ》

窓《まど》　小説。初出未詳。『点心』（金星堂、大正一一・五・二〇）、『梅・馬・鶯《うぐいす》』（新潮社、大正一五・一二・二五）に収録。「沢木《さわき》梢《こずえ》氏に」の副題がある。大正八（一九一九）年二月に発表されたと思われる。おれは、二階で長い間来客がないかと待っている。ある夕方、向かいの家の二階に私娼が現れた。その女に気を取られているうち、来客のあったのを知らずに帰してしまった。以後、おれはまた客だけを寂しく待つようになった。芥川文学のモチーフの一つである〈待つ人〉の形象化である。芥川は、この作を「俗悪な創作生活を打破する記念に書いた」（小島政二郎宛書簡、大正八・一〇・二七）という。（石原千秋）

真野友二郎《まのともじろう》　生没年未詳。当時、京阪在住の芥川の愛読者。略歴未詳。全集には真野宛の書簡が大正一一（一九二二）年四月二四日から昭和二（一九二七）年五月二日までの一三通が収録されている。真野が『上海游記《シャンハイゆうき》』『江南游記』の感想を認《したた》めたことで芥川との文通が始まった。芥川の最初の書簡には「わたしは日頃文学青年以外に読者を有する事を自慢にしてゐました偶《たまたま》あなたの御手紙はこの自慢を増長させる力を具《そな》へてゐたわけです」とある。芥川の作品に対する真野の感想の認め方は丁寧で詳細で打算のないものであったらしく、「あなたのやうな細心の読者のあることを思ふと空おそろしい心もちがします」（大正一一・六・一四）と芥川は書く。こうしたことで芥川は好意を寄せたが、愛読者のために芥川も気を許し健康状態などを正直に漏らしている。宇野浩二『芥川龍之介』（文芸春秋新社、昭和二八・五・二〇）は、このことを記し、芥川が最初の書簡で「歯の浮くやうな、ことを書いて」いること、またその書簡の多さに「呆《あき》れかへつた」とし、「人気の頂点に立つてゐた頃」に「すでに、かういふ気もちになつてゐたのであらうか。」と書く。（石割　透）

マリア《まりあ》　キリストの母。ヨセフと婚約したが、結婚前に聖霊によってみごもり、イエス・キリストを生んだ。芥川はその作品中でしばしばマリアに言及している。『西方の人』（『改造』昭和二・八）には、「マリア」の項があり、「マリアは唯の女人だつた。が、或《ある》夜聖霊に感じて忽《たちま》ちクリストを生み落《おと》した。我々はあらゆる女人の中に多少のマリアを感じるであらう。（中略）マリアは『永遠に女性なるもの』ではない。唯『永遠に守らんとするもの』である。クリストの母、マリアの一生もやはり『涙の谷』の中に通つてゐた。が、マリアは忍耐を重ねてこの一生を歩いて行つた。世間智《ち》と愚と美徳とは彼女の一生の中に一つに住んでゐる」と書いている。マリアに永遠の処女性とか無原罪を見る考えは、聖書に根拠のあるものではない。神学では〈はしため〉にすぎない女がキリストの母となりえた〈恵み〉にこそ意味があるとする。芥川のマリア観は、聖母マリア説の対極に立つもので、マリアに普通一般の女性を重ねていると言ってよい。（関口安義）

丸善《まるぜん》　東京日本橋にある和洋書籍、文具、事務機械、洋品雑貨販売の店（現存）。明治二（一八六九）年早矢仕《はやし》有的が横浜に創設した丸屋商社が前身。翌年日本橋に開業した支店がのちに本店となり、明治二六（一八九三）年丸善株式会社と改称。文房具の輸入やインクの開発など、日本の文房具の発展に尽くし、さらに外国書籍の輸入の端緒を開いた。また、『新体詩抄』、有賀長雄『文学叢書』、『百科全書』の刊行など、近代初期の日本文化に対する功績は大きく、知識人の知識吸収の場となった。芥川にも「僕は丸善の二階の書棚にストリントベルグの『伝説』を見つけ」（『歯車』―三 夜）「所が電車に乗つてゐる間に、又気が変つたから今度は須田町で乗換《のり》へて、丸善へ行つた」（『田端日記』の「廿八日」の項）などの記述が見える。また、丸善によって洋書の知識を得ていたことが、書簡などによっても分かる。『或阿呆《あほう》の一生』の冒頭「人生は一行のボオドレエルにも若かない。」という感懐を抱いたのもこの丸善であった。（片岡　哲）

み

「未翁南甫句集」の序《「みおうなんぽくしゅう」のじょ》　序文。桂井健之助（未翁）・太田敬太郎（南圃）著『未翁南圃俳句集』巻頭に掲げられた。大正一四（一九二五）年一一月、北声会発行。のち『梅・馬・鶯《うぐいす》』に収録。文末の日付は大正一四年七月四日。芥川は大正一三年五月一五日から金沢の室生犀星を訪ね、桂井未翁の世話で兼六公園内三芳《みよし》庵別荘に寄泊。京阪を回って二六日に帰京した。二八日には未翁にあてて、世話になった礼を述べ、「句集は是非共おまとめに相成り候やう」とすすめ、犀星にも「桂井太田両老人にもよろしく」と書く。一二月二六日には、犀星宛に「両氏の句集を出すのは結構この上なし。（中略）出版費も少しならば奉加帳に加はつても好い。」と書いている。（井上百合子）

蜜柑《みかん》　小説。大正八（一九一九）年五月一日発行の雑誌『新潮』に「私の出遇《あ》つた事」の総題で「一　蜜柑」として発表された（「二」は『沼地』）。『影燈籠《かげどうろう》』（春陽堂、大正九・一・二八）『地獄変』（春陽堂、大正一〇・九・一八）『沙羅《さら》の花』(改造社、大正一一・八・一三)に収録。初出以下『沙羅の花』までの諸本に大きな異同はない。原題が示すように、芥川の直接体験を題材とするこの小品は、芥川の最初の〈私小説〉として注目されてよい。筋は簡明で、疲労と倦怠《けんたい》にとらわれている私が、汽車の中で同席した粗野な小娘の人間性に感動するというもの。――ある冬の日暮、私は、上りの二等客車の片隅で、発車の笛を待っている。ここでは、私の重く沈んだ心は、例えば、うす暗いプラットフォームの檻《おり》に入れられた一匹の小犬にたとえられる。やがて、発車の笛が鳴り、汽車が動き始めたところ、十三、四の小娘があわただしく現れ、私と同席する。二等車と三等車との区別さえつかない、油気のない髪、ひびだらけのほおの、下品な顔だちの田舎娘。私は、このうすぎたない小娘に、いら立たしい不快感を覚える。漫然と広げた夕刊の平凡な記事と田舎娘とは、私にとって、退屈な人生そのものであった。汽車がトンネルにさしかかろうというとき、なぜか小娘は重いガラス窓をあけようとする。その理由がのみこめぬ私は、霜焼けの手で悪戦苦闘する小娘を、冷酷な目で眺める。汽車はトンネルへなだれこむ。窓が開く。どす黒い空気が車内へみなぎる。息もつけぬほどせきこんだ私の不快感は一段と高まった。トンネルを抜けたとき、踏切りの柵《さく》の向こうに、三人の男の子が目白押しに並んでいるのが、私の視野に入ってくる。男の子たちは、いっせいに手を挙げ、意味の分からぬ歓声をあげた。「するとその瞬間である。」例の小娘が「あの霜焼けの手をつとのばして、勢《いきほひ》よく左右に振つたと思うと、忽《たちま》ち心を躍らすばかり暖《あたたか》な日の色に染まつてゐる蜜柑が凡《およ》そ五つ六つ、汽車を見送つた子供たちの上へばらばらと空から降つて来た。」思わず息をのんだ私は、これから奉公先へ赴く小娘が、蜜柑を投げ与えて、見送りに来た幼い弟たちの労に報いたということを、せつなに了解する。この切ない光景が、疲労と倦怠にとらわれている私に、朗らかな感動をもたらす。この小品の書かれた大正八年、『傀儡《かいらい》師』の安定した世界から一転して、芥川は早くも文学上の転期に立っていたことは、つとに周知のこと。例えば、大正八年の『文壇総評』(『読売新聞』大正八・五・七)に、「併《しか》し芥川氏が悪作を書き出したと云ふ事は、芥川氏の油断が見えたといふことよりは、矢張り一種の転期にある所為ではないかと思ふ」とある。そして、そのことをだれよりもよく知り抜いていたのが、ほかならぬ芥川自身であった。「芸術家が退歩する時、常に一種の自動作用が始まる。と云ふ意味は、同じやうな作品ばかり書く事だ。自動作用が始まつたら、それは芸術家としての死に瀕《ひん》したものと思はなければならぬ。僕自身『龍』を書いた時は、明《あきらか》にこの種の死に瀕してゐた。」(『芸術その他』大正八・一一)これは、芥川の現実に逢着《ほうちゃく》してしまった停滞と、芸術へのあくことなき方法模索を自己の使命とする健康な精神とがこめられたことばだ。さて、『蜜柑』は、芥川が最初の文学上の停滞にさしかかって、それを誠実に超えようとする試行として、注目されてよい作品である。

〔**参考文献**〕室生犀星編『芥川龍之介の人と作』下巻(三笠書房、昭和一八・七・二〇)、片岡良一『芥川龍之介』(福村書店、昭和二七・七・二〇)、和田繁二郎『芥川龍之介』(創元社、昭和三一・三・二五)、吉田精一編『芥川龍之介』(『近代文学鑑賞講座 第十一巻』角川書店、昭和三三・六・五)、吉田精一『芥川龍之介』(「近代文学注釈大系」有精堂、昭和三八・五・三〇)、小原元「『蜜柑』の鑑賞」(『解釈と鑑賞』昭和二一・四)、菊地弘「蜜柑」(『解釈と鑑賞』―特集芥川と『大正』―、昭和四四・四)

(塚谷周次)

水木京太《みずききょうた》 明治二七・六・一六～昭和二三・七・一(一八九四～一九四八)。劇作家・演劇評論家。本名七尾嘉太郎。秋田県生まれ。声優七尾玲子《れいこ》の父。慶応義塾大学文科卒業。大正八(一九一九)年大学卒業後、母校の教壇に立ち、『三田文学』を編集した。小山内薫に師事して戯曲を書く。昭和五(一九三〇)年から二一(一九四六)年まで『学鐙《とう》』の編集を担当、また戯曲、劇評で活躍した。大正一五（一九二六）年初演の『殉死』は好評で、現在も上演されている。その他『仲秋明月』ほか三〇編前後の作品を残し、戯曲集として『福沢諭吉』（風俗社、昭和一一・九）がある。三宅周太郎、小島政二郎と親しかった。芥川は『廃都東京』（『文章倶楽部《クラブ》』大正一二・一〇）という文章で、水木が銀座を通るときぽろぽろ涙が出たと記している。大正一四（一九二五）年二月一日付の水木宛芥川書簡によると、水木の『家』という作品を大いに推賞している。

（大河内昭爾）

水谷不倒《みずたにふとう》　安政五・一一・一五〜昭和一八・六・二一（一八五八〜一九四三）。近世文学研究者。本名弓彦。愛知県生まれ。明治二六（一八九三）年東京専門学校（早稲田大学の前身）文科卒業。在学中坪内逍遙《しょうよう》に師事。卒業後、小説『錆刀』『薄唇』（明治二九）などを発表する。その後、大阪毎日新聞社を経て研究生活に入る。芥川龍之介は『大久保湖州』の執筆に際し、不倒の『大久保湖州君小伝』を重要な参考文献として使用。「井伊直弼《なおすけ》伝」の完成を果たせない湖州の無念を「こころざしなかばもとげぬ我身だにつひに行くべき道にゆきにけり」という不倒紹介の歌でとらえ、また、人材を見抜く湖州独特の炯眼《けいがん》を「（湖州）人に接するや寛容にして能《よ》く客を遇す。故に君の門を叩《たた》くもの日に絶えず、而《しか》して客の種類を問へば、概《おほむ》ね未来に属する政治家、文学者」という不倒の言葉で整理している。著作に『近世列伝体小説史』（明治二六）『西鶴本』（大正九）など多数がある。

（吉田俊彦）

水の三日《みずのみっか》　随筆。明治四三（一九一〇）年、『東京府立第三中学校学友会雑誌』に発表。明治四三年八月一四日隅田川が氾濫《はんらん》し明治年間最大の水害となった。その際三中が、罹《り》災民の避難場所となり、卒業生（同年三月卒業）として奉仕活動をした体験を描いた記録風の随筆である。罹災民慰問会のためせっせと働いている卒業生や在校生、先生らの姿を写し、さらに慰問会の様子や罹災民の姿を描く。文字の書けない人のための代筆通信部の苦労や滑稽《こっけい》な出来事、四百余の罹災民全員への猿股《さるまた》の配布のありさま、罹災民が自宅へ戻る前に行われた福引きの顛末《てんまつ》などが、時間を追って語られる。描写の文章を中心としながら、時々「悲しい感じが胸に迫る。」「思はず、ほろりとさせられて仕舞つた。」といった心情の吐露もあり、芥川の生来の優しさの現れた文章。全編にユーモアがあふれ、軽妙な文となっている。のちの冷笑の眼差《まなざ》しは無い。固有名詞が多いのは、奉仕者を「表彰」する意識があったためである。

（渡部芳紀）

水守亀之助《みずもりかめのすけ》　明治一九・六・二二〜昭和三三・一二・一五（一八八六〜一九五八）。小説家・編集者。芥川がしばしば寄稿した雑誌『新潮』の記者。兵庫県生まれ。大阪の医学校を中退し、明治三九（一九〇六）年上京。翌四〇年のはじめ田山花袋を訪れ面識を得、以後『文章世界』に仮名で作品を発表する。大正八（一九一九）年春、中村武羅夫の勧めで新潮社に入社、雑誌『新潮』の編集に従い、他方『帰れる父』（『文章世界』大正八・一一）をはじめとする小説を発表し注目される。芥川は『大正八年度の文芸界』という時評で、水守を宇野浩二・加藤武雄らとひっくるめて新早稲田派の有力新人として評した。また『新潮』に入れる原稿のことで、何度か書信を交わしている。が、芥川は水守の作品はさして読まず、彼をプロレタリア作家と見なしていたふしもある。『種蒔《ま》く人』や『文芸戦線』に加わった経歴が、そのような見方を許したのであろう。水守には童話・随筆も多く、その文業は多彩だが、これという力作を残し得なかった。

（関口安義）

三田文学《みたぶんがく》　文芸雑誌。明治四三（一九一〇）年五月、永井荷風を主幹に、慶応義塾大学文科の機関誌として創刊。森鷗外と上田敏が顧問となり、『早稲田文学』に対抗して反自然主義の一勢力となる一方、「三田派」と呼ばれる新人作家の登場を促して、大正一四（一九二五）年三月で休刊。次いで翌年四月、水上滝太郎を支柱に復刊し、石坂洋次郎の『若い人』などを送り出して、昭和一九（一九四四）年一一月で休刊。戦後は同二一（一九四六）年一月に復刊、原民喜の代表作『夏の花』や、新人作家・評論家が輩出、休刊と復刊を繰り返しながら今日に及んでいる。芥川の寄稿は、小島政二郎宛の手紙（大正七・六・一八）が、『芥川氏より―地獄変について―』（大正七・七）として掲載されたほか、『奉教人の死』（大正七・九）があるにすぎないが、編集担当の小島や南部修太郎とは個人的にも親しく、毎月の寄贈も受けていて、この雑誌には好意的な関心を寄せていた。（宗像和重）

『三田文学』（大正7年9月号）

「道芝」の序《みちしばのじょ》　序文。久保田万太郎の『句集道芝』に序として掲載。昭和二（一九二七）年五月、俳書堂号友善堂発行。これに先立って同年同月一日発行の『文芸春秋』に掲載された。芥川は、中学で万太郎の後輩であり、江戸っ子の万太郎と、東京人である自己との差を知りながら親しみを持っていた。『久保田万太郎氏』（『新潮』大正一三・六）『田端人《たばたびと》』（『中央公論』大正一四・三）などがあり、飯田武治（蛇笏《だこつ》）宛書簡（昭和二・四・一〇）に、「この頃久保田君、句集を出すにつき、序を書けと云はれ」とある。（井上百合子）

三つの宝《みつつのたから》　童話劇。大正一一（一九二二）年二月一日発行の雑誌『良婦之友』に『童話劇　三つの宝』の題で発表。『春服《しゅんぷく》』（春陽堂、大正一二・五・一八）、『三つの宝』（改造社、昭和三・六・二〇）に所収。初出と『春服』との間にわずかな異同がある。芥川は本編を含めて八編の童話をのこし、ほかに未完の作品一つがある。漱石門下で、先輩に当たる鈴木三重吉が、大正七（一九一八）年に創刊した児童雑誌『赤い鳥』に『蜘蛛《くも》の糸』を書いたのが初めである。大正時代には、優れた作家がよい童話を書いた。最初、とまどった芥川も、手を抜かずに創作した。そこでは、彼が興味を抱いた超現実の世界がのびのびと展開されている。本編では、「一飛びに千里飛び長靴、着れば姿の隠れるマントル、鉄でもまっ二つに切れる剣」が登場し、それを三人の盗人《ぬすびと》が森の中で取り合っている場面から始まる。ただし、これらの宝はにせものである。そこへ馬にまたがった王子が通りかかる。王子は、喧嘩《けんか》を仲裁し、自分の着ている赤いマントル、宝石のはいった靴、黄金細工の剣と盗人たちの宝とを交換して去る。盗人たちはあとで嘲笑する。ここまでが第一場。「黄金《きん》の角笛《つのぶえ》」という宿屋の酒場で、主人と農夫たちが王女の婚礼の話をしている。婿《むこ》になるべき黒ん坊の王様は、前記三つの宝を持っているという。王女は、その王様が大嫌いである。王子は、自分も同じ宝を持っているから、王女を助けようと言い、マントルを着て飛び上がるが、すぐに尻餅《しりもち》をつき、一同に嘲笑される。王子は「空手《からて》でも助けて見せる。」と言い、酒場を飛び出す。ここまでが第二場。王城の庭に、マントルを着た王子が出てくる。だれも気付かない。そこへ悲しげな王女が来る。王子は、自分の姿が見えることを知り、がっかりする。しかし、彼は、王女に「あなたを助けに来たのです。」と言う。王女は喜ぶ。そこへ、突然、黒ん坊の王が現れる。王は、マントルを着て隠れて見せるが、二人は驚かない。王は、王子の剣を切る。王子は、王に勝負を続けようと言う。王は「勝ったのはあなただ。」と言う。王と王子は、「三つの宝」についての誤解を認識する。王子は、「さうです。（見物に向《むか》ひながら）皆さん！　我我三人は目がさめました。悪魔のやうな黒ん坊の王や、三つの宝を持つてゐる王子は、御伽噺《おとぎばなし》にあるだけなのです。我我はもう目がさめた以上、御伽噺の中の国には、住んでゐる訳《わけ》に行きません。我我の前には霧の奥から、もつと広い世界が浮《うか》んで来ます。我我はこの薔薇《ばら》と噴水との世界から、一しよにその世界へ出て行きませう。もつと広い世界！もつと醜い、もつと美しい、――もつと大きい御伽噺の世界！　その世界に我我を待つてゐるものは、苦しみか又は楽しみか、我我は何も知りません。唯我我はその世界へ、勇ましい一隊の兵卒のやうに、進んで行く事を知つてゐるだけです。」と言う。吉田精一は、『芥川龍之介』（新潮文庫、昭和三三・一・一五）で、「『もつと醜い、美しい、もつと大きい御伽話《ママ》の世界』とは実人生を暗示するものであろう。そうして、『その世界へ、勇ましい一隊の兵隊のやうに、進んで行く事』は、彼自身の念願であり覚悟でもあったろう。」と指摘している。芥川の童話には、教訓臭のつきまとう点も認められるが、それは、読み手への配慮であり、人間の暖かい側面に重点が置かれ、幻想的な世界とともに、良質の童話になっていると言えるであろう。

〔**参考文献**〕恩田逸夫「芥川龍之介の年少文学」（『明治大正文学研究』昭和二九・一〇）、中村真一郎『芥川龍之介の世界』の「童話」の項（角川文庫、昭和四三・一〇・一〇）、鳥越信「芥川龍之介における〝童心〟」（『国文学』臨時増刊号、昭和四七・一二）

（塚越和夫）

『三つの宝』《みつつのたから》　芥川龍之介の唯一の童話集。昭和三（一九二八）年六月二〇日、改造社刊。縦三一センチ、横二二・五センチ、定価五円。

『三　つ　の　宝』

『白』『蜘蛛《くも》の糸』『魔術』『杜子春《とししゅん》』『アグニの神』『三つの宝』の六作を収録する。中に一二枚の小穴《おあな》隆一の絵が挿入されている。巻頭に佐藤春夫の「序に代へて」、巻末に小穴隆一の「跋《ばつ》」がある。芥川生前の大正一三（一九二四）年ごろから計画されたもので、佐藤の「序に代へて―他界へのハガキ」によると、芥川は「この本の出るのを楽しみにしてゐた」とのことである。また、小穴の「跋」によれば、大判にしたのは「一つの卓子《テエブル》のうへにひろげて　縦からも　横からも　みんなが首をつつこんで読める本がこしらへてみたかつた」からだという。天地をゆったりととり、大きな活字で組み、見事な挿絵を添える――それは当時としては、実にぜいたくな本造りであったと言えよう。芥川と小穴の共同製作品との感が深い。龍之介童話の代表作を集めたこの童話集は、今日もなお十分鑑賞に堪えうるものがある。

（関口安義）

三つのなぜ《みつつのなぜ》　小説。昭和二（一九二七）年四月一日発行の雑誌『サンデー毎日』第六年第一五号（春季特別号）に発表。『大導寺信輔《だいどうじしんすけ》の半生《はんせい》』（岩波書店、昭和五・一・一五）に収録。初出後の異同はない。三つの小文から成る。「一　なぜファウストは悪魔に出会ったか？」、「二　なぜソロモンはシバの女王とたった一度しか会はなかったか？」（末尾に「一五・四・一二」とある）、「三　なぜロビンソンは猿を飼ったか？」（末尾に「十五・七・十五」とある）。「一」はゲーテの『ファウスト』に、「二」は『旧約聖書列王紀』に、「三」はデフォーの『ロビンソン・クルーソー』に、舞台を借りているが、芥川の歴史小説の場合と同じく、自己の心理や問題を仮託する道具であるにすぎない。「一」は、ファウストにとって初めは「智慧《ちえ》の果《み》」としてのみあった「林檎《りんご》」がしだいに様々の意味を持つものと見えるようになり、ついに「林檎とは一体何であるか？」と自問するに至ったとき悪魔が登場し、それは「拷問《ごうもん》の道具」なのだと教えるという話。「二」は、「ソロモンはかの女と問答をするたびに彼の心の飛躍するのを感じた。（中略）けれどもソロモンは同時に又シバの女王を恐れてゐた。それはかの女に会つてゐる間は彼の智慧を失ふからだつた。」という部分にライトモチーフがある話。ソロモンは、自ら「誇つてゐたもの」が自分の「智慧」によってのみでは支えられないことに不安と悲しみを感じているということを描いている。「三」は、「鉛色の顔をしかめたまま、憂鬱《いううつ》に空を見上げた猿」を自分のカリカチュアとして目のあたりに見ていたかった、という話。いずれもアレゴリイであり、林檎やシバの女王や猿が何の寓意《ぐうい》であるか一義的には定めにくいにしても、それらに通底して文学や生活と格闘し続け疲れ果てた芥川の心事が焼き付けられていることは明らかである。なお、シバの女王には芥川の最後の恋人片山広子の面影が投射されているとの吉田精一の説がある。（角田旅人）

三つの窓《みつつのまど》　小説。昭和二（一九二七）年七月一日発行の雑誌『改造』第九巻第七号に発表。死後刊行の『西方の人』（岩波書店、昭和四・一二・二〇）に収録。沖本常吉によればこの作品の原題は『海の上』であったらしい。「1 鼠《ねずみ》」「2 三人」「3 一等戦闘艦××」から成っている。「1」は、横須賀軍港に碇泊《ていはく》した戦闘艦××の艦上での話である。長雨のため鼠がふえた艦では捕えた鼠一匹につき一日の上陸許可が出る。艦外から妻が差し入れた鼠で上陸しようとした水兵のSを、A中尉が見とがめいったん不許可にするが、Sの家の近所に行く用を言いつけて外出させてやる。しかしA中尉はそうした自分の行為を妙に寂しく感じる。「2」は、戦闘艦××が海戦を終えて鎮海湾に向かっているときの話である。海戦の直前海中に落ちて置き去りにされていった水兵の死、その前夜甲板で聖書を読んでいた軍楽隊の楽手の戦死、そして煙突の中で縊死《いし》した下士官、これら三つの死の中にK中尉は人生全体を感じる。「3」は、老朽のためドック入りした戦闘艦××の眼《め》の前で、海戦の経験もない友達の若い軍艦△△が火薬庫に火がはいって唸《うな》り声をあげて海中に没してゆく話である。××もまた甲板がしだいに乾《ひ》割れてゆくのに不安を感じながら自分の運命を待ち続けてゆく。この作品から晩年の暗鬱《あんうつ》な作風を離脱した透明な理知を感じ取っている点では、広津和郎、下田将美などの同時代評は共通しているが、その後「3」の戦闘艦××に晩年の芥川龍之介を重ねる読み方が竹内真によって示され、さらに軍艦△△には精神に異常をきたして昭和二（一九二七）年六月一五日に入院した宇野浩二の姿を託していることが吉田精一によって指摘された。確かに、「2」「3」には死を前にした芥川の心境が色濃く投影されており、「2」の末尾に出てくる「君看双眼色／不語似無愁」が処女創作集『羅生門』の扉に記されていたものであることにも注意する必要があるだろう。（三嶋　譲）

三つの指環《みつつのゆびわ》　童話。大正一二（一九二三）年ごろ執筆。未完。芥川没後、最初の全集（元版全集）で活字化された。岩森亀一コレクションに、三つに分けてとじられた下書き原稿が残っている。内容は、アラビアの王アダブルが商人に身をやつし、バクダットの町で心も顔も美しい娘を見いだして妃にするというストーリーに、不思議な力をもつ三つの指環が関与するという話である。物語性に富み、完成したなら読ませる作品になっただろうことを予測させる。（関口安義）

未定稿集《みていこうしゆう》**（葛巻義敏編）**《くずまきよしとしへん》　昭和四三（一九六八）年二月一三日、岩波書店より刊行、B6判、六六三頁。本書は、編者の手もとに蔵されていた芥川龍之介の未定稿、断片、別稿、談話、初期の文章、詩、俳句、短歌、書簡などをまとめ、細部に及ぶ註《ちゅう》を付したもので、刊行当時、その大部分が未発表資料であったことから話題をよんだ。芥川の未発表の「未定稿、断片、メモ類」が数多くあることは、新書版全集（全一九巻・別巻一、岩波書店、昭和二九・一一・六〜三〇・八・二六）の刊行をめぐってのいざこざから、かねて推測されていた。新書版全集完結後、編者は『図書』『世界』『文学』などに、これらの一部と思われる未定稿、断片を断続的に発表し、その集大成として本書を刊行した。本書刊行後、決定版とも言うべき『芥川龍之介全集』（全一二巻、岩波書店、昭和五二・七・一三〜五三・七・二四）が刊行されたが、本書収載のもので全集に収められたのは、『産屋』のほか、俳句一七〇句のうち二二句（ただし、本書収載の「鶯《うぐひす》や仰ぐ火山の朝の雲」は江口渙《かん》の句であるので総数は一六九句である）、書簡五六通のうち二四通に過ぎない。この間の事情について、全集編集者の一人である吉田精一は「葛巻義敏編『芥川龍之介未定稿集』（昭和四十三年一《ママ》月刊）は、同じく岩波書店の発行であり、この全集の別巻とも見られる故に、それに収められたものは全集に収録しなかった」（「編輯《へんしゅう》を終って」、『芥川龍之介全集』月報12、岩波書店、昭和五三・七）と言っている。つまり、全集の編集者は本書を「全集の別巻」と見做《みな》しているのである。したがって、芥川研究者は、全集と共に本書を備えることが必要となろう。本書の内容は、前記のように盛りだくさんなものであるが、利用価値からみると、編者の註も含めて、作品研究よりも伝記研究に役立つところが多いであろう。そのことは、「はじめに」に記されているように、芥川の人間を世間に正しく伝えようとする編者の意図が作用しているように思われる。そのような点から目立つのは、従来資料的に空白の多かった小学校、中学校、高校時代の文章が数多く収められていることである。例えば、明治三七（一九〇四）年七月二一日から八月三一日に至る、江《え》東《ひがし》小学校高等科三年生のときの『暑中休暇中の日記』がある。これによってみ

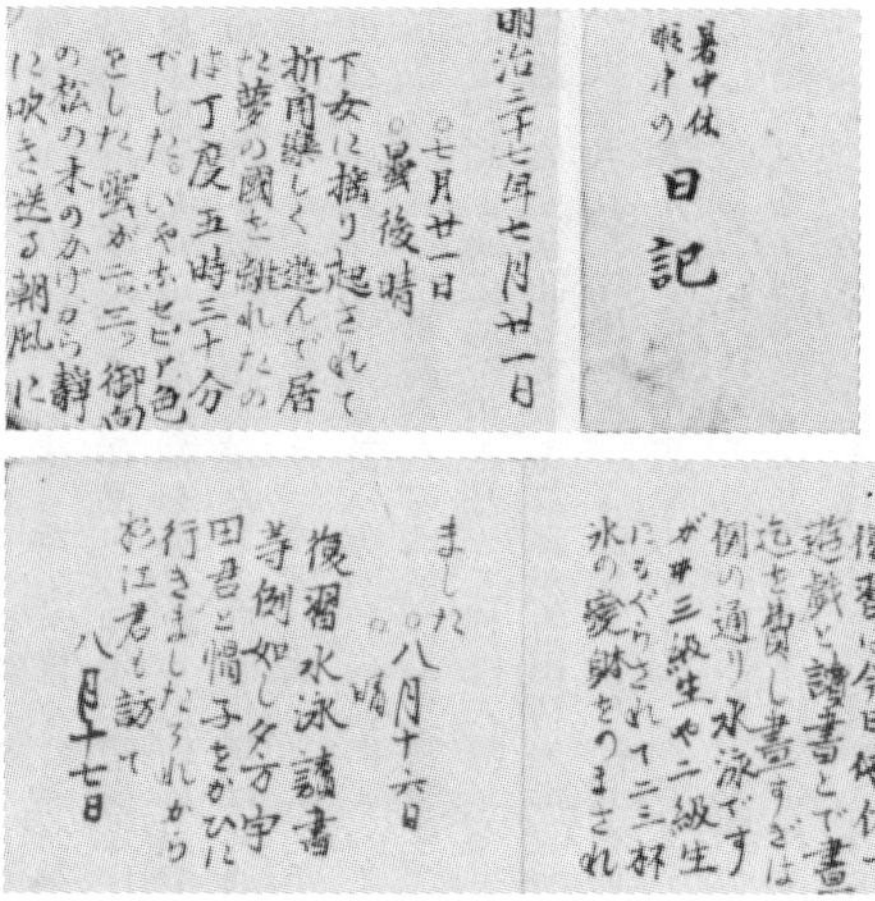

『暑中休暇中の日記』（明治三七年、十二歳）和紙、袋綴《とじ》である。

ると、当時芥川が、実父敏三《としぞう》を叔父、義母ふゆを叔母、異母弟得二を弟と呼んでいたことや、本所小泉町にあった芥川家と新宿の新原《にいはら》家との間には頻繁な往来があったことが分かる。芥川が芥川家と正式に養子縁組をしたのは、この休暇中のことであるが、そのことについては日記には触れられていない。この日記の註で、芥川の本名が「介」か「助」か、の問題が明らかにされている。あるいは、『勝浦にて』『丹波《たんば》山・上諏訪《かみすわ》・浅間《あさま》行』『紀行・日記（断片）』なども、小学校、中学校時代の芥川の風物に対する観察、描写力をみる上において、不可欠の資料と言えよう。また、従来『槍ヶ《やりが》嶽《たけ》紀行』（『改造』大正九・七）を手がかりに、大正九（一九二〇）年六月に、芥川が槍ヶ岳に再び登ったと思われていたが、本書の明治四二（一九〇九）年八月の槍ヶ岳登山の模様を日記体で記した『槍ヶ岳紀行』及びその註によって、その事実がないことが明らかにされている。中学二年生までの性的生活史を書いた『VITA SEXUALIS』は、本書刊行前に『文学』（昭和四一・六）に発表され、話題をよんだものである。晩年のものでは、昭和二（一九二七）年五月二一日、青森市公会堂で行った文芸講演『夏目先生』のほか、同年五月二四日、新潟の篠田《しのだ》旅館で催された『座談会』の記録が収められており、後者では芥川の初期から晩年に至る作品について、あるいはドッペルゲンゲルのことなどが気楽な調子で語られており、作品研究の上からも見逃せないものである。作品研究といえば、未定稿「小説」では、佐藤泰正が「この習作の一篇に、彼の全生涯をつらぬく、——無垢《むく》なる素型を見ると言いたい」と評している『老狂人』や、『秋』（『中央公論』大正九・四）、『きりしとほろ上人伝』（『新小説』大正八・三、五）の比較的まとまった別稿のほか、『酒虫』（第四次『新思潮』大正五・六）『一夕話』

（『サンデー毎日』大正一一・七）『雛《ひな》』（『中央公論』大正一二・三）などの別稿断片が収められている。また、『或阿呆《あるあほう》の一生』（『改造』昭和二・一〇）の別稿、『歯車』（『文芸春秋』昭和二・一〇）の別稿断片の註では、芥川の作為が示されており、これらの作品に伝記的事実を求めようとすることの危険性が指摘されている。未定稿「戯曲」では、第三次『新思潮』（大正三・九）に掲載の予定で執筆しながら成らなかった『弘法大師御利生記』ほか八編が収められている。書簡では、芥川の初恋の人吉田弥生《やよい》にあてた「書簡（草稿）」が二通収められている。弥生宛の書簡はかなりあったと思われるが、たとえ二通とはいえ、本書に収められたことによって、芥川の初恋についての資料が新たに加えられたことになる。また、弥生より早い時期に芥川が心を寄せていた女性、実家新原家の女中吉村千代宛のかなり長い「書簡（草稿）」も収められている。

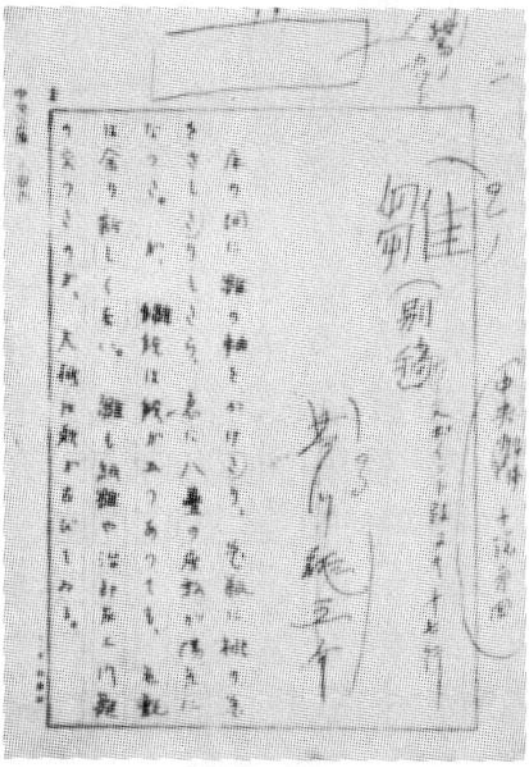

『雛』別稿

なお、編者は本書のほかに、芥川の「未発表学習『ノオト』中に、――或《あるい》は、その余白に描かれたペン画デッサン」（一六〇余点）と、未定稿「ノオト」――『役《えん》の小角《おづぬ》 断片』『椒図志異《しょうずしい》補遺―橘《たちばな》の精』『殷《いん》の小優婆塞《うばそく》』『十二歳になりぬ――彼の読書歴』の複製を、『芥川龍之介未定稿・デッサン集』（雪華社、昭和四六・七・二四）として刊行しているので、本書と併せてみなければならないであろう。

〔参考文献〕 佐藤泰正「編年史・芥川龍之介、作家以前」（『国文学』昭和四三・一二）、谷沢永一「葛巻義敏編『芥川龍之介未定稿集』」（『読売新聞』大阪版夕刊、昭和四三・三・八、のち『標識のある迷路―現代日本文学史の側面―』、関西大学出版・広報部、昭和五〇・一・一〇に収録）　（森本　修）

水上滝太郎《みなかみたきたろう》　明治二〇・一二・六～昭和一五・三・二三（一八八七～一九四〇）。小説家・評論家・劇作家。本名阿部《あべ》章蔵。東京生まれ。慶応義塾大学部理財科卒業。慶応在学中より鏡花や荷風に傾倒した。明治四四（一九一一）年、『三田文学』に「山の手の子」を書いて新進作家として注目される。卒業後ハーバード大学に留学。帰国後は父泰蔵が創設した明治生命保険相互会社に入社し、会社員と作家を兼ねた。芥川は大正六、七年のころは水上を認めていなかったが、大正八（一九一九）年には「紐育《ニューヨーク》―リヴアプウル」（『新小説』六月号）をのびのびした気持ちのよい小説と褒め、「情景倶《とも》に至る所、殆《ほとん》ど永井荷風氏以後の第一人」（『大正八年度の文芸界』）とまで高く評価した。以後二人の交友はとみに深まり、大正一四（一九二五）年には共に『泉鏡花全集』（春陽堂）の編集に心血を注いだ。芥川の『近代日本文芸読本』には水上の『昼―祭の日―』が収録されている。評論集『貝殻追放』をも芥川は愛読し、水上は昭和二（一九二七）年『三田文学』に「芥川龍之介特輯《とくしゅう》」を編んだ。　（小沢勝美）

三宅幾三郎《みやけいくさぶろう》　明治三〇・一〇・一五～昭和一六・五・一（一八九七～一九四一）。小説家・英文学者。兵庫県生まれ。東京帝国大学文学部英文科卒業。大正九（一九二〇）年、十一谷《じゅういちや》義三郎らと同人雑誌『行路』をおこし、『死へ』などを発表した。芥川は『大正九年四月の文壇』で『死へ』を「この種の同人雑誌には稀《まれ》に見る佳作である。これ程冗雑を剪《き》り去つて急所だけ鋭く捉《とら》へて行くのは、決して凡骨に出来る仕事ではない。（中略）もし氏がその素質を長養したら、文壇は恐らく遠からず、更に一人の嘱目《しょくもく》すべき青年作家を得るに相違ない。」と高く評価し、『大正九年の文芸界』では「大正八年度の下半期から九年度の文壇を見渡すと、最も人目につくものは、新進作家の輩出である。」として、岡田三郎らと共に三宅の名を挙げている。その後、三宅は『文芸時代』の同人となり、同誌に『音楽会』(大正一四・三)『かくれた原稿』(大正一五・七)『梅雨の頃』(大正一五・一二)『祖母の死』〈戯曲〉(昭和二・一)などを書いたほか、昭和二(一九二七)年五月に評論『新批評時代の翹望《ぎょうぼう》』を発表した。この論で三宅は、この二、三年傑作というべき作品が出ず、文壇は谷間にいる。この時人々は最もよく醒《さ》めねばならぬので、そのために「冷静なる批評に生きること」が必要であり、それは「うしろ向きの批評ではなく、本来に対して、何等《なんら》かを生むべき批評でなくてはならない」、そしてその真の批評をなすには純粋の批評家が必要であると説いた。芥川は『文芸的な、余りに文芸的な』の「三十二 批評時代」(『改造』昭和二・六・一)で、「批評や随筆の流行は即《すなは》ち創作の振はない半面を示したものである。」という言葉を取り上げて、これは佐藤春夫(『中央公論』五月号)と三宅(『文芸時代』五月号)の説であり、「両氏の議論は中《あた》つてゐるであらう。」と述べ、さらに三宅の論を取り上げ、三宅は「批評をも全々《ぜんぜん》(原)小説家の手に委《ゆだ》ねておく事は、寧《むし》ろ文学の進歩発展を渋滞させる恐れがある」と言うが、三宅の言う『真の批評家』の出現することを望むものは必《かならず》しも僕ばかりに限らないであらう。」と同感の意を述べている。三宅は小説を書く間、高知高校、次いで文化学院の教授を務めていたが、しだいに小説界から退いて、専ら英文学の翻訳に従事し、サッカレーの『虚栄の市』やブロンテの『嵐ケ丘』などの訳を残した。

（畑　実）

三宅周太郎《みやけしゅうたろう》　明治二五・七・二五〜昭和四二・二・一四(一八九二〜一九六七)。劇評家。兵庫県生まれ。大正七(一九一八)年慶応義塾大学文科卒業。在学中劇評家の地位を確立。卒業後は『時事新報』『大阪毎日』などで健筆を振るう。三宅と芥川龍之介との親交は、三宅の大学での同期生で芥川に兄事する小島政二郎とその後輩南部修太郎を介し(小島政二郎宛書簡、大正八・五・一九)深められる。『劇評一束』で己の菊五郎批評の正否を三宅に確かめようとする芥川にとって、三宅は敬愛すべき卓抜な劇評家の一人と言える。菊池寛も彼の才能を認め、第二次『演劇新潮』(文芸春秋社)の編集長に迎える。『芥川氏と南部君』での三宅は、聡明《そうめい》、細心、脆弱《ぜいじゃく》な芥川と温雅な南部との人間的親交に温かい理解の眼《め》を向けている。芥川の葬儀には接待係を務める。著作には『演劇評話』(新潮社、昭和三・三)『演劇巡礼』(中央公論社、昭和一〇・五)など多数がある。

（吉田俊彦）

宮島新三郎《みやじましんざぶろう》　明治二五・一・二八〜昭和九・二・二七(一八九二—一九三四)。英文学者・評論家。東京生まれ。大正四(一九一五)年、早稲田大学英文科卒業。大正九年早大高等学院教授となる。大正一四(一九二五)年英国に留学、昭和二(一九二七)年帰朝。のち、早大文学部教授となった。芥川龍之介は『大正八年度の文芸界』で、新進気鋭の批評家として宮島新三郎の名を、西宮藤朝《にしみやとうちょう》と共に挙げているが、同時に彼らが往年小宮豊隆《とよたか》が文壇に臨んでいたほどの権威を持っていないと評している。彼らの評論は、文壇の大勢に影響すべく、余りに低調子たるを免れ得ないというのである。一方、宮島新三郎は「芥川氏の『藪《やぶ》の中』その他」において、芥川の今日までの芸術は、理知の芸術であり、秩序の芸術であり、メカニズムの芸術であったが、今度の『藪の中』はある程度まではオルガニズムの作品、情緒の作品、複雑な作品となっていると評した。そして盗人に手ごめにされた後における女の心理的動揺を分析している。さらに「芥川龍之介―その一面観―」で、理知の芸術云々《うんぬん》を繰り返し、芥川が芸術至上主義を捨てて、書斎から街頭・巷《ちまた》へ出ることを希望している。宮島は『大正文学十四講』(大洋社、昭和一三・三)で、芥川の小説を総体的に論じている。

（森山重雄）

明星《みょうじょう》　文芸雑誌。第一次は新詩社の機関誌で、与謝野鉄幹が明治三三(一九〇〇)年四月から同四一(一九〇八)年一一月まで一〇〇冊刊行。第二次は明星発行所から大正一〇(一九二一)年一一月から昭和二(一九二七)年四月まで四八冊刊行。第三次は昭和二二(一九四七)年五月から同二四（一九四九）年一〇月まで明星会から一六冊を与謝野光が刊行。右のうち、芥川のかかわったのは第二次。森鷗外・永井荷風・木下杢《もく》太郎《たろう》・佐藤春夫・堀口大学・与謝野寛（鉄幹）・晶子らに伍して寄稿した。第一巻第三号（大正一一・一）に『本の事』（「各国演劇史」「天路歴程」「Byronの詩」「かげ草」）、第四巻第三号（大正一二・九）に『洞庭舟中』、第六巻第三号（大正一四・三）に『越びと』などである。与謝野晶子宛書簡（大正一四・二・一四）で、芥川が「この手紙と同封して旋頭歌を少々御覧に入れます。御採用下さるのならば明星におのせ下さい。」として送ったのが『越びと』であった。（石丸　久）

妙な話《みょうなはなし》　小説。大正一〇（一九二一）年一月一日発行の雑誌『現代』に発表。『夜来の花』（新潮社、大正一〇・三・一四）、『奇怪な再会』（金星堂、大正一一・一〇・二五）に収録。諸本に異同はほとんどない。ある冬の夜「私」は銀座で旧友の村上に会い神経衰弱だったという彼の妹の千枝子に関する妙な話を聞く。夫が欧州戦役に出征し便りも途絶えたころ、友に会うと言って出た千枝子は中央停車場で変な赤帽に会う。彼は夫の安否を問い私が会ってきましょうと言う。はっと気付いたときその姿はなく、帰宅後彼女は熱を出しうわ言を言う。一月後にも同様のことがあり、突然停車場のどこからか声がして夫の右腕負傷のこと、来月帰国の由《よし》を言う。そばにはにやりと妙に笑っている赤帽を感じた。三度目の妙な話は、夫の帰国後二人で任地佐世保へ出立しようとしたときのこと。夫が赤帽の顔を見て急に変な顔をした。マルセイユのあるカフェで突然日本人の赤帽が歩み寄りなれなれしく近状を尋ねた。夫は負傷のことや帰国の件を話したがふっと気付いたときにはその姿はなかったと言う。今の赤帽はあのマルセイユの赤帽と眉《まゆ》毛一つ違っていないと言うのである。その話を聞いて「私」は思わず長い息を吐いた。それは三年前千枝子が二度までも中央停車場での自分との密会を破った上に永久に貞淑な妻でありたいという簡単な手紙をよこした訳が今夜初めて分かったからであった、というのである。この作品の前後の時期に芥川は奇怪な幻想的な趣のある作品を集中的に書いた。神秘の世界を理性で割り切ろうとしたところに無理があり「作品として何《いず》れも成功しているとはいいがたい」（吉田精一『芥川龍之介』）、「興に乗った趣向の妙しか見られない」（進藤純孝『伝記 芥川龍之介』）といった低い評価が一般的だが、この作品は『奇怪な再会』などの病的で神経的な雰囲気とは違う夢想的な飄逸《ひょういつ》な味がある。芥川の神秘趣味との関連で考察、評価すべきであろう。（篠永佳代子）

未来《みらい》　詩雑誌。第一次は季刊誌で、大正三（一九一四）年二月から六月まで二冊刊行。第二次は月刊誌で、大正四年一月から二月まで二冊刊行。第三次は月刊誌で、大正六年一月から一二月まで一二冊刊行。発行所は、東雲堂→未来社→詩文社→未来社と変遷している。発行の主旨は「在来の自然主義が我等《ら》を却《かえっ》て或《ある》狭き限定内に置き、我等の精神が自由且《かつ》自然に向《むか》はんとする方向を遮りたるに反し、此桎梏《このしっこく》中より吾人《ごじん》の精神を取《とり》返し吾人の思考吾人の生活をして更に増大せしめんとする目的」（第一次巻頭言）とある。自然主義残勢の根強い中で、小説中心の文壇風潮にあきたらない象徴芸術派の詩人・音楽家たちが、三木露風を中心に創刊。同人に後には『詩人』（新人社）に集う山宮允《さんぐうまこと》、柳沢健、西条八十《やそ》のほか川路柳虹、新城和一、増野三良、山田耕筰《こうさく》など。斬新な詩、小説、評論、戯曲、劇詩、曲譜など、掲載は多彩を極め、わが国の近代詩に大きな刺激を与えた。第二次、第三次『未来』は新人育成の場としても知られるが、芥川は千葉県一の宮の海を詠《うた》った十二首の歌『砂上遅日』を第二次『未来』に発表している。（尾形国治）

未来創刊号《みらいそうかんごう》　書評。初出『新思潮』大正三（一九一四）年四月。『未来』創刊号（東雲堂書店、大正三・二）について、「憎い程気分を捕へるのに鋭い」三木露風を第一に挙げ、ついで服部嘉香《かこう》の『雪の日』を「全体が微妙な諧調をなして顫動《てんどう》してゐる」と評価しているが、川路柳虹の口語詩には「どうしても妥協の出来ない性質を持つてゐるらしい」と言っている。
（田中保隆）

民衆《みんしゅう》　この言葉と芥川との結び付きは非常に密接である。彼は、「民衆は穏健なる保守主義者である。」（『侏儒《しゅじゅ》の言葉─民衆』）と指摘しながらも、「民衆の愚を発見するのは必ずしも誇るに足ることではない。が、我我自身も亦《また》民衆であることを発見するのは兎《と》も角《かく》も誇るに足ることである。」（『侏儒の言葉─民衆・又』）と言い切っている。また「古人は民衆を愚にすることを治国の大道に数へてゐた。」（同）として古人を批判し、さらに「シエクスピイアも、ゲエテも、李《り》太白も、近松門左衛門も滅びるであらう。しかし芸術は民衆の中に必ず種子を残してゐる。」（『侏儒の言葉（遺稿）─民衆』）ならびに「打ち下ろすハンマアのリズムを聞け。あのリズムの存する限り、芸術は永遠に滅びないであらう。」（『侏儒の言葉（遺稿）─民衆・又』）と記して芸術の創造とその種子はあくまでも民衆にあることを主張した。そしてかような民衆への真の認識から、『蜜柑』以下の諸作品で貧しく、あたたかい民衆像が描かれたのであった。
（久保田芳太郎）

む

貉《むじな》　小品。大正六（一九一七）年三月一一日の『読売新聞』に発表。第一短編小説集『羅生門』（阿蘭陀《オランダ》書房、大正六・五・二三）に収録。四〇〇字詰原稿用紙で六枚ほどの小品。人を化かすと信じられている貉について考証をしながら、人間の内面に生き続ける想像力や信仰の美しさや強さを訴えようとしたもの。芥川はここでまず『日本書紀』の記述から「推古天皇の三十五年春二月」「陸奥《みちのく》で始めて、貉が人に化けた。」という事実をひき出し、「人に化けたにしろ、人に比《まじ》つたにしろ、人並に唄《うた》を歌つた事だけは事実らしい。」と述べる。そして次に貉が人に化けたり、人を化かすようになった起源を彼が創造したロマンティックな話に求めていく。それは陸奥の汐汲《しおく》み娘と汐焼き男との恋愛譚《たん》である。娘には母がいるため、夜ごとに訪ねてくる男にはなかなか逢《あ》えない。待ちくたびれた男は寂しさのあまり海辺で唄を歌う。その唄を聞きつけた母に娘はあれは人ではなく貉だと嘘《うそ》をついてごまかす。それがきっかけとなりうわさは広がり、唄声を聞いたという人も数多くなっていく。ついには娘自身も唄声と貉の足跡に直面するのである。こうした話のあと、芥川は貉が化かすようになったのではなく、化かすと信ぜられるようになったのだと結論を下す。そして、この結論を一般化し、「すべてあると云ふ事は、畢竟《ひっきゃう》するに唯あると信ずる事にすぎないのではないか。」と論を発展させる。そして人の心に生き続けるそうしたものを信じ、その命ずるままに生きようではないかと読者に呼びかけるのである。芥川自身は江口渙《かん》が「芥川君の作品」（『東京日日新聞』大正六・六・二九〜三〇）で絶賛したのに対し、彼への書簡（大正六・六・三〇）で「少し褒めすぎてます殊に『貉』なんぞは下らないものですよ」と卑下しているが、事実よりも想像や信仰の力によって人間の内部に生き続けるものを信じたいとする芥川の思想はここに明らかに示されている。
（山田有策）

武者小路実篤《むしゃのこうじさねあつ》　明治一八・五・一二〜昭和五一・四・九（一八八五〜一九七六）。小説家・劇作家・随筆家・詩人・画家。東京生まれ。学習院を経て、東京帝国大学文科大学社会学科中退。明治四三（一九一〇）年雑誌『白樺』を志賀直哉らと創刊し、人道主義を掲げて反自然主義運動を展開、「白樺」派の思想的リーダーとして活躍し、大正前期における「白樺」派の文壇支配に貢献するとともに同時代に大きな影響を与えた。芥川も武者小路に影響を受けた一人で、その登場を「文壇の天窓を開け放つて、爽《さはやか》な空気を入れた」(『あの頃の自分の事』)と記し、また「久しく自然主義の淤泥《をでい》にまみれて、本来の面目を失してゐた人道《ユウマニテエ》が、あのエマヲのクリストの如く『日昃《かたぶ》きて暮に及』んだ文壇に再《ふたたび》姿を現した時、如何《いか》に我々は氏と共に、『われらが心熱《もゑ》し』事を感じたらう。」(同前)と述べているが、注意すべきは芥川の武者小路評価は作家としてのそれよりも思想家としての評価に重心があることである。　（鷺　只雄）

無政府主義者《むせいふしゆぎしや》　無政府主義を奉ずる人。アナーキスト(anarchist)。無政府主義とは一切の権力による支配を否定して、個人の完全な自由・自律性が保証された理想的な社会を実現しようとする近代の政治思想の一つ。芥川が小説『彼』の中で触れてもいるバクーニンが、マルクスと対立せざるをえなかったのも、社会主義における国家的神話の再生に反対し、国家(権力)のいかなる役割をも認めまいとしたためである。わが国で最初にアナーキズムを唱えたのは幸徳秋水であり、議会主義を否定し、直接行動を唱えた。これを引き継いだのが大杉栄である。芥川は『文芸的な、余りに文芸的な』の「十　厭世主義」で、「如何なる社会組織のもとにあつても、我々人間の苦しみは救い難い」と書いたのに続けて、「アナキストの世界となつても、畢竟《ひつきやう》我々人間は我々人間であることにより、到底幸福に終始することは出来ない。」と書いている。アナーキズムを含め主義や制度への懐疑・不信は根深いものがあった。　（島田昭男）

村田孜郎《むらたしろう》　生年未詳〜昭和二〇(?〜一九四五)。ジャーナリスト。佐賀県生まれ。佐賀の旧藩主龍造寺氏の一門村田家の人。上海《シャンハイ》の東亜同文書院卒業。のち大阪毎日新聞社に入社、東京日日新聞社東亜課長、読売新聞社東亜部長等を歴任した。昭和一六(一九四一)年二月、読売新聞社退職。戦後、上海で客死。『支那《シナ》の左翼戦線』(万里閣書房、昭和五)、『解説　北支に関する日支関係條約』(学芸社、昭和一〇)等の著書のほか、将介石『百千万民衆に訴ふ』(河出書房、昭和一二)などの中国関係の訳書も多くある。芥川は大正一〇(一九二一)年三月から七月まで、大阪毎日新聞社の海外視察員として中国に派遣されたが、その折「案内役に同行した、村田烏江君」と『江南游記《ゆうき》』(『大阪毎日新聞』朝刊、大正一一・一・一〜二・一三)にあるごとく、同社の上海支局長だった村田に各地を案内されている。ほかに『上海游記』(同前、大正一〇・八・一七〜九・一二)や、当時の芥川書簡にも村田の名は多く見える。　（栗栖真人）

室生犀星《むろうさいせい》　明治二二・八・一〜昭和三七・三・二六(一八八九〜一九六二)。詩人・小説家。本名照道。石川県生まれ。高等小学校中退。初めは『愛の詩集』(感情詩社、大正七・一・一)『抒情小曲集』(感情詩社、大正七・七・九)などの詩人として出発し、やがて『幼年時代』(『中央公論』大正八・八)『性に眼覚《めざ》める頃』(『中央公論』大正八・一〇)で小説に転じ、不幸な生い立ちをエネルギー源として『あにいもうと』(『文芸春秋』昭和九・七)をはじめ長編『杏《あんず》つ子』(新潮社、昭和三二・一〇・二〇)『かげろふの日記遺文』(講談社、昭和三四・一一・二八)など多くの作品を残した。芥川とは大正七(一九一八)年一月の日夏耿之介《こうのすけ》の詩集『転身の頌《しよう》』の会で初めて会い、同じ田端《たばた》に住んでいたこともあって親交が深まって行った。知的な都会派、感覚的な野性派というように対照的な二人は以後お互いにいい意味で刺激と影響を与え合うことになる。特に犀星は出会いの当初からこの三歳年少の花形作家に劣等感を抱いていたらしく「自分は芥川君と会ふ毎に最初の五分間は毎時《いつ》も圧迫を感じてゐた。」(『芥川龍之介氏を憶《おも》ふ』、『文芸春秋』昭和三・七)と述べている。散文への移行も芥川の影響を無視できない。芥川の方も『出来上つた人』で「室生は大袈裟《げさ》に形容すれば、日星河岳前にあり、室生犀星茲《ここ》にありと傍若無人に尻《しり》を据ゑてゐる。」(『日本詩人』大正一四・一)とその分裂や矛盾を知らぬ自然人のような強さに羨望《せんぼう》に近いものを感じていたようである。また、早くか

室生犀星（大正末年ごろ）

ら芥川の彫心鏤骨《るこつ》の創作態度に敬服していた犀星は、芥川の自殺に衝撃を受け、「此《こ》の友の死後、窃《ひそ》かに文章を丹念する誓《ちかい》を感じ、それを自ら生活の上に実行した。」（『芥川龍之介氏を憶ふ』）と言っているように、その死を契機に濫作による文学的危機を克服して行く。犀星には『芥川龍之介の人と作』（『新潮』昭和二・七）のような優れた芥川論の他に、芥川をモデルにした小説『青い猿』（『都新聞』昭和六・六・一一〜八・二二）もある。

（東郷克美）

室賀文武《むろがふみたけ》　明治二・九・二七〜昭和二四・二・一三（一八六九〜一九四九）。俳人。号は春城。恒藤恭《つねとうきょう》『旧友芥川龍之介』（朝日新聞社、昭和二四・八・一〇）に引用された芥川夫人の手紙に「主人も変り者の室賀さんを『文さん、文さん』と家に来る方々のうちでも最も善良の人だと申しては、時の過ぎるのも忘れてお話を致して居りました。」とある人物。『歯車』（『赤光』の「或《ある》老人」のモデル。晩年の龍之介にキリスト者として影響を与えた。生涯を独身で過ごす。山口県玖珂《くが》郡室木村字礎崎（現、岩国市）の農家の次男として生まれる。「小学校すら卒業して居ませぬ。」と言っているが、明治二五（一八九二）年に上京するまで数年間、小学校で教えている。政治家を目指して上京し、同じ長州出身の龍之介の実父新原敏三《にいはらとしぞう》が経営する耕牧舎に勤め、牛乳搾《しぼ》りや配達をしながら苦学する。生後間もない龍之介の子守りなどもしている。しかし、二八年には、政治家、政界の腐敗に失望し夢を捨て、キリスト教に救いを求めた。耕牧舎を辞すとともに行商生活に入った（この間、矢内原忠雄によれば辻待《つじまち》車夫もしたらしい）。その生活ぶりを、芥川は「車をひいて、雑貨類を商つて歩く。」「月々の衣食に資するだけの金を得れば、その月の行商はそれで休んでしまふ。」（『「春城句集」の序』）、「はた目には石鹸《せっけん》や歯磨きを売る行商だつた。しかし武さんは飯さへ食へれば、滅多に荷を背負つて出かけたことはなかつた。」（『素描三題』）と書いている。室賀は、食べられるだけの小銭がたまれば仕事を休み、トルストイや『蕪村《ぶそん》句集講義』を読んだり、聖書の筆写をして日々を過ごしている。キリスト教入信の経緯は、『素描三題』によれば、二八歳で接近し、二人のキリスト教文学者を経て内村鑑三に出会い信仰に導かれた。ただ、『第二春城句集』（昭和一〇・五・一五）の「自序」によれば、「三〇年近く基督《キリスト》教を奉じて来た」とあり、さらに、矢内原忠雄は内村鑑三に入門したのは室賀と同じ年としている。すなわち、芥川によれば、明治二九（一八九六）年ごろ、「自序」によれば三九（一九〇六）年ごろ、矢内原によれば四五（一九一二）年となる。いずれにせよ、政界への道を断念し、耕牧舎を辞し、キリスト教に近づき、最終的に内村の門下となり熱心な無教会主義のキリスト者となったのである。耕牧舎を辞した室賀と芥川のかかわりはいったん切れるが、明治四五年ごろ二人は再会しその関係は芥川の自裁までひそかに続く。悠々《ゆうゆう》自適の信仰生活を送っていた室賀であるが、大正八（一九一九）年横浜から銀座に移った米国聖書協会に入社する。協会の建物を守る人が必要となり、そこで淀橋《よどばし》集会に欠かさず出席していた彼を内村が推薦したのである。室賀は住み込みで、建物の管理、荷造り発送に携わった。聖書協会時代も、従来の生活ぶりと変わらず、読書や句作に精進し、食生活も質素で築地青果市場からの野菜屑で済ますことも多かった。三五、六歳ごろから、父寛助の影響もあり句作を始め、大正六（一九一七）年には句集出版を計画した。その『春城句集』の「序」を芥川に依頼した。が、出版は出版社と折り合わず、結局、四年後の一〇（一九二一）年一〇月に警声社から出版された。この際も、芥川は久米正雄に題句を依頼するなど無名の俳人のために骨折っている。関東大震災時には、建物を守るために、室賀は自分の財産を灰にした。震災後、聖書協会は移転（現、教文館ビルの場所）するが、室賀のもとに芥川が週二、三回の割で訪ねている。『歯車』（「赤光」）の「或聖書会社の屋根裏」とは、移転後の協会の二階の部屋を指す。一五（一九二六）年には、芥川の依頼により改訳聖書を送っている（『西方の人』に引用されているのは元訳聖書であり、この聖書ではない）。このころからキリスト教に強い関心を示しだした芥川に彼は内村の『宗教と現世』『感想十年』などの著作を貸与して入信を勧めている。最期まで室賀の話に芥川は耳を傾け、自裁一〇日前にもキリスト教について熱心に語り合っている。芥川自裁後も芥川家に出入りし、残された家族の話し相手になっている。昭和七（一九三二）年には聖書協会を辞し、土地を求め貯えた金で一九（一九四四）年まで田園調布で細々と生活している。この間、八年暮れに、米国移民法や米国政府の日本人政策に抗議して、当時の大統領ルーズベルトに、内村の全集の英文二巻を添えて手紙を書いている。そして、秘書を通しての返信を受けている。一九年末、郷里岩国の生家、さらに大牟田の甥《おい》の家と転々とした後、二二（一九四七）年七月岩国市の門前養育院に入る。そこで、二四年二月一三日、老衰により死亡。行年八〇歳。

〔**参考文献**〕宮坂覺「芥川龍之介と室賀文武—『芥川龍之介とキリスト教』論への一視点—」（『国文学論集』昭和四六・一二）（宮坂　覺）

耕牧舎の宣伝誌『牛乳の用法』

め

明暗《めいあん》　夏目漱石《そうせき》の小説。大正五（一九一六）年五月二六日〜一二月一四日『朝日新聞』連載、未完。翌六年一月「漱石遺著」として岩波書店刊。漱石最晩年の作で絶筆であり、人間心理の追求と則天去私との関連において問題にされる大作。芥川は、大正五年一〇月一一日と推定される田端《たばた》から井川恭《きょう》宛書簡で、「『明暗』はうまい　少しうますぎるくらいだ　ポオルハイゼやセルマラアゲレフがノオベル賞金をもらふんなら夏目さんだつて貰《もら》ふ価値は十分あるね」と書

『明暗』の表紙

いている。漱石が『明暗』執筆中、千葉県一の宮の芥川、久米両名にあてて書いた手紙（大正五・八・二一、八・二四、九・一）は、当時の漱石の心境を示すとともに、若い世代に期待する漱石の温かさを示すものとして有名だが、「絶えず必然に、底力強く進歩して行かれた夏目先生を思ふと、自分の意気地のないのが恥《はづか》しい。心から恥しい。」（『校正の后《のち》に』、『新思潮』大正六・一・一）と書いた芥川は、『明暗』の持つ緻《ち》密《みつ》な、しかも堂々たる底力に圧倒されたのだろう。

（井上百合子）

明治座《めいじざ》　東京都中央区浜町にある劇場。明治六（一八七三）年四月二八日、喜昇座として創立。久松座、千歳座《ちとせざ》、日本橋座の名を経て、同二六（一八九三）年一一月、明治座と改称。伊井蓉《よう》峰《ほう》・河合《かわい》武雄らの後援を受け、初・二世市川左団次の新歌舞伎《かぶき》を上演。その後、新派、新国劇も公演。芥川龍之介には歌舞伎座・市村座評とともに『九年一月明治座評』（初出未詳）『九年十一月明治座評』（『東京日日新聞』大正九・一一・一三）がある。

（栗栖真人）

明治文芸に就いて《めいじぶんげいについて》　文末に「（大正十四年十月）」と執筆年月が記されているが、生前未発表のもので、『芥川龍之介全集』（全八巻、岩波書店、昭和二・一一〜四・二）別冊に収録された。普及版『芥川龍之介全集』（全一〇巻、岩波書店、昭和九・一〇〜一〇・八）第六巻では文末に「（遺稿）」とある。小文ではあるが、全九節に分かって、明治の作家たち（斎藤緑雨、幸田露伴、泉鏡花、樋口一葉、森田思軒、福地桜痴、坪内逍遙、饗庭《あえば》篁村《こうそん》、正岡子規ら）に対する芥川龍之介の大胆な評価が示されている。緑雨については、批評家、小説家としてはとるに足りないが、文章家としては紅葉、一葉に次ぐものとし、鏡花についてはその「古今独歩の才」を高く評価している。一葉については、その文章を「渠《きよ》成つて水自ら至るの妙あり。」とたたえ、また思軒の翻訳小説が明治の文章に与えた影響の大きさを指摘する一方、露伴については、紅葉と並べて明治の両大家とみなす誤りの甚しきを言い、「文章亦遥《またはる》かに紅葉の下にあり。」としている。さらに桜痴、逍遙はすでに過去の人と一蹴し、篁村は沈み、子規は昇らんとするなどの評価を下している。全体としてその評価は文章の優劣によっているのだが、日本の文章の発達は幾多の先達たる天才の苦心によって成ったものとして、「紅葉、露伴、一葉、美妙、蘇峰《そほう》、樗牛《ちょぎゅう》、子規、漱石、鷗外、逍遙」らの名をひとしなみに挙げている『文部省の仮名遣改定案について』（『改造』大正一四・三）とは異なり、実に直截《ちょくせつ》な評価を示したものとなっている。ただ、「批評家緑雨は読むに足らず。」「露伴は唯古今の書を読み、和漢の事に通ぜるのみ。」「憐《あはれ》むべし、老桜痴。更に憐むべし、老逍遙。」といった「神経のささくれだった二、三の言辞」（谷沢永一）が見いだされるのも事実であるが、『近代日本文芸読本』（全五集、興文社、大正一四・一一・八）の編纂《さん》に苦心をきわめていたこの時期の芥川がもらした本音として興深いものとなっている。

（大塚　博）

メーテルリンク（マアテルリンク）《めーてるりんく》　Maurice Maeterlinck　一八六二・八・二九〜一九四九・五・六。ベルギーの詩人・劇作家。特に『青い鳥』は有名。芥川は府立三中卒業直後に『青い鳥』に言及し、「単なる御伽《おとぎ》芝居でなくシムボリカルな所の多い」（山本喜誉司宛、明治四三・四・二三）ことを指摘している。一高入学後も『青い鳥』を繰り返し読み、「二百四十頁を二日で読ンだのだから NO よむ気になつたンだから面白さがしれると思ふ　芝居も見たくなつちやつた」（山本宛、明治四五・四・一三《推定》）という熱中ぶりを示す。そして、東大時代には、メーテルリンクの戯曲について「全体の統一を破らない為《ため》には注意と云ふ注意を悉《ことごとく》払つてある戯曲だ　美と云ふものに対して最《もつとも》注意ぶかい最敏感な作者のかいた戯曲だ　それでゐておそろしい程EFFECTがある」（井川恭《きょう》宛、大正三・三・一九）と述べ、構成面に注意を払って考えるようになっていく。

（斉藤英雄）

メリメエ《めりめえ》　メリメ。Prosper Mérimée　一八〇三・九・二八〜一八七〇・九・二三。フランスの小説家・歴史家・考古学者・言語学者。諧謔《かいぎゃく》と機知の文章に優れ、ロマンチックで情熱的な事件を冷淡で簡潔な文体でもって描く。著作には『コロンバ』『カルメン』、書簡集『未知の女への手紙』などがある。このメリメを芥川は『文芸的な、余りに文芸的な―十八 メリメエの書簡集』で「ロマン主義者」と呼び、さらに同文章でメリメの書簡とその中の小話を取り上げて「かう云ふ話はそれ自身小説になつてゐないかも知れない。しかしモオテイフを捉《とら》へれば、小説になる可能性を持つてゐる。（中略）僕はメリメエの書簡集の中に彼の落ち穂を見出《いだ》した時、しみじみかう感ぜずにはゐられなかつた」と物語作家としてのメリメの才能に触れ、またやはり『文芸的な、余りに文芸的な』の「二十九 再び谷崎潤一郎氏に答ふ」では、メリメの、「僕等《ら》は僕等自身の短所を語るものではない。僕等自身語らずとも他人は必ず語ってくれるものである。」との警句を引用している。さらにまた、彼はほかでもしばしばメリメとその文学に言及していて、メリメを好んだ。その彼から芥川は多分に影響を受けたのであった。

（久保田芳太郎）

メリメ（デヴェリア筆）

メレジュコウスキイ めれじゅこうすきー メレジコフスキー。Dmitirii Sergeevich Merezhkovskii 一八六六・八・一四〜一九四一・一二・九。ロシアの詩人・小説家・批評家。初め実証主義哲学に親しむが、やがて生来の神秘主義的傾向から宗教的色彩を強め、霊肉の矛盾相克を主題とする作品を書く。第一巻『背教者ユリアヌス―神々の死―』（一八九六）、第二巻『レオナルド・ダ・ヴィンチ―神々の復活―』（一九〇一〜一九〇二）、第三巻『ピョートルとアレクセイ―反キリスト者―』からなる三部作『キリストと反キリスト』はその代表作で、ことに第二巻はレオナルドを中心にイタリア・ルネッサンス時代を生き生きと描き、その英訳本“The Forerunner”は藤村をはじめ多くの人々に多大の興味と関心を呼びおこした。芥川も書簡（井川恭《きょう》宛、大正二・一〇・一七）で触れている。のちの『地獄変』に大きな影響を与えたという島田謹二「芥川龍之介とロシア小説」（『比較文学研究』昭和四三・一〇）の報告がある。

（佐々木雅発）

MENSURA ZOILI めんすらぞいり 小説。大正六（一九一七）年一月一日発行の第四次『新潮』に発表。第二短編集『煙草と悪魔《たばこ》』（新潮社、大正六・一一）に収録するに際し、三か所を加除修正した。末尾の「（五・十一・二十三）」は初出の脱稿年月日。作中の「僕」は作者自身。「僕」は船のサロンらしい一室でテーブルをはさんで妙な男と向かい合っている。その男は長髪、口ひげが濃く、あごの四角な、度の強そうな近眼鏡をかけ、一見して芸術家風情。先ほどから新聞を読んでいるが、退屈そうである。男は僕のすすめた西洋酒は飲まずに、もう船旅は飽きあきしたと言う。この船は慣例としてゾイリア共和国の港に寄港すると男が言うが、「僕」はそんな国があるとは全く知らなかった。もともとこの国は蛙《かえる》の国であったが、パラス・アテネが蛙を人間にしてやったのだそうだ。驚くべき高度な文明国で、最近はMENSURA ZOILIという価値測定器が考案されて評判を呼んでいる。この測定器は、書物や絵をそれにのせると直ちにその価値が数字に明示される重宝なものだ。男はゾイリア日報を読みながら、「僕」の質問に応じて記事を紹介し、久米の『銀貨』や「僕」の『煙管《きせる》』などは低い点数をつけられている作品だと告げる。最高価値の傑作と測定されている作品はモーパッサンの『女の一生』である。ゾイリア共和国ではこの器械を専ら外国から輸入する芸術作品に用い、自国のそれに使用することは法律で禁じられていると聞いて、「僕」は馬鹿らしくなった。そのとき、突如、船が何物かに衝突し、大音響で「僕」は昼寝の夢を破られた。――以上、作品のあらましである。後年の『河童《かっぱ》』の発想と類似する、しかしはるかに単純構造の寓意《ぐうい》小説である。この作品には同時代批評がなく、以後においてもまともに評価されたことがない。多彩な芥川文学における知られざる片隅にある作品であると言わなければならない。つとに吉田精一に「『不思議な鏡』『沈黙の塔』或《あるい》は『ルパルナスアムビュラン』等の如き、鷗外の諷刺《ふうし》小説の系統にあつて、才の遊びともいふべき作品」(『芥川龍之介』昭和一七・一二)という文学史的視界でとらえた指摘があったが、ほかには見るべき評価がない。作家は自作への批評に無関心ではあり得ない。批評の自立性はともあれ、作家は納得のいく正当な批評を望んでいる。もしも自作への批評が不当で作者の意図が少しも推察されておらぬ場合には、作家はいら立って批評(家)不信に陥ったり、その憤激をむき出しにしたりする。志賀直哉における『白い線』(『世界』昭和三一・三)問題がその顕著な一例である。『鼻』によって夏目漱石の絶賛を得た芥川も、文壇登竜後まもないころにすでに毀誉《きよ》交々《こもごも》の評言にさらされて神経を労していた。仮空の夢に託したこの作品には、そういう芥川の鬱屈《うっくつ》気味の批評への違和感が脈打っており、「才の遊び」として片付けられない要素がある。「校正の后《のち》に」(『新思潮』大正五・一一)の作家・批評家の批評における作家優位説、井川(恒藤《つねとう》)恭《きょう》宛書簡(大正五・一〇・一一)に見られる批評家軽視説と言える芥川の心情が、この短編執筆のモチーフであることは否みがたい。松岡譲宛葉書(大正六・一〇・三〇)には「今後新聞雑誌の文芸批評は一切縁を切つてよまない事にするつもりだ　あれを読んで幾分でも影響をうけないには余りに僕は弱すぎるから。」と書くに至ったくらいに、芥川は批評家の裁断批評・印象批評に傷ついていたのである。余りにも多いまやかしの批評に業をにやして、性急に、苦笑とともにゾイリア共和国の価値測定器のごときものの空想に逃げこみ、相対的であらざるを得ない権威なき批評の横行を尻《しり》目にかけようとしたのである。小手しらべの感もあるが、批評不信の根は深い。

〔**参考文献**〕文学批評の会編「芥川龍之介主要作品ノート」(『批評と研究・芥川龍之介』芳賀書店、昭和四七・一一・一五)　(山田昭夫)

も

妄問妄答《もうもんもうとう》　⇨**野人生計事**《やじんせいけいのこと》

毛利先生《もうりせんせい》　小説。大正八(一九一九)年一月一日発行の雑誌『新潮』第三〇巻第一号に発表。のち『傀儡師《かいらいし》』(新潮社、大正八・一・一五)、『戯作三昧《げさくざんまい》』(春陽堂、大正一〇・九・八)に収録。初出以下の諸本に大きな異同は見られない。物語は、五つの場面から成っているが、大きく三段に分けられる。第一段は、歳晩のある暮れ方、自分が友人の批評家から聞いた毛利先生の追憶を以下に掲げるという導入の部分である。第二段は、臨時に嘱託されてある府立中学へ英語を教えに来た毛利先生の様子を、生徒であった批評家の目を通して記した、追憶の部分である。それは、就任当日の午後の授業時間、三、四日経たある昼の休憩時間、さらに一週間とたたないある朝の授業時間の、三つの場面から成っている。先生は、背が低く禿《は》げ頭で、古色蒼《そう》然《ぜん》たるモオニング・コオトに派手な紫の襟飾《ネクタイ》を結んでいる。しかも、英語の学力が低く、授業中には惨澹《さんたん》たる訳読の悪闘を展開する。このため、生徒や他教師たちに、侮蔑《ぶべつ》の情を起こさせているのだった。第三段は、七、八年後批評家がある光景を見て感動に圧せられたことを記した、結末の部分である。批評家は、あるカッフェに入って、一人の客の姿に驚かされる。わが毛利先生が、給仕たちに英語を教えて、説明にあきる様子がない。給仕たちも「皆熱心な眼《め》を輝かせて、目白押しに肩を合《あは》せながら、慌しい先生の説明におとなしく耳を傾けてゐる。」給仕頭に聞くと、老朽の先生は雇ってくれるところもなく、給仕たちに無償で英語を教えるために来て、コーヒー一杯で一晩中座りこむのだという。それを聞いた批評家は、「もし生《うま》れながらの教育家と云ふものがあるとしたら、先生は実にそれであらう。」と思い「昔、自分たちが、先生の誠意を疑つて、生活の為《ため》と嘲《あざけ》つたのも、今となつては心から赤面の外はない誤謬《ごびう》であつた。」と考え「泣いて好《よ》いか笑つて好いか、わからないやうな感動に圧せられながら」そうそうカッフェの外へ出た——というのである。発表当時、片上伸《のぶる》は、「作者の心が中学の三年級あたりで毛利先生をいぢめた時分から、何程も離れてゐないやうである」と評し、里見弴は、「今までの傾向と多少異つてゐ」て、「或《ある》身動きを示すものだ」と評した。里見の評に対し、芥川は「私は唯私の今までのフィイルドを広くしたいのです」(南部修太郎宛、大正八・二・四)と述べている。一方、竹内真は、「一見ユーモアに見ゆるが著しく real に悲痛にさへ見える」と言い、片上伸の先の批評を「甚だしく誤評であらう」と言う。なぜなら、「泣いて好いか笑つて好いか、わからないやうな」悲痛が、この一編を物した作者の心であり、しかも、毛利先生は、相変わらず金切り声をふりたてて、熱心な給仕たちにまだ英語を教えている。「これ程の悲痛があるであろうか」「かゝる一篇の real が次の時代に一段と加えられて行つた」と、竹内は言うのである。これに対し吉田精一は、「何よりも作者の心が、憐《あは》れむべき老主人公の心にぢかにふれ合つてゐないことが、読後に冷たい感触を残す。時代遅れの老先生に人間的な親愛をつとめて感じようとしながら、しかし一面作者が黒幕のかげにかくれて、他人のことをわらつてゐる趣《おもむ》きを脱し得ない」と言い、先の片上伸の批評を「その意味で酷評ではない」と断じている。その後進藤純孝は、この作を「追憶物」と称し「芥川の感傷癖を解放する、制作の上での一種の生理的な欲求に直接してゐる」として「心弱りの生理的欲求が、人生の塵《ちり》にまみれぬ少年と、人生の垢《あか》にまみれた果てに傷《いた》ましく生きてゐる老人へと、この両極に感傷の筆を誘ふといふことは、不思議ではない。少年にも老人にも、油ぎつた人生の塵は、いまだ、あるひはすでに、降りそそぎはしないので、その透明に作者の筆は心安らかに憩ふことができるからである」と結論している。けだし芥川は、毛利先生の行動にある種の意義を発見し、そこで感傷的に憩おうとしているかに見える。

〔**参考文献**〕竹内真『芥川龍之介の研究』(大同館書店、昭和九・二・八)、吉田精一『芥川龍之介』(三省堂、昭和一七・一二・二〇)、進藤純孝『芥川龍之介』(河出書房新社、昭和三九・一一・二五)

(山内祥史)

モオパッサン《もーぱっさん》 Henri René Albert Guy de Maupassant 一八五〇・八・五〜一八九三・七・六。フランスの小説家。フローベールの弟子で、ゾラなどとともに自然主義文学を代表する作家。処女作『脂肪の塊』で世に認められたが、『女の一生』はトルストイも賞辞を呈し、その名声は世界的となった。一〇年間の作家生活の間に長編小説六編、短編小説約三〇〇編、その他戯曲、紀行を著した。生涯、独身を通したが、多数の婦人関係はあった。晩年に発狂、自殺を企てた。芥川がモーパッサンに接したのは語学の勉強のためだった。『私の文壇に出るまで』に「中学から高等学校時代にかけて」「当時の自然主義運動によって日本に流行したツルゲーネフ、イブセン、モウパッサンなどを出鱈目《でたらめ》に読み猟《あさ》つた。」とある。しかし、東大生のころは友人に「僕はモオパッサンをよんで感心した　この人の恐るべき天才は自然派

モーパッサン

の作家の中で匹儔《ひっちゅう》のない鋭さを持つてゐると思ふ」「モオパッサンは事象をありのままに見るのみではない　ありのまゝ《ママ》に観じ得た人間を憎む可《べ》きは憎み　愛す可きは愛してゐる。その点で万人に不関心な冷然たる先生のフロオベエルとは大分ちがふ。une vie の中の女なぞにはあふるるばかりの愛が注いである。」（井川恭《きょう》宛、大正五・三・二四）と書いて相当の理解を示した。「ギイ・ド・モオパスサンと云ふ作家だがね。少《すくな》くとも外に真似《まね》手のない、犀利《さいり》な観察眼を具《そな》へた作家だ。」（『山鴫《やましぎ》』）という一文もある。ところが、「嫌ひな方は誰かと云ふと、モオパスサンが大嫌ひだつた。自分は仏蘭西《フランス》語でも稽古する目的の外は、彼を読んでよかつたと思つた事は一度もない。」（『あの頃の自分の事』別稿）と述べ、「ド・モオパスサンは、敬服しても嫌ひだつた。（今でも二三の作品は、やはり読むと不快な気がする。）」（『仏蘭西文学と僕』）と語って、否定的評価を与えてもいる。複雑なモーパッサン理解がうかがわれる。

（森　英二）

木曜会《もくようかい》　夏目漱石の自宅で毎週木曜日に開かれた集会の名称。芥川も漱石晩年の約一年間、この会に出席した。松岡譲によると千駄木の「猫」の家での月一回の文章会が、その始まりであったという。明治四〇（一九〇七）年九月二九日、漱石一家は牛込《うしごめ》区早稲田南町七番地（現、新宿区）へ転居する。そして毎週木曜日が面会日とされ、小宮豊隆《とよたか》・野上豊一郎・森田草平・鈴木三重吉・寺田寅彦《とらひこ》・松根東洋城らが集まり、漱石を中心としたサロンを形成するようになっていく。当日は早い者は午後から、多くは夕方から夜にかけて山房に集まり、漱石を囲んで自由で内容豊かな談話が交わされるのが常であった。門下生の多くは本郷方面に住んでおり、山房を辞するのは、毎度夜半に近かったという。芥川は大学在学中の大正四（一九一五）年一一月、仏文科の岡田（のち林原）耕三の手引きで、久米正雄とともに木曜会に出席した。以後約一年、仲間の松岡譲も加わって、彼ら三人は毎週木曜日の夜を待ちかねて山房通いをする。彼らは毎回漱石の人格的魅力に圧倒され、幾分興奮しながら帰るのが常であった。そのころは木曜会の十年選手であった小宮豊隆・森田草平らの足が遠のき、彼らはすぐにこの会の花形的存在となっていく。当時の木曜会の他のメンバーには、江口渙《かん》・岡田耕三・岡栄一郎・松浦嘉一《かいち》・池崎忠孝らがいた。すでに『羅生門』（『帝国文学』大正四・一一）を発表してはいたものの、漱石との出会いは芥川の創作熱をいっそう高める機縁となり、やがて第四次『新思潮』での活躍が始まるのである。木曜会の席上では、しばしば第四次『新思潮』に載った芥川・久米・松岡・菊池寛らの作品が話題となった。木曜会は若き日の芥川の文学道場であったと言えよう。大正五（一九一六）年一二月九日の漱石の死とともに木曜会は終わる。そして翌六年の一月九日から、毎月の九日に山房に木曜会関係者が集まるようになり、それは「九日会」と呼ばれた。

（関口安義）

本是山中人　愛説山中話《もとこれさんちゅうのひと　とくことをあいすさんちゅうのわ》　『禅林句集』（東陽英朝禅師所集）中の五言対句。『介石録』には「已過山中人　且説山中話」とあったのを鼓山《こざん》和尚が『普燈録』でこのように書き改めた。なお、芥川の蔵書（日本近代文学館）には『増補首書禅林句集』（京都・一切経印房、明治二七・一二・二〇発行）があり、これを彼は読んだものと考えられる。ところで芥川はつね日ごろ、この文句を座右のものとして愛唱し、大正六（一九一七）年六月二七日の出版記念会「羅生門の会」でもレストランの主人の求めに応じてこの文句を書いた。その模様を佐藤春夫は、「会の終《をはり》に此《この》家の主人が稍ゝ《せうせう》大きな画帳を持ち出して芥川に記念の揮毫《きがう》を求めた。芥川は『本是山中人』の五字を六朝まがひの余り上手でない字で書いた。」（『芥川龍之介を憶《おも》ふ』）と記している。また沖本常吉は『芥川龍之介以前—本是山中人—』（東洋図書出版株式会社、昭和五二・五・二〇）で、この文句を芥川が好んだ由来を実父新原敏三《にいはらとしぞう》の出身地山口県に求めている。

（久保田芳太郎）

桃太郎《ももたろう》　小説。大正一三（一九二四）年七月一日発行の『サンデー毎日』夏期特別号に発表。のち辰野隆《たつのゆたか》・山本有三・豊島与志雄《とよしま》・山田珠樹《たまき》編纂《さん》の『白葡萄《ぶどう》』（春陽堂、大正一四・一二・一）に収録された。この作品はおとぎ話の「桃太郎」を作者一流の視点からパロディー化したもので、六節からなる。まず「むかし、むかし、大むかし、或《ある》深い山の奥に大きい桃の木が一本あつた」と書き出され、枝は雲の上にひろがり、根は大地の底の黄泉《よみ》の国に及ぶという大きな桃の木が紹介される。「この木は世界の夜明《あけ》以来、一万年に一度花を開き、一万年に一度実をつけてゐた。」と言い、その実は核《たね》のあるところに赤子を一人ずつはらんでいたが、ある日、一羽の八咫鴉《やたがらす》がその実を一つ谷川へついばみ落とした。桃から生まれた桃太郎が鬼が島の征伐を思い立ったのは、おじいさんやおばあさんのように山だの川だの畑だのへ仕事へ出るのがいやだったからである。この腕白ものに愛想をつかしていた老人夫婦は、一刻も早く追い出したいばかりに桃太郎の言う通り出陣の支度をしてやった。意気揚々と鬼が島征伐の途に上った桃太郎は、途中、「所詮《しょせん》持たぬものは持つたものゝ意志に服従する」ように半分のきび団子を餌食《えじき》に犬や猿や雉《きじ》を家来とした。鬼が島は世間の思っているような岩山ばかりではない。椰子《やし》のそびえたり、極楽鳥のさえずったりする絶海の孤島であった。こうした美しい天然の楽土に生をうけた鬼は平和を愛していた。が、桃太郎はこういう罪もない鬼に、理由もなく「建国以来の恐ろしさ」を与えたのである。そしてこの物語は再び人間の知らない山奥に無数の実をつけた桃の木を描き、「あゝ、未来の天才はまだそれらの実の中に何人《なんにん》とも知らず眠つてゐる。……」と結ばれる。これは『かちかち山』『教訓談』『猿蟹《かに》合戦』などと同じ作品系譜に属し、おとぎ話を読み換えることによって、そこに隠された人間の理不尽な欲望とエゴイズムを剔抉《てっけつ》した作品である。

（千葉俊二）

モリエエル《もりえーる》　Molière　一六二二・一・一五〜一六七三・二・一七。フランスの劇作家。人間の心理に根ざした鋭い風刺劇、風俗喜劇で有名。父は宮廷お抱えの室内装飾者だったが、彼は父の職業を放棄して演劇の道を選び、長い苦難時代を経て、六二年、ルイ一四世の前で『女房学校』を上演し大成功を収めた。この芝居は非宗教的で背徳的だとして非難され、彼は『女房学校批判』を上演して答えた。論争は結果的に喜劇を正統な文学形式の位置に高める役割を果たした。その後『人間嫌い』などの代表作がある。病気や夫婦間の不和、財政問題等に悩まされ、晩年は恵まれていなかった。しかし芥川はそうした「奸妻《かんさい》に悩まされ、病肺《びょうはい》に苦しまされ」る苦労があっても、「作者と俳優と劇場監督と三役《みやく》の繁務」に追われながらも、「活動的な、情熱のある自己」と「冷酷《れいこく》な、観察的な自己」を同時に生き得た彼は「比類の少《すくな》い幸福者である」（『点心—嘲魔《ちょうま》』）と述べ、その特異な理知と才能を評価している。

（細川正義）

森鷗外《もりおうがい》　文久二・一・一九、新暦二・一七〜大正一一・七・九（一八六二〜一九二二）。小説家・翻訳家・劇作家・評論家・陸軍軍医。芥川龍之介が影響をうけた文学者。本名林太郎。別号鷗外漁史・千朶《せんだ》山房主人・観潮楼主人など。石見《いわみ》国（現、島根県）津和野生まれ。明治一四（一八八一）年、第一大学区医学校（東大医学部の前身）卒業。明治一七（一八八四）年から二一（一八八八）年までドイツに留学する。翌二二年八月、『しがらみ草紙』を創刊し、以後活発な文学活動に入る。代表作は小説に『舞姫』（明治二三）『雁《がん》』（明治四四〜大正二）『阿部一族』（大正二）『渋江抽斎』（大正五）など、翻訳に『即興詩人』（明治三五刊）『ファウスト』（大正二刊）『諸国物語』（大正四刊）

などがある。日本近代文学における夏目漱石と並ぶ文豪。官人として陸軍軍医総監、陸軍省軍医局長を務め、さらに帝室博物館総長兼図書頭《ずしよのかみ》、帝国美術院長、臨時国語調査会長などを務めた。芥川は大正二（一九一三）年八月一九日付広瀬雄《たけし》宛書簡で、「鷗外先生の『分身』『走馬灯』『意地』『十人十話』などよみ候《さうらふ》皆面白く候へども分身中の『不思議な鏡』走馬灯中の『百物語』『心中』『藤鞆絵《ふじともえ》』意地の『佐橋甚五郎』『阿部一族』十人十話の『独身者の死』最面白く中でも『意地』の一巻を何度もよみかへし候」（傍点筆者以下同じ。）と述べている。恐らく鷗外の歴史小説集『意地』（籾山《もみやま》書店、大正二・六）無くして、芥川の『尾形了斎覚え書』『忠義』『古千屋』は生まれなかったであろう。しかし、両者の〈歴史〉に対する態度は両極に在ると言ってよい。そのことは、鷗外の『歴史其《その》儘《まま》と歴史離れ』と芥川の『「昔」』と対比すれば明瞭《めいりよう》である。鷗外が事実を重んじ、歴史の内面的法則に迫ろうとしたのに対して、芥川は歴史を寓意《ぐうい》化、比喩《ひゆ》化し、主観的思想の具象化、象徴化に努めた。両者の〈歴史〉に対する距離は、結局小説の方法の相違であった。芥川は三中時代から「夏目さんのもの、森さんのものも大抵皆読んでゐる。」（『小説を書き出したのは友人の煽動に負ふ所が多い』）と言うごとく、漱石や鷗外を愛読していた。芥川は『二人の友』において、「僕は一高へはひつた時、福間先生に独逸《ドイツ》語を学んだ。福間先生は鷗外先生の『二人の友』の中のF君である」と記している。久米正雄と恒藤《つねとう》恭《きよう》を配し、諧謔《かいぎやく》に富んだ福間博を点描し、鷗外が描くF君とはおのずと異なった一面をとらえている。もちろん、芥川の表題は鷗外の『二人の友』からの借用であることは言うまでもない。さらに一高時代、久米正雄、石田幹之助、恒藤恭と連れ立って、横浜のゲイティ座に英人アラン・ウイルキイ一座の演じる『サロメ』を見物した。大正元（一九一二）年一一月のことである。年老いた女優の扮《ふん》したサロメを見詰めているうち、「老いたる猶太《ユダヤ》の王女」、それは「サロメではない。あれは『即興詩人』のアヌンチヤタである。少《すく》なくともアヌンチヤタの姉妹である」と『Gaity 座の「サロメ」』に印象を記している。落魄《らくはく》の歌姫アヌンチャタが登場する「末路」の章とオーバーラップさせている。そして「或《ある》夏の夜、まだ文科大学の学生なりしが、友人山宮允《さんぐうまこと》君と、観潮楼へ参りし事あり。森先生は白きシヤツに白き兵士の袴《はかま》をつけられしと記憶す。膝《ひざ》の上に小さき令息をのせられつつ、仏蘭西《フランス》の小説、支那《シナ》の戯曲の話などせられたり。話の中《うち》、西廂《せいそう》記と琵琶《びは》記とを間違へ居られし為《ため》、先生も時には間違はるる事あるを知り、反《かへ》つて親しみを増せし事あり。」（『森先生』）と記している。これは大正三（一九一四）年のことである。

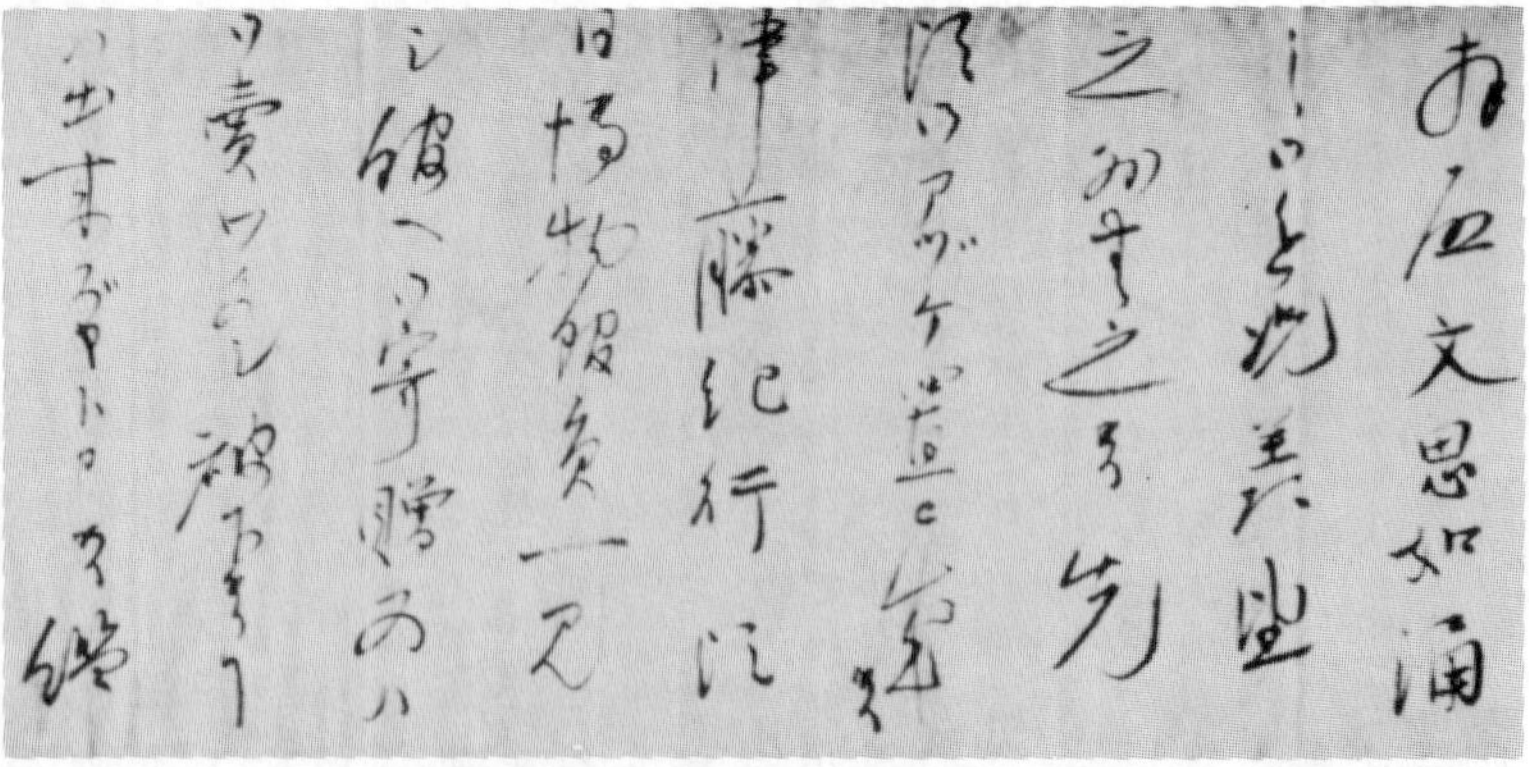

森鷗外の芥川宛書簡（大正８年１月29日付）

このような記事にも芥川の鷗外に対する親炙《しんしゃ》がうかがわれる。次に、具体的に芥川の鷗外作品評について述べる。大正二（一九一三）年一一月一日付の原善一郎宛書簡における短編小説評価や、江口渙《かん》宛に「この間又山椒大夫をよんでしみじみ鷗外先生の大手腕に敬服しました僕は二度よんで始めてうまさに徹する事が出来たのですあのうまさはとても群衆にはわからないでせうああいふ所まではいりこまなくつちや駄目ですねえ」（大正六・三・九）と記している。また、近松秋江の作品評の中で「その箇にして要を得てゐることは故森鷗外先生の『里芋の芽と不動の目』の筆致に近い」（『近松さんの本格小説』）と言い、さらに南條勝代宛には「森先生の『黄金杯』『顔』『ソクラテスの死』などと言ふ翻訳もよんでごらんなさい」（大正一四・一一・一四）とも言っている。翻訳・評論集『かげ草』に寄せる思い（『本の事』）に注目したい。しかし、鷗外のスタイルを高く評価している芥川にとって、鷗外の翻訳小説集『諸国物語』こそ、『意地』とともに両者をつなぐ血脈である。『諸国物語』こそレアリスム文学と異なり、物語性の色濃い諸国話である。『尼』『橋の下』『猿』『アンドレアス・タアマイエルが遺書』の芥川文学への影響は、諸家の指摘の通りである。しかし、晩年になると芥川の鷗外評は厳しくなる。「明星に観潮楼主人の奈良五十首が出てゐるのを読みましたか五十首とも大抵まづいですね」（渡辺庫輔《くらすけ》宛大正一一・一・一三）と言い、同年六月二日付小島政二郎宛に「近日森鷗外先生におめにかかり度《たく》事情有之《これあり》候へども一人参るは少々又閉口する事情も有之」と報じてもいる。鷗外の『馬琴日記鈔《せう》の後に書く』を取り上げ、先王の道を信ずることが出来た馬琴を幸福だとする鷗外評に、「僕は馬琴も亦《また》先王の道などを信じてゐなかつたと思つてゐる。」（『徳川末期の文芸』）と冷厳に見ている。さらに、『文芸的な、余りに文芸的な』の「十三　森先生」において、「先生の短歌や発句は何か一つ微妙なものを失つてゐる。」と言い、それ故に「巧は即《すなは》ち巧であるものの、不思議にも僕等《ら》に迫つて来ない。」と記している。そして「この微妙なものは先生の戯曲や小説にもやはり鋒芒《ほうぼう》を露《あら》はしてゐない。」と言い切る。そして「森先生は僕等のやうに神経質に生まれついてゐなかつた」人であり、「詩人よりも何か他のものだつた」に違いないという厳しい評価を下している。芥川の初期の高い鷗外評価から晩年の否定的評価への変貌は、芥川の文学観の変容とパラレルになっているのではあるまいか。初期のエキゾチックでテーマの明確さから、晩年の懐疑・焦燥・動揺の中で『「話」らしい話のない小説』への渇望と無関係ではあるまい。

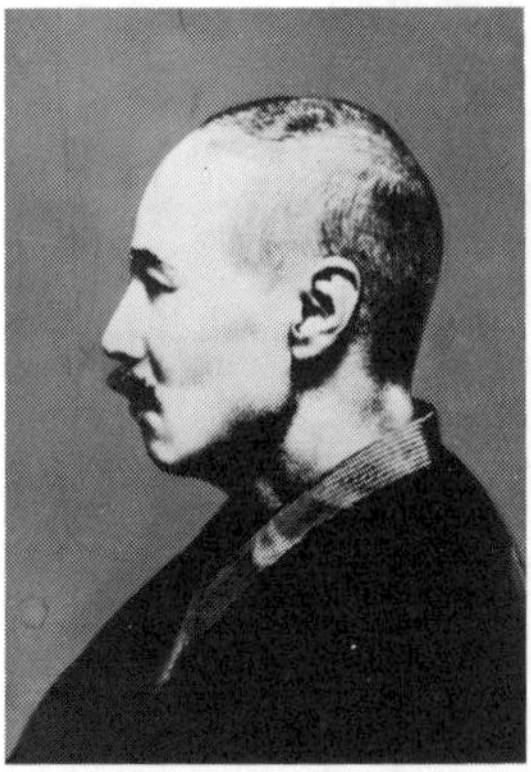
森　鷗　外

〔参考文献〕稲垣達郎「歴史小説家としての芥川龍之介」（大正文学研究会編『芥川龍之介研究』河出書房、昭和一七・七・五）、成瀬正勝「芥川と鷗外」―歴史小説を中心として―（『明治大正文学研究』第一四号、昭和二九・一〇）、小堀桂一郎「芥川龍之介の出発と『諸国物語』」（『森鷗外の世界』講談社、昭和四六・五・八）、遠藤祐「漱石・鷗外と龍之介」（『解釈と鑑賞』昭和四九・八）鷺只雄「芥川龍之介と漱石・鷗外」（一冊の講座『芥川龍之介』有精堂、昭和五七・七・一〇）

（山崎一穎）

森田草平《もりたそうへい》　明治一四・三・一九（戸籍は二二日）～昭和二四・一二・一四（一八八一～一九四九）。小説家。本名米松。岐阜県生まれ。明治三九（一九〇六）年東京帝国大学文科大学英文科卒業。芥川龍之介よりも早くからの漱石門下生。代表作に『煤煙』（『東京朝日新聞』明治四二・一・一～五・一六）、『輪廻《りんね》』（『女性』大正一二・一〇～一四・一二）、『夏目漱石』（甲鳥書林、昭和一七・九・二〇）、『続夏目漱石』（甲鳥書林、昭和一八・一一・一〇）がある。芥川は大正六（一九一七）年五月七日の松岡譲宛書簡で、草平の武者小路実篤『その妹』についての批評を「名言だと思ふ」と言い、同年六月一〇日の江口渙《かん》宛書簡では、草平と和辻哲郎《わつじてつろう》との論争に「可成《かなり》興味があります」と書いている。草平は「六文人の横顔」（『文芸春秋』昭和七・九）で、芥川の恐怖病や、「作家と境遇」（『帝国大学新聞』昭和八・四・一七）で、芥川がガーネット夫人訳『戦争と平和』を二日二晩で読み通した話や、『噂《うわさ》は飛ぶ』（『大阪朝日新聞』昭和九・一一・一三）で「芥川の〈龍〉」について書いている。

（浦西和彦）


文部省の仮名遣改定案について《もんぶしょうのかなづかいかいていあんについて》　評論。大正一四（一九二五）年三月一日発行の雑誌『改造』に発表。前年の大正一三（一九二四）年一二月に臨時国語調査会によって定められた仮名遣改定案に対して痛烈な批判をあびせたもの。臨時国語調査会は大正一〇（一九二一）年五月に文部省に設置され、初代会長を森鷗外、次いで上田万年を会長とした。主として常用漢字表・仮名遣改定案・字体整理案などを定める役割を果たし、後に国語審議会に発展した。ここで問題となった仮名遣改定案は発音的仮名遣を原則として認めたものだが、これに対して直ちに国語学者山田孝雄は『明星』（大正一四・二）で学問的立場から激しい批判を展開した。また同号では木下杢太郎《もくたろう》、石井柏亭、与謝野寛、晶子、竹友藻風の五人も『仮名遣改定案抗議』を掲げて批判の立場を明示した。これらの批判の延長上に芥川もまた筆を執ったのである。芥川はまず改定の根拠が不分明だと鋭く指摘する。もちろん国語調査会は「繁を省ける」「便宜」を根拠としているのだが、芥川は改定案に従えば例えば「常々小面《づら》憎い葉茶屋《はちゃや》の亭主」などは「つねずねこずら憎い葉じや屋の亭主」と書かざるを得なくなるではないかと具体例を挙げて反論し、そうした改定は結果として「日本語の堕落」をもたらし「理性の尊厳を失はしむる」に過ぎないと結論する。だから、それを無視して「簡を尊ぶ」のは「土蛮の生殖器を尊ぶ」ようなもので、『明星』同人は調査会の委員を「便宜主義者」とか「新しがり」と批判したが、むしろ彼らは本質的には「不便宜主義者」で「原始文明主義者」に過ぎないと激しい口調で罵倒《ばとう》している。芥川はここで明治以降の「言語上の暗黒時代」に苦闘した多くの文学者たちの営みを想起しているわけで、彼らの努力によって「我《わが》日本の文章」が築かれてきているという認識とその延長上にたたずむ自らの自負とがこうした激しい批判となって現れたと言えよう。

（山田有策）

や

矢島楫子《やじまかじこ》　天保四・四・二四〜大正一四・六・一六（一八三三〜一九二五）。熊本県生まれ。徳富蘇峰・徳冨蘆花の叔母。夫の酒乱に耐えかねて離婚し、明治五（一八七二）年上京、教員伝習所に学び、教師になる。一二（一八七九）年、受洗。翌年、キリスト教主義による進歩的な桜井女学校の校長を任され、前任校の新栄女学校との合併により、二二（一八八九）年、女子学院を創立し、大正三（一九一四）年まで院長を務め、女子教育に尽力した。一方、明治一九（一八八六）年には東京婦人矯風会を設立して会長となり、二六（一八九三）年には、それを発展させて日本基督《キリスト》教婦人矯風会を組織し、以後三五年間会頭を務めた。そこでは、とくに禁酒・廃娼・廃妾、ならびに婦人参政権獲得の運動を進め、婦人の地位の向上のために貢献した。芥川は、随筆『雑筆』の「奇聞」で、電車の中で男に足を踏み返された老婦人が、車中の人に演説して訴え、男に謝らせた出来事を記し、「その老婦人は矢島楫子女子か何かの子分ならん。」と述べている。

（吉田正信）

矢代幸雄《やしろゆきお》　明治二三・一一・五〜昭和五〇・五・二五（一八九〇〜一九七五）。美術評論家。芥川の大学時代の先輩・友人。神奈川県生まれ。早くから水彩画を学ぶ。英語にも秀で、一高を経て東京帝国大学文科大学英文科卒業。大正二（一九一三）年、大学二年生のとき第七回文展に水彩画が入選、評判となった。芥川は矢代幸雄の一級下だが、矢代の同級に山宮允《さんぐうまこと》がおり畔柳芥舟《くろやなぎかいしゅう》との関係も共通にあったため、二人の交友が生じた。芥川の名が何回か見える矢代の自伝『私の美術遍歴』（岩波書店、昭和四九・九）に、当時大学の教員の休講が多く学生たちが待ちぼうけを食わされることもあり、「学生もまたそれをよいことにして、雑談したり、庭に寝転びに行ったり、お茶を飲みに行ったりした。かくして私は一級下の芥川龍之介や成瀬正一《せいいち》などと仲良くなったりした」とある。四年夏に芥川は矢代と横浜三溪園の庭を訪れたりしている（原善一郎宛書簡、大正五・一〇・三一参照。原善一郎は二人の共通の友人で原三溪の長男）。また、「成瀬久米とパウリスタへゆく。（中略）矢代をとふ。」（大正五・一・二九の『手帳』）、「ジャン・クリストフは矢代君が横浜から来て　ミケルアンジェロやトルストイの一《（ママ）》しよに持つて行つてしまつた」（井川恭《きょう》宛、大正四・六・二九）ともあり、二人の交友の一端が知れる。矢代幸雄は四年に世紀末芸術を論じた論文を書き英文科を首席で卒業、東京美術学校講師に抜擢《ばってき》されるが、そうした秀才ぶりに芥川は技癢《ぎよう》を感じた可能性もある。友人への書簡中で、「矢代君」「矢代」「矢代氏」と呼称が揺れているからである。その後二人の交友は続かなかったようで、矢代宛書簡も残されておらず、二人がお互いについて詳しく記した文章は無い。共通の文化情況にありながら二人の感受性は全く違う方向に分かれたわけで、早熟型の芥川と大器晩成型の矢代の業績は好対照をなす。一〇（一九二一）年からの欧州留学の成果 *"Sandro Botticelli"* Medici Society, 1925 を刊行して世界的に知られた矢代は、その後も『日本美術の特質』（岩波書店、昭和一八・四、のち第二版、昭和四〇・八）など着実な歩みを見せた。

（中島国彦）

野人生計事《やじんせいけいのこと》　随筆。大正一三（一九二四）年一月六、一三日発行の雑誌『サンデー毎日』第三年第二、三号に発表した三編。第二随筆集『百艸《ひゃくそう》』（新潮社、大正一三・九・一七）に収録。なお、その際大正一一（一九二二）年一一月から同一三年六月にかけて、『新潮』『女性』『時事新報』『新小説』『中央公論』『随筆』『改造』などの雑誌に発表した一五編をまとめて『続野人生計事』と題してあわせて収録した。昭和三（一九二八）年の岩波版全集では、正続をあわせて構成し、項目に若干の異同・脱落がある。初出と初版の間に一部字句の異同がある作品もある。正編「一　清閑」冒頭に、李九齢の七絶「乱山堆裡結茅廬　已共紅塵跡漸疎　莫問野人生計事　窓前流水枕前書」を引き、古来随筆は清閑の所産であり、感慨を述べたもの、異聞を録したもの、考証を試みたもの、芸術的小品、の四種類がある。どれも作者の興味の対象であったり、思想・学問に裏打ちされたもので、多少の清閑を得た所に書かれたものであるが、そのためには金を超越しなければならない。が、現在では清閑を得ないために、手っとり早い随筆を書き飛ばす、と書いた作者は、「二　室生犀星」では、犀星の陶器愛好の鑑賞眼の確かさを述べ、その庭作りについて書いているが、つくばいにしたたる水が胴に穴をあけたバケツから出ていることを指摘して、金のない人間の風流の裏側を示した。「三　キュウピッド」では、作者が浅草で特に好んだ見世物小屋の中の、あるオペラの楽屋の廊下で見た、キューピッドに扮した少女たちの中の一人が失恋のためにしおれていることを描いて、華やかな舞台の背後にある現実の冷酷さに触れ、野人の風流・清閑の背後にも常に生活ということが押し寄せていることを示そうとしている。続編では、男の口説きの最中に放屁《ほうひ》して男から逃れた女のことを書いた、中戸川吉二の小説と『宇治拾遺物語』の話とに触れた「放屁」。「紋服を着た西洋人」のように滑稽《こっけい》な、日本のような西洋のような、妙にとんちんかんな作品『女と影』を書いて、西洋晩近《ばんきん》の芸術に対する日本人の鑑賞力に疑惑を持つフランス大使が、一方では能の舞台を見ながら欠伸《あくび》をしていたことを書いた「女と影」(原題『女と影』読後)。日本文学に新しい感覚描写、新しい抒情詩を与えたが、新しい人生の見方や道徳を与えなかったために、余り高く評価されていないようだが、それは合理主義者の横行する文壇のためであるとした「ピエル・ロティの死」。新緑の有様を植物の対話で綴った「新緑の庭」。世俗的な生活に生きる人々の姿を味わいながらする散歩のひとときを描いた「春の日のさした往来をぶらぶら一人歩いてゐる」。仕事を終わった後の風物に詩趣を見ている「霜夜」。蒐集《しゆうしゆう》家の情熱には同情なり敬意なりを感じながら、「集めたいと云ふ気持に余り快哉《かいさい》を感ぜぬのである。或《あるい》は集めんとする気組みに倦怠《けんたい》を感じ」ることを書いた「蒐集」。このようなことに興味を感じる自分の書いた作品に、法外に安い原稿料しか払わない雑誌社のあることを指摘し、それは知己料を差し引いたためだろうと久米正雄に言わせた「知己料」。著作権の問題を究明し、併せて小説の戯曲化についての当否を論じた「小説の戯曲化」。どのような人間にも芸術的衝動があり、それが無意識のうちに人々を動かすことを指摘した「妄問妄答」。単なる文人趣味とは異なった芸術的感動の存在を示す「梅花に対する感情」。具体的な存在であった乞食や奇傑をモデルにしたと言われた作品について書いた「暗合」。コレラにまつわるさまざまな逸話を記し、「僕はコレラでは死にたくない」と述べた「コレラ」。長崎の叙景を軽く点描した「長崎」。周辺に住む人々の好みを思いながら、「紫檀《したん》の机の前に、一本八銭の葉巻を啣《くは》へながら、一游亭《いちゆうてい》の鶏の画《ゑ》を眺め」ている自己を描いた「東京田端《たばた》」。これらを並べ、一応正・続編を首尾一貫させている。これらはいずれも「清閑を得ない為《ため》に」書き飛ばしたものと言えるのだろうが、どれも豊富な知識に基づいた芥川独特の見方、考え方、冷笑的な態度で貫かれている。「もし幾分でも面白かつたとすれば、それは作者たる僕自身の偉い為と思つて頂きたい。もし又面白くなかつたとしたら——それは僕に責任のない時代の罪だと思つて頂きたい。」(「清閑」)と書いた、芥川龍之介の自信を持った作品である。なお、新全集では『続野人生計事』としてまとめずに、それぞれ独立した作品として扱っている。

(片岡　哲)

安井曾太郎《やすいそうたろう》　明治二一・五・一七〜昭和三〇・一二・一四(一八八八〜一九五五)。画家。京都市生まれ。浅井忠、鹿子木孟郎《かのこぎたけしろう》に教えを受け、明治四〇(一九〇七)年渡仏してアカデミー・ジュリアンに入る。大正三(一九一四)年帰国して滞欧作を二科展に発表して注目をあびる。昭和に入って風景画や静物画にも個性味を出し近代的センスのあふれた造型美を樹立する。『黒き髪の女』『金蓉《きんよう》』『画室にて』など有名。また装丁挿画の仕事も多く残す。昭和二七(一九五二)年文化勲章受章。芥川は江口渙《かん》宛書簡で「今日二科会及《および》院展を見たり悪歌三首を以《もつ》て恭しく江口大人の粲正《さんせい》に供す」として「安井君の女／ふくだめる脾腹《ひばら》の肉のうごかずば命生けりと誰《たれ》か見るべき(倣《ならう》斎藤茂吉調)」(大正六・九・二三)など詠んでいる。また『我鬼窟《がきくつ》日録』の「九月廿五日」(大正八)に「午後院展と二科とを見る。安井曾太郎氏の女の画《ゑ》に敬服する。」とある。『夏目先生』の中で「安井曾太郎の画を見て、先生は細かさが丁度俺《おれ》に似て居ると言はれた。」とか、『東京小品』の「漱石山房の秋」のところで「西側の壁には安井曾太郎氏の油絵の風景画」がかけてあったと記している。

(菊地　弘)

安成貞雄《やすなりさだお》　明治一八・四・二〜大正一三・七・二三(一八八五〜一九二四)。評論家。秋田県生まれ。大館中学を経て、明治四一(一九〇八)年早稲田大学英文科卒業。在学中、『平民新聞』を読んで社会主義思想の洗礼を受け、白柳秀湖《しらやなぎしゆうこ》らと「火《か》鞭《べん》会」を結成。平民社に出入りし、終生の友となった荒畑寒村らと一時期社会運動にも加わったが、のち記者として新聞、雑誌社を転々としながら文筆に専念した。博学多識をもって聞こえ、その仮借ない論鋒《ろんぽう》と、正確な語学力による誤訳指摘とは文壇から畏怖されたが、一方酒を嗜《たしな》み〈高等幇間《ほうかん》〉と自称するなど、自嘲的な身振りで生涯を独身で通し、大正文壇の奇人としての名をほしいままにした。赤ら顔と濃いひげの剃《そ》りあとの青さの対照の妙から、大逆事件で刑死した管野須賀子は、彼にトマトのニック・ネームを奉った。著作には評論集『文壇与太話』、翻訳ウイルヘルム・マイヤー『地球の生滅』その他がある。芥川が安成の名前を初めて記憶にとどめたのは中学五年のときで、アナトール・フランスの英訳本を彼の紹介（『早稲田文学』誌上）で知ったことによる。芥川の師とも呼ぶべきこの仏国の文豪との出会いについて、芥川自身『仏蘭西《フランス》文学と僕』（『中央文学』大正一二・二）で「安成貞雄君が書いた紹介があつたものだから、それを読むとすぐに丸善へ行つて買つて来た」と回顧している。後年、文壇交際《づきあい》も生じた間柄だが、その死に際して芥川は、彼の弟で生活派の歌人としても知られる安成二郎宛に丁重な弔文を送り、その中で「小生少々教《をしえ》を請ひたい事があり、お目にかかりたいと思つてゐた際でしたから、一層御訃音に動かされました。」（大正一三・八・二五、全集未収録）と書いている。安成二郎はほかにも、芥川が「今の文壇に貞雄君ほどの人はゐなからう」と言って故人に賛辞を呈したことや、刊行予定の『安成貞雄遺稿集』（未刊に終わった）への感想文の執筆を快諾してくれたことなどのエピソードを伝えている。（福田久賀男）

保吉の手帳から《やすきちのてちょうから》

小説。大正一二（一九二三）年五月一日発行の雑誌『改造』第五巻第五号に『保吉の手帳』と題して発表された。『黄雀風《こうじゃくふう》』（新潮社、大正一三・七・一八）収録時に「保吉の手帳から」と改題、筑摩、岩波版全集所収のものをも含めて、その後は以上の題名に従っている。初出冒頭には、「堀川保吉は東京の人である。二十五歳から二十七歳迄《まで》、或《ある》地方の海軍の学校に二年ばかり奉職した。以下数篇の小品はこの間の見聞を録したものである。保吉の手帳と題したのは実際小さいノート・ブックに、その時時の見聞を書きとめて置いたからに外ならない。」とある。芥川は、大正五（一九一六）年一二月から二年間、横須賀の海軍機関学校嘱託教官として過ごしている。冒頭の文章が指し示しているようにこの作品は、機関学校在職当時の自己の経験に取材したもので、その成立事情については小穴《おあな》隆一宛書簡（大正一二・四・一三）での「君の自画像の向《むか》うを張り、僕も自画像を描いたれど自信はあまりなし」との言葉からも推定されるように、機関学校教官時代のいわゆる「不愉快な二重生活」に材をとったものである。通称「保吉もの」と言われている作品の第一作で、歴史ないしは虚構小説を本領としてきた芥川にとってはやや異質な作品として注目された。堀川保吉を共通の主人公にみすえ、海軍機関学校教官時代の日常を挿話ふうに語った作品であるが、その構成は「わん」「西洋人」「午休《ひる》み」「恥」「勇ましい守衛」の五つの挿話から成立し、いずれも芥川独特のイロニイで裏打ちされたコント風の「私小説」である。しかし、「私小説」といっても「恥」を除けば、いずれも「私生活の事件を撰択する作家の眼《め》が優先」し、作者による「モチーフのさきどり」が前提となっているのが特徴である。したがって、主人公保吉の目に映ずるそれぞれの対象は作者芥川の「実生活」の断片として存在するわけではない。ある一定の物語の枠の中で意識的に選択された客観的世界である。例えば同じ学校の武官（主計官）のレストランでの行為を叙した場面や外人教官との対話の場面、あるいはまた大浦という守衛についての挿話など、いわゆるここに描かれた世界はいずれも主人公保吉の目に映じた、あるいは経験した日常風景である。作者芥川の実生活上の断片というよりも、むしろ保吉の授業ぶりを叙した「恥」の一コマにあっても、一見いかにも私小説風である。にもかかわらず、当時の芥川の精神風景とは重なりがたい部分がある。「自意識が気取りとなってつきまとっている」（吉田精一）ばかりでなく、実は、当時の教え子によって伝えられている芥川の実際の教授ぶりとはかなり隔たっているのである。『お時儀』（大正一二・九）『あばばば』（大正一二・一二）『文章』（大正一三・三）『少年』（大正一三・四）など、いわゆる「保吉もの」の第一作としておおいに注目されたが、私小説としての価値認定においては当初からそれほど高いものではなかった。「超越者の余裕から生まれた批評精神」を認め、歴史小説の延長線上に位置づけようとした和田繁二郎の評（『芥川龍之介』創元社）や、「歴史小説の基本を多く逸脱していない」との評（三好行雄『芥川龍之介』筑摩書房）が指し示しているように、描かれたその「自画像」は、諧謔《かいぎゃく》、機知、戯画化といった作者の種種の想念、方法にゆだねられた芥川ならぬ保吉自身のそれであったと言える。

〔**参考文献**〕荒木巍「保吉物に連関して」（大正文学研究会編『芥川龍之介研究』河出書房、昭和一七・七・五）、吉田精一『芥川龍之介』（三省堂、昭和一七・一二・二〇）、和田繁二郎『芥川龍之介』（創元社、昭和三一・三・二五）、駒尺喜美『芥川龍之介の世界』（法政大学出版局、昭和四二・四・五）、三好行雄『芥川龍之介論』（筑摩書房、昭和五一・九・三〇）

（石阪幹将）

保吉もの《やすきちもの》　『保吉の手帳から』の初出（『保吉の手帳』大正一二・五）の冒頭には、「堀川保吉は東京の人である。二十五歳から二十七歳迄《まで》、或《ある》地方の海軍の学校に二年ばかり奉職した。以下数篇の小品はこの間の見聞を録したものである。保吉の手帳と題したのは実際小さいノート・ブックに、その時時の見聞を書きとめて置いたからに外ならない。」（初刊本『黄雀風《こうじゃくふう》』では削除）という前文がある。ここからも明らかなように、保吉とは、大正五（一九一六）年一二月から八（一九一九）年三月までの二年余の間、横須賀海軍機関学校の英語の嘱託教官を務めた芥川の分身であり、「保吉もの」とは、『魚河岸《うおがし》』『保吉の手帳から』『お時儀』『あばばば』『或恋愛小説』『文章』『寒さ』『少年』『十円札』『早春』など、保吉が登場する短編小説群の総称である。かつて「人工の翼」で虚構美の世界を飛翔《ひしょう》し、「誰が御苦労にも恥ぢ入りたいことを告白小説などに作るものか」（『澄江堂《ちょうこうどう》雑記』）と告白を拒否してきた芥川は、大正八年ごろから『あの頃の自分の事』という追憶物や、『蜜柑《みかん》』『秋』など身辺の現実生活に取材した作品を書き始めている。これは『邪宗門』の挫折《ざせつ》後、『龍』を書いたところに作風のマンネリ化による「自動作用」で「芸術家としての死に瀕《ひん》した」（『芸術その他』）状態にあったことと関係があろう。そしていよいよ大正一二（一九二三）年には『二人小町』を最後に、芸術至上的な王朝物から現代小説へ、しかも私小説的作風へと移行していくが、その過程に位置するのが「保吉もの」であり、いわば過渡的

大正六年一一月、第26回海軍機関学校卒業式
（前から二列目向かって右より二人目芥川）

作品群とも言えよう。この創作方法の屈折を、題材の払底、体力の衰え、同時代の私小説への傾斜などによるとするのが大方の見方のようだが、そこに「方法の斬新を試み」（菊地弘）ようとする意識的な芸術家の志向がなかったとは言えまい。芥川は小穴《おあな》隆一宛書簡（大正一二・四・一三）に、「君の自画像の向《むか》うを張り、僕も自画像を描いた」と述べているが、いわゆる自然主義的私小説のように突きつめた自己の客観化・小説化によるものではなかった。久米正雄が『保吉の手帳』について、「ところどころ妙にひねるところがいけないね。素直でないところがいけない」（『新潮』合評、大正一二・六）と評したのは、同時代の一般的評価であり、概して「保吉もの」は不評であった。確かに、強い自意識が一種のポーズとなって作者の素顔は隠されており、「私」を対象としながら虚構の枠を出ていないが、風刺の利いたコント風の手法には独自の味わいもある。単に、保吉＝芥川という認識にとらわれることなく、作品そのものに立ち入って「保吉もの」を見直す余地はあるだろう。「保吉もの」とはいえ、『早春』のように保吉が脇《わき》役にすぎない作品がある一方、「保吉もの」ではないが、『トロッコ』『沼地』『蜜柑』のような「保吉もの」の先蹤《せんしょう》的作品や、『子供の病気』『文《ふみ》放古《ほご》』など内容上から「保吉もの」と同系統とみなされる同時期の作品が周辺に存在することも注目したい。『保吉の手帳から』をはじめ、ほとんどの「保吉もの」が海軍機関学校時代の保吉を素材としている中で、『少年』は保吉の四歳から八、九歳ごろまでの回想である。すでに三〇歳を過ぎた芥川における数年前の断片的な「私」から、「娑婆苦《しゃばく》」を知らない幼少年期の「私」への遡及《そきゅう》が、後続の『大導寺信輔《だいどうじしんすけ》の半生《はんせい》』『追憶』『点鬼簿《てんきぼ》』『本所《ほんじょ》両国』へと連動していることも見逃せない点であろう。

〔**参考文献**〕荒木巍「保吉物に連関して」（大正文学研究会編『芥川龍之介研究』河出書房、昭和一七・七・五）、和田繁二郎『芥川龍之介』（創元社、昭和三一・三・二五）、駒尺喜美「少年」（『芥川龍之介作品研究』新生出版、昭和四三・一〇・二〇）、柘植光彦「同時代への羨望」（『国文学』昭和五〇・二）、登尾豊「〈告白〉への過程」（同上）、三好行雄『芥川龍之介論』（筑摩書房、昭和五一・九・三〇）、石割透「黄雀風」（『国文学』昭和五二・五）、菊地弘「芥川龍之介覚え書」（『日本近代文学』昭和五四・一〇）

（川端俊英）

安田靫彦《やすだゆきひこ》　明治一七・二・一六〜昭和五三・四・二九（一八八四〜一九七八）。日本画家。本名新三郎。東京生まれ。小堀鞆音《ともね》に師事して日本画を学び、のち、東京美術学校（東京芸術大学の前身）に入学するが中退。大正三（一九一四）年、横山大観らと共に日本美術院再興に尽力し、以後同人となって日本画壇の指導的位置を占めた。昭和二三（一九四八）年に文化勲章を受章。東京芸術大学教授を務めた。代表作に、『黄瀬《きせ》川の陣』『風神雷神』『夢殿』などがある。芥川は、大正三年一一月三〇日付井川（恒藤《つねとう》）恭《きょう》宛書簡に、「美術院では安田靫彦氏のお産の褥（筆者注、禱《いのり》の誤記）がよかつた」と記している。また、安田をはじめ平福百穂、小林古径《こけい》ら六人の画家の絵を収める滝田樗陰《ちょいん》所蔵の画冊に『各種風骨帖の序』（大正一三・一〇）と題する一文を寄せた。これは、『澄江堂余墨壹《ちょうこうどうよぼくいち》』として『書物往来』（大正一三・一一・三〇）に紹介された。

（木村一信）

夜窓鬼談《やそうきだん》　石川鴻斎《こうさい》による怪談鬼話集。「上」は明治二四（一八九一）年九月一〇日、「下」は二七年七月二四日、ともに東陽堂刊。「上」は「哭鬼《こっき》」から「続黄粱《こうりょう》」まで四三話を収め、「鬼神論」上下を付す。「下」は「神卜《しんぼく》先生」から「混沌子《こんとんし》」まで四二話を収録。日本近代文学館の『芥川龍之介文庫目録』に、明治二六年および三六（一九〇三）年版旧蔵本の記載がある。怪異譚《たん》を好んだ芥川らしい蔵書であり、芥川作品との比較検討を要する一書と言えよう。

（中村　友）

八街《やちまた》　千葉県北部の下総台地に位置する現在の印旛《いんば》郡八街町。近世末期までは野生馬の放牧地。芥川の年譜の大正一三（一九二四）年の項に「四月、千葉県八街に紛擾《ぶんじょう》史実地調査のため赴く。」とある。これまでの全集収録の書簡には八街の文字はないが、大正一三年二月二二日付（年次推定）小《お》穴《あな》隆一宛に「けふ千葉県下へちよつと出かけ遅くも明日はかへるつもり」とある。作品構想の『手帳』には、○ヤスケ。白ツ子。八街小説。（五）、○表向キハヨケレド内輪ハクルシキ地主ノコマル事。ドチラトモツカズ金バカリニカカルモノ。紛擾ヲ避ケル為《ため》改革派ヲ退治セントスル地主。（五）、○（農村問題）。（地方自治体問題）。（八）、○Proretariat の群に加はりつつ、しかも proretariat 出ならざる事を苦しむ loneliness.（美しい村）（八）などとある。作品では、大正一四（一九二五）年ごろ執筆と推定される未定稿（一章で中断）の小説『美しい村』の断片に八街の歴史を踏まえた記述がある。内容は、この町の日露戦争以前の浅井（八街）村の美しい姿を描く意図を述べ、地形や歴史を概観した上で、ある夏の午前、この村の大地主の奥村善右衛門は届いた郵便物の中に薄赤い紙に刷った県下の小新聞ではない東京の『黎明《れいめい》新聞』を見付けた、という叙述で終わっている。中野重治は「あの牧場とそこのその後の変遷を書こうとしたものである。（中略）芥川の書いた三ページから、芥川が何をどこまで書こうとしたのだったかは想像することもできない。けれども、未完『開墾』の作者としていえば、『紛擾史』が中心の一つだったろうとはほとんど断定的にいうことができよう。（中略）芥川が、『美しい村』に農民問題、農村問題を見ていたかはわからない。ただ、単純に『紛擾史』だけを見ていたのではなかったことは三ページ足らずからも読みとれると思う。」（『現代日本文学大系43・芥川龍之介集』月報1、筑摩書房、昭和四三・八・二五）と書いている。（影山恒男）

『美しい村』未定稿

柳沢淇園《やなぎさわきえん》　宝永三～宝暦八・九・五（一七〇六～一七五八）。江戸時代の文人・画家。名は里恭、字は公美、号は淇園、竹渓、自ら柳里恭《りゅうりきょう》と称す。大和郡山藩の老臣で二千石を食《は》んだ。里恭は文武二道に優れ、詩・画に巧みで、傍ら仏典、篆《てん》刻、医薬、音律に通じ多才多能であった。一方、性磊落《らいらく》不羈《ふき》で食客常に数十人、千客万来という有様であった。池大雅《いけたいが》と莫逆《ばくげき》の友であり、朱舜水《しゅしゅんすい》伝来の設色法を祇《ぎ》園《おん》南海より学んだ。その随筆『雲萍《ぴょう》雑志』は里恭の手沢本が寛政の初めごろ大阪の木村巽斎《そんさい》（兼葭堂《けんかどう》）の所蔵となり、友人中井桃花園主が校訂し、天保一四（一八四三）年出版された。龍之介は評論『僻見《へきけん》』中の「木村巽斎」で、里恭と巽斎との関係に言及している。また、『上海游記《シャンハイゆうき》』で、中国の小説には神仙が乞食に化身している所からロマンティシズムが生まれるが、日本では不可能で「山中の茶の湯を御馳走《ごちそう》しに、柳里恭を招待する」（「七　城内（中）」）くらいが関の山であると述べている点がおもしろい。（山崎一穎）

柳沢健《やなぎさわけん》　明治二二・一一・三～昭和二八・五・二九（一八八九～一九五三）。詩人・外交官・評論家。福島県生まれ。会津中学、一高を経て、大正四（一九一五）年東京帝国大学法科大学（東大法学部の前身）仏法科卒業。一高では芥川の入学した年の文芸部委員であったが、芥川はまだ文芸部に積極的関心を示さなかったから、両者の間に直接の交友があった形跡は見当たらない。ただし、一高の一年先輩で、芥川を畔柳都太郎《くろやなぎくにたろう》を囲む読書会や吉江喬松《よしえたかまつ》を中心とするアイルランド文学研究会に引き入れるなど、かねがね芥川と親しい交際のあった山宮允《さんぐうまこと》は柳沢と同級で、この二人はまだ東大在学中の大正三（一九一四）年二月、三木露風を中心とする同人詩誌『未来』の創刊に加わっているところから考えて、山宮を介する間接的な交渉はあったと思われる。その縁故もあるためか、芥川は大正三年四月の『新思潮』（第三次）に、『未来創刊号』なる短文を書いてこの二人の先輩の参加する雑誌の創刊にエールを送っている。その中に、「散文では山宮氏の『詩歌の象徴』と柳沢氏の『バッハマン論』とが、興味を惹《ひ》いた」という一文があり、また、「柳沢氏は次号にセザアル・フランクを紹介するさうであるが、バッハマンに試みたよりも、更に自由な、実に主観の勝つた紹介であつて欲しいと思ふ」とも書いている。要するに芥川にとって柳沢健は、山宮允とともに早くからヨーロッパ現代芸術に敏感な触角を向けている身近な先輩として、一時期関心の対象となった人物であった。柳沢は、その直後東大を卒業していったん逓信《ていしん》省官吏となるが、さらに朝日新聞記者、一年半の外遊生活などを経て外務省に入り、フランス大使館書記官、ポルトガル代理公使などを歴任し、退官後は文化、外交問題評論家として活躍した。傍ら、大正期を通じて三木露風の詩脈に連なる詩人として詩壇の一方に重きをなした。著書に『現代の詩及詩人』（尚文社、大正九・一〇）『柳沢健詩集』（新潮社、大正一一・四）その他がある。

（蒲生芳郎）

柳田国男《やなぎたくにお》　明治八・七・三一〜昭和三七・八・八（一八七五〜一九六二）。詩人・民俗学者。兵庫県生まれ。旧姓は松岡で柳田家の養子となる。帝国大学法科大学（東大法学部の前身）政治科卒業。学生時代には詩や短歌を発表。国木田独歩や田山花袋らとの合同詩集『抒情詩』（民友社、明治三〇・四・二九）には『野辺のゆきゝ』三〇編が収められている。大学卒業後、農商務省に入る。自然主義に傾いた文壇からは遠ざかったが、農政に携わる一方で『遠野《とおの》物語』（聚精堂、明治四三・六）など日本各地の民俗を記録しはじめ、大正八（一九一九）年には官界を去って民俗学の樹立のために専念するようになった。その業績は広範にわたり、膨大な著作があるが、代表的なものとして『雪国の春』（岡書院、昭和三・二）『明治大正史世相篇』（朝日新聞社、昭和六・一）『桃太郎の誕生』（三省堂、昭和八・一）『不幸なる芸術』（筑摩書房、昭和二八・六）『海上の道』（筑摩書房、昭和三六・七）などがある。芥川とは特別の交際はなかったが、『椒図志異《しょうずしい》』（大正一〜三）など早くから怪談や伝説に興味をもっていた芥川は当然柳田の仕事にも関心を示している。例えば『雑筆』（『人間』大正九・一一）には「河童《かっぱ》の考証は柳田国男氏の山島民譚集に尽《つく》してゐる。」とある。また小説『河童』（『改造』昭和二・三）には「何しろ河童の強敵に獺《かはうそ》のゐるなどと云ふことは『水虎考略』の著者は勿論《もちろん》、『山島民譚集』の著者柳田国男さんさへ知らずにゐたらしい」などと書かれている。さらに『澄江堂《ちょうこうどう》雑記—家』（『随筆』大正一三・三）では『遠野物語』にも触れている。芥川の関心は柳田の民俗学よりはそこに集められている怪異や伝説に向けられていたようだ。柳田の著作にも「文学に川童が二度目の登場をしたのは泉鏡花さん、故芥川龍之介氏などの御骨折であつて、御両所とも私たちの川童研究から、若干の示唆を得たやうに明言せられて居るのは光栄の至りだ」（『川童祭懐古』『東京新聞』昭和二一・六）などと芥川の名がみえる。『鳴滸《おこ》の文学』（『芸術』昭和二二・四）では『鼻』の作者としての芥川に言及している。

（東郷克美）

柳田国男

柳橋万八の水楼《やなぎばしまんぱちのすいろう》　神田川口、両国柳橋の北岸べりにあった江戸時代からの料理屋。屋号は主人万屋八《はち》右衛門《えもん》の名に由来する。成島柳北『柳橋新誌』では、酒肴《しゅこう》の佳品を供する川長・柏屋、船宿の風のある梅川・亀清などに比し、万八を河内などと並び、無尽講や書画会などに利用されることの多い貸席ふうのものとしている。芥川は、『開化の殺人』や『開化の良人』など開化物の作品でこの万八楼を取り上げている。

（岡本卓治）

柳原白蓮《やなぎはらびやくれん》　明治一八・一〇・一五〜昭和四二・二・二二(一八八五〜一九六七)。歌人。本名宮崎燁子《あきこ》。東京生まれ。華族女学校中退。『幻の華』(新潮社、大正八・三)ほかの歌集、詩集『几帳《きちよう》のかげ』(玄文社、大正八・三)、小説『荊棘《けいきよく》の実』(新潮社、昭和三・九)などがある。伯爵柳原前光の次女として生まれ北小路随光の養女となる。一六歳で北小路資武と結婚し、五年後離婚。明治四三(一九一〇)年九州の炭鉱王伊藤伝右衛門と再婚。大正一〇(一九二一)年伊藤家を捨てて宮崎龍介のもとに去る。当時の新聞紙上では醜聞事件として騒がれた。芥川は大正一四(一九二五)年の『思つてゐるありの儘《まま》を』(『婦人公論』)の一文で、白蓮を「芸術的天分」を持っているとはしながらも「豊富に持つてゐられるとは」思わないと述べているように、彼女の作品よりもこの醜聞事件に対して関心を寄せ、『侏儒《しゆじゆ》の言葉』の「醜聞」の項目では有島武郎、武者小路実篤の事件と並べて取り上げている。しかし、『婦人公論』の一文が示すように、概して同情的であった。　　　（細川正義）

藪の中《やぶのなか》　小説。大正一一(一九二二)年一月一日発行の雑誌『新潮』に発表。『将軍』(「代表的名作選集(37)」新潮社、大正一一・三・一五)『沙羅《さら》の花』(改造社、大正一一・八・一三)『春服《しゆんぷく》』(春陽堂、大正一二・五・一八)『芥川龍之介集』(「現代小説全集第一巻」新潮社、大正一四・四・一)に収録。日付は『沙羅の花』では「大正十年十二月」、『芥川龍之介集』には「大正九年」とある。初出誌と『将軍』との異同は小見出しなどに見られ、「検非違使《けびゐし》に問はれたる木樵《こ》りの物語」が初出誌では「木樵りの話」、以下「旅法師の話」「放免の答」「媼《おうな》の話」、また「巫《み》女《こ》の口を借りたる死霊の物語」が「死霊の話」とあり、これらは「××××」部までの四人の話は後の三者の陳述と性格の異なった、事件の客観的事実たることを明示するための配慮だろう。ほかには大きな異同はない。この年の新年号に芥川は『俊寛』(『中央公論』)『将軍』(『改造』)『神神の微笑』(『新小説』)なども発表、同年は芥川の歴史小説に秀作の生まれた最後の年でもあった。直接には『今昔物語集』巻廿九第廿三「具《シテ》レ妻《ヲ》行《ク》ニ丹波《ノ》国《ヘ》一男於《テ》ニ大江山《ニ》一被《ラルル》レ縛語《こと》」「詣《デシ》ニ鳥部寺《ノ》ニ一女、値《アヘル》ニ盗人《ニ》一語」などによる。『今昔物語集』より取材した芥川の一〇編の中の九作目で、のちには同年八月『六の宮の姫君』(『表現』)を残す。芥川は妻が夫の眼前で強盗により強姦される原話の刺激的な設定に加え、妻がそれによって強盗に魅《ひ》きつけられたことと夫の死を新たに設定、そしてこの作に当事者三人の自己弁護、自己劇化、ほかに複雑な心理が絡むためにくい違いを見せる陳述を同時並列的に提示する新しい方法を採択した。その小説世界は夫がなぜ、誰に、いかにして殺されたかの事実も解き難く、このせいで種々な読みが諸家になされている。独白により小説を構成する試みは、愛欲心理の微妙さを描いた『袈裟《けさ》と盛遠《もりとお》』に既にあり、この作の後にも独白で物語が構成された『報恩記』があるが、事件の真相さえ定かでないのは『藪の中』のみである。芥川は大正一五(一九二六)年五月三〇日の木村毅《き》宛書簡で「Browning の Dramatic lyric が小生に影響せるは貴意の通りなり。これは報恩記のみならず『藪の中』に於《おい》ても試みしものに御座候。」と書くが、吉田精一は「芥川龍之介の生涯と芸術」(『芥川龍之介案内』岩波書店、昭和三〇・八・二六)で「その形式はブラウニングの長詩『指輪と本』によった」と指摘、安田保雄はこの見解をうけ「芥川龍之介の比較文学的研究—『藪の中』を中心として」(『国文学』昭和三三・八)で、『指輪と本』の芥川の関心はハーンの「Appreciations of poetry」によることを指摘、ほかに鷗外『諸国物語』中のレニエの『復讐《ふくしゆう》』の影響もみた。「ローマで起こった一殺人事件に関する九人の『陳述』(加害者は二回)と『解説』『結び』から成る」(海老井英次)『指輪と本』は夫婦間の殺人が種々に解釈される作で芥川は確かに構成について影響を受けたと見られる。が、この作は多角的な視角から事件を描きつつ、真相は確かに導き出される。また、吉田精一は「その他にアメリカの作家ビアスの短篇集中 Can Such Things Be? の一篇 "The Moonlit Road" からもヒントを得たことがみとめられる。これも殺人事件で、三人の関係者の告白のみからなり、最後のそれは殺された妻が、霊媒を通じての告白となっている。この霊媒の出現は『藪の中』の最後の告白を思わせる（略）」と記した。夫の妻の貞操に対する不信とそうした夫を無邪気に信じる無垢《むく》な妻との隔絶が告白により明らかにされるビアスのこの短篇もこの作に翳を落としているが、この作も事件の大体は告白を通して明らかとなる。これに加え、富田仁は「藪の中―その源泉とモチーフへの一考察―」（『比較文学年誌4』昭和四二・七）で『世界短篇文学全集―フランス中世・十八世紀篇』（集英社）に新倉俊一の翻訳もある『ポンチュー伯の娘』に大きな意味を見た。ウイリアム・モリスも英訳し芥川のメモにも記されているこの作は、凌《りよう》辱《じよく》された妻の夫に対する殺意の点で芥川に示唆を与えたと思われる。比較文学の方面ではこのほかにもなお二、三の作品の影響関係が指摘されている現状である。一方、小穴《おあな》隆一は『藪の中』について」（『芸術新潮』昭和二五・一二）でこの作での芥川は「私が或《あ》る雑誌で読んだ、或《ある》国の王様が自分の妃のうつくしさをいつて画家に妃を画《あが》かせる。王妃と画家との間には情交が生じて、王妃が画家に王を殺すかお前が死ぬかどちらかをえらべと迫る話の筋」に基づいたと記し、「その頃の芥川のこころのなかを、さりげなくひとごとのやうに描いてゐる悲痛な作品」と加え、滝井孝作はこれをうけ「純潔―『藪の中』をめぐりて―」（『改造』昭和二六・一）で『今昔物語』の話は自分が芥川に話したとし、女流歌人秀《ひで》しげ子の関係がこの作に翳をおとしていることを暗示。以後、この作の検討には芥川の実生活が無視できぬこととなった。同時代評では中村星湖は「一月の文壇評・生麦より6」で「てんでが自己を庇《かば》ふ為《た》めに事件の真相がまるでわからなくなる点にある」（『読売新聞』大正一一・一・一六）とし「判じ物、当て物風の遊戯的興味が勝つてゐる」と評価、宮島新三郎は「芥川氏の『藪の中』その他」（『新潮』大正一一・二）で、解釈ではほぼ星湖に同調しつつ、この作品に対する興味を〈女の心理的動揺〉に見た。のちの評では室生犀星の「此《この》中の女の美しさは異常なまでに感じられる」（『芥川龍之介の人と作』上、三笠書房、昭和一八・四・二〇）というのもあるが、「当事者達の事実に対する迫り方、受けとり方が各種各様で、めいめいの関心、解釈、感情によつて、単純な一つの事実が如何《いか》に種々の違つた面貌《めんぼう》を呈するかを、従つて人生の真相が如何に把捉《はそく》し得ぬものかを語ろうとした」とする吉田精一の見解（『芥川龍之介』三省堂、昭和一七・一二・二〇）が最大公約数的なものと言える。

しかし、この作が緻密《ちみつ》に検討される契機となったのは中村光夫、福田恆存《つねあり》両氏の論争によってであり、中村は「『藪の中』から」（『すばる』昭和四五・六）で〈女性不信〉をテーマとしつつ、「三つの『事実』が、どれも同じ資格で並列されている」のでは真相は「わからず仕舞い」で「活字の向うに人生が見えるような印象を読者にあたえることはできない」とこの作を批判、それに対して福田は「『藪の中』について」（『文学界』昭和四五・一〇）で「事実、或《あるい》は真相というものは、第三者の目にはつひに解《わか》らないもの」を主題と言い、三者の陳述の向こうにある真相の再構成を試みた。以後、福田は「フィクションといふ事」（『文学界』昭和四五・一二）で、中村は「私信・再び『藪の中』をめぐって」（『すばる』昭和四六・八）で自説を展開、リアリズム、私小説論までの包含した問題に広まった。これよりこの作の作品論が次々と論者によって生まれ、現在でもなお、最も問題とされる芥川の作品となっている。重要な点は、この作を執筆する芥川の内部に「ドラマの〈原画〉」（海老井英次）が確かに存在していたのか、存在していたとすればそれはいかなるものか、もし存在していなければこの作をいかに評価すべきかという点であり、例えば海老井英次は「芥川は十分意識的に、〈真相〉の再構成が不可能になるように作品の細部まで彫琢《ちようたく》を凝らしている」ので、芥川自身に「ドラマの〈原画〉」がなく、そこから「近代的個人における、相対化されそれゆえに多様化されてしまった人生のあり方を、そのまま表現した作品」と、中村説を半ば肯定、半ば批判の見方を提出する。いずれにせよ芥川の人生認識は、それまでの理知による解釈では、もはやたえられぬ複雑な相を帯び、不可解な人生に対する畏怖の念に支配されているのが見られる。極めて複雑な方法を採択しつつ、〈世の中は箱に入れたり傀儡師《かいらい》〉としてすましこんでいられなくなった苦渋の態度が思われよう。

〔**参考文献**〕長谷川泉『近代名作鑑賞』（至文堂、昭和三三・六・一五）、長野甞一『古典と近代作家―芥川龍之介』（有朋堂、昭和四二・四・二五）、鶴田欣也『芥川 川端 三島 安部 現代日本文学作品論』（桜楓社、昭和四八・六・五）、柄谷行人「芥川龍之介における現代―『藪の中』をめぐって」（『国文学』臨時増刊号、昭和四七・一二）、高田瑞穂「『藪の中』論考」（『成城国文学論集6』昭和四〇・九）、海老井英次「『藪の中』論㈠―㈢」（『北九州大学文学部紀要10、13、16』昭和四九・二、五〇・六、五一・一二）、久保田芳太郎「藪の中」（菊地弘・久保田芳太郎・関口安義編『芥川龍之介研究』明治書院、昭和五六・三・五）、海老井英次『鑑賞日本現代文学⑪　芥川龍之介』（角川書店、昭和五六・七・三一）
（石割　透）

山鴫《やましぎ》　小説。大正一〇（一九二一）年一月一日発行の雑誌『中央公論』第三六年第一号に発表。『夜来の花』（新潮社、大正一〇・三・一四）に収録。芥川は「目下山鴫と云ふのを書いてゐますトルストイとトゥルゲネフの出て来る小説ですまだ中途ですが一向体裁を具《そな》へさうにもありません」（小沢忠兵衛宛、大正九・一二・一四）という手紙のあとに「即興」として「春日さす樺《かば》の木の芽の事を繁みわが山鴫は立ちがてぬかも」の一首を記している。一八八〇年五月のある夕暮れ、ヤースナヤ・ポリャーナにトルストイを訪ねたツルゲーネフは、主人夫妻と共に山鴫を撃ちに出掛ける。主客ともすでに老人である。主のトルストイは村童に自ら読み書きを教えて彼らを温かく見守る人物、客のツルゲーネフはパリ暮らしの長かった人らしい上品で物柔らかな人物である。主は山鴫撃ちになかなかの腕前をみせる。主の夫人は客に花を持たせようと何かと気を配る。主が一人で林の奥に分け入っていた間に急に草むらから舞い上がった山鴫を客は鮮やかに仕止める。しかし子供たちや猟犬が懸命に探してもその獲物は見付からない。夕食後、主客の話題はフランスやロシアの新進作家、モーパッサンやガルシンに及びにぎやかであったが、どこか白けた感じが漂う。主が客の山鴫を仕止めたという話を疑っているからである。優秀な猟犬や狩りに慣れた子供たちに獲物が見付からぬはずはない、と主は考える。主の心は敏感な客に伝わってしまい、翌朝二人は気まずく顔を合わせる。二人は若いときから何度か激しい口論をした。二人ともこの気まずさに耐えられそうもなくなったとき、子供たちが山鴫を手に部屋に駆け込んでくる。山鴫は白楊の枝に引っ掛かっていたのだった。主にとっては自分の猟犬がこの獲物を見付けられなかった理由が判明して嬉《うれ》しかった。客にとっては自分が嘘《うそ》をつかなかったことが証明されて満足だった。二人の老人は顔を見合わせて哄笑《こうしょう》する。芥川はその作品・随想・書簡の中でしばしばトルストイに、またときおりツルゲーネフに言及している。『文芸鑑賞講座』の中の「まづ近代の日本に最も大きい影響を與へたロシアの小説を例にすれば、兎《と》に角《かく》トルストイ、ドストエフスキイ、トゥルゲネフ、チェホフなどをお読みなさい。」（文芸春秋社編『文芸講座　第十二号』大正一四・四・三）とあるところや『アフオリズム』（大正一二～一四）の「或《ある》幻」と題した中の「われ夢にトルストイを見たり。躓《つまづ》き倒れたるトルストイを見たり。われは立ち、トルストイは匍匐《ほふく》す。憐《あはれ》むべきかな、トルストイ！　われトルストイを嘲笑《あざわら》ふ。しかも見よ、這《は》へるトルストイは歩めるわれよりも速かなるを。われは疾駆し、トルストイは蛇行す。されどわれトルストイに及ぶ能《あた》はず。トルストイは天外に匍匐し去れり。トルストイよ！　偉い《ママ》なる芋虫よ！」などに芥川の見解が出ている。また芥川は前述の『文芸講座』の冒頭で、心理描写の詳細な説明に及び、例として『戦争と平和』の中の宴会の場面を使っている。芥川にとってトルストイはその生涯も作品も、手本とすべきものの一つであった。吉田精一はつとにビュルコフの『トルストイ伝』を『山鴫』の材源と指摘した。芥川は「ビュルコフのトルストイ伝を読めば、トルストイの『わが懺悔《ざんげ》』や『わが宗教』の譃だつたことは明らかである。しかしこの譃を話しつづけたトルストイの心ほど傷《いた》ましいものはない。彼の譃は余人の真実よりもはるかに紅血を滴らしてゐる。」(『侏儒《しゅじゅ》の言葉』)と述べ、『トルストイ伝』の精読を立証している。島田謹二は『山鴫』の構想を論じて二人の主人公の性格対比は、ミケランジェロとレオナルドのそれから悟入したものであると見ている。『山鴫』に描かれたトルストイは岡本かの子が『鶴は病みき』において描いた芥川像と酷似している。ともあれ『山鴫』はトルストイに仮託して自己を語ろうとした芥川自身を前面に出した作品と言えよう。

〔**参考文献**〕吉田精一「芥川文学の材源」(『文芸臨時増刊号 芥川龍之介読本』昭和三一・四・一五)、島田謹二「芥川龍之介とロシヤ小説」(『比較文学研究』第十四号、昭和四三・九)、柳富子「芥川におけるトルストイ―その精神的触れ合い―」(『比較文学年誌』第三号、昭和四一・六)　(赤瀬雅子)

山本喜誉司《やまもときよし》　明治二五・九・一七〜昭和三八・七・三一(一八九二〜一九六三)。芥川の府立三中時代の同級生。東京生まれ。東京帝国大学農科大学(東大農学部の前身)卒業。『学校友だち』(『中央公論』大正一四・二)の中で芥川は、上滝嵬《こうたきたかし》、野口真造、西川英次郎、中原安太郎に次いでこの山本を挙げ、次のように記した。「これも中学以来の友だちなり。同時に又姻戚《いんせき》の一人なり。東京の農科大学を出、今は北京《ペキン》の三菱に在り。重大ならざる恋愛上のセンティメンタリスト。鈴木三重吉、久保田万太郎の愛読者なれども、近頃は余り読まざるべし。風采瀟《ふうさいしょう》洒《しゃ》たるにも関《かかわ》らず、存外喧嘩《けんくわ》には負けぬ所あり。支那《シナ》に棉か何か植ゑてゐるよし。」西川英次郎の「中学時代に彼と最も親しくしていた」との回想(「芥川龍之介のこと―西川英次郎氏の談話から」、森啓祐『芥川龍之介の父』収録)もある。父嘉勢治、母錦の長男として牛込《うしごめ》に生まれ、本所《ほんじょ》小学校を卒業、本所相生《あいおい》町三丁目に住み、芥川家と近かったこともあり、度々往来していた。この本所相生町に、塚本鈴が夫善五郎を日露戦争で亡くした(海軍少佐)ため、のちの芥川夫人文《ふみ》と八洲《やしま》の二人の子を連れて実家の山本家に戻っていた。山本は鈴の末弟であり文の叔父に当たる。文は山本を兄さんと呼び、芥川一六歳、文八歳のときより度々顔を合わせていたらしい。角川版全集『別巻』(昭和四四・一)に芥川の山本宛書簡七二通が掲載され、新版の岩波書店刊の全集では八三通が掲載、この書簡数は小穴《おあな》隆一、佐佐木茂索、恒藤恭《つねとうきょう》に次ぎ、その友情の深さを示す。芥川と山本と平塚は「各々発狂した母を持つたと言つた奇縁で一つのグループを成して」いたと小穴は伝える。が、山本は母を早く亡くし、祖母の手で育った。三中時代の芥川書簡には、目立った特徴は見られないが、明治四三(一九一〇)年九月芥川が無試験で一高一部乙(文科)に入学したが、山本は試験に失敗、予備校に通い、一高に一年遅れて二部乙(農科)に入学。そうした山本に対する同情もあって友情は高まり、芥川の書簡は一高の生活、読書を語る中で、「さびしい」自己を訴える感傷的でパセティックな内容に変わり、山本を「あぽろの君」と呼び、同性愛的傾向を帯びるに至った。一高以来の親友恒藤との関係が理性、叡知《えいち》によるものに比し、山本は情緒や感情面を共有できる友人だった。白秋や勇の短歌に共鳴する芥川の本質に潜む感傷、さびしさを最も自然に吐露できた友人であり、山本との友情により一高の一年のとき、芥川は自宅から通学したともされる。後の書簡も、吉田弥生《やよい》から塚本文に傾いていく芥川の感情、異性関係や結婚に対する倫理的、理想主義的な芥川の態度がうかがえて貴重である。山本はのち、東大農学部園芸科に入学、大正六(一九一七)年、岩崎と同級だった関係で三菱合資会社査業部に入社、同年結婚、大正八年米綿の研究で中国に行き、東山農事会社などに関係。芥川は中国派遣の折立ち寄ったりもした。三菱の依頼で大正一五（一九二六）年、ブラジルのサンパウロに渡り、コーヒー委託販売、米作、カンピーナス東山農場、東山銀行等に関係、ブラジルの日系社会の基礎を作り、戦後は日系コロニアのリーダーとなった。芥川とは異なった世界に生きたが、その関係は親戚として続く。『山本喜誉司評伝』（サンパウロ人文科学研究所、一九八一・三）に詳しい記載がある。（石割　透）

山本実彦《やまもとさねひこ》　明治一八・一・五〜昭和二七・七・一（一八八五〜一九五二）。出版人・政治家。鹿児島県生まれ。日本大学、法政大学などに学ぶ。明治三九（一九〇六）年一月やまと新聞記者となり、明治四三（一九一〇）年に特派員として英国に駐在。明治四五年一月門司新聞主筆、大正四（一九一五）年東京毎日新聞社長になる。大正八年四月雑誌『改造』を創刊し、改造社を興した。この改造社から芥川龍之介の『沙羅《さら》の花』（大正一一・八・一三）、『支那《シナ》游記《ゆうき》』（大正一四・一一・三）、『三つの宝』（昭和三・六・二〇）が刊行された。芥川は、昭和二（一九二七）年二月、改造社の宣伝講演会に佐藤春夫らと大阪へ旅行し、同年五月には、里見弴と改造社の現代日本文学全集刊行宣伝講演に仙台・盛岡・函館・湯の川温泉・札幌・青森などを回った。山本は、昭和五年衆議院議員に当選、敗戦後は協同民主党の委員長となったが公職追放され、改造社社長も辞任した。昭和二六（一九五一）年追放解除となり、再び改造社社長に就任したが、その翌年病死した。著書に『小閑集』（改造社、昭和九・七）ほかがある。（浦西和彦）

芥川の最後の写真（昭和2年6月）
改造社円本全集の宣伝映画から。

山本有三《やまもとゆうぞう》　明治二〇・七・二七〜昭和四九・一・一一（一八八七〜一九七四）。劇作家・小説家。本名勇造。栃木県生まれ。東京帝国大学文科大学独文科卒業。家庭の事情で一五歳のときから呉服店に奉公するが向学心やみがたく苦学の末、明治四二（一九〇九）年一高に入学、同級に近衛文麿、土屋文明らがいた。しかし一年次の語学試験を落とし、翌年入学して来た芥川龍之介と同級になる、芥川の自筆年譜（大正一四・四）に「四十三年　第三中学を卒業。無試験にて第一高等中学校一部乙（英文科）に入学。同級に久米正雄、菊池寛、山本有三、松岡譲、成瀬正一《せいいち》、土屋文明あり。一級上に豊島《とよしま》与志雄、山宮《さんぐう》允《まこと》あり。」とある。有三は以後東大独文科へと進み、第三次『新思潮』では同人として共に活躍、有三は劇評や戯曲を発表した。大正四（一九一五）年二八歳で卒業、座付作者、翻訳、舞台監督などをしながら、大正九年二月『生命の冠』の明治座上演、一〇（一九二一）年九月『坂崎出羽守《でわのかみ》』の市村座上演などによって劇壇に登場する。芥川とは年令も五歳離れており専攻や活動分野、また生い立ちや文学理念においても異なるが、芥川の『学校友だち』（大正一四・一）であり、文学仲間であった。大正九年三月二七日付薄田《すすきだ》淳介《じゅんすけ》宛書簡に「先日山本有三があなたへ紹介状を書けと云ふ事でしたから書きました御会ひ下さいましたかあれは中々見かけによらぬ色男です」とある。『我鬼窟《がきくつ》日録』（大正八・五〜六）『同別稿』（同五〜一〇）などにもしばしば登場する。有三の作品は最初社会の不正を批判する社会劇からしだいに心理の葛藤《かっとう》を描いた歴史劇へと進み、さらに小説に転じて人間の向上と誠実な生き方を主題に、『波』（『朝日新聞』昭和三・七・二〇〜一一・二二）『女の一生』（同、昭和七・一〇・二〇〜八・六・六）『路傍の石』（同、

山本有三

昭和一二・一・一〜六・一八）などを発表した。その活動は幅広く、著作権の確立、文学者の地位向上、明治大学文芸科初代科長、国字国語問題、児童文学、参議院議員（昭和二二〜二八）など多方面に足跡を残している。（浅井　清）

夜来の花《やらいのはな》　大正一〇・三・一四、新潮社刊。B6判、定価二円五〇銭。第五短編集（六冊目の著書）。書名の由来については、新潮社のあった「矢来《やらい》」町にちなんだという芥川の言を伝える佐藤春夫の証言（「芥川龍之介論」、『文芸』昭和二四・九）があるが、周知の五言絶句「春暁」（孟浩然《もうこうねん》）の一節「夜来風雨聲／花落知多少」からの連想も考えられる。集中に中国を舞台とする作品も多く、また、中国旅行を目前に控えて「この頃益《ますます》東洋趣味にかぶれ」（恒藤恭《つねとうきょう》宛書簡、大正一〇・三・七）たという芥川にとって、漢詩の風趣は常にもまして親しかったはずである。書簡中に「夜来花洞主人」「夜来花庵主《やらいかあんじゅ》」と号したものもある。所収された作品は、配列順に『秋』『黒衣聖母』『山鴫《やましぎ》』『杜子春《とししゅん》』『動物園』『捨児《すてご》』『舞踏会』『南京《ナンキン》の基督《キリスト》』『妙な話』『鼠《ねずみ》小僧次郎吉』『影』『秋山図』『アグニの神』『女』『奇怪な再会』の計一五編である。そのほかに「この書の装幀《そうてい》は小沢忠兵衛、小穴《おあな》隆一の両氏を煩はした。（中略）私は両氏の好意を思ふと、愈《いよいよ》私の小説の拙《つたな》さに、恥ぢ入らずにはゐられぬのである。／大正十年二月十六日」という「附記」がある。自作の「拙さ」を恥ぢ入る芥川の言は、単に儀礼的な謙辞ばかりとも思えない。それが作家の本音を含む自作評価だとすれば、『夜来の花』は、確かに芥川文学の転換期を証する作品集だと言える。例えば、集中の『舞踏会』から始めて『秋』一編の具体的分析を通して芥川文学の「ある終焉《しゅうえん》の季節」を読み取る見方（三好行雄『芥川龍之介論』筑摩書房、昭和五一・九・三〇）や、「現実的な日常性」への注視と「方法上のゆきづまり」打開への志向を指摘する見解（菊地弘「第五短篇集『夜来の花』」、『国文学』昭和五二・五）もある。だが、芥川の作品集配列の通例に従えば、冒頭や中間の要《かなめ》に配された作品とともに、巻末の『奇怪な再会』なども比較的自信作ということになるが、従来、言及されることは乏しい。「転換」の内実を詰めるためにも一考の余地はある。（浅野　洋）

『夜来の花』

槍ケ岳《やりがたけ》　長野、岐阜県境にある北アルプス第二位の高峰で海抜三一七九メートル。芥川は明治四二（一九〇九）年八月に友人と登山している。『槍ヶ嶽紀行』はそれから十数年後の大正九（一九二〇）年七月号の『改造』に発表。『紀行』によれば、長野県南安曇《あずみ》郡安曇村の島々の宿に泊まり、道案内の男を伴に、徳本峠《とくごう》、梓川《あずさがわ》の徒渉を経て嘉門治《かもんじ》の小屋に着き、一泊ののち槍ヶ岳北東の赤沢に達し「夕焼の余炎が消えかかつた空」にそびえる槍ヶ岳の絶巓《ぜってん》を眺望している。（細川正義）

槍ケ嶽紀行《やりがたけきこう》　紀行。大正九（一九二〇）年七月一日発行の雑誌『改造』に発表。『沙羅《さら》の花』（改造社、大正一一・八・一五）『梅・馬・鶯《うぐいす》』（新潮社、大正一五・一二・二五）に収録。大きな異同はない。全四章から成り立つ。「一」は島々の町の宿屋に着いてそこに泊まる話で、洗足のたらいの澄んだ水の底に沈んでいた砂とか、浴衣の糊《のり》の臭《にお》いとか、湯札を持って入りに行った銭湯の天井から落ちて来た虫とかが語られる。案内者として頼んだ男の吹く青竹の笛の音が寝床にかすかに聞こえてくる。「二」は山道で子猿を連れた猿に会い、案内者は鉄砲があれば獲物を逃がしたことをいまいましがる。徳《とく》本《ごう》峠をあえぎながら登り、馬糞《ふん》に止まった蛇の目蝶を見る。馬蠅《あぶ》に刺され、自然に敵意を持たれているような心になる。「三」は梓川《あずさがわ》を徒渉し、小島烏《う》水《すい》以来の登山者が宿る嘉門治《かもんじ》の小屋に宿る話で、案内者が釣って来た山女《やまめ》で飯を食べ、白樺の皮の灯火をともし、山の話をする。原始時代の日本民族の生活などを想像する。「四」は赤沢の石のあふれた谷を登る話で、かもしか、雷鳥の姿を見る。「山は自然の始《はじめ》にして又終《をはり》なり。」というラスキンの言葉を思い出したりする。視覚的印象とイメージとが鮮やかに写されているが、「古蚊帳の中に横になつた。戸を明け放つた縁側の外には、暗い山に唯一点、赤い炭焼きの火が動いてゐた。それがかすかながら、私の心に、旅愁とも云ふべき寂しさを運んで来た。」「私は水を渡りながら、ふと東京の或《ある》茶屋を思ひ出した。その軒に懸《かか》つてゐる岐阜《ぎふ》提灯も、ありありと眼《め》に見えるやうな気がした。しかし私を繞《めぐ》つてゐるものは、人煙を絶つた谿谷《けいこく》であつた。」のように心象を表現した箇所が随所にある。なお著者は、明治四二（一九〇九）年八月、中学校の友人中原安太郎・中塚登巳男らと槍ヶ岳に旅行しており、明治四四年ごろの短文『槍ヶ岳に登つた記』がある。また『文芸的な、余りに文芸的な』の「十四 白柳秀湖《しろやなぎしゅうこ》氏」でこの紀行文に触れている。 （菊地　弘）

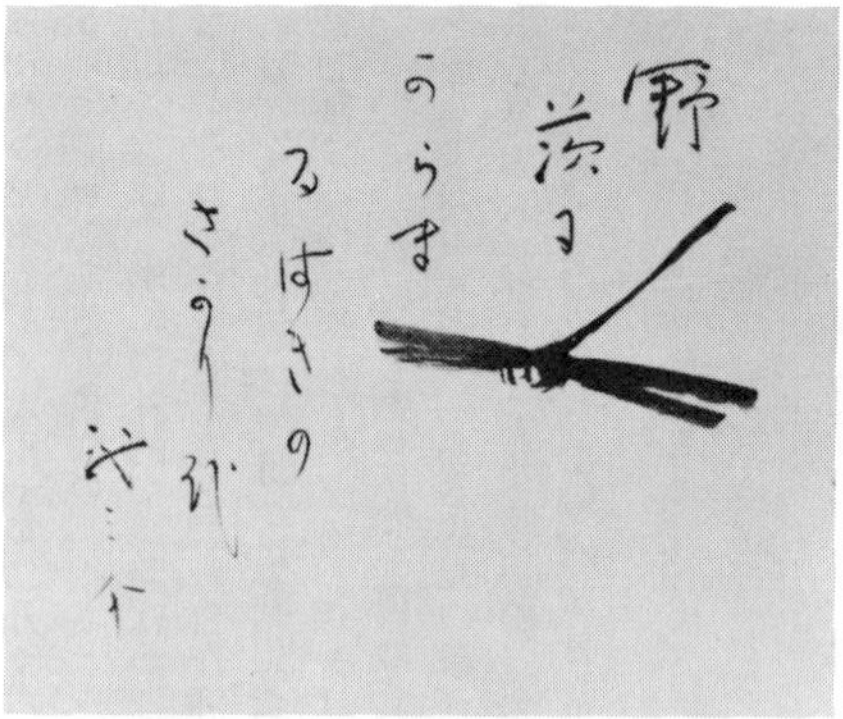
芥川龍之介筆跡（堀辰雄に与えた色紙，大正 14 年）

唯美主義《ゆいびしゅぎ》 aestheticism（英語） あらゆる価値のうちで、美を最高のものとする世界観ないし人生観。文芸上では、社会的道徳的効用を否定し、美を唯一絶対の目的として追求する態度を言い、一九世紀後半のゴーチエ、ポー、ワイルドら「芸術のための芸術」派によって代表される。文人趣味の芥川家に育ち、「本から現実へ」のコースを歩んだ芥川には、もともと唯美趣味は強く、その作品においても、現実世界の夾雑物は捨象され、洗練された技巧で異次元の浄化された美的世界を構築した。中村真一郎は「芥川文学の魅力」（角川書店、『近代文学鑑賞講座11』昭和三三・六・五）で、キリシタン物にしても「戦国末期の現実は、南蛮屏風《びょうぶ》という、芸術的別世界のなかの調和世界に転化され」王朝物も「一度、文章によって形象化したもの、また、画家たちが絵巻物として色と形との組み合せに純化したものだけが、素材となった」と述べている。芥川における人生と芸術との関係は、『或阿呆《あるあほう》の一生』の中の「人生は一行のボオドレエルにも若《し》かない。」という一句に端的に示されており、「凄《すさ》まじい空中の火花だけは命と取り換へてもつかまへたかつた。」という強烈な美意識は、例えば『戯作三昧《げさくざんまい》』の馬琴の「恍惚《くわうこつ》たる悲壮の感激」、『地獄変』の良秀の唯美的な「恍惚とした法悦」、『奉教人の死』の「何ものにも換へ難い、刹那《せつな》の感動」、さらには『蜜柑《みかん》』の陽光に染め抜かれた蜜柑の暖色、『舞踏会』の「生《ヴィ》のやうな花火」など一連の作品において芸術化されている。三好行雄は『芥川龍之介論』(筑摩書房、昭和五一・九・三〇)において、芥川の芸術を「主知主義の美学」とし、それは「芸術の創造行為のなかにしか芸術家の〈真の人生〉はない」という観念から生まれたものだと述べている。まさに芥川の文学生涯は、美的虚構世界の追求に生き、それに殉じたものであったと言える。その唯美的芸術観は『文芸的な、余りに文芸的な』をはじめ、その他の随筆の各所に盛られている。

(川端俊英)

憂鬱《ゆううつ》　気が晴々しない様子のこと。これは芥川が自己の文学や文章でしばしば常用している言葉である。例えば『歯車』(昭和二)では、主人公が丸善の二階に行き、歯車のみを描き続けた、ドイツの精神病者の画案を見て「僕はいつか憂鬱の中に反抗的精神の起《おこ》るのを感じ、やぶれかぶれになつた賭博《とばく》狂のやうにいろいろの本を開いた」と言って「憂鬱」の語を、歯車で象徴された不安と狂気に結び付いた形で使っている。そこでさらにこの「憂鬱」をもっと広く、芥川の文学と生涯にわたって勘案してみると、この語の根源は、彼自らが言っている、生の「ぼんやりした不安」(『或《ある》旧友へ送る手記』)から由来していると考えられ、この不安の想念ないし情念はまた、芥川の「遺伝、境遇、偶然」(『侏儒《しゅじゅ》の言葉—運命』)から起因してきているし、さらにまたこの「憂鬱」や不安を、病理学の「敏感関係妄想」(岩井寛『芥川龍之介—芸術と病理』)との関係においてとらえることもできよう。それはとにかく、この「憂鬱」もしくはその状態はおよそ芥川の一生を貫いていたと言ってよく、またこの言葉の出てくる回数は晩年に近くなるにつれていよいよ頻繁で、ちなみに言うと短編『夢』(昭和二)ではわずか一七枚ぐらいの原稿数の中で、六回も「憂鬱」の語が出てくるのである。またこの語を『たね子の憂鬱』(昭和二)というふうに作品の題名にも用いている。

(久保田芳太郎)

ユウゴオ《ゆーごー》　ユゴー。Victor Marie Hugo 一八〇二・二・二六〜一八八五・五・二二。フランスの詩人・劇作家・小説家。フランス革命後の王政復古、七月革命、二月革命、第二帝政、共和政と続く激動の時代に古典派を攻撃し一貫してロマン主義を領導し続けた。代表作に詩集『オードとバラード集』『東方詩集』や戯曲『エルナニ』、小説『レ・ミゼラブル』などがある。日本では明治一六(一八八三)年ごろから盛んに翻訳され大きな影響を与えた。芥川もトルストイやバルザックと同列に評価し、彼の政治性については『「改造」プロレタリア文芸の可否を問ふ』(大正一二・二)で頼山陽に結び付けて論じたりした。また『開化の良人』(『中外』大正八・二)や『将軍』(『改造』大正一一・一)で前記二詩集を場面の効果として用いたりしているが、一方では『侏儒《しゅじゅ》の言葉』(文芸春秋社、昭和二・一二)で「全フランスを蔽《おほ》ふ一片のパン。しかもバタはどう考へても、余りたつぷりはついてゐない。」と批評している。

(山田有策)

悠然《ゆうぜん》　芥川が使った慣用語。この言葉の意味は、まわりの人間がいくら騒いでも、自分ひとりはあわてる所がない様子のことであるが、元来神経質な芥川にとって望ましい願望の用語として使ったものと言える。例えば『義仲論』(明治四三)で「我木曾《きそ》冠者義仲が其《その》燃ゆるが如き血性と、烈々たる青雲の念とを抱いて何《なん》等《ら》の譎詐《けつさ》なく、何等の矯飾《けうしよく》なく、人を愛し天に甘ンじ、悠然として頭顱《とうろ》を源家の呉児に贈るを見る。」と言う。『あの頃の自分の事』(大正八)では「豊田実君が来て、『ちよいとノオトを見せてくれ給へ』と云つた。それからノオトを開けて見せると、豊田君の見たがつてゐる所は、丁度自分の居眠りをした所だつたので、流石《さすが》に少し恐縮した。豊田君は『ぢやようござんす』と云つて、悠然と向《むか》うへ行つてしまつた。悠然と云ふのは、決して好《い》い加減な形容ぢやない。実際君は何時《いつ》でも悠然と歩いてゐた。」とあり、また、『岩野泡鳴氏』（大正九〈推定〉）では「僕がまだ何とも答へない内に、氏の眼《め》には忽《たちま》ち前のやうな溌剌《はつらつ》たる光が還《かへ》つて来た。と同時に泡鳴氏は恰《あたか》も天下を憐《あは》れむが如く、悠然とかう云ひ放つた。／『尤《もつと》も僕の小説はむづかしいからな。』」とある。ともに好意を持っている人物に対しての言葉であり、その人物像は自己を信じて動ずることのない人々である。「悠然」たるもの「純粋」なもの、「ナイイヴ」なものに、芥川はあこがれ、心の安らぎを感じたようなところがある。さらに『神神の微笑』（大正一一）では、一人の男が榊《さかき》の枝に玉や鏡などを「悠然と押し立てて」という描写がある。『悠々荘』（昭和二）の題名なども「悠然」との関連で考えられる。

（久保田芳太郎）

雄弁《ゆうべん》　弁論、総合雑誌。明治四三年二月～昭和一六年一〇月（一九一〇～一九四一）。月刊、菊判、全三九八冊。後年の雑誌王野間清治が東京帝国大学法科大学（東大法学部の前身）首席書記時代に、教授・学生たちの講演弁論散逸を惜しんで、創刊したもの。幾多の名弁論家たちの育成に貢献した。文芸面についてみれば、同誌の性格上、さしたるものはないが、大正六（一九一七）年より同九（一九二〇）年までのおよそ三年間、〈雄弁〉本位から、総合誌への脱皮をはかった一時期があり、同誌としては、この時期最も文芸欄が充実した。田山花袋、正宗白鳥をはじめとして、広津和郎、葛西《かさい》善蔵、谷崎精二らの「奇蹟」派、久米正雄、菊池寛、芥川龍之介らの「新思潮」派、さらには谷崎潤一郎、室生犀星など、多彩な執筆陣であった。話題作・問題作には乏しかったが、後年『作者の感想』に収録されることになる広津和郎の評論は特筆されてよい。芥川龍之介は、同誌に、『るしへる』（大正七・一二）と『或敵打《あるかたきうち》の話』（大正九・五）を掲載した。

（塚谷周次）

悠々荘《ゆうゆうそう》　小説。昭和二（一九二七）年一月一日発行の雑誌『サンザー毎日』に発表。『大《だい》導寺信輔《どうじしんすけ》の半生《はんせい》』（岩波書店、昭和五・一・一五）に収録。一〇月のある午後、僕、Sさん、Tさんは、「悠々荘」という標札を残して廃屋となっている西洋館の前を通り、その瀟洒《しょうしゃ》な趣に惹《ひ》かれて門内へ入り、荒廃した庭、芝の上におちた腐蝕土、窓の内部に置かれた沃度《ようど》剤、園芸用石膏《せっこう》像などから、肺病で園芸を楽しんでいたが去年あたり死亡した家主を想像する。そして玄関の呼鈴《ベル》を押そうとするが、その音が廃屋に鳴り響く場合を思い不気味になる。最後に「僕等《ら》三人」は、「悠々荘」という家の名を確認しあい、茫然《ぼうぜん》と荒れ果てた庭を眺めるという原稿用紙六枚ほどの小品である。エドガー・アラン・ポーの『アッシャア家の崩壊』の影響を言い（宇野浩二）、荒廃した風景や瀟洒な廃屋の描写に「当時の芥川の心身の衰弱」（進藤純孝）や死を決意しつつなお「瀟洒で悠々とみえる」ことを心掛けた「芥川の自己スケッチ」（駒尺喜美）を見る批評がある。平岡敏夫は『わが散文詩―〈玄関〉』『悠々荘』『玄鶴山房』に共通する「門構えの奥の生活への関心」を指摘している。が、スケッチ風の『悠々荘』には、同時期に苦心惨憺《さんたん》して書かれた『玄鶴山房』にはないのどかさも漂い、作品の趣はむしろ三嶋譲の説くように『蜃気楼《しんきろう》』などに近い（「芥川龍之介『蜃気楼』試論―『海のほとり』から『続海のほとり』へ―」、『佐世保工業高等専門学校研究報告⑭』昭和五二・一二）。こののどかさは、西洋館で趣味的生活を送る「悠々荘」主人の設定によると思われ、ここに執筆当時養父母、伯母と離れ、鵠沼《くげぬま》

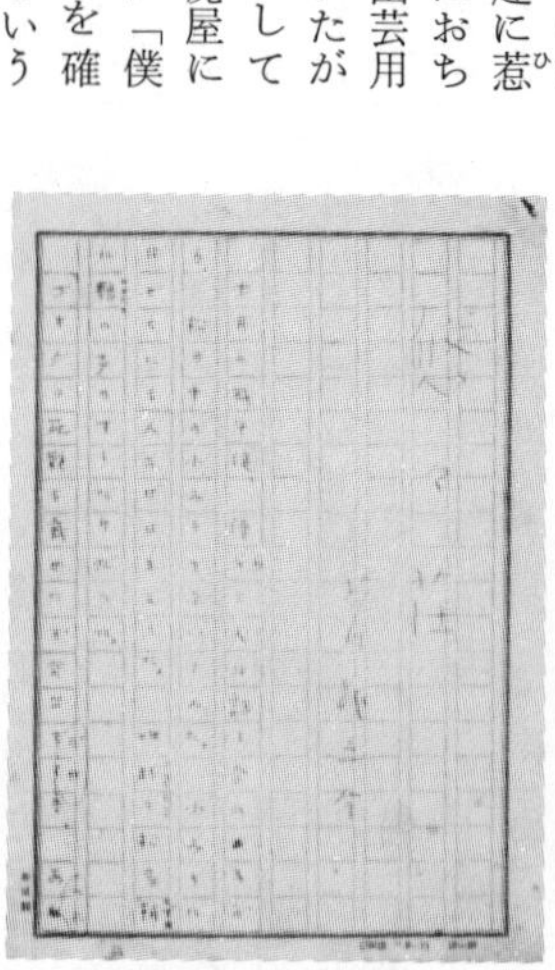

『悠々荘』の原稿

で妻子だけの簡易生活をしていた芥川のかすかな安らぎが投影されている。また「悠々荘」という邸号と廃園との対照を読者に意識させる収束部にも、人工の邸宅や庭園を荒廃させていく時間への絶望的な感慨とともに、家庭の桎梏《しっこく》や塵労《じんろう》から解放され静かに死を迎える生涯への羨望《せんぼう》が隠されている。死を目前にして二度目の新婚気分を味わっていた芥川が一瞬捕えた秋の白昼夢――あるいは彼岸の世界に漂う透明な秋の冷気――を思わせる不気味で詩的なのどかさがこの小品の魅力である。　（神田由美子）

有楽座《ゆうらくざ》　劇場。明治四一（一九〇八）年一一月一日、日本における洋風劇場のさきがけとして、有楽町数寄屋橋付近に落成。四二年一一月、自由劇場が第一回試演（『ジョン・ガブリエル・ボルクマン』）を行い、以降、自由劇場『夜の宿』（明治四三・一二）、文芸協会『故郷』（明治四五・五）を初めとして、新劇運動の一拠点となる。芥川も有楽座で何度も観劇している。劇評『有楽座の「女殺油地獄」』があるほか、例えば、『我鬼窟《がきくつ》日録』の記事から、大正八（一九一九）年六月一六日、新劇協会の第一回公演『叔父ワニヤ』（チェホフ）を見たことが知られ、また、下島勲《いさおし》『芥川君の日常』（『芥川龍之介の回想』靖文社、昭和二二・三）の記載から、大正九年二月の新劇協会第二回公演（民衆座第一回公演と称する）の『青い鳥』（メーテルリンク）を見たことが知られる。有楽座は、大正九年、帝国劇場株式会社に吸収され、以降、歌舞伎《かぶき》俳優による新劇公演を重ねるが、大正一二（一九二三）年九月の関東大震災により焼失した。昭和一〇（一九三五）年六月、現在の有楽座が開場している。　（清水康次）

誘惑《ゆうわく》　「或《ある》シナリオ」と副題されている戯曲。昭和二（一九二七）年四月一日発行の雑誌『改造』に発表された。のち『湖南の扇』（文芸春秋社出版部、昭和二・六・二〇）に収録。文末の日付「（昭和二・三・七）」等は初出・再録に異同はない。様式は一週間後に脱稿の「浅草公園―或シナリオー」（七八コマ）と同じく、七四コマからなる殉教者「せばすちあん」の試練を扱った幻想的無言劇のデッサンである。江戸時代初期の九州のある半島の洞穴《ほらあな》（何かの由来により村の木樵《きこ》りたちは十字を切り、ここを礼拝して通る）が舞台。四〇に近い日本人の「さん・せばすちあん」が一人で岩の壁にかけた十字架に敬虔《けいけん》な祈りを捧げている。彼は何者かによって数々の誘惑的幻想を見せられる。例えば、年若い傾城《けいせい》、降誕の釈迦《シャカ》や紅毛人の船長との出会い。船長の貸してくれた望遠鏡に映った五つの光景（どれも人間の醜悪な劇の一部）を見て、彼は十字を切ろうとするが切れない。船長は彼の円光をとってしまう。船長は彼を近代のカフェに置いて彼の反応を冷ややかにためす。実は船長はユダの亡霊。洞穴の隅のユダの死骸《しがい》はだんだん赤子になり、肩車をした二匹の猿になる。倒れた彼はしっかりと十字架をかざすと、船長は失望の表情をする。船長と二匹の猿は山道に、彼は辛うじて試練を克服した。「新潮合評会」（『新潮』昭和二・五）では「兎《と》に角《かく》むづかしいし僕に分らないが、時代相のやうなものは断片的に出てゐる。」（徳田秋声）、「芥川君の方は佐藤君のより知識が勝つてゐる。人類の進化とか、今までの歴史的のものを説明すると云ふ所が非常に勝つて来る。」（宮地嘉六《かろく》）など。他に竹内真の「作者の暗澹《あんたん》たる心境の影を投げてゐる。描写も短かく無気味である。」（『芥川龍之介の研究』大同館書店、昭和九・二・八）や久保田正文の「『海のほとり』や『蜃《しん》気《き》楼《ろう》』から二つのシナリオを経て、『歯車』『或阿《あ》呆《ほう》の一生』に至るコースがほぼストレートにつらなっている。」（「最後のスタイル―芥川龍之介のシナリオについて」、『宝島』昭和四〇・三）などの評がある。　（影山恒男）

湯河原《ゆがわら》　神奈川県足柄下郡の温泉町。湯は透明・無臭の含石膏食塩泉で、痔《じ》病に特効があるほか、外傷・リュウマチにも効くとされている。芥川は中国旅行後の大正一〇（一九二一）年一〇月一日から約三週間、南部修太郎とこの温泉町の中西屋旅館に滞在したのにはじまり、同一二（一九二三）年三月一六日から四月中旬まで、同一五（一九二六）年一月一五日から二月一九日までの三度、同じ中西屋で湯治・静養している。芥川気に入りの保養地であった。

（関口安義）

ユーディット《ゆーでぃっと》　Judith　ドイツの劇作家フリードリッヒ・ヘッベルの戯曲（一八四一）。ユダヤ教と異教との抗争を背景に展開する五幕史劇で、『旧約経典外聖書』から取材した。アッシリヤに攻められたエブラヤが陥落寸前まで追い詰められていたとき、処女のまま寡婦となっていたエブラヤのユーディットは単身敵陣へ乗り込んでいった。身命をなげうって祖国を救おうというのだ。そしてついに敵将ホロフェルネスの寝首をかいたため、エブラヤはその危機を免れることができたという。芥川は、この悲劇を読んで並々ならぬ衝撃を受け、松岡譲宛書簡に「この壮大な力はどうだ」「僕は新思潮創刊当時の情熱が又かへつて来たやうな気がする　一しよにやらうや」（大正七・二・五）とその感銘を録している。ただし、その影響をどの作品に求めるかは微妙なところがあり、『地獄変』（稲垣達郎『『地獄変』をめぐって』）と『袈裟《けさ》と盛遠《もりとお》』（島田謹二「芥川龍之介とロシア小説」）との二説が行われている。

（寺横武夫）

夢《ゆめ》　随筆。大正一五（一九二六）年一一月一日発行の雑誌『婦人公論』第一一年第一一号に掲載。海浜で出会った北原白秋が美しい紺色のマントを着ておりその色を白秋が札幌色だと答えたという、色彩のある夢を見た話、スエズ運河らしい川べりを歩いていてゴムを燃やしたような悪臭を感じたという嗅覚《きゅうかく》の伴った夢の話、夢の中で短歌や俳句を作ったことがある話を記している。

（岡本卓治）

夢《ゆめ》　小説。昭和二（一九二七）年執筆と推定される短編。未定稿として没後の全集に収録。疲労と不眠症とで憂鬱《ゆううつ》にとりつかれた画家のわたしは、モデルを雇えるほどの金が入ったこともあって、ある冬の日に急に制作欲を感じた。紹介されて来た女はあまり綺麗《きれい》でなくひどく無表情だったが頑健で野蛮な迫力があり、わたしはその肉体にしだいに圧迫を感ずるようになる。制作が捗《はかど》らずまた憂鬱におちこみそうになったある日のこと、女の方から珍しく話しかけてきて、近くの胞衣《えな》塚のことに触れ、「誰でも胞衣をかぶつて生まれて来るんですね？」と言う。その晩わたしは彼女を絞め殺す夢を見た。翌日、いつになく高ぶった気持ちで待っていたが彼女は来なかった。次の日、わたしは彼女の所在を探して洗濯屋の二階の宿を尋ねたが、彼女は前々日から帰っていないとのことだった。帰途、わたしは今自分が女を探しているのとそっくりの夢を以前に見たことがあるのを思い出す。野性的な生命感に圧迫される気持ちとそれに対する言い知れぬ恐れや殺意を不安な筆致で表現している。

（岡本卓治）

百合《ゆり》　小説。大正一一（一九二二）年一〇月一日発行の雑誌『新潮』第三七巻第四号に発表。未完で創作集、単行本には収められなかった。芥川の作品では、童話や少年物は決して少なくない。この作品もその一編である。これに先だって書かれた『トロッコ』が滝井孝作の「純潔―『藪の中』をめぐって―」（『改造』昭和二六・四）によれば、ある出版社（改造社）の校正係の力石という青年の原稿を下地にしたというが、『百合』も主人公の名や環境それに作品構成が類似している点で力石平蔵から得た材料であろう。良平は今ある雑誌社に勤めている。マルクスを耽読《たんどく》し、薄暗いロシアを夢みているが、そういうときに少年の日の切れ切れな思い出が彼の心をかすめる。七歳の良平は隣家の金三が二本芽の百合を見付けたというので、自慢する金三について麦畑に見に行った。さわってみると良平は、「その触覚の中に何とも云はれない嬉《うれ》しさを感じた」。二人だけの秘密にし毎朝学校へ行く前に一緒に見ようと約束する。しかし翌朝、二人はいつ花が咲くかをめぐって喧《けん》嘩《か》を始めた。ふだんは大抵泣きだす良平もその朝は泣かなかったが、とめに入った惣吉《そうきち》の母に金三が叱《しか》られるとなぜか涙がこみあげてきた。その翌日は大雨で、百合のことばかり考えていた良平は、「金三のやつも心配ずら。」と思いながら、喧嘩の手前遊びに行きたくなかったし、来ても「ロ一つ利かずにゐてやる。」と思うのだった。発表当時の時評で、加藤武雄は「芥川龍之介氏の『百合』は未完物だが、少年の心持はよく書けている。ただし会話がなつてゐない」(「十月の雑誌から」、『報知新聞』大正一一・一〇・一八)と述べ、武林無想庵が「百合の二本芽をいたわる心持が、何となく芥川龍之介氏の風格を偲《しの》ばせる」(「十月の創作を評す」、『読売新聞』大正一一・一〇・四)と評している。未完ということで、『トロッコ』ほどの内面的人生を象徴する意味での「作文的短篇」(三島由紀夫)の緊密性には欠けているものの、百合をめぐる少年の意地と優しさをとらえる芥川の目は、細かく鮮やかであり、この作者には珍しい田園生活を描いた作品である。

(神田重幸)

よ

妖怪《ようかい》　人知では何が化けたか分からぬ、人を驚かす不思議な変化を見せるもの。化け物。芥川は、幼いころの思い出として本所のお竹倉の竹藪《やぶ》を通り過ぎようとしたとき、その藪の中から「本所七不思議の一つに当《あた》る狸《たぬき》の莫迦囃子《ばかばやし》」(『少年』)が聞こえてきたようであったと記している。したがって彼は幼少のときから妖怪にかなり興味をもち、また恐怖心を抱いていたことがよく分かる。長じて西洋の文学作品に現れた妖怪について随筆『近頃の幽霊』で、「一般に近頃の小説では、幽霊——或《あるい》は妖怪の書き方が、余程科学的になつてゐる。決してゴシック式の怪談のやうに、無暗《やみ》に血だらけな幽霊が出たり骸骨が踊りを踊つたりしない。殊に晩近《ばんきん》の心霊学の進歩は、小説の中の幽霊に驚くべき変化を与へたやうです」と叙して妖怪と幽霊とを等しく異様なものとして同義にとらえ、さらに双子の魂、第四空間の怪、元素の霊、妙な物などについて述べている。この西洋の妖怪話の系譜として『骨董羹《こっとうかん》—妖婆』中のウイッチ(魔法使いの妖婆)の考察を挙げることができる。そしてこのウイッチを小説化したのが『アグニの神』の「恐《おそろ》シイ魔法使」の老婆である。そしてさらにこの話を日本に移植して創作したのが作品『妖婆《ようば》』であろう。この小説で芥川は、「驚くべき超自然的な現象」を、婆娑羅《ばさら》大神に祈る「神下ろし」の妖婆を軸として描いている。また東洋ないし日本の妖怪変化《ようかいへんげ》の話としては『今昔物語鑑賞』で、「超自然的存在」とし

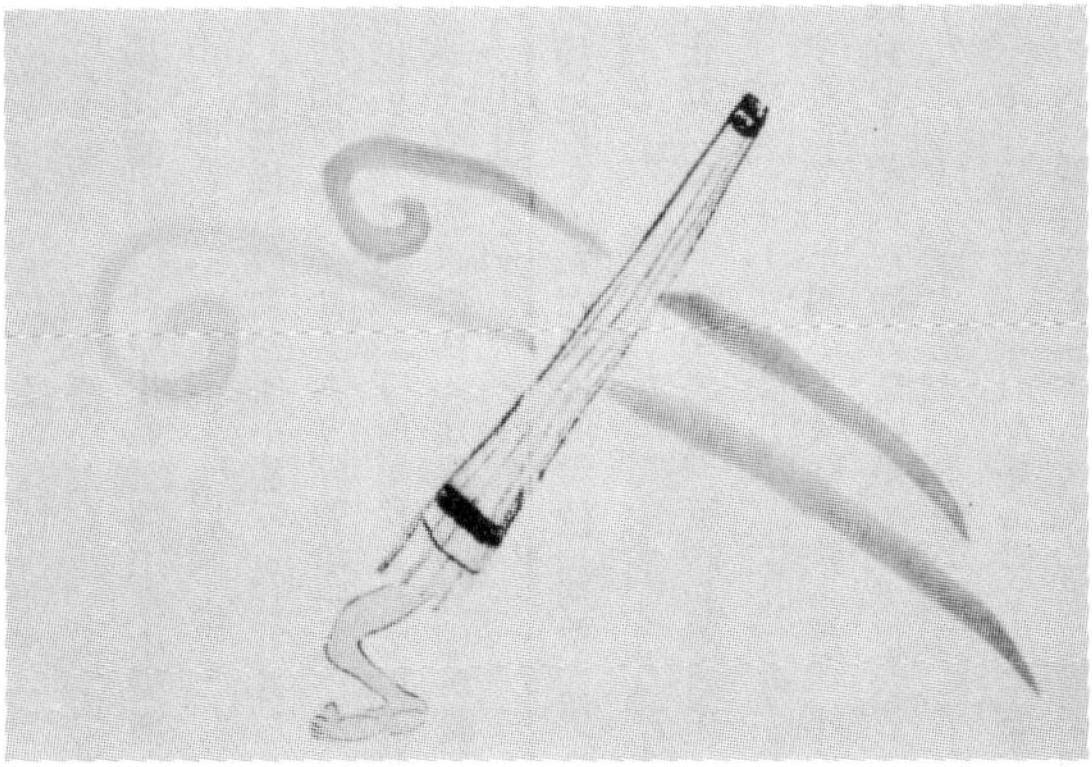

芥川の描いたから傘の妖怪

ての天狗《てんぐ》、美しい女に化けていた狐《きつね》、血の涙を垂れた雉《きじ》のことなどを紹介し、またそれらを『今昔物語』の「野性の美しさ」の例としている。また『雑筆』「水怪」では、柳田国男の本を引用して大根河岸の河童《かっぱ》、川底の大緋鯉《ひごい》、大きな、首太きすっぽんのことなどについて書いている。以上のことから推測すると、小説『河童』に出てくるいろいろな河童、『芋粥《いもがゆ》』に使いとして登場する狐も作者として間違いなく妖怪のつもりで描いたものと考えられる。また短編『六の宮の姫君』の、姫の魂のすすり泣きの声は、あまりにも哀れな妖怪の象徴として作者芥川は描写したのかもしれなかった。さらにまた、ノート『椒図志異《しょうずしい》』（別項参照）で描かれた諸妖怪像も重要である。　（久保田芳太郎）

妖婆《ようば》　小説。大正八（一九一九）年九月一日、及び一〇月一日発行の雑誌『中央公論』に発表。評判がよくなかったせいか第四短編小説集『影《かげ》燈籠《どうろう》』（春陽堂、大正九・一）にも、第五短編小説集『夜来の花』（新潮社、大正一〇・三・一四）にも収められていない。この小説は芥川の「傷神」（心をいためること）しやすかったころに書いたと言われている。婆娑羅《ばさら》の大神という怪しい物の力を借りて、加持や占いをしているお島婆《ばあ》さんという妖婆を中心に描いた小説である。婆娑羅とは正式には伐折羅・跋折羅などと書き、十二神将の一つで武装して忿怒《ふんぬ》の姿をとった神であるが、芥川はこれを水府と関係のある神に変えている。お島婆さんは夜中に必ず竪川の中へ身を浸す。蟇《がま》のような姿だというのもこの水府と関係があるのだろう。このお島婆さんが両親を失った遠縁の娘であるお敏を引き取って、お敏の体に婆娑羅の大神を祈り下して、神憑《がか》りになったお敏の口から神の差し図を仰ぐ。それがほとんど拷《ごう》問《もん》に近い方法で行われる。そのためお敏を必要とし、お敏に新蔵という恋人がいるのを妨害する。小説はこの新蔵とその友人の泰さんが、お敏を取り戻そうと苦心する様を展開したもので、その苦心が様々な奇怪な出来事でうまく行かない。最後にはこの妖婆が雷に打たれて死ぬというハッピー・エンドで終わっている。ややごたごたした小説であるため評判が悪く、佐藤春夫が「創作月旦3」（大正八・一〇）で、戦慄《せんりつ》の快感を少しも感ずることのできない失敗作だと評している。そして、電車の吊り皮の怪や電話の中に妖婆の声が混線する例などを挙げて、全くの造りごと・こしらえごとだと述べている。久米正雄も「一九一九年度に於《お》ける創作界を顧みて」（大正八・一二・二五）という文章の中で、この年の芥川の作を悪作としながらも、芥川が『妖婆』のようなものを書くほど大胆になれたことは、彼の一進歩だと評している。しかし、この素材は芥川にとって捨てえない主題だったとみえて、場所を上海《シャンハイ》に妖婆を印度人に変えて、『妖婆』を圧縮したような形で『アグニの神』（大正九・一二）を書いた。　（森山重雄）

横須賀《よこすか》　神奈川県三浦半島中央部を占める市。明治四〇（一九〇七）年市制。慶応二（一八六六）年、幕府経営の造船所が建てられ、さらに東京湾防備の立地条件もあり、明治一七（一八八四）年、横浜にあった海軍鎮守府が移されて軍港として発展する。海軍の様々な機関、設備が設置された。芥川龍之介は、そのうちの一つ、当時横須賀白浜にあった海軍機関学校（明治一四（一八八一）年設置）に、東京帝国大学英文科を卒業した年、大正五（一九一六）年一二月、英語教授嘱託として就任する。そして、大正八（一九一九）年三月に退官するまで二年四か月教鞭《きょうべん》を執った。就任時は鎌倉の下宿から通っていたが、大正六（一九一七）年九月には、潮入五八〇番地尾鷲《おわせ》方に下宿をする。翌年三月に、前月結婚した文《ふみ》との新家庭のため再び鎌倉に転居するまで約半年横須賀に住んだ。海軍機関学校時代は〈不愉快な二重生活〉ではあったが、のちになっては生活と実生活の均衡が保たれた時代として想起されもし〈保吉もの〉の舞台ともなった。（宮坂　覺）

横須賀の海軍機関学校《よこすかのかいぐんきかんがっこう》　⇩海軍機関学校《かいぐんきかんがっこう》

横山大観《よこやまたいかん》　明治元・九・一八〜昭和三三・二・二六（一八六八〜一九五八）。日本画家。本名秀麿。茨城県生まれ。明治二二（一八八九）年開校された東京美術学校（東京芸術大学の前身）に第一回生として入学。二六（一八九三）年卒業。二九（一八九六）年母校の助教授となった。のち校長岡倉天心に殉じて同校を辞職。日本美術院を創立。第一回展に発表した『屈原』を高山樗牛《ちょぎゅう》に認められた。昭和一二（一九三七）年第一回文化勲章受章。芥川が大観の絵に接したのは、書簡によると、大正二（一九一三）年の文展の時が初めてである（原善一郎宛、大正二・一一・二）。しかし、そこで「大観氏は矢張たしかなものでした（昨年ほど人気はありませんけれど）」と言っているからその前にも大観の作を見たか、評判を聞いていたと思われる。後年芥川は大観から弟子入りを口説かれたことを小穴《おあな》隆一に、「君、大観は、僕に絵かきになれといふんだ、さうすれば、自分が引きうけて、三年間みつちり仕込んで必ず者にしてみせる、といふんだ。」（小穴隆一『二つの絵—芥川龍之介の回想—』中央公論社、昭和三一・一・三〇）と語っている。

（山敷和男）

与謝野晶子《よさのあきこ》　明治一一・一二・七～昭和一七・五・二九（一八七八～一九四二）。歌人。本名は晶《しょう》。大阪府生まれ。明治三三（一九〇〇）年『明星』に参加、『みだれ髪』（東京新詩社・伊藤文友館、明治三四・八・一五）の大胆な修辞、情熱的な歌風で注目を集めた。以降、歌人、評論家として活躍した。『「我鬼窟《がきくつ》日録」より』の大正八（一九一九）年五月三一日のところに「夕方ミカドのホイットマン百年祭に行く。始めて有島武郎氏、与謝野鉄幹氏夫妻に会ふ。」とあって、芥川との初対面の日付が分かる。また、同年一一月九日付の下島勲《いさおし》宛書簡に、「先日晶子女史歌会へ参り候所小生の歌ちつとも抜けず漸《やうや》く二点を得しのみに候。」とあり、『文放古《ほご》』中に、江戸川の最勝寺の塔が、「霞《かすみ》の中に九輪だけ光らせてゐる」さまを、「与謝野晶子でも歌いさう」だ、とする一節もあり、芥川の関心のほどをうかがわせる。晶子宛の芥川書簡は七通、大正八（一九一九）年一一月一一日～大正一四（一九二五）年二月一四日付のものまでが残っている。

（佐佐木幸綱）

吉井勇《よしいいさむ》　明治一九・一〇・八～昭和三五・一一・一九（一八八六～一九六〇）。歌人・劇作家・小説家。東京生まれ。早稲田大学政治経済科中退。伯爵幸蔵の次男。明治三八（一九〇五）年に「新詩社」に入社。第一歌集『酒ほがひ』（昴《すばる》発行所、明治四三・九）は芥川の一高入学直後の刊行で、これに惹《ひ》かれたのが芥川の吉井に親しむ契機だったと推定される。さらに、戯曲『夢介と僧と』（『三田文学』明治四三・四）などにより、「えらいとはちつとも思はないがなつかしい人だ」（山本喜誉司宛書簡、明治四四・二・一四（推定））といった感想をもらすまでになっている。その後、共通の友人の久保田万太郎や久米正雄らを介しての交友が主であったと思われるが、特に親密な交渉は生じなかった。芥川には「吉井勇に戯る」と題する「赤寺の南京《ナンキン》寺の瘦《や》せ女餓鬼まぎはまぐとも酒なたちそね」ほかの歌がある。吉井は「我鬼の歌」と題する追想文（随筆集『雷』、天理時報社、昭和一七・四）で、芥川晩年の苦悶に同情しつつも、余技であった歌の方に最も親しみを感ずると述懐している。

（岡本卓治）

吉田絃二郎《よしだげんじろう》　明治一九・一一・二四～昭和三一・四・二一（一八八六～一九五六）。小説家・戯曲家・随筆家。本名源次郎。佐賀県生まれ。工業学校などを経て、早稲田大学英文科卒業。大正六（一九一七）年一〇月『早稲田文学』に発表

芥川龍之介自画像

した『島の秋』が出世作となり、その感傷的な筆致によって、多くの読者を得た。芥川が吉田について触れた文章はいくつかあるが、『大正八年六月の文壇』で、吉田の『馬鈴薯畑』についての感想を記している。また吉田の『芭蕉』について芥川は「伝称するに足る小説」（『芭蕉雑記』雑纂《ざつさん》）としている。一方、吉田は、大正九（一九二〇）年五月八日『読売新聞』で、芥川の作品『女』が、「巧《たくみ》な長い作品」よりも「良い素質が素直に出てゐる」と評している。吉田は『山家日記』（新潮社、昭和一四・七・一八）で、春陽堂の招待で芥川と同席したおり、芥川が画帖《ちよう》に自分の顔と「水洟《ばな》や鼻の先だけ暮れ残る」と認《したた》めたことや、中座しようとする吉田を芥川が引き止めたことなどを通して、「親しめる人」としての印象を述べている。（馬渡憲三郎）

吉田弥生《よしだやよい》　明治二五・三・一四〜未詳（一八九二〜？）。芥川の初恋の女性。東京市深川区東扇橋町に中村よしの非嫡子として生まれる。東京高等女学校を経て、大正二（一九一三）年青山女学院英文科卒業。稀《まれ》にみる才媛として知られた。芥川と彼女が知り合ったのは、弥生の養父吉田長吉郎が東京病院の会計事務を担当するようになって家族ともども同病院構内の家に移転し、また龍之介の実家新原《にいはら》家は、東京病院のごく近くにあって病院に牛乳を納めていた関係から、龍之介の実父敏三《としぞう》と長吉郎との間柄は緊密となったからであった。ところで芥川が弥生を初めて恋の対象として意識しはじめたのはおよそ大正三（一九一四）年ころではなかったかと推測される。というのは、芥川が大正三年五月一九日付の井川（恒藤《つねとう》）恭《きよう》宛書簡に「僕の心には時々恋が生《うま》れる　あてのない夢のやうな恋だ　どこかに僕の思ふ通りな人がゐるやうな気がする」云々《うんぬん》と書き送り、また同年の手紙の下書きには「眠る前に時々東京の事や　弥あちやんの事を思ひ出します」（葛巻《くずまき》義敏「芥川龍之介のいわゆる〔初恋〕」）と書いているからである。ところが翌大正四年二月二八日付の井川宛書簡には、「ある女を昔から知つてゐた　その女がある男と約婚した　僕はその時になつてはじめて僕がその女を愛してゐる事を知つた。（中略）その約婚も極《ご》大体の話が運んだのにすぎない事を知つた／僕は求婚しやうと思つた（中略）家のものにその話をもち出した　そして烈《はげ》しい反対をうけた」とあって芥川の初恋が不幸にも破れたことを知る。弥生の結婚の相手は砲兵中尉金田一光男であり、また芥川家が龍之介の求婚に強く反対した理由は、弥生が士族出身でないこと、彼女にまつわる「赤新聞評」、さらに彼女の出生と戸籍上に絡まる問題などであった。そしてこの失恋は、吉田精一が『芥川龍之介Ⅰ』（『吉田精一著作集　第一巻』）で指摘しているように、芥川の性格上、文学上にかなり強い影響を与えた。すなわち、第一には、彼がいっそう人間の醜さ、利己主義というものに敏感になり、思いをひそめるようになってますます暗い気持ちに追い込まれるようになったこと、第二には、そうした暗い気持ちや醜い現実から逃れるためになるべくユーモラスな古典の世界に浸ろうとする傾向を深めたことなどであったのである。（久保田芳太郎）

義仲論《よしなかろん》　評論。明治四三（一九一〇）年二月発行の東京府立第三中学校学友会雑誌第一五号に発表された。中学時代の作品である。流麗な文語体で木曾《きそ》義仲を論じている。中学時代の芥川の学力、文章力の高さ、歴史に対する関心の深さを示しているが、それにも増して、作品にみなぎる少年の日の芥川のロマンチックな熱情が、その後の文学的生涯を考える場合、見逃すことの出来ない意味を持っている。「一　平氏政府」、「二　革命軍」、「三　最後」の三章に分かち、源平の合戦をフランス革命になぞらえ、「寿永革命」と呼び、広い視野で諸勢力の動向を分析し、その興亡を歴史的必然として論じている。義仲については極めてロマンチックに、「彼は遂に時勢の児《こ》也。鬱勃《うつぼつ》たる革命的精神が、其《その》最も高潮に達したる時代の大なる権化也《なり》。」と言い、「革命の健児中の革命の健児」と称賛した。この「革命の健児」を生んだのは木曾の自然であった。義仲は「野性の児」であり、

「熱情の人」であり、「赤誠の人」であった。「極めて大胆にして、しかも極めて性急」であった。「世路の曲線的なるにも関《かかは》らず、常に直線的に急歩」しなければやまなかった。そして「余りに、温《あたたか》なる涙を有し」ていた。そこに革命の将として成功したゆえんがあるが、そこにまた、政治家として天下を治めるのに失敗した理由がある。芥川はこのように論じて、義仲と頼朝《よりとも》を比較し、「寿永革命史中、経世的手腕ある建設的革命家としての標式は、吾人之《ごじんこれ》を独り源兵衛佐《ひょうえのすけ》頼朝に見る。」と述べている。頼朝はあくまでも打算的に、組織的に、快刀乱麻を断つように天下の事を断じた。これと対照的に、義仲に成敗利鈍をかえりみず、利害得失をはからなかった。あくまで野性の児であり、自我の流露に任せて、得んと欲するものを得、為《な》さんと欲することを行った。そして、ひとたびは平氏を追い払って勝利者となったが、朝廷のしきたりや礼儀作法を踏みにじり、公卿たちの反感を買って、惨めな敗死を遂げなければならなかった。この義仲を芥川は「彼は小児の心を持てる大人也。怒れば叫び、悲《かな》しめば泣く、彼は実に善を知らざると共に悪をも亦《また》知らざりし也。然《しか》り彼は飽く迄《まで》も木曾山間の野人也。同時に当代の道義を超越したる唯一個の巨人也。」と評し、「彼は所詮《しょせん》野性の児也。区々たる縄墨《じょうぼく》、彼に於《おい》て何するものぞ。彼は自由の寵児《ちょうじ》也。彼は情熱の愛児也。而《しか》して彼は革命の健児也。」と述べた。義仲が粟津《あわづ》で敗死したのは三一歳であった。木曾の挙兵からわずか四年に過ぎなかった。「彼の社会的生命はかくの如く短少也。しかも彼は其炎々たる革命的精神と不屈不絆《はん》の野性とを以《もつ》て、個性の自由を求め、新時代の光明を求め、人生に与ふるに新《あら》たなる意義と新なる光栄とを以てしたり。」と、芥川は義仲の失敗と蹉《さ》跌《てつ》の不幸な生涯を、それ故にかえって、「男らしき生涯」であったと称賛している。「彼の一生は短《みじ》かけれども彼の教訓は長かりき。彼の燃《もや》したる革命の聖壇の霊火は煌々《くわうくわう》として消ゆることなけむ。彼の鳴らしたる革命の角笛の響《ひびき》は嚠々《りうりう》として止むことなけむ。彼逝くと雖《いへど》も彼逝かず。彼が革命の健児たるの真骨頭は、千載の後猶《なほ》残れる也。」と言うのである。義仲がその不幸において、敗死において、その生命を永遠にしたのだと、ロマンチックに歌いあげている。

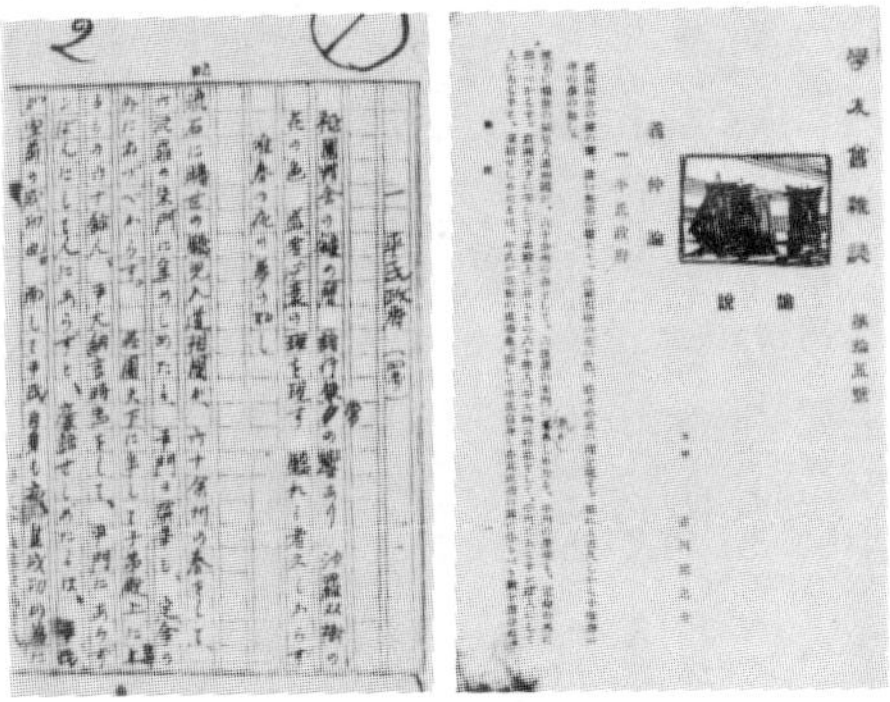

府立三中の「学友会雑誌」に発表した「義仲論」と下書き原稿。

『義仲論』は義仲の実像を究明し、客観的にその生涯を評価しようとするものではなかった。むしろ少年の夢を仮託し、義仲を現代化し、理想化して語ることによって、いっさいの旧《ふる》い道徳や習慣から自由になって、ひたすら自己の欲求に従って生きる、野性的な、破壊的な、革命的な生涯への憧憬《どうけい》を語ったのである。あくまでも理知的な都会人であり、他人の目に対して極度に敏感で、自分自身の情熱をおし殺して生きた芥川の内部に燃えるものを語っており、芥川の生涯と文学を考えるとき、見落とすことの出来ない作品である。

〔**参考文献**〕臼井吉見「『木曾義仲論』をめぐって」(『現代日本文学大系43　芥川龍之介集』解説、筑摩書房、昭和四三・八・二五)、伊豆利彦「芥川文学の原点―初期文章の世界」(『日本近代文学研究』新日本出版社、昭和五四・二・二五)

(伊豆利彦)

吉村チヨ《よしむらちよ》　明治二九・一〇・二一～昭和四・一一・二二(一八九六～一九二九)。長崎県生まれ。芥川龍之介の生家新原《にいはら》家に大正五(一九一六)年ごろまでいたお手伝いで、龍之介の姉ひさの子葛《くず》巻《まき》義敏の幼稚園の送り迎えなどをしていた。龍之介は当時芥川家が住んでいた新宿牧場わきの実父敏三《としぞう》の持ち家からしばしば芝の新原家にやってきた。ひさが西川豊と再婚した折、チヨはひさについて行った。のち大正一一（一九二二）年四月五日龍之介の叔父竹内顕二の養子仙次郎と婚姻する。芥川家とは姻戚関係になったわけだが、姑《しゅうとめ》が厳しい人で、同年八月三〇日に協議離婚をして郷里に帰り、一五（一九二六）年四月七日再婚した。芥川はチヨに常に優しい心をなげかけていた。葛巻義敏編『芥川龍之介未定稿集』（岩波書店、昭和四三・二・一三）に千代宛書簡（大正二、三ごろ《推定》草稿）として以下のものが収められている。「今　芝からかへつた所。ひとりで之《これ》を書く。／ちよの事を思ふとさびしくなる、ひとりで本をよんでゐて　ふと今頃は何をしてゐるだらうと思ふとさびしくなる、もうみんな忘れてしまつたかしらと思ふとなほさびしくなる」、「ぼくはこの頃になつていよいよお前がわすれられなくなつた　今までもお前を愛してゐた事は愛してゐた、しかしこの頃は心のそこからお前の事を思ひ又お前のしあはせをいのつてゐる。／ぼくは今まで　お前をじゆうにしない事をざんねんに思つてゐた。お前のからだをぼくのものにしない事をものたりなく思つてゐた、ぼくは今になつて　かう云ふ事ばかり考へる愛はほんとうの愛ではないと云ふ事を知つた」、「それをかんがへるとぼくはほんとうにかなしくなる。ぼくはたつた一人、すきな人を見つけて　そのすきな人と一しよにゐられない人げんなのだ、やかましく云へばそのすきな人の手にさへさはれない人げんなのだ、さうしてそのすきな人がよその人のところにかたづくのを見てゐなければならない人げんなのだ。ぼくの心ぼそくなるのもむりはないだらう」、「ぼくは　ほんとうに　お前を愛してゐるよ　お前もぼくのことさへわすれずにゐてくれゝばいゝ　それでたくさんだ　それより外のことをのぞむのは　ぼくのわがまゝだと気がついた　たゞわすれずにゐておくれ」と諦《あきら》めの裏に優しい感情と愛を訴えている。また『手帳』（大正五）に「一月二十日、『鼻』をかき上げる。久米と成瀬と夜おそく Café Lion ではなす。かへりにCの事を考へる。かはいさうになる。」「一月二十四日。小説をかく。Cを思ふ。さびしくなる。」とある。チヨがひさについて行き、会いにくくなることへのわびしい気持ちを認めている。

吉村チヨ

（菊地　弘）

世之助の話《よのすけのはなし》　小説。大正七（一九一八）年四月一日発行の雑誌『新小説』に発表。『影《かげ》燈籠《どうろう》』（春陽堂、大正九・一・二八）、『戯《げ》作三昧《さくざんまい》』（春陽堂、大正一〇・九・八）に収録。『影燈籠』の日付は六年四月であるが、石割透は「六年六月が正しい」（『文学年誌』昭和五五・七）と推測し、「『世之助の話』は最初は『女』という題であったのか、七日の『時事新報』の『文芸消息』欄には、芥川が〈小説『女』（三〇枚）を脱稿『新小説』七月号の為《た》めに寄せた。〉とある」。さらに六月二三日『時事新報』の以下の記事を紹介している。「芥川龍之助《ママ》氏が『新小説』へ掲げる積りで『世之助の話』と題する小説を同誌へ送つたが、少し猛烈なので田中氏も大分頭を悩ましてゐる芥川君の作でも出色の者ださうで官能描写も此迄《ここまで》に行けばなあと田中君が語つて居たが発表はちと難《むず》かしいらしい」。しかし問題はそれだけではない。初出との間にも問題をはらむ。単行本以下全集には二行分のリーダー罫《けい》があり、初出は「その中に、舟は遠慮なく進んで、見る見る中《うち》に向う河岸の桟橋が眼《め》の前へ迫つて来る。耳の垢《あか》取りは、もう鼻唄《はなうた》をやめて、幟《のぼり》を杖《つゑ》に舳《みよし》から身を起《おこ》すと、唐服の裾《すそ》をはたいて、」があった。これに関して芥川は『「影燈籠」附記』で、「『世之助の話』は本来『傀儡《かいらい》師』に加ふべきであつたが、当局の忌避に触れた為《ため》、やつと一部を削つて本集に収める事が出来た。」と言っている。しかし、もし芥川が削った箇所が前述の二行分リーダ罫のところに当たるなら特に、「当局の忌避に触れ」るような箇所と思えず、むしろ削ったことによって、逆にエロチックな効果をあげていると言えよう。作品は上・中・下に分かれ、上と下は対話形式。上で友達が世之助に女と少人を弄《もてあそ》んだ数が余りにも多すぎはしないかと尋ね、それに答えたのが中に当たり、そこで世之助はただ一つの例を挙げた。三〇年ばかり前、町家の女房と船の合い乗りになり、女の匂《にお》いとともに女の体温が世之助に伝わってきた。私は感官の力の不足を想像の働きで補い、女の身体をあらゆる点から味わった。やがて舟は桟橋に、私はよろけながら女の手に自分の手をかけてみた。当然強い刺激を予想していたが、見事に外れてしまう。この話が友達への返答だが、下で女護ケ島もここも同じだと言い、「どうせ何でも泡沫《ほうまつ》夢幻だからね。」と言い残す。芥川は西鶴が挙げた世之助の多過ぎる情交の数、一見その謎《なぞ》を解明してみせるとみせながら、巧みに世之助の人間観、人生観を描き出していく。無論小説の核心はここにある。女に手を触れる以前、世之助は既にこの女を知り尽くしていたのだった。つまり男が女を知り尽くすとはこの女との体験以上のものではなかった。これが世之助の寂しい発見であり、女とのかかわりに人生のすべてを捧げ尽くしたかのごとき世之助の認識はこうした発見、体験の交歓以上には出られず、人の世の「さみしさ」を感じ取るしかなかった。彼の女性への稀代《きだい》の情熱はこの「さみしさ」故にいっそう駆り立てられ、それはさらに人の世の「泡沫夢幻」を感じさせてしまう。三〇年前の「発見」を語って小説の末「さあ改めて、加賀節《ぶし》でも承《うけたまは》らう。」とはそうした世之助のそこでしか生きることのできない苦く寂しい、遊びの世界、人生の結末を表している。作品の完成度は別にしてこの小説の底は意外に深く、重い。主人公の内面は確実に作者の思いへと重なる。世之助は一切の他人に対して感じる羞恥《しゅうち》心のなかでしだいに大胆になり、他者のなかへと交わっていくが、それは感性を通路として他者を所有する世之助の生の方法であった。この稀代の色男の生の方法がもたらす人生の寂しさ、悲しみを描くことが作家芥川龍之介の生の確認と認識であり、それは他者を所有することなしに「泡沫夢幻」へとたどっていく芥川の寂しい発見でもあったのだ。　（田中　実）

読売新聞《よみうりしんぶん》　明治七（一八七四）年一一月二日に創刊。当初は雑録本位の小新聞だったが、しだいに文学新聞としての性格を強める。尾崎紅葉『金色夜叉《こんじきやしゃ》』ほか硯友《けんゆう》社の登場を経て、自然主義時代は『早稲田文学』と並ぶ牙城となり、田山花袋『生』、島崎藤村『家』などを連載した。いわゆる「読売文芸」欄を舞台に、華やかな論争も展開され、赤木桁平《こうへい》は遊蕩《ゆうとう》文学撲滅論を掲載、芥川はこれに関心を寄せている（松岡譲宛、大正五・八・九）。芥川の寄稿は、『松浦一氏の「文学の本質」に就いて』（大正五・一・一二）、『貉《むじな》』（大正六・三・一一）、『南瓜《かぼちゃ》』（大正七・二・二四）の三編あるが、大正七（一九一八）年三月から大阪毎日新聞社社友になったため、契約により以後の寄稿はない。やや後の『新潮』文壇沈滞の所以を問ふ』（大正一一・七）には、「僕は『時事』も『読売』も読まず、纔《わづ》かに寄贈される文芸雑誌へ眼を通してゐるくらゐのものだから」という一節が見える。
（宗像和重）

ら

頼山陽《らいさんよう》　安永九・一二・二七〜天保三・九・二三（一七八〇〜一八三二）。儒者・史家・詩人。大阪生まれ。父弥太郎（号春水）、母静子（梅颸）の長男。名は襄《のぼる》。江戸に出て尾藤三洲に学び、史学に詳しく、代表的な著書に『日本外史』があり、詩人としては『山陽詩集』などをのこした。芥川は明治三一（一八九八）年、教え年七歳のとき、一家の一中節《いっちゅうぶし》の師匠宇治紫山の息子について英語と同時に漢文を学びはじめたが、そのときの漢文のテキストが『日本外史』であった。彼は『雑筆』の「竹田」（『人間』大正九・九）のところでは「友だち同志なれど、山陽の才子ぶりたるは、竹田より遙《はるか》に品下れり」と俗物扱いしているが、それは画家として山陽をみた場合で、『日本外史』についてはは「日本外史を有名にせしは詩人たり歴史家たる山陽よりも、尊王家たる山陽に依りしにあらずや。」（『「改造」プロレタリア文芸の可否を問ふ』大正一二・二）として正しく評価している。

（山敷和男）

羅生門《らしょうもん》　小説。大正四（一九一五）年一一月一日発行の雑誌『帝国文学』に、柳川《やながわ》隆之介のペンネームで発表。『羅生門』（阿蘭陀《オランダ》書房、大正六・五・二三）、新興文芸叢書8『鼻』（春陽堂、大正七・七・八）に収録。初出と初刊との間にも若干の本文異同があるが、とくに『鼻』への再録に当たっては、老婆の独白部分が間接話法から直接話法に改められたり、末尾の一文が「下人は、既に、雨を冒して、京都の町へ強盗を働きに急ぎつゝあつた」（初出）、「下人の行方は、誰も知らなかった」（初刊）から、「——急いでゐた」（初出）、「——急いでゐた」と改められたりするなど、かなり大幅な改訂が加えられている。主材源は『今昔物語集』巻二九「羅城門登二上層一見二死人一盗人語《こと》第一八」だが、他に同三一「大刀帯《たてはき》陣売レ魚嫗《をうな》語第三一」や『方丈記』の養和の飢饉の様なども採り入れられている。また鷗外訳の『橋の下』（フレデリック・ブウテエ）との関連を説く説もある。かつ、芥川自身、この作品と『鼻』の執筆動機に触れて、「自分は半年ばかり前から悪くこだはつた恋愛問題の影響で、独りになると気が沈んだから、その反対になる可《べ》く現状と懸け離れた、なる可く愉快な小説が書きたかつた。」（別稿『あの頃の自分の事』）と語っているところから、大正四年春の吉田弥生《やよい》に対する愛の挫折《ざせつ》、そしてその傷心の中で深められた「イゴイズムのない愛がないとすれば人の一生程苦しいものはない」（井川（恒藤《つねとう》）恭《きょう》宛、大正四・三・九）という認識にこの作のモチーフをさぐる見方が有力である。しかし一方には、大正三年末から四年初頭、つまり右の失恋体験に先だってすでに起筆されていたとする説（小堀桂一郎、海老井英次）もある。内容は、原稿用紙一六枚ほどの短いものだが、次のごとく起承転結の鮮やかな、抜きさしならない構成を持つ作品である。（起）時は「洛中のさびれ方」一通りならざる平安末期のある日の暮れ方、一人の下人が雨に降りこめられて羅生門の下にたたずんでいる。主家からひまを出された彼は、飢え死にしたくなければ盗人になるより外に仕方がないというところまで追いつめられているのだが、そこに開き直る決心もつかずにいる。（承）ともあれ今夜ばこの門の楼上に雨露をしのごうと、梯子《はしご》段をのぼりかけた下人は、浮浪者の死体捨て場にもなっているその楼上に、松の木片に火をともして死人の髪を抜く老婆を発見する。「頭身の毛も太る」ほどの恐怖が鎮まったあと、猛然と湧きあがる「悪を憎む心」に駆り立てられた下人は、楼上にとびあがって老婆を取り押さえる。（転）厳しく問いつめる下人に対する老婆の答えはこうだった。死人の髪を抜いて鬘《かつら》にしようとしたまでのこと。それに、この死人どもにせよ、この世にあるうちは、己《おの》が身過ぎのためには人を欺《あざむ》こうが何しようがてだてを選ばなかった者たちばかり、このわしが飢え死にをまぬがれようとて髪を抜いてもとがめはすまい。(結)聞き終わった下人は、「きっと、さうか」、それではお前、「己《おれ》が引剝《ひはぎ》をしようと恨むまいな。己もさうしなければ、饑死《うえじに》をする体なのだ。」と言い放つや、すばやく老婆の着物を剝《は》ぎとり、しがみつく老婆を蹴倒して梯子段をかけ降りる。下人の姿はたちまち「黒洞々《たうたう》たる夜」の彼方にのみこまれる。――この作品については、芥川の第一作品集の題名に冠せられたところからも、作者の自信と愛着のほどがうかがわれるのだが、発表当時は「六号批評にさへ上ら」ず(別稿『あの頃の自分の事』)、『新思潮』の同人仲間からも評判が悪かった。しかし、『鼻』(『新思潮』大正五・二)や『芋粥《いもがゆ》』(『新小説』大正五・九)などによって芥川の作家的力量が認められるに至ってからこの作品も改めて振り返られ、加藤武雄や江口渙《かん》の積極的評価、さらには単行本『羅生門』の刊行によって、芥川の準処女作として重んじられるようになった。この作品に対する主題解釈論、あるいは研究的アプローチとしては、戦中に岩上順一の『歴史文学論』(中央公論社、昭和一七・三・三〇)と吉田精一の『芥川龍之介』(三省堂、昭和一七・一二・二〇)の二つがあるが、うち、この作品に「当時の労働運動の根拠」に通じるところの〈飢えをしのぐためにはいかなる手段も許される〉というテーマを認めようとした岩上の説は、客観的な作品解釈というよりは、戦時下の厳しい言論統制の網の目をくぐる苦しい自己韜晦《とうかい》の言として聞くべきほどのものだが、後者吉田の説は、「下人の心理の推移を主題とし、あはせて生きんが為《ため》に、各人各様に持たざるを得ぬエゴイズムをあばいてゐるもの」としてこの作の主題をとらえ、その客観的な説得性によってその後の鑑賞の方向を決定した。戦後は、この吉田説を基本的に踏まえながら、それよりはむしろ「矛盾の同時存在」を強調する駒尺喜美説や、「己を繋縛するものからの解放の叫び」を読み取る関口安義説、さらには末尾の一文の改訂を重視して、芥川の内なる「虚無」、その「心の暗部」の芸術的形象化を説く三好行雄説などを主なるものとして、そのほかにも様々な解釈が提起されている。また、そういう主題解釈論ともかかわりながら、森本修、小堀桂一郎、海老井英次、竹盛天雄らからはこの作品の成立時期をめぐって活発な問題提起がなされ、一方、作品と典拠との関係は、長野甞一や小堀桂一郎らによっていっそう鮮明に、また多面的に検討されるに至った。問題は今なお尽きる気配がないが、ただし、いかなる議論が立てられるにせよ、『羅生門』が主として『今昔物語集』から素材を借りながら、極限状況に現れ出る人間の生の実相、日常的なモラルの剝落《はくらく》したところに露呈される生の本質そのものを、簡潔かつ鮮やかに形象化してみせた傑作であることは動かない。

大正４年の芥川龍之介

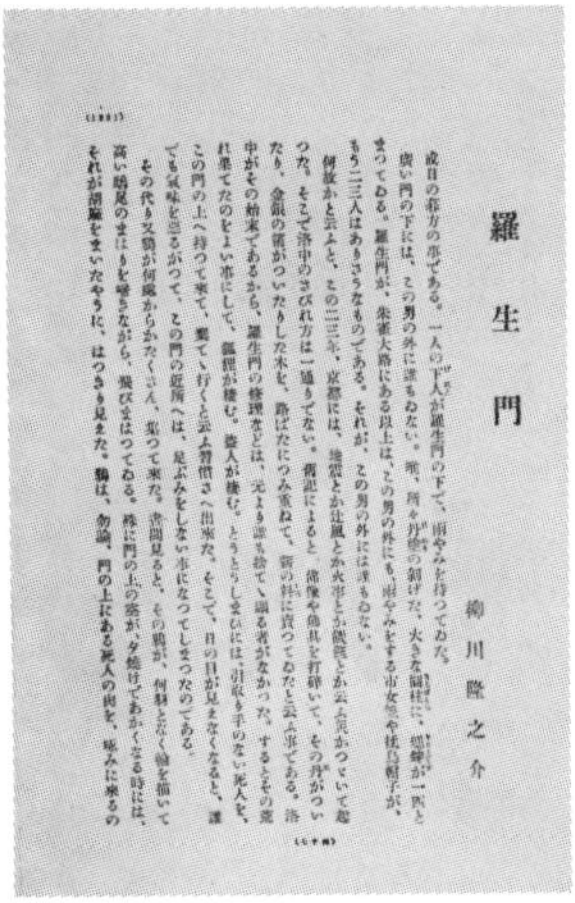
羅生門

柳川隆之介

或日の暮方の事である。一人の下人が羅生門の下で、雨やみを待つてゐた。

廣い門の下には、この男の外に誰もゐない。唯、所々丹塗の剝げた、大きな圓柱に、蟋蟀が一匹とまつてゐる。羅生門が、朱雀大路にある以上は、この男の外にも、雨やみをする市女笠や揉烏帽子が、もう二三人はありさうなものである。それが、この男の外には誰もゐない。

何故かと云ふと、この二三年、京都には、地震とか辻風とか火事とか饑饉とか云ふ災がつゞいて起つた。そこで洛中のさびれ方は一通りでない。舊記によると、佛像や佛具を打砕いて、その丹がついたり、金銀の箔がついたりした木を、路ばたにつみ重ねて、薪の料に賣つてゐたと云ふ事である。洛中がその始末であるから、羅生門の修理などは、元より誰も捨てゝ顧る者がなかつた。するとその荒れ果てたのをよい事にして、狐狸が棲む。盗人が棲む。とうとうしまひには、引取り手のない死人を、この門の上へ持つて來て、棄てゝ行くと云ふ習慣さへ出來た。そこで、日の目が見えなくなると、誰でも氣味を惡るがつて、この門の近所へは、足ぶみをしない事になつてしまつたのである。

その代り又鴉が何處からか、たくさん、集つて來た。晝間見ると、その鴉が、何羽となく輪を描いて高い鴟尾のまはりを啼きながら、飛びまはつてゐる。殊に門の上の空が、夕焼けであかくなる時には、それが胡麻をまいたやうに、はつきり見えた。鴉は、勿論、門の上にある死人の肉を、啄みに來るの

『羅生門』(大正四年一一月『帝国文学』)

〔参考文献〕長野甞一「古典と近代作家」(『国文学解釈と鑑賞』昭和三四・六)、森本修「『羅生門』成立に関する覚書」(関西大学『国文学』第三一八号、昭和四〇・七)、小堀桂一郎「芥川龍之介の出発―『羅生

門』恣考—」（『批評』第13号、昭和四三・九）、海老井英次『羅生門』—その成立の時期—」（『国文学』昭和四五・一一）、関口安義「『羅生門』・『芋粥』」（文学批評の会編『批評と研究　芥川龍之介』芳賀書店、昭和四七・一一・一五）、三好行雄「無明の闇—『羅生門』の世界—」（『芥川龍之介論』筑摩書房、昭和五一・九・三〇）、竹盛天雄「羅生門」（菊地弘・久保田芳太郎・関口安義編『芥川龍之介研究』明治書院、昭和五六・三・五）　（蒲生芳郎）

『羅生門』らしょうもん　芥川龍之介の第一創作集。大正六（一九一七）年五月二三日、阿蘭陀《オランダ》書房刊。装丁は作者自身が行い、題字と背文字、および扉の「君看雙眼色　不語似無愁」は、一高時代の恩師菅虎雄《すがとらお》（白雲）が書いている。中扉に「夏目漱石先生の霊前に献ず」の献辞が添えられている。収録作品は『羅生門』『鼻』『父』『猿』『孤独地獄』『運』『手巾《ハンケチ》』『尾形了斎覚え書』『虱《しらみ》』『酒虫』『煙管《きせる》』『貉《むじな》』『忠義』『芋粥《いもがゆ》』の一四編。巻末に『羅生門の後に』と題した「あとがき」を添えている。作者数え年二五歳に書いた作品がほとんどであり、同人雑誌第四次『新思潮』をはじめとする諸誌に一度発表したものにすべて手を加え、収録している。『羅生門の後に』には、この集の成り立ちと、刺激を与えてくれた『新思潮』同人に対する感謝の気持ちを表しているほか、次のように付記している。「自分の創作に対する所見、態度の如きは、自ら他に発表する機会があるであらう。唯、自分は近来ます／＼自分らしい道を、自分らしく歩くことによつてのみ、多少なりとも成長し得る事を感じてゐる。従つて、屢々《しばしば》自分の頂戴する新理智《りち》派と云ひ、新技巧派と云ふ名称の如きは、何《いづ》れも自分にとつては寧《むし》ろ迷惑な貼札《はりふだ》たるに過ぎない。それらの名称によつて概括される程、自分の作品の特色が鮮明で単純だとは、到底自信する勇気がないからである。」創作に対する自負心と同時代評に対する己の感懐が率直に述べられている。翌月二七日、日本橋のレストラン鴻《こう》の巣《す》でその出版記念会が催された。この記念会の発起人の一人であった江口渙《かん》は、「芥川龍之介の『羅生門』を読む」（のち「芥川君の作品」、『東京日日新聞』大正六・六・二九～七・一）という評を書いた。江口はそこで「芥川君の作品の基調をなすものは澄切つた理智《インテレクト》と洗練《リファイン》されたヒューモアーである」と言い、「人生の傍観者」である点を指摘している。『羅生門』の刊行は、文壇に新進作家芥川の存在をくっきりと印象づけるものとなった。

（藤多佐太夫）

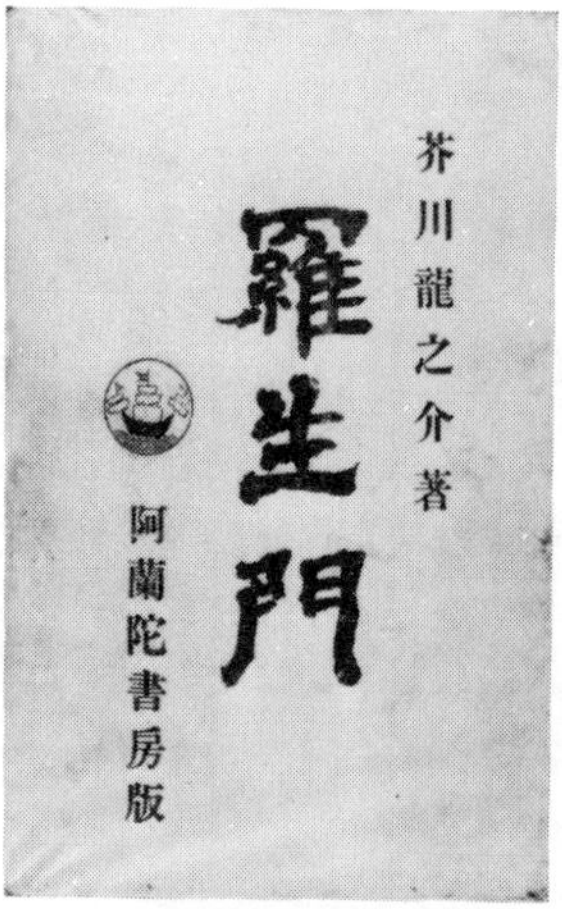

『羅生門』の函（大正6年5月刊）

『羅生門』の出版記念会『らしょうもん』のしゅっぱんきねんかい　大正六（一九一七）年六月二七日夜、日本橋のレストラン鴻の巣で、龍之介の処女短編集『羅生門』（阿蘭陀《オランダ》書房、大正六・五・二三）の刊行を祝って開かれた出版記念会の集い。参会者は龍之介も含めて二三人。発起人は佐藤春夫・江口渙《かん》（『星座』）・久米正雄・松岡譲（『新思潮』）の四人。案内は五〇名ほどに出された。『星座』『新思潮』以外に谷崎潤一郎・小宮豊隆《とよたか》、及び中村武羅夫（『新潮』）・滝田樗陰《ちょいん》（『中央公論』）・柴田勝衛（『時事新報』）らも出席した。閉会の辞は佐藤春夫、祝辞のトップは谷崎潤一郎、閉会の辞は江口渙

大正6年当時の芥川龍之介

が行った。龍之介は挨拶《あいさつ》の中で、参会者の「すぐれた人格とコンタクトすることによつて、私の文学が一そう高められる」喜びの意味のことを述べたという。（江口渙『わが文学半生記』）その雰囲気を、江口は「若いジェネレーションの文壇への出発の新しい宣言」（同上）と記している。当日の写真は『文章世界』（大正六・八）に載った。

（長谷川　泉）

『羅生門』出版記念会の案内はがき

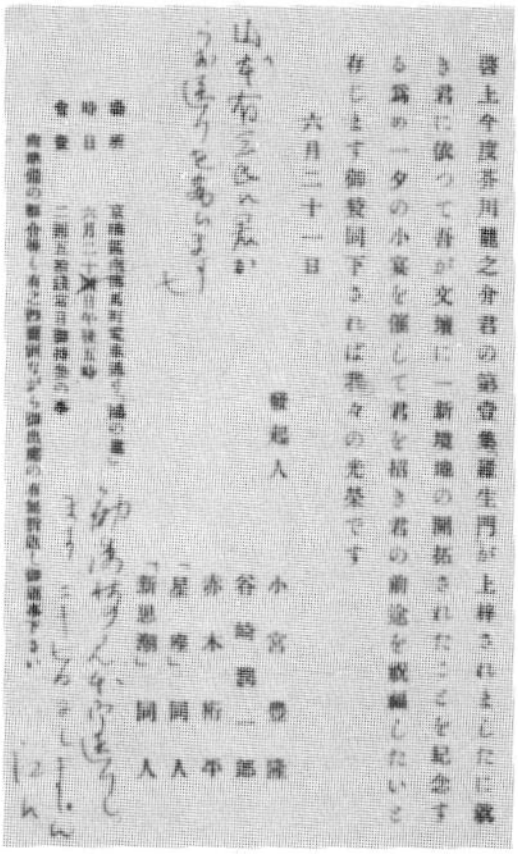

ラディゲ《らでいげ》　Raymond Radiguet　一九〇三・六・一八〜一九二三・一二・一二。フランスの詩人・小説家。二〇歳で夭折《ようせつ》。『肉体の悪魔』『ドルジェル伯の舞踏会』などがある。芥川は『或阿《あるあ》呆《ほう》の一生—五十　俘』で、ラディゲの、「神の兵卒たちは己《おれ》をつかまへに来る」という臨終の言葉を引用している。が、これは『ドルジェル伯の舞踏会』の序文に記されたコクトーの文章からのものである。だがそれは別として、芥川とラディゲとの結び付きには世紀末の不安が働いていたことは無論であるが、ラディゲでさえ信じていた神をすら否定せざるを得なかったところに芥川の虚無の深さがあった。

（久保田芳太郎）

ラムボオ《らんぼー》　Jean Nicolas Arthur Rimbaud　一八五四・一〇・二〇〜一八九一・一一・一〇。フランスの詩人。ヴェルレーヌ、マラルメと共にフランス象徴派三大詩人の一人。特異な語彙《ごい》と技巧を通して、独特な詩の世界を開拓した。その作品にはいっさいの感傷や諦念《ていねん》が払拭《ふっしょく》され、反逆と虚無の念が一種の野性的ストイシズムに支えられている点で、後世の近代詩に与えた影響には多大なものがある。芥川は一高時代の友であった平塚逸郎について書いた短編『彼』（大正一五・一）の中で「ヴェルレエン、ラムボオ、ボォドレェル、—それ等の詩人は当時の僕には偶像以上の偶像だつた」とその耽溺《たんでき》ぶりに触れている。また「ラムボオを嗤《わら》つたフランスは今日ではラムボオを敬礼し出した」（『文芸的な、余りに文芸的な』）と語り、生前全く無名であったラムボーの詩人、芸術家としての大成について言及している。主な作品に『イリュミナシオン』『地獄の季節』『酔いどれ船』などがある。

（尾形国治）

り

リイプクネヒト《りーぷくねひと》　Wilhelm Liebknecht　一八二六・三・二九〜一九〇〇・八・七。社会主義運動指導者。中部ドイツ生まれ。ギーセン大学、ベルリン大学に学んだが、急進的運動に加わったため追われてスイスに移り、さらにドイツに移る。一八五〇年、ロンドンに亡命。マルクス、エンゲルスを知り強い影響を受けた。六一年、帰国。全ドイツ労働者同盟に参加。六七年、ザクセン民主党の代議士に選出される。六九年、マルクス主義的立場に立つ社会民主労働者党を結成、軍事予算に反対して投獄された。七五年、社会主義労働者党を結成、党機関紙『前進』の主筆となった。七八年以後の政治的弾圧の中でもザクセン地方議会、ドイツ帝国議会などで政府の反動的不正を追求した。八九年、第二インターナショナルに参加、エルフルト綱領を制定、指導者の一人として重要な役割を果たした。カール・リープクネヒト（Karl Liebknecht　一八七一・八・一三〜一九一九・一・一五）は、ヴィルヘルムの次男。ドイツ社

芥川が読んだリープクネヒトの『追憶録』

会民主党最左派としてローザ・ルクセンブルグらと活躍。一九一八年、スパルタクス・ブンド（ドイツ共産党の前身）を指導して蜂起《ほうき》したが、政府軍の攻撃によって敗退。翌年一月、ローザとともに捕えられ虐殺された。芥川の作品でリープクネヒト（ヴィルヘルム）が登場するのは、『或《ある》社会主義者』と『玄鶴山房《げんかくさんぼう》』である。前者では主人公「彼」に「リイプクネヒトを憶《おも》ふ」という論文を書かせ、後者では末尾部分で大学生にリープクネヒトの『追憶録』を読ませている。芥川自身も一九〇一年に Charles H. Kerr & Company が刊行した Ernest Untermann 訳 Wilhelm Liebknecht著『KARL MARX BIOGRAPHICAL MEMOIRS』を読んでいるという（菊地弘）。この『追憶録』は人間マルクスに焦点を絞り、家族たちへの愛情の在りようを日常的エピソードを通じて紹介しているが、何よりもまず豊かな人間性の発現に関心を抱かざるをえない芥川のマルクス理解は、新時代への対し方とともに注目してよかろう。（島田昭男）

力石平蔵《りきいしへいぞう》　明治三一・四・一四～昭和五〇・一二・一六（一八九八～一九七五）。出版社員・作家。芥川の協力者。神奈川県生まれ。小学校卒業。滝井孝作は「純潔―『藪の中』をめぐりて」（『改造』昭和二六・一）で、芥川の作品群の中でも農村、田舎を背景にしている点で異質の『トロッコ』『一塊の土』が「湯河原《ゆがわら》から出て某社の校正係」で「控目《ひかへめ》なおとなしい人で、その時分、澄江堂《ちようかうだう》連中の一人」であった力石青年が協力した材料であることを伝えている。この力石平蔵については森啓祐「芥川龍之介全集未収録資料」（『現代文学序説』昭和四一・五）、石井茂「芥川龍之介の小説『トロッコ』の基礎的研究―素材提供者・力石平蔵をめぐって」（『横浜国立大学人文紀要 第二類語学文学27』昭和五五・一二）に詳しい。（従来は力石平造とされていたが、森は力石平三が正しいとし、石井は力石平蔵とする。本名平蔵、平三はペンネームとして使用していたらしい《力石静夫氏の教示による》）それらによれば力石は明治三一年小沢から入り婿の熊五郎とゆきの間に湯河原で長子として生まれ、地元の小学校を卒業後家業の石切りを手伝うがやがて父母に死なれ、青年期に文学に傾斜、大正九（一九二〇）年岩本りんと結婚、そのまま上京、このころから芥川文学のファンで、大正一〇（一九二一）年の長男出生の際龍之介と命名。芥川と知り合った時期は不明だが、森は大正一〇年一〇月に南部修太郎と湯河原に保養に行った際と推定。大正一一年一月一六日（森推定、新版全集では年未詳）の芥川の金星堂出版部松山敏宛の書簡に「力石平造／拝啓／お店に人が一人入用の由《よし》伺ひましたが私の知人を使つてくれませんか但し丸で田舎者故敏捷《びんせう》に働くとか何とか云ふ訳《わけ》には行きません正直者たる事は保証します」とあり同年三月二二日には山口貞亮にも力石の就職を依頼している。『トロッコ』の脱稿は一一年二月一六日でこのころには度々澄江堂に出入りしていたらしい。芥川は材料をもらいうけたこともあって就職を世話、松山敏によれば「一応金星堂に使つてもらうことにしたが、長く本人がつづかなかつた」という。人間社などにも臨時で採用されたが、芥川が湯河原で療養の折は自弁で泊まりこみ、東屋旅館にも長逗留《とうりゅう》し芥川の雑用を引き受けた。実妹のつる、ミヤを含め四人を芥川のお手伝いとして世話したり芥川夫人が実家に赴く折には付き添ったり、芥川に湯河原の地の言葉を教えたりもした。大正一五年二月『文芸春秋』懸賞小説に山本周五郎、阿部知二らと入選、『父と子と』が掲載、三月号「編集後記」に「力石氏の作は一般に好評だつた」と書かれたりした。『百合《ゆり》』も力石が材料を提供したと思われ、〈金三〉に似た子が力石の周囲にいて、畑や丘陵の描写も現実そのままという。「左がかつてゐた」が「マルクスを耽読《たんどく》」ということはなかった。無欲な性格もあって芥川の死を契機に創作からしだいに遠ざかり転住

を続けつつ貧乏生活を体験、戦後は横浜の運輸会社に勤務、晩年は湯河原に戻り気楽な生活だったという。　（石割　透）

理想主義《りそうしゅぎ》　idealism（英語）哲学上の観念論に由来する語で、一般的には、現実と妥協することなく、自らの道徳的、社会的理想の実現に努力する立場を言う。反対語は現実主義。近代日本文学史上では、明治末期から大正中期にかけて、自然主義への批判として、耽美派に続いて台頭した「白樺」派や漱石門下のいわゆる教養派を中心とする人々に共通する反自然主義的傾向を指すが、文学史用語としては新理想主義・人道主義の名称の方が一般的である。駒尺喜美の指摘するように（『芥川龍之介の世界』）、初期の芥川には理想主義的傾向が強く、芥川の一生を日本的理想主義の衰弱と崩壊の過程とみることもできる。一高時代の思い出を書いた『あの頃の自分の事』の中の有名な一句、「我々は大抵、武者小路氏が文壇の天窓を開け放つて、爽《さはやか》な空気を入れた事を愉快に感じてゐるものだつた」は、芥川自身の自然主義への反発と武者小路実篤を中心とする「白樺」派への共感を語った言葉としても読まれなくてはならない。もちろん作家としての武者小路にはあきたらぬものを感じていたらしいが、思想家武者小路のうちには「我々の中に燃えてゐた理想主義の火を吹いて、一時に光焔《くわうえん》を放たしめるだけの大風のやうな雄々しい力が潜んでゐる事も事実だつた」と回想している。ただ武者小路流の理想主義が基本的にはあるがままの自己（生命）の肯定と拡大の別名であり、理想的な自己の現実性に対する不動の信念に支えられていたのに対して、芥川はそのような強い生命力と自己肯定力を欠き、自他のなかの現実の醜さや矛盾から目をそらすことができなかった。「彼は彼自身の現実主義者であることに少しも疑惑を抱いたことはなかつた。しかしかう云ふ彼自身は畢竟《ひつきやう》理想化した彼自身だつた。」（「或《ある》理想主義者」）『侏儒《しゆじゆ》の言葉（遺稿）』に見えるこの述懐は、このような理想主義者の自己分裂を裏から眺めたものにほかなるまい。　（曾根博義）

龍《りゆう》　小説。大正八（一九一九）年五月一日発行の雑誌『中央公論』に発表。のち『影燈籠《かげどうろう》』（春陽堂、大正九・一・二八）『地獄変』（春陽堂、大正一〇・九・一八）に収められた。初出と単行本に収められたものの間には、小さな語句の異同が九箇所ほどある。『宇治拾遺物語』流布本巻一一ノ六「蔵人得業猿沢《くらうどとくがふさるさは》の池ノ龍ノ事」を素材にした作品。『宇治拾遺物語』の編者宇治大納言隆国が宇治の山荘にあって陶器《すゑもの》造りの翁から話をきく形式になっており、このくだりは「宇治拾遺物語序」が下敷きになっている。第一章と第三章は隆国の言葉、第二章が陶器造りの翁の語る龍の話で、物語の主要部分である。奈良に蔵人得業恵印《えいん》という、大きな赤い鼻をもった法師がいて、人々から鼻蔵《はなくら》と笑いものにされていたが、人々を笑い返してやろうと、猿沢の池のほとりに「三月三日この池より龍昇らんずるなり」という立て札を立てた。これが人々の評判となり、龍が少女の夢枕《まくら》に立ったの、池の中にわだかまっていたのという話まで出るにぎやかさであったが、初めは人々の驚きを得意気に笑っていた鼻蔵も、何万という人々をだましていると思うと空恐ろしくなる。当日、大勢の人が一心に待ちうけているのを見ると、恵印も、龍の天上が起こりそうな気がしてくる。やがて半日も過ぎたころ、急に空が暗くなり、大雨とともに雷鳴がおこると、巻き上がる水煙の中を黒龍が空に昇ってゆくのが朦朧《もうろう》と恵印の目に映ずる。半信半疑で、居合わせた人に尋ねると、皆龍を見たという。その後、立て札は自分のいたずらだったと恵印は白状したが、だれも信じない。いたずらは図星に当たったのでございましょうか、はずれたのでございましょうかという言葉で陶器造りの翁の話が終わる。『宇治拾遺物語』の原話では、恵印は大勢の人が集まったのを見て龍が昇るかもしれないと思い、見物に行くが、龍は天上しない。そして、帰途、暗闇の中で一本橋を盲人が渡っているを見て「あな、あぶなのめくらや」と言うと、盲人は「あらじ、鼻くらなり」と言い返した。鼻先が暗いという意の鼻くらが、恵印のあだ名と一致しておかしかったという話が続いている。すなわち、自分のいたずらが発端とはいえ実現を半ばは信じた龍の昇天が起こらなかったという話と、期せずしてあだ名が言い当てられたという対照的な話を淡々と語っているが、芥川は、龍の話に寺詣での老婆、片意地な法師、見物にやって来た叔母の尼《あま》などの人物を配し、立て札の起こした波紋を肉づけして描き、信じて待っていた者が龍の天上を見ることができたという話に仕立て、恵印の心理の変化を追った。この作品について芥川自身同じ年の一〇月に書いた『芸術その他』で「芸術家が退歩する時、常に一種の自動作用が始まる。と云ふ意味は、同じやうな作品ばかり書く事だ。自動作用が始まつたら、それは芸術家としての死に瀕《ひん》したものと思はなければならぬ。僕自身『龍』を書いた時は、明《あきらか》にこの種の死に瀕してゐた。」と述べている。このような点から、吉田精一の「原作の筋を最後で一ひねりひねつてゐるが、もうマンネリズムに堕して居り、鼻や芋粥《いもがゆ》にくらべてよほど見劣りがする」という意見に代表されるように、この作品を低く評価するのが大方の見方であった。しかし、手法上のマンネリズムという作者の当然の自戒を離れて、一個の作品としてみると、話の組め立て方の巧みさ、味のある叙述など、作者の特長の一面が生かされた作品である。「人生と正面から渡り合った力作とはいえないが、」と留保をつけつつも「手馴《な》れた軽妙さ」と評価する長野甞一の論がある。

〔**参考文献**〕吉田精一『芥川龍之介』（三省堂、昭和一七・一二・二〇）山本健吉「芥川龍之介」（福田恆存編『芥川龍之介研究』新潮社、昭和三二・一・三〇）、長野甞一『古典と近代作家―芥川龍之介』（有朋堂、昭和四二・四・二五）　（菊地　弘）

龍華寺《りゅうげじ》　静岡県清水市にある日蓮宗の龍華寺。元和年中、日近の創立。芥川龍之介の龍華寺に関する記事『樗牛《ちょぎゅう》の事』によると、芥川が龍華寺に最初参詣したのは中学四年のときである。白い大理石で造られた高山樗牛の墓は、その滑らかな墓石の上で雨に濡れていたすみれの紫とともに、芥川に強い印象を残す。ところが、久方振りに龍華寺を訪れた芥川は、樗牛の大理石の墓に悲惨な滑稽《こっけい》を感じ、それを機に参詣を絶つことになる。　（吉田俊彦）

良寛《りょうかん》　宝暦八・一二～天保二・一・六（一七五八～一八三一）。漢詩人・歌人・禅僧。越後出雲崎の人。良寛には僧であること以外に主に二つの顔がある。詩人としての顔と書家としての顔である。芥川はこの両面に関心を示した。『文芸的な、余りに文芸的な』の中の「『西洋の呼び声』」の項の結びを『ピカソは黒んぼの芸術に新《あた》らしい美しさを発見した。けれども彼等《ら》の東洋的芸術に――たとへば大愚良寛の書に新らしい美しさを発見するのはいつであらう。」と書いた。この懐疑的な期待は、「ギリシアにだけ僕等の東洋に対立する『西洋の呼び声』を感じる」と述べ、その吸引力と本質的な了解不可能性を吐露した後に、つづいている。こうした見方は、レーニンを東洋の草花の匂《にほ》いのする電気機関車と呼んだ内面とほぼ同じ根から発している。詩人としての良寛への並々ならぬ関心は『我鬼窟《がきくつ》日録』の大正八（一九一九）年九月九日分にある良寛詩の抄録から知ることができる。（芹沢俊介）

両国《りょうごく》　近世初頭まで隅田川をもって下《しも》総《ふさ》、武蔵《むさし》両国の境としていたので、ここに架かる橋を両国橋と名付けたことに由来する地名。昭和九（一九三四）年以前は両国橋をはさむ隅田川両岸の通称であった。本所小泉町に育った芥川龍之介にとって、黙阿弥《もくあみ》の芝居の舞台となった横網百本杭、明暦の大火の死者を埋葬した回向院《えこういん》、幕府のお竹奉行の蔵跡であるお竹倉などのある東両国や大川（隅田川）は幼少年期の遊び場であり、『大川の水』をはじめとする彼の多くの作品にその影を色濃くおとしている。最晩年芥川は『東京日日新聞』の連載記事『大東京繁昌記』で『本所両国』（昭和二・五・六～二二）の項を担当し、この土地を再訪した文章を書いているが、失われゆくものへの懐旧の情に強く彩られたものとなっている。彼はその中で両国について、「なぜか両国は本所区のうちにあるものゝ、

本所以外の土地の空気も漂つてゐることは確《たしか》である」と述べている。（三嶋　譲）

両国橋畔の大煙火《りょうごくきょうはんのだいえんか》　東京隅田川にかかる両国橋近くであげる夏の川開きの花火のこと。普通は七月にあげる。『開化の殺人』で、ドクトル北畠《きたばたけ》明が愛した明子が、彼の英国留学中に銀行頭取満村《みつむら》恭平の妻となった。努力の末失恋の傷を肉親的愛情に転化した明は、満村と同席する機会を得る。「遂に明治十一年八月三日両国橋畔の大煙火に際し、知人の紹介を機会として、折から校書十数輩と共に柳橋万八の水楼に在りし、明子の夫満村恭平と、始めて一夕の歓を倶《とも》にしたり。」とある。明はここで恭平の卑しい獣性を目のあたりにして殺意を抱く。（菊地　弘）

両国の「太平」《りょうごくの「たいへい」》　墨田区両国にあった絵双紙《ぞうし》屋の名。絵双紙屋は、絵双紙（世上の事件・出来事などを簡単に絵入りで説明した印刷物。瓦版）や草双紙（通俗的な絵入りの読物）や錦絵（多色刷り浮世絵版画）などを売った店。これについて芥川は、「彼は従来海の色を青いものと信じてゐた。両国の『太平』に売つてゐる月耕《げっこう》や年方《としかた》の錦絵をはじめ、当時流行の石版画の海はいづれも同じやうにまつ青《さを》だつた。」（『少年』）と書き、また「太平」へ行って「石版刷《ずり》の戦争の絵を時々一枚づゝ買つた。」（『本所《ほんじょ》両国』）と記している。（久保田芳太郎）

良婦之友《りょうふのとも》　大正一一（一九二二）年一月創刊。編集発行人多恵文雄。発行所良婦之友社（春陽堂）。翌年の関東大震災により九月号（〈有島武郎情死の真相〉特集）を最後に廃刊されたものと思われる。泉鏡花、島崎藤村、有島武郎、小川未明、長田幹彦、菊池寛、豊島《とよしま》与志雄らが執筆。芥川は坪内逍遥《しょうよう》、幸田露伴らと共に本誌の賛助員として名を連ね、創刊の年の二、六、九月の各号に童話劇『三つの宝』、感想『形』、『読書の態度』の三篇を寄稿している。（福田久賀男）

旅行《りょこう》　芥川龍之介の主な旅行は以下の通りである。明治四二（一九〇九）年八月中学の級友と槍《やり》ヶ岳《たけ》登山。『槍ヶ岳に登つた記』『槍ヶ嶽紀行』はこれをもとに書かれた。大正四（一九一五）年八月三日～二二日一高時代の親友恒藤恭《つねとうきょう》の郷里島根県松江に旅行。紀行文『松江印象記』が土地の新聞『松陽日報』に掲載された。大正五年八月一七日～九月二日久米正雄とともに千葉県一の宮海岸に避暑に出かけた。のちに書かれた『海のほとり』『微笑』はこのときの体験がもとになっている。大正七年五月三〇日から江田島海軍兵学校に出張。帰途奈良、京都を回って帰京した。京都の紀行文が『京都で』（のち『点心』収録の際『京都日記』と改題）の題で『大阪毎日新聞』に掲載された。大正八年五月初旬菊池寛とともに長崎旅行。当時、長崎県立病院精神科部長をしていた斎藤茂吉にはじめて会い、大阪に寄って五月一八日に帰京、大正九年一一月一六日大阪での講演旅行に出かけ、二三日同行した宇野浩二に誘われて下諏訪《しもすわ》に立ち寄り、宇野の「ゆめ子物」のモデル原とみに会ったのち二八日に帰京。大正一〇（一九二一）年三月一九日～七月一二日『大阪毎日新聞』海外視察員として中国旅行。のちに『支那《シナ》游記《ゆうき》』に収められた数編の紀行文が書かれ、『手帳』には詳細なメモが残されている。大正一一年四月二五日～五月三〇日長崎を再訪。河童《かっぱ》の屏風《びょうぶ》絵を芸者照菊に描き与え、マリア観音を入手した。『長崎小品』『長崎』『長崎日録』はこの旅行の産物である。また『手帳』には詳細なメモが残されている。大正一三年五月一五日～二五日室生犀星《むろうさいせい》の郷里金沢に旅行。大阪、京都を回り山科《やましな》に志賀直哉を訪ねて帰京した。大正八年八月に次ぐ二度目の金沢行であった。昭和二（一九二七）年五月

中国旅行（蘇州北寺）

改造社の「円本全集」宣伝のため、里見弴とともに東北、北海道を講演旅行、『東北・北海道・新潟』が書かれた。『ポオの一面』はこのときの講演草稿である。なお、小樽での講演の様子は伊藤整『幽鬼の街』に描かれている。

（三嶋　譲）

「輪廻」読後《りんねどくご》　書評。初出『東京日日新聞』大正一五（一九二六）年三月八日。森田草平の長編小説『輪廻』（『女性』大正一二・九〜一四・一二、のち大正一五・一新潮社より刊行）の批評。主人公「迪也《みちや》の抒情詩的嗟嘆は同時にまた対社会的抗議である。読者は『輪廻』の至る所にこの抗議の声を耳にするであらう。」と言い、お粂《くめ》については、「この十九から身を売つた女に――しかも道徳的に健全な女に何度も微笑せずにはゐられなかつた」と述べている。なお、迪也の両親について、「わが子の理解と同情とを求める親ごころを感ぜずにはゐられなかつた。」云々《うんぬん》と記しているのは、大正一五年という時点の芥川の心境を思わせる。

（田中保隆）

る

ルイズ（ルイス）《るいす》　Matthew Gregory Lewis 一七七五・七・九〜一八一八・五・一四。通称 Monk Lewis イギリスの小説家。詩・戯曲・小説など多才な活躍をみせたが、中でも『修道士』（The Monk, 1796）は有名。この小説は悪魔に魂を売ったスペインの修道士の堕落を書いたもので、ラドクリフ夫人のゴシック手法とは異なった手法で、全編が超自然的恐怖で貫かれ、一八世紀末に流行した恐怖小説の代表作と目される。またルイスはドイツ文学への造詣を通して、シラーの『群盗』の英訳やゲーテの紹介など、イギリスへのドイツ文学の紹介に尽力した点が特筆される。芥川は『The Monk』について井川（恒藤《つねとう》）恭《きょう》宛書簡（大正四・五・二三）の中で具体的に次のように触れている。「この頃ルイズの The Monk と云ふ小説をよんだ　1798年に初版が出たきり殆《ほとんど》完全な再版の出た事のない本ださうだ　それほど時代に遅れてそれほど古色を帯びてゐる所が面白かつた　魔法　幽霊　決闘　暴動　ルシファアなんどが出て来る　舞台はスペインで大部分は僧院内の出来事だ　しまひに宗教裁判所の牢《らう》をやぶつてアムブロジオと云ふ坊主がルシファアと一しよに空をとんでにげ出す　さうして結局ルシファアに殺されて霊魂が無窮の亡びにおちる　そのあとに『ladies よ　人の罪をゆるす事寛なるはわが罪をせめる事厳なるが如く善事なり』と云ふやうな作者の御説教がついてゐる」。また、ユダヤ人の伝説を文献的に考察した『さまよへる猶太《ユダヤ》人』の中で「基督《キリスト》教国にはどこにでも、『さまよへる猶太人』の伝説が残つてゐる。（中略）モンク・ルイズのあの名高い小説の中にも、ルシファアや『血をしたたらす尼』と共に『さまよへる猶太人』が出て来たやうに記憶する。」と述べているが、その場合の「あの名高い小説」とは、「The Monk」のことを指している。また『近頃の幽霊』（大正一一・一、談話）の中でも英米の小説に出てくる幽霊の例としてゴシック作家として知られるウォルポール、ラドクリフ夫人、マチューリンと並べて、「僧《モンク・ルイズ》」の名前を挙げている。また、刊本について一言しておけば、『Ambrosio, or the Monk』は三冊本で一七九六年ロンドンで初版刊行、同年二版が出、一七九八年に同じくロンドンで四版が刊行されている。したがって「1798年に初版が出たきり」云々《うんぬん》という芥川の言及は正しくない。

（尾形国治）

るしへる 小説。大正七（一九一八）年一一月一日発行の雑誌『雄弁』第九巻第一二号（一一月特別号「新人之世界」）に発表。『傀儡《かいらい》師』（新潮社、大正八・一・一五）、『沙羅《さら》の花』（改造社、大正一一・八・一三）、『報恩記』（而《じ》立《りつ》社、大正一三・一〇・二五）、『芥川龍之介集』（新潮社、大正一四・四・一）に収録。初出以下『芥川龍之介集』までの諸本に若干の異同がある。二部から成り、「一」では出典としたはびあんの『破提宇子《はでうす》』について書かれ、「二」ではデウスによって下界へ追い出された安助（天使）の『るしへる』のことが描かれる。「るしへる」は下界で悪魔となるが、右の目は「いんへるの」（地獄）の闇《やみ》を見、左の目は今もなお「はらいそ」（天国）の光を麗しとするという矛盾に苦しんでいる。人間の心の弱さを「るしへる」を借りて語ったものと言えようか。『奉教人の死』（『三田文学』大正七・九）に続いて発表された芥川の切支丹《キリシタン》ものの一つである。近年比較文学の立場からこの作品に新たな光を当てようとする動向も見られる。 （関口安義）

ルッソオ《るっそー》 ルソー。Jean-Jacques Rousseau 一七一二・六・二八～一七七八・七・二。フランスの啓蒙思想家・文学者。感情・情熱の解放をうたい、人為的な文明社会における人間の堕落をついて、自然に帰ることを説いた。芥川は高等学校時代に、ルソーも読んだらしいが、どの程度かは詳《つまび》らかでない。ただ、芥川は、「彼はアナトオル・フランスから十八世紀の哲学者たちに移つて行つた。が、ルッソオには近づかなかつた。それは或《あるい》は彼自身の一面、――情熱に駆られ易《やす》い面のルッソオに近い為《ため》かも知れなかつた。」（『或阿呆《あるあほう》の一生―十九 人工の翼』）と述べたごとく、自己抑制もあってか、教養程度以上の接近は終生なかったようである。そのことは、「告白」問題における「自己表白」の機微に触れた、「ルッソオは告白を好んだ人である。しかし赤裸々の彼自身は懺悔《ざんげ》録の中にも発見出来ない。」（『侏儒《しゅじゅ》の言葉―告白』）や「ルッソオの懺悔録さへ英雄的な譃《うそ》に充《み》ち満ちてゐた」（『或阿呆の一生―四十六 譃』）の言い様によくうかがえる。その他のルソーの言及も一様に冷ややかである。 （福本 彰）

ルナアル《るなーる》 Jules Renard 一八六四・二・二二～一九一〇・五・二二。フランスの小説家・劇作家。自然主義の伝統を継いでいるが、犀利《さいり》な観察と独自の簡潔な文体を駆使して諧謔《かいぎゃく》、詩情に富む作品を書いた。代表作に『にんじん』『博物誌』など。芥川は早くからフランス文学に影響を受け、ルナールにも関心を抱いていた。晩年には、岸田国士《くにお》訳『葡萄《ぶどう》畑の葡萄作り』（春陽堂、大正一三・四・八）を読み、「前人未踏の地を開拓した」「緻密《ちみつ》な観察の上に立つた詩的精神の所有者だけが僅《わず》かに成就出来る仕事である。」（『芝居漫談』）と言い、強く心を寄せている。また、谷崎潤一郎との小説論争の中で、筋らしい筋のない小説、『話』らしい話のない小説」に興味を抱いていた芥川は、この作品がそれにあたるデッサンよりも色彩を生命とした「善く見る目」と「感じ易《やす》い心」で仕上げた小説（『文芸的な、余りに文芸的な』）と述べ、ルナールを「小説の破壊者」として高く評価している。のみならず「誰でもわたしのやうだらうか？ ―ジュウル・ルナアル」（『僕は』）と徹底したペシミストのルナールの人間的な一面にもひかれていたようであり、その生き方、文学方法に深くかかわっていた。 （神田重幸）

ルナン《るなん》 Joseph Ernest Renan 一八二三・二・二七～一八九二・一〇・二。一九世紀後半の科学主義・実証主義時代を代表するフランスの思想家・宗教史家・文献学者。その著『イエス伝』（La Vie de Jésus, 1863. 大著『キリスト教起源史』の第一巻に当たる）は、キリストの神性を否定し一個の人間として把握しようとしたもので、当時大きな反響を呼び起こし、カトリックの側からの非難にもかかわらず世界的に読まれた。邦訳には『ルナン氏耶蘇《ヤソ》伝』（綱島梁川《りょうせん》、安倍能成《あべよししげ》、明治四一）『耶蘇の生涯』（加藤一夫、大正一〇）『耶蘇』（広瀬哲士、大正一二）『イエス伝』（津田穣、昭和一六）がある。芥川が『西方の人』『続西方の人』を執筆するに当たって参考にし

ルナン

たのは『新約聖書』の四福音書が中心だが、その中で、「クリストは今日のわたしには行路の人のやうに見ることは出来ない。」と、キリストに特別な関心を寄せたのは、「我々人間の生んだ、古今に珍《めづ》らしい天才」としての傑出した人間的個性を見いだし、キリストのたどる道に自分と同じ近代的人間の宿命を感じたためである。その発想の根底にルナンの人間イエス観があったことは疑いようがない。例えば、「彼(クリスト)はジヤアナリストであると共にジヤアナリズム中の人物—或《あるい》は『譬喩《ひゆ》』と呼ばれてゐる短篇小説の作者だつたと共に『新約全書』と呼ばれてゐる小説的伝記の主人公だつた。」という性格づけ(『続西方の人—13　クリストの言葉』)は「イエスはことに譬喩にすぐれていた。(中略)この様式は彼の創作である」(『イエス伝』10)によったものである。『西方の人』(正・続)と『イエス伝』の影響関係を示す箇所は相当数あるが「奇蹟《きせき》」(『西方の人—16』)に対する考え方に最も顕著に見られ、「復活」(同15・35)「イエルサレム」(同28)にも強く感じられる。芥川がルナンを読むようになったのはワイルドの『獄中記』が原因だが、どの本で『イエス伝』を読んだかは確かめられていない。

〔**参考文献**〕関口安義『西方の人』『続西方の人』考」(『都留文科大学研究紀要　第一二号』昭和五一・九)

(山口幸祐)

ルノアール《るのあーる》　August Renoir　一八四一・二・二五〜一九一九・一二・三。フランスの画家。画面には暖かく降り注ぐ陽光が満ちあふれ、開放的で感性豊かな作品を描き、『読書する婦人』等秀作が多い。また近代絵画の黎明《れいめい》期に、一八世紀のヴァトーらの作品に学び、あるいは革新的なクールベ、マネの影響を受け、印象派の確立に先駆的な働きを行った。芥川は特に青年期に、魅惑的な彼の作品に心をひかれていた。『澄江堂《ちようこうどう》雑記』などには彼の言葉の引用もうかがえるが、最も詳しいのは『文芸的な、余りに文芸的な』の「三十『野性の呼び声』」である。そこで彼はゴッホに傾倒していた時期からルノアールへ関心が移り、そして「優美を極めた」彼の作品に共鳴しつつもしだいに、ゴーギャンの『タイチの女』のような「視覚的に野蛮人の皮膚の匂《にほひ》を放つてゐる」る「人間獣」の世界に威圧感を感じるようになり、再びゴッホの「魂の底から必死に表現を求めてゐる」ような切迫感に興味が引き寄せられていったと述べている。(細川正義)

『読書する婦人』(ルノアール筆)

れ

歴史小説《れきししょうせつ》　歴史小説とは、その題材を歴史上の人物ないしは事実に仰いだ小説である、と広義には定義される。もちろん、題材は歴史記述のみに限られず、すでに過去において作品化されたものである物語や実録類、説話、戦記、伝説などの形で伝承されているものを含めて考えられる。一方、作家主体の側面からその特徴をみれば、歴史的時間の意識の有無深浅によって性格づけられる。歴史的時間に意識的なものが基本的な在り方だが、その点に無自覚なものも排除されず、むしろ、歴史小説という複合概念のうち、「歴史」よりも「小説」に中心があるものである限り、作家の対歴史態度、すなわちその思想性が基本的な性格を決定していると言えよう。したがって、歴史小説とは、歴史上の人物、事実を素材として、歴史的時間に意識的に作品世界及び人物の性格を可能な限り客観的に再構成する〈史伝〉タイプのものから、すでに虚構化されたものを素材にして、歴史的時間に無自覚で、人物が作者の傀儡《かいらい》化している〈通俗時代小説〉タイプのものまでの幅を有している。文学史の上では、歴史文学はその概念規定によっては記紀まで含み得るように古くから存在しているが、歴史小説という概念は、厳密には近代に至って成立したものであり、日本では森鷗外によって始められ大成されたものとみられている。『興津弥五右衛門《おきつやごえもん》の遺書』(『中央公論』大正元・一〇)から『北条霞亭《ほうじょうかてい》』(『東京日日新聞』など、大正六・一〜一〇・一一)に至る鷗外の大正期の業績の中に、近代歴史小説のほぼ全体的な形姿を認めることが出来よう。また、鷗外には『歴史其儘《そのまま》と歴史離れ』(『心の花』大正四・一)の論があり、歴史小説の二様の在り方を説いている。芥川の場合、その全文業の中で、初期のいわゆる王朝物を初めとした歴史小説的な作品はかなりの比重を占めているが、歴史小説の概念を厳密にとれば、その大半のものが歴史小説の名に値しないものとして扱われることになる。初期の傑作『鼻』を発表した時点ですでに芥川自身「あれを単なる歴史小説の仲間入をさせられてはたまらない」(『新思潮』大正五・二)と言明しており、自作を既存の歴史小説と区別していたことが分かるが、その姿勢は終生持続されていたのである。では芥川の作品はいかなる作品だったのか、その点に芥川自身が言及した周知の次の文章がある。「今僕が或《ある》テエマを(中略)芸術的に最も力強く表現する為《ため》には、或異常な事件が必要になるとする。その場合、その異常な事件なるものは、異常なだけそれだけ、(中略)多くの場合不自然の感を読者に起《おこ》させて、その結果折角《せっかく》のテエマまでも犬死《いぬじに》をさせる事になつてしまふ。(中略)僕の昔から材料を採つた小説は大抵この必要に迫られて、不自然の障碍《しやうがい》を避ける為に舞台を昔に求めたのである。／しかしお伽噺《とぎばなし》と違つて小説は小説と云ふものの要約上、どうも「昔々」だけ書いてすましてゐると云ふ訳には行かない。そこで略《ほぼ》時代の制限が出来て来る。従つてその時代の社会状態と云ふやうなものも、自然の感じを満足させる程度に於《おい》て幾分とり入れられる事になつて来る。だから所謂《いはゆる》歴史小説とはどんな意味に於ても『昔』の再現を目的《エンド》にしてゐないと云ふ点で区別を立てる事が出来るかも知れない」(『昔』初出未詳)。ここでも鷗外の「歴史其儘」タイプの歴史小説と自作との違いを明確にしている。もう一つ『澄江堂《ちょうこうどう》雑記―歴史小説』(『新潮』大正一一・四・一)においては、「古人の心に、今人の心と共通する、云はばヒュマンな閃《ひらめ》きを捉《とら》へた、手っ取り早い作品」と並べて、「歴史小説と云ふ以上、一時代の風俗なり人情なりに、多少は忠実でないものはない。しかし一時代の特色のみを、――殊に道徳上の特色のみを主題としたものもあるべきである。たとへば日本の王朝時代は、男女関係の考へ方でも、現代のそれとは大分違ふ。其処《そこ》を宛然《あんぜん》作者自身も、和泉《いずみ》式部の友だちだつたやうに、虚心平気に書き上げるのである。この種の歴史小説は、その現代との対照の間に、自然或暗示を与へ易《やす》い」と、歴史小説本来のタイプ、鷗外流に言えば「歴史其儘」の作品に目を開いている。しかし、芥川作品はほとんど「手つ取り早い作品」ばかりであり、本来の歴史小説の名に値しないもののみである。「歴史」は素材であり、不自然さをかくす借景にすぎず、歴史的時間に結局は無自覚だったし、「歴史」よりも「小説」に重心をおく姿勢は持続されている。最後に、芥川の歴史小説をその取材源などから大きく分類したリストを掲げておく。『今昔物語集』『宇治拾遺物語』『古今著聞集』などに取材した〈説話物〉＝『青年と死と』『羅生門』『鼻』『芋粥《いもがゆ》』『運』『道祖問答』『偸盗《ちゆうとう》』『地獄変』『邪宗門』『龍』『往生絵巻』『好色』『藪《やぶ》の中』『六の宮の姫君』『二人小町』『尼提《にだい》』。『聖人伝』『黄金伝説』『日本切支丹《キリシタン》宗門史』などからの〈キリシタン物〉＝『煙草《たばこ》と悪魔』『尾形了斎覚え書』『さまよへる猶太人《ユダヤ》』『奉教人の死』『るしへる』『きりしとほろ上人伝』『じゆりあの・吉助』『神神の微笑』『報恩記』『おぎん』『おしの』『糸女覚え書』。『翁草《おきな》』『元禄快挙録』『馬琴日記鈔《しよう》』『花屋日記』などによった〈近世物〉＝『孤独地獄』『虱《しらみ》』『煙管《きせる》』『忠義』『或日の大石内蔵之助《くらのすけ》』『戯作三昧《げさくざんまい》』『世之助の話』『枯野抄』『鼠《ねずみ》小僧次郎吉』『或敵討《かたきうち》の話』『三右衛門の罪』『伝吉の敵打ち』『金将軍』『古千屋』。『源平盛衰記』『平家物語』などによった〈中世物〉＝『袈裟《けさ》と盛遠《もりとお》』『俊寛』。明治期を扱った〈開化期物〉＝『二つの手紙』『開化の殺人』『開化の良人』『舞踏会』『将軍』『お富の貞操』『雛《ひな》』。『古事記』などによった〈古代物〉＝『貉《むじな》』『犬と笛』『素戔《すさの》嗚尊《おのみこと》』。『聊斎志異《りようさいしい》』『史記』『剪燈《せんとう》新話』『杜子《とし》春伝《しゆん》』などによった〈中国物〉＝『酒虫』『仙人』『女体』『黄粱夢《こうりようむ》』『首が落ちた話』『英雄の器』『尾生《びせい》の信』『杜子春』『秋山図』『奇遇』。

〔**参考文献**〕 森鷗外『歴史其儘と歴史離れ』(『心の花』大正四・一)、高橋義孝「歴史小説論」(『文学』昭和一五・一一)、岩上順一『歴史文学論』(中央公論社、昭和一七・三・三〇)、つだ・さうきち「日本文学史に於ける歴史文学」(『文学』昭和二六・一〇)、吉田精一『現代文学と古典』(至文堂、昭和三六・一〇・三〇)、長野甞一『古典と近代作家―芥川龍之介』(有朋堂、昭和四二・四・二五)、諸家「特集近代の歴史小説」(『解釈と鑑賞』昭和四五・四)、長谷川泉「近代歴史小説入門」(『解釈と鑑賞』昭和四五・四)、井上靖『歴史小説の周囲』(講談社、昭和四八・一・二〇)、菊地昌典「歴史小説とは何か」(『展望』昭和四九・二～四)、石割透「芥川龍之介『歴史小説』の誕生」(『日本文学』昭和四九・三)、大岡昇平『歴史小説の問題』(文芸春秋社、昭和四九・八・一〇)、諸家「特集I 歴史小説の現在」(『国文学』昭和五〇・三)

(海老井英次)

れげんだ・お(あ)うれあ れげんだ・おうれあ Legenda Aurea(ラテン語で、黄金の聖人伝の意。)一般に、「黄金伝説」と訳される。一三世紀イタリアの大司教ヤコブス・デ・ボラギネの著した聖人使徒の伝記。ただし、芥川が『奉教人の死』の出典と言う長崎耶蘇《ヤソ》会版のキリシタン版「れげんだ・おうれあ」なるものは、作者によって虚構された架空の書物であり、この偽書設定で新村出《いずる》・内田魯庵《ろあん》など当時の学者・愛書家を騒がせた。作者の所持本は『聖人伝』英訳本であり、その中の『聖マリナ』によって『奉教人の死』という作品を創作したのであった。もっとも直接には、彼の手もとにあった明治二七(一八九四)年初版、明治三六(一九〇三)年再版の東京大司教伯多祿瑪利亜准編著の『聖人伝』中の『聖マリナ』(『れげんだ・おうれあ』の『聖マリナ』翻訳)によっている。昭和二(一九二七)年二月一六日付秦《はた》豊吉宛書簡に、「日本版『れげんだ・あうれあ』は今から七八年前に出てゐる。但し僕の頭でね。一笑」とある。なお、『れげんだ・おうれあ』の名については、芥川の卒業論文『ウイリヤム・モリス』における「れげんだ・おうれあ」との因縁も考えられるが、直接には、アナトール・フランスの小説『シルベール・ボナールの罪』からヒントを得たものと考えられる。また、書誌的説明の文章には、新村出の『南蛮記』の「ギ

ア・ド・ペガドル」紹介の文章によったものとも考えられる。（藤多佐太夫）

レストラン鴻の巣《れすとらんこうのす》　大正六（一九一七）年春、東京日本橋小網町に新築された西洋料理店。芥川の第一創作集『羅生門』（阿蘭陀《オランダ》書房、大正六・五・二三）の出版記念会（大正六・六・二七）は、ここの二階で行われた。『文章世界』大正六年八月号のグラビアに、記念会当日の晩《ばん》餐《さん》会場が大きく写っている。それを見るとこの店は純西洋風の建物であり、大きな鉢植えの植木が処々に置かれ、白布のテーブル上には、ばらやスイトピーの花が飾られるといったふうで、当時としてはモダンな料理店であったことがうかがえる。（関口安義）

レニン《れにん》　レーニン。Vladmir Iliich Lenin 一八七〇・四・二二～一九二四・一・二一。ロシアの政治家（リェニンと発音する）。芥川は大正六（一九一七）年、ロシア暦の二月・一〇月の革命には関心を示さないが、一二年以後、社会主義関係の読書でレーニン等の人間性への知識を得て言及が始まる。ロシア語訳短編集『芥川龍之介』（昭和二・三）の序で「最も理想に燃え上つたと共に最も現実を知つてゐたレニンは日本が生んだ政治的天才たち、源《みなもとの》頼朝や徳川家康に可《か》なり近い」「東洋的な政治的天才」と考え、「東洋の草花の馨《かを》りに満ちた、大きい一台の電気機関車」にたとえる。遺稿の詩『僕の瑞威《スヰツツル》から』中の「レニン」（第一～第三）では、同様の表現のほかに「超人」とも称し「誰よりも十戒を守つた君は／誰よりも十戒を破つた君だ。」と「クリストたち」の一人のように見た。遺稿『続西方の人―3』の示すように、瑞威は亡命先の地、自由に共産主義を論じられる場所とも考えられていた。（田所　周）

レムブラント《れんぶらんと》　Rembrandt Harmenszoon van Rijn 一六〇六・七・一五～一六六九・一〇・四。オランダの生んだ世界的な画家。特に宗教画に優れマリアやキリストの題材は常にオランダの市井生活から取られた。レンブラント効果と呼ばれる光の明暗による彼の技法は、神の崇高さと人間愛の深さをより良く表すことに成功した。大正四（一九一五）年九月二一日の井川（恒藤《つねとう》）恭《きょう》宛の手紙に芥川は「何しろ今の所画ではミケロアンジエロほど僕の心を動かす人はない　あればたつた一人レムブラントだ」と書き、「わたしはミケル・アンジエロの『最後の審判』の壁画よりも遥《はる》かに六十何歳かのレムブラントの自画像を愛してゐる。」（『侏儒《しゅじゅ》の言葉―大作』）と書いている。「保吉《やすきち》はいぢらしいと思ふよりも、寧《むし》ろさう云ふ乞食の姿にレムブラント風の効果を愛してゐた。」（『保吉の手帳から』）からも分かるように〈魂の画家〉とか〈明暗の画家〉と呼ばれるレンブラントを芥川はこよなく愛したのである。（西谷博之）

『自画像』（レンブラント筆）

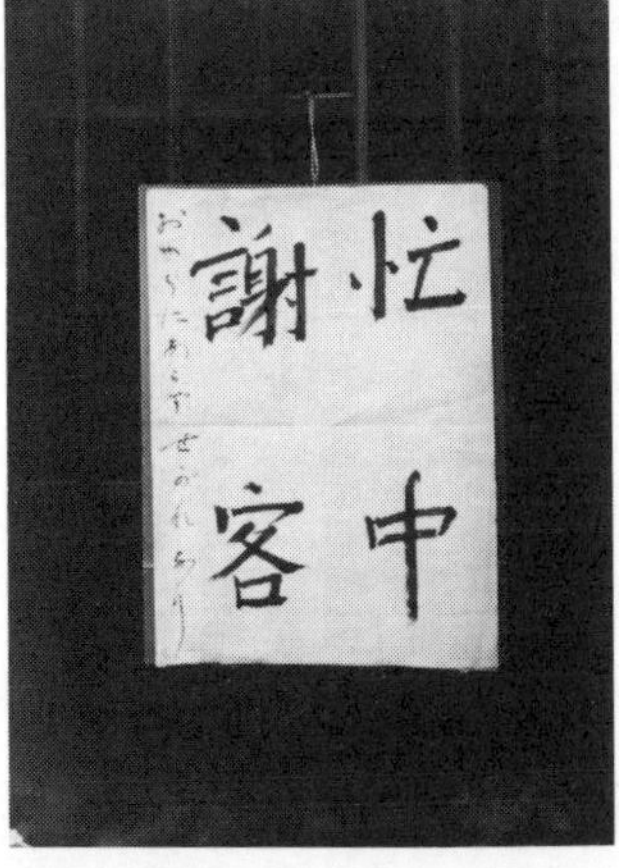

田端の家の門戸に下がっていた「忙中謝客」の札。「おやぢにあらずせがれなり」とある。

ろ

老狂人《ろうきょうじん》　未定稿。『芥川龍之介未定稿集』（葛巻《くずまき》義敏編、岩波書店、昭和四三・二・一三）。執筆は、葛巻の推測によると『義仲論』（明治四三・二）と同年か、それよりもやや早い。改良半紙に墨で書かれた二種類の原稿があり、それらの「足らない部分と重複している部分とをつなぎ合わせて」葛巻が編集した。幼年時代を回想する内容であるが、芥川中学時代のノートに「〝老狂人〟、〝チヤムさん〟、〝草苺《いちご》の蔭《かげ》に眠れる蛇と蛙《かえる》の話〟――この三篇は、我が若き日の回顧にして情熱と憧憬《どうけい》と歓楽とに別るゝの悲哀なり。」とある。残りの二編は〝チャムさん〟らしい片鱗《へんりん》をわずかに残す以外、現存しない。老狂人は次のようなあら筋である。幼い時、「私」には幸さんという遊び友達がいた。幸さんの隣家は小さな豆腐屋で、そこの隠居は秀馬鹿と呼ばれるキリスト教徒の老狂人であった。ある日「私」は幸さんに誘われ、御伽噺《おとぎばなし》に対するような好奇心で秀馬鹿が泣くのを見る。秀馬鹿は、やるせない、限りなく悲しい声で慟哭《どうこく》を続けていた。「私」はそのとき、思わず幸さんと忍び笑いをしたが、今はその「可笑《をか》しな奴」に心から尊敬を感じ、かつて老人に加えた嘲笑を恥じている。これは、芥川が書いた最初のキリシタン物と言える。老人は、幼い「私」に「宿命の嘆き」を感じさせ、慟哭の声を「生の孤独を訴へる声」と聞き、その涙を「あらゆる苦しみをわすれた、あらゆる楽しみをわすれた、唯、奥ふかい、まことの『我』から起《おこ》つてくる、涙」と思う。そして今の「私」は「封建時代の教制に反抗した殉道の熱誠」に深い尊敬を感じている。この小品には、芥川がのちのキリシタン物に結実させる殉教への関心のみならず、芥川文学のテーマの原型のいくつかが、ごく無造作な形ではあるが認められる。なお、「老狂人」に触れた参考文献として、佐藤泰正の「編年史・芥川龍之介、作家以前」（『国文学』昭和四三・一二）などがある。（高橋陽子）

老年《ろうねん》　小説。大正三（一九一四）年五月一日発行の雑誌『新思潮』第一巻第四号に、柳川《やながわ》隆之介の署名で発表。単行本には収められなかった。この作品は、芥川の処女小説である。芥川はこのとき二三歳、東京帝国大学英文科に在学中であったが、小説を書くことについて、「新思潮へかく事は僕は全く遊戯のやうに思つてゐる（作をする事ではない、出すと云ふ事だ）」（井川恭《きょう》宛、大正三・三・二一）という態度をとっていた。しかし、作品そのものは、「小説としてあるべき未来がようやく、おぼろげに形をととのえつつあった時期」（三好行雄『芥川龍之介論』）のものである。物語は、橋場の玉川軒という茶式料理屋で一中節《いっちゅうぶし》の順講があったおりの話。朝からの曇天が夜に入ると庭の松に雪が降り積もった。座敷には師匠の宇治紫暁を中心に、中洲《なかす》の大将、小川の旦那《だんな》といった素人の旦那衆と、待合《まちあい》の女将《おかみ》など男女合わせて一三、四人居合わせて、順々に三味線に合わせて語ってゆく。殿方の列の末席に座っている隠居は房さんといって、二年前にすでに還暦を迎えた老人である。房さんは一五の歳《とし》から茶屋酒の味を覚え、二五の前厄《まえやく》の歳には金瓶《きんぺい》大黒の若太夫《たゆう》と心中沙汰《ざた》を起こしたこともあるという。歌沢の師匠もやれば、俳諧《はいかい》の点者もやるといった具合で、その上酒癖は悪く、親譲りの玄米問屋の財産もつぶしてしまい、ついに三度のごはんにもこと欠く仕末であったが、年老いてからはこの料理屋に身を寄せて、楽隠居をさせてもらっている身分である。さて、座中の者は房さんの全盛のころの話を引き出そうとせっつくが、房さんは「当節はから意気地がなくなりまして」と、とり合わないでいる。が、一座の興にのるにつれて、いつのまにか昔日を思い出しているかにみられた。そのうち老人は座を外してしまった。中州の大将と小川の旦那が小用のついでに、冷や酒を一杯ひっかけようと廊下伝いに行くと、とある部屋の中から途切れがちに、「自体、お前と云ふものがあるのに、外へ女をこしらへてすむ訳のものぢやあねえ」と、女をなだめる房さんの声が漏れてきた。二人は、「年をとつたつて、隅へはおけませんや」と言いつつ、障子の隙間《すきま》からのぞいてみると、猫の毛をなでつけながら、ひとり艶《なま》めかしいことばを繰り返している老人の姿があるばかりであった。作品は、薄暮から夜の世界への移ろいと、江戸情緒の色濃く漂う料理屋を舞台に、老人のすでに閉じられ、完了形になった人生の哀《かな》しさ、寂寥《せきりょう》感が描かれる。そこにはすでに〈人生〉を生き終えてしまった者の姿しかないが、しかし芥川の、どのようなイロニカルな眼差《まなざ》しもなければ皮肉もない。炬《こ》燵《たつ》蒲団の上に、端《は》唄《うた》本を二、三冊ひろげて、白猫を相手にする老人の後ろ姿に見入る二人の旦那は思わず顔を見合わせて、「長い廊下をしのび足で、又座敷へ引きかへし」てくる。この、および腰で細目に開いている障子の隙間から、老人の後ろ姿に見入る二人の人物と、芥川はほとんど重なっている。作家的出発の時点で、〈人生〉の全体を俯《ふ》瞰《かん》してしまった芥川の姿がすでにここにある。つまり、芥川文学によく指摘される〈終末意識〉の淵源《えんげん》がここにあるのだが、しかしそれは、〈死〉を透して〈生〉の意味を認識しようとする芥川の姿勢でもある。それをより具体的にしたのが『青年と死と』であると言える。問題は、芥川がなぜそのような——『老年』を処女作として問わんとしたのか、ということである。今後、追究しなければならない問題であろう。

〔**参考文献**〕 水谷昭夫「華麗なる死と愛の希求—『老年』を中心とする芥川文芸の世界」（『日本近代小説の世界』清水弘文堂、昭和四四・一一・一五）、石割透「芥川龍之介『老年』論」（『文芸と批評』昭和四九・一〇）、渡部芳紀「小説家の誕生—『老年』論」（『国文学』昭和五〇・二〇）、榎本勝則「芥川龍之介の『老年』をめぐって」（『日本文学研究』昭和五三・一〇）

（萬田　務）

臘梅《ろうばい》　中国原産のろうばい科の落葉低木。二月から三月にかけて、葉に先立って黄ろうで作られたような半透明の花を咲かす。芥川が愛《め》でた樹木である。田端《たばた》の芥川家の庭には、本所から転居したときに移し植えた芳香を放つ臘梅があった。『追憶』（『文芸春秋』大正一五・四～昭和二・二）という回想記で芥川は、「新《あた》らしい僕の家の庭には冬青《とうせい》、榧《かや》、木斛《もくこく》、かくれみの、臘梅、八つ手、五葉の松などが植わつてゐた。僕はそれ等《ら》の木の中でも特に一本の臘梅を愛した。」と書いている。また、『澄江堂雑詠—一臘梅』（『新潮』大正一四・六・一）では、「わが裏庭の垣のほとりに一株の臘梅あり。ことしも亦《また》筑波《つくば》おろしの寒きに琥珀《こはく》に似たる数朶《すうだ》の花をつづりぬ。」と書き、この冬の花に注目している。「臘梅や雪うち透かす枝の丈」「臘梅や枝疎なる時雨空」といった句や詩『臘梅』も作っており、芥川は終生臘梅に関心を示し、その上品な香りと花の美しさ、さらには樹姿をも愛していた。

（関口安義）

臘梅《ろうばい》　大正一四（一九二五）年六月一日発行の雑誌『新潮』第四二巻第六号に『澄江堂雑詠—一 臘梅』として発表。『梅・馬・鶯《うぐいす》』（新潮社、大正一五・一二・二五）に収録。裏庭の臘梅にかこつけて、芥川家の歴史が語られている。江戸時代には、土屋佐渡守《さどのかみ》の屋敷の前にあったこと、徳川家瓦解の後には、貧乏し、家財を売り払ったことなどである。「臘梅や雪うち透かす枝の丈」の句がある。

（石原千秋）

ロオレンス《ろーれんす》　John Lawrence　一八五〇・一二・二〇～一九一六・三・一二。イギリス人。英語学者。ロンドン、オックスフォードの両大学に学び、ロンドン大学英語学講師（一九〇二）を経て、明治三九（一九〇六）年来日。同年九月より大正五（一九一六）年三月まで東京帝国大学文科大学英文科教員を務め、主任教授の職にも就いていた。東京にて没。大正五年三月二四日付、井川（恒藤《つねとう》）恭《きょう》宛の芥川書簡に先生の死を報じ、「可愛さうだつた　おとむらひに行つたさうしてこの老教師の魂の為《ため》に祈つた」と記している。芥川は、『あの頃の自分の事』（『中央公

ロオレンス

論』大正八・一）の中に、「ロオレンス先生のマクベスの講義」を聴く場面を描き、そこで、「講義のつまらない事は、当時定評があつた」と述べている。また、『その頃の赤門生活』（『帝国大学新聞』昭和二・二・二一）にも、「僕の親しく先生に接したるは」「路上の数分間なるのみ」といった記述がみられる。（木村一信）

六の宮の姫君《ろくのみやのひめぎみ》　小説。大正一一（一九二二）年八月一日発行の雑誌『表現』第二巻第八号に発表。『春服《しゆんぷく》』（春陽堂、大正一二・五・一八）、『芥川龍之介集』（現代小説全集第一巻、新潮社、大正一四・四・一）ともに巻頭に収録。初出以下の諸本に大きな異同はない。この作品は、大正一一年七月執筆された。芥川のいわゆる王朝物、『今昔物語集』などの説話に取材した歴史小説の最後を飾る作品である。『六の宮の姫君』と同じ時期に執筆された作品に『一夕《いつせき》話《わ》』（『サンデー毎日』大正一一・七・一〇）がある。『一夕話』の主人公小ゑんは強い愛情に生きんとする能動的な女性として描かれているのに対して、この『六の宮の姫君』の主人公はそれとは対蹠《たいせき》的にあくまでも運命のまま流される受動的な女性として書かれている。芥川は、大正一一年七月三〇日の渡辺庫輔《くらすけ》宛書簡の中で、「一夕話は一夜漬なり但し僕は常にあの小ゑんの如き意気を壮といたし六の宮の姫君の如きを憐《あはれ》むべしと致し候《さうらふ》」と述べている。物語は六つの小節から成り立っている。六の宮の姫君は、昔気《かた》質《ぎ》で時勢に遅れがちな父母のもとに、「悲しみも知らないと同時に、喜びも知らない生涯」を送っていた。ところが両親が死んでしまい、頼りとなるのは乳母《うば》一人となった。姫君は、経済的に生活が非常に苦しくなり、乳母のすすめで、気が進まないが、丹波《たんば》の前司なにがしの殿と結婚する。「その男に肌身を任せるのは、不如意な暮《くら》しを扶《たす》ける為《ため》に、体を売るのも同様」だったが、男と逢《お》う瀬が重なるようになり、姫君は「懶《ものう》い安らかさの中に、はかない満足」を見いだすようになる。しかし、その安らかさも続かない。男は父の陸奥守《むつのかみ》任官に伴って下っていき、五年後の再会を約束して別れてしまう。六年目の春になったが男は帰らない。姫君の生活はいっそう窮迫する。そこで乳母が再婚をすすめたが、姫君は「唯静かに老い朽ちたい」と考え、「わたしはもう何も入らぬ。生きようとも死なうとも一つ事ぢや。」と言って拒絶した。同じころ、男は父の命で常陸守《ひたちのかみ》の娘の婿となるが、姫君の姿を忘れかねる。九年目の晩秋、男は京へ帰るや六の宮へ行くが、崩れ残りの築土《ついじ》だけの廃屋になっており、老尼《に》が一人いるだけであった。男は翌日から姫君を探しに洛《らく》中を歩き回る。何日か後の夕暮れ、雨を避けるために寄った朱雀門の前にある西の曲殿の軒下で、「無気味な程痩《や》せ枯れてゐる」姫君と、それを看病している乳母を発見する。男は姫君にかけ寄ったが、姫君は何かかすかに叫んだきり、男に抱かれたまま死んでゆこうとする。乳母が臨終の姫君のために、居合わせた法師に読経を頼んだ。「往生は人手に出来るものではござらぬ。唯御自身怠らずに、阿彌陀《あみだ》仏の御名をお唱へなされ。」という法師の教えで、姫君は「細ぼそと仏名を唱へ」出したが、「火の燃える車」も「蓮華」も「何も、——何も見えませぬ。暗い中に風ばかり、——冷たい風ばかり吹いて参りまする。」と言い残して死んだ。その何日か後、朱雀門のほとりに女の泣き声がするといううわさが立つ。そのことを聞いた侍に、あのとき、姫君に念仏をすすめた法師が「あれは極楽も地獄も知らぬ、腑甲斐《ふがひ》ない女の魂でござる。御仏《みほとけ》を念じておやりなされ。」と答える。この法師こそ世にも名高い内記の上人、俗名慶滋《よししげ》の保胤《やすたね》である。この物語の典拠は、吉田精一らによって早くから、『今昔物語集』巻一九の第五話、巻二六の第一九話、巻一五の第四七話と指摘されている。物語の結びの内記の上人の登場以外、原話をほとんどそっくり用い、忠実に描いている。

〔参考文献〕吉田精一『芥川龍之介』（三省堂、昭和一七・一二・二〇）、室生犀星編『芥川龍之介の人と作』上（三笠書房、昭和一八・四・二〇）、進藤純孝『芥川龍之介』（河出書房新社、昭和三九・一一・二五）、長野甞一『古典と近代作家―芥川龍之介―』（有朋堂、昭和四二・四・二五）、海老井英次「『六の宮の姫君』の自立性」（『語文研究』昭和四二・一〇）

（浦西和彦）

鹿鳴館《ろくめいかん》　不平等条約の改正を図る外務卿井上馨《かおる》のとった、欧化政策の一環として建築された官設の洋館。明治一四（一八八一）年、東京市麹町《こうじまち》区山下町（現、東京都千代田区内幸町一丁目）にイギリス人コンドルの設計により、総工費一八万円、レンガ造り二階建て、約一三五〇平方メートルの社交場建設に着手し、翌々一六年に完成した。『詩経』の『小雅・鹿鳴』の詩が賓客、群臣を招宴に詠ずるところから中井弘蔵が命名。政府高官や華族が夫人同伴で外国使臣、紳商と交歓し、夜会・舞踏会・園遊会・婦人慈善会・仮装会を催して、鹿鳴館時代・鹿鳴館風俗と呼ばれる華美で、模倣的な欧化主義の象徴となる。明治二〇（一八八七）年九月に井上が条約改正に失敗して辞職し、国粋主義の台頭にあってにわかに衰え、華族会館に移管された。芥川は『舞踏会』の舞台に採用している。「一」では、鹿鳴館は「人工に近い大輪の菊の花」に装飾され、「二」では、その鹿鳴館は既になく、知人へ贈る「菊の花束」に表徴されている。

（町田　栄）

ロシア文学《ろしあぶんがく》　芥川はロシアの様々な作家の創作を読んでいて、彼とロシア文学との関係はきわめて密接である。すなわち、ロシア文学について芥川は、「西洋の小説と言つてもいろ〳〵ありますが、まづ近代の日本に最も大きい影響を与へたロシアの小説を例にすれば、兎《と》に角《かく》トルストイ、ドストエフスキイ、トゥルゲネフ、チエホフなどをお読みなさい。」（『文芸鑑賞講座』）と言ってトルストイ、ドストエフスキー、ツルゲーネフ、チェーホフらの作品を読者に推賞し、また「近代の外国文芸中、ロシア文芸ほど日本の作家に、――と云ふよりも寧ろ日本の読書階級に影響を与へたものはありません。日本の古典を知らない青年さへトルストイやドストエフスキイやトゥルゲネフやチェホフの作品は知つてゐるのです。我々日本人がロシアに親しいことはこれだけでも明らかになることでせう。」（『露訳短篇集の序』）と述べてトルストイらのロシア文学と、日本の作家や青年らとの結び付きについて叙述し、次いで同文章中で「近代の日本文芸が近代ロシア文芸から影響を受けることが多かつたのは勿論近代の世界文芸が近代のロシア文芸から影響を受けることが多かつたのにも原因があるのに違ひありません。しかしそれよりも根本的な問題は何かロシア人には日本人に近い性質がある為《ため》かと思ひます。我々近代の日本人は大きいロシアの現実主義者たちの作品を通して（durch, through）兎に角ロシアを理解しました。」と言って近代における日本文芸や日本人と、ロシア文芸やロシア人との密接な相互関係について述べている。かようにロシア文学は、一般の日本人のみならず芥川にとって非常に重要な位相にあった。具体的に換言すると、彼は、短編『山鴫《やましぎ》』（『中央公論』大正一〇・一）で、トルストイを、我執が強く、「徹頭徹尾他人の中に、真実を認め」ずかつ「他人のする事には、虚偽を感ずる人間」、言ってみれば頑固で無骨な求道者として描き、さらにツルゲーネフを「上品な趣のある」紳士として叙している。ところでこの両者のうち、トルストイ流行の時代背景もあって彼はとくにトルストイに大きな関心を抱いていたのであった。すなわち芥川は、「この頃毎日戦争と平和をよんでゐる　あんまり大きいので作としての見通しは殆《ほとん》どまるでつかない（中略）こんなものを書いた奴《やつ》がゐるのだと思ふとやりきれない　日本な

んぞまだまだ　夏目さんにしてもまだまだだ」（井川恭《きょう》宛書簡、大正四・一二・三）と書いてトルストイの偉大さをたたえ、さらに『河童《かっぱ》』（『改造』昭和二・三）で、「三番目にあるのはトルストイです。この聖徒は誰よりも苦行をしました。」と叙し、またトルストイの、たえず「紅血を滴らし」（『侏儒《しゅじゅ》の言葉―トルストイ』）ていた心の傷及び悲劇についても触れている。そして、こうしたトルストイへの関心及び尊敬の念とあいまってそれと同程度の関心を芥川が抱いていたのはドストエフスキーに対してであった。やはり前記の井川恭への手紙中で、「ロシアの作家なぞは戦争と平和のやうな作物が前にあると云ふ事によつて悲観しないでゐられるのだらうか　戦争と平和ばかりではない　カラマゾフの兄弟にしても　罪と罰にしても　乃至《ないし》アンナカレニナにしても／僕はその一つでも日本にあつたらまゐりさうな気がする」と述べ、また藤岡蔵六宛の手紙（大正二・九・五）で、『罪と罰』への批評とともにこの作品に「大へんに感心させられた」旨を語り、さらにまた「ドストエフスキイの小説はあらゆる戯画に充《み》ち満ちてゐる。尤《もっと》もその又戯画の大半は悪魔をも憂鬱《ゆううつ》にするに違ひない。」（『侏儒の言葉―ドストエフスキイ』）と言ってドストエフスキーの思想の深さを説いている。このほか芥川は、ツルゲーネフについても、前記の『山鴫』中の人間像を描き、また「猟人日記の雄篇」（斎藤貞吉宛絵端書《はがき》、明治四三・九・一）の自然描写の美しさを云々《うんぬん》し、またチェーホフについても、有楽座へ『伯父ワーニヤ』を観劇して「二幕目、四幕目殊に感に堪へた」（『我鬼窟《がきくつ》日録』〔別稿〕、大正八・六・一六）と書き記し、さらにまた彼の文学がもつ機知とユーモアを高く評価し、さらに『桜の園』にも「新時代にあきらめ切つた笑声」（青野季吉《すえきち》宛書簡、昭和二・三・六）と言及している。

〔**参考文献**〕池崎忠孝「アンナ・カレニナの悲劇」（『忘友芥川龍之介への告別』天人社、昭和五・四・一五）、島田謹二「芥川龍之介とロシヤ小説」（『比較文学研究』昭和四三・九）　　（久保田芳太郎）

ロシュフウコオ《ろしゅふーこー》　La Rochefoucauld, François, Duc de. 一六一三・一二・一五〜一六八〇・三・一六。フランスのモラリスト。公爵。サブレ侯爵夫人のサロンに出入りし、のちラ・ファイエット夫人と親交を結んだ。人間性の背後にひそむ偽善やエゴイズムを痛烈に批判した書『箴言録《しんげんろく》』（一六六四〜七八）で知られる。その鋭い人性批評は、芥川に影響を与えた。晩年のアフォリズム集『侏儒の言葉』は、『箴言録』を模したものと言われている。「一かどの英霊を持つた人々の中には、二つの自己が住む事がある。一つは常に活動的な、情熱のある自己である。他の一つは冷酷な、観察的な自己である。この二つの自己を有する人々は、ややもすると創作力の代《かは》りに、唯賢明な批評力を獲得するだけに止《とど》まり易《やす》い。M. de la Rochefoucauld はこれである。」とは、『点心―嘲魔』（『新潮』大正一〇・二）に引かれているサント・ブーヴの『モリエール論』の一節である。そして芥川は、「私も私自身の中《うち》に、冷酷な自己の住む事を感ずる。この嘲魔を却《しりぞ》ける事は、私の顔が変へられないやうに、私自身には如何《いかん》とも出来ぬ。」と書き記した。ここにはラ・ロシュフーコーへの同一視がみられる。そういう「冷酷な、観察的な自己」をみごとに対象化させた作品に「保吉《やすきち》もの」の一つ『魚河岸』（『婦人公論』大正一一・八）がある。横柄な振る舞いをしていた幸さんが、江戸っ子で有名な「丸清の檀那《だんな》」露柴《ろさい》がいるのを知って、急に態度を一変させて御機嫌をとり始める。それを目撃した保吉は「妙に陽気にはなれ」ずに、帰路、書斎の机の上に読みかけた「ロシュフウコオの語録」＝『箴言録』があることを思い出す、という短編である。おそらく芥川は、権威に弱い卑屈な人間の心性を「幸さん」に見たのであろう。このとき、ラ・ロシュフーコーの『箴言録』は、人間に対する犀《さい》利《り》な洞察力とアイロニーに満ちているがゆえに、芥川にとって自己のたてこもる城と考えられたにちがいない。　　（石崎　等）

路上《ろじょう》　小説。大正八（一九一九）年六月三〇日から八月八日まで（七・四、九、一五、二三休載）三六回にわたって『大阪毎日新聞』に連載された。三六回末尾に「（以上を以《もっ》て『路上』の前篇を終《をは》るものとす。後篇は他日を期する事とすべし。）」とあるが、後篇は書かれることなく終わり、単行本にも収められなかった。芥川自身大正八年一〇月の『芸術その他』で自己の芸術の停滞を作品『龍』に触れて自省しているが、そうした危機の自覚がこうした現代的な素材と取り組むことに向かわせたと考えられる。芥川にとっては数少ない長編の試みであり、しかも『あの頃の自分の事』（大正八・一）のような、自分の出発点に立ち戻って自己検証をしたかのような作品に続く、同じような青年を扱ったものだった。もっとも『あの頃の自分の事』が実名でほぼ事実を語ったものであるのに対し、これは小説的結構を備えている。安田俊助という作者芥川を思わせる、「ニル・アドミラリ」の傾きを持つ、「袖手《しうしゅ》をして傍観」するばかりで積極的に行動できない人物が主人公で、友人に冷笑的な皮肉屋の大井篤夫、対象に暖かい信頼の目を注ぐ温厚な野村らがおり、その周囲には「芸術の為《ため》の芸術」を標榜《ひょうぼう》する「城」同人の藤沢、花房、近藤らがいる。野村は親類の初子を愛しており、初子が書こうとしている小説のために癲《てん》狂院の見学に初子を連れて行ってくれるように俊助に頼む。一方「城」同人主催の音楽会があり、藤沢や近藤のハイカラな衒学《げんがく》的な姿とそれに突っかかる大井が写されるが、そこで俊助は、前に大学構内で視線を交わしてその奥に「得体の知れない一種の感情が揺曳《えうえい》」するのを見た女性、辰子《たつこ》と知り合う。辰子は初子の従妹で、二人を連れて俊助は癲狂院へ行き、医師の新田から、狂人たちを狂わせているのはその脳髄にかかった指先ほどの卵の白味のようなものに過ぎないと聞かされる。大井はドンジュアンの評判があり、次々と女性に惚《ほ》れては、自分に惚れ嫉妬《しっと》する女を見て嫌悪を感じて別れるのだが、女の嫉妬を予想しながらそれを確認するために自分宛に女名前の手紙を書いたり、傷つけないで女と別れるために、帰郷するという嘘《うそ》を設けてわざわざ汽車に乗ってハンカチを振ったりする。俊助は「一人の初子に天国を見てゐる野村」と「多くの女に地獄を見てゐる大井」を思い、自分の辰子への愛を自問するところでこの小説は終わっている。いわば設定され、人物紹介が終わったところで筆が投げられてしまった。この作品は夏目漱石の『三四郎』に題材が似ていることは、三好行雄（『芥川龍之介論』筑摩書房、昭和五一・九・三〇）が指摘している。俊助と辰子の最初の出会いと、三四郎と美禰子《みねこ》のそれ、大井が女と別れるために行う演技と与次郎のそれ、新田と野々宮の類似を指摘し、俊助の哲学が『それから』の代助に通じているとして、「作家としての危機にのぞんだ龍之介にとって、漱石はやはりもっとも確実な、拠《よ》るべき羅針盤のひとつ」ととらえる。だが『三四郎』の登場人物たちにある若者らしさがこの作品には感じられない。中絶した理由について、「長篇の構成力」のなさ「繊細で神経質な文体は、幅の広い、線の太い、盛り上《あが》る力を欠いていた」という吉田精一（吉田精一著作集1『芥川龍之介I』桜楓社、昭和五四・一一・一二）の見方、善と悪、理想と現実といったものの中間の、いわば「空虚な真空地帯に造型」する芥川文学には「物語の枠」は必要で、それを取り払った『路上』や『秋』は「稀薄《きはく》な空気そのもの」であり、「外界に向つてはてもなく雲散霧消してしまひかねない危険」があるとした福田恒存《つねあり》の見方がある。この作品に中絶せざるを得ないほどの破綻《はたん》があるとは思えないが、構想を充分練る時間の不足や、技巧に腐心し細部にまで完璧《かんぺき》を求める短編作家としての資質が、作品を継続していくのを困難にしたのであろう。中村真一郎は、漱石や鷗外が行った「かなり実験的な『それから』とか『青年』とか云ふ、西欧的なフィクションの方法」を追う道は「『路上』の中絶と共にやまった。（中略）彼は鷗外の『青年』ではなく『諸国物語』の後継者となった」と言っている。

〔**参考文献**〕福田恒存「芥川龍之介」（福田恒存編『芥川龍之介研究』新潮社、昭和三二・一・三〇）、中

村真一郎「芥川文学の魅力」（同上）、三好行雄「芥川龍之介のある終焉」（『国文学』昭和四五・一一、のち『芥川龍之介論』筑摩書房、昭和五一・九・三〇）

（菊地　弘）

LOS CAPRICHOS《ろすかぷりしょす》 小品。大正一一（一九二二）一月一日発行の雑誌『人間』に発表。『点心』（金星堂、大正一一・五・二〇）に収録された。なお「ユダ」「疲労」「魔女」「Don Juan aux enfers」の四項は『梅・馬・鶯《うぐいす》』（新潮社、大正一五・一二・二五）にも再録された。「嬉笑《きせう》嘲笑苦笑と兼ねたる、爆声の如き哄《かう》笑」、「アウエルバッハの穴蔵に愚昧《ぐまい》の学生を奔《はし》らせたる、メフイストフエレスの哄笑」こそが「予が最も愛する笑《わらひ》」だというカアル・エミリウスのエピグラムを先頭に七つの挿話が構成された散文詩風の作品。ロス・カプリショスとはスペイン語で気まぐれな人たちの意。迷信や虚栄、貪欲《どんよく》、不倫に血迷う人々を痛烈に風刺した同名のエッチング集がゴヤにあるが、それと発想を同じくしたもの。話の内容は、永遠の悪名と地獄の王たることに魅せられて悪魔の誘惑に落ちたユダの話（「ユダ」）や竜騎兵を乗せて喘《あえ》ぎ喘ぎ走る白馬を嘲笑して僕らに乗ってくれれば地獄の果てまで飛んで行ってやるのにと豪語する尨《むく》犬の話（「疲労」）。地獄の薄暗い河を舟で渡りながら逆巻く波間を浮沈する無数の霊を冷然と眺めるドン・ジュアンの虚栄心を皮肉った「Don Juan aux enfers」。また、「箒《はうき》が魔女を飛ばせたのか、魔女が箒を飛ばせたものか」とくだらない問題に熱中する大学教授や義眼《め》を入れた批評家を皮肉った「魔女」と「眼」。毒龍と勇ましく戦う聖ヂョオヂをはるか眼下に見下ろして「畜生。あいつは遊んでゐやがる」と舌打ちする親指トムの話（「遊び」）。そして、作家劇作家批評家の幽霊が死後の名声を気にして地獄から下って古本屋に出現する話（「幽霊」）。これらすべて悪魔の驕慢《きようまん》貪欲の罠《わな》にかかった者たちの愚劣さを哄笑せんとしたものだが、総じて浅薄な嘲笑の声しか起こらない。大正一〇（一九二一）年末ごろ強く感じた売文生活の憂悶の思いが単に批評家を皮肉るという形で直接吐露されたというべきで、ボードレールの散文詩風の試みは成功したとは言えない。

（原　子朗）

ロダン《ろだん》 Auguste Rodin 一八四〇・一一・一二〜一九一七・一一・一七。フランスの彫刻家。長らく建築の装飾に過ぎなかった彫刻に、芸術としての自律性をもたらし、近代彫刻の飛躍的な展開の契機となった。日本には、「白樺」派によって早い時期から紹介されている。芥川の「手帳」には「Rodin's designs are exquisite, because they are not only simplified Nature, but the images of God which can be created by the sacred fire of his genius.」と記され、『僻見《へきけん》』（「四 木村巽斎《そんさい》」）では、トルストイやセザンヌに並べてロダンを、我々を刺激した芸術家の一人に数えている。芥川は、その作品のみならず、優等生芥川とは対照的なロダンの生き様—官立美術学校に三度失敗し、二〇歳から自活して徒弟的修業を積みつつ生涯をかけて官学派と戦い、時代の開拓者として挫《くじ》けず、逞《たくま》しく独自の道を歩いた——に関心を寄せ、また、『ロダンの言葉』を実作者の創作論として尊重している。

（高橋陽子）

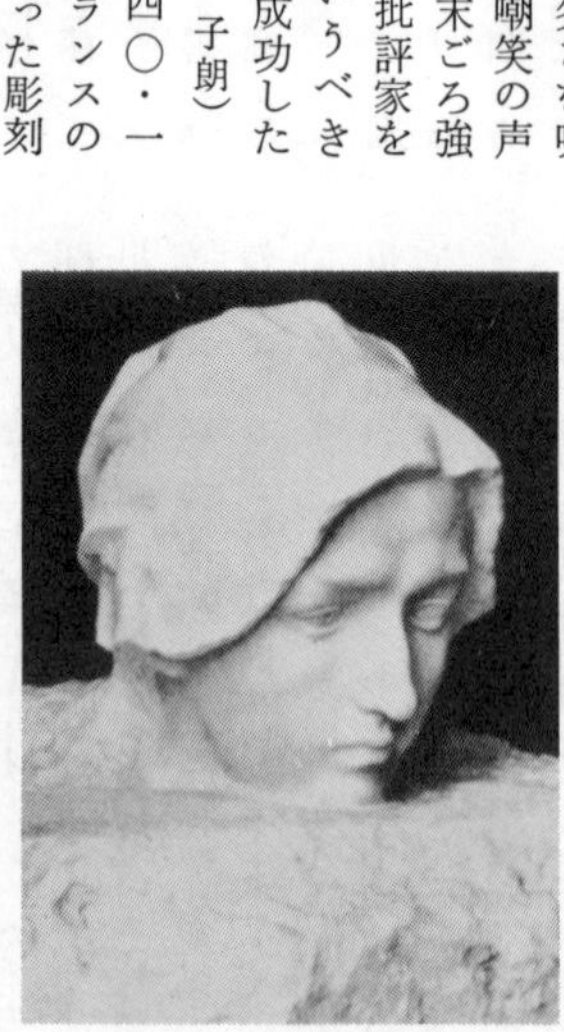

『思い』（ロダン作）

驢馬《ろば》 同人雑誌。大正一五（一九二六）年四月から昭和三（一九二八）年五月まで、全一二冊発行。室生犀星のところに出入りをしていた宮木喜久雄、西沢隆二、中野重治、窪川《くぼかわ》鶴次郎、堀辰雄らが発議して作った。芥川は創刊号、三、五、七号に俳句を一〇句、二号に散文詩一編（『横須賀小景』）、九号に散文一編（『僕は』）、一一号に詩一編（『僕の瑞威《スヰツツル》から』）を載せている。同人の堀辰雄は大正一二（一九二三）年に室生犀星を通して知り、翌年の夏は軽井沢で室生、片山広子らも加わって一緒に過ごした。堀宛の書簡が三通あるが、書架にある本で読みたいものがあったら何でもお使い下さいと優しい師弟の絆《きずな》をうかがわせている。また、中野については室生犀星宛書簡で「今日ノプロレタリア作家ヲ抜ク事数等ナラン。」（大正一五・一二・五）と文学的に嘱望していることを示している。途中から、準同人的立場から詩を寄せた田島いね子（佐多稲子）は上野の清凌《せいりよう》亭に勤めていたころから芥川は知っており「清凌亭の御《お》稲さんの御酌にて小《お》穴《あな》先生と飲み居候／我鬼拝」と、小沢忠兵衛宛の小穴との寄せ書きの端書《はがき》（大正九・一二・二八）にある。甥《おい》の葛巻《くずまき》義敏が一一号から同人となっている。（菊地　弘）

ロビン・ホッド《ろびんほつど》　講演。初出『新小説』（大正一一・五）、大正一一（一九二二）年四月一三日夜、神田のキリスト教青年会館での英国皇太子来朝記念英文学講演会。単行本には未収録。芥川自身が希望した演題は「英吉利の泥棒」であった。が、英国皇太子にプログラムを差し上げるかもしれないという配慮から表題に替わった。もとより芥川は不服で、話の内容はあくまで「英吉利の泥棒」たちの話になっている。皇太子来朝記念ということで、英国の国民性などにふれる他の多くの講演はあっても、泥棒を材としたものはないだろうから、あえて選んだという。いかにも芥川らしい理由づけで、意表をつく奇抜奇想によるものであった。理知と絡んで卓抜な内容になっている。義賊「ロビン・ホッド」、奸賊《かんぞく》「ワイルド」、礼賊「タアピン」、強賊「シエッパアド」などの盗賊を公衆が愛する原理を説き、そこに英国民の強いことと精力を愛する国民性の特色を挙げている。英国の盗賊に名を借りて例の「英雄」のテーマとどこかで結び付いていたかもしれない。（伴　悦）

炉辺の幸福《ろへんのこうふく》　「炉辺」は『日葡辞書』に"Rofen" イロリノホトリとあるように囲炉裏のそば。したがって「炉辺の幸福」は「家庭中心の幸福」ぐらいの意になる。芥川は、『西方の人』の「24　カナの饗宴」に次のように記した。「クリストは女人《によにん》を愛したものの、女人と交はることを顧みなかつた。それはモハメットの四人の女人たちと交ることを許したのと同じことである。彼等《ら》はいづれも一時代を、――或《あるい》は社会を越えられなかつた。しかしそこには何ものよりも自由を愛する彼の心も動いてゐたことは確かである。後代の超人は犬たちの中に仮面をかぶることを必要とした。しかしクリストは仮面をかぶることも不自由のうちに数へてゐた。所謂《いはゆる》『炉辺の幸福』の譃《うそ》は勿論《もちろん》彼には明らかだつたであらう。アメリカのクリスト、――ホヰツトマンはやはりこの自由を選んだ一人である。我々は彼の詩の中に度たびクリストを感ずるであらう。クリストは未《いま》だに大笑ひをしたまま、踊り子や花束や楽器に満ちたカナの饗宴を見おろしてゐる。しかし勿論その代りにそこには彼の贖《あがな》はなければならぬ多少の寂しさはあつたことであらう。」この部分は『新約聖書』の「ヨハネ伝」第二章によっている。そこには次のようにある。「三日めにガリラヤのカナに婚礼ありて、イエスの母そこに居《を》り、イエスも弟子たちと共に婚礼に招かれ給《たま》ふ。葡萄酒《ぶだうしゆ》つきたれば、母、イエスに言ふ『かれらに葡萄酒なし』イエス言ひ給ふ『をんなよ、我と汝《なんぢ》となにの関係《かかはり》あらんや、我が時は未だ来らず』母、僕《しもべ》どもに『何にても其《そ》の命ずる如くせよ』と言ひおく。彼処《かしこ》にユダヤ人《びと》の潔《きよめ》の例にしたがひて四《し》五《ご》斗《と》入りの石甕《いしがめ》六《む》個《つ》ならべあり。イエス僕に『水を甕に満《み》たせ』といひ給へば、口まで満す。また言ひ給ふ『いま汲み取りて饗宴長《ふるまひがしら》に持ちゆけ』乃《すなは》ち持ちゆけり。饗宴長、葡萄酒になりたる水を嘗《な》めて、その何処《いづこ》より来りしかを知らざれば（水を汲みし僕どもは知れり）新郎《はなむこ》を呼びて言ふ、『おほよそ人は先《ま》づよき葡萄酒を出《いだ》し、酔《ゑひ》のまはる頃ほひ劣れるものを出すに、汝はよき葡萄酒を今まで留め置きたり』イエス此《こ》の第一の徴《しるし》をガリラヤのカナにて行ひ、その栄光を顕《あらは》し給ひたれば、弟子たち彼を信じたり。」すなわち「あらゆる女人の中に」また「あらゆる男子の中にも」マリアの存在はある。「忍耐を重ねてこの一生を歩いて行つた。」のがマリアであり、「世間智《ち》と愚と美徳とは彼女の一生の中に一つに住んでゐる。」のであった。マリアは「炉辺の幸福」を身にまとっている。一方、キリストは「炉辺の幸福」のうそを知っていた。だから、それを否定することによって、「自由」を獲得したと芥川は記す。『西方の人』には、このマリア――「永遠に守らんとするもの」と、聖霊――「永遠に超えんとするもの」との二つが交錯して描き出されている。芥川は「炉辺の幸福」を否定し、「自由」を、「芸術至上主義」を求め続けながら、他方、「炉辺の幸福」にも愛着を持たないわけにはいかなかった。だから、芥川はキリストに、「炉辺の幸福」のうそを見抜かせ、否定させながら、「しかし勿論その代りにそこには彼の贖はなければならぬ多少の寂しさはあつたことであらう。」と記さずにはいられない。これは、あくまで芥川の姿の投影されたキリスト像である。芥川は、『河童《かっぱ》』でも、「超人（超河童）」のトックに、「僕は超人的恋愛家だと思つてゐるがね、ああ云ふ家庭の容子《ようす》を見ると、やはり羨《うらやま》しさを感じるんだよ。」「あすこにある玉子焼は何《なん》と言っても、恋愛などよりも衛生的だからね。」と言わせている。奔放な、力強い生活を願望しながら、生涯、家庭をひきずりながら生きなければならなかった律義な都会人たる芥川の姿がここにあると言えよう。

〔参考文献〕鈴木秀子「芥川龍之介とキリスト教」（『作家・作品シリーズ5　芥川龍之介』東京書籍、昭和五三・四）　（塚越和夫）

ロマン主義《ろまんしゅぎ》 romanticism（英語）一八世紀末から一九世紀前半にかけて西欧全土に及んだ思想・芸術の流れで、現在を超えて神秘や無限を志向する情動を起点とする。ドイツのシュレーゲル兄弟を中心とする一派、フランスのルソーらを源泉とする。「自我の解放（表出）」がその徴標である。「彼はアナトオル・フランスから十八世紀の哲学者たちに移って行った。が、ルッソオには近づかなかつた。それは或《あるい》は彼自身の一面、――情熱に駆られ易い一面のルッソオに近い為《ため》かも知れなかつた。彼は彼自身の他の一面、――冷《ひや》かな理智に富んだ一面に近い『カンディイド』の哲学者に近づいて行つた。」（『或阿《あるあ》呆《ほう》の一生―人工の翼』）カンディードの苦難が、痛烈なアイロニーと風刺を生んだごとく芥川は、ヴォルテールの徒として出発を図ったのである。井上良雄は、芥川の遺稿『十本の針』に触れつつ、自己解剖による自己破壊、浪漫的アイロニー、自意識の過剰による性格破産等に、その悲劇を見ている。　（高橋新太郎）

ロマン・ロオラン《ろまんろーらん》　ロマン・ロラン

Romain Rolland 一八六六・一・二九〜一九四四・一二・三〇。フランスの小説家・劇作家・評論家。祖国愛とコスモポリティスム、自由な個人主義と友愛精神など対立的諸問題への内心の闘争とその超克の努力の末に調和の世界にたどりつこうと希求する生涯を過ごす。その熱烈な理想主義がわが国の文学者たち、とくに「白樺」派の作家に影響をあたえたが、武者小路に親近感を抱いた芥川はロランの『トルストイの生涯』（一九一一）を読み、トルストイへの傾斜を深めた。井川（恒藤《つねとう》）恭《きょう》宛書簡（大正四・二・二八）で「それは丁度ロランに導かれてトルストイの大いなる水平線が僕の前にひらけつゝある時であつた」と書いている。大正三（一九一四）年一一月一四日、すでに原善一郎宛書簡でも言及した『ジャン・クリストフ』を「余を最も強く感動せしめたる書」として同五年一〇月『新潮』に書いたように、芥川のロランへの関心は大きかった。偶然、同時に『ジャン・クリストフ』を読んだ成瀬正一《せいいち》の啓発によるところが少なくなかった。「午後成瀬来る。一しょに晩飯を食ふ。ロオラン曰、芸術の窮る所無限の静なり」（『「我鬼窟《がきくつ》日録」より』大正八・六・一四）、「成瀬正一にしてロオランの玄関番たるも君の知つた事にはあらざるべし」（佐々木《ママ》茂索宛書簡、大正八・一一・二七）。芥川は『或《ある》恋愛小説』でも「達雄は音楽の天才です。ロオランの書いたジヤン・クリストフとワッセルマンの書いたダニエル・ノオトハフトとを一丸にしたやうな天才です」と『ジヤン・クリストフ』に触れている。また、大正九年五月東京高等工業学校で行った講演の草稿『小説の読み方』で文学作品の評価の多様性に触れて、ロランとアナトール・フランスを対置させて言及している。

（富田　仁）

ロマン・ロラン

アナトール・フランス

わ

ワイルド わいるど　Oscar Wilde　一八五六・一〇・一五〜一九〇〇・一一・三〇。イギリスの詩人・小説家・劇作家。アイルランドのダブリンに生まれ、同地の大学とオックスフォード大学に学んだ。ペイターの唯美主義に大きな影響を受け、「芸術のための芸術」を唱道し、世紀末文学の旗手として活躍したが、一八九五年、男色事件から裁判にかけられ、二年間投獄された。出獄後は敗残の余生をパリで送り、同地で死んだ。小説に『ドリアン・グレイの肖像』、戯曲に『ウィンダミア夫人の扇』『理想の夫』『嘘《うそ》から出た誠』などの喜劇や、世紀末文学の代表的作品とも称される悲劇『サロメ』がある。また投獄事件の打撃からつづられた内省的な感想記『獄中記』があり、ほかに童話集『幸福な王子』などがある。芥川は『愛読書の印象』（『文章倶楽部《クラブ》』大正九・八）に「中学を卒業してから色んな本を読んだけれども、特に愛読した本といふものはないが、概して云ふと、ワイルドとかゴーチエとかいふやうな絢爛《けんらん》とした小説が好きであつた」と言うように、かなり早い時期からワイルドをよく読んでおり、その「人生は芸術を模倣す」というアフォリズムに象徴されるワイルドの芸術至上主義には少なからぬ影響を受けたと思われる。生涯を通じてワイルドへの言及は頻繁であるが、殊に『西方の人』における「クリストの中に「ロマン主義者の第一人を発見」し、「詩的正義の為《ため》に戦ひつづけた」クリストという理解はワイルドの『獄中記』によったもので、おのずからその重さもはかられよう。また芥川には未定稿ではあるが、ワイルドの『サロメ』と同じ材料に取り組んだ戯曲『サロメ』があり、『散文詩』としてワイルドの

ロイヤル・アカデミーでのワイルド

『師』『弟子』の二編を訳してもいる。なお、日本におけるワイルド受容史を考える場合見逃せない、日本で最初に上演された『サロメ』の観劇記である『Gaity 座の「サロメ」』(『女性』大正一四・八)といった文章も書いている。

（千葉俊二）

わが散文詩《わがさんぶんし》　小品。六編より成る。大正一一(一九二二)年一一月『詩と音楽』(アルス)に前半の三編(「秋夜」「椎《しい》の木」「虫干」)が『わが散文詩』の総題で、大正一二年一月『女性』(プラトン社)に後半の三編(「線香」「日本の聖母」「玄関」)が『線香』の総題で、それぞれ発表された。第六作品集『春服《しゅんぷく》』(春陽堂、大正一二・五・一八)に、『わが散文詩』の総題ですべてが、上記の順序のままで収められた。最初の作品「秋夜」に室生犀星の詩の一行が引用されていて、それは初出では「われもの書くことを憂しとなす」であるが、『春服』に収めるに際して「われ筆とることを憂しとなす」に改められた。これは犀星の『忘春詩集』の中の「筆硯《ひっけん》に」という詩の一行であって(「秋夜」の中で芥川が「古い朱塗《ぬり》の机の上には室生犀星の詩集が一冊、仮《かり》綴《とじ》の頁を開いてゐる。」と記しているのが『忘春詩集』に当たるのだろう)、実は訂正された『春服』の表現がこれまた正しくなかった。正確には「われ筆をとることを憂しとなす」である。新版の岩波版全集では、編者の判断でこの正確な表現に修正された。ただ不思議なことは、右に記したように芥川は机上に『忘春詩集』を置いているかのごとくであるが、『忘春詩集』はこの年一二月一〇日が発行日であって、「秋夜」を成すに実は間に合わないことである。「机の上には……」は虚構だったか。『女性』に発表した後半の三編については、この年一〇月一四日付一一月一三日付の二通の藤沢清造宛書簡が背景を語る。これらによれば、『女性』に送った方にも『わが散文詩』という総題がついていたらしく、それが『詩と音楽』の方で使われてしまったので『女性』からどうするか問い合わせがあり、提案の一つに『肉欲』というのもあったらしいが芥川は断固として反対、『澄江《ちょうこう》堂《どう》小品』とでもしてくれと返事しているのである。結局は、平凡に三つの作品の最初の題をそのままに『線香』という総題で発表になった。

（佐々木　充）

「我が日我が夢」の序《わがひわがゆめのじょ》　序文。宇野浩二著『我が日・我が夢』副題「一名……恋と夢と」に掲載。昭和二(一九二七)年八月、新潮社刊。これに先立って同年六月一日発行の『文芸春秋』に掲載。芥川は、昭和二年五月六日、宇野にあてて、「君の本の題を知らせてくれぬか。好意に甘えて序文を作ることにする。但しそれは一度『文芸春秋』にのせる事にしたい。さうすると、僕も大いに助かるから。」と書いている。芥川と宇野は、大正九(一九二〇)年一一月大阪講演の帰途京都に遊び、木曾《きそ》・諏訪《すわ》を遊行して以来の親友。五月末宇野が精神に異状を来し、芥川は広津と共に見舞いに行ったが、自己の終末も予感し、宇野の入院中に自殺してしまった。

（井上百合子）

ワグナア《わぐなー》　Wilhelm Richard Wagner　一八一三・五・二二〜一八八三・二・一三。ドイツの作曲家。旧来の歌劇に対し、音楽・詩歌・詩劇などの総合を目指した楽劇を創始。芥川龍之介が強い感銘を受けた最初の作品は、楽劇『トリスタンとイゾルデ』(井川恭《きょう》宛書簡、大正四・六・二九)である。ワグナーのオペラは仰向けに寝転びながら耳だけで聴くものであるというバーナアド・ショーの特異な見解は、芥川の印象に強く残っており、能の会の観客の姿からそれを想《おも》い起こしている(『寄席』)。嵐の中の航海の苦しみを作品制作に役立てたり(『上海游記《シャンハイゆうき》』)、また、バイロイト楽劇場を建設したりしたワグナーに感嘆(前出書簡)しながらも、『河童《かっぱ》』での芥川は、ワグナーを近代教大寺院の龕《がん》の一つに祭り、「基督《キリスト》教よりも生活教の信徒の一人だつた」と案内人に説明させている。これは、ルートヴィヒ国王に国庫からの莫大《ばくだい》な出費を重ねさせたワグナーの計算高い世知に対する厳しい風刺と言える。

（吉田俊彦）

忘れられぬ印象《わすれられぬいんしょう》　随筆。大正八

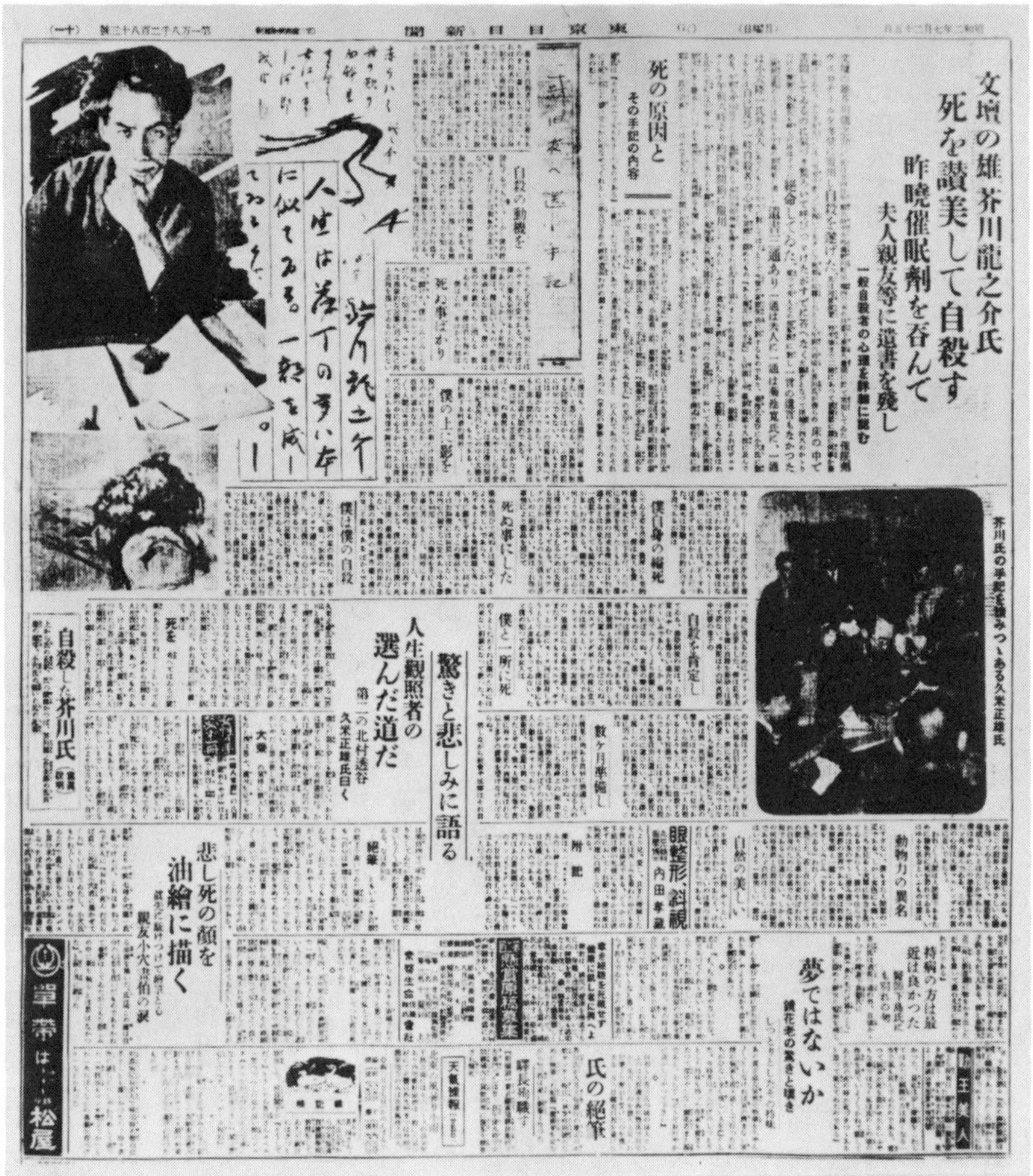

文壇の雄 芥川龍之介氏
死を讃美して自殺す
昨暁催眠剤を呑んで
夫人親友等に遺書を残し

死の原因と
その手記の内容

人生観照者の
選んだ道だ
第二の北村透谷
久米正雄氏曰く

驚きと悲しみに語る

自殺した芥川氏

悲し死の顔を
油絵に描く

夢ではないか

氏の絶筆

芥川の死を全段通しで伝える『東京日日新聞』(昭和2年7月25日)

（一九一九）年八月一五日発行の『伊香保みやげ』（高木角治郎編、伊香保書院）に発表。芥川の作品集には未収録。伊香保についての思い出を求められた芥川は、高等学校時代に友人と二人で行ったが、伊香保については記憶になく、一人乗りの自動車を作ったという紳士といっしょになったことを書いている。（石原千秋）

早稲田文学《わせだぶんがく》　文芸雑誌。坪内逍遙《しょうよう》によって明治二四（一八九一）年一〇月創刊された。第一次から第八次の現在に至るまで続いているが、芥川と特にかかわりがあるのは明治三九（一九〇六）年一月から昭和二（一九二七）年一二月に至る第二次。編集者は島村抱月、相馬御風、中村星湖、本間久雄。自然主義の牙城として重きをなした。芥川は『仏蘭西《フランス》文学と僕』で中学五年生のころアナトール・フランスの『タイス』を読んだことに触れ、「何でもその頃早稲田文学の新年号に、安成貞雄君が書いた紹介があったものだから、それを読むとすぐに丸善へ行って買つて来たと云ふ記憶がある。」と言っている。また『大正八年六月の文壇』で同誌掲載の須藤鐘一の『廃倉の病者』を、『大正九年四月の文壇』で同じく中村吉蔵の『井伊大老の死』を取り上げ批評している。『大正八年度の文芸界』では「白樺派」「新早稲田派」「新赤門派」と文壇を概括し、「新早稲田派」として広津和郎、谷崎精二、相馬泰三、吉田絃二郎、加能作次郎、葛西《かさい》善蔵、宇野浩二、加藤武雄などを論じている。『大正九年の文芸界』にも「『早稲田文学』『新小説』等が推薦した新進作家を数へたら」とある。また『早稲田文学』掲載の芥川論の主なものに、細田源吉「好事的傾向を排す」(大正七・九)、宮島新三郎「芥川氏の歴史小説」(大正八・一)、西宮藤朝「星亦《また》時勢の一つか―芥川龍之介氏へ」(大正一〇・四)、宮島新三郎「芥川龍之介論―その一面観―」(大正一三・三)伊藤貴麿《たかまろ》「芥川龍之介氏の追憶」(昭和二・九)がある。なかでも細田の論は、芥川文学を人生の断片的出来事を手際よく切り取っただけであり、大きな気魄《きはく》も、深沈《しんちん》な心も見いだせないと評して、引用される。　(菊地　弘)

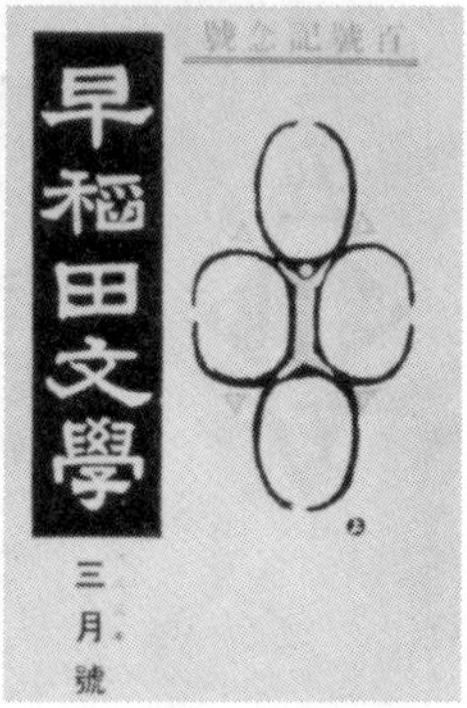

『早稲田文学』
(大正3年3月号)

和田久太郎《わだきゅうたろう》　明治二六・二・六～昭和三・一一・二〇(一八九三～一九二八)。社会運動家。酔蜂と号す。兵庫県生まれ。一三歳の時から俳句に興じ、河東碧梧桐《かわひがしへきごとう》の俳句に傾倒。二〇歳の時から放浪生活を始め、大杉栄らの無政府主義運動に参加。大正一三(一九二四)年九月一日、前年殺害された大杉栄・伊藤野枝《のえ》の報復のため、陸軍大将福田雅太郎を狙撃《そげき》して成功せず、捕われて無期囚となり、秋田監獄に送られ縊死《いし》した。近藤憲二編『獄窓から』(労働運動社、昭和二・三・一〇)は、獄中での和田の短歌・俳句・書簡などを収める。秋山清はこの書を「大正のわが国のアナキズム運動を考えるために欠くことのできないもの」(『壺中の歌』)と述べる。芥川は『獄中の俳人―「獄窓から」を読んで―』(『東京日日新聞』昭和二・四・四)で読後の感動を綴《つづ》り「遠い秋田の刑務所の中にも天下の一俳人のゐることを知つた」と吐露している。　(志村有弘)

私小説《わたくししょうせつ》　作中の主人公が作家自身の生活体験の実存や心境などに頼って構成された小説のこと。ドイツで言うイヒ・ロマン(一人称小説)とは違い、「私は…」という形式にはこだわらない。日本の小説が自然主義を通過した後、その延長線上に現れ大正九(一九二〇)年末ごろから自然発生的に用いられた。文壇の論議を呼ぶに至ったのは中村武羅夫「本格小説と心境小説と」(『新小説』大正一三・一)、久米正雄の「『私』小説と『心境』小説」(『文芸講座』文芸春秋社、大正一四・一・五)伊藤永之介「心境、私小説に就いて」(『文芸日本』大正一四・六)、宇野浩二「『私小説』私見」(『新潮』大正一四・一〇)が出てからである。外国的な文学理論からは本格小説を優位に置くから、日本的私小説は小説の本道ではないとして批判されながら、風俗小説とも結び、戦後に至るまで長く生命を保ち、第三の新人や内向の世代にもそのような傾向を持つ者がある。龍之介が「或《ある》弁護」(『侏儒《しゅじゅ》の言葉』、『文芸春秋』大正一三・九)で、通用するならば「用法を踏襲しなければならぬと云ふ法はない。」として「わたくし小説」を例証に挙げたときは、イヒ・ロマンに根拠を置いて考えていた。「Ich-Roman と云ふ意味は一人称を用ひた小説である。必ずしもその『わたくし』なるものは作家自身と定まつてはゐない。が、日本の『わたくし』小説は常にその『わたくし』なるものを作家自身とする小説である。いや、時には作家自身の閲歴談と見られたが最後、三人称を用ひた小説さへ『わたくし』小説と呼ばれてゐるらしい。」とし、「独逸《ドイツ》人の―或《あるい》は全西洋人の用法を無視した新例」だと批判し、しかし「全能なる『通用』」がこの新例に生命を与えたとした。これは文壇における「所謂《いはゆる》『私小説』」や「私は小説」いらいの論議に乗ったものであるが、具体的に前出久米論文などを踏まえたものは『「わたくし」小説に就いて』(『不同調』大正一四・七)『藤沢清造君に答ふ』(『不同調』大正一四・九)『「私」小説論小見―藤沢清造君に―』(『新潮』大正一四・一一)と引き続き発表された。龍之介は久米説の分析として㈠『わたくし』小説は小説になつてゐなければならぬ。」(単なる人生記録は小説ではないと解説されている。)㈡『わたくし』小説は『わたくし』を主人公にしなければならぬ。」(「わたくし」は必ずしも一人称ではないとし、その「わたくし」を主人公にする芸術的必要を力説すると解説されている。その芸術的必要の点の考察が必要だと説かれている。)という二点を挙げた(『「わたくし」小説に就いて』)。

なお『藤沢清造君に答ふ』は、久米説の解剖でなく龍之介自身の小説論を求められたのに対する否定的反論であるが、龍之介自身の考えは『「私」小説論小見—藤沢清造君に—』の中に述べられている。㈠久米・宇野によって推進された「散文芸術の本道は『私』小説である」理論の「私」小説の本質は、「作家自身の実生活を描いた」自叙伝であることにあり、「譃《うそ》ではないと言ふ保証のついた小説」である。㈡しかし「譃ではない」ということは、「芸術上の問題には何の権威をも持」っていない。㈢小説である「私」小説を散文芸術の本道というのは「謬見《びゅうけん》」であろう。散文芸術の本道とは空中楼閣である。芸術の本道は「傑作」の中だけにある。㈣宇野が日本人の文芸的素質は本格小説より私小説に適しているというのは冗談であろう。㈤と言っても、自分は本格小説だけを礼拝するものではない。自分が異議を唱えるのは「私」小説ではなく「私」小説論である。以上の論は、私小説と本格小説を対立のうちに置くのでなく、両者を等視しうる次元からの整理であると言える。龍之介の晩年が『大導寺信輔《だいどうじしんすけ》の半生《はんせい》』や『点鬼簿《てんきぼ》』や『歯車』など凄絶《せいぜつ》な精神的自伝に向かっていったことや、谷崎潤一郎との間の『話』らしい話のない小説」論争などと底辺で連ねうる。私小説作家と見られていた近松秋江の「己」の自然に流露した本格小説を評価したのも、同根から出た問題である(『近松さんの本格小説』、『不同調』大正一五・七)

〔**参考文献**〕小林秀雄『私小説論』(作品社、昭和一〇・一一・八)、伊藤整『小説の方法』(河出書房、昭和二三・一二・一〇)、平野謙『芸術と実生活』(講談社、昭和三三・一・一五)、小笠原克「芥川と私小説」(『国文学 解釈と教材の研究』昭和四五・一一)、猪野謙二「私小説」、小笠原克「私小説論」(『日本近代文学大事典』第四巻、講談社、昭和五二・一一・一八)

(長谷川泉)

「わたくし」小説に就いて《「わたくし」しょうせつについて》

評論。大正一四(一九二五)年七月一日発行の雑誌『不同調』創刊号に発表された七五〇字たらずの小文。久米正雄の「『私』小説と『心境』小説」(『文芸講座』第七号、第一四号、文芸春秋社、大正一四・一、五)の要点を、「㈠『わたくし』小説は小説になつてゐなければならぬ。/㈡『わたくし』小説は『わたくし』を主人公にしなければならぬ。」と要約して、婉《えん》曲、間接に久米論の無効性を批判したもの。藤沢清造の反論を呼んだことから、『藤沢清造君に答ふ』『「私」小説論小見—藤沢清造君に—』を書く機縁となった。

(蒲生芳郎)

「私」小説論小見《「わたくし」しょうせつろんしょうけん》

評論。大正一四(一九二五)年一一月一日発行の雑誌『新潮』第四三巻第五号に発表。第三随筆集『梅・馬・鶯《うぐいす》』(新潮社、大正一五・一二・二五)に収録。大正一三(一九二四)年ごろから文壇に私小説論、心境小説論が横行してきたなかで、芥川がそれに触れて自己の芸術的立場を明確にした評論。文芸上の作品はいろいろな種類に分けられるもの、例えば「私」小説と「本格」小説、散文芸術と韻文芸術といっても本質的差別はなく、そう分類するのは「量的な標準に従った貼《は》り札」にすぎない。久米正雄は「散文芸術の本道は『私』小説である」と言う。久米の論をつきつめれば、『私』小説は譃《うそ》ではないと言ふ保証のついた小説」ということになるが、「譃ではない」ということは、「芸術上の問題には何の権威をも持つてゐ」ないのである。そもそも正面切って「散文芸術の本道」と言うことも疑問であり、散文芸術の本道に私小説を置くのは謬見《びゅうけん》である。私小説であろうと否と、「あらゆる芸術の本道は唯傑作の中にだけ横《よこた》はつてゐ」るものであると指摘する。副題に「藤沢清造君に」と

『私小説論小見』

付けられているのは、芥川が大正一四年七月『不同調』創刊号に『「わたくし」小説に就いて』という短文を発表し、二号で藤沢が「何ゆえに汝は汝自身私小説論を試みないか?」と不満を述べたのに対して、三号で「藤沢清造君に答ふ」という論戦含みの短文を書いた事情によっている。芥川が異議を唱えたのは「私」小説そのものではなく、「私」小説論にあったことは自身論末でも述べている。「私」小説論についての芥川の見解が率直に示された評論と言われ、「この時代に、実生活上の事実と文芸上の真実を混同することの非を、精緻《せいち》な論理を尽《つく》して説いているのは識見である」（「芥川龍之介主要作品ノート」、文学批評の会編『批評と研究 芥川龍之介』）という面で評論家芥川の面目がうかがわれる。また「破綻《はたん》のない完璧《かんぺき》さを求める（中略）意識的芸術を志向していた」（菊地弘「私小説」、『別冊国文学』芥川龍之介必携）という点で、芥川の文学姿勢を如実に示した評論として注目される。

（神田重幸）

渡辺庫輔《わたなべくらすけ》　明治三四・一・九〜昭和三八・六・一五（一九〇一〜一九六三）。長崎郷土史研究家。芥川龍之介の数少ない弟子の一人。別名与茂平。長崎県生まれ。長崎中学校から北九州の豊国中学校に転じ、同校卒業。大正八（一九一九）年五月、菊池寛と長崎を訪れた芥川と知り合いになり、以後、上京しては芥川家を訪れ、創作の指導を受けるようになる。芥川は渡辺を愛し、その原稿を各誌に紹介している。大正一〇（一九二一）年六月号の『中央公論』に載った渡辺の『踏絵』は、芥川の推薦によるものであった。翌大正一一年の芥川長崎再遊の折には、蒲原《かんばら》春夫とともに芥川に密着し、行動を共にしている。芥川の『長崎日録』には、「渡辺与茂平来る。共に寺町の道具屋を覗《のぞ》き歩く。」「与茂平、蒲原春夫の二人と梅若の謡の会に至る。」「与茂平と大音寺、清水寺等を見る。」「払暁、与茂平、春夫の二人と『日本の聖母の寺』に至る。彌撒《ミサ》の礼拝式に列せん為《ため》なり。」「薄暮、与茂平と松本家に至り、唐画数幅を観《み》る。」などとその親交を証す記述が随所に見られる。同年五月一二日、長崎から真野友二郎にあてた芥川書簡には、「長崎では渡辺与茂平本名庫輔と云ふ人にいろいろ世話になつてゐますこの詩箋《せん》も庫輔のです庫輔は行年二十二歳ですが中々博覧強記の才物ですその内に中央公論新小説などに同人の研究が載る筈《はず》ですから御暇《おひま》の節は読んでやつて下さい」とある。大正一一年九月、渡辺は芥川の後を追って上京し、田端《たばた》の芥川家の近くに下宿した。東京滞在は大正一四（一九二五）年春まで続き、父親の病気で帰省した。長崎に帰った渡辺に、芥川はその将来を案じ、親身な便りを寄せている（大正一四・四・一六付、同五・一付など）。芥川没後、渡辺は長崎で郷土史研究に打ち込み、在野の研究家として一家を成した。その着実な考証に基づいた研究は、長崎学の発展に寄与するところが大であった。著書に遺著ともなった『崎陽論攷《きようろんこう》』（親和銀行済美会、昭和三九・八・二五）その他がある。

（関口安義）

和辻哲郎《わつじてつろう》　明治二二・三・一〜昭和三五・一二・二六（一八八九〜一九六〇）。哲学者・倫理学者・文化史家・評論家。兵庫県生まれ。第一高等学校を経て、明治四五（一九一二）年東京帝国大学文科大学哲学科卒業。その間、第二次『新思潮』に同人として翻訳・史劇を発表し、大正二（一九一三）年夏目漱石を訪ね、以後その門に入る。芥川にとって、和辻は『新思潮』の先輩であったと同時に、漱石門下生としての先輩でもあった。しかし、芥川が漱石の門に入るのは大正四年末からで、進藤純孝は芥川が加わったころの木曜会が和辻らの先輩作家を集めていたかどうか疑わしいと説く（『伝記芥川龍之介』）。芥川の和辻に対する言及は、『葬儀記』における点描があるほか、和辻の『偏頗《へんぱ》と党派心―森田草平氏に』に触発されて「身につまされた。マイツてゐた時だつたから」と語った松岡譲宛書簡(大正六・五・七)があり、江口渙《かん》宛書簡(大正六・六・一〇)とともに注目されるところである。主著に『古寺巡礼』『風土』等がある。

(中村　友)

「笑ひきれぬ話」の序《「わらいきれぬはなし」のじょ》 序文。畑耕一の小説・戯曲集『笑ひきれぬ話』巻頭に掲載。大正一四(一九二五)年一〇月二〇日、大阪屋号書店刊。芥川は畑が東大英文科の後輩であり、東京日日新聞の記者をしていたため、親しく往来し、大正八(一九一九)年一一月八日には、おそらくその依頼で、神田青年会館での東京日日新聞社主催の文芸講演会で初めて講演した。(畑宛書簡、大正八・一一・三参照)「提燈を持つ」たゆえんであろう。

(井上百合子)

年譜

凡例

一、年号欄には数え年を記したが、事項欄においては満年齢によって整理した。
一、※は推定を表す。年・月・日・事項のそれぞれの上部に付し、当項目が推定であることを示す。なお、年次不明のものには（※）を付した。
一、曜日については、面会日が日曜日であったことや、生活の概要を知る参考になると考え、日曜、あるいは曜日が参考になるものに限って明記した。
一、作品は、雑誌の発行日によって配列した。
一、書簡内作品（俳句・短歌など）については、初出にとどめ、その書簡の日付によって整理した。宛先名は省略したが、日付、および年次の推定のものについてのみ、※を付した。
一、作品欄のゴシックは単行本。また、作品名、雑誌・新聞名に、「　」および『　』を付さなかった（但し、芥川の初期作品名、誌名には便宜上「　」および『　』を付した）。他の項目欄については、作品名に「　」、単行本名、雑誌・新聞名などには『　』を付した。但し、（　）内の発表誌の『　』は省略した。
一、作品欄の発表誌などの記載がないものは未定稿である。
一、参考事項欄の年齢は満年齢とした。なお、『朝日新聞』とある場合は、東京・大阪両紙発表の意味である。
一、本年譜は、宮坂覺『芥川龍之介全集総索引 付年譜』（一九九三年一二月、岩波書店）所収「年譜」および『芥川龍之介全集』第二四巻（一九九八年三月、岩波書店）所収「年譜」を改訂したものである。
一、本年譜作成において新発掘や修正などもあるが、年譜という性格上、特に区別しなかった。

宮坂　覺

年号	明治25（1892）年（1歳）
事項	三月一日　東京市京橋区入船町八丁目一番地（外人居留地の一郭。現・中央区明石町一〇―一一）に、父新原敏三（嘉永三年生まれ・当時数え年四三歳）、母フク（万延元年生まれ。当時数え年三三歳）の長男として生まれる。敏三は、周防国生見村（現・山口県玖珂郡美和町生見）の出身で、牛乳搾取販売業「耕牧舎」本店の経営者だった。辰年辰月辰日辰刻の生まれにちなんで「龍之介」と命名された。父母がともに厄歳の年（父は後厄、母が大厄）に生まれた、いわゆる大厄の子であったため、旧来の風習に従って捨て子の形式が採られる。家の向かいの教会の前へ捨てられ、松村浅次郎（耕牧舎日暮里支店経営者）が拾い親となった。 一〇月末（二五日か）　実母フクが突然発狂する。以降、明治三五年一一月二八日の死去まで、新原家で生活した。龍之介は、フクの実家（本所区小泉町一五番地。現・墨田区両国三丁目二二番二号）に引きとられ、芥川道章（フクの兄。当時東京府内務部技手二級判任官）・儔（幕末の大通人と言われた細木香以の姪）夫妻、伯母フキによって養育されることとなる。芥川家は、代々江戸城の御数寄屋坊主を勤めた旧家で、江戸趣味、江戸情緒が色濃く残っており、一家で一中節を習ったりした。その環境は、後の龍之介の人と芸術に大きな影響を与えた。
作品	
参考事項	三月一日、内田不知庵『文学一斑』刊。 七月三〇日、北村透谷「徳川氏時代の平民的理想」（女学雑誌） 一一月一日、『万朝報』創刊。 一一月一〇日、内田魯庵訳『罪と罰』巻一刊。 一一月二五日、森鷗外訳「即興詩人」（しがらみ草紙）～明二七・八

年号	事項	作品	参考事項
明治26(1893)年 （2歳）	（満一歳） この頃、入船町にあった耕牧舎本店が、芝区新銭座町一六番地（現・港区芝浜松町一丁目）に牧場を求め、家を新築して移転する（隣接していた外国人居留地の影響と思われる）。以降、実父の事業は順調に発展していった。		一月三一日、『文学界』創刊。 五月三一日、北村透谷「内部生命論」（文学界）
明治27(1894)年 （3歳）	（満二歳） この頃、歌舞伎を観に連れて行かれるようになる。一家揃って芝居に出かけることが多く、九代目市川団十郎や五代目尾上菊五郎を観たことを後まで記憶している。		五月一六日、北村透谷自殺（二五歳）。 七月二五日、日清戦争始まる。
明治28(1895)年 （4歳）	（満三歳） 春　秋にかけて、芥川家が江戸時代からの古屋を改築する。改築時の記憶が最初の記憶である。 秋　新築の家に移住する。庭には、冬青《もち》、榧《かや》、木斛《もっこく》、かくれみの、臘梅、八つ手、五葉の松などが植えられていたが、中でも特に臘梅を愛した。五葉の松に不気味さを感じたりもしている。		一月三〇日、樋口一葉「たけくらべ」（文学界）～明二九・一 四月一七日、日清講和条約が調印される。 九月二〇日、樋口一葉「にごりえ」（文芸倶楽部）
明治29(1896)年 （5歳）	（満四歳） 一月九日　午後十時過ぎ、激しい地震が起こる。祖父の代からの女中「てつ」が分別を失って走り回っていたことを記憶している。 この頃、身体は虚弱で、便秘をすると必ずひきつけを起こすようなことが八歳頃まで続いた。		一月、『めざまし草』創刊。～明三五・二 七月、『新小説』再刊。 九月上旬、島崎藤村、東北学院教師として仙台に赴任。 一一月二三日、樋口一葉没（二四歳）。

明治30(1897)年(6歳)	（満五歳） 四月、江東《えひがし》尋常小学校付属幼稚園に入園。園は回向院の隣にあった。 この頃、海軍将校になることを夢みる。		一月一日、尾崎紅葉「金色夜叉」の連載（読売新聞）始まる。～明三五・五・一一 一五日、高浜虚子『ホトトギス』創刊。 三月三日、足尾銅山鉱毒被害民が上京し、日比谷に結果して請願運動を開始する。 八月一〇日、国木田独歩「源おぢ」（文芸倶楽部）
明治31(1898)年(7歳)	（満六歳） 四月、江東尋常小学校（現・両国小学校）に入学。 この頃、洋画家志望に変わる。小学校時代は、女中の「てつ」から怪談をしばしば聞かされたりもしており、始終いじめられ泣いてばかりいる子供だった。 五月一二日　道章が東京府を依願免官となる（当時内務部第五課長。年俸七二〇円）。退職後は、銀行などに関係した。		二月一二日、正岡子規「歌よみに与ふる書」（日本）～三・四 四月一〇日、国木田独歩「忘れえぬ人々」（国民之友） 六月三〇日、最初の政党内閣が成立する。 一一月二九日、徳冨蘆花「不如帰」（国民新聞）～明三二・五・二四
明治32(1899)年(8歳)	（満七歳） 七月一一日　敏三とフユの間に得二（義母弟）が誕生。 この頃、芥川一家の一中節の師匠だった宇治紫山の一人息子、大野勘一（当時東京府給仕。龍之介の七歳年長）に英語、漢文、習字を習いに相生町（現・墨田区両国）に通うようになる（小学校入学時から、あるいは明治三五年からという記述もある）。		四月上旬、島崎藤村、小諸義塾に教師として赴任。 六月一九日、森鷗外、第一二師団軍医部長として小倉に赴任。 一一月二〇日、薄田泣菫『暮笛集』刊。

年号	事項	作品	参考事項
明治33(1900)年(9歳)	(満八歳) 五月三一日　北清事変(義和団の乱)が起こる。北清事変の絵を両国広小路の絵草紙屋「大平」で求めたが、その中で日本兵が一人も死んでいないことに疑問を覚える。		二月二五日、泉鏡花「高野聖」(新小説) 三月二三日、徳冨蘆花「おもひ出の記」(国民新聞)～明三四・三・二一 四月一日、『明星』創刊。 八月一八日、徳冨蘆花『自然と人生』刊。 九月八日、夏目漱石、文部省留学生として、渡英のため横浜を出帆(三六・一帰国)。
明治34(1901)年(10歳)	(満九歳) この頃、初めての俳句「落葉焚いて葉守りの神を見し夜かな」を作る。泉鏡花などの現代小説を読み始めたのも、この頃である。	(※)〈俳句〉(上記)	三月一一日、国木田独歩『武蔵野』刊。 八月一五日、与謝野晶子『みだれ髪』刊。 二五日、島崎藤村『落梅集』刊。 一二月一〇日、田中正造が足尾鉱毒事件を天皇に直訴する。
明治35(1902)年(11歳)	(満十歳) 三月、同級生の清水昌彦、田代剣吉郎、大島敏夫、野口真造、秋永国造、岡本与四郎らと、回覧雑誌「日の出界」を創刊する。「渓水」「龍雨」などの筆名で寄稿するだけでなく、表紙画やカットなどを描き、編集にもあたった。 四月、江東尋常小学校高等科一年に進学。	(※)「勝浦にて」の一部。 (※)「紀行・日記(断片)」の一部。 ※〈随想〉(『日の出界』一) 二月、※「昆虫採集論」「大海賊」「さん術占」「はめ画」(『日の出界』二)	一月三〇日、日英同盟協約、ロンドンで調印される。 五月一〇日、田山花袋『重右衛門の最後』刊。 九月一〇日、永井荷風『地獄の花』刊。

	「日の出界第二編 臨時発行 文事の光」を発行する。 五月、この頃、「日の出界第三編」を発行する。 一一月二八日　実母フクが衰弱のため新原家で死去（享年四二歳）。 この頃、徳富蘆花「思ひ出の記」「自然と人生」を読む。	六月、※「英国小説ウエールカーム」「空中自転車」「西洋お伽噺」「冒険談不思儀《ママ》」「無鉄砲と不活潑」（『日の出界』三）	一九日、正岡子規没（三五歳）。 一二月二四日、高山樗牛没（三一歳）。
明治36(1903)年 (12歳)	二月二五日「日の出界臨時発行 お伽一束」を発行する。 （満十一歳） 四月二〇日「臨時発行 日ノ出海 本会創立一周年紀念雑誌」を発行する。 夏　千葉県勝浦の鈴木太郎左衛門方（耕牧舎霊岸島支店にいた南雲多吉の姻戚）に、芥川・新原家の人々と一緒に訪れる。鈴木方にはこの年から大正初年まで、ほとんど毎年出かけた。	二月、※「彰仁親王薨ず」「ななしぐさ」「月下の散歩」「雪後の旭日」「春の夕べ」「つきぬながめ」（『日の出界』〈お伽一束号〉） 四月、※「怒濤の乗切」「学問城攻撃」「夜」（『日の出界』〃創立一周年記念〃） ※七月、「昆虫採集記㈠実話」 ※「昆虫採集記㈡」（『日の出界』）	一月二三日、夏目漱石、英国留学より帰国。 三月五日、国木田独歩「運命論者」（山比古） 五月二五日、蒲原有明『独絃哀歌』刊。 八月二五日、有島武郎、米国留学のため横浜を出帆（四〇・四帰国）。 九月二一日、永井荷風、米国留学のため横浜を出帆（四一・七帰国）。
明治37(1904)年 (13歳)	一月、受験のため数学を習いに夜、深川の小学校教師宅に通う（三月まで）。 二月五日　動員令が出る。夜学の帰り、本所警察署の前で高張提灯一対を見た。 一〇日　日露戦争が起きる。耕牧舎の牛乳配達人だった久板卯《ひさいたう》之《の》助《すけ》から社会主義の信条を教えてもらっていたので、非戦論者に反感は持たなかった。 （満十二歳） 五月四日　東京地方裁判所民事部タ号法廷に被告として出廷し、裁判長の訊問を受ける。推定家督相続人廃除の判決を受け、八月に	※「春の夕べ」（『お伽一家』）	一月一日、木下尚江「火の柱」（毎日新聞）〜三・二〇 二月一日、田山花袋「露骨なる描写」（太陽） 一〇日、ロシアに宣戦を布告（日露戦争）。 五月一日、『新潮』創刊。

年号	事項	作品	参考事項
明治37（1904）年（13歳）	は芥川家に入籍した。 七月二一日　午前一〇時半頃、フユと得二が芥川家に訪れ、その日は泊まっていく。 二二日　夕方、フユ、得二と連れ立って芝の新原家を訪れる。この日は、新原家に泊まる。 二三日　午前四時、起床。新原家で読書をして一日を過ごした。 二四日（日）午後、姉や弟などと新宿へ相撲見物に出かける。午後六時半頃、新原家に帰宅。 二五日　午後、本所の芥川家に戻る。 二八日　一学期の褒美に注文していた徳冨蘆花の「思ひ出の記」が届き、通読する。 二九日　フユが芥川家に訪れる。 八月六日　夕方、友人と明治座で活動写真を観る。 一一日　午前、フユと得二が芥川家に訪れる。夕方まで、得二と水泳などをして過ごした。 一三日「日本遊泳会」の四級に及第。柳橋へ級章を買いに行った。 一五日　午後、普段どおり、水泳をするが、上級生にもぐらされ、苦しい思いをした。 一八日　朝、カメラを手にして手当たり次第に撮影を試みた。 二〇日　夕方、花火を見物する。夜、フユと得二が芥川家に訪れる。 二二日　夕方、フユと得二が新原家に帰る。 二五日　午後、自室の本箱や机などの整理をする。	七月二一日、「暑中休暇中の日記」（八月三一日まで） （※）「野口真造君硯北」「真ちゃん江」	八月一五日、木下尚江「良人の自白」（毎日新聞）～三九・六・九

明治37(1904)年 （13歳）	二六日　大森の海岸に出かける。帰途、アイルランドのお伽話の本を買い求めた。 二七日「日本遊泳会」の三級に及第。 三〇日　新原家から除籍され、芥川道章と養子縁組（本所区役所）をして、芥川家の養嗣子となる。 一一月二四日　伯母フユが実父敏三の後妻として、新原家に入籍。		九月一日、与謝野晶子「君死に給ふこと勿れ」（明星） 四日、島崎藤村『藤村詩集』刊。 二六日、小泉八雲没（五四歳）。
明治38(1905)年 （14歳）	（満十三歳） 三月、江東尋常小学校高等科三年を修了。在学中は成績優秀で、二年修了で中学へ進学することもできたが、健康問題や養子縁組の問題のせいで、進学は一年延期された。 四月、東京府立第三中学校（現・都立両国高校）に入学。担任は、卒業までの五年間、広瀬雄（英語）。同級には西川英次郎、平塚逸郎、山本喜誉司、一級上には久保田万太郎、河合栄治郎、三級上には後藤末雄がいた。 五月一三日　修学旅行で、大森・川崎方面を歩く。 二七日　日本海海戦勝利を報じる号外に感激する。 六月二日　日本海海戦の勝利に際し、伊地知季珍（出雲艦長）に自筆絵葉書を送る。これが現存する最初の書簡である。	四月、※「入学所感」 五月、※「修学旅行の記」 ※「短歌・落葉片々」 （※）「勝浦にて」の一部。 （※）「紀行・日記（断片）」の一部。	一月一日、旅順開城。 夏目漱石「吾輩は猫である」（ホトトギス）～三九・八 五月一三日、薄田泣菫『二十五絃』刊。 二七日、連合艦隊、日本海でロシアのバルチック艦隊を破る。 七月二六日、国木田独歩『独歩集』刊。 九月一二日、島村抱月、欧州留学より帰国する。
明治39(1906)年 （15歳）	（満十四歳） 四月三〇日　野口真造、大島敏夫らと回覧雑誌「流星」を始め、編集発行人となる。 五月七日「流星叢書」として、「枯泉」の署名による『絶島之怪	四月三〇日、「廿年後之戦争」など（『流星』）	一月一日、島村抱月「囚はれたる文芸」（早稲田文学） 二月三日、高村光太郎、欧米留学に出発する。 三月一八日、国木田独歩『運命』刊。

年号	事項	作品	参考事項
明治39(1906)年(15歳)	事』を発行する。 六月三日（日）「流星」を改題して、回覧雑誌「曙光」第四号を発行する（八月発行の「流星」もある）。 八月七日　千葉県勝浦に出かける。 九日　小湊に遊び、誕生寺などを訪れる。 一一日　勝浦・小湊方面の旅行から帰宅するか。 一六日　回覧雑誌「木兎」第二号を発行する。 夏　友人と七人で深夜、午前〇時に品川を発ち、横浜方面に向けて徹夜で歩く。 一二月二二日　長距離競走に出場する。	六月三日、「俳句三句」など（『曙光』） 八月、※「勝浦雑筆」（『流星』） ※「長距離競走の記」「夜行の記」「穐夜読書の記」 （※）「梧桐」「釈迦」	二五日、島崎藤村『破戒』刊。 四月一日、夏目漱石「坊つちやん」（ホトトギス） 五月七日、薄田泣菫『白羊宮』刊。 九月一日、夏目漱石「草枕」（新小説） 一〇月一一日、夏目漱石、この日以後毎週木曜日を面会日と決める（木曜会）。
明治40(1907)年 (16歳)	（満十五歳） この年、初めて塚本文（当時七歳）を知る。軍人であった夫の塚本善五郎を日露戦争で失った鈴が、実家の山本家（本所相生町。現・墨田区両国三丁目）に身を寄せ、文、八洲の二人の子も一緒に移住してきた。親友の山本喜誉司は、鈴の末弟。 秋　校内発火演習や機動演習に参加する。	（※）「長への命」「編集後記」（『碧湖』三）、「寒夜」 ※「武士道」「出師表を読みて孔明を論ず」	一月一日、泉鏡花「婦系図」（やまと新聞）～四一・二 四月二日、夏目漱石、朝日新聞社に入社する。 六月二三日、夏目漱石「虞美人草」の連載（朝日新聞）始まる。 九月一日、田山花袋「蒲団」（新小説）
明治41(1908)年 (17歳)	（満十六歳） 二月二八日　回覧雑誌「碧潮」三号を発行する。 学年末休み　高山樗牛の全集（全五巻）を取り寄せて読む。 夏期休暇中　担任広瀬雄、旧友依田誠とともに関西旅行に出かけ、高野山などを訪れる（あるいは前年か）。	※〈俳句〉一二句（未発表）	一月一日、蒲原有明『有明集』刊。 島村抱月「文芸上の自然主義」（早稲田文学） 四月七日、島崎藤村「春」（東京朝日新聞）～八・一九 一三日、田山花袋「生」（読売新

明治41（1908）年（17歳）

七月二一日　汽車の割引券と証明書をもらいに三中へ出かける。
二二日　西川英次郎と上野の図書館に行く。
二四日　西川英次郎とともに、丹波山・上諏訪・浅間方面へ旅行に出かける。東京を出発して氷川に到着。
二五日　丹波山を訪れる。この日は丹波山の宿「野村」に宿泊。
二六日（日）　塩山を経て甲府に到着。
二七日　猪野を訪れた後、甲府に戻る。
二八日　上諏訪・下諏訪を訪れる。
二九日　和田峠・大屋を訪れる。
三〇日　小諸から浅間・御代田を訪れる。
三一日　軽井沢に到着。
八月一日　軽井沢を一番電車で発ち、午後一時前、上野に到着。
三日　雑誌に載っていた高山樗牛の中学時代の日記を読む。
四日　芝の新原家に宿泊。
五日　昼、得二を連れて芥川家に帰る。この日は得二が泊まっていく。
一一日　上野の図書館に出かける。「我独逸観」を借りることができず、「聊斎志異」を読む。この頃、時間があれば妖怪譚を読むのを常としていた。
一四日　両国橋を通り、川の臭いに懐かしさを覚える。
二一日　図書館に出かけ、のんびり読書をする。
二三日（日）　夜、幻想や妄想に悩まされて眠れない。
二九日　夜、西川英次郎を訪ねる。墨田川で、小学校時代の教師が釣りをしているのに出会った。
三一日　友人たちが訪れ、新学期の話をする。夜、早めに就寝。

七月、※「丹波山・上諏訪・浅間行」―明治四一年夏休み「日誌」（※）「老狂人」「死想」「チャムさん」「草苺の蔭に眠れる蛇と蛙の話」

聞）～七・一九
六月二三日、国木田独歩没（三六歳）。
八月九日、永井荷風『あめりか物語』刊。
九月一日、夏目漱石「三四郎」（東京朝日新聞）～一二・二九
一〇月一六日、徳田秋声「新所帯」（国民新聞）～一二・六
二〇日、岩野泡鳴『新自然主義』刊。

年号	事項	作品	参考事項
明治41(1908)年 (17歳)	一一月二日　前月二六日に死去した石渡延世（教師）の葬儀で、第四学年代表として弔辞を読む。 一二月二四日　学期の成績発表。龍之介が一番、西川が三番、山本は一三番だった。		一二月一二日、木下杢太郎、北原白秋、石井柏亭らパンの会を結成する。
明治42（1909）年（18歳）	一月一日　奈良・京都方面へ一週間の旅行に出かける。 三月四日　ヒサが葛巻義定との婚姻届を出す。（満十七歳） 　二六日　午前八時半、両国の停車場から汽車に乗り、山本喜誉司と千葉県銚子に出かける（月末頃まで滞在）。 四月初旬　静岡に出かけ、久能山、竜華寺を訪れる。竜華寺では、樗牛の墓を訪ねた。 七月一九日　一学期柔道納会に参加する。中堅として一人破った。 　月末　翌月にかけて、京都方面の旅行に出かける。 八月八日（日）　級友の市村友三郎、中原安太郎らとともに槍ヶ岳登山に出かける。 　一〇日　槍ヶ岳登攀か。 　二一日　ヒサと義定の間に義敏が誕生。義敏は、ヒサ離婚のため八歳まで新原家で育ったが、さらにヒサが再婚したため、大正一二年一月からは、芥川家で生活することになった。 九月三日　級友の近藤某が江田島に去るにあたり、送別会を開く。近藤の出発は五日だった。 一〇月二日　発火演習があり、南軍に参加する。中隊長は砂岡豊次郎だった。	※三月、「十八年目の誕生日」 六日、〈俳句〉一一句（未発表） 二八日、〈短歌〉一首（書簡内） ※「一学期柔道納会」 ※「槍ヶ嶽紀行」「槍ヶ岳に登った記」 ※「近藤君を送る記」 一〇月二日、「十月二日発火演習記事」	一月一日、『スバル』創刊。 二月一日、木下杢太郎「南蛮寺門前」（スバル） 三月一五日、北原白秋『邪宗門』刊。 五月一〇日、二葉亭四迷、ロシアより帰国途上没（四五歳）。 六月二七日、夏目漱石「それから」（朝日新聞）～一〇・一四 七月一日、森鷗外「キタ・セクスアリス」（スバル） 一〇月二〇日、田山花袋『田舎教師』刊。

明治42(1909)年（18歳）

二三日　発火演習があり、北軍の中隊長として参加する。
　二六～二八日　修学旅行で日光方面に出かける。のち、その体験をもとに「日光小品」を執筆。
一二月六日　三中「学友会雑誌」の編集委員をつとめ、この日、第一五号の編集を終える（翌年二月刊）。自らも「義仲論」を寄せ、のち「一番始めに書いて出して見た文章」と記している。
　この頃、志望は歴史家だった。

※「芥川中隊長ヨリ発セラレタル命令」
※「日光小品」
※〈短歌〉二首
（※）「土佐日記」、〈短歌〉一一首

一一月二五日、夏目漱石、『東京朝日新聞』に文芸欄を設置する。
一二月一三日、永井荷風「冷笑」（東京朝日新聞）～明四三・二・二八

明治43（1910）年（19歳）

（満十八歳）
三月、東京府立第三中学校を卒業。首席は西川英次郎。龍之介は二番だった。「多年成績優秀者」として賞状を受ける。
　二八日頃、潮来に遊ぶ。
四月　この頃、一高（一部乙類）進学、英文科志望を決め、日に一〇時間もの受験勉強に精を出す。
　この月　翌月にかけて芝の新原家で生活する。翌月一六日の書簡には「今朝芝へかへる途上……」という記述が見られる。新原家には、六・八月も頻繁に出かけている。
　一七日　本所の芥川家に戻る。
五月二五日　千葉県勝浦に出かける。六月初旬（四日か）まで滞在した。
六月六日　西川英次郎、山本喜誉司と三人で一高へ願書を出しに行く。
　この月　芝の新原家へ頻繁に出かける。六日の書簡には「これより直に芝に帰りて」、二二日の書簡に「今日は朝から芝に行つてゐたから」「明日は芝へ行く」などの記述が見られる。

二月、「義仲論」「編集を完りたる日」（『府立第三中学校学友会雑誌』）
四月、※〈短歌〉三首（書簡内）
（※）「勝浦にて」の一部、「紀行・日記（断片）」の一部。
六月二二日、〈短歌〉三首（書簡内）

一月一日、島崎藤村「春」前篇〈原題「犠牲」〉（読売新聞）～五・四
三月一日、夏目漱石「門」（朝日新聞）～六・一二
　一日、森鷗外「青年」（スバル）～明四四・八
四月一日、武者小路実篤、志賀直哉、里見弴ら『白樺』創刊。
五月一日、『三田文学』（永井荷風主宰）創刊。
　二五日、大逆事件の検挙が始まる。
六月一三日、長塚節「土」（東京朝日新聞）～一一・一七

年号	明治43（1910）年（19歳）

事項

八月五日　官報で一高合格を知る。この年から成績優秀者の推薦による無試験入学が実施されており、龍之介の入学時の成績は、無試験組の四番。一番は長崎太郎だった。

　七日（日）　鵠沼に滞在中の山本喜誉司を訪ねた後、二人で静岡方面の旅行に出かける。

　一四日（日）　静岡から帰宅する。九日からの大雨で隅田川が氾濫しており、旅行姿のまま三中に行く。一八・二〇・二二日には、三中の卒業生・在校生による罹災救済活動に参加した。

　二四～二五日　芝の新原家に滞在する。八月は数日間を新原家で過ごした。

九月、第一高等学校一部乙類（文科）に入学。同級には石田幹之助、菊池寛、倉田百三（翌年独法科に転科）、成瀬正一、井川恭、松岡譲（以上試験入学）、久米正雄、長崎太郎、佐野文夫（以上無試験入学）、山本有三、土屋文明（以上落第組）がいた。また、独法科には秦豊吉、藤森成吉、一級上の文科には豊島与志雄、山宮允、近衛文麿がいた。

　一〇日　海軍軍楽隊の演奏会に山本喜誉司と出かける。

　一四日　授業開始。ドイツ語九時間、英語七時間などで、テキストは、マコーリ、カーライル、ホーソーンの作品の抜粋だった。

　二三日　夜、江知勝で行われた三中出身者の会に出席する。

一〇月九日（日）　芝の新原家に行く。

　一一～一三日　甲府地方に行軍演習する。二晩とも甲府に宿泊。三日間雨続きだった。

秋　翌年二月にかけて、芥川家が本所小泉町から、府下豊多摩

作品

八月二九日、〈俳句〉二句（書簡内）

九月一日、〈俳句〉一句（書簡内）

一一月、※「水の三日」（府立第三中学校学友会雑誌）

参考事項

八月二二日、日韓併合条約調印。

　二四日、夏目漱石、修善寺において大吐血する（修善寺の大患）。

九月六日、『新思潮』（第二次）創刊。～明四四・三

一〇月二四日、山田美妙没（四二歳）。

明治43（1910）年（19歳）

郡内藤新宿二丁目七一番地（現・新宿区新宿二丁目）の耕牧舎牧場脇にあった敏三の持家に転居する。この家は、葛巻義定・ヒサ夫妻の新居として、敏三が建てたもので、夫妻の離婚によって空家になっていた（一〇月に龍之介とフキが移り、翌年二月頃までに一家が移った、とする記述もある）。

（※）〈短歌〉「平塚に与ふる歌（九首）」
（※）「菊」「梅花」「対米問題」「読孟子」「断章」

一一月一日、谷崎潤一郎「刺青」（新思潮）
一二月一日、石川啄木『一握の砂』刊。

明治44（1911）年（20歳）

二月一日　一高で行われた、大逆事件における政府の処置を攻撃した徳冨蘆花の演説「謀叛論」を聞くか。
　九日頃　新居への引越しを全て完了する。
（満十九歳）
三月五日（日）　明治座で、エルマン・シャトリアン作・小山内薫訳「ベルス」を観る。
四月一日　一週間の試験休暇開始。二学期の成績は五番だった。
　六日　西川英次郎とともに赤城山に登り、山頂に達する。
　二九日　午後一時、一高の連合演説会がある。
五月中旬頃　『枕草子』を愛読する。山本喜誉司に「俊成の女と清少納言とは、日本の女流作家の中で大好きな人になりました」と書き送っている。
七月一五日　夕方、西川英次郎らと御岳方面の徒歩旅行に出発。
　一六日　青梅街道を通って青梅に到着。青梅から御岳山頂に到達する。
　一七日　御岳を出発。
　一八日　甲州街道を経て午前、帰宅する。
　二三日　三中のクラス会に出席するが、途中で退席した。
九月、一高二年に進級。一高では、二年まで原則として全寮制を採っていたため、寄宿舎南寮の中寮三番に入る。同室者は井川恭を

一月、※「追悼文」
二月二五日、〈詩〉「BEFORE THE CURTAIN RISES」（書簡内）
四月三日、〈短歌〉二首（書簡内）
七月二四日、〈詩〉「Les chanson dukirishitan」（書簡内）
八月、「断片語」
九月一二日、〈日記〉（二五日まで）

一月一日、有島武郎「或る女のグリンプス」（白樺）～大二・三
一八日、大審院、大逆事件被告に死刑判決を下す。
二月二一日、夏目漱石、博士号辞退。
三月一日、森鷗外「妄想」（三田文学）～四
五月二〇日、文芸協会第一回公演、坪内逍遙訳「ハムレット」（帝劇、～二六）
六月五日、北原白秋『思ひ出』刊。
八月一日、徳田秋声「黴」（東京朝日新聞）～一一・三
九月一日、森鷗外「雁」（スバル）～大二・五

年号	事　項	作　品	参考事項
明治44(1911)年(20歳)	含め一二人だった。寮生活には馴染めず、毎週土曜日には自宅に帰っていた。読書量は多く、一高図書館や帝国図書館、さらには丸善にしばしば出かけて書物を渉猟した。この頃は、一九世紀末文学書を愛好し、懐疑主義的・厭世主義的傾向を助長させている。また、キリスト教への関心も示し始め、長崎太郎らと礼拝に出席しており、井川恭から英文聖書を贈られたのも、この頃である。 一二日　窯業共進会の陳列会に出かける。この日、初めて寮に宿泊した。 一九日　安倍能成の「偶感」と題する講演を聴く。 一〇月一〇日　西川英次郎とともに塩原温泉に出かける。気管支カタルで行軍を欠席中だったが、病気が好転したため。 一五日　塩原温泉から帰宅する。		二二日、文芸協会研究所第一回試演会、島村抱月訳「人形の家」（協会試演場、～二四） 一一月一日、『朱欒』創刊。 三日、島崎藤村『家』〈上・下〉刊。
明治45(1912)年(21歳)	一月一二日　昼、食事をとった後、井川恭と二人で本郷通りを散歩する。一高の二部二年学生の吉原登楼が露呈したため、学生の「中堅会」で鉄拳制裁が決定され、午後六時頃まで、井川、石田幹之助らと議論する。午後九時頃、運動場で決行された鉄拳制裁の様子を見物する。 二五日　午後、福間博（一高のドイツ語教授）を見舞いに、井川恭と二人で永楽病院を訪れる。その衰弱ぶりを目にして悲哀の念を覚えた。 二月五日　午前一一時頃まで、井川恭、石田幹之助と雑談した後、三日に死去した福間博の葬儀に参列する。 （満二十歳） 三月三〇日　二学期試験終了。	三月二八日、〈短歌〉一首（書簡内）	一月二日、夏目漱石「彼岸過迄」（朝日新聞）～四・二九 三月一七日、厨川白村『近代文学十講』刊。

明治45(1912)年(21歳)	大正元年(21歳)

四月一日　朝、西川英次郎とともに大月・静岡大宮方面の旅行に出かける。この日は、下吉田に宿泊。
　三日　静岡大宮に滞在する。
五月二二日　夕方、井川恭と二人で話し込む。床に入った後も、深夜まで話し続けた。
　二三日　朝、井川恭と上野に出かけ、音楽学校や博物館の近辺を散策する。夕方、再び井川と神田に出かけ、ニコライ堂を訪れる。駿河台の交差点で井川と別れた後、広瀬雄宅を訪ねる。午後八時頃、井川が迎えに来たので、二人で帰り、前日同様、床の中で深夜まで話し込んだ。
六月二六日　イギリスのバンドマン一座によるオペラ（Tanner, The Quaker Girl）を観る。
　下旬　退寮する。
七月一六日　一高に二学期の成績発表を見に行く。
八月一日　一高で行われた明治天皇の哀悼式に出席する。
　一六日　友人（中塚癸巳男か）と二人で、信州・木曽・名古屋方面の旅行に出かける。
　一七日　御岳山に登る。
　一八日（日）　名古屋に到着。
　二〇日　名古屋を出発し、帰宅する。
九月一日（日）　一高三年に進級。
　この頃、山宮允に伴われ、吉江孤雁を中心とするアイルランド文学研究会に初めて出席する。そこで初めて日夏耿之介、西条八十らを知った。
一一月一一日　横浜ゲーティ座で、イギリス人一座演ずるオスカー・ワイルド「サロメ」を観る。井川恭、久米正雄、石田幹之助

四月一日、〈短歌〉一首（書簡内）
　三日、〈短歌〉三首（書簡内）
八月一六日、〈短歌〉三首（書簡内）
　一七日、〈短歌〉三首（書簡内）
一二月三〇日、〈漢詩〉一編（書簡内）
（※）「ロレンゾオの恋物語」
（※）〈俳句〉「IMPROMPTU」、「VITA SEXUALIS」

四月一三日、石川啄木没（二六歳）。
六月二〇日、石川啄木『悲しき玩具』刊。
七月六日、日本選手オリンピックに初めて参加する。
　三〇日、明治天皇崩御、大正と改元される。
九月一日、志賀直哉「大津順吉」（中央公論）
　一三日、明治天皇大葬の儀を挙行。乃木大将夫妻が殉死する。
一〇月一日、森鷗外「興津弥五右衛門の遺書」（中央公論）

年号	事　項	作　品	参　考　事　項
大正元年（21歳）	ともに出かけ、この日は横浜に宿泊。 一二日　横浜沖大演習観艦式を新子安の丘に登って見る。夜、イギリス海軍ミノトール艦のオーケストラが上陸して加わった「サロメ」を再び観る。 一二月一日　ユンケル（東京音楽学校教師）の演奏会に出かける。	（※）大正三年ごろまでの間に〈詩〉「グレコ」「われ目ざむ」「春の夜」「芸術の為の芸術」「断章」など一四編	一二月六日、夏目漱石「行人」（朝日新聞）～大二・二・四、同九・一六～一一・一五 二〇日、島崎藤村『千曲川のスケッチ』刊。
大正2（1913）年（22歳）	（満二十一歳） 三月二六日　近代劇協会公演、森鷗外訳「ファウスト」第二部（帝国劇場・三月二七～三一日）初演の切符を山本喜誉司からもらう。 二七日　前期試験終了。 四月、菊池寛が、佐野文夫の寮内における盗難事件の罪を負って退学し、京都帝大英文科に進む。 二〇日　未定稿「お吉と興道」を起筆。 六月二日　夕方、上野精養軒で催された卒業謝恩会に出席する。昼過ぎに井川恭と会って席順などを相談し、午後三時半には会場へ赴いた。新渡戸稲造校長以下、一六人の恩師が列席した。 一二～二〇日　卒業試験。 二二日（日）　井川恭、長崎太郎、藤岡蔵六と赤城山方面の旅行に出かける。この日は大沼湖畔に宿泊。 二三日　赤城山に登頂し、伊香保に宿泊。 二四日　榛名山に登頂する。 二五日　伊香保に滞在する。 二六日　藤岡蔵六とともに帰京する。井川恭、長崎太郎の二人は、妙義山から軽井沢に向かった。	三月二六日、〈短歌〉四首（書簡内） 六月一五日、〈短歌〉一首（書簡内）	一月一日、志賀直哉「清兵衛と瓢簞」（読売新聞） 一日、森鷗外「阿部一族」（中央公論） 一五日、森鷗外訳『ファウスト』第一部（二部～三・二二）刊。 三月二一日、徳田秋声「爛」（国民新聞）～六・五 四月八日、中勘助「銀の匙」（東京朝日新聞）～六・四 二〇日、永井荷風訳『珊瑚集』刊。

大正2（1913）年（22歳）

七月一日　第一高等学校一部乙類（文科）を卒業。成績は、二六人中二番。一番は井川恭だった。
八月六日　静岡県安倍郡不二見村（現・清水市）に出かけ、二二日まで新定院に滞在する。滞在中は、午前六時起床、読書（英文原書、英訳本など）をしたり、手紙を書いたり、新聞を読んだりして過ごした。午後には、近所の子供と江尻の海水浴場に出かけたりもしている。
　二二日　新定院から帰宅する。
　この頃、武蔵野に遊ぶ。国木田独歩「武蔵野」を読んで以来、毎秋出かけていた。
九月、東京帝国大学文科大学英吉利文学科に入学。井川恭は、京都帝大法科に入学し、京都へ去る（一時は東大入学の意志もあったが、一〇日頃、芥川に京大への転学願いとその理由書が送られている）。久米正雄、成瀬正一は、芥川と同じ英文科、松岡譲は哲学科にそれぞれ進んだ。
　三日　ドストエフスキー「罪と罰」を英訳で初めて読み、大いに感心する。
　一五日　大学の講義開始。英文科では、ローレンス（主任）、松浦一、スウィフト、斎藤勇、市河三喜らが教鞭を執っていた。講義には次第に興味を失っていった。
一〇月　この頃、家探しを始める。牛込や大塚に土地や家を見に出かけており、結局、翌年一〇月末、田端に家を新築して転居する。
　一七日頃　観劇に出かける。第一がモーリス・ベアリング作・松井松葉訳「マクベスの舞台稽古」、第二が松井松葉「茶をつくる家」、第三がホフマンスタール「エレクトラ」、第四が森鷗外「女がた」の順で演じられたが、中でも「エレクトラ」に感動を

八月四日、〈短歌〉四首（書簡内）
※〈短歌〉「追憶二章」（六首）
　二九日、〈短歌〉「秋の歌（七首）」（書簡内）
九月五日、〈短歌〉「秋の歌（一二首）」（書簡内）
　一三日、〈短歌〉一首（書簡内）
　一七日、〈短歌〉三首（書簡内）
一〇月一七日、〈詩〉（書簡内）

七月八日、文芸協会解散。
　三〇日、伊藤左千夫没（四八歳）。
九月一九日、芸術座第一回公演、抱月訳「モンナ・ヴァンナ」ほか（有楽座、～二八）
一〇月一五日、斎藤茂吉『赤光』刊。

年号	事項	作品	参考事項
大正2（1913）年（22歳）	覚える。 　二〇日項　第七回文展（一〇月一五日～一一月一八日）に出かける。 　三一日　自由劇場公演、ゴーリキ作・小山内薫訳「夜の宿」（帝国劇場）を観る。 　下旬　ヴェルディ百年祭で行われた、東京音楽学校や帝国ホテルなどの演奏会に出かける。帝国ホテルでは「リゴレット」が演奏された。 一一月一六日（日）　藤岡蔵六と二人で、菅虎雄（一高の恩師）を鎌倉に訪ね、一泊する。多くの碑文、法帳、手簡、扇面などを見せられ、以後興味を持つようになった。 　二七日　東京フィルハーモニー第七回演奏会（帝国ホテル）に出かける。 　二九日　ドーラ・フォン・メーレンドルフのバイオリンの演奏会（帝国ホテル）に出かける。 　この頃、舞台協会第一回公演でバーナード・ショー「悪魔の弟子」、ショルツ作・森鷗外訳「負けたる人」を観たり、フューザン会の展覧会に出かけたりしている。 一二月二〇日　冬期休暇開始（翌年一月一一日まで）。 　月末頃　大学で友人ができない寂しさを感じる。	一一月一日、「短歌　CONCERTにて（四首）」「短歌　FREE THEATRE にて GORKY の〝夜の宿〟（四首）」（書簡内） 　一九日、〈短歌〉四首（書簡内） 一二月九日、〈漢詩〉（書簡内） ※「菩提樹」	一二月二日、島村抱月訳「サロメ」初演（芸術座、帝劇、～二六）
大正3（1914）年（23歳）	一月四日（日）　藤沢鵠沼にあった山本喜誉司の別荘を訪れ、六日まで滞在する。 　上旬頃　神経質になり、電話では居留守を使い、友人とも会わず、手紙も書かない日がしばらく続く。以後の手紙にも内省的な文面が目立つ。	一月二一日、〈短歌〉三首（書簡内）	一月一日、森鷗外「大塩平八郎」（中央公論）

大正3（1914）年（23歳）

一二日　大学の講義開始。
一七日　「バルタザアル」を脱稿。第三次「新思潮」創刊号のための原稿だった。
　月末　風邪で床に就く（翌月四・五日頃まで）。一時は三九度六分の熱で苦しんだ。
二月一二日　第三次「新思潮」を創刊する。一高出身の東大文科の学生が中心となり、同人は豊島与志雄、山本有三、山宮允（以上大正元年入学）、芥川、久米正雄、佐野文夫、成瀬正一、土屋文明（同二年入学）、松岡譲（同三年入学）に菊池寛を加えた計一〇名だった。
　一三日　山田耕筰アーベント（築地精養軒）に出かける。三浦環らが出演していた。
　下旬頃　小山内薫を訪ね、舞台面などを見せてもらう。
（満二十二歳）
三月一日　一高の創立記念日で記念祭に出席する。
　三日頃　成瀬正一と巣鴨の癲狂院を見学に行く。その後、さらに医科の解剖を見学した。
　四〜六日頃　三崎・城ヶ島・逗子方面に遊ぶ。
　一四日　耕牧舎の番頭、松村泰次郎が急死、その死に立ち会う。井川恭に「すべての道徳すべての律法が死を中心に編まれてゐるやうな気がしないでもない」と書き送っている。
四月四日　短歌「紫天鵞絨」の「心の花」掲載を、佐佐木信綱に依頼する。
　上旬頃　三浦半島に遊ぶ。
　一四日　処女小説「老年」を脱稿。

二月一二日、バルタザアル（新思潮）
四月一日、大川の水（心の花）
　「ケルトの薄明」より（新思潮）
　未来創刊号（新思潮）
七日、（短歌）二首（書簡内）

三月二六日、島村抱月脚色「復活」初演（芸術座、帝劇、〜三一）
四月二〇日、夏目漱石「心」（朝日新聞）〜八・一一

年号	事項	作品	参考事項
大正3（1914）年（23歳）	二〇日　夜、「人形の家」「ハンネレの昇天」（有楽座）を観る。 この月、佐野文夫が退学処分になる。 五月一五日頃　吉田弥生への恋心が芽生え始める。井川恭には「僕の心には時々恋が生れる」と書き送っており、久米正雄、山宮允、富田砕花らと連れ立って弥生の家に遊びに行ったという。 六月一五日頃　学年末試験で多忙な日々を送る。 七月二〇日頃　堀内利器の故郷である千葉県一の宮に堀内らと出かけ、約一か月間滞在する。滞在中は、読書はあまりせず、海水浴や午睡が日課だった。この間、初恋相手の吉田弥生との文通が見られる。 八月　この頃、田端に新築中だった家の工事が進む。一〇月初めに引越せる可能性が見え、転居を考え始める。 一五日「青年と死と」を脱稿。 二三日（日）一の宮から帰宅する。 三〇日頃「フランシス上人伝」を興味深く読む。卒論はウィリアム・モリスにしぼり、資料を取り寄せている。 九月、帝大英文科二年に進級。 第三次「新思潮」が九月号で廃刊（全八号）。 一六日　グレゴリー夫人「キルタルタン奇話集」抄訳の「心の花」一一月号への掲載を、佐佐木信綱に依頼する。 一〇月九日　斎藤阿具（一高時代の歴史教師）に『日本西教史』など数冊を示し、それ以外で「天主教渡来の事」を記した本を教示してもらえるよう依頼する。 月末　新築中の家が完成し、府下北豊島郡滝野川町字田端四三五番地（現・北区田端）に転居する。この地は、道章の一中節仲	五月一日、老年（新思潮） 紫天鵞絨（心の花） 桐〈To SignorinaY. Y.〉（帝国文学） 一九日、〈詩〉一編（書簡内） 六月一日、春の心臓（新思潮） 二日、〈詩〉「ふるさとの歌」（六月二日記） 七月一日、薔薇（心の花） ※七月、〈短歌〉「京都旅情」「奈良旅情」「潮来」など二五首（書簡内） 八月三〇日、〈短歌〉五首（書簡内） 三一日、「路〈対話〉」（書簡内） 九月一日、青年と死と（新思潮） 二八日、〈詩〉「ミラノの画工」（書簡内） 客中恋（心の花） 一〇月一日、若人（心の花） 一六日、クラリモンド（『クレオパトラの一夜』新潮社）	五月一日、島崎藤村「桜の実の熟する時」（文章世界）～大七・六 七月二八日、第一次世界大戦が始まる。 一〇月二五日、高村光太郎『道程』刊。

大正3（1914）年（23歳）	間だった宮崎直次郎（自笑軒主人）の紹介によるもので、芥川にとっては終生の住居となった。当時の田端には、小杉放庵、香取秀真、石井柏亭らが住み、近くには美術家クラブ「ポプラ倶楽部」があり、美術家村の観があった（文士村になるのは、芥川の文壇登場以後）。 　この頃、二科展（一〇月一～三一日）、美術院再興記念展（一〇月一五日～一一月一五日）、文展（一〇月一五日～一一月一八日）などの美術展覧会に出かける。 一一月一日（日）　友人たちに転居通知を出す。 　七日　慶応の英語会に出かける。 　この頃、文科の講義には興味が持てなかったが、その一方で波多野精一（ギリシャ哲学）、大塚保治（美学）の講義には欠かさず出席する。マティスを好み、ロマン・ロラン「ジャン・クリストフ」を愛読した。 　一四日　近代音楽鑑賞会（神田青年会館）に出かける。 　中旬　逗子（成瀬家の別荘か）に滞在する。 一二月末　吉田弥生にラブレターを送る。	一一月一四日、〈短歌〉三首（書簡内） 　三〇日、〈短歌〉六首（書簡内） ※一二月一七日、〈俳句〉一句（書簡内） 　三一日〈詩〉「隆達にまなびて」（書簡内）	一二月一三日、徳冨蘆花『黒い目と茶色の目』刊。 一二月二〇日、東京駅が開業する。
大正4（1915）年（24歳）	一月　この頃、吉田弥生との恋が破恋に終わる。求婚まで考えたが、家族中の反対を受け、結局は断念することになった。この破恋は、直接的にも間接的にも以後の人生に大きな影響を及ぼした。翌月二八日には破恋後、初めて井川恭に初恋と破恋の経緯を書き送り、また三月九日には、井川恭や藤岡蔵六に破恋の痛手と寂しさを告白している。そして四月二三日、山本喜誉司に「イゴイズムを離れた愛」の不在を確信したことを伝えることになる。	二月一日、砂上遅日（未来）	一月一日、森鷗外「山椒大夫」（中央公論） 　一三日、夏目漱石「硝子戸の中」（東京朝日新聞）～二・二三 　一五日、森鷗外訳『諸国物語』刊。 二月八日、長塚節没（三五歳）。

年号	事項	作品	参考事項
大正4（1915）年（24歳）	（満二十三歳） 四月一三日　帝国劇場で歌舞伎を観る。 　この頃、ビアズレーの絵を多く集めて感心する。 　二〇日　芝の新原家に滞在する。吉田弥生が来ていたが、気付かれないよう隣室で声だけを聞いた。 　この月、翌月にかけて、吉田弥生の結婚式の前日に中渋谷の斎田家で最後の会見をする。 五月初旬　吉田弥生への想いが薄れ始め、次第に落ち着きを取り戻す。「Yの事は一日一日忘れてゆきます」などと記している。 　一三日頃　体調を崩す。一時は結核ではないかと心配し、週に二回ほどの通院が翌月末まで続いた（破恋の痛手から逃れるための吉原遊廓通いの影響も指摘されている）。 六月一〇～一五日　学年末試験。 　この頃、シュニッツラー「恋愛三昧」を観る。また、ワーグナーの作品（「トリスタンとイゾルデ」など五曲）を聴きに行ったりもしている。 七月、第四次「新思潮」の刊行資金を工面するため、ロマン・ロラン「トルストイ伝」を成瀬正一、久米正雄、松岡譲、菊池寛らと分担して翻訳することを決める。七月末の締切で、約一五〇枚を引き受けた。 　この頃、新原得二の受験勉強の世話をするため、二週間ほど芝の新原家に滞在する。 　二三日「仙人」を脱稿。 八月、塚本文への想いが芽生え始める。山本喜誉司に「正直な所時	三月九日、〈短歌〉一二首（書簡内） 四月一日、ひよつとこ（帝国文学） 　一四日、〈短歌〉「桜の歌四首」（書簡内） 五月一三日、〈短歌〉三二首（書簡内） ※六月、〈短歌〉三〇首（書簡内） ※六月二九日、〈漢詩〉一編、〈短歌〉八首（書簡内） 七月一一日、〈詩〉（書簡内） 　二一日、〈短歌〉七首（書簡内）	三月七日、『卓上噴水』創刊。～五 四月一日、「ARS」（北原白秋主宰）創刊。～一〇 六月三日、夏目漱石「道草」（朝日新聞）～九・一四 七月、『潮音』（太田水穂主宰）創刊。

大正4（1915）年（24歳）

々文子女子の事を考へる」などと書き送っている。
三日　午後三時二〇分、井川恭の郷里である松江に向けて東京駅を出発。
四日　早朝、午前五時二七分、京都を経て、午前一一時三九分、城崎に到着。この日はそのまま宿泊。
五日　午前九時八分、城崎を出発し、午後四時一九分、松江に到着。松江では、志賀直哉が「濠端の住まひ」を書いた家に滞在し、海や湖で泳いだり、小泉八雲の旧居を訪ねたりして過ごした。また、土地の新聞「松陽新報」に、初めて「芥川龍之介」の署名で「松江印象記」を執筆した（井川が連載していた随筆「翡翠記」全二六回の第一四・二一・二二回に掲載）。
二一日　松江を出発。この日は、京都都ホテルに宿泊。
二二日（日）東京に戻り、帰宅する。
九月、帝大英文科三年に進級。新学年が始まるが、講義は火・水・金・土の午前のみだった。卒業論文が気になり始める。
八日頃　数日間、成瀬正一と逗子（成瀬家の別荘か）に遊び、読書や海水浴をして過ごす。
二一日頃　ミケランジェロ、レンブラントなどの天才に大いに関心を示す。「この頃は少し頭から天才にのぼせてゐる」などと記している。
この月、「羅生門」を脱稿。
一〇月一六日　未定稿「暁」を脱稿。
この頃、院展（一〇月一一～三一日）、二科展（一〇月一三～二六日）、文展（一〇月一四日～一一月一四日）、草土社第一回展（一〇月一七～三一日）、岸田劉生や木村荘八の展覧会に出かける。
一一月四日「鼻」を起筆。

八月、※日記より（松陽新報）↓松江印象記
二三日、〈漢詩〉四編、〈俳句〉一句（書簡内）
九月一九日、〈詩〉「受胎」「陣痛」「めぐりあひ」「希望」（書簡内）
二一日、〈漢詩〉一編、〈短歌〉四首（書簡内）
一〇月三〇日、〈俳句〉四句（書簡内）
一一月一日、羅生門（帝国文学）

年号	事　項	作　品	参考事項
大正4（1915）年（24歳）			
	一八日　漱石門下生だった仏文科の林原耕三に伴われ、久米と連れ立って始めて夏目漱石を漱石山房に訪ねる。内田百閒、鈴木三重吉、小宮豊隆、池崎忠孝らを知り、以後、木曜会に出席するようになった。 　二一日（日）山本喜誉司に、上滝嵬（三中以来の友人。当時東大医学部学生）の妹との縁談を進める意志がないことを伝え、同時に塚本文への想いを漏らす。文への気持ちは、翌月に入って高まっていった。 　この月、翌年二月から刊行予定の第四次「新思潮」について、久米正雄、成瀬正一、松岡譲と相談する。 　この頃、ロマン・ロラン「ジャン・クリストフ」やストリントベルクに感動する。また、仲間では一番の音楽通だった。 一二月三日　トルストイ「戦争と平和」を読破中、卒業論文でモリスの「全精神生活」を辿ることを考える。 　この頃、毎日「戦争と平和」を読み、感心している。卒論については「一月の一日から手をつけて三月の末までに拵へて清書する予定」を立てている。 　一二日（日）塚本文を結婚相手としてはっきり意識している。 　この月、「アラビアンナイト」の翻訳に取りかかる。一時、久米正雄に依頼したが、結局翌年二月に完成したか。	一二月三日、〈詩〉二編、〈漢詩〉一編、〈短歌〉六首（書簡内） （※）暁（長岡文芸）	一二月一〇日、山村暮鳥『聖三稜玻璃』刊。
	一月二〇日「鼻」を脱稿。 　二三日頃　芥川家で塚本文がしばしば話題に上るようになる。 二月一四日　市村座で歌舞伎を観る。 　一五日　第四次「新思潮」を創刊する。創刊号には「鼻」を発表した。井川恭には「僕は同人諸君のどの原稿にも感心しない	一月一二日、松浦一氏の「文学の本質」に就いて（読売新聞） ※一月一五日、〈短歌〉「絃数四」（書簡内）	一月一日、森鷗外「高瀬舟」（中央公論）、「寒山拾得」（新小説） 　一三日、森鷗外「渋江抽斎」（大阪毎日、東京日日各紙）～五・二〇

大　正　5（1916）年（25歳）

僕のにだけは好意を持つてゐる」などと書き送っている。

　この頃、フキ、フユに塚本文を会わせ、二人とも好感を持ったこともあって、年末から結婚相手として意識し始めていた文との結婚の意志を固める。原稿、卒業論文、結婚問題と身辺はにわかに多忙になった。

二〇日（日）前日に受け取った夏目漱石からの書簡の中の「鼻」に対する好意的批評を読み、感激するとともに、大いに自信を与えられる。

　「孤独地獄」を脱稿。

（満二十四歳）

三月一四日　一二日に死去したジョン・ローレンス（東京帝大英語教師）の葬儀が三田聖坂教会で行われ、成瀬正一、久米正雄と三人で列席する。

　二二日　三日ほど滞在した逗子の割烹旅館「養神亭」から帰宅する。

　この頃、卒業論文の追い込みに入り、多忙な日々を送る。

四月、「父」「虱」「酒虫」を脱稿。「せつぱつまつてかき出した」卒業論文は進展しない。

　月末　卒業論文「ウイリアム・モリス研究」を書き上げる。原稿執筆と並行させたため、主題は「as Man and Artist」→「As a Poet」→「Young Morris」と縮小していった。

五月末　卒業論文に合格する。

　翌月三〇日の「東京朝日新聞」「万朝報」に東大文科優等生（八五点以上）八名中の一人として氏名が載った。他には、英文

二月一三日、〈詩〉「Merci」「IM-PRESSION of “VISAGE”」「RE-VOLTER」の三編（書簡中）

　一五日、鼻（新思潮）

　編輯（校正）後に（新思潮）

　〈短歌〉「田端にてうたへる」六首、「東京にてうたへる」三首（書簡内）

※二月一六日、〈短歌〉一一首（書簡内）

三月一一日、〈俳句〉一句（書簡内）

　二四日、〈短歌〉四首（書簡内）

　二七日、〈俳句〉二句（書簡内）

四月一日、孤独地獄（新思潮）

五月一日、父（新思潮）

※五月五日、〈俳句〉六句（書簡内）

※虱（希望）

五月一日、正宗白鳥「牛部屋の臭ひ」（中央公論）

　二六日、夏目漱石「明暗」（朝日新聞）〜一二・一四中絶

年号	事項	作品	参考事項
大正5（1916）年（25歳）	科の豊田実、国文科の島津久基、独文科の藤森成吉、哲学科の藤岡蔵六、東洋史学の石田幹之助などがいた。 六月六日 口頭試験。 一五日 卒業試験終了。 二九日 木曜会に出席する。 この頃、塚本文との結婚について、家族間に約束ができたと思われる（結婚は大正七年を予定）。 月末 秦豊吉と松本初子（歌人）の縁談の世話をしたが、うまくいかない。 七月一二日 午後六時、本郷の東大正門前一白舎で、翌月三日にアメリカ留学へ旅立つ成瀬正一の送別会を開く。芥川、菊池寛、松岡譲、久米正雄らが発起人をつとめた。 一八日 「野呂松人形」を脱稿。 二五日 「新小説」からの執筆依頼に対して「偸盗」の執筆を始めていたが、断念し、代わりに「芋粥」執筆を考える。 下旬頃 ハウプトマンの映画「アトランティス」（帝国劇場・七月二六～三一日）を観る。 この月、東京帝国大学文科大学英吉利文学科を卒業。成績は二〇人中二番、一番は豊田実だった。引き続き大学院に在籍したが、のち除籍となる。 八月一日 「芋粥」を起筆。 八日 永井荷風「名花」を読み、感動する。 九日 「芋粥」（一）を一二枚で執筆。 一六日 「芋粥」を脱稿。 一七日 千葉県一の宮へ久米正雄と出かける。翌月上旬まで一	六月一日、酒虫（新思潮） 翡翠（新思潮） 〈短歌〉「桐陰読書篇」（書簡内） ※六月二九日、〈俳句〉二句（書簡内） （※）春、〈短歌〉三首（書簡内） 七月二五日、俳句〈長安句稿一〉（書簡内） 八月一日、仙人（新思潮） 薄雪双紙（新思潮） 野呂松人形（人文） 校正後に（新思潮） 〈短歌〉二一首（書簡内）	六月一日、「感情」創刊。 七月一日、里見弴「善心悪心」（中央公論） 九日、上田敏没（四一歳）。 八月六日、赤木桁平「『遊蕩文学』の撲滅」（読売新聞）～八

大正5（1916）年（25歳）

宮館に滞在の予定だった。滞在中の計画としては、読書や水泳は例年どおりのほか、①小説を五つ、六つ書くこと、②髪の毛を伸ばすこと、の二つを書いている。さらに、七〇〇枚ほどの翻訳も抱えていたようである。この間、夏目漱石からは久米との連名宛を含め四通の書簡（八月二一・二四日、九月一・二日付）をもらう（うち後の二通は自宅に転送か）。のち、この一の宮滞在は鮮やかな思い出として定着した（「海のほとり」「微笑」）。

一九日　「猿」を脱稿。

二五日　朝、塚本文に求婚の手紙を書く。

二八日　夏目漱石に手紙を書く。

九月二日　一の宮から帰宅する。原稿に追われる生活になった。

二五日頃　「手巾」を脱稿。「出帆」を脱稿。

一〇月七日　久米正雄が「新思潮」一〇月号を持って来訪し、午後一〇時半頃まで談笑する。

この頃、ドストエフスキー「カラマーゾフの兄弟」を読む。

この頃、「煙草」を起筆。

一六日　「煙管」を脱稿。

二一日　「煙草」（のち「煙草と悪魔」と改題）を脱稿。

二四日　文壇デビューを果たし、原善一郎に「文壇へ入籍届だけは出せました」などと書き送っている。

一一月五日（日）　畔柳都太郎《くろやなぎくにたろう》（一高の恩師）の紹介で、海軍機関学校就職のため横須賀に赴く。

八日　海軍機関学校から海軍教育本部長に、芥川の「英語学教授嘱託」としての採用が上申される（月額六〇円）。

一三日　この日までに海軍機関学校への就職が決定。菅虎雄に、賄い付きの貸間探しを依頼する。

一七日、〈短歌〉「Fragment de la vie」（書簡内）

八月二一日、〈俳句〉三句（書簡中）

三〇日、〈俳句〉一句（書簡中）

九月一日、芋粥（新小説）

猿（新思潮）

創作（新思潮）

校正後に（新思潮）

※九月五日、〈短歌〉一首

六日、〈短歌〉六首（書簡中）

一〇月一日、手巾（中央公論）

出帆（新思潮）

ジアン、クリストフ（新潮）

一九日、〈俳句〉一句（書簡中）

三一日、〈俳句〉一句（書簡中）

一一月一日、煙管（新小説）

煙草（新思潮）→煙草と悪魔

駒形より　藤娘（新思潮）

校正の后に（新思潮）

九月一日、宮本百合子「貧しき人々の群」（中央公論）

長与善郎「項羽と劉邦」（白樺）～大六・五

五日、田山花袋『時は過ぎ行く』刊。

一一月一日、生田長江「自然主義前派の跳梁」（新小説）

年号	事項	作品	参考事項
大正5（1916）年（25歳）	月末　鎌倉和田塚（鎌倉市由比が浜）の海浜ホテル隣の野間西洋洗濯店の離れ（野間栄三郎方）に下宿する（八畳間。部屋代五円、食費一食五〇銭）。菅忠雄（虎雄の息子）の家庭教師を引き受ける。 一二月一日　海軍機関学校教授嘱託（英語）に就任。月給六〇円、持ち時間一二時間だった。のち、黒須康之介（数学。大正六年着任）、内田百閒（ドイツ語。大正七年着任）、豊島与志雄（フランス語。大正七年着任）がそれぞれ教授嘱託に就任した。夜、国木田独歩「焚火」を読んで涙を流す。 五日　海軍機関学校の授業開始。松岡譲が鎌倉の下宿に来訪する。 六日　久米正雄が下宿に来訪する。二人の友人を招きながら、「尾形了斎覚え書」を執筆中で十分相手ができなかった。 七日「尾形了斎覚え書」を脱稿。 九日　午後六時四五分、夏目漱石が死去。朝、久米正雄から「センセイキトク」の電報を受け取ったが、着任早々の上、午前中に授業があったため、夏目家に行ったのは一一日になった。 一一日　午後、夏目家に行き、夕方、漱石の通夜に参列する。 一二日　青山斎場で行われた漱石の葬儀で受付をする。 一三日　夜、鎌倉の下宿に戻る。 「道祖神」を脱稿。 一四日　木曜会に出席する。 一六日　菅虎雄とともに釈宗演を円覚寺に訪ねる。漱石ゆかりの帰源院も訪れた。 二一日　冬期休暇開始（翌年一月九日まで）。	一二月三日、〈短歌〉「鎌倉四首」（書簡中）	一二月一日、倉田百三「出家とその弟子」（生命の川）～大六・三 一二月九日、夏目漱石没（四九歳）。

大正5（1916）年（25歳）

二二日　夜、田端の自宅に帰る。
二四日（日）　横浜の三溪園（原善一郎の実家）を訪れ、光琳派や、俵屋宗達の画を観る。
二五日　夏目漱石宅に宿泊。若い弟子たちが、交代で夏目家に宿泊していた。
二七日　夏目漱石宅に宿泊。
この月、塚本文との婚約が成立し、文の跡見女学校卒業を待って結婚する旨の縁談契約書が両家の間で交わされる（大正七年二月二日結婚）。
大学院を除籍処分となる。

二五日、〈俳句〉「鎌倉六句」（書簡中）

大正6（1917）年（26歳）

一月一日　田端で新年を迎える。初めて新年号作家として三作品を発表した。満足はしていないが、それは自分の評であり、他人との比較ではない。新年号に掲載された他の作家の作品に目を通し、一九日には松岡譲に「かうやつてずつとよんで見たら何だか心細くなつた　あんまり周囲が貧弱だから」などと書き送っている。
九日　午後、鎌倉の下宿に戻る。寮生活の時と同様、海軍機関学校時代も、週末には田端の自宅に帰り、月曜日に鎌倉へ戻るのが常だった。この年は、土曜の午前に授業があり、それを終えて田端へ帰っていたものと思われる。英語教授は、必ずしも楽しいものではなかった。
一〇日　海軍機関学校の始業式に出席する。
二八日（日）　横浜三溪園に、原善一郎（三中の後輩）らと出かける。庭園や善一郎の父、三溪が収集した絵画などを見て感動する。
二月　この頃、従来短歌を詠むことが多かったが、俳句に興味を覚

一月一日、**MENSURA ZOILI**（新思潮）
代表歌選　微明（新思潮）
校正の后に（新思潮）
尾形了斎覚え書（新潮）
運（文章世界）
一八日、〈俳句〉二句（書簡内）
二九日、道祖問答（大阪朝日新聞夕刊）
二月一日、新春文壇の印象（新潮）

一月一日、田山花袋『一兵卒の銃殺』刊。
菊池寛「父帰る」（新思潮）

年号	大正6（1917）年（26歳）

事項

え、句作をするようになる。「ボクはこの頃十七字をヒネクル癖がついた」などと記している。

九日　作家活動と教官の二重生活に早くも不満を感じ始める。

一四日「忠義」を脱稿。

二六日頃　体調を崩し、三日間学校を休む。

二八日「貉」を脱稿。


（満二十五歳）

三月五日頃　木曜会のメンバーである池崎忠孝を通じ、処女短編集『羅生門』を阿蘭陀書房から刊行する準備が、印税、献本など具体的に進んでいる。
「偸盗」の執筆に取りかかる。
八日　森鷗外「山椒太夫」を再読し、改めてその手腕に感服する。「僕は二度よんで始めてうまさに徹する事が出来たのですあのうまさはとても群衆にはわからないでせう」などと記している。
一五日　第四次「新思潮」が「漱石先生追悼号」をもって廃刊（全一四号）。
「偸盗」の執筆は思うように進展しなかったが、「一」〜「六」を脱稿。
二六日頃　処女短編集『羅生門』の刊行について、北原哲雄（阿蘭陀書房主）と打ち合せをする。
二七日　インフルエンザのため発熱し、学校を一週間ほど休む。この間、「偸盗」の出来に自信を失ったことを友人たちに書き送った。
四月五日　佐藤春夫に「あなたは僕と共通なものをもつてゐると書

作品

九日、〈俳句〉五句（書簡内）
三月一日、忠義（黒潮）
〈短歌〉「悪歌十首」「円覚禅寺」（書簡内）
一一日、貉（読売新聞）
一五日、葬儀記（新思潮）
〈短歌〉「深夜の愚癡」（書簡内）
二九日、〈漢詩〉一編（書簡内）
四月一日、偸盗（中央公論）〜七月

参考事項

二月一五日、萩原朔太郎『月に吠える』刊。

大正6（1917）年（26歳）

いたでせう　僕自身もさう思います」などと書き送る。

一二日　道章を伴って京都・奈良見物に出かける。午後、恒藤恭の新家庭を訪ねる。

一三日　恒藤の案内で、東本願寺、嵐山、清涼寺、金閣寺を訪れる。夕方、都踊りを見物する。

一四日　道章と二人で奈良を見物した後、午後八時二〇分、京都発の汽車で帰京する。儔は丹毒で高熱を出し、床に就いていた。

二〇日　「偸盗」の「七」～「九」（「続偸盗」）を脱稿。一日三、四枚のペースが、終わりの方では一七枚になった。

二二日（日）　佐藤春夫が来訪し、初めて会う。この日、佐藤の「酒の酒―わがアポクリファの一章を芥川龍之介君に贈る、わが友情のしるしに―」が「読売新聞」に掲載された。

「世之助の話」を脱稿。

五月初旬　儔の病気が大分良くなる。学校の会議の多さには閉口している。

七日　「外国の神と日本の神との克服しあひ」を中心に奈良朝・戦国時代・維新前後を舞台にした三部作を計画していることを松岡譲に伝える（実現せず）。同じ書簡で「こないだ少し女にほれかかつたが、都合があつて、見合せた」などと記している。

「偸盗」の改作を始める（未完）。

一〇日　「さまよへる猶太人」を脱稿。

二三日　処女短編集『羅生門』刊行。文壇関係では、森田草平、鈴木三重吉、小宮豊隆、阿部次郎、安部能成、和辻哲郎、久保田万太郎、谷崎潤一郎、秦豊吉、後藤末雄、野上豊一郎、山宮充、日夏耿之介、山本有三らに献本する。印税は八パーセントだった。

三一日　和辻哲郎を鵠沼に訪ねる。

一三日、〈俳句〉二句（書簡内）

五月三日、〈俳句〉四句（書簡内）

五日、私の踏んで来た道／『羅生門』の後に（時事新報）→羅生門の後に

一七日、〈俳句〉一句（書簡内）

二三日、**羅生門**（阿蘭陀書房刊）

五月一日、志賀直哉「城の崎にて」（白樺）

年号	事項	作品	参考事項
大正6（1917）年（26歳）	六月六日「東京日日新聞」に『羅生門』の広告が載る。 一六日　江口渙、佐藤春夫などの提案した『羅生門』出版記念開催を承諾する（翌日二二日の案を二四日に変更依頼したが、結局二七日に開催）。発起人は、小宮豊隆、谷崎潤一郎、池崎忠孝、「星座」同人、「新思潮」同人で、約五〇名に案内状が出された。 二〇日　午後一時半頃、ランチで軍艦「金剛」に乗り込み、航海見学のため、横須賀から山口県由宇に向けて出発。 二一日　軍艦金剛の砲塔、水雷室、無線電信室、機械室など内部を見学して過ごす。 二二日　午後、由宇に到着。帰途、岩国、京都に立ち寄る。 二四日（日）帰宅する。徴兵検査を受けるか。 二七日　夜、日本橋のレストラン鴻の巣で『羅生門』出版記念会が開かれる。発起人をはじめ、岩野泡鳴、日夏耿之介、中村武羅夫、田村俊子、滝田樗陰、有島生馬、豊島与志雄、加納作次郎、和辻哲郎、北原哲雄ら、計二三人が出席した。 七月初旬　佐藤春夫、池崎忠孝、江口渙らと小石川の谷崎潤一郎宅を訪れ、以後交流が深まる。 一八日頃　倉田百三「出家とその弟子」を読み、感心する。池崎忠孝や松岡譲に感想を書き送っている。 二四日　鎌倉から、片山広子に「心の花では　あなたの方が先輩です　ですからお話しを伺ひに出るのなら　私の方から出ます」などと書き送る。 鎌倉から田端の自宅に戻る。以降、夏期休暇中は田端で過ごした。京都や松島へ行く計画もあったが、事情で取り止めになっている。	六月一日、さまよへる猶太人（新潮） 二〇日、〈俳句〉二句（書簡内） ※六月下旬〈俳句〉一句（書簡内） 七月一日、続偸盗（四月参照） 私と創作（文章世界） 一一日、〈短歌〉二首（書簡内） 一七日、〈俳句〉二句（書簡内） 一八日、〈俳句〉一句（書簡内） 二五日、〈俳句〉一句（書簡内）	六月八日、豊島与志雄『生あらば』刊。 一五日、田山花袋『東京の三十年』刊。 二四日、大杉栄訳『民衆芸術論』（ロマン・ロラン）刊。 七月一日、有島武郎「カインの末裔」（新小説）

大正6（1917）年（26歳）

二六日　ドストエフスキー「カラマーゾフの兄弟」を終わり近くまで読む。
「偸盗」の改稿を年末まで延期。
二八日　久米正雄を訪ねたり、丸善に行ったりする。夕方、早稲田南町の夏目漱石宅で久米らと御馳走になる。
二九日（日）　池崎忠孝が来訪する。夕方、自笑軒で食事をとった後、池崎宅を訪れる。
三〇日　歯痛のため本郷の医院に行き、奥歯を抜かれる。午後、藤岡蔵六が来訪するが、床の中で相手をした。
八月七日　佐佐木信綱に宛てて、池崎忠孝の紹介状を書く。
一〇日「二つの手紙」を脱稿。
一五日「或日の大石内蔵之助」を脱稿（この日が締切だったが、脱稿は数日遅れた可能性もある）。
三一日　夏期休暇終了。
九月一日　フロック、シルクハット姿で、機関学校の入校式に出席する。
三日「戯作三昧」を執筆。嵐で電気が止まったため、ロウソクの光で執筆を続けた。
「沼地」を脱稿。
四日　数日間鎌倉に滞在していたフキが田端に帰る。
五日　夏目筆子（漱石の長女）の婿候補として芥川が話題に上ったことについて、塚本文に釈明の手紙を書く。「文ちやん以外の人と幸福に暮す事が出来ようなぞとは、元より夢にも思つては

二五～二九日、軍艦金剛航海記（時事新報）
二六日、〈俳句〉二句（書簡内）
八月一日、産屋（鐘）
蚊帳の中の蚊（文章倶楽部）
初めは歴史家を志望（文章倶楽部）→私の文壇に出るまで
一五日、〈漢詩〉一編（書簡内）
二一日、〈漢詩〉一編（書簡内）
二四日、〈俳句〉一句（書簡内）
二九日、〈俳句〉八句（書簡内）
九月一日、二つの手紙（黒潮）
或日の大石内蔵之助（中央公論）
田端日記（新潮）
四日、〈漢詩〉二編（書簡内）

年号	事項	作品	参考事項
大正6（1917）年（26歳）	ゐません」などと記している。 一四日　横須賀市汐入五八〇番地尾鷲梅吉方の二階（八畳）に転居する。 一五日（土）　上野松韻亭で行われた第一回三土会に出席する。「三土会」は文士の親睦会で、毎月第三土曜に本郷の燕楽軒や万世橋ミカドで行われていた。 一七日　「片恋」を脱稿。 一九日頃　教師生活に嫌気がさし、二重生活を文筆一本にしぼることを考え始める。 二〇日　「大阪毎日新聞」への小説連載依頼を承諾する（翌月から「戯作三昧」を一五回連載）。 二三日（日）　二科展（九月九～三〇日）、院展（九月一〇～三〇日）に出かける。 一〇月四日頃　志賀直哉「和解」を読み、大いに感心する。一二日には、池崎忠孝に「『和解』を読んで以来どうも小説を書くのが嫌になつた」と書き送っている。 二六日　富田砕花が横須賀の下宿に来訪し、一泊する。 二八日（日）　谷崎潤一郎が田端の自宅に来訪する。午後遅く、公私を兼ねた用事で畔柳都太郎を訪ね、この日は芝の新原家に宿泊。この頃、在京中（土曜午後～月曜午後）は来客が多かった。 二九日　後藤末雄宅で開かれた帝国文学会の会合に出席する。夕方、横須賀に戻る。 月末頃　夏目筆子との恋が破局した久米正雄は失意の中におり、筆子と結婚することになった松岡譲との間で、芥川は心を痛める。のち、久米はこの失恋体験（いわゆる「破船」事件）を繰	一三日、〈短歌〉三首（書簡内） 二三日、〈短歌〉三首（書簡内） 一〇月一日、蛙と女体（帝国文学） ↓蛙、女体 片恋（文章世界） 黄粱夢（中央文学） 一二日、〈俳句〉一句（書簡内） 一三日、〈俳句〉一句（書簡内） 二〇日、戯作三昧（大阪毎日新聞）～一一月四日（二二休戦） 二五日、〈俳句〉一句（書簡内）	一〇月一日、志賀直哉「和解」（黒潮）

大正6（1917）年（26歳）

り返し作品に書き、その集大成として「破船」を発表した。

一一月五日　塚本文を自宅に訪ねる。夕食を共にした後、横須賀に戻る。

一〇日　第二創作集『煙草と悪魔』刊行（当初『偸盗』とする予定だった）。

一七日（土）進級会議のため、三土会を欠席する。

この頃、「新小説」新年号のために「開化の殺人」を執筆（結局「西郷隆盛」となり、翌年「中央公論」に発表）。

二四日　原善一郎（三中の後輩で富豪の息子）に横浜のレストランで御馳走になる。

「英雄の器」を脱稿。

一二月四日「首が落ちた話」を脱稿。

八日　午後四時、神楽坂「末よし」で行われた漱石の一周忌の会に出席する。会には、鈴木三重吉、森田草平、小宮豊隆、野上豊一郎、津田青楓、安倍能成、岩波茂雄、久米正雄、池崎忠孝、松岡譲、内田百閒、滝田樗陰など三十余名が列席した。午後一一時、散会。

九日　午前一〇時、茗荷谷至道庵で行われた漱石の一周忌追弔法要（釈宗演導師）に出席する。午後、雑司ヶ谷墓地に参拝する。

一〇日　久米正雄と夏目筆子との恋愛問題が新聞に書かれ（前日「東京日日新聞」）、心を痛める。この恋愛はすでに破局を迎えていた。

上旬「我鬼」の号を用い始める。

一五日「西郷隆盛」を脱稿。

二〇日　冬期休暇開始（翌年一月九日頃まで）。田端の自宅に帰る。

一一月一日、はっきりした形をとる為めに（新潮）

ほんもの丶スタイル（中央文学）

創刊号の歌に就て（短歌雑誌）

戯作三昧（一〇月参照）

三日、〈俳句〉一句（書簡内）

一〇日、**煙草と悪魔**（新潮社刊）

二四日、〈俳句〉一句（書簡内）

二五日、〈俳句〉二句（書簡内）

一二月一日、痛感した危険（新潮）

〈俳句〉四句（書簡内）

一〇日、〈俳句〉一句（書簡内）

一二日、御霊前へ（渋柿）

一二日、逮夜句座（渋柿）

一四日、〈俳句〉一句（書簡内）

※〈俳句〉一句（書簡内）

一一月一日、松岡譲「法域を護る人々」（文章世界）

七日、ロシア一〇月革命、ソビエト政権樹立を宣言する。

一二月九日、『漱石全集』第一次（全一四巻、岩波書店）～大八・一一

一〇日、日夏耿之介『転身の頌』刊。

事項

この頃、来春に予定された結婚の日程が固まったものと思われ、鎌倉に転居すべく家の物色を始める。菅虎雄・忠雄にも家探しを依頼しており、翌年二月末には決定し、三月二九日に文とともに鎌倉に転居している。

大正7(1918)年(27歳)

事項

一月初旬　前年末に菅虎雄親子に依頼していた借家の候補が見付かる。

九日　冬期休暇終了。

一三日(日)　夕方、日夏耿之介の処女詩集『転身の頌』出版記念会が「鴻の巣」で行われ、出席する。その席で初めて室生犀星を知り、以後親交を深める。

一九日(土)　三土会に出席する。

この頃、翌月二日の結婚は決まっていたが、公務を理由に親しい友人にも日付は公表していない。

二五日　谷崎潤一郎を鵠沼(東屋か)に訪ね、泊まる。

「大阪毎日新聞」の連載小説を執筆していたが、その作品(未詳)を取り止めて「亘の日記」を考える(結局「地獄変」となる)。

三〇日　菅虎雄の世話で借家を数軒見て回るが、決定には至らない。

三一日　薄田泣菫に、大阪毎日新聞社社友の件について依頼する。日時は不明だが、この日以前にも、薄田上京の折に依頼していた。

二月一日　江口渙に宛てて、中原虎男(当時高等工業学校の文芸部員)の紹介文を書く。松岡譲に「明二日結婚する」と伝えたが、久米正雄に遠慮して他の友人には通知状を出さなかった。

作品

一月一日、首が落ちた話(新潮)
西郷隆盛(新小説)
英雄の器(人文)
良工苦心(文章倶楽部)
文学好きの家庭から(文章倶楽部)
昔(東京日日新聞)→澄江堂雑記
三日、饒舌(時事新報)
一九日、〈俳句〉五句(書簡内)
二九日、〈俳句〉二句(書簡内)
※一月二九日、〈俳句〉二句(書簡内)
三一日、〈俳句〉一句(書簡内)
二月一日、傍観者より(短歌雑誌)

参考事項

一月一日、室生犀星『愛の詩集』刊。
永井荷風「おかめ笹」(中央公論)

大正7（1918）年（27歳）

二日（土）　塚本文と結婚。田端の白梅園で内祝言をあげる。芥川側からは、養父道章、養母儔、伯母フキ、叔父竹内顕二、実父新原敏三とその後妻フユが出席した。披露宴は、自宅近くの自笑軒で内輪で行われ、友人では菊池寛、江口渙、池崎忠孝、久米正雄が出席している。夏目漱石夫人鏡子からは、結婚祝いとして自分で選んだ机が贈られた。結婚後も、新居は決まらず、しばらくは田端の自宅から海軍機関学校に通った。

三日（日）　鈴木三重吉の紹介で小島政二郎が来訪し、以後親交を結ぶ。

七日頃　八幡前の家などを見に行く。この頃から鎌倉での新居探しも大詰めを迎える。

一三日　海軍機関学校から辞任の内諾を得たため、薄田泣菫（「大阪毎日新聞」文芸部長）に、条件（月額五〇円、原稿料は従来どおり等）を具体的に付けた上、社友の件を再度依頼する。

二六日　この日までに新居が決まる。

月末　二度の変更の末、「大阪毎日新聞」への連載小説を「地獄変」と決め、起筆。

（満二十六歳）

三月一日「地獄変」を四、五回分脱稿。

九日　午後、夏目家を訪ねる。夜、一高の会に出席するか。

一六日（土）　多忙のため、三土会を欠席する。

「袈裟と盛遠」を脱稿。

二九日　鎌倉町大町字辻小山別邸内に転居する（八畳二間、六畳一間、四畳二間、浴室、台所、手洗）。

当初はフキも同居したが、翌月中旬には田端に帰る。フキは、

一五日、〈俳句〉一句（書簡内）

二四日、南瓜（読売新聞）

二六日、〈俳句〉二句（書簡内）

三月五日、浅春集（鐘が鳴る）

一五日、〈俳句〉四句（書簡内）

三月一日、葛西善蔵「子をつれて」（早稲田文学）

倉田百三「俊寛」（白樺）

〈ドストエフスキー特集〉（トルストイ研究）

三月一六日、有島武郎「生れ出づる悩み」（東京日日、大阪毎日各紙～

年号	大正7（1918）年（27歳）
事項	以後も時々鎌倉を訪れた。 四月、前月初めから書き始めた「地獄変」が公務の多忙（入試問題調査や「米国の海軍教育」の字句修正など）も重なり、下旬までかかる。精神的疲労は重く、月末には診療を受けている。 九日頃「ブラウニング信者」と自称するほど、ロバート・ブラウニングの作品を愛読する。 一六日「蜘蛛の糸」を脱稿。 二二日　月額七〇円に昇給。 二五日　松岡譲と夏目筆子が結婚する。日比谷大神宮で挙式が行われた。 五月五日（日）有島生馬が来訪する。 七日頃　高浜虚子に師事する。前年末、菅虎雄に虚子を紹介してもらえるよう依頼していた。 一〇日　入学試験調査のため、東京出張に出かける（一六日まで）。夜は田端の自宅に宿泊。 一三日「地獄変」を脱稿。 一五日　次の連載小説に「踏絵」と表題をつけて執筆（結局完成せず「邪宗門」に変更）。 一六日　午後、東京出張から鎌倉に戻る。 この頃、海軍機関学校にまで雑誌記者がやって来るようになる。
作品	四月一日、世之助の話（新小説） 袈裟と盛遠（中央公論） 二四日、〈俳句〉一句（書簡内） 二九日、〈俳句〉一句（書簡内） 五月一日、文芸雑話　饒舌（新小説） ババベックと婆羅門行者（帝国文学） イズムと云ふ語の意味次第（新潮） 人の好い公卿悪（新潮）→豊島与志雄氏の事 地獄変（大阪毎日新聞）〜二二日（五、一六休載） 眼に見るやうな文章（文章倶楽部） 〈俳句〉一句（書簡内） 二日、地獄変（東京日日新聞）〜二二日（一八休載） 七日、〈俳句〉一句（書簡内）
参考事項	四・三〇中絶） 五月一日、島崎藤村「新生」前編（東京朝日新聞）〜一〇・五

大正7（1918）年（27歳）

三〇日　出張で、黒須康之介とともに広島県江田島の海軍兵学校参観に出発（六月上旬まで）。
六月二日頃　京都で厨川白村に会う。
四日　江田島で海軍兵学校を参観する。江田島からの帰途、黒須康之介とともに奈良に宿泊。
五日　京都に滞在する。
六日　大阪などを回る。大阪では、薄田泣菫と会う。
一一日　「京都日記」を脱稿。
一九日　小島政二郎の「地獄変」評に対する抗議の文章を、葉書三枚に書いて送る。
前年未完成になった「開化の殺人」を「中央公論」の原稿として再び執筆し、脱稿。
七月八日　第三創作集『鼻』刊行。「羅生門」末尾の一文が「下人の行方は、誰も知らない」と改稿された。
一八日　夏期休暇開始（八月三一日まで）。

一九日、〈俳句〉一句（書簡内）
六月一日、悪魔（青年文壇）
三日、〈俳句〉一句（書簡内）
五日、ホトトギス「雑詠」欄・俳句三句（ホトトギス）～九年一月
七月一日、蜘蛛の糸（赤い鳥）
芥川氏より―地獄変について（三田文学）
五日、ホトトギス「雑詠」欄・俳句二句（六月参照）
八日、**鼻**（春陽堂刊）
一五日、開化の殺人（中央公論）
※我々のボヘミアンライフを、少し失望した、脇差や木刀が出たので、駄弁慾絶対に不充足（『文壇名家書簡集』）
二〇日、〈俳句〉一句（書簡内）

七月一日、『赤い鳥』（鈴木三重吉主宰）創刊。
菊池寛「無名作家の日記」（中央公論）
武者小路実篤ら『新しき村』創刊。

年号	事項	作品	参考事項
大正7（1918）年（27歳）	二三日　校務のため出校する。 二四日　校務のため出校する。 三一日頃「素戔嗚尊」の着想が生まれ、薄田泣菫に書き送る。 八月　この頃、海に入ったりして泰平に日を送る。鎌倉にはフキが滞在していた。 一二日「奉教人の死」を脱稿。「枯野抄」を起筆。 二〇日頃　鎌倉で、菊池寛、久米正雄、江口渙、小島政二郎、菅虎雄らと運座の会を開く。 二七日頃　東京方面に職を求める。特に小島政二郎には、頻繁に職探しを依頼している。また、以前と同様、週末は田端の家で過ごすことが多く、日曜日を面会日と決めていた。 三一日　夏期休暇終了。	二二日、京都で（大阪毎日新聞） →京都日記 二二日、〈短歌〉一首（書簡内） 〈俳句〉一句（書簡内） 二三日、〈俳句〉三句、〈短歌〉二首（書簡内） 二九日、京都で（大阪毎日新聞） →京都日記 三一日、〈俳句〉一句（書簡内） 八月一日、ホトトギス「雑詠」欄・俳句三句（六月参照） 「結婚の前」の評判（新演芸） 菊池の芸術（秀才文壇） 信濃の上河内（新潮） 私の好きな夏の料理（中央公論） 私の好きな夏の女姿（婦人公論） 六日、〈俳句〉一句（書簡内） 二七日、〈俳句〉四句（書簡内） 三〇日、〈俳句〉一句（書簡内）	八月一日、谷崎潤一郎「小さな王国」（中外） 八月二日、政府、シベリア出兵を宣言する。 三日、富山県で米騒動が起こり、全国に波及する。

九月四日頃　この日から二二日までの間、慶応予科の教員だった小島政二郎を通し、慶応義塾英文科教授招聘の話がある。海軍機関学校では、海軍拡張のため、翌年から約三倍の生徒増員を計画しており、授業時間数が倍以上増えることもあって、ますます転職を考えるようになった（この頃、週平均授業約八時間。授業のない日もあったが、午前八時から午後三時までは拘束された。

二二日（日）「奉教人の死」中の「れげんだ・おうれあ」を実在の書と思い込んだ東洋精芸会社社長から、譲渡を依頼する手紙を受け取る。この事件は、翌月三日「時事新報」のコラムで「偽書偽作事件」として紹介された他、四日「大阪毎日新聞」のコラム「茶話」では、内田魯庵からの借用依頼があったことなどと合わせて伝えられており、猟書家の和田雲邨らも食指を伸ばしたと言われ、大きな話題を提供した。

一〇月初旬　煙草に火をつけようとしてマッチの火が眼に飛び込み、左眼を負傷する。

六日（日）一日中、田端の家でごろごろして過ごす。

七日　午後六時、中国旅行に向かう谷崎潤一郎の送別会が「鴻の巣」で行われ、出席するか。

九日　家人に無断で外泊する。池崎忠孝の下宿に泊まったことにしてもらえるよう、池崎に依頼している。

一四日　慶応義塾招聘の話が相当進んだものと見え、翌月一杯で海軍機関学校には辞表を出したいと小島政二郎に伝える。一六日には、松岡譲に「この頃しみじみ横須賀がいやになつてゐる」と書き送っている。慶応義塾招聘については、一八日にも、小島に「学校の件よろしく願ひます　この頃半分がたもう東京へ舞ひ戻れた気《ママ》なつてゐるんだから」などと書き送った。

九月一日、奉教人の死（三田文学）
虚子庵小集（ホトトギス）
四日、〈俳句〉一句（書簡内）
二二日、〈俳句〉一句（書簡内）
一〇月一日、ホトトギス「雑詠」欄・俳句二句（六月参照）
枯野抄（新小説）
私の嫌ひな女（婦人公論）
鈴木君の小説（秀才文壇）

九月一日、菊池寛「忠直卿行状記」（中央公論）

年号	大正7（1918）年（27歳）
事項	二一日　慶応義塾招聘についての条件の打診があるか。芥川側の事情を小島政二郎に書き送っている。 「大阪毎日新聞」（夕刊）への連載小説「邪宗門」を起筆。久米正雄「牡丹縁」の連載が一九日に急に終わったため、急遽一回分を送る。 二四日「邪宗門」五回分を脱稿。 翌年新年号の執筆依頼が七件あったが、五件は断り、連載小説に集中する。 一一月二日頃　スペイン風邪のため床に就く（八日まで）。ひどく衰弱し、辞世の句を作るほどだった。この年の春から、スペイン風邪が大流行し、翌年にかけて死者は一五万人にも及んだ。芥川も、翌年二月に再度苦しみ、さらに三月一六日には、実父敏三をスペイン風邪で失っている。 三日（日）　小島政二郎に「凩や大葬ひの町を練る」の句を書き送る。このことが「芥川氏の近吟」（「読売新聞」）に紹介された。同じ句を薄田泣菫にも書き送っている。 五日　第三短編集のタイトルを『傀儡師』に決める。 一七日（日）　小島政二郎に、慶応義塾就職のための履歴書を送る。この頃、沢木四方吉（慶大教授）とも会い、話は順調に進んで「十人の内、八人ぐらいまでは賛成」だったが、大阪毎日新聞社社友の話が出たこともあり、結局この話は実現しなかった。 二二日　恒藤恭が鎌倉の新居に来訪する。二人でそのまま東京に向かい、菊池寛を訪ねる。 二四日（日）　恒藤恭が雅夫人とともに田端の自宅を訪ねる予定があった。
作品	二三日、邪宗門（大阪毎日新聞夕刊）～一二月一三日（一〇・二五、一一・三～一一、一三～一七、二一、二六、一二・二、八、一〇休載） 二四日、邪宗門（東京日日新聞）～一二月一八日（一一・一、四～一二、一六、一八～二二、二四、一二・二～五、七～九休載） 一四日、〈俳句〉一句（書簡内） 二四日、〈俳句〉一句（書簡内） 一一月一日、邪宗門（一〇月参照） るしへる（雄弁） 或悪傾向を排す（中外） 永久に不愉快な二重生活（新潮） 私の創作の実際（文章倶楽部） 二日、〈俳句〉二句（書簡内） 三日、〈俳句〉一句（書簡内） 五日、〈短歌〉二首（書簡内） 二一日、〈俳句〉一句（書簡内） 二四日、〈俳句〉一句（書簡内）
参考事項	一一月五日、島村抱月没（四七歳）。

大正7(1918)年　(27歳)

一二月五日　「毛利先生」を脱稿。
　八日(日)　恒藤恭夫妻が来訪する約束だったが、夫妻が遅れたため実現しない。漱石の三回忌逮夜の会に出席した後、鎌倉に戻る。
　一二日　恒藤恭に京都に帰るのを一週間延期するよう依頼する。恒藤規隆(恒藤雅の父)にも、延期できるよう尽力することを依頼したが、結局、夫妻の訪問は実現しなかったものと思われる。
　一四日(土)　夜、海軍機関学校の英語会に出席する。
　一五日(日)　本郷燕楽軒で催された劇団の招宴に出席する。その席で初めて佐佐木茂索に会い、以後、交友を深める。
　一八日　冬期休暇開始(翌年一月九日まで)。
　二〇日　「あの頃の自分の事」を脱稿。締切は一五日だったため、鎌倉で記者の居催促を受け、前日から徹夜で書き上げた。
　この頃、三土会の一二月定例会に出席するか。
　月末　正月にかけて田端の自宅に滞在する。
　この月、「犬と笛」を脱稿。

一二月一日、邪宗門(一〇月参照)
　ホトトギス「雑詠」欄・俳句二句(六月参照)
　袈裟と盛遠の情交(新潮)
　俳画展覧会を観て(ホトトギス)
　一番気乗のする時(短歌雑誌)
三日、雑詠(読売新聞)
二三日、〈俳句〉一句(書簡内)
二六日、〈俳句〉一句(書簡内)

大正8(1919)年(28歳)

一月四日　池崎忠孝に、七日午後二時頃から予定している運座の会への出席を依頼する。
　七日　午後二時頃、運座の会を開くか。
　九日　冬期休暇終了。鎌倉に戻る。
　一一日　午後五時半、日本橋下横町の末広本店で開かれた成瀬正一の帰朝祝賀会に出席する。菊池寛、久米正雄、芥川の三人が幹事をつとめ、江口渙、広津和郎、池崎忠孝など計一七名が列席した。散会後、レストラン鴻の巣で行われた第五次までの「新思潮」縦の会に出席する。

一月一日、毛利先生(新潮)
　兄貴のやうな心持(新潮)
　小説を書き出したのは友人の煽動に負ふ所が多い(新潮)
　夏目漱石氏へ送った芥川龍之介氏の手紙(新潮)
　犬と笛(赤い鳥)
　あの頃の自分の事(中央公論)
　樗牛の事(人文)

一月一日、堀口大学『月光とピエロ』刊。
　五日、松井須磨子、芸術倶楽部で縊死する(三二歳)。

年号	事項	作品	参考事項
大正8（1919）年（28歳）	一二日（日） 薄田泣菫に、条件（社へ出勤する義務を負わず、年何回かの小説を書くこと）を示し、大阪毎日新聞社の社員にしてもらえるよう依頼する。 一三日 中村武羅夫（新潮社）に「新潮」あるいは「文章倶楽部」三月号への「小品（五枚ばかり）」（「私の出偶つた事」か）掲載を依頼する。 一五日 第三短編集『傀儡師』刊行。 「開化の良人」を脱稿。 二月五日頃 入学試験問題を作成するかたわら、「きりしとほろ上人伝」を執筆。 八日頃 当時「時事新報」記者だった菊池寛の大阪毎日新聞社就職の仲立ちをする。薄田泣菫からの要請によるものと思われる。 一五日（土） 菊池寛とともに大阪毎日新聞社への三月入社内定の連絡がある。①雑誌に執筆してよいか、②条件の年百二三十の中に随筆などは含まれるか、③菊池と芥川の二人が月評を書くにあたり「大阪毎日新聞」「東京日日新聞」両方に文芸欄ができないか、の三点を問い合わせ、それらがはっきりし次第、海軍機関学校に辞表を提出することを薄田泣菫に伝えた。 一七日 インフルエンザのため発熱し、田端で床に就く。月末まで床をあげられず、学校も翌月初めまで休んだ。スペイン風邪に罹ったのは、前年一一月上旬に続いて二度目で、この頃、久米正雄も肺炎を併発して重態になっている。	女形次第で（大観） 予の苦心する点（中央文学） 三日、〈俳句〉一句（書簡内） 四日、〈俳句〉一句（書簡内） 六日、雑筆（↓鏡・↓下足札）（大阪毎日新聞） 八日、「心の王国」の跋（『心の王国』新潮社） 一二日、新年の傑作は誰の何？（時事新報） 一五日、**傀儡師**（新潮社刊） 二九日、〈俳句〉一句（書簡内） 二月一日、開化の良人（中外） 八日、〈俳句〉一句（書簡内） 一九日、〈俳句〉一句（書簡内） 二〇日、〈俳句〉一句（書簡内） 二二日、〈俳句〉一句（書簡内） 二三日、〈俳句〉一句（書簡内） 二六日、〈俳句〉一句（書簡内） 二八日、〈俳句〉一句（書簡内）	二月『我等』創刊。

大正8（1919）年（28歳）

二〇日　薄田泣菫に、大阪毎日新聞社入社内定の礼状を書く。一五日に問い合わせた三点のうち「東京日日新聞」への文芸欄設置は実現しなかった。

「きりしとほろ上人伝」が「三」の途中で中絶し、送る（残りは四月一五日脱稿）。

二四日　この日までに、主任教授を通じて、海軍機関学校に退職願を書面で提出する。「入社の辞」を考え始める。

二七日　赤坂三河屋で開かれた「改造」発刊披露会に出席する。

二八日　見舞いで来訪した片山広子に礼状を書く。

（満二十七歳）

三月、「杜子春」を脱稿か。

三日　田端から鎌倉に戻る。下島勲に往診の礼状を書き「愈学校がやめられるのだと思ふと甚だ愉快な気がします」などと記している。

八日（土）　大阪毎日新聞社から客員社員の辞令が届く。原稿料の他に報酬月額は一三〇円。海軍機関学校の方は、四月早々辞める予定だったが、後任が見つかり次第の退職となった。

一三日　敏三がスペイン風邪で入院する。電報で知らされて帰京し、この日は病院に宿泊。

一五日　友人のトーマス・ジョーンズ（ロイター記者）と築地の待合で夕食をとる。

一六日（日）　朝、実父敏三が東京病院で死去（享年六八歳）。

二二日　夜、有楽座で行われた三土会の総見で、菊池寛「忠直卿行状記」を観る。芥川、山本有三、田中純が幹事をつとめた。

三月一日、ホトトギス「雑詠」欄・俳句二句（大正七年六月参照）

きりしとほろ上人伝（新小説）

～五月

風流懺法後日譚に就て（ホトトギス）

六日、〈俳句〉一句（書簡内）

一二日、〈俳句〉一句（書簡内）

二三日、文芸家たらんとする諸君に与ふ（府立第三中学校「学友会雑誌」）

※入社の辞（未掲載）

年号	事項	作品	参考事項
大正8（1919）年（28歳）	二八日　海軍機関学校で最後の授業をする。ノート、教科書類をストーブで燃やした。 三一日　海軍機関学校を退職。「永久に不愉快な二重生活」に終止符を打つ。 四月三日　前月末日をもって海軍機関学校は退職したが、まだ免官の辞令が出ていない。 「蜜柑」を脱稿。 一〇日　内田百閒が鎌倉に来訪し、餞別として漱石の書「孟夏草木生」をもらう。 一五日「きりしとほろ上人伝」の残りを脱稿。続いて一八日締切の「龍」を執筆。 二八日　鎌倉を引き払い、田端の自宅に転居する。田端では、養父母、伯母と生活を共にした。二階の書斎に菅虎雄筆の扁額「我鬼窟」を掲げ、日曜日を面会日に決めて、他の日は面会謝絶とした。面会日には、小島政二郎、佐佐木茂索、中戸川吉二、南部修太郎らの他、滝井孝作なども来訪した。 「大阪毎日新聞」の連載小説（四、五〇回位）の原稿依頼を承諾する（六月末から「路上」連載）。 五月四日（日）　菊池寛とともに長崎旅行に出かける。二人は車中、文芸論を戦わせたが、菊池は風邪による頭痛のため岡山で下車し、芥川は尾道で途中下車しながら一人で長崎に向かった。 五日　長崎に到着。 六日　大浦天主堂を訪ね、ガラシー神父と「小半日」話し込む。長崎図書館を訪れ、芳名録に署名する。 長崎滞在中は、近藤浩一路から紹介された永見徳太郎（長崎の	四月一日、余の愛読書と其れより受けたる感銘（中央文学） 小説家の好める小説家及び作風（抒情文学） 二日、〈俳句〉一句（書簡内） 三日、〈俳句〉一句（書簡内） 一〇日、〈谷崎潤一郎論〉（雄弁） 一一日、女殺油地獄（東京日日新聞・大阪毎日新聞／一二日）→有楽座の「女殺油地獄」 一五日、〈俳句〉一句（書簡内） 二八日、〈俳句〉一句（書簡内） 五月一日、きりしとほろ上人伝〈後篇〉（新小説） 私の出遇つた事（新潮）→蜜柑、沼地 龍（中央公論） 余の文章が始めて活字となりし時（文章倶楽部）	四月一日、『改造』創刊。 宇野浩二「蔵の中」（文章世界）

名家）の世話になる。八日に遅れて到着した菊池寛とともに、市中見物をしたり、永見家所蔵の長崎絵などを観たりして、大いに南蛮切支丹趣味を満足させた。当時、長崎県立病院の精神科部長だった斎藤茂吉とも会った。
一一日（日） 長崎を出発して大阪に到着。菊池寛とともに、挨拶を兼ねて大阪毎日新聞社を訪ねる。同社の編集会議の例会が開かれており、その席でスピーチをした。
一五日 京都で葵祭りを見物するか。
一六日 午前〇時過ぎ、タクシーで嵐山の渡月橋へ月見に出かけるなど、翌日未明まで祇園で遊ぶ。
一八日（日） 夜、長崎・大阪・京都方面の旅行から帰宅する。
二〇日 大阪毎日新聞社入社第一作を起筆か（「朝」のち「路上」に変更）。
二五日（日） 朝、「路上」の「一」を脱稿。午後、塚本八洲が来訪する。
二六日 午後、谷崎潤一郎が来訪し、二人で菊池寛を訪ねたが、不在。神田の西洋料理店ミカドで夕食をとった後、神田の古本屋、神保町のカフェに寄り、午前〇時半頃、帰宅。
二八日 午後、南部修太郎が来訪し、二人で赤門近くのフランス料理店鉢ノ木で夕食をとる。帰途、菊池寛を訪ね、菊池を訪問してきた小島政二郎と会う。
二九日 東京日日新聞社に行き、「文芸欄」について相談する。畑耕一やロイター通信社にジョーンズを訪ねるが、いずれも不在。新橋東洋軒で夕食をとった後、白山の古本屋窪川に回り俳書を六、七冊入手する。帰宅後、「大正八年六月の文壇」を起筆。
三〇日 猫をもらった。

芥川龍之介氏縦横談（文章倶楽部）
私信集（秀才文壇）
八日、〈短歌〉一首（書簡内）
一〇日、〈短歌〉一首（書簡内）
一三日、〈俳句〉一句（書簡内）
鑑定（東京日日新聞）
一七日、〈俳句〉三句（書簡内）
一九日、〈俳句〉二句（書簡内）

五月二三日、和辻哲郎『古寺巡礼』刊。

年号	大正8（1919）年（28歳）
事項	三一日　夕方、神田の西洋料理店ミカドで開かれた「ホイットマン百年祭」に出席し、テーブル・スピーチをする。有島武郎、与謝野鉄幹・晶子夫妻、室生犀星、斎藤勇、多田不二らと会った。 　来客を謝し、再び「路上」を一回分から執筆。 六月一日（日）朝、室生犀星が来訪し、『第二愛の詩集』をもらう。午後、野口功造が来訪し、野口の案内で柳橋の茶屋に行く。 　二日　昼頃、中根駒十郎が、二〇日に刊行される『羅生門』（再刊本）の扉表紙案を持って来訪する。午後、新原得二と浅草に出かけ、アメリカ映画「呪の家」を観る。映画を観ながら、活動写真論を考えた。 　三日　「大正八年六月の文壇」を執筆中、大阪毎日新聞社から原稿催促の電報が届く。翌日、延期依頼を返電した。 　四日　高等工業学校文芸部からの講演依頼を断る。中根駒十郎が、『羅生門』（再刊本）の印税を持って来訪する。 　五日　午後、菊池寛と一緒に、中戸川吉二を訪ねる。赤門前のフランス料理店鉢ノ木で食事をとった後、講談寄席「小柳」で三代目神田伯山の講談を聴く。 　六日　「大正八年六月の文壇」を脱稿。 　七日　朝、滝田樗陰が来訪し、書画帳二冊に句と歌を書かされる。「叔父ワーニャ」の舞台稽古を見る。 　八日（日）午前、東京高等工業学校の中原虎男（紡織科）が来訪し、四日に一度断った文芸部講演を再度依頼され、承諾する（二八日に講演）。 　九日　大阪毎日新聞社から再び催促の電報が届き、「モウオク
作品	六月一日、何よりも先に詩人（新潮）→佐藤春夫氏の事 　三日、六月の文壇（東京日日新聞）→大正八年六月の文壇〜一〇日（八日休載） 〈俳句〉一句（書簡内） 四日、六月の文壇（大阪毎日新聞）→大正八年六月の文壇〜一三日（八〜一二休載）
参考事項	五月三一日、富田砕花訳、『草の葉』（ホイットマン）上（下、大八・一二・二〇）刊

大正8（1919）年（28歳）

ツタ」と返電する。午後、木村幹が来訪する。一緒に谷崎潤一郎宅を訪れると。久米正雄、中戸川吉二、今東光が来ていた。夕方、谷崎、久米、木村と烏森の古今亭で食事する。タクシーで谷崎宅に寄った後、帰宅。

一〇日　夕方、八田三喜を訪れるが、不在。神田の西洋料理店ミカドで開かれた十日会に初めて出席する。岩野泡鳴、菊池寛、江口渙、滝井孝作、有島生馬らが列席。女性も泡鳴夫人など四、五名が出席しており、秀しげ子とも、この時初めて会った。さらにその後、本郷の燕楽軒で開かれていた室生犀星の『愛の詩集』出版記念会に赴いたが、すでに散会後だったため、北原白秋、犀星らと食事をとった。

一五日（日）　午後、小林勢以子、今東光が来訪する。夜、滝井孝作が来訪し、俳論を戦わせる。

この頃、連載中だった「路上」の執筆が進まず、閉口し始める。

一六日　夜、成瀬正一とともに新劇協会第一回公演「叔父ワーニャ」（有楽座・六月一六～一八日）を観る（七日に稽古を見学していた）。戯曲を書いてみたいと考えた。岩野泡鳴、高山樗牛、久保田万太郎、生田長江、長田秀雄らに会い、閉幕後、岡栄一郎とともに夕食をとる。

一七日　夕方、久米正雄を見舞いに行くが、二〇歳で死去した関根正二（洋画家）の葬式に参列していて不在。帰宅した久米と話していて「生きてゐる内に一刻でも勉強する事肝腎なり」と思う。

一八日　ヒサ、得二、文が「叔父ワーニャ」を観に行く。丸善から本が四冊（コンラッド、ジョイス）届く。

一四日、〈俳句〉一句（書簡内）
一五日、〈短歌〉三首（書簡内）

六月一六日、新劇協会第一回公演、チェーホフ「叔父ワーニャ」初演（有楽座）～一八日

年号	事項	作品	参考事項
大正8（1919）年（28歳）	二〇日『羅生門』（再刊本）刊行。 「疑惑」を起筆。 二一日　夜、滝井孝作が来訪するが、玄関で帰ってもらう。 二二日（日）午後一時、「赤い鳥」主催の山田耕筰帰朝歓迎音楽会（帝国劇場）に出かけ、沢木梢、井汲清治に会う。夜、ピアストロ・ミロウィッチの演奏会（慶応大学）に出かける（一七日に上田善章からチケットをもらった）。 二三日　実父敏三の百か日のため、夕方、芝の新原家で会食をする。帰途、龍泉堂に寄って詩箋を求めた。 二四日　午後、菊池寛を誘って久米正雄を訪ね、一緒に鉢ノ木で食事する。「疑惑」を脱稿。 二八日　午後、東京高等工業学校文芸部主催の講演会で「小説の読み方」と題し、初めて講演をする。 二九日（日）　自宅で句会「我鬼窟百鬼会」を開く。室生犀星らが出席した。 七月三日頃「路上」の執筆のため、日曜日以外は面会謝絶にする。その出来や、進み具合については大いに不満を感じつつ執筆を進めた。 五日　佐佐木茂索に「今後はなるべく非職業的に御交際願ひたいと思ふがどうですか」と書き送る。 一〇日　夜、神田の西洋料理店ミカドで開かれた十日会の例会に出席するか。芥川、菊池寛の二人が幹事をつとめる、との記事が見える。 一三日頃　大阪毎日新聞社から中国派遣の話があるか。薄田泣菫への書簡中に「支那旅行をしない限り」と記しているほか、新	二〇日、〈俳句〉一句（書簡内） 三〇日、路上（大阪毎日新聞）〜八月八日（七・四、九、一五、二三休載） 七月一日、疑惑（中央公論） バルタザアル、「バルタザアル」の序（新小説） 路上（六月参照） 二日、〈俳句〉二句（書簡内）	六月二八日、ベルサイユ講和条約が調印される。

大正8（1919）年（28歳）

聞にも中国行を予告する記事が見える。
一六日　夜、香取秀真、山本鼎、菊池寛らとともに、鹿島龍蔵邸に招かれて御馳走になり、深夜、午後一一時半まで話し込む。
一七日　文、フキ、ヒサが、新富座に「義経腰越状《よしつねこしごえじょう》」を観に行く。
二五日　午後五時半、神田の西洋料理店ミカドで行われた江口渙『赤い矢帆』出版記念会に出席する。発起人の一人になっていた。その席で初めて宇野浩二を知る。
三〇日　「路上」の執筆が行き詰まり、連載打ち切りの希望を漏らす。後の作品の都合を薄田泣菫に問い合わせている。「路上」に気をくさらせて、何をしても面白くない。
三一日　夜、菊池寛、小島政二郎らと神田神保町の中華第一楼で食事をする。
八月一日　「路上」を一日も早く打ち切りたいと考える。
七日　数日、三浦半島に出かけていたが、一時帰宅する。
八日　「路上」連載中止。文末に「以上を以て『路上』の前篇を終るものとす。後篇は他日を期することとすべし」とあったが、後篇は実現しなかった。
九日　再び三浦半島（金沢八景が中心）方面に出かける。
一三日　「じゆりあの・吉助」を脱稿。
二三日　風邪のため、金沢八景の病院に入院。入院中に「妖婆」を執筆。半分仕上がり、未完のまま「前篇」として発表した。
二六日　金沢八景から帰宅するか。
二九日　午後二時頃、自宅で運座の会を開く。小島政二郎、滝井孝作らを誘った。

一五日、『新思潮選』（菊池寛共編）（玄文社）
二四日、〈俳句〉二句（書簡内）
二七日、後世（東京日日新聞）
八月一日、ホトトギス「雑詠」欄・俳句二句（七年六月参照）
路上（六月参照）
一五日、忘れられぬ印象（『伊香保みやげ』伊香保書院）
〈俳句〉六句（書簡内）
二三日、〈俳句〉二句（書簡内）
※久米正雄氏の事（初出不詳）

年号	大正8（1919）年（28歳）
事項	九月一〇日　午後、菊池寛を訪ね、宮島新三郎（「早稲田文学」の評論家）に会う。夕方、十日会に出席し、秀しげ子と会うか。夜、眠れない。 一一日　南部修太郎の「妖婆」評に対する反論を書き、「路上」より良いとする。南部とのやり取りは、さらに一三・一六・一八日と続けられた。 一二日「愁人」秀しげ子を想う。 一四日（日）面会日だが、来客なし。塚本八洲が来訪する。 富田砕花に、「解放」の原稿として「春の心臓（イェイツ）」（再掲載）を送る。誌上にゴシップを載せないよう頼んでいる。 一五日　午後、江口渙を訪ねた後、秀しげ子と初めて二人だけで会い、夜、帰宅。「心緒乱れて止まず」。 一七日「不忍池の夜色愁人を憶はしむ事切なり」。 二二日　深夜、午前〇時頃、「妖婆続篇」を脱稿。「臥榻に横はつて頻に愁人を憶ふ」。 二四日　久米正雄を訪ね、ジョーンズの上海特派員転任に伴う送別会について打ち合わせる。留守中、滝井孝作が来訪。夜、久米正雄、成瀬正一と鶯谷の茶屋伊香保でジョーンズの送別会を開く。 二五日　午後、院展（九月一～二八日）と二科展（九月一～三〇日）に出かける。秀しげ子と再会して、夜、帰宅。数年間作らなかった歌が生まれてくることに自ら驚く。 二八日（日）　夕方、菅忠雄、佐佐木茂策とともに自由劇場公
作品	九月一日、ホトトギス「雑詠」欄・俳句二句（大正七年六月参照） じゆりあの・吉助（新小説） 妖婆（中央公論）～一〇月 一四日、〈俳句〉九首（書簡内） 二二日、〈俳句〉一句（書簡内）
参考事項	九月一日、宇野浩二「苦の世界」（解放）

大正8（1919）年（28歳）

演、ブリュウ作・小山内薫訳「信仰」（帝国劇場・九月二六～三〇日）を観る。
二九日　菊池寛、佐佐木茂索とともに東京日日新聞社を訪れる。初音で夕食をとり、この日は芝の新原家に宿泊。「愁人今如何」。
三〇日　朝、芝の新原家から、縁談の件で久米正雄を訪ねる。

一〇月一日　「大正八年度の文芸界」を執筆。
三日　室生犀星から『愛の詩集』を贈られ、詩「愛の詩集」を添えた礼状を書く。
七日（あるいは八日）「芸術その他」を脱稿。
一一日　路上で自転車とぶつかり、左足を挫く。
一五日　発表された「妖婆」続篇について、南部修太郎や小島政二郎に「愚なり」「辟易」などと書き送る。南部とは前篇についてやり取りがあったが、「あやまるよ」と記している。
二〇日　薄田泣菫からの依頼で大阪毎日新聞社関係への執筆交渉をした、佐藤春夫、谷崎潤一郎、江口渙、里見弴らの返事を報告する。翌年「素戔嗚尊」を連載する意向を漏らしている。
二一日頃　女性（秀しげ子か）からの来信を家人に気付かれないよう、封筒の表書きを佐佐木茂索に依頼する。
二六日（日）午後、面会日だったが外出する。夜、久米正雄に誘われて、新歌舞伎研究会第一回公演、岡本綺堂「亜米利加の使」ほか（帝国劇場・一〇月二六～三〇日）を観に行く。

一〇月一日、春の心臓（解放再掲）
「人魚の嘆き・魔術師」広告文（新小説）
もう七八年前に（新潮）
我鬼句抄（サンエス）
「妖婆」〈後篇〉（中央公論）
三日、〈詩〉「愛の詩集」（書簡内）
〈俳句〉一句（書簡内）
一二日、〈俳句〉一句（書簡内）
一五日、〈俳句〉七句（書簡内）
一五、一六日、「窓」（東京日日新聞）
二一日、〈短歌〉一首（書簡内）
二七日、〈俳句〉三句、〈短歌〉二首（書簡内）
三〇日、〈俳句〉一句（書簡内）

一〇月一日、室生犀星「性に目覚める頃」（中央公論）
一六日、武者小路実篤「友情」（大阪毎日新聞）～一二・一一

年号	事項	作品	参考事項
大正8（1919）年（28歳）	一一月二日（日）面会日だったが、外出する。 五日頃　翌年新年号の原稿に取りかかる。この時点で八日の講演会のための原稿は出来ていない。 この頃、江口渙とともに、与謝野晶子の歌会に出席する。 八日（土）午後一時、大手町大日本私立衛生会館で催された第一回東京日日新聞社主催の文芸講演会で「開会の辞に代へて」の題目で講演をする。続いて昇曙夢、松浦一、片上伸、菊池寛の順で講演。下島勲が来聴していた。 一〇日「魔術」を脱稿。 一一日　午後一二時半頃、佐佐木茂索と白木屋で待ち合わせた後、国展に出かける。夜、結婚式に出席する。 一五日　龍村平蔵（西陣織物師）の展覧会に出かけ、感服する。翌日「龍村平蔵氏の芸術」を発表。 一六日（日）谷崎潤一郎、佐佐木茂索、小島政二郎らが来訪する。 二〇日（あるいは二一日）自笑軒で龍村平蔵、香取秀真と食事する。 二三日（日）滝井孝作に伴われ、小穴隆一（画家）が初めて来訪する。以後、終生親交を結ぶ。 二四日「鼠小僧次郎吉」を執筆。	一一月一日、陰影に富んだ性格（新潮）→江口渙氏の事 芸術その他（新潮） 四日、〈俳句〉一句（書簡内） 五日、〈短歌〉一首（書簡内） 九日、春草会にて（読売新聞）〈短歌〉一首、〈俳句〉一句（書簡内） 一六日、龍村平蔵氏の芸術（東京日日新聞） 一九日、〈俳句〉三句（書簡内） 二三日、〈俳句〉二句（書簡内） 二四日、〈俳句〉一句（書簡内） 二六日、〈俳句〉一句（書簡内） 二九日、〈俳句〉一句（書簡内） 三〇日、芥川龍之介講演会の記（浅草文庫）	

大正8（1919）年　（28歳）

一二月六日　「鼠小僧次郎吉」を脱稿。
一〇日　原稿執筆のため、十日会を欠席する。
一一日　「葱」を脱稿。
一四日（日）頃　儔が病気のため、代理で法事に出席する。
一七日　夜、発熱して床に就く。
新年号の原稿、「舞踏会」「尾生の信」「漱石山房の秋」などを脱稿。
二〇日頃　自宅で運座の会を開く。
二二日頃　滝井孝作へ頻繁に俳句を送り、批評を求める。

一二月一日、本年度の作家、書物、雑誌（東京日日新聞）
「日高川」「赤松」など（中央美術）
五日、大正八年度の文芸界（『毎日年鑑』）
一四日、〈俳句〉二句（書簡内）
一七日、〈俳句〉二句（書簡内）
二二日、〈俳句〉七句（書簡内）
二三日、〈俳句〉三句（書簡内）
三一日、〈俳句〉一句（書簡内）
（※）着物、鑑定、饒舌（初出不詳）

一二月一〇日、木下杢太郎『食後の唄』刊。

大正9（1920）年　（29歳）

一月二日　南部修太郎に、六日の岩野泡鳴来訪の際に同席してもらえるよう依頼する。
六日　岩野泡鳴が来訪するか。
一〇日　室生犀星を十日会に誘う。
上旬頃　前年から行われていた、茅野雅子主催の春草会の歌会に出席する。秀しげ子も毎回出席しており、数年は俳句に関心が集中していたが、前年六月の秀との出会いが刺激となって再び短歌に関心を示した（大正六年一月頃までは短歌が主流だった）。
一二日　自由画展覧会についての打ち合わせのため、東京日日新聞社を訪れる。打ち合わせが長引いたため、三代目錦城斎典山

一月一日、ホトトギス「雑詠」欄・俳句二句（大正七年六月参照）
魔術（赤い鳥）
鼠小僧次郎吉（中央公論）
葱（新小説）
舞踏会（新潮）
有島生馬君に与ふ（新潮）
尾生の信（中央文学）
日記のつけ方（中央文学）
動物園（サンエス）～一〇月

一月一日、賀川豊彦「死線を越えて」（改造）～五月
一〇日、国際連盟が発足する。

年号	事項	作品	参考事項
大正9（1920）年（29歳）	の講談を聴きに行けなかった。新詩社の新年歌会に招待され、江口渙を伴って出席する。その席で高村光太郎、生田長江らと会う。 一五日頃　明治座公演で「増補信長記」「一条大蔵譚」「関の小唄」などを観る。翌日「九年一月明治座評」を発表。 一七日　インフルエンザのため、床に就く（月末頃まで）。 この頃、後輩作家の原稿を出版社に紹介したり、批評したり、あるいは地方青年の就職についての相談に乗る、といった用件が多くなる。 一九日　森鷗外に宛てて、佐佐木茂索（この月から菊池寛の推薦で「時事新報」文芸欄主任）の紹介状を書く。 二一日　「骨董羹」の短章（全二五）を五月三〇日まで、断片的に書き継ぐ。 二八日　第四創作集『影燈籠』刊行。 月末頃　病気が回復し、床あげをする。 二月三日　午後、岡栄一郎を訪ねるか。 八日（日）　井上猛一から新内の会の案内をもらい、出席するつもりだったが、雪のため欠席の返事をする。宮崎直次郎（自笑軒主人）が来訪する。 （満二十八歳） 三月七日（日）　森幸枝（日本女子大国文科学生）が、同級生の松隈正子とともに初めて来訪するか。 この頃、「秋」の執筆に関して、平松麻素子《ますこ》（文の幼馴染み）を紹介され、初めて会う。	山房の中（大阪毎日新聞）↓漱石山房の秋 私の生活（文章倶楽部） 我鬼氏の座談のうちから（ホトトギス） 九日、〈俳句〉一句（書簡内） 一六日、明治座劇評（東京日日新聞）↓九月一日明治座評 二八日、**影燈籠**（春陽堂刊） 「影燈籠」附記（『影燈籠』） 三月一日、大須賀乙字氏を憶ふ（常磐木） 「我鬼窟日録」より（サンエス）	二月一一日、楠山正雄訳「青い鳥」（メーテルリンク）初演（新劇協会、帝劇）～一七

大正9（1920）年（29歳）

一一日「秋」の「二」（あるいは「三」）までを脱稿。「中央公論」編集部に送ったが、一三日、一七日と、字句の修正を編集長の滝田樗陰に申し入れている。

一三日　滝田樗陰宛「秋」（一一日脱稿分）の改稿を申し入れる。

一六日　実父敏三の一周忌。

一七日　森幸枝が来訪するか（前日の面会予定だったが、実父の一周忌のため延期していた）。「秋」の「三」の改稿を申し入れる。

徹夜して「秋」の「四」を脱稿。その前半は、書き直す意図もあった（詳細未詳）。「素戔嗚尊」を起筆か。

この頃　原稿執筆の合間に漢詩を作る。

二一日（日）　長野に滞在中の小穴隆一に、贈られた鶏の絵の礼状を書く。

二二日「秋」の「二」（一三日改稿分）の再改稿を申し入れる。佐佐木茂索に、前年一〇月頃からたびたび依頼していた封書の表書きをこの日も依頼している。

二三日　風邪のため、寝たり起きたりの生活をしていたが、この日までに全快する。

二四日　隣家の香取秀真宅で火事が起こる。芥川が発見した。

二七日頃「素戔嗚尊」の執筆に苦しむ。薄田泣菫に「神代小説なんぞ書き出さなければ好かつたと聊後悔してゐます」などと書き送っている。

「黒衣聖母」を脱稿。

月末頃『影燈籠』を池崎忠孝、滝田樗陰、松岡譲、恒藤恭らに献本する。

三日、〈漢詩〉一編（書簡内）
八日、〈俳句〉三句（書簡内）
一三日、〈俳句〉一句（書簡内）
一六日、〈漢詩〉二編（書簡内）
一七日、〈俳句〉一句（書簡内）
二一日、〈俳句〉一句（書簡内）
二二日、〈俳句〉三句、〈漢詩〉一編（書簡内）
二六日、〈俳句〉四句（書簡内）
二七日、〈俳句〉一句（書簡内）
三〇日、素戔嗚尊（大阪毎日新聞、東京日日新聞）～六月（大阪は六日まで―四・五、八、一〇、一二、一七、一九、二一、二五～二六、二八～三〇、五・三～六、八、一〇～一二、一六～一七、二四、三一休載。東京は七日まで―四・四～五、一三～一五、二一～二二、二六～二八、三〇、五・一、三～六、八～一一、一三～一四、一七、二二、六・一休載）→素戔嗚尊、老いたる素戔嗚尊
三一日、〈俳句〉一句、〈漢詩〉一編（書簡内）

三月二六日、菊池寛「敵打以上」（『恩讐の彼方に』）初演（帝劇）～三〇

年号	大正9（1920）年（29歳）

事項

「素戔嗚尊」の執筆が一向に進展せず、大いに苦しむ。

四月四日（日）下島勲に、屏風の揮毫に対する礼状を書く（詩は二日に候補を示したか）。

　九日「秋」に多少の自信を持つ。滝井孝作に「僕はだん〳〵あゝ云ふ傾向の小説を書くやうになりさうだ」などと書き送っている。九日会（漱石の命日を記念した集まり）を欠席する。

　一〇日（土）長男が誕生（三月一三日生まれとして入籍）。菊池寛の「寛」から「比呂志」と命名する。二八日には、恒藤恭に「赤ん坊の出来ない内は一人前の人間ぢやないね」などと書き送っている。

「素戔嗚尊」の執筆が難渋する。

　一五日　東京高等商業学校で講演をするか。

　一七日　難渋したが、「或敵打の話」を脱稿。

　二一日　叔母フユ（実母フクの妹、実父敏三の後妻）が腹膜炎のため、死去。しばらく芝の新原家に滞在した。

　二五日　午後五時、新橋駅楼上「東洋軒」で行われた三土会に出席するか。発起人の一人をつとめる、との記事が見える。

　二六日　小島政二郎「睨み合い」を読み、小島に「あれは傑作です」などと書き送る。

作品

四月一日、小品二種（改造）→沼、東洋の秋

　未定稿（新小説）

　秋（中央公論）

　一つの作が出来上るまで（文章倶楽部）

　骨董羹（人間）～六月

　私の好きなロマンス中の女性（婦人画報）

　春草会詠草（淑女画報）

　素戔嗚尊（三月参照）

四日、〈漢詩〉一編（書簡内）

八日、四月の月評（東京日日新聞）→大正九年四月の文壇～一三日（一〇、一二休載）

九日、〈俳句〉一句（書簡内）

一四日、〈俳句〉五句（書簡内）

一五日、〈俳句〉一〇句（書簡内）

一七日、〈俳句〉一句（書簡内）

二六日、〈俳句〉一句（書簡内）

二七日、〈俳句〉二句（書簡内）

参考事項

大正9（1920）年（29歳）

五月一日（土）　商科大学の英文学講話で「Story-tellerとしてのE. A. Poe」と題して講演をする。
　春　上野の清凌亭で座敷女中をしていた佐多稲子（当時一五歳）を知る。以降、しばしば友人を誘って清凌亭に通った。
六月三日頃　「素戔鳴尊」を脱稿。
　九日頃　前年七月に続き、中国旅行の話が浮上する。
　一一日　金鈴社の講演会で、西洋の怪物について講演をする。
　一二日頃　新富座公演を観る。一五・一六日「新富座劇評」を発表。
　一三日（日）　久米正雄、小島政二郎らとともに、三代目錦城斎典山の講談を聴きに行く。来れなかった佐佐木茂索に寄せ書きをした。
　二二日　美術学校倶楽部で行われた栴檀会（新進の木彫家の団体）の例会で、本間久雄とともに、ウィリアム・モリスについて講演をする。
　「南京の基督」を脱稿。
　二五日　小島政二郎に「一枚絵」の丁寧な批評を送る。
　三〇日　森幸枝から玉簪を贈られ、礼状を書く。

五月一日、黒衣聖母（文章倶楽部）
或敵打の話（雄弁）
女（解放）
素戔鳴尊（三月参照）
五日、〈俳句〉一句（書簡内）
一一日、〈漢詩〉一編（書簡内）
一五日、骨董羹（四月参照）
一八日、〈短歌〉二首（書簡内）
二二日、〈短歌〉一首（書簡内）
二三日、〈短歌〉三首（書簡内）
六月一日、親し過ぎて書けない久米正雄の印象（中央文学）
中央文学の問に答ふ（中央文学）
神経衰弱と桜のステッキ（中央美術）→近藤浩一路氏
短歌雑感（短歌雑誌）
素戔鳴尊（三月参照）
三日、〈俳句〉一句（書簡内）
一四日、〈俳句〉一句（書簡内）
一五日、骨董羹（四月参照）
一六日、〈俳句〉一句（書簡内）
一五、一六日、新富座劇評（東京日日新聞）
三〇日、〈短歌〉二首（書簡内）

五月二日、日本最初のメーデーが挙行される。
九日、岩野泡鳴没（四七歳）。
六月五日、有島武郎『惜しみなく愛は奪ふ』刊。
九日、菊池寛「真珠夫人」（大阪毎日、東京日日各紙）～一二・二二
一五日、島木赤彦『氷魚』刊。

年号	事項	作品	参考事項
大正9（1920）年（29歳）	七月二日 恒藤恭から、長子信一が病死したと連絡を受け、家族中がショックを受ける。 　この頃、新聞などでは避暑に出かけたことにして、月末まで田端にこもる。 　七日 サクランボ一箱を持って佐佐木茂索を訪ねるが、不在。小島政二郎にも転居のため会えず、結局、サクランボは小島の姉に贈った。 　八日「アララギ」を読んで斎藤茂吉の病気を知り、見舞状を出す。 　一四日「影」を脱稿。 　一五日「南京の基督」評に関し、南部修太郎に抗議の手紙を送る。 　一七日「南京の基督」評に関し、前々日に続いて再度、南部修太郎に抗議の手紙を送る。 　二〇日「捨児」を脱稿。 　二五日（日） 本郷燕楽軒で催された三土会の七月定例会に出席する。 八月一日（日） 宮城県青根温泉に避暑のため出かけるか。二八日頃まで滞在し、原稿を執筆したが、「中央公論」九月号の原稿は脱稿できず、一〇月号に延期した。 　九日 滝井孝作から、好物だったうさぎや（上野広小路にある谷口喜作の菓子屋）の最中を送ってもらうが、潰れていたことを伝え、滝井に再度送ってもらう。 　一八日 滝井孝作に、うさぎやの最中の礼状を書く。	七月一日、南京の基督（中央公論） 杜子春（赤い鳥） 槍ヶ丘紀行（改造） 大正九年度文壇上半期決算（秀才文壇） 私の好きな自然（中央文学） 三日、〈俳句〉一句、〈短歌〉二首（書簡内） 八日、〈短歌〉一首、〈俳句〉一句（書簡内） 二二日、〈俳句〉一句（書簡内） 三一日、〈短歌〉一首（書簡内） 八月一日、捨児（新潮） 彼の長所十八（新潮） 極短い小説二種（電気と文芸） →塵労、秀吉と神と 西洋画のやうな日本画（中央美術） 愛読書の印象（文章倶楽部） 三日、〈俳句〉一句（書簡内）	七月五日、九条武子『金鈴』刊。

大正9（1920）年（29歳）

九月二日　与謝野晶子から著書（『女人創造』か）を贈られ、礼状を書く。
この頃、風邪のため、床に就く。
八日　静岡に帰省中だった森幸枝に、贈ってもらった博多人形の礼状を書く。
「中央公論」のため「お律と子等」を執筆。この日「二」までを脱稿。
この頃、「お律と子等」の取材のため、小島政二郎の案内で横山町の問屋街を訪れる。
一二日（日）佐佐木茂索から、新しい睡眠薬をもらう。
二〇日頃　しばしば河童の絵を描くようになる。小穴隆一に「この頃河童の画をかいてゐたら河童が可愛くなりました」などと書き送っている。
この頃、風邪のため、一週間ほど床に就く。病床では、句を作ったり、トルストイ関係の書物を数多く読んだりした。
二五日　午後五時、日本橋亀嶋町の偕楽園で開かれた、三土会の九月定例会に出席するか。
一〇月一日　道閑会（田端文化人の会）に出席するか。この日までに、風邪は全快した。
二日（土）音楽会に出かけるか。
九日　慶応大学で行われた、間宮茂輔らの「ネスト」一〇号記念文芸講演会で「文芸雑感」と題して講演をする。

一二日、〈俳句〉一句（書簡内）
一八日、〈短歌〉一首（書簡内）
二〇日、〈短歌〉一首（書簡内）
九月一日、影（改造）
「槐多の歌へる」推賞文（新小説・中央文学）
八日、〈短歌〉一首（書簡内）
一〇日、〈漢詩〉一編（書簡内）
一三日、〈俳句〉一句（書簡内）
一五日、雑筆（人間）～一〇年
一六日、〈漢詩〉一編（書簡内）
二〇日、〈短歌〉二首（書簡内）
「阿修羅帖」に（『阿修羅帖第二巻』国粋出版社）
二二日、〈短歌〉三首（書簡内）
二三日、〈短歌〉六首（書簡内）
二八日、〈俳句〉一句（書簡内）
一〇月一日、お律と子等（中央公論）～一一月→お律と子等と
僕の好きな女（婦人くらぶ）
〈俳句〉二句（書簡内）
続動物園（一月参照）

九月一日、志賀直哉「真鶴」（中央公論）
二〇日、豊島与志雄訳『ジャン・クリストフ』第一巻刊。（～四巻、大一二・六刊）
一〇月一日、第一回国勢調査が実施される。

年号	大正9(1920)年(29歳)

事項

一一日 夜、劇評執筆のため、市村座公演を観に行く。
一六日(土) 小沢碧童、遠藤古原草と飲食して夜遅く、帰宅。留守中、小穴隆一が来訪し、菊の花の絵を置いて帰った。
二〇日頃 風邪のため、床に就く。
二三日(土)「お律と子等」の「三」以下を脱稿。
二七日頃 八大山人や王石谷の絵の本を買い求める。
月末 病気のため床に就く。

一一月九日 明治座公演で「明治維新」「義貞の使者」「毛剃」などを観る。一三日「九年十一月明治座評」を発表。
一一日 小島政二郎に「お律と子等」は未完であり、あと二、三回は「お絹」を主人公に執筆したい、と伝える。
この頃、新年号の原稿執筆を始める。
一六日 久米正雄、菊池寛、直木三十五、佐佐木茂索、宇野浩二らとともに、主潮社(日本画家の団体)主催の公開講座講演旅行に出かける。
一七日 午前五時、京都に到着。午前一〇時頃まで、京都を見物した後、大阪に向かう。
一八日 大阪中之島公会堂において「真珠夫人」で人気を博し

作品

※一〇月一一日、〈短歌〉九首(書簡内)
一五日、市村座劇評(東京日日新聞)→九年十月市村座評
一六日、〈短歌〉九首(書簡内)
一七日、〈俳句〉一句(書簡内)
※一〇月二一日、〈俳句〉一句(書簡内)
二四日、〈俳句〉一句、〈短歌〉一首(書簡内)
二七日、〈短歌〉八首(書簡内)
二九日、〈俳句〉一句(書簡内)
三〇日、〈俳句〉一句(書簡内)
一一月一日、お律と子等〈後篇〉(一〇月参照)
雑筆(人間 九月参照)
漢文漢詩の面白味(文章倶楽部)
私の好きな作家(中央文学)
恋愛及結婚に就いて若き人々へ(婦人倶楽部)
紅葉(現代)
青年時代に抱きたる将来の目的と現在(雄弁)
一〇日、〈俳句〉一句(書簡内)

参考事項

大正9（1920）年（29歳）

ていた菊池寛が「芸術の利益と必要」と題して講演をする。他には直木三十五、田中純、沢村専太郎（京大教授）が壇上に立ったが、この日は芥川の出番はなかった。
一九日　大阪中之島公会堂において「偶感」と題して講演をする。夜、堀江の茶屋で催された主潮社主催の歓迎会に出席する。この日は生駒山の茶屋に宿泊。
二〇日　大阪毎日新聞社の主催で芥川と菊池寛の歓迎会が開かれたが、京都の恒藤恭を訪ねていて帰りが遅れ、欠席する（宇野浩二が代理で出席）。
二一日（日）　主潮社主催の展覧会に出かける。夕方、文楽座の公演を観に行き、午後七時頃、京都に到着。この日は宮川町の茶屋に宿泊。
二二日　時雨の中、一日中京都に遊ぶ。夜、帰京する予定だったが、宇野浩二に誘われて木曾・諏訪方面を回ることにする。深夜、午後一一時頃、諏訪に向けて京都を出発。
二三日　午前四時、名古屋に到着。中央線に乗り換え、信州諏訪に到着。夜、宇野浩二の馴染みの芸妓、原とみ（「ゆめ子もの」のモデル）を紹介される。滞在中は、三人で上諏訪へ活動写真を観に出かけたりした。この日は下諏訪亀屋ホテルに宿泊。薄田泣菫に五〇円の送金を依頼した。
二四日　佐佐木茂索に、宇野と二人が諏訪にいることを公表しないよう依頼する。
二八日（日）　夕方、帰京する。原とみに礼状を書いた。
一二月初旬　新年号の原稿執筆で多忙な日々を送る。
六日　改造社に送った「秋山図」（途中まで）の改稿を、滝井孝作に送る。

一一日、〈俳句〉一句（書簡内）
一三日、明治座劇評（東京日日新聞）→九年十一月明治座評
一六日、〈短歌〉二首（書簡内）
二〇日、大正九年の文芸界（『毎日年鑑』）
二二日、〈俳句〉一句（書簡内）
二四日、〈短歌〉一首、〈俳句〉一句（書簡内）
一二月一日、大して怠けもせず（新潮）
三日、〈短歌〉一首（書簡内）

年号	事項	作品	参考事項
大正9（1920）年　（29歳）	七日「秋山図」を脱稿か。「中央公論」の原稿（「山鴫」）執筆を本格的に始める。 九日「アグニの神」を脱稿。 一二日（日）面会日だったが、執筆のため面会謝絶にする。 一五日（あるいは一六日）「山鴫」を脱稿。 二〇日　豊田実（同級生。当時東大英文科副手）から帝大英文学会の講演依頼を受け、病気のため年内は無理だが、来春なら可能であると返事をする（翌年二月五日に講演）。 二八日　小穴隆一とともに清凌亭に出かけ、佐多稲子を交えて飲食する。 三一日　夕方、清凌亭で内輪だけの忘年会を開くか。芥川、菊池寛を世話人として催される、との記事が見える。	六日、〈短歌〉一首、〈漢詩〉一編（書簡内） 七日、〈俳句〉一句（書簡内） 一〇日、〈短歌〉一首（書簡内） 一四日、〈俳句〉一句（書簡内） 一八日、〈俳句〉三句（書簡内） ※一二月一八日、〈短歌〉三首（書簡内） 二八日、〈短歌〉一首、〈俳句〉三句（書簡内） 二九日、〈俳句〉一句（書簡内） 三〇日、〈俳句〉三句（書簡内） （※）岩野泡鳴氏（初出不詳）	一二月九日、この日成立の日本社会主義同盟に小川未明、秋田雨雀、江口渙、藤森成吉らが参加。
大正10（1921）年（30歳）	一月二日「御降り」（「点心」）を脱稿。 六日「夏雄の事」（「点心」）を脱稿。 一〇日　小穴隆一に、千葉県布佐《ふさ》行きの一週間延期を依頼する（結局三〇日に出発）。 「冥途」（「点心」）を脱稿。 一三日「長井代助」（「点心」）を脱稿。 一四日「嘲魔」（「点心」）を脱稿。 一五日「池西言水」（「点心」）を脱稿。 一六日（日）夜、帝国劇場で「雪女五枚羽子板」「柳橋新話」を観る。二〇日「十年一月帝劇場評」発表。 一七日『夜来の花』の装丁の件で新潮社社員と会うため、小穴隆一が来訪するか。	一月一日、雑筆（九年九月参照） 秋山図（改造） 山鴫（中央公論） 妙な話（現代） アグニの神（赤い鳥）〜二月 合理的、同時に多量の人間味（文章倶楽部） 近頃の幽霊（新家庭） 五日、奇怪な再会（大阪毎日新聞）〜二月二日（一月九、一〇、一四、一五、一七、二一、二三、二四、二六、二八、二九、三一休	一月一日、志賀直哉「暗夜行路」〈前篇〉（改造）〜八月 内田百閒「冥途」（新小説） 長谷川如是閑「或る心の自叙伝」（我等）〜二月 五日、斎藤茂吉『あらたま』刊。

大正10（1921）年（30歳）

一九日　中西秀男の実家からワカサギを贈られ、中西に礼状を書く。

二五日　室生犀星から著書『蒼白き巣窟』を贈られ、礼状を書く。

二八日「托氏宗教小説」（「点心」）を執筆。

二九日「奇怪な再会」を脱稿か。

三〇日（日）小沢碧童、遠藤古原草、小穴隆一とともに千葉県布佐方面へ一泊旅行に出かける。四人で「布佐入」「布施弁天」と題した絵巻を作った。

「托氏宗教小説」「印税」（「点心」）を脱稿。

二月一日「日米関係」（「点心」）を脱稿。

二日「Ambrose Bierce」（「点心」）を脱稿。

三日「むし」（「点心」）を脱稿。

五日　東大構内の山上御殿で開かれた東京帝国大学英文学会で「短篇作家としてのポオ」と題して講演をする。

「時弊一つ」（「点心」別稿）を脱稿。

一六日　小穴隆一、小沢碧童と三人で「書く会」を開くか。

一九日　大阪毎日新聞社から下阪を命じる電報が届く。「国粋」三月号に寄稿予定の原稿（「往生絵巻」）を四月号に延期してもらえるよう依頼するとともに、小穴隆一に「往生絵巻」の挿絵二葉を依頼する。

二〇日（日）夜、宇野浩二とともに大阪に向けて出発。

二一日　大阪に到着。

二二日　夜、在阪中の里見弴も加わり、北浜の魚石で大阪毎日新聞社の接待を受ける。この席で、大阪毎日新聞社から、海外視察員としての中国特派が提案された。この提案を承諾し、三月中

載）
六日、〈短歌〉二首（書簡内）
九日、〈短歌〉一首（書簡内）
一〇日、俳句から享ける特殊の感味（石楠）
一九日、〈短歌〉二首、〈俳句〉一句（書簡内）
二〇日、帝劇々評（東京日日新聞）→十年一月帝国劇場評
二九日、〈俳句〉一句（書簡内）
二月一日、アグニの神（一月参照）
御降り、夏雄の事、冥途、長井代助、嘲魔、池西言水（新潮）～三月→点心
仏蘭西文学と僕（中央文学）
懸賞小品「春」と「犬に嚙まれる」を選びて（電気と文芸）
奇怪な再会（一月参照）
一五日、歌舞伎座劇評（東京日日新聞）→十年二月歌舞伎座評
二〇日、〈短歌〉二首（書簡内）

二月一日、『種蒔く人』創刊。

一六日、小川未明「赤い蠟燭と人魚」（東京朝日新聞）～二・二〇

年号	事項	作品	参考事項
大正10（1921）年（30歳）	旬から約半年間の予定で中国に特派されることが決まった。 二三日　直木三十五に案内されて、宇野浩二、里見弴らと文楽を観に行った後、大阪を出発。 二四日　夕方、大阪から帰京。「往生絵巻」の執筆に取りかかる。 二五日　中国特派旅行が決まったため、中村武羅夫（新潮社）に、四月号の随筆と五月号の小説の執筆を断る手紙を出す。 （満二十九歳） 三月二日　中国特派に関して、薄田泣菫に、旅費、日当、切符、月給三か月分の前借り、出発日（一六日以降を希望）などの点を確認する手紙を書く。 四日　『夜来の花』の見本が出来上がる。多少の不満を感じた。 五日　佐佐木茂索に、中国特派旅行の送別会について、大人数は神経にこたえるので内輪の会にしてもらえるよう伝える。小田原に出かける（谷崎潤一郎宅か）。 九日　中国特派旅行の送別会が上野精養軒で行われる。里見弴、菊池寛、佐佐木茂索、久米正雄、与謝野晶子、豊島与志雄、小山内薫、久保田万太郎、鈴木三重吉、山本有三、南部修太郎、小島政二郎、中根駒十郎ら計一六名が出席し、菊池、里見らがスピーチをした。 一一日　中国特派旅行の紀行文執筆について、薄田泣菫に意見を伝える。「紀行は毎日書く訳にも行きますまいが上海を中心とした南の印象記と北京を中心にした北の印象記と二つに分けて御送りする心算です」などと記している。	三月一日、托氏宗教小説、印税、日米関係、Ambrose Bierce、むし、時弊一つ、蕗（新潮）→点心 外貌と肚の底（中央美術）→小杉未醒氏 三味線も好い（婦人公論） 二日、〈俳句〉一句（書簡内）	三月一日、永井荷風「雨瀟瀟」（新小説）

大正10（1921）年（30歳）

一三日（日）　中根駒十郎（新潮社）に、印税一割二分を一割にしてよいので、『夜来の花』の装丁を担当した小穴隆一と小沢碧童になるべく多くの謝礼を払ってもらえるよう依頼する。小穴隆一に手紙を書き、一五日頃、小沢碧童や遠藤古原草らと人形町で会食をするよう誘う。この会は「了中先生渡唐送別記念会」になった。

一四日　第五短篇集『夜来の花』刊行。装丁は小穴隆一、書は小沢碧童が担当した。以後、作品集のほとんどの装丁を小穴に依頼することになる。

一五日頃　小沢碧童、遠藤古原草、小穴隆一が「了中先生渡唐送別記念会」を開き、芥川に贈る記念帖を作る。

一六日　田村松魚から、柿右衛門の「うづ福の茶碗」を贈られ、礼状を書く。

この日までに、中国特派旅行の出発は「十九日朝東京発廿一日門司出帆」と決定（翌日の書簡では「十九日午後五時半門司へ下る」とされている）。

一七日　感冒のため、翌日に予定されていた滝井孝作、佐佐木茂索との面会を断る。

一九日　中根駒十郎に、二二名の名簿を付した上で『夜来の花』の献本を依頼する。長野草風が来訪し、船酔いの薬をもらう。

午後五時半、東京発の列車で、中国特派旅行に出発。この時点では、二一日門司発「熊野丸」に乗船の予定だった。

二〇日（日）　持ち越した感冒の熱に苦しみ、静養のため大阪で途中下車する。薄田泣菫の世話で旅館に行って往診を受け、結局二七日まで滞在することになった。

一四日、**夜来の花**（新潮社刊）
「夜来の花」附記（『夜来の花』）

一六日、〈短歌〉四首、〈俳句〉一句（書簡内）

一七日、〈俳句〉一句（書簡内）

年号	事　項	作　品	参　考　事　項
大正10（1921）年（30歳）	二三日　平熱に戻ったため、二五日門司発「近江丸」乗船を考える。 二五日　二八日門司発を決定する。大阪滞在中、「大阪毎日新聞」の「日曜附録」に「おとぎ話」を執筆したが、結局掲載されず、のち返却を求めている。 二七日（日）大阪を出発し、門司に向かう。再び感冒がぶり返した。 二八日　門司から筑後丸に乗船し、上海に向けて出発。玄海灘ではシケに会い、船酔いする。 三〇日　午後、上海港に到着。ジョーンズ（ロイター記者）や大阪毎日新聞社関係者らの出迎えを受ける。ジョーンズとともに夕食をとり、カフェ・パリジャンに寄った後、万歳館に宿泊。 三一日　感冒が全快していなかったため乾性肋膜炎を併発し、床に就く。 四月一日　里見病院に入院（二三日まで）。大阪毎日新聞社に電報で知らせると「ユックリレウヨウセヨ」との返電が届く。入院中は、ジョーンズや西村貞吉（三中の同級生。当時蕪湖の唐家花園在住）など、多くの人が見舞いに訪れた。上海の新聞などでも病状が毎日のように報じられ、旅先での入院に不安もあったが、二〇巻の英書を手当たり次第に読破したり、不眠を心配して医師に隠れてカルモチンを飲んだりした。入院生活後半になると、外出してカフェや本屋に出かけたりもしている。 二三日　里見病院を退院（費用三〇〇円）。退院後も上海にとどまり、入院中に友人になった島津四十起（俳人）の案内で、市内見物や京劇見物をしたり、同文書院や上海日本婦人倶楽部など	四月一日、往生絵巻（国粋） 奇遇（中央公論） ※文壇の寵児芥川龍《ママ》之助氏と語る（初出未詳）	四月二日、足尾銅山鉱夫、団結権など八要求提出（足尾鉱山の大争議）。 一五日、羽仁もと子自由学園を設立。

を訪ねたりした。
二六日頃　鄭孝胥（清朝の貴臣、のち満州国総理）、章炳麟（革命派の文人）と会談する。余穀民、李人傑らとも会った。
五月二日　上海を出発、杭州へ西湖見物に出かけ、その美しさに感動する。途中、秋瑾（女性革命家）の墓を詣でた。
三日　霊隠寺を訪れる。
四日　杭州から上海に戻る。
八日（日）島津四十起とともに、上海を出発、蘇州に到着。
九日　初めて驢馬に乗り、北寺の九層の塔、道教寺院玄妙観、孔子廟を見物する。
一〇日　驢馬に乗って天平山白雲寺、霊巌山雲巌寺を見物する。
一一日　午前〇時頃、蘇州を出発、鎮江を経由して早朝、揚州に到着。
一二日　南京に到着。南京では、比呂志の初節句の祝いに着物を求めた。
一四日　南京から上海に戻る。
一五日（日）里見病院で診察を受ける。
一七日　夜、鳳陽丸で漢口に向けて出発。
一九日　蕪湖に到着。
二〇日　西村貞吉の案内で市内見物をする。この日は、西村宅に宿泊。
二二日（日）蕪湖から南陽丸に乗船し、廬山に到着。竹内栖鳳一行と同船になった。この日は、日本人旅館「大元洋行」に宿泊。

五月一日、文壇真珠抄（1）（文章倶楽部）
二日、〈俳句〉一句（書簡内）
五日、〈俳句〉一句（書簡内）
二二日、〈俳句〉一句（書簡内）

五月一三日、ドイツ映画「カリガリ博士」封切。

年号	事項	作品	参考事項
大正10（1921）年（30歳）	二三日　竹内栖鳳・逸親子とともに、駕籠で廬山に登る。この日は、廬山に宿泊。 二四日　朝、廬山を出発、九江から大安丸に乗船して漢口に向かう。 二六日頃　漢口に到着。漢口では、大量の書物を買い込んだ。水野氏（住友の支店長）宅に宿泊。 二九日（日）　長沙に出かけて洞庭湖を見物するが、濁っていて失望する。 六月一日　長沙から漢口に戻るか。 二日　薄田泣菫に、歓迎会や講演会のため執筆がはかどらないことを報告する。 六日　夜、漢口を出発、洛陽に向かう。 一〇日　洛陽で龍門を見物し、感激する。 一四日　北京に到着。翌月一〇日頃まで滞在した。北京在住の山本喜誉司（三中時代の親友）に会う。北京については、「此処なら二三年住んでも好い」、「北京に住まば本望なり」、「北京なら一二年留学しても好いと云ふ気がします」、「芝居、建築、絵画、書物、芸者、料理、すべて北京が好い」などと好感を持った。帰国予定を六月末か七月初めと考える。 二〇日　夜、三慶園で戯を観る。 二四日　大同を訪れる予定だったが、ストライキのため汽車が不通で、実現しなかった。 二七日　小穴隆一に、小山敬三と会ったことを伝える。 月末　翌月初めにかけて、北京で中国服を着て京劇を観たり、本を買い求めたりする。下痢で医者にかかるようなこともあった。	三〇日、〈今様歌〉一編、〈短歌〉一首（書簡内） 六月一日、私の好きな私の作（中央文学） 六日、〈俳句〉一句（書簡内） 一四日、〈俳句〉一句（書簡内） ※六月二一日、〈短歌〉一首（書簡内）	六月一五日、日夏耿之介『黒衣聖母』刊。

大正10（1921）年（30歳）

七月一〇日（日）北京を出発し、天津に到着。常盤ホテルに滞在した。南部修太郎の妹が来訪する。
一二日　夜、予定を大幅に変更し、汽車で帰国の途につく。奉天を経由して釜山から航路で門司に上陸した。
帰京の途中、報告のため大阪毎日新聞社に立ち寄る。
二〇日頃、帰京し、田端の自宅に戻る。帰国後、体調が優れなかったため、外出を避けて休養したが、ことに胃腸の衰弱が激しく、下痢に悩まされながら一か月以上も寝たり起きたりの生活を続けた。
八月初旬　体調が優れないまま、一日一回のペースで「上海游記」の執筆を始める。
一八日頃「母」を脱稿。
二四日　滝井孝作（五月から田端在住）の作品を、中村武羅夫（「新潮」編集長）に推薦する。
九月一日　高浜虚子を鎌倉に訪ね、下島勲編『井月の句集』の題句を依頼する。この句集には、跋を寄せた他、編集やレイアウト、校正に至るまで、全面的に協力した（翌月二五日上梓）。
七日　小穴隆一の作品が第八回二科展に入選し、祝いの手紙を書く。
八日　体調不良のため、薄田泣菫に「上海游記」終了後、次の

七月一一日、〈短歌〉「天津貶謫行」四首（書簡内）
八月一日、新芸術家の眼に映じた支那の印象（日華公論）
三日、〈短歌〉三首（書簡内）
一七日、上海游記（大阪毎日新聞、東京日日新聞）～九月（大阪は九・一二日まで―八・二四、二七、二八、九、二、五、一〇休載、東京は八・二〇から九・一四まで―八・三一、九・一、二、四、一三休載）
二七日、〈短歌〉二首（書簡内）
九月一日、母（中央公論）
上海游記（八月参照）
二日、〈俳句〉二句（書簡内）
八日、〈俳句〉一句（書簡内）
〈ヴェストポケット傑作叢書第三篇〉**戯作三昧**（春陽堂刊）

七月一二日、佐藤春夫『殉情詩集』刊。

年号	事項	作品	参考事項
大正10（1921）年（30歳）	「蘇杭游記」までに一週間の猶予を申し入れる（結局、翌年一月の「江南游記」まで執筆されず）。中国特派旅行の途上、大阪滞在中に「大阪毎日新聞」の「日曜付録」に寄稿した「おとぎ話」の返却を求める。 『戯作三昧他六篇』刊行。 　上旬頃　胃腸の調子が優れない上、痔疾も併発して苦しむ。体重も減り、寝たり起きたりの生活が続いた。 　一四日　第二次「明星」の復刊に際して同人への誘いを受けたが、自由に寄稿したいからと森鷗外・与謝野晶子に辞退の意志を伝える。 　一八日（日）『地獄変他六篇』刊行。 　二〇日　湯河原で静養することを考え、南部修太郎を誘う。「好色」を一日一〇枚のペースで書きとばし、脱稿。 　二三日　室賀文武『春城句集』の題句を、久米正雄に依頼する。 下旬　第八回院展（九月一～二九日）に出かける。 一〇月一日　南部修太郎とともに、湯河原へ静養に出かける（前月二八日の予定を三〇日に変更していたが、再変更したものと思われる）。『井月の句集』のレイアウト、校正などについて、滝井孝作に細かい指示を送る。 　湯河原では、中西屋旅館に滞在し、湯に入ったり、散歩、読書、句作、さらには楽焼などをして気ままに過ごした（二五日頃まで）。 　四日　湯河原に誘っていた小穴隆一、小沢碧童が訪れ、しばらく滞在する。	一三日、〈俳句〉一句（書簡内） 一八日、〈ヴェストポケット傑作叢書第四篇〉**地獄変**（春陽堂刊） 二〇日、〈今様歌〉一篇（書簡内） 二三日、〈俳句〉一句（書簡内） 二四日、〈短歌〉二首（書簡内） 三〇日、〈短歌〉八首（書簡内） 一〇月一日、好色（改造） 『チヤツプリン』其他（新潮）	一〇月一日、『思想』（和辻哲郎編集、岩波書店）創刊。

大正10（1921）年（30歳）

八日　滝井孝作、室生犀星に近況報告をする。体調は徐々に回復していたが、神経衰弱のせいで熟睡するには至らなかった。
一二日　塚本鈴（文の母）から甘栗と煙草を贈られ、礼状を書く。
二五日頃　湯河原から田端の自宅に戻るか。
三一日　下島勲から柿を贈られ、礼状を書くとともに睡眠薬の調合を依頼する。
一一月、翌年新年号の原稿執筆で忙殺され始める。中国旅行期の空白もあって原稿依頼が集中し、断るわけにもいかず、病苦と戦いながらの執筆を余儀なくされた。
四日　下島勲から、下島編『井月の句集』を贈られ、礼状を書く。
一五日　池崎忠孝から著書を贈られ、礼状を書く。
一六日　南部修太郎から著書を贈られ、礼状を書く。新年号の原稿執筆で忙殺され、南部からの旅行の誘いを断る。
一八日『或る日の大石内蔵之助他五篇』刊行。
この頃、自笑軒で開かれた道閑会（田端文化人の会）に出席する。北原大輔、野上豊一郎、香取秀真、鹿島龍蔵、下島勲らが出席した。
二四日　新年号の原稿が片付くまで「江南游記」の執筆を延期してもらえるよう薄田泣菫に申し入れる。
この頃、親戚のトラブルに巻き込まれる。
下旬「神経衰弱甚しく催眠薬なしには一睡も出来来ぬ」ような状態が続く。のち「僕の神経衰弱の最も甚だしかりしは大正十年の年末なり」などと記している。
「将軍」を起筆か。

八日、〈俳句〉三句（書簡内）
一〇日、〈短歌〉六首、〈俳句〉一句（書簡内）
一二日、〈短歌〉三首（書簡内）
二五日、「井月句集」の跋（『井月の句集』空谷山房）
三一日、〈短歌〉九首（書簡内）
一一月一日、湯河原五句（中央美術）
四日、〈俳句〉一句（書簡内）
八日、〈短歌〉二首（書簡内）
一三日、「春城句集」の序（『春城句集』）
一五日、〈俳句〉一句（書簡内）
一八日、〈ヴェストポケット傑作叢書九篇〉**或る日の大石内蔵之助**（春陽堂刊）
二一日、〈短歌〉二首（書簡内）

一一月一一日、有島武郎訳『ホイットマン詩集』第一集（第二集、大一二・二）刊。

年号	事　　項	作　　品	参　考　事　項
大正10(1921)年 (30歳)	一二月二日「中央公論」の原稿（「俊寛」）締切日だった。 一五日頃　長崎から渡辺庫輔が来訪する。 一七日「新小説」の原稿（「神神の微笑」）が脱稿できない。 二〇日　この頃までに、病苦をおして新年号の原稿「藪の中」「俊寛」「神神の微笑」「将軍」の他、さらに七編ほどの文章を脱稿。以後「大阪毎日新聞」連載のため「江南游記」の執筆を始めた。 二九日　午後四時頃、自宅で会（道閑会か）を開く。山本鼎、小杉放庵、香取秀真、菊池寛、大橋房子らが出席した。	一二月二日、〈俳句〉一句（書簡内） 三日、〈俳句〉一句、〈短歌〉一首（書簡内） ※売文問答（初出不詳）	一二月一日、谷崎潤一郎「愛すればこそ」第一幕（改造）～（二・三幕、大一一・一『中央公論』）
大正11(1922)年(31歳)	一月一日（日）「江南游記」の連載が始まり、第九回以降は一日一回分のペースで書き送る。 一三日　渡辺庫輔からカステラを贈られ、礼状を書く。「この春京都にしばらくゐたあと長崎へ行きたいと思ひます」「新年の小説は皆不出来です」などと記している。 中旬頃　小穴隆一の右足に細菌が入り、以後苦しむ。年末には右足第四趾を、翌年一月には足首からを切断手術することになった。 一六日　力石平蔵を松山敏（金星堂）に紹介し、雇ってもらえるよう依頼する。 一九日　渡辺庫輔の「戯作三昧」批判に対する返答を書き送る。 二一日（土）　佐佐木忠一（茂索の兄）が、雲泉、直入、鉄心の軸を持って来訪する（前日に来訪を依頼していた）。宮崎直次郎（自笑軒主人）は雲泉一幅を買い、芥川は鉄心に興味を持ったが、高価のため買わなかった。この日、初めて「澄江堂」の号を	一月一日、藪の中（新潮） 俊寛（中央公論） 将軍（改造） 神神の微笑（新小説） 江南游記（大阪毎日新聞）～二月一三日（四、八～一〇、一八、二〇、二三、二五、二・二～四、六、八、九、一一、一二休載） 二種の形式を執りたい（新潮） ↓「新潮」月評の存廃を問ふ 草花、体操、習字、創作など（新潮）↓「新潮」大正十一年度の計画を問ふ パステルの龍（人間） **LOS CAPRICHOS**（人間） 本の事（明星）	一月一日、近松秋江「黒髪」（改造） 有島武郎「宣言一つ」（改造） 志賀直哉「暗夜行路」〈後篇〉（改造）～昭一二・四 久米正雄「破船」（主婦之友）～一二月

大正11（1922）年（31歳）

小穴隆一宛の書簡で使用する。

二七日　講演のため、名古屋に向けて出発。

二八日（土）　名古屋の椙山女学校で行われた文芸講演会（新婦人協会主催）に小島政二郎、菊池寛らと出席し、「形式と内容」と題して講演をする。講演は芥川、小島、菊池の順番だったが、最後に芥川が菊池の言及に反駁するハプニングもあり、愉快な講演会だった。夜、別のホテルに宿泊していた菊池が、睡眠薬のジャールを飲み過ぎ、二日二晩昏睡を続けることになった。

三〇日　菊池寛を残し、小島政二郎とともに名古屋を出発。帰途、鎌倉に寄って小町園に一泊する（家族には知らせなかった）。

三一日　小島政二郎を伊東に誘ったが断られたため、夜、二人で帰京、田端の自宅に戻る。

二月一日　小島政二郎「一枚看板」を「「睨み合ひ」以後第一の作品」と評価する。

『芋粥他六篇』刊行。

八日頃　芥川家に泥棒が入り、外套二着・マント一着・コート一着・帽子三つなどを盗まれる。

一〇日　「江南游記」を脱稿。次の「長江游記」まで一週間の猶予をもらえるよう、薄田泣菫に依頼する。さらに、続稿「湖北游記」「河南游記」「北京游記」「大同游記」執筆の計画を明かし、それぞれ五回から一〇回でまとめたいとの希望を伝えた。

一六日　「トロッコ」を脱稿。

一八日　「長江游記」を廬山まで書き進めたが、体調が優れないため、しばらく中止させてもらえるよう、薄田泣菫に申し入れる。

いろ〳〵のものに（主婦之友）
ほのぼのとさせる女（婦人公論）
英米の文学上に現はれた怪異（秀才文壇）
一三日、〈短歌〉一首（書簡内）
一四日、〈俳句〉一句（書簡内）
二一日、〈短歌〉二首（書簡内）
二二日、〈俳句〉三句（書簡内）
※一茶句集の後に（初出不詳）
二月一日、三つの宝（良婦之友）
世の中と女（新家庭）
〈ヴェストポケット傑作叢書第十篇〉**芋粥**（春陽堂刊）
※二月一五日、〈短歌〉一一首（書簡内）
一六日、〈俳句〉一句（書簡内）
一八日、〈俳句〉二句（書簡内）
※〈俳句〉一句（下島宛書簡内）
※〈短歌〉五首（薄田宛書簡内）

二月二五日、『旬刊朝日』創刊。（四月、『週間朝日』に改題）

年号	事　項	作　品	参考事項
大正11（1922）年（31歳）	（満三十歳） 三月八日　劇評執筆のため、新富座で「一谷嫩軍記《いちのたにふたばぐんき》」を観る。 上旬「中央公論」「改造」の原稿執筆が進展せず、苦しむ。 一五日『将軍』刊行。 一九日（日）「長江游記」の執筆を再開。この頃までに「報恩記」「仙人」を脱稿。 二二日　山口貞亮（三中の一年後輩）に宛てて、力石平造の紹介状を書き、雇ってもらえるよう依頼する。 二六日（日）香取秀真に、入手した印顆を押捺して不明箇所の判読を依頼する。佐佐木忠一（茂索の兄）にも、自宅を訪ねて判読を依頼している。 三一日「お富の貞操」執筆のため、上野戦争時の天候や様子を、山本さと（文の祖母）に問い合わせる。渡辺庫輔に、四月末か五月上旬に長崎を訪れる予定であることを伝え、気楽な宿を紹介してもらえるよう依頼する。 月末頃　書斎を「我鬼窟」から「澄江堂」に改め、下島勲筆の扁額を掲げる。 四月一日（土）　儔、フキを連れて京都・奈良方面の旅行に出かけるか。京都では「富士亭」に滞在し、瓢亭を訪れたり、花見や都踊り見物と、呑気に過ごした。 八日　京都・奈良方面の旅行から帰宅する。渡辺庫輔に、長崎再遊の予定（二五日出発、京都に二、三日滞在した後、長崎到着）を知らせ、宿の手配を依頼する。	三月一日、トロッコ（大観） 我鬼抄（中央公論） 五日、憂鬱なるショオ―菊池寛へ―（東京日日マガジン） 一〇日、〈俳句〉一句（書簡内） 一五日、〈代表的名作選集37〉 **将軍**（新潮社刊） 一九日、〈俳句〉一句（書簡内） 三一日、〈俳句〉一句（書簡内） 四月一日、報恩記（中央公論） 澄江堂雑記（新潮） 新富座の「一谷嫩軍記」（新演芸） 瓜実顔（婦人画報）→「婦人画報」如何なる女人を好むかを問ふ	四月二日、『サンデー毎日』創刊。

大正11（1922）年（31歳）

一三日　午後六時、神田基督教青年会館で行われた、春陽堂主催の英国皇太子来朝記念英文学講演会で「ロビン・ホッド」と題して講演をする。他に野口米太郎（「英詩論」）、厨川白村（「英文学と民族性」）、スペイト（帝大教授。英語講演）らが講演をした。

二二日（土）　佐藤春夫から『南方紀行』を贈られ、礼状を書く。

二三日（日）　『沙羅の花』出版に関する相談のため、小穴隆一、横関愛造が来訪するか。

二五日　朝、長崎再遊旅行に出発。

二八日　京都に滞在する。恒藤恭、小林雨郊の家を訪ねたり、祇園で遊んだりして、翌月五日頃まで京都で過ごした。

五月一〇日　この日までに、長崎に到着。渡辺庫輔から紹介された本五島町の旅館「花屋」に滞在する。長崎では、永見徳太郎の世話になった。

一一日　微雨のため、終日、鄭孝胥『海蔵楼詩集』を読んで過ごす。「蕩々帖」に「鉄扇　山水小幅／梧門　端午景物／逸雲　菊／右三幅購入」とある。

一二日　渡辺庫輔と連れ立って寺町や古道具屋を覗き歩く。

一三日　早朝、永見徳太郎が馬に乗って昼食の招待に来る。午後、永見家を訪ねた後、渡辺庫輔と松本家（渡辺の叔父）へ唐画を観に行く。

一四日（日）　渡辺庫輔、蒲原春夫とともに梅若の謡の会に出かけ、感心する。

一六日　渡辺庫輔と二人で大音寺、清水寺などを訪れる。帰途、マリア像を入手し、以後愛蔵した。

二日、仙人（サンデー毎日）
※〈俳句〉一句（恒藤宛書簡内）
五日、「菊池寛全集」の序（『菊池寛全集』）
五日、〈俳句〉一句（書簡内）
二二日、〈俳句〉一句（書簡内）
二四日、〈漢詩〉一編（書簡内）
五月一日、河童（新小説）
ロビン・ホッド（新小説）
お富の貞操（改造）～九月
一〇日、〈俳句〉一句（書簡内）

五月一日、菊池寛「芸術本能に階級なし」（新潮）

年号	大正11（1922）年（31歳）
事項	一七日　永見家で、日本画や支那画、鉄翁の硯（この垂涎の品は、大正一五年三月に永見徳太郎上京の記念として贈られることになる）を観る。逸雲、梧門の小品を購入したこともあり、松山敏（金星堂）に、『点心』三冊と印税の送付を依頼する。 一八日　渡辺庫輔、蒲原春夫とともに丸山の待合「たつみ」で遊ぶ。その席で芸妓照菊（杉本わか）を知り、照菊には滞在中、色紙や河童図中最大の力作と言われる「水虎晩帰之図」を銀屛風に描いて与えたりした。「東京に出て来ても恥ずかしくない女ですよ」などと語っている。 二〇日（土）　早朝、渡辺庫輔、蒲原春夫らを伴い、ミサに列するため大浦天主堂を訪れる。ロザリオと祈禱書を買い求めた。 『点心』刊行。 二一日（日）　唐寺を再訪する。夕方、松本家（渡辺庫輔の叔父）へ唐画を観に行く。 この頃、旅館「福地屋」の看板が小沢碧童の揮毫によるものであることを知り、小沢や小穴隆一に手紙を書く。 二四日　書画を買い求めた上、あてにしていた金星堂からの印税送金も遅れて（この日の夜、入れ違いに届いた）旅費が不足したため、中根駒十郎（新潮社支配人）に送金を依頼する。 二八日（日）「長崎小品」を脱稿。大阪毎日新聞社に送る。 下旬　袷の尻が破れ、永見徳太郎夫人からセルを譲ってもらう。新聞記者や文学青年の来訪もあったが、居留守を決め込んだ。 二九日　長崎から帰京の途につく。帰途、立ち寄った鎌倉から渡辺庫輔に礼状を書いている。
作品	二〇日、〈随筆感想叢書5〉**点心**（金星堂刊） 「点心」自序（『点心』） 〈俳句〉二句（書簡内） 二二日、〈俳句〉一句（書簡内） 二八日、女性雑感（秋田魁新報） ※〈俳句〉二句（小島政二郎宛書簡内） ※着物（初出未詳） ※岩野泡鳴氏（初出未詳） ※「桂月全集」第八巻の序（「桂月全集について　予約募集」内容見本） 三〇日、〈俳句〉四句（書簡内）
参考事項	

大　正　11（1922）年（31歳）

六月一日　田端の自宅に戻る。泉鏡花に、生原稿を収集している永見徳太郎のために何か原稿を譲ってもらえるよう依頼する。鏡花からは承諾の返事があり、七日に礼状を書いている。
六日頃　帰京以来の歯痛に悩む。
『沙羅の花』の校正が始まる。
一二日頃　「庭」「「新潮」文壇沈滞の所以を問ふ」を起筆。
中旬　原稿執筆と校正で多忙な日々を送る。
一八日（日）　渡辺庫輔の上京に際して、身元を引き受けることを伝える。
二四日　多忙のためたまっていた返信など、一八通の手紙を書く（現在明らかになっているのは二通のみ）。杉本わかには、枇杷を贈られた礼状を書いている。
この頃、蒲原春夫の仕事の口を探している。
「庭」「「新潮」文壇沈滞の所以を問ふ」を脱稿。
二九日　二四日に死去した室生犀星の長男、豹太郎（前年五月六日生まれ）の四十九日法要に出席する予定だったが、来客のため後日改めて訪ねることをお詫びとともに書き送る。
七月四日頃　フキが神経痛のため床に就く。真野友二郎から『点心』の正誤表が届き、礼状を書く（『点心』は、表紙の著者名の「介」が「助」になっていたのをはじめ、誤植が多かった）。
『沙羅の花』の校正が終わらず、のびのびになっていた「支那游記」続稿に着手せざるを得なくなる。
八日　渡辺庫輔に、鷗外訪問を断念したことを伝えるとともに、渡辺の原稿を「大阪毎日新聞」「人間」などに推薦したことを報告する。
九日（日）　森鷗外が死去。その死を悼む。

六月一日、形（良婦之友）
長崎（婦女界）
二日、〈俳句〉二句（書簡内）
四日、長崎小品（サンデー毎日）
一四日、〈俳句〉一句（書簡内）
一八日、〈俳句〉二句（書簡内）
七月一日、庭（中央公論）
文壇の沈滞（新潮）→「新潮」文壇沈滞の所以を問ふ
※長崎（初出不詳）
四日、〈俳句〉一句（書簡内）
八日、〈俳句〉一句（書簡内）
九日、〈俳句〉一句（書簡内）

六月『劇と評論』創刊。
七月九日、森鷗外没（六〇歳）。

年号	事項	作品	参考事項
大正11（1922）年（31歳）	「魚河岸」を脱稿か。「六の宮の姫君」は脱稿できない。 一六日（日）まだ「六の宮の姫君」が脱稿できない。 二〇日 この頃までに「六の宮の姫君」を脱稿。 二五日 ロシアの新聞「ナーシア・レーチ」に掲載されたエル・エン・キム「日本現代の小説」（二五・二七・二八日）に、日本の現代作家を代表する一人として芥川が紹介される。日本でも一〇月二四・二五日、昇曙夢「露国新聞に現はれたる現代日本の小説」（「東京朝日新聞」）で紹介された。 二七日 小穴隆一を伴い、初めて志賀直哉を我孫子に訪ねる。この訪問は、スランプ脱出の糸口を探すためのものだった。 月末『沙羅の花』の校正を終える。 八月七日頃 南部修太郎との関係が、絶交寸前になるほどこじれる。 一三日（日）『沙羅の花』刊行。 中旬頃「お富の貞操」（後半）、「おぎん」を脱稿。 二〇日（日）長崎で買った鄭板橋の書画が贋物であったことを知り、岸波静山に書き送る。 渡辺庫輔に「この頃は歌も句も出来ない小説もだめ」などと書き送っている。 二六日 関係が修復したのか、南部修太郎が一泊するか。	一〇日、一夕話（サンデー毎日） 一四日、〈俳句〉一句（書簡内） 一六日、〈俳句〉一句（書簡内） 三一日、〈俳句〉一句（書簡内） 八月一日、六の宮の姫君（表現） 魚河岸（婦人公論） 鷗外先生の事（新小説）→森先生 一三日、**沙羅の花**（改造社刊） 「沙羅の花」自序（『沙羅の花』） 二〇日、〈短歌〉二首（書簡内）	一八日、有島武郎、狩太農場開放。 二五日、土居光知『文学序説』刊。

大正11（1922）年（31歳）

九月七日　数日間、鎌倉に遊び、田端の自宅に戻る。
八日　第九回二科展（九月九～二九日）に小穴隆一による芥川の肖像画「白衣」が入選し、招待日だったため、午後、小穴隆一とともに観に行く。
一〇日（日）　舞台評執筆のため、ロシアのパブロア舞踏団の公演（帝国劇場・九月一〇～二九日）初日を観に行くか。
中旬　長崎の渡辺庫輔、蒲原春夫が上京し、芥川家に滞在する。のち（一一月中旬）、二人は近くに下宿して、芥川に師事しつつ文学修業をするため、東京での生活を始めた。
二一日　後藤粛堂からの「お富の貞操」のモデルに関する問い合わせに対して、虚構の人物であることを伝える。
下旬「百合」を脱稿。
一〇月七日　午後一時、慶応大学大講堂で行われた「三田文学」講演会で「内容と形式」と題して講演をする。他の講師は、里見弴、水上滝太郎、久保田万太郎、小島政二郎だった。
一四日「わが散文詩」を脱稿。
二〇日　松岡譲から著書『地獄の門』を贈られ、礼状を書く。
二五日『奇怪な再会』刊行。
三〇日　翌月一六日まで、早稲田大学第六教室で催された早大文芸講座の第二回短期講座で、講師をつとめるか。

九月一日、おぎん（中央公論）
お富の貞操（改造　前半のみ五月掲載）
読書の態度（良婦之友）
八日、〈俳句〉二句（書簡内）
一〇月一日、百合（新潮）
恒藤恭（改造）→恒藤恭氏
支那の画（支那美術）
露西亜舞踊の印象（新演芸）→帝劇の露西亜舞踊
文学者たらむと志した動機（文学世界）
三日、〈俳句〉一句（書簡内）
二五日、〈金星堂名作叢書8〉
奇怪な再会（金星堂刊）

九月一日、帝国ホテル（ライト設計）開館式。
『詩と音楽』（主幹北原白秋、山田耕筰）創刊。
武者小路実篤「人間万歳」、野上弥生子「海神丸」（中央公論）
一〇月一日、有島武郎、個人雑誌『泉』を創刊。
『女性改造』創刊。

大正11（1922）年（31歳）

事項

一一月八日　次男が誕生。小穴隆一の「隆」から「多加志」と命名する。多加志は、病弱でしばしば家人を悩ませた。東京外語大仏文科に進んだが、学徒出陣で応召して昭和二〇年四月一三日、ビルマで戦死。

一〇日頃　泰西名画展に出かける。

一三日『邪宗門』刊行。題字・扉にはフキの書が使われた。

翌年新年号の原稿執筆に取りかかる。

この頃、不眠症の症状が始まる。

一七日「中央公論」の原稿が二枚しか書けない（結局一二月号、新年号とも掲載されず）。下島勲に、池大雅の画本を見せるのを翌日にしてもらえるよう依頼する。

一八日（土）　学習院特別邦語大会で「文芸雑感」と題して講演をする。

この頃、足の治療のため伊香保に滞在していた小穴隆一から『春服』の装丁案（表紙・見返し）が届く。

二〇日　約束していた新年号の原稿を全て断り、湯治静養に出かけることを決意する。伊香保は寒いので南の方に行くことを考え、小穴隆一を誘った。小穴から送られてきた『春服』の装丁案には満足している。

二二日頃　上京して近所に下宿していた渡辺庫輔が、毎日のように来訪する。

二七日　小穴隆一の病名が脱疽と判明し、足の切断の可能性があることを知って驚く。風邪薬の副作用でピリン疹が出来て外出できなかったため、代理で渡辺庫輔を伊香保へ見舞いに行かせた。

作品

一一月一日、コレラと漱石の話（新潮）→コレラ

わが散文詩（詩と音楽）

五日、僕の大学生活（早稲田大学新聞）

一三日、**邪宗門**（春陽堂刊）

邪宗門の後に（『邪宗門』）

一三日、〈俳句〉一句（書簡内）

二八日、〈俳句〉一句（書簡内）

参考事項

大正11(1922)年　(31歳)

下旬　三つ四つあった新年号の原稿を全て断る。

一二月初旬　風邪薬の副作用によるピリン疹に苦しむ。神経衰弱による不眠症も激しく、睡眠薬を常用するようになった。真野友二郎に「五六日したら何処か温泉地へでも行かうと思つてゐます」などと書き送っている。

一五日　この頃までに、小穴隆一が伊香保から戻り、順天堂病院に入院する。また、芥川家も家族六人全員が健康を損ない、最悪の状況にあった。

一八日　小穴隆一が順天堂病院で手術を受け、右足第四趾を切断。手術に立ち会う。

二五日　小穴隆一を見舞いに順天堂病院を訪れる。「訪問録」に原稿用紙二枚程度の小説らしきもの（未定稿「トランプの王(仮)」）を書く。

二八日　下島勲、香取秀真に、翌日午後四時に自笑軒へ来るよう誘う。

二九日　午後四時、自笑軒で下島勲、香取秀真らと道閑会を開くか。

一二月一日、暗合の妙に驚く（新潮）→暗合

一七日、〈俳句〉四句（書簡内）

二九日、〈短歌〉一首（書簡内）

三一日、「桂月全集」第八巻の序（『桂月全集』）

※長崎日録（初出不詳）

※一批評家に答ふ（初出不詳）

※知己料（初出不詳）

※東京田端（初出不詳）

一二月二三日、有島武郎「ドモ又の死」初演（新劇座、報知講堂）〜二四

二六日、里見弴「多情仏心」（時事新報）〜大一二・一二・三一

三〇日、ソビエト社会主義共和国連邦が成立する。

大正12(1923)年　(32歳)

一月一日　午後、下島勲が年賀に訪れる。書斎の床の間には、前月に下島が描いた春蘭の絵が飾られていた。菊池寛が「文芸春秋」を創刊する。巻頭に「侏儒の言葉」を寄せ、以後巻頭を飾り続けた。

四日　小穴隆一が再手術を受け、右足首を切断。手術に立ち会う。以降、小穴は義足をつけて生活することになった。夜、下島勲が来訪し、本を貸す（詳細未詳）。

五日　下島勲の医院を訪れ、塩化カルシウム（神経や筋肉の興

一月一日、侏儒の言葉（文芸春秋）〜一四年一一月（一四・一〇休載、一二・九〜一〇月、一二月、一三・五休刊）

線香（女性）→わが散文詩

東京に生れて（文章倶楽部）→「文章倶楽部」東京に関する感想を問ふ

一月一日、菊池寛、『文芸春秋』創刊。

横光利一「時代は放蕩する」（文芸春秋）

長与善郎「青銅の基督」（改造）

『赤と黒』（壷井繁治ら）創刊。

年号	事項	作品	参考事項
大正12（1923）年（32歳）	奮を減退させる効果があった）の注射を受ける。この日以降、ほとんど毎日のように注射を受けている。 一三日　自笑軒で開かれた道閑会に出席する。 二二日　松岡譲に「この春は病院と警視庁と監獄との間を往来して暮した」と書き送っている。この頃、ヒサの再婚相手である西川豊（弁護士）が偽証教唆によって市ヶ谷刑務所に収監されていた。 この頃、葛巻義敏（当時一三歳）を引き取って同居させる。 二月七日　午後、感冒にかかった比呂志を診察するため、下島勲が来訪する。 一八日（日）　稲垣足穂から第一短編集『一千一秒物語』を贈られ、礼状を書く。 二〇日　この頃までに「雛」「猿蟹合戦」「二人小町」を脱稿。 二一日　渡辺庫輔、秀しげ子が来訪する。夜、下島勲も来訪し、皆で午後一〇時頃まで談笑する。 （満三十一歳） 三月五日　杉浦翠子を波多野秋子（婦人公論記者）に紹介し、原稿を直接波多野に送るよう伝える。 上旬頃　小穴隆一が順天堂病院から退院する。 一六日　湯河原温泉へ湯治に出かける。翌月下旬まで、中西屋に滞在した。一週間は部屋の都合で別荘の方に滞在し、隣室の騒音や階下の琴の音に悩まされる。 一七日頃　「改造」記者が湯河原に訪れ、二五日頃まで居催促が続く。	教訓談（現代） 漱石先生のお褒めの手紙（寸鉄） 六日、〈俳句〉四句（書簡内） 七日、書斎（サンデー毎日）→漱石山房の冬 二月一日、侏儒の言葉（一月参照） あらゆる至上主義に好意と尊敬とを持つ（改造）→「改造」プロレタリア文芸の可否を問ふ 当に存在すべきものである（新潮） 時折の歌（橄欖） 三月一日、侏儒の言葉（一月参照） 雛（中央公論） 一番鶏の声（中央公論）→「中央公論」徹宵作文の感を問ふ 猿蟹合戦（婦人公論） 色目の弁（新潮） 八宝飯（文芸春秋）	二五日、寺田寅彦『冬彦集』刊。 二六日、萩原朔太郎『青猫』刊。 二月一五日、高橋新吉『ダダイスト新吉の詩』刊。 一八日、田山花袋『近代の小説』刊。 三月一日、宇野浩二「子を貸し屋」（太陽）～四月

大正12（1923）年（32歳）

二五日（日）　葛巻義敏の退学届の訂正を、高等師範学校付属中学に送る。
　この頃までに「おしの」を脱稿か。「保吉の手帳」は脱稿できず、一週間ほど居催促を続けていた「改造」記者が帰ったため、一応解放された。
四月一日（日）　エイプリル・フールで、佐佐木茂索が怪我をした、という嘘の手紙を南部修太郎に書き送る。
　この頃、仕事で湯河原に来た正宗白鳥、上司小剣、佐佐木茂索と会う。
　五日　この頃から五月号原稿のため、再び居催促を受ける。
この頃、「白」、未定稿となった「三つの指輪」を起筆。
　上旬　加藤友三郎首相と同宿になる。
　一三日頃「保吉の手帳」を脱稿。小穴隆一に「君の自画像の向うを張り、僕も自画像を描いたれど自信あまりなし」と書き送っている。
　一四日　南部修太郎がエイプリル・フールに引っかかって見舞いの手紙を送ってきたため、嘘であったことを明かす短歌を書き送る。
　一六日　夕方、湯河原温泉から田端の自宅に戻る。
　二六日　下島勲と演芸研究会の公演（帝国ホテル）に出かける。
　三〇日　午後五時、自笑軒で開かれた滝井孝作の送別会に出席する。この送別会は、志賀直哉がいる京都への移住を決めた滝井のために、芥川と菊池寛の世話で催されたもので、久米正雄、佐佐木茂索、小島政二郎、南部修太郎、岡栄一郎、下島勲、室生犀星、山本有三、小穴隆一、河東碧梧桐が出席した。

二〇日、二人小町（サンデー毎日）
二五日、〈俳句〉五句（書簡内）
四月一日、侏儒の言葉（一月参照）
　おしの（中央公論）
私が女に生れたら（婦人公論）
五日、〈俳句〉一句（書簡内）
一三日、〈俳句〉一句（書簡内）
一四日、〈短歌〉三首（書簡内）

四月一日、山本有三「同志の人々」（改造）
　正宗白鳥「生まざりしならば」（中央公論）

年号　大正12（1923）年（32歳）

事項

五月一一日　秀しげ子が来訪する。夜、下島勲も来訪し、皆で談笑する。

一八日　『春服』刊行。

下旬頃　劇評執筆のため、市村座公演で「四谷怪談」「御所五郎蔵」を観る。

この月、室生犀星、渡辺庫輔、下島勲とともに、春陽会の第一回展覧会（五月五〜二七日）に出かける。

六月七日　香取秀真から「澄江堂」の印をもらう。香取と一緒に来た鹿島龍蔵からは、池大雅の一軸を見せられた。

八日　夜、多加志が消化不良のため、下島勲が来診する。

九日　多加志の病気が好転せず、下島勲が三回来診する。菅藤政徳（ドイツ文学者）と一緒にホフマン「悪魔の霊液」を読む。

一〇日（日）午前、多加志を宇津野研の宇津野病院に入院させる。面会日だったため、室生犀星、成瀬正一、渡辺庫輔の他、四、五名が来訪する。大阪毎日新聞社からは原稿を取りに来たが、何も渡せなかった。午後九時頃、多加志を見舞いに行く。

一一日　早朝、多加志の容体が好転したとの連絡を受ける。夕方、病院に多加志を見舞った後、小穴隆一を訪ね、居合わせた遠藤古原草らと会談する。話が弾んで深夜に及んだため、帰途、再び病院を訪ねたが、門が閉じられていて入れなかった。外から多加志の病室の明かりを見て帰宅。

一六日頃　多加志が宇津野病院から退院する。

二七日　『羅生門』『傀儡師』（縮刷本）刊行。

作品

五月一日、侏儒の言葉（一月参照）
保吉の手帳（改造）→保吉の手帳から
一八日、**春服**（春陽堂刊）
「春服」の後に（『春服』）
六月一日、侏儒の言葉（一月参照）
四谷怪談（新演芸）→市村座の「四谷怪談」
その後製造した句（ホトトギス）
五日、思ふままに…㈠（時事新報）→放屁
六日、思ふままに…㈡（時事新報）→「女と影」読後
八日、思ふままに…㈢（時事新報）→思ふままに
一三日、思ふままに…㈣（時事新報）→ピエル・ロティの死
二五日、〈俳句〉一句（書簡内）
※澄江堂日録（初出不詳）
二七日、**羅生門**（縮刷本）（新潮社）
傀儡師（縮刷本）（新潮社）

参考事項

五月一日、横光利一「日輪」（新小説）、「蠅」（文芸春秋）

六月九日、有島武郎が波多野秋子と心中する（四五歳）。

一八日、北原白秋『水墨集』刊。

七月三日　「子供の病気」を脱稿。
　八日（日）　前月九日に情死した有島武郎と波多野秋子の死体が、前日、軽井沢の別荘で発見されたことを知る。「大いに憂鬱」になり、来訪した菊池寛、岡栄一郎、小島政二郎、佐佐木茂索、下島勲ら十数名と神明町の鰻屋「伊豆栄」に出かけ、夕食をとる。午後一〇時頃、東京駅で皆と別れ、下島、小島と三人で動坂のバーに寄り、しばらく話してから帰宅。有島の情死については、小島に「死んぢやあ、敗北だよ」と語った。帰宅後、以前から「形見にくれ」と言っていた絽の羽織を持って、下島が再訪する。喜ぶ芥川を見た下島は「生命のある限りちぎれても離れるな」と記している。
　一〇日　自笑軒で行われた「新潮合評会」に、徳田秋声、菊池寛、千葉亀雄、久米正雄、久保田万太郎、中村武羅夫らと出席する。
　二〇日　この頃までに「白」を脱稿。
　三一日　深夜、午前一時頃まで、北原大輔宅で下島勳らと談笑する。一〇日までの約束だった「女性」の仕事（「お時儀」か。一〇月号発表）に朝まで取り組む。
八月一日　鎌倉に滞在中だった小穴隆一に、五日夜あるいは六日朝に山梨から戻り次第、仕事を持って鎌倉を訪れることを伝える。
　夜半、山梨県北巨摩郡秋田村（現・長坂町）の清光寺で催された県教育会主催の夏期大学で文芸講師をつとめることになり、甲府にむけて出発。有島武郎が講師に予定されていたが、死去のため前月下旬、急遽芥川に決定したもの。
　二日、午前四時、甲府に到着。夏期大学は二日目からの参加で、この日の午後から五日まで毎日二時間、文芸論を中心に論じ

七月一日、侏儒の言葉（一月参照）
　旅と女（新家庭）→「新家庭」旅行と女人に関する感想を問ふ
一二日、文芸雑感（輔仁会雑誌）
八月一日、侏儒の言葉（一月参照）
　子供の病気（局外）
　白（女性改造）
　女性改造談話会（女性改造）
　東洋趣味（女性改造）
　大変悧口な（婦人公論）
　創作合評　第六回（七月の創作）（新潮）→新潮合評会（一）

七月一四日、金子光晴『こがね虫』刊。

年号	事項	作品	参考事項
大正12（1923）年（32歳）	る。聴衆は、二五〇名程だった。期間中は高橋竹迷（清光寺の方丈）の温かい歓待を受ける。 五日（日）夏期大学が終了。帰京し、田端の自宅に戻る。 九日　この日までに、鎌倉を訪れ、小穴隆一、渡辺庫輔らとともに平野屋別荘に滞在する（二五日まで）。滞在中、藤、山吹、菖蒲などが咲いているのを見て、天変地異が起こりそうだと久米正雄らに漏らしたが、信じてもらえなかった。同宿になった岡本一平・かの子夫妻と知り合う。かの子は、この時の見聞を「鶴は病みき」に書いている。 二二日　小穴隆一、小林勢以子（谷崎潤一郎の義妹。女優の葉山三千子）らと海水浴に出かける。 二三日　朝、小林勢以子が横浜に帰る（当時、横浜山手の谷崎潤一郎宅に同居）。 二五日　久米正雄、田中純、菅虎雄、成瀬正一、武川重太郎らに見送られ、鎌倉から帰京する。午後一時頃、新橋に到着し、小穴隆一とともに聖路加病院に入院中だった遠藤古原草を見舞いに行く。 二九日　夕方、発熱したため、下島勲が来診する。流行性感冒だったが、家族にもその徴候があった。 三一日　病状が好転したため、床の中で森鷗外「渋江抽斎」を読む。 九月一日　午前、神代種亮の紹介で、興文社から『近代日本文芸読本』の編集依頼がある（大正一四年八月刊行）。 午前一一時五八分、昼食を終えようとしていた時、関東大震災が起こる。芥川家の被害は、屋根瓦の落下と石燈籠の倒壊にとど	九月一日、春（中央公論）〜一四年四月（女性） 洞庭舟中（明星）	九月一日、関東大震災が起こる。震災の影響で『白樺』（廃刊）『詩と音楽』『新興文学』『新小説』『劇と評論』、第二次『明星』などが

大正12（1923）年（32歳）

まったが、芝の新原家、ヒサの西川家は焼失した。近隣の見舞いに出かけた後、渡辺庫輔を連れて染井の青物市場に行き、大八車に馬鈴薯、南瓜などの食糧を買い込んだ（この日、その一部を持って室生犀星を見舞った）。夜、地震の再発を怖れ、屋外に寝る。市内に広がった火災がおさまらず、電灯・ガスも止まったままだった。小島政二郎が身重の妻とともに根岸から避難して来る。

二日（日）　渡辺庫輔に、牛込の塚本家と芝の新原家などの見舞いを依頼する。依然として火災はおさまらず、田端方面への延焼も考えられたため、不安を覚えた。夕方、渡辺が戻り、両家とも全焼し、生死も不明であることを知る（のち無事を知る）。夜、三九度の熱を出す。流言蜚語に不安を覚え、近所の自警団（東台倶楽部）に発案して、丸太に梯子を固定させ、通路に置いた。

五日　川端康成と今東光が見舞いに来訪する。自宅に戻る小島政二郎夫妻を送りつつ、川端と今を伴って吉原の焼跡を見に行く。

七日　芝の新原家の焼跡を見に行く。

一二日頃「大震雑記」など、震災に関する文章を執筆。

二〇日　この頃までに「お時儀」を脱稿。

二八日　親族に焼け出された者が多く、金が入用となったため、中根駒十郎（新潮社支配人）に『夜来の花』縮刷版の印税前借り（三〇〇円）を依頼する。

下旬頃　室生犀星に師事して詩を書いていた堀辰雄（当時一高生）を紹介され、以後親交を結ぶ。

一〇月一日（推定）　室生犀星一家が郷里の金沢に引き上げる（一二月まで）。犀星の借家には、震災で立ち退きを迫られていた菊池寛が住めるよう世話をした（菊池は二か月で転居し、後には酒

一〇月一日、お時宜（女性）→お時儀

大震前後（女性）→大震日録

休刊した。

厨川白村没（四二歳）。

年号	事項	作品	参考事項
大正12（1923）年（32歳）	井真人が住んだ）。 一五日　末吉楼上で行われた「新潮合評会」に、徳田秋声、宇野浩二、久保田万太郎、菊池寛、里見弴、佐藤春夫、近松秋江、水守亀之助、久米正雄、中村武羅夫らと出席する。 二〇日　この頃までに「芭蕉雑記」を脱稿。 一一月七日　勝峰晋風に「澄江堂句抄」の原稿（「にひはり」一二月号掲載分）を送る。 一〇日　午後五時、自笑軒で開かれた道閑会に、幹事として出席する。香取秀真、菊池寛、小杉放庵、鹿島龍蔵、野口功造らが列席した。 一七日　久米正雄と奥野艶子が結婚。帝国ホテルで行われた披露宴で祝辞を述べる。散会後、神楽坂で遊び、新婚夫婦のために茶屋「ゆたか」で、里見弴、直木三十五、小山内薫、菊池寛らと寄せ書きをした。 一八日（日）　堀辰雄に手紙を書く。「あなたの捉へ得たものをはなさずに、そのままずんずんお進みなさい」との文面は、自身が夏目漱石から受け取った書簡中の「そんな事に頓着しないでずんずんお進みなさい」の字句を容易に想起させるものである。ま	大震雑記（中央公論） 地震に際せる感想（改造）→大震に際せる感想 古書の焼失を惜しむ（婦人公論） 東京人（カメラ） 五日、鸚鵡（サンデー毎日） 六日、廃都東京（文章倶楽部） 二九日、〈俳句〉一句（書簡内） （※）震災の文芸に与ふる影響（初出不詳） 一一月一日、侏儒の言葉（一月参照） 妄問妄答（改造） 二日、〈俳句〉一句（書簡内） 八日、雑筆（随筆）～一三年三月→澄江堂雑記 一〇日、芭蕉雑記（新潮）～一三年七月 創作合評　第八回（凶災後の文芸時事六項）（新潮）→新潮合評会（二） 創作の苦心と文人趣味（新潮） 一七日、〈俳句〉一句（書簡内）	

た「二伸　わたしの書架にある本で読みたい本があれば御使ひなさい　その外遠慮しちやいけません」などとも記している。
二〇日　この頃までに「あばばばば」を脱稿。
一二月一日　飯田蛇笏から「雲母《きらら》」を贈られ、礼状を書くとともに、新句境を拓く気持ちを漏らす。
一〇日　勝峰晋風に「澄江堂句抄」の原稿（「にひはり」翌年一月号掲載分）を速達で送る。
一五日　この日までに、新年号の原稿（「一塊の土」「糸女覚え書」など四編）を脱稿。
一六日（日）　京都・大阪方面の旅行に出発。
一七日　朝、京都に到着。小林雨郊から紹介された安井北の旅館「抱月」に滞在した。恒藤恭宅を訪問する。
一八日　小林雨郊と連れ立って古道具屋を覗き回り、天祐禅師の書を一幅買い求める。夜、活動写真を観に行く。
一九日　谷崎潤一郎（九月末、関西に移住し、当時左京区在住）を訪ねるが、神戸六甲ホテルに出かけていて不在。山科の志賀直哉（三月から京都に移住）や滝井孝作（志賀を追って京都に移住）を訪ねることも考えたが、やめる。夜、小林雨郊とともに一力で遊ぶ。
二〇日　郷原（小林雨郊の友人。医師）に鰻屋「丹栄」で御馳走になる。新京極に出かけ、偶然滝井孝作と会い、二五日頃、山科の滝井の新居、志賀直哉を訪ねることを約束した。夜、大阪に到着。
大阪からは、家族に宛てて、これまでの報告と帰京までの予定（二一日大阪毎日新聞社訪問。二二日小山内薫、直木三十五と面会。二三日奈良帝室博物館訪問、前の府立三中教頭、佐藤小吉と

一二月一日、あばばばば（中央公論）
〈俳句〉一句（書簡内）
六日、澄江堂句抄（にひはり）
～一三年五月
一六日、〈短歌〉三首、〈俳句〉二句（書簡内）

年号	事項	作品	参考事項
大正12(1923)年 (32歳)	面会。二四日京都に戻り、恒藤恭、滝井孝作、志賀直哉と面会。二五日頃帰京）を書き送ったが、病気のため、予定は大幅に狂うことになる。 二九日　滝井孝作とともに志賀直哉を訪ね、里見弴、直木三十五と会う。夕方、皆で食事することになったが、体調が優れず、一人で宿に戻った。 三〇日（日）　夜、京都・大阪方面の旅行から帰京し、田端の自宅に戻る。	(※)孔雀（初出不詳） (※)商賈聖母（初出不詳）	
大正13(1924)年(33歳)	一月　品川沖に、大町桂月、小杉放庵、神代種亮、石川寅吉とともに鴨猟に出かけるが、一羽も獲れない。 一〇日頃　大阪毎日新聞社とトラブルが生じ（入社後、目立った仕事がないことに不満が生じたか）、社（東京日日新聞社か）を訪れ、事情を説明する。 二一日　浜町「お柳」で、佐佐木味津三、菊池寛、直木三十五と食事をし、当時金沢にいた岡栄一郎に宛てて寄せ書きをする。 三〇日　夜、帝国ホテルで行われた「女性改造」の座談会に、阿部次郎、与謝野晶子、徳田秋声、千葉亀雄、大村嘉代子らと出席する。	一月一日、侏儒の言葉（一二年一月参照） 一塊の土（新潮） 一家の風格が出来た（新潮）→久米正雄 新しい機運（新潮） 将来も亦在来通り（新潮） 不思議な島（随筆） 糸女覚え書（中央公論） 三右衛門の罪（改造） 或敵打ちの話（サンデー毎日）→伝吉の敵打ち 蒐集（新小説） 若し千円をお年玉に貰つたら（女性改造） 六日、野人生計の事（サンデー毎日）→野人生計事	

大正13（1924）年（33歳）

二月一二日　正宗白鳥の「一塊の上」評に対して礼状を書く。「十年前夏目先生に褒められた時以来最も嬉しく感じました」などと記している。

　二二日　作品の取材のため、千葉県八街《やちまた》に出かける。「遅くも明日はかへるつもり」と記している。のち「美しい村」の表題で起筆されたが、未完。

（満三十二歳）

三月八日　前月二九日早朝に起きた火災で被害を受けた石川寅吉に、正月の鴨猟に招待してくれたことへの御礼と見舞いを書き送る。

　一三日　小穴隆一の作品が入選し（作品未詳）、祝い状を書くとともに、招待日に出かけることを伝える。この頃までに「文章」「寒さ」および「少年」の「一」～「三」を脱稿。

　二五日　漢口から別府に出張していた西村貞吉に、上京を強く勧める。「今度は西洋へ行つて見ようかと思つてゐる」などとも記している。

澄江堂句抄（一二年一二月参照）

　一一日、〈俳句〉一句（書簡内）

　一三日、野人生計の事（六日参照）

二月一日、侏儒の言葉（一二年一月参照）

　金将軍（新小説）

　梅花に対する感情（中央公論）

　霜夜（女性）

　紅薔薇の様なネクタイ（新潮）→谷崎潤一郎氏

　二七日、〈俳句〉二句（書簡内）

三月一日、侏儒の言葉（一二年一月参照）

　雑筆（一二年一一月参照）

　蛇笏君と僕と（雲母）→飯田蛇笏

　隅田河（女性）→金春会の「隅田川」

　僻見（女性改造）～九月（七月休載）

三月二〇日、谷崎潤一郎「痴人の愛」（大阪朝日新聞）～六・一四

年号	大正13（1924）年（33歳）
事項	四月四日　泉鏡花から小品集『七宝の柱』を贈られ、礼状を書く。 一〇日　『春服』（縮刷本）刊行。 二三日頃　「少年」の「四」～「六」を脱稿。この日の時点でも、脱稿できていない来月号の原稿があった。 二五日　岩波茂雄（岩波書店店主）に面談を申し入れる。
作品	家庭に於ける文芸書の選択に就いて〈座談〉（女性改造） 佐藤の誤解（新潮）→佐藤春夫氏 小節の戯曲化（演劇新潮） 一二日、〈俳句〉二句（書簡内） ※すみ子の小唄（初出不詳） 四月一日、侏儒の言葉（一二年一月参照） 第四の夫から（サンデー毎日） 僻見（三月参照） 文章（女性） 寒さ（改造） 少年（中央公論）～五月 解嘲（新小説） 怪談会（新小説）～五月 舞台上のリアリズム（演劇新潮／発禁、五月号に再掲） 一〇日、〈俳句〉四句（書簡内） **春服**〔普及版〕 普及版「春服」の前に（『春服』〔普及版〕） ※正岡子規（アルス新聞）
参考事項	四月一日、長与善郎「竹沢先生の顔」（不二） メートル法実施。 二〇日、宮沢賢治『春と修羅』刊。

大　正　13（1924）年（33歳）

五月一日　岩波茂雄に再度面談を申し入れる。
　二日頃　王朝もののみの作品集『泥七宝』を玄文社から刊行することが決まり、準備を始める。小穴隆一に装丁（表紙・扉・見返し）を依頼し、一五日頃には完成したが、玄文社倒産のため刊行は実現しなかった。
　一〇日『夜来の花』（縮刷本）刊行。
　一四日　勝峰晋風から『晋明集』を贈られ、礼状を書く。小沢碧童の句集『最中集』を同封し、「にひはり」に碧童の句を採用してもらえるよう依頼した。夕方、金沢・京都方面の旅行に出発。
　一五日　金沢に到着。岡栄一郎の親族と会う。翌月に結婚する予定だった岡の媒酌人を引き受けており、家族の了承を求めることが旅行の目的の一つだった。金沢では、室生犀星の世話で兼六園内にあった「三芳庵」の茶屋に滞在する。
　一六日　室生犀星と「鍔甚」で寿司を食べる。
　一七日　北陸俳壇の双璧、桂井未翁と太田南圃、さらに室生犀星、小畠貞一（詩人）らと北間楼で俳句などを作って遊ぶ。
　一九日　大阪に向けて金沢を出発。大阪では、旅疲れのせいで外出せずに過ごすか。
　二〇日　直木三十五らと大阪の茶屋「富田屋」で遊ぶ。
　二二日　京都に到着。安井神社近くの旅館「抱月」に滞在する。
　二三日　滝井孝作とともに、桂離宮見学に出かける途中の志賀直哉に会う。志賀には『近代日本文芸読本』への作品収録を依頼した。夜、志賀が、滝井とともに抱月に来訪する。
　二五日（日）　特急で京都から帰京し、田端の自宅に戻る。

五月一日、少年〈続編〉（中央公論）
　怪談会（四月参照）
　僻見（三月参照）
　或る恋愛小説（婦人グラフ）→或恋愛小説
　文放古（婦人公論）
　続芭蕉雑記（一二年一一月参照）
　恋愛と夫婦愛とを混同しては不可ぬ（家庭雑誌）
　五日、リチャード・バアトン訳「一千一夜物語」に就いて（書物往来）～八月
　六日、澄江堂句抄（一二年一二月参照）
　八、九日、東西問答（時事新報）
　一〇日、**夜来の花**（縮刷本）（新潮社）
　一二日、〈俳句〉一句（書簡内）
　一五日、「文芸趣味」の序に換たる未定稿の辞書の一部（『文芸趣味』→「文芸趣味」の序

五月一日、『国語と国文学』（藤村作編集）創刊。

大正13（1924）年（33歳）

事項

二六日　過密な計画の旅行だったため、旅疲れのせいで一日中床に入って休養する。

二八日　旅行で金を使い果たし、中根駒十郎（新潮社）に一五〇円の借金を申し込む。金沢で世話になった室生犀星や桂井未翁に礼状を書く。犀星には、再上京を強く勧めている。

六月六日　随筆集のタイトルを『全家宝』から『百艸』に変更することを、中根駒十郎に伝える。同時に二〇〇円の印税前借りを依頼した。

一〇日　第二二回全国教育者協議会で「明日の道徳」と題して講演をする。その後、偕楽園で行われた「新潮合評会」に、正宗白鳥、広津和郎、千葉亀雄、久保田万太郎、久米正雄、菊池寛、宇野浩二、中村武羅夫らと出席する。

一一日　『黄雀風』の装丁に漢詩を入れるよう、候補を示した上で小穴隆一に依頼する。

二五日　岡栄一郎と野口綾子（野口功造・真造の姪）が結婚する。媒酌人をつとめた。

三〇日頃　聚英閣版ゲーテ全集の広告で、予約していない芥川の名前が予約申込者に入れられたことに抗議し、松山敏に削除を申し入れる。

七月九日　午前三時頃、強盗が便所から侵入し、短刀を突きつけられた上、二〇円を盗まれる。犯人は、一六歳の早稲田実業本科生で、一〇月六日に逮捕された。

作品

二八日、〈俳句〉一句（書簡内）

六月一日、侏儒の言葉（一二年一月参照）
僻見（三月参照）
「仮面」の人々（早稲田文学）
案頭の書（新小説）～七月
新緑の庭（中央公論）
春の日のさした往来をぶらぶら一人歩いてゐる（随筆）
微哀笑（新潮）→久保田万太郎氏
寄席（女性）
一二日、〈俳句〉一句（書簡内）
二三日、〈俳句〉四句（書簡内）
三〇日、リチャード・バアトン訳「一千一夜物語」に就いて（五月参照）

七月一日、侏儒の言葉（一二年一月参照）
案頭の書（六月参照）

参考事項

七月一五日、堀口大学訳『夜ひらく』（ポール・モーラン）刊

大正13（1924）年（33歳）

一〇日　強盗が入ったことが新聞で報じられる。
一四日　編集を担当した英語教材「The Modern Series of English Literature」の配本が始まる（翌年三月まで）。
一八日『黄雀風』刊行。
二二日　午後一時頃、軽井沢に到着。鶴屋旅館に滞在する（翌月二三日まで）。
二三日　交通事故に遭ったという嘘の手紙を家族に書く（文中で「コレハミナウソ」と記している）。金沢の室生犀星を軽井沢に誘う。
二四日　夜、浅間山が小噴火し、真っ赤な噴煙を見る。『百艸』の校正をする。
二六日　泉鏡花、正宗白鳥、小沢碧童、与謝野晶子、宇野浩二らへの『黄雀風』献本を、蒲原春夫に依頼する。
二七日（日）　山本有三をグリーンホテルに訪ね、一泊する。片山広子が避暑のため、鶴屋旅館に訪れる。

八月三日（日）　早朝、金沢から室生犀星が軽井沢に訪れる（犀星は五年連続の滞在になった）。鶴屋旅館の旧館から、同館の離れに移り、犀星とは隣り合わせの部屋になった。夜、犀星と連れ立って骨董屋、洋服屋などを覗き歩く。
四日　堀辰雄が鶴屋旅館に訪れる。夕方、室生犀星、堀らとともに軽井沢ホテルで夕食をとる。夜半、「僻見」を脱稿。

桃太郎（サンデー毎日）
鷺と鴛鴦（女性）
新潮合評会　第一五回（六月の創作その他）（新潮）→新潮合評会（三）
田端より（にひはり）
続々芭蕉雑記（一二年一一月参照）
一四日、序（THE MODERN SERIES OF ENGLISH LITERATURE 全八巻、恒文社）→The Modern Series of English Literature 序
第六巻の序（THE MODERN SERIES OF ENGLISH LITERATURE VI 恒文社）
一八日、**黄雀風**（新潮社）
「黄雀風」の後に（『黄雀風』）
二一日、几董と文艸と（東京日日新聞）→「続晋明集」読後
二二、〈俳句〉一句（書簡内）
二七日、〈俳句〉一句（書簡内）

八月一日、侏儒の言葉（一二年一月参照）
僻見（三月参照）
蒐書（改造）
格さんと食慾（新潮）
八日、〈俳句〉二句（書簡内）

年号　大正13（1924）年（33歳）

事　項

五日　村田幸兵衛（新橋の古書店主）、土屋秀雄が来訪する。午後二時の汽車で堀辰雄が帰京する。夕方、室生犀星と散歩に出かけ、万平ホテルを訪れたり、屋外音楽会を見かけたりした。夜、オニール「水平線の彼方」を読む。犀星の部屋で、片山広子を交えて談笑し、犀星には片山を「いつか二人で晩飯に呼ぼうよ」などと語る。

六日　創作意欲が湧かず、終日文章を書けない。読書をしたり、庭を歩いたりしていて室生犀星に笑われる。

八日　夜、片山広子・総子親娘、室生犀星と四人で散歩をする。

一〇日（日）　小穴隆一を軽井沢に誘う。片山広子が二階から落ち、室生犀星と二人で見舞いの句を送る。

「中央公論」「改造」の原稿が脱稿できない。「改造」記者の居催促を受けた（「中央公論」の原稿は、結局脱稿できず）。

この頃、「十円札」を脱稿。

一三日　夜、室生犀星、片山広子・総子親娘、鶴屋旅館主人と自動車で碓氷峠へ月見に行く。儔とフキを軽井沢に繰り返し誘う。葛巻義敏に「おばあさんたちのこないうちはかへらない」などと書き送っている。

一四日　室生犀星が夜行列車で金沢に帰る。

二六日　片山広子、鶴屋旅館主人と追分に出かけ、美しい虹を見る。この頃から、片山広子に「愁心」を感じ始めており、小穴隆一に「無暗に本をよんでゐるしかしもう一度廿五才になつたやうに興奮してゐる」、佐佐木茂索にも「僕、此処へ来てから短篇を一つしか書かず　本ばかり読んでゐる　しかしもう一度廿五歳になつたやうな興奮を感じてゐる」などと書き送っている。

作　品

一八日、第七巻の序（THE MODERN SERIES OF ENGLISH LITERATURE VII 恒文社）

一九日、〈俳句〉一句（書簡内）

二〇日、リチャード・バアトン訳「一千一夜物語」に就いて（五月参照）

二六日、第八巻の序（THE MODERN SERIES OF ENGLISH LITERATURE VIII 恒文社）

参考事項

大正13（1924）年（33歳）

二三日　軽井沢から帰京し、田端の自宅に戻る。結局、軽井沢では「十円札」しか書けなかったが、社会主義関係の文献を系統的に読むなど、読書欲は充足させた。

九月三日　偕楽園で行われた「新潮合評会」に、久米正雄、田山花袋、宇野浩二、千葉亀雄、菊池寛、中村武羅夫らと出席する。

五日　午後三時、上野精養軒で行われた「婦女界」主催による、菊池寛「新珠」をめぐる座談会に、菊池、久米正雄、岡本一平・かの子、中村武羅夫、九条武子、三宅やす子らと出席する。

一七日　『百艸』刊行。

二五日　室生犀星から『高麗の花』を贈られ、礼状を書く。

この頃、持病のようになっていた胃腸不良のため、床に就く。

一〇月七日　志賀直哉が古美術の写真帳作成のため上京し、一緒に目黒の山本悌次郎宅へ中国画を観に行く。

九日　上京していた谷崎潤一郎と会う。

一一日（土）頃　竹内顕二（道章の実弟）の病気が深刻だったため、外出が多くなる。七月九日に芥川家に入った強盗が六日に逮捕、七日には新聞報道があり、見舞いをくれた読者に返事を書く。

一八日　水上竹司が「装幀の話」で、小穴隆一の装丁に触れて「夜来の花以来黄雀風に至つて同氏の装幀芸術は当に神品と称するも過言ではあるまい」と記したことを小穴に伝える。

二〇日　叔父竹内顕二が食道ガンのため死去。

二二日　石川太一から、麻生久『黎明』を送ってもらい、礼状を書く。「いろいろ気の多い人間ですから社会問題でも何でも興

九月一日、侏儒の言葉（一二年一月参照）

僻見（三月参照）

十円札（改造）

長江（女性）→長江游記

軽井沢日記（随筆）

一七日、**百艸**（新潮社刊）

二〇日、文芸一般論（『文芸講座』）～一四年五月

二五日、〈俳句〉二句（書簡内）

一〇月一日、侏儒の言葉（一二年一月参照）

新潮合評会　第一七回（文壇時事問題）（新潮）→新潮合評会(四)

六日、「詩集高麗の花」（東京日日新聞）→「高麗の花」読後

一〇日、文芸鑑賞講座（『文芸講座』）

二五日〈歴史物語傑作選集2〉

報恩記（而立社刊）

文芸一般論（『文芸講座』）～一四年五月

※明日の道徳（教育研究）

九月一日、宮本百合子「伸子」（改造）～大一五・九

久保田万太郎「寂しければ」（中央公論）

一〇日、幸田露伴『冬の日抄』刊。

一〇月一日、『文芸時代』（横光利一、川端康成、中河与一ら）創刊。

年号	大正13（1924）年（33歳）
事項	味を持ちます。どうか又論戦をしに来て下さい」などと記している。室生犀星の再上京を知り、家探しの手伝いを申し出る。また、小林雨郊に、京都の丸善で見かけた「Life of Goeth」（全二巻）を代金引き換えで届けるよう丸善に申し込んでほしいと依頼する。 二五日（土）『報恩記』刊行。 二九日　塚本八洲が喀血し、衝撃を受ける。 一一月五日　大磯に滞在する。この日正宗白鳥を訪ねるか。『影燈籠』（縮刷本）刊行。 一二日　小島政二郎を訪ねるが、不在。 この頃、書斎の増築が始まる。 二四日　泉鏡花から随筆集『愛府』を贈られ、礼状を書く。薄田泣菫『二十五絃』『象牙の塔』の版権譲渡の件で仲立ちをつとめ、春陽堂とのやり取りを薄田に報告する。
作品	一一月一日、侏儒の言葉（一二年一月参照） 婦女界批判会—『新珠』を通して見た三処女の行き方—（婦女会） 偽者二題（新潮） 装幀に就いての私の意見（新潮） 二、四日、プロレタリア文学論（秋田魁新報） 一〇日、文芸一般論（九月参照） 二〇日、「春の外套」の序文（『春の外套』）→「春の外套」の序 三〇日、澄江堂余墨　壱（書物往来）→各種風骨帖の序 文芸鑑賞講座（一〇月参照） ※娼婦美と冒険（初出不詳）
参考事項	一一月八日、島木赤彦『太虚集』刊。

大正13(1924)年　(33歳)

一二月一日　小石川偕楽園で行われた「新潮合評会」に、徳田秋声、広津和郎、加能作次郎、田山花袋、水守亀之助、千葉亀雄、山本有三、久保田万太郎、中村武羅夫らと出席する。

一九日　中根駒十郎に、新潮社版『羅生門』『傀儡師』の増刷を申し入れ、その印税と『煙草と悪魔』の印税を至急送ってもらえるよう依頼する。

この頃、「大導寺信輔の半生」を脱稿。

二六日　午後五時、自笑軒で開かれた道閑会に出席する。香取秀真、鹿島龍蔵、小杉放庵、下島勲、久保田万太郎が列席した。散会後、下島宅で談話会を開き、久保田を会員に推挙する。午後一一時頃、帰宅。室生犀星に、再上京を急ぐよう勧めるとともに、田端に住むことを提案する。

この頃、新年号の原稿執筆を終える。

二八日　泉鏡花と会い、夕食を御馳走になる。

月末　増築中だった書斎（八畳・四畳半）が完成する。

一二月一日、侏儒の言葉（一二年一月参照）

演劇新潮談話会第十回（演劇新潮）

二六日、〈俳句〉一句（書簡内）

一二月八日、山村暮鳥没（四〇歳）。

一五日、会津八一『南京新唱』刊。

二五日、木下利玄『一路』刊。

大正14(1925)年　(34歳)

一月八日　小石川偕楽園で行われた「新潮合評会」に、田山花袋、千葉亀雄、久保田万太郎、久米正雄、宇野浩二、加能作次郎、中村武羅夫らと出席する。

九日　午前九時二〇分、宮崎直次郎（自笑軒主人）が脳出血のため死去。

二一日　晩翠軒で開かれた佐佐木茂索『春の外套』の出版記念会に、発起人として出席する。久米正雄、菊池寛、里見弴らが列席した。

三一日　野口真造から依頼され、功造・真造の父が前日夜に死去し、告別式が行われることを、岡栄一郎に伝える。

下旬　感冒のため、床に就く（翌月三日頃まで）。

一月一日、侏儒の言葉（一二年一月参照）

大導寺信輔の半生（中央公論）

早春（東京日日新聞）

馬の脚（新潮）〜二月

新潮合評会　第二〇回（大正一四年の文壇に就て語る）（新潮）→新潮合評会（五）

澄江堂雑記（俳壇文芸）

俊寛（文芸春秋）

出来上つた人（日本詩人）

一月一日、梶井基次郎「檸檬」（青空）

久米正雄「私小説と心境小説」（文芸講座）〜二月

年号	大正14（1925）年（34歳）
事項	この月、金沢から室生犀星が単身上京し、田端に仮寓する（旧居は空いていなかった）。 二月一日（日）感冒のため、野口功造・真造の父の告別式に参列できない。代理として蒲原春夫を参列させた。 五日　香取秀真から鴨をもらい、お返しに泉鏡花からもらった蕪鮓をお裾分けする。塚本八洲の容態が好転せず、文が比呂志を連れて牛込の塚本家へ見舞いに行く。 七日　蒲原春夫とともに『近代日本文芸読本』の編集作業をする。菊池寛、三宅周太郎、岡栄一郎が来訪し、自笑軒でともに夕食をとる。「田端人」「澄江堂雑詩」（詳細未詳）の原稿を送る。 八日（日）精養軒で行われた、野口功造・真造の父の十日祭に出席し、徳田秋声に会う。午後二時、散会し、帰途、室生犀星宅で、水上滝太郎、堀辰雄らに会う。留守中、山本実彦、和田利彦、神代種亮が来訪。 一一日　午後五時、本郷燕楽軒で開かれた小説家協会総会に出席するか。 一四日頃　流行性感冒のため、数日間外出できないか。与謝野晶子から歌集『瑠璃光』を贈られ、礼状を書くとともに、「越びと」を同封して「明星」への掲載を依頼する。
作品	壮烈の犠牲（婦人画報） 現代十作家の生活振り（文章倶楽部） 一枚三十銭の稿料（実業之日本） ※徳川末期の文芸（初出不詳） 一三日、文芸一般論（一三年九月参照） 〈俳句〉一句（書簡内） 二月一日、侏儒の言葉（一二年一月参照） 学校友だち（中央公論） 正直に書くことの困難（婦人画報） 思つてゐるありの儘を（婦人公論） 作家と作者との一問一答録（新潮）→芥川龍之介氏との一時間 新潮合評会　第二二回（新年創作総評）（新潮）→新潮合評会（六） 〈続篇〉馬の脚（一月参照） 二日、〈俳句〉一句（書簡内）
参考事項	二月一五日、木下利玄没（三九歳）。

大正 14（1925）年（34歳）

一七日　室生犀星、神代種亮らが来訪した。
一八日　前年六月に媒酌人をつとめた岡栄一郎夫妻が不仲になり、離婚話のために野口真造（岡夫人の叔父）が来訪する。
夜、塚本八洲が三度目の喀血をし、以後、見舞いなどで忙殺されることになる。下島勲に往診を依頼し、二人で自動車に乗り、牛込神楽坂の塚本家に駆けつける。午後九時二〇分頃、帰宅。
二一日　清水昌彦（小学校以来の友人）が結核で倒れたことを知る。「生きて面白い世とも思はないが、死んで面白い世の中とも思はない。僕も生きられるだけ生きる。君も一日も長く生きろ」などと書き送っている。
二七日　下島勲を伴って八洲を見舞いに塚本家を訪れる。
二八日　帰郷していた佐藤春夫に「田舎に落ちついてゐるのは羨しい」などと書き送っている。
この月、室生犀星と二人で、滝田樗陰を見舞いに行く。

（満三十三歳）
三月一日（日）夜、編者をつとめた『鏡花全集』出版記念会が芝紅葉館で行われ、出席する。
上旬　病気がちの上、岡栄一郎夫妻の離婚話、塚本八洲の喀血などが重なる。仕事が詰まり、面会日を中止して、原稿執筆に追われる。
一〇日頃『鏡花全集』の広告のため「目録開口」を執筆。
一二日　泉鏡花から「目録開口」執筆に対する礼状が届く。「拙文御よろこび下され忝く存（じ）」などと返事を書いている。
一七日　泉鏡花からの依頼で、谷崎潤一郎に「新小説」の五月臨時増刊「鏡花特集」への寄稿を依頼する。

二二日、〈俳句〉一句（書簡内）

三月一日、侏儒の言葉（一二年一月参照）
田端人（中央公論）
文部省の仮名遣改定案について（改造）
日本小説の支那訳（新潮）
望むこと二つ（文章倶楽部）
越びと（明星）
一二日、〈俳句〉一句（書簡内）

二八日、土屋文明『ふゆくさ』刊。

年号	事項	作品	参考事項
大正14（1925）年（34歳）	一九日　小沢碧童から歳旦帖を贈られ、礼状を書き、前日に起こった日暮里方面の大火の見舞いを書き添える。 二一日　佐佐木茂索と大橋房子の結婚披露宴が、横浜山下町のテント・ホテルに親戚・知人を集め、内輪だけで催された。 二三日　佐佐木茂索と二人で大橋房子を横浜本牧に訪ねる。 二四日　山宮允から著書（『イェイツ童話集』か）を贈られ、礼状を書く。 月末、佐佐木茂索・房子夫妻の媒酌人をつとめる。 四月一日　『芥川龍之介集』刊行。巻末に自筆年譜を付し、その中で初めて養子の事実を明かした。その理由については「母の病のため」としており、実母発狂の事実はまだ明かしていない。 五日（日）「詩集」を脱稿か。 六日　「ピアノ」を起筆。 七日　比呂志が聖学院幼稚園に入園か。 この頃、小石川偕楽園で行われた「女性」主催の座談会に、田山花袋、長田幹彦、宇野浩二、里見弴らと出席する。 上旬　萩原朔太郎が大井町（二月に郷里前橋から上京）から、田端三二番地に転居し、親交を結ぶ（一一月には鎌倉に転居）。 一〇日　病気療養のため、修善寺温泉に出かける。新井旅館に滞在した（翌月初旬まで）。 一三日　正岡子規「竹の里歌」、ジョヴァンニ・パピニ「A man-finished」を送るよう、葛巻義敏に依頼する。 「北京日記抄」を脱稿。 この頃、清水昌彦（三中時代の友人）が結核のため死去。夫人	四月一日、侏儒の言葉（一二年一月参照） 春（女性―一二年九月参照） 念仁波念遠入礼帖（文芸春秋） 日本の女（婦人画報）～五月 澄江堂雑詠（文芸日本） **芥川龍之介集**（現代小説全集第一巻　新潮社） 芥川龍之介年譜（『芥川龍之介集』） 三日、「文芸鑑賞講座」（一三年一〇月参照） 四日、第四巻の序（THE MODERN SERIES OF ENGLISH LITERATURE IV 恒文社） 第五巻の序（THE MODERN	四月一日、中河与一「氷る舞踏場」（新潮）

とに心を痛める。
も看護中に感染して死去しており、四歳の娘、章子が残されたこ

一六日　父の病気のため長崎に帰郷していた渡辺庫輔に、叱咤激励する手紙を書く。

この日までに「北京日記抄」、「文芸一般論」の「内容」、「文芸春秋」の原稿を脱稿。「温泉だより」を起筆。

この頃、室生犀星一家が、空き家になった旧居（田端五二三番地）に転居する。

一七日　安来節芝居を観に行き、出演していた五歳の女の子に、奴隷市場を見たような気がした。原稿催促の電報責めに閉口していることを室生犀星に書き送る。のち「相聞」と題される代表的な詩の一つ「また立ちかへる水無月の／歎きをたれにかたるべき／沙羅のみづ枝に花さけば、／かなしき人の目ぞ見ゆる」を披露している。

この頃、水上滝太郎、上司小剣らに収録許可を依頼するなど、『近代日本文芸読本』の編集を精力的に行う。

一九日　原稿催促の電報が一〇本に及び、根元茂太郎（「女性」記者）などからは居催促も受け、閉口しながら執筆を進める。

二〇日　泉鏡花が夫人を連れて修善寺に訪れ、同宿となる（夫妻は三〇日まで滞在）。根本茂太郎の居催促は続いている。

二六日（日）　清水昌彦の葬儀に、蒲原春夫を代理として出席させるか。

二九日　フキ、儔に、汽車の時刻や乗り換えの三島駅ホームの図、新井旅館の見取図まで添えて、熱心に修善寺に訪れるよう書き送る。

「文芸一般論」の「余論」を執筆。この頃も居催促を受けている。

SERIES OF ENGLISH LITERATURE V　恒文社）

一六日、〈俳句〉一句（書簡内）

一七日、伊東から（時事新報）〈詩〉二編（書簡内）↓一編は「相聞三」

二五日、文芸一般論（一三年九月参照）

二六日、人及び芸術家としての薄田泣菫氏（サンデー毎日）

二九日、〈長歌〉一編、〈短歌〉一首（書簡内）

※平田先生の翻訳（初出不詳）

二二日、治安維持法発布（五・一二施行）。

年号	事項	作品	参考事項
大正14（1925）年（34歳）	三〇日　原稿執筆が一段落する。 五月三日（日）　修善寺から帰京の途につく。帰途、大磯に寄ってから鎌倉の小町園に滞在し、病臥中の久米正雄を訪ねたり、二月に三度目の喀血をした塚本八洲の転地先を探したりした。 六日　田端の自宅に戻る。 七日　赤木健介に「小生もカラマゾフをドストエフスキイの作中の第一位に数へてゐます」などと書き送っている。 二〇日　午後二時、法政大学講堂で「ポーの一面」と題して講演をする。 二六日　秀しげ子が来訪する。午後四時過ぎ、フキの往診を終えた下島勲を誘って室生犀星を訪ね、俳談などをして夕方、帰宅。 六月、上旬　萩原朔太郎「郷土望景詩」を読み、感激する。寝巻姿のまま朔太郎宅を訪れた。 六日　夕方、富士見町にある細川邸の能舞台で催された能に佐佐木茂索を誘う。	五月一日、侏儒の言葉（一二年一月参照） 日本の女（四月参照） 「雪」「詩集」「ピアノ」（新小説）→雪・詩集・ピアノ 鏡花全集目録開口（新小説） 鏡花全集の特色（新小説） 第五回女性談話会　女？（女性）→女? ※五月一日、「新曲修善寺」（書簡内） 六日、鏡花全集に就いて（東京日日新聞） 一〇日、第二巻の序（THE MODERN SERIES OF ENGLISH LITERATURE II 恒文社） 一五日、文芸一般論（『文芸講座』） 二二日、〈短歌〉一首（書簡内） 六月一日、侏儒の言葉（一二年一月参照） 北京日記抄（改造） （※）雑信一束（初出不詳）	五月五日、普通選挙法公布。 一九日、宮島新三郎『明治文学十二講』刊。 三〇日、釈迢空『海やまのあひだ』刊。

大正14（1925）年（34歳）

二六日　午後四時、フキを診察するため、下島勲が来訪する。診察を終えて書斎を訪ねると、秀しげ子が来訪しており、三人で室生犀星を訪ねる。

七月四日　眼科医に結膜炎と診断されたことを斎藤茂吉に伝える。

一二日（日）　三男が誕生。恒藤恭の「恭」から「也寸志」と命名する。

二〇日　堀辰雄に「どんなに苦しくつてもハイカラなものを書くよりも写生的なものを書くべきだと思ふ。その方が君の成長にはずつと為になると思ふ」と書き送っている。

二七日頃　小穴隆一と各五〇句の連名の句集「隣の笛」の編集を始める。

三一日　佐佐木茂索から也寸志に帽子を贈られ、礼状を書くとともに、妻房子の入籍届（三月末、芥川の媒酌で結婚）に保証人として署名して贈る。

八月九日（日）　泉鏡花から借用していた『ユーゴー小品』を小包で返却する。

一一日　「海のほとり」の執筆が進まない。一度は翌日夕方の完成を約束したが、さらに一三日朝までの延期を高野敬録（「中央公論」編集長）に申し入れる。

一二日頃　小穴隆一との連名の句集「隣の笛」の編集が終わる。

一三日　「海のほとり」「尼提」を脱稿。

二〇日　夕方、軽井沢に向けて出発。鶴屋旅館に滞在した（翌月八日頃まで）。

二三日（日）　室生犀星、堀辰雄とともに碓氷峠に登る。

二四日　萩原朔太郎が、妹ユキ・アイを連れて室生犀星を訪ね

澄江堂雑詠（新潮）
温泉だより（女性）
わが俳諧修業（俳壇文芸）
二三日、〈俳句〉一句（書簡内）
七月一日、侏儒の言葉（一二年一月参照）
「わたくし」小説に就いて（不同調）
結婚難並びに恋愛難（婦人の国）
文章論（文章倶楽部）
八月一日、侏儒の言葉（一二年一月参照）
「太虚集」読後（アララギ）
「サロメ」その他（女性）→Gaity座の「サロメ」、変遷その他
ポーの片影(上)（秋田魁新報）
四日、ポーの片影(中)（秋田魁新報）
※八月一一日、〈短歌〉三首（書簡内）

七月一日、『不同調』（中村武羅夫ら）創刊。
八月一日、八木重吉『秋の瞳』刊。
川端康成「十七歳の日記」（文芸春秋）〜九月
一二日、萩原朔太郎『純情小曲集』刊。

年号	事項	作品	参考事項
大正14（1925）年（34歳）	てきたため、堀辰雄を交えて交遊する。 二五日　室生犀星が帰京する。小穴隆一との連名の句集「隣の笛」の予告広告に小穴の名が出ておらず、小穴に「不愉快だ」と書き送る。 二六日「改造」記者の居催促を受けて「死後」を脱稿か。 この頃、堀辰雄、片山広子・総子と追分へドライブに行く。のち堀の「ルゥベンスの偽画」に描かれる体験となった。 二八日　片山広子・総子が帰京するか。この頃、入れ替わりに小穴隆一、佐佐木茂索夫妻が軽井沢に訪れる。 三一日　小穴隆一、佐佐木夫妻、堀辰雄らと碓氷峠へ自動車で月見に行く。 この月、未定稿「文壇小言」を脱稿。 下旬　小穴隆一と高橋文子（西田幾多郎の姪）の間に縁談が浮上する。この縁談は、翌年三月末頃まで続いた。 九月二日頃　感冒のため、四、五日間床に就く。小穴隆一、堀辰雄が看病をした。 四日　比呂志が蒲原春夫に連れられて軽井沢に訪れる。 七日　比呂志を連れて軽井沢から帰京する。 九日　潁原退蔵《えばらたいぞう》に「『蕪村全集』の序」の原稿を送る。 上旬頃　田沼利男（堀辰雄の旧友）にフランス語を教わる。 この頃、軽井沢から持ち越した風邪のため、床に就く（二〇日頃まで）。 一三日（日）　堀辰雄らが来訪する。 二〇日（日）　風邪から回復し、床上げをする。 二三日　午後二時頃、南条勝代が初めて来訪する（一八日に日	九月一日、侏儒の言葉（一二年一月参照） 藤沢清造君に答ふ（不同調） 海のほとり（中央公論） 尼提（文芸春秋） 死後（改造） 隣の笛（改造） 才一巧亦不二（新潮） 我机（婦人公論） 〈俳句〉一句（書簡内） ※九月一二日、〈俳句〉一句（書簡内）	九月一七日、堀口大学訳『月下の一群』刊。

大正14（1925）年（34歳）

時を書き送っていた）。以後、南条が再渡英する昭和二年一月頃まで、西洋育ち（二歳から一八歳）の彼女に、日本文学一般についての個人教授のようなことをした。

　二五日　中根駒十郎を通して、新潮社に三〇〇円の借金を申し込む。

　この頃、『支那游記』の校正が始まる。

　二九日　神崎清の「死後」評に対する感想を送る。

一〇月一一日（日）「「私」小説論小見」を執筆。

　一五日頃　深夜、也寸志が発熱し、看病する。

　一八日（日）面会日のため来客が多く、疲労する。

　この頃、也寸志の病気が癒えず、落ち着かない日々を送る。

　二七日　午前一〇時頃、滝田樗陰が死去。午後、室生犀星が来訪する。滝田の病状も話題にのぼり、犀星の帰宅直後に死去の知らせを受けた。夜、二人で弔問に出かける。

　この月、未定稿「明治文芸に就いて」を脱稿。

一一月一日（日）南条勝代に、個人教授の日程を一週間延期すると伝える。

　三日『支那游記』刊行。

　この頃、翌年新年号の原稿執筆に忙殺され始める。

　八日（日）編集を担当した『近代日本文芸読本』（全五集）同時刊行。大変苦慮した編集作業から一年三か月ぶりに一応解放されるが、のち、無断収録や印税分配問題に巻き込まれ、さらに苦しむことになった。

　一四日　小穴隆一に、高橋文子（西田幾多郎の姪）との縁談について手紙を書く。

　この日の時点で、まだ新年号の短編三つが残っている。

　二五日、〈詩〉一編（書簡内）↓改稿して「風琴」
一〇月一日、「ふゆくさ」読後（アララギ）
　侏儒の言葉―病牀雑記（文芸春秋）↓病状雑記
　一五日、微笑（東京日日新聞）
　二〇日、「笑ひきれぬ話」の序（『笑ひきれぬ話』）
　二四日、〈俳句〉一句（書簡内）
一一月一日、侏儒の言葉（一二年一月参照）
　「私」小説論小見（新潮）
　「未翁南甫句集」の序（『未翁南圃俳句集』北声会）
　三日、**支那游記**（改造社刊）
　「支那游記」自序（『支那游記』）
　八日、**近代日本文芸読本**（興文社）

一〇月一八日、萩原恭次郎『死刑宣告』刊。

　二七日、滝田樗陰没（四三歳）。

一一月一〇日、『日本古典全集』（正宗敦夫、与謝野寛、与謝野晶子編）～昭一八

年号	事項	作品	参考事項
大正14（1925）年（34歳）	二二日（日）「澄江堂雑記」を脱稿。 二五日　穎原退蔵から穎原編『蕪村全集』とカステラを贈られ、礼状を書く。 一二月一日「湖南の扇」一回分を送る。 一〇日（推定）室生犀星とともに徳田秋声を森川町の家に訪ねる。 「改造」新年号への寄稿を断る。「湖南の扇」が脱稿できず、「新潮」新年号の原稿（「年末の一日」）締切を三、四日延ばしてもらえるよう依頼する。 一五日頃「湖南の扇」「年末の一日」を脱稿。（後者の初出には「一二・八」の日付けが見られる）。三一日には、斎藤茂吉に「中央公論の方は出来損ひなり御覧下され候はば新潮の「年末の一日」を御覧下され度候」などと書き送っている。 一六日　劇作家協会のお金一八〇円を落として窮している藤沢清造の「根津権現裏」を新潮社から出版してもらえるよう、中根駒十郎に依頼する。 月末頃　年末のこととして「ぼんやり置火燵に当りをれば、気違ひになる前の心もちはかかるものかとさへ思ふことあり」と記している。	一五日、滝田哲太郎君（サンデー毎日） 一八日、「蕪村全集」の序（『蕪村全集』） 二〇日、拊掌談（文芸時報）（～一五年二月） ※夏目先生と滝田さん（初出不詳） 一二月一日、滝田君と僕と（中央公論）→滝田哲太郎氏 澄江堂雑記（文芸春秋）～一五年一月 一人一語（文芸春秋） 五日、拊掌談（文芸時報） 二〇日、拊掌談（文芸時報） 二一日、序に代ふる小戯曲「直木三十三」（『新作仇討全集』）→「新作仇討全集」の序 二九日、〈短歌〉二首（書簡内） ※第一巻の序（THE MODERN SERIES OF ENGLISH LITERATURE I 恒文社）	一二月六日、日本プロレタリア文芸連盟結成。

大正15（1926）年（35歳）

一月七日　小石川偕楽園で行われた「新潮合評会」に、田山花袋、近松秋江、正宗白鳥、藤森淳三、広津和郎、宇野浩二、堀木克三、中村武羅夫らと出席する。
　上旬　不眠症、胃腸不良、不眠症などに苦しむ。
　一二日　佐藤豊太郎（春夫の父）から春夫を通して求められていた、俳句を記した「小帖一冊」を送ることを伝える。
　一三日　斎藤茂吉を訪ね、診察を受ける。暇乞いに来ていた下田光造を東京駅まで送った後、斎藤茂吉に東京駅前の花月で夕食を御馳走になり、その後、アララギ発行所で島木赤彦に会う。東京豊達（エスペランティストの医師）から、作品のエスペラント訳許可の申し入れを受け、承諾する。
　この頃、胃腸、神経性狭心症、不眠症、痔疾などに苦しむ。
　一五日　斎藤茂吉に伊藤左千夫の遺族の住所を尋ねる。菅虎雄に、息子の忠雄を通して夏目漱石の短冊の箱書を依頼した失礼を謝し、自分から取りに行くので手元に置いてもらえるよう依頼する。
　午後、静養のため湯河原に出かける。中西屋旅館に滞在した（翌月一九日まで）。湯河原では、山本有三からの著作権法に関する問い合わせに対する返事を書き、菊池寛にも相談するように伝える。夕刊で、佐佐木房子（茂索夫人）の実父が変死したことを知り、山本に「僕の関係する縁談はから不幸ばかり起るかと思つて大いに神経衰弱を増進した」などと書き送っている。
　この頃、小穴隆一の縁談に尽力するが、順調に進展しない。
　一六日　葛巻義敏に、徳富蘇峰『近世日本国民史』の『織田氏時代』上下編を送るよう依頼する。室生犀星に、梅を見に湯河原を訪れるよう書き送る。大橋繁（佐佐木房子の母）に、夫の変死

一月一日、湖南の扇（中央公論）
　澄江堂雑記（一四年一二月参照）
　年末の一日（新潮）
　翻訳小品（文芸春秋）
　鴨猟（桂月）
　風変りな作品二点に就て（文章往来）
三日、身のまはり（サンデー毎日）
四日、文章と言葉と（大阪毎日新聞）
五日、拊掌談（文芸時報）
一六日、〈俳句〉一句（書簡内）

一月一日、志賀直哉「山科の記憶」（改造）
　葉山嘉樹「セメント樽の中の手紙」（文芸戦線）
　川端康成「伊豆の踊子」（文芸時代）～二月
　武者小路実篤「愛慾」（改造）
七日、文芸協会結成。

年号	事項	作品	参考事項
大正15（1926）年（35歳）	に対する悔やみの口上を送る。湯河原も関東大震災の被害を受けており、中西屋旅館が別の場所に移っていることを知って、下島勲に「有為転変を感じました」などと書き送っている。 一八日　佐佐木房子の父の変死で憂鬱になったことを小穴隆一に伝える。「どうも小生の関係する縁談は、皆悪い事を招くやうな気がする。君も精々気をつけ給へ」などと記している。 二〇日　下島勲に胃腸薬の調合と送付を依頼する。この頃、胃薬は下島に、精神安定剤は斎藤茂吉に調合を依頼していた。佐佐木茂索に「二月近くの不眠症未だに癒らず、二晩ばかり眠らずにゐると、三晩目には疲れて眠るには眠るが、四晩目は又目がさえてしまふ」などと書き送っている。 二一日　道章に『近世日本国民史』の『豊臣氏時代』および『梁塵秘抄』を葛巻義敏に送らせるよう依頼する。のち『近世日本国民史』を読んで「人工的に勇気を振ひ起してゐる」と記している。フキには、なるべく早く湯河原に来るよう伝える。 この頃、痔疾の方は小康を得たが、依然として胃腸病、神経性狭心症、不眠に苦しむ。南条勝代が、湯河原へ見舞いに訪れる。 二八日　田端に一時帰宅する。 三一日（日）午後四時頃、夏目漱石の短冊の箱を受け取るため、鎌倉の菅虎雄を訪ねた後、再び湯河原を訪れる。 二月初旬　前年八月末頃から続いていた、小穴隆一と高橋文子（西田幾多郎の姪）の間の縁談が、相変わらず進展しない。 五日頃、斎藤茂吉の紹介で、神保孝太郎（内科医）の診察を受ける。神経衰弱、胃酸過多症、胃アトニーと診断され、「この儘齢四十になると潰瘍か癌になる事うけ合ひ」などと言われた。	三一日、虎の話（大阪毎日新聞） 二月一日、病中雑記（文芸春秋）～三月 「二人の友」（橄欖樹） 新潮合評会　第三一回（新年の創作評）（新潮）→新潮合評会（七）	二月一日、正宗白鳥「安土の春」（中央公論）

この頃、佐佐木茂索が湯河原に訪れ、二泊して帰る。
八日『地獄変』『或日の大石内蔵之助』（再刊本）刊行。
　この頃、不眠は続いたが、アダリン（睡眠薬）は用いなくなる。
　一三日頃　フキが湯河原に訪れ、一緒に滞在する。
　一六日　小穴隆一が装丁を担当した再刊本『地獄変』『或る日の大石蔵之助』の装丁について「渋くして上等なり」と小穴に書き送る。
　一九日　細木元三郎（実父敏三の弟）が脳溢血で倒れたため、健康が回復しないまま、夜、急遽フキとともに湯河原を引き上げて上京する（予定では二三日頃まで滞在のつもりだった）。
　二一日（日）　与謝野鉄幹から講演の依頼を受けるが、病気のため断る。
　二二日　午後、下島勲が来訪し、二時間ほど話し込む。帰りに湯河原の土産を進呈した。
　二六日　午後、春陽会の招待を受け、下島勲とともに上野の展覧会に出かける。場内で小穴隆一、神代種亮、室生犀星、葛巻義敏らに会い、帰途、皆で上野広小路の岡野で汁粉を食べる。

（満三十四歳）
三月三日　下島勲から蜂の子（強精・滋養効果があると言われた）の缶詰をもらう。
　五日　室賀文武から、依頼していた聖書（改訳聖書と思われる）が届き、礼状を書く。「今山上の垂訓の所を読みました。何度も今までに読んだ所ですが、今までに気づかなかつた意味を感じました」などと記している。

五日、拊掌談（一四年一二月五日参照）
八日、〈俳句〉一句（書簡内）
或日の大石内蔵之助（文芸春秋社出版部刊）
地獄変（文芸春秋社出版部刊）
九日、〈短歌〉一首（書簡内）

三月一日、病中雑記（二月参照）
　一人の無名作家（文章倶楽部）
　八日、「輪廻」読後（東京日日新聞）

大正15（1926）年（35歳）

事項

一一日　依然として神経衰弱に苦しむ。

この頃、長崎から永見徳太郎が上京し、近所の滝野川に住む（のち西荻窪に移住）。上京記念として、大正一一年五月の長崎再遊の時に見せられて垂涎した、鉄翁遺愛の硯を贈られた。

一六日　午後一時一五分、下島勲の養女行枝（当時小学校六年）が肺炎のため死去。前日までは小学校に通っていたが、帰宅後、四二度の発熱をして肺炎に罹り、徹夜の看病もかなわなかった。行枝を大変可愛がっていた芥川は、知らせを受けて驚愕する。下島家には、芥川を始め、室生犀星、久保田万太郎らが駆けつけた。

一八日　午後一二時、下島勲の養女行枝の葬儀に、菊池寛、室生犀星、久保田万太郎らとともに参列する。列席者は百数十名に及んだ。

二九日　午後、文と也寸志を連れて鵠沼に出かける。

三一日　徳冨蘆花に『近代日本文芸読本』への作品収録の事後承諾を依頼する。体調が優れないため、夜、鵠沼から帰宅する。

四月五日　渡辺庫輔に「あひかはらず神経衰弱はひどし、胃腸は悪いし、痔にも悩まされて鬱々と日を送つてゐる始末だ。君のゐた頃を何度もなつかしく思ふ」などと書き送っている。

初旬　比呂志が東京高等師範附属小学校に入学。

六日　午後、体調が優れずに寝ていると、下島勲が来訪し、亡くなった行枝のための悼亡の句を依頼される。完成した句「更けまさる火かげやこよひ雛の顔」は、芥川の筆跡で行枝の墓碑裏面に刻まれた。

作品

一五日、「若冠」の後に（『詩集若冠』自我社）

四月一日、追憶（文芸春秋）～昭和二年二月

剛才人と柔才人と（新潮）

内藤鳴雪翁を悼む（枯野）

驢馬「近詠」欄〈俳句〉

二句（驢馬）～一一月

参考事項

三月二七日、島木赤彦没（四九歳）

四月一日、『驢馬』（中野重治、堀辰雄、窪川鶴次郎ら）創刊。

大正15（1926）年（35歳）

この頃、湯河原で一時やめたアダリンの服用が再開する。もはや通常の量では足りず、三倍以上の二グラム程度を服用した。佐木茂索からもらった睡眠薬（アロナール・ロッシュ）も、この頃から時々服用するようになり、以後長く愛用することとなった。

一〇日　前月末に『近代日本文芸読本』への作品収録の事後承諾を依頼した徳冨蘆花から、掲載許可の返事が届き、礼状を書いて掲載料を送付する。この月、三木露風からも事後承諾を得ており、同様に礼状と掲載料を送っている。

一三日　未定稿「凶」を脱稿。

一五日　小穴隆一が来訪する。この日、小穴に自殺の決意を告げる。

二二日　文と也寸志を連れて、鵠沼の東屋《あずまや》旅館へ静養に出かける。当時、鵠沼には塚本八洲の療養のため、塚本一家が移住していた。以後、年末まで、鵠沼が生活の主拠点となった。

鵠沼では来客が多く、疲労感をつのらせる。六月一日には、佐木茂索に「鵠沼に一月ゐる間の客の数は東京に三月ゐる間の客の数に匹敵す」などと書き送っており、来客中は元気に振る舞ったが、客が帰ると額から脂汗を流し、縁側に倒れてしまうようなことが度々あった。

二五日（日）　朝、胃酸を吐きそうになる。蒲原春夫が来訪し、夕方、帰る。

五月一日　斎藤茂吉から「血圧百五十故海岸も差支へなき」と診断されたものの「但しまだ疲れ易いのに弱る。目下散薬、水薬、注射薬併用。定刻散歩」などと書き送っている。

五日　也寸志の初節句のため、文が也寸志を連れて田端に戻

九日、〈俳句〉一句（書簡内）

五月一日、追憶（四月参照）
横須賀小景（驢馬）
※東西問答（時事新報）

五月一日、藤森成吉「礫茂左衛門」（新潮）

年号	事項	作品	参考事項
大正15（1926）年（35歳）	る。この間、力石平蔵が泊まりがけで身の回りの世話をした。 九日（日） 山本有三から著書（『途上』か）を贈られ、礼状を書く。『近代日本文芸読本』の掲載料の件に触れ「あのお礼は口数が多いので弱つた。興文社から少し借金した。編サンものなどやるものぢやない」などと記している。編者をつとめた『近代日本文芸読本』で儲けて書斎を建てた、などという妄説に悩み、三越の「十円切手」を、遺族も含め作品収録作家一一九名全員に分配したものと思われる。 この頃、睡眠薬の量がますます増える。 二四日頃 薬を服用し、温灸をしながら、締切日のある原稿は断って、乱されずに作品を執筆するよう努める。戯曲にも関心を示し、執筆を考えている。 二五日 夜、田端に戻る。田端には、翌月八日まで滞在した。 二六日 午後一時、下島勲に診察してもらう。病状は良好。 二九日 室生犀星に、萩原朔太郎「中央亭騒動事件」を読み、感動したことを伝える。この事件は、一一日に行われた野口米次郎の『日本詩集』出版記念会に出席した朔太郎が絡まれているのを見て、犀星が親友の危機と椅子を振り回し加勢に駆けつけたもの。 三〇日（日） 木村毅から『文芸東西南北』を贈られ、礼状を書き「小生の南蛮小説などはいづれも余り上出来ならず、唯小生きりしとほろ上人伝だけは或は今でも読むに足る乎と存じ居り候」などと記している。 六月七日頃 のんびり作品を執筆する。翌日には再び鵠沼に戻る予定で、蒲原春夫に「月末にはかへる故、ゆつくり出京し給へ」などと書き送っている。	二一日、〈俳句〉二句（書簡内） 二九日、〈俳句〉一句（書簡内） 六月一日、追憶（四月参照） 驢馬「近詠」欄〈俳句三句〉（四月参照）	

大正 15（1926）年（35歳）

八日　小穴隆一に、スパニッシュ・フライ（小穴は「○・○○一グラムが致死量と聞いてゐた」と記す）の見本を、田端に届けてもらえるよう依頼する。

夕方、田端から再び鵠沼に帰る。

この頃、文と也寸志を連れて湯河原へ一泊旅行に出かけ、中西屋旅館に宿泊。文との旅行は、これが最初で最後のものとなった。

一三日（日）　小穴隆一が鵠沼に訪れ、泊まっていく。

この頃、作品執筆のため、しばらくやめていた睡眠薬の服用を再開する。目覚めた時、友人たちの幻覚を見たりした。

この頃、必死になって「点鬼簿」を執筆。

一四日頃　下痢が続き、月末まで悩まされる（のち大腸カタルと判明）。痔も併発して苦しみ、塚本鈴が心配して八洲についていた看護婦を回してくれた。

未定稿「滝井君の作品に就いて」を脱稿。

二二日　下痢のため、文芸春秋社の講演会への出席を断念する。佐佐木茂索に謝罪文の代読と講演の代演を依頼した。朝、佐佐木は芥川を見舞った後、会場の報知講堂に出かけて謝罪文を読み、病状を説明した。

午後一〇時頃、鵠沼から田端の自宅に戻る。

二三日　午後、下島勲が来訪して、診察を受ける。大腸カタルによる衰弱が激しい。

二八日　小康を得たため、室生犀星を訪ねる。帰宅後、下痢が再びぶり返した。

三〇日　痔の手術について、小島政二郎から医院を紹介されたが、胃腸を病んで衰弱しているため、体力をつけてからにしたいと伝える。

年号	事項	作品	参考事項
大正15（1926）年（35歳）	この頃、足袋を履いて足の裏にカラシを塗り、さらに脚湯まで使うような状況だった。 七月六日　午後一時頃、鵠沼に帰る。文と也寸志は朝、一足先に向かっていた。 　この頃、斎藤茂吉の勧めもあり、東屋の貸別荘「イの四号」（玄関を入れて三間）を借りて移住し、鵠沼での簡易生活が始まる。この「西洋皿一枚ずつ」の生活を、芥川は「二度目の結婚」と記している。引越しの日には、フキも鵠沼に来てしばらく滞在した。その翌日には、秀しげ子が子供を連れて見舞いに来訪した。 一〇日　小穴隆一に、次の来訪の際、スパニッシュ・フライをすり潰して届けてもらえるよう依頼する。 一一日　再度、小穴隆一にスパニッシュ・フライを依頼する。 　この頃、神経衰弱が好転せず、むしろ悪化の傾向にある。内臓不良も続き、粥のようなものしか食べられないことが多かった。 一二日　小穴隆一に「スクキテクレ」と電報を打つ。 一五日　「三つのなぜ」を脱稿。 二〇日　未定稿「鵠沼雑記」を脱稿。 　この頃、比呂志と多加志が鵠沼に訪れ、しばらく滞在する。比呂志は来た晩に熱を出し、医者にかかったが回復しないため、田端に帰した。 二四日　暑い日が続くが、軟便のため海にも入れない。近所のバイオリンの音に悩まされて執筆もできなかったため、田端に戻って生活することも考える。 二七日　夕方、藤沢で開業していた富士山《ふじたかし》（医師）の診察を初めて受ける。薬餌療法で胃腸を正常にするのは無理だと言われ、	七月一日、追憶（四月参照） カルメン（文芸春秋） 発句私見（ホトトギス） 近松さんの本格小説（不同調） 又一説？（改造） 亦一説？（中央公論） 棕櫚の葉に（詩歌時代）	

大正15（1926）年（35歳）

サルタ（坐薬）一箱を処方される。
二九日頃　借家の周囲は、楽器演奏（バイオリン、ハーモニカ、ラッパ）やラジオ、蓄音機などの騒音が激しく、西海岸への転居を考える。
月末　小穴隆一が、一軒おいた隣の貸別荘「イの二号」に移住する（翌年二月まで）。小穴の鵠沼移住を望んでいたこともあり、以後二人で、時には文を交えて三人で、散歩などをすることがしばしばあった。
八月七日　神経衰弱による不眠症のため、富士山（医師）の診察を受ける。睡眠薬の飲み過ぎを注意され、ブロモコル（当時最高の神経鎮静散剤）を処方される。
九日　佐佐木茂索から国木田虎雄（独歩の息子）が借りていた洋館が空き家になることを知らされ、早速見に行く。中旬には空くことを知り、仮住まいには上等過ぎるものの、転居を考える。
この頃、胃腸は相変わらず不調で、しばしば下痢を起こす。一度帰郷した渡辺庫輔が上京して田端に住み、何かと手伝いした。
一〇日（あるいは九日か）　堀辰雄が来訪する。
一一日　富士山の診察を受け、再びサルタ一箱を求める。
一二日　佐佐木茂索夫妻を鵠沼に誘う。「土産は入らぬ故、アロナアルロツシユを二びん買つて来てくれ給へ」と書き送っている。下島勲も誘っており、近所の騒音のため「近々もう少し閑静な所へ引き移らうと思つてをります」などと記している。
「春の夜」を脱稿。
中旬頃　思い立って、文と二人で新婚生活を始めた鎌倉の家を訪ねる。
一六日　富士山の診察を受け、ブロモコル六日分を処方される。

二九日、〈俳句〉二句（書簡内）
八月一日、追憶（四月参照）
囈語（随筆）
九日、〈俳句〉一句（書簡内）
※雲の峰（初出不詳）

年号	事項	作品	参考事項
大正15（1926）年（35歳）	一八日　富士山の診察を受け、内服以外の方法がないか相談する。そのため、この日から毎日、砒素のオプタルソン（神経衰弱に用いられた当時最高の注射液）の注射を受けることになり、合計一六回に及んだ。 二四日　下島勲を再度鵠沼に誘う。「我々の二度目の新所帯に先生をお迎へして御飯の一杯もさし上げたい念願があります」などと記している。 月末　睡眠薬を飲み過ぎ、夜中に五〇分もの間、うわ言を言い続ける。 この頃、田端の自宅に戻る。 九月二日頃　東京の猛暑を避け、鵠沼に帰る。 九日　「点鬼簿」を一応脱稿（二六日頃再び推敲）。 この頃、也寸志が鵠沼で寝冷えのために発熱する。田端では、多加志がお腹をこわして床に就いていた。第三随筆集の題名を『梅・馬・鶯』に決め、新潮社に知らせる。佐藤春夫が担当する予定だった装丁を、生活費に窮していた小穴隆一に変更してもらえるよう依頼した（佐藤に依頼済みで変更できず）。 上旬　新原得二一家が鵠沼に移住する。何かと煩わされることが多かった。 一五日　数枚を加筆して「点鬼簿」を改造社に送るか。この数枚のために数日を費やした。 一六日　相変わらず体調が優れない。近所の騒音にも依然として悩まされ、佐佐木茂索に「鎌倉か逗子かへ移らんと思へど、家内ここを離れたがらず」「多事、多難、多憂、蛇のやうに冬眠したい」などと書き送っている。	九月一日、驢馬「近詠」欄〈俳句三句〉（四月参照） 追憶（四月参照） 春の夜（文芸春秋） 二日、〈俳句〉一句（書簡内） 一六日、〈俳句〉一句（書簡内）	九月一日、島崎藤村「嵐」（改造） 九月二四日、無字幕映画「狂った一頁」（川端康成シナリオ・衣笠貞之助監督）封切。

大正15（1926）年（35歳）		
二〇日（あるいは一九日か）　堀辰雄が来訪し、一泊して帰る。 二二日　東宮豊達（エスペランティストの医師）から申し入れられた、「きりしとほろ上人伝」のエスペラント訳を許可する（作品のエスペラント訳については、一月に了承していた）。 二三日　麻生恒太郎から著書を贈られ、礼状を書く。 二五日　午後、土屋文明、斎藤茂吉が見舞いのため来訪する。この日、二人は鵠沼に泊まる。 二六日（日）　土屋文明、斎藤茂吉らと鵠沼海岸を散策する。午後一時五〇分の列車で二人は帰京する。 二七日　田端の自宅に一時帰宅するか。すぐに鵠沼へ帰っている。 二九日頃　二六日にアメリカから帰国したばかりの恒藤恭が鵠沼に訪れる。三年振りにして最後の対面となった。 この頃、「イの四号」から裏の二階家の借家に転居する。 一〇月一日　この日発表の「点鬼簿」冒頭で「僕の母は狂人だつた」と記し、初めて自らの出生の秘密を公表する。 三日（日）　東宮豊達から、エスペラント訳の作品を「きりしとほろ上人伝」から「開化の殺人」に変更する旨を申し入れられ、承諾する。 一一日「O君の新秋」を脱稿。 一七日頃　田端の自宅に戻る。 一八日　午後四時頃、下島勲が来訪する。 一九日　午後、鵠沼に帰る。 二二日『梅・馬・鶯』の初校を終える。 二六日「悠々荘」を脱稿。 二九日　精神状態が不安定であることを佐佐木茂索に伝える。	一〇月一日、追憶（四月参照） 点鬼簿（改造） 一〇日、島木さんのこと（アララギ）→島木赤彦氏	一〇月二五日、『仏蘭西文学研究』創刊。

年号	事項	作品	参考事項
大正15（1926）年（35歳）	「上京した次手に精神鑑定をして貰はうかと思つてゐるが、いつも億劫になつて見合せてゐる」などと記している。 　この頃、九日「時事新報」に掲載された徳田秋声の「点鬼簿」悪評に心を乱す。 一一月一〇日　徳田秋声の「点鬼簿」悪評のショックをまだ引きずっている。佐佐木茂索に「秋声は岡の伯父だけはある」と書き送り、また「この頃の寒気に痔が再発。催眠薬は増すばかり」「兎に角君の顔が見たい」などと記している。 　一三日「彼」を脱稿。 二一日（日）　斎藤茂吉にアヘンエキスの送付を依頼する。 二七日　宇野浩二が鵠沼に訪れる。要領を得ないことを言って帰った。 「猪・鹿・狸」「萩原朔太郎君」を脱稿。 　この頃、胃腸は徐々に回復するが、神経衰弱が快方に向かわない。ふと往来で出会った老人が亡き実母に見えたりすることもあった。 一二月一日「鬼ごつこ」を脱稿。 　この頃、アヘンエキス、ホミカ、下剤、ベロナールなどを常用する。痔の座薬を用いることさえあり、家人の目にも満身創痍の観があって、痛ましいばかりだった。 　三日「玄鶴山房」の執筆が一二、三枚まで進んだところで停滞する。佐佐木茂索に「暗タンたる小説を書いてゐる」「冬眠、冬眠、その外のことは殆ど考へない」などと書き送っている。	一一月一日、追憶（四月参照） O君の新秋（中央公論） 夢（婦人公論） 槐（美術新論） 凡兆について（俳諧雑誌） 〈俳句〉一句（書簡内） 一一日、芥川氏病床慰藉句会席上『四十起作品集』島津長次郎発行） 　一五日、驢馬「近詠」〈俳句二句〉（四月参照） 　二九日、久米との旧交回復のくさびに（読売新聞） ※鴉片（世界） 一二月一日、追憶（四月参照） 　二日、〈短歌〉一首（書簡内） 　四日、〈短歌〉五首（書簡内）	一二月三日、改造社、「現代日本文学全集」刊行（全六三巻、頒価一円、昭七・一二）―〈円本時代〉始まる。

大正15（1926）年（35歳）

四日「僕」を脱稿。
五日（日）中野重治（当時東大生）の詩を読み、その感想を室生犀星に伝える。「中野君ノ詩モ大抵ヨンダ、アレモ活キ活キシテヰル。中野君ヲシテ徐ロニ小説ヲ書カシメヨ。今日ノプロレタリア作家ヲ抜ク事数等ナラン」などと記している。
九日　夏目漱石の命日であるこの日を、自殺決行日と考えていたこともある。
「彼　第二」を脱稿。
一〇日「或社会主義者」を脱稿。
一三日　斎藤茂吉に、アヘンエキス二週間分を田端に送ってもらえるよう依頼する。
夕方、鵠沼から田端の自宅に戻る。
一四日頃　田端の自宅で原稿執筆を続ける（二〇日過ぎまで）。
一六日「玄鶴山房」が脱稿できない。二月号への延期を中央公論社へ申し入れる（結局、新年号に「一」「二」だけ掲載）。
二〇日　佐佐木茂索らと赤倉へスキーに行く予定があったが、原稿執筆が間に合わないため、取止める。
二二日　東京駅で夕食をとった後、午後八時頃、下島勲を伴って鵠沼に帰る。近所に住む小穴隆一を交えて、深夜、午前〇時頃までカルタ遊びに興じた。
二三日　午前一一時頃、起床。食事を済ませた後、塚本八洲の診察のため、下島勲とともに塚本家を訪ねる。帰途、也寸志を連れた文と小穴隆一に会い、皆で散歩をする。芥川、小穴と三人で夕食をとった後、下島は帰京した。
二五日　滝井孝作に「多事、多病、多憂で弱っている」「書くに足るものは中〻書けず。書けるものは書くに足らず。くたばつ

五日、〈俳句〉一句、〈短歌〉一首（書簡内）
六日、猪・鹿・狸（東京日日新聞）

二五日、**梅・馬・鶯**（新潮社刊）
「梅・馬・鶯」小序（『梅・馬・

一二月二五日、大正天皇崩御、昭和と改元。

年号	事項	作品	参考事項
昭和元(1926)年(35歳)	てしまへと思ふ事がある」などと書き送っている。 第三随筆集『梅・馬・鶯』刊行。 二七日 正月の準備のため、文が田端の自宅に戻る。代わりに葛巻義敏が鵠沼に訪れる。 三一日 「体の具合が悪くなつて」鎌倉の小町園へ静養に出かける。女将の野々口豊子の世話になった。この時、行き詰まりを感じて家出を考えたとも伝えられている。田端の自宅から早く帰るよう電話で催促を受けたが、結局、翌年正月の二日まで滞在した。 鵠沼の借家は、翌年三月まで借りていたものの、以後、ほとんど滞在することはなく、時々、塚本家の関係者が見回りをしてくれた。	鶯』) (※)鵠沼雑記〈遺稿〉 (※)志賀直哉氏に就いて(初出不詳)	
昭和2(1927)年 (36歳)	一月一日 鎌倉の小町園で、新年を迎える。 二日(日) 鎌倉の小町園から鵠沼に立ち寄った後、夜、田端の自宅に戻る。 三日 午後、嘔吐中のところに下島勲が来訪し、診察を受ける。 四日 西川豊(義兄の弁護士)宅が全焼する。直前に多額の保険がかけられていたため、西川には放火の嫌疑がかかった。午後、前月三〇日に死去した小穴隆一の妹の告別式に参列する。 六日 午後六時五〇分頃、西川豊が千葉県山武郡土気《とけ》トンネル付近で飛び込み自殺をする。以後三月頃まで、義兄の家族や、遺された高利(年三割)の借金、生命保険や火災保険などの問題で、東奔西走を余儀なくされた。	一月一日、追憶(大正一五年四月参照) 悠々荘(サンデー毎日) 彼(女性) 彼 第二(新潮) 玄鶴山房(中央公論)〜二月 貝殻(文芸春秋) 文芸雑談(文芸春秋) 荻原朔太郎君(近代風景) 三日、或人から聞いた話(東京日日新聞、四日、大阪毎日新聞) ↓或社会主義者	一月一日、藤森成吉「何が彼女をさうさせたか」(改造)〜四月 築地小劇場、帝劇に進出し、第一回公演。〜四

この頃、編集者や来客から避難するために平松麻素子の世話で、帝国ホテル（父の福太郎が支配人の犬丸徹三と懇意だった）に部屋をとり、原稿執筆をすることもある。帝国ホテルからは、しばしば歩いて銀座の米国聖書協会に住み込んでいた室賀文武を訪ね、キリスト教や俳句などについて、長時間熱心に議論をした。

八日頃「新潮合評会」に、徳田秋声、近松秋江、久保田万太郎、広津和郎、宇野浩二、堀木克三、藤森淳三らと出席する。

一三日　午後五時半、香取秀真宅で開かれた道閑会に出席する。鹿島龍蔵、小杉放庵、久保田万太郎、北原大輔、脇本楽之軒、木村荘八らが列席した。

一四日　奈良から上京した滝井孝作が、犬養健を連れて来訪する。

一六日（日）「玄鶴山房」（二月号発表分）を執筆。義兄の家のことで落ち着かず、脱稿できない。

一九日「玄鶴山房」を脱稿。

中旬『梅・馬・鶯』の装丁の御礼のため、佐藤春夫を自宅に訪ねる。午後五時頃から深夜、午前三時頃まで話し込む。

二一日　野村治輔から、作品のロシア語訳を申し入れられ、許可する。翌年三月、モスクワのクルーグ社から『世界文学叢書』第四編として刊行された。

二四日　夕方、下島勲が来訪し、井月の出家の動機について論争する。

二八日　斎藤茂吉に使いを出し、ベロナールとノイロナールを持たせるよう依頼する。

月末　依然として義兄の家の問題に悩まされる。佐佐木茂索に「唯今姉の家の後始末の為、多用で弱つている。しかも何か書か

一二日、〈短歌〉一首（書簡内）

一六日、〈短歌〉一首（書簡内）

二八日、〈俳句〉一句（書簡内）

※露訳短篇集の序（初出不祥）

年号　昭和2（1927）年（36歳）

事項

ねばならず。頭の中はコントンとしてゐる。火災保険、生命保険、高利の金などの問題がからまるのだからやり切れない」などと書き送っている。

二月二日　斎藤茂吉に、前月二八日に依頼した薬と短冊の礼状を書く。「蜃気楼」「河童」を執筆していることを伝えるが「唯今でも時々錯覚(?)あり、今夜はヌマアルを用ふべく候」などと記している。

四日　「蜃気楼」「芝居漫談」を脱稿。

五日　「春の夜は」を脱稿。

七日頃　義兄の家の問題に忙殺されながらも、「河童」（六〇枚）、「軽井沢で」（三枚）などを執筆。

一一日　午後、平松麻素子、下島勲を伴って室生犀星を訪ねる。この日までに、室生犀星と二人で、堀辰雄「ルウベンスの偽画」に目を通し、添削指導をした。堀の作品に目を通すのは、これが最後となった。

一三日頃　「河童」を脱稿。

一五日　義兄の家の問題についての親族会議に出席する。

この頃、「文芸的な、余りに文芸的な」の前半を書き上げる。仕事が片付き次第、少なくとも月末（当初は二〇日頃を予定）には鵠沼に戻る意志を、当地にいる小穴隆一に書き送る。

一七日　大熊信行から著書『社会思想家としてのラスキンとモリス』を贈られ、礼状を書く。卒業論文で扱ったウィリアム・モリスについてのコメントを書き添えた。

一九日　歌舞伎座で行われた改造社主催の観劇会に出かける。

作品

二月一日、玄鶴山房（一月参照）
追憶（一五年四月参照）
鬼ごっこ（苦楽）
新潮合評会　第四三回（一月の創作評）（新潮）→新潮合評会(八)
五日、僕は（驢馬）
七日、〈俳句〉一句（書簡内）

一七日、藤森君の「馬の足」のことを話せと言ふから（文芸時報）

参考事項

二月一日、谷崎潤一郎「饒舌録」（改造）～一二月

昭　和　2（1927）年（36歳）

芝居は観ずに、休憩室などで久米正雄と話し込んだ。閉幕後、里見弴に誘われて吉原の茶屋に行く。深夜、午前〇時頃、佐藤春夫、佐佐木茂索夫妻と中座して帝国ホテルへ向かう。そこで谷崎潤一郎、久米、佐藤と夜を徹して話し込んだ。この日は、帝国ホテルに宿泊。

二五日　夕方、下島勲が来訪するが、帝大仏教講堂で行われた新潮社の世界文学全集講座の講演会に出かけ、講演をする。他に森田草平、佐藤春夫、豊島与志雄らが講演をした。

二七日（日）　改造社の円本全集宣伝講演会のため、佐藤春夫らと大阪に向けて出発。義兄一家の経済的窮地を救うため、身体の無理をおして参加したものと思われる。

二八日　大阪中之島公会堂で「舌頭小説」と題して講演をする。夜、谷崎潤一郎、佐藤春夫と遊ぶ。深夜、岡本の谷崎宅を訪れ、夜を徹して文学論を戦わせた。

鵠沼に帰ることは断念し、自分から誘って鵠沼に移住させた小穴隆一に、田端の自宅近くに移ってくるよう誘っていた。この日、田端に下宿（新昌閣）が見付かり、数日後、小穴は鵠沼を引き上げて転居する。

（満三十五歳）

三月一日　谷崎潤一郎、佐藤春夫両夫妻とともに弁天座で文楽を観る。夜、佐藤夫妻は帰京する。谷崎と二人で南地の茶屋で文学論などをしていると、内儀の紹介で根津松子が訪ねてくる。松子は、この時初めて谷崎と会い、二人はのちに結婚することになった。

二日　根津松子に誘われ、谷崎潤一郎を伴って南地のダンス場

二一日、その頃の赤門生活（帝国大学新聞）

三月一日、蜃気楼（婦人公論）
河童（改造）
芝居漫談（演劇新潮）
軽井沢で（文芸春秋）
徳富蘇峰氏座談会（文芸春秋）
都会で（手帖）〜五月

三月五日、新潮社刊「世界文学全集」（全五七巻、予約数五八万、〜昭七）刊行開始。第一回配本、豊島与志雄訳「レ・ミゼラブル(1)」。

年号	事項	作品	参考事項
昭和2（1927）年（36歳）	に行く。谷崎と松子が踊るのを見ているだけで、自分は踊らなかった。大阪滞在中、後援者のおかげで西洋行が実現しそうだった佐藤春夫が、芥川も一緒に行く了解を得る。ヨーロッパ旅行には大いに関心を示したが、結局実現しなかった。 六日（日） 午後四時半頃、大阪から帰京し、田端の自宅に戻る。「玄鶴山房」中のリープクネヒトについて、青野季吉に手紙を書く。 七日 「誘惑」を脱稿。 一四日 「浅草公園」を脱稿。 二三日 「歯車」の「一 レエン・コオト」を脱稿。 二七日（日） 午後、小穴隆一宅で花札をしていると、室生犀星の子供を往診して来た下島勲が訪れる。帰途、下島と二人で夕食をとる。 「歯車」の「二 復讐」を脱稿。 二八日 借家の整理もあって、鵠沼に出かける。翌月二日まで滞在し、これで完全に鵠沼を引き上げた。鵠沼では、斎藤茂吉に「河童」について「時間さへあれば、何十枚でも書けるつもり」、「蜃気楼」について「多少の自信有之候」などと書き送る。また、閃輝暗点（眼性偏頭痛）の症状が起こる（芥川自身は眼性によるものとは考えなかった）。「この頃又透明なる歯車あまた右の目の視野に廻転する事あり、或は尊台の病院の中に半生を了ることと相成るべき乎」などと記している。 「歯車」の「三 夜」、および「たね子の憂鬱」を脱稿。 二九日 「歯車」の「四 まだ？」を脱稿。 三〇日 「歯車」の「五 赤光」を脱稿。	註文無きに近し（新潮） 少時からの愛読者（随筆） 二四日、小説の読者（文芸時報） 二八日、〈俳句〉一句（書簡内）	

四月二日　夜、鵠沼から田端の自宅に戻る。
三日（日）　吉田泰司の「河童」評に対する礼状を書く。「あなたの批評だけ僕を動かしました」などと記している。稲垣足穂から『第三半球物語』を贈られ、礼状を書く。
五日　夜、ウィスキーを手土産に持って久保田万太郎を訪ね、一緒に飲む。この時、傘の絵と句を書き残した。
六日　午後二時頃、下島勲が初めて甥の連《むらじ》（のち養子に迎える）を連れて来訪する。下島には、英語の聖書を読むことを勧めた。夕方、下島とともに室生犀星を訪ねる。この時、犀星の机上にあった書簡箋を手にとり、河童の絵を描いた。
七日　「歯車」の最終章「六　飛行機」を脱稿した後、田端の自宅から帝国ホテルに向かう。この日、帝国ホテルで平松麻素子と心中することを計画していた（平松は、甥の斎藤理一郎が証言するように、芥川の気持ちを静め、自殺を食い止めようとしていたものと考えられる）。平松が、小穴隆一の下宿を訪ねて真相を打ち明けたため、文、小穴、葛巻義敏の三人が駆けつけ、未遂に終わる。この日は、そのまま小穴と二人で帝国ホテルに宿泊。
八日　文が、比呂志の小学校の始業式に出席した後、帝国ホテルに訪れる。この日、柳原白蓮のとりなしにより、星ケ岡茶寮で平松麻素子、柳原と昼食をとることになっていたため、文も誘ったが、来ない。
一三日　「凶」を脱稿。
一四日　午後、室生犀星、下島勲が来訪し、夕方まで俳談などをする。
一六日　菊池寛に宛てて遺書を書く。小穴隆一に宛てた遺書を書いたのもこの頃と思われる。

四月一日、三つのなぜ（サンデー毎日）
春の夜（中央公論）↓春の夜は誘惑（改造）
文芸的な、余りに文芸的な（改造）—八月
浅草公園（文芸春秋）
文芸的な、余りに文芸的な（文芸春秋）～七月↓続文芸的な、余りに文芸的な
「庭苔」読後（アララギ）
都会で（三月参照）
四日、獄中の俳人（東京日日新聞）
一〇日、〈俳句〉一句（書簡内）
一四日、食物として（文芸時報）

年号	昭和2（1927）年（36歳）
事項	この頃、アルス『日本児童文庫』（七〇巻）と興文社『小学生全集』（八〇巻）の間で誹謗中傷合戦が起こる。芥川は前者からは執筆を、後者からは編集を依頼されており、大いに神経を痛めた。 「東京日日新聞」連載の「大東京繁昌記」の第四六回から六〇回（「本所両国」）を分担執筆することが決まる。挿絵も自分で描くことになっていたため、大変苦慮した。 三〇日　平松麻素子が引越しの挨拶などで来訪する。夕方、沖本常吉が「大東京繁昌記」の挿絵の件で来訪し、二人で小穴隆一を訪ねたが、不在。勝手に上がり込んで沖本と六百間（花札）をしていると、小穴が、葛巻義敏を連れて帰ってくる。午後一一時頃、帰宅。藤沢古実、沖本らと深夜、午前三時頃まで挿絵の件で話し合う。 五月一日（日）堀辰雄、小穴隆一らが来訪する。堀には出来かけの短編を読んでもらった。小穴や葛巻義敏と展覧会論を展開する。この日、小穴は泊まっていく。 二日　文が也寸志を連れて鵠沼に行く。小穴隆一に見てもらいながら、ようやく「大東京繁昌記」第一、二回分の挿絵を仕上げ、沖本常吉に渡す。午後四時頃、沖本が再訪し、挿絵は別人でもよいことになったと伝えられたため、小穴に依頼する。 三日　小穴隆一が「大東京繁昌記」第一回分の挿絵を持って来訪する。内田百間、沖本常吉が来訪するが、沖本を待たせて、内田と自笑軒で夕食を共にした。疲れがひどく、ホミカ、カスカラ錠、ベロナールなどを服用して床に入る。 「大東京繁昌記」の八回分を脱稿。
作品	三〇日、今昔物語鑑賞（『日本文学講座』新潮社） 五月一日、文芸的な、余りに文芸的な（改造―四月参照） たね子の憂鬱（新潮） 耳目記（文芸時代） 僕の友だち二三人（文章倶楽部） 「道芝」の序（文芸春秋） 無題（文芸春秋） 都会で（三月参照） 二日、〈俳句〉一句（書簡内） 六～二二日、本所両国（九、一六休載）（東京日日新聞）
参考事項	

昭和2（1927）年（36歳）

四日　文が鵠沼から田端に戻る。小穴隆一が葛巻義敏をモデルにして「大東京繁昌記」挿絵の土左衛門を描く。
「小説作法十則」を脱稿。
五日　内田百閒とともに興文社を訪れる。帰り際、記者にカメラを向けられたため、タクシーに乗って逃げ出した。帝国ホテルで行われた「新潮合評会」に、徳田秋声、近松秋江、佐藤春夫、久米正雄、中村武羅夫らと出席する。散会後、中村に連れられて銀座のカフェ・タイガーに寄ってから帰宅。翌日の講演（未詳）の原稿などを書き上げ、午前三時頃、床に入る。便門の痛みで眠れず、ベロナール二回分を服用した。
「僕の友だち二三人」「続文芸的な、余りに文芸的な」を脱稿。
六日　「素描三題」「二人の紅毛画家」を脱稿。
七日　「古千屋」「しるこ」などを脱稿。
八日（日）　瓢亭で行われた「文芸春秋」主催による堺利彦、長谷川如是閑を囲む座談会に、久米正雄、藤森茂吉、菊池寛らと出席する。
一三日　午後一〇時三〇分、上野駅で青森行の急行に乗車し、里見弴とともに、改造社『現代日本文学全集』の宣伝講演旅行のため、東北・北海道方面に向けて出発。
一四日　午前七時二〇分、仙台に到着。小宮豊隆とともに、当時東北帝大にいた、木下杢太郎を訪ね、昼食を共にする。この時、九州大学から招聘されていることを漏らした。仙台市公会堂で講演をする。
一五日（日）　盛岡の盛岡劇場で「夏目先生の事」と題して講演をする。
一六日　午前一一時四二分発の急行で盛岡を立ち、午後一〇

五月一四日、大仏次郎「赤穂浪士」（東京日日新聞）～昭三・一一・六

年号	事項	作品	参考事項
昭和2（1927）年（36歳）	時、函館に到着。 一七日　午後四時半、函館市公会堂で「雑感」と題して講演をする。午後一一時六分発の急行に乗り、札幌に向かう。ハードなスケジュールに疲労し、佐佐木茂索に「連日強行軍的に講演させられ神身ともに疲労」「汽車にのる、しやべる、ねる、又汽車にのる、のべつ幕なしの精進には少からず弱り居りゆ」などと書き送っている。 一八日　午前七時五四分、札幌に到着。札幌では、昼、北海道大学で「ポオの美学について」、夕方、大通小学校で「夏目先生の事ども」と題して、二回講演をする。 一九日　午前八時発の急行で札幌を立ち、午前一一時三二分、旭川に到着。午後四時半、錦座で「表現」と題して講演をする。午後六時一五分発の急行で旭川を立ち、午後九時四四分、再び札幌に到着。この日は、札幌に宿泊か。文に「こんなに烈しい旅とは思はなかつた」などと書き送っている。 二〇日　札幌を発ち、小樽に到着。午後五時、花園小学校で「描けているもの」（あるいは「描ける物」「描かれたもの」）と題して講演をする。聴衆の中には、若き日の伊藤整、小林多喜二がいた。午後一〇時四八分発の寝台急行に乗り、函館にむかう。 二一日　午前七時、函館に到着。午前八時、連絡船に乗り、午後〇時半、青森に到着。ここで上京する里見弴とは別れ、新潟に向かうべく、休息と時間調整のために旅館塩谷支店に部屋を取った。そこで青森市公会堂での講演会のために訪れていた秋田雨雀、片岡鉄兵に会う。「東奥日報」や秋田などの勧めもあって急遽、午後四時半からの講演会に参加し、「漱石先生の話」と題し	一七日、〈短歌〉一首（書簡内）	二〇日、久保田万太郎『道芝』刊。

昭和 2（1927）年（36歳）

て講演をする。熱心な聴衆の一人には、太宰治（当時弘前高校生徒）がいた。この日は、塩谷支店に宿泊。
二二日（日） 朝、北陸回りで新潟に向かう（秋田までは、秋田雨雀らと同乗だった）。夜、新潟に到着。新潟には、三中の校長だった八田三喜が旧制新潟高校校長をつとめていた。
二四日 午後三時半、新潟高等学校講堂で「ポオの一面」と題して講演をする。学校関係者との座談会にも参加する。午後六時半、帰京の途につく。
二五日 田端の自宅に戻る。下島勲に土産の梨を進呈した。
二八日 午後、下島勲、沖本常吉が来訪し、夕方まで講演旅行の話をする。
この頃（あるいは上旬か）、再び平松麻素子と帝国ホテルでの心中を計画する（四月の時と同様、芥川の一方的な思い込みで、平松は何らかの手段で阻止を考えていたものと思われる）。平松が文に手紙で知らせたために発覚し、また未遂に終わった。文たちがホテルに駆けつけた時には、服薬した後で昏睡状態にあったが、手当てが早かったため、覚醒する。文は「後にも先にも、私が本当に怒ったのはその時だけ」とし、この時の芥川が珍しく涙を見せて謝ったことを回想している。
三〇日 夕方、星ヶ岡茶屋で行われた「文芸春秋」の柳田国男、尾佐竹猛を囲む座談会に、菊池寛と出席する。
この頃、宇野浩二が発狂し、広津和郎とともに世話をする。
三一日 午後四時半、有楽町報知講堂で行われた改造社主催「講演音楽映画大会」で講演をする。
六月二日 斎藤茂吉に宇野浩二を診察してもらう。自笑軒で斎藤と夕食をとった。

二四日、〈俳句〉二句（書簡内）
二四～二七日、「漱石先生の話」（東奥日報）
（※）夏目先生（初出不詳）

六月一日、文芸的な、余りに文芸的な（改造—四月参照）

六月九日、日本プロレタリア芸術連盟分裂、脱退した青野季吉、蔵原

年号	事項	作品	参考事項
昭和2(1927)年(36歳)	四日「冬と手紙と」の「一 冬」を脱稿。 七日「冬と手紙と」の「二 手紙」を脱稿。 一〇日「三つの窓」を脱稿。 上旬 泉鏡花に会って河童の話を聞く。 この頃、編集者や来客を避けるため、自笑軒の近くに家を借り、仕事場として利用していた。 斎藤茂吉の紹介で、嫌がる宇野浩二を王子の精神科医院小峰病院に入院させる。 一二日(日) 午後、下島勲と宇野浩二の病状などを話していると、林房雄、神崎清が来訪する。プロレタリア文学について議論を交わした。 一五日 佐佐木茂索を鎌倉に訪ね(当時、佐佐木夫妻は鎌倉に移住していた)、居合わせた菅忠雄、川端康成と会う。この日は、鵠沼に宿泊。 一六日 鵠沼から田端の自宅に戻る。 二〇日「或阿呆の一生」を脱稿。久米正雄に原稿を託す文章を書く。 生前最後の創作業『湖南の扇』刊行。 二五日 小穴隆一とともに谷中墓地に出かけ、新原家の墓参をする。浅草の「春日」に行き、馴染みの芸者小亀と会う。この日は、小穴が泊まっていく。 七月一日 午後、道章の体調が優れず、下島勲が来診する。軽い脳卒中の症状があった。 三日(日) 川口松太郎(「映画時代」記者)が来訪するか。映画論議を展開し、自作の映画化の話などをしているところに、室	歯車(大調和―一〇月参照) 晩春売文日記(新潮) 第四十七回新潮合評会(新聞記者と作家との会談記)(新潮) 二人の紅毛画家(文芸春秋) 「我が日我が夢」の序(文芸春秋) 堺利彦・長谷川如是閑座談会(文芸春秋) 一〇日、〈俳句〉一句(書簡内) 一四日、〈俳句〉一句(書簡内) 一五日、古千屋(サンデー毎日) しるこ(スキート) 素描三題(週間朝日) 二〇日、**湖南の扇**(文芸春秋社出版部刊) 二三日、講演軍記(文芸時報) ※女仙(譚海) 七月一日、文芸的な、余りに文芸的な(文芸春秋―四月参照) 冬と手紙と(中央公論) 三つの窓(改造)	惟人ら労農芸術家連盟創立(六・一九)。 一〇日、第一書房刊『近代劇全集』(全四三巻)刊行開始。 一五日、春陽堂『明治大正文学全集』(全五〇巻)刊行開始。

昭和2（1927）年（36歳）

生犀星が来訪した。夜、小穴隆一、神崎清らと談笑しているところに、下島勲が来訪して加わる。午後一一時頃まで雑談した。
　五日　室生犀星が来訪するか。翌日、犀星は軽井沢に出発しており、これが最後の面会となった。
　七日「西方の人」を脱稿。
　一〇日（日）朝、儔、文、也寸志の三人が下島勲の楽天堂医院を訪れる。夕方、往診帰りの下島勲が来訪し、四人の来客と一緒に雑談する。夜、小穴隆一、堀辰雄、下島勲らが来訪する。堀が帰った後、深夜、午前二時頃まで小穴、下島と花札をする。
　一三日　夜、小穴隆一と六百間（花札）をしているところに、下島勲が来訪して加わる。下島は深夜、午前〇時頃、帰宅する。小穴は泊まっていく。
　一四日　室賀文武が来訪する。来客を帰して、深夜までキリスト教について話し合う。
　一五日　午後四時頃、下島勲が来訪する。文に動坂まで『湖南の扇』を買いに行かせ、署名して進呈した。電報で永見徳太郎を自宅に呼び、「河童」の原稿を与える。夜、永見、小穴隆一、沖本常吉と四人で、亀戸に遊ぶ。
　一六日　夜、室賀文武が来訪するが、フキが理由を付けて断る。これを後で聞いた芥川は、会いたかったと漏らした。
　一七日（日）夕方、文を連れて観劇に出かけ、午後一一時頃、帰宅。途中、文に金時計を買い与えた。
　一八日　小穴隆一の下宿を訪ね、座布団の下に五〇円を置く。帰途、道章の診察を終えて小穴宅に向かっていた下島と会い、書斎で深夜、午前〇時頃まで談笑する。
　一九日　早朝、多加志が発熱し、下島勲が来診する。この日、

「日露芸術家の会談記」後期（新潮）
柳田国男・尾佐竹猛座談会（文芸春秋）

七月一〇日、岩波文庫刊行開始（漱石「こゝろ」ほか二二点）。

年号	昭和2（1927）年（36歳）
事項	鵠沼を訪れる予定だったが、中止した。午後、小穴隆一が来訪する。 二〇日　八月に開講予定だった改造社主催の民衆夏季大学の講師を依頼され、電報で「ユク」と返事をする。フキと諍いを起こし、フキが泣き出したため宥めたが、気持ちはおさまらず、床の間にあった花瓶を庭石に投げ付けた。内田百閒が来訪するが、半醒半睡の状態で、時には来客の前にもかかわらず眠ったりする。午後四時頃、道章の診察を終えて二階の書斎に顔を出した下島勲を引き留め、内田を送り出した後、二人で六百間（花札）をする。 この頃、日に一回は卒倒していたのがおさまっている。 二一日　睡眠薬を飲んで昼寝をしたところを起こされ、乾嘔して苦しむ。午後、内田百閒と一緒に自宅を出て、宇野浩二の留守宅に見舞いの品を届ける。小穴隆一の下宿に立ち寄り、義足を撫でて帰る。夜、偶然近くに住んでいることを知り、堀辰雄を通して面会を申し入れていた佐多稲子が、窪川鶴次郎とともに来訪し、七年ぶりに再会する。自殺未遂の経験を持つ佐多に、自殺について詳しく尋ねた。 二二日　この年の最高気温（華氏九五度、摂氏約三五度）を示す猛暑。午後三時半頃、下島勲が来訪して診察を受け、睡眠薬の飲み過ぎを注意される。夕方、小穴隆一も来訪し、午前〇時頃まで死について話をした。葛巻義敏には「今夜死ぬ」と言っていたが「続西方の人」が完成しないため、取止める。 二三日　朝九時頃、起床。口調もはっきりしており、朝食で半熟卵四つと牛乳二合をとる。書斎に閉じこもって「続西方の人」を書き続けた。文と三人の息子と一緒に、談笑しながら昼食をと
作品	
参考事項	二三日、川崎造船所、金融恐慌による経営難となり、警官の厳戒下で三〇三七人の解雇を発表。

昭和2（1927）年（36歳）

る。午後一時頃と午後三時頃、来客それぞれ一人。午後五時半頃、二人。この二人と夕食を共にした。この日は、小穴隆一も下島勲も訪れていない。

深夜、絶筆「続西方の人」を脱稿。

二四日（日）午前一時頃、フキに、下島勲に宛てた短冊「自嘲　水涕や鼻の先だけ暮れ残る」を預ける。午前二時頃、書斎から階下に降り、文と三人の息子が眠る部屋で床に入る。この時、すでに致死量のベロナール、ジャールなどを飲んでいたものと思われる。二階から持って来た聖書を読みながら、最後の眠りについた。午前六時頃、文が異常に気付き、すぐに下島勲、小穴隆一に知らせたが、午前七時過ぎ、死亡が確認される。小穴はデスマスクを描いた。午後九時、親族の反対もあったが、久米正雄の説得により、貸席竹むらで「或旧友へ送る手記」が久米から発表され、自殺が公表される。この時、原稿の一部が紛失している（二七日に何者かの手で返送）。

二五日　午後四時頃、夫人や親族によって納棺され、客間に移される。夜、家族や友人などによる通夜が執り行われた。

前日は日曜日で夕刊が休みだったため、各紙は一斉に大きく芥川の死を報じた。読者への遺言とも言うべき「或旧友へ送る手記」に自殺の動機として書かれた「将来に対するぼんやりした不安」は、当時の時代を言い当てた字句として社会を震憾させ、人々に大きな衝撃を与えた。

二六日　文壇関係者による通夜。

二七日　午後二時頃、自宅から出棺。午後三時から四時少し前まで（三〇分の予定）、谷中斎場で葬儀が執り行われる。導師は慈眼寺住職の篠原智光師。泉鏡花（先輩総代）、菊池寛（友人総

※遺書（五通）

二五日、或旧友へ送る手記（東京日日新聞、東京朝日新聞）

年号	事項	作品	参考事項
昭和2（1927）年（36歳）	代）、小島政二郎（後輩代表）、里見弴（文芸家協会代表）によって弔辞が読み上げられる。文壇関係者百数十名を含め、千五百名余りの弔問客が集まった。午後四時三〇分頃、町井の火葬場の釜に納められる。 二八日　午前、日暮里の火葬場で火葬。午後、家族や親戚、さらに恒藤恭ら若干の友人たちによって骨揚げがなされる。 三〇日　初七日。 九月二四日　午後三時、竹むらで追悼会が行われ、久米正雄、菊池寛ら三十数名が列席する。その席で、改造社現代日本文学全集の宣伝用に撮影された、在りし日の芥川が映った活動写真が上映された。	三一日、或旧友へ送る手記（サンデー毎日） 薄田氏への手紙（サンデー毎日） 八月一日、文芸的な、余りに文芸的な（改造—四月参照） 続芭蕉雑記（文芸春秋） 東北・北海道・新潟（改造） 西方の人（改造） 風琴（手帖） いろいろのポイント（文芸公論） 芥川龍之介氏の座談（芸術時代） 新潮合評会　第四九回（芸術小説の将来に就いて語る）（新潮）↓ 新潮合評会（九） 四日、或旧友へ送る手記（文芸時報） 内田百閒氏（文芸時報） 九月一日、続西方の人（改造） 或旧友へ送る手記（文芸春秋、改造） 闇中問答（文芸春秋） 十本の針（文芸春秋） 芥川氏の書簡（文芸春秋） 小説作法十則（新潮）	

昭和2（1927）年（36歳）	昭和3（1928）年（37歳）
遺骨は染井の慈眼寺境内に埋葬。遺志により、墓石は、寸法も含め愛用の座布団が形どられた。墓碑銘「芥川龍之介之墓」は小穴隆一の筆によるもの（一〇月下旬の時点でも、字体候補は決まっていない）。	六月二四日　猛暑を避け、一か月早く一周忌が行われる。午後三時、芥川家に参集して焼香、午後五時半頃、三七名を集めて自笑軒で追悼会が行われた。午後一〇時頃、散会。
一二日、**芥川龍之介集**（新潮社） 一五日、機関車を見ながら（サンデー毎日） 一〇月一日、或阿呆の一生（改造） 　歯車（文芸春秋） 　侏儒の言葉（遺稿）（文芸春秋） 〜一二月 　故芥川龍之介映画を語る（映画時代） 　長崎に於ける芥川氏（文芸春秋） 芥川龍之介の手紙から（三田文学） 一一月一日、芥川龍之介より無名の友への手紙（文芸春秋） 芥川さんの手紙（大調和） 犬養君に就いて（若草） 一二月一日、侏儒の言葉〈遺稿〉（一〇月参照） **侏儒の言葉**（文芸春秋社刊） 六日、「侏儒の言葉」の序（『侏儒の言葉』） 二〇日　**澄江堂句集**（文芸春秋社刊）	

没後の主な刊行物・全集

昭和二・一一〜四・二　元版『芥川龍之介全集』全八巻（堀辰雄他編集、小穴隆一装丁、岩波書店刊）
三・六　『三つの宝』〈童話集〉（佐藤春夫序、小穴隆一跋、改造社刊）
四・二　『おもかげ』〈写真集〉（佐藤春夫編、座右宝刊行会刊）
一二　『西方の人』〈短篇集〉（岩波書店刊）
五・一　『大導寺信輔の半生』〈短篇集〉（岩波書店刊）
六・七　『文芸的な、余りに文芸的な』〈評論・随筆集〉（岩波書店刊）
八・三　『澄江堂遺珠』〈詩集〉（佐藤春夫編、岩波書店刊）
九・一〇〜一〇・八　普及版『芥川龍之介全集』全一〇巻（堀辰雄他編集、岩波書店刊）
一〇・一二　『煙草と悪魔』〈切支丹短篇集〉（荻原星文館刊）
一一・四　『地獄変』（野田書房刊）
一七・四　『或る阿呆の一生』（岩波書店刊）
二一・七　〔推理小説叢書3〕『春の夜其の他』（雄鶏社刊）
二九・一一〜三〇・八　新書版『芥川龍之介全集』全一九巻、案内一巻（中村真一郎他編、岩波書店刊）
二九・一二　〔日本文学アルバム6〕『芥川龍之介』（葛巻義敏解説・構成、筑摩書房刊）
三〇・六　『椒図志異』〈ノート復刻〉（葛巻義敏解説、ひまわり社刊）
三三・二〜一二　『芥川龍之介全集』全八巻、研究一巻（吉田精一編、筑摩書房刊）
三五・四　『芥川龍之介遺墨』（小穴隆一解説、佐佐木茂索あとがき、中央公論美術出版刊）
四二・三　〔写真作家伝叢書7〕『芥川龍之介』（吉田精一・芥川比呂志編、明治書院刊）

四二・一二〜四四・一『芥川龍之介全集』全一〇巻、別巻一巻（伊藤整・吉田精一編、角川書店刊）
四三・二『芥川龍之介未定稿集』（葛巻義敏編、岩波書店刊）
五二・七〈名著複刻〉『芥川龍之介文学館』全二二冊、解説一冊（稲垣達郎、吉田精一他編集、ほるぷ出版刊）
五二・七〜五三・七『芥川龍之介全集』全一二巻（吉田精一、中村真一郎他編、岩波書店刊）
五八・一〇〈新潮日本文学アルバム13〉『芥川龍之介』（関口安義編、新潮社刊）
五八・一二『芥川龍之介全集総索引　付年譜』（宮坂覺編、岩波書店）
平成五・一一『芥川龍之介資料集』図版二冊、解説一冊（海老井英次・石割透・野山嘉正、山梨県立文学館刊）
七・一一〜一〇・三『芥川龍之介全集』全二四巻（紅野敏郎・海老井英次・石割透編、岩波書店刊）

この年譜は、芥川作品および書簡等、さらに夫人、友人等の回想資料を渉猟し作成したものである。さらに次の文献を参照した。
「著作年表」「後記」（岩波書店版『芥川龍之介全集』）、森本修『新考芥川龍之介伝』（北沢図書出版刊）および「年譜」（近代文学資料5『芥川龍之介』〈桜楓社刊〉所収）、藤多佐太夫「年譜」（角川版『芥川龍之介全集』別巻所収）、海老井英次「年譜」（鑑賞日本現代文学『芥川龍之介』〈角川書店刊〉所収）
今回の増補改訂にあたっては、「年譜」「単行本書誌」（岩波書店刊、『芥川龍之介全集』第二四巻）等を参照した。

新版『芥川龍之介全集』

石割　透

前回の全集刊行からおよそ二十年ぶりに『芥川龍之介全集』全二十四巻が岩波書店より刊行された。個人全集は新たに刊行される度に、その間の研究の進展が反映され、収録される資料情報も飛躍的に増大し、今後の研究動向を見通した工夫がなされることが普通である。今回の芥川全集も、これまでの全集とは比較にならずに充実し、研究成果を十分に吸収した全集となった。「新思潮」発表作品から、歿後の発表を、芥川が予期して執筆した作品を収録した第十六巻までの本文は、生前の単行本に収録された作品に限り、作品の形が最終的に整って収録された単行本を底本とし、配列は各作品の初出発表順に従うという編年体を採り、前回の全集の方法をほとんど踏襲した。従って、収録本文が、発表された年月順に配列されたとは必ずしも言えないとの矛盾を引き継ぐことになった。そうした問題点は残したにせよ、今回の全集の成果の一つは、「書簡」も含め作品のすべてに綿密な注解が諸家によって付されたことにある。注解は、筑摩書房、角川書店刊行の全集に施され、その成果には多大の恩恵を蒙ってきたが、今回は担当された諸家の努力に拠り、項目の数、量とも比較にならぬ綿密なものに仕上がり、作品の母胎とも言える、芥川の教養、同時代の文化の基盤の一端が窺えるものになった。例えば、主に芥川の王朝物の表現と「校註国文叢書」本の頭註との深い関連が、第一巻担当の清水康次氏などにより証されたことのみを見ても、その成果のほどが窺える。作品に付された「後記」も、単行本収録の際の本文の異同が詳細に示され、それ自体が一つの資料的性格を持つべく、編集者が求めたテーマに答えたアンケートや友人の印象記などでは、他の執筆者、表題までも記し、その作品の性格、誌面における位置をでき得る限り明瞭に把握できるように配慮した。遺稿「歯車」「西方の人」では、原稿での訂正の痕もでき得る限り明示、「歯車」では、固有の地名などが「或」という表現に改める方向に作者の意思が向かっていたこと、「僕」の内面にとって、妻の存在が極めて希薄なものに読まれるべく配慮する作者の意図の方向が、校異に拠って証されたように思う。その他にも、完成稿が残されている作品は、それと初出との異同も示した。第十六巻までに新たに収録された作品は、「ホトトギス「雑詠」欄」の大正七年五月「ホトトギス」掲載の二句、「春草会にて」（大正八・一一・九「読売新聞」）、「春草会詠草」（大正九・四「淑女画報」）、「俳句から享ける特殊の感味」（大正一〇・一「石楠」）、「舞台上のリアリズム」（大正一三・四、五「演劇新潮」）、「山茶花」（大正一五・二「女性」）、「掌談」のうち大正一四年一一月「文芸時報」に掲載されたもの、「内藤鳴雪翁を悼む」（大正一五・四「枯野」）、「近詠」（昭和二・六「椎の木」）、更に「御霊前へ」「逮夜句座」（大正六・一二「渋柿」「漱石忌記念号」）「日高川」「赤松」など（大正八・一二「中央美術」）、「芥川氏病床慰謝句会席上」（大正一五・一一「荒彫」所収）など。特に、秀しげ子に関わる春草会関係、俳句関係、特に島津四十起の句集『荒彫』収録の作、国展感想などの美術関係のものなど、重要な作品も収録し得た。更に第二十四巻の清水康次氏「単行本書誌」は版、紙型にまで言及、宮坂覺氏「年譜」などとともに、これまでの最も詳細なものとして、以後の研究に大きく貢献する労作となった。

これらに加え、今回の全集の圧巻は、山梨県立文学館編集『芥川龍之介資料集』で紹介された資料、日本近代文学館や藤沢市文書館所蔵の多数のノート、草稿、未定稿などの多くが新たに活字化され、収録されたことにある。収録に際しては『芥川龍之介未定稿集』や従来の全集で紹介されていた未定稿、手帳、ノートなどの本文はそれらを参考にしつつも、可能な限り、原資料に接し本文を作成した。

　草稿、未定稿、ノートの類は、完成原稿を生む母胎、土壌である、その時代の文化の基底に開かれた資料として、時代の生なありようが窺え、訂正や切り捨てられた箇所から、作家当初の表現モチーフ、読者に意図的に示そうとした作家自身の像が浮かびあがる点で貴重であり、具体的には、作品の典拠が判明する最も有力な材料となり得る。例えば、初期の戯曲習作「青年と死と」（大正三・五「新思潮」）では、王宮に忍び込むA、Bを捕まえるために宮中の女官が砂を撒く。この砂を撒く設定は、この作品の草稿、ノートでも一貫しているが、典拠ともされた『今昔物語集』「巻四竜樹俗時作隠形薬語第二四」では、竜樹などを捕まえるために粉を撒くとあり、清水康次氏が「注解」で記されているように、この作品の典拠は『仏教各宗高僧実伝』（明治二六博文館）の「竜樹菩薩伝」から得たとされた久保忠夫氏の説が有力となった。この時期に一方では、芥川は未定稿「弘法大師御利生記」を書いており、『仏教各宗高僧実伝』には「弘法大師伝」も収録されていることを思えば、この時期の芥川とこの書物との大きな関わりに気づくのである。更に、この戯曲にはホフマンスタール原作、森鷗外訳の戯曲「痴人と死」の影響も指摘され、更に題名の点では「新思潮」（第一次）の第五号の口絵にもなったモロオ「青年と死」も、芥川は意識していただろうことを思えば、ホフマンスタールと「大川の水」、未定稿「東京を愛する（仮）」との関連も含めて芥川の関心の幅がくみとれる。とともに、未定稿「弘法大師御利生記」は「新思潮」（第三次）のメンバーが共通に関心を持っていた愛蘭土文学の、シングの戯曲「聖者の泉」（日本近代文学館所蔵の芥川の旧蔵書にある。）を典拠にしていることは明らかで、「聖者の泉」は「青年と死と」の発表と同じ月の「新日本」に、坪内逍遥が「霊験」と題して訳出、これらの事情で、発表が「弘法大師御利生記」から「青年と死と」に変えられたとも推察。この戯曲が発表された「新思潮」の「Spreading the News」には「島村先生の赤と黄の黄昏などで気持の悪くなつた人達にはいゝ清涼剤」とあるが、こうした事実にも、新思潮同人たちの早稲田派に対する感情が覗いている。三土会や岩野泡鳴の十日会など、大正期は学閥的な対立が失われた時代と言われているが、「Mensura Zoili」での広津和郎に対する風刺、未定稿「銀座の或珈琲店（仮）」に見られる片上伸や坪内逍遥「法難」に対する皮肉など、芥川らが意外に早稲田派を意識していたことも窺える。シングについては恒藤恭も「新思潮」（第三次）に「海の勇者」を訳出、後に菊池がこれを典拠に「海の勇者」を発表、芥川もこれに基づいた未定稿詩「海」、未定稿「シング紹介」を残しているが、未定稿「尼と地蔵」は久米の「地蔵教由来」とともに、ダンセニイ卿「神々の笑い」を意識した作で、イエイツの翻訳なども含めて、当時の愛蘭土戯曲に対する関心の深さがより鮮明となった。

　芥川の戯曲の発表は結局、習作「青年と死と」のみに終わったが、他にも「兄と妹（仮）」「王嬙（仮）」「孔子」「サロメ」「SPHINX（a farce）」「戦遮と仏陀（仮）」「TAKEHIKO と WAKATARU」「金瓶梅」など、特に初期に、生と死をテーマにした象徴劇風の戯曲を執筆していた痕が未定稿に窺える。特に「女親」などは、かなりの長い期間にわたり幾度も書き改めようとした形跡も見られ、また、山本有三が「芥川君の戯曲」で、死の直前まで書こうとしていたと証言している「織田信長と小姓（仮）」もあり、まぎれもなく芥川が自由劇場以後の世代であったことを示している。晩年の「文芸的な、余りに文芸的な」の「二　谷崎潤一郎氏に答ふ」で、「文学に於て構造的美観を最も多量に持ち得るもの」は「小説よりも寧ろ戯曲であらう。」と記していることを思えば、戯曲が何故完成され得なかったのかも、戯曲の性格とともに重要な今後の課題となろう。戯曲では更に、初期に「暁」「悪魔の会話（仮）」「天竺と婆羅門（仮）」などのキリスト、聖書に関わる戯曲未定稿を多く残していることも、初期における聖書に対する関心を示すものとして注目される。ついでに記しておけば、未定稿「女親」「若き日の恋」は、山本有三の同題の戯曲とともに、僚友秦豊吉訳で「新思潮」（第三次）に発表された、シュニッツラー「輪舞」の一部「若様と小間使い」を意識したものであり、ノート「Die Philosophierung uber "Reigen"」からは、シュニッツラーや演劇というジャンルについての感想が窺えるとともに、新劇場で大正五年九月に「小間使と若旦那」のみが切り離されて試演されたことに対する批判も窺え、後に『文芸趣味』にエスプリに富んだ序文を献じた秦豊吉に対する、この時期の芥川の批判も思われる。

草稿や未定稿の原稿に直接触れれば、作者のうちで作品が完成するに至るには、いかなる要因が作用しているのか、作品の完成とは何なのか、何故に草稿、未定稿に終わり、その箇所で原稿の升目を埋める身体的な動作が止まったのかという思いに捉われざるを得ず、それは決して作者内部の構想の破綻、逸脱といった単純なことに拠るものではないことを知る。芥川は意識的な作家であり、綿密に施された構想に基づいて執筆し仕上げていくタイプの作家と思われがちであるが、決してそうした作家でないことを残された多くの草稿、未定稿の原稿が示している。例えば、「ひょつとこ」草稿Ⅲと「ひょつとこ」完成稿を比較すれば、「すると、今し方通つた川蒸汽の横波が、斜に川面をすべつて来て、大きく伝馬の底を揺り上げた。」という、たった一文の挿入が完成に如何に大きく作用しているかを知るのである。言葉が続くべき言葉を生成していく、言葉を記す身体的な営みが新たな言葉を記す身体的な動作を生み出していく。このように思えば、完成稿に内容が遠いものから近いものにかけて執筆されたとは必ずしも言えず、例えば「「羅生門」関連資料」の「草稿ノート」の配列なども妥当であったかと反省させられもする。とともに、文体に注目すれば、総じて未定稿と完成稿との落差が明らかで、完成と文体との関連の深さにも驚くのである。

「仙人」（大正五・八「新思潮」）の執筆は大正四年夏であるとされ、前半はA・フランス「聖母の軽業師」を、後半はブテェ作、森鷗外訳「橋の下」を下敷きにして書かれた。その草稿を見れば、李が男と出会うのは往来であり、話しながら廟に至る記述で「聖母の軽業師」により近い構想が当初にあったことが窺えるが、完成稿では李は男と廟で出会うのであり、「橋の下」の物語内容の比重がより大きくなっている。とともに、生活に苦しむ李が、折から霙まじりの雨に会い、それを避けるために廟に入り老人に出会う構想は、晩秋の日暮れ時、雨に降りこめられた下人が老婆と出会う「羅生門」の構想と極めて近い。今回の全集の最も大きな成果の一つが、「羅生門」関連資料が活字化されたことにあるのは言うまでもないが、その「草稿ノート」では、主人公が雨の中を羅生門に辿り着くまでの場面から書き出された幾つかのノートがあり、初期構想の段階では、「羅生門」と「仙人」は極めて関連が深かったことに気づく。「聖母の軽業師」を引き金として「仙人」が生まれ、それがやがて「羅生門」を生み出す、「仙人」の執筆時期とも関わるこの辺りの流れが鮮やかに見てとれ、芥川のモチーフの根源では「仙人」と「羅生門」に繋がりあったことが窺える。とともに「草稿ノート」からは、「羅生門」の主人公の呼称が、交野八郎、交野五郎、交野平六などから一人の侍、一人の男と改まっており、「草稿原稿4」では大殿、小殿、袴垂の名前も見いだせる。このうち、交野八郎、平六、大殿、小殿は『古今著聞集』の「偸盗」篇に登場する強盗の名前であり、大殿、小殿の説話に登場する真木島十郎、交野平六は芥川の「羅生門」とも関わりの深い「偸盗」にも登場する強盗であった。「羅生門」と「偸盗」の関係とともに、「羅生門」初期構想では『古今著聞集』の翳が濃厚に落ちていることも判る。その『著聞集』は、大正四年八月に博文館から刊行された池辺義象編「校註国文叢書」本に「今昔物語下巻」とともに収録されていた。この「校註国文叢書」本は、「手帳」などの記述や、以後の作品を書く際にこの叢書の本文に付された頭註の多くを芥川が引用していること、芥川が常に『今昔物語集』を「今昔物語」と記すことなどにより、『今昔物語集』を参照する際、芥川はこの叢書を用いていたことが証されていたが、「草稿ノート」に記された内容により「羅生門」は、刊行されたばかりのこの叢書に基づいて執筆されたという可能性が濃厚となった。とすれば、「羅生門」は一月位の間に一気に書き上げられたということになる。事実、発表後、文壇では全く無視されたこの作品に対する自信に満ちた感情を、成瀬正一に与える書簡の形で英文で記している「英文評」は、「草稿ノート」の構想が記された同じノートの六頁後に記されているのである。今回の全集の注解を担当された諸家はいずれも、この『校註国文叢書』本を重視されており、この叢書の芥川における重要さが共通の認識になったことも、今回の全集の収穫の一つとなった。「今昔物語鑑賞」草稿では「僕は学生時代以来この本に何度も目を通した。」とあり、「学生時代以来」が消され「中学生の昔から」に改められているが、「青年と死と」の典拠が『今昔物語集』ではなく、「羅生門」以後の作品が「校註国文叢書」本に拠っていることが確かなことを思えば、芥川が最初に『今昔物語集』を読んだのはいつ、何本に拠ったかという疑問も生じるわけである。

「羅生門」の「草稿原稿1」では、摂津の国から京都へ来たとあり、『今昔物語集』の説話内容の痕を残しているが、「草稿ノート」からは、妻子をもっていた男に主人公を設定していた「草稿ノート3」、都をさまよっていたと記述されているものなど、構想が揺れ動いているのが見てとれ、これらは「羅生門」と「偸盗」が枝分かれする以前の、原初的な構想段階であるとも推測、「草稿ノート」と「草稿原稿」との執筆時間のズレも以後の検討課題となろう。「鼻」についても、相当数の草稿と発表以後の感想を記したノートが収録された。「鼻」草稿を見たかぎり、芥川は治療によって鼻が短くなった後の内供の心境の表現に苦慮しているが、この作品のキイワードとも見られる「傍観者の利己主義」は草稿には見られず、完成稿に近い段階で、おそらくはベルグソン「笑い」などに暗示されて飛び込んだのであろう。「あの頃の自分の事」を考慮しての、芥川の初恋の際の書簡に窺える「イゴイズム」認識が「鼻」の有力なモチーフであったとする見解は、その点では弱くなった。とともに、「鼻」草稿の「V－b3」は「芋粥」との関連を示し、漱石の賛辞を得た「鼻」系統の「芋粥」で、「新小説」の依頼に答えようとした芥川の気持ちも理解できる。

また、完成稿「孤独地獄」の表題には「紺珠十篇　一」と付され、次の「父」草稿も表題は「紺珠十篇」。この時期に記された「雛」草稿「明治（小品①）」にも、その末尾に「（紺珠十篇の中）」とあり、「鼻」が漱石に認められて以後、新しい時代にとり残されていく人間を扱った小品を幾つか集めた作品を創ろうとした意図があったことが見てとれる。未定稿「六蔵とお常（仮）」も、おそらく、「父」の次あたりに「紺珠十篇」の一つとして発表としようとしていたのであろう。「鼻」発表以後の芥川の片隅に潜んでいた、漱石の批評から自由になりたい願望が、これら草稿から窺える。完成稿「雛」に織り込まれている、頭の禿を隠すために割青を施している男の逸話は、「野呂松人形」草稿に認められ、「雛」草稿の「明治」を介して、「野呂松人形」と「雛」は結びつき、江戸文化の解体とも関わる作品「野呂松人形」も、「紺珠十篇」の一つとして構想されていた可能性もあることが示されている。この時期に第一稿が書かれ、後年中国旅行に行く際に発表しようとしていたらしい未定稿「絹帽子」も、今は没落した主人公が嘗ての栄光を思っている

「雛」に似た内容で、底辺での繋がりを見せている。そういえば、未定稿の戯曲「人と死」には表題に「(小戯曲七篇)」とあり、戯曲においても「紺珠十篇」的な形式の作品を試みていたことも判るのである。こうした初期の芥川に認められた種々な可能性は、結局、芥川が文壇で早く認められすぎたことに因り、発表という形で表面に浮上することなく埋没してしまったのである。

「酒蟲」草稿では、主人公が宿酔で苦しむ場面も描かれ、完成稿とは異なる構想も一方では持っていたこと、「猿」草稿では「猿」とは異なり、監獄に入れられている牧田らしい人物を僕が見舞った印象を記す構想を示すと同時に、ドストエフスキイ「死人の家」のイメージが、原初的なモチーフとして芥川の内に強く作用していたことが認められる。更に「手巾」の草稿では表題の「武士道(小品)―久米に献ず―」とあり、「新思潮」編集後記に記されていたとおり、当初は「新思潮」に気軽に投稿する予定で「手巾」が執筆されたことも明らかに示す。と同時に、「久米に献ず」とあり主人公の名前が長谷川博造であることから、久米正雄「母」を意識して「手巾」が創られたことや、芥川「父」、久米の「母」、そして芥川の「手巾」への流れが手に取るように判る。江口渙『わが文学半生記』に記されているように、仲間内でのなごやかな会話から作品が生成されていく大正期の文学の特徴が浮かんでこよう。

「煙草と悪魔」草稿では、ほぼ同じ時期に書かれた『今昔物語集』の説話に拠った未定稿「天狗」、小品「貉」との繋がりも認められ、更に中の「この話の中に「御主耶蘇基督を学び奉る御経」というのが」「文禄版の伊蘇保の話を」などは、渡辺修二郎著『内政外教衝突史』(明治二九・八 民友社)を芥川が筆写したノート「えそぽのふあぶらす(仮)」「こんてんぷすむんぢ(仮)」と同じく、渡辺のこの著書を参照して記述されたことは明らかで、この書物の重要性は今後更に注目を浴びよう。他にも『資料集』に紹介されている「貝多羅葉」に記された『日本西教史』(谷崎潤一郎もこの書物に後年関心を持ち、この本を「書物往来」の「求む」欄に記している。)、「史学雑誌」『山口公教史』などを緻密に検討されることが望まれる。

このように、作家の初期の草稿や未定稿からは、外部への溢出を待つかのように混沌たるデモニッシュな何かが作家の内部でアミーバの如き状態で蠢き、異なった姿で浮かび出た幾つかの完成稿の基底は、意外に共通な何かで繋がれ絡まり合っていることが見てとれる。こうした現象は、読者に対する作家の像が固定し、作者自身もそれに対して意識的にならざるをえなくなった時期の草稿や未定稿では希薄となるものであり、いずれの作家でも草稿、未定稿を読む面白みは、無限の可能性に充たされた初期作品のそれにあり、多様なスタイルを自在に操ったかに見える芥川とて変わりはないことにも思い当たる。

他では、「袈裟と盛遠」草稿は戯曲体で記され、衣川も登場。従って、完成稿に窺える「二つの手紙」と表裏をなす作品の性格は、当初の構想では弱かったこと、「鼠小僧次郎吉」は、雑誌の宣伝からも「続篇」を構想していたことが窺え、それが結果的には「報恩記」となって実るわけだが、草稿では鼠小僧が雪の中を歩いている場面が記され、「報恩記」との関わりが深かったことが証されている。ともに、当初の構想では、最後に自ら鼠小僧と名乗る「和泉屋」が鼠小僧であるとは誰も断定することができない、という完成稿「鼠小僧次郎吉」の面白さとは無縁であったことも判り面白い。「秋」は、室生犀星が「口籠もる哀愁」と評したように、語り手が信子の本質を見通しつつ、信子のナルシスト的な、皮相な内面に寄り添いつつ語る作品であり、それに対して秀しげ子が、「女性の内面に立ち入った表現」を要求したことも知られている。種々な見解はあろうが、「晩秋」は、原稿用紙、文字、訂正の仕方などから、「秋」の発表以後、「秋」のバリエーションとしての意図で、恐らく大正末期に執筆された可能性が強いと私は思っているが、そうした秀の不満に応えるように、草稿「秋②」では、夫婦生活に「残酷な幻滅」を自覚している信子の心情に寄り添って、彼女が夫と上京する寝台車の閉ざされた空間を舞台にし、草稿「晩秋」に至れば、信子に対して「信子は女子大学にゐた時から「聡明」の名を担つてゐた。が、それは事実ではなかつた。」と、冒頭から冷酷に彼女の本質を見透かした残酷な語り手が登場する。

「お律と子等」でも、お律を主人公にして別の〈女の一生〉を、「一夕話」でも発表されたもののバリエーションを別に執筆しようとする意図があったことが窺え、「トロッコ」には、別の「トロッコ」として、大人になった良平を書こうとした未定稿「良平（仮）」もある。発表した作品を、もう一度それを裏返した構想で発表しようとする、〈新技巧派〉らしい芥川の一面が窺えるのである。「或阿呆の一生」草稿では、魅惑的なアフォリズム、「人生は一行の……」が「何という人生の見窄らしさ」と記され、芥川らしいとされる殺し文句も、当初の構想からは外れていたことが理解できる。他には、幾つかの物語が寄せ集められた形をとる「大導寺信輔の半生」に、「厭世主義」などの別稿があったように、「素描三題」の別稿、「少年」別稿の「教室の窓かけ」（漱石の「硝子戸の中」の影響も認められる。）もあり、こうした作品では、幾つかの話を創作、その中から幾つかを選んで発表した芥川の方法も窺える。「奉教人の死」の執筆期に、「竜の口」を書こうとしていた形跡があるが、この時期に法難に関わる鈴虫、松虫の伝説「二人比丘尼」などを書こうとしていたことも注目されねばならない。書簡は合計一七六七通、前回全集より七〇通新たに付け加えられた。

第二十三巻に収録された日録、講演メモ、ノートも出来得るかぎり原資料に接し、従来収録されているものも、それに基づいて本文を改めた。「山梨夏期大学講義」などは、芥川の文学観が窺え重要で、漱石の「文学論」などとの関連も課題となろう。他にもノート「ソドミイ」「イエス」「西の国」などは、今後の検討が待たれる。また、「羅生門」資料については、既に触れたが、「手帳」は、元版全集に収録されて以後、所在が不明、以後の全集はその本文に基づいていたが、今回、藤沢市文書館に六冊、山梨県立文学館に三冊所蔵されていることが判り、それらに基づき、住所録、俳句、書物の表題などを付け加え、新たに山梨県立文学館に所蔵されていた一冊も収録することができた。例えば「手帳十二」の見開き十八を見れば、「偸盗」に関する記述の後に、ゴーゴリの「外套」の英訳本が記され、大正五年夏の「新小説」の依頼に対して、「偸盗」から急遽「芋粥」にふり替えた形跡がそうした形で示されている。「詩歌未定稿」も多くの資料が収録されたが、「澄江堂遺珠」は、佐藤春夫編『澄江堂遺珠』、普及版全集第九巻がそれぞれ独自に編んでいるが、元になった三冊の内、二冊を山梨県立文学館が所蔵、それに基づき原型をそのまま活字にした。推敲の後から、特に恋愛感情を詩に記すことで昇華しようとする芥川の凄絶とも形容できる情念も伝わる。吉本隆明が卓越した芥川論の根幹に据えた「汝と住むべきは下町の」の詩も、吉本論が卓抜な論であることは変わりはないものの、こうした原資料に基づき、「下町も」の詩も、相対化する目で捉えねばならないことも痛感させられる。未定稿、草稿、ノートなどは新たに収録されたものも多く、従来収録されたものも原資料に可能な限り基づき、それに拠った。当然、原資料から感じ取れる、作者の執筆時の揺らぎ、記述の時間的な落差など、画一的な活字では微妙な点が再現できず、特に「手帳」などでは、そうした印象が強かった。また、未定稿、草稿、ノートの類は、訂正されていく過程を証すことも重要で、それが再現されていることが理想であろう。しかし今回は、「西方の人」「歯車」の他、「羅生門」関連資料、「澄江堂遺珠」で試みたに止まった。また、量的にも内容的にもそれ程の重要性が認められないと編者が判断した資料は、収録することを控えた。他に、山梨県立文学館の草稿、未定稿の原稿用紙には、写真、コピー、画像、展示では判別不可能な切り貼りが施されたものも少なくなかった。それについては、調査を施した結果、草稿、未定稿の原稿用紙に認められる切り貼りのほとんどは、芥川歿後になされた可能性もあると判断し、そうした原稿も今回の全集では収録することを控えた。『資料集』と併せて全集を手にとられた読者は、『資料集』にありながら今回の全集に収録されていない多くの資料があることに訝しく思われたであろう。が、それはほとんどそうした理由に拠るのである。こうした原資料は、当時のままに復元されることが望ましく、それらを所蔵している機関の使命は、それらを平等に公開するとともに、ひたすら原型を保つ、或いは復元することにこそあろう。切り貼りの施された原稿用紙については切り貼りを無視し、元に記されていた記述も明らかにすることが必要で、それが実現されれば、『資料集』における配列、項目分けも改める必要が生じるであろう。ノートも藤沢市文書館が多くの断片を所蔵している。山梨県立文学館が所蔵するノートは、かなりの頁が脱落。これも、ノートの間の綴じ糸の前後の頁数を数えることにより、或る程度に抜け落ちている頁数は推量できる。脱落した頁の箇所には、藤沢市文書館が所蔵するノート断片で埋められる可能性もあり、今後は芥川の資料を所蔵している機関が協力して、それらの調査が速やかになされることを願う。そうした調査結果に基づき、原資料を可能なかぎり復元したうえで、いかにそれらを全集本文に反映させるかが今後の全集の課題となろう。とともに、『資料集』に紹介されていない資料を山梨県立文学館はなお幾つか所蔵しているように思われる。それについての速やかな対応も期待したい。

二　芥川龍之介著書目録

羅生門　大正六年五月二三日（阿蘭陀書房）
羅生門・鼻・父・猿・孤独地獄・運・手巾・尾形了斎覚え書・虱・酒虫・煙管・貉・忠義・芋粥

煙草と悪魔（新進作家叢書8）　大正六年一一月一〇日（新潮社）
煙草と悪魔・或日の大石内蔵之助・野呂松人形・さまよへる猶太人・ひよつとこ・二つの手紙・道祖問答・MENSURA　ZOILI・父・煙管・片恋

鼻（新興文芸叢書8）　大正七年七月八日（春陽堂）
鼻・羅生門・猿・孤独地獄・運・手巾・尾形了斎覚え書・虱・酒虫・貉・忠義・芋粥・西郷隆盛

傀儡師　大正八年一月一五日（新潮社）
奉教人の死・るしへる・枯野抄・開化の殺人・蜘蛛の糸・袈裟と盛遠・或日の大石内蔵之助・首が落ちた話・毛利先生・戯作三昧・地獄変

影燈籠　大正九年一月二八日（春陽堂）
蜜柑・沼地・きりしとほろ上人伝・龍・開化の良人・世之助の話・小品四種（黄粱夢・英雄の器・女体・尾生の信）あの頃の自分の事・じゆりあの・吉助・疑惑・魔術・葱・バルタザアル（翻訳）・春の心臓（翻訳）

夜来の花　大正一〇年三月一四日（新潮社）
秋・黒衣聖母・山鴫・杜子春・動物園・捨児・舞踏会・南京の基督・妙な話・鼠小僧次郎吉・影・秋山図・アグニの神・女・奇怪な再会

戯作三昧　他六篇（ヴェストポケット傑作叢書第三篇）　大正一〇年九月八日（春陽堂）異装版大正一五年六月八日（文芸春秋社出版部）
戯作三昧・奉教人の死・世之助の話・開化の殺人・魔術・毛利先生

地獄変　他六篇（ヴェストポケット傑作叢書第四篇）　大正一〇年九月一八日（春陽堂）異装版大正一五年二月八日（文芸春秋社出版部）
地獄変・きりしとほろ上人伝・枯野抄・龍・首が落ちた話・蜜柑と沼地

或る日の大石内蔵之助　他五篇（ヴェストポケット傑作叢書第九篇）　大正一〇年一一月一八日（春陽堂）異装版大正一五年二月八日（文芸春秋社出版部）
或る日の大石内蔵之助・あの頃の自分の事・小品四種・袈裟と盛遠・葱・開化の良人

芋粥　他六篇（ヴェストポケット傑作叢書第一〇篇）　大正一一年二月一日（春陽堂）
杜子春・野呂松人形・酒虫・MENSURA　ZOILI・手巾・芋粥・西郷隆盛

将軍（代表的名作選集37）　大正一一年三月一五日（新潮社）
将軍・羅生門・鼻・猿・運・藪の中・手巾・虱・秋

点心　大正一一年五月二〇日（金星堂）　随筆感想集

奇怪な再会（金星堂名作叢書8）　大正一一年一〇月二〇日（金星堂）
妙な話・黒衣聖母・影・奇怪な再会・アグニの神

沙羅の花　大正一一年八月一三日（改造社）

邪宗門　大正一一年一一月一三日（春陽堂）

春服　大正一二年五月一八日（春陽堂）
六の宮の姫君・トロッコ・おぎん・往生絵巻・お富の貞操・三つの宝・庭・神神の微笑・奇遇・薮の中・母・好色・報恩記・老いたる素戔嗚尊・わが散文詩

黄雀風　大正一三年七月一八日（新潮社）
一塊の土・おしの・金将軍・不思議な島・雛・文放古・糸女覚え書・子供の病気・寒さ・あばばばば・魚河岸・或恋愛小説・少年・保吉の手帳から・お時儀・文章

百艸（感想小品叢書Ⅷ）　大正一三年九月一七日（新潮社）　随筆感想集

報恩記（歴史物傑作選集第二巻）　大正一三年一〇月二五日（而立社）
奉教人の死・きりしとほろ上人伝・るしへる・おしの・じゅりあの・吉助・尾形了斎覚え書・糸女覚え書・おぎん・煙草と悪魔・さまよへる猶太人・黒衣聖母・報恩記・神神の微笑・邪宗門

芥川龍之介集（現代小説全集第一巻）　大正一四年四月一日（新潮社）
六の宮の姫君・羅生門・鼻・薮の中・運・地獄変・奉教人の死・るしへる・きりしとほろ上人伝・おぎん・おしの・黒衣聖母・首が落ちた話・南京の基督・枯野抄・戯作三昧・老いたる素戔嗚尊・蜘蛛の糸・魔術・杜子春・三つの宝・開化の殺人・雛・秋・庭・トロッコ・一塊の土・父・母・手巾・将軍・葱・不思議な島・MENSURA ZOILI・蜜柑・保吉の手帳から・寒さ・お時儀・子供の病気・野呂松人形・著者年譜

支那游記　大正一四年一一月三日（改造社）
上海游記・江南游記・長江游記・北京日記抄・雑信一束

梅・馬・鶯　大正一五年一二月二五日（新潮社）　随筆感想集

湖南の扇　昭和二年六月二〇日（文芸春秋社出版部）
湖南の扇・温泉だより・浅草公園・誘惑・春の夜・尼提・カルメン・彼・彼第二・僕は・O君の新秋・春の夜は・鬼ごっこ・或社会主義者・塵労・年末の一日・海のほとり・蜃気楼

芥川龍之介集　昭和二年九月一二日（新潮社）
六の宮の姫君・羅生門・鼻・薮の中・運・地獄変・奉教人の死・るしへる・きりしとほろ上人伝・おぎん・おしの・黒衣聖母・首が落ちた話・南京の基督・枯野抄・戯作三昧・老いたる素戔嗚尊・蜘蛛の糸・魔術・杜子春・三つの宝・開化の殺人・雛・秋・庭・トロッコ・一塊の土・父・母・手巾・将軍・葱・不思議な島・MENSURA ZOILI・蜜柑・保吉の手帳から・寒さ・お時儀・子供の病気・野呂松人形・「私」小説論小見・発句私見・芸術その他・小説の戯曲化・文部省の仮名遣改定案について・大久保湖州・芭蕉雑記・お降り・蕗・キユウピット・知己料・霜夜・鏡・舞妓・漱石山房の秋・漱石山房の冬・雪・詩集・ピアノ・臘梅・沙羅の花・二人の友・窓・着物・ユダ・疲労・魔女・Don Juan aux enfers・沼・東洋の秋・南瓜・新緑の庭・軍艦金剛航海記・槍ヶ嶽紀行・帝劇の露西亜舞踊・市村座の「四谷怪談」・金春会の「隅田川」・寄席・Gaity座の「サロメ」・森先生・岩野泡鳴氏・谷崎潤一郎氏・佐藤春夫氏・久保田万太郎氏・小杉未醒氏・近藤浩一路氏・恒

藤恭氏・島木赤彦氏・滝田哲太郎氏・澄江堂雑記・序跋・書籍批評・翻訳・発句・短歌・印譜・年譜

侏儒の言葉　昭和二年一二月六日（文芸春秋社出版部）
侏儒の言葉・澄江堂雑記・病中雑記・追憶・文芸的な、余りに文芸的な

澄江堂句集　印譜附　昭和二年一二月二〇日（文芸春秋社出版部）
自選句および所蔵印印影

芥川龍之介集（現代日本文学全集30）　昭和三年一月九日（改造社）
羅生門・鼻・父・運・手巾・尾形了斎覚え書・貉・芋粥・MENSURA ZOILI・奉教人の死・るしへる・枯野抄・開化の殺人・袈裟と盛遠・或る日の大石内蔵之助・首が落ちた話・戯作三昧・地獄変・西郷隆盛・蜜柑・沼地・きりしとほろ上人伝・龍・世之助の話・あの頃の自分の事・葱・秋・黒衣聖母・山鴫・舞踏会・南京の基督・鼠小僧次郎吉・秋山図・将軍・六の宮の姫君・トロツコ・お富の貞操・庭・藪の中・母・好色・報恩記・老いたる素戔嗚尊・一塊の土・不思議な島・雛・糸女覚え書・子供の病気・寒さ・あばばば・保吉の手帳から・お時儀・湖南の扇・年末の一日・蜃気楼、点鬼簿・玄鶴山房・河童・歯車・或阿呆の一生・西方の人・続西方の人・或旧友へ送る手記・尾生の信・東洋の秋・沼・澄江堂雑記一～三・槍ヶ嶽紀行・上海游記・江南游記・長江游記、（附）小品・随筆抄・詩歌・俳句抄

三つの宝　昭和三年六月二〇日（改造社）
白・蜘蛛の糸・魔術・杜子春・アグニの神・三つの宝

西方の人　昭和四年一二月二〇日（岩波書店）
三つの窓・手紙・冬・古千屋・たね子の憂鬱・十本の針・闇中問答・歯車・或阿呆の一生・西方の人・続西方の人

大導寺信輔の半生　昭和五年一月一五日（岩波書店）
大導寺信輔の半生・第四の夫から・馬の脚・早春・桃太郎・三つのなぜ・点鬼簿・悠々荘・玄鶴山房・白・河童

文芸的な、余りに文芸的な　昭和六年七月五日（岩波書店）
文芸的な、余りに文芸的な・本所両国・凶・鵠沼雑記・ある鞭、その他（断片）・晩春売文日記・機関車を見ながら・或旧友へ送る手記・わが家の古玩・小説作法十則・文壇小言・文芸雑談・明治文芸に就いて・今昔物語に就いて・続芭蕉雑記・「文芸講座」

蜘蛛の糸（春陽堂少年文庫2）　昭和七年一一月一七日（春陽堂）
三つの宝　蜘蛛の糸・杜子春・魔術・犬と笛

澄江堂遺珠　昭和八年三月二〇日（岩波書店）
詩集

煙草と悪魔（文芸傑作選集2）　昭和一〇年一一月五日（荻原星文館）
奉教人の死・きりしとほろ上人伝・るしへる・おしの・じゆりあの・吉助・尾形了斎覚え書・おぎん・煙草と悪魔・さまよへる猶太人・黒衣聖母・報恩記・神神の微笑・邪宗門

地獄変　昭和一一年四月二五日（野田書房）

＊没後一〇年までに限定し、個人全集は除いた。

（関口安義）

三　主要文献目録

主要文献目録作成にあたって

一、1　単行本、2　単行本所収論文、3　雑誌・新聞特集、4　新聞・雑誌・紀要所収論文、5　芥川龍之介全集月報、の五部に大別した。事典類・全集・文庫本などの解説・解題は、原則として除いた。

一、「1」、「2」の単行本については、初版のみの項目を立てたが、再刊等について、最新のものを↓で指示しておいた。なお、「1」において、筆者欄の＊＊印は編者不明のものである。

一、「3」の雑誌・新聞特集の筆者欄の＊＊印は無署名のものである。

一、「4」の雑誌については、( )は巻、○は号を表す。例えば「(9)②」は「9巻2号」のこと。連載物は初回にまとめたが、題名が変わっている場合は、そのつど項目を立て、前後の回を「↓」で指示し、〔　〕内の算用数字でその年と月を表した。筆者欄の＊＊印は無署名のものである。なお、〔合〕は合併号、〔増〕は臨時増刊号を表す。

一、〔　〕によるものはすべて編者の注記である。なお、〔↓年次別〕は『国文学年次別論文集近代Ⅲ』（朋文出版）に再掲されたことを表す。

一、文献目録作成にあたっては種々のものを参照したが、特に藤多佐太夫編「参考文献目録」（『芥川龍之介全集別巻』角川書店、昭和四四・一・三〇）、三嶋譲「芥川龍之介参考文献分類目録稿」「同補訂(一)」（『佐世保工業高等専門学校研究報告』⑮・⑯、昭和五三・一一、昭和五四・一一）、石原千秋・石井力「参考文献目録」（『一冊の講座　芥川龍之介』有精堂、昭和五七・七・一〇）、坂敏弘『芥川龍之介書誌・序』（近代文芸社、平成四・九・一〇）、坂敏弘「芥川龍之介参考文献目録《平成四年》―付《昭和六〇年―平成三年》・補遺、『芥川龍之介書誌・序』・補訂―」（『明治大学日本文学』㉑、平成五・八）、『国文学年鑑』（至文堂）に負うところが多かった。謝意を表したい。

菊地　弘
石原　千秋
宮山　昌治

1 単行本

池崎忠孝『亡友芥川龍之介への告別』（天人社、昭和五・四・一五）

西谷碧落居『俳人芥川龍之介』（立命館出版部、昭和七・五・一〇）

竹内真『芥川龍之介の研究』（大同館書店、昭和九・二・八）→（日本図書センター、昭和六二・一〇・二）

山岸外史『芥川龍之介』（ぐろりあ・そさえて、昭和一五・三・二〇）→（日本図書センター、平成四・一〇・二五）

小穴隆一『鯨のお詣り』（中央公論社、昭和一五・一〇・三〇）

大正文学研究会編『芥川龍之介研究』（河出書房、昭和一七・七・五）→（日本図書センター、昭和五八・七・二五）

小島政二郎『眼中の人』（三田文学出版部、昭和一七・一一・一）→（文京書房、昭和五〇・二・五）

吉田精一『芥川龍之介』（三省堂、昭和一七・一二・二〇）→『吉田精一著作集1「芥川龍之介I」』（桜楓社、昭和五四・一一・一二）→（日本図書センター、平成五・一・二五）

室生犀星編『芥川龍之介の人と作〈現代作家叢書40、41〉上、下』（三笠書房、上巻昭和一八・四・二〇、下巻七・二〇）

下島勲『芥川龍之介の回想』（靖文社、昭和二二・三・五）→（日本図書センター、平成二・三・二五）

福田恆存『太宰と芥川』（新潮社、昭和二三・一〇・二五）→（日本図書センター、昭和五九・九・二五）

恒藤恭『旧友芥川龍之介』（朝日新聞社、昭和二四・八・一〇）→（日本図書センター、昭和五九・一・二五）

片岡良一『芥川龍之介〈国語と文学の教室〉』（福村書店、昭和二七・七・二〇）→『片岡良一著作集　第九巻』（中央公論社、昭和五五・一一・二五）

山田孝三郎編『芥川文学事典』（岡倉書房新社、昭和二八・一・二〇）

宇野浩二『芥川龍之介』（文芸春秋新社、昭和二八・五・二〇）→（中央公論社〈中公文庫・上下二冊〉、昭和五〇・八・一〇）

中村真一郎『芥川龍之介〈要選書60〉』（要書房、二九・一〇・一〇）→『中村真一郎評論集成4　近代の作家たち』（岩波書店、昭和五九・九・一七）

葛巻義敏編『芥川龍之介〈日本文学アルバム6〉』（筑摩書房、昭和二九・一二・一〇）

中村真一郎編『芥川龍之介案内』（岩波書店、昭和三〇・八・二六）

小穴隆一『二つの絵―芥川龍之介の回想―』（中央公論社、昭和三一・一・三〇）

和田繁二郎『芥川龍之介〈日本文学新書〉』（創元社、昭和三一・三・二五）

村松梢風『芥川と菊池〈近世名勝負物語〉』（文芸春秋新社、昭和三一・五・二五）

佐古純一郎『芥川龍之介における芸術の運命』（一古堂書店、昭和三一・四・一〇）→『近代日本文学の倫理的探求』（審美社、昭和四一・七・七）

福田恆存編『芥川龍之介研究〈作家研究叢書〉』（新潮社、昭和三二・一・三〇）

塩崎淑男『漱石・龍之介の精神異常』（白楊社、昭和三二・五・二〇）

吉田精一編『芥川龍之介〈近代文学鑑賞講座一一〉』（角川書店、昭和三〇・六・五）

吉田精一編『芥川龍之介研究』（筑摩書房、昭

和三三・六・三〇）→（昭和四六・一一・五）
佐藤　春夫『わが龍之介像』（有信堂、昭和三四・九・一五）→（日本図書センター、昭和五九・九・二五）
ひびの・ひろし『芥川龍之介の仕事』（苺書房、昭和三五・一〇）
山本健吉編『芥川龍之介〈文芸読本〉』（河出書房新社、昭和三七・七・三〇）
駒尺　喜美『芥川龍之介論―その精神構造を中心に―』（芥川龍之介研究会、昭和三九・九・一）→『芥川龍之介の世界〈教養選書〉』（法政大学出版局、昭和四二・四・五）
進藤　純孝『芥川龍之介』（河出書房新社、昭和三九・一一・二五）→『伝記芥川龍之介』（六興出版、昭和五三・一・二七）
森本　修『芥川龍之介伝記論考』（明治書院、昭和三九・一二・二〇）→『新考・芥川龍之介伝　改訂版』（北沢図書出版、昭和四六・一一・三）
内田　百閒『私の「漱石」と「龍之介」〈筑摩叢書〉』（筑摩書房、昭和四〇・五・二〇）
吉田　精一／芥川比呂志編『芥川龍之介〈写真作家伝叢書・7〉』（明治書院、昭和四二・三・三〇）
長野　甞一『古典と近代作家―芥川龍之介』（有朋堂、昭和四二・四・二五）
久保田正文『芥川龍之介・その前後』（現文社、昭和四二・四・三〇）→『芥川龍之介・その二律背反』（いれぶん出版、昭和五一・八・五）
浅野　晃『芥川龍之介〈青春の伝記〉』（鶴書房、昭和四二・九・一〇）
滝沢　克己『芥川龍之介の思想―「侏儒の言葉」と「西方の人」―』（新教出版社、昭和四二・一〇・二五）→『夏目漱石2　芥川龍之介〈滝沢克己著作集4〉』（法蔵館、昭和四八・九・一五）
関口　安義『芥川龍之介の文学』（関東図書、昭和四三・九・一五）
駒尺喜美編『芥川龍之介作品研究〈近代文学研究双書〉』（新生出版、昭和四三・一〇・二〇）→（八木書店、昭和四四・五・一）
吉田精一編『芥川龍之介全集　別巻』（角川書店、昭和四四・一・三〇）
岩井　寛『芥川龍之介―芸術と病理―〈パトグラフィ双書2〉』（金剛出版新社、昭和四四・一〇・二〇）
日本文学研究資料刊行会編『芥川龍之介　I〈日本文学研究資料叢書〉』（有精堂、昭和四五・一〇・二〇）
森本　修『芥川龍之介〈近代文学資料5〉』（桜楓社、昭和四六・一一・二〇）
布野　栄一『芥川龍之介―その歴史小説と「今昔物語」』（桜楓社、昭和四七・四・五）
吉田　精一／武田　勝彦／鶴田　欣也編『芥川文学―海外の評価』（早稲田大学出版部、昭和四七・六・一五）
文学批評の会編『批評と研究　芥川龍之介』（芳賀書店、昭和四七・一一・一五）
足立巻一他編『芥川龍之介〈現代日本文学アルバム7〉』（学習研究社、昭和四八・一〇・一）→（〔普及版〕昭和五四・一二・一五）
佐野　花子／山田　芳子『芥川龍之介の思い出』（短歌新聞社、昭和四八・一一・二五）
森　啓祐『芥川龍之介の父』（桜楓社、昭和四九・二・一）
芥川　文・述／中野妙子・記『追想　芥川龍之介』（筑摩書房、昭和五〇・二・一五）→（中公文庫、昭和五六・七・一〇）
志村　有弘『芥川龍之介周辺の作家―一つの

文壇的側面―〈笠間選書32〉』（笠間書院、昭和五〇・四・三〇）

＊　＊

志村　有弘　『文芸読本　芥川龍之介』（河出書房新社、昭和五〇・一一・二八）
『芥川龍之介の回想―芸術と宿命―〈笠間選書48〉』（笠間書院、昭和五〇・一二・三〇）

村山古郷編　『芥川龍之介句集　我鬼全句』（永田書房、昭和五一・三・一〇）

高村左文郎　『芥川龍之介　その虚像と実像』（蝸牛社、昭和五一・八・八）

高田　瑞穂　『芥川龍之介論考〈有精堂選書29〉』（有精堂、昭和五一・九・一〇）

三好　行雄　『芥川龍之介論』（筑摩書房、昭和五一・九・三〇）→（『三好行雄著作集　第三巻』筑摩書房、平成五・三）

沖本　常吉　『芥川龍之介以前―本是山中人―』（東洋図書出版、昭和五二・五・二〇）

日本近代文学館図書資料委員会　『芥川龍之介文庫目録』（日本近代文学館、昭和五二・七・一）

名著複刻全集編集委員会編　『名著複刻　芥川龍之介文学館解説』（日本近代文学館、昭和五二・七・一）

吉村　稠／中谷　克己　『芥川文芸の世界〈国文学研究叢書〉』（明治書院、昭和五二・八・二五）

日本文学研究資料刊行会編　『芥川龍之介　Ⅱ』（有精堂、昭和五二・九・一〇）

小島政二郎　『長編小説　芥川龍之介』（読売新聞社、昭和五二・一一・一五）

藤井　和義　『鷗外・芥川・太宰源論―文学の原典―』（桜楓社、昭和五三・二・二〇）

富田　仁編　『芥川龍之介〈比較文学研究〉』（朝日出版社、昭和五三・一一・二〇）

三好行雄編　『芥川龍之介必携〈別冊国文学2〉』（学燈社、昭和五四・二・一〇）

佐伯　彰一　『物語芸術論―谷崎・芥川・三島―』（講談社、昭和五四・八・二〇）→（中公文庫、平成五・九・一〇）

中村真一郎　『芥川・堀・立原の文学と生〈新潮選書〉』（新潮社、昭和五五・三・一五）

芹沢　俊介　『芥川龍之介の宿命』（筑摩書房、昭和五六・二・二〇）

菊地　弘／久保田芳太郎／関口　安義編　『芥川龍之介研究』（明治書院、昭和五六・三・五）

森本　修　『人間芥川龍之介』（三弥井書店、昭和五六・五・二九）

海老井英次編　『芥川龍之介〈鑑賞日本現代文学⑪〉』（角川書店、昭和五六・七・三一）

吉田　精一　『吉田精一著作集②「芥川龍之介Ⅱ」』（桜楓社、昭和五六・一一・一二）

吉田　孝次郎／中野　恵海　『芥川龍之介　西方の人　全注解』（清水弘文堂、昭和五七・四・二〇）

＊　＊

『一冊の講座　芥川龍之介』（有精堂、昭和五七・七・一〇）

菊地　弘　『芥川龍之介―意識と方法―』（明治書院、昭和五七・一〇・二五）

平岡　敏夫　『芥川龍之介・抒情の美学』（大修館、昭和五七・一一・二五）

竹内　宏　『芥川龍之介の経営語録――人間と世の中への深い洞察の書「侏儒の言葉」の読み方』（ＰＨＰ出版、昭和五八・四・二五）

勝倉　寿一　『芥川龍之介の歴史小説』（教育出版センター、昭和五八・六・一〇）

関口安義編　『芥川龍之介〈新潮日本文学アルバム13〉』（新潮社、昭和五八・一〇・二〇）

平野清介編　『雑誌集成　芥川龍之介像一～六』

（明治大正昭和新聞研究会、一、二は昭和五八・八・五、三、四は一二・一五、五、六は五九・七・二五）

文学教育研究集団著 熊谷　孝編　『芥川文学手帖』（みずち書房、昭和五八・一一・三〇）

芥川瑠璃子　『双影　芥川龍之介と夫比呂志』（新潮社、昭和五九・二・二五）

平野清介編　『新聞集成　芥川龍之介像　一、二』（明治大正昭和新聞研究会、昭和五九・二・二五）

石割　透　『芥川龍之介―初期作品の展開―（新鋭研究叢書4）』有精堂、昭和六〇・二・一）

平野清介編　『雑誌集成芥川龍之介像　七～八』（明治大正昭和新聞研究会、昭和六〇・二・一〇）

近代作家用語研究会編　『作家用語索引　芥川龍之介　一～四』（教育社、昭和六〇・六・一）

宮坂　覺編　『Spirit 芥川龍之介　作家と作品』（有精堂、昭和六〇・七・一）↓『芥川龍之介　人と作品』（翰林書房、平成一〇・四・一）

中野　真琴　『芥川龍之介の「将軍」その他』（東秀出版、昭和六〇・一〇・一）

宮本勢助・宮本馨太郎・宮本瑞夫・森一・志村有弘　『芥川龍之介（かたりべ叢書6）』（宮本企画、昭和六〇・一〇・三〇）

菊地弘・久保田芳太郎・関口安義編　『芥川龍之介事典』（明治書院、昭和六〇・一二・一五）

坂本　一敏　『芥川龍之介と上総一宮（緑の笛豆本第208集）』（緑の笛豆本の会、昭和六一・二・一）

東京都北区立田端図書館編　『芥川龍之介入門（田端文士村4）』（東京都北区立中央図書館、昭和六一・四）↓（『田端文士村　第一集～第一二集』東京都北区立中央図書館、平成四・三に合本）発行日なし

今村　義裕　『漱石芥川の文芸』（桜楓社、昭和六一・五・一五）

内田　百閒　『芥川龍之介雑記帖』（河出文庫、昭和六一・六・四）

諏訪　優　『芥川龍之介の俳句を歩く』（踏青社、昭和六一・七・二四）

稲元徹元監修　『芥川龍之介・徳冨蘆花・古泉千樫（近代作家追悼文集成11）』（ゆまに書房、昭六二・四・二五）

吉田　俊彦　『芥川龍之介―『偸盗』への道―』（桜楓社、昭六二・五・二〇）

森本修・清水康次　『芥川龍之介集第二巻（近代文学初出復刻5）』（和泉書院、昭六二・一〇・一〇）

石割　透編　『芥川龍之介　作家とその時代（日本文学研究資料新集20）』（有精堂、昭六二・一二・一〇）

塚越　和夫　『葛西善蔵と芥川龍之介』（葦真文社、昭六二・一二・一六）

松本　哉　『芥川龍之介の顔（三省堂選書145）』（三省堂、昭和六三・二・一五）

海老井英次　『芥川龍之介論攷―自己覚醒から解体へ―』（桜楓社、昭和六三・二・二五）

菊池　幸彦　『追跡　芥川龍之介・その横須賀時代』（神奈川新聞社、昭和六三・五）発行日なし

竹盛　天雄　『介山・直哉・龍之介―一九一〇年代　孤心と交響―』（明治書院、昭和六三・七・一〇）

江口　渙　『晩年の芥川龍之介』（落合書店、昭和六三・七・一五）

中田　雅敏　『俳人芥川龍之介―書簡俳句の展開―』（近代文芸社、昭和六三・七・三〇）

関口　安義　『芥川龍之介　実像と虚像』（洋々社、昭和六三・一一・一五）

高橋　英夫　『夢幻系列　漱石・龍之介・百閒』

（小沢書店、平成元・二・二〇）
吉田和明（文）田島董美（絵）『**FOR BEGINNERS** 芥川龍之介』（現代書館、平成元・一〇・二〇）
片村　恒雄『芥川龍之介の作品文学教材の表現研究（教え方叢書別7巻）』（右文書院、平成元・一一・一五）
千田　実編『芥川と太宰の文学』（双文社出版、平成二・三・二〇）

＊　＊

『新文芸読本　芥川龍之介』（河出書房新社、平成二・七・三一）
海老井英次校註『芥川龍之介［I］（近代文学注釈叢書14）』（有精堂、平成二・八・一〇）
大里恭三郎『芥川龍之介―『藪の中』を解く』（審美社、平成二・一二・一〇）
海老井英次・宮坂覺編『作品論　芥川龍之介』（双文社出版、平成二・一二・一二）
Toshio Hiraoka, **REMARKS ON AKUTAGAWA'S WORKS With American students' opinions**, Seirosha, December 1990.（平岡敏夫、青鷺社、平成二・一二）発行日なし
神門酔生（話者）・三宅一志（構成）『芥川龍之介殺人事件』（晩聲社、平成三・三・二〇）

＊　＊

『芥川龍之介（群像日本の作家11）』（小学館、平成三・四・一〇）
芥川瑠璃子『影燈籠　芥川家の人々』（人文書院、平成三・五・一〇）
平島英利子『芥川龍之介論』（近代文芸社、平成三・五・一〇）
佐古純一郎『芥川龍之介の文学』（朝文社、平成三・六・一七）
大西忠治編・薄井道正著『「羅生門」の読み方指導（教材研究の定説化7）』（明治図書、平成三・六）発行日なし
佐古純一郎『芥川論究』（朝文社、平成三・八・一二）
山梨県立文学館編『生誕百年記念　芥川龍之介展』（山梨県立文学館、平成三・一〇・五）
関森　勝矢『文人たちの句境　漱石・龍之介から万太郎まで』（中公新書、平成三・一〇・二五）
佐藤泰正・佐古純一郎『漱石・芥川・太宰』（朝文社、平成四・一・一九）
関口　安義『「羅生門」を読む』（三省堂、平成四・一・二五）→（小沢書店、平成一一・二・一〇）
市原　善衛『芥川龍之介と房総』（私家版、平成四・四・一）
神奈川近代文学館・中村真一郎『芥川龍之介展　生誕100年』（神奈川文学振興会、平成四・四・四）
井川恭著、寺本喜徳註解『翡翠記』（島根国語国文会、平成四・四・五）
関口安義編『アプローチ芥川龍之介』（明治書院、平成四・五・三〇）
芥川　耿子『女たちの時間　芥川家四代の女性たち』（広済堂出版、平成四・六・一五）
中田雅敏編『芥川龍之介（蝸牛俳句文庫3）』（蝸牛社、平成四・六・二〇）
鷺　只雄編『年表作家読本　芥川龍之介』（河出書房新社、平成四・六・三〇）
関口　安義『芥川龍之介　闘いの生涯』（毎日新聞社、平成四・七・一〇）
石割　透『〈芥川〉とよばれた藝術家―中期作品の世界』（有精堂、平成四・八・一〇）
坂　敏弘『芥川龍之介書誌・序』（近代文芸社、平成四・九・一〇）
産經新聞社『もうひとりの芥川龍之介・生誕百年記念展』（産經新聞社、平成四・九・一〇）
海老井英次編『芥川龍之介研究文献目次細目稿１９１７〜１９９２（叙説叢書

Ⅰ）』（叙説舎、平成四・九・一七）
関口　安義『芥川龍之介の手紙』（大修館書店、平成四・一〇・一）
志村　有弘『芥川龍之介伝説』（朝文社、平成五・二・一五）
笠井　秋生『芥川龍之介作品研究』（双文社出版、平成五・五・二八）
宮坂　覺編『芥川龍之介　理智と抒情（日本文学研究資料新集19）』（有精堂、平成五・六・一五）
山下　浩『本文の生態学　漱石・鷗外・芥川』（日本エディタースクール出版部、平成五・六・一八）
酒井　英行『芥川龍之介　作品《テキスト》の迷路《ラビリンス》』（有精堂、平成五・七・一〇）
柴田多賀治『芥川龍之介と英文学』（八潮出版社、平成五・七・一五）
斎藤　栄『芥川龍之介「歯車」殺人事件』（中央公論社、平成五・七・二五）→（中公文庫、平成八・三・一八）
奥野　政元『芥川龍之介論』（翰林書房、平成五・九・一〇）
関口安義編『芥川龍之介研究資料集成　一〜一〇・別巻』（日本図書センター、平成五・九・二五）
中田　雅敏『芥川龍之介の文学碑』（武蔵野書房、平成五・一〇・一二）
石井　和夫『漱石と次代の青年―芥川龍之介の型の問題』（有朋堂、平成五・一〇・一八）
山梨県立文学館編『芥川龍之介資料集』（図版1・2、解説　全三冊、山梨県立文学館、平成五・一一・三）
芥川瑠璃子『青春のかたみ　芥川三兄弟』（文芸春秋、平成五・一一・二五）
山口　九一『私の・文学〈遍歴〉　モームから周五郎・芥川・太宰・潤一郎へ…』（近代文芸社、平成五・一二・一〇）
宮坂　覺『芥川龍之介全集総索引　付年譜』（岩波書店、平成五・一二・二〇）
菊地　弘『芥川龍之介―表現と存在―（国文学研究叢書）』（明治書院、平成六・一・二〇）
清水　康次『芥川文学の方法と世界（近代文学研究叢刊3）』（和泉書院、平成六・四・二〇）
小山田義文『世紀末のエロスとデーモン―芥川龍之介とその病い―』（河出書房新社、平成六・四・二五）
菊地　弘編『芥川龍之介Ⅰ（日本文学研究大成）』（国書刊行会、平成六・九・二七）
岡崎　晃一『文学教材の文体論的研究　小説教材と芥川文学』（近代文芸社、平成六・一〇・三〇）
影山　恒男『芥川龍之介と堀辰雄―信と認識のはざま―』（有精堂、平成六・一一・一）
友田　悦生『初期芥川龍之介論』（翰林書房、平成六・一一・二〇）
松本　寧至『越し人慕情　発見芥川龍之介』（勉誠社、平成七・一・二〇）
三浦　隆『政治と文学の接点―漱石・蘆花・龍之介などの生き方』（教育出版センター、平成七・一・二四）
奥山　実『芥川龍之介―愛と絶望の狭間で―近代日本文学と聖書（中）』（マルコーシュ・パブリケーション、平成七・二・二五）
菊地弘・田中実編『対照読解　芥川龍之介〈ことば〉の仕組み』（蒼丘書林、平成七・二・二五）
曺　紗玉『芥川龍之介とキリスト教』（翰林書房、平成七・三・二〇）
中田　雅敏『芥川龍之介文章修業―写生文の系譜―』（洋々社、平成七・四・一三）

平岡　敏夫『芥川龍之介と現代』（大修館書店、平成七・七・二〇）

関口　安義『この人を見よ　芥川龍之介と聖書』（小沢書店、平成七・七・三〇）

菊地　弘編『芥川龍之介Ⅱ（日本文学研究大成）』（国書刊行会、平成七・九・三〇）

関口　安義『芥川龍之介』（岩波新書、平成七・一〇・二〇）

志村有弘編『芥川龍之介『羅生門』作品論集成（近代文学作品論叢書12）全二巻』（大空社、平成七・一一・二四）

山梨県立文学館編『龍之介・牧水・普羅と八ヶ岳―北巨摩の文学』（山梨県立文学館、平成八・七・二〇）

井上　暹『芥川龍之介の俳句』（岩波ブックセンター、平成九・二・一）

関口　安義『特派員芥川龍之介―中国でなにを視たのか―』（毎日新聞社、平成九・二・一〇）

髙橋　博史『芥川文学の達成と模索―「芋粥」から「六の宮の姫君」まで―』（至文堂、平成九・五・一〇）

佐藤　善也『芥川龍之介のクリスト像―折れた梯子とエマヲの旅びとたち―』（近代文芸社、平成九・五・三〇）

國末　泰平『芥川龍之介の文学』（和泉書院、平成九・六・一〇）

真杉　秀樹『芥川龍之介のナラトロジー』（沖積社、平成九・六・二〇）

山崎　光夫『藪の中の家　芥川自死の謎を解く』（文芸春秋社、平成九・六・三〇）

久保田正文『芥川龍之介―影の無い肖像』（木精書房発行・星雲社発売、平成九・九・二八）

村上　林造『土の文学―長塚節・芥川龍之介―』（翰林書房、平成九・一〇・二〇）

中村真一郎他編『時を超えて　漱石、芥川、川端　日本近代文学館創立35周年・開館30周年記念展』（日本近代文学館、平成一〇・一・二九）

河　泰厚『芥川龍之介の基督教思想』（翰林書房、平成一〇・五・二〇）

蒲生　芳郎『鷗外・漱石・芥川』（洋々社、平成一〇・六・三〇）

奥山　実『漱石・芥川・太宰と聖書』（マルコーシュ・パブリケーション、平成一〇・一一・二五）

関口　安義『芥川龍之介の復活』（洋々社、平成一〇・一一・二八）

千葉　正敏『健康の達人―芥川龍之介からイエスまで先人たちの智恵に学ぶ』（現代書林、平成一〇・一二・二）

関口　安義『芥川龍之介とその時代』（筑摩書房、平成一一・三・二〇）

山崎　甲一『芥川龍之介の言語空間―君看雙《きみみよそう》眼色《がんのいろ》』（笠間書院、平成一一・三・二〇）

清水康次編『芥川龍之介作品論集成　第四巻』（翰林書房、平成一一・六・二八）

上村　和美『文学作品にみる色彩表現分析　芥川龍之介作品への適用』（双文社出版、平成一一・六・二八）

関口安義編『芥川龍之介作品論集成　第五巻』（翰林書房、平成一一・七・二八）

石割　透編『芥川龍之介作品論集成　第三巻』（翰林書房、平成一一・八・二八）

北海道立文学館編『夏目漱石と芥川龍之介』（北海道立文学館、平成一一・八・七）

新宮市立佐藤春夫記念館編『芥川龍之介・佐藤春夫展　〈世紀末〉へのまなざし』（新宮市立佐藤春夫記念館、平成一一・九・一）

海老井英次編『芥川龍之介作品論集成　第二巻』（翰林書房、平成一一・九・二八）

三　主要文献目録

浅野　洋編　『芥川龍之介（日本文学研究論文集成33）』（若草書房、平成一一・一〇・二九）

美和町教育委員会編　『フォーラム本是山中人―父の故郷で語ろう芥川龍之介の人と文学』（美和町教育委員会、平成一一・一〇・三〇）

松澤　信祐　『新時代の芥川龍之介』（洋々社、平成一一・一一・二六）

宮坂　覺編　『芥川龍之介作品論集成　第六巻』（翰林書房、平成一一・一二・一〇）

関口　安義　『芥川龍之介と児童文学（日本児童文化史叢書25）』（久山社、平成一二・一・三一）

大須賀魚師　『芥川龍之介の俳句に学ぶ』（近代文芸社、平成一二・三・一）

浅野洋・芹澤光興・三嶋譲編　『芥川龍之介を学ぶ人のために』（世界思想社、平成一二・三・二〇）

浅野　洋編　『芥川龍之介作品論集成　第一巻』（翰林書房、平成一二・三・三〇）

関口安義・庄司達也編　『芥川龍之介全作品事典』（勉誠出版、平成一二・六・一）

山敷　和男　『芥川龍之介の芸術論』（現代思潮新社、平成一二・七・五）

小室　善弘　『芥川龍之介の詩歌』（本阿弥書店、平成一二・八・二五）

佐藤　泰正　『芥川龍之介論（佐藤泰正著作集第四巻）』（翰林書房、平成一二・九・二〇）

志村有弘編　『芥川龍之介『羅生門』作品論集（近代文学作品論集成4）』（クレス出版、平成一二・一〇・二五）

2　単行本所収論文

【大正一一年】一九二二

宇野　浩二　芥川龍之介に就いて（『文芸夜話』金星堂、六）

久米　正雄　芥川龍之介（『人間雑話』金星堂、一〇）

【大正一三年】一九二四

宇野　浩二　芥川龍之介の印象（『文学的散歩』新潮社、六）

【大正一五年】一九二六

菊池　寛　最近の芥川龍之介氏（『文芸当座帳』改造社、六）

佐藤　春夫　芥川龍之介のこと（『退屈読本』新潮社、一一）

【昭和三年】一九二八

佐藤　春夫　芥川龍之介を哭す（『文芸一夕話』改造社、七）

三枝　博音　「西方の人」論（『認識論考』大雄閣、七）

【昭和四年】一九二九

中野　重治　芥川氏のことなど（『芸術に関する走り書的覚え書』改造社、九）

→（岩波文庫、昭和五三・一一）

【昭和五年】一九三〇

前田河広一郎　芥川龍之介を駁す（『十年間』

大衆公論社、五）

【昭和七年】一九三二

唐木　順三　芥川龍之介（『現代日本文学序説』春陽堂、一〇）

【昭和八年】一九三三

川島益太郎　芥川龍之介（『現代作家の人及作風』大同館書店、四）

飯田　蛇笏　芥川龍之介氏の俳句、其の後の虚子、龍之介、二氏の俳句（『俳句道を行く』素人社書屋、一二）

【昭和九年】一九三四

片岡　良一　芥川龍之介氏の作品（『現代作家論叢』三笠書房、三）

佐佐木茂索　芥川龍之介の文章（『日本現代文章講座〈第八巻鑑賞篇〉』厚生閣、五）

〃　芥川龍之介（『日本文学講座⒀大正文学編』改造社、六）

川端　康成　新思潮派の人々（〃）

里見　弴　芥川龍之介を憶ふ（『自然解』新小説社、八）

矢崎　弾　生活から背走する作家（『新文学の環境』紀国屋出版部、一一）

【昭和一〇年】一九三五

宇野　浩二　芥川龍之介断片（『文芸草子』竹村書房、一一）

飯田　蛇笏　俳人芥川龍之介（『俳句文芸の楽園』交蘭社、一二）

【昭和一一年】一九三六

青野　季吉　芥川龍之介（『文芸と社会』中央公論社、四）→（『青野季吉選集』河出書房、昭和二五・八）

佐藤　春夫　芥川龍之介のことども（『散人偶記』第一書房、六）

浅見　淵他　龍之介と善蔵、他（『現代作家研究』砂子屋書房、九）

中村武羅夫他　〈座談会〉芥川龍之介研究（『明治大正文豪研究』新潮社、九）

【昭和一二年】一九三七

伊藤　整　芥川龍之介（『小説の運命』竹村書房、一）

秦　豊吉　芥川龍之介氏が生きて居たら（『丸の内夜話』秋豊園出版部、七）

【昭和一三年】一九三八

木枝　増一　芥川龍之介論—秋に就いて（『現代文学研究序説』東洋図書ＫＫ、七）

【昭和一四年】一九三九

武田麟太郎　作家と死神（『市井談義』金星堂、一〇）

【昭和一五年】一九四〇

山本　忠雄　芥川龍之介と里見弴の文学（『文体論（方法と問題）』賢文館、一二）

【昭和一六年】一九四一

宇野　浩二　玄鶴山房（『遠方の思出』昭和書房、五）

【昭和一七年】一九四二

小宮　豊隆　芥川龍之介の死（『漱石　寅彦　三重吉』岩波書店、一）

岩上　順一　歴史の現代化の傾向（『歴史文学論』中央公論社、三）

江口　渙　運命悲劇としての芥川龍之介の自殺（『愛情』白揚社、六）

湯本　喜作　芥川龍之介の歌、芥川龍之介の芭蕉観（『短歌論考』刀江書院、一二）

【昭和一八年】一九四三

佐藤　春夫　芥川龍之介君の事ども—その人、その芸術—（『慷斎雑記』千歳書房、一）

山本　健吉　芥川龍之介論（『近代日本文学研究　大正文学作家論　下』小学館、一〇）→（『芥川龍之介』有精堂、昭和四五・一〇）

【昭和一九年】一九四四

桂　広介　芥川龍之介の「大導寺信輔の半生」に描かれた青少年の心理（『文化と表現』三省堂、一）

【昭和二一年】一九四六

大塚　幸男　プロスペル・メリメと芥川龍之介

（『フランス文学随攷』あけぼの社、七）

【昭和二二年】一九四七

岩上　順一　芥川の死と敗北への発端（『人間の確立』万里閣、一）

宇野　浩二　青年時代の芥川と菊池他（『文学の三十年』中央公論社、五）

福田　恆存　芥川龍之介（『作家の態度』中央公論、九）→（中公文庫、昭和五六・九）

逸見　広　芥川龍之介（『現代日本文学概説』自然社、一二）

【昭和二三年】一九四八

滝沢　克己　芥川龍之介の死と倫理の問題　生命にいたる門は狭く、その路は細く之を見出すもの少し―マタイ伝七章十四節―（『哲学と神学との間』乾元社、二）

恒藤　恭　芥川父子の京見物（『復活祭のころ』朝日新聞社、五）

高須芳次郎　芥川龍之介に描かれた女性（『作家に描かれた女性』萬葉出版社、六）

土方　定一　芥川龍之介と葛西善蔵（『近代日本評論史』昭森社、九）→（『近代日本文学評論史』法政大学出版局、昭和四八・一一）

宇野　浩二　芥川龍之介と森鷗外（『小説の文章』創芸社、一〇）

宮本百合子　鷗外・芥川・菊池の歴史小説（『作家と作品』山根書店、一〇）

【昭和二四年】一九四九

西川　正身　芥川龍之介とビアス（『アメリカ文学ノート』文化書院、四）

室生　犀星　暮雪、芥川龍之介回想（『随筆泥孔雀』沙羅書房、八）

【昭和二五年】一九五〇

小田切秀雄　芥川龍之介（『日本近代文学研究』東大協同組合出版部、四）→（『近代日本の作家たち』法政大学出版局、昭和三七・一〇）

佐藤　春夫　芥川龍之介評伝（辰野隆編『近代日本の教養人』実業の日本社、六）

唐木　順三　芥川龍之介（『自殺について』弘文堂、七）

佐藤　春夫　芥川龍之介（『近代日本文学の展望』講談社、七）

高田　瑞穂　芥川龍之介（『日本文学講座　第六巻』河出書房、一二）

【昭和二六年】一九五一

広津　和郎　あの時代（『同時代の作家たち』文芸春秋新社、六）

村松　梢風　芥川龍之介（『近代作家伝　上』創元社、六）

中野　重治　芥川龍之介（『文学講座』筑摩書房、六）

正宗　白鳥　芥川龍之介（『作家論(二)』創元社、九）

【昭和二七年】一九五二

榊原　美文　芥川龍之介（藤村作監修『現代文学総説Ⅱ大正昭和作家篇』学燈社、一〇）

山本　健吉　芥川龍之介（『現代俳句　下巻』角川書店、一〇）→（『山本健吉全集　第七巻』講談社、昭和五九・六）

【昭和二八年】一九五三

神崎　清　芥川龍之介（『文学教室、日本文学篇』東洋書館、一）

江口　渙　その頃の芥川龍之介（『我が文学半生記』青木書店〔文庫〕、七）→（角川文庫、昭和三四）

水守亀之助　芥川龍之介―私の観た彼の反面（『わが文壇紀行』朝日新聞社、一〇）

【昭和二九年】一九五四

小田切秀雄　思想史における文学（向坂逸郎編『近代日本の思想家』和光社、一）

荒　正人　芥川龍之介（『岩波講座　文学(5)』岩波書店、二）→（『荒正人著作

集　第三巻　市民文学論』三一書房、昭和五九・四）

河盛　好蔵　芥川龍之介『河童』（『文学の創造と鑑賞Ⅰ』岩波書店、一二）

【昭和三〇年】一九五五

和田繁二郎　芥川龍之介の小説（『日本文学講座５』東京大学出版会、二）

中野　重治　「地獄変」について（『わが読書案内』和光堂〈現代選書〉、四）

江口　渙　芥川文学の分析と鑑賞／芥川龍之介の「羅生門」を読む（『わが文学論』青木書店〈新書〉、六）

田中　純　秀才芥川龍之介（『作家の横顔〈朝日文化手帖58〉』朝日新聞社、七）

神西　清　芥川龍之介（『日本の近代文学―作家と作品―東京堂、七）

唐木　順三　芥川龍之介（『現代作家論叢書　第四巻』英宝社、一〇）

青野　季吉　芥川龍之介（『文学の歴史と作家』春歩社、一二）

田中　純　芥川龍之介と女たち（『続文壇恋愛史〈一時間文庫〉』新潮社、一二）

【昭和三一年】一九五六

片岡　良一　芥川龍之介「河童」（『近代日本の小説』法政大学出版局、六）

木俣　修　芥川龍之介の短歌（『近代歌人群像』新典書房、八）

臼井　吉見　心境小説論争（『近代文学論争(上)』筑摩書房、一〇）→（〈筑摩叢書217〉、昭和五〇・一〇）

窪川鶴次郎　芥川龍之介（『講座日本近代文学史　第三巻　大正文学』大月書店、一二）

横関　愛蔵　芥川龍之介　名人芸を尊ぶ人（『思い出の作家たち』法政大学出版局、一二）

【昭和三二年】一九五七

古林　尚　芥川龍之介の死および『驢馬』グループ（『講座日本近代文学史　第四巻　プロ文学と芸術派の文学　昭和―上』大月書店、二）

臼井　吉見　芥川龍之介の文学（『人間と文学』筑摩書房、五）

稲垣　達郎　芥川龍之介―「尾生の信」「無意識」（『近代日本文学の風貌』未来社、九）

青野　季吉　芥川龍之介の死（『文学五十年』筑摩書房、一二）

【昭和三三年】一九五八

長谷川　泉　芥川龍之介（『近代名作鑑賞』至文堂、六）→（〈第五版〉昭和五二・八）

荻久保泰幸　芥川龍之介と堀辰雄―「今昔物語」と近代小説（佐藤謙三編『日本古典鑑賞講座　第八巻』角川書店、六）

【昭和三四年】一九五九

間宮　茂輔　若き日の芥川龍之介（『三百人の作家』五月書房、五）

平野　謙　人生派と芸術派（『岩波講座　日本文学史　第一五巻』岩波書店、八）

【昭和三五年】一九六〇

草部　典一　将軍（吉田精一編『近代名作モデル辞典』至文堂、一）

【昭和三六年】一九六一

江口　渙　歯車（〃）

和田繁二郎　芥川龍之介（『人と作品　現代文学講座　大正編Ⅲ』明治書院、四）

榎本隆司他　芥川龍之介作品解説（〃）

川口　朗　芥川龍之介（『近代文学研究必携』学燈社、九）

吉田　精一　芥川龍之介と今昔物語（『現代文学と古典』至文堂、一〇）

【昭和三七年】一九六二

三好　行雄　芥川龍之介（『解釈と研究　現代日本文学講座　小説５』三省堂、三）

赤羽龍熊・荻原節子・志田昌子　横須賀時代の芥川龍之介（〃）

成瀬　正勝　芥川龍之介（『解釈と研究　現代日本文学講座　評論随筆２』三省堂、七）

吉田　精一　芥川龍之介（『解釈と研究　現代日

本文学講座 短歌俳句』三省堂、八）
永井　保　〔池崎忠孝小伝 第六章〕芥川龍之介のこと（『池崎忠孝』池崎忠孝追悼録刊行会〔中央公論事業出版〕、一〇）

【昭和三八年】一九六三
吉田　精一　芥川龍之介（『近代文学論文必携』学燈社、六）
広津　和郎　芥川龍之介の自殺（『年月のあしおと』講談社、八）→（講談社文庫、昭和五六・一）

【昭和三九年】一九六四
村松　定孝　芥川龍之介の人間否定（『作家の家系と環境』至文堂、一〇）

【昭和四〇年】一九六五
小島政二郎　芥川龍之介（『鷗外 荷風 万太郎』文芸春秋新社、九）
村山　古郷　芥川龍之介の俳句（『文人の俳句』桜楓社、一〇）

【昭和四一年】一九六六
久山　康　堀辰雄と芥川龍之介（『近代日本の文学と宗教』創文社、八）

【昭和四二年】一九六七
三好　行雄　芸術と人生―「奉教人の死」芥川龍之介（『作品論の試み』至文堂、六）

【昭和四三年】一九六八
磯田　光一　芥川龍之介（『パトスの神話』徳間書店、二）→（増補改訂版）
篠塚　真木　芥川龍之介の創作とアナトール・フランス（成瀬正勝編『大正文学の比較文学的研究』明治書院、三）
水谷　昭夫　芥川龍之介「歯車」の意義（『近代日本文芸史の構成』桜楓社、五）
長谷川　泉　芥川龍之介の文学と自殺（『近代日本文学の機構』塙書房、五）
江口　裕子　芥川龍之介とエドガア・ポオ（『エドガア・ポオ論考―芥川龍之介とエドガア・ポオ』創文社、一一）

【昭和四四年】一九六九
中村真一郎　龍之介と西洋文学（日本近代文学館編『日本近代文学と西洋文学』読売新聞社、一二）
田中　保隆　「新思潮」と芥川龍之介（『講座日本文学10・近代編Ⅱ』三省堂、五）
佐藤　泰正　近代文学とキリスト教―透谷・芥川を軸として―（〃）
椿　八郎　「歯車」と眼科医／眼科医の馬鹿正直（『随想・鼠の王様』東峰書房、六）
安田　保雄　芥川とアナトオル・フランス／「奉教人の死」の比較文学的研究／芥川の『南蛮記』そのほか―「奉教人の死」再考―／「きりしとほろ上人伝」考／「舞踏会」の構成／「藪の中」の比較文学的研究／芥川は『指輪と本』を読んでいたか―「藪の中」再考―（『比較文学論考』学友社、一〇）
水谷　昭夫　芥川龍之介の世界（実方清編『日本近代小説の世界』清水弘文堂、一〇）

【昭和四五年】一九七〇
吉田　精一　芥川龍之介とキリシタン文学（日本近代文学館編『現代文学と古典』読売新聞社、一）
芥川比呂志　父の映像／父の出生の謎（『決められた以外のせりふ』新潮社、一二）
小堀桂一郎　芥川龍之介「或旧友へ送る手記」について―『救済の哲学』の一波紋（富士川英郎編『東洋の詩 西洋の詩』朝日出版社、四）
鶴田　欣也　芥川龍之介における阿呆と天才（武田勝彦編『古典と現代 西洋人の見た日本文学』清水弘文堂、六）

笹淵　友一　芥川龍之介のキリスト教思想／芥川龍之介の本朝聖人伝―「奉教人の死」と「じゅりあの・吉助」―／「西方の人」論（『明治大正文学の分析』明治書院、一一）
寺田　透　芥川龍之介の文体／芥川龍之介の近代精神（『文学その内面と外界』清水弘文堂、一二）

【昭和四六年】一九七一

梶木　剛　芥川龍之介の位相をめぐって／芥川龍之介のなかの知識人と大衆―『西方の人』をめぐって―（『思想的査証』国文社、一）
安田　保雄　芥川龍之介と切支丹（吉田精一編『日本近代文学の比較文学的研究』清水弘文堂、四）
平野　謙　芥川龍之介（『平野謙作家論集』新潮社、四）
小堀桂一郎　芥川龍之介の出発―『羅生門』恣考（『森鷗外の世界』講談社、五）
高田　瑞穂　芥川龍之介の美意識／『神神の微笑』の提起するもの（『近代文学の明暗』清水弘文堂、五）
春原　千秋
梶谷　哲男　芥川龍之介（『現代文学者の病蹟　創造と狂気の謎』新宿書房、六）
加藤　武雄　芥川龍之介氏を論ず（日本近代文学館編『「新潮」作家論集　上・中・下〈近代文学研究資料叢書(1)〉』日本近代文学館、一〇）
久米正雄他　芥川龍之介の印象（〃）
田中　純　芥川龍之介氏を論ず（〃）
菊池　寛他　最近の芥川龍之介氏（〃）

【昭和四七年】一九七二

柄谷　行人　芥川における死のイメージ（『畏怖する人間』冬樹社、二）
磯貝　英夫　芥川龍之介（『作家と自殺』至文堂、三）
大原健士郎　芥川龍之介・自己分析的自殺（〃）
平野　謙　芥川龍之介と広津和郎（『昭和文学の可能性』岩波書店、四）
鶴田　欣也　芥川作品の比較文学的研究法（佐渡谷重信他編『比較文学』潮文社、四）
瀬沼　茂樹　芥川龍之介（『展望・現代の日本文学』集英社、九）
紅野　敏郎　芥川龍之介（紅野敏郎他編『大正の文学』有斐閣、九）
村山　古郷　我鬼珠玉―芥川龍之介の俳句―（『俳句もわが文学』永田書房、九）
平野　謙　谷崎・芥川論争の時代背景（荒正人編『谷崎潤一郎研究』八木書店、一一）
津川　武一　芥川龍之介における価値の転倒―精神分裂病の文学（『苦悶の文学者―作家の精神構造』造形社、一一）

【昭和四八年】一九七三

野島　秀勝　虚構の宿命―芥川龍之介（『「誠実」の逆説―近代日本文学とエゴ』冬樹社、二）
江藤　淳　戦後文学と芥川龍之介（『江藤淳著作集　続2　作家の肖像』講談社、三）
井上　靖　芥川龍之介（『六人の作家』河出書房新社、四）
小堀桂一郎　材源研究の意味―芥川龍之介・里見弴・その他―（亀井俊介編『現代比較文学の展望』研究社、六）
福永　武彦　芥川龍之介小論（『意中の文士たち』人文書院、六）
日夏耿之介　芥川龍之介（『日夏耿之介全集　第五巻』河出書房新社、九）
秋山　駿　芥川龍之介（『作家論』第三文明社、一一）

【昭和四九年】一九七四

中村真一郎　芥川龍之介（『この百年の小説』新潮社、二）
ハワード・S・ヒベッ　芥川龍之介と「負」の理想（『日本の歴史と個性（下）近代』ミネ

ト　ルヴァ書房、一二）

佐藤　泰正　芥川―その作家以前／「奉教人の死」と「おぎん」―芥川切支丹物に関する一考察―／「蜘蛛の糸」小論／「舞踏会」／「歯車」論―芥川文学の基底をなすもの―／「西方の人」論（『文学 その内なる神 日本近代文学一面』桜楓社、一三）

安田　保雄　芥川龍之介『今昔物語』―「校註国文叢書」本について／芥川龍之介と切支丹／「きりしとほろ上人伝」と『文祿旧訳伊曾保物語』／「蜘蛛の糸」の原典とその著者について／「袈裟と盛遠」から「藪の中」へ（『比較文学論考　続編』学友社、四）

梶木　剛　芥川龍之介・自我と超越／芥川龍之介から井上良雄へ（『知識人の倫理』国文社、一〇）

三好　行雄　宿命のかたち―芥川龍之介における〈母〉―（瀬沼茂樹古稀記念論文集刊行会編『現代作家・作品論』河出書房新社、一〇）

【昭和五〇年】一九七五

谷沢　永一　批評家芥川龍之介／池崎忠孝の見た芥川（『標識のある迷路―現代日本文学史の側面』関西大学出版部、一一）

柄谷　行人　藪の中（『意味という病』河出書房新社、一二）

川　鎮郎　芥川龍之介作「奉教人の死」のテーマと「語り手」と「主人公」について（笹淵友一編『キリスト教と文学 第二集〈笠間選書27〉』笠間書院、四）

宮坂　覺　芥川龍之介とキリスト教―その二面性（カトリシズム・プロテスタンティズム）をめぐって（〃）

佐藤　泰正　漱石と龍之介（紅野敏郎他編『現代文学講座4　大正の文学』至文堂、五）

宮本　顕治　「敗北」の文学―芥川龍之介氏の文学について―（『「敗北」の文学』〈文庫版〉新日本出版社、九）

近藤　富枝　「羅生門」の作者／芥川と室生（『文壇資料　田端文士村』講談社、九）

飛鳥井雅道　芥川龍之介（桑原武夫他編『続近代文学　作家とその世界2』朝日新聞社、一〇）

紅野　敏郎　芥川龍之介△支那游記と湖南の扇▽（紅野敏郎他編『近代日本文学における中国像』有斐閣、一〇）

寺田　透　芥川龍之介の文体（『ことばと文体』河出書房新社、一〇）

島田　謹二　『傀儡師』前後のイギリス・ロシヤ的材源（『日本における外国文学―比較文学研究―上巻』、一二）

【昭和五一年】一九七六

山田　昭夫　芥川龍之介全集逸文二編（『日本文学新見―研究と資料』笠間書院、三）

饗庭　孝男　芥川龍之介―大正精神の一断面―（『近代の解体―知識人の文学―』河出書房新社、四）

臼井　吉見　芥川龍之介（『肖像八つ』筑摩書房、一〇）

紅野敏郎・谷沢永一・西垣勤・助川徳是・高橋英夫　芥川龍之介と菊池寛の評価（『シンポジウム日本文学17　大正文学』学生社、一〇）

饗庭　孝男　逆説から懐疑へ―芥川龍之介と小林秀雄（『昭和文学私論』小沢書店、一〇）

小林　英夫　芥川龍之介の筆癖／芥川龍之介の文体について（『小林英夫著作集第八巻　文体論的作家作品論』みすず書房、一一）

【昭和五二年】一九七七

佐藤　泰正　芥川龍之介（三好行雄編『日本近代文学研究必携』学燈社、一一）

中村　光夫　「藪の中」をめぐって／再び「藪の中」をめぐって（『秋の断章』筑摩書房、一）
梶木　剛　芥川龍之介の落丁（『宿命の暗渠』芹沢出版、三）
志村　有弘　芥川龍之介と古典（『近代作家と古典―歴史文学の展開―〈笠間選書71〉』笠間書院、四）
臼井　吉見　「木曾義仲論」をめぐって／短篇八つ／河童忌に寄せて（『作家論控え帳』筑摩書房、四）
右遠　俊郎　芥川龍之介「歯車」（『文学・人間・真実』光和堂、五）
奥野　健男　芥川龍之介（『奥野健男作家論2』泰流社、五）
佐古純一郎　芥川龍之介の罪意識（『文学における根源存在の探求』公論社、五）
須藤　松雄　芥川龍之介の自然（『日本文学の自然〈笠間選書77〉』笠間書院、六）
三好　行雄　芥川龍之介の死（三好行雄・竹盛天雄編『近代文学5　現代文学の胎動』有斐閣、六）
大塚　幸男　芥川龍之介とフランス文学／『侏儒の言葉』私注（『比較文学原論〈白水叢書18〉』白水社、六）
猪野　謙二　芥川龍之介と現代―二冊の本をめぐって―／芥川龍之介全集に寄せて／『羅生門』解説（『日本文学の遠近I』未来社、七）
大岡　信　芥川龍之介―空みつ大和言葉の逆説（『明治・大正・昭和の詩人たち』新潮社、七）
菊地　弘　龍之介の方法（三好行雄・竹盛天雄編『近代文学4　大正文学の諸相』有斐閣、九）
進藤　純孝　『河童』芥川龍之介（『作品展望　昭和文学　下』時事通信社、九）
ドナルド・キーン　芥川龍之介（『日本文学を読む』新潮社、一一）

【昭和五三年】一九七八

長谷川　泉　芥川没後五十年と芥川賞の風雪（『近代日本文学の側溝』教育出版社、一）
上坂　信男　良秀像の変貌―『地獄変』をめぐって―（『源氏物語往還』笠間書院、一）
中村　光夫　〈三人の大正作家〉芥川龍之介（『近代の文学と文学者』朝日新聞社、一）
篠田浩一郎　構造批評と「蜘蛛の糸」（『構造と言語』現代評論社、一）
塚越　和夫　芥川の芸術家小説―『戯作三昧』『地獄変』『枯野抄』を読む（『作家・作品シリーズ　芥川龍之介』東京書籍、四）
浜川　博　泉鏡花と紅葉・秋声・龍之介（『素顔の文人たち』月刊ペン社、五）
巌谷　大四　芥川龍之介の自殺とその周辺（『瓦板　昭和文壇史』時事通信社、五）
岸田　秀　シニシズムの破綻―芥川龍之介論（『二番煎じ　ものぐさ精神分析』青土社、五）
春原千秋・梶谷哲男　芥川龍之介（『精神医学からみた作家と作品』牧野出版、七）↓（新装版、牧野出版、平成一〇・九）
永塚　功　芥川龍之介と修善寺―文学と旅のあいだ（『近代作家の風土　伊豆とその文学〈笠間選書98〉』笠間書院、七）
佐藤　泰正　芥川龍之介と有島武郎―内なる〈自然〉への回帰をめぐって―／芥川文学の現代性―その〈アキレスの踵〉をめぐって（『近代文学遠望』国文社、八）
浅川　淳　「私小説」的リアリズムへの抵抗―芥川龍之介（『文学の視点―近代小説の流れ』中央大学出版、九）

剣持　武彦　芥川龍之介「奉教人の死」新考（『日本文学　始原から現代へ』笠間書院、九）

本多　仁　「羅生門」の主題について—新しい「羅生門」論のために（〃）

荻原　雄一　蜃気楼仕掛けの神—芥川龍之介・その作品の構図—（『バネ仕掛けの夢想』味爽社、九）

向山　義彦　芥川の「手巾《はんかち》」に見られる日本人の表現（『日本人の表現〈笠間選書109〉』笠間書院、一〇）

松崎　豊　芥川龍之介—余技俳人とは（『わが愛する俳人・第三集〈新書C34〉』有斐閣、一一）

海老井英次　「奉教人の死」論—虚偽の出典の意味を中心に（其刊行会編『春日和男教授退官記念語文論叢』桜楓社、一一）

小田切秀雄　芥川龍之介　I『河童』を通しての芥川／II『或阿呆の一生』—作家の誠実と凄まじい空中の花火—（『明治大正の作家たちII〈レグルス文庫107〉』第三文明社、一二）

加藤　周一　龍之介と反俗的精神（『加藤周一著作集　第6巻』平凡社、一二）

【昭和五四年】一九七九

福本　彰　「羅生門」論—振り返えられた虚構的在り様の位相（『苦悩と孤寂への測鉛　近代日本文芸への彷徨』笠間書院、一）

秋山　駿　お話の魅力—芥川龍之介の短篇小説、お話の敗北（『内的な理由』構想社、一）

伊豆　利彦　芥川文学の原点—初期文章の世界—／芥川龍之介—作家としての出発の一考察—（『日本近代文学研究』新日本出版社、二）

矢作　武　芥川龍之介と中国文学(一)—聊斎志異との関係（「古典と近代作家の会」編『谷崎潤一郎—古典と近代作家　第一集〈笠間選書117〉』笠間書院、三）

石割　透　芥川龍之介と『今昔物語』（〃）

佐藤　泰正　芥川龍之介と与謝蕪村（川副国基編『文学・一九一〇年代』明治書院、三）

東郷　克美　地獄と救済—芥川龍之介論（〃）

中野　記偉　芥川龍之介におけるR・ブラウニング体験—「戯作三昧」に関連して—（『逆説と影響—文学のいとなみ—』笠間書院、四）

宮坂　覺　芥川龍之介の罪意識—『白』『歯車』を中心として（日本キリスト教文学会編『罪と変容』笠間書院、四）

菊地　弘　表現者芥川龍之介—『歯車』の方法—（昭和文学研究会編『昭和文学の諸問題〈昭和文学研究叢書I〉』笠間書院、五）

饗庭　孝男　「私」と心性の基盤—夏目漱石と芥川龍之介—（『批評と表現—近代日本文学の「私」』文芸春秋社、六）

春原　千秋
梶谷　哲男　芥川龍之介（『精神医学からみた現代作家』毎日新聞社、七）

堀切　直人　黒衣聖母　芥川龍之介（『日本夢文学志』冥草舎、九）→〈沖積舎、平成三・七〉

高田　瑞穂　疎外された自我像—森鷗外と芥川龍之介—（森安理文編『近代説話文学の構造』明治書院、九）

佐藤　泰正　芥川龍之介（『近代小説の読み方(2)〈有斐閣新書C57〉』有斐閣、九）

吉本　隆明　芥川龍之介（『悲劇の解読』筑摩書房、一二）

大久保喬樹　「西方の人」「続西方の人」（『夢と成熟—文学的西欧像の変貌』講談社、一二）

【昭和五五年】一九八〇

野島　秀勝　最後の芥川龍之介—「末期の目」

の戯れ（『終末からの序章』北栄社、二）
森本　修　芥川龍之介における「家」（其刊行会編『国崎望久太郎博士古稀記念　日本文学の重層性』桜楓社、四）
国末　泰平　「沼地」から「夢」へ―芥川龍之介の推移―（〃）
萬田　務　「枯野抄」覚え書（〃）
勝山　功　芥川龍之介―漱石と較べてみて（『大正・私小説研究』明治書院、九）
阿部　昭　芥川龍之介『藪の中』ほか―短篇小説の魅力―（猪野謙二編『小説の読みかた―日本の近代小説から―〈岩波ジュニア新書21〉』岩波書店、九）
吉田　精一　芥川龍之介（『近代文芸評論史　大正篇』至文堂、一二）

【昭和五六年】一九八一

野田宇太郎　木下杢太郎と芥川龍之介（高田瑞穂編『大正文学論』有精堂、二）
東郷　克美　佇立する芥川龍之介（〃）
鷺　只雄　愚人と殉教―「きりしとほろ上人伝」―（〃）
影山　恒男　戦闘的ヒューマニズムと自己救済―芥川の「河童」をめぐって―（〃）
小松　伸六　芥川龍之介（『美を見し人は』講談社、二）
野口　武彦　芥川龍之介（『作家の方法』筑摩書房、四）
岡庭　昇　先どりされた死者の眼―芥川龍之介の世界（『末期の眼―日本文学における死の発見―』批評社、四）
佐々木　充　漱石と龍之介（三好行雄他編『講座夏目漱石　第一巻』有斐閣、七）
笹淵　友一　芥川龍之介「羅生門」新釈（『山梨英和短期大学創立十五周年記念　国文学論集』笠間書院、一〇）
森　常治　『庭』芥川龍之介―記号の庭（赤祖父哲二、中村博保、森常治『いかに読むか―記号としての文学』中教出版、一一）

【昭和五七年】一九八二

岡本　勲　芥川龍之介の語彙（佐藤喜代治編『講座日本語の語彙　第6巻　近代の語彙』明治書院、一二）
宮坂　覺　芥川龍之介と二人の〈英雄〉―『義仲論』と『西方の人』を中心として―（日本キリスト教文学会編『遥かなるものへの憧憬』笠間書院、四）
稲垣　達郎　『ひょっとこ』下書断片／『地獄変』をめぐって／『阿呆』／無意識／芥川の本（『稲垣達郎学芸文集　三』筑摩書房、七）

【昭和五八年】一九八三

三好　行雄　芥川龍之介　宿命としての母・〈御伽噺〉の世界で・没後五十年（『鷗外と漱石　明治のエートス』力富書房、五）
片岡　懋　芥川龍之介のヘンシン㈠・㈡（『近代作家論叢』新典社、六）
清水　茂雄　芥川文学と仏教の素材（『文学と宗教〈作品論の文学紀行〉』教育出版センター、七）
饗庭　孝男　芥川龍之介（『文学の現在　現代作家論』美術公論社、七）
米倉　充　芥川龍之介―知性の敗北（『近代文学とキリスト教　明治・大正篇』創元社、一一）
国末　泰平　「地獄変」―芥川龍之介の出発―（其論集刊行会『和田繁二郎博士古稀記念　日本文学　伝統と近代』和泉書院、一二）
戸田　民子　芥川龍之介と新傾向（〃）
原武　哲　芥川龍之介の法帖趣味（『夏目漱石と菅虎雄―布衣禅情を楽しむ心友―』教育出版センター、一二）

大塚　幸男　アナトール・フランスと芥川龍之介（九州大学公開講座『現代の文学』九州大学出版会、一二）

【昭和五九年】一九八四

宮坂　覺　芥川龍之介「きりしとほろ上人伝」論―「奉教人の死」そして『黄金伝説』との関わりを中心に―（笹淵友一編『物語と小説―平安朝から近代まで―』明治書院、四）

河盛　好蔵　菊池・久米・芥川（『作家の友情〈新潮選書〉』新潮社、六）

島田　昌彦　『今昔』『宇治拾遺』と芥川龍之介『鼻』（川口久雄編『古典の変容と新生』明治書院、一二）

下西善三郎　「曲殿の姫君」と「六の宮の姫君」―『今昔』と芥川（〃）

浜野　卓也　芥川龍之介―「戯作三昧」と「蜘蛛の糸」（『童話にみる近代作家の原点』桜楓社、一二）

【昭和六〇年】一九八五

荻原　雄一　「杜子春」について―もう一つのエゴイズムをどう教えるか―（『文学の危機』高文堂出版、一）

木谷喜美枝　芥川龍之介小論―「機関車を見ながら」をめぐつて―（『和洋女子大学文学部創設三十五周年記念論文集』和洋女子大学、三）〔↓年次別〕

森　正人　神泉苑・芥川龍之介と説話文学（矢野貫一編『日本文学発掘』象山社、四）

鈴木　一彦　版の違いによる「羅生門」の語句と文章（青山学院大学『甲子論集　林巨樹先生華甲記念国語国文論集』四）

根岸　正純　芥川龍之介『羅生門』（『近代作家の文体』桜楓社、五）

國末　泰平　芥川龍之介―芸術と現実の相克（和田繁二郎編著『近代文学の知識人像』ミネルヴァ書房、五）

白川　正芳　芥川龍之介　生涯につきまとう〝痛ましさ〟（『超時間文学論』洋泉社、五）

磯田　光一　芥川龍之介論―ある大正精神の終末（『昭和作家論集成』新潮社、六）

竹西　寛子　河童（芥川龍之介）／老いたる素戔嗚尊（芥川龍之介）（『読書の歳月』筑摩書房、六）

磯田　光一　晩年の芥川龍之介（『日本の文学49河童・或阿呆の一生』ほるぷ出版、八）↓（『磯田光一著作集六』小沢書店、平成七・三）

剣持　武彦　芥川龍之介「大川の水」論―すみだ川とヴェネツィア文学の合流／芥川龍之介「偸盗」とメリメ「カルメン」／芥川龍之介「戯作三昧」と鷗外訳のリルケ「家常茶飯」／芥川龍之介「奉教人の死」とトルストイ『戦争と平和』（『個性と影響　比較文学試論』桜楓社、九）

佐多　稲子　芥川龍之介の死／「河童の銀屏風」のこと／古いときのこと（『月の宴』講談社、一〇）↓（講談社文芸文庫、平三・七）

松島　芳昭　近代作家における前近代性―泉鏡花『高野聖』、釈迢空『死者の書』、芥川龍之介『玄鶴山房』／龍之介『羅生門』の人間背景／芥川の人間追求―『枯野抄』／明治の郷愁―龍之介『雛』／芥川小考―吉本隆明・宮本顕治の芥川論批判／滅びの美を求めて―龍之介『蜜柑』と治『美少女』（『現代作家の心象風景』銀河書房、一〇）

菊地　弘　青い絨毯―芥川とのかかわりあいを求めて―（久保田芳太郎・矢島道弘編『坂口安吾研究講座Ⅱ』三弥井書店、一一）

ドナルド・キーン　芥川龍之介（『日本文学史　近代・現代編三』徳岡孝夫訳、中央公論社、一一）
野口　武彦　鼻と自意識―芥川龍之介のスティリスティク（『近代小説の言語空間』福武書店、一二）

【昭和六一年】一九八六

松本　常彦　「大川の水」論（重松泰雄編『原景と写像　近代日本文学論攷』原景と写像刊行会、一）
海老井英次　芥川龍之介の混迷―「舞踏会」の改変に露呈した〈開化〉の幻影―（〃）
三嶋　譲　芥川龍之介の死その後―「歯車」を軸として―（〃）
＊＊　芥川龍之介（JAM企画編集部編『近代作家マニュアル50』JAM企画、一）
関口　安義　トロッコ（芥川龍之介）／羅生門（芥川龍之介）（『国語教育と読者論』明治図書出版、二）
清水　孝純　物語的世界としての近代的懐疑―芥川龍之介の文学―（清水孝純・助川徳是・高橋昌子『近代日本文学史』双文社出版、二）
松井　幸子　濃尾震災の日の疑心　芥川龍之介の「疑惑」（『ぎふの文字風景　美濃と飛騨』中日新聞社、三）
大竹　新助　芥川龍之介　ぼんやりした不安（『私の文学紀行 作家の墓碑』立風書房、三）
大高　知児　芥川龍之介（大里恭三郎・竹腰幸夫編『文学に見る経済観　近代作家十人　一葉・漱石・荷風・谷崎・啄木・志賀・有島・芥川・賢治・太宰』教育出版センター、三）
原　子朗　芥川龍之介の文体（『文体の軌跡』沖積社、五）
モーリス・パンゲ　ニヒリズム群像（『自死の日本史』竹内信夫訳、筑摩書房、五）→（ちくま学芸文庫、平成四・一一）
鈴木　秀子　玄鶴山房（芥川龍之介）（三好行雄編『日本の近代小説Ⅰ』東京大学出版会、六）
剣持　武彦　車内空間と近代小説―鷗外、直哉、龍之介の短編から―（佐藤泰正編『事実と虚構（梅光女学院大学公開講座論集19）』笠間書院、六）
野口冨士男　芥川龍之介の死（『感触的昭和文壇史』文芸春秋、七）
鷲田小彌太　「ぼんやりした不安」―芥川龍之介（『昭和思想史60年』三一書房、七）→（『新装版　昭和思想史上巻』三一書房、平成一〇・六）
鶴田　欣也　芥川龍之介『素戔嗚尊』（『日本近代文学における「向う側」―母なるもの性なるもの―』明治書院、八）
橋本　治　小さな完成・排除された諸々　芥川龍之介『杜子春』（『ロバート本』作品社、九）→（河出文庫、平成三・五）
松本　常彦　解説「藪の中」（現代文学研究会編『近代の短編小説　大正篇』九州大学出版会、一〇）
西田　稔　芥川龍之介と羞恥（『渦―青春の記―』私家版、一一）
菊地　弘　芥川龍之介（長谷川泉編『現代文学研究情報と資料』至文堂、一一）
清水　康次　芥川龍之介　晩年の位置をめぐって（山﨑國紀編『自殺者の近代文学』世界思想社、一二）
浜野　卓也　芥川の小説と童話―その子ども観をめぐって―（佐藤泰正編『文学における子ども（梅光女学院大学公開講座論集20）』笠間書院、一二）

加藤　富一　信子（秋）（『近代文学の女人像』近代文芸社、一二）

【昭和六二年】一九八七

中村　友　戯作三昧（『日本文芸鑑賞事典―近代名作1017選への招待　第六巻（大6～9）』ぎょうせい、一）

〃　地獄変（〃）

篠沢　秀夫　芥川龍之介の美しき死（『教授のオペラグラス―日本と西洋―』集英社文庫、一）

高田　瑞穂　芥川龍之介の美意識（『日本近代作家の美意識』明治書院、二）

丸山　一彦　「蕪村雑記」のゆくえ―龍之介と蕪村（『蕪村』花神社、三）

石井　茂　芥川龍之介と力石平蔵―小説「トロッコ」の成立をめぐって―（『国文学・研究と教育』風間書房、四）

河田　悌一　魯迅と芥川龍之介の章炳麟評価（『中国近代思想と現代―知的状況を考える―』研文出版、四）

小川　国夫　芥川龍之介・人と作品（『昭和文学全集　第一巻』小学館、五）

木村　梢　思い出の日々とっておきの手紙―芥川龍之介より父・邦枝完二へ（『花咲いて花散って、今』文化出版局、六）

磯田　光一　『西方の人』再読（『近代の感情革命　作家論集』新潮社、六）

柄谷　行人　芥川における死のイメージ（『畏怖する人間』トレヴィル、七）→（講談社文芸文庫、平二・一〇）

飯田　龍太　龍之介と寺山修司と（『秀句の風姿』富士見書房、七）

笠井　秋生　羅生門（『日本文芸鑑賞事典―近代名作1017選への招待　第五巻（大元～5）』ぎょうせい、八）

村松　定孝　鼻（〃）

神田由美子　藪の中（『日本文芸鑑賞事典―近代名作1017選への招待　第七巻（大9～12）』ぎょうせい、一二）

手塚　昌行　大導寺信輔の半生（『日本文芸鑑賞事典―近代名作1017選への招待　第八巻（大13～15）』ぎょうせい、一二）

森安　理文　侏儒の言葉（〃）

【昭和六三年】一九八八

手塚　昌行　河童（『日本文芸鑑賞事典―近代名作1017選への招待　第九巻（昭2～5）』ぎょうせい、一）

岡本　卓治　歯車（〃）

関口　安義　阿呆の一生（〃）

宮坂　静生　澄江堂句集（〃）

川名　大　文芸的な、余りに文芸的な（〃）

神田由美子　西方の人（〃）

桐生　鮎子　芥川龍之介の『河童』上高地文学地図―上高地・河童橋・梓川の周辺（〃）

黒澤　明　羅生門（シナリオ）（『全集黒澤明　第三巻』岩波書店、一）

接木　幹　文学への道その二―芥川龍之介の自殺（『或る情痴作家の〝遺書〟―渡辺均の生涯―』幻想社、三）

片岡　懋　芥川龍之介について（片岡懋編『夏目漱石とその周辺』新典社、三）

前田　愛　物語の構造（『文学テクスト入門』筑摩書房、三）→（『前田愛著作集第六巻』筑摩書房、平成二・四）→（増補版、ちくま学芸文庫、平成五・九）

神田　重幸　芥川龍之介―漱石門下との関連（4）（『島木赤彦周辺研究』双文社出版、三）

小山田義文　芥川龍之介の賭け―「歯車」・「或阿呆の一生」・「西方の人」（『夢・狂気・神話―想像力の根としての』中央大学出版部、四）

高橋　健二　龍之介、掘辰雄、佐佐木茂索（『現代作家の回想』小学館、五）

水島　裕雄　芥川龍之介とボードレール（『詩

木股　知史　のこだま　フランス象徴詩と日本の詩人たち』木魂社、五）
女とハンカチ　二重の演技（『〈イメージ〉の近代日本文学誌』双文社出版、五）
斎藤　襄治　外国人の見た芥川（『日本の心を英語で―理論と実践』文化書房博文社、五）→（増補改訂版、平成元・七）
関口　安義　芥川龍之介の再検討　「鼻」を例として（日本文学協会編『日本文学講座6近代小説』大修館書店、六）
三嶋　譲　羅生門（『近代小説研究必携2―卒論・レポートを書くため―』有精堂、六）
海老井英次　奉教人の死（〃）
石割　透　玄鶴山房（〃）
斎藤　倫明　芥川龍之介の漢字―「羅生門」「鼻」を対象として―（佐藤喜代治編『漢字講座　第九巻』明治書院、六）
大谷　利彦　芥川龍之介・菊池寛／芥川の再遊（『長崎南蛮余情　永見徳太郎の生涯』長崎文献社、七）
平岡　敏夫　芥川龍之介と実篤（『武者小路実篤全集月報5』小学館、八）
剣持　武彦　車内空間と近代小説―鷗外、直哉、龍之介の短篇から―（『肩の文化、腰の文化―比較文学・比較文化論―』双文社出版、九）
斎藤栄三郎　芥川龍之介（『日本文学覚書ノート　中巻』ヒューマン・ドキュメント社、九）
紅野　敏郎　芥川龍之介・影の薄い本への愛着―『奇怪な再会』／芥川龍之介の肉眼―『支那游記』『湖南の扇』―／芥川龍之介の『百艸』―文人意識を貫く―（『近代日本文学誌―本・人・出版社―』早稲田大学出版部、一〇）
塚本　泰造　芥川龍之介―「糸女覚え書」―（熊本近代文学研究会『熊本の文学第二』審美社、一一）

【昭和六四年／平成元年】（一九八九）

村田　秀明　中島敦と芥川龍之介の漢詩（田鍋幸伸編『中島敦・光と影』新有堂、三）
芥川　耿子　記憶の向こう側の祖父　龍之介（『気むずかしやのハムレット　素顔の父芥川比呂志』主婦と生活社、四）
樋口　正規　読みの主観性と客観性―『羅生門』の場合／『羅生門』／『地獄変』と『戯作三昧』／『西方の人』『続西方の人』（『文学教育の主体―文学教師への模索』近代文芸社、四）
宮坂　覺　「妖婆」論―芥川龍之介の幻想文学への第一章―（村松定孝編『幻想文学　伝統と近代』双文社出版、五）
久保田暁一　芥川とキリスト教／芥川から太宰へ（『近代日本文学とキリスト者作家』和泉書院、八）
佐藤　静夫　芥川龍之介の自裁は何を語るか（『昭和文学の光と影（科学全集30）』大月書店、八）
高橋さやか　芥川龍之介―附　日本・大正期の作家たち（『児童文学　作品・作家論（言語・文学教育と人格形成Ⅲ）』新読書社、九）
角田　敏郎　芥川龍之介の詩（『研究と鑑賞日本近代詩』和泉書院、一〇）
芥川比呂志　父芥川龍之介の映像（文芸春秋編『孤高の鬼たち　素顔の作家』文春文庫、一一）
相馬　久康　芥川文学とパロディー―『蜃気楼』をトーマス・マン『ドクトル・ファウストゥス』を読み併せて―（中央大学人文科学研究所編

『近代日本文学論　大正から昭和へ』中央大学出版部、一一）

栗原　克丸　芥川竜之介（『近代日本を生きた人と作品―わが読書の旅から』冬扇社、一一）

須貝　千里　芥川龍之介「杜子春」―同化と異化の問題（『〈対話〉をひらく文学教育―境界認識の成立』有精堂、一二）

【平成二年】（一九九〇）

平岡　敏夫　芥川龍之介―遠いところへのまなざし―／〈付〉独立閣と自由の鐘―シンボルとしての階段・「羅生門」にふれつつ―（『昭和文学史の残像Ⅰ』有精堂、一）

大高　知児　芥川龍之介「枯野抄」考―その表現と構造をめぐって―（安川定男先生古希記念論文集編集委員会編『近代日本文学の諸相』明治書院、三）

彭　春陽　芥川龍之介と魯迅「湖南の扇」と「薬」を中心として（〃）

諫早　勇一　芥川の『鼻』再考―ゴーゴリの『鼻』との比較から―（信州大学人文学部編『国際化と日本文化』信州大学人文学部、三）

松本　修　『羅生門』私論（『批評文学論と国語教育』私家版、三）

石井　和夫　丸善の風景―大正期デカダンスの諸相―（小田切進編『小田切進先生退職記念論文集　昭和文学論考―マチとムラと―』八木書店、四）

助川　幸彦　対語的世界のガリヴァー―芥川龍之介「河童」試論（〃）

佐藤　善也　「西方の人」における〈天上〉と〈地上〉の問題（〃）

井上百合子　芥川と『河童』（『夏目漱石試論―近代文学ノート』河出書房新社、四）

巌谷　大四　芥川龍之介（『かまくら文壇史』かまくら春秋社、五）

永井　龍男　人の印象　芥川龍之介（『現代日本のエッセイ　へっぽこ先生その他』講談社文芸文庫、六）

宮澤　康造　芥川龍之介　大川（隅田川）の水を愛した鬼才（『作家　文学碑の旅』ぎょうせい、八）

内田　百閒　湖南の扇『長春香』（福武文庫、九）

三好　行雄　芥川龍之介における〈詩人〉（『近代の抒情』塙書房、九）

芥川也寸志　河童（『ぷれりゅうど』筑摩書房、九）

饗庭　孝男　「世紀末」と芥川龍之介（『日本近代の世紀末』文芸春秋社、一〇）

小山　文雄　東屋・中屋の春秋「人生は死に至る戦ひ」―芥川竜之介（『個性きらめく―藤沢近代の文士たち―』藤沢市教育委員会、一〇）

大谷　利彦　芥川龍之介と渡辺庫輔／芥川龍之介の死と小説「河童」（『続長崎南蛮余情―永見徳太郎の生涯』長崎文献社、一〇）

吉本　隆明　芥川龍之介の死（『マチウ書試論　転向論』講談社文芸文庫、一〇）

中村真一郎　文士と俳句4　芥川龍之介（『俳句のたのしみ』新潮社、一一）

千田　實　芥川龍之介『羅生門』について（『佐古純一郎教授退任記念論文集』二松学舎大学、一一）

熊倉　千之　『藪の中』新釈（『日本人の表現力と個性　新しい「私」の発見』中公新書、一二）

【平成三年】一九九一

大星　光史　〝芸術〟への生と遁世―芥川龍之介（『反俗脱俗の作家たち』世界思想社、一）

片野　達郎　芥川竜之介「蜘蛛の糸」出典考―新資料『因果の小車』紹介―

（『日本文芸論藪（新典社研究叢書39）』新典社、三）

大高　知児　一宮『海のほとり』（芥川龍之介）（長谷川泉編『近代名作のふるさと〈東日本篇〉（『解釈と鑑賞』別冊）』至文堂、三）

関口　安義　墨田区『本所両国』（芥川龍之介）（〃）

神田由美子　鵠沼『蜃気楼』（芥川龍之介）（〃）

大高　知児　湯河原『トロッコ』（芥川龍之介）（〃）

奥野　健男　文学者とねえや（『ねえやが消えて―演劇的家庭論』河出書房新社、三）

中村　友　「河童」一から四とその先行作品に関する覚え書（岡保生編『近代文芸新攷（新典社研究叢書38）』新典社、三）

伊藤　秀雄　芥川龍之介の怪奇趣味（『大正の探偵小説』三一書房、四）

宮越　勉　志賀直哉の影響圏―芥川龍之介の場合―（『志賀直哉―青春の構図―』武蔵野書房、四）

平岡　敏夫　芥川龍之介「羅生門」―読みの上の二、三の問題―／芥川龍之介・多加志の日記・書簡／芥川龍之介「蜜柑」―三人の男の子―（『塩飽の船影　明治大正文学藻塩草』有精堂、五）

藤田　健治　漱石以後　鷗外・龍之介・有三（『漱石その軌跡と系譜』紀伊国屋書店、六）

片山　晴夫　芥川龍之介『歯車』論覚え書き―パラダイムとしての「僕」と「お父さん」―／芥川龍之介の小説の方法―なぜ真実と偽りにこだわったのか―／芥川龍之介「地獄変」論―島崎藤村とのかかわりについて―（『文学史を超えて』響文社、六）

平岡　敏夫　独歩・芥川・阿部昭の系譜（『阿部昭全集第四巻月報』岩波書店、六）

塚本　邦雄　『侏儒の言葉』芥川龍之介（『花より本』創拓社、七）

出久根達郎　礼辞（『本のお口よごしですが』講談社、七）

岩井　寛　芥川龍之介（『作家臨終図会《墓碑銘を訪ねて》』徳間文庫、九）

中島　誠　E・S・モースの見た江戸の住まい。芥川龍之介の『戯作三昧』と、杉本苑子の『滝沢馬琴』。（『時代小説の時代』現代書館、九）

須磨　一彦　芥川の『河童』・その成立について（飯塚信雄教授古稀記念論集刊行会編『飯塚信雄教授古稀記念論集』同記念論集刊行会、九）

荻野アンナ　鼻と蜘蛛の糸（『私の愛毒書』福武書店、九）

浅野　洋　〈芥川龍之介〉の心臓はいつも少年だった……（『杜子春　羅生門（文芸まんがシリーズ13）』ぎょうせい、一一）

永尾　章曹　芥川龍之介―文章構成について―（永尾章曹・河村清一郎『近代小説の表現　第四巻（表現学大系各論篇12）』教育出版センター、一一）

武田　勝彦　馬車のひびき―芥川龍之介（武田勝彦・田中康子『銀座と文士たち』明治書院、一二）

【平成四年】一九九二

奥野　政元　芥川龍之介の短歌―芥川の短歌時代―（今西幹一編著『文人短歌1―うた心をいしずえに』朝文社、一）

細窪　孝　「羅生門」―なにをどう読むか／「羅生門」の主人公（『戦後文学の出発』東京出版センター、一）

小川　国夫　ハイネと芥川龍之介（『ハイネ散文作品集第三巻』松籟社、一）

井上百合子　芥川龍之介と夏目漱石（『夏目漱石とその周辺』近代文芸社、二）

森井　道男　お富の貞操　芥川龍之介　娘は猫を救うために貞操を投げ出そうとする（『愛を読む』能登印刷出版部、二）

尾崎　秀樹　芸術家魂と無私の愛と（『地獄変　奉教人の死（文芸まんがシリーズ14）』ぎょうせい、三）

井上　健　換骨奪胎の天才　テオフィル・ゴーチエ「クラリモンド（死霊の恋）」芥川龍之介訳（『作家の訳した世界の文学』丸善ライブラリー、四）

中川　八郎　芥川龍之介（『文学散歩　作家の墓』上巻、一穂社、四）

國末　泰平　芥川龍之介「馬の脚」（上田博・國末泰平・宮岡薫・安森敏隆編『日本文学と人間の発見』世界思想社、五）

海老井英次　芥川龍之介―新資料と情報化の中で―（『日本文学研究の現状Ⅱ近代』有精堂、六）

竹内　清己　堀文学生成の三連符―室生犀星、芥川龍之介、萩原朔太郎―／かたみの形象―堀辰雄と芥川龍之介―（『堀辰雄と昭和文学』三弥井書店、六）

藤田　健治　漱石以後　鷗外・龍之介・有三（『漱石その軌跡と系譜―文学の哲学的考察』紀伊国屋書店、六）

島津　忠夫　短篇小説の珠玉―鼻―（『日本文学史を読む　万葉から現代小説まで』世界思想社、七）

三浦　和尚　小説教材の学習指導―「羅生門」（高一）の場合―／小説教材の学習指導―「藪の中」（高一）の場合―／小説教材を導入に生かした学習指導―「藪の中」「新聞記事」（高二）の場合―／個の読みを生かした学習指導―「羅生門」（高一）の場合―／書き込みを生かした学習指導―「蜜柑」（高二）の場合―（『高等学校国語科学習指導研究―小説教材の取り扱いを中心に―』溪水社、七）

吉岡由紀彦　芥川龍之介の眼に映じた中国―『支那游記』・零れ落ちた体験―（芦谷信和・上田博・木村一信編『作家のアジア体験―近代日本文学の陰画―』世界思想社、七）

＊　＊　芥川龍之介作と噂されるポルノ小説『赤い帽子の女』（『別冊新文芸読本　性の文学』河出書房新社、七）

真名井拓美　BPMⅢ芥川龍之介　石原慎太郎　遠藤周作　開高健　ヘミングウェイ　井伏鱒二　グローバルな同時的発生（『胎児たちの密儀―作家の出生前記憶　三島由紀夫ほか』審美社、一〇）

浅野　洋　アンビヴァレントなハードル―中島敦の内なる芥川龍之介（勝又浩・木村一信編『中島敦　昭和作家のクロノトポス』双文社出版、一一）

小泉浩一郎　『羅生門』（初稿）の空間―その主題把握をめぐり―（『テキストのなかの作家たち』翰林書房、一一）

久保田暁一　芥川龍之介とキリスト教（『日本の作家とキリスト教』朝文社、一一）

【平成五年】一九九三

佐藤　嗣男　芥川龍之介の表現―「小品四種」の構成をめぐって―（『表現学論考今井文男先生喜寿記念　三』同記念論集刊行委員会、一）

片村　恒雄　芥川龍之介の初期小説における

「勿論」の用法（〃）

木本　寿　『地獄変』試論―芸術の涯にあるもの―（阿部正路博士還暦記念論文集刊行会編『日本文学の伝統と創造（阿部正路博士還暦記念論文集）』教育出版センター、六）

野山　嘉正　芥川龍之介の「詩」　初期書簡から（井上百合子先生記念論集刊行会編『近代の文学　井上百合子先生記念論集』河出書房新社、八）

神田由美子　芥川龍之介における〈私小説〉「歯車」について（〃）

酒井　英行　『山高帽子』の成立―内田百閒と芥川龍之介（『内田百閒〈百鬼〉の愉楽』有精堂、九）

井川　恭　翡翠記（抄）（『ふるさと文学館第三八巻［島根］』ぎょうせい、一一）

川上美那子　新たな小説論の試み―「文芸的な、余りに文芸的な」について（『有島武郎と同時代文学』審美社、一二）

【平成六年】一九九四

大沢　正善　芥川と微笑（東北大学文学部国文学研究室編『日本文芸の潮流（菊田茂男教授退官記念）』おうふう、一）

東郷　克美　「玄鶴山房」の内と外―「山峡の村」の意味をめぐって―／佇立する芥川龍之介―「山峡の村」の意味をめぐって―（『異界の方へ―鏡花の水脈―』有精堂、二）

市川裕見子　「舞踏会」―芥川とロチを繋ぐもの―（『滅びと異郷の比較文化』思文閣、三）

宮坂　覺　汚染される〈空間〉・聖別される〈空間〉―芥川龍之介「或日の大石内蔵之助」「戯作三昧」―（山形和美編『聖なるものと想像力下』彩流社、三）

安藤　宏　晩年の芥川龍之介（『自意識の昭和文学―現象としての「私」―』至文堂、三）

高木　文雄　「年末の一日」考―芥川における漱石の影―（『漱石作品の内と外』和泉書院、三）

島内　景二　幸福な文学―芥川龍之介の童話小説（『日本文学の眺望　そのメトード』ぺりかん社、三）

吉田　知行　芥川龍之介の研究（『藤原定家の研究　有心論』創栄出版、四）

林田　明　吉利支丹宗教文学と芥川の作品（川並弘昭先生還暦記念論文集刊行委員会編『川並弘昭先生還暦記念論集』聖徳大学出版会、四）

［→年次別］

佐藤　泰正　小説の実験・その展開と変容―漱石・芥川・太宰にふれつつ―／太宰治とは誰か―漱石・芥川・太宰という水脈を辿って―（『佐藤泰正著作集　第一巻』翰林書房、四）

海老井英次　芥川龍之介と第四次『新思潮』／戯作三昧（『時代別日本文学史事典近代編』有精堂、六）

高橋　龍夫　芥川の創作意識と方法―「羅生門」から「蜜柑」まで―（高森邦明先生退官記念論文集編集委員会編著『国語教育研究の現代的視点』東洋館出版社、八）

山下　直　芥川龍之介『鼻』における「ようだ」と「らしい」の意味（〃）

河原　道三　芥川龍之介（『純粋経験B西田哲学に対する疑問』リバーフィールド、八）

一柳　廣孝　科学のゆくえ・心霊学のゆくえ（『〈こっくりさん〉と千里眼　日本近代と心霊学』講談社、八）

剣持　武彦　芥川文学と西欧語・西欧文学（『比較文学プロムナード　近代文学再読』おうふう、九）

野口　存彌　編集サイドよりみた大正児童文学―「蜘蛛の糸」と「一房の葡萄」（『大正児童文学―近代日本の青い窓』踏青社、九）

橋本　治　殺された作家の肖像（『日本幻想文学集成28芥川龍之介』国書刊行会、九）

中島　国彦　二つの感受性・芥川龍之介と矢代幸雄（『近代文学にみる感受性』筑摩書房、一〇）

中西　秀男　澄江堂遠望（『雑草園稿存　懐かしい人のことなど』創樹社、一一）

吉本　隆明　芥川龍之介―ある問題意識を礎として「或阿呆の一生」「玄鶴山房」（『愛する作家たち』コスモの本、一二）

【平成七年】一九九五

三浦　隆　芥川龍之介の思想／芥川龍之介とキリスト教（『続西方の人』から）（『政治と文学の接点―漱石・蘆花・龍之介などの生き方』教育出版センター、一）

神田由美子　私小説の文体　芥川龍之介（大屋幸世・神田由美子・松村友視編『スタイルの文学史』東京堂出版、三）

芥川比呂志　鵠沼で／父の思ひ出（『芥川比呂志エッセイ選集』新潮社、四）

川端　俊英　芥川龍之介「蜜柑」―人間観変革の小ドラマ―（『近代文学にみる人権感覚』部落問題研究所、五）

三田　英彬　〈昭和前半の死〉死に際にも波乱・動乱の影　芥川龍之介―心中未遂の後、睡眠薬自殺（『明治・大正・昭和の作家の死を読む』日新報道、五）

小山　文雄　芥川龍之介の死（『大正文士颯爽』講談社、一〇）

塚谷　裕一　蜜柑がみかんになるまで―漱石から芥川へ―（『果物の文学誌』朝日選書、一〇）

中村真一郎　芥川龍之介の場合（『再読　日本近代文学』集英社、一一）

【平成八年】一九九六

土屋　隆夫　芥川龍之介の推理（『媚薬の旅』光文社、一）

海老井英次　幻の今昔物語集―「羅生門」執筆時、芥川の参照本―（『新日本古典文学大系第三七巻月報』岩波書店、一）

〃　芸術美の探求（『岩波講座　日本文学史第十二巻　20世紀の文学1』岩波書店、二）

河野　仁昭　芥川龍之介「羅生門」―平安京の影の部分（『京都文学紀行』京都新聞社、二）

庄司　達也　芥川龍之介における「生命」「有りの儘の我」覚書（鈴木貞美編『「生命」で読む20世紀日本文芸』至文堂、二）

田中　実　批評する〈語り手〉―『羅生門』―（『小説の力―新しい作品論のために―』大修館書店、二）

竹田日出夫　芥川龍之介『玄鶴山房』―内面の劇―／芥川龍之介の詩作品（『渇仰と復活の挿画―吉郎武郎　透谷』双文社出版、二）

ドナルド・キーン　芥川龍之介（『日本文学の歴史　12近代・現代篇3』中央公論社、三）

村松　定孝　泉鏡花と芥川龍之介（『定本泉鏡花研究』有精堂、三）

藤森　清　〈近代小説〉と語りの抵抗　井伏鱒二「炭鉱地帯病院」と芥川龍之介「藪の中」（『語りの近代』有精堂、四）

王　敏東　『南京の基督』索引（『国語語彙史の研究第一五号』和泉書院、五）

平岡　敏夫　漱石・芥川の一系譜―「彼岸過迄」と「捨児」（熊坂敦子編

溝部優実子　『迷羊《ストレイシープ》のゆくえ　漱石と近代』翰林書房、六）
『開化の良人』試論—「愛《アムウル》」という夢—（〃）

みなもとごろう　ある詩的正義—メロドラマとしての「地獄変」—（〃）

三谷　邦明　『羅生門』の言説分析—方法としての自由間接言説あるいは意味の重層性と悖徳者の行方—（『近代小説の〈語り〉と〈言説〉（双書〈物語学を拓く〉2）』有精堂、六）

塚谷　裕一　虫取り菫のたとえ—芥川龍之介（『異界の花　ものがたり植物図鑑』マガジンハウス、七）

島田　雅彦　一頁近代作家論　芥川龍之介　若年の悪知恵（『新潮名作選　百年の文学（『新潮』別冊）』新潮社、七）

田所　周　芥川龍之介小論／「手巾」試論／芥川龍之介と西洋／芥川龍之介と俳句（『近代文学への思索』翰林書房、一一）

＊　＊　芥川の選んだ山の手、田端—芥川龍之介が固執したブランド〝山の手〟雑誌（文芸散策の会編、近藤富枝監修『JTBキャンブックス　文豪の愛した東京山の手』日本交通公社出版事業局、一一）

【平成九年】一九九七

養老　猛司　身体の文学史　芥川とその時代（『身体の文学史』新潮社、一）

赤羽根義章　芥川作品の逆接系接続詞（『石井文夫教授退官記念論文集』同記念論文集刊行会、二）

嵐山光三郎　芥川龍之介…鰤の照り焼き（『文人悪食』マガジンハウス、三）

村橋　春洋　「戯作三昧」論—傀儡師の夢—／「奉教人の死」について—永遠なるものへの憧憬—／「藪の中」論—幻想と現実—（『夢の崩壊—日本近代文学一面』双文社出版、三）

矢野　誠一　文人たちの寄席　芥川龍之介（『文人たちの寄席』白水社、五）

中原　豊　「歯車」の時間—共時性を視座として—（関一雄編『一の坂川姫山国語国文論集』笠間書院、五）

池内　紀　芥川龍之介　コロリは殺せ（『文学探偵帳』平凡社、六）

飯島　耕一　芭蕉は芥川を救い得なかった（『日本のベル・エポック』立風書房、六）

笠井　秋生　芥川龍之介（上田博・木村一信・中川成美編著『日本近代文学を学ぶ人のために』世界思想社・七）

加山　郁生　「好色」芥川龍之介（『性と愛の日本文学』河出書房新社、七）

高橋　英夫　芥川龍之介—近さと懐かしさ（『持続する文学のいのち』翰林書房、七）

田中　実　新しい作品論のために—小説の読み方・読まれ方—／光のない暗—『深い河』遠藤周作と『歯車』芥川龍之介（『読みのアナーキーを超えて—いのちと文学—』右文書院、八）

和田　敦彦　『藪の中』論の方法—読書行為論の一環として—（『読むということ—テクストと読者の理論から—』ひつじ書房、一〇）

奥野政元・浅野洋・千葉宣一　芥川文学と一九二〇年代の美術と文学（福岡ユネスコ協会編『世界が読む　日本の近代文学Ⅱ』丸善、一〇）

藤田富士男　龍之介の憂鬱（『都市と文学　大正社会文学の創生』かたりべ舎、一〇）

中田　雅敏　傀儡を造る—世の中は箱に入れたり傀儡師—（『横光利一—文学と俳句—』勉誠社、一〇）

古井風烈子　七月二十四日　芥川龍之介―服毒（『日本〈死〉人名事典　作家編』新人物往来社、一二）

須永　朝彦　奇怪な再会　芥川龍之介（『日本幻想文学全景』新書館、一）

【平成一〇年】一九九八

森田　喜郎　芥川龍之介『河童』―偶然の運命／芥川龍之介『歯車』―無気味な運命（『近代文学における「運命」の展開』和泉書院、三）

尾崎秀樹・井代恵子　芥川龍之介『秋』姉と妹の微妙な関係（『時代を生きる―文学作品にみる人間像―』ぎょうせい、三）

川　鎮郎　芥川龍之介「奉教人の死」（『有島武郎とキリスト教　並びにその周辺』笠間書院、四）

千葉　宣一　中国における芥川文学の研究と翻訳（『モダニズムの比較文学的研究』おうふう、五）

祖父江昭二　近代日本文学と中国②芥川龍之介『支那游記』／近代日本の文学者と中国―芥川龍之介と谷崎潤一郎―（『近代日本文学への射程―その視角と基盤と―』未來社、九）

前田　角藏　民衆への通路を喪失した男―「羅生門」論（『文学の中の他者―共存の深みへ』菁柿堂、九）

坂　敏弘　拙著『芥川龍之介書誌・序』批判に応える―津田洋行氏へ―（『日本近代文学の書誌研究』武蔵野書房、九）

キム・レーホ　「鼻学」の想像力―芥川龍之介の『鼻』再考―（中西進編『日本の想像力』日本デザインクリエーターズカンパニー、九）

稲垣　直樹　テクノロジーの想像力―「飛行機」が結ぶ『歯車』と『暗夜行路』―（〃）

小田切秀雄　芥川龍之介の登場と〝業〟（『日本文学の百年』東京新聞社、一〇）

中谷　順子　芥川龍之介（『房総を描いた作家たち』暁印書館、一二）

松澤　信祐　芥川龍之介のプロレタリア文学観―「一塊の土」のテーマをめぐって（分銅惇作編『近代文学論の現在』蒼丘書林、一二）

【平成一一年】一九九九

八木　義德　死の凝視―『或阿呆の一生』（『文章教室』作品社、一）

渡邊　正彦　芥川龍之介「二つの手紙」（『近代文学の分身像』角川書店、二）

田中　欣一　芥川龍之介（『生と死の風景―文学者たちの肖像』中日新聞社、二）

林　廣親　「羅生門」私考　楼上の〈舞台〉と下人の〈気分〉をめぐる視点から（田中実・須田千里『〈新しい作品論〉へ、〈新しい教材論〉へ　第二巻』右文書院、二）

田近　洵一　『羅生門』研究　その教材価値論への視点（〃）

松澤　和宏　芥川龍之介『蜜柑』を解釈に抗して読む（〃）

桑名　靖治　教材として見た「蜜柑」（〃）

秋山　公男　『歯車』『機械』―自我の崩壊（『近代文学　弱性の形象』翰林書房、二）

福田久賀男　労働文学作家・加藤由蔵と芥川龍之介／『自由評論』の芥川追悼特集号／『芥川龍之介事典』瞥見（『探書五十年』不二出版、三）

坂本　育雄　作家以前の芥川龍之介―未発表書簡の紹介―（『日本近代作家の成立』武蔵野書房、四）

佐藤　喜一　線路はつづくか　どこまでも―芥川龍之介「機関車を見ながら」（『汽笛のけむり　今いずこ』新潮社、四）

鶴田　欣也　理性の敗北、カオスの母の勝利―芥川龍之介の場合―（『越境者が

読んだ近代日本文学』新曜社、五）

平岡　敏夫　芥川作品をアメリカで読む／日本文学とアメリカ文化—芥川作品をアメリカの学生はどう読んだか（『ある文学史家の戦中と戦後　戦後文学・隅田川・上州』日本図書センター、九）

真銅　正宏　芥川龍之介『支那游記』（改造社、一九二五）（和田博文・大橋毅彦・真銅正広・竹松良明・和田桂子『言語都市・上海 1840-1945』藤原書店、九）

陶　智子　芥川龍之介的悪意美人『黒衣美人』（『小説に見る化粧』新典社、一〇）

【平成一二年】二〇〇〇

平岡　敏夫　「安井夫人」—鷗外・芥川の女性像（『森鷗外　不遇への共感』おうふう、四）

湯浅　慎一　芥川龍之介の世界、その現存在分析試論（『日常世界の現象学—身体の三相構造《トリアーデ》の視点から』太陽出版、一〇）

3　雑誌・新聞特集

◆芥川龍之介氏の印象（『新潮』大正六・一〇）

久米　正雄　隠れたる一中節の天才
豊島与志雄　敏感で怜悧な都会人
菊池　寛　印象的な唇と左手の本
後藤　末雄　理智的な冷たい感じ
松岡　譲　勉強家で多能な人
谷崎潤一郎　ロの辺の子供らしさ

◆人間随筆・最近の芥川龍之介氏（『新潮』大正一二・一一）

菊池　寛　大学教授にして見たい
小杉　未醒　澄江子
宇野　浩二　彼を知るまで
佐藤　春夫　間抜けなところのない人
滝田哲太郎　創作の苦心と文人趣味
小穴　隆一　龍之介先生
佐佐木茂索　一昨日の話
久米　正雄　我鬼窟から澄江堂へ
岡本かの子　今夏の芥川氏

◆主要新聞・週刊誌の追悼関係記事（昭和二・七〜八）

『東京日日新聞（大阪毎日新聞）』

＊＊　文壇の雄芥川龍之介氏死を賛美して自殺す（七・二五）
＊＊　或旧友へ送る手記（〃）
＊＊　芥川君逝く（七・二六）
＊＊　芥川氏著作年表（〃）
＊＊　通夜の夜を語り明す文士連（七・二七）
成瀬　無極　生に疲れたか—劇的な几帳面な人（〃）
西田　博士　軽く考へたり（〃）
＊＊　芥川氏の作品抄（〃）
＊＊　いたましい未亡人と遺児（七・二八）
＊＊　芥川氏の霊前に泣き伏した菊池寛氏（〃）
香取　秀真　芥川氏のことども（〃）

『東京朝日新聞』

安倍　能成　（談）芥川龍之介氏の自殺について（七・二六）
＊＊　芥川氏の霊前に泣く菊池氏（七・二八）
安倍　能成　芥川君の死（七・二九）
橋田　東声　芥川龍之介の死（歌）（七・三〇）
高田義一郎　モダーン自殺（七・三一）
安倍　能成　芥川君の死（八・二〜三）
池田成彬他　卓を囲んで—実業家の見たる芥川龍之介の死（八・九）

『読売新聞』

武者小路実篤　芥川龍之介の死を悼む（七・二六）

久保田万太郎　純粋の東京人（〃）
宮崎　光男　死直前の芥川君（七・二六〜二八）
小島政二郎　覚悟の死（七・二七）
原　ひろし　芥川氏を弔す（〃）
室生　犀星　最後の清浄さ（〃）
関戸　信治　挽歌五首（七・三一）
正宗　白鳥　軽井沢にて（八・八）
中野駿太郎　芥川氏の死に就いて（八・一二）
水守亀之助　随筆文学漫談（八・一三）
武者小路実篤　無題（八・一五）
三宅やす子　書くべき事だけ（八・一六〜一七）
菊池　寛　初上演の時（八・二〇）
正宗　白鳥　軽井沢雑感（八・二二）
今　東光　新秋文壇印象（八・二七）

『国民新聞』
島田　青峰　芥川龍之介氏を悼む（七・二六）
南　方　児　芥川龍之介氏の死（七・二七）
福　助　死を取扱った小説（七・二八）
南　方　児　再論芥川龍之介氏の死（七・三〇）

『時事新報』
広津　和郎　芥川君の事（七・二六）
徳田　秋声　弱い性格（七・二七）
斎藤　茂吉　芥川さんの短歌（〃）

＊＊　追憶片々（〃）

『都新聞』
久保田万太郎　芥川龍之介の死（七・二六〜二七）
野口米次郎　芥川論（八・六〜一〇）

『サンデー毎日』
薄田　泣菫　芥川龍之介氏のこと、氏のこの頃の環境と文壇人の生活、入社当時の芥川氏（七・三一）
千葉　亀雄　芥川氏について（〃）
渡辺　均　最近会つた芥川氏（〃）

『週刊朝日』
長谷川如是閑　芥川氏の自殺（七・三一）
一　記　者　芥川氏葬儀の日（八・七）
徳田　秋声　芥川君の事（〃）
久保田万太郎　思ひ出（〃）
松岡　譲　追憶二景（〃）
鈴木　氏亨　芥川氏の人及び生活（〃）
久米　正雄　死に近い冷さだ（〃）
十菱　愛彦　芥川龍之介と有島武郎氏の死（〃）
森　梅子　芥川氏の死の前後（八・一四）

◆芥川龍之介の死に対する諸作家観（『大観』昭和二・八）
久米正雄・菊池寛・谷崎潤一郎・長谷川如是閑・泉鏡花・徳田秋声・広津和郎・久保田万太郎

◆芥川龍之介氏追悼（『新思潮』昭和二・九）
青江舜二郎　影透瓏
安芸清一郎　「文人」を悼む
秋山六郎兵衛　芥川氏の苦しい生活
前山　鉦吉　氏の死に就いて
深田　久弥　蟷螂の弁
見佐田敏郎　無礼なる云々
高木　秀夫　一近代人作家の悲劇
手塚　富雄　芥川氏を弔する言葉
雅川　滉　選ばれたる人々の選ばれたる意見
＊＊　後記

◆芥川龍之介追悼号（『文芸春秋』昭和二・九）
山本　有三　芥川君の戯曲
魯　庵　生　れげんだ おうれぁ
中戸川吉二　芥川君との関係
土屋　文明　芥川君をしのびて
藤森　成吉　芥川氏の（思想）死
尾佐竹　猛　星ヶ丘の一夜
日夏耿之介　俊髦亡ぶ
中村武羅夫　芥川氏と私

長野　草風　追憶二、三
佐々木味津三　深夜の誘惑
中条百合子　田端の坂
野口　功造　芥川君の思出
高畠　素之　自殺のための自殺
南部修太郎　交遊十年
滝井　孝作　田端
小島政二郎　七月廿四日
岸田　国士　悩みと死と微笑
里見　弴　追憶
久保田万太郎　芥川君
下島　勲　芥川龍之介氏終焉の前後
佐佐木茂索　心覚えなど
小穴　隆一　わたりがは
谷崎潤一郎　いたましき人
菊池　寛　芥川の事ども
恒藤　恭　友人芥川の追憶
広津　和郎　宇野に対する彼の友情
片岡　鉄兵　作家としての芥川氏
◆芥川龍之介氏特輯（『改造』昭和二・九）
恒藤　恭　芥川龍之介をおもふ
佐佐木茂索　無題
小穴　隆一　血
富田　砕花　芥川龍之介氏をおもふ
下島　勲　芥川龍之介のこと
萩原朔太郎　芥川龍之介の死
犬養　健　通夜の客

谷崎潤一郎　芥川氏と私
里見　弴　講演旅行中の芥川君
佐藤　春夫　「是亦生涯」
◆特輯・芥川龍之介氏の「死」とその芸術（『中央公論』昭和二・九）
大山　郁夫　実践的自己破壊の芸術
生田　長江　余り具体的でなく
小島政二郎　遺書、より関心事
上司　小剣　遺書、遺書の技巧美
岡本　一平　遺書、非凡人と凡人の遺書
小杉　放庵　遺書、死ぬる人々
広津　和郎　遺書、自分の遺書、芥川君の遺書
有島　生馬　軽井沢にて訃音に接す
高畠　素之　最後の鬼面芸術
武者小路実篤　芥川君の死
志賀　直哉　沓掛にて―芥川君の事―
佐藤　春夫　文芸時評―芥川龍之介を哭す
◆特輯・芥川龍之介（『新潮』昭和二・九）
徳田　秋声〔他五名〕　芥川龍之介氏の追憶座談会
青野　季吉　芥川龍之介氏に聯関して
永見徳太郎　芥川龍之介氏と河童
片岡　鉄兵　文芸時評
岡田　三郎　文芸時評
新居　格　社会時評―芥川氏の死
◆芥川龍之介特輯（『文章倶楽部』昭和二・九）
芥川　文　夫人の観たる芥川氏〔談話筆記〕

森本　巌夫　典型的文人澄江堂の風格
神代　種亮　芥川氏の原稿その他
＊　＊　故芥川龍之介先生漫画供養
菅　忠雄　追憶を書くとは思はざりき
渡辺　清　芥川さんの事ども
◆芥川龍之介特輯（『三田文学』昭和二・九）
横光　利一　作家と家について
河合　哲雄　文芸断章
水上滝太郎　芥川龍之介氏の死
日夏耿之介　我鬼窟主人の死
平松　幹夫　芥川先生に哭す
蔵原伸二郎　鶴のやうな芥川さん
長尾　雄　けれど
◆芥川龍之介特輯（『不同調』昭和二・九）
近松　秋江　芥川龍之介氏を悼む
堀木　克三〔他七名〕　芥川龍之介氏の死に就て
武川重太郎　文芸時評―芥川龍之介氏の死を悼む
◆特輯・芥川龍之介氏を憶ふ（『女性』昭和二・九）
里見　弴　諦
徳田　秋声　芥川君を悼みて
広津　和郎　美しき人芥川君
佐佐木茂索　○
◆特輯・女から観た芥川さん（『婦人公論』昭和二・九）
ささき・ふさ　返さなかつた五十銭

岡本かの子　芥川さんの略描
高群　逸枝　草葉の陰の苦笑
三宅やす子　追悼
宇野　千代　あの頃、この頃
◆天才の死は若き人々に何を考へさせたか
（『婦人世界』昭和二・九）
船橋　聖一　崇高なる死
依岡　勇吉　果して芸術の破綻か
熊井安之助　先生の死を悼む
◆芥川龍之介氏追悼記（『辻馬車』昭和二・九）
神崎　清　芥川先生葬儀の記
武田麟太郎　機関車
長沖　一　断想
小野　勇　芥川龍之介氏に就いて
◆芥川龍之介論（『自由評論』昭和二・九）
新居格・秋田雨雀ほか諸氏
江口　渙　文芸時評　芥川龍之介君を回想す
K・K生　菊池寛と三宅やす子と芥川龍之介の三角関係―芥川龍之介の「或る人」とは誰れ？―
◆芥川龍之介特輯（『芸術時代』昭和二・一〇）
羽鳥　芳雄　芥川さんの事
宿利　豊平　芥川さんの事
伴　純　雨に濡れたビラ
麻青　山人　芥川氏の死
小林　存　芥川龍之介氏の死
田中　海灯　芥川龍之介氏の死
中山　俊郎　芥川龍之介氏の死
工藤　得安　芥川龍之介氏の死
永井　郁子　芥川龍之介氏の死
若林　甫舟　芥川龍之介氏の死
鶴田　吉郎　芥川龍之介氏の研究
式場隆三郎　印象雑記
荒木　市郎　芥川龍之介氏の死に就いて
◆芥川龍之介・葛西善蔵研究特輯（『浪漫古典』昭和九・五）
日夏耿之介　円右のやうな芥川君
佐藤　春夫　最初の訪問
根津　憲三　アナトオル・フランスを通して見た芥川龍之介
西川　正身　芥川龍之介とアムブローズ・ビアス
竹内　真　芥川龍之介論
板垣　直子　葛西善蔵と芥川龍之介比較論
土方　定一　芥川龍之介と葛西善蔵
◆芥川龍之介特輯号（『文学』昭和九・一二）
片岡　良一　芥川龍之介の道
土屋　文明　芥川龍之介の短歌
飯田　蛇笏　俳人芥川龍之介に就て
室生　犀星　芥川龍之介と詩
木下杢太郎　芥川龍之介君
宇野　浩二　芥川と直木
内田　百閒　湖南の扇
雅川　滉　芥川龍之介に関する記憶
神崎　清　忙人謝客
舟橋　聖一　芥川龍之介断想
竹内　真　芥川龍之介研究文献
◆芥川龍之介研究（『早稲田文学』昭和一三・四）
山岸　外史　芥川龍之介の死
飯島　小平　好きになれない芥川氏
窪川鶴次郎　芥川龍之介論―初期―
◆芥川龍之介特輯（『新思潮』〔第一四次〕第一巻第三号、昭和二二・一二）
豊田　昭　芥川龍之介試論
芥川比呂志　父と戯曲
芥川龍之介　遺稿・暁
編　輯　部　「暁」の掲載について
吉波　康　神々しい着物
松岡　譲　芥川のことども
貫田不二夫　死を味はひ知る者（上）―猿、忠義、偸盗
◆芥川龍之介特輯号（『図書』復刊第二号、昭和二四・一二）
芥川　文　二十三年ののちに
宮本　顕治　「敗北の文学」を書いたころ
恒藤　恭　中学生芥川龍之介の作品
＊　＊　映画の中の芥川
◆特集・芥川龍之介研究（『明治大正文学研究』第一四号、昭和二九・一〇）→（昭和三六・

二、単行本として再刊）
寺田　透　芥川龍之介の近代精神
なかのしげはる　三つのこと
成瀬　正勝　芥川と鷗外―歴史小説を中心として―
安田　保雄　きりしとほろ上人伝
川副　国基　「秋」と「玄鶴山房」
三好　行雄　歯車・或阿呆の一生・西方の人など―永遠に超えんとするもの―
恩田　逸夫　芥川龍之介の年少文学
葛巻　義敏／吉田　精一　対談・芥川龍之介を語る
村松　定孝　芥川龍之介と昭和文学―私小説の限界をめぐる問題に寄りそわせて―
＊＊　芥川龍之介著作年表

◆芥川龍之介読本（『文芸』臨時増刊・現代文豪読本Ⅲ、昭和二九・一二）
中村真一郎　芥川文学入門
福田　恆存　芥川龍之介論
ハワード・ヒベット　アクタガワ
吉田　精一　芥川龍之介の生涯
滝井　孝作　芥川さんの俳句
唐木　順三　芥川龍之介の自殺
堀　辰雄　芥川龍之介論（抄）
芥川比呂志／芥川也寸志／中島　健蔵　座談会・芸術家父子
宇野　浩二　芥川と『点鬼簿』―人間芥川龍之介―
三島由紀夫　芥川龍之介について
中里　恒子　龍之介私観
上林　暁　芥川管見
福永　武彦　危険な芸術
志賀　直哉　沓掛にて
宮本　顕治　敗北の文学
吉田　精一　芥川文学の材源
徳田　秋声／他六名　座談会・芥川龍之介研究
久保田万太郎　年末
佐佐木茂索　心覚えなど
谷崎潤一郎　いたましき人
江口　渙　十日会の夜
室生　犀星　芥川君あれこれ
萩原朔太郎　初対面
宮崎　燁子　芥川龍之介さんの想ひ出
佐多　稲子　芥川さんのおもひで
恒藤　恭　追憶
国富　信一　芥龍と犬
広瀬　雄　芥川龍之介君の思出
十返　肇　芥川賞の作家たち
津村　秀夫　映画『羅生門』と芥川文学
江口　渙　処女短篇集『羅生門』について
菊池　寛　芥川の印象
久米　正雄　―大正九年度の小説―『南京の基督』評
宇野　浩二　―大正十年度の―芥川龍之介について
観　台　楼　―大正十二年度の批評―『おしの』評
相田隆太郎　『保吉の手帳』について
川端　康成　『お時儀』と『あばばばば』
水守亀之助　―大正十三年度の批評―『一塊の土』など
戸川　貞雄　『少年』と『文章』
広津　和郎　「大人」の中から現れる「子供」らしさ
＊＊　小説に描かれた芥川（『磁船』『青い猿』『鶴は病みき』『二つの庭』『むらぎも』）
吉田精一編　芥川龍之介参考文献目録
〃　芥川龍之介年譜
諸　家　アンケート「一、あなたは芥川の愛読者ですか？　二、芥川の作品で何が一番好きですか？　三、芥川の作品をどう思いますか？　四、芥川からあなたの学んだものは？」に対する山内義雄ほか七七名の回答

◆特集・芥川龍之介における生活と文学の問題（『近代文学』第一一巻第二号、昭和三一・二）
吉田　精一　芥川私生児問題について

中村真一郎　寧ろ芥川の純粋さを
奥野　健男　作家論の方法について―「アヒルと白鳥」への反論
荒　　正人　芥川龍之介の出生の謎をめぐって

◆特集・芥川龍之介の総合探求（『国文学』第二巻第三号、昭和三二・二）
吉田　精一　芥川の作風の展開
塩田　良平　芥川の歴史物について
川副　国基　芥川の現代小説について
高田　瑞穂　芥川の随筆について―「澄江堂雑記」のこと―
中島　斌雄　芥川の詩歌について
小林　英夫　芥川の文体について
葛巻　義敏　芥川の人間について
窪川鶴次郎　芥川の思想について
R・N・マッキンノン　芥川龍之介と切支丹文学
村松　定孝　芥川を研究する人のために
米田　清一　鼻〔教授上の問題点〕
武田　元治　戯作三昧（〃）
南景　　雄　地獄変（〃）
安井　憲三　侏儒の言葉（〃）
東京女子大学比較文学研究グループ編　芥川龍之介研究文献総覧

◆芥川龍之介・作家論と作品論（『解釈と鑑賞』第二三巻第八号、昭和三三・八）
吉本　隆明　芥川龍之介の死
笹淵　友一　芥川龍之介のキリスト教思想
三好　行雄　芥川龍之介における「実行と芸術」
小島政二郎・佐佐木茂索・滝井孝作・吉田精一　座談会・生と死の秘密
坂本　　浩　きりしたん物
稲垣　達郎　『地獄変』をめぐって
滑川　道夫　芥川龍之介の児童文学
村松　　剛　芥川龍之介の現代小説
安田　保雄　芥川龍之介の比較文学的研究―『藪の中』を中心として―
佐伯　彰一　芥川と谷崎―『ひよっとこ』と『幇間』と―
谷田　昌平　芥川龍之介の山脈
三好行雄・山田晃　芥川龍之介研究史―文献目録・その評価と解説―
井上百合子　芥川にはどんなテーマがあるか

◆特集・芥川龍之介（開西大学国文学会『国文学』第三八号、昭和四〇・七）
森本　　修　「羅生門」成立に関する覚書
〃　芥川龍之介全集未収録資料・解説
天野敬太郎　芥川龍之介書誌案内
〃　芥川龍之介の外国語訳について
田熊渭津子　芥川龍之介作品目録（全集・文庫に於ける）
〃　芥川龍之介作品目録中の初出誌未見不明目録

◆特集・芥川龍之介をめぐる人々（『国文学』第一一巻第一四号、昭和四一・一二）
《芥川龍之介の人と文学》
吉田　精一　芥川龍之介の人と作品―「西方の人」を中心に―
森本　　修　芥川伝の問題点
高田　瑞穂　大正文学と芥川龍之介
笹淵　友一　芥川龍之介とキリスト教―「西方の人」について―
長野　嘗一　芥川龍之介と日本古典―特に「往生絵巻」について―
紅野　敏郎　芥川龍之介の死とその時代
三好　行雄　芥川文学の肯定と否定―同時代の評価から―
《芥川龍之介をめぐる人々》
井上百合子　芥川龍之介と夏目漱石
村松　定孝　芥川龍之介と泉鏡花―芥川の鏡花推奨文をめぐって―
分銅　惇作　芥川龍之介と志賀直哉
山田　　晃　芥川龍之介と島崎藤村
鳥越　　信　芥川龍之介と鈴木三重吉―雑誌「赤い鳥」を中心に―
熊坂　敦子　芥川龍之介と岡本かの子
伴　　　悦　芥川龍之介と菊池寛
三浦　　仁　芥川龍之介と室生犀星

本林　勝夫　芥川龍之介と斎藤茂吉
鳥居　邦朗　芥川龍之介と佐藤春夫
小久保　実　芥川龍之介と堀辰雄
橋本　迪夫　芥川龍之介と広津和郎
佐藤　　勝　芥川龍之介と中野重治
勝山　　功　芥川龍之介と宇野浩二
橋本芳一郎　芥川龍之介と谷崎潤一郎
藤多佐太夫編　執筆者別芥川龍之介研究文献一覧

◆芥川龍之介〔三好行雄編〕(『現代のエスプリ解釈と鑑賞別冊』、第五巻第二四号、昭和四二・三)

三好　行雄　芥川龍之介論・第一章―大川の水―
中村　光夫　二つの死―大正文学の概観―
進藤　純孝　芥川龍之介
佐藤　春夫　芥川龍之介を哭す
菊池　　寛　芥川の事ども
小林　秀雄　美神と宿命
宮本　顕治　敗北の文学―芥川龍之介の文学について―
井上　良雄　芥川龍之介と志賀直哉
稲垣　達郎　阿呆・無意識
福田　恆存　芥川龍之介
中村真一郎　芥川龍之介
中野　重治　三つのこと
三島由紀夫　芥川龍之介について、「南京の基督」解説
荒　　正人　芥川龍之介
吉本　隆明　芥川龍之介の死
江藤　　淳　戦後文学における芥川龍之介
佐藤　泰正　芥川龍之介管見―近代日本文学とキリスト―
吉田　精一　芥川龍之介と今昔物語―「藪の中」を中心に―
山本　健吉　澄江堂句鈔
松岡　　譲　芥川のことども
芥川　　文　二十三年ののちに
中島健蔵・芥川比呂志・芥川也寸志　座談会・芸術家父子
三好　行雄　芥川龍之介年譜
＊＊　主要作品梗概

◆芥川龍之介研究図書館（『解釈と鑑賞』第三三巻第三号、昭和四三・二）

《作家論》
谷沢　永一　池崎忠孝著『亡友芥川龍之介への告別』
山田　　晃　竹内真著『芥川龍之介の研究』
川口　　朗　吉田精一著『芥川龍之介』
紅野　敏郎　大正文学研究会編『芥川龍之介研究』
遠藤　　祐　室生犀星著『芥川龍之介の人と作品』
村松　定孝　山岸外史著『芥川龍之介』
渋川　　驍　宇野浩二著『芥川龍之介』
佐藤　泰正　佐古純一郎著『芥川龍之介に於ける芸術の運命』
加賀　乙彦　塩崎淑男著『漱石・龍之介の精神異常』
進藤　純孝　中村真一郎著『芥川龍之介』
駒尺　喜美　森本修著『芥川龍之介伝記論考』
小久保　実　堀辰雄著「芥川龍之介論」
平岡　敏夫　井上良雄著「芥川龍之介と志賀直哉」
高田　瑞穂　福田恆存著「芥川龍之介Ⅰ Ⅱ」

《回想》
中野　博雄　下島勲著『芥川龍之介の回想』
森本　　修　恒藤恭著『旧友芥川龍之介』
関　　良一　小穴隆一著『二つの絵　芥川龍之介の回想』
菊地　　弘　佐藤春夫著『わが龍之介像』

《作品論》
山田　晃編　同時代と評価の変遷史（羅生門・戯作三昧・奉教人の死・舞踏会・玄鶴山房・蜃気楼・或阿呆の一生・西方の人）

◆芥川龍之介研究（西宮市・土曜会『学生の読書』第八集、昭和四三・三）

久山　　康　序にかえて
〃　　　　　私の芥川龍之介研究

佐古純一郎　芥川龍之介について
佐々木　徹　芥川龍之介における芸術と人生
村上　富造　芥川龍之介について
大橋　俊幸　芥川の諸作品にみるエゴイズムの問題について
桐藤　直人　ある日の芥川龍之介（評論より）
丸山　恵子　王朝物について
櫛引玖美子　江戸物にみる芥川
村山　周治　切支丹物について
川島　一幸　保吉ものと芥川
木茂　康彦　自殺直前の芥川龍之介
久山　先生／土曜会会員　『河童』について―共同研究
（ほかに植田穂彦『羅生門』等、四〇名による個別作品研究40編収録）

◆特集・芥川龍之介の魅力（『国文学』第一三巻一五号、昭和四三・一二）
吉田　精一　芥川文学の魅力
和田繁二郎　芥川文学の方法
進藤　純孝　芥川龍之介における東と西
鶴田　欣也　芥川龍之介における阿呆と天才
高田　瑞穂　芥川龍之介の美意識
磯田　光一　芥川龍之介と昭和文学―『西方の人』を中心に―
中村真一郎／臼井　吉見／吉田　精一　（座談会）芥川龍之介の文学とその死

《編年史　芥川龍之介》
佐藤　泰正　作家以前
平岡　敏夫　大正三年／大正四年／大正五年
重松　泰雄　大正六年／大正七年
鳥居　邦朗　大正八年／大正九年
森本　修　大正十年／大正十一年
羽鳥　一英　大正十二年／大正十三年
熊坂　敦子　大正十四年／大正十五年
山田　晃　昭和二年
武田　勝彦　海外における芥川文学
菊地　弘　芥川研究史・回顧と展望
佐々木啓之　高校国語教材としての芥川文学

◆特集・芥川と『大正』（『解釈と鑑賞』第三四巻第四号、昭和四四・四）
《芥川文学の魅力》
瀬沼　茂樹　大正文学における芥川龍之介
山田　晃　芥川龍之介と告白小説―その序説―
清水　茂　芥川龍之介と「明治」
田中　保隆　鷗外漱石と龍之介
進藤　純孝　芥川と現代作家
紅野　敏郎　「文芸的な、余りに文芸的な」の検討
《大正作家と芥川》
遠藤　祐　武者小路と芥川・序章―その対照性について―
須藤　松雄　直哉と龍之介
高橋　春雄　菊池寛と芥川
高田　瑞穂　春夫と龍之介
橋本　迪夫　広津と芥川
橋本芳一郎　谷崎と芥川
保昌　正夫　滝井と芥川
《大正期短篇小説研究》
駒尺　喜美　芥川龍之介『藪の中』
菊地　弘　芥川龍之介『蜜柑』
榎本　隆司　芥川龍之介『玄鶴山房』

◆特集・芥川龍之介への視角（『国文学』第一五巻第一五号、昭和四五・一一）
三好　行雄　芥川龍之介のある終焉　仮構の生の崩解
《芥川文学の〝核〟》
芥川比呂志／吉田　精一　（連載対談24）芥川龍之介の素顔
野島　秀勝　芥川における超越の主題
柄谷　行人　芥川における死のイメージ
佐藤　泰正　芥川における神「歯車」をめぐって
梶木　剛　芥川における知識人と大衆『西方の人』をめぐって
《芥川文学の作品構造》
重松　泰雄　芋粥
川嶋　至　地獄変
浅井　清　トロッコ
佐藤　勝　玄鶴山房

平岡　敏夫　蜃気楼
《芥川と私》
秋山　駿　知的接吻の記憶
加賀　乙彦　青春の文学
高階　秀爾　芥川の世紀末
水上　勉　諏訪と芥川龍之介
《芥川文学の内と外》
森本　修　初期習作の検討
小堀桂一郎　諸国物語と芥川『アンドレアス・タアマイエルが遺書』と『二つの手紙』
駒尺　喜美　漱石と芥川
谷沢　永一　文芸批評家としての芥川
小笠原　克　芥川と私小説覚え書
菊地　弘　芥川と劇文学
紅野敏郎編　芥川龍之介文学ギャラリー
海老井英次　「羅生門」—その成立の時期
森　啓祐　芥川龍之介と吉田弥生
◆特集・芥川龍之介展（『日本近代文学館』第二号、昭和四六・七）
吉田　精一　芥川龍之介未発表書簡
久保田正文　芥川龍之介　書画・筆・墨
三好　行雄　「百合」と「二本芽の百合」の原稿
森本　修　芥川龍之介伝記資料
柳　富子　芥川龍之介旧蔵書
荻野　恒一　夏目漱石と芥川龍之介

三　主要文献目録

◆特集・芥川龍之介（尚学図書『現代国語研究シリーズ　1』昭和四七・五）
三好　行雄　人と文学—「少年」を軸とする覚え書—
駒尺　喜美　「羅生門」
菊地　弘　「戯作三昧」
佐藤　泰正　「舞踏会」
浅井　清　「玄鶴山房」
石崎　等　松林のある風景—「歯車」一面—
江藤　淳　芥川龍之介
寺田　透　芥川龍之介の文体（抄）
山本　健吉　澄江堂句抄
芥川比呂志　父の映像
登尾　豊　芥川龍之介研究史
◆芥川龍之介と太宰治（『解釈と鑑賞』第三七巻一二号、昭和四七・一〇）
佐伯　彰一　芥川龍之介と太宰治—日本的と普遍的—
《主題と方法へのアプローチ》
平岡　敏夫　芥川龍之介における世紀末思想
梶木　剛　芥川龍之介における自我と超越
水谷　昭夫　芥川龍之介における発想と方法
松原　新一　芥川龍之介と太宰治における「私」
佐古純一郎　芥川龍之介と太宰治におけるキリストと罪の意識
大久保典夫　芥川龍之介の「死」と太宰治の「死」
《作家像　その源泉と背景》
紅野　敏郎　芥川龍之介と「大正」
和田繁二郎　芥川龍之介と今昔物語
森　啓祐　芥川龍之介とアナトール・フランス
遠藤　祐　志賀直哉における芥川龍之介と太宰治
杉野　要吉　中野重治における芥川龍之介と太宰治—〈レーニン〉像を軸に
田中美代子　三島由紀夫における芥川龍之介と太宰治
浅井清・浅野洋・渡部芳紀　作品事典・芥川龍之介・太宰治
菊地　弘　主要モチーフからみた芥川龍之介
◆芥川龍之介の手帖（『国文学』第一七巻一六号、昭和四七・一二）
遠藤　周作／三好　行雄（対談）芥川龍之介の内なる神
《詩歌》
大岡　信　芥川龍之介における抒情—詩歌について—
《小説Ｉ》
竹盛　天雄　芥川龍之介における歴史小説の方法
菊地　弘　作品論　羅生門

越智　治雄　作品論　偸盗
遠藤　祐　作品論　戯作三昧
浅井　清　作品論　藪の中
《小説Ⅱ》
高橋　英夫　芥川龍之介における終末観
磯貝　英夫　作品論　手巾
海老井英次　作品論　玄鶴山房―「新時代」意識を中心に
佐藤　泰正　作品論　歯車
《小説Ⅲ》
鳥越　信　芥川龍之介における〝童心〟
渡部　芳紀　作品論　杜子春
羽鳥　一英　作品論　少年
《評論》
吉田　凞生　芥川龍之介における批評の発想
石崎　等　作品論　侏儒の言葉
鈴木　秀子　作品論　続西方の人―〈母なるもの〉への傾斜
柄谷　行人　芥川龍之介における現代『藪の中』をめぐって
西尾　幹二　芥川龍之介における知性の意味
饗庭　孝男　芥川龍之介における想像力
平岡　敏夫　芥川龍之介と日本の古典　羅城門から朱雀門へ
紅野　敏郎　大正文学における芥川の位置
三好行雄編・解説　他人のなかの芥川―小説・回想にあらわれた芥川像―
関口　安義　芥川龍之介研究史―問題と展望―
◆特集・新しい龍之介像（『解釈と鑑賞』第三九巻一〇号、昭和四九・八）
佐伯　彰一　芥川における「語り手」と「私」
《新しい龍之介像》
桶谷　秀昭　芥川龍之介・その精神像の一側面
梶木　剛　芥川龍之介の落丁
駒尺　喜美　芥川龍之介と告白
平岡　敏夫　「南蛮寺」幻想
《龍之介・人と芸術》
和田繁二郎　龍之介の鬼面と本質
饗庭　孝男　龍之介における〝敗北〟の意味
海老井英次　龍之介の恋―その理性と感性
《龍之介・その位相》
田中　保隆　龍之介とその時代―窓口としての新原・芥川家
菊地　弘　龍之介の歴史意識
遠藤　祐　漱石・鷗外と龍之介
小久保　実　龍之介と昭和文学
佐藤　泰正　芥川文学の現代性―その「アキレスの踵」をめぐって
《作家の肖像》
森本　修　評伝・芥川龍之介
《龍之介から学んだもの》
（アンケート）　石川利光、宗谷真爾、加賀乙彦、辻邦生、北杜夫、吉行淳之介、黒井千次、秦恒平、高杉一郎、小川国夫、森茉莉、山田稔、後藤明生、伊藤桂一、沢野久雄、津島佑子、一色次郎、三枝和子、森万紀子、三浦綾子、萩原葉子、田辺聖子
◆特集・芥川龍之介――抒情と認識（『国文学』第二〇巻二号、昭和五〇・二）
越智治雄・菊地弘・平岡敏夫・三好行雄　シンポジウム　芥川龍之介の志向したもの―初期の作品をめぐって―
菅野　昭正　芥川龍之介の文体―「蜜柑」についての覚え書―
秋山　駿　お話の魅力―芥川龍之介の短篇小説―
井上　靖　芥川の短篇十篇
《芥川文学・その原点》
野口　武彦　芥川龍之介と江戸
森　万紀子　芥川におけるマリア
《芥川文学・その主題》
駒尺　喜美　認識と行動
竹盛　天雄　芸術と人生―または〈二人の父と狂える母〉―
佐藤　泰正　炉辺の幸福―「西方の人」およ

び「闇中問答」を中心に―
馬場あきこ　宿命と人間
長谷川　修　狂気と幻想
三好行雄編　芥川文学・その系譜
三好　行雄　序に代えて
渡部　芳紀　小説家の誕生　～大正五年「老年」論
後藤玖美子　歴史と舞台　大正五年～大正七年「袈裟と盛遠」論
羽鳥　徹哉　傀儡師の誤算　大正八年～大正九年「素戔嗚尊」論
柘植　光彦　同時代への羨望　大正十年～大正十二年「お富の貞操」論
登尾　豊　〈告白〉への過程　大正十二年～大正十五年「点鬼簿」論
鈴木　秀子　遺されたもの　昭和二年「機関車を見ながら」論
小川国夫・矢代静一・森川達也　「西方の人」その聖書への深度
関口　安義　芥川龍之介研究史　その後

◆特集・芥川龍之介（『探究』五〇号、昭和五〇・一二）
渋谷　剛一　芥川龍之介論
河先　真　自虐と嫌悪の構造―『河童』論―
大釜　卓実　芥川龍之介『神神の微笑』論―〈微笑〉の構造―
斎藤　順三　芥川龍之介と三島由紀夫―「南京の基督」をめぐる問題―
牧野留美子　『続芭蕉雑記』のことなど
深井　碧水　芥川の俳句―我鬼秀句鑑賞―
高堂　要　芥川龍之介と聖書―その習作時代における―
佐古純一郎　芥川龍之介の罪意識

◆特集＝芥川龍之介（『ユリイカ』第九巻三号、昭和五二・三）
高橋　義孝　芥川龍之介のこと
辻　邦生　芥川龍之介から受けたもの
井上ひさし　天保二年と大正六年のふたつの秋について
磯田　光一　『西方の人』再読
野島　秀勝　最後の芥川龍之介
安田　武　最後の知識人
安藤　元雄　象徴主義の流産
野口　武彦　芥川龍之介と谷崎潤一郎
松本　健一　日本近代における知性の運命―芥川龍之介の悲劇
中村真一郎・奥野健男　〔対談〕芥川龍之介と現代
野呂　邦暢　岩波版「芥川龍之介全集」
阿部　昭　芥川龍之介の鵠沼
富士　正晴　はるか昔の芥川龍之介
佐藤　忠男　小説「藪の中」と映画「羅生門」
由良　君美　『秋山図』讃
田中美代子　芥川龍之介覚書
饗庭　孝男　芥川における批評と表現
芹沢　俊介　芥川龍之介における初期・資質・倫理
池内　紀　アフォリズムの生理―「侏儒の言葉」私語
岸田　秀　シニシズムの破綻―芥川龍之介論

◆特集・芥川龍之介　新しい評価軸を求めて（『国文学』第二二巻六号、昭和五二・五）
吉本　隆明　芥川龍之介における虚と実
紅野　敏郎　短篇作家芥川龍之介
小川国夫・磯田光一　〔対談〕〝日本のクリスト〟とは何か
佐藤　泰正　切支丹物―その主題と文体―論理的位相を軸として―
桶谷　秀昭　風景と自然―芥川龍之介
内村　剛介　未熟と成熟―上目づかいの『支那游記』
唐　十郎　映画「羅生門」に見えた芥川氏の世界
《芥川・短篇集の分析》
森本　修　第一短篇集『羅生門』
浅野　洋　第二短篇集『煙草と悪魔』
関口　安義　第三短篇集『傀儡師』
鈴木　秀子　第四短篇集『影燈籠』
菊地　弘　第五短篇集『夜来の花』

海老井英次　第六短篇集『春服』
石割　透　第七短篇集『黄雀風』
渡部　芳紀　第八短篇集『湖南の扇』
《芥川・再検討への視点》
駒尺　喜美　芥川龍之介の書簡から
福田準之輔　芥川の死と有島の死
森　啓祐　大正三年の芥川龍之介―その初恋をめぐっての新事実
関口　安義　芥川龍之介研究史（昭和四九年一二月～五二年一月）
◆特集・芥川龍之介（熊本女子大学『驢馬』二号、昭和五三・三）
木村　一信　「忘れがたい、ふかい記憶」―「老狂人」について―
佐藤　京子　「戯作三昧」考―その芸術至上主義の世界―
西村美佐子　「芋粥」論
藤原　京子　「蜘蛛の糸」について
中川　由美　「地獄変」論
瀬井　綾子　「秋」考―信子をめぐって―
林　俊江　「藪の中」を考える―「芸術その他」の立場から―
伊藤　博子　「河童」の世界―その軽快なリズムの成立について―
中岡　成子　「或阿呆の一生」における芥川龍之介
吉村千代子　私の芥川龍之介―「西方の人」を中心にして―
◆特集芥川龍之介（東京書籍『現代国語〈作家・作品シリーズ5〉』昭和五三・四）
高田　瑞穂　芥川文学と大正文学
鈴木　秀子　芥川龍之介とキリスト教
榎本　隆司　「羅生門」
橋本　迪夫　「舞踏会」論
塚越　和夫　芥川の芸術家小説―戯作三昧、地獄変、枯野抄を読む―
遠藤　祐　芥川龍之介の童話
青葉　安里　芥川龍之介の晩年―その「ぼんやりとした不安」―
山敷　和男　芥川龍之介―その死をめぐっての反響―
佐藤　春夫　芥川龍之介を哭す
片岡　哲　芥川龍之介研究略史
◆特集・芥川龍之介（『墨』昭和五三・九）
森本　修　書簡からみた芥川の交友
佐佐木幸綱　芥川龍之介の短歌
中村真一郎　（談）芥川龍之介を語る
松本　健一　芥川龍之介とその時代
町野　一晃　筆跡からみた芥川の性格
吉田　精一　芥川龍之介の書
◆特集・芥川龍之介（『実存主義』八四号、昭和五三・九）
佐藤　正英　芥川の初期作品における「世間」について―「羅生門」「鼻」をめぐって―
坂部　恵　対照的なあまりに大正的な―潤一郎・龍之介論争一面―
三島　輝夫　ドクサの照明
久野　昭　光芒一閃
水島　裕雅　芥川龍之介とボードレール
◆特集・芥川龍之介（筑波大学平岡研究室『稿本近代文学』二号、昭和五四・七）
平岡　敏夫　「鼻」小論
岡内　弘子　「袈裟と盛遠」について
西原　千博　「蜜柑」覚書
猪崎　保子　「舞踏会」における〝花火〟の意味
村田　清司　「秋」についての試論
杉浦　清志　『或敵打の話』―森鷗外『護持院原の敵討』との比較から―
川島　絹江　「杜子春」論
金　采洙　芥川の作品における「死」
阿毛　久芳　「海のほとり」の周辺
◆特集・芥川龍之介（北海道教育大学旭川分校片山ゼミ『近代文学論叢』五号、昭和五五・三）
斎藤　薫　『玄鶴山房』における甲野の位置
宮越久美子　『玄鶴山房』論―お芳の人間像を中心に―
原　久美子　「玄鶴山房」における重吉の位置について

蓮本　裕一　『玄鶴山房』における堀越玄鶴の孤独
佐々木修司　『玄鶴山房』論―堀越家の人々の描かれ方に即して―
清水　信一　『玄鶴山房』論―玄鶴の悲劇性についての一考察―
沢田　敏弘　『玄鶴山房』論―「山房内悲劇」の考察―
森山　恵子　『玄鶴山房』にあらわれた「新時代」について
藤原　卓　『蜃気楼』成立に至る晩期芥川文学の創作方法を探る―鵠沼体験を軸にして―
秦　隆司　『蜃気楼』論―「僕」に表われた芥川の不安なる意識の一側面―
岡部　寿　『蜃気楼』にあらわれた芥川龍之介の苦悩と不安を探る
片山　晴夫　「河童」にあらわれた「生活教」の問題
平井　恭子　『河童』論―「トック」の意味するもの―
秋田　隆之　「歯車」における〝生活力〟について
笹原　和広　『歯車』にあらわれた自己告白の形
増谷　美雪　『歯車』における「僕の堕ちた地獄」に関する考察

三　主要文献目録

丸山富美子　『歯車』論―作品の構造と芥川の詩的精神

◆特集・芥川龍之介(2)（筑波大学平岡研究室『稿本近代文学』三号、昭和五五・七）
平岡　敏夫　「芋粥」論
梅林　史　「六の宮の姫君」の創造性
下川　和子　「雛」
西原　千博　「玄鶴山房」の試解
猪崎　保子　芥川における〈虚構〉の変遷
金　采洙　『歯車』における「僕」の死の意識―続・芥川の作品における死

◆特集　漱石・龍之介の俳句（『俳句とエッセイ』第八巻第八号、昭和五五・八）
村山　古郷　我鬼珠玉―芥川龍之介の俳句―
清水　基吉　芭蕉、そして芥川龍之介
平井　照敏　文人俳句の双璧―漱石と龍之介―
村山古郷抽出　芥川龍之介100句抄―永田書房版『芥川龍之介句集』より―
清崎敏郎・見学玄・河野南畦・中山純子・成瀬桜桃子・藤田湘子　漱石・龍之介秀句合評
巌谷　大四　鎌倉と文士(6)―芥川龍之介―

◆特集・芥川龍之介追跡（『国文学』第二六巻七号、昭和五六・五）
吉本　隆明（対談）芥川の問いかけるもの
三好　行雄　―生活の倫理と作品の美学

《新視角によるアプローチ》
桶谷　秀昭　芥川と漱石―明治の意味
重松　泰雄　芥川における歴史と考証―鷗外と芥川
佐伯　彰一　芥川における「私」のかたち
秋山　駿　世紀末的作家としての芥川―なぜ長篇が書けなかったか
野口　武彦　隠された文人―澄江堂の遺珠
平岡　敏夫　芥川における〈人工〉と〈自然〉―芥川の反近代
鈴木　秀子　芥川における聖伝と聖書―二つのキリスト教
森本　修　芥川と経済生活
松本　健一　大正のインテリゲンツィア―芥川とともに崩壊したものは何か
紅野　敏郎　芥川龍之介と〈後代〉―作家・評論家はどう読んだか

《新視角による作品論》
菊地　弘　「羅生門」「我」の風景
浅野　洋　「戯作三昧」〈書斎〉の中の傀儡師
神田由美子　「舞踏会」見果てぬ〈人工〉の夢
海老井英次　「蜃気楼」〈光〉なき反照の世界
宮坂　覺　「歯車」〈ソドムの夜〉の彷徨
佐藤　泰正　テクスト評釈「西方の人」「續

西方の人」

◆特集・芥川龍之介と古典（『国文学研究叢書』一号、昭和五七・二）

上岡　勇司　芥川の出会った『今昔物語』
竹生　東　『羅生門』試論―下人の行方をめぐって―
八子斗音美　『偸盗』―エゴイズムのない愛―
花形　健一　芥川龍之介の「芸術至上主義」か―『戯作三昧』と『地獄変』からの考察―
大塚　伸一　『邪宗門』―中絶要因からの一考察―
佐藤　知也　『藪の中』論―秀しげ子をめぐって―
田中真理子　芥川龍之介の憧憬―『往生絵巻』を中心に―
表原　小琴　芥川龍之介『奉教人の死』試論

◆芥川龍之介特集（『信州白樺』第四七・四八合併号、昭和五七・二）

平岡　敏夫　芥川龍之介の思想
海老井英次　芥川龍之介の系譜―堀辰雄の継承のあり方を中心に―
志村　有弘　芥川龍之介と日本古典
尾形　国治　芥川龍之介「山鴫」の位置
関口　安義　芥川龍之介と『聖書』
紅野　敏郎　気になること一つ―「虱」初出誌『希望』について―
大津山国夫　武者小路実篤と芥川龍之介
安川　定男　有島武郎と芥川龍之介
下沢　勝井　国語教科書における芥川文学―死に至る病いと文学の教育―
松浦　由起　教材「羅生門」
蒲生　芳郎　『手巾』の問題
菊地　弘　忠義
中村　友　「袈裟と盛遠」―その構図に関する覚え書―
田中　実　傀儡師の「未定稿」―芥川龍之介「邪宗門」解読―
石割　透　「杜子春」
清水　康次　『将軍』―問題点の所在について―
笠井　秋生　「神神の微笑」について
関口　安義　「歯車」―〈滅び〉への道の記録―
宮坂　覺　「或阿呆の一生」試論―改題と「西方の人」執筆との関わりを中心に―
三嶋　譲　芥川龍之介研究の現状―昭和五十年代を中心に―

◆特集・芥川龍之介（熊本近代文学研究会『方位』四号、昭和五七・五）

浅野　洋　「大川の水」と二十歳の選択―〈虚構〉の祖型―
首藤　基澄　「羅生門」論―下人の行動を中心に―

諸岡　三佳　「偸盗」試論―〈勇気〉を契機として―
伊藤　博子　「六の宮の姫君」試論―美の終焉―
木村　一信　「少年」と「点鬼簿」と―〈言葉〉の虚実をめぐって―
細川　正義　「玄鶴山房」論
浅野　洋　芥川研究の〈動向〉に代えて
名和美帆子　「蜘蛛の糸」研究
西村　亮子　「杜子春」論
中村　青史　「桃太郎」論
古江　研也　中野重治における芥川―手のイメージをめぐって―
今村　潤子　「末期の眼」小考
和田　勉　梅崎春生における芥川の影響
三木サニア　芥川龍之介と遠藤周作―「杜子春」と「沈黙」をめぐって―

◆小特集・芥川龍之介をどう読むか―「トロッコ」「羅生門」を中心に（『月刊国語教育』第二巻二号、昭和五七・五）

《座談会》
〈紅野敏郎・安居総子・志水富夫〉　教材としての芥川文学
《随想》
室生　朝子　父犀星と龍之介
《論文》
三好　行雄　芥川龍之介の魅力

鈴木　秀子　人生の頂上がみえてくるとき—
海老井英次　芥川龍之介『トロッコ』より—「羅生門」の老婆は否定的存在か—蟋蟀との対応関係を中心に—

《実践報告》

三好　和栄　芥川作品「往生絵巻」と、その資材との比べ読みによる作品理解の試み
日野　泰圓　『羅生門』の授業をどう進めるか

《文献散策》

原　誠　「芥川龍之介論」案内

◆小特集・なぜ、今、芥川文学か（『文学と教育』一二三号、昭和五八・二）

編集部　なぜ、今、芥川文学か
熊谷　孝　芥川龍之介の生活と文学
佐藤　嗣男　『大導寺信輔の半生』—芥川文学の達成
高田　正夫　『羅生門』—読者論の視点から
山下　明　『偸盗』の世界
高沢　健三　『明白の道徳』—講演にみる芥川の文学的イデオロギー
井筒　満　芥川の文学認識論

◆特集＝芥川龍之介（『解釈と鑑賞』第四八巻四号、昭和五八・三）

《対談》

三好行雄・小川国夫　芥川龍之介の世界

《作品論》

海老井英次　「老年」から「羅生門」へ—大正三年秋の〈精神的な革命〉による飛翔—
宮坂　覺　さまよへる猶太人
栗栖　真人　「舞踏会」
荻久保泰幸　「春」の周辺
関口　安義　「或阿呆の一生」
佐藤　泰正　『西方の人』—マリアの原像を軸として—

《先行作家たち》

山崎　一穎　森鷗外と龍之介
高木　文雄　夏目漱石と龍之介—「年末の一日」を軸として—
菊地　弘　島崎藤村と龍之介
村松　定孝　泉鏡花と龍之介

《同時代の人々・同時代の争点》

森本　修　『新思潮』同人の軌跡
石丸　晶子　「有島武郎の死と龍之介の死」
遠藤　祐　直哉と龍之介
石割　透　同時代批評の中の芥川　その出発期

《後代への影響》

小久保　実　堀辰雄
亀井　秀雄　芥川龍之介と中野重治—なぜ「文学」か—
大野　淳一　芥川龍之介と遠藤周作—「沼地」の側から—

《芥川への影響》

志村　有弘　古典と芥川
伊藤　一郎　芥川と芭蕉—芭蕉雑記を中心にして
剣持　武彦　外国文学と芥川
福島　章　病跡学から見た芥川龍之介
渡部　芳紀　芥川龍之介文学散歩
石割　透　芥川龍之介参考文献目録

◆芥川・太宰特集（『解釈』第二九巻第一〇号、昭和五八・一〇）

赤羽　学　芥川龍之介と犬
岡崎　晃一　冒頭文のル形・タ形—芥川龍之介の小説の場合—
桐原　光明　『羅生門』を媒体とした読みの研究—本文校訂上の必要性—
丸山　典子　芥川龍之介の作品校訂上の諸問題—芋粥—

◆特集・芥川龍之介とは何であったか（『国文学』第三〇巻五号、昭和六〇・五）

三好行雄・小林富司夫・関口安義　〈座談会〉芥川の新資料をめぐって
関口　安義　〈新資料〉「羅生門下書メモノート」・断片　解説
平岡　敏夫　芥川龍之介における〈明治〉

海老井英次　芥川龍之介の時間　文学史のなかで
湯浅　慎一　芥川龍之介の世界、その現存在分析試論　特に身体論の視点から
蓮實　重彦　接続詞的世界の破綻―芥川龍之介『歯車』を読む―　説話論の視点から
前田　愛　芥川と浅草　都市空間論の視点から
高橋　亨　中有の風　引用論の視点から
重松泰雄・三嶋譲　テクスト評釈　羅生門

《作品別・芥川龍之介研究史》

浅野　洋　羅生門／芋粥
後藤玖美子　奉教人の死／舞踏会
渡辺　正彦　秋／神神の微笑
石割　透　六の宮の姫君／玄鶴山房
宮坂　覺　河童／歯車
三好行雄編　芥川龍之介の〈ことば〉
菊地　弘　レポート・論文を書く人に
森本　修　回想・この一冊　大正文学研究会編『芥川龍之介研究』

◆芥川特集（『解釈』第三一巻八号、昭和六〇・八）

赤羽　学　芥川龍之介の「杜子春」の自筆原稿の紹介訂正・増補
西沢　正二　芥川龍之介『竜』の方法―『鼻』との関連性を手がかりにして―
和久田雅之　真相「藪の中」
岡崎　晃一　「晩秋」（芥川龍之介）の執筆時間
岸本　澄子　芥川龍之介『おぎん』に関する諸問題

◆特集・名作教材に迫る―「羅生門」「最後の一句」を中心に（『月刊国語教育』第七巻二号、昭和六二・四）

平岡敏夫・小田原栄・山崎裕子・金子守〈座談会〉名作教材について考える
関口　安義　教材《テクスト》「羅生門」の起爆力
糸井　久　小説「藪の中」の教材化とその授業記録
岸　洋輔　「羅生門」を通して国語を考える

◆特輯　芥川龍之介の文学（『キリスト教文学』六号、昭和六二・七）

影山　恒男　「神神の微笑」論覚書―棄教の実在的位相への傾斜―
宮坂　覺　芥川龍之介〈遡行もの〉の展開―〈保吉もの〉から「西方の人」まで―
海老井英次　芥川における生と死（昭和二年）―「河童」をめぐって―
常岡　晃　クロード・ロワの見た芥川龍之介

◆特集　芥川龍之介を読むための研究事典（『国文学』第三三巻六号、昭和六三・五）

古井由吉・三好行雄　〈対談〉小説、時代のフォルム
菊地　弘　芥川の伝記・年譜／芥川と家／芥川をめぐる女性
佐藤　泰正　芥川と母
宮坂　覺　芥川における東京
神田由美子　芥川文学における〈私〉
宮坂　覺　芥川文学における抒情
海老井英次　芥川の自意識
佐藤　泰正　芥川における西洋と東洋／芥川とキリスト教
富田　仁　芥川、比較文学の視点から
浅野　洋　芥川の歴史小説の方法／芥川の文体・表現
関口　安義　芥川の文学の本質、文学的位置
平岡　敏夫　芥川と明治／芥川における漱石と鷗外
紅野　敏郎　芥川と大正の作家（泡鳴・菊池・豊島・佐藤）
海老井英次　芥川と昭和文学（戦後まで）／芥川の死をめぐって
富田　仁　芥川、病跡《パトグラフィ》（理）学的見地から
関口　安義　芥川のテクスト（本文批評）／芥川の本（書誌）
浅野　洋　芥川研究史
高橋　陽子　羅生門／鼻
清水　康次　手巾／戯作三昧／地獄変
吉田　俊彦　蜘蛛の糸／奉教人の死／舞踏会

神田由美子　秋／藪の中
三嶋　譲　大導寺信輔の半生／点鬼簿／玄鶴山房
山敷　和男　河童
笠井　秋生　蜃気楼／西方の人・続西方の人
石割　透　歯車／或阿呆の一生
坪内　稔典　俳句
山敷　和男　文芸評論アフォリズム
森本　修　芥川龍之介の書簡五〇選
渡部　芳紀　芥川龍之介関係地図
◆特集・芥川龍之介と横須賀（『湘南文学』一号、平成三・四）
赤羽根龍夫　故郷喪失の文学―芥川龍之介論―
菊池　幸彦　横須賀時代の芥川龍之介
奥出　健　ふり返る保吉
藤原比登美　湘南短大生の文学散歩　龍之介の足跡をたどる
＊　＊　芥川龍之介略年譜
◆特集　羅生門（洋々社『芥川龍之介』一号、平成三・四）
中井　英夫　田端のひと・龍之介
諏訪　優　田端雑記
福田　清人　芥川龍之介と俳句
芹沢　俊介　最後の俳句
海老井英次　「羅生門」論　その〈老婆の論理〉の行方
志村　有弘　「羅生門」覚書　芥川と「九州文学」同人たち
伊藤　一郎　傀儡としての〈作者〉
庄司　達也　「行為」獲得の物語における「主体」の不在　「羅生門」考
石　剛　「羅生門」のリアリティー　一中国人の視点から
中野　猛　「野生の美」の世界　今昔物語集と芥川龍之介
星野　慎一　芥川の文学と外国文学
西野　辰吉　芥川の中国旅行
松本　寧至　芥川龍之介「王朝物」の行方
宮坂　覺　「鼻」を読む〈禅智内供〉人生最大危機脱出物語
関口　安義　龍之介の批評不信「MENSURA ZOILI」考
渡部　芳紀　[名作の舞台] 上高地
小幡　堅　芥川龍之介の「鼻」
佐多稲子・志村有弘　わが青春の芥川龍之介
浅野　洋　芥川龍之介研究の展望
◆芥川龍之介「トロッコ」の教材研究と全授業記録（『実践国語研究』一一四号、平成四・二別巻）
西垣　勤　『トロッコ』論
岡崎　晃一　「トロッコ」の研究史―回想部分の削除を巡る論議を中心に―
田中　宏幸　『トロッコ』の実践史
浜本　純逸　「トロッコ」の表現―良平の心の光と闇―
岩田美智男　『トロッコ』の副詞
正田行彦・他　『トロッコ』全授業の展開と研究
正田行彦・浜本純逸・他　座談会『トロッコ』の学習指導を求めて―正田実践を手がかりに―
◆生誕百年　芥川龍之介特集―座談会：新資料は芥川の作品像をどう変えるか（『国文学』第三七巻二号、平成四・二）
紅野敏郎・田久保英夫・野山嘉正・石割透　座談会　新資料は芥川の作品像をどう変えるか
菅野　昭正　芥川龍之介考―聖霊の子供
松山　巖　2＋2＝5
海老井英次　全文評釈　藪の中
宮坂　覺　「大川の水」論―〈揺籃〉としての〈大川の水〉の世界
関口　安義　「羅生門」―反逆の論理獲得の物語
町田　栄　「或日の大石内蔵之助」―「或日」の設定をめぐって
安藤　宏　「舞踏会」論―まなざしの交錯
濱川　勝彦　「秋」を読む―才媛の自縄自縛の悲劇
登尾　豊　「河童」論―芥川最晩年の心境を

めぐって

清水　康次　「歯車」論―コンテキストを失った言葉―

相原　和邦　「或阿呆の一生」論―芥川の〈光〉と〈闇〉

海老井英次　芥川龍之介文学典拠一覧

三嶋　譲　芥川龍之介研究はどこまで来たか―主要研究文献を紹介しながら

浅野　洋　〈新資料紹介〉恒藤恭の肉筆スケッチ・ブック六冊

白倉　一由　山梨県立文学館紹介

◆芥川文学の教材化への挑戦（『月刊国語教育』第一一巻一二号、平成四・二）

《Ⅰ　芥川とゆかりの地》

籠谷　典子　東京

石井　茂　神奈川

小林　一之　山梨

愛川　弘文　上総一宮

平吉　俊美　長崎

戸田　民子　中国旅行

《Ⅱ　座談会》

関口安義・安居總子・町田守弘　芥川文学の教材化―テクストの無限の起爆力―

《Ⅲ　アンケート》　諸氏

《Ⅳ　芥川文学の教材化への挑戦》

関口　安義　芥川書簡の魅力

諏訪　優　芥川の俳句をめぐって

寺横　武夫　「侏儒の言葉」略解

海老井英次　芥川の「エッセイ・評伝論」―「斎藤茂吉」「詩集」

《Ⅴ　芥川教材の検討―新しい読みと指導法―》

花田　修一　「トロッコ」―学習者が生きる教材研究を―

桑名　靖治　「羅生門」―小説はまず楽しく読みたい

増田　修　「鼻」の教材化―他人の目と見られる自己

門倉　正二　「蜜柑」について

松本　修　「藪の中」の読みにおける読者の位置

伊藤　一郎　絵のように、楽のように、かなしみのごとく―「舞踏会」小論

片村　恒雄　「枯野抄」―人間、その存在の「孤独」を見つめて

三谷　博俊　「或阿呆の一生」

《Ⅵ　データバンク　芥川教材の指導実践紹介》

沖山吉和・伊藤一郎

《Ⅶ　芥川教材事典》　三嶋譲

◆特集　芥川龍之介生誕百年（『新潮』第八九巻三号、平成四・三）

芥川瑠璃子・安岡章太郎〈対談〉芥川家の人々

小川　国夫　〈詩人兼ジャーナリスト〉について

吉増　剛造　ひとり倒《たふ》るる

みなもとごろう　「鼻」と「禿頭」―ある歴史感覚―

福田　和也　芥川龍之介の「笑い」―憎悪の様式としてのディレッタンティスム―

グリゴーリイ・チハルチシビリ　沼野充義訳　ゴーゴリ化された目で見れば

◆特集　芥川龍之介（『比較文学』三五号、平成四・三）

倉智　恒夫　芥川龍之介における「パステル」―ポール・ブールジェをめぐって

今野喜和人　芥川龍之介と〈宿命の女〉―「藪の中」の真砂像をめぐって

崔　官　芥川龍之介の「金将軍」と朝鮮との関わり

◆生誕百年記念特集　芥川龍之介（『詩とメルヘン』第二〇巻四号、平成四・三）

編集部編　龍之介をとりまく文人たち

芥川瑠璃子　童話によせて思い出すこと

◆特集・舞踏会（洋々社『芥川龍之介』二号、平成四・四）

伊藤　桂一　芥川作品への共感

保昌　正夫　菊池寛・芥川龍之介・横光利一と

久保田正文　「河童」と「機関車を見ながら」

関口　安義　―夜の淡い恋愛の物語―「舞踏

会」論
梶木　剛　秋の花火の物語―芥川龍之介「舞踏会」論
蒲生　芳郎　「舞踏会」の位置―芥川文学の軌跡をめぐって
鈴木　秀子　「舞踏会」―刹那の感動
山崎　甲一　「舞踏会」―枝を交わす樹
笠井　秋生　もう一つの「舞踏会」
遠藤　祐　「舞踏会」は如何に語られたか
庄司　達也　「舞踏会」参考文献目録稿
藪下　明博　「馬の脚」或は、幻想とアイロニーの共存
小山田義文　世紀末の悪鬼　芥川龍之介の生と死
菊地　弘　「藪の中」の視点
中田　雅敏　果てしなく闇い道
渡部　芳紀　[名作の舞台] 松江
尾崎秀樹・志村有弘　芥川龍之介と大衆文学
浅野　洋　芥川龍之介研究の展望
◆芥川龍之介　生誕百年、そして今（『毎日グラフ別冊』平成四・五・一）
関口　安義　芥川龍之介―その生涯と文学
中村真一郎・芥川瑠璃子対談　芥川家父子二代
安岡章太郎　芥川と『本所・両国』
黒沢　明　映画「羅生門」の思い出
梅原　猛　芥川文学の二つの魅力を語る
紅野　敏郎　芥川文学始動期のエネルギー

石　寒太　「鼻」の先から　芥川龍之介の俳句
半藤　一利　芥川賞とTRILOGY
＊　＊　芥川雑学事典①、②
渡部　芳紀　芥川龍之介文学散歩
＊　＊　作家と芥川作品
＊　＊　芥川龍之介年譜
＊　＊　芥川龍之介代表作ガイド
＊　＊　芥川龍之介主要参考目録
◆生誕百年記念　芥川龍之介と軽井沢展（『高原文庫』七号、平成四・七）
中村真一郎　ふたつの芥川像
堀多恵・室生朝子　対談　芥川さんと軽井沢
佐藤次郎・大藤敏行　インタヴュー　つるや旅館と芥川龍之介Ⅰ
佐藤次郎・大藤敏行　インタヴュー　つるや旅館と芥川龍之介Ⅱ
平岡　敏夫　晩年の芥川龍之介
芥川瑠璃子　展覧会に寄せて
◆百科全書　芥川龍之介（『叙説』（叙説舎）六号、平成四・七）
海老井英次・松本常彦編　芥川龍之介モノ―コト便覧
柴田　勝二　感受する身体―芥川龍之介の初期作品について
◆芥川龍之介特集（『解釈』第三九巻九号、平成五・九）

坂　敏弘　芥川龍之介研究の現状・素描―特集によせて―
家森長治郎　未発表の芥川龍之介書簡（三木露風宛）
石谷　春樹　芥川龍之介「秋」論考―別稿との比較―［↓平5・4］
吉岡由紀彦　芥川龍之介「地獄変」参考文献目録稿　一九一八（大七）～一九九二（平四）
真杉　秀樹　言葉とダブル・バインド―『杜子春』論―
◆特集　芥川龍之介研究のために（『解釈と鑑賞』第五八巻一一号、平成五・一一）
平岡敏夫・佐藤泰正　対談　回想　芥川龍之介研究
関口　安義　芥川龍之介　人と作品
海老井英次　芥川龍之介研究の史的展望
庄司達也・影山恒男・中島力也・その他諸氏　芥川龍之介図書館資料室
関口安義・菊地弘・宮坂覺　座談会　芥川龍之介研究と今後―研究の現在を押さえつつ―
久保田芳太郎　芥川龍之介を卒論でやる人のためのガイダンス
渡部　芳紀　芥川龍之介文学散歩（補遺編）
下野　孝文　芥川龍之介研究文献目録

大庭奈保子　顕在されるクンストとポウエトリーー「もうひとりの芥川龍之介展」企画構成にあたって

◆特集　蜘蛛の糸（洋々社『芥川龍之介』三号、平成六・二）

井口　朝生　旧宅探訪
中村　晃　芥川龍之介「西方の人」
神門　酔生　芥川たちの点鬼簿
小野　孝二　閃輝暗点　聞書・芥川龍之介の崩壊
宮坂　覺　〈視ること〉〈視られていること〉中断された救済「蜘蛛の糸」論
戸松　泉　「蜘蛛の糸」の語り手
大久保典夫　純文学と童話のあいだ「蜘蛛の糸」論ノート
大藤　幹夫　「蜘蛛の糸」の読まれ方
石割　透　「蜘蛛の糸」〈この蜘蛛の糸は己のものだぞ。下りろ。下りろ。〉
白木　獵弥　「蜘蛛の糸」〝匂い〟の演出
助川　徳是　漱石と庶民
奥出　健　『猫』と『河童』
関口　安義　芥川と久米の漱石山房訪問日考
大庭奈保子　詩的美学を見詰めた透徹の瞳
平岡　敏夫　日暮れで閉じられる物語
阿毛　久芳　芥川龍之介と萩原朔太郎　虚実の境界感覚
久保田芳太郎　「西方の人」「続西方の人」「わたしのクリスト」について
安藤　公美　「闇中問答」天使・悪魔・**Daimon**と僕
小橋　隆宗　「羅生門」のイメージ分析
浅野　洋　芥川龍之介研究の展望

◆芥川龍之介特集（『図書』五五六号、平成七・一〇）

飯田　龍太　龍之介の一句
紅野敏郎・谷沢永一・大庭みな子〈座談会〉芥川龍之介ー人・文学・時代ー
三木　卓　宇宙と裏宇宙の間ーその童話といわれる作品をめぐってー
大原　富枝　歯車・侏儒の言葉など
三浦　綾子　彼は生きたかったのだ
久保田　淳　『妖婆』の都市空間
佐藤　泰正　芥川をどう読むかー〈求心〉と〈遠心〉のはざまにー
巽　孝之　大正ポストモダン
平出　隆　「芥川龍之介は詩人か」
恒藤　敏彦　芥川龍之介と父恒藤恭
塚谷　裕一　芥川の心象に生えた植物
平岡　敏夫　芥川作品をアメリカで読むー『蜜柑』と『奉教人の死』ー
山住　正己　国語教科書における芥川作品
菅野　昭正　ある見取図
川本　三郎　映画の幻想性に惹かれてー芥川と映画ー
松本　哉　両国の新時代
中村　禎里　芥川の河童

◆特集　芥川龍之介　小説の読みはどう変わるか（『国文学』第四一巻五号、平成八・四）

後藤　明生　〈インタビュウ〉後藤明生氏に聞く　イエス＝ジャーナリスト論、その他
石原　千秋　テクスト論は何を変えるか・『羅生門』
石崎　等　情報、記号という観点による読みの変更ーバスチャンさまの日繰り・『誘惑』
菊地　弘　自然の擬似性の何が問題か・『大川の水』
松本　常彦　歴史ははたして物語か、歴史観の再検討ーリッケルトの影・序・『西郷隆盛』
浅野　洋　開化へのまなざしー〈画〉あるいは額縁の文法《グラマトロジイ》・『開化の良人』『開化の殺人』
海老井英次　ドッペルゲンガーの陥穽ー精神病理学的研究の必要性・『二つの手紙』『影』
西田　友美　女性論から何を読むか・「袈裟と盛遠」の展開
渡辺　正彦　『藪の中』における〈現実の分身

化〉―西欧文学との比較による新しい読み
伊東　貴之　『杜子春』は何処から来たか？―中国文学との比較による新しい読み
木下　長宏　ゴッホ、ゴーギャン、ルノアール―近代絵画の影響・『沼地』『女体』『夢』
山敷　和男　所蔵の漢籍から何がわかるか
吉原　浩人　仏教的世界観との懸隔と地獄の形象・『蜘蛛の糸』
関口　安義　〈神〉と〈神々〉、芥川龍之介における神・『神神の微笑』
石割　透　『芥川龍之介資料集』を読んで―『羅生門』『鼻』の底を流れるもの
海老井英次・赤塚正幸・石井和夫・松本常彦　芥川龍之介語彙考
宮坂　覺　芥川龍之介全小説要覧
◆特集　芥川龍之介（『解釈』第四二巻八号、平成八・八）
岸　規子　『魔術』小論
上村　和美　芥川龍之介の文体―「赤い月」の表現をめぐって―
真杉　秀樹　フレームのなかの狂気と死（Ⅰ）―芥川『疑惑』論―
石谷　春樹　芥川龍之介「大導寺信輔の半生」攷―虚構からの肉迫―（上）

永栄　啓伸　背理する語り（下）―芥川龍之介「地獄変」―
◆子どもが読む「芥川龍之介」（『月刊国語教育研究』三〇四号、平成九・八）
平岡　敏夫　芥川龍之介と〈夕暮れ〉
根木　正義　今なぜ芥川龍之介なのか―中学国語との関連から考える
田中　実　自閉を超えた「お月様」―『白』試論
藤原　治子　読書に刺激を―「芥川龍之介」を読む小学生
細田　和彦　物語を読む意味―「筋」の分断と「読みの成立」―
田村　嘉勝　子どもが読む「芥川龍之介」―なぜ、高校一年生に「羅生門」か
高久　猛　子供が読む「芥川龍之介」―「羅生門」を三角に読む
山下　宏　二十世紀末の子供たちは「トロッコ」に乗れるか―
◆芥川龍之介（『資料と研究』三輯、平成一〇・三）
海老井英次　草稿の秘める謎二、三
＊　＊　「十ノ二十松屋製」の表と裏―芥川龍之介の一枚の原稿―
＊　＊　芥川龍之介手帳写真版（手帳一、手帳十、手帳新）
◆特集　芥川龍之介作品の世界（『解釈と鑑賞』第六四巻一一号、平成一一・一一）
渡部　芳紀　文学アルバム＝芥川龍之介
荻野アンナ・宮坂覺　芥川文学の魅力
《作品の世界》
清水　康次　『老年』　過去への叙情と過去の位置づけ
髙橋　博史　『羅生門』
髙橋　龍夫　『鼻』　調和への志向
三嶋　讓　『手巾』　崩壊の予感
鷺　只雄　『或日の大石内藏之助』
笠井　秋生　『戯作三昧』
浅野　洋　『蜘蛛の糸』〈筆削〉の意味
影山　恒男　『枯野抄』〈栄光と孤独〉または〈自由な精神〉
渡邉　正彦　良秀の到達した世界
木村　一信　『奉教人の死』　女の隠喩と母性の顕現と
志村　有弘　『きりしとほろ上人伝』
高橋　陽子　『舞踏会』　歴史の当事者の立場
山敷　和男　『秋』
黄　英　『杜子春』
杉本　優　『秋山図』　美の超越性と〈所有〉をめぐって
石割　透　『藪の中』
松本　常彦　『六の宮の姫君』「体を売る」姫君

大高　知児　『報恩記』「報恩」の構図の「欠落」部分について
安藤　公美　『お富の貞操』　貞操・戦争・博覧会
宮坂　覺　『雛』　重層的〈語り〉の構造から醸し出される〈語られていないこと〉
関口　安義　『糸女覚え書』　新解釈のガラシア像
鳥居　邦朗　『一塊の土』
祝　振媛　『支那游記』
溝部優実子　『点鬼簿』「僕」と「姉」
菊地　弘　『玄鶴山房』
遠藤　祐　『蜃気楼』
石原　千秋　『河童』〈個〉の抗い
海老井英次　『文芸的な、余りに文芸的な』　新しい評価機軸を
平岡　敏夫　『歯車』〈微笑〉のある世界
神田由美子　『或阿呆の一生』
富岡幸一郎　『西方の人』（正・続）　芥川龍之介の「クリスト」
佐藤　泰正　『侏儒』　それは〈楽屋の公開〉であったか
小室　善弘　『芭蕉雑記』『続芭蕉雑記』「大山師」と「糞やけになつた詩人」
渡部　芳紀　芥川龍之介文学散歩（拾遺編）
嶌田明子・宮坂覺　芥川龍之介研究文献目録

◆芥川龍之介と田端（湘南短期大学『湘南文学』一三号、平成一二・一）
赤羽根龍夫　龍之介の恋・龍之介と河童
長谷川　泉　芥川龍之介の「蜜柑」
石割　透　芥川龍之介と田端
大黒恭三郎　芥川龍之介の田端—『秋』の周辺について—
志村　有弘　芥川龍之介と田端と長崎
笠井　秋生　「玄鶴山房」と〈小さな家出〉事件
海老井英次　〈刹那の感動〉と技巧のせめぎ合い—「奉教人の死」の〈小説〉性—
花崎　育代　「追憶」／語られぬ花火
菊地　弘　芥川龍之介　文学的立場
神田由美子　芥川文学のヒロイン像—芥川文《ふみ》と秀しげ子—
加茂麻奈子・塩谷和世　芥川龍之介のいた田端

◆芥川龍之介　旅のふるさと（『解釈と観賞別冊』平成一三・一・一〇）
渡部　芳紀　文学アルバム＝芥川龍之介　旅とふるさと
関口　安義　総論／遁走としての旅　芥川龍之介にとっての旅
《エッセイ　芥川のいる風景》
芥川瑠璃子　仄かな面影
荻野アンナ　芥川のいる青い空
松村　栄子　芥川のいる風景
北村　薫　王様がいっぱい
山崎　光夫　二つの散歩道
《旅のプロムナード》
西原　千博　札幌　最後の講演旅行
前田　潤　日光　友と和すまでの物語
稲石さやか　軽井沢　「追憶」の中の避暑地
渡邊　拓　一宮　弘法麦の葉は照りゆらぎ
中田　雅敏　鵠沼　「二度目の新所帯」の地
安藤　公美　湯河原　保養の地、そして「トロッコ」の舞台
庄司　達也　山梨　大正デモクラシーの風／高原夏季大学
伊藤　一郎　上高地　荒荒しき《野生》のトポス
松村香代子　清水　斜陽人の集う地
山口　幸祐　金沢　友人の故郷を訪ねる旅
須田　千里　京都・奈良　旅の文学的形象
杉本　優　大阪　大毎・講演・旅の宿
関口　安義　松江　「羅生門」懐胎の地
松本　常彦　芥川龍之介のナガサキ幻影
施　小煒　芥川龍之介…来て見て書いた
《ふるさとのメモリー》
稲田千恵子　明石町　生誕の地
関口　安義　本所・両国　成育の地
嶌田　明子　新宿　作家芥川胎動の地
黒田　大河　本郷　回想の中の〈あの頃〉

篠崎美生子　田端　土地の顔／作家の顔
乾　英治郎　浅草　失われしふるさとのメモリー
宮坂　覺　鎌倉・横須賀〈保吉もの〉の原風景
《名作の旅》
長沼　光彦「大川の水」
今野　哲「羅生門」鬼伝説と境界性
田村　修一「芋粥」
篠崎美生子「開化の殺人」新富座の幽霊
下野　孝文「奉教人の死」
萩原　千恵「蜜柑」
溝部優実子「蜃気楼」
坂元　昌樹「河童」
高橋　龍夫「歯車」モダンの影を映し出す「僕」
吉岡由紀彦「上海游記」
《旅の足跡》
渡部　芳紀　芥川龍之介　旅の足跡
庄司　達也　芥川龍之介　旅とふるさと
稲田千恵子　付録　芥川と旅　関連主要文献一覧
下野孝文／横手一彦　特別掲載　資料…渡部庫輔宛書簡

4　新聞・雑誌・紀要所収論文

【大正五年】一九一六

小宮　豊隆　〔『芋粥』〕今月読んだ戯曲、小説三（『時事新報』九・一九）
＊　＊　〔『手巾』〕十月の小説より（『新公論』一一）
アンドレー　新思潮の人々（『文芸雑誌⑤』一一）
秦　豊吉　〔『手巾』〕十月文壇（『時事新報』一〇・八）
十東　浪人　〔『手巾』〕十月の雑誌（三）（『東京日日新聞』、一〇・一〇）
赤木　桁平　〔『手巾』〕十月の創作（『読売新聞』一〇・一〇）
斬　馬　生　〔『手巾』評〕（『帝国文学』一一）
広津　和郎　〔『煙管』〕十一月文壇　一（『時事新報』一一・八）
〃　〔『煙草』〕十一月文壇　五（『時事新報』一一・一五）
中村　星湖　今年の小説壇（上）（『読売新聞』一二・五）
広津　和郎　「大家」と「新進作家」との傾向の際立つた創作壇（『新潮』一二）

【大正六年】一九一七

加藤　武雄　芥川龍之介氏を論ず（『新潮』一）
匿　名　子　〔『忠義』〕蕾のふくらむ頃(二)（『時事新報』三・七）
江口　渙　芥川君の作品(上)(中)(下)（『東京日日新聞』(上)六・二八、(中)六・二九、(下)七・一）
井汲　清治　批評「偸盗」（『三田文学』八）
馬場　孤蝶　芥川龍之介（『新潮』九）
西宮　藤朝　所謂新技巧派観（『文章世界』九）
森田　草平　〔『或日の大石内蔵助』〕新秋の創作を読む(三)（『時事新報』九・六）
田中　純　新技巧派の意義及びその人々（『新潮』一〇）
赤木　桁平　動きつゝある文壇（『新公論』一〇）
赤木　桁平　秋宵雑筆（『帝国文学』一一）
久保田万太郎　諸家文章の印象（其二）芥川龍之介氏（『文章倶楽部』一一）

【大正七年】一九一八

田中　純　所謂新技巧流の人々―芥川・里見・有嶋三氏を読む（『時事新報』一・二六〜二七、二九〜三一、二・一〜三）
菊池　寛　芥川龍之介に与ふる書（『新潮』一）
堀木　克三　有島武郎氏と芥川龍之介氏（『青年文壇』四）
南部修太郎　〔『袈裟と盛遠』〕五月号創作の印

象　十二（『時事新報』四・一〇）

中谷　丁蔵　「地獄変」（芥川龍之介氏作・日日新聞所載）（『三田文学』六）

細田　源吉　好事的傾向を排す（『早稲田文学』九）

片葉　芋市　〔『奉教人の死』〕新秋の各雑誌（『東京日日新聞』九・九）

本間　久雄　〔『奉教人の死』〕新秋文壇の収穫㈥—技巧派と無技巧派の対比—（『時事新報』九・一〇）

赤木　桁平　〔『枯野抄』〕鉛刀一割㈥（『時事新報』一〇・九）

＊　＊　芥川氏の近吟（『読売新聞』一一・一三）

宮島新三郎　〔『枯野抄』〕十月の文壇（『早稲田文学』一一）

南部修太郎　芥川龍之介氏の「枯野抄」秋雨の窓にて—十月の創作批評—（『三田文学』一一）

【大正八年】一九一九

佐藤　春夫　〔『あの頃の自分の事』〕読後感話㈠（『読売新聞』一・八）

久保田万太郎　〔『毛利先生』〕読後感話㈢（『読売新聞』一・一一）

前田　晁　〔『毛利先生』〕新春劈頭の月評(6)、芥川、谷崎（精）、相馬の三氏（『時事新報』一・二三）

小島政二郎　「傀儡師」と「心の王国」（『時事新報』一・二八～二九）

宮島新三郎　芥川氏の歴史小説（『早稲田文学』一）

田中　純　文壇新人論一—芥川龍之介を論ず（『新潮』一）

吉田絃二郎　雪空の下にて—泡鳴、芥川両氏の作品（『時事新報』二・八）

畑　耕一　〔『開化の良人』〕二月の文壇（『東京日日新聞』二・一一）

武林無想庵　〔『開化の良人』〕放漫録＝二月雑誌総評㈩（『読売新聞』二・一三）

畑　耕一　〔『きりしとほろ上人伝』〕三月の文壇㈡（『東京日日新聞』三・四）

石坂　養平　芥川龍之助《ママ》論（『文章世界』四）

岡野　陽吉　龍之介とチエホフ（〃）

南部修太郎　〔『きりしとほろ上人伝』『蜜柑』『沼地』〕若葉の窓にて—五月号創作の印象—㈤（『読売新聞』五・七）

加藤　一夫　怯えて居る日本＝憂欝な詩人としての芥川氏＝（『時事新報』五・一五）

江口　渙　〔『龍』〕文壇一家言（『東京日日新聞』六・一）

菊池　寛　〔『疑惑』〕文壇動静　四（『大阪毎日新聞』七・一〇）

生田　春月　〔『疑惑』〕文壇の七月（十）（『読売新聞』七・一四）

豊後農頭三郎　人間を土台として—正宗、芥川、菊池、岩野氏（『時事新報』九・一七）

佐藤　春夫　〔『妖婆』〕創作月旦3（『新潮』一〇）

久米　正雄　〔『妖婆』〕一九一九年度に於ける創作界を顧みて（『読売新聞』一一・二三）

佐々木《ママ》茂索　或る日の芥川龍之介氏（『新潮』一一）

宮島新三郎　本年度に於ける創作界総決算（『新小説』一二）

宮島新三郎　大正八年の文壇を論ずる書（『文章世界』一二）

井汲　清治　〔『芸術その他』〕姿の関守—十一月の寄贈雑誌を読む—（『三田文学』一二）

【大正九年】一九二〇

太田　善男　〔『葱』〕初春の文壇㈥（『読売新聞』一・一〇）

田中　純　〔『舞踏会』〕正月文壇評二（『東京日日新聞』一・一二）

〃　〔『鼠小僧次郎吉』〕初春の文壇（十二）（『読売《ママ》新聞』一・二六）

関谷　香象　〔『鼠小僧治郎吉』〕新春の創作から（『新公論』二）

広津　和郎　〔『舞踏会』ほか〕新春文壇の印象（『新潮』二）
水守亀之助　〔『鼠小僧次郎吉』〕新春の創作を評す（『文章世界』二）
西宮　藤朝　新童話文学の勃興（『早稲田文学』三）
上司　小剣　〔『秋』〕花見月の文壇(九)芥川氏から如是閑氏迄（『読売新聞』四・一四）
水守亀之助　〔『或敵討の話』『女』〕五月の創作(一)（『東京日日新聞』五・六）
吉田絃二郎　〔『女』〕五月の雑誌から(五)室生、芥川、広津の三氏（『読売新聞』五・八）
滝井　孝作　五月の雑誌から（十二）（『読売新聞』五・一八）
水谷　勝　〔『秋』〕四月の文壇（『文章世界』五）
正木　緑　〔『女』〕五月文壇所感（『新公論』六）
広津　和郎　〔『女』〕芸術についての断片（『大観』六）
田中　純　芥川君に物足りない点　作と印象（『中央文学』六）
南部修太郎　〔『南京の基督』〕最近の創作を読む(六)（『東京日日新聞』七・一一）
安倍　能成　七月雑誌を見て、芥川君の『南京の基督』（『読売新聞』七・一三）
久米　正雄　〔『南京の基督』〕（『時事新報』七・一四）
逸　名　氏　八月の文壇評、芥川龍之介氏の「捨児」（『時事新報』八・六）
木村　毅　〔『影』〕新秋文壇の印象(一)（『東京日日新聞』九・四）
田中　純　〔『影』〕九月の文壇評（『時事新報』九・五）
村松　正俊　〔『影』〕新秋文壇（十一）（『読売新聞』九・一五）
秀　しげ子　〔『秋』〕根本に触れた描写（『新潮』一〇）
江口　渙　〔『お律と子等と』〕十月月評（八）（『新潮』一〇）
小島政二郎　芥川さんの「お律と子等と」を評す（『時事新報』一一・九～一〇）
平林初之輔　〔『お律と子等と』〕皮肉と憐憫とを基調とせる人生観（六）（『読売新聞』一一・一八）
小野　松二　龍之介浩二両氏に与ふ（『文章世界』一一）
松岡　譲　同人雑誌の思ひ出―新思潮（『文章倶楽部』一二）

【大正一〇年】一九二一

豊島与志雄　新年度の創作評（一）、芥川氏の小説「秋山図」（『読売新聞』一・一）
菊池　寛　相互印象(一)芥川氏―菊池氏、元来負けぬ気の男（『文章倶楽部』一）
本間　久雄　〔『山鴫』〕正月文壇評（『国民新聞』一・六）
宇野　浩二　〔『秋山図』『山鴫』〕十年文壇事始十一（『時事新報』一・二五）
西宮　藤朝　是亦時弊の一つか―芥川龍之介氏へ（『早稲田文学』四）
中村　星湖　白鳥菊池芥川三氏の作（『読売新聞』四・一五）
井汲　清治　プロムナアド―「夜来の花」（『三田文学』五）
南部修太郎　芥川龍之介氏に対する批判と要求―全体的な体現を（『新潮』六）
弘　二　小説「好色」評（『種蒔く人』一一）
伊藤　貴麿　正宗、芥川、吉田、菊池、広津、五氏の作品（『早稲田文学』一二）

【大正一一年】一九二二

武藤　直治　嶋の俊寛を主題とした三つの作品―倉田百三、菊池寛、芥川龍之介氏の「俊寛」を評す（『新潮』二）
宮島新三郎　芥川氏の『藪の中』その他（〃）
弘　二　小説「俊寛」評（『種蒔く人』二）
佐治　祐吉　〔『トロッコ』〕新しい何物かを求

める月評㈥（『読売新聞』三・七）
十一谷義三郎　四日号から―芥川龍之介氏作「報恩記」（『時事新報』四・一三）
加藤　武雄　〔『庭』〕七月文壇の一瞥㈠（『報知新聞』七・七）
藤森　淳三　七月月評㈥―芥川氏の「庭」は傑作（『時事新報』七・一三）
加藤　武雄　〔『六の宮の姫君』〕八月文壇漫評㈢（『報知新聞』八・五）
生田　長江　〔『お富の貞操』〕九月号の創作から㈠（『読売新聞』九・六）
小島政二郎　〔『お富の貞操』〕新秋の作品、不満なるもの二三（『時事新報』九・七）
加藤　武雄　〔『お富の貞操』〕九月文壇の作品㈠（『報知新聞』九・七）
〃　〔『おぎん』〕九月文壇の作品㈢（『報知新聞』九・九）
生田　長江　〔『おぎん』〕九月号の創作から㈤（『読売新聞』九・一〇）
藤森　淳三　芥川龍之介称讃（『中央公論』九）
伊福部隆輝　芥川龍之介論（『新潮』九）
＊　＊　描かれた芥川龍之介とほんものの芥川龍之介（『読売新聞』九・二五）
武林無想庵　〔『百合』〕十月の創作を評す（『読売新聞』一〇・四）
加藤　武雄　十月の雑誌から㈠（『報知新聞』一〇・八）
久米　正雄　微苦笑芸術（『文章倶楽部』一〇）
昇　曙夢　露国新聞に現はれたる現代日本の小説三、四、五（『朝日新聞』一〇・二二、二四、二五）
井汲　清治　プロムナアド―芥川龍之介（『三田文学』一一）
酒井　真人　作と人との印象―芥川龍之介を懐しむ（『新潮』一二）
小林　英夫　芥川龍之介の筆癖（『文学』一二）
鈴木彦三郎　芥川龍之介氏の文章　現代作家の文章を論ず（3）（『文章倶楽部』一二）

【大正一二年】一九二三

井汲　清治　芥川龍之介と随筆集「点心」（『文芸春秋』一）
生田　長江　わが散文詩（『報知新聞』一・一一）
藤森　淳三　〔『雛』〕三月文壇創作評（『時事新報』三・八）
亀之助・万太郎・作次郎・新三郎・正雄・寛・秋声　〔『雛』〕創作合評（『新潮』四）
片岡　良一　今月の作家12、芥川氏の頭芸（『時事新報』五・三）
痩　面　生　〔『保吉の手帳』〕五月評（『時事新報』五・一二）
生田　長江　〔『保吉の手帳』〕五月の創作㈥（『報知新聞』五・一六）
松本　淳三　芥川龍之介論（『新興文学』五）
秋声・万太郎・正雄・亀之助・寛・武羅夫　〔『保吉の手帳』〕創作合評（『新潮』六）
津田　光三　文化の化物―芥川龍之介氏の印象（『新潮』八）
川端　康成　〔『お時儀』〕余燼文芸の作品（『時事新報』一〇・三〇）

【大正一三年】一九二四

佐々木味津三　文壇名家垣のぞ記―芥川について（『改造』一）
生田　長江　〔『不思議な島』『三右衛門の罪』『糸女覚え書』〕一月の創作㈡（『報知新聞』一・一〇）
〃　〔『一塊の土』〕一日の創作㈢（『報知新聞』一・一一）
渡辺　清　〔『一塊の土』〕新年号から（『時事新報』一・一二）
正宗　白鳥　〔『一塊の土』〕郷里にて（『文芸春秋』二・一）
ＡＢＣ　芥川氏の美談（『文芸倶楽部』二）
宮島新三郎　芥川龍之介論―その一面観―（『早稲田文学』三）
徳田　秋声　〔『少年』〕四月の作品㈣（『報知新聞』四・五）
〃　〔『寒さ』〕四月の作品㈦（『報知新聞』四・八）
伊藤　貴麿　〔『少年』〕短篇論と短篇評（『朝日

広津　和郎　新聞』四・一二）
『少年』五月の創作を読む(八)（『時事新報』五・一三）
正雄・秋声・作次郎・寛・新三郎・武羅夫　『寒さ』『少年』創作合評（『新潮』五）
中村武羅夫　文芸時評―芥川龍之介氏に（『新小説』五）
千葉　亀雄　『十円札』新秋文壇を総評す(二)（『読売新聞』八・三〇）
正宗　白鳥　『十円札』九月の創作　三（『報知新聞』九・一）
十一谷義三郎　黄雀風雑感（『東京日日新聞』九・二二）

【大正一四年】一九二五

生田　長江　『大導寺信輔の半生』一月の創作物(三)芥川氏の性格と牧野氏の筆（『読売新聞』一・四）
菊池　寛　『大導寺信輔の半生』新年創作評(三)（『報知新聞』一・七）
小西　久遠　芥川龍之介君（『読売新聞』一・二四）
X Y Z　『大導寺信輔の半生』新年雑誌戦(11)（『時事新報』一・三一）
室生　犀星　わが交友録　芥川龍之介と萩原朔太郎（『中央公論』二）
花袋・龍之介・正雄・浩二・作次郎・亀雄・万太郎・武羅夫　『馬の脚』『大導寺信輔の半生』創作合評（『新潮』二）
古賀　龍視　芥川龍之介論覚書（『文芸時代』四）
加能作次郎　『春』四月の創作から(三)（『読売新聞』四・一二）
片岡　良一　芥川龍之介氏の作品（『国語と国文学』六）
三宅やす子　芥川氏の作品と印象（『文芸日本』七）
藤沢　清造　『「わたくし」小説に就いて』昼寝から覚めて（『不同調』八）
武藤　直治　『死後』『海のほとり』『尼提』文壇の進展を観る(1)芥川龍之介氏の三作品（『東京朝日新聞』九・一二）
間宮　茂輔　『尼提』初秋文壇処女出征(五)（『読売新聞』九・一一）
和郎・茂索・浩二・万太郎・政二郎・克三・淳三・武羅夫　『海のほとり』『死後』（『新潮』一〇）

【大正一五年・昭和元年】一九二六

宇野　浩二　『湖南の扇』年頭月評(11)（『報知新聞』一・一三）
田山　花袋　『湖南の扇』一月の小説(九)（『読売新聞』一・二一）
花袋・秋江・白鳥・和郎・浩二・龍之介・克三・淳三・武羅夫　『湖南の扇』『年末の一日』新潮合評会（新年の創作評）（『新潮』二）
坂本　右創　芥川龍之介論（『文芸行動』二）
神代　種亮　作家と文学(五)―芥川龍之介氏の文学―（『文章倶楽部』八）
徳田　秋声　『点鬼簿』十月の作品(三)（『時事新報』一〇・九）
広津　和郎　『点鬼簿』文芸雑観（『報知新聞』一〇・一八、二〇）
中村武羅夫　『点鬼簿』秋声氏の月評に就いて(五)（『報知新聞』一一・一五）

【昭和二年】一九二七

徳田　秋声　『貝殻』昭和劈頭の文芸(三)（『読売新聞』一・五）
〃　『彼』『玄鶴山房』昭和劈頭の文芸(十)（『読売新聞』一・一五）
広津　和郎　『玄鶴山房』文芸雑誌（上）（『時事新報』二・一三）
秋声・秋江・万太郎・和郎・浩二・龍之介・克三・淳三・武羅夫　『彼』『彼　第二』『玄鶴山房』『貝殻』新潮合評会（一月の創作評）（『新潮』二）
格・一夫・洋文・広一郎・成吉・季吉・嘉六・資夫・武羅夫　『玄鶴山房』新潮合評会（二月の創作評）（『新潮』三）
谷崎潤一郎　饒舌録（『改造』三〜一〇）

義・淳三・房雄・嘉樹・克三・鉄兵・士郎・利一　『河童』新潮合評会（三月の創作評）（『新潮』四）
木蘇　穀　芥川龍之介論（『文章倶楽部』四）
武川重太郎　『玄鶴山房』批評の批評（『不同調』五）
堀木　克三　文芸時評―芥川等の評論ぶり（〃）
中河　与一　芥川氏の首（『手帖』五）
中村武羅夫他　不同調合評会―芥川龍之介論（『不同調』六）
武川重太郎　谷崎芥川両氏の論戦（〃）
青野　季吉　芥川龍之介氏と新時代（『不同調』七）
室生　犀星　芥川龍之介の人と作（『新潮』七）
徳田　秋声　『冬』『手紙』読むがままに（『時事新報』七・九）
下田　将美　『三つの窓』門外読後評（『新潮』八）
久保田万太郎　「あばばばば」「お時儀」以後（『文庫』八）
佐佐木茂索　澄江堂　坂の下の手帖其四（『手帖』九）
十一谷義三郎　虚を描く人（〃）
石浜　金作　芥川先生（〃）
菅　忠雄　我鬼先生（一）（〃）
永見徳太郎　印象深い芥川氏（『随筆』九）
千葉　亀雄　作品を通して見たる芥川龍之介（『太陽』九）
夏秋　悟郎　芥川龍之介氏の遺書紛失事件真相（〃）
神崎　清　芥川氏に関して大朝氏の社説に答ふ（『辻馬車』九）
南部修太郎・小島政二郎　芥川龍之介の死を悼む（『若草』九）
高橋　健二　芥川氏とドイツ文学（『朝日新聞』九・二一、二二）
萩原朔太郎　断橋の嘆（芥川龍之介氏の死と新興文学）（『文芸公論』九）
伊藤　貴麿　芥川龍之介氏の追憶（『早稲田文学』九）
井上哲次郎　芥川龍之介氏の自殺について（『大調和』九）
小林　秀雄　芥川龍之介の美神と宿命（〃）
中野　重治　芸術に関する走り書的覚え書―芥川氏のことなど―（『プロレタリア芸術』一〇）
＊　＊　芥川氏の珍しい遺作品（『手帖』一〇）
佐佐木茂索　澄江堂　坂の下の手帖其五（『手帖』一〇）
菅　忠雄　我鬼先生（二）（〃）
小島政二郎　無題（〃）
井汲　清治　『或阿呆の一生』『歯車』十月号雑誌の文芸（『読売新聞』一〇・五）
正宗　白鳥　芥川龍之介の文学を論ず（『中央公論』一〇）
神近　市子　芥川氏の死（『若草』一〇）
高群　逸枝　芥川氏の遺言（〃）
千葉　亀雄　文芸時評―芥川龍之介の死他（『文芸春秋』一〇）
鈴木　氏亨　芥川氏と作家生活（『創作時代』一〇）
田中　純　自己告白（『読売新聞』一〇・九～一一）
島崎　藤村　芥川龍之介君のこと（『文芸春秋』一一）
片岡　鉄兵　昭和二年の小説壇を顧る（『新潮』一二）
広津　和郎　（『点鬼簿』『歯車』）文芸雑感（『文芸春秋』一二）

【昭和三年】一九二八

中村武羅夫　「小説の筋」の問題（『朝日新聞』一・一九～二〇）
佐藤　春夫　芥川龍之介を憶ふ（『改造』七）
佐佐木茂索　僕の澄江堂（『文芸春秋』七～一〇）
小島政二郎　本日が氏の一周忌（『読売新聞』七・二四）
岩本宗二郎　芥川龍之介の短歌に就いて（『水甕』八）
萩原朔太郎　芥川龍之介の追憶（『文芸春秋』一〇）

秦　一郎　黒甜余録—芥川龍之介私観（『一九二八年』一二）

【昭和四年】一九二九

小宮　豊隆　芥川龍之介の死（『中央公論』六）
広津　和郎　わが心を語る（『改造』六）
松村みね子　芥川さんの回顧（私のルカ伝）（『婦人公論』七）
宮本　顕治　敗北の文学—芥川龍之介の文学について—（『改造』八）
唐木　順三　芥川龍之介の思想史上に於ける位置（『思想』九）
川端　康成　芥川氏の死（『文庫』一〇）
唐木　順三　芥川龍之介に於ける人間の研究（『生活者』一一）
池崎　忠孝　亡友芥川への告別（『新潮』一二）
堀　辰雄　芥川龍之介（卒業論文）

【昭和五年】一九三〇

広津　和郎　文芸雑感（『改造』二）
久保田万太郎　かたみ（『春泥』三）
谷口　喜作　竈の中（『春泥』七）
下島　空谷　浜豌豆（〃）

【昭和六年】一九三一

宮本　顕治　同伴者作家（『思想』四）
牧　祥三　芥川龍之介論 distance の芸術、傍観者の芸術（『日本文学(1)④』六）
大槻　憲二　龍之介の死因（『都新聞』七・一二）
葛巻　義敏　芥川龍之介の「文芸的な、余りに文芸的な」に就て（『文学』七）

【昭和七年】一九三二

井東　憲　支那通談義—芥川・谷崎他—（『読売新聞』二・九、一一）
井上　良雄　芥川龍之介と志賀直哉（『磁場』三）
竹尾　和一　芥川龍之介と短歌（『文学』九）
吉野　裕　芥川龍之介小論（『鹿児島日本文学』九）
堀　辰雄　芥川龍之介の書簡について（『帝大新聞』九・二六）
小穴　隆一　二つの絵—芥川龍之介自殺の真相（『中央公論』一二〜昭和八・一）

【昭和八年】一九三三

矢崎　弾　芥川龍之介を啄みつゝ嘔吐する（『三田文学』一）
池田　寿夫　独歩と龍之介（『季刊日本文学①』一）
室生　犀星　澄江堂遺珠（『朝日新聞』四・三）
佐藤　春夫　編者の立場から「澄江堂遺珠」について（『朝日新聞』五・一四〜一六）
根津　憲三　芥川龍之介とアナトオル・フランス（『仏蘭西文学』六）
川端　康成　末期の眼（『文芸』一二）

【昭和九年】一九三四

豊田　実　芥川龍之介とエドガア・アラン・ポオ（『文学研究⑦』一）
伊藤整・矢崎弾　芥川龍之介（『行動』一）
滝井　孝作　作家の俳句（『文芸』二）
篠田　太郎　芥川龍之介再批判〈1〜3〉—明治・大正文学史〈1〜2〉—（『教育・国語教育』二〜四）
竹内　真　「悠々荘」の意味（『評論』七）
片岡良一他　菊池寛氏に訊く（『国語と国文学』八）
荒木　巍　芥川龍之介氏のこと（『文芸』一一）
中野　重治　芥川龍之介氏のこと（『文芸春秋』一一）
宮崎　保武　芥川の死を憶ふ（『国漢会報』一一）

〈昭和一〇年〉一九三五

飯田　蛇笏　我鬼俳句遺珠（『雲母』一）
小島政二郎　眼中の人（『改造』二）
横田　俊一　芥川龍之介の「秋」について（『国語国文』二）
古谷　綱武　芥川龍之介の死（『三田文学』三）
秋声・小剣・百閒・正雄・春夫・和郎・平助・康成・武羅夫　座談会・芥川龍之介研究（『新潮』七）
正宗　白鳥　龍之介・武郎・抱月（『経済往来』

七）

菅　ミヨ　「藪の中」「范の犯罪」「機械」三者の構成について（『国文国史』七）

阿部　六郎　現代文芸とニヒリズム（『文芸』九）

塩田　良平　地獄変（『国語と国文学』一〇）

江口　渙　芥川龍之介と有島武郎（『書物展望』一二）

伊藤　政文　「侏儒の言葉」の研究（『槐』一二）

形田　藤太　芥川の「枯野抄」（『国漢』一二）

【昭和一一年】一九三六

中村　光夫　芥川龍之介の晩年（『文芸』四）

一条　正　芥川龍之介と志賀直哉（『新古典』四）

芥川比呂志　父の思ひ出（『文芸』七）

横田　俊一　芥川龍之介論（『国語と国文の研究』七）

三宅周太郎　芥川氏と南部君（『三田文学』八）

寺崎　浩　芥川龍之介をめぐって（『文芸』九）

佐藤惣之助　紅葉・漱石・龍之介の名句鑑賞（『俳句研究』一〇）

小林　英夫　芥川龍之介の筆癖（『文学』一二）

【昭和一二年】一九三七

島方　泰助　芥川龍之介の小説の構成について（『国語』一）

青野　季吉　芥川の招いた運命（『朝日新聞』二・二二）

吉田　精一　芥川龍之介と志賀直哉（『国語教室』四）

出石　一郎　芥川龍之介瞥見（『国文学研究』七）

武藤　智雄　芥川龍之介―大正九年前後の思ひ出（『文芸春秋』七）

阿部　知二　芥川龍之介（『文芸』七）

村上　松枝　芥川龍之介小論―主として文学的遺産について―（『国文国史』一〇）

塩田　良平　龍之介「蜘蛛の糸」について（『国語解釈』一〇）

吉田　精一　「蜘蛛の糸」について（〃）

片岡　良一　「蜘蛛の糸」の観点一つ（〃）

【昭和一三年】一九三八

萩原朔太郎　小説の俳句―俳人としての芥川龍之介と室生犀星（『俳句研究』六）

根津　憲三　芥川龍之介と仏蘭西文学（『明治文学』七）

西村　幸次　俳人芥川龍之介論（『俳句研究』一二）

【昭和一四年】一九三九

宇野　浩二　一途の道（『明日香』五）

浅井　真男　芥川龍之介（『早稲田文学』一〇～一二）

【昭和一五年】一九四〇

折口信夫他　〔座談会〕国文学と現代文学―芥川龍之介の場合（『文学界』八）

波多野完治　芥川龍之介の文体（『文学』八）

小林　英夫　現代作家の文体―芥川龍之介と室生犀星（『文学』九）

【昭和一六年】一九四一

片岡　良一　芥川文学の説話性（『解釈と鑑賞』一二）

福田　恆存　芥川龍之介の比喩的方法について（『新潮』八）

窪川鶴次郎　芥川龍之介（〃）

福田　恆存　芥川龍之介について（『文学』八）

稲垣　達郎　尾生の信（『槻の木』一二）

【昭和一七年】一九四二

稲垣　達郎　無意識（『槻の木』二）

大友　東三　芥川龍之介の芭蕉観（『俳句研究』二）

福田　恆存　古典と現代―及び芥川の文体について（『新文学』二）

山口　静　芥川的思考の意味（『古典研究』五）

久保田万太郎・窪川鶴次郎　対談・芥川龍之介（『新潮』五）

高田　瑞穂　芥川龍之介（『解釈と鑑賞』一〇）

【昭和一八年】一九四三

古谷　綱武　芥川を思ふ（『早稲田文学』四）

【昭和二一年】一九四六

小原　元　「蜜柑」の鑑賞（『解釈と鑑賞』

四）
福田　恒存　芥川龍之介論（『近代文学④〜⑦』六〜一二）
芥川比呂志　父龍之介の映像（『文芸春秋』八）

【昭和二二年】一九四七

福田　恒存　芥川・谷崎の私小説論議（『人間⑵⑩』一〇）
日夏耿之介　芥川の遺書文学について（『国士』一一）

【昭和二三年】一九四八

木暮　亮　芥川龍之介とホフマン（『文芸時代』二）
片岡　良一　芥川龍之介と「家」の問題（『文学』五）
水野　明善　市民文学の崩壊過程（『文学行動⑤』七）
寺島　友之　「芋粥」をめぐって（『解釈と鑑賞』八）
伊藤　信吉　武郎・龍之介・太宰治—作家と死（『暖流③』九）
橋本　直久　芥川龍之介の神と人（『文学探求』九）
片岡　良一　芥川龍之介の「蜃気楼」（『文学の世界』一〇）
原　健忠　詩は小説を殺す—芥川龍之介への手紙（『三田文学』一二）
久保田正文　敗北について—芥川龍之介と志賀直哉（『新小説』一二）

【昭和二四年】一九四九

石田幹之助　学生時代の芥川君（『塔』一）
室生　犀星　文学の秘密—芥川龍之介回想（『文芸往来③』三）
木俣　修　芥川龍之介の短歌（『日本短歌』七）
佐藤　春夫　芥川龍之介論—大正期文壇のチャンピオンとして—（『文芸』九）
鳥山　榛名　トロッコ（『解釈と鑑賞』一〇）

【昭和二五年】一九五〇

斎藤　裕　芥川文学の知性（『文学研究』二）
伊藤　忠三　龍之介について（『三田文学』四）
佐古純一郎　芥川龍之介のキリスト観（『基督教文化』四）
広瀬　雄　三中時代の芥川龍之介（『三高文芸②』五）
秦　一郎　芥川龍之介論（『明治大正文学研究③』五）
関　良一　「玄鶴山房」批判—芥川龍之介の文芸の本質と限界と（東北大『文芸研究④』六）
間宮　茂輔　芥川龍之介断片（『新日本文学⑸⑤』七）
和田繁二郎　芥川龍之介における西欧の絵画（立命館大『説林⑵⑧〜⑨』八〜九）
室生　犀星　芥川龍之介（『新女苑』九）
芥川比呂志／芥川也寸志　〈座談会〉父と私達（『文学界』一〇）
村松　梢風　芥川龍之介（『新潮』一〇）
安田　保雄　「奉教人の死」の比較文学的研究（『明治大正文学研究④』一〇）
水田　潤　芥川龍之介の文学と文体—主として初期の作品について（立命館大『説林⑵⑩』一〇）
福田　清人　〈現代文の扱ひ方〉「トロッコ」（『解釈と鑑賞』一二）芥川龍之介の
宮崎　光男　芥川龍之介と菊池寛（『文芸春秋』一二）
小穴　隆一　「藪の中」について（『芸術新潮』一二）
多田　裕計　芥川龍之介、俳句が含む問題（『馬酔木』一二）

【昭和二六年】一九五一

和田繁二郎　芥川龍之介における東洋の絵画（立命館大『説林⑶①』一）
〃　芥川龍之介論（『立命館大学創立五〇周年記念論文集』一）
岡本　彦一　芥川龍之介と短歌（立命館大『説林⑶①〜③、⑤〜⑥、⑫』一〜三、五〜六、一二）
加藤　周一　文学と俗物性、龍之介と反俗精神（『世界』二）
和田繁二郎　禁欲主義者の文学—習作期の芥川

龍之介（立命館大『説林(3)③』三）
安田　保雄　芥川龍之介「羅生門」（『明治大正文学研究⑤』四）
佐藤　春夫　個人的な余りに個人的な饒舌―龍之介対潤一郎の小説論争―（『文学界』七）
和田繁二郎　抵抗即諦念の文学―「羅生門」前後（立命館大『説林(3)⑧』八）
宇野　浩二　芥川龍之介（『文学界』九～昭和二七・一二）
則武　三雄　芥川龍之介の文学（『文協』九）
諏訪　三郎　芥川龍之介―編集記者の回想（『改造』一〇）
和田繁二郎　芥川の表現の目的と美の普遍性に関する小論―『野呂松人形』について―（立命館大『説林(3)⑫』一二）

【昭和二七年】一九五二

和田繁二郎　歴史小説の構造と性格―芥川龍之介の場合―（『立命館文学80』一）
諏訪　三郎　敗戦教官芥川龍之介（『中央公論』三）
亀井勝一郎　文学者と自殺（『文芸』六）
高浜　虚子　懐かしい友人（『ホトトギス(57)③』六）
高橋　勝治　ツルゲーネフと芥川と象徴（『潮音』七）
江口　渙　わが文学半生記（『新日本文学』七～昭和二八・四）
中野　博雄　芥川の「藪の中」「報恩記」その他（『文学研究⑨』九）
〃　芥川龍之介の方法（『明治大正文学研究⑧』一〇）
和田繁二郎　「孤独地獄」（『国語研究⑬』一二）
田中　純　秀才芥川龍之介（『小説新潮』一二）

【昭和二八年】一九五三

秋山　清　芥川と和田久太郎の俳句（『俳句研究』一）
上田　繁　芥川龍之介と伝統（『国文論叢⑥』一）
稲垣　足穂　澄江堂河童談義（『作家54』一）
村松　定孝　芥川龍之介とキリスト教（『ニュー・エイジ』一）
長谷川　泉　〔現代文の鑑賞〕天才（『解釈と鑑賞』三）
大西　忠雄　芥川龍之介「舞踏会」考証―ピエル・ロチ作「江戸の舞踏会」（Un Bal à Yeddo）との比較（『天理大学学報⑩』三）
和田繁二郎　「戯作三昧」（『立命館文学98』七）
宇野　浩二　芥川と葛西（『東京新聞』七・二七～二九）
片岡　良一　「蜘蛛の糸」と子供たちのよろん（『毎日新聞』一一・一七）
榊原　美文　芥川の「鼻」をめぐって（『日本文学』一一）
長谷川　泉　〔作品研究〕「羅生門」（『近代文学』一二）
葛巻　義敏　芥川龍之介―資料「一束の花」（『図書』一二）

【昭和二九年】一九五四

和田繁二郎　現実と芸術との相剋―芥川龍之介『地獄変』の分析―（『立命館大学人文科学研究所紀要②』一）
平野　謙　芥川の「鼻」（『読売新聞』一・二八）
高田　瑞穂　あの頃の自分のこと（『解釈と鑑賞』三）
長谷川　泉　〔鑑賞〕藪の中（『解釈と鑑賞』三、五）
岡　栄一郎　芥川の短冊（『文芸春秋』三）
長谷川　泉　小説の指導―芥川龍之介の「杜子春」によって―（『国語科中等教育技術』六）
大野　正男　芥川龍之介論（『現代評論』六）
佐藤　賢　芥川龍之介の詩（『国語研究』六）
中村真一郎　芥川龍之介（『文芸』六～一〇）
田宮　虎彦　芥川龍之介に関しての回想（『図書』八）
山本　捨三　高瀬舟と虱の比較を中心として（大阪大『語文⑫』八）
小穴　隆一　芥川の河童の歌（『東京新聞』九・一八～一九）

木下　順二　芥川龍之介のことにかこつけて（『図書』一〇）
室生　犀星　芥川さんの原稿（『図書』一二）
中野　博雄　芥川龍之介と古典（『青山学院女子短期大学紀要③』一二）
長谷川　泉　戯作三昧（『国語教育』一二）
難波田龍起　芥川龍之介の表現（『表現』一二）

【昭和三〇年】一九五五

猪野　謙二　芥川龍之介―二つの作家論をめぐって（『図書』一）
高橋　義孝　マルクス主義文学理論批判（『中央公論』一）
太田　正夫　芥川龍之介をめぐって―文学教育の方法（『日本文学』三）
村雨退二郎　芥川龍之介の歴史文学（『文芸日本』二）
田中　克己　わが龍之介論（〃）
佐藤　春夫　芥川龍之介論（〃）
田中　精一　芥川龍之介の生涯と作品（『いづみ』三）
太田　三郎　ジェイムス・ジョイスの紹介と影響（昭和女子大『学苑(175)』四）
十返　肇　芥川龍之介（『新女苑』四）
佐古純一郎　芥川龍之介における芸術の運命（『共助』五～昭和三一・四）
荒　正人　文学に現われた現代人―有島・芥川・太宰について（『ニュー・エイジ』八）
久保田万太郎　いまにして思ふ―芥川龍之介と俳句（『文学界』九）
佐藤　春夫　我が良き友ふたり（〃）
山本　健吉　芥川龍之介の問題（『東京新聞』九・二二～二三）
村松　梢風　〔近世名勝負物語〕芥川と菊池（『読売新聞』九・一八～昭和三一・一・一五）
＊　＊　芥川龍之介出生の謎判る（『東京新聞』一〇・一）
岡崎　義恵　羅生門と地獄変―特に原作との関係について（『国語と国文学』一一）
森本　修　「保吉物」について（『立命館文学(126)』一一）
芥川比呂志　父龍之介の出生の謎（『文芸春秋』一二）
深田　久弥　芥川龍之介への郷愁（『人物往来』一二）

【昭和三一年】一九五六

小原　元　芥川の「蜜柑」（『葦』一）
青地　晨　芥川龍之介自殺の真相（『知性』一）
豊田　実　芥川龍之介の二通の書簡（『図書』一）
本田　元信　芥川の「トロッコ」について（『学習院大学国語国文学会誌①』一）
室生　犀星　友人の有名―芥川龍之介自殺の前後（『文芸』二）
山本有三・高見順　「新思潮」の頃（〃）
和田　芳恵　芥川龍之介と森幸枝（『新潮』二）
葛巻　ひさ　私の立場から訂したいこと（〃）
川口　朗　龍之介と「老年」（『解釈と鑑賞』三）
吉田　精一　芥川への強烈な友情（『婦人公論』四）
谷口　治達　芥川龍之介について（『国語と国文学』五）
本多　三七　「二つの手紙」と「ウィリアム・ウィルスン」―芥川龍之介とエドガア・アラン・ポオ（『神戸外大論叢(7)①・②・③〔合〕』六）
小松　伸六　文学の牙―室生犀星と芥川龍之介（『赤門文学』六）
小原　元　芥川龍之介の「鼻」（『葦』七）
吉田　精一　芥川私生児の問題について―作品と伝記との関係―（『解釈と鑑賞』八）
向坂　逸郎　芥川龍之介と九州文学（『図書』八）
和田繁二郎　芥川の「秋」について（『立命館文学(131)』九）

木俣　修　芥川龍之介の短歌―その人間にふれて（『短歌研究』九）
三笘　瑞枝　芥川龍之介の詩について（福岡女子大『香椎潟①』一一）
八鍬　佳子　芥川龍之介研究―その資質について―（『日本文学』一一）
野口　真造　龍之介愛憶記（『風報』一二～昭和三二・四）
寺村　滋一　「羅生門」の精神分析的解釈（『滋賀大学国語国文学』一二）

【昭和三二年】一九五七

栗原　潔子　片山広子の人と仕事（『心の花』二）
河杉　初子　芥川龍之介の旋頭歌（〃）
広田栄太郎　「第四次」新思潮（『文学』二）
宮城　達郎　「大導寺信輔の半生」に関するノート（『文化』三）
高田　瑞穂　芥川の随筆について―「澄江堂雑記」のこと（『国文学』三）
山宮　允　「新思潮」第三次（『文学』三）
森本　修　資料「芥川龍之介全集」の逸文（立命館大『論究日本文学⑥』三）
伊淵みさ子　「西方の人」「続西方の人」ノート（山形大『国語研究⑨』三）
宮城　達郎　芥川と開化期小説（『国語研究』四）
新島　繁　大正期の思想と文学（『文学』四）
三島由紀夫　現代小説は古典たりうるか（『新潮』六）
水谷　昭夫　歯車の文学史的意義（関西学院大『日本文芸研究(9)②』六）
村山　古郷　我鬼珠玉―芥川龍之介の俳句（『鶴』七）
古田　足日　「くもの糸」は名作か（『日本児童文学』一〇）
瀬田　貞三　「くもの糸」は名作か再論（〃）
森本　修　芥川龍之介におけるストリンドベリィ（『立命館文学⑭⑨』一〇）
上林　暁他　志賀直哉と芥川龍之介（『婦人公論』一一）
尾関　岩二　「児童文学に法則はない」―芥川是非論争を読む（『日本児童文学』一二）
秋田　雨雀　「くもの糸は名作か」をめぐって（〃）
長野　甞一　芥川龍之介の「王朝物」㈠～㈢（『立教大学一般研究報告④～⑥』～昭和三四）

【昭和三三年】一九五八

村井　勇吾　再び「れげんだ・おうれあ」を論ず」―芥川・切支丹物の背景に寄せて（関西学院大『独仏文学研究①』一）
日笠　祐二　芥川龍之介の短歌観（『形成』一～三）
葛巻　義敏　資料紹介―芥川龍之介のいはゆる「初恋」（未定稿断片）（『図書』二）
荻久保泰幸　芥川龍之介の「新生」批判について（『国学院雑誌』三）
中野　博雄　芥川龍之介と漱石・鷗外（『青山学院女子短期大学紀要⑨』三）
大島　正　芥川龍之介と El Conde Lucanor（大谷女子大『比較文学①』四）
太田　三郎　芥川龍之介と外国作家の関係―統計的調査（〃）
原田　義人　芥川龍之介（『週刊読書人』五・二六）
内田　百閒　面影橋（芥川のこと）（『小説新潮』七）
塩崎　淑男　〔精神病理学と文学研究〕芥川龍之介（『解釈と鑑賞』九）
佐々木啓一　芥川龍之介のキリスト教観―㈠切支丹物について、㈡続切支丹物について、㈢晩年の作品を中心にして（立命館大『論究日本文学⑨～⑩、⑫』一一、昭和三四・四、昭和三五・六）
福塚　照代　「芥川龍之介」考（京都女子大『女子大国文⑪』一二）
高田　瑞穂　〔評釈〕侏儒の言葉(1)～(6)（『国文

菊田　茂男　学』九～昭和三四・五）

芥川龍之介とブラウニング―「袈裟と盛遠」を中心にして(上)(下)（『東北大学文学部研究年報⑨～⑩』一二、昭和三五・二）

【昭和三四年】一九五九

佐伯　彰一　新思潮の作家たち（『解釈と鑑賞』一）

菊田　茂男　芥川龍之介「運」の典拠（『国文学』一）

吉田孝次郎　芥川「芋粥」について（『日本文学』三）

宮島　夏樹　若い日の芥川龍之介の手紙―解説と紹介―（↓36・4）（『明治大学人文科学研究所紀要⑫』二）

宮城　達郎　芥川と荷風（『国語研究』三）

和田繁二郎　芥川龍之介と中国文学（『国文学』四）

三好　行雄　地獄変の絵師良秀（『国文学』四）

＊　＊　（チェコ訳『河童』について）（『日本読書新聞』四・二一）

森本　修　芥川龍之介をめぐる女性（立命館大『論究日本文学⑩』四）

加藤　京子　芥川龍之介における Oscar Wilde の影響（『国語と国文学』五）

高田　瑞穂　「澄江堂雑記」（『成城文芸⑲』八）

和田繁二郎　芥川龍之介の文体（『国文学』九）

森本　修　芥川龍之介の別名（立命館大『論究日本文学⑪』九）

成瀬　正勝　芥川・谷崎の小説論争観（福岡女子大『文芸と思想⑱』一二）

【昭和三五年】一九六〇

関　良一　（近代小説鑑賞）奉教人の死（『言語と文芸(2)①』一）

菊地　弘　芥川から堀辰雄へ―人間自我の一系譜―（早稲田大『国文学研究㉑』二）

宝林　和子　芥川龍之介研究―アフォリズムについて―（東京女子大『日本文学⑭』三）

田中　栄一　文章論の応用―芥川龍之介の「舞踏会」（『解釈』三）

＊　＊　ぷろむなーど、三島と芥川（『読売新聞』四・四、夕）

石丸　久　（近代作家の誕生）芥川龍之介（『国文学』四）

矢野　敏雄　「鼻」（『国学院雑誌』五）

安津　素彦　「西方の人」（〃）

山田　安子　芥川龍之介私論―その自然観を通して―（京都女子大『女子大国文⑱』七）

森本　修　芥川龍之介伝―その家系について（『立命館文学(179)』七）

柊　源一　「奉教人の死」と「黄金伝説」（『国語国文』八）

高田　瑞穂　（近代評論文学の系譜）芥川龍之介（『国文学』八）

吉田　精一　芥川龍之介と今昔物語―藪の中を中心に―（『解釈と鑑賞』八～九）

上田　哲　「奉教人の死」出典新考（『岩手短歌』九）

村松　祐男　私の文学教育の実践（『日本文学(合)』一〇、一一）

上田　哲　芥川「奉教人の死」出典考（『国文学』一二）

河村清一郎　「神々の微笑」「おぎん」「おしの」など―芥川龍之介の切支丹物について（『金城国文(7)②』一二）

＊　＊　芥川龍之介とロシア小説―日本文学と外国文学の交流（『実践文学⑪』一二）

小島政二郎　芥川龍之介（『小説新潮』一二）

大塚　繁樹　「杜子春伝」と芥川の「杜子春」との史的関連（『愛媛大学紀要（人文科学）(6)①』一二）

【昭和三六年】一九六一

太田　正夫　「くもの糸」の再評価―違和感の文学とメルヘンについての文学教育―（『日本文学』一）

広瀬　朝光　芥川龍之介作「じゆりあの吉助」の素材と鑑賞（『国文学』三）

紅野　敏郎　今昔物語と芥川龍之介（〃）

畑中　武夫　侏儒の言葉（『中央公論』三）

渋川　驍　堀辰雄と芥川龍之介（『解釈と鑑賞』三）

森本　修　芥川龍之介（『国文学』三）

福井　貞一　「話」らしい話のない小説―芥川龍之介の小説―（北海道大『国語国文研究⑱・⑲〔合〕』三）

佐々木　充　中島敦小論―龍之介との比較を契機に―（〃）

宮島　夏樹　小野八重三郎のことなど―「若い日の芥川龍之介の手紙」補遺〔↓34・2〕（明治大学和泉校舎研究室紀要『日本文学研究⑱』四）

森本　修　近代作家の人間研究・参考文献要覧―芥川龍之介（『国文学』四）

安田　保雄　芥川とアナトオル・フランス（『国文学』五）

八田　三喜　遙かなりわが教え子の肖像（『中央公論』六）

遠藤　祐　「或精神の風景画」―芥川龍之介の青春をめぐって―（『国語と国文学』六）

長野　甞一　芥川龍之介の「王朝物」㈣―地獄変―（立教大『日本文学⑥』六）

上村　英輔　芥川さんや久米さんの事（『中央公論』七）

藤岡　武雄　芥川龍之介―茂吉をめぐる人々のB（『地表』七、九）

中野　博雄　「小説の筋」論争（『解釈と鑑賞』七）

小島政二郎　俳句が物になるまでの芥川さん（『俳句』七）

山敷　和男　「杜子春」論考（早稲田大『漢文学研究⑨』九）

吉田祐暉彦　芥川龍之介論―僕の上に影をなげた封建時代意識をめぐって―（関東学院大『六浦論叢⑦⑧』七、八）

龍之介と龍之助（『図書新聞』九・九）

＊　＊

吉川　浩　芥川龍之介の「侏儒の言葉」とラ・ロシュフコオの「マキシム」（大谷女子大『比較文学④』九）

佐藤　泰正　芥川龍之介管見―近代日本文学とキリスト（早稲田大『国文学研究㉔』九）

鳥居　邦朗　芥川龍之介と佐藤春夫（『国語と国文学』一〇）

佐山　祐三　「戯作三昧」について（『成城文芸㉗』一〇）

小松　三郎　芥川龍之介に宛てた茂吉の歌（『茂吉研究』一〇）

三好　行雄　〔現代文学鑑賞〕奉教人の死（『解釈と鑑賞』一一～昭和三七・四）

高木　勝典　精神病理学より見たる芥川龍之介（東洋大『文学論藻㉑』一二）

滝井　孝作　芥川賞と宇野浩二（『文学界』一二）

中野　博雄　「玄鶴山房」の批評（『青山学院女子短期大学紀要⑮』一二）

山谷　聰子　芥川龍之介研究―人間像設定に関する一考察―（東京女子大『日本文学⑰』一二）

万　節子　芥川の作品に現われたエゴイズムと孤独（福井大『国語国文学⑩』一二）

【昭和三七年】一九六二

大塚　繁樹　中国の色情小説及び怪異小説と芥川龍之介（『愛媛大学紀要（第一部人文科学）⑺①』一）

磯田　光一　芥川龍之介論―大正精神の一断面（第一六次『新思潮③』二）

井上百合子　芥川龍之介―作家の変貌をどう捉えるか（『解釈と鑑賞』五）

鳥居　邦朗　志賀直哉と芥川龍之介（『国文学』五）

長野　甞一　近代文学と中世文学―特に「俊寛」について―（『国文学』六）

池淵　鈴江　知性の悲劇―芥川龍之介とキリス

ト教（『世紀(145)』六）

和田繁二郎　芥川龍之介と古典（『国文学』六）

三好　行雄　「舞踏会」について—芥川龍之介論へのアプローチⅠ（立教大『日本文学⑧』六）〔↓37・8〕

北山　正迪　芥川龍之介（『立命館文学(204)』六）

唄　　　脩　日本におけるアナトール・フランスについての比較文学的考察—資料を通して見たその移植過程(1)（『成城文芸㉚』七）

三好　行雄　「地獄変」について—芥川龍之介論へのアプローチⅡ〔↓37・6〕（『国語と国文学』八）

広瀬　朝光　芥川龍之介「或恋愛小説」の素材について（『国語国文』九）

和田　敏英　芥川龍之介の「河童」と「ガリバー旅行記」（『山口大学文学会誌⑬①』一〇）

荻久保泰幸　芥川龍之介の「開化の殺人」について（国学院大『日本文学論究㉒』一一）

森　　一郎　芥川文学の発想—芥川龍之介の文体的特徴たる反義的な接続詞「が」の文芸的表現機能の考察—（『新国語研究⑥』一一）

進藤　純孝　作家の言葉の感覚—芥川龍之介の場合（『言語生活』一一）

【昭和三八年】一九六三

駒尺　喜美　文壇以前の芥川龍之介（法政大『日本文学誌要⑧』一）

山敷　和男　芥川龍之介論—中野重治との関係（『日本文学』一）

猪野　謙二
小島政二郎
平野　　謙
勝本清一郎　〔座談会近代日本文学史20〕菊池寛と芥川龍之介（『文学』二）

河村清一郎　「西方の人」—その評価をめぐって—（『金城学院大学論集⑦』三）

椿　　八郎　「歯車」と眼科医（『文芸春秋』三）

山口　静一　「蜘蛛の糸」とその材源に関する覚書き（『成城文芸㉜』四）

遠藤　豊吉　「トロッコ」をぎんみする（『国語教育』六）

江口　裕子　芥川龍之介とエドガア・ポオ—芸術観と意識的制作—〔↓38・11〕（東京女子大『比較文化研究所紀要⑮』六）

進藤　純孝　堀辰雄と芥川龍之介（『国文学』七）

加藤　京子　芥川龍之介におけるトルストイの影響（『言語と文芸⑸⑤』九）

藤堂　正彰　新思潮派の心象と方法—芥川龍之介を中心として—（『解釈と鑑賞』九）

高田　瑞穂　〔現代文評釈〕文芸的な、余りに文芸的な（『解釈と鑑賞』九〜昭和三九・一）

江口　裕子　芥川龍之介とエドガア・ポオ—短篇小説の技法—〔↓38・6、39・11〕（東京女子大『比較文化研究所紀要⑯』一一）

平岡　敏夫　芥川龍之介の抒情—歴史物から現代物へ—（大東文化大『日本文学研究③』一一）

駒尺　喜美　芥川龍之介序論（『日本文学』一二）

山田　　博　「羅生門」を続って（『構想』一二）

古田　博保　仏教と芥川文学—戯曲的興味ということ—（広島大『国語教育研究⑧』一二）

川口　　朗　芥川龍之介の出生の謎（『国文学』一二）

川口　　朗　〔「近代文学の秘密」参考文献要覧〕芥川龍之介（〃）

小林　　勝　「鼻」をめぐって（『国語教育』一二）

蒲池　文雄　「戯作三昧」考（『愛媛大学紀要第一部人文科学⑼A』一二）

羽島　芳雄　芥川龍之介と私（『実践文学⑳』一二）

【昭和三九年】一九六四

佐藤　二郎　「雛」の学習指導（山形大『国語研究⑭⑮』二）

新野　啓一　芥川文学に於ける虚無観について（〃）
武藤　光麿　芥川龍之介の創作態度について―「糸女覚え書」をめぐって（『熊本大学教育学部紀要⑫』三）
久保田正文　芥川龍之介を超えうるもの―志賀直哉によって可能か（『文学』三）
浅井　清　〈現代文学にはどういうテーマがあるか〉芥川龍之介（『解釈と鑑賞』五）
門川　正雄　芥川龍之介全集逸文―「傍観音より」について（『白珠』五）
長尾　勇　芥川龍之介の文体―逆接の接続格を中心として（『計量国語学㉙』六）
中野　妙子　龍之介のこと〈聞き書き〉（『樹木』六～断続連載）
久保田正文　芥川龍之介の位置（『宝島④』七）
荻久保泰幸　「点鬼簿」小考（『国学院雑誌(65)⑧・⑨〈合〉』九）
石丸　久　末期の目―漱石・龍之介・辰雄（早稲田大『国文学研究㉚』一〇）
江口　裕子　芥川龍之介とエドガア・ポオ―鬼趣と鬼気について〈↓38・11〉（東京女子大『比較文化研究所紀要⑱』一一）
小島政二郎　芥川さんとアンブロース・ビヤース（『学鐙』一二）

【昭和四〇年】一九六五

渋川　驍　芥川への新視点（『日本読書新聞』一・一八）
奥野　健男　凡ゆる神化からの解放（進藤純孝『芥川龍之介』）（『週刊読書人』二・八）
渡辺　貞麿　芥川龍之介における宗教（上）（『大谷学報(159)』二）
石井　康一　ブルームズベリ・グループと芥川龍之介の「筋のない小説」論に関するノート（福岡女子大『文芸と思想㉗』三）
関口　安義　「河童」から「西方の人」へ―芥川晩年の思想について（『日本文学』五）
鈴木助次郎　芥川とビアス――ビアス覚書㈠―「藪の中」と「月明の道」―（昭和女子大『学苑(306)』六）
森　常治　芥川龍之介の「羅生門」（『解釈と鑑賞』六）
吉田　精一　芥川龍之介の未発表書簡（『文学』六）
〃　芥川の未発表書簡（『言語と文芸㊷』九）
豊田　実　芥川龍之介と Edgar Allan Poe（『東京女子大学論集(16)①』九）

山田　晃　最近における芥川龍之介研究管見（『国文学』一〇）
今井　文男　『トロッコ』の鑑賞（『金城国文(12)①』一〇）
〃　『侏儒の言葉』の中から―文脈の制圧作用について―（『榧⑤』一〇）
駒尺　喜美　「邪宗門」と芥川龍之介（『日本近代文学③』一一）
宗政五十緒　芥川龍之介「地獄変」の構造（竜谷大『国文学論叢⑫』一一）
山敷　和男　芥川の短歌「桐」について（早稲田大『国文学研究㉜』一一）
田熊渭津子　芥川龍之介全集落穂拾い（関西大『国文学』一一）
江口　渙　我鬼と三汀の俳句について（『俳句』一一）
村松　定孝　唐代小説「杜子春伝」と芥川の童話「杜子春」の発想の相違（大谷女子大『比較文学⑧』一二）
森本　修　「芥川龍之介全集未収録資料」補記（関西大『国文学㊴』一二）
蒲池　文雄　「戯作三昧」の成立に関する一考察（『愛媛大学紀要〈人文科学⑪〉』一二）
進藤　純孝　〈作家別鑑別法〉芥川龍之介の文学（『国文学』一二）

【昭和四一年】一九六六

山口　静一　芥川龍之介とポール・ケーラス―「蜘蛛の糸」とその材源に関する覚書き再論（『Heron①』一）

木村　毅　芥川の思出（松蔭短大『研究紀要⑦』二）

森本　修　芥川龍之介参考文献単行本細目（上）（下）（『立命館文学(248)～(249)』二～三）

葛巻　義敏　叔父芥川龍之介のこと（『世界』二）

玉井　乾介　未発表新資料解説（〃）

和田繁二郎　芥川と菊池寛の歴史小説（『国文学』二）

鴨宮　ヒサ　芥川龍之介におけるキリスト教（『西南女学院短期大学研究紀要⑫』三）

太田　修教　芥川龍之介「魔術」（『日本文学』五）

森　啓祐　芥川龍之介全集の未収録資料（『現代文学序説④』五）

安田　保雄　芥川龍之介「舞踏会」―構成について（『国文学』五）

杉崎　俊夫　「金縷梵偈」考―芥川龍之介の初恋㈠～㈡（『明日香』五～六）

葛巻　義敏　芥川龍之介「伝説」（『文学』六、九）

池山　広　〔作家の性意識〕芥川龍之介・里見弴（『解釈と鑑賞』六）

柳　富子　芥川におけるトルストイ―その精神的触れ合い―（早稲田大『比較文学年誌③』六）

山敷　和男　「大導寺信輔の半生」と「女中の子」（〃）

小原　フサ　「トロッコ」―文学的教材の感想文にたいする見解―（『日本文学』七）

鳥居　邦朗　〔日本文学研究法〕芥川龍之介の研究（『解釈と鑑賞』八）

葛巻　義敏　芥川龍之介のヴィタセクスアリス（『文芸春秋』八）

山本　泰子　片山広子と芥川龍之介（『ハハキギ』一〇）

川上　富吉　収支決算の寓話―芥川龍之介の『河童』について―（『央(6)⑯』一一）

富永　次郎　〔文学散歩〕龍之介の手紙（『高等学校教育研究⑲③』一一）

吉田　精一　鼻〔隣接諸学を総合した新しいアプローチ〕（『解釈と鑑賞』一一～昭和四二・一）

馬淵　一夫　『今昔物語集』と芥川龍之介〔『鼻』参考1〕（『解釈と鑑賞』一一）

今枝　愛真　中世禅僧の生活〔「鼻」参考2〕（『解釈と鑑賞』一二）

佐多　稲子　〔折り折りの人6〕芥川龍之介自殺三日前の質問（『朝日新聞』一二・一五）

佐古純一郎　芥川龍之介の「神々の微笑」と遠藤周作の「沈黙」（『聖心女子大学論叢㉘』一二）

【昭和四二年】一九六七

河村清一郎　芥川文学とキリスト教―作風の変化を中心に（『明治大学教養論集㊳』一）

森本　修　『芥川龍之介伝記論考』補遺―新原家をめぐって―（立命館『論究日本文学㉙』一）

〃　「戯作三昧」論考㈠㈡（『立命館文学(259)～(260)』一～二）

安田　一郎　「鼻」の精神分析〔「鼻」参考3〕（『解釈と鑑賞』一）

長野　甞一　〔芥川龍之介と古典〕「素戔嗚尊」について（『解釈と鑑賞』二）

吉江　久弥　〔新資料〕芥川龍之介の歌（『言語と文芸(51)』三）

瀬尾　千里　芥川龍之介と八街（千葉県高校教育研究会国語部会『国語教育④』三）

伊藤　孝子　芥川龍之介の志賀直哉観―「文芸的な、余りに文芸的な　五」に即

して―（山形大『国語研究⑱』三）
篠塚　真木　森有正訳、芥川龍之介「羅生門、その他」一九六五（『比較文学研究⑫』四）
富田　仁　対比研究の意義―芥川龍之介「藪の中」の研究をめぐって（早稲田大『比較文学年誌④』七）
武田　勝彦・村松　定孝　〔海外における日本近代文学研究10〕芥川龍之介をめぐって（『国文学』七）
鈴木　秀子　芥川龍之介論―憧憬の精神をめぐって（『世紀209』一〇）
山敷　和男　芥川龍之介の芸術論（早稲田大『国文学研究㊱』一〇）
森本　修　芥川龍之介「舞踏会」―鑑賞指導にそなえて（立命館大『論究日本文学㉛』一〇）
笠井　秋生　芥川龍之介とキリスト教―「西方の人」を中心に―（『山梨英和短期大学紀要①』一〇）
海老井英次　「六の宮の姫君」の自立性（九州大『語文研究㉔』一〇）
新妻　文江　芥川龍之介の「路上」の位置（東洋大『近代文学研究⑭』一一）
根岸　正純　芥川龍之介の方法と文体（『文体論研究⑪』一一）
鈴木　秀子　芥川龍之介とキリスト教―「西方の人」を中心として（『聖心女子大学論叢㉚』一二）
井筒　寿子　芥川龍之介の句と歌（『梅花女子大学文学部紀要（国語・国文）④』一二）
梶木　剛　芥川龍之介の位相をめぐって（『試行㉓～㉙』一二、昭和四三・四、八、一一、昭和四四・三、八、昭和四五・一）

【昭和四三年】一九六八

片野　達郎　芥川龍之介『蜘蛛の糸』出典考―新資料『因果の小車』の紹介―（『東北大学教養部紀要⑦』一）
笠井　秋生　芥川龍之介の切支丹物―「神々の微笑」を中心に―（山梨英和短期大学『日本文芸論集①』三）
吉田　精一　埋もれた芥川の手紙（『文芸春秋』三）
小田　廸夫　芥川龍之介の表現法―同形反復表現形式について―（広島大『近代文学試論⑤』六）
森本　修　諸説の検討―羅生門・芥川龍之介―（『国文学』七）
駒尺　喜美　芥川と太宰―その敗北の意味（『東京新聞』七・一七・夕）
広津　和郎　芥川逝いて四十年（『毎日新聞』七・二一、夕）
島田　謹二　芥川龍之介とロシヤ小説（『比較文学研究⑭』九）
森　英一　芥川龍之介の新資料（『解釈と鑑賞』一〇）
井筒　寿子　芥川龍之介の初期文章（『梅花女子大学文学部紀要（国語・国文）⑤』一二）
吉村　稠　「羅生門」の世界（関西学院大『日本文芸研究⑳④』一二）
鈴木　秀子　芥川龍之介とキリスト教―「西方の人」を中心として―（『文学・語学』㊿一二）

【昭和四四年】一九六九

小島政二郎　芥川さんと丸善（『学鐙』一）
関川佐木夫　芥川の手沢本そのほか（〃）
遠藤　祐　芥川龍之介（『国文学（増）』一）
浅野正博他　教材研究「蜜柑」―芥川龍之介（『岐阜大学国語国文学⑤』二）
豊山　吉雄　椿本昌夫氏の「西方の人」論（鹿児島大『国語国文薩摩路⑬』二）
飛鳥井雅道他　芥川龍之介「侏儒の言葉」より（『図書』二）
山路　勝之　芥川龍之介の『藪の中』に底流する森鷗外の『高瀬舟』およびジョゼフ・コンラッドの『秘められた分身』The Secret sharer-An Episode from the coat-の影響に

ついて〔→44・6〕(『Volcano⑤』三)

門前　真一　「蜘蛛の糸」における救いの問題—原拠「葱」その他の比較研究—〔→45・11〕(『密田教授退官記念論集』三)

高橋　和子　近代日本文学作家別書誌の書誌考察—芥川龍之介—(『相模女子大学紀要㉜』三)

広藤　玲子　芥川龍之介論—1—「蜃気楼」について〔→44・9〕(『広島女子大学文学部紀要④』三)

志村　有弘　永見徳太郎の文学と周辺—芥川龍之介との関連を中心として(『九州人』三)

光本　光徳　問題発見学習と課題学習—「羅生門」の学習を通して(広島大『国語教育研究⑯』四)

古山　節子　芥川龍之介「鼻」の取り扱い—自分で考えながら読む楽しさを味わわせようとして(〃)

西原　一幸　芥川「蜘蛛の糸」のテーマをめぐって(愛媛大『国文学研究会報㉛』四)

立石　元宏　芥川文芸におけるキリスト教の受容(関西学院大『日本文芸研究㉑①・②〔合〕』五)

浅野　洋　芥川龍之介論序章—作品論への眺望として—(立教大『日本文学㉒』六)

山路　勝之　芥川龍之介の『藪の中』の現代的意義について—その成立についての伝記的ならびに比較文学的一考察—〔→44・3、45・3〕(『南日本短期大学紀要⑵①』六)

海老井英次　「詩」と「阿呆」と(芥川龍之介「或阿呆の一生」論—1—)(九州大『語文研究㉗』六)

佐藤　勝　舞踏会・芥川龍之介(『国文学』六)

小川　和佑　東京文学地誌・下町—芥川龍之介から立原道造へ—(『解釈』八)

吉田精一
和歌森太郎　(連載対談11)歴史と文学をめぐって—芥川龍之介と『今昔物語』(『国文学』八)

広藤　玲子　「地獄変」について(芥川龍之介論—2—)〔→44・3、50・2〕(広島大『近代文学試論⑦』九)

森　英一　「有島事件」に関する芥川龍之介の談話(新資料)(『国文学』一〇)

紅野　敏郎　お富—お富の貞操(『国文学〔増〕』一〇)

長谷川　勲　「くもの糸」(芥川龍之介)、「人を殺す犬」(小林多喜二)(『日本文学』一一)

佐藤　泰正　「奉教人の死」と「おぎん」—芥川切支丹物に関する一考察—(梅光女学院大『国文学研究⑤』一一)

亀井　雅司　太宰と芥川における「個人と家族」の表現(京都女子大『女子大国文(55)・(56)〔合〕』一一)

志村　有弘　芥川龍之介と「電気と文芸」(『ともしび』一一)

Yoshinaru Watanabe　AKUTAGAWA et la littérature française(上智大『仏語・仏文学論集④』一二)

志村　有弘　蒲原春夫の文学と周辺—芥川龍之介との関連を中心として(『九州人』一二)

海老井英次　「或阿呆の一生」試論〔→44・6〕(『純真紀要⑪』一二)

【昭和四五年】一九七〇

石井　雄二　堀辰雄における芥川の影響—「聖家族」を中心に(『言語と文芸(58)』一)

間宵千代子　芥川龍之介の歴史もの(日本女子大『国文目白⑨』一)

宮坂　覺　芥川龍之介の作家前史試論—青年期におけるキリスト教—(『上智国文⑩』二)

佐藤　泰正　『西方の人』論(『国語と国文学』

二）

中村　完　芥川龍之介素描—観察と想像—（成城短大『国文学ノート⑦』三）

山路　勝之　神の沈黙と擬制の君臨　第一章　芥川とコンラッド（『藪の中』再論）—『藪の中』と『七つの島のフレイヤー』—"Fraya of The Seven Isles"をめぐって〔→44・6〕（鹿児島大『英語英文学論集①』三）

神部　芳子　堀辰雄の文章研究—芥川龍之介との比較に於いて（立教大『日本文学㉓』三）

鳥居　邦朗　芥川龍之介『鼻』（『解釈と鑑賞』四）

浅井　清　三つの俊寛像—菊池寛・芥川龍之介・倉田百三—（〃）

宮城　達郎　芥川龍之介ノート—「或阿呆の一生」を通してみた女性観（『明治大学教養論集(58)』四）

スワン・トーマス　擬択の相剋—芥川の登場人物について—（『解釈と鑑賞』五）

萬田　務　芥川龍之介ノオト—「大導寺信輔の半生」から「点鬼簿」へ—（大阪城南女子短大『研究紀要⑤』五）

尾崎　瑞恵　芥川龍之介の童話（『文学』六）

中村　光夫　『藪の中』から（『すばる①』六）

葛巻　義敏　芥川龍之介未定稿ノオト〔補遺〕（『図書』六、八）

高田　瑞穂　「神々の微笑」の提起するもの（『国文学』六）

山口　澄江　芥川龍之介「往生絵巻」論（東北大『日本文芸論稿③』六）

志村　有弘　明石敏夫と芥川龍之介（『新文明』六）

三好　行雄　芥川龍之介旧蔵書（『日本近代文学館図書資料委員ニュース⑫』七）

長谷川　泉　芥川龍之介（『国文学〔増〕』七）

鈴木　保昭　英語教官芥川龍之介（『専修商学論集⑩』八）

和田繁二郎　芥川龍之介「歯車」（『国文学』八）

三宅　憲子　「きりしとほろ上人伝」考（福岡女子大『香椎潟⑯』九）

福田　恆存　公開日誌〈4〉—『藪の中』について—（『文学界』一〇）

安田　保雄　「蜘蛛の糸」の原典とその著者について（『比較文学⑬』一〇）

佐藤　泰正　「歯車」論—芥川文学の基底をなすもの—（梅光女学院大『国文学研究⑥』一一）

杉田　弘子　芥川龍之介とニーチェ（『東京大学教養部教養学科紀要③』一一）

山敷　和男　芥川の芸術と芸術論（『日本文学』一一）

福田　恆存　公開日誌〈5〉—フィクションといふ事—（『文学界』一二）

門前　真一　「蜘蛛の糸」の宗教性について—『カラマーゾフの兄弟』の「葱」との比較を中心に—〔→44・3、46・1〕（『青萱原』一二）

日暮　学　芥川龍之介憶え書—一つの試論（『文化評論〔増〕』一二）

大岡　昇平　芥川龍之介を弁護する—事実と小説の間（『中央公論〔増〕』一二）

【昭和四六年】一九七一

開高　健　芥川龍之介「将軍」と田山花袋「一兵卒の銃殺」の場合（紙の中の戦争—19）（『文学界』一）

倉智　恒夫　芥川龍之介とテオフィル・ゴーチェ（『比較文学研究⑱』一）

三好　行雄　「南京の基督」に潜むもの（『国語と国文学』一）

中野　恵海　芥川龍之介「西方の人」注解㈠〜㈨（㈡以降、吉田孝次郎と共著）（『相愛女子大学相愛女子短期大学研究論集⑱、⑳〜㉗』一、昭和四七・一一、昭和四八・一二、昭和四九・一二、昭和五〇・一二、昭和五二・三、昭和五三・二、一二、昭和五五・二）

門前　真一　「蜘蛛の糸」における救いの問題再考―地獄とその罪人のマイナス性について―（↓45・11、46・3）（『天理大学学報(70)』一）
菊地　弘　芥川龍之介『秋』私見（『日本文学』二）
三好　行雄　「芋粥」の構造―芥川龍之介論一章（日本女子大『国語国文学論究②』二）
村松　定孝　芥川龍之介の童話―「杜子春」をめぐって―（『解釈』三）
久保　いく　「玄鶴山房」小考（日本女子大『国文目白⑩』三）
門前　真一　『蜘蛛の糸』論始末記―出典と主題について―（↓46・1）（『天理大学学報(72)』三）
鈴木　晴子　「鼻」ノート（『昭和学院短大国語国文①』三）
林田　明　吉利支丹文献資料と芥川の文学〔含「サンタマリナの御作業」（ヴァチカン図書館蔵『サントスの御作業』所収）対校翻刻〕（『千葉大学人文学部紀要③』三）
倉智　恒夫　「世紀末の悪鬼」―芥川龍之介における終末の構造―（『現代文学③』四）
奥野　政元　芥川「歯車」の世界（関西学院大『日本文芸研究㉓①・②〔合〕』四）
三島　新吉　福沢諭吉と芥川龍之介―二つの桃太郎観―（『三田評論』四）
八木　良夫　芥川龍之介「枯野抄」について（『文学教育④』五）
海老井英次　「羅生門」の改変（『純真紀要⑫』六）
志村　有弘　藤沢清造の文学と周辺（『高志人』六）
河内喜久子　芥川龍之介の「玄鶴山房」（安田女子大『国語国文論集②』六）
三好　行雄　枯野の詩人―「枯野抄」について（『国語展望㉘』六）
倉智　恒夫　『藪の中』再論―芥川龍之介に於ける物語性の崩壊―（『現代文学④』七）
藤多佐太夫　「羅生門」考―作家芥川龍之介の誕生―（山形大『国語研究㉒』七）
武田寅雄編　薄田泣菫宛芥川龍之介書簡―未発表〔大正6～15年7通〕（『神戸女学院大学論集⑱①』七）
荻野　恒一　夏目漱石と芥川龍之介（『現代のエスプリ(51)〔作家の病跡〕』七）
塩崎　淑男　漱石・龍之介の精神異常（〃）
竹山　恒寿　芥川龍之介に就ての一考察（〃）
岩井　寛　芥川龍之介の創造と病理（〃）
三好　行雄　「百合」と「二本芽の百合」の原稿（『日本近代文学館②』七）
藤井　和義　芥川に於ける鬼と魔の問題（『国語国文』八）
磯貝　英夫　芥川龍之介（『国文学』八）
志村　有弘　明石敏夫の文学と周辺―芥川龍之介との関連を中心として―（『九州人』八）
勝山　功　芥川龍之介論（『群馬大学教養部紀要⑤』八）
中村　光夫　私信―再び『藪の中』をめぐって（福田恆存氏へ）（『すばる⑤』八）
関口　安義　「一塊の土」論―芥川のリアリズムとはなにか―（『日本文学』九）
石割　透　龍之介の下町意識の変質について―「大川の水」から「羅生門」まで―（〃）
平野　謙　芥川龍之介と広津和郎―昭和文学の可能性2―（『世界』九）
西垣　勤　志賀直哉と芥川龍之介―「私」あるいは「覚悟」についての序―（『解釈と鑑賞』九）
鈴木　晴子　「話らしい話のない小説」について（『昭和学院短大国語国文②』一〇）
塚谷　周次　「支那游記」考―芥川龍之介の中

国体験―（北海道大『近代文学論叢①』一〇）
海老井英次　「偸盗」への一視角（九州大『語文研究㉛・㉜〔合〕』一〇）
高田　瑞穂　「西方の人」の運命と美（その一）～（その五）（『成城文芸61～65』一〇、昭和四七・一、九、一一、昭和四八・三）
菊田　茂男　芥川龍之介の歴史小説の方法（上）―『運』の成立を中心として―（『比較文学⑭』一〇）
倉智　恒夫　芥川龍之介における私生児生⑴～⑵（『現代文学⑤～⑥』一一、昭和四七・六）
佐藤　泰正　芥川龍之介の児童文学―「蜘蛛の糸」小論―（『国文学』一一）
海老井英次　芸術への覚醒―芥川龍之介と芸術至上主義(一)（→48・11）（『大分工専研究報告⑧』一一）
吉田　精一　芥川龍之介の恋人（『歴史と人物』一一）
常岡　晃　海外における芥川龍之介の翻訳について（そのⅠ）～（そのⅢ）（『九州産業大学教養部紀要⑻①～②、⑼①』一一、昭和四七・二、一〇）
北条　常久　芥川龍之介の「文芸的な、余りに文芸的な」について（『秋田語文①』一二）
川口　朗　歯車　芥川龍之介（『国文学〔増〕』一二）
横山トシ子　芥川龍之介の美意識について―色彩語を通して―（『愛媛国文研究㉑』一二）
宮坂　覺　芥川龍之介と室賀文武―「芥川龍之介とキリスト教」論への一視点―（『上智大学国文学論集⑤』一二）
柏原　明子　芥川龍之介「秋」について―登場人物と主題―（大阪教育大『国語と教育⑤』一二）
磯貝　英夫　芥川龍之介（『解釈と鑑賞〔増〕』一二）
大原健士郎　芥川龍之介・自己分析的自殺（〃）

【昭和四七年】一九七二

大庭　千尋　ブラウニング『指環と書物』―『藪の中』への影響―（鹿児島大『英語英文学論集③』一）
志村　有弘　芥川龍之介書簡の虚構（『高志人』一）
藤多佐太夫　「蜘蛛の糸」論（上）（附・戦前期教科書採用芥川作品目録）（下）（『山形大学紀要（教育科学）⑸③～④』一、昭和四八・二）
樋口　元巳　教科書に採用された「トロッコ」―表現・表記をめぐって―（『解釈』一）
小田　廸夫　芥川の描写における「～てゐた」止めセンテンスについて―「玄鶴山房」を中心に―（広島大『国語教育研究⑱』一）
鈴木　秀子　人生の頂上がみえてくるとき―芥川龍之介「トロッコ」より―（日本文学研究ノート―2―）（→47・10）（『世紀261』二）
藤井　和義　分離と結合―芥川龍之介の精神構造について―（『国語国文』二）
辻　重光　芥川龍之介覚書―「鼻」を中心として―（『富山女子短期大学紀要⑤』二）
亀谷　哲夫　芥川文学の研究―芸術至上主義をめぐって―（大東文化大『日本文学研究⑪』二）
三好　行雄　技巧の美学―芥川龍之介の方法―（『文学』二）
志村　有弘　南部修太郎の文学と周辺―芥川龍之介との関連を中心として―（『高志人』二）
中谷　克己　芥川文芸の世界構造⑴～⑹（『帝塚山学園春秋⑦～⑫』三、昭和四八・三、昭和四九・三、昭和五〇・三、昭和五一・三、昭和五二・

五）
遠藤久美江　「奉教人の死」考（藤女子大『国文学雑誌⑪』三）
平岡　敏夫　「奉教人の死」論―「この国のうら若い女」のイメージ―（東海大『湘南文学⑤・⑥〔合〕』三）
鈴木美知子　「袈裟と盛遠」試論（『国文白百合③』三）
奥野　政元　「地獄変」の世界（関西学院大『日本文芸研究㉔①』四）
鴨宮　ヒサ　芥川龍之介とクリスト―エリ・エリ・レマサバクタニ（わが神わが神なんぞ我を捨て給う）（『西南女学院短期大学研究紀要⑱』四）
塚谷　周次　「将軍」の位置（北海道大『国語国文研究㊾』四）
萩原　力　Halla, Istva'n（原岩魚）Memories of thous Days by Ryunosuke Akutagawa（『文京女子短期大学紀要⑤』五）
志村　有弘　火野葦平と芥川龍之介―二つの「羅生門」―（『九州人』六）
今野　宏　芥川龍之介の美的技巧（東北大『文芸研究⑳』六）
岡崎　義恵　「地獄変」をめぐる問題（〃）
北条　常久　芥川龍之介の評論「芭蕉雑記」について（〃）
寺横　武夫　「藪の中」恣考（安田女子大『国語国文論集③』六）
船橋　昭　「戯作三昧」論（『潮流③』六）
宮坂　覺　天に唾する者は　芥川龍之介とキリスト教―その二面性をめぐって（『月刊キリスト』七）
浅野　洋　「或阿呆の一生」から「西方の人」へ―《母》の残像と《二度目の誕生》・その一―（立教大『日本文学㉘』七）
磯貝　英夫　芥川龍之介の自殺（『解釈と鑑賞〔増〕』七）
小田　大蔵　「芥川龍之介」断片―わが読書日記から―（『新潟大学国文学会誌⑯』七）
倉智　恒夫　テオフィル・ゴーチェと日本耽美派―上田敏から芥川龍之介まで―（『学鐙』八）
小島政二郎　芥川さんとアンブローズ・ビヤース（〃）
石割　透　龍之介の短歌「砂上遅日」（早稲田大『文芸と批評⑶⑨』八）
保坂　宗重　芥川龍之介のライトモチーフ技法（『解釈』九）
広瀬　朝光　芥川「藪の中」再考説―小泉八雲「ブラウニングの研究」との関係について（東北大『文芸研究㉛』九）
安田　保雄　芥川龍之介―「袈裟と盛遠」から「藪の中」へ（『国文学』九）
北条　常久　芥川の文芸時評についての覚え書き（東北大『日本文芸論稿④』九）
志村　有弘　渡辺庫輔の文学と周辺―芥川龍之介との関連を中心として―（『九州人』九）
小田美智子　文学作品の学習指導過程―芥川龍之介「杜子春」（大分大『国語の研究⑦』一〇）
佐々木　充　龍之介における白秋（北海道大『国語国文研究㊿』一〇）
広田　哲通　「西方の人」小論（『解釈』一〇）
鈴木　秀子　いたましい遙けさ―漱石と龍之介の場合―芥川龍之介「将軍」をめぐって（日本文学研究ノート―10―）〔→47・2、47・12〕（『世紀269』一〇）
志村　有弘　水守亀之助と芥川龍之介（『高志人』一〇）
塚谷　周次　「湖南の扇」論考―芥川龍之介晩年の位相―（『日本文学』一一）
甲斐　睦朗　国語教室の窓　教材「羅生門」研究⑴改作の跡付け、⑵表記・表現の改作（『解釈』一一、昭和四八・四）

鳩貝　久延　芥川とBierce—『尾生の信』と『アウル・クリーク橋事件』について—（二松学舎大『近代日本文学①』一一）

海老井英次　芥川書簡の日付推定（『日本近代文学会九州支部会報⑭』一一）

塚谷　周次　芥川と鷗外—明治文学授受の一コマ（北海道大『近代文学論叢③』一二）

三好　行雄　芥川龍之介「羅生門」—(1)〜(3)—（近代文学作品研究(9)〜(11)）（『解釈と鑑賞』一二、昭和四八・三、五）

鈴木　秀子　母なるもの—芥川龍之介「捨児」より（日本文学研究ノート—11—）（→47・10）（『世紀㉗』一二）

北条　常久　芥川龍之介「西方の人」について（『秋田語文②』一二）

【昭和四八年】一九七三

森本　修　芥川龍之介（『解釈と鑑賞〔増〕』一）

鶴田　欣也　ベオンチェオン・ユー氏の芥川論（『解釈と鑑賞』一）

志村　有弘　水守亀之助の文学と周辺（『高志人』一）

藤多佐太夫　「奉教人の死」論—芥川版『黄金伝説』における虚構の悲劇（『山形大学紀要（人文科学）(7)④』一）

駒尺　喜美　文壇以前の芥川龍之介（法政大『日本文学誌要⑧』一）

江後　寛士　「機械」と「聖家族」（『日本文学』一）

中谷　克己　「舞踏会」の意義—仮構の生の瓦解を巡って（『潮流』一）

〃　資料・作文「秋」について（『帝塚山学園春秋⑧』三）

片岡　懋　芥川龍之介のヘンシン（『駒沢短大国文③』三）

鷺　只雄　芥川と漱石—漱石書簡の評をめぐっての断章—（都留文科大『国文学論考⑨』三）

島田　勇雄　「杜子春」の修辞的文法（『解釈』三）

清田　文武　芥川龍之介「猿」の一考察—鷗外訳「猿」との比較を中心に（『新潟大学教育学部紀要（人文・社会科学編）⑭』三）

国末　泰平　芥川龍之介—下意識に関する試論—（立命館大『論究日本文学㊱』三）

蒲生　芳郎　芥川の死・その前後—未成熟な問題意識・その素描（宮城学院女子大『日本文学ノート⑧』三）

森　牧子　芥川龍之介論—宿命の芸術家とその芸術の運命（〃）

斎藤斗夜子　芥川龍之介—その晩年—（成城短大『国文学ノート⑫』三）

原ゼミナール　近代文学研究〈芥川龍之介〉（立正女子短大『文芸叢書⑨』三）

吉村　稠　芥川文芸初期の世界（関西学院大『日本文芸研究㉕①』三）

後藤玖美子　芥川龍之介と「諸国物語」—ストーリー・テラー（『実践国文学③』三）

石割　透　芥川龍之介・初期の習作「老狂人」をめぐって（早稲田大『文芸と批評(4)①』五）

木村　崇　芥川の短編とそのH, Фелблман訳(1)〜(2)—文芸翻訳理論の諸問題の実際的研究—（『中京大学教養論叢⑭①〜②』六、昭和四八・九）

越智　良二　「羅生門」とその周辺（広島大『近代文学試論⑪』六）

中谷　克己　「歯車」恣考—日常的苦痛と思念的苦痛—（『潮流⑦』六）

関口　安義　大正文学のある源流（上）（下）—第四次「新思潮」について（『都留文科大学研究紀要⑨〜⑩』六、昭和四九・八）

饗庭　孝男　もうひとつの火災地獄—芥川龍之介と日本近代—（『すばる⑫』六）

伊豆　利彦　芥川文学の原点―初期文章の世界―（『日本文学』七）

三好　行雄　下人のゆくえ―『偸盗』論の試み・その一―（〃）

後藤玖美子　『侏儒の言葉』―ラ・ロシュフコーの『マキシム』と関連して（『実践国文学④』七）

樋口　元巳　「杜子春」の句読点（『解釈』七）

坪井　裕俊　「異域」の精神―「大川の水」論　芥川龍之介の世界―（『北方文学⑭』八）

高田　瑞穂　「藪の中」論考（『成城国文学論集⑥』九）

佐藤　嗣男　可能性の文学の発見―芥川龍之介「羅生門」―（筑摩書房『国語通信⑮』九）

吉田　凞生　芥川龍之介論　噂の美学（『東京女子大学論集㉔①』九）

佐藤　嗣男　芥川文学の創造主体―「枯野抄」に見る芥川文学の結節点―（法政大『日本文学論叢①』九）

佐藤　泰正　芥川龍之介と有島武郎―内なる〈自然〉への回帰をめぐって―（『伝統と現代㉓』九）

＊　＊　芥川龍之介書簡㈠～㈣（『日本近代文学館⑮～⑱』九、一一、昭和四九・一、三）

橋本　英吉　芥川と菊池（『朝日新聞』九・一、夕）

加藤　京子　「歯車」論（福島大『言文㉑』一〇）

中谷　克己　『藪の中』の典拠について（『潮流⑧』一〇）

海老井英次　「戯作三昧」における芸術と「人生」―芥川龍之介と芸術至上主義（その二）〔→46・11、53・6〕（葦書房『近代文学研究②』一一）

福本　彰　「羅生門」論（上）―その虚構的在り様の意味と位相（別府大『国語国文学⑮』一一）

甲斐　睦朗　教材研究「羅生門」―教科書の注記を中心として（広島大『国語教育研究⑳』一二）

北条　常久　芥川龍之介「枯野抄」小論（『秋田語文③』一二）

根津　憲三　芥川龍之介とアナトオル・フランス（『早稲田大学大学院文学研究科紀要⑲』一二）

石割　透　芥川龍之介「大川の水」論（早稲田実業高校『研究紀要⑧』一二）

堀江真喜夫　〃傑作叢書〃の芥川本（『日本古書通信㊳⑫』一二）

宮永　孝　研究ノート―芥川文学のイタリア的側面―（『法政大学教養部紀要⑱』一二）

佐藤　泰正　芥川龍之介（『国文学〈増〉』一二）

蟇目　靖子　「地獄変」を中心として見た芥川文学（『駒沢短大国文④』一二）

広瀬　朝光　芥川龍之介とアナトオル・フランス―その関連性について―（『愛知大学国文学⑭』一二）

【昭和四九年】一九七四

石割　透　芥川龍之介「老年」論（早稲田大『文芸と批評⑷②』一）

上原　洋子　芥川龍之介「羅生門」考（『帝京国文④』一）

中谷　克己　「奉教人の死」論考（『潮流⑨』一）

海老井英次　「藪の中」原典と作家の主体―「藪の中」論（一）―〔→50・6〕（『北九州大学文学部紀要⑩』二）

吉田　精一　新資料　芥川龍之介の未発表書簡（『国文学』二）

佐古純一郎　「ポスト・芥川」としての現代文学（講演）（千葉県高校教育研究会国語部会『国語教育⑪』三）

茅野　直子　「西方の人」とパピニの「基督の生涯」（『青山語文④』三）

根津　憲三　芥川龍之介と「赤い卵」〔アナトオル・フランス〕（早稲田大『比較文学年誌⑩』三）

海老井英次　〈我執〉から〈救済〉へのロマン

―「偸盗」論続稿―（『近代文学考②』三）

石割　透　芥川龍之介「歴史小説」の誕生―実生活との関連において―（『日本文学』三）

影山　恒男　「歯車」と芥川の晩年（『成城国文①』三）

宮下　芳子　芥川龍之介「或阿呆の一生」について（『昭和学院短大国語国文⑦』三）

水谷　昭夫　細川ガラシア―芥川龍之介「糸女覚え書」（『国文学』三）

吉田　凞生　大石内蔵助―芥川龍之介「或日の大石内蔵助」（〃）

市川　光彦　『世之助の話』論考―芥川と西鶴、そして鴎外と―（名古屋大『国語国文学㉞』五）

山敷　和男　芥川と二十世紀文学（『日本近代文学㉕』五）

清田　文武　森鴎外から芥川龍之介へ―文芸論における「告白」の問題を中心に（東北大『文芸研究(76)』五）

熊谷　啓子　蜃気楼の世界―芥川龍之介論―（フェリス女学院大『玉藻⑩』五）

芹沢　俊介　芥川龍之介の原像（『磁場①』五）

細川　正義　「歯車」の世界（関西学院大『日本文芸研究㉖②』六）

篠田浩一郎　構造批評と「蜘蛛の糸」（『学鐙』七）

遠藤久美江　芥川龍之介論（『北方文芸⑺⑦』七）

塚越　和夫　芥川龍之介（『解釈と鑑賞』七）

森本　修　「西方の人」（芥川龍之介）（〃）

細川　正義　芥川「地獄変」の世界（関西学院大『人文論究㉔②』八）

関口　安義　大正文学のある源流（『都留文科大学紀要⑩』八）

宮武由貴子　「地獄変」の主題―構成面からの分析―（昭和女子大『学苑(416)』八）

中谷　克己　『玄鶴山房』小論（『潮流⑩』八）

吉村　稠　試論「西方の人」㈠〜㈡（『潮流⑩、⑫』八、昭和五〇・五）

宮城　達郎　「杜子春」考（『解釈』八）

星川　清孝　「杜子春」説話の原型と類型（〃）

石割　透　芥川龍之介「鼻」をめぐって（早稲田大『国文学研究(54)』一〇）

細川　正義　「奉教人の死」の世界（『日本文芸学⑨』一〇）

横山　正子　平安朝の絵巻物と芥川龍之介（『学習院大学国語国文学会誌⑱』一一）

佐々木　充　「奉教人の死」論―柳田国男の理論による照射―（北海道大『国語国文研究(52)』一一）

中谷　克己　『西方の人』私見〈天上から地上へ登る〉梯子の屈折的苦悩を巡って（『潮流⑪』一二）

佐伯　彰一　聖なる狂気（『すばる⑱』一二）

宮坂　覺　「南京の基督」小論（『「キリスト教と文学」研究会会報』一二）

石割　透　芥川龍之介「ひよっとこ」をめぐっての私感（早稲田実業高校『研究紀要⑨』一二）

北条　常久　芥川龍之介とプロレタリア文芸（『秋田語文④』一二）

【昭和五〇年】一九七五

今村　潤子　古典から現代国語教育へのアプローチ―「鼻」を中心に（『国語国文教育と研究③』一）

星野　慎一　芥川龍之介の最後の講演（『学鐙』一）

武田　勝彦　芥川龍之介「或日の大石内蔵助」（『解釈と鑑賞』一）

芹沢　俊介　芥川龍之介の宿命㈠〜（十一）（『試行㊷〜㊽、㊿〜(53)』、二、六、一一、昭和五一・四、九、昭和五二・二、七、昭和五三・六、昭和五四・一、六、三）

宮坂　覺　「舞踏会」試論―その構成の破綻をめぐって―（福岡女子大『文芸と思想㊴』二）

広藤　玲子　芥川龍之介論Ⅲ―初期小説を中心

に―〔↓44・9、55・3〕(『広島女子大学文学部紀要⑩』二)

森　一郎　「蜘蛛の糸」学習指導のために(『岡山大学教育学部研究報告㊷』三)

佐伯　彰一　隠された母(『すばる⑲』三)

中村　完　「地獄変」論(成城短大『国文学ノート⑬』三)

北村　真理　『羅生門』の抒情性(『国文白百合⑥』三)

佐藤あけみ　「地獄変」論(大阪教育大『国語と教育⑥』三)

田所　周　芥川龍之介論(『二松学舎大学東洋学研究所集刊⑤』三)

遠藤久美江　芥川龍之介「寒さ」の位置(藤女子大『国文学雑誌⑰』四)

広瀬　朝光　芥川の切支丹物新考察―「煙草」と「るしへる」の典拠―〔↓52・9〕(東北大『文芸研究(79)』五)

森　啓祐　芥川龍之介と東京下町(『解釈と鑑賞』五)

細川　正義　『玄鶴山房』の世界(関西学院大『人文論究㉕①』六)

海老井英次　比較文学的考察よりみた独創性―「藪の中」論(二)―〔↓49・2、51・12〕(『北九州大学文学部紀要⑬』六)

座間　敏子　「羅生門」の研究(『昭和学院短大国語国文⑧』六)

高田　瑞穂　自我の解体とニヒリズム―芥川の死をのりこえようとするもの(『国文学』七)

ドナルド・キーン　芥川龍之介(一)〜(二)(日本文学を読む42〜43)(『波』七〜八)

岡庭　昇　芥川龍之介と朔太郎(『ユリイカ』七)

関根真理子　芥川龍之介の文学―その死について―(『米沢国語国文②』九)

中谷　克己　『偸盗』の意味するもの(『潮流⑬』九)

三瓶　達司　近代小説の中の平中(『解釈』一〇)

坪井　裕俊　〈新神人〉願望―「少年」試論(その1)芥川龍之介の世界2〔↓48・8、52・6〕(『北方文学⑱』一〇)

石割　透　芥川龍之介「偸盗」における意味(『日本近代文学㉒』一〇)

森　啓祐　少年龍之介の周辺(〃)

平井　敬員　『偸盗』論の試み(愛媛大『愛文⑪』一〇)

星野　慎一　龍之介とゲーテ(『図書』一一)

小鍛冶泰子　芥川龍之介「玄鶴山房」について(帝塚山短大『青須我波良⑪』一一)

鳥居　邦朗　芥川龍之介「河童」の僕(『国文学〔増〕』一一)

平田　恵子　芥川龍之介『河童』における―雌河童の考察―(九州大谷短大『国語研究④』一二)

高木香世子　芥川龍之介「戯作三昧」論(『カルデラ別①』一二)

金田　文雄　芥川「歯車」の世界(〃)

北条　常久　芥川龍之介「枯野抄」論―その教材面を中心にして―(『日本文学』一二)

石割　透　「雛」(芥川龍之介)について(〃)

正木　栄子　「芥川龍之介と中国文学」―資料編その一―(『目白学園女子短期大学研究紀要⑫』一二)

東郷　克美　『玄鶴山房』の内と外―「山峡の村」の意味をめぐって―(『文学年誌①』一二)

石割　透　芥川龍之介の小品―「孤独地獄」―(龍之介と「書斎」)(〃)

【昭和五一年】一九七六

佐藤　嗣男　芥川の歴史小説―『俊寛』における表現の方法―(『文学・語学(75)』一)

長谷川　泉　芥川没後五十年と「芥川賞」の風雪(『解釈と鑑賞〔増〕』一)

三　主要文献目録

郷田　雪枝　「トロッコ」の文法的研究「↓51・8」(『解釈』一)
島田　勇雄　文学教材と句読点―「トロッコ」をめぐって―「↓51・4」(〃)
片村　恒雄　文学教材の表現―「トロッコ」の「後」について―「↓51・4」(〃)
岡崎　晃一　文学教材「トロッコ」の研究(一)―改行による新段落の設定―「↓51・4」(〃)
新山　典子　芥川龍之介像の問題(宮城学院女子大『日本文学ノート⑪』二)
藤多佐太夫　「舞踏会」論(上)―問題の所在―(『山形大学紀要(教育科学)(6)③』二)
武田　陽子　芥川龍之介論―その〈虚無〉を視点として―(日本女子大『国文目白⑮』二)
熊坂　敦子　漱石　芥川　万太郎　現代俳人の主題と方法(『国文学』二)
傳馬　義澄　春夫・龍之介における詩と散文の問題(『女子聖学院短期大学紀要⑧』二)
宮坂　覺　「南京の基督」―金花の〈仮構の生〉に潜むもの―(福岡女子大『文芸と思想㊵』二)
三嶋　譲　芥川龍之介小論―「少年」をとおしてみた〈私〉のありか(『糸高文林㉔』二)
平岡　敏夫　現代俳句における自然と人間虚子と芥川を中心に(『国文学』二)
広瀬　朝光　芥川「酒虫」の文芸性(『愛知大学国文学⑯』三)
菊島　敦子　芥川龍之介の「邪宗門」をめぐって(安田女子大『国語国文論集⑥』三)

＊　＊

伊佐治大陸　芥川龍之介研究―その生涯と文学―(『岐阜女子大学国文学会会誌⑤』三)
　文学作品にあらわれた師弟関係と親子関係の研究―芥川龍之介作品の場合―(『名古屋女子大学紀要㉒』三)
鈴木　敏子　「枯野抄」・「雛」の読み方(『日本文学』四)
島田　勇雄　修辞的文法の観点からする、文学教材「トロッコ」の分析「↓51・1、51・12」(『解釈』四)
岡崎　晃一　文学教材「トロッコ」の研究(二)―語句の改変―「↓51・1、51・8」(〃)
片村　恒雄　文学教材の表現二―『トロッコ』の「好い」について―「↓51・1、51・12」(〃)
山田　義博　「地獄変」についてのエチュード―絵師良秀について―(『金沢大学国語国文⑤』五)
野々垣利明　芥川龍之介から横光利一へ(〃)
鳥居　邦朗　下人は盗人になれなかった―「羅生門」小論―(武蔵大『人文学会雑誌(7)③・④〔合〕』六)
樋口　正規　読みの主観性と客観性―『羅生門』の場合―(『言語と文芸㊇』七)
海老井英次　芥川龍之介の芸術への覚醒・再考―松浦一の「文学概論」との関連―(『近代文学考④』七)
大塚千津子　『芋粥』について(『常葉国文①』七)
石崎　等　二つの全集逸文(早稲田大『文芸と批評(4)⑥』七)
勝山　功　菊池寛論―芥川龍之介との対比において―(『群馬大学教養部紀要⑩』八)
滝井　孝作　芥川さんの置土産(『文芸春秋』八)
郷田　雪枝　文学教材における語句の改変―「トロッコ」の文法的研究二―「↓51・1、51・12」(『解釈』八)
岡崎　晃一　文学教材「トロッコ」の研究(三)―句読点の用法と改変―「↓51・4、52・7」(〃)
関口　安義　「西方の人」「続西方の人」考(『都

留文科大学研究紀要⑫』九）
平岡　敏夫　日暮れからはじまる物語―芥川試論「蜜柑」と「杜子春」その他（香川大『国文研究①』九）
菊地　弘　「小説の筋」論争・龍之介（『解釈と鑑賞』一〇）
長谷川吉弘　「歯車」―分析心理学的考察―（『群馬近代文学研究③』一〇）
海老井英次　「藪の中」の構成の性格―その重層性と「俊寛」―（『日本近代文学㉓』一〇）
片村　恒雄　文学教材の表現三―『トロッコ』の主人公呼称―（↓51・4）（『解釈〔合〕』一二）
島田　勇雄　文法的句読点は修辞的句読点である―「トロッコ」の読点に関連して（↓51・4、53・10）（〃）
郷田　雪枝　文学教材トロッコの分析三　第2段落における修辞的技法について（↓51・8、55・10）（〃）
岡崎　晃一　芥川龍之介の文体の基礎的研究―小説における接続詞のあとの読点―（〃）
石割　透　芥川龍之介―その〈演技〉と〈告白〉（『文学年誌②』一二）
宮浦　悦子　芥川龍之介試論―文体を中心として―（藤女子大『国文学雑誌⑳』一二）
大本　秀美　（学生レポート）「鼻」小考―そのおかしさをめぐって―（別府大『国語国文学⑱』一二）
大里恭三郎　芥川龍之介『藪の中』論（『常葉女子短期大学紀要⑧』一二）
吉増　剛造　芥川の眼（『文学』一二）
海老井英次　「藪の中」主題考―「藪の中」論㈢（↓50・6）（『北九州大学文学部紀要⑯』一二）
三嶋　譲　「大導寺信輔の半生」ノート―虚構化の方向（日本近代文学会九州支部『近代文学論集②』一二）

【昭和五二年】一九七七

対馬　勝淑　成立事情から見た「羅生門」（『関西文学⑮①』一）
石割　透　芥川龍之介「保吉の手帳から」より「少年」へ（『駒沢短大国文⑦』一）
饗庭孝男・桶谷秀昭・笹淵友一・佐古純一郎・鈴木秀子・佐藤泰正　文学シンポジウム2　漱石・白樺派・芥川（聖文舎『季刊創造②』一）
金　治勇　芥川龍之介の悲劇（四天王寺女子大『埴生野国文⑦』二）
神田由美子　芥川龍之介と江戸（日本女子大『国文目白⑯』二）
鷺　只雄　「あの頃の自分の事」論―「松岡の寝顔」の意味するもの（都留文科大『国文学論考⑬』三）
中野　記偉　芥川龍之介におけるR・ブラウニング体験―「戯作三昧」に関連して―（上智大『英文学と英語学⑬』三）
笹淵　友一　芥川龍之介「西方の人」新論―とくに比較文学的に―（『ノートルダム清心女子大学紀要（国語国文学編）⑴①』三）
見坊　豪紀　芥川の文体模写（『文学界』三）
文学研究グループⅢ　芥川龍之介作品研究（宮城学院女子短大『教養実習ノート⑫』三）
槌田　満文　三つの原風景―芥川、漱石、荷風のケースをめぐって―（文教大学女子短大『文芸論叢⑬』三）
丸山　優子　芥川龍之介寸感―その敗北について―（『弘前学院大学国語国文学会誌③』三）
宮坂　覺　芥川文学における〈聖なる愚人〉の系譜（福岡女子大『文芸と思想㊶』三）
早川　正信　芥川龍之介の未定稿「女親」の材源―シュニッツラア・山本有三の作品との関連―（『新大国語③』三）
饗庭　孝男　場所の論理―夏目漱石と芥川龍之

介（『季刊芸術㊶』四）
中村　邦夫　芥川龍之介の文体（『小松代融一教授退職・島稔教授退官記念国語学論集』五）
三嶋　譲　「『敗北』の文学」批判—宮本顕治の芥川理解をめぐって（『糸高文林㉕』五）
田中　実　芥川龍之介の出発—近代日本の作家達2（『凱風②』五）
坪井　裕俊　人生の《妙境》—『少年』試論（その2）芥川龍之介の世界〔↓50・10〕（『北方文学㉒』六）
岡崎　晃一　文学教材「トロッコ」の研究㈣—『大観』版における漢字・仮名表記—〔↓51・8、52・10〕（『解釈』七）
今村由美子　『杜子春』と『杜子春伝』（立教大『日本文学㊳』七）
小田切　進　館の誇り—没後五十年展と『芥川龍之介文庫目録』—（『日本近代文学館㊳』七）
吉田　精一　芥川文学との五十年（〃）
川副　国基　大正文学研究会と芥川龍之介（〃）
高橋　英夫　人生の僅かな時間（〃）
饗庭　孝男　芥川の読書（〃）
稲垣　達郎　「ひよっとこ」下書断片（〃）
＊　＊　没後五十年・芥川龍之介展（紙上紹介）（〃）
小川　国夫　芥川龍之介の聖書（『読売新聞』七・二四、夕）
〃　富士見にて—芥川随想—（『図書』八）
稲垣　達郎　雑談—キクチ＝アクタガワ—（〃）
櫟木　春美　「或日の大石内蔵助」に見る芥川龍之介の方法（奈良教育大『国文—研究と教育—①』八）
石川　淳／大岡　信　対談　我鬼先生のこと（『図書』九）
稲葉　二柄　「トロッコ」教材化の一視点（香川大『国文研究②』九）
児山　正明　「トロッコ」の教材をどう教えるか（〃）
八幡　健吉　「トロッコ」の導入段階の指導—感想を中心にして（〃）
笹淵　友一　芸術至上主義の世界観—フローベルと芥川龍之介—（『芸術至上主義文芸③』九）
広瀬　朝光　芥川「るしへる」再考説〔↓50・5〕（青森県郷土作家研究会『郷土作家研究⑬』九）
岡崎　晃一　文学教材「トロッコ」の研究㈤—『大観』版での漢字・仮名の使い分け〔↓52・7、53・10〕（『解釈』一〇）

野田麻利子　芥川龍之介論「母」への志向（福岡女子大『香椎潟㉓』一〇）
三好　行雄　『一塊の土』をめぐって—芥川龍之介に関する些細な考察—（『ちくま90』一〇）
山根　献　芥川龍之介と今日の散文精神（『文化評論』一〇）
檜垣　且夫　「羅生門」覚え書（『文芸広場(25)⑪』一一）
関口　安義　芥川龍之介「西方の人」の一句（『日本文学』一一）
山中　美和　芥川龍之介とキリスト教—「西方の人」を中心として—（『文学地帯㊾』一一）
増淵　利夫　芥川龍之介の信じたもの—初期作品を中心として—（『法政日本文学⑬』一一）
三嶋　譲　芥川龍之介「蜃気楼」試論—「海のほとり」から「続海のほとり」へ—（『佐世保工業高等専門学校研究報告⑭』一一）
笠井　秋生　「奉教人の死」論—典拠からの改変をめぐって—（『梅花女子短期大学研究紀要㉖』一二）
篠原　拓雄　「袈裟と盛遠」の世界（『金城学院大学論集73（国文学編⑳）』一二）
矢島　道弘　芥川龍之介論—現実感覚について

紅野　敏郎　―（『文学年誌③』一二）

大正期新進作家の生活と芸術―素木しづ、芥川龍之介ら『日記一年』―（本のさんぽ66）（『国文学』一二）

村井　八郎　一つの龍之介論（『近江文学①』一二）

埜上　衛　芥川龍之介と読書（『近畿大学短期大学論集⑽①』一二）

三宅　義蔵　現実認識の拋棄―芥川の初期作品に就て（『あらたま④』一二）

【昭和五三年】一九七八

岡松　和夫　芥川龍之介論（『文体』一）

伊豆　利彦　芥川龍之介―作家としての出発の一考察―（『文学』一）

榎本　勝則　芥川龍之介の『老年』をめぐって（大東文化大『日本文学研究⑰』一）

小沢　保博　芥川龍之介と大衆「西方の人」再考〔↓54・4〕（上智大『国文学論集⑪』一）

勝倉　寿一　芥川龍之介「鼻」試論（東北大『文芸研究(87)』一）

工藤　茂　芥川龍之介とポオ（別府大『国語国文学⑲』二）

小松　伸六　犀星と龍之介（『解釈と鑑賞』二）

矢山　睦子　芥川龍之介論―恋の行方―（『新樹①』二）

岩田多恵子　『俊寛』と芥川龍之介（『椙山国文学②』二）

関口　安義　芥川文学の教材化（日文協『国語教育⑦』三）

山口　幸祐　芥川文学序章・形象論的考察の試み―「羅生門」から「河童」まで―（『都大論究⑮』三）

矢野　昌邦　芥川龍之介『蜜柑』考（明治大『日本文学⑧』三）

小笠　美鈴　唐代伝奇「杜子春伝」と芥川「杜子春」（『徳島大学国語科研究会報③』三）

福田　金光　「藪の中」の研究真相と主題（『名古屋女子大学紀要㉔』三）

石割　透　大正五年の芥川同時代評を中心に（『駒沢短大国文⑧』三）

笠森　勇　室生犀星と芥川龍之介（『文芸広場(26)③』三）

仁平　道明　芥川の二つの「尾生の信」（『静岡大学教養部研究報告⑬』三）

勝倉　寿一　芥川龍之介「好色」小論（『解釈』四）

吉田　凞生　芥川龍之介「藪の中」・志賀直哉「或る朝」（『解釈と鑑賞』四）

三瓶　達司　芥川龍之介作「六の宮の姫君」をめぐって（『東京成徳短期大学紀要⑪』四）

武井　静夫　芥川の講演旅行（上）（『北方文芸⑾⑥』六）

海老井英次　「地獄変」と「邪宗門」―芥川龍之介と芸術至上主義（その三）―〔↓48・11〕（九州大『文学論輯㉕』六）

大島　真木　芥川龍之介と夏目漱石―モーパッサンの評価をめぐって―（『比較文学研究㉝』六）

尾崎　一雄　芥川龍之介を憶ふ（『赤旗』七・二四）

高橋　陽子　芥川龍之介試論―「西方の人」「続西方の人」を中心として―（『日本女子大学大学院の会会誌①』八）

海老井英次　芥川の出生問題は作品とどうかかわるか（『国文学』九）

山口　幸祐　芥川文学形象研究序説―「あの頃の自分の事」と「路上」―（『日本文学』九）

渡部千賀子　堀辰雄論―龍之介からの出発―（『米沢国語国文⑤』九）

三好　行雄　芥川龍之介の書き入れ（『日本近代文学館㊺』九）

石井　康一　小説における時間―ヴァージニア・ウルフ、芥川龍之介、オルダ

ス・ハクスレイ、グレアム・グリーンの時間意識（『福岡大学研究所報④（通巻㊳）』九）

神田由美子　芥川龍之介のシナリオ「浅草公園」について―「歯車」との関連から―（『文学・語学㊸』一〇）

島田　勇雄　文法論と修辞論との間―「トロッコ」の表現に関連して―〔↓51・12、54・7〕（『解釈』一〇）

片村　恒雄　『トロッコ』の二つの時間（〃）

岡崎　晃一　国語教室の窓　文学教材「トロッコ」の研究㈥―『春服』版以後における漢字の変更―〔↓52・10、55・10〕（〃）

草野美智子　（学生レポート）芥川龍之介『舞踏会』考（〃）

宮坂　覺　〈芥川龍之介全集未収録資料〉婦女界批判会―『新珠』を通して見た三処女の行き方―（日本近代文学会九州支部『近代文学論集④』一一）

矢山　睦子　河童と母（『近代文学考⑥』一一）

瀬戸　由雄　漂い出る現実―「羅生門」一面―（〃）

坂本　快依　芥川龍之介の苦笑―教科書「トロッコ」のくぎり符号―（『福岡教育大学国語国文学会誌⑮』一二）

森田　実歳　芥川と露風（『清泉女子大学紀要㉖』一二）

バーナード・ザッカー　微笑している芥川と文化を越えるコミュニケーション（『梅花短期大学研究紀要㉗』一二）

渡辺　凱一　龍之介と荷風―覚え書―（『荷風研究(75)』一二）

【昭和五四年】一九七九

吉田　精一　（評論の系譜107～108）芥川龍之介(1)～(2)（『解釈と鑑賞』一～二）

勝倉　寿一　「六の宮の姫君」論（東北大『文芸研究(90)』一）

北川　伊男　芥川龍之介の「初期の文章」に表われた態度（『金城学院大学論集(77)（国文学編㉑）』一）

大久保喬樹　夢と成熟―文学的西欧像の変貌・4〔五「西方の人」「続西方の人」〕（『季刊芸術㊽』一）

太田　正夫　『地獄変』新視点―その思想と文体―（『言語と文学⑨』二）

関口　安義　「羅生門」研究史（『立教大学国文⑧』三）

木崎　凛子　文学と超越―芥川、太宰、三島を貫くもの―（『国文白百合⑩』三）

笠井　秋生　「藪の中」私考―三つの陳述の信憑性をめぐって―（『評言と構想⑮』三）

上岡　勇司　古典と近代文学に関する試論―芥川龍之介「二人小町」の素材を通して―（北海道教育大『語学文学⑰』三）

山口　幸祐　『戯作三昧』の問題（『都立大学大学院論集①』三）

永井　和子　「鼻」を茹でる―今昔物語と芥川龍之介―（『学習院大学国語国文学会誌㉒』三）

佐藤　嗣男　「大川の水」小論―白秋的世界との同質性と異質性―（『表現研究㉙』三）

剣持　武彦　芥川龍之介「大川の水」論―すみだ川文学とヴェネツィア文学の合流―（『二松学舎大学東洋学研究所集刊⑨』三）

小林　一郎　「芥川龍之介」（1）（『東洋大学短期大学紀要⑩』三）

大石　修平　芥川龍之介―その換喩―（『人文学報(132)』三）

国松　夏紀　芥川龍之介におけるドストエフスキー―遺稿『闇中問答』を中心に―〔↓56・3〕（早稲田大『比較文学年誌⑮』三）

勝倉　寿一　『芋粥』論（『愛媛大学教養部紀要⑾②』三）

石割　透　芥川龍之介・塚本文宛書簡をめぐ

って（『高校通信』三）
渡辺　義愛　『藪の中』の比較文学的考察（『上智大学仏語仏文学論集⑬』三）
吉本　隆明　芥川・堀・立原の話（『磁場⑱』四）
山口　幸祐　『藪の中』試論（『都大論究⑯』四）
小沢　保博　芥川龍之介の人間考察―「西方の人」読解―（↓53・1）（『解釈』四）
篠永佳代子　芥川文学形成期の一問題―ウィリアム・モリス体験をめぐって―（早稲田大大学院紅野研究室『近代文学・研究と資料⑩』四）
中村真一郎　ある文学的系譜―芥川・堀・立原―（『新潮』五）
村松　定孝　死霊こそは芥川の呪詛―笠井氏の「『藪の中』私考」を読みて―（『評言と構想⑯』六）
東郷　克美　芥川龍之介の「寂莫」―初期書簡集を読む―（早稲田大『国文学研究68』六）
神田由美子　芥川龍之介と中国（日本女子大『目白近代文学①』六）
発田　和子　芥川における作品と別稿・未定稿の関係（〃）
大里恭三郎　芥川龍之介『手巾』論（『常葉国文④』六）
浅野　洋　ふたりの下人―初出「羅生門」を中心に―（『近代文学論集―研究と資料―②』六）
兼武　進　芥川龍之介とオスカー・ワイルド―「美しき描写」をめぐって―（『桃山学院大学人文科学研究⑮①』三）
島田　勇雄　人《じん》称表現の修辞論的分析―「トロッコ」について―（↓53・10）（『解釈』七）
片村　恒雄　芥川龍之介の初期小説における文末指定表現―「である体」と「だ体」について―（↓55・1）（〃）
渡辺　範子　『玄鶴山房』論―読後ノートから―（法政大『日本文学論叢⑦』八）
神田　敏子　芥川龍之介の文学における「童話」（『山口女子大国文①』八）
＊　＊　芥川龍之介資料（『日本近代文学館51』九）
西本　晃二　ピエール・ロチと芥川の「舞踏会」（『高校通信189〔東書国語〕』一〇）
村橋　春洋　芥川龍之介の「奉教人の死」について（『日本近代文学㉖』一〇）
菊地　弘　芥川龍之介覚え書―「保吉もの」を中心として―（〃）
影山　恒男　芥川龍之介における中有の心象の位相（『成城国文③』一〇）
宮坂　覺　『蜘蛛の糸』出典考ノート―CHRIST LEGENDS へのメモを手懸りとして―（福岡女子大『香椎潟㉕』一一）
海老井英次　二つの「藪の中」論を読んで（『評言と構想⑰』一一）
〃　芥川龍之介から斎藤茂吉へ（『国文学』一一）
〃　「秋」の象徴性―別稿との比較を中心に―（九州大『文学論輯㉖』一二）
越智　良二　「杜子春」の陰翳（『愛媛国文研究㉙』一二）
鷺　只雄　芥川龍之介（『解釈と鑑賞』一二）
笹淵　友一　芥川龍之介「地獄変」新釈（『文学』一二）
江口　清　メリメと龍之介・試論（〃）
小林　一郎　「芥川龍之介」論―『大川の水』について―（東洋大『文学論藻54』一二）
村松　定孝　日本の妖精「高野聖」「薔薇と巫女」「アグニの神」の相違点（『児童文芸㉕④』一二）
村橋　春洋　「藪の中」小論―近代人の悲劇―（関西学院大『日本文芸研究㉛④』

一二）

石井　和夫　『こゝろ』と『羅生門』―漱石と次代の青年―（立教高校『研究紀要⑩』一二）

【昭和五五年】一九八〇

濱川　勝彦　「羅生門」攷―可能性への志向―（京都女子大『女子大国文86』一）〔↓年次別〕

井上　健　大正文学とエドガア・ポオ―芥川龍之介を中心に（『大谷女子大学紀要⑭』一）

片村　恒雄　「のである」の用法―主として芥川龍之介の初期小説における―〔↓54・7、55・10〕（『解釈』一）

桑島　玄二　芥川龍之介『蜘蛛の糸』―近代文学と宗教10―（『東方界(8)①』一）

勝田　和学　読む「羅生門」の核心―教室でどう読むか―（『日本文学』二）

小沢　保博　芥川龍之介の現代性―「筋のない小説」論―（『解釈』二）

佐藤　泰正　芥川龍之介―〈逆説的測鉛を曳くもの〉―（『国文学』二）

山口　幸祐　芥川『るしへる』をめぐって―広瀬朝光氏の論に触れつつ―（『都立大学大学院論集②』二）〔↓年次別〕

朴　貞順　芥川龍之介의文学의核―「奉教人の死」를中心으로（『日本学報⑧』二）

平岡　敏夫　芥川龍之介と国木田独歩(一)―「河童」に描かれた独歩像―〔↓55・4〕（大修館『国語教室①』二）

馬淵　和夫　「羅生門」について(古典の窓)(〃)

石　割　透　大正六年（下半期）の芥川（『駒沢短大国文⑩』三）

福井　靖子　「神々の微笑」についての一考察（『国文白百合⑪』三）〔↓年次別〕

藤本　徳明　近代作家と『今昔物語集』―芥川の取材作品を中心に―〔↓55・4〕（『金沢美術工芸大学学報㉔』三）〔↓年次別〕

松本　寧至　芥川龍之介『道祖問答』題号の事〔↓55・11〕（『解釈』三）

吉田早奈枝　芥川龍之介研究史―切支丹物とキリスト教について―（東京女子大『日本文学53』三）〔↓年次別〕

石割　透　芥川・菊池のことなど（『駒沢短期大学研究紀要⑧』三）〔↓年次別〕

渡辺　和男　芥川龍之介の死生観（『立正大学国語国文⑯』三）〔↓年次別〕

清水　康次　「羅生門」試論（大阪女子大『女子大文学㉛』三）〔↓年次別〕

海老井英次　「羅生門」論―象徴的世界の解明を中心に―（『高校教育通信国語⑪』三）

清水　恵　「杜子春」における〈出逢い〉（安田女子大『国語国文論集⑨』三）

小出　雅子　芥川龍之介「偸盗」をめぐって(〃)

川端　俊英　大導寺信輔と芥川龍之介（『同朋国文⑬』三）〔↓年次別〕

中島　国彦　二つの感受性・その出発―芥川龍之介と矢代幸雄―（早稲田大『比較文学年誌⑯』三）

広藤　玲子　芥川文学と志賀文学―芥川晩年の作品を中心に―〔↓50・2、56・3〕（『広島女子大学文学部紀要⑮』三）〔↓年次別〕

関口　安義　第四次『新思潮』創刊前夜（教育出版『高校通信』三）

平岡　敏夫　芥川龍之介と国木田独歩(二)―「寒さ」と「窮死」―〔↓55・2、55・6〕（大修館『国語教室②』四）

島田　勇雄　文学教材における固有名詞の分析―「トロッコ」について―（『日本文学』四）

富川　法道　続・芥川龍之介―「或阿呆の一生」別稿について―（『火涼⑭』四）

和田　正美　芥川と谷崎とヴォルテール（『比

較文学研究』五）

門倉　正二　「羅生門」（尚学図書『国語展望』五）

清水　正一　芥川龍之介―にっぽん詩人伝4―（『関西文学⑱④』五）

藤本　徳明　近代作家と『今昔物語』続考―芥川の取材作品を中心に―（↓55・3）（金沢古典文学研究会『説話・物語論集』五）

仲村　実　芥川龍之介（『水脈⑩』五）

仁平　道明　「藪の中」とO・ヘンリの「運命の道」（東北大『文芸研究94』五）（↓年次別）

勝倉　寿一　芥川龍之介「龍」私見（『解釈』五）

三嶋　譲　芥川龍之介のシナリオの位置（『福岡大学人文論叢⑫①』六）

平岡　敏夫　芥川龍之介と国木田独歩㈢―近代文学史の一系譜―（↓55・4）（大修館『国語教室③』六）

北原　保雄　「もちろん」の使い方―「羅生門」から―（『国語教育③』六）

山崎　美子　芥川龍之介作品の時代区分（『常葉国文⑤』六）

山本　昇　芥川龍之介『藪の中』と今昔物語（『解釈』七）

勝倉　寿一　芥川龍之介「尾形了斎覚え書」論（愛媛大『愛文⑦』七）（↓年次別）

寅岡　真也　芥川龍之介「地獄変」論―良秀の死を中心に―（〃）（↓年次別）

石割　透　大正六年（上半期）の芥川龍之介―同時代評を中心に―（『文学年誌⑤』七）

菊地　弘　芥川龍之介覚え書―晩年の一側面（〃）

平岡　敏夫　「偸盗」の世界―ある読みの試み―（鹿児島大『国語国文薩摩路㉕』八）（↓年次別）

高田　正夫　『侏儒の言葉』他（『文学と教育113』八）

井筒　満　『文芸一般論』―その再評価と課題（〃）

内貫　和子　『文芸一般論』―文学精神にみちた評論（〃）

佐藤　嗣男　『大導寺信輔の半生』の場面規定―芥川的世代の精神形成の軌跡（〃）

平岡　敏夫　芥川龍之介「舞踏会」㈠～㈡（大修館『国語教室④～⑤』九、一一）

＊　＊　所蔵資料紹介　芥川龍之介資料㈠～（一一）（『日本近代文学館57～59、61～66、71、73』九、一一、昭和五六・一、五、七、九、一一、昭和五七・一、三、昭和五八・一、五）

勝倉　寿一　芥川龍之介「忠義」論―「偸盗」失敗論への一視点として―（東北大『文芸研究95』九）（↓年次別）

高橋　陽子　「羅生門」と「偸盗」（『日本女子大学大学院の会会誌②』九）（↓年次別）

三好　行雄　『玄鶴山房』の世界・素描（尚学図書『国語展望56』一〇）

渡辺　正彦　芥川龍之介「地獄変」覚書―その地獄へと回転する構造―（『日本近代文学27』一〇）（↓年次別）

ドナルド・キーン　芥川龍之介（上）（下）―日本文学史近代篇14～15―（『海』一〇～一一）

ニコレッタ・スパダヴェッキア　イタリア人から見た芥川龍之介の魅力―「奉教人の死」を中心として―（『文学・語学88』一〇）

清水　康次　「鼻」・「芋粥」論―「解釈」という方法にふれて―（『国語国文』一〇）

片村　恒雄　芥川龍之介の初期小説における文末指定表現―「である体」作品の中の「だ」について―（↓55・1）（『解釈』一〇）

岡崎　晃一　「トロッコ」の本文批判的研究―芥川龍之介の送り仮名について―（→53・10、56・6）（〃）

郷田　雪枝　文学教材「トロッコ」の分析(4)―修辞的文法よりする第三段落の分析―（→51・12）（〃）

石井　茂　芥川龍之介「一塊の土」モデル論（『日本文学』一一）

松本　寧至　芥川龍之介『道祖問答』再評価（→55・3）（『芸術至上主義文芸⑥』一一）

越智　良二　「鼻」の歪み（広島大『近代文学試論⑲』一一）

川端　俊英　芥川龍之介の『蜜柑』（広島大『国語教育研究㉖』一一）

石井　茂　芥川龍之介の小説「トロッコ」の基礎的研究―素材提供者・力石平蔵をめぐって―（『横浜国立大学人文紀要（第二類語学・文学）㉗』一一）（→年次別）

三嶋　譲　「玄鶴山房」の成立とその方法（『近代文学論集⑥』一一）

小井戸賢之　『六の宮の姫君』における「中有」の思想（大正大『国文学試論⑦』一二）（→年次別）

福井　靖子　芥川龍之介「おぎん」をめぐって（『白百合女子大学研究紀要⑯』一二）（→年次別）

三嶋　譲　芥川龍之介晩年の文学観（『福岡大学人文論叢⑫③』一二）（→年次別）

勝倉　寿一　「羅生門」の解釈（『愛媛国文研究㉚』一二）（→年次別）

向山　義彦　芥川の「開花」思想に見られるブラウニングの影響（『英米文学研究⑯』一二）

勝倉　寿一　芥川龍之介「或日の大石内蔵之助」論（『愛媛大学教養部紀要⑬』一二）（→年次別）

神田由美子　芥川龍之介の「庭」について（日本女子大『目白近代文学②』一二）

発田　和子　続・芥介における作品と別稿未定稿の関係（〃）

【昭和五六年】一九八一

赤尾　利弘　「羅生門」と「楢山節考」（『上智大学国文学論集⑭』一）（→年次別）

宮本　瑞夫　宮本勢助と芥川龍之介（『文人②』一）

笹淵　友一　砂漠の蜃気楼―芥川龍之介「奉教人の死」新釈（上）（下）（『文学』二～三）

杉本　和弘　「袈裟と盛遠」について（『岐阜工業高等専門学校紀要⑯』二）

佐藤　嗣男　『大導寺信輔の半生』その後―透谷をくぐることで見えてきたもの―（『文学と教育(115)』二）

黄　石崇　『河童』の意味（『日本学報⑨』二）

原武　哲　菅虎雄と夏目漱石（その七）―芥川龍之介との出合い―（『筑後⑭』二）

井上　貟夫　教材としての「羅生門」（『言語と文学』二）

吉田　俊彦　「青年と死」論覚え書―二つの愛とアルチバシェフ「死」の影響―（『岡大国文論稿⑨』三）

本多　仁　『羅生門』の一題材―〈死の恐怖〉について―（『解釈』三）

北川　伊男　芥川龍之介『偸盗』と愛（『金城学院大学論集（国文学篇）㉓』三）

清水　康次　「偸盗」論―風景からの仮説―（大阪女子大『女子大文学（国文学篇）㉜』三）（→年次別）

宮坂　覺　芥川龍之介「偸盗」論（上）―〈黒洞々たる夜〉における〈愛〉のカオス―（『フェリス女学院大学紀要⑯』三）（→年次別）

〃　芥川龍之介「偸盗」論（下）―〈黒洞々たる夜〉における〈愛〉のカ

オスー（福岡女子大『香椎潟㉖』三）〔↓年次別〕
丸山　茂　芥川龍之介の初期歴史小説について—『運』を中心として—（『弘前学院大学国語国文学会誌⑦』三）〔↓年次別〕
渡辺　正彦　芥川龍之介「奉教人の死」試論—付その典拠の補足 "The monk" など—（『群馬県立女子大国文学研究①』三）〔↓年次別〕
井上みち子　芥川龍之介「舞踏会」について（『九州大谷短大国語研究⑨』三）
海老井英次　芥川龍之介「好色」の世界—原典との比較と読みを中心に—（九州大『文学論輯㉗』三）〔↓年次別〕
石井　茂　芥川龍之介「トロッコ」の成立と原作者（『国語科教育』三）
内山　佳子　「玄鶴山房」に見る芥川の人生と芸術（『昭和学院国語国文⑭』三）
菊地　弘　〈読む〉芥川龍之介—『或阿呆の一生』三十四 色彩—（『日本文学』三）
国松　夏紀　芥川龍之介におけるドストエフスキイ—その二『歯車』を中心に—〔↓54・3〕（早稲田大『比較文学年誌⑰』三）
有山　大五　別稿「河童」と雑誌「新小説」の周辺—芥川龍之介新資料・盛岡勇夫宛書簡二通（『文学』三）
中村　税三　「三大若手作者の精神的分析—芥川、三島、太宰の生の軌跡—特にその晩年の状況分析」（賢明女学院短大『BEACON⑯』三）
広藤　玲子　芥川龍之介Ⅴ—ヨハネ像をめぐって—〔↓55・3、58・3〕（『広島女子大学文学部紀要⑯』三）
兼武　進　芥川『西方の人』の「ロマン主義者」について—ワイルドとの比較による覚書—（『桃山学院大学人文科学研究⑰①』五）〔↓年次別〕
田口　純一　芥川龍之介と堀辰雄をつなぐもの（『京都教育大学国文学会誌⑯』五）〔↓年次別〕
松本　邦夫　「羅生門」鑑賞の一視点（筑摩書房『国語通信』六）
坪井　裕俊　芥川龍之介の世界Ⅳ〈宿罪者〉の出発する場所『羅生門』論—『創世紀』との連想（『北方文学㉙』六）
岡崎　晃一　「トロッコ」の本文批判的研究（二）—芥川龍之介の仮名遣いについて—〔↓55・10、56・8〕（『解釈』六）
菅谷規矩雄　芥川龍之介の到達点／〃思想詩〃「西方の人」をめぐって（『毎日新聞』六・五、夕）
小田切　進　充実した芥川龍之介資料展（『朝日新聞』六・一八、夕）
岡崎　晃一　「トロッコ」の表現論的研究—冒頭における修辞的手法—〔↓56・11〕（『解釈』七）
西原　千博　「玄鶴山房」試論（『研究と資料⑤』七）
佐々木　充　龍之介の裡なる漱石—小品という〈散文〉をめぐって—（『文学』七）
飯倉　照平　北京の芥川龍之介—胡適・魯迅とのかかわり—（〃）
原武　哲　菅虎雄と芥川龍之介（上）—書簡等から見た書・法帖趣味の師弟—〔↓57・7〕（『九州大谷短大国語研究⑩』七）〔↓年次別〕
富田　仁　文化／芥川龍之介の文学（『沖縄』七・四）
岡崎　晃一　「トロッコ」の本文批判的研究（三）—振り仮名（ルビ）について—〔↓56・6〕（『解釈』八）
笠原　芳光　日本人のイエス観（2）わたしのクリスト—芥川龍之介『西方の人』（『春秋227』八）
高橋　陽子　芥川龍之介論—芸術至上主義とい

う理解への疑問（『日本女子大学大学院の会会誌③』九）〔↓年次別〕

宮坂　覺　芥川龍之介小論―その溯行、「点鬼簿」への軌跡（『日本近代文学㉘』九）〔↓年次別〕

山田　晃　芥川龍之介と太宰治（『解釈と鑑賞』一〇）

菊地　弘　今昔物語集と近代文学―芥川作品を中心に―（『月刊国語教育』一一）

中島　一裕　芥川龍之介『鼻』の主題―文学作品の主題認定をめぐって―（帝塚山短大『青須我波良㉓』一一）

門倉　正二　『蜜柑』と『檸檬』（『言語と文芸(92)』一一）

松竹　京子　芥川龍之介と短歌（『文学地帯(58)』一一）

岡崎　晃一　「トロッコ」の表現論的研究―冒頭における修辞的手法―〔↓56・7〕（『解釈』一一）

関口　安義　トロッコ　幼い日の切ない記憶（『日本文学協会編　読書案内』一一）

浜野　卓也　芥川龍之介作品の原点―「蜘蛛の糸」においての「蓮」の描写法―（『文学と教育』一二）〔↓年次別〕

笠井　秋生　芥川龍之介『舞踏会』の典拠と主題（立教大学『日本文学㊼』一二）〔↓年次別〕

大里恭三郎　芥川龍之介『一塊の土』論（『静岡国文学④』一二）

安部　和美　芥川「藪の中」論（『活水日文⑤』一二）

中富　恵里　芥川『歯車』に寄せて（〃）

真水　光宏　芥川龍之介の手帳について（大正大『国文学試論⑧』一二）

【昭和五七年】一九八二

高木　利夫　芥川龍之介における「下町」の意味（『法政大学教養部紀要㊷』一）〔↓年次別〕

愛川　弘文　芥川龍之介『秋山図』論―二枚の絵の謎をめぐって（『日本文学』二）

佐古純一郎　芥川龍之介の「死相」について（二松学舎大『論究①』二）

刘　春英　不安的文学―论芥川龙之介的创作道路―（東北師范大学『日本文学①』一）

愛川　弘文　芥川龍之介「将軍」試論―オルガナイザーとしてのN将軍―（都留文科大『国文学論考⑱』二）〔↓年次別〕

国府田孝人　「歯車」における象徴的表現に関する一考察（『駒沢大学大学院論輯⑩』二）

海老井英次　「秋山図」試論―芥川龍之介と〈風流〉を中心に（九州大『文学論輯㉘』三）〔↓年次別〕

谷萩　昌則　芥川龍之介の童話―「蜘蛛の糸」に見られる児童観の問題について〔↓57・12〕（『智山学報㉛』三）

吉田　俊彦　「羅生門」小考（『岡大国文論稿⑩』三）〔↓年次別〕

大高　知児　芥川龍之介初期作品の世界―「煙草と悪魔」を中心とした覚え書―（中央大『国文㉕』三）〔↓年次別〕

メアリ・アルトハウス　「藪の中」論争の検討（『津田塾大学紀要⑭』三）

宮坂　覺　芥川龍之介「奉教人の死」論―作品論の試み〈語り〉の視点を中心に―（福岡女子大『香椎潟㉗』三）〔↓年次別〕

高木　文雄　「年末の一日」考―芥川に於ける漱石の影（『金城学院大学論集（国文学篇㉔）』三）〔↓年次別〕

西川英次郎　回想（『両国高校八十年』三）

渡辺　正彦　芥川龍之介「藪の中」論―その構造と主題、「俊寛」との関係（『群馬県立女子大学国文学研究②』三）

菊地　弘　芥川龍之介『玄鶴山房』覚え書

（『跡見学園女子大学国文学科報⑩』三）〔↓年次別〕

中島 国彦　二つの感受性、その模索―芥川龍之介と矢代幸雄（早稲田大『比較文学年誌⑱』三）

河盛 好蔵　菊池・久米・芥川―作家の友情（3）―（『新潮』三）

山田 義博　「西方の人」と「沈黙」とに表現されたキリスト観について（『金沢大学国語国文⑧』三）

石割　透　芥川龍之介「紅葉」紹介など（『駒沢短期大学研究紀要⑩』三）〔↓年次別〕

船津丸裕子　芥川「羅生門」論（『活水日文⑥』三）

坂口ゆう子　芥川龍之介と横光利一―「上海」をめぐって―（大東文化大『日本文学論集⑥』三）

遠藤 孝子　梶井基次郎と芥川龍之介の文体比較の試み（『昭和学院国語国文⑮』三）

菊地　弘　「奉教人の死」覚え書（『文学年誌⑥』四）

海老井英次　「蜜柑」――暗い〈基調〉を切り裂く（『月刊国語教育(3)②』四）

佐々木 充　龍之介「古千屋」の素材（『国語と国文学』五）

伊藤 一郎　あこがれと孤独―龍之介「枯野抄」成立考（『文学』六）

金田一春彦　芥川の作品に見られる日本的表現（上智大学『ソフィア(31)②』六）〔↓年次別〕

中島 長文　芥川龍之介「支那游記」補跋（『滋賀大国文⑳』六）〔↓年次別〕

湯沢賢之助　芥川龍之介『枯野抄』の周辺―芭蕉関係資料から―（尚学図書『国語展望(61)』六）

原武　哲　菅虎雄と芥川龍之介（中）―文学青年菅忠雄を媒介として〔↓56・7、59・7〕―（『九州大谷国文⑪』七）

佐藤 嗣男　『松江印象記』から『雛』へ―芥川文学、その反近代主義の道すじ―（『文学と教育(121)』八）

工藤　茂　芥川龍之介「老年」考―森鷗外「百物語」の影―（『国学院雑誌(83)⑨』九）

清水 康次　「羅生門」への過程―岩森亀一氏所蔵の資料を用いて―（『国語国文』九）

上村 直己　芥川龍之介「路上」のモデル（『日本古書通信㊼』九）

倉智 恒夫　〈寄贈資料紹介〉芥川龍之介文庫フランス文学関係図書（『日本近代文学館(69)』九）

佐藤 嗣男　芥川の新しい文体―ダッシュと点線の図法に即して―（『表現研究㊱』九）

真水 光宏　芥川龍之介の晩年―シナリオより見たる一考察（大正大学『国文学踏査⑫』九）

大塚 幸男　芥川龍之介とA・フランス（『朝日新聞』九・二九、夕）

和田 芳英　芥川龍之介「羅生門」材源考（上）（下）―アンドレーエフ作、昇曙夢訳『地下室』との関連において―（大谷中・高等学校機関誌『叢⑰～⑱』一〇、昭和五九・二）

関口 安義　芥川龍之介の桃太郎観（『民主文学』一一）

戸松　泉　漱石と龍之介（『解釈と鑑賞』一一）

中島 一裕　芥川龍之介『藪の中』の重層的構成―文章表現論の事例研究―（帝塚山短大『青須我波良㉕』一一）〔↓年次別〕

関口 定義　教材研究「羅生門」（明治書院『日本語学①』一一）

大島 真木　芥川龍之介と児童文学（『比較文学研究㊷』一一）

高田 正夫　芥川龍之介『雛』をめぐって――

ゼミナール—文学史を教師の手に—（『文学と教育(122)』一一）

隈本まり子　芥川龍之介「手帳」試論（『方位⑤』一一）

本多　仁　『羅生門』の主題の検討（『芸文攷』一二）

島田　謹二　〈講演〉芥川龍之介と外国文学（『札幌商科大学論集㉜』一二）

益田　勝美　「芋粥」の位置—『宇治拾遺物語』の作者像—（法政大『日本文学誌要㉗』一二）

谷萩　昌則　芥川龍之介の童話Ⅱ—座談会「家庭に於ける文芸書の選択に就いて」を中心にして—〔↓57・3〕（『足利短期大学研究紀要③』一二）

五十嵐康夫　宮沢賢治と「マキ」の問題—芥川龍之介、北条民雄に触れつつ—（『文学と教育④』一二）

【昭和五八年】一九八三

小沢　保博　芥川龍之介「芸術その他」と「文芸的な、余りに文芸的な」—理論と実作の乖離—（『琉球大学教育学部紀要（第一部）㉖』一）

愛川　弘文　芥川龍之介『秋山図』論—二枚の絵の謎をめぐって—（『日本文学』一）

中村　友　「鼻」私考—シングの戯曲「聖者の泉」を起点として—（昭和女子大『学苑(517)』一）〔↓年次別〕

石上　敏　芥川龍之介の作品の校訂上の諸問題—羅生門—（『解釈』一）

国府田孝人　二つの「海のほとり」（駒沢大大学院『論輯⑪』二）〔↓年次別〕

剣持　武彦　芥川文学と西欧語・西欧文学（『解釈と鑑賞』三）

中西　芳絵　「大石良雄」論—野上弥生子と芥川龍之介（『相模女子大学紀要㊻』三）

吉田　俊彦　「孤独地獄」小考—漱石の影響—（『岡山大国文論稿⑪』三）

諫早　勇一　芥川とゴーゴリ—『芋粥』と『外套』を中心に—（信州大学『人文科学論集⑰』三）

森　正人　芥川龍之介『往生絵巻』論（『愛知県立大学文学部論集㉜（国文学科編）』三）〔↓年次別〕

新藤ひろみ　「鼻」のヴァリアントの主題（『群馬県立女子大学国文学研究③』三）

大沢みゆき　「鼻」再掲問題（〃）

桜井　雅代　「羅生門」とゴーゴリの「鼻」のにきびについて（〃）

向後　淳子　芥川龍之介の文末表現について（『昭和学院国語国文⑯』三）

広藤　玲子　芥川龍之介論Ⅵ—審美性をめぐって—〔↓56・3〕（『広島女子大学文学部紀要⑱』三）〔↓年次別〕

海老井英次　芥川文学における空間の問題（一）—「戯作三昧」の〈書斎〉と「玄鶴山房」の〈離れ〉—〔↓59・8〕（九州大『文学論輯㉙』三）〔↓年次別〕

松沢　信和　芥川龍之介初期文章と社会主義思想（『文教大学国文⑫』三）

川上　光教　『西方の人』論（二松学舎大『論究⑤』三）

郡司　英子　『煙草と悪魔』試論（〃）

丸山　茂　芥川龍之介『羅生門』についてのノート（『弘前学院大学国語国文学会誌⑨』三）〔↓年次別〕

山田　義博　『西方の人』（芥川龍之介）と『沈黙』（遠藤周作）とにおけるキリスト観について（石川県立高等学校教育研究会国語部会『国語研究⑳』三）

橋浦　洋志　芥川龍之介の「近代的なもの哀れ」（『茨城大学教育学部紀要（人文・社会・芸術）㉜』三）〔↓年次別〕

久保　忠夫　芥川龍之介と谷崎潤一郎ほか（『東北学院大学論集（一般教育）

75』二）

新藤ひろみ・大沢みゆき・桜井雅代　芥川龍之介「羅生門」「鼻」について（群馬県立女子大『国文学研究③』三）

福井　靖子　「きりしとほろ上人伝」考—わらんべキリストはなぜ重いか—（『国文白百合⑭』三）〔→年次別〕

尾崎　直哉　『歯車』の世界（『和光大学人文学部紀要⑰』三）

坂口　郁　〔私の授業—教材に沿って—〕「羅生門」で何を教えるか（筑摩書房『国語通信④』四）

倉智　恒夫　芥川龍之介読書年譜—フランス文学関係図書—（『比較文学研究㊸』四）

荻野　恒一　芥川龍之介のパトグラフィー（『解釈と鑑賞〈増〉』四）

中村真一郎　『妖婆』の原稿出現—そのエピグラムについて—（『図書』四）

佐々木雅発　「地獄変」幻想（上）（下）—芸術の欺瞞—（『文学』五、八）

戸田　民子　芥川龍之介「上海游記」—里見病院のことなど—（立命館大『論究日本文学㊻』五）

関口　安義　灰色の風景—芥川龍之介「トロッコ」論—（教育出版『小説教材の作品論的研究』五）

小判　繁樹　『羅生門』の視点構造（『教育通信⑯』六）

中根　東樹　芥川龍之介の「鼻」「六の宮の姫君」—『今昔』と芥川、および堀辰雄（明治学院中学校・東村山高等学校『研究実践紀要⑥』六）

松本　常彦　「老狂人」から「羅生門」まで—「羅生門」前史における視点の獲得と関連して—（九州大『語文研究55』六）

山本　純子　「羅生門」に見る自立のための自我形成—下人におけるエゴグラムの変容—（『月刊国語教育(3)④』六）

大野　玉江　檳榔毛の車（『解釈』六）

首藤　基澄　読む・羅生門（『日本文学』六）

倉智　恒夫　芥川龍之介読書年譜—英・露・独・北欧文学関係図書—（『現代文学㉗』六）

海老井英次　「蜃気楼」——〈光なき闇〉の中の漂泊（『月刊国語教育(3)④』六）

吉田　俊彦　『父』（芥川龍之介）小考—漱石の影響—（『岡山県立短期大学研究紀要㉗』七）〔→年次別〕

村井　八郎　初出稿「羅生門」をめぐって—芥川龍之介の青春—（『近江文学⑨』七）

林　伸樹　『枯野抄』ノオト（筑波大平岡研究室『稿本近代文学⑥』七）

小林　恵　芥川龍之介『蜃気楼』（〃）

大沢　正善　「鼻」論—滑稽小説としての可能性とその変容—（東北大『日本文芸論稿⑫・⑬〈合〉』七）

片村　恒雄　「羅生門」の人物呼称（『日本語学(2)⑦』七）

明里　千章　「藪の中」試論—芥川龍之介の語りかけるもの—（『ばら㉑』七）

海老井英次　芥川龍之介（『国文学〈増〉』七）

高橋　陽子　藪の中—その心理描写の意味—（『日本女子大学大学院の会会誌④』八）〔→年次別〕

鷺　只雄　「南京の基督」新攷—芥川龍之介と志賀直哉—（『文学』八）

坪井　秀人　「蜃気楼」論—芥川龍之介の〈詩的精神〉—（『名古屋近代文学研究①』九）〔→年次別〕

西村早百合　芥川龍之介『ひょっとこ』研究（『キリスト教文芸①』九）

勝倉　寿一　「杜子春」の背景（東北大『文芸研究104』九）

笠井　秋生　芥川龍之介『手巾』について—岩森亀一氏所蔵の『武士道』と比較しつつ—（『日本近代文学㉚』一〇）〔→年次別〕

清水　康次　「地獄変」の方法と意味―語りの構造―（〃）〔↓年次別〕

朝田　嘉蔵　芥川龍之介の「芋粥」に関する一考察（『羽衣学園短大研究紀要⑳』一〇）〔↓年次別〕

小久保　実　芥川龍之介の死（『解釈と鑑賞』一〇）

山本　二見　「一塊の土」論―一塊の土の意味―（『就実語文④』一一）

杉本　邦子　芥川龍之介と一宮（昭和女子大『学苑527』一一）〔↓年次別〕

平野　芳信　『地獄変』試論（山梨英和短大『日本文芸論集⑩』一一）

大高　知児　芥川龍之介「アグニの神」を中心として（『解釈と鑑賞』一二）

芹沢　光興　「蜜柑」論への一視角―〈或得体の知れない朗な心もち〉をめぐって―（立教大『日本文学51』一二）〔↓年次別〕

浅野　洋　「手巾」私注（〃）〔↓年次別〕

向窪　督　芥川龍之介の〝私〟と運命（広島大『近代文学試論㉑』一二）

森崎　光子　芥川初期作品の文芸性―「老年」を中心として―（『日本文芸学⑳』一二）〔↓年次別〕

加藤　京子　芥川龍之介の比較文学的研究（福島大『言文㉛』一二）

小林　幸夫　「羅生門」論―下人の死角―（『作新学院女子短期大学紀要⑫』一二）〔↓年次別〕

赤羽　学　芥川龍之介の「杜子春」の自筆原稿の紹介（『岡山大学文学部紀要④』一二）

佐藤　清郎　ツルゲーネフと芥川龍之介―ふたたび「山鴫」の材源について―（『窓㊼』一二）

【昭和五九年】一九八四

加藤　明　「歯車」論―ギリシア神話の暗合をもとに―（『日本文学』一）

丸橋由美子　芥川龍之介「歯車」―〈地獄〉にみる外国文学の影響とその意義―㈠〔↓60・3〕（『上智大学国文学論集⑰』一）〔↓年次別〕

栗栖　真人　芥川龍之介「南京の基督」論（『別府大学紀要㉕』一）〔↓年次別〕

間宮　一夫　『奉教人の死』について（駒沢大大学院『論輯⑫』二）

片岡　懋　「素戔嗚尊」「老いたる素戔嗚尊」の意味（『駒沢国文㉑』二）〔↓年次別〕

久保田芳太郎　芥川龍之介『枯野抄』〔↓61・3〕（『東横国文学⑯』三）〔↓年次別〕

清水　康次　芥川龍之介の方法―物語と作者―〔↓平元・3〕（大阪女子大『女子大文学（国文篇）㉟』三）〔↓年次別〕

村田　秀明　芥川龍之介の漢詩研究（『方位⑦』三）

関口　安義　寂しい諦め―芥川龍之介「秋」の世界―（都留文科大『国文学論考⑳』三）

剣持　武彦　芥川龍之介「戯作三昧」新考（『二松学舎大学東洋学研究所集刊⑭』三）〔↓年次別〕

宮越　勉　志賀直哉の影響圏―芥川龍之介の場合―（明治大『文芸研究51』三）

町田　栄　『井月の句集』をめぐって―下島・芥川・瀧井・室生・島村らの関心―〔↓60・3〕（『跡見学園女子大学紀要⑰』三）

吉田　俊彦　『野呂松人形』（芥川龍之介）小考（『岡大国文論稿⑫』三）〔↓年次別〕

小林奈津子　「歯車」論（北海道教育大札幌分校『国語国文学科研究論集㉙』三）

剣持　武彦　芥川龍之介「戯作三昧」における作品構成の原理と、この作品に投影した漱石先生（『都大論究㉑』

三〕

助川　幸彦　「羅生門」の成立─下人の目と老婆の言動、特に火をめぐって─（『芝学園国語科研究紀要②』三）

森本　修　「大導寺信輔の半生」考（奈良教育大『国文　研究と教育⑦』三）

橋浦　洋志　「羅生門」とその前後─〈老婆〉の意義─（『茨城大紀要（人文・社会科学・芸術）㉝』三）〔→年次別〕

中島　国彦　二つの感受性・その展開─芥川龍之介と矢代幸雄（『比較文学年譜⑳』三）

菊地弘・久保田芳太郎・関口安義　〔座談会〕枯野抄（明治書院『古典と現代54』四）

佐々木雅発　「藪の中」捜査─言葉の迷宮─（『文学年誌⑦』四）

石割　透　芥川龍之介ノート─大正七年（上半期）の芥川─（〃）

森崎　光子　芥川龍之介と戯曲─「青年と死と」を中心に─（立命館大『論究日本文学㊼』五）〔→年次別〕

伊藤　一郎　芥川龍之介の俳句と短歌、一つ二つ─龍之介の子規─（『日本文学』六）

西村早百合　芥川龍之介『羅生門』論（関西学院大『日本文芸研究㊱②』六）〔→年次別〕

原武　哲　菅虎雄と芥川龍之介（下）─白雲父子と我鬼窟主人の終焉─〔→57・7〕（『九州大谷国文⑬』七）〔→年次別〕

山崎　健司　「大川の水」の変貌─執筆から発表までの三年間が表すもの─（筑波大平岡研究室『稿本近代文学⑦』七）

篠永佳代子　芥川龍之介、危機脱出の一試行─染織芸術への接近─（早稲田大『文芸と批評(5)⑩』七）

奥村　佳美　『歯車』における二重構造の意味するもの（『高知女子大国文⑳』七）

鈴木　太吉　芥川龍之介と子尹の句（『解釈』七）

日下不二雄　芥川龍之介「奉教人の死」論（上）─冒頭のエピグラムをめぐって─（〃）

西沢　正二　芥川龍之介『運』の方法をめぐって（〃）

園部　恵　芥川龍之介の「きりしとほろ上人伝」の「絶漠」（〃）

安藤　勝志　『きりしとほろ上人伝』と『八郎』（〃）

吉田　俊彦　『芋粥』（芥川龍之介）小考（岡山県立短期大学『研究紀要㉘』七）〔→年次別〕

発田　和子　拾遺・芥川における作品と別稿・未定稿の関係（『日本女子大学大学院の会会誌⑤』八）

海老井英次　芥川文学における空間の問題㈡─垂直軸にそう展開の検討─〔→58・3〕（九州大『文学論輯㉚』八）〔→年次別〕

田近洵一・鈴木醇爾・三谷邦明・関口安義　〔座談会〕「羅生門」を読む（『日本文学』八）

佐藤　嗣男　芥川龍之介『藪の中』─真相再構成論への訣別─（『表現研究㊵』九）〔→年次別〕

清水　律子　芥川龍之介研究㈠　二元世界の変貌〔→60・3〕（東京女子大『日本文学62』九）

広瀬　朝光　芥川龍之介と松江について（『島大国文⑬』一〇）〔→年次別〕

笠井　秋生　『南京の基督』論─二通の芥川書簡をめぐって─（日本キリスト教文学会関西支部『キリスト教文芸②』一一）〔→年次別〕

大野　正重　「羅生門」の学習案（尚学図書『国語展望68』一一）

丸山美賀子　「手巾」考（『就実語文⑤』一二）

田中　雅行　教材としての『手巾』試論（『名古屋近代文学研究②』一二）

友田　悦生　芥川「西方の人」論―聖霊とマリアとの解読を中心として―（『日本文芸学㉑』一二）〔→年次別〕

和田　芳英　芥川龍之介『羅生門』材源考再説(上)―アンドレーエフ作、昇曙夢訳『地下室』との関連において―（大谷中・高等学校機関誌『叢⑲』一二）

井上　諭一　『河童』の構成―二十世紀文学としての可能性―（『異徒⑥』一二）

御幡　晶子　「偸盗」における女性論―〈女〉と〈母〉の間に―（フェリス女学院大『玉藻⑳』一二）

山口　九一　メルヘン三つの世界―モーム、芥川、太宰にみる―（『神戸山手女子短期大学紀要㉗』一二）

越智　良二　「網走まで」と「蜜柑」・覚え書『愛媛国文と教育⑯』一二）

橋本　一郎　芥川『魔術』の源泉（『上智短期大学紀要⑤』一二）

赤羽　学　芥川龍之介と猿（輔仁大学外語学院『日本語日本文学⑪』一二）

【昭和六〇年】一九八五

大久保典夫　芥川龍之介の栄光と悲惨―教養主義を超えて―現代小説との相関からのアプローチ（『日本及日本人1577』一）〔→年次別〕

佐多　稲子　「河童の銀屏風」のこと（『海燕（4）①』一）

見尾久美恵　「或日の大石内蔵之助」における読みに関する諸問題」（『解釈』一）

山田　輝彦　芥川ノート―その「童話」と「短歌」について―（『福岡教育大学国語国文学会誌㉖』一）〔→年次別〕

傳馬　義澄　「憤怒の両面―龍之介と朔太郎」小考（國學院大『日本文学論究㊹』一）

佐々木雅發　「羅生門」縁起―言葉の時―」（『早稲田大学大学院文学研究科紀要㉚』一）

石上　敏　『羅生門』の入口」（『解釈』二）

水洞　幸夫　『蜃気楼』に描かれた世界―芥川後期作品における二つのイメージ―（〃）

橋本　稔　芥川文学の中の女（『北方文芸（18）②』二）

小澤　保博　芥川龍之介「神々の微笑」と西方の人―素材・構想・論点―（『琉球大学教育学部紀要　第一部㉘』二）〔→年次別〕

笠井　秋生　芥川龍之介『芋粥』の構成と主題（『梅花短期大学研究紀要㉝』二）〔→年次別〕

片岡　懋　芥川龍之介の求めた「新しい本」（『駒沢国文㉒』二）〔→年次別〕

鈴木　太吉　「羅生門」の悪文（『解釈』三）

丸橋由美子　芥川龍之介「歯車」―〈地獄〉にみる外国文学の影響とその意義―その二〔→59・1〕（『ノートルダム清心女子大学紀要（国語・国文学編）（9）①』三）

諫早　勇一　"The onion broke"―『蜘蛛の糸』と『カラマーゾフの兄弟』をめぐる若干の考察（信州大『人文科学論集⑲』三）

山崎　甲一　芥川龍之介の独立―「運」の対話と場景描写について―（『鶴見大学紀要　第一部国語・国文学篇㉒』三）〔→年次別〕

大場　恒明　「羅生門」に関する一つの仮説―英訳本 Crime and Punishment との比較の試み（『日本女子大学紀要　文学部㉞』三）〔→年次別〕

影山　恒男　茂吉と龍之介の一側面（『横浜国大国語研究③』三）

清水　律子　芥川龍之介研究（下）二元世界の変貌（『東京女子大学日本文学63』三）〔→59・9〕

中野　記偉　芥川龍之介「神神の微笑」解釈へ

の試み─比較文学的一考察（『英文学と英語学㉒』、三）

町田　栄　『井月の句集』をめぐって（承前）─下島・芥川・瀧井・室井・島村らの関心─［↓59・3］（『跡見学園女子大学紀要⑱』三）

清水　康次　『戯作三昧』と『奉教人の死』─願望と現実との背反─（大阪女子大学『女子大文学　国文篇㊱』三）［↓年次別］

橋浦　洋志　芥川龍之介の詩　三篇（『未開㊽』三）

水洞　幸夫　「玄鶴山房」試論─閉じ込められた〈鏡〉と〈匂〉─（『金沢大学国語国文⑩』三）

橋浦　洋志　芥川龍之介の「反抗心」─「或日の大石内蔵之助」「戯作三昧」への視座─（『茨城大学教育学部紀要（人文・社会科学、芸術）㉞』三）［↓年次別］

大川畑玲子　芥川龍之介「秋」─〝青〟と〝日暮れ〟のイメージの解釈─（『二松学舎大学人文論叢㉚』三）

岸田　尚子　『杜子春』の人物呼称（『愛知女子短期大学国語国文①』三）

大場　恒明　『袈裟と盛遠』試論─プロスペール・メリメ『二重の誤解』を視点として─（『比較文学㉗』三）［↓年次別］

助川　幸彦　芥川龍之介論ノート─「偸盗」及びそれ以前─（『芝学園国語科研究紀要③』三）

猿渡　重達　芥川龍之介の葉書─南江二郎と「文人」のことなど─（『聖マリアンナ医科大学紀要（一般教育）（14）①』三）［↓年次別］

本永　文子　芥川龍之介「奉教人の死」論（『山口国文⑧』三）

吉田　俊彦　『虱』（芥川龍之介）考覚え書き─『手巾』の批評精神との関連─（『岡大国文論稿⑬』三）［↓年次別］

渡辺　善雄　〈教材研究〉芥川龍之介「蜘蛛の糸」（『三重大学教育学部研究紀要　教育科学㊱』三）［↓年次別］

小室　善弘　文人風雅①〜⑥　芥川我鬼（1）〜（6）（『俳句（34）④〜⑨』四〜九）

関口　安義　初期芥川龍之介の世界─自己解放の叫び─（『民主文学233』四）

水口　久子　芥川龍之介〜自殺の謎について〜（宇部短大『紫苑⑮』四）

桐原　光明　〈教材研究〉『羅生門』（芥川龍之介）の授業から─下人とは一体誰なのか─（『国語フォーラム（3）②』五）

朝倉　治彦　稀本あれこれ　芥川龍之介の小説原稿①〜②（『国立国会図書館月報290〜291』五〜六）

古井　純士　『羅生門』における二つの語─〈死人〉と〈死骸〉について─（『早稲田大学国語教育研究⑤』六）

西山　恵　芥川龍之介〈保吉〉物の変容（『京都教育大学国文学会誌⑳』六）

下野　孝文　「芋粥」論（九州大『語文研究59』六）

山口　幸祐　芥川龍之介『山鴫』の方法と主題（『芸文攷⑩』六）

川上　光教　『手巾』論（二松学舎大『論究⑫』六）

千田　實　芥川龍之介『羅生門』における一考察─近代文学に現れた古典の世界─（『武蔵野短期大学研究紀要②』六）

西沢　正二　芥川龍之介『好色』論再検討（『文学研究61』六）

水洞　幸夫　「年末の一日」論─芥川の苦悩と試行─（『考①』六）

石上　敏　『杜子春』自筆原稿をめぐって

（『解釈』七）

岡崎　晃一　「トロッコ」の指示語②─文脈指示の分析─（〃）[→58・3]

吉田　俊彦　『手巾』（芥川龍之介）小考（『岡山県立短期大学研究紀要㉙』七）[→年次別]

石川　徹　〈研究余滴〉映画『羅生門』並びに芥川の『藪の中』に登場する盗賊の呼称をめぐって（『むらさき㉒』七）

松本　徹　芥川龍之介の形式素描（『昭和文学研究⑪』七）[→年次別]

菊地　弘　梶井文学の方法─芥川を継ぐもの─（〃）

平岡　敏夫　ある読みのこころみ〈第三回〉雨の夜の異空間─「羅生門」再読─（『国語教育評論④』七）

海老井英次　「歯車」論・序章（九州大『文学論輯㉛』八）

単　援朝　「手巾」をめぐって（筑波大『稿本近代文学⑧』九）

井上　諭一　芥川龍之介「妖婆」の方法─材源とその意味について─（北海道大『国語国文研究74』九）

木山登茂子　「或阿呆の一生」と「西方の人」について（『東京女子大学日本文学64』九）

藤田麻実子　芥川龍之介研究─語りの変遷について─（『香川大学国文研究⑩』九）

別役　真理　教材研究「羅生門」─着想と構造の分析─（『高知女子大国文㉑』一〇）

西村小百合　芥川龍之介『二つの手紙』の意義─Doppelgaengerを巡って─（関西学院大『日本文芸研究（37）③』一〇）[→年次別]

加藤　明　「歯車」論─水のイメージをもとに─（『かながわ高校国語の研究㉑』一〇）

竹浪　聰　『奉教人の死』における漢語（山梨英和短大『日本文芸論集⑬』一〇）[→年次別]

吉原　洋彦　芥川龍之介「蜃気楼」研究─漂流する浮遊物─（『江古田文学（5）①』一〇）

芥川瑠璃子　憶い出の一隅（『三田文学（64）③』一一）

大高　知児　太宰治と先行文学─太宰治における芥川龍之介─（『解釈と鑑賞』一一）

斉藤　一男　梓川─その（一）播隆上人と芥川龍之介らの槍ヶ岳（『岳人461』一一）

山口武美編・山口静一補　芥川龍之介作品　収載教科書書目　戦前編（『埼玉大学紀要（人文科学編）㉞』一一）

芥川瑠璃子　赤インキの話（『群像』一二）

辰川　英俊　〈授業実践〉小説『羅生門』の一展開（『国語フォーラム（3）⑧』一二）

〃　〃（『国語教室㉖』一二）

松尾　直昭　芥川龍之介『地獄変』論（上）─権力と芸術の対立構造をめぐって─[→61・11]（就実女子大）『就実語文⑥』一二）[→年次別]

笠井　秋生　芥川龍之介「羅生門」─成立時期、執筆動機、末尾の改訂などをめぐって─（『梅花短期大学研究紀要㉞』一二）[→年次別]

竹浪　聰　「愛憐」について（『山梨英和短期大学紀要⑲』一二）

塚本　泰造　『奉教人の死』の文体構造─「刹那の尊い恐しさ」から「刹那の感動」へ─（『方位⑨』一二）

津田　洋行　文学は日常的現実を浄化しうるか─『蜜柑』と『満願』をめぐって─（論究の会『論究⑧』一二）

濱田　葉絵　芥川龍之介「侏儒の言葉」論─その創作課程とアフォリズムの世界に関する一考察─（フェリス女学

院大『玉藻㉑』一二）

宮坂　覺　芥川龍之介小論―〈狂人の娘〉（「歯車」「或阿呆の一生」）〈復讐の神〉（「歯車」）と父の〈性〉への忌避をめぐって―（〃）［→年次別］

工藤　茂　笑いの文学―芥川龍之介への一視点―（『別府大学国語国文学㉗』一二）

【昭和六一年】一九八六

岡崎　和夫　近代俳句の語法―芥川龍之介の句を中心に―（『日本語学（5）①』一）

小泉浩一郎　『羅生門』（初稿）の空間―その主題把握をめぐり―（『日本文学』一）

伊藤　一郎　芥川の「芭蕉雑記」と正岡子規―龍之介の子規　その二―［→59・6］（『国文学　言語と文芸98』一）

宮岡　良成　「羅生門」の文法的解釈の試み（『月刊国語教育（5）⑪』一）

菅原　敬三　教材研究と教材の扱い方（1）―芥川龍之介「舞踏会」―（広島文教女子大『文教国文学⑱』一）［→年次別］

青柳　達雄　「羅生門」の「黒洞々」について（『解釈』二）

下西善三郎　平中好色説話と芥川『好色』（『国語と国文学』二）

春名　徹　上海、そして芥川、横光…（『東方59』二）

石割　透　芥川研究について（『日本文学』二）

野村　圭介　『舞踏会』を読む（『早稲田商学313』二）

小澤　保博　芥川龍之介「河童」成立考（『琉球大学教育学部紀要　第一部㉙』二）

前田　美子　『歯車』試論（熊本大『国語国文学研究㉑』二）

金子　千佳　『羅生門』の上にあるもの（『杼⑤』二）

角田　敏郎　芥川龍之介の詩（大阪教育大学『学大国文㉙』三）［→年次別］

久保　忠夫　芥川龍之介の「青年と死と」の材源（『東北学院大学論集　一般教育82』三）

石割　透　芥川龍之介―中期作品の位相（1）「さまよへる猶太人」「二つの手紙」「或日の大石蔵之助」をめぐって［→62・3］（『駒沢短大国文⑯』三）［→年次別］

久保田芳太郎　芥川龍之介『枯野抄』（二）［→59・3］（『東横国文学⑱』三）

庄司　達也　「玄鶴山房」論―「新時代」についての一考察―（『日本文学』三）

辰川　英俊　小説「羅生門」の一展開（『国語展望72』三）（『国語フォーラム㉚』昭和六〇・一二　掲載論文に同じ）

近藤　巌　芥川龍之介「鼻」について（『日本私学教育研究所紀要（二）教科篇㉑』三）

今村　義裕　芥川龍之介　憂愁の文学―「羅生門」「戯作三昧」「枯野抄」の世界―（『芦屋大学論叢⑮』三）

信野　千夏　芥川龍之介「秋」論―自己保身の果て―（『昭和学院国語国文⑲』三）

吉田　郁子　芥川龍之介作品の現在終始について（〃）

中野　記偉　芥川龍之介「神神の微笑」解釈への試み―比較文学的一考察―（上智大『英文学と英語学㉒』三）［→年次別］

山崎　甲一　芥川龍之介「鼻」の文体について（『鶴見大学紀要　第四部人文・社会篇㉓』三）［→年次別］

＊　＊

一人の著者の本全部でいくら（3）芥川龍之介・志賀直哉・川

端康成の本（『日本古書通信（51）②』三）

水洞　幸夫　芥川龍之介初期作品における「羅生門」の意味―隠された物語―（『金沢大学国語国文⑪』三）［↓年次別］

山田　義博　芥川文学の一断面について―大地・母性の見地から―（〃）［↓年次別］

清水　憲男　『ルカノール伯爵』第11話再考―芥川の『魔術』源泉説検討と合わせて―（『上智大学外国語学部紀要⑳』三）

松本　常彦　芥川龍之介「青年と死と」の一側面（『文献探究⑰』三）［↓年次別］

藤井　了諦　芥川龍之介の「蜘蛛の糸」をめぐって（『同朋国文⑲』三）［↓年次別］

橋浦　洋志　「地獄変」考（『茨城大学教育学部紀要（人文・社会科学、芸術）㉟』三）

渡辺　正彦　芥川龍之介「首が落ちた話」材源考―ドストエフスキー『白痴』との関連―（『近代文学論⑭』三）

鵜生川　清　芥川龍之介「蜜柑」ノート（東京農業大附属第二高校『おあしす③』三）

安東　璋二　『藪の中』の真実（北海道教育大『語学文学㉔』三）

藤堂　尚夫　五位の視線―「芋粥」小論―（『イミタチオ④』四）

笹淵　友一　「地獄変」再論（昭和女子大『学苑557』五）［↓年次別］

和田　芳英　芥川龍之介作『羅生門』材源考察補遺―アンドレーエフ作昇曙夢訳「地下室」から「全印度が…」への過程―（『新国語研究㉚』五）

松浦　俊輔　物語の変容―芥川の「再話」をめぐって―（東京大『比較文学・文化論集③』五）

鵜生川　清　芥川龍之介「蜜柑」論―空間を読む［↓61・10］（『国語通信285』五）

曽根　博義　『秋』―文体と「私」の性格について―（『高原文庫①』五）

鄭　萬鎰　芥川龍之介에있어서의그리스도―『西方の人』와『續西方の人』을中心으로―（韓國日本學會『日本學報⑯』五）

岡崎　晃一　「トロッコの補助記号」（『解釈』六）

愛川　弘文　芥川龍之介「手巾」私論（『日本文学』六）

紫冨田忠和　文学に見る図書館風景5　芥川龍之介「大導寺信輔の半生」（『みんなの図書館110』六）

大西　忠治　「トロッコ」展開部の形象よみ（『国語教育評論⑤』六）

関口　安義　教材「雛」の研究（〃）

関口安義・笠井秋生・清水康次・萬田務〈シンポジウム〉「羅生門」をめぐって（『解釈と鑑賞』七）

吉田　俊彦　『偸盗』（芥川龍之介）小考（『岡山県立短期大学研究紀要㉚』七）［↓年次別］

関口　安義　芥川文学の再検討（『毎日新聞』七・一八、夕）

石割　透　芥川龍之介「蜜柑」―その現実認識と抒情（『社会文学通信⑤』七）

仁平　道明　「罪と罰」と「羅生門」（『解釈』八）

多鹿　暢彦　芥川龍之介と切支丹物―「千九百二十二年」の作品を中心に―（『明治大学日本文学⑭』八）［↓年次別］

松井やより　故平松ます子さん「芥川と死ぬ約束」ありえない（『朝日新聞』八・一九、朝）

相馬　久康　芥川の『河童』における風刺性について（中央大『人文研紀要⑤』

八）

井上　諭一　性あるいは日月の物語としての「偸盗」―「偸盗」論（1）―（『異徒⑦』八）

桑名　靖治　もう一つの「蜜柑」［↓61・12］（『国語通信287』八）

五十嵐文生　芥川龍之介が「自殺へのスプリング・ボオド」に選んだ幻の女性（『週刊朝日（91）㊲』八）

奥本大三郎　芥川とルナール（『ちくま86』九）

小倉　脩三　〈読む〉「地獄変」（『日本文学』九）

青木　正美　古本屋控え帳　龍之介「年末の一日」の原稿（『日本古書通信（51）⑨』九）

下野　孝文　「袈裟と盛遠」論―人物造形への一考察―（『文献探究⑱』九）

山敷　和男　「歯車」と「地獄」との比較文学的研究（『文学年誌⑧』九）

海老井英次　芥川龍之介（『国文学［増］』九）

井上　諭一　「神神の微笑」の方法―材源と語り手の問題について―（北海道大『国語国文研究76』九）

小田切　進　続・近代日本の日記13　大正の日記―漱石・鷗外・龍之介（『群像』一〇）

西村小百合　芥川龍之介『奉教人の死』の世界―芥川文芸における愛の姿形―（関西学院大『日本文芸研究（38）③』一〇）［↓年次別］

中務　泰了　芥川龍之介『偸盗』試論―『西方の人』を媒介として―（『花園大学国文学論究⑭』一〇）［↓年次別］

秋岡　康晴　授業成立のためのささやかな試み―「羅生門」の実践例から（『月刊国語教育（6）⑧』一〇）

石割　透　芥川龍之介の「蜜柑」（『国語通信289』一〇）

鵜生川　清　「蜜柑」再論［↓61・5］（〃）

海老井英次　「点鬼簿」論考―芥川龍之介・最後の告白―（九州大『文学論輯㉜』一〇）

赤羽　学　芥川龍之介の小説における「試し」の手法（『解釈』一一）

松尾　直昭　芥川龍之介『地獄変』論（下）―権力と芸術の対立構造をめぐって―［↓60・12］（就実女子大『就実語文⑦』一一）［↓年次別］

畑　尚子　芥川の文章の研究―文章心理学的方法を用いて―（〃）

松本　常彦　「羅生門」の後景（『近代文学考⑨』一一）

遠藤　祐　「袈裟と盛遠」―二つの独白をめぐって―（『キリスト教文学研究④』一二）

桑名　靖治　再び、そして最後に、もう一つの「蜜柑」［↓61・8］（『国語通信290』一二）

平岡　敏夫　「羅生門」の読み―その二、三の問題―（『文学と教育⑫』一二）

三嶋　譲　現代文学の中の忠臣蔵　芥川龍之介　或日の大石内蔵之助（『国文学』一二）

下坂　恵　「偸盗」試論（『方位⑩』一二）［↓年次別］

松岡　純子　芥川「杜子春」考―「杜子春伝」、久保天随訳「杜子春」との関連をめぐって―（〃）［↓年次別］

高橋　博史　芥川龍之介「煙草と悪魔」―初期芥川龍之介論のためのノート（1）―（『学習院女子短期大学紀要㉔』一二）

工藤　茂　日本近代文学の一特質―『沈黙』と「羅生門」を中心として―（『別府大学国語国文学㉘』一二）

【昭和六二年】一九八七

平川　祐弘　開化の舞踏会（『新潮』一）

中村　友　「仙人」（大五）考―『エピクロスの園』における至福者の悲劇を起点として―（昭和女子大『学苑

(565)』一）

三好　行雄　所蔵資料紹介「蜘蛛の糸」の原稿（『神奈川近代文学館⑮』一）

木股　知史　女とハンケチ―〈イメージ〉の近代文学誌―（『日本文学』一）

荻久保泰幸　現代文教材研究講座　文学作品をどう読むか4　「羅生門」―〈愉快な小説〉（『月刊国語教育（6）⑪』一）

吉本　隆明　芥川・太宰・三島の「自殺の運命」（『新潮45』二）

奥本大三郎　芥川龍之介とジュール・ルナール（『現代文学㉞』二）

和田　芳英　芥川龍之介作「鼻」材源考（上）―レフ・トルストイ作「イワン・イリイッチの死」を視点に入れて―（大谷中・高『叢㉑』二）

大平　和男　〈教材研究〉下人の面皰―『羅生門』を読む―（『国語教室㉚』二）

柏木　成章　芥川の「に」―特に、その「で」に代替する用法について―（大東文化大『語学教育研究論叢④』二）［↓年次別］

桜木実千恵　「地獄変」における語りの問題（日本女子大『国文目白㉖』二）

青戸ゆかり　芥川における死のスプリング・ボオド（成城短大『国文学ノート㉔』三）

桐原　光明　「蜜柑」（芥川龍之介）を教材化した授業についての所感（『解釈』三）

平島英利子　「山月記」と「文芸的な、余りに文芸的な」―「微妙な点の欠如」について―（『金城国文(63)』三）

北川　伊男　〈講演要旨〉芥川龍之介の芸術活動―『手巾』に寄せて―（〃）［↓年次別］

前田美由紀　芥川龍之介―俳句研究―（九州女子大『語学と文学⑰』三）［↓年次別］

石割　透　芥川龍之介―中期作品の位相（2）芸術化意識の定着「女體」から「戯作三昧」へ［↓61・3］［↓63・3］（『駒沢短大国文⑰』三）［↓年次別］

市川恵津子　芥川文学における〈朧化された世界〉（日本女子大『目白近代文学⑦』三）

大星　光史　芥川龍之介と漂白俳人「井月」（『毎日新聞』三・一〇、夕）

吉村　稠　芥川龍之介の〈愚直者〉への憧憬―未定稿「尼と地蔵」を中心にして―（『園田国文⑧』三）

山崎　甲一　「羅生門」の文脈―蟋蟀の行方―（『鶴見大学紀要　第一部国語・国文学篇㉔』三）［↓年次別］

菊地　弘　芥川龍之介「河童」覚え書―芸術的良心と「近代」―（『跡見学園女子大学国文学科報⑮』三）［↓年次別］

浅野　洋　「袈裟と盛遠」の可能性（『近畿大学教養部研究紀要（18）③』三）

安田　義明　「藪の中」の魅力について（國學院女子短大『滝川国文③』三）

石割　透　芥川龍之介ノート―大正七年（下半期）の芥川―（『駒沢短期大学研究紀要⑮』三）［↓年次別］

山下　浩　「羅生門」の本文校訂―グレッグの理論（Rationale of Copy-Text）を適用し初出『帝国文学』を底本にした新しい本文の試み―（筑波大『言語文化論集㉒』三）

髙木　浩　「舞踏会」とその周辺―その構成をめぐって―（『文芸と批評（6）⑤』三）

田中　征男　注釈「侏儒の言葉―芥川龍之介における人間の構造―」［↓63・3］（和光大『エスキス(87)』三）

中野　智子　芥川竜之介論―その思想と文学―（『愛知女子短期大学国語国文③』三）

赤羽　学　芥川龍之介『二人小町』の典拠とその扱い（『岡大国文論稿⑮』三）［→年次別］

佐藤　美加　芥川龍之介の『鼠小僧次郎吉』の表現―式亭三馬との比較―（〃）

伊狩　弘　教材としての芥川龍之介「蜜柑」（新潟大『新大国文⑬』三）［→年次別］

川上美那子　「文芸的な、余りに文芸的な」について（都立大『人文学報(192)』三）

小林　一郎　芥川龍之介論―芥川文学形成の軌跡―（『東洋大学短期大学紀要⑱』三）［→年次別］

渡邊　正彦　芥川龍之介「猿」論並びに材源考―ドストエフスキー「白痴」との関係―（『群馬近代文学研究⑫』三）

小林　一郎　芥川龍之介論―『羅生門』発表直前の状況を中心に（〃）

安野　光雅　レモンの表紙　芥川龍之介「奉教人の死」（『本（12）④』四）

関口　安義　芥川龍之介論（『解釈と鑑賞』四）

松浦　由起　教材「羅生門」（『国語フォーラム（5）①』四）

山崎　澄子　『筑摩全集類聚・芥川龍之介全集』の語釈について（『解釈』四）

大熊　徹　芥川龍之介「トロッコ」小論―最終段落の読みをめぐって―（『文学と教育⑬』四）

平岡　敏夫　「羅生門」の異空間（『日本の文学①』四）

山口　幸祐　「藪の中」と「范の犯罪」「城の崎にて」その他―比較作品ノート―（『イミタチオ⑥』四）

小島　俊二　小説「羅生門」の授業展開―指導内容の精選から―（『高校通信東書国語(272)』五）

長岡　達也　芥川龍之介の『羅生門』と『地獄変』についての考察（『聖カタリナ女子短期大学紀要⑳』五）［→年次別］

草間　幸子　二作家に見る歴史物から生み出された作品の相違点論考―「山椒大夫」と「羅生門」の場合―（韓國日本學會『日本學報⑱』五）

佐藤　嗣男　蘆花と龍之介―近代散文成立への一つの道すじ―（『文学と教育(140)』五）

山口　章浩　現代史としての文学史⑧『大導寺信輔の半生』（〃）

友田　悦生　作家芥川誕生の基礎的与件―自己像および世界像の性格をめぐって―（立命館大『論究日本文学㊿』五）［→年次別］

仁平　道明　「芋粥」の構図（東北大『文芸研究(115)』五）

高橋　勇夫　帰属と彷徨―芥川龍之介論（『群像』六）

門倉正二・関口安義・伊藤一郎　「羅生門」を読む―作品論と教材論―（『国文学　言語と文芸(101)』六）

伊藤　一郎　「羅生門」教育関係主要文献目録稿（〃）

飯島　耕一　日本のベル・エポック⑦　芥川龍之介の俳句（『俳句（36）⑦』七）

佐藤　美加　芥川龍之介の『忠義』に内在するもの（『解釈』七）

日下不二雄　芥川龍之介『きりしとほろ上人伝』の文体と主体（〃）

西村早百合　芥川龍之介『地獄變』―死に魅せられし者―（関西学院大『日本文芸研究（39）②』七）

佐藤　嗣男　蘆花と龍之介―新文体創造への胎動（『文学と教育(141)』七）

関口　安義　秋、藪の中、西方の人、歯車（『国文学』七）

飯島　耕一　日本のベル・エポック⑧　芥川と芭蕉、凡兆（『俳句（36）⑧』八）

岡野　篤夫　芥川龍之介『支那遊記』にみた日中戦争・太平洋戦争の萌芽（『自

由（29）⑧』八）

倉智　恒夫　芥川龍之介と西洋文学　我鬼窟淫書曼陀羅（一）ーカミーユ・フラマリオンー［↓62・12］（『現代文学㉟』八）

長谷川　敬　フォトシリーズ／昭和史地図⑦ボンヤリした不安ー芥川龍之介の自殺ー（『本の窓（10）⑦』八）

桂　文子　『一塊の土』論（『広島女子大国文④』八）

薄井　道正　謎の提示しての事件設定を読む「羅生門」の実践（『国語教育評論⑦』八）

笹淵　友一　「きりしとほろ上人伝」考（昭和女子大『学苑573』九）

菊地　弘　〈寄贈資料紹介〉小穴隆一宛書簡から　芥川龍之介あれこれ（『日本近代文学館99』九）

下坂　恵　「羅生門」試論（熊本大『国語国文学研究㉓』九）［↓年次別］

関口　安義　芥川文学の新たな「読み」　没後六〇年に寄せて（『毎日新聞』九・一六、夕）

飯田龍太・三好行雄　〈対談〉俳諧と〈私〉小説家の俳句ー龍之介・漱石・万太郎（『国文学』九）

生内　由香　中期・芥川の「現代物」への道ー「秋」その他ー（『藤女子大学国文学雑誌㊴』九）

石井　和夫　芥川龍之介の小説の型の問題ーあわせて「檸檬」「狼疾記」との連関におよぶー（福岡女子大『香椎潟㉝』九）［↓年次別］

澤井　知子　授業展開のくふう　表現に即した読みー「トロッコ」の指導（『月刊国語教育（7）⑦』九）

姜　天喜　「杜子春」についてー母親の愛を中心にしてー（『香川大学国文研究⑫』九）［↓年次別］

早瀬　輝男　『羅生門』ー下人の人物像と主題（『解釈』一〇）

田中麻里子　「大川の水」再考ー永井荷風「歓楽」との影響を中心としてー（『二松学舎大学人文論叢㊲』一〇）

加藤　明　「歯車」論ー「鉄道」のモチーフをもとに（『かながわ高校国語の研究㉓』一〇）

海老井英次　〈展望〉**MENSURA ZOILI** 待望論ー芥川龍之介研究の一隅からー（『日本近代文学』一〇）

関口　安義　作品別・児童文学を読むための事典　芥川龍之介（『国文学』一〇）

三浦　和尚　高等学校における小説の指導ー芥川龍之介『藪の中』を中心にー（広島大『国語教育研究㉛』一〇）［↓年次別］

朱　金和　「羅生門」の芸術特色を論じてみる（『江古田文学（7）②』一〇）

三好　行雄　芥川龍之介（日本人の辞世・遺書）（『別冊太陽59』一〇）

田島　光平　アガルとノボルー芥川「羅生門」の「上る」のよみをめぐってー（『国語通信298』一〇）

三好　行雄　『蜜柑』論のための素描（『国語展望（77）⑥』一〇）

大野　正重　「標準国語一」をめぐって　井上靖「少年」芥川龍之介「蜜柑」（〃）

蘇　思純　中国における芥川龍之介研究の現状（『イミタチオ⑦』一〇）

赤羽　學　芥川龍之介における模倣と獨創（中華民國輔仁大學『日本語日本文學⑬』一〇）

鈴木日女美　芥川龍之介の文体（『文学と教育142』一一）

松崎英敏・西垣慶康・飛田多喜雄　授業に生きる教材研究中学校「トロッコ」（『教育科学国語教育385』一一）

吉岡由紀彦　芥川「戯作三昧」論（一）ー『水滸伝』のもたらした不安と茶の間

の情景の解釈を中心に―（関西学院大『日本文芸学㉔』一一）

平野晶子　「西方の人」論―「ジャアナリズム」について―（〃）

朱金和　「羅生門」の芸術的特色に関して（創価大『言語文化研究⑨』一一）

山内泰雄　芥川龍之介「藪の中」の舞台化をめぐって（『桐朋学園大学短期大学部紀要⑥』一一）［↓年次別］

芹沢俊介　芥川の忠臣蔵批判（『彷書月刊（3）⑫』一一）

小澤保博　芥川龍之介「続西方の人」注釈（『琉球大学教育学部紀要㉛』一一）［↓年次別］

石割透　芥川龍之介「一塊の土」雑感（日本文学協会近代部会『葦の葉(57)』一一）→（『近代文学研究⑤』昭和六三・八に再掲）

小川国夫　埴谷雄高・小川国夫往復書簡〈終末〉の彼方に　第六回　招かれる原言語希求者（『世界(508)』一二）

北川伊男　近代・現代秀歌鑑賞　魚とし住まば悶えざらむか―芥川龍之介と短歌（『短歌（34）⑫』一二）

中村青史　芥川「桃太郎」の裏側（熊本大『国語国文研究と教育⑲・⑳〔合〕』一二）

伴俊文　〈教材研究〉「羅生門」（芥川龍之介）の読解について（『国語フォーラム（5）⑥』一二）

海老井英次　芥川龍之介「或阿呆の一生」注解（一）―「時代」としての〈世紀末〉―［↓63・12］（九州大『文学論輯㉝』一二）

影山恒男　芥川龍之介の切支丹物における日本的感性―「おぎん」をめぐって―（『長崎県立女子短期大学研究紀要㉟』一二）［↓年次別］

碁石雅利　芥川龍之介の文体―「の」型文の形成―（聖徳学園短大『文学研究③』一二）

茂呂公一　James Joyce の “Exiles” と芥川龍之介の『藪の中』との類縁性（一）―人物像を中心にして―［↓63・7］（『城西人文研究（15）②』一二）

越智良二　「小僧の神様」と「芋粥」・覚え書（『愛媛国文研究㊲』一二）

倉智恒夫　芥川龍之介と西洋文学　我鬼窟淫書曼陀羅（二）―レミ・ド・グールモン（壱）―［↓62・8］［↓平4・12］（『現代文学㊱』一二）

山崎健司　「大川の水」から「老年」「ひょっとこ」へ―芥川龍之介の作家的形成について―（『稿本近代文学⑩』一二）

高橋龍夫　「奉教人の死」考―芥川の真意をめぐって―（〃）

平岡敏夫　英訳された芥川龍之介作品の研究―「外国語訳日本文学」研究の提唱―（〃）

中野忠和　龍之介のてごめ（『〈ぽ〉(51)』一二）

安藤公美　芥川龍之介試論―芥川文学と漱石―（フェリス女学院大『玉藻㉓』一二）

黒澤眞奈子　芥川龍之介試論―『河童』と『歯車』に於ける「ぼんやりした不安」との葛藤―（日本女子大『国文目白㉗』一二）

米田利昭　芥川学者へ―石割透の「一塊の土」を読んで（日本文学協会近代部会『葦の葉(58)』一二）→（『近代文学研究⑤』昭和六三・八に再掲）

Luiza Nana Yoshida, A utilizacção dos animais nos contos Históricos de Akutagawa, Estudos Japoneses, （七号、発行月日なし　ポルトガル語）

【昭和六三年】一九八八

加藤　瑞枝　芥川龍之介『六の宮の姫君』論—その〈自立性〉の問題をめぐって—（宮城学院女子大『日本文学ノート㉓』一）［→年次別］

神谷　昇　授業展開のくふう　生徒のイメージを確かなものにするための絵画化—「羅生門」を題材として（『月刊国語教育（7）⑪』一）

浦西　和彦　〈資料紹介〉芥川龍之介全集逸文（関西大『国文学64』一）

高木まさき　「羅生門」再読（筑波大『日本語と日本文学⑧』一）

石割　透　米田利昭氏の「芥川学者へ」を読んで（日本文学協会近代部会『葦の葉59』一）→（日本文学協会近代部会『近代文学研究⑤』八に再掲）

小岩　斉　芥川と荷風—下町情趣受容の意識と態度について—（『駒沢大学大学院国文学会論輯⑯』二）［→年次別］

平岡　敏夫　作家と作品1　ペンシルバニア・カーライル・英訳芥川［→63・5］（『国語教室㉝』二）

佐藤　嗣男　太宰治の受け継いだ文学系譜・文体的発想②　芥川龍之介（『文学と教育143』二）

曲　維　日本文学の一側面—夏目漱石、芥川龍之介における漢文学の受容を中心として—（『愛媛大学教育学部紀要　第Ⅱ部　人文・社会科学⑳』二）

小泉浩一郎　『一塊の土』論争雑感（日本文学協会近代部会『葦の葉60』二）→（日本文学協会近代部会『近代文学研究⑤』八に再掲）

関口　安義　大川の水とともに—芥川龍之介の道程（一）—［→63・10］（『都留文科大学研究紀要㉘』三）［→年次別］

仁平　道明　芥川は「鼻」を読んだか（『解釈』三）

石割　透　芥川龍之介・中期作品の位相（3）—視ること、視られること「世之助の話」「袈裟と盛遠」など［→62・3］［→63・3］（『駒沢短期大学研究紀要⑯』三）［→年次別］

石割　透　芥川龍之介—中期作品の位相（4）「地獄変」・その魔的なる暗渠［→63・3］［→63・9］（『駒沢短大国文⑱』三）［→年次別］

樋口　清子　芥川龍之介と初期キリシタン物（女子聖学院短大『緑聖文芸⑲』三）

川口　淳子　芥川龍之介とキリスト教—芥川の宗教観・悪魔観—（〃）

山田　義博　純粋経験の文学と虚構・タナトスの文学　「焚火」（志賀直哉）と「蜃気楼」（芥川龍之介）とについて。（『金沢大学国語国文⑬』三）

神田由美子　芥川龍之介における〈私小説〉—「蜃気楼」について—（『東洋女子短期大学紀要⑳』三）［→年次別］

下野　孝文　「藪の中」論—「袈裟と盛遠」から「藪の中」へ—（鹿児島大『国語国文薩摩路㉜』三）

井上　諭一　小説のこわし方についての試論—一九二〇年前後の芥川龍之介の方法—（『弘学大語文⑭』三）

澤村美千代　芥川龍之介論—告白・表現という位相をめぐって—（『弘前大学近代文学研究誌②』三）

友田　悦生　作家芥川龍之介の形成—文学的表現の獲得へ—（『立命館文学505』三）［→年次別］

吉岡由紀彦　前期芥川文学における〈芸術〉と〈人生〉、そして〈実生活〉—芸術家小説を中心に（一）—（〃）

林　千佳　芥川龍之介考—晩年の作品とクリ

スト（福岡女子大『太宰府国文⑦』三）

佐々木雅發　「奉教人の死」異聞―〈語り手〉と〈作者〉をめぐって（『比較文学年誌㉔』三）

柳　富子　芥川とチェーホフの創作―その関連をめぐって―（〃）

下野　孝文　「鼻」論―「羅生門」を媒介として―（『文献探究㉑』三）［↓年次別］

大高　知児　芥川龍之介「鼻」論―禅智内供の心緒を巡って―（『中央大学文学部紀要　文学科61』三）［↓年次別］

田中　征男　注釈「侏儒の言葉」―芥川龍之介における人間の考察―（承前）［↓62・3］（和光大『エスキス88』三）

小澤　保博　芥川龍之介「西方の人」注釈（『琉球大学教育学部紀要㉜』三）［↓年次別］

片村　恒雄　「羅生門」の改稿部分についての表現研究（『表現研究㊼』三）

川野　良　芥川龍之介『妖婆』の技法（『岡大国文論稿⑯』三）［↓年次別］

三谷　好憲　『枯野抄』管見（『京都産業大学論集（18）①』三）

下西善三郎　『羅生門』注釈私稿―芥川における古典の〈引用〉―（北海道教育大『語学文学㉖』三）［↓年次別］

Brigitte Koyama Richard, Une inoubliable partie de chasse: Akutagawa Ryunosuké à la rencontre de Tourguéniev et de Tolstoi（『武蔵大学人文学会雑誌（19）③＋④』三）

Terry L. Weston, Akutagawa's *Kiseru* and *Rashomon* Reconsidered（『園田学園女子大学論文集㉒』三）

高　史明　続・生きることを学んだ本8　玄鶴山房（『ちくま205』四）

志保みはる　『偸盗』の世界（関西学院大『日本文芸研究（40）①』四）［↓年次別］

小川　国夫　私の好きな短篇　芥川龍之介《西方の人》（『群像』五）

平川　祐弘　芥川龍之介の「盗み癖」（『諸君！（20）⑤』五）

藤井　徳爾　〈遺稿〉漱石と龍之介の俳句（『解釈』五）

浅野　洋　「地獄変」の限界―自足する語り―（『文学』五）

村松　定孝　鏡花と龍之介（一）（〃）

佐藤　泰正　太宰治とは誰か―漱石・芥川・太宰という水脈を辿って―（『キリスト教文学⑦』五）

細江　光　〈資料室〉ハッサン・カン、オーマン、芥川（『日本近代文学』五）

平岡　敏夫　作家と作品2―アメリカ紀行　ニューオリンズ・アトランタ・蜜柑［↓63・2］（『国語教室㉞』五）

〃　遠い遠いところ―鷗外の女性像と芥川の女性像―（『森鷗外研究②』五）

中江　要介　放射線　蜘蛛の糸（『東京新聞』五・三〇、夕）

吉岡由紀彦　芥川龍之介と芸術至上主義―芸術的価値をめぐって―（立命館大『論究日本文学』五）［↓年次別］

萩原　茂　映画『羅生門』とについて―原作『藪の中』にふれて（『吉祥寺女子中学・高等学校研究誌⑳』六）

須沢紀恵子　芥川龍之介―塚本文苑の手紙の分析（常葉学園短大『国文瀬名⑨』六）

村井安芸子　芥川龍之介論―女性登場人物について―（〃）

野田　泰子　「芥川をめぐる七人の女性」―「或阿呆の一生」を通して―（筑紫女学園短大『筑紫国文⑪』六）

笠井　秋生　芥川龍之介の「鼻」をめぐって

(『梅花短大国語国文①』七)
櫛引彰・長谷高之 テンス作家はテンスをどう使いこむか―「川とノリオ」「トロッコ」を例にして(『解釈と鑑賞』七)
茂呂 公一 ジョイスの"Exiles"と芥川の『藪の中』における卍巴《まんじともえ》模様の構造と、真相の曖昧さの意味について―ジョイス受容史への試み―[↓62・12](『城西人文研究(16)①』七)[↓年次別]
山敷 和男 「大導寺信輔の半生」と「弄獅子」―芥川龍之介と室生犀星―(『室生犀星研究⑤』七)[↓年次別]
上杉 省和 『藪の中』論(『静岡近代文学3』七)[↓年次別]
竹腰 幸夫 『羅生門』の老婆(〃)
金子 明雄 杜子春の物語を読むことをめぐって(『立教大学日本文学60』七)
堤 伸子 芥川龍之介研究―芥川における中有について―(『二松学舎大学人文論叢㊴』七)
石割 透 芥川龍之介「一塊の土」雑感(『近代文学研究⑤』八)↑(『葦の葉57』昭和六二・一一の再掲)
米田 利昭 芥川学者へ―石割透氏の「一塊の土」を読んで(〃)↑(『葦の葉58』昭和六二・一二の再掲)
石割 透 米田利昭氏の「芥川学者へ」を読んで(〃)↑(『葦の葉59』昭和六三・一の再掲)
小泉浩一郎 『一塊の土』論争雑感(〃)↑(『葦の葉60』昭和六三・二の再掲)
岡崎 晃一 教材「トロッコ」のテキスト論―回想部分の削除と主題―(兵庫教育大『国語教育攷④』八)
中村 文雄 芥川龍之介「保吉物」に頻出する「退屈」についての一観察(『解釈』九)
松本 清張 作家の日記 一葉と緑雨、芥川と三島、中勘助とその嫂について(『新潮45』九)
佐々木雅發 「奉教人の死」異聞―〈その女の一生〉―(『文学年誌⑨』九)
石割 透 芥川龍之介・中期作品の位相(5)「開化の殺人」―内なる信念の解体―[↓63・3][↓平元・3](〃)
曽根 博義 文献渉猟11 芥川龍之介と宇野千代(『国文学』九)
青柳 達雄 李人傑について 芥川龍之介『支那游記』中の人物(『国文学 言語と文芸103』九)
酒井 英行 「秋」の世界―虚と実の葛藤―(『藤女子大学国文学雑誌㊶』九)[↓年次別]
石井 和夫 芥川龍之介における〈細民の発見〉―創作集『高瀬舟』および「十一月三日午後の事」との比較を通して―(福岡女子大『香椎潟㉞』九)[↓年次別]
久保 忠夫 芥川の「煙草」の材源についてほか(『東北学院大学論集―一般教育―91』九)
平岡 敏夫 芥川龍之介・英訳作品研究―「蜜柑」Remarks on Akutagawa's Works- "The Tangerines"-[↓平元・2](『文芸言語研究(文芸篇)⑭』九)
海老井英次 『傀儡師』論―世の中は箱に入れたり傀儡師―(『解釈と鑑賞』一〇)
関口 安義 青春の日々―芥川龍之介の道程(二)―[↓63・3][↓平元・3](『都留文科大学研究紀要㉙』一〇)[↓年次別]
酒井 英行 「藪の中」探索(『文芸と批評(6)⑧』一〇)[↓年次別]
三浦 和尚 高等学校部会 研究発表(2)生徒の読みを生かした小説指導―

加藤　明　『羅生門』の指導をもとに―（『月刊国語教育研究(197)』一〇）
「歯車」を中軸として、芥川龍之介晩年における〈生〉の意識を論ず（『かながわ高校国語の教育㉔』一〇）
中河与一・安芸由夫　〈昭和文学うらおもて〉（二〇二）回想の昭和文学　思い出の作家たち（二）芥川龍之介（『文芸広場（36）⑪』一一）
吉野　俊彦　「孤独地獄」からの脱出（『新潮45』一一）
松田　存　〈近代文学と能・謡曲〉9　芥川龍之介の能評―金春会の『隅田川』をめぐって―（二松学舎大『論究㉔』一一）
高澤建三・山下明・山上英男・沼田朱美ゼミナール　芥川龍之介『黄粱』―〈古典の受け継ぎ〉という面から（『文学と教育(146)』一一）
久保田暁一　芥川とキリスト教（『だるま通信(172)』一一）
山木　ユリ　〈子午線〉相応の理―『蜘蛛の糸』―（『日本文学』一二）
仁野平智明　『秋』試解（筑波大『稿本近代文学⑪』一二）
高橋　龍夫　『南京の基督』試論（〃）
単　援朝　「歯車」の世界―空間から時間へ―（〃）
海老井英次　芥川龍之介「或阿呆の一生」注解（二）―〈母〉なるものの二律背反性―［→62・12］［→平元・12］（九州大『文学論輯㉞』一二）
青柳　達雄　芥川龍之介と近代中国序説［→平元・12］（『関東学園大学紀要⑭』一二）
溝口　貞彦　『藪の中』論考（『聖徳栄養短期大学紀要⑲』一二）
和泉　紀子　鷗外・漱石・芥川の文学語彙―程度副詞すこぶる・大変などの場合―（『愛媛国文研究㊳』一二）
河端　由美　『庭』の構造から―実体・非実体の二極対立と非実体への志向―（熊本大『国文研究㉞』一二）
岩澤はるな　芥川龍之介「杜子春」論―その明るさに籠められた願望と決意―（〃）
石上　敏　「河童」成立試論（『新見女子短期大学紀要⑨』一二）［→年次別］
佐藤　善也　天使・悪魔・Daimon―芥川龍之介「闇中問答」と「西方の人」―（『立教大学日本文学(61)』一二）［→年次別］
村田　浩一　芥川龍之介―その方法（〃）
坂　敏弘　芥川龍之介〝詩歌句〟参考文献目録（『文学研究(68)』一二）

【昭和六四年・平成元年】一九八九

中村　友　「運」―『エピクロスの園』から見た翁と青侍―（昭和女子大『学苑(590)』一）
奥野　健男　昭和の文学　芥川から三島の自殺までで昭和文学の精神は終焉した（『産経新聞』一・九、夕）
三好　行雄　芥川龍之介における〈詩人〉（『国語展望(81)』一）
巌谷　大四　瓦版　私だけの文壇史6　第四次「新思潮」（『東京新聞』一・三一、夕）
坂　敏弘　芥川龍之介参考文献目録《昭和60年―昭和62年》（『明治大学大学院紀要　文学篇㉖』二）［→年次別］
和田　芳英　芥川龍之介初期作品の基底にあるもの［→平7・5］（大谷中高『叢㉓』二）
石川　尚久　［実践記録］「理解」から「表現」への展開―「羅生門」「史記」のリメイクを中心に―（『国語教室㊱』二）
浜田　一宇　オスカー・ワイルド『ドリアン・グレイの画像』―芥川龍之介『地

獄変」との比較論考―（『共立女子短期大学　文科紀要㉜』二）［→年次別］
三嶋　譲　芥川龍之介と映画―「影」から二つのシナリオへ―（『昭和文学研究⑱』二）
平岡　敏夫　芥川龍之介・英訳作品研究―「奉教人の死」Remarks on Akutagawa's Works- "The Martyr (Death of A Christien)".［→63・9］［→平元・8］（『文芸言語研究（文芸篇）⑮』二）
山田　義博　芥川龍之介と二人の芸術家の実存について「戯作三昧」の戯作者馬琴と「地獄変」の絵師良秀の生と芸術（『金沢大学国語国文⑭』二）
清水　康次　「野生」の系譜―芥川龍之介一面―（『国語国文（58）②』二）
酒井　友身　芥川龍之介「奉教人の死」（1）―原罪と自己顕示欲の間で苦しむ芸術的感性―（『解釈』三）
青戸ゆかり　芥川における世紀末―『歯車』の意味するもの―（成城短大『国文学ノート㉖』三）［→年次別］
今野　宏　歴史小説への一考察―菊地・芥川・鷗外―（『聖和㉖』三）
佐藤　嗣男　芥川とチエホフ（『明治大学教養論集㉓』三）［→年次別］
関口　安義　第四次『新思潮』創刊前夜―芥川龍之介の道程（三）―［→63・10］［→平元・10］（『都留文科大学研究紀要㉚』三）［→年次別］
石割　透　芥川龍之介・中期作品の位相（六）「奉教人の死」―語ることと沈黙と―［→63・9］［→平元・三］（『駒沢短大国文⑲』三）［→年次別］
安藤　幸輔　短篇小説にみる通過儀礼的方法―直哉、龍之介、康成などに触れて―（〃）
長沼　光彦　芥川龍之介の《私》（『新潟大学国語国文学会誌㉜』三）
先田　進　小林秀雄の芥川龍之介批判―《見る》方法の徹底―（〃）
日向　福　『羅生門』の読解指導―初発の感想を起点として―（『相模国文⑯』三）
宮坂　覺　芥川文学における二つの〈処女の焚死〉―「地獄変」と「奉教人の死」をめぐって―（フェリス女学院大『玉藻㉔』三）
中野　記偉　創作の秘密　芥川龍之介「枯野抄」がR・ブラウニングから得たもの（『英文学と英語学㉗』三）
大場　恒明　『藪の中』の二重性―物語の構築と解体―（『日本女子大学紀要文学部㊳』三）［→年次別］
高木まさき　「地獄変」―制約された語り―（『上越教育大学研究紀要⑧』三）
橋浦　洋志　「奉教人の死」考―世俗の物語―（『茨城大学教育学部紀要（人文・社会科学、芸術）㊳』三）［→年次別］
清水　康次　群像を描く―芥川龍之介の方法（その二）―［→59・3］（大阪女子大『女子大文学　国文篇㊵』三）
庄司　達也　芥川龍之介「日光小品」試論（東海大『湘南文学㉓』三）
高橋　博史　芥川龍之介「報恩記」序（学習院女子短大『国語国文論集⑱』三）
細田ゆき子　「偸盗」論―エゴイズムを越えた愛について―（跡見学園短大『文科報⑮』三）
高山　玲子　芥川龍之介研究（『東洋大学短期大学論集日本文学編㉕』三）
山崎　美和　芥川龍之介考―自殺に関る作品とその周辺（福岡女子短大『大宰府国文⑧』三）
海老井英次　敗北と超克―芥川龍之介の死の波

紋（『国文学』三）

石割　透　芥川龍之介・中期作品の位相（七）（一）「枯野抄」―〈芭蕉〉とよばれた、カリスマの〈臨終〉（二）「邪宗門」―その〈未完〉の意味［→平元・3］［→平3・3］（『駒沢短期大学研究紀要⑰』三）［→年次別］

庄司　達也　芥川龍之介の「義仲論」（『国文学　言語と文芸(104)』三）

藤原　美和　芥川龍之介論―小説『河童』を通して見たもの―（『愛知女子短期大学国語国文⑤』三）

丸山　和雄　芥川龍之介『羅生門』本文推移経過の研究（『立正大学短期大学部紀要㉔』三）［→年次別］

成瀬　哲生　芥川龍之介の「杜子春」―鉄冠子七絶考―（『徳島大学国語国文学②』三）

初谷　順子　『手巾』―武士道とさうして型と……―（『東京成徳国文⑫』三）

藤澤　敏行　文学教材について―教材としての羅生門―（『山口国文⑫』三）

森本　平　芥川龍之介の転換期における人間愛―「おぎん」を中心に―（『國學院大学大学院文学研究科論集⑯』三）［→年次別］

山﨑　澄子　芥川龍之介の生死観―『青年と死と』『二人小町』の二つの戯曲を通しての考察―（『岡山国文論稿⑰』三）［→年次別］

吉田　俊彦　『首が落ちた話』（芥川龍之介）小考―認識面における漱石の影響―（〃）

嶌田　明子　「鼻」における語り手の意味（『上智近代文学研究⑦』三）

中神　潤子　「舞踏会」（〃）

林　顕照　現代日本文学英訳における日英両語の表現比較考（3）「羅生門」芥川龍之介著、グレン・W・ショウ訳の場合（『九女英文学⑲』三）

大木　恒彦　芥川龍之介・レピジット―「切支丹物」における断層撮影像―（『兵庫国漢㉟』三）

高宇　葵　芥川文学解釈の諸問題―創作活動としての芸術―（『龍谷大学大学院研究紀要（人文科学）⑩』三）

中島　嵩　盛岡と啄木と芥川龍之介（『啄木文庫⑯』四）

西村早百合　芥川龍之介『歯車』との世界―「僕」の不安を中心に―（関西学院大『日本文芸研究（41）①』四）

浅野　洋　第四次『新思潮』の出発（『国語と国文学』五）

府川源一郎・田中美也子　この教材のここを教えたい中学校　トロッコ（『教育科学国語教育（31）⑦』五）

菊地　弘　『大導寺信輔の半生』〈芥川龍之介〉（『解釈と鑑賞』六）

松本満津子　芥川龍之介の現代小説―保吉物について―（京都女子大『女子大国文(105)』六）

千田　實　芥川龍之介『鼻』における一考察―近代文学に現われた古典の世界―（『武蔵野短期大学研究紀要④』六）

須田　千里　酒虫《しゆちゆう》のはなし（『光華女子大学日本文学会会報㉑』六）

関口　安義　私の教材研究1「羅生門」（芥川龍之介）（『国語教育評論⑨』六）

加藤　郁夫　私の教材研究2「羅生門」（芥川龍之介）（〃）

足立　美華　芥川龍之介の作品と生いたちにおける女性観―母親像を探る―（『九州大谷国文⑱』七）

笠井　秋生　『藪の中』再論―真相究明は果して〈徒労〉か（『梅花短大国語国文②』七）

増田　正道　近代文学と能37　野上弥生子2『京之助の居睡』『藤戸』『邯鄲』

付・芥川龍之介『金春会の隅田川』『黄粱夢』(『観世(56)⑦』七)

荒木　傳　芥川龍之介のレーニン像(『社会文学③』七)

宇賀神伸子　芥川龍之介—行為者から観照者へ—(『宇大国語論究①』七)

槌田　満文　コンビの本(7)芥川龍之介と小穴隆一(『日本古書通信(54)⑦』七)

＊　＊　芥川龍之介著者目録(〃)

山崎　敬和　『宇治拾遺』の龍と芥川の龍—エピファニー、あるいは、愚行の構図—(『國學院雑誌(90)⑦』七)

八木福次郎　古書　芥川龍之介の本は……(『産經新聞』七・二四、夕)

佐藤　善也　「続西方の人」における〈天上〉と〈地上〉の問題(『立教大学日本文学62』七)

佐谷眞本人　文学講義—クロストーク　芥川龍之介と柳田国男—幻影の異界を索めて(『三田文学(68)⑱』八)

＊　＊　芥川龍之介著書目録補遺(『日本古書通信(54)⑧』八)

坂　敏弘　芥川龍之介参考文献目録《昭和63年》—付《昭和60年—62年》・補遺(『明治大学日本文学⑰』八)

[→年次別]

平岡　敏夫　芥川龍之介・英訳作品研究—「羅生門」Remarks on Akutagawa's Works- "The Rashomon"- [→平元・2][→平2・1](『文芸言語研究(文芸篇)⑯』八)

笹淵　友一　「歯車」から「西方の人」まで—芥川龍之介の末年—(昭和女子大『学苑588』九)→[年次別]

後藤　明生　思い出のメルヘン　羅生門(『産經新聞』九・九、夕)

北岡　昭夫　読者の書評　芥川龍之介著　地獄変(『図書新聞』九・一六)

佐藤　嗣男　芥川龍之介と大逆事件(『むさしの文学会会報⑦』九)

酒井　英行　二人の〈賢母〉—久米の「母」と芥川の「手巾」—(『文芸と批評(6)⑩』九)

〃　「奉教人の死」覚書(『藤女子大学国文学雑誌㊸』九)[→年次別]

柄谷行人・蓮實重彦・浅田彰・三浦雅士　昭和批評の諸問題1935-1945「文学主義」の支配=文芸復興期から/「他者」としてのアジアへ　谷崎=泰淳と芥川的なるもの(『季刊思潮⑥』一〇・一)

関口　安義　文壇への登場　芥川龍之介の道程(四)[→平元・3][→平2・3](『都留文科大学研究紀要㉛』一〇)[→年次別]

細窪　孝　日本近代文学に現れた青年像「羅生門」の下人(『青少年問題(36)⑩』一〇)

大里恭三郎　『羅生門』論—愉快な復讐—(『常葉国文⑭』一〇)[→年次別]

杉本　優　下人が強盗になる物語—「羅生門」論—(『日本近代文学』一〇)

金子　一彦　小説教材における言語指導—「羅生門」をめぐって(『月刊国語教育(9)⑧』一〇)

芥川瑠璃子　開館によせて—龍之介の憶い出—(『山梨県立文学館館報①』一一)

森木　滋　教材研究『羅生門』(『解釈学②』一一)

大久保典夫　昭和文学の宿命—芥川龍之介と昭和文学(『日本の文学』特別集、一一)

西原　千博　『ひょっとこ』試解(筑波大『稿本近代文学⑬』一一)

仁野平智明　芥川龍之介『蜜柑』とについて(〃)

高橋　龍夫　中国旅行前の芥川—大正九・一〇年の作品から—(〃)

下坂　恵　「袈裟と盛遠」論(『近代文学論集

⑮』一二）

溝部優実子　『藪の中』試論—悲劇の起因をめぐって—（日本女子大『国文目白㉙』一二）

黒澤眞奈子　『或阿呆の一生』—「ぼんやりした不安」の「詩と眞實」をめぐって—（〃）［↓年次別］

平岡　敏夫　「羅生門」—英訳講義にみる若干の問題—（筑波大『日本文化研究①』一二）

越智　良二　芥川童話の展開をめぐって（『愛媛国文と教育㉑』一二）

須田　千里　芥川龍之介『忠義』論—『近代公実厳秘録』をめぐって—（『光華女子大学研究紀要㉗』一二）［↓年次別］

青柳　達雄　芥川龍之介と近代中国序説（承前）［↓63・12］［↓平3・3］（『関東学園大学紀要⑯』一二）［↓年次別］

海老井英次　芥川龍之介「或阿呆の一生」注解（三）—〈家〉への順応、その悲劇的関係—［↓63・12］［↓平2・12］（九州大『文学論輯㉟』一二）

榎戸　哲夫　芥川龍之介研究［↓平2・12］（『洗足論叢⑱』一二）［↓年次別］

国松　夏紀　芥川龍之介におけるイエス・キリスト—セルマ・ラーゲルレーヴ『キリスト伝説集』の読解を中心に—（『文教大学女子短期大学部研究紀要㉝』一二）［↓年次別］

佐藤　善也　「クリストと云ふ人」（上）—「西方の人」「続西方の人」とパピニ［↓平2・7］（『立教大学日本文学(63)』一二）

田村　博一　思考におけるメタファーの役割—芥川龍之介『河童』を素材にして—（龍谷大『英語英米文学研究⑱』一二）

水洞　幸夫　「戯作三昧」試論—馬琴の情熱がめざすもの—（『金沢女子短期大学紀要学葉㉒』一二）

脇　由美子　『蜃気楼』構造分析論（熊本女子大『国文研究㉟』一二）

紅野　敏郎　白樺派の研究—武者小路実篤編輯「大調和」細目　付「芥川龍之介氏追慕展覧会」目録—（『早稲田大学教育学部学術研究—国語・国文学編—㊳』一二）

【平成二年】一九九〇

小林　茂夫　江口渙と芥川龍之介（『民主文学(290)』一）

中村　友　「ひょっとこ」考　改稿の意図によせて（昭和女子大『学苑(602)』一）

曽根　博義　ジョイスと芥川龍之介—ジョイス受容史の点と線（一）—（『遡河㉗』一）

岡屋昭雄・近藤宏　作品「トロッコ」の色彩表現の研究（『香川大学教育学部研究報告（第Ⅰ部）(78)』一）

平岡　敏夫　芥川龍之介・英訳作品研究—「藪の中」**Remarks on Akutagawa's Works-"In a Grove"**-［↓平元・8］［↓平2・9］（『文芸言語研究（文芸篇）⑰』一）

日下不二雄　芥川龍之介の「芸術的陶酔」について（上）—「南京の基督」をめぐって—［↓平2・3］（『解釈』二）

樋口　久喜　天才はなぜ二十年ごとに自殺するのか　芥川龍之介、太宰治、三島由紀夫（『諸君！（22）②』二）

三好行雄・辰繁存　インタビュー「山梨県立文学館・芥川と蛇笏と」（『文芸広場（38）②』二）

赤羽　建美　思い出のメルヘン　鼻（『産經新聞』二・三、夕）

酒井　英行　芥川龍之介の調刺—「虱」・「**MENSURAZOILI**」—（『藤女

子大学藤女子短期大学紀要㉗』二)[↓年次別]

佐藤　善也　「この人を見よ」―「西方の人」とニイチェ―(『立教大学研究報告〈人文科学〉㊾』二)

浜田　一宇　ロバート・ブラウニング『指輪と本』―芥川龍之介のモノローグ比較論考―(『共立女子短期大学　文科紀要㉝』二)

単　援朝　「蜃気楼」の構造―風景の構図から―(筑波大『日本語と日本文学⑫』二)

若佐　孝夫　「奉教人の死」―貴種流離譚―(和歌山信愛女子短大『信愛紀要㉚』二)

志村　有弘　古典と近代文学―古典の受容とその変遷―(『昭和文学研究⑳』二)

植野　貞治　芥川龍之介―地獄変―(仏教大『鷹峯現代文学論群③』二)

日下不二雄　芥川龍之介の「芸術的陶酔」について(下)―「南京の基督」をめぐって―[↓平2・1](『解釈』三)

饗庭　孝男　「社会」の原基を求めるリアリズム―大正期、「文学」の自由な運動―(『文学界(44)③』三)

佐藤　嗣男　「芥川とチェホフ」補遺―『藪の中』『六の宮の姫君』に即して(『明治大学教養論集232』三)[↓年次別]

関口　安義　新進作家として―芥川龍之介の道程(五)―[↓平元・10][↓平2・10](『都留文科大学研究紀要㉜』三)[↓年次別]

橋浦　洋志　「枯野抄」考(『茨城大学教育学部紀要(人文・社会科学、芸術)㊴』三)[↓年次別]

山田　輝彦　芥川龍之介の短歌(九州女子大『語学と文学⑳』三)

和田　正美　芥川龍之介の或る詩について(『光陵女子短期大学研究紀要 CROSS CULTURE ⑧』三)

小田島本有　小説の中の語り手「私」(二)―『地獄變』―(『北聚④』三)

石割　透　芥川龍之介ノート(大正八年上半期の芥川―一月~三月)(『駒沢短期大学研究紀要⑱』三)

石割　透　芥川龍之介ノート(大正八年上半期の芥川―四~六月)(『駒沢短大国文⑳』三)[↓年次別]

遠藤潤一・鴨原真澄・高橋紀子・伊達美晴　「きりしとほろ上人伝」考(『東横国文学㉒』三)

奥出　隆　横須賀一九一九年―「蜜柑」私注(『湘南短期大学紀要(1)①』三)[↓年次別]

酒井　英行　「芋粥」小論―〈人間〉と〈狐〉―(『藤女子大学国文学雑誌㊹』三)

坂本　聡子　芥川龍之介(女子聖学院短大『緑聖文芸㉑』三)

内藤淳一郎　田端に在住した芸術家　芥川龍之介(一)「広瀬雄」(『女子聖学院短期大学紀要㉒』三)[↓年次別]

松尾　瞭　芥川龍之介ノート[↓平5・3](『鶴見大学紀要　第一部国語・国文学篇㉗』三)[↓年次別]

山崎　甲一　「芋粥」の悲劇、五位の思量―ふりかえる狐―(〃)[↓年次別]

菊地　弘　芥川龍之介における「近代」―『開化の殺人』『開化の良人』を読んで―(『跡見学園女子大学国文学科報⑱』三)[↓年次別]

清水さゆり　「地獄變」試論(大阪樟蔭女子大学『樟蔭国文学㉗』三)

庄司　達也　芥川龍之介の講演旅行(東海大『湘南文学㉔』三)[↓年次別]

鈴木　信義　テクストとしての「羅生門」(北海道教育大『人文論究㊿』三)

高橋　修　〈暴力〉小説としての「藪の中」(『昭和学院短期大学紀要㉖』三)

〔→年次別〕

高橋　博史　芥川龍之介「報恩記」を読む（学習院女子短大『国語国文論集⑲』三）〔→年次別〕

森　正人　《偸盗》の構図—六道の辻の女菩薩と女夜叉—（熊本大『文学部論叢　文学篇㉛』三）

吉岡由紀彦　芥川龍之介「地獄変」考・序説—良秀の「縊死」に対する多様な解釈成立の実態と背景（『立命館文学515』三）

篠崎美生子　『六の宮の姫君』—その自立性—（『繍②』三）

高宇　葵　芥川文学解釈の諸問題—創作活動としての芸術—（『龍谷大学大学院研究紀要　人文科学⑩』三）

五鬼田早軌子　芥川龍之介研究（東洋大短大『日本文学研究会会報⑤』三）

佐々木裕美　芥川龍之介研究—「河童」を中心に—（『東洋大学短期大学論集日本文学編㉖』三）

比留間由美子　芥川龍之介の文章研究—「羅生門」「鼻」の用語を中心に—（〃）

国語表現ゼミ　文学作品におけるヴォイスの表現効果—芥川龍之介と川端　康成について—（大阪教育大『国語と教育⑮』三）

高島　要　『羅生門』における時間の表現—国語の表現の観察についての課題—（『石川工業専門学校紀要㉒』三）

中野　恵海　芥川龍之介「奉教人の死」の鑑賞（『相愛国文③』三）

萬田　務　芥川龍之介「邪宗門」の問題（京都橘女子大『国文橘⑰』三）

宮坂　覺　芥川文学にみる〈ひとすぢの路〉—「蜜柑」「トロッコ」「少年」をめぐって—（フェリス女学院『玉藻㉕』三）〔→年次別〕

曳地久美子　芥川における〈罪〉と〈罰〉—「河童」「歯車」を中心に—（〃）

一柳　廣孝　芥川龍之介における〈夢〉・覚書—「奇怪な再会」まで—（『名古屋経済大学開学一〇周年記念論集』三）

寺本　喜徳　〔資料紹介〕井川恭『翡翠記』と芥川龍之介「松江印象記」（『島根女子短期大学紀要㉘』三）〔→年次別〕

長沼　光彦　芥川の「話」と谷崎の「構造」—その方法意識と作品—（『新潟大学国語国文学会誌㉝』三）〔→年次別〕

三好　文明　芥川龍之介ノート—もう一つの《型》について—（静岡県立富士高等学校『富嶽論叢⑦』三）〔→年次別〕

林　鐘碩　芥川龍之介「偸盗」の世界（東北大『日本文芸論叢⑧』三）

大岡信・飯田龍太・三好行雄　シンポジウム　蛇笏と龍之介（『山梨の文学⑥』三）

西原　千博　『トロッコ』論ノート（北海道教育大『国語国文学科研究論文集㉟』三）

小倉　泰子　形象よみ入門　導入部の線引きと分析　中学校3「トロッコ」（『国語教育評論⑩』三）

村松　定孝　鏡花と龍之介—ふたりの母親志向をめぐって—（『季刊文学（1）②』四）

酒井　英行　「ひよつとこ」—芥川龍之介の死—（『蟹行④』五）

庄司　達也　芥川龍之介「老狂人」小考—〈行動する者〉ということについて—（『学際研究①』五）

友田　悦生　芥川龍之介・習作期の検討—小説的表現の生成—（立命館大『論究日本文学53』五）

松島　芳昭　『舞踏会』—「花火」の幻影（『解釈学③』六）

荒川　有史　私の教室　若い魂の文体反応―芥川文学を通路として（『文学と教育152』六）
海老井英次　文学史のなかで〈実例〉芥川龍之介（『国文学』六）
広瀬　朝光　芥川「尼と地獄」の典拠をめぐって（岩手大『Artes《アルテス》 Liberales《リベラレス》㊻』六）
菊地　弘　芥川龍之介の歴史小説（名著刊行会『日本学⑮』一五号、六）
倉智　恒夫　芥川龍之介における仮構の造形から崩壊まで（〃）
小林　和子　芥川龍之介小論―「路上」から「秋」そして「春」へ―（『茨城女子短期大学紀要⑰』六）［↓年次別］
笠井　秋生　『西方の人』―〈天上から地上へ登る為に無残にも折れた梯子〉をめぐって―（『梅花短大国語国文③』七）［↓年次別］
村上　林造　『一塊の土』研究史覚書き（『あしかび㊳』七）
友田　悦生　芥川龍之介と前衛芸術―シナリオ「誘惑」「浅草公園」をめぐって―（『立命館文学517』七）［↓年次別］
佐藤　善也　「クリストと云ふ人」（下）―「西方の人」「続西方の人」とパピニ―［↓平元・12］（『立教大学日本文学64』七）
笹淵　友一　芥川龍之介「偸盗」論（昭和女子大『学苑609』八）［↓年次別］
村田　秀明　芥川龍之介「素戔嗚尊」論―漱石文学からの離脱―（『方位⑬』八）
安田　薫　芥川龍之介『羅生門』に於ける作者介在に就いて（『解釈』八）
長谷川悦子　実践報告「絵」になる「羅生門」（『月刊国語教育（10）⑥』八）
長沼　光彦　「羅生門」の構成―下人と老婆の位置―（都立大『論樹④』九）
渡邊　拓　芥川龍之介「少年」の表現構造―回想の形成―（〃）
平岡　敏夫　芥川龍之介・英訳作品研究―「お富の貞操」**Remarks on Akutagawa's Works-"Otomi's Virginity"**-［↓平2・1］（『文芸言語研究（文芸篇）⑱』九）
小川　和佑　史実ミステリー　びるぜん・まりあも見そなはせ―芥川龍之介氏劇薬自殺を遂ぐ（『別冊小説宝石（20）②』九）
志村　有弘　羅城門・京都―芥川龍之介の名作の舞台―（『交通新聞』九・一七）
酒井　英行　芥川龍之介の童話―『魔術』・『杜子春』など―［↓平3・3］（『藤女子大学国文学雑誌㊺』九）
片村　恒雄　文学教材の句読法―『羅生門』の場合―（『表現研究52』九）
関口　安義　文学一筋に―芥川龍之介道程（六）―［↓平2・3］［↓平3・3］（『都留文科大学研究紀要㉝』一〇）［↓年次別］
野山　嘉正　芥川龍之介の詩歌の思想（『国語と国文学』一〇）
今野　哲　芥川龍之介の初期習作群について―「死相」「義仲論」「老狂人」を中心に―（『二松学舎大学人文論叢㊺』一〇）
植栗　彌　「神曲」地獄篇を読む　「行人」・「迷路」・「歯車」を視点として（『キリスト教文学研究⑦』一〇）
佐々木雅發　「六の宮の姫君」説話―物語の終わりをめぐって―（『国文学研究102』一〇）
和田　敦彦　『藪の中』論の方法―読書行為論の一環として―（〃）
須田　千里　〈資料室〉『芥川龍之介全集』未収録の文章について（『日本近代文学』一〇）
小幡陽次郎　名作文学に見る「家」―⑥　芥川龍之介「玄鶴山房」（『朝日新聞』一〇・一九、朝）

高木まさき「藪の中」試論―その構造的側面に注目して―（『上越教育大学研究紀要（10）①』一〇）
大野　玉江　芥川龍之介の「龍」について（『解釈』一一）
坂　敏弘　芥川龍之介参考文献目録・書評の部《昭和六〇年―》（『解釈学④』一一）
西原　千博　『羅生門』試解―「下人」と「作者」―（筑波大『稿本近代文学⑮』一一）
高橋　龍夫　芥川の中国旅行とその後（〃）
岩脇　國夫　芥川の三中時代の新資料（『月刊国語教育（10）⑨』一一）
西　弘道　教材研究「この局所」の意義―「羅生門」の下人の心理を巡って―（〃）
笠井　秋生　芥川龍之介の詩―相聞の詩を中心に―（『芸術至上主義文芸⑯』一一）
鳥海宗一郎　芥川龍之介と一宮（江戸川女子短大『駒木原国文②』一一）
谷口　幸男　芥川龍之介の『蜘蛛の糸』とラーゲルレーヴの『わが主とペテロ聖者』（『大阪学院大学国際学論集（1）①』一二）
王　虹　「蜜柑」と「一件小事」の比較試論（筑波大『日本文化研究②』一二）
単　援朝　上海の芥川龍之介―共産党の代表者李人傑との接触―（『日本の文学⑧』一二）
海老井英次　芥川龍之介「或阿呆の一生」注解（四）―〈東京〉という〈故郷〉―［↓平元・12］（九州大『文学論輯㊱』一二）
佐々木雅發　「六の宮の姫君」説話―物語の反復―（『文学年誌⑩』一二）
菊地　弘　芥川龍之介を継ぐもの―堀辰雄の文学精神―（〃）
篠崎美生子　『文芸的な、あまりに文芸的な』に現れた芥川晩年の表現意識（『繡③』一二）
榎戸　哲生　芥川龍之介研究　二章［↓平元・12］［↓平3・12］（『洗足論叢⑲』一二）
黒澤眞那子　芥川文学の残照（日本女子大『国文目白㉚』一二）
曺　紗玉　「奉教人の死」におけるキリストとマリア（二松学舎大『論究㉛』一二）
水洞　幸夫　「首が落ちた話」・「西郷隆盛」の位置―解釈する人々―（『金沢女子短期大学紀要学葉㉜』一二）
［↓年次別］
小澤　保博　芥川龍之介「西方の人」「続西方の人」論（『琉球大学教育学部紀要㊲』一二）［↓年次別］
島内　景二　昔話と童話の話型的研究―芥川龍之介の作品を中心として―（『電気通信大学紀要（3）②』一二）［↓年次別］

【平成三年】一九九一

後藤　明生　『芋粥』問答（『新潮（88）①』一）
水川　景三　「羅生門」を書かせたもの―ブレイクとの関わりを中心に―（『解釈』一）
井上　洋子　三つの旅　今昔・西鶴・芥川（『叙説③』一）
宮田　一生　芥川『地獄変』試論―「語り手」を中心に―（『兵庫教育大学近代文学雑志②』二号、一）
村上　林造　『一塊の土』論―その農民小説的達成をめぐって―（『日本文学』一）
池内　輝雄　芥川龍之介の短編小説―（『高校通信東書国語(310)』二）
中島　国彦　実感・美感・感興―近代文学に描かれた感受性（第二十四回）もう一つのブレイク像―『田園の憂

鬱』への道2　芥川龍之介の一九一四年（『早稲田文学(177)』二）

平野　純　上海の芥川龍之介（『知識(111)』二）

笠井　秋生　「地獄変」私注（『キリスト教文芸⑧』二）

関口　安義　「謀叛論」と芥川龍之介（『日本文学』二）

野村美穂子　物語文のテクストにおける内容と述語形態とのかかわり—『蜘蛛の糸』を中心に—（筑波大『日本語と日本文学⑭』二）

小野　隆　「地獄変」論（『専修国文㊽』二）［↓年次別］

棚田　輝嘉　「下人の行方」—語り手の位置・覚え書き—（『国語国文（60）②』二）

河内　裕　芥川龍之介論—『戯作三昧』考察—（『鷹峯現代文学論群④』二）

関口　安義　疲労と倦怠—芥川龍之介の道程（七）［↓平2・10］［↓平4・3］（『都留文科大学研究紀要㉞』三）［↓年次別］

平野　晶子　大正末年のキリスト伝をめぐって—「西方の人」検討のために—（『昭和女子大学大学院日本文学紀要②』三）

池田　悠子　外来語の表現という観点からみた作家の表現特性—芥川龍之介の語彙に関する国語学的研究—（〃）

遠藤　潤一　芥川の小品「悪魔」について（『東横国文学㉓』三）［↓年次別］

岸　和技　芥川龍之介「一塊の土」研究—作品の位置をめぐって—（フェリス女学院大『玉藻㉖』三）

酒井　英行　芥川龍之介の童話（続）［↓平2・9］（『藤女子大学国文学雑誌㊻』三）［↓年次別］

青柳　達雄　芥川龍之介と近代中国序説（畢）［↓平元・12］（『関東学園大学紀要　経済学部編⑱』三）［↓年次別］

橋浦　洋志　芥川龍之介「開化」小説考（『茨城大学教育学部紀要（人文・社会科学、芸術）㊵』三）

松尾　瞭　『歯車』について（『鶴見大学紀要　第一部国語・国文学篇㉘』三）［↓年次別］

西原　千博　『鼻』覚書—「禅智内供」の鼻は何故長いか—（北海道教育大『国語国文学科研究論文集㊱』三）

鈴木　秀治　芥川龍之介「開化の良人」を読む—ブラウニング・漱石—（『愛知大学論叢(96)』三）［↓年次別］

高橋　博史　芥川龍之介「地獄変」を読む—現前する〈荘厳〉と〈歓喜〉の空間—（学習院女子短大『国語国文論集⑲』三）［↓年次別］

石割　透　芥川龍之介・中期作品の位相（八）「毛利先生」—大正期文学に見る教師像の一面—［↓平元・3］（『駒沢短期大学研究紀要⑲』三）

田中　厚一　構造としての〈作家〉／〈読者〉—芥川龍之介論（1）—［↓平5・3］（『帯広大谷短期大学紀要㉘』三）［↓年次別］

今野　哲　「羅生門」論—生を希求するかたち—（『二松⑤』三）［↓年次別］

川野　良　芥川龍之介『報恩記』の「報恩」の陰にかくされたもの（『岡大国文論稿⑲』三）［↓年次別］

濵崎　俊一　芥川龍之介研究—「玄鶴山房」論—（『静大国文㉟』三）

増谷　徹　芥川龍之介研究—〈刹那の感動〉と芸術至上主義（北海道教育大『旭川国文⑦』三）

片山　晴夫　芥川龍之介の小説の方法—なぜ真実と偽りにこだわったか—（北海道教育大『語学文学㉙』三）

西原　千博　『トロッコ』試解（〃）

中野　記偉　創作の秘密—芥川龍之介「枯野

抄」がR・ブラウニングから得た
もの―（上智大『英文学と英語学
㉗』三）
遠山　清子　日本文学の英訳をめぐってⅡ―
『或阿呆の一生』の文体―行為を
拒否する言葉（『東京女子大学紀
要論集（41）②』三）
成瀬　哲生　芥川龍之介「蜜柑」と魯迅の「一
件小事」（『徳島大学国語国文学
④』三）
佐藤　　彰　芥川龍之介の「俊寛」―笑うこと
を知る俊寛像―（『たちばな④』
三）
杉本　　優　芥川龍之介『地獄変』の言説空間
（『解釈と鑑賞』四）
関口　安義　『少年世界』と芥川龍之介（『名著
サプリメント（4）③』四）
山崎　幸代　芥川龍之介『侏儒の言葉』　ムシ
ロ玉砕スベシ　もう一つのメッセ
ージ（『思想の科学（第七次）⑬⑨』
四）
加藤　彩子　芥川龍之介『河童』　二つの世界
（〃）
中西　　進　運〈花の象25〉（『短歌（38）⑤』
五）
荒川　有史　私の教室　若い魂にみる文体反応
の軌跡―ふたたび芥川龍之介『地
獄変』をめぐって―（『文学と教
育⑮⑤』五）
八木福次郎　古書　自筆物の人気上昇（『産經
新聞』五・三〇、夕）
篠崎美生子　『蜃気楼』―〈詩的精神〉の達成
について（早稲田大『国文学研究
⑩④』六）
森　　正人　《羅生門》と《杜子春》（『芸文東
海⑰』六）
坂　　敏弘　芥川龍之介参考文献目録小史
（『解釈学⑤』六）
松島　芳昭　『枯野抄』にみる芥川の人間追求
（〃）
〃　　　　　『雛』（芥川）における明治の郷愁
（〃）
岡田　充雄　オセロが黒人であることの必然性
（2）芥川龍之介の「鼻」を視点
にすえて（『日本大学生産工学部
研究報告（B文系）（24）①』六）
関口　安義　名作再発見　芥川龍之介「蜘蛛の
糸」（『児童文学世界②』六）
浅野　　洋　芥川文学晩年の問題―近代文学と
現代文学のはざまで―（福岡ユネ
スコ協会『FUKUOKA　UNES-
CO ㉖』六）
奥野政元・浅野洋・千葉宣一　討議　芥川文学
と一九二〇年代の美術と文学
一柳　廣孝　（〃）
拡散する夢―「海のほとり」を中
心に―（『人文科学論集（名古屋
経済大・市邨学園短大）㊽』七）
瓜生　鐵二　[↓年次別]
名句集鑑賞⑦芥川龍之介『澄江堂
句集』『支那游記』と『澄江堂句
集』（『俳句研究（58）⑦』七）
斉藤　英雄　「主治医」の見た芥川龍之介―
『薇』の俳句を中心に―（『九州大
谷国文⑳』七）[↓年次別]
松尾　和江　芥川龍之介『奉教人の死』研究―
「しめおん」を中心に―（〃）
篠田　節子　特集文庫で読む青春文学　物語の
華　地獄変　芥川龍之介（『すば
る（13）⑦』七）
鈴木　一彦　「羅生門」の本文―その分析と問
題点―（『東洋（28）⑦』七）
関口　安義　「檀徒の妄をひらく事」―芥川龍
之介の洞察（『潮㊳⑧』七）
松澤　信祐　芥川龍之介　社会意識の変遷
（『民主文学㉚⑧』七）
鈴木　秀治　芥川龍之介とジュール・ルナール
（『愛知大学文学論議⑨⑦』七）[↓
年次別]
荻野アンナ　芥川龍之介と私（『読売新聞』
七・二三、夕）

西原　千博　芥川龍之介の初期作品に関する一考察―作中人物を中心に―（『北海道教育大学紀要　第一部A　人文科学編（42）①』七）［↓年次別］
久保田暁一　芥川龍之介のキリスト教観（『湖畔の聲893』七）
久保志乃ぶ　芥川龍之介『河童』（『虹鱒　終刊号』八）
海老井英次　鹿鳴館・そのイメージの輪舞―「文明開化」の殿堂からロマン劇の館へ（『叙説④』八）
鵜飼　哲夫　作家の死と作品「夏の文学教室」の講演から　小川国夫氏―芥川龍之介「続西方の人」（『読売新聞』八・一六、夕）
小野　隆　「戯作三昧」論（『専修国文㊾』八）［↓年次別］
単　援朝　芥川龍之介と胡適―北京体験の一側面―（『国文学　言語と文芸107』八）
坂　敏弘　芥川龍之介参考文献目録《一九八九・九〇年》（『明治大学日本文学⑲』八）［↓年次別］
鈴木　醇爾　龍之介・勘介・直哉の教材化―岩波版『国語』教科書を読む③―（『国語通信㉒』八）
荻野アンナ　芥川賞受賞第一作　鼻と蜘蛛の糸（『文学界（45）⑩』九）
藤井　省三　魯迅と芥川龍之介―「さまよえるユダヤ人」伝説をめぐって（『月刊しにか（2）⑨』九）
単　援朝　芥川龍之介『支那游記』との世界―夢想と現実の間―（『国語と国文学』九）
吉岡由紀彦　白鳥の芥川「地獄変」評価について（『解釈』九）
佐々本美和　文学の敗北―芥川龍之介の死―（『藤女子大学国文学雑誌㊼』九）
渡邊　拓　芥川龍之介「藪の中」について（都立大『論樹⑤』九）
曺　紗玉　『未定稿集』における芥川龍之介とキリスト教（二松学舎大『論究㉝』九）
海老井英次　芥川龍之介作中人物事典（『国文学［増］』九）
三嶋　譲　「奉教人の死」を読む―〈女〉への帰還の物語―（『福岡大学日本語日本文学①』九）
井上　諭一　宇宙の妖術から室内の魔術へ―「ハッサン・カンの妖術」からみた「魔術」―（『弘学大語文⑰』九）
越智　良二　芥川龍之介「杜子春」追考（『愛媛大学教育学部紀要　第Ⅱ部　人文・社会科学（24）①』九）
奥野　政元　「羅生門」ノート（『活水日文㉓』九）［↓年次別］
辺見じゅん　私の気になる近代人　大正美学の終焉、芥川の死（『季刊銀花87』九）
若杉　和徳　中学校主要教材『トロッコ』教材分析　一語一語に着目した形象よみ（『国語教育評論⑪』九）
建石　哲男　中学校主要教材『トロッコ』実践①　主題よみを中心とした授業の展開（〃）
町田　雅弘　中学校主要教材『トロッコ』実践②　構造よみ（発端の決定）の授業（〃）
薄井　道正　高校の主要教材『羅生門』教材分析　展開部の分析（形象よみ）下人の性格と行動を中心にして（〃）
加藤　郁夫　高校の主要教材『羅生門』実践①導入部の形象よみの授業（〃）
杉山　明信　高校の主要教材『羅生門』実践②テーマよみの教材分析と発問（〃）
佐飛　通俊　機械神の彼方へ―『藪の中』に学ぶ（『群像（46）⑩』一〇）

関口安義編　芥川龍之介著作目録稿（『都留文科大学研究紀要㉟』一〇）［↓年次別］
関口　安義　書きたいテーマ・出したい本　芥川龍之介とその周辺（『出版ニュース⑮⑦⑥』一〇）
松本　寧至　まりも美しとなげく男―芥川龍之介と栄花物語―（『二松学舎大学人文論叢㊼』一〇）［↓年次別］
征野　敏郎　「芥川龍之介展」（『季刊文学（2）④』一〇）
中野　翠　私の青空100　芥川を読み直す（『サンデー毎日（70）㊺』一〇）
高橋　大助　象徴としての蜜柑、身体としての蜜柑―芥川龍之介「蜜柑」をめぐって―（『國學院雑誌（92）⑩』一〇）
紅野　敏郎　いまなぜ山梨の文学館―「芥川龍之介展」に寄せて―（『東京新聞』一〇・一七、夕）
吉田　博昭　ピッツバーグの「藪の中」（『朝日新聞』一〇・一七、夕）
吉岡由紀彦　芥川龍之介のマティス評価・ノート（『解釈』一一）
青井　成仁　『羅生門』のカニバリズム（〃）
小林　國雄　高等学校における小説の指導―増淵恒吉氏の国語教育実践に学ぶ―（五）（〃）
芦谷　和実　「地獄變」と「山月記」（『天窓㉒』一一）
島崎　市誠　『羅生門』ノート―「愉快な小説」をめぐって―（『群系④』一一）
西原　千博　『藪の中』試解（筑波大『稿本近代文学⑯』一一）
単　援朝　「馬の脚」から「河童」へ―中期以後の芥川文学の一面―（〃）
森　正人　《羅生門》への途―方法の獲得―（熊本大『文学部論叢　文学篇㉟』一一）
神田由美子　芥川龍之介と東京（日本女子大『国文目白㉛』一一）
溝部優実子　『歯車』試論―「僕」の現実世界をめぐって―（〃）
高田　正夫　第40回文教研全国集会を振り返る〈ゼミナール〉芥川龍之介『秋』―大正デモクラシーの文学体験―（『文学と教育⑮⑦』一一）
高野斗志美・于長敏　「芥川龍之介の漢詩考」（『旭川大学紀要㉝』一一）
왕 신 영　『羅生門』におけるリアリティ―（韓國日本學會『日本學報㉗』一一）
石谷　春樹　芥川龍之介『偸盗』論―『今昔物語集』との関わりを通して―（『皇学館論叢（24）⑥』一二）［↓年次別］
下野　孝文　「切支丹物」と〈聖なる愚人〉の系譜について―断片「ある鞭」を媒介として―（『長崎県立女子短期大学研究紀要㊴』一二）［↓年次別］
桜井義夫・塩地寿夫・白石祐子・福地誠・藤田寛・米田和夫・竹内好徳　座談会　芥川龍之介について（『水戸評論⑤⑤』一二）
青野　善幸　教材としての『羅生門』についての覚え書（『愛媛国文研究㊶』一二）
関口　安義　講演　可能性の文学―「羅生門」を読む（〃）
榎戸　哲生　芥川龍之介研究　三章［↓平3・12］［↓平4・12］（『洗足論叢⑳』一二）
清家由佳里　芥川龍之介『地獄変』研究―芸術家の悲劇への一視点―（『広島女学院大学国語国文学誌㉑』一二）
須賀　清香　芥川龍之介「河童」研究―河童世界に表現される芥川の苦悩―（〃）
紅野　敏郎　逍遥・文学誌（6）「改造」の芥川追悼号（『国文学』一二）

宮廻　和男　「桃太郎」の戦略（『立教大学文学部紀要⑤』一二）

水洞　幸夫　「地獄変」試論―再帰する言葉の宴―（『金沢女子短期大学紀要学葉㉝』一二［↓年次別］

宮坂　覺　芥川龍之介の東京〈内なる東京〉の二つの原風景（『国文学［増］』一二）

小川　敏栄　芥川龍之介の「路上」―午砲の意味―（『埼玉大学紀要㉗』月日なし）［↓年次別（平成四年）］

【平成四年】一九九二

中村　友　芥川龍之介「龍」の周辺（昭和女子大『学苑627』一）［↓年次別］

吉岡由紀彦　文庫本の「作品解説」について―芥川龍之介のものを例に―（『解釈』一）

海老井英次　光と赤光・芥川龍之介（叙説舎『叙説⑤』一）

八木福次郎　古書　芥川生誕百年記念展（『産經新聞』一・九、夕）

宮田　一生　『戯作三昧』論（『兵庫教育大学近代文学雑志③』一）

小野　隆　「奉教人の死」論（『専修国文㊿』一）［↓年次別］

大友　悦子　芥川龍之介『河童』論（宮城学院女子大『日本文学ノート㉗』一）

和泉　紀子　鷗外・漱石・芥川の文学語彙―程度副詞少し・ちょっと・ややなどの場合―（愛媛大『愛文㉗』一）

酒井　英行　『偸盗』の虚実（静岡大『人文論集㊷』一）［↓年次別］

川名　大　芥川龍之介の俳句と俳句観（『高校通信東書国語320』二）

藤田　貴子　芥川龍之介『歯車』論―心理学的側面より―（『帝塚山学院大学日本文学研究㉓』二）

山田　義博　「人生は一行のボオドレエルにも若かない」＝「戯作三昧」の馬琴と「地獄変」の吉秀にみる芥川の自意識。（『金沢大学国語国文⑰』二）

村松　定孝　芥川龍之介と落語（『国立劇場演芸場143』二）

周　明明　「蜃気楼」の風景―生と死の境界を歩く―（大東文化大『日本文学研究㉛』二）

坂　敏弘　芥川龍之介参考文献目録・単行本細目《昭和60年―》（『明治大学大学院紀要（文学篇）㉙』二）［↓年次別］

佐々木　充　「羅生門」から「山月記」へ（『千葉大学教育学部研究紀要（第一部）㊵』二）

別所　晴美　芥川龍之介研究―『地獄変』について―（仏教大学『鷹峰現代文学論群⑤』二）

一柳　廣孝　夢のシステムの物語―芥川龍之介「夢」「人を殺したかしら？」をめぐって―（名経大・市邨学園短大『人文科学論集㊾』三）［↓年次別］

関口　安義　人工の翼―芥川龍之介の道程（八）―［↓平3・3］［↓平4・10］（『都留文科大学研究紀要㊱』三）［↓年次別］

田中　実　芥川文学研究ノート①大正七年十二月の〈作家〉芥川龍之介［↓平6・3］（〃）［↓年次別］

平井　尚志　「こゝろ」に関する一小見―芥川への影響を中心に―（『駒沢大学大学院国文学会論輯⑳』三）

森山公夫・芹沢俊介　対談〝狂〟と〝狂気〟―世界と和解するために―芥川の「親和力」（『群像（47）③』三）

横田　昌子　変成する〈something〉―芥川龍之介小論―（『活水日文㉔』三）

水本清一郎　トーク・ルーム　芥川龍之介・辞世の句（『山口国文⑮』三）

阿部　則子　相互反転…数式「禅智内供の〈鼻〉」―『鼻』にある思考の分析

ひとつは短編小説『鼻』の方法―（『藤女子大学国文学雑誌㊽』三）

木幡 瑞枝 奈落と美―芥川龍之介の出立―〔→平5・1〕（『東京女子大学紀要論集（42）②』三）〔→年次別〕

芥川瑠璃子 憶い出すこと（『日本近代文学館126』三）

笠井 秋生 「歯車」覚え書（『キリスト教文芸⑨』三）〔→年次別〕

國末 泰平 芥川龍之介「蜃気楼」（『園田国文⑬』三）〔→年次別〕

平岡 敏夫 芥川龍之介「蜜柑」の英訳講義―アメリカ人学生の反応を中心に―（『文学研究論集⑨』三）

松尾 瞭 『河童』についてのメモ（『鶴見大学紀要（第一部国語・国文学編）㉙』三）〔→年次別〕

峰尾 恭子 芥川龍之介「秋」論―信子の求めた強い絆―（『昭和学院国語国文㉕』三）

菊地 弘 芥川龍之介―問いかける小説―（『跡見学園女子大学国文学科報⑳』三）〔→年次別〕

橋浦 洋志 「蜜柑」から「秋」へ―書かれなかった「小説」―（『茨城大学教育学部紀要（人文・社会科学、芸術）㊶』三）

八木福次郎 古書 生誕100年で人気の芥川（『産經新聞』三・一九、夕）

海老井英次 〈パンドラの匣〉さながらに―生誕百年記念芥川龍之介展・一見記―（『山梨県立文学館館報⑧』三）

笠井 秋生 『羅生門』再読―失恋動機説への疑問―（『梅花短期大学研究紀要㊵』三）〔→年次別〕

韓 小龍 『地獄変』論―良秀像をめぐって―（東海大『湘南文学㉖』三）

＊ ＊

資料翻刻 芥川龍之介『不思議』『ウエールカーム』『昆蟲採集記』等（『山梨県立文学館館報⑧』三）

西原 千博 『杜子春』覚書（北海道教育大『国語国文学科研究論文集㊲』三）

小田切信子 芥川龍之介「舞踏會」研究（『成蹊国文㉕』三）

小山田義文 〈世紀末の悪鬼〉というもの〔→平4・8〕（中央大『英語英米文学㉜』三）

佐藤 嗣男 芥川生誕百年にあたって（文学教育研究者集団『文学と教育158』三）

藤田寛・白石祐子・塩地寿夫・桜井義夫・米田和夫・福地誠・竹内好徳 座談会 芥川龍之介の世界（『水戸評論56』三）

渡辺 善雄 古典と近代文学 第1回芥川龍之介「鼻」（上）〔→92・4〕（『月刊国語教育（12）①』三）

浦田 憲治 芥川龍之介生誕100年 再評価の機運高まる（『日本経済新聞』三・二八）

井倉 美江 作品の構造と表現の基本型―芥川龍之介「戯作三昧」を中心に―（『国語表現研究⑤』三）

岩崎 克朗 詳解「羅生門」（『兵庫県立小野高等学校研究紀要⑦』三）

高山（高烈夫） 芥川龍之介の「杜子春」と中国の「杜子春」（『国際児童文学館紀要⑦』三）

塚原 鉄雄 芥川龍之介の羅生門（『二松⑥』三）〔→年次別〕

今野 哲 「鼻」論（〃）〔→年次別〕

成瀬 哲生 大正四年七月の「仙人」―芥川龍之介と中国文学―（『徳島大学国語国文学⑤』三）

松本 寧至 「尼と地藏」と「偸盜」と―芥川龍之介と室生犀星―（『二松学舎大学東洋学研究所集刊㉒』三）〔→年次別〕

吉田 俊彦 『奉教人の死』考（『岡大国文論稿⑳』三）〔→年次別〕

渡辺 春美 文学教材の授業活性化の試み―芥

川龍之介「羅生門」の教材研究―（広島大学『国語教育研究㉟』三）

井上　博夫　芥川龍之介『枯野抄』を読む―「国語Ⅰ」における『羅生門』読後の発展学習の試み（〃）

小山　秀樹　生徒の活動を中心にした授業再開の試み―グループ発表で「こころ」「羅生門」を読む―（〃）

世良　馨子　「読む」授業における一つの試み―芥川龍之介『藪の中』の実践報告を中心に―（〃）

王　　虹　「河童」に映された「狂人日記」の縮図―芥川と魯迅のかかわりを中心に―（筑波大『日本文化研究③』三）

宮口　典之　『藪の中』試論（『岐阜工業高等専門学校紀要㉗』三）

石原　千秋　近代文学瞥見　制度としての草稿（『海燕（11）④』四）

酒井　友身　芥川龍之介「奉教人の死」―原罪と自己顕示欲の間で苦しむ芸術的感性―（『解釈』四）

酒井　英行　『お富の貞操』、『六の宮の姫君』について（『静大国文㊱』四）

中村真一郎　芥川―永遠の憧れ　生誕百年展を構成して（『朝日新聞』四・一、夕）

〃　現代における芥川龍之介―生誕百年を機会に―（『東京新聞』四・一、夕）

恒藤　敏彦　未公開の芥川龍之介書簡（『文学（3）②』四）

久間　十義　芥川龍之介と神霊主義／生誕百年（『読売新聞』四・二三、夕）

石井　和夫　作家のなかの漱石―宇野浩二・芥川龍之介・庄野潤三を通して（『月刊国語教育（12）②』四）

渡辺　善雄　古典と近代文学第2回　芥川龍之介「鼻」（下）［→平4・3］（〃）

佐藤　嗣男　芥川龍之介―〝王朝のヴェールをかぶった短編〟―（『解釈と鑑賞』五）

岩森　亀一　芥川龍之介資料収集とその顚末（『日本古書通信（57）⑤』五）

赤羽　　学　芥川龍之介の「鼻」における治療の問題（東北大『文芸研究130』五）

本林　勝夫　文人たちのうた5―芥川龍之介（一）［→平4・7］（『短歌研究（49）⑥』六）

真杉　秀樹　騙りの機巧―『魔術』論―（『解釈学⑦』六）

藤田寛・塩地寿夫・櫻井義夫・米田和夫・竹内好徳座談会　芥川龍之介の世界（『水戸評論57』六）

河原　信義　「歯車」論―不安の生成過程とその記述―（文学と教育の会『文学と教育㉓』六）

黄　　振原　日本語学習における文学教材の扱い方―「羅生門」の一節を例に―（〃）

柴田麻由子　芥川龍之介研究―語り手考―（フェリス女学院大『玉藻㉘』六）

渡邊　　拓　芥川龍之介「羅生門」の表現について（『都大論究㉙』六）

本林　勝夫　文人たちのうた6―芥川龍之介（二）［→平4・6］（『短歌研究（49）⑦』七）

松岡　武彦　「羅生門」の指導法再考―解釈の分かれ目を探って―（『日文協国語教育㉔』七）

吉岡由紀彦　芥川龍之介の文学的生産の出発―「或阿呆の一生」再読の読み―（『解釈』七）

柴田　勝二　感受する身体―芥川龍之介の初期作品について―（『叙説⑥』七）

下野　孝文　袈裟（〃）

海老井英次・松本常彦編　芥川龍之介　モノコト便覧（〃）

金田　静雄　光と翳―芥川龍之介　枯野抄―（『浜松短期大学研究論集㊹』七）

[↓年次別]

紅野　敏郎　大正期の「文芸叢書」（5）金星堂の「随筆感想叢書」（『日本古書通信（57）⑦』七）

酒井　英行　『舞踏会』の世界（静岡大『人文論集㊸』七）

＊　＊　資料翻刻　芥川龍之介「昆蟲採集論二」「大海賊」他（『山梨県立文学館館報⑨』七）

井手　恒雄　芥川龍之介『手巾』私見―日本文化の論において文芸が果たす批判の役割―（『国際文化研究所論叢③』七）

平岡　敏夫　晩年の芥川龍之介（『高原文庫7』七）

小林　高寿　芥川龍之介初期文章の解釈（一）[↓平4・10]（『むさしの文学会会報⑰』八）

曺　紗玉　「きりしとほろ上人傳」における芥川龍之介とキリスト教（論究社『論究㉟』八）

高木まさき　「羅生門」を読むために（『月刊国語教育研究(244)』八）

関口　安義　『羅生門』を読む』（〃）

酒井　英行　『開化の殺人』、『開化の良人』について（『静岡近代文学⑦』八）[↓年次別]

大里恭三郎　『藪の中』補論［↓平6・8］（〃）

小山田義文　〈世紀末の悪鬼〉といふもの―病いとしての文化、文化としての病い［↓平4・3］［↓平5・2］（『人文研紀要⑯』八）

大庭奈保子　もうひとりの芥川龍之介　生誕百年記念展〈1〉～〈5〉（『産經新聞』八・三一～九・四、夕）

酒井　嘉信　「枯野抄」の主題読み（『国語教育評論⑫』八）

吉岡由紀彦　文庫本の本文批評《テキスト・クリティーク》―「羅生門」の場合―（『解釈』九）

奥野　政元　芥川「老狂人」について（『日本文芸研究（日本文学科開設五十周年記念号）』九）

紅野　敏郎　〃微妙なもの〃への眼―「もう一人の芥川龍之介」展に思う（『産經新聞』九・七、夕）

小田切　進　魅力にみちた展観（もうひとりの芥川龍之介）（『産經新聞』九・九、夕）

関口　安義　人間イエスへのまなざし（〃）

宮坂　覺　美意識の諸相（〃）

辺見じゅん　芥川と「越し人」（『朝日新聞』九・一一、夕）

八木福太郎　古書　生誕百年の芥川龍之介（『産經新聞』九・一七、夕）

＊　＊　資料翻刻　芥川龍之介『新コロンブス』（『山梨県立文学館館報⑩』九）

渡邊　拓　芥川龍之介「影」（『論樹⑥』九）

渡辺　善雄　内供のゆくえ（東北大『文芸研究(131)』九）

小林　高寿　芥川龍之介初期文章の解釈（二）[↓平4・8]（『むさしの文学会会報⑱』一〇）

坂　敏弘　芥川龍之介書誌の現在・雑感―生誕百年によせて―（『解釈』一〇）

関口　安義　中国旅行―芥川龍之介の道程（九）―[↓平4・3][↓平5・10]（『都留文科大学研究紀要㊲』一〇）[↓年次別]

布施　薫　「玄鶴山房」論―その暗さの構図―（『語文論叢⑳』一〇）

山本　雅子　形態素「タ」の機能を求めて―テクスト「羅生門」の分析―（中部大『国際関係学部紀要⑨』一〇）

高橋　喜郎　芥川龍之介とドイツ文学（神奈川大『人文研究(114)』一〇）

佐藤　泰正　〈小説〉の実験―その展開と変容―漱石・芥川・太宰にふれつつ―（梅光女学院大『日本文学研究㉘』一一）

長谷川郁美　「騙し絵」の文学―芥川龍之介「糸女覚え書」におけるパロディの方法について―（〃）

関口　安義　森鷗外と芥川龍之介（『解釈と鑑賞』一一）

紅野　敏郎　逍遙・文学誌（17）「電気と文芸」と「枯野」―長谷川零余子・杉田久女・芥川龍之介・永井荷風ら（『国文学』一一）

関口　安義　芥川龍之介（『別冊国文学㊹』一一）

単　援朝　芥川龍之介・仙人の系譜―「仙人」「黄粱夢」「杜子春」―（筑波大『稿本近代文学⑰』一一）

下野　孝文　芥川龍之介論―「日本的感性」の誘惑の中で―（『近代文学論集⑱』一一）

宮坂　覺　もうひとりの芥川龍之介展（『日本近代文学館130』一一）

阿部　則子　相互反転・禅智内供の〈鼻〉―鳥の羽のような形で抜けるもの―（『藤女子大学国文学雑誌㊾』一一）

関口　安義　作家と作品　龍之介書簡のおもしろさ（『国語教室㊼』一一）

永吉　雅夫　特別な一日―芥川「開化の殺人」の後景―（追手門学院大『東洋文化学科年報⑦』一一）［→年次別］

大野　玉江　『山月記』と芥川龍之介（『解釈』一二）

吉岡由紀彦　芥川龍之介、その生涯の「詩的再編成」―晩年期の作品群にみられる〈芸術《アート》〉と〈実生活《デイリー・ライフ》〉―（〃）

中西　秀男　あのころの芥川先生（『学燈（89）⑫』一二）

篠崎美生子　「内容的価値」論争―芥川周辺作家における〈言葉〉の問題―（『繡⑤』一二）

倉智　恒夫　芥川龍之介と西洋文学　我鬼窟淫書曼荼羅（三）―レミ・ド・グールモン―（承前）［→62・12］（『現代文学㊻』一二）

坂　敏弘　『羅生門』研究の現状《昭和六〇年―》―芥川龍之介生誕百年によせて―（日本文学研究会『文学研究76』一二）

佐藤　嗣男　熊谷孝の世界＝芥川龍之介　教養的中流下層階級者の視点の確立―芥川文学の再評価（『文学と教育160』一二）

榎戸　哲夫　芥川龍之介研究　四章［→平3・12］［→平5・12］（『洗足論叢㉑』一二）

篠崎美生子　芥川龍之介の表現意識の転換―『文芸一般論』など―（『年刊日本の文学⑫』一二）

本田　格　『羅生門』考―下人にとって老婆とは何か―（『地上⑤』一二）

前川　光徳　芥川龍之介「蜜柑」の指導―色彩をイメージする試み―（『高大国語教育㊵』一二）

水洞　幸夫　「奉教人の死」試論―〈見ること〉の逆接―（金沢女子短大『学葉㉞』一二）［→年次別］

＊

無署名　新蔵資料紹介　芥川関係書簡（『軽井沢高原文庫通信⑲』一二）

下野　孝文　「蜘蛛の糸」論―御釈迦様の恣意性を中心に―（長崎県立短大『研究紀要㊵』一二）［→年次別］

【平成五年】一九九三

木幡　瑞枝　奈落と美（二）―芥川龍之介の「火花」―［→平4・3］（『東京女子大学比較文化研究所紀要54』一）［→年次別］

奥野　政元　信と懐疑のはざまで―芥川龍之介「ひょっとこ」について（叙説舎『叙説ⅶ』一）

＊＊

無署名　所蔵資料紹介　芥川龍之介自筆メモ（『日本近代文学館131』一）

＊＊無署名　所蔵資料紹介　芥川龍之介書簡（七）（〃）

青木　正美　作家の手紙（9）芥川龍之介（『彷書月刊（9）②』一）

彭　春陽　芥川龍之介三題―「秋山図」・芥川と章炳麟・胡適との出会い―（『芸術至上主義文芸⑱』一）

酒井　英行　『玄鶴山房』の人々（静岡大『人文論集（43）②』一）［↓年次別］

鳥居　邦朗　芥川の語り（『武蔵大学人文学会雑誌（24）②＋③』二）［↓年次別］

山崎　甲一　芥川龍之介の「手巾」―悲しみもしくは怒りの平衡錘―（東洋大『文学論藻67』二）［↓年次別］

小山田義文　〈世紀末の悪鬼〉というもの（Ⅲ）―生に対するデグー―［↓平4・8］（中央大『英語英米文学㉝』二）

栗栖　眞人　『藪の中』考（『桜文論叢㊱』二）［↓年次別］

西尾　裕恵　芥川龍之介論―遺稿『歯車』を中心に―（『大阪青山短大国文⑨』二）

濱上　衣美　芥川龍之介研究―地獄変について―（仏教大『鷹峰現代文学論群⑥』二）

源　高根　室生犀星・芥川龍之介・堀辰雄―関東大震災のころ―（『室生犀星研究⑨』二）

関口　安義　時代の転換の中で―芥川龍之介の道程（十）―［↓平4・3］［↓平5・10］（『都留文科大学研究紀要㊳』三）［↓年次別］

山口　幸裕　芥川龍之介《地獄変／奉教人の死》―〈語り手〉という方法―（『富山大学人文学部紀要⑲』三）［↓年次別］

池田　悠子　芥川龍之介と志賀直哉との小説における表現特性としての外来語（『昭和女子大学大学院日本文学紀要④』三）

久野　尚美　「河童」論（『大谷女子大国文㉓』三）

蒲生　芳郎　芥川龍之介『秋』私見―信子の造型をめぐって―宮城学院女子大（『キリスト教文化研究所研究年報㉖』三）［↓年次別］

國末　泰平　芥川と志賀の「神秘」をめぐって（『園田国文⑭』三）［↓年次別］

坂本　育雄　作家以前の芥川龍之介―未発表書簡の紹介―（『鶴見大学紀要（第一部国語・国文学編）㉚』三）［↓年次別］

松尾　瞭　芥川龍之介ノートⅡ［↓平2・3］［↓平6・3］（〃）［↓年次別］

坂本　尚子　報告―芥川龍之介の俳句構造の分析を中心に―（『群馬県立女子大学国文学研究⑬』三）

橋浦　洋志　「南京の基督」考―物語と小説の間（『茨城大学教育学部紀要（人文・社会科学、芸術）㊷』三）

宮田　一生　『藪の中』考（『言語表現研究⑨』三）［↓年次別］

菊地　弘　芥川龍之介『六の宮の姫君』論―転換期における視点―（『跡見学園女子大学国文学科報㉑』三）［↓年次別］

志賀　真弓　芥川龍之介、ブラウニングの影響について―「袈裟と盛遠」と「立像と胸像」を比較して―（実践女子短大『歌子①』三）

小平　真理　「地獄変」における〝猿〟の存在（〃）

北川　伊男　芥川龍之介の「切支丹物」と西洋（『金城学院大学論集（国文学編）㉟』三）［↓年次別］

鈴木美穂子　芥川龍之介研究―『戯作三昧』について―（『東洋大学短期大学論集　日本文学編㉙』三）

安田　義明　芥川龍之介「地獄変」の迫力について（國學院短大『滝川国文⑨』三）

今野　哲　「芋粥」論（『二松学舎大学人文論叢㊿』三）［→年次別］

佐々木雅發　「舞踏会」追思―開化の光と闇―（『比較文学年誌㉙』三）

嶋岡　晨　随考・「産屋」の献辞（『立正大学国語国文㉙』三）［→年次別］

田中　厚一　典拠からの逸脱、あるいは架橋としての「龍」―芥川龍之介論（2）―［→平3・3］（『帯広大谷短期大学紀要（第1分冊）㉚』三）［→年次別］

森田由起子　「袈裟と盛遠」論―視線の意味するもの―（『武庫川国文㊶』三）

仁平　道明　「雛」試論―「意地の悪い兄」のためのレクイエム―（『文学・語学⑬⑦』三）

奥野　政元　芥川「老年」ノート（『活水論文集（日本文学科編）㊱』三）［→年次別］

塚原　鉄雄　芥川龍之介と昇龍譚―説話構成の展開論理―（『二松⑦』三）［→年次別］

曺　紗玉　悪と悪魔―大正五年から大正七年に書かれた四篇の切支丹物における芥川龍之介とキリスト教―（〃）

平岡　敏夫　『藪の中』―英訳講義における若干の問題―（『群馬県立女子大学紀要⑬』一三号、三）［→年次別］

山崎　美和　芥川龍之介考―自殺に関る作品とその周辺（福岡女子短大『大宰府国文⑧』三）

副田　賢二　芥川龍之介「歯車」論―投企としての逸脱―（『山口国文⑯』三）［→年次別］

柴田　勝二　生活のなかの芸術―芥川龍之介「地獄変」論―（〃）［→年次別］

松村　智子　芥川龍之介における語りの構造―初期から中期にかけて―（福井大『国語国文学㉜』三）

路　玉昌　芥川龍之介の作品における「て中止法」と「連用形中止法」とについて（広島大『日本文学研究⑦』三）

李　錦宰　芥川龍之介の小説に見られる否定表現―「Aは（が、も）＋ない」について―（〃）

奥野　政元　芥川の『鼻』ノート（『キリスト教文学研究⑨・⑩〔合〕』三）

秋元　誠　「藪の中」考―教材としての観点を交えて―（『富山工業専門学校紀要㉗』三）

高田　暢子　「藪の中」私論―真砂の懺悔―（跡見学園短大『文科報⑲』三）

上村　和美　芥川龍之介の色彩観―死への傾斜を意味する「黄」―（『園田学園女子大学国文学会誌㉔』三）

小林　和子　芥川龍之介「妖婆」について―同時代作家との関連を視座として―（『茨城女子短期大学紀要⑳』三）［→年次別］

今坂　晃　国語教材研究はいかにあるべきか―芥川龍之介「蜜柑」をめぐって（『桜美林大学中国文学論叢⑱』三）［→年次別］

松澤　美和　芥川龍之介の切支丹物と神の意識（園田学園女子大『国文学会誌㉔』三）

養老　猛司　芥川とその時代　身体の文学史（『新潮』四）

石谷　春樹　芥川龍之介「秋」試論―記号論的アプローチ―（『皇学館論叢（26）②』四）

曺　紗玉　芥川龍之介の描いた「殉教者」「棄教者」の背後にあるもの―大正六年から大正九年に書かれた五篇の切支丹物を中心にして―（論究社『論究㊲』四）

野口　存彌　編集サイドよりみた大正児童文学（6）―「蜘蛛の糸」と「一房の葡萄」（『日本古書通信（58）④』四）

関口　安義　芥川龍之介の先見性　いま芥川龍之介を読み直す（『季刊 iichiko ㉗』四）

山中　知子　『奉教人の死』と〈モナコパルテノス〉**Sur la source de La mort d'une moine**（『追手門学院大学文学部紀要㉗』五）

吉田　司雄　芥川龍之介の「邪宗門」―その構想をめぐって―（『文芸と批評（7）⑦』五）

吉岡由紀彦　芥川龍之介「戯作三昧」小論―成立経緯とキー・センテンス―（『解釈』六）

真杉　秀樹　虚構の原理―『蜘蛛の糸』論―（〃）

中村　良衛　下人という可能性―『羅生門』私論―（『日本文学』六）

庄司　達也　芥川龍之介の「最後の写真」―その「最後」をめぐって―（『学際研究③』六）

高橋　英夫　芥川龍之介の両義性（『文学』七）

＊＊無署名　館蔵資料から＝作家別（3）芥川龍之介（一）［↓平5・9］（『日本近代文学館(134)』七）

佐藤　嗣男　再び、『羅生門』について（上）―『こゝろ』（漱石）に共軛する下人の倦怠の心情［↓平5・11］［↓平6・6］（文学教育研究者集団『文学と教育(162)』七）

前田　潤　原色の世界―『歯車』分析―（『立教大学日本文学(70)』七）

樋口　佳子　芥川龍之介「蜘蛛の糸」の「ブラブラ」を読む―道徳教材化を拒む作品の文体について―（『日本文学』八）

小野　隆　「舞踏会」論（『専修国文(53)』八）［↓年次別］

坂　敏弘　芥川龍之介参考文献目録《平成四年》―付《昭和六〇年―平成三年》・補遺、『芥川龍之介書誌・序』・補訂―（『明治大学日本文学㉑』八）［↓年次別］

〃　「芥川龍之介書誌・序」について（『書誌索引展望（17）③』八）

曺　紗玉　日本の精神風土とキリスト教―大正十一年から大正一三年に書かれた五篇の切支丹物における芥川龍之介とキリスト教―（論究社『論究㊳』九）

＊＊無署名　館蔵資料から＝作家別（4）芥川龍之介（二）［↓平5・7］［↓平5・11］（『日本近代文学館(135)』九）

＊＊無署名『芥川龍之介資料集について』（『山梨県立文学館館報⑭』九）

石割　透　研究ノート〈武士道〉と芥川龍之介（〃）

木山登茂子　芥川龍之介の夢と死―〈神聖な愚人〉たちを中心に―（『東京女子大学日本文学(80)』九）

申　基東　「秋山図」論―美に対する懐疑的な世界―（東北大『文芸研究(134)』九）

橋浦　洋志　「藪の中」考―声なき物語―（〃）

和氣　孝恭　教材『羅生門』―その〈ことば〉を読む―（『大谷大学文芸論叢㊶』九）

関口　安義　彷徨する精神―芥川龍之介の道程（十一）―［↓平5・3］［↓平6・3］（『都留文科大学研究紀要㊴』一〇）［↓年次別］

友田　悦生　処女小説「老年」の成立―習作「老狂人」との比較検討―（『立命館文学(532)』一〇）［↓年次別］

吉岡由紀彦　芥川龍之介「戯作三昧」考―〈芸術《アート》〉＝《イコール》〈人生《ヒューマン・ライフ》〉のモメ

ント—（〃）[↓年次別]

長野　隆　芥川龍之介『藪の中』について—比喩《メタファ》としての〈文学〉—（『日本近代文学』一〇）

海老井英次　「文明開化」と大正の空無性—芥川龍之介「舞踏会」の世界—（〃）

酒井　英行　百間・龍之介と漱石—浦島太郎の弁—（『漱石研究①』一〇）

平岡　敏夫　芥川資料集の刊行に寄せて（『山梨日日新聞』一〇・二二）

太田美知子　「羅生門」から「南京の基督」まで—黒洞々たる夜の彼方に—（『かながわ高校国語の研究㉙』一〇）

伊勢谷悦代　教材との関与度を深め、生徒ひとりひとりの取り組みを大切にする授業—国語Ⅰ芥川龍之介「羅生門」を通して—（〃）

施　小煒　芥川龍之介の観た京劇（『文芸と批評（7）⑧』一〇）

三嶋　譲　「点鬼簿」を読む—〈母〉の物語から〈父〉の物語へ—（『福岡大学日本語日本文学③』一〇）

柴　市郎　「おふえりや遺文」論—〈書く〉ことの背理—（『文学（4）④』一〇）

佐飛　通俊　芥川龍之介とキリスト教（『群像（48）⑪』一一）

安藤　公美　戦略としての反復—「杜子春」論—（『フェリス女学院大学日文大学院紀要①』一一）

志子田ひとみ　芥川龍之介研究—「河童図」を中心に—（〃）

佐伯　昭定　ゼミナール　『杜子春』の印象の追跡（文学教育研究者集団『文学と教育163』一一）

井筒　満代　ゼミナール　『六の宮の姫君』の印象の追跡—現代小説としての歴史小説（〃）

荒川　有史　芥川龍之介『芭蕉雑記』の教材化〈その一〉[↓平6・3]（〃）

佐藤　嗣男　再び、『羅生門』について（中）—芥川世代と漱石世代の異質性[↓平5・7]（〃）

福本　彰　「鼻」論への視点（上）—特殊な〈鼻〉を内心「苦に病んで来た」事は皮相なこだわりか—[↓平6・12]（『就実語文⑭』一一）[↓年次別]

金芳　憲雄　「羅生門」構想考—変節の内的必然について[↓平6・6]（『国語国文研究と教育㉘』一一）

＊　＊　無署名　館蔵資料から＝作家別（5）芥川龍之介（三）[↓平5・9][↓平6・1]（『日本近代文学館136』一一）

橋川　俊樹　芥川龍之介「開化の殺人」—柳北・新富座・《夜の燈》—（筑波大『稿本近代文学⑱』一一）

西原　千博　『奉教人の死』試解—「刹那の感動」を見るということ—（〃）

平岡　敏夫　芥川龍之介「犬と笛」—その献辞について—（〃）

荒川　裕　『藪の中』試解（〃）

平岡　敏夫　芥川龍之介の魅力（『聖教新聞』一二・九）

斎藤理一郎・佐古純一郎　平松ます子の虚像と実像—いわゆる「芥川龍之介のスプリング・ボオド」の女について—（論究社『論究㊴』一二）

曺　紗玉　「西方の人」「続西方の人」における芥川龍之介とキリスト教（〃）

榎戸　哲生　芥川龍之介研究　五章[↓平4・12][↓平6・12]（『洗足論叢㉒』一二）

河原　信義　「地獄變」論—騙り手／語り手—（文学と教育の会『文学と教育㉖』一二）

大沢　正善　芥川龍之介のニーチェ受容—哄笑・阿呆・売文生活—[↓平7・

12」（『奥羽大学文学部紀要⑤』一二）

篠崎美生子　芥川『少年』の読まれ方―「小品」から「小説」へ―（『繡⑥』一二）

平岡　敏夫　芥川龍之介における恋愛（『年刊日本の文学⑬』一二）

水洞　幸夫　「枯野抄」試論―〈涅槃図〉の構図に潜むもの―（『金沢女子短期大学紀要学葉㉟』一二）［↓年次別］

伊勢　英明　芥川龍之介「蜜柑」試論―貴種流離譚的構造をめぐって―（『仙台電波工業高等専門学校紀要㉓』一二）

金田　文雄　教材研究「羅生門」（『広島女学院大学論集㊸』一二）［↓年次別］

【平成六年】一九九四

＊＊　無署名　館蔵資料から＝作家別（6）芥川龍之介（四）［↓平5・11］［↓平6・3］（『日本近代文学館137』一）

江藤　茂博　芥川龍之介『羅生門』論―「語り手」の優位性と重層的テキスト空間―（『日本文学』一）

海老井英次　芥川龍之介の「不可思議なギリシア」―ルドンの「若き仏陀」を機縁として―（九州大『文学論輯㊴』一）［↓年次別］

友田　悦生　「羅生門」の構造と主題―「老年」から初期歴史小説の成立へ―（『立命館文学533』二）［↓年次別］

成瀬　哲生　『支那奇談集』第三編とその原作について―芥川龍之介と中国文学の周辺―（『山梨大学教育学部研究報告（第一分冊人文社会科学系）㊹』二）→（『国文学論集㉚』平七・三に再掲）

篠崎美生子　『鼻』―原典の後日譚として―（『早稲田大学大学院文学研究科紀要別冊（文学・芸術学）⑳』二）［↓年次別］

林　直子　芥川龍之介試論―『戯作三昧』について―（仏教大『鷹峰現代文学論群⑦』二）

市川　毅　芥川龍之介の朔太郎評価における問題点―「萩原朔太郎君」にみられる龍之介的言説を中心に―（『九州帝京短期大学紀要⑥』二）

田中　実　芥川文学研究ノート③『鼻』と『龍』［↓平6・3］［↓平6・5］（『都留文科大学研究紀要㊵』三）［↓年次別］

関口　安義　最後の輝き―芥川龍之介の道程（十二）―［↓平5・10］［↓平6・3］（〃）［↓年次別］

田中　実　批評する〈語り手〉―『羅生門』―（『国語と国文学』三）

國末　泰平　芥川龍之介・「歯車」（一）―「鏡」について―［↓平7・7］（『園田国文⑮』三）［↓年次別］

関口　安義　関東大震災と芥川龍之介（都留文科大『国文学論考㉚』三）

鷺　只雄　芥川龍之介と中島敦―「夢」をめぐって―（〃）［↓年次別］

田中　実　芥川文学研究ノート②〈作家〉芥川龍之介の登場［↓平4・3］［↓平6・3］（〃）［↓年次別］

平岡　敏夫　芥川龍之介研究と芥川像―「回想芥川龍之介研究」をめぐって―（『群馬県立女子大学国文学研究⑭』三）

細江　光　『地獄変』―読解の試み―（『甲南国文㊶』三）［↓年次別］

松尾　瞭　芥川龍之介ノートⅢ［↓平5・3］［↓平11・3］（『鶴見大学紀要（第一部国語・国文学編）㉛』三）［↓年次別］

＊＊　無署名　館蔵資料から＝作家別（7）芥川龍之介（五）［↓平6・1］（『日本近代文学館138』三）

菊地　弘　芥川龍之介『邪宗門』覚え書（『跡見学園女子大学国文学科報㉒』三）[↓年次別]

久野由美子　「毛利先生」における〝暖〟と〝寒〟―大正中期の芥川―（『歌子②』三）

橋浦　洋志　芥川龍之介考―「語り」の外へ―（『茨城大学教育学部紀要（人文・社会科学、芸術）㊸』三）[↓年次別]

荒川　有史　芥川龍之介『芭蕉雑記』の教材化〈その二〉[↓平5・11][↓平6・6]（文学教育研究者集団『文学と教育(164)』三）

石割　透　平成四年　国語国文学界の展望（Ⅱ）近代《生誕百年》の芥川研究（『文学・語学(140)』三）

井上　諭一　芥川龍之介「疑惑」論―縮む空間の物語として―（『弘前学院大学・弘前学院短期大学紀要㉚』三）[↓年次別]

庄司　達也　《ノート》初期芥川文学における「語り手」（東海大学『湘南文学㉘』三）

林　廣親　芥川龍之介「一塊の土」論―「家族」という関係性をめぐる視点から―（『成蹊国文㉗』三）[↓年次別]

見尾久美恵　芥川龍之介『疑惑』（『岡大国文論稿㉒』三）

安原可保里　芥川龍之介・肉親への愛情（〃）

溝渕　園子　日露比較文学的考察における「可能性」としての芥川龍之介像（『東京外国語大学日本語学科年報⑮』三）

山本喜久男　『羅生門』の光と影の錯綜（『比較文学年誌㉚』）

今野　哲　芥川龍之介「偸盗」の世界（『二松⑧』三）

平岡　敏夫　萩原朔太郎と芥川龍之介（『群馬県立女子大学紀要⑮』三）[↓年次別]

松本　寧至　芥川龍之介「英雄の器」成立試論（『二松学舎大学東洋学研究所集刊㉔』三）[↓年次別]

高橋　龍夫　芥川龍之介「蜜柑」―その創作意識―（東京学芸大附属高校『研究紀要㉛』三）

今坂　晃　芥川龍之介小論（『桜美林大学中国文学論叢⑲』三）[↓年次別]

裵　崢　『蜜柑』をどう教えるか（小樽商科大『人文研究(87)』三）[↓年次別]

渋谷知美・長岡陽子　杜子春（東京成徳短大『東京成徳国文⑰』三）

渦巻　恵　「羅生門」「鼻」私考―揺れ動く主人公の心―（埼玉短大『研究紀要③』三）[↓年次別]

福田　佳代　芥川龍之介『蜘蛛の糸』（『大谷大学短期大学部文化学科紀要①』三）[↓年次別]

石本　裕之　『羅生門』の学習案（『旭川工業高等専門学校研究報文㉛』三）[↓年次別]

小林　洋　「旧記」と「作者」―芥川龍之介『羅生門』の語り―（『解釈と鑑賞』四）

石割　透　芥川龍之介の小説「開化の良人」―〈心〉という密室、〈社交〉という場―（『文学年誌⑪』四）

真杉　秀樹　言葉の奇蹟―『南京の基督』論（『解釈』五）

〃　遺書とダブル・バインド―『開化の殺人』論―（『日本文学』五）

鈴木　醇爾　「羅生門」の秘儀（〃）

山田　義博　（芥川龍之介）『歯車』試論（『イミタチオ㉓』五）

石割　透　『芥川龍之介資料集』を読んで（『近代文学研究⑪』五）

橋浦　洋志　「秋山寺」考―物語は終わったか―（東北大『文芸研究(136)』五）

田中　実　芥川文学研究ノート④〈牛〉になれと漱石は言った―『鼻』の〈語り手〉ともう一人の「先生」―［↓平6・3］（『琅③』五）

大久保典夫　「葉」論ノート―芥川龍之介との関連を中心に―（『太宰治研究①』六）

金芳　憲雄　「羅生門」構想考（二）―その原風景から―［↓平5・11］（『国語国文研究と教育㉙』六）

佐藤　嗣男　再び、『羅生門』について（下）―芥川の歴史小説の方法［↓平5・7］（文学教育研究者集団『文学と教育(165)』六）

荒川　有史　芥川龍之介『芭蕉雑記』の教材化〈その三〉―創造完結者としての芭蕉［↓平6・3］（〃）

河原　信義　「蜃氣樓」論―告白と〈詩的〉構成のはざまで―（文学と教育の会『文学と教育㉗』六）

北村　倫子　芥川龍之介「義仲論」考―義仲の行方をも視野に入れ―（『フェリス女学院大学大学院紀要②』七）

安藤　公美　芥川文学論・繰り返しの効果―「鼻」「きりしとほろ上人伝」「庭」その他―（〃）

久保田　淳　芥川龍之介と俳諧・和歌―文学の流れを遡る（二）（『文学（5）③』七）

金田　静雄　光と翳―芥川龍之介　戯作三昧（『浜松短期大学研究論集㊼』七）［↓年次別］

宮坂　覺　芥川龍之介と片山廣子を中心に（『高原文庫⑨』七）

石井　和夫　漱石の正成、芥川の義仲―「明暗」と寺田寅彦訳・ポアンカレー「偶然」との関係（『叙説x』七）

大里恭三郎　『藪の中』補論（二）［↓平4・8］（『静岡近代文学⑨』八）

紅野　敏郎　逍遙・文学誌（38）二松堂書店の「表現」―宇野浩二・広津和郎・芥川龍之介・齊藤茂吉ら（『国文学』八）

鳥居　明久　〈多様な読み〉を読み直す―「羅生門」をめぐって―（『日本文学』八）

永栄　啓伸　「春琴抄」から「藪の中」へ―収束機能としての〈謎〉―（『皇学館論叢（27）④』八）

宮越　勉　芥川龍之介「偸盗」試論―愛欲地獄を生きる人々―（『群系⑦』八）

真杉　秀樹　挑発する仙人―『杜子春』を読む（『日文協　国語教育㉖』八）

丹澤　博文　批評する読者―「羅生門」の授業のために―（〃）

石上　敏　芥川龍之介「トロッコ」に関する一つの事実―軽便鉄道敷設工事の描写をめぐって―（『解釈』九）

石谷　春樹　芥川龍之介・二つの「海のほとり」論―連続性と非連続性―（〃）

佐藤　泰正　近代・現代秀歌鑑賞　芥川―『河郎の歌』など（『短歌（41）⑨』九）

横田　昌子　芥川龍之介、薄暗がりの文学（『新樹⑨』九）

奥野　政元　芥川龍之介における母なるもの（上）［↓平7・2］（『活水日文㉙』九）［↓年次別］

坂　敏弘　芥川龍之介研究の現在・覚え書（二）［↓平8・6］（『明治大学日本文学㉒』九）

吉岡由紀彦　芥川龍之介「地獄変」考・緒論―良秀の「縊死」に対する多様な解釈成立の実態と背景―（『大阪産業大学論集（人文科学編）(83)』九）［↓年次別］

渡邊　拓　「羅生門」について（『論樹⑧』九）

小澤　次郎　「羅生門」にみる《超越者》の問題性―「今昔物語集」・「仙人」と

の比較から—（〃）[↓年次別]

児玉　晴子　「杜子春」を教材化して（『広島女子大国文⑪』九）

関口　安義　西方の人—芥川龍之介の道程（十三）—[↓平6・3][↓平7・3]（『都留文科大学研究紀要㊶』一〇）[↓年次別]

友田　悦生　「鼻」のアレゴリー—超越論的主観の出自とゆくえ—（『日本近代文学』一〇）

畑中　基紀　「藪の中」—読むことと論ずることとの間に—（『国文学研究⑭』一〇）[↓年次別]

市川　浩明　「羅生門」私見（『かながわ高校国語の研究㉚』一〇）

竹盛　天雄　火焔・死と再生—『奉教人の死』を読んで—（『文学（5）④』一〇）

上　笙一郎　文化学院児童文学史稿・6有島武郎と芥川龍之介（その一）[↓平6・11]（『彷書月刊（10）⑪』一〇）

申　基東　「戯作三昧」の世界—馬琴の戯作三昧境の獲得の過程—（『日本文芸論叢⑨+⑩』一〇）

和田　茂俊　「六の宮の姫君」の芸術的反抗—「筋」という形式の顕在化と否定—（〃）

林　明秀　『偸盗』の比較文学的考察—沙金を中心として—（〃）

申　基東　「偸盗」における愛と愛欲の実体—太郎を中心として—（〃）

管　美燕　芥川龍之介の「偸盗」における母性的世界—阿濃を中心として—（〃）

林田　孝和　文学発生の場—「庭」をめぐって—（國學院大『野洲国文学54』一〇）

真杉　秀樹　『羅生門』の記号論（『解釈』一一）

松嶋　勝顕　芥川龍之介と武藤長蔵～龍之介と一緒に撮った写真について～（『長崎大学図書館ニュース63』一一）

友田　悦生　「芋粥」の二重性—アレゴリーの挫折と近代文学的言語—（『日本文学』一一）

木股　知史　〈もう一つの別の物語〉—『藪の中』をめぐって—（〃）

上　笙一郎　文化学院児童文学史稿・7有島武郎と芥川龍之介（その二）[↓平6・11]（『彷書月刊（10）⑫』一一）

中村真一郎　日本近代文学をどう読むか（6）—芥川龍之介の場合（『すばる（16）⑫』一二）

金　静姫　芥川龍之介『玄鶴山房』の世界（『現代社会文化研究①』一二）

林田　明　吉利支丹版「マノエルバレト手記」「サントスの御作業」のうち「サンタ・マリナの御作業」と芥川龍之介著「奉教人の死」の関係について（『聖徳大学研究紀要（人文学部）⑤』一二）

福本　彰　「鼻」論への視点（下）—特殊な〈鼻〉を内心「苦に病んで来た」事は皮相なこだわりか—[↓平5・12]（『就実語文⑮』一二）

邱　雅芬　芥川龍之介の作家としての隘路について（『現代社会文化研究①』一二）

榎戸　哲生　芥川龍之介研究　六章[↓平5・12][↓平7・12]（『洗足論叢㉓』一二）[↓年次別]

平野　芳信　芥川龍之介『舞踏会』論（『山口大学文学会志㊺』一二）

藤村　猛　「羅生門」試論（上）—谷崎潤一郎「刺青」に注目して—[↓平7・1]（『近代文学試論㉜』一二）

三嶋　讓　「点鬼簿」補説—虚構のゆくえ—

（『福岡大学日本語日本文学④』一二）
須田　千里　羅生門で語られたこと（奈良女子大『研究年報㊳』一二）［↓年次別］
渡辺　善雄　文学研究と教材研究との交流—芥川龍之介「鼻」の読みを中心に（『宮城教育大学国語国文㉒』一二）
宮永　孝　ポーと芥川龍之介—芥川旧蔵のポー文献の書込みについて（『社会労働研究（41）③』一二）
福田　佳代　芥川龍之介『蜘蛛の糸』（大谷大『文化学科紀要②』一二）［↓年次別］

【平成七年】一九九五

関口　安義　「芥川龍之介の祈り」（『季刊アーガマ(133)』一）
佐藤　泰正　芥川再見—その正と負　—小林秀雄の批評を軸として—（梅光女学院大『日本文学研究㉚』一）［↓年次別］
藤村　猛　「羅生門」試論（下）—谷崎潤一郎「刺青」に注目して—［↓平6・12］（安田女子大『国語国文論集㉕』一）
北田　茜　芥川龍之介研究—『地獄変』考—（仏教大『鷹峰現代文学論群⑧』一二）
申　基東　「六の宮の姫君」論—姫君の自己への執着—（『日本文芸論稿㉒』一二）
河野　有時　芥川龍之介「運」論（〃）
奥野　政元　芥川龍之介における母なるもの（下）—芥川のマリア像をめぐって—［↓平6・9］（『活水日文㉚』三）［↓年次別］
関口　安義　死とその反響—芥川龍之介の道程（十四）—［↓平6・10］（『都留文科大学研究紀要㊷』三）
中村　ちよ　芥川龍之介と材源—『袈裟と盛遠』をめぐって—（『東京女子大学紀要論集（45）②』三）［↓年次別］
鈴木　啓子　芥川龍之介『袈裟と盛遠』の時代的位相（『宇都宮大学教育学部紀要（第一部）㊺』三）［↓年次別］
千石　隆志　龍之介覚え書—「お富の貞操」についての考察—（『早稲田大学高等学院研究年誌㊴』三）［↓年次別］
戸松　泉　「鼻」の語り手（『相模国文㉒』三）［↓年次別］
川島　幸希　献呈・識語の入った初版本『羅生門』の句入り本（『日本古書通信（60）③』三）
竹田日出夫　芥川龍之介の詩作品（『武蔵野女子大学紀要㉚』三）
橋浦　洋志　芥川龍之介「奇遇」の位置—〈神〉の敗北（『茨城大学教育学部紀要（人文・社会科学・芸術）㊹』三）［↓年次別］
村上　信子　芥川龍之介『邪宗門』論—未完の意図をめぐって—（『日本文学研究年誌④』三）
山口静一編　芥川龍之介資料　年次別掲載文献目録—1916～1960—（『埼玉大学紀要（総合篇）⑬』三）
小林　幸夫　「羅生門」の表現方法—森鷗外「金貨」の影（『上智大学国文学科紀要⑫』三）［↓年次別］
丸山志津子　「葱」に於ける主人公の描写—芥川龍之介の苦悩と投影—（実践女子大『歌子③』三）
谷口　美紀　「奉教人の死」論—その語りと構成—（『日本文学研究(54)』三）
林　利久　芥川龍之介『侏儒の言葉』自筆原稿についての一考察（『國學院大学図書館紀要⑦』三）［↓年次別］
北川　伊男　芥川龍之介と開化期物の構成（『金城学院大学論集（国文学編）

㊲』三）

角田　敏郎　芥川龍之介『湖南の扇』（『日本アジア言語文化研究②』三）

任　萬鎬　芥川龍之介の児童文学（『日本文学論集⑲』三）

桑原　佳代　芥川龍之介「地獄変」における語り手の視点の問題（『樟蔭国文学㉜』三）

前原　早苗　芥川龍之介研究―『或阿呆の一生』芥川の私信―（『東洋大学短期大学論集　日本文学編㉛』三）

成瀬　哲生　『支那奇談集』第三編とその原作について―芥川龍之介と中国文学の周辺―（山梨大『国文学論集㉚』三）→（『山梨大学教育学部研究報告（第一分冊人文社会科学系）㊹』平六・二の再掲）

山田　淳　芥川にとって漱石とは―五通の漱石の芥川宛書簡を中心としてうかがえる芥川の宿命―（『湘南文学㉙』三）

島内　裕子　「舞踏会」におけるロティとヴァトーの位相（『放送大学研究年報⑫』三）

許文卿・瓜生鐵二・倉本幸弘・小高祐樹・中島一夫　〈シンポジウム〉芥川龍之介をめぐって―『羅生門』『玄鶴山房』を中心に―（『早稲田実業学校研究紀要㉙』三）

池谷　幸恵　宿命からの解放―芥川龍之介の〈母〉―（『國學院大学大学院文学研究科論集㉒』三）

柳原伊都子　芥川龍之介の「詩的精神」―晩年の芸術観をめぐって―（〃）

今野　哲　初期芥川文芸の一側面―「父」並びに「猿」についての作品論―（『二松⑨』三）［→年次別］

信時　哲郎　銀ぶらする僕―「歯車」における視線をめぐって―（『山手国文論攷⑯』三）［→年次別］

長沼　光彦　「蜃気楼」の空間（『新潟大学国語国文学会誌㊲』三）［→年次別］

保科　恵　形象視点と構成方法―芥川龍之介の小説「猿」―（『表現研究(61)』三）

増田　正子　芥川龍之介「舞踏会」の表現特性―接続語「が、」をめぐって―（『国語表現研究⑧』三）

宮坂　覺　平成五年　国語国文学界の展望（Ⅲ）近代　芥川龍之介（『文学・語学(146)』三）

諸田　京子　芥川龍之介「地獄変」論―ボオドレールの「英雄的な死」をめぐって―（『香椎潟㊵』三）

崔　貞娥　芥川龍之介「奉教人の死」論―孤児〈ろおれんぞ〉の信―（奈良女子大『人間文化研究科年報⑩』三）

菅　聡子　『六の宮の姫君』小論（『女子聖学院短期大学紀要㉗』三）［→年次別］

宮田　一生　「秋山図」論（兵庫教育大『言語表現研究⑪』三）［→年次別］

松本　恒彦　一人の下人が（福岡県高等学校『国語研究つくし野⑲』三）

谷口奈奈美　「羅生門」の読み方指導（〃）

河村　泉　高校生の〝恋愛〟に応えるために～「袈裟と盛遠」を通して～（〃）

橋本　暢夫　中等国語教材史からみた芥川龍之介（『国語科教育㊷』三）

市川　浩昭　交錯する〈くだもの〉その相貌―芥川龍之介『蜜柑』・梶井基次郎『檸檬』・中勘助『きんかん』をめぐって―（『上田女子短期大学三郎山論集②』三）［→年次別］

和田　芳英　芥川龍之介初期作品の基底にあるもの（承前）［→平元・2］（大谷中・高校『叢㉔』五）

石割　透　芥川龍之介「羅生門」―〈髪〉に纏わる〈蛇〉と〈女〉―（『日本

近代文学』五）

赤羽　学　母の愛—芥川龍之介の心の動揺—（東北大『文芸研究139』五）

橋浦　洋志　「玄鶴山房」考—孤立した時間—（〃）

金　寅淑　ある汚点—韓国における芥川研究の一端—（『文芸と批評（8）①』五）

小泉浩一郎　文学者芥川龍之介の運命と「地獄変」—作品クライマックスにおける語りの〈跨ぎ〉の意味をめぐって—（東海大『近代文学注釈と批評②』五）

宮坂　覺　芥川龍之介「地獄変」再論—大殿の領域・良秀の領域、そして〈噂〉の言説—（『フェリス女学院大学国文学論叢（日本文学科創設三十周年記念）』六）［↓年次別］

真杉　秀樹　芥川龍之介とダブルバインド（日本文学研究会『文学研究81』六）

田口　弥子　芥川龍之介「地獄変」について（都留文科大『卒業論文集㉒』六）

國末　泰平　芥川龍之介・「歯車」（二）—「歯車」の構図—［↓平6・3］（『園田国文⑯』七）［↓年次別］

小出　昌洋　芥川龍之介の事初出（『日本古書通信（60）⑦』七）

吉岡由紀彦　〈仮象《シャイン》〉を鍵概念《キーコンセプト》として見た芥川龍之介の文学的生涯・試論—吉本隆明「芥川龍之介の死」批判・ノート—［↓平10・5］（『立命館文学540』七）［↓年次別］

友田　悦生　芥川晩年の芸術観序説—時代相とのかかわりについての素描—（〃）［↓年次別］

横田　律子　「羅生門」と「今昔物語」（神戸女学院大『文化論輯⑤』七）

西原　千博　『秋山図』試解—画と言葉—（『北海道教育大学紀要（人文科学編）（46）①』八）

清水　康次　芥川文学のことば—初期作品の語彙を中心に—（『光華日本文学③』八）

裴　峥　大学生に芥川龍之介「蜜柑」の読みを指導する試み（小樽商科大『人文研究90』八）

河　泰厚　芥川龍之介の『神神の微笑』と『長崎小品』についての一考察—作品の構造と主題をめぐって—（梅光女学院大『新樹⑩』九）

山崎　光男　藪の中の記（『オール讀物』九・一）

〃　「下島勲日記」について　発見の経緯と、浮上した睡眠薬自殺への疑問（〃）

北村　倫子　芥川龍之介「蜃気楼」—〈「話」らしい話のない小説〉の方法—（『国文学　言語と文芸112』九）

跡上　史郎　芥川と谷崎の論争について（東北大『文芸研究140』九）

伊藤　一郎　「舞踏会」論—〈刹那の感動〉の源流へ—（『東海大学紀要（文学部）63』九）

江藤　茂博　芥川龍之介『地獄変』論—「語り手」の特権化と読み手の異化—（『十文字学園女子短期大学研究紀要㉖』九）［↓年次別］

岡田みさ希　芥川龍之介『地獄変』—芸術至上主義者と呼ばれた人間の素顔—（梅花短期大『国語国文⑧』一〇）

岸本　美紀　「奉教人の死」論—主に典拠との比較から—（〃）

神田　和恵　「羅生門」読後における「下人のその後」—生徒創作作品群の分析—（『解釈』一〇）

真杉　秀樹　『南京の基督』論序説（〃）

永栄　啓伸　背理する語り（上）—芥川龍之介「戯作三昧」—（〃）

関口　安義　芥川龍之介周辺の人々①　長崎太郎論（上）［↓平8・3］（『都留文科大学研究紀要㊸』一〇）

施　小煒〈人血饅頭〉と〈人血ビスケット〉―「湖南の扇」について―（早稲田大『国文学研究117』一〇）

高橋　龍夫『舞踏会』論―ボードレール『悪の華』との照応から―（『日本近代文学53』一〇）

槙本　敦史　神話に回帰できなかった男―「芋粥」への一視点―（〃）

岸　和枝　芥川龍之介作品研究―天才論としての「西方の人」―（『フェリス女学院大学日文大学院紀要③』一〇）

西原　千博『或日の大石蔵之助』試解―話者と作中人物―（筑波大『稿本近代文学⑳』一一）

松本　常彦　鷹の目　神来の興（叙説舎『叙説xii』一一）

井上　洋子　シナリオ「誘惑」の方法―芥川、フローベール、映画―（日本近代文学会九州支部『近代文学論集㉑』一一）

小崎　順「生」の形―ショーペンハウアー、ニーチェと芥川龍之介―（北海道大学『言語文化部紀要㉘』一一）

関口　安義　佐野文夫のこと（『游星⑮』一一）

森本　真幸「羅生門」の読みと時代（『日文協国語教育㉗』一一）

山崎　甲一「蜘蛛の糸」の表情―路ばたを這う小さな命―（『東洋（32）⑫』一二）

奥野　政元　平成六年　国語国文学界の展望（Ⅱ）近代　芥川龍之介（『文学・語学149』一二）

河野　基樹　芥川龍之介「疑惑」と雑誌「風俗画報」―作品から作家への通路―（『芸術至上主義文芸㉑』一二）

熊谷　信子　芥川龍之介『犬と笛』論―話型形成からの物語―（〃）

庄司　達也　芥川龍之介「全印度が…」覚書（『日本文学』一二）

関口　安義　よみがえる「芥川龍之介」〝原罪〟追求した先見性評価（『毎日新聞』一二・一一、夕）

榎戸　哲夫　芥川龍之介研究　七章［↓平6・12］（『洗足論叢㉔』一二）［↓年次別］

大沢　正善　芥川龍之介のニーチェ受容（続）―遺蔵本への書き込み状況―［↓平5・12］（『奥羽大学文学部紀要⑦7』一二）

中村　敦雄「羅生門」（芥川龍之介）でこの言語技術を教える―〈教育内容〉としての「表現技法を読み取る技術」について―（日本言語技術教育学会『言語技術教育④』一二）

加藤　郁夫「羅生門」（芥川龍之介）でこの言語技術を教える―読みの技術から話す・書く技術へ―（〃）

【平成八年】一九九六

松沢　和宏　鏡の物語―『鼻』の草稿を読む―（『文学（7）①』一）

篠崎美生子「六の宮の姫君」論―〈内面〉の「物語」の躓き―（〃）

嶌田　明子「河童」論―もう一つの物語―（『上智大学国文学論集㉙』一）

高松　千家　芥川龍之介論序説―作品のテーマと方法をめぐって―（宮城学院女子大『日本文学ノート㉛』一）

田村　修一　芥川龍之介「地獄変」試論―大殿の運命―（立命館大『論究日本文学63』一）［↓年次別］

國末　泰平　茂吉と龍之介（一）（『園田国文⑩』一）［↓平8・3］

志田　昇　芥川龍之介の「非公式」な読み方―「蜘蛛の糸」の新解釈―（『葦牙㉒』一）

紅野　敏郎　逍遙・文学誌（56）「相聞」（上）―吉井勇・芥川龍之介・木村荘八・郡虎彦ら（『国文学』二）

前田　角藏「羅生門」論―老婆の視点から―（『日本文学』二）

稲田智恵子　「ろおれんぞ」という女性―『奉教人の死』の〈宗教〉性―（日本女子大『国文目白㉟』二）
平岡　敏夫　日本文学とアメリカ文化―芥川作品をアメリカの学生はどう読んだか―（『群馬県立女子大学紀要⑰』二）［↓年次別］
大場　恒明　『羅生門』とcasuistica―パスカルおよびドストエフスキーとの関連において―（神奈川大『麒麟⑤』三）
奥野　政元　「羅生門」の時間（『活水国文32』三）［↓年次別］
永吉　雅夫　三枚の肖像画―芥川『開化の良人』論（『国語と国文学』三）
並川　和央　「蜘蛛の糸」考（『仏教大学大学院紀要㉔』三）［↓年次別］
吉岡由紀彦　芥川龍之介主要研究史解題・覚書（一）―一九五四（昭和二九）年～八三（昭和五八）年―［↓平9・6］（『大阪産業大学論集（人文科学編）87』三）［↓年次別］
安藤　公美　「歯車」論―意味の代行・一九二〇年代のことば―（フェリス女学院大『玉藻㉛』三）
越智　幸恵　芥川龍之介「南京の基督」論（〃）
山口　玲子　「奉教人の死」―語りの構造―（『昭和女子大学大学院日本文学紀要⑦』三）
山崎　甲一　「地獄変」の由来―父と娘二人の共同制作―（東洋大『文学論藻70』三）［↓年次別］
橋浦　洋志　芥川龍之介考―〈終り〉の問題（『茨城大学教育学部紀要（人文・社会科学、芸術）㊺』三）［↓年次別］
植草　文江　芥川龍之介「歯車」論―その狂気の世界―（『昭和学院国語国文㉙』三）
関口　安義　芥川龍之介と児童文学（山梨県立文学館『資料と研究①』三）
雨宮弘志・保坂雅子　芥川龍之介「義仲論」のテキストについて（〃）
小林　和子　芥川龍之介「蜃気楼」断想（『茨城女子短期大学紀要㉓』三）［↓年次別］
今村司・久保田恭子・黒岩浩美・佐藤晃子・他　「河童」注釈［↓平9・3］（『成蹊人文研究④』三）
岡田　紀恵　芥川龍之介「河童」の構成について（『樟蔭国文学㉝』三）
小早川久美子　芥川龍之介『歯車』における色彩感（『金城学院大学大学院文学研究科論集②』三）
小原　智美　「沼地」―芥川と芸術―（実践女子大『歌子④』三）
森脇　正弘　「羅生門」論―下人の〈勇気〉を中心に―（『岡山大学国語研究⑩』三）
山本　芳明　大正八年――イデオロギー批評の試み―芥川龍之介を視座として（『学習院大学文学部研究年報㊷』三）
鄭　寅汶　芥川の『地獄変』と東仁の『狂画師』との作品比較研究（『日本文学論集⑳』三）
國末　泰平　茂吉と龍之介（二）［↓平8・1］（『園田国文⑰』三）
佐々木雅發　「一塊の土」評釈―〈人間の掟〉と〈神々の掟〉―（早稲田大学『比較文学年誌㉜』三）
関口　安義　芥川龍之介周辺の人々①　長崎太郎論（下）［↓平7・10］（『都留文科大学研究紀要㊹』三）
神津　幸穂　研究ノート　芥川龍之介の短歌草稿「砂上日暮」をめぐって（『山梨県立文学館館報㉔』三）
掛井みち恵　『河童』試論―存在の耐えられない無気味さ―（早稲田大『繍⑧』三）

土佐　秀里　『羅生門』、あるいは善悪の彼岸（『早稲田実業学校研究紀要㉚』三）

林　嵐　芥川龍之介『地獄変』と変相変文（『比較文学㊳』三）

船所　武志　要約類型と主題文型―芥川龍之介『ピアノ』を原文章として―（国語表現研究会『国語表現研究⑨』三）

松本　寧至　「羅生門」と「橋の下」―芥川龍之介と森鷗外―（『二松学舎大学東洋学研究所集刊㉖』三）〔↓年次別〕

文　盛業　芥川龍之介の初期習作の世界（『國學院大学大学院文学研究科論集㉓』三）

崔　貞娥　芥川龍之介『きりしとほろ上人傳』論―天国の大名となった山男―（奈良女子大『人間文化研究科年報⑪』三）

金　明珠　芥川龍之介『河童』試論―構成をめぐって―（〃）

金　静姫　芥川の『金將軍』と朝鮮軍談小説『壬辰録』―その素材の活用の仕方を中心に―（新潟大『環日本海研究年報③』三）

邱　雅芬　芥川龍之介の中国旅行の背景（新潟大『現代社会文化研究⑤』三）

小澤　保博　芥川龍之介「西方の人」（12悪魔）の解釈に就いて（『琉球大学教育学部紀要　第一部・第二部㊸』三）〔↓年次別〕

千石　隆志　龍之介覚え書―「蜃気楼」試論―芸術家的存在様式の軌跡―（『早稲田高等学院研究年誌㊵』三）

宇田川香里　芥川龍之介の『藪の中』をめぐって（湘南短大『創造と思索⑥』三）

西田　禎元　芥川龍之介と上海（創価大『創大アジア研究⑰』三）

中島　一夫　意識の閾域―芥川龍之介『玄鶴山房』を中心に―（『国語と国文学』四）

川島　幸希　献呈・識語のある初版本（15）堀口大學宛献呈本『支那游記』（『日本古書通信（61）④』四）

劉　岩偉　作家魯迅の誕生―芥川龍之介・菊池寛に関わる一仮説（『比較文学研究68』四）

小田　幸子　作品研究「羅生門」（『観世（63）④』四）

井本　農一　芥川龍之介の芭蕉大山師説（『俳句研究（63）⑤』五）

宇佐美　眞　「羅生門」の教材としての価値（『解釈』五）

施　小煒　休言竟是人家国―芥川龍之介　上海に於ける西洋との邂逅―（『文芸と批評（8）③』五）

許　南薫　芥川龍之介「羅生門」論―老婆の勝利で終わる物語―（立命館大『論究日本文学64』五）

三宅　義蔵　教材としての「羅生門」の魅力（『国語教室58』五）

田村　修一　芥川龍之介「地獄変」論―汚れなき娘の死による良秀の救済―（『立命館文学545』六）〔↓年次別〕

真杉　秀樹　『藪の中』論序説―作品フレームと語りの構造―（日本文学研究会『文学研究83』六）

坂　敏弘　芥川龍之介研究の現在・覚え書（二）〔↓平6・9〕（『明治大学日本文学㉔』六）

笹谷あゆ美　芥川龍之介の表現方法―ダッシュの使用とその効果―（『米沢国語国文㉔』六）

松澤　信祐　芥川龍之介「一塊の土」論（『民主文学369』七）

伊藤　榮一　芥川龍之介と青森　太宰治は芥川の講演を聞いたか（『太宰治研究③』七）

小沢　次郎　変貌する「羅生門」の〈読み〉―

「今昔物語」・「仙人」・翻訳との比較から—（『駿台フォーラム⑭』七）

八木福次郎　上総一の宮行（『日本古書通信(61)⑦』七）

石谷　春樹　芥川龍之介「大導寺信輔の半生」攷—虚構からの肉迫—（上）［↓平8・10］（『解釈』八）

高橋　龍夫　『羅生門』論—感性から論理へ（『日本語と日本文学㉓』八）

小野　隆　「開化の殺人」論（『専修国文㊾』八）

須田　千里　芥川龍之介『第四の夫から』と『馬の脚』—その典拠と主題をめぐって—（『光華日本文学④』八）［↓年次別］

河　泰厚　『糸女覚え書』小考（梅光女学院大『新樹⑪』九）

北村　倫子　芥川龍之介「文芸的な、余りに文芸的な」—論争史上における〈詩人兼ジヤアナリスト〉の位置—（『フェリス女学院大学日文大学院紀要④』九）

阿部　則子　自意識の構造と短篇小説『鼻』の方法（都立大『論樹⑩』九）

小澤　次郎　芥川龍之介「鼻」にみる潜在的〈他者性〉の考察（〃）［↓年次別］

石岡　久子　翻刻「成瀬正一日記」（一）［↓平9・9］（『香川大学国文研究㉑』九）

久保田暁一　生と死の十字架の文学（1）芥川龍之介の死（『だるま通信209』九）

石谷　春樹　芥川龍之介「大導寺信輔の半生」攷—虚構からの肉迫—（下）［↓平8・8］（『解釈』一〇）

神山　千恵　『藪の中』論—真相をめぐって—（梅花短大『国語国文⑨』一〇）

関口　安義　評伝　恒藤恭（一）［↓平9・3］（『都留文科大学研究紀要㊺』一〇）

稲垣　麦男　蒼き流星　芥川龍之介（『俳句(45)⑩』一〇）

赤羽根龍夫　評論・研究　龍之介と河童—第二回横須賀河童忌座話—（湘南短大『湘南文学⑩』一一）

紅野　敏郎　逍遥・文学誌（65）乙字追悼号「常磐木」—岩野泡鳴・芥川龍之介・齊藤茂吉ら（『国文学』一一）

秋山　公男　『歯車』『機械』—自我の崩壊—（『愛知大学文学論叢112＋113』一一）

高橋　龍夫　「手巾」論—大正の言説との位相—（筑波大『稿本近代文学㉑』一一）

西原　千博　『葱』試解—作品を飛び出す作中人物—（〃）

三嶋　譲　「歯車」解読（一）—〈復讐の神〉をめぐって—［↓平10・3］（『福岡大学日本語日本文学⑥』一一）

谷口佳代子　芥川龍之介と森鷗外—「文藝的な、余りに文藝的な」を中心に—（〃）

渡仲　良也　〈生命〉と〈時間〉—『羅生門』試論（『静岡近代文学⑪』一一）

稲田耕治郎　芥川龍之介「侏儒の言葉」とアナトール・フランス「エピクロスの園」との関係についての紹介（東洋大『近代文学研究会会報⑰』一一）

大國　眞希　芥川龍之介「じゅりあの・吉助」論（関西学院大『日本文芸学㉝』一二）

清水　康次　芥川龍之介書目（『光華女子大学研究紀要㉞』一二）

井上　洋子　「神神の微笑」の主題と方法〜ハーン、フローベール作品とのかかわりから〜（九州大『語文研究82』一二）

中田　睦美　〈秀しげ子〉のためにⅠ—芥川龍之介との邂逅以前—［↓平10・

5」（立命館大『論究日本文学65』一二）［↓年次別］

工藤　茂　小説「枯野抄」を読む（『別府大学国語国文学㊳』一二）［↓年次別］

笠井　秋生　平成七年　国語国文学界の展望（2）近代　芥川龍之介（『文学・語学153』一二）

【平成九年】一九九七

田村　修一　芥川龍之介「地獄変」の語り手について（『解釈』一）

中村真一郎・井上ひさし・小森陽一　座談会昭和文学史Ⅰ谷崎潤一郎と芥川龍之介―「昭和」を見た者たち（『すばる』一）

松本　常彦　小説の地層学―「孤独地獄」断層（叙説舎『叙説xiv』一）

下野　孝文　新渡戸稲造と長谷川謹造―『手巾』試論（〃）

河　泰厚　『南京の基督』考察（梅光女学院大『日本文学研究㉜』一）

斉藤幸三・遠藤秀紀　芥川道章・鈴木三重吉・久米正雄他宛　芥川龍之介書簡　吉田弥生宛　芥川龍之介書簡下書き（山梨県立文学館『資料と研究②』一）

安藤　武　芥川龍之介と三島由紀夫の殉死（『日本古書通信（62）②』二）

稲田智恵子　「きりしとほろ上人伝」―〈麗しい紅の薔薇の花〉に託された殉教―（日本女子大『国文目白㊱』二）

成瀬　哲生　食蜃人考跡―芥川龍之介「犬と笛」―（『山梨大学教育学部研究報告（第一分冊）㊼』二）［↓年次別］

片岡　懋　芥川龍之介の実母は誰か―「点鬼簿」「奉教人の死」「或阿呆の一生」を中心に―（『駒沢国文㉞』二）［↓年次別］

木村　小夜　芥川童話における〈因果〉再検討―「蜘蛛の糸」から「魔術」へ―（『福井県立大学論集⑩』二）

楊　天曦　「人工の翼」の意味―芥川龍之介の芸術観について―（弘前大『文経論叢（人文学科篇）（32）③』二）

大島　龍彦　芥川龍之介「蜜柑」小考（『愛知女子短期大学研究紀要（人文編）㉚』三）［↓年次別］

山口　玲子　芥川龍之介「地獄変」について（『昭和女子大学大学院日本文学紀要⑧』三）

熊谷　信子　芥川龍之介「枯野抄」―語りからみえてくるもの―（〃）

阿部　寿行　『大川の水』試論―「抒情」から「言語」への位相―（『青山語文㉗』三）

土井　優子　芥川龍之介研究―芥川龍之介における紫いろの火花の時間―（〃）

熊谷　信子　芥川龍之介「或敵打の話」―作品構造の分析―（『相模国文㉔』三）

山崎　甲一　「奉教人の死」、ひねりの構造―出生の謎―（東洋大『文学論藻71』三）

関口　安義　評伝　恒藤恭（二）［↓平8・10］［↓平9・10］（『都留文科大学研究紀要㊻』三）

國末　泰平　芥川龍之介の古典―芭蕉と『今昔物語』―（『園田国文⑱』三）［↓年次別］

橋浦　洋志　芥川龍之介考―「日暮れからはじまる物語」について（『茨城大学教育学部紀要（人文・社会科学、芸術）㊻』三）［↓年次別］

港道　隆　藪―テクスト装置（『甲南大学紀要（文学編）101』三）

宮坂　覺　異国の大学生が仕掛けた「罪と罰」の変奏―ドストエフスキー、そして「羅生門」―（『清泉文苑⑭』三）

菊地　弘　雑誌「驢馬」における芥川龍之介と中野重治［→平10・10］（『跡見学園女子大学国文学科報㉕』三）［→年次別］

西岡まさ子　芥川龍之介と「杜子春」―その人生と中国―［→平9・7］（『大衆文学研究⑪③』三）

鄭　寅汶　日韓キリスト教作品比較研究―芥川龍之介と金東仁を中心に―（大東文化大『日本文学論集㉑』三）

和田　芳英　芥川龍之介『鼻』論への叙説（大谷中・高『叢㉕』三）

成蹊大学大学院近代文学研究会　「河童」注釈Ⅱ［→平9・3］［→平10・3］（『成蹊人文研究⑤』三）

大久保倫子　芥川龍之介「尾形了斎覚え書」論（大阪教育大『国語と教育㉒』三）

團野　光晴　「羅生門」論―「主人」探しの物語が示すもの―（『石川工業高等専門学校紀要㉙』三）

成川日女美　ゼミナール『芋粥』の印象の追跡（文学教育研究者集団『文学と教育⑰⑥』三）

坂根　俊英　芥川家庭小説一斑―「お律と子等と」「庭」「雛」―（『広島女子大学国際文化学部紀要③』三）［→年次別］

阿部　寿行　『ひょっとこ』における場面性考察―表現に見る対読者構造について―（青山学院大『緑岡詞林㉑』三）

今野　哲　芥川龍之介「戯作三昧」の構造（『二松⑪』三）［→年次別］

金　明珠　芥川龍之介『蜃氣樓』試論―芸術家的存在様式の軌跡―（奈良女子大『人間文化研究科年報⑫』三）

清水　康次　芥川龍之介『少年』論（奈良女子大『叙説㉔』三）［→年次別］

石谷　春樹　芥川龍之介「少年」―追憶・失望への旅―（〃）［→年次別］

須田　千里　『奉教人の死』の詩的中心（〃）

平野　芳信　芥川龍之介『歯車』をめぐって―シンポジウム報告―（『山口国文⑳』三）

中村　智　芥川龍之介『歯車』論―生の営為の行方―（〃）

副田　賢二　「冬と手紙と」の位置―「歯車」の視座として―（〃）

中原　豊　「歯車」の時間―その構造について（〃）

友重幸四郎　「南京の基督」素描（『四国大学紀要（人文・社会科学編）⑦』三）

海老井英次　「この人」とは誰か―芥川龍之介『西方の人』論・序―（『コンパラティオ①』三）

亀谷　祥子　芥川龍之介『桃太郎』について（『シオン短期大学日本文学論叢㉒』三）

萬田　務　芥川龍之介「偸盗」側面―女たちのもうひとつの物語―（『京都橘女子大学女性歴史文化研究所紀要⑤』三）

櫟原　直樹　藤沢市文書館所蔵「葛巻文庫」と芥川龍之介資料―小学時代の回覧雑誌『日の出界』について―（『藤沢市文書館紀要⑳』三）

葛巻左登子　兄のことに就いて　付・芥川龍之介の終焉のこと（〃）

細井　守　「葛巻文庫と芥川龍之介資料展」開催について（〃）

＊　＊　「葛巻文庫と芥川龍之介資料展」出展目録（〃）

兼武　進　芥川の「西方の人」の「詩的正義」について（『跡見学園女子大学短期大学紀要㉞』四）

大久保倫子　芥川龍之介「地獄変」への一考察―〈絵師良秀〉と〈父良秀〉―（文月刊行会『文月②』四）

桑原　佳代　芥川龍之介「偸盗」論（〃）

安藤　公美　「誘惑―或シナリオ―」論―物語の構造と映画雑誌―（『キリスト

教文学研究⑭』五）

関口　安義　一冊の聖書の背景（〃）

友田　悦夫　「偸盗」の挫折と真理―沙金はなぜ斬られなければならなかったか―（『日本近代文学』五）

松本　常彦　「河童」論―翻訳されない狂気としての―（〃）

宇田川昭子　漱石の再掲載作品と芥川の初出未詳作品について（〃）

川野　良　芥川龍之介と短歌（ノートルダム清心女子大『古典研究㉔』五）

篠崎美生子　二項対立図式への疑問―「蜘蛛の糸」の試み―（『文芸と批評（8）⑤』五）

河　泰厚　『きりしとほろ上人伝』考察（『キリスト教文学⑯』五）

宮坂　覺　芥川龍之介とドストエフスキー―「罪と罰」の「羅生門」への変奏―（〃）

神田由美子　芥川龍之介「歯車」の銀座（『国語展望(100)』六）

吉岡由紀彦　芥川龍之介主要研究史解題・覚書（二）―一九八四（昭和五九）年～九二（平成四）年―［→平8・3］（『大阪産業大学論集（人文科学編）(92)』六）［→年次別］

田村　修一　芥川龍之介「偸盗」論―沙金はなぜ斬られなければならなかったか―（『立命館文学(550)』六）

顧　也力　芥川文学における人間性追及（『神戸女学院大学論集（44）①』七）

西岡まさ子　芥川龍之介と「杜子春」その2［→平9・3］（『大衆文学研究(114)』七）

関口　安義　没後70年芥川龍之介の復活「ジャーナリストの側面も」（『毎日新聞』七・二四、夕）

清水　康次　芥川龍之介と太宰治「雛」の語りと「哀歌」の語り（『太宰治研究④』七）

森田　喜郎　芥川龍之介『歯車』における「運命」の展開―無気味な運命―（日本文学研究会『文学研究(85)』七）

紅野　敏郎　東雲堂「短歌雑誌」を繰る（8）秋田雨雀・芥川龍之介・西村陽吉・太田水穂ら（『短歌研究（54）⑦』七）

高橋　龍夫　芥川龍之介『蜘蛛の糸』の世界―宮沢賢治『永訣の朝』との関連から（筑波大『人文科教育研究㉔』八）

中島　舞子　芥川家の昭和二年正月（『國學院雑誌（98）⑧』八）

桑原　聡　『羅生門』論―強盗としての身体《しんたい》―（『駿台フォーラム⑮』八）

宮坂　覺　芥川龍之介『歯車』ノート―嵌め込まれたさまざまな風景―（『キリスト教文芸⑭』八）

細川　正義　『歯車』論―宗教的〈救い〉の視点において―（〃）

笠井　秋生　芥川龍之介と『聖書』―『歯車』をめぐって（〃）

佐藤　泉　芥川龍之介　一九二二・一―多元視点小説の、あまりに明瞭な境界＝輪郭―（『日本文学』九）

井上　康明　芥川龍之介の手帳（『山梨県立文学館館報㉚』九）

高橋　龍夫　「芋粥」における構造的示唆（『香川大学国文研究㉒』九）［→年次別］

石岡　久子　翻刻「成瀬正一日記」（二）［→平8・9］［→平10・9］（〃）

笠井　秋生　「点鬼簿」断想―かげろふや塚より外に住むばかり―（『梅花短大国語国文⑩』一〇）

五十嵐ルミ　『藪の中』論―芥川の女性不信について―（〃）

小野塚　力　芥川龍之介『龍』試論―「三月三日」という日付の意味するもの―（『二松学舎大学人文論叢(59)』一

〇）

海老井英次　「西方の人」を論じる憂鬱（『日本近代文学』一〇）

松本　修　「羅生門」の〈語り〉―教材研究におけるナラトロジー導入の可能性と問題点―（〃）

田口　律男　芥川文学に於ける狂気とモダニズム―ストラテジーとしての〈病い〉―（〃）

中川　成美　モダニズムはざわめく―モダニティと〈日本〉〈近代〉〈文学〉―（〃）

篠崎美生子　排除する物語／排除された物語―もうひとつの「羅生門」―（早稲田大『国文学研究(123)』一〇）［↓年次別］

関口　安義　評伝　恒藤恭（三）［↓平9・3］［↓平10・3］（『都留文科大学研究紀要㊼』一〇）

小澤　次郎　「芋粥」論―錯綜する物語―（都立大『論樹⑪』一〇）［↓年次別］

平岡　敏夫　王朝の〈夕暮れ〉―芥川龍之介「羅生門」を視点として―（『国際日本文学研究集会会議録⑳』一〇）

河　泰厚　『奉教人の死』考察―宗教と文学の問題をめぐって―（梅光女学院大『新樹⑫』一〇）

廣瀬　晋也　戦争というフレーム・芥川の菊と太宰の葉桜［芥川龍之介往還Ⅰ］［↓平10・8］（日本近代文学会九州支部『近代文学論集㉓』一一）

庄司　達也　平成八年　国語国文学会の展望（Ⅱ）近代　芥川龍之介（『文学・語学(157)』一一）

石割　透　作品生成の秘密―「歯車」の原稿を中心に―（『日本近代文学館(160)』一一）

久保田正文　死後70年　芥川龍之介の抒情性と理知性（『読売新聞』一一・一八、夕）

後藤　信行　理科教育…文学の中の力学―蜘蛛の糸（丸善『パリティ（12）⑪』一一）

神田由美子　芥川龍之介『湖南の扇』（『解釈と鑑賞』一二）

須田　千里　芥川龍之介歴史小説の基盤―『地獄変』を中心として―（奈良女子大『叙説㉕』一二）［↓年次別］

秋山　公男　『鼻』『芋粥』―弱性への凝視―（『日本文学』一二）

高橋　龍夫　「秋」におけるアイロニー―「三四郎」美禰子の継承―（筑波大『稿本近代文学㉒』一二）

分銅　惇作　ある阿呆とデクノボーと道化の死生観（『国文学　言語と文芸(114)』一二）

関口　安義　蘆花『謀反論』の衝撃（日本文学協会近代部会『近代文学研究⑮』一二）

服部　康喜　干渉する物語《プロット》―「芋粥」の構成―（『活水日文㉟』一二）［↓年次別］

井上　洋子　芥川龍之介「おぎん」の位置―〈文明批評〉と〈存在論〉と―（九州大『語文研究(84)』一二）［↓年次別］

篠崎美生子　「藪の中」の言説分析（『工学院大学共通課程研究論叢（35）②』一二）［↓年次別］

吉田　俊彦　俳人芥川論覚え書（一）（山陽学園大『山陽論叢④』一二）

下野　孝文　「微笑」と「型」―芥川龍之介『手巾』論―（『長崎県立女子短期大学研究紀要㊺』一二）［↓年次別］

【平成一〇年】一九九八

近藤　明　芥川龍之介の「ジョウダン」表記―「冗談」から「常談」へ―（『解釈』一）

松澤　信祐　芥川龍之介　中国旅行後の創作意識（『民主文学(387)』一）

大江　美樹　芥川龍之介論─その認識の不安ということ─（宮城学院女子大『日本文学ノート㉝』一）

高松　千家　芥川龍之介─いわゆる〈芸術家小説を中心として〉─（〃）

山﨑麻由美　「物語の女」研究─片山廣子との関わりを中心に─（梅光女学院大『日本文学研究㉝』一）

今野喜和人　芥川龍之介「二つの手紙」の世界─クロウ夫人「自然の夜の側面」の寄与─（静岡大『人文論集（48）②』一）

王　虹　歴史物作家一考察─芥川・魯迅・郭沫若をめぐり─（『目白大学人文学部紀要言語文化篇④』一）

山田　義博　極北の文学としての「歯車」論（『金沢大学国語国文㉓』二）

田村　修一　「話」らしい話のない小説への道程─芥川龍之介晩年の評論より─（『昭和文学研究㊱』二）

太田　一直　芥川龍之介『蜜柑』における語り手と聞き手─日本人の西欧化を示すテクスト─（中央大『大学院研究年報　文学研究科篇㉗』二）

赤間　涼子　芥川龍之介─告白小説における〝母親像〟─（九州女子大『語学と文学㉘』三）

村橋　春洋　「藪の中」論─虚構の時空─（『大谷女子大国文㉘』三）

山口　玲子　芥川龍之介における真実と現実─「南京の基督」を中心に─（『昭和女子大学大学院日本文学紀要⑨』三）

阿部　寿行　〈語り〉というノエシス─『神神の微笑』の成立と転位をめぐって─（『青山語文㉘』三）

豊嶋千可子　高等学校における小説教材の指導─「羅生門」の場合─（『相模国文㉕』三）

山崎　甲一　「お富の貞操」について─目と心─（東洋大『文学論藻(72)』三）

文　盛業　「鼻」・「芋粥」論（『國學院大学大学院紀要（文学研究科）㉙』三）

阮　毅　芥川龍之介と『西遊記』（『愛知大学国文学㊲』三）

〃　芥川龍之介と陶淵明（『愛知論叢(64)』三）

朝比奈智子　「六の宮の姫君」論─作品にみる芥川の影（『昭和学院国語国文㉛』三）

國末　泰平　芥川龍之介─「枯野抄」と「芭蕉雑記」「続芭蕉雑記」─（『園田国文⑲』三）

佐藤　博美　芥川龍之介『疑惑』論〈追憶感情〉が引き起こしたもの（『盛岡大学日本文学会研究報告⑥』三）

庄司　達也　「遊心帳」翻刻─小穴隆一旧蔵資料紹介─（『東京成徳大学研究紀要⑤』三）

松尾　瞭　芥川龍之介と妻子（『鶴見大学紀要（第一部国語・国文学編）㉟』三）

渡邉　正彦　「羅生門」における『ツァラトゥストラ』（“Also sprach Zarathustra”）受容（『群馬県立女子大学国文学研究⑱』三）

菊地　弘　雑誌「驢馬」における芥川龍之介と中野重治（承前）［→平9・3］（『跡見学園女子大学国文学科報㉖』三）

関口　安義　評伝　恒藤恭（四）［→平9・10］［→平10・10］（『都留文科大学研究紀要㊽』三）

宮澤千鶴子　「路上」─現実逃避によって見えてきた芥川の現実─（実践女子大『歌子⑥』三）

成蹊大学大学院近代文学研究会　「河童」注釈Ⅲ［→平9・3］［→平11・3］（『成蹊人文研究⑥』三）

布川　純子　「河童」主要文献目録（〃）

松本　常彦　芥川龍之介「河童」の光景

（1）・山に登る僕（『北九州大学国語国文学⑩』三）

長谷川達哉　下人の行方と、語り手の「いま・ここ」—「羅生門」の言説分析の試み—（『中央大学国文㊶』三）

三嶋　譲　「歯車」解読（二）〈或狂人の娘〉の虚実［→平8・11］（『福岡大学総合研究所報（人文・社会科学編）(205)』三）

上岡祥子　芥川龍之介作品についての一考察—仙人の〈試し〉による〈人間回帰〉（『岡大国文論稿㉖』三）

橋浦洋志　「歯車」考—方法の問題—（東北大『文芸研究(145)』三）

畑　佐和子　芥川龍之介の「開化もの」—「開化の殺人」「開化の良人」を中心に—（『清泉語文①』三）

堀　竜一　「西方の人」を読む（一）—「罪の女」をめぐって—（上）（新潟大『新大国語㉔』三）

佐々木雅發　「秋」前後—時を生きる—（『比較文学年誌㉞』三）

宮田一生　「玄鶴山房」論（兵庫教育大『言語表現研究⑭』三）

石谷春樹　芥川文学における〝保吉物〟の意味（『三重法経(109)』三）

萩原千恵　芥川龍之介『蜜柑』論—大正八年「心境」小説をめぐって—（早稲田大『繍⑩』三）

上村和美　芥川龍之介『手巾』にみる「手」のイメージ（大阪大『言語文化研究㉔』三）

千石隆志　龍之介覚え書—「羅生門」についての考察（『早稲田大学高等学院研究年誌㊷』三）

水洞幸夫　「毛利先生」試論—〈歩く〉事の方法化—（『金沢学院大学文学部紀要③』三）

太田一直　主人公の「私」と語り手の「私」—芥川龍之介『蜜柑』論—（『中央大学大学院論究　文学研究科篇（30）①』三）

溝渕園子　芥川龍之介『歯車』におけるモダン都市空間—〈匿名〉・〈変転〉・〈代替可能性〉—（東京外大『言語・地域文化研究④』三）

伊藤淑人　芥川龍之介の人間性—萩原朔太郎との交友から—（『東海学園国語国文(53)』三）

河原信義　芥川龍之介「羅生門」参考文献目録（『立教高等学校研究紀要㉘』三）

柴田勝二　「Y」の記憶—『地獄変』再論—（『山口国文㉑』三）

兼武　進　芥川「西方の人」の「詩的正義」について（『跡見学園女子大学短期大学部紀要㉞』四）

三谷邦明　物語の語りと近代小説—『や』を読むあるいは一人称語りの饗宴—（『文学（9）②』四）

宮坂　覺　芥川龍之介の小島政二郎宛書簡（『神奈川近代文学館(60)』四）

村田好哉　横光と芥川—上海を巡って—（『解釈』五）

首藤基澄　芥川龍之介の出発—ロマン・ロランの影響（『キリスト教文学研究⑮』五）

鈴木陽子　芥川龍之介『神神の微笑』について（〃）

友田悦生　「地獄変」論の前提—〈語り〉の機能に関する覚書—（『近代文学論創①』五）

吉岡由紀彦　澄江堂隠栖の地—吉本隆明「芥川龍之介の死」批判・ノート（承前）—［→平7・7］（〃）

中田睦美　〈秀しげ子〉のためにⅡ—〈噂〉の女の足跡—［→平8・10］（立命館大『論究日本文学(68)』五）

首藤基澄　芥川龍之介「羅生門」の構造—『ジャン・クリストフ』と『こゝろ』の受容—（『キリスト教文学

⑰』五）

西山　康一　芥川作品の語り出される〈場所〉―「秋」をめぐって―（慶応大『芸文研究(74)』六）

宮坂　覺　太宰治と芥川龍之介（『解釈と鑑賞』六）

林　嵐　芥川龍之介の『仙人』と唐代小説『侯道華』（『解釈』六）

高橋　美里　芥川龍之介「秋」論―〈語り〉の問題をめぐって―（米沢女子短大『米沢国語国文㉗』六）

桑原　佳代　「秋」論―草稿からみる信子―（上）（文月刊行会『文月③』七）

副田　賢二　芥川龍之介「疑惑」論―「語ること」をめぐる転換―（『国語と国文学』七）

床　篤志　芥川龍之介の本所―「大導寺信輔の半生」を中心に（研究と資料の会『研究と資料㊴』七）

足立　直子　芥川龍之介『老年』論―人間的共感の視点において―（『キリスト教文芸⑯』八）

下西善三郎　古典典拠に言及する小説の語り―芥川龍之介『芋粥』―（筑波大『日本語と日本文学㉗』八）

廣瀬　晋也　暴力と性のオントロギー・芥川〈藪の奥〉から安吾〈花の下〉へ―芥川龍之介往還Ⅱ―［↓平9・11］（叙説舎『叙説⑰』八）

宗田　安正　昭和の名句集を読む［第三回］芥川龍之介『澄江堂』（『俳壇（15）⑨』八）

紅野　敏郎　東雲堂「短歌雑誌」を繰る（20）白鳥省吾・尾山篤二郎・芥川龍之介・窪田空穂ら（『短歌研究（55）⑧』八）

石割　透　芥川龍之介の手帳やノート断片―藤沢市文書館所蔵「葛巻文庫」から―（『有鄰(369)』八）

髙橋　龍夫　「藪の中」補論―原敬暗殺事件記事との関連から―（『香川大学国文研究㉓』九）

石岡　久子　翻刻「成瀬正一日記」（三）［↓平9・9］［↓平11・9］（〃）

堀　竜一　芥川龍之介「続西方の人」校訂本文（『新潟大学教育人間科学部紀要（人文・社会科学編）（1）①』九）

林　嵐　芥川龍之介「馬の脚」の素材（『文学・語学(160)』九）

吉田　城　ある文明開化のまなざし―芥川龍之介「舞踏会」とピエール・ロティ―（京都大『仏文研究㉙』九）

甲田　直美　「語り」と再現性―芥川作品から―（『滋賀大国文㊱』九）

河野　有時　芥川龍之介「龍」論（『東京都立航空工業高等専門学校研究紀要㉟』九）

鶴岡　真弓　シリーズ／日本の思想家＝論　第六回　芥川龍之介の愛蘭土（『正論(314)』一〇）

吉田　城　盗人の誕生―『羅生門』推敲プロセスに関する一考察―（『文学（9）④』一〇）

高橋　龍夫　「藪の中」における「語らない」ことへの一視点―方法としての歴史的共時性―（『日本近代文学』一〇）

工藤　剛　「聖家族」における芥川文学の影響（大分大『国語の研究㉕』一〇）

関口　安義　評伝　恒藤恭（五）［↓平10・3］［↓平11・3］（『都留文科大学研究紀要㊾』一〇）

髙橋　博史　平成九年　国語国文学会の展望（Ⅱ）近代　芥川龍之介・菊池寛（『文学・語学(161)』一〇）

山敷　和男　芥川の自殺と寛・犀星（『室生犀星研究⑰』一〇）

小林　幸夫　芥川龍之介『杜子春』論（上智大『ソフィア（47）③』一〇）

単　援朝　芥川龍之介「奇遇」の成立について（『国文学　言語と文芸(116)』一一）
山崎　甲一　「藪の中」の罪と罰（上）―真砂の丈高さ―［↓平10・12］（東洋大『東洋（35）⑪』一一）
熊谷　信子　物語の仕組み―芥川龍之介「白」論（『芸術至上主義文芸㉒』一二）
西原　千博　『地獄変』読解―「見る」という呪縛（筑波大『稿本近代文学㉓』一二）
神保　邦寛　「秋山図」の可塑性とは―白秋の詩「金の入日に繻子の黒」を重ねてみて―（〃）
佐光　美穂　「僕」の同質性と男の〈狂気〉―芥川龍之介『歯車』試論―（『名古屋大学国語国文学(83)』一二）
稲田千恵子　「ろおれんぞ」という女性―『奉教人の死』の〈宗教〉性―（『名古屋近代文学⑯』一二）
山崎　甲一　「藪の中」の罪と罰（下）―真砂の丈高さ―［↓平10・11］（『東洋（35）⑫』一二）
嵐山光三郎　芥川龍之介の恋愛力に学べ（『小説tripper 冬』一二）
武藤　清吾　芥川龍之介と北原白秋―童心と神秘の視角から―（『名古屋近代文学研究⑯』一二）
久保田暁一　文学と信仰の問題をめぐって（4）「芥川のイエス観」（湖聲社『湖畔の聲(982)』一二）

【平成一一年】一九九九

王　虹　芥川龍之介と郁達夫―抒情の美学―（『目白大学人文学部紀要言語文化篇⑤』一）
佐藤　泰正　作家は誰のために書くのか―芥川から小川国夫へ―（梅光女学院大『日本文学研究㉞』一）
河　泰厚　『西方の人』考察（上）［↓平12・1］（〃）
嶌田　明子　「さまよへる猶太人」論―「伝説」から「芸術上の作品」へ―（『上智大学国文学論集㉜』一）
髙橋　龍夫　「杜子春」の物語性（『解釈』二）
秦　剛　〈告白〉を対象化した〈お伽噺〉―芥川龍之介の小説『馬の脚』を中心に―（『国語と国文学』二）
水川　景三　芥川龍之介『好色』論―歪む自己像―（神戸大『国語年誌⑰』二）
矢切　隆之　芥川龍之介マル秘ポルノ『田原安江』（『新潮45（18）②』二）
紅野　敏郎　逍遥・文学誌（92）「文章倶楽部」の「新聞雑誌研究号」の芥川小特集―神代種亮・菅忠雄・渡辺清・芥川文子ら―（『国文学』二）
松村香代子　〈傀儡師〉の動揺と芥川文学の転機―『私の出偶つた事』を視座として―（日本女子大『国文目白㊳』二）
稲田智恵子　芥川龍之介「疑惑」―失われた言葉を求めて崩壊する自我（〃）
堀　まどか　芥川の「ゴーギャン」をめぐる考察（〃）
平野　晶子　資料紹介　芥川龍之介・和辻哲郎「車中聯吟」について（昭和女子大『学苑(707)』三）
布施　薫　芥川龍之介『河童』論（一）―文学的〈狂気〉の様相［↓平11・12］（都立大『論樹⑫』三）
阿部　寿行　『地獄変』再考―描かれること亡き写像―（『青山語文㉙』三）
神田　秀美　芥川龍之介「母」試論―〈不可知〉を指向する作品　トリック、テクニック―（〃）
海老井英次　芥川龍之介―抒情性の離反　旋頭歌のみを接点とした晶子と龍之介（『国文学』三）
國末　泰平　芥川龍之介のキリシタン物（一）―「悪魔」について―［↓平12・3］（『園田国文⑳』三）
松尾　瞭　芥川龍之介ノートⅣ［↓平6・

3」（『鶴見大学紀要（第一部国語・国文学編）㊱』三）

井上　諭一　「新小説」と芥川龍之介（『弘学大語文㉕』三）

金　熙照　〈戯作三昧〉境の実体について（専修大『文研論集㉝』三）

宮崎真素美　芥川龍之介・「羅生門」―〈好奇心〉の行方―（『愛知県立大学説林㊼』三）

成蹊大学大学院近代文学研究会　「河童」注釈Ⅳ［→平10・3］［→平12・3］（『成蹊人文研究⑦』三）

溝部優実子　『湖南の扇』―含芳の「扇」を糸口として―（『日本女子大学紀要（文学部）㊽』三）

新井　由紀　芥川龍之介研究―杜子春の語彙について―（『東洋大学短期大学論集　日本文学篇㊱』三）

石割　透　芥川龍之介について気づいた二、三のこと（『駒沢短期大学研究紀要㉗』三）

関口　安義　評伝　恒藤恭（六）［→平10・10］［→平11・10］（『都留文科大学研究紀要㊿』三）

申　基東　芥川龍之介「庭」論―次男の庭造りをめぐって―（東北大『文芸研究147』三）

文　盛業　芥川龍之介における芸術と人生の問題―「戯作三昧」と「地獄変」を中心に―（『國學院大学大学院文学研究科論集㉖』三）

単　援朝　芥川龍之介〈変者《かわりもの》〉の系譜―『鼻』『酒虫』『芋粥』―（『熊本工業大学研究報告（24）①』三）

今野　哲　芥川童話の二類型（『長岡工業高等専門学校研究紀要（35）①』三）

乾　英治郎　芥川龍之介『春服』における〈庭〉の意味（大東文化大『日本文学論集㉓』三）

千石　隆志　龍之介覚え書―「歯車」についての考察（『早稲田高等学院研究年誌㊸』三）

佐藤　泰正　芥川と堀辰雄―犀星の周辺をめぐって―（『室生犀星研究⑱』五）

池田　博昭　芥川龍之介における水のイメージ（〃）

村田　信男　文学にみる障害者像（37）芥川龍之介著『浅草公園―或シナリオ』（日本障害者リハビリテーション協会『ノーマライゼーション（19）⑤』五）

友田　悦生　「地獄変」へのアプローチ―二つの物語的分割の間にあるもの（『近代文学論創②』六）

吉岡由紀彦　枯野抄における〈図〉と〈地〉の由来（〃）

中村　清治　「偸盗」における男性性の機制―疑う男たちの物語―（関西学院大『日本文芸研究（51）①』六）

花田　俊典　「きつと、さうか。」―芥川龍之介「羅生門」（『日本文学』七）

横田　順彌　明治時代は謎だらけ！！　芥川春浪（？）（『日本古書通信（64）⑦』七）

髙木　靖子　芥川龍之介「往生絵巻」論（文月刊行会『文月④』七）

足立　直子　芥川龍之介『老年』論―人間的共感の視点において―（『キリスト教文芸⑯』八）

鎌田　均　「新たなる倫理性」を求めて―『羅生門』の授業をめぐって田中理論に学ぶ―（『日本文学』八）

関口　安義　新しい芥川像を求めて（『日本古書通信（64）⑧』八）

小野　隆　「袈裟と盛遠」論（『専修国文65』九）

吉本　隆明　芥川、太宰、三島、川端…江藤さんの特異な死（『文藝春秋（77）⑨』九）

足立　直子　芥川龍之介『大川の水』論―〈大

川の水〉と対峙する青年像をめぐって―（関西学院大『日本文芸研究（51）②』九）

桂　文子　リアリティを構成する原理としての論理―芥川龍之介『羅生門』論―（『広島女子大学国文⑯』九）

相川　直之　芥川龍之介「点鬼簿」論―家族の肖像―（広島大『国文学攷(163)』九）

石岡　久子　翻刻「成瀬正一日記」（四）［↓平10・9］（『香川大学国文研究㉔』九）

和田　茂俊　蜘蛛の糸の震え（東北大『文芸研究(148)』九）

金　熙照　芥川の開化の理念について―『雛』を中心に―（専修大『文研論集㉞』一〇）

関口　安義　評伝　恒藤恭（七）［↓平11・3］［↓平12・3］（『都留文科大学研究紀要(51)』一〇）

篠崎美生子　平成十年　国語国文学会の展望（Ⅱ）近代　芥川龍之介（『文学・語学(165)』一〇）

単　援朝　芥川龍之介「奇遇」の成立について（『国文学　言語と文芸(116)』一一）

佐藤　嗣男　芥川龍之介と菊池寛―触発する作家と作家―（文学教育研究者集団『文学と教育(187)』一一）

小林　美鈴　「杜子春」―語りの呪縛を解き放つ読み―（『芸術至上主義文芸㉕』一一）

川島　幸希　新発見　菊池寛「幻の原稿」解題―芥川龍之介が没にした幻の原稿（『文学界（53）⑫』一二）

佐藤　泉　芥川龍之介　一九二二・一―日本文化論の文体について―（『青山学院女子短期大学紀要(53)』一二）

相川　直之　芥川龍之介・正続「西方の人」論―「クリスト」の造形（広島大『近代文学試論㊲』一二）

田村　修一　芥川龍之介「鼻」論―コミュニケートの願い―（立命館大『論究日本文学(71)』一二）

安本　美典　文学作品のなかの「気になることば」―芥川龍之介の文章を添削してもいいのかな（『日本語学（18）⑭』一二）

福本　彰　「待つ」の構造（一）―未定・望む・信じる（憑く）・祈る―（『就実論叢㉙』一二）

布施　薫　芥川龍之介「河童」論（二）―具象の場と「近代」―［↓平11・3］（都立大『論樹⑬』一二）

【平成一二年】二〇〇〇

戸松　泉　芥川龍之介「蜜柑」の「私」（『日本文学』一）

河　泰厚　『西方の人』考察（下）［↓平11・1］（梅光女学院大『日本文学研究㉟』一）

飯野　正仁　山梨県立文学館所蔵「芥川龍之介旧蔵洋書」目録（山梨県立文学館『資料と研究⑤』一）

赤羽　学　芥川龍之介の『捨児』を廻る問題（『解釈』二）

建田　和幸　「おしの」と「糸女覚え書」―罪と恥の認識をめぐって―（大東文化大『日本文学研究㊴』二）

永栄　啓伸　「羅生門」論のむずかしさ―下人の正義・語り手への偏重（『皇學館論叢（33）①』二）

細川　正義　芥川龍之介『南京の基督』論（関西学院大『人文論究（49）④』二）

足立　直子　芥川龍之介『芋粥』論―〈場〉と五位像との関係を中心にして―（〃）

下西善三郎　説話という典拠と『今昔物語鑑賞』―芥川龍之介における〈古典典拠〉の意味（『説話⑩』二）

関口　安義　芥川龍之介―その文学と生涯（国

士舘大『国文学論輯㉑』三）

國末　泰平　芥川龍之介のキリシタン物（二）―「悪魔」の位相―［↓平11・3］（『園田国文㉑』三）

成蹊大学大学院近代文学研究会　「河童」注釈Ｖ［↓平11・3］（『成蹊人文研究⑧』三）

関口　安義　評伝　恒藤恭（八）［↓平11・10］［↓平12・10］（『都留文科大学研究紀要52』三）

江藤　茂博　芥川龍之介『湖南の扇』論―「僕」という仕掛け―（『十文字国文⑥』三）

一柳　廣孝　怪異と神経―芥川龍之介「妖婆」の位相（『横浜国大国語研究⑰＋⑱』三）

石割　透　京都・東京―その文化交流の側面―序　小林雨郊と芥川龍之介（『駒澤短期大学研究紀要㉘』三）

菊池　義隆　芥川龍之介『蜜柑』論―「私」の心情における蜜柑の意義―（『盛岡大学日本文学会研究会報告⑧』三）

乾　英治郎　芥川龍之介「文芸的な、余りに文芸的な」論―「小説」の生命力を巡って―（大東文化大『日本文学論集㉔』三）

今野　哲　芥川龍之介「或日の大石内蔵之助」の文芸構造（日本文芸学会『日本文芸学㊱』三）

小林　茂之　芥川作品における連体節中の主格助詞ノ（都留文科大『国文学論考㊱』三）

嶋田　彩司　二階の芥川龍之介―天井から地上へ登る為に無残にも折れた梯子（『明治学院論叢　綜合科学研究644』三）

中田　雅子　芥川龍之介『藪の中』犯人は誰か（湘南短期大『創造と思考⑩』三）

水洞　幸夫　芥川龍之介「秋」論―誰が〈玉子〉を取ったのか―（『金沢学院大学文学部紀要⑤』三）

紅野　敏郎　志賀直哉宛署名本（16）芥川龍之介『湖南の扇』（『日本古書通信（65）④』四）

五島　慶一　「南京の基督」論―〈物語〉と語り手―（『日本近代文学』五）

宮坂　覺　芥川龍之介「舞踏会」再編―〈H老婦人〉の〈ふるまい〉をめぐって―（フェリス女学院大『玉藻㊱』五）

一柳　廣孝　消えた「フロイド」―芥川龍之介「死後」―（『日本文学』五）

宮坂　覺　芥川文学における〈地獄〉の意識（『キリスト教文学研究⑰』五）

副田　賢二　芥川龍之介「庭」論―カオスとしての庭―（慶応大『芸文研究78』六）

丸山　珪一　晩年の芥川龍之介その側面―中野重治との関わりで―（『社会文学⑭』六）

浦野　春樹　芥川龍之介の『父』について―ルカーチの短篇小説を考慮しつつ―（都立大『世界文学91』七）

山崎　光夫　芥川龍之介自殺の真相（東洋大『Satya ㊴』七）

槇本　敦史　芥川龍之介「素戔嗚尊」論（『解釈』八）

奥野久美子　芥川龍之介「或日の大石内蔵之助」の方法―人物造型を中心に（『国語国文69』八）

関口　安義　恒藤恭と芥川龍之介（日本大『桜文論叢51』八）

中村　清治　同性愛と異性愛の狭間で―芥川龍之介『秋』試論―（関西学院大『日本文芸研究（52）②』九）

中川貴美子　芥川龍之介『藪の中』構成上の問題点（『樟蔭国文学㊳』一〇）

関口　安義　評伝　恒藤恭（九）［↓平12・3］（『都留文科大学研究紀要53』一〇）

篠崎美生子「芥川研究」の文法（『日本文学』一一）
紅野　敏郎　芥川龍之介の手紙―塚本文・夏目漱石・恒藤恭宛をめぐって（『国文学』一一）
大石　嘉美『地獄変』と『蜘蛛の糸』（『解釈』一一）
真杉　秀樹『点鬼簿』の真実（〃）

5　芥川龍之介全集月報

◆芥川龍之介全集全八巻（岩波書店、昭和二年一一月三〇日～昭和四年二月二八日）

芥川龍之介全集月報第一号（昭和二年一一月）
小穴　隆一「装幀其他」
小島政二郎「賛言」
佐佐木茂索「思ひつくまま」
無署名「第四巻作品年表」
芥川龍之介（「或阿呆の一生」に就いて）
芥川龍之介全集編纂同人「芥川龍之介全集編纂につき謹告」

芥川龍之介全集月報第二号（昭和二年一二月）
小島政二郎「校正を了へて」
佐佐木茂索「雑記」
小穴　隆一「一游亭雑記」
岩波　茂雄「御申込の諸彦に」
無署名「第一巻作品年表」
無署名「『偸盗』に就いて」

芥川龍之介全集月報第三号（昭和三年一月）
小島政二郎「校正を了へて」
小穴　隆一「一游亭雑記」
岩波生「御詫二つ」
無署名「第二巻作品年表」
無署名「芥川龍之介全集正誤表」（第四巻、第一巻）

芥川龍之介全集月報第四号（昭和三年三月）
室生　犀星「清朗の人」
里見　弴「愛惜不可禁」
佐藤　春夫「思ひ出すままに」
久保田万太郎「小島さんへ」
小穴　隆一「一游亭雑記」
佐佐木茂索「雑記」
小島政二郎「お詫」
編輯担当者（「子供の病気」「三つの宝」の初出、月報三号の作品年表の正誤）
無署名「芥川龍之介全集正誤表」（第二巻、第一巻）

芥川龍之介全集月報第五号（昭和三年六月）
恒藤　恭「子供の名前の事など」
小島政二郎「お答」
南部修太郎「沙翁《シエクスピア》の死面《デッド・マスク》の下で」
小島政二郎「お答」
宇野　浩二「芥川とゴオゴリの半身像」
沖本　常吉「芥川龍之介伝説」
小穴　隆一「一游亭雑記」
小島政二郎「蕀を負うて」
佐佐木茂索「編纂余言」
岩波　茂雄「佐佐木さんの為めに」
岩波　茂雄「申込者各位へ」
無署名「第三巻作品年表」
無署名「芥川龍之介全集正誤表」（第五

巻、第四巻、第二巻、第一巻〕
芥川龍之介全集月報第六号（昭和三年八月）
滝井　孝作「作品」
佐佐木茂索「第六巻ノオト」
小穴　隆一「一游亭雑記」
小島政二郎「校正を了へて」
無署名「芥川龍之介全集正誤表」〔第三巻、第五巻、第四巻、第二巻〕
芥川龍之介全集月報第七号（昭和三年一二月）
久保田万太郎「手びかへ」
室生　犀星「龍氏詩篇」
小穴　隆一「一游亭雑記」
佐佐木茂索「編纂余言」
小島政二郎「校正を了へて」
葛巻　義敏「御返事三つ」
無署名「『芭蕉全集』の書入れ」
無署名「芥川龍之介全集正誤表」〔第一巻、第三巻、第五巻、第六巻〕
芥川龍之介全集月報第八号（昭和四年二月）
菊池　寛「『早春雑記』より」
沖本　常吉「『澄江堂印譜』底本」
小穴　隆一「一游亭雑記」
高橋邦太郎「『クラリモンド』の事ども」
小島政二郎「完成を前にして」
佐佐木茂索「編纂余言」
無署名「編輯者のノオト」
一編纂担当「校了後に附記」

芥川龍之介「短歌拾遺」〔柳川隆之介の名で「心の花」に載ったもので全集校了後発見されたものである〕
無署名「芭蕉全集の書入れ（承前）」
岩波　茂雄「完了に際して」
無署名「芥川龍之介全集正誤表」〔第六巻、第七巻〕
◆芥川龍之介全集全一〇巻（岩波書店、昭和九年一〇月一五日〜昭和一〇年八月一五日）
芥川龍之介全集月報第一号（昭和九年一〇月）
菅　忠雄「鎌倉の時代を」
堀　辰雄「追分にて」
芥川龍之介全集刊行会「普及版芥川龍之介全集編纂につき謹告」
佐佐木茂索「『偸盗』に就いて」
無署名「校正室だより」
芥川龍之介全集月報第二号（昭和九年一二月）
下島　勲「芥川君と読書の速度」
葛巻　義敏「築地入船町・少年時代の事など（母の手紙から）」
一編纂担当者記す「編輯・校正室より」
無署名「普及版芥川龍之介全集第一巻正誤表」
芥川龍之介全集月報第三号（昭和一〇年一月）
恒藤　恭「思ひ出の中から」
北川　桃雄「芥川さんの弟」

笠原健治郎「芥川龍之介論（後期の作品に就いて）」
小穴　隆一「入船町・東両国」
堀　辰雄
葛巻　義敏「第六巻編纂・校正覚書」
芥川龍之介全集月報第四号（昭和一〇年二月）
明石　敏夫「悔恨」
室賀　文武「それからそれ」
南部修太郎「思ひ出す事」
無署名「第二巻校正覚書」
芥川龍之介全集月報第五号（昭和一〇年三月）
滝井　孝作「小感」
室生　犀星「安らかならざるもの」
室賀　文武「それからそれ（承前）」
無署名「普及版芥川龍之介全集正誤表」〔第一巻、第二巻、第三巻、第六巻〕
芥川龍之介全集月報第六号（昭和一〇年四月）
萩原朔太郎「芥川君との交際について」
宇野　浩二「『秋山図』と『山鴫』―大正十年頃の事―」
沢村　幸夫「芥川龍之介君と大阪毎日新聞」
無署名〔「漱石山房の秋」の初出〕
芥川龍之介全集月報第七号（昭和一〇年五月）
小宮　豊隆「一挿話」
中野　重治「無題」
飯田　蛇笏「『我鬼俳句遺珠』に就いて」

無署名　「普及版芥川龍之介全集正誤表」
（第一巻、第七巻）
芥川龍之介全集月報第八号（昭和一〇年六月）
内田　百間《ママ》「芥川教官の思ひ出」
吉村鉄太郎「追憶」
竹内　真「写真の事なぞ」
芥川龍之介全集月報第九号（昭和一〇年七月）
芥川比呂志「鵠沼で」
南条　勝代「思ひ出すこと」
小島政二郎「人を撒く名人」
芥川龍之介全集月報第十号（昭和一〇年八月）
無署名　「普及版芥川龍之介全集正誤表」
（第四巻、第五巻、第七巻、第八巻）

◆芥川龍之介全集全八巻（筑摩書房、昭和三三年二月二〇日～昭和三三年一一月二五日）
芥川龍之介全集月報第一巻（昭和三三年二月）
福原麟太郎「講演する芥川龍之介」
飯沢　匡「軽井沢の芥川」
芥川龍之介全集月報第二巻（昭和三三年三月）
林　健太郎「芥川と色彩感覚」
網野　菊「芥川さんへの感謝」
芥川龍之介全集月報第三巻（昭和三三年四月）
小田切秀雄「芥川の代表作」
田宮　虎彦「作家と読者」
芥川龍之介全集月報第四巻（昭和三三年六月）
杉　捷夫「目に見える文章」
北畠　八穂「『鼻』から」
芥川龍之介全集月報第五巻（昭和三三年七月）
杉浦　民平「正確な批評眼」
江口　渙「売り物に出た芥川の手紙」
芥川龍之介全集月報第六巻（昭和三三年八月）
堀口　大学「龍之介の詩」
中村　哲「失われた芥川全集」
芥川龍之介全集月報第七巻（昭和三三年一〇月）
円地　文子「芥川文学と自殺」
和田　芳恵「『火のやうな女』森幸枝」
芥川龍之介全集月報第八巻（昭和三三年一二月）
奥野　健男「芥川龍之介の文学」

◆芥川龍之介全集全八巻（筑摩書房、昭和三九年八月二五日～昭和四〇年三月二〇日）
芥川龍之介全集月報第一巻（昭和三九年八月）
渋川　驍「我が芥川観」
江口　渙「『或日の大石内蔵助』について」
芥川龍之介全集月報第二巻（昭和三九年九月）
芥川比呂志「ゴクウの話」
三好　行雄「芥川と新技巧派」
芥川龍之介全集月報第三巻（昭和三九年一〇月）
野田宇太郎「芥川の悲劇」
三浦　朱門「秀才の文学」
芥川龍之介全集月報第四巻（昭和三九年一一月）
夏目　伸六「駿馬と鈍牛」
小島　信夫「芥川雑談」
芥川龍之介全集月報第五巻（昭和三九年一二月）
長谷川四郎「芥川龍之介」
葛巻　義敏「東屋での数日―晩年の或思い出―」
芥川龍之介全集月報第六巻（昭和四〇年一月）
福永　武彦「芥川龍之介と自殺」
高木　卓「芥川と歴史小説」
芥川龍之介全集月報第七巻（昭和四〇年二月）
滝井　孝作「『芥川龍之介遺墨』を見て―遠藤古原草のこと―」
芥川龍之介全集月報第八巻（昭和四〇年三月）
小沼　丹「雑感」
田中　克己「芥川さんと堀さん」
駒田　信二「『杜子春』と『杜子春伝』」

◆芥川龍之介全集全十巻、別巻一（角川書店、昭和四二年一一月一〇日～昭和四四年一月三〇日）
芥川龍之介全集月報Ⅰ（昭和四二年一一月）
中村真一郎「芥川文学の性格」
進藤　純孝「我鬼と澄江」

石坂洋次郎　私と芥川作品・Ⅰ「羅生門」
芥川龍之介全集月報Ⅱ（昭和四三年一月）
杉森　久英　「芥川の名文」
磯田　光一　「芥川龍之介と近代─『西方の人』私観─」
河上徹太郎　私と芥川作品・2「ある一作」
芥川龍之介全集月報Ⅲ（昭和四三年二月）
井上　靖　「好きな短篇」
秋山　駿　「鈍感である必要」
中河　与一　私と芥川作品・3「奉教人の死」
無署名　「芥川の未発表書簡について」
芥川龍之介全集月報Ⅳ（昭和四三年三月）
椎名　麟三　「明晰な精神」
松原　新一　「芥川龍之介のこと」
飯沢　匡　私と芥川作品・4「鼻」
芥川龍之介全集月報Ⅴ（昭和四三年四月）
石森　延男　「龍之介の童話について」
橋本　峰雄　「芥川の童話と宗教」
五木　寛之　私と芥川作品・5「首が落ちた話」
芥川龍之介全集月報Ⅵ（昭和四三年五月）
高橋　義孝　「サーベル虎」
丸山　健二　「『羅生門』について」
瀬沼　茂樹　私と芥川作品・6「保吉もの」
芥川龍之介全集月報Ⅶ（昭和四三年六月）
井本　農一　「芥川龍之介と芭蕉など」
柴田　翔　「芥川哀悼」
井上　光晴　私と芥川作品・7「はじめて読んだ『魔術』」
芥川龍之介全集月報Ⅷ（昭和四三年七月）
円地　文子　「見なかった人」
江口　渙　「芥川龍之介の短歌」
高井　有一　私と芥川作品・8「『六の宮の姫君』」
芥川龍之介全集月報Ⅸ（昭和四三年八月）
久保田正文　「ソロモンの雅歌と焼リンゴ」
萩原　葉子　「おぼろげな記憶」
なだ　いなだ　私と芥川作品・9「河童」
芥川龍之介全集月報Ⅹ（昭和四三年九月）
作田　啓一　「芥川の小説の『楽しさ』について」
室生　朝子　「龍之介と犀星の俳句」
和田　芳恵　私と芥川作品・10「歯車」
＊別巻には月報は付されていない。
◆芥川龍之介全集全一二巻（岩波書店、昭和五二年七月一三日〜昭和五三年七月二四日）
芥川龍之介全集月報1（昭和五二年七月）
中村真一郎　「翻訳について─編集余話（その一）─」
吉田　精一　「漱石と芥川─「鼻」を中心に─」
芥川龍之介全集月報2（昭和五二年九月）
中村真一郎　「文体について─編集余話（その二）─」
沢村三木男　「芥川と菊池の友情」
無署名　「編集室より」〔新資料紹介〕
芥川龍之介全集月報3（昭和五二年一〇月）
中村真一郎　「一フランス人の芥川論─編集余話（その三）─」
丸谷　才一　「思ひ出」
芥川龍之介全集月報4（昭和五二年一一月）
中村真一郎　「『寂しさ』について─編集余話（その四）─」
吉田　精一　「『秋山図』について」
資料紹介
菊池　寛　「元来負けぬ気の男─相互印象・芥川氏─」〔大正一〇年一月『文章俱楽部』〕
無署名　「編集室より」〔「九年一月明治座評」の初出〕
芥川龍之介全集月報5（昭和五二年一二月）
中村真一郎　「『人力に及ばないもの』について─編集余話（その五）─」
竹盛　天雄　「津藤の『姉』と『妹』─鷗外と芥川の出会い─」
無署名　「編集室より」〔芥川が引用した井月の二句が井月の作でないという指摘を紹介〕
芥川龍之介全集月報6（昭和五三年一月）
中村真一郎　「フランス文学について─編集

余話（その六）—」
吉田　精一「糸女覚え書」
芥川龍之介全集月報7（昭和五三年二月）
中村真一郎「『侏儒の言葉』を巡って—編集余話（その七）—」
山田清一郎「古きよき時代のこと」
長岡　光一「トーマス・ジョーンズさんのこと」
芥川龍之介全集月報8（昭和五三年三月）
中村真一郎「『追憶』から—編集余話（その八）—」
竹西　寛子「『河童』の自由」
資料紹介
吉田　泰司　河童（「改造」）（昭和二年四月『生活者』第二巻第四号）
しゅん生「来青の芥川さん」（昭和二年五月二二日「東奥日報」）
芥川龍之介全集月報9（昭和五三年四月）
滝井　孝作「芥川さんの作品など」
中村真一郎「詩について—編集余話（その九）—」
資料紹介
沖本　常吉「芥川龍之介伝説」（昭和三年六月『芥川龍之介全集月報』第五号）
ＭＳ生「我鬼窟百鬼会」（大正八年八月「文章倶楽部」）

無署名「編集室より」（本全集不載の句について」
芥川龍之介全集月報10（昭和五三年五月）
中村真一郎「書簡について—編集余話（その十）—」
下島　連「芥川さんのこと」
資料紹介
年尾「芥川我鬼」（昭和二九年三月『ホトトギス』）
芥川龍之介全集月報11（昭和五三年六月）
中村真一郎「続・書簡について—編集余話（その十一）—」
柴田　翔「ぶりの照り焼の記憶」
芥川龍之介全集月報12（昭和五三年七月）
吉田　精一「編集を終って」
中村真一郎「遺書について—編集余話（その十二）—」
開高　健「薮の中の獣と闇」
無署名「編集室より」（新資料紹介、『芥川龍之介全集』正誤表、なお第二刷月報12（昭和五八・四）には「第二刷追記」として第一二巻第二刷に新たに発見された未収作品が収録されたこと等にふれている。）

◆芥川龍之介全集全二四巻（岩波書店、平成七年一一月八日〜平成一〇年三月二七日）

芥川龍之介全集月報第1号（平成七年一一月）
庄野　潤三『杜子春』
保昌　正夫　小さな回想—二冊の特集誌
南條　竹則　芥川の川ほとり（一）
芥川龍之介全集月報第2号（平成七年一二月）
秦　恒平　哀情—芥川龍之介
菊地　弘　芥川龍之介のスタンス
南條　竹則　芥川の川ほとり（二）
芥川龍之介全集月報第3号（平成八年一月）
高橋　睦郎　詩人芥川
志村　有弘　芥川と長崎
南條　竹則　芥川の川ほとり（三）
芥川龍之介全集月報第4号（平成八年二月）
秋　竜山「当り前小説」
樋口　覚　芥川龍之介と谷崎潤一郎
南條　竹則　芥川の川ほとり（四）
芥川龍之介全集月報第5号（平成八年三月）
稲垣　良典　芥川と人間キリスト
酒井　忠康　芥川龍之介の河童の絵
南條　竹則　芥川の川ほとり（五）
芥川龍之介全集月報第6号（平成八年四月）
松岡　正剛　出没する芥川
井村　君江　芥川とアイルランド文学
花田　俊典　パソコン通信と注解（注釈余談）
南條　竹則　芥川の川ほとり（六）
芥川龍之介全集月報第7号（平成八年五月）

藤富　保男　芥川の戯謔—詩と句のこと
工藤　正広　芥川、〈草花の匂いのする〉
南條　竹則　芥川の川ほとり（七）

芥川龍之介全集月報第8号（平成八年六月）
芥川瑠璃子　龍之介の遺品に因んで—作品との係り—
北森　嘉蔵　「愛とエゴイズム」の系譜
南條　竹則　芥川の川ほとり（八）

芥川龍之介全集月報第9号（平成八年七月）
窪田　般彌　芥川とアナトール・フランス
笠井　秋生　芥川龍之介と『今昔物語集』
南條　竹則　芥川の川ほとり（九）

芥川龍之介全集月報第10号（平成八年八月）
中村　稔　「越びと」讃
今村　忠純　表現の手法、形式のメソッド
南條　竹則　芥川の川ほとり（十）

芥川龍之介全集月報第11号（平成八年九月）
粟津　則雄　感触と嗅覚
関井　光男　芥川龍之介と映画
南條　竹則　芥川の川ほとり（十一）

芥川龍之介全集月報第12号（平成八年一〇月）
湯浅　博雄　生と死のはざまに—『歯車』一面
関川左千夫　わたりがは
南條　竹則　芥川の川ほとり（最終回）

芥川龍之介全集月報第13号（平成八年一一月）
北村　薫　嬉しい新全集
北川　透　見る人、芥川
安田　雅弘　芥川くんの印象
鷺　只雄　龍之介と中島敦

芥川龍之介全集月報第14号（平成八年一二月）
後藤　明生　芥川とゴーゴリ
松岡　治　芥川龍之介と石黒定一
谷内田浩正　河童の優生学
資料紹介　故芥川龍之介映画を語る

芥川龍之介全集月報第15号（平成九年一月）
野村　雅昭　芥川龍之介と落語
友田　悦生　「河童」覚書
小峯　和明　『往生絵巻』と『今昔物語集』
山崎　時彦　恒藤恭先生と芥川龍之介

芥川龍之介全集月報第16号（平成九年二月）
出久根達郎　息詰まるような
小林　敏明　芥川のドッペルゲンガー
斎藤　雅久　大学を卒業する、しかし芥川は……
千葉　宣一　中国における芥川文学の研究と翻訳

芥川龍之介全集月報第17号（平成九年三月）
高橋　允昭　芥川と西欧近代のたそがれ
高尾　利数　イエスとは誰か—芥川龍之介に聴きつつ
近藤　信行　「大川の水」その他
資料紹介　「向陵記」より（一）—一高時代の芥川龍之介と恒藤恭

芥川龍之介全集月報第18号（平成九年四月）
嶋岡　晨　芥川〈非詩人〉観
池上　嘉彦　「ことば」と「文芸」と
前田　秀樹　小説の「形式」について
土田　知則　芥川あるいは「読む＝書く」ことのアレゴリー

芥川龍之介全集月報第19号（平成九年六月）
山田　広昭　ジャーナリスト芥川
佐佐木幸綱　芥川龍之介　ゆかりの二人
瀬尾　育生　芥川龍之介と詩について
資料紹介　「向陵記」より（二）—一高時代の芥川龍之介と恒藤恭

芥川龍之介全集月報第20号（平成九年八月）
高山　宏　楊は、風になって始めて
鹿島　茂　「時代病《マル・デュ・シエークル》」を生きる保吉
宇野　邦一　親密で疎遠な阿呆
資料紹介　「向陵記」より（三）—一高時代の芥川龍之介と恒藤恭

芥川龍之介全集月報第21号（平成九年一〇月）
鎌田　茂雄　芥川の仏教理解
中田　雅敏　それぞれの芥川龍之介—読みの楽しみ—
吉田　城　テクストの舞台裏を読む
資料紹介　芥川龍之介氏講演会の記

芥川龍之介全集月報第22号（平成九年一一月）
恒川　邦夫　草稿資料から見た『羅生門』
武川　忠一　芥川龍之介の歌

資料紹介　文壇の寵児　芥川龍之助氏と語る
芥川龍之介全集月報第23号（平成一〇年一月）
原　子朗「廃れし路」の彼方に
小林　康夫　内容と形式
小松　英輔　芥川と「書くこと」
平山　洋　西田・哲学・芥川―湘南の風土をなかだちとして
資料紹介　芥川龍之介自撰自筆碑文
芥川龍之介全集月報第24号（平成一〇年三月）
加藤　郁乎　澄江堂の俳味
今村　仁司　欲望する人間
木田　元　私の芥川龍之介
荒川　洋治　余韻
資料紹介　横須賀海軍機関学校就任関係資料

＊芥川龍之介全集全一九巻別巻一（岩波書店、昭和二九年一一月六日～昭和三〇年八月二六日）、芥川龍之介全集全二巻（春陽堂、昭和四一年九月三〇日、昭和四二年四月一五日）には月報がない。

四　系　図

【系図】Ⅰ（新原敏三を中心とした家系図）

（新原）某　文政一三・三・二三没
某女　天保八・一二・五没
（尚）猶吉　文久元・一二・晦没
某女
常蔵　文久二・八・二四没
某女

（紅床）某　天保八・一〇・一八没
某女　天保五・二・二三没
仲右衛門　明治一四・一〇・八没
某女　明治四・六・一一没
岩蔵　明治一四・一二・一一没

（有田）丈八
某女
すゑ　文政六・七・二〇生　明治一七・一〇・二二没

（細木）藤次郎（龍池）
かよ
藤次郎（香以）
龍
桂次郎
某女

ふく　万延元・九・八生〈明治一八・三・二六入籍〉明治三五・一一・二八没
敏三　嘉永三・九・六生　大正八・三・一六没
ふゆ　文久二・一〇・九生　大正九・四・二二没
（名越）菊蔵〈明治一五・一一・二〇結婚〉
りの　嘉永五・四・一四生　明治四〇・四・一五没
（中津）忠五郎〈明治二四・八・四入籍〉
（上田）峰蔵〈明治三八・三・三〇りのと婚姻届出〉
康太郎　安政三・六・二九生　昭和五・二・四没
その　文久三・六・二二生〈明治一五・一二・一九入籍〉
元三郎　万延元・五・三生　昭和六・三・一一没
ゑい　明治一〇・一二・一六生　昭和九・一〇・一一没

はつ　明治一八・六・二一生　明治二四・四・五没
ひさ　明治二一・三・一九生　昭和三一・六・二八没
龍之介　明治二五・三・一生　昭和二・七・二四没
得二　明治三一・七・一一生　昭和五・二・一八没
つる
おそめ　明治二二・一一・六没
まき
（中津）定男
静男　明治三四・二・二六生

【系図】II
（芥川家を中心とした家系図）

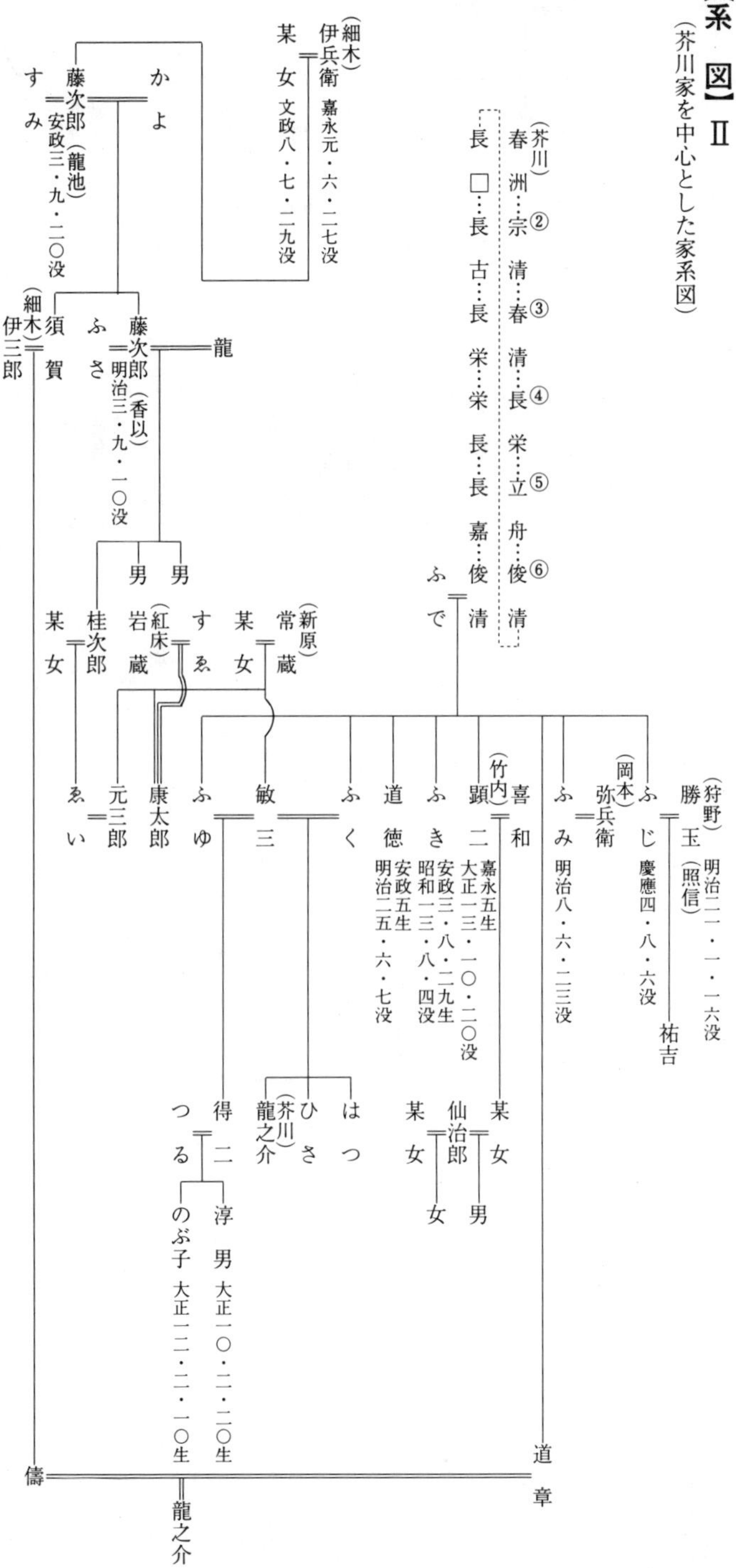

【系　図】Ⅲ

（龍之介を中心とした家系図）

（新原）敏三　嘉永三・九・六生　大正八・三・一六没
＝ふく　万延元・九・八生　明治三五・一一・二八没

（芥川）道章　嘉永二・一・一六生　昭和三・六・二七没
＝儔　安政四・四・一一生　昭和一二・五・一四没

（塚本）善五郎　明治三七・五・一五没
＝鈴　明治一四・三・九生　昭和一三・九・二没

（山本）某
＝さと
- 鈴
- 鏡
- 鑑
- 喜誉司　明治二五生　昭和三八没

敏三・ふくの子
- はつ　明治一八・六・二一生　明治二二・四・五没
- ひさ　明治二一・三・一九生　昭和三一・六・二八没
　＝（葛巻）義定　明治一六・一一・三生　昭和二三・一〇・一三没
　　- 義敏　明治四二・八・二一生
　　- さと子　明治四三・一一・二八生
　＝（西川）豊　明治一八・一二・一一生　昭和二・一・六没
　　- 晃　大正七・一・一三生　昭和一七・五・二五没
　　- 瑠璃子　大正五・九・二一生
- 龍之介

善五郎・鈴の子
- 文　明治三三・七・四生　昭和四三・九・一一没
- 八洲　明治三六・三・八生　昭和一九・六・一〇没

龍之介＝文
- 比呂志　大正九・三・三〇生　昭和五六・一〇・二三没
　＝瑠璃子
　　- 尚子　昭和一三・一・二三生
　　- 英子　昭和一八・五・一四没
　　- 耿子
- 多加志　大正一一・一一・八生　昭和二〇・四・一三没
- 也寸志　大正一四・七・一二生　平成元・一・三一没
　＝沙織
　　- 麻実子
　　- 柚実子
　＝光子

（森本　修）

五 地図

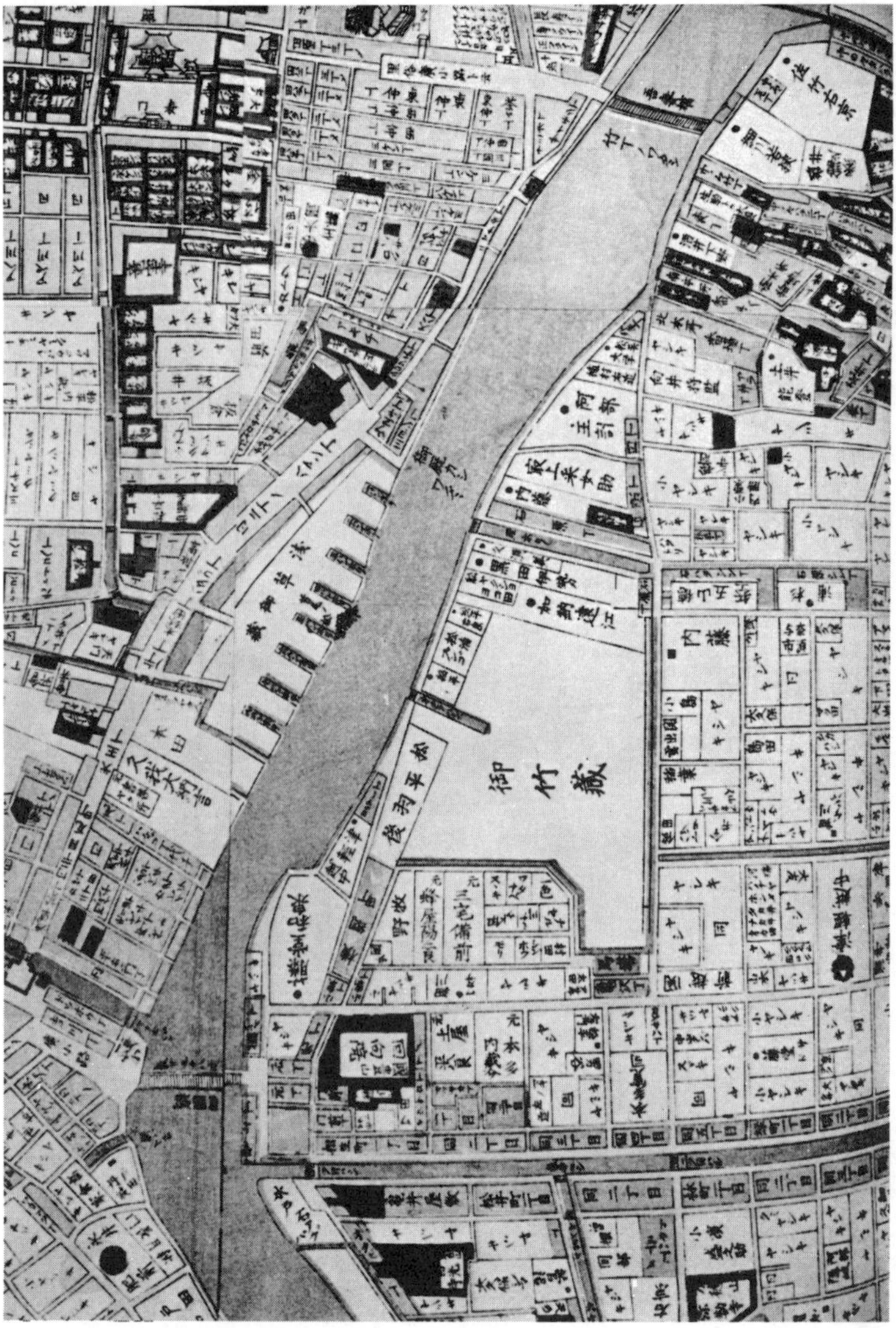

本所小泉町界隈

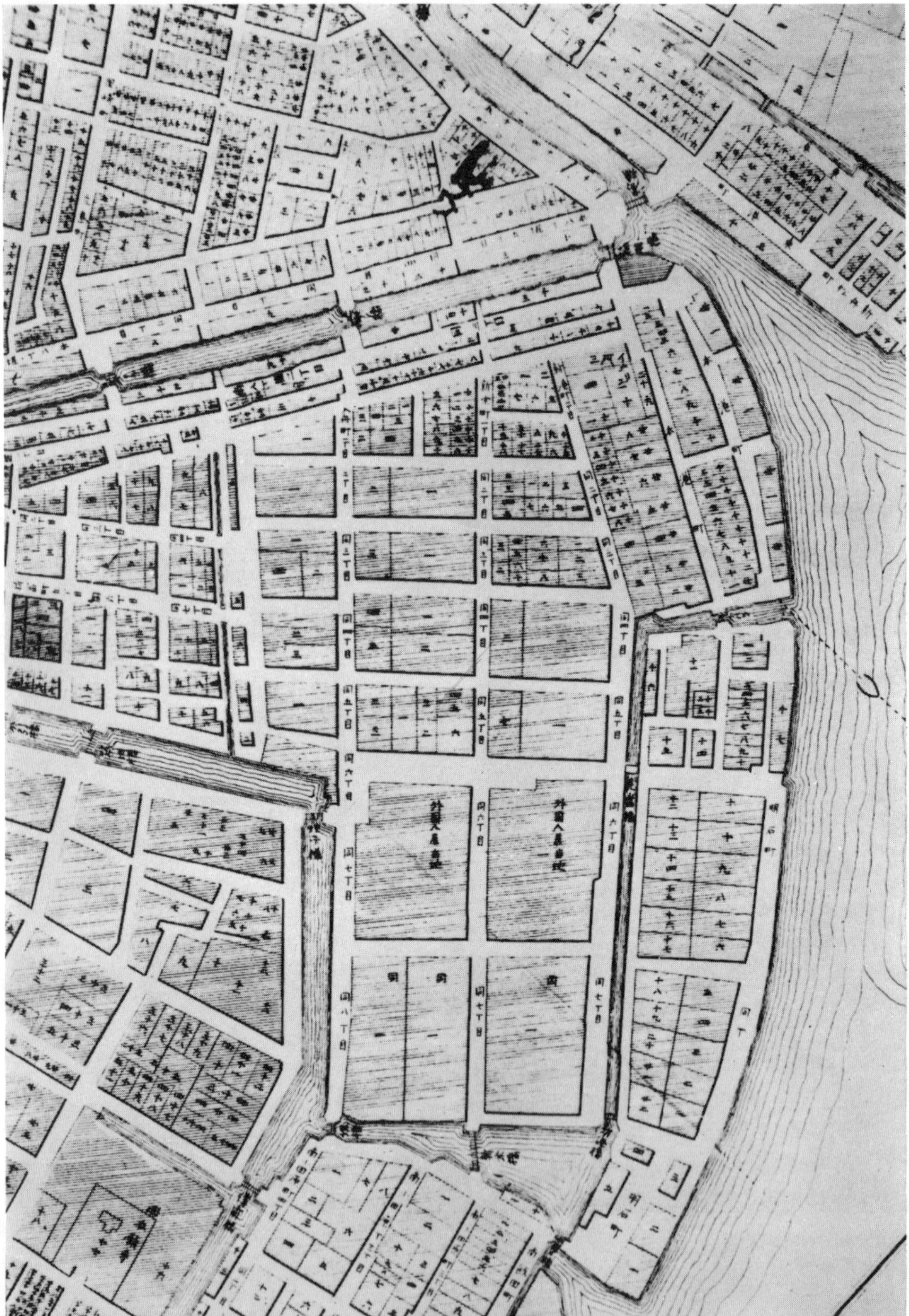

東京切絵図　京橋区（明治13年）

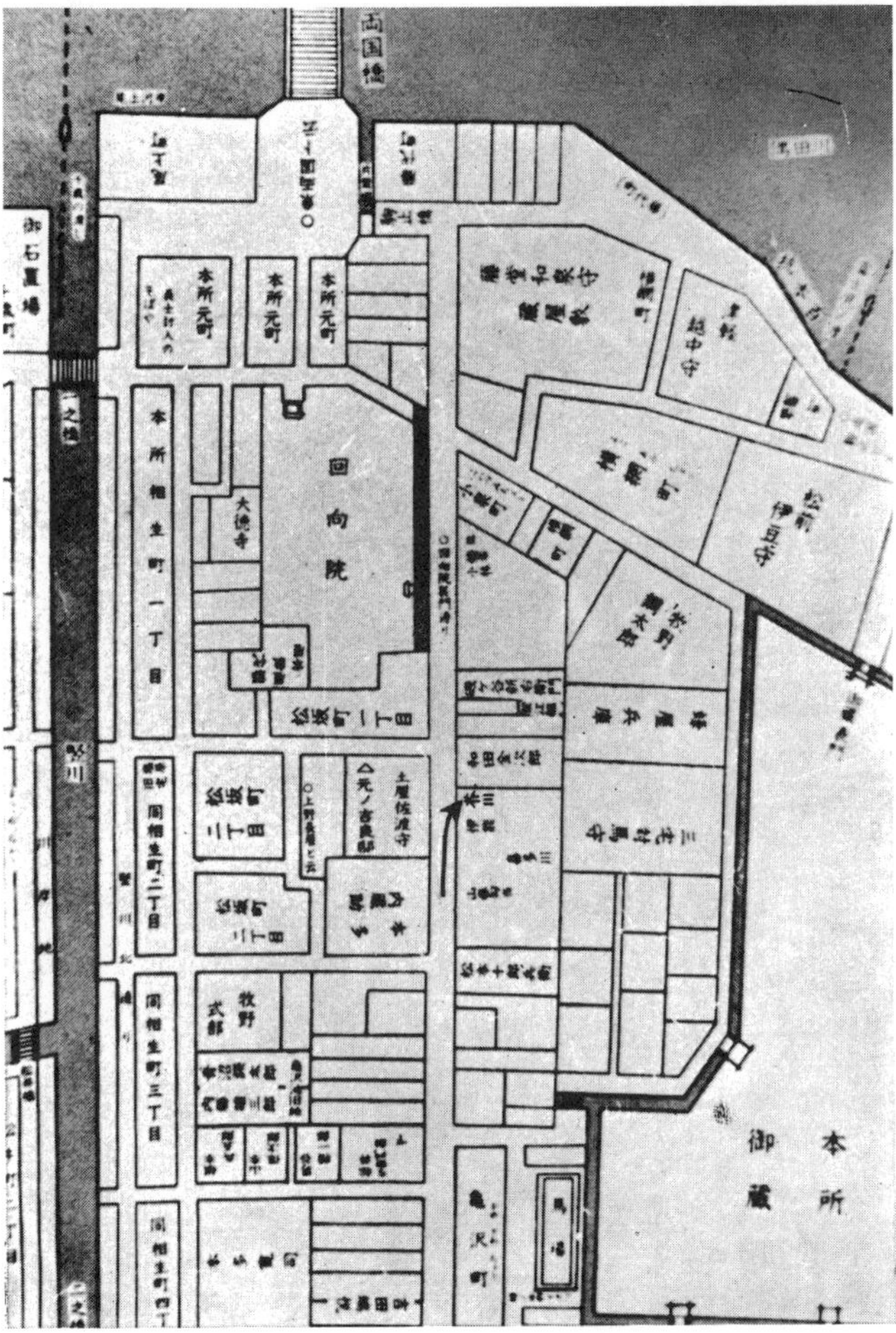
両国橋
御石置場
本所元町
本所元町
本所元町
一之橋
本所相生町一丁目
回向院
大徳寺
同相生町二丁目
同相生町三丁目
同相生町四丁目
牧野式部
土屋佐渡守
越中守
松前伊豆守
亀沢町
馬場
本所御蔵

本所小泉町の芥川家

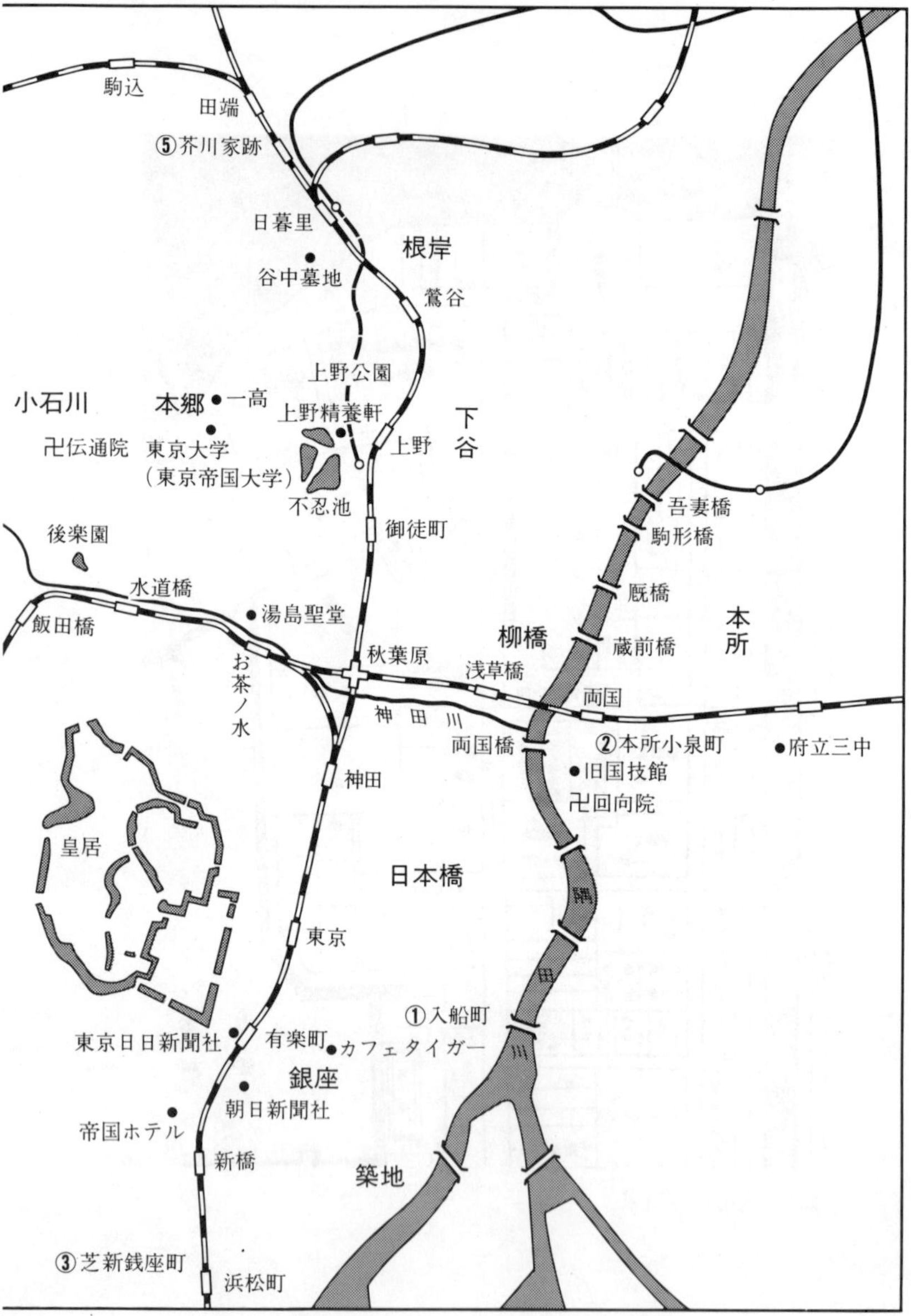
駒込
田端
⑤芥川家跡
日暮里
根岸
谷中墓地
鶯谷
上野公園
小石川
本郷
一高
上野精養軒
下谷
卍伝通院
東京大学
（東京帝国大学）
上野
不忍池
御徒町
吾妻橋
駒形橋
後楽園
水道橋
厩橋
飯田橋
湯島聖堂
本所
柳橋
蔵前橋
秋葉原
浅草橋
お茶ノ水
神田川
両国
両国橋
②本所小泉町
府立三中
神田
旧国技館
卍回向院
皇居
日本橋
東京
①入船町
東京日日新聞社
有楽町
カフェタイガー
銀座
朝日新聞社
帝国ホテル
新橋
築地
③芝新銭座町
浜松町

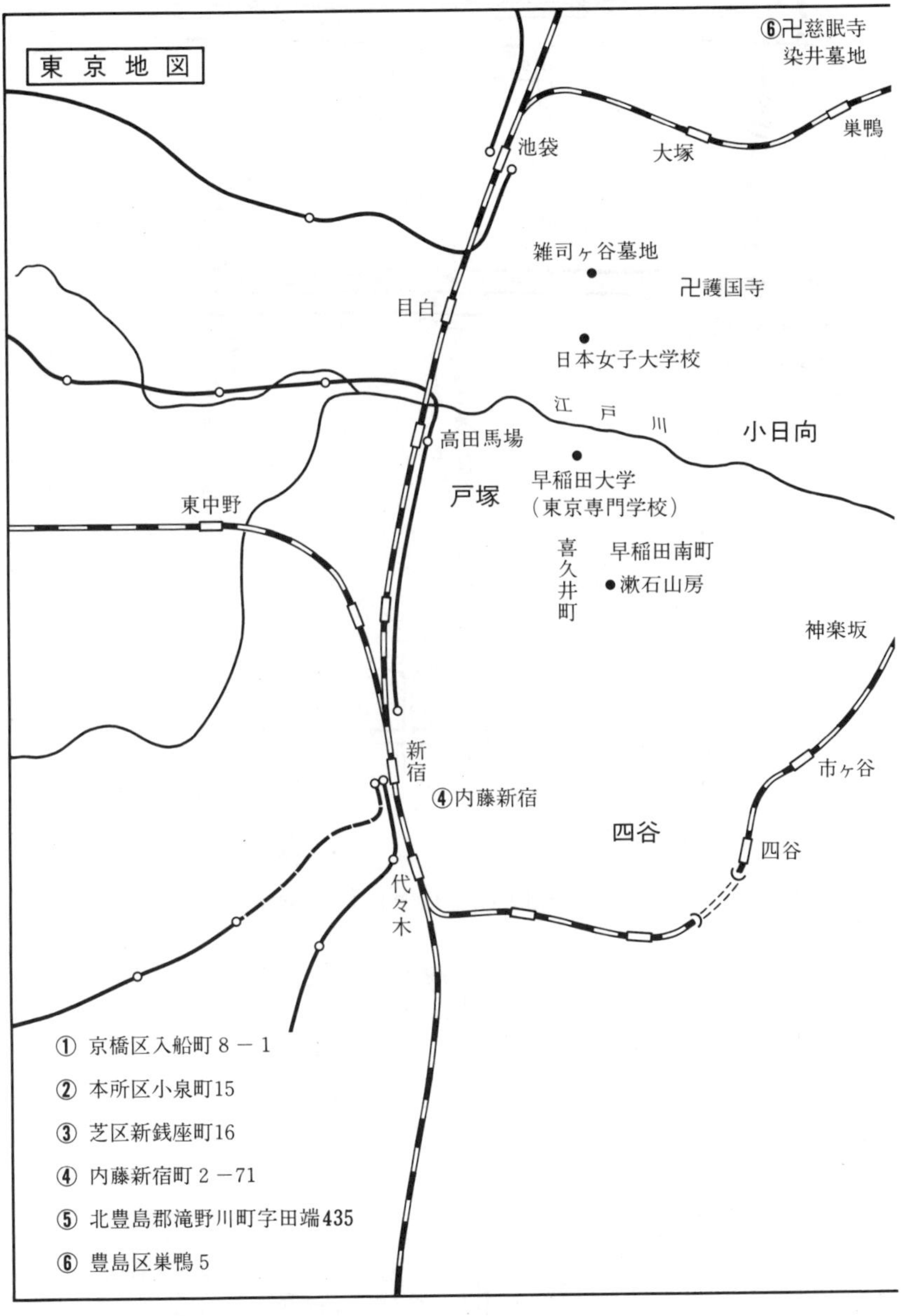
東京地図
⑥卍慈眠寺
染井墓地
池袋
大塚
巣鴨
雑司ヶ谷墓地
卍護国寺
目白
日本女子大学校
江 戸 川
小日向
高田馬場
戸塚
早稲田大学
（東京専門学校）
東中野
喜久井町
早稲田南町
●漱石山房
神楽坂
新宿
④内藤新宿
市ヶ谷
四谷
四谷
代々木
① 京橋区入船町８－１
② 本所区小泉町15
③ 芝区新銭座町16
④ 内藤新宿町２－71
⑤ 北豊島郡滝野川町字田端435
⑥ 豊島区巣鴨５

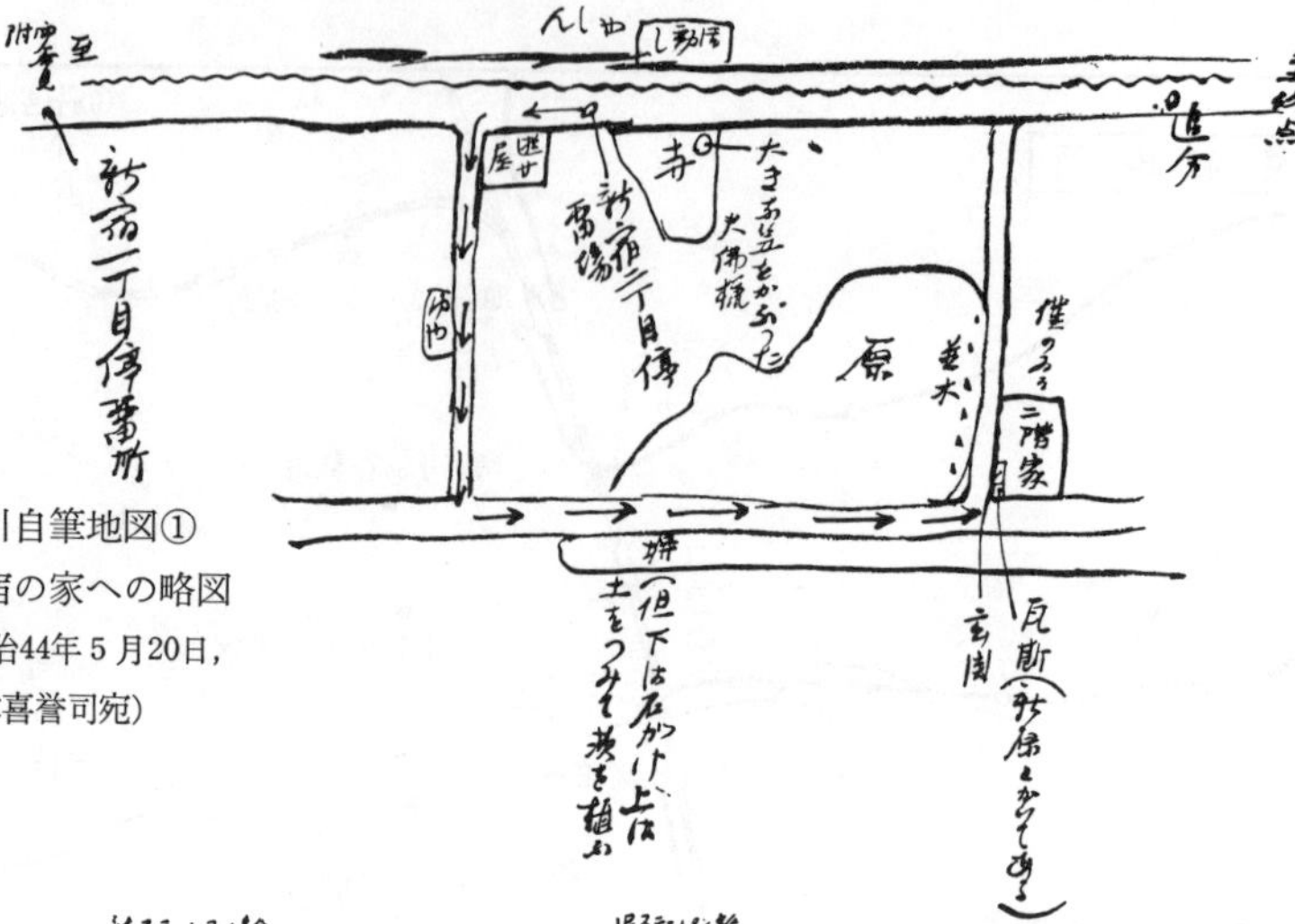

芥川自筆地図①
新宿の家への略図
（明治44年５月20日，
山本喜誉司宛）

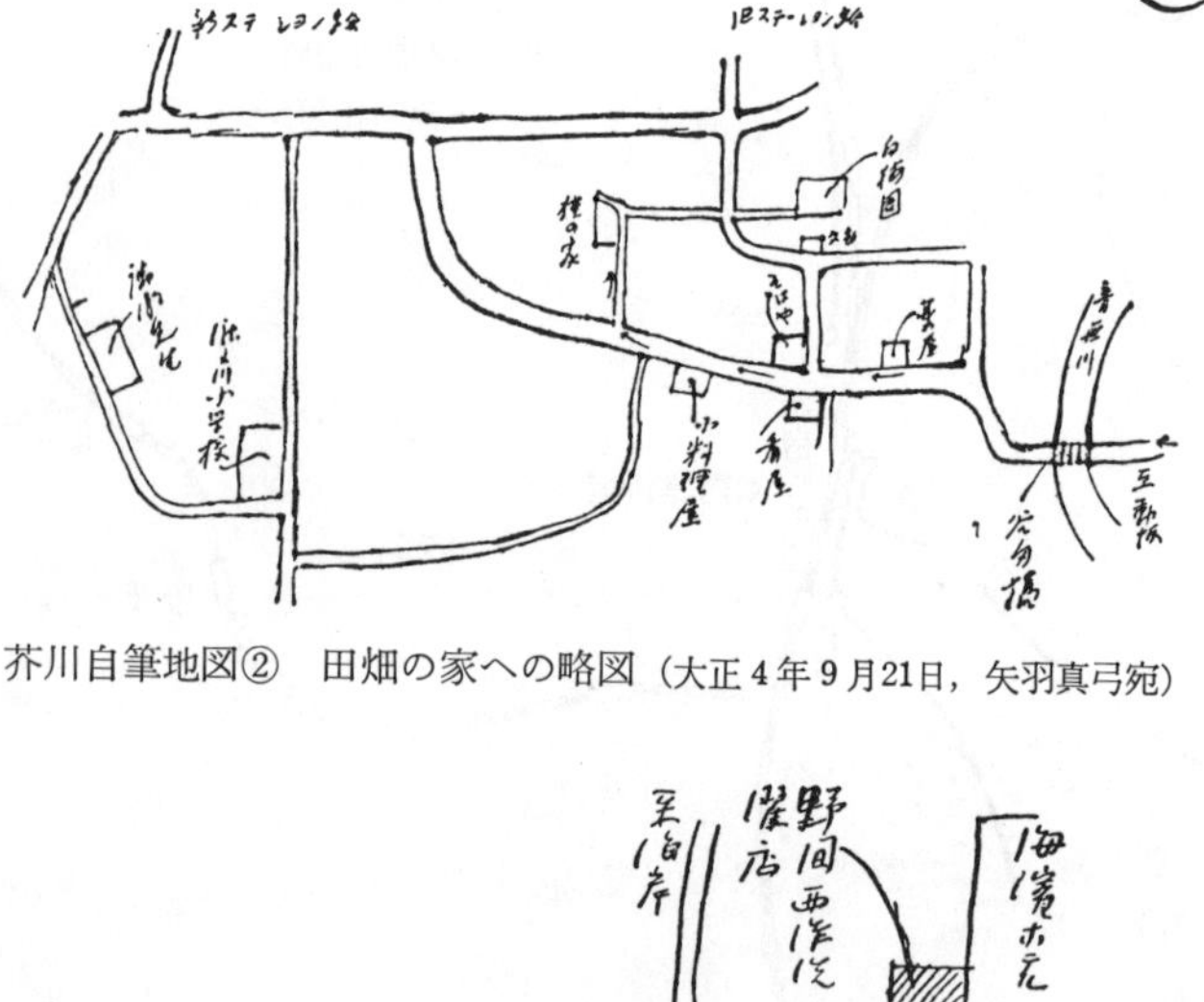

芥川自筆地図②　田畑の家への略図（大正４年９月21日，矢羽真弓宛）

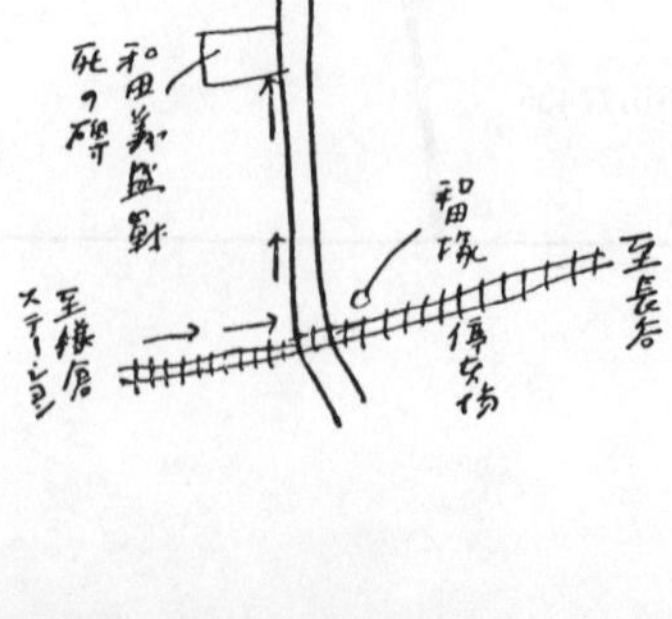

芥川自筆地図③
鎌倉の下宿先への
略図（大正５年12月
５日，松岡譲宛）

本所両国方面略図(現在)

中国旅行地図

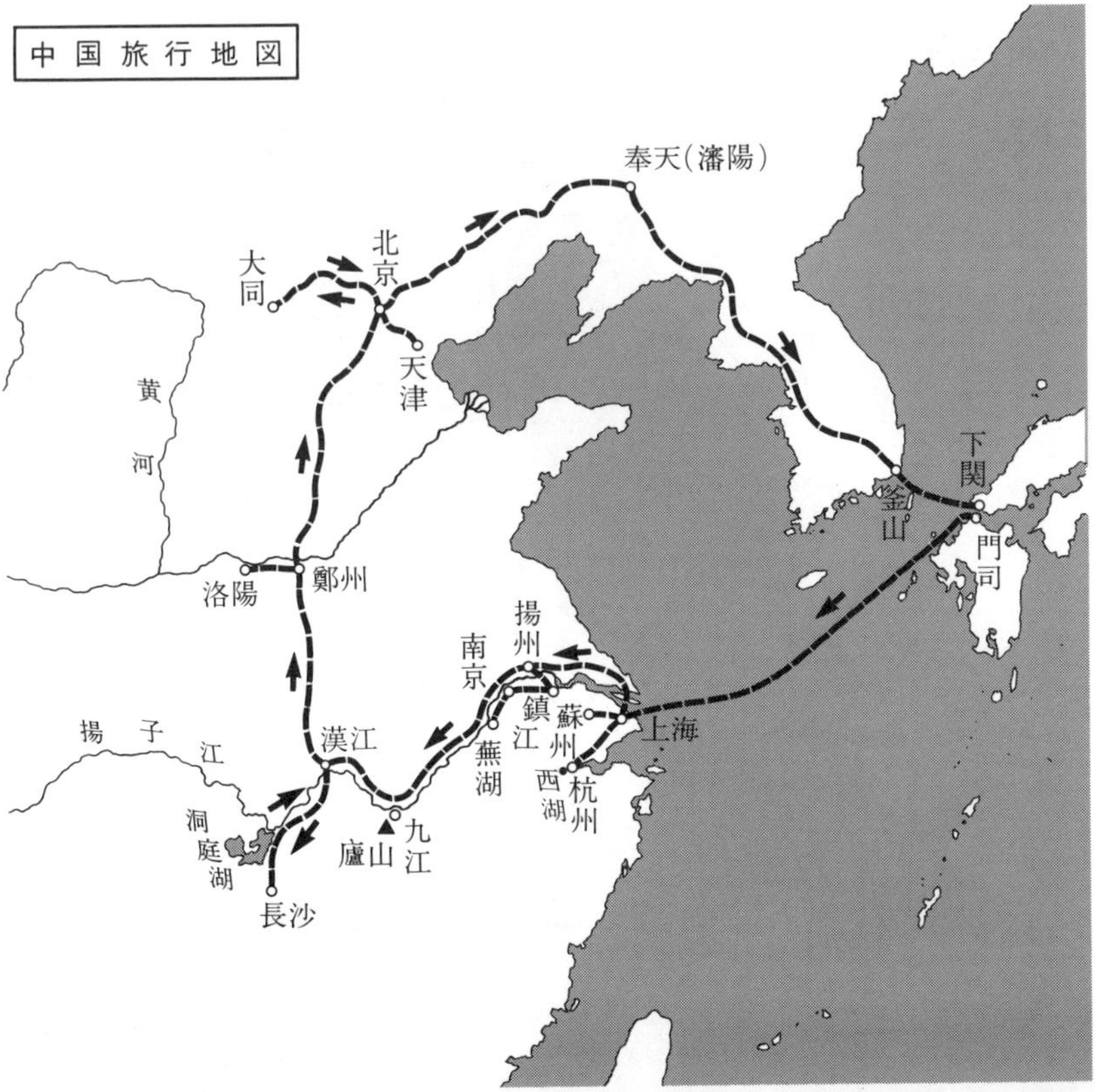

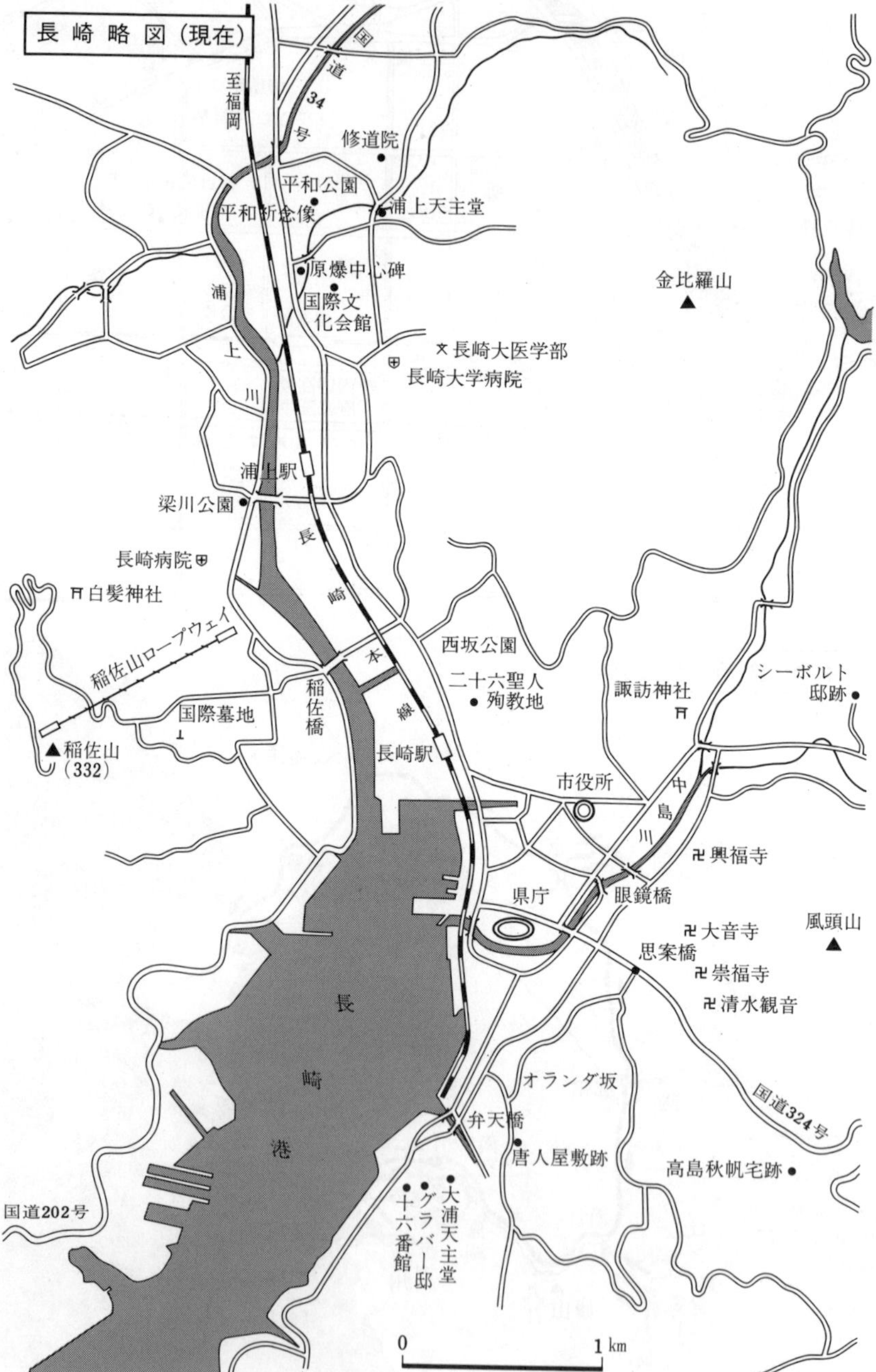
至福岡
国道34号
修道院
平和公園
平和祈念像
浦上天主堂
原爆中心碑
国際文化会館
浦上川
長崎大医学部
長崎大学病院
金比羅山
浦上駅
梁川公園
長崎病院
白髪神社
稲佐山ロープウェイ
長崎本線
西坂公園
二十六聖人殉教地
諏訪神社
シーボルト邸跡
稲佐橋
国際墓地
稲佐山
(332)
長崎駅
市役所
中島川
興福寺
県庁
眼鏡橋
大音寺
風頭山
思案橋
崇福寺
清水観音
長崎港
オランダ坂
国道324号
弁天橋
唐人屋敷跡
高島秋帆宅跡
大浦天主堂
グラバー邸
十六番館
国道202号
0
1 km

長崎略図（現在）

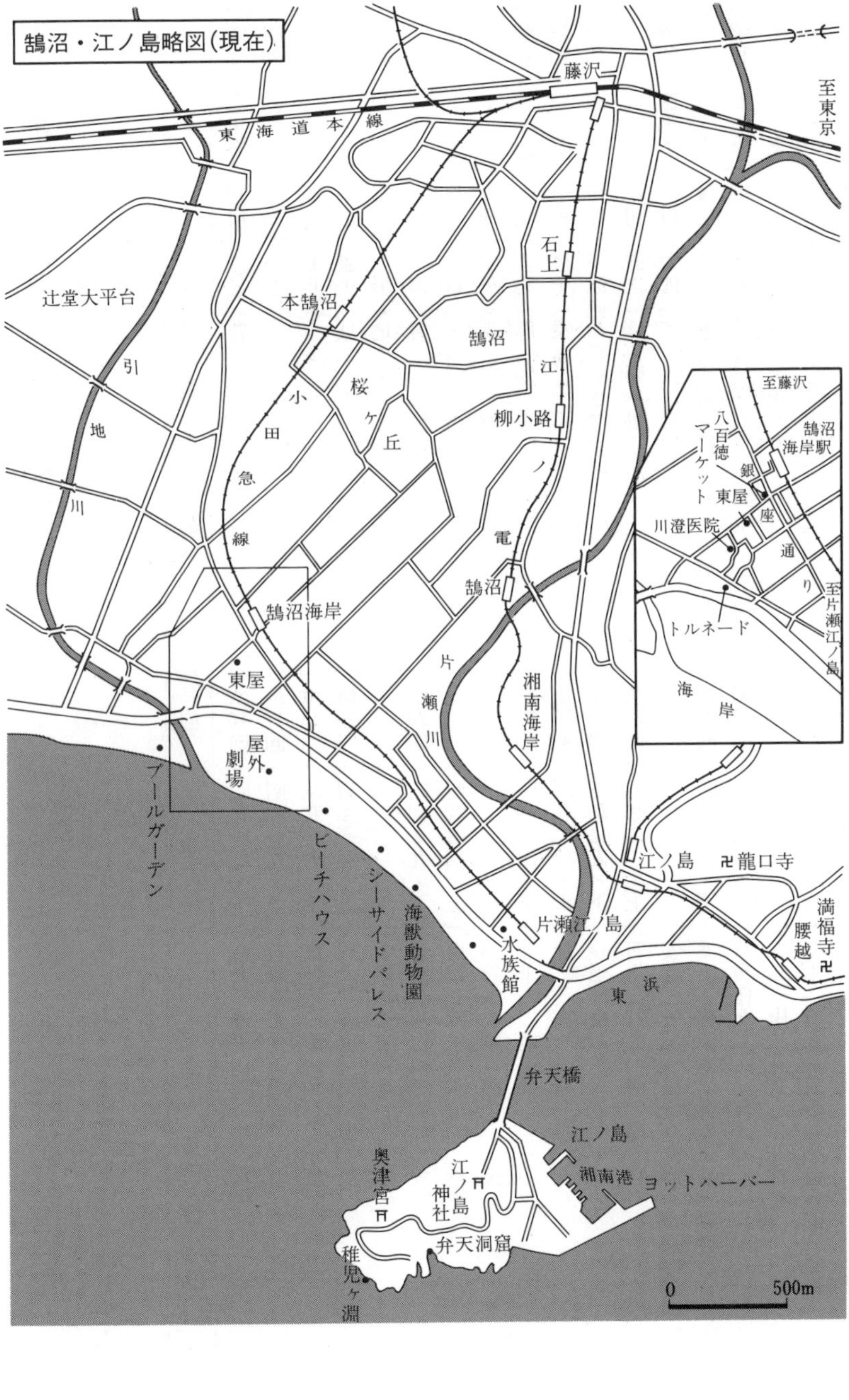
藤沢
至東京
東海道本線
石上
本鵠沼
辻堂大平台
鵠沼
引地川
小田急線
桜ヶ丘
江ノ電
柳小路
鵠沼
鵠沼海岸
東屋
屋外劇場
プールガーデン
ビーチハウス
シーサイドパレス
海獣動物園
水族館
片瀬川
湘南海岸
片瀬江ノ島
江ノ島
龍口寺
満福寺
腰越
東浜
弁天橋
江ノ島
湘南港
ヨットハーバー
江ノ島神社
奥津宮
弁天洞窟
稚児ヶ淵
0
500m
至藤沢
八百徳マーケット
鵠沼海岸駅
銀座通り
東屋
川澄医院
トルネード
至片瀬江ノ島
海岸

鵠沼・江ノ島略図（現在）

六　芥川龍之介賞受賞作品一覧

＊「年」の箇所の上は上半期を、下は下半期を示す。

回	年	受賞作品
第1回	昭和一〇・上	石川　達三『蒼《そう》氓《ぼう》』
第2回	昭和一〇・下	該当作なし
第3回	昭和一一・上	鶴田　知也『コシャマイン記』
		小田　嶽夫『城　外』
第4回	昭和一一・下	富沢有為男『地　中　海』
		石川　淳『普《ふ》　賢《げん》』
第5回	昭和一二・上	尾崎　一雄『暢《のん》気《き》眼鏡』
第6回	昭和一二・下	火野　葦平『糞《ふん》尿《にょう》譚《たん》』
第7回	昭和一三・上	中山　義秀『厚《あつ》物《もの》咲《ざき》』
第8回	昭和一三・下	中里　恒子『乗合馬車』
第9回	昭和一四・上	長谷　健『あさくさの子供』
		半田　義之『鶏　騒　動』
第10回	昭和一四・下	寒川光太郎『密　猟　者』
第11回	昭和一五・上	該当作なし（高木卓『歌と門の盾』辞退のため）
第12回	昭和一五・下	桜田　常久『平賀源内』
第13回	昭和一六・上	多田　裕計『長江デルタ』
第14回	昭和一六・下	芝木　好子『青　果　の　市』
第15回	昭和一七・上	該当作なし
第16回	昭和一七・下	倉光　俊夫『連　絡　員』
第17回	昭和一八・上	石塚喜久三『纏《てん》足《そく》の頃《ころ》』
第18回	昭和一八・下	東野辺　薫『和　紙』
第19回	昭和一九・上	八木　義徳『劉《りゅう》　広　福』
		小尾　十三『登《とう》　攀《はん》』
第20回	昭和一九・下	清水　基吉『雁　立』
第21回	昭和二四・上	由起しげ子『本　の　話』
		小谷　剛『確　証』
第22回	昭和二四・下	井上　靖『闘　牛』
第23回	昭和二五・上	辻　亮一『異　邦　人』
第24回	昭和二五・下	該当作なし
第25回	昭和二六・上	石川　利光『春　の　草』
		安部　公房『壁―S・カルマ氏の犯罪』
第26回	昭和二六・下	堀田　善衛『広場の孤独』『漢奸』
第27回	昭和二七・上	該当作なし
第28回	昭和二七・下	五味　康祐『喪　神』
		松本　清張『或《あ》る「小《こ》倉《くら》日記」伝』
第29回	昭和二八・上	安岡章太郎『悪い仲間』『陰気な愉《たの》しみ』

第30回	昭和二八・下	該当作なし
第31回	昭和二九・上	吉行淳之介『驟雨《しゅうう》』
第32回	昭和二九・下	小島　信夫『アメリカン・スクール』
		庄野　潤三『プールサイド小景』
第33回	昭和三〇・上	遠藤　周作『白い人』
第34回	昭和三〇・下	石原慎太郎『太陽の季節』
第35回	昭和三一・上	近藤啓太郎『海人舟』
第36回	昭和三一・下	該当作なし
第37回	昭和三二・上	菊村　到『硫黄島』
第38回	昭和三二・下	開高　健『裸の王様』
第39回	昭和三三・上	大江健三郎『飼育』
第40回	昭和三三・下	該当作なし
第41回	昭和三四・上	斯波　四郎『山塔』
第42回	昭和三四・下	該当作なし
第43回	昭和三五・上	北　杜夫『夜と霧の隅で』
第44回	昭和三五・下	三浦　哲郎『忍ぶ川』
第45回	昭和三六・上	該当作なし
第46回	昭和三六・下	宇能鴻一郎『鯨神』
第47回	昭和三七・上	川村　晃『美談の出発』
第48回	昭和三七・下	該当作なし
第49回	昭和三八・上	後藤　紀一『少年の橋』
		河野多恵子『蟹《かに》』
第50回	昭和三八・下	田辺　聖子『感傷旅行《センチメンタル・ジャーニィ》』
第51回	昭和三九・上	柴田　翔『されどわれらが日々——』
第52回	昭和三九・下	該当作なし
第53回	昭和四〇・上	津村　節子『玩具』
第54回	昭和四〇・下	高井　有一『北の河』
第55回	昭和四一・上	該当作なし
第56回	昭和四一・下	丸山　健二『夏の流れ』
第57回	昭和四二・上	大城　立裕『カクテル・パーティー』
第58回	昭和四二・下	柏原　兵三『徳山道助の帰郷』
第59回	昭和四三・上	大庭みな子『三匹の蟹』
		丸谷　才一『年の残り』
第60回	昭和四三・下	該当作なし
第61回	昭和四四・上	庄司　薫『赤頭巾ちゃん気をつけて』
		田久保英夫『深い河』
第62回	昭和四四・下	清岡　卓行『アカシヤの大連』
第63回	昭和四五・上	古山高麗雄『プレオー8の夜明け』
		吉田　知子『無明長夜』
第64回	昭和四五・下	古井　由吉『杳子《ようこ》』
第65回	昭和四六・上	該当作なし
第66回	昭和四六・下	李　恢成『砧《きぬた》をうつ女』
		東　峰夫『オキナワの少年』
第67回	昭和四七・上	宮原　昭夫『誰かが触った』
		畑山　博『いつか汽笛を鳴らして』
第68回	昭和四七・下	山本　道子『ベティさんの庭』
		郷　静子『れくいえむ』
第69回	昭和四八・上	三木　卓『鶸《ひわ》』
第70回	昭和四八・下	森　敦『月山《がっさん》』
		野呂　邦暢『草のつるぎ』

第71回	昭和四九・上	該当作なし
第72回	昭和四九・下	阪田　寛夫『土の器』
		日野　啓三『あの夕陽』
第73回	昭和五〇・上	林　京子『祭りの場』
第74回	昭和五〇・下	中上　健次『岬』
		岡松　和夫『志賀島』
第75回	昭和五一・上	村上　龍『限りなく透明に近いブルー』
第76回	昭和五一・下	該当作なし
第77回	昭和五二・上	三田　誠広『僕って何』
		池田満寿夫『エーゲ海に捧ぐ』
第78回	昭和五二・下	宮本　輝『螢川』
		高城　修三『榧《かや》の木祭り』
第79回	昭和五三・上	高橋三千綱『九月の空』
		高橋揆一郎『伸予』
第80回	昭和五三・下	該当作なし
第81回	昭和五四・上	青野　聰『愚者の夜』
		重兼　芳子『やまあいの煙』
第82回	昭和五四・下	森　礼子『モッキングバードのいる町』
第83回	昭和五五・上	該当作なし
第84回	昭和五五・下	尾辻　克彦『父が消えた』
第85回	昭和五六・上	吉行　理恵『小さな貴婦人』
第86回	昭和五六・下	該当作なし
第87回	昭和五七・上	該当作なし
第88回	昭和五七・下	唐　十郎『佐川君からの手紙』
		加藤　幸子『夢の壁』
第89回	昭和五八・上	該当作なし
第90回	昭和五八・下	笠原　淳『杢二《もくじ》の世界』
		高樹のぶ子『光抱く友よ』
第91回	昭和五九・上	該当作なし
第92回	昭和五九・下	木崎さと子『青桐』
第93回	昭和六〇・上	該当作なし
第94回	昭和六〇・下	米谷ふみ子『過越《すぎご》しの祭』
第95回	昭和六一・上	該当作なし
第96回	昭和六一・下	該当作なし
第97回	昭和六二・上	村田喜代子『鍋の中』
第98回	昭和六二・下	池澤　夏樹『スティル・ライフ』
		三浦　清宏『長男の出家』
第99回	昭和六三・上	新井　満『尋ね人の時間』
第100回	昭和六三・下	南木　佳士『ダイヤモンドダスト』
		李《イ》　良枝《ヤンジ》『由《ユ》熙《ヒ》』
第101回	平成　元・上	該当作なし
第102回	平成　元・下	瀧澤美恵子『ネコババのいる町で』
		大岡　玲『表層生活』
第103回	平成　二・上	辻原　登『村の名前』
第104回	平成　二・下	小川　洋子『妊娠カレンダー』
第105回	平成　三・上	辺見　庸『自動起床装置』
		荻野アンナ『背負い水《アパトーン》』
第106回	平成　三・下	松村　栄子『至高聖所』
第107回	平成　四・上	藤原　智美『運転士』
第108回	平成　四・下	多和田葉子『犬婿入り』
第109回	平成　五・上	吉目木晴彦『寂寥郊野』
第110回	平成　五・下	奥泉　光『石の来歴』
第111回	平成　六・上	笙野　頼子『タイムスリップ・コンビナート』
		室井　光宏『おどるでく』

第112回	平成六・下	該当作なし
第113回	平成七・上	保坂和志『この人の閾《いき》』
第114回	平成七・下	又吉栄喜『豚の報い』
第115回	平成八・上	川上弘美『蛇を踏む』
第116回	平成八・下	辻仁成『海峡の光』 柳《ユウ》美里《ミリ》『家族シネマ』
第117回	平成九・上	目取真俊『水滴』
第118回	平成九・下	該当作なし
第119回	平成一〇・上	藤沢周『ブエノスアイレス午前零時』
第120回	平成一〇・下	花村萬月『ゲルマニウムの夜』 平野啓一郎『日蝕』
第121回	平成一一・上	該当作なし
第122回	平成一一・下	玄月『蔭の棲みか』 藤野千枝『夏の約束』
第123回	平成一二・上	松浦寿輝『花腐《くた》し』 町田康『きれぎれ』
第124回	平成一二・下	青来有一『聖水』 堀江敏幸『熊の敷石』

（久保田芳太郎）

ろ

わ

ち

つ

て

と

な

に

す

せ

そ

た

さ

し

き

く

け

こ

5. 語句・事項

ひ

ふ

へ

ほ

ま

み

む

め

や

ゆ

そ

た

ち

つ

て

と

な

に

ね

は

い

う

え

お

か

き

く

け

こ

4.　芥川関連の書名・作品名・雑誌名・新聞名

つ

て

と

な

に

ぬ

し

す

せ

そ

た

ち

う

え

お

か

3. 人名・筆名・雅号

そ

た

ち

つ

て

と

な

に

ね

の

は

け

こ

さ

し

す

せ

2.　同作品中の章名

ゆ

よ

ら

り

る

れ

ろ

わ

へ

ほ

ま

み

む

め

も

や

ち

つ

て

と

な

に

す

せ

そ

た

く

け

こ

え

お

か

き

1. 芥川龍之介の書名・作品名

あ

い

う

この索引は，本文に立てた項目1120とその解説中の語彙を摘出して編んだものである。配列は現代仮名遣い（表音式）の50音順によった。

① 「芥川龍之介の書名・作品名」では，芥川以外の編纂になる作品集についても「芥川龍之介の書名・作品名」に分類した。なお，『　』は作品集であることを示す。
② 「同作品中の章名」では，作品中の章名（小見出し）を掲げ，（　）内にその作品名を明記した。
③ 「人名・筆名・雅号」は，芥川と関連のある人々についての索引である。また，芥川の代表的筆名・雅号もここに収めた。人名については，明治以前の古典関係も含めて原則として姓名で表した。また，筆名・別号・本名などからも検索できるよう配慮した。外国人名は芥川自身の表記に従い，一般的な読みを（　）の中に示した。
④ 「芥川関連の書名・作品名・雑誌名・新聞名」は，芥川に関する著作物，芥川を理解する上で参考とすべき作品についての索引である。
⑤ 「語句・事項」は，芥川の用語・文芸用語などのほか，芥川の生活全般を解明する手がかりとなるものを掲げた。
⑥ 同名のものについては，その区別を注記した。
⑦ 頁数の太字は見出し項目であることを示す。

索　　引

写真提供　日本近代文学館・岩森亀一・菊地弘・関口安義

地図　　　川本満

芥川龍之介事典　増訂版

昭和60年12月15日　初版発行
平成13年7月10日　増訂版発行

編著者　菊地弘
久保田芳太郎
関口安義

発行者　株式会社　明治書院
代表者　三樹譲

印刷者　大日本法令印刷株式会社
代表者　田中國睦

発行所　株式会社　明治書院
郵便番号 101-0054
東京都千代田区神田錦町 1-16
電話(03)3292-3741(代)　振替 00130-7-4991

ISBN4-625-60301-3　製本　星共社